BUR
Rizzoli

GW00759479

Victor Hugo

I MISERABILI

Con un saggio di Victor Brombert
Traduzione di Valentino Piccoli

BUR
Rizzoli grandi classici bur

Proprietà letteraria riservata
© 1963 Rizzoli Editore, Milano
© 1998 RCS Libri S.p.A., Milano
© 2016 Rizzoli Libri S.p.A. / BUR Rizzoli
Per l'introduzione © 1984 by the President and Fellows of Harvard
College

ISBN 978-88-17-12910-7

Titolo originale dell'opera:
Les Misérables

Prima edizione BUR 1998
Ottava edizione Grandi classici BUR luglio 2016

L'introduzione di Victor Brombert è tradotta da Caterina Bandini. Si
ringrazia la Società Editrice Il Mulino, Bologna, per la gentile
concessione.

L'Editore si dichiara a disposizione degli eventuali aventi diritto per
la traduzione che, nonostante le ricerche eseguite, non è stato
possibile rintracciare.

Seguici su:

Twitter: @BUR_Rizzoli   www.bur.eu   Facebook: /RizzoliLibri

«I MISERABILI»: LA SALVEZZA VIENE DAL BASSO*

«Se totaliser dans un livre complet...»

L'episodio di Waterloo nei *Misérables* – che consta di ben diciannove pittoreschi capitoli – può essere considerato a ragione la digressione più provocatoria di tutta la narrativa di Hugo, eppure, nonostante l'apparente pericità, nessuna digressione è mai stata tanto centrale. Nei *Misérables si* trovano altre lunghe digressioni, rivendicazioni monumentali dell'io del poeta-romanziere e del suo diritto a una visione totale, ma se l'ampia discussione sui conventi intitolata esplicitamente «Parentesi» e la descrizione del sistema fognario di Parigi (per prendere due esempi fra i tanti) sono per lo meno collegate alle avventure dell'ex-forzato Jean Valjean, nel suo viaggio dalla perdizione alla salvezza, niente del genere si può dire dell'episodio di Waterloo. Jean Valjean non si avvicina neanche al campo di battaglia, e tuttavia vi sono molti motivi che autorizzano uno studio dell'intero romanzo dalla prospettiva della sconfitta militare.

Waterloo, in effetti, segnava anche la data di una vittoria. Nella primavera avanzata del 1861 Hugo decise di visitare il campo di battaglia quarantasei anni dopo quell'evento cruciale; si fermò in un piccolo albergo di Mont-Saint-Jean, da dove poteva vedere la statua commemorativa raffigurante un leone. Scelse proprio questo luogo per portarvi a termine il romanzo che aveva iniziato quasi sedici anni avanti, prima che gli avvenimenti del 1851 lo costringessero a un lungo esilio. L'importanza del luogo è lapidariamente indicata alla fine del manoscritto, subito dopo la descrizione della tomba senza nome di Jean Valjean: «Fine / Mont-Sain-Jean 30 giugno 1861 alle 8 e 1/2 del mattino» (XI, 997). Il completamento del libro, avvenuto sotto il segno di Waterloo («lo scioglimento è scritto, il dramma è finito...» – XII, 1651), si riallaccia d'altronde alle pagine d'apertura. E non solo perché a un certo stadio della scrittura Hugo aveva pensato di situare

---

* Tutte le citazioni dalle opere di Victor Hugo che compaiono nel testo sono tratte dall'edizione cronologica dei suoi scritti: *Oeuvres Complètes*, a cura di J. Massin, 18 voll., Le Club Français du Livre, Paris 1967-1970, a cui d'ora innanzi si farà riferimento con l'indicazione O.C., seguita dal numero romano per il volume e da quello arabo per le pagine.

l'episodio di Waterloo proprio all'inizio (esordendo così su una nota epica),[1] ma perché anche il testo come lo leggiamo oggi si apre con un immediato riferimento al fatale 1815. Tale segnale temporale si ripete poi all'inizio del secondo libro, che descrive l'arrivo di Valjean a Digne: «Nei primi giorni d'ottobre del 1815...»; confermando il desiderio di collocare storicamente l'opera nel panorama della Restaurazione che fece seguito a Waterloo.

Ma Waterloo comportava anche una sfida letteraria, come indica la scelta stessa di quel campo di battaglia per terminarvi il libro; scriveva infatti Hugo ad Auguste Vacquerie in quel cruciale 30 giugno del 1861: «Nella pianura di Waterloo e nel mese di Waterloo ho combattuto la mia battaglia. Spero di non averla perduta» (XII, 1121). Quanto all'episodio in sé, Hugo vi si riferiva sottolineandone l'importanza strutturale e tematica, e da Mont-Saint-Jean dove aveva appena scritto la parola *Fin*, spiegava al figlio Charles: «La struttura è in piedi; qui e là qualche parte, qualche architrave devono ancora essere scolpiti, e deve ancora essere costruito l'atrio di Waterloo» (XII, 1651-52). La parola *architrave*, che evoca un edificio simile a un tempio, suggerisce monumentalità e ampiezza di visione, ma l'immagine chiave è l'«atrio di Waterloo» che dimostra come, benché l'avesse scritto per ultimo e collocato nel cuore del romanzo, Hugo considerasse l'episodio di Waterloo un'introduzione spirituale alla sua opera.

La sezione dedicata a Waterloo appare dopo ben trecento pagine di fitta narrazione, e sembra senza dubbio incongruente, giacché apre la seconda parte del romanzo, che porta come titolo il diminutivo «Cosette». La prima parte (il romanzo consta di cinque parti assai dense) aveva descritto Monsignor Myriel (conosciuto anche come Bienvenu), il santo vescovo di Digne; il drammatico arrivo dell'ex-forzato Valjean in casa sua, il furto da parte di Valjean di un po' d'argenteria e il colloquio salvatore col vescovo; un altro furto commesso da Valjean a spese d'un bimbo; la successiva riabilitazione, sotto il nome di Monsieur Madeleine nella città di Montreuil-sur-Mer di cui era diventato benefattore e sindaco; la sua eroica consegna nelle mani della giustizia per salvare un vagabondo accusato falsamente di essere il forzato e dei suoi crimini. A questo punto, mentre Valjean scompare di nuovo nel mondo anonimo della prigione, Hugo decide di collocare la digressione su Waterloo, che corrisponde a un balzo indietro nel tempo di otto anni.

---

[1] Nel quaderno d'appunti di Hugo del 1860 si legge: «Forse Waterloo / cominciare di lì (19 ott.) – grande testo epico che si mescola al romanzo» (V. Hugo, *O.C.*, XII, 1502). È stato J. Gaudon ad attirare la mia attenzione su quest'interessantissima iscrizione, cfr. le sue ottime *Digressions Hugoliennes*, in *O.C.*, XIV, xiv.

Il legame con l'intreccio narrativo è quasi fortuito, come a suggerire una collaborazione in certo modo misteriosa fra pura casualità e destino. Hugo si dilunga per più di cinquanta pagine in descrizioni elaborate del campo di battaglia e della battaglia stessa, e si abbandona a meditazioni sulla storia, prima di catapultare il lettore, in extremis, quando la battaglia è già stata combattuta e perduta, entro una sequenza quasi da incubo: il paesaggio illuminato dalla luna, devastato dalla guerra, viene visitato da una figura sinistra, che si aggira in cerca di preda, per derubare morti e moribondi che giacciono ammucchiati – e alcuni sepolti vivi – in fondo al burrone in cui la cavalleria francese ha trovato la sua fine. Il predone è l'infame Thénardier, che cercando di rubare l'orologio, la croce d'argento e la borsa dell'eroico colonnello Pontmercy, senza volerlo gli salva la vita. E il colonnello Pontmercy, impareremo più tardi, è il padre di Marius, il giovane protagonista del romanzo.

Si rendono necessarie a questo punto alcune riflessioni preliminari. Poiché Thénardier, si scopre, è proprio l'individuo alla cui crudele custodia è stata affidata Cosette, l'episodio di Waterloo, mescolando caso e necessità, prefigura simbolicamente ogni altro esempio di unioni imprevedibili.[2] A livello letterale l'incontro di padre e patrigno sul campo di battaglia prelude all'unione amorosa di Cosette e Marius, per cui Hugo sceglierà l'eloquente sottotitolo «La congiunzione di due stelle» (XI, 517). A livello metaforico lo scontro fra eroismo e infamia è segno della costante interazione di bene e male, entro l'ambigua struttura tutta a rovesciamenti e conversioni continue. Le ossessioni personali non sono sufficienti a render ragione dell'insistenza di Hugo sopra l'orrore di quel battaglione intero sepolto vivo nel burrone. L'apparizione del colonnello Pontmercy da quel mucchio di morti, grazie a un atto scellerato che si risolve, al di là della volontà di chi l'ha commesso, in un atto misericordioso (il gioco di parole sul cognome del colonnello partecipa dell'ambiguità), fa parte di una saga più vasta, ricca di molte rinascite. In questa saga la stessa Waterloo – carneficina di massa e calamitosa sconfitta – si rivela retrospettivamente un'illuminazione, o almeno ciò che Hugo, riferendosi all'educazione politica di Marius, chiama un «élargissement de l'horizon» (XI, 497).

---

[2] Per un'analisi sistematica dei confronti e dei rapporti intercorrenti nei *Misérables*, cfr. A. Brochu, *Hugo. Amour / Crime / Révolution. Essai sur 'Les Misérables'*, Les Presses de l'Université de Montréal, Montréal 1974. Tale studio, particolarmente profondo per penetrazione critica, è uno dei migliori testi sul romanzo.

Il passante

Nell'episodio di Waterloo Hugo moltiplica i segnali di digressione attraverso sconfessioni, preterizioni e dichiarazioni esplicite. Inizia parlando di sé come di un narratore-turista, che cammini in quella piana quarantasei anni dopo la battaglia. Questa figura di *passant* si allieta del paesaggio bucolico e con un certo autocompiacimento collega Hougomont – luogo dove avvenne uno fra gli scontri più feroci – a un supposto antenato, facendone derivare il nome da *Hugomons*, maniero edificato da uno Hugo, signore di Somerel. Tale inizio svagato e digressivo rientra in una divagazione più ampia che conduce al dialogo con un contadino del posto, che per tre franchi si offre di spiegare «la chose de Waterloo» – e che verrà soppiantato nel compito dal narratore-storico. La pacifica passeggiata è in aperto contrasto con la violenza della battaglia, ma il passante e il paesaggio idillico non servono soltanto da mere tattiche ritardanti o da ironico controcanto all'inutilità della guerra: hanno anche una funzione metaforica che collega la battaglia al contesto dell'opera.

In primo luogo è necessario esaminare la parola *passant* attraverso cui Hugo, da narratore intrusivo, si autodefinisce in apertura d'episodio. È, curiosamente, lo stesso sostantivo usato per descrivere un oscuro generale, Cambronne, che divenne famoso per aver provocato il nemico, in un ultimo scontro senza speranza, con l'invettiva scatologica *Merde!* Lo sconosciuto ufficiale è infatti un «passante dell'ultima ora». Ancora più significativamente, il forzato Jean Valjean appena arrivato a Digne viene presentato come *passant* anonimo. Ma l'anonimato, nel romanzo, non è una connotazione peggiorativa: sulle barricate una delle figure più commoventi sarà quella di un operaio senza nome («un eroe di passaggio, quel grande anonimo») che parla a favore del sacrificio totale (XI, 282, 93, 829).

«Un Passante» è il titolo che Hugo aveva preso in considerazione per la prima parte del romanzo.[3] Rinunciò forse all'idea rendendosi conto che questa figura avrebbe proiettato la sua ombra sull'intero lavoro? Il tropo ricorrente del passante si sposa infatti ai temi più complessi del trapasso, della transizione, del dileguare, del divenire. Verso la fine del libro, davanti alla necessità del sacrificio supremo, Valjean comprende che come padre adottivo di Cosette non è stato che un *passant* nella sua vita e deve ora scomparire («Jean Valjean era un passante... Ebbene, passava»). Se, come si esprime Marius, Valjean era stato un salvatore «en passant», questo era avvenuto solo

[3] Cfr. B. Leuilliot, *Présentation de Jean Valjean*, in *Hommage à Victor Hugo*, Bulletin de la Faculté des Lettres de Strasbourg, Strasbourg 1962, p. 53.

perché da eterno escluso egli è sempre almeno parzialmente al di fuori di questo mondo; «Io sono al di fuori», dice infatti, e poche pagine dopo ripete «sono fuori della vita» (XI, 967, 990, 958-959). *Les Misérables* nel loro complesso raccontano una metamorfosi in cui ogni stadio è segnato dall'oblio. La pietra tombale di Valjean, secondo i suoi stessi desideri, rimane senza nome e perfino le quattro righe anonime incise sopra, che terminano con un'immagine di partenza definitiva («le jour s'en va»), a poco a poco divengono illeggibili – «dileguano». E il dileguare per Hugo è sempre parte necessaria di ogni processo di trasformazione.

Vi è un legame tematico tra il viandante di passaggio e il paesaggio bucolico di Waterloo quarantasei anni dopo la battaglia, perché anche il paesaggio si presenta come mutevole, simile alle onde del mare. La pianura è un vasto terreno ondulato («vaste terrain ondulant» – XI, 262). Un folto d'alberi «scompare» graziosamente («s'en va avec grâce»). Metafore acquatiche si collegano facilmente a questo paesaggio ondulato: in un quaderno d'appunti Hugo parla delle «onde immobili» del terreno (XII, 1533). Il testo fa riferimento in rapida successione all'acqua che scorre, alla macchia d'arbusti che svanisce e all'«onda gigantesca» costituita dalla campagna che si arrotonda all'intorno. La metafora liquida viene sfruttata ulteriormente, nel paragrafo immediatamente successivo, dall'accenno alla «flottiglia di anatre» in uno stagno.

L'acqua e il liquefarsi, naturalmente, si adattano in modo particolare anche al contesto storico di Waterloo. La pioggia fuori stagione occorsa nella notte fra il 17 e il 18 giugno fu infatti responsabile in larga parte della sconfitta di Napoleone, perché l'artiglieria francese, impantanatasi nella melma, non poté entrare decisamente in azione che troppo tardi. Il paesaggio ingannevole, né solido né liquido, aiutò quindi ad annientare l'esercito più potente del mondo e, quando il sole finalmente riapparve, era un sole al tramonto, i cui raggi infausti contrastavano drammaticamente col ricordo del sole sorgente di Austerlitz, dieci anni prima. Il regno dell'acqua può essere interpretato agevolmente come simbolo di catastrofe, se si ricorda che il capitolo che descrive il naufragio spirituale di Valjean in prigione è intitolato «L'Onda e l'ombra» (XI, 116).

Questa sovrapposizione metaforica tra acqua e sconfitta viene protratta per tutto l'episodio: la rotta dell'esercito è detta «sgocciolio»; gli ultimi resti della Vecchia Guardia sono rocce entro l'«acqua che scorre»; le truppe sbandate fanno pensare a un «disgelo» (XI, 278, 280). La fuga e il panico pongono termine alla funesta giornata, «liquidandola». Dietro tutte queste immagini di rovina è però all'opera un principio più ampio: la disintegrazione è parte indispensabile di ogni dinamica di trasformazione. Non solo il paesaggio viene cambiato fisicamente e storicamente (Wellington, ritornando alla sua postazione, non riconosce il terreno) ma anche la battaglia, nel suo caos turbinoso, diviene incarnazione della *verità* del mutamento. La rigidità di un piano matematico immobilizza i movimenti: «La geometria è ingannevole», spiega Hugo – e chiede un pittore che abbia il «caos sui suoi pennelli» (XI, 269, 264). Il movimento senza requie erosivo e distruttivo del mare diviene il modello principe della battaglia: lo scontro dei due eserciti crea un «riflusso incalcolabile», il fronte ondeggia, i reggimenti formano «capi», «golfi», «scogliere» avanzando e ritraendosi. O piuttosto si può dire che sia la battaglia a divenire metafora dell'affaticarsi senza fine del mare. I mutamenti continui della guerra e del paesaggio raffigurano emblematicamente quella realtà destrutturata di cui il mare è in Hugo simbolo privilegiato. Ci si ricorda della visione continuamente mutevole di *La Pente de la revêrie*, in cui vasti continenti sono di continuo «divorati» dagli oceani.

La disintegrazione nelle sue varie forme (flusso, fusione, disgelo, scomparsa) è l'immagine principale della catastrofe di Waterloo. Tuttavia per Hugo la disintegrazione si sposa sempre a una ricostruzione. La suggestione selvatica del giardino abbandonato di rue Plumet – sfondo felice degli amori segreti di Cosette e Marius – offre «estasi inesprimibili» a una mente contemplativa proprio perché svela che la «decomposizione delle forze si ricompone in un'unità» (XI, 636-637). La legge della scomposizione costruttiva si manifesta nell'intera opera di Hugo, sia nel virtuosismo metaforico di *Les Travailleurs de la mer*, dove le architetture infinitamente mutevoli del mare illustrano il principio del dileguarsi creativo, sia più esplicitamente in *Philosophie. Commencement d'un livre*, progettato come introduzione generale ai suoi lavori. «Le disgregazioni sono germinazioni» (XII, 35) – la vigorosa affermazione riassume tutta un'evoluzione in cui le cose ultime progressivamente venivano a coincidere con nuovi inizi, gli inizi erano messi in rapporto alle cose ultime, le morti rappresentavano sempre una rinascita.

Quest'alchimia di decadenza e vitalità presiede anche al mistero di Waterloo. Il viandante a Hougomont evoca orrende visioni pietrificate. Il narratore-*passant* sul campo di battaglia sperimenta, come Virgilio nella piana di Filippi, l'allucinazione della catastrofe: le fila della fanteria ondeggiano; gli alberi tremano; turbini di fantasmi si sterminano a vicenda. Eppure il 18 giugno 1815 segna anche un inizio e come tutte le date cruciali è bifronte: vòlto verso il futuro, getta ancora uno sguardo sul passato. La doppia prospettiva nei confronti del disastro militare si complica poi ulteriormente a causa della struttura volutamente epica dell'episodio.

Il ponte

Se ogni fine è sempre anche un principio la catastrofe di Waterloo opererà necessariamente come una transizione vitale. Il paradosso della sconfitta costruttiva ricava la propria forza dal gioco continuo fra rottura e continuità, per focalizzarsi sopra i temi della paternità e del progresso temporale. La paternità nei *Misérables* viene collegata sia all'origine da scoprire che a uno iato da colmare. Il bisogno di una continuità storica, ad esempio, si inserisce strutturalmente entro l'episodio di Waterloo, poiché l'ingannevole artificiosità che lo collega all'intreccio principale ottiene soltanto l'effetto di concentrare maggiormente l'attenzione su come gli episodi si articolino e giustappongano. I segnali narrativi parlano da soli: a entrare in rapporto sono Thénardier, l'infame predone, e Pontmercy, l'eroe ferito ch'egli deruba e salva allo stesso tempo; in questo modo proprio l'incontro dei «padri» adombra l'incontro dei figli, la «congiunzione delle stelle» Marius e Cosette. La digressione termina con un'annotazione ironica ma assai significativa: quando il colonnello ferito rivela il suo nome, *Pontmercy,* le ultime due sillabe vengono interpretate come un'espressione di gratitudine per l'azione criminosa che s'è trasformata in benedizione, mentre il nome completo più avanti segnerà l'occasione d'un rapporto col figlio. Il tema generazionale si inserisce inoltre entro la digressione di Waterloo anche mediante un gioco di parole, allorché il narratore spiega che una delle «scene generative» («scènes génératrices») della sua storia si collega alla grande battaglia (XI, 261).

Altri giochi di parole, in specie onomastici, suggeriscono l'immagine di una frattura che deve essere colmata. Nel nome Pontmercy vengono riuniti il concetto di paternità e quello d'un ponte da gettare sopra un burrone. Le due ultime sillabe riportano ironicamente alla gratitudine, la prima (*pont*) denota irrefutabilmente l'atto dell'attraversamento. V'è un altro particolare ancora che collega simbolicamente il ponte al padre di Marius: Pontmercy, dopo la Restaurazione, si ritira nella cittadina di Vernon, nota per il suo «bellissimo ponte monumentale» (XI, 457). La metafora del ponte sembrerebbe effettivamente all'origine di questa figura paterna, visto che una nota del manoscritto indica che Hugo nello scegliere il nome del padre di Marius esitò tra questi: Pontchaumont, Pontverdier, Pontbéziers, Pontuitry, Pontverdun, Pontbadon e Pontflorent.[4]

L'evoluzione implicita non è, comunque, semplicemente quella della continuità genetica e storica perché, in un certo senso, ciò che deve venire introiettato e superato è lo stesso Pontmercy, insieme al momen-

---

[4] *O.C.*, XI, 292.

to storico che rappresenta. Infatti la figura paterna è stata nascosta, dimenticata, cacciata, e Marius al suo primo apparire è presentato al lettore in un capitolo intitolato «Nonno e nipote», titolo che sottolinea subito lo iato generazionale: dov'è il padre? La risposta sarà che, dopo la caduta di Napoleone, il padre ha dovuto letteralmente scomparire. La consapevolezza di uno scandalo familiare (Pontmercy non era solo un soldato di carriera, ma un sostenitore fervente dell'Usurpatore) costringe l'ex-corazziere a tenersi in disparte e a rinunciare a un qualsiasi ruolo nell'educazione del figlio. Questa cancellazione della figura paterna riflette emblematicamente, è ovvio, un desiderio politico di dimenticare tutto il periodo dal 1789 al 1815, considerandolo un intermezzo popolato di crimini ma in ultima analisi irrilevante.

Una volta ancora Hugo adopera l'immagine del ponte quando il nonno *ancien régime* Gillenormand si assume il compito di far da padre a Marius, soppiantando il genero ripudiato: per tutto il tempo in cui egli influenza con successo le idee politiche del nipote, essi si incontrano come su un ponte («comme sur un pont» – XI, 473). Ma questo ponte si rivelerà un'illusione: è costruito su un abisso, perché la storia non può essere rinnegata impunemente. La Rivoluzione e Napoleone non possono venire messi tra parentesi, e quando Marius prende coscienza della realtà storica, riscoprendo a un tempo il padre e la sua parte politica, il falso ponte crolla e rivela il vuoto sottostante: «Quand ce pont tomba, l'abîme se fit» (XI, 473).

Vi è un certo pathos in questa scoperta: Marius raggiunge il letto di morte di Pontmercy quando è ormai troppo tardi, padre e figlio erano destinati a non conoscersi durante la vita. Ma questa frustrazione aumenta soltanto il valore di un'eredità che trascende la morte: Marius scopre un messaggio – un conciso testamento spirituale – che porterà poi sempre con venerazione sulla sua persona. L'atto di usurpazione paterna compiuto dal nonno reazionario deve essere compreso alla luce di questo legame spirituale, qui finalmente riaffermato, con l'Impero e, oltre ancora, con la Repubblica. Quando Gillenormand trova il biglietto che Marius porta religiosamente come un talismano, e che riguarda l'elevazione di Pontmercy al rango di barone sul campo di battaglia di Waterloo, lo scontro violento diventa inevitabile. All'affermazione di sfida di Marius: «Sono figlio di mio padre», Gillenormand risponde categoricamente «*Io* sono tuo padre» («Ton père, c'est moi» – XI, 478).

L'eclisse del padre in favore del nonno è un motivo ricorrente nell'opera di Hugo.[5] Valjean, che sulle prime impersona il nonno nella

---

[5] Cfr. l'interessante discussione del problema in A. Brochu, *Hugo. Amour / Crime / Révolution*, cit., pp. 178 ss.

vita di Cosette, diviene suo padre adottivo dopo la morte di Fantine. In un certo senso, anzi, narrativamente è necessario che Fantine muoia proprio perch'egli possa recitare questo ruolo. La paternità, che per Valjean si identifica in una nuova vita, inizia esattamente nove mesi dopo la morte di Fantine. L'espressione del narratore è forte: il destino «sposa» («fiança») le due vite sradicate (emblematicamente il Vedovo e l'Orfana); le loro anime s'incontrano in uno stretto abbraccio («s'embrassèrent étroitement» – XI, 341-342).

Molto si potrebbe dire sui latenti sentimenti incestuosi di Valjean per Cosette: il senso di colpa riguardo alla loro protratta reclusione; la sua continua sorveglianza e possessività; la natura esclusiva del suo affetto; il senso di terrore davanti alla crescente bellezza di lei; la gelosia che prova quando la sospetta d'essersi innamorata; l'odio per Marius, che può essere superato solo con un atto di totale sacrificio di sé; l'attaccamento feticistico ai vestiti di Cosette; il suo istinto protettivo simile a quello d'un animale («C'était un dogue qui regarde un voleur» – XI, 641-646). L'esclusione esplicita di un sentimento incestuoso («Il povero vecchio Jean Valjean certamente non amava Cosette che come un padre») serve soltanto ad attirare l'attenzione sulla natura equivoca di questi sentimenti. Nella stessa pagina in cui Hugo si prende il disturbo di allontanare ogni sospetto, prosegue però dicendo che Jean Valjean era uno «strano» padre – «uno strano padre in cui v'era qualcosa del nonno, del figlio, del fratello e del marito» (XI, 810).

Il motivo dell'incesto, come ha dimostrato André Brochu, riappare subliminalmente anche nel rapporto tra Gillenormand e il nipote, rapporto che sembra complicato da un *transfert* affettivo.[6] Marius è figlio della figlia prediletta di Gillenormand, che è morta: l'ostilità nei confronti del genero Pontmercy si può facilmente interpretare come gelosia. Il *transfert* sulla persona di Marius viene quasi espresso apertamente: Gillenormand è colpito soprattutto dalla rassomiglianza fra Marius e il ritratto della figlia. Il testo è ancor più esplicito: «Non aveva mai amato una donna come amava Marius» (XI, 728).

Gli accenni all'incesto hanno certamente una risonanza autobiografica, rifacendosi al senso di colpa e di profondo smarrimento che provò Hugo dopo che la figlia morì annegata. Ma la sostituzione del padre, motivo su cui si innesta quello dell'incesto, segnala anche un crimine politicamente simbolico. Gillenormand, il nonno, è un caratteristico uomo del Settecento, forgiato secondo i costumi dell'*Ancien Régime* e fedele a essi. La sua assunzione della patria potestà corri-

<hr>

[6] Brochu sviluppa eccellentemente tale *transfert* affettivo, cfr. *Hugo. Amour / Crime / Révolution*, cit., pp. 212 ss.

sponde al ritorno al potere della monarchia nel 1815. Il legame contrastato col padre non resta così un puro problema di tradizione (cioè di legame col passato), ma diventa atto di fedeltà a un movimento storico proiettato verso il futuro. Un ponte porta sempre in due direzioni: la riscoperta del padre eroico viene collegata strettamente alla scoperta della storia come progresso. L'esempio di Pontmercy rivela a Marius la missione storica della Repubblica e dell'Impero nel dare vita agli ideali nazionali e rivoluzionari.

Il padre si staglia come figura che media tra passato e futuro. Una volta compreso nel suo reale significato diviene fonte di conversione; ma è ugualmente degno di nota che la rivelazione politica, anche se inscritta in una continuità, non dipenda da una filiazione in linea diretta. Il processo di conversione richiede un *outsider*: il padre entra infatti nella famiglia indirettamente, come genero. Questo principio di drammaticità della conversione, che permette libertà di scelta e non implica una coscienza politica determinata socialmente o geneticamente, sarebbe stata caratterizzata più fortemente ancora in *Quatre-vingt-treize*.

L'idea di progresso, insieme a quella di render conto d'una personale evoluzione politica, si articola così in modo complesso attorno alla data del 1815, data che va in due direzioni diverse. L'educazione politica del giovane necessita in primo luogo della riabilitazione del padre, proprio come necessita della riabilitazione di Napoleone. Leggendo la storia e studiando i documenti «il velo che aveva ricoperto Napoleone agli occhi di Marius a poco a poco cadde». Nel contempo si svela anche una realtà storica ancor più importante: la Rivoluzione francese, di cui Marius arriva a comprendere la vera portata misurandone il contrasto col mondo anacronistico del nonno. Mentre un tempo in quegli avvenimenti lamentava la caduta della monarchia, ora vi vede l'avvento d'un nuovo ordine: «Ciò che era stato un tramonto era ora un'alba» (XI, 471-472).

Ma questa rivoluzione interiore, questa scoperta e riabilitazione prima del padre, poi di Napoleone, poi degli uomini della Rivoluzione – e proprio perché rivelano in maniera lampante l'inevitabilità del progresso – in ultima analisi provocano il superamento della figura paterna. Questo spiegherebbe non solo la volontaria scomparsa di Pontmercy ma anche la progressiva uscita di scena, molto più consapevole, che conduce Jean Valjean a una tomba senza nome. Tutte le immagini che rappresentano il dileguare e il volontario allontanamento di Valjean («Il giovane arrivava, il vecchio scompariva») richiedono di venir lette di contro all'altro simbolo di transitorietà e mobilità – il passante. Valjean, come abbiamo visto, si considera un *passant* nella vita di Cosette, sa che deve far posto a Marius e al futuro (XI, 930, 957, 967).

14

L'apprendistato morale e politico di Marius viene così ispirato da un doppio movimento, regressivo e progressivo, che dapprima conduce fino alla Rivoluzione attraverso l'Impero e l'avventura bonapartista, e solo in seguito può guardare oltre e trascendere l'esempio paterno. Quando una serie di letture appassionate degli eventi del passato gli rivela la vitalità di alcune figure di rivoluzionari (Mirabeau, Saint-Just, Robespierre, Camille Desmoulins, Danton), Marius prima indietreggia, abbagliato dalla luce eccessiva. Ma la risalita indietro nel tempo è in realtà un'avanzata costante e l'abbacinamento è sintomo di progresso spirituale, poiché Marius è essenzialmente uno «spirito in cammino» (XI, 470).

L'evoluzione politica del giovane è presentata da Hugo come tipica – la «storia di un uomo del nostro tempo». L'interesse per la storia di tutti non spiega però, naturalmente, la dettagliata descrizione che si dà dell'infanzia di Marius: è quindi indubbio che Hugo si impegni a ritrarre passo passo tutte le fasi dell'educazione politica di Marius perché voleva rievocare il clima politico in cui egli stesso era cresciuto, e narrare il suo personale distacco dall'ideologia lealista. La nota autobiografica si mostra chiaramente nel pio capitolo «Requiescant» – un addio al passato, un riandare ai giorni ultralegittimisti dell'adolescenza, che rimanevano associati all'immagine materna. Anche il poema *Ecrit en 1846*, collocato all'inizio del quinto libro di *Les Contemplations* (intitolato «In cammino»), che descrive il graduale risveglio alla storia e la comprensione del ruolo provvidenziale della Rivoluzione, inizia significativamente con il ricordo della madre («Marchese, mi rammento, voi venivate da mia madre») e termina con un altro accenno alla madre morta. Allo stesso modo nei *Misérables* la figura del padre è assente dalla fanciullezza di Marius, e precoci sentimenti di dolore e rancore si associano a essa: «era malinconico quando pensava a suo padre» (XI, 466).

Waterloo, un male o un bene?

Un padre storicamente emblematico, prima allontanato, poi ritrovato e da ultimo superato; un apprendistato politico che torna indietro fino alla Rivoluzione per poi gettarsi in avanti verso ideali progressisti; una sottolineatura di date cruciali (1815, anno di Waterloo; 1789, anno della Rivoluzione; 1830, prima partecipazione di Marius alla lotta storica; e, oltre gli eventi narrati dal romanzo, 1851, anno del colpo di stato di Luigi Napoleone che spinse Hugo all'esilio) – tutte queste crisi tradiscono un'idea complessa della linearità storica. Perché se la storia progredisce – e Hugo era impegnato a sostenere una tale tesi – come spiegare le discontinuità e le tragiche ricadute, quali la Restaurazione e il Secondo Impero? Waterloo diviene l'emblema di questo dilemma.

La fondamentale ambivalenza di Waterloo si riflette nel titolo del didascalico capitolo XVII: «Bisogna approvare Waterloo?», in cui Hugo spiega in che senso Waterloo possa considerarsi tanto un male quanto un bene. Oggettivamente la sconfitta di Napoleone aveva segnato un'interruzione del progresso storico, aveva permesso il ritorno di un passato oppressivo e repressivo, aveva messo indietro le lancette dell'orologio e segnato la data di una vittoria controrivoluzionaria. Le monarchie europee si erano recisamente liberate degli ideali ribelli incarnatisi nella Francia. Questa, ancora molti anni dopo il ritorno di Luigi XVIII, rimaneva l'opinione comunemente accettata: «l'era delle rivoluzioni si era chiusa per sempre» (XI, 132).

Ma poteva delinearsi anche una prospettiva diversa, alla cui luce Waterloo apparisse come svolta ancor più formidabile sulla strada misteriosa del progresso. Dopo aver compiuto la propria missione, sparso in tutta Europa i semi delle nuove idee, il tiranno doveva scomparire. La sconfitta di Napoleone poteva così venire interpretata come una vittoria nella vasta battaglia il cui generale supremo è Dio: «Waterloo non è una battaglia; è il cambiamento di fronte dell'universo», in cui è in gioco addirittura il destino del mondo intero. La visione privilegiata dell'autore-profeta abbraccia tutto ciò che costituisce la missione del XIX secolo all'interno dell'avventura umana. Una vittoria di Napoleone a Waterloo semplicemente non «rientrava nelle leggi del XIX secolo» (XI, 273). Waterloo fu evento provvidenziale proprio perché originò quello che Hugo chiama il «grand siècle» (con espressione polemica, poiché il termine solitamente si usava per il regno di Luigi XIV) e l'alba di nuovi ideali («vaste lever d'idées» – XI, 283). La missione del nuovo secolo verrà proclamata da sopra le barricate da Enjolras, il giovane politico idealista, ed è quella di essere «prometeico» nella sua spinta liberatrice.

Il giorno di Waterloo, il 18 giugno 1815, giorno di «catastrofe», è anche giorno fatale; più precisamente è il «cardine» («gond») dell'Ottocento. Segna la svolta storica di un dramma provvidenziale che inizia con la Rivoluzione francese e che non può venire fermato, nonostante le apparenti discontinuità. La Rivoluzione non può venire sconfitta: Hugo, quando parla dell'opera della Rivoluzione e dei sentieri tortuosi della storia, gioca sui molteplici significati del termine «fatale». La Rivoluzione è «provvidenziale e assolutamente fatale» (XI, 286); porta morte e rovina ma da ultimo arriverà a superare la violenza della storia. L'apocalisse di Waterloo adombra la fine della violenza nella storia e, ancor più, della storia come violenza. Il sogno di Hugo, qui come altrove, è davvero e letteralmente di sfuggire a ciò che Enjolras descrive, in un'utopica predica dall'alto delle barricate, come «foresta degli eventi» (XI, 835). Questo ideale di libertà suprema fa luce sull'insolita aggettivazione in cui Hugo riassume il significato sconcertante della grande sconfitta: «Per noi Waterloo non fu che la stupefatta data della libertà» («la date stupéfaite de la liberté» – XI, 286).

La vittoria di Cambronne

Chi, in tali circostanze, ha dunque vinto la battaglia? I libri di storia, secondo Hugo, non danno la risposta esatta. Infatti il vincitore non fu né Wellington né Blücher, che risultarono meri beneficiari del caso, e il caso – molto banalmente – prese la forma dell'acqua. Se non fosse piovuto nella notte fra il 17 e il 18 giugno, il futuro d'Europa avrebbe potuto essere molto diverso. Tuttavia la casualità qui non è affatto di tipo ordinario, perché il narratore, parlando della «meravigliosa intelligenza del caso» («prodigieuse habileté du hasard»), fa accenno all'intenzionalità di un piano invisibile. Lo *hasard* è allora soltanto la maschera di una necessaria concatenazione fattuale: è il testo stesso che propone un'ossimorica «catena di casi fortuiti». Proprio tale peculiare «catena» di eventi casuali, prima e durante la battaglia, si basa non sulla contingenza ma sulla necessità, cosa che è segnalata fortemente dall'altro ossimoro, ancora più pregnante, del «caso divino» (XI, 285, 261, 283).

La conclusione è ovvia: Waterloo è una vittoria di Dio. Ciò è implicito nel rapporto tra l'infinitamente piccolo (il gesto ingannevole del contadino che fa da guida) e il destino del mondo intero, e si esplicita in seguito nell'affermazione secondo cui la parte giocata dagli uomini era stata nulla, e tutto era stato determinato in precedenza da una «necessità sovrumana». Hugo non esita a designare Dio quale principale protagonista: «Era possibile che Napoleone vincesse la battaglia? Noi rispondiamo: no. Perché? per Wellington? per Blücher? no. Per Dio» (XI, 283, 273). Poche pagine prima aveva alluso al «misterioso cipiglio» che si era potuto percepire nella profondità del cielo. Si suggerisce perfino che Dio avesse potuto divenire geloso dell'«eccessiva potenza» di Napoleone: «Aveva dato noia a Dio». Napoleone, colpevole di *hybris*, era irragionevolmente allegro la mattina della battaglia, ma l'«ultimo sorriso» sarà solo quello di Dio (XI, 270-271, 273, 266).

Tuttavia Dio non è l'unico vincitore in questa catastrofe, perché vi è anche una vittoria *umana* («l'uomo che ha vinto la battaglia di Waterloo» – XI, 281): quella del già citato generale Cambronne che, quando ormai le munizioni scarseggiavano e alle ultime unità veniva intimata la resa, entrò nella storia sconfiggendo il nemico con un sonoro *Merde!* Lamartine, che deplorava l'episodica oscenità («saletés») del linguaggio di Hugo nei *Misérables*, protestò particolarmente contro l'imprecazione di Cambronne gettata in faccia al destino – «Meglio morire in silenzio».[7] Ma Lamartine non capiva che sfidando il potere dei fucili con quello assai più debole delle parole, rifiutando il silenzio, Cambronne-Hugo non affermava già la forza icastica della latrina, ma proprio l'importanza della parola.

Non è di secondario rilievo che anche Cambronne venga definito come *passant* – cioè proprio il termine di cui l'Hugo-narratore si fregia nel suo aggirarsi per l'antico campo di battaglia. Cambronne, l'eroe sconosciuto, è un «passante dell'ultima ora», un partecipante insignificante all'evento storico che, per mezzo d'un'unica parola di sfida di contro al tuonare della guerra, raggiunge una «grandezza eschilea». L'infinitamente piccolo sorge a un'altezza titanica, proprio come la parola più volgare della lingua francese («le dernier des mots») diviene la parola più bella («le plus beau mot») mai pronunciata. Contro l'insensatezza della forza bruta Cambronne trova un'«espressione» (e Hugo un gioco di parole): esprime l'«escremento». Perché ciò che si esprime proviene sì, verbalmente, da quello che Bachtin chiama «lo stadio più basso del grottesco»,[8] ma questo grottesco non è affatto il polo negativo d'un'antitesi: resta ugualmente positivo, perfino sublime. L'imprecazione volgare è definita «sublime» dallo stesso Hugo, poiché l'espressione scatologica in questo caso proviene dall'anima: «il trouve à l'âme une expression, l'excrément» (XI, 281-282).

Il riferimento all'anima, allo spirito (*âme*) in ultima analisi non è ironico. Cambronne, di fronte al dilemma se arrendersi o affrontare l'immediato annientamento, cerca una parola al modo in cui cercherebbe un'arma; e la parola gli giunge, dice Hugo, da un'ispirazione superiore («par visitation du souffle d'en haut» – XI, 282). L'afflato divino lo eleva così alle altezze dell'insolenza epica.

Tale insolenza determinata dalla più plebea delle espressioni, contribuisce a minare ulteriormente il senso epico delle gerarchie e delle distanze. Le osservazioni di Bachtin intorno al riso di Rabelais e alle profanazioni *carnevalesche* si applicano benissimo al Cambronne di

---

[7] Cfr. gli importanti passi di Lamartine, dal *Cours Familier de Littérature* («Considérations sur un chef-d'œuvre ou le danger du génie»), cit. in *O.C.*, XII, 1608, 1616.
[8] M. Bachtin, *Rabelais and His World*, trad. ingl., MIT Press, Cambridge (Mass.) 1968 (trad. it. *L'opera di Rabelais e la cultura popolare*, Einaudi, Torino 1979).

Hugo, che ha il riso dalla sua parte. Una risata tanto potente non si limita a esorcizzare la paura e a sfidare l'autorità, ma contiene anche un alto potere rigenerativo.[9] È interessante rimarcare come vi sia un'allusione a Rabelais proprio nel capitolo di Cambronne, e accompagnata per giunta da un accenno al carnevale, al Martedì Grasso. Ancora più interessante poi il legame che Hugo instaura tra l'icastica esclamazione di Cambronne e il titolo del romanzo, con tutte le sue implicazioni sociopolitiche. In una nota trovata nei suoi manoscritti, Hugo definisce la parola *merde* come «la più miserabile delle parole», e poi ancora come «la più miserabile dell'intera lingua».[10]

L'emblematica vittoria della parola *merde* non rappresenta naturalmente un fatto soltanto linguistico. Letteralmente, concretamente, tutte le battaglie – ci vuole dire Hugo – finiscono nel fango, fra gli escrementi e la putrefazione, perché è questo l'esito inevitabile d'ogni violenza. Il modello viene ripreso strutturalmente anche più avanti nel romanzo: l'eroica carneficina sulle barricate conduce assai logicamente a una discesa nelle fogne – immersione che si dimostrerà in tutta evidenza rigenerativa.

La vittoria personale di Cambronne è ovviamente anche simbolica. A un livello superficiale è una vittoria nei confronti del generale inglese: gridando «l'ultima delle parole» (*le dernier des mots*) Cambronne ottiene – e basta la caduta d'un articolo – «l'ultima parola» (*le dernier mot*). A un secondo livello, la sua è la risata vittoriosa d'uno sconfitto che denuncia aggressivamente l'inganno d'una sopravvivenza ormai priva di senso («questa presa in giro, la vita» – XI, 282). La natura trascendente e profetica di questa denuncia della colpa insita in un'esistenza insensata, si chiarifica alla luce d'un brano straordinario di *William Shakespeare* in cui viene esaltato il profeta Ezechiele come mangiatore di escrementi («il mange des excréments»).[11] Secondo Jean Massin l'Ezechiele di Hugo è il Cambronne della profezia.[12]

[9] M. Bachtin, *op. cit.*, p. 88. È sorprendente che, sebbene Bachtin riconosca l'intuizione che Hugo ebbe di Rabelais e del rapporto fra riso e «lotta di vita e di morte», nondimeno lo critichi per una supposta incapacità di comprendere il «potere rigenerativo dello strato inferiore del *popolo*» (*ibidem*, p. 126). Un tale giudizio non tiene in considerazione poemi come *La Révolution* o *Le Satyre*, nonché l'importantissima meditazione intorno alla natura del genio svolta in *William Shakespeare* e nel romanzo *L'Homme qui rit*.

[10] Cit. nei *Misérables*, a cura di M.F. Guyard, Classiques Garnier, Paris 1957, vol. I, p. 412.

[11] *O.C.*, XII, 176.

[12] J. Massin, in una nota a piè di pagina, estende il parallelo Cambronne-Ezechiele: «per Victor Hugo Ezechiele è il Cambronne della poesia» (*O.C.*, XII, 176). La nota si riferisce al capitolo su Cambronne nei *Misérables*.

La vittoria meno ovvia, comunque, è ottenuta nei confronti del comandante in capo, di Napoleone stesso. Ciò risulta implicitamente da un confronto che riappare in tutta l'opera di Hugo: tra il riso arrogante che viene dall'alto, e il riso grottesco e clownesco proprio del mondo inferiore. Lo sberleffo del satiro sfida in eterno il riso dell'Olimpo. Anche Napoleone, ancora ben saldo in sella, ride: la mattina stessa della battaglia, confidando di poter trattare ancora col destino da pari a pari, e che questa complicità privilegiata gli conferisca una sorta d'immortalità, provocatoriamente esibisce un umore allegro. Il capitolo intitolato «Napoleone di buon umore» descrive l'Imperatore in forma, pieno di spirito, mentre indulge in *bons mots*. Facendo colazione, prima della battaglia, ha ripetutamente attacchi di risa («accès de rire») che lo dipingono ignaro del cipiglio divino. Il riso di Napoleone non si connota meramente di *hybris* e di tragica ironia; si collega anche al suo maggior peccato, quello di aver disprezzato i pensatori, rinnegando così il futuro. Il riso, nell'opera di Hugo, ha quasi sempre un significato politico: di contro alla risata oppressiva del tiranno si pone il riso liberatorio del conculcato – lo schiavo, il fauno, il lacchè, il clown, la vittima che redime. Il riso grossolano e plebeo che accompagna l'esclamazione di Cambronne corrisponde al riso dinamico dell'oppresso che dice *no* per poter dire *sì*. E questo riso è per natura rivoluzionario.

L'aspra commedia del linguaggio della strada e l'espressione popolaresca del mercato hanno davvero un potenziale di ribellione. La parola *merde* contiene in sé i semi della rivolta. La vigorosa imprecazione di Cambronne lo avvicina, secondo Hugo, alla figura ribelle di Prometeo: è proprio quella parola gettata in faccia al nemico ad avere, infatti, una «grandezza eschilea». Ma Prometeo tradotto in termini moderni prende un significato rivoluzionario. Niente potrebbe essere più rivelatore dell'associazione – nel capitolo su Parigi intitolato «Deridere, dominare» – fra i nomi di Danton, Prometeo e Cambronne. Il capitolo termina con l'annotazione ellittica che una medesima luce paurosa splende dalla torcia di Prometeo e dalla pipa di terracotta di Cambronne: «Le même éclair formidable va de la torche de Prométhée au brûle-gueule de Cambronne».[13]

---

[13] *O.C.*, XI, 282, 443. La parola *gueule*, con le sue connotazioni di chiassosità (*gueuleur*) e volgarità (*fort en gueule*), aggiunge forza alla frase.

Da Cambronne a Gavroche: la salvezza viene dal basso

Cambronne risponde all'ultimatum del nemico con la parola più democratica della lingua francese. E anche Hugo, sul punto di valutare il proprio contributo linguistico, sostenne di avere democratizzato l'idioma letterario («Feci soffiare un vento rivoluzionario. / Misi un berretto rosso al vecchio dizionario» – IX, 75). Non è esagerato sostenere che la violenta esclamazione di Cambronne si colleghi alla vocazione personale di Hugo, come pure ai temi più complessi dei *Misérables*. Questi temi, fra cui spiccano in particolare le implicazioni politiche della parlata e del riso popolari, sono impersonati da uno dei più indimenticabili personaggi di Hugo: Gavroche, il monello, il ragazzo di strada che parla il gergo della strada – nonché, attraverso di lui, dall'intera Parigi, città di rivoluzioni, personificata. Gavroche, bambino randagio in confidenza con ladri e prostitute, *gamin* che canta canzonacce oscene e padroneggia da poeta l'*argot*, è un vero figlio della grande città: «Il monello di Parigi è il nano nato dalla gigantessa» (XI, 432). E naturalmente Parigi, la madre gigantesca, è *figura* del popolo. La metafora opera su due piani: la capitale s'identifica con il popolo, e il popolo col *gamin* – con la sua irridente spensieratezza, con la sua risata inarrestabile, ma anche con il suo coraggio e col suo geloso amore per la libertà. «Rappresentare il bambino significa rappresentare la città», ma se il popolo della città può essere paragonato a un bambino, ciò accade perché deve ancora formarsi moralmente e politicamente; la folla, le masse, posseggono un potenziale da educare, elevare o, come si esprime Hugo, da «sublimare» (XI, 443).

Tuttavia il potenziale politico esiste, e la sua prima manifestazione è la risata. La risata di Gavroche è la risata della città, e la risata della città – confrontata a quella che potrebbe uscire dalla «bocca di un vulcano» – è la risata della rivoluzione, cioè una risata minacciosa. Gavroche può anche credere d'essere spensierato, ma non lo è. Sempre pronto allo scherzo, è anche «pronto a qualcos'altro», e infatti morirà, con una canzone insolente sulle labbra, raccogliendo munizioni per i ribelli ormai soverchiati delle barricate. Così il monello diventa eroe (XI, 442, 433, 439). Allo stesso modo il popolo parigino sempre pronto alla baldoria può essere anche capace di rabbia. Ma la risata minacciosa non è solo un segno di coraggio e di violenza, perché alla fin fine contribuisce a costruire l'utopica città della giustizia. Parigi, capitale della rabbia rivoluzionaria, è anche la capitale della rivelazione rivoluzionaria, come tale destinata a divenire la nuova Gerusalemme. In pagine scritte dall'esilio per introdurre la *Guida di Parigi* approntata all'epoca dell'Esposizione Universale del 1867, Hugo denunciava il meschino e condannato materialismo del Secondo Impero: «Parigi, luogo della rivelazione rivoluzionaria, è la Gerusalemme umana» (XIII, 591).

Dal riso alla rabbia epica, dall'*argot* al sublime, dalla *fex urbis* alla rivelazione: Hugo non si impegna in antitesi inconciliabili ma nel superamento di opposizioni soltanto apparenti. Il motivo scatologico riappare negli avvertimenti che il *gamin* grida quando sta per arrivare la polizia, segnali per la fuga attraverso la rete fognaria: «Ohé, Titi, ohééé: y a de la grippe, y a de la cogne... pâsse par l'égout!» (XI, 438). Appare poi ancora più in evidenza nell'espressione *fex urbis*, che etimologicamente apparenta il popolo della città agli escrementi. Ritorniamo così nel mondo di Cambronne, soltanto che qui il motivo scatologico si inserisce nella realtà delle condizioni sociali e viene coinvolto in speranze e ideali rivoluzionari. È segno quindi che la salvezza deve provenire dalla sozzura dello strato più basso, dalle profondità della miseria e del crimine, dagli inferi della società.

Non sorprende perciò che il primo accenno alle fogne venga associato a un'immagine di fuga. La salvezza la si può trovare soltanto in basso, e qui Hugo, il borghese educato, istintivamente preoccupato di fronte all'ignoranza e alla violenza della folla, affronta alcune delle sue più complesse contraddizioni intime, tratteggiando le qualità salvifiche della cloaca sociale. Questa riflessione può spiegare un'ulteriore digressione, incentrata sulla banda criminale detta Patron-Minette. Il nome deriva da *patron-minet*, che nell'antico gergo designa le prime ore del giorno – quando il lavoro notturno della banda finisce e i malviventi si separano. Ma è chiaro che Hugo gioca sulla parola *mine* (miniera), contenuta foneticamente entro *minet*, vocabolo che narra di una realtà nascosta sotto la superficie, di regioni inferiori, delle viscere della terra, suggerendo perfino immagini dell'abisso infernale in cui l'«Ugolino sociale» (chiaro riferimento all'inferno dantesco) indulge al vizio e al crimine. Qui si trova la grande «caverna del male», trasudante di corruzione fisica e morale (XI, 532, 533).

L'immagine della miniera si collega anche a quella di un duro lavoro e all'estrazione di minerali preziosi. Il verbo *piocher* (lavorare di piccone), associato metaforicamente da Hugo al sostantivo *idée*, indica il lavoro o lo studio faticoso. Il primo capitolo della digressione su Patron-Minette si intitola «Le miniere e i minatori». I suoi sovratoni idealistici e redentori assumono maggior significato se si ricorda che, all'inizio del romanzo, il vescovo Bienvenu santamente estrae la pietà da ciò che Hugo chiama la «miniera» della miseria universale: «L'universelle misère était sa mine» (XI, 91). La salvezza che giunge dal basso è davvero il messaggio dell'episodio di Patron-Minette. Hugo ricorda al lettore che la prima messa a Roma fu celebrata nelle catacombe; allo stesso modo il nuovo vangelo sociale, la nuova religione

22

del progresso, si diffonderà attraverso la comunione delle sofferenze sociali. Lo strato più basso della società è anche la miniera rivoluzionaria dove si elaborano le utopie: «Le utopie procedono sotto terra nelle gallerie».[14]

Queste immagini sotterranee restano però ambigue. La figura di Cristo viene associata conturbantemente all'aborrita figura di Marat, che per Hugo incarna tutto il terrore della violenza della folla. La *fex urbis* può essere certamente elevata, e questa è anzi la missione del nuovo profeta sociale, ma la vocazione profetica comporta prima necessariamente un'immersione nel fango e nella corruzione. La profezia e la salvezza dal basso sono centrali nella religione personale di Hugo: il suo Dio non è più il principio divino autoritario collocato gerarchicamente e sublimemente nelle altezze celesti, ma un Dio che emerge dall'oscurità sotterranea, dalla sofferenza umana caotica e dinamica, dall'umano divenire. Proprio questa verità dovrà venire affrontata dall'ispettore Javert, che vive nella fede in un Dio alleato alla legge e all'ordine, quando si scontrerà con la grandezza d'animo di Valjean.[15] La scoperta che Dio sale dalle più infime profondità giunge come *shock* irrimediabile al poliziotto implacabilmente virtuoso, e lo conduce direttamente al suicidio. Ma proprio quest'associazione fra Dio e la feccia della terra rende ancora più significativo il commento in qualche modo sorprendente del narratore, secondo cui il grido di Cambronne, che aveva tanto scandalizzato Lamartine, gli era stato suggerito da un'ispirazione divina – «par visitation du souffle d'en haut» (XI, 282).

Il linguaggio del mondo inferiore

Il gergo riflette questo paradosso a un livello linguistico. Hugo consacra all'*argot* un'altra delle sue lunghe digressioni, affastellando osservazioni pittoresche che possono non essere di assoluto valore filologico, ma che assumono una funzione tematica e impongono il parallelo tra la lingua del popolo e la natura ambigua dei bassifondi. La prima parola studiata nella digressione è la latina *pigritia*, da cui Hugo fa derivare la francese *pègre*, che designa il mondo dei ladri considerato nel suo insieme come una classe sociale. Il legame tra l'*argot* e il mondo del crimine si adatta bene alla struttura del testo: come i bassifondi

[14] *O.C.*, XI, 531. I filosofi che lottano per l'umana felicità verranno in seguito paragonati a minatori che combattono contro le dure rocce degli interessi egoistici (*O.C.*, XI, 607).

[15] Cfr. le ottime puntualizzazioni di R. Molho su tale religione «rovesciata», in *Esquisse d'une théologie des "Misérables"*, in «Romantisme», IX (1975), pp. 105-108.

stessi, l'*argot* è una «escrescenza» patologica («excroissance maladive» – XI, 702), che al tempo stesso comporta vitalità ed evoluzione continua.

I molti accenni all'*argot* come patologia della lingua (Hugo lo chiama «vocabolario pustoloso», idioma che assomiglia a una verruca o a una piaga) si associano significativamente al motivo scatologico (XI, 697). Il gergo è paragonato ora a un mostro orribile che vive nelle tenebre della cloaca, ora a un edificio sotterraneo costruito collettivamente dalla razza maledetta dei *misérables*. Il crimine premeditato e il castigo più disumano sono scritti sulle sue mura. Non ci si sottrae all'immagine ossessiva della prigione: i tropi svergognati del gergo sembrano avere davvero portato il «collare d'acciaio», il *carcan*; le parole di questa lingua speciale sembrano essersi inaridite sotto il ferro rovente del boia. Il senso di vergogna legato all'idioma dei bassifondi spiega perché Eponine, quando l'amore per Marius illumina la sua vita malvissuta, rifiuti di parlare ancora quell'«orrida lingua», l'*argot* (XI, 721).

Tuttavia Hugo è affascinato dalla forza e dalla vitalità del gergo e lo collega allo spirito rivoluzionario. Questa vitalità, certamente, rimane ripugnante («vitalité hideuse») e rispecchia la ripugnanza che suscitano i visi dei criminali nella prigione. Hugo definisce l'*argot* «parola fattasi forzato» – «verbe devenu forçat». Il doppio collegamento con i concetti di forza e di azione, impliciti nei termini *verbe* e *forçat*, rafforzano il principio che l'*argot* sia la lingua della ribellione e della militanza, una «lingua di battaglia» (XI, 705, 699). La parlata dei bassifondi esprime il sotterraneo e forse inconscio desiderio utopico che si lega a quello di chi soffre nelle miniere.

Il potere di un tale codice linguistico è preso in esame da Hugo per ragioni strettamente poetiche. Henri Meschonnic giustamente fa rientrare l'interesse di Hugo per l'*argot* – interesse già dimostrato in *Le Dernier Jour d'un condamné* – entro la riflessione più vasta intorno alla natura del linguaggio e alla volontà del poeta di controllarla.[16] La «ripugnanza» causata dal gergo, conformemente alla teoria elaborata da Hugo nella prefazione a *Cromwell*, costituisce una fonte di valore estetico: «La bellezza conosce un solo tipo; la bruttezza centinaia» (III, 55). La digressione sul gergo nei *Misérables* è assai esplicita: esso è essenzialmente una costruzione poetica, a causa dello spostamento costante di significati, e il conseguente mascheramento reciproco delle parole. Le parole-maschera («mots masques») dell'*argot* hanno proprio la funzione di veri travestimenti. Inversamente,

---

[16] H. Meschonnic, *Vers le roman poème: les romans de Hugo avant "Les Misérables"*, in *O.C.*, III, II.

24

l'inventività metaforica conduce a un'immediatezza plastica che sfocia in un idioma ricchissimo di *mort immédiats*. L'*argot* così si avvicina alla poesia nell'elaborazione di una lingua che possa a un tempo nascondere e rivelare («tout dire et tout cacher – XI, 703). In una nota che segue il manoscritto di *William Shakespeare*, Hugo insisteva sulle relazioni intercorrenti tra lingua popolare e lingua poetica: «La lingua figurata è essenzialmente una lingua popolare» (XII, 351).

La vittoria dell'infima fra le parole trascende così il semplice elogio dello spirito indomabile di Cambronne. Non si limita a suggerire, infatti, che la salvezza può provenire dagli ambienti più inaspettati, ma significa anche la vittoria della parola come manifestazione poetica, la vittoria della lingua come poesia – e, per estensione, la vittoria del supremo padrone della lingua, il poeta. Poiché la parola è più d'una spada capace di trasformare lo sconfitto Cambronne in un vincitore, essa è più bella del suo significato e possiede una propria opaca consistenza («le parole sono cose», scrive Hugo nella poesia *Suite*, contenuta nelle *Contemplations*). L'azione della parola è militanza («la parola si chiama Legione»), eppure il potere della parola si fonda meno sul potenziale rivoluzionario che sull'origine divina. Il verso finale di *Suite* proclama questo *logos* onnipotente: «Perché la parola è il Verbo, e il Verbo è Dio» (IX, 81).

Il legame tra motivo scatologico e motivo religioso viene suggerito ripetutamente mediante la metaforica testuale. Il convento del Petit Picpus, in cui l'ex-forzato si introduce di nascosto per sfuggire alla caccia all'uomo e dove trova rifugio ed espiazione, è definito da Hugo – come tutti i monasteri – un luogo di putrefazione (XI, 392). Di converso, quando Valjean nell'ultima fuga scende nelle fogne di Parigi, la memoria involontaria gli fa rivivere la forte sensazione provata nel «cadere» dalla strada entro le mura del convento. Spiritualità e sozzura vengono messe ancora una volta in rapporto dialettico.

La rivelazione di questo legame tra spiritualità e bassifondi è in sé una forte esperienza religiosa, il cui contraccolpo sarà addirittura troppo traumatico per l'ispettore Javert. La sua mente, sofferente d'una deformazione professionale che accoppia sempre la giustizia all'autorità, non può accettare la sublimità del miserabile, non può introiettare il paradosso di un malfattore-benefattore, di un eroe morale ripugnante, di un ordine etico invertito dove il criminale sia redimibile e perfino circondato di un'aureola. Quando scorge l'abisso che si apre sopra di lui (il «gouffre en haut» – XI, 915), e comprende che Dio può essere al di sotto almeno tanto quanto è al di sopra, la macchina-Javert deraglia (la sezione s'intitola «Javert fuori strada») e si autodistrugge, testimoniando così l'intollerabilità del vero.

Les Misérables, secondo Hugo, erano divenuti sempre più un'opera religiosa. Tutto il destino dell'uomo, spiega il narratore, si riassume nel dilemma: sconfitta o salvezza. Nell'episodio delle barricate si descrive come vero argomento del libro proprio il movimento incessante dal male al bene, dalla notte al giorno, dal nichilismo a Dio (XI, 713, 865). I *misérables* sono in effetti le vittime di una dannazione sociale, che vivono entro ciò che nella prefazione è detto «inferno» in terra. Ma Hugo rifiuta il concetto di dannazione eterna: lo stesso Satana, secondo un verso famoso de *La Fin de Satan*, rinascerà come angelo della luce: «Satana è morto; rinasci tu, Lucifero celeste!» (X, 1662). Hugo, evidentemente, si considera un Dante moderno – un Dante profeta d'una nuova religione di liberazione. Il suo Dio non è un carceriere supremo: «Nessun inferno eterno!», proclama la voce dalle tenebre di *Les Contemplations* (IX, 387). Invece, Hugo annuncia un progresso verso una più vasta consapevolezza, ottenuto attraverso la sofferenza. La redenzione, in tali termini, implica una trascendenza completa dell'immagine della prigione.[17]

Il personaggio principale: l'infinito

Il commento più sostanziale fatto da Hugo intorno al significato religioso dei *Misérables* lo si trova in un testo del 1860 noto come *Philosophie. Commencement d'un livre* (XII, 13-72), che originariamente avrebbe dovuto costituire la prefazione al romanzo, prima di evolvere a introduzione compendiosa dell'intera opera hughiana. Il termine che più gli si attaglia è comunque quello di testamento spirituale, di cui la prima frase rende subito il tono: «*Les Misérables* devono essere intesi come un libro religioso» («Le livre qu'on va lire est un livre religieux»). Il testo nel suo complesso affronta alcuni dei concetti più cari a Hugo: la dinamica fra distruzione ed eterna ricostruzione, la vitalità delle forze naturali, l'intima solidarietà dell'universo tutto, il dialogo con l'invisibile, il paradosso dell'irriducibile identità tra autore e Dio.

Ma l'aspetto più interessante di questa prefazione «filosofica» – sebbene non avvertibile a uno sguardo superficiale – è l'intenzione polemica, che fa luce sul punto d'intersezione tra le convinzioni religiose e politiche dello scrittore. Hugo scrive: «poiché la miseria è materiale, un libro sulla miseria deve essere spirituale» (XII, 71). Quest'opposizione in certa maniera semplicista tra materia e spirito, tra argomento e sua resa letteraria, assume un significato più profon-

---

[17] Cfr. V. Brombert, «Victor Hugo: the spaceless Prison», in *The Romantic Prison*, Princeton University Press, Princeton 1978, pp. 114-119.

do soltanto se vista sullo sfondo della discussione avviata da Hugo con i compagni «socialisti», in un periodo in cui il socialismo francese, abbandonate le prime utopie e le tendenze spiritualiste, era portato a legare strettamente virtù rivoluzionarie ed empietà. Pierre Albouy ha dimostrato convincentemente che il vero bersaglio polemico di Hugo attorno al 1860 non erano, come si potrebbe pensare, i conservatori e i reazionari, ma i socialisti atei, divenuti da poco la forza predominante all'interno del movimento socialista.[18] La professione di fede di Hugo deve quindi essere letta come protesta contro ciò che chiamava «socialismo dell'intestino» – ossia un socialismo preoccupato esclusivamente della realtà economica e delle possibili soluzioni economiche. Le necessità dell'uomo non si esauriscono solo nel riempirsi lo stomaco, anche l'anima può essere affamata e non saper vivere di carne e nichilismo (XII, 65-66). Radicalmente contrario al concetto di religione come oppio dei popoli, Hugo vuole al contrario spiegare la connessione che esiste tra ateismo e conservatorismo. È questo, ad esempio, lo scopo di un capitolo iniziale in cui il vescovo si scontra con un senatore meschino e sacrilego. Hugo scopre un legame essenziale tra religione e democrazia, non solo perché il fervore repubblicano è del tutto compatibile con la fede, ma perché credere in un Essere Supremo legittima i principi di uguaglianza e di giustizia. Nella metafisica di Hugo l'infinito viene a identificarsi col progresso: è in tal modo, infatti, che si può asserire, in un contesto sociopolitico, che la sventura politica più grande sarebbe provocata da un ateismo universale: «Le plus grand de tous les malheurs ce serait tout le monde athée» (XII, 69).

Esistono un gran numero di prove interne a testimoniare l'impegno religioso dei *Misérables*. Alcune sono evidenti, come la dichiarazione del narratore all'inizio della digressione sui conventi, sul fatto che il protagonista del romanzo sia l'infinito («Ce livre est un drame dont le premier personnage est l'infini» – XI, 389). La dimensione dell'infinito, però, a volte viene interiorizzata, come durante la prima grande crisi morale di Valjean («Une Tempête sous un crâne») quando è proiettata «dentro di lui» («au-dedans de lui-même»). Il metodo preferito da Hugo, in questo caso, è allusivo: Valjean, di fronte all'abisso della propria coscienza e sul punto di fare un primo sacrificio che lo condurrà a una resurrezione, è paragonato a un altro condannato, all'Uomo dei Dolori (XI, 205).

I segnali d'apertura sono ancora una volta rivelatori. Il romanzo inizia su un accordo religioso, con una lunga e quasi agiografica pre-

---

[18] P. Albouy, *La Préface philosophique des "Misérables"*, in *Mythographies*, Corti, Paris 1976, pp. 121-137 (già pubblicato in *Hommage à Victor Hugo*, cit., pp. 103-116).

sentazione del santo vescovo di Digne. L'incontro tra l'ex-forzato e quest'«uomo giusto» produce un trauma spirituale. Il vescovo Bienvenu «colpisce la sua anima», proprio come una luce troppo viva può colpire la vista. Un legame invisibile da quel momento in poi lo unirà per sempre a colui che diviene il suo intercessore, e ch'egli venera come un martire. Si suggerisce esplicitamente l'idea d'una parentela spirituale: quando la notizia della morte del vescovo raggiunge Valjean ed egli prende il lutto, si sussurra che debba essere un parente del vescovo (XI, 127, 189, 167).

Le intenzioni polemiche che soggiacevano alla prefazione filosofica appaiono di nuovo, poiché anche il vescovo Bienvenu ha dei limiti. È un «uomo giusto», non un mistico o un vero martire; gli manca quella che potremmo definire la «dimensione radicale». Capace d'amore e di carità, la sua anima non sa però intravvedere l'apocalisse. Non ha niente del profeta, niente del veggente («rien du mage» – XI, 91). Questa mancanza di spiritualità radicale si collega specificamente a un errore politico, il legittimismo – o piuttosto a una coscienza politica non sviluppata. Di qui l'importanza del personaggio nobile e perseguitato del vecchio membro della Convenzione – l'assemblea rivoluzionaria che aveva governato la Francia nel periodo delle maggiori violenze. Quando il vescovo e il rivoluzionario s'incontrano, sembrerebbe che religione e rivoluzione dovessero fronteggiarsi inesorabilmente. Invece lo scontro porta a un'illuminazione. Il capitolo s'intitola «Il vescovo in presenza di una luce sconosciuta»; è il vescovo, infatti, giunto per assistere il morente uomo politico radicale, che alla fine si inginocchia davanti a lui, chiedendogli la sua benedizione.

Questo gesto, che scandalizzò così profondamente alcuni lettori cristiani di Hugo, non è in realtà la caratteristica più sorprendente della scena, nella quale dapprima l'arcivescovo e il rivoluzionario si affrontano in un combattimento verbale, accusandosi a vicenda delle responsabilità della violenza nella storia. La vera sorpresa non sta nel fatto che il vescovo si inginocchi davanti al vecchio membro della Convenzione, ma che il membro della Convenzione parli il linguaggio del misticismo religioso. Il momento ha una sua particolare bellezza. La morte dell'emarginato alla presenza del vescovo e d'un bambino (simbolo d'innocenza e di fiducia nel futuro) è illuminata da un sole al tramonto e ha perciò una qualità iconica. La serenità è la nota dominante, e questa serenità deriva certamente dalla presenza di testimoni in un momento così solenne («Il est bon que ce moment-là ait des temoins» – XI, 78), ma la vera forza della scena deve essere attribuita all'inaspettata retorica religiosa del giacobino morente. Parole come *sacre*, *ciel*, *infini*, e *Dieu* gli vengono naturali. Lo scambio tra sfera politica e sfera religiosa è implicito nel paragone tra la rivolu-

28

zione del 1789 e l'avvento di Cristo. Di converso, Cristo vi è ritenuto assai più radicale dei cristiani come Bienvenu: il vescovo avrebbe preso una sferza per purificare il tempio? non si spaventa egli forse davanti alle verità brutali della storia? La scena termina in una sorta d'apoteosi, quando il morente alza un dito verso il cielo e si rivolge all'«io dell'infinito», il cui nome è Dio (XI, 82).

Tuttavia in qualche modo questo messaggio finale di fede non sembra più indirizzato al buon vescovo. L'interlocutore vero – assente ma silenziosamente presente a tutta la scena – è il socialista ateo del 1850 (Proudhon era certo nei pensieri di Hugo, e così pure molti repubblicani ferventi che condividevano con lui l'esilio), del quale Hugo sentiva di non poter più sanzionare il linguaggio. È senza dubbio in pro di quest'avversario-alleato invisibile che il vecchio membro della Convenzione, l'antico rappresentante del popolo, adotta una posizione rivoluzionaria ma anti-atea: «Il progresso deve credere in Dio. La bontà non può avere servi empi. Un ateo è un cattivo condottiero per l'umanità» (XI, 82). La materia e lo stomaco esistono, ma quella dello stomaco non deve costituire, come si esprimerà Hugo più avanti nel romanzo, l'«unica saggezza» (XI, 864). Niente sarebbe più intollerabile che la morte dello spirito. Tale resistenza a un programma progressista fondato su una dottrina meramente economica aiuta a spiegare la visione che il romanzo offre del proletariato, presentato non come classe di onesti lavoratori ma come covo di ogni miseria, avidità e crimine. Inversamente, il carattere particolare del socialismo metafisico di Hugo – nato dall'opera di Ballanche – spiega perché Valjean, il Cristo del popolo, rimanga un personaggio sostanzialmente apolitico.[19]

«L'ultima sorsata del calice» («La dernière gorgée du Calice») è il titolo emblematico di una fra le sezioni finali del romanzo. Benché il mistero di Valjean, «homme précipice» (XI, 966), possa colpire l'ottuso ispettore Javert solo come mero problema di polizia, esso è invece di natura profondamente religiosa. Il sacrificio di sé e l'abnegazione di Valjean hanno inizio con un'esperienza eloquente di dissociazione dell'io, che accade non appena la conversione dovuta all'incontro col vescovo diventa operante. Poiché in una sorta di *trance* Valjean ha derubato un piccolo savoiardo, commettendo così un crimine di cui in realtà non sarebbe più stato capace, Valjean si sente «separato da se stesso» (XI, 127). L'esperienza allucinatoria culmina in un'«estasi»: la

---

[19] Allo stesso modo Grant parla del «mondo apolitico di Jean Valjean» (*The Perilous Quest*, Duke University Press, Durham 1968, p. 165), e G. Gusdorf annota giustamente che, se pure Valjean arriva sulle barricate, rimane sostanzialmente estraneo all'ideologia rivoluzionaria, cfr. G. Gusdorf, *Quel horizon on voit du haut de la barricade*, in *Hommage à Victor Hugo*, cit., pp. 175-196.

visione gli proietta davanti un'immagine immensamente ingrandita del vescovo, di fronte alla quale la sua personalità sembra affondare e svanire («Jean Valjean s'amoindrissait et s'effaçait»). Quest'autocancellazione dell'io fa parte d'una struttura complessa di caducità e trascendenza che permette a Valjean, ancora durante la vita, di divenire una luminosa figura mediatrice. Egli continua a venerare il vescovo, ma è attorno al suo stesso capo che compare un'aureola: quando l'exforzato, divenuto un sindaco rispettato, si costituisce per salvare un vagabondo accusato ingiustamente, una «grande luce» abbaglia gli spettatori che assistono alla scena in tribunale (XI, 239).

Sebbene Valjean continui modestamente a guardare al vescovo come a un modello, non v'è dubbio che egli in persona divenga gradatamente il principale intercessore del romanzo. Fantine sul letto di morte lo vede «in gloria», circondato da esseri celestiali. Cosette impara da lui la gioia della preghiera, che per Hugo è l'esperienza suprema di contemplazione e comunione. Molti brani sottolineano il ruolo di mediazione che assume Valjean: la piccola Cosette diviene meno paurosa di fronte a un mondo che l'ha sempre trattata con crudeltà, quando impara che «là vi era qualcuno». Camminando per mano a Valjean la bimba si sente «come se fosse accanto al buon Dio». Il testo si fa sempre più esplicito: «L'ingresso di quell'uomo nel destino di quella bambina era stato l'avvento di Dio» (XI, 242, 331, 342).

Considerata entro una prospettiva tematica più ampia, l'avventura spirituale di Valjean corre parallela alla caduta e alla riabilitazione di Satana nella mitologia hughiana del perdono universale.[20] Anche la cronologia delle composizioni è rivelatrice in tal senso: Hugo ritornò sul manoscritto a lungo abbandonato dei *Misérables* nell'aprile del 1860, solo pochi giorni dopo aver licenziato *La Fin de Satan*. I collegamenti biografici e tematici sono evidenti, eppure Valjean non è né un forzato satanico redento né un moderno mistico apocalittico, benché il suo nome – originariamente Vlajean – evochi quello dell'autore del Libro delle Rivelazioni.[21] Il suo personaggio si sovrappone invece perfettamente al modello cristologico. Le allusioni e i riferimenti abbondano: il Getsemani, il Calvario, il portare la croce. «Lui aussi porte sa croix» («Anche lui porta la sua croce») è il titolo d'uno dei capi-

[20] Molti critici hanno evidenziato il parallelismo, cfr. specialmente P. Zumthor, *Victor Hugo, poète de Satan*, Laffont, Paris 1946, pp. 319 ss.; e, più recentemente, J. Gaudon, *Je ne sais quel jour de soupirail...*, in *O.C.*, XI, XLIX-LX.

[21] B. Leuilliot suggerisce che la prima versione del nome, Vlajean (*Voilà Jean!*) indichi il desiderio di Hugo di vedere associato il personaggio di Jean Valjean a quello del «genio visionario» di Patmos. A sostegno cita la convinzione di Hugo, espressa in *William Shakespeare*, che un nome «debba essere una figura», cfr. B. Leuilliot, *Présentation de Jean Valjean*, cit., pp. 51-67.

toli che descrivono il procedere ai limiti dell'agonia di Valjean attraverso le fogne, con Marius svenuto sulle spalle. L'ultima lotta con la propria coscienza lo lascia, dopo una notte insonne, prostrato in posizione emblematica, «i pugni chiusi, le braccia distese ad angolo retto, come uno deposto dalla croce» («un crucifié décloué»). E quando Marius giunge a comprendere la grandezza del sacrificio di Valjean, vede il forzato (tradizionale figura satanica) trasformarsi in un'immagine del Salvatore: «Le forçat se transfigurait en Christ» (XI, 953, 990).

Le due letture

Le digressioni più ampie illustrano ancora una volta al meglio il principio compositivo del romanzo. Il parallelo tra la prigione da cui Valjean fugge e il convento del Petit Picpus in cui si nasconde insieme a Cosette dall'inseguimento della polizia (entrambi luoghi di «espiazione», sebbene in uno spirito diverso) concede l'opportunità di una tematizzazione prolungata di opposizioni binarie. Infatti l'idea del monachesimo, come Hugo l'espone in una lunga sezione intitolata «Parentesi», è piena di contraddizioni (errore e innocenza, devozione e ignoranza, benedizione e disumanità) che richiedono una risposta ambigua, un sì e un no: «Un couvent, c'est une contradiction» (XI, 396).

A rendere ragione di alcune prese di posizione negative v'è il terrore ricorrente di Hugo di essere sepolto vivo, l'associazione fra il convento-tomba e il nero splendore della morte (XI, 390). I denti gialli delle monache, come Hugo li raffigura (mai nessuno spazzolino da denti, dice, ha trovato la strada del convento), simboleggiano una spettrale «morte in vita» che è l'essenza stessa dell'esistenza conventuale. Ma questa personale ripugnanza nei confronti della negazione di sé e dell'auto-flagellazione deve venir collocata entro un contesto ideologico più ampio, perché la vita monastica è qui denunciata in nome della storia e del progresso. La condanna astratta riecheggia i pregiudizi antimonastici dei *philosophes* del Settecento, come pure i contenziosi sulla repressione e la sterilità dei conventi che si trovano nella letteratura rivoluzionaria.[22] È la voce della storia stessa, considerata sia come forza che come valore, a condannare il convento come un fantasma del passato.

La prospettiva razionalista si confonde con la ripugnanza perso-

---

[22] Alcuni interessanti esempi di E. Estève, «Le théâtre monacal sous la Révolution», in *Études de Littérature Préromantique*, Champion, Paris 1923, pp. 88-137.

nale. I termini con i quali Hugo censura il monachesimo appartengono in modo assai eloquente al campo della patologia. La nocività morale e sociale della vita monastica si esprime in una minaccia verso la vita. I monasteri sono una «lebbra», una «consunzione» («phtisie»); il ritiro in convento equivale alla castrazione (Hugo gioca con le parole: «Claustration, castration»); il mondo del chiostro è mondo di «putrefazione» la cui infezione si sparge come un'epidemia (XI, 391-392). Ancora peggio, l'ignoranza e la superstizione conducono all'autodistruzione e alla santificazione della crudeltà. Gli eccessi monastici della Spagna cattolica, esacerbati da un ascetismo fanatico, avvicinano stranamente il mondo dei conventi (con i suoi umidi *in pace*, le prigioni sotterranee, i collari di ferro, le mura stillanti umidità) alle forme più punitive di imprigionamento.

Il parallelo tra convento e prigione va al di là del registro orrifico, per raggiungere il campo delle preoccupazioni politiche e morali. La doppia denuncia opera su due livelli. Il progresso richiede la soppressione dei chiostri, come necessita dell'abolizione della pena di morte – e in ultima prospettiva della scomparsa d'ogni tipo di prigione. Molto più radicale della maggior parte dei liberali suoi contemporanei, che pensavano semplicemente a un controllo del mondo carcerario attraverso un sistema più razionale di giustizia, Hugo conservava il sogno d'un mondo in cui la prigione sarebbe stata inconcepibile come la dannazione eterna. Le utopie sociali e metafisiche si sarebbero infine unite in un'utopia comune, dove l'inferno stesso doveva scomparire, e Satana venire salvato. «Mai più una catena, mai più una cella», conclude San Francesco di Paola nella tarda commedia di Hugo *Torquemada*. Dio in persona, quasi a confermare questa concezione del progresso trasposta in campo metafisico, spiega negli ultimi versi di *La Fin de Satan* che quando le prigioni saranno distrutte, anche la Gehenna verrà abolita: «la prison détruite abolit la géhenne» (X, 1762). È questo, naturalmente, il profondo segreto dell'oracolare *bouche d'ombre*, la voce che viene dalle tenebre: «Nessun inferno eterno».[23]

Tuttavia un'ambivalenza ci colpisce ugualmente nella digressione di Hugo sui conventi. Se uno dei capitoli dell'*excursus* s'intitola «Precauzioni da prendersi nel biasimo», non lo si deve intendere come puro rispetto formale per un'istituzione veneranda. Hugo usa la parola «rispetto» parecchie volte, ma essa acquista una risonanza speciale dalla vicinanza dell'altro termine «infinito»: «Ogni volta che incontriamo l'infinito nell'uomo... siamo colti da un sentimento di ri-

[23] Per un esame più esteso del tema dell'abolizione del carcere cfr. il capitolo dedicato a Victor Hugo in V. Brombert, *The Romantic Prison*, cit., pp. 114-119.

spetto». Il convento può essere una tomba, ma è anc*il luogo d'una*
luminosa spiritualità; opprime, ma libera anche; è *fantasma del*
passato e tuttavia è anche un avamposto visionario *convento,*
inoltre, ha tutto il fascino ineffabile del segreto gia *d'amore,*
dell'*hortus conclusus*.

Ma quest'amore, coltivato nella solitudine, è di tipo
la sua manifestazione è la preghiera che mette in rappo
che è dentro (l'«infini en nous») con l'infinito che è fu *ente;*
hors de nous»). La preghiera per Hugo è proprio il colleg *ito*
due infiniti: un atto di mediazione e di comunione. La prim *i*
za di Valjean, dopo essere caduto – con una «caduta» che
denzione – entro il giardino del convento, è l'ascolto d'un in
inginocchiare sia lui che Cosette. La scena ne rammemora
l'inginocchiarsi dell'ex-forzato sul selciato, nel buio della no
vanti alla casa del vescovo.

Il vescovo, ci è detto, innalza la preghiera al livello d'una «aspira
zione sovrumana». Questa preghiera che esiste prima di ogni preghiera suggerisce il concetto d'una catena spirituale infinita che, nel
convento del Petit Picpus, si incarna nel rito dell'Adorazione Perpetua. La faticosa preghiera, della durata di venti ore e che richiede in-
ginocchiamenti e prosternazioni, è detta da Hugo «grand jusqu'au
sublime» (XI, 394, 358, 91, 373).

Difficile esagerare l'importanza che Hugo concedeva alla preghiera. «Non si può pregare troppo, come non si può amare troppo»,
scrive in uno dei capitoli dedicati al vescovo (XI, 91), mentre uno dei
capitoli della digressione sui conventi porta il titolo icastico di «Bontà
assoluta della preghiera». Ancora più interessante il fatto che – specialmente entro il quadro d'una denuncia storica della natura parassita del monachesimo – Hugo stabilisca un legame tra la vita di preghiera e la contemplazione «utile», arrivando fino al punto di asserire
che non esiste forse attività più sublime e «lavoro più utile» di quello
svolto dagli spiriti imprigionati in un chiostro (XI, 397).

Ragioni polemiche e ideologiche aiutano ancora una volta a spiegare le apparenti contraddizioni. Nella prefazione filosofica al romanzo, la preghiera è definita un tentativo di «dialogo» con l'ignoto
(XII, 71). Un tale contatto col mistero assume un suo pieno significato se colto in contrasto con le preoccupazioni politiche ed economiche, perché Hugo, il sedicente «socialista», sconfessa in realtà la solidarietà con i compagni socialisti, benché pretenda di condividerne gli

---

[24] O.C., XI, 389. L'elemento visionario viene sottolineato fin dal principio
della digressione: «Un convento... è uno fra gli apparecchi ottici che l'uomo dirige
sull'infinito».

...è esplicitato da un semplice scambio fra prima e
ideali. Il diss... plurale: «I vostri problemi economici sono una delle
seconda p(c)cupazioni del XIX secolo» (XII, 65). Lo scarto dell'ag-
glorios(o) ...essivo dall'atteso *nos* al *vos* («Vos problèmes économi-
gett... ...ntiene il socialismo ateo a distanza. Il fatto è che anche in
...za, soppesando i no e i sì contro e a favore del monachesimo,
...(a)veva propeso per il sì – in contraddizione flagrante con tutte
...critiche: «Al *no* non c'è *che una replica possibile: sì*». Le parole
...nti rendono esplicita la posizione polemica: «Il nichilismo è pri-
...i potere» («Le nihilisme est sans portée» – XI, 395).
Dietro l'intenzione polemica si nasconde un argomento *pro do-*
o. Il concetto d'una contemplazione «utile» si correla sicuramente
alla visione che lo scrittore ha della sua stessa attività come poeta-
profeta, e più in particolare come autore visionario di *Les Contem-*
plations (1856). «La contemplazione conduce all'azione» è il conciso
riassunto del capitolo sopra l'eccellenza della preghiera. Il desiderio
di riconciliare preghiera e rivoluzione è parallelo all'altro di rivendi-
care la perfetta compatibilità tra vita contemplativa – e attività poetica in generale – e impegno morale e politico. Ma un tale impegno richiede una separazione, una distanza, un gesto d'abnegazione di cui
l'esilio, sia politico che spirituale, diviene il simbolo più confacente.
Di qui l'aforisma conclusivo: «Chiunque si chiuda in un esilio volontario ci sembra venerabile» (XI, 397). La frase, apparentemente riferita alle monache, ha anche una risonanza assai autobiografica, venendo da chi scelse volontariamente di restare nell'isola di Guernesey – lontano dalla Francia di Napoleone III. Conferma anche, al di là
delle polemiche e dell'autoglorificazione, l'*animus* profondamente
religioso dei *Misérables*.

Il fango, ma l'anima

L'altra digressione di grande ampiezza che tematizza un'antitesi assai forte è rappresentata dalla descrizione della rete fognaria di Parigi, subito prima dell'ultima fuga di Valjean. Il legame tra fogna e
convento può non essere immediatamente evidente; tuttavia entrambi sono luoghi di salvezza, ed entrambi – l'uno alla lettera, l'altro metaforicamente – luoghi di putrefazione («Leur putrescibilité
est évidente», scrive Hugo dei conventi – XI, 392). Ma i conventi
hanno almeno dei giardini, e i giardini, specialmente se protetti da
mura, sono luoghi idilliaci nella mitologia privata dello scrittore.
Nelle viscere della metropoli invece non esiste alcun visibile sollievo dall'orrore, e appunto «L'intestino di Leviathan» è il titolo della

digressione. Il termine possiede connotazioni sia mostruose che sca-
tologiche.

Il titolo si appunta sul sistema digerente della moderna Babilonia, pieno di segmenti «ciechi» (particolare anatomico) e di pozzi neri infetti. Anche qui, come nel caso dei conventi, Hugo chiama a raccolta il lessico della patologia. La «cripta essutoria» (*cripte exutoire*) mostra una «trasudazione erpetica» (*suintement dartreux*) sui suoi muri; miasmi inquinano tutta la zona.

L'altro incubo ricorrente che rafforza il segreto legame tra gli episodi delle fogne e del convento, è quello del venire sepolto vivo. Quando Valjean sprofonda sempre più nella melma e rischia di essere inghiottito da un enorme lago di fango, Hugo paragona la sua tremenda prova a quella d'un pescatore che in qualche spiaggia deserta sia risucchiato da infide sabbie mobili e condannato a un'orribile sepoltura – «lunga, inevitabile, implacabile» – nella quale la tomba è costituita da una marea che sale dalle viscere della terra per catturare l'essere umano. In tal modo la terra, divenuta traditrice come l'acqua, può annegare l'uomo: la metamorfosi da solido a liquido era stata già preannunciata, proprio all'inizio della discesa nella cloaca, da un paragone fra Parigi e il mare (XI, 895, 885). Ugualmente il terrore di rimanere sepolto vivo era stato prefigurato nella scena del cimitero, dopo che Valjean aveva acconsentito a uscire dal convento entro una bara e a subire un finto seppellimento.

Il motivo della fuga porta inevitabilmente con sé una serie di metafore carcerarie, che a loro volta riconducono all'immagine dell'inferno. Uno stretto corridoio che termina a imbuto è «logico in prigione» ma del tutto «illogico» nelle fogne: Valjean, paradossalmente, sembra aver cercato scampo dentro una prigione. Quando alla fine si intravede l'uscita, Valjean – reincarnazione del forzato archetipico – è paragonato a un'«anima dannata» che, dal centro della fornace infernale, abbia scorto improvvisamente uno scampo (XI, 898). Eloquentemente la sezione «L'intestino di Leviathan» si conclude con un'immagine assai ambigua riferita all'inquietante figura di Marat, che affascinava Hugo sia come rivoluzionario e *ami du peuple* sia come incarnazione del male. L'episodio narra lo stupefacente ritrovamento, fatto durante un'ispezione della rete fognaria, di un lenzuolo stracciato di fine batista con una corona ricamata, vestigia lacere e sudice di un'antica, elegante *parure* che era stata il sudario di Marat, e prima il ricordo di una giovanile relazione amorosa con una dama dell'aristocrazia (XI, 880). Gli elementi contraddittori (*ami du peuple* e aristocrazia, orrore ed eleganza, sesso e morte) sono rafforzati dallo sfondo realistico e simbolico al tempo stesso, che pone fianco a fianco l'escremento e la salvezza.

L'associazione tra fogna e rivoluzione è ironica non soltanto perché gli stracci appartenuti a Marat si confondono con i resti di catastrofi naturali (i «molluschi del diluvio»), ma anche perché in queste pagine violenza e sopravvivenza entrano in collusione dialettica. L'allusione al diluvio nell'ultima frase della sezione ha connotazioni sia distruttive che redentrici. Il tempo lineare delle rivoluzioni umane sembra negato dal tempo ciclico delle «rivoluzioni del globo», ma entrambe operano all'interno d'uno schema salvifico. La sezione successiva («Fango, ma anima») si apre infatti con la caduta entro la trappola provvidenziale che conduce alla salvezza. Le fogne si rivelano il luogo della «sicurezza più assoluta» (XI, 885).

Nel corso della lunga digressione gli elementi negativi vengono in effetti tradotti in termini positivi. Le caratteristiche purgatoriali del mondo sotterraneo alludono a una purificazione; la cripta essutoria del mostruoso apparato digerente simboleggia la guarigione dalle lesioni; l'essere sepolti vivi adombra la salvezza; gli orrori apocalittici appartengono a una visione di redenzione. Il valore conferito alla discesa fino al termine dell'oscurità è coerente con il motivo centrale del romanzo. L'ultima fuga era stata già prefigurata metaforicamente nella sezione intitolata «Marius entra nell'ombra», che narrava il cammino del giovane verso le barricate, paragonato a una «discesa di neri gradini». Ma è nella successiva, reale discesa nelle fogne che la metafora viene più compiutamente elaborata: «Jean Valjean era caduto dall'uno all'altro girone infernale» (XI, 788, 886).

La contaminazione tra elementi mitici diversi, comunque, causa serie difficoltà a una lettura strettamente teologica. Il tratto di fogna che passa sotto Montmartre è detto «dedaleo», ma altrove Valjean viene paragonato al profeta Giona nel ventre della balena. Più avanti ancora la pattuglia dei poliziotti all'interno della rete fognaria è avvicinata a una torma di spiriti maligni («larves»), a mastini che evocano creature sotterranee simili a Cerbero (XI, 887, 889). Tali slittamenti e mescolamenti del materiale immaginario collegano l'allegoria teologica a nozioni più ampie di *quête* leggendaria. Tutta la vita di Valjean retrospettivamente è vista come un'unione fra il sacrificio a imitazione di Cristo («Ecco l'uomo») e l'avventura iniziatica: «ha attraversato ogni cosa» (XI, 992).

Ma la *quête* sacrificale coincide con l'avventura stessa del poeta. La discesa possiede infatti implicazioni visionarie fin dal tempo della *Pente de la rêverie* (1830), dovute non solo all'ammirazione di Hugo verso l'opera di Dante, ma anche al credere che una spirale vertiginosa conduca all'ineffabile «sfera invisibile». Solo un viaggio pericoloso al termine della notte può avvicinare al fatale enigma che è parte della missione del poeta affrontare. In tal senso Valjean è anche *figura* del poeta visionario. Durante la fantasticheria nel convento del Petit Picpus (gli echi della *Pente de la rêverie* sono inconfutabili), egli penetra lentamente nelle «spirali senza fondo del fantasticare» (XI, 425).

L'inclinazione visionaria di Valjean opera all'interno d'un contesto strettamente *morale*. L'oscurità della fogna simboleggia la vista interiore concessa a Valjean in nome di un'intera vita di sofferenza. Proprio come la pupilla si dilata al buio, «l'anima si dilata nella sventura», finché al termine giunge a scoprire Dio (XI, 886). La salvezza di Valjean, letterale e metaforica, nasce da una caduta. Di qui l'icastico commento dell'autore: «Discendere, era in effetti la possibile salvezza». Se Valjean è destinato a divenire il martire della discesa oscura («O primo gradino della discesa come sei buio! O secondo gradino, come sei nero!»), è perché l'adesione alla miseria coincide con ciò che Hugo chiama «sublimazione» (XI, 893, 952). Diversamente dalle sofferenze inflittegli in prigione, che rendono Valjean moralmente peggiore, i sacrifici autoimpostisi lo elevano e lo liberano. Dopo aver trasportato il corpo ferito di Marius e toccato il fondo del suo Calvario sotterraneo, tremante, bagnato e insozzato, Valjean scopre che la sua anima è piena d'una «strana luce» (XI, 898). Una volta ancora cade in ginocchio – ma questa volta non davanti a un intercessore. Dio stesso è presente davanti a lui nell'oscurità. I piedi di Valjean proprio nel fango hanno ritrovato il primo gradino della salita da cui può dirigersi nuovamente verso la vita.

Le ambivalenze dell'episodio della fogna e il suo simbolismo religioso collassano tutte in una metafora finale. Lo stesso Valjean, l'uomo-precipizio, è descritto come «cloaca» umana che venera l'innocenza nella persona di Cosette. La metafora viene in seguito inglobata entro un tropo più ampio che abbraccia Dio stesso: la figura dell'oscurità, ci è detto, è «il segreto di Dio» (XI, 967).

La morte di Valjean

La logica del racconto richiedeva un'apoteosi. Quando Marius, dopo aver compreso la portata del sacrificio di Valjean, accorre con Cosette alla sua povera dimora, giunge in tempo per assistere a una scena di morte e trasfigurazione. Hugo qui fa più che gareggiare con Balzac, il cui Père Goriot muore come il «Cristo della paternità»[25] (sebbene amaramente, e senza l'amore delle figlie): sembrerebbe piuttosto che

---

[25] Sul parallelo con il romanzo di Balzac, come pure su echi di Diderot e Greuze, cfr. J. Seebacher, *La Mort de Jean Valjean*, in *Hommage à Victor Hugo*, cit., pp. 69-83, specie l'inizio dell'articolo.

Hugo avesse voluto riscrivere questa scena patetica, e corredarla d'un registro non-ironico. Il capitolo di Hugo rivela la «maestà dell'anima», confermando l'intuizione avuta da Marius sul destino d'un redentore: «Il forzato si trasformava in Cristo». La scena rappresenta anche l'addio a ogni legame mondano. Il piccolo crocifisso di rame che Valjean stacca dalla parete contrasta emblematicamente con la recente ricchezza della giovane coppia: tra Valjean e loro «v'era già un muro» (XI, 990, 995).

Tuttavia l'ironia ricompare, anche se non più al livello patetico. Due difficoltà interpretative si profilano sul finale di questo romanzo, la cui prefazione denunciava la dannazione sociale, gli «inferni» della società moderna, la degradazione del «proletariato»: non si dice una parola sulle condizioni sociali, mentre la proprietà privata viene giustificata e quasi santificata. È forse il finale una riprova della natura in fin dei conti apolitica d'un libro che pretendeva di impegnarsi in favore di mutamenti sociali e politici? Che ne è stato della rivelazione rivoluzionaria sperimentata da Marius, il cui apprendistato intorno alle realtà storiche viene descritto dal narratore come esemplare di quello di tutte le menti migliori dell'epoca? La morte eroica di Enjolras, simile a quella d'un crociato della rivoluzione, nonché la rappresentazione delle barricate come moderno Golgota, di certo promettevano un finale meno programmaticamente posto al di fuori della storia.

Anche senza sottoscrivere la denuncia fatta da Pierre Barbéris di una segreta complicità di Hugo con l'ordine sociale borghese,[26] si deve ammettere che in lui la retorica rivoluzionaria maschera spesso le latenti richieste d'un *homme d'ordre*. O piuttosto, la stessa rivoluzione nell'ideologia personale di Hugo doveva servire alla stabilità e alla continuità. Infatti la rivoluzione era vista come radicalmente diversa, perfino opposta, alla ribellione e alla rivolta; era concepita apertamente come una «vaccinazione» da ogni forma di *jacquerie* e di sollevazione popolare (XI, 708). Questo eloquente rifiuto d'intendere la rivoluzione in termini di lotta di classe, in un periodo della vita in cui sosteneva d'essersi convertito molto tempo prima alle virtù redentrici del socialismo, deve venir letto a confronto col discorso d'ingresso all'Académie Française, di molto anteriore (1841), dove paradossalmente definiva le grandi conquiste della Rivoluzione francese una difesa profilattica da nuove rivoluzioni – e proprio usando una meta-

[26] P. Barbéris, *A propos de "Lux": la vraie force des choses (sur l'idéologie des "Châtiments")*, in «Littérature», I (febbraio 1971), pp. 92-105. Barbéris rimprovera a Hugo soprattutto la scarsa disponibilità a trattare il moderno inferno industriale e il suo rifugiarsi in un individualismo umanistico.

fora medica: «un vaccino che inocula il progresso e preserva dalle rivoluzioni».[27]

Quanto all'insistenza sui temi del denaro e dell'eredità nella scena della morte di Valjean, essa può apparire sorprendente per due motivi. La Francia materialista era stata prima criticata da Hugo per il suo prosternarsi davanti all'*écu* onnipotente (XI, 864). Il vescovo, la cui presenza immateriale aleggia sopra la morte di Valjean, amava ricordare l'ammonizione del Padre della Chiesa: «Poni la tua speranza in Colui che non ha eredità» (XI, 61). Tuttavia il problema non è così semplice. Il motivo del denaro, infatti, è fin dall'inizio messo in rapporto con la figura del vescovo, di cui si descrivono dettagliatamente i rendiconti dell'amministrazione diocesana, delle elemosine, delle spese di casa. Il vescovo Myriel dispone di somme considerevoli, ed è proprio lui a consigliare praticamente l'ex-forzato su come fare fortuna. E questi consigli, dopo tutto, sono alla base della ricchezza che Valjean accumula e dona a Cosette: una linea retta collega perciò il messaggio spirituale all'eredità materiale.

Le pagine finali giustappongono significativamente termini come *commerce*, *argent*, *fortune* e *léguer* all'orgoglio manifestato da Valjean per la sua povertà, al suo desiderio che nessun nome sia scritto sulla sua tomba, alla sua convinzione che sia un errore credere di poter *possedere* qualcosa: perché tutto fa parte d'un'eredità più vasta. Simbolicamente Valjean teneva la dote di 600.000 franchi in banconote avvolta in un pacco che sembrava un «volume in ottavo» (XI, 926).

D'altro canto il denaro viene associato, proprio nel cammino di riabilitazione percorso da Valjean, con virtù e valori borghesi. In carcere Valjean impara a risparmiare. È svelto nei conti. Una volta stabilitosi a Montreuil-sur-mer fa in modo che il piccolo capitale venga «fatto fruttare con ordine e cura». Aiuta Fantine a «vivere onestamente del suo lavoro». Attraverso i suoi occhi il «malvagio povero» impersonato da Thénardier è visto come ancora più ripugnante e feroce del malvagio ricco (XI, 161, 173, 619). Ridurre la miseria senza con questo ridurre la ricchezza sembrerebbe costituire l'ideale dell'autore! Il consiglio di Valjean alla giovane coppia suona come triviale difesa della ricchezza: «Perché non trarre vantaggio dalla ricchezza? La ricchezza aiuta la felicità» (XI, 709, 974); ma come si concilia ciò con l'amara consapevolezza che Valjean ha dei limiti della felicità umana? Soprattutto, tutto quest'interesse per il denaro e

---

[27] *Discours de réception à l'Académie Française*, in *O.C.*, VI, 160. Nella stessa circostanza si fa riferimento all'amore di Hugo per il «popolo» e al suo disprezzo per la «canaglia».

l'eredità cosa ha a che fare con l'ora solenne e trasfiguratrice della sua morte?

Si possono ipotizzare due risposte – oltre al semplicistico confino di Valjean-Hugo nel limbo dell'utilitarismo piccolo-borghese. La prima rimanda all'atteggiamento polemico dello scrittore nell'eterna discussione con i compagni «socialisti». La sacralità della proprietà privata può quindi venir intesa come attacco al materialismo ateo, e alla denuncia fatta da Proudhon in *Qu'est-ce que la propriété*? (1840). L'altra interpretazione deriva più da elementi testuali e metafisici che polemici. *Les Misérables* si fondano davvero sull'idea di *redenzione* (nel senso latino di *redimere*: ricomprare); e l'equivalente francese *rachat* (riscatto) viene esplicitamente proposto sia drammaticamente sia metaforicamente. Non solo la moneta d'argento che Valjean ruba al piccolo savoiardo (ultima sua cattiva azione) si trasforma nell'occhio fisso della coscienza (XI, 125), ma anche il vescovo, offrendo al forzato una coppia di candelieri d'argento, spiega chiaramente il suo atto generoso: «Jean Valjean, fratello mio, tu non appartieni più al male ma al bene. È la tua anima che io compro» (XI, 123). Nell'economia simbolica d'un testo che inserisce gli sforzi di redenzione individuale entro il tema più vasto della redenzione collettiva, colpisce che anche la rivoluzione, nella sua violenza sia spiegata come *prezzo* terribile da pagare («achats terribles») per conquistare il futuro. «Una rivoluzione è un pedaggio» (XI, 835). Ma questo futuro ideale, duramente conquistato dalla storia, segna anche un'uscita dalla storia.

Il miraggio d'un futuro ideale privo di eventi, raggiunto pagando il pedaggio d'una catastrofe storica, la fusione completa fra redenzione individuale e collettiva, getta ulteriore luce sulla particolare natura religiosa della morte di Valjean. Si suggerisce – come nella scena della morte del membro della Convenzione, di fronte al quale il vescovo s'inginocchia – non tanto un incontro cristiano e rigeneratore con il Creatore, ma uno svanire che coincide con una fusione con l'infinito.[28] Tale trascendenza obliosa, che cancella ogni traccia, è una caratteristica che ricorre in tutta l'opera di Hugo. La scomparsa e l'assorbimento nel tutto cosmico riecheggia infatti nella morte per annegamento che conclude *Les Travailleurs de la mer* e *L'Homme qui rit*. L'epilogo di una sola pagina che termina *Les Misérables* conferma questa visione della morte come scomparsa. Non solo la tomba di Valjean nel cimitero del Père Lachaise è senza nome, ma perfino la piccola poesia scritta sulla pietra da una mano ignota diventa a poco a poco illeggibile sotto l'effetto distruttore della pioggia.

[28] J. Seebacher, nel suo interessante saggio sulla *Mort de Jean Valjean*, cit., pp. 69-83, insinua che questa «fusione con l'infinito» sia una forma di suicidio.

È all'opera qui un fondamentale principio hughiano, che collega le profezie di distruzione e ricostruzione alla dinamica della creazione. Anche il procedimento letterario viene simboleggiato dall'immagine di un libro squadernato. Nella prefazione filosofica ai *Misérables* Hugo scrive delle infinite forze di trasformazione che nascono dalla distruzione, delle disgregazioni che si rivelano nuove germinazioni (XII, 16, 35). Questi modelli di scomposizioni cicliche verranno ripresi negli ultimi romanzi e si collegano specificamente a un'interpretazione della storia che problematizzi i postulati del romanzo storico. Ma già nei *Misérables* si adombra il concetto che una visione dinamica della storia come quella di Hugo non conduca a una giustificazione della storia, ma all'utopia di un tempo astorico in cui la storia sarà negata e «non ci saranno più eventi» (XI, 835).

Questo saggio è tratto, con alcuni tagli, dal volume Victor Brombert, *Victor Hugo and the Visionary Novel*, Harvard University Press, Cambridge (Mass.) 1984, trad. it., *Victor Hugo e il romanzo visionario*, Il Mulino, Bologna 1987.

1802 Victor Hugo nasce a Besançon il 26 febbraio, terzo figlio di Léopold e Sophie Hugo.

1809 Suo padre, comandante di battaglione nella locale guarnigione militare che diventerà generale di Napoleone nel 1809, si trasferisce più volte con tutta la famiglia in diversi paesi della Francia e dell'Europa.

1811 Sophie Hugo e i figli raggiungono il marito a Madrid dove resteranno un anno. Victor Hugo studia in un collegio religioso.

1812 I rapporti già molto difficili dei genitori di Victor peggiorano e Sophie Hugo torna a Parigi. Eugène e Victor rientrano con la madre in Francia, dove studieranno come interni al pensionato Cordier e poi si iscriveranno al liceo Louis-le-Grand, mentre Abel rimane a Madrid con il padre.

1816 Comincia a scrivere. A quattordici anni annota: «Je veux être Chateaubriand ou rien».

1818 Eugène e Victor lasciano il pensionato Cordier e si trasferiscono a casa della madre provocando la rottura definitiva di ogni rapporto con il loro padre. Victor si iscrive alla facoltà di Legge e scrive il romanzo *Bug-Jargal*.

1819 Si innamora di Adèle Foucher, amica d'infanzia. Fonda coi fratelli la rivista «Le conservateur litteraire».

1820 Ottiene un premio in denaro dal re Luigi XVIII per la sua *Ode sur la Mort du Duc de Berry*.

1821 Sophie Hugo muore il 27 giugno. Léopold si risposa con Catherine Thomas il 20 luglio dello stesso anno.

1822 Pubblica la sua prima raccolta di *Odi*, ottiene una pensione annua e il ruolo di poeta di corte. Il 12 ottobre sposa Adèle Foucher. Il fratello Eugène manifesta i segni della schizofrenia che ne provocherà in seguito l'internamento.

1823 Nasce Léopold, primo dei cinque figli di Victor e Adèle Hugo, che morirà prematuramente a soli tre mesi.

1824   Appaiono le *Nouvelles Odes*. Nasce la figlia Léopoldine.

1825   Victor Hugo diventa Chevalier de la Légion d'Honneur. A capo di un gruppo di giovani scrittori crea le Cénacle.

1826   Comincia la stesura di *Cromwell*, dramma in versi. Nasce il figlio Charles. Pubblica *Odes et Ballades*.

1827   La prefazione di *Cromwell*, pubblicato in dicembre, è un vero e proprio manifesto a favore del romanticismo in polemica contro il classicismo. Stringe con Charles Augustin de Sainte-Beuve una amicizia che durerà nel tempo.

1828   Muore suo padre in gennaio. In ottobre nasce François-Victor Hugo.

1829   Pubblica la raccolta di poesie *Orientales* e il romanzo *Dernier jour d'un condamné*. Il suo dramma *Marion de Lorme*, accettato dal Théâtre Français, viene censurato dal governo. Scrive il dramma *Hernani ou l'honneur Castillan*.

1830   La prima dell'*Hernani*, il 25 febbraio alla Comédie-Française, è l'occasione per una memorabile polemica tra i sostenitori del classicismo e i giovani romantici, che vede il successo di questi ultimi in un territorio tradizionalmente conservatore.
Nasce Adèle, ma i rapporti tra i coniugi Hugo iniziano a incrinarsi. Comincia l'idillio tra Adèle, moglie di Victor Hugo, e Sainte-Beuve.

1831   *Notre-Dame de Paris* esce in marzo accompagnato da fortuna immediata. Viene finalmente messo in scena *Marion de Lorme*, anch'esso con grande successo, e appare *Feuilles d'automne*.

1832   Scrive *Le Roi s'amuse*, rappresentato in novembre con grande scandalo e subito dopo proibito, e *Lucrèce Borgia*. Al processo per *Le Roi s'amuse*, Hugo pronuncerà un memorabile discorso in difesa della libertà d'espressione.

1833   Prima di *Lucrèce Borgia*. Juliette Drouet, tra gli interpreti, diventerà la sua amante fino alla sua morte. Viene rappresentata anche la *Marie Tudor*.

1835   Rottura tra Victor Hugo e Sainte-Beuve. Pubblica le poesie dei *Chants du crépuscule*.

1836   L'ingresso di Hugo all'Académie française viene bocciato due volte.

1837   Nella clinica psichiatrica dove era ricoverato muore suo fratello Eugène. Pubblica le *Voix intérieures*.

1838   Rappresentazione di *Ruy Blas* che lo scrittore ha composto per l'inaugurazione del Théâtre de la Renaissance.

1839   Continuano i suoi viaggi con Juliette Drouet. Con l'amante si reca in Alsazia, Svizzera, Provenza e Borgogna.

1840   Fallisce per la terza volta il suo ingresso all'Académie française.

1841   Al quarto tentativo, Victor Hugo è finalmente accolto all'Académie française.

1843   Clamoroso insuccesso dei *Burgraves* che mette fine al suo sogno di un teatro insieme ambizioso e popolare. A pochi mesi dal suo matrimonio con Charles Vacquerie, la figlia Léopoldine annega nella Senna col marito per un incidente. Hugo, in viaggio, apprende la notizia dai giornali.

1845   Luigi-Filippo lo nomina pari di Francia.

Pubblico scandalo per l'autore sorpreso in flagrante adulterio con Léonie Biard. Sfugge al carcere solo grazie al suo nuovo titolo di pari di Francia. Comincia a scrivere *Les Misères*, che diventeranno *Les Misérables*.

1848   Viene eletto per la destra all'Assemblea costituente. Sostiene la candidatura alla presidenza della Repubblica di Luigi Napoleone.

1849   Il suo discorso sulla miseria all'Assemblea, contrario alle idee della sua parte politica, provoca grande scalpore. Toglie il suo sostegno a Luigi Napoleone e ne diventa oppositore. Fugge in Belgio.

Discorso all'Assemblea sulla libertà di insegnamento, il suffragio universale e la libertà di stampa.

1851   Victor Hugo si pronuncia in Assemblea contro i progetti autoritari di Luigi Bonaparte. Suo figlio Charles finisce in carcere per un articolo contro la pena di morte. Hugo tenta invano di organizzare qualche forma di resistenza al colpo di Stato ma è costretto a fuggire in Belgio dove resterà fino alla caduta di Napoleone III (1870).

1852   Luigi-Napoleone Bonaparte firma l'espulsione di Victor Hugo. Da Bruxelles lo scrittore di stabilisce nell'isola di Jersey dalla moglie e dai figli da tempo residenti lì. Anche Juliette si trasferisce in una pensione dell'isola.

1853   Pubblica le 98 poesie dei *Châtiments* che testimoniano la sua indignazione a seguito del colpo di Stato in Francia.

1855   Viene espulso da Jersey. Si trasferisce a Guernesey, una piccola isola selvaggia. L'esilio durerà quindici anni e Hugo scriverà numerose satire contro «Napoléon le petit», ma anche alcuni grandi capolavori: *Les Contemplations*, *La Légende des siècles* e *Les Misérables*.

1856   Col denaro ricevuto per l'edizione di *Les Contemplations* compra una grande casa sul mare, Hauteville-House. Sua figlia Adèle, insofferente all'esilio, soffre di una grave depressione.

1858   Gravemente malato, Victor Hugo è costretto a letto per più di un mese. Ne esce molto indebolito.

1859   Nonostante l'amnistia concessa da Napoleone III agli esuli repubblicani, rifiuta di tornare in patria. Pubblica la *Légende des siècles*.

1862   Esce a Bruxelles *Les Misérables*.

1864   Pubblica il saggio *William Shakespeare*.

1865   La moglie e il figlio François-Victor si trasferiscono a Bruxelles. Esce la raccolta di poesie *Chansons des rues et des bois*.

1866   Si stampa il romanzo *Travailleurs de la mer*.

1867   Nasce a Bruxelles il primo nipote di Victor Hugo che però muore l'anno dopo.

1868   Muore la moglie, Adèle Hugo.

1869   Escono i quattro volumi dell'*Homme qui rit*. Collabora al giornale di sinistra «Le rappel» che ha i suoi figli tra i fondatori. Nuova amnistia di Napoleone anche questa volta rifiutata da Hugo.

1870   Napoleone III è sconfitto e il 4 settembre è proclamata la Repubblica. Accoglienza trionfale per lo scrittore a Parigi.

1871   Candidato per i repubblicani è eletto deputato. Parte con la famiglia per Bordeaux, dove si riunisce l'Assemblée Nationale. Si dimette l'8 marzo per protestare contro la violenta repressione della Comune. Muore improvvisamente suo figlio Charles Hugo.

1872   Viene sconfitto alle elezioni. Sua figlia Adèle, ormai completamente pazza, è internata a Saint-Mandé dove morirà nel 1915. Ritorna a Guernesey.

1873   Morte del suo secondo figlio François-Victor.

1874   Pubblica *Quatre-vingt-treize* e *Mes Fils*.

1875   Esce il primo volume di *Actes et Paroles* (*Avant l'exil*), e, in novembre, il secondo (*Pendant l'exil*).

1876   Diventa senatore nel collegio di Parigi e si pronuncia in favore dell'amnistia per i *communards*. Terzo volume dell'opera autobiografica *Actes et Paroles* (*Depuis l'exil*).

1877   Alle stampe la seconda serie della *Légende des siècles*, l'*Art d'être grand-père* e la prima parte dell'*Histoire d'un crime*.

1878   Pubblica la seconda parte dell'*Histoire d'un crime* e *Pape*. È colpito da una congestione cerebrale. Quando si rimette parte per Guernesey dove ha una ricaduta. Rientra a Parigi.

1879   Esce la *Pitié suprême*. Nuovo discorso in Senato a favore dell'amnistia.

1880   Pubblica *Religions et religion* (scritto nel 1870).

1881   Per il suo ottantesimo compleanno una grande manifestazione popolare sfila sotto la sua finestra. Seicentomila persone lasciano il viale, che da quell'anno porterà il suo nome, coperto di fiori.

1883   Muore Juliette Drouet. Appare il terzo volume della *Légende des siècles*.

1885   Colpito da congestione polmonare, muore il 22 maggio. Al suo funerale di Stato partecipa una folla immensa.

BIBLIOGRAFIA

1. PRINCIPALI EDIZIONI DELLE OPERE

Théâtre complet, Gallimard, Paris 1963-, 2 voll.
Œuvres poétiques, édition établie et annotée par P. Albouy, Gallimard, Paris 1967-, 3 voll.
Œuvres complètes de Victor Hugo, édition chronologique publiée sous la direction de J. Massin, Club Français du Livre, Paris 1967-1970, 18 voll.
Œuvres complètes, a cura di J. Seebacher, Laffont, Paris 1985-, 15 voll.

2. PRINCIPALI TRADUZIONI ITALIANE DE *I MISERABILI*

Tutti i romanzi (1823-1829), a cura di L. De Maria, Mursia, Milano 1986.
I miserabili, a cura di G. Auletta, San Paolo, Cinisello Balsamo 1988.
I miserabili, a cura di M. Ferri, Frassinelli, Milano 1997.
I miserabili, a cura di M. Zini, Mondadori, Milano 2004.
I miserabili, a cura di L. Saraz, Garzanti, Milano 2006.
I miserabili, a cura di M. Picchi, Einaudi, Torino 2006, 2 voll.
I miserabili, a cura di E. De Mattia, Newton & Compton, Roma 2008.

3. STUDI GENERALI SULLA VITA E SULL'OPERA

Revel B., *Victor Hugo: 1802-1830. La vittoria romantica*, Marzorati, Milano 1955.
Lancellotti A., *Victor Hugo: l'uomo, il poeta, il drammaturgo, il romanziere*, ERS, Roma 1957.
Brunotti B., *Victor Hugo: gli anni dell'iniziazione poetica (1802-1829)*, Ed. Garigliano, Cassino 1975.
Gasiglia D., *Victor Hugo: sa vie, son œuvre*, Birr, Paris 1984.
Arena M., *Il sentimento della comprensione e dell'amore nelle opere e nella vita di Victor Hugo*, Lalli, Poggibonsi 1985.
Gamarra P., *La vie prodigieuse de Victor Hugo*, Messidor, Paris 1985.
Piroué G., *Victor Hugo, romancier ou les dessus de l'inconnu*, Denoël, Paris 1985.

Brombert V., *Victor Hugo e il romanzo visionario*, il Mulino, Bologna 1987.

Macchia G. - De Nardis L. - Colesanti M., *La letteratura francese dall'Illuminismo al Romanticismo*, Rizzoli, Milano 1992.

Roman M., *Victor Hugo et le roman philosophique: du «drame dans les faits» au «drame dans les idées»*, Champion, Paris 1999.

Decaux A., *Victor Hugo*, Éditions Perrin, Paris 2001.

Égéa F., *Les Misérables, Victor Hugo: des repères pour situer l'auteur, ses écrits, l'œuvre étudiée*, Nathan, Paris 2001.

Kahn J.-F., *Victor Hugo, un révolutionnaire*, Fayard, Paris 2001.

Spiquel A., *Du passant au passeur: quand Victor Hugo devenait grand-père (1871-1877)*, Eurédit, Saint-Pierre-du-Mont 2002.

Ellison D. - Heyndels R. (a cura di), *Les modernités de Victor Hugo*, Schena, Fasano 2004.

Roche I., *Character and meaning in the novels of Victor Hugo*, Purdue Univ. Press, West Lafayette (Ind.) 2007.

Gentner F., *Album d'une vie, Victor Hugo*, Éd. du Chêne, Paris 2008.

Hovasse J-M., *Victor Hugo*, Fayard, Paris 2001, 2008, 2 voll.

4. STUDI SU *I MISERABILI*

Gély C., *Les Misérables*, Hachette, Paris 1975.

Botto M., *Une destinée incurable: narratore e personaggio nei* Misérables *di Victor Hugo*, La Nuova Italia, Firenze 1988.

Égéa F., Les Misérables, *Victor Hugo: résumé analytique, commentaire critique, documents complémentaires*, Nathan, Paris 1993.

Grossman K.M., *Figuring transcendence in* Les Misérables*: Hugo's romantic sublime*, Southern Illinois Univ. Press, Carbondale 1994.

Masters-Wicks K., *Victor Hugo's* Les Misérables *and the novels of the grotesque*, Lang, New York - Frankfurt/M. - Berlin 1994.

Chenet-Faugeras F., Les Misérables *ou l'espace sans fond*, Nizet, Paris 1995.

Rosa G. (a cura di), *Victor Hugo* Les Misérables, Klincksieck, Paris 1995.

Grossman K.M., Les Misérables*: conversion, revolution, redemption*, Twayne Publishers, New York 1996.

Wilhelm F., Les Misérables*: roman de la révolte et de la révolution*, in «Revue luxembourgeoise de littérature générale et comparée», 2000/01, pp. 105-126.

Luzzatto S., *La gaffe di Victor Hugo: il romanzo della Rivoluzione dai* Misérables *a* Quatre-vingt-treize, in «Studi francesi» 2003 (47), pp. 236-249.

Brunel P. (a cura di), *Hugo,* Les Misérables. *Actes de la journée d'étude, 19.11.1994, organisée par l'École doctorale de Paris-Sorbonne,* Eurédit, Paris 2004.

Vargas Llosa M., *La tentación de lo imposible: Victor Hugo y* Los miserables, Santillana, Madrid 2004.

Laforgue P., *Penser la misère, écrire* Les Misérables, in F. Bercegol - D. Philippot (a cura di), *La pensée du paradoxe: approches du romantisme. Hommage à Michel Crouzet,* Presses de l'Université de Paris-Sorbonne, Paris 2006, pp. 165-174.

Mathieu G., *Changer de chapitre dans* Les Misérables, Champion, Paris 2007.

I MISERABILI

Finché esisterà, per opera di leggi e di costumi, una dannazione sociale che in piena civiltà crea artificialmente degli inferni e inquina di fatalità umana il destino, ch'è cosa divina; finché non saranno risolti i tre problemi del secolo, la degradazione dell'uomo nel proletariato, la decadenza della donna nella fame, l'atrofia dell'infanzia nelle tenebre; finché, in talune regioni, sarà possibile l'asfissia sociale; in altri termini, e da un punto di vista ancora più vasto, finché ci saranno sulla terra ignoranza e miseria, libri della natura di questo potranno non essere inutili.

Hauteville-House, 1° gennaio 1862

PARTE PRIMA

FANTINE

UN GIUSTO

I
MONSIGNOR MYRIEL

Nel 1815 Charles-François Bienvenu Myriel era vescovo di Digne. Era un vecchio di circa settantacinque anni. Occupava il seggio episcopale di Digne dal 1806.

Benché questo particolare non riguardi in alcun modo l'essenza del nostro racconto, non è forse inutile, se non altro per esser esatti in tutto, indicare qui le voci e le chiacchiere che erano corse sul suo conto al momento del suo arrivo nella diocesi.

Ciò che si dice degli uomini, sia vero o sia falso, occupa spesso nella loro vita e soprattutto nel loro destino lo stesso posto di quello che fanno. Myriel era figlio di un consigliere al parlamento di Aix: nobiltà aulica. Si raccontava di lui che suo padre, riservandogli l'eredità della sua carica, gli aveva dato moglie assai presto, a diciotto o vent'anni, secondo un'usanza assai diffusa nelle famiglie parlamentari. Charles Myriel, a onta di questo matrimonio aveva, a quello che dicevano, fatto molto parlare di sé. Era di aspetto avvenente benché di figura piuttosto piccola, elegante, grazioso, pieno di brio. Tutta la prima parte della sua vita era stata dedicata al mondo e alle galanterie. Sopravvenne la rivoluzione. Gli avvenimenti precipitarono. Le famiglie parlamentari decimate, scacciate, impoverite, si dispersero. Charles Myriel, sin dai primi giorni della rivoluzione, emigrò in Italia. Sua moglie vi morì di una malattia di petto da cui era afflitta da molto tempo. Non avevano figli. Che avvenne dopo nel destino di Myriel? Il crollo dell'antica società francese, la caduta della sua stessa famiglia, i tragici spettacoli del '93, anche più spaventosi, forse, per gli emigrati che li vedevano da lontano, ingranditi dallo spavento, fecero germinare in lui le idee di rinunzia e di solitudine? Fu egli, in mezzo a una di quelle distrazioni e di quelle passioni che occupavano la sua vita, subitamente colpito da una di quelle folgori misteriose e terribili che vengono talora ad abbattere, con una scossa del cuore, l'uomo che non si lascerebbe scuotere dalle pubbliche catastrofi disastrose per la sua esistenza e per la sua fortuna? Nessuno avrebbe potuto dirlo: tutto quello che si sapeva era che, quando egli tornò dall'Italia, era sacerdote.

Nel 1804 Myriel era curato di B. (Brignolles). Era già vecchio e viveva in profonda solitudine. Verso l'epoca dell'incoronazione una piccola faccenda della sua cura, non si sa bene che cosa, lo condusse a Parigi. Egli andò a sollecitare per i propri parrocchiani, fra gli altri potenti, il cardinale Fesch.[1]

Un giorno che l'imperatore era venuto a fare visita a suo zio, il degno curato, che aspettava in anticamera, si trovò sul passaggio di sua maestà. Napoleone, vedendosi osservato con una certa curiosità da quel vecchio, si volse e disse bruscamente:

«Chi è quel buon uomo che mi guarda?».

«Sire,» disse Myriel «voi guardate un buon uomo e io guardo un grand'uomo. Ciascuno di noi può trarne vantaggio.»

L'imperatore la sera stessa chiese al cardinale il nome di quel curato e dopo qualche tempo Myriel apprese con grande meraviglia che veniva nominato vescovo di Digne.

Che c'era di vero, del resto, nei racconti che si facevano sulla prima parte della vita di Myriel? Nessuno lo sapeva. Poche famiglie avevano conosciuto la famiglia Myriel prima della rivoluzione.

Myriel doveva subire la sorte di chiunque arriva nuovo in una piccola città, ove ci sono molte bocche che parlano e assai poche teste che pensano. Doveva subirle, benché fosse vescovo e perché era vescovo. Ma dopo tutto le chiacchiere alle quali si mescolava il suo nome erano forse soltanto delle chiacchiere. Voci, frasi, parole, meno che parole, *palabres*, come si dice nell'energico idioma del mezzogiorno. Comunque, dopo nove anni di episcopato e di residenza a Digne, tutte le storie, tema di conversazione abituale nel primo momento nelle piccole città e fra la piccola gente, erano cadute in una profonda dimenticanza. Nessuno avrebbe osato parlarne, nessuno avrebbe neppure osato ricordarsele.

Monsignor Myriel era arrivato a Digne accompagnato da una zitellona, la signorina Baptistine, che era sua sorella e aveva dieci anni meno di lui.

Per tutto servidorame aveva una fantesca della stessa età della signorina Baptistine. Si chiamava signora Magloire e, dopo essere stata semplicemente *la fantesca del signor curato*, aveva ora il duplice titolo di cameriera della signorina e governante di monsignore.

La signorina Baptistine era una persona lunga, pallida, sottile, dolce; dava l'impressione di quello che si dice «rispettabile», poiché

---

[1] Joseph Fesch (1763-1839), zio di Napoleone, ambasciatore di Francia presso la Santa Sede e arcivescovo di Lione nel 1804.

sembra che sia necessario che una donna sia madre per poterla chiamare veneranda. Non era mai stata graziosa. Tutta la sua vita, che era stata soltanto un susseguirsi di opere sante, aveva finito col porre su di lei una specie di candore e di chiarità, e invecchiando aveva acquistato quel che si potrebbe chiamare la bellezza della bontà. Quel che in gioventù era stata magrezza, nella maturità si era trasformata in trasparenza e tale aspetto diafano lasciava intravedere lo spirito angelico.

Era un'anima più ancora che una vergine. La sua persona sembrava fatta d'ombra; appena quel tanto di corpo perché vi fosse un sesso; un po' di materia che conteneva una luce. Grandi occhi sempre abbassati, un pretesto perché un'anima potesse rimanere sulla terra.

La signora Magloire era una vecchietta bianca, grassa, paffuta, indaffarata, sempre ansimante e per il suo gran daffare e perché soffriva di asma. Al suo arrivo monsignor Myriel fu insediato nel palazzo episcopale con gli onori voluti dai decreti imperiali che pongono il vescovo immediatamente dopo il maresciallo di campo. Il giudice e il presidente gli fecero la prima visita ed egli dal suo canto fece la prima visita al generale e al prefetto. Compiuta l'installazione, la città attese il suo vescovo all'opera.

II
MYRIEL DIVENTA MONSIGNOR BENVENUTO

Il palazzo episcopale di Digne confinava con l'ospedale. Il palazzo episcopale era un edificio vasto e bello, di pietra, costruito al principio del secolo scorso da monsignor Enrico Puget, dottore in teologia della facoltà di Parigi, abate di Simore e vescovo di Digne nel 1712. Quel palazzo era una vera dimora principesca. Aveva in tutto un aspetto solenne: gli appartamenti del vescovo, i saloni, le camere, la corte d'onore, larghissima, con i portici ad arcate secondo l'antica moda fiorentina, i giardini ove erano piantati alberi magnifici. Nella sala da pranzo, una galleria lunga e superba che si trovava a pianterreno e s'apriva sui giardini, monsignor Enrico Puget aveva dato da mangiare in gran pompa il 29 luglio 1714 ai monsignori Charles Brûlart de Senlis, principe-arcivescovo d'Embrun, Antoine de Mesgrigny, cappuccino, vescovo di Grasse, Philippe de Vendôme, grande priore di Francia, abate di Saint-Honoré de Lérins, François de Berton de Grillon, vescovo-barone di Vence, César de Sabran de Forcalquier, vescovo-signore di Glandève e Jean Soanen, sacerdote dell'oratorio, predicatore ordinario del re, vescovo-signore di Senez.

I ritratti di questi sette reverendi personaggi decoravano la sala e quella data memorabile «29 luglio 1714» era incisa a lettere d'oro sopra una tavola di marmo bianco.

L'ospedale era una casa stretta e bassa, a un piano solo, con un piccolo giardino. Tre giorni dopo il suo arrivo, il vescovo visitò l'ospedale. Terminata la visita, fece pregare il direttore di voler venire da lui.

«Signor direttore dell'ospedale,» gli disse «quanti malati avete in questo momento?»

«Ventisei, monsignore.»

«È il conto che avevo fatto» disse il vescovo.

«I letti» riprese il direttore «sono assai stretti gli uni vicini agli altri.»

«È quello che avevo notato.»

«Le sale sono delle semplici camere ed è difficile rinnovare l'aria.»

«È quel che mi sembra.»

«E poi, quando c'è un raggio di sole, il giardino è assai piccolo per i convalescenti.»

«È quello che mi dicevo.»

«Nelle epidemie– abbiamo avuto quest'anno il tifo e abbiamo avuto due anni fa un'epidemia di febbri maligne, con quasi cento degenti– non sappiamo che fare.»

«È il pensiero che avevo avuto.»

«Che volete, monsignore,» disse il direttore «bisogna rassegnarsi.»

Questa conversazione aveva luogo nella stanza da pranzo-galleria del pianterreno. Il vescovo tacque un momento. Poi si volse bruscamente verso il direttore dell'ospedale.

«Signore,» disse «quanti letti pensate che potrebbero stare solamente in questa sala?»

«Nella sala da pranzo di monsignore?» gridò il direttore stupefatto.

Il vescovo percorse la sala con lo sguardo e sembrava prendere con gli occhi delle misure e fare dei calcoli. «Ci starebbero ben venti letti» disse, come parlando a se stesso; poi alzando la voce:

«Ecco, signor direttore dell'ospedale, vi dirò. C'è evidentemente un errore. Voi siete ventisei persone in cinque o sei piccole camere. Noi qui siamo in tre e abbiamo posto per sessanta. C'è un errore, vi dico. Voi avete la mia dimora e io possiedo la vostra. Restituitemi la mia casa, qui siete in casa vostra.»

L'indomani i ventisei poveri erano installati nel palazzo del vescovo e il vescovo dimorava all'ospedale. Monsignor Myriel non aveva alcun patrimonio, poiché la sua famiglia era stata rovinata dalla rivoluzione. Sua sorella prendeva una rendita vitalizia di cinquecento franchi che, al presbiterio, bastava per le sue spese personali. Monsignor Myriel riceveva dallo Stato, come vescovo, un onorario di quindicimila franchi. Il giorno stesso in cui venne a dimorare nella casa dell'ospedale, egli decise l'impiego di questa somma una volta per tutte nel modo seguente. Trascriviamo qui una nota scritta di suo pugno.

Nota per regolare le spese di casa:

Franchi

Per il piccolo seminario	1500
Per la congregazione delle missioni	100
Per il lazzaretto di Montdidier	100
Seminario delle missioni straniere a Parigi	200
Congregazione dello Spirito Santo	150
Istituzioni religiose della Terrasanta	100
Società di carità materna	300
In più per quella di Arles	50
Opera per il miglioramento delle prigioni	400
Opera per il conforto e la liberazione dei prigionieri	500
Per liberare i padri di famiglia prigionieri per debiti	1000
Supplemento allo stipendio dei maestri di scuola poveri della diocesi	2000
Granaio d'abbondanza dell'Alte Alpi	100
Congregazione delle signore di Digne, di Manosque e di Sisteron per l'insegnamento gratuito alle fanciulle povere	1500
Per i poveri	6000
Mia spesa personale	1000
Totale franchi	15.000

Durante tutto il tempo che egli occupò il seggio episcopale di Digne, monsignor Myriel non cambiò quasi nulla a questa sistemazione. Egli la chiamava, come si vede, *aver regolato le spese di casa*.

Questa disposizione fu accettata dalla signorina Baptistine con assoluta sottomissione. Per quella santa figliola, il monsignor di Digne era nel tempo stesso suo fratello e il suo vescovo, il suo amico secondo la natura e il suo superiore secondo la chiesa. Ella lo amava e lo venerava in completa semplicità. Quando gli parlava si inchinava. Quando egli agiva essa aderiva. Solo la fantesca, la signora Magloire, mormorò un poco. Monsignor vescovo, si è potuto notarlo, non s'era riservato che mille franchi, ciò che, insieme alla pensione della signorina Baptistine, faceva millecinquecento franchi all'anno.

Con quei millecinquecento franchi quelle due vecchie donne e quel vegliardo vivevano. E quando un curato di villaggio veniva a

Digne, monsignor vescovo trovava ancora modo di invitarlo, grazie alla severa economia della signora Magloire e all'intelligente amministrazione della signorina Baptistine. Un giorno– egli era a Digne da circa tre anni– il vescovo disse: «Eppure mi trovo in un grande imbarazzo».

«Lo credo bene» gridò la signora Magloire «monsignore non ha neppure reclamato la rendita che gli è dovuta dal dipartimento per le sue spese di carrozza in città e per le visite nella diocesi. Per i vescovi di prima l'usanza era questa.»

«Guarda,» disse il vescovo «avete ragione, signora Magloire.» E fece il suo reclamo. Qualche tempo dopo il consiglio generale, prendendo quella domanda in considerazione, gli votò una somma annuale di tremila franchi sotto la seguente rubrica: *Assegno a monsignor vescovo per spese di carrozza, spese di posta e spese di visite pastorali.*

Questo fatto fece molto gridare la borghesia locale e in tale occasione un senatore dell'impero, antico membro del consiglio dei cinquecento favorevole al 18 brumaio e provveduto di una magnifica sede senatoriale presso la città di Digne, scrisse al ministro dei culti, Bigot de Préameneu, un bigliettino irritato e confidenziale da cui vogliamo estrarre queste righe autentiche:

«Spese di carrozza? Che bisogno ce n'è in una città di meno di quattromila abitanti? Spese di posta e di visite? A che servono queste visite, prima di tutto? Poi, come si può andare in diligenza in un paese di montagna? Non ci sono strade, non si va che a cavallo. Lo stesso ponte della Durance a Castel Arnoux può appena portare delle carrette tirate dai buoi. Questi preti sono tutti così: avidi e avari. Questo qui ha fatto il buon apostolo al suo arrivo; ora fa come gli altri. Vuole carrozza e diligenza postale, ha bisogno del lusso come gli antichi vescovi. Oh! Tutta questa pretaglia! Signor conte, le cose non andranno bene che quando l'imperatore non ci avrà liberati dai clericali. Abbasso il papa! (Le faccende si intorbidivano con Roma.) Quanto a me, io sono solo per Cesare, eccetera eccetera».

La faccenda, in compenso, rallegrò molto la signora Magloire.

«Bene» disse alla signorina Baptistine. «Monsignore ha cominciato dagli altri ma è stato pur necessario che finisse con se stesso. Ha regolato tutte le sue carità: ecco tremila franchi per noi, finalmente!»

La sera stessa il vescovo scrisse e consegnò a sua sorella una nota così concepita:

Spese di carrozza e di visite:

	Franchi
Per dare brodo di carne ai malati dell'ospedale	1500
Per la società di carità materna di Aix	250
Per la società di carità materna di Draguignan	250
Per i trovatelli	500
Per gli orfani	500
Totale franchi	3000

Questo era il bilancio di monsignor Myriel.

Quanto alle entrate episcopali, pubblicazioni, dispense, battesimi, predicazioni, benedizioni di chiese e di cappelle, matrimoni, ecc., il vescovo le prelevava sui ricchi con tanta più asprezza in quanto le regalava ai poveri. In poco tempo le offerte di denaro affluirono. Quelli che ne possedevano e quelli che ne avevano bisogno bussavano alla porta di monsignor Myriel, gli uni per cercar l'elemosina, gli altri per portarla. Il vescovo, in meno d'un anno, divenne il tesoriere di tutte le beneficenze e il cassiere di tutte le miserie. Per le sue mani passavano somme considerevoli ma nulla poté fargli cambiare minimamente il suo genere di vita e aggiungere il minimo superfluo a ciò che gli era necessario.

Tutt'altro. Siccome c'è sempre assai più miseria in basso che spirito fraterno in alto, tutto era dato, per così dire, prima d'esser ricevuto; era come acqua su terra secca: egli aveva un bel ricevere denaro, non ne aveva mai. Allora si privava del suo. L'usanza vuole che i vescovi enuncino i loro nomi di battesimo sopra gli ordini e le lettere pastorali; e i poveri del paese avevano scelto, con una specie d'istinto affettuoso, tra i nomi e prenomi del vescovo, quello che aveva per loro un significato: e lo chiamavano soltanto monsignor Bienvenu. Noi faremo come loro, e all'occasione lo chiameremo così. Del resto, questo appellativo gli piaceva. «Quel nome mi è caro» diceva. «Bienvenu corregge monsignore.»

Noi non pretendiamo che questo ritratto sia verosimile: ci limitiamo a dire che è rassomigliante.

III
A BUON VESCOVO, DURO VESCOVADO

Non è da credere che per il fatto d'aver convertito la sua carrozza in elemosine, il vescovo non facesse egualmente le sue visite. Digne è una diocesi faticosa. Ha poche pianure, molte montagne; è quasi priva di strade, come s'è visto prima. Trentadue curie, quarantun vicariati e duecentottantacinque succursali. Visitare tutto questo non era cosa da poco. Il vescovo ci riusciva: andava a piedi nel vicinato, in biroccino in pianura, a dorso di mulo in montagna. Le due vecchie lo accompagnavano; quando il tragitto era troppo faticoso per loro, andava solo.

Un giorno arrivò a Senez, che è un'antica città episcopale, sul dorso d'un asino. La sua borsa, molto a secco in quel momento, non gli aveva permesso altro equipaggio. Il sindaco della città venne a riceverlo alla porta del vescovado e lo guardava discendere dal suo asino con occhi scandalizzati. Alcuni borghesi ridevano intorno a lui.

«Signor sindaco» disse il vescovo «e signori borghesi, vedo quello che vi scandalizza: voi trovate che ci vuol molto orgoglio, da parte di un povero prete, nel far uso d'una cavalcatura che è stata quella di Gesù Cristo. L'ho fatto per necessità, ve lo assicuro, e non per vanità.»

Nelle sue visite era indulgente e dolce e, più che predicare, conversava: non metteva alcuna virtù sopra un piano inaccessibile; non andava mai a cercare troppo lontano i suoi ragionamenti e i suoi esempi. Agli abitanti d'un villaggio citava l'esempio del paese vicino; nei centri ove si era duri con i bisognosi, diceva: «Guardate la gente di Briançon: hanno dato agli indigenti, alle vedove e agli orfani il diritto di far falciare i loro prati tre giorni prima di tutti gli altri, ricostruiscono gratis le loro case quando sono in rovina; per questo è un paese benedetto da Dio. Durante tutto un secolo di cento anni non c'è stato un assassino».

Nei villaggi inaspriti per il guadagno e per la mietitura, diceva: «Guardate quelli di Embrun: se un padre di famiglia al tempo del raccolto ha i suoi figli sotto le armi e le sue figlie a servire in città, se è malato e impedito, il curato lo raccomanda dal pulpito: e la domenica, dopo la messa, tutta la gente del villaggio, uomini, donne, fanciulli, vanno nel campo del pover'uomo a far per lui la mietitura e gli riportano paglia e grano nel granaio».

Alle famiglie divise da questioni di denaro e d'eredità, diceva: «Guardate i montanari di Devolny: è un paese tanto selvaggio che non vi si ode l'usignolo una volta in cinquant'anni: ebbene, quando il padre muore in una famiglia, i giovani se ne vanno in cerca di fortuna e lasciano il patrimonio alle figlie perché possano trovar marito». Ai centri che hanno il gusto dei processi e dove i coloni si rovinano con la carta bollata, diceva: «Guardate quei buoni paesani della valle di Queyras: sono tremila anime. Mio Dio! È come una piccola repubblica; non vi si conosce né giudice né usciere. Il sindaco fa tutto: ripartisce le imposte, tassa ciascuno secondo coscienza, giudica gratis le controversie, divide i patrimoni senza onorari, emette sentenze senza spese. Ed è obbedito, perché è un uomo giusto tra uomini semplici».

Ai villaggi ove non trovava maestro di scuola, citava ancora quelli di Queyras: «Sapete come fanno?» diceva. «Siccome un piccolo paese di dodici o quindici focolari non può sempre mantenere un maestro, essi hanno dei maestri di scuola, pagati da tutta la valle, che percorrono i villaggi e passano, insegnando, otto giorni nell'uno, dieci nell'altro. Questi maestri vanno alle fiere, dove io li ho veduti: si riconoscono dalle penne per scrivere che portano sul cappello. Quelli che insegnano solo a leggere, hanno una penna; quelli che insegnano la lettura e il calcolo, ne portano due; quelli che insegnano lettura, calcolo e latino ne hanno tre. Quelli sono dei sapientoni: ma che vergogna essere ignoranti! Fate come la gente di Queyras!»

Parlava così, gravemente e paternamente. In mancanza d'esempi, inventava parabole, andando diritto allo scopo con poche frasi e molte immagini, secondo la stessa eloquenza di Gesù Cristo, convinto e persuasivo.

IV
LE OPERE SIMILI ALLE PAROLE

La sua conversazione era affabile e gaia; egli si poneva all'altezza delle due vecchie che passavano la vita con lui: quando rideva, rideva da monello. La signora Magloire lo chiamava volentieri *Vostra Eccellenza.* Un giorno si alzò dal divano e andò nella biblioteca a cercare un libro. Il volume si trovava sopra uno degli scaffali più alti. Il vescovo, che era basso di statura, non poté arrivarci. «*Signora Magloire,*» disse «*portatemi una sedia; la mia grandezza non arriva fino a quello scaffale.*» Una delle sue lontane parenti, la contessa di Lô, si lasciava raramente sfuggire un'occasione per enumerare in sua presenza quelle che essa chiamava le «speranze» dei suoi tre figli. Essa aveva parecchi ascendenti, vecchissimi e vicini alla morte. I suoi figli dovevano, naturalmente, esserne gli eredi. Il più giovane dei tre doveva raccogliere da una prozia una buona rendita di centomila franchi, il secondo doveva sostituire suo zio nel titolo di duca, il maggiore doveva ereditare il seggio di pari di suo nonno.

Il vescovo ascoltava abitualmente in silenzio questi innocenti e perdonabili sfoghi materni. Una volta, tuttavia, sembrava più assorto del solito mentre la signora di Lô rinnovava i particolari di tutte quelle successioni e di tutte quelle «speranze». La contessa s'interruppe con un po' d'impazienza. «Mio Dio, caro cugino, ma a che state pensando?» «Penso» rispose il vescovo «a una cosa singolare che si trova, credo, in Sant'Agostino: "Mettete la vostra speranza in Colui al quale non si può succedere".»

Un'altra volta, ricevendo una partecipazione di morte d'un gentiluomo, ove si sfoggiavano in una lunga pagina, oltre alle dignità del defunto, tutte le qualifiche feudali e nobiliari di tutti i suoi parenti: «Che buona schiena ha la morte!» esclamò. «Quale ammirevole carico di titoli le fanno portare allegramente e quanto spirito devono avere gli uomini per impiegare in tal guisa la tomba per la vanità!»

Aveva ogni tanto un'ironia dolce che conteneva quasi sempre un significato serio.

Durante una quaresima, un giovane vicario venne a Digne e predicò nella cattedrale. Fu abbastanza eloquente; soggetto del suo sermone era la carità. Invitò i ricchi a dare agli indigenti per evitare l'inferno, che egli dipinse più spaventoso che poté, e guadagnare il paradiso, che egli fece desiderabile e affascinante. C'era nell'uditorio un ricco mercante in ritiro, un po' usuraio, chiamato Géborand, il quale aveva guadagnato circa mezzo milione fabbricando panni pesanti, lane e berretti comuni e all'uso turco. Per tutta la sua vita il signor Géborand non aveva fatto l'elemosina a un infelice: dopo quel sermone si notò che ogni domenica dava un soldo alle vecchie mendicanti che stavano alla porta della cattedrale. Erano sei a dividersi questa manna. Un giorno il vescovo lo vide mentre faceva la carità, e disse sorridendo a sua sorella:

«Ecco il signor Géborand che si compra un soldo di paradiso!».

Quando si trattava di carità, non si rassegnava nemmeno davanti a un rifiuto e in questo caso trovava di quelle parole che facevano riflettere. Una volta egli faceva la questua per i poveri in un salone della città. C'era il marchese di Champtercier, vecchio, ricco, avaro, il quale trovava il mezzo di essere nel tempo stesso ultrarealista e ultravolterriano. È una varietà che è esistita. Il vescovo, giunto a lui, gli toccò il braccio: «*Signor marchese, bisogna che mi diate qualche cosa*». Il marchese si volse e rispose seccamente: «*Monsignore, ho i miei poveri*». «*Datemi quelli*» replicò il vescovo.

Un giorno nella cattedrale egli fece il seguente sermone:

«Miei carissimi fratelli, miei buoni amici. Vi sono in Francia tredicimilacentoventi case di contadini che hanno solo tre aperture; diciottomilacentodiciassette che hanno solo due aperture, la porta e la finestra, e infine trecentoquarantaseimila capanne che hanno una sola apertura: la porta. E tutto questo per colpa di una cosa che si chiama l'imposta di porte e finestre. Mettete delle povere famiglie, delle vecchie, dei fanciulli in quelle dimore e vedrete la febbre e le malattie! Ahimè! Iddio dà l'aria agli uomini, la legge gliela vende. Io non accuso la legge, ma benedico Iddio. Nell'Isère, nel Var, nelle due Alpi, Alte e Basse, i montanari non hanno neppure carriole e trasportano i concimi a dorso di uomo; non hanno candele e bruciano dei rami resinosi e cime di corde bagnate nella resina. In queste condizioni è tutto l'Alto Delfinato. Hanno il pane per sei mesi, lo fanno cuocere con sterco di mucca disseccato. D'inverno rompono questo pane a colpi di accetta e lo tengono nell'acqua ventiquattro ore per poterlo mangiare. Fratelli miei, abbiate pietà, vedete come si soffre intorno a voi».

Nato provenzale, aveva facilmente preso dimestichezza con tutti i dialetti del mezzogiorno. Usava le frasi più caratteristiche della Bassa Linguadoca, delle Basse Alpi, dell'Alto Delfinato. Questo piaceva al popolo e aveva contribuito non poco a introdurlo presso tutti gli animi. Nel casolare e nella montagna si trovava come a casa sua; sapeva dire le cose più alte negli idiomi più volgari; parlando tutte le lingue, entrava in tutte le anime. Del resto era sempre uguale con la gente del bel mondo e con i popolani; non pronunziava mai giudizi severi troppo in fretta e senza tener conto delle circostanze concomitanti. Diceva: «Vediamo il cammino per il quale è passata la colpa». Essendo, come egli stesso si qualificava sorridendo, un *ex peccatore*, non aveva nessuna delle durezze del rigorismo e professava abbastanza altamente e senza aggrottare le sopracciglia alla maniera dei feroci virtuosi, una dottrina che si potrebbe riassumere pressappoco così: «L'uomo ha su di sé la carne che è nel tempo stesso il suo peso e la sua tentazione. Se la porta dietro e cede a lei: deve sorvegliarla, contenerla, reprimerla, e obbedirle soltanto nella estrema necessità. In questa obbedienza può ancora esservi della colpa, ma la colpa in questo caso è veniale. È una caduta, ma una caduta sulle ginocchia, che può terminare in preghiera. Essere un santo è una eccezione, essere un giusto è la regola. Sbagliate, mancate, peccate, ma siate giusti. La minor quantità possibile di peccato è la legge dell'uomo. La mancanza assoluta del peccato è il sogno dell'angelo. Tutto quello che è terrestre è sottomesso al peccato: il peccato è una gravitazione». Quando vedeva che tutti gridavano forte e s'affrettavano a sdegnarsi: «Oh!» diceva sorridendo «sembra che qui ci sia un grosso delitto che tutti commettono. Ecco le ipocrisie spaventate che si affrettano a protestare, a mettersi al sicuro». Era indulgente con le donne e con i poveri, sui quali grava il peso della società umana. Diceva: «Le colpe delle donne e dei fanciulli, dei servitori, dei deboli, degli indigenti e degli ignoranti sono la colpa dei mariti, dei padri, dei padroni, dei forti, dei ricchi e dei sapienti». Diceva anche: «A quelli che ignorano insegnate più che potete; la società è

colpevole di non dare l'istruzione gratis; è responsabile della ignoranza che essa produce. Quest'anima è piena d'ombra, in essa si
commette il peccato. Il colpevole non è quello che vi ha peccato, ma
quello che vi ha fatto l'ombra». Come si vede, aveva una strana maniera tutta sua per giudicare le cose. Io suppongo che egli avesse
imparato questo nel Vangelo. Intese un giorno raccontare in un salotto un processo criminale che si stava istruendo e che si doveva
celebrare. Un miserabile, per amore d'una donna e per il fanciullo
che gli era nato da lei, privo di risorse aveva battuto moneta falsa. In
quel tempo, il falsario era ancora punito con la morte. La donna era
stata arrestata mentre metteva in circolazione la prima moneta falsa
fabbricata dall'uomo. La tenevano in arresto, ma le prove erano solo
contro di lei; lei sola poteva accusare il suo amante e perderlo confessando. Essa negò. Insistettero; essa si ostinò a negare. A questo
punto il procuratore del re aveva avuto un'idea. Aveva inventato
una infedeltà dell'amante, ed era giunto, con frammenti di lettere
abilmente presentati, a persuadere la sventurata che essa aveva una
rivale e che quell'uomo la ingannava. Allora, esasperata dalla gelosia, la donna aveva denunziato il suo amante, aveva tutto confessato
e provato. L'uomo era perduto, doveva essere prossimamente giudicato a Aix con la sua complice. Si raccontava il fatto e tutti si estasiavano per l'abilità del magistrato: mettendo in gioco la gelosia, aveva
fatto scaturire la verità; per mezzo della collera, aveva fatto uscire la
giustizia dalla vendetta. Il vescovo ascoltava tutto questo in silenzio.
Quando fu finito, domandò: «Dove si giudicheranno quest'uomo e
questa donna?». «Alla corte d'assise.» Egli riprese: «E dove sarà
giudicato il signor procuratore del re?».

Capitò a Digne un'avventura tragica. Un uomo fu condannato a
morte per assassinio. Era un disgraziato non del tutto ignorante, che
era stato imbonitore nelle fiere e scrivano pubblico.

Il processo interessò molto la città. La vigilia del giorno fissato per
l'esecuzione del condannato, l'elemosiniere della prigione cadde ammalato e occorreva un prete per assistere il paziente nei suoi ultimi
momenti.

Si andò a cercare il curato. Sembra che egli abbia rifiutato, dicendo: «Non è cosa che mi riguarda. Non so che fare di questa noia e di
questo saltimbanco. Anch'io sono malato. D'altra parte non è quello
il mio posto».

Si riportò questa risposta al vescovo che disse:

«Il signor curato ha ragione. Non è il suo posto: è il mio».

Andò subito alla prigione; discese nella cella del «saltimbanco».
Lo chiamò per nome, gli prese la mano e gli parlò. Passò tutta la giornata e tutta la notte presso di lui, dimenticando di mangiare e di dor-

mire, pregando Iddio per l'anima del condannato e pregando il condannato per la sua propria. Disse le migliori verità, che sono le più semplici. Fu padre, fratello, amico; fu vescovo solamente per benedire. Gli insegnò tutto rassicurandolo e consolandolo. Quell'uomo stava per morire disperato. La morte era per lui come un abisso. In piedi e fremente su quella lugubre soglia, si tirava indietro con orrore. Non era abbastanza ignorante per essere del tutto indifferente. La sua condanna, scossa profonda, aveva in certo modo rotto qua e là intorno a lui quella armatura che ci separa dal mistero delle cose e che noi chiamiamo la vita. Guardava sempre fuori di questo mondo attraverso quella breccia fatale e non vedeva che tenebre. Il vescovo gli fece vedere una chiarità. L'indomani, quando si venne a cercare lo sventurato, il vescovo era lì. Lo seguì. Si mostrò agli occhi della folla in stola violetta e con la croce episcopale al collo, di fianco a quel miserabile legato con la corda. Montò sulla carretta con lui; montò con lui sul palco. Il paziente, così tetro e così abbattuto il giorno prima, era raggiante. Sentiva che la sua anima era riconciliata e sperava in Dio. Il vescovo l'abbracciò e nel momento in cui la mannaia stava per cadere gli disse: «Quegli che l'uomo uccide, Iddio risuscita. Quegli che i fratelli discacciano, ritrova il Padre. Pregate. Credete, entrate nella vita! Il Padre è là».

Quand'egli discese dal palco, aveva nello sguardo qualche cosa che costrinse il popolo a fargli ala. Non si sapeva quello che fosse più ammirevole, se il suo pallore o la sua serenità. Rientrando in quell'umile casa che egli chiamava sorridendo il *suo palazzo*, disse a sua sorella: «*Ho officiato pontificalmente*».

Poiché le cose più sublimi sono spesso le meno capite, vi furono nella città delle persone che dissero, commentando quella condotta: «*È affettazione*». Questa non fu, del resto, che una chiacchiera da salotto. Il popolo, che non vede malizia nelle azioni sante, fu intenerito e ammirò.

Quanto al vescovo, aver visto la ghigliottina fu per lui un colpo e ci mise molto tempo per rimettersi. Il patibolo, infatti, quando è lì, alto e drizzato, ha qualche cosa di allucinante. Si può avere una certa indifferenza sulla pena di morte, si può non pronunziarsi, dire sì o no finché non si è visto con i propri occhi una ghigliottina; ma se se ne vede una, la scossa è violenta; bisogna decidersi a schierarsi pro o contro. Alcuni ammirano, come il de Maistre, altri esecrano, come il Beccaria. La ghigliottina è il concretarsi della legge: si chiama *vendetta*; non è neutra e non vi permette di restare neutrali. Chi la scorge, freme col più misterioso dei fremiti. Tutte le questioni sociali elevano intorno a quel tagliateste il loro punto interrogativo. Il patibolo è immaginazione: non è una costruzione; non è una macchina; non è un meccanismo inerte fatto di legno o di ferro o di corda. Sembra qualcosa che possieda non si sa quale tetra iniziativa; si direbbe che quella costruzione veda, che quella macchina senta, che quel meccanismo intenda, che quel legno, quel ferro, quelle corde abbiano una volontà.

Nel sogno spaventevole in cui la sua presenza getta l'anima, il patibolo appare terribile e sembra mescolarsi all'opera sua: è il complice del boia: divora, mangia carne, beve sangue, è una specie di mostro fabbricato dal giudice e dal falegname, uno spettro che sembra vivere di una sorta di vita spaventosa, fatta di tutte le morti che esso ha dato.

L'impressione fu dunque orribile e profonda. L'indomani dell'esecuzione e ancora molti giorni dopo, il vescovo parve sopraffatto. La serenità quasi violenta del momento funebre era scomparsa; lo spettro della giustizia sociale l'ossessionava. Egli, che di solito tornava da tutte le sue azioni con una soddisfazione raggiante, sembrava farsi un rimprovero. In certi momenti parlava a se stesso e balbettava a mezza voce lugubri monologhi. Eccone uno che sua sorella udì una sera e raccolse:

«Non credevo che fosse così mostruoso; è un torto assorbirsi nella legge divina al punto da non accorgersi della legge umana. La morte non appartiene che a Dio: con quale diritto gli uomini toccano questa cosa sconosciuta?».

Col tempo quelle impressioni si attenuarono e probabilmente svanirono. Si notò tuttavia che il vescovo evitava da allora in poi di passare per la piazza delle esecuzioni.

Si poteva chiamare monsignor Myriel in qualunque ora al capezzale degli ammalati e dei morenti; non ignorava che lì era il suo massimo dovere e il suo massimo lavoro. Le famiglie vedove od orfane non avevano bisogno di invocarlo: egli veniva spontaneamente, sapeva sedersi e tacere lunghe ore presso l'uomo che aveva perduto la donna che amava, accanto alla madre che aveva perduto il figliolo. Come sapeva il momento del silenzio, conosceva quello della parola. Oh, ammirabile consolatore! Egli non cercava di cancellare il dolore con l'oblìo, ma di ingrandirlo, di farlo degno con la speranza. Diceva: «Fate attenzione al modo con cui vi volgete verso i morti. Non pensate a quello che imputridisce. Guardate fissamente. Voi scorgerete la luce viva del vostro morto adorato in fondo al cielo».

Sapeva che la fede è sana e cercava di consigliare e calmare l'uomo disperato, indicandogli l'uomo rassegnato; cercava di trasformare il dolore che contempla una fossa, indicando il dolore che contempla una stella.

COME MONSIGNOR BENVENUTO FACESSE DURARE
TROPPO A LUNGO LE SUE TONACHE

La vita interiore di monsignor Myriel era riempita dagli stessi pensieri della sua vita pubblica. Per chi avesse potuto vederla da vicino, sarebbe stato uno spettacolo grande e affascinante la povertà volontaria nella quale viveva il vescovo di Digne. Come tutti i vecchi e come la maggior parte dei pensatori, dormiva poco. Quel breve sonno era profondo. La mattina si raccoglieva per un'ora, poi diceva la messa o alla cattedrale o nell'oratorio. Dopo la messa, faceva colazione con tre pani di segala bagnati nel latte delle sue mucche. Poi lavorava.

Un vescovo è un uomo occupatissimo. Deve ricevere tutti i giorni il segretario del vescovado, che è solitamente un canonico; quasi tutti i giorni i vicari generali; ha congregazioni da controllare, privilegi da conferire, tutta una libreria ecclesiastica da esaminare, breviari, catechismi diocesani, libri di preghiere, eccetera; ordini da scrivere, prediche da autorizzare, curati e sindaci da mettere d'accordo, una corrispondenza ecclesiastica, una corrispondenza amministrativa: da una parte lo Stato, dall'altra la Santa Sede: mille faccende. Il tempo che gli lasciavano queste mille faccende, i suoi uffizi e il breviario, era dedicato prima di tutto ai bisognosi, ai malati, agli afflitti; il tempo che gli afflitti, i malati e i bisognosi gli lasciavano era dedicato al lavoro. Talora vangava la terra nel suo giardino, talora leggeva o scriveva. Aveva una espressione unica per queste due specie di lavoro: *fare del giardinaggio*. «Lo spirito è un giardino» affermava.

A mezzogiorno pranzava; il pranzo somigliava alla colazione. Verso le due, quando il tempo era bello, usciva e andava a passeggio a piedi in campagna o in città, entrando spesso nelle case. Lo si vedeva camminare solo, immerso nei suoi pensieri, a occhi bassi, appoggiato al suo lungo bastone, vestito del corto soprabito viola ovattato e caldo, calzato di calze viola e grosse scarpe. Portava sulla testa un cappello piatto che lasciava passare dai tre corni tre ghiande d'oro. Era una festa dovunque compariva. Si sarebbe detto che questo passaggio aveva qualche cosa che riscaldava e illuminava. I fanciulli e i vecchi venivano sulle soglie delle case per il vescovo come per il sole. Egli benediceva e gli altri benedicevano lui. Si indicava la sua dimora a chiunque avesse bisogno di qualche cosa. Qua e là si fermava, parlava ai ragazzi e alle ragazze, sorrideva alle madri, visitava i poveri finché aveva denaro; quando non ne aveva più visitava i ricchi. Siccome faceva durare molto tempo le sue tonache e non voleva che la gente se n'accorgesse, non usciva mai in città senza il soprabitino viola. Era un po' seccante, in estate. La sera alle otto e mezzo cenava con sua sorella: la signora Magloire, in piedi dietro a loro, li serviva a tavola. Niente di più frugale di quel pasto. Se però il vescovo aveva uno dei suoi curati a cena, la signora Magloire ne approfittava per servire a monsignore qualche eccellente pesce dei laghi o della fine selvaggina di montagna. Ogni curato era un pretesto per una buona cena. Il vescovo lasciava fare. All'infuori di questo, il suo pasto ordinario si componeva semplicemente di legumi cotti nell'acqua e di zuppa all'olio. Per questo si diceva nella città: «Quando il vescovo non mangia da curato, mangia da trappista».

Dopo cena conversava per mezz'ora con la signorina Baptistine e la signora Magloire; poi rientrava nella sua camera e si rimetteva a scrivere, talora sopra fogli volanti, talora sul margine di qualche infolio. Era letterato e un po' sapiente. Ha lasciato cinque o sei manoscritti piuttosto singolari. Fra gli altri una dissertazione sul versetto della Genesi: «Al principio lo spirito di Dio vagava sulle acque». Confronta con questo versetto tre testi: la versione araba che dice: «I venti di Dio soffiavano»; Giuseppe Flavio che dice: «Un vento dall'alto si precipitava sulla terra»; e infine la parafrasi caldaica di Onkelos che porta: «Un vento proveniente da Dio soffiava sulla faccia delle acque». In un'altra dissertazione esamina le opere teologiche di Hugo, vescovo di Tolemaide, antenato di colui che scrive questo libro, e stabilisce che bisogna attribuire a quel vescovo i diversi opuscoli pubblicati nel secolo scorso sotto lo pseudonimo di Barleycourt.

Qualche volta, nel mezzo di una lettura, qualunque fosse il libro che aveva tra le mani, piombava a un tratto in una meditazione profonda, donde usciva solamente per scrivere alcune righe sulle pagine stesse del volume. Quelle righe spesso non hanno alcun rapporto con il libro che le contiene.

Abbiamo sott'occhio una nota scritta da lui sopra uno dei margini di un in-quarto, intitolato: *Corrispondenza del lord Germain con i generali Clinton, Cornwallis e gli ammiragli della stazione della Via Crucis d'America. In Versaglia per i tipi di Poincot, libraio, e in Parigi presso Pissot, libraio, molo degli Agostiniani.* Ecco la nota.

«O voi che siete! L'Ecclesiaste vi chiama Onnipotenza. I Maccabei vi chiamano Creatore, la Epistola degli Efesi vi chiama Libertà, Baruch vi chiama Immensità, i Salmi vi chiamano Saggezza e Verità, Giovanni vi chiama Luce, i Re vi chiamano Signore, l'Esodo vi chiama Provvidenza, il Levitico Santità, Esdras Giustizia, la creazione vi chiama Dio, l'uomo vi chiama Padre. Ma Salomone vi chiama Misericordia e questo è il più bello di tutti i vostri nomi.»

Verso le nove della sera le due donne si ritiravano e salivano nelle loro camere al primo piano lasciandolo sino al mattino solo al pianterreno. Qui è necessario che diamo un'idea esatta dell'abitazione del vescovo di Digne.

DA CHI FACEVA SORVEGLIARE LA SUA CASA

La casa ove egli abitava si componeva, l'abbiamo veduto, di un pianterreno, tre camere al primo piano, e di sopra un granaio. Dietro la
casa, un giardino di un quarto di iugero.

Le due donne occupavano il primo piano; il vescovo abitava da
basso; la prima stanza, che s'apriva sulla strada, gli serviva da camera
da pranzo, la seconda da camera da letto e la terza da oratorio. Non
poteva uscire da quell'oratorio senza passare dalla camera da letto,
né uscire dalla camera da letto senza passare per la camera da pranzo.
Nell'oratorio, in fondo, c'era l'alcova chiusa, con un letto per il caso di
dover ospitare qualcuno. Il vescovo offriva quel letto ai curati di campagna che venivano a Digne per i loro affari o per le necessità della
loro parrocchia. La farmacia dell'ospedale, piccolo edificio aggiunto
alla casa e costruito nel giardino, era stata trasformata in cucina e
cantina. C'era inoltre, nel giardino, una stalla che era l'antica cucina
dell'ospizio e dove il vescovo teneva due mucche. Qualunque fosse la
quantità del latte che esse davano, egli ne dava invariabilmente ogni
mattina la metà ai malati dell'ospedale. «*Pago il mio tributo*» diceva.
La sua camera era abbastanza grande e piuttosto difficile da riscaldare nella cattiva stagione. Siccome la legna è assai cara a Digne, aveva
pensato di fare nella stalla delle mucche un compartimento chiuso da
una staccionata di tavole. Trascorreva lì le serate di gran freddo. A
questo egli dava il nome di *salone d'inverno*. Non c'erano, in quel salone d'inverno, come nella stanza da pranzo, altri mobili che una tavola di legno bianco quadrata e quattro sedie impagliate. La sala da
pranzo era ornata inoltre di una vecchia credenza dipinta di rosa a
tempera. Del contro-buffet, convenientemente ricoperto di tovaglie
bianche e di merletti a imitazione, il vescovo aveva fatto l'altare che
decorava il suo oratorio. Le sue penitenti ricche e le sante donne di
Digne avevano più volte fatto la colletta per acquistare un bell'altare
nuovo all'oratorio di monsignore. Ogni volta egli aveva preso il denaro e l'aveva dato ai poveri. «Il più bell'altare» diceva «è l'anima di
uno sventurato consolato che ringrazia Iddio.» Aveva nell'oratorio
due inginocchiatoi impagliati e un divano a braccioli egualmente im-
pagliato nella sua camera da letto. Quando per caso riceveva sette od
otto persone in una volta, il prefetto o il generale, lo stato maggiore
del reggimento di guarnigione o alcuni allievi del piccolo seminario,
era obbligato ad andare a cercare nella stalla le sedie del salone d'inverno, nell'oratorio gli inginocchiatoi e la poltrona nella camera da
letto. In questo modo si potevano riunire ben undici sedie per i visitatori. A ogni nuova visita si portavano via le sedie da una stanza. Qual-

che volta capitava d'essere in dodici. Allora il vescovo dissimulava l'imbarazzo della situazione stando in piedi davanti al camino se era d'inverno, o proponendo una passeggiata in giardino se d'estate.

C'era ancora, nell'alcova chiusa, una sedia, ma era per metà priva di paglia e aveva solo tre piedi, il che la rendeva servibile solo quando era appoggiata al muro. Anche la signorina Baptistine aveva nella sua camera una grande poltrona da giardino di legno chiaro dorato, rivestita di stoffa a fiorami, ma era stato necessario far salire quella poltrona al primo piano attraverso la finestra perché la scala era troppo stretta. Non poteva dunque servire in queste necessità. L'ambizione della signorina Baptistine sarebbe stata di poter comperare dei mobili da salotto di velluto di Utrecht giallo a rose e di mogano, a collo di cigno, con un canapè, ma tutto questo sarebbe costato almeno cinquecento franchi e, visto che non era riuscita a economizzare a tale scopo più di quarantadue franchi e dieci soldi in cinque anni, vi aveva rinunziato. D'altra parte chi è che raggiunge il proprio ideale?

La camera da letto del vescovo era la cosa più semplice da immaginare. Una finestra praticabile che dava sul giardino; di fronte il letto; un letto da ospedale, di ferro con baldacchino di sargia verde; nell'ombra del letto, dietro una tenda, gli oggetti di toeletta che tradivano ancora le antiche abitudini eleganti dell'uomo di mondo; due porte: una, presso il camino, che dava sull'oratorio, l'altra, presso la biblioteca, che metteva nella sala da pranzo; biblioteca: un grande armadio a vetri pieno di libri; il camino di legno dipinto a marmo abitualmente senza fuoco; nel camino un paio di alari di ferro, ornati di due vasi con ghirlande e scanalature un tempo argentate, ciò che formava una specie di lusso episcopale. Sopra, dove di solito si mette lo specchio, un crocifisso di bronzo che aveva perso l'argentatura, infisso sopra un velluto nero, in una cornice di legno un tempo dorata. Presso la finestra un grande tavolo con calamaio, pieno di carte messe alla rinfusa e di grossi volumi; davanti alla tavola la poltrona impagliata; davanti al letto un inginocchiatoio preso dall'oratorio. Due ritratti in cornice ovale erano appesi al muro ai due lati del letto. Piccole iscrizioni dorate sul fondo neutro della tela, di fianco alle figure, indicavano che i ritratti rappresentavano uno l'abate di Chaliot, vescovo di Saint-Claude; l'altro l'abate Tourteau, vicario generale di Agde, abate di Grand-Champ, ordine di Citeaux, diocesi di Chartres. Il vescovo, succedendo ai malati dell'ospedale in quella camera, vi aveva trovato quei ritratti e ve li aveva lasciati. Erano dei preti, probabilmente benefattori: due motivi perché egli li rispettasse. Tutto ciò che sapeva dei due personaggi, è che erano stati nominati dal re, l'uno al suo vescovado e l'altro al suo beneficio ecclesiastico, nello stesso giorno: il 27 aprile 1785. Avendo la signora Magloire staccato i quadri per spolverarli, il vescovo aveva trovato quei particolari, scritti con inchiostro stinto su un pezzetto di carta ingiallita dal tempo applicata con quattro sigilli dietro il ritratto dell'abate di Grand-Champ. La sua finestra aveva un'antica tenda di grossa stoffa di lana che finì per divenire talmente vecchia che, per evitare la spesa di una nuova, la signora Magloire fu costretta a farvi una grande cucitura nel bel mezzo. Questa cucitura disegnava una croce. Il vescovo lo faceva spesso notare. «Come sta bene!» diceva. Tutte le camere della casa, a pianterreno come al primo piano, senza eccezione, erano intonacate a calce come per le caserme e gli ospedali. Tuttavia, negli ultimi anni, la signora Magloire ritrovò, come si vedrà più innanzi, sotto la carta imbiancata, alcune pitture che ornavano la stanza della signorina Baptistine. Prima di essere ospedale quella casa era stata il parlatorio dei borghesi; da ciò derivavano quelle decorazioni. Le camere erano pavimentate di mattonelle rosse che si lavavano tutte le settimane, con stuoie di paglia intrecciata davanti a tutti i letti. Del resto, quell'appartamento tenuto da due donne, dall'alto al basso era d'una pulizia perfetta. Era il solo lusso che il vescovo permettesse: *«Ciò non toglie niente ai poveri»* diceva.

Bisogna convenire tuttavia che, di ciò che egli aveva posseduto un tempo, gli rimanevano sei posate d'argento e un cucchiaione da minestra che la signora Magloire guardava tutti i giorni con felicità splendere magnificamente sulla grossa tovaglia di tela bianca. E poiché noi qui dipingiamo il vescovo di Digne com'egli era, dobbiamo aggiungere che gli era accaduto più d'una volta di dire: «Io rinuncerei difficilmente a mangiare senz'argenteria». Bisogna aggiungere a quell'argenteria due grossi candelabri d'argento massiccio che gli venivano dall'eredità di una prozia. Quei candelabri portavano due candele di cera e figuravano abitualmente sul camino del vescovo. Quand'egli aveva qualcuno a pranzo, la signora Magloire accendeva le due candele e metteva i due candelabri sulla tavola. C'era nella stessa camera del vescovo, alla testa del suo letto, un armadietto nel quale la signora Magloire chiudeva ogni sera le sei posate d'argento e il grande cucchiaio. Bisogna dire che non ne toglieva mai la chiave. Il giardino, un po' guastato dalle costruzioni abbastanza brutte di cui abbiamo parlato, si componeva di quattro viali in croce che si partivano da un'aiuola centrale. Un altro viale faceva tutto il giro del giardino e passava lungo il muro bianco da cui era limitato. Quei viali lasciavano fra loro quattro aiuole orlate di bosso. In tre di esse la signora Magloire coltivava legumi; nella quarta il vescovo aveva messo dei fiori. Qua e là c'era qualche albero da frutta. Una volta la signora Magloire gli aveva detto con una specie di dolce malizia: «Monsignore, voi che utilizzate tutto, ecco tuttavia un'aiuola inutile; sarebbe meglio avervi dell'insalata che dei mazzi di fiori».

«Signora Magloire,» rispose il vescovo «vi ingannate. Il bello è altrettanto utile quanto l'utile.» E aggiunse dopo una pausa: «Anche di più, forse».

Quell'aiuola, composta di tre o quattro parti, occupava il vescovo quasi quanto i libri. Vi passava volentieri un'ora o due tagliando, sarchiando e scavando qua e là dei buchi ove metteva sementi. Non aveva per gl'insetti quell'odio che un giardiniere avrebbe desiderato. Del resto, nessuna pretesa di fare il botanico. Ignorava le famiglie e il metodo, non cercava per nulla al mondo di decidere tra Tournefort e il metodo naturale. Non optava né per gli utricoli contro i cotiledoni, né per Jussieu contro Linneo;[2] non studiava le piante: amava i fiori. Rispettava molto i sapienti, rispettava ancor più gli ignoranti, e senza mai venir meno a questi due rispetti, innaffiava le sue aiuole ogni sera d'estate con un innaffiatoio di latta dipinta di verde.

La casa non aveva una sola porta che si chiudesse a chiave. La porta della sala da pranzo, che, l'abbiamo detto, dava direttamente sulla piazza della cattedrale, era un tempo fornita di serrature e chiavistelli come quella di una prigione. Il vescovo aveva fatto togliere tutti i ferri e quella porta, notte e giorno, era chiusa con una semplice nottolina. Un passante, a qualunque ora, non aveva che da spingerla. In principio le due donne erano state preoccupate da quella porta mai chiusa, ma monsignore aveva detto: «Fate mettere i chiavistelli alle vostre camere, se ciò vi piace». Esse avevano finito col condividere la sua fiducia o almeno col fare come se la condividessero. Solo la signora Magloire aveva ogni tanto qualche timore. Per ciò che riguarda il vescovo, si può trovare il suo pensiero spiegato o almeno indicato in queste tre linee scritte da lui in margine a una Bibbia: «Ecco la sfumatura: la porta del medico non deve essere mai chiusa, la porta del sacerdote deve essere sempre aperta».

Su un altro libro, intitolato *Filosofia della scienza medica*, aveva scritto quest'altra nota: «Non sono io forse medico come loro? Anch'io ho i miei malati; prima di tutto ho i loro, che essi chiamano i malati, poi ho i miei, che chiamo gli sventurati».

Altrove ancora aveva scritto: «Non domandate il nome a chi vi chiede ospitalità, è soprattutto l'uomo imbarazzato dal suo nome quello che ha bisogno d'asilo». Capitò che un degno curato, non so più se fosse il curato di Couloubroux o il curato di Pompierry, ebbe l'ardire di domandargli un giorno, probabilmente per istigazione del-

---

[2] Joseph Pitton de Tournefort (1656-1708), Bernard de Jussieu (1699-1777), Carl von Linné (1707-1778), illustri botanici.

la signora Magloire, se monsignore era ben certo di non commettere, sino a un certo punto, un'imprudenza lasciando la porta aperta a disposizione di chi volesse entrare, e se non avesse paura di qualche disgrazia in una casa così poco custodita. Il vescovo gli toccò la spalla dolcemente e disse: «*Nisi Dominus custodierit domum, in vanum vigilant qui custodiunt eam*».[3] Poi parlò d'altro.

Diceva abbastanza volentieri: «C'è il coraggio del sacerdote come c'è quello del colonnello dei dragoni. Solamente,» aggiungeva «il nostro deve essere tranquillo».

VII

CRAVATTE

Qui trova naturalmente posto un fatto che non dobbiamo omettere perché è di quelli che fanno meglio vedere che uomo fosse il vescovo di Digne.

Dopo la distruzione della banda di Gaspard Bès che aveva infestato i colli di Ollioules, uno dei suoi luogotenenti, Cravatte, si rifugiò nella montagna. Si nascose per qualche tempo con alcuni banditi, avanzi della banda di Gaspard Bès, nella contea di Nizza, poi raggiunse il Piemonte e riapparve improvvisamente in Francia dalle parti di Barcellonetta. Lo si vide prima a Jauziers, poi a Tuiles. Si nascose nelle caverne del Giogo dell'Aquila e di lì discendeva verso i casolari e i villaggi. Osò anche spingersi sino a Embrun, penetrò una notte nella cattedrale e saccheggiò la sacristia. Le sue ladrerie desolavano il paese. La gendarmeria fu messa sulle sue orme, ma invano. Egli sfuggì sempre; qualche volta resisteva a viva forza. Era un audace miserabile. In mezzo a tutto quel terrore giunse il vescovo. Faceva il suo giro. A Chastelar il sindaco gli andò incontro e volle persuaderlo a tornare indietro. Cravatte occupava la montagna sino ad Arche e oltre. C'era pericolo anche con una scorta: significava esporre inutilmente tre o quattro gendarmi.

«Per questo» disse il vescovo «io conto di andare senza scorta.»

«Ci pensate voi, monsignore?» gridò il sindaco.

«Ci penso tanto che rifiuto i gendarmi e che partirò fra un'ora.»

«Partirete?»

«Partirò.»

«Solo?»

---

[3] «Se Iddio non custodisce la casa, vegliano invano coloro che la custodiscono.» Salmi, CXXVII.

79

«Solo.»

«Monsignore, voi non farete una cosa simile!»

«C'è là, nella montagna,» replicò il vescovo «un umile comunello, grande così, che non visito da tre anni. Sono miei buoni amici, dolci e onesti pastori; possiedono una capra ogni trenta capre affidate alla loro guardia. Fanno dei bei cordoni di lana policromi tanto graziosi e suonano arie montane su piccoli flauti a sei buchi. Hanno bisogno che ogni tanto si parli loro del buon Dio. Che direbbero di un vescovo che ha paura? Che direbbero se non vi andassi?»

«Ma, monsignore, i briganti! Se incontrate i briganti?»

«To',» disse il vescovo «adesso che ci penso, avete ragione: posso incontrarli. Anch'essi devono avere bisogno che si parli loro del buon Dio.»

«Monsignore, ma è una banda! È un branco di lupi!»

«Signor sindaco, è forse precisamente di questo branco che Gesù mi fa pastore. Chi conosce le vie della provvidenza?»

«Monsignore, vi deruberanno.»

«Non possiedo niente.»

«Vi uccideranno.»

«Un vecchio tranquillo sacerdote che passa brontolando le sue litanie? Be'! A quale scopo?»

«Ah! Mio Dio, se voi doveste incontrarli!»

«Domanderei loro l'elemosina per i miei poveri.»

«Monsignore, non ci andate, voi esporreste la vostra vita.»

«Signor sindaco,» disse il vescovo «in sostanza trattasi solo di questo? Io non mi trovo in questo mondo per salvaguardare la mia vita, ma per proteggere le anime.»

Fu necessario lasciarlo fare.

Partì accompagnato soltanto da un fanciullo che s'offerse di fargli da guida. La sua ostinazione fece rumore nel paese e spaventò molti. Non volle condurre con sé né sua sorella né la signora Magloire. Traversò la montagna a dorso di mulo. Non incontrò nessuno e giunse sano e salvo presso i buoni amici pastori. Vi rimase quindici giorni predicando, amministrando sacramenti, insegnando, facendo la morale. Quando fu prossimo alla partenza, decise di cantare pontificalmente un *Te Deum*. Ne parlò al curato. Ma come fare? Non c'erano paramenti episcopali, non si poteva mettere a sua disposizione che una modestissima sacristia di villaggio con alcuni vecchi piviali di damasco logoro, ornati di falsi passamani.

«Bah!» disse il vescovo. «Signor curato, annunciamo lo stesso dal pulpito il nostro *Te Deum*. Si troverà modo di accomodare tutto.»

Si cercò nelle chiese dei dintorni. Tutte le magnificenze di quelle umili parrocchie non sarebbero bastate ad adornare convenientemente un cantore di cattedrale. Mentre si era in simile imbarazzo, una grande cassa fu portata e deposta al presbiterio per il signor vescovo, da due sconosciuti a cavallo, che ripartirono immediatamente.

Si aperse la cassa. Conteneva un piviale intessuto d'oro, una mitra ornata di diamanti, una croce arcivescovile, un magnifico bastone pastorale, tutti i vestiti pontificali rubati un mese prima dal tesoro di Nostra Signora d'Embrun. Nella cassa c'era un pezzo di carta sul quale erano scritte queste parole: «*Cravatte a monsignor Bienvenu*».

«Ve lo dicevo io che si sarebbe accomodato tutto» disse il vescovo. Poi aggiunse sorridendo: «A chi s'accontenta di una cotta da curato, Iddio manda una cappa d'arcivescovo».

«Monsignore,» mormorò il curato scuotendo il capo «Dio o il diavolo?»

Il vescovo lo guardò fissamente e rispose con autorevolezza: «Dio!».

Quand'egli ritornò al Chastelar, lungo tutta la strada venivano a guardarlo per curiosità. Ritrovò al presbiterio di Chastelar la signorina Baptistine e la signora Magloire che l'aspettavano e disse a sua sorella: «Ebbene, avevo ragione? Il povero prete è andato da quei poveri montanari con le mani vuote e ne ritorna con le mani piene. Ero partito portando solo la mia fiducia in Dio e riporto il tesoro di una cattedrale».

La sera, prima di coricarsi, disse ancora: «Non bisogna avere paura, mai, né dei ladri né degli assassini. Questi sono i pericoli esterni, i piccoli pericoli. Dobbiamo invece aver paura di noi stessi. I pregiudizi, ecco i ladri; i vizi, ecco gli assassini. I grandi pericoli sono dentro di noi. Che importa quello che può minacciare la nostra testa o la nostra borsa? Pensiamo solamente a quello che minaccia la nostra anima». Poi, volgendosi verso sua sorella: «Sorella mia, un prete non deve prendere mai precauzioni contro il prossimo. Quello che il prossimo fa, Iddio lo permette. Limitiamoci a pregare Iddio quando crediamo che un pericolo stia per piombarci addosso. Preghiamolo non per noi, ma perché nostro fratello non cada in errore per colpa nostra».

Del resto, gli avvenimenti erano rari nella sua esistenza. Noi raccontiamo qui quelli che sappiamo, ma di solito egli passava la sua vita a far sempre le stesse cose negli stessi momenti. Un mese del suo anno somigliava a un'ora della sua giornata. Quanto alla sorte del tesoro della cattedrale di Embrun, non cerchiamo di farci delle domande. Erano cose assai belle e molto tentatrici e assai adatte per essere rubate a profitto degli sventurati. D'altra parte erano già state rubate una volta. La prima metà dell'avventura era compiuta. Non restava altro che cambiare direzione del furto e fargli fare un po' di cammino nella direzione dei poveri. Del resto, non affermiamo niente a questo proposito. Solamente, nelle carte del vescovo si è trovata un'annotazione piuttosto oscura che si riferisce a questo affare e che è scritta così: «*Il problema è sapere se tutto questo deve ritornare alla cattedrale o all'ospedale*».

VIII
FILOSOFIA DOPO IL VINO

Il senatore di cui si è parlato prima era un uomo pratico che aveva fatto la sua strada con una rettitudine incurante di tutti quegli incontri che possono ostacolare e che si chiamano coscienza, fede giurata, giustizia, dovere; egli aveva marciato diritto al suo scopo e senza inciampare una sola volta nella linea della sua avanzata e del suo interesse. Era un antico procuratore ubriacato dal successo, non cattivo, capace di fare tutti i piccoli piaceri che poteva ai suoi figli, generi, parenti e anche amici; aveva preso saggiamente dalla vita i lati buoni, le buone occasioni, le buone fortune; tutto il resto gli sembrava abbastanza idiota. Era brioso e colto quel tanto che bastava per credersi un discepolo d'Epicuro, pur essendo forse soltanto un prodotto di Pigault-Lebrun.[4] Rideva volentieri e gradevolmente delle cose infinite ed eterne e delle «chimere di quel buon vescovo». Qualche volta ne rideva con garbata autorità davanti allo stesso monsignor Myriel, il quale ascoltava. Una volta, in non so quale cerimonia quasi ufficiale, il conte *** (quel senatore) e monsignor Myriel furono obbligati ad andare a pranzo dal prefetto. Alla frutta il senatore, un po' brillo, ma sempre dignitoso, esclamò:

«Perbacco, signor vescovo, parliamo. Un senatore e un vescovo si guardano difficilmente senza ammiccare. Noi siamo due àuguri. Voglio farvi una confessione: io possiedo la mia filosofia».

«E avete ragione,» rispose il vescovo «quando uno si fa una filosofia, ci si adagia, e voi siete sopra un letto di porpora, signor senatore.»

Il senatore, incoraggiato, riprese:

«Parliamo da buoni ragazzi».

«Anche da buoni diavoli» disse il vescovo.

«Vi dichiaro» replicò il senatore «che il marchese di Argens, Pirrone, Hobbes e Naigeon[5] non sono dei cialtroni. Nella mia biblioteca ho tutti i miei filosofi in legatura dorata.»

---

[4] Guillaume-Charles-Antoine Pigault de l'Épinoy (1753-1835), mediocre romanziere e drammaturgo di tono volterriano.

[5] Il marchese di Argens (1704-1771) e André Naigeon (1738-1810), due autori di second'ordine, che il senatore accomuna con Hobbes e Pirrone.

«Dorata come voi, signor conte» interruppe il vescovo.

Il senatore proseguì:

«Odio Diderot, è un ideologo, un declamatore e un rivoluzionario che in fondo crede in Dio ed è più bigotto di Voltaire. Voltaire si è burlato di Needham e ha avuto torto, perché le anguille di Needham[6] provano che Dio è inutile. Una goccia di aceto in un cucchiaio di pasta di farina sostituisce il *Fiat lux*. Supponete il cucchiaio più grosso e la goccia più grande e avrete il mondo. L'uomo è l'anguilla. Allora a che serve il Padre Eterno? Signor vescovo, l'ipotesi Jehovah mi stanca perché non serve che a produrre della gente magra che sa solo almanaccare. Abbasso questo gran Tutto che non mi dà pace; viva Zero che mi lascia tranquillo. Sia detto tra noi, per vuotarmi il sacco, e per confessarmi al mio pastore come si deve, vi dichiaro che ho del buon senso. Non sono pazzo del vostro Gesù che predica a ogni piè sospinto la rinuncia e il sacrificio. Consiglio da avaro a pezzenti. Rinuncia, perché? Sacrificio, a che? Non giova che un lupo si immoli alla fortuna di un altro lupo. Restiamo nella natura. Noi siamo sulla vetta, cerchiamo di avere una filosofia superiore. A che serve essere in alto, se non si vede più lontano della punta del naso altrui? Viviamo allegramente. La vita è tutto. Che l'uomo abbia un altro avvenire altrove, lassù quaggiù o in un altro luogo, io non ne credo una parola. Ah, mi si raccomanda il sacrificio e la rinuncia, devo stare attento a tutto quello che faccio, bisogna che mi rompa la testa sul bene e sul male, sul giusto e l'ingiusto, sul *fas* e il *nefas*. Perché? Perché dovrò render conto delle mie azioni. Quando? Dopo la mia morte. Che bel sogno! Dopo la mia morte sarà bravo chi mi prenderà. È lo stesso che far prendere un pugno di cenere da una mano d'ombra. Diciamo il vero, noi che siamo degli iniziati e abbiamo sollevato il velo d'Iside: non c'è né bene né male, c'è la vegetazione. Cerchiamo la realtà, scaviamo a fondo diamine!, bisogna fiutare la verità, rovistare sotto terra e afferrarla; allora vi dà delle gioie squisite, allora diventate forte e ridete: sono quadrato alla base, io! Signor vescovo, che cosa è l'immortalità dell'uomo? Vattelapesca! Oh che bella promessa! Fidatevene pure! Che bel biglietto d'ingresso possiede Adamo! Siamo anima, saremo angeli e avremo delle ali turchine sulle spalle. Aiutatemi dunque: non è Tertulliano[7] che dice che i fortunati andranno da un astro all'altro? Saremo le cavallette delle stelle. E poi si vedrà Dio. Ta ta ta. Che sciocchezza tutto quel paradiso! Iddio è una grossa frottola.

[6] John Needham (1713-1781), naturalista inglese, nella voce «Dio» del *Dizionario filosofico* tenta di conciliare la teoria della generazione spontanea con la credenza in un Dio creatore.

[7] Il senatore confonde Tertulliano con Cicerone, riferendosi al «Sogno di Scipione» nel *De re pubblica*.

Questo non lo scriverò nel "Moniteur", perbacco, ma lo mormoro fra gli amici, *inter pocula*.[8] Sacrificare la terra al paradiso è come lasciare andare la preda per afferrare un'ombra. Essere gli zimbelli dell'infinito! Non sono così scemo. Io sono Niente, io mi chiamo conte Niente, senatore. Esistevo prima della mia nascita? No. Esisterò dopo la mia morte? No. Che cosa sono? Un po' di polvere tenuta assieme dall'organismo. Che cosa ho da fare su questa terra? Posso scegliere: soffrire o godere. Dove mi condurranno le sofferenze? Al niente. Ma avrò sofferto. Dove mi condurranno le gioie? Al niente. Ma avrò goduto. La mia scelta è fatta. Bisogna essere divoratori o divorati. Io divoro; è meglio essere il dente piuttosto che l'erba. Questa è la mia saggezza. Dopo di che vadano le cose alla deriva: il becchino è pronto, il Panthéon è per noi, tutto cade nel gran buco. Fine, *Finis*. Liquidazione totale: questo è il punto della dissolvenza. La morte è morte, credetemi. Che ci sia là qualcuno che abbia qualche cosa da dirmi, io rido a pensarci. Favole da nutrici! Spauracchi per i bambini, Jehovah per gli uomini. No, il nostro avvenire è la notte. Dietro la tomba non esistono che identici nulla. Siete stato Sardanapalo, siete stato Vincent de Paul? Fa lo stesso. Ecco la verità. Dunque vivete, soprattutto. Usate del vostro Io fin quando l'avete. In verità vi dico, signor vescovo, ho la mia filosofia, non mi lascio lusingare dalle chimere. Dopo tutto ci vuole pure qualche cosa per quelli che sono quaggiù, per i pezzenti, per quelli che guadagnano poco, per i miserabili: e si dan loro da bere le leggende, le chimere, l'anima, l'immortalità, il paradiso, le stelle. Masticano tutto questo, lo mettono sul loro pane secco. Chi non ha niente ha il buon Dio. È il meno che si possa avere. Io non metto nessun ostacolo, ma conservo per me il signor Naigeon. Il buon Dio è per il popolo».

Il vescovo batté le mani.

«Questo è un parlare!» esclamò. «Stupendo e davvero fantastico, questo materialismo! Non è per tutti, e quando lo si possiede, non ci si lascia stupidamente esiliare come Catone, né lapidare come Stefano, né bruciare come Giovanna d'Arco. Quelli che sono riusciti a procurarsi questo materialismo ammirevole, hanno la gioia di sentirsi irresponsabili e di pensare che possono divorare tutto senza troppi pensieri: i posti, le sinecure, le dignità, i poteri bene o male acquistati, le ritrattazioni lucrative, i tradimenti utili, le saporose capitolazioni di coscienza; e che scenderanno nella tomba dopo aver compiuta la digestione. Come è divertente! Non dico questo per voi, signor senatore, tuttavia mi è impossibile non felicitarvi. Voi altri grandi signori avete, voi dite, una filosofia tutta per voi, squisita, raffinata, accessibi-

[8] Fra le tazze, cioè durante un pranzo.

le solamente ai ricchi, buona in tutte le salse, che condisce ottimamente le voluttà della vita. Questa filosofia è presa nel profondo e dissotterrata da speciali cercatori. Ma voi siete indulgenti e non trovate nulla di male che la fede nel buon Dio sia la filosofia del popolo, press'a poco come l'oca con le castagne è il tacchino coi tartufi del povero.»

IX
IL FRATELLO PRESENTATO DALLA SORELLA

Per dare un'idea della vita di famiglia del vescovo di Digne e della maniera in cui quelle due sante zitelle subordinavano le loro azioni, i loro pensieri, persino i loro istinti di donne facilmente spaventate, alle abitudini e alle intenzioni del vescovo, senza che egli dovesse neppure prendersi la pena di parlare per esprimerle, non possiamo far di meglio che trascrivere qui una lettera della signorina Baptistine alla viscontessa di Boischevron, sua amica d'infanzia. Questa lettera è nelle nostre mani.

Digne, 18 dicembre 18...

Mia buona signora, non passa giorno che noi non parliamo di voi. Questa è la nostra abitudine, ma c'è una ragione di più. Figuratevi che lavando e spolverando i soffitti e i muri, la signora Magloire ha fatto delle scoperte: ora le nostre due camere tappezzate di vecchia carta intonacata non scomparirebbero in un castello sul genere del vostro. La signora Magloire ha strappato tutta la carta: c'erano delle cose, sotto. Il mio salotto, che è senza mobili e ci serve per distendere la biancheria dopo il bucato, è alto quattro metri e largo cinque; ha un soffitto dipinto anticamente con doratura, ha delle travature come da voi. Era ricoperto da una tela dal tempo in cui c'era l'ospedale. Infine ci sono delle rivestiture di legno del tempo delle nostre nonne; ma è la mia camera che bisogna vedere. La signora Magloire ha scoperto, sotto almeno dieci strati di carta incollati uno sull'altro, delle pitture, che senza essere buone, sono sopportabili. È Telemaco investito cavaliere da Minerva; è ancora lui nei giardini... il nome mi sfugge; infine, è dove le dame romane andavano una sola notte. Cosa potrei dirvi? Io ho dei romani, delle romane (qui una parola illeggibile) e via dicendo. La signora Magloire ha lavato tutto e nella prossima settimana riparerà qualche piccola rottura, rivernicerà tutto e la mia camera sarà un vero museo. Essa ha inoltre trovato in un angolo del solaio due mensole di legno di tipo antico. Mi hanno domandato due scudi da sei lire per ridorarle, ma è meglio dare ciò ai poveri; d'altra parte, sono molto brutte e io preferirei avere una tavola rotonda in mogano.

Io sono sempre molto felice. Mio fratello è così buono; dà tutto quello che ha ai bisognosi e ai malati. Noi siamo molto a disagio, ma il paese è duro d'inverno, e bisogna ben fare qualche cosa per quelli che hanno bisogno. Noi abbiamo quasi del riscaldamento e della luce: queste, come vedete, sono grandi comodità.

Mio fratello ha delle abitudini tutte sue. Quando conversa, dice che un vescovo deve essere così. Figuratevi che la porta di casa non è mai chiusa. Può entrare chi vuole, e si è subito da mio fratello. Non ha paura di niente, neppure di notte. Questo è il suo modo di esser coraggioso, dice. Non vuole che io e la signora Magloire temiamo per lui. Si espone a tutti i pericoli, non vuole neppure che noi mostriamo di accorgercene, bisogna sapere comprenderlo. Esce con la pioggia, cammina nell'acqua, viaggia d'inverno, non ha paura della notte, né delle strade sospette, né degli incontri. L'anno scorso è andato da solo in un paese di ladri, non ha voluto condurmi con sé, è rimasto assente quindici giorni. Al suo ritorno non gli era capitato niente; lo si credeva morto, e invece stava bene e ha detto: «Ecco come mi hanno derubato» e ha aperto una valigia piena di gioielli rubati alla cattedrale di Embrun che i ladri gli avevano regalato.

Quella volta, siccome gli ero andata incontro per due leghe, con altri suoi amici, non ho potuto impedirmi di rimproverarlo un poco, avendo cura di parlare quando la vettura faceva rumore affinché nessun altro potesse sentirmi. Nei primi tempi mi dicevo: non c'è pericolo che lo fermi, è terribile; ma ho finito per abituarmi. Faccio segno alla signora Magloire che non lo contrari. Rischi come vuole; conduco via la signora Magloire, vado nella mia camera, prego per lui e mi addormento. Sono tranquilla perché so bene che se gli capitasse qualche disgrazia sarebbe la mia fine. Andrei al buon Dio con mio fratello e il mio vescovo. La signora Magloire ha sofferto più di me ad abituarsi a quelle che chiamava le sue imprudenze. Ma ormai s'è presa questa piega. Noi preghiamo tutte e due, abbiamo timore assieme e ci addormentiamo. Il diavolo potrebbe entrare nella casa che noi lo si lascerebbe fare. Dopo tutto che cosa temiamo in questa casa? C'è sempre qualcuno con noi che è il più forte. Il diavolo può passarci, ma il buon Dio l'abita.

Ecco quello che mi basta. Mio fratello non ha più bisogno di dirmi una parola, io lo capisco senza che mi parli, e noi ci abbandoniamo alla Provvidenza. Così bisogna essere con un uomo che è grande in ispirito. Ho interrogato mio fratello per le informazioni che mi domandate sulla famiglia di Faux. Voi sapete come egli sappia tutto e come ricordi, perché è sempre assai buon realista. Si tratta veramente di un'antichissima famiglia normanna della generalità di Caen. Cinquecento anni fa vivevano un Raoul de Faux, un Jean de Faux e un Thomas de Faux, gentiluomini di cui uno signore di Rochefort. L'ultimo era Guy Étienne Alexandre che era maestro di campo con qualche mansione nella cavalleria leggera di Bretagna. Sua figlia Marie-Louise ha sposato Adrien Charles de Gramont, figlio del duca Louis de Gramont, pari di Francia, colonnello delle guardie francesi e luogotenente generale delle armate. Si scrive Faux, Fauq e Faoucq.

Buona signora, raccomandatemi alle preghiere del vostro santo parente, il signor cardinale. Quanto alla vostra cara Maria, ha fatto bene a non occupare i brevi istanti che passa con voi per scrivermi. Ella sta bene, lavora secondo i vostri desideri, mi vuole sempre bene; non mi occorre altro. Per mezzo vostro mi è giunto il suo ricordo e ne sono contenta. La mia salute non è troppo cattiva, però dimagro ogni giorno più. Addio, la carta mi manca e mi costringe a lasciarvi. Molte buone cose.

Baptistine.

PS. La vostra signora cognata è sempre qui con la sua giovane famiglia. Il vostro nipotino è grazioso. Sapete che avrà presto cinque anni! Ieri ha visto passare un cavallo al quale avevano messo le ginocchiere e ha detto: «Che si è fatto ai ginocchi?». È tanto caro, quel bambino! Il suo fratellino trascina una vecchia scopa nell'appartamento come una carrozza e dice: «Hu!».

Come si vede da questa lettera, le due donne sapevano adattarsi alla maniera di vivere del vescovo con l'intuito particolare delle donne che comprendono l'uomo meglio di quanto l'uomo intenda se stesso. Il vescovo di Digne, con quell'aspetto dolce e candido che non si smentiva mai, faceva alle volte delle cose grandi, ardite e magnifiche, senza neppure sembrare che ci pensasse. Esse ne tremavano, ma lo lasciavano fare. Talvolta la signora Magloire tentava una rimostranza prima, mai durante né dopo. Mai lo turbavano, neppure con un segno, quando un'azione era cominciata. In certi momenti, senza che egli avesse bisogno di dirlo, quando forse non ne aveva coscienza lui stesso, tanto la sua semplicità era perfetta, sentivano vagamente che egli agiva come vescovo: allora diventavano come due ombre nella casa. Lo servivano passivamente e, se obbedire era sparire, sparivano. Esse sapevano con mirabile delicatezza d'istinto, che certe sollecitudini possono dare fastidio, quindi anche se lo credevano in pericolo capivano, non dico il suo pensiero, ma la sua natura al punto di non vegliare più su di lui. Lo affidavano a Dio. D'altra parte, Baptistine diceva, come si è letto, che la fine di suo fratello sarebbe stata la sua. La signora Magloire non lo diceva, ma lo sapeva.

X

IL VESCOVO IN PRESENZA D'UNA LUCE SCONOSCIUTA

Poco dopo la data della lettera citata nelle precedenti pagine, egli fece una cosa che, a sentire l'opinione di tutta la città, era anche più arrischiata della sua gita attraverso le montagne dei banditi.

Presso Digne, nella campagna, c'era un uomo che viveva solitario. Quest'uomo, diciamo subito la grande parola, era un antico membro della Convenzione: si chiamava G.

Si parlava di G., nel piccolo mondo di Digne, con una specie di orrore. Un convenzionista: ve lo figurate? Esisteva al tempo in cui ci si dava del «tu» e si diceva «cittadino». Quest'uomo era quasi un mostro. Non aveva votato la morte del re,[9] ma quasi: era un quasi regicida. Era stato terribile. Come mai, al ritorno dei principi legittimi, non era stato condotto davanti alla giustizia? Non gli si sarebbe tagliata la testa, se volete; ci vuole della clemenza, ammettiamolo: ma un buon bando a vita, sì. Un esempio, infine! Per di più era un ateo, come tutta quella gente.

Chiacchiere di oche sull'avvoltoio.

Era poi un avvoltoio questo G.? Sì, se si voleva giudicarlo dal carattere feroce della sua solitudine. Non avendo votato la morte del re, non era stato compreso nei decreti di bando e aveva potuto restare in Francia.

Abitava a tre quarti d'ora dalla città, lontano da tutte le strade, lontano da tutti i casolari, in non so qual posto sperduto di un vallone molto selvaggio. Si diceva che egli possedesse là una specie di campo, un buco, una tana. Nessun vicino, neppure un passante. Da quando abitava in quel vallone, il sentiero che vi conduceva era sparito sotto l'erba. Si parlava di quel posto come della casa del boia.

Tuttavia, il vescovo ci pensava e ogni tanto indicava il vallone del vecchio convenzionista e diceva: «Là c'è un'anima che è sola».

E alla fine pensava: «Io gli devo una visita».

Ma, confessiamolo, questa idea, al primo momento naturale, gli appariva poi strana, impossibile e quasi ripugnante, perché in fondo condivideva l'opinione generale e il convenzionista gli ispirava, senza che se ne rendesse conto, quel sentimento che è come la frontiera dell'odio ed è espresso così bene dalla parola «antipatia». Tuttavia la rogna della pecora deve far retrocedere il pastore?

No. Ma quale pecora!

Il buon vescovo era perplesso. Qualche volta andava da quella parte e poi ritornava sui suoi passi.

Un giorno, infine, si sparse la voce che un giovane mandriano che serviva il convenzionista G. nel suo covo, era venuto a cercare un medico, che il vecchio scellerato stava morendo, che la paralisi lo prendeva e che non avrebbe superato la notte. «Sia ringraziato Dio!» aggiungeva qualcuno.

Il vescovo prese il suo bastone, mise il suo soprabito, a causa della

---

[9] Nel gennaio 1793 i convenzionisti avevano votato la morte di Luigi XVI. La legge del novembre 1815 li aveva messi al bando.

tonaca un po' troppo usata, come abbiamo detto, e anche a causa del vento della sera, che non doveva tardare a soffiare, e partì.

Il sole declinava e toccava quasi l'orizzonte quando giunse al luogo scomunicato. Riconobbe con un certo batticuore che era presso la tana. Scavalcò un fossato, superò una siepe, alzò una sbarra, entrò in un cortile abbandonato, fece qualche passo abbastanza arditamente e di colpo, in fondo alla radura, dietro un alto roveto, vide la caverna. Era una capanna molto bassa, povera, piccola e pulita, con una pergola sulla facciata.

Davanti alla porta, in una vecchia sedia a rotelle, poltrona dei contadini, c'era un uomo coi capelli bianchi che sorrideva al sole. Vicino al vecchio seduto, stava, in piedi, il ragazzo, il piccolo mandriano. Tendeva al vecchio una ciotola di latte.

Mentre il vescovo li guardava, il vecchio alzò la voce: «Grazie,» disse «non ho più bisogno di niente». E il suo sorriso lasciò il sole per fermarsi sul ragazzo. Il vescovo avanzò. Al rumore che fece camminando, il vecchio seduto girò la testa e il suo viso mostrò tutta la sorpresa che si può ancora provare dopo una lunga vita.

«Da quando sono qui,» disse «è la prima volta che uno viene da me. Chi siete, signore?»

Il vescovo rispose:

«Mi chiamo Bienvenu Myriel».

«Bienvenu Myriel. Ho sentito pronunciare questo nome. Siete voi che il popolo chiama monsignor Bienvenu?»

«Sono io.»

«In questo caso voi siete il mio vescovo?»

«Un po'.»

«Entrate, signore.»

Il convenzionista tese la mano al vescovo, ma il vescovo non la prese. Si limitò a dire:

«Sono contento di vedere che mi avevano ingannato. Non mi sembrate affatto ammalato.»

«Signore,» rispose il vecchio «sto per guarire.» Fece una pausa e disse: «Morirò fra tre ore».

Poi riprese:

«Sono un po' medico; so in quale maniera viene l'ultima ora. Ieri non avevo che i piedi freddi, oggi il freddo ha raggiunto le ginocchia, e ora sento che monta sino alla cintola; quando sarà al cuore mi fermerò. Il sole è bello non è vero? Mi sono fatto spingere fuori per dare un'ultima occhiata alle cose. Voi potete parlarmi, questo non mi stanca. Fate bene a venire a vedere un uomo che muore. È bene che questo momento abbia dei testimoni. Si hanno delle manie, avrei voluto morire all'alba. Ma io so che ne ho ancora per appena tre ore. Sarà notte. Ma infine, che cosa importa? Finire è un affare semplice, non c'è bisogno del mattino. Sia! Io morirò all'aperto sotto le stelle».

Il vecchio si voltò verso il mandriano.

«Tu va' a coricarti. Hai vegliato l'altra notte, sei stanco.»

Il ragazzo entrò nella capanna.

Il vecchio lo seguì cogli occhi e aggiunse come parlando a se stesso:

«Mentre lui dormirà, io morirò. I due sonni possono farsi buona compagnia».

Il vescovo non era commosso come sarebbe stato naturale. Non credeva di sentir Dio in quella maniera di morire. Diciamo tutto, perché le piccole contraddizioni dei grandi cuori devono essere indicate come il resto. Egli, che all'occasione rideva di «sua grandezza», era un po' seccato di non essere chiamato monsignore ed era quasi tentato di replicare: cittadino. Gli venne una velleità di familiarità burbera abbastanza comune nei medici e nei preti, ma che non gli era abituale. Quest'uomo, dopo tutto, questo convenzionista, questo rappresentante del popolo era stato un potente della terra: forse per la prima volta in vita sua il vescovo si sentì in vena di severità.

Il convenzionista l'osservava con una cordialità modesta, nella quale si sarebbe potuto riconoscere l'umiltà propria di quando si è così vicini alla morte. Il vescovo, per quanto di solito non fosse curioso perché la curiosità, secondo lui, era vicina all'offesa, non poteva impedirsi di esaminare il convenzionista con un'attenzione che, non avendo probabilmente la sua origine nella simpatia, gli sarebbe stata rimproverata dalla sua coscienza di fronte a qualsiasi altro uomo. Un convenzionista gli faceva un po' l'effetto di un fuorilegge: anzi, fuori della legge di carità.

G., calmo, il busto quasi eretto, la voce vibrante, era uno di quei grandi ottuagenari che suscitano le meraviglie del fisiologo. La rivoluzione ha avuto parecchi di questi uomini proporzionati all'epoca. Si sentiva in quel vecchio l'uomo avvezzo a ogni prova. Così prossimo alla fine, aveva conservato tutti i gesti della salute. C'era nel suo sguardo chiaro, nel suo accento fermo, nel suo robusto movimento di spalle, di che sconcertare la morte. Azrael, l'angelo maomettano del sepolcro, avrebbe cambiato strada e avrebbe creduto di sbagliarsi di porta. G. sembrava morire per suo desiderio. C'era della libertà nella sua agonia. Solo le gambe erano immobili: le tenebre lo afferravano da quella parte. I piedi erano morti e freddi e la testa viveva in tutta la sua potenza di vita e pareva in piena luce. G., in quel grave momento, sembrava quel re del racconto orientale, carne in alto, marmo in basso.

C'era una pietra, il vescovo vi si sedette: l'esordio fu *ex abrupto*.

«Mi congratulo,» disse col tono con cui si rimprovera. «Voi, ad ogni modo, non avete votato la morte del re.»

Il convenzionista non parve notare il sottinteso amaro nascosto nelle parole «ad ogni modo». Ogni sorriso era sparito dalla sua faccia.

«Non congratulatevi troppo, monsignore, io ho votato la morte del tiranno.»

Era l'accento austero in presenza dell'accento severo.

«Che volete dire?» riprese il vescovo.

«Voglio dire che l'uomo ha un tiranno, l'ignoranza. Io ho votato la fine di quel tiranno. Questo tiranno ha generato la monarchia che è l'autorità presa nel falso, mentre la scienza è l'autorità presa nel vero. L'uomo non deve essere governato che dalla scienza.»

«E dalla coscienza» aggiunse il vescovo.

«È la stessa cosa. La coscienza è la quantità di scienza innata che abbiamo in noi.»

Monsignor Bienvenu ascoltava, un po' meravigliato, questo linguaggio nuovissimo per lui.

Il convenzionista proseguì:

«Quanto a Luigi XVI, ho detto no. Non mi credo in diritto di uccidere un uomo; ma mi sento in dovere di sterminare il male. Ho votato la fine del tiranno. Cioè la fine della prostituzione per la donna, la fine della schiavitù per l'uomo, la fine delle tenebre per il ragazzo. Votando la repubblica, io ho votato questo, ho votato la fraternità, la concordia, l'aurora. Ho aiutato la caduta dei pregiudizi e degli errori. I crolli degli errori e dei pregiudizi fanno la luce. Abbiamo fatto cadere il vecchio mondo, noialtri, e il vecchio mondo, vaso di miserie, rovesciandosi sul genere umano, è divenuto un'urna di gioia.»

«Gioia corrotta» disse il vescovo.

«Voi potreste dire gioia torbida, e oggi, dopo il fatale ritorno al passato che si chiama 1814, gioia sparita. Purtroppo l'opera è stata incompleta, ne convengo: noi abbiamo demolito l'antico regime nei fatti, ma non l'abbiamo potuto interamente sopprimere nelle idee. Distruggere gli abusi non basta, bisogna modificare i costumi. Il mulino non c'è più, il vento c'è ancora.»

«Voi avete demolito. Demolire può essere utile; ma io diffido di una demolizione complicata dalla collera.»

«Il diritto ha la sua collera, signor vescovo, e la collera del diritto è un elemento del progresso. Non importa; e, checché se ne dica, la rivoluzione francese è il più potente passo del genere umano dopo l'avvento di Cristo. Incompleta, sia pure, ma sublime. Essa ha addolcito gli spiriti; ha calmato, placato, schiarito: ha fatto scorrere sulla terra flutti di civiltà. È stata buona. La rivoluzione francese è cosa sacra all'umanità.»

Il vescovo non poté trattenersi dal mormorare:

«Sì! '93!».

Il convenzionista si drizzò sulla sedia con una solennità quasi lugubre, e, come un morente può gridare, gridò:

«Ah! Eccovi: '93! Attendevo questa parola; una nube si è formata durante quindici secoli, dopo quindici secoli è scoppiata; voi fate il processo al tuono».

Il vescovo sentì, forse senza confessarselo, che qualche cosa in lui era stato colpito, tuttavia non si ribellò. Rispose:

«Il giudice parla a nome della giustizia; il prete parla a nome della pietà, che non è altro che una giustizia più elevata. Un tuono non deve sbagliare».

E aggiunse guardando fissamente il rivoluzionario:

«Luigi XVII?».

Il rivoluzionario stese la mano e prese il braccio del vescovo:

«Luigi XVII! Vediamo. Su chi piangete? Forse sul ragazzo innocente? Allora sia. Io piango con voi. È per il figlio reale? Chiedo di riflettere. Per me il fratello di Cartouche,[10] ragazzo innocente, appeso per le ascelle in piazza di Grève sino alla morte per la sola colpa di essere stato fratello di Cartouche, non è meno doloroso del nipote di Luigi XV, ragazzo innocente, martirizzato nella torre del Temple per il solo delitto di essere stato figlio di Luigi XVI».

«Signore,» disse il vescovo «non apprezzo questi accostamenti di nomi.»

«Cartouche? Luigi XV? Per quale dei due protestate?»

Vi fu un momento di silenzio. Il vescovo rimpiangeva quasi di essere venuto e tuttavia si sentiva vagamente e stranamente turbato. Il rivoluzionario riprese:

«Ah, signor prete, voi non amate le crudezze del vero. Cristo le amava, lui. Prendeva una verga e ripuliva il tempio. Il suo scudiscio pieno di lampi era un rude affermatore di verità. Quando gridava: "*Sinite parvulos*"[11] non faceva distinzioni fra i piccini. Non si sarebbe trovato in imbarazzo accostando il delfino di Barabba al delfino di Erode. Signore, l'innocenza è di per se stessa una corona; l'innocenza non sa che farsene di essere altezza; è egualmente augusta in cenci che in fiordalisi».

---

[10] Louis-Dominique Bourguignon, detto Cartouche (1693-1721), brigante, fu arrotato in piazza di Grève.

[11] «Lasciate che i fanciulli vengano a me», Vangelo secondo Marco, X, 14.

«È vero» disse il vescovo a bassa voce.

«Insisto» continuò il rivoluzionario G. «Voi mi avete nominato Luigi XVII. Intendiamoci bene: vogliamo piangere su tutti gli innocenti, su tutti i martiri, su tutti i fanciulli, su quelli che sono in basso come su quelli che sono in alto? Ci sto. Ma allora, ve l'ho detto, bisogna risalire più su del '93 e dobbiamo cominciare le nostre lacrime prima di Luigi XVII; io piangerò con voi sui figli di re, purché voi piangiate con me sui bimbi del popolo.»

«Io piango per tutti» disse il vescovo.

«Egualmente» esclamò G. «E se la bilancia deve pendere da una parte, sia dalla parte del popolo; soffre infatti da molto più tempo.»

Vi fu ancora un silenzio. Fu il rivoluzionario che lo interruppe; si sollevò sopra un gomito, prese tra il pollice e l'indice piegato un po' della sua guancia, come si fa macchinalmente quando si interroga e si giudica, e interpellò il vescovo con uno sguardo ricco di tutte le energie dell'agonia. Fu quasi un'esplosione.

«Sì, signore; il popolo soffre da molto più tempo; e poi, guardate, non è solo questo. A che venite a interrogarmi e a parlarmi di Luigi XVII? Non vi conosco, io. Da quando sono in questo paese, ho vissuto in questo luogo chiuso, solo, senza mettere piede fuori, senza vedere alcuno all'infuori di questo fanciullo che m'aiuta. Il vostro nome, è vero, è giunto confusamente sino a me e, devo dirvelo, non troppo maledetto. Ma questo non significa nulla. La gente abile ha tante maniere per darla a intendere a quel bonaccione del popolo. A proposito, non ho sentito il rumore della vostra carrozza; senza dubbio l'avrete lasciata dietro la siepe laggiù all'incrocio della strada. Non vi conosco, vi dico; voi mi avete detto di essere il vescovo, ma questo non mi informa per nulla sulla vostra persona morale. Insomma, vi ripeto la mia domanda: chi siete? Siete un vescovo, cioè un principe della chiesa, uno di quegli uomini dorati, blasonati, pieni di rendite, che hanno grosse prebende– il vescovado di Digne: quindicimila franchi di rendita; diecimila franchi di incerti; totale: venticinquemila–, che hanno cuochi, che hanno livree, che fanno buona mensa, mangiano gallinelle al venerdì e si pavoneggiano con un servo davanti e un altro dietro nella berlina di gala, e hanno dei palazzi e vanno in carrozza nel nome di Gesù che andava a piedi nudi. Voi siete un prelato: rendite, palazzi, cavalli, valletti, buona tavola, tutte le sensualità della vita. Voi come gli altri avete tutto questo e come gli altri ne gioite. Ebbene, questo mi dice troppo o non mi dice abbastanza. Questo non mi rischiara sul valore intrinseco ed essenziale di un uomo come voi, che viene forse con la pretesa di apportarmi la saggezza. A chi parlo? Chi siete?».

Il vescovo abbassò la testa e rispose:

«*Vermis sum*».[12]

«Un lombrico in carrozza» brontolò il rivoluzionario. Toccava a lui essere altero e al vescovo essere umile. E il vescovo riprese con dolcezza:

«Signore, sia pure, ma spiegatemi come la mia carrozza che è lì a due passi dietro agli alberi, la mia buona tavola e le gallinelle che mangio il venerdì, le mie venticinquemila lire di rendita, il mio palazzo e i miei servi, provano che la pietà non sia una virtù, che la clemenza non sia un dovere e che il '93 non sia stato inesorabile».

Il membro della Convenzione si passò la mano sulla fronte come per togliervi una nuvola.

«Prima di rispondervi,» disse «vi prego di perdonarmi. Ho avuto torto, signore, voi siete in casa mia, siete mio ospite; ho il dovere di essere cortese; voi discutete le mie idee, è giusto che io mi limiti a combattere i vostri ragionamenti. Le vostre ricchezze e i vostri godimenti sono dei vantaggi che io ho contro di voi nella discussione, ma è di cattivo gusto servirsene. Vi prometto di non farne più uso.»

«Vi ringrazio» disse il vescovo.

G. riprese:

«Ritorniamo alla spiegazione che mi domandavate. A che punto eravamo? Che cosa mi dicevate? Che il '93 è stato inesorabile?».

«Inesorabile, sì» disse il vescovo. «Che pensate voi di Marat che applaudiva la ghigliottina?»

«Che ne pensate voi di Bossuet che cantava il *Te Deum* in onore delle persecuzioni religiose?»

La risposta era dura, ma andava dritta allo scopo con la rigidità di una punta d'acciaio. Il vescovo trasalì, non gli venne pronta alcuna replica, ma era irritato di quella maniera di nominare Bossuet. I migliori spiriti hanno i loro idoli e qualche volta si sentono vagamente abbattuti dalle mancanze di rispetto proprie della logica. Il rivoluzionario cominciava ad ansimare. L'asma dell'agonia che si mescolava agli ultimi respiri gli spezzava la voce. Tuttavia aveva ancora perfetta lucidità d'animo negli occhi. Continuò:

«Diciamo ancora qualche parola qua e là, io lo desidero. A parte la rivoluzione che, presa nel suo insieme, è un'immensa affermazione umana, il '93, ahimè, è un risposta. Voi lo trovate inesorabile, ma tutta la monarchia non è stata inesorabile, signore?».

«Carrier è un bandito, ma che nome date voi a Montrevel? Fouquier-Tinville è un pezzente, ma quale è la vostra opinione su Lamoignon-Bâville? Maillard è spaventoso, ma Saulx-Tavannes che cos'è, di grazia? Il padre Duchêne è feroce, ma che epiteto mi concederete per

[12] Sono un verme.

94

il padre Letellier? Jourdan Tagliateste è un mostro, ma meno del marchese di Louvois.[13] Signore, signore, io ho pietà di Maria Antonietta arciduchessa e regina, ma ho anche pietà di quella povera ugonotta che nel 1685, sotto Luigi il grande, signore, mentre allattava il suo piccino fu legata a un palo nuda fino alla cintola, mentre il piccino era tenuto a distanza; il seno si gonfiava di latte e il cuore di angoscia. Il piccino affamato e pallido vedeva quel seno, agonizzava e piangeva; e il boia diceva alla donna, madre e nutrice: "Abiura!" dandole la scelta tra la morte del suo piccino e la morte della sua coscienza. Che dite voi di questo supplizio di Tantalo inflitto a una madre? Signore, ricordatelo bene, la rivoluzione francese ha avuto le sue ragioni; la sua collera sarà assolta dall'avvenire, il suo risultato è un mondo migliore. Dai suoi colpi più terribili esce una carezza per il genere umano. Abbrevio, mi fermo, è troppo facile. D'altra parte, sto morendo.»

E, smettendo di guardare il vescovo, il rivoluzionario terminò il suo pensiero con queste poche parole tranquille:

«Sì, le brutalità del progresso si chiamano rivoluzioni. Quando sono finite si riconosce questo: che il genere umano è stato trattato male, ma che è andato avanti».

Il membro della Convenzione non dubitava di essere riuscito a spazzar via successivamente, l'una dopo l'altra, tutte le barriere interne del vescovo. Ne rimaneva tuttavia una e da quella barriera, ultima risorsa della resistenza di monsignor Bienvenu, uscì questa frase ove riapparve quasi tutta la rudezza del principio:

«Il progresso deve credere in Dio. Il bene non può avere un servitore empio; è cattiva guida per il genere umano colui che è ateo».

Il vecchio rappresentante del popolo non rispose; ebbe un tremito, guardò il cielo e una lacrima sgorgò lentamente da quello sguardo. Quando la palpebra fu piena, la lacrima colò lungo la sua gota livida ed egli disse, quasi balbettando a bassa voce e parlando a se stesso con l'occhio perduto nelle profondità:

---

[13] Jean-Baptiste Carrier (1756-1794), convenzionista che ordinò, a Nantes, che si annegassero dei realisti. Il marchese di Montrevel (1636-1716), persecutore dei protestanti. Antoine Quentin Fouquier-Tinville (1746-1795), pubblico ministero al tribunale rivoluzionario. Nicolas Lamoignon de Bâville (1648-1724), persecutore degli ugonotti. Francois-Stanislas Maillard (1763-1794) massacratore, nel 1792, di prigionieri politici. Gaspard de Saulx, maresciallo de Tavannes (1509-1573), uno dei promotori della «notte di San Bartolomeo». Il «Padre Duchesne» è un giornale violentemente conservatore diretto da Jacques Herbert (1757-1794), poi ghigliottinato. Padre Michel Le Tellier (1648-1719), confessore di Luigi XIV e avversario dei portorealisti. Jourdan Tagliateste è Mathieu Jouve (1749-1794), autore del massacro della ghiacciaia avvenuto ad Avignone nel 1791. François-Michel Le Tellier marchese di Louvois (1641-1691), ministro di Luigi XIV, persecutore dei protestanti, ordinò l'incendio del Palatinato.

«Oh tu! O ideale! Tu solo esisti».

Il vescovo ebbe una specie d'inesprimibile commozione. Dopo un silenzio il vecchio levò un dito verso il cielo e disse:

«L'infinito esiste. È là. Se l'infinito non avesse un io, l'io sarebbe il suo limite, non sarebbe infinità. In altri termini non sarebbe. Ora esso è; dunque ha un io; questo io dell'infinito è Dio».

Il morente aveva pronunciato quelle ultime parole a voce alta e con il fremito dell'estasi, come se vedesse qualcuno. Quando ebbe parlato, i suoi occhi si chiusero. Lo sforzo l'aveva esaurito. Era evidente che egli aveva vissuto in un istante le poche ore che gli restavano. Ciò che aveva detto l'aveva accostato a Colui che è nella morte. L'istante supremo arrivava. Il vescovo lo comprese. Il tempo stringeva; egli era pure venuto in qualità di sacerdote. Dall'estrema freddezza era passato di grado in grado alla estrema emozione. Guardò quegli occhi chiusi, prese quella vecchia mano grinzosa e gelata e si chinò verso il moribondo:

«Questa è l'ora di Dio; non credete che dovremmo rimpiangere di esserci incontrati invano?».

Il rivoluzionario aperse gli occhi. Una gravità piena di ombre si impresse sul suo viso.

«Signor vescovo,» disse con una lentezza che veniva forse più ancora dalla dignità dell'anima che dal mancamento delle forze «ho passato la mia vita nella meditazione, nello studio e nella contemplazione. Avevo sessant'anni quando il mio paese mi ha chiamato e mi ha ordinato di prender parte alle sue faccende. Ho obbedito: vi erano degli abusi, li ho combattuti; vi erano delle tirannie, le ho distrutte; v'erano dei diritti e dei principi, li ho proclamati e riconosciuti. Il territorio era invaso, l'ho difeso; la Francia era minacciata, ho offerto il mio petto. Non ero ricco, sono povero. Sono stato uno dei padroni dello Stato, la camera del tesoro era piena di monete al punto che si era forzati a puntellare i muri, che minacciavano di fendersi sotto il peso dell'oro e dell'argento. Cenavo in via dell'Albero Secco a ventidue soldi il pasto. Ho soccorso gli oppressi, ho confortato i sofferenti. Ho lacerato la tovaglia dell'altare, è vero, ma era per bendare le ferite della patria. Ho sempre sostenuto il progresso del genere umano verso la luce, e ho resistito qualche volta al progresso senza pietà. Ho, quando è stato necessario, protetto i miei stessi avversari, voialtri. C'è a Peteghem in Fiandra, nel posto stesso ove i re merovingi avevano il loro palazzo d'estate, un convento di urbanisti, l'abbazia di Sainte-Claire en Beaulieu che io ho salvato nel 1793. Ho fatto il mio dovere secondo le mie forze, e il bene che ho potuto. Dopo tutto questo sono stato cacciato, braccato, inseguito, perseguitato, calunniato, deriso, schernito, maledetto, proscritto. Da molti anni ormai, coi miei capelli bianchi, io sento che molta gente crede di avere il diritto di disprez-zarmi; io ho per la povera folla ignorante un viso da dannato, e accet-to, senza odiare alcuno, l'isolamento dell'odio. Ora ho ottantasei anni: sto per morire. Che cosa venite a chiedermi?»

«La vostra benedizione» disse il vescovo.

E s'inginocchiò.

Quando il vescovo rialzò la testa, la faccia del rivoluzionario era divenuta augusta. Egli era spirato. Il vescovo rientrò a casa profonda-mente assorto in non so quali pensieri. Passò tutta la notte in preghie-ra. L'indomani alcuni sfacciati curiosi tentarono di parlargli del rivo-luzionario G.; egli si limitò a mostrare il cielo. Da quel momento rad-doppiò la sua tenerezza e il suo spirito fraterno per i bimbi e per i sofferenti.

Qualunque allusione a quel vecchio scellerato di G. lo faceva piombare in una singolare preoccupazione. Nessuno potrebbe dire che il passaggio di quello spirito davanti al suo e il riflesso di quella grande coscienza sulla sua non partecipassero in qualche cosa al suo accostarsi alla perfezione.

Quella «visita pastorale» fu naturalmente un'occasione di pette-golezzi per le conventicole locali.

«Era il posto di un vescovo il capezzale di un simile morente? Era evidente che non c'era conversione da aspettarsi. Tutti quei rivoluzio-nari sono recidivi. Allora, perché andarci? Che cosa è andato a vede-re? Doveva essere molto curioso di vedere portar via un'anima dal diavolo.»

Un giorno, una vecchia dama, di quella specie impertinente che si crede brillante, gli si rivolse con questa uscita:

«Monsignore, ci si domanda quando vostra eccellenza avrà il ber-retto rosso.»

«Oh! Oh! Ecco un colore importante» rispose il vescovo. «Fortu-natamente quelli che lo disprezzano in un berretto, lo venerano in un cappello.»

XI

UNA RESTRIZIONE

Si rischierebbe di sbagliarsi di grosso se si volesse concludere che monsignor Bienvenu era un «vescovo filosofo» o «un curato patrio-ta». Il suo incontro, meglio, ciò che si potrebbe quasi chiamare il suo congiungimento con il rivoluzionario G., gli lasciò un senso di stupore che lo rese ancor più dolce. Ecco tutto.

Per quanto monsignor Bienvenu non sia stato per nulla un uomo politico, è forse qui il luogo di indicare, molto brevemente, quale fu il suo atteggiamento negli avvenimenti d'allora, dato e non concesso che monsignor Bienvenu abbia mai pensato ad avere un atteggiamento.

Risaliamo dunque indietro di qualche anno. Qualche tempo dopo la nomina di monsignor Myriel all'episcopato, l'imperatore l'aveva fatto barone dell'impero, insieme a molti altri vescovi. L'arresto del papa ebbe luogo, come si sa, nella notte dal 5 al 6 luglio 1809; in questa occasione monsignor Myriel fu chiamato da Napoleone al sinodo dei vescovi di Francia e d'Italia, convocato a Parigi. Questo sinodo fu tenuto a Notre-Dame e si riunì per la prima volta il 15 giugno 1811 sotto la presidenza del cardinale Fesch. Monsignor Myriel fu tra i novantacinque vescovi che vi si recarono. Ma fu presente solo a una seduta e a tre o quattro conferenze particolari. Vescovo di una diocesi di montagna, abituato a vivere così vicino alla natura, nella rusticità e nelle privazioni, pare che egli portasse fra questi personaggi eminenti delle idee che cambiavano la temperatura dell'assemblea. Egli ritornò molto presto a Digne. Lo interrogarono su questo improvviso ritorno; rispose: «*Davo fastidio. Portavo l'aria di fuori. Facevo loro l'effetto di una porta aperta*».

Un'altra volta disse: «*Cosa volete? Quei monsignori sono dei prìncipi. Io non sono che un povero vescovo di campagna*».

Il fatto è che non era piaciuto. Tra le altre cose strane pare che gli sia scappato detto, una sera in cui si trovava presso uno dei suoi colleghi più importanti: «Che bella pendola! Che bei tappeti! Che bei libri! Tutto ciò deve dare molto fastidio. Non vorrei proprio aver tutto questo superfluo e sentirmi gridare incessantemente: c'è della gente che ha fame, c'è della gente che ha freddo, ci sono dei poveri, ci sono dei poveri!».

Diciamolo di passaggio, l'odio del lusso non sarebbe un odio intelligente. Questo odio implicherebbe l'odio delle arti; tuttavia, per la gente di chiesa, salvo le rappresentanze e le cerimonie, il lusso è un torto. Sembra rivelare abitudini poco caritatevoli. Un prete ricco è un controsenso. Il prete deve tenersi vicino ai poveri. Ora, si può avere a che fare di continuo, e notte e giorno, con tutte le miserie, senza avere in sé un poco di quella santa miseria, come la polvere del lavoro? Ci si può figurare un uomo che è vicino a un braciere e non ha caldo? Ci si può figurare un uomo che lavora senza tregua in una fornace e che non ha un capello bruciato, né un'unghia annerita, né una goccia di sudore, né un briciolo di cenere sul viso? La prima prova di carità per il prete, per il vescovo soprattutto, è la povertà.

Questo, senza dubbio, era ciò che pensava il vescovo di Digne.

Non bisogna credere, d'altra parte, che egli condividesse, su certi punti delicati, quelle che noi chiamiamo «le idee del secolo». Non si interessava alle dispute teologiche del momento e taceva sulle questioni in cui erano compromessi la Chiesa e lo Stato; ma se lo si fosse scrutato a fondo, sarebbe forse apparso piuttosto ultramontano che gallicano. Siccome noi facciamo un ritratto e non vogliamo nascondere nulla, siamo costretti ad aggiungere che fu glaciale verso Napoleone in declino. A partire dal 1813 aderì o applaudì a tutte le manifestazioni ostili. Rifiutò di vederlo al suo passaggio al ritorno dall'isola d'Elba, e si astenne dall'ordinare nella sua diocesi le preghiere pubbliche per l'imperatore durante i Cento Giorni.

Oltre a sua sorella, la signorina Baptistine, egli aveva due fratelli: l'uno generale, l'altro prefetto. Scriveva abbastanza spesso ad ambedue. Tenne qualche tempo il broncio al primo perché, avendo un comando in Provenza, al tempo dello sbarco di Cannes, il generale si era messo alla testa di milleduecento uomini e aveva inseguito l'imperatore alla maniera di chi volesse lasciarlo scappare. La sua corrispondenza rimase più affettuosa per l'altro fratello, l'ex prefetto, bravo e degno uomo che viveva ritirato a Parigi in via Cassette.

Monsignor Bienvenu ebbe dunque anche lui il suo momento di spirito di parte, la sua ora di amarezza, la sua nube. L'ombra delle passioni del momento attraversò questo dolce e grande spirito tutto dedito alle cose eterne. Certo un simile uomo avrebbe meritato di poter fare a meno d'opinioni politiche. Non ci si sbagli sul nostro pensiero: noi non confondiamo per nulla ciò che si chiama «opinione politica» con la grande aspirazione al progresso, con la sublime fede patriottica, democratica e umana, che, ai nostri giorni, deve costituire l'essenza stessa di qualunque spirito generoso. Senza approfondire questioni che toccano solo indirettamente il soggetto di questo libro, noi diciamo semplicemente questo: sarebbe stato bello che monsignor Bienvenu non fosse stato realista e che il suo sguardo non si fosse mai distolto un solo istante da quella contemplazione serena nella quale si vedono risplendere distintamente, sopra il tempestoso andirivieni delle vicende umane, queste tre pure luci: la Verità, la Giustizia, la Carità.

Pur convenendo che non era già per una funzione politica che Dio aveva creato monsignor Bienvenu, noi avremmo compreso e ammirato la protesta nel nome del diritto e della libertà, la resistenza pericolosa e fiera contro Napoleone onnipossente, ma quel che ci piace per coloro che sono in ascesa, ci piace meno per coloro che cadono. Amiamo il combattimento solo quando c'è pericolo; in tutti i casi, soltanto i combattenti della prima ora hanno il diritto di essere gli sterminatori dell'ultima. Chi non è stato accusatore ostinato durante la prosperità, deve tacere di fronte alla rovina. Il denunciatore del successo è il solo legittimo giustiziere della caduta. Quanto a noi, quando la Provvidenza se ne occupa e colpisce, la lasciamo fare. Il 1812 comincia a disarmarci. Nel 1813 la vile rottura di silenzio di quel corpo legislativo taciturno, fatto ardito dalle catastrofi, non poteva che indignare, ed era un torto applaudire. Nel 1814, davanti a quei marescialli traditori, davanti a quel senato che passava da un fango all'altro, insultando dopo aver portato alle stelle, davanti a quell'idolatria che si ritirava e sputava sugli idoli, era dovere voltare la testa. Nel 1815, quando i supremi disastri erano nell'aria, quando la Francia aveva il brivido del loro arrivo sinistro, quando si poteva vagamente intravedere Waterloo aperta davanti a Napoleone, la dolorosa acclamazione dell'armata e del popolo al condannato dal destino non aveva nulla di ridicolo e, fatta ogni debita riserva sul despota, un cuore come il vescovo di Digne non avrebbe dovuto disconoscere ciò che aveva di augusto e di commovente, sull'orlo dell'abisso, lo stretto abbraccio d'una grande nazione e d'un grande uomo.

Tolto questo, il vescovo era e fu, in ogni cosa, giusto, vero, equo, intelligente, umile e degno, pronto a ben fare e a ben volere, ciò che è un'altra forma di beneficenza. Era un prete, un saggio e un uomo. Inoltre, bisogna dirlo, su questa opinione politica– che noi abbiamo rimproverato e che siamo disposti a giudicare quasi severamente– era tollerante e accondiscendente forse più di noi che ne parliamo qui.

Il portiere del municipio aveva avuto il posto dall'imperatore. Era un vecchio sottufficiale della vecchia guardia, legionario di Austerlitz, bonapartista come l'aquila. Sfuggivano talvolta delle parole, a quel povero diavolo, che la legge d'allora qualificava di *discorsi sediziosi*. Da quando il profilo imperiale era scomparso dalla legione d'onore, non si vestiva mai *d'ordinanza*, come egli diceva, per non essere obbligato a portare la croce. Aveva tolto egli stesso, devotamente, l'effigie dalla croce che Napoleone gli aveva dato: vi restava un buco, ma non aveva voluto mettere nulla al suo posto. «*Piuttosto morire,*» diceva «*che portare sul mio cuore i tre rospi!*» Derideva volentieri ad alta voce Luigi XVIII. «*Vecchio gottoso con le ghette all'inglese!*» diceva. «*Se ne vada in Prussia con la scorzonera!*» Felice di unire nella stessa imprecazione le due cose che detestava di più: la Prussia e l'Inghilterra. Tanto fece che perdette il posto. Ed eccolo sul lastrico con moglie e figli. Il vescovo lo fece venire, lo sgridò dolcemente e lo nominò svizzero della cattedrale.

Monsignor Myriel era nella diocesi il vero pastore, l'amico di tutti. In nove anni, a forza di buone azioni e di dolci maniere, monsignor Bienvenu aveva riempito la città di Digne di una specie di tenera e facile venerazione. La sua condotta verso Napoleone era stata accet-

tata e come tacitamente perdonata dal popolo, buon armento debole
che adorava il suo imperatore ma amava il suo vescovo.

XII

SOLITUDINE DI MONSIGNOR BENVENUTO

C'è quasi sempre intorno a un vescovo una squadra di abatini come
intorno a un generale uno stormo di ufficialetti. È quello che san
François de Sales chiama in qualche punto i «preti sbarbatelli». Ogni
carriera ha i suoi aspiranti che fanno corteggio agli arrivati, non c'è
potenza che non abbia la sua corte; gli arrivisti sfarfallano intorno allo splendore presente. Ogni metropoli ha il suo stato maggiore. Ogni
vescovo un poco influente ha vicino la sua pattuglia di cherubini seminaristi, che fa la ronda, mantiene il buon ordine nel palazzo vesco-
vile, e monta la guardia intorno al sorriso di monsignore. Essere gradito a un vescovo per un sottodiacono è avere un piede sulla staffa;
bisogna ben fare la propria strada, l'apostolato non disdegna il cano-
nicato. Come altrove ci sono i pezzi grossi, nella Chiesa ci sono le
grosse mitre. Sono i vescovi accreditati a corte, ricchi, pieni di rendite,
abili, accolti nell'alta società, i quali sanno pregare, senza alcun dubbio, ma sanno anche sollecitare, poco scrupolosi di far fare anticamera a tutta una diocesi, punto di unione tra la sacristia e la diplomazia,
più abati che preti, più prelati che vescovi. Felice chi li avvicina! Col
credito di cui godono, fanno piovere intorno a loro, sulla gente pre-
murosa e favorita e su tutta quella giovinezza che sa piacere, le parrocchie, le grasse prebende, gli arcidiaconati, le cariche di elemosiniere e le funzioni delle cattedrali in attesa della dignità episcopale.
Avanzando, fanno progredire i loro satelliti; è tutto un sistema solare
che cammina! Il loro splendore imporpora il loro seguito, la loro prosperità si sbriciola dietro le quinte in piccole utili promozioni. Più vasta è la diocesi, più importante è la parrocchia che va al favorito. E
poi c'è Roma. Un vescovo che sa diventare arcivescovo, un arcivescovo che sa diventare cardinale, vi porta come conclavista, entrate nella
Rota, avete il pallio,[14] eccovi auditore, eccovi camerlengo, eccovi
monsignore, e da Eccellenza a Eminenza non c'è che un passo, e fra
l'Eminenza e la Santità non c'è che la fumata di uno scrutinio. Qualsiasi calotta può sognare la tiara. Il prete è, ai nostri giorni, il solo uomo che possa regolarmente diventar re, e che re! Il re supremo. Che
semenzaio di aspirazioni è un seminario! Quanti chierici cantori ve-

[14] Stola di lana bianca ornata di una croce, insegna degli arcivescovi.

101

stiti di rosso, quanti giovani abati portano sulla testa lo zucchetto! L'ambizione prende facilmente il nome di vocazione, e, chi sa?, forse in buona fede, illudendosi, beata lei!

Monsignor Bienvenu, umile, povero, riservato, non era calcolato una grossa mitra. Lo si vedeva dall'assenza completa di giovani preti vicino a lui. Si è visto che a Parigi «non aveva fatto presa». Neppure un solo avvenire pensava di innestarsi su questo vecchio solitario. Neppure un'ambizione in erba faceva la follia di verdeggiare alla sua ombra. I suoi canonici e i grandi vicari erano dei buoni vecchi, un poco popolani come lui, murati, come lui, in quella diocesi, senza sbocchi sul cardinalato, e somiglianti al loro vescovo, con la sola differenza che essi erano finiti, e lui era perfezionato. Si sentiva così bene l'impossibilità di salire presso monsignor Bienvenu, che, appena usciti dal seminario, i giovani che avevano ricevuto gli ordini da lui stesso, si facevano raccomandare agli arcivescovi di Aix o di Auch, e se ne andavano assai presto perché infine, lo ripetiamo, si desidera essere spinti. Un santo che vive in un eccesso di abnegazione è un vicino pericoloso: potrebbe contagiarvi una povertà incurabile, l'anchilosi delle articolazioni utili all'avanzamento e, insomma, maggior rinuncia di quella che voi volete; e si fugge questa virtù rognosa. Da ciò, l'isolamento di monsignor Bienvenu. Noi viviamo in una società trista. Riuscire: ecco l'insegnamento che cade, a goccia a goccia, a strapiombo dalla corruzione.

Sia detto di sfuggita, il successo è una cosa abbastanza odiosa. La sua falsa somiglianza con il merito inganna gli uomini. Per la folla, la riuscita ha quasi lo stesso profilo della supremazia. Il successo, questo sosia del talento, ha uno zimbello: la storia. Giovenale e Tacito solamente fanno i brontoloni. Ai nostri giorni una filosofia quasi ufficiale è entrata in dimestichezza col successo, porta la sua livrea e fa servizio nella sua anticamera. Riuscite: teoria. Prosperità presuppone capacità. Vincete alla lotteria: siete un uomo abile. Chi trionfa è venerato. Nascete con la camicia: tutto vi sarà dato. Abbiate fortuna, avrete il resto; siate felice, vi crederanno grande. All'infuori di cinque o sei immense eccezioni che fanno la magnificenza di un secolo, l'ammirazione contemporanea non è che miopia. La doratura è presa per oro. Non guasta essere i primi venuti, purché si sia villani rifatti. Il volgo è un vecchio Narciso che adora se stesso e applaude il volgo. Questa facoltà enorme per la quale si può essere Mosè, Eschilo, Dante, Michelangelo o Napoleone, la moltitudine l'attribuisce subito e per acclamazione a chiunque raggiunga il suo scopo in qualunque cosa.

Che un notaio si trasfiguri in deputato, che un falso Corneille scriva *Tiridate*,[15] che un eunuco giunga a possedere un harem, che un Prudhomme militare vinca per caso la battaglia decisiva di un'epoca, che un farmacista inventi le suole di cartone per l'armata della Sambre e Mosa e si costruisca, con quel cartone venduto come cuoio, quattrocentomila lire di rendita, che un mercante sposi l'usura e le faccia partorire sette od otto milioni di cui egli è il padre ed essa la madre, che un predicatore divenga vescovo per la sua voce nasale, che un amministratore di case patrizie sia così ricco, a fine servizio, da divenire ministro delle finanze, gli uomini chiamano tutto questo Genio, nello stesso modo in cui chiamano Bellezza la faccia di Mousqueton[16] e Maestà il portamento di Claudio. Quando vedono le stelle impresse dalle zampe delle anatre sul fango molle dei pantani, le confondono con le costellazioni degli abissi.

XIII

IN CHE COSA CREDEVA

Dal punto di vista ortodosso, noi non dobbiamo scrutare il vescovo di Digne; davanti a una tale anima non possiamo sentire che rispetto. La coscienza del giusto deve essere creduta sulla parola. D'altra parte, date certe nature, noi ammettiamo la possibilità di sviluppo di tutte le bellezze della virtù umana in una credenza diversa dalla nostra.

Che cosa pensava il vescovo di questo dogma o di quel mistero? Questi segreti della coscienza non sono conosciuti che dalla tomba, dove le anime entrano nude. Ciò di cui noi siamo sicuri è che mai, per lui, le difficoltà della fede si risolvevano in ipocrisia. Il diamante non può imputridire. Egli credeva più che poteva. «*Credo in Patrem*» esclamava spesso. Del resto, sorge dalle buone opere quella soddisfazione che basta alla coscienza e che vi dice sommessamente: «Tu sei con Dio».

Riteniamo tuttavia di dover notare che al di fuori, per così dire, e al di sopra della sua fede, il vescovo aveva un eccesso d'amore; e perciò, *quia multum amavit*,[17] era giudicato vulnerabile dagli «uomini seri», dalle «persone gravi», dalla «gente ragionevole»; locuzioni care al nostro tristo mondo dove l'egoismo riceve la parola d'ordine dalla pedanteria. Che cos'era questo «eccesso d'amore»? Era, ripetiamo, un amore sereno, che trascendeva gli uomini per estendersi in certe

---

[15] Tragedia di Jean Galbert de Campistron (1656-1723), drammaturgo.
[16] Domestico di Porthos nei *Tre moschettieri* di Dumas.
[17] Perché amava molto.

occasioni sino alle cose. Egli viveva senza disprezzare; era indulgente con la creazione di Dio. Ogni uomo, anche il migliore, ha in sé una durezza irriflessiva che tiene in serbo per l'animale. Il vescovo di Digne non aveva tale durezza, che però è propria di molti preti. Egli non arrivava sino al bramino, ma sembrava aver meditato questa frase dell'Ecclesiaste: «Sappiamo dove va l'anima degli animali?». Non lo turbavano, né l'indignavano le bruttezze dell'aspetto e le deformità dell'istinto; ne era invece commosso, quasi intenerito. Pensoso, dava l'impressione di cercare, oltre la vita apparente, la causa, la spiegazione o la scusa. Pareva che domandasse a Dio, in certi momenti, degli scambi.

Con l'occhio del filologo che decifra un palinsesto, egli esaminava senza collera la quantità di caos che c'è ancora nella natura. Queste fantasticherie gli facevano dire, talvolta, delle parole strane. Una mattina egli si trovava in giardino; si credeva solo, ma sua sorella lo seguiva non vista da lui. A un tratto si fermò e guardò qualche cosa per terra. Era un ragnone nero, peloso, orribile. La sorella lo intese dire: «Povera bestia, non è colpa sua!».

Perché tacere queste ingenuità quasi divine della bontà? Puerilità, sia pure; ma sono le sublimi puerilità di San Francesco d'Assisi e di Marco Aurelio. Un giorno si storse un piede per non aver voluto schiacciare una formica.

Così viveva quel giusto. Talvolta si addormentava nel giardino e in quel momento non c'era nulla di più venerabile.

Monsignor Bienvenu era stato in altri tempi, a voler credere a quanto si diceva sulla sua giovinezza e sulla sua maturità, un uomo passionale, forse violento. La sua mansuetudine, più che un istinto naturale, era il risultato di una profonda convinzione filtratagli nel cuore attraverso le esperienze della vita e formatasi in lui a forza di meditazione; perché, in un carattere come in una roccia, la continua goccia d'acqua lascia tracce profonde: solchi incancellabili, formazioni indistruttibili. Nel 1815 egli toccava, ci sembra d'averlo detto, i settantacinque anni, ma non ne dimostrava più di sessanta. Non era alto di statura, aveva un po' d'adipe e per combatterlo faceva volentieri delle lunghe camminate; aveva il passo sicuro, e camminava appena un po' curvo, ma questo è un particolare dal quale non pretendiamo trarre alcuna conclusione. A ottant'anni Gregorio XVI era diritto e sorridente, cosa che non gli impediva di essere un cattivo vescovo. Monsignor Bienvenu aveva quella che il popolo suol chiamare «una bella testa», ma tanto amabile che si dimenticava che fosse bella.

Quando egli conversava con quella gaiezza infantile della quale abbiamo parlato, che era una delle sue grazie, ci si sentiva bene presso di lui; pareva che da tutta la sua persona emanasse gioia. La sua cera colorita e fresca, i denti bianchi ben conservati che metteva in mostra quando rideva, gli conferivano quell'aspetto aperto e cordiale che fa dire di un uomo: «È un buon ragazzo» e di un vecchio: «È un buon uomo». Era, come si ricorderà, l'impressione che aveva fatto a Napoleone. Infatti, al primo incontro e per chi lo vedeva per la prima volta, non era altro che un buon uomo. Ma se si restava qualche ora con lui, e per poco che lo si vedesse pensoso, a poco a poco il buon uomo si trasfigurava e assumeva un aspetto quasi imponente. La sua larga fronte seria, augusta per la canizie, lo era anche per la meditazione. Da quella bontà si sprigionava una maestosità, senza che la bontà cessasse di risplendere. Si provava un po' dell'emozione che si proverebbe se si vedesse un angelo sorridente aprire lentamente le ali, continuando a sorridere. Il rispetto, un rispetto inesprimibile, penetrava a poco a poco e saliva al cuore, e si sentiva di avere davanti a sé una di quelle anime forti, provate e indulgenti, nelle quali il pensiero è tanto grande da non poter più essere che dolce.

Come si è visto, la preghiera, la celebrazione degli uffici religiosi, l'elemosina, la consolazione degli afflitti, la coltivazione di un pezzetto di terra, la fraternità, la frugalità, l'ospitalità, la rinuncia, lo studio, il lavoro, riempivano ogni sua giornata. *Riempivano* è la parola giusta, poiché, certo, la giornata del vescovo era colma di buoni pensieri, di buone parole, di buone azioni. Tuttavia non era completa se il tempo freddo o piovoso gli impediva di andare a passare la sera, dopo che le due donne si erano ritirate, una o due ore nel giardino prima di coricarsi. Sembrava che fosse una specie di rito per lui prepararsi al sonno con la meditazione davanti allo spettacolo del cielo notturno. Qualche volta, a notte alta, le due donne, trovandosi sveglie, lo udivano camminare lentamente nel viali. Egli era lì, solo con se stesso, raccolto, sereno, in adorazione, intento a confrontare la serenità del suo cuore con la serenità dell'etere, commosso nelle tenebre per gli splendori visibili delle costellazioni e gli splendori invisibili di Dio, aprendo l'anima ai pensieri che vengono dall'Ignoto. In quei momenti, offrendo il suo cuore nell'ora in cui i fiori notturni offrono il loro profumo, acceso come una face al centro della notte stellata, effondendosi in estasi in mezzo allo splendore universale del creato, egli stesso non avrebbe forse potuto dire quello che passava nel suo spirito; sentiva qualche cosa uscire da lui e qualche cosa scendere in lui. Misteriosi scambi degli abissi dell'anima con gli abissi dell'universo! Pensava alla grandezza e alla presenza di Dio, all'eternità futura, strano mistero; all'eternità passata, mistero ancora più strano; a tutti gli infiniti che si approfondivano in ogni senso sotto i suoi occhi; e, senza cercare di comprendere l'incomprensibile, egli lo contemplava. Non studiava Dio; se ne abbagliava. Considerava questi magnifici incontri di atomi che danno aspetto alla materia, rivelano le forze accertandole, creano le individualità nell'unità, le proporzioni nello spazio, l'innumerevole nell'infinito, e per mezzo della luce producono la bellezza. Questi incontri si annodano e si snodano continuamente: da ciò la vita e la morte.

Si sedeva sopra una panca addossata a una decrepita pergola e guardava gli astri attraverso le sagome sparute e rachitiche dei suoi alberi da frutta. Quel quarto di jugero poveramente coltivato, così soffocato da casupole e da capannoni, gli era caro e gli bastava.

Che occorreva di più a quel vegliardo che divideva gli agi della sua vita, che ne contava così pochi, fra le cure del giardino durante il giorno e la contemplazione dell'infinito durante la notte? Non era forse sufficiente quell'angusto recinto che aveva il cielo per soffitto, per poter adorare Dio a volta a volta nelle sue opere più belle e in quelle più sublimi? Non c'è forse tutto in questo? Che desiderare di più? Un piccolo giardino per passeggiare e l'immensità per riflettere. Ai propri piedi quello che si può coltivare e cogliere; sulla testa ciò che si può studiare e meditare; alcuni fiori sulla terra e tutte le stelle in cielo.

XIV
CHE COSA PENSAVA

Un'ultima parola.

Poiché tutti questi particolari potrebbero, proprio nel momento in cui siamo, e, per servirci di una espressione attualmente di moda, dare al vescovo di Digne una certa fisionomia «panteistica» e far credere, così a suo biasimo come a sua lode, che egli avesse una di quelle filosofie personali, proprie del nostro secolo, che nascono qualche volta negli spiriti solitari, formandovisi e ingrandendosi fino a sostituire le religioni, noi insistiamo su ciò: che nessuno di quelli che hanno conosciuto monsignor Bienvenu si sarebbe sentito autorizzato a pensare niente di simile. Ciò che illuminava quell'uomo era il cuore; la sua saggezza era fatta della luce che ne emanava.

Nessun sistema: molte opere. Le speculazioni astruse danno le vertigini; niente ci dice che egli avventurasse il suo spirito nelle apocalissi. L'apostolo può essere ardito, ma il vescovo dev'essere cauto.

Probabilmente egli si sarebbe fatto scrupolo di frugare troppo a fondo in certi problemi riservati, in certo qual modo, ai grandi ingegni terribili. C'è del sacro orrore sotto i portici dell'enigma, queste aperture oscure sono là spalancate, ma qualche cosa dice, a voi passante della vita, che non si entra. Guai a chi vi penetra! I geni, nelle profondità inaudite dell'astrazione e della speculazione pura, situati per così dire al di sopra dei dogmi, propongono le loro idee a Dio. La loro preghiera offre audacemente la discussione, la loro adorazione interroga. Questa è la religione diretta, piena d'ansietà e di responsabilità per chi ne tenta gli aspri sentieri.

Per la meditazione umana non c'è limite. A suo rischio e pericolo essa analizza e scava il suo proprio abbacinamento. Si potrebbe quasi dire che, per una specie di splendente reazione, essa ne abbagli la natura; il mondo misterioso che ci circonda dà quello che riceve ed è probabile che i contemplatori siano contemplati. Checché ne sia, vi sono sulla terra degli uomini– ma sono uomini?– che scorgono distintamente nel fondo degli orizzonti del sogno le altezze dell'assoluto e che hanno la visione terribile della montagna infinita.

Monsignor Bienvenu non era di tali uomini, monsignor Bienvenu non era un genio. Egli avrebbe temuto quelle sublimità dalle quali alcuni, pure grandissimi come Swedenborg e Pascal, sono scivolati nella demenza. Certo queste possenti meditazioni hanno la loro utilità morale e per queste vie ardue ci si avvicina alla perfezione ideale. Egli prendeva la scorciatoia: il Vangelo.

Non tentava di dare alla sua casula le pieghe del mantello d'Elia; non proiettava alcun raggio d'avvenire sopra il rullio tenebroso degli avvenimenti; non cercava di condensare in fiamma il barlume delle cose; non aveva niente del profeta e niente del mago. Quell'anima semplice amava, ecco tutto.

Che egli dilatasse la preghiera fino a una ispirazione sovrumana, è probabile, ma non si può pregare troppo come non si può amare troppo, e se fosse una eresia pregare oltre i testi, santa Thérèse e san Gerolamo sarebbero eretici. Egli si curvava su ciò che geme e su ciò che espia. L'universo gli appariva come una immensa malattia; sentiva dappertutto la febbre, ascoltava dovunque la sofferenza e, senza cercare di sciogliere l'enigma, procurava di lenire la piaga.

Il terribile spettacolo delle cose create lo inteneriva, ed egli si ingegnava continuamente di trovare per se stesso e di ispirare agli altri la miglior maniera di compatire e di sollevare.

Ciò che esiste era per quel buono e raro sacerdote una ragione permanente di tristezza che anelava a consolare.

Vi sono uomini che lavorano a estrarre l'oro; egli lavorava a estrarre la pietà. La miseria universale era la sua miniera. Il dolore, ovunque fosse, non era che un'occasione per esercitare sempre la bontà. «*Amatevi l'un l'altro*»: dichiarando in ciò la completezza, non aspirava a niente di più e in questo era tutta la sua dottrina.

Un giorno, quel signore che si credeva «filosofo», quel senatore da noi già menzionato, disse al vescovo:

«Ma non vedete dunque lo spettacolo del mondo? Guerra di tutti contro tutti; il più forte ha più ingegno. Il vostro "amatevi l'un l'altro" è una bestialità».

«*Ebbene,*» rispose monsignor Bienvenu senza discutere «*se è una bestialità, l'anima deve rinchiudervisi, come la perla nell'ostrica.*»

Egli dunque vi si rinchiudeva, vivendovi; ne era pienamente pago, trascurando le questioni prodigiose che attraggono e che spaventano, le prospettive imperscrutabili dell'astrazione, i precipizi della metafisica, tutti quegli abissi convergenti, per l'apostolo, a Dio, per l'ateo, al nulla: il destino, il bene e il male, la guerra dell'essere contro l'essere, la coscienza dell'uomo, il sonnambulismo pensoso dell'animale, la trasformazione per mezzo della morte, la ricapitolazione di esistenze contenuta nella tomba, l'innesto incomprensibile di amori successivi sull'io persistente, l'essenza, la sostanza, il Nil e l'Ens,[18] l'anima, la natura, la libertà, la necessità; problemi scabri, spessori sinistri sui quali si curvano i giganteschi arcangeli dello spirito umano, formidabili abissi che Lucrezio, Manou, San Paolo e Dante contemplano con quell'occhio folgorante che sembra, guardando fissamente l'infinito, farvi spuntare delle stelle.

Monsignor Bienvenu era semplicemente un uomo che osservava dal di fuori le questioni misteriose senza scrutarle, senza discuterle e farsene turbare lo spirito. Aveva nell'anima il grave rispetto dell'ombra.

[18] Il Niente e l'Essere.

LIBRO SECONDO

LA CADUTA

I
LA SERA DI UN GIORNO DI CAMMINO

Nei primi giorni di ottobre del 1815, un'ora circa prima del calar del sole, un uomo che viaggiava a piedi entrava nella cittadina di Digne. I rari abitanti affacciati in quel momento alle finestre o sulla soglia delle loro case, osservavano quel viaggiatore con una certa inquietudine. Era difficile incontrare un viandante di aspetto più miserabile. Era un uomo di media statura, tarchiato e robusto, nel fiore dell'età. Poteva avere quarantasei o quarantasette anni. Un berretto, con la visiera di cuoio abbassata, nascondeva parte del viso bruciato dal sole e dalla caldura e gocciolante di sudore. La camicia di grossa tela gialla, chiusa al collo da un'àncora d'argento, lasciava vedere il suo petto villoso; aveva una cravatta attorcigliata come una corda, i calzoni di traliccio turchino, logori e sdruciti, bianchi a un ginocchio, bucati all'altro, un vecchio camiciotto grigio a brandelli, rappezzato in un gomito con un pezzo di stoffa verde cucita con lo spago. Sulla schiena portava uno zaino, colmo, ben chiuso e nuovo; in mano un enorme bastone nodoso. Aveva i piedi senza calze, in un paio di scarpe chiodate, la testa rasa e la barba lunga.

Il sudore, il caldo, il viaggio, la polvere aggiungevano un non so che di sordido a questo miserabile complesso. I capelli erano rasi e tuttavia ispidi, poiché cominciavano a spuntare un poco e sembrava che non fossero stati tagliati da qualche tempo.

Nessuno lo conosceva. Evidentemente non era che un viandante. Donde veniva? Dal mezzogiorno. Forse dalla costa marina, giacché entrava in Digne dalla medesima strada che sette mesi prima aveva visto passare l'imperatore Napoleone mentre andava da Cannes a Parigi.

Quell'uomo doveva aver camminato tutto il giorno. Sembrava assai stanco. Alcune donne del vecchio borgo, che è ai piedi della città, l'avevano visto fermarsi sotto gli alberi del viale Gassendi e bere alla fontana che si trova alla estremità della passeggiata. Bisognava che avesse molta sete, poiché alcuni fanciulli che lo seguivano lo videro ancora fermarsi a bere duecento passi più avanti, alla fontana di piazza del Mercato.

Giunto all'angolo della via Poichevert, voltò a sinistra e si diresse verso il municipio. Vi entrò e ne uscì dopo un quarto d'ora. Una guardia era seduta vicino alla porta, sulla panca di pietra ove il generale Drouot salì il 4 marzo per leggere alla folla atterrita degli abitanti di Digne il proclama del golfo di Juan.[1] L'uomo si tolse il berretto e salutò umilmente la guardia.

Questa, senza rispondere al saluto, lo guardò attentamente, lo seguì un poco cogli occhi, poi entrò nel palazzo municipale. C'era allora in Digne un bell'albergo chiamato Croce di Colbas. Questa locanda era gestita da Jacquin Labarre, che in città godeva di una certa considerazione per la parentela con un altro Labarre che aveva a Grenoble l'albergo dei Tre Delfini e che aveva servito nelle guide. Quando ci fu lo sbarco dell'imperatore, in paese corsero molte voci su questa locanda dei Tre Delfini. Si raccontava che il generale Bertrand, camuffato da carrettiere, vi avesse fatto frequenti viaggi nel mese di gennaio, e che vi avesse distribuito croci d'onore ai soldati e manciate di napoleoni ai borghesi.

Il vero è che l'imperatore, entrato in Grenoble, aveva rifiutato di alloggiare al palazzo della prefettura. Egli aveva ringraziato il sindaco dicendo: «*Vado da un brav'uomo che conosco*», ed era andato ai Tre Delfini.

Questa gloria del Labarre dei Tre Delfini si riverbera, va sino a venticinque leghe di distanza, sul Labarre della Croce di Colbas. Si diceva di lui in città: «*È il cugino di quello di Grenoble*». L'uomo si diresse verso questo albergo, che era il migliore del paese. Entrò nella cucina la quale dava direttamente sulla via. Tutti i fornelli erano accesi, un grande fuoco divampava lietamente nel camino. L'oste, che era nello stesso tempo il cuoco, passava dal focolare alle casseruole, occupatissimo e intento a sorvegliare un eccellente pranzo destinato a dei carrettieri, che si sentivano ridere e parlare rumorosamente in una sala attigua. Chiunque abbia viaggiato, sa che nessuno è miglior mangiatore dei carrettieri. Una marmotta grassa, contornata da pernici bianche e da galli di montagna, girava sopra un lungo spiedo davanti al fuoco. Sui fornelli cuocevano due grosse carpe del lago di Lauzet e una trota del lago di Alloz.

L'oste, sentendo aprire la porta ed entrare un nuovo venuto, chiese, senza alzare gli occhi dai fornelli:

«Che cosa desidera il signore?».

«Mangiare e dormire» rispose lo sconosciuto.

[1] Golfo dove, il 26 febbraio 1815, sbarcò Napoleone fuggito dall'Elba.

110

«Niente di più facile» replicò l'oste. In quel momento egli volse il capo, abbracciò con un solo sguardo tutto l'insieme del viaggiatore e aggiunse: «...pagando».

L'uomo trasse una grossa borsa di cuoio dalla tasca della giubba e disse:

«Ho del denaro».

«Allora siamo a vostra disposizione» disse l'oste.

L'uomo rimise la borsa in tasca, si liberò del sacco, posandolo a terra vicino alla porta, tenne il bastone in mano e si sedette sopra uno sgabello basso accanto al fuoco. Digne è in montagna e le serate di ottobre sono fredde.

Intanto, pur andando innanzi e indietro, l'oste considerava il viandante.

«Si mangia presto?» chiese l'uomo.

«Subito» rispose l'oste.

Mentre il nuovo venuto si riscaldava, con la schiena voltata, il degno albergatore, Jacquin Labarre, si tolse di tasca una matita, poi strappò l'angolo di un vecchio giornale che si trovava sopra un tavolino presso la finestra. Sul margine bianco scrisse una riga o due, piegò senza chiudere e consegnò il pezzo di carta a un fanciullo che sembrava servigli insieme da lavapiatti e da lacchè.

L'albergatore disse una parola all'orecchio del lavapiatti e il ragazzo partì di corsa verso il municipio.

Il viaggiatore non si era accorto di nulla.

Domandò ancora una volta:

«Si mangia presto?».

«Subito» rispose l'oste.

Il ragazzo ritornò. Riportava il biglietto. L'oste lo spiegò in fretta, come chi attenda una risposta. Sembrò leggere attentamente, poi scosse la testa e restò un momento pensieroso. Finalmente si avvicinò al viaggiatore che sembrava immerso in riflessioni poco serene.

«Signore,» disse «io non posso accogliervi.»

L'uomo fece l'atto di alzarsi:

«Come? Avete paura che io non paghi? Volete che paghi anticipato? Ho del denaro, vi dico».

«Non è per ciò.»

«Che cosa dunque?»

«Voi avete del denaro...»

«Sì» ripeté l'uomo.

«E io» disse l'oste «non ho camere.»

L'uomo replicò pacatamente:

«Mettetemi nella scuderia».

«Non posso.»

111

«Perché?»

«I cavalli occupano tutto il posto.»

«Ebbene,» soggiunse l'uomo «un angolo nel solaio, una bracciata di paglia. Si vedrà dopo mangiato.»

«Non posso neppure darvi da mangiare.»

Questa dichiarazione, fatta con tono misurato ma fermo, parve grave allo straniero. Egli s'alzò.

«Ah bene! Io muoio di fame. Ho camminato dal levare del sole, ho fatto dodici leghe, pago e voglio mangiare.»

«Non ho niente» disse l'oste.

L'uomo scoppiò in una risata e si voltò verso il camino e i fornelli.

«Niente! E tutto ciò?»

«Tutto ciò è riservato.»

«A chi?»

«A quei signori carrettieri.»

«Quanti sono?»

«Dodici.»

«Lì c'è da mangiare per venti.»

«Hanno tutto riservato e pagato in anticipo.»

L'uomo si risedette e disse senza alzare la voce:

«Sono all'albergo, ho fame e rimango».

L'oste, allora, si chinò al suo orecchio e gli disse con tono che lo fece trasalire: «Andatevene».

Il viaggiatore in quel momento era curvo e spingeva la brace nel fuoco col puntale del bastone. Si voltò bruscamente e, mentre stava aprendo la bocca per replicare, l'oste lo guardò fissamente e soggiunse, sempre a voce bassa:

«Sentite, basta con le parole. Volete che vi dica il vostro nome? Vi chiamate Jean Valjean. Volete adesso che vi dica chi siete? Vedendovi entrare, ho dubitato di qualche cosa: ho mandato in municipio ed ecco quanto mi si è risposto. Sapete leggere?».

Così parlando, egli porgeva al forestiero, spiegato, il foglietto che aveva viaggiato dall'albergo al municipio e da questo a quello. L'uomo vi gettò uno sguardo. L'oste replicò dopo una pausa:

«Io sono abituato a esser gentile con tutti. Andatevene».

L'uomo abbassò il capo, riprese il sacco che aveva deposto a terra e se ne andò.

Prese la via principale. Camminava a caso, rasentando i muri delle case come un uomo mortificato e triste. Non si voltò nemmeno una volta. Se si fosse voltato, avrebbe visto l'albergatore della Croce di Colbas sulla soglia, circondato da tutti i viaggiatori del suo albergo e da tutti i passanti, che parlava vivacemente segnandolo a dito; e dagli sguardi di diffidenza e di spavento di quel gruppo avrebbe intuito che fra poco il suo arrivo sarebbe stato l'avvenimento di tutta la città. Egli non vide nulla di tutto ciò. Le persone accasciate non guardano indietro: sanno fin troppo bene che la cattiva sorte le segue. Egli camminò così per un po', senza fermarsi, andando alla ventura per strade sconosciute, dimenticando la fatica, come accade nella tristezza. Tutto a un tratto sentì la fame. La notte si avvicinava. Si guardò intorno per vedere se non scoprisse qualche alloggio.

La bella locanda era chiusa per lui; egli cercava qualche locale più umile, qualche catapecchia.

Una lampada s'illuminava in fondo alla strada. Un ramo di pino sospeso a una forca di ferro si disegnava sul cielo bianco del crepuscolo. Vi andò.

Era proprio una bettola; la bettola che c'è in via Chaffaut.

Il viaggiatore si fermò un momento e guardò attraverso i vetri l'interno della bassa sala, rischiarato da una piccola lampada sulla tavola e da un grande fuoco nel camino. Qualcuno beveva, l'oste si riscaldava. La fiamma faceva bollire una pentola agganciata alla catena.

Si entra in questa bettola, che è anche una specie d'albergo, da due porte; l'una dà sulla strada, l'altra si apre su un cortiletto pieno di letame.

Il viandante non osò entrare dalla porta della strada. Scivolò nel cortile, sostò ancora, poi abbassò timidamente la maniglia e spinse la porta.

«Chi va là?» disse il padrone.

«Uno che vorrebbe mangiare e dormire.»

«Va bene. Qui si mangia e si dorme.»

Entrò. Tutti quelli che bevevano si voltarono; la lampada lo illuminava da una parte, il fuoco dall'altra. Lo scrutarono per un po' mentre si liberava del sacco.

L'oste gli disse:

«Ecco del fuoco. La cena cuoce nella pentola. Venite a riscaldarvi, compagno».

Si sedette presso il camino; allungò davanti al fuoco i piedi ammaccati dalla fatica; un gradevole odore usciva dalla pentola. La parte del suo viso che si poteva scorgere sotto il berretto abbassato assunse una vaga apparenza di benessere congiunto a quell'altro aspetto, così commovente, che viene dall'abitudine del soffrire.

Era tuttavia un profilo fermo, energico e triste. Quella fisionomia era stranamente composta; cominciava col sembrare umile, finiva col sembrare severa. L'occhio balenava sotto le ciglia come un fuoco sotto i rovi.

Ma uno degli uomini seduti a tavola era un pescivendolo che, prima di entrare nella bettola di via Chaffaut, aveva messo il suo cavallo

113

nella scuderia di Labarre. Il caso volle che la mattina stessa egli avesse incontrato quel forestiero di cattivo aspetto, mentre camminava fra Bras d'Asse e... (ho dimenticato il nome; credo che sia Escoublon). Quando l'aveva incontrato, lo sconosciuto, che sembrava già molto stanco, gli aveva chiesto di caricarlo; al che il pescivendolo aveva risposto accelerando l'andatura. Questo pescivendolo faceva parte, una mezz'ora prima, del gruppo che circondava Jacquin Labarre, ed egli stesso aveva raccontato lo sgradevole incontro del mattino a quelli della Croce di Colbas. Fece, stando al suo posto, un segno impercettibile al bettoliere, che gli s'avvicinò. Scambiarono qualche parola sottovoce. Il viaggiatore era ricaduto nelle sue riflessioni.

Il bettoliere ritornò al camino, posò bruscamente la mano sulla spalla dell'uomo e gli disse:

«Tu devi andartene di qui».

Il forestiero si voltò e rispose con dolcezza:

«Ah, voi sapete?...».

«Sì.»

«Mi hanno respinto dall'altro albergo.»

«E ti si caccia anche da questo.»

«Ma dove volete che vada?»

«Altrove.»

L'uomo prese il sacco e il bastone e se ne andò. Mentre usciva, alcuni ragazzi che l'avevano seguito dalla Croce di Colbas e che pareva l'attendessero, gli gettarono dei sassi. Egli ritornò sui suoi passi con collera e li minacciò col bastone, facendoli disperdere come un volo di uccelli. Passò davanti alla prigione. Dalla porta pendeva una catena attaccata a una campana. Suonò. Uno sportello si aprì.

«Signor custode,» disse togliendosi rispettosamente il berretto «vorreste aprirmi e alloggiarmi per questa notte?»

Una voce rispose: «Una prigione non è un albergo. Fatevi arrestare e vi si aprirà».

Lo sportello si richiuse. Egli si avviò verso una viuzza contornata da molti giardini. Di questi, alcuni non sono recinti che da siepi, il che rallegra la via. Fra questi giardini e queste siepi vide una casetta a un sol piano, la cui finestra era illuminata. Guardò attraverso i vetri come aveva fatto per la bottega. Era una grande camera imbiancata a calce, con un letto ricoperto di tela indiana stampata, una cuna in un angolo, alcune sedie di legno e un fucile a due canne appeso al muro. In mezzo alla camera vi era una tavola apparecchiata. Una lampada di rame rischiarava la tovaglia di grossa tela bianca, la caraffa di stagno piena di vino, che risplendeva come argento, e la zuppiera bruna fumante. A questa tavola era seduto un uomo d'una quarantina d'anni dall'aspetto allegro e aperto, che faceva saltare un bimbo sulle ginocchia. Vicino a lui, una donna molto giovane allattava un altro bambino. Il padre rideva, il ragazzo rideva, la madre sorrideva.

Il forestiero restò un istante estatico davanti a questo spettacolo dolce e riposante. Che cosa passava nella sua mente? Lui solo avrebbe potuto dirlo. Probabilmente pensò che quella casa ridente sarebbe stata ospitale, e che lì, dove vedeva tanta felicità, avrebbe trovato forse un po' di pietà.

Picchiò leggermente sul vetro.

Non lo udirono.

Picchiò una seconda volta.

Udì la donna che diceva:

«Mi sembra che bussino».

«No» rispose il marito.

Bussò una terza volta.

Il marito si alzò, prese la lampada, andò verso la porta e l'aprì.

Era un uomo di alta statura, tra il contadino e l'artigiano. Portava un grande grembiule di cuoio che arrivava sino alla spalla sinistra, nel quale c'erano un martello, una fiaschetta di polvere, un fazzoletto rosso, trattenuti dalla cintura come in una tasca. Portava la testa indietro; la sua camicia molto aperta e rovesciata mostrava il collo taurino, bianco e nudo. Aveva folte sopracciglia, enormi baffi neri, gli occhi a fior di testa, la parte inferiore del volto sporgente, e soprattutto quella sicurezza di essere in casa propria, che è una cosa inesprimibile.

«Signore,» disse il viandante «scusatemi. Pagando, potreste darmi un piatto di minestra e un angolo per dormire in quella rimessa che c'è in giardino? Rispondete: potreste? Pagando?»

«Chi siete?» domandò il padron di casa.

L'uomo rispose: «Arrivo da Puy-Moisson. Ho camminato tutta la giornata. Ho fatto dodici leghe. Potreste? Pagando?».

«Non rifiuterei» disse il contadino «di alloggiare una persona per bene che pagasse. Ma perché non andate all'albergo?»

«Non c'è posto.»

«Ma non è possibile. Non è giorno né di fiera né di mercato. Siete andato da Labarre?»

«Sì.»

«Ebbene?»

Il viaggiatore rispose con imbarazzo:

«Non so, non mi ha ricevuto».

«Siete andato da quell'altro della via Chaffaut?»

L'imbarazzo del forestiero aumentava. Balbettò:

«Neppure lui mi ha ricevuto».

Il volto del contadino prese un'espressione di diffidenza, squadrò il nuovo venuto dalla testa ai piedi, e a un tratto gridò con una specie di tremore:

«Sareste voi l'uomo?...»

Gettò un nuovo sguardo sul forestiero, fece tre passi indietro, posò la lampada e staccò il fucile dal muro.

Alle parole del contadino: «*Sareste voi l'uomo!...*» la donna si era alzata, aveva preso i due bambini fra le braccia e si era rifugiata precipitosamente dietro suo marito, con il seno scoperto, guardando con gli occhi atterriti e piena di spavento il forestiero, mormorando a bassa voce: «*Gattaccio ladro*».[2]

Tutto ciò accadde in meno che non si dica. Dopo aver esaminato per qualche tempo l'uomo come si può esaminare una vipera, il padrone di casa ritornò verso la porta e disse:

«Vattene».

«Per favore,» replicò l'uomo «un bicchier d'acqua.»

«Un colpo di fucile» disse il contadino.

Poi richiuse violentemente la porta e l'uomo udì che tirava due grossi catenacci. Un momento dopo le imposte della finestra si chiusero, e di fuori si udì il rumore di una sbarra di ferro che stavano mettendovi.

La notte scendeva vieppiù. Il vento freddo delle Alpi soffiava. Alla luce pallida del giorno morente, il forestiero scorse in uno dei giardini che fiancheggiano la strada una specie di capanna, che gli sembrava costruita con zolle d'erba. Scavalcò risolutamente uno steccato e si trovò nel giardino. S'avvicinò alla capanna, che aveva per porta una stretta apertura molto bassa e somigliava a quelle costruzioni che i cantonieri si fabbricano sul ciglio delle strade. Egli pensava senza dubbio che quella fosse l'abitazione di un cantoniere. Soffriva per il freddo e per la fame, ma si era rassegnato alla fame, e lì almeno era al riparo dal freddo.

Tali baracche non sono di solito occupate durante la notte. Egli si mise bocconi e scivolò nella capanna. Vi faceva caldo e vi trovò un letto di paglia abbastanza buono. Restò un momento disteso sul letto, senza poter fare un movimento tanto era stanco; poi, siccome il sacco sulle spalle gli dava fastidio e poiché, d'altra parte, era un guanciale bello e fatto, si mise a slacciare una delle cinghie. In quel momento si sentì un ringhio feroce. Alzò gli occhi: la testa di un enorme molosso si profilava nell'ombra sull'uscio della capanna.

Era un canile.

Vigoroso e forte quale era anche lui, fu lesto a farsi arma del ba-

---

[2] Dialetto delle Alpi francesi. Chat de maraude [*N.d.A.*]. Nell'originale *tsomaraude*, «gatto da preda» [*N.d.T.*].

stone e scudo del sacco; uscì dal canile come meglio poté, non senza allargare gli strappi dei suoi cenci.

Uscì anche dal giardino, ma a ritroso, costretto, per tenere il molosso a distanza, a ricorrere a quella manovra del bastone che i maestri di questo genere di scherma chiamano mulinello.

Quando ebbe non senza fatica riattraversato lo steccato e si ritrovò sulla strada solo, senza alloggio, senza tetto, senza asilo, cacciato anche da quel giaciglio di paglia, da quel miserabile canile, si lasciò cadere, più che sedere, sopra un sasso, e sembra che un passante l'abbia udito esclamare: «Non sono neppure un cane!».

Subito si rialzò e si rimise in cammino. Uscì dalla città con la speranza di trovare qualche albero frondoso o qualche pagliaio nella campagna per potersi ricoverare.

Camminò così per un po', sempre a testa bassa; quando si sentì lontano da ogni abitazione umana, rialzò gli occhi e si guardò intorno. Era in un campo e aveva di fronte una di quelle colline basse, coperte di stoppie tagliate a fior di terra, le quali dopo la mietitura somigliano a teste rasate.

L'orizzonte era tutto nero, non soltanto per l'oscurità della notte, ma anche a cagione di nubi molte basse che sembravano appoggiarsi sulla collina stessa e che s'innalzavano coprendo tutto il cielo. Ciò nonostante, poiché la luna stava levandosi e dato che ondeggiava ancora allo zenith un po' di luce crepuscolare, quelle nubi formavano in alto una specie di volta biancastra, dalla quale scendeva sulla terra un pallido chiarore.

La terra era dunque più rischiarata del cielo, ciò che è d'un effetto particolarmente sinistro, e la collina si delineava, con un contorno misero e sparuto, vaga e pallida sull'orizzonte tenebroso. Tutto questo assieme era orrido, meschino, lugubre e limitato. Nulla nel campo né sulla collina, eccetto un albero strano che si contorceva rabbrividendo a pochi passi dal viaggiatore.

Quell'uomo era evidentemente molto lontano dall'avere quelle delicate abitudini d'intelligenza e di cuore che ci rendono sensibili agli aspetti misteriosi delle cose; tuttavia c'era in quel cielo, in quella collina, in quella pianura e in quell'albero alcunché di così profondamente desolato che, dopo un momento d'immobilità e di meditazione, egli riprese bruscamente il cammino. Vi sono momenti in cui anche la natura sembra ostile.

Ritornò sui suoi passi. Le porte di Digne erano chiuse. La città, che ha sostenuto parecchi assedi durante le guerre di religione, era ancora circondata nel 1815 da vecchie mura fiancheggiate da torri quadrate, che sono state in seguito demolite. L'uomo passò per un'apertura e rientrò in città.

Potevano essere le otto di sera. Siccome non conosceva le strade, ricominciò il suo cammino alla ventura.

Giunse così alla prefettura, poi al seminario e, passando sulla piazza della cattedrale, mostrò il pugno alla chiesa.

C'è in un angolo di quella piazza una stamperia. Lì furono stampati per la prima volta i proclami dell'imperatore e della guardia imperiale all'esercito, portati dall'isola d'Elba e dettati da Napoleone stesso.

Spossato dalle fatiche, privo di speranza, l'uomo si sdraiò sulla panca di pietra che è davanti alla porta della stamperia.

Una vecchia usciva dalla chiesa in quel momento. Vide l'uomo disteso nell'ombra e disse: «Che fate qui, amico mio?».

Egli rispose duramente e con collera:

«Lo vedete, buona donna; mi corico.»

La buona donna, veramente degna di questo appellativo, era la marchesa di R.

«Su quella panca?» soggiunse.

«Ho avuto per diciannove anni un materasso di legno,» disse l'uomo «oggi ho un materasso di pietra.»

«Siete stato soldato?»

«Sì, buona donna, soldato.»

«Perché non andate all'albergo?»

«Perché non ho denaro.»

«Peccato» disse la signora di R. «non ho nella borsetta che quattro soldi.»

«Datemeli ugualmente.»

L'uomo prese i quattro soldi. La signora di R. continuò:

«Voi non potete andare con così poco in un albergo. Avete già provato? È impossibile che passiate così la notte; senza dubbio avete freddo e fame. Avrebbero potuto ricoverarvi per carità.»

«Ho bussato a tutte le porte.»

«Ebbene?»

«Dappertutto sono stato cacciato.»

La «buona donna» toccò il braccio dell'uomo e gli indicò dall'altra parte della piazza una casetta bassa di fianco al vescovado.

«Avete bussato a tutte le porte?»

«Sì.»

«Avete picchiato a quella?»

«No.»

«Bussate là.»

118

Quella sera, il vescovo di Digne, dopo la sua passeggiata in città, era rimasto chiuso nella sua camera. Si occupava di un grande lavoro sui *Doveri*, il quale è rimasto purtroppo incompiuto. Faceva accuratamente lo spoglio di tutto quanto i Padri e i Dottori hanno detto su questa grave materia. Il suo libro era diviso in due parti; dapprima i doveri di tutti, poi i doveri di ciascuno, secondo la classe alla quale appartiene. I doveri di tutti sono i grandi doveri. Ce ne sono quattro.

San Matteo li indica: doveri verso Dio (Mt., VI), doveri verso se stesso (Mt., V, 29, 30), doveri verso il prossimo (Mt., VII, 12), doveri verso le creature (Mt., VI, 20, 25). Gli altri doveri il vescovo li aveva trovati indicati e prescritti altrove; ai sovrani e ai sudditi, nella Epistola ai Romani; ai magistrati, alle spose, alle madri e ai giovani, da San Pietro; ai mariti, ai padri, ai figli e ai servitori, nell'Epistola agli Efesi; ai fedeli, nell'Epistola agli Ebrei; alle vergini, nell'Epistola ai Corinzii. Di tutte queste massime egli faceva laboriosamente un insieme armonioso che voleva presentare alle anime. Egli lavorava ancora alle otto, scrivendo piuttosto scomodamente, su piccoli quadrati di carta, con un librone aperto sulle ginocchia, quando la signora Magloire entrò, come al solito, per prendere l'argenteria nell'armadio presso al letto. Un momento dopo il vescovo, sentendo che la tavola era pronta e che sua sorella l'aspettava, chiuse il libro, si alzò e andò nella sala da pranzo.

La sala da pranzo era una camera oblunga col camino, con una porta sulla strada (l'abbiamo detto) e una finestra verso il giardino. La signora Magloire stava proprio finendo di preparare la tavola. Pur occupandosi del servizio essa parlava con la signorina Baptistine.

Una lampada era sulla tavola; la tavola era vicina al camino. Un bel fuoco era acceso. È facile raffigurarsi quelle due donne che avevano passato la sessantina: la signora Magloire, piccola grassa, vivace; la signorina Baptistine dolce, esile, fragile, un po' più alta di suo fratello, con un abito di seta color pulce– colore di moda nel 1806– che aveva comperato in quell'epoca a Parigi e che le serviva ancora. Per adoperare espressioni volgari che hanno il merito di dire in una sola parola un'idea che una pagina sarebbe appena sufficiente a esprimere, la signora Magloire aveva l'aria di una *contadina* e la signorina Baptistine di una *dama*. La signora Magloire aveva una cuffia bianca cilindrica, al collo una crocetta d'oro, il solo gioiello femminile che ci fosse nella casa, una sciarpa bianchissima che usciva dal vestito di bigello nero a maniche larghe e corte, un grembiule di cotone a quadri rossi e verdi, annodato alla cintura con un nastro verde, con una pettorina uguale, attaccata con due spille ai due angoli in alto, ai piedi grosse scarpe e calze gialle come le donne di Marsiglia. Il vestito della signorina Baptistine era tagliato secondo la moda del 1806: vita corta, guaina stretta, maniche a spalline, con linguette e bottoni. Ella nascondeva i suoi capelli grigi sotto una parrucca arricciata detta *alla bambina*.

La signora Magloire aveva l'aspetto intelligente, vivace e buono; i due angoli della bocca inegualmente all'insù e il labbro superiore più grosso del labbro inferiore le davano un che di brusco e di imperioso. Sino a che monsignore taceva, ella gli parlava risolutamente con un misto di rispetto e di libertà; ma appena monsignore apriva la bocca per parlare, lo abbiamo già visto, obbediva passivamente come la signorina. La signorina Baptistine non parlava neppure, si limitava a obbedire e ad accondiscendere. Anche da giovane non era stata bella, aveva grandi occhi azzurri a fior di testa e il naso lungo e aquilino; ma il suo volto, tutta la sua persona emanavano, l'abbiamo detto all'inizio, una grande bontà. Era sempre stata predestinata alla mansuetudine, ma la fede, la carità, la speranza, tre virtù che riscaldano dolcemente l'anima, avevano innalzato a poco a poco questa mansuetudine sino alla santità. La natura ne aveva fatto una pecora: la religione un angelo. Povera santa ragazza! Dolce ricordo scomparso!

La signorina Baptistine ha poi raccontato tante volte ciò che era successo quella sera nella casa del vescovo, che parecchi ancora in vita ne ricordano i minimi particolari.

Al momento in cui il vescovo entrò, la signora Magloire discuteva con vivacità con la signorina di una cosa che le era familiare e alla quale il vescovo era abituato. Si trattava dei chiavistelli della porta d'ingresso.

Sembra che, andando a fare la spesa per il pranzo, la signora Magloire avesse sentito certe dicerie, in parecchi luoghi. Si parlava di un vagabondo di brutto aspetto, si diceva che un tipo sospetto sarebbe giunto, che doveva essere in qualche angolo della città e che poteva darsi ci fossero brutti incontri per quelli che avevano intenzione di rientrare tardi quella notte; che la polizia era male organizzata, dato che il prefetto e il sindaco non si vedevano di buon occhio, e cercavano di nuocersi provocando incidenti: che toccava dunque alla gente saggia fare la polizia da se stessa, ben vigilarsi, e che bisognava aver cura di chiudere debitamente, sprangare e sbarrare la propria casa e di *chiudere bene le porte*.

La signora Magloire calcò sulle ultime parole; ma il vescovo proveniva dalla sua camera dove aveva avuto freddo, si era seduto davanti al caminetto, si riscaldava e inoltre pensava ad altro. Egli non fece caso alle parole a effetto che la signora Magloire aveva detto. Essa le ripeté. Allora la signorina Baptistine, volendo dare soddisfazione alla signora Magloire senza spiacere a suo fratello, s'arrischiò a dire timidamente:

«Fratello mio, avete sentito cosa dice la signora Magloire?».

«Ne ho inteso vagamente qualche cosa.» Poi girando un po' la sedia e appoggiando le mani sulle ginocchia, e alzando verso la vecchia domestica il viso cordiale e lieto, che il fuoco rischiarava dal basso: «Vediamo. Che c'è? Che c'è? Ci troviamo dunque in qualche grave pericolo?».

Allora la signora Magloire ricominciò la storia esagerandola un poco, senza accorgersene. Sembrava che uno zingaro, un pezzente cencioso, una specie di pericoloso mendicante fosse in quel momento nella città. Egli si era presentato per aver alloggio da Jacquin Labarre che non aveva voluto riceverlo. Lo si era veduto giungere dal bastione Gassendi e aggirarsi per le strade sull'imbrunire. Un pessimo arnese dall'aspetto terribile.

«Veramente?» disse il vescovo.

Questa disposizione a interrogarla fece coraggio alla signora Magloire; ciò sembrava indicarle che il vescovo non era lontano dal preoccuparsi, e proseguì trionfante:

«Sì, monsignore. È così. Ci sarà qualche disgrazia questa notte in città. Tutti lo dicono, visto anche che la polizia è così male organizzata (inutile ripetizione). Vivere in un paese di montagna, e non avere nemmeno le lanterne di notte nelle strade! Si esce: buio come nella bocca di un forno! E io dico, monsignore, e la signorina dice come me...».

«Io» interruppe la sorella «non dico niente. Quello che fa mio fratello è ben fatto.»

La signora Magloire continuò come se nessuno avesse protestato:

«Noi diciamo che questa casa non è niente affatto sicura: che se monsignore lo permette io farò dire a Paulin Musebois, il fabbro, che venga a rimettere i vecchi chiavistelli, monsignore, non fosse che per questa notte; poiché, io dico, niente è più terribile di una porta chiusa con una semplice nottola e che può essere aperta facilmente dal primo venuto; tanto più che monsignore ha l'abitudine di dire sempre di entrare e che d'altronde, perfino nel cuore della notte, o mio Dio, non c'è bisogno di chiedere il permesso...».

In quel momento fu picchiato alla porta un colpo abbastanza forte.

«Avanti» disse il vescovo.

EROISMO DELL'OBBEDIENZA PASSIVA

La porta s'aprì.

S'aprì con forza, quanto era larga, come se qualcuno la spingesse con energia e risolutezza.

Un uomo entrò.

Quest'uomo noi già lo conosciamo. È il viandante che abbiamo visto poco fa girovagare in cerca di un ricovero.

Egli entrò, fece un passo e si fermò lasciando la porta aperta dietro di sé. Aveva il sacco sulle spalle, il bastone in mano, una espressione rude, ardita, affaticata e violenta negli occhi. Il fuoco del camino lo rischiarava. Era orribile. Era una apparizione sinistra.

La signora Magloire non ebbe neppure la forza di emettere un grido. Trasalì e restò a bocca aperta.

La signorina Baptistine si voltò, scorse l'uomo che entrava e si drizzò a metà per lo spavento, poi, girando a poco a poco la testa verso il camino, si mise a guardare il fratello e il suo viso ridiventò profondamente calmo e sereno.

Il vescovo fissava l'uomo con occhio tranquillo.

E nello stesso momento in cui apriva la bocca, senza dubbio per chiedere al nuovo venuto che cosa desiderasse, questi appoggiò le mani sul bastone, girò gli occhi a volta a volta sul vecchio e sulle donne, e senza attendere che il vescovo parlasse, disse ad alta voce:

«Ecco. Mi chiamo Jean Valjean. Sono un galeotto: ho passato diciannove anni al bagno penale. Sono stato liberato da quattro giorni e da allora cammino verso Pontarlier, che è la mia mèta. Da quattro giorni sono in cammino da Tolone. Oggi ho fatto dodici leghe a piedi. Questa sera, arrivando in questo paese, sono stato in un albergo, mi hanno scacciato per il passaporto giallo che avevo mostrato in municipio, com'era necessario. Sono stato in un altro albergo. Mi hanno detto: vattene! Da una casa a un'altra, nessuno ha voluto saperne di me. Sono stato alla prigione, il custode non mi ha aperto. Sono stato in un canile, e il cane mi ha morsicato e scacciato, come se fosse stato un uomo. Si sarebbe detto che sapeva chi ero. Sono andato nei campi per dormire sotto le stelle. Non c'erano le stelle. Minacciava la pioggia e ho pensato che non c'era un buon Dio per vietare che piovesse e sono ritornato in città per trovare il vano di una porta. Là, nella piazza, stavo per coricarmi sopra una pietra. Una buona donna mi ha mostrato la vostra casa dicendomi: "Picchia lì". Ho bussato Che cosa c'è qui? È un albergo? Ho del denaro. Il mio capitale. Centonove franchi e quindici soldi che ho guadagnato al bagno in diciannove anni col mio lavoro. Io pagherò. Che cosa m'importa? Ho denaro.

Sono molto stanco, dodici leghe a piedi, ho molta fame. Permettete che io resti?».

«Signora Magloire,» disse il vescovo «mettete una posata in più.»

L'uomo fece tre passi e si avvicinò alla lampada che era sulla tavola.

«Guardate,» soggiunse, come se non avesse ben compreso «non è il caso. Avete sentito? Sono un galeotto, un forzato. Vengo dalle galere.»

Tolse dalla tasca un grande foglio di carta gialla che spiegò.

«Ecco il mio passaporto. Giallo, come vedete. Serve a farmi scacciare dovunque vada. Volete leggere? Io so leggere. Ho imparato al bagno. C'è una scuola per quelli che vogliono. Guardate, ecco cosa hanno messo sul mio passaporto: "Jean Valjean, forzato liberato, nato a..." questo non ha importanza per voi... "È rimasto diciannove anni al bagno. Cinque anni per furto con scasso. Quattordici anni per avere tentato di evadere quattro volte. Quest'uomo è molto pericoloso." Ecco! Tutti mi hanno gettato fuori. Volete ricevermi, voi? È un albergo? Volete darmi da mangiare e da dormire? Avete una scuderia?»

«Signora Magloire,» disse il vescovo «mettete delle lenzuola di bucato nel letto dell'alcova.»

Abbiamo già spiegato di quale natura era l'obbedienza delle due donne. La signora Magloire uscì per eseguire gli ordini.

Il vescovo si volse verso l'uomo.

«Signore, sedetevi e riscaldatevi. Andiamo a tavola a momenti, e si preparerà il vostro letto mentre mangerete.»

Qui, l'uomo capì. L'espressione del suo viso, sino allora torva e dura, si riempì di stupore, di dubbio, di gioia, e divenne mirabile a vedersi.

Si mise a balbettare come un pazzo:

«Proprio? Che cosa? Voi mi tenete? Non mi cacciate? Un forzato! Mi chiamate *signore*! Non mi date del tu! Vattene, cane! mi si dice sempre. Ero certo che mi avreste cacciato. Così vi dissi subito chi sono. Oh, la brava donna che mi ha indirizzato qui! Io mangerò! Un letto! Un letto con materassi e lenzuola! Come tutta la gente! Sono diciannove anni che non dormo in un letto. Veramente permettete che non me ne vada! Siete persone degne! D'altronde ho del denaro. Io pagherò. Scusate, signor albergatore, come vi chiamate? Io pagherò tutto ciò che vorrete. Voi siete un brav'uomo. Voi siete albergatore, nevvero?»

«Io sono» disse il vescovo «un prete che abita qui.»

«Un prete!» esclamò l'uomo. «Oh! Un buon prete! Allora non mi chiedete denaro? Il parroco, nevvero? Il parroco di questa grande chiesa? Guarda! È vero, quanto sono stupido! Non avevo visto la vostra calotta!»

Mentre parlava, egli aveva deposto il sacco e il bastone in un angolo poi, rimesso il passaporto in tasca, si era seduto. La signorina Baptistine lo osservava con dolcezza. Egli continuò:

«Siete umano, signor parroco. Voi non avete disprezzo. È una bella cosa un buon prete. Allora non avete bisogno che io paghi?».

«No,» disse il vescovo «tenete il vostro denaro. Quanto avete? Non m'avete detto centonove franchi?»

«E quindici soldi» aggiunse l'uomo.

«Centonove franchi e quindici soldi. E quanto tempo avete impiegato a guadagnarli?»

«Diciannove anni.»

«Diciannove anni!»

Il vescovo sospirò profondamente.

L'uomo proseguì: «Ho ancora tutto il mio denaro. In quattro giorni non ho speso che venticinque soldi, guadagnati aiutando a scaricare delle vetture a Grasse. Poiché siete abate, vi dirò che avevamo un elemosiniere al bagno. E poi un giorno ho visto un vescovo, un monsignore, come dicono. Era il vescovo della Majore a Marsiglia. E il parroco che è sopra i parroci, voi sapete. Scusate, io mi esprimo male; ma queste cose sono così lontane, per me... Capite bene, noi altri...! Egli ha celebrato la Messa nel mezzo della prigione, sopra un altare. Aveva sul capo una cosa a punta, d'oro, che brillava in pieno mezzogiorno. Noi eravamo allineati su tre lati. Di fronte c'erano i cannoni con la miccia accesa. Non vedevamo bene. Egli ha parlato, ma era troppo lontano e non sentivamo niente. Ecco che cos'è un vescovo».

Mentre egli parlava, il vescovo era andato a chiudere la porta, che era rimasta spalancata.

La signora Magloire rientrò portando piatto e posate che depose sulla tavola.

«Signora Magloire,» disse il vescovo «ponete quelle posate il più possibile vicino al fuoco.» Quindi, volgendosi verso il suo ospite: «Il vento della notte è duro sulle Alpi. Voi dovete aver freddo, signore».

Ogni volta che pronunciava la parola «signore», con quella sua voce dolcemente grave e affabile, il volto dell'uomo s'illuminava. Dire «signore» a un forzato, è come porgere un bicchiere d'acqua a un naufrago della *Medusa*. L'ignominia ha sete di considerazione.

«Ecco una lampada che rischiara molto male» soggiunse il vescovo.

La signora Magloire comprese e andò a prendere nella camera di monsignore i due candelieri d'argento, che posò sulla tavola dopo averli accesi.

«Signor parroco,» disse l'uomo «voi siete buono. Non mi disprezzate e mi ricevete in casa vostra. Accendete per me i vostri ceri e io non vi ho taciuto donde vengo e che sono un disgraziato.»

Il vescovo, seduto vicino a lui, gli toccò dolcemente la mano. «Potevate non dirmi chi siete. Questa non è la mia casa, ma la casa di Gesù Cristo. Questa porta non domanda a colui che entra s'egli ha un nome, ma se soffre. Voi soffrite, avete fame e sete: siate il benvenuto. E non ringraziatemi; non dite che vi accolgo in casa mia. Nessuno è qui in casa sua, salvo chi ha bisogno d'asilo. Io dico a voi viandante che qui siete in casa vostra più di me stesso. Tutto quello che è qui è vostro. Che bisogno ho io di sapere il vostro nome? D'altra parte, prima che me lo diceste, ne avevate uno che io conoscevo.»

L'uomo sgranò gli occhi stupefatto.

«Che dite? Voi sapevate come mi chiamo?»

«Sì,» rispose il vescovo «voi vi chiamate mio fratello.»

«Oh, signor curato!» esclamò l'uomo «Io avevo molta fame entrando qui, ma tanta è la vostra bontà che la fame non so più che cosa sia; mi è passata.»

Il vescovo lo guardò e gli disse:

«Avete sofferto molto?».

«Oh, la casacca rossa, la palla al piede, un asse per dormire, il caldo, il freddo, il lavoro, la ciurma e le bastonate! La doppia catena per nulla, la segreta per una parola. La catena sempre, anche in letto ammalato. I cani, i cani stanno meglio! Diciannove anni! Ne ho quarantasei. E ora, il passaporto giallo. Ecco.»

«Sì,» continuò il vescovo «voi uscite da un luogo di tristezza. Ma ascoltate: ci sarà più gioia in cielo per le lacrime di un peccatore pentito, che per il vestito bianco di cento giusti. Se voi uscite da quel luogo di dolore con dei pensieri d'odio e di collera contro gli uomini, siete degno di pietà, ma se ne uscite con pensieri di benevolenza, di dolcezza e di pace, siete migliore di chiunque.»

Nel frattempo, la signora Magloire aveva servito la cena. Una zuppa di acqua, olio, pane e sale, un po' di lardo, un pezzo di carne di montone, fichi, formaggio fresco e un grosso pane di segala. Di propria iniziativa aveva inoltre aggiunto al pasto ordinario del vescovo una bottiglia di vino vecchio di Mauves. Il volto del vescovo prese subito quella espressione di gaiezza propria delle nature ospitali:

«A tavola» disse vivacemente, e, come soleva fare quando qualche forestiero cenava con lui, fece sedere l'uomo alla sua destra. La signorina Baptistine, perfettamente tranquilla e disinvolta, prese posto alla sua sinistra.

Il vescovo recitò il *benedicite*, poi scodellò egli stesso la minestra, come d'abitudine. L'uomo si mise a mangiare avidamente.

A un tratto il vescovo disse: «Ma mi sembra che manchi qualche cosa su questa tavola».

La signora Magloire, infatti, aveva messo in tavola solamente le tre posate strettamente necessarie. Orbene, era abitudine della casa, quando il vescovo aveva qualcuno a cena, di disporre sulla tovaglia tutte e sei le posate d'argento, sfoggio innocente. Questa leggiadra apparenza di lusso era una specie di puerilità piena di grazia in quella casa dolce e severa che elevava la povertà sino alla dignità.

La signora Magloire comprese l'osservazione, uscì senza dir verbo, e un momento dopo le tre posate richieste dal vescovo risplendevano sulla tovaglia, simmetricamente disposte davanti a ciascuno dei commensali.

IV

PARTICOLARI SUI CASEIFICI DI PONTARLIER

Ora, per dare un'idea di quello che avvenne a tavola, noi crediamo che la miglior cosa sia trascrivere qui un passo di una lettera della signorina Baptistine alla signora di Boischevron, nel quale la conversazione del forzato e del vescovo è raccontata con ingenua minuzia:

...Quell'uomo non faceva attenzione a nessuno. Mangiava con una voracità d'affamato; tuttavia, dopo la minestra, ha detto:

«Signor curato del buon Dio, tutto ciò è ancora troppo buono per me, ma devo dirvi che i carrettieri, che non hanno voluto lasciarmi mangiare con loro, mangiano meglio di voi.»

Detto fra noi, l'osservazione mi ha un po' irritata. Mio fratello ha risposto:

«Essi fan più fatica di me».

«No,» ha soggiunto quell'uomo «hanno più denaro. Voi siete povero, lo vedo bene. Voi non siete, forse, neppure parroco. Siete parroco, almeno? Ah!, davvero, se il buon Dio fosse giusto, voi dovreste pur essere parroco.»

«Il buon Dio è più che giusto» ha detto mio fratello.

Un istante dopo ha aggiunto:

«Signor Jean Valjean, voi andate a Pontarlier?»

«Con itinerario obbligato.»

Io credo proprio che l'uomo abbia detto così. Poi ha continuato:

«Bisogna che riprenda il cammino domattina all'alba. È duro camminare. Se di notte fa freddo, di giorno fa caldo».

«Voi andate» ha soggiunto mio fratello «in un bel paese. Al tempo della rivoluzione la mia famiglia è stata rovinata, e io mi sono rifugiato in un primo tempo nella Franca Contea e vi ho vissuto per qualche tempo, col lavoro delle mie braccia. Avevo buona volontà, ho trovato da occuparmi. Non c'è che da scegliere. Ci sono cartiere, concerie, distillerie, oleifici, grandi fabbriche di orologi, acciaierie, fonderie di rame, e almeno venti officine per la lavorazione del ferro, delle quali quattro, quelle di Lods, Châtillon, Audincourt e Beure, sono molto importanti...»

Io credo di non sbagliarmi e che sono questi i nomi citati da mio fratello. Egli si è poi interrotto, e mi ha rivolto la parola:

«Cara sorella, abbiamo ancora parenti in quel paese?».

Io ho risposto:

«Ne avevamo; fra gli altri il signor di Lucenet, che era capitano delle porte a Pontarlier sotto l'antico regime».

«Sì,» ha soggiunto mio fratello «ma nel '93 non c'erano più parenti, non c'erano che le proprie braccia. Ho lavorato. C'è nel paese di Pontarlier nel quale andate, signor Valjean, una industria davvero patriarcale e assai simpatica, cara sorella; sono i caseifici che chiamano "fruttifere".»

Allora mio fratello, pur facendolo mangiare, gli ha spiegato con molti particolari che cosa erano le «fruttifere» di Pontarlier. Ha detto che ce ne sono di due specie: le *grosse fattorie*, che appartengono ai ricchi, e dove ci sono da quaranta a cinquanta vacche, le quali producono sette od otto migliaia di formaggi per estate; le cooperative, che sono dei poveri: sono i contadini della collina che mettono in comune le vacche e dividono il prodotto. Prendono al loro soldo un formaggiaio che chiamano il *gruvierino*: questi riceve il latte dagli associati tre volte al giorno e segna le quantità ricevute sopra un registro a partita doppia. Il lavoro dei caseifici comincia verso la metà d'aprile, e verso la metà di giugno i formaggiai conducono le bestie in montagna.

L'uomo, mangiando, si rianimava. Mio fratello gli faceva bere di quel buon vino di Mauves che non beve neppure lui perché dice che è un vino caro. Mio fratello raccontava tutti questi particolari con quella gaiezza facile che conoscete, mescolando alle sue parole espressioni gentili per me. Ha battuto parecchio sulla buona condizione del gruvierino, come se si augurasse che quell'uomo comprendesse, senza consigliarlo direttamente e duramente, che quello era un posto per lui. Una cosa mi ha colpito: quell'uomo era ciò che vi ho detto: ebbene! Mio fratello, durante la cena e la serata, eccetto poche parole su Gesù proferite appena quegli era entrato, non disse verbo che potesse ricordargli chi era, né che gli rivelasse chi era mio fratello. Eppure doveva sembrare una buona occasione per fare un po' di predica e far valere il vescovo di fronte al galeotto, per lasciare su di lui una traccia di quel contatto. Sarebbe sembrato, a un altro, che l'occasione di avere quel disgraziato sotto mano fosse favorevole per nutrirgli l'anima insieme col corpo, per fargli qualche rimprovero condito di morale e di consigli, oppure un po' di parole pietose, con esortazione a far meglio in avvenire. Mio fratello non gli ha neppure chiesto di che paese fosse, né la sua storia. Perché nella sua storia c'è una colpa, e mio fratello sembrava evitare tutto ciò che potesse fargliela ricordare. A tal punto che in un certo momento nel quale mio fratello parlava dei montanari di Pontarlier che hanno *un gradito lavoro vicino al cielo e che, aggiungeva, sono felici perché sono innocenti*, si è fermato di colpo, temendo che ci fosse, in quelle parole che gli erano sfuggite, qualche cosa che potesse offenderlo. A forza di pensare credo d'aver compreso ciò che passava nel cuore di mio fratello. Pensava che quell'uomo, che si chiama Jean Valjean, aveva troppo presente nella mente la sua miseria e che era meglio distrarlo e fargli credere, anche solo per un breve istante, che era un uomo come gli altri, e che tutto era per lui come per un altro qualunque. Non è ciò ben capire la carità? Non c'è, buona signora, qualcosa di veramente evangelico in questa delicatezza che si astiene dalla predica, dalla morale e dalle allusioni? E la miglior pietà, quando un uomo ha un punto doloroso, non è forse quella di non toccarlo affatto? Mi è sembrato che questo poteva essere il pensiero interiore di mio fratello. In ogni caso, ciò che io posso dire è che, se egli ha avuto tutte queste idee, non ha fatto trapelare nulla neppure a me; è stato dal principio alla fine lo stesso uomo di tutte le sere e ha pranzato con Jean Valjean come avrebbe pranzato col signor Gédéon Le Prévost e con il parroco della parrocchia.

Alla fine, quando eravamo ai fichi, hanno bussato alla porta. Era mamma Gerbaud con il suo piccino in braccio. Mio fratello ha baciato il bimbo in fronte e mi ha chiesto in prestito quindici soldi che avevo con me, per darli alla mamma Gerbaud. L'uomo in questo frattempo non prestava grande attenzione. Non parlava e sembrava molto stanco. Partita la vecchia Gerbaud, mio fratello ha pronunciato il ringraziamento, poi s'è voltato verso l'uomo dicendogli: «Dovete avere bisogno del letto». La signora Magloire ha sparecchiato in fretta. Io ho compreso che bisognava ritirarci per lasciar dormire il viaggiatore, e siamo salite entrambe. Tuttavia poco dopo ho mandato la signora Magloire a portare sul letto di quell'uomo una pelle di capriolo della Foresta Nera che ho nella mia camera. Le notti sono gelide e quella tiene caldo. È peccato che questa pelle sia vecchia e perda tutto il pelo. Mio fratello l'ha comperata quando era in Germania, a Tuttlingen, vicino alle sorgenti del Danubio, come il piccolo coltello dal manico d'avorio di cui io mi servo a tavola.

La signora Magloire è risalita quasi subito; ci siamo messe a pregare Dio nella stanza dove si stende la biancheria, quindi ci siamo ritirate ognuna nella propria camera senza dirci nulla.

V

TRANQUILLITÀ

Dopo aver dato la buona notte a sua sorella, monsignor Bienvenu prese dalla tavola uno dei candelieri d'argento, diede l'altro all'ospite e gli disse:

«Signore, vi accompagno in camera vostra».

L'uomo lo seguì.

Come si è visto da quanto abbiamo già detto prima, l'abitazione era distribuita in modo che per passare nell'oratorio, dove era l'alcova, o per uscirne, bisognava attraversare la camera del vescovo.

Nel momento in cui i due attraversavano questa camera, la signora Magloire chiudeva l'argenteria nell'armadio ai piedi del letto; era l'ultima faccenda di ogni sera, prima di coricarsi.

Il vescovo condusse l'ospite nell'alcova. Un letto bianco e fresco vi era preparato. L'uomo posò il candeliere sopra un tavolino.

«Su,» disse il vescovo «passate una buona notte. Domattina, prima di partire, berrete una tazza di latte delle nostre vacche, ancora caldo.»

«Grazie, signor abate» rispose l'uomo.

Appena pronunciate queste parole piene di pace, di colpo e inaspettatamente ebbe un movimento strano che avrebbe agghiacciato per lo spavento le due sante donne se fossero state presenti. Ancora oggi è difficile renderci conto di ciò che lo spingeva in quel momento. Voleva dare un avvertimento o lanciare una minaccia? Obbediva semplicemente a una specie di impulso istintivo e oscuro anche per lui? Si voltò bruscamente verso il vecchio, incrociò le braccia, e, lanciando sull'ospite uno sguardo selvaggio, gridò con voce roca:

«Ah, ma è proprio così! Voi mi alloggiate a casa vostra, vicino a voi!».

Si interruppe e aggiunse con un riso che aveva alcunché di mostruoso:

«Avete ben riflettuto? Chi vi dice che io non abbia assassinato qualcuno?».

Il vescovo alzò gli occhi al soffitto e rispose:

«Ciò riguarda il buon Dio».

Poi, gravemente e muovendo le labbra come uno che preghi o che parli a se stesso, alzò le due dita della mano destra e benedisse l'uomo che non si curvò, e, senza voltare la testa né guardare indietro, andò nella sua camera.

Quando l'alcova era abitata, una gran tenda di saio, stesa da una parte all'altra dell'oratorio, nascondeva l'altare. Il vescovo, passando davanti alla tenda, si inginocchiò e pronunciò una breve preghiera.

Poco dopo era in giardino, camminando, sognando, contemplando, con l'anima e il pensiero rivolti interamente a quelle grandi cose misteriose che Dio mostra durante la notte agli occhi che restano aperti.

Quanto all'uomo, egli era talmente stanco che non aveva neppure approfittato di quelle lenzuola bianche. Aveva soffiato sulla candela con le narici, alla guisa dei forzati, e si era lasciato cadere, completamente vestito, sul letto, dove si era subito profondamente addormentato.

Suonava mezzanotte quando il vescovo rientrava nel suo appartamento dal giardino.

Qualche minuto dopo tutto dormiva nella piccola casa.

Nel cuore della notte Jean Valjean si svegliò.

Jean Valjean era d'una povera famiglia di contadini della Brie. Nella sua fanciullezza non aveva imparato a leggere. Adulto, fece il potatore a Faverolles. Sua madre si chiamava Jeanne Mathieu, suo padre Jean Valjean o Vlajean, probabilmente soprannome o contrazione di *voilà Jean*, «ecco Jean».

Jean Valjean era di carattere meditativo senza essere triste, ciò che è proprio delle nature affettuose. Nel complesso, almeno in apparenza, Jean Valjean era poco sveglio e abbastanza insignificante. Aveva perduto giovanissimo il padre e la madre. Sua madre era morta in seguito a una febbre del latte mal curata. Suo padre, potatore come lui, s'era ucciso cadendo da un albero. Era rimasta a Jean Valjean solo una sorella più vecchia di lui, vedova con sette figli tra maschi e femmine. Questa sorella aveva allevato Jean Valjean, e sino a che ebbe il marito alloggiò e nutrì il giovane fratello.

Il marito morì. Il maggiore dei sette ragazzi aveva otto anni, l'ultimo un anno.

Jean Valjean aveva allora appena compiuti i venticinque anni. Sostituì il padre di famiglia e sostenne a sua volta la sorella che lo aveva allevato; cosa che fece con semplicità come compisse un dovere, seppure con una certa rudezza. La sua giovinezza trascorreva così in un lavoro duro e mal retribuito. Non gli si erano mai conosciute «innamorate» in paese. Non aveva avuto tempo di innamorarsi.

La sera ritornava stanco e mangiava la minestra senza dire una parola. Sua sorella, mamma Giovanna, gli prendeva spesso dalla scodella il meglio del pasto, un pezzo di carne, una fetta di lardo, il torso di un cavolo, per darlo a qualcuno dei suoi figli. Egli, continuando a mangiare, piegato sulla tavola, colla testa quasi nella minestra, i lunghi capelli cadenti intorno alla scodella sì da nascondergli gli occhi, sembrava non vedere e lasciava fare. C'era a Faverolles, non lontano dalla capanna Valjean, dall'altra parte della strada, una fattora di nome Marie-Claude; i bimbi Valjean, abitualmente affamati, andavano talvolta a farsi prestare, a nome della madre, una pinta di latte che bevevano dietro una siepe o in qualche svolta del viale, strappandosi l'un l'altro la ciotola e così velocemente che le bambine ne rovesciavano una parte sul grembiule e nel collo. La madre, se avesse avuto sentore di questa ladreria, avrebbe severamente punito i delinquenti. Jean Valjean, brusco e brontolone, pagava, senza far sapere nulla alla madre, la pinta di latte, e i ragazzi non erano puniti.

Guadagnava, nella stagione della potatura, ventiquattro soldi al giorno, poi si impiegava come mietitore, come manovale, come garzone di stalla, come uomo di fatica. Faceva tutto quello che poteva. Sua sorella anche lavorava, ma che fare con sette bimbi piccoli? Era un triste gruppo che la miseria avvolse e strinse a poco a poco. Accadde che un inverno fosse aspro. Jean non ebbe lavoro, la famiglia non ebbe pane. Senza pane. Alla lettera. Sette ragazzi!

Una domenica sera, Maubert Isabeau, fornaio in piazza della chiesa a Faverolles, stava coricandosi quando udì un violento colpo nella vetrina, a grata e vetri, del suo negozio. Giunse in tempo a vedere un braccio attraverso un buco fatto con un pugno nella grata e nel vetro. Il braccio prese un pane e lo portò via. Isabeau uscì in fretta, il ladro fuggì a tutta corsa. Isabeau lo rincorse e lo fermò. Il ladro aveva buttato via il pane ma aveva il braccio insanguinato. Era Jean Valjean.

Questo successe nel 1795. Jean Valjean fu tradotto in giudizio per «furto con scasso di notte in una casa abitata». Aveva un fucile del quale si serviva meglio di qualunque tiratore ed era anche un po' bracconiere; questo gli nocque. C'è contro i bracconieri un legittimo pregiudizio. Il bracconiere, come il contrabbandiere, è molto vicino al brigante. Tuttavia, diciamolo di sfuggita, c'è un abisso tra questa specie di uomini e gli odiosi assassini della città. Il bracconiere vive nella foresta; il contrabbandiere in montagna o al mare. Le città fanno gli uomini feroci perché li fanno corrotti. La montagna, il mare, la foresta formano degli uomini selvaggi che sviluppano gli istinti selvatici, ma spesso senza distruggere il lato umano.

Jean Valjean fu dichiarato colpevole. I termini del codice erano formali. Ci sono nella nostra civiltà delle ore temibili, sono i momenti in cui la penalità decreta un naufragio. Quale minuto più funebre di quello nel quale la società si allontana e consuma l'irreparabile abbandono di un essere pensante! Jean Valjean fu condannato a cinque anni di galera.

Il 22 aprile 1796 fu proclamata in Parigi la vittoria di Montenotte, riportata dal generale in capo dell'armata d'Italia, che nel messaggio del Direttorio ai Cinquecento del 2 floreale, anno IV, è chiamato Buona-Parte. In questo stesso giorno una grande catena fu ferrata a Bicêtre. Di essa faceva parte Jean Valjean.

Un vecchio custode delle carceri, che oggi ha novant'anni, rammenta ancora chiaramente quel disgraziato che fu ferrato all'estremità del quarto cordone nell'angolo nord del cortile. Egli era seduto a terra come tutti gli altri; pareva che non capisse nulla della sua posizione, se non che essa era orribile. È probabile che vi distinguesse, attraverso le idee vaghe di pover'uomo ignorante di tutto, qualche cosa di eccessivo. Mentre gli veniva ribadita a forti martellate, dietro la testa, la chiavarda della gogna, egli piangeva e le lacrime lo soffocavano impedendogli di parlare; solo riusciva a dire di tanto in tanto: «*Ero potatore a Faverolles*». Poi, singhiozzando, alzava la mano destra per abbassarla gradatamente sette volte come se toccasse successivamente sette teste di diversa altezza. Si indovinava da tal gesto che la colpa da lui commessa, qualunque essa fosse, l'aveva commessa per vestire e nutrire sette bambini.

Partì per Tolone dove arrivò dopo un viaggio di ventisette giorni, su una carretta, con la catena al collo. A Tolone fu vestito con la casacca rossa; si cancellò tutto quello che era stata la sua vita, anche il nome; non fu più Jean Valjean, ma il numero 24601. Che ne fu di sua sorella e dei sette bambini? E chi si occupa di tutto ciò? Che cosa ne è di un pugno di foglie di un giovane albero segato alla base?

È sempre la stessa storia. Questi poveri esseri viventi, creature di Dio, senza ormai alcun appoggio, senza guida, senza asilo, se ne andarono a caso, chi sa?, forse ciascuno per proprio conto, e s'immersero a poco a poco nella fredda nebbia in cui si sperdono i destini solitari, tetre tenebre nelle quali successivamente spariscono tanti ingegni sfortunati nella triste marcia del genere umano. Essi lasciarono il paese. Il campanile di quello che era stato il loro villaggio li dimenticò; il confine di quello che era stato il loro campo li dimenticò; dopo qualche anno di permanenza al bagno anche Jean Valjean li dimenticò. In quel cuore dove c'era stata una piaga ci fu una cicatrice. Ecco tutto. Una sola volta, in tutto il tempo che passò a Tolone, egli udì parlare di sua sorella. Fu, credo, verso la fine del quarto anno di prigione. Non so bene per quali vie gli giunsero queste informazioni. Qualcuno, che li aveva conosciuti al paese, aveva veduto sua sorella. Essa dimorava a Parigi e abitava in una povera strada presso Saint-Sulpice, via del Gindre. Non aveva con sé che un bambino, l'ultimo. Dov'erano gli altri sei? Essa stessa forse non lo sapeva. Tutte le mattine andava in una stamperia di via Sabot n. 3, dove faceva la piegatrice e la legatrice. Bisognava esserci alle sei del mattino, molto prima che facesse giorno, d'inverno.

Nell'edificio della stamperia c'era una scuola dove conduceva il suo piccolo che aveva sette anni. Soltanto, siccome essa entrava nella stamperia alle sei e la scuola si apriva alle sette, bisognava che il fanciullo attendesse nel cortile almeno un'ora: d'inverno, un'ora di notte, all'aperto.

Non si permetteva che il bambino entrasse nella stamperia perché, si diceva, dava noia. Gli operai, passando al mattino, vedevano quel povero esserino seduto per terra, pieno di sonno, e spesso addormentato nell'ombra, rannicchiato e piegato sul suo cestino. Quando pioveva, una vecchia donna, la portinaia, ne avevapietà; lo accoglieva nel suo bugigattolo dove non c'era che un tettuccio, un aspo e due sedie di legno. Il piccolo dormiva là in un angolo, abbracciando il gatto per avere meno freddo.

Alle sette la scuola si apriva ed egli entrava. Ecco quello che dissero a Jean Valjean. Gliene fu parlato un giorno; fu un momento, un lampo, come una finestra bruscamente aperta sul destino di quegli esseri che aveva amato, poi tutto si richiuse; egli non ne intese più parlare e fu per sempre. Più nulla seppe di loro, più non li rivide, né li incontrò, e nel seguito di questa dolorosa storia non li ritroveremo più.

Verso la fine di quel quarto anno il turno di evasione di Jean Valjean arrivò. I suoi compagni l'aiutarono come si suol fare in quel triste luogo. Evase. Errò per due giorni in libertà, nei campi, se si può parlare di libertà quando si è perseguitati, quando bisogna voltarsi a ogni istante, trasalire a ogni minimo rumore; aver paura di tutto, del tetto che fuma, dell'uomo che passa, del cane che abbaia, del cavallo che galoppa, dell'ora che suona, del giorno perché ci si vede, della notte perché non ci si vede, della strada, del sentiero, dei cespugli, del sonno. La sera del secondo giorno fu ripreso. Non aveva né mangiato né dormito da trentasei ore. Il tribunale marittimo lo condannò per questo reato a tre anni, il che portò la sua pena a otto anni. Il sesto anno fu ancora il suo turno di evasione; ne approfittò, ma non riuscì a fuggire. Era mancato all'appello. Fu sparato il colpo di cannone e durante la notte la ronda lo trovò nascosto sotto la chiglia di un vascello in costruzione; oppose resistenza ai guardiaciurma che lo afferrarono. Evasione e ribellione. Questo fatto, previsto dal codice speciale, fu punito con l'aggravamento di altri cinque anni di cui due di doppia catena. Tredici anni. Al decimo anno il suo turno ritornò, e ne approfittò ancora. Non gli riuscì meglio degli altri. Tre anni per questo nuovo tentativo. Sedici anni. Infine, credo durante il tredicesimo anno, fece un ultimo tentativo e non riuscì che a farsi riprendere dopo quattro ore di assenza. Tre anni per queste quattro ore. Diciannove anni. Nell'ottobre 1815 fu liberato; era entrato nel 1796, per aver rotto una vetrina e preso un pezzo di pane.

Facciamo posto a una breve parentesi. È la seconda volta che nel corso dei suoi studi sulla questione penale e sulla condanna secondo la legge, l'autore di questo libro trova il furto di un pane come punto di partenza della rovina di un destino. Claude Gueux[3] aveva rubato pane, Jean Valjean aveva rubato pane. Una statistica inglese constata che a Londra quattro furti su cinque hanno come movente immediato la fame.

---

[3] Protagonista dell'omonimo racconto pubblicato da Victor Hugo nel 1834.

Jean Valjean era entrato in galera singhiozzando e fremendo; ne uscì impassibile.

Vi era entrato disperato, ne uscì tetro.

Che cosa era avvenuto in quell'anima?

ANATOMIA DELLA DISPERAZIONE

Cerchiamo di dirlo.

Bisogna pure che la società guardi queste cose perché è lei che le fa.

Era, l'abbiamo già detto, un ignorante, ma non era un imbecille.

La luce naturale era accesa in lui; la disgrazia, che ha pur essa il suo splendore, accrebbe quel po' di luce che c'era nel suo spirito. Sotto le bastonate, sotto la catena, in cella, durante la fatica, sotto l'ardente sole del bagno penale, sul tavolaccio dei forzati, si ripiegò nella sua coscienza e meditò.

Si costituì in tribunale.

Cominciò col giudicare se stesso.

Riconobbe che non era un innocente ingiustamente punito. Confessò a se stesso di aver commesso un'azione eccessiva e biasimevole; che forse non gli avrebbero rifiutato quel pane se lo avesse chiesto; che in ogni modo sarebbe stato meglio aspettando, sia dalla pietà sia dal lavoro; che non è sempre una ragione irrefutabile il dire: «Si può forse aspettare quando si ha fame?»; che è rarissimo che uno muoia di fame; e poi, che, disgraziatamente o fortunatamente, l'uomo è fatto in modo da poter soffrire a lungo e molto, moralmente e fisicamente, senza morire; che bisognava aver pazienza; che ciò sarebbe stato meglio anche per quei poveri bimbi; che era stata una pazzia, per lui, uomo disgraziato e debole, il voler prendere con violenza per il bavero la società intera e pensare di poter uscire dalla miseria con il furto; che in ogni caso, era una cattiva porta per uscire dalla miseria quella per la quale si entra nell'infamia; infine che aveva avuto torto.

Poi si domandò:

se era il solo che aveva avuto torto in quella sua fatale storia; se, prima di tutto, non era una cosa molto grave che lui, lavoratore, si trovasse senza lavoro, che lui, laborioso, fosse senza pane. Se poi, commesso e confessato lo sbaglio, la punizione non fosse stata feroce ed eccessiva. Se non c'era stato maggior abuso da parte della legge nel punire che da parte del colpevole nello sbagliare. Se non c'era un eccesso di peso su uno dei piatti della bilancia, e precisamente su quello dell'espiazione. Se l'aggravio della pena non fosse affatto la cancellazione del reato e se non giungesse invece a questo risultato: di rovesciare la situazione, di sostituire la colpa del reo con quella della repressione, di fare del colpevole la vittima e del debitore il creditore, e di mettere definitivamente la legge dalla parte stessa di chi l'aveva violata. Se questa punizione, complicata dai successivi aggravi per i tentativi di evasione, non finisse con l'essere una specie di attentato del più forte sul più debole, un delitto della società sull'individuo, un delitto che ricominciava ogni giorno, un delitto che durava diciannove anni.

Si domandò se la società umana potesse avere il diritto di fare ugualmente subire ai suoi membri sia l'improvvidenza irragionevole che la previdenza spietata, e di tenere per sempre un pover'uomo fra una mancanza e un eccesso, mancanza di lavoro, eccesso di punizione. Se non era sconveniente che la società trattasse così proprio quei suoi membri mal dotati nella divisione dei beni fatta dalla sorte, e perciò più degni di riguardi.

Poste e risolte queste questioni, giudicò la società e la condannò.

La condannò al suo odio.

La fece responsabile della sorte che subiva, e si disse che non avrebbe esitato a chiedergliene conto, un giorno. Dichiarò a se stesso che non vi era equilibrio fra il danno che aveva causato e il danno che gli causavano; concluse che la punizione, per la verità, non era una ingiustizia, ma certamente era una iniquità. La collera può essere pazza e assurda, si può essere furenti a torto: non si è indignati che quando in qualche modo si ha ragione. Jean Valjean era indignato.

E poi la società umana non gli aveva fatto che del male. Egli non aveva visto altro di lei che il viso corrucciato che essa chiama giustizia e che mostra a quelli che colpisce. Gli uomini l'avevano toccato soltanto per maltrattarlo. Ogni contatto con loro era stato un colpo. Mai, dopo la sua infanzia, dopo sua madre e sua sorella, aveva udito una parola amica, uno sguardo benevolo. Di sofferenza in sofferenza, giunse lentamente alla conclusione che la vita era una guerra, e che in questa guerra egli era il vinto. Non aveva altra arma che il proprio odio. Decise di ravvivarlo in galera e di portarlo via andandosene.

C'era a Tolone una scuola per la ciurma tenuta dai frati dell'ordine degli Ignorantelli, dove si insegnava lo stretto necessario a quei disgraziati che avevano buona volontà. Fu nel numero degli uomini di buona volontà. Andò a scuola a quarant'anni, imparò a leggere, a scrivere e a far di conto. Capì che fortificare la sua intelligenza era fortificare il suo odio. In certi casi, l'istruzione e la luce possono essere utili come aggiunta al male.

Cosa triste a dirsi: dopo aver giudicato la società che aveva fatto la sua disgrazia, giudicò la provvidenza che aveva fatto la società. E condannò anch'essa.

Così, durante questi diciannove anni di tortura e di schiavitù, quest'anima si rialzò e cadde nello stesso tempo. Vi entrarono la luce da una parte e le tenebre dall'altra.

Jean Valjean non era, l'abbiamo visto, di natura cattiva. Egli era ancora buono quando giunse al penitenziario. Là dentro egli condannò la società e capì di diventare malvagio. Là dentro condannò la provvidenza e capì di diventare empio.

Qui è difficile non meditare un momento. Può la natura umana trasformarsi radicalmente e completamente? L'uomo creato buono da Dio può essere reso cattivo dall'uomo? Può l'anima essere rifatta dal destino e diventare cattiva se il destino è cattivo? Il cuore può diventare deforme e contrarre brutture e infermità inguaribili sotto la pressione di un male sproporzionato, come la colonna vertebrale sotto una volta troppo bassa? Non c'è in ogni anima umana, non c'era in quella di Jean Valjean in particolare, una prima favilla, un elemento divino, incorruttibile in questo mondo, immortale nell'altro, che il bene può sviluppare, ravvivare, accendere, infiammare e far risplendere, e che il male non può giammai interamente spegnere?

Domande gravi e oscure, all'ultima delle quali ogni fisiologo avrebbe probabilmente risposto di no senza esitare, se avesse visto a Tolone, nelle ore di riposo (che erano per Jean Valjean ore di meditazione), seduto con le braccia incrociate sulla sbarra di qualche argano, l'estremità della catena affondata nella tasca per non trascinarla, questo galeotto triste, serio, silenzioso e meditabondo: una vittima delle leggi che guardava l'uomo con collera, un condannato dalla vita civile che guardava il cielo con severità.

Certo, e non vogliamo nasconderlo, il fisiologo osservatore avrebbe visto una miseria irrimediabile, avrebbe compianto quel malato per colpa della legge, ma non avrebbe nemmeno cercato il medicamento; avrebbe stornato lo sguardo dalle caverne intraviste in quell'anima, e, come Dante sulla porta dell'inferno, avrebbe cancellato da quella esistenza la parola che il dito di Dio scrive sulla fronte di ogni uomo: *Speranza*! Questo stato della sua anima, che noi abbiamo cercato di analizzare, era così chiaro per Jean Valjean come noi abbiamo cercato di renderlo per quelli che ci leggono? Jean Valjean vedeva chiaramente, dopo la loroformazione, e aveva visto distintamente, a mano a mano che si formavano, tutti gli elementi che componevano la sua miseria morale? Quell'uomo, rude e illetterato, aveva ben compreso la successione d'idee per la quale egli, a grado a grado, era salito e disceso sino ai lugubri aspetti che erano già da molti anni l'orizzonte interno del suo spirito? Aveva coscienza di tutto ciò che era passato in lui e che in lui si agitava? È ciò che noi non oseremmo dire; ed è ciò che noi non crediamo. C'era troppa ignoranza in Jean Valjean perché, anche dopo tante sventure, non rimanesse in lui qualcosa di indefinito. In certi momenti non sapeva nemmeno ben sicuramente ciò che provava.

Jean Valjean era nelle tenebre; soffriva nelle tenebre; odiava nelle tenebre, si sarebbe potuto dire che odiava ciò che aveva dinanzi. Viveva abitualmente in questa ombra, a tastoni, come un cieco o un sognatore. Solamente, a intervalli, gli venivano, dal suo interno o dall'esterno, un accrescimento di dolore, un impeto di collera, un pallido e rapido lampo che illuminava la sua anima e faceva bruscamente apparire, ovunque intorno a lui, gli orridi precipizi e le truci prospettive del suo destino.

Passato il lampo, ricadeva la notte; e allora dov'era? Non lo sapeva più. È proprio delle pene di questa natura, nelle quali domina ciò che è spietato, cioè ciò che abbrutisce, di trasformare a poco a poco, in una specie di stupida trasfigurazione, un uomo in una bestia selvaggia. Qualche volta in una bestia feroce. I tentativi di evasione di Jean Valjean, successivi e ostinati, basterebbero a provare questo strano lavorio operato dalla legge sull'anima umana. Jean Valjean avrebbe rinnovato questi tentativi inutili e pazzeschi, tutte le volte che si fosse presentata l'occasione, senza riflettere neppure un istante sul risultato né sulle esperienze già fatte. Fuggiva con l'impeto del lupo che trova la gabbia aperta. L'istinto gli diceva: «Salvati!», la ragione gli avrebbe detto: «Resta!»; ma di fronte a una tentazione così forte il ragionamento spariva, restava solo l'istinto. Solo la bestia agiva. Quando egli veniva ripreso, le nuove severità che gli infliggevano non servivano che a sgomentarlo di più.

Un particolare che non dobbiamo dimenticare, è che nessuno dei forzati poteva eguagliare la sua forza fisica. Al lavoro, per tirare una gomena o per girare l'argano, Jean Valjean valeva quattro uomini. Sollevava e sosteneva, alle volte, pesi enormi sulla schiena, e all'occasione rimpiazzava quello strumento, che si chiama martinello e che una volta si chiamava orgoglio, da cui ha preso il nome (sia detto per inciso) la via Montorgueil vicino ai mercati di Parigi. I compagni l'avevano soprannominato Jean-il-Martinello. Una volta, mentre si riparava il balcone del municipio di Tolone, una delle ammirabili cariatidi del Puget che sostengono il balcone si distaccò e stava per cadere: Valjean, che era sul posto, sostenne con le spalle la cariatide e diede agli operai il tempo di arrivare.

La sua elasticità superava la sua forza. Certi forzati, perpetui sognatori di evasioni, finiscono col fare della forza e della abilità combinate una vera scienza. È la scienza dei muscoli. Una scienza statica, misteriosa è quotidianamente praticata dai prigionieri, eterni invidiosi delle mosche e degli uccelli. Scalare una parete verticale e trovare un punto d'appoggio là dove si vede appena una sporgenza, era un semplice gioco per Jean Valjean. Supponiamo un angolo di muro: con la tensione della schiena e dei garretti, con i gomiti e i talloni incastrati nelle asperità della pietra, egli si arrampicava come per magia sino al terzo piano. Qualche volta saliva così sino al tetto del carcere. Parlava poco, non rideva mai. Ci voleva qualche estrema emozione per strappargli, una o due volte all'anno, quel lugubre riso di forzato che è come un'eco del riso del diavolo. A vederlo sembrava continuamente occupato in alcunché di terribile.

In verità era sempre assorto.

Attraverso le morbose percezioni di una natura incompleta e di una intelligenza oppressa, sentiva confusamente che qualche cosa di mostruoso pesava su di lui. Nella penombra oscura e sbiadita nella quale si arrampicava, ogni volta che girava la testa e cercava di alzar lo sguardo vedeva, con terrore mescolato a rabbia, innalzarsi, disporsi a grado a grado e salire a perdita d'occhio su di lui, con orribili scarpate, una specie di catasta spaventosa di cose, di leggi, di pregiudizi, di uomini e di fatti: gliene sfuggiva il contorno, la loro massa lo spaventava, e non era altro che quella prodigiosa piramide che noi chiamiamo civiltà. Distingueva qua e là, in questo insieme brulicante e deforme, qualche volta vicino a lui, qualche volta lontano e su piattaforme inaccessibili, qualche gruppo, qualche particolare fortemente illuminato: qui l'aguzzino e il suo bastone, il gendarme e la sua sciabola, là l'arcivescovo colla mitra: in alto, in una specie di sole, l'imperatore coronato e raggiante. Gli sembrava che questi splendori lontani, lungi dai dissipare la sua tenebra, la rendessero più funebre e più nera. Tutto ciò– leggi, pregiudizi, fatti, uomini, cose– andava e veniva sopra di lui, secondo il movimento complicato e misterioso che Dio imprime alla civiltà, camminando sopra di lui e schiacciandolo con un non so che di calmo nella sua crudeltà e di inesorabile nella sua indifferenza. Anime cadute in fondo all'eventuale sventura, uomini disgraziati perduti nel profondo dei limbi dove sguardo non penetra, i condannati dalla legge sentono gravare sulla loro testa, con tutto il suo peso, questa società umana così formidabile per chi è fuori, così spaventosa per chi è sotto.

In questa situazione Jean Valjean pensava: e quale poteva essere la natura dei suoi pensieri?

Se il grano di miglio sotto la macina pensasse, avrebbe senza alcun dubbio gli stessi pensieri di Jean Valjean.

Tutte queste cose, realtà piene di spettri, fantasmagorie piene di realtà, avevano finito per creargli una specie di stato d'animo quasi inesprimibile.

In certi istanti, durante il suo lavoro forzato, si fermava. Si metteva a pensare. La sua ragione, più matura e più scossa che in passato, si ribellava. Tutto ciò che gli era accaduto gli sembrava assurdo; tutto ciò che l'attorniava gli sembrava impossibile. Pensava: «È un sogno.» Guardava l'aguzzino in piedi a qualche passo da lui, l'aguzzino gli sembrava un fantasma, e a un tratto il fantasma gli appioppava una bastonata.

La natura visibile esisteva appena per lui. Sarebbe quasi il caso di dire che non c'erano per Jean Valjean né sole, né belle giornate d'estate, né cielo splendente, né fresche albe d'aprile. Solo una luce debole e filtrata rischiarava abitualmente la sua anima.

Per riassumere, infine, ciò che può essere riassunto e tradotto in risultati positivi, di tutto ciò che abbiamo indicato, ci limiteremo a rilevare che in diciannove anni, Jean Valjean, l'innocuo potatore di Faverolles, il temibile galeotto di Tolone, era diventato capace, grazie al lavorio compiuto su di lui dalla galera, di due specie di cattive azioni: la prima, una cattiva azione rapida, irriflessiva, piena di stordimento, tutta d'istinto, una specie di rappresaglia per il male sofferto; la seconda, una cattiva azione grave, seria, dibattuta nella coscienza e meditata coi falsi concetti che simile sventura può suggerire. Le sue premeditazioni passavano per le tre fasi successive che solo le nature di una certa tempra possono percorrere: ragionamento, volontà e ostinazione. Aveva per movente l'indignazione abituale, l'amarezza dell'anima, il profondo sentimento delle iniquità subite, la reazione, anche contro i buoni, gli innocenti, i giusti, se ce ne sono. Il punto di partenza come il punto di arrivo di tutti i suoi pensieri era l'odio per la legge umana; quell'odio che, se non è arrestato nel suo sviluppo da un incidente provvidenziale, diventa, dopo un certo tempo, l'odio per la società, poi odio per il genere umano, poi odio per le cose create, che si trasmuta in un vago, incessante e brutale desiderio di nuocere, non importa a chi, purché sia un essere vivente qualunque. Come si vede non era senza ragione che il passaporto qualificava Jean Valjean come *uomo molto pericoloso*. Di anno in anno quest'anima si era inaridita sempre più: lentamente ma fatalmente. A cuore arido corrisponde occhio arido. All'uscita dal bagno penale, erano diciannove anni che Jean Valjean non versava una lacrima.

Un uomo in mare!

Che cosa importa! La nave non si ferma. Il vento soffia, quel tetro vascello ha una rotta che è obbligato a continuare. E va innanzi.

L'uomo sparisce, poi riappare, si tuffa e risale alla superficie, chiama, tende le braccia, non lo si ode; la nave, fremendo sotto l'uragano, è completamente assorta nella sua manovra, i marinai e i passeggeri non vedono neppure l'uomo sommerso; la sua miserabile testa non è che un punto nell'enormità delle onde.

Egli lancia grida disperate nell'immensità. Quale spettro, quella vela che se ne va! La guarda, freneticamente. Essa si allontana, impallidisce, svanisce. Egli era là poco fa: faceva parte dell'equipaggio, andava e veniva sul ponte cogli altri, aveva la sua parte di aria e di sole, era un vivente. Ora, che cosa è dunque accaduto? È scivolato, è caduto. È finita.

È nell'acqua mostruosa: non ha più sotto ai piedi che fuga e rovina. I flutti rotti e frastagliati dal vento l'attorniano orribilmente, i moti dell'abisso lo portano via, tutti i brandelli dell'acqua si agitano intorno alla sua testa, una plebaglia di onde sputa su di lui, confuse aperture lo divorano per metà; ogni volta che si inabissa intravede dei precipizi pieni di oscurità; orribili vegetazioni sconosciute lo attanagliano, gli legano i piedi, lo trascinano a sé: sente che diventa abisso, fa parte della schiuma; i flutti se lo gettano l'un l'altro, beve l'amarezza, l'oceano vile si accanisce ad annegarlo, l'enormità gioca con la sua agonia. Gli sembra che tutta questa acqua sia odio.

Tuttavia lotta, cerca di difendersi, cerca di sostenersi, fa degli sforzi, nuota. Lui, questa povera forza subito esaurita, si oppone all'inesauribile.

Dov'è dunque la nave? Là in fondo. Appena appena visibile nelle pallide tenebre dell'orizzonte.

Le raffiche soffiano; tutte le schiume lo soffocano. Alza gli occhi e non vede che il livido delle nubi. Assiste agonizzando alla immensa pazzia del mare. È suppliziato da questa stessa pazzia. Sente dei rumori estranei all'uomo che sembrano venire da oltre la terra e da non si sa quale spaventoso aldilà.

Ci sono uccelli nei nembi come ci sono angeli al di sopra delle angosce umane, ma che cosa possono essi fare per lui? Quelli volano, cantano e si librano, e lui rantola.

Si sente sepolto nel contempo da questi due infiniti, l'oceano e il cielo; l'uno è una tomba, l'altro è un sudario.

La notte scende, sono ormai ore che nuota, le sue forze sono al termine; quella nave, quella cosa lontana sulla quale ci sono degli uomini, è sparita; egli è solo nel formidabile baratro crepuscolare, vi sprofonda, si irrigidisce, si storce, sente sopra di sé le onde immani dell'invisibile; chiama.

Non ci sono più uomini. Dov'è Dio?

Egli chiama. Qualcuno! Qualcuno! Chiama ancora. Niente all'orizzonte. Niente in cielo.

Prega lo spazio, l'onda, l'alga, lo scoglio; tutto è sordo.

Supplica la tempesta; la tempesta imperturbabile non ubbidisce che all'infinito.

Intorno a lui l'oscurità, la nebbia, la solitudine, il tumulto tempestoso e incosciente, l'increspamento indefinito delle acque selvagge. In lui, l'orrore e la stanchezza. Sotto di lui l'abisso. Non un punto d'appoggio. Pensa alle avventure tenebrose del cadavere nell'ombra illimitata.

Il freddo intenso lo paralizza, le sue mani si contraggono, si chiudono e afferrano il nulla. Vento, nembi, turbini, soffi, stelle inutili! Che fare? Il disperato si abbandona; stanco, si rassegna a morire, si lascia travolgere, si lascia andare, lascia che il destino si compia, ed eccolo che rotola per sempre nelle profondità lugubri della voragine.

O marcia implacabile delle società umane! Perdite di uomini e di anime lungo il cammino! Oceano dove cade tutto ciò che lascia cadere la legge! Sparizione sinistra del soccorso! O morte morale!

Il mare è l'inesorabile notte sociale dove la legge penale getta i suoi dannati. Il mare è l'immensa miseria.

L'anima, alla deriva in questo gorgo, può diventare un cadavere! Chi la risusciterà?

IX
NUOVI TORTI

Quando venne l'ora dell'uscita dal bagno penale, quando Jean Valjean udì al suo orecchio quelle parole strane: «*Sei libero!*», il momento fu inverosimile e inaudito: un raggio di viva luce, un raggio della vera luce dei vivi penetrò subito in lui. Ma questo raggio non tardò a impallidire. Jean Valjean era stato abbacinato dall'idea della libertà. Aveva creduto in una vita nuova, ma vide molto presto che cos'era una libertà alla quale si dà il passaporto giallo. E insieme a questo, quante amarezze! Aveva calcolato che il suo capitale durante il soggiorno in galera, avrebbe dovuto salire a centosettantun franchi. Bisogna però giustamente aggiungere che si era dimenticato di calcolare il riposo obbligatorio domenicale e festivo, che, in diciannove anni, comportava una diminuzione di circa ventiquattro franchi. Questo totale era stato poi ridotto per diverse trattenute locali alla somma di centonove franchi e quindici soldi, che gli erano stati dati all'uscita.

Non ne aveva capito niente, e si credeva leso nei propri diritti. Anzi, diciamo la vera parola, si credeva derubato.

Il giorno dopo la sua liberazione, a Grasse, vide davanti alla porta di una distilleria di fiori d'arancio alcuni uomini che scaricavano delle balle. Offerse la sua opera. Il lavoro urgeva, lo assunsero. Si mise all'opera, era intelligente, robusto e accorto; faceva del suo meglio; il padrone sembrava contento. Mentre lavorava passò una guardia, lo osservò e gli domandò i documenti; fu costretto a far vedere il passaporto giallo. Ciò fatto, Jean Valjean ricominciò il lavoro. Poco prima aveva accortamente domandato a uno degli operai che cosa guadagnassero al giorno con quel lavoro; gli era stato risposto: «*Trenta soldi.*» Venuta la sera, siccome era obbligato a partire all'indomani mattina, si presentò al padrone della distilleria e lo pregò di pagarlo. Il padrone non disse una parola, e gli consegnò venticinque soldi. Reclamò. Gli fu risposto: «*È anche troppo, per te*». Insistette. Il padrone lo guardò fisso negli occhi e gli disse: «*Attento alla gattabuia!*».

Anche in quella occasione si ritenne derubato. La società, lo Stato, diminuendogli il suo capitale, lo avevano derubato in grande. Ora era la volta dell'individuo che lo derubava in piccolo.

Scarcerazione non è liberazione. Si esce dal bagno penale, ma non dalla condanna.

Ecco che cosa gli era accaduto a Grasse. Si è visto come era stato accolto a Digne.

X
IL SUO RISVEGLIO

Dunque, quando suonarono le due all'orologio della cattedrale, Jean Valjean si svegliò. Ciò che lo svegliò fu il letto troppo buono. Da quasi vent'anni non si era coricato in un letto e, per quanto non si fosse spogliato, la sensazione era troppo nuova per non turbare il suo sonno.

Aveva dormito più di quattro ore. La sua stanchezza era passata, giacché egli era abituato a non concedere molte ore al sonno.

Aperse gli occhi e guardò un momento nell'oscurità attorno a lui, poi li richiuse per riaddormentarsi.

Quando molte diverse sensazioni ci hanno agitato durante la giornata e quando i pensieri preoccupano la mente, ci si addormenta ma non ci si può riaddormentare. Il sonno viene più facilmente di quanto ritorni. È quello che capitò a Jean Valjean. Non poté riaddormentarsi e si mise a pensare.

Era in uno di quei momenti nei quali si hanno idee torbide. Aveva una specie di via vai oscuro nel cervello. I suoi ricordi antichi e i ricordi immediati fluttuavano alla rinfusa e si incrociavano confusamente, perdendo la loro forma, ingrossandosi smisuratamente, poi sparendo improvvisamente in un'acqua fangosa e agitata. Gli venivano molti pensieri, ma ce n'era uno che si ripresentava continuamente e che scacciava tutti gli altri. Questo pensiero noi lo diciamo subito: aveva notato le sei posate d'argento e il cucchiaione che la signora Magloire aveva messo sulla tavola.

Quelle sei posate d'argento lo ossessionavano. Erano lì. A pochi passi. Nel momento in cui aveva attraversato la camera vicina per entrare in quella dove si trovava, la vecchia domestica le riponeva in un piccolo armadio a capo del letto. Aveva ben notato quell'armadio: a destra, entrando dalla sala da pranzo. Erano massicce. Vecchia argenteria. Unendovi il cucchiaione si potevano ricavare almeno duecento franchi. Il doppio di quanto aveva guadagnato in diciannove anni.

È vero però che avrebbe guadagnato di più se l'*amministrazione* non lo avesse *derubato*.

Il suo pensiero oscillò per una lunga ora fluttuando e lottando. Suonarono le tre. Riaperse gli occhi, si drizzò bruscamente a sedere, allungò le braccia e tastò lo zaino che aveva gettato in un angolo dell'alcova, poi lasciò penzolare le gambe dal letto, posò i piedi per terra e si trovò, quasi senza saper come, seduto sul letto.

Rimase per un certo tempo pensieroso in una attitudine che avrebbe avuto alcunché di sinistro, se qualcuno l'avesse visto così nell'ombra, unico sveglio nella casa addormentata. A un tratto si abbassò, si tolse le scarpe e le posò sulla stuoia vicino al letto senza far rumore; riprese poi la sua posizione cogitabonda e ritornò immobile.

Durante questa orribile meditazione le idee che noi stiamo descrivendo si agitavano nel suo cervello, entravano, uscivano, rientravano, causando in lui una specie di oppressione; e poi pensava, senza sapere il perché, con quella specie di macchinale ostinazione propria del fantasticare, a un forzato chiamato Brevet che aveva conosciuto al bagno, e i cui calzoni erano sostenuti da bretelle di cotone lavorato a maglia. Il disegno a scacchi di quelle bretelle gli ritornava di continuo in mente.

Restava in questa posizione, e vi sarebbe forse restato sino al levarsi del sole, se l'orologio non avesse battuto un colpo: il quarto o la mezza. Gli sembrò che il colpo gli avesse detto: «Andiamo!».

Si alzò in piedi, esitò ancora per un istante, e ascoltò; tutto taceva nella casa; allora camminò diritto e a piccoli passi verso la finestra che intravedeva. La notte non era molto oscura; era un plenilunio nel quale correvano larghe nubi cacciate dal vento. Ciò provocava all'esterno momenti di luce e momenti di oscurità, eclissi e chiarori improvvisi, e all'interno una specie di crepuscolo. Questo crepuscolo, sufficiente per orientarsi, a causa delle intermittenti nubi assomigliava a quel livido raggio che penetra da uno spiraglio in una cantina dinanzi al quale vanno e vengono i passanti. Giunto alla finestra, Valjean l'esaminò. Era senza sbarre, dava sul giardino e non era chiusa, come si usa nel paese, che da una nottolina. L'aprì, ma siccome un'aria fredda e viva entrò bruscamente nella camera, la richiuse subito. Osservò il giardino con uno sguardo attento più per studiare che per vedere. Il giardino era circondato da un muro bianco abbastanza basso e facile a essere scavalcato. In fondo, al di là dal muro, distinse delle cime di alberi ugualmente distanti l'una dall'altra, il che indicava che il muro separava il giardino da una strada o da una viuzza alberata.

Dopo aver guardato, si mosse come un uomo risoluto, si avviò verso l'alcova, prese il suo zaino, l'aperse, vi frugò dentro, vi prese qualche cosa che posò sul letto, mise le scarpe in una tasca, caricò il sacco sulle spalle, dopo averlo affibbiato, si coprì il capo col berretto, abbassò la visiera sugli occhi, cercò il bastone a tastoni e lo posò in un angolo vicino alla finestra; ritornò poi presso il letto e prese risolutamente l'oggetto che vi aveva deposto.

Questo era simile a una sbarra di ferro, corta, acuminata come uno spiedo a una delle estremità.

Sarebbe stato difficile nelle tenebre comprendere per quale scopo era stato così lavorato quel pezzo di ferro. Era forse una leva? Era forse una mazza?

Alla luce si sarebbe potuto capire che era soltanto un candeliere da minatore. A quel tempo, talvolta, si impiegavano i forzati per togliere la roccia dalle alte colline che contornano Tolone, e non era difficile che avessero a loro disposizione attrezzi da minatore. I candelieri da minatore sono di ferro massiccio, e finiscono, nell'estremità inferiore, in una punta per mezzo della quale vengono infissi nella roccia.

Egli prese questo candeliere nella mano destra, e trattenendo il respiro, smorzando i passi, si diresse verso la porta della camera vicina. Giunto presso la porta la trovò socchiusa. Il vescovo non l'aveva chiusa.

Jean Valjean ascoltò. Silenzio.

Spinse la porta.

La spinse colla punta delle dita, leggermente, con la dolcezza furtiva e inquieta di un gatto che vuole entrare.

La porta cedette alla pressione e si mosse, impercettibilmente e silenziosamente, allargando un poco lo spiraglio: Valjean attese un istante, poi spinse la porta una seconda volta, più coraggiosamente.

Essa continuò a cedere silenziosa. L'apertura era ora abbastanza grande per passare; c'era però, vicino alla porta, un tavolino che formava un angolo fastidioso per chi volesse entrare.

Jean Valjean riconobbe la difficoltà. Bisognava che l'apertura fosse ancora ingrandita.

Si decise e spinse la porta per una terza volta, più forte delle altre due. Questa volta ci fu un cardine un po' arrugginito che lanciò a un tratto, nell'oscurità, un grido rauco e prolungato.

Jean Valjean trasalì. Il rumore del cardine risuonò nelle sue orecchie come qualche cosa di strepitoso e di formidabile, come la tromba del giudizio universale.

Ingrandendo fantasticamente le cose, come si suol fare al primo istante, gli sembrò che il cardine si animasse, prendesse di colpo vita, che abbaiasse come un cane per avvertire tutti e risvegliare quelli che dormivano. Si fermò, tremante, sperduto, ricadde dalla punta dei piedi sul tacco. Sentiva le arterie battere alle tempie come due martelli sull'incudine, gli sembrava che il fiato gli uscisse dal petto con il rumore del vento che esce da una caverna. Gli sembrava impossibile che l'orribile rumore di quel cardine irritato non avesse fatto muovere tutta la casa come una scossa di terremoto; la porta spinta da lui aveva dato l'allarme e aveva chiamato, il vecchio stava per alzarsi, le due vecchie stavano per gridare, sarebbe venuta gente in soccorso; in un quarto d'ora la città sarebbe stata sossopra e le guardie in moto.

Per un momento si credette perduto.

Stette dov'era, pietrificato come la statua di sale, non osando fare alcun movimento.

Passò qualche minuto; la porta si era spalancata. Egli si arrischiò a guardare nella stanza: niente si era mosso. Stette in ascolto: nessun rumore nella casa. Lo stridore del cardine arrugginito non aveva svegliato nessuno.

Il primo pericolo era passato, ma c'era ancora in lui un terribile tumulto. Tuttavia non retrocedette; neppure quando gli era parso d'essere perduto aveva retrocesso. Non pensò che a finire presto; fece un passo ed entrò nella stanza.

Questa camera era in una calma perfetta. Si distinguevano qua e là forme vaghe che alla luce erano carte sparse sopra una tavola, *infolio* aperti, volumi ammucchiati uno sopra l'altro su uno sgabello, una poltrona carica di vestiti, un inginocchiatoio; ma a quell'ora non erano altro che angoli tenebrosi e macchie biancastre. Jean Valjean avanzò con precauzione evitando di urtare nei mobili. Udiva in fondo alla stanza la respirazione uguale e tranquilla del vescovo addormentato.

Si fermò di colpo. Era vicino al letto, vi era giunto prima di quanto credesse.

La natura unisce qualche volta i suoi effetti e i suoi spettacoli alle nostre azioni con una specie di tempestività oscura e intelligente, come se volesse farci riflettere. Da quasi mezz'ora una grande nube copriva il cielo. Nello stesso momento in cui Jean Valjean si fermò in faccia al letto, la nube si squarciò, come se l'avesse fatto apposta, e un raggio di luna, attraversando la lunga finestra, rischiarò improvvisamente il pallido viso del vescovo. Egli dormiva tranquillamente. Stava a letto quasi vestito, a causa delle notti fredde delle Prealpi, con una veste di lana scura che gli copriva le braccia sino ai polsi. La testa era rovesciata sul guanciale, nella posizione abbandonata del riposo; lasciava pendere fuori dal letto la mano ornata con l'anello pastorale, dalla quale eran venute tante buone opere e sante azioni. Il viso era illuminato da una vaga espressione di soddisfazione, di speranza, di beatitudine. Era, più che un sorriso, quasi un'irradiazione. C'era sulla sua fronte un inesprimibile riverbero d'una luce invisibile. L'anima dei giusti durante il sonno contempla un cielo misterioso.

Un riflesso di quel cielo era sul vescovo.

Era nello stesso tempo una trasparenza luminosa perché il cielo era dentro di lui: era la sua coscienza.

Nel momento in cui il raggio di luna venne a sovrapporsi, per così dire, a questo chiarore interno, il vescovo addormentato apparve come in un'aureola di gloria, che restò dolce e velata come di un chiaroscuro ineffabile. Quella luna nel cielo, quella natura assopita, il giardino senza un fremito, la casa così calma, l'ora, il momento, il silenzio, aggiungevano un non so che di solenne e d'indicibile al venerabile riposo di quel saggio, cingendo di un'aureola maestosa e serena i capelli bianchi e gli occhi chiusi, il viso dove tutto era speranza, dove tutto era fiducia, quella testa di vecchio e quel sonno di fanciullo.

C'era quasi qualcosa di divino in quell'uomo così inconsciamente giusto.

Jean Valjean era nell'ombra, il candeliere di ferro in mano, ritto, immobile, turbato da quel vecchio luminoso. Non aveva mai visto una cosa simile. Quella fiducia lo spaventava. Il mondo morale non offre spettacolo più grande di quello d'una coscienza turbata e inquieta, giunta sul limitare di una cattiva azione, che contempla il sonno del giusto.

Quel sonno, in quella solitudine e con un vicino come lui, aveva qualche cosa di sublime che egli sentiva vagamente, ma imperiosamente. Nessuno, neppure Valjean stesso, avrebbe potuto dire ciò che passava in lui. Per cercare di rendersene conto, bisogna pensare a ciò che c'è di più violento, in presenza di ciò che c'è di più dolce. Neppure sul suo viso si sarebbe potuto vedere con certezza qualche cosa. Era una specie di stupore selvaggio. Guardava, ecco tutto. Ma quale era il suo pensiero? Sarebbe stato impossibile indovinarlo. Ciò che era evidente, è che era commosso e turbato. Ma di quale natura era la sua emozione?

Il suo sguardo non lasciava il vecchio. La sola cosa che si sprigionava chiaramente dal suo atteggiamento e dalla sua fisionomia, era una strana indecisione. Egli guardava: ecco tutto. Si sarebbe detto che esitasse tra i due abissi: quello nel quale ci si perde e quello nel quale ci si salva. Sembrava pronto a spaccare quel cranio o a baciare quella mano.

Dopo qualche momento, la sua mano sinistra si alzò verso la fronte e cavò il berretto, poi il suo braccio ricadde con la stessa lentezza, e Jean Valjean rientrò nella sua contemplazione, il berretto nella sinistra, la mazza nella destra, i capelli irti sulla testa selvaggia.

Il vescovo continuava a dormire in una pace profonda sotto quello sguardo spaventoso.

Un riflesso di luna faceva confusamente vedere, sopra il camino, un crocifisso che sembrava aprire le braccia a tutti e due con una benedizione per l'uno e con un perdono per l'altro.

A un tratto Jean Valjean si rimise il berretto, camminò rapidamente lungo il letto, senza guardare il vescovo, andando diritto all'armadio che intravedeva vicino al capezzale; alzò il candeliere di ferro come per forzare la serratura; c'era la chiave: aperse; la prima cosa che vide fu il cesto dell'argenteria, lo prese, attraversò la camera a grandi passi senza precauzioni e senza curarsi del rumore, raggiunse la porta, entrò nell'oratorio, aperse la finestra, prese il bastone, scavalcò il davanzale, mise l'argenteria nel sacco, gettò il cesto, attraversò il giardino, saltò il muro come può fare una tigre, e fuggì.

L'indomani mattina, al levar del sole, monsignor Bienvenu passeggiava in giardino, quando accorse la signora Magloire tutta sconvolta.

«Monsignore, monsignore,» gridò «Vostra Eccellenza sa dov'è il cesto dell'argenteria?»

«Sì» disse il vescovo.

«Gesù sia benedetto!» ella rispose. «Non sapevo che cosa ne fosse successo.»

Il vescovo aveva appena raccolto il cesto in un'aiuola: lo consegnò alla signora Magloire.

«Eccolo.»

«Ebbene?» disse lei. «Vuoto! E l'argenteria?»

«Ah!» replicò il vescovo. «È dunque l'argenteria che vi interessa? Non so dove sia.»

«Gran buon Dio! È stata rubata! È l'uomo di ieri sera che l'ha rubata!»

In un batter d'occhio, con tutta la sua vivacità di vecchia attiva, la signora Magloire corse all'oratorio, entrò nell'alcova e ritornò verso il vescovo. Questi si era abbassato e osservava sospirando una pianta di coclearia dei Guillons che il cesto aveva schiacciato cadendo in mezzo all'aiuola. Si raddrizzò al grido della signora Magloire.

«Monsignore, l'uomo è partito, l'argenteria è stata rubata!»

Mentre gettava questa esclamazione, gli occhi erano caduti sopra un angolo del giardino dove si notavano tracce di scalata. Il trave del muro era stato divelto.

«Guardate! Se n'è andato da quella parte. È saltato nel vicolo Cochefilet! Ah orrore! Ci ha rubato la nostra argenteria!»

Il vescovo restò un momento silenzioso, poi sollevò i suoi occhi seri e disse alla signora Magloire, con dolcezza:

«E, anzitutto, era nostra quell'argenteria?». La signora Magloire rimase interdetta. Ci fu ancora un silenzio, poi il vescovo continuò:

«Signora Magloire, io tenevo a torto e da molto tempo quell'argenteria. Era dei poveri. Che cos'era quell'uomo? Evidentemente un povero».

«Ohimè, Gesù!» rispose la signora Magloire. «Non è per me, né per la signorina, per noi fa lo stesso; ma è per monsignore. Con che cosa mangerà adesso monsignore?»

Il vescovo la guardò con stupore.

«E che? Non ci sono posate di stagno?»

La signora Magloire alzò le spalle.

«Lo stagno ha un certo odore...»

«Allora posate di ferro.»

La signora Magloire fece un smorfia significativa.

«Il ferro ha un sapore...»

«Ebbene,» disse il vescovo «posate di legno.»

Poco dopo faceva colazione alla stessa tavola alla quale Jean Valjean era seduto il giorno prima. Mentre mangiava, monsignor Bienvenu faceva gaiamente notare alla sorella, che non diceva niente, e alla signora Magloire, che brontolava sotto voce, che non c'era bisogno d'un cucchiaino né di una forchetta, sia pure di legno, per inzuppare un pezzo di pane in una tazza di latte.

«Ma guarda se si può credere!...» diceva la signora Magloire tra sé, andando avanti e indietro. «Ricevere un uomo come quello, e farlo dormire vicino a sé. Fortuna che ha solo rubato! Ah, mio Dio! Fremo ancora tutta, quando ci penso.»

Nell'istante in cui il fratello e la sorella stavano alzandosi da tavola, fu bussato alla porta.

«Avanti» disse il vescovo.

La porta si aprì. Un gruppo strano e violento apparve sulla soglia: tre uomini che ne tenevano un quarto per il bavero. I tre uomini erano guardie; l'altro era Jean Valjean.

Un brigadiere della gendarmeria, che sembrava comandare il gruppo, era vicino alla porta. Entrò e si accostò al vescovo facendo il saluto militare.

«Monsignore...» disse.

A questa parola, Jean Valjean, che era tetro e sembrava abbattuto, rialzò la testa con un'espressione di stupore.

«Monsignore!» mormorò. «Non è dunque il parroco...»

«Silenzio!» disse un gendarme. «È monsignor vescovo.»

Monsignor Bienvenu nel frattempo si era avvicinato con tutta la sveltezza che la sua età gli permetteva.

«Ah! Eccovi» gridò guardando Jean Valjean. «Sono contento di vedervi. Ebbene, come mai? Vi avevo regalato anche i candelieri, che sono d'argento come il resto e dai quali potrete ricavare duecento franchi. Perché non li avete presi con le posate?»

Jean Valjean spalancò gli occhi e guardò il venerabile vescovo con un'espressione che nessuna lingua umana sarebbe capace di ridire.

«Monsignore,» disse il brigadiere della gendarmeria «quello che diceva quest'uomo è dunque vero? L'abbiamo incontrato, camminava come uno che fugga; l'abbiamo fermato per vedere un po'... Aveva questa argenteria...»

«E vi ha detto che gli era stata data» interruppe il vescovo, sorridendo, «da un vecchio buon uomo di prete presso il quale aveva passato la notte? Capisco. E voi l'avete ricondotto qui? È uno sbaglio.»

«Allora,» riprese il brigadiere «possiamo lasciarlo andare?»

«Senza dubbio» rispose il vescovo.

I gendarmi lasciarono libero Jean Valjean, che fece qualche passo indietro.

«È vero che mi si lascia libero?» disse con voce quasi inarticolata e come se parlasse in sogno.

«Sì, ti si rilascia, non capisci?» disse una guardia.

«Amico mio,» rispose il vescovo «prima di andarvene, ecco i candelieri. Prendeteli.»

Andò verso il camino, prese i due candelieri d'argento e li portò a Jean Valjean. Le due donne lo guardarono fare senza una parola, senza un gesto, senza un solo sguardo che potessero smentire il vescovo.

Jean Valjean tremava. Prese i candelieri, macchinalmente, turbato in volto.

«Ora,» disse il vescovo «andatevene in pace. A proposito, quando ritornerete, amico mio, è inutile passare dal giardino. Potrete sempre entrare e uscire dalla porta che dà sulla strada. Non è chiusa che con una nottolina, giorno e notte.»

Si voltò poi verso le guardie:

«Signori, potete ritirarvi.»

Le guardie se ne andarono.

Jean Valjean era come chi sia in procinto di venir meno.

Il vescovo gli si avvicinò e gli disse a bassa voce:

«Non dimenticate, non dimenticate mai che voi mi avete promesso di usare questo denaro per divenire un uomo onesto».

Jean Valjean, che non si ricordava di avere mai nulla promesso, restò stupefatto.

Il vescovo aveva calcato su quelle parole mentre le pronunciava. Continuò con una specie di solennità:

«Jean Valjean, fratello mio, voi non appartenete più al male, ma al bene. È la vostra anima che ho comperato; la tolgo ai pensieri tenebrosi e allo spirito di perdizione e la dono a Dio».

XIII
PETIT-GERVAIS

Jean Valjean uscì dalla città come se scappasse. Si mise a camminare rapidamente per i campi, prendendo le strade e i sentieri che gli si paravano davanti, senza accorgersi che ritornava continuamente sui suoi passi. Errò così tutta la mattina, senza mangiare e non avendo neppure fame. Era in preda a una folla di sensazioni nuove. Sentiva una specie di collera, non sapeva contro chi. Non avrebbe potuto dire se fosse commosso o umiliato. In certi momenti gli veniva un intenerimento strano, che combatteva e al quale opponeva l'indurimento dei suoi ultimi venti anni. Questo stato d'animo lo affaticava. Sentiva con inquietudine indebolirsi dentro di sé quella specie di calma terribile che l'ingiustizia della sua disgrazia gli aveva dato. Si domandava che cosa l'avrebbe sostituita. Ogni tanto avrebbe preferito essere in prigione con le guardie, e che gli avvenimenti non si fossero svolti in quel modo: sarebbe stato meno agitato. Per quanto la stagione fosse abbastanza avanzata, c'era ancora, qua e là, nelle siepi, qualche fiore tardivo il cui profumo, che lo investiva nel cammino, gli richiamava dei ricordi d'infanzia. Questi ricordi gli erano quasi insopportabili, tanto tempo era trascorso senza che affiorassero in lui.

Pensieri inesprimibili si accumularono così in lui per tutta la giornata.

Mentre il sole declinava a occaso, allungando sul suolo l'ombra del più piccolo sasso, Jean Valjean era seduto dietro un cespuglio, in una grande piana rossiccia completamente deserta.

Non c'erano che le Alpi all'orizzonte; neppure il campanile di un villaggio lontano. Jean Valjean poteva essere a circa tre leghe da Digne. Un sentiero che attraversava la piana passava a pochi passi dal cespuglio.

Mentre era immerso nella meditazione che avrebbe non poco contribuito a rendere temibile il suo aspetto cencioso a chiunque l'avesse incontrato, udì un allegro rumore. Volse la testa e vide avanzare sul sentiero un piccolo savoiardo di una diecina d'anni che cantava con la ghironda al fianco e scatola-campionario sulla schiena; uno di quei buoni e allegri ragazzi che vanno di paese in paese lasciando vedere le ginocchia dai buchi dei pantaloni.

Di tanto in tanto, il ragazzo smetteva di cantare e giocava agli aliossi con alcune monete che teneva in mano, probabilmente tutta la sua ricchezza. Fra queste monete ve n'era una da quaranta soldi.

Il ragazzo si fermò vicino alla fratta senza vedere Jean Valjean, e fece saltare il pugno di monete che sino a quel momento avevo ripreso, con una certa perizia, in un sol colpo, e sul dorso della mano.

Questa volta la moneta da quaranta soldi gli sfuggì e rotolò verso il cespuglio sino a Jean Valjean. Jean Valjean vi mise il piede sopra.

Ma il ragazzo aveva seguito la moneta con lo sguardo, e l'aveva visto.

Non si stupì e si avviò diritto verso l'uomo.

Era un luogo solitario; fin dove lo sguardo poteva spaziare, non c'era nessuno né nella piana né sul sentiero. Non si udivano che le fievoli grida di un nugolo di uccelli di passo che attraversavano il cielo a una grande altezza. Il ragazzo voltava la schiena al sole che gli metteva dei fili d'oro nei capelli e che imporporava di luce sanguigna la faccia selvaggia di Jean Valjean.

«Signore,» disse il piccolo savoiardo, con quella fiducia propria dei ragazzi, composta di ignoranza e di innocenza «la mia moneta?»

«Come ti chiami?» disse Jean Valjean.

«Petit-Gervais, signore.»

«Vattene» disse Jean Valjean.

«Signore,» ribatté il fanciullo «restituitemi la mia moneta.»

Jean Valjean abbassò la testa e non rispose.

Il ragazzo ricominciò:

«La mia moneta, signore.»

L'occhio di Jean Valjean restò fisso a terra.

«La mia moneta,» gridò il ragazzo «la mia moneta bianca; il mio denaro!»

Sembrava che Jean Valjean non udisse.

Il ragazzo lo prese per il bavero della giubba e lo scosse, mentre faceva sforzi per smuovere la grossa scarpa chiodata posata sul suo tesoro.

«Voglio la mia moneta, la mia moneta da quaranta soldi.»

Il ragazzo piangeva. La testa di Jean Valjean si rialzò. Egli era sempre seduto, i suoi occhi erano foschi. Osservò il ragazzo con un certo stupore, poi stese la mano verso il bastone e gridò con una voce terribile: «Chi c'è?».

«Io, signore,» rispose il piccolo. «Petit-Gervais, io, io! Per favore, restituitemi i miei quaranta soldi. Per favore, scostate il piede.»

Poi, irritato, e diventando quasi minaccioso, benché così piccolo:

«Ah, insomma! Volete alzare il piede? Togliete dunque il piede, suvvia!».

«Ah, sei ancora tu!» disse Jean Valjean, e alzandosi bruscamente, col piede sempre sulla moneta d'argento, aggiunse: «Vuoi andartene?».

Il ragazzo, spaventato, lo guardò, poi cominciò a tremare dalla testa ai piedi, e, dopo qualche istante di stupore, si mise a fuggire correndo con tutte le forze, senza osare voltarsi né gettare un grido.

Tuttavia dopo un po' di strada l'affanno l'obbligò a fermarsi, e Jean Valjean, pur immerso nel suo fantasticare, l'udì che singhiozzava.

Il sole era tramontato.

L'ombra cresceva attorno a Jean Valjean; egli non aveva mangiato in tutto il giorno, probabilmente aveva la febbre. Era rimasto in piedi, non aveva cambiato posizione da quando il ragazzo era fuggito. Il respiro gli sollevava il petto a intervalli lunghi e ineguali. Il suo sguardo, fermo a dieci o dodici passi di distanza, sembrava studiare con attenzione profonda la forma di un vecchio coccio di maiolica turchina caduto nell'erba. A un tratto ebbe un brivido; sentiva il freddo della sera.

Rinfrancò il berretto sulla fronte, cercò macchinalmente di sovrapporre e abbottonare la giubba, fece un passo e si abbassò per riprendere da terra il bastone.

Allora scorse la moneta da quaranta soldi che il suo piede aveva quasi sotterrato e che brillava fra i sassi.

Fu come una scossa galvanica. «Che cosa è?» disse fra i denti. Retrocedette di tre passi, si arrestò senza poter staccare gli occhi da quel punto che il suo piede aveva calpestato un istante prima, come se ciò che brillava lì nell'oscurità fosse stato un occhio aperto fisso su di lui.

Dopo qualche minuto, si slanciò convulsamente verso la moneta d'argento.

La prese e, raddrizzandosi, si mise a guardare lontano nella piana lanciando gli sguardi da tutte le parti, in piedi e tremante come una belva spaventata che cerchi un asilo.

Non vide nulla. La notte cadeva, la piana era fredda e indefinita, grandi masse di nebbia violacea salivano nel chiarore crepuscolare.

Disse: «Ah!» e si mise a camminare rapidamente nella direzione in cui era sparito il ragazzo. Dopo un centinaio di passi si fermò, guardò, non vide nulla.

Allora gridò a tutta forza: «Petit-Gervais! Petit-Gervais!».

Tacque e aspettò.

Nessuna risposta.

La campagna era deserta e tetra. Egli era circondato dalla pianura. Non c'era nulla intorno a lui, eccetto un'ombra nella quale si perdeva il suo sguardo, e un silenzio nel quale si perdeva la sua voce.

Soffiava una glaciale tramontana, che dava alle cose che lo circondavano una specie di vita lugubre. Alcuni alberelli scuotevano le loro piccole braccia magre con una violenza incredibile; si sarebbe detto che minacciassero o perseguitassero qualcuno.

Riprese a camminare, poi si mise a correre; di tanto in tanto si fermava, e gridava in quella solitudine con una voce che era quanto di più potente e di più desolato si potesse udire: «Petit-Gervais, Petit-Gervais!».

Certo, se il ragazzo l'avesse sentito avrebbe avuto paura e si sarebbe guardato bene dal farsi vedere. Ma il ragazzo senza dubbio era già molto lontano.

Incontrò un prete a cavallo. Andò verso di lui e gli disse:

«Signor curato, avete visto passare un ragazzo?».

«No» disse il prete.

«Un ragazzo che si chiama Petit-Gervais?»

«Non ho visto nessuno.»

Tolse dalla sua tasca due monete da cinque franchi e le diede al prete.

«Signor curato, ecco per i vostri poveri. Signor curato, è un piccolo di circa dieci anni, che porta una ghironda, mi pare, e un campionario. Camminava: uno di quei savoiardi, sapete?»

«Non l'ho proprio visto.»

«Petit-Gervais! Non è di questi villaggi? Potete dirmelo?»

«Se è come mi dite, amico mio, è un piccolo forestiero. Passano nel paese, ma non vi sono conosciuti.»

Jean Valjean trasse con moto violento due altri scudi da cinque franchi e li diede al prete:

«Per i vostri poveri» disse.

Poi aggiunse con smarrimento:

«Signor abate, fatemi arrestare, sono un ladro».

Il prete spronò il cavallo e fuggì tutto spaventato.

Jean Valjean si rimise a correre nella stessa direzione di prima.

Percorse in quel modo un tratto abbastanza lungo, guardando, chiamando, gridando, ma non incontrò più nessuno. Due o tre volte corse nella piana verso qualche cosa che gli sembrava un essere coricato o accoccolato, ma non erano altro che cespugli o rocce a fior di terra. Infine, in un punto dove tre sentieri si incrociavano, si fermò. La luna si era alzata. Valjean guardò il più lontano possibile e chiamò un'ultima volta: «Petit-Gervais! Petit-Gervais!».

Il suo grido si spense nella nebbia, senza nemmeno un'eco. Mormorò ancora: «Petit-Gervais», ma con una voce debole e quasi inarticolata. Fu quello il suo ultimo sforzo; le sue ginocchia si piegarono bruscamente come se una potenza invisibile lo gravasse del peso d'una coscienza malvagia; cadde sfinito sopra una grossa pietra, le mani fra i capelli e le ginocchia sul viso, e gridò: «Sono un miserabile!». Allora il suo cuore scoppiò ed egli si mise a piangere. Era la prima volta che piangeva, da diciannove anni.

Quand'era uscito dalla casa del vescovo, Valjean, si è visto, pensava diversamente da come aveva pensato sino allora. Non poteva rendersi conto di quel che succedeva in lui, si irrigidiva contro l'azione angelica e contro le dolci parole del vecchio: «Voi mi avete promesso di diventare un uomo onesto. Io compro l'anima vostra, la tolgo allo spirito delle perversità e la do al buon Dio». Ciò gli ritornava di continuo in mente. Opponeva a questa indulgenza celeste l'orgoglio, che è in noi come la fortezza del male. Capiva vagamente che il perdono di quel prete era il più grande assalto e il più formidabile attacco dal quale fosse mai stato scosso; che il suo indurimento sarebbe divenuto definitivo se avesse resistito a quella clemenza; che se cedeva avrebbe dovuto rinunciare a quell'odio di cui le azioni degli uomini avevano riempito la sua anima durante tanti anni, e che gli piaceva; che questa volta bisognava vincere o essere vinti, e che la lotta, una lotta colossale e decisiva, era ingaggiata tra la sua cattiveria e la bontà di quell'uomo.

Davanti a tutto quel bagliore, brancolava come un ubriaco. Mentre camminava così, con gli occhi stravolti, percepiva distintamente ciò che gli sarebbe potuto derivare dalla sua avventura a Digne? Capiva tutti quei bisbigli misteriosi che avvertono o importunano lo spirito in certi momenti della vita? C'era una voce che gli sussurrava all'orecchio che stava attraversando l'ora solenne della sua vita, che non esisteva più via di mezzo per lui, che, da quel momento, se non fosse stato il migliore degli uomini sarebbe stato il peggiore, che bisognava, per così dire, che ora egli salisse più in alto del vescovo o ricadesse più in basso del galeotto, che se voleva diventar buono bisognava diventasse angelo, se voleva restare cattivo, bisognava diventasse un mostro? Anche qui bisogna porci delle domande che ci siamo già fatti in un altro punto: raccoglieva egli confusamente qualche ombra di tutto ciò nel suo pensiero? Certo, la sventura, l'abbiamo detto, educa l'intelligenza; tuttavia è dubbio che Jean Valjean fosse in grado di discernere tutto quello che noi diciamo qui. Se queste idee giungevano a lui, egli le intravedeva, più che vederle, ed esse riuscivano soltanto a gettarlo in un turbamento insopportabile e quasi doloroso. All'uscita da quella cosa deforme e oscura che si chiama bagno penale, il vescovo gli aveva fatto male all'anima come un chiarore troppo vivo gli avrebbe fatto male agli occhi uscendo dal buio. La vita futura, la vita possibile che si offriva ormai a lui tutta pura e tutta splendente, lo riempiva di fremiti e di ansietà. Non sapeva veramente più dove fosse. Come una civetta che veda bruscamente levarsi il sole, il forzato era stato abbagliato e come accecato dalla virtù.

Ciò che era certo, ciò di cui non dubitava, è che non era già più lo stesso uomo; che tutto era cambiato in lui, che non era in suo potere di fare sì che il vescovo non gli avesse parlato e non l'avesse scosso.

In questo stato d'animo aveva incontrato Petit-Gervais e gli aveva rubato quaranta soldi. Perché? Non avrebbe potuto sicuramente spiegarlo; era un ultimo effetto e come un supremo sforzo dei cattivi pensieri che aveva portato via dalla galera, un resto d'impulso, un effetto di quello stato che si chiama la *forza d'inerzia*? Era questo o forse era anche meno di questo. Diciamolo semplicemente: non era lui che aveva rubato, non era l'uomo; era la bestia che, per abitudine e per istinto, aveva stupidamente posato il piede su quel denaro, mentre l'intelligenza si dibatteva fra tanti pensieri inauditi e nuovi. Quando l'intelligenza si risvegliò e vide quell'azione del bruto, Jean Valjean retrocedette con angoscia e gettò un grido di spavento.

155

Gli è che, fenomeno strano e che non era possibile in alcun'altra situazione all'infuori di quella in cui si trovava, rubando il denaro a quel ragazzo aveva commesso un'azione della quale non era già più capace.

Comunque sia, quest'ultima cattiva azione ebbe su di lui un effetto decisivo; squarciò violentemente il caos che aveva nella mente e lo dissipò, mise da una parte l'oscurità e dall'altra la luce, e agì sulla sua anima, nello stato in cui si trovava, come certi reattivi chimici agiscono sopra una miscela torbida, facendo precipitare un elemento e chiarificando l'altro. Anzitutto, prima ancora d'esaminarsi e di riflettere, smarrito, come qualcuno che cerca di salvarsi, cercò di ritrovare il ragazzo per restituirgli il denaro, poi, quando riconobbe che ciò era inutile e impossibile, si fermò disperato. Nel momento in cui gridò: «Sono un miserabile!» egli si vedeva com'era, ed era già talmente separato da se stesso che gli sembrava di non essere più che un fantasma e di avere lì, davanti a sé, in carne ed ossa, col bastone in mano, la giubba sulle reni, il sacco pieno di oggetti rubati sulle spalle, col viso risoluto e cupo, con la mente piena di progetti abominevoli, l'orribile galeotto Jean Valjean. L'eccesso di sventure, l'abbiamo notato, lo aveva fatto diventare quasi un visionario. Questa fu dunque come una visione. Vide veramente quel Jean Valjean, quella faccia sinistra davanti a sé. Fu quasi sul punto di chiedersi chi era quell'uomo, ne ebbe orrore.

Il suo cervello era in uno di quei momenti violenti e tuttavia terribilmente calmi nei quali la visione è così profonda che assorbe la realtà. Non si vedono più gli oggetti che si hanno attorno, e si vedono come al di fuori di sé le figure che si hanno nella mente.

Si contemplò dunque, per così dire, a faccia a faccia, e nello stesso tempo, attraverso questa allucinazione, vedeva in una profondità misteriosa una specie di luce che a tutta prima prese per una fiaccola. Guardando con maggior attenzione riconobbe che questa luce, che appariva alla sua coscienza, aveva forma umana, e che quella fiaccola era il vescovo.

La sua coscienza considerò uno alla volta quei due uomini posti davanti a sé, il vescovo e Jean Valjean. Non c'era voluto meno del primo per offuscare il secondo. Per uno di quegli effetti propri a certe specie di estasi, più la visione si prolungava, più il vescovo ingrandiva e risplendeva ai suoi occhi: e Jean Valjean diminuiva e si cancellava. A un certo momento non fu che un'ombra: a un tratto sparì. Il vescovo solo era rimasto. Riempiva tutta l'anima di quel miserabile con uno splendore magnifico.

Jean Valjean pianse a lungo. Pianse a calde lacrime, pianse a singulti, con più debolezza di una donna, con più spavento di un bambino.

Mentre piangeva, nel suo cervello si faceva sempre più la luce, una luce straordinaria, una luce stupenda e terribile nello stesso tempo. La sua vita passata, la prima colpa, la lunga espiazione, l'abbrutimento esteriore, l'indurimento interiore, il riacquisto della libertà rallegrata da tanti piani di vendetta, ciò che gli era accaduto dal vescovo, l'ultima cosa che aveva fatto, quel furto di quaranta soldi a un ragazzo, delitto tanto più vile e mostruoso in quanto veniva dopo il perdono del vescovo; tutto ciò gli ritornò alla mente e gli apparve chiaramente, ma in una chiarezza che sino allora non aveva mai visto. Guardò la propria vita, e gli parve orribile: la propria anima, e gli sembrò spaventosa. Tuttavia una luce dolce era su quella vita e su quell'anima. Gli sembrava di vedere Satana alla luce del paradiso.

Quante ore pianse così? Che cosa fece dopo aver pianto? Dove andò? Non lo si seppe mai. Pare soltanto accertato che in quella stessa notte il barrocciaio che faceva in quell'epoca il servizio da Grenoble e che arrivava a Digne verso le tre del mattino vide, attraversando la strada del vescovado, un uomo in atteggiamento di preghiera, inginocchiato nell'ombra, davanti alla porta di monsignor Bienvenu.

NELL'ANNO 1817

I

L'ANNO 1817

Il 1817 è l'anno che Luigi XVIII, con una disinvoltura regale che non mancava di fierezza, qualificava il ventiduesimo del suo regno. È l'anno in cui Bruguière de Sorsum[1] era celebre. Tutte le botteghe dei parrucchieri, sperando nella cipria e nel ritorno dell'insegna reale, erano tinte grossolanamente d'azzurro e ornate di fiordalisi. Era il bel tempo in cui il conte di Lynch sedeva tutte le domeniche come fabbriciere al banco di Saint-Germain-des-Prés in veste di pari di Francia, con il cordone rosso e il naso lungo e quella maestà di profilo propria dell'uomo che ha compiuto una prodezza. La prodezza compiuta dal signor Lynch era questa: mentre era sindaco di Bordeaux, il 12 marzo 1814, aveva consegnato la città al duca d'Angoulême, un po' troppo presto. Da ciò la sua nomina a pari.

Nel 1817 la moda soffocava i bambini dai quattro ai sei anni sotto grandi berretti a visiera, di pelle, con ali alle orecchie, assai simili a copricapi eschimesi. L'esercito francese era vestito di bianco, all'austriaca; i reggimenti si chiamavano legioni; al posto dei numeri portavano i nomi dei dipartimenti. Napoleone era a Sant'Elena, e siccome l'Inghilterra gli rifiutava della stoffa verde, egli faceva rivoltare i vecchi vestiti. Nel 1817 Pellegrini cantava, la signorina Bigottini danzava; Potier regnava; Odry non esisteva ancora. La signora Saqui succedeva a Forioso.[2] C'erano ancora dei prussiani in Francia. Delatot[3] era un personaggio. La legittimità si era affermata tagliando prima la mano e poi la testa a Pleignier, a Carbonneau e a Tolleron.[4] Il principe di Talleyrand, grande ciambellano, e l'abate Louis, ministro designato delle finanze, si guardavano ridendo del riso di due indovini: tutti e

---

[1] Il barone Bruguière de Sorsum (1773-1823), traduttore di Shakespeare.

[2] Potier e Odry, attori di varietà; madame Saqui e Forioso, acrobati.

[3] Charles-Frangois-Louis Delatot (1772-1842), redattore del «Journal des Débats» e deputato.

[4] Pleignier, Carbonneau, Tolleron, condannati nel 1816 sotto l'accusa di aver voluto far saltare le Tuileries.

due avevano celebrato, il 14 luglio 1790, la messa della Federazione allo Champ-de-Mars; Talleyrand l'aveva detta come vescovo, Louis l'aveva servita come diacono.

Nel 1817, nei viali dello stesso Campo di Marte, si vedevano dei grossi cilindri di legno, dipinti di azzurro e con tracce d'aquile e di api un tempo dorate, che imputridivano nell'erba sotto la pioggia. Erano le colonne che, due anni prima, avevano sostenuto il palco dell'imperatore allo Champ-de-Mai.[5] Erano qua e là annerite dalle bruciature del bivacco degli austriaci accantonati presso Gros-Caillou. Due o tre di queste colonne erano sparite nei fuochi dei bivacchi e avevano riscaldato le grosse mani dei *kaiserlicks*.[6] Il Campo di Maggio aveva avuto questo di notevole: che era stato tenuto nel mese di giugno e allo Champ-de-Mars. In quell'anno 1817, due cose erano popolari: il Voltaire-Touquet e la tabacchiera alla Costituzione.[7] La più recente emozione parigina era il delitto di Dautun che aveva gettato la testa di suo fratello nella vasca del Mercato dei Fiori. Si cominciava a fare, al Ministero della Marina, un'inchiesta sulla fatale fregata *Medusa* che doveva coprire di vergogna Chaumareix e di gloria Géricault.[8] Il colonnello Sèves andava in Egitto per diventare Soliman Pascià.[9] Il palazzo delle Terme, in via della Harpe, serviva da negozio a un bottaio. Si vedeva ancora, sulla piattaforma della torre ottagonale del palazzo di Cluny, la piccola loggia di legno che aveva servito da osservatorio a Messier, astronomo della Marina sotto Luigi XVI.

La duchessa di Duras[10] leggeva ad alcuni amici, in un suo salotto con sgabelli pieghevoli di raso azzurro cielo, la sua *Ourika* inedita. Si raschiavano le N al Louvre. Il ponte di Austerlitz abdicava e si chiamava ponte del Giardino del Re, doppio enigma che mascherava a un tempo il ponte di Austerlitz e il Jardin des Plantes. Luigi XVIII, preoccupato– pur annotando Orazio con la punta dell'unghia– degli eroi che si fanno imperatori, e degli zoccolai che si fanno delfini, aveva due inquietudini: Napoleone e Mathurin Bruneau.[11] L'Accademia di Francia dava quale tema di concorso: «La felicità che procura lo studio». Bellart era ufficialmente eloquente; si vedeva germogliare alla

[5] Quello del 1° giugno 1815, col quale si era celebrato il ritorno dell'imperatore dopo i Cento Giorni.

[6] Gli imperiali.

[7] Voltaire-Touquet: edizione delle opere di Voltaire edita da Touquet, ma nel 1821; tabacchiere sulle quali era inciso il testo della Costituzione.

[8] Il capitano Chaumareix della *Medusa* si salvò fra i primi dal naufragio; il pittore Géricault fece un celebre quadro dell'episodio nel 1819.

[9] Il colonnello de Sèves, stabilitosi in Egitto nel 1816, si fece musulmano e fu chiamato Soliman Pascià.

[10] La duchessa di Duras teneva un salotto letterario.

[11] Zoccolaio, uno dei tanti che, sotto la restaurazione, si finsero Luigi XVII.

sua ombra quel futuro avvocato generale de Broë, promesso ai sarcasmi di Paul-Louis Courier.[12] C'era un falso Chateaubriand di nome Marchangy, in attesa che vi fosse un falso Marchangy chiamato D'Arlincourt. *Claire d'Albe* e *Malek-Adel*[13] erano dei capolavori; la signora Cottin era stata proclamata la migliore scrittrice dell'epoca. L'Accademia lasciava che si radiasse dalla sua lista l'accademico Napoleone Bonaparte. Un'ordinanza reale innalzava Angoulême alla dignità di scuola di marina perché, essendo il duca d'Augoulême grande ammiraglio, era evidente che la città d'Angoulême aveva di diritto tutte le qualità di porto di mare, senza di che il principio monarchico sarebbe stato intaccato. Si agitava al consiglio dei ministri la questione di sapere se si dovevano tollerare le vignette rappresentanti le incostanze politiche che ornavano i manifesti di Franconi e che facevano assembrare i monelli delle strade.

Paër, autore dell'*Agnese*, buon uomo dalla faccia quadrata e che aveva una verruca sulla gota, dirigeva i piccoli concerti intimi della marchesa di Sassenaye in via Ville-l'Evêque. Tutte le ragazze cantavano *L'eremita di Sainte-Avelle*, parole di Edmond Géraud. Il «Nain jaune» si mutava in «Miroir». Il caffè Lemblin parteggiava per l'imperatore contro il caffè Valois che era per i Borboni. Si era appena sposato con una principessa siciliana[14] il duca di Berry, già tenuto d'occhio, nell'ombra, da Louvel. La signora di Staël era morta da un anno. Le guardie del corpo fischiavano la signorina Mars.[15] I grandi giornali erano piccolissimi. Il formato era ridotto ma la libertà era grande. Il «Constitutionnel» era costituzionale. La «Minerve» chiamava Chateaubriand «Chateaubriant». Quella *t* faceva molto ridere i borghesi e il grande scrittore ne faceva le spese. In alcuni giornali venduti, giornalisti prostituiti insultavano gli esiliati del 1815; David non aveva più talento, Arnault non aveva più spirito, Carnot non aveva più onestà, Soult[16] non aveva vinto nessuna battaglia; era però vero che Napoleone non aveva più genio. Nessuno ignora che ben rara-

[12] Bellart e de Broë, avvocati della restaurazione; Paul-Louis Courier (1772-1825), mordace scrittore.

[13] Louis-Antoine de Marchangy (1782-1826), letterato e magistrato legittimista; Charles-Victor Prévot d'Arlincourt (17891856), realista, mediocre romanziere; *Claire d'Albe*, romanzo di Marie Risteau Cottin, e Malek-Adei, non già titolo, ma protagonista del romanzo *Matilde* della stessa autrice (1770-1807).

[14] Maria Carolina di Napoli. Il duca di Berry la sposò nel 1816 e fu assassinato da Louvel nel 1820.

[15] Attrice bonapartista (1779-1847), era stata fatta oggetto di insulti e sputi dalle guardie nel 1815 per l'entusiasmo manifestato durante i Cento Giorni.

[16] Jacques-Louis David, il pittore; Antoine-Vincent Arnault, drammaturgo; Lazare Carnot, ministro dell'Interno durante i Cento Giorni; Nicolas Soult, il maresciallo di Austerlitz.

mente le lettere spedite per posta arrivano a un esiliato, poiché le polizie si fanno un religioso dovere di intercettarle. Il fatto non è nuovo; Cartesio espulso se ne lamentava. Ora, avendo David, in un giornale belga, mostrato di essere seccato di non ricevere le lettere che gli scrivevano, questo parve divertente ai giornali realisti i quali canzonarono in questa occasione l'esiliato. Dire i *regicidi*, o dire i *votanti*, dire i *nemici*, o dire gli *alleati*, dire *Napoleone*, o dire *Buonaparte*, separava due uomini più di un abisso. Tutta la gente di buon senso conveniva che l'era delle rivoluzioni era stata chiusa per sempre dal re Luigi XVIII soprannominato «l'immortale autore dello Statuto».

Sul terrapieno di Pont-Neuf si scolpiva la parola *Redivivus* sul piedistallo che attendeva la statua di Enrico IV. Piet[17] predisponeva, in via Thérèse n. 4, il conciliabolo per consolidare la monarchia. I capi di destra dicevano nelle gravi congetture: «Bisogna scrivere a Bacot».

Canuel, O' Mahony e Chappedelaine gettavano le basi, in un certo qual modo approvati da *Monsieur*, di quella che doveva essere più tardi «la Cospirazione in riva all'acqua».[18] La Spilla Nera[19] complottava da parte sua. Delaverderie si abboccava con Trogoff.[20] Decazes,[21] in un certo senso liberale, dominava. Chateaubriand, tutte le mattine, in piedi davanti alla sua finestra in via Saint-Dominique n. 27, in calzoni lunghi e pantofole, con i capelli grigi coperti d'un berretto orientale, gli occhi fissi sopra uno specchio, una borsa completa di medico dentista aperta davanti a lui, si curava i denti, che aveva belli, mentre dettava alcune varianti della *Monarchia secondo lo Statuto* al signor Pilorge, suo segretario. La critica autorevole preferiva Lafon a Talma. De Féletz[22] firmava A.; Hoffmann, Z.; Charles Nodier scriveva *Thérèse Aubert*. Il divorzio era abolito. I licei si chiamavano collegi. I collegiali, con il bavero ornato di un fiordaliso d'oro, si picchiavano per il Re di Roma.

La contropolizia della reggia denunciava a sua altezza reale Madama il ritratto, ovunque esposto, del duca d'Orléans, il quale, in uniforme di colonnello generale degli ussari, stava meglio del duca di Berry in uniforme di colonnello generale dei dragoni; grave inconveniente. La città di Parigi faceva rindorare a proprie spese la cupola degli Invalides. Le persone serie si chiedevano che cosa avrebbe fatto De Trinquelagne in questa o in quella occasione; Clausel de Montals

---

[17] Jean-Pier Ptet e il barone Bacot, deputati di destra.
[18] Così chiamata perché i cospiratori si riunivano sulla terrazza delle Tuileries, in riva alla Senna.
[19] Società segreta bonapartista.
[20] Delaverderie, Trogoff: cospiratori.
[21] Élie Decazes (1780-1860), ministro della Polizia dal 1815 al 1819.
[22] Lafon e Talma, attori; De Féletz, critico letterario.

discordava, in diversi punti, da Clausel de Coussergues; Salaberry[23] non era contento. Il commediografo Picard, che apparteneva a quell'accademia alla quale Molière non aveva potuto appartenere, faceva rappresentare *I due Philibert* all'Odéon sulla cui facciata, per quanto le lettere fossero state strappate, si leggeva ancora distintamente: *Teatro dell'Imperatrice*. Si prendeva partito pro o contro Cugnet de Montarlot. Fabvier era fazioso, Bavoux rivoluzionario.[24] Il libraio Pélicler pubblicava un'edizione di Voltaire, sotto il titolo *Opere di Voltaire*, dell'Accademia di Francia. «Richiama gli acquirenti» diceva quell'editore semplice. L'opinione generale era che Charles Loyson sarebbe stato il genio del secolo; l'invidia cominciava a morderlo, segno di gloria; e si fece su di lui questo verso:

Même quand Loyson vole, on sent qu'il a des pattes.[25]

Il cardinale Fesch rifiutava di dimettersi: sicché De Pins, arcivescovo d'Amasie, amministrava la diocesi di Lione. La questione della valle di Dappes cominciava fra la Francia e la Svizzera con un memoriale del capitano Dufour, divenuto poi generale. Saint-Simon, ignorato, edificava il suo sogno sublime. C'era all'Accademia di scienze un Fourier celebre che i posteri hanno dimenticato, e in non so quale soffitta un Fourier oscuro che l'avvenire ricorderà.[26] Lord Byron cominciava a spuntare; una nota di un poema di Millevoye l'annunciava alla Francia in questi termini: *un certo lord Baron*. David d'Angers cercava di plasmare il marmo. L'abate Caron parlava, elogiandolo in un piccolo cerchio di seminaristi, nel fondo di Feuillantines, di un prete sconosciuto di nome Félicité Robert, che è diventato più tardi Lamennais. Una cosa che fumava e ondeggiava sulla Senna con il rumore di un cane che nuota, andava avanti e indietro sotto le finestre delle Tuileries, dal pont Royal al ponte Louis XV; era un meccanismo buono a poco, una specie di giocattolo, un sogno d'inventore che tirava a indovinare, un'utopia: un battello a vapore. I parigini guardavano quella cosa inutile con indifferenza. De Vaublanc,[27] che riformò l'istituto mediante colpo di Stato, ordinanza e infornata, distinto padre di

[23] De Trinquelagne, Clausel, Salaberry: deputati di estrema destra.

[24] Cugnet e Fabvier, cospiratori; Nicolas Bavoux, professore di legge destituito per le sue idee.

[25] Gioco di parole: *Loyson* in francese può significare anche «il papero» (*l'oison*): «anche quando Loyson vola, si sente che ha le zampe». Inoltre, qui Hugo caricaturava un verso di Lemierre: «*même quand l'oiseau marche, on sent qu'il a des ailes*»: «anche quando l'uccello cammina, si sente che ha le ali». Charles Loyson (1791-1820), poeta.

[26] Il barone Jean-Baptiste Fourier (1768-1830), scienziato, e Charles Fourier (1772-1837), sociologo, teorico dell'unità universale.

[27] Vincent-Marie de Vaublanc (1756-1845), ministro dell'Interno, epurò l'Accademia di Francia.

parecchi accademici, dopo averne creati, non riusciva a esserlo lui stesso. Il sobborgo Saint-Germain e il padiglione Marsan[28] si auguravano Delaveau come prefetto di polizia, per la sua devozione. Dupuytren e Récamier disputavano nell'anfiteatro della scuola di medicina e si minacciavano coi pugni sul tema della divinità di Gesù Cristo. Cuvier, un occhio sulla Genesi e l'altro sulla natura, si sforzava di piacere alla reazione bigotta mettendo i fossili d'accordo con i testi sacri e facendo adulare Mosè dai mastodonti. Francesco di Neufchâteau, lodevole coltivatore della memoria di Parmentier, faceva mille sforzi perché la *pomme de terre*[29] fosse chiamata *parmentière*, e non ci riusciva. L'abate Grégoire, ex vescovo, ex convenzionista, ex senatore, era passato nella polemica realista allo stato di «infame Grégoire». Questo modo di dire che noi abbiamo usato, *passare allo stato di*, era dichiarato un neologismo da Royer-Collard. Si poteva distinguere ancora per la sua bianchezza, sotto il terzo arco del ponte di Iena, la pietra nuova colla quale due anni prima era stata otturata la camera da mina preparata da Blücher per far saltare il ponte. La giustizia chiamava alla sbarra un uomo che vedendo entrare il conte d'Artois a Notre-Dame, aveva detto ad alta voce: «*Capperi! Rimpiango il tempo in cui vedevo Bonaparte e Talma entrare a braccetto al Bal-Sauvage*». Parole sediziose. Sei mesi di prigione.

I traditori si mostravano a viso scoperto; uomini che erano passati al nemico la vigilia di una battaglia, non nascondevano nulla della ricompensa e camminavano sfacciatamente in pieno sole, nel cinismo delle ricchezze e delle dignità; disertori di Ligny e di Quatre-Bras, nella sciatteria della loro turpitudine pagata, mettevano a nudo la loro devozione monarchica, dimenticando ciò che in Inghilterra è scritto sulle pareti interne dei gabinetti pubblici: *Please adjust your dress before leaving*.[30]

Ecco, alla rinfusa, ciò che caoticamente galleggia dell'anno 1817, oggi dimenticato. La storia trascura quasi tutti questi particolari e non può fare diversamente senza perdersi nell'infinito. Tuttavia, questi particolari, che a torto sono chiamati piccoli– non ci sono né piccoli fatti nell'umanità, né piccole foglie nella vegetazione – sono utili. Con la fisionomia degli anni si compone il volto dei secoli.

In quell'anno 1817 quattro giovani parigini fecero «un bello scherzo».

---

[28] Residenza del conte d'Artois.
[29] L'agronomo Antoine Parmentier (1737-1813) introdusse in Francia la patata (*pomme de terre*).
[30] Si prega di ricomporre gli abiti prima d'uscire.

Questi parigini erano uno di Tolosa, l'altro di Limoges, il terzo di Cahors e il quarto di Montauban; ma erano studenti, e chi dice studente dice parigino; studiare a Parigi è come nascere a Parigi. Questi giovani erano insignificanti; tutti conoscono tipi come quelli; quattro tipi qualunque; né buoni né cattivi, né colti né ignoranti, né geni né imbecilli; belli di quell'incantevole aprile che si chiama vent'anni. Erano quattro Oscar qualsiasi, perché in quell'epoca gli Arturi non esistevano ancora. *Bruciate per lui i profumi d'Arabia*, diceva una romanza, *Oscar s'avanza, ora vedrò Oscar!* Si usciva da Ossian,[31] l'eleganza era scandinava e caledoniana, il genere inglese puro doveva prevalere soltanto più tardi, e il primo degli Arturi, Wellington, aveva appena vinto la battaglia di Waterloo.

Questi Oscar si chiamavano l'uno Felix Tholomyès di Tolosa, l'altro Listolier di Cahors, il terzo Fameuil di Limoges, l'ultimo Blachevelle di Montauban. Naturalmente ciascuno aveva la propria amante. Blachevelle amava Favourite, così chiamata perché era andata in Inghilterra; Listolier adorava Dahlia, che aveva come nome di battaglia il nome di un fiore; Fameuil idolatrava Zéphine, diminutivo di Joséphine; Tholomyès aveva Fantine, detta la Bionda per i suoi bei capelli color del sole.

Favourite, Dahlia, Zéphine e Fantine erano quattro stupende ragazze, profumate e radiose, ancora un po' operaie, non avendo completamente lasciato l'ago, guastate dalle passioncelle, ma che conservavano sul viso un avanzo della serenità data dal lavoro e nell'anima quel fiore di onestà che nella donna sopravvive alla prima caduta. Una delle quattro era chiamata la giovane perché era la minore, e una la vecchia. La vecchia aveva ventitré anni. Per non nascondere nulla, le prime tre erano più esperte, più noncuranti e più lanciate nel rumore della vita di Fantine la Bionda, che era alla sua prima illusione.

Dahlia, Zéphine e soprattutto Favourite non avrebbero potuto dire altrettanto. C'era già più di un episodio nel loro romanzo appena cominciato, e l'amante, che si chiamava Adolphe nel primo capitolo, era Alphonse nel secondo e Gustave nel terzo. Povertà e civetteria son due consigliere fatali, l'una sgrida e l'altra lusinga; e le belle ragazze del popolo le hanno tutt'e due intente a bisbigliarono all'orecchio, ciascuna dalla propria parte. Queste anime mal protette le ascoltano. Da ciò le cadute che esse fanno e le pietre che si gettano contro

---

[31] Eroe dei canti di Macpherson, che influenzarono la prima metà del secolo XIX.

di loro. Le opprimono con gli splendori di tutto ciò che è immacolato e inaccessibile. Ahimè! Se la Jungfrau avesse fame...

Favourite, che era stata in Inghilterra, aveva per ammiratrici Zéphine e Dahlia. Essa si era fatta, ancora giovanissima, una casa propria. Suo padre era un vecchio professore di matematica, brutale e millantatore; non era sposato e dava lezioni private in casa degli allievi, a onta dell'età. Questo professore, quando era giovane, aveva visto un giorno l'abito di una cameriera impigliarsi in un parafuoco; si era innamorato in seguito a questo incidente. Ne era nata Favourite. Essa incontrava di tanto in tanto suo padre, che la salutava. Una mattina una vecchia donna dall'aspetto di beghina era venuta da lei e le aveva detto: «Non mi conoscete, signorina?». «No.» «Io sono tua madre.» Poi la vecchia aveva aperto la credenza, bevuto e mangiato, aveva fatto portare un suo materasso e si era insediata in casa. Questa madre, brontolona e bigotta, non parlava mai a Favourite, restava intere ore senza dire una parola, faceva colazione, pranzo e cena mangiando per quattro, e scendeva a far conversazione in portineria, dove diceva male della figlia.

Ciò che aveva attirato Dahlia verso Listolier, forse verso altri, verso l'ozio, era l'avere delle troppo graziose unghie rosa. Come far lavorare unghie simili? Chi vuol restare virtuosa non deve avere pietà delle proprie mani. In quanto a Zéphine, aveva conquistato Fameuil con la sua maniera vispa e carezzosa di dire: «Sì, signore».

I giovani erano camerati, le giovani erano amiche. Simili amori sono sempre rinforzati da codeste amicizie.

Saggio e filosofo sono diversi; e lo prova il fatto che, fatte le debite riserve su queste piccole famiglie irregolari, Favourite, Zéphine e Dahlia erano ragazze filosofe, e Fantine era saggia.

Saggia? Si dirà. E Tholomyès? Salomone risponderebbe che l'amore fa parte della saggezza. Noi ci limiteremo a dire che per Fantine quello era il primo amore, un amore unico, un amore fedele.

Essa era l'unica delle quattro alla quale un solo uomo desse del tu.

Fantine era uno di quegli esseri come ne sbocciano, per così dire, dal fondo del popolo. Uscita dai più profondi strati dell'ombra sociale, aveva in fronte il segno dell'anonimo e dell'ignoto.

Era nata a Montreuil-sur-mer. Da chi, chi potrebbe dirlo? Non le si erano conosciuti né padre né madre. Si chiamava Fantine. Perché Fantine? Non le si era mai conosciuto altro nome. Al tempo della sua nascita esisteva ancora il Direttorio. Nessun cognome: non aveva famiglia. Nessun nome di battesimo: la chiesa non c'era più. Si chiamò come piacque al primo passante che la incontrò piccolina, mentre andava a piedi scalzi per la strada. Ricevette un nome come riceveva sulla fronte l'acqua delle nubi quando pioveva. La chiamarono la piccola Fantine. Nessuno ne sapeva di più; era venuta alla vita così. A dieci anni Fantine lasciò la città e andò a servire presso dei fittavoli dei dintorni. A quindici anni venne a Parigi in cerca di fortuna. Era bella e restò pura il più a lungo possibile. Era una graziosa bionda, con bei denti. Aveva oro e perle per dote, ma l'oro era sulla sua testa e le perle nella sua bocca.

Lavorò per vivere, poi, sempre per vivere, perché anche il cuore ha fame, amò.

Amò Tholomyès.

Passioncella per lui, passione per lei. Le strade del Quartiere Latino, gremite dal formicolìo degli studenti e delle sartine, videro l'inizio di questo sogno. Fantine, nei dedali della collina del Panthéon, dove tante avventure si allacciano e si sciolgono, aveva fuggito a lungo Tholomyès, ma in modo da incontrarlo sempre. Aveva un modo di evitare che assomigliava al cercare. In breve l'egloga ebbe luogo.

Blachevelle, Listolier e Fameuil formavano una specie di gruppo a capo del quale era Tholomyès. Era lui la mente.

Tholomyès era l'ex studente invecchiato: era ricco, aveva quattromila franchi di rendita; quattromila franchi di rendita, splendido scandalo sulla montagna Sainte-Geneviève. Tholomyès era un buontempone di trent'anni, mal conservato. Era rugoso e sdentato, abbozzava una calvizie di cui egli stesso diceva senza tristezza: «*cranio a trent'anni, ginocchio a quaranta*». Digeriva mediocremente e aveva un occhio lagrimoso. Ma a mano a mano che la sua giovinezza si spegneva, egli accendeva la sua gaiezza; sostituiva ai denti i lazzi, ai capelli la gioia, alla salute l'ironia: e il suo occhio che piangeva, rideva continuamente. Era sciupato, ma tutto in fiore.

La sua giovinezza, facendo fagotto molto prima del tempo, batteva in ritirata in buon ordine, scoppiava dal ridere e non la dava da bere a tutti. Aveva avuto un lavoro rifiutato al Vaudeville. Faceva qua e là dei versi qualunque. E poi dubitava con superiorità di tutto: gran cosa, agli occhi dei deboli. Dunque, essendo ironico e calvo, egli era il capo. *Iron* è una parola inglese che vuol dire ferro. Forse da lì deriverebbe ironia?

Un giorno Tholomyès prese da parte gli altri e disse facendo un gesto da oracolo:

«Fra poco sarà un anno che Fantine, Dahlia, Zéphine e Favourite ci chiedono di far loro una sorpresa. Noi l'abbiamo promessa solennemente. Esse ce ne parlano sempre; soprattutto a me. Nello stesso modo che a Napoli le vecchie gridano a San Gennaro: *Faccia gialluta, fa o' miracolo*,[32] le nostre belle mi dicono continuamente:"Tholomyès

---

[32] In italiano nel testo.

quando ci farai la sorpresa?" Nello stesso tempo i nostri genitori ci scrivono. Tormento da due parti. Il momento mi sembra giunto. Parliamo».

Dopo di che Tholomyès abbassò la voce e profferì misteriosamente qualche cosa di così gaio, che un vasto ed entusiastico ridacchiare uscì da quattro bocche insieme, e Blachevelle gridò:

«Questa sì che è un'idea!».

Un caffè pieno di fumo era lì accanto, essi vi entrarono e la fine del loro discorso si perse nell'ombra.

L'esito di quelle tenebrosità fu un'incantevole gita di piacere che ebbe luogo la domenica seguente. I quattro giovani invitarono le quattro ragazze.

III
A QUATTRO A QUATTRO

È difficile immaginarsi oggi quello che era una gita in campagna di studenti e di sartine, quarantacinque anni fa. Parigi non ha più gli stessi dintorni, l'aspetto di quella che potremmo chiamare la vita circumparigina è completamente cambiato, da mezzo secolo; dove s'andava in carroza, ora si va in treno; dove c'era la barca, c'è il battello a vapore; oggi si dice Fécamp come allora si diceva Saint-Cloud. Parigi del 1862 è una città che ha la Francia come periferia.

Le quattro coppie compirono coscienziosamente tutte le follie campestri allora possibili. Le vacanze erano appena cominciate ed era una calda e chiara giornata estiva. Il giorno prima, Favourite, la sola che sapesse scrivere, aveva scritto così a Tholomyès a nome di tutte e quattro: «È l'ora buona di uscire dalla felicità».[33] Perciò si alzarono alle cinque del mattino. Andarono a Saint-Cloud in diligenza, guardarono la cascata senz'acqua ed esclamarono «Come dev'essere bello quando c'è l'acqua!». Fecero colazione alla *Testa Nera*, dove Castaing non era ancora passato, si pagarono una partita di anelli, al quadrato alberato del grande bacino, salirono alla lanterna di Diogene, giocarono alcuni amaretti alla *roulette* del ponte di Sèvres, colsero dei fiori a Puteaux, comperarono dei fischietti di legno a Neuilly, mangiarono dappertutto frittelle di mele, furono completamente felici.

---

[33] Qui c'è un buffo errore di Favourite che non è traducibile. Favourite voleva scrivere: «*C'est un bonheur de sortir de bonne heure*»: «È una fortuna uscire di buon mattino», e invece scrisse: «*C'est une bonne heure de sortir de bonheur*».

Le ragazze rumoreggiavano e chiacchieravano come capinere in fuga. Era un delirio. Esse davano ogni tanto dei piccoli scappellotti ai giovani. Ebbrezza mattinale della vita! Anni adorabili! L'ala delle libellule freme. Oh! Chiunque voi siate, vi ricordate? Avete camminato nei boschi, scostando i rami per la graziosa testina che veniva dopo di voi? Non siete mai scivolato ridendo sopra un pendio bagnato dalla pioggia con una donna amata che vi tratteneva per mano gridando: «Ah! Le mie scarpe nuove come sono ridotte!»?

Diciamo subito che mancò a questa compagnia del buon umore la piacevole contrarietà di un'innaffiata, per quanto Favourite avesse detto prima di partire, con un tono saputo e materno: *«Le lumache passeggiano per i sentieri. Segno di pioggia, ragazzi miei».*

Tutte e quattro erano molto belle. Un buon vecchio poeta classico allora rinomato, un buon uomo che aveva una Eléonore, il cavaliere di Laboüisse[34] errando quel giorno nei castagneti di Saint-Cloud le vide passare verso le dieci del mattino ed esclamò: *«Ce n'è una di troppo»*, pensando alle Grazie. Favourite, l'amica di Blachevelle, quella di ventitré anni, la «vecchia», correva avanti sotto i grandi rami verdi, saltava i fossati, scavalcava con passione i cespugli, e dirigeva tutta quella allegria col brio di una giovane faunessa. Zéphine e Dahlia, che il destino aveva fatte belle così da avvantaggiarsi a vicenda stando vicine e completandosi, non si lasciavano, più per istinto di civetteria che per amicizia, e, appoggiate l'una all'altra, assumevano delle pose inglesi; i primi *keepsakes*[35] apparivano allora, la melanconia germogliava nelle donne come più tardi il *byronismo* negli uomini, e i capelli del sesso debole cominciavano a essere portati a mo' di salice piangente. Zéphine e Dahlia erano pettinate con l'imbottitura. Listolier e Fameuil, in una discussione sui loro professori, spiegavano a Fantine la differenza che c'era fra Delvincourt e Blondeau.

Blachevelle sembrava essere stato creato espressamente per portare sul braccio, alla domenica, lo scialle sbiadito e sbilenco di Favourite.

Tholomyès seguiva, dominando il gruppo. Era molto allegro, ma si sentiva in lui la padronanza; c'era della dittatura nella sua allegria; suo ornamento principale erano i calzoni larghi in fondo, di tela giallo chiaro, con staffe di cuoio intrecciato; aveva una robusta canna d'India da duecento franchi in mano, e, poiché egli si permetteva tutto, una cosa strana chiamata sigaro, in bocca.

Poiché niente per lui era sacro, fumava.

---

[34] Jean-Paul de Laboüisse-Rochefort (1778-1852); scrisse *Gli amori a Eléonore*, sua moglie.
[35] Oggetti-ricordo...

«Questo Tholomyès è fantastico» dicevano gli altri con venerazione. «Che pantaloni, che energia!»

Quanto a Fantine, essa era la gioia personificata. I suoi denti splendidi avevano avuto da Dio una funzione: il riso. Portava in mano più volentieri che sul capo il piccolo cappello di paglia, dai lunghi nastri bianchi. I folti capelli biondi inclini a ondeggiare e a sciogliersi frequentemente, e che bisognava continuamente riannodare, sembravano fatti per la fuga di Galatea sotto i salici. Le labbra rosee cicalavano gioiosamente. Gli angoli della bocca voluttuosamente rialzati, come nei mascheroni antichi di Erigone, sembravano incoraggiare gli audaci; ma le lunghe ciglia piene di ombra si abbassavano discretamente su quel fulgore della parte inferiore del viso, come per imporre l'*alt*. Tutto il suo modo di vestire aveva un non so che di cantante e di fiammante. Ella indossava un abito di sottile lana color malva, stivaletti bruno-rosso dorato, i cui nastri tracciavano delle X sulle calze bianche traforate, e quella specie di corta giacca di mussolina, invenzione marsigliese, il cui nome, *canezou*, è una corruzione di *quinze août* detto sulla Canebière,[36] che significa bel tempo, calore e mezzogiorno. Le altre, meno timide, l'abbiamo già detto, erano completamente scollate, ciò che d'estate, sotto i grandi cappelli infiorati, è assai grazioso e provocante; ma accanto a queste vesti ardite, il copribusto della bionda Fantine, colle sue trasparenze, le sue indiscrezioni, le sue reticenze, nascondendo e facendo vedere nello stesso tempo, sembrava una provocatoria trovata della decenza, e la famosa corte d'amore presieduta dalla viscontessa di Cette dagli occhi verderame, avrebbe forse dato il premio della civetteria a questo copribusto che concorreva per la castità. Il più ingenuo e qualche volta il più sapiente. Accade.

Splendente di viso, di delicato profilo, gli occhi azzurro-cupi, le palpebre grasse, i piedi arcuati e piccoli, i polsi e le caviglie ammirevolmente modellati, la pelle bianca che lasciava vedere qua e là le ramificazioni azzurre delle vene, la gota puerile e fresca, il collo robusto delle Giunoni eginetiche, la nuca forte e flessibile, le spalle come modellate da Coustou, con al centro una voluttuosa fossetta visibile attraverso la mussolina: una gaiezza resa più brillante da una specie di incessante fantasticheria; scultorea e squisita; tale era Fantine. E si indovinava, sotto quei veli e quei nastri, una statua, e in questa statua un'anima. Fantine era bella, senza saperlo troppo. I rari sognatori, seguaci misteriosi della bellezza, che raffrontano silenziosamente tutto alla perfezione, avrebbero intravisto in questa piccola operaia, attraverso la trasparenza della grazia parigina, l'antica sacra eufonia. Questa figlia dell'ombra

---

[36] Via popolare di Marsiglia, che sfocia sul porto. *Canezou* significa «copribusto» e *quinze août* «15 agosto».

aveva della classe, era bella sotto i due punti di vista, lo stile e il ritmo. Lo stile è la forma dell'ideale; il ritmo ne è il movimento.

Abbiamo detto che Fantine era la gioia; Fantine era anche il pudore.

Per un osservatore che l'avesse studiata attentamente, ciò che da lei si sprigionava, attraverso quell'ebbrezza della gioventù, della stagione e della passione, era un'invincibile espressione di ritegno e di modestia. Ella restava un po' stupita. Quel casto stupore è la sfumatura che separa Psiche da Venere. Fantine aveva le lunghe dita bianche e fini della Vestale che rimuove le ceneri del fuoco sacro con uno spillo d'oro. Per quanto nulla avesse rifiutato a Tholomyès (lo si vedrà anche troppo), il suo viso, quando riposava, era sovranamente verginale. Una specie di dignità grave e quasi austera l'invadeva repentinamente a certe ore, e niente era così singolare ed emozionante come vedere la gaiezza spegnersi così presto, e il raccoglimento succedere senza transizione all'allegria sfrenata. Quella gravità istantanea, a volte severamente accentuata, assomigliava allo sdegno di una dea. La sua fronte, il suo naso, il suo mento avevano quell'equilibrio di linee, molto diverso dall'equilibrio di proporzioni, dal quale risulta l'armonia del viso; nello spazio così caratteristico che separa la base del naso dal labbro superiore, aveva quella piega impercettibile e graziosa, segno misterioso della castità, che innamorò Barbarossa di una Diana trovata negli scavi d'Icona.

L'amore è una colpa, sia pure: Fantine era l'innocenza che sta a galla sulla colpa.

IV

THOLOMYÈS È TANTO ALLEGRO CHE CANTA UNA CANZONE SPAGNOLA

Quella giornata pareva fatta d'aurora dal principio alla fine. Tutta la natura sembrava essere in vacanza, e rideva. I prati di Saint-Cloud emanavano graditi profumi, il respiro della Senna muoveva leggermente le foglie; i rami gesticolavano nel vento; le api saccheggiavano i gelsomini; tutta una schiera di farfalle si abbatteva sulle achillee, sul trifoglio e sull'avena selvatica; c'era nell'augusto parco del re di Francia una caterva di vagabondi: gli uccelli.

Le quattro coppie festose, amalgamate al sole, ai campi, ai fiori, agli alberi, risplendevano.

E, in questa comunità di paradiso, parlando, cantando, correndo, ballando, dando la caccia alle farfalle, cogliendo i vilucchi, bagnando le calze rosa traforate nelle alte erbe, fresche, pazzerelle, punto cattive, tutte ricevevano, un po' qui e un po' là, i baci di tutti; eccetto Fantine, chiusa nella sua vaga resistenza sognatrice e ruvida: Fantine che amava. «Tu» le diceva Favourite «sembri sempre svanita.»

Queste sono le gioie. Questi passaggi di coppie felici sono un richiamo profondo alla vita e alla natura, e strappano a ogni cosa la carezza e la luce. Ci fu una volta una fata che creò i prati e gli alberi proprio per gli innamorati. Da ciò, quell'eterno marinare la scuola che gli amanti perpetueranno, finché ci saranno boschi e scolari. Da ciò, la popolarità della primavera fra i pensatori. Il professionista, l'arrotino ambulante, il duca-pari e il leguleio, i cortigiani e i cittadini, come si diceva un tempo, sono tutti sudditi di questa fata. Si ride, ci si cerca, c'è nell'aria un chiarore d'apoteosi; quale trasfigurazione l'amore! Gli scrivani dei notai diventano dei. E i piccoli gridi, gli inseguimenti fra l'erba, gli abbracci carpiti correndo, quelle parlate che sono melodie, quelle adorazioni che prorompono nel modo di dire una sillaba, quelle ciliege strappate da una bocca all'altra, tutto ciò sfavilla e passa nelle glorie celesti. Le belle figliole fanno un dolce sciupìo di se stesse. Si crede che ciò non finirà mai. I filosofi, i poeti, i pittori guardano queste estasi e non sanno che cosa farne, tanto ciò li abbaglia. «La partenza per Citera!»[37] esclama Watteau. Lancret, il pittore della plebaglia, contempla i suoi borghesi portati via nell'azzurro; Diderot tende le braccia a tutti questi amori, e d'Urfé[38] vi mescola i druidi.

Dopo aver fatto colazione, le quattro coppie erano andate a vedere, in quello che allora si chiamava il quadrato del re, una pianta arrivata da poco dall'India, il cui nome in questo momento ci sfugge, e che in quell'epoca attirava tutta Parigi e Saint-Cloud; era un bizzarro e grazioso alberello dal lungo fusto, e i cui innumerevoli rami, fini come filo, arruffati, senza foglie, erano coperti di migliaia di piccole rose bianche; ciò che faceva sì che l'alberello assomigliasse a una capigliatura cosparsa di fiori. C'era sempre folla intorno ad ammirarlo.

Dopo aver visto l'albero, Tholomyès aveva esclamato: «Offro una corsa sugli asini!» e, combinato il prezzo con un asinaio, erano ritornati per Vanves e Issy. A Issy, incidente. Il parco, Bene Nazionale appartenente, a quell'epoca, al fornitore di munizioni Bourguin, era per caso spalancato. Essi oltrepassarono la cancellata, visitarono nella sua grotta il fantoccio anacoreta, provarono i piccoli effetti misteriosi del famoso gabinetto degli specchi, lascivo tranello, degno di un satiro diventato milionario o di un Turcaret[39] cambiato in Priapo.

Dondolarono vigorosamente la grande altalena attaccata ai due

---

[37] Titolo di un celebre quadro di Watteau.
[38] Honoré d'Urfé (1567-1625), autore del romanzo pastorale *Astrea*.
[39] Protagonista della commedia omonima di Lesage: tipo di affarista.

castagni celebrati dall'abate de Bernis.[40] Mentre facevano dondolare le loro belle una dopo l'altra, il che provocava, tra le risa universali, uno svolazzar di gonne che sarebbe andato a genio a Greuze, il tolosano Tholomyès, un po' spagnolo (Toulouse è cugina di Tolosa), cantava, su un'aria malinconica, la vecchia canzone *gallega* probabilmente ispirata da qualche ragazza lanciata in pieno volo su una corda fra due alberi:

> *Soy de Badajoz,*
> *Amor me llama.*
> *Toda mi alma,*
> *Es en mi ojos.*
> *Porque enseñas*
> *A tus piernas.*[41]

Fantine sola non volle salire sull'altalena.

«Non mi piacciono queste pose» mormorò abbastanza acremente-Favourite.

Lasciati gli asini, nuova gioia; attraversarono la Senna in battello, e da Passy, a piedi, raggiunsero la barriera dell'Étoile. Si rammenterà che erano in piedi dalle cinque del mattino; ma, bah! «*non c'è stanchezza la domenica*», diceva Favourite, «*la domenica la fatica non lavora*».

Verso le tre le quattro coppie, stordite di felicità, caracollavano sulle montagne russe, edificio singolare che allora occupava le alture di Beaujon e del quale si vedeva la linea serpeggiante sopra gli alberi degli Champs-Elysées.

Di tanto in tanto Favourite esclamava:

«E lasorpresa? Io chiedo la sorpresa».

«Pazienza» rispondeva Tholomyès.

V

DA BOMBARDA

Esaurite le montagne russe, avevano pensato al pranzo; e l'allegra comitiva s'era arenata all'osteria Bombarda, succursale che il famoso

---

[40] Francesco Gioacchino de Pierre de Bernis (1715-1794), ambasciatore, ministro, arcivescovo e poeta galante. Il parco è quello dei castello di Conti.

[41] Sono di Badajoz. L'amore mi chiama. Tutta la mia anima è nei miei occhi perché tu mostri le gambe.

trattore Bombarda aveva stabilito agli Champs-Elysées e della quale si vedeva allora l'insegna in via Rivoli, vicino al passaggio Delorme.

Una stanza grande, ma brutta, con alcova e letto in fondo (a cagione della folla domenicale avevano dovuto accontentarsi di quel rifugio); due finestre dalle quali si poteva contemplare, tra gli olmi, la riva e il fiume; un magnifico raggio d'agosto che sfiorava le finestre; due tavole; sopra una, una montagna trionfale di mazzi di fiori e di cappelli da uomo e da donna; all'altra le quattro coppie, sedute intorno a una gaia confusione di vivande, di piatti, di bottiglie, di bicchieri; boccali di birra fra bottiglie di vino, poco ordine sulla tavola e qualche disordine sotto;

Ils faisaient sous la table
Un bruit, un trique-trac de pieds épouvantable

dice Molière.[42]

Ecco a che punto si trovava alle quattro e mezzo del pomeriggio la scampagnata cominciata alle cinque del mattino.

Il sole tramontava, l'appetito si smorzava.

Gli Champs-Elysées, pieni di sole e di folla, non erano più che luce e polvere, due cose di cui si compone la gloria. I cavalli di Marly, marmi che pare nitriscano, si impennavano in una nube d'oro. Le carrozze andavano e venivano. Uno squadrone di magnifiche guardie del corpo, con le fanfare in testa, ritornava per il viale di Neuilly; la bandiera bianca, vagamente tinta di rosa dal sole al tramonto, sventolava sulla cupola delle Tuileries. La piazza della Concorde, ridivenuta allora piazza Louis XV, rigurgitava di passeggiatori contenti. Molti portavano ancora il giglio d'argento attaccato a un nastro bianco di moerro, che nel 1817 non era ancora completamente sparito dalle asole dei baveri. Qua e là, in mezzo alla gente che faceva cerchio e applaudiva, alcuni girotondi di fanciulle cantavano una danza borbonica allora celebre, destinata a fulminare i Cento Giorni, e che aveva per ritornello:

Rendez-nous notre père de Gand
Rendez-nous notre père.[43]

Frotte di abitanti dei sobborghi vestiti a festa, qualche volta anche adorni di gigli come i borghesi, sparsi nel gran quadrato e nel quadrato di Marigny, giocavano agli anelli e giravano sui cavalli di legno; al-

---

[42] Sotto la tavola facevano un fracasso, un tric-trac di piedi spaventoso (*Lo stordito*, IV, 4).
[43] Rendeteci il nostro padre di Gand, rendeteci nostro padre.

tri bevevano, qualche apprendista tipografo aveva il cappello di carta; si udivano le loro risa. Tutto era radioso. Era un tempo di pace incontestabile e di profonda sicurezza monarchica; era l'epoca in cui il questore Anglès, in una sua relazione confidenziale e speciale al re sui sobborghi di Parigi, terminava con queste parole: «Tutto ben considerato, Sire, non c'è nulla da temere da costoro. Sono incuranti e indolenti come gatti. Il popolino delle provincie è turbolento, quello di Parigi, no. Sono uomini piccoli. Sire, ce ne vorrebbero due, uno sull'altro, per formare uno dei vostri granatieri. Nulla da temere dalla plebe della capitale. È notevole poi che fra essi la statura media è diminuita in questi ultimi cinquant'anni, e il popolo dei sobborghi di Parigi è ancora più piccolo di quanto fosse prima della rivoluzione. Non è affatto pericoloso. Insomma; è della buona canaglia».

Che un gatto possa mutarsi in un leone, i questori non lo credono possibile; eppure così è, ed è il miracolo del popolo di Parigi. Del resto il gatto, così disprezzato dal conte Anglès, godeva la stima delle repubbliche antiche, incarnava la libertà ai loro occhi, e quasi a far da riscontro alla Minerva àptera del Pireo, si vedeva sulla piazza di Corinto il colosso bronzeo di un gatto. L'ingenua polizia della restaurazione vedeva troppo «in bello» il popolo di Parigi, il quale non è quanto si crede «una buona canaglia». Il parigino è per la Francia ciò che l'ateniese era per la Grecia: nessuno dorme meglio di lui, nessuno è più apertamente frivolo e pigro di lui, nessuno più di lui sembra scordare; tuttavia non ve ne fidate, egli è capace di qualsiasi infingardaggine, ma quando c'è la gloria in gioco diventa meraviglioso in ogni specie d'impeto. Dategli una picca, farà il 10 agosto;[44] dategli un fucile, e avrete Austerlitz. È il punto d'appoggio di Napoleone e la risorsa di Danton. Si tratta della patria? Si arruola; si tratta della libertà? Toglie le pietre dal selciato. Badate! I suoi capelli pieni d'ira sono epici, il suo camiciotto diventa una clamide. Attenzione! Egli trasformerà in forche caudine la prima via Gréneta[45] che gli si presenti. Se suona l'ora del pericolo, quell'abitante dei sobborghi s'ingrandirà, quell'omino si alzerà e guarderà in modo terribile, il suo respiro diventerà tempesta, e da quel povero petto gracile uscirà un vento tale da scomporre gli scoscendimenti delle Alpi. È grazie all'abitante dei sobborghi di Parigi che la rivoluzione, in uno con gli eserciti, conquistò l'Europa. Egli canta; è la sua gioia. Proporzionate la sua canzone alla sua indole, e vedrete! Sino a che per ritornello non ha che la *Carmagnola*, rovescia solo Luigi XVI; fateglí cantare la *Marsigliese*, e libererà il mondo.

---

[44] Data della presa delle Tuileries da parte dei rivoluzionari, nel 1792.
[45] Via parigina nella quale fu soffocato il sollevamento organizzato da Barbès e Blanqui nel 1839.

Dopo questo commento alla relazione del rapporto Anglès, ritorniamo alle nostre quattro coppie. Come dicemmo, il pranzo era sul finire.

VI
CAPITOLO IN CUI SI ADORANO

Chiacchiere di tavola e parole d'amore, inafferrabili le une e le altre: quelle d'amore sono nebbie, quelle di tavola sono fumo.

Fameuil e Dahlia canterellavano, Tholomyès beveva, Zéphine rideva, Fantine sorrideva. Listolier soffiava in una trombetta di legno comprata a Saint-Cloud. Favourite guardava teneramente Blachevelle e diceva:

«Blachevelle, ti adoro».

Ciò provocò una domanda di Blachevelle:

«Che cosa faresti, Favourite, se cessassi di amarti?».

«Io?» esclamò Favourite. «Ah! Non dirlo nemmeno per ridere! Se cessassi di amarmi, ti salterei addosso, ti caccerei le unghie nel viso, ti graffierei, ti spruzzerei d'acqua, ti farei arrestare.»

Blachevelle sorrise con la fatuità voluttuosa di chi si sente lusingato nell'amor proprio. Favourite continuò:

«Sì! Chiamerei le guardie! Ah! E senza alcun riguardo, certamente. Canaglia!»

Blachevelle, estasiato, si rovesciò sulla sedia e chiuse orgogliosamente gli occhi.

Dahlia, continuando a mangiare, disse sottovoce a Favourite in mezzo al chiasso:

«Dunque lo idolatri, il tuo Blachevelle?»

«Io lo detesto!» rispose Favourite sullo stesso tono, riprendendo la forchetta. «È avaro. Mi piace il piccolo che abita dirimpetto a me. È un bel giovane, lo conosci? Si vede che è un tipo d'attore. Mi piacciono gli attori. Appena rientra in casa, sua madre esclama: "Ah mio Dio! La mia tranquillità è finita. Ecco che comincia a gridare. Ma, mio caro, tu mi rompi la testa!". E questo perché va nella soffitta, in certi buchi neri, quanto più in alto può salire, a cantare e declamare, che so io? Così forte che lo si sente dal basso. Guadagna già un franco al giorno da un procuratore dove ricopia dei cavilli legali. È figlio di un antico cantante di Saint-Jacques-du-Haut-Pas. Ah! È veramente carino. Mi ama tanto che un giorno, vedendomi preparare la pasta per le frittelle, mi disse: *Signorina, fate delle frittelle coi vostri guanti, e io le mangerò*". Non ci sono che gli artisti per dire delle cose simili.

Ah! È proprio carino. Sto per diventare pazza di quel piccolo. Ma dico lo stesso a Blachevelle che l'adoro. Come mento, eh? Come mento!»

Favourite si fermò un momento poi continuò:

«Vedi, Dahlia, io sono malinconica. È piovuto tutta l'estate, il vento mi rende nervosa, Il vento non placa. Blachevelle è molto spilorcio, a mala pena si riesce a trovare i piselli al mercato, non si sa cosa mangiare, io ho lo spleen, come dicono gli inglesi, il burro è così caro! E poi, è un orrore: mangiamo in una stanza dove c'è un letto, ciò mi disgusta della vita».

VII
SAGGEZZA DI THOLOMYÈS

Intanto, mentre qualcuno cantava, gli altri parlavano tumultuosamente tutti assieme; non si udiva più che clamore. Tholomyès intervenne:

«Non parliamo a caso né troppo in fretta» gridò. «Meditiamo se vogliamo abbagliare. Troppa improvvisazione vuota bestialmente il cervello. La birra che cade adagio non fa schiuma. Signori, non troppa furia. Uniamo la maestà alla baldoria; mangiamo con raccoglimento, banchettiamo lentamente. Non affrettiamoci. Vedete la primavera; se viene troppo presto brucia, cioè gela. Lo zelo eccessivo sciupa i peschi e gli albicocchi. Lo zelo eccessivo sciupa la grazia e la gioia dei buoni pranzi. Niente zelo, signori! Grimod de la Reynière è dello stesso parere di Talleyrand.[46]»

Una sorda ribellione rumoreggiò nel gruppo.

«Tholomyès, lasciaci tranquilli» disse Blachevelle.

«Abbasso il tiranno!» esclamò Fameuil.

«Bombarda, Gozzoviglia e Baldoria!» gridò Listolier.

«La domenica esiste» replicò Fameuil.

«Noi siamo sobri» aggiunse Listolier.

«Tholomyès,» disse Blachevelle «guarda la mia calma.»

«Tu ne sei il marchese» rispose Tholomyès. Questo mediocre gioco di parole fece l'effetto d'una pietra in una pozzanghera. Il marchese di Montcalm[47] era un realista allora celebre. Tutte le rane tacquero.

---

[46] Talleyrand disse a un giovane diplomatico: «Niente zelo!»; lo stesso concetto espresse il gastronomo Grimod de la Reynière nel suo *Almanacco dei buongustai* (1803).

[47] In francese suona *«mon calm»*, cioè «mia calma»...

«Amici,» gridò Tholomyès con l'accento di un uomo che riprende il comando «calmatevi, non bisogna accogliere con esagerato stupore questo gioco di parole caduto dal cielo. Tutto ciò che cade in tal modo non è necessariamente degno di entusiasmo e di rispetto. Il gioco di parole è l'escremento dell'ingegno che vola. Il frizzo cade chi sa dove; e l'ingegno, sgravato di una insulsaggine, s'immerge nell'azzurro. Una macchia biancastra che si appiattisce sulla roccia non impedisce al condor di librarsi a volo. Lungi da me l'intenzione di insultare il gioco di parole! L'onoro in ragione del suo merito; niente di più. Tutto ciò che c'è di più augusto, di più sublime, di più grazioso nell'umanità, e forse fuori dall'umanità, ha fatto dei giochi di parole. Gesù Cristo ha fatto un gioco di parole su San Pietro, Mosè su Isacco, Eschilo su Polinice, Cleopatra su Ottavio. E notate che quello di Cleopatra precedè la battaglia di Azio, e che senza di esso nessuno ricorderebbe la città di Toryna, parola greca che significa mestolo. Ciò concesso, io ritorno alla mia esortazione. Fratelli miei, vi ripeto, niente zelo, niente cagnara, niente eccessi, neppure nei frizzi, negli scherzi, nelle freddure, nei giochi di parole. Ascoltatemi: ho la prudenza d'Anfiarao e la calvizie di Cesare. Ci vuole un limite, anche ai rebus. *Est modus in rebus.*[48] Ci vuole un limite anche ai pranzi. Voi amate le frittelle di mele, signore mie, ma non abusatene; anche con le frittelle ci vuole buon senso e arte. La ghiottoneria punisce il ghiotto, *Gula punit Gulax*. L'indigestione è incaricata dal buon Dio di fare la morale agli stomachi. Ricordate questo: ciascuna delle nostre passioni, anche l'amore, ha uno stomaco che non bisogna troppo riempire. In ogni cosa bisogna scrivere a tempo la parola *finis*, bisogna contenersi, quando la cosa urge, tirare il catenaccio sull'appetito, mettere in guardina la propria fantasia e recarsi da solo al corpo di guardia. Il saggio è colui che sa a tempo debito operare da sé il proprio arresto. Abbiate un po' di fiducia in me. Perché ho frequentato un po' il corso di diritto, a quello che dicono i miei esami, perché so la differenza che c'è tra questione mossa e questione pendente, perché ho sostenuto una tesi in latino sul modo con cui si applicava la tortura a Roma al tempo in cui Munatius Demens era questore del parricidio,[49] perché sto per diventar dottore, a quanto sembra, non ne vien proprio di conseguenza che io sia un imbecille. Vi raccomando la moderazione nei vostri desideri. Come è vero che mi chiamo Felix Tholomyès, parlo bene. Fortunato colui che al momento opportuno sa prendere una decisione eroica, e abdica come Silla o Origene.»[50]

---

[48] Gioco di parole sul verso oraziano che significa: «C'è una misura, nelle cose».
[49] Giudice istruttore per i processi di parricidio.
[50] Silla rinunziò al potere; Origene, teologo alessandrino, alla virilità.

Favourite ascoltava con attenzione profonda.

«Félix!» disse ella. «Che bella parola. Mi piace questo nome. Deriva dal latino; vuol dire Prospero.»

Tholomyès continuò:

«Quiriti, *gentlemen*, *caballeros*, amici miei!, volete preservarvi da ogni stimolo e far a meno del letto nuziale e sfidare l'amore? Niente di più facile. Ecco la ricetta: limonate, moto eccessivo, lavoro forzato; sfibratevi, trascinate delle grosse pietre, non dormite, vegliate, satollatevi di bevande nitrate e di infusi di ninfea, assaporate le emulsioni di papaveri e di agnocasto, condite il tutto con una dieta severa, sopportate la fame, e aggiungetevi dei bagni freddi, cinture di erbe, l'applicazione di una placca di piombo, le lozioni col liquore di Saturno, e i fomenti con l'ossicrato».

«Preferisco una donna», disse Listolier.

«La donna!» riprese Tholomyès «diffidatene. Disgraziato colui che si affida al cuore volubile di una donna! La donna è perfida e ambigua. Odia il serpente per gelosia di mestiere. Il serpente è, per lei, la bottega dirimpetto.»

«Tholomyès,» gridò Blachevelle «sei ubriaco!»

«Perdinci!» disse Tholomyès.

«Allora sii allegro» ripigliò Blachevelle.

«Acconsento» rispose Tholomyès.

E riempiendo il bicchiere si alzò:

«Gloria al vino! *Nunc te, Bacche, canam!*[51] Perdonatemi signorine, è spagnuolo. E la prova, *señoras*, eccola: qual è il popolo, tale è il bottame. L'arroba di Castiglia contiene sedici litri, l'almuda delle Canarie venticinque, il cantaro d'Alicante dodici, il quartino delle Baleari ventisei, la botte dello zar Pietro trenta. Viva questo zar che era grande, e viva la sua botte che era più grande ancora! Signore, un consiglio d'amico: sbagliate da vicino, se vi piace. L'errare è proprio dell'amore. La passioncella non è fatta per incurvarsi e abbrutirsi come una serva inglese che ha il callo alle ginocchia. No! Non è fatta per questo, essa sbaglia allegramente, la dolce passioncella! Si dice: l'errore è umano, ma io dico: l'errore è amoroso. Signore, io vi amo tutte. O Zéphine, o Joséphine, musetto più che sciupato, sareste bella, se non foste di sghembo. Avete l'aria di un bel viso sul quale, per sbadataggine, ci si sia seduti. Quanto a Favourite, o ninfe o muse!, un giorno Blachevelle, passando il rigagnolo di via Guérin-Boisseau, vide una bella ragazza con le calze bianche e ben tirate che mostrava le gambe. Il prologo gli piacque e Blachevelle amò. Quella ch'egli amò era Favourite. O Favourite, tu hai delle labbra ioniche. C'era un pittore greco, chiamato

---

[51] «Ora canterò te, Bacco», dalle *Georgiche* di Virgilio.

Euforione, soprannominato il pittore delle labbra. Solo questo greco sarebbe stato degno di dipingere la tua bocca. Ascolta! Prima di te non ci fu mai una creatura degna del tuo nome. Tu sei fatta per ricevere il pomo come Venere o per mangiarlo come Eva. La bellezza comincia da te. E poiché ho parlato di Eva, aggiungo che sei tu che l'hai creata. E tu meriti il brevetto d'invenzione della bella donna. O Favourite, io cesso di darvi del tu perché passo dalla poesia alla prosa. Voi avete parlato del mio nome poco fa e ciò mi ha commosso, ma chiunque siamo noi, diffidiamo dei nomi: essi possono ingannarsi. Io mi chiamo Félix e non sono felice. Le parole sono menzognere, non accettiamo ciecamente le indicazioni che ci danno. Sarebbe un errore scrivere a Liège per avere dei turaccioli, e a Pau per avere dei guanti.[52] Miss Dahlia, se fossi voi mi chiamerei Rosa. Bisogna che il fiore emani profumo e che la donna abbia spirito. Non dico niente di Fantine, è una meditabonda, una sognatrice, una pensierosa, una sensitiva; è un fantasma che ha la forma di una ninfa e il pudore di una monaca, che si trova spostata nella vita di sartina ma che si rifugia nelle illusioni, e che canta, prega, guarda l'azzurro senza sapere bene ciò che vede e ciò che fa e, con gli occhi al cielo, erra in un giardino dove vede più uccelli di quanti ne esistano. O Fantine, sappi questo: io, Tholomyès, sono un'illusione; ma non mi ascolta neppure, la bionda figlia delle chimere! Del resto tutto in lei è freschezza, soavità, giovinezza, dolce chiaror mattinale. O Fantine, ragazza degna di chiamarsi margherita o perla, voi siete una donna d'oro a diciotto carati. Signore, un secondo consiglio: non sposatevi, il matrimonio è un innesto e può riuscir bene o male; fuggite questo rischio. Ma che vado cantando? Parole al vento. Le ragazze, in fatto di matrimonio, sono incurabili; e tutto quello che noi saggi possiamo dire, non impedirà alla panciottaia, né all'orlatrice di stivaletti, di sognare un marito carico di diamanti. Infine, sia; ma, belle mie, ricordatevi questo: voi mangiate troppo zucchero. Non avete che un torto, o donne, quello di rosicchiare lo zucchero. O sesso rosicante, i tuoi bei denti bianchi adorano lo zucchero. Ora, ascoltate bene, lo zucchero è sale. Tutti i sali sono disseccanti. Lo zucchero è il più disseccante di tutti i sali. Succhia attraverso le vene i liquidi del sangue; da ciò la coagulazione, poi la solidificazione del sangue; da ciò i tubercoli nei polmoni e la morte. È per questo che il diabete confina con la tisi. Dunque non rosicchiate zucchero e vivrete. Mi rivolgo agli uomini. Signori, fate conquiste, rubatevi senza rimorsi le innamorate. Oggi a me, domani a te. In amore non ci sono amici. Ovunque ci sia una bella donna le ostilità sono aperte. Nessuna tregua, guerra a oltranza. Una bella donna è un *casus belli*; una bella donna è un flagran-

---

[52] *Liège* significa sughero; *Pau*, per omofonia con *peau*, pelle.

te delitto. Tutte le invasioni della storia sono cagionate dalle gonnelle. La donna è il diritto dell'uomo. Romolo rapì le sabine, Guglielmo le sassoni, Cesare le romane. L'uomo che non è amato si libra come un avvoltoio sulle amanti altrui; e io a tutti quegli sventurati che sono vedovi lancio il proclama sublime di Bonaparte all'armata d'Italia: "Soldati, voi non avete nulla. Il nemico ha di tutto"».

Tholomyès si interruppe.

«Prendi fiato, Tholomyès» disse Blachevelle.

E nel tempo stesso, assecondato da Listolier e da Fameuil, intonò su un'aria lagnosa una di quelle canzoni sconclusionate composte delle prime parole che vengono in mente, ricche di rime o senza rime, prive di senso come il moto dell'albero e il rumore del vento, che nascono dal fumo delle pipe e con esso svaniscono. Ecco con quale strofa gli amici risposero all'arringa di Tholomyès:

> *Les pères dindons donnèrent*
> *De l'argent à un agent*
> *Pour que mons. Clermont-Tonnerre*
> *Fût fait pape à la Saint-Jean;*
> *Mais Clermont ne put pas être*
> *Fait pape n'étant pas prêtre;*
> *Alors leur agent rageant*
> *Leur rapporta leur argent.*[53]

Questo non era fatto per calmare l'improvvisazione di Tholomyès, che vuotò il bicchiere, lo riempì e riprese:

«Abbasso la saggezza! Dimenticate tutto quello che ho detto. Non siamo né pudibondi, né prudenti, né moralisti. Io faccio un brindisi all'allegria; siamo allegri! Completiamo il nostro corso di diritto con le follie e con il cibo. Indigestione e Digesto. Che Giustiniano sia il maschio e che Gozzoviglia sia la femmina. Gioia nell'imo! Vivi, o creazione! Il mondo è un grosso diamante. Io sono felice. Gli uccelli sono meravigliosi. Che festa dovunque! L'usignolo è un Elleviou[54] gratuito. Estate, io ti saluto. O Luxembourg, o Georgiche della via Madame e del viale dell'Observatoire! O soldatini sentimentali! O tutte queste belle bambinaie che, mentre custodiscono i bambini, si divertono ad abbozzarne qualcuno per proprio conto! Le vaste pianure americane mi piacerebbero, se non

---

[53] «I padri tacchini diedero del denaro a un intermediario perché Clermont-Tonnerre fosse nominato papa alla festa di San Giovanni; ma Clermont non poté essere nominato papa perché non era prete; allora il loro intermediario arrabbiato riportò loro il denaro.» Nel testo francese, le frequenti consonanti e le buffe assonanze danno alla breve canzone il carattere di uno scioglilingua.

[54] François Elleviou (1769-1842), cantante di molte pretese.

avessi i portici dell'Odéon. La mia anima vola verso le foreste vergini e nelle savane. Tutto è bello. Le mosche ronzano fra i raggi solari. Uno starnuto del sole ha generato il colibrì. Abbracciami, Fantine».

Sbagliò, e abbracciò Favourite.

VIII

MORTE DI UN CAVALLO

«Si mangia meglio da Edon che da Bombarda» esclamò Zéphine.

«Io preferisco Bombarda a Edon» dichiarò Blachevelle. «C'è più lusso, è più asiatico. Guardate la sala al pianterreno, ci sono degli specchi alle pareti.»

«Il lusso, io lo preferisco nel mio piatto» disse Favourite.

Blachevelle insistette:

«Guardate i coltelli. Da Bombarda i manici sono d'argento, da Edon di osso. Ora, l'argento è più prezioso dell'osso».

«Eccetto per quelli che hanno il mento d'argento» osservò Tholomyès.

Guardò in quel momento la cupola degli Invalides, visibile dalla finestra di Bombarda.

Ci fu una pausa.

«Tholomyès,» gridò Fameuil «poc'anzi Listolier e io abbiamo avuto una discussione.»

«Una discussione è buona,» rispose Tholomyès «ma una disputa vale di più.»

«Noi discutevamo di filosofia.»

«Sia.»

«Chi preferisci fra Cartesio e Spinoza?»

«Désaugiers»[55] disse Tholomyès.

Dopo questa battuta, bevve e riprese:

«Acconsento a vivere. Non è tutto finito sulla terra, poiché si può ancora sragionare. Ne rendo grazie agli dei immortali. Si mente, ma si ride. Si afferma, ma si dubita. L'inaspettato scaturisce dal sillogismo. È bello. Ci sono ancora degli uomini, quaggiù, che sanno aprire e chiudere la scatola a sorpresa del paradosso. Quello che voi, signore, bevete tranquillamente, è vino di Madera, sappiatelo, del podere di Coural das Freiras, che è a trecentodiciassette tese sul livello del mare. Attenzione nel berlo! Trecentodiciassette tese! E il signor Bombarda, il magnifico trattore, vi dà queste trecentodiciassette tese per quattro franchi e cinquanta centesimi!».

---

[55] Marcantoine Désaugiers (1772-1827), cantante di strofette mordaci.

181

Fameuil interruppe di nuovo:

«Tholomyès, le tue opinioni fanno legge. Qual è il tuo autore favorito?».

«Ber...»

«...quin?»

«No... choux.»[56]

E Tholomyès continuò:

«Onore a Bombarda! Eguaglierebbe Munofide d'Elefanta se potesse procurarmi un'almea, e Tigellione di Cheronea[57] se potesse portarmi un'etera. Poiché o signore, vi erano dei Bombarda in Grecia e in Egitto. È Apuleio che ce lo insegna. Ahimè! Non c'è più niente di inedito nella creazione del creatore. *Nihil sub sole novum*, dice Salomone;[58] *amor omnibus idem*, dice Virgilio;[59] e Carabine sale con Carabin[60] nella chiatta di Saint-Cloud, come Aspasia s'imbarcava con Pericle sulla flotta di Samo. Un'ultima parola. Sapete chi era Aspasia, signore? Benché vivesse in un tempo in cui le donne non avevano ancora l'anima, era un'anima: un'anima d'una sfumatura rosea e purpurea, più ardente del fuoco, più fresca dell'aurora. Aspasia era una creatura in cui si toccavano i due estremi della donna; era la prostituta dea. Socrate, più Manon Lescaut. Aspasia fu creata per il caso che a Prometeo abbisognasse una sgualdrina».

Tholomyès, lanciato, si sarebbe difficilmente fermato, se un cavallo non si fosse abbattuto in quel momento sul viale. La carretta e l'oratore si fermarono di botto. Era una giumenta della Beauce, vecchia e magra, pronta per essere squartata, e trainava una carretta molto pesante. Giunta davanti a Bombarda, la bestia, sfinita e oppressa, s'era rifiutata di andare oltre. Questo incidente aveva attirato della gente. Il carrettiere, bestemmiando indignato, aveva appena avuto il tempo di pronunciare con la debita energia la parola sacramentale: *mâtin*,[61] rinforzata da un'implacabile frustata, che la rozza era caduta per non più rialzarsi.

Al vocìo dei passanti, gli allegri ascoltatori di Tholomyès volsero il capo, e Tholomyès ne approfittò per terminare la sua allocuzione con la seguente malinconica strofa:

> *Elle était de ce monde où coucous et carrosses*
> *Ont le même destin,*

---

[56] Arnaud Berquin (1747-1791), scrittore elegiaco; Joseph Berchoux (1762-1838), autore, fra l'altro, di una satirica *Gastronomia*.

[57] Nomi inventati.

[58] Dall'*Ecclesiaste*: «niente di nuovo sotto il sole».

[59] Dalle *Georgiche*: «l'amore è uguale per tutti».

[60] *Carabine*, burla studentesca; *carabin*, studente di medicina-chirurgia.

[61] Interiezione volgare: «càspita!», «accidenti!».

Et, rosse, elle a vécu ce que vivent les rosses:
L'espace d'un: mâtin.[62]

«Povero cavallo» sospirò Fantine.

E Dahlia gridò:

«Ecco Fantine che si mette a compiangere i cavalli. Si può essere più bestie di così?».

In quel momento Favourite, incrociando le braccia e rovesciando la testa indietro, guardò risolutamente Tholomyès e disse: «Ma, insomma, e la sorpresa?».

«A proposito. Il momento è giunto» rispose Tholomyès. «Signori, l'ora di sorprendere queste signore è suonata. Signore, attendeteci un momento.»

«Si comincia con un bacio» disse Blachevelle.

«Sulla fronte» aggiunse Tholomyès.

Ciascuno depose gravemente un bacio sulla fronte della propria amante: poi, uno dietro l'altro, si diressero verso la porta, mettendo il dito sulla bocca.

Favourite batté le mani alla loro uscita.

«Questo è già divertente» disse.

«Non state via molto» mormorò Fantine. «Noi vi aspettiamo.»

IX
ALLEGRA FINE DELL'ALLEGRIA

Le ragazze, rimaste sole, si appoggiarono a due a due sui davanzali, ciarlando e sporgendo la testa e parlandosi da una finestra all'altra.

Videro i giovani uscire dall'osteria Bombarda sottobraccio. Essi si voltarono, fecero dei segni ridendo e sparirono tra la folla polverosa, che, ogni domenica, invade gli Champs-Elysées.

«Ritornate presto» gridò Fantine.

«Che cosa ci porteranno?» disse Zéphine.

---

[62] Parodia della famosa strofa di Malherbe: «*Elle était de ce monde où les belles choses ont le pire destin. Et, Rose, elle a vécu ce que vivent les roses, l'espace d'un matin*» (*Consolazione al signor du Périer*).
La traduzione dell'originale suona così:
«Apparteneva al mondo in cui le belle cose hanno il peggior destino E, Rosa, ha vissuto quanto vivono le rose, lo spazio d'un mattino».
La traduzione della parodia: «Apparteneva al mondo in cui carrette e carrozze di gala hanno lo stesso destino, e, rozza, ha vissuto quanto vivono le rozze: lo spazio di un: "accidentaccio!"».

«Di sicuro sarà qualche cosa di bello» disse Dahlia.

«Io,» riprese Favourite, «desidero qualcosa d'oro.»

Furono ben presto distratte dal movimento della riva del fiume che scorgevano attraverso i rami degli alberi e che le divertiva molto. Era l'ora della partenza delle carrozze postali e delle diligenze. Quasi tutte le diligenze del mezzogiorno e dell'ovest passavano allora per gli Champs-Elysées. La maggior parte seguiva la sponda del fiume e usciva dalla barriera di Passy. Di minuto in minuto qualche grossa vettura dipinta di giallo e di nero, con attacchi rumorosi, sovraccarica e sformata a forza di valige, bauli e scatole, piena di teste subito scomparse, facendo rumoreggiare la strada, trasformando i ciottoli in pietre focaie, si lanciava in mezzo alla folla con tutte le scintille d'una fucina, con polvere invece di fumo: come una furia. Quel fracasso piaceva alle ragazze.

Favourite esclamava:

«Che strepito! Pare un mucchio di catene che fuggono».

Accadde che una di quelle carrozze che si scorgevano appena laggiù nel folto del fogliame si fermasse un istante, poi ripartisse al galoppo. Ciò meravigliò Fantine.

«È strano! Io credevo che le diligenze non si fermassero mai.»

Favourite alzò le spalle:

«Questa Fantine è sorprendente! La guardo per curiosità. Si meraviglia delle cose più semplici. Facciamo una supposizione: io sono un viaggiatore. Dico alla diligenza: "Procedo a piedi e mi raccoglierete strada facendo." La diligenza passa, mi vede, si ferma e mi raccoglie. Ciò accade ogni giorno. Non conosci la vita, mia cara».

Passò così un po' di tempo. A un tratto Favourite ebbe un gesto come di uno che si risvegli.

«Ebbene,» disse «e la sorpresa?».

«A proposito,» riprese Dahlia «e la famosa sorpresa?»

«È già passato molto tempo» disse Fantine.

Mentre Fantine terminava questo sospiro, il ragazzo che aveva servito il pranzo entrò. Teneva in mano qualche cosa che assomigliava a una lettera.

«Che cos'è?» domandò Favourite.

Il ragazzo rispose:

«È un foglio che quei signori hanno lasciato per queste signore».

«Perché non l'avete portato subito?»

«Perché quei signori» rispose il ragazzo «hanno ordinato di non consegnarlo che dopo un'ora.»

Favourite strappò il biglietto dalle mani del ragazzo. Era infatti una lettera.

«Guarda» disse. «Non c'è indirizzo. Ma ecco che cosa c'è scritto: *"Questa è la sorpresa"*.»

Essa aprì nervosamente la lettera, la spiegò e lesse (sapeva leggere):

Alle nostre amanti.

Sappiate che abbiamo dei genitori. Genitori; voi non sapete troppo bene di che si tratti. Si chiamano padri e madri, nel codice civile, puerile e onesto. Ora, questi genitori gemono, questi vecchi ci reclamano, questi buoni uomini e queste buone donne ci chiamano figlioli prodighi, si augurano il nostro ritorno, e ci offrono di uccidere il vitello grasso. Noi obbediamo, essendo virtuosi. Quando leggerete queste righe, cinque cavalli focosi ci ricondurranno ai nostri papà e alle nostre mamme. Noi fuggiamo, come dice Bossuet. Partiamo, siamo partiti. Fuggiamo nelle braccia di Laffitte e sulle ali di Caillard.[63] La diligenza di Tolosa ci strappa dall'abisso, e l'abisso siete voi, o nostre piccole belle. Noi rientriamo nella società, nel dovere e nell'ordine, a gran trotto, in ragione di tre leghe all'ora. Interessa alla patria che noi siamo, come tutti, perfetti padri di famiglia, guardie campestri e consiglieri di Stato. Venerateci. Noi ci sacrifichiamo. Piangeteci in fretta e sostituiteci subito. Se questa lettera vi strazia, stracciatela. Addio.

Durante quasi due anni, noi vi abbiamo rese felici. Non serbatecene rancore.

Firmato: Blachevelle
Listolier
Fameuil
Felix Tholomyès.

Post scriptum: Il pranzo è pagato.

Le quattro ragazze si guardarono.

Favourite ruppe per prima il silenzio.

«Ebbene,» esclamò «è tuttavia una graziosa burla.»

«È molto divertente.»

«Deve essere Blachevelle che ha avuto questa idea» riprese Favourite. «Questo mi fa innamorare di lui. Appena partito, subito amato. Ecco la storia.»

«No,» disse Dahlia «è un'idea di Tholomyès. La si riconosce subito.»

«In questo caso,» soggiunse Favourite «morte a Blachevelle e viva Tholomyès.»

«Viva Tholomyès» gridarono Dahlia e Zéphine.

E scoppiarono a ridere.

Fantine rise come le altre.

Un'ora dopo, quando fu nella sua camera, pianse. Era, l'abbiamo detto, il suo primo amore: si era data a quel Tholomyès come a un marito, e la povera ragazza aspettava un bambino.

---

[63] Laffitte Caillard & C. Era un'impresa di diligenze a cavalli.

LIBRO QUARTO

AFFIDARE TALVOLTA È ABBANDONARE

I
UNA MADRE CHE NE INCONTRA UN'ALTRA

Nel primo quarto di questo secolo, c'era a Montfermeil, vicino a Parigi, una specie di osteria che ora non esiste più. Era tenuta da certi Thénardier, marito e moglie; si trovava nel vicolo del Boulanger. Sopra la porta si vedeva una tavola inchiodata al muro, su di essa era dipinto qualche cosa che rassomigliava a un uomo che ne portava un altro sulle spalle; quest'altro aveva grosse spalline d'oro da generale con grandi stelle d'argento; alcune macchie rosse raffiguravano il sangue; il resto del quadro non era che fumo e probabilmente rappresentava una battaglia. Sotto si leggeva la seguente iscrizione: «AL SERGENTE DI WATERLOO».

Niente è più comune di un carretto o di un barroccio davanti alla porta di una locanda: tuttavia il veicolo, o meglio, quel frammento di veicolo che ingombrava la strada davanti all'osteria del Sergente di Waterloo, una sera della primavera dell'anno 1818, avrebbe certamente attratto, per la sua forma, l'attenzione di un pittore che fosse passato di là.

Era la parte anteriore di uno di quei bassi carri in uso nelle zone boscose, e che servono al trasporto di travi e tronchi d'albero. Questo avantreno si componeva d'una massiccia asse di ferro con un perno in cui s'incastrava un pesante timone, ed era sorretto da due ruote smisurate. L'insieme era tozzo, pesante e deforme. Si sarebbe detto l'affusto di un cannone gigantesco. Le carreggiate avevano deposto sulle ruote, sui cerchioni, sui mozzi, sull'asse e sul timone uno strato di fango, lurida vernice giallastra molto simile a quella con cui si impiastricciano le cattedrali. Il legno spariva sotto il fango e il ferro sotto la ruggine. Sotto l'asse pendeva a drappeggio una grossa catena degna di Golia forzato. Quella catena faceva pensare, non alle travi che doveva trasportare, bensì ai mastodonti e ai mammoni che avrebbe potuto aggiogare: aveva un certo che di ergastolo, ma di ergastolo ciclopico e sovrumano, e sembrava distaccata da qualche mostro. Omero vi avrebbe incatenato Polifemo, e Shakespeare Calibano.

Perché quell'avantreno si trovava lì, nella strada? Prima di tutto per ingombrare la strada; poi per finir di arrugginire. Ci sono nel vecchio ordine sociale molte istituzioni che si trovano in tal modo sulla nostra strada e che non hanno alcun'altra ragione per trovarsi lì.

Il centro della catena pendeva sotto l'asse sino quasi a toccar terra; e sulla curva, come sulla corda di un'altalena, quella sera erano sedute e raggruppate, in un intreccio squisito, due bambine, l'una di circa due anni e mezzo, l'altra di diciotto mesi: la più piccina in braccio alla più grande. Un fazzoletto ben annodato impediva che cadessero. Una madre aveva visto quella mostruosa catena e aveva detto: «Guarda! Ecco un giocattolo per i miei bambini».

Le due piccine, acconciate con grazia e con una certa ricercatezza, erano raggianti: sembravano due rose tra la ferraglia. I loro occhi erano esultanti; le fresche gote ridevano. Una era castana, l'altra bruna. I volti innocenti erano due incanti; un cespuglio fiorito ch'era lì accanto emanava un profumo che sembrava uscisse da loro; quella di diciotto mesi mostrava il suo piccolo ventre nudo con la casta indecenza dell'infanzia. Sopra e intorno a quelle due teste delicate, modellate nella felicità e immerse nella luce, il gigantesco avantreno, nero per la ruggine, quasi terribile, tutto spigoli e aspre curve, si arrotondava come il portico di una caverna. A qualche passo, accoccolata sulla porta dell'osteria, la madre, una donna dall'aspetto poco attraente ma che in quell'atteggiamento era commovente, dondolava, per mezzo di una lunga corda, le due bambine, covandole con gli occhi per paura di una disgrazia, con quella espressione animale e celeste che è propria della maternità; a ogni va e vieni, gli orridi anelli gettavano un rumore stridente che assomigliava a un grido di collera; le piccine si estasiavano, il sole al tramonto si univa a quella gioia e nulla era più bello di quel capriccio del caso che aveva fatto di una catena da titani un'altalena per cherubini. Mentre dondolava le sue due piccine, la madre canticchiava con voce stonata una romanza allora celebre:

Il le faut, disait un guerrier.[1]

La canzone e la contemplazione delle bimbe le impedivano di udire e di vedere ciò che accadeva nella strada.

Qualcuno però le si era avvicinato, mentre incominciava il primo ritornello della romanza, e a un tratto essa intese una voce che diceva molto vicino alle sue orecchie: «Avete due belle bambine, signora».

À la belle et tendre Imogine...[2]

rispose la madre, continuando la canzone, poi volse la testa.

---

[1] È necessario, diceva un guerriero.
[2] Alla bella e tenera Imogine...

Una donna era davanti a lei, a pochi passi. Anche quella donna aveva una creaturina fra le braccia. Portava una borsa da viaggio, che sembrava molto pesante.

La creatura di quella donna era una delle più divine che si possano vedere. Era una bambina di due o tre anni, che avrebbe potuto competere con le altre due per la civetteria dell'acconciatura. Aveva una cuffia di tela fine, nastri al giubbetto e trine alla cuffia. L'orlo della gonnella, rialzato, lasciava vedere la coscia bianca, paffuta e soda. Così rosea e sana, la bella piccina faceva venir voglia di morderle i pomelli delle guance. Non si poteva dir nulla dei suoi occhi, eccetto che dovevano essere molto grandi e che aveva delle ciglia magnifiche. Dormiva. Dormiva di quel sonno d'assoluta fiducia propria della sua età. Le braccia della madre sono fatte di tenerezza, i piccini vi dormono profondamente.

Quanto alla madre, dall'aspetto appariva povera e triste. Vestiva come un'operaia che cerca di ritornare contadina. Era giovane, era bella? Forse; ma così vestita non lo sembrava. I capelli, dai quali sfuggiva una ciocca bionda, sembravano molto folti, ma sparivano sotto una cuffia da beghina, brutta, stretta, misera, annodata sotto il mento. Il riso mette in mostra i bei denti, quando si hanno: ma essa non rideva. Sembrava che i suoi occhi solo da poco tempo fossero asciutti. Era pallida, sembrava molto stanca e malaticcia: guardava la piccina, addormentata fra le sue braccia, con quello sguardo particolare della madre che ha allattato il proprio figlio. Un grande fazzoletto celeste, come quelli che usano gli invalidi, piegato a triangolo, le fasciava goffamente la vita. Aveva le mani abbronzate e piene di lentiggini, l'indice indurito e punzecchiato dall'ago, un mantello scuro di lana ruvida, un vestito di tela e grosse scarpe. Era Fantine.

Era Fantine, ma sarebbe stato difficile riconoscerla. Tuttavia, per chi l'avesse guardata attentamente, era sempre bella. Una piega triste solcava la sua gota destra come un principio di ironia.

Quanto alla sua veste, quell'aerea veste di mussola e nastri che era sembrata fatta di gioia, di follia e di musica, frusciante e profumata di lillà, era svanita come quelle splendenti gocce di rugiada che al sole brillano come diamanti, ma poi si sciolgono lasciando tutto nero il ramo su cui erano posate.

Erano passati dieci mesi dalla «bella sorpresa».

Che cosa era successo in questi dieci mesi? Si può indovinarlo.

Dopo l'abbandono, le ristrettezze. Fantine aveva subito perso di vista Favourite, Zéphine e Dahlia; spezzato il legame con gli uomini, si era sciolto quello delle donne; quindici giorni dopo si sarebbero meravigliate se qualcuno avesse detto loro che erano amiche; non ce n'era più ragione. Fantine era rimasta sola. Partito il padre della sua creatura,– ahimè! certe separazioni sono irrevocabili– si trovò completamente isolata, con minor abitudine di lavorare e una maggior voglia di divertirsi. Trascinata dal suo legame con Tholomyès a disprezzare il suo modesto mestiere, aveva trascurato le vie che le erano aperte, e queste le si erano chiuse. Nessuna risorsa: Fantine sapeva appena leggere e non sapeva scrivere; le avevano solo insegnato, quand'era bambina, a fare la propria firma. Aveva fatto scrivere da un pubblico scrivano una lettera a Tholomyès, poi una seconda, poi una terza. Tholomyès, non aveva mai risposto. Un giorno Fantine udì dalle comari che dicevano, guardando sua figlia: «Si prendono forse sul serio bambini di questa specie? Si alzano le spalle, e non ci si pensa altro!».

Allora pensò a Tholomyès che alzava le spalle pensando a sua figlia, e che non prendeva sul serio quella creatura innocente; e il suo cuore divenne duro verso quell'uomo. Ma a quale partito appigliarsi? Non sapeva più a chi indirizzarsi. Aveva commesso uno sbaglio, ma, già lo sappiamo, il fondo della sua natura era tutto pudore e virtù. Comprese vagamente che stava cadendo nella miseria e scivolando nel peggio. Bisognava aver coraggio; ne ebbe, e si irrigidì. Le venne in mente di ritornare alla sua città natale, a Montreuil-sur-mer, dove qualcuno l'avrebbe riconosciuta e le avrebbe dato del lavoro. Sì, ma avrebbe dovuto nascondere il suo fallo. E intravedeva confusamente la possibile necessità di una separazione ancora più dolorosa della prima. Il cuore le si strinse, ma si decise. Fantine, si vedrà, aveva l'aspro coraggio della vita.

Con fermezza aveva già rinunziato agli ornamenti, s'era vestita di tela e aveva messo tutta la sua seta, i suoi pizzi, i suoi nastri e i suoi fronzoli addosso a sua figlia: la sola vanità che le fosse rimasta, una santa vanità. Vendette tutto ciò che possedeva e ne ricavò duecento franchi; pagati i suoi piccoli debiti, le rimasero solo circa ottanta franchi. A ventidue anni, in una bella mattina di primavera, lasciò Parigi, portando in braccio la sua piccina. Chi le avesse viste passare tutte e due ne avrebbe avuto pietà. Quella donna aveva al mondo soltanto quella bimba, e quella bimba aveva solo lei. Fantine aveva allattato la figliuola, affaticandosi il petto, e ora tossiva un poco.

Non avremo più occasione di parlare del signor Felix Tholomyès. Ci limiteremo a dire che vent'anni dopo, sotto il re Luigi Filippo, era un grosso avvocato di provincia, influente e ricco, elettore saggio e giurato molto severo; sempre dedito ai piaceri.

Verso la metà della giornata, Fantine si trovava a Montfermeil in via del Boulanger; per riposarsi, di tanto in tanto aveva percorso qualche tratto, pagando tre o quattro soldi la lega, su quelle diligenze allora chiamate «le piccole carrozze dei dintorni di Parigi».

Mentre passava davanti all'osteria Thénardier, le due bimbe, giulive su quella portentosa altalena, erano state per lei quasi un abbagliamento e si era fermata davanti a quella visione di gioia. Vi sono delle misteriose attrazioni; e una di queste fu, per quella madre, la vista delle due piccine. Le considerò, commossa. La presenza degli angeli è un annuncio di paradiso. Ella credette vedere sopra l'osteria il misterioso *Qui* della provvidenza. Quelle piccine erano così evidentemente felici! Le guardava e le ammirava talmente commossa che, quando la madre riprese fiato fra due versi della sua canzone, non poté fare a meno di rivolgerle le parole che abbiamo detto: «Avete delle belle piccine, signora».

Le creature più selvagge si sentono disarmate, se si accarezzano i loro piccini. La madre alzò la testa e ringraziò, fece sedere la passante sulla panca vicino alla porta, mentre essa rimaneva sulla soglia.

Le due donne cominciarono a parlare:

«Io mi chiamo Thénardier» disse la madre delle due piccine. «Noi gestiamo questa locanda.»

Poi, tornando alla sua romanza, canterellò fra i denti:

> *Il le faut, je suis chevalier,*
> *Et je pars pour la Palestine.*[3]

Questa Thénardier era una donna rossa di capelli, carnosa, angolosa; il vero tipo della donna da soldati in tutta la sua bruttezza. E, cosa strana, aveva un atteggiamento languido, dovuto alle letture romantiche. Era una virago leziosa. Certi vecchi romanzi stemperati su un'immaginazione da taverniera hanno simili effetti. Era ancor giovane, aveva appena trent'anni. Se quella donna, che era accoccolata, fosse stata ritta, forse la sua alta statura e la complessione di colosso da fiera avrebbero subito intimorito la viandante, scosso la sua fiducia e fatto svanire quello che narreremo. Una persona seduta invece che in piedi: il destino dipende talvolta da queste inezie.

La viandante raccontò la sua storia, un po' modificata. Disse che era operaia, che suo marito era morto, che non aveva lavoro a Parigi, che andava a cercarne altrove, al suo paese; aveva lasciato Parigi il mattino stesso, a piedi; portando la figlia in braccio, si era stancata e, avendo incontrato la vettura di Villemomble, vi era salita; da Villemomble a Montfermeil era venuta a piedi; la bimba aveva un po' camminato, ma non molto– era tanto piccina!– aveva dovuto prenderla in braccio e la cara gioia si era addormentata.

E ciò dicendo diede un bacio alla figlia, così appassionato che la

---

[3] È necessario, io sono cavaliere, e parto per la Palestina.

svegliò. La piccina aprì gli occhi, dei grandi occhi azzurri come quelli della madre, e guardò: che cosa? Nulla, tutto, con quell'aria seria e qualche volta severa dei piccini, che è il mistero della loro luminosa innocenza davanti ai nostri crepuscoli di virtù. Si direbbe che si sentono angeli e che ci sanno uomini. Poi la bimba si mise a ridere e, benché la madre la trattenesse, scivolò a terra con l'irresistibile energia di un piccolo essere che vuol correre. A un tratto scorse le altre due sull'altalena, si fermò di colpo e tirò fuori la lingua, segno di ammirazione.

La madre Thénardier slegò le figlie, le fece discendere dall'altalena e disse:

«Divertitevi tutt'e tre».

A quell'età si fa amicizia facilmente e dopo un minuto le piccole Thénardier giocavano con la nuova venuta a fare dei buchi nella terra, piacere immenso.

L'ultima arrivata era molto allegra: la bontà della madre si palesa nell'allegria del marmocchio; aveva preso un pezzettino di legno che usava come vanga e scavava energicamente una fossa, buona per una mosca. Ciò che fa il becchino diventa divertente, se fatto da un bambino.

Le due donne continuarono a parlare.

«Come si chiama la vostra bimba?»

«Cosette.»

Cosette, leggete Euphrasie. La piccola si chiamava Euphrasie, ma da Euphrasie la madre aveva tirato fuori Cosette, con quel dolce e grazioso istinto delle madri e del popolo che cambia Josefa in Pepita e Françoise in Sillette. È un genere di derivazioni che sconcerta e sconvolge tutta la scienza etimologica. Abbiamo conosciuto una nonna che era riuscita a cavar fuori, da Teodoro, Gnon.

«Quanti anni ha?»

«S'avvicina ai tre anni.»

«Come la mia maggiore.»

Frattanto le tre piccine si erano aggruppate in una posa di profonda ansietà e di beatitudine; era accaduto un avvenimento; un grosso verme era uscito dalla terra; esse ne avevano paura e nello stesso tempo ne erano rimaste estasiate.

Le loro fronti giulive si toccavano; si sarebbero dette tre teste in una sola aureola.

«Come fanno in fretta» esclamò la madre Thénardier «i bambini a far amicizia. Si direbbero tre sorelle.»

Questa frase fu come la scintilla che, forse, l'altra madre aspettava. Ella prese la mano della Thénardier, la guardò fissamente, e le disse:

«Volete custodirmi la mia bambina?».

La Thénardier ebbe uno di quei moti di sorpresa che non sono né di consenso né di rifiuto.

La madre di Cosette continuò: «Vedete, io non posso condurre mia figlia al paese. Il lavoro non me lo consente. Con una bambina è difficile mettersi a posto. Sono così ridicoli in quel paese; è il buon Dio che mi ha fatta passare davanti alla vostra locanda. Quando ho visto le vostre piccine così belle, così pulite e contente, sono rimasta scossa, e ho detto: ecco una buona madre. Sarebbero tre sorelle, e poi io non tarderò a ritornare. Volete custodirmi la mia bambina?».

«Si può vedere» disse la Thénardier.

«Vi darò sei franchi al mese.»

A questo punto una voce d'uomo gridò dal fondo della bettola: «Non a meno di sette franchi, e sei mesi anticipati».

«Sei per sette quarantadue» disse la Thénardier.

«Li darò» disse la madre.

«E quindici franchi in più per le prime spese» aggiunse la voce d'uomo.

«Totale cinquantasette franchi» disse la signora Thénardier.

E fra le cifre canticchiava vagamente:

Il le faut, disait un guerrier.

«Li darò,» disse la madre «ho ottanta franchi, me ne resterà abbastanza per andare al mio paese. Farò la strada a piedi. Guadagnerò del denaro e quando ne avrò un po' verrò a prendere il mio tesoro.»

La voce d'uomo ripigliò:

«La piccola ha un corredo?».

«È mio marito» disse la Thénardier.

«Sicuramente ha il corredo, il tesoruccio. Avevo capito che è vostro marito. E un bel corredo, anche! Da non dirsi. Tutto a dozzine, e abiti di seta come una signora. È nella borsa.»

«Bisognerà che ce lo diate» replicò la voce d'uomo.

«Lo credo bene che bisognerà darvelo» disse la madre. «Sarebbe bella che io lasciassi mia figlia nuda!»

La faccia del padrone comparve.

«Va bene» disse.

Il contratto fu concluso. La madre passò la notte nella locanda, diede il denaro e lasciò la bambina. Rinchiuse la borsa ormai alleggerita del corredo della bimba, e partì la mattina con la speranza di ritornare presto. Si combinano con tranquillità simili partenze, ma sono una disperazione.

Una vicina della Thénardier incontrò la madre mentre se ne andava e ritornò a dire:

«Ho visto una donna che piange, sulla strada: è uno strazio».

Quando la madre di Cosette fu partita, l'uomo disse alla donna: «Così potrò pagare la mia cambiale di centodieci franchi che scade domani. Mi mancavano cinquanta franchi: sai, mi sarebbero capitati l'usciere e il protesto! Hai teso una buona trappola con le tue piccine.»

«Senza saperlo» disse la donna.

PRIMO SCHIZZO DI DUE LOSCHE FIGURE

Il sorcio preso era dei più meschini, ma il gatto si rallegra anche se il topo è magro.

Chi erano i Thénardier?

Diciamone subito qualche cosa. Più tardi completeremo lo schizzo.

Appartenevano a quella classe bastarda, composta di villani rifatti e d'intelligenti decaduti, che sta tra il ceto medio e il basso ceto, e che riunisce in sé alcuni dei difetti del secondo con tutti i vizi del primo, senza avere l'impeto generoso dell'operaio né l'ordine onesto del borghese.

Erano di quelle nature nane che, se qualche fuoco sinistro per caso le riscalda, diventano facilmente mostruose. C'era nella donna il fondo di un bruto, nell'uomo la stoffa di un pezzente. Tutti e due erano suscettibili al massimo grado del terribile progresso che si fa nella strada del male. Esistono delle anime che, come gamberi, retrocedono continuamente verso le tenebre, indietreggiando nella vita anziché avanzare, adoperando l'esperienza per aumentare la propria deformità morale, peggiorando continuamente e impregnandosi sempre più di una crescente malvagità.

Quell'uomo e quella donna avevano siffatte anime.

Il Thénardier, specialmente, sarebbe stato imbarazzante per un fisionomista. Basta guardare certi uomini per diffidarne: li si sente tenebrosi da cima a fondo. Sono inquieti dietro, e minacciosi davanti. Vi è in essi qualcosa di ignoto. Non si può rispondere di quello che hanno fatto né di quello che faranno. L'ombra che hanno negli occhi li denuncia, basta udirli dire una sola parola o vederli fare un gesto per intravedere foschi segreti nel loro passato e cupi misteri nel loro avvenire.

Thénardier, se si può credergli, era stato soldato; sergente, a sentir lui; aveva probabilmente fatto la campagna del 1815 e si era comportato anche da valoroso, a quanto sembrava. Vedremo più tardi come stavan le cose. L'insegna della sua bettola era un'allusione a uno dei suoi fatti d'arme; l'aveva dipinta lui stesso, dato che sapeva fare un po' di tutto; però malamente.

Erano i tempi in cui l'antico romanzo classico (che, dopo esser stato *Clélie*, era ormai soltanto *Lodoïska*[4]), sempre nobile, ma sempre più volgare, caduto dalla signorina di Scudéry alla signora Barthélemy-Hadot, e dalla signora di Lafayette alla signora Bournon-Malarme, incendiava l'anima amorosa delle portinaie di Parigi e faceva un po' di strage anche in periferia. La signora Thénardier era appunto intelligente quanto basta per leggere quella specie di libri. Ella se ne pasceva, e vi annegava quel po' di cervello che aveva; questo le aveva dato, fino a che era stata assai giovane, e anche un po' più innanzi, una certa aria pensosa accanto al marito, birba d'un certo calibro, libertino, colto, salvo la grammatica; volgare e scaltrito nello stesso tempo, ma in fatto di sentimentalismo, lettore di Pigault-Lebrun, e per «tutto ciò che riguarda il sesso» come diceva nel suo gergo, uno zotico perfetto. La moglie aveva dodici o quindici anni meno di lui. Più tardi, quando i capelli romanticamente spioventi cominciarono a incanutire, quando dalla Pamela[5] si sprigionò la Megera, la Thénardier non fu che un donnone malvagio, imbevuto di stupidi romanzi. Ma non si leggono impunemente delle sciocchezze. Ne risultò che sua figlia maggiore si chiamò Éponine; quanto alla minore, povera piccina, corse il pericolo di chiamarsi Gulnare; e fu in grazia di non so quale fortunata diversione provocata da un romanzo di Ducray-Duminil, che poté chiamarsi soltanto Azelma.

Del resto, per dirlo di sfuggita, non tutto è ridicolo e superficiale in quel periodo curioso al quale noi alludiamo, e che si potrebbe chiamare l'anarchia dei nomi di battesimo. Accanto all'elemento romantico, che abbiamo indicato, c'è il sintomo sociale. Non è difficile oggi che il garzone mandriano si chiami Arthur, Alfred o Alphonse, e che il visconte– se ci sono ancora visconti– si chiami Thomas, Pierre o Jacques. Questo sconvolgimento che applica il nome «elegante» a un plebeo e il nome campagnuolo a un aristocratico, non è altro che un risucchio di uguaglianza; l'irresistibile penetrazione di un soffio nuovo è in questa come in ogni cosa. Sotto questa apparente discordanza, c'è una causa grande e profonda: la rivoluzione francese.

III

L'ALLODOLA

Non basta essere cattivi per prosperare. La bettola andava male. Grazie ai cinquantasette franchi della viandante, Thénardier aveva potu-

---

[4] *Clélie*, romanzo di Madeleine de Scudéry (1607-1701); *Lodoïska*, titolo di due opere di Cherubini e Kreutzer.
[5] Personaggio soave dell'omonimo romanzo di Richardson.

to evitare un protesto e far onore alla sua firma. Il mese seguente, essi ebbero ancora bisogno di denaro; la donna portò a Parigi e impegnò al Monte di Pietà il corredo di Cosette per sessanta franchi. Quando anche quella somma fu spesa, i Thénardier si abituarono a non vedere nella piccina che un essere che mantenevano per carità, e la trattarono conseguentemente. Siccome non aveva più il corredo la vestirono con le vecchie sottane e le vecchie camicie delle piccole Thénardier, cioè di stracci. La nutrirono con gli avanzi di tutti, un po' meglio del cane, ma peggio del gatto. Il cane e il gatto erano, del resto, i suoi commensali abituali. Cosette mangiava con loro sotto la tavola, in una scodella di legno uguale alla loro.

La madre, che si era stabilita, come si vedrà più avanti, a Montreuil-sur-mer, scriveva o meglio faceva scrivere tutti i mesi per avere notizie della sua piccola. I coniugi Thénardier rispondevano invariabilmente: «Cosette sta benissimo».

Passati i primi sei mesi, la madre mandò sette franchi per il settimo mese e continuò abbastanza regolarmente a inviare il mensile. Non era passato un anno che Thénardier disse:

«Bel favore che ci fa! Che cosa vuole che facciamo con sette franchi?». E scrisse per esigerne dodici. La madre, la quale era persuasa che sua figlia fosse felice «e venisse su bene», si sottomise e mandò i dodici franchi.

Certe nature non possono amare da una parte senza odiare dall'altra; la madre Thénardier amava appassionatamente le sue due creature e perciò detestava l'estranea. È triste pensare che l'amore di una madre possa avere dei lati sgradevoli. Il piccolissimo posto che occupava Cosette le pareva che fosse rubato alle sue bimbe e che quasi diminuisse l'aria che esse respiravano. Questa donna, come molte donne della sua specie, aveva una certa quantità di carezze e di ingiurie da distribuire ogni giorno. Se non avesse avuto Cosette, è certo che le sue figlie, per quanto idolatrate, avrebbero ricevuto e le une e le altre; ma l'estranea rendeva loro il servizio di attirare su di sé le busse. Così non ricevevano che le carezze. Cosette non faceva un movimento senza che le piovesse addosso una tempesta di castighi violenti e immeritati. Povera creatura mite e debole, che non poteva capir nulla, né del mondo né di Dio, sempre punita, sgridata, strapazzata, percossa, mentre vedeva al suo fianco due piccole creature come lei, che vivevano in un raggio d'aurora!

La Thénardier era cattiva con Cosette, e anche Éponine e Azelma lo erano del pari. A quell'età i fanciulli sono la copia delle madri: il formato è più piccolo, ecco tutto.

Passò un anno, e poi un altro.

Nel villaggio dicevano:

«Quei Thénardier sono brava gente, non sono ricchi, e allevano una povera fanciulla abbandonata in casa loro!».

Credevano Cosette dimenticata dalla madre.

Nel frattempo, Thénardier era venuto a sapere, non si sa per qual via indiretta, che la bambina era probabilmente una bastarda e che la madre non poteva riconoscerla pubblicamente; pretese quindici franchi al mese dicendo che «la creatura» diventava grande e «*mangiava*», e minacciò di mandarla via. «Che non mi faccia andare in bestia» gridava, «se no le scaravento la bimba proprio in mezzo ai suoi sotterfugi. Esigo un aumento.» La madre pagò i quindici franchi. Di anno in anno la bimba cresceva, e cresceva anche la sua miseria. Fino a che Cosette fu molto piccola, fu il capro espiatorio delle altre due bambine; quando crebbe un po', cioè prima ancora che avesse cinque anni, diventò la serva di casa.

A cinque anni, dirà qualcuno, è inverosimile. Ahimè, è vero. La sofferenza sociale comincia a tutte le età. Abbiamo visto recentemente il processo di un certo Dumolard, orfano diventato bandito, che a cinque anni, dicevano i documenti ufficiali, essendo solo al mondo «lavorava per vivere e rubava».

Costrinsero Cosette a fare le commissioni, scopare le stanze, il cortile, la strada, lavare le stoviglie, portare i pacchi. I Thénardier si credettero sempre più autorizzati a fare così, dato che la madre, che era sempre a Montreuil-sur-mer, cominciava a pagare irregolarmente. Qualche mesata rimase in ritardo.

Se questa madre fosse ritornata a Montfermeil dopo tre anni, non avrebbe più riconosciuto la sua figliuola. Cosette, così bella, così fresca al suo arrivo in quella casa, adesso era magra e pallida. Aveva qualche cosa d'inquieto nei modi: «Sorniona!» dicevano i Thénardier.

L'ingiustizia l'aveva resa arcigna, e la miseria brutta. Le restavano belli soltanto gli occhi, i quali però facevano pena perché, così grandi, sembrava contenessero una maggiore quantità di tristezza. Era straziante vedere d'inverno quella povera bambina, che non aveva ancora sei anni, tremante dal freddo sotto i vecchi cenci di tela tutti bucati, scopare la strada prima che facesse giorno con un'enorme scopa nelle piccole mani rosse e una lacrima negli occhioni.

Nel paese la chiamavano l'Allodola. Il popolo, che ama le immagini, si era compiaciuto di dare quel nome alla creaturina grande poco più di un uccello, tremante, spaventata e scossa da fremiti, la prima a svegliarsi tutte le mattine in casa e nel villaggio, sempre in strada o nei campi prima dell'alba.

Soltanto, la povera Allodola non cantava mai.

LIBRO QUINTO

LA DISCESA

I
STORIA DI UN PROGRESSO NELLE CONTERIE NERE

Che cosa era accaduto nel frattempo a quella madre che, a quanto dicevano gli abitanti di Montfermeil, aveva abbandonato sua figlia? Dov'era? Che faceva?

Dopo aver lasciato Cosette ai Thénardier, ella aveva continuato il suo cammino ed era giunta a Montreuil-sur-mer.

Era, come sappiamo, l'anno 1818.

Fantine aveva lasciato la sua provincia da una diecina d'anni. Montreuil aveva cambiato aspetto. Mentre Fantine discendeva lentamente di miseria in miseria, la sua città natale prosperava.

Da circa due anni era accaduto uno di quei fatti industriali che sono i grandi avvenimenti dei piccoli paesi.

Trattandosi di un particolare importante, crediamo utile narrarlo, e, diremmo quasi, sottolinearlo.

Da tempo immemorabile Montreuil aveva come industria principale l'imitazione dei giavazzi inglesi e delle conterie nere di Germania. Questa industria aveva sempre vegetato a causa del costo elevato delle materie prime, che influiva a danno della mano d'opera. Quando Fantine era ritornata a Montreuil, era accaduta una trasformazione inaspettata nella produzione degli «articoli neri». Verso la fine del 1815 un uomo, uno sconosciuto, si era stabilito in città e aveva avuto l'idea di sostituire, in questa lavorazione, la gomma lacca alla resina e, per i braccialetti in particolare, i fermagli di latta semplicemente accostata anziché saldata. Questo piccolo cambiamento aveva prodigiosamente diminuito il costo delle materie prime, ciò che aveva permesso, anzitutto, di alzare il prezzo della mano d'opera, beneficio per il paese; in secondo luogo, di migliorare la fabbricazione a profitto del consumatore; infine di poter vendere a minor prezzo, pur triplicando gli utili, a vantaggio del fabbricante.

Così, per una sola idea, tre risultati.

In meno di tre anni l'autore di questo metodo era diventato ricco, ed è già un bene, e aveva arricchito tutti gli altri intorno a sé, il che è ancor meglio. Non apparteneva al dipartimento; nulla si sapeva della sua origine; ben poco di come avesse cominciato.

Si diceva che fosse arrivato nella città con pochissimo denaro, qualche centinaio di franchi al massimo.

Da questo piccolo capitale, messo al servizio d'una idea ingegnosa, aiutato dall'ordine e dall'acume, aveva tratto la sua fortuna e la fortuna di tutto il paese.

Al suo arrivo a Montreuil, aveva i vestiti, i modi e la parlata di un operaio.

Sembra che nello stesso giorno del suo oscuro ingresso nella piccola città di Montreuil, in una sera di dicembre, lo zaino in spalla e un bastone di pruno in mano, un grande incendio fosse scoppiato nel palazzo comunale. Egli si era gettato nel fuoco e aveva salvato, con pericolo della propria vita, due fanciulli che erano figli del capitano della gendarmeria; perciò non gli fu chiesto il suo passaporto.

Più tardi si seppe il suo nome. Si chiamava *papà Madeleine*.

II
MADELEINE

Era un uomo di circa cinquant'anni; sembrava sempre preoccupato ed era buono. Ecco tutto quello che si poteva dire di lui. Grazie ai rapidi progressi di quell'industria che aveva così ammirevolmente riavviata, Montreuil-sur-mer si era sviluppata ed era diventata un centro d'affari considerevole. La Spagna, che consuma molte conterie nere, ordinava ogni anno partite immense. Montreuil faceva quasi concorrenza a Londra e a Berlino in quel commercio. I proventi di papà Madeleine erano tali che già nel secondo anno aveva potuto costruire una grande fabbrica con due vasti laboratori, uno per gli uomini, l'altro per le donne. Chiunque avesse fame poteva presentarsi ed era sicuro di trovar lavoro e pane. Papà Madeleine chiedeva: agli uomini, buona volontà; alle donne, buoni costumi; a tutti, probità. Aveva diviso i laboratori per separare gli uomini dalle donne, affinché donne e fanciulle potessero mantenersi oneste. Su questo punto era inflessibile. Era il solo punto nel quale fosse, in un certo qual modo, intollerante.

La sua severità era molto fondata in quanto, essendo Montreuil città di guarnigione, abbondavano le occasioni di corruzione. Del resto la sua venuta era stata un beneficio e la sua presenza era una provvidenza. Prima dell'arrivo di papà Madeleine, tutto nel paese languiva; ora tutto viveva della vita sana del lavoro. Il denaro circolava largamente, riscaldava tutto e penetrava ovunque. La disoccupazione e la miseria erano sconosciute. Non c'era tasca così misera da non contenere un po' di denaro, né abitazione così povera da non avere un po' di gioia.

Papà Madeleine dava lavoro a tutti e non esigeva che una cosa: siate onesti!

Come abbiamo detto, in mezzo a tutta questa attività di cui era l'origine e il perno, papà Madeleine faceva la propria fortuna, ma, cosa abbastanza rara in un semplice uomo di commercio, non sembrava fosse quella la sua preoccupazione principale. Sembrava pensasse molto agli altri, ma poco a sé. Nel 1820, era noto ch'egli teneva presso Laffitte una somma di seicentotrentamila franchi, ma prima di tenersi quei seicentotrentamila franchi aveva speso più di un milione per la città e per i poveri.

L'ospedale era insufficiente, ed egli vi aveva fatto aggiungere dieci letti. Montreuil-sur-mer era divisa in città alta e città bassa. La città bassa, dove egli abitava, non aveva che una scuola, un tugurio che cadeva in rovina; Madeleine ne aveva costruite due: una per i maschi, e una per le femmine. Dava poi del proprio, ai due maestri, una indennità doppia del loro misero stipendio ufficiale, e un giorno, a qualcuno che se ne meravigliava, disse: «I due primi funzionari dello Stato sono la balia e il maestro di scuola». Aveva creato a sue spese un asilo, cosa allora quasi sconosciuta in Francia, e una cassa sussistenza per gli operai vecchi e infermi. Un nuovo quartiere era sorto intorno alla sua manifattura, dove si trovavano molte famiglie povere; vi aveva posto una farmacia gratuita.

Nei primi tempi, quando lo videro cominciare, le anime caritatevoli dissero: «È un furbo che vuol far quattrini». Quando lo videro arricchire il paese prima di arricchire se stesso, gli stessi dissero: «È un ambizioso». Ciò sembrava tanto più probabile in quanto egli era religioso, e anche praticante, entro certi limiti: cosa che in quell'epoca era veduta assai di buon occhio. Andava regolarmente tutte le domeniche ad assistere a una messa bassa. Il deputato locale, che subodorava ovunque un concorrente, non tardò a impensierirsi di quella religiosità. Questo deputato era stato membro del corpo legislativo dell'impero, e condivideva le idee religiose di un padre dell'Oratorio conosciuto col nome di Fouché, duca di Otranto, di cui era stato la creatura e l'amico. In segreto se la rideva bellamente di Dio. Ma quando vide il ricco industriale Madeleine andare alla messa bassa delle sette, vide un possibile candidato e decise di sorpassarlo: prese un confessore gesuita e andò alla messa grande e a vespero. L'ambizione, in quel tempo, era, nel vero senso della parola, una corsa a ostacoli. Di tale paura trassero profitto i poveri come il buon Dio, perché l'onorevole offrì anche lui due letti all'ospedale, e così furono dodici.

Frattanto, una mattina del 1819, si sparse per la città la voce che su proposta del prefetto, e in considerazione dei servizi resi al paese, papà Madeleine stava per essere nominato, dal re, sindaco di Montreuil-sur-mer. Quelli che avevano tacciato il nuovo arrivato di «ambizioso», colsero con piacere l'occasione, che tutti si auguravano per gridare: «Eh! Che cosa avevamo detto?». Tutta Montreuil fu sossopra. La voce era fondata. Qualche giorno dopo, la nomina apparve sul *Monitor*. L'indomani papà Madeleine rifiutò.

In quello stesso anno 1819, i prodotti del nuovo processo di fabbricazione inventati da Madeleine figurarono all'esposizione dell'industria; su rapporto della commissione il re nominò l'inventore cavaliere della Legion d'Onore. Nuovo rumore nella piccola città. «Eh! Era la croce che voleva!». Papà Madeleine rifiutò la croce.

Decisamente quell'uomo era un enigma. Le anime caritatevoli se la cavarono dicendo: «Dopo tutto è una specie d'avventuriero».

Abbiamo visto che il paese gli doveva molto, che i poveri gli dovevano tutto; era così utile che avevano dovuto finire con l'onorarlo, ed era così dolce che alla fine avevano dovuto amarlo; particolarmente i suoi operai lo adoravano, ed egli accoglieva questa adorazione con una gravità malinconica. Quando fu provato che era ricco, «le persone della buona società» lo salutarono e in città cominciarono a chiamarlo signor Madeleine; i suoi operai e i ragazzi continuarono a chiamarlo «*papà Madeleine*», ed era ciò che più volentieri lo faceva sorridere. A mano a mano che egli si elevava, aumentavano gli inviti. «La società» lo reclamava; i salotti pretensiosi di Montreuil che, beninteso, da principio si sarebbero chiusi in faccia all'artigiano, si aprivano a due battenti in faccia al milionario. Usarono ogni lusinga: ma egli rifiutò sempre.

Anche questa volta le anime caritatevoli se la cavarono dicendo:

«È un uomo ignorante e di bassa educazione. Non si sa da dove salti fuori, non saprebbe comportarsi in società, non è neppure provato che sappia leggere».

Quando lo avevano visto guadagnare del denaro, avevano detto: «È un commerciante.» Quando l'avevano visto dispensare il suo denaro, avevano detto: «È un ambizioso.» Quando l'avevano visto respingere gli onori, avevano detto: «È un avventuriero.» Quando lo videro respingere la mondanità dissero: «È un bruto».

Nel 1820, cinque anni dopo il suo arrivo a Montreuil-sur-mer, i servigi resi da lui al paese erano così evidenti, il volto del paese così unanime che il re lo nominò di nuovo sindaco della città. Rifiutò nuovamente, ma il prefetto tenne duro; tutti i notabili vennero a pregarlo, il popolo sulla strada lo supplicava, l'insistenza fu così viva, che finì con l'accettare. Fu rilevato che ciò che parve deciderlo fu soprattuto l'apostrofe quasi irritata che una vecchia popolana gli aveva aspramente gridato dalla soglia della sua porta: «*Un buon sindaco, è utile. È lecito forse ritirarsi quando si può far del bene?*».

Fu questa la terza fase della sua ascensione. Papà Madeleine era diventato il signor Madeleine, il signor Madeleine diventò il signor sindaco.

III
SOMME DEPOSITATE DA LAFFITTE

Con tutto ciò, era sempre rimasto semplice come il primo giorno. Aveva i capelli grigi, lo sguardo serio, la carnagione abbronzata di un operaio, il volto pensoso di un filosofo. Portava abitualmente un cappello a larghe tese e una lunga prefettizia di panno pesante, abbottonata sino al mento. Adempiva i suoi doveri di sindaco, ma all'infuori di ciò, viveva solitario. Parlava a poche persone, si sottraeva alle cortesie, salutava di premura e si allontanava subito; sorrideva per evitare di parlare; donava per evitare di sorridere. Le donne dicevano di lui: «Che buon orso!». Il suo divertimento era passeggiare per i campi.

Mangiava sempre solo, con un libro aperto davanti. Aveva una piccola biblioteca bene scelta, gli piacevano i libri. I libri sono amici freddi e sicuri. A mano a mano che con la ricchezza aumentavano le sue ore di libertà, ne approfittava per coltivare la mente. Da quando era a Montreuil, si notava che d'anno in anno il suo modo di parlare si faceva più corretto, più scelto, più dolce.

Portava volentieri il fucile nelle sue passeggiate, ma se ne serviva raramente; quando per caso ciò capitava, aveva un tiro infallibile che spaventava. Non uccideva mai un animale inoffensivo, non tirava mai a un uccellino.

Per quanto non fosse più giovane, lo si diceva dotato di una forza prodigiosa. Dava una mano a chi ne avesse bisogno, rialzava un cavallo, spingeva una ruota sprofondata nel fango, fermava per le corna un toro che fuggiva. Aveva sempre le tasche piene di monete quando usciva, vuote quando ritornava. Quando attraversava un villaggio, i bambini cenciosi gli correvano allegramente dietro e l'attorniavano come uno sciame di moscerini.

Si intuiva che in passato egli aveva vissuto tra i campi, perché conosceva una quantità di segreti utili che insegnava ai contadini. Insegnava loro a distruggere la tigna del grano, lavando il granaio e inondando le fessure con una soluzione di sale comune; a cacciare i tonchi appendendo un po' dovunque ai muri e ai tetti, nelle locande, nelle case, dell'orminio fiorito. Aveva delle «ricette» per estirpare dai campi il calcino, la golpe, la veccia, i porrioli, le code di volpe, insomma tutte quelle erbe parassite che soffocano il grano. Inoltre sapeva difendere una conigliera dai topi con il solo odore di un porcellino di Barberia che vi introduceva.

Un giorno vide gente del paese molto occupata a strappare delle ortiche; si fermò a guardare il mucchio delle piante sradicate, già secche, e disse: «Sono morte. Eppure sarebbero così utili, se sapeste servirvene. Quando l'ortica è giovane, la sua foglia è un eccellente legume; quando invecchia ha filamenti e fibre come la canapa e il lino. La tela d'ortica val bene la tela di canapa. Tritata, l'ortica è buona per il pollame, maciullata, per i bovini. Il suo seme misto ai foraggi rende lucido il pelo degli animali; la radice mista al sale produce un bel colore giallo. Oltre tutto, è un eccellente fieno che si può falciare due volte all'anno. E che cosa abbisogna all'ortica? Poca terra, nessuna cura, nessuna coltivazione. Solamente, il seme cade a mano a mano che l'ortica matura, ed è difficile raccoglierlo. Ecco tutto. Con poca fatica l'ortica potrebbe essere molto utile; la si trascura, e diventa nociva. Allora, la uccidono. Quanti uomini assomigliano all'ortica». Aggiunse, dopo una breve pausa: «Amici miei, ricordatevi, non ci sono né cattive erbe, né cattivi uomini. Non ci sono che cattivi coltivatori».

I ragazzi lo amavano anche perché sapeva fare dei bei lavoretti con un po' di paglia e con le noci di cocco.

Quando vedeva la porta di una chiesa parata di nero vi entrava; ricercava un funerale come altri ricercano un battesimo. Per la sua grande bontà si sentiva attratto dalla vedovanza e dalle disgrazie altrui, si univa agli amici addolorati, alle famiglie in lutto, ai sacerdoti che pregano attorno a un feretro. Sembrava amasse prendere per tema dei suoi pensieri quelle funebri salmodie, piene di visioni dell'aldilà. Con l'occhio rivolto al cielo, ascoltava con una specie di astrazione verso tutti i misteri dell'infinito quelle voci tristi che cantano sull'orlo del tenebroso abisso della morte.

Compiva un gran numero di buone azioni, ma le nascondeva come gli altri nascondono le cattive. Penetrava di soppiatto, la sera, nelle case, saliva furtivamente le scale. Un povero diavolo, rientrando nel suo tugurio, si accorgeva che la porta era stata aperta, qualche volta anche forzata, durante le sua assenza; ed esclamava: «C'è stato qualche malfattore!». Entrava, e la prima cosa che vedeva era una moneta d'oro dimenticata su un mobile. Il «malfattore» che era entrato non era altri che papà Madeleine.

Era affabile e triste; il popolo diceva: «Ecco un uomo ricco che non ha superbia; ecco un uomo fortunato che non sembra contento».

Qualcuno pretendeva che fosse un personaggio misterioso, e diceva che nessuno entrava mai nella sua camera, la quale era una vera cella da anacoreta, ornata di clessidre alate e adorne di teschi e di tibie in croce. Di questo si parlava molto, tanto che alcune giovani eleganti e maligne donne di Montreuil andarono da lui e gli chiesero:

«Signor sindaco, fateci vedere la vostra camera; dicono che sia una grotta».

Egli sorrise e le introdusse subito nella «grotta». Furono molto punite della loro curiosità; era una semplice camera con mobili di mogano piuttosto brutti, come tutti i mobili di quel genere, e tappezzata con carta da dodici soldi al metro. Non poterono notare che due candelieri di forma antiquata che erano sopra il camino e sembravano d'argento «perché erano bollati». Osservazione piena dello spirito provinciale.

Continuarono ugualmente a dire che nessuno penetrava in quella camera e che era una caverna d'eremita, un luogo di meditazione, un buco, una tomba.

Si sussurrava anche che avesse delle somme «immense» depositate da Laffitte, a condizione che fossero sempre a sua immediata disposizione: in modo– si aggiungeva– che Madeleine potesse recarsi un mattino da Laffitte, firmare una ricevuta e portar via i suoi due o tre milioni in dieci minuti. In verità, quei due o tre milioni si riducevano, l'abbiamo detto, a seicentotrenta o quarantamila franchi.

IV

IL SIGNOR MADELEINE IN LUTTO

Sul principio del 1821 i giornali annunciarono il decesso di monsignor Myriel vescovo di Digne, soprannominato «monsignor Bienvenu», e morto in odore di santità a ottantadue anni.

Il vescovo di Digne, per aggiungere qui un particolare che i giornali tralasciarono, quando morì era cieco da parecchi anni, e contento della sua cecità perché aveva al fianco sua sorella.

Diciamolo per inciso, essere cieco ed essere amato, su questa terra dove nulla è completo, è una delle forme più stranamente squisite della felicità. Avere sempre vicino una donna, una figlia, una sorella, una cara creatura, che è lì perché noi abbiamo bisogno di lei e perché essa non può stare senza di noi, saperci indispensabili a chi ci è necessario, poter misurare continuamente il suo affetto dalla somma di compagnia che ci dona, e poter dire: «Poiché mi dedica tutto il suo tempo possiedo tutto il suo cuore»; vedere il pensiero in mancanza del volto; rilevare le fedeltà di una creatura nell'eclissi del mondo; sentire il fruscio di una veste come uno sbatter d'ali; sentirla andare e venire, uscire, rientrare, parlare, cantare, e pensare di essere il centro di quei passi, di quelle parole, di quel canto; manifestare a ogni minuto la propria attrazione, sentirsi tanto più potenti quanto più si è infermi; diventare, nelle tenebre e a cagione delle tenebre, l'astro attorno al quale gravita quell'angelo, ecco una felicità che poche altre uguagliano. La più grande gioia della vita è la convinzione di essere amati; amati per se stessi, o, meglio ancora, a onta di se stessi; questa convinzione, al cieco è concessa. In questa angoscia, essere serviti è essere carezzati. Gli manca forse qualche cosa? No. Non è perdere la luce, avere l'amore. E quale amore! Un amore completamente fatto di virtù. Non v'è cecità dove è certezza. L'anima cerca a tentoni un'altra anima e la trova, e quest'anima così trovata e provata è una donna. Una mano vi sostiene: è la sua; una bocca sfiora la vostra fronte: è la sua; sentite respirare vicino a voi: è lei. Avere tutto di lei, dal culto alla pietà, non essere mai abbandonati, avere sempre vicino quell'affettuosa fragilità che vi soccorre, appoggiarsi a quel giunco incrollabile, toccare con le proprie mani la provvidenza, e poterla stringere fra le proprie braccia, come Dio palpabile: quale rapimento! Il cuore, questo celeste fiore oscuro, s'apre a un misterioso sbocciare. Non si darebbe quest'ombra per tutta la luce, l'anima angelica è lì, sempre lì, se si allontana è per ritornare, svanisce come un sogno per riapparire come realtà. Si sente un tepore che s'avvicina, eccola. Si trabocca di serenità, di gioia, di estasi; si è come un raggio nella notte. E poi, mille piccole cure, dei nonnulla che sembrano enormi in quel vuoto, i più ineffabili accenti della voce femminile usati per cullarvi, e che suppliscono per voi all'universo svanito. Si è accarezzati coll'anima, non si vede niente ma ci si sente adorati, è un paradiso di tenebre.

È da questo paradiso che monsignor Bienvenu era passato nell'altro.

L'annuncio della sua morte fu riportato sul giornale locale di Montreuil-sur-mer. L'indomani, Madeleine uscì vestito di nero, col crespo al cappello.

Nella città si notò questo lutto, e se ne parlò. Parve un barlume sull'origine di Madeleine; se ne concluse che doveva avere qualche parentela col venerabile vescovo. «*Porta il lutto per il vescovo di Digne*», dissero nei salotti; ciò accrebbe la stima di cui godeva il signor Madeleine e gli diede subito e di colpo una certa considerazione presso la nobiltà di Montreuil-sur-mer. Il microscopico sobborgo San Germano pensò di far cessare la quarantena di quel signor Madeleine, probabile parente di un vescovo. Madeleine si accorse d'aver guadagnato terreno dal maggior numero di riverenze delle vecchie e dai sorrisi delle giovani. Una sera una decana di quel piccolo gran mondo, curiosa per diritto di anzianità, osò chiedergli:

«Il signor sindaco è sicuramente cugino del defunto vescovo di Digne, nevvero?».

«No, signora» egli disse.

«Ma,» replicò la vecchia signora «pure ne portate il lutto.»

«Sì, perché nella mia gioventù servii quale valletto nella sua famiglia» egli rispose.

Fecero anche un'altra osservazione; notarono che ogni volta che passava per la città qualche piccolo savoiardo, di quelli che girano i paesi alla ricerca di camini da spazzare, il signor sindaco lo faceva chiamare, gli chiedeva il suo nome e gli dava del denaro. I piccoli savoiardi se lo dicevano l'un l'altro, e quindi ne passavano molti.

V

VAGHI LAMPI ALL'ORIZZONTE

A poco a poco, e col tempo, tutte le opposizioni erano cadute. Contro Madeleine c'erano state dapprincipio, per una specie di legge che subiscono sempre tutti coloro che si innalzano, denigrazioni e calunnie; poi divennero maldicenze, quindi non furono più che semplici motteggi, e alla fine tutto svanì; il rispetto diventò assoluto, unanime, cordiale, e avvenne che, verso la fine del 1821, le parole «signor sindaco» erano pronunciate a Montreuil quasi con lo stesso accento col quale erano pronunciate a Digne nel 1815 le parole «monsignor vescovo». Si veniva da dieci leghe all'in giro a consultare Madeleine. Egli componeva le questioni, evitava le liti, riconciliava i nemici; tutti lo prendevano a giudice del proprio buon diritto. Sembrava che avesse per anima il libro della legge naturale. Fu come un contagio di venerazione, che in sei o sette anni, di luogo in luogo, dilagò in tutto il paese.

Un solo uomo, nella città e nel circondario, si sottrasse a questo contagio e, qualsiasi cosa facesse papà Madeleine, restò ribelle come se una specie d'istinto incorruttibile e imperturbabile lo tenesse sveglio e inquieto. Sembrerebbe infatti che esista in certi uomini un vero istinto bestiale, puro e integro come tutti gli istinti, che crea le antipatie e le simpatie, che separa fatalmente una natura da un'altra, che non esita, non si turba, non tace e non si smentisce mai, chiaro nella sua oscurità, infallibile, imperioso, refrattario a tutti i consigli dell'intelligenza e a tutti i dissolventi della ragione, e che, in qualunque modo siano disposti i destini, avverte segretamente l'uomo-cane della presenza dell'uomo-gatto, e l'uomo-volpe della presenza dell'uomo-leone.

Spesso, quando Madeleine passava per una strada, calmo, affettuoso, circondato dalla benedizione di tutti, accadeva che un uomo di alta statura, con un vestito grigio-ferro, armato di un grosso bastone e col cappello calato sugli occhi, si volgesse indietro bruscamente e lo seguisse con la sguardo finché scompariva. Incrociava le braccia, scuotendo lentamente il capo e alzando il labbro superiore con l'inferiore sino a toccare il naso, specie di smorfia significativa che potrebbe tradursi in queste parole: «Ma chi è quell'uomo? Di sicuro l'ho già visto in qualche posto. In ogni caso, non mi lascio gabbare da lui».

Questo individuo, grave d'una gravità quasi minacciosa, era uno di quelli che, anche se visti di sfuggita, preoccupano l'osservatore.

Si chiamava Javert e apparteneva alla polizia.

Esercitava a Montreuil le funzioni spiacevoli ma utili di ispettore. Non aveva visto gli inizi di Madeleine. Javert doveva il suo posto alla protezione di Chabouillet, segretario del ministro di Stato conte d'Anglès, allora questore di Parigi. Quando Javert era giunto a Montreuil, la fortuna dell'industriale era già fatta, e papà Madeleine era già il signor Madeleine.

Certi ufficiali di polizia hanno una fisionomia a sé resa più complicata da una certa bassezza mista a una certa autorità. Javert aveva tale fisionomia, meno la bassezza.

A parer nostro, se le anime fossero visibili all'occhio, si vedrebbe distintamente una cosa strana; che ciascun individuo della specie umana corrisponde a qualcuna della specie della creazione animale; e allora si potrebbe con facilità riconoscere questa verità appena intravista dal pensatore: che tutti gli animali, dall'ostrica all'aquila, dal porco alla tigre, si trovano nell'uomo e che ciascuno di essi è in un uomo; qualche volta anche parecchi in uno solo, nello stesso tempo.

Gli animali non sono altro che le immagini delle nostre virtù e dei nostri vizi, vaganti davanti ai nostri occhi, i fantasmi visibili delle nostre anime. Dio ce li fa vedere per farci riflettere. Solamente, siccome gli animali non sono che ombre, Dio non li ha creati educabili nel vero senso della parola; a qual pro? Invece, essendo le nostre anime realtà aventi un fine proprio, Dio ha dato loro l'intelligenza, cioè la possibilità di educarsi. L'educazione sociale, ben fatta, può sempre trarre da un'anima, qualunque essa sia, l'utilità che contiene.

Questo può dirsi, ben inteso, dal punto di vista ristretto della vita terrestre apparente, e senza pregiudicare la questione profonda della personalità anteriore e ulteriore di quelle creature che non sono l'uomo. L'io visibile non autorizza in nessun modo il pensatore a negare l'io latente. Fatta questa riserva, proseguiamo.

Ora, se si ammette per un momento con noi che in ogni uomo c'è una delle specie animali della creazione, ci sarà facile dire cosa fosse l'agente Javert.

I contadini delle Asturie sono convinti che in ogni parto di lupa ci sia un cane, il quale è ucciso dalla madre, altrimenti, diventando grande, divorerebbe gli altri cuccioli.

Date un volto umano a questo cane nato da una lupa e avrete Javert.

Javert era nato in prigione da una cartomante il cui marito era in galera. Diventando uomo, egli pensò che era nato fuori dalla società, e disperò di potervi mai entrare. Notò che la società tiene sempre lontane da sé due classi di persone: quelle che l'attaccano e quelle che la proteggono. Egli non aveva scelta che fra le due classi; nel tempo stesso sentiva in sé un fondo di rigidezza, di regolarità e di probità, congiunto a un odio inesprimibile per quella razza fuori legge da cui proveniva. Entrò nella polizia. Vi fece carriera. A quarant'anni era ispettore.

In gioventù era stato impiegato fra i forzati del Mezzogiorno.

Prima di proseguire, intendiamoci bene sulla espressione «volto umano» che abbiamo or ora applicata a Javert.

Il volto umano di Javert consisteva in un naso camuso, con due profonde narici verso le quali salivano sulle guance due enormi fedine: si provava un non so che di spiacevole la prima volta che si vedevano quelle due foreste e quelle due caverne. Quando Javert rideva, il che era raro e terribile, le sue labbra sottili si aprivano e lasciavano vedere, non solamente i denti, ma anche le gengive, e intorno al suo naso si formava un incresparsi schiacciato e feroce, come sul muso di una bestia selvaggia. Javert serio era un molosso; quando rideva era una tigre. Per il resto, cranio piccolo, grosse mascelle, capelli che gli nascondevano la fronte cadendo sulle sopracciglia; fra i due occhi, una ruga centrale permanente come un segno di collera, lo sguardo torvo, la bocca serrata e minacciosa, l'aspetto del comando feroce.

Quest'uomo era composto di due sentimenti molto semplici, e relativamente buoni, ma che egli rendeva cattivi a forza di esagerarli; il rispetto all'autorità e l'odio alla ribellione; e ai suoi occhi il furto, l'omicidio, tutti i delitti, non erano che forme di ribellione. Egli avviluppava in una specie di fede cieca e profonda tutti coloro che hanno una funzione nello Stato, dal primo ministro all'ultima guardia campestre, e copriva d'avversione, di disgusto e di disprezzo chi avesse attraversato anche una sola volta la soglia legale del male. Era assoluto, non ammetteva eccezioni.

Diceva degli uni: «Il funzionario non può sbagliarsi, il magistrato non ha mai torto». E degli altri: «Questi sono irrimediabilmente perduti. Niente di buono si può trarne». Condivideva l'opinione di quegli estremisti che attribuiscono alla legge umana chissà quale potere di fare o, se si vuole, di constatare la condannabilità dei singoli, e che pongono uno Stige ai piedi della società. Era stoico, serio, austero; pensatore malinconico, umile e altero come i fanatici. Il suo sguardo era freddo e penetrante come un succhiello. Tutta la sua vita si compendiava in due parole: vegliare e sorvegliare; aveva introdotto la linea retta in ciò che c'è di più tortuoso al mondo; aveva la coscienza della sua utilità, la religione delle sue funzioni; era spia come si può essere preti. Guai a chi cadeva sotto le sue mani! Avrebbe arrestato suo padre, se fosse fuggito dal bagno penale, e denunciata sua madre se fosse evasa. E l'avrebbe fatto con quella specie di soddisfazione interna che dà la virtù. E con ciò, una vita di privazioni, l'isolamento, l'abnegazione, la castità, mai una distrazione. Era il dovere implacabile: la polizia compresa come gli spartani comprendevano Sparta, una sentinella senza pietà, una onestà feroce, uno spione di marmo. Bruto in un Vidocq.[1]

Tutto, in Javert, rivelava l'uomo che spia e che si nasconde. La scuola mistica di Joseph de Maistre, che a quel tempo condiva di alta cosmogonia i giornali chiamati *ultras*,[2] non avrebbe mancato di dire che Javert era un simbolo. Non si vedeva la sua fronte che spariva sotto il cappello, non si vedevano i suoi occhi che si perdevano sotto le sopracciglia, non si vedeva il suo mento che si sprofondava nella cravatta, non si vedevano le mani che rientravano nelle maniche, non si vedeva il suo bastone che portava sotto il soprabito. Ma, in certe occasioni, si vedeva a un tratto uscire da quell'ombra, come da un'imboscata, una fronte angolosa e stretta, uno sguardo sinistro, un mento minaccioso, mani enormi, un randello mostruoso.

Nei momenti di ozio, non molto frequenti, pur odiando i libri, leggeva; cosicché non era completamente illetterato, ciò che si riconosceva da una certa quale enfasi nel parlare.

Come abbiamo detto, non aveva alcun vizio. Quando era contento di se stesso si concedeva una presa di tabacco; questo era l'unico suo punto di contatto con l'umanità.

Si comprenderà senza fatica che Javert era il terrore di tutta quella classe che la statistica annuale del ministero di Giustizia designa col nome di *Malviventi*. Il solo nome di Javert, se veniva pronunciato, li metteva in fuga; il suo apparire li faceva rimanere come pietrificati.

---

[1] François Eugène Vidocq (1775-1857), avventuriero ed ex galeotto che divenne capo della Polizia. Scrisse le sue Memorie.
[2] Appellativo, dato durante la restaurazione, a quanti spingevano alle estreme conseguenze i princìpi della regalità [*N.d.R.*].

Tale era quest'uomo formidabile.

Javert era come un occhio sempre fisso su Madeleine: occhio pieno di sospetto e di congetture. Madeleine aveva finito con l'accorgersene, ma sembrò che non vi desse peso; non ne domandò neppure la ragione a Javert; non lo cercava né lo evitava, e sopportava senza mostrare di avvedersene quello sguardo molesto e quasi opprimente. Trattava Javert come tutti gli altri, con disinvoltura e bontà.

Da qualche parola sfuggita a Javert, si intuiva che egli aveva ricercato segretamente, con quella curiosità che è propria della sua razza, e nella quale entrano sia l'istinto che la volontà, tutte le tracce anteriori che papà Madeleine aveva potuto lasciare altrove. Sembrava che sapesse, e lo diceva a volte con sottintesi, che qualcuno aveva preso certe informazioni, in un certo paese, su una certa famiglia scomparsa. Una volta gli accadde di dire parlando tra sé: «Credo di averlo in mano». Poi restò tre giorni pensieroso senza proferire sillaba. Sembrava che il filo che credeva di tenere si fosse spezzato.

Del resto – e questo è il correttivo necessario al significato troppo assoluto che potrebbero presentare certe parole – non ci può essere niente di veramente infallibile in una creatura umana, ed è proprio dell'istinto la possibilità di essere turbato, fuorviato e sconcertato: senza di ciò esso sarebbe superiore all'intelligenza, e la bestia sarebbe più illuminata dell'uomo.

Evidentemente Javert era sconcertato dalla disinvoltura e dalla tranquillità di Madeleine.

Un giorno però il suo strano contegno parve impressionare Madeleine. Ecco in quale occasione.

VI
PAPÀ FAUCHELEVENT

Madeleine passava una mattina per una strada secondaria, non selciata, di Montreuil-sur-mer. Sentì rumore e vide a breve distanza un gruppo di persone. Si avvicinò. Un vecchio, chiamato papà Fauchelevent, giaceva sotto il proprio carro il cui cavallo era stramazzato a terra.

Quel Fauchelevent era uno dei pochi nemici che ancora rimanessero in quell'epoca a Madeleine. Quando questi giunse nel paese, Fauchelevent, ex notaio e contadino quasi letterato, aveva un commercio che cominciava ad andar male. Fauchelevent aveva visto quel semplice operaio che si arricchiva, mentre lui, padrone, andava in rovina: ne era stato molto geloso e aveva sempre fatto, in ogni occasione, tutto ciò che poteva per nuocere a Madeleine.

Poi, era sopraggiunto il fallimento, e, vecchio, non avendo più che un carro e un cavallo ed essendo d'altronde senza famiglia e senza figli, per vivere s'era messo a fare il carrettiere.

Il cavallo aveva due gambe rotte e non poteva rialzarsi. Il vecchio era impigliato fra le ruote e la caduta era stata così disgraziata che tutto il peso del veicolo gli gravava sul petto. Il carro era molto carico. Compare Fauchelevent mandava lamentose grida. Si era cercato di tirarlo fuori, ma invano. Uno sforzo disordinato, un aiuto mal dato, una scossa fuori luogo avrebbero potuto ucciderlo; era impossibile liberarlo se non sollevando dal di sotto il carro. Javert, ch'era arrivato al momento stesso della sciagura, aveva mandato a cercare un martinello.

Arrivò Madeleine; tutti si tirarono da parte con rispetto.

«Aiuto!» gridava Fauchelevent «chi sarà tanto buono da salvare un vecchio?»

Madeleine si rivolse agli astanti:

«C'è un martinello?».

«Sono andati a cercarne uno» rispose un contadino.

«Quanto tempo ci vorrà per averlo?»

«Sono andati nel posto più vicino, in località Flachot, dove c'è un maniscalco; ma, ad ogni modo, ci vorrà sempre un buon quarto d'ora.»

«Un quarto d'ora!» esclamò Madeleine.

Il giorno prima era piovuto, il terreno era pantanoso, il carro a poco a poco affondava e comprimeva sempre più il petto del vecchio carrettiere. Era evidente che in meno di cinque minuti il disgraziato avrebbe avuto il torace schiacciato.

«È impossibile aspettare un quarto d'ora» disse Madeleine ai contadini che stavano osservando.

«Per forza.»

«Ma non saremo più in tempo. Non vedete che il carro affonda sempre più?»

«Diamine!»

«Ascoltate» riprese Madeleine, «c'è ancora abbastanza spazio sotto il carro perché un uomo vi si possa introdurre e sollevarlo facendo forza sulla schiena. Basta mezzo minuto per liberare quel pover'uomo. C'è qualcuno che abbia buone reni e coraggio? Cinque luigi d'oro da guadagnare!»

Nessuno si mosse.

«Dieci luigi» disse Madeleine.

I presenti abbassarono gli occhi, uno di loro mormorò: «Bisognerebbe avere una forza diabolica, e poi si rischia di farsi schiacciare».

«Andiamo!» ricominciò Madeleine «venti luigi.»

Silenzio.

«Non è la buona volontà che manca loro» disse una voce.

Madeleine si volse e riconobbe Javert; non l'aveva notato quando era giunto.

Javert continuò:

«È la forza. Bisognerebbe essere un uomo formidabile per sollevare un carro come questo sulla schiena».

Poi, guardando fissamente Madeleine, proseguì calcando la voce su ogni parola:

«Signor Madeleine, non ho conosciuto che un solo uomo capace di fare quello che voi chiedete».

Madeleine trasalì. Javert aggiunse con indifferenza, ma senza levargli gli occhi di dosso: «Era un forzato».

«Ah!» disse Madeleine.

«Al bagno penale di Tolone.»

Madeleine divenne pallido.

Frattanto il carro continuava ad affondare lentamente. Papà Fauchelevent rantolava e urlava:

«Soffoco! Mi rompe le costole! Un martinello! Qualche cosa!»

Madeleine si guardò attorno:

«Non c'è nessuno che voglia guadagnare venti luigi e salvare la vita a questo povero vecchio?».

Nessuno dei presenti si mosse. Javert riprese:

«Ho conosciuto un solo uomo che potesse sostituire un martinello. Era quel forzato».

«Ohimè! Mi schiaccia!» gridò il vecchio.

Madeleine alzò la testa, incontrò l'occhio di falco di Javert, sempre fisso su di lui, guardò i contadini immobili e sorrise tristemente; poi, senza dire una parola, si gettò in ginocchio e, prima che la folla avesse avuto il tempo di lanciare un grido, era sotto il carro.

Ci fu un terribile istante di attesa e di silenzio.

Si vide Madeleine, quasi bocconi sotto quel peso enorme, cercare per due volte, invano, di unire i gomiti alle ginocchia. Gli gridarono:

«Papà Madeleine, uscite di lì!».

Il vecchio Fauchelevent stesso gli disse:

«Signor Madeleine, andatevene. Devo morire, lasciatemi! Vi volete far schiacciare anche voi?».

Madeleine non rispose.

Gli astanti trattenevano il fiato. Le ruote avevano continuato ad affondare ed era già quasi impossibile che Madeleine potesse riuscire a togliersi da sotto il carro.

A un tratto si vide muoversi l'enorme massa, il carro sollevarsi lentamente, le ruote uscire per metà del solco, e s'udì una voce strozzata che gridava: «Presto! Aiutate!».

211

Era Madeleine che aveva fatto il suo ultimo sforzo.

Si precipitarono. L'abnegazione di uno solo aveva dato forza e coraggio a tutti. Il carro fu rimosso da venti braccia. Il vecchio Fauchelevent era salvo.

Madeleine si rialzò. Era pallido, benché grondante di sudore, e aveva i vestiti laceri e ricoperti di fango. Tutti piangevano; il vecchio gli baciava le ginocchia e lo chiamava il buon Dio. Madeleine aveva sul volto una espressione di sofferenza felice e celestiale, e fissava lo sguardo tranquillo su Javert, che continuava a guardarlo.

VII
FAUCHELEVENT DIVIENE GIARDINIERE A PARIGI

Fauchelevent, nella caduta, si era slogato un ginocchio. Papà Madeleine lo fece trasportare all'infermeria che aveva creato per i suoi operai nell'edificio stesso della fabbrica, e che era affidata a due suore di carità. Il mattino dopo, il vecchio trovò, sul comodino, un biglietto da mille franchi con queste parole scritte di pugno di papà Madeleine: «*Compro la vostra carretta e il vostro cavallo*». La carretta era in pezzi, e il cavallo era morto. Fauchelevent guarì, ma il suo ginocchio restò anchilosato. Madeleine, per mezzo di raccomandazioni delle suore e del parroco, fece collocare il pover'uomo come giardiniere in un convento di monache a Parigi, nel sobborgo Saint-Antoine.

Poco dopo Madeleine fu nominato sindaco. La prima volta che Javert vide Madeleine con la sciarpa che gli attribuiva ogni autorità sulla città, provò quella specie di fremito che proverebbe un molosso subodorando un lupo sotto gli abiti del suo padrone.

Da allora lo evitò più che poté; quando le esigenze di servizio lo richiedevano assolutamente ed egli non poteva fare a meno di trovarsi col sindaco, gli parlava con un rispetto profondo.

La prosperità creata a Montreuil da papà Madeleine aveva, oltre i segni visibili che noi abbiamo indicato, un altro sintomo, che, pur non essendo visibile, non era meno significativo. Un sintomo che non inganna mai. Quando la popolazione soffre, quando il lavoro scarseggia, quando il commercio langue, il contribuente, per le ristrettezze economiche in cui viene a trovarsi, è renitente alle tasse, lascia scadere e oltrepassa i termini, e lo Stato perde molto denaro per le spese di esazione e di coazione. Quando il lavoro è abbondante, quando il paese è fortunato e ricco, le tasse sono pagate facilmente e costano poco allo Stato. Si può dire che la ricchezza e la miseria pubblica hanno un termometro infallibile: il costo di esazione delle imposte. In sette anni tale costo era diminuito di tre quarti nel circondario di Montreuil; il che faceva frequentemente citare ad esempio questo circondario dal signor Villèle, allora ministro delle Finanze.

Tale era la situazione del paese quando Fantine vi ritornò. Nessuno si ricordava più di lei. Fortunatamente la porta della fabbrica del signor Madeleine era come un volto amico. Ella vi si presentò e fu ammessa nel laboratorio delle donne. Il lavoro era completamente nuovo per Fantine, la quale non poteva essere molto esperta; non riusciva quindi a ricavare dalla sua giornata di lavoro che poco denaro, ma almeno questo le bastava, il problema era risolto, ella si guadagnava da vivere.

VIII

LA SIGNORA VICTURNIEN SPENDE TRENTACINQUE FRANCHI
PER LA MORALE

Quando Fantine s'accorse di poter campare, ebbe un istante di gioia. Vivere onestamente con il frutto del proprio lavoro, quale grazia dal cielo! Le ritornò il piacere del lavoro. Acquistò uno specchio, e vi contemplò con gioia la propria giovinezza, i bei capelli, i bei denti, dimenticò molte cose, non pensò più che alla sua Cosette e a un possibile avvenire, e fu quasi contenta. Affittò una piccola camera e la ammobiliò a credito sul suo lavoro futuro; avanzo delle sue abitudini di disordine.

Non potendo dire che era maritata, si era guardata bene, come abbiamo già fatto intuire, di far parola di sua figlia.

Da principio, lo abbiamo visto, pagava esattamente i Thénardier, e siccome non sapeva scrivere, era obbligata a far scrivere da uno scrivano pubblico.

Scriveva spesso, e ciò fu notato. Si cominciò a sussurrare al laboratorio femminile che Fantine «scriveva delle lettere» e che «aveva dei modi distinti».

Nessuno è più incline a spiare le azioni della gente, di coloro di cui la gente stessa non si occupa. Perché quel signore viene solamente sul far della sera? Perché il signor Tal dei Tali al giovedì non appende mai al chiodo la sua chiave? Perché prende sempre le strade secondarie? Perché la signora scende sempre dalla carrozza prima di essere a casa? Perché manda a comperare la carta da lettera, mentre ne ha piena la cartella? Eccetera, eccetera.

Ci sono alcuni che, per conoscere il perché di questi enigmi, i quali, del resto, sono loro perfettamente indifferenti, spendono più denaro e si danno maggior pena di quanto occorrerebbe per compiere dieci buone azioni; e ciò gratuitamente, per proprio piacere, senza altro compenso alla propria curiosità che la curiosità stessa. Essi seguirebbero questo o quella per giorni interi, si porrebbero di fazione per delle ore all'angolo di una strada, sotto un portone, di notte, al freddo e alla pioggia, corromperebbero dei fattorini di piazza, ubriacherebbero dei fiaccherai e dei valletti, comprerebbero una donna di servizio o un portinaio. Perché? Per niente. Per accanimento di vedere, di sapere e di penetrare. Per prurito di chiacchierare. E spesso quei segreti resi manifesti, quei misteri messi in pubblico, quegli enigmi svelati alla luce del giorno cagionano catastrofi, duelli, fallimenti, rovinano delle famiglie, spezzano delle esistenze, con grande gioia di coloro che hanno scoperto, «scoperto tutto», senza interesse e per puro istinto. Triste cosa!

Certe persone sono cattive unicamente per bisogno di parlare. La loro conversazione, chiacchiere in salotto, pettegolezzi in anticamera, è simile a quei camini che bruciano in fretta la legna; hanno bisogno di molto combustibile: e il combustibile è il prossimo.

Si tenne dunque d'occhio Fantine.

Oltre a ciò, più d'una era gelosa dei suoi capelli biondi e dei suoi denti bianchi.

Si notò che spesso, nel laboratorio, in mezzo alle compagne, si voltava per asciugarsi una lacrima. Era quando pensava alla sua piccina, forse anche all'uomo che aveva tanto amato.

«È una penosa fatica, quella di spezzare gli oscuri legami del passato.»

Si notò che ella scriveva, almeno due volte al mese, sempre allo stesso indirizzo, e che ella stessa affrancava le lettere. Riuscirono a procurarsi l'indirizzo: *Signor Thénardier, albergatore a Montfermeil*. Fecero chiacchierare alla bettola lo scrivano, vecchio buon uomo che non era capace di riempire lo stomaco di vino rosso senza vuotare il sacco dei segreti. Insomma, si seppe che Fantine aveva un figlio. «Doveva essere poco meno che una sgualdrina.» Si trovò una comare che fece il viaggio sino a Montfermeil, parlò ai Thénardier e disse al suo ritorno: «Per i miei trentacinque franchi, ne ho saputo abbastanza. Ho visto la bambina».

La pettegola che fece ciò era una gorgone chiamata signora Victurnien, guardiana e portinaia della virtù di tutti. La signora Victurnien aveva cinquantasei anni e in lei la maschera della bruttezza si sovrapponeva a quella della vecchiaia. Aveva la voce tremula e il cervello balzano. Questa vecchia, cosa stupefacente, era stata giovane. Nella sua giovinezza, in pieno '93, aveva sposato un frate fuggito dal convento in berretto rosso e passato dai Bernardini ai giacobini. Era secca, angolosa,

214

aspra, spinosa, quasi velenosa, benché memore del frate di cui era vedova e che l'aveva ben dominata e piegata. Era un'ortica nella quale si avvertiva il contatto con la cocolla. Alla restaurazione si era fatta bigotta e con tanto zelo che i preti le avevano perdonato il frate. Possedeva qualche cosuccia che, diceva strepitosamente, avrebbe lasciato a una comunità religiosa. Era vista molto di buon occhio dal vescovo di Arras. Fu dunque questa signora Victurnien che andò a Montfermeil e ritornò dicendo: «Ho visto la bambina».

Tutto ciò richiese del tempo. Fantine era da più di un anno alla fabbrica, quando una mattina la sorvegliante del laboratorio le diede, da parte del signor sindaco, cinquanta franchi, dicendole che non faceva più parte del laboratorio e invitandola, a nome del signor sindaco, a lasciare la città.

Era precisamente nello stesso mese in cui i Thénardier, dopo aver domandato dodici franchi invece di sei, ne esigevano quindici invece di dodici.

Fantine rimase atterrita. Non poteva andarsene, doveva pagare la pigione e i mobili. Cinquanta franchi non bastavano assolutamente a pagare quei debiti. Balbettò qualche parola di supplica. La sorvegliante le intimò di lasciare subito il laboratorio. Fantine, del resto, non era che un'operaia mediocre. Oppressa dalla vergogna più che dal dispiacere, lasciò il laboratorio e si ritirò nella sua camera. La sua colpa era dunque nota a tutti!

Non si sentì più la forza di dire una parola. Le consigliarono di andare dal sindaco; non osò. Il sindaco le dava cinquanta franchi perché era buono, la scacciava perché era giusto. Ella si piegò a tale sentenza.

IX

TRIONFO DELLA SIGNORA VICTURNIEN

La vedova del frate fu dunque buona a qualche cosa.

Del resto, Madeleine non aveva saputo nulla di tutto ciò. Fu una di quelle combinazioni di cui è piena la vita. Egli aveva l'abitudine di non entrare quasi mai nel laboratorio femminile Aveva messo a capo di questo reparto una zitella, raccomandatagli dal parroco, e aveva fiducia completa in questa sorvegliante, persona veramente rispettabile, ferma, equa, integerrima, ricca di quella carità che consiste nel dare, ma non provvista allo stesso modo di quella carità che consiste nel comprendere e nel perdonare. Madeleine si affidava completamente a lei. Gli uomini migliori sono spesso costretti a delegare la

215

loro autorità. È appunto in grazia di questa sua onnipotenza e nella convinzione di far del bene, che la sorvegliante aveva imbastito il processo, giudicato e condannato Fantine.

Quanto ai cinquanta franchi, li aveva dati su una somma che Madeleine le aveva consegnato per eventuali sussidi e aiuti alle operaie, e della quale non rendeva conto.

Fantine si offerse come cameriera, girò da una casa all'altra. Nessuno ne volle sapere. Non aveva potuto lasciare il paese. Il rigattiere al quale essa doveva pagare i mobili, e quali mobili!, le aveva detto: «Se ve ne andate, vi faccio arrestare come una ladra». Il padrone di casa a cui doveva la pigione le aveva detto: «Siete giovane e bella, potete pagare». Divise i cinquanta franchi fra il padrone di casa e il rigattiere, a questi rese i tre quarti dei suoi mobili, non tenne che il puro necessario e si trovò con soltanto il letto, senza lavoro e quasi cento franchi di debito.

Si mise a cucire delle grosse camicie per i soldati della guarnigione, e guadagnava dodici soldi al giorno. Sua figlia ne costava dieci. Fu allora che cominciò a non pagare regolarmente i Thénardier.

Frattanto, una vecchia che le accendeva la candela la sera quando ritornava a casa le insegnò l'arte di vivere nella miseria. Dopo il vivere con poco, c'è il vivere con niente. Sono due stanze; la prima è oscura, la seconda tenebrosa.

Fantine imparò come si faccia completamente a meno del fuoco in inverno, come si rinunci a un uccellino che vi mangia un centesimo di miglio ogni due giorni, come si possa far servire la gonna da coperta e la coperta da gonna, come si risparmi la candela mangiando alla luce della finestra dirimpetto. Non si può immaginare tutto ciò che certe povere creature, invecchiate nella miseria e nell'onestà sanno trarre da un soldo. Ciò finisce col costituire una vera abilità. Fantine acquistò questa sublime abilità e riprese un po' di coraggio.

In quel tempo diceva a una vicina:

«Bah! Mi dico, dormendo solo cinque ore e lavorando tutte le altre a cucire, riuscirò a guadagnarmi almeno il pane. E poi, quando si è tristi, si mangia meno. Ebbene! Le sofferenze, le preoccupazioni, un po' di pane da una parte e dei dispiaceri dall'altra, tutto ciò mi nutrirà».

In quei momenti sarebbe stata una grande felicità per lei aver vicino la sua piccola. Pensò di farla venire. Macché! Farle condividere le sue privazioni? E poi doveva del denaro ai Thénardier; come soddisfarli? E il viaggio come pagarlo?

La vecchia che le aveva dato quelle che si potrebbero chiamare lezioni di vita indigente, era una santa donna di nome Marguerite, devota di vera devozione, povera e caritatevole coi poveri e anche coi ricchi: sapeva scrivere giusto quanto occorre per firmare *Marguerite*, e credeva in Dio; e questa è la scienza.

Nel basso ceto si trovano molte di queste virtù, che un giorno saranno in alto. Questa vita ha un domani.

Nei primi tempi, Fantine aveva tanta vergogna che non osava uscire di casa.

Quando era in strada, s'immaginava che la gente si voltasse e la segnasse a dito. Tutti la guardavano e nessuno la salutava; il disprezzo freddo e acre dei passanti le penetrava nella carne e nell'anima come un vento gelido.

Nelle piccole città, una disgraziata è come nuda sotto il sarcasmo e la curiosità di tutti. A Parigi, almeno, nessuno vi conosce e l'incognito tien luogo di vestito. Oh, come avrebbe desiderato ritornare a Parigi! Ma era impossibile.

Dovette assuefarsi al disprezzo, come si era abituata alla povertà. A poco a poco vi si adattò. Dopo due o tre mesi bandì la vergogna e ricominciò a uscire come se nulla fosse. «Non me ne importa» diceva. Andava e veniva a testa alta con un sorriso amaro e sentiva di diventare sfrontata. La signora Victurnien qualche volta, stando alla finestra, la vedeva passare, notava la miseria di «quella creatura», per merito suo «rimessa a posto», e se ne rallegrava. I cattivi hanno una felicità sinistra.

L'eccesso di lavoro affaticava Fantine e la tosse secca che l'affliggeva andava crescendo. Diceva qualche volta alla sua vicina Margherita: «Sentite come sono calde le mie mani».

Però al mattino, mentre pettinava con un vecchio pettine rotto i suoi bei capelli che ondeggiavano come morbida seta, aveva un istante di vanità felice.

X

SEGUITO DEL TRIONFO

Era stata licenziata verso la fine dell'inverno; passò l'estate, ma ritornò l'inverno. Giorni corti, meno lavoro, niente calore, né luce, né mezzogiorno; la sera si congiunge con la mattina: nebbia, crepuscolo, la finestra è grigia, non ci si vede. Il cielo è uno spiraglio. Tutta la giornata è una cantina. Il sole, sembra un povero. Terribile stagione! L'inverno cambia in pietre l'acqua del cielo e il cuore degli uomini. I creditori perseguitavano Fantine.

Ella guadagnava troppo poco. I suoi debiti erano aumentati. I Thénardier, mal pagati, le scrivevano continuamente delle lettere che la desolavano per il contenuto e la rovinavano con le spese postali. Un giorno le scrissero che la sua piccola Cosette era completamente nuda con il freddo che faceva, che aveva bisogno di una gonnella di lana e che bisognava che la madre mandasse almeno dieci franchi a tale scopo. Ricevette la lettera e la spiegazzò per tutto il giorno fra le mani. Alla sera entrò da un parrucchiere all'angolo della strada e si tolse il pettine. I suoi stupendi capelli biondi le ricaddero sino alle reni.

«Che bei capelli!» esclamò il parrucchiere.

«Quanto mi dareste?» chiese Fantine.

«Dieci franchi.»

«Tagliateli.»

Ella comperò una gonnella di lana e la spedì ai Thénardier.

Quella gonnella mandò sulle furie i Thénardier. Era denaro che essi volevano. Diedero la gonnella a Éponine, e la povera Allodola continuò a tremare per il freddo.

Fantine pensò: «La mia bambina non ha più freddo. L'ho vestita coi miei capelli». Metteva delle piccole cuffie rotonde che nascondevano la sua testa rasata, e sotto le quali era ancora bella.

Un lavorio tenebroso si svolgeva nel cuore di Fantine. Quando si accorse di non poter più pettinarsi, cominciò a odiare tutto. Aveva per molto tempo condiviso la venerazione di tutti per papà Madeleine; tuttavia, a forza di ripetersi che era stato lui a mandarla via e che era la causa della sua disgrazia, cominciò a odiare lui pure, lui soprattutto. Quando passava davanti alla fabbrica nell'ora in cui le operaie sono davanti alla porta, ostentava di ridere e di cantare. Una vecchia operaia che la vide ridere e cantare in quel modo disse:

«Ecco una ragazza che finirà male».

Prese un amante, il primo venuto, un uomo che non amava: per spavalderia e con la rabbia nel cuore. Era un miserabile, una specie di suonatore mendicante, un pezzente ozioso, che la batteva e che la lasciò come essa l'aveva preso, con disgusto.

Fantine adorava soltanto la sua piccina.

Quanto più scendeva in basso, quanto più tutto si oscurava intorno a lei, tanto più quel piccolo angelo splendeva in fondo alla sua anima. Diceva: «Quando sarò ricca, avrò la mia Cosette con me», e rideva. La tosse non l'abbandonava mai, e aveva dei sudori alla schiena.

Un giorno ricevette dai Thénardier una lettera così concepita: «Cosette è ammalata d'una malattia che c'è in paese e che chiamano la febbre miliare. Occorrono medicine costose; l'acquistarle ci rovinerebbe e noi non possiamo più pagare. Se non ci mandate quaranta franchi entro otto giorni, la piccola muore».

Scoppiò in una sonora risata, e disse alla sua vecchia vicina:

«Ah! Si fa presto a dirlo, quaranta franchi! Diamine, sono due napoleoni! Dove vogliono che vada a prenderli? Sono stupidi quei contadini».

Tuttavia andò sul pianerottolo della scala, vicino a un lucernario, e rilesse la lettera.

Poi discese e uscì, correndo, saltando e ridendo sempre. Qualcuno che la incontrò le chiese:

«Che cosa avete da essere così allegra?».

Rispose: «È una stupidaggine che mi ha scritto della gente di campagna. Mi chiedono quaranta franchi. Ah, i contadini!».

Siccome passava sulla piazza, vide molta gente che circondava una carrozza di forma bizzarra, sull'imperiale della quale, ritto in piedi, concionava un uomo vestito di rosso. Era un cavadenti girovago, che offriva al pubblico dentiere complete, oppiati, polveri e cordiali.

Fantine si unì al gruppo e si mise a ridere come gli altri di quell'arringa infiorata di gergo per il popolino e di parole difficili per la gente come si deve. Il cavadenti vide quella bella ragazza che rideva e gridò:

«Avete dei bei denti, voi, quella ragazza che ride là in fondo. Se volete vendermi le vostre due palette, vi do un napoleone d'oro per ciascuna».

«Cosa sono le mie palette?» domandò Fantine.

«Le palette,» riprese il professore-dentista «sono i denti davanti, i due in alto.»

«Che orrore!» esclamò Fantine.

«Due napoleoni!» borbottò una vecchia sdentata, lì vicino. «Eccone una ben fortunata!»

Fantine fuggì turandosi le orecchie per non sentire la voce rauca di quell'uomo che le gridava:

«Riflettete, bella mia! Due napoleoni possono esservi utili. Se vi basta l'animo, venite questa sera alla locanda della Tolda d'Argento, mi ci troverete».

Fantine tornò a casa furibonda e raccontò il fatto alla sua buona vicina Margherita:

«Capite? Non è un uomo abominevole? Come mai lasciano girare per il paese un uomo simile? Strapparmi i due denti davanti! Ma sarei orribile! I capelli ricrescono, ma i denti! Ah, il mostro! Preferirei gettarmi a capofitto da un quinto piano. Mi ha detto che sarà questa sera alla Tolda d'Argento».

«Quanto offriva?» domandò Margherita.

«Due napoleoni.»

«Cioè, quaranta franchi.»

«Sì,» disse Fantine «proprio quaranta franchi.»

Restò pensierosa e si mise al lavoro. Dopo un quarto d'ora lasciò il cucito e andò a rileggere sulla scala la lettera dei Thénardier.

Rientrando, disse a Margherita che lavorava accanto a lei:

«Che cos'è una febbre miliare? Lo sapete?».

«Sì,» rispose la vecchia «è una malattia.»

«Richiede molte medicine?»

«Oh! Molte medicine!»

«E come si piglia?»

«È una malattia che viene, così.»

«Colpisce i bambini?»

«Soprattutto i bambini.»

«Si può morirne?»

«Molto facilmente» disse Margherita.

Fantine uscì e andò a rileggere ancora una volta la lettera sulle scale.

La sera ella uscì, e la videro dirigersi verso la via di Parigi dove sono le locande.

La mattina dopo Margherita, entrando come di consueto nella camera di Fantine prima dell'alba, perché lavoravano sempre assieme e in questo modo non accendevano che una sola candela per tutte e due, trovò Fantine seduta sul letto, pallida, gelida. Non si era coricata. La cuffia le era caduta sulle ginocchia. La candela aveva bruciato per tutta la notte e si era quasi completamente consumata.

Margherita si fermò sulla soglia, pietrificata da quell'enorme disordine ed esclamò:

«Signore! La candela completamente bruciata! È successo qualche cosa?».

Poi guardò Fantine che voltava verso di lei la testa senza capelli.

Fantine in quella notte era invecchiata di dieci anni.

«Gesù!» fece Margherita «che cosa avete, Fantine?»

«Niente» rispose Fantine. «Anzi! La mia piccina non morirà di quella terribile malattia per mancanza di soccorsi. Sono contenta.»

Così parlando, mostrò alla vecchia due napoleoni che brillavano sulla tavola.

«Gesù mio!» disse Margherita. «Ma è una fortuna, come avete avuto quei luigi d'oro?»

«Li ho avuti» rispose Fantine.

Nello stesso istante sorrise. La candela illuminava il suo viso. Il suo era un sorriso sanguinante. Una saliva rossastra le insudiciava gli angoli delle labbra e, nella bocca, aveva un buco nero.

I due denti erano stati strappati.

Mandò i quaranta franchi a Montfermeil.

Era stata una trovata dei Thénardier per avere del denaro. Cosette non era ammalata.

Fantine gettò lo specchio dalla finestra. Da molto tempo aveva lasciato la sua stanzetta al secondo piano per una soffitta sotto il tetto, chiusa con un semplice saliscendi: una di quelle topaie in cui il soffitto fa angolo col pavimento e vi fa battere la testa a ogni istante. Il povero non può andare in fondo alla sua camera, così come in fondo al suo destino, se non curvandosi sempre più. Non aveva più letto: le restava uno straccio che chiamava coperta, un materasso per terra e una sedia spagliata. Una sua pianticella di rose si era disseccata in un angolo, dimenticata. Nell'altro angolo c'era un orciolo per l'acqua, che d'inverno gelava: i diversi livelli dell'acqua rimanevano a lungo segnati da cerchi di ghiaccio. Perduta la vergogna, Fantine perse la civetteria. Ultimo sintomo: usciva con delle cuffie sporche. Sia per mancanza di tempo che per indifferenza, non aggiustava più la biancheria. A mano a mano che le si consumavano i calcagni, tirava le calze più giù nelle scarpe; lo si notava da certe pieghe perpendicolari. Rattoppava il suo giubbetto vecchio e logoro con dei pezzetti di cotonina che si strappavano al minimo movimento. Quelli a cui ella doveva del denaro le facevano «delle scene» e non le lasciavano un attimo di riposo. Li trovava per strada, li trovava sulle scale. Passava intere notti a piangere e a pensare, aveva gli occhi luccicanti e sentiva un dolore fisso alla spalla, verso la parte superiore della scapola sinistra. Tossiva molto, odiava profondamente papà Madeleine e non si lamentava. Cuciva diciassette ore al giorno; ma un appaltatore di lavoro delle prigioni, che faceva lavorare le detenute sotto prezzo, fece abbassare di colpo i prezzi, così da ridurre la giornata delle operaie libere a nove soldi. Diciassette ore di lavoro e nove soldi al giorno! I suoi creditori erano più spietati che mai. Il rigattiere, che aveva ripreso quasi tutti i suoi mobili, le diceva continuamente: «Quando mi pagherai, briccona?».

Che cosa volevano da lei, buon Dio! Si vedeva perseguitata e si sviluppavano in lei istinti di belva. Verso quel tempo Thénardier le scrisse che davvero era stato troppo buono ad aspettare e che gli abbisognavano cento franchi subito; se non li avesse avuti avrebbe messo alla porta la piccola Cosette, ancora convalescente della sua grave malattia, abbandonandola al freddo, sulla strada, e lasciando che di lei accadesse quel che Dio voleva, o che morisse se ne aveva voglia.

«Cento franchi» pensò Fantine. «Ma dov'è un mestiere che faccia guadagnare cento soldi al giorno?»

«Andiamo!» disse «vendiamo il resto.»

La sventurata si fece prostituta.

XI

«CHRISTUS NOS LIBERAVIT»[3]

Che cos'è la storia di Fantine? È la società che compera una schiava. Da chi? Dalla miseria.

Dalla fame, dal freddo, dall'isolamento, dall'abbandono, dalle privazioni. Mercato doloroso, un'anima per un tozzo di pane. La miseria offre, la società accetta.

La santa legge di Gesù Cristo governa la nostra civiltà, ma ancora non la penetra. Si dice che la schiavitù sia sparita dalla civiltà europea. È un errore. Esiste sempre, ma non grava che sulla donna e si chiama prostituzione.

Grava sulla donna, cioè sulla grazia, sulla debolezza, sulla bellezza, sulla maternità. E questa non è una delle minori vergogne dell'uomo.

Al punto in cui siamo giunti di questo doloroso dramma, più nulla rimane a Fantine di ciò che era stata un tempo. È diventata marmo, diventando fango. Chi la tocca sente freddo. Essa passa, vi subisce e vi ignora; è disonorata e severa. La vita e l'ordine sociale le hanno detto l'ultima parola. Le è accaduto tutto ciò che può accaderle. Ha sentito tutto, ha sopportato tutto, provato tutto, sofferto tutto, perduto tutto, pianto tutto. Si è rassegnata, di quella rassegnazione che assomiglia all'indifferenza come la morte assomiglia al sonno. Cada sopra di lei la tempesta e passi su lei tutto l'oceano! Che cosa le importa? È come una spugna ormai satura.

Almeno, ella lo crede: ma è un errore credere che il proprio destino si esaurisca e che si tocchi il fondo.

Ahimè! Che cosa sono tutti questi destini spinti così alla rinfusa? Dove vanno? Perché sono così?

Colui che lo sa vede nelle tenebre.

Egli è solo. Si chiama Dio.

XII
GLI OZI DEL SIGNOR BAMATABOIS

C'è in tutte le piccole città, e a Montreuil-sur-mer in particolare, una classe di giovanotti che sgranocchiano millecinquecento franchi di rendita in provincia, con lo stesso sussiego con cui i loro pari divorano a Parigi duecentomila franchi all'anno.

[3] Cristo ci ha liberato.

Sono esseri della grande specie neutra: castrati, parassiti, nulli, che hanno un po' di terra, un po' di stupidità e un po' di spirito, che sarebbero degli zotici in un salotto e che si credono dei gentiluomini al caffè; che dicono: i miei prati, i miei boschi, i miei contadini; che fischiano le attrici per far vedere che hanno buon gusto, e attaccan lite con gli ufficiali della guarnigione per far vedere che sono bellicosi; che vanno a caccia, fumano, sbadigliano, bevono, puzzano di tabacco, giocano al bigliardo, guardano i viaggiatori scendere dalla diligenza, vivono al caffè e pranzano all'albergo, hanno un cane che mangia gli ossi sotto la tavola e una amante che ci mette i piatti sopra; lesinano sul soldo, esagerano le mode, ammirano la tragedia, disprezzano le donne, usano fino all'estremo le proprie scarpe, scimmiottano Londra attraverso Parigi e Parigi attraverso Pont-à-Mousson, invecchiano inebetiti, non lavorano, non servono a nulla e non nuocciono molto.

Felix Tholomyès, se fosse rimasto nella sua provincia senza mai vedere Parigi, sarebbe stato un uomo di questa specie.

Se fossero più ricchi si direbbe: sono degli eleganti; se fossero più poveri: sono dei fannulloni. Sono semplicemente degli oziosi. Fra costoro ci sono dei noiosi, degli annoiati, dei farneticoni e qualche briccone.

In quel tempo un elegante si componeva di un grande colletto, una grande cravatta, un orologio con ciondoli, tre panciotti di colori differenti, il turchino e il rosso di dentro, una corta giacca color oliva, a coda di merluzzo, a doppia fila di bottoni d'argento vicinissimi, che arrivano fino alla spalla, e calzoni color oliva più chiaro, ornati sulle due cuciture di un numero di costure indeterminato ma sempre dispari, e variante da uno a undici, limite che non era mai sorpassato. A tutto ciò aggiungete degli stivali con piccoli ferri ai tacchi, un cappello con la testiera alta e la tesa stretta, i capelli col ciuffo, bastone enorme, e una conversazione condita con le freddure di Potier. Baffi e speroni coronavano il complesso. In quel tempo i baffi indicavano il borghese e gli speroni il pedone.

L'elegante di provincia portava speroni più lunghi e baffi più irsuti.

Era il tempo della lotta delle repubbliche sudamericane contro il re di Spagna, di Bolivar contro Morillo.[4] I cappelli a tesa stretta erano realisti e si chiamavano *morillos*; i liberali portavano dei cappelli con la tesa molto larga che si chiamavano *bolivari*.

Otto o dieci mesi dopo gli avvenimenti che abbiamo raccontato

[4] Generale spagnolo che combatté Simón Bolivar, colui che sottrasse Venezuela, Colombia e Bolivia al dominio della Spagna (1783-1830)

nelle pagine precedenti, verso i primi del gennaio 1823, una sera, dopo una nevicata, uno di quegli elegantoni, di quegli oziosi, un «benpensante» giacché aveva il *morillo*, avvolto in uno di quegli ampi mantelli che allora completavano, quando faceva freddo, il vestito alla moda, si divertiva a molestare una donna in abito da ballo e molto scollata, con dei fiori sul capo, che gironzolava davanti alla vetrina del caffè degli ufficiali. Quell'elegantone fumava, perché così voleva la moda.

Ogni volta che quella donna gli passava davanti le gettava, con uno sbuffo di fumo del suo sigaro, qualche apostrofe che credeva spiritosa e gaia come: «quanto sei brutta», «vatti a nascondere», «sei sdentata» eccetera. Costui si chiamava Bamatabois. La donna, malinconico spettro agghindato, che andava e veniva sulla neve, non lo guardava neppure, non gli rispondeva, ma continuava tuttavia in silenzio e con tetra regolarità la sua passeggiata che la riconduceva ogni cinque minuti sotto il sarcasmo, come il soldato condannato che ritorna sotto le verghe. Lo scarso effetto ottenuto punse senza dubbio lo sfaccendato che, approfittando di un momento in cui ella gli voltava le spalle, camminò dietro di lei in punta di piedi, soffocando il riso, si abbassò, prese dal suolo un pugno di neve e gliela cacciò bruscamente nella schiena, tra le spalle nude. La donna mandò un ruggito, si voltò, balzò come una pantera e si gettò sull'uomo affondandogli le unghie nel volto, con le più orribili parole che possano cascare da un corpo di guardia in una pozzanghera. Quelle ingiurie vomitate con una voce rauca per l'acquavite, uscivano laidamente da una bocca a cui mancavano due denti davanti. Quella donna era Fantine.

Al rumore che si produsse gli ufficiali uscirono in folla dal caffè; i passanti si aggrupparono e si formò un gran cerchio di gente che rideva, fischiava e applaudiva, intorno a quel turbine formato da due esseri in cui difficilmente si potevano ravvisare un uomo e una donna. L'uomo si dibatteva, il cappello gli era caduto a terra; la donna dava calci e pugni, era spettinata, senza cappello, urlante, senza denti e senza capelli, livida di collera, orribile.

A un tratto un uomo di alta corporatura si fece largo a viva forza attraverso la folla, prese la donna per il giubbetto di raso sporco di fango e le disse: «Seguimi!».

La donna alzò la testa; la sua voce furiosa si spense di colpo.

I suoi occhi erano vitrei, era diventata pallida e tremava dalla paura. Aveva riconosciuto Javert.

L'elegantone aveva approfittato dell'incidente per svignarsela.

XIII

SOLUZIONE DI ALCUNI QUESITI DI POLIZIA MUNICIPALE

Javert si fece largo fra gli astanti, ruppe il cerchio e si mise a camminare a grandi passi verso l'ufficio di polizia che è all'estremità della piazza, trascinandosi dietro la miserabile. Essa lasciava fare macchinalmente. Nessuno dei due diceva una parola: la schiera degli spettatori, al colmo della gioia, li seguiva motteggiando. La suprema miseria era un'occasione di oscenità.

Giunti all'ufficio di polizia, che era una sala bassa, riscaldata da una stufa e custodita da un corpo di guardia, con una porta a vetri e con griglia sulla strada, Javert aprì la porta, entrò con Fantine e richiuse la porta alle sue spalle, con grande delusione di tutti i curiosi che si alzarono sulla punta dei piedi e allungarono il collo cercando di vedere, attraverso il vetro appannato del corpo di guardia. La curiosità è una ghiottoneria; vedere è divorare.

Appena entrata, Fantine si mise in un angolo, immobile e muta, accucciata come una cagna che ha paura.

Il sergente di guardia portò una candela accesa sulla tavola. Javert si sedette, prese dalla tasca un foglio di carta timbrato e si mise a scrivere.

Le donne di quella specie sono completamente abbandonate, dalle nostre leggi, alla discrezione della polizia. Essa ne fa quello che vuole, le punisce come meglio le pare, e confisca a suo piacimento quelle due tristi cose che esse chiamano la loro industria e la loro libertà. Javert era impassibile; il suo viso serio non tradiva alcuna emozione. Tuttavia era gravemente e profondamente preoccupato. Era uno di quei momenti nei quali egli esercitava senza controllo, ma con tutti gli scrupoli di una coscienza severa, il suo terribile potere arbitrario. In quell'istante, egli lo sentiva, il suo sgabello di agente di polizia era un tribunale. Egli giudicava. Giudicava e condannava. Chiamava a raccolta tutte quelle idee che poteva avere nella mente intorno alla grande cosa che stava facendo. Più esaminava l'azione commessa da quella donna, più si sentiva indignato. Era evidente che aveva assistito a un crimine. Aveva visto, là nella strada, la società, rappresentata da un proprietario elettore, insultata e aggredita da una creatura esclusa da tutto. Una prostituta aveva attentato a un cittadino. Questo aveva visto, lui, Javert. Scriveva in silenzio.

Quando ebbe finito, firmò, piegò la carta e disse al sergente di guardia mentre gliela consegnava:

«Prendete tre uomini e conducete questa ragazza in prigione».

Poi rivolgendosi a Fantine:

«Ne hai per sei mesi».

La disgraziata trasalì.

«Sei mesi! Sei mesi di prigione!» esclamò. «Sei mesi a soli sette soldi al giorno! Ma che cosa succederà a Cosette? Mia figlia, mia figlia! Ma devo ancora più di cento franchi ai Thénardier, signor ispettore, lo sapete?» Si trascinò sul suolo insudiciato dagli stivali fangosi di tutti quegli uomini, senza alzarsi, a mani giunte, facendo grandi passi con le ginocchia.

«Signor Javert,» disse «vi domando grazia. Vi assicuro che non ho avuto torto. Se aveste visto l'inizio, avreste capito! Vi giuro sul buon Dio che non ho avuto torto. È quel signore, il borghese che non conosco, che mi ha messo della neve nella schiena. Forse che si ha il diritto di ficcarci della neve nella schiena quando passiamo tranquillamente senza far male a nessuno? Ciò mi ha esasperata. Io sono un po' malata, vedete. E poi era già un po' di tempo che mi diceva delle sciocchezze: "Sei brutta! Non hai denti!". "Lo so bene che non ho più i denti. Non facevo niente, io; dicevo: "È un signore che si diverte". Ero corretta con lui, non gli ho detto una parola. Fu allora che mi mise la neve. Signor Javert, mio buon signor ispettore. Non c'era nessuno lì presente che abbia visto, per confermarvi che dico la verità? Ho forse sbagliato ad arrabbiarmi. Ma voi lo sapete, nel primo momento, non si è padroni di se stessi. Si hanno degli scatti. E poi, qualche cosa di così freddo che vi mettono nella schiena quando non ve l'aspettate! Ho avuto torto a sciupare il cappello di quel signore. Perché è andato via? Gli domanderei perdono. Oh, mio Dio, che cosa m'importerebbe di chiedergli scusa? Fatemi grazia, per oggi, per questa volta, signor Javert. Ascoltate, voi non sapete, nelle prigioni non si guadagnano che sette soldi, non è per colpa del governo, ma si guadagnano solo sette soldi, e figuratevi che io ho cento franchi da pagare, altrimenti mi rimanderanno la mia piccina. O mio Dio! Non posso tenerla con me; è così brutto quello che faccio! O mia Cosette, o mio piccolo angiolo della buona santa Vergine, che cosa sarà di lei, povero lupacchiotto! Vi spiego subito: i Thénardier sono dei trattori, dei contadini; quella gente non ragiona; hanno bisogno di denaro. Non cacciatemi in prigione! Vedete, è una piccina che verrebbe abbandonata sulla strada, allo sbaraglio, nel pieno cuore dell'inverno, bisogna aver pietà di ciò, mio buon signor Javert. Se fosse più grande, si guadagnerebbe la vita, ma a quell'età non è possibile. Io non sono una cattiva donna, in fondo. Non è per viltà né per avidità che sono diventata così. Se ho bevuto dell'acquavite, è per miseria. Non mi piace, ma stordisce. Quando ero più fortunata, bastava guardare nei miei armadi per vedere subito che non ero una donna vanitosa e disordinata. Avevo della biancheria, molta biancheria. Abbiate pietà di me, signor Javert!»

Parlava così, piegata in due, scossa dai singhiozzi, accecata dalle lacrime, col petto scoperto, torcendosi le mani, tossendo con una tosse secca e breve, balbettando dolcemente con una voce d'agonia. Il grande dolore è un raggio divino e terribile che trasfigura i miserabili. In quel momento Fantine era ritornata bella. In certi momenti s'interrompeva e baciava teneramente la falda del pastrano del poliziotto. Avrebbe intenerito un cuore di granito; ma non s'intenerisce un cuore di legno.

«Andiamo!» disse Javert «ti ho ascoltata. Hai detto tutto? Vattene, adesso, hai i tuoi sei mesi. Il Padre Eterno in persona non ci potrebbe far più niente.»

A queste solenni parole, *il Padre Eterno in persona non ci potrebbe far più niente*, Fantine comprese che l'arresto era sentenziato. Si accasciò su se stessa mormorando:

«Grazia!».

Javert voltò la schiena.

I soldati l'afferrarono per le braccia.

Da qualche momento un uomo era entrato senza che nessuno gli avesse badato, aveva richiuso la porta, vi si era appoggiato e aveva udito le disperate preghiere di Fantine.

Quando i soldati misero le mani sulla disgraziata che non voleva alzarsi, fece un passo, uscì dall'ombra e disse:

«Un momento, per favore».

Javert alzò gli occhi e riconobbe Madeleine. Si tolse il cappello e salutando con una specie di goffaggine stizzita:

«Scusi, signor sindaco...».

Queste parole, «signor sindaco», ebbero su Fantine un effetto strano.

Si alzò in piedi di colpo, come uno spettro che esce dalla terra, respinse i soldati con le braccia, camminò diritta verso Madeleine prima che potessero trattenerla e guardandolo fissamente, col viso stravolto, esclamò:

«Ah! Sei dunque tu il signor sindaco!».

Poi scoppiò a ridere e gli sputò in viso.

Madeleine si asciugò il volto e disse:

«Ispettore Javert, mettete questa donna in libertà».

Javert si sentì impazzire. Provava in quell'istante, l'una dopo l'altra, e quasi confuse insieme, le più violente emozioni che avesse mai sentito in vita sua. Vedere una donna di tutti sputare in viso al sindaco era una cosa così mostruosa che nelle più orribili supposizioni avrebbe ritenuto un sacrilegio il crederla possibile. D'altra parte, nell'intimo del suo pensiero, egli faceva confusamente un orribile ravvicinamento tra ciò che era quella donna e quello che poteva essere quel sindaco, e allora intravvedeva con orrore un non so che di naturale in quell'attentato prodigioso. Ma quando vide quel sindaco, quel magistrato asciugarsi tranquillamente il viso e dire: «*Mettete questa donna in libertà*», ebbe come un capogiro per lo stupore; insieme gli mancarono il pensiero e la parola; il limite dello stupore possibile, per lui, era oltrepassato. Restò muto.

Quelle parole avevano prodotto un effetto non meno strano su Fantine. Ella alzò il braccio nudo e si attaccò alla chiavetta della stufa come chi barcolli; nel frattempo, si guardò intorno, e si mise a parlare sottovoce, come a se stessa.

«In libertà! Mi si lascia andare! Non dovrò andare in prigione per sei mesi! Chi ha detto ciò? È impossibile che l'abbiano detto. Ho capito male. Non può essere quel mostro del sindaco. Siete forse voi, mio buon signor Javert, che avete detto di mettermi in libertà? Oh, vedete, vi narrerò ogni cosa e mi lascerete andare. Questo mostro di sindaco, questo vecchio birbante di sindaco è la causa di tutto. Figuratevi, signor Javert, che mi ha cacciata, cacciata a cagione di un branco di pettegole che fanno delle chiacchiere nel laboratorio. Non è una cosa orribile mandar via una povera ragazza che fa onestamente il suo lavoro? Da allora non ho più guadagnato abbastanza, e mi è accaduta ogni disgrazia. Prima di tutto c'è una cosa che i signori della polizia dovrebbero fare: impedire agli appaltatori delle prigioni di fare torto alla povera gente. Vi spiegherò. Guadagnate dodici soldi per camicia, il prezzo cade a nove, non c'è più mezzo di vivere. Bisogna fare quello che si può. Io avevo la mia piccola Cosette e sono stata costretta a diventare una cattiva donna. Ora voi comprendete che non fu altro che questo cialtrone di sindaco che ha fatto tutto il male. Dopo questo, io ho sgualcito il cappello di quel signor borghese davanti al caffè degli ufficiali, ma lui con la neve mi ha rovinato il vestito. Noialtre non abbiamo che un abito di seta per la sera. Vedete, non ho mai fatto del male volontariamente, davvero, signor Javert, e io vedo dappertutto donne assai peggiori di me e che sono molto più felici! O signor Javert, siete voi che avete detto che mi si metta in libertà, nevvero? Prendete delle informazioni, parlate al mio padrone di casa, ora io pago puntualmente l'affitto, e vi si dirà certo che sono onesta. Oh! Mio Dio, vi chiedo scusa, ho toccato senza accorgermene il regolatore della stufa e ciò ha fatto uscir del fumo.»

Madeleine l'ascoltava con un'attenzione profonda. Mentre ella parlava, aveva cercato nel suo panciotto, ne aveva tratto la borsa del denaro e l'aveva aperta. Era vuota. L'aveva rimessa in tasca.

Chiese a Fantine:

«A quanto avete detto che ammonta il vostro debito?».

Fantine che guardava soltanto Javert, si voltò dalla sua parte:

«Parlo forse con te, io?».

Poi, rivolgendosi ai soldati:

«Dite su, voialtri, avete visto come gli ho sputato in faccia? Ah, vecchio scellerato di sindaco, vieni qui per farmi paura, ma io non ho paura di te. Ho paura del signor Javert, ho paura del mio buon signor Javert».

Così parlando si era voltata verso l'ispettore e continuò:

«Con tutto ciò, signor ispettore, bisogna esser giusti, io capisco che voi siete giusto, signor ispettore. In fin dei conti la cosa è semplice: un uomo che si diverte a mettere un po' di neve nella schiena di una donna faceva ridere gli ufficiali; bisogna ben divertirsi in qualche modo, e noi ci siamo apposta perché si divertano, diamine! E poi, poi voi arrivate e siete obbligato a ristabilire l'ordine, portate via la donna che ha torto, ma riflettendoci, siccome siete buono, voi dite che mi si metta in libertà; è per la piccina, perché sei mesi di prigione mi impedirebbero di mantenerla. Ma non farlo più, però, briccona. Oh! Non lo farò più signor Javert. Mi si potrà fare tutto ciò che si vorrà, non mi muoverò più. Solamente, oggi, vedete, ho gridato perché m'ha fatto male, non ero preparata alla neve di quel signore, e poi ve l'ho già detto, non sto molto bene, ho la tosse, ho nello stomaco come un nodo che mi brucia e il medico mi ha detto: curatevi. Sentite, toccate, datemi la mano, non abbiate paura, è qui».

Non piangeva più, la sua voce era carezzevole, appoggiava sul suo seno bianco e delicato la grossa e ruvida mano di Javert, e lo guardava sorridendo.

A un tratto mise ordine alle sue vesti, fece ricadere le pieghe della gonna, che nel trascinarsi per terra si erano alzate fin quasi al ginocchio, e si avviò verso la porta dicendo sottovoce ai soldati con un segno amichevole del capo:

«Ragazzi, il signor ispettore ha detto di rilasciarmi, io me ne vado».

Mise la mano sul saliscendi. Ancora un passo e sarebbe stata in strada. Javert sino a quell'istante era rimasto in piedi, immobile, con l'occhio fisso a terra, collocato di traverso in mezzo a quella scena come una statua spostata che aspetti di essere piazzata in qualche posto.

Il rumore del saliscendi lo risvegliò. Rialzò la testa con un'espressione di autorità sovrana, espressione tanto più spaventosa quanto più il potere si trova in basso, feroce nella belva, atroce nell'uomo da nulla.

«Sergente,» gridò «non vedete che quella bagascia se ne va? Chi vi ha detto di lasciarla andare?»

«Io» disse Madeleine.

Fantine alla voce di Javert aveva tremato e aveva abbandonato il saliscendi come un ladro preso sul fatto lascia sfuggire l'oggetto rubato. Alla voce di Madeleine, si voltò e da quel momento, senza che pronunciasse una parola, senza neppur osare di lasciar uscire liberamente il respiro, portò a volta a volta lo sguardo da Madeleine a Javert e da Javert a Madeleine secondo che l'uno o l'altro parlasse.

Era evidente che bisognava che Javert fosse, come suol dirsi, «fuori dei gangheri», se si permetteva di apostrofare il sergente come aveva fatto, dopo l'invito del sindaco di mettere Fantine in libertà. Si era forse dimenticato della presenza del signor sindaco? Aveva forse finito col dichiarare a se stesso che era impossibile che un'autorità avesse dato un simile ordine, e che certamente il sindaco aveva dovuto dire senza volerlo una cosa per un'altra? Oppure, davanti alle enormità di cui era testimonio da due ore, si diceva che era necessario appigliarsi alle risoluzioni supreme, che era necessario che il piccolo si facesse grande, che il poliziotto si facesse giudice, che l'uomo della polizia diventasse uomo della giustizia e che in questa contingenza estrema e prodigiosa l'ordine, la legge, la morale, il governo, la società tutta intera si personificavano in lui, Javert? Comunque fosse, quando Madeleine disse quell'*io* che abbiamo udito, si vide l'ispettore di polizia Javert voltarsi verso il sindaco, pallido, freddo, le labbra violacee, lo sguardo disperato, tutto il corpo agitato da un tremito impercettibile e, cosa inaudita, dirgli a occhi bassi, ma con voce ferma:

«Signor sindaco, ciò è impossibile».

«Come?» disse Madeleine.

«Quella sciagurata ha insultato un borghese.»

«Ispettore Javert,» riprese Madeleine con un accento conciliante e calmo «ascoltate. Voi siete un onesto uomo e non trovo nessuna difficoltà a spiegarmi con voi. Ecco la verità. Io passavo sulla piazza quando voi portavate via quella donna, c'erano ancora dei crocchi, mi sono informato, ho saputo tutto: è il borghese che ebbe torto e che, secondo le regole della polizia, avrebbe dovuto essere arrestato.»

Javert soggiunse:

«Quella miserabile ha insultato il signor sindaco».

«Questo riguarda me,» disse Madeleine «un'ingiuria fatta a me mi appartiene, posso farne quello che voglio.»

«Domando scusa al signor sindaco, ma l'ingiuria non appartiene a lui, ma alla giustizia.»

«Ispettore Javert,» replicò Madeleine «la prima giustizia è la coscienza. Ho ascoltato quella donna, so quello che faccio.»

«E io, signor sindaco, non so quello che vedo.»

«Allora accontentatevi d'obbedire.»

«Obbedisco al mio dovere. Il mio dovere esige che questa donna faccia sei mesi di prigione.»

Madeleine rispose con dolcezza:

«Ascoltatemi bene. Non ne farà un sol giorno.»

A questa parola decisiva, Javert osò fissare in volto il sindaco e in un tono sempre profondamente rispettoso, gli disse: «Signor sindaco, è la prima volta in vita mia, ma si degnerà permettermi di farle osservare che sono nei limiti delle mie attribuzioni. Io resto, poiché il signor sindaco lo vuole, al solo fatto del cittadino. Ero presente: quella ragazza si è gettata sul signor Bamatabois, che è elettore e proprietario di quella bella casa a tre piani con balconi, tutta in pietra viva, che fa angolo sul piazzale. E poi, ci sono delle cose in questo mondo, che...! Comunque, signor sindaco, si tratta di un fatto di polizia stradale che mi riguarda: e io trattengo la donna Fantine».

Allora Madeleine incrociò le braccia e disse con una voce severa che nessuno in città aveva ancora udita:

«Il fatto di cui parlate riguarda la polizia municipale. Ai termini degli articoli nove, undici, quindici e sessantasei del codice d'istruzione criminale, io ne sono il giudice. Ordino che quella donna venga rimessa in libertà».

Javert volle tentare un ultimo sforzo.

«Ma signor sindaco...»

«Vi ricordo, a voi, l'articolo ottantuno della legge 13 dicembre 1799 sulla detenzione arbitraria.»

«Signor sindaco, permettete...»

«Neppure una parola.»

«Ma...»

«Uscite» disse Madeleine.

Javert ricevette il colpo, in piedi, di fronte e in pieno petto come un soldato russo. Salutò il sindaco inchinandosi sino a terra e uscì.

Fantine si trasse da parte, di fianco alla porta, e lo guardò stupefatta passare davanti a sé.

Ma ella stessa era in preda a un inesprimibile sconvolgimento. Si era vista, in certo qual modo, contesa da due potenze opposte. Aveva visto lottare davanti ai suoi occhi due uomini che tenevano in mano la sua libertà, la sua vita, la sua anima, la sua piccina; uno la traeva verso le tenebre, l'altro verso la luce. In questa lotta, intravista attraverso le amplificazioni dello spavento, quei due uomini le erano apparsi come due giganti, di cui uno parlava come il suo demonio, l'altro come il suo buon angelo. L'angelo aveva vinto il demonio e, cosa che la faceva tremare da capo a piedi, quest'angelo, questo liberatore era proprio l'uomo che aborriva, quel sindaco che aveva per molto tempo considerato come autore di tutti i suoi mali, Madeleine! E nello stesso momento in cui ella lo aveva insultato in modo odioso, egli la salvava. Si era dunque sbagliata? Doveva cambiare completamente la sua anima?... Non lo sapeva, e tremava. Ascoltava sperduta, guardava stravolta, e a ogni parola che diceva Madeleine, sentiva sfasciarsi e crollare in sé le terribili tenebre dell'odio e nascere nel suo cuore un non so che di riscaldante e d'ineffabile che era gioia, confidenza e amore.

Quando Javert fu uscito, Madeleine si voltò verso di lei e le disse con una voce lenta, stentando a parlare, come un uomo serio che non vuol piangere:

«Vi ho ascoltata, non sapevo nulla di quanto avete detto. Credo sia vero, e io sento che è vero. Non sapevo neppure che aveste lasciato i miei laboratori. Perché non vi siete rivolta a me? Ma ecco: pagherò i vostri debiti, farò venire la vostra piccina, o voi andrete a raggiungerla. Voi vivrete qui, a Parigi o dove vorrete. Mi incarico della bambina e di voi. Voi non lavorerete più, se vorrete, vi darò tutto il denaro che vi occorrerà, ritornerete onesta ritornando felice. E anche, ascoltatemi, ve lo dichiaro fin da questo momento, se tutto è come voi dite, e io non ne dubito, voi non avete mai cessato di essere virtuosa e santa davanti a Dio. Oh, povera donna!».

Era assai più di quanto la povera Fantine potesse sopportare. Avere Cosette, uscire da quella vita infame, vivere libera, ricca, felice, onesta, con Cosette! Veder bruscamente apparire in mezzo alla sua miseria queste realtà da paradiso! Guardò come inebetita l'uomo che le parlava e poté appena emettere due o tre singhiozzi: Oh! Oh! Oh! Le gambe le si piegarono; si mise in ginocchio davanti a Madeleine, e, prima che egli potesse impedirglielo, gli prese una mano e vi posò le labbra.

Poi svenne.

LIBRO SESTO

JAVERT

I
INIZIO DEL RIPOSO

Madeleine fece trasportare Fantine nell'infermeria che aveva in casa sua. La affidò alle suore, che la misero a letto. Era sopraggiunta una violenta febbre. La giovane passò parte della notte delirando e farneticando. Però alla fine si addormentò.

Fantine si risvegliò l'indomani verso mezzogiorno; udendo respirare vicino al suo letto, scostò la cortina e vide Madeleine che, in piedi, guardava qualche cosa sopra la testa di lei. Quello sguardo era pieno di pietà, d'angoscia e supplicava; ne seguì la direzione e si accorse che era rivolto a un crocifisso appeso al muro.

Agli occhi di Fantine, Madeleine era ormai trasfigurato. Le pareva circonfuso di luce. Egli era assorto come in una preghiera. Ella lo osservò a lungo senza osare interromperlo. Infine gli disse timidamente: «Che cosa fate qui?».

Madeleine era là da un'ora. Attendeva che Fantine si svegliasse. Le prese la mano, le sentì il polso e rispose: «Come vi sentite?».

«Bene, ho dormito,» rispose Fantine «e credo di star meglio. Sarà una cosa da nulla.»

Egli riprese, rispondendo alla domanda che ella gli aveva rivolto al principio, come se l'avesse udita allora:

«Pregavo il martire che è là in alto». E aggiunse nella sua mente: «Per la martire che è quaggiù».

Madeleine aveva passato la notte e la mattinata a prendere informazioni. Ormai sapeva ogni cosa. Conosceva nei minimi e più dolorosi particolari la storia di Fantine. Continuò:

«Avete molto sofferto, povera madre. Oh! Non lamentatevene, ora voi avete la dote degli eletti. È in questo modo che gli uomini formano gli angeli. Non è colpa loro, non sanno fare diversamente. Vedete, quell'inferno dal quale uscite è la prima forma del cielo. Bisognava cominciare di lì».

Sospirò profondamente. Ella intanto gli sorrideva con quel sublime sorriso al quale mancavano due denti.

Javert, in quella stessa notte, aveva scritto una lettera e la consegnò personalmente il giorno dopo all'ufficio postale di Montreuil. Era diretta a Parigi e recava l'indirizzo: *Al signor Chabouillet, segretario del signor questore*. Quanto era accaduto al corpo di guardia si era divulgato; perciò la direttrice dell'ufficio postale e alcune altre persone che videro la lettera prima della partenza e riconobbero la scrittura di Javert, pensarono che egli mandasse le dimissioni.

Madeleine si affrettò a scrivere ai Thénardier. Fantine doveva loro centoventi franchi, egli ne mandò trecento, dicendo di pagarsi con quella somma e di condurre subito la piccina a Montreuil dove la mamma ammalata la desiderava.

Questo abbagliò Thénardier.

«Diavolo!» disse a sua moglie, «non molliamo la piccina. Stai a vedere che questa allodola sta per diventare una vacca da mungere. Già me lo immagino, qualche merlo si sarà innamorato della madre.»

Rispose con un conto, assai ben fatto, di cinquecento franchi e rotti. In questo conto figuravano, per più di trecento franchi, due parcelle incontestabili, l'una del medico, l'altra del farmacista che avevano curato e dato le medicine per due lunghe malattie di Éponine e di Azelma. Cosette, come abbiamo detto, non era mai stata ammalata. Non era che una semplice sostituzione di nomi. In calce al conto Thénardier mise: «*Ricevuti in acconto trecento franchi*».

Madeleine mandò subito altri trecento franchi e scrisse: «Sbrigatevi a condurre Cosette».

«Per Dio!» disse Thénardier, «non molliamo la piccina.»

Nel frattempo Fantine non si ristabiliva. Era sempre all'infermeria. Le suore in principio avevano accolto e curato «quella prostituta» con ripugnanza. Chi ha visto i bassorilievi di Reims, si ricorderà della turgidezza del labbro inferiore delle vergini sagge che guardano le vergini folli. Questo antico disprezzo delle vestali per le baccanti è uno dei più profondi istinti della dignità femminile; le suore l'avevano provato, per Fantine, con in più quel rigorismo che vi aggiunge la religione. Ma, in pochi giorni, ella le aveva disarmate. Fantine aveva sempre in bocca parole umili e dolci, e la madre che era in lei inteneriva. Un giorno le suore l'udirono dire, durante una crisi di febbre: «Sono stata una peccatrice, ma quando avrò mia figlia vicino a me, vorrà dire che Dio mi ha perdonato. Mentre ero nel male, non avrei voluto avere Cosette con me, non avrei potuto sopportare il suo sguardo stupito e triste. Era per lei che facevo il male, ed è per questo che Dio mi perdona. Sentirò la benedizione del buon Dio quando Cosette sarà qui. Io la guarderò, mi farà bene la vista di quell'innocente. Ella non sa niente. È un angelo, sapete, suore mie. A quell'età, le ali non sono ancora cadute».

Madeleine andava a vederla due volte al giorno, e ogni volta ella gli domandava:

«La mia Cosette verrà presto?».

Egli rispondeva:

«Forse domattina. Da un momento all'altro può arrivare: l'aspetto».

E il volto pallido della madre risplendeva.

«Oh!» diceva, «come sarò felice!»

Abbiamo detto che non migliorava. Anzi, il suo stato sembrava aggravarsi di settimana in settimana. Quella manciata di neve applicata a nudo sulla pelle fra le due scapole, aveva determinato una soppressione violenta della traspirazione: in seguito a ciò, la malattia che essa covava da qualche anno finì per manifestarsi violentemente. Si cominciavano allora a seguire, per lo studio e per la cura delle malattie di petto, le belle indicazioni di Laënnec.[1] Il medico auscultò Fantine e scosse la testa.

Madeleine chiese al medico:

«Ebbene?».

«Non ha una bambina che desidera vedere?» chiese il medico.

«Sì.»

«Ebbene, affrettatevi a farla venire.»

Madeleine ebbe un sussulto.

Fantine gli chiese:

«Cosa ha detto il medico?».

Madeleine si sforzò di sorridere.

«Mi ha detto di far ritornare presto la vostra bambina. Ciò vi ridarà la salute.»

«Oh!» riprese lei «ha ragione. Ma cosa hanno dunque quei Thénardier per trattenere la mia Cosette? Oh! Verrà! Ecco che, infine, vedo la felicità vicino a me!»

Thénardier però non «mollava la bambina», adducendo cento capziose ragioni. Cosette era un po' sofferente per mettersi in viaggio d'inverno. E poi vi era un rimasuglio di debitucci in paese dei quali andava raccogliendo le fatture, eccetera, eccetera.

«Manderò qualcuno a prendere Cosette» disse papà Madeleine. «Se sarà necessario, ci andrò io stesso.»

E Madeleine scrisse, sotto la dettatura di Fantine, questa lettera, che ella poi firmò:

> Signor Thénardier,
> Consegnerete Cosette al latore del presente biglietto. Tutte le piccole spese vi saranno rimborsate.
> Ho l'onore di salutarvi con considerazione.
>
> Fantine

[1] René Laënnec (1781-1826), medico francese che introdusse il metodo dell'auscultazione per la diagnosi delle malattie polmonari.

In mezzo a questi avvenimenti, sopraggiunse un grave incidente. Abbiamo un bel tagliare del nostro meglio il masso misterioso del quale è fatta la nostra vita; la vena nera del destino vi riappare sempre.

II
COME JEAN PUÒ DIVENTARE CHAMP

Una mattina Madeleine era nel suo ufficio, occupato a mettere a posto anticipatamente alcuni affari urgenti del comune per il caso in cui si fosse deciso a quel viaggio fino a Montfermeil, quando gli annunciarono l'ispettore di polizia Javert, il quale desiderava parlargli. Udendo quel nome, Madeleine non poté far a meno di provare un'impressione sgradevole. Dopo l'incidente accaduto all'ufficio di polizia, Javert l'aveva più che mai evitato, e Madeleine non l'aveva più riveduto.

«Fate entrare» disse.

Javert entrò.

Madeleine era seduto vicino al camino, con la penna in mano, l'occhio sopra un incartamento che sfogliava e annotava, e che conteneva dei processi verbali di contravvenzione della polizia stradale. Non si scomodò per Javert. Non poteva fare a meno di pensare alla povera Fantine e di mostrarsi glaciale. Javert salutò rispettosamente il sindaco che gli voltava la schiena. Il sindaco non lo guardò neppure e continuò ad annotare il suo incartamento.

Javert fece due o tre passi innanzi e si fermò senza rompere il silenzio. Un fisionomista che avesse avuto familiarità con la natura di Javert, e che avesse studiato da lungo tempo quel selvaggio al servizio della civiltà, quel bizzarro miscuglio di romano, di spartano, di frate e di caporale, quella spia incapace di una menzogna, quel poliziotto vergine, un fisionomista che avesse saputo della sua segreta e antica avversione per Madeleine, del suo conflitto con il sindaco a proposito di Fantine, e che avesse osservato Javert in quel momento si sarebbe chiesto: «Che cosa gli succede?».

Era evidente, per chi avesse conosciuto quella coscienza retta, chiara, sincera, proba, austera e feroce, che Javert usciva da un grande turbamento interiore. Javert non aveva nulla nell'anima che non fosse riflesso anche sul viso. Era, come tutti i violenti, soggetto a repentini voltafaccia. Mai la sua fisionomia era stata più strana e più inattesa. Entrando, si era inchinato davanti a Madeleine con uno sguardo nel quale non c'era né astio, né collera, né diffidenza, e si era fermato qualche passo dietro la poltrona del sindaco; ora si teneva lì, diritto, in un atteggiamento quasi disciplinare, con la rudezza ingenua e fredda di un uomo che non è mai stato dolce e che è sempre stato paziente; aspettava che il sindaco si degnasse di voltarsi, senza dire una parola, senza far un movimento, con umiltà vera e con tranquilla rassegnazione, calmo, serio, con il cappello in mano, gli occhi bassi, un'espressione che stava a mezzo fra quella del soldato davanti al suo ufficiale e quella del colpevole davanti al giudice. Tutti i sentimenti come tutti i ricordi che si sarebbe potuto attribuirgli erano spariti. Non c'era più nulla, su quel viso impenetrabile e semplice come il granito, eccetto una cupa tristezza. Tutta la sua persona esprimeva l'umiliazione e la fermezza, e un certo virile abbattimento.

Infine il sindaco posò la penna e si volse a metà:

«Ebbene! Cosa c'è? Cosa avete, Javert?».

Javert restò un istante silenzioso, come se volesse raccogliersi, poi alzò la voce con una specie di solennità triste che non escludeva tuttavia la semplicità:

«C'è, signor sindaco, che è stato commesso un atto colpevole».

«Quale atto?»

«Un agente di grado inferiore ha mancato di rispetto a un magistrato nel modo più grave. Io vengo, come è mio dovere, a portare a vostra conoscenza il fatto.»

«Chi è questo agente?» chiese Madeleine.

«Io» disse Javert.

«Voi?»

«Io.»

«E chi è il magistrato che avrebbe da lamentarsi dell'agente?»

«Voi, signor sindaco.»

Madeleine si drizzò nella sua poltrona. Javert continuò, con atteggiamento severo e gli occhi sempre abbassati:

«Signor sindaco, vengo a pregarvi di voler provocare presso l'autorità competente la mia destituzione».

Madeleine, stupefatto, aprì la bocca. Javert l'interruppe.

«Voi direte che avrei potuto dare le dimissioni, ma non è abbastanza. Dare le dimissioni è cosa onorevole. Ho sbagliato, devo essere punito. Bisogna che io sia scacciato.» E dopo una pausa aggiunse: «Signor sindaco, un giorno foste ingiustamente severo con me. Siatelo oggi giustamente».

«Ma, insomma, perché?» esclamò Madeleine. «Che cos'è questo pasticcio? Che cosa vuol dire tutto ciò? Dove è quest'azione colpevole che avete commessa contro di me? Che cosa m'avete fatto? Che torti avete a mio riguardo? Vi accusate, volete essere destituito...»

«Scacciato» disse Javert.

«Scacciato, sia pure, va benissimo; non ci capisco nulla.»

237

«Ora capirete, signor sindaco.»

Javert sospirò profondamente e continuò sempre calmo e mesto:

«Signor sindaco, sei settimane fa, in seguito alla scenata per quella ragazza, ero furibondo, e vi ho denunciato.»

«Denunciato?»

«Alla questura di Parigi.»

Madeleine, che non rideva molto più spesso di Javert, scoppiò in una risata.

«Come sindaco che usurpa le attribuzioni della polizia?»

«Come ex forzato.»

Il sindaco divenne livido.

Javert, che non aveva alzato gli occhi, continuò:

«Lo credevo. Da molto tempo avevo dei sospetti. Una certa rassomiglianza, certe informazioni che voi avete fatto prendere a Faverolles, la vostra forza muscolare, l'incidente del vecchio Fauchelevent, la vostra abilità nel tiro, la gamba che trascinate leggermente, e che so io?, sciocchezze, insomma! Ma, infine, vi credevo un certo Jean Valjean».

«Un certo?... Che nome avete detto?»

«Jean Valjean. Un forzato che conobbi vent'anni fa quando ero aiutante guardiaforzati a Tolone. Uscito dalla galera, sembra che questo Jean Valjean abbia rubato in casa di un vescovo, poi commise un altro furto a mano armata, su una pubblica strada, ai danni di un piccolo savoiardo. Da circa otto anni era sparito, non si sa come, e lo si cercava. Io avevo pensato... Infine, ho fatto ciò! La collera mi ha spinto, vi ho denunciato alla questura.»

Madeleine, che da qualche istante aveva ripreso l'incartamento, soggiunse con perfetta indifferenza:

«E che cosa vi hanno risposto?».

«Che ero pazzo.»

«Ebbene?»

«Ebbene, avevano ragione.»

«Meno male che lo riconoscete.»

«Per forza, poiché è stato trovato il vero Jean Valjean.»

Madeleine si lasciò sfuggire il foglio che teneva in mano, alzò la testa, guardò fisso Javert, e disse con un accento indescrivibile:

«Ah!».

Javert proseguì:

«Ecco come accadde, signor sindaco. Sembra che ci fosse, dalle parti di Ailly-le-Haut-Clocher, un certo tizio che si chiamava papà Champmathieu, poverissimo. Nessuno si occupava di lui, era uno di coloro di cui non si sa come e di che vivano. Ultimamente, quest'autunno, papà Champmathieu è stato arrestato per un furto di mele a danno... Ma già, ciò non ha importanza. C'è stato un furto, con scalata d'un muro e rami d'albero rotti. È stato arrestato questo Champmathieu, mentre aveva ancora un ramo di melo in mano. Lo hanno messo in prigione. Fin qui non c'è che un semplice caso da tribunale correzionale; ma ecco la provvidenza. La prigione era in cattivo stato, e il giudice istruttore trovò opportuno far trasferire Champmathieu ad Arras, dove ci sono le prigioni del dipartimento. In questa prigione di Arras c'è un vecchio forzato, chiamato Brevet, detenuto per non so che cosa, e secondino di una camerata perché tiene buona condotta. Signor sindaco, Champmathieu è appena arrivato che Brevet esclama: "Diamine, io lo conosco, è un *fagot*.[2] Guardatemi in faccia, buon uomo! Voi siete Jean Valjean?". "Jean Valjean? Chi è Jean Valjean?" Champmathieu fa il sorpreso. "Non fare lo gnorri" ribatte Brevet. "Tu sei Jean Valjean. Tu sei stato al bagno penale di Tolone vent'anni fa. Eravamo insieme." Champmathieu nega. Perbacco! La ragione è evidente. Si apre un'inchiesta, si va in fondo alla faccenda, ed ecco cosa si trova: questo Champmathieu, una trentina d'anni fa faceva il potatore in vari paesi e specialmente a Faverolles. Lì si perdono le sue tracce. Molto tempo dopo lo si ritrova in Alvernia, poi a Parigi, dove dice di aver fatto il carrettiere e di aver avuto una figlia lavandaia, ma questo non è provato; e infine in questa provincia. Ora, prima di andare al bagno per furto qualificato, chi era Jean Valjean? Potatore. Dove? A Faverolles. Altra circostanza. Questo Valjean si chiama Jean di nome di battesimo, e sua madre era Mathieu di cognome. Nulla di più naturale del pensare che, uscendo di prigione, si sia preso il nome di sua madre per nascondersi e si sia fatto chiamare Jean Mathieu! Va in Alvernia, dove il dialetto locale, invece di pronunciare *Jean*, pronuncia *chan*: lo chiamano quindi Chan Mathieu. Il nostro brav'uomo li lascia fare ed ecco il suo nome cambiato in Champmathieu. Mi seguite, vero? Ci si informa a Faverolles. La famiglia di Jean Valjean non esiste più, non si sa più dove sia; sapete bene che in certe classi accade spesso che una famiglia scompaia. Si cerca ancora, ma non si trova più niente: quella gente lì, quando non è fango, è polvere, e poi, siccome l'inizio di questi fatti risale a trent'anni fa, non c'è più nessuno a Faverolles che abbia conosciuto Jean Valjean. Ci si informa a Tolone. Oltre a Brevet ci sono soltanto due galeotti che abbiano visto Jean Valjean: sono i due condannati a vita Cochepaille e Chenildieu. Vengon tirati fuori del penitenziario e condotti a confronto col preteso Champmathieu. Non esitano. Per loro, come per Brevet, quello è Valjean. La stessa età, cinquantaquattro anni, la stessa corporatura, la stessa maniera di fare, lo stesso uomo: insomma, è lui. Intanto io mandavo la mia denuncia alla questura di Parigi. Mi rispondono che ho

---

[2] Ex forzato [*N.d.A.*].

perso la testa e che Jean Valjean è ad Arras in mano alla giustizia. Capirete se sono rimasto sorpreso, io che credevo di aver messo le mani, proprio qui, su Jean Valjean! Scrivo al giudice istruttore, mi fa chiamare, mi si porta davanti il Champmathieu...».

«Ebbene?» interruppe Madeleine.

Javert rispose con la solita fisionomia inalterabile e mesta: «Signor sindaco, la verità è la verità. Sono spiacente, ma quell'uomo è Jean Valjean. Io stesso l'ho riconosciuto».

Madeleine riprese con voce bassissima:

«Ne siete sicuro?».

Javert si mise a ridere di quel riso doloroso che sgorga da una convinzione profonda:

«Sicuro, sì!».

Restò un momento pensieroso, prendendo macchinalmente, da una ciotola posta sulla tavola, dei pizzichi di polvere per asciugare l'inchiostro:

«E anzi, ora che ho visto il vero Jean Valjean, non capisco come abbia potuto supporre una cosa diversa. Vi domando scusa, signor sindaco.»

Nel rivolgere queste parole supplichevoli e gravi a colui che, sei settimane prima, lo aveva umiliato in pieno corpo di guardia e gli aveva detto: «Uscite», Javert, quest'uomo altero, era a sua insaputa pieno di semplicità e di dignità. Per tutta risposta, Madeleine gli rivolse questa brusca domanda:

«Che cosa dice quell'uomo?».

«Perbacco! Signor sindaco, l'affare è brutto. Se è Jean Valjean, c'è recidiva. Scavalcare un muro, rompere un ramo, portar via delle mele, per un ragazzo è una birichinata, per un uomo un reato, per un galeotto un delitto. Scalata e furto, c'è tutto. Non è più cosa da tribunale correzionale, ma da corte d'assise. Non è più qualche giorno di prigione, è la galera a vita; poi c'è l'affare del piccolo savoiardo che spero bene ritornerà a galla. Diavolo, c'è di che impensierirsi, nevvero? Sì, per un altro che non fosse Jean Valjean: ma lui è un sornione. Lo riconosco anche in questo. Un altro sentirebbe che il caso è molto grave, si agiterebbe, griderebbe, la pentola messa al fuoco canta, e costui negherebbe di essere Jean Valjean, eccetera. Lui sembra non capire. Dice: "Io sono Champmathieu, non so altro!". Ha l'aspetto attonito, fa lo stupido ed è forse il meglio che possa fare. Oh! È furbo lui, ma non importa, ci sono le prove. È riconosciuto da quattro persone e il vecchio furfante sarà condannato. La causa è in ruolo alle assise di Arras. Io vi andrò come testimonio. Mi hanno citato.»

Madeleine si era seduto di nuovo alla scrivania, aveva ripreso il suo incartamento e lo sfogliava tranquillamente, leggendo e scrivendo a volta a volta come un uomo molto occupato. Si voltò verso Javert:

«Basta, Javert. In verità tutti questi particolari mi interessano poco. Noi perdiamo il nostro tempo, mentre abbiamo degli affari urgenti. Voi, Javert, andrete immediatamente dalla buona donna Buseaupied che vende ortaggi laggiù, all'angolo di via Saint-Saulve, e le direte di presentare la denuncia contro il carrettiere Pierre Chesnelong. Costui è un uomo brutale che per poco non ha schiacciato quella donna e il suo bambino. Bisogna che sia punito. Andrete in seguito dal signor Charcellay, via Montre-de-Champigny. Egli si lagna perché una grondaia della casa vicina lascia passare l'acqua piovana nella sua, danneggiandone le fondamenta. Dopo, verificherete le contravvenzioni che mi vengono segnalate in via Guibourg, in casa della vedova Doris e in via Garraud-Blanc, in casa della signora Renée Le Bossé, e ne stenderete processo verbale. Ma forse vi do troppo da fare. Non dovete assentarvi? Non mi avete detto che dovete andare ad Arras fra otto o dieci giorni?...».

«Prima, signor sindaco.»

«Quando?»

«Credevo di aver detto al signor sindaco che il processo si farà domani e che io dovrei partire in diligenza questa notte.»

Madeleine fece un movimento impercettibile.

«E quanto tempo durerà il processo?»

«Al massimo un giorno. La sentenza sarà pronunciata al più tardi domani notte, ma io non aspetterò la condanna, che non può mancare. Appena fatta la mia deposizione, ritornerò qui.»

«Va bene» disse Madeleine.

E congedò Javert con un cenno della mano.

Javert non se ne andò.

«Scusi, signor sindaco» disse.

«Cosa c'è ancora?» domandò Madeleine.

«Signor sindaco, mi resta ancora una cosa da ricordarle.»

«Quale?»

«Che devo essere destituito.»

Madeleine si alzò.

«Javert, voi siete un uomo d'onore, e io vi stimo. Voi esagerate la vostra colpa. D'altronde, anche questa è un'offesa che riguarda me personalmente. Javert, voi siete degno di salire e non di scendere. Desidero che conserviate il vostro posto.»

Javert lo guardò con la sua pupilla candida, in fondo alla quale sembrava di scorgere la sua coscienza poco illuminata, ma rigida e casta e disse con voce tranquilla:

«Signor sindaco, non posso acconsentire».

«Vi ripeto,» replicò Madeleine «che la cosa riguarda me solo.»

Ma Javert, preoccupato soltanto del proprio pensiero, continuò:

«Quanto a esagerare, io non esagero; ecco come ragiono: ho sospettato di voi ingiustamente. Questo non è niente: è nostro diritto sospettare, per quanto ci sia abuso a sospettare di chi è più in alto di noi. Ma senza prove, in un accesso di collera, con lo scopo di vendicarmi, vi ho denunciato come galeotto, voi, un uomo rispettabile, un sindaco, un magistrato! Questo è grave, molto grave. Io ho offeso l'autorità offendendo la vostra persona, io, un agente dell'autorità! Se uno dei miei subordinati avesse fatto quello che io ho fatto, l'avrei dichiarato indegno del servizio e scacciato. Ebbene? Ascoltate, signor sindaco, ancora una parola. Sono stato spesso severo nella mia vita, con gli altri. Era giusto, facevo bene. Ora, se io non fossi severo con me stesso, tutto quanto ho fatto di giusto diventerebbe ingiusto. Debbo forse risparmiarmi più degli altri? No. Come! Io non sarei stato buono che a punire gli altri e non me stesso? Ma allora sarei un miserabile! Quelli che dicono: "Quel birbante di Javert!" avrebbero ragione. Signor sindaco, mi auguro che voi non mi trattiate con bontà, la vostra bontà mi ha già fatto fare abbastanza cattivo sangue quando era per gli altri, non ne voglio per me. La bontà che consiste nel dar ragione a una sgualdrina contro un cittadino, all'agente di polizia contro il sindaco, a quegli che è in basso contro colui che è in alto, io la chiamo una cattiva bontà; è con simile bontà che la società si disorganizza. Mio Dio, è molto facile essere buoni, difficile è essere giusti. Ma andiamo! Se voi foste stato quello che io credevo, io non sarei stato buono con voi, io, l'avreste visto! Signor sindaco, io devo trattarmi come tratterei chiunque altro. Quando reprimevo i malfattori, quando infierivo contro i furfanti, ho sovente detto a me stesso: "Tu, se inciampi, se mai ti prendo in fallo, stai fresco!". Ho inciampato, mi colgo in fallo, peggio per me. Andiamo: dispensato, scacciato, radiato! Tutto va bene. Ho delle buone braccia, lavorerò la terra, per me fa lo stesso. Signor sindaco, il bene del servizio esige un esempio. Chiedo semplicemente la destituzione dell'ispettore Javert».

Tutto ciò era stato pronunciato con un accento umile, fiero, disperato, convinto, che dava una certa grandezza bizzarra a quello strano galantuomo.

«Vedremo» disse il signor Madeleine.

E gli tese la mano.

Javert si tirò indietro e disse scandalizzato:

«Scusi, signor sindaco, ma questo non si deve fare. Un sindaco non dà la mano a una spia».

E aggiunse fra i denti:

242

«Spia, sì: dal momento che ho abusato della polizia, io non sono nulla più che una spia».

Poi salutò profondamente e si diresse verso la porta. Si voltò, e con gli occhi abbassati:

«Signor sindaco,» disse «io continuerò il mio servizio sino a quando sarò destituito».

Uscì. Madeleine rimase pensoso, ascoltando quel passo saldo e sicuro che si allontanava sul pavimento del corridoio.

LIBRO SETTIMO

IL PROCESSO CHAMPMATHIEU

I
SUOR SIMPLICE

Gli incidenti che esporremo non furono tutti noti a Montreuil, ma il poco che ne è trapelato ha lasciato un tale ricordo, che se non li raccontassimo in tutti i loro minimi particolari, in questo libro rimarrebbe una grave lacuna.

In questi particolari il lettore incontrerà due o tre circostanze inverosimili che noi riportiamo per rispetto alla verità.

Nel pomeriggio che seguì la visita di Javert, Madeleine andò, come al solito, a vedere Fantine.

Prima di entrare da Fantine fece chiamare suor Simplice.

Le due religiose che facevano servizio all'infermeria, lazzariste come tutte le suore di carità, si chiamavano suor Perpétue e suor Simplice.

Suor Perpétue era una contadina qualunque, suora di carità all'ingrosso, entrata nel servizio di Dio come si può entrare a servizio presso chicchessia. Era suora come si può essere cuoca. Tipi simili non sono affatto rari. Gli ordini monastici accettano volentieri questo rozzo vasellame contadinesco facilmente plasmabile in cappuccino o in orsolina. Simili rusticità sono utili per i lavori pesanti della devozione. Il passaggio da bifolco a carmelitano non ha niente di urtante; l'uno diventa l'altro senza grande fatica; quel fondo d'ignoranza ch'è comune al villaggio e al chiostro è una preparazione in atto, e mette subito il campagnolo alla pari con il frate. Un po' di ampiezza al gabbano, ed ecco una tonaca. Suor Perpétue era una monaca robusta, di Marines, presso Pontoise, parlava il dialetto, salmodiava, borbottava, inzuccherava le medicine secondo il bigottismo o l'ipocrisia dell'infermo, trattava male gli ammalati, era burbera con i moribondi, quasi gettando loro Dio in faccia, lapidando l'agonia con irose preghiere, franca, onesta e rubiconda.

Suor Simplice era bianca come cera; vicino a suor Perpétue pareva una candela di cera vicino a una di sego. Vincent de Paul ha fissato divinamente la figura della suora di carità in queste mirabili parole in cui congiunge tanta libertà a tanta servitù: «Essa avrà per monastero la casa degli ammalati, per cella una camera a pigione, per cappella la chiesa della sua parrocchia, per chiostro le strade della città e le corsie degli ospedali, per clausura l'obbedienza, per grata il timor di Dio, per velo la modestia». Questo ideale era vivente in suor Simplice. Nessuno avrebbe potuto dire l'età di suor Simplice; non era mai stata giovane e pareva non dovesse mai diventar vecchia. Era una persona – non osiamo dire una donna – calma, austera, di buona compagnia, fredda, e non aveva mai mentito. Era così dolce che sembrava fragile, mentre era più solida del granito. Toccava gli infermi con le sue belle dita fini e pure. C'era, per così dire, del silenzio nella sua parola, parlava giusto quanto bastava, e aveva un suono tale di voce che avrebbe a un tempo edificato in un confessionale e rapito in un salotto. Questa delicatezza si compiaceva della veste di bigello, trovando nel ruvido contatto con questa un continuo richiamo al cielo e a Dio. Insistiamo sopra un particolare. Non avere mai mentito, non avere mai detto per uno scopo qualunque una sola cosa che non corrispondesse alla verità, alla santa verità, era il tratto caratteristico di suor Simplice, l'accento, per così dire, della sua virtù. Era quasi celebre nella congregazione per questa sua imperturbabile veracità. L'abate Sicard[1] parla di suor Simplice in una lettera al sordomuto Massieu. Per quanto sinceri, leali, puri, noi tutti abbiamo, nella nostra purezza, almeno l'incrinatura di una piccola bugia innocente: ella no. Possono forse esistere le piccole bugie, le bugie innocenti? Mentire, è l'assoluto del male. Mentire poco, è impossibile. Colui che mente, mente la menzogna intera. La bugia è il volto stesso del diavolo. Satana ha due nomi: si chiama Satana e si chiama Menzogna. Ecco come ella pensava. E come pensava, agiva. Ne risultava quella purezza che abbiamo detto, purezza che irradiava anche dalle labbra e dagli occhi. Il suo sorriso era candido: il suo sguardo pure era candido. Non c'era una ragnatela, non un grano di polvere sul cristallo della sua coscienza. Entrando nell'obbedienza di San Vincent de Paul, aveva scelto il nome di Simplice per speciale predilezione. Simplice di Sicilia, come si sa, è quella santa che preferì lasciarsi strappare le mammelle piuttosto di dire che era nata a Segeste, mentre era nata a Siracusa: menzogna che l'avrebbe salvata. Tale patrona conveniva a quell'anima.

Suor Simplice, quando entrò nell'ordine, aveva due difetti, dei quali si era a poco a poco emendata. Le eran piaciute le ghiottonerie, le era piaciuto ricevere delle lettere. Non leggeva che un libro di preghiere a grossi caratteri, e in latino. Essa non capiva il latino, ma capiva il libro.

[1] Ambroise Cucurron detto abate Sicard (1742-1822), maestro dei sordomuti.

La religiosa aveva preso a benvolere Fantine; sentiva probabilmente la sua virtù latente e si era dedicata a curarla quasi esclusivamente.

Madeleine prese a parte suor Simplice e le raccomandò Fantine con un accento singolare, del quale la suora si ricordò più tardi. Lasciata la suora, si avvicinò a Fantine.

Questa aspettava ogni giorno l'apparizione del signor Madeleine come si può aspettare un raggio di calore e di gioia; diceva alle suore: «Non vivo che quando c'è il signor sindaco».

Quel giorno aveva molta febbre. Quando vide Madeleine gli chiese:

«E Cosette?».

Egli rispose sorridendo:

«Tra poco».

Madeleine fu con Fantine come al solito; solamente rimase presso di lei un'ora invece che mezz'ora, con gran gioia di Fantine. Fece mille raccomandazioni a tutti affinché a Fantine non mancasse niente; notarono che il suo volto a un certo momento si velò di cupa tristezza, ma ciò si spiegò quando si seppe che il medico, parlandogli all'orecchio, gli aveva detto: «È molto peggiorata».

Rientrò poi al municipio, e il portiere lo vide esaminare con molta attenzione una carta stradale di Francia che era appesa nel suo ufficio. Scrisse con la matita alcuni numeri sopra un pezzo di carta.

II

LA PERSPICACIA DI MASTRO SCAUFFLAIRE

Dal municipio si recò in fondo alla città, da un fiammingo, mastro Scaufflaër, francesizzato in Scaufflaire, il quale noleggiava cavalli e «carrozze a volontà».

Per andare da questo Scaufflaire la via più corta passava per una strada poco frequentata, nella quale si trovava il presbiterio della parrocchia a cui apparteneva Madeleine. Il parroco era, l'abbiamo già detto, un uomo degno, rispettabile e capace di dare buoni consigli. Quando Madeleine giunse davanti al presbiterio, non c'era nella strada che un passante e questo passante notò che il sindaco, dopo aver oltrepassata la casa parrocchiale, si fermò, restò immobile, poi ritornò sui suoi passi sino alla porta del presbiterio: una porta né grande né piccola, con un battente di ferro. Pose energicamente la mano sul battente e lo sollevò, si fermò di nuovo, rimanendo lì come pensoso, e dopo qualche secondo, invece di lasciar ricadere rumorosamente il battente, lo abbassò piano e riprese il suo cammino con una certa fretta che prima non aveva.

Madeleine trovò mastro Scaufflaire in casa, occupato ad aggiustare una bardatura.

«Mastro Scaufflaire,» domandò «avete un buon cavallo?»

«Signor sindaco,» disse il fiammingo «tutti i miei cavalli sono buoni. Che cosa intendete per un buon cavallo?»

«Intendo un cavallo che possa fare venti leghe al giorno.»

«Diavolo!» esclamò il fiammingo «venti leghe?»

«Sì.»

«Attaccato a un calesse?»

«Sì.»

«E quanto tempo si riposerà dopo la corsa?»

«Deve potere, al bisogno, ripartire il giorno dopo.»

«Per rifare la stessa strada?»

«Sì.»

«Diavolo, diavolo! E sono venti leghe?»

Il signor Madeleine prese dalla tasca quel pezzo di carta dove aveva scritto a matita alcune cifre e lo mostrò al fiammingo. Erano i numeri 5, 6, 8½.

«Vedete,» disse «totale diciannove e mezzo, come dire venti leghe.»

«Signor sindaco,» riprese il fiammingo «ho ciò che fa per voi: il mio cavallino nero. Dovete averlo visto passare qualche volta. È una bestiola della Piccardia, piena di fuoco. Avevano tentato dapprima di farne un cavallo da sella; ma sì, scalciava e gettava tutti per terra. Lo credevano restio e non sapevano cosa farsene. Io l'ho comperato. L'ho attaccato al calesse. Signore, era quello che lui voleva, è docile come una bambina, fila come il vento. Ah! Certo non bisognerà montargli sul dorso: non è di suo gusto essere cavallo da sella. Ciascuno ha i suoi gusti. Tirare sì, portare no; bisogna credere che lui la pensi così.»

«E sarà capace di fare questa corsa?»

«Le vostre venti leghe? Sempre a trotto allungato e in meno di otto ore. Ma ecco a quali condizioni.»

«Dite.»

«Anzitutto, lo farete respirare per un'oretta a metà strada; mangerà, e bisognerà essere presenti mentre mangerà, per impedire al garzone di scuderia di rubargli l'avena, perché ho notato che negli alberghi l'avena è più spesso bevuta dallo stalliere che mangiata dal cavallo.»

«Saremo presenti.»

«In secondo luogo... È per il signor sindaco il calesse?»

«Sì.»

«Ebbene, il signor sindaco viaggerà solo e senza bagaglio per non sovraccaricare il cavallo.»

«Sta bene.»

«Ma il signor sindaco, non avendo nessuno con sé, dovrà prendersi la briga di sorvegliare egli stesso l'avena.»

«È già stato detto.»

«Bisognerà darmi trenta franchi al giorno, i giorni di riposo pagati. Neppure un centesimo di meno e il mantenimento della bestia a carico del signor sindaco.»

Madeleine prese dalla sua borsa tre napoleoni d'oro e li mise sul tavolo.

«Ecco due giorni anticipati.»

«In quarto luogo, per una corsa come questa, un calesse sarebbe troppo pesante e affaticherebbe il cavallo. Bisognerebbe che il signor sindaco acconsentisse a viaggiare in un piccolo *tilbury*[2] che io possiedo.»

«Acconsento.»

«È leggero, ma è scoperto.»

«Fa lo stesso.»

«Il signor sindaco ha pensato che siamo in inverno?...»

Madeleine non rispose; il fiammingo continuò:

«Che fa molto freddo?».

Madeleine continuò a restare in silenzio. Mastro Scaufflaire riprese:

«Che può piovere?».

Madeleine alzò la testa e disse:

«Il *tilbury* e il cavallo siano davanti alla mia porta domattina alle quattro e mezzo».

«Sta bene, signor sindaco,» rispose Scaufflaire, poi, grattando con l'unghia del pollice una macchia che c'era nel legno della tavola, riprese con quell'aria d'indifferenza che i fiamminghi sanno così bene accoppiare all'astuzia:

«Ma, adesso che ci penso, il signor sindaco non mi ha detto dove va. Dove va il signor sindaco?».

Non pensava ad altro dall'inizio della conversazione, ma non sapeva la ragione per la quale non aveva osato fare questa domanda.

«Il vostro cavallo ha delle buone gambe anteriori?» chiese Madeleine.

«Sì, signor sindaco; le sosterrete un po' in discesa. Ci sono molte discese dove andate?»

«Non dimenticate d'essere alla mia porta alle quattro e mezzo precise» rispose Madeleine, e uscì.

[2] Calessino.

Il fiammingo restò «come un babbeo», come diceva egli stesso qualche tempo dopo.

Il sindaco era uscito da due o tre minuti, quando la porta si riaprì era ancora lui.

Aveva sempre la stessa espressione impassibile e preoccupata.

«Signor Scaufflaire,» disse «quanto stimate il cavallo e il *tilbury* che mi noleggerete, in media?»

«L'uno per l'altro»[3] disse il fiammingo con una grossa risata.

«Sia. Ebbene?»

«Forse il signor sindaco vuole acquistarli?»

«No, ma in ogni caso voglio garantirveli. Al mio ritorno mi renderete la somma. Quanto stimate il *tilbury* e il cavallo?»

«Cinquecento franchi, signor sindaco.»

«Eccoli.»

Madeleine posò un biglietto di banca sul tavolo, poi uscì e questa volta non ritornò più.

Mastro Scaufflaire si pentì di non aver detto mille franchi. Del resto, il cavallo e il *tilbury* in blocco valevano cento scudi.

Il fiammingo chiamò sua moglie e le raccontò il fatto. «Dove diavolo può andare il signor sindaco?» Tennero consiglio. «Va a Parigi» disse la donna. «Non credo» disse il marito. Il signor Madeleine aveva dimenticato sul camino il pezzo di carta su cui aveva tracciato dei numeri; il fiammingo lo prese e lo studiò. «Cinque, sei, otto e mezzo? Devono essere le distanze delle stazioni per il cambio dei cavalli.» Si voltò verso la moglie. «Ho trovato.» «Come?» «Ci sono cinque leghe da qui a Hesdin, sei da Hesdin a Saint-Pol, otto e mezzo da Saint-Pol ad Arras. Va ad Arras.»

Nel frattempo Madeleine era ritornato a casa.

Per arrivarci, venendo da mastro Scaufflaire, aveva preso la strada più lunga, come se la porta del presbiterio fosse stata una tentazione per lui e avesse voluto evitarla. Era salito in camera sua e vi si era rinchiuso, il che era del tutto normale perché egli si coricava volentieri molto presto. Tuttavia la portinaia della fabbrica, che era nel tempo stesso l'unica fantesca del signor Madeleine, osservò che la luce della sua camera si spense alle otto e mezzo e lo disse al cassiere che rientrava, aggiungendo:

«Il signor sindaco è forse ammalato? Ha un aspetto strano».

Questo cassiere abitava in una camera proprio sottostante a quella di Madeleine. Non fece caso alle parole della portinaia, si coricò e si addormentò. Verso mezzanotte si svegliò bruscamente. Aveva udito

---

[3] Gioco di parole intraducibile: in francese la locuzione «*l'un portant l'autre*» («l'uno per l'altro») significa «in media».

nel sonno un rumore proveniente dal piano di sopra. Si mise in ascolto. Era un passo che andava e veniva, come se qualcuno camminasse nella camera sopra la sua. Ascoltò con maggior attenzione e riconobbe il passo del signor Madeleine. Gli parve strano; abitualmente non si faceva alcun rumore nella camera del signor Madeleine prima dell'ora di alzarsi. Un momento dopo il cassiere udì un rumore simile a quello di un armadio che si apre e si richiude. Poi fu spostato un mobile, ci fu un silenzio e il passo ricominciò. Il cassiere si mise a sedere, si svegliò completamente, guardò attraverso i vetri della finestra e vide sul muro dirimpetto il riflesso rossastro di una finestra illuminata. Dalla direzione dei raggi non poteva essere che la finestra della camera del signor Madeleine. Il riverbero vacillava come se provenisse da un fuoco acceso anziché da un lume. Non si vedeva l'ombra dei regoli dei vetri, la finestra doveva essere spalancata; con il gran freddo che c'era, quella finestra aperta era sorprendente. Il cassiere si riaddormentò. Dopo un'ora o due, si risvegliò di nuovo; lo stesso passo, lento e regolare, andava e veniva sempre sopra la sua testa.

Il riverbero si disegnava tuttora sul muro, ma adesso era più pallido e quieto, come il riflesso di una lampada o di una candela. La finestra era sempre aperta.

Ecco che cosa accadeva nella camera del signor Madeleine.

III

UNA TEMPESTA IN UN CRANIO

Il lettore avrà certamente indovinato che il signor Madeleine non era altri che Jean Valjean.

Abbiamo già guardato nelle profondità di questa coscienza; è venuto il momento di guardarvi ancora, e lo facciamo non senza commozione e un certo tremore. Non esiste nulla di più terrificante di questo tipo di contemplazione. L'occhio dello spirito non può trovare in alcun luogo maggiori bagliori e maggiori tenebre che nell'uomo; non può posarsi su nulla che sia più terribile, più complesso, più misterioso, più infinito. C'è uno spettacolo più grande del mare: è il cielo; c'è uno spettacolo più grande del cielo: è l'interiorità dell'anima.

Fare il poema della coscienza umana, fosse pure per un sol uomo, fosse pure per l'infimo degli uomini, sarebbe fondere tutte le epopee in un'epopea superiore e assoluta. La coscienza è il caos delle chimere, delle brame e dei tentativi, la fornace dei sogni, l'antro delle idee di cui ci si vergogna, il pandemonio dei sofismi, il campo di battaglia delle passioni. In certe ore, penetrate attraverso la faccia livida di un essere umano che riflette e guardate aldilà, guardate in quell'anima, guardate in quella oscurità. Ci sono là, sotto il silenzio esteriore, combattimenti di giganti come in Omero, mischie di dragoni e di idre, e miriadi di fantasmi come in Milton, e allucinanti spirali come in Dante. Che cosa tetra è mai l'infinito che ogni uomo porta in sé e al quale misura con disperazione le volontà del suo cervello e le azioni della sua vita!

Alighieri incontrò un giorno una porta sinistra davanti alla quale esitò. Eccone un'altra, davanti a noi, sulla soglia della quale esitiamo. Comunque, entriamoci.

Abbiamo poco da aggiungere a ciò che il lettore conosce di quanto accadde a Jean Valjean dopo l'avventura di Petit-Gervais. Da quel momento, come si è visto, egli fu un altro uomo. Fu quello che il vescovo aveva voluto fare di lui. Più che una trasformazione, fu una trasfigurazione.

Riuscì a sparire, vendette l'argenteria del vescovo, tenendo solo i due candelabri come ricordo, s'insinuò di città in città, attraversò la Francia, giunse a Montreuil, ebbe l'idea che abbiamo detto, giunse a rendersi inafferrabile e inaccessibile, e, ormai stabilito a Montreuil, contento di sentire la sua coscienza afflitta dal passato, e la prima metà della sua vita smentita dalla seconda, visse tranquillo, rassicurato e pieno di speranze, non avendo che due pensieri: nascondere il suo nome e santificare la sua vita; sfuggire agli uomini e ritornare a Dio.

Questi due pensieri erano così strettamente congiunti nella sua mente, che formavano una cosa sola; erano tutti e due ugualmente imperiosi ed esclusivi e dominavano anche le sue minime azioni. Di solito erano d'accordo per regolare la sua condotta di vita, lo orientavano verso l'ombra, lo facevano benigno e semplice, gli consigliavano le stesse cose. Qualche volta però c'era conflitto fra loro. In questi casi, lo si ricorderà, l'uomo che tutto il paese chiamava signor Madeleine, non esitava a sacrificare il primo al secondo, la sua sicurezza alla sua virtù. Così, a onta di ogni prudenza e di tutte le precauzioni, aveva tenuto i candelabri del vescovo, portato il lutto, chiamati e interrogati tutti i piccoli savoiardi che passavano, fatto indagini sulle famiglie di Faverolles, e salvato la vita al vecchio Fauchelevent, nonostante le inquietanti insinuazioni di Javert.

Sembrava, come abbiamo già notato, che seguendo l'esempio di tutti coloro che sono stati saggi, santi e giusti egli pensasse che il suo primo dovere non era verso se stesso.

Tuttavia, mai s'era dato un caso simile a quello che gli si presentava ora. Mai le due idee che governavano l'infelice uomo del quale raccontiamo le sofferenze avevano intrapresa una lotta così seria. Lo comprese confusamente, ma profondamente, dalle prime parole che pronunciò Javert entrando nel suo ufficio. Quando udì in modo cosi inatteso pronunziare quel nome da lui sepolto tanto profondamente, fu colto da stupore e quasi sbalordito dalla sinistra stravaganza del suo destino: e attraverso questo stupore ebbe quel trasalimento che precede le grandi scosse, si curvò come la quercia all'avvicinarsi dell'uragano, come un soldato all'avvicinarsi dell'assalto. Sentì calare sulla sua testa ombre piene di fulmini e di lampi. Mentre ascoltava Javert, ebbe un primo pensiero di andare, di correre a denunciarsi, di tirar fuori dalla prigione quel Champmathieu e di prendere il suo posto; ciò fu doloroso e pungente come un'incisione nella carne viva, poi passò ed egli si disse: «Vediamo, vediamo!». Represse questo primo moto generoso e indietreggiò davanti all'eroismo.

Senza dubbio sarebbe stato bello che, dopo le sante parole del vescovo, dopo tanti anni di pentimento e di abnegazione, a metà di una penitenza mirabilmente cominciata, quest'uomo, anche in presenza di quella tremenda congiuntura, non avesse vacillato un istante e avesse continuato a camminare con lo stesso passo verso quel precipizio aperto, in fondo al quale c'era il cielo; sarebbe stato bello ma non fu così. Bisogna pure che raccontiamo ciò che accadeva in quell'anima, e non possiamo dire se non quello che vi era. Ciò che predominò dapprima fu l'istinto di conservazione: egli raccolse in fretta le sue idee, soffocò le sue emozioni, considerò il grande pericolo costituito dalla presenza di Javert, differì ogni risoluzione con la fermezza dello spaventato, distolse il pensiero da ciò che gli sarebbe convenuto di fare, e riprese la sua calma come un gladiatore raccoglie lo scudo.

Per tutto il resto della giornata fu in tali condizioni: un turbine all'interno, una tranquillità profonda all'esterno; non prese che quelli che si potrebbero chiamare i «provvedimenti conservativi». Tutto era ancora confuso e si urtava nel suo cervello; il turbamento era tale che non distingueva la forma di alcuna idea, ed egli stesso avrebbe potuto dire di sé soltanto che aveva ricevuto un gran colpo. Si recò, come al solito, al letto di dolore di Fantine e prolungò la sua visita per un istinto di bontà, dicendosi che bisognava agire così, e per ben raccomandarla alle suore qualora egli si fosse assentato. Sentì vagamente che avrebbe dovuto forse recarsi ad Arras e, senza essere per nulla deciso a questo viaggio, si disse che, fuor d'ogni sospetto com'era, non c'era nessun inconveniente a essere testimonio di quello che sarebbe successo, e fissò il *tilbury* di Scaufflaire al fine di essere preparato a ogni evenienza.

Cenò con discreto appetito, poi ritornò nella sua camera e si raccolse.

Esaminò la situazione e la trovò inaudita; talmente inaudita che, nel bel mezzo dei suoi pensieri, per non so quale impulso d'ansia quasi inesplicabile, si alzò dalla sedia e chiuse la porta a catenaccio. Temeva che vi entrasse ancora qualche cosa, si barricò contro il possibile.

Un momento dopo spense il lume; gli dava fastidio.

Gli sembrava che potessero vederlo.

Chi?

Ahimè! Ciò che avrebbe voluto mettere alla porta era entrato; ciò che avrebbe voluto accecare lo guardava: la sua coscienza.

La sua coscienza: cioè Dio.

Tuttavia nel primo istante si illuse; ebbe un senso di sicurezza e di solitudine; tirato il catenaccio, si credette inafferrabile, spenta la candela, si sentì invisibile. Allora prese possesso di se medesimo; posò i gomiti sulla tavola, appoggiò la testa sulle mani e si mise a pensare nelle tenebre.

«A che punto sono?» «Sogno, forse?» «Che cosa mi è stato detto?» «È vero forse che io ho visto Javert e che mi ha parlato così?» «Chi può essere questo Champmathieu?» «Mi rassomiglia dunque?» «È possibile?» «Quando penso che ieri ero così tranquillo e così lontano dal sospettare qualche cosa!» «Che cosa facevo ieri a questa ora?» «Che cosa c'è di concreto in questa faccenda?» «Come si svolgerà?» «Che fare?».

Ecco in quale tormento si dibatteva. Il suo cervello aveva perduto la forza di ritenere le idee; esse passavano come onde ed egli si prendeva la fronte fra le mani come per trattenerle.

Da questo tumulto che gli sconvolgeva la volontà e la ragione e da cui si sforzava di trarre un'evidenza e una decisione, non si sviluppava invece che angoscia.

Gli bruciava la testa. Andò alla finestra e la spalancò; non c'erano stelle in cielo. Ritornò a sedersi vicino alla tavola.

Così passò la prima ora.

A poco a poco, tuttavia, nella sua meditazione cominciarono a formarsi e a fissarsi vaghi lineamenti ed egli poté intravedere con la precisione della realtà, non il complesso della situazione, ma qualche particolare.

Cominciò col riconoscere che, per quanto la situazione fosse difficile e straordinaria, egli ne era completamente padrone.

La sua meraviglia crebbe ancor più.

Indipendentemente dallo scopo serio e religioso che si proponevano le sue azioni, tutto ciò che aveva fatto sino a quel giorno non era che una fossa che egli scavava per seppellirvi il suo nome. Ciò che aveva sopra ogni cosa temuto, nelle ore della meditazione, nelle notti insonni, era d'udir pronunciare quel nome; diceva a se stesso che il giorno in cui quel nome fosse riapparso, esso avrebbe provocato la perdita di tutto, avrebbe fatto svanire la nuova vita intorno a lui e fors'anche, chi sa?, dentro di lui la nuova anima. Fremeva al solo pensiero che ciò fosse possibile. Certo, se qualcuno gli avesse detto, in uno di quei momenti, che sarebbe venuta l'ora in cui quel nome sarebbe risuonato al suo orecchio; in cui quell'odioso nome, Jean Valjean, sarebbe uscito di colpo dalle tenebre e si sarebbe drizzato davanti a lui; in cui la luce formidabile, fatta per dissipare il mistero nel quale si era ravvolto, sarebbe risplesa inaspettatamente sul suo capo, e che quel nome non lo avrebbe minacciato, che quella luce avrebbe prodotto una oscurità più fitta, quel velo squarciato avrebbe accresciuto il mistero, quel terremoto avrebbe consolidato il suo edificio, quel prodigioso incidente non avrebbe avuto altro risultato, qualora egli lo volesse, che di rendere la sua vita più chiara e al tempo stesso più impenetrabile, e che, messo a confronto con il fantasma di Jean Valjean, il buono e degno borghese signor Madeleine sarebbe uscito più onorato, più tranquillo e più rispettato che mai: se qualcuno gli avesse detto ciò, egli avrebbe scosso la testa e avrebbe considerato quelle parole come insensate. Ebbene, tutto ciò era per l'appunto accaduto, tutto questo strano ammasso di cose impossibili era un fatto, e Dio aveva permesso che quelle pazzie diventassero realtà.

I suoi pensieri continuavano a schiarirsi. Si rendeva sempre più conto della sua posizione.

Gli sembrava di svegliarsi da non so qual sonno, di trovarsi a scivolare sopra un pendio, in piena notte, in piedi, tremante, invano cercando di retrocedere sull'orlo estremo di un abisso. Intravedeva distintamente nell'ombra uno sconosciuto, un estraneo che il destino prendeva per lui e spingeva in sua vece nella voragine. Bisognava, per far chiudere la voragine, che qualcuno vi cascasse, o lui o l'altro.

Non aveva che da lasciar fare.

La luce si fece completa ed egli confessò a se stesso «che il suo posto al penitenziario era vuoto, che per quanto facesse lo attendeva sempre, che il furto a Petit-Gervais lo riconduceva lì, e che quel posto vuoto l'avrebbe atteso e attirato sino a che egli l'occupasse, che ciò era inevitabile e fatale». E poi si disse «che in quel momento aveva chi lo sostituiva, che sembrava che un certo Champmathieu avesse avuto questa sventura e che, quanto a lui, presente ormai al penitenziario nella persona di questo Champmathieu, presente nella società nella persona del signor Madeleine, non aveva più nulla da temere, purché non impedisse agli uomini di suggellare sul capo di questo Champmathieu la pietra dell'infamia la quale, come quella del sepolcro, cade una volta e non si rialza più».

Tutto ciò era così violento e così strano, che egli provò a un tratto in sé quella specie di moto indescrivibile che nessun uomo prova mai più di due o tre volte nella vita, qualche cosa come una convulsione della coscienza che rimuove tutto ciò che il cuore ha di dubbio, che si compone di ironia, di gioia e di disperazione, e che si potrebbe chiamare uno scoppio di risa interiore.

Riaccese bruscamente la candela.

«Ebbene,» si disse «di che cosa ho paura? Perché sto tanto a lambiccarmi? Eccomi salvo. Tutto è finito. Non c'era che una porta socchiusa dalla quale il mio passato poteva irrompere: quella porta eccola murata! Per sempre! Quel Javert che da tanto tempo mi inquieta, quel formidabile istinto che pareva mi avesse riconosciuto, che anzi m'aveva riconosciuto, perdio!, e che mi seguiva ovunque, quell'orribile cane da caccia sempre in ferma su di me, eccolo sviato, occupato altrove, completamente fuori di pista. Oramai è soddisfatto, mi lascerà tranquillo, ora ha acciuffato il suo Jean Valjean. Chi sa, probabilmente vorrà lasciare la città! E tutto ciò è avvenuto a mia insaputa, io non c'entro per niente! Ah, dunque, cosa c'è poi di tremendo in tutto ciò? Chi mi vedesse, parola d'onore!, crederebbe che mi sia successa una catastrofe! Dopo tutto, se c'è del male per qualcuno, non è proprio per colpa mia. È la provvidenza che ha fatto tutto. È segno che vuole così. Ho forse il diritto di disfare ciò che ha fatto? Che cosa domando io ora? Di che cosa voglio immischiarmi? Ciò non mi riguarda. Come! Non sono contento! Ma che cosa mi ci vuole dunque? Lo scopo al quale aspiro da tanti anni, il sogno delle mie notti, l'oggetto delle mie preghiere al cielo, la sicurezza, io la raggiungo! È Dio che lo vuole. Io non posso fare nulla contro la volontà di Dio. E perché Dio lo vuole? Perché io continui ciò che ho cominciato, perché faccia del bene, perché io sia un giorno un grande e incoraggiante esempio, perché si possa dire che finalmente fu concessa un po' di felicità dovuta alla penitenza sopportata, alla virtù cui sono ritornato! Veramente non capisco perché abbia avuto paura, poco fa, di entrare da quel bravo parroco, e di raccontargli tutto come a un confessore, e chiedergli consiglio: evidentemente mi avrebbe detto così. Dunque è deciso, lasciamo che le cose seguano il loro corso, lasciamo fare al buon Dio.»

Egli si parlava così nel fondo della sua coscienza, chino su quello che si potrebbe chiamare il suo abisso. Si alzò dalla sedia e si mise a camminare per la camera. «Su, su,» disse «non pensiamoci più. Ecco una risoluzione presa.» Ma non ne provò alcuna gioia.

Anzi.

Non si può impedire a una idea di ritornare in mente, come non si può impedire al mare di ritornare alla spiaggia. Per il marinaio questo ritorno è la marea, per il colpevole il rimorso. Dio solleva l'anima come l'oceano.

Dopo qualche istante Madeleine dovette riprendere, contro la sua volontà, cupo, il dialogo nel quale egli stesso si parlava e si ascoltava a un tempo, dicendo ciò che avrebbe voluto tacere, cedendo a quella potenza misteriosa che gli diceva: «Pensa!», come duemila anni or sono diceva a un altro condannato: «Cammina!»

Prima d'andare più innanzi e per essere perfettamente capiti, insistiamo sopra un'osservazione necessaria.

È certo che si può parlare a se stessi; non c'è essere pensante che non l'abbia provato. Si può anzi dire che la parola non è mai un mistero così meraviglioso come quando, nell'intimo di un uomo, va dal pensiero alla coscienza e ritorna dalla coscienza al pensiero. Solo in questo senso bisogna intendere le parole spesso usate in questo capitolo: *disse, esclamò*. Si dice, si parla, si esclama entro di noi, senza che il silenzio esterno sia rotto. C'è un grande tumulto; tutto parla in noi, fuorché la bocca. Le realtà dell'anima, pur non essendo visibili e palpabili, sono nondimeno realtà.

Madeleine si chiese dunque a qual punto si trovasse. Si interrogò su questa «risoluzione presa». Confessò a se stesso che tutto ciò che aveva sistemato nella propria mente era mostruoso, che «lasciar andare le cose, lasciar fare al buon Dio» era semplicemente orrendo. Lasciar compiere questo errore del destino e degli uomini, non impedirlo, prestarvisi col suo silenzio, non far niente, infine, era far tutto! Era l'ultimo grado dell'indegnità ipocrita, era un delitto basso, vile, subdolo, abietto, odioso.

Per la prima volta dopo otto anni, lo sciagurato sentiva l'amaro sapore di un cattivo pensiero e di una cattiva azione. E lo risputò con disgusto.

Continuò a interrogarsi. Si domandò severamente che cosa avesse inteso con le parole: «Ho conseguito il mio scopo». Dichiarò a se stesso che la sua vita aveva effettivamente uno scopo. Ma quale? Nascondere il suo nome? Ingannare la polizia? Forse aveva fatto tutto quello che aveva fatto per una cosa tanto meschina? Forse non aveva un altro scopo, quello grande, quello vero? Salvare non la sua persona, ma la sua anima, ritornare onesto e buono. Essere un giusto! Non era questo principalmente e unicamente ciò che aveva sempre voluto e che il vescovo gli aveva ordinato: «Chiudere la porta al suo passato». Ma egli non la chiudeva, gran Dio!, la riapriva commettendo un'azione infame! Ma ridiveniva un ladro, e il più odioso dei ladri! Rubava a un altro la sua esistenza, la sua vita, la sua pace, il suo posto al sole! Diveniva un assassino. Uccideva, uccideva moralmente un infelice, gli infliggeva quella terribile morte vivente, quella morte a cielo aperto che si chiama bagno penale. Invece, andare a costituirsi, salvare quell'uomo colpito da un così lugubre errore, riprendere il proprio nome, ritornare doverosamente a essere il forzato Jean Valjean, era davvero completare la risurrezione e chiudere per sempre l'inferno da cui usciva. Ricaderci in apparenza, era uscirne in realtà. Questo bisognava fare, altrimenti non aveva fatto nulla! Tutta la sua vita era inutile, tutta la sua penitenza era perduta e non rimaneva più che dire: a che pro? Sentiva che il vescovo era presente, e tanto più in quanto era morto: che lo guardava fissamente, che ormai il sindaco Madeleine con tutte le sue virtù gli sarebbe riuscito abominevole e che il galeotto Jean Valjean sarebbe stato ai suoi occhi ammirevole e puro. Che gli uomini vedevano la sua maschera, ma che il vescovo vedeva il suo volto. Bisognava dunque andare ad Arras, liberare il falso Jean Valjean, denunciare la verità. Ahimè! Era il massimo dei sacrifici, la più cocente delle vittorie, l'ultimo passo da superare, ma bisognava farlo. Doloroso destino. Non sarebbe entrato nella santità agli occhi di Dio, che rientrando nell'infamia agli occhi degli uomini.

«Ebbene,» disse «prendiamo questa decisione, facciamo il nostro dovere, salviamo quest'uomo!»

Pronunciò queste parole a voce alta, senza accorgersi che parlava forte.

Prese i suoi libri, li controllò e li mise in ordine. Gettò sul fuoco un fascio di crediti che aveva verso piccoli commercianti in cattive acque. Scrisse una lettera e la suggellò; sulla busta, chi si fosse trovato nella sua stanza in quel momento, avrebbe potuto leggere: *Al signor Laffitte, banchiere, via d'Artois, Parigi.*

Prese dallo stipo un portafoglio che conteneva qualche biglietto di banca e il passaporto del quale si era servito quello stesso anno per partecipare alle elezioni.

Chi lo avesse visto compiere questi diversi atti immerso in una grave meditazione, non avrebbe certamente supposto ciò che avveniva dentro di lui. Solo ogni tanto gli tremavano le labbra; oppure rialzava la testa e fissava lo sguardo sopra un punto qualsiasi della parete, come se vi si trovasse qualche cosa che volesse chiarire o interrogare.

Terminata la lettera al banchiere Laffitte, la mise in tasca insieme con il portafoglio, e ricominciò a camminare.

Il suo pensiero non aveva deviato. Egli continuava a vedere chiaramente il suo dovere scritto a lettere luminose che fiammeggiavano davanti ai suoi occhi e che si spostavano con lo spostarsi del suo sguardo: «*Vai! Fatti conoscere! Denunziati!*».

Vedeva, anche, come se si muovessero davanti a lui con forme tangibili le due idee che fino allora avevano costituito la regola della sua vita: nascondere il suo nome, santificare la sua anima. Per la prima volta gli apparivano assolutamente distinte e vedeva la differenza che le separava. Riconosceva che una di queste idee era necessariamente buona, mentre l'altra poteva diventare cattiva; che quella era l'abnegazione, questa la propria persona; che l'una diceva: *il prossimo* e l'altra: *io*; che l'una veniva dalla luce, l'altra dalle tenebre.

Esse si combattevano, le vedeva combattersi. A mano a mano che meditava, gli si erano ingrandite davanti all'occhio della mente, avevano ora delle dimensioni colossali; gli sembrava di veder lottare dentro se stesso, in quell'infinito del quale abbiamo parlato poco fa, in mezzo alle tenebre e ai bagliori, una dea e una gigantessa.

Era pieno di spavento, ma gli sembrava che il pensiero buono avesse il sopravvento.

Sentiva di esser giunto a un altro momento decisivo della sua coscienza e del suo destino; che il vescovo aveva segnato la prima fase della sua nuova vita, e che questo Champmathieu ne segnava la seconda. Dopo la grande crisi, la grande prova.

Frattanto la febbre, dopo una breve calma, gli tornava a poco a poco. Mille pensieri gli attraversavano la mente, ma continuavano a rafforzarlo sempre più nella sua risoluzione.

Un momento si disse «che forse prendeva la cosa troppo sul serio, che, dopo tutto, questo Champmathieu non era interessante, che infine aveva rubato».

Si rispose: «Se quest'uomo ha veramente rubato qualche mela, è questione di un mese di prigione; il che è diverso della galera perpetua. E chi sa, poi? Ha proprio rubato? È provato? Il nome di Jean Valjean incombe su di lui e sembra rendere inutili le prove. Non agiscono forse in tal modo, di solito, i procuratori del re? Lo si crede ladro, perché lo si sa forzato».

In un altro momento gli venne fatto di pensare che, quando si fosse denunciato, forse avrebbero preso in considerazione l'eroismo della sua azione, la sua vita onesta da sette anni a questa parte, tutto ciò che aveva fatto per il paese: e che lo avrebbero graziato.

Ma questa supposizione svanì ben presto, ed egli sorrise amaramente pensando che il furto di quaranta soldi ai danni di Petit-Gervais lo rendeva recidivo: che questo affare sarebbe ritornato certamente a galla e che, ai termini precisi di legge, lo avrebbe reso passibile dei lavori forzati a vita.

Si tolse ogni illusione, si staccò sempre più dalla terra e cercò la consolazione e la forza altrove. Si disse che doveva fare il proprio dovere; che forse, anzi dopo averlo compiuto, non sarebbe stato più infelice che se lo avesse eluso; che se *lasciava fare*, se restava a Montreuil, il suo buon nome, la sua riputazione, le buone opere, la deferenza, la venerazione, la carità, la ricchezza, la popolarità, la virtù sarebbero state condite con un delitto; e quale sapore avrebbero avuto tutte quelle cose sante legate a una cosa tanto obbrobriosa! Invece, se compiva il sacrificio, alla galera, al palo, alla gogna, all'onta senza pietà, al lavoro senza riposo, al berretto verde del forzato, si sarebbe congiunto un pensiero celestiale!

Si disse infine che la necessità lo richiedeva, che il suo destino era fatto così, che non era padrone di scomporre le disposizioni che venivano dall'alto, che in ogni caso bisognava scegliere: o la virtù di fuori e l'abominio di dentro, o la santità di dentro e l'infamia di fuori.

A rimuginare tante idee lugubri, non gli veniva meno il coraggio, ma il suo cervello si affaticava. Cominciò a pensare, senza volerlo, ad altre cose, a cose indifferenti.

Le arterie gli battevano violentemente nelle tempie. Camminava sempre avanti e indietro. Suonò la mezzanotte, prima alla parrocchia e poi al palazzo municipale. Contò i dodici colpi ai due orologi, e fece un confronto tra i suoni delle due campane. Si ricordò allora che qualche giorno prima aveva visto da un rigattiere una vecchia campana da vendere, sulla quale era scritto questo nome: *Antoine Albin de Romainville.*

Aveva freddo. Accese un po' di fuoco. Non pensò a chiudere la finestra.

Frattanto era ricaduto nello smarrimento. Dovette fare un grande sforzo per ricordarsi di ciò cui pensava prima che suonasse la mezzanotte. Finalmente ci riuscì.

«Ah! sì,» disse «ho deciso di denunciarmi.»

E poi, tutto a un tratto, pensò a Fantine.

«Già,» disse «ma quella povera donna!»

A questo punto si determinò un'altra crisi.

Fantine, apparendo bruscamente nei suoi pensieri, fu come un raggio di luce inattesa. Gli sembrò che tutto intorno a lui cambiasse aspetto ed esclamò:

«Ah diamine! Sinora non ho pensato che a me, non ho guardato che alla mia convenienza. Mi conviene tacere o denunciarmi, nascondere la mia persona o salvare la mia anima, essere un magistrato spregevole e rispettato o un galeotto infame e venerando, sono io, sempre io, solo io! Ma, mio Dio, tutto questo è egoismo! Sono forme diverse di egoismo, ma è sempre egoismo. Se pensassi un po' agli altri? La prima santità è pensare agli altri. Vediamo, esaminiamo. Io tolto di mezzo, io cancellato, dimenticato, che avverrà di tutto quanto lascio? Se mi denuncio? Mi prendono, lasciano in libertà quel Champmathieu e mi rimettono in galera, va bene; e poi? Che cosa succede qui? Ah! Qui c'è un paese, una città, delle fabbriche, una industria, degli operai, degli uomini, delle donne, dei vecchi, dei bambini, dei poveri! Ho creato tutto questo, ho fatto vivere tutto ciò; ovunque vi è un camino che fuma, sono io che ho messo il tizzone nel fuoco e la carne nella pentola:

ho creato l'agiatezza, la circolazione monetaria, il credito; prima di me, non c'era niente; io ho rialzato, avviato, animato, fecondato, stimolato, arricchito il paese; se manco io, vien meno l'anima. Tolto di mezzo io, tutto muore. E quella donna che ha tanto sofferto, che ha tanti meriti pur nella sua caduta, e della cui sventura io, senza volerlo, sono stato causa; e quella bambina che volevo andare a cercare, che ho promessa alla madre! Non devo forse qualche cosa anche a quella donna, come riparazione al male che le ho fatto? Se io sparisco, che accade? La madre muore, della bimba, chi sa cosa accadrà. Ecco cosa succede se mi denuncio. E se non mi denuncio? Vediamo, se non mi denuncio?».

Dopo essersi posto questa domanda, si fermò; ebbe come un momento di esitazione e di tremore, ma questo momento durò poco ed egli rispose con calma:

«Ebbene, quell'uomo va in galera, è vero, ma che diamine! Ha rubato! Io ho un bel dire che non ha rubato, ha rubato! Io, io resto qui, continuo. In dieci anni avrò guadagnato dieci milioni, li spenderò per il paese, non terrò nulla per me, che me ne importa? Non è per me quello che lo faccio. La prosperità di tutti va crescendo, le industrie si risvegliano, rifioriscono, le manifatture e le officine si moltiplicano, le famiglie, cento famiglie, mille famiglie vivono contente; la contrada si popola; nascono dei villaggi dove ci sono solo delle fattorie; nascono delle fattorie dove non c'è niente; la miseria sparisce, e con la miseria spariscono la dissolutezza e la prostituzione, il furto, l'omicidio, tutti i vizi, tutti i delitti! E quella povera madre potrà allevare la sua piccina! Ed ecco tutto un paese ricco e onesto! Eh via, ero pazzo, ero insensato; perché parlavo di denunciarmi? Bisogna star bene attenti e non precipitare le cose. Come! Perché mi sarà piaciuto fare il grande, il generoso– questo sa di melodramma, dopo tutto!– perché non avrò pensato che a me, a me solo; per salvare da una punizione forse un po' esagerata, ma in fondo giusta, uno sconosciuto; un ladro, un mariuolo evidentemente, bisognerà dunque che tutto un paese perisca, che una povera donna muoia all'ospedale! Che una povera bimba crepi sul lastrico! Come cani! Ah! Ma è abominevole! Senza che la madre abbia neppure rivisto la sua piccina, senza che la piccina abbia quasi conosciuta la madre! E tutto ciò per quel vecchio briccone di un ladro di mele che senza dubbio ha meritato la galera per qualche cosa d'altro, se non per questo. Begli scrupoli, che salvano un colpevole e che sacrificano degli innocenti, che salvano un vecchio vagabondo (che non ha più che qualche anno di vita, in fin dei conti, e che non si troverà peggio in galera che nella sua stamberga) e che sacrificano tutta una popolazione, madri, donne, bambini! Quella povera piccola Cosette che ha solo me al mondo e che senza dubbio in questo momento è livida per il freddo nel tugurio dei Thénardier! Ecco delle altre canaglie. E io mancherei ai miei doveri verso tutti questi poveri esseri e andrei a denunciarmi! E commetterei questa sciocchezza inutile! Mettiamo tutto al peggio. Supponiamo che questa sia una cattiva azione, e che la mia coscienza me la rimproveri un giorno; ebbene, nell'accettare, per il bene altrui, questi rimproveri che colpiscono me solo, nel compiere questa cattiva azione, che non compromette che la mia anima, sta la vera virtù, sta la vera abnegazione».

Si alzò e si rimise a camminare. Questa volta gli sembrò di essere contento.

I brillanti non si trovano che nelle tenebre della terra; le verità non si trovano che negli abissi del pensiero. Gli sembrava, dopo esser disceso in questi abissi, e dopo avere a lungo brancolato nel più fitto di quelle tenebre, di aver finalmente trovato uno di quei diamanti, una di quelle verità; la teneva in pugno e si abbagliava a guardarla.

«Sì,» pensò «è così. Io sono nel vero. La soluzione è questa. Bisogna pur finire col decidersi a qualche cosa. Il mio partito è preso. Lasciamo correre. Non esitiamo più, non retrocediamo. Questo è nell'interesse di tutti, non di me stesso. Io sono Madeleine e resto Madeleine. Peggio per chi è Jean Valjean. Io non sono più costui. Non conosco quest'uomo, non so più che cosa sia, se capita che qualcuno, ora, sia Jean Valjean, si arrangi! Non mi riguarda. È un nome fatale che fluttua nella notte; se si arresta e si abbatte su una testa, tanto peggio per quella testa.»

Si guardò nel piccolo specchio che era sul camino e disse:

«To', come mi ha sollevato prendere una decisione! Sono un altro, adesso».

Fece ancora qualche passo, poi si fermò a un tratto.

«Animo!» disse «non bisogna esitare davanti a nessuna conseguenza della determinazione presa. Ci sono ancora dei fili che mi attaccano a questo Jean Valjean. Bisogna spezzarli! Ci sono qui, in questa stessa stanza, degli oggetti che mi accuserebbero, delle cose mute che sarebbero dei testimoni; è deciso, bisogna che tutto ciò scompaia.»

Si frugò nelle tasche, ne tirò fuori la borsa, l'aperse e vi prese una piccola chiave.

Introdusse la chiave in una serratura di cui si scorgeva a stento il buco, confuso com'era tra le sfumature cupe del disegno della tappezzeria che rivestiva il muro. Si aprì un nascondiglio, una specie di finto armadio praticato tra l'angolo del muro e la cappa del camino. Non c'erano in quel nascondiglio che dei cenci: un camiciotto di tela turchina, un paio di calzoni vecchi, un vecchio zaino, un grosso bastone di pruno ferrato alle due estremità. Quelli che avevano visto Jean Valjean mentre attraversava Digne, nell'ottobre 1815, avrebbero facilmente riconosciuto tutti i capi di quel miserabile corredo.

Li aveva conservati, come aveva conservato i candelabri d'argento, per ricordarsi sempre il suo punto di partenza. Soltanto, nascondeva gli oggetti provenienti dal penitenziario, mentre lasciava vedere i candelabri che provenivano dalla casa del vescovo.

Gettò uno sguardo furtivo verso la porta, come se temesse che si aprisse nonostante il catenaccio che la chiudeva; poi, con un movimento vivo e brusco, in una sola bracciata, senza dare nemmeno uno sguardo a quelle cose che aveva così religiosamente e pericolosamente conservate per tanti anni, prese tutto, cenci, bastone, zaino, e tutto gettò nel fuoco.

Richiuse il falso armadio e, raddoppiando le precauzioni, ormai inutili dato che esso era vuoto, nascose la porta con un grosso mobile che vi spinse dinanzi.

Dopo qualche secondo, la camera e il muro di fronte furono rischiarati da un grande riverbero rossastro e tremolante. Tutto bruciava. Il bastone di pruno scoppiettava e gettava scintille sino in mezzo alla stanza.

Lo zaino, consumando insieme ai luridi cenci in esso contenuti, aveva messo a nudo qualche cosa che brillava nella cenere. Chinandosi, si sarebbe potuto facilmente riconoscere una moneta d'argento; senza alcun dubbio la moneta da quaranta soldi rubata al piccolo savoiardo.

Madeleine non guardava il fuoco e camminava avanti e indietro sempre con lo stesso passo.

A un tratto il suo sguardo cadde sui due candelabri d'argento che il riverbero faceva brillare vagamente sul camino.

«Guarda,» pensò «lì dentro c'è ancora tutto Jean Valjean; bisogna distruggere anche quelli.»

Prese i due candelabri.

C'era abbastanza fuoco per fonderli in breve tempo e ridurli a una specie di lingotto irriconoscibile.

Si chinò sul fuoco e si riscaldò un momento. Ne ebbe un gradevole benessere. «Che bel caldo!» disse.

Rimosse la brace con uno dei candelabri.

Un minuto ancora e sarebbero stati nel fuoco. In quello stesso momento gli parve di udire una voce che gridava dentro di lui:

«Jean Valjean! Jean Valjean!»

Gli si drizzavano i capelli, diventò come uno che ascolti parole terribili.

«Sì, va bene, fa presto» diceva la voce. «Compi la tua opera, distruggi i candelabri, annienta i ricordi, dimentica il vescovo, dimentica tutto, rovina Champmathieu! Fai pure, va benissimo! Applaudi te stesso. Così è convenuto, è deciso, è detto, ecco un uomo, ecco un vecchio che non sa cosa vogliano da lui, che forse non ha fatto niente, un innocente del quale il tuo nome costituisce la rovina, sul quale il tuo nome pesa come un delitto: egli vien preso in tua vece, sarà condannato, finirà i suoi giorni nell'abiezione e nell'orrore! Va bene. Sii galantuomo, tu. Rimani il signor sindaco, rimani onorabile e onorato, arricchisci la città, nutri gli indigenti, alleva gli orfani, vivi felice, virtuoso e ammirato, e nel frattempo, mentre tu sarai qui nella gioia e nella luce, ci sarà qualcuno che avrà la tua casacca rossa, che porterà il tuo nome nell'ignominia e che trascinerà la tua catena al penitenziario! Sì, tutto è bene accomodato così! Ah, miserabile!»

Il sudore gli gocciolava dalla fronte. Fissava i candelabri con uno sguardo torvo. E intanto la voce che parlava in lui non aveva finito. Quella voce continuava:

«Jean Valjean! Ci saranno intorno a te molte voci che faranno un gran rumore, che parleranno forte e ti benediranno, e ve ne sarà una sola, che nessuno udrà, che ti maledirà nelle tenebre. Ebbene, ascolta, infame! Tutte queste benedizioni cadranno prima di giungere in cielo, e non ci sarà che la maledizione che salirà sino a Dio!».

Questa voce, debole dapprima e sorta dai più oscuri meandri della sua coscienza, si era fatta a poco a poco strepitosa e formidabile, ed egli la udiva ora al suo orecchio. Gli sembrava che fosse uscita da lui e che ora gli parlasse dal di fuori. Credette di udire le ultime parole così distintamente che guardò nella stanza come colto da terrore.

«C'è qualcuno qui?» chiese a voce alta, tutto stravolto. Poi riprese, con un riso che assomigliava a quello di un idiota:

«Che stupido! Non può esserci nessuno».

C'era qualcuno, ma questo qualcuno non era di coloro che l'occhio umano può scorgere.

Posò i candelabri sul camino. Allora riprese quella marcia monotona e lugubre che turbava nei suoi sogni e svegliava di soprassalto l'uomo dormiente nel suo io segreto.

Quel moto lo sollevava e lo inebriava a un tempo. Negli istanti supremi sembra, talvolta, che ci si muova per chiedere consiglio a tutto ciò che possiamo incontrare muovendoci. Dopo qualche momento non sapeva più a qual punto si trovasse.

Adesso indietreggiava con eguale spavento davanti a entrambe le decisioni che a volta a volta aveva preso. Le due opposte idee che lo consigliavano gli apparivano ugualmente funeste. Che fatalità, che strano caso quel Champmathieu scambiato per lui! Essere precipitato proprio con quel mezzo che a tutta prima sembrava usato dalla provvidenza per renderlo più sicuro!

Vi fu un momento in cui considerò l'avvenire. Denunciarsi, gran Dio! Costituirsi! Vide con immensa disperazione tutto ciò che avrebbe dovuto abbandonare, tutto ciò che avrebbe dovuto riprendere. Avrebbe dovuto dare un addio a quella vita, così buona, pura, radiosa, al rispetto di tutti, all'onore, alla libertà! Non avrebbe più passeggiato per i campi, non avrebbe più udito cantare gli uccelli nel mese di maggio, non avrebbe più fatto la carità ai bambini! Non avrebbe più sentito la dolcezza degli sguardi di riconoscenza e d'amore fissi su di lui! Avrebbe dovuto lasciare quella casa da lui costruita, quella camera, quella piccola camera! Tutto gli sembrava bello in quel momento. Non avrebbe più letto quei libri, non avrebbe più scritto su quella piccola tavola di legno bianco! La sua vecchia portinaia, la sola fantesca che avesse, non gli avrebbe più portato il caffè ogni mattina. Gran Dio! Invece di tutto ciò, la ciurma, la gogna, la casacca rossa, la catena al piede, la fatica, la segreta, il letto da campo, tutti quegli orrori già noti. Alla sua età, dopo essere stato quello che era! Se fosse stato ancora giovane! Ma, vecchio, sentirsi dare del tu dal primo venuto, essere perquisito dal guardaforzati, essere bastonato dall'aguzzino, avere i piedi nudi nelle scarpe ferrate, porgere mattina e sera la gamba al martello del guardiano di ronda che verifica la catena! Subire la curiosità dei forestieri ai quali si sarebbe detto: *Quello è il famoso Jean Valjean, che è stato sindaco a Montreuil*! La sera, grondando sudore, spossato dalla fatica, col berretto verde sugli occhi, risalire a due a due sotto la sferza del sergente la scala mobile della cella galleggiante, oh! Quale miseria! Il destino può essere dunque malvagio come un essere intelligente e divenire mostruoso come il cuore umano!

Qualunque sforzo facesse, ricadeva sempre in quell'orribile dilemma che stava in fondo ai suoi pensieri: restare nel paradiso e diventarvi demonio! Ritornare nell'inferno e diventarvi angelo!

Che fare, gran Dio!, che fare?

La tempesta da cui era uscito con tanta pena si scatenò di nuovo in lui. Le sue idee ricominciarono a confondersi, presero quel non so che di attonito e di meccanico che è proprio della disperazione. Il nome di Romainville gli si presentava di continuo alla mente con due versi di una canzone che aveva udito in altri tempi. Pensava che Romainville è un piccolo bosco vicino a Parigi dove i giovani innamorati vanno a cogliere le serenelle nel mese di aprile.

Vacillava di fuori come di dentro. Camminava come un bambino che si lascia andare solo.

Di quando in quando, lottando contro la stanchezza, faceva degli sforzi per riafferrare la propria intelligenza. Egli cercava di proporsi di nuovo e definitivamente il problema dinanzi al quale era, per così dire, caduto sfinito. Bisogna denunciarsi? Bisogna tacere? Non riusciva a vedere nulla di chiaro. Gli aspetti confusi di tutti i ragionamenti abbozzati nella meditazione vacillavano e si dissipavano l'uno dopo l'altro in fumo. Soltanto, sentiva che, a qualunque partito si appigliasse, necessariamente, e senza che fosse possibile sfuggirvi, qualche cosa di lui stava per morire; che entrava in un sepolcro a destra, come a sinistra; che compiva una agonia, l'agonia della sua felicità, o l'agonia della sua virtù.

Ahimè! Tutte le sue incertezze lo avevano ripreso. Non era più innanzi di quando aveva cominciato.

Così si dibatteva nell'angoscia quell'anima infelice. Mille e ottocento anni prima di quell'uomo sventurato, l'Essere misterioso nel quale si riassumono tutte le santità e tutte le sofferenze dell'umanità, mentre gli olivi fremevano sotto l'aspro soffio dell'infinito, aveva egli pure allontanato più volte con la mano lo spaventoso calice che gli appariva grondante d'ombra e traboccante di tenebre dentro profondità piene di stelle.

IV
FORME CHE ASSUME IL DOLORE DURANTE IL SONNO

Suonavano le tre del mattino, ed erano cinque ore che Madeleine camminava in quel modo, quasi senza interruzione, quando si lasciò cadere sopra una sedia.

Si addormentò e fece un sogno.

Questo, come la maggior parte dei sogni, non aveva alcuna relazione con la realtà, se non per un non so che di funesto e di cocente, ma gli fece impressione. Quell'incubo lo colpì talmente che più tardi lo ha descritto e la descrizione si trova in una delle carte che ha lasciato scritte di suo pugno. Crediamo doveroso trascrivere qui, testualmente, la sua narrazione.

Quale che sia questo sogno, se l'omettessimo la storia di quella notte sarebbe incompleta. È la tetra avventura di un'anima ammalata.

Eccolo. Sulla busta troviamo scritta questa riga: *Il sogno che feci quella notte.*

Ero in una campagna. Una vasta campagna triste e senza erba.

Mi sembrava non fosse né giorno né notte.

Passeggiavo con mio fratello, il fratello dei miei anni infantili al quale, debbo dirlo, non penso mai, e del quale non mi ricordo quasi più.

Parlavamo e incontravamo dei passanti; parlavamo di una vicina che abbiamo avuto in altri tempi, e che, da quando abitava in quella strada, lavorava con la finestra sempre aperta. Mentre parlavamo, avevamo freddo per via di quella finestra aperta.

Non vi erano alberi nella pianura.

Vedemmo un uomo passarci vicino. Era completamente nudo, color della cenere, sopra un cavallo color della terra. L'uomo non aveva capelli; si vedeva il suo cranio e su questo si vedevano le vene. Aveva tra le mani una bacchetta flessibile come un tralcio di vite e pesante come se fosse di ferro. Quel cavaliere passò senza rivolgerci la parola.

Mio fratello mi disse: «Prendiamo il sentiero infossato».

C'era una strada infossata dove non si vedeva né un cespuglio né un filo di musco. Ogni cosa aveva il colore della terra, anche il cielo. Dopo qualche passo nessuno mi rispose più quando parlavo. Mi accorsi che mio fratello non era più con me. Vidi un villaggio e vi entrai. Pensai che doveva essere Romainville (perché Romainville?).[4]

La prima via nella quale entrai era deserta. Entrai in una seconda strada. Dietro l'angolo delle due strade c'era un uomo in piedi contro il muro. Io chiesi a quell'uomo: «Che paese è questo? Dove sono?». L'uomo non rispose. Vidi la porta di una casa, vi entrai.

La prima camera era deserta; entrai in una seconda. Dietro la porta di questa camera c'era un uomo in piedi contro il muro. Domandai a quell'uomo: «Di chi è questa casa? Dove sono?». L'uomo non rispose.

La casa aveva un giardino.

Uscii dalla casa ed entrai nel giardino. Il giardino era deserto. Dietro il primo albero incontrai un uomo in piedi. Dissi a quell'uomo: «Che giardino è questo? Dove sono?». L'uomo non rispose.

Vagai per il villaggio, e mi accorsi che era una città. Tutte le strade erano deserte, tutte le porte erano aperte. Nessun essere vivente girava per le strade, né camminava nelle stanze, né passeggiava nei giardini. Ma c'era dietro a ogni angolo di muro, dietro a ogni porta, dietro ogni albero, un uomo in piedi che taceva. Non ne potei mai vedere più di uno per volta. Quegli uomini mi guardavano mentre passavo.

Uscii dalla città e mi misi a camminare nei campi.

Dopo un po' mi voltai e vidi una gran folla che veniva dietro di me. Riconobbi tutti gli uomini che avevo visto in città. Essi avevano delle strane teste. Pareva che non si affrettassero, tuttavia camminavano più rapidamente di me. Camminando non facevano alcun rumore. In breve quella folla mi raggiunse e mi circondò. Il volto di quegli uomini era color della terra. Allora il primo che avevo visto e interrogato entrando in città, mi disse: «Dove andate? Non sapete dunque che siete morto da molto tempo?».

Aprii la bocca per rispondere, e mi accorsi che intorno a me non c'era nessuno.

[4] Questa parentesi è anch'essa di pugno di Jean Valjean [N.d.A.].

Si risvegliò. Era intirizzito. Un vento freddo come il vento del mattino faceva girare sui cardini le impannate della finestra rimasta spalancata. Il fuoco s'era spento. La candela era alla fine. Era ancora notte profonda.

Egli si alzò, andò alla finestra. Il cielo era sempre senza stelle.

Dalla finestra si vedeva il cortile della casa e la strada. Un rumore secco e duro, che risuonò d'improvviso sul selciato, gli fece abbassare gli occhi.

Vide sotto di lui due stelle rosse: i loro raggi si accorciavano e si allungavano bizzarramente nell'ombra.

Con la mente ancora per metà sommersa nella nebbia dei sogni pensò: «Guarda, non ci sono stelle in cielo, ma sono sulla terra, adesso».

Frattanto quella nebulosità si dissipò, e un secondo rumore, simile al primo, lo risvegliò del tutto: egli guardò e capì che quelle due stelle erano i fanali di una carrozza; al chiarore che essi emanavano poté distinguere la forma della carrozza stessa. Era un *tilbury* attaccato a un piccolo cavallo bianco. Il rumore che aveva sentito era il battere degli zoccoli del cavallo sul selciato.

«Che cos'è questa carrozza?» si disse. «Chi è che viene così presto?»

In quel momento bussarono leggermente alla porta della camera.

Ebbe un brivido dalla testa ai piedi, e gridò con voce terribile: «Chi c'è?».

Qualcuno rispose:

«Io, signor sindaco».

Riconobbe la voce della vecchia portinaia.

«Ebbene,» riprese «cosa c'è?»

«Signor sindaco, sono quasi le cinque.»

«Cosa m'importa?»

«Signor sindaco, c'è il calesse.»

«Quale calesse?»

«Il *tilbury*.»

«Quale *tilbury*?»

«Il signor sindaco non ha forse comandato un *tilbury*?»

«No» disse.

«Il cocchiere dice che viene a prendere il signor sindaco.»

«Quale cocchiere?»

«Il cocchiere del signor Scaufflaire.»

«Scaufflaire?»

Questo nome lo fece trasalire come se gli fosse passato un lampo davanti agli occhi.

«Ah sì,» rispose «Scaufflaire.»

Se la vecchia lo avesse potuto vedere in quel momento si sarebbe spaventata.

Ci fu un silenzio abbastanza lungo. Madeleine esaminava con occhio istupidito la fiamma della candela, raccoglieva intorno allo stoppino la cera ardente e la arrotolava fra le dita. La vecchia aspettava. Poi osò far sentire di nuovo la sua voce:

«Signor sindaco, cosa debbo rispondere?»

«Dite che va bene, che scendo.»

V

BASTONI FRA LE RUOTE

Il servizio postale da Arras a Montreuil in quel periodo si faceva ancora con corriere del tempo dell'impero. Quelle corriere erano calessi a due ruote, imbottiti di cuoio rossiccio all'interno, sospesi su molle a pressione, a due soli posti, uno per il corriere l'altro per il viaggiatore. Le ruote erano munite di quei lunghi mozzi d'offesa che tengono le altre carrozze a distanza e che si vedono ancora sulle strade della Germania. Il cofano della posta, una grande scatola oblunga, era sistemato dietro il calesse e faceva corpo con esso. Questo cofano era dipinto di nero, il calesse di giallo.

Tali veicoli, ai quali nessuno di quelli d'oggi rassomiglia minimamente, avevano un non so che di deforme e di gibboso, e quando si vedevano passare da lontano o trascinarsi su qualche strada all'orizzonte, assomigliavano a quegli insetti che si chiamano, credo, termiti, i quali con un piccolo torso trascinano un grosso posteriore. Andavano, del resto, molto veloci.

La corriera partiva da Arras tutte le notti all'una, dopo il passaggio della diligenza di Parigi, e arrivava a Montreuil un po' prima delle cinque del mattino.

Quella notte la corriera che discendeva a Montreuil per la strada di Hesdin incrociò, a una curva, mentre entrava in città, un piccolo *tilbury* attaccato a un cavallo bianco, che procedeva in senso inverso e nel quale non c'era che una persona, un uomo avvolto in un mantello. Una ruota del *tilbury* ricevette un colpo abbastanza forte. Il corriere gridò a quell'uomo di fermarsi, ma il viaggiatore non diede retta e continuò la sua strada a gran trotto.

«Ecco uno che ha una fretta indiavolata» disse il corriere.

L'uomo che s'affrettava in tal modo è quello stesso che abbiamo visto dibattersi fra spasimi degni certamente di pietà.

Dove andava? Non avrebbe potuto dirlo. Perché s'affrettava? Non lo sapeva. Andava avanti a caso. Dove? Ad Arras senza dubbio: ma poteva darsi che andasse in un altro luogo. In certi momenti lo sentiva, e allora trasaliva.

Sprofondava nella notte come in un baratro. Qualche cosa lo respingeva, qualche cosa l'attirava. Nessuno potrebbe dire ciò che accadeva nel suo animo, ma tutti lo comprenderanno. Chi non è entrato, una volta almeno nella vita, in quell'oscura caverna che è l'ignoto?

Del resto, egli non aveva ancora deciso, né risolto, né fatto niente. Nessun moto della sua coscienza era stato definitivo. Egli si trovava più che mai nello stato d'animo del primo momento.

Perché andava ad Arras?

Si ripeteva quello che s'era detto mentre fissava il calesse di Scauffiaire: che, qualunque dovesse essere il risultato, non aveva nulla da temere a veder le cose con i propri occhi, e a giudicarle da sé; che ciò anzi era prudente, e conveniva sapere ciò che sarebbe accaduto; che non poteva decidere nulla senza aver prima osservato e scrutato; che da lontano ogni inezia sembra una montagna; che, in fin dei conti, quando avesse visto che quel Champmathieu era un miserabile, la sua coscienza sarebbe stata probabilmente ben sollevata lasciandolo andare in galera al suo posto; che in verità avrebbe trovato Javert, e quel Brevet, quel Chenildieu, quel Cochepaille, ex forzati che lo avevano conosciuto: ma che certamente nessuno d'essi lo avrebbe riconosciuto;– che idea!– che Javert era a mille miglia dal pensarvi; che tutte le congetture e supposizioni erano rivolte su Champmathieu; che nulla v'è di ostinato quanto le supposizioni e le congetture; che non c'era quindi alcun pericolo; che senza dubbio stava attraversando un brutto momento, ma che ne sarebbe uscito; che, dopo tutto, il suo destino, per quanto malvagio potesse essere, era in mano sua; che ne era il padrone. Egli si aggrappava a quest'idea.

In fondo, per dire il vero, avrebbe preferito non andare ad Arras.

Eppure ci andava.

E mentre pensava, sferzava il cavallo, il quale trottava di quel buon trotto regolare e sicuro che compie due leghe e mezzo all'ora.

A mano a mano che il calesse avanzava, egli sentiva qualche cosa in sé che retrocedeva.

Allo spuntar del giorno si trovò in piena campagna: la città di Montreuil-sur-mer era parecchio lontana dietro di lui. Guardò l'orizzonte che si rischiarava; guardò, senza vederle, passare davanti ai suoi occhi tutte le fredde immagini di un'alba invernale. Il mattino ha i suoi spettri come la sera. Non li vedeva, ma, a sua insaputa, e per una specie di penetrazione quasi fisica, quelle nere sagome di alberi e di colline aggiungevano un non so che di tetro e di sinistro allo stato violento del suo animo.

Ogni volta che passava davanti a una di quelle case isolate che talvolta s'incontrano lungo le strade maestre, si diceva: «Eppure là dentro ci sono persone che dormono!».

Il trotto del cavallo, i sonagli della bardatura, le ruote sul selciato, facevano un rumore dolce e monotono insieme, che è gaio quando si è allegri e lugubre quando si è tristi.

Era giorno fatto quando giunse a Hesdin. Si fermò davanti a un albergo per lasciar prender fiato al cavallo e per dargli un po' di avena. Il cavallo era, come aveva detto Scauffflaire, di quella piccola razza di Piccardia che ha la testa e il ventre troppo grossi e troppo corto il collo, ma che ha il petto ben fatto, la groppa larga, le gambe asciutte e sottili e il piede solido; razza brutta, ma robusta e sana. La brava bestia aveva fatto cinque leghe in due ore e non aveva una goccia di sudore sulla groppa.

Il viaggiatore non discese dal calesse. Il garzone di scuderia che portò l'avena, a un tratto, si chinò a esaminare la ruota di sinistra.

«Dovete andar lontano in questo modo?» chiese.

L'altro rispose senza uscire dai suoi pensieri: «Perché?».

«Venite da lontano?» riprese il garzone.

«Da cinque leghe.»

«Ah!»

«Perché dite: ah?»

Il garzone si chinò di nuovo, restò un momento silenzioso, l'occhio fisso sulla ruota, poi si rialzò dicendo:

«C'è che vedo qui una ruota che ha fatto cinque leghe, è possibile; ma certamente, ora non farà più di un quarto di lega.»

Il viaggiatore saltò giù dal calesse.

«Che cosa dite, amico?»

«Dico che è un miracolo che abbiate fatto cinque leghe senza rotolare, voi e il cavallo, in qualche fossato lungo la strada maestra. Guardate, piuttosto.»

La ruota, infatti, era molto danneggiata. L'urto con la corriera aveva spezzato due raggi e sciupato il mozzo in modo che la vite non teneva più.

«Amico mio,» disse Madeleine al garzone di scuderia «c'è un carradore qui?»

«Certo, signore.»

«Fatemi il piacere di andarlo a cercare.»

«È qui a due passi. Ehi, mastro Bourgaillard!»

Mastro Bourgaillard, il carradore, era sulla soglia della sua casa. Venne a esaminare la ruota e fece la smorfia che farebbe un chirurgo esaminando la frattura di una gamba.

«Potete accomodare subito questa ruota?»

«Sì, signore.»

«Quando potrò partire?»

«Domani.»

270

«Domani!»

«C'è una buona giornata di lavoro. Il signore ha premura?»

«Moltissima. Bisogna che riparta al più tardi fra un'ora.»

«Impossibile, signore.»

«Pagherò quanto vorrete.»

«Impossibile!»

«Ebbene, fra due ore.»

«Impossibile per oggi. Bisogna rifare due raggi e un mozzo. Il signore non potrà partire prima di domani.»

«L'affare che mi preme non può essere rimandato a domani. Se, invece di ripararla, questa ruota, la si sostituisse?»

«In che modo?»

«Non fate il carradore?»

«Certamente, signore.»

«Non avete una ruota da vendermi? Potrei ripartire subito.»

«Una ruota di ricambio?»

«Sì.»

«Non ho una ruota finita che si adatti al vostro calesse. Due ruote vanno accoppiate. Due ruote non vanno insieme a caso.»

«In tal caso vendetemi un paio di ruote.»

«Signore, non tutte le ruote vanno bene a tutti gli assali.»

«Tentate, in ogni modo.»

«È inutile, signore. Non ho da vendere che ruote di carretta. Siamo in un piccolo paese.»

«Avete un calesse da noleggiarmi?»

Il mastro carradore, a primo colpo d'occhio, aveva visto che il *tilbury* era una carrozza da nolo. Egli alzò le spalle.

«Li conciate bene i calessi che vi noleggiano. Se anche ne avessi uno, non ve lo darei.»

«Ebbene, da vendermi?»

«Non ne ho.»

«Come, nemmeno una carretta? Come vedete, non sono di difficile accontentatura.»

«Il nostro è un piccolo paese. Ho sì, là nella rimessa,» aggiunse il carradore «un vecchio calesse che appartiene a un benestante della città, che me lo ha dato in custodia e che lo usa ogni ventisei del mese. Ve lo darei volentieri a nolo; che me ne importa? Ma bisognerebbe che il suo padrone non lo vedesse passare, e poi è un calesse, e ci vorrebbero due cavalli.»

«Prenderò i cavalli di posta.»

«Dove va il signore?»

«Ad Arras.»

«E il signore vuole arrivare oggi?»

271

«Ebbene sì.»

«Prendendo dei cavalli di posta?»

«E perché no?»

«Non sarebbe lo stesso per il signore arrivare questa notte alle quattro?»

«No certamente.»

«Perché, vedete, c'è una cosa da dire, prendendo i cavalli di posta... Il signore ha il passaporto?»

«Sì.»

«Ebbene, prendendo i cavalli di posta, il signore non arriverà ad Arras prima di domani. Questa è una strada traversa: il servizio è mal fatto, i cavalli sono nei campi. Comincia la stagione dei grandi lavori di aratura, c'è bisogno di molte bestie da tiro, e si pigliano i cavalli ovunque, alla posta come altrove. Il signore dovrà aspettare almeno tre o quattro ore a ogni tappa; e poi si va al passo, ci sono molte salite.»

«Ebbene, andrò a cavallo. Staccate il calesse. Ci sarà bene in paese qualcuno che mi venderà una sella.»

«Senza dubbio. Ma questo cavallo tollera la sella?»

«È vero, mi ci fate pensare; non la sopporta.»

«Allora...»

«Troverò pure in paese un cavallo da noleggiare!»

«Un cavallo per andare ad Arras in una sola tappa?»

«Sì.»

«Ci vorrebbe un cavallo come non se ne trovano nei nostri villaggi. Bisognerà comperarlo perché nessuno vi conosce. Ma né da vendere né da noleggiare, né per cinquecento franchi né per mille lo troverete.»

«Come si fa?»

«Il meglio, da uomo onesto, è che io vi accomodi la ruota, e che vi rimettiate in viaggio domani.»

«Domani sarà troppo tardi.»

«Diamine!»

«Non c'è la corriera che va ad Arras? Quando passa?»

«Stanotte. Le due corriere fanno servizio di notte, tanto quella che va come quella che ritorna.»

«Come! Vi ci vuole una giornata per riparare questa ruota?»

«Una giornata, e buona!»

«Con due operai?»

«Anche con dieci.»

«Se si legassero i raggi con delle corde?»

«I raggi sì, il mozzo no. E poi, anche il cerchione è in cattivo stato.»

«Non c'è un noleggiatore di vetture in città?»

«No».

«Non c'è un altro carradore?»

Il mozzo di stalla e il mastro carradore risposero insieme, scuotendo la testa:

«No.»

Allora egli provò un'immensa gioia.

Era evidente che la provvidenza si intrometteva. Era lei che aveva rotto la ruota del *tilbury* e che lo fermava per strada. Non si era arreso a questa specie di prima intimazione; aveva fatto tutti gli sforzi possibili per continuare il viaggio; aveva lealmente e scrupolosamente escogitato tutti i mezzi; non si era ritirato né di fronte alla stagione, né alla stanchezza, né alla spesa; non aveva niente da rimproverarsi. Se non andava oltre, non era più per sua colpa, non era cosa che riguardasse la sua coscienza, ma bensì la provvidenza.

Respirò. Respirò liberamente a pieni polmoni per la prima volta dopo la visita di Javert. Gli sembrava che il pugno di ferro che gli serrava il cuore da venti ore rallentasse la stretta.

Gli pareva che adesso Dio fosse in suo favore e tale si manifestasse.

Disse a se stesso che aveva fatto tutto il possibile e che ora non aveva altro da fare che ritornare sui suoi passi, tranquillamente.

Se la conversazione con il carradore si fosse svolta in una camera dell'albergo, se non avesse avuto dei testimoni, se nessuno l'avesse udita, le cose sarebbero rimaste a questo punto e probabilmente noi non avremmo da raccontare alcuno degli avvenimenti che esporremo in seguito; ma la conversazione era stata tenuta in strada. Ogni colloquio fatto per la strada provoca inevitabilmente un capannello di gente. C'è sempre qualcuno che non chiede che di essere spettatore. Mentre egli interrogava il carradore, alcuni passanti si erano fermati; dopo aver ascoltato per qualche minuto, un ragazzo, al quale nessuno aveva badato, si era allontanato di corsa dal gruppo.

Nel momento in cui il viaggiatore, dopo la deliberazione interiore che abbiamo detto, decideva di tornare indietro, quel ragazzo ritornò; era accompagnato da una vecchia.

«Signore,» disse la donna «il mio ragazzo mi dice che desiderate noleggiare un calesse.»

Questa semplice frase, pronunciata da una vecchia donna che aveva per mano un fanciullo, bastò a fargli scorrere il sudore nelle reni. Credette di vedere la mano che prima l'aveva abbandonato riapparire nell'ombra dietro a lui, pronta a riprenderlo.

Rispose:

«Sì, buona donna, cerco un calesse a nolo».

E s'affrettò a soggiungere:

«Ma non ce n'è nel paese».

«Sì, invece» rispose la vecchia.

«Dove, dunque?» ribatté il carradore.

«Da me» replicò la vecchia.

Egli trasalì. La mano fatale lo aveva ripreso.

La vecchia aveva infatti, sotto una rimessa, una specie di calesse di vimini. Il carradore e il garzone dell'albergo, cui spiaceva di vedersi sfuggire il viaggiatore, intervennero: era uno spaventoso trabiccolo, poggiava a nudo sull'assale, aveva i sedili interni sospesi con cinghie di cuoio, vi pioveva dentro, le ruote erano arrugginite e corrose dall'umidità, non sarebbe andato molto più lontano del *tilbury,* una vera carcassa, quel signore avrebbe fatto assai male a imbarcarvisi, eccetera, eccetera.

Tutto ciò era vero, ma quel carrettone, quel trabiccolo, quella cosa, qualunque essa fosse, correva su due ruote e poteva andare ad Arras.

Pagò quanto vollero, lasciò il calesse da riparare al carradore per ritrovarlo al suo ritorno, fece attaccare il cavallo bianco al calesse, vi montò e riprese la strada che percorreva fin dal mattino.

Nell'attimo in cui la carrettella si mosse, egli confessò a se medesimo che un momento prima aveva provato una certa gioia pensando che non avrebbe potuto recarsi là dove andava. Analizzò questa gioia con una specie di collera e la trovò assurda. Perché provare contentezza nel tornare indietro? Dopo tutto, faceva questo viaggio liberamente. Nessuno ve l'obbligava.

E certamente non sarebbe accaduto nulla che egli non volesse.

Mentre usciva da Hesdin, udì una voce che gridava: «Fermatevi! Fermatevi!». Fermò il calesse con un movimento brusco nel quale c'era ancora qualche cosa di febbrile e di convulso che assomigliava alla speranza.

Era il ragazzo della vecchia.

«Signore,» disse «sono io che vi ho procurato il calesse.»

«Ebbene?»

«Non mi avete dato niente.»

Egli, che donava a tutti così facilmente, trovò questa pretesa esorbitante e quasi odiosa.

«Ah! Sei tu, monello?» disse. «Non avrai niente.»

Frustò il cavallo e ripartì a gran trotto.

Aveva perso molto tempo a Hesdin, e avrebbe voluto recuperarlo. Il piccolo cavallo era volenteroso e tirava per due; ma si era nel mese di febbraio, aveva piovuto e le strade erano in cattivo stato. E poi non era più il *tilbury.* La carrettella era dura e pesante, e le salite frequenti.

Impiegò quasi quattro ore per andare da Hesdin a Saint-Pol. Quattro ore per cinque leghe.

A Saint-Pol si fermò alla prima locanda, e fece mettere il cavallo in scuderia. Come aveva promesso a Scaufflaire, stette vicino alla rastrelliera mentre il cavallo mangiava. Pensava a cose tristi e confuse.

La moglie del locandiere entrò in scuderia.

«Il signore non vuol mangiare?»

«Già, è vero,» disse «ho anche appetito.»

Seguì la donna, che aveva una fisionomia fresca e gioviale. Essa lo condusse in una sala al pianterreno dove si trovavano delle tavole coperte di tela incerata anziché di tovaglie.

«Fate presto,» egli riprese «devo partire subito. Ho fretta.»

Una grossa serva fiamminga apparecchiò con premura.

Egli osservò quella ragazza con un senso di benessere.

«Ecco cos'avevo,» pensò «non avevo fatto colazione.»

Lo servirono. Si gettò sul pane, ne morse un boccone, poi lo ripose lentamente sulla tavola e non lo toccò più. Un barrocciaio mangiava a un'altra tavola.

Egli domandò a costui:

«Perché questo pane è così amaro?».

Il barrocciaio era tedesco e non capì.

Madeleine tornò nella scuderia vicino al cavallo.

Un'ora dopo aveva lasciato Saint-Pol e si dirigeva verso Tinques, che dista solo cinque leghe da Arras.

Che cosa fece durante il viaggio? A che cosa pensò? Come al mattino, guardava passare gli alberi, i tetti di stoppia, i campi coltivati, il dileguarsi del paesaggio che cambiava aspetto a ogni curva della strada. C'è in questa contemplazione qualche cosa che basta all'anima, e quasi la dispensa dal pensare. Vedere mille cose per la prima e per l'ultima volta; non c'è nulla di più malinconico e profondo! Viaggiare è nascere e morire a ogni istante. Forse, nella regione più indefinita della sua mente, egli faceva dei paragoni fra quegli orizzonti mutevoli e l'esistenza umana. Tutte le cose della vita sono perpetuamente in fuga davanti a noi. Le ombre e le luci si alternano: dopo un raggio abbagliante, un'eclissi; si guarda, ci si affretta, si tendono le mani per prendere ciò che passa; ogni avvenimento è una curva della strada; e tutto a un tratto si è vecchi. Si sente come una scossa, tutto è nero, si distingue una porta oscura, il torvo cavallo della vita che vi trascina si ferma, e si vede qualcuno, velato e ignoto, che lo stacca nelle tenebre.

Cadeva il crepuscolo quando i ragazzi che tornavano da scuola videro il nostro viaggiatore entrare in Tinques. Si era ancora nel periodo dell'anno in cui le giornate sono corte. Non si fermò a Tinques. Mentre usciva dal villaggio, un cantoniere che acciottolava la strada alzò la testa e disse:

«Ecco un cavallo molto stanco».

La povera bestia, infatti, non andava più che al passo.

«Andate ad Arras?» aggiunse il cantoniere.

«Sì.»

«Se andate di questo passo non arriverete tanto presto.»

Fermò il cavallo e chiese al cantoniere:

«Quanto c'è ancora di qui ad Arras?».

«Quasi sette buone leghe.»

«Come? La guida postale non segna che cinque leghe e un quarto.»

«Ah!» riprese il cantoniere «non sapete che stanno riparando la strada? La troverete sbarrata a un quarto d'ora da qui, e non v'è modo di andare più lontano.»

«Veramente?»

«Prenderete a sinistra, la strada che porta a Carency, passerete il fiume, e quando sarete a Camblin, girerete a destra: è la strada di Mont-Saint-Éloy che conduce ad Arras.»

«Si fa notte, mi perderò.»

«Non siete del paese?»

«No.»

«E per di più, sono tutte strade traverse. Sentite, signore,» riprese il cantoniere «volete che vi dia un consiglio? Il vostro cavallo è stanco, ritornate a Tinques, c'è un buon albergo, dormiteci, e domani per tempo andrete ad Arras.»

«Bisogna che arrivi questa sera.»

«La faccenda è diversa. Allora, andate ugualmente a quell'albergo e prendete un cavallo di rinforzo. Il garzone che accompagnerà il cavallo vi guiderà.»

Seguì il consiglio del cantoniere, tornò indietro, e una mezz'ora dopo ripassava dallo stesso punto, ma a trotto serrato, con un buon cavallo di rinforzo. Un mozzo di stalla che pomposamente si faceva chiamare postiglione stava seduto sulla stanga della carrettella.

Frattanto Madeleine s'accorgeva che perdeva tempo. Era già notte.

Si cacciarono per le vie traverse. La strada divenne malagevole, la carrettella trabalzava da una carreggiata all'altra.

Egli disse al postiglione:

«Sempre al trotto e doppia mancia».

In un trabalzo si spezzò il bilancino.

«Signore,» disse il postiglione «il bilancino è rotto e io non so più come attaccare il cavallo. Questa strada è così brutta di notte! Se volete ritornare a dormire a Tinques, potremo essere domattina di buon'ora ad Arras.»

Egli rispose:

«Hai un pezzo di corda e un coltello?».

«Sì, signore.»

Tagliò un ramo d'albero, e ne fece un bilancino. Furono altri venti minuti perduti; ma ripartirono al galoppo.

La pianura era tenebrosa. Nebbie basse, brevi e fosche lambivano le colline e se ne staccavano come fumo. Fra le nubi c'erano dei chiarori biancastri. Un forte vento che soffiava dal mare provocava in ogni punto dell'orizzonte un rumore simile a quello di mobili smossi. Tutto ciò che s'intravedeva aveva qualcosa di terrificante. Quante cose fremono sotto questi immensi soffi della notte!

Il freddo lo penetrava. Madeleine non aveva mangiato dal giorno prima. Si ricordava vagamente dell'altra corsa notturna fatta nella grande pianura intorno a Digne. Erano passati otto anni e gli sembrava ieri.

Suonarono le ore a un campanile lontano. Domandò al garzone: «Che ore sono?».

«Sono le sette, signore. Saremo ad Arras alle otto. Non abbiamo più che tre leghe.»

In quel momento fece per la prima volta questa riflessione, trovando strano di non averla fatta prima: che tutta la pena che si prendeva poteva essere inutile, che non sapeva neppure l'ora del processo; che avrebbe dovuto informarsene; che era stravagante andare innanzi a quel modo, senza nemmeno avere la certezza che ciò potesse servire a qualche cosa. Poi si mise a fare qualche calcolo mentale: ordinariamente le sedute di corte d'assise cominciano alle nove del mattino; quel processo non poteva durare a lungo; il furto delle mele avrebbe richiesto brevissimo tempo; in seguito non ci sarebbe stata che la questione dell'identità; quattro o cinque deposizioni e poco da dire per gli avvocati; sarebbe arrivato quando tutto era ormai finito.

Il postiglione sferzava i cavalli. Avevano passato il fiume e lasciato alle spalle Mont-Saint-Éloy.

La notte si faceva sempre più profonda.

VI

SUOR SIMPLICE MESSA ALLA PROVA

Intanto, in quello stesso momento, Fantine si abbandonava alla gioia.

Aveva trascorso una pessima notte: tosse spaventosa, febbre molto alta; sogni pieni di incubi. La mattina, quando il medico la visitò, ella delirava. Il dottore ne parve allarmato e raccomandò che lo si avvertisse quando il signor Madeleine fosse venuto.

Durante tutta la giornata essa rimase malinconica, parlò poco, fece delle pieghe alle lenzuola, mormorando a voce bassa dei calcoli, che dovevano probabilmente essere dei calcoli di distanza. I suoi occhi erano incavati e fissi; sembravano quasi spenti, e poi, per un momento, si riaccendevano e risplendevano come stelle. Sembra che, all'avvicinarsi di una certa ora funesta, la luce del cielo riempia coloro che il chiarore della terra abbandona. Ogni volta che suor Simplice le domandava come stava, rispondeva invariabilmente: «Bene. Vorrei vedere il signor Madeleine».

Qualche mese prima, quando Fantine aveva perso l'ultimo pudore, l'ultima vergogna e l'ultima gioia, era l'ombra di se stessa; ora ne era lo spettro. Il male fisico aveva completato l'opera del male morale. Quella creatura di soli venticinque anni aveva la fronte solcata di rughe, le gote flosce, le nari contratte, i denti scalzati, il colorito plumbeo, il collo ossuto, le clavicole sporgenti, le membra fiacche, la pelle terrea, e i suoi capelli biondi rinascevano misti a capelli grigi. Ahimé, come il male improvvisa la vecchiaia!

A mezzogiorno il medico ritornò, fece qualche prescrizione, s'informò se il sindaco era venuto all'infermeria e scosse la testa.

Madeleine, di solito, veniva verso le tre a vedere l'ammalata. Siccome anche l'esattezza fa parte della bontà, egli era puntuale.

Verso le due e mezzo, Fantine cominciò ad agitarsi. Nello spazio di venti minuti, domandò più di dieci volte alla religiosa: «Suora, che ora è?».

Suonarono le tre. Al terzo colpo, Fantine si rizzò a sedere, mentre ormai poteva appena muoversi nel letto, congiunse con un moto convulso le mani scarne e gialle, e la religiosa udì uscire dal suo petto uno di quei sospiri profondi che sembrano alleviare un'oppressione. Poi Fantine si voltò e guardò la porta.

Nessuno entrò; la porta non si aprì.

Restò così un quarto d'ora, lo sguardo fisso sulla porta, immobile e come trattenendo il respiro. La suora non osava parlarle. Alla chiesa suonarono le tre e un quarto. Fantine si lasciò ricadere sul guanciale. Non disse nulla e si rimise a fare delle pieghe nelle lenzuola.

Passò la mezza e poi l'ora. Nessuno venne. Ogni volta che l'orologio suonava, Fantine si raddrizzava e guardava verso la porta, poi ricadeva.

Si capiva chiaramente il suo pensiero, ma ella non pronunciava alcun nome, non si lamentava, non accusava. Solamente, tossiva in modo lugubre. Si sarebbe detto che qualche cosa di fosco calasse su di lei. Era livida e aveva le labbra violacee.

Di tratto in tratto sorrideva.

Suonarono le cinque. Allora la suora la sentì dire a voce bassissima e dolcemente: «Poiché io me ne andrò domani, egli fa male a non venire oggi!».

La stessa suor Simplice era sorpresa del ritardo del signor Madeleine. Intanto Fantine, dal suo letto, guardava il cielo. Sembrava si sforzasse di ricordare qualche cosa; a un tratto si mise a cantare con una voce flebile come un soffio. La religiosa l'ascoltò. Ecco che cosa cantava Fantine:

Nous achèterons de bien belles choses
En nous promenant le long des faubourgs.
Les bleuets sont bleus, les roses sont roses,
Les bleuets sont bleues, j'aime mes amours.

La Vierge Marie auprès de mon poêle
Est venue hier en manteau brodé,
Et m'a dit: «Voici, caché sous mon voile,
«Le petit qu'un jour tu m'as demandé».
Courez à la ville, ayez de la toile,
Achetez du fil, achetez un dé.

Nous achèterons de bien belles choses
En nous promenant le long des faubourgs.
Bonne sainte Vierge, auprès de mon poêle
J'ai mis un berceau de rubans orné.
Dieu me donnerait sa plus belle étoile,
J'aime mieux l'enfant que tu m'as donné.
«Madame, que faire avec cette toile?»
«Faites un trousseau pour mon nouveau-né.»
Les bleuets son bleus, les roses sont roses,
Les bleuets sont bleus, j'aime mes amours.

«Lavez cette toile.» «Où?» «Dans la rivière.
«Faites-en, sans rien gâter ni salir,
«Une belle jupe avec sa brassière
«Que je veux broder et de fleurs emplir.»
«L'enfant n'est plus là, madame, qu'en faire?»
«Faites-en un drap pour m'ensevelir.»

Nous achèterons de bien belles choses
En nous promenant le long des faubourgs.
Les bleuets sont bleus, les roses sont roses,
Les bleuets sont bleus, j'aime mes amours.[5]

---

[5] Compreremo bellissime cose passeggiando lungo i sobborghi. I fiordalisi sono turchini, le rose sono rosa, i fiordalisi sono turchini, io amo i miei amori.

Questa canzone era una vecchia ninna nanna con la quale in altri tempi addormentava la sua piccola Cosette; e non le era mai tornata in mente, in cinque anni, da quando non aveva più con sé la figlia. Cantava con voce mesta e con una cantilena così dolce da far piangere anche una religiosa. La suora, abituata alle cose austere, si sentì spuntare una lagrima.

L'orologio suonò le sei. Fantine non diede segno di aver udito. Sembrava non facesse più attenzione a ciò che la circondava.

Suor Simplice mandò una inserviente a informarsi dalla portinaia della fabbrica se il signor sindaco fosse ritornato e se non si proponesse di venire presto all'infermeria. La ragazza tornò dopo pochi minuti.

Fantine era sempre immobile e pareva assorta in certi suoi pensieri.

L'inserviente raccontò sottovoce a suor Simplice che il sindaco era partito il mattino, prima delle sei, in un piccolo *tilbury* attaccato a un cavallo bianco, col freddo che faceva, che era partito, solo, senza neppure il cocchiere, che non si sapeva quale strada avesse preso, che alcuni dicevano di averlo visto prendere la strada di Arras, mentre altri assicuravano di averlo incontrato sulla strada di Parigi; che partendo si era mostrato affabile come al solito; e che soltanto aveva avvertito di non aspettarlo per quella notte.

Mentre le due donne, volgendo le spalle al letto di Fantine, bisbigliavano tra loro, la suora interrogando e l'inserviente facendo congetture, Fantine, con quella vivacità febbrile di certe malattie organiche che confonde i liberi moti della salute con la spaventosa magrezza della morte, si era messa in ginocchio sul letto, coi pugni contratti appoggiati al guanciale, e, con la testa fuori dalle cortine, ascoltava. A un tratto esclamò:

«Voi parlate del signor Madeleine! Perché parlate a voce bassa? Che cosa ha fatto? Perché non viene?».

La Vergine Maria, è venuta ieri con un manto ricamato, vicino alla mia stufa, e mi ha detto: «Ecco qui, nascosto sotto il mio velo, il bimbo che un giorno mi hai chiesto». Correte in città, preparate la tela, comperate del filo, comperate un ditale.

Compreremo bellissime cose, passeggiando lungo i sobborghi. Buona Vergine santa, vicino alla mia stufa ho messo una culla adorna di nastri. Anche se Dio mi desse la più bella delle sue stelle, io preferisco il bambino che tu mi hai dato. «Signora, che dobbiamo farne di questa tela?» «Fatene un corredino per il mio neonato.»

I fiordalisi sono turchini, le rose sono rosa, i fiordalisi sono turchini, io amo i miei amori.

«Lavate questa tela.» «Dove?» «Nel fiume. Fatene un bel guardinfante, senza guastarla né sporcarla, col suo giubbettino che lo voglio ricamare e coprire di fiori.» «Il bimbo non c'è più, signora, che dobbiamo farne?» «Fatene un lenzuolo per seppellirmi.»

Noi compreremo bellissime cose passeggiando lungo i sobborghi. I fiordalisi sono turchini, le rose sono rosa, i fiordalisi sono turchini, io amo i miei amori.

La sua voce era così rauca che alle due donne sembrò di udire la voce di un uomo, e si voltarono sbigottite.

«Rispondete dunque!» gridò Fantine.

L'inserviente balbettò:

«La portinaia mi ha detto che non potrà venire per oggi».

«Figliola,» disse la suora «state tranquilla, ricoricatevi.»

Fantine, senza cambiare posizione, riprese ad alta voce e con un accento a un tempo imperioso e straziante:

«Non potrà venire? Perché? Voi la sapete la ragione, la bisbigliate fra voi. Voglio saperla».

L'inserviente fu pronta a dire all'orecchio della religiosa: «Rispondete che è occupato al consiglio municipale».

Suor Simplice arrossì, era una bugia quella che l'inserviente le proponeva. D'altra parte comprendeva perfettamente che dire la verità all'ammalata sarebbe stato senza dubbio un colpo terribile, tanto più grave nello stato in cui si trovava Fantine. Quel rossore durò poco. La suora alzò su Fantine il suo sguardo calmo e triste e disse:

«Il signor sindaco è partito».

Fantine si raddrizzò e quindi si accoccolò sulle calcagna. I suoi occhi scintillarono. Una gioia inaudita brillò su quel volto doloroso.

«Partito!» esclamò. «È andato a prendere Cosette!»

Poi stese le mani verso il cielo e il suo volto divenne ineffabile. Le sue labbra si agitarono; pregava a bassa voce.

Quando la preghiera fu finita: «Suora mia,» disse «desidero ricoricarmi, e farò quanto vorrete; sono stata cattiva, vi domando scusa di aver parlato così forte, è assai male, lo so, mia buona suora, ma, vedete, sono molto contenta. Il buon Dio è buono, il signor Madeleine è buono, figuratevi che è andato a prendere la mia piccola Cosette a Montfermeil».

Si ricoricò, aiutò la religiosa ad aggiustare il guanciale e baciò una piccola croce d'argento che portava al collo, e che le era stata donata da suor Simplice.

«Figliuola mia,» disse la suora «cercate di riposare, ora, e non parlate.»

Fantine strinse fra le sue mani umide la mano della suora, che soffriva nel sentirle quel sudore.

«È partito questa mattina per Parigi. Veramente non ha neppur bisogno di passare per Parigi, perché, venendo di là, Montfermeil si trova un po' sulla sinistra. Vi ricordate come mi diceva ieri quando gli parlavo di Cosette? "Presto, presto!" Vuol farmi una sorpresa. Sapete? Mi ha fatto firmare una lettera per riprenderla ai Thénardier. Non avranno niente da dire, nevvero? Restituiranno Cosette. Dato che sono stati pagati. Le autorità non tollererebbero che si trattenesse una bambina quando si è pagato. Suora mia, non fatemi segno che bisogna che non parli. Sono molto contenta, sto molto bene, non ho più alcun male, rivedrò Cosette, ho anzi molta fame. Sono quasi cinque anni che non la vedo. Non potete figurarvi, voi, quanto vi prendono i figlioli. E poi sarà così carina, vedrete! Se sapeste come sono belle le sue piccole dita rosee. Di sicuro, avrà delle belle mani, a un anno aveva delle mani ridicole, grandi così! Deve essere grande, adesso. Ha sette anni, è una signorina. La chiamo Cosette, ma si chiama Euphrasie. Figuratevi: questa mattina guardavo la polvere che era sul camino e avevo proprio l'idea fissa che rivedrò assai presto Cosette. Mio Dio! Come si ha torto di stare tanti anni senza rivedere i propri bambini! Si dovrebbe pensare che la vita non è eterna. Oh! Come è stato buono a partire, il signor sindaco! È vero che fa molto freddo? Aveva il suo mantello, almeno? Sarà qui domani, nevvero? Domani sarà festa. Domani, suora mia, mi ricorderete di mettere la mia cuffietta con le trine. Montfermeil è un paese. Feci quella strada a piedi, una volta; fu molto lunga per me. Ma le diligenze fanno presto. Sarà qui domani con Cosette. Quanto c'è da qui a Montfermeil?»

La suora, che non aveva alcuna idea delle distanze, rispose:

«Oh! Credo proprio che potrà essere qui domani!».

«Domani, domani!» disse Fantine. «Vedrò Cosette domani! Vedete, buona suora del buon Dio, io non sono più malata. Sono pazza. Potrei ballare, se me lo si permettesse.»

Chi l'avesse vista un quarto d'ora prima non avrebbe capito niente. Ora, era tutta rosea, parlava con voce viva e naturale, tutto il suo volto non era che un sorriso. Di tratto in tratto rideva, parlando fra sé a bassa voce. Gioia di madre è quasi gioia infantile.

«Ebbene,» riprese la religiosa «eccovi felice, obbeditemi, non parlate più.»

Fantine posò la testa sul guanciale e disse a mezza voce:

«Sì, riposati e sii prudente, perché vedrai la tua bambina. Ha ragione suor Simplice. Tutti quelli che sono qui hanno ragione».

Poi, senza muoversi, senza volgere il capo, si mise a guardare dappertutto con gli occhi spalancati, con una espressione gioiosa, e non disse più nulla.

La suora chiuse le cortine sperando che si sarebbe assopita.

Fra le sette e le otto arrivò il medico. Non sentendo alcun rumore, credette che Fantine dormisse; entrò pian piano, si avvicinò al letto in punta di piedi. Dischiuse le cortine e al chiarore del lumino da notte vide i grandi occhi calmi di Fantine che lo guardavano.

Essa gli disse:

«Signore, non è vero che la lasceranno dormire in un lettino accanto al mio?».

Il medico credette che delirasse. Essa continuò:

«Guardate: vi è appunto lo spazio necessario».

Il medico prese a parte suor Simplice, che gli spiegò la cosa: che il signor Madeleine era assente per un giorno o due e che, nel dubbio, non aveva creduto opportuno di disingannare l'ammalata la quale lo riteneva partito per Montfermeil; poteva anche darsi, del resto, che avesse indovinato. Il medico approvò.

Si riavvicinò al letto di Fantine, che riprese:

«Perché, vedete, tutte le mattine, quando si sveglierà, io darò il buon giorno a quella cara gattina, e la notte, io che non dormo, la sentirò dormire. La sua tenue respirazione così dolce mi farà bene».

«Datemi la mano» disse il medico.

Essa tese il braccio ed esclamò ridendo:

«Oh! Guarda! È vero. Voi non sapete che io sono guarita! Cosette arriva domani».

Il medico fu sorpreso: ella stava meglio.

L'oppressione era minore, il polso aveva ripreso forza. Un specie di vita, sopravvenuta d'improvviso, rianimava quel povero corpo sfinito.

«Signor dottore,» riprese Fantine «la suora vi ha detto che il signor sindaco è andato a prendere il mio caro straccetto?»

Il medico raccomandò il silenzio, e che le si evitasse qualunque emozione dolorosa. Prescrisse un infuso di china pura e, per il caso che la febbre ritornasse durante la notte, un calmante. Andandosene disse alla suora: «Va meglio. Se la fortuna volesse che il sindaco tornasse domani con la bambina, chissà? Avvengono delle cose tanto sorprendenti!... Si sono viste grandi gioie arrestare di botto il corso di talune malattie. So bene che qui si tratta di una malattia organica, e molto avanzata, ma tutto ciò è avvolto in un tal mistero! La salveremmo, forse».

VII
IL VIAGGIATORE ARRIVATO PRENDE LE SUE PRECAUZIONI
PER RIPARTIRE

Erano quasi le otto di sera quando la carrettella che noi abbiamo lasciato in viaggio entrò sotto il portone dell'albergo della Posta di Arras. L'uomo che abbiamo seguito sino a questo momento ne discese, rispose con fare distratto alle premure degli albergatori, rimandò il cavallo di rinforzo, condusse egli stesso il piccolo cavallo bianco alla scuderia; indi aprì la porta di una sala da bigliardo al pianterreno, entrò e si mise a sedere appoggiando i gomiti su una tavola. Aveva impiegato quattordici ore per un viaggio che calcolava di compiere in sei. Rendeva giustizia a se stesso dicendosi che non era colpa sua; ma, in fondo, non ne era dispiacente. La padrona dell'albergo entrò.

«Il signore dorme qui? Il signore desidera cenare?»

Con la testa egli accennò di no.

«Lo stalliere dice che il cavallo del signore è molto stanco.»

Allora ruppe il silenzio.

«Forse che il cavallo non potrà ripartire domattina?»

«Oh! Signore, ha bisogno di due giorni almeno di riposo.»

L'uomo domandò:

«Non è qui l'ufficio della posta?».

«Sì, signore.»

L'ostessa lo condusse in quell'ufficio; egli fece vedere il suo passaporto e s'informò sul modo di ritornare quella stessa notte a Montreuil-sur-mer con la corriera; il posto vicino al corriere era ancora vacante, lo fissò e lo pagò. «Signore,» disse l'impiegato «non mancate di essere qui per partire all'una precisa.»

Fatto ciò, Madeleine uscì dall'albergo e si mise a camminare per la città.

Non conosceva Arras, le strade erano oscure, camminava a caso. Tuttavia pareva si ostinasse a non rivolgersi ai passanti. Traversò il piccolo fiume Crinchon e si trovò in un labirinto di viuzze, dove si perse. Un cittadino camminava con una lanterna; dopo un istante di esitazione, Madeleine decise di rivolgersi a lui, non senza aver prima guardato attorno, come se temesse che qualcuno udisse la domanda che stava per fare.

«Signore,» disse «il palazzo di giustizia, se non vi dispiace?»

«Non siete della città, signore?» rispose il cittadino che era un vecchio. «Ebbene, seguitemi. Vado precisamente verso il palazzo di giustizia, cioè dalla parte della prefettura, perché in questo momento stanno riparando il palazzo e provvisoriamente i tribunali tengono le loro udienze in prefettura.»

«È lì,» chiese «la corte d'assise?»

«Certamente, signore. Nel locale ora occupato dalla prefettura prima della rivoluzione c'era il vescovado. Monsignor di Conzié, che era vescovo qui nell'82, vi fece costruire una grande sala. È in quella grande sala che ora si giudica.»

Cammin facendo, il cittadino disse: «Se il signore vuole assistere a un processo, è un po' tardi. Di solito le sedute finiscono alle sei».

Ma, come giunsero sulla piazza principale, il borghese gli fece vedere quattro alte finestre illuminate sulla facciata di un grande edificio tenebroso:

«In verità, signore, arrivate a tempo, siete fortunato. Vedete quelle quattro finestre? È la corte d'assise. C'è luce. Dunque non è ancora finito. Il processo sarà andato per le lunghe e ci sarà voluta una seduta serale. Vi interessa, questo processo? È un processo criminale? Siete chiamato come teste?».

Egli rispose:

«Non vengo per alcun processo, ho soltanto bisogno di parlare con un avvocato».

«La cosa cambia aspetto» disse il cittadino. «Guardate, signore, ecco la porta, lì dove c'è la sentinella. Non avrete che da salire la scala grande.»

Si attenne alle indicazioni avute e qualche minuto dopo era in una sala dove c'era molta gente, tra cui parecchi avvocati in toga sparsi fra i vari gruppi che discorrevano sotto voce.

È sempre una cosa che stringe il cuore vedere, all'ingresso dei tribunali, quei crocchi d'uomini vestiti di nero che parlano tra loro a bassa voce. È raro che da tutte quelle parole emergano la carità e la pietà. Per lo più ne escono, invece, delle condanne anticipate. All'osservatore che passa e medita, quei gruppi sembrano tanti foschi alveari ove certe specie di spiriti ronzanti costruiscono in comune ogni sorta di edifici tenebrosi.

Quella sala, spaziosa e rischiarata da una sola lampada, era una vecchia anticamera del vescovado e serviva come sala d'aspetto. Una porta a due battenti, chiusa in quel momento, la separava da una grande stanza, dove sedeva la corte d'assise.

L'oscurità era tale che egli non temette di rivolgersi al primo avvocato che incontrò.

«Signore,» disse «a che punto siamo?»

«È finito» disse l'avvocato.

«Finito!»

Questa parola fu ripetuta con tale accento che l'avvocato si voltò.

«Scusate, signore, forse siete un parente?»

«No. Non conosco nessuno qui. È stato condannato?»

«Senza dubbio. Non era possibile diversamente.»

«Ai lavori forzati?...»

«A vita.»

Riprese con una voce così debole che lo si udì a stento:

«Dunque l'identità è stata provata?»

«Quale identità?» rispose l'avvocato. «Non c'era identità da provare. Il processo era semplice. Quella donna ha ucciso il suo bambino, l'infanticidio è stato provato, il giurì ha scartato la premeditazione e l'ha condannata a vita.»

«È dunque una donna?» disse Madeleine.

«Ma sicuramente. La ragazza Limosin. Di che cosa mi parlate dunque?»

«Di niente. Ma poiché è finito, come mai la sala è ancora illuminata?»

«È per l'altro processo che hanno cominciato da circa due ore.»

«Quale altro processo?»

«Oh! Anche questo è chiaro. Si tratta di un pezzente, un recidivo, un galeotto che ha rubato; non ricordo il suo nome. Uno che ha una faccia da brigante; non foss'altro per questo lo manderei in galera.»

«Signore,» egli domandò «non ci sarebbe mezzo d'entrare in sala?»

«Non lo credo, c'è molta gente. Però l'udienza è sospesa, molti sono usciti e quando ricomincia l'udienza, potrete tentare.»

«Da che parte si entra?»

«Da quella grande porta.»

L'avvocato lo lasciò. In pochi istanti Madeleine aveva provato tutte le emozioni possibili, quasi contemporaneamente, pressoché confuse insieme. Le parole di quell'indifferente gli avevano a volta a volta trafitto il cuore come punte di ghiaccio e come lame di fuoco. Quando seppe che nulla era ancora deciso respirò, ma non avrebbe potuto dire se ciò che provava fosse piacere o dolore.

Si avvicinò a parecchi gruppi e ascoltò quello che dicevano. Il ruolo di quella sezione era carico di lavoro e il presidente aveva messo in discussione per quel giorno due processi semplici e brevi. Si era cominciato con l'infanticidio e ora si era al forzato, al recidivo, al «cavallo di ritorno».[6] Quell'uomo aveva rubato delle mele, ma il furto non pareva abbastanza provato. Era provato invece che era stato già in galera a Tolone, e ciò faceva prendere una cattiva piega al suo processo. Del resto, l'interrogatorio dell'imputato era terminato e anche le deposizioni dei testi; ma c'erano ancora la difesa dell'avvocato e la requisitoria del pubblico ministero; non avrebbero finito prima di mezzanotte. L'uomo sarebbe stato probabilmente condannato; l'avvocato generale era molto bravo e non *falliva* mai i suoi accusati; era un giovane d'ingegno, poeta dilettante.

Un usciere stava in piedi vicino alla porta che comunicava con la sala delle assise. Madeleine gli domandò: «Signore, apriranno presto questa porta?».

«Non si aprirà» disse l'usciere.

«Come! Alla ripresa della seduta non si riaprirà? L'udienza non è sospesa?»

«La seduta è stata ripresa ora,» rispose l'usciere «ma la porta non si riaprirà.»

«Perché?»

«Perché la sala è piena.»

---

[6] «*Cheval de retour*» significa appunto «forzato recidivo».

«Come! Non c'è più posto?»

«Neppure uno. La porta è chiusa. Nessuno può entrare.»

L'usciere aggiunse dopo una pausa: «Ci sono ancora due o tre posti dietro il signor presidente; ma il signor presidente non vi ammette che pubblici funzionari».

Detto questo, l'usciere gli voltò le spalle.

Madeleine si ritirò a testa bassa, attraversò l'anticamera e ridiscese la scala lentamente, come se esitasse a ogni scalino. Forse teneva consiglio con se stesso. La tremenda lotta che si combatteva nel suo animo fin dal giorno prima non era finita; e, a ogni istante, egli ne attraversava qualche nuova fase. Giunto sul pianerottolo, si appoggiò alla ringhiera e incrociò le braccia. Poi, con moto repentino, aprì il soprabito, prese il portafoglio, ne tolse una matita, strappò un foglio di carta e vi scrisse rapidamente, al chiarore del riverbero, queste parole: *Signor Madeleine, sindaco di Montreuil-sur-mer*. Poi risalì le scale a grandi passi, si fece largo fra la folla, andò diritto verso l'usciere, gli diede il foglio e gli disse con autorità: «Portate questo al signor presidente».

L'usciere prese la carta, vi diede un'occhiata e obbedì.

VIII
ENTRATA DI FAVORE

Senza che egli neppure ne dubitasse, il sindaco di Montreuil godeva di una certa celebrità. In sette anni la fama della sua virtù aveva riempito tutto il basso Boulonnais, aveva finito con l'oltrepassare i confini del piccolo paese e si era sparsa nelle due o tre provincie vicine. Oltre al considerevole vantaggio da lui procurato al capoluogo col ravvivare l'industria delle conterie nere, non v'era comune, fra i centoquarantuno che componevano il circondario di Montreuil, che non gli dovesse qualche beneficio. Aveva saputo perfino, quando ce n'era stato bisogno, aiutare e far prosperare le industrie dei circondari vicini. Così aveva aiutato, quando si era presentata l'occasione, la fabbrica di veli di Boulogne, la filatura di lino a macchina di Frévent, e la manifattura idraulica per la tela a Bourbers-sur-Canche. Ovunque il nome del signor Madeleine era pronunciato con venerazione. Arras e Douai invidiavano, alla fortunata cittadina di Montreuil, il suo sindaco.

Il consigliere della corte reale di Douai, che presiedeva quella sezione delle assise ad Arras, conosceva come tutti quel nome così profondamente e così universalmente onorato.

Quando l'usciere, aprendo discretamente la porta che metteva in comunicazione la camera del consiglio con la sala delle udienze, si chinò dietro la poltrona del presidente e gli consegnò quella carta, sulla quale era scritta la frase che abbiamo detto, aggiungendo: «*Questo signore desidera assistere all'udienza*», il presidente fece un vivace gesto di deferenza, prese la penna, scrisse qualche parola in calce al foglio e lo rese all'usciere dicendogli: «Fate entrare».

Lo sventurato del quale noi raccontiamo la storia era restato vicino alla porta della sala, allo stesso posto e nello stesso atteggiamento in cui lo aveva lasciato l'usciere. Udì, attraverso ai suoi pensieri, qualcuno che gli diceva:

«Il signore vuol farmi l'onore di seguirmi?».

Era quello stesso usciere che gli aveva voltato le spalle un momento prima e che ora lo salutava inchinandosi sino a terra. Nello stesso tempo l'usciere gli consegnò il foglio. Madeleine lo spiegò e siccome era vicino alla lampada poté leggere: «Il presidente della corte d'assise presenta i suoi ossequi all'egregio signor Madeleine».

Madeleine sgualcì la carta fra le mani, come se quelle parole avessero per lui un sapore strano e amaro.

Seguì l'usciere.

Qualche istante dopo si trovò solo in uno stanzino rivestito di legno, di severa apparenza, illuminato con due candele messe sopra una tavola ricoperta con un tappeto verde. Aveva ancora nelle orecchie le ultime parole dell'usciere, che era uscito: «Signore, eccovi nella camera di consiglio; non avete che da girare la maniglia di rame di quella porta e vi troverete nella sala delle udienze, dietro il seggio presidenziale». Queste parole si confondevano nella sua mente con un vago ricordo di stretti corridoi e di scale buie per i quali era appena passato.

L'usciere l'aveva lasciato solo. Il momento supremo era giunto. Cercava di raccogliersi senza riuscirvi. Appunto quando si avrebbe maggior bisogno di attaccarsi alle realtà aspre della vita, tutti i fili del pensiero si spezzano nel cervello. Egli si trovava proprio nel luogo in cui i giudici deliberavano e condannavano. Guardava con una tranquillità ebete quella stanza tranquilla e temibile a un tempo, dove tante vite erano state spezzate, dove fra poco il suo nome sarebbe risuonato, e che il suo destino in quel momento attraversava. Guardava le pareti e poi se stesso, meravigliandosi e di sé e del luogo.

Non aveva mangiato da oltre ventiquatt'ore; era stroncato dalle scosse della carretta, ma non se ne accorgeva. Gli sembrava di non sentir nulla.

Si avvicinò a una cornice, appesa al muro: conteneva, sotto vetro, una vecchia lettera autografa di Jean-Nicolas Pache,[7] sindaco di Parigi e ministro, datata, certo per errore, 9 giugno anno II; in essa il Pache comunicava al municipio la nota dei ministri e dei deputati tenuti in arresto domiciliare.

Un testimonio che l'avesse potuto vedere e che l'avesse osservato in quel momento, avrebbe senza dubbio immaginato che quella lettera gli pareva molto strana, giacché non staccava gli occhi da essa e la lesse due o tre volte. La leggeva senza farvi attenzione e senza volerlo. Pensava a Fantine e a Cosette.

Sempre immerso nei suoi pensieri, si volse, e i suoi sguardi incontrarono la maniglia di rame della porta che lo separava dalla sala delle udienze. Aveva quasi dimenticato quella porta. Il suo sguardo, calmo dapprima, si posò e restò come attaccato a quella maniglia di rame, poi si stravolse e si fissò: a poco a poco, si riempì di spavento. Alcune gocce di sudore gli gocciolavano dai capelli lungo le tempie.

A un certo momento, con una specie di autorità mista a ribellione, fece quel gesto indescrivibile che vuol dire e dice così bene: *Perbacco! Chi mi obbliga?* Poi si voltò vivacemente, vide davanti a sé la porta per la quale era entrato, vi andò, l'aprì e uscì. Non era più in quella stanza, era fuori, in un corridoio lungo e stretto, interrotto da gradini e da porticine, che formava ogni sorta di angoli, rischiarato qua e là da lampade simili ai lumicini per ammalati: il corridoio per il quale era venuto. Respirò, ascoltò; nessun rumore dietro di lui, nessun rumore davanti a lui; si mise a fuggire come se lo inseguissero.

Quando ebbe passato parecchie svolte di quel corridoio ascoltò ancora. Sempre lo stesso silenzio e la stessa oscurità attorno a lui. Era ansante, barcollava, s'appoggiò al muro. La pietra era fredda, il sudore gli si era ghiacciato sulla fronte: egli si raddrizzò tremante.

Allora là, solo, davanti a quella oscurità, tremante, per il freddo e forse anche per altro, egli pensò.

Aveva pensato tutta la notte, aveva pensato tutto il giorno; non udiva che una voce in lui che gli diceva: ohimè!

Passò così un quarto d'ora. Infine piegò la testa, sospirò d'angoscia, lasciò penzolare le braccia e ritornò sui suoi passi. Camminava lentamente e come oppresso. Sembrava che qualcuno l'avesse raggiunto nella sua fuga e lo riconducesse indietro.

Rientrò nella camera del consiglio. La prima cosa che vide fu la maniglia dell'uscio. Quella maniglia rotonda, di rame lucente, risplendeva per lui come una stella spaventosa. La guardava come una pecora guarderebbe l'occhio di una tigre.

---

[7] Jean-Nicolas Pache (1746-1823) fu sindaco di Parigi nel 1793 e inventò la formula famosa della rivoluzione francese: «*Liberté, égalité, fraternité ou la mort.*»

I suoi occhi non potevano staccarsene.

Ogni tanto faceva un passo e si avvicinava alla porta.

Se avesse ascoltato, avrebbe udito, come una specie di mormorìo confuso, il rumore della sala vicina; ma non ascoltava e non sentiva.

A un tratto, senza saper come, si trovò vicino alla porta. Afferrò la maniglia con moto convulso, e la porta si aprì. Era nella sala d'udienza.

IX
UN LUOGO DOVE STANNO PER FORMARSI DELLE CONVINZIONI

Fece un passo, richiuse macchinalmente la porta dietro a sé e restò in piedi osservando attentamente quello che vedeva.

Era una sala abbastanza vasta, a malapena illuminata, a volta a volta piena di rumore o di silenzio, dove tutto l'apparato di un processo criminale si svolgeva, con la sua gravità meschina e lugubre, in mezzo alla folla.

A un'estremità della sala, quella in cui egli si trovava, alcuni giudici, con fare distratto, con le toghe logore, si rosicchiavano le unghie o socchiudevano gli occhi; dall'altro lato, una moltitudine cenciosa; avvocati in tutti gli atteggiamenti; soldati dal viso onesto e duro; un tavolato tutto macchie, un soffitto sporco, tavole coperte di stoffe più gialle che verdi, porte rese nere dal contatto delle mani; certe lucerne da bettola, attaccate a chiodi piantati nelle pareti, mandavano più fumo che luce; sulle tavole, delle candele nei candelieri di rame; oscurità, laidezza, tetraggine; e da tutto quell'insieme si sprigionava un'impressione austera e augusta, perché vi si sentiva quella grande cosa umana che si chiama la legge e quella grande cosa divina che si chiama la giustizia.

Nessuno nella sala fece attenzione a lui; tutti gli sguardi convergevano verso un unico punto, una panca di legno appoggiata a una piccola porta, lungo la parete a sinistra del presidente. Su quella panca, che era rischiarata da parecchie candele, c'era un uomo fra due gendarmi.

Quello, era l'uomo.

Madeleine non lo cercò, lo vide. I suoi occhi corsero là dove egli era, naturalmente, come se avessero saputo in precedenza il luogo in cui scorgerlo.

Gli parve di vedere se stesso, invecchiato, certamente non proprio uguale nel volto, ma simile nell'atteggiamento e nell'aspetto, con quei capelli irti, con quella pupilla selvaggia e irrequieta, con quel camiciotto, tal quale egli era il giorno in cui entrò in Digne, pieno di odio e nascondendo nell'animo l'orrendo tesoro di pensieri orribili che durante diciannove anni aveva raccolto sul selciato della galera.

Si disse fremendo: «Mio Dio, ridiventerò così?».

Quell'essere dimostrava almeno sessant'anni e aveva, nel suo aspetto, un non so che di rude, di stupido e di spaventato.

Al rumore della porta, si erano scostati per fargli posto. Il presidente aveva voltato la testa e, comprendendo che chi entrava era il sindaco di Montreuil, lo aveva salutato. L'avvocato generale, che aveva conosciuto Madeleine a Montreuil dove era stato chiamato più di una volta per compiti concernenti il suo ufficio, lo riconobbe e lo salutò. Egli se ne avvide appena. Era in preda a una specie di allucinazione; guardava.

Dei giudici, un cancelliere, dei gendarmi, una moltitudine di teste crudelmente curiose; aveva già visto quello spettacolo un'altra volta, ventisette anni prima. Ritrovava quelle cose funeste: erano là, si agitavano, esistevano. Non erano più uno sforzo della sua memoria, un'illusione del suo pensiero: erano veri gendarmi e veri giudici, una vera folla e veri uomini in carne ed ossa. Era finita; egli vedeva riapparire e rivivere attorno a sé, con tutto ciò che la realtà ha di formidabile, gli aspetti mostruosi del suo passato.

Tutto ciò era spalancato davanti a lui.

Ne ebbe orrore, chiuse gli occhi e gridò nel più profondo della sua anima: mai!

E per un gioco tragico del destino che gli sconvolgeva tutte le idee e lo rendeva quasi pazzo, l'uomo che stava là era un altro lui stesso. Quell'uomo che giudicavano era da tutti chiamato Jean Valjean.

C'era tutto: il medesimo apparato, la stessa ora notturna, quasi le stesse facce di giudici, di soldati, di spettatori. Solamente, sopra la testa del presidente c'era un crocifisso, cosa che mancava ai tribunali del tempo della sua condanna. Quando l'avevano giudicato, Dio era assente.

Una seggiola era dietro di lui, vi si lasciò cadere, spaventato all'idea di poter essere visto. Quando si fu seduto, profittò di un mucchio di cartelle ch'erano sul banco dei giudici per nascondere il suo volto a tutta la sala. Ora poteva vedere senza esser visto. A poco a poco si rimise. Riacquistò pienamente il senso della realtà; raggiunse quello stato di calma che consente di ascoltare.

Il signor Bamatabois era fra i giurati.

Madeleine cercò Javert, ma non lo vide. La panca dei testi gli era nascosta dal tavolo del cancelliere; e poi, l'abbiamo detto, la sala era mal rischiarata.

Nel momento in cui era entrato Madeleine, l'avvocato difensore finiva la sua arringa. L'attenzione di tutti era eccitata al più alto grado; il dibattimento durava da tre ore. Da tre ore quella folla guardava curvarsi a poco a poco, sotto il peso di una terribile verosimiglianza, un uomo, uno sconosciuto, una specie d'essere miserabile, molto stupido o molto abile. Quell'uomo, già lo sappiamo, era un vagabondo che era stato trovato in un campo mentre portava via un ramo carico di mele mature, divelto da un melo in un podere vicino, il podere Pierron. Chi era quell'uomo? Era stata fatta un'inchiesta; erano stati uditi dei testimoni, questi avevano deposto concordemente, e dal dibattimento era emersa la luce. L'accusa diceva: «Noi non abbiamo nelle nostre mani solo un ladro di frutta, un mariuolo qualsiasi; bensì un bandito, un recidivo in evasioni, un antico forzato, uno scellerato dei più pericolosi, un malfattore chiamato Jean Valjean che la giustizia ricerca da molto tempo, e che otto anni fa, uscendo dal bagno penale di Tolone, ha commesso una rapina a mano armata sulla pubblica strada ai danni di un piccolo savoiardo chiamato Petit-Gervais, delitto previsto dall'articolo 383 del codice penale, per il quale ci riserviamo di procedere ulteriormente quando l'identità sarà legalmente stabilita. Egli ha commesso un nuovo furto. È un caso di recidiva. Condannatelo per il nuovo crimine, più tardi sarà giudicato per il vecchio». Davanti a quest'accusa, davanti alla unanimità dei testi, l'accusato sembrava soprattutto sorpreso. Faceva dei gesti e dei segni che volevano dire no, oppure guardava il soffitto. Parlava a fatica, rispondeva con imbarazzo, ma dalla testa ai piedi tutta la sua persona negava. Era come un idiota al cospetto di tutte quelle intelligenze schierate in battaglia contro di lui, e come un estraneo in mezzo a quella società che lo ghermiva. Eppure l'avvenire gli si presentava oltremodo minaccioso, la verosimiglianza cresceva a ogni minuto, e la folla attendeva con maggiore ansietà di lui quella sentenza carica di sventura che gli pendeva sempre più sul capo. Un'eventualità lasciava intravedere la possibilità, oltre che della galera, anche della pena di morte, se l'identità fosse stata riconosciuta, se la faccenda del piccolo Petit-Gervais si fosse chiusa con una condanna. Chi era quell'uomo? Di che natura era la sua apatia? Era imbecillità o astuzia? Capiva troppo o non comprendeva affatto? Quesiti che dividevano la folla e, a quanto pareva, anche i giurati. V'era, in quel processo, ciò che spaventa e ciò che imbarazza; il dramma non era solamente triste, ma anche oscuro.

Il difensore aveva abbastanza bene perorato, in quella lingua di provincia che per molto tempo ha costituito l'eloquenza del foro e che usavano in passato tutti gli avvocati, sia a Parigi che a Romorantin o a Montbrison, e che al giorno d'oggi, essendo diventata classica, non è quasi più usata che dagli oratori ufficiali della magistratura, ai quali conviene per la sua sonorità grave e il suo incedere maestoso;

lingua nella quale un marito si chiama *uno sposo*; una moglie *una sposa*; Parigi, *il centro delle arti e della civiltà*; il re, *il monarca*; monsignor vescovo, *un santo sacerdote*; l'avvocato generale, *l'eloquente interprete della vendetta pubblica*; la difesa, *gli accenti che abbiamo or ora uditi*; il secolo di Luigi XIV, *il gran secolo*; un teatro, *il tempio di Melpomene*; la famiglia regnante, *l'augusto sangue dei nostri re*; un concerto, *una solennità musicale*; il generale comandante il dipartimento, *l'illustre guerriero che*, eccetera; gli allievi del seminario, *quei teneri leviti*; gli errori attribuiti ai giornali, *l'impostura che distilla il suo veleno nelle colonne di quegli organi*, e così via. L'avvocato, dunque, aveva cominciato a dare spiegazioni intorno al furto di mele, cosa ardua per uno stile elevato; ma lo stesso Bénigne Bossuet, in piena orazione funebre,[8] fu obbligato a far allusione a una gallina, e ne uscì con onore. L'avvocato aveva stabilito che il furto di mele non era materialmente provato. Il suo cliente, che come difensore continuava a chiamare Champmathieu, non era stato visto da alcuno né scalare il muro né spezzare il ramo.

Quando l'avevano arrestato era bensì in possesso di quel ramo (che l'avvocato chiamava più volentieri *ramoscello*), ma diceva di averlo trovato a terra e raccolto. Dov'era la prova del contrario? Senza dubbio quel ramo era stato spezzato e portato via previa scalata, poi gettato lì da un ladro impaurito; senza dubbio c'era un ladro. Ma che cosa provava che questo ladro fosse Champmathieu? Una sola cosa. La sua qualità di forzato. L'avvocato non negava che questa qualità poteva sembrare, sventuratamente, ben provata; l'imputato aveva abitato a Faverolles; là aveva lavorato come potatore; il nome di Champmathieu poteva aver origine da Jean Mathieu, era vero; infine, quattro testimoni riconoscevano senza esitare, positivamente, in Champmathieu il galeotto Jean Valjean. A questi indizi, a queste testimonianze, l'avvocato non poteva opporre che il diniego del suo cliente, un diniego interessato; ma anche supponendo che egli fosse il forzato Jean Valjean, ciò provava forse che fosse il ladro delle mele? Era una presunzione, tutt'al più, non una prova. L'accusato, è vero (e il difensore «nella sua buona fede» doveva convenirne), aveva adottato «un brutto sistema di difesa». Si ostinava a negare tutto, il furto e la sua qualità di forzato. Una confessione su quest'ultimo punto gli sarebbe giovata certamente, e gli avrebbe conciliato l'indulgenza dei giudici; l'avvocato glielo aveva consigliato, ma l'accusato si era rifiutato con ostinazione, credendo senza dubbio di salvar tutto non confessando niente. Era un torto, ma non si doveva considerare la pochezza della sua intelligenza? Quell'uomo era visibilmente stupido.

[8] L'orazione funebre in onore di Anna Gonzaga (1684).

La lunga sventura della galera, una lunga miseria fuori dal penitenziario l'avevano abbruttito, eccetera. Si difendeva male, ma era forse una ragione per condannarlo? In quanto alla faccenda di Petit-Gervais, l'avvocato non doveva discuterne perché non era in causa. L'avvocato concludeva supplicando il giurì e la corte, se l'identità di Jean Valjean sembrasse loro provata, di applicargli le pene di polizia concernenti il condannato evaso, contumace, e non la spaventevole condanna che colpisce il galeotto recidivo.

L'avvocato generale replicò al difensore. Egli fu violento e fiorito come sono di solito gli avvocati generali.

Felicitò il difensore per la sua «lealtà» e approfittò abilmente di questa lealtà. Aggravò la situazione dell'imputato valendosi di tutte le concessioni che l'avvocato aveva fatto. L'avvocato sembrava essere d'accordo sul fatto che l'imputato fosse Jean Valjean; ne prese atto. Quell'uomo era dunque Jean Valjean. Questo era ormai acquisito e non si poteva più contestare. E qui con un'abile dialettica, risalendo alle fonti e alle cause della criminalità, l'avvocato si scagliò contro l'immoralità della scuola romantica, che era allora alla sua aurora sotto il nome di *scuola satanica* regalatole dai critici dei giornali «L'Oriflamme» e la «Quotidienne». Attribuì, non senza verosimiglianza, all'influenza di quella letteratura perversa il delitto di Champmathieu o, per meglio dire, di Jean Valjean. Esaurite queste considerazioni, passò a Jean Valjean stesso. Chi era questo Jean Valjean? Descrizione di Jean Valjean. Un mostro vomitato, eccetera. Il modello di questa specie di descrizione si trova nel racconto di Teramene,[9] che non giova alla tragedia, ma rende ogni giorno servizi importanti all'eloquenza forense. L'uditorio e i giurati «fremettero». Finita la descrizione, l'avvocato riprese, con un impeto oratorio destinato a eccitare al massimo, l'indomani mattina, l'entusiasmo del giornale della prefettura: «Ed è un simile uomo, eccetera eccetera, vagabondo, mendicante, privo di mezzi di sussistenza, eccetera,– abituato per la sua vita passata alle azioni criminose, e poco emendato dal soggiorno al penitenziario, come prova il crimine commesso contro Petit-Gervais, eccetera– è un simile uomo, che trovato sulla pubblica via in flagrante delitto di furto, a qualche passo d'un muro scalato, con ancora in mano il corpo del reato, nega il flagrante delitto, il furto, la scalata, nega tutto, persino il proprio nome, persino la propria identità! Oltre a cento altre prove sulle quali non ritorneremo, quattro testimoni lo riconoscono: Javert, l'integro ispettore della polizia Javert, e tre suoi ex compagni d'ignominia, i forzati Brevet, Chenildieu e Cochepaille. Che cosa oppone egli a questa unanimità schiacciante? Nega. Quale

[9] Nella *Fedra* di Racine.

ostinazione! Voi farete giustizia, signori giurati, eccetera». Mentre l'avvocato parlava, l'accusato ascoltava a bocca aperta, con una specie di meraviglia non scevra di una certa quale ammirazione. Era evidentemente sorpreso che un uomo potesse parlare in quel modo. Di tanto in tanto, nei momenti più «energici» della requisitoria, in quei momenti in cui l'oratoria che non può essere contenuta, trabocca in un flusso di epiteti obbrobriosi e si scatena come un uragano sull'imputato, scuoteva lentamente la testa da destra a sinistra e da sinistra a destra, specie di protesta triste e muta della quale si accontentava dall'inizio del processo. Due o tre volte gli spettatori che gli erano molto vicino l'udirono dire: «Ecco la conseguenza di non aver chiesto del signor Baloup!». L'avvocato generale fece notare al giurì quell'atteggiamento ebete, evidentemente calcolato, che denotava non l'imbecillità, ma l'astuzia, l'accortezza, l'abitudine d'ingannare la giustizia, e che metteva in chiara luce la «perversità profonda» di quell'uomo. Terminò facendo le sue riserve per l'affare di Petit-Gervais e chiedendo una severa condanna.

Per il momento si trattava, come sappiamo, dei lavori forzati a vita.

Il difensore si alzò e cominciò a congratularsi con il «signor avvocato generale» per la sua «ammirabile parola», poi replicò come meglio poté, ma la sua parola era debole; certo gli mancava il terreno sotto i piedi.

X
IL SISTEMA DEI DINIEGHI

Era giunto il momento di chiudere il dibattimento. Il presidente fece alzare l'accusato e gli rivolse la domanda d'uso:

«Avete qualche cosa da aggiungere in vostra difesa?». L'uomo, in piedi, rigirava fa le mani un lercio berretto e sembrava non aver sentito.

Il presidente ripeté la domanda.

Questa volta l'uomo udì. Parve comprendere, fece un movimento come di uno che si svegli, rigirò gli occhi attorno a sé, guardò il pubblico, i gendarmi, il suo enorme pugno sul margine del tavolato posto dinanzi al banco, guardò ancora e, d'improvviso, fissando lo sguardo sull'avvocato generale, si mise a parlare. Fu come un'eruzione. Sembrava, dal modo con cui le parole gli uscivano dalla bocca, incoerenti, impetuose, cozzanti fra di loro, alla rinfusa, che esse si affollassero tutte insieme per uscire tutte in una volta.

Egli disse:

«Ho da dir questo. Ho fatto il carradore a Parigi, e ciò precisamente sotto il signor Baloup. È un duro mestiere. Si lavora sempre all'aperto, nelle corti, sotto le tettoie quando il padrone è buono, mai in locali chiusi, perché ci vuole molto spazio, capite. L'inverno si ha tanto freddo che bisogna battersi le braccia per riscaldarsi; ma i padroni non lo permettono perché dicono che si perde tempo. Maneggiare il ferro quando la terra è coperta di ghiaccio, è penoso. L'uomo si consuma presto. Si è vecchi pur essendo ancora giovani quando si fa quel mestiere. A quarant'anni un uomo è finito, io ne avevo cinquantatré e mi trovavo parecchio male. E poi, sono così cattivi gli operai!... Quando un poveraccio non è più giovane, te lo chiamano subito vecchio minchione, vecchia bestia. Non guadagnavo più di trenta soldi al giorno, mi pagavano il meno possibile, i padroni approfittavano della mia età. Con questo, io avevo una figlia che era lavandaia al fiume. Ella guadagnava un po' da parte sua. Fra tutti e due si tirava innanzi. Essa pure aveva le sue pene: tutto il giorno dentro un mastello sino alla cintola, esposta alla pioggia, alla neve, col vento che vi taglia la faccia. Anche quando gela bisogna lavare, ci sono di quelli che non hanno molta biancheria, e che l'aspettano subito: se non si lavasse si perderebbero i clienti. Le tavole sono mal connesse e cascano gocce d'acqua da tutte le parti; si hanno le sottane completamente inzuppate, di sopra e di sotto. L'acqua penetra. Essa ha anche lavorato al lavatoio dei Fanciulli Rossi, dove l'acqua esce dai rubinetti. Non si sta dentro il mastello. Si lava davanti a sé sotto il rubinetto e si sciacqua nella vasca che è dietro le spalle. Siccome si è al chiuso, si ha meno freddo. Ma c'è un vapore d'acqua calda che è terribile e vi rovina gli occhi. Ritornava alle sette di sera e andava subito a letto; era molto stanca. Suo marito la picchiava. È morta. Non siamo stati felici. Era una brava ragazza che non andava a ballare e che viveva tranquillamente. Mi ricordo di un martedì grasso che andò a letto alle otto. Ecco. Dico la verità. Non avete che da informarvi. Eh sì, informarvi!, quanto sono stupido! Parigi è una voragine. E chi conosce compare Champmathieu? Perciò vi nomino il signor Baloup. Informatevi dal signor Baloup. Dopo di ciò non so che cosa si voglia da me».

L'uomo tacque e restò in piedi. Aveva parlato a voce alta, rapida, rauca, dura e aspra, con una specie di ingenuità iraconda e selvaggia. Una volta si era interrotto per salutare qualcuno nella folla. Quelle specie di affermazioni, che pareva buttar fuori a caso, erompevano dalla sua bocca come singhiozzi, ed egli aggiungeva a ciascuna di esse il gesto del taglialegna che spacca un tronco d'albero. Quando ebbe finito, l'uditorio scoppiò a ridere. Egli guardò il pubblico e vedendo che rideva, e non comprendendo, si mise a ridere anche lui.

Era una cosa sinistra.

Il presidente, uomo attento e benevolo, alzò la voce. Ricordò ai «signori giurati» che «il signor Baloup, l'ex mastro carradore presso il quale l'accusato asseriva di aver servito, era stato inutilmente citato. Era fallito e non si era potuto rintracciarlo». Poi, voltandosi verso l'accusato, lo esortò a prestare bene attenzione alle parole e aggiunse: «Voi vi trovate in una situazione nella quale bisogna riflettere. Gli indizi più gravi pesano su di voi, e possono produrre conseguenze estreme. Accusato, nel vostro interesse, vi interrogo un'ultima volta; spiegatemi chiaramente questi due fatti: primo, avete o no saltato il muro del podere, rotto il ramo e rubato le mele, cioè commesso il reato di furto con scalata? In secondo luogo, siete o non siete il forzato liberato Jean Valjean?».

L'accusato scosse la testa con aria intelligente, come chi ha ben capito e sa che cosa deve rispondere. Aperse la bocca, si voltò verso il presidente e disse:

«Prima di tutto...».

Poi guardò il berretto, il soffitto, e tacque.

«Accusato,» riprese l'avvocato generale, con voce severa, «fate attenzione. Voi non rispondete nulla alle domande che vi si fanno. Il vostro turbamento vi condanna. È evidente che voi non vi chiamate Champmathieu, che siete il forzato Jean Valjean, nascosto da principio sotto il nome di Jean Mathieu, che era il nome di vostra madre; che siete stato nell'Alvernia, che siete nato a Faverolles dove avete fatto il potatore. È evidente che avete rubato le mele mature nel podere Pierron dopo averne scalato il muro di cinta. I signori giurati sapranno valutare i fatti.»

L'accusato si era nuovamente seduto; quando l'avvocato ebbe finito si alzò bruscamente e gridò:

«Siete molto cattivo, voi! Ecco cosa volevo dire. Prima non trovavo le parole. Non ho rubato niente. Sono uno che non mangia tutti i giorni. Venivo da Ailly, camminavo in paese dopo un acquazzone che aveva resa tutta gialla la campagna, tanto che gli stagni traboccavano e non si vedevano più che pochi fili d'erba spuntare tra la sabbia lungo i margini della strada; ho trovato per terra un ramo rotto sul quale vi erano delle mele, ho raccolto il ramo senza sapere che mi avrebbe procurato dei guai. Da tre mesi sono in prigione e mi tirano di qua e di là. Dopo di ciò, non so che dire. Si parla contro di me, mi si dice: rispondete. Il gendarme, che è un buon ragazzo, mi tocca il gomito e mi dice a bassa voce: rispondi, dunque. Io non so spiegarmi, non ho studiato, sono un pover'uomo. Ecco ciò che si ha torto di non voler vedere. Io non ho rubato, ho raccolto da terra cose che vi ho trovate. Voi dite Jean Valjean, Jean Mathieu. Non conosco quella gente. Saranno dei campagnuoli. Io ho lavorato presso il signor Baloup, in viale dell'Hôpital. Mi chiamo Champmathieu. Siete ben furbi se sapete dove sono nato, io non lo so. Non tutti hanno una casa in cui venire al mondo, sarebbe troppo comodo. Credo che mio padre e mia madre fossero di quella gente che va in giro, ma non lo so... Quando ero bambino mi chiamavano Piccolo, ora mi chiamano Vecchio. Ecco i miei nomi di battesimo. Pigliatela come vi piace. Sono stato in Alvernia e a Faverolles, perdiana! Ebbene? Forse che non si può essere stati in Alvernia e a Faverolles senza esser stati in prigione? Vi ho detto che non ho rubato, e che sono compare Champmathieu. Sono stato presso il signor Baloup, vi ho dimorato. Mi annoiate alla fine con tutte le vostre sciocchezze. Perché mai tutti sono così accaniti contro di me?».

L'avvocato generale era rimasto in piedi; si rivolse al presidente:

«Signor presidente, di fronte ai dinieghi confusi, ma molto abili, dell'accusato, che vorrebbe farsi passare per idiota, ma che non ci riuscirà– lo avvertiamo– noi chiediamo che a voi piaccia e che piaccia alla corte di far comparire nuovamente in questa sala i condannati Brevet, Cochepaille, e Chenildieu e l'ispettore di polizia Javert, per interrogarli un'ultima volta sull'identità dell'accusato col forzato Jean Valjean».

«Faccio notare, al signor avvocato generale,» disse il presidente, «che l'ispettore di polizia Javert, richiamato dalle sue funzioni al capoluogo di un circondario vicino, ha lasciato l'udienza e anche la città subito dopo la sua deposizione. Noi gli abbiamo accordato l'autorizzazione col consenso dell'avvocato generale e del difensore dell'accusato.»

«È vero, signor presidente» riprese l'avvocato generale. «In assenza del signor Javert, mi credo in dovere di ricordare ai signori giurati ciò che egli ha detto qui poche ore fa. Javert è un uomo stimato, che onora con la sua severa e rigorosa probità uffici inferiori, è vero, ma importanti. Ecco cosa ha deposto: "Non ho bisogno di presunzioni morali e di prove materiali per smentire i dinieghi dell'accusato. Io lo conosco perfettamente. Quest'uomo non si chiama Champmathieu; è bensì un ex forzato, assai cattivo e molto temuto, chiamato Jean Valjean. Allo spirare della pena fu messo in libertà con molta riluttanza. Subì diciannove anni di lavori forzati per furto qualificato, e tentò cinque o sei volte di evadere. Oltre al furto in danno di Petit-Gervais e in danno di Pierron, io lo sospetto altresì colpevole di un furto commesso in casa di Sua Eccellenza il defunto vescovo di Digne. L'ho visto spesso, nel periodo in cui fui aiutante guardaforzati nel penitenziario di Tolone. Ripeto che lo riconosco perfettamente".»

Questa dichiarazione così precisa parve produrre una viva impressione sul pubblico e sui giurati. L'avvocato generale terminò insi-

stendo affinché, in mancanza di Javert, fossero solennemente inter-
pellati e uditi di nuovo i tre testi Brevet, Chenildieu e Cochepaille.

Il presidente trasmise un ordine a un usciere, e un istante dopo la
porta della camera dei testimoni si aprì. L'usciere, accompagnato da
un gendarme pronto a prestargli man forte, introdusse il condannato
Brevet. Il pubblico stava sospeso e tutti i petti palpitavano come se
avessero un'anima sola.

L'ex forzato Brevet portava la casacca nera e grigia delle carceri
centrali. Brevet poteva avere una sessantina d'anni: fisionomia da uomo d'affari e aspetto da birbante, due qualità che qualche volta vanno unite. Nella prigione dove nuovi reati l'avevano condotto, era diventato una specie di secondino. Era un uomo del quale i capi dicevano: «Egli cerca di rendersi utile». I cappellani dicevano bene delle sue
abitudini religiose. Non bisogna dimenticare che ciò avveniva sotto la
restaurazione.

«Brevet,» disse il presidente «voi avete subito una condanna infamante e non potete prestare giuramento...»

Brevet abbassò gli occhi.

«Tuttavia,» riprese il presidente «anche in un uomo che la legge
ha degradato, può sussistere, quando la pietà divina lo permette, un
sentimento d'onore e di giustizia. È a questo sentimento che io faccio appello in quest'ora decisiva. Se esso esiste ancora in voi, e io lo
spero, prima di rispondermi riflettete, considerate da un lato
quest'uomo che una vostra parola può perdere, e dall'altro la giustizia che una vostra parola può illuminare. L'istante è solenne, e siete
sempre in tempo a ritrattarvi, se credete di esservi sbagliato. Accusato alzatevi. Brevet, guardate bene l'accusato, raccogliete i vostri ricordi, e diteci, sull'anima vostra e sulla vostra coscienza, se insistete
a riconoscere in quest'uomo il vostro ex compagno di penitenziario
Jean Valjean.»

Brevet guardò l'accusato poi si rivolse alla corte. «Sì, signor presidente. Sono io che l'ho riconosciuto per primo e insisto. Quest'uomo
è Jean Valjean. Entrato a Tolone nel 1796 e uscito nel 1815. Io sono
uscito l'anno dopo. Adesso ha l'aspetto di un bruto, ma sarà l'età che
l'ha abbrutito; al penitenziario era un sornione. Lo riconosco perfettamente.»

«Andate a sedervi» disse il presidente. «Accusato, restate in
piedi.»

Fu introdotto Chenildieu, forzato a vita, come indicavano la sua
casacca rossa e il berretto verde. Scontava la pena al penitenziario di
Tolone, da cui l'avevano fatto uscire per questo processo. Era un omi-
ciattolo di circa cinquant'anni, vivace, sfrontato, rugoso, macilento,
giallo, irrequieto, che aveva in tutte le membra e in tutta la persona

una specie di debolezza malaticcia e nello sguardo una forza immensa. I compagni di galera lo avevano soprannominato Io-nego-Dio.

Chenildieu scoppiò a ridere.

«Perdiana, se lo riconosco! Siamo stati cinque anni uniti alla stessa catena. Tieni il broncio, dunque, camerata?»

«Andate a sedervi» disse il presidente.

L'usciere introdusse Cochepaille. Quest'altro ergastolano, venuto dal penitenziario e vestito di rosso come Chenildieu, era un contadino di Lourdes, un mezzo orso dei Pirenei. Aveva custodito il gregge in montagna e da pastore si era tramutato in brigante. Cochepaille non era meno selvaggio dell'accusato e sembrava anche più stupido. Era uno di quegli uomini disgraziati che la natura ha abbozzati in forma di belve e dei quali la società finisce col fare dei galeotti.

Il presidente tentò di commuoverlo con qualche parola patetica e grave e gli chiese, come agli altri due, se persisteva senza esitazione o dubbio nel riconoscere l'uomo che stava davanti a lui.

«È Jean Valjean» disse Cochepaille. «Anzi lo chiamavamo Jean-il-Martinello, tanto era forte.»

Ciascuna affermazione di quei tre uomini, evidentemente sincera e in buona fede, aveva sollevato nell'uditorio un mormorìo di cattivo augurio per l'accusato, mormorìo che cresceva e si faceva sempre più intenso ogni volta che una nuova dichiarazione veniva ad aggiungersi alle precedenti. L'accusato, da parte sua, li aveva ascoltati con quel fare meravigliato che, secondo l'accusa, era il suo principale mezzo di difesa. Alla prima deposizione i gendarmi che gli stavano vicini l'avevano udito borbottare: «Ah bene! Senti questo qui!». Dopo la seconda, disse più forte, quasi con soddisfazione: «Bene!». Alla terza gridò: «Ma bravo!».

Il presidente lo interrogò:

«Accusato, avete sentito. Cosa avete da dire?».

Egli rispose:

«Io dico: ma bravo!».

Un rumore scoppiò fra il pubblico e per poco non si estese anche ai giurati. Era evidente che quell'uomo era perduto.

«Uscieri,» disse il presidente «fate far silenzio. Io chiudo la discussione.»

In quel momento vi fu un movimento vicino al presidente. Si udì una voce che gridava:

«Brevet, Chenildieu, Cochepaille! Guardate da questa parte».

Tutti quelli che udirono quella voce si sentirono agghiacciare tanto era dolorosa e terribile. Gli occhi si volsero dalla parte da cui proveniva. Un uomo, in mezzo agli spettatori privilegiati che stavano seduti dietro la corte, si era alzato, aveva spinto il basso battente che separava il tribunale dal pretorio, e ora stava diritto in mezzo alla sala. Il presidente, l'avvocato generale, Bamatabois, venti persone, lo riconobbero ed esclamarono a una voce:

«Il signor Madeleine!».

XI

CHAMPMATHIEU SEMPRE PIÙ MERAVIGLIATO

Era proprio lui. La lampada del cancelliere rischiarava il suo volto. Teneva il cappello in mano e non c'era alcun disordine nei suoi abiti, il pastrano era abbottonato con cura. Era molto pallido e tremava lievemente. I suoi capelli, ancora grigi all'arrivo ad Arras, erano ora completamente bianchi. Si eran fatti canuti in quell'ultima ora.

Tutte le teste si drizzarono. L'impressione fu indescrivibile. Ci fu nell'uditorio un istante di esitazione. La voce era stata così straziante, l'uomo che era là sembrava così calmo, che a tutta prima nessuno comprese. Si domandarono chi avesse gridato. Non si poteva credere che quell'uomo tranquillo avesse gettato un grido così tremendo.

Ma l'incertezza non durò che qualche secondo. Prima ancora che il presidente e l'avvocato generale avessero potuto dire una parola, prima che i gendarmi e gli uscieri avessero potuto fare un gesto, l'uomo che tutti chiamavano ancora in quel momento signor Madeleine, era avanzato verso i testimoni Cochepaille, Brevet, Chenildieu.

«Non mi riconoscete?» disse.

Tutti e tre restarono interdetti e con un segno della testa indicarono che non lo conoscevano affatto. Cochepaille, intimidito, fece il saluto militare. Madeleine si voltò verso i giurati e verso la corte e disse con voce dolce:

«Signori giurati, fate rilasciare l'accusato. Signor presidente, fatemi arrestare. L'uomo che voi cercate non è lui, sono io. Io sono Jean Valjean».

Non si udiva un respiro. Alla prima commozione dello stupore era seguito un silenzio sepolcrale. Si sentiva nella sala quella specie di terrore religioso che coglie la folla quando qualche cosa di grande sta per accadere.

Frattanto il volto del presidente si era improntato di simpatia e di tristezza; aveva scambiato un rapido segno con l'avvocato generale e qualche parola a bassa voce con i consiglieri assessori. Si rivolse al pubblico e domandò, con un accento che fu compreso da tutti:

«C'è un medico qui?».

L'avvocato generale prese la parola:

301

«Signori giurati, l'incidente così strano e così inatteso che viene a disturbare l'udienza ci ispira soltanto, come a ciascuno di voi, un sentimento che non abbiamo bisogno d'esprimere. Voi tutti conoscete, almeno di fama, l'onorevole signor Madeleine, sindaco di Montreuil. Se fra i presenti c'è un medico noi ci uniamo al signor presidente per pregarlo di voler prestare la sua assistenza al signor Madeleine e ricondurlo alla sua dimora».

Madeleine non permise che l'avvocato generale terminasse: lo interruppe con un accento pieno di mansuetudine e di autorità. Ecco le parole che pronunciò; eccole tali e quali, come furono scritte subito dopo l'udienza da uno dei presenti, come sono ancora nell'orecchio di chi le udì circa quarant'anni or sono.

«Vi ringrazio, signor avvocato generale, ma non sono pazzo. Lo vedrete. Voi eravate sul punto di commettere un grande errore; liberate quell'uomo, io compio un dovere, sono io l'infelice condannato. Sono il solo che veda chiaro qui, e vi dico la verità. Ciò che faccio in questo momento, Dio, che è lassù, lo vede, e ciò mi basta. Voi potete farmi arrestare, poiché sono qui. Tuttavia, avevo fatto del mio meglio. Mi sono nascosto sotto un altro nome, sono diventato ricco, sono diventato sindaco, ho voluto ritornare fra la gente onesta. Sembra che ciò non sia possibile. Insomma, ci sono pure delle cose che non posso dire; non vi racconterò la mia vita, un giorno la si saprà. Ho rubato a monsignor vescovo, è vero; ho rubato a Petit-Gervais, è vero. Hanno avuto ragione di dirvi che Jean Valjean era un disgraziato molto cattivo. Ma forse non era tutta sua la colpa. Ascoltate, signori giudici, un uomo caduto in basso come me, non ha rimostranze da fare alla provvidenza, né consigli da dare alla società; ma, vedete, l'infamia da cui avevo tentato di evadere, è cosa nociva. Le galere fanno i galeotti. Tenetene conto, se credete. Prima del penitenziario ero un povero contadino poco intelligente, una specie d'idiota; la galera mi ha cambiato. Ero stupido, sono diventato cattivo, ero un pezzo di legno, son diventato un tizzone. Più tardi, l'indulgenza e la bontà mi hanno salvato così come la severità mi aveva rovinato. Ma, scusate, voi non potete capire quello che dico. Voi troverete a casa mia, nella cenere del camino, la moneta da quaranta soldi che ho rubato sette anni fa a Petit-Gervais. Non ho più nulla da aggiungere. Arrestatemi! Mio Dio, il signor avvocato generale scuote il capo, voi dite: "Il signor Madeleine è diventato pazzo", voi non mi credete! Ecco una cosa desolante. Non condannate quest'uomo, almeno! Che! Costoro non mi riconoscono? Vorrei che fosse qui Javert. Egli sì, mi riconoscerebbe!»

Non ci sono parole che possano esprimere quanta benevola e cupa malinconia era nell'accento che accompagnava queste parole.

Si voltò verso i tre forzati:

«Ebbene, io vi riconosco, Brevet! Vi ricordate?...».

S'interruppe, esitò un istante e disse:

«Ti ricordi quelle bretelle fatte a maglia, a scacchi, che portavi in galera?».

Brevet fece un balzo dalla sorpresa e lo guardò dalla testa ai piedi con spavento.

Egli continuò:

«Chenildieu, che ti soprannominavi da te stesso Io-nego-Dio, tu hai la spalla destra profondamente bruciata, perché un giorno appoggiasti quella spalla su un braciere ardente nella speranza di cancellare le tre lettere T.F.P.[10] che tuttavia vi si distinguono sempre. Rispondi, è vero?».

Si rivolse a Cochepaille:

«Cochepaille, tu hai nella parte interna del gomito sinistro una data incisa in lettere azzurre con polvere bruciata: è la data dello sbarco dell'imperatore a Cannes. *1 marzo 1815.* Tira su la manica».

Cochepaille rimboccò la manica, tutti gli sguardi si fissarono sul suo braccio nudo. Un gendarme avvicinò la lampada: la data c'era.

Il disgraziato si voltò verso l'uditorio e verso i giudici con un sorriso di cui coloro che lo videro, quando lo ricordano, raccapricciano ancora. Era il sorriso della disperazione.

«Vedete bene» disse «che sono io Jean Valjean.»

In quella sala non v'erano più né giudici, né gendarmi; non v'erano che occhi attoniti e cuori commossi. Nessuno si ricordava più della parte che ciascuno era chiamato a sostenere: l'avvocato generale si dimenticava che era lì per accusare, il presidente per presiedere, il difensore per difendere. Cosa sorprendente, non fu fatta nessuna domanda, nessuna autorità intervenne. Gli spettacoli sublimi afferrano tutte le anime, trasformano tutti i testimoni in spettatori. Nessuno, forse, sapeva spiegarsi ciò che provava; nessuno, certamente, si diceva che vedeva risplendere una grande luce, ma tutti internamente si sentivano abbagliati.

Era evidente che avevano sotto gli occhi Jean Valjean. Ciò era lampante. L'apparizione di quell'uomo era bastata per riempire di luce quell'avventura così oscura sino a un istante prima. Senza bisogno di ulteriori spiegazioni, per una specie di rivelazione elettrica, tutta quella folla comprese a un tratto e a prima vista la semplice e magnifica storia di un uomo che si sacrificava perché un altro uomo non fosse condannato in sua vece. I particolari, le esitazioni, le piccole resistenze possibili si perdettero in quell'immenso fatto luminoso.

Fu un'impressione che svanì presto, ma che in quel momento fu irresistibile.

---

[10] T.F.P. significa «*Travaux forcés perpétuité*», ossia lavori forzati a vita.

«Non voglio disturbare più a lungo l'udienza» riprese Jean Valjean. «Io me ne vado, dato che non mi si arresta. Ho molto da fare. Il signor avvocato generale sa chi io sia e sa dove vado: mi farà arrestare quando vorrà.»

Si diresse verso la porta d'uscita. Non una voce si alzò, non un braccio si tese per impedirglielo. Tutti si scostarono. Egli aveva in quel momento quel non so che di divino che fa arretrare la moltitudine e la fa schierare davanti a un uomo. Attraversò la folla a passi lenti. Non si seppe mai chi aprì la porta, ma è certo che la porta era aperta quando egli vi giunse. Arrivato là, si voltò e disse:

«Signor avvocato generale, rimango a vostra disposizione».

Poi si rivolse all'uditorio:

«Voi, tutti quanti siete qui, mi giudicate degno di pietà, non è vero? Mio Dio! Quando io penso a quello che stavo per fare, mi sento degno d'invidia. Eppure, avrei preferito che tutto ciò non fosse mai accaduto».

Uscì e la porta si richiuse come era stata aperta, perché colui che compie una grande azione trova sempre in mezzo alla moltitudine qualcuno che lo serve.

Meno di un'ora dopo, il verdetto dei giurati scagionava da ogni accusa il nominato Champmathieu; Champmathieu, messo subito in libertà, se ne andava stupefatto, senza capir nulla di quella apparizione e credendo pazzi tutti gli uomini.

LIBRO OTTAVO

CONTRACCOLPO

I
IN QUALE SPECCHIO MADELEINE GUARDA I SUOI CAPELLI

Cominciava ad albeggiare. Fantine aveva passato una notte di febbre e d'insonnia, ma piena di immagini ridenti; la mattina, s'addormentò. Suor Simplice, che l'aveva vegliata, approfittò di quel sonno per andare a preparare una nuova pozione di china. La buona suora era da qualche minuto nel laboratorio dell'infermeria, curva sulle droghe e sulle fiale, e costretta a guardare molto da vicino a causa della nebbia che l'alba scura mette su tutti gli oggetti. D'improvviso alzò il capo e gettò un piccolo grido. Madeleine era davanti a lei.

Era entrato in silenzio.

«Siete voi, signor sindaco!» esclamò la monaca.

Egli rispose a voce bassa:

«Come sta quella povera donna?».

«Ora non c'è male, ma siamo stati molto in pensiero.»

Gli spiegò ciò che era accaduto, come Fantine si fosse sentita molto male il giorno prima e come ora stesse meglio perché credeva che il signor sindaco fosse andato a Montfermeil a prendere la sua bambina. La suora non osò interrogare il signor sindaco, ma dal suo aspetto vide bene che non veniva di là.

«È giusto» egli disse, «avete avuto ragione a non disingannarla.»

«Sì,» riprese la suora «ma ora che vi vedrà, signor sindaco, e non vedrà la bambina, che cosa le diremo?»

Egli restò un momento pensieroso.

«Dio ci ispirerà» disse.

«Però non si dovrebbe mentire» mormorò la suora a mezza voce.

Frattanto nella camera si era fatto giorno chiaro, e il volto di Madeleine era illuminato in pieno. Il caso volle che la suora alzasse gli occhi.

«Mio Dio!» esclamò. «Che cosa vi è successo signore? I vostri capelli sono tutti bianchi!»

«Bianchi!» egli disse.

Suor Simplice non aveva specchio; frugò in una busta di ferri chirurgici, ne trasse uno specchietto che serviva al medico dell'infermeria per constatare la morte di un degente con l'assenza del suo respiro. Madeleine, preso lo specchio, si osservò i capelli e disse: «Guarda!».

Pronunciò questa parola con indifferenza, come se pensasse ad altro.

La suora si sentì agghiacciata da qualche cosa di ignoto che intravedeva in tutto ciò.

Egli domandò: «Posso vederla?».

«Il signor sindaco non farà ritornare la sua bambina?» disse la suora, osando appena arrischiare la domanda.

«Certamente, ma ci vogliono due o tre giorni almeno.»

«Se in questo frattempo ella non vedesse il signor sindaco,» riprese timidamente la suora «non saprebbe che il signor sindaco è di ritorno; così sarebbe facile farla pazientare e, all'arrivo della bambina, essa crederebbe naturalmente che fosse venuta assieme col signor sindaco. Non ci sarebbe bisogno di dire bugie.»

Madeleine parve riflettere un istante, poi disse con la sua gravità tranquilla:

«No, suora mia, bisogna che la veda. Forse ho fretta».

La monaca non mostrò di far caso alla parola «forse», che dava un senso oscuro e singolare alle parole del signor sindaco. Rispose abbassando gli occhi e la voce, rispettosamente:

«In questo caso il signor sindaco può entrare».

Egli fece qualche osservazione intorno a una porta che chiudeva male e che, col suo rumore, poteva risvegliare l'ammalata, poi entrò nella camera di Fantine, s'avvicinò al letto e dischiuse le cortine. Essa dormiva. Il respiro le usciva dal petto con quel tragico suono che è proprio di certe malattie, e che tanto addolora le povere madri quando vegliano la notte presso un figlio condannato e dormiente. Ma quella penosa respirazione turbava appena una specie di ineffabile serenità che era sparsa sul suo volto e la trasfigurava nel sonno. Il suo pallore era divenuto candore, le gote erano vermiglie, le lunghe ciglia bionde, la sola bellezza che le fosse rimasta dal tempo della sua verginità e della sua giovinezza, palpitavano pur restando chiuse e abbassate. Tutta la sua persona tremava di non so qual battito d'ali pronte a schiudersi e a trasportarla, che si sentiva fremere, ma non si vedeva. A vederla così non si sarebbe potuto credere che fosse un'ammalata quasi senza rimedio. Assomigliava più a chi è in procinto di volar via, che a chi sta per morire.

Il ramo, quando una mano si avvicina per distaccare il fiore, tremola, e sembra sottrarsi e offrirsi a un tempo. Il corpo umano ha qualche cosa di questo tremito quando giunge il momento in cui le dita misteriose della morte stanno per coglierne l'anima.

Madeleine restò qualche momento immobile vicino al letto, guardando alternamente l'ammalata e il crocifisso, come aveva fatto due mesi prima quando era venuto per la prima volta a vederla in quell'asilo. Erano ancora lì tutti e due nel medesimo atteggiamento; lei addormentata, lui in atto di pregare; solamente, ora, passati quei due mesi, ella aveva i capelli grigi e lui bianchi.

La suora non era entrata. Egli stava in piedi presso quel letto col dito sulla bocca, come se ci fosse nella stanza qualcuno da far tacere.

Fantine aperse gli occhi, lo vide e disse tranquillamente, con un sorriso:

«E Cosette?».

II
FANTINE FELICE

Non fece un moto, né di sorpresa né di gioia; Fantine era l'immagine stessa della gioia. Quella semplice domanda: «E Cosette?» fu fatta con una fede così profonda, con tanta certezza, con una mancanza così completa di inquietudine e di dubbio che egli non trovò neppure una parola di risposta. Essa continuò:

«Sapevo che eravate qui. Dormivo, ma vi vedevo. È molto tempo che vi vedo. Vi ho seguito con gli occhi tutta la notte. Eravate nella gloria, circondato di ogni specie di figure celesti».

Egli alzò lo sguardo verso il crocifisso.

«Ma,» riprese lei «ditemi dunque: dov'è Cosette? Perché non metterla sul mio letto per il momento in cui mi sarei svegliata?»

Egli rispose macchinalmente qualche cosa di cui, in seguito, non poté mai ricordarsi.

Fortunatamente, il medico, avvertito, era sopraggiunto. Egli venne in aiuto di Madeleine.

«Figliola,» disse il medico «calmatevi, la vostra bambina è qui.»

Gli occhi di Fantine s'illuminarono e le rischiararono tutto il volto. Ella congiunse le mani con un'espressione che conteneva tutto ciò che la preghiera può avere di più violento e di più dolce a un tempo.

«Ah!» esclamò «portatemela!»

Commovente illusione di madre! Per lei Cosette era sempre la piccina che si porta.

«Non ancora,» riprese il medico «non adesso. Voi avete ancora un po' di febbre. La vista della vostra piccina vi agiterebbe e vi farebbe male. Bisogna prima guarire.»

Ella rispose impetuosamente:

«Ma io sono guarita! Vi dico che sono guarita! Quanto è asino questo medico! Insomma, voglio vedere mia figlia, io!».

«Vedete» disse il medico «come v'inquietate? Finché farete così io mi opporrò a che voi abbiate la vostra bambina. Non è sufficiente vederla; bisogna vivere per lei. Quando sarete più ragionevole, ve la condurrò io stesso.»

La povera madre piegò la testa.

«Signor dottore, vi chiedo perdono, vi chiedo sinceramente perdono. Un tempo non avrei parlato così, ma ho tanto sofferto che qualche volta non so più quel che dico. Io capisco, voi temete la commozione, aspetterò quanto vorrete, ma vi giuro che proprio non mi farebbe male vedere la mia figliuola. Io la vedo, non l'abbandono con gli occhi da ieri sera. Credete, se ora me la portassero, le parlerei dolcemente. Ecco tutto. Non è forse una cosa naturale che io desideri vedere la mia bambina mentre sono andati apposta a Montfermeil a prenderla? Io non sono in collera, so bene che sto per essere felice. Tutta la notte ho visto bianche apparizioni e persone che mi sorridevano. Quando il signor dottore vorrà, mi porterà la mia Cosette. Non ho più febbre, poiché sono guarita; sento benissimo che non ho più niente; ma voglio fare come se fossi ammalata e non muovermi per far piacere alle suore di qui. Quando si vedrà che sono proprio tranquilla diranno: bisogna darle la sua bambina.»

Madeleine si era seduto su una sedia di fianco al letto. Fantine si volse verso di lui; si vedeva chiaramente come facesse ogni sforzo per restare calma e «buona buona,» come diceva nell'indebolimento dovuto alla malattia e che rassomiglia all'infanzia: affinché, scorgendola tanto quieta, non avessero più difficoltà a portarle Cosette. Nondimeno, pur contenendosi, non poteva astenersi dal rivolgere al signor Madeleine mille domande.

«Avete fatto buon viaggio, signor sindaco?» disse. «Come siete stato buono d'essere andato a prenderla! Ditemi semplicemente com'è. Non ha sofferto lungo la strada? Ahimè, non mi riconoscerà più! Dopo tanto tempo, mi avrà dimenticata, poverina! I fanciulli non hanno memoria. Sono come gli uccelli. Oggi vedono una cosa, domani un'altra e a quella non pensano più. Aveva almeno la biancheria pulita? La tenevano bene quei Thénardier? Come la nutrivano? Oh, se sapeste come ho sofferto, quando mi trovavo nella miseria, facendo a me stessa tutte queste domande! Ora quel tempo è passato, e sono contenta. Oh, quanto desidero vederla! Signor sindaco, vi è parsa carina? Non è vero che è bella la mia figliuola? Avrete sofferto molto freddo in diligenza. Non potrebbero condurla qui almeno per un momento? La riporterebbero via subito. Dite! Voi che siete il padrone, se voleste!»

Egli le prese la mano: «Cosette è bella,» disse «sta bene, la vedrete presto, ma state calma. Voi parlate con troppa vivacità e poi vi scoprite le braccia e perciò tossite».

Infatti, degli accessi di tosse interrompevano Fantine quasi a ogni parola.

Fantine non si lamentò; temeva di aver compromesso con qualche frase troppo appassionata la fiducia che voleva ispirare, perciò si mise a dire parole indifferenti:

«È abbastanza grazioso Montfermeil, vero? D'estate molti vanno a godersi qualche giornata di festa. I Thénardier fanno buoni affari? Non passa molta gente dal loro paese, e poi quel loro albergo è una specie di bettola».

Madeleine le teneva sempre la mano, la guardava con ansia: egli era certamente venuto per dirle qualche cosa dinanzi a cui il suo pensiero ora esitava. Il medico, fatta la sua visita, si era ritirato. Solo suor Simplice era rimasta con loro.

Nel frattempo, in mezzo a quel silenzio, Fantine esclamò:

«La sento! Mio Dio! La sento!».

Stese le braccia per far segno di tacere, trattenne il respiro e si mise ad ascoltare rapita in estasi.

C'era una creatura che giocava in corte; forse il figlio della portinaia o di una lavorante qualunque. Fu uno di quei casi che ritornano sempre e che sembrano far parte della misteriosa messa in scena degli avvenimenti lugubri. La creatura– era una bambina– andava, veniva, correva per riscaldarsi, rideva e cantava a voce alta. Ahimè! In che cose s'intrufolano i giochi dei bimbi! Era quella, la bambina che Fantine udiva cantare.

«Ah,» riprese «è la mia Cosette! Riconosco la sua voce!»

La bambina si allontanò com'era venuta, la voce si spense. Fantine stette ancora in ascolto per un poco, poi il suo volto si rannuvolò, e Madeleine l'udì mormorare sottovoce:

«Com'è cattivo quel dottore a non volere che veda mia figlia. Ha una gran brutta faccia, quell'uomo!».

Ma le sue idee giulive ripigliarono presto il sopravvento. Ella continuò a parlare a se stessa, la testa sul guanciale: «Come saremo felici! Prima di tutto avremo un piccolo giardino. Il signor Madeleine me l'ha promesso; mia figlia giocherà in giardino. Ella dovrebbe conoscere già l'alfabeto, la farò compitare. Correrà sull'erba dietro alle farfalle; la sorveglierò. E poi farà la prima comunione. Ah, giusto! Quando farà la prima comunione?».

Si mise a contare sulle dita.

«...Uno, due, tre, quattro... ha sette anni. Fra cinque anni. Avrà un velo bianco, le calze traforate, e sembrerà una donnina. O mia buona suora, non sapete quanto sia sciocca; penso già alla prima comunione di mia figlia!»

E si mise a ridere.

Madeleine aveva abbandonato la mano di Fantine. Ascoltava quelle parole come si ascolta il soffiar del vento, con gli occhi a terra e la mente immersa in riflessioni imprecise. A un tratto, ella smise di parlare; ciò gli fece alzare macchinalmente la testa. Fantine era diventata spaventevole.

Non parlava più, non respirava più; si era posta quasi a sedere sul letto, la spalla scarna le usciva dalla camicia; il suo volto, un momento prima radioso, ora era cadaverico ed ella sembrava fissare qualche cosa di terribile davanti a sé, all'altra estremità della stanza, lo sguardo dilatato dal terrore.

«Mio Dio!» esclamò Madeleine. «Cosa avete, Fantine?»

Ella non rispose, e, senza distogliere lo sguardo dall'oggetto che sembrava vedere, gli toccò il braccio con una mano e con l'altra gli fece cenno di guardare dietro di lui.

Egli si volse e vide Javert.

III
JAVERT CONTENTO

Ecco quanto era accaduto.

Suonava mezzanotte e mezzo quando Madeleine era uscito dalla corte d'assise di Arras. Era ritornato all'albergo appena in tempo per partire con la corriera postale sulla quale, come sappiamo, aveva fissato un posto. Un po' prima delle sei era arrivato a Montreuil-sur-mer. Il suo primo pensiero era stato quello di spedire la lettera per il signor Laffitte e di andare a vedere Fantine.

Nel frattempo, appena Madeleine aveva lasciato la sala d'udienza della corte d'assise, l'avvocato generale, riavutosi dalla prima sorpresa, aveva preso la parola per deplorare l'atto di follia dell'onorevole sindaco di Montreuil, per dichiarare che le sue convinzioni non erano state per nulla modificate da quell'incidente bizzarro che sarebbe stato chiarito più tardi, e per chiedere intanto la condanna di quel Champmathieu, che era evidentemente il vero Jean Valjean. L'insistenza dell'avvocato generale era visibilmente in contrasto con il sentimento di tutti: del pubblico, della corte e dei giurati. Il difensore non aveva fatto fatica a confutare l'arringa dell'avvocato generale e a stabilire che, dopo le dichiarazioni del signor Madeleine, cioè del vero Jean Valjean, l'aspetto della causa era addirittura capovolto, e che i giurati non avevano più innanzi agli occhi che un innocente. L'avvocato aveva tratto dal caso alcuni epifonemi, sventuratamente non nuovi, sugli errori giudiziari, eccetera, il presidente nel suo riassunto s'era unito al difensore, e i giurati in pochi minuti avevano messo Champmathieu fuori causa. Comunque, ci voleva un Jean Valjean per l'avvocato generale, e questi, non avendo più Champmathieu, prese Madeleine.

Subito dopo la liberazione di Champmathieu, l'avvocato generale si appartò col presidente per conferire e deliberare «sulla necessità di mettere le mani sulla persona del sindaco di Montreuil-sur-mer». Questa frase nella quale le preposizioni hanno tanta parte, è dell'avvocato generale, interamente scritta di suo pugno sulla minuta del rapporto da lui inviato al procuratore generale. Passato il primo stupore, il presidente ebbe poco da opporre. Bisognava che la giustizia seguisse il suo corso. E poi, per dire tutto, quantunque fosse un uomo buono e abbastanza intelligente, il presidente era un borbonico convinto e quasi focoso, ed era rimasto irritato dal fatto che il sindaco di Montreuil, parlando dello sbarco di Cannes, avesse detto l'*imperatore* e non *Buonaparte*.

L'ordine di arresto fu dunque emesso. L'avvocato generale lo mandò a Montreuil per mezzo d'un corriere speciale, a spron battuto, e ne affidò l'esecuzione all'ispettore di polizia Javert.

Si sa che Javert era ritornato a Montreuil subito dopo aver fatto la sua deposizione.

Javert stava alzandosi quando il corriere gli consegnò il mandato d'arresto e di traduzione.

Il corriere era egli stesso un maneggione della polizia, e in poche parole mise al corrente Javert di quanto era accaduto ad Arras. L'ordine di arresto, firmato dall'avvocato generale, era così concepito: «L'ispettore Javert trarrà in arresto il signor Madeleine, sindaco di Montreuil-sur-mer, che, nell'udienza di oggi, è stato riconosciuto per il forzato liberato Jean Valjean».

Chiunque non avesse conosciuto Javert e lo avesse visto nel momento in cui entrò nell'anticamera dell'infermeria, non avrebbe potuto immaginare quello che stava accadendo e lo avrebbe giudicato nel suo stato normale. Egli era freddo, calmo, grave, aveva i capelli grigi ben lisciati sulle tempie ed era salito per le scale con la lentezza che gli era abituale. Chi invece lo avesse conosciuto a fondo e lo avesse esaminato attentamente, avrebbe tremato. La fibbia del suo sottogola di cuoio, invece d'essere sulla nuca era sull'orecchio sinistro. Ciò rivelava un'agitazione inaudita.

Javert era tutto d'un pezzo, e non tollerava piega alcuna né al suo dovere né alla sua uniforme: metodico con gli scellerati, rigido coi bottoni del proprio abito.

Perché si fosse affibbiato male il sottogola bisognava che si trovasse in preda a una di quelle commozioni che si potrebbero chiamare terremoti intimi.

Era venuto senza formalità, aveva richiesto al posto vicino un caporale e quattro soldati, aveva lasciato i soldati nella corte e si era fatto indicare la camera di Fantine dalla portinaia, che s'era prestata senza diffidenza, solita come era a vedere uomini armati domandare del signor sindaco.

Arrivato alla camera di Fantine, Javert girò la maniglia, spinse la porta con la delicatezza di una infermiera o di una spia, ed entrò.

Anzi, per parlare con precisione, non entrò. Si tenne in piedi sulla soglia della porta socchiusa, col cappello in testa e la mano sinistra nel soprabito abbottonato sino al mento. Nella piega del gomito si poteva distinguere il pomo di piombo dell'enorme bastone che spariva dietro di lui.

Rimase così quasi un minuto senza che nessuno si accorgesse della sua presenza. D'improvviso Fantine, alzando gli occhi, lo scorse e fece voltare Madeleine.

Nel momento in cui lo sguardo di Madeleine incontrò quello di Javert, questi, senza muoversi, senza un gesto, senza avvicinarsi, divenne terribile. Nessun sentimento umano riesce a essere così spaventoso come la gioia.

Il volto di Javert era quello d'un demonio che ha ritrovato il suo dannato.

La certezza di avere finalmente in suo potere Jean Valjean gli fece apparire sul volto tutto quello che aveva nell'anima. Il fondo rimosso risalì alla superficie. L'umiliazione di averne per poco perduta la traccia e d'essersi sviato per pochi istanti dietro quel Champmathieu, spariva davanti all'orgoglio d'avere così bene indovinato fin da principio e di avere avuto per tanto tempo un così buon fiuto. La contentezza di Javert eruppe nel suo contegno imperioso. La deformità del trionfo si diffuse su quella fronte angusta. Fu lo sfoggio di tutto l'orrore che può esprimere un viso soddisfatto.

Javert in quel momento era ai sette cieli. Pur senza rendersene perfettamente conto, ma con una vaga intuizione della sua necessità e del suo successo, personificava, lui, Javert, la giustizia, la luce e la verità nella loro suprema funzione di schiacciare il male. Egli aveva dietro e intorno a sé, a una profondità infinita, l'autorità, la ragione, la cosa giudicata, la coscienza legale, la vendetta pubblica, tutte le stelle. Egli proteggeva l'ordine, faceva uscire la folgore dalla legge, vendicava la società, prestava man forte all'assoluto; si drizzava in un'aureola di gloria; c'era, nella sua vittoria, ancora un rimasuglio di sfida e di lotta; ritto, altero, sfolgorante, egli spiegava nell'azzurro empireo tutta la brutalità sovrumana d'un arcangelo feroce; l'ombra tremenda dell'azione che compiva, rendeva visibile nel suo pugno contratto il corruscare della spada sociale; felice e indignato, teneva sotto i piedi il delitto, il vizio, la ribellione, la perdizione, l'inferno. Egli era raggiante, sterminatore, sorridente e v'era una incontestabile grandezza in quel mostruoso San Michele.

Javert, spaventevole, nulla aveva d'ignobile. La probità, la sincerità, il candore, la convinzione, l'idea del dovere, sono tutte cose che, se si ingannano, possono diventare odiose, ma che anche odiose restano grandi; la loro maestà, propria della coscienza umana, persiste anche nell'orrore. Sono virtù che hanno un vizio: l'errore. La spietata onesta contentezza di un fanatico in piena atrocità conserva non si sa quale irradiamento lugubremente venerabile. Senza supporlo, Javert, nella sua formidabile gioia, era da compiangere come ogni ignorante che trionfa. Nulla era più doloroso e terribile di quel volto nel quale appariva tutto ciò che si potrebbe chiamare il cattivo del buono.

IV
L'AUTORITÀ RIPRENDE I SUOI DIRITTI

Fantine non aveva più visto Javert dal giorno in cui il sindaco l'aveva strappata a lui. Il suo cervello ammalato non si rese conto di nulla; solamente, ella ebbe la certezza che egli venisse a prenderla. Non poté sopportare la vista di quel volto spaventoso, si sentì mancare e nascose la faccia tra le mani gridando con angoscia:

«Signor Madeleine, salvatemi!».

Jean Valjean– d'ora innanzi lo chiameremo sempre così– si era alzato e disse a Fantine col suo accento più dolce e più calmo:

«State tranquilla, non viene per voi».

Poi si rivolse a Javert e gli disse:

«So cosa volete».

Javert rispose:

«Andiamo, presto».

Nell'inflessione di voce che accompagnò quelle due parole, c'era un non so che di feroce e di frenetico. Javert non disse: «Andiamo, presto», ma pronunciò un unico vocabolo che nessuna ortografia potrebbe rappresentare; non fu una parola umana, ma un ruggito.

Non fece come al solito, non diede ragione della sua presenza, non mostrò il mandato di cattura. Per lui Jean Valjean era una specie di combattente misterioso e inafferrabile, un lottatore tenebroso che braccava da cinque anni senza poterlo abbattere. Questo arresto non era un inizio, ma una fine. Si limitò perciò a dire: «Andiamo, presto!».

Parlando così non fece un passo; lanciò su Jean Valjean quel suo sguardo che soleva gettare come un uncino, e col quale era abituato ad attirare a sé violentemente i miserabili.

Era lo stesso sguardo che Fantine aveva sentito penetrare sino al midollo delle ossa due mesi prima.

Al grido di Javert, Fantine aveva riaperto gli occhi. Ma c'era il signor sindaco. Che cosa poteva temere? Javert s'avanzò sino in mezzo alla camera e gridò:

«Oh, dunque! Ti decidi a venire?».

La sventurata si guardò attorno. Non c'erano che la suora e il signor sindaco. A chi poteva egli rivolgersi con quel *tu* sprezzante? A lei solamente. E rabbrividì.

Allora vide una cosa inaudita, tanto inaudita che mai nulla di simile le era apparso nei più foschi deliri della febbre.

Vide il poliziotto Javert prendere per il bavero il signor sindaco, e il signor sindaco curvare la testa. Le parve che il mondo dileguasse.

Javert, infatti, aveva preso Jean Valjean per il bavero.

«Signor sindaco!» gridò Fantine.

Javert scoppiò in una risata, in quell'orribile risata che metteva allo scoperto tutti i suoi denti.

«Non c'è più signor sindaco, qui!»

Jean Valjean non cercò di scostare la mano che lo teneva per il bavero del soprabito. Disse:

«Javert...».

Javert lo interruppe:

«Chiamami signor ispettore».

«Signore,» riprese Jean Valjean «vorrei dirvi una parola da solo a solo.»

«Ad alta voce! Parla ad alta voce!» rispose Javert. «Si parla ad alta voce con me!»

Jean Valjean continuò a voce bassa:

«È una preghiera che vorrei farvi...».

«Ti dico di parlare ad alta voce.»

«Ma quello che sto per dirvi non deve essere udito che da voi solo...»

«Che cosa me ne importa? Io non ascolto.»

Jean Valjean si volse verso di lui e gli disse rapidamente, a voce bassissima:

«Concedetemi tre giorni; tre giorni per andare a prendere la bambina di questa povera infelice! Pagherò quanto occorrerà. Voi mi accompagnerete, se vorrete».

«Hai voglia di scherzare!» esclamò Javert. «Ma che! Non ti credevo così balordo! Mi chiedi tre giorni per andartene! Dici che è per andare a prendere la figlia di quella sgualdrina. Ah! Ah! Bella! Questa sì che è bella!»

Fantine fu presa da un tremito.

«Mia figlia!» esclamò «andare a prendere mia figlia! Non è dunque qui! Suora, rispondetemi, dov'è Cosette? Voglio la mia bambina! Signor Madeleine, signor sindaco!»

Javert pestò i piedi.

«Anche quest'altra, adesso. Vuoi tacere, briccona! Maledetto paese dove i galeotti sono magistrati, e le prostitute vengono curate come contesse! Oh! Ma tutto sta per cambiare; era tempo!»

Guardò fisso Fantine e aggiunse riprendendo a pugno stretto la cravatta, la camicia e il bavero di Jean Valjean:

«Ti dico che non vi sono più né signori Madeleine, né signori sindaci. C'è un ladro, c'è un brigante, un forzato, chiamato Jean Valjean. È lui che io tengo! Ecco cosa c'è!».

Fantine si raddrizzò con impeto appoggiandosi sulle braccia stecchite e sulle mani, guardò Jean Valjean, guardò la suora, aprì la bocca come per parlare, un rantolo le uscì dal profondo della gola, i denti le scricchiolarono, ella stese le braccia con angoscia, aprendo convulsamente le mani e cercando affannosamente intorno a sé qualche cosa cui afferrarsi, come uno che stia per annegare; poi ricadde a un tratto sul guanciale. La sua testa batté contro la spalliera del letto e ricadde sul petto, la bocca spalancata, gli occhi aperti e spenti.

Era morta.

Jean Valjean posò la sua mano su quella di Javert che lo teneva e l'aperse come avrebbe aperto quella di un ragazzo; poi disse a Javert: «Avete ucciso quella donna».

«Finiamola!» gridò Javert furioso. «Non sono qui per sentire ragioni. Risparmiamo le chiacchiere inutili. Le guardie sono giù. Andiamo subito, se no, le manette!»

C'era, in un angolo della camera, un vecchio letto di ferro in pessimo stato che serviva alle suore quando vegliavano. Jean Valjean andò a quel letto, in un batter d'occhio ne sconnesse la spalliera già malconcia, cosa facile per muscoli come i suoi, ne impugnò il pezzo più grande e guardò Javert. Javert indietreggiò verso la porta.

Jean Valjean, con quella sbarra di ferro in mano, mosse lentamente verso il letto di Fantine e disse con una voce che appena si udiva:

«Non vi consiglio di disturbarmi in questo momento».

La cosa certa è che Javert tremava.

Egli ebbe per un momento l'intenzione di chiamare le guardie, ma Jean Valjean poteva approfittare di quell'istante per fuggire. Rimase, dunque, afferrò il suo bastone dalla parte più sottile e s'addossò allo stipite della porta senza perdere di vista Jean Valjean.

Jean Valjean appoggiò il gomito sul pomo della spalliera del letto e la fronte sulla mano e si mise a contemplare Fantine distesa e immobile. Restò così, assorto, muto, evidentemente non pensando più a niente di questa vita. Sul suo volto e nel suo atteggiamento non c'era altro che un'inesprimibile pietà. Dopo qualche istante di meditazione, si chinò verso Fantine e le parlò sottovoce.

Che cosa le disse? Che cosa poteva dire quell'uomo che era un reprobo a quella donna ormai morta? Quali parole furono le sue? Nessuno sulla terra le ha udite. La morta le udì? Vi sono talune commoventi illusioni che forse non sono altro che sublimi realtà. Certo è che suor Simplice, unica testimone di quella scena, ha spesso raccontato che, mentre Jean Valjean parlava all'orecchio di Fantine, ella vide distintamente un ineffabile sorriso spuntare su quelle labbra pallide e in quelle pupille svagate e piene dello stupore della tomba.

Jean Valjean prese fra le sue mani la testa di Fantine, la accomodò sul guanciale come avrebbe fatto una madre col figlio, le riannodò il cordoncino della camicia e le rimise i capelli sotto la cuffia. Ciò fatto, le chiuse gli occhi.

La faccia di Fantine in quell'istante sembrava stranamente illuminata.

La morte è l'ingresso nella gran luce.

La mano di Fantine penzolava fuori dal letto; Jean Valjean s'inginocchiò davanti a quella mano, la sollevò dolcemente e la baciò. Poi si raddrizzò e, voltandosi verso Javert:

«Ora,» disse «sono vostro».

V
UNA TOMBA ADATTA

Javert lasciò Jean Valjean nella prigione della città.

L'arresto del signor Madeleine produsse a Montreuil un'impressione o, per meglio dire, una commozione straordinaria; ma siamo dolenti di non poter nascondere che alla notizia: *era un galeotto*, quasi tutti lo abbandonarono. In meno di due ore tutto il bene che aveva fatto fu dimenticato ed egli non fu più che «un galeotto». È giusto dire che non si conoscevano ancora i particolari dell'avvenimento di Arras. Tutto il giorno, in ogni angolo della città, si udirono conversazioni come questa:

«Non lo sapete? Era un forzato liberato!» «Ma chi?» «Il sindaco.»

«Possibile? Il signor Madeleine?» «Sì» «Veramente?» «Non si chiamava Madeleine, ha un nome orribile: Béjean, Bojean, Boujean.» «Ah, mio Dio!» «L'hanno arrestato.» «Arrestato!» «L'hanno messo in prigione, nella prigione della città, in attesa di tradurlo altrove.» «Tradurlo altrove!» «Sì, perché lo tradurranno altrove.» «Dove lo porteranno?» «Dovrà essere giudicato alle assise per un furto commesso sulla strada maestra tempo fa.» «Ebbene, io lo sospettavo. Quell'uomo era troppo buono, troppo perfetto, troppo dolce. Rifiutava le decorazioni, dava soldi a tutti i monelli che incontrava. Ho sempre pensato che doveva esserci sotto qualche storia poco pulita».

I «salotti» soprattutto abbondarono in questo senso.

Una vecchia dama, abbonata al «Drapeau blanc», fece questa riflessione della quale è quasi impossibile scandagliare la profondità:

«Non me ne dispiace. Così i buonapartisti impareranno!».

È così che a Montreuil svanì quel fantasma che s'era chiamato Madeleine. Tre o quattro persone solamente in tutta la città rimasero fedeli alla sua memoria. La vecchia portinaia che lo aveva servito fu tra queste.

La sera di quello stesso giorno, la degna vecchia stava seduta nel suo sgabuzzino, ancora tutta spaventata e immersa in pensieri malinconici. La fabbrica era stata chiusa tutta la giornata, il portone era chiuso a catenaccio e la strada era deserta. Non c'erano nella casa che le due monache, suor Perpétue e suor Simplice, che vegliavano il cadavere di Fantine. Verso l'ora in cui Madeleine era solito rientrare, la brava portinaia si alzò macchinalmente, prese la chiave della camera del sindaco da un cassetto, e il candeliere di cui si serviva per salire le scale, poi attaccò la chiave al chiodo dove egli soleva prenderla e vi collocò accanto il candeliere, come se lo aspettasse. Quindi tornò a sedersi sulla sedia e si rimise a pensare. La povera buona vecchia aveva fatto tutto ciò senza averne coscienza.

Solo dopo più di due ore si riscosse dal suo fantasticare ed esclamò:

«To'! Mio buon dio Gesù! Ho attaccato la chiave al chiodo!».

In quel momento lo sportello a vetri dello sgabuzzino si aprì, una mano passò per l'apertura, prese la chiave e il candeliere e accese la candela alla fiamma di quella che già ardeva.

La portinaia alzò gli occhi e rimase a bocca aperta, con un grido nella strozza, che riuscì a trattenere. Conosceva quella mano, quel braccio, quella manica. Era il signor Madeleine.

Rimase alcuni istanti senza poter parlare, strabiliata, come ella stessa disse qualche tempo dopo raccontando la sua avventura.

«Mio Dio, signor sindaco,» esclamò «vi credevo...»

Si fermò, la fine della frase avrebbe mancato di rispetto al principio; Jean Valjean, per lei, era sempre il signor sindaco.

Egli completò il pensiero:

«In prigione» disse. «C'ero. Ho spezzato la sbarra di una finestra, mi sono lasciato cadere dall'alto di un tetto ed eccomi qui. Salgo in camera mia, andate a chiamarmi suor Simplice. Senza dubbio ella sarà presso quella povera donna.»

La vecchia obbedì in gran fretta.

Egli non le fece nessuna raccomandazione: era ben sicuro che ella avrebbe vigilato meglio di quanto avrebbe fatto egli stesso.

Non si è mai saputo come sia riuscito a entrare in corte senza far aprire il portone. Egli aveva bensì, e portava sempre con sé, una piccola chiave comune che apriva la porticina laterale, ma dovevano averlo perquisito e avergli tolto anche quella chiave. Tale circostanza non venne mai chiarita.

Salì la scala che conduceva alla sua camera.

Arrivato in alto, lasciò la candela sugli ultimi gradini della scala, aperse la porta facendo poco rumore, e a tastoni andò a chiudere la finestra e le imposte; poi tornò a prendere il lume e rientrò nella sua camera.

La precauzione era utile; ci si ricorderà che la sua finestra poteva essere vista dalla strada.

Gettò un'occhiata intorno a sé, sulla tavola, sulla sedia, sul letto che non era stato disfatto da tre giorni. Non restava alcuna traccia del disordine della penultima notte. La portinaia aveva «fatto la camera». Solamente aveva raccolto fra le ceneri e posto sulla tavola le due estremità del bastone ferrato e la moneta da quaranta soldi annerita dal fuoco.

Prese un foglio di carta sul quale scrisse:

«*Ecco le due estremità del mio bastone ferrato e la moneta da quaranta soldi rubata a Petit-Gervais, e di cui ho parlato alla corte d'assise*»; e posò sul foglio la moneta d'argento e i due pezzi di ferro, in maniera che fossero le prime cose visibili, entrando nella stanza. Tolse dall'armadio una sua vecchia camicia e la strappò. Ne formò dei pezzi di tela in cui ravvolse i due candelabri d'argento. Del resto, egli faceva tutto senza fretta, né agitazione, e mentre avvolgeva i candelabri del vescovo sbocconcellava un pezzo di pane nero. Probabilmente era il pane della prigione che aveva portato con sé fuggendo.

Lo provarono le briciole di pane che furono trovate sul pavimento della camera quando la giustizia vi fece, più tardi, una perquisizione.

Si udì battere due leggeri colpi alla porta.

«Avanti» disse.

Era suor Simplice.

Era pallida, aveva gli occhi rossi, la candela che teneva in mano vacillava. Le violenze del destino hanno questo di particolare: che,

318

per quanto perfezionati o indifferenti noi siamo, esse traggono dal profondo del nostro essere la natura umana ch'è in noi e la obbligano a riapparire alla superficie. Nelle emozioni di quella giornata la monaca era ritornata donna. Aveva pianto e tremava.

Jean Valjean aveva scritto qualche riga su un pezzo di carta che consegnò alla monaca dicendo:

«Suora, darete questo al signor curato».

Il foglio era spiegato. Ella vi gettò uno sguardo.

«Potete leggerlo» egli disse.

Suor Simplice lesse: «Prego il signor curato di vegliare su tutto ciò che lascio qui. Mi farà il favore di pagare le spese del mio processo e il funerale della donna che è morta oggi. Il resto sarà per i poveri».

La suora voleva parlare, ma poté appena balbettare qualche suono inarticolato. Riuscì tuttavia a dire:

«Il signor sindaco desidera forse rivedere per un'ultima volta quella povera disgraziata?».

«No,» egli disse «m'inseguono; potrebbero arrestarmi nella sua camera; e ciò la disturberebbe.»

Aveva appena finito di parlare, quando un gran rumore si fece sentire sulle scale. Udirono uno strepito di passi che salivano e la vecchia portinaia che diceva con la sua voce più alta e più acuta:

«Mio buon signore, ve lo giuro sul buon Dio, non è entrato nessuno in tutto il giorno né in tutta la sera, e non mi sono mai allontanata dalla porta».

Un uomo rispose:

«Tuttavia c'è della luce in questa camera».

Riconobbero la voce di Javert.

La camera era disposta in modo che la porta, aprendosi, copriva l'angolo della parete di destra. Jean Valjean soffiò sulla candela e si rifugiò in quell'angolo.

Suor Simplice cadde in ginocchio vicino alla tavola.

La porta si aperse.

Javert entrò.

Si sentivano nel corridoio il borbottio di parecchi uomini e le proteste della portinaia.

La monaca non alzò gli occhi. Pregava.

La candela era sul camino e dava poca luce. Javert vide la suora e si fermò interdetto.

Sappiamo che il fondo stesso di Javert, il suo elemento, la sua atmosfera, per così dire, era la venerazione d'ogni autorità. Era tutto d'un pezzo e non ammetteva né obiezioni né restrizioni. Per lui l'autorità ecclesiastica era, s'intende, la prima di tutte. Era religioso, superficiale ed esatto su questo come su ogni altro punto. Al suoi occhi un sacerdote era una mente che non s'inganna, una monaca una creatura che non pecca mai. Erano anime impenetrabili alle cose di questo mondo, con una sola porta che non si apriva mai se non per lasciar passare la verità.

Vedendo la suora, il suo primo impulso fu di ritirarsi.

Ma c'era un altro dovere che lo dominava e lo spingeva imperiosamente in senso contrario.

Un secondo impulso lo fece fermare e lo indusse ad arrischiare almeno una domanda.

Si trovava dinanzi quella suor Simplice che non aveva mai mentito in vita sua; Javert lo sapeva e la venerava in modo particolare per tale motivo.

«Suora,» disse «siete sola in questa camera?»

Ci fu un momento terribile durante il quale la povera portinaia si sentì mancare.

La suora alzò gli occhi e rispose:

«Sì».

«Così,» ripigliò Javert «scusatemi se insisto, ma è mio dovere, non avete visto questa sera una persona, un uomo. È fuggito, noi lo cerchiamo; quel tale Jean Valjean, non l'avete visto?»

La suora rispose:

«No».

Essa mentì. Mentì due volte di seguito, una dopo l'altra, senza esitare, rapidamente, come chi si sacrifica.

«Scusate» disse Javert, e si ritirò salutando profondamente.

O santa fanciulla! Da molti anni non appartieni più a questo mondo e ti sei ricongiunta nella luce divina alle tue sorelle, le vergini, e ai tuoi fratelli, gli angeli; di questa menzogna ti sia tenuto conto in paradiso.

L'affermazione della suora fu per Javert qualche cosa di così decisivo che egli non notò neppure la singolarità di quella candela che era stata appena spenta e che fumigava sulla tavola.

Un'ora dopo un uomo, camminando fra gli alberi e la nebbia, s'allontanava rapidamente da Montreuil in direzione di Parigi. Quell'uomo era Jean Valjean. Dalle testimonianze di due o tre barrocciai che lo incontrarono, fu stabilito che portava un involto e che aveva indosso un camiciotto. Dove aveva preso quel camiciotto? Non lo si è mai saputo. Ma pochi giorni prima era morto all'infermeria della fabbrica un vecchio operaio lasciando unicamente il suo camiciotto. Forse era quello.

Un'ultima parola intorno a Fantine.

Noi tutti abbiamo una madre: la terra. Fantine fu restituita a questa madre.

Il curato credette di far bene, e forse fece bene, riservando, di quello che Jean Valjean aveva lasciato, quanto più denaro era possibile ai poveri. Dopo tutto di chi si trattava? D'un forzato e d'una prostituta. Perciò semplificò quanto più poté la sepoltura di Fantine, riducendola a quello stretto necessario che si chiama la fossa comune.

Fantine fu dunque sepolta in quella parte gratuita del cimitero, che appartiene a tutti e a nessuno, e dove si disperdono i poveri. Fortunatamente, Dio sa dove ritrovare le anime. Fantine venne coricata nelle tenebre fra le prime ossa capitate; ella subì la promiscuità delle ceneri. Fu gettata nella fossa di tutti. La sua tomba assomigliò al suo letto.

PARTE SECONDA

COSETTE

WATERLOO

I
QUELLO CHE S'INCONTRA VENENDO DA NIVELLES

L'anno scorso (1861) in un bel mattino di maggio, un viandante, colui che racconta questa storia, giungeva da Nivelles e si dirigeva verso La Hulpe. Andava a piedi. Percorreva un'ampia strada selciata e fiancheggiata da due file di alberi, che s'insinuava serpeggiando per una catena di collinette le quali, ora sollevando la via e ora lasciandola cadere, davano l'idea di enormi ondate. Aveva oltrepassato Lillois e Bois-Seigneur-Isaac. Vedeva verso occidente il campanile d'ardesia di Braine-l'Alleud, che ha la forma di un vaso capovolto. Aveva lasciato alle sue spalle un bosco sopra un'altura e, all'incrocio di una strada traversa – accanto a una specie di forca tarlata, con un'iscrizione che diceva: *Antica barriera N. 4* –, un'osteria che aveva sulla facciata questo cartello: *Ai quattro venti. Échabeau, caffé privato.*

Un mezzo quarto di lega oltre quell'osteria, arrivò in fondo a una valletta dove un corso d'acqua passa sotto una volta praticata nel terrapieno della strada. La macchia d'alberi, non troppo folta ma molto verde, che riempie la valletta su uno dei lati della strada, dall'altro, invece, si sparpaglia nei prati e va verso Braine-l'Alleud in un grazioso disordine.

C'era lì, a destra, sul margine della strada, una locanda con una carretta a quattro ruote davanti alla porta, un gran fascio di pertiche da luppolo, un aratro, un mucchio di ramoscelli secchi vicino a una siepe viva, della calce che fumava dentro una buca quadrata, e una scala a pioli appoggiata a una vecchia tettoia chiusa con pareti di paglia. Una giovinetta sarchiava un campo, dove un grande manifesto giallo, probabilmente l'avviso di uno spettacolo di qualche sagra popolare, ondeggiava al vento. Di fianco alla locanda, accanto a una pozzanghera in cui navigava una flottiglia di anitre, un sentiero sassoso s'addentrava fra i cespugli. Quel viandante vi s'incamminò.

Dopo un centinaio di passi e dopo aver costeggiato un muro del quindicesimo secolo sormontato da un frontone a cuspide di mattoni messi a incastro, si trovò davanti una gran porta ad arco, di pietra, a impostatura rettilinea, secondo lo stile severo dei tempi di Luigi XIV, e con due bassorilievi laterali. Una facciata pure severa dominava questa porta; un muro perpendicolare alla facciata quasi la toccava e la investiva con un brusco angolo retto. Nel prato, dinanzi alla porta, giacevano tre erpici, attraverso i quali germogliavano alla rinfusa tutti i fiori del mese di maggio. La porta era chiusa. Aveva per chiusura due battenti decrepiti adorni di un vecchio martello arrugginito.

Il sole splendeva festoso; le piante ondeggiavano con quel fremito primaverile che sembra prodotto più dai nidi che dalla brezza. Un bravo uccellino, forse innamorato, cantava perdutamente dentro un grande albero.

Il viandante si chinò a osservare, nella pietra a sinistra, in fondo allo stipite della porta, un vano circolare piuttosto largo, simile all'alveolo di una sfera. In quel momento i battenti si schiusero e uscì dalla casa una contadina.

Essa vide il viandante e ciò che aveva attratto la sua attenzione.

«È stata la palla di un cannone francese a fare ciò» disse.

E aggiunse:

«Quello che vedete lassù più in alto, nella porta, vicino a quel chiodo, è il buco di una grossa carica di mitraglia. La palla non ha attraversato il legno».

«Come, si chiama questo luogo?» chiese il viandante.

«Hougomont» disse la contadina.

Egli si raddrizzò, mosse alcuni passi, e andò a guardare al di sopra delle siepi. All'orizzonte, attraverso gli alberi, scorse una specie di montagnola e sulla montagnola qualche cosa che da lontano sembrava un leone.

Era sul campo di battaglia di Waterloo.

II
HOUGOMONT

Hougomont fu un luogo funesto; fu il primo ostacolo, la prima resistenza che incontrò a Waterloo quel gran boscaiolo dell'Europa che si chiamava Napoleone; il primo nodo capitato sotto la sua scure.

Era un castello, e ora non è più che una fattoria. Hougomont, per l'antiquario, è *Hugomons*. Questo maniero fu costruito da Hugo, sire di Somerel, quello stesso che dotò la sesta cappellania della badia di Villers.

Il viandante spinse la porta e, rasentando sotto un portico un vecchio calesse, penetrò nel cortile.

La prima cosa che lo colpì fu una porta del sedicesimo secolo che vi forma un arco isolato, tutto essendo rovinato intorno a esso. L'aspetto monumentale sorge spesso dalla rovina. In un muro vicino a questo arco, si apre un'altra porta con archivolto di pietre tagliate a cono, del tempo di Enrico IV, attraverso la quale si vedono gli alberi d'un frutteto. Lì accanto, una buca per il concime, delle zappe e delle pale, qualche carro, un vecchio pozzo con la lastra di pietra e la carrucola di ferro, un puledro che salta, un tacchino che fa la ruota, una cappella sormontata da un piccolo campanile, un pero in fiore, disposto a spalliera sul muro della cappella; ecco il cortile la cui conquista fu un sogno di Napoleone. Se avesse potuto impadronirsene, forse quel lembo di terra gli avrebbe dato il mondo. Alcune galline vi sparpagliano la polvere col becco. S'ode un ringhio: è un grosso cane che mostra i denti e che fa le veci degli inglesi.

Lì, gli inglesi furono ammirevoli. Le quattro compagnie delle guardie di Cooke hanno tenuto testa, in quel luogo, durante sette ore, all'accanimento di un esercito.

Hougomont, visto sulla carta, in piano geometrico, fabbricati e giardini compresi, ha l'aspetto di una specie di rettangolo irregolare a cui sia stato intaccato uno degli angoli. È in quest'angolo che si trova la porta meridionale, difesa da quel muro che la investe da vicino. Vi sono due porte: la meridionale, quella del castello, e la settentrionale, che dà accesso alla fattoria. Napoleone mandò contro Hougomont il fratello Gerolamo; le divisioni Guilleminot, Foy e Bachelu vi cozzarono; quasi tutto il corpo di Reille fu adoperato senza esito e i cannoni di Kellermann si esaurirono contro quell'eroica ala di muro. La brigata Bauduin non fu di troppo per forzare Hougomont da settentrione e la brigata Soye poté solo intaccarlo a sud, senza prenderlo.

Gli edifici della fattoria costeggiano il cortile a mezzogiorno. Un frammento della porta settentrionale, spezzata dai francesi, pende ancora attaccato al muro; sono quattro assi inchiodate su due traverse, nelle quali sono ancora visibili i segni dell'attacco.

La porta settentrionale, sfondata dai francesi, e alla quale hanno messo un rattoppo per sostituire il battente pendente dal muro, si schiude in fondo al cortile; è tagliata ad angolo retto nel muro, di pietra in basso, di mattoni in alto, che chiude il cortile dal lato settentrionale. È una semplice porta carraia come se ne vedono in tutte le fattorie, con due battenti fatti di rozze tavole; al di là della porta, vi sono alcune praterie. Quella via d'accesso è stata furiosamente contesa. Per lungo tempo la sua soglia serbò le impronte di mani insanguinate. Là fu ucciso Bauduin. In quel cortile permane l'atmosfera della battaglia; l'orrore vi è visibile; lo sconvolgimento della zuffa vi si è pietrificato; vive e muore; pare che sia di ieri. I muri agonizzano, le pietre cadono, le brecce gridano, i fori sono piaghe e gli alberi chini e tremanti par che tentino di fuggire.

Nel 1815, in quel cortile vi erano più costruzioni di oggi. Altre costruzioni, poi abbattute, vi formavano sporgenze, angoli, gomiti squadrati.

Gli inglesi vi si erano asserragliati; i francesi vi penetrarono, ma non poterono rimanerci.

Di fianco alla cappella s'erge in rovina e, potremmo dire, quasi sventrata, un'ala dell'antico castello di Hougomont, il solo rudere che ancora ne resti. Il castello servì da mastio, la cappella da ridotto. I francesi, presi ad archibugiate da tutte le parti, da dietro ai muri, dall'alto dei granai, dal fondo delle cantine, da tutte le finestre, da tutti i pertugi, da tutte le fessure delle pietre, portarono delle fascine e appiccarono il fuoco ai muri e agli uomini. Alla mitraglia rispose l'incendio. Si vedono nell'ala rovinata, attraverso le finestre munite di sbarre di ferro, le stanze smantellate di un corpo di fabbricato a mattoni; le guardie inglesi erano in agguato in quella camera; la spirale della scala, squarciata dal pianterreno al tetto, sembra l'interno di una conchiglia rotta. La scala ha due piani; gli inglesi, assediati nella scala e raggruppati sui gradini superiori, avevano abbattuto i gradini inferiori. Sono lastre di pietra azzurra che ora giacciono ammonticchiate fra le ortiche. Una decina di gradini sono ancora attaccati al muro; sul primo è inciso un tridente. Questi scalini inaccessibili sono saldi nei loro incastri. Tutto il resto assomiglia a una mascella sdentata. Accanto vi sono due alberi molto vecchi; uno è morto, l'altro è malconcio alla base, ma in aprile rinverdisce. Dal 1815 si è messo a vegetare attraverso la scala.

Nella cappella ci fu un massacro. Il suo interno, tornato alla tranquillità, ha un aspetto strano; non vi è più stata celebrata messa dopo la strage; tuttavia è rimasto l'altare, un altare di legno rozzo, addossato a un fondo di pietra grezza. Quattro muri imbiancati a calce, una porta in faccia all'altare, due piccole finestre centinate, sulla porta un grande crocifisso di legno, sopra il crocifisso un pertugio quadrato chiuso con un fascio di fieno, in un angolo, a terra, un'invetriata tutta rotta; tale è la cappella. Presso l'altare è inchiodata una statua di legno di Sant'Anna del quindicesimo secolo; la testa del Gesù Bambino è stata portata via da un colpo di mitraglia. I francesi, padroni per un momento della cappella e poi costretti a sloggiare, la incendiarono. Le fiamme riempirono quel capannone, che divenne una fornace, la porta bruciò, il pavimento bruciò, il Cristo di legno non bruciò. Il fuoco ne corrose i piedi, di cui rimangono soltanto i mozziconi anneriti, poi si fermò. Miracolo, dice la gente del paese. Il Gesù Bambino decapitato non fu così fortunato come il Cristo.

I muri sono coperti d'iscrizioni. Vicino ai piedi del Cristo si legge questo nome: *Henquinez*. Poi questi altri: *Conde de Rio Maior, Marques y Marquesa de Almagro (Habana)*. Ci sono dei nomi francesi con dei punti esclamativi, segni di collera. Hanno imbiancato di nuovo il muro nel 1849. Le nazioni vi si insultavano. Proprio sulla soglia di questa cappella fu raccolto un cadavere con una scure in mano; era il cadavere del sottotenente Legros.

A sinistra, uscendo dalla cappella, si vede un pozzo; ce ne sono due nella corte. Ci si domanda: perché questo secondo pozzo non ha né carrucola né secchio? Perché non vi si attinge più acqua. E perché non vi si attinge più acqua? Perché è pieno di scheletri. L'ultimo che ha cavato acqua da quel pozzo si chiamava Guglielmo Van Kylsom. Era un contadino che abitava a Hougomont e vi faceva il giardiniere. Il 18 giugno 1815 la sua famiglia fuggì e andò a nascondersi nei boschi.

La foresta, che circonda l'abbadia di Villers, nascose per parecchi giorni e parecchie notti quelle disgraziate popolazioni disperse. Ancora oggi talune vestigia riconoscibili, quali vecchi tronchi d'alberi bruciati, indicano il posto di quei poveri bivacchi trepidanti nel fitto della macchia.

Guglielmo Van Kylsom restò a Hougomont per custodire il castello e s'appiattò in una cantina. Gli inglesi lo scopersero, lo strapparono dal suo nascondiglio e a forza di piattonate costrinsero quell'uomo atterrito a servire i combattenti. Essi avevano sete, questo Guglielmo portò loro da bere. È a quel pozzo che attingeva l'acqua. Molti bevvero lì l'ultimo sorso. Quel pozzo, che dissetò tanti morituri, doveva anch'esso morire.

Dopo la battaglia vi fu gran fretta di seppellire i cadaveri. La morte ha un suo modo speciale di molestare la vittoria, e alla gloria fa tener dietro la peste. Il tifo è un annesso del trionfo. Quel pozzo era profondo, se ne fece un sepolcro. Vi gettarono trecento morti. Erano tutti morti? La leggenda dice di no. Sembra che la notte che seguì il seppellimento si udissero uscire dal pozzo flebili voci che chiedevano aiuto.

Quel pozzo è isolato in mezzo alla corte. Tre muri, per metà di pietra e per metà di mattoni, ripiegati come i pannelli di un paravento e una torretta quadrata, lo circondano da tre lati. Il quarto lato è aperto; l'acqua si attingeva di lì. Il muro di fondo ha una specie di occhio informe, forse il foro di un obice. La torretta aveva un soffitto di cui rimangono solo le travi. Il ferro di sostegno del muro di destra ha la forma di una croce. Chinandosi a guardare, l'occhio si perde in un profondo cilindro di mattoni nel quale si addensano le tenebre. Di fuori, tutto intorno al pozzo, la base dei muri è nascosta dalle ortiche.

Quel pozzo non ha la lastra di pietra azzurra che serve di parapetto agli altri pozzi del Belgio; la lastra azzurra è sostituita da un'asse trasversale, alla quale si appoggiano cinque o sei tronchi di legno nodosi e contorti, che somigliano a ossa gigantesche. Non v'è più né secchio, né catena, né carrucola, ma v'è ancora il bacino di pietra che serviva per lo scarico. Ora vi si raccoglie l'acqua piovana e di quando in quando qualche uccello delle vicine foreste va a bere lì, e vola via.

Una casa, in quella rovina, – la fattoria – è ancora abitata. La porta di questa casa dà sulla corte. Vicino a una bella toppa di disegno gotico c'è su quella porta una maniglia di ferro battuto a rose gotiche, messa in sbieco. Nel momento in cui il tenente hannoverese Wilda afferrava quella maniglia per rifugiarsi nella fattoria, uno zappatore francese, con un colpo d'ascia, gli recise la mano.

La famiglia che abita la casa ha per nonno l'ex giardiniere Van Kylsom, morto da molto tempo. Una donna con i capelli grigi racconta: «Io c'ero, e avevo tre anni. La mia sorella maggiore aveva paura e piangeva. Ci portarono nei boschi. Ero in braccio a mia madre. Di tanto in tanto si metteva l'orecchio vicino a terra per ascoltare. Io imitavo il cannone, facendo *bum bum*».

In cortile, una porta a sinistra, come abbiamo detto, conduce al frutteto.

Il frutteto terribile.

È diviso in tre parti, si potrebbe quasi dire in tre atti. La prima parte è un giardino, la seconda è il frutteto, la terza un bosco. Queste tre parti hanno una cinta comune, dalla parte dell'ingresso gli edifici del castello e della fattoria, a sinistra una siepe, a destra un muro, in fondo un altro muro. Il muro di destra è di mattoni, quello di fondo, di pietra. S'entra prima nel giardino, che è in declivio, pieno di arbusti d'uva spina, ingombro di vegetazioni selvatiche, chiuso da un terrazzo monumentale di pietra da taglio con balaustre a doppia entasi. Era un giardino signorile in quello stile francese primitivo che ha preceduto Lenôtre; ora non vi rimangono che sterpi e rovine. I pilastri sono sormontati da globi che sembrano palle da cannone, ma di pietra. Si contano ancora quarantatré balaustre sui loro sostegni; giacciono nell'erba. Quasi tutte portano delle scalfiture prodotte dalla moschetteria; una, spezzata, è appoggiata al parapetto come una gamba rotta.

È in questo giardino, più basso del frutteto, che sei volteggiatori[1] del 1° reggimento leggero poterono penetrare, ma non trovando più modo di uscire, presi e accerchiati come orsi nella tana, impegnarono da soli la lotta contro due compagnie hannoveresi, una delle quali era armata di carabine. Gli hannoveresi, schierati lungo la balaustrata, fa-

[1] Soldati di fanteria adibiti a servizi di milizia leggera nell'esercito napoleonico.

cevano fuoco dall'alto. Quei volteggiatori rispondevano dal basso, sei contro duecento, intrepidi, senz'altro riparo che gli arbusti di uva spina; ci volle un quarto d'ora per finirli.

Si sale qualche gradino, e si passa dal giardino nel vero e proprio frutteto. Là, in uno spazio di poche tese quadrate, millecinquecento uomini caddero in meno di un'ora. Il muro sembra pronto a ricominciare il combattimento; vi si vedono ancora le trentotto feritoie aperte dagli inglesi ad altezze irregolari; davanti alla sedicesima ci sono due tombe inglesi di granito. Le feritoie si trovano solo nel muro a sud: l'attacco principale veniva da quel lato. Il muro è nascosto all'esterno da un'alta siepe viva. I francesi arrivarono credendo non vi fosse altro ostacolo che la siepe, la sorpassarono e trovarono questo muro, ostacolo e imboscata e, dietro le guardie inglesi, le trentotto feritoie che facevano fuoco contemporaneamente, un uragano di mitraglia e di palle; e la brigata Soye vi si infranse contro. Waterloo cominciò così.

Il frutteto però fu preso; i francesi mancavano di scale e si arrampicarono con le unghie. La lotta continuò a corpo a corpo sotto gli alberi e tutta quell'erba fu intrisa di sangue. Un battaglione di Nassau, settecento uomini, vi rimase fulminato. All'esterno, il muro, contro il quale furono puntate le due batterie di Kellermann, è crivellato dalla mitraglia.

Questo frutteto è sensibile come qualunque altro al mese di maggio. Ha esso pure i suoi ranuncoli e le sue pratoline: l'erba vi cresce alta; i cavalli dell'aratro vi pascolano; alcune corde di crine, tese tra un albero e l'altro per stendere la biancheria ad asciugare, costringono i passanti ad abbassarsi; si cammina in quella sodaglia e i piedi affondano nei buchi delle talpe. In mezzo all'erba si nota un tronco d'albero divelto, che rinverdisce. Il maggiore Blackman vi si appoggiò per spirare. Sotto una gran pianta, lì vicino, morì il generale tedesco Duplat, discendente da una famiglia francese emigrata dopo la revoca dell'editto di Nantes. Lì presso, s'incurva un vecchio melo ammalato, medicato con un bendaggio fatto di paglia e creta. Quasi tutti i meli sono cadenti per la vecchiaia, e non ve n'è uno che non contenga una palla o un proiettile. Gli scheletri d'alberi morti vi abbondano. I corvi volano tra i rami; in fondo c'è un bosco pieno di violette.

Bauduin ucciso, Foy ferito, l'incendio, il massacro, la carneficina, un ruscello formato di sangue inglese, di sangue tedesco e di sangue francese, freneticamente mescolati, un pozzo colmo di cadaveri, il reggimento di Nassau e quello di Brunswick distrutti, Duplat ucciso, Blackman ucciso, le guardie inglesi mutilate, venti battaglioni francesi, sui quaranta del corpo di Reille, decimati, tremila uomini, in quella sola bicocca di Hougomont, sciabolati, tagliati a pezzi, scannati, fucilati, bruciati; e tutto questo perché oggi un contadino dica a un forestiero: «*Signore, date-mi tre franchi; se volete vi spiegherò la vicenda di Waterloo!*».

Torniamo indietro, valendoci di uno dei diritti del narratore, e ricollo-chiamoci nel 1815, e anche un po' prima del tempo in cui cominciano i fatti raccontati nella prima parte di questo libro.

Se nella notte dal 17 al 18 giugno 1815 non avesse piovuto, l'avveni-re dell'Europa sarebbe stato diverso. Qualche goccia d'acqua di più o di meno ha fatto piegare Napoleone. Bastò alla provvidenza un po' di pioggia perché Waterloo distruggesse Austerlitz; una nube che attra-versò il cielo fuori di stagione fu sufficiente a far crollare un mondo.

La battaglia di Waterloo poté cominciare soltanto alle undici e mezzo, dando tempo a Blücher d'arrivare. Perché? Perché il terreno era molle. E fu necessario aspettare che si rassodasse un poco perché l'artiglieria potesse manovrare.

Napoleone era ufficiale di artiglieria e la sua tattica ne risenti-va. La caratteristica di questo prodigioso capitano era pur sempre quella dell'uomo che nel rapporto al Direttorio su Abukir diceva: «*Uno dei nostri proiettili ha ucciso sei uomini*». Tutti i suoi piani di battaglia erano fatti per il proiettile. Far convergere l'artiglieria su un punto stabilito: in questo stava per lui la chiave della vittoria. Trattava la strategia del generale nemico come una cittadella, e la batteva in breccia. Tempestava di mitraglia il punto debole; faceva e disfaceva le battaglie con il cannone. Il tiro era parte del suo ge-nio. Sfondare i quadrati, polverizzare i reggimenti, rompere le li-nee, infrangere e disperdere le masse, per lui voleva dire: colpire, colpire, colpire senza posa, e affidava questa bisogna al proiettile d'artiglieria. Metodo formidabile, che, aggiunto al genio, ha fatto invincibile per quindici anni questo cupo atleta del pugilato guer-resco.

Il 18 giugno 1815 tanto più egli confidava nell'artiglieria in quan-to aveva per sé il vantaggio del numero. Wellington aveva solo cen-tocinquantanove bocche da fuoco; Napoleone ne aveva duecento-quaranta.

Supponete che il terreno fosse stato asciutto, che l'artiglieria aves-se potuto muoversi; l'azione sarebbe cominciata alle sei del mattino. La battaglia sarebbe stata vinta e finita in due ore, tre ore prima del sopraggiungere dei prussiani.

Quanta colpa ebbe Napoleone nella perdita di quella battaglia? Il naufragio è imputabile al pilota?

L'evidente decadenza fisica di Napoleone andava forse unita, a quel tempo, a un certo indebolimento interiore? Vent'anni di guerre avevano dunque consumato la lama come il fodero, l'anima come il corpo? Il veterano cominciava a far capolino ai danni del capitano? In una parola: quel genio si eclissava, come hanno creduto molti storici autorevoli? Dava in frenesie per nascondere a se stesso la propria debolezza? Cominciava a oscillare, traviato da sogni avventurosi? Oppure, cosa gravissima in un generale, diventava inconscio dei pericoli? Nella categoria dei grandi che operano materialmente, di quelli che possono dirsi i giganti dell'azione, v'è un'età per la miopia del genio? La vecchiaia non ha presa sui geni dell'ideale; per i Dante e per i Michelangelo invecchiare è crescere; per gli Annibale e per i Bonaparte sarebbe invece diminuire? Aveva Napoleone perduto il senso diretto della vittoria? Era giunto al punto di non più riconoscere lo scoglio, di non più intuire l'imboscata, di non più discernere l'orlo crollante degli abissi? Gli mancava il fiuto delle catastrofi? Lui, che già conosceva così bene tutte le vie del trionfo e che, dall'alto del suo carro di folgori, le indicava col dito sovrano, aveva ora un così funesto stordimento da condurre nei precipizi la tumultuosa muta delle sue legioni? Era forse, a quarantasei anni, colpito da suprema pazzia? Quel titanico auriga del destino non era forse più altro che un gigantesco rompicollo?

Noi non lo crediamo.

Per unanime riconoscimento, il suo piano di battaglia era un capolavoro. Andar diritto al centro della linea degli alleati, produrre un vuoto nel nemico, tagliarlo in due, spingere la metà britannica su Hal e la metà prussiana su Tongres, fare di Wellington e di Blücher due tronconi, prendere Mont-Saint-Jean, impadronirsi di Bruxelles, buttare il tedesco nel Reno e l'inglese in mare; ecco, per Napoleone, l'obiettivo di quella battaglia: poi si sarebbe veduto.

Non c'è bisogno di dire che noi non pretendiamo scrivere qui la storia di Waterloo; una delle scene generatrici del dramma che raccontiamo si riannoda a quella battaglia; ma la sua storia non è tema nostro, e poi quella storia è fatta – e fatta magistralmente – da un punto di vista, da Napoleone; dall'altro punto di vista, da tutta una pleiade di storici.[2] Quanto a noi, lasciamo gli storici alle prese tra di loro; noi non siamo che un testimonio a distanza, un

---

[2] Walter Scott, Lamartine, Vaulabelle, Charras, Quinet, Thiers [N.d.A.], rispettivamente in: *Vita di Napoleone Bonaparte*; *Storia della Restaurazione*; *Storia delle due Restaurazioni*; *Storia della campagna del 1815: Waterloo*; *Storia della campagna del 1815*; *Storia del consolato e dell'impero* [N.d.R.].

viandante nella pianura, un indagatore chino su quella terra nutrita di carne umana, e possiamo prendere le apparenze per realtà; non abbiamo il diritto di tener testa, in nome della scienza, a un complesso di fattori dove appare senza alcun dubbio qualcosa del miraggio; non abbiamo né la pratica militare, né la competenza strategica che autorizzano un sistema; secondo noi, una serie di casi fortuiti dominò a Waterloo i due capitani; e quando si tratta del destino, misterioso accusato, noi giudichiamo alla maniera del popolo, giudice ingenuo.

IV
A

Chi volesse formarsi un chiaro concetto della battaglia di Waterloo deve immaginare un'A maiuscola stesa al suolo. La gamba sinistra dell'A è la strada di Nivelles, la destra è quella di Genappe, la stanghetta trasversale è la via infossata che da Ohain conduce a Braine-l'Alleud. La cima della A è Mont-Saint-Jean: là sta Wellington; la punta inferiore sinistra è Hougomont: vi si trova Reille con Gerolamo Bonaparte; la punta destra inferiore è la Belle-Alliance, e v'è Napoleone. Un po' al di sotto del punto in cui la stanghetta dell'A incontra e taglia la gamba destra, si trova la Haie-Sainte. In mezzo a questa stanghetta è il luogo preciso dove fu segnata la sorte della battaglia. Lì collocarono il leone, simbolo involontario del supremo eroismo della guardia imperiale.

Il triangolo compreso alla sommità dell'A, tra le due gambe e la stanghetta, è l'altopiano di Mont-Saint-Jean: tutta la battaglia consisté nel disputarsi quell'altopiano.

Le ali dei due eserciti si stendono a destra e a sinistra delle due strade di Genappe e di Nivelles: D'Erlon fronteggia Picton; Reille sta di fronte a Hill.

Dietro la punta dell'A, cioè dietro l'altopiano di Mont-Saint-Jean, c'è la foresta di Soignes.

Quanto alla pianura in sé, bisogna figurarsi un vasto terreno, ondulato, in cui ogni sinuosità domina quella che segue e tutte le ondulazioni salgono verso Mont-Saint-Jean facendo capo alla foresta.

Due schiere nemiche su un campo di battaglia sono due lottatori, e la battaglia è una lotta a corpo a corpo, in cui ciascuno cerca di far cadere l'altro. Si aggrappano a tutto. Un cespuglio è un punto di appoggio; uno spigolo di muro, un sostegno; un reggimento è costretto a cedere per mancanza di una bicocca a cui addossarsi; un avvallamento nella pianura, un'asperità del terreno, un sentiero trasversale opportunamente situato, un bosco, un burrone, possono fermare il calcagno di quel colosso che si chiama esercito, e impedirgli d'indietreggiare. Chi esce dal campo è battuto. Da ciò la necessità, per il capo responsabile, d'esaminare il più piccolo gruppo d'alberi, di scandagliare il minimo rialzo.

I due generali avevano studiato attentamente la pianura di Mont-Saint-Jean, chiamata ora Waterloo. Wellington, con sagace previdenza, l'aveva esaminata fino dall'anno precedente, come il campo eventuale di una grande battaglia. Su quel terreno e per quel duello Wellington, il 18 giugno, aveva il lato buono, e Napoleone quello cattivo. L'esercito inglese si trovava in alto, il francese in basso.

È cosa quasi superflua schizzare qui il ritratto di Napoleone allo spuntar dell'alba del 18 giugno 1815, a cavallo, col cannocchiale in mano, sull'altura di Rossomme. Prima che lo si sia tratteggiato, tutti lo vedono già. Quel profilo calmo, sotto il piccolo cappello della scuola di Brienne; l'uniforme verde; il risvolto bianco che nasconde le decorazioni; il soprabito bigio che copre le spalline; l'angolo del cordone rosso sotto il panciotto; i calzoni di pelle; il cavallo bianco coperto d'una gualdrappa di velluto porporino, adorna agli angoli di N coronate e di aquile; gli stivali alla scudiera su calze di seta; gli speroni d'argento; la spada di Marengo; tutta la figura dell'ultimo Cesare s'eleva nell'immaginazione di tutti, acclamata dagli uni, guardata severamente dagli altri.

Per un pezzo questa figura è rimasta tutta nella luce; ciò è dipeso da una certa nebbia di leggenda che si sprigiona dagli eroi, e che vela sempre, più o meno a lungo, la verità; ma oggi la storia e la luce si attuano insieme.

Questa luce – la storia – è spietata; essa possiede la strana e divina prerogativa per cui, quantunque luce, e precisamente perché luce, pone spesso un'ombra là dove prima era un'irradiazione: del medesimo uomo fa due fantasmi diversi, dei quali l'uno combatte l'altro e ne fa giustizia, e il caos, in cui agisce il despota, lotta con la vertigine del capitano. Da ciò deriva ai popoli una misura più esatta, e valida per l'apprezzamento. La violazione di Babilonia rimpicciolisce Alessandro; Roma incatenata rimpicciolisce Cesare; Gerusalemme distrutta rimpicciolisce Tito. La tirannia tien dietro al tiranno. Ed è una sventura per un uomo lasciar dietro di sé un'oscurità che ha le sue sembianze.

Tutti conoscono la prima fase di quella battaglia; inizio confuso, incerto, esitante, minaccioso per entrambi gli eserciti, ma per gli inglesi ancor più che per i francesi.

Aveva piovuto tutta la notte; la terra era stata come dissodata dall'acquazzone; l'acqua si era accumulata nelle cavità della pianura come in catinelle. In certi punti, le ruote dei carri affondavano sino al mozzo, le cinghie dei cavalli da tiro grondavano melma; se il grano e la segale, rovesciati per terra da quella folla di carriaggi in cammino, non avessero riempito i solchi e formato strame sotto le ruote, sarebbe stato impossibile muoversi, specialmente nelle bassure dalla parte di Papelotte.

Lo scontro cominciò tardi. Abbiamo già spiegato come Napoleone avesse l'abitudine di tenere in pugno tutta l'artiglieria come una pistola, prendendo di mira ora l'uno ora l'altro punto della battaglia. Egli aveva voluto aspettare che le batterie tirate dai cavalli potessero girare e galoppare liberamente; bisognava perciò che venisse il sole ad asciugare il terreno. Ma il sole non comparve; non fu puntuale al convegno come ad Austerlitz. Quando fu sparato il primo colpo di cannone, il generale inglese Colville guardò l'orologio e vide che erano le undici e trentacinque minuti.

L'attacco fu sferrato con impeto, con più impeto, forse, di quanto l'imperatore desiderasse, dall'ala sinistra francese su Hougomont. In pari tempo, Napoleone attaccò il centro precipitando la brigata Quiot sulla Haie-Sainte, e Ney spinse l'ala destra francese contro l'ala sinistra inglese che si appoggiava su Papelotte.

L'attacco su Hougomont era una diversione. Il piano consisteva nell'attirarvi Wellington e farlo piegare a sinistra. Questo piano, forse, sarebbe riuscito, se le quattro compagnie di guardie inglesi e i coraggiosi belgi della divisione Perponcher non avessero strenuamente difeso la posizione in modo che Wellington, invece d'ammassarvi le sue truppe, poté limitarsi a spedirvi per rinforzo altre quattro compagnie di guardie e un battaglione di Brunswick.

La mossa dell'ala destra francese su Papelotte costituiva l'attacco principale. Sbaragliare la sinistra degli inglesi, tagliare la strada di Bruxelles, chiudere il passo a qualsiasi possibilità di soccorso da parte del prussiani, impadronirsi a viva forza di Mont-Saint-Jean, ricacciare Wellington su Hougomont, e di lì su Braine-l'Alleud, poi su Hal: nulla di più preciso. A parte qualche incidente, la mossa riuscì: Papelotte fu presa, e la Haie-Sainte venne conquistata.

Particolare notevole. Nella fanteria inglese, specialmente nella brigata Kempt, v'erano molte reclute. Questi giovani novizi, di fronte ai nostri formidabili fanti, si mostrarono coraggiosi; benché inesperti, seppero trarsi d'impaccio intrepidamente, battendosi a meraviglia soprattutto come tiragliatori:[3] i soldati in ordine sparso, lasciati un po' a se stessi, divengono per così dire il loro proprio generale. Quelle reclute mostrarono qualcosa di simile all'iniziativa e all'impeto francesi, quella fanteria novizia si dimostrò vivace. E questo non andò a genio a Wellington.

Dopo la presa di la Haie-Sainte, l'esito della battaglia divenne incerto.

V'è in questa giornata, da mezzogiorno alle quattro, un intervallo oscuro: il centro della battaglia è quasi indistinto, e partecipa dell'oscurità della mischia. Vi si fa il crepuscolo. In questa nebbia si scorgono grandi fluttuazioni, un vertiginoso miraggio, l'apparato delle guerre d'allora, quasi ignoto oggi: i colbac a fiamma, le borse dei cavalleggeri che ondeggiavano, le cinghie incrociate, le giberne da granate, i dolman degli ussari, gli stivaloni rossi a mille pieghe, i pesanti cheppì adorni di frange, la fanteria quasi nera di Brunswick mista alla fanteria scarlatta d'Inghilterra, i soldati inglesi coi loro bianchi girelli imbottiti in luogo di spalline, i cavalleggeri hannoveresi con gli elmi oblunghi di cuoio a strisce di rame e criniere rosse, gli scozzesi con i ginocchi nudi e con gli scialli a scacchi; le grandi ghette bianche dei granatieri francesi: quadri, non linee strategiche; quello che occorre a Salvator Rosa, non a Gribeauval.[4]

Una certa quantità di tempesta si mescola sempre a una battaglia. *Quid obscurum, quid divinum.*[5] In simili confusioni ogni storico descrive ciò che gli pare. Qualunque sia la combinazione dei generali, il cozzo delle masse armate provoca sempre incalcolabili riflussi. Durante l'azione, i piani dei due capi rientrano l'uno nell'altro e si deformano a vicenda. Un certo punto del campo di battaglia divora più combattenti di un altro, come certi terreni più o meno spugnosi che assorbono più o meno rapidamente l'acqua che vi si getta, e allora si deve riversare là più soldati di quanto si vorrebbe. Questi impieghi costituiscono l'imprevisto. La linea della battaglia fluttua e serpeggia come un filo, rivi di sangue scorrono illogicamente, il fronte dei due eserciti ondeggia, i reggimenti rientrando e sporgendo formano promontori e golfi, tutti questi scogli si agitano continuamente gli uni dinanzi agli altri; dov'era l'artiglieria accorre la cavalleria; i battaglioni si disperdono come fumo. C'era lì qualche cosa; lo cercate; è spari-

---

[3] Truppe in ordine sparso.
[4] Direttore dell'artiglieria, specialista nelle mine.
[5] Qualcosa di oscuro, qualcosa di divino.

to; le radure si spostano; quelle curve scure avanzano, retrocedono; una specie di vento sepolcrale spinge, respinge, gonfia, disperde quelle moltitudini tragiche. Che cos'è una mischia? Un'oscillazione. L'immobilità di un piano matematico richiede un minuto e non una giornata. Per dipingere una battaglia ci vogliono possenti pittori che abbiano qualche cosa del caos nel pennello; Rembrandt è superiore a Van der Meulen,[6] il quale è esatto a mezzodì, ma falso alle tre del pomeriggio. La geometria trae in errore, e soltanto l'uragano è veritiero; appunto per ciò Folard[7] ha il diritto di contraddire Polibio. Aggiungiamo che c'è sempre un certo momento in cui la battaglia degenera in combattimento, si sminuzza e si sparpaglia in una innumerevole serie di episodi singoli che, per valerci di una frase dello stesso Napoleone, «appartengono alla biografia dei reggimenti più che alla storia dell'esercito». In questo caso lo storico ha il diritto evidente di riassumere. Egli può afferrare appena le linee principali della lotta; e non v'è narratore, per quanto coscienzioso, che possa fissare in modo assoluto la forma di quell'orribile nembo che si chiama battaglia.

Questa verità, comune a tutti i grandi scontri, è in particolar modo applicabile a Waterloo.

Tuttavia, a una data ora del pomeriggio, la battaglia si delineò in modo preciso.

VI
LE QUATTRO POMERIDIANE

Verso le quattro, la situazione dell'esercito inglese era grave. Il principe d'Orange comandava il centro, Hill l'ala destra, Picton la sinistra. Il principe d'Orange, disperato e intrepido, gridava agli olandesi e ai belgi: «*Nassau! Brunswick! Mai indietro!*». Hill, indebolito, veniva ad addossarsi a Wellington; Picton era morto. Mentre gli inglesi strappavano ai francesi la bandiera del 105° di linea, i francesi avevano ucciso agli inglesi il generale Picton, colpito da una palla nella testa. Per Wellington, la battaglia aveva due punti d'appoggio: Hougomont e la Haie-Sainte; il primo resisteva ancora, ma era in fiamme, l'altra era perduta. Del battaglione tedesco che la difendeva sopravvivevano solo quarantadue persone; tutti gli ufficiali, meno cinque, erano morti o prigionieri. Tremila combattenti si erano massacrati in quella fattoria. Un sergente delle guardie inglesi, il miglior pugile d'Inghilterra, repu-

[6] Antoine Van der Meulen (1634-1694), pittore di scene militari sotto Luigi XIV.
[7] Jean-Charles de Folard (1669-1752), scrittore di cose militari.

tato invulnerabile dai suoi compagni d'armi, vi era stato ucciso da un tamburino francese. Baring era stato sloggiato: Alten, tagliato a pezzi. Parecchie bandiere erano perdute, delle quali una della divisione Alten e un'altra del battaglione di Lunebourg, portata da un principe della famiglia di Deux-Ponts. Gli scozzesi grigi non esistevano più, i dragoni pesanti di Ponsonby erano sbriciolati. Questa valorosa cavalleria aveva ceduto all'urto dei lancieri di Bro e dei corazzieri di Travers; di milleduecento cavalli ne rimanevano seicento; di tre tenenti colonnelli, due giacevano a terra, Hamilton ferito, Mater ucciso; Ponsonby era caduto, trafitto da sette colpi di lancia. Gordon era morto; Marsh era morto. Due divisioni, la quinta e la sesta, erano distrutte.

Hougomont intaccato, la Haie-Sainte presa, rimaneva un solo nodo, il centro; questo teneva sempre duro. Wellington lo rinforzò. Vi chiamò Hill, che era a Merbe-Braine; vi chiamò Chassé, che era a Brain-l'Alleud.

Il centro dell'esercito inglese, un poco concavo, molto denso e assai compatto, era saldamente situato. Occupava l'altopiano di Mont-Sain-Jean col villaggio a tergo e dinanzi il pendio, a quel tempo piuttosto aspro. S'addossava a quella solida casa di pietra che allora era un bene demaniale di Nivelles e che sorge a un crocicchio: un edificio del secolo decimosesto così massiccio, che le palle di cannone vi rimbalzavano senza danneggiarlo. Tutt'intorno all'altopiano gli inglesi avevano qua e là tagliato le siepi, formato delle cannoniere fra i biancospini, collocato una bocca da fuoco fra i rami, aperte delle feritoie nei cespugli. La loro artiglieria era in agguato fra i rovi. Questo lavoro punico, incontestabilmente autorizzato dalla guerra, che ammette l'insidia, era condotto con tanta arte che Haxo, spedito dall'imperatore alle nove del mattino per esplorare le batterie nemiche, non si era accorto di nulla e al ritorno aveva riferito che non c'erano altri ostacoli, oltre le due barricate che chiudevano le strade di Nivelles e di Genappe. Era la stagione in cui le messi sono alte; disteso sull'orlo dell'altopiano, nascosto tra il grano alto, stava un battaglione della brigata Kempt, il 95°, armato di carabine.

Assicurato e rafforzato in tal modo, il centro dell'esercito anglo-olandese era in buona posizione.

Il punto debole di questa posizione era la foresta di Soignes, allora contigua al campo di battaglia e tagliata dagli stagni di Groenendael e di Boitsfort. Un esercito non avrebbe potuto indietreggiare, da quella parte, senza dissolversi; i reggimenti vi si sarebbero subito disgregati e l'artiglieria si sarebbe perduta nel terreno paludoso. Secondo l'opinione di parecchi competenti in materia – a dir il vero contestata da altri – la ritirata da quella parte si sarebbe trasformata in un fuggi fuggi.

Wellington aggiunse a quel centro una brigata di Chassé, tolta all'ala destra, una brigata di Wincke, tolta all'ala sinistra, più la divisione Clinton. Ai suoi inglesi, ai reggimenti di Halkett, alla brigata Mitchell e alle guarde di Maitland, diede per appoggio e rinforzo la fanteria di Brunswick, il contingente di Nassau, gli hannoveresi di Kielmansegge e i tedeschi di Ompteda. Poté così avere sotto mano ventisei battaglioni. «*L'ala destra*» come dice Charras «*fu ripiegata dietro il centro.*» Una grossa batteria, mascherata da una trincea di sacchi di terra, era stata appostata dove si trova oggi il cosiddetto «museo di Waterloo». Infine, Wellington teneva, in un avvallamento del terreno, i dragoni della guardia di Somerset: millequattrocento cavalli. Era l'altra metà della cavalleria inglese così meritatamente famosa. Distrutto Ponsonby, rimaneva Somerset.

La batteria, una volta terminata, sarebbe stata quasi un fortino, ed era disposta dietro il muro bassissimo d'un giardino; era stata mascherata in fretta con un rivestimento di sacchi di sabbia e da un terrapieno. Ma il lavoro non era finito, essendo mancato il tempo per rinforzarlo con una palizzata.

Wellington, inquieto ma impassibile, era a cavallo, e vi rimase tutto il giorno nello stesso atteggiamento, un po' più avanti del vecchio mulino di Mont-Saint-Jean ancora esistente, sotto un olmo che più tardi un inglese, vandalo entusiasta, comprò per duecento franchi, fece segare e si portò via. Wellington mostrò, là, una freddezza eroica. Grandinavano le palle. L'aiutante di campo Gordon gli era caduto al fianco. Lord Hill, mostrandogli un obice che scoppiava, gli chiese: «Milord, quali sono le vostre istruzioni e che ordini ci lasciate se vi fate ammazzare?». «*Di fare come me*» rispose Wellington. A Clinton disse laconicamente: «*Resistere qui fino all'ultimo uomo*». La giornata evidentemente volgeva male. Wellington gridava ai suoi ex compagni d'armi di Talavera, di Vitoria e di Salamanca: «*Boys!* (ragazzi) *c'è qualcuno che pensa di retrocedere? Pensate alla vecchia Inghilterra!*».

Verso le quattro, la linea inglese ripiegò. A un tratto sulla cresta dell'altopiano non si videro più che l'artiglieria e i tiragliatori: il rimanente disparve; i reggimenti, fugati dagli obici e dalle palle francesi, ripiegarono nel terreno ancor oggi attraversato dal sentiero che va alla fattoria di Mont-Saint-Jean; ci fu un arretramento, la linea di battaglia degli inglesi venne meno, Wellington indietreggiò. «Principio di ritirata!» esclamò Napoleone.

NAPOLEONE DI BUON UMORE

L'imperatore, per quanto sofferente, e benché stesse a cavallo con fatica per un disturbo locale, non era mai stato così di buon umore come in quel giorno. Sino dalla mattina, la sua impenetrabilità sorrideva. Il 18 giugno 1815, quell'anima profonda, mascherata di marmo, era ciecamente raggiante. L'uomo che era stato cupo ad Austerlitz, fu lieto a Waterloo. I più grandi predestinati hanno di questi controsensi. Le nostre gioie sono ombra. Il supremo sorriso appartiene a Dio.

Ridet Caesar, Pompeius flebit,[8] dicevano i legionari della legione Fulminatrix. Pompeo questa volta non doveva piangere; ma certo Cesare rideva.

Fin dalla vigilia, esplorando all'una di notte, a cavallo con Bertrand, sotto l'uragano e la pioggia, le colline che circondano Rossomme, contento di vedere la lunga linea dei fuochi inglesi che illuminavano tutto l'orizzonte da Frischemont a Braine-l'Alleud, gli era sembrato che il destino, a cui aveva dato convegno a data fissa sul campo di Waterloo, fosse puntuale. Aveva fermato il cavallo ed era rimasto qualche istante immobile a guardare i lampi e ad ascoltare il tuono: e si era udito quel fatalista lanciare nelle tenebre queste parole misteriose: «Siamo d'accordo». Napoleone s'ingannava; non erano più d'accordo.

Non si era preso un sol minuto di sonno; e tutti gli istanti di quella notte segnarono per lui una gioia. Aveva percorso tutta la linea della grande guardia, trattenendosi qua e là a parlare con le sentinelle. Alle due e mezzo, vicino al bosco di Hougomont, udendo il passo di una colonna in marcia, credette per un momento che Wellington si ritirasse e disse a Bertrand: «*È la retroguardia inglese che si mette in moto per ritirarsi. Farò prigionieri i seimila inglesi sbarcati a Ostenda*». Parlava con espansione, aveva ritrovato la vivacità dello sbarco del primo marzo, allorché, additando al gran maresciallo il contadino entusiasta del golfo Juan, esclamò: «*Ebbene, Bertrand, ecco già un rinforzo!*». Nella notte dal 17 al 18 giugno egli canzonava Wellington: «*Quel piccolo inglese ha bisogno di una lezione*» diceva. La pioggia raddoppiava, e mentre l'imperatore discorreva si udiva rumoreggiare il tuono.

Alle tre e mezzo del mattino, egli aveva perduto un'illusione: alcuni ufficiali mandati in ricognizione gli avevano annunziato che il nemico non faceva alcun movimento. Nulla si muoveva, non un solo fuoco di bivacco era spento. L'esercito inglese dormiva. Sulla terra il

---

[8] Ride Cesare, piangerà Pompeo.

silenzio era profondo; non v'era rumore che in cielo. Alle quattro gli fu condotto un contadino arrestato dagli esploratori; egli aveva servito da guida a una brigata di cavalleria inglese, probabilmente quella di Vivian, che andava a prendere posizione nel villaggio d'Ohain, all'estrema sinistra. Alle cinque, due disertori belgi gli riferirono che avevano abbandonato allora allora il loro reggimento e che l'esercito inglese aspettava la battaglia. «*Tanto meglio!*» aveva esclamato Napoleone. «*Preferisco sbaragliarli, anziché respingerli.*»

Venuto il mattino era sceso da cavallo, in mezzo al fango, sul pendio che forma angolo con la strada di Plancenoit, s'era fatto portare dalla fattoria di Rossomme una tavola da cucina, una sedia rustica, s'era messo a sedere con un fascio di paglia per tappeto, e aveva spiegato sulla tavola la carta del campo di battaglia, dicendo a Soult: «*Un grazioso scacchiere!*».

A causa della pioggia della notte, i convogli di viveri, incagliatisi lungo le strade dal fondo sconvolto, non avevano potuto giungere la mattina: i soldati non avevano dormito, erano fradici e digiuni; ma ciò non impedì a Napoleone di dire allegramente a Ney: «*Abbiamo novanta probabilità su cento!*». Alle otto imbandirono la colazione, a cui l'imperatore aveva invitato parecchi generali. Mentre mangiavano, qualcuno raccontò che, due giorni prima, Wellington era intervenuto alla festa da ballo data a Bruxelles dalla duchessa di Richmond, e Soult, rude uomo di guerra, con un aspetto di arcivescovo, aveva detto: «*Il ballo è per oggi*». L'imperatore aveva canzonato Ney che diceva: «*Wellington non sarà tanto sempliciotto da aspettare vostra maestà*». Era del resto il suo modo di fare: «*Scherzava volentieri*» dice Fleury de Chaboulon. «*Il fondo del suo carattere gioviale*» dice Gourgaud. «*Abbondava nei frizzi bizzarri, più che ingegnosi*» dice Benjamin Constant. Trattandosi delle lepidezze di un gigante, vale la pena di insistere su di esse. Fu lui che diede ai suoi granatieri il soprannome di *grognards*[9] e li prendeva per le orecchie e tirava loro i baffi. «*L'imperatore ci faceva sempre qualche celia*» è la frase di uno di essi. Durante il misterioso tragitto dall'isola d'Elba alla Francia, il 27 febbraio, in alto mare, il brigantino da guerra francese *Zéphir* aveva incontrato il brigantino *Inconstant*, sul quale era nascosto Napoleone, e avendo chiesto all'*Inconstant* notizie di Napoleone, l'imperatore, che in quel momento aveva ancora al cappello la coccarda dai colori bianco e amaranto cosparsa di api, da lui adottata all'Isola d'Elba, aveva dato di piglio ridendo al portavoce per rispondere lui stesso: «*L'imperatore sta bene*». Chi scherza in questo modo, ha dimestichezza con gli avvenimenti. Durante la colazione di Waterloo, Napoleone

[9] Brontoloni.

aveva riso parecchie volte. Dopo la colazione si era raccolto un quarto d'ora, poi aveva dettato l'ordine di battaglia a due generali che si erano messi a sedere sopra un mucchio di paglia, con la penna in mano e un foglio di carta sulle ginocchia.

Alle nove, quando l'esercito francese, già scaglionato e messo in moto su cinque colonne, s'era spiegato, con le divisioni su due linee, l'artiglieria fra le brigate, la musica in testa, battendo l'aria con rombi di tamburi e squilli di trombe, potente, vasto, giocondo, mare di elmi, di sciabole e di baionette all'orizzonte, l'imperatore, commosso, aveva esclamato a due riprese: «Magnifico! Magnifico!».

Dalle nove alle dieci e mezzo, tutto l'esercito aveva preso posizione e si era schierato su sei linee, formando – per ripetere l'espressione dell'imperatore – «la figura di sei V». Pochi momenti dopo la formazione del fronte di battaglia, in mezzo a quel profondo silenzio, precursore dell'uragano, che precede le mischie, vedendo sfilare le tre batterie da dodici che aveva fatto staccare dai tre corpi di d'Erlon, di Reille e di Lobau, destinate a iniziare l'azione battendo Mont-Saint-Jean, là dove si trovava l'incrocio delle strade di Nivelles e di Genappe, l'imperatore, battendo la spalla a Haxo, gli aveva detto: «*Generale, ecco ventiquattro belle ragazze*».

Sicuro dell'esito, egli aveva incoraggiato con un sorriso, mentre gli passava davanti, la compagnia zappatori del primo corpo, da lui designata a fortificarsi nel villaggio di Mont-Saint-Jean, appena fosse stato conquistato. Tutta questa serenità non era stata attraversata se non da una parola d'altera commiserazione; vedendo ammassarsi alla sua sinistra, in un angolo dove oggi c'è una grande tomba, quei mirabili scozzesi grigi con i loro superbi cavalli, aveva detto: «*Peccato!*».

Poi era risalito a cavallo, s'era spinto oltre Rossomme e aveva scelto per luogo d'osservazione uno stretto rialzo erboso, a destra della strada da Genappe a Bruxelles, che fu la sua seconda stazione durante la battaglia. La terza stazione, quella delle sette di sera, tra la Belle-Alliance e la Haie-Sainte, era terribile: un poggio piuttosto elevato, che esiste ancora, e dietro il quale, in un avvallamento del terreno, stava raccolta la guardia. Intorno a quel poggio, le palle di cannone rimbalzavano dal selciato della strada fino a Napoleone. Come a Brienne, egli udiva le palle e la mitraglia fischiargli intorno al capo. Quasi nel posto dove erano i piedi del suo cavallo vennero raccolte palle di cannone sforacchiate, vecchie lame di sciabole, proiettili informi corrosi dalla ruggine. *Scabra rubigine*.[10] Qualche anno fa, vi è stato dissotterrato un obice da sessanta, ancora carico, la cui spoletta si era spezzata a filo della bomba. Fu in quell'ultima stazione che

[10] «Di un rosso ruvido», dalle *Georgiche* di Virgilio.

l'imperatore disse alla sua guida Lacoste, contadino ostile, spaurito, attaccato alla sella di un ussaro, e che si voltava a ogni carica cercando di ripararsi dietro a questi: «*Imbecille! È una vergogna, ti farai ammazzare nella schiena!*». Chi scrive queste righe trovò egli stesso, nel declivio friabile di quel colle, scavando nella sabbia, gli avanzi di un pezzo di bomba disgregati da una ossidazione durata quarantasei anni, e certi pezzi di ferro che gli si rompevano fra le dita come se fossero canne di sambuco.

Nessuno ignora che le ondulazioni della pianura variamente inclinata sulla quale ebbe luogo lo scontro fra Napoleone e Wellington non sono più quali erano il 18 giugno 1815. Per prendere da quel campo funebre ciò che occorreva per erigergli un monumento, gli tolsero il vero rilievo, e la storia, confusa, non ci si raccapezza più. Per glorificarlo l'hanno sfigurato. Wellington rivedendo Waterloo due anni dopo esclamò: «*M'hanno cambiato il mio campo di battaglia*». Là dove oggi s'erge la grande piramide di terra sormontata dal leone, c'era una cresta che discendeva in pendio praticabile verso la strada di Nivelles, mentre dal lato della strada di Genappe era quasi un dirupo. L'elevazione di quel dirupo può misurarsi anche oggi dall'altezza dei ripiani su cui stanno le due grandi sepolture che incassano la strada che da Genappe va a Bruxelles: l'una, la tomba inglese, a sinistra; l'altra, la tomba tedesca, a destra. Non c'è tomba francese; per la Francia tutta quella pianura è sepolcro. Mercé le migliaia di carri di terra usati per la montagnetta alta centocinquanta piedi e con mezzo miglio di base, l'altopiano di Mont-Saint-Jean è oggi accessibile per un dolce declivio; ma quando avvenne la battaglia esso era aspro e ripido, specialmente dalla parte della Haie-Sainte. Il versante era quivi tanto ripido che i cannoni inglesi non vedevano la fattoria posta in fondo alla valle, centro del combattimento. Il 18 giugno 1815 le piogge avevano ancor più scosceso quell'erta; il fango rendeva più malagevole la salita, per cui non solo bisognava arrampicarsi, ma si rimaneva impaniati. Lungo la cresta dell'altopiano correva una specie di fossato, la cui esistenza non poteva essere notata da un osservatore lontano.

Che cosa era quel fossato? Diciamolo subito. Braine-l'Alleud è un villaggio del Belgio; Ohain ne è un altro. Questi villaggi, nascosti ambedue negli avvallamenti del terreno, sono congiunti da una strada di una lega e mezzo circa, che attraversa una pianura ondulata e spesso entra e s'insinua fra le colline come un solco, sì che in diversi punti quella strada è un burrone. Nel 1815 quella strada tagliava come oggi la cresta dell'altopiano di Mont-Saint-Jean tra le due strade di Genappe e di Nivelles, con la differenza che oggi è come a livello della pianura, mentre allora era incassata. I due ciglioni che la fiancheggiavano le furono tolti per erigere la montagnetta monumento. Questa strada era ed è ancora una trincea nella maggior parte del suo percorso: è profonda talvolta sino a dodici piedi, e i suoi ciglioni troppo scoscesi smottavano qua e là, specialmente d'inverno, sotto gli acquazzoni. Vi accadevano anche delle disgrazie. Vicino all'ingresso di Braine-l'Alleud, la strada era così stretta che una volta un carro vi schiacciò un viandante, come prova la croce di pietra eretta accanto al cimitero, la quale reca il nome del morto, «*Bernardo Debrye, mercante a Bruxelles*», e la data della disgrazia, «*febbraio 1637*».[11] Sull'altopiano poi di Mont-Saint-Jean essa era così profonda, che, nel 1783, un contadino, Matteo Nicaise, vi era rimasto schiacciato da una frana dell'argine, come attestava un'altra croce di pietra; la parte superiore di questa croce sparì nei dissodamenti, ma il piedistallo rovesciato è visibile anche oggi, lungo il pendio erboso, a sinistra della strada tra la Haie-Sainte e la fattoria di Mont-Saint-Jean.

In un giorno di battaglia quella via incassata e non rivelata da alcun segno, costeggiante la cresta di Mont-Saint-Jean, fossato alla sommità del dirupo, carreggiata nascosta nel terreno, era invisibile; cioè terribile.

VIII
L'IMPERATORE FA UNA DOMANDA ALLA GUIDA LACOSTE

Dunque, la mattina della battaglia di Waterloo, Napoleone era contento.

Aveva ragione: il piano da lui concepito, come abbiamo visto, era realmente ammirabile.

Una volta impegnata la battaglia, le peripezie svariatissime: la resistenza di Hougomont, la pertinacia della Haie-Sainte, la morte di Bauduin, Foy messo fuori combattimento, il muro inaspettato contro cui era andata a infrangersi la brigata Soye, la balordaggine fatale di Guilleminot che non aveva né petardi né munizioni, lo sprofondare delle artiglierie nel fango, le quindici bocche da fuoco lasciate senza scorta e rovesciate da Uxbridge in una specie di trincea, lo scarso effetto delle bombe che, cascando nelle linee inglesi, affondavano nel terreno molle per la pioggia e non producevano altro che vulcani di melma, trasformando la mitraglia in zacchere; l'inanità della dimostrazione di Piré su Braine-l'Allaud; tutta quella cavalleria, quindici squadroni, quasi annientata, l'ala destra inglese scarsamente distur-

---

[11] Ecco l'iscrizione: *Dom - Qui fu schiacciato - per disgrazia - sotto un carro - il signor Bernardo - De Brye mercante - a Bruxelles il* (illeggibile) *Febbraio 1637* [*N.d.A.*].

bata, la sinistra male intaccata, lo strano malinteso di Ney, che ammassa, invece di scaglionarle, le quattro divisioni del primo corpo, formando densità di ventisette file e fronti di duecento uomini esposti in tal modo alla mitraglia; gli spaventosi vuoti aperti dalle palle fra quelle masse, le colonne d'assalto disgregate, l'inaspettato smascherarsi della batteria posta obliquamente sul loro fianco; Bourgeois, Donzelot e Durutte compromessi, Quiot respinto, il luogotenente Vieux, questo ercole uscito dalla scuola politecnica, ferito mentre sfondava a colpi di scure la porta della Haie-Sainte, sotto il fuoco, dall'alto della barricata inglese che chiudeva il gomito della strada da Genappe a Bruxelles; la divisione Marcognet presa tra la fanteria e la cavalleria, fucilata a bruciapelo in mezzo al grano da Best e Pack, caricata all'arma bianca da Ponsonby, la sua batteria di sette pezzi inchiodata, il principe di Sassonia Weimar che prende e tiene Frischemont e Smohain contro gli sforzi del conte d'Erlon, la bandiera del 105° perduta, quella del 45° pure perduta, quell'ussaro nero prussiano fermato dai corridori della colonna volante di trecento cacciatori che battevano le campagne tra Wavre e Plancenoit, le notizie inquietanti fornite da questo prigioniero, il ritardo di Grouchy, i millecinquecento uomini uccisi in meno di un'ora nel frutteto di Hougomont e i milleottocento abbattuti in minor tempo ancora intorno alla Haie-Sainte; tutti questi burrascosi incidenti, passando come nubi della battaglia dinanzi a Napoleone, ne avevano appena turbato lo sguardo, e non avevano offuscato quell'immagine imperiale della certezza.

Napoleone era abituato a guardar fisso la guerra; egli non calcolava mai cifra per cifra la dolorosa somma dei particolari; a lui poco importavano le cifre, purché dessero questo totale: la vittoria. Non si preoccupava affatto se gli inizi si fuorviavano, poiché si stimava padrone e dominatore della conclusione. Sapeva aspettare, considerando se stesso fuori questione, e trattava con il destino da pari a pari, quasi dicendogli: «Tu non oserai».

Metà luce e metà ombra, Napoleone si sentiva protetto nel bene e tollerato nel male. Aveva, o credeva di avere per sé, una connivenza, e quasi, si potrebbe dire, una complicità con gli avvenimenti, equivalente all'antica invulnerabilità.

Eppure, quando si hanno dietro di sé la Beresina, Lipsia e Fontainebleau, sembra che si potrebbe diffidare di Waterloo e saper vedere un misterioso aggrottar di ciglia nell'immensità dei cieli.

Quando Wellington cominciò a retrocedere, Napoleone trasalì. Vide d'improvviso l'altopiano di Mont-Saint-Jean rimanere scoperto, e scomparire il fronte dell'esercito inglese. Questo si raccoglieva sì, ma si nascondeva. L'imperatore si alzò a mezzo sulle staffe: gli passò negli occhi il lampo della vittoria.

Addossare Wellington alla foresta di Soignes e distruggerlo, significava per la Francia abbattere definitivamente l'Inghilterra; erano Crécy, Poitiers, Malplaquet e Ramillies vendicate. L'uomo di Marengo cancellava Azincourt.

Allora l'imperatore, meditando la terribile avventura, girò un'ultima volta il cannocchiale su tutti i punti del campo di battaglia. Dietro di lui la sua guardia, con l'arme al piede, lo rimirava dal basso quasi religiosamente. Egli pensava; osservava i versanti, notava i declivi, scrutava la macchia d'alberi, il quadrato di segale, il sentiero; pareva volesse contare ogni cespuglio. Fissò con una certa intensità le barricate inglesi che chiudevano le due strade; erano formate da grosse cataste di alberi abbattuti: quella della via di Genappe, al di sopra della Haie-Sainte, armata di due cannoni, i soli di tutta l'artiglieria inglese che dominassero il fondo del campo di battaglia; e quella della via di Nivelles dove scintillavano le baionette olandesi della brigata Chassé. Accanto a questa seconda barricata, notò la vecchia e bianca cappella di Saint-Nicolas all'angolo della via traversa che mena a Braine-l'Alleud. Si chinò a parlare sottovoce alla guida Lacoste. La guida fece col capo un cenno negativo probabilmente perfido.

L'imperatore si drizzò e si raccolse.

Wellington aveva retrocesso. Non rimaneva altro che fare terminare quella ritirata in un imbottigliamento. Napoleone, volgendosi rapidamente, spedì a Parigi, di gran carriera, una staffetta per annunziare che la battaglia era vinta.

Egli era uno di quei geni da cui esce il tuono.

Aveva trovato il suo colpo di fulmine.

Diede ordine ai corazzieri di Milhaud di prendere d'assalto l'altopiano di Mont-Saint-Jean.

IX

L'IMPREVISTO

Erano tremilacinquecento e formavano un fronte di un quarto di lega. Erano uomini giganteschi su cavalli colossali. Erano ventisei squadroni e avevano dietro di sé, per appoggiarli, la divisione di Lefebvre-Desnouettes, i centosei gendarmi scelti, i cacciatori della guardia che assommavano a milleottocentonovantasette uomini, e i lancieri della guardia, ottocentottanta lance. Portavano l'elmo senza criniera, la corazza di ferro battuto, le pistole d'arcione nelle fonde, e la lunga sciabola-spada. Quella mattina avevano suscitato l'ammirazione di tutto l'esercito quando, alle nove, fra gli squilli delle trombe e i suoni delle fanfare che ripetevano il *Veillons au salut de l'empire*[12] erano venuti in densa colonna, con una batteria sul fianco e un'altra nel centro, a schierarsi in doppia fila sulla strada tra Genappe e Frischemont, e a occupare la loro posizione di battaglia in quella gagliardissima seconda linea composta con tanta maestria da Napoleone e che, avendo all'estremità sinistra i corazzieri di Kellermann e alla destra i corazzieri di Milhaud, possedeva, per così dire, due ali di ferro.

L'aiutante di campo Bernard recò loro l'ordine dell'imperatore. Ney, sguainata la spada, si mise in testa. I titanici squadroni si scossero.

Allora si vide uno spettacolo formidabile.

Tutta quella cavalleria, con le sciabole sguainate e le bandiere e le trombe al vento, in formazione di colonna, per divisione – con un movimento uniforme e come un sol uomo, con la precisione d'un ariete di bronzo che squarcia una breccia, discese la collina della Belle-Alliance, si calò nella tremenda pianura dove già tanti uomini avevano trovato la morte, vi disparve nel fumo, poi, uscendo da quella nera nuvola, ricomparve dall'altra parte della valle, sempre compatta e serrata, superando a gran trotto, tra una nube di mitraglia che le scoppiava addosso, la spaventevole pendice fangosa di Mont-Saint-Jean. Salivano gravi, minacciosi, imperturbabili, e negli intervalli tra gli scoppi delle artiglierie e delle moschetterie s'udiva il loro colossale calpestìo. Poiché erano due divisioni, erano due colonne: la divisione Wathier teneva la destra, quella di Delord la sinistra. Da lontano, sembrava di veder allungarsi verso la cresta due immensi serpenti d'acciaio. Attraversarono la battaglia come un prodigio.

Non si era mai veduto nulla di simile da quando la cavalleria pesante aveva preso d'assalto il gran fortino della Moscova; vi mancava Murat, ma v'era Ney. Sembrava che quella massa si fosse trasformata in un mostro e avesse una sola anima. Ogni squadrone ondulava e si gonfiava come un anello di polpo. Si poteva scorgerli attraverso un immenso vortice di fumo che si squarciava qua e là; era una confusione di elmi, di grida, di sciabole, un sobbalzo turbinoso di groppe di cavalli tra le cannonate e le fanfare, tumulto disciplinato e terribile; a completamento di tutto ciò, le corazze, come le scaglie sull'idra.

Questo racconto sembra di un'altra età. Qualche cosa di simile a questa visione appariva certamente nelle antiche epopee orfiche che narravano di centauri, gli antichi ippantropi, questi titani col volto umano e col petto equino, il cui galoppo scalò l'Olimpo, orribili, invulnerabili, sublimi; dei e bestie.

---

[12] «Vigiliamo sulla sicurezza dell'impero»: inno rivoluzionario di Nicolas Dalajrac (1753-1809).

Per bizzarra coincidenza numerica, ventisei battaglioni dovevano sostenere l'urto di quei ventisei squadroni. Al di là della cresta dell'altopiano, all'ombra della batteria mascherata, stava la fanteria inglese, disposta in tredici quadrati di due battaglioni ciascuno, divisa in due linee; sette quadrati nella prima linea, sei nella seconda; e col calcio del fucile appoggiato alla spalla e la canna rivolta verso chi stava per giungere, tranquilla, silenziosa, immobile aspettava. Essa non vedeva i corazzieri, e i corazzieri non vedevano lei. Sentiva salire quella marea di uomini, udiva ingrossare il rumore dei tremila cavalli, il battere alternato e simmetrico degli zoccoli nel gran trotto, lo sfregamento delle corazze, il tintinnare delle sciabole, e una specie di vento selvaggio. Vi fu un momento terribile di silenzio, poi, improvvisamente, una lunga fila di braccia alzate con le sciabole in pugno apparve sulla cresta, e gli elmi, le trombe, le bandiere, e tremila facce coi baffi grigi che gridavano: «Viva l'imperatore!». Tutta quella cavalleria sboccò sull'altopiano, e fu come il sopraggiungere di un terremoto.

Cosa tragica, d'improvviso si vide, alla sinistra degl'inglesi e alla destra francese, la testa della colonna dei corazzieri impennarsi con un clamore tremendo. Giunti al culmine della cresta, sfrenati, abbandonati alla loro furia e alla loro corsa sterminatrice sui quadrati e sui cannoni, i corazzieri avevano scorto fra loro e gli inglesi un fossato, una fossa. Era la strada incassata di Ohain.

Il momento fu spaventoso. Il burrone era lì, imprevisto, spalancato; a picco sotto i piedi dei cavalli, profondo due tese, tra le due ripe. La seconda fila vi spinse la prima, e la terza vi spinse la seconda; i cavalli si impennavano, si buttavano all'indietro, cadevano sulla groppa, sdrucciolavano con le zampe all'aria rovesciando e calpestando i cavalieri; nessuna possibilità di indietreggiare, tutta la colonna non era più che un proiettile; la forza destinata a schiacciare gli inglesi, schiacciò invece i francesi. Il burrone inesorabile non poteva arrendersi che quando fosse colmo; cavalli e cavalieri vi rotolarono confusamente, stritolandosi gli uni con gli altri, formando una sola carne in quel baratro, e, quando quel fossato fu pieno d'uomini vivi, vi si galoppò sopra e il resto passò. Quasi un terzo della brigata Dubois rovinò in quell'abisso.

Qui la battaglia cominciò a essere perduta.

Una tradizione locale, certamente esagerata, fa ammontare a duemila cavalli e millecinquecento uomini il numero dei caduti nella strada incassata d'Ohain: forse in questo numero sono compresi gli altri morti che vi furono buttati il giorno seguente a quello del combattimento.

Notiamo di sfuggita che quella stessa brigata Dubois, così funestamente provata, un'ora prima, caricando a parte il nemico, aveva tolto la bandiera di combattimento al battaglione di Lunebourg.

Napoleone, prima di comandare quella carica ai corazzieri di Milhaud, aveva scrutato il terreno, ma non aveva potuto vedere quella strada incassata che non formava nemmeno una ruga sulla superficie dell'altopiano. Pure, avvertito e messo in guardia dalla cappella bianca che ne segna il gomito sulla strada maestra di Nivelles, probabilmente supponendo un ostacolo, egli aveva interrogato la guida, che aveva risposto negativamente. Si potrebbe quindi asserire che dal cenno del capo di un contadino uscì la catastrofe di Napoleone.

Altre fatalità dovevano ancora sorgere.

Era possibile che Napoleone vincesse quella battaglia? Noi rispondiamo di no. Perché? A cagione di Wellington? Di Blücher? No. Per volere di Dio.

Bonaparte vincitore a Waterloo: ciò non era più nella legge del secolo decimonono. Un'altra serie di fatti si preparava, nei quali non c'era più posto per Napoleone. La cattiva volontà degli avvenimenti si era già annunziata da lunga data.

Era tempo che quell'uomo grandioso cadesse.

Il peso eccessivo di quell'uomo sui destini umani turbava l'equilibrio. Quell'individuo contava da solo più del complesso universale. Queste pletore di tutta la vitalità umana concentrata in una testa sola, il mondo in balìa del cervello di un uomo: a lungo andare, ciò riuscirebbe mortale alla civiltà. Per l'incorruttibile equità suprema era giunto il momento di decidere. Probabilmente i principi e gli elementi da cui dipendono le gravitazioni regolari, tanto nell'ordine morale come nell'ordine fisico, cominciavano a dolersi. Il sangue che fuma, i cimiteri zeppi, le lacrime delle madri sono arringhe formidabili. Quando la terra soffre per qualche eccesso, l'ombra ha gemiti misteriosi che l'abisso ode.

Napoleone era stato denunziato al tribunale dell'infinito e la sua caduta era stata decretata.

Egli dava fastidio a Dio.

Waterloo non è una battaglia; è un mutamento di rotta dell'universo.

X

L'ALTOPIANO DI MONT-SAINT-JEAN

Contemporaneamente al burrone s'era smascherata la batteria.

Sessanta cannoni e tredici quadrati fulminarono a bruciapelo i corazzieri. L'intrepido generale Delord fece il saluto militare alla batteria inglese.

Tutta l'artiglieria volante inglese era rientrata al galoppo fra i quadrati. I corazzieri non sostarono nemmeno un momento. Il disastro della strada incassata li aveva decimati, ma non scoraggiati. Erano di quegli uomini che, diminuiti di numero, crescono di coraggio.

La colonna Wathier era la sola che avesse sofferto per il disastro; la colonna Delord, che Ney, quasi presago dell'agguato, aveva fatto ripiegare a sinistra, era giunta intatta.

I corazzieri si precipitarono sui quadrati inglesi. Ventre a terra, briglia sciolta, con la sciabola fra i denti e le pistole in pugno: tale fu l'assalto.

Nelle battaglie vi sono dei momenti in cui l'animo indurisce l'uomo, sino a trasformare il soldato in statua, a far diventare granito tutta quella carne. I battaglioni inglesi, disperatamente assaliti, non si mossero.

Allora accadde qualche cosa di spaventoso.

Tutte le fronti dei quadrati inglesi furono assalite contemporaneamente. Un turbine frenetico le avvolse. Quella rigida fanteria rimase impassibile. La prima fila, col ginocchio a terra, riceveva i corazzieri sulle baionette; la seconda li fucilava; dietro la seconda fila i cannonieri caricavano i pezzi, la fronte del quadrato si apriva, lasciava passare un'eruzione di mitraglia e si richiudeva. I corazzieri rispondevano col peso della massa. I loro grandi cavalli s'impennavano, oltrepassavano le schiere, saltavano al di sopra delle baionette e ricadevano, giganteschi, in mezzo a quelle quattro muraglie viventi. Le palle di cannone facevano dei vuoti fra i corazzieri, i corazzieri aprivano brecce nei quadrati. E intere file di uomini sparivano schiacciate dai cavalli e le baionette si sprofondavano nei ventri di quei centauri; donde una difformità di ferite, come forse non si vide mai altrove. I quadrati, stremati da quella cavalleria forsennata, si restringevano senza cedere. Inesauribili in mitraglia, provocarono esplosioni in mezzo agli assalitori. L'aspetto di quel combattimento era mostruoso: i quadrati non eran più battaglioni, ma crateri; i corazzieri non eran più cavalleria, ma tempesta; ogni quadrato era un vulcano assalito da una nube; la lava combatteva il fulmine.

Il quadrato posto all'estrema destra, il più esposto, perché il più isolato, rimase quasi distrutto fino dai primi urti. Era formato dal $75°$ reggimento di *highlanders*.[13] Nel centro, mentre i combattenti si sterminavano intorno a lui, il suonatore di cornamusa, seduto sopra un tamburo, col *pibroch*[14] sotto il braccio, suonava le arie delle sue montagne, chinando, in un'astrazione profonda, l'occhio malinconico pie-

[13] Montanari scozzesi.
[14] Cornamusa.

no del riflesso delle foreste e dei laghi. Quegli scozzesi morivano pensando al Ben Lothian,[15] come i greci spiravano evocando Argo. La sciabola di un corazziere, abbattendo con un sol colpo la cornamusa e il braccio che la sosteneva, fece cessare il canto uccidendo il cantore.

I corazzieri, relativamente in scarso numero e diminuiti dalla catastrofe del burrone, avevano contro di loro quasi tutto l'esercito inglese; ma si moltiplicavano, ciascun uomo valendo per dieci. Infatti, alcuni battaglioni hannoveresi cedettero. Wellington se ne accorse e ricorse alla cavalleria. Se Napoleone in quel momento avesse pensato a spingere avanti la fanteria, avrebbe vinto la battaglia. Questa dimenticanza fu il suo grande errore fatale.

D'improvviso, i corazzieri, da assalitori, divennero assaliti. Avevano addosso la cavalleria inglese. Davanti i quadrati, a tergo Somerset. Somerset voleva dire i millequattrocento dragoni-guardie. Somerset aveva inoltre alla sua destra Dornberg coi cavalleggeri tedeschi e alla sinistra Trip coi carabinieri belgi. I corazzieri, assaliti di fianco e di fronte, dinanzi e di dietro, dalla fanteria e dalla cavalleria, dovettero tener testa da tutte le parti. Ma che importava loro? Essi erano un turbine. Il loro coraggio divenne qualche cosa di inesprimibile.

In più, avevano alle spalle la batteria sempre tonante. Ci voleva questo perché uomini come quelli fossero vulnerabili a tergo. Nella collezione del museo di Waterloo si trova una delle loro corazze forata da un pezzo di mitraglia alla scapola sinistra.

Per siffatti francesi non ci voleva meno di simili inglesi.

Non fu più una mischia, fu un tenebrore, una furia, uno slancio vertiginoso d'anime e di ardimenti, un uragano di spade fulminee. In un istante i millequattrocento dragoni della guardia non furono che ottocento. Fuller, il loro tenente colonnello, cadde morto. Accorse Ney con i lancieri e coi cacciatori di Lefebvre-Desnouettes. L'altopiano di Mont-Saint-Jean fu preso, ritolto e ripreso di nuovo. I corazzieri lasciavano la cavalleria per ritornare alla fanteria o, per dir meglio, tutta quella folla formidabile colluttava senza che l'uno si staccasse dall'altro. I quadrati resistevano sempre. Vi furono dodici assalti. Ney ebbe quattro cavalli uccisi sotto di sé. La metà dei corazzieri rimase sull'altopiano. La lotta durò due ore.

L'esercito inglese ne rimase profondamente scosso. Non vi è dubbio che se non fossero stati indeboliti nel loro primo impeto dal disastro della strada incassata, i corazzieri avrebbero sbaragliato il centro e deciso della vittoria. Quella meravigliosa cavalleria fece impietrire

---

[15] Hugo confonde e riunisce in un nome inesistente una montagna (Ben Lomond) e una provincia (Lothian) della Scozia.

Clinton, che pure aveva visto Talavera e Badajoz. Wellington, vinto per tre quarti, ammirava eroicamente e diceva a mezza voce: «Sublime!».[16]

I corazzieri annientarono sette quadrati su tredici, presero o inchiodarono sessanta pezzi di artiglieria e tolsero ai reggimenti inglesi sei bandiere, che tre corazzieri e tre cacciatori della guardia recarono all'imperatore davanti alla fattoria della Belle-Alliance.

La situazione di Wellington era peggiorata. Quella strana battaglia assomigliava a un duello tra due feriti accaniti, ciascuno dei quali, pur combattendo e resistendo sempre, perde tutto il proprio sangue. Quale dei due cadrà per primo?

La lotta sull'altopiano continuava.

Fin dove giunsero i corazzieri? Nessuno lo potrebbe dire. È certo che il giorno dopo la battaglia un corazziere e il suo cavallo furono trovati morti nell'armatura della bilancia per vetture a Mont-Saint-Jean, al quadrivio delle strade di Nivelles, di Genappe, di La Hulpe e di Bruxelles. Quel cavaliere aveva perforato le linee inglesi. Uno degli uomini che rialzarono quel cadavere vive ancora a Mont-Saint-Jean e ha nome Dehaze. Egli aveva, allora, diciotto anni.

Wellington si sentiva piegare. La crisi era prossima. I corazzieri non erano riusciti nel loro intento, nel senso che il centro non era stato sfondato. Occupavano tutti l'altopiano, ma nessuno lo possedeva; in sostanza restava per la maggior parte agli inglesi. Wellington aveva il villaggio e la pianura più alta: Ney non ne possedeva che la cresta e il pendio. Da entrambi i lati sembrava che i combattenti si fossero abbarbicati su quel suolo funebre.

Ma l'indebolimento degli inglesi pareva ormai senza rimedio. L'emorragia del loro esercito era orribile. Kempt, all'ala sinistra, chiedeva rinforzi. «Non ve ne sono», rispondeva Wellington «si faccia ammazzare!» E quasi nello stesso momento, per una strana coincidenza che rivela l'esaurimento dei due eserciti, Ney chiedeva rinforzi di fanteria a Napoleone e Napoleone esclamava: «Fanteria! Dove vuol che la pigli? Vuol forse che la fabbrichi?».

Comunque l'esercito inglese era il più malconcio. I furibondi assalti di quei grandi squadroni dalle corazze di ferro e dai petti di acciaio avevano maciullato la sua fanteria. Pochi uomini attorno a una bandiera indicavano il posto di un reggimento; v'erano battaglioni comandati soltanto da un capitano o da un tenente; la divisione Alten, già così maltrattata alla Haie-Sainte, era quasi distrutta; gli intrepidi belgi della brigata Van Kluze erano sparsi tra la segale lungo la strada di Nivelles; non rimaneva quasi più nulla di quei granatieri

---

[16] *Splendido!* Parola testuale [*N.d.A.*].

olandesi che nel 1811, in Spagna, uniti alle file francesi, combattevano Wellington, e che nel 1815, riuniti agli inglesi, combattevano Napoleone. Considerevole era il numero degli ufficiali perduti. Lord Uxbridge, che il giorno dopo fece sotterrare la sua gamba, aveva il ginocchio fracassato. Se dalla parte francese, in quella lotta di corazzieri, erano fuori combattimento Delord, Lhéritier, Colbert, Dnop, Travers e Blancard, dalla parte inglese Alten era ferito, Berne era ferito, Delancey morto, Van Marlen morto, Ompteda morto, l'intero stato maggiore di Wellington decimato; e in questo sanguinoso bilancio la peggio toccava all'Inghilterra. Il 2° reggimento delle guardie a piedi aveva perduto cinque tenenti colonnelli, quattro capitani, e tre alfieri. Il primo battaglione del 30° fanteria aveva perduto ventiquattro ufficiali e centododici soldati. Il 79° montanari aveva ventiquattro ufficiali feriti, diciotto ufficiali morti, quattrocentocinquanta soldati uccisi. Gli ussari hannoveresi di Cumberland – un intero reggimento col proprio colonnello Hacke, che doveva poi venir sottoposto a processo e degradato – avevano voltato le spalle alla mischia ed erano fuggiti nella foresta di Soignes, seminando lo scompiglio sino a Bruxelles. I carriaggi, le prolunghe, i bagagli, i furgoni carichi di feriti, vedendo i francesi guadagnar terreno e avvicinarsi alla foresta, vi si precipitavano; gli olandesi, sciabolati dalla cavalleria francese, gridavano: allarmi! In direzione di Bruxelles, per circa due leghe, da Vert-Coucou fino a Groenendael, a detta di testimoni ancora viventi, il territorio era ingombro di fuggiaschi. Il panico fu tale che colse perfino il principe di Condé a Malines, e Luigi XVIII a Gand. A eccezione della debole riserva scaglionata dietro l'ambulanza stabilita nella fattoria di Mont-Saint-Jean e delle brigate Vivian e Vandeleur che fiancheggiavano l'ala sinistra, Wellington non aveva più cavalleria. Parecchie batterie giacevano smontate. Questi particolari sono ammessi da Siborne; e Pringle, esagerando il disastro, giunge fino ad asserire che l'esercito anglo-olandese era ridotto a trentaquattromila uomini. Il duca di ferro rimaneva calmo, ma le sue labbra s'erano fatte pallide. Il commissario austriaco Vincent, il commissario spagnuolo Alava, che assistevano alla battaglia nello stato maggiore inglese, credettero il duca perduto. Alle cinque Wellington trasse l'orologio e l'udirono mormorare queste cupe parole: «Blücher, o la notte!».

Fu press'a poco in quel momento che si vide scintillare sulle alture, dalla parte di Frischemont, una linea lontana di baionette.

Qui sta la catarsi di quel gigantesco dramma.

XI

È noto il doloroso equivoco di Napoleone; sperava arrivasse Grouchy e invece sopraggiungeva Blücher: la morte anziché la vita.

Il destino ha simili svolte: ci si attende il trono del mondo: si intravede invece Sant'Elena.

Se il pastorello che serviva da guida a Bülow, tenente di Blücher, gli avesse consigliato di sbucare dalla foresta al di sopra di Frischemont anziché al di sotto di Plancenoit, forse il secolo decimonono avrebbe avuto un diverso svolgimento. Napoleone avrebbe vinto la battaglia di Waterloo. Per qualunque strada, all'infuori di quella che passa al di sotto di Plancenoit, l'armata prussiana sarebbe incappata in un burrone invalicabile e l'artiglieria di Bülow non sarebbe arrivata.

Orbene, bastava un'ora sola di indugio, lo dichiarava il generale prussiano Muffling, e Blücher non avrebbe più trovato Wellington sul terreno: «la battaglia era perduta».

Come si vede, era tempo che Bülow arrivasse. Del resto, era stato fortemente ostacolato. Aveva bivaccato a Dion-le-Mont, e s'era mosso fin dall'alba. Ma le strade erano impraticabili, le sue divisioni si erano incagliate nel fango. Le ruote dei cannoni sprofondavano nei solchi fino ai mozzi. Inoltre aveva dovuto traghettare la Dyle sullo stretto ponte di Wavre; e siccome i francesi avevano incendiato la via che conduce al ponte, i cassoni e i traini dell'artiglieria, non potendo passare tra due file di case in fiamme, avevano dovuto aspettare che l'incendio fosse spento. A mezzogiorno l'avanguardia di Bülow non era ancora giunta a Chapelle-Saint-Lambert.

Se l'azione si fosse iniziata due ore prima, sarebbe finita alle sedici e Blücher sarebbe cascato sulla battaglia già vinta da Napoleone. Tali sono queste immense casualità, proporzionate a un infinito che ci sfugge.

Fino da mezzogiorno, l'imperatore, per primo, con il cannocchiale aveva scorto all'estremo orizzonte qualche cosa che attrasse la sua attenzione. Egli aveva detto: «Vedo laggiù una nube che mi pare truppa in arrivo». Poi aveva chiesto al duca di Dalmazia: «Soult, che cosa vedete verso Chapelle-Saint-Lambert?». Il maresciallo, puntando il cannocchiale, aveva risposto: «Quattro o cinque mila uomini, sire. Senza dubbio, Grouchy». Frattanto tutto rimaneva immobile nella nebbia. Tutti i cannocchiali dello stato maggiore avevano studiato la «nube» segnalata dall'imperatore. Qualcuno aveva detto: «Sono colonne di soldati in riposo». La maggior parte aveva detto: «Sono alberi». E veramente quella nube non si muoveva. L'imperatore aveva mandato in ricognizione verso quel punto oscuro la divisione di cavalleria leggera di Domon.

Infatti Bülow non si era mosso. La sua avanguardia era debolissima e non avrebbe potuto far nulla. Doveva aspettare il grosso del suo esercito e aveva l'ordine di concentrarsi prima di entrare in linea. Ma alle cinque, vedendo il pericolo che correva Wellington, Blücher diede l'ordine a Bülow di iniziare l'attacco e disse questa frase notevole: «Bisogna dare un po' di respiro all'esercito inglese».

Poco dopo, le divisioni di Losthin, Hiller, Hacke e Ryssel si spiegavano davanti al corpo di Lobau, la cavalleria del principe Guglielmo di Prussia sboccava dal bosco di Parigi, Plancenoit era in fiamme, e le palle dei cannoni prussiani cominciavano a grandinare fin tra le file della guardia di riserva dietro a Napoleone.

XII

LA GUARDIA

Il resto è noto: l'irruzione di un terzo esercito, la battaglia spostata, ottantasei bocche da fuoco che tuonano improvvisamente, Pirch 1° che sopraggiunge con Bülow, la cavalleria di Zieten guidata da Blücher in persona, i francesi ricacciati, Marcognet fatto sgombrare dall'altopiano di Ohain, Durutte sloggiato da Papelotte, Donzelot e Quiot costretti a retrocedere, Lobau preso obliquamente, una nuova battaglia che al cader della notte piomba sui nostri reggimenti già sfasciati; tutta la linea inglese che ripiglia l'offensiva e si spinge avanti, l'enorme falla prodotta nelle schiere francesi dalla mitraglia inglese e dalla mitraglia prussiana che si aiutano a vicenda, lo sterminio, il disastro di fronte, il disastro di fianco, la guardia che entra in campo sotto un crollo tanto spaventoso.

Poiché sentiva che stava per morire, essa gridò: «Viva l'imperatore!». La storia non ricorda nulla di più commovente di questa agonia che prorompe in acclamazioni.

In tutto il giorno il cielo era stato nuvoloso. D'improvviso, in quello stesso momento (erano le otto di sera), le nubi all'orizzonte si squarciarono e lasciarono passare tra gli olmi della strada di Nivelles il grande e sinistro rosseggiare del sole che tramontava. Ad Austerlitz lo si era visto sorgere.

In questo epilogo, ciascun battaglione della guardia era comandato da un generale: Friant, Michel, Roguet, Hariet, Mallet, Poret di Morvan erano lì. Quando gli alti berretti dei granatieri della guardia, ornati dalla placca di metallo con l'aquila, comparvero, simmetrici, allineati, tranquilli, superbi nella caligine di quella mischia, il nemico sentì rispetto per la Francia; gli sembrò di vedere venti vittorie entrare sul campo di battaglia ad ali spiegate, e quelli che erano vincitori, stimandosi vinti, indietreggiarono. Ma Wellington gridò: «*In piedi, guardie, e mirate dritto!*». Il reggimento rosso delle guardie inglesi, steso dietro le siepi, si alzò: una tempesta di mitraglia crivellò la bandiera tricolore che sventolava intorno alle aquile francesi, tutti si precipitarono all'assalto e cominciò l'estrema carneficina. La guardia imperiale sentì, nell'ombra, l'esercito cederle intorno, sentì l'immensa agitazione della sconfitta, udì il grido «si salvi chi può!» sostituito a quello di «viva l'imperatore», e, con la fuga a tergo, continuò ad avanzare sempre più fulminata, morendo sempre più a ogni passo che muoveva. Non vi furono né esitanti né timidi. Fra quelle schiere, il soldato fu un eroe come il generale; non un uomo mancò al suicidio.

Ney, disperato, grande di tutta l'altezza della morte accettata, si offriva a tutti i colpi in quella tormenta. Ebbe cinque cavalli uccisi sotto di sé. Sudato, con una fiamma negli occhi, la schiuma alle labbra, l'uniforme sbottonata, una delle spalline tagliata a metà dalla sciabolata d'una *horse guard*[17] e la placca con la grande aquila ammaccata da una palla; insanguinato, infangato, sublime, la spada spezzata in mano gridava: «*Venite a vedere come muore un maresciallo di Francia sul campo di battaglia!*». Ma invano; egli non morì. Era cupo e indignato. Gettò a Drouet d'Erlon questa domanda: «*E tu non ti fai ammazzare?*». In mezzo a quell'artiglieria che schiacciava un manipolo d'uomini egli gridava: «*Non v'è dunque nulla per me! Oh! Quanto vorrei che tutte quelle palle inglesi mi entrassero nel ventre!*».

Ma tu eri serbato a palle francesi, disgraziato!

XIII

LA CATASTROFE

Dietro la guardia la disfatta fu lugubre.

L'esercito piegò repentinamente da tutte le parti nello stesso tempo; da Hougomont, dalla Haie-Sainte, da Papelotte, da Plancenoit. Il grido: «Tradimento!» fu seguito dal grido: «Si salvi chi può!». Un esercito che si sbanda è simile al disgelo. Tutto cede, si screpola, scricchiola, fluttua, rotola, cade, s'urta, s'affretta, precipita. Disgregazione inaudita. Ney si fa dare un cavallo; vi salta sopra e senza cappello, senza cravatta, senza spada, si butta attraverso la strada di Bruxelles,

[17] Guardia a cavallo.

fermando insieme gli inglesi e i francesi. Si sforza di trattenere l'esercito, lo richiama, lo insulta, s'abbranca allo sbaraglio. È sopraffatto. I soldati lo fuggono gridando: «*Viva il maresciallo Ney!*». Due reggimenti di Durutte vanno e vengono atterriti e come sballottati fra le sciabole degli ulani e le fucilate delle brigate di Kempt, di Best, di Pack e di Rylandt. La peggiore delle mischie è la rotta; gli amici si uccidono fra loro per fuggire; gli squadroni e i battaglioni si disgregano e si disperdono gli uni negli altri, immensa schiuma della battaglia. Lobau a una estremità e Reille all'altra sono trascinati dalla corrente. Invano Napoleone forma delle muraglie con quanto gli rimane della guardia; invano sacrifica in un ultimo sforzo i suoi squadroni di servizio. Quiot retrocede davanti a Vivian, Kellerman davanti a Vandeleur, Lobau davanti a Bülow, Morand davanti a Pirch, Domon e Subervic davanti al Principe Guglielmo di Prussia. Guyot, che condusse alla carica gli squadroni dell'imperatore, cade sotto i piedi dei dragoni inglesi. Napoleone corre di galoppo verso i fuggiaschi, li arringa, preme, minaccia, supplica. Tutte quelle bocche che la mattina gridavano «viva l'imperatore» rimangono ora spalancate; è molto se lo riconoscono. La cavalleria prussiana giunta di fresco, si slancia, vola, fende, sciabola, spezza, uccide, stermina. Le salmerie scalpitano, i cannoni fuggono; i soldati del convoglio staccano i cavalli dai carriaggi per mettersi in salvo, e i traini rovesciati, con le ruote all'aria, ingombrano la strada e sono cagione di massacro. Ci si abbatte, ci si calpesta, si cammina sui morti e sui vivi. È un agitarsi disperato di braccia. Una moltitudine vertiginosa empie le strade, i sentieri, i ponti, la pianura, le colline, le valli, i boschi, tutti invasi da questo esodo di quarantamila uomini. Grida, disperazione; sacchi e fucili gettati nelle biade; passaggi aperti a forza di sciabolate; non si conoscono più né compagni né ufficiali né generali; spavento indicibile. Zieten incalza a piacer suo la Francia. I leoni mutati in cerbiatti. Tale fu quella fuga.

A Genappe si tentò di voltarsi, far fronte, frenare la rotta. Lobau riunì trecento uomini, e bloccò l'ingresso del villaggio. Ma, alla prima scarica della mitraglia prussiana, tutti ripresero la fuga e Lobau rimase prigioniero. Si vedono ancora oggi i segni di quella raffica di mitraglia sul vecchio frontone di una casupola di mattoni, a destra della strada, poco prima di entrare a Genappe. I prussiani si slanciarono in Genappe, sicuramente furibondi d'esser così poco vincitori. L'inseguimento fu mostruoso. Blücher ordinò lo sterminio. Roguet aveva già dato il lugubre esempio di minacciare di morte qualunque granatiere francese gli avesse condotto un prigioniero prussiano. Blücher superò Roguet. Duhesme, il generale della giovane guardia, addossato alla porta d'una locanda di Genappe, consegnò la propria spada a un ussaro della morte, il quale la prese e uccise il prigioniero. La vittoria si compì con l'assassinio dei vinti. Puniamo, poiché siamo la storia! Il vecchio Blücher si disonorò. Quella ferocia portò al colmo il disastro. Le truppe sbaragliate attraversarono fuggendo Genappe, Quatre-Bras, Gosselies, Frasnes, Charleroi, Thuin, e non si fermarono che alla frontiera. Ahimè! Chi dunque fuggiva in tal modo? La grande armata.

Quella vertigine, quel terrore, quel crollo del maggior coraggio che abbia mai meravigliato la storia, avvenne dunque senza cagione? No. L'ombra di una mano immensa si stende su Waterloo. È la giornata del destino, dovuta a una forza superiore all'uomo. Da ciò quel reclinare spaventato di teste; da ciò tutti quegli animi grandi che consegnano la spada. Coloro che avevano vinto l'Europa caddero riversi non avendo più nulla da dire né da fare, sentendo nelle tenebre una presenza terribile. *Hoc erat in fatis*.[18] In quel giorno il genere umano mutò di prospettiva. Waterloo è il cardine del secolo diciannovesimo. La scomparsa del grande uomo era necessaria all'avvento del gran secolo. A ciò provvide Qualcuno a cui non si replica. Così si spiega il timor panico degli eroi. Nella battaglia di Waterloo ci fu qualcosa di più che un nembo: ci fu una meteora. Passò Iddio.

Sul cader della notte, in un campo presso Genappe, Bernard e Bertrand afferrarono per la giacca e trattennero un uomo cupo, pensieroso, sinistro, che, trascinato fin là dalla corrente della rotta, aveva messo allora piede a terra e, infilata sotto il braccio la briglia del suo cavallo, con l'occhio stravolto, ritornava solo verso Waterloo. Era Napoleone che tentava ancora d'andare innanzi, sonnambulo gigantesco di quel sogno crollato.

XIV

L'ULTIMO QUADRATO

Alcuni quadrati della guardia, immobili nella corrente della sconfitta, simili a rocce fra l'acqua che scorre, resistettero fino a notte. Poiché sopraggiungeva anche la morte, aspettarono questa duplice ombra e, incrollabili, se ne lasciarono avvolgere.

Ogni reggimento, isolato dagli altri e senza più alcun legame con l'esercito in pezzi da ogni parte, moriva per proprio conto. Per quest'ultima azione si erano schierati gli uni sulle alture di Rossomme, gli altri nella pianura di Mont-Saint-Jean. Là, abbandonati, vinti, ter-

[18] Era destino.

ribili, quei cupi quadrati agonizzavano orribilmente. Ulm, Wagram, Jena, Friedland morivano con loro.

Nel crepuscolo, verso le nove, ai piedi dell'altopiano di Mont-Saint-Jean, ne rimaneva uno. In quella funesta valletta, ai piedi di quella china sulla quale erano saliti i corazzieri, ora inondata dalle masse inglesi, sotto i fuochi convergenti delle artiglierie nemiche vittoriose, sotto una terribile tempesta di proiettili, quel quadrato lottava. Era comandato da un oscuro ufficiale di nome Cambronne.

A ogni scarica del nemico il quadrato si assottigliava, ma rispondeva; opponeva le fucilate alla mitraglia, restringendo continuamente le sue quattro ali. Da lungi, i fuggiaschi si soffermavano un momento ansimanti per ascoltare nelle tenebre quel cupo tuono che andava scemando.

Quando quella legione fu ridotta a un manipolo di uomini, quando la loro bandiera non fu più che uno straccio, quando i fucili per mancanza di munizioni non furono più che bastoni, quando la massa dei cadaveri fu più grande del gruppo dei vivi, i vincitori provarono una specie di sacro orrore intorno a quei morituri sublimi, e l'artiglieria inglese tacque un istante per riprendere fiato. Fu come una breve tregua. Quei combattenti avevano intorno a sé, come un formicolìo di spettri, profili d'uomini a cavallo, la linea nera dei cannoni, il cielo bianco tra le ruote e gli affusti; il teschio colossale che gli eroi scorgono sempre in mezzo al fumo nello sfondo della battaglia, avanzava verso di loro e li guardava. Nell'ombra crepuscolare poterono udire ricaricare i pezzi; le micce accese, simili a occhi di tigre nella notte, fecero un cerchio intorno alle loro teste; i «lanciafiamma» di tutte le batterie inglesi si avvicinarono ai cannoni e allora un generale inglese, Colville secondo gli uni, Maitland secondo altri, commosso, sospendendo un istante l'attimo supremo sul capo di quegli uomini, gridò loro: «Bravi francesi, arrendetevi!».

Cambronne rispose: «Merda!».

XV

CAMBRONNE

Poiché il lettore francese vuol essere rispettato, non gli si può ripetere la più bella parola che forse un francese abbia mai detto. È proibito accogliere il sublime nelle pagine della storia.

A nostro rischio e pericolo vogliamo violare questa proibizione.

In mezzo a tutti quei giganti vi fu dunque un titano: Cambronne.

Lanciare quella parola e poi morire. Cosa può esservi di più sublime? Poiché volere la morte equivale a morire e non fu colpa di quell'uomo se sopravvisse alla mitraglia.

Chi vinse la battaglia di Waterloo non fu Napoleone, sbaragliato, non fu Wellington, che alle quattro ripiegava e alle cinque era disperato, non Blücher, che non combatté; chi vinse la battaglia di Waterloo fu Cambronne.

Fulminare con quella parola la folgore che vi uccide, è vincere.

Dare quella risposta alla catastrofe, opporla al fato, fare un tal piedistallo al futuro leone, scagliare quella risposta alla pioggia della notte, al muro traditore di Hougomont, alla strada incassata d'Ohain, al ritardo di Grouchy, al sopraggiungere di Blücher, portare l'ironia nel sepolcro, trovare il modo di restare in piedi dopo la caduta, sommergere con due sillabe la coalizione europea, offrire ai re quelle latrine già note ai cesari, far dell'ultima delle parole la prima, frammischiandovi il lampo della Francia, chiudere insolentemente Waterloo col martedì grasso, integrare Leonida con Rabelais, riassumere quella vittoria in una parola suprema ch'è impossibile pronunziare, perdere il suolo e conservare la storia, far ridere alle spalle del nemico dopo tanta carneficina, è una cosa inaudita.

È un insulto scagliato alla folgore. È una sublimità degna di Eschilo.

La parola di Cambronne fa l'effetto di una frattura. È un petto che scoppia di disprezzo, è la piena dell'ambascia che esplode. Chi vinse? Forse Wellington? No. Senza Blücher egli era perduto. Forse Blücher? No. Se Wellington non avesse cominciato, Blücher non avrebbe potuto finire. Cambronne, questo viandante dell'ultima ora, questo soldato ignoto, quest'infinitamente piccolo della guerra, sente che v'è una menzogna, una menzogna in una catastrofe, straziante sdoppiamento; e nel momento in cui ne scoppia di rabbia, gli si offre questa derisione: la vita!

Come non insorgere?

Sono là, tutti i re dell'Europa, i generali fortunati, i Giovi tonanti; hanno con sé centomila soldati vittoriosi, e dietro quei centomila un milione; i loro cannoni hanno le gole spalancate e le micce accese; costoro si sono messi sotto i talloni la guardia imperiale e la grande armata, hanno schiacciato Napoleone e non rimane più che Cambronne; per protestare, non c'è più che questo vermiciattolo. Ebbene, egli protesterà. Allora cerca una parola come si cerca una spada. Gli vien la bava alla bocca e quella bava è la parola. Di fronte a quella vittoria prodigiosa e mediocre, di fronte a quella vittoria senza vittoriosi, questo disperato si erge; egli ne subisce l'enormità, ma ne rileva il nulla; e fa più che sputarvi sopra; oppresso dal numero, dalla forza e dalla materia, egli trova all'anima una espressione, l'escremento. Lo ripetiamo: dire questo, fare questo, trovare questo, vale essere vincitori.

Lo spirito dei giorni di gloria in quel momento fatale entrò in quell'uomo ignoto. Cambronne trova la parola di Waterloo per una ispirazione venutagli dall'alto, come Rouget de l'Isle trova la Marsigliese. Un effluvio dell'uragano divino si stacca e passa tra questi uomini, ed essi trasaliscono; l'uno canta il canto supremo, l'altro getta il grido terribile. Quella parola del disprezzo titanico, Cambronne non la scagliò all'Europa, soltanto a nome dell'impero, ciò sarebbe stato poco, ma la scagliò al passato in nome della rivoluzione. Lo si sente, e si riconosce in Cambronne l'anima antica dei giganti. Sembra Danton che parli o Kleber che ruggisca.

Alla parola di Cambronne la voce inglese rispose: fuoco! Le batterie lampeggiarono, la collina tremò, da tutte quelle bocche di bronzo uscì un ultimo spaventoso vomito di mitraglia; si formò una densa nube di fumo, vagamente sbiancata dal sorgere della luna, turbinò, e quando il fumo fu dissipato non v'era più nulla. Quel formidabile avanzo era distrutto, la guardia imperiale era morta. I quattro muri della fortezza vivente giacevano a terra: a malapena si distingueva qua e là un trasalire fra quei cadaveri. In tal modo le legioni francesi, più grandi delle legioni romane, spirarono a Mont-Saint-Jean sulla terra bagnata di pioggia e di sangue, fra le messi oscure, nel luogo dove adesso Joseph che – fa il servizio postale di Nivelles – passa alle quattro di mattina fischiettando e frustando allegramente il cavallo.

XVI
«QUOT LIBRAS IN DUCE?»[19]

La battaglia di Waterloo è un enigma. Essa è ugualmente oscura per chi la vinse come per chi la perse. Secondo Napoleone è un timor panico;[20] Blücher non ci vede un bel nulla; Wellington non capisce nulla. Esaminate le relazioni. I bollettini sono confusi, i commenti ingarbugliati. Gli uni balbettano, gli altri tartagliano, Jomini divide la battaglia di Waterloo in quattro stadi, Muffling la taglia in tre peripezie, e Charras, benché in qualche punto noi facciamo apprezzamenti diversi dai suoi, è il solo che abbia afferrato, con il suo magnifico col-

[19] «Quante libbre nel generale?», ossia «Qual è il peso del generale?», dalle *Satire* di Giovenale.
[20] «Una battaglia terminata, una giornata finita, errori riparati, l'esito più splendido assicurato per il dì seguente, tutto fu perduto per un momento di timor panico» (Napoleone, *Dettati di Sant'Elena*) [*N.d.A.*].

po d'occhio, le linee caratteristiche di quella catastrofe del genio umano alle prese con il fato divino. Tutti gli altri storici ne hanno come una specie di sbalordimento, e con ciò procedono a tentoni. Infatti fu una giornata folgorante; crollo della monarchia militare che, con sommo stupore dei re, ha trascinato con sé tutti i reami, caduta della forza, sconfitta della guerra.

In quell'avvenimento, improntato a necessità sovrumana, la parte degli uomini si riduce a nulla.

Riprendere Waterloo a Wellington e a Blücher, è forse togliere qualche cosa all'Inghilterra o alla Germania? No. Né questa illustre Inghilterra, né questa augusta Germania entrano nel problema di Waterloo. Grazie al cielo, la grandezza dei popoli non dipende dalle lugubri vicende della spada. Né la Germania, né l'Inghilterra, né la Francia son contenute in un fodero di sciabola. Nel tempo stesso in cui Waterloo non è se non un cozzar di spade, la Germania, al di sopra di Blücher, ha Goethe e l'Inghilterra, al di sopra di Wellington, ha Byron. Un vasto sorgere di idee è la prerogativa del nostro secolo, e in questa aurora l'Inghilterra e la Germania hanno la loro luce meravigliosa. Sono maestose per quel che pensano. E il maggior grado di elevatezza a cui esse conducono la civiltà, è merito loro intrinseco: questo proviene da esse e non da un caso. Ciò che le ingrandisce nel secolo decimonono non ha origine da Waterloo. Soltanto i popoli barbari hanno subitanei accrescimenti dopo una vittoria; è la vanità passeggera dei torrenti gonfiati da un uragano. I popoli civili, specialmente nei tempi in cui siamo, non si innalzano o si abbassano per la buona o la cattiva fortuna di un capitano.

Il loro peso specifico in mezzo al genere umano risulta da qualche cosa di meglio d'una battaglia. Grazie a Dio, l'onore, la dignità, la luce, il genio loro non sono altrettanti numeri che gli eroi e i conquistatori, questi giocatori, possano mettere alla lotteria delle battaglie. Spesso, battaglia perduta è progresso conseguito. Meno gloria, più libertà; quando tace il tamburo, la ragione prende la parola. È il gioco in cui vince chi perde. Da ambedue le parti si parli dunque con freddezza di Waterloo. Rendiamo al caso quello che è del caso e a Dio quel che è di Dio. Che cos'è Waterloo? Una vittoria? No. Una cinquina.

Una cinquina vinta dall'Europa, pagata dalla Francia. Non metteva proprio conto di metterci un leone.

Waterloo, del resto è il più strano scontro che ci sia nella storia. Napoleone e Wellington. Non sono due nemici, sono due contrapposti. Dio, che ama le antitesi, non formò mai un più sorprendente contrasto e un raffronto più straordinario. Da una parte la precisione, la previdenza, la geometria, la prudenza, il ripiegamento assicurato, le riserve preparate, un pertinace sangue freddo, un metodo imperturbabile, la strategia che approfitta del terreno, la tattica che equilibra i battaglioni, la strage misurata con l'archipenzolo, la guerra regolata con l'orologio alla mano, nulla che venga volontariamente lasciato al caso, l'antico coraggio classico, l'esattezza assoluta; dall'altra parte l'intuizione, la divinazione, la fantasia guerresca, l'istinto sovrumano, il fulmineo colpo d'occhio, qualche cosa che guarda come l'aquila e che colpisce come la folgore, un'arte prodigiosa sotto una sprezzante impetuosità, tutti i misteri di un animo profondo, il connubio col destino, il fiume, la pianura, la foresta, la collina, comandati e in un certo modo costretti a obbedire, il despota che giunge fino a tiranneggiare il campo di battaglia, la fede nella buona stella unita alla scienza strategica, che ingrandisce ma intorbidisce. Wellington era l'abbaco della guerra. Napoleone ne era il Michelangelo, e questa volta il genio fu vinto dal calcolo.

Entrambi aspettavano qualcuno. Al calcolatore esatto toccò il successo: Napoleone aspettava Grouchy che non venne; Wellington aspettava Blücher che arrivò.

Wellington è la guerra classica che prende la rivincita. Bonaparte, nella sua aurora, l'aveva incontrata in Italia e superbamente battuta. La vecchia civetta era fuggita davanti al giovane avvoltoio. L'antica tattica era rimasta non solo fulminata, ma scandalizzata. Chi era quel còrso di ventisei anni, che cosa significava quello splendido ignorante, il quale, avendo tutto contro di sé, e nulla in favore, senza viveri, senza munizioni, senza cannoni, senza scarpe, quasi senza esercito, con un manipolo d'uomini contro masse, si scagliava sull'Europa coalizzata, e riportava assurdamente vittorie in condizioni impossibili? Donde usciva quel forsennato fulminatore che, quasi senza riprender fiato e con lo stesso gioco di combattenti in mano, polverizzava l'uno dopo l'altro i cinque eserciti dell'imperatore di Germania, rovesciando Beaulieu su Alvinzi, Wurmser su Beaulieu, Mélas su Wurmser e Mack su Mélas? Chi era mai quel nuovo venuto della guerra che aveva la sfrontatezza di un astro? La scuola accademica militare lo scomunicava, indietreggiando. Da ciò un implacabile rancore del vecchio cesarismo contro il nuovo, della sciabola corretta contro la spada lampeggiante, dello scacchiere contro il genio. Il 18 giugno 1815 quel rancore disse l'ultima parola, e sotto Lodi, Montebello, Montenotte, Mantova, Marengo, Arcole, scrisse: Waterloo. Trionfo della mediocrità, gradito alle maggioranze. Il destino permise quell'ironia. Napoleone, al suo tramonto, si ritrovò davanti a un Wurmser ringiovanito.

Infatti sarebbe bastato incanutire i capelli di Wellington per ritrovare Wurmser.

Waterloo è una battaglia di prim'ordine vinta da un capitano di second'ordine. Quello che si deve ammirare nella battaglia di Waterloo è l'Inghilterra, la fermezza inglese, la risolutezza inglese, il sangue inglese; quello che vi ebbe di meraviglioso l'Inghilterra, ci consenta di dirlo, fu se stessa; non il suo condottiero, ma il suo esercito.

Wellington, bizzarramente ingrato, in una lettera a lord Bathurst dichiara che il suo esercito, l'esercito che combatté il 18 giugno 1815, era «detestabile». Che ne pensa quel tetro affastellamento di ossa sepolte sotto le zolle di Waterloo?

L'Inghilterra fu troppo modesta di fronte a Wellington; magnificare tanto il generale è impicciolire l'Inghilterra. Wellington non è che un eroe come un altro. Gli scozzesi grigi, gli *horse-guards*, i reggimenti di Maitland e di Mitchell, la fanteria di Pack e di Kempt, la cavalleria di Ponsonby e di Somerset, gli *highlanders* che suonarono il *pibroch* sotto la mitraglia, i battaglioni di Rylandt, le nuove reclute che sapevano appena maneggiare il moschetto e tennnero testa alle vecchie bande d'Essling e di Rivoli, ecco ciò che è grande! Wellington fu tenace: fu questo il suo merito e noi non lo contestiamo; ma l'ultimo dei suoi fanti e dei suoi cavalieri hanno resistito al pari di lui. L'*iron-soldier*[21] vale l'*iron-duke*.[22] Per conto nostro, tutta la nostra glorificazione è per il soldato inglese, per l'esercito inglese, per il popolo d'Inghilterra. Se v'è luogo a trofeo, esso è dovuto all'Inghilterra. La colonna di Waterloo sarebbe più giusta se portasse alle stelle la statua di un popolo anziché quella di un uomo.

Ma la grande Inghilterra s'irriterà di quello che diciamo. Dopo il suo 1688[23] e il nostro 1789, essa ha ancora l'illusione feudale e crede nell'eredità e nella gerarchia. Quel popolo a nessuno secondo in potenza e in gloria, ha stima di se stesso come nazione, non come popolo. Come popolo si sottomette volentieri e prende un lord per una mente superiore. *Workman*[24] si lascia disprezzare; soldato, si lascia bastonare. Tutti ricordano che alla battaglia di Inkermann[25] un sergente che, a quanto pare, aveva salvato l'esercito, non poté essere menzionato da lord Raglan, perché la gerarchia militare inglese non permette di citare in un rapporto nessun eroe inferiore di grado all'ufficiale.

Ma ciò che principalmente ammiriamo in uno scontro del genere di quello di Waterloo, è la prodigiosa abilità del caso. Pioggia notturna, muro di Hougomont, strada incassata di Ohain, Grouchy sor-

[21] Soldato di ferro.
[22] Duca di ferro: soprannome dato a Wellington.
[23] Anno in cui gli assolutisti Stuart furono sostituiti dai liberali Nassau-Orange.
[24] Lavoratore.
[25] Vittoria franco-inglese sui Russi (1854), in Crimea; gli inglesi erano guidati da lord Raglan.

do al cannone, una guida di Napoleone che lo inganna, una guida di Bülow che lo illumina; tutto questo cataclisma è condotto meravigliosamente.

Bisogna confessare, che, in complesso, a Waterloo vi fu più massacro che combattimento.

Di tutte le battaglie di schieramento, Waterloo è quella che presentò la fronte meno estesa in proporzione al numero dei combattenti: Napoleone tre quarti di lega, Wellington mezza lega, e settantaduemila combattenti da ciascuna parte. Da questa densità derivò la carneficina.

Da un calcolo fatto si stabilì questa proporzione di perdita d'uomini. Ad Austerlitz, francesi quattordici per cento; russi trenta per cento; austriaci quarantaquattro per cento. A Wagram, francesi tredici per cento, austriaci quattordici. Alla Moscova, francesi trentasette per cento, russi quarantaquattro. A Bautzen, francesi tredici per cento, russi e prussiani quattordici. A Waterloo, francesi cinquantasei per cento, alleati trentuno. Totale per Waterloo: quarantuno per cento; cioè, centoquarantaquattromila combattenti e sessantamila morti.

Il campo di Waterloo ha oggi la calma propria della terra, sostegno impassibile dell'uomo, e assomiglia a tutte le altre pianure.

Pure, di notte se ne sprigiona una specie di caligine da incubo, e se qualche viaggiatore vi passeggia, se osserva, se ascolta, cogitabondo come Virgilio dinanzi alla funesta pianura di Filippi, l'allucinazione della catastrofe lo assale. Lo spaventoso 18 giugno rivive; svanisce la finta collina-monumento, dilegua quel leone insignificante e il campo di battaglia riprende la sua realtà. Schiere di fanterie ondeggiano nella pianura, galoppi furibondi attraversano l'orizzonte; il rievocatore, sconvolto, vede il balenìo delle sciabole, lo scintillare delle baionette, il fiammeggiare delle bombe, il mostruoso incrociarsi dei fulmini; ode, simile a un rantolo nel fondo di una tomba, il vago clamore della battaglia fantasmagorica; quelle ombre sono i granatieri, quel luccichio i corazzieri, quello scheletro è Napoleone, quell'altro è Wellington. Tutto ciò non ha più vita, eppure cozza e combatte ancora, e i burroni s'imporporano, e gli alberi fremono, e la furia sale fino alle nubi, e nelle tenebre appaiono le fosche alture di Mont-Saint-Jean, d'Hougomont, di Frischemont, di Papelotte e di Plancenoit, confusamente coronate da un turbinìo di spettri che si sterminano a vicenda.

XVII

BISOGNA APPROVARE WATERLOO?

Esiste una scuola liberale rispettabilissima che non odia Waterloo. Noi non apparteniamo a tale scuola. Per noi quella giornata è la data attonita della libertà. Che da un tal uovo potesse nascere una simile aquila, non era certamente prevedibile.

Waterloo, considerando la questione nella sua caratteristica preminente, appare, nelle intenzioni, una vittoria controrivoluzionaria. È l'Europa contro la Francia. È Pietroburgo, Berlino, Vienna contro Parigi; è lo *status quo* contro l'iniziativa; è il 14 luglio 1789 assaltato attraverso il 20 marzo 1815;[26] è la riscossa delle monarchie contro l'indomabile rivolta francese. Il sogno era di spegnere una buona volta questo grande popolo in eruzione da ventisei anni. Solidarietà dei Brunswick, dei Nassau, dei Romanoff, degli Hohenzollern, degli Asburgo, con i Borboni. Waterloo porta in groppa il diritto divino. È vero che, essendo stato dispotico l'impero, la monarchia dei re, per naturale reazione di cose, doveva essere forzatamente liberale, e che da Waterloo è uscito involontariamente un sistema costituzionale, con gran dispiacere dei vincitori. E ciò perché la rivoluzione non può essere veramente vinta, ed essendo provvidenziale e assolutamente voluta dal fato, essa ricompare sempre; prima di Waterloo, in Bonaparte che abbatte i vecchi troni, dopo Waterloo in Luigi XVIII che concede e subisce la Costituzione. Bonaparte mette un postiglione sul trono di Napoli e un sergente sul trono di Svezia,[27] servendosi dell'ineguaglianza per dimostrare l'eguaglianza; Luigi XVIII, a Saint-Ouen, appone la sua firma alla dichiarazione dei diritti dell'uomo. Volete rendervi conto di quello che sia la rivoluzione? Chiamatela Progresso, e volete sapere che cosa sia il progresso? Chiamatelo Domani. Il domani compie irresistibilmente l'opera sua, e la compie sino da oggi. Giunge sempre al suo scopo, in modo insospettato. Adopera Wellington per trasformare Foy, che era soltanto soldato, in oratore.[28] Foy cade a Hougomont e si rialza sulla tribuna. Così procede il progresso. Per questo artefice tutti gli strumenti sono buoni. Egli adatta al suo lavoro divino, senza sconcertarsi, tanto l'uomo che valicò le Alpi, quanto quel buon vecchio infermo e barcollante, curato da padre Eli-

---

[26] Le date della presa della Bastiglia e dell'entrata di Napoleone a Parigi dopo i Cento Giorni all'Elba.

[27] Un postiglione: Murat, che era figlio di un albergatore e divenne re di Napoli nel 1808; un sergente: Jean Bernadotte, che divenne re di Svezia e Norvegia nel 1818.

[28] Maximilien-Sébastien Foy (1775-1815), valoroso generale, entrò nel 1819 alla Camera.

seo.[29] Egli fa uso del podagroso come del conquistatore: del primo all'interno, del secondo all'esterno. Waterloo, tagliando corto alla demolizione dei troni europei mediante la spada, non produsse altro effetto che quello di far proseguire per una via diversa il lavoro rivoluzionario. Gli uomini di spada hanno terminato; è venuta l'era dei pensatori. Il secolo che Waterloo tentò di fermare vi passò sopra e continuò la sua strada. Quella vittoria sinistra fu vinta dalla libertà.

Insomma, chi trionfava a Waterloo, chi sorrideva a Wellington, e gli portava tutti i bastoni di maresciallo dell'Europa, compreso, dicesi, quello di maresciallo di Francia, chi faceva correre allegramente le carriole di terra piena di ossa per innalzare la montagnola del leone, chi scriveva trionfalmente su quel piedistallo la data 18 giugno 1815, chi incoraggiava Blücher a incalzare i fuggenti, chi dall'alto del pianoro di Mont-Saint-Jean spiava la Francia come una preda, era incontestabilmente la controrivoluzione. Era la controrivoluzione che mormorava la parola infame: smembramento. Ma giunta a Parigi, vide da vicino il cratere, sentì che quella cenere le bruciava i piedi e mutò parere. Allora tornò al balbettìo d'una costituzione.

Dobbiamo dunque vedere in Waterloo soltanto quello che vi è. Intenti di libertà, no. La controrivoluzione era involontariamente liberale, come per un corrispondente fenomeno Napoleone era stato involontariamente rivoluzionario.

Il 18 giugno 1815, Robespierre a cavallo fu disarcionato.

XVIII

RECRUDESCENZA DEL DIRITTO DIVINO

Fine della dittatura. Tutto un sistema d'Europa crollò.

L'impero si accasciò in un'ombra che parve quella del mondo romano spirante. Si tornò a vedere un precipizio come al tempo dei barbari; senonché la barbarie del 1815, che bisogna chiamare col suo prenome, controrivoluzione, aveva poco fiato, ansimò presto e restò a mezza strada. L'impero, confessiamolo, fu pianto, e pianto da occhi eroici. Se la gloria consiste nella spada mutata in scettro, l'impero era stato la personificazione della gloria. Aveva diffuso sulla terra tutta la luce che si può ottenere dalla tirannia; luce fosca, diciamo di più, luce oscura. Paragonata alla vera luce, è una notte; la scomparsa di quella notte fece l'effetto di un'eclisse.

---

[29] Si allude a Luigi XVIII, infermo, curato dal medico Marie-Vincent Talochon, ex frate, soprannominato «padre Eliseo».

Luigi XVIII rientrò in Parigi. I caroselli dell'8 luglio[30] cancellarono gli entusiasmi del 20 marzo. Il còrso divenne l'antitesi del bearnese. La bandiera della cupola delle Tuileries fu bianca. L'esilio troneggiò. La tavola d'abete di Hartwell fu collocata dinanzi alla poltrona adorna di gigli di Luigi XIV. Si parlò di Bouvines e di Fontenoy come di cose di ieri; Austerlitz era invecchiata. L'altare e il trono s'affratellarono maestosamente. Nel secolo decimonono, sulla Francia e su tutto il continente, si stabilì una delle forme più incontestate di salvezza della società. L'Europa adottò la coccarda bianca. Trestaillon[31] divenne celebre. Il motto *non pluribus impar*[32] ricomparve, fra raggi di pietra raffiguranti un sole, sulla facciata della caserma della riva d'Orsay. Dove c'era stata una guardia imperiale, vi fu una casa rossa. L'arco del Carosello, sovraccarico di vittorie mal sostenute, smarrito in mezzo a tutte quelle novità e forse un po' vergognoso di Marengo e di Arcole, si trasse d'impiccio con la statua del duca d'Angoulême. Il cimitero della Madeleine, la terribile fossa comune del '93, fu adornato di marmi e di diaspro perché nella sua polvere giacevano le ossa di Luigi XVI e di Maria Antonietta. Un cippo funerario sorse da terra nel fossato di Vincennes per ricordare come il duca di Enghien fosse morto nello stesso mese[33] dell'incoronazione di Napoleone. Il papa Pio VII, che aveva consacrato l'imperatore a pochissima distanza da quella morte, benedisse la caduta come aveva benedetto l'elevazione. Vi fu a Schoenbrunn una piccola ombra dell'età di quattro anni, che era sedizioso chiamare Re di Roma. E tutte queste cose sono accadute e i re ripresero i loro troni e il padrone dell'Europa fu rinchiuso in una gabbia. L'antico regime divenne il nuovo e tutta l'ombra e tutta la luce della terra mutarono di posto perché, nel pomeriggio di un giorno d'estate, un pastore disse a un prussiano, in un bosco: «Passate di qui e non di là».

Il 1815 fu una specie di lugubre aprile. Le antiche realtà malsane e venefiche si coprirono di nuove apparenze. La menzogna sposò il 1789, il diritto divino si mascherò con uno statuto, le finzioni si fecero costituzionali, i pregiudizi, le superstizioni e i secondi fini, con in cuore l'articolo 14, si verniciarono di liberalismo. Fu il cambiamento di pelle dei serpenti.

L'uomo era stato a un tempo ingrandito e diminuito da Napo-

---

[30] Luigi XVIII rientrò in Parigi l'8 luglio 1815.

[31] Soprannome di Jacques Dupont, uno dei capi del Terrore «bianco», cioè della restaurazione

[32] «Non ineguale a molti»; ossia «uguale a pochi», motto di Luigi XIV.

[33] In realtà, Napoleone fu incoronato il 2 dicembre 1804, e il duca d'Enghien era stato ghigliottinato il 21 marzo.

leone. Sotto quel regno della splendida materia, l'ideale aveva ricevuto il nome strano di ideologia. Fu grave imprudenza, per un grand'uomo, farsi beffe dell'avvenire. Tuttavia i popoli, carne da cannone tanto innamorata del cannoniere, lo cercavano con gli occhi. Dov'è? Che cosa fa? Napoleone è morto, diceva un viandante a un invalido di Marengo e di Waterloo. «*Morto, lui?*» esclamò il soldato. «*Ah! Lo conoscete bene!*» Le fantasie deificavano quell'uomo atterrato. Dopo Waterloo, il fondo dell'Europa rimase tenebroso; e, svanito Napoleone, per lungo tempo vi fu un vuoto enorme.

I re si posero in quel vuoto; la vecchia Europa ne approfittò per riformarsi. Vi fu una Santa Alleanza. «Belle-Alliance», aveva predetto il campo fatale di Waterloo.

In presenza e di fronte a quell'Europa antica rifatta, si sbozzarono le linee di una Francia novella. L'avvenire, deriso dall'imperatore, fece il suo ingresso recando sulla fronte una stella: Libertà. Gli occhi ardenti delle giovani generazioni si volsero verso di lui. Cosa curiosa, s'infiammarono al tempo stesso per quell'avvenire, Libertà, e per quel passato, Napoleone. La sconfitta aveva ingrandito il vinto, e Bonaparte caduto pareva più grande di Napoleone eretto. I trionfatori ne ebbero paura; l'Inghilterra lo fece custodire da Hudson Lowe, e la Francia lo fece sorvegliare da Montchenu. Le sue braccia conserte divennero la preoccupazione dei troni. Alessandro lo chiamava «la mia insonnia». Questo spavento proveniva dalla quantità di rivoluzione che era in lui; spiegazione e scusa del liberalismo bonapartista. Quel fantasma faceva tremare il vecchio mondo. I re, con la rupe di Sant'Elena all'orizzonte, regnarono nel disagio.

Mentre Napoleone agonizzava a Longwood, i sessantamila uomini caduti sul campo di Waterloo marcirono tranquillamente e qualche cosa della loro calma si diffuse nel mondo. Il congresso di Vienna ne fece i trattati del 1815 e l'Europa diede a tutto ciò il nome di restaurazione.

Ecco che cos'è Waterloo.

Ma che cosa importa all'infinito? Tutta quella tempesta, tutto quel nembo di guerra, poi quella pace, tutta quell'ombra non turbò per un istante lo splendore dell'occhio immenso dinanzi al quale un moscerino che salta di filo in filo d'erba uguaglia l'aquila che vola di campanile in campanile fino alle torri di Notre-Dame.

Ritorniamo, poiché è una necessità di questo libro, su quel fatale campo di battaglia.

Il 18 giugno 1815 v'era plenilunio. Ciò favorì il feroce inseguimento di Blücher, rivelò le tracce dei fuggitivi, diede quella massa in sfacelo in balìa dell'accanimento della cavalleria prussiana e contribuì al massacro. Nelle catastrofi la notte ha talora di questi tragici compiacimenti.

Dopo lo sparo dell'ultimo colpo di cannone, la pianura di Mont-Saint-Jean rimase deserta.

Gli inglesi occuparono l'accampamento dei francesi, poiché coricarsi nel letto del vinto è l'attestazione consueta della vittoria. Fecero tappa oltre Rossomme. I prussiani, incalzando i fuggiaschi, si spinsero innanzi. Wellington andò nel villaggio di Waterloo a stendere il suo rapporto a lord Bathurst.

Se il *sic vos non vobis*[34] fu mai applicabile, lo fu certamente a quel villaggio di Waterloo. Waterloo non fece nulla e rimase a mezza lega dall'azione. Mont-Saint-Jean fu cannoneggiato, Hougomont, Papelotte e Plancenoit furono incendiati, la Haie-Sainte fu presa d'assalto, la Belle-Alliance vide l'abbraccio dei due vincitori; i loro nomi sono appena noti; e Waterloo, che non ebbe parte alcuna nella battaglia, ne ottenne tutti gli onori.

Noi non siamo di quelli che adulano la guerra, e quando se ne presenta l'occasione, le diciamo le sue verità. La guerra ha spaventose bellezze che non abbiamo nascosto; ma ha pure, bisogna convenirne, qualche bruttura. Una delle più sorprendenti è il rapido spogliamento dei morti dopo la vittoria. L'alba che segue a una battaglia sorge sempre su cadaveri ignudi.

Chi compie tale spogliazione? Chi insozza in tal modo il trionfo? A chi appartiene la mano odiosa che s'insinua furtivamente nelle tasche della vittoria? Chi sono quei borsaiuoli che fanno i loro colpi all'ombra della gloria? Alcuni filosofi, tra cui Voltaire, affermano che sono precisamente quegli stessi a cui è dovuta la gloria. Sono i medesimi, dicono, non v'è da sbagliare: quelli rimasti in piedi spogliano quelli che sono caduti; l'eroe del giorno è il vampiro della notte. Si ha bene il diritto, alla fin fine, di depredare un po' un cadavere di cui si è l'autore. Quanto a noi, non lo crediamo. Ci sembra impossibile che la stessa mano colga l'alloro e rubi le scarpe a un morto.

Certo è che di solito, dopo i vincitori, vengono i ladri. Ma biso-

[34] Così voi, ma non per voi.

gna mettere fuori causa il soldato, specialmente il soldato contemporaneo.

Ogni esercito ha dietro di sé una coda, ed è su questa coda che bisogna volgere l'accusa. Certe specie di vampiri, mezzo briganti e mezzo servi, tutte le specie di pipistrelli generati da quel crepuscolo che si chiama guerra, che indossano l'uniforme ma non combattono, finti malati, sciancati dai quali bisogna guardarsi, cantinieri equivoci che girano su carrettini, talvolta conducendo con sé la moglie e rubando quel che poi rivendono, accattoni che si offrono per guida agli ufficiali, gentaglia, predatori; per il passato – non parliamo d'oggi – gli eserciti in marcia si trascinavano dietro tutta questa roba, tanto che, in gergo, si chiamavano *traînards*.[35] Nessun esercito e nessuna nazione era responsabile di quegli esseri; parlavano italiano e andavano dietro ai tedeschi; parlavano francese e andavano dietro agli inglesi. Da uno di codesti miserabili, uno spagnuolo che parlava francese, nella notte successiva alla vittoria di Ceresole, fu ucciso a tradimento e derubato sul campo stesso di battaglia il marchese Fervacques, il quale, indotto in errore dal gergo piccardo di quel ribaldo, lo credette uno dei suoi. Dalla ruberia nasceva il predatore. La detestabile massima del *vivere a spese del nemico* produceva tale lebbra che poteva guarirsi soltanto con una severa disciplina. Talora la fama induce in inganno; non sempre si sa perché certi generali, grandi per altro, ottennero tanta popolarità. Turenna era adorato dai suoi soldati perché tollerava il saccheggio; il male, permesso, fa parte della bontà; e Turenna fu tanto buono che lasciò mettere a ferro e a fuoco il Palatinato.[36] Gli eserciti avevano un seguito più o meno numeroso di predoni, secondo che era maggiore o minore la severità del generalissimo. Hoche e Marceau non avevano canaglie al loro seguito. Wellington, ben volentieri gli rendiamo questa giustizia, ne aveva poche.

Eppure, nella notte dal 18 al 19 giugno, i morti vennero spogliati. Wellington fu rigido e ordinò che fosse passato per le armi chiunque venisse colto in flagrante. Ma la rapina è tenace, e mentre in un punto del campo di battaglia si fucilavano i predoni, in un altro si rubava.

La luna era sinistra su quella pianura.

Verso mezzanotte un uomo gironzolava o meglio strisciava nei pressi della strada incassata di Ohain. Egli era, secondo ogni apparenza, uno di coloro che abbiamo or ora descritti, né inglese né francese, né contadino, né soldato, meno uomo che vampiro attirato dall'odore dei cadaveri, che si proponeva il furto come una vittoria, diretto a

---

[35] I fannulloni.

[36] Errore di Victor Hugo, poiché l'incendio del Palatinato avvenne nel 1693 e il maresciallo Henri de Turenne morì nel 1675.

svaligiare Waterloo. Vestiva un camiciotto che poteva sembrare un cappotto militare: era inquieto e risoluto, andava innanzi e si guardava indietro. Chi era quell'uomo? Probabilmente la notte ne sapeva sul suo conto più del giorno. Non aveva sacco, ma di certo delle ampie tasche nascoste sotto il cappotto. Ogni tanto si fermava, volgeva lo sguardo sulla pianura, come per vedere se nessuno l'osservasse, poi si chinava a un tratto, scompigliava qualche cosa d'immobile e silenzioso che giaceva a terra, quindi si rialzava e se la svignava. Il suo strisciare, i suoi atteggiamenti, i suoi gesti rapidi e misteriosi lo rendevano simile a quelle larve crepuscolari che frequentavano le rovine e che le antiche leggende della Normandia chiamano *Alleurs*.[37] Certi trampolieri notturni proiettano un'ombra simile nella palude.

Un occhio che avesse potuto scrutare attentamente tutta quella nebbia, avrebbe notato a breve distanza, fermo e come nascosto dietro la stamberga che fa angolo all'incrocio della strada maestra di Nivelles con quella che da Mont-Saint-Jean conduce a Braine-l'Alleud, una specie di carretto di vivandiere coperto di vimini incatramati, attaccato a una rozza affamata che brucava le ortiche attraverso il morso, e nel carro una donna seduta su casse e fagotti. Forse tra il carro e il predone vi era un nesso.

L'oscurità era serena; non una nube allo zenit. Sia pur rossa la terra, la luna rimane bianca. Sono le indifferenze del cielo. Per i prati dondolavano lievemente alla brezza notturna rami d'albero spezzati dalla mitraglia, ma non caduti, e trattenuti dalla scorza. Un alito, quasi un respiro, agitava i cespugli, e nell'erba v'erano fremiti come di anime che s'involassero.

S'udiva vagamente in lontananza l'andirivieni delle pattuglie e delle onde del campo inglese.

Hougomont e la Haie-Sainte continuavano ad ardere, formando, una a oriente, l'altra a occidente, due grosse fiamme alle quali andava a congiungersi, come una collana di rubini slacciata, con due carbonchi alle estremità, la linea dei fuochi dei bivacchi inglesi spiegata in un semicerchio immenso sulle colline all'orizzonte.

Abbiamo già narrato la catastrofe della strada d'Ohain. Il cuore vien meno a ciò che doveva essere stata quella morte, per tanti valorosi.

Se vi è qualche cosa di terribile, se esiste una realtà che oltrepassa ogni immaginazione, è questa: vivere, vedere il sole, essere in pieno possesso della forza virile, avere salute e allegria, ridere di cuore, correre verso una gloria che si presenta abbagliante, sentirsi in petto polmoni che respirano, un cuore che batte, una volontà che ragiona, par-

[37] Spettri.

lare, pensare, sperare, amare, avere una madre, avere moglie, figli, luce e, a un tratto, il tempo di un grido, in meno di un minuto, sprofondare in un abisso, cadere, rotolare, schiacciare, essere schiacciato, vedere spighe di grano, fiori, foglie, rami e non potersi aggrappare a nulla, sentire inutile la spada, sentire uomini sotto di sé e cavalli sopra, dibattersi invano con le ossa spezzate da calci ricevuti nelle tenebre, sentire un tallone che vi fa schizzare gli occhi dalle orbite, mordere con rabbia dei ferri di cavallo, soffocare, urlare, contorcersi, trovarsi là sotto e dirsi: «Poco fa ero un vivente!».

In quel momento regnava un profondo silenzio, là dove aveva rantolato quel lamentevole disastro; la cavità della strada era colma di cavalli e di cavalieri inestricabilmente ammucchiati. Tremendo arruffio. I ciglioni erano scomparsi; i cadaveri livellavano la strada all'altezza della pianura, arrivavano proprio all'orlo come orzo in uno staio ben misurato. Un ammasso di morti in alto, un fiume di sangue in basso; ecco che cosa era quella strada la notte del 18 giugno 1815. Il sangue scorreva fin sulla strada di Nivelles e vi si travasava in una larga pozza davanti alla catasta d'alberi che sbarrava il passo, in un punto che ancor oggi viene additato. Il lettore si ricorderà come lo sfacelo dei corazzieri fosse avvenuto dal lato apposto, cioè verso la strada di Genappe. La densità dello strato dei cadaveri era proporzionale alla profondità della strada incassata e perciò verso il centro, nel punto in cui diventava piana e dove era passata la divisione Delord, lo strato dei morti andava assottigliandosi.

Il vagabondo notturno che abbiamo additato al lettore camminava da quel lato. Egli frugava in quella immensa tomba. Scrutava. Faceva una specie di orrenda rassegna dei morti. Camminava nel sangue.

A un tratto l'uomo si fermò.

Qualche passo innanzi, nella strada incassata, dove terminava l'ammucchiamento dei cadaveri, una mano aperta, illuminata dalla luna, usciva di sotto a quell'ammasso di uomini e di cavalli. Quella mano aveva al dito qualche cosa che brillava: era un anello d'oro.

L'uomo si curvò, stette un momento accoccolato, e quando si rialzò quella mano non aveva più l'anello.

Veramente l'uomo non si rialzò; come una belva spaurita rimase in ginocchio, le spalle rivolte al mucchio di morti, il busto sorretto dai due indici appoggiati a terra, scrutando l'orizzonte con la testa in agguato sul margine della strada incassata. Le quattro zampe dello sciacallo converrebbero a certe azioni.

Poi, finalmente, egli si decise ad alzarsi.

In quel momento si riscosse: sentì d'essere preso per di dietro. Si voltò; era la mano aperta che s'era richiusa afferrando un lembo del suo cappotto.

Un uomo onesto avrebbe avuto paura: costui si mise a ridere.

«To'! È soltanto il morto» disse. «Meglio un fantasma che un gendarme.»

Intanto la mano venne meno e lo lasciò. Nella tomba lo sforzo si esaurisce presto.

«Ohi!» riprese il vagabondo. «Ma è vivo, questo morto? Vediamo un po'.»

Si chinò di nuovo, rovistò nel mucchio, scostò ciò che faceva ostacolo, afferrò la mano, aggguantò il braccio, liberò testa, trasse fuori il corpo e pochi istanti dopo trascinava nell'ombra della strada incassata un corpo esanime: per lo meno svenuto.

Era un corazziere, un ufficiale, anzi un ufficiale di grado elevato, perché di sotto la corazza usciva una grossa spallina d'oro. Quell'ufficiale non aveva più l'elmo, e una tremenda sciabolata gli aveva sfregiato il volto che era tutto coperto di sangue. Per il resto, non sembrava che avesse membra rotte e per un caso veramente fortunato, se in simili casi si può adoperare questa parola, i cadaveri si erano puntellati su di lui, così da evitargli lo schiacciamento. Gli occhi erano chiusi.

Il caduto portava, sulla corazza, la croce d'argento della legion d'onore. Il predone strappò quella croce che scomparve in una delle voragini sotto il suo cappotto.

Poi gli tastò il taschino dei calzoni, e sentendovi un orologio lo prese; indi gli palpò il panciotto, vi trovò un borsellino e lo intascò.

Quando i soccorsi che prestava al moribondo giunsero a questa fase, l'ufficiale aprì gli occhi.

«Grazie» disse con voce fioca.

I movimenti bruschi con cui era stato rimosso, il fresco della notte, l'aria più libera che respirava, l'avevano tratto dal suo letargo.

Il predone non rispose. Alzata la testa, udì un rumore di passi nella pianura; probabilmente qualche pattuglia che si avvicinava.

L'ufficiale mormorò con voce agonizzante:

«Chi ha vinto la battaglia?».

«Gli inglesi» rispose il predone.

L'ufficiale riprese:

«Cercate nelle mie tasche; vi troverete un borsellino e un orologio; prendeteli».

Era già stato fatto.

Il predone finse di obbedire, poi disse:

«Non c'è nulla».

«Mi hanno derubato» riprese l'ufficiale. «Mi rincresce. Li avrei dati a voi.»

I passi della pattuglia si facevano sempre più distinti. «S'avvicinano» disse il predone disponendosi ad allontanarsi.

L'ufficiale, sollevando a fatica il braccio, lo trattenne: «Mi avete salvato la vita. Chi siete?».

L'altro rispose in fretta e sottovoce:

«Come voi, facevo parte dell'esercito francese. Bisogna che vi lasci, perché se mi cogliessero mi fucilerebbero. Vi ho salvato la vita, ora toglietevi d'impaccio come potete.»

«Che grado avete?»

«Sergente.»

«Come vi chiamate?»

«Thénardier.»

«Non dimenticherò questo nome» disse l'ufficiale. «E voi tenete a mente il mio: mi chiamo Pontmercy.»

LIBRO SECONDO

IL VASCELLO «ORIONE»

I
IL NUMERO 24601 DIVENTA IL NUMERO 9430

Jean Valjean era stato ripreso.

Il lettore ci sarà grato se sorvoliamo su certi particolari dolorosi. Ci limiteremo a trascrivere due trafiletti di cronaca pubblicati dai giornali dell'epoca, qualche mese dopo i casi straordinari accaduti a Montreuil-sur-mer.

Questi trafiletti sono un po' sommari. D'altronde è noto che a quel tempo non esisteva ancora alcuna «Gazette des Tribunaux».

Riportiamo il primo da «Drapeau blanc»: porta la data del 25 luglio 1823:

> Un circondario del Pas-de-Calais è stato teatro di un avvenimento poco comune. Un uomo venuto di fuori, chiamato Madeleine, aveva fatto rivivere da alcuni anni, grazie a nuovi metodi di lavorazione, un'antica industria locale, la fabbricazione delle conterie nere. In tal modo egli aveva fatto la propria fortuna e, bisogna confessarlo, anche quella del circondario. In riconoscimento dei suoi servigi era stato nominato sindaco. La polizia ha saputo che questo signor Madeleine non era altri che un vecchio forzato di nome Jean Valjean, condannato nel 1796 per furto e ricercato dalle autorità. Jean Valjean è stato rimandato in galera. Sembra però che prima del suo arresto egli sia riuscito a ritirare dalla Banca Laffitte la somma di oltre mezzo milione che vi aveva depositato, e che, del resto, aveva guadagnato onestamente, si dice, col suo commercio. Non si è potuto sapere dove Jean Valjean abbia nascosto questa somma prima di rientrare nel carcere di Tolone.

Il secondo articolo, un po' più particolareggiato, è estratto dal «Journal de Paris» della stessa data:

> Un ex galeotto liberato, certo Jean Valjean, è comparso dinanzi alla corte d'assise del Var in circostanze degne di nota. Questo scellerato era riuscito a eludere la vigilanza della polizia, aveva cambiato nome ed era riuscito a farsi nominare sindaco in una delle nostre piccole città del settentrione, dove aveva impiantato un commercio assai considerevole. Egli è stato

finalmente smascherato e arrestato, mercè lo zelo instancabile del pubblico ministero. Egli aveva per concubina una meretrice, morta all'improvviso nel vederlo arrestare. Questo miserabile, dotato di una forza erculea, era riuscito a evadere, ma tre o quattro giorni dopo la sua fuga la polizia poté coglierlo nuovamente a Parigi mentre saliva in una di quelle carrozzelle che fanno il tragitto dalla capitale al villaggio di Montfermeil (Senna-e-Oise). Si dice che egli abbia approfittato di quei tre o quattro giorni di libertà per recuperare una somma considerevole da lui depositata presso uno dei nostri principali banchieri. Si valuta questa somma a seicento o settecentomila franchi. Secondo l'atto di accusa, egli avrebbe sepolto quel denaro in un luogo noto a lui solo, giacché non è stato possibile rinvenirlo. Comunque sia, il suddetto Jean Valjean è stato tradotto innanzi alle assise del dipartimento del Var come accusato d'una rapina a mano armata sulla pubblica strada, commessa otto anni or sono ai danni di uno di quegli onesti fanciulli che, come disse il patriarca de Ferney[1] con versi immortali:

> ...De Savoie arrivent tous le ans
> Et dont la main légèrement essuie
> Ces longs canaux engorgés par le suie.[2]

Questo bandito ha rinunciato alla difesa. L'abile ed eloquente parola del pubblico ministero è riuscita a provare che il furto è stato compiuto in correità con altri, e che Jean Valjean faceva parte di una banda di ladri nel Mezzogiorno. Per conseguenza Jean Valjean, dichiarato colpevole, è stato condannato alla pena di morte. Questo delinquente aveva ricusato di ricorrere in cassazione. Il re, nella sua inesauribile clemenza, si è degnato di commutare la pena nei lavori forzati a vita. Jean Valjean fu immediatamente mandato al bagno di Tolone.

I lettori non avranno dimenticato che Jean Valjean, a Montreuil-sur-mer, si era sempre mostrato religioso. Alcuni giornali, tra cui il «Constitutionnel», dipinsero quella commutazione di pena come un trionfo del partito clericale.

Jean Valjean, ritornato al penitenziario, cambiò numero. Fu il 9430.

Del resto, diciamolo subito per non ritornarci più sopra, la prosperità di Montreuil disparve col signor Madeleine; tutto ciò che egli aveva preveduto nella sua notte di febbre e di esitazioni si avverò; mancato lui, *mancò l'anima*. Dopo la sua caduta, a Montreuil avvenne quella spartizione egoista delle grandi esistenze troncate, quella fata-

---

[1] Voltaire, nel *Povero diavolo*.
[2] ...Giungono tutti gli anni dalla Savoia, e con mano leggera sbarazzano i lunghi tubi intasati dalla fuliggine.

le dispersione della prosperità che si compie tutti i giorni e oscuramente nella società umana e che la storia ha rilevato una volta sola, perché avvenne dopo la morte di Alessandro. Là, i luogotenenti s'incoronarono re; a Montreuil, i capi operai s'improvvisarono fabbricanti. Sorsero le rivalità invidiose. I vasti laboratori di Madeleine furono chiusi; gli edifici caddero in rovina, gli operai si dispersero. Taluni cambiarono paese, altri mestiere. Tutto accadde in piccolo invece che in grande; per il lucro, invece che per il bene. Non vi fu più coesione; concorrenza e accanimento dovunque. Madeleine dominava e dirigeva ogni cosa; caduto lui, ciascuno pensò a sé: lo spirito di lotta succedette allo spirito d'organizzazione, l'asprezza alla cordialità, l'odio dell'uno contro l'altro alla benevolenza del fondatore per tutti; i fili annodati da Madeleine si arruffarono e si ruppero; vennero falsati i metodi, avviliti i prodotti e fu uccisa la fiducia; gli sbocchi diminuirono e quindi anche le ordinazioni; le paghe ribassarono; gli opifici rimasero senza lavoro, sopraggiunsero i fallimenti. E poi, per i poveri, più nulla. Tutto svanì.

Anche lo Stato dovette accorgersi che qualcuno era stato schiacciato in qualche luogo. Meno di quattro anni dopo la sentenza della corte d'assise che aveva accertato a profitto della galera l'identità di Madeleine con Jean Valjean, le spese per l'esazione delle tasse del circondario di Montreuil-sur-mer erano raddoppiate, e de Villèle lo faceva osservare in un suo discorso nel febbraio dell'anno 1827.

II

DOVE SI LEGGERANNO DUE VERSI CHE FORSE SONO DEL DIAVOLO

Prima d'andare oltre, è opportuno narrare minutamente un fatto strano che avvenne a Montfermeil quasi in quello stesso tempo, e che potrebbe coincidere con certe congetture del pubblico ministero.

A Montfermeil c'è una superstizione molto antica, tanto più curiosa e preziosa in quanto una superstizione popolare nelle vicinanze di Parigi è come un aloe in Siberia. Noi siamo tra quelli che rispettano tutto ciò che assomiglia a una pianta rara. Ecco dunque quale è la superstizione di Montfermeil. Da tempo immemorabile si crede che il diavolo abbia scelto la foresta per nascondervi i suoi tesori. Le comari affermano che non è raro incontrare, nei luoghi più solitari del bosco, un uomo nero dall'aspetto di carrettiere o tagliaalegna, calzato di zoccoli e vestito d'un paio di calzoni e d'una casacca di tela, e riconoscibile perché, invece del berretto o del cappello, ha sulla testa due immense corna. Ciò deve infatti rendere molto facile il riconoscimento. Quell'uomo è quasi sempre occupato a scavare una buca. Vi sono tre modi per approfittare di questo incontro. Il primo consiste nell'affrontarlo e rivolgergli la parola: allora ci si accorge che quell'uomo è semplicemente un contadino, che sembra nero perché siamo al crepuscolo, che non scava affatto una buca, bensì taglia l'erba per le sue vacche, e che quelle che si eran prese per corna non sono altro che le punte di un bidente per raccogliere letame, che egli porta sulla spalla e i cui rebbi, alla luce vespertina, sembrava gli uscissero dalla testa. Ma, tornati a casa, si muore entro la settimana. Il secondo metodo consiste nell'osservarlo, nell'aspettare che abbia scavato la buca, che l'abbia ricoperta e che si sia allontanato; poi correre presto alla fossa, riaprirla e toglierne il «tesoro» che l'uomo vi avrà certamente deposto. In questo caso si muore entro un mese. Il terzo metodo, infine, consiste nel non parlare con l'uomo nero, nel non guardarlo e nel darsela a gambe; allora si muore entro l'anno.

Siccome tutti e tre i metodi hanno i loro inconvenienti, il secondo è di solito preferito perché almeno offre qualche vantaggio, fra gli altri quello di possedere un tesoro, foss'anche per un mese soltanto. Dunque, a quanto si assicura, gli uomini arditi, a cui non par vero di tentare la sorte, hanno molte volte aperto le buche scavate dal diavolo e tentato di derubarlo. Sembra però che il profitto sia scarso. Almeno se si deve credere alla tradizione e ai due versi enigmatici su tale soggetto, scritti in latino barbaro da un pessimo monaco della Normandia, un po' stregone, chiamato Trifone. Questo monaco fu sepolto nella badia di Saint-Georges de Bocherville vicino a Rouen, e sulla sua tomba nascono i rospi.

Si fanno dunque sforzi enormi, poiché quelle fosse sono generalmente molto profonde, si suda, si fruga, si lavora tutta una notte, dato che ciò accade sempre di notte, ci si infradicia la camicia, si consuma la candela, si intacca la zappa e quando finalmente si arriva in fondo alla buca, quando si mettono le mani sul «tesoro», che cosa si trova? In che cosa consiste il tesoro del diavolo? Talvolta si trova un soldo, uno scudo, un sasso, uno scheletro, un cadavere sanguinolento, qualche volta uno spettro piegato in quattro come un pezzo di carta in un portafoglio; qualche volta niente. E questo appunto pare vogliano annunziare ai curiosi indiscreti i due versi di Trifone:

> *Fodit, et in fossa thesauros condit, opaca,*
> *As, nummos, lapidea, cadaver, simulacra, nihilque*[3]

---

[3] Scava, e nasconde in una oscura fossa assi, denari, pietre, cadaveri, simulacri e niente.

Pare che ai nostri giorni qualche volta ci si trovi anche una fiaschetta di polvere e palle da fucile, o un mazzo di carte unte e bisunte che sono evidentemente servite ai diavoli. Trifone non registra questi due ultimi oggetti, perché viveva nel dodicesimo secolo e perché, a quanto sembra, il diavolo non ebbe tanto ingegno da inventare la polvere prima di Ruggero Bacone e le carte da gioco prima di Carlo VI.

Del resto, chi gioca con quelle carte è sicuro di perdere tutto ciò che possiede; e la polvere che si trova nella fiaschetta ha la proprietà di farvi scoppiare il fucile in faccia.

Ora, poco dopo il periodo in cui parve al pubblico ministero che l'ex galeotto Jean Valjean, durante la sua breve evasione, gironzolasse nei dintorni di Montfermeil, in questo villaggio si udì che un certo Boulatruelle, un vecchio cantoniere, «combinava qualcosa» nel bosco. In paese si diceva che Boulatruelle fosse stato in galera; egli era sottoposto a speciale vigilanza da parte della polizia, e siccome non trovava lavoro in nessun luogo, l'amministrazione pubblica lo impiegava a paga ridotta come cantoniere sulla trasversale da Gagny a Lagny.

Boulatruelle era mal visto dagli abitanti del paese; era troppo rispettoso, troppo umile, sempre pronto a togliersi il berretto davanti a tutti, tremebondo e sorridente davanti ai gendarmi, probabilmente affiliato a qualche banda, si diceva: ed era sospettato di appostarsi di notte dietro gli alberi. Era un ubriacone, l'unica cosa dimostrabile.

Ecco dunque che cosa si credeva di aver notato. Da qualche tempo Boulatruelle tralasciava assai presto il suo lavoro sulla strada per recarsi nel bosco con la zappa. Era facile incontrarlo sul far della sera nelle radure più deserte, nelle macchie più intricate, occupato a cercare qualche cosa, e talvolta a scavare qualche buca. Le comari che gli passavano vicino lo prendevano dapprima per Belzebù; poi lo ravvisavano per Boulatruelle, ma non per ciò si sentivano più rassicurate. Sembrava che questi incontri contrariassero vivamente Boulatruelle. Era chiaro che cercava di nascondersi e che in quello che faceva c'era un mistero.

Nel villaggio dicevano: «Certamente è comparso il diavolo e Boulatruelle, che lo ha veduto, ora fa delle ricerche. Infatti, è un mariuolo capace di agguantare il gruzzolo di Lucifero». Gli scettici aggiungevano: «Sarà Boulatruelle che gabberà il diavolo, oppure il diavolo che gabberà lui?». Le vecchie si facevano molti segni di croce.

Tuttavia, i maneggi di Boulatruelle nel bosco cessarono. Egli riprese regolarmente il suo lavoro di cantoniere, e si parlò d'altro.

Pertanto, certuni erano rimasti con la curiosità, pensando che, probabilmente, in questo caso si trattava non già dei favolosi tesori della leggenda, ma di qualche bottino più serio e più concreto dei biglietti di banca del diavolo, e che il cantoniere ne aveva scoperto il segreto soltanto a metà. I più perplessi erano il maestro di scuola e l'oste Thénardier, il quale era amico di tutti e non aveva disdegnato affatto di far lega anche con Boulatruelle.

«È stato in galera?» diceva Thénardier. «Eh! Mio Dio! Non si sa né chi c'è né chi ci andrà.»

Una sera, il maestro di scuola affermava che in altri tempi la giustizia avrebbe investigato su ciò che Boulatruelle andava a fare nel bosco, che lo avrebbe costretto a parlare, che all'occorrenza sarebbe stato messo alla tortura e che certamente non sarebbe stato capace di resistere alla prova dell'acqua. «Sottoponiamolo invece a quella del vino» disse Thénardier.

Si fecero in quattro per sborniare il vecchio cantoniere. Boulatruelle bevve enormemente e parlò poco, combinando con arte mirabile e in proporzioni magistrali la sete di un lurco e la riservatezza di un giudice. Tuttavia, col continuo ritornare alla carica e col ravvicinare e interpretare le poche parole confuse che gli sfuggirono, il Thénardier e il maestro credettero di comprendere quanto segue.

Boulatruelle, una mattina, all'alba, mentre si recava al lavoro, avrebbe visto, con grande sorpresa, in un canto del bosco, sotto una macchia, una zappa e un badile, *come chi dicesse nascosti.* Egli avrebbe creduto che quegli utensili appartenessero al compare Six-Fours, il portatore d'acqua, e non ci avrebbe pensato più. Ma la stessa sera avrebbe visto, senza esser veduto, perché nascosto da una grossa pianta, dirigersi dalla strada verso il più folto del bosco «un tale che non era affatto del paese, e che lui, Boulatruelle, conosceva benissimo». Parole che il Thénardier tradusse: *un compagno di galera.* Boulatruelle peraltro s'era ostinatamente rifiutato di dirne il nome. «Quel tale» portava un involto, qualcosa di quadrato come uno scatolone o un cofano. Sorpresa di Boulatruelle a cui però l'idea di tener dietro a «quel tale» sarebbe venuta soltanto sette od otto minuti dopo. Troppo tardi, quindi: «quel tale» si trovava già nel folto del bosco; s'era fatto notte e Boulatruelle non aveva potuto raggiungerlo. Allora aveva preso il partito di sorvegliare il limite della foresta. «Splendeva la luna.» Dopo due o tre ore Boulatruelle aveva veduto uscire dai cespugli «quel tale», il quale ora non portava più il cofano, ma una zappa e un badile. Boulatruelle lo aveva lasciato passare e non si era sentito di affrontarlo perché aveva detto tra sé che l'altro era tre volte più forte di lui e armato di zappa, e riconoscendolo e vedendosi riconosciuto probabilmente lo avrebbe ammazzato. Commovente effusione di affetto tra due vecchi colleghi che si ritrovano. Ma il badile e la zappa furono per Boulatruelle uno sprazzo di luce.

Egli era corso alla macchia subito al mattino dopo e non vi aveva più trovato né zappa né badile. Ne aveva concluso che «quel tale», entrato nel bosco, vi aveva scavato una buca con la zappa, vi aveva calato il cofano riempiendo quindi la fossa col badile.

Ora, il cofano era troppo piccolo per contenere un cadavere; dunque, racchiudeva denaro. Da ciò le sue ricerche. Boulatruelle aveva esplorato, scandagliato e frugato tutta la foresta e ovunque la terra gli era sembrata smossa di recente; ma invano. Egli non poté «scovare» nulla. Nessuno a Montfermeil ci pensò più. Vi furono soltanto alcune comari che dissero: «Certamente il cantoniere di Gagny non ha fatto tutti quei maneggi per nulla; di certo è comparso il diavolo».

III

BISOGNAVA CHE L'ANELLO DELLA CATENA AVESSE SUBÌTO UN LAVORO
PREPARATORIO PER SPEZZARSI CON UNA MARTELLATA

Verso la fine di ottobre dello stesso anno 1823, gli abitanti di Tolone videro entrare nel porto, per riparare alcune avarie subite durante una burrasca, il vascello *Orione*, che doveva più tardi servire a Brest da nave scuola e che allora faceva parte della squadra del Mediterraneo.

Quella nave, benché manovrasse a fatica perché il mare l'aveva alquanto sconquassata, entrando nella rada suscitò molto interesse. Portava non so più qual bandiera che le procurò il saluto regolamentare di undici colpi di cannone, ai quali rispose colpo per colpo: in totale ventidue cannonate. Si è fatto il calcolo che tra salve, cortesie regali e militari, scambi di rumorose gentilezze, segnali di etichetta, formalità di rade e di cittadelle, aurore e tramonti salutati ogni giorno da tutte le fortezze e da tutte le navi da guerra, aperture e chiusure di porte, eccetera, il mondo civile consumava inutilmente in tutto il globo, ogni ventiquattro ore, centocinquantamila colpi di cannone. In ragione di sei franchi per colpo fanno novecentomila franchi al giorno ossia trecento milioni all'anno che se ne vanno in fumo. Questa non è che una minuzia. Nel frattempo i poveri muoiono di fame.

L'anno 1823 è il «periodo della guerra di Spagna», come lo chiamò la restaurazione.

Quella guerra conteneva molti avvenimenti in uno solo e molte singolarità. Un importante affare di famiglia per i Borboni: il ramo francese che soccorre e protegge il ramo di Madrid o che, per meglio dire, afferma la sua primogenitura; un apparente ritorno alle nostre tradizioni nazionali che, in pari tempo, è un atto di servilismo e di soggezione ai ministri del Nord; il duca di Angoulême, dai giornali

383

liberali soprannominato *l'eroe di Andujar*,[4] che in un atteggiamento trionfale, un po' contrastante con la sua fisionomia pacifica, comprime l'antico terrorismo, assai reale, del Sant'Uffizio alle prese col terrorismo chimerico dei liberali; i sanculotti risuscitati sotto il nome di *descamisados*[5] con grande spavento delle vecchie dame possidenti; i monarchici che osteggiano il progresso qualificandolo come anarchia; le teorie dell'89 bruscamente interrotte nelle «trincee»; un «alto là» intimato dall'Europa all'idea francese che fa il giro del mondo; il principe di Carignano, diventato poi Carlo Alberto, che accorre, con le spalline di lana rossa da granatiere, a fianco del generalissimo figlio di Francia, arruolandosi volontario in quella crociata di re contro i popoli; i soldati dell'impero che dopo otto anni di riposo si rimettono in campagna, mesti, invecchiati, con la coccarda bianca; la bandiera tricolore sventolata in terra straniera da un manipolo eroico di francesi come trent'anni prima aveva sventolato a Coblenza la bandiera bianca; i frati confusi con i militari; lo spirito di libertà e di novità ridotto alla ragione dalle baionette; i princìpi domati a colpi di cannone; la Francia che disfa con le armi quello che aveva fatto con le idee; e per il resto, capi nemici venduti, i soldati esitanti, le città assediate dai milioni; nessun pericolo militare, ma la possibilità di qualche esplosione come in qualsiasi miniera sorpresa e invasa; poco spargimento di sangue, scarsa messe di onori, la vergogna per taluni, la gloria per nessuno; tale fu quella guerra mossa da principi discendenti da Luigi XIV, e condotta da generali discepoli di Napoleone. Essa ottenne il triste risultato di non ricordare né la guerra grandiosa, né la grandiosa politica.

Alcuni combattimenti furono seri, tra cui la presa del Trocadero, riuscita un bel fatto d'arme; ma insomma, lo ripetiamo, le trombe di quella guerra avevano un suono fesso, il complesso era sospetto, e la storia approva la Francia nella sua riluttanza ad accogliere quel falso trionfo. Si vide chiaramente che certi ufficiali spagnoli, incaricati della resistenza, cedettero con troppa facilità e dalla vittoria nacque l'idea della corruzione; parve che fossero stati vinti i generali, più che le battaglie: e il soldato vincitore se ne ritornò umiliato. Fu infatti una guerra poco onorevole, durante la quale, fra le pieghe della bandiera, si potevano leggere le parole: *Banca di Francia*.

Certi soldati della guerra del 1808, sui quali era crollata Saragoza in modo così formidabile, nel 1823 aggrottarono le sopracciglia ve-

---

[4] Il duca d'Angoulême, figlio di Monsieur, il futuro Carlo X, l'8 agosto 1823, essendo al comando delle armate francesi in Spagna, firmò ad Andujar un ordine del giorno nel quale riprendeva il governo per gli abusi degli assolutisti spagnoli.
[5] Soprannome dei rivoluzionari spagnoli, «scamiciati».

dendo il facile schiudersi delle fortezze, e rimpiansero Palafox.[6] È nell'indole della Francia preferire trovarsi di fronte a Rostopčin piuttosto che a Ballesteros.[7]

Da un punto di vista ancor più grave e sul quale convien pure insistere, tale guerra, che urtava in Francia lo spirito militare, indignava lo spirito democratico. Era un'impresa d'oppressione. In tale campagna, l'obiettivo del soldato francese, figlio della democrazia, era la conquista di un giogo per un altro popolo. Orrenda contraddizione! Alla Francia compete di risvegliare l'animo delle nazioni, non di soffocarlo.

La libertà irradia dalla Francia. È un fenomeno solare. Cieco chi non lo vede! Lo ha detto Bonaparte.

La guerra del 1823, attentato contro la generosa nazione spagnola, era dunque, nello stesso tempo, un attentato contro la rivoluzione francese. E questa violenza così mostruosa era la Francia che la commetteva: per forza: poiché all'infuori delle guerre di liberazione, tutto ciò che gli eserciti fanno, lo fanno per forza. Le parole *obbedienza passiva* lo dimostrano. Un esercito è uno strano capolavoro di accozzamento, in cui la forza è il risultato d'una enorme somma di impotenza. In tal modo si spiega la guerra che l'umanità muove all'umanità a onta dell'umanità.

Quanto ai Borboni, la guerra del 1823 fu loro fatale. La ritennero un trionfo e non si accorsero quanto sia pericoloso far uccidere un'idea da una parola d'ordine. Nella loro ingenuità essi si ingannarono sino al punto di introdurre nel proprio edificio, come elemento di forza, l'immensa debolezza che deriva da un delitto. Lo spirito dell'insidia entrò nella loro politica. Il 1830 germogliò nel 1823. La guerra di Spagna, nei loro consigli, divenne un argomento per favorire l'uso della violenza e le imprese del diritto divino. Perché la Francia aveva ristabilito *el rey neto*[8] in Spagna, credette di poter ritornare al re assoluto in casa propria. Essi caddero nell'errore gravissimo di prendere l'ubbidienza del soldato per il consenso della nazione. Tale fiducia manda in rovina i troni. Non bisogna mai addormentarsi, né all'ombra di un mancinello, né all'ombra di un esercito.

Ritorniamo al vascello *Orione*.

Durante la campagna dell'esercito comandato dal principe generale in capo, una squadra navale incrociava nelle acque del Mediterraneo. Abbiamo detto poc'anzi come l'*Orione* facesse parte di quella

[6] José de Palafox, l'eroico difensore di Saragoza, nel 1809.
[7] Fëdor Rostopčin, il governatore di Mosca che ordinò l'incendio della città presa d'assalto da Napoleone, nel 1812; Francisco Ballesteros, generale spagnolo sconfitto dai Francesi nel 1823.
[8] Il re puro.

squadra e come fosse stato ricondotto nel porto di Tolone in seguito ad accidenti di mare.

La presenza d'un vascello di guerra in un porto ha in sé qualche cosa che attira e che occupa la folla, perché è una cosa grandiosa, e la moltitudine ama le cose grandiose.

Un vascello di linea è uno dei più magnifici accordi del genio umano con la potenza della natura.

Un vascello di linea è composto di quanto v'è di più pesante e di più leggero perché ha da fare nello stesso tempo con tre aspetti della materia: solido, liquido, fluido, e deve lottare con tutti e tre. Ha undici artigli di ferro per afferrare il granito in fondo al mare, e più ali e più antenne di qualunque insetto alato per cogliere il vento fra le nubi. Il suo respiro esce dalle bocche dei suoi centoventi cannoni come da enormi trombe e risponde fieramente alla folgore. L'oceano cerca di perderlo nella spaventosa uniformità dei propri flutti, ma il vascello ha un'anima, la sua bussola, che lo consiglia, che gli indica sempre il nord. Nelle notti tenebrose i suoi fanali suppliscono alle stelle. Così al vento esso oppone le gomene e la tela, all'acqua il legno, alla roccia il ferro, il rame e il piombo, all'ombra la luce, all'immensità un ago.

Chi vuole formarsi un'idea di tutte le gigantesche proporzioni, l'insieme delle quali costituisce un vascello di linea, non deve far altro che entrare in una delle cale coperte, a sei piani, che si vedono nei porti di Brest e di Tolone. I vascelli in costruzione sono là, per così dire, sotto una campana. Quella trave colossale è un pennone, quella grossa colonna di legno coricata a terra, e della quale non si scorge l'estremità, è l'albero maestro. A misurarlo dalla radice, nella stiva, alla cima, nelle nubi, la sua lunghezza è di sessanta tese, e il suo diametro, alla base, di tre piedi. L'albero maestro inglese si innalza duecentodiciassette piedi al di sopra della linea d'immersione. La Marina dei nostri padri adoperava le gomene, la nostra usa le catene. Il solo ammasso delle catene d'un vascello da cento cannoni ha quattro piedi di altezza, venti di larghezza, otto di profondità. E quanto legname ci vuole per costruire un tal vascello? Tremila metri cubi. È una foresta galleggiante.

Infine, si noti bene, qui non si tratta che del naviglio militare quale si usava quarant'anni or sono, della semplice nave a vela. Il vapore allora era ai suoi primordi; aggiunse più tardi nuovi miracoli a quel prodigio che si chiama vascello da guerra. Oggi, per esempio, la nave mista a eliche è una macchina sorprendente messa in moto da una velatura di tremila metri quadrati di superficie e da una caldaia della forza di duemilacinquecento cavalli.

Senza parlare di queste meraviglie moderne, l'antica nave di Cristoforo Colombo e di Ruyter è uno dei grandi capolavori dell'uomo.

Essa è inesauribile di forze quanto l'infinito è inesauribile di aliti, immagazzina il vento nella sua velatura, è precisa nella immensa distesa delle onde, galleggia e regna.

Eppure viene un momento in cui una raffica spezza come una festuca quel pennone lungo sessanta piedi, in cui il vento piega come un giunco l'albero alto quattrocento piedi, in cui l'ancora che pesa diecimila libbre si contorce nella gola di un cavallone come l'amo di un pescatore nella mascella di un luccio, in cui i cannoni mostruosi mandano ruggiti lamentosi e inutili che l'uragano disperde nel vuoto e nelle tenebre, in cui tutta quella potenza e tutta quella maestà s'inabissano in una potenza e in una maestà superiori.

Ogni volta che un'immensa forza si dispiega per far capo a un'immensa debolezza, l'uomo fantastica. Da ciò, i curiosi che nei porti sovrabbondano, senza che nemmeno loro sappiano precisamente il perché, intorno a quei meravigliosi ordigni della guerra e della navigazione.

Tutti i giorni dunque, dalla mattina alla sera, i moli, le banchine e le gittate del porto di Tolone erano gremiti di una quantità d'oziosi e d'allocchi, occupati a guardare l'*Orione*.

Questo vascello era malconcio da molto tempo. Nelle precedenti navigazioni, un denso strato di conchiglie si era formato sulla sua carena, tanto da far diminuire di molto la sua velocità; perciò nell'anno precedente era stato messo in secco per essere raschiato, poi aveva ripreso il mare. Ma con quella operazione si erano danneggiate le chiavarde della carena. Mentre il vascello si trovava nei paraggi delle Baleari, la bordata logora aveva ceduto e si era aperta, e poiché allora non si adoperava la lamiera per il rivestimento interno, la nave aveva fatto acqua. Era sopraggiunto un forte colpo di vento equinoziale che sfondò a sinistra il tagliamare e un portello di carico, e guastò le parasartie di trinchetto. Per queste avarie l'*Orione* era ritornato a Tolone.

L'avevano ormeggiato vicino all'arsenale dove lo riparavano e l'armavano. Lo scafo a tribordo non aveva subito danni, ma ne avevano schiodati qua e là, secondo l'uso, alcuni fasciami per dar aria all'ossatura.

Una mattina la folla dei curiosi che lo contemplava fu spettatrice di una disgrazia.

L'equipaggio era tutto occupato ad alzare le vele quando il gabbiere, che doveva afferrare la bugna superiore della vela di gabbia maestra a tribordo, perse l'equilibrio. Fu veduto barcollare, la folla raccolta sulla riva dell'arsenale gettò un grido, la testa trascinò il corpo, l'uomo girò attorno al pennone con le braccia distese verso l'abisso; ma nel cadere fu pronto ad afferrare di volo un falso marciapiede, prima con una mano, poi con l'altra, e vi rimase sospeso. Sotto di lui era il mare, a tale profondità da dare le vertigini. La scossa della sua caduta aveva impresso al falso marciapiede una violenta oscillazione da altalena. L'uomo penzoloni da quel canapo andava innanzi e indietro, come il sasso di una fionda.

Per soccorrerlo bisognava esporsi a un rischio tremendo. Nessuno dei marinai, tutti pescatori della costa arruolati di recente, osava avventurarvisi. Intanto lo sventurato gabbiere si stancava; non si poteva vedere l'angoscia dipinta sul suo volto, ma in tutte le sue membra si scorgeva lo sfinimento. Le sue braccia si tendevano in un orribile stiramento e ogni sforzo che egli faceva per risalire serviva soltanto per imprimere alla corda una maggiore oscillazione. Egli non urlava per paura di scemare le proprie forze. Tutti si aspettavano che da un istante all'altro si lasciasse sfuggire di mano quel canapo e volgevano altrove la testa per non vederlo precipitare. Vi sono dei momenti in cui un pezzo di corda, una pertica, un ramo d'albero sono la vita, ed è uno spettacolo terribile vedere una creatura vivente staccarsene come un frutto maturo.

A un tratto si vide un uomo arrampicarsi su per l'attrezzatura con l'agilità di un gattopardo. Quell'uomo era vestito di rosso: era un forzato, e il suo berretto verde dimostrava che era un condannato a vita. Giunto all'altezza della coffa, una ventata gli portò via il berretto lasciando scoperta una testa interamente canuta: non era dunque un giovane.

Infatti, un galeotto che si trovava a bordo, occupato nei lavori con una squadra di compagni, fin dal primo istante era corso dall'ufficiale di guardia e in mezzo al trambusto e all'esitazione dell'equipaggio, mentre tutti i marinai tremavano e si ritraevano, gli aveva chiesto il permesso di arrischiare la propria vita per salvare il gabbiere. Ottenuto il consenso dell'ufficiale, con una martellata aveva rotto la catena pendente dall'anello che gli serrava il piede, poi aveva preso un pezzo di corda e si era slanciato su per le sartie. Nessuno in quel momento badò alla facilità con cui quella catena si era spezzata, e soltanto più tardi ci ripensarono.

In un batter d'occhio egli giunse sul pennone; si fermò pochi istanti e parve misurarlo con lo sguardo. Quei pochi istanti, durante i quali il vento dondolava il gabbiere appeso ad un filo, a coloro che guardavano sembrarono secoli. Finalmente, il galeotto alzò gli occhi al cielo e fece un passo innanzi. La folla respirò. Fu visto percorrere il pennone correndo. Giunto in cima vi legò una delle estremità della corda che aveva portato con sé, lasciando l'altra penzoloni. Quindi si calò con le mani lungo quella corda, e allora l'angoscia divenne inesprimibile; invece di un uomo sospeso sul precipizio se ne videro due.

Lo si sarebbe detto un ragno che andasse a prendere una mosca, se non che in questo caso il ragno recava la vita e non la morte. Diecimila sguardi erano fissi su quel gruppo. Non un grido, non una parola; uno stesso fremito faceva aggrottare tutte le fronti; tutte le bocche trattenevano il fiato, quasi temessero di aggiungere il minimo soffio al vento che scuoteva quei due disgraziati.

Frattanto il galeotto era riuscito a calarsi fin presso al marinaio. Era tempo: ancora un minuto e quell'uomo, sfinito e disperato, si sarebbe lasciato cadere nell'abisso. Il galeotto lo legò saldamente con la corda alla quale si teneva con una mano mentre lavorava con l'altra. Finalmente lo si vide arrampicarsi di nuovo sul pennone, e issarvi il marinaio; lo sostenne un momento per lasciargli riprendere le forze; quindi, presolo tra le braccia, camminando sul pennone, lo portò sino al cappelletto e di là nella coffa, dove lo affidò ai suoi compagni.

Allora la folla scoppiò in applausi; ci furono dei vecchi aguzzini di ciurme che piansero; le donne sulla riva si abbracciavano tra loro e si udirono tutte le voci gridare con una specie di furore intenerito: «Si faccia grazia a quell'uomo!».

Egli, intanto, si era creduto in dovere di scendere per tornare alla sua squadra. Per arrivare più presto si lasciò sdrucciolare per l'attrezzatura e si mise a correre lungo un basso pennone. Tutti gli occhi lo seguivano. A un certo momento si tremò per lui. Sia che fosse stanco, sia che lo cogliesse un capogiro, sembrò di vederlo esitare e barcollare. A un tratto la folla lanciò un grido immenso: il galeotto era caduto in mare.

La caduta era pericolosa. La fregata *Algesiras* era ormeggiata vicino all'*Orione* e il povero galeotto era precipitato fra le due navi, per cui c'era da temere che andasse a finire sotto l'una o l'altra. Quattro marinai si buttarono immediatamente in una barca, la folla li incoraggiò, l'ansietà era di nuovo in tutti gli animi. Quell'uomo non era ritornato a galla. Egli era scomparso nel mare senza produrvi la minima increspatura, quasi fosse caduto in una botte di olio. Si tuffarono, scandagliarono. Invano. Le ricerche continuarono fino a sera; non si poté nemmeno ripescare il corpo.

L'indomani, il giornale di Tolone pubblicava queste poche righe: «17 novembre 1823. Ieri un galeotto occupato nei lavori a bordo dell'*Orione*, subito dopo aver salvato un marinaio, è caduto in mare ed è annegato. Non è stato possibile ritrovarne il cadavere. Si suppone che si sia impigliato nelle palafitte della punta dell'arsenale. Quell'uomo era registrato sotto il numero 9430 e si chiamava Jean Valjean».

LIBRO TERZO

ADEMPIMENTO DELLA PROMESSA FATTA ALLA MORTA

I

LA QUESTIONE DELL'ACQUA A MONTFERMEIL

Montfermeil è posta fra Livry e Chelles, sul margine meridionale dell'altopiano che separa l'Ourcq dalla Marna. Oggi è un grosso villaggio, adorno tutto l'anno di ville intonacate e la domenica di borghesi allegri. Nel 1823 non c'erano, a Montfermeil, tante case bianche né tanti borghesi contenti. Non era che un villaggio nel bosco. Si incontravano bensì qua e là alcune case di campagna dell'ultimo secolo, riconoscibili dal loro aspetto maestoso, dai balconi di ferro battuto e dalle lunghe finestre i cui piccoli vetri imprimono sul bianco delle imposte chiuse ogni gradazione di verde. Tuttavia Montfermeil non era altro che un villaggio. I mercanti di stoffa a riposo e gli amanti della villeggiatura non l'avevano ancora scoperto. Era un posto simpatico e piacevole, fuori delle vie di grande comunicazione, e ci si viveva a buon mercato, di quella vita campagnola così larga e facile. Solo l'acqua era scarsa a causa dell'altitudine del pianoro.

Bisognava andare a cercarla assai lontano. La parte del villaggio verso Gagny l'attingeva dai magnifici stagni che vi sono nel bosco; l'altra parte, che circonda la chiesa e si trova verso Chelles, non trovava acqua potabile che a una piccola sorgente a mezza costa, vicino alla strada di Chelles e a circa un quarto d'ora da Montfermeil.

L'approvvigionamento dell'acqua era dunque, per ogni famiglia, una dura fatica. Le grandi case, l'aristocrazia, di cui faceva parte la bettola dei Thénardier, pagavano un quattrino per ogni secchio d'acqua a un uomo che la trasportava per mestiere e che in tale lavoro guadagnava all'incirca otto soldi al giorno; ma quel buon uomo lavorava solo sino alle sette di sera d'estate, e alle cinque d'inverno, e sopraggiunta la notte, chiuse le imposte del pianterreno, chi non aveva acqua da bere doveva andare a cercarla da sé o ne faceva a meno.

Tale inconveniente costituiva il terrore di quel povero essere che il lettore non può aver dimenticato: la piccola Cosette. Ci si ricorderà che Cosette era utile ai Thénardier in due maniere: essi si facevano pagare dalla madre e si facevano servire dalla figlia. Così quando la madre cessò di pagare – si è letto il perché nei capitoli precedenti – i Thénardier si tennero Cosette. Essa sostituiva una domestica. In questa qualità, era lei che correva a prendere l'acqua quando ne occorreva. Così la bambina, molto spaventata dall'idea di andare alla sorgente di notte, aveva molta cura che l'acqua non mancasse mai in casa.

Il Natale dell'anno 1823 fu particolarmente brillante a Montfermeil. L'inizio dell'inverno era stato dolce, non c'era ancora stato né gelo né neve. Alcuni saltimbanchi venuti da Parigi avevano ottenuto dal sindaco il permesso di rizzare le loro baracche sulla strada principale del villaggio: e una banda di mercanti ambulanti, con eguale permesso, aveva eretto i suoi banchetti sulla piazza della chiesa e sino nel vicolo del Boulanger dove era situata, forse il lettore se ne ricorda, la bettola dei Thénardier. Tutto ciò riempiva gli alberghi e le bettole e infondeva a quel piccolo paese una vita rumorosa e allegra. Dobbiamo anche dire, per essere storici fedeli, che fra le curiosità esposte sulla piazza c'era un serraglio nel quale degli orrendi pagliacci, vestiti di cenci e venuti chissà da dove, mostravano nel 1823 ai contadini di Montfermeil uno di quegli spaventosi avvoltoi del Brasile che il nostro museo reale non possiede che dal 1845, e che hanno l'occhio simile a una coccarda tricolore. I naturalisti, crediamo, chiamano questo uccello Caracara Polyborus; è dell'ordine degli apicidi e della famiglia degli avvoltoi. Qualche buon vecchio soldato bonapartista, ritiratosi nel villaggio, andava a vedere quella bestia con devozione. I saltimbanchi dicevano che la coccarda era un fenomeno unico e fatto apposta dal buon Dio per il loro serraglio.

Appunto nella sera di Natale, molti uomini, carrettieri e facchini, erano seduti e bevevano attorno a quattro o cinque candele nella sala bassa della locanda Thénardier. Quella sala era simile a tutte le sale d'osteria; tavole, brocche di stagno, bottiglie, bevitori, fumatori, poca luce, molto rumore. La data dell'anno 1823 era tuttavia indicata da due oggetti allora di moda nella classe borghese e che erano sulla tavola: un caleidoscopio e una lampada di latta marezzata. La Thénardier sorvegliava la cena che arrostiva su un buon fuoco; il marito Thénardier beveva con gli ospiti e parlava di politica.

Oltre alle chiacchiere di politica che avevano per oggetto principale la guerra di Spagna e il duca d'Angoulême, si udivano in quel vocio parentesi puramente locali come questa:

«Dalla parte di Nanterre e di Suresnes il vino è stato abbondante. Dove si contava su dieci botti, se ne sono avute dodici. Ciò si deve in gran parte all'uso del torchio.» «Ma l'uva non doveva essere matura?» «In quel paese non devono vendemmiare l'uva matura. Se la vendemmiano matura, il vino diventa cattivo in primavera.» «È dunque un vinello?» «Ci sono dei vinelli ancora più deboli di questo. Bisogna che vendemmino quando l'uva è verde». Eccetera.

Oppure era un mugnaio che gridava:

«Siamo forse responsabili di ciò che c'è nei sacchi? Noi vi troviamo una quantità di granelli che non possiamo divertirci a togliere, e che bisogna lasciar passare sotto le macine; il loglio, il calcino, la nepitella, la golpe, la veccia, la canapa, la coda di volpe e molta altra robaccia, senza contare i sassolini che abbondano in certi grani, soprattutto nei grani bretoni. Non mi piace macinare il grano bretone, come ai segatori non piace segare travi nelle quali vi siano dei chiodi. Immaginate quanta cattiva polvere si ha nel rendimento! Dopo di che ci si lamenta della farina, e a torto. Se la farina è cattiva non è colpa nostra».

In un vano fra due finestre, un falciatore, a tavola con un proprietario che discuteva il prezzo per il taglio di un prato da farsi in primavera, diceva:

«Non c'è nulla di male che l'erba sia bagnata. Si taglia meglio. La rugiada è buona, signore. Ma ciò non conta: quell'erba, la vostra erba, è giovane e ancora molto difficile. È così tenera che si piega sotto la falce». Eccetera.

Cosette era al suo solito posto, seduta sulla traversa della tavola di cucina vicino al camino. Era vestita di cenci e aveva i piedi nudi negli zoccoli; lavorava a maglia, al chiarore del fuoco, delle calze di lana destinate alle piccole Thénardier. Un gattino giocava sotto le sedie. Si udivano nella stanza vicina due voci infantili che ridevano e parlavano: erano Éponine e Azelma.

In un angolo del fuoco uno staffile era attaccato a un chiodo.

A intervalli, le grida di un bambino, che doveva trovarsi in qualche angolo della casa, si percepivano in mezzo ai rumori della bettola. Era un bambino che la Thénardier aveva avuto in uno degli inverni precedenti, «senza sapere perché» diceva, «forse per effetto del freddo» e che aveva poco più di tre anni. La madre lo aveva allattato, ma non gli voleva bene. Quando le grida del marmocchio divenivano moleste:

«Tuo figlio strilla,» diceva Thénardier «va' a vedere cosa vuole.»

«Be',» rispondeva la madre «mi secca.»

E il piccolo abbandonato continuava a gridare nelle tenebre.

In questo libro i Thénardier sono stati visti solamente di profilo; è venuto il momento di girare attorno a questa coppia e di guardarla da tutte le parti.

Thénardier aveva superato i cinquant'anni; la signora Thénardier era sulla quarantina, che è la cinquantina della donna, di modo che c'era un equilibrio di età fra la moglie e il marito.

I lettori hanno forse conservato qualche ricordo dalla prima apparizione di questa Thénardier, alta, bionda, rossa, grassa, carnosa, tarchiata, enorme e agile; ella aveva qualcosa, l'abbiamo detto, di quelle specie di donnone colossali che, alle fiere, fanno mostra della loro abilità inarcandosi e reggendo lastre di pietra appese ai capelli. Faceva tutto in casa: i letti, le camere, il bucato, la cucina, la pioggia, il bel tempo, il diavolo. Aveva per unica domestica Cosette; un topolino al servizio di un elefante. Faceva tremare, col rumore della sua voce, i vetri, i mobili e la gente. Il suo largo viso, cosparso di lentiggini, aveva l'aspetto di una schiumarola. Aveva la barba. Assomigliava perfettamente a un facchino del mercato vestito da prostituta.

Bestemmiava in maniera inaudita, e si vantava di rompere una noce con un pugno. Senza i romanzi che aveva letto e che in certi momenti facevano bizzarramente riapparire la smorfiosa sotto l'orchessa, non sarebbe mai venuta ad alcuno l'idea di dire di lei: è una donna.

La Thénardier pareva il prodotto dell'innesto di una donzella su una pescivendola. Quando la si sentiva parlare, si diceva: «È un gendarme»; quando la si vedeva bere, si diceva: «È un carrettiere»; quando la si vedeva trattare Cosette, si diceva: «È un boia». Quando dormiva, un dente le usciva di bocca.

Il Thénardier era un uomo piccolo, magro, pallido, angoloso, ossuto, macilento, che sembrava ammalato e che invece stava benissimo; la sua astuzia cominciava di lì. Sorrideva abitualmente, per precauzione, ed era educato quasi con tutti, anche con i mendicanti ai quali rifiutava un centesimo. Aveva lo sguardo di una faina e l'aspetto di un letterato. Assomigliava molto ai ritratti dell'abate Delille. La sua civetteria consisteva nel bere con i carrettieri. Nessuno era riuscito mai a farlo ubriacare. Fumava una grossa pipa. Portava un camiciotto e sotto questo un vecchio abito nero. Aveva delle pretese letterarie e parlava di materialismo. Pronunciava spesso certi nomi per sostenere qualunque cosa di cui parlava: Voltaire, Raynal, Parny e, cosa strana, Sant'Agostino. Sosteneva di avere un «sistema». Del resto, un gran birbante, un vero *filousophe*:[1] questa sfumatura esiste. Si ricorderà che Thénardier pretendeva di essere stato militare, e raccontava con lusso di particolari che a Waterloo, mentre era sergente di un qualunque 6° o 9° leggero aveva, solo contro uno squadrone di ussari della morte, coperto col proprio corpo e salvato attraverso la mitraglia «un generale gravemente ferito».

Da ciò derivava, per il suo muro, la fiammeggiante insegna e, per la sua locanda in paese, il nome di «Bettola del sergente di Waterloo». Era liberale, classico e bonapartista. Aveva sottoscritto per il Campo di Profughi al Texas.[2] Si diceva nel villaggio che aveva studiato per diventare sacerdote. Quel furfante di ordine composito era, con tutta probabilità, fiammingo di Lille in Fiandra, francese a Parigi, belga a Bruxelles, comodamente a cavallo su due frontiere. Conosciamo la sua prodezza di Waterloo. Come si vede, esagerava un po'. Il flusso e il riflusso, il meandro, l'avventura, erano gli elementi della sua esistenza: una coscienza lacera trae con sé una vita sconnessa e, verosimilmente, all'epoca tempestosa del 18 giugno 1815, Thénardier apparteneva a quella varietà di cantinieri predoni dei quali abbiamo parlato, e batteva la strada vendendo a questo, rubando a quell'altro e girando con la famiglia, uomo, donna e bambini, in una carretta sgangherata al seguito delle truppe in marcia, con l'istinto di attaccarsi sempre all'esercito vincitore. Terminata quella campagna, in possesso, come diceva lui, del *quibus*, era venuto ad aprire la bettola a Montfermeil.

Questo *quibus*, composto di borse e di orologi, d'anelli d'oro e di croci d'argento racimolati al tempo del raccolto nei solchi seminati di cadaveri, non sommava a un gran che e non aveva portato molto lontano il vivandiere divenuto bettoliere.

Thénardier aveva non so che di squadrato nel gesto che, unito a una bestemmia, ricorda la caserma e, unito a un segno di croce, il seminario. Era un buon parlatore, si lasciava credere istruito, ma il maestro di scuola aveva notato che faceva dei «cuirs»;[3] redigeva il conto dei viaggiatori con superiorità, ma occhi esercitati vi trovavano talvolta errori di ortografia. Thénardier era sornione, ghiottone, scioperato e abile. Non disdegnava le domestiche, e per questo sua moglie non ne teneva più. La gigantessa era gelosa. Le pareva che quel piccolo uomo magro e giallo dovesse essere l'oggetto della bramosìa universale.

---

[1] Espressione intraducibile, combinata con *filou* (briccone) e *sophe* (sofo), e che sostituisce argutamente *philosophe* (filosofo).

[2] Per questa Colonia di liberali e bonapartisti era stata aperta, nel 1818, una sottoscrizione.

[3] *Cuirs*: in francese, *liaison* scorretta che consiste nella pronuncia, alla fine di una parola, di una *t* aggiunta e non necessaria. Fenomeno di ipercorrettismo.

Thénardier, soprattutto, uomo astuto e misurato, era una birba di genere temperato. Questa specie è la peggiore; in essa si mescola l'ipocrisia.

Non che, all'occasione, Thénardier non fosse capace di andare in collera almeno come sua moglie, ma ciò era molto raro e in quei momenti, siccome odiava tutto il genere umano, siccome c'era in lui una profonda fornace di odio, siccome era fra quelli che si vendicano sempre, che incolpano tutto ciò che passa davanti a loro di tutto quanto a loro accade, e che sono sempre pronti a gettare sul primo venuto, come legittima imputazione, tutti gli smacchi, le bancherotte e le calamità della loro vita, siccome tutto questo fermento si sollevava in lui e ribolliva nella sua bocca e nei suoi occhi, egli era spaventoso. Guai, allora, a chi si trovava esposto al suo furore!

Oltre alle altre sue qualità, Thénardier era attento e penetrante, silenzioso o chiacchierone secondo il caso, e sempre con molta intelligenza.

Aveva qualcosa dello sguardo dei marinai abituati a stringere gli occhi per guardare nel cannocchiale. Thénardier era un uomo autorevole.

Ogni nuovo arrivato alla bettola, vedendo la Thénardier diceva: «Ecco il padrone di casa». Errore. Essa non era neppure la padrona: padrone e padrona era il marito. Lei faceva, lui creava. Era lui che dirigeva ogni cosa con una specie di azione magnetica invisibile e continua. Una parola bastava, qualche volta un segno, perché il mastodonte ubbidisse. Il Thénardier era per la Thénardier, senza che ella se ne rendesse conto, una specie di essere speciale e sovrano. Ella aveva le virtù della sua indole: mai, anche avesse dissentito su qualche particolare dal «signor Thénardier», ipotesi del resto inammissibile, avrebbe dato pubblicamente torto a suo marito, su qualsivoglia cosa. Mai avrebbe commesso «davanti a estranei» l'errore che così spesso commettono le donne e che in linguaggio parlamentare si chiama «scoprire la corona». Quantunque il loro accordo non avesse per risultato che il male, c'era della fede nella sottomissione della Thénardier a suo marito. Quella rumorosa montagna di carne si muoveva sotto il dito mignolo di quel gracile despota. Era, vista dal suo lato nano e grottesco, quella grande cosa universale che è l'adorazione dello spirito da parte della materia: perché certe brutture hanno la loro ragione d'essere nelle profondità stesse della bellezza eterna. C'era dell'ignoto in Thénardier; da ciò, l'imperio assoluto di quell'uomo su quella donna. In certi momenti essa lo vedeva come una candela accesa, in altri lo sentiva come un artiglio.

Quella donna era una creatura terribile che non amava che i suoi figli e non temeva che suo marito. Era madre perché era mammifera.

Del resto la sua maternità si arrestava alle sue figlie e, come si vedrà, non si estendeva fino ai maschi. Lui, l'uomo, non aveva che un pensiero: diventare ricco.

Non ci riusciva. Mancava un teatro adatto a quel grande talento. Thénardier a Montfermeil si rovinava, se la rovina è possibile a zero; in Svizzera o nei Pirenei, questo nullatenente sarebbe diventato milionario. Ma l'albergatore deve pascolare dove il caso lo pianta. Si capisce che la parola «albergatore» è usata qui in senso ristretto e che non si estende a una intera classe.

In quello stesso anno 1823, Thénardier aveva circa millecinquecento franchi di debiti ben risaputi, e questo lo preoccupava.

Qualunque fosse verso di lui l'ingiustizia ostinata del destino, Thénardier era uno di quegli uomini che meglio capiscono, con profondità e nel modo più moderno, quella che è una virtù presso i popoli barbari e una mercanzia fra i civili: l'ospitalità. Peraltro era bracconiere abilissimo e noto per il suo colpo di fucile. Aveva un certo riso freddo e calmo che era particolarmente temibile.

Le sue teorie d'albergatore scaturivano talvolta da lui a sprazzi. Aveva degli aforismi professionali che insinuava nell'animo di sua moglie. «Il dovere di un albergatore» le diceva violentemente un giorno a bassa voce «è di vendere al primo venuto la pietanza, il riposo, la luce, il fuoco, le lenzuola sporche, la serva, le pulci, il sorriso; di fermare i passanti, di vuotare le piccole borse e di alleggerire onestamente le grosse, di ospitare con rispetto le famiglie in viaggio, di pelare l'uomo, di spennacchiare la donna, di spulciare il bambino; di dar valore alla finestra aperta, alla finestra chiusa, all'angolo del camino, alla poltrona, alla sedia, allo sgabello, al posapiedi, al letto di piuma, al materasso e al fascio di paglia; di sapere quanto l'immagine consuma lo specchio e di tariffare anche questo; e, per i cinquecentomila diavoli!, di far pagare tutto al viaggiatore, perfino le mosche mangiate dal suo cane!»

Quell'uomo e quella donna erano astuzia e rabbia maritati assieme, unione schifosa e terribile.

Mentre il marito ruminava e combinava, la Thénardier non pensava ai creditori assenti, non si dava pensiero né dell'ieri né del domani e viveva con trasporto, minuto per minuto.

Tali erano quei due esseri. Cosette era fra loro, sottoposta alla loro duplice pressione, come una creatura che fosse nello stesso tempo infranta da una macina e sminuzzata da una tenaglia. L'uomo e la donna avevano ciascuno una maniera differente; Cosette era tempestata di botte, e ciò da parte della donna; andava a piedi nudi d'inverno, e questo lo doveva al marito.

Cosette saliva, scendeva, lavava, spazzolava, fregava, scopava, correva, sfaticava, ansava, smuoveva cose pesanti, e gracile qual era sbrigava le faccende più faticose. Nessuna pietà; una padrona terribile, un padrone velenoso. La bettola Thénardier era come una tela di ragno nella quale Cosette era prigioniera e tremava. L'ideale dell'oppressione era concretato in questa servitù sinistra. Era qualche cosa come la mosca serva dei ragni.

La povera bimba, passiva, taceva.

Quando si trovano così fin dalla prima infanzia, piccole e nude fra gli uomini, che cosa avviene in quelle anime che hanno appena lasciato il Signore?

III
BISOGNA DARE VINO AGLI UOMINI E ACQUA AI CAVALLI

Erano giunti quattro nuovi viaggiatori.

Cosette pensava tristemente; perché, quantunque non avesse che otto anni, aveva già tanto sofferto che meditava con l'aria lugubre d'una vecchia.

Aveva una palpebra nera per un pugno datole dalla Thénardier, e ciò faceva dire di tanto in tanto alla bettoliera: «Quanto è brutta con quella macchia sopra l'occhio!».

Cosette pensava dunque che era notte, notte alta, che si erano dovute riempire all'improvviso le brocche e le caraffe nelle camere dei viaggiatori sopraggiunti, e che non c'era più acqua nella fontana.

Ciò che la rassicurava un po' era che in casa Thénardier non si beveva molt'acqua. Non mancava chi aveva sete, ma era una sete che s'indirizzava più volentieri al boccale che alla brocca. Chi avesse chiesto un bicchiere d'acqua in mezzo a quei bicchieri di vino, sarebbe sembrato un selvaggio a tutti quegli uomini. Ci fu tuttavia un momento in cui la bambina tremò: la Thénardier sollevò il coperchio di una casseruola che bolliva sul fuoco, poi prese un bicchiere e si avvicinò con premura alla fontana. Girò il rubinetto: la bambina aveva alzato gli occhi e seguiva tutti quei movimenti. Un piccolo filo d'acqua scese dal rubinetto e riempì a metà il bicchiere. «Guarda,» disse la donna «non c'è più acqua!» Poi stette un momento in silenzio. La bambina non respirava.

«Be'» seguitò la Thénardier «ce ne sarà abbastanza con questa.»

Cosette si rimise al lavoro, ma per più di un quarto d'ora sentì il cuore saltare come un grosso fiocco nel petto. Ella contava i minuti che passavano e avrebbe voluto essere all'indomani mattina.

Di tanto in tanto uno dei bevitori guardava nella strada ed esclamava: «È buio come un forno!» oppure: «Bisogna essere gatti per andare in strada senza lanterna a quest'ora». E Cosette trasaliva.

A un tratto, uno dei mercanti girovaghi alloggiati alla locanda entrò e disse con voce dura:

«Non hanno dato da bere al mio cavallo».

«Invece sì» disse la Thénardier.

«Vi dico di no, comare» riprese il mercante.

Cosette era uscita da sotto la tavola.

«Oh! Sì, signore!» disse. «Il cavallo ha bevuto, ha bevuto nel secchio, nel secchio pieno, io stessa gli ho portato da bere, e gli ho parlato.»

Non era vero. Cosette mentiva.

«Eccone una che è grossa come un pugno, e che dice bugie grosse come una casa» esclamò il mercante. «Ti dico che non ha bevuto, piccola imbrogliona! Ha un modo di soffiare, quando non ha bevuto, che conosco molto bene.»

Cosette insistette, e aggiunse con una voce rauca per l'angoscia, che si udiva appena:

«E ha anche bevuto molto!».

«Andiamo,» riprese il mercante con collera «basta con le chiacchiere; si dia da bere al mio cavallo e finiamola.»

Cosette ritornò sotto la tavola.

«Infatti è giusto,» disse la Thénardier «se quella bestia non ha bevuto, bisogna che beva.»

Poi guardandosi attorno:

«Ebbene, dove s'è cacciata quest'altra?»

Si chinò e scoperse Cosette rannicchiata dall'altra parte della tavola, quasi sotto i piedi dei bevitori.

«Vuoi venire fuori?» gridò la Thénardier.

Cosette uscì da quella specie di buco in cui si era nascosta. La Thénardier riprese:

«Signorina Cane-in-mancanza-di-nome, va' a portar da bere a quel cavallo.»

«Ma signora,» disse debolmente Cosette «non c'è acqua.»

La Thénardier spalancò la porta della strada.

«Ebbene, va' a prenderla!»

Cosette abbassò la testa e andò a prendere un secchio vuoto che era in un angolo del camino.

Quel secchio era più grande di lei, e la bambina avrebbe potuto sedervici dentro e starvi comodamente.

La Thénardier si rimise ai suoi fornelli, e assaggiò con un cucchiaio di legno il contenuto della casseruola, mentre borbottava:

«Ce n'è alla sorgente. Bella difficoltà, andarla a prendere! Credo che avrei fatto meglio a servire le cipolle».

398

Poi frugò in un tiretto dove c'erano dei soldi, del pepe e dello scalogno.

«Guarda, signorina Rospo,» aggiunse «ritornando prenderai un pane grosso dal fornaio. Ecco quindici soldi.»

Cosette aveva una piccola tasca da una parte del grembiule; prese la moneta senza dire una parola e ve la mise dentro.

Poi restò immobile, con il secchio in mano, la porta aperta davanti a sé. Sembrava aspettare che qualcuno venisse in suo soccorso.

«Va', dunque!» gridò la Thénardier.

Cosette uscì. La porta si richiuse.

IV
ENTRA IN SCENA UNA BAMBOLA

La fila delle botteghe all'aria aperta, che partiva dalla chiesa, si sviluppava, lo si ricorderà, sino alla locanda Thénardier. Quelle botteghe, a causa del prossimo passaggio dei borghesi che andavano alla messa di mezzanotte, erano tutte illuminate da candele brucianti in imbuti di carta, il che, come diceva il maestro di scuola di Montfermeil seduto in quel momento dai Thénardier, faceva un «effetto magico». In compenso, non si vedeva in cielo nemmeno una stella. L'ultima di quelle baracche, posta proprio in faccia ai Thénardier, era un negozio di giocattoli tutto rilucente di lustrini, di conterie e di magnifiche cose di latta. In primo piano, bene in mostra, il mercante aveva posto, sopra un fondo di salviette bianche, una immensa bambola alta quasi due piedi, vestita con un abito di crespo rosa, con spighe d'oro sulla testa; aveva capelli veri e occhi di smalto. Tutto il giorno questa meraviglia era stata esposta allo stupore dei passanti inferiori ai dieci anni, senza che si fosse trovata a Montfermeil una madre così ricca, o così prodiga, da regalarla alla sua creatura.

Éponine e Azelma avevano passato ore intere a contemplarla e anche Cosette, sia pure furtivamente, aveva osato guardarla.

Quando Cosette uscì, il secchio in mano, così triste e accasciata com'era, non poté trattenersi dall'alzare gli occhi su quella prodigiosa bambola, verso la dama, come la chiamava. La povera bimba si fermò pietrificata. Non aveva ancora visto quella bambola da vicino. Quella bottega le sembrava un palazzo, quella bambola non era una bambola, ma una visione. Erano la gioia, lo splendore, la ricchezza, la felicità che apparivano in una specie di luminosità chimerica a quel disgraziato piccolo essere così profondamente sommerso in una miseria funebre e fredda. Cosette misurava con la sagacità istintiva e triste dei bambini l'abisso che la separava da quella bambola. Si diceva che bisognava essere regina o almeno principessa per avere una «cosa» come quella. Osservava quel bel vestito rosa, quei bei capelli lisci e pensava: «Come deve essere felice quella bambola!». I suoi occhi non potevano staccarsi da quella fantastica bottega. Più guardava e più si incantava. Credeva di vedere il paradiso. C'erano altre bambole, dietro la grande, che le sembravano fate o spiriti. Il mercante che andava e veniva in fondo alla sua baracca le faceva un po' l'effetto del Padre Eterno.

In questa adorazione, ella dimenticava tutto, anche la commissione della quale era incaricata. A un tratto la voce della Thénardier la richiamò alla realtà:

«Come, pettegola, non sei ancora andata? Aspetta! Adesso vengo io! Mi domando che cosa fa lì. Piccolo mostro, va'!»

La Thénardier aveva gettato un'occhiata nella strada e aveva visto Cosette in estasi.

Cosette fuggì portandosi il secchio e camminando più in fretta che poteva.

V

LA PICCINA INTERAMENTE SOLA

Dato che la locanda Thénardier era in quella parte del villaggio che è vicina alla chiesa, Cosette doveva andare a prender l'acqua alla sorgente del bosco, dalla parte di Chelles.

Essa non guardò più la merce esposta. Finché fu nel vicolo del Boulanger e nei pressi della chiesa, le botteghe illuminate rischiaravano la strada, ma presto il chiarore dell'ultima baracca sparì e la povera bambina si trovò nell'oscurità. Ella vi sprofondò. Solamente, a mano a mano che una certa emozione si impadroniva di lei, camminando agitava più che poteva il manico del secchio. Ciò faceva un rumore che le teneva compagnia.

Più camminava, più le tenebre diventavano profonde. Non c'era anima viva sulla strada. Tuttavia incontrò una donna che si voltò vedendola passare, e che restò immobile, borbottando fra i denti: «Dove può andare questa bambina? Che sia un piccolo demonio?». Poi la donna riconobbe Cosette. «Guarda,» disse «è l'Allodola!».

Cosette attraversò così il labirinto delle strade tortuose e deserte che terminano, dalla parte di Chelles, il villaggio di Montfermeil. Fino a quando ebbe delle case o anche solamente dei muri dalle due parti della strada, ella camminò abbastanza coraggiosamente. Di tanto in tanto vedeva il luccicore di una candela fra le fessure d'una imposta, segno di luce e di vita: là c'era gente, ciò la rassicurava. Tuttavia, quanto più procedeva, il suo passo rallentava macchinalmente. Quando ebbe oltrepassato l'angolo dell'ultima casa, Cosette si fermò. Andare al di là dell'ultimo negozio era stato difficile, andare più lontano dell'ultima casa diventava impossibile. Posò il secchio per terra, mise la mano fra i capelli e si mise a grattarsi lentamente la testa, gesto proprio dei bambini spaventati e indecisi. Non era più Montfermeil, erano i campi. Lo spazio nero e deserto era davanti a lei. Guardò disperatamente quell'oscurità in cui non c'era più nessuno, in cui c'erano delle bestie, in cui forse c'erano degli spettri.

Guardò bene e udì le bestie che camminavano nell'erba e vide distintamente gli spettri che si muovevano fra gli alberi. Allora riprese il secchio; la paura le diede l'audacia: «Ba'!» si disse «le dirò che non c'era più acqua». E ritornò risolutamente a Montfermeil.

Appena fatti cento passi si fermò ancora, e si rimise a grattarsi la testa. Ora le appariva la Thénardier, odiosa, con la sua bocca di iena e la collera che le sprizzava dagli occhi. La bambina gettò uno sguardo angoscioso avanti e indietro. Che fare, dove andare? Davanti a lei lo spettro della Thénardier, dietro a lei tutti i fantasmi della notte e del bosco. Retrocedette davanti alla Thénardier. Riprese la strada della sorgente e si mise a correre. Uscì dal villaggio di corsa, entrò di corsa nel bosco, non guardando più niente, non ascoltando più niente. Smise di correre solo quando le mancò il fiato, ma non interruppe il suo cammino. Andava avanti diritto: tutta smarrita.

Pur correndo, aveva voglia di piangere.

Il fremito notturno della foresta l'avvolgeva completamente. Non pensava più, non vedeva più. Di fronte a quel piccolo essere era l'immensità della notte. Da una parte l'ombra, dall'altra un atomo.

Non c'erano che sette od otto minuti di cammino dal margine del bosco alla sorgente. Cosette conosceva la strada per averla fatta spesso di giorno. Cosa strana, non si perdette. Un resto d'istinto la guidava vagamente. Non gettò lo sguardo né a destra né a sinistra, per paura di vedere qualche cosa fra i rami e nella boscaglia. Così arrivò alla sorgente.

Era una stretta cavità naturale scavata dall'acqua nel suolo argilloso, profonda circa due piedi, contornata da muschio e da alte erbe chiamate collaretti di Enrico IV, e lastricata con grosse pietre. Un ruscello ne usciva con un piccolo mormorìo tranquillo.

Cosette non si diede neppure il tempo di riprender fiato. Era molto buio, ma aveva l'abitudine di venire a quella fontana. Cercò colla sinistra nell'oscurità una giovane quercia inclinata sulla sorgente, che le serviva di solito da punto d'appoggio, incontrò un ramo, ci si sospese, si chinò e immerse il secchio nell'acqua. Era talmente agitata in quel momento che le sue forze erano triplicate. Mentre era così china, non s'accorse che la tasca del suo grembiule si vuotava nella sorgente. La moneta da quindici soldi cadde nell'acqua. Cosette non la vide né l'udì cadere. Ritirò il secchio quasi pieno e lo posò sull'erba.

Fatto ciò, si accorse che era sfinita dalla stanchezza.

Avrebbe voluto andarsene subito, ma lo sforzo fatto per riempire il secchio era stato tale che adesso le era impossibile muovere un passo. Fu obbligata a sedersi. Si lasciò cadere sull'erba e vi stette rannicchiata.

Chiuse gli occhi, poi li riaprì, senza sapere perché, ma non potendo fare altrimenti.

Di fianco a lei l'acqua smossa nel secchio faceva dei cerchi che parevano serpenti di fuoco bianco.

Sopra la sua testa il cielo era coperto di vaste nubi nere simili a lembi di fumo. La tragica maschera dell'ombra sembrava librarsi vagamente sulla piccina.

Giove si coricava nelle profondità degli spazi.

La bambina guardava con occhio spaventato quella grossa stella che non conosceva e che le faceva paura. Il pianeta, infatti, era in quel momento assai vicino all'orizzonte e i suoi raggi traversavano uno spesso strato di bruma che gli dava un orribile rossore. La bruma, lugubremente imporporata, ingrandiva l'astro, che pareva una piaga luminosa.

Un vento freddo soffiava dalla pianura. Il bosco era tenebroso, senza alcun fruscio di foglie, senza alcuno di quei vaghi e freschi bagliori dell'estate. Grandi fronde si levavano paurosamente. Deboli e deformi cespugli sibilavano nella radura. Le alte erbe formicolavano sotto la tramontana, simili ad anguille. I rovi si torcevano, come lunghe braccia armate di uncini, pronti ad afferrare la preda: eriche secche, cacciate dal vento, passavano rapidamente come se fuggissero con spavento davanti a qualche cosa che stava per sopraggiungere. Da ogni lato v'erano lugubri distese.

L'oscurità è vertiginosa. All'uomo occorre la luce. Chiunque s'ingolfi nel contrario del giorno si sente il cuore serrato. Quando l'occhio vede nero, l'animo è turbato. Nell'eclissi, nella notte, nell'oscurità fulligginosa, v'è ansietà anche per i più forti. Nessuno cammina solo di notte nella foresta senza tremare. Ombre e alberi, sono due terribili densità. Una realtà chimerica appare indistinta nella profondità. L'inconcepibile si delinea a qualche passo da voi con una nettezza spettrale. Si vede fluttuare, nello spazio o nel proprio cervello, un non so che di vago, di inafferrabile come i sogni dei fiori addormentati. Vi sono atteggiamenti selvaggi all'orizzonte. Si aspirano gli effluvi del gran vuoto nero. Si ha paura e desiderio di guardare dietro di sé. Le cavità della notte, le cose divenute feroci, profili taciturni che si dissipano quando ci s'avanza, scapigliamenti oscuri, macchie irritate, pozze livide, il lugubre riflesso del funebre, l'immensità sepolcrale del silenzio, possibili esseri sconosciuti, spenzolamenti di rami misteriosi, spaventosi contorcimenti d'alberi, lunghe strette di erbe frementi; contro tutto ciò si è senza difesa. Non v'è ardimento che non trasalisca e che non senta la vicinanza dell'angoscia. Si prova qualche cosa di orrendo come se l'anima si amalgamasse con l'ombra. Questa penetrazione delle tenebre è inesprimibilmente sinistra in un fanciullo.

Le foreste sono apocalissi; e lo sbatter d'ali di una piccola anima fa un rumore d'agonia sotto la loro volta mostruosa.

Senza rendersi conto di ciò che provava, Cosette si sentiva afferrare da quell'enormità nera della natura. Non era più soltanto il terrore che l'afferrava, ma qualche cosa anche più terribile del terrore. Essa rabbrividiva. Mancano le espressioni per dire che cosa aveva di strano quel brivido che la agghiacciava sino in fondo al cuore. Il suo sguardo era divenuto selvaggio. Essa credeva di sentire che forse non avrebbe potuto trattenersi dal ritornar là alla stessa ora il giorno dopo.

Allora, per una specie di istinto, per uscire da quello stato singolare, che essa non comprendeva ma che la terrorizzava, si mise a contare ad alta voce, uno, due, tre, quattro, fino a dieci, e quando ebbe finito ricominciò. Questo le rese la percezione vera delle cose che la circondavano. Essa sentì il freddo alle mani che aveva bagnate attingendo l'acqua. Si alzò. Le era tornata la paura, una paura naturale, insormontabile. Non ebbe più che un pensiero: scappare; scappare a gambe levate, attraverso i boschi, attraverso i campi fino alle case, fino alle candele accese.

Il suo sguardo cadde sul secchio che era davanti a lei. Tale era lo spavento che le ispirava la Thénardier, che non osò fuggire senza il secchio dell'acqua; lo afferrò con le due mani, e riuscì a fatica a sollevarlo.

Fece così una dozzina di passi, ma il secchio era pieno, era pesante, ed ella fu costretta a posarlo a terra.

Respirò un istante, poi sollevò il manico di nuovo. Dopo alcuni secondi di riposo ripartì. Camminava curva in avanti, con la testa bassa, come una vecchia; il peso del secchio tendeva e irrigidiva le sue magre braccia; il manico di ferro finiva di intirizzire e di gelare le sue piccole mani bagnate; di tanto in tanto era obbligata a fermarsi, e ogni volta che si fermava l'acqua fredda che traboccava dal secchio cadeva sulle sue gambe nude. Questo avveniva in fondo a un bosco, di notte, d'inverno, lontano da ogni sguardo umano; e la creatura era una bimba di otto anni. Non c'era che Dio, in quel momento, a vedere quella triste cosa.

E senza dubbio anche sua madre, ahimè!

Vi sono cose che fanno aprire gli occhi ai morti, nella tomba.

Cosette ansimava con una specie di rantolo doloroso: i singhiozzi le stringevano la gola, ma non osava piangere, tanto aveva paura della Thénardier, seppure lontana. Era abituata a immaginarsela sempre davanti.

Tuttavia non poteva fare molta strada in quel modo, e andava molto lentamente. Aveva un bel diminuire la durata della fermate e camminare tra l'una e l'altra il più lungamente possibile. Ella pensava con angoscia che le sarebbe occorsa più di un'ora per ritornare in quel modo a Montfermeil e che la Thénardier l'avrebbe battuta. Questa angoscia si mescolava allo spavento di trovarsi sola nel bosco di notte. Essa era spossata dalla fatica e non era ancora uscita dal bosco. Giunta presso un vecchio castagno che conosceva, fece un'ultima fermata più lunga delle altre per ben riposarsi, poi raccolse tutte le sue forze, riprese il secchio e si rimise a camminare coraggiosamente. Tuttavia, quel povero piccolo essere disperato non poté trattenersi dal gridare: «O mio Dio, o mio Dio!».

In quel momento essa sentì che il secchio tutto a un tratto non pesava più. Una mano che le parve enorme aveva afferrato il manico e lo sollevava vigorosamente. Essa alzò la testa. Una grande forma nera, ritta in piedi, le camminva vicino nell'oscurità. Era un uomo che era arrivato dietro di lei e che ella non aveva udito giungere. Quell'uomo, senza dire una parola, aveva afferrato il manico del secchio che ella portava.

Ci sono degli istinti per tutti gli incontri della vita. La bimba non ebbe paura.

VI

CIÒ CHE FORSE PROVA L'INTELLIGENZA DI BOULATRUELLE

Nel pomeriggio dello stesso giorno di Natale 1823, un uomo passeggiò abbastanza lungamente nella parte più deserta del viale dell'Hôpital a Parigi. Quell'uomo aveva l'aspetto di qualcuno che cerca un alloggio, e sembrava fermarsi di preferenza alle più modeste case dell'estremità semirovinata del sobborgo Saint-Marceau.

Vedremo più avanti che l'uomo aveva infatti affittato una camera in quel quartiere isolato.

Quell'uomo, nel vestito come in tutta la persona, formava il tipo di quello che si potrebbe definire il mendicante di buona società. L'estrema miseria combinata con l'estrema pulizia. È un miscuglio abbastanza raro, che ispira ai cuori intelligenti quel doppio rispetto che si prova per colui che è molto povero e per colui che è molto degno. Aveva un cappello rotondo molto vecchio, assai spazzolato, un soprabito logorato così da lasciar scorgere la trama, di grossa stoffa giallo ocra, colore che non aveva niente di strano in quel tempo, un grande panciotto con tasche di forma secolare, calzoni neri diventati grigi alle ginocchia, calze di lana nere e grosse scarpe con fibbie di ottone. Si sarebbe detto un ex precettore di buona famiglia ritornato dalla emigrazione. Dai suoi capelli tutti bianchi, dalla sua fronte rugosa, dalle sue labbra livide, dal viso in cui tutto esprimeva l'oppressione e la stanchezza della vita, gli si sarebbero dati molto più di sessant'anni. Dal suo passo fermo, quantunque lento, dal singolare vigore impresso in tutti i suoi movimenti, si sarebbe potuto dargliene appena cinquanta. Le rughe della fronte erano ben tracciate e avrebbero disposto in suo favore chiunque l'avesse osservato con attenzione. Il suo labbro si contraeva in una piega strana, che sembrava severa e che era umile. C'era, in fondo al suo sguardo, non so quale serenità lugubre. Portava con la mano sinistra un piccolo pacco annodato in un fazzoletto. Con la destra si appoggiava su una specie di bastone tagliato da una siepe. Quel bastone era stato lavorato con qualche cura e non era poi troppo brutto. Si era tratto profitto dai nodi e gli si era raffigurato un pomo di corallo con la cera rossa. Era un randello e sembrava un bastone da passeggio.

Vi sono pochi passanti su quel viale, soprattutto d'inverno. Quell'uomo, pur senza ostentazione, pareva evitarli piuttosto che cercarli.

In quel tempo, re Luigi XVIII andava quasi tutti i giorni a Choisy-le-Roy. Era una delle sue passeggiate favorite. Verso le due, quasi invariabilmente, si vedevano la carrozza e la cavalcata reale passare a rotta di collo sul viale dell'Hôpital.

Questo serviva da orologio ai poveri del quartiere, che dicevano: «Sono le due, eccolo che se ne ritorna alle Tuileries».

E gli uni accorrevano e gli altri si schieravano; perché ove passa un re c'è sempre del chiasso. Del resto, l'apparizione e la sparizione di Luigi XVIII facevano un certo effetto nelle strade di Parigi. Erano molto rapide, ma maestose. Quel re impotente aveva il gusto del gran galoppo. Non potendo camminare, voleva correre. Quel disgraziato che si trascinava sul sedere si sarebbe fatto volentieri trascinare dal lampo. Passava, pacifico e severo, in mezzo alle sciabole nude. La sua berlina massiccia, tutta dorata, con grossi rami di gigli dipinti ai lati, correva rumorosamente. C'era appena il tempo di gettarvi un'occhiata. Si vedeva nell'angolo di fondo a destra, su cuscini imbottiti di raso bianco, una faccia larga, risoluta e vermiglia, una fronte fresca incipriata, un occhio fiero, duro e sottile, un sorriso intellettuale, due grosse spalline a spire fluttuanti sopra un abito borghese, il Toson d'oro, la croce di San Luigi, la croce della Legion d'onore, la placca d'argento dello Spirito Santo, un grosso ventre e un largo cordone turchino: era il re. Fuori di Parigi teneva il suo cappello a piume bianche sulle ginocchia, fasciate con alte ghette inglesi; quando rientrava in città, metteva il cappello sulla testa, salutando poco. Guardava freddamente il popolo, che lo contraccambiava. Quando apparve per la prima volta nel sobborgo Saint-Marceau, tutto il suo successo fu in questa frase rivolta da un borghigiano a un suo compagno:

«Quel grassone è il governo».

Quell'immancabile passaggio del re alla stessa ora era dunque l'avvenimento quotidiano del viale dell'Hôpital.

Il passeggero dal soprabito giallo non era evidentemente del quartiere e probabilmente neppure di Parigi, perché ignorava quel particolare. Allorché alle due la carrozza reale, circondata da uno squadrone di guardie del corpo gallonate d'argento, sboccò sul viale dopo aver svoltato alla Salpêtrière, egli parve sorpreso e quasi spaventato. Non c'era che lui nel viale: si rifugiò vivamente dietro un angolo del muro di cinta, il che non impedì al duca di Havré di scorgerlo. Il duca di Havré, come capitano delle guardie di servizio quel giorno, era seduto nella carrozza di fronte al re. Egli disse a Sua Maestà: «Ecco un uomo che ha un aspetto poco raccomandabile». Gli agenti di polizia che sorvegliavano il passaggio del re, lo notarono anch'essi e uno di loro ricevette l'ordine di seguirlo. Ma l'uomo si ingolfò in quel dedalo di viuzze solitarie del sobborgo, e siccome il giorno cominciava a calare, l'agente finì col perdere le sue tracce, come risulta da un rapporto indirizzato la stessa sera al conte di Anglès, ministro di Stato e prefetto di Polizia.

Quando l'uomo dal soprabito giallo ebbe fatto perdere le sue tracce all'agente, allungò il passo non senza essersi voltato più volte per assicurarsi di non essere seguito. Alle quattro e un quarto, cioè quando la notte era sopraggiunta, passava davanti al teatro della Porta Saint-Martin dove si rappresentavano quel giorno *I due forzati*. Quel manifesto, illuminato dai riverberi del teatro, lo colpì, giacché, quantunque camminasse svelto, si fermò a leggerlo. Un momento dopo era nel vicolo cieco della Planchette ed entrava al *Piatto di stagno*, dove era allora l'ufficio del corriere di Lagny. La carrozza partiva alle quattro e mezzo. I cavalli erano attaccati e i viaggiatori, chiamati dal cocchiere, salivano in fretta l'alta scala di ferro del veicolo.

L'uomo domandò:

«Avete un posto?».

«Uno solo, accanito a me, a cassetta» disse il cocchiere.

«Lo prendo io.»

«Salite.»

Tuttavia, prima di partire, il cocchiere diede un'occhiata al modesto abito del viaggiatore, alla piccolezza del suo pacco e si fece pagare.

«Andate fino a Lagny?» domandò il cocchiere.

«Sì» disse l'uomo.

Il viaggiatore pagò sino a Lagny.

Si partì. Quando fu passata la barriera, il cocchiere tentò di attaccare discorso, ma il viaggiatore non rispondeva che a monosillabi. Il cocchiere decise di fischiare e di bestemmiare contro i cavalli.

Il cocchiere si avviluppò nel suo mantello. Faceva freddo, ma l'uomo non sembrava accorgersene. Si attraversarono così Gournay e Neuilly-sur-Marne.

Verso le sei di sera erano a Chelles. Il cocchiere si fermò davanti alla locanda per carrettieri installata nei vecchi edifizi dell'abbazia reale, perché i cavalli potessero riprendere fiato.

«Io scendo qui» disse l'uomo.

Prese il suo pacco e il suo bastone e saltò dalla carrozza a terra.

Un istante dopo era scomparso.

Egli non era entrato nella locanda.

Quando, di lì a qualche minuto, la carrozza ripartì per Lagny, essa non lo incontrò sulla strada maestra di Chelles.

Il cocchiere si voltò verso i viaggiatori dell'interno.

«Ecco,» disse «un uomo che non è di qui perché non lo conosco. All'aspetto sembra che non abbia un quattrino, eppure non dà importanza al denaro; paga per Lagny e non va che a Chelles. È notte, tutte le case sono chiuse, non entra nella locanda, e non lo si trova più. Si è dunque sprofondato nella terra.»

L'uomo non si era sprofondato nella terra, ma aveva percorso a lunghi passi, in fretta, nell'oscurità, la strada maestra di Chelles; poi aveva preso a sinistra, prima di arrivare alla chiesa, la strada vicinale che conduce a Montfermeil, come chi avesse conosciuto il paese e vi fosse già stato.

Egli percorse quella strada rapidamente. Nel punto in cui è tagliata dall'antica strada fiancheggiata da alberi che va da Gagny a Lagny, intese sopraggiungere dei passanti. Si nascose a precipizio in un fossato e aspettò che la gente che passava si fosse allontanata. La precauzione era d'altronde quasi superflua perché, come abbiamo già detto, era una notte di dicembre molto scura. Si vedevano appena due o tre stelle in cielo.

In quel punto comincia il pendio della collina. L'uomo non ritornò sulla strada di Montfermeil, prese a destra attraverso i campi e raggiunse a lunghi passi il bosco.

Quando fu nel bosco, rallentò la sua andatura e si mise a osservare accuratamente tutti gli alberi, avanzando a passo a passo, come se cercasse e seguisse una strada misteriosa conosciuta da lui solo. Vi fu un momento in cui parve perdersi e si arrestò indeciso. Infine giunse, taston tastoni, a una radura in cui c'era un mucchio di grossi sassi bianchi. Si diresse vivacemente verso quei sassi e li esaminò con attenzione, attraverso la bruma della notte, come se li passasse in rivista. Un grosso albero coperto di quelle escrescenze che sono le verruche della vegetazione, era a qualche passo dal mucchio di pietre; andò all'albero e ne percorse con la mano il tronco, come se cercasse di riconoscere e di contare tutte le verruche.

Di fronte a quell'albero, che era un frassino, vi era un castagno malato di scortecciamento, al quale era stata messa come fasciatura una benda di zinco inchiodata. L'uomo si alzò sulla punta dei piedi e toccò quella benda di zinco.

Poi calpestò per qualche tempo il suolo nello spazio compreso tra l'albero e le pietre, come chi si assicuri che la terra non sia stata rimossa di fresco. Fatto ciò, si orientò e riprese il cammino attraverso il bosco. Era l'uomo che aveva incontrato Cosette.

Camminando attraverso il bosco ceduo, nella direzione di Montfermeil, aveva scorto quella piccola ombra che si muoveva gemendo, che deponeva un fardello a terra, poi lo riprendeva e si rimetteva a camminare. Egli si era avvicinato e aveva visto una bimba carica di un enorme secchio d'acqua. Allora le era andato vicino e aveva silenziosamente preso il manico del secchio.

VII

COSETTE A FIANCO A FIANCO CON LO SCONOSCIUTO NEL BUIO

Cosette, l'abbiamo già detto, non aveva avuto paura. L'uomo le rivolse la parola; parlava in tono grave, quasi sottovoce:

«Piccina mia, è ben pesante per te quello che porti».

Cosette alzò la testa e rispose:

«Sì, signore».

«Dà a me,» riprese l'uomo «te lo porto io.»

Cosette abbandonò il secchio; l'uomo si mise a camminare presso di lei.

«È pesante infatti» disse fra i denti. Poi aggiunse: «Piccina, quanti anni hai?».

408

«Otto, signore.»

«E vieni da molto lontano?»

«Dalla sorgente che è nel bosco.»

«E vai lontano?»

«A un buon quarto d'ora da qui.»

L'uomo restò un momento senza parlare, poi disse bruscamente: «Non hai dunque la mamma?».

«Non so» rispose la bimba. Prima che l'uomo avesse avuto il tempo di riprendere la parola, essa aggiunse: «Non credo. Le altre l'hanno. Io non ne ho». E dopo un silenzio, riprese: «Credo di non averla mai avuta».

L'uomo si fermò, pose il secchio a terra, si chinò e mise le due mani sulle spalle della piccina, facendo uno sforzo per guardarla e vedere il suo viso nell'oscurità.

Il volto magro e fragile di Cosette si disegnava vagamente nella livida luce del cielo.

«Come ti chiami?» chiese l'uomo.

«Cosette.»

L'uomo ebbe come una scossa elettrica. La guardò ancora, poi tolse le mani dalle spalle di Cosette, afferrò il secchio e si rimise a camminare.

Di lì a un istante domandò:

«Piccina, dove abiti?».

«A Montfermeil, se lo conoscete.»

«È là che noi andiamo?»

«Sì, signore.»

Egli fece ancora una pausa, poi ricominciò:

«Chi dunque ti ha mandato a quest'ora a prender l'acqua nel bosco?».

«La signora Thénardier.»

L'uomo riprese con un suono di voce che voleva sforzarsi di rendere indifferente, ma che aveva tuttavia un singolare tremolìo:

«Cosa fa la tua signora Thénardier?».

«È la mia padrona» disse la bimba. «Essa tiene una locanda.»

«Una locanda?» disse l'uomo. «Ebbene, ci alloggerò io questa notte. Conducimi.»

«Ci stiamo andando» disse la bimba.

L'uomo camminava abbastanza svelto. Cosette lo seguiva senza difficoltà, non sentiva più la stanchezza. Di tanto in tanto alzava gli occhi verso quell'uomo con una specie di tranquillità e di abbandono inesprimibili. Non le avevano mai insegnato a rivolgersi alla provvidenza e a pregare. Tuttavia essa sentiva in sé qualche cosa che assomigliava alla speranza e alla gioia e che andava verso il cielo.

Trascorsero alcuni minuti. L'uomo riprese:

«Non c'è serva dalla signora Thénardier?».

«No, signore.»

«Ci sei tu sola?»

«Sì, signore.»

Vi fu ancora una interruzione. Cosette alzò la voce:

«Cioè, ci sono due ragazzine».

«Quali ragazzine?»

«Ponine e Zelma.»

La bimba semplificava in tal maniera i nomi romantici cari alla Thénardier.

«Chi sono Ponine e Zelma?»

«Sono le signorine della signora Thénardier. Come dire le sue figlie.»

«E che cosa fanno quelle là?»

«Oh!» disse la bimba «hanno delle belle bambole, delle cose in cui c'è l'oro, e tanti fronzoli. Esse giocano, si divertono.»

«Tutto il giorno?»

«Sì, signore.»

«E tu?»

«Io lavoro.»

«Tutto il giorno?»

La bimba alzò i suoi grandi occhi nei quali v'era una lacrima che non si vedeva a causa della notte e rispose dolcemente:

«Sì, signore».

Essa proseguì dopo un breve silenzio:

«Alle volte, quando ho finito le faccende e me lo si permette, anch'io mi diverto».

«Come ti diverti, tu?»

«Come posso. Come me lo permettono. Ma non ho molti giocattoli. Ponine e Zelma non vogliono che io giochi con le loro bambole. Io non ho che una piccola sciabola di piombo non più lunga di così.»

La bimba mostrava il suo mignolo.

«E che non taglia?»

«Sì, signore,» disse la bimba «taglia l'insalata e la testa delle mosche.»

Essi raggiunsero il villaggio; Cosette guidò il forestiero per le strade, passarono davanti alla panetteria, ma Cosette non pensò al pane che avrebbe dovuto comprare. L'uomo aveva cessato di farle delle domande e serbava ora un silenzio triste. Quando ebbero lasciata dietro a sé la chiesa, l'uomo, vedendo tutte quelle botteghe all'aperto, domandò a Cosette:

«C'è dunque la fiera qui?».

410

«No, signore, è Natale.»

Come si avvicinavano alla bettola, Cosette gli toccò il braccio timidamente:

«Signore!».

«Che cosa c'è, piccina mia?»

«Eccoci vicini alla casa.»

«Ebbene?»

«Volete lasciarmi riprendere il secchio, ora?»

«Perché?»

«Perché se la signora vede che me lo hanno portato, mi batte.»

L'uomo le ridiede il secchio. Un istante dopo essi erano alla porta della trattoria.

VIII

DISPIACERI CHE DERIVANO DALL'OSPITARE UN POVERO
CHE FORSE È UN RICCO

Cosette non poté impedire al suo sguardo di volgersi verso la grande bambola sempre esposta nella mostra del giocattolaio, poi bussò. La porta s'aprì. La Thénardier apparve con una candela in mano.

«Ah, sei tu, piccola pezzente! Grazie a Dio, ne hai impiegato del tempo! Si sarà divertita, la sfrontata!»

«Signora,» disse Cosette tutta tremante «ecco un signore che viene a chiedere alloggio.»

La Thénardier mutò immediatamente l'espressione burbera del suo volto con la sua smorfia più amabile, trasformazione istantanea propria dei locandieri, e cercò avidamente con lo sguardo il nuovo venuto.

«È il signore?» diss'ella.

«Sì, signora» rispose l'uomo portando la mano al cappello.

I viaggiatori ricchi non sono così educati. Quel gesto e l'ispezione alle vesti e al bagaglio del forestiero, che la Thénardier passò in rassegna con un solo sguardo, fecero svanire l'amabile sorriso, e il viso burbero riapparve. Riprese seccamente:

«Entrate, buon uomo».

Il «buon uomo» entrò. La Thénardier gli gettò un secondo colpo d'occhio, esaminò soprattutto il soprabito che era assai logoro e il cappello che era alquanto deformato e, con un tentennar del capo, un arricciare del naso e un ammiccar d'occhi, consultò suo marito il quale beveva ancora coi carrettieri. Il marito rispose con quell'impercettibile agitare dell'indice che, aggiunto al gonfiamento delle

411

labbra, in simili casi significa: miseria completa. Allora la Thénardier esclamò:

«Oh, brav'uomo, mi dispiace moltissimo, ma non ho più posto».

«Mettetemi dove volete,» disse l'uomo «nel granaio, nella scuderia. Pagherò come se avessi una camera.»

«Quaranta soldi.»

«Quaranta soldi. Sia.»

«E va bene.»

«Quaranta soldi!» disse un carrettiere a bassa voce alla Thénardier «ma di solito si pagano venti soldi.»

«Sono quaranta soldi per lui» replicò la Thénardier col medesimo tono. «Non alloggio poveri per meno.»

«È vero,» aggiunse il marito con dolcezza «si menoma una casa alloggiando di quella gente.»

Intanto l'uomo, dopo aver posato sopra una panca il pacco e il bastone, si era seduto a una tavola sulla quale Cosette aveva avuto premura di portare una bottiglia di vino e un bicchiere. Il mercante che aveva chiesto il secchio d'acqua era andato egli stesso a portarlo al suo cavallo. Cosette aveva ripreso il suo posto sotto la tavola di cucina e il suo lavoro a maglia.

L'uomo, che aveva appena bagnato le labbra nel bicchiere di vino che si era versato, esaminava la fanciulla con singolare attenzione.

Cosette era brutta. Se fosse stata felice avrebbe potuto essere graziosa. Abbiamo già abbozzato questa piccola figura triste. Cosette era magra e pallida; aveva quasi otto anni, ma ne dimostrava soltanto sei. I suoi grandi occhi, infossati in un'ombra profonda, erano quasi spenti a forza di piangere. Gli angoli della bocca avevano quella piega dell'angoscia abituale, che si osserva nei condannati e negli ammalati senza speranza. Le sue mani, come sua madre aveva immaginato, erano coperte di geloni. Il fuoco che la rischiarava in quel momento faceva risaltare le angolosità delle sue ossa e rendeva la sua magrezza terribilmente evidente. Siccome tremava sempre dal freddo, aveva preso l'abitudine di stringere le ginocchia l'una contro l'altra. Tutto il suo vestito era ridotto a un cencio che avrebbe fatto pena d'estate e che faceva orrore d'inverno. Non aveva indosso che della tela tutta buchi: non un cencio di lana. Qua e là si scorgeva la pelle e dovunque si distinguevano macchie azzurre e nere che indicavano le parti dove la Thénardier l'aveva battuta. Le sue gambe nude erano rosse ed esili. Le cavità delle clavicole erano tali da muovere al pianto. Tutta la persona di quella bambina, l'andatura, il suo atteggiamento, il suono della sua voce, il sostare tra una parola e l'altra, il suo sguardo, il suo silenzio, il suo più piccolo gesto, esprimevano e traducevano un solo sentimento: la paura.

La paura era diffusa su di lei; si potrebbe quasi dire ch'ella ne era coperta; la paura le portava i gomiti contro i fianchi, ritraeva i talloni sotto le gonne, le faceva occupare il minor posto possibile, non le concedeva che il respiro appena necessario, ed era diventata ciò che si potrebbe chiamare un'abitudine del suo corpo, senz'altra possibile variazione che di aumentare. Vi era in fondo alla sua pupilla un angolo stupito in cui era il terrore.

Questa paura era tale che arrivando, tutta bagnata com'era, Cosette non aveva osato andare ad asciugarsi vicino al fuoco e si era rimessa silenziosamente al lavoro.

L'espressione dello sguardo di quella bambina di otto anni era abitualmente così triste e qualche volta così tragica da sembrare, in certi momenti, ch'ella fosse in procinto di diventare un'idiota o un dèmone.

Mai, l'abbiamo già detto, aveva saputo ciò che fosse pregare, mai ella aveva messo piede in una chiesa. «Ne ho forse il tempo?» diceva la Thénardier.

L'uomo dal soprabito giallo non abbandonava Cosette con lo sguardo.

A un tratto la Thénardier esclamò:

«A proposito! E il pane?».

Cosette, com'era sua abitudine tutte le volte che la Thénardier alzava la voce, uscì subito di sotto la tavola.

Aveva completamente dimenticato il pane. Ricorse all'espediente dei bambini sempre spaventati. Mentì.

«Signora, il fornaio era chiuso.»

«Bisognava bussare.»

«Ho bussato, signora.»

«Ebbene?»

«Non ha aperto.»

«Saprò domani se è vero,» disse la Thénardier «e se menti, avrai ciò che ti meriti. Intanto rendimi i quindici soldi.»

Cosette mise la mano nella tasca del suo grembiule e divenne verde. La moneta da quindici soldi non c'era più. «Ehi!» disse la Thénardier «mi hai intesa?»

Cosette rivoltò la tasca, non c'era nulla. Dove poteva essere finita quella moneta? La povera piccina non trovò parola per rispondere. Era pietrificata.

«Hai forse perduto i quindici soldi?» rantolò La Thénardier «oppure me li vuoi rubare?»

Nel tempo stesso allungò il braccio verso lo staffile sopra il camino.

Quel terribile gesto diede a Cosette la forza di gridare:

«Grazia! Signora! Signora! Non lo farò più».

La Thénardier distaccò lo staffile.

Intanto l'uomo dal soprabito giallo aveva frugato nel taschino del suo panciotto, senza che quel movimento fosse osservato. Del resto, gli altri viaggiatori bevevano e giuocavano alle carte e non facevano attenzione ad altro.

Cosette si rannicchiava con angoscia nell'angolo del camino, cercando di raccogliere e nascondere le sue povere membra seminude. La Thénardier alzò il braccio.

«Scusi, signora,» disse l'uomo «ma pochi momenti fa ho veduto qualcosa cadere dalla tasca del grembiule di questa bambina; qualcosa che rotolava. È forse questo.»

Nel tempo stesso si abbassò e parve cercare per un istante a terra.

«Proprio. Ecco» riprese alzandosi.

E diede una moneta d'argento alla Thénardier.

«Sì, è questa» ella disse.

Non era quella, poiché era una moneta da venti soldi, ma la Thénardier vi trovava il suo tornaconto. Mise la moneta in tasca e si limitò a gettare uno sguardo bieco alla bambina dicendo:

«Che ciò non avvenga più, ad ogni modo!».

Cosette ritornò al posto che la Thénardier chiamava «la sua nicchia» e i suoi occhioni fissati sull'incognito viaggiatore cominciarono a prendere un'espressione mai avuta. Ancora non era altro che un ingenuo stupore, ma vi si univa una certa stupefatta fiducia.

«A proposito, volete cenare?» domandò la Thénardier al viaggiatore.

Egli non rispose. Sembrava pensare profondamente.

«Ma che genere di uomo è costui?» diss'ella tra i denti. «Dev'essere terribilmente povero. Non deve avere neppure i soldi per cenare. Pagherà almeno l'alloggio? Per fortuna non ha avuto l'idea di rubare il denaro ch'era per terra.»

In quel momento un uscio s'era aperto ed Éponine e Azelma erano entrate.

Erano veramente due belle figliuole, dall'aspetto più borghese che contadino, molto graziose, l'una con i capelli castani ben lucidi, l'altra con le lunghe trecce pendenti sulle spalle, tutt'e due vivaci, pulite, grasse, fresche e sane da rallegrare lo sguardo. Erano vestite con abiti pesanti, ma con tale arte materna, che lo spessore dei tessuti non toglieva nulla alla civetteria dell'abito. L'inverno aveva la sua parte senza che la primavera fosse dimenticata. Erano due creature che irradiavano luce. Avevano inoltre qualcosa di regale. Nel loro modo di vestire, nella loro gaiezza, nel chiasso che facevano, vi era qualcosa di signorile. Quando entrarono, la Thénardier disse loro in tono di rimprovero, ma pieno d'adorazione: «Ah! Eccovi, finalmente!».

414

Poi, attirandole sulle sue ginocchia l'una dopo l'altra, lisciando i loro capelli, riannodando i loro nastri e allontanandole poi con quel dolce modo di sgridare che è proprio delle madri, esclamò: «Ma come siete infagottate!».

Si sedettero vicino al fuoco. Avevano sulle ginocchia una bambola che voltavano e rigiravano in mille modi, cinguettando allegramente. Di tanto in tanto, Cosette alzava gli occhi dal lavoro e tristemente le guardava giocare.

Éponine e Azelma non guardavano Cosette. Per loro ella non era nulla più che un cane. Quelle tre bambine riunite assieme non raggiungevano i ventiquattro anni e già rappresentavano tutta la società degli uomini: da un lato vi era l'invidia, dall'altro il disdegno.

La bambola delle sorelle Thénardier era vecchia e tutta rotta, ma agli occhi di Cosette, che non aveva mai avuto una bambola, «una vera bambola», per usare una espressione che tutti i bambini possono capire, sembrava meravigliosa.

A un tratto la Thénardier, che camminava su e giù per la stanza, si accorse che Cosette era un po' distratta e che invece di lavorare guardava le bambine che giocavano.

«Ah, ti colgo!» gridò. «È così che lavori! Ti farò lavorare a suon di sferza, io.»

Il forestiero, senza alzarsi dalla sedia, si voltò verso la Thénardier.

«Signora,» le disse sorridendo e in tono quasi timoroso «la lasci giocare!»

Da parte di un viaggiatore che per cena avesse mangiato una fetta di prosciutto e bevuto due bottiglie di vino e che non avesse avuto l'aspetto di un uomo «terribilmento povero», una simile parola sarebbe stata accolta come un ordine. Ma che un uomo con un tal cappello si permettesse d'avere un desiderio, e che un uomo con un simile soprabito si permettesse d'avere una volontà, per la Thénardier era cosa da non doversi tollerare. Replicò aspramente:

«Bisogna che lavori giacché mangia. Non la nutro per niente».

«Che cosa sta facendo?» chiese il forestiero con quella sua voce dolce che faceva tanto contrasto con i suoi abiti da mendicante e le sue spalle da facchino.

La Thénardier si degnò di rispondere:

«Delle calze, se vi piace. Delle calze per le mie bambine che ne hanno bisogno urgente; tra poco dovranno andare a piedi nudi».

L'uomo guardò i poveri piedi rossi di Cosette e continuò:

«Quando sarà terminato quel paio di calze?».

«Ne ha ancora per tre o quattro giorni almeno, la pigra.»

«E quanto potrà costare quel paio di calze quando sarà terminato?»

La Thénardier gli gettò un'occhiata sprezzante:

«Almeno trenta soldi.»

«Lo cedereste per cinque franchi?» ribatté l'uomo.

«Per Dio!» esclamò ridendo forte un carrettiere che ascoltava. «Cinque franchi? Corbezzoli! Vorrà scherzare: cinque franchi!»

Thénardier credette opportuno prendere la parola.

«Sì, signore, se è vostro desiderio, vi cederò quel paio di calze per cinque franchi. Non rifiutiamo mai nulla ai viaggiatori.»

«Bisognerebbe però pagar subito» disse la Thénardier con quel suo modo breve e perentorio.

«Compero quel paio di calze» rispose l'uomo, e, traendo di tasca una moneta da cinque franchi che posò sulla tavola, aggiunse: «Lo pago.»

Poi si voltò verso Cosette.

«Adesso il tuo lavoro mi appartiene. Gioca, bambina».

Il carrettiere fu così commosso della moneta da cinque franchi, che lasciò il suo bicchiere e accorse.

«Ma è proprio vero!» gridò esaminandola. «Una vera ruota di carro! È tutt'altro che falsa!»

Thénardier s'accostò e mise silenziosamente la moneta nel suo borsellino.

La Thénardier non aveva nulla da rispondere. Si morse le labbra, e il suo viso prese un'espressione di odio. Intanto Cosette tremava. Osò domandare:

«Signora, è vero? Posso giocare?»

«Gioca!» disse la Thénardier con voce terribile.

«Grazie, signora» disse Cosette.

E mentre la sua bocca ringraziava la Thénardier, tutta la sua piccola anima ringraziava il viaggiatore.

Thénardier si era rimesso a bere. La moglie gli disse all'orecchio:

«Ma chi sarà mai quell'uomo giallo?».

«Ho veduto,» rispose in tono solenne Thénardier «milionari che indossavano soprabiti come quello.»

Cosette aveva lasciato il suo lavoro, ma non si era mossa dal suo posto. Cosette si muoveva sempre il meno possibile. Aveva preso da una scatola che stava dietro a lei qualche vecchio cencio e la sua piccola sciabola di piombo.

Éponine e Azelma non prestavano alcuna attenzione a ciò che avveniva. Eseguivano un'operazione molto importante: si erano impadronite del gatto. Avevano gettato la bambola per terra ed Éponine, che era la maggiore, avvolgeva il gattino, a onta del suo miagolìo e delle sue contorsioni, in una quantità di cenci e stracci rossi e azzurri. Facendo questo grave e difficile lavoro, diceva alla sorella, con quel dolce e adorabile linguaggio dei bambini, con quella grazia simi-

416

le allo splendore delle ali delle farfalle, che svanisce quando la si vuole fissare:

«Guarda, questa bambola è più divertente dell'altra. Si muove, grida ed è calda. Giuochiamo con questa. Sarà la mia bambina. Sarà una signora. Verrò a farti visita e tu la guarderai. A poco a poco scorgerai i suoi baffi e ciò ti meraviglierà. E poi vedrai le sue orecchie e poi vedrai la sua coda e ciò ti meraviglierà. E tu mi dirai: "Oh! Mio Dio!" e io ti dirò: "Sì signora, è una bambina così. Le bambine adesso sono così"».

Azelma ascoltava Éponine con ammirazione.

Intanto i bevitori cantavano una canzone oscena di cui ridevano così forte da far tremare il soffitto.

Thénardier li incoraggiava e li accompagnava.

Come gli uccelli fanno un nido con ogni cosa, i bambini fanno una bambola con qualunque oggetto, non importa quale. Mentre Éponine e Azelma avvolgevano il gatto, Cosette aveva avvolto la sciabola. Ciò fatto, l'aveva posata sulle braccia e cantava dolcemente per addormentarla.

La bambola è uno dei più imperiosi bisogni e nel medesimo tempo uno dei più graziosi istinti dell'infanzia femminile. Curare, vestire, adornare, svestire, rivestire, insegnare, sgridare un poco, cullare, vezzeggiare, addormentare, immaginare che qualcosa rappresenti qualcuno: tutto l'avvenire della donna è qui. Sognando e chiacchierando, facendo corredini, cucendo vestitini, giubbetti e camicine, la bambina diventa fanciulla, la fanciulla diventa giovanetta, la giovanetta diventa donna. Il primo bambino segue l'ultima bambola.

Una bambina senza bambola è infelice e assolutamente inconcepibile, quasi quanto una donna senza figli.

Cosette si era dunque fatta una bambola con la sciabola.

La Thénardier si era avvicinata all'*uomo giallo*. «Mio marito ha ragione,» pensava «quest'uomo è forse il signor Laffitte.[4] Vi sono dei ricchi così buffi!»

Si appoggiò coi gomiti alla sua tavola.

«Signore...» disse poi.

Alla parola *signore*, l'uomo si voltò. La Thénardier l'aveva chiamato sino allora soltanto *brav'uomo* o *buon uomo*.

«Vedete, signore,» seguitò, assumendo quel suo aspetto dolciastro che era più spiacevole a vedersi del suo aspetto feroce, «io non ho nulla in contrario a che la bambina giochi, non mi oppongo, ma va bene per una volta, perché voi siete generoso. Ma vedete, la bambina non possiede nulla. Bisogna che lavori.»

«Non è dunque vostra, questa bambina?» chiese l'uomo.

---

[4] Banchiere parigino dell'epoca.

«Oh, mio Dio, no! È una piccola povera che abbiamo raccolto così, per carità. Una specie di bambina stupida. Deve avere dell'acqua nella testa. Come vedete ha la testa grossa. Facciamo per lei quello che possiamo, perché non siamo ricchi. Abbiamo un bello scrivere al suo paese, sono sei mesi che nessuno risponde. Bisogna credere che la mamma sia morta.»

«Ah!» disse l'uomo, e ricadde nella sua fantasticheria.

«Non era un granché, la madre,» aggiunse la Thénardier. «Abbandonò la sua bambina.»

Durante tutta questa conversazione, Cosette, come se un istinto l'avesse avvertita che si parlava di lei, non aveva abbandonato un istante con lo sguardo la Thénardier. Ascoltava vagamente e udiva qua e là qualche parola.

Intanto i bevitori, quasi completamente ubriachi, ripetevano il loro ritornello immondo con raddoppiata gaiezza. Era un'allegria salace alla quale si frammischiavano i nomi della Vergine e del Bambino Gesù. La Thénardier era andata a godersi la sua parte di risate. Cosette, sempre sotto la tavola, guardava il fuoco che si rifletteva nel suo occhio fisso; si era rimessa a cullare quella specie d'involto che aveva fatto e, cullandolo, cantava a voce bassa: «Mia madre è morta! Mia madre è morta! Mia madre è morta!».

Dopo nuove insistenze da parte dell'ostessa, l'uomo giallo, «il milionario», consentì finalmente a cenare.

«Che cosa desidera il signore?»

«Pane e formaggio» disse l'uomo.

«È proprio un pezzente» pensò la Thénardier.

Gli ubriachi cantavano sempre la loro canzone e la bambina pure, sotto la tavola, cantava la sua.

A un tratto Cosette s'interruppe. Voltandosi aveva scorto per terra, a qualche passo dalla tavola di cucina, la bambola che le piccole Thénardier avevano lasciata per divertirsi con il gatto.

Allora abbandonò la sciabola avvolta, che non la soddisfaceva pienamente, e girò lentamente lo sguardo attorno alla stanza. La Thénardier parlava a bassa voce con il marito, e contava dei soldi, Ponine e Zelma giocavano col gatto, i viaggiatori mangiavano o bevevano o cantavano, nessun sguardo era rivolto a lei. Non aveva dunque neppure un momento da perdere. Uscì di sotto la tavola strisciando sulle ginocchia e sulle mani, si assicurò una volta ancora che nessuno l'osservasse, si trascinò lestamente sino alla bambola e l'afferrò. Un istante dopo era nuovamente al suo posto, seduta, immobile, soltanto voltata in modo da far ombra sulla bambola che teneva fra le braccia. La felicità di giuocare con una bambola era così rara per lei, da avere tutta la violenza di una voluttà.

Nessuno l'aveva veduta, salvo il viaggiatore che mangiava lentamente la sua magra cena.

Quella gioia durò quasi un quarto d'ora.

Ma per quante precauzioni Cosette avesse prese, non si accorse che un piede della bambola *sporgeva* e che il fuoco del camino lo rischiarava vivamente. Quel piede roseo e luminoso che usciva dall'ombra colpì a un tratto lo sguardo d'Azelma, la quale disse a Éponine:

«Ma guarda!».

Le due bambine si fermarono stupefatte. Cosette aveva osato prendere la bambola!

Éponine si alzò e, senza lasciare il gatto, andò verso la madre e le tirò la gonna.

«Ma lasciami stare!» disse la madre. «Che cosa vuoi da me?»

«Mamma,» disse la bambina «guarda!»

E mostrò col dito Cosette.

Cosette, tutta presa dall'estasi del possesso, non vedeva e non sentiva più nulla.

Il viso della Thénardier prese quella particolare espressione – qualcosa di terribile frammisto ai nonnulla della vita – che ha fatto definire questa specie di donne: megere.

Questa volta l'orgoglio ferito esasperava anche più la sua collera. Cosette aveva sorpassato ogni limite. Cosette aveva attentato alla bambola delle «signorine».

Una zarina che avesse veduto un contadino russo provare il gran cordone azzurro del figlio, futuro imperatore, non avrebbe fatto un altro viso.

Gridò con voce rauca dall'indignazione:

«Cosette!».

Cosette sussultò come se la terra avesse tremato sotto di lei. Si voltò.

«Cosette!» ripeté la Thénardier.

Cosette prese la bambola e la posò piano piano per terra con una specie di venerazione mista a disperazione. Allora, senza lasciarla con lo sguardo, congiunse le mani e, ciò ch'è spaventoso a dirsi per una bambina di quell'età, se le torse; poi, cosa che nessuna emozione della giornata aveva potuto strapparle, né la corsa nel bosco, né il peso del secchio d'acqua, né la perdita dei soldi, né la vista dello staffile, e neppure l'oscura parola che aveva sentito dire dalla Thénardier, pianse. Scoppiò in singhiozzi.

Intanto il viaggiatore si era alzato.

«Che cosa avviene?» chiese alla Thénardier.

«Ma non vedete?» disse la Thénardier additando il corpo del delitto che giaceva ai piedi di Cosette.

«Ebbene?» riprese l'uomo.

«Questa pezzente» rispose la Thénardier «si è permessa di toccare la bambola delle bambine.»

«E tutto questo chiasso per così poco!» disse l'uomo. «Ebbene, se anche avesse giocato con questa bambola?»

«L'ha toccata con le sue mani sudicie!» seguitò la Thénardier. «Con quelle orribili mani!»

A questo punto Cosette raddoppiò i singhiozzi.

«Sta zitta!» gridò la Thénardier.

L'uomo andò direttamente alla porta, l'aperse e uscì.

Non appena egli fu uscito, la Thénardier approfittò della sua assenza per allungare sotto la tavola un calcio a Cosette, che lanciò alte grida.

La porta si riaprì, l'uomo riapparve: portava la famosa bambola di cui abbiamo già parlato, e che tutti i ragazzi del villaggio contemplavano sin dal mattino. La posò dritta dinanzi a Cosette dicendo:

«Tieni, *è per te*».

Bisogna supporre che, da più d'un'ora ch'era là immerso in fantasticherie, egli avesse vagamente osservato quella bottega di giocattoli così splendidamente rischiarata da lampioncini e da candele, da sembrare, scorta attraverso la porta a vetri della bettola, una luminaria.

Cosette alzò gli occhi: aveva veduto venire verso di lei l'uomo con la bambola come se avesse veduto venire il sole; udì queste parole inaudite: è per te. Ella guardò l'uomo, guardò la bambola, poi indietreggiò lentamente, e andò a nascondersi sotto la tavola nell'angolo del muro.

Non piangeva più, non gridava più, sembrava non osasse nemmeno più respirare.

La Thénardier, Éponine e Azelma sembravano altrettante statue. I bevitori stessi avevano smesso di cantare. Si era fatto un silenzio solenne in tutta la bettola.

La Thénardier, pietrificata e muta, ricominciò le sue congetture: «Ma chi è questo vecchio? È un povero? È un milionario? O forse l'uno e l'altro, cioè un ladro?».

Sul volto di Thénardier apparve quella ruga espressiva che accentua la fisionomia umana ogni qualvolta l'istinto dominante vi appare con tutta la sua potenza bestiale. Il bettoliere considerava alternamente la bambola e il viaggiatore; sembrava fiutare quell'uomo come se fiutasse un sacco di denaro. Ma questo durò solo quanto un lampo: poi egli si avvicinò alla moglie e le disse sottovoce:

«Quella roba costa almeno trenta franchi. Niente sciocchezze. Strisciamo dinanzi a quest'uomo».

Le nature volgari hanno questo in comune con le nature ingenue: non conoscono transizioni.

«Ebbene, Cosette,» disse la Thénardier con una voce che voleva essere dolce ed era intrisa del miele acre delle donne cattive «non prendi questa bambola?»

Cosette osò uscire dal suo angolo.

«Mia piccola Cosette,» riprese la Thénardier in tono carezzevole «il signore ti regala questa bambola. Prendila, è tua.»

Cosette osservava la meravigliosa bambola con una specie di terrore. Il suo viso era ancora inondato di lacrime, ma i suoi occhi cominciavano a riempirsi, come il cielo al crepuscolo mattutino, degli strani raggi della gioia. Ciò ch'ella provava in quel momento era simile a quello che avrebbe sentito se improvvisamente le avessero detto: «Piccina, tu sei la regina di Francia».

Le pareva che, se avesse osato toccare quella bambola, ne sarebbe uscito il tuono.

E ciò era in certo qual modo giustificato, poiché ella si diceva che la Thénardier l'avrebbe sgridata e battuta.

Tuttavia, l'attrazione ebbe il sopravvento. Ella finì per avvicinarsi e, voltandosi verso la Thénardier, mormorò timidamente:

«Posso, signora?».

Non c'è espressione che possa rendere quell'accento, a un tempo disperato, spaventato e colmo di meraviglia.

«Perdinci!» disse la Thénardier «è tua, giacché il signore te la regala.»

«È vero, signore?» riprese Cosette, «è proprio vero? È mia, la dama?»

Il forestiero pareva avesse le lacrime agli occhi. Sembrava trovarsi in quello stato di commozione in cui non si parla per non piangere. Accennò di sì col capo a Cosette, e le mise nella piccola mano una manina della «dama».

Cosette ritrasse vivamente la propria mano, come se quella della «dama» la scottasse, e si mise a guardare il pavimento. Siamo costretti ad aggiungere che in quel momento cacciò fuori la lingua in modo smisurato. A un tratto si voltò e afferrò la bambola con passione.

«La chiamerò Catherine» disse.

Fu uno strano momento quello, in cui i cenci di Cosette incontrarono e premettero i nastri e le fresche mussole rosa degli abiti della bambola:

«Signora,» riprese Cosette «posso posarla sopra una sedia?».

«Certo, bambina mia» rispose la Thénardier.

Adesso erano Éponine e Azelma che guardavano Cosette con invidia.

Cosette posò Catherine su una sedia, poi sedette a terra dinanzi a lei e rimase immobile, senza dire una parola, in profonda contemplazione.

«Gioca, su, Cosette» disse il forestiero.

«Oh! Sì, gioco!» rispose la bambina.

Quel forestiero – quello sconosciuto che pareva un inviato della provvidenza a Cosette – era, in quel momento, ciò che la Thénardier odiava sopra ogni cosa al mondo. Eppure bisognava dominarsi. Per quanto abituata alla dissimulazione, sempre intenta com'era a imitare il marito in ogni sua azione, quell'emozione superava la sua capacità di sopportazione. Si affrettò a mandare le bambine a letto, poi domandò all'uomo «giallo» il *permesso* di mandare a letto anche Cosette, *la quale ha lavorato molto quest'oggi*, aggiunse in tono materno. Cosette andò a dormire portandosi Catherine fra le braccia.

Di tanto in tanto la Thénardier andava all'altra estremità del locale, dove si trovava il marito: *per sollevarsi l'animo*, diceva. Scambiava con lui alcune parole tanto più furiose in quanto non osava dirle ad alta voce:

«Vecchio imbecille! Che tarantola lo ha punto? Venire qui a disturbarci. Volere che quel mostricciattolo si diverta!... Regalarle una bambola! Regalare delle bambole da quaranta franchi a quella cagna ch'io cederei per quaranta soldi! Ancora un po' e la chiamerà Vostra Maestà come se fosse la duchessa di Berry! Ma c'è buon senso in tutto questo? È dunque idrofobo, quel vecchio misterioso?».

«Ma perché? È semplice» rispondeva il marito. «Se ciò lo diverte! Tu ti diverti a veder lavorare la bambina, lui si diverte a vederla giocare. È nel suo diritto. Un viaggiatore fa quello che vuole, quando paga. Se quel vecchio è un filantropo, che cosa te ne importa? Se è un imbecille, ciò non ti riguarda. Di che cosa ti immischi, tu, dal momento che ha del denaro?»

Linguaggio da padrone e ragionamento da locandiere che non ammettevano, né l'uno né l'altro, replica alcuna.

L'uomo aveva appoggiato i gomiti sulla tavola e aveva ripreso la sua attitudine meditabonda.

Tutti gli altri viaggiatori, mercanti e carrettieri, si erano un po' allontanati e non cantavano più. Lo consideravano da lontano con una specie di rispettoso timore. Quell'individuo così miseramente vestito, che tirava fuori di tasca delle monete da cinque franchi con tanta facilità e prodigava gigantesche bambole a una piccola sguattera in zoccoli, era certamente un semplicione magnifico e terribile.

Trascorsero alcune ore. La messa di mezzanotte era terminata, la notte di Natale era finita, i bevitori se ne erano andati, la bettola era chiusa, il locale a terreno era deserto, il fuoco spento: il forestiero era sempre allo stesso posto e nella medesima posizione. Di tanto in tanto cambiava il gomito sul quale si appoggiava. Ecco tutto. Ma non aveva più detto una parola da quando Cosette non era più lì.

Solo i Thénardier, per convenienza e per curiosità, erano rimasti nella sala. «Ha forse intenzione di passare la notte così?» borbottava la moglie. Quando le due del mattino suonarono all'orologio, ella si diede per vinta e disse al marito:

«Io vado a dormire. Fanne ciò che vuoi».

Il marito si sedette a una tavola in un angolo del locale, accese una candela e si mise a leggere il «Courrier français».

Una buona ora trascorse così. Il degno locandiere aveva letto per lo meno tre volte il «Courrier français», dalla data del giornale sino al nome dello stampatore. Il forestiero non si muoveva.

Thénardier si mosse, tossì, sputò, si soffiò il naso, fece scricchiolare la sedia. L'uomo non si mosse. «Dorme» pensò Thénardier. L'uomo non dormiva, ma nulla poteva distrarlo.

Alla fine Thénardier si tolse il berretto, si avvicinò piano piano, e s'arrischiò a dire:

«Il signore non va a riposare?».

Non va a dormire gli sarebbe parso eccessivo e familiare. *Riposare* sapeva di lusso ed era rispettoso. Le parole di questa specie hanno la misteriosa e ammirabile proprietà di gonfiare, il mattino dopo, la cifra del conto. Una camera dove *si dorme* costa venti soldi; una camera dove *si riposa* costa venti franchi.

«Già,» disse il viaggiatore «avete ragione. Dov'è la vostra scuderia?»

«Signore,» disse Thénardier con un sorriso «vi condurrò io stesso.»

Prese la candela, l'uomo prese il suo pacco e il suo bastone, e Thénardier lo condusse al primo piano in una camera d'uno splendore raro, interamente arredata con mobili di mogano, con un letto enorme e le tendine di percalle rosso.

«Che cos'è questo?» disse il viaggiatore.

«È la nostra camera nuziale» disse il locandiere. «Mia moglie e io dormiamo in un'altra. Qui si entra soltantanto tre o quattro volte durante l'anno.»

«Avrei ugualmente gradito la scuderia» disse bruscamente l'uomo.

Thénardier finse di non udire questa considerazione poco gentile.

Accese due candele di cera ancora nuove che si trovavano sul camino. Nel focolare ardeva un buon fuoco.

Sul camino, sotto un vaso di vetro, c'era un'acconciatura femminile di fili d'argento e fiori d'arancio.

«E questo, che cos'è?» chiese il viaggiatore.

«Signore, è il cappello da sposa di mia moglie» rispose Thénardier.

Il viaggiatore osservò l'oggetto con uno sguardo che sembrava volesse dire: «Vi fu dunque un momento in cui quel mostro è stato una vergine!».

Ma Thénardier aveva mentito. Quando aveva preso in affitto quella bicocca per farne una bettola, aveva trovato quella camera arredata così e aveva acquistato quei mobili e barattato quei fiori d'arancio pensando che quel complesso di cose avrebbe gettato un'ombra gentile sopra la sua «sposa», e che alla sua casa ne sarebbe derivata quella che gli inglesi chiamano rispettabilità.

Quando il viaggiatore si voltò, l'oste era scomparso. Thénardier si era eclissato senza augurare la buona notte, non volendo trattare con cordialità poco rispettosa un uomo che si proponeva di pelare, con molto garbo, la mattina seguente.

Il locandiere si ritirò nella propria camera. La moglie era già a letto, ma non dormiva. Quando sentì il passo del marito si voltò e gli disse:

«Sai? Domani scaravento Cosette fuori di casa».

Thénardier rispose freddamente:

«Come vai lesta, tu!».

Non dissero altro, e qualche minuto dopo la candela fu spenta.

Nell'altra camera, il viaggiatore aveva posato in un angolo il bastone e l'involto. Dopo che l'oste se ne fu andato, si sedette in una poltrona e vi rimase per qualche minuto, pensieroso. Poi si tolse le scarpe, spense una candela, prese l'altra, aprì la porta e uscì dalla camera, guardandosi intorno come se cercasse qualcosa. In quel punto sentì un rumore leggero, dolce, che sembrava il respiro d'un bambino. Seguì questo rumore e giunse a un vano triangolare aperto sotto la scala o, per dir meglio, formato dalla scala stessa, e che altro non era che il sottoscala. E là, fra una congerie di vecchi panieri e di rottami d'ogni specie, nella polvere e fra le ragnatele, vi era un letto: se letto si può chiamare un pagliericcio crivellato di buchi fino a mostrare la paglia, e una coperta così a brandelli da lasciar vedere il saccone. Non vi erano lenzuola. Il pagliericcio era posato a terra. Su quel letto dormiva Cosette.

L'uomo si avvicinò e la guardò con attenzione.

Cosette dormiva profondamente. Dormiva vestita: d'inverno non si spogliava per soffrire meno il freddo.

Teneva stretta a sé la bambola, i cui grandi occhi aperti brillavano nell'oscurità. Di tanto in tanto respirava forte come se fosse sul punto di svegliarsi e stringeva quasi convulsamente la bambola tra le braccia. Accanto al letto non c'era che un solo zoccolo.

Vicino allo stambugio di Cosette vi era una porta aperta dalla quale si scorgeva una grande camera buia. L'uomo vi entrò. Attraverso una porta a vetri ch'era in fondo alla camera, si scorgevano due lettini gemelli, candidi. Erano quelli di Éponine e Azelma. Dietro quei letti spariva a metà una culla di vimini senza cortine, nella quale dormiva il maschietto che aveva strillato tutta la sera.

L'uomo immaginò che la camera dei Thénardier doveva essere attigua a quella. Stava per tornare indietro, quando il suo sguardo si posò sul camino: uno di quei grandi camini di locanda nei quali vi è sempre così poco fuoco, quando ce n'è, e che, a guardarli, appaiono tanto freddi. In quello non c'era fuoco, e neppure cenere, ma c'era qualcosa d'altro che attrasse l'attenzione dell'uomo. Vi erano due scarpette da bambina, di forma civettuola e di grandezza disuguale. Il viaggiatore si ricordò, allora, della gentile e immemorabile usanza dei bambini di mettere, la notte di Natale, una scarpettina nel camino per attendere poi nel buio qualche scintillante dono della loro buona fata. Éponine e Azelma si erano ben guardate dal dimenticarsene, e ciascuna aveva messo una delle proprie scarpette nel camino.

Il viaggiatore si curvò.

La fata, cioè la madre, aveva già fatto la sua visita e in ogni scarpetta si vedeva luccicare una moneta da dieci soldi nuova di zecca.

L'uomo si rialzò. Stava per andarsene quando si accorse che, in un angolo del focolare, vi era un altro oggetto. Guardò e vide che era uno zoccolo, un bruttissimo zoccolo del legno più grossolano, mezzo rotto e tutto sudicio di cenere e di fango disseccato. Era lo zoccolo di Cosette, la quale, con quella commovente fiducia dei bambini che può sempre essere delusa senza che mai venga meno, aveva messo anche lei il suo zoccolo nel camino.

È una cosa sublime e dolce la speranza, in una bambina che non ha mai conosciuto altro che la disperazione.

In quello zoccolo non vi era nulla.

L'uomo frugò nel panciotto, si chinò e mise nello zoccolo di Cosette un luigi d'oro.

Poi, in punta di piedi, ritornò nella sua camera.

IX
THÉNARDIER ALL'OPERA

La mattina seguente, almeno due ore prima che facesse giorno, Thénardier, seduto a un tavolino nella sala terrena della bettola, con una penna in mano e alla luce d'una candela, compilava il conto del viaggiatore dal soprabito giallo.

La moglie, in piedi, china su di lui, lo seguiva con lo sguardo. Non dicevano una parola. L'uno era assorto in una profonda meditazione, l'altra guardava con quel senso di religiosa ammirazione con cui guardiamo sorgere e svilupparsi una meraviglia dello spirito umano. Si udiva un solo rumore nella casa; era l'Allodola che spazzava le scale.

Dopo circa un buon quarto d'ora e qualche raschiatura, Thénardier aveva compilato questo capolavoro:

Conto del Signore della camera N. 1

Cena..	fr. 3
Camera.	10
Candela	5
Fuoco.	4
Servizio...	1
.... Totale fr.	23

Servizio era scritto *servisio*.

«Ventitré franchi!» esclamò la moglie, con entusiasmo misto a esitazione.

Come tutti i grandi artisti, Thénardier non era soddisfatto.

«Puah!» disse.

In quel momento l'intonazione della sua voce poteva paragonarsi a quella di Castlereagh mentre, al congresso di Vienna, redigeva il conto dei debiti di guerra che doveva pagare la Francia.

«Thénardier, hai ragione di fargli pagare questa somma,» mormorò la moglie ripensando alla bambola che era stata regalata a Cosette in presenza delle sue figliole «è giusto, ma temo che sia un po' troppo rilevante. Rifiuterà di pagarla.»

Thénardier sorrise freddamente e disse:

«Pagherà».

Quel sorriso era l'espressione massima della certezza e dell'autorità. Quello ch'era detto in quel modo doveva attuarsi. La moglie non insistette e si mise a riordinare i tavolini, mentre il marito andava su e giù per la stanza. Un minuto dopo aggiunse:

«Devo pur pagare 1500 franchi, io!».

Si sedette pensieroso vicino al camino, e posò i piedi sulla cenere calda.

«Oh!» riprese la moglie «non dimenticare che oggi scaravento Cosette fuori di casa. Quel mostro! Mi rode l'anima con la sua bambola! Preferirei sposare Luigi XVIII piuttosto che tenerla un giorno di più fra noi.»

Thénardier accese la pipa e, tra una boccata e l'altra, rispose:

«Consegnerai tu il conto al viaggiatore».

Poi uscì.

Era appena fuori dalla sala, quando il viaggiatore entrò.

Thénardier riapparve immediatamente, ma si fermò dietro la porta socchiusa in modo che soltanto la moglie potesse vederlo.

L'uomo dal soprabito giallo aveva in mano il bastone e l'involto.

«Già alzato!» disse la Thénardier. «Il signore ci abbandona già?»

Così dicendo, con fare impacciato rigirava fra le mani il conto, volgendolo in tutti i sensi, e facendovi delle pieghe con le unghie. Il suo viso arcigno in quel momento aveva un'espressione che non le era abituale, fatta di timidezza e di scrupolo.

Le sembrava difficile presentare un simile conto a un uomo che aveva tutto l'aspetto di un «povero».

Il viaggiatore sembrava preoccupato e distratto. Rispose:

«Sì, signora, me ne vado».

«Il signore non aveva dunque da trattare affari a Montfermeil?» riprese la Thénardier.

«No. Sono soltanto di passaggio. Ecco tutto, signora. Quanto debbo?» aggiunse poi.

La Thénardier, senza rispondere, gli diede il conto piegato.

L'uomo spiegò il foglio, lo guardò, ma la sua attenzione era visibilmente rivolta altrove.

«Signora, fate dei buoni affari a Montfermeil?» chiese.

«Così così» rispose la Thénardier meravigliata di non sentire alcuna obiezione.

E seguitò con accento elegiaco e lamentevole:

«Oh! Signore, i tempi sono così difficili! E poi da queste parti vi sono pochi borghesi! Non v'è che povera gente. Se di tanto in tanto non capitassero dei viaggiatori ricchi e generosi come il signore... Dobbiamo far fronte a tante spese... Per esempio, quella piccina ci costa gli occhi della testa».

«Quale piccina?»

«La piccina che voi conoscete! Cosette! L'Allodola, come la chiamano in paese.»

«Ah!» disse l'uomo.

La Thénardier continuò:

«Come sono stupidi i contadini con i loro soprannomi! Cosette è più simile a un pipistrello che a un'allodola. Vede, signore, noi non chiediamo la carità, ma non siamo neppure in grado di farne. Non guadagnamo nulla e abbiamo molti conti da pagare. La tassa d'esercizio, le imposte, la tassa sulle porte e le finestre, l'addizionale. Il signore sa che il governo pretende un'infinità di denaro. E poi ho le mie bambine. Non ho bisogno di nutrire i figlioli altrui».

Con una voce che studiava di rendere indifferente, ma nella quale c'era invece un tremito, l'uomo rispose:

«E se vi sbarazzassero di lei?».

«Di chi? Di Cosette?»

«Sì.»

Il viso rosso e violento della bettoliera s'irradiò di gioia ripugnante.

«Oh, signore, mio buon signore! Prendetela, tenetela, portatela via, inzuccheratela, tartufatela, bevetela, mangiatela, e siate benedetto dalla buona Santa Vergine e da tutti i santi del paradiso!»

«È detto.»

«È vero dunque? La portate via?»

«Sì, la prendo con me.»

«Subito?»

«Subito. Chiamate la bambina.»

«Cosette!» gridò la Thénardier.

«Intanto,» proseguì l'uomo «desidero pagarvi il mio conto. Quant'è?»

Gettò uno sguardo sul foglio di carta e non poté reprimere un movimento di sorpresa:

«Ventitré franchi!».

Guardò fisso la bettoliera e ripeté:

«Ventitré franchi?».

C'era nella pronuncia di quelle due parole così ripetute un accento fra il meravigliato e l'interrogativo.

La Thénardier aveva avuto il tempo di prepararsi al colpo e rispose con fermezza:

«Eh sì, signore! Sono ventitré franchi».

L'uomo posò sul tavolo cinque monete da cinque franchi ciascuna.

«Andate a prendere la bambina» disse.

In quel momento Thénardier s'inoltrò nel mezzo della stanza e disse:

«Il signore deve soltanto ventisei soldi».

«Ventisei soldi!» esclamò la moglie.

«Venti soldi per la camera e sei soldi per la cena» rispose freddamente Thénardier. «Quanto alla bambina, ho bisogno di parlare un po' col signore. Lasciaci soli.»

La Thénardier ebbe uno di quei capogiri che danno i lampi di genio improveduti. Comprese che il grande attore entrava in scena, non rispose una parola e uscì.

Appena rimasti soli, Thénardier offrì una sedia al viaggiatore. L'uomo sedette: Thénardier rimase in piedi e il suo viso assunse una straordinaria espressione di bonomia e di semplicità.

«Signore,» egli disse «ecco, vi dirò... È che io adoro quella bambina.»

Il forestiero lo guardò fisso.

«Quale bambina?»

Thénardier continuò:

«Com'è singolare! Ci si affeziona. Che cos'è tutto questo denaro? Riprendete le vostre monete da cento soldi. È una bambina che adoro.»

«Ma chi, dunque?» domandò il forestiero.

«Eh, la nostra piccola Cosette. Non volete portarcela via? Ebbene, io parlo francamente, schietto quanto voi siete galantuomo: io non posso acconsentire. La bambina me ne farebbe una colpa. L'ho veduta piccina, piccina. È vero che ci costa del denaro, è vero che ha dei difetti, è vero che non siamo ricchi, è vero che ho speso più di quattrocento franchi in medicine per una sola malattia! Ma bisogna pur fare qualcosa per il buon Dio. Essa non ha né padre, né madre e io l'ho allevata. Ho pane per lei e per me. In conclusione, ci tengo, a questa bambina. Mi ci sono affezionato; sono un buon diavolo, io; io non discuto; voglio bene alla piccina; mia moglie è un po' impetuosa, ma, in fondo, le vuol bene anche lei. È come se fosse una nostra figlia. Ho bisogno di sentirla cinguettare per la casa.»

Il viaggiatore lo guardava sempre fisso. Ed egli continuò:

«Scusi, signore, ma non si può dare la propria bambina al primo che capita. Non ho forse ragione? È vero che voi siete ricco e avete l'aspetto d'una bravissima persona: e se fosse per la sua felicità? Ma bisognerebbe saperlo. Capite? Supponendo che la lasciassi venir via, che mi sacrificassi, desiderei sapere dove va, non vorrei perderla di vista, vorrei sapere presso chi abita e così di tanto in tanto andrei a vederla ed ella avrebbe la consolazione di sapere che il padre adottivo veglia su di lei. Insomma, vi sono delle cose impossibili. Non so neppure come vi chiamate. Voi la portereste via e io dovrei dire: ebbene, l'Allodola dov'è andata a finire? Bisognerebbe ch'io vedessi per lo meno qualche documento, uno straccio di passaporto, qualcosa, insomma».

Il viaggiatore, senza cessare di fissarlo con quel suo sguardo che lo penetrava sino al fondo della coscienza, rispose con accento grave e risoluto:

«Signor Thénardier, non occorre un passaporto per allontanarsi cinque leghe da Parigi. Se prendo Cosette, la porterò via, ecco tutto. Voi non saprete il mio nome né la mia dimora, voi non saprete dove ella sarà, perché è mio intendimento che voi non la rivediate mai più. Spezzo il filo che la tiene legata, e sarà libera. Vi conviene? Sì o no».

Come i dèmoni e i geni riconoscono, a certi segni, la presenza d'un Dio superiore, così Thénardier capì che aveva di fronte un uomo molto forte. Fu come un'intuizione; lo capì con la sua netta e sagace prontezza. La sera prima, pur bevendo con i carrettieri, pur fumando e cantando canzoni oscene, aveva passato la serata scrutando lo sconosciuto con la scaltrezza del gatto e il calcolo d'un matematico. L'aveva spiato per proprio conto, per divertimento e per istinto; e l'aveva spiato come se fosse stato pagato per questo. Non un gesto, non un movimento dell'uomo dal soprabito giallo gli era sfuggito. Ancora prima che lo sconosciuto manifestasse chiaramente il suo interesse per Cosette, Thénardier l'aveva indovinato. Aveva sorpreso gli sguardi profondi del vecchio, che si posavano insistentemente sulla bambina. Perché quell'interesse? Chi era quell'uomo? Perché con tanti soldi in tasca indossava un abito così meschino? Domande che si rivolgeva senza potervi rispondere e che lo irritavano. Ci aveva pensato tutta la notte. Non poteva essere il padre di Cosette. Era forse un nonno? Ma allora perché non farsi riconoscere subito? Quando si ha un diritto, lo si fa valere. Quell'uomo, evidentemente, non aveva alcun diritto su Cosette. Allora chi era? Thénardier si perdeva in supposizioni. Intravedeva tutto, ma non vedeva nulla. Intavolando la conversazione con l'uomo, sicuro che questi aveva un segreto da celare, sicuro che aveva un particolare interesse a rimanere nell'ombra, egli si sentiva forte; ma alla risposta netta e recisa dello sconosciuto, quando capì che quella persona misteriosa lo era in modo così semplice, si sentì debole. Non s'aspettava nulla di simile. Le sue supposizioni furono scompigliate. Raccolse le idee. Valutò tutto questo in un attimo. Thénardier era uno di quegli uomini che giudicano una situazione al primo sguardo. Giudicò ch'era giunto il momento di agire, e presto. Fece come i grandi condottieri in certi momenti decisivi ch'essi soli sanno riconoscere: e smascherò bruscamente le sue batterie.

«Signore,» gli disse «m'occorrono millecinquecento franchi.»

Il forestiero trasse da una tasca un vecchio portafoglio di cuoio nero, l'aprì e levò tre biglietti di banca che posò sulla tavola. Poi, appoggiando il pollice su questi biglietti, disse al bettoliere:

«Fate venire Cosette».

Mentre ciò avveniva, che cosa faceva Cosette?

Cosette, appena sveglia, era andata di corsa al suo zoccolo e vi aveva trovato la moneta d'oro. Non era un napoleone, bensì uno di quei pezzi da venti franchi, di conio nuovissimo, della restaurazione, sulla cui effigie la piccola coda prussiana aveva sostituito la corona d'alloro. Cosette lo guardò sbalordita. Il suo destino cominciava a inebriarla. Non aveva mai posseduto una moneta d'oro, non ne aveva mai viste: la nascose in fretta nella tasca come se l'avesse rubata. Ella sentiva però che le apparteneva. Intuiva anche donde le veniva, tuttavia provava una specie di gioia piena di paura. Era contenta: ma soprattutto era stupefatta. Cose tanto magnifiche e belle non le parevano reali. La bambola le faceva paura, la moneta d'oro le faceva paura.

Dinanzi a quelle meraviglie era presa da un vago tremito. Soltanto il forestiero non le faceva paura: all'opposto, egli la tranquillava. Sin dalla sera prima, attraverso i suoi stupori, attraverso il sonno, nella sua piccola anima di bambina, aveva lungamente pensato a quell'uomo che aveva l'aspetto d'un vecchio povero e tanto triste, ed era, invece, così ricco e tanto buono. Dal momento in cui aveva incontrato quell'uomo nel bosco, tutto era cambiato per lei. Meno fortunata della più misera rondine, Cosette non aveva mai saputo cosa fosse la gioia di rifugiarsi all'ombra della madre o di una qualsiasi ala protettrice. Erano cinque anni, cioè da quando la sua mente di bambina poteva ricordare, che rabbrividiva e tremava dal freddo. Ella era sempre stata completamente esposta all'aspra brezza della sventura. Adesso le sembrava di essere riparata. Prima la sua anima aveva freddo, adesso aveva caldo. Ella non aveva più alcuna paura della Thénardier. Non era più sola; qualcuno era accanto a lei.

Cosette si era subito accinta alle solite faccende di ogni mattina. Quel luigi, che portava con sé nella tasca del grembiule dalla quale, la sera prima, era scivolata la moneta di quindici soldi, la distraeva. Non osava toccarlo, ma restava talvolta anche cinque minuti a contemplarlo, bisogna pur dirlo, con la lingua fuori. Mentre spazzava la scala, si fermava e restava immobile, dimenticando la scopa e il mondo intero, tutta intenta a guardare il luccichio di quella stella in fondo alla sua tasca.

Fu durante una di tali contemplazioni che la Thénardier la raggiunse.

Per ordine del marito, era andata a cercarla.

Cosa inaudita, né le diede uno scapaccione, né le rivolse una sola ingiuria.

«Cosette, vieni subito» le disse quasi dolcemente.

Un secondo dopo, Cosette entrava nella sala a terreno.

Il viaggiatore prese il pacco che aveva con sé e lo sciolse. Conteneva un vestitino di lana, un grembiule, una camicina di fustagno, una sottanina, un fazzoletto, un paio di calze di lana, un paio di scarpettine, tutto ciò che occorreva per vestire una bambina di otto anni. E tutto questo era nero.

«Bambina mia,» disse l'uomo «prendi questa roba e vestiti in fretta.»

Spuntava il giorno quando gli abitanti di Montfermeil che cominciavano ad aprire le loro porte videro passare per la via di Parigi un uomo poveramente vestito, che aveva per mano una bambina vestita a lutto, con in braccio una grande bambola vestita di rosa. Si dirigevano verso Livry.

Erano il nostro uomo e Cosette.

Nessuno conosceva l'uomo, e siccome Cosette non era più coperta di cenci, molti non la riconobbero.

Cosette se n'andava. Con chi? Ella lo ignorava. Dove andava? Non lo sapeva. Capiva soltanto che lasciava dietro a sé la bettola Thénardier. Nessuno aveva pensato a dirle addio, né ella disse addio ad alcuno. Usciva da quella casa odiata e odiando. Povero dolce essere! Il suo cuore aveva conosciuto sino allora soltanto l'oppressione!

Cosette camminava pensierosa, spalancando i grandi occhi a guardare il cielo. Aveva messo il luigi nella tasca del grembiule e di tanto in tanto si curvava per gettargli uno sguardo: poi guardava il brav'uomo. Sentiva in sé qualcosa come se si trovasse vicina al buon Dio.

X

CHI CERCA IL MEGLIO PUÒ TROVARE IL PEGGIO

La Thénardier, secondo la sua abitudine, aveva lasciato fare al marito. Si aspettava grandi avvenimenti. Quando l'uomo e Cosette se ne furono andati, Thénardier lasciò trascorrere un quarto d'ora, poi trasse la moglie in disparte e le mostrò i millecinquecento franchi.

«Solo questo?» disse.

Era la prima volta, dal principio della loro unione, che osava criticare un atto del maestro.

Il colpo fece effetto.

«Infatti hai ragione,» egli disse «sono un imbecille. Dammi subito il cappello.»

Piegò i tre biglietti di banca, li mise in tasca e uscì in fretta, ma sbagliò direzione e si avviò dapprima a destra. S'informò presso i vicini, i quali lo misero sulla buona via: l'Allodola e l'uomo erano stati veduti sulla via di Livry. Seguì quest'indicazione camminando a lunghi passi e parlando fra sé:

«Quell'uomo è certamente un milionario e io sono uno stupido. In un primo tempo ha dato venti soldi, poi cinque franchi, poi cinquanta, poi millecinquecento, e sempre con la stessa facilità. Avrebbe dato anche quindicimila franchi. Ma lo ritroverò. E poi, quel pacchetto di vestitini per la bimba, preparato in precedenza, è molto significativo: certamente ci dev'essere un mistero qui sotto. Non si trascura un mistero quando lo si ha in pugno. I segreti dei ricchi sono come spugne colme d'oro; bisogna saperle spremere». Tutti questi pensieri gli turbinavano nel cervello. «Sono uno stupido» si diceva.

Quando si è usciti da Montfermeil e si raggiunge la svolta della strada che conduce a Livry, la si vede dispiegarsi davanti a sé, assai lungi sull'altopiano. Giunto a quel punto, Thénardier pensò che avrebbe dovuto scorgere l'uomo e la bambina. Scrutò lontano sin dove la sua vista poteva giungere, ma non vide nulla. S'informò ancora, ma intanto perdeva tempo. Alcuni passanti gli dissero che l'uomo e la bambina che egli cercava si erano incamminati verso il bosco dalla parte di Gagny. Si avviò in fretta verso quella direzione.

Essi erano in vantaggio su di lui, ma una bambina cammina lentamente ed egli andava svelto. E poi, egli conosceva bene il paese.

A un tratto si fermò e si diede un colpo sulla fronte come un uomo che ha dimenticato qualcosa d'essenziale ed è pronto a ritornare sui suoi passi.

«Avrei dovuto prendere il fucile con me!» si disse.

Thénardier era una di quelle nature doppie che talvolta passano in mezzo a noi a nostra insaputa, e scompaiono senza che le possiamo conoscere, perché il destino non ne ha mostrato che un lato. La sorte di molti uomini è quella di vivere così, a metà sommersi. In una situazione calma e piana Thénardier aveva tutti i requisiti che occorrono per apparire – non diciamo per essere – ciò che si è convenuto definire un onesto commerciante, un buon borghese. Nel tempo stesso, date talune circostanze, e concorrendo certe scosse a sommuovere la sua seconda natura, aveva tutti i requisiti per essere uno scellerato. Era un bottegaio nel quale c'era qualcosa del mostro. In certi momenti Satana doveva accoccolarsi in qualche angolo del bugigattolo dove viveva Thénardier, e sognare dinanzi a quel mostruoso capolavoro.

Dopo un momento d'esitazione:

«Ma...» pensò «avrebbero il tempo di scappare!».

Continuò dunque la sua strada camminando rapidamente, sicuro di sé e con la sagacia di una volpe che fiuta uno stormo di pernici.

Infatti, quand'ebbe oltrepassato gli stagni e attraversato obliquamente la radura che si trova a destra del corso di Bellevue, non appena giunto a quel viale erboso che quasi circonda la collina e ricopre la volta dell'antico canale delle acque della badia di Chelles, al di sopra di un cespuglio scorse un cappello sul quale aveva già imbastito tante congetture. Era il cappello dell'uomo.

Il cespuglio era basso e Thénardier ebbe la certezza che l'uomo e Cosette erano seduti lì. Non si vedeva la bambina perché troppo piccola, ma si scorgeva la testa della bambola.

Thénardier non si sbagliava. L'uomo si era seduto là per far riposare un po' Cosette. Il bettoliere girò intorno al cespuglio e apparve improvvisamente dinanzi a coloro che cercava.

«Scusi, signore,» disse tutto ansante «eccovi i vostri millecinquecento franchi.»

Così dicendo porgeva al forestiero i tre biglietti di banca.

L'uomo alzò lo sguardo.

«Che significa?»

Thénardier rispose con deferenza:

«Signore, ciò significa ch'io riprendo Cosette».

Cosette rabbrividì e si strinse al brav'uomo.

Il viaggiatore, guardando Thénardier nel fondo degli occhi e scandendo ogni sillaba, rispose:

«Ri-pren-de-te Cosette?».

«Sì, signore, la riprendo. Vi dirò. Ho riflettuto e ho capito che non ho il diritto di darvela. Sono un uomo onesto, vedete. La bambina non è mia; appartiene a sua madre. La madre me l'ha affidata e non posso consegnarla che a lei. Voi mi direte: ma la madre è morta. In questo caso non posso dare la bambina se non a una persona che mi porti uno scritto firmato dalla madre stessa, e nel quale si dichiari che debbo consegnare la bambina a tale persona. Ciò è chiaro.»

Senza rispondere, l'uomo frugò nella tasca e Thénardier vide riapparire il portafoglio dai biglietti di banca.

Il bettoliere ebbe un fremito di gioia.

«Bene!» pensò. «Teniamo duro. Adesso tenta di corrompermi!»

Prima di aprire il portafoglio il viaggiatore gettò uno sguardo intorno a sé. Il luogo era completamente deserto, non vi era anima viva, né nel bosco né nella vallata. L'uomo aprì il portafoglio ed estrasse, non i biglietti di banca che Thénardier si aspettava, ma un semplice piccolo pezzo di carta che spiegò e presentò all'albergatore dicendo:

«Avete ragione. Leggete».

Thénardier prese il foglio e lesse:

Montreuil-sur-mer, 25 marzo 1823

Signor Thénardier,

Consegnerete Cosette al latore del presente biglietto. Tutte le piccole spese vi saranno rimborsate.

Ho l'onore di salutarvi con considerazione.

Fantine.

«Conoscete questa firma?» riprese l'uomo.

Era proprio la firma di Fantine e Thénardier la riconobbe.

Non c'era nulla da aggiungere. In quel momento egli ebbe due violenti disappunti: quello di rinunciare alla corruzione in cui sperava, e quello di sentirsi vinto.

L'uomo aggiunse:

«Potete conservare questo foglio a vostro discarico».

Thénardier ripiegò in buon ordine.

434

«Questa firma è abbastanza bene imitata» borbottò fra i denti. «Infine, sia!»

Poi tentò un ultimo colpo dicendo:

«Va bene, signore. Giacché voi siete quella persona... Ma bisogna pagarmi "tutte le piccole spese"; e mi si deve molto.»

L'uomo si drizzò in piedi e, scuotendo con dei buffetti la sua logora manica polverosa disse:

«Signor Thénardier, in gennaio la madre aveva calcolato di dovervi centoventi franchi. In febbraio le avete inviato una nota che ammontava a cinquecento franchi. Vi sono stati inviati trecento franchi alla fine di febbraio e trecento franchi al principio di marzo. Da allora sono trascorsi nove mesi che, a quindici franchi al mese, secondo gli accordi convenuti, importano un totale di centotrentacinque franchi. Avevate ricevuto cento franchi in più sul conto vecchio. Restano dunque da pagarsi trentacinque franchi. Io vi ho dato mille e cinquecento franchi».

In quel momento Thénardier provò la stessa sensazione del lupo che si sente afferrato e addentato dalla mascella d'acciaio di una trappola.

«Ma che diavolo d'uomo è costui?» pensò.

Fece ciò che fa il lupo. Si scosse; l'audacia gli era già riuscita una volta.

«Signore-di-cui-non-conosco-il-nome,» disse risoluto e mettendo da parte, questa volta, i modi rispettosi di prima «io riprenderò Cosette, o voi mi darete mille scudi.»

Il forestiero disse tranquillamente:

«Vieni, Cosette».

Prese Cosette con la mano sinistra e con la destra raccolse da terra il suo bastone.

Thénardier notò la grossezza del randello e la solitudine del luogo.

L'uomo s'inoltrò nel bosco con la bambina, lasciando il bettoliere immobile e interdetto.

Mentre essi si allontanavano, Thénardier considerò le larghe spalle un po' curve dell'uomo e i suoi grossi pugni.

Poi i suoi occhi, abbandonato l'uomo, caddero sulle proprie deboli braccia e sulle sue mani scarne.

«Devo proprio essere uno stupido,» pensava «se non ho preso con me il fucile, dal momento che andavo a caccia!»

Tuttavia il locandiere non abbandonò la preda.

«Voglio sapere dove andrà» si disse. E si mise a seguirli a distanza.

Nelle mani gli restavano due cose: una beffa, il pezzo di carta firmato *Fantine*; e una consolazione, i millecinquecento franchi.

L'uomo conduceva Cosette in direzione di Livry di Bondy. Camminava lentamente, a capo basso, in attitudine pensosa e triste.

L'inverno aveva reso il bosco assai spoglio e rado, in modo che Thénardier poteva seguirli con lo sguardo pur rimanendo abbastanza lontano. Di tanto in tanto l'uomo si voltava per vedere se era seguito. A un tratto scorse Thénardier. Allora s'addentrò repentinamente con Cosette in un bosco ceduo, nel quale entrambi poterono scomparire. «Diamine!» disse Thénardier, e raddoppiò il passo.

La densità della boscaglia l'aveva costretto ad avvicinarsi ad essi. Quando l'uomo si trovò nel più folto, si voltò. Thénardier ebbe un bel tentare di nascondersi fra i rami, non poté evitare d'essere scorto dall'uomo. Questi gli gettò uno sguardo inquieto, scosse la testa e riprese la sua via. Il locandiere riprese a seguirli. Fecero così due o trecento passi. A un tratto l'uomo si voltò di nuovo. Scorse ancora il locandiere: ma questa volta lo guardò in modo così torvo che Thénardier giudicò «inutile» l'andar oltre, e tornò indietro.

XI
IL NUMERO 9430 RIAPPARE, E COSETTE LO VINCE ALLA LOTTERIA

Jean Valjean non era morto.

Quando cadde in mare, o piuttosto quando vi si gettò, era, come abbiamo veduto, senza ferri. Nuotò sott'acqua sino a raggiungere una nave lì ancorata, alla quale era ormeggiata una barca. In questa barca egli trovò modo di nascondersi fino a sera. Sopraggiunta la notte si gettò nuovamente a nuoto e raggiunse la costa a breve distanza dal capo Brun. Una volta a terra, poiché non gli mancava il denaro, poté facilmente procurarsi degli abiti. In quei tempi, una bettola dei dintorni di Balaguier funzionava da rifornitrice dei forzati evasi: era uno speciale commercio, assai redditizio. Poi, come tutti i tristi fuggiaschi che cercano di eludere la sorveglianza della legge e la fatalità sociale, Jean Valjean seguì un itinerario oscuro e tortuoso. Trovò un primo asilo al Pradeaux, vicino a Beausset. Poi si diresse verso il Grand-Villard, vicino a Briançon, nelle Alte Alpi: fuga a tentoni e inquieta, cammino di talpa le cui diramazioni sono sconosciute. Si è potuto, più tardi, trovare qualche traccia del suo passaggio nell'Ain, in territorio di Civrieux, nei Pirenei, ad Accons, nel punto chiamato la Grange-de-Doumecq, vicino al paesello di Chavailles e nei dintorni di Périgueux, a Brunies, cantone della Chapelle-Gonaguet. Raggiunse Parigi. Lo abbiamo veduto or ora a Montfermeil.

Appena giunto a Parigi, sua prima cura era stata quella di acquistare vestiti di lutto per una bambina dai sette agli otto anni, poi di procurarsi un alloggio. Ciò fatto, s'era recato a Montfermeil.

Ci si ricorderà che, sin dalla sua precedente evasione, aveva fatto qui, o nei dintorni, un misterioso viaggio di cui la giustizia aveva avuto qualche sentore.

Del resto lo credevano morto e ciò rendeva più fitta l'oscurità che si era formata attorno a lui. A Parigi gli capitò sotto mano uno dei giornali che riportavano l'episodio che lo concerneva. Si sentì rassicurato e quasi in pace, come se fosse morto realmente.

La sera stessa del giorno in cui aveva strappato Cosette agli artigli dei Thénardier, Jean Valjean ritornava a Parigi. Vi giunse, con la bambina, sul far della notte, dalla barriera di Monceaux. Montò in un calesse e si fece condurre sul piazzale dell'Observatoire. Discese, pagò il cocchiere, prese Cosette per mano e, per le vie deserte che confinano con l'Ourcine e la Glacière, si diresse verso la via dell'Hôpital.

La giornata era stata strana e piena d'emozioni per Cosette. Avevano mangiato, al riparo delle siepi, pane e formaggio comprati in qualche osteria isolata, avevano cambiato spesso carrozza, avevano percorso dei tratti di strada a piedi senza che ella si lamentasse; ma oramai era stanca, e Jean Valjean se ne accorse dal modo con cui ella si lasciava trascinare per mano. Allora la prese in braccio; Cosette, senza abbandonare Catherine, posò la testa sulla spalla di Jean Valjean, e vi si addormentò.

LIBRO QUARTO

LA TOPAIA GORBEAU

I

MASTRO GORBEAU

Quarant'anni or sono il viandante solitario che s'avventurava nei paraggi sperduti della Salpêtrière e che per il viale dell'Hôpital risaliva sino alla barriera d'Italia, arrivava in luoghi ove si sarebbe potuto dire che Parigi spariva. Non era la solitudine, perché vi erano dei passanti; non era campagna, perché vi erano case e vie; non era una città, perché le vie erano solcate da carreggiate al pari delle strade maestre, e vi spuntava l'erba; non era un villaggio, perché le case erano troppo alte. Che cos'era dunque? Era un luogo abitato dove non si vedeva nessuno, era un luogo deserto dove abitava qualcuno; era una strada della grande città, una via di Parigi più selvaggia d'una foresta durante la notte, più tetra di un cimitero durante il giorno.

Era il vecchio rione del mercato dei Cavalli.

Se il viandante si fosse spinto al di là dei quattro cadenti muri del mercato dei Cavalli, se avesse consentito a oltrepassare la via del Petit-Banquier, dopo aver lasciato alla sua destra un orticello cinto di alte muraglie, poi un prato sparso di alti mucchi di concia che parevano capanne di giganteschi castori, poi un recinto tutto ingombro di legname da costruzione e di un'infinità di ceppi, di segatura e di trucioli dall'alto dei quali un grosso cane abbaiava, poi un lungo muro basso tutto in rovina, con una piccola porta nerastra e funerea, carica di musco che si copriva di fiori in primavera, poi, nel luogo più deserto, un'orribile costruzione decrepita sulla quale era scritto a grandi caratteri: *Vietata l'affissione*, quell'avventato viandante avrebbe raggiunto l'angolo della via delle Vignes-Saint-Marcel, località poco conosciuta. Là, vicino a un'officina e tra due muri di cinta di giardini, si scorgeva in quel tempo una casaccia che, al primo colpo d'occhio, sembrava piccola come una capanna, ma che in realtà era vasta come una cattedrale. Sulla pubblica via si affacciava di lato, con un frontone: da ciò la sua meschina apparenza. Quasi tutta la casa era nascosta; si vedeva soltanto la porta e una finestra.

Questa bicocca aveva un solo piano.

Esaminandola, il particolare che a tutta prima colpiva era quella porta che poteva essere soltanto di una catapecchia, mentre la finestra, se fosse stata aperta in un muro di pietra viva anziché di ciottoli, avrebbe potuto essere degna di un palazzo.

La porta era un complesso di assi tarlate, rozzamente riunite con traverse che parevano tronchi male squadrati. Si apriva immediatamente su una scala ripida e a gradini alti, sudici di fango, di gesso, di polvere, della stessa larghezza della porta, e dalla via la si vedeva ergersi dritta come una scala a mano e sparire nell'ombra fra due muri. La parte superiore dell'informe vano chiuso da questa porta era mascherata da una stretta assicella nel mezzo della quale era stata praticata un'apertura triangolare che, quando la porta era chiusa, teneva luogo di finestrino e di spioncino. Nell'interno della porta, un pennello intinto nell'inchiostro aveva tracciato con pochi tratti il numero 52, e, al di sopra del finestrino, lo stesso pennello aveva scarabocchiato il numero 50; di modo che c'era da rimanere esitanti circa il numero di quella casa. Dove si era? Il finestrino rispondeva: al 50; l'interno della porta replicava: no, al 52. Alcuni cenci color della polvere pendevano come tendine dal finestrino triangolare.

La finestra era larga, sufficientemente alta, munita di persiane e di una intelaiatura con grandi vetri; ma questi vetri avevano varie incrinature, nascoste e rivelate a un tempo da ingegnose strisce di carta, e le persiane sgangherate e sconnesse minacciavano i passanti più che difendere gli abitatori. Le stecche orizzontali che mancavano qua e là erano semplicemente rimpiazzate da assicelle inchiodate perpendicolarmente, di modo che quelle che dovevano essere persiane finivano per essere degli scuretti.

Quella porta dall'aspetto lurido e quella finestra dall'apparenza onesta, benché rovinata, viste così sul medesimo fabbricato, davano l'impressione di due mendicanti che, pur essendo insieme e camminando l'uno a fianco dell'altro, hanno due visi diversi sotto i medesimi cenci, l'uno essendo sempre stato un pezzente, e l'altro un gentiluomo.

La scala conduceva a un fabbricato così vasto da potersi paragonare a una tettoia trasformata in una casa d'abitazione. Questo fabbricato era percorso per il lungo da un corridoio centrale sul quale si aprivano, a destra e a sinistra, certi scompartimenti di varie dimensioni, abitabili in caso di necessità, più simili a bottegucce che a camerette. Queste stanze si affacciavano sul circostante terreno incolto. Tutto l'insieme era tetro, spiacevole, scialbo, melanconico, sepolcrale, e attraversato, secondo che le fessure fossero nel tetto o nella porta, da pallidi raggi o da venti gelidi. Un particolare interessante e pittoresco di questo genere di abitazioni è l'enormità delle ragnatele.

A sinistra della porta d'entrata, sulla strada, ad altezza d'uomo, un lucernario che era stato murato formava una nicchia quadrata piena di pietre che i bambini vi gettavano passando.

Una parte di questo fabbricato è stata demolita ultimamente. Ciò che ne rimane oggi può dare un'idea di ciò che è stato. Tutto il complesso non conta cent'anni. Cent'anni è la gioventù d'una chiesa e la vecchiaia di una casa. Sembra che la casa dell'uomo partecipi della sua breve esistenza e la casa di Dio della sua eternità.

I portalettere chiamavano questa catapecchia il numero 50-52, ma nel quartiere era conosciuta sotto il nome di casa Gorbeau.

Diciamo da dove le veniva questo appellativo.

I collezionisti di storielle, che fanno raccolta di aneddoti e che fissano con uno spillo le date fugaci nella loro memoria, sanno che nel secolo scorso, verso il 1770, vi erano a Parigi, allo Châtelet, due procuratori che si chiamavano l'uno Corbeau, l'altro Renard. Due nomi previsti da La Fontaine. L'occasione era troppo bella perché nell'ambiente giudiziario non se ne facessero grasse risate. Subito la parodia corse, in versi un po' zoppicanti, le gallerie del palazzo di giustizia:

> *Maitre Corbeau, sur un dossier perché,*
> *Tenait dans son bec une saisie exécutoire;*
> *Maitre Renard, par l'odeur alléché,*
> *Lui fit à peu près cette histoire:*
> *Hé, bonjour!* Eccetera.[1]

I due onesti procuratori, sentendosi a disagio per le trivialità e diminuiti nella loro dignità dagli scoppi di risa che li seguivano al loro passaggio, risolsero di sbarazzarsi del loro nome decidendo di rivolgersi al re. La domanda fu presentata a Luigi XV lo stesso giorno in cui il nunzio pontificio da un lato, e il cardinale de La Roche-Aymon dall'altro, entrambi devotamente inginocchiati, in presenza di Sua Maestà calzarono ciascuno una pantofola ai piedi nudi della signora Dubarry che usciva allora allora dal letto. Il re, che rideva, continuò a ridere, passò allegramente dai due vescovi ai due procuratori e fece loro grazia, o quasi, dei loro nomi. Per autorità reale fu concesso a mastro Corbeau di aggiungere una coda alla sua iniziale e di chiamarsi Gorbeau. Mastro Renard, meno fortunato, non ottenne che il permesso di aggiungere una P davanti alla R e di chiamarsi

---

[1] «Mastro Corvo, appollaiato su un incartamento, teneva col becco un sequestro esecutivo. Mastro Volpe, dall'odore adescato, gli diede la voce pressappoco così: Eh!, buongiorno! Ecc.» Parodia della favola di La Fontaine *Le corbeau et le renard*.

Prenard; di modo che il suo nuovo nome non fu molto diverso dal primo.[2]

Ora, secondo la tradizione locale, questo mastro Gorbeau era stato il proprietario del fabbricato numero 50-52 situato in viale dell'Hôpital. Era anzi l'autore della monumentale finestra.

Ecco perché quella catapecchia portava il nome di casa Gorbeau.

Di fronte al numero 50-52, fra le piante del viale, si erge un grande olmo per tre quarti morto: quasi dirimpetto s'apre la via della barriera dei Gobelins, strada che allora non aveva né case, né lastricato, con pochi alberi stentati, verde o fangosa a seconda della stagione, e terminava proprio al muro di cinta di Parigi. Un odore di copparosa si espandeva a folate dai tetti di una fabbrica vicina.

La barriera era il vicino. Nel 1823, il muro di cinta esisteva ancora.

La vista di questa barriera metteva nell'animo qualcosa di lugubre. Era la strada che conduceva a Bicêtre. Sotto l'impero e la restaurazione i condannati a morte, il giorno dell'esecuzione, rientravano a Parigi da questa via. È lì che fu commesso verso il 1829 il misterioso assassinio detto «della barriera di Fontainebleau», di cui la giustizia non poté scoprire gli autori: tragico problema mai risolto, enigma spaventevole mai chiarito. Dopo qualche passo si trova la fatale via Croulebarbe dove Ulbach, al rombo del tuono, come in un melodramma, pugnalò la capraia d'Ivry. Qualche passo ancora e si giunge agli abominevoli olmi svettati della barriera di Saint-Jacques: espediente dei filantropi per nascondere il patibolo, meschina e vergognosa piazza di Grève d'una società bottegaia e borghese, che ha indietreggiato dinanzi alla pena di morte, non osando abolirla con grandezza né mantenerla con autorità.

Lasciando da parte la piazza Saint-Jacques, che era come predestinata e che è sempre stata orribile, trentasette anni or sono, il punto più triste di quel triste stradone era forse il luogo, così poco attraente anche adesso, dove si trovava la topaia 50-52.

Solo venticinque anni più tardi cominciarono a sorgere in quel punto case civili. Il luogo era sinistro. Dalle idee funebri che suscitava, si capiva di essere fra la Salpêtrière, di cui si intravedeva la cupola, e Bicêtre, di cui si toccava la barriera; quanto dire tra la follia della donna e quella dell'uomo. Sin dove la vista poteva giungere, non si scorgevano che i macelli, il muro di cinta e rare facciate d'officine, simili a caserme o a monasteri; ovunque baracche e calcinacci, vecchi muri neri come drappi funebri, muri nuovi bianchi come sudari; ovunque filari d'alberi paralleli, edifici eretti coll'archipenzolo, costruzioni

[2] Perché *Prenard*, volgarmente, dal verbo *prendre* (prendere) può anche significare: «che prende», ossia che rubacchia, appunto come la volpe (*renard*).

441

piatte, a lunghe linee fredde: e la lugubre tristezza degli angoli retti. Non un avvallamento nel terreno, non un capriccio d'architettura, non una piega. Era un complesso glaciale, regolare, orrido. Non v'è cosa che stringa il cuore quanto la simmetria. Gli è che la simmetria è la base della noia e la noia è la base del dolore. La disperazione sbadiglia. Se si può pensare a qualche cosa di più terribile di un inferno dove si soffre, è un inferno dove ci si annoia. Se quest'inferno esistesse, quel breve tratto di strada dell'Hôpital avrebbe potuto esserne il viale d'accesso.

Pertanto, al crepuscolo, nel momento in cui la luce se ne va, particolarmente d'inverno, quando il vento della sera strappa agli olmi le ultime foglie rossicce, quando l'oscurità è intensa e non vi è neppure il chiarore d'una stella, oppure quando la luna e il vento aprono pertugi nelle nubi, quel viale diventava tutt'a un tratto spaventevole. Le linee rette si confondevano e si perdevano nell'ombra come tronchi dell'infinito. Il viandante non poteva impedirsi di correre col pensiero alle innumerevoli tradizioni patibolari del luogo. La solitudine di quella località, ove tanti delitti erano stati commessi, aveva qualcosa di orribile. In quell'oscurità, pareva di presentire dei tranelli, tutte le forme, rese confuse dall'ombra, parevano sospette, e gli spazi tra un albero e l'altro sembravano fosse. Di giorno il luogo era brutto; di sera lugubre; di notte sinistro.

D'estate, al crepuscolo, si vedevano qua e là vecchie donne sedute all'ombra degli olmi su panche ammuffite dalla pioggia. Quelle buone vecchie mendicavano volentieri.

Del resto quel quartiere, che pareva più fuori moda che antico, tendeva fin da allora a trasformarsi. Fin da quel tempo chi desiderava vederlo doveva affrettarsi. Ogni giorno qualche particolare spariva. Al presente, e da vent'anni circa, lo scalo della ferrovia d'Orléans è lì accanto al vecchio sobborgo, e opera sempre più a modificarlo.

Lo scalo d'una ferrovia, situato ai confini di una capitale, è la morte di un sobborgo e la nascita di una città. Sembra che attorno a questi grandi centri del movimento umano, al correre di queste possenti macchine, al soffio di quei mostruosi cavalli della civiltà che divorano carbone e vomitano fuoco, la terra, piena di germi, tremi e si apra per inghiottire le antiche dimore degli uomini e per farne venir fuori delle nuove. Le case vecchie crollano, le nuove sorgono.

Da quando la stazione ferroviaria d'Orléans ha invaso i terreni della Salpêtrière, le antiche viuzze che costeggiano i fossati Saint-Victor e il Jardin des Plantes sono violentemente percorse tre o quattro volte al giorno da flussi di diligenze, di carrozze e di omnibus che in un determinato momento respingono le case a destra e a sinistra; poiché vi sono cose che sembrano strane a dirsi ma che sono rigorosamente esatte; e allo stesso modo è legittimo dire che nelle grandi città il sole fa vegetare e crescere le facciate delle case volte a mezzogiorno, è certo che il passaggio frequente delle carrozze allarga le vie. I sintomi di una nuova vita sono evidenti. In questo vecchio quartiere provinciale, anche negli angoli più selvatici, appare il selciato e i marciapiedi cominciano a formarsi e ad allungarsi anche là dove non vi sono ancora passanti. Un mattino memorabile, nel luglio 1845, si videro improvvisamnete fumare le caldaie nere del bitume. In quel giorno si poté dire che la civiltà era giunta in via Lourcine e che Parigi era entrata nel sobborgo Saint-Marceau.

II
NIDO PER GUFO E CAPINERA

Davanti a quella topaia Gorbeau, Jean Valjean si fermò. Come gli uccelli selvatici, aveva scelto il luogo più deserto per farvi il suo nido. Egli si frugò nel panciotto, ne trasse una specie di chiave, aprì la porta, entrò, richiuse con cura e salì le scale sempre portando Cosette.

Giunto al sommo della scala levò di tasca un'altra chiave con la quale aprì una seconda porta. La stanza nella quale entrò, e che immediatamente richiuse, era una specie di stamberga, abbastanza spaziosa, ammobiliata con un materasso steso a terra, una tavola e qualche sedia. In un angolo vi era una stufa accesa nella quale si vedeva risplendere la brace. Il riverbero del viale illuminava vagamente questo misero interno; nel fondo della stanza vi era uno stanzino con una branda. Jean Valjean portò la bambina su quella branda e ve la depose senza che ella si svegliasse.

Prese l'acciarino, accese una candela che era già pronta sulla tavola e, come aveva fatto la sera prima, si mise a osservare Cosette con uno sguardo pieno d'estasi, in cui l'espressione della bontà e della commozione giungeva allo smarrimento. La bambina, con quella sicura fiducia che è propria soltanto dell'estrema forza o dell'estrema debolezza, si era addormentata senza sapere con chi fosse e continuava a dormire senza sapere dove si trovasse.

Jean Valjean si curvò e baciò la mano della bambina.

Nove mesi prima baciava la mano della madre che, essa pure, s'era appena addormentata.

Lo stesso sentimento doloroso, religioso, cocente, gli riempiva il cuore.

Si inginocchiò vicino al letto di Cosette.

A giorno avanzato, la piccina dormiva ancora.

Un pallido raggio di sole invernale attraversava l'inferriata e tracciava sul soffitto lunghe strisce d'ombra e di luce.

A un tratto, un carro sovraccarico di pietre, che passava sull'acciottolato della strada, scosse la bicocca con un rombo d'uragano e la fece tremare dall'alto in basso.

«Sì, signora!» gridò Cosette svegliata di soprassalto. «Eccomi! Eccomi!»

E scese dal letto, con le palpebre ancora semichiuse dalla pesantezza del sonno, tendendo le braccia verso l'angolo del muro.

«Mio Dio! La mia scopa!» disse.

Aprì gli occhi completamente e incontrò il viso sorridente di Jean Valjean.

«Ah, to', è vero!» esclamò. «Buon giorno, signore.»

I bambini accettano subito familiarmente la gioia e la felicità, essendo essi stessi l'espressione naturale della felicità e della gioia.

Cosette, appena scorse Catherine ai piedi del letto, se ne impadronì, e, pur giocando, rivolse un'infinità di domande a Jean Valjean: dov'era? Parigi era grande? La signora Thénardier era molto lontana? Non sarebbe mai venuta? E così via. D'improvviso esclamò:

«Come è bello qui!».

Era un'orribile stamberga; ma ella si sentiva libera. «Occorre che scopi?» domandò.

«Gioca» rispose Jean Valjean.

La giornata trascorse così. Cosette, senza preoccuparsi di capire qualcosa, era inesprimibilmente felice fra quella bambola e quel buon uomo.

III
DUE DISGRAZIE UNITE FORMANO UNA FELICITÀ

Il mattino dopo, sul far del giorno, Jean Valjean era di nuovo vicino al letto di Cosette. Attese lì, immobile, guardandola, sino al suo risveglio.

Una sensazione nuova gli penetrava nell'animo. Jean Valjean non aveva mai amato. Sino all'età di venticinque anni era stato solo al mondo. Non era mai stato padre, né amante, né marito, né amico. In galera era cattivo, cupo, casto, ignorante e selvaggio. Il cuore di questo vecchio galeotto era colmo di sentimenti ancora intatti.

La sorella e i suoi bambini gli avevano lasciato un vago e lontano ricordo che col tempo era interamente svanito. Aveva tentato tutti i mezzi per ritrovarli, e, non essendoci riuscito, li aveva dimenticati. Tale è la natura umana. Le altre tenere emozioni della sua giovinezza, se pure ne aveva avute, erano sprofondate in un abisso.

Quando vide Cosette, quando la prese con sé e la rese libera, si sentì commuovere nel più profondo. Tutta la forza delle sue passioni e dei suoi sentimenti affettivi si svegliò in lui e si riversò con violenza su quella bambina. Avvicinandosi al letto dove ella dormiva, tremava di gioia; provava delle angosce materne e non capiva cosa fossero, poiché è una cosa molto oscura e molto dolce il grande e strano agitarsi d'un cuore che comincia ad amare.

Povero vecchio cuore neonato!

Soltanto, poiché egli aveva cinquantacinque anni e Cosette ne aveva otto, tutto l'amore che egli avrebbe potuto provare nella sua vita si disciolse in una specie d'ineffabile luce.

Era la seconda candida apparizione che gli si presentava. Il vescovo aveva fatto sorgere sul suo orizzonte l'alba della virtù: Cosette vi faceva sorgere l'alba dell'amore.

I primi giorni trascorsero in questa estasi.

Dal canto suo, anche Cosette, pur senza avvedersene, si trasformava, diventava un'altra, povero piccolo essere! Era così piccina quando la mamma l'aveva abbandonata, che di lei non si ricordava più.

Pure Cosette, come tutti i bambini, simili ai tralci che si attaccano a tutto, aveva cercato di amare; ma non aveva potuto riuscirvi. Tutti l'avevano respinta: i Thénardier, i loro figliuoli, altri fanciulli. Aveva amato il cane, ma esso era morto, dopo di che nulla e nessuno aveva voluto il suo affetto. Cosa triste a dirsi, e alla quale abbiamo già accennato, a otto anni la bimba aveva il cuore freddo.

Non era colpa sua, poiché non era la facoltà di amare che le mancava: bensì, ahimè!, la possibilità. E così ella pure, sin dal primo giorno, si mise ad amare quell'uomo con tutti i suoi sentimenti e i suoi pensieri. Ella provava quello che non aveva mai provato: un senso di espansione.

Quell'uomo non le sembrava più neppure vecchio, e neppure povero. Le pareva che Jean Valjean fosse bello, così come trovava graziosa la stamberga.

Sono effetti d'aurora, di infanzia, di giovinezza, di gioia. La novità del luogo e della nuova vita vi contribuivano in parte. Nulla è grazioso quanto il colorante riflesso della felicità su un granaio. Noi tutti abbiamo nel nostro ricordo una soffitta azzurra.

La natura e cinquant'anni di tempo avevano posto, fra Jean Valjean e Cosette, una profonda distanza: ma il destino la colmò. Il destino unì bruscamente e fidanzò con la sua irresistibile potenza quelle due esistenze sradicate, diverse per l'età ma simili per il dolore. Infatti, l'una completava l'altra. L'istinto di Cosette cercava un padre e l'istinto di

Valjean cercava un figlio. Incontrarsi, fu come trovarsi. Nel misterioso momento in cui le loro mani si toccarono, si congiunsero per sempre. Quando quelle due anime si videro, si riconobbero come fossero l'una necessaria all'altra, e si abbracciarono strettamente.

Prendendo le parole nel loro senso più comprensivo e assoluto, si potrebbe dire che, pur essendo fatalmente separati da tutto, Jean Valjean era il Vedovo come Cosette era l'Orfana. Da questa situazione risultò che Jean Valjean divenne celestialmente padre di Cosette.

E in verità la misteriosa impressione prodotta alla bimba, in fondo al bosco di Chelles, della mano di Valjean che nel buio afferrava la sua, non era un'illusione, ma una realtà. L'intervento di quell'uomo nel suo destino segnava l'intervento di Dio.

Del resto, Jean Valjean aveva scelto bene il suo asilo. Egli si trovava là in una sicurezza che poteva sembrare completa.

La camera con lo stanzino che egli occupava insieme a Cosette era quella la cui finestra dava sulla strada. Essendo questa finestra l'unica della casa, nessuno sguardo indiscreto era da temersi, né dai lati né di fronte.

Il piano terreno del numero 50-52, una specie di tettoia in rovina, serviva di rimessa ad alcuni ortolani e non aveva alcuna comunicazione con il primo piano, dal quale era diviso da un impiantito sprovvisto affatto di aperture e che formava come il diaframma della bicocca. Come abbiamo già detto, il primo piano era formato da parecchie camere e da qualche granaio, uno solo dei quali era abitato da una vecchia che accudiva alle faccende domestiche di Jean Valjean. Tutto il resto del fabbricato era disabitato.

Era stata questa vecchia, fregiata del titolo di *principale inquilina*, ma in realtà incaricata delle mansioni di portinaia, che il giorno di Natale aveva affittato quell'alloggio a Jean Valjean. Questi s'era presentato a lei quale benestante rovinato dai titoli spagnoli, che sarebbe venuto ad abitare là con una sua nipotina. Aveva pagato sei mesi anticipati e incaricato la vecchia di arredare la camera e lo stanzino nel modo già descritto. Era questa buona donna che, nel giorno del loro arrivo, aveva acceso la stufa e preparato ogni cosa.

Le settimane si susseguirono. Quelle due creature menavano nella miserabile stamberga una esistenza felice.

Fin dall'alba Cosette rideva, chiacchierava, cantava. I bambini hanno un loro canto mattutino, come gli uccelli.

Talvolta accadeva che Jean Valjean le prendesse la manina rossa e screpolata dal gelo e gliela baciasse. La povera bambina, abituata a essere battuta, non capiva il significato di tale gesto e si allontanava vergognosa.

Alle volte diventava seria e osservava il suo vestitino nero. Cosette non era più vestita di cenci, era vestita a lutto. Essa usciva dalla miseria ed entrava nella vita.

Jean Valjean le insegnava a leggere. Di tanto in tanto, facendo compitare la bambina, egli pensava che aveva imparato a leggere in carcere, con l'idea di compiere il male. Quest'idea si era vòlta a insegnare a leggere a una bambina: allora il vecchio galeotto sorrideva col sorriso pensoso degli angeli.

Egli sentiva in ciò una premeditazione dall'alto, una volontà di Qualcuno che non è l'uomo, e si perdeva in fantasticherie. I buoni pensieri hanno i loro abissi, come quelli cattivi.

Insegnare a leggere a Cosette e lasciarla giocare; in ciò era press'a poco tutta la vita di Jean Valjean. E poi le parlava di sua madre e la faceva pregare.

Ella lo chiamava *padre* e non gli conosceva altro nome.

Egli passava le ore a contemplarla mentre vestiva e spogliava la bambola, e ad ascoltarla cinguettare. Ormai la vita gli pareva molto interessante, gli uomini gli parevano buoni e giusti, in cuor suo non rimproverava più nulla a nessuno e non aveva alcuna ragione per non pensare a vivere lungamente, adesso che sentiva d'essere amato da quella bambina. Vedeva il suo avvenire rischiarato da Cosette come da una luce incantevole. Anche i migliori non sono esenti da qualche pensiero egoistico. Alle volte egli pensava con una specie di gioia ch'ella sarebbe stata brutta.

Questa è soltanto un'opinione personale: ma per dire interamente il nostro pensiero, nello stato d'animo in cui si trovava Jean Valjean quando cominciò ad amare Cosette, era forse necessario che venissero in tal modo rinnovati i suoi sentimenti perché egli potesse perseverare nel bene. Aveva provato di recente la malvagità degli uomini e la miseria della società sotto nuovi aspetti: aspetti incompleti, che fatalmente mostravano un sol lato della verità: la sorte della donna riassunta in Fantine e l'autorità personificata in Javert. Era ritornato in carcere, e questa volta per aver fatto del bene; nuovi dolori l'avevano amareggiato, e il disgusto e la stanchezza lo riprendevano; il ricordo stesso del vescovo subiva forse di quando in quando qualche eclissi, salvo ricomparire più tardi luminoso e trionfante, ma infine anche questo santo ricordo cominciava a indebolirsi. Chissà che Jean Valjean non fosse prossimo a scoraggiarsi e a ricadere?

Egli amò e ritornò forte. Ahimè! Non era meno vacillante di Cosette. Egli la protese, ella lo rinvigorì. Grazie a lui ella poté procedere nella vita: grazie a lei, egli poté perseverare nella virtù. Egli fu il sostegno della fanciulla, e questa fu il suo punto d'appoggio. O mistero impenetrabile e divino degli equilibri del destino!

OSSERVAZIONI DELLA PRINCIPALE INQUILINA

Jean Valjean aveva la prudenza di non uscire mai durante il giorno; ma la sera, al crepuscolo, andava per un'ora o due a passeggiare, alle volte solo, alle volte con Cosette, prediligendo i viali laterali degli stradoni più deserti, ed entrando in qualche chiesa quando annottava: di preferenza in quella di Saint-Médard, essendo la più vicina. Quando non la conduceva con sé, la bambina rimaneva con la vecchia.

Ma la bambina provava una grande gioia nell'accompagnare quel brav'uomo. Trascorrere un'ora con lui, per lei era preferibile agli stessi incantevoli colloqui con Catherine. Egli, camminando, la teneva per mano e le parlava affettuosamente.

Allora si scoprì che Cosette era molto allegra.

La vecchia accudiva alle faccende di casa, alla cucina e faceva le provviste.

Vivevano sobriamente, tenevano acceso un piccolo fuoco, ma solo come gente di mezzi limitati. Jean Valjean non aveva modificato affatto l'arredamento del primo giorno, e s'era limitato a sostituire l'uscio a vetri che conduceva nella cameretta della fanciulla con un altro di legno.

Portava sempre il soprabito giallo, i calzoni neri e il cappello usato. Nella via lo ritenevano un mendicante. Accadeva talora che qualche buona donna si voltasse e gli desse un soldo. Jean Valjean accettava il soldo e salutava con un profondo inchino. Accadeva pure talvolta che egli incontrasse qualche miserabile che chiedeva la carità; allora si guardava attorno per assicurarsi che nessuno lo vedesse, si avvicinava furtivamente al disgraziato, gli metteva in mano una moneta, sovente d'argento, e si allontanava rapidamente. Ma ciò aveva i suoi inconvenienti e presto in quel quartiere cominciarono a indicarlo come il *mendicante che fa l'elemosina.*

La vecchia *principale inquilina,* creatura arcigna tutta impastata, di fronte al suo prossimo, dell'attenzione degli invidiosi, sorvegliava attentamente Jean Valjean senza che questi se ne accorgesse. Era un po' sorda, ciò che la rendeva ciarliera. Di tutto il suo passato le rimanevano soltanto due denti, uno di sopra e uno di sotto, che di continuo batteva l'uno contro l'altro. Aveva interrogato Cosette la quale, nulla sapendo, aveva potuto rispondere soltanto che veniva da Montfermeil. Un mattino, la spiona vide entrare Jean Valjean in uno dei locali disabitati della bicocca, con un atteggiamento che le parve inconsueto. Lo seguì con passo leggero, come una gatta e, senz'essere veduta, poté guardare attraverso una fessura benché egli, senza dubbio per maggior precauzione, volgesse le spalle all'uscio. Così lo vide frugarsi in tasca, prendervi un agoraio, un paio di forbici e del filo: poi egli si mise a scucire la fodera del soprabito e tirò fuori un pezzetto di carta giallastra che spiegò. Notò con terrore ch'era un biglietto di banca da mille franchi, il secondo o il terzo che vedeva da quando era al mondo. A quella vista fuggì atterrita.

Pochi minuti dopo Jean Valjean la raggiungeva e la pregava di procurargli il cambio di quel biglietto, narrandole ch'era il semestre della sua rendita, riscossa il giorno prima. «Dove?» pensò la vecchia. «È uscito di casa soltanto alle sei di sera e certamente la cassa degli uffici governativi non è aperta a quell'ora.» La vecchia andò a cambiare il biglietto, facendo le sue congetture. Quel biglietto da mille franchi, commentato e moltiplicato, produsse un gran numero di discorsi spaventati fra le pettegole di via delle Vignes-Saint-Marcel.

Qualche giorno dopo avvenne che Jean Valjean, in maniche di camicia, si trovasse nel corridoio intento a segare un po' di legna. La vecchia era nella stanza, occupata nelle faccende. Ella si trovava sola poiché Cosette era tutta intenta a contemplare la legna che veniva segata. Vedendo il soprabito appeso a un chiodo, si mise a osservarlo attentamente; la fodera era stata ricucita. La buona donna la palpò attentamente e le parve di sentire nelle falde e nella cucitura delle maniche un'imbottitura di carta. Erano certamente altri biglietti da mille!

Si accorse pure che nelle tasche c'era ogni sorta di cose, non soltanto gli aghi, le forbici e il filo che aveva veduto, ma pure un grosso portafogli, un gran coltello e, particolare molto sospetto, diverse parrucche di vari colori. Ogni tasca di quel soprabito pareva essere un fabbisogno per avvenimenti imprevisti.

Gli abitanti della topaia pervennero così agli ultimi giorni della stagione invernale.

V

UNO SCUDO CHE CADE A TERRA FA RUMORE

Nei pressi di Saint-Médard, accovacciato sul parapetto di un comune pozzo chiuso, c'era sempre un povero al quale Jean Valjean faceva volentieri l'elemosina. Non gli passava quasi mai davanti senza dargli qualche soldo. Talvolta si fermava a parlargli. Quelli che avevano invidia di quel mendicante dicevano che apparteneva *alla polizia*; era invece un vecchio scaccino di settantacinque anni, che biascicava continuamente delle orazioni.

Una sera Jean Valjean passava di là senza Cosette e lo vide al suo solito posto, sotto la luce del fanale che avevano appena acceso. Quell'uomo, secondo la sua abitudine, era tutto raggomitolato e sembrava pregare. Jean Valjean gli si avvicinò e gli pose in mano la solita elemosina. Il mendicante alzò repentinamente gli occhi, lo guardò fisso, poi chinò rapido la testa. Quel movimento fu come un lampo. Jean Valjean ebbe un sussulto. Gli sembrò di vedere, alla luce di quel fanale, non il placido volto dello scaccino, bensì una fisionomia spaventevole e conosciuta. Egli provò l'impressione che si proverebbe trovandosi d'improvviso, nelle tenebre, a faccia a faccia con una tigre. Indietreggiò atterrito e pietrificato, non osando respirare, né parlare, né rimanere, né fuggire, osservando il mendicante che aveva piegato il capo coperto da uno straccio, e che ora sembrava ignorare la sua presenza. In quel momento singolare, un istinto, forse il misterioso istinto della conservazione, fece sì che Jean Valjean non pronunciasse una parola. Il mendicante aveva la medesima statura, i medesimi gesti, la stessa apparenza degli altri giorni. «Via!...» disse fra sé Jean Valjean «sono un pazzo! Io sogno! È impossibile!» E tornò a casa profondamente turbato.

Osava appena confessare a se stesso che il volto che gli era sembrato di ravvisare era quello di Javert.

La notte, riflettendoci, si rammaricò di non aver interrogato quell'uomo, per costringerlo a sollevare la testa una seconda volta.

L'indomani, sul far della notte, ritornò e trovò il mendicante al solito posto. «Buona sera, buon uomo» disse risolutamente dandogli un soldo. Il mendicante alzò il capo e rispose con voce lamentevole: «Grazie, mio buon signore». Era proprio il vecchio scaccino.

Jean Valjean si sentì completamente rassicurato: si mise a ridere.

«Come diavolo ho creduto di riconoscere Javert in quell'uomo?» disse fra sé. «Forse incomincio ad aver le traveggole, adesso?»

E non ci pensò più.

Alcuni giorni dopo, verso le otto di sera, si trovava in camera e faceva compitare Cosette ad alta voce, quando udì aprire e poi richiudere la porta di casa. Ciò gli parve strano, perché la vecchia, la sola persona che abitasse con lui quella catapecchia, andava a letto appena buio per non consumare la candela. Jean Valjean fece segno alla bambina di tacere. Sentì che qualcuno saliva le scale; ma poteva darsi che fosse la vecchia, la quale, sentendosi poco bene, fosse andata in farmacia. Jean Valjean stette in ascolto. Il passo era pesante e risonava come quello di un uomo; ma la vecchia calzava grosse scarpe e non c'è nulla che assomigli al passo di un uomo come il passo d'una vecchia. Tuttavia Valjean spense la candela.

Mandò Cosette a letto dicendole a bassa voce: «Coricati senza far rumore»; mentre la baciava in fronte, il passo si era fermato. Rimase nell'oscurità, in silenzio, immobile, volgendo il dorso alla porta, seduto sulla sedia dalla quale non s'era mosso, e trattenendo perfino il respiro. Dopo un lungo intervallo, non udendo più nulla, si volse senza far rumore: mentre volgeva gli occhi verso l'uscio, attraverso il buco della serratura vide una luce. Questa luce formava una specie di sinistra stella nelle tenebre della porta e del muro. Evidentemente, lì c'era qualcuno che reggeva una candela accesa e ascoltava.

Pochi minuti dopo la luce scomparve. Soltanto, Valjean non intese più alcun rumore di passi, ciò che gli diede a supporre che colui che era venuto a origliare alla porta si fosse tolto le scarpe.

Jean Valjean si gettò vestito sul letto, ma non poté chiudere occhio in tutta la notte.

Allo spuntar del giorno, quando cominciava ad assopirsi per la stanchezza, fu risvegliato dallo stridore di una porta, in una delle soffitte che s'apriva in fondo al corridoio; poi distinse il medesimo passo d'uomo che la sera precedente aveva sentito salire le scale. Il passo s'avvicinava. Valjean si gettò giù dal letto e pose l'occhio al buco della serratura, il quale era abbastanza grande, sperando di scorgere, mentre passava, la persona qualunque che s'era introdotta in casa di notte ed era venuta a origliare alla sua porta. Era infatti un uomo, che passò, questa volta senza fermarsi, davanti alla camera di Jean Valjean. Il corridoio era ancora troppo oscuro perché si potesse distinguere il suo volto; ma quando l'uomo giunse sulla scala, un raggio di luce proveniente dalla strada lo rischiarò interamente e Jean Valjean lo vide benissimo, di dietro. Era un uomo d'alta statura, vestito con un un lungo soprabito, e aveva un grosso randello sotto il braccio: era la sagoma formidabile di Javert.

Jean Valjean avrebbe potuto tentare di vederlo meglio dalla finestra che guardava sulla strada. Ma sarebbe stato necessario aprire questa finestra ed egli non osò.

Era evidente che quell'uomo era entrato con una chiave, come se fosse in casa propria. Chi gli aveva dato quella chiave e cosa significava tutto ciò?

Alle sette del mattino, quando la vecchia venne come al solito per la pulizia, Jean Valjean le lanciò uno sguardo penetrante, ma non le rivolse alcuna domanda. Ella aveva il contegno consueto.

Mentre scopava, disse:

«Il signore la notte scorsa ha forse sentito entrare qualcuno?».

A quell'età e in quel rione le otto di sera erano considerate come un'ora di notte alta.

«Sì, appunto» rispose lui, con l'accento più disinvolto. «Chi era dunque?»

«È un nuovo inquilino della casa» rispose la vecchia.

«E come si chiama?»

«Non lo so bene: Dumont, Daumont o un nome del genere.»

«E chi è questo Dumont?»

La vecchia lo guardò con gli occhietti di faina e rispose:

«Un possidente, come voi».

Forse, essa pronunciò queste parole senza alcuna intenzione riposta, ma Jean Valjean credette di scorgervene una.

Appena la vecchia uscì, egli fece un rotolo di un centinaio di franchi che aveva nell'armadio e se lo mise in tasca. Benché usasse ogni cautela in questa operazione perché nessuno lo sentisse maneggiare soldi, uno scudo gli sfuggì di mano e rotolò rumorosamente sul pavimento.

Sull'imbrunire, egli discese e scrutò attentamente da ogni lato il viale. Non vide nessuno. Il viale sembrava assolutamente deserto. È vero tuttavia che si può nascondersi dietro gli alberi.

Risalì.

«Vieni» disse a Cosette.

La prese per mano e uscirono insieme.

LIBRO QUINTO

A CACCIA OSCURA, BRANCO SILENZIOSO

I
GLI ZIG-ZAG DELLA STRATEGIA

Qui, per le pagine che seguono e per altre ancora che si leggeranno più tardi, è necessaria un'osservazione.

Sono parecchi anni oramai che l'autore di questo libro, costretto contro voglia a parlare di se stesso, è assente da Parigi. Da quando l'ha lasciata, Parigi si è trasformata. È sorta una nuova città che, in certo qual modo, gli è sconosciuta. Egli non ha bisogno di dire che ama Parigi: Parigi è la città natale del suo spirito. Ma in seguito alle tante demolizioni e ricostruzioni, la Parigi della sua gioventù, la città ch'egli conserva religiosamente nella sua memoria, appartiene ormai al passato. Voglia il lettore concedergli di parlare di quella Parigi come se esistesse tuttora.

Può talvolta accadere che là dove l'autore condurrà il lettore dicendo: «Nella tal via si trova la tal casa», oggi più non esista né la casa, né la via. I lettori che vorranno prendersene la briga, verificheranno. Dal canto suo egli ignora la nuova Parigi, e scrive avendo davanti agli occhi la visione della Parigi antica, in un'illusione che gli è preziosa. Gli è dolce pensare che dietro di lui esiste ancora qualcosa di ciò che vedeva quando viveva in patria, e che non tutto è svanito.

Fin che si va e viene nel paese natale e si vive nella sua atmosfera, sembra che le sue vie ci siano indifferenti, che le sue finestre, le sue porte, i suoi tetti non ci riguardino, che i suoi muri ci siano estranei, che i suoi alberi siano degli alberi qualunque, che le sue case nelle quali non entriamo siano inutili, che i selciati sui quali si cammina non siano altro che pietre. Più tardi, quando ci troviamo lontani, ci accorgiamo che quelle contrade ci sono care, che quei tetti, quelle porte, quelle finestre ci mancano, che quelle muraglie ci sono necessarie, che quegli alberi sono i nostri prediletti, che quelle case nelle quali non entravamo ci erano tuttavia familiari, che su quei selciati abbiamo lasciato una parte delle nostre viscere, del nostro sangue, del nostro cuore. Tutti quei luoghi che non vediamo più, che forse non rivedremo mai più, e di cui conserviamo la viva immagine, acquistano un fascino doloroso, ci tornano alla memoria con la malinconia d'un'apparizione, ci rendono visibile la terra santa, e personificano, per così dire, la sembianza stessa della patria: e li amiamo, e li invochiamo quali sono, quali erano, e ci si ostina a non voler nulla mutare, poiché alla fisionomia della patria si tiene come a quella della propria madre.

Ci sia dunque concesso di parlare del passato come se fosse presente. Ciò detto, preghiamo il lettore di tenerne conto, e proseguiamo.

Jean Valjean aveva subito abbandonato il viale e s'era inoltrato per le vie secondarie, camminando quanto più poteva a linee spezzate, ritornando talvolta sui propri passi per assicurarsi che nessuno lo seguisse.

È questo il comportamento abituale del cervo quand'è inseguito. Nei terreni che conservano le orme, un simile metodo offre, tra gli altri vantaggi, quello di trarre in inganno i cacciatori e i cani con le tracce segnate nella direzione opposta. È ciò che nella caccia coi cani si chiama *falso rimboscarsi*.

Era una notte di plenilunio, ciò che a Jean Valjean non dispiacque. La luna, ancora molto vicina all'orizzonte, tagliava le contrade con grandi strisce d'ombra e di luce. Jean Valjean poteva scivolare lungo le case e i muri nel lato immerso nell'ombra e osservare quello illuminato. Non rifletteva forse abbastanza per pensare che il lato oscuro sfuggiva al suo sguardo. Tuttavia, percorrendo i viottoli deserti che costeggiano la via di Poliveau, gli parve d'essere sicuro che nessuno lo seguisse.

Cosette camminava senza domandare nulla. Le sofferenze dei primi sei anni di vita avevano impresso nel suo carattere un non so che di passivo. D'altronde, ed è questa un'osservazione che dovremo ripetere più d'una volta, si era abituata, senza troppo rendersene conto, alle stranezze del buon vecchio e alle bizzarrie della sorte. E poi, con lui si sentiva sicura.

Jean Valjean non sapeva meglio di Cosette dove andasse. Egli confidava in Dio com'ella confidava in lui. Gli sembrava di tenere per mano qualcuno di più grande di se stesso, di sentire un essere invisibile che lo guidasse. Del resto non aveva nessuna idea prestabilita, nessun piano, nessun progetto. Non era neppure ben certo che colui fosse Javert; e poi, poteva anche essere Javert senza che per questo egli avesse riconosciuto in lui Jean Valjean. Non era forse travestito? Non lo ritenevano morto? Tuttavia, da qualche giorno accadevano certe cose che cominciavano a sembrargli strane. Non gli occorreva altro, per decidere di non tornare più nella casa Gorbeau. Come l'animale cacciato dalla tana, cercava un buco dove nascondersi, in attesa di trovarne uno dove alloggiare.

Jean Valjean tratteggiò parecchi svariati labirinti nel quartiere Mouffetard, già immerso nel sonno, quasi sottomesso tuttora alla disciplina del Medioevo e al giogo del coprifuoco; alternò in diversi modi e con una saggia strategia la via Censier con la via Copeau e quella del Battoir-Saint-Victor con quella di Puits-l'Ermite. Qui e là vi erano locande, ma non vi entrava neppure, non trovando quella che gli conveniva. Infatti, non era nemmeno ben sicuro che le sue tracce fossero state perdute, se per caso qualcuno si fosse posto a seguirlo.

Scoccavano le undici alla chiesa di Saint-Étienne-du-Mont quando attraversava la via di Pontoise dinanzi al commissariato di polizia che si trova al numero 14. Pochi secondi dopo, l'istinto a cui abbiamo accennato poco prima lo fece volgere. In quel momento, grazie alla lanterna del commissariato che li svelava, vide distintamente tre uomini, che lo seguivano abbastanza da vicino, passare l'uno dopo l'altro sotto quella lanterna, dal lato oscuro della strada. Uno di quegli uomini entrò nell'andito dell'edificio del commissariato. Quello che camminava in testa gli parve decisamente sospetto.

«Vieni» disse a Cosette, e si affrettò ad abbandonare la via di Pontoise.

Fece un giro intorno al passaggio dei Patriarchi che era chiuso per la tarda ora, percorse a grandi passi la via dell'Épée-de-Bois e quella dell'Arbalète e s'inoltrò in via delle Poste.

Qui c'era un crocicchio, dove oggi sorge il collegio Rollin, e dove s'inizia la via Neuve-Sainte-Geneviève.

(È inutile osservare che la via Neuve-Sainte-Geneviève è una vecchia contrada, e che non passerà una corriera postale in dieci anni, nella via delle Poste. Questa via delle Poste era abitata nel secolo tredicesimo da vasai e il suo vero nome è via dei Pots.[1])

La luna illuminava fortemente quel crocicchio. Jean Valjean si nascose sotto un portone, pensando che se quegli uomini lo seguivano ancora, li avrebbe certamente veduti attraversare quello spazio luminoso.

Infatti, non trascorsero tre minuti che quelli apparvero. Erano diventati quattro, tutti di statura alta, vestiti con lunghi soprabiti scuri, con cappelli rotondi e muniti di grossi bastoni. L'altezza delle loro persone, la robustezza dei loro pugni e quel sinistro camminare nell'oscurità davano loro un aspetto inquietante. Parevano quattro spettri mascherati da borghesi.

Si fermarono in crocchio in mezzo alla piazza, come per consultarsi. Apparivano indecisi. Quello che sembrava il capo si volse e accennò vivamente con la mano destra la direzione presa da Jean Valjean,

[1] Vasi.

mentre un altro pareva indicasse, con una certa ostinazione, la direzione opposta. Nel momento in cui il primo si voltò, la luna rischiarò in pieno il suo viso, e Jean Valjean riconobbe perfettamente Javert.

II
È UNA FORTUNA CHE SUL PONTE D'AUSTERLITZ PASSINO I CARRIAGGI

Ogni incertezza cessava per Jean Valjean; fortunatamente essa perdurava per quegli uomini. Egli approfittò della loro esitazione; era tutto tempo perso per loro, guadagnato per lui. Uscì di sotto il portone dove s'era appiattato, e si incamminò per la via delle Poste nella direzione del Jardin des Plantes; e siccome Cosette cominciava a sentirsi stanca, la prese in braccio e la portò. Non s'incontrava anima viva, e le lampade delle vie non erano accese a causa del chiaro di luna.

Accelerò l'andatura.

In pochi passi giunse alla fabbrica di stoviglie Goblet, sulla facciata della quale si leggeva distintamente, al chiaror della luna, la vecchia iscrizione:

> *De Goblet fils c'est ici la fabrique;*
> *Venez choisir des cruches et des brocs,*
> *Des pots à fleurs, des tuyaux, de la brique.*
> *A tout venant le Coeur vend des Carreaux.*[2]

Lasciò indietro la via della Clef, poi la fontana Saint-Victor, poi rasentò il Jardin des Plantes passando per le vie basse e giunse alla riva del fiume. Qui si voltò; il lungofiume era deserto, le vie adiacenti pure, nessuno lo seguiva. Respirò.

Giunse al ponte d'Austeriltz.

In quel tempo si pagava ancora il pedaggio.

Si presentò all'ufficio del pedaggio e diede un soldo. «Me ne dovete due» osservò l'addetto all'ufficio. «Portate una creatura che può camminare, dovete dunque pagare per due.»

Pagò, contrariato che il suo passaggio avesse dato luogo a osservazioni: chi fugge deve scivolar via senza intoppi.

Un grosso carro attraversava la Senna contemporaneamente a lui, e al pari di lui si recava sulla riva destra. Ciò gli fu utile. Egli poté percorrere tutto il ponte protetto dall'ombra di quel carro.

---

[2] Di Goblet figlio è qui la fabbrica: venite a scegliere boccali e brocche, vasi da fiori, tubi, mattoni. A chiunque venga, il Cuore vende Quadrelli.

Verso la metà del ponte Cosette, sentendo i piedi intorpiditi, manifestò il desiderio di camminare. Egli la posò per terra e la prese per mano.

Oltrepassato il ponte, scorse, verso il lato destro, dei magazzini di legname e vi si diresse. Per giungervi bisognava avventurarsi allo scoperto in mezzo alla luce, per un tratto di strada abbastanza lungo: non esitò. Coloro che lo inseguivano avevano evidentemente perduto le sue tracce e Jean Valjean si credeva fuori pericolo. Cercato, sì; seguito, no.

Tra due cantieri cinti da muri s'apriva un piccolo viottolo, chiamato Chemin-Vert-Saint-Antoine, che era stretto, oscuro e sembrava fatto proprio per lui. Prima di entrarvi guardò di nuovo indietro.

Dal punto ove si trovava vedeva il ponte d'Austerlitz in tutta la sua lunghezza.

In quell'istante quattro ombre nere accedevano al ponte.

Volgevano le spalle al Jardin des Plantes e si dirigevano verso la riva destra del fiume.

Quelle quattro ombre erano i quattro uomini.

Jean Valjean ebbe il fremito della bestia nuovamente scovata.

Gli rimaneva una speranza, e cioè che quegli uomini non fossero ancora giunti sul ponte e non lo avessero scorto, quand'egli, tenendo per mano Cosette, aveva attraversato la grande piazza illuminata.

In tal caso, inoltrandosi nel viottolo che aveva dinanzi a sé, se fosse riuscito a raggiungere i magazzini di legname, gli orti, i campi e i terreni scoperti, avrebbe potuto fuggire.

Gli parve di potersi affidare a quella viuzza silenziosa e vi entrò.

III
VEDERE LA PIANTA DI PARIGI DEL 1727

Dopo quasi trecento passi, giunse in un punto dove la strada si biforcava. Si divideva in due vie; una volgeva a destra e l'altra a sinistra. Jean Valjean aveva dinanzi a sé come i due bracci d'una Y; quale doveva scegliere?

Voltò a destra senza esitare.

Perché?

Perché la via di sinistra conduceva verso il sobborgo, cioè verso i luoghi abitati, mentre quella di destra si avviava verso la campagna, ossia verso i luoghi deserti.

Intanto non camminavano più con la stessa rapidità di prima. Il passo di Cosette rallentava il passo di Jean Valjean.

Allora Jean Valjean riprese in braccio la bambina. Cosette ora appoggiava la testa sulla sua spalla e non diceva una parola.

Di tanto in tanto egli si voltava e guardava. Aveva cura di tenersi sempre nella parte buia della strada. Il tratto di strada che aveva percorso era in linea retta. Le prime due o tre volte che guardò indietro non vide nulla, il silenzio era profondo ed egli continuò il suo cammino un po' rassicurato. A un certo momento, essendosi voltato di nuovo, gli parve, a un tratto, di scorgere qualcosa muoversi lontano, dalla parte della strada che aveva appena percorsa, nell'oscurità.

Più che camminare, si precipitò in avanti sperando di trovare qualche viottolo laterale pel quale fuggire e far perdere nuovamente le sue tracce.

Giunse a un muro.

Questo, però, non rendeva impossibile l'andar oltre: era un muro che costeggiava una stradicciuola trasversale alla quale faceva capo la via ove Jean Valjean si era inoltrato.

Anche qui bisognava decidere se prendere a destra o a sinistra.

Guardò a destra. Da quella parte la stradicciuola si prolungava per un tratto fra edifizi che parevano tettoie o granai e terminava in vicolo cieco. Se ne vedeva distintamente la parte di fondo che la chiudeva; un grande muro bianco.

Guardò a sinistra. Da questo lato il viottolo era aperto e, dopo circa duecento passi, aveva sbocco in un'altra via di cui era l'affluente. Da questo lato poteva dunque sperare la salvezza.

Nel momento in cui pensava di voltare a sinistra, per tentare di raggiungere la via che intravedeva al termine del viottolo, Jean Valjean vide, all'angolo tra il viottolo e la via cui stava per dirigersi, una specie di statua nera, immobile.

Era certamente un uomo, qualcuno evidentemente messo là a guardia e che, sbarrando il passaggio, aspettava.

Jean Valjean indietreggiò.

Il punto nel quale si trovava in quel momento, situato fra il sobborgo Saint-Antoine e la Râpée, è uno di quelli che i recenti lavori hanno trasformato da capo a fondo: imbruttendoli, secondo gli uni, trasfigurandoli, secondo gli altri. I terreni coltivati, i magazzini di legname e i vecchi caseggiati sono scomparsi. Al loro posto adesso vi sono nuove larghe vie, arene, circhi, ippodromi, stazioni ferroviarie, e una prigione: Mazas. Il progresso, come si vede, con il suo correttivo.

Circa cinquant'anni fa, nel corrente linguaggio popolare fatto tutto di tradizioni, che continua a chiamare l'Istituto le *Quattro Nazioni*, e l'Opera Comica *Feydeau*, il punto dove era giunto Jean Valjean si chiamava *Petit Picpus*. La porta Saint-Jacques, la porta Paris, la barriera dei Sergents, i Porcherons, la Galiote, i Celestini, i Cappuccini, il

Mail, la Bourbe, l'Arbre-de-Cracovie, la Petit-Pologne e il Petit Picpus sono tutti nomi della vecchia Parigi che sopravvivono anche nella nuova. La memoria del popolo galleggia su questi avanzi del passato.

Il Petit Picpus, che del resto è a malapena esistito ed è stato soltanto un embrione di rione, aveva quasi l'aspetto monastico d'una città spagnola. Le sue strade erano mal lastricate, scarse di abitazioni. A eccezione di due o tre vie, delle quali parleremo fra poco, era tutto muraglie e solitudine. Non una bottega, non una carrozza; solo qua e là qualche finestra era illuminata, e alle dieci di sera tutti i lumi erano spenti. Non vi erano che giardini, monasteri, cantieri, ortaglie, qualche casa bassa e grandi muri alti quanto le case.

Tale era questo rione nel secolo scorso. La rivoluzione l'aveva già mal ridotto. L'edilizia repubblicana lo demolì, lo squarciò, vi formò depositi di macerie. Trent'anni or sono questo quartiere spariva sotto le nuove costruzioni; oggidì è del tutto cancellato. Il Petit Picpus, di cui nessuna topografia odierna conserva più traccia, è abbastanza chiaramente tracciato sulla pianta del 1727, pubblicata a Parigi da Denis Thierry in via Saint-Jacques, di fronte alla via del Plâtre, e a Lione da Jean Girin in via Mercière, alla Prudence. Il Piccolo Pipcus era costituito da un insieme di vie da noi definito a Y, formato dal Chemin-Vert-Saint-Antoine, il quale si divideva in due rami; quello di sinistra si chiamava vicolo Picpus e quello di destra via Polonceau. I due bracci dell'Y erano riuniti alle loro estremità da una linea trasversale, a guisa di sbarra. Questa sbarra si chiamava via Droit-Mur. Vi faceva capo la via Polonceau, mentre il vicolo Picpus passava oltre e risaliva verso il mercato Lenoir. Chi, provenendo dalla Senna, toccava l'estremità della via Polonceau, aveva a sinistra la via Droit-Mur che piegava ad angolo retto, davanti a sé il muro di questa via, e a destra un prolungamento tronco della stessa via, chiamata angiporto Genrot.

Era là che si trovava Jean Valjean.

Come abbiamo detto, nello scorgere l'ombra nera che stava in vedetta all'angolo fra la via Droit-Mur e il vicolo Picpus, egli indietreggiò. Non c'era alcun dubbio; quell'ombra lo attendeva al varco.

Che fare?

Non era più in tempo a retrocedere. Ciò che un momento prima aveva veduto muoversi nell'ombra a poca distanza, era senza dubbio Javert con la sua squadra. Questi, probabilmente, era già arrivato al principio della strada in fondo alla quale si trovava Jean Valjean e, pratico forse di quel labirinto, aveva preso le sue precauzioni facendone custodire l'uscita da uno dei suoi uomini. Tutte queste supposizioni, che tanto sembravano corrispondere alla realtà, turbinarono subitamente, simili a un pugno di sabbia sollevata da un improvviso soffio di vento, nel cervello dolorante di Jean Valjean. Egli esaminò l'angiporto Genrot: strada sbarrata. Esaminò il vicolo Picpus: c'era una sentinella. Vedeva l'ombra nera della tetra figura nitidamente proiettata nel bianco lastricato inondato dalla luna. Avanzare voleva dire gettarsi nelle braccia di quell'uomo. Indietreggiare significava andare incontro a Javert. Jean Valjean sentiva d'essere preso in una rete che lentamente si chiudeva. Guardò il cielo con disperazione.

IV
LE INCERTEZZE DELLA FUGA

Per poter capire quanto segue bisogna formarsi una idea esatta della via Droit-Mur, e particolarmente dell'angolo che si lasciava a sinistra quando si entrava in questa viuzza venendo dalla via Polonceau. Questa stradetta era, dal lato destro, quasi interamente fiancheggiata da case di meschina apparenza, sino dove raggiungeva il vicolo Picpus; a sinistra, invece, vi era un solo edificio d'un'architettura severa, formato di diverse parti, che s'innalzavano gradatamente di uno o due piani, a mano a mano che si avvicinavano al vicolo, cosicché tale costruzione, altissima verso il vicolo Picpus, era invece molto bassa verso la via Polonceau. All'angolo di cui abbiamo parlato era così bassa da ridursi a un semplice muro. Questo muro non andava a sboccare diritto alla strada, ma formava un angolo smussato molto rientrante, i cui due spigoli lo sottraevano agli sguardi di osservatori che si fossero trovati, da un lato, in via Polonceau e, dall'altro, in via Droit-Mur.

Partendo da questi due spigoli il muro si prolungava in via Polonceau sino alla casa segnata col numero 49, e in via Droit-Mur con un tratto molto più breve sino a raggiungere il tetro edificio di cui parlavamo, tagliandone il frontone in modo da formare un altro angolo rientrante. Questo lato aveva un aspetto malinconico; si vedeva una sola finestra o, per meglio dire, due imposte ricoperte da una lastra di zinco e che non si aprivano mai.

La descrizione del luogo è di una rigorosa esattezza e desterà certamente un preciso ricordo nella memoria dei vecchi abitanti del rione.

L'angolo smussato era interamente occupato da una specie di porta colossale e misera, un'informe accozzaglia di tavole perpendicolari, di cui le superiori erano più larghe delle inferiori, collegate da strisce di ferro trasversali. A lato vi era una porta carraia di dimensioni ordinarie, la cui apertura evidentemente non doveva risalire a più d'una cinquantina d'anni.

Un tiglio mostrava i suoi rami al di sopra dell'angolo smussato, e il muro era coperto d'edera nel lato prospiciente la via Polonceau.

Nell'imminenza del pericolo che minacciava Jean Valjean, quel tetro caseggiato aveva un'apparenza d'abbandono e di solitudine che lo seduceva. L'esaminò rapidamente con lo sguardo pensando che, se avesse potuto penetrarvi, forse sarebbe stato al sicuro. Ed ebbe così un'idea e una speranza.

Nella parte centrale della facciata prospiciente la via Droit-Mur, sotto tutte le finestre dei vari piani, si vedevano delle vaschette di piombo a imbuto per lo scolo dell'acqua. Le varie diramazioni di tubi con il loro grande numero di gomiti imitavano quei vecchi tronchi di vite, privi di foglie, che si attorcono sulle facciate delle antiche fattorie.

Quella bizzarra spalliera di piombo e di ferro fu la prima cosa che attirò l'attenzione di Jean Valjean. Fece sedere Cosette con le spalle appoggiate a un paracarro raccomandandole il silenzio, e raggiunse correndo il punto dove il tubo toccava terra. Forse c'era la possibilità di scalare il muro con quel mezzo e quindi di entrare nella casa. Ma il tubo era mal ridotto e inservibile; la sua saldatura lo tratteneva a malapena; del resto, le finestre erano tutte sprangate da grosse inferriate, anche quelle delle soffitte. Oltre tutto, la luna rischiarava coi suoi raggi tutta la facciata, e l'uomo che guardava dall'estremità della via l'avrebbe veduto arrampicarsi. E che fare di Cosette? Come tirarla su sino alla sommità di una casa di tre piani?

Rinunciò ad arrampicarsi per le condutture e strisciò rasente al muro per ritornare in via Polonceau.

Tornando dove aveva lasciato Cosette, s'avvide che lì nessuno avrebbe potuto vederlo. Lì sfuggiva, come abbiamo spiegato, a tutti gli sguardi da qualunque parte venissero. Inoltre si trovava nell'ombra. Infine c'erano due porte. Forse si sarebbero potute forzare. Il muro al di sopra del quale vedeva il tiglio e l'edera limitava evidentemente un giardino dove avrebbe potuto almeno nascondersi, quantunque gli alberi fossero ancora spogli, e così passare il resto della notte.

Il tempo passava e bisognava affrettarsi.

Tastò la porta carraia e capì subito ch'era solidamente chiusa sia dall'esterno che dall'interno.

S'avvicinò con maggiore speranza all'altra grande porta. Essa era spaventosamente decrepita, e le sue stesse dimensioni la rendevano meno solida, le tavole erano imputridite, le strisce di ferro, tre in tutto, erano arrugginite. Sembrava possibile penetrare attraverso una chiusura così malconcia.

Ma, esaminandola meglio, si avvide che non era una porta; non

461

aveva né cardini, né bandelle, né serrature, né spaccature nel mezzo, e le strisce di ferro che la sbarravano andavano da un'estremità all'altra senza interruzioni. Attraverso le fessure delle tavole intravide mattoni e pietre cementate alla meglio, che chiunque avrebbe potuto ancora vedere dieci anni or sono. E con costernazione dovette confessare a se stesso che quel simulacro di porta non era altro che il rivestimento di legno di un edificio al quale era addossato. Sarebbe stato facile strappar via una tavola, ma per trovarsi poi a faccia a faccia con un muro.

V

CIÒ CHE SAREBBE IMPOSSIBILE CON L'ILLUMINAZIONE A GAS

In quel momento un rumore sordo e cadenzato incominciò a farsi sentire a una certa distanza. Jean Valjean osò sporgere il capo in osservazione verso l'angolo della strada. Sette od otto soldati, inquadrati, sbucavano nella via Polonceau e avanzavano verso di lui. Riconobbe il corruscare delle baionette.

Quei soldati, alla testa dei quali riconobbe l'alta persona di Javert, avanzavano lentamente e con precauzione, fermandosi tratto tratto, come se esplorassero tutti gli angoli dei muri e tutti i vani delle porte.

C'era da supporre, senza tema di sbagliare, che si trattava di una pattuglia che il poliziotto aveva incontrata e requisita.

I due accoliti di Javert marciavano in fila coi soldati.

Dato il passo col quale camminavano, e tenuto conto di tutte le fermate che facevano, sarebbe occorso circa un quarto d'ora perché raggiungessero il luogo ove si trovava Jean Valjean. Fu un momento terribile.

Non vi era più che una sola possibilità.

Si può dire che Jean Valjean avesse la particolarità di portare con sé due bisacce: nell'una aveva i pensieri d'un santo, nell'altra le temibili facoltà d'un galeotto. Egli frugava ora nell'una, ora nell'altra, secondo le occasioni.

Fra le altre risorse, grazie alle frequenti evasioni dal bagno di Tolone, Jean Valjean era diventato maestro, lo ricordiamo, nell'arte di salire senza scala, senza uncini, valendosi della sola forza muscolare, appoggiandosi con la nuca, con le spalle, con i fianchi e con le ginocchia, aiutandosi appena con le rare sporgenze della pietra, sull'angolo diritto d'un muro e, all'occorrenza, sino all'altezza del sesto piano: arte che rese così spaventevole e così celebre l'angolo della corte della Conciergerie di Parigi da dove evase, una ventina d'anni or sono, il condannato Battemolle.

Jean Valjean misurò con lo sguardo il muro al di sopra del quale si vedeva il tiglio. Era alto circa sei metri. L'angolo che formava col frontone del grande edificio contiguo era riempito, nella parte inferiore, da una massiccia muratura triangolare, probabilmente destinata a preservare quell'angolo troppo comodo dalle soste di quegli stercorari che sono i passanti. Questo riempimento preventivo degli angoli di muro è molto usato a Parigi.

Il massicio triangolo era alto circa un metro e mezzo. Dall'alto di esso, lo spazio da superare per raggiungere la sommità del muro non era che di quattro metri e mezzo.

Il muro terminava con una pietra piatta senza puntone.

La difficoltà era Cosette. Ella, certo, non era capace di scalare un muro. Abbandonarla? Jean Valjean non ci pensava neppure. Portarla con sé era impossibile. Per condurre a buon fine una così strana ascensione, l'uomo ha bisogno di tutte le sue forze. Il minimo peso potrebbe spostare il suo centro di gravità e farlo precipitare.

Sarebbe stata necessaria una corda. Jean Valjean non ne aveva. Dove trovare una corda, a mezzanotte, in via Polonceau? Certo, in quell'istante, se Jean Valjean avesse posseduto un regno, l'avrebbe dato per una corda.

Tutte le situazioni estreme hanno i loro lampi: a volte essi ci accecano, a volte ci illuminano.

Lo sguardo disperato di Jean Valjean cadde, a caso, sul palo che sosteneva il fanale dell'angiporto Genrot.

In quel tempo le strade di Parigi non erano ancora illuminate a gas. Quando cominciava a far notte si accendevano dei fanali collocati a una certa distanza l'uno dall'altro, che si potevano salire e scendere a mezzo di una corda, la quale attraversava la strada in tutta la sua lunghezza e s'adattava nella scanalatura di un palo. L'arganetto sul quale si attorcigliava la fune si trovava sotto la lampada in un piccolo armadietto di ferro del quale teneva la chiave l'accenditore, e la corda stessa poi era protetta fino a una certa altezza da una custodia di metallo.

Con l'energia che suscita una lotta suprema, Jean Valjean attraversò d'un balzo la strada, si slanciò nel vicolo cieco, con la punta del coltello fece saltare la stanghetta della toppa dell'armadietto e un istante dopo era di ritorno presso Cosette, munito di una corda. Fanno presto a sbrigarsi all'occorrenza, questi cupi inventori d'espedienti, quando sono alle prese con la fatalità.

Abbiamo già detto perché quella notte i fanali non erano accesi. La lampada del vicolo Genrot era naturalmente spenta come le altre e si poteva passarvi accanto senza accorgersi che non era più al suo posto.

L'ora, il luogo, l'oscurità, la preoccupazione di Jean Valjean, i suoi gesti singolari, il suo andare e venire cominciavano a preoccupare Cosette. Qualunque altro bimbo si sarebbe messo a gridare da tempo; ella invece si limitò a tirarlo per la falda del soprabito. Intanto si udiva sempre più distintamente il rumore della pattuglia che si avvicinava.

«Papà,» disse sottovoce «ho paura. Chi viene da quella parte?»

«Zitta» rispose il disgraziato. «È la Thénardier.»

Cosette trasalì. Egli aggiunse:

«Taci e lascia fare a me. Se gridi, se piangi, la Thénardier ti porta via; viene per riprenderti».

Allora, senza affrettarsi, ma senza rifare due volte la stessa operazione, con un'esattezza risoluta e concisa, tanto più notevole in un simile momento, in quanto da un istante all'altro poteva sopraggiungere Javert con la pattuglia, Valjean si sfilò la cravatta, la passò attorno al corpo di Cosette, sotto le ascelle, avendo cura che non potesse farle male attaccò questa cravatta a un'estremità della fune mediante uno di quei nodi che i marinai chiamano nodi di rondine, afferrò l'altra estremità fra i denti, si tolse le scarpe e le calze che gettò di là dalla muraglia, salì sul triangolo di muratura e cominciò a innalzarsi lungo l'angolo del muro con tanta saldezza e sicurezza insieme, come se sotto i talloni e i gomiti avesse degli scalini.

Mezzo minuto dopo si trovava già in ginocchio sulla sommità del muro.

Cosette lo guardava meravigliata, senza dire parola. Le raccomandazioni di Jean Valjean e il nome della Thénardier l'avevano agghiacciata.

D'improvviso, sentì la voce di Jean Valjean che, pur rimanendo sommessa, le gridava:

«Addossati al muro».

Ella obbedì.

«Sta zitta e non aver paura» riprese Jean Valjean.

Ed ella si sentì sollevare da terra.

E prima che avesse avuto il tempo di raccapezzarsi si trovò in cima al muro.

Jean Valjean l'afferrò, se la pose sulle spalle, prese le sue manine con la sinistra, si mise bocconi e strisciò sulla sommità del muro sino all'angolo tronco. Qui, com'egli aveva supposto, c'era una costruzione il cui tetto, partendo dalla sommità della porta murata, scendeva sin quasi a toccare terra con un pendio dolcissimo, sfiorando il tiglio.

Circostanza fortunata, giacché il muro era molto più alto verso l'interno che dal lato della strada. Jean Valjean scorgeva il suolo sotto di sé, a grande profondità.

Era appena giunto sul piano inclinato del tetto, e non aveva ancora interamente abbandonato la cresta del muro, quando un gran chiasso annunciò l'arrivo della pattuglia. Si sentì la voce tonante di Javert che gridava:

«Cercate nel vicolo cieco! La via Droit-Mur è controllata e il vicolo Picpus pure; sono sicuro che è nel vicolo cieco!».

I soldati si precipitarono nel vicolo Genrot. Jean Valjean si lasciò sdrucciolare lungo il tetto, sempre portando Cosette sulle spalle, raggiunse il tiglio e saltò a terra. Fosse terrore, fosse coraggio, Cosette non s'era lasciato sfuggire un soffio. Le sue manine erano un poco scorticate.

VI
INIZIO DI UN ENIGMA

Jean Valjean si trovava in una specie di giardino molto ampio e di non comune aspetto; uno di quei melanconici giardini che sembrano fatti per essere contemplati d'inverno e di notte. Era di forma oblunga, con un viale di altissimi pioppi, boschetti abbastanza alti negli angoli e uno spazio senza ombre nel mezzo, dove si distinguevano un grande albero isolato, alcune piante da frutta contorte e ispide come cespugli, aiuole coltivate a legumi, una poponaia le cui sfere gialle brillavano alla luce della luna, e un vecchio smaltitoio. Qua e là vi erano panche di pietra che sembravano annerite dal musco. I viali erano fiancheggiati da piccoli arbusti cupi ed erano tutti diritti. L'erba li invadeva a metà e una specie di muffa verde copriva il rimanente.

Jean Valjean era vicino all'edificio il cui tetto gli era servito per discendere, e lì accanto aveva un mucchio di fascine; dietro le fascine, rasente al muro, vi era una statua di pietra il cui viso mutilato non era più che una maschera informe che si intravedeva vagamente nell'oscurità. L'edificio era una specie di rovina in cui si distinguevano delle camere diroccate di cui una, tutta ingombra, sembrava servisse da rimessa.

Il grande edificio della via Droit-Mur, che faceva angolo col vicolo Picpus, prospettava verso il giardino due facciate disposte a squadra. Queste facciate interne erano ancora più tetre di quelle esterne. Tutte le finestre avevano l'inferriata e da esse non trapelava alcuna luce. Quelle dei piani superiori erano munite di cappe come nelle prigioni. Una delle due facciate proiettava sull'altra la propria ombra, che ricadeva sul giardino come un immenso lenzuolo nero.

Non si scorgevano altre abitazioni, e il fondo del giardino si perdeva nella nebbia e nella notte. Tuttavia si distinguevano confusamente altri muri, che s'incrociavano, come se al di là vi fossero altri terreni coltivati, nonché i tetti delle case basse della via Polonceau.

È difficile immaginare qualcosa di più selvaggio e più solitario di quel giardino. In quel momento non vi si vedeva alcuno, cosa molto naturale data l'ora; ma il luogo era tale da sembrare che nessuno mai vi camminasse neppure in pieno giorno.

Prima cura di Jean Valjean era stata di ritrovare le sue scarpe e di mettersele; poi d'entrare con Cosette nella rimessa. Chi fugge non si crede mai abbastanza nascosto. La bambina, che pensava sempre alla Thénardier, condivideva con Valjean il bisogno istintivo di appiattarsi sempre più.

Cosette tremava e si stringeva a lui. Si sentiva il rumore tumultuoso della pattuglia che frugava nel vicolo cieco e nella strada, il battere dei calci di fucile contro le pietre, i richiami di Javert ai poliziotti da lui appostati, e le sue bestemmie miste a parole che non si riusciva a distinguere.

Dopo circa un quarto d'ora parve che quella specie di tempesta cominciasse ad allontanarsi. Jean Valjean tratteneva il respiro.

Egli aveva posato dolcemente la mano sulla bocca di Cosette. D'altronde la solitudine era così stranamente calma che quel fracasso spaventoso, così furente e vicino, non recava il minimo turbamento. Pareva che quei muri fossero costruiti con le pietre sorde di cui parla la Sacra Scrittura.

D'improvviso, nel bel mezzo di quella calma profonda, un nuovo rumore s'innalzò; un rumore celeste, divino, ineffabile, incantevole quanto l'altro era orribile. Era un inno che usciva dalle tenebre, un meraviglioso concerto di preci e d'armonia nell'oscuro e spaventoso silenzio della notte; erano voci femminili, ma voci che avevano a un tempo l'accento purissimo delle vergini e quello candido dei fanciulli, di quelle voci che pare non appartengano alla terra: sembrano le stesse che i neonati sentono ancora e che i moribondi cominciano a sentire. Quel canto veniva dal tetro edificio che dominava il giardino. Nel momento in cui il chiasso dei dèmoni si allontanava, si sarebbe detto che un coro di angeli si avvicinasse nell'ombra.

Cosette e Jean Valjean caddero in ginocchio.

Non sapevano cosa fosse, non sapevano dove si trovassero, ma entrambi, l'uomo e la bimba, il penitente e l'innocente, sentivano che era necessario inginocchiarsi.

Quelle voci avevano questo di strano: non impedivano che l'edificio sembrasse deserto. Era come un canto soprannaturale in una dimora disabitata.

Mentre quelle voci cantavano, Jean Valjean non pensava più a nulla. Egli non vedeva più la notte; vedeva un cielo azzurro. Gli pareva di sentirsi schiuder le ali che ognuno di noi ha nel proprio intimo.

Il canto cessò. Forse era durato a lungo, Jean Valjean non avrebbe potuto dirlo. Le ore di estasi contano sempre come un minuto.

Tutto era ricaduto nel silenzio. Più nulla nella via, più nulla nel giardino. Tutto era svanito, ciò che minacciava, ciò che rassicurava. Il vento agitava sulla cresta del muro alcune erbe secche che facevano un rumore sommesso e lugubre.

VII

SEGUITO DELL'ENIGMA

Cominciava a soffiare la brezza notturna: ciò indicava che si doveva essere fra l'una e le due del mattino. La povera Cosette non diceva nulla. Siccome si era seduta per terra al suo fianco e aveva appoggiato la testa sulla sua spalla, Jean Valjean credette che si fosse addormentata. Egli si curvò e la guardò. Cosette aveva gli occhi spalancati e un'espressione così pensierosa che gli fece male.

Ella tremava ancora.

«Hai forse voglia di dormire?» le chiese Jean Valjean.

«Ho molto freddo» rispose la bambina.

Un momento dopo aggiunse:

«È sempre là?».

«Chi?» chiese Jean Valjean.

«La signora Thénardier.»

Jean Valjean aveva già dimenticata la bugia detta per far tacere Cosette.

«Ah!» disse. «È andata via. Non temere più.»

La bambina sospirò come se un grosso peso fosse stato tolto dal suo petto.

La terra era umida, la rimessa aperta da tutti i lati, la brezza diventava sempre più fresca. L'uomo si tolse il soprabito e con esso avvolse Cosette.

«Senti meno freddo, così?» le chiese.

«Ah! Sì, papà!»

«Ebbene, aspettami un momento; torno subito.»

Uscì dalla tettoia e cominciò a rasentare il grande edificio, cercando un miglior rifugio. Si imbatté in molte porte, ma erano tutte chiuse. Le finestre del piano terreno erano tutte munite d'inferriate.

Com'ebbe oltrepassato l'angolo interno, s'accorse di essere giunto ad alcune finestre ad arco, dalle quali trapelava un po' di luce. Si sollevò sulla punta dei piedi e guardò attraverso una di quelle finestre. Esse appartenevano tutte a una medesima sala abbastanza vasta, lastricata con larghe pietre, tagliata da archi e pilastri, nella quale null'altro si scorgeva che un fioco chiarore e delle grandi ombre. La luce veniva da una piccola lampada accesa in un angolo. La sala era deserta e nulla vi si muoveva. Tuttavia, a forza di guardare, gli parve di vedere per terra, sul pavimento, qualcosa che appariva coperta con un sudario e sembrava una forma umana. E questa forma era distesa bocconi, col volto sulla pietra e con le braccia in croce, nell'immobilità della morte. Da una specie di serpente che si allungava al suolo, pareva che quella forma sinistra avesse una corda al collo.

Tutta la sala era immersa in quella semioscurità dei luoghi scarsamente rischiarati, che ne accresce l'orrore.

Più tardi, Jean Valjean ha spesso detto che, per quanti spettacoli funebri avesse visto nella sua vita, mai aveva veduto nulla di più agghiacciante e di più terribile di quella figura enigmatica, intravista a quel modo nella notte, in quel tetro luogo, mentre incarnava chi sa quale ignoto mistero. Era spaventevole supporre che fosse una *cosa* morta, e più spaventevole ancora pensare che potesse essere una *cosa* viva.

Jean Valjean ebbe il coraggio d'avvicinare il volto ai vetri e di spiare se mai quella cosa si muovesse. Ebbe un bell'aspettare per un tempo che gli parve lungo: la forma là distesa non faceva alcun movimento. D'improvviso, fu colto da un inesplicabile spavento e fuggì. Si mise a correre verso la tettoia, ansante. Le ginocchia gli si piegavano e il sudore gli scorreva giù per le reni.

Dove si trovava? Chi mai avrebbe potuto supporre nel bel mezzo di Parigi qualcosa di simile a quella specie di sepolcro? Cos'era quella casa strana? Edificio pieno di misteri notturni, che chiamava nell'ombra le anime con la voce degli angeli e che, quando quelle giungevano, offriva loro quella spaventevole visione! Che prometteva di aprire la porta radiosa del cielo e spalancava quella, orribile, della tomba! Ed era proprio una casa, un edificio col suo bravo numero sulla via! Non era un sogno! Egli aveva bisogno di toccare le pietre per crederci.

Il freddo, l'ansietà, l'inquietudine, le emozioni della serata gli avevano dato una specie di febbre, e tutte queste idee cozzavano fra di loro nel suo cervello.

S'avvicinò a Cosette. Dormiva.

VIII

L'ENIGMA AUMENTA

La bambina aveva posato la testa sopra una pietra e si era addormentata.

Jean Valjean sedette vicino a lei e si mise a osservarla. A poco a poco, a mano a mano che la guardava, egli si calmava e riprendeva possesso della sua presenza di spirito.

Intravedeva chiaramente una verità, che era oramai lo scopo della sua vita: che fino a quando ella fosse stata lì, fino a quando l'avesse avuta accanto a sé, non avrebbe avuto paura di niente, se non per lei. Non s'accorgeva neppure d'avere molto freddo essendosi tolto la palandrana per coprire la bimba.

Intanto, pur immerso nelle fantasticherie in cui era caduto, udiva da qualche tempo un rumore strano, come d'un sonaglio che venisse agitato. Questo rumore era nel giardino. Lo si udiva distintamente, quantunque debolmente. Assomigliava alla musica fievole e vaga che fanno di notte i campani degli armenti al pascolo.

Questo rumore fece voltare Jean Valjean.

Guardò e vide che c'era qualcuno nel giardino.

Un essere che assomigliava a un uomo camminava fra le sfere gialle della poponaia, alzandosi, abbassandosi, fermandosi con dei movimenti regolari come se trascinasse o stendesse qualche cosa per terra. Quell'essere sembrava zoppicasse.

Jean Valjean trasalì con il tremore continuo degli sventurati. Per essi ogni cosa è ostile e sospetta. Diffidano del giorno perché aiuta a vederli; della notte perché aiuta a sorprenderli. Poco prima tremava perché il giardino era deserto, ora perché c'era qualcuno. Ricadde dai terrori chimerici nei terrori reali. Pensò che Javert e le guardie forse non se n'erano andati, che indubbiamente avevano lasciato in strada qualcuno in osservazione, che se quell'uomo lo scopriva nel giardino, avrebbe gridato al ladro, facendolo arrestare. Prese dolcemente in braccio Cosette addormentata e la portò dietro un mucchio di vecchi mobili fuori uso, nell'angolo più riposto della rimessa. Cosette non si mosse.

Di lì osservò l'andirivieni dell'uomo che era nella poponaia. Ciò che v'era di strano era che il rumore del sonaglio seguiva tutti i movimenti di quell'uomo. Quando l'uomo si avvicinava, si avvicinava anche il rumore; quando si allontanava, il rumore si affievoliva; se egli faceva qualche gesto un po' rapido, un tremolìo accompagnava quel gesto; quando si fermava, il rumore cessava.

Sembrava evidente che il sonaglio fosse attaccato a costui, ma allora che cosa poteva significare? Chi era quell'uomo al quale era stata appesa una campanella come a un agnello o a un bue?

Mentre si faceva queste domande, Valjean toccò le mani di Cosette. Erano diacce.

«Oh! Mio Dio» disse.

E chiamò a bassa voce:

«Cosette!».

Ella non aperse gli occhi.

La scosse vivamente.

Non si svegliò.

«Che sia morta!» egli disse; e si rizzò, rabbrividendo dalla testa ai piedi.

Le idee più orribili gli attraversarono la mente. Ci sono momenti in cui le supposizioni più spaventose ci assediano come una folla di furie e forzano violentemente le pareti del nostro cervello. Quando si tratta di coloro che amiamo, la nostra prudenza inventa tutte le follie. Si ricordò che il sonno all'aria aperta, in una notte fredda, può essere mortale.

Cosette, pallida, era ricaduta stesa a terra senza fare un movimento.

Egli ascoltò il suo respiro; respirava, ma con un respiro che gli pareva debole e prossimo a spegnersi.

Come riscaldarla? Come risvegliarla? Tutto ciò che esulava da questo problema si cancellò nel suo pensiero. Si slanciò disperato fuori dalla rimessa.

Bisognava assolutamente che entro un quarto d'ora Cosette fosse davanti a un fuoco e in un letto.

IX

L'UOMO DAL SONAGLIO

Camminò diritto verso l'uomo che vedeva nel giardino. Aveva preso in mano il rotolo d'argento che aveva nella tasca del panciotto.

Quell'uomo aveva la testa bassa e non lo vedeva giungere. In pochi passi Jean Valjean lo raggiunse e lo apostrofò gridando:

«Cento franchi!».

L'uomo ebbe un sussulto e alzò gli occhi.

«Cento franchi da guadagnare» riprese Jean Valjean.

«To', siete voi, papà Madeleine» disse l'uomo.

Questo nome, pronunciato così, a quell'ora oscura, in quel luogo sconosciuto, da quell'uomo sconosciuto, fece retrocedere Jean Valjean. S'aspettava tutto, all'infuori di quello. Colui che parlava era un vecchio curvo e zoppo, vestito press'a poco come un contadino; aveva al ginocchio sinistro una ginocchiera di cuoio dalla quale pendeva una campanella abbastanza grossa. Non si distingueva il suo volto, poiché era nell'ombra.

Intanto quel buon uomo si era tolto il berretto. Ed esclamava tutto tremante:

«Ah, mio Dio! Come mai siete qui, papà Madeleine? Da che parte siete entrato, Dio Gesù? Cadete dunque dal cielo! Non sarebbe poi tanto strano; se mai doveste cadere qualche volta, è proprio di là. E in quale stato! Non avete cravatta, non avete cappello, non avete giacca! Sapete che avreste fatto paura a chiunque non vi avesse conosciuto? Mio Dio Signore, forse che i santi diventano pazzi, adesso? Ma come mai siete entrato qui?».

Una parola non aspettava l'altra. Il vecchio parlava con una volubilità tutta campagnola nella quale non c'era nulla di inquietante. Tutto questo era stato detto con un misto di meraviglia e di bonomia ingenua.

«Chi siete? È vostra questa casa?» domandò Jean Valjean.

«Ah! Perbacco, questa è grossa» esclamò il vecchio. «Io sono colui che voi avete fatto mettere qui, e questa casa è quella nella quale voi mi avete fatto mettere. Come! Non mi riconoscete?»

«No» disse Jean Valjean. «E come mai voi mi conoscete?»

«Voi mi avete salvato la vita» disse l'uomo.

Poi egli si voltò, un raggio di luce ne disegnò il profilo, e Jean Valjean riconobbe il vecchio Fauchelevent.

«Ah!» disse Jean Valjean «siete voi? Sì, vi riconosco.»

«Finalmente!» disse il vecchio in tono di rimprovero.

«Che cosa fate qui?» riprese Jean Valjean.

«To'! Copro i miei meloni!»

Il vecchio Fauchelevent teneva infatti in mano, nel momento in cui Jean Valjean gli si era avvicinato, il lembo di una stuoia che stava distendendo sulla poponaia. Ne aveva già collocate allo stesso modo un certo numero, da un'ora che era nel giardino. Era tale operazione che gli faceva fare gli strani movimenti che Jean Valjean aveva osservato dalla rimessa.

Il vecchio continuò:

«Mi sono detto: la luna è chiara, gelerà. Se mettessi il pastrano ai miei meloni?» e aggiunse, guardando Jean Valjean con una grossa risata: «Voi avreste ben dovuto fare altrettanto, perbacco! Ma come mai siete qui?».

Jean Valjean, vedendosi riconosciuto da quell'uomo, almeno sotto il nome di Madeleine, procedeva con circospezione. Egli moltiplicava le domande. Cosa strana, le parti sembravano invertite. Era lui, l'intruso, che interrogava.

«Che cos'è questo sonaglio che avete al ginocchio?»

«Questo?» rispose Fauchelevent. «È perché si possa evitarmi!»

«Come! Perché si possa evitarvi?»

Il vecchio Fauchelevent strizzò l'occhio con un'aria inesprimibile.

«Ah caspita! Non ci sono che donne in questa casa; molte ragazze.

Sembra che io sia un incontro pericoloso. La campana le avverte. Quando io vengo, esse se ne vanno.»

«Che cos'è questa casa?»

«To'! Lo sapete bene.»

«Ma no, io non lo so.»

«Ma se mi avete collocato qui come giardiniere...»

«Rispondetemi come se non sapessi niente.»

«Ebbene, è il convento del Petit Picpus!»

I ricordi ritornavano a Jean Valjean. Il caso, cioè la provvidenza, l'aveva gettato precisamente in quel convento del quartiere Saint-Antoine dove il vecchio Fauchelevent, storpio per la caduta dal suo carro, era stato ammesso in seguito a sua raccomandazione, due anni prima. Ripeté come parlando a se stesso:

«Il convento del Petit Picpus!».

«Orsù, tornando a noi,» riprese Fauchelevent «come diavolo avete potuto entrare qui, papà Madeleine? Avete un bell'essere un santo, ma siete un uomo e qui non entrano uomini.»

«Pure, voi ci siete.»

«Non ci sono che io.»

«Tuttavia,» riprese Jean Valjean «bisogna che io ci resti.»

«Ah, mio Dio!» esclamò Fauchelevent.

Jean Valjean si avvicinò al vecchio e gli disse con voce grave:

«Papà Fauchelevent, vi ho salvato la vita».

«Sono io che me ne son ricordato per primo» rispose Fauchelevent.

«Ebbene, voi potete fare oggi per me ciò che io ho fatto un giorno per voi.»

Fauchelevent prese tra le sue vecchie mani rugose e tremanti le due mani robuste di Jean Valjean e stette qualche secondo come se non potesse parlare. Infine esclamò: «Oh, sarebbe una benedizione del buon Dio, se io potessi rendervi un tale servizio! Io! Salvarvi la vita! Signor sindaco, disponete di questo vecchio buon uomo».

Una gioia ammirabile aveva come trasfigurato quel vecchio. Un raggio sembrava scaturire dal suo viso.

«Che cosa volete ch'io faccia?» disse.

«Vi spiegherò. Voi avete una camera?»

«Ho una baracca isolata, là, dietro il rudere del vecchio convento, in un angolo che nessuno vede. Ci sono tre camere.»

La baracca era infatti così ben nascosta e ben disposta dietro il rudere, affinché nessuno la vedesse, che Jean Valjean non l'aveva vista.

«Bene,» disse Jean Valjean «ora vi chiedo due cose.»

«Quali, signor sindaco?»

«Prima di tutto, voi non direte a nessuno quello che sapete di me. Secondariamente voi non cercherete di saperne di più.»

«Come vorrete. So che voi non potete fare niente che non sia onesto e che siete sempre stato un uomo del buon Dio. E poi, del resto, siete voi che mi avete messo qui. Quindi è affar vostro. Sono tutto per voi.»

«È detto. Adesso venite con me, andiamo a prendere la bambina.»

«Ah!» disse Fauchelevent. «C'è una bambina!»

Non aggiunse sillaba e seguì Jean Valjean come un cane segue il padrone.

Meno di mezz'ora dopo, Cosette, ridivenuta rosea alla fiamma di un buon fuoco, dormiva nel letto del vecchio giardiniere. Jean Valjean aveva rimesso la cravatta e il soprabito, il cappello lanciato sopra il muro era stato ritrovato, e Fauchelevent aveva tolto la ginocchiera a sonaglio, che ora, appesa a un chiodo vicino alla cappa del camino, ornava il muro. I due uomini si riscaldavano seduti a una tavola sulla quale Fauchelevent aveva messo un pezzo di formaggio, del pane nero, una bottiglia di vino e due bicchieri: e il vecchio diceva a Jean Valjean, ponendogli la mano sul ginocchio:

«Ah! Papà Madeleine! Non mi avete riconosciuto subito! Voi salvate la vita alla gente e poi la dimenticate. Oh, questo è male! Essi si ricordano di voi! Siete un ingrato!».

X
DOVE È SPIEGATO COME JAVERT HA MANCATO IL COLPO

Gli avvenimenti dei quali abbiamo visto, per così dire, il rovescio, s'erano compiuti nelle condizioni più semplici.

Quando Jean Valjean (la notte stessa del giorno in cui Javert lo aveva arrestato al letto di morte di Fantine) fuggì dalla prigione municipale di Montreuil, la polizia suppose che il forzato evaso dovesse essersi diretto verso Parigi. Parigi è un gorgo nel quale tutto si perde, e in quest'ombelico del mondo tutto scompare come nell'ombelico del mare; nessuna foresta nasconde un uomo come la folla parigina. I fuggiaschi di ogni specie lo sanno. Essi vanno a Parigi come in una voragine; ci sono voragini che salvano. Anche la polizia lo sa, ed è a Parigi che cerca quello che altrove ha perduto. Vi cercò anche l'ex sindaco di Montreuil-sur-mer. Javert fu chiamato a Parigi per far luce nelle indagini. Javert aveva infatti aiutato potentemente a riprendere Jean Valjean. Lo zelo e l'intelligenza dimostrati da Javert in tale occasione furono notati dal signor Chabouillet, il segretario di prefettura di Montreuil alla polizia di Parigi. Lì, Javert si rese diversamente e diciamolo pure, quantunque la parola possa sembrare inattesa per simili servizi, onorevolmente utile. Egli non pensava più a Jean Valjean (ai cani sempre in caccia, il lupo di oggi fa dimenticare il lupo di ieri) quando nel dicembre 1823 lesse un giornale, lui, che non leggeva mai un giornale; gli è che Javert, monarchico, aveva tenuto a sapere i particolari dell'entrata trionfale del «principe generalissimo»[3] a Baiona.

Come ebbe finito l'articolo che lo interessava, un nome, il nome di Jean Valjean, in fondo alla pagina, richiamò la sua attenzione. Il giornale annunziava che il forzato Jean Valjean era morto, e pubblicava il fatto in termini così precisi che Javert non ebbe alcun dubbio. Si accontentò di dire: *«Ecco una buona scarcerazione»*. Poi gettò il giornale e non ci pensò più.

Qualche tempo dopo accadde che una nota della polizia fosse trasmessa dalla prefettura di Senna-e-Oise alla questura di Parigi circa il rapimento di una bambina, che aveva avuto luogo, si diceva, in circostanze particolari, nel comune di Montfermeil. Una bimba dai sette agli otto anni, diceva la nota, che era stata affidata da sua madre a un locandiere del paese, era stata rubata da uno sconosciuto; questa piccina si chiamava Cosette ed era la figliuola di una donna chiamata Fantine, morta all'ospedale, non si sapeva quando né dove. Questa nota passò sotto gli occhi di Javert e lo rese pensieroso.

Il nome di Fantine gli era ben noto. Si ricordava che Jean Valjean lo aveva fatto scoppiare dal ridere domandandogli una dilazione di tre giorni per andare a prendere la bambina di quella donna. Si ricordò che Jean Valjean era stato arrestato a Parigi mentre saliva sulla diligenza di Montfermeil. Certi indizi avevano anche fatto pensare, allora, che Valjean saliva su quella diligenza per la seconda volta e che doveva aver già fatto, la vigilia, una prima escursione nei dintorni di quel villaggio, dato che non era stato visto nell'abitato. Che cosa andava a fare nel paese di Montfermeil? Non si era potuto sapere. Javert ora lo sapeva. La figlia di Fantine era là. Jean Valjean andava a prenderla. Ora, questa bambina era stata rubata da uno sconosciuto. Chi poteva essere questo sconosciuto? Che fosse Jean Valjean? Ma Jean Valjean era morto.

Javert, senza far parola con alcuno, prese la corriera del Plat-d'Étain, vicolo cieco della Planchette, e fece una corsa a Montfermeil.

Egli s'aspettava di trovare là qualche cosa che lo illuminasse: ma trovò una grande oscurità.

Nei primi giorni i Thénardier, indispettiti, avevano chiacchierato. La sparizione dell'Allodola aveva fatto rumore nel villaggio. C'erano subito state diverse versioni della storia, che aveva finito col divenire un ratto d'infante. Da ciò il rapporto alla polizia. Tuttavia, svanita la

---

[3] Il duca d'Angoulême.

prima impressione, Thénardier, col suo ammirevole istinto, aveva ben presto compreso che non era mai utile turbare il signor procuratore del re, e che i suoi lagni a proposito del *ratto* di Cosette avrebbero avuto come primo risultato quello di richiamare su di lui, Thénardier, e su parecchi suoi affari torbidi, la scintillante pupilla della giustizia. La prima cosa che i gufi non vogliono, è che si porti loro una candela. E, prima di tutto, come avrebbe potuto giustificare i millecinquecento franchi che aveva ricevuto? Tagliò corto, tappò la bocca alla moglie e fece lo stupito ogni volta che gli si parlò della *bambina rubata*. Non ci capiva niente; senza dubbio si era lamentato a tutta prima perché gli «avevano tolto» così, d'un tratto, quella cara piccina; avrebbe voluto trattenerla ancora due o tre giorni poiché le era affezionato; ma era suo «nonno», quello che era venuto a prenderla nel modo più naturale del mondo. Egli aveva aggiunto il «nonno», che ci stava a proposito.

Fu proprio su questa panzana che andò a cadere Javert giungendo a Montfermeil. Il *nonno* faceva svanire Jean Valjean.

Tuttavia Javert immerse a guisa di scandaglio alcune domande nella panzana di Thénardier.

«Chi era quel nonno, e come si chiamava?»

Thénardier rispose con semplicità: «È un ricco coltivatore. Ho veduto il suo passaporto. Credo che si chiami Guglielmo Lambert».

Lambert è un nome per bene e molto rassicurante; e Javert tornò a Parigi.

«Jean Valjean è veramente morto,» disse tra sé «e io sono un grullo.»

Cominciava a dimenticare di nuovo tutta quella storia, quando, durante il mese di marzo 1824, sentì parlare d'un personaggio bizzarro che abitava nella parrocchia di Saint-Médard e che era soprannominato «il mendicante che fa l'elemosina». A quanto si diceva, quel personaggio era un possidente, del quale nessuno sapeva esattamente il nome e che viveva solo con una bambina di otto anni, della quale neppure si sapeva nulla, tranne che veniva da Montfermeil. Montfermeil! Questo nome ricorreva sempre, e fece rizzare le orecchie a Javert. Un vecchio mendicante, spia della polizia e già scaccino, al quale quel personaggio faceva l'elemosina, aggiunse qualche altro particolare. «Quel possidente era un essere molto selvatico; non usciva mai, se non di sera; non parlava con nessuno, tranne che coi poveri talvolta; e non si lasciava mai avvicinare da nessuno. Portava un orribile vecchio soprabito giallo, che valeva parecchi milioni, essendo tutto imbottito di biglietti di banca.»

Questo stuzzicò senz'altro la curiosità di Javert, che, per vedere da vicino quello straordinario possidente senza impaurirlo, un giorno si fece prestare dallo scaccino i suoi stracci e il posto in cui la vecchia

spia si rannicchiava tutte le sere a biascicare con voce nasale le orazioni, e a spiare attraverso la preghiera.

«L'individuo sospetto» si avvicinò infatti a Javert, così travestito, e
gli fece l'elemosina. In quel momento Javert alzò la testa, e la scossa
che ricevette Jean Valjean credendo di riconoscere Javert, questi la
ricevette credendo di riconoscere Jean Valjean.

Pure, era possibile che l'oscurità lo avesse ingannato: la morte di
Jean Valjean era ufficiale, ma a Javert rimanevano molti dubbi, e gravi;
e Javert, nel dubbio, scrupoloso com'era, non metteva la mano al bavero di nessuno. Seguì il suo uomo fino alla topaia Gorbeau e fece parlare «la vecchia», il che non fu molto difficile. La vecchia gli confermò il
fatto del soprabito foderato di milioni, e gli narrò l'episodio del biglietto da mille franchi. Ella aveva veduto, aveva toccato! Javert prese
in affitto una camera, e vi si stabilì la sera stessa. Andò a origliare alla
porta del misterioso inquilino, sperando di sentire il suono della sua
voce, ma Jean Valjean scorse la candela di lui attraverso il buco della
serratura e rese vano il tentativo della spia, rimanendo silenzioso.

Il giorno dopo, Jean Valjean levava le tende: ma il rumore del
pezzo da cinque franchi ch'egli lasciò cadere fu notato dalla vecchia,
la quale, sentendo rimuovere del denaro, pensò che l'inquilino stesse per sloggiare, e si affrettò ad avvertire Javert. La sera, quando
Jean Valjean uscì, Javert l'aspettava dietro gli alberi del viale con
due uomini.

Javert aveva chiesto rinforzi alla prefettura, ma non aveva detto il
nome dell'individuo che sperava di arrestare. Era, questo, il suo segreto. Lo aveva serbato per tre ragioni: anzitutto, perché la minima
indiscrezione poteva mettere in guardia Jean Valjean; poi, perché
mettere le mani addosso a un vecchio galeotto evaso e ritenuto morto, a un condannato che i rapporti giudiziari avevano un tempo classificato per sempre *tra i malfattori della specie più pericolosa*, era un
magnifico successo che gli anziani della polizia parigina non avrebbero certamente lasciato a un nuovo venuto come Javert, ed egli perciò
temeva che gli portassero via il suo galeotto; infine perché Javert, essendo un artista, aveva il gusto dell'imprevisto. Odiava quei successi
preannunciati dei quali si sciupa la bellezza col parlarne molto tempo
prima; ci teneva a elaborare i suoi capolavori nell'ombra e a svelarli
poi all'improvviso.

Javert aveva seguito Jean Valjean d'albero in albero, poi da angolo
di strada ad angolo di strada, e non l'aveva perduto di vista un solo
istante. Anche nei momenti in cui Jean Valjean si credeva sicurissimo,
l'occhio di Javert era posato su di lui. Perché Javert non arrestava Jean Valjean? Perché dubitava ancora.

Bisogna ricordarsi che a quel tempo la polizia non si trovava davvero facilitata; la stampa la intralciava. Alcuni arresti arbitrari, de-nunciati dai giornali, avevano avuto risonanza fin nelle Camere, inti-midendo la prefettura. Attentare alla libertà individuale era un fatto grave. Gli agenti temevano d'ingannarsi; il prefetto se la prendeva con loro: un errore voleva dire la destituzione. Ci si può figurare l'ef-fetto che avrebbe fatto a Parigi questo trafiletto, riprodotto da venti giornali: «Ieri un vecchio nonno dai capelli bianchi, possidente rispet-tabile, che passeggiava con la sua nipotina di otto anni, è stato arre-stato e condotto al carcere poliziesco come forzato evaso.»

Inoltre, ripetiamo che Javert aveva i suoi scrupoli: le raccomanda-zioni della sua coscienza si aggiungevano alle raccomandazioni del prefetto. Egli dubitava realmente.

Jean Valjean gli voltava le spalle e camminava nell'oscurità.

La tristezza, l'inquietudine, l'ansietà, l'oppressione, quella nuova disavventura che l'obbligava a fuggire di notte e a cercare a caso un asilo a Parigi per Cosette e per sé, la necessità di regolare il proprio passo sul passo d'una bambina, tutto ciò, senza ch'egli neppure se ne avvedesse, aveva cambiato l'andatura di Jean Valjean e impresso al suo fisico una tale apparenza di senilità, che la polizia stessa, imperso-nata da Javert, poteva essere tratta in inganno, e si ingannò infatti. L'impossibilità di avvicinarsi troppo, quel suo vestito di vecchio pre-cettore emigrato, la dichiarazione di Thénardier che lo faceva nonno, infine la creduta morte di lui al bagno penale, accrescevano le incer-tezze già fitte nella mente di Javert.

Per un momento, egli ebbe l'idea di chiedergli bruscamente i docu-menti; ma se quell'uomo non era Jean Valjean, e se quell'uomo non era un buon vecchio possidente onesto, era probabilmente qualche abile messere profondamente e intelligentemente immischiato nella trama oscura dei misfatti parigini, qualche capo di banda pericoloso, che faceva l'elemosina per nascondere, secondo una vecchia astuzia, le sue vere attitudini. Doveva avere degli affiliati, dei complici, e qualche alloggio clandestino in cui andava certamente a rifugiarsi. Tutte quelle giravolte che faceva nelle vie sembravano indicare ch'egli non era un semplice buon vecchio; e arrestarlo troppo presto significava «uccide-re la gallina dalle uova d'oro». Quale inconveniente c'era, ad aspetta-re? Javert era sicurissimo che il vecchio non gli sarebbe sfuggito.

Egli camminava dunque abbastanza perplesso, facendosi cento domande su quel personaggio enigmatico.

Solo abbastanza tardi, in via Pontoise, grazie alla viva luce che usciva da un'osteria, riconobbe senza dubbi Jean Valjean.

Esistono al mondo due esseri che trasaliscono profondamente: la madre che ritrova il suo bambino, e la tigre che ritrova la sua preda. Javert trasalì a quel modo profondo.

Nel momento in cui ebbe riconosciuto positivamente Jean Valjean, il terribile forzato, Javert s'accorse ch'erano solo in tre, e fece chiedere rinforzo al commissariato di polizia della via Pontoise. Prima d'impugnare un bastone spinoso, ci si mette i guanti.

Quel ritardo e la fermata al crocicchio Rollin, per concertarsi con i suoi agenti, per poco non gli fecero perdere le tracce. Pure, fece presto a indovinare che Jean Valjean avrebbe voluto mettere il fiume tra sé e i suoi cacciatori. Chinò la testa e rifletté, come un segugio che punti il naso a terra per prendere la via giusta; e con la sua grande precisione istintiva, Javert andò difilato al ponte d'Austerlitz. Una sola frase all'esattore del pedaggio lo mise al corrente. «Avete visto un uomo con una bambina?» «Gli ho fatto pagare due soldi» rispose l'altro. Javert giunse così sul ponte in tempo per vedere dall'altra parte dell'acqua Jean Valjean attraversare, con Cosette per mano, lo spazio rischiarato dalla luna. Lo vide entrare nella via chiamata il Chemin-Vert-Saint-Antoine e pensò al vicolo chiuso Genrot che stava là come una trappola, e all'unica uscita della via Droit-Mur sul vicoletto Picpus. Gli tagliò allora *le vie di scampo*, come dicono i cacciatori; mandò in fretta, per un'altra strada, uno dei suoi agenti a custodire quell'uscita. E siccome passava una pattuglia che rientrava al posto dell'Arsenale, egli la requisì e si fece accompagnare. In simili specie di partite, i soldati costituiscono buone carte; e, del resto, è risaputo che per impadronirsi d'un cinghiale occorrono scienza di cacciatori e forza di cani. Dopo aver preso tali disposizioni, sentendo Jean Valjean ormai preso tra il vicolo Genrot a destra, l'agente a sinistra e lui, Javert, alle spalle, egli fiutò una presa di tabacco.

Poi si mise a giocare. Ebbe un momento incantevole e infernale: lasciò camminare il suo uomo davanti, sapendo d'averlo in pugno, ma desiderando differire quanto più possibile il momento di arrestarlo, felice di sentirlo preso e di vederlo libero, covandolo con lo sguardo, con la voluttà del ragno che lascia svolazzare la mosca, e del gatto che lascia correre il topo. La zampa e l'artiglio hanno una loro sensualità morbosa, godono dell'agitarsi scomposto della bestia imprigionata nella loro morsa. Che delizia, quel soffocamento!

Javert godeva. Le maglie della sua rete erano solidamente legate. Egli era sicuro del successo: ormai non gli rimaneva altro da fare che chiudere la mano.

Coadiuvato com'era, gli appariva impossibile che Jean Valjean, per quanto energico, vigoroso e disperato fosse, potesse opporgli una qualunque resistenza.

Javert avanzò lentamente, esplorando e frugando sul suo passaggio tutti i recessi della via, come le tasche d'un ladro; ma quando arrivò al centro della sua tela, non trovò più la mosca.

Si può immaginare la sua esasperazione.

Interrogò la vedetta delle vie Droit-Mur e Picpus; quell'agente, rimasto imperturbabile al suo posto, non aveva affatto visto passare l'uomo.

Capita talvolta che un cervo si metta in salvo nonostante abbia «la testa coperta», cioè riesca a fuggire pur avendo la muta alle calcagna, e allora anche i più vecchi cacciatori non sanno che dire. Duvivier, Ligniville e Desprez rimangono di stucco. In un inconveniente di questo genere, Artonge esclamò: «*Non è un cervo, è uno stregone*».

Javert avrebbe volentieri gettato lo stesso grido. La sua delusione ebbe per un momento qualche cosa della disperazione e del furore.

È certo che Napoleone commise degli errori nella guerra di Russia, come Alessandro nella guerra d'India, Cesare nella guerra d'Africa, Ciro nella guerra di Scizia: così Javert commise degli errori in questa campagna contro Jean Valjean. Ebbe forse torto d'esitare a riconoscere il vecchio galeotto. La prima occhiata avrebbe dovuto bastare. Ebbe torto di non arrestarlo puramente e semplicemente nella stamberga. Ebbe torto di non impadronirsi di lui quando lo riconobbe sicuramente in via Pontoise. Ebbe torto di concertarsi con i suoi subordinati, in pieno chiaro di luna, nel crocicchio Rollin; certo, i pareri sono utili, ed è bene interrogare quei segugi che meritano fiducia e udirne il parere. Ma il cacciatore non può prendere troppe precauzioni quando dà la caccia ad animali irrequieti, come il lupo e il forzato. Javert, col troppo preoccuparsi di mettere i suoi segugi sulla pista, allarmò la bestia, facendole presentire la caccia, e la fece fuggire. Egli ebbe torto, soprattutto, quando ebbe ritrovato la traccia al ponte di Austerlitz, di giocare la formidabile e puerile partita di tenere un uomo simile legato all'estremità di un filo. Si considerò più forte di quanto non fosse, e credette di poter giocare al topo con un leone. Nello stesso tempo, si ritenne troppo debole quando giudicò necessario procurarsi un rinforzo. Precauzione fatale, perdita di tempo prezioso, Javert commise tutti questi errori e tuttavia rimaneva sempre uno dei poliziotti più abili e più corretti che siano mai esistiti. Era, in tutta la forza della parola, quello che in termine di caccia vien chiamato *un cane prudente*. Ma chi è perfetto?

I grandi strateghi hanno le loro eclissi.

Le grandi sciocchezze sono spesso fatte, come le grosse funi, d'una moltitudine di fili. Prendete il cavo filo per filo; prendete separatamente tutti i piccoli motivi determinanti, e rompeteli l'uno dopo l'altro. Allora direte: «È tutto qui?». Intrecciateli, torceteli insieme, e ne risulterà un'enormità: Attila che esita tra Marciano all'Oriente e Valentiniano all'Occidente; Annibale che s'attarda a Capua, e Danton che si addormenta ad Arcis-sur-Aube.

Comunque fosse, nel momento in cui si accorse che Jean Valjean gli sfuggiva, Javert non perdette la testa. Sicuro che il forzato evaso non potesse essere molto lontano, stabilì appostamenti, organizzò trappole e imboscate; e batté il quartiere per tutta la notte. La prima cosa che vide fu il disordine del lampione, la cui corda era stata tagliata. Indizio prezioso, che però lo indusse in errore, facendo deviare tutte le sue ricerche verso l'angiporto Genrot. In quel vicolo ci sono muri alquanto bassi, che danno su giardini i cui recinti confinano con immense sodaglie. Evidentemente, Jean Valjean doveva essere fuggito di là. Certo è che, se si fosse addentrato ancora un poco nel vicolo, e probabilmente l'avrebbe fatto, sarebbe stato perduto. Javert esplorò quei giardini e quei terreni, come se vi cercasse un ago. Allo spuntar del giorno lasciò due uomini intelligenti in osservazione e tornò alla Questura, vergognoso come uno sbirro che si fosse lasciato cogliere da un ladro.

LIBRO SESTO

IL PETIT PICPUS

I
VICOLO PICPUS, N. 62

Mezzo secolo fa, non v'era nulla che rassomigliasse a un portone qualunque, quanto il portone del numero 62 del vicolo Picpus. Quel portone, di solito socchiuso nel modo più invitante, lasciava vedere due cose che non avevano nulla di molto funebre, ossia un cortile circondato da muri tappezzati di viti, e la faccia di un portiere in ozio; al di sopra del muro di fondo si scorgevano alcuni grandi alberi. Quando un raggio di sole rallegrava il cortile, quando un bicchiere di vino rallegrava il portiere, era difficile passare davanti al numero 62 del vicolo Picpus senza riportarne un'impressione ridente. Tuttavia il luogo intravisto era tetro.

La soglia sorrideva, ma la casa pregava e piangeva.

Se si riusciva a passare oltre il portiere – cosa tutt'altro che facile, anzi, persino impossibile per quasi tutti, poiché v'era un *Sesamo, apriti!* che bisognava conoscere –, se, superato l'ostacolo del portiere, si entrava a destra in un piccolo vestibolo sul quale dava una scala limitata da due muri e così stretta che non poteva passarvi più d'una persona alla volta; se non ci si lasciava sbigottire dall'intonaco giallo canarino con zoccolo color cioccolato, che rivestiva i muri della scala, se ci si avventurava a salire, si superava un primo pianerottolo, poi un altro, e si giungeva al primo piano in un corridoio dove la tinta gialla e lo zoccolo color cioccolato vi seguivano con quieto accanimento. Scala e corridoio erano rischiarati da due belle finestre. Il corridoio faceva un gomito e diveniva buio. Se si «doppiava il capo», dopo qualche passo si arrivava dinanzi a una porta tanto più misteriosa in quanto non era chiusa. Spingendola, ci si trovava in una cameretta di circa due metri quadrati, con ammattonato, lavata, pulita, fredda, tappezzata di carta gialla a fiorellini verdi, da quindici soldi il rotolo. Una luce d'un bianco sbiadito veniva da un finestrone a piccoli riquadri che era a sinistra e occupava tutta la larghezza della camera. Se si guardava, non si vedeva nessuno; se ci si metteva in ascolto, non si sentiva né un passo, né un mormorìo umano. Le pareti erano nude, e la camera non era arredata; non vi era nemmeno una sedia.

Se si guardava ancora, si scorgeva nel muro dirimpetto alla porta un buco di circa trenta centimetri quadrati, munito di una grata di ferro a sbarre incrociate, nere, nodose e solide, le quali formavano tanti quadratini, direi quasi delle maglie, la cui diagonale misurava non meno di quattro centimetri. I fiorellini verdi della tappezzeria giungevano con calma e in ordine sino a quelle sbarre di ferro, senza che il loro contatto funebre li sbigottisse e li facesse turbinare. Supposto che un essere vivente fosse stato così mirabilmente magro da poter entrare o tentare di uscire dal buco quadrato, la grata di ferro glielo avrebbe impedito. Essa non lasciava passare il corpo, ma lasciava passare lo sguardo, cioè lo spirito. E pareva che si fosse pensato a ciò, poiché avevano ricoperto il buco d'una lastra di latta incastrata nel muro, un po' all'indietro, e bucherellata da mille fori più microscopici dei buchi d'una schiumarola. Nella parte inferiore di quella lastra era stata praticata una apertura simile a quella d'una cassetta per le lettere. Un cordone di filo, che metteva capo a un campanello, pendeva a destra del buco con l'inferriata.

Se si tirava quel cordone, il campanello tintinnava e si sentiva una voce, vicinissima, che faceva trasalire.

«Chi è?» chiedeva la voce.

Era una voce di donna, una voce dolce, tanto dolce da sembrare persino lugubre.

Anche qui v'era una parola magica che bisognava conoscere. Se non la si conosceva, la voce taceva, e il muro tornava a essere silenzioso, come se dall'altra parte vi fosse l'oscurità sgomenta del sepolcro.

Se invece si sapeva la parola, la voce rispondeva:

«Entrate a destra».

Allora, alla propria destra e dirimpetto alla finestra, si notava una porta a vetri, sormontata da un telaio pure a vetri, dipinta di grigio. Si alzava il saliscendi, si varcava la soglia della porta, e si provava la medesima impressione che si prova a teatro, quando si entra in un palchetto a grata, prima che la grata sia abbassata e il lampadario sia acceso. Si era infatti in una specie di palco di teatro, appena rischiarato dalla luce incerta proveniente dalla porta a vetri, stretto, arredato con due vecchie sedie e con una stuoia dalle maglie disfatte, un vero palco col parapetto per appoggiarvi i gomiti, ricoperto da una tavoletta di legno nero. Quel palco era munito di grata; soltanto non era una grata di legno dorato, come all'Opéra, bensì un mostruoso traliccio di sbarre di ferro orribilmente intersecate e incastrate nel muro per mezzo di enormi impiombature che parevano pugni chiusi.

Passati i primi minuti, quando lo sguardo cominciava ad assuefarsi a quella semioscurità da cantina, esso tentava di oltrepassare la grata, ma non poteva andare oltre quindici centimetri, perché là incontrava una barriera d'imposte nere, assicurate e rinforzate da traverse di legno dipinte di giallo cupo. Quelle imposte erano fatte a commettitura, formate da lunghi listelli sottili, mascheravano tutta la larghezza della grata. Erano sempre chiuse.

Dopo qualche minuto, si sentiva una voce che vi chiamava da dietro le imposte, e vi diceva:

«Sono qui. Che volete da me?».

Era una voce amata, talvolta una voce adorata. Non si vedeva nessuno. A malapena si percepiva il rumore d'un respiro. Pareva un'evocazione che vi parlasse attraverso la parete d'una tomba.

Se si era in determinate condizioni, molto rare, lo stretto listello d'una delle imposte si apriva dirimpetto a voi e l'evocazione diveniva un'apparizione. Dietro la grata e dietro l'imposta si scorgeva, per quanto lo consentiva la grata, una testa della quale si vedevano solo la bocca e il mento, mentre il resto era coperto da un velo nero; s'intravedeva un soggolo nero e una forma appena distinta coperta da un sudario nero. Quella testa vi parlava: ma non vi guardava e non vi sorrideva mai.

La luce che veniva dalla porta dietro di voi era disposta in modo che voi vedevate bianca la figura, e questa vi vedeva nero. Quella luce era un simbolo.

Intanto lo sguardo s'immergeva avido, attraverso l'apertura che s'era formata, in quel luogo chiuso a tutti gli sguardi. Un'ombra profonda avvolgeva quell'apparizione vestita a lutto, e gli occhi frugavano in quell'ombra cercando di discernere i contorni dell'apparizione. Dopo brevissimo tempo ci si accorgeva di non veder nulla; di avere davanti a sé la notte, il vuoto, le tenebre, una nebbia invernale commista a vapore di tomba; una specie di pace spaventevole, un silenzio in cui non si percepiva nulla, neppure dei fantasmi.

Quello che si vedeva, era l'interno d'un chiostro. Era l'interno di quella casa tetra e severa, chiamata il convento delle bernardine dell'Adorazione Perpétue. Il palco in cui ci si trovava era il parlatorio: e la voce, la prima che aveva parlato, era la voce della monaca addetta alla ruota, che stava sempre seduta immobile e silenziosa, dall'altra parte del muro, vicino all'apertura quadrata, protetta dalla grata di ferro e dalla lastra dai mille fori, come da una doppia visiera.

L'oscurità in cui era immerso il palco con la grata, derivava dal fatto che il parlatorio, che aveva una finestra dalla parte del mondo, non ne aveva alcuna dalla parte del convento: gli occhi profani non dovevano veder nulla di quel luogo sacro.

Pure, aldilà di quell'ombra v'era qualche cosa, v'era una luce; una vita in quella morte. E benché quel convento fosse il più murato di tutti, noi tenteremo di penetrarvi e di farvi penetrare il lettore per dire, senza eccedere in nulla, alcune cose che i narratori non hanno mai visto e quindi mai raccontato.

II
L'ORDINE DI MARTIN VERGA

Quel convento, che nel 1824 esisteva già da molti anni nel vicolo Picpus, era una comunità di bernardine dell'ordine di Martin Verga.

Per conseguenza, quelle bernardine dipendevano non già da Clairvaux, come i bernardini, ma da Cîteaux, come i benedettini. In altri termini, esse erano soggette non a San Bernardo, ma a San Benedetto.

Chiunque abbia un poco sfogliato qualche *in-folio* sa che Martin Verga fondò nel 1425 una congregazione di bernardine-benedettine[1] che aveva la casa madre a Salamanca e una succursale ad Alcalà.

Questa congregazione si diramò in tutti i paesi cattolici dell'Europa.

Simili innesti di un ordine su un altro non hanno nulla d'insolito nella Chiesa latina. Per non parlare che del solo ordine di San Benedetto, del quale ci stiamo occupando, a quest'ordine si collegano, a prescindere dall'ordine di Martin Verga, quattro congregazioni: due in Italia, ossia Montecassino e Santa Giustina di Padova, e due in Francia, Cluny e Saint-Maur; e nove ordini, Vallombrosa, Grammont, i celestini, i camaldolesi, i certosini, gli umiliati, gli olivetani, i silvestrini e infine Cîteaux; poiché Cîteaux, ceppo per altri ordini, è solo un ramo per San Benedetto. Cîteaux risale a San Roberto, abate di Molesme, nella diocesi di Langres, nel 1098. Ora, fu nel 529 che il diavolo, ritiratosi nella solitudine di Subiaco (era vecchio: s'era forse fatto eremita?), fu scacciato dall'antico tempio di Apollo, nel quale dimorava, da San Benedetto allora diciassettenne.

Dopo l'ordine delle carmelitane – che vanno scalze, portano una pettorina di vimini intrecciati e non si seggono mai – l'ordine più rigido è quello delle bernardine-benedettine di Martin Verga. Sono vestite di nero con un soggolo che, secondo la formale prescrizione di San Benedetto, sale fino al mento. Una veste di saia, dalle maniche larghe, un gran velo di lana, il soggolo che sale fino al mento ed è tagliato a quadrato sul petto, la benda che scende fin sugli occhi, ecco il loro

---

[1] Si tratta di un'invenzione di Victor Hugo.

abito. Tutto è nero, eccetto la benda, che è bianca. Le novizie portano lo stesso abito, tutto bianco. Le professe hanno, inoltre, un rosario al fianco.

Le bernardine-benedettine di Martin Verga praticano l'adorazione perpetua, come le benedettine, chiamate le signore del Santo Sacramento, le quali al principio di questo secolo avevano a Parigi due case, una al Temple, l'altra nella via Neuve-Sainte-Geneviève. Del resto, le bernardine-benedettine del Petit Picpus di cui parliamo, costituivano un ordine del tutto diverso da quello delle signore del Santo Sacramento di via Neuve-Sainte-Geneviève e del Temple. V'erano numerose differenze nella regola, e ve n'erano nell'abito. Le bernardine-benedettine del Petit Picpus portavano il soggolo nero, mentre le benedettine del Santo Sacramento di via Neuve-Sainte-Geneviève lo portavano bianco e in più avevano sul petto un Santo Sacramento alto circa tre pollici, d'argento o rame dorati; le suore del Petit Picpus invece non lo portavano. L'adorazione perpetua, comune alla casa del Petit Picpus e alla casa del Temple, lascia i due ordini perfettamente distinti. Tale pratica costituisce semplicemente una somiglianza tra le signore del Santo Sacramento e le bernardine di Martin Verga, allo stesso modo che v'è similitudine, per lo studio e la glorificazione di tutti i misteri relativi alla nascita, alla vita e alla morte di Gesù Cristo, e alla Vergine, fra due ordini tuttavia diversissimi e all'occorrenza nemici: l'Oratorio d'Italia, fondato a Firenze da Filippo Neri, e l'Oratorio di Francia, fondato a Parigi da Pierre de Bérulle. L'Oratorio di Parigi pretendeva la precedenza, essendo Filippo Neri solo santo, mentre Bérulle era cardinale.

Torniamo alla rigida regola spagnola di Martin Verga.

Le bernardine-benedettine soggette a questa regola mangiano di magro tutto l'anno, digiunano durante la quaresima e molti altri giorni loro speciali, si alzano nel primo sonno, dall'una alle tre del mattino, per leggere il breviario e cantare il mattutino, dormono con lenzuola di sala, e sulla paglia, in qualunque stagione, non usano far bagni, non accendono mai il fuoco, s'infliggono il cilicio e la sferza ogni venerdì, osservano la regola del silenzio, non parlano fra loro che durante le ricreazioni, che sono brevissime, e portano camicie di bigello per sei mesi, dal 14 settembre, ch'è l'esaltazione della Santa Croce, sino a Pasqua. Quei sei mesi sono una mitigazione, perché la regola dice tutto l'anno; ma quella camicia di bigello, insopportabile coi calori estivi, produceva febbri e spasimi nervosi, per cui fu necessario limitarne l'uso. Ma anche con questa attenuazione le suore, dopo che si son messe, il 14 settembre, tale camicia, per tre o quattro giorni hanno la febbre. Obbedienza, povertà, castità, perseveranza nella clausura: ecco i loro voti, resi assai gravi dalla regola.

La priora è eletta per tre anni dalle madri, che vengono chiamate *madri vocali*, perché hanno voce in capitolo. Una priora non può essere rieletta che due volte, il che limita a nove anni la maggior durata possibile del suo regno.

Non vedono mai il prete officiante, che è sempre nascosto ai loro sguardi da una tenda tesa a due metri d'altezza. Al sermone, quando il predicatore è nella cappella, esse si abbassano il velo sul viso. Devono sempre parlare sottovoce e camminare con gli sguardi a terra e la testa china. Un solo uomo può entrare nel convento, ed è l'arcivescovo della diocesi.

Ve n'è tuttavia un altro, ed è il giardiniere; ma è sempre un vecchio e, perché sia costantemente solo nel giardino e le suore siano avvertite di evitarlo, gli viene messo un sonaglio al ginocchio.

Le monache sono sottoposte alla priora con una sottomissione assoluta e passiva. È la soggezione canonica in tutta la sua abnegazione. Come alla voce di Cristo, *ut voci Christi*, al gesto, al primo segno, *ad nutum*, *ad primum signum*, subito, con letizia, con perseveranza e con una tal quale ubbidienza cieca, *prompte, hilariter, perseveranter et caeca quadam obœdientia*, come la lima nelle mani del fabbro, *quasi limam in manibus fabri*, senza poter scrivere né leggere nulla senza esplicita licenza, *legere vel scribere non addiscerit sine expressa superioris licentia*. Esse fanno a turno quella che chiamano *la riparazione*. La riparazione è la preghiera per tutti i peccati, per tutte le colpe, per tutti i disordini, per tutte le violazioni, per tutte le iniquità e per tutti i delitti che si commettono sulla terra. Per dodici ore consecutive, dalle quattro del pomeriggio alle quattro di mattina o viceversa, la suora che fa la riparazione resta inginocchiata sulla pietra davanti al Santo Sacramento, con le mani giunte e con la corda al collo; quando la stanchezza diventa insopportabile, ella si prosterna bocconi, con la faccia contro il suolo e le braccia in croce, ed è qui tutto il suo sollievo. In tale atteggiamento, prega per tutti i colpevoli dell'universo. Questo è grande sino al sublime.

Siccome tale atto si compie davanti a un palo in cima al quale arde un cero, si dice indifferentemente *fare la riparazione* o *essere al palo*. Anzi, per umiltà, le suore preferiscono quest'ultima espressione, che contiene un concetto di supplizio e d'avvilimento. *Fare la riparazione* è una funzione che assorbe tutta l'anima. La suora che è al palo non si volterebbe neppure se il fulmine cadesse dietro di lei.

Inoltre, c'è sempre una suora inginocchiata davanti al Santo Sacramento. Tale permanenza dura un'ora. Esse si danno il cambio, come i soldati di sentinella, e in questo consiste l'adorazione perpetua.

Le priore e le madri portano quasi sempre nomi improntati a particolare gravità e che ricordano, non già santi o martiri, ma momenti della vita di Gesù, come madre Natività, madre Concezione, madre Presentazione, madre Passione. Tuttavia i nomi delle sante non sono proibiti.

Quando è possibile vederle, si vede solo la loro bocca. Hanno tutte i denti gialli. Mai uno spazzolino da denti è entrato nel convento. Pulirsi i denti significa essere in cima a una scala in fondo alla quale v'è la perdizione dell'anima.

Esse non dicono mai, di cosa alcuna, *mio* o *mia*: non posseggono nulla. Di qualunque cosa, dicono *nostra*; così: il nostro velo, il nostro rosario; e se parlassero della loro camicia, direbbero *la nostra camicia*. Talvolta si affezionano a qualche oggettino, a un libro di preghiere, a una reliquia, a una medaglia benedetta. Allorché si accorgono che incominciano ad aver caro quell'oggetto, devono privarsene. Ricordano le parole di Santa Thérèse la quale, a una gran signora che entrando nel suo ordine le diceva: «Permettete, madre mia, che mandi a prendere una santa Bibbia alla quale io tengo molto», rispondeva: «Ah! *Voi tenete a qualche cosa! In questo caso, non entrate nella nostra famiglia*».

È proibito a tutte d'appartarsi in luogo chiuso, d'avere *una stanza propria, una camera*. Esse vivono in celle aperte. Quando si accostano l'una all'altra, una dice: «*Sia lodato e adorato il Santissimo Sacramento dell'altare!*» e l'altra risponde: «*Per sempre!*». Uguale formalità quando una di esse bussa alla porta di un'altra. Non appena la porta è stata toccata, dall'altra parte si sente una voce dolce che dice precipitosamente: «*Per sempre!*». Come tutte le pratiche religiose, anche questa è resa macchinale dall'abitudine, e talvolta una dice: «*Per sempre!*» prima che l'altra abbia avuto il tempo di dire, cosa piuttosto lunga, del resto: «*Sia lodato e adorato il Santissimo Sacramento dell'altare!*».

Presso le visitandine, invece, colei che entra dice: «*Ave Maria*», e l'altra risponde: «*Gratia plena*». È il loro buongiorno che, infatti, è pieno di grazia.

A ogni ora del giorno, suonano tre colpi di campana supplementari alla chiesa del convento: a questo segnale, priora, madri vocali, professe, converse, novizie e candidate interrompono ciò che stanno dicendo, o facendo, o pensando, per dire tutte insieme se sono le cinque, per esempio: «*Alle cinque e a ogni ora, sia lodato e adorato il Santissimo Sacramento dell'altare!*». Oppure, se sono le otto: «*Alle otto e a ogni ora*» eccetera, e così di seguito, secondo l'ora.

Questa usanza, che ha per scopo di troncare il pensiero e di ricondurlo sempre a Dio, è in vigore in molte comunità: varia soltanto la formula. Al Gesù Bambino, per esempio, si dice: «*A quest'ora e in tutte le ore l'amor di Gesù infiammi il mio cuore!*».

Le benedettine-bernardine di Martin Verga, segregate al Petit Picpus cinquant'anni fa, cantano gli uffici su una salmodia grave, di puro canto fermo, e sempre a voce spiegata per tutta la durata dell'ufficio. In ogni passaggio del messale in cui vi sia un asterisco, fanno una pausa e dicono a bassa voce: «*Gesù, Maria, Giuseppe*». Per l'ufficio dei morti cantano in tono così basso che a malapena le voci femminili possono scendere fino a esso. Ne risulta un effetto avvincente e tragico.

Le suore del Petit Picpus avevano fatto fare un sotterraneo sotto il loro altare maggiore, perché servisse da sepolcro alla comunità. *Il governo*, com'esse dicono, non permise che quel sotterraneo accogliesse le loro bare. Perciò, dopo morte, esse uscivano dal convento. Questo le affliggeva e costernava, quasi fosse un'infrazione alla regola. Avevano ottenuto, grama consolazione invero, d'essere sepolte a un'ora speciale e in un angolo riservato del vecchio cimitero Vaugirard che si trovava su un terreno già appartenuto alla loro comunità.

Il giovedì queste suore sentono la messa cantata, i vespri e tutti gli uffici, come la domenica. Inoltre osservano scrupolosamente tutte le feste minori, pressoché sconosciute ai profani, che la Chiesa prodigava un tempo in Francia e prodiga tuttora in Spagna e in Italia. Le loro soste nella cappella sono interminabili; quanto al numero e alla durata delle loro preghiere, non potremmo darne idea migliore se non citando la frase ingenua d'una di esse: «*Le preghiere delle candidate sono spaventose, le preghiere delle novizie sono ancora peggiori e le preghiere delle professe peggiori ancora*». Una volta alla settimana, presieduto dalla madre priora, si riunisce il capitolo, al quale le madri vocali assistono. Ciascuna suora, quando è il suo turno, viene a inginocchiarsi sulla pietra e a confessare ad alta voce, davanti a tutte, le colpe e i peccati che ha commesso nella settimana. Dopo ogni confessione le madri vocali si consultano e infliggono ad alta voce le penitenze.

Oltre la confessione ad alta voce, per la quale vengono riserbate le colpe un po' gravi, esse hanno, per i peccati veniali, ciò che chiamano *la colpa*. Fare la propria colpa significa prosternarsi bocconi davanti alla priora durante l'ufficio, finché costei, che non viene mai chiamata se non *nostra madre*, non avverta con un colpettino picchiato sul legno dello stallo che la penitente può rialzarsi. Si fa *la colpa* per inezie. Un bicchiere rotto, un velo lacerato, un ritardo involontario di pochi secondi a un ufficio, una nota stonata in chiesa, eccetera bastano per *fare la colpa*. *La colpa* è assolutamente spontanea, poiché è la *colpevole* stessa (qui la parola è etimologicamente a posto) che si giudica e se la infligge. Nei giorni di festa e le domeniche vi sono quattro madri cantore che salmodiano gli uffici davanti a un grande leggio a quattro posti. Un giorno, una madre cantora intonò un salmo che incominciava con *Ecce* e, invece di *Ecce*, disse ad alta voce queste tre note: *do*, *si*, *sol*. Ebbene, per tale distrazione ella subì una colpa che durò per tutto l'ufficio. Ciò che aveva reso enorme il suo fallo, è che il capitolo aveva riso.

Quando una suora è chiamata in parlatorio, fosse pure la priora, abbassa il velo, come già dicemmo, in modo da non lasciar vedere altro che la bocca. Solo la priora può comunicare con gli estranei. Le altre possono vedere soltanto i loro più stretti congiunti e anche questi assai raramente. Se per caso una persona di fuori si presenta per vedere una suora, da essa conosciuta o amata nel mondo, occorrono vere e proprie trattative. Se è una donna, l'autorizzazione può talvolta essere accordata; e la suora viene a parlarle attraverso le imposte, che si aprono solo per una madre o per una sorella. Non occorre dire che il permesso viene sempre rifiutato agli uomini.

Questo è l'ordine di San Benedetto, aggravato da Martin Verga.

Quelle religiose non sono affatto gaie, rosee e fresche, come sono spesso le suore degli altri ordini: sono pallide e gravi. Dal 1825 al 1830 tre sono diventate pazze.

III
SEVERITÀ

Si rimane almeno due anni candidate, spesso quattro; e quattro anni novizie. È raro che i voti definitivi possano essere pronunciati prima dei ventitré o ventiquattr'anni. Le bernardine-benedettine di Martin Verga non ammettono vedove nel loro ordine.

Nelle celle esse si danno a molte macerazioni ignorate, delle quali non devono mai parlare.

Quando una novizia pronuncia i voti, viene vestita con i suoi più begli ornamenti, le si fanno i capelli lucidi e ricci, le si inghirlanda il capo di rose bianche; poi ella si prosterna; quindi la si copre tutta con un gran velo nero e si canta l'ufficio dei morti. Allora le suore si dividono in due file, delle quali una le passa a fianco dicendo con accento lamentoso: «*Nostra sorella è morta*», e l'altra risponde con voce tonante: «*Vive in Gesù Cristo!*».

Nel tempo in cui si svolge questo racconto, al convento era annesso un collegio di giovanette nobili, per la maggior parte ricche, tra le quali si notavano le signorine di Saint-Aulaire e di Bélissen e una inglese, che portava l'illustre nome cattolico di Talbot. Quelle giovanette, educate dalle suore fra quattro mura, crescevano nell'orrore del mondo e del secolo. Un giorno, una di esse ci diceva: «*Vedere il lastri-co della via mi faceva rabbrividire da capo a piedi*». Erano vestite di celeste con un berretto bianco e avevano uno Spirito Santo d'argento dorato o d'ottone appuntato sul petto. In giorni di grande solennità, e segnatamente nella ricorrenza di Santa Marta, veniva loro concesso, come favore particolare e come felicità suprema, di vestirsi da suore e di compiere gli uffici e le pratiche religiose di San Benedetto durante tutto il giorno. Nei primi tempi, erano le suore stesse che prestavano loro l'abito nero, ma la cosa parve profana e la priora la vietò permet-tendo il prestito solo alle novizie. È da notarsi che tali rappresenta-zioni, di certo tollerate e incoraggiate nel convento per un segreto spirito di proselitismo, e per far pregustare a quelle fanciulle il santo abito, costituivano una felicità reale e una vera ricreazione per le edu-cande. Esse se ne divertivano con semplicità. *Era una novità, una di-strazione*. Candide ragioni dell'infanzia, che d'altronde non riescono a far capire a noi mondani la felicità che vi può essere nel tenere in mano un aspersorio e nello stare in piedi per ore e ore a cantare a quattro voci davanti a un leggio. Le allieve, salvo le mortificazioni, si uniformavano a tutte le pratiche del convento. V'è stata più d'una giovane sposa che, entrata nel mondo, e dopo parecchi anni di matri-monio, non era ancora riuscita a perdere l'abitudine di dire in gran fretta, ogni volta che bussavano alla sua porta: «*Per sempre*». Al pari delle suore, le collegiali vedevano i genitori solo al parlatorio e nep-pure le loro madri ottenevano di poterle abbracciare. Ecco fino a qual punto giungeva la severità a questo riguardo: un giorno, una gio-vanetta fu visitata dalla madre, accompagnata da una sorellina di tre anni. La giovanetta piangeva perché avrebbe avuto tanto desiderio di abbracciare la sorella. Impossibile. Supplicò che almeno permettesse-ro alla bimba di passare la manina attraverso le sbarre, perché potes-se baciargliela; ma anche questo le fu rifiutato, quasi con scandalo.

IV
AMENITÀ

Nondimeno, quelle giovanette hanno riempito di ricordi graziosi quella tetra casa.

In certe ore, l'infanzia splendeva in quel chiostro. Suonava la ri-creazione. Una porta girava sui cardini. Gli uccelletti dicevano: «Be-ne! Ecco le bambine!». Un'irruzione di giovinezza inondava quel giardino, tagliato da una croce come un lenzuolo funebre. Visi radiosi, fronti bianche, occhi ingenui pieni di luce ridente, ogni sorta di aurora si sparpagliava in quelle tenebre. Dopo le salmodie, le campane, gli scampanii, i rintocchi funebri e gli uffici, scoppiava a un tratto quel brusìo di giovanette, più dolce del ronzare delle api; l'alveare della gioia si apriva e ciascuna apportava il suo miele. Giocavano, si chiamavano, si raggruppavano e correvano; graziosi dentini bianchi cicalavano in ogni cantuccio. I veli sorvegliavano da lontano quelle risate, le ombre spiavano quei raggi; ma che importava? Si brillava e si rideva. Quelle quattro mura lugubri avevano il loro istante di splendore; assistevano, vagamente imbiancate dal riflesso di tanta gioia, al dolce turbinare di quegli sciami. Era come una pioggia di rose su tanto lutto. Le fanciulle folleggiavano sotto gli occhi delle suore; lo sguardo dell'impeccabilità non mette in imbarazzo l'innocenza. Grazie a quelle giovanette, fra tante ore austere v'era l'ora ingenua: le piccole saltavano e le grandi danzavano. In quel chiostro, il gioco aveva qualcosa di celeste. Nulla era così incantevole e augusto quanto tutte quelle anime sbocciate. Omero si sarebbe recato colà a ridere con Perrault. In quel tetro giardino v'erano la giovinezza, la salute, il rumore, le grida, lo stordimento, il piacere e la felicità, in tale quantità da rasserenare tutte le avole, sia quelle dell'epopea che quelle della favola, sia quelle del trono che quelle della capanna, da Ecuba alla Nonna delle favole.

In quella casa sono state dette, forse più che in qualunque altro luogo, quelle *frasi fanciullesche* così piene di grazia, che fanno ridere d'un riso pieno di fantasticherie. Fu proprio lì, fra quelle quattro mura funeree, che una bimba di cinque anni un giorno esclamò: «*Madre! Una grande mi ha detto in questo momento che ho ancora da passare qui solo nove anni e dieci mesi: che gioia!*».

Pure là si svolse questo dialogo memorabile:

Una madre vocale: «Perché piangete, piccina mia?».

La piccina (*sei anni*), singhiozzando: «Ho detto ad Alice che sapevo la storia di Francia. Mi dice che non la so, e io la so».

Alice (*la grande, nove anni*): «No, non la sa».

La madre: «Come mai, bimba mia?».

Alice: «M'ha detto di aprire il libro a caso e di farle una delle domande che ci sono nel libro, e che m'avrebbe risposto».

«Ebbene?»

«Non ha risposto.»

«Vediamo: che cosa le avete chiesto?»

«Ho aperto il libro a caso, come mi diceva, e le ho fatto la prima domanda che ho trovata.»

«E qual era questa domanda?»

«Era: *Che cosa avvenne, dopo?*»

È là che è stata fatta questa profonda osservazione sopra un pappagallo un po' goloso, che apparteneva a una signora ritiratasi in pensione presso le suore:

«*Com'è educato! Mangia il burro della sua fetta di pane, come una persona!*».

È su una lastra del pavimento di quel chiostro che è stata trovata questa confessione scritta in anticipo, per non dimenticarla, da una peccatrice di sette anni:

«Padre, mi accuso di essere stata avara.

«Padre, mi accuso di essere stata adultera.

«Padre, mi accuso d'aver alzato gli occhi sugli uomini».

Sopra una delle panche erbose di quel giardino è stata improvvisata da una rosea bocca di sei anni questa favola ascoltata da occhi azzurri di quattro o cinque anni:

«C'erano tre galletti che avevano un paese dove c'erano molti fiori. Essi hanno colto i fiori e se li sono messi in tasca; poi hanno colto le foglie e le hanno messe nei loro giocattoli. Nel paese c'era un lupo e c'erano molti boschi; e il lupo era nei boschi; e ha mangiato i tre galletti».

E ancora quest'altro poema:

«È arrivata una bastonata.

«L'ha data Pulcinella al gatto.

«Non gli ha mica fatto bene, anzi, gli ha fatto male.

«Allora una signora ha messo Pulcinella in prigione».

In quel convento è stata detta da una piccina abbandonata, una trovatella che il convento allevava per carità, questa frase dolce e accorata: sentiva le altre parlare delle loro madri e mormorò nel suo cantuccio:

«*Invece la mia mamma non c'era, quando sono nata io!*».

V'era una grossa suora portinaia, che si vedeva sempre affrettarsi lungo i corridoi col suo mazzo di chiavi, e che si chiamava suor Agata. Le grandi grandi (al di sopra dei dieci anni) la chiamavano *Agatoclès*.[2]

Il refettorio, uno stanzone rettangolare, che riceveva luce solo da un chiostro ad archivolti, allo stesso livello del giardino, era scuro e umido e, come dicono i bimbi, pieno di bestie. Tutti i luoghi adiacenti v'apportavano il loro contingente d'insetti. Ciascuno dei quattro angoli aveva ricevuto, nel linguaggio delle educande, un nome particolare ed espressivo: vi era l'angolo dei Ragni, l'angolo dei Bruchi, l'angolo dei Millepiedi e l'angolo dei Grilli. L'angolo dei Grilli era vicino alla cucina e tenuto in gran pregio, perché vi faceva meno freddo che altrove. Dal refettorio i nomignoli erano passati al collegio e serviva-

---

[2] *Agathe aux clés*, ossia Agata dalle chiavi.

492

no a distinguere, come nell'antico collegio Mazzarino, quattro nazioni; ogni allieva apparteneva a una delle quattro nazioni, secondo l'angolo del refettorio in cui sedeva nelle ore dei pasti. Un giorno, mentre monsignor arcivescovo faceva la visita pastorale, vide entrare nella classe in cui si trovava una graziosa bimba tutta rosea e vermiglia con meravigliosi capelli biondi: egli chiese a un'altra educanda, una bella bruna dalle guance fresche, che gli stava vicino:

«Che cos'è quella bambina?».

«Un ragno, monsignore.»

«Oh! E quell'altra?»

«Un grillo.»

«E quella là, in fondo?»

«Un bruco.»

«Davvero? E voi, che cosa siete?»

«Un millepiedi, monsignore.»

Ogni casa di questo genere ha le sue particolarità. Sul principio di questo secolo Écouen era uno di quei luoghi graziosi e severi ove si sviluppa, in un'ombra quasi augusta, l'infanzia delle fanciulle. A Écouen, per fissare il posto nella processione del Santo Sacramento, si faceva distinzione tra le «vergini» e le «fioraie». Vi erano pure le «baldacchine» e le «incensiere», quelle cioè che reggevano i cordoni del baldacchino e quelle che incensavano il Santo Sacramento. I fiori toccavano di diritto alle «fioraie»; le quattro «vergini» camminavano in testa. La mattina di quella giornata solenne, non era raro sentir chiedere nel dormitorio:

«Chi è vergine?».

La signora Campan citava questa frase rivolta da una «piccola» di sette anni a una «grande» di sedici, che si metteva alla testa della processione, mentre lei, la piccina, rimaneva in coda: «Tu sei vergine, tu: io no!».

V

DISTRAZIONI

Sopra la porta del refettorio, era scritta in grandi lettere la seguente preghiera, chiamata il Paternostro bianco, che aveva la virtù di condurre diritti in paradiso:

«Piccolo paternostro bianco, da Dio fatto, da Dio detto, da Dio messo in paradiso; la sera, andando a letto, trovai tre angeli coricati, uno ai piedi e due al capezzale e fra loro la buona Vergine Maria, che mi disse di coricarmi e di non temere nulla. Il buon Dio è mio padre,

493

la buona Vergine è mia madre, i tre apostoli sono i miei fratelli e le tre vergini le mie sorelle. La camicia, in cui Dio è nato, il mio corpo ha avviluppato; la croce di Santa Margherita sul mio petto è impressa. La signora Vergine se ne va pei campi, mentre Dio piange; incontra San Giovanni: "Da dove venite, signor San Jean?". "Vengo dall'*Ave Salus*." "Non avete visto il buon Dio, per caso?" "È sull'albero della croce, con le gambe penzoloni; le mani inchiodate e un piccolo cappellino di spine bianche sul capo." Chi la dirà tre volte la sera e tre volte il mattino, guadagnerà alla fine il paradiso».

Nel 1827, questa caratteristica orazione era scomparsa dal muro sotto un triplice strato di intonaco. E a quest'ora essa sta terminando di cancellarsi dalla memoria di qualche vecchia che a quel tempo era una giovanetta.

Un grande crocifisso appeso al muro completava la decorazione di quel refettorio, l'unica porta del quale, come ci sembra d'aver detto, si apriva sul giardino. Due tavole strette, fiancheggiate ciascuna da panche di legno, formavano due lunghe linee parallele da un capo all'altro del refettorio: le pareti erano bianche e le tavole erano nere; i due soli colori che si alternano nei conventi. I pasti erano uggiosi, così com'era sobria l'alimentazione delle fanciulle: un solo piatto, di carne e legumi mescolati, oppure di pesce salato, costituiva un lusso. Questa dieta molto parca, riservata alle sole educande, era tuttavia un'eccezione. Le fanciulle mangiavano e tacevano, strettamente sorvegliate dalla madre di turno settimanale che di tanto in tanto, se una mosca osava volare o ronzare contro la regola, apriva e richiudeva con fragore una specie di libro di legno. Quel silenzio era condito con la vita dei santi, letta ad alta voce in una piccola cattedra con leggio situata ai piedi del crocifisso; la lettrice di settimana era un'allieva anziana. Sulla tavola nuda c'erano, a una certa distanza l'uno dall'altro, alcuni recipienti di terraglia verniciata, nei quali le allieve lavavano da sé le scodelle e le posate e nei quali, talvolta, qualcuna buttava rifiuti di carne dura o di pesce guasto: cosa, questa, che veniva punita. Quei recipienti venivano chiamati *ronds d'eau*.[3]

La fanciulla che rompeva il silenzio faceva una «croce di lingua». Dove? In terra. Leccava il pavimento; la polvere, questa fine di tutte le allegrie, era incaricata di castigare le povere foglioline di rosa, colpevoli di quel sussurrìo.

V'era nel convento un libro che non è stato mai stampato se non in *esemplare unico*, la cui lettura è proibita. È la regola di San Bene-

---

[3] Gioco di parole basato sul doppio senso di *ronds-d'eau* (tondi d'acqua) e *rondeau*, che si pronuncia egualmente, ma indica un tempo di danza.

detto, una cosa arcana, che nessuno sguardo profano deve penetrare: *Nemo regulas, seu constitutiones nostras externis communicabit.*[4]

Le allieve riuscirono un giorno a sottrarre quel libro e si misero a leggerlo avidamente, lettura di tratto in tratto interrotta dal terrore di essere sorprese, che faceva chiudere loro a precipizio il volume. Da quel gran pericolo corso non ricavarono che un mediocre piacere. Alcune pagine, inintelligibili, sui peccati dei giovanetti, ecco ciò ch'esse vi trovarono di «più interessante».

Giocavano in un viale del giardino, fiancheggiato da alcuni magri alberi da frutta, e, a onta dell'estrema sorveglianza e della severità delle punizioni, quando il vento aveva scosso i rami, riuscivano talvolta a raccogliere furtivamente una mela acerba, o un'albicocca guasta, o una pera bacata. Ora lascio parlare una lettera che ho sotto gli occhi, lettera scritta venticinque anni fa da una educanda, oggi duchessa di ***, una delle donne più eleganti di Parigi. Cito testualmente: «Si nasconde la propria pera o la propria mela come si può. Quando si sale a deporre sul letto il velo, in attesa della cena, si cacciano sotto il guanciale e alla sera si mangiano a letto o, quando non è possibile, si mangiano nel gabinetto». Questa era una delle loro più grandi voluttà.

Una volta, pure in occasione di una visita di monsignor arcivescovo al convento, una delle giovanette, la signorina Bouchard, che era un po' imparentata coi Montmorency, scommise che gli avrebbe chiesto un giorno di vacanza: una enormità, questa, in una comunità tanto austera. La scommessa fu accettata, ma nessuna di quelle che l'avevano accettata ci credeva. Giunto il momento, mentre l'arcivescovo passava davanti alle educande, tra l'indescrivibile spavento delle compagne, la Bouchard uscì dalle file e disse: «Un giorno di vacanza, monsignore!». La signorina Bouchard era fresca e alta, col più grazioso visuccio del mondo. Monsignor di Quélen sorrise e disse: «*Ma come, mia cara bambina, un giorno di vacanza? Anche tre, se vi fa piacere; v'accordo tre giorni*». La priora non poteva opporsi; era l'arcivescovo che aveva parlato! Scandalo per il convento, ma gioia per il collegio. S'immagini l'effetto.

Quell'austero chiostro non era tuttavia così ben murato che non vi potessero penetrare le passioni esterne, il dramma e persino il romanzo. Per provarlo, ci limiteremo a rilevare e a esporre qui brevemente un fatto reale e incontestabile, che peraltro non ha alcun rapporto e non si allaccia affatto alla storia che stiamo narrando: lo citiamo unicamente per completare, nella mente del lettore, la fisionomia del convento.

[4] Nessuno comunicherà agli estranei le nostre regole o le nostre costituzioni.

Verso quel tempo, dunque, c'era nel convento una persona misteriosa che non era una suora e che veniva trattata con grande rispetto: la chiamavano *signora Albertine*. Non si sapeva nulla di lei, all'infuori ch'era pazza e che nel mondo passava per morta. Si diceva che nella sua storia ci fosse una conciliazione patrimoniale forzosa, resa necessaria da un grande matrimonio.

Quella donna, appena trentenne, bruna e abbastanza bella, aveva grandi occhi neri e guardava sempre distrattamente. Ci vedeva? V'era da dubitarne. Sfiorava il suolo più che camminare, non parlava mai e non si era ben sicuri che respirasse; aveva le narici strette e livide, come dopo l'ultimo respiro. Toccare la sua mano, era come toccar la neve. Aveva una strana grazia spettrale: dov'ella entrava si aveva una sensazione di freddo. Un giorno una suora, vedendola passare, disse rivolta a un'altra: «Quella lì passa per morta». L'altra rispose: «Forse lo è».

Si narravano mille storie sul conto della signora Albertine. Essa costituiva l'eterna curiosità delle educande. Nella cappella v'era una tribuna, chiamata l'*Occhio di bue*. È da questa tribuna, che aveva solo un'apertura circolare a forma d'occhio di bue, che la signora Albertine assisteva agli uffici; ella vi stava abitualmente sola perché da tale tribuna, situata al primo piano, si poteva vedere il predicatore o il celebrante, cosa vietata alle suore. Un giorno il pulpito era occupato da un giovane prete d'alto lignaggio, il duca di Rohan, pari di Francia, ufficiale dei moschettieri rossi nel 1815, quando era principe di Léon, che morì, dopo il 1830, cardinale e arcivescovo di Besançon. Era la prima volta che monsignor di Rohan predicava al convento del Petit Picpus. La signora Albertine assisteva di solito ai sermoni e agli uffici in uno stato di calma profonda e di totale immobilità; quel giorno, non appena scorse monsignor di Rohan, si drizzò a metà e disse ad alta voce, nel silenzio della cappella: «*To'! Auguste!*». Tutta la comunità, stupefatta, volse il capo e il predicatore alzò gli occhi; ma la signora Albertine era ricaduta nella sua immobilità. Un alito del mondo esterno, un barlume di vita era passato su quel viso spento e gelido, poi tutto era svanito e la pazza era ridivenuta un cadavere.

Pure, quelle due parole fecero ciarlare tutto ciò che poteva parlare nel convento. Quante cose in quel «*To'! Auguste!*»; quante rivelazioni! Monsignor di Rohan si chiamava infatti Auguste; ed era evidente che la signora Albertine proveniva dall'alta società, visto che conosceva monsignor di Rohan, e in quella società anche lei doveva aver occupato un posto eminente, poiché parlava così familiarmente d'un gran signore e aveva con lui un legame, forse di parentela, ma senza dubbio molto stretto, giacché conosceva il suo nome di battesimo.

Due severissime duchesse, le signore di Choiseul e di Sérent, visitavano spesso la comunità nella quale erano certo ammesse in virtù del privilegio *Magnates mulieres*,[5] e facevano gran paura al collegio. Quando passavano le due vecchie signore, tutte le povere giovanette tremavano e abbassavano gli occhi.

Del resto, a sua insaputa, monsignor di Rohan era oggetto dell'attenzione delle educande. In quel tempo era stato da poco nominato, in attesa dell'episcopato, vicario dell'arcivescovo di Parigi: e tra le sue abitudini aveva quella di venire assai spesso a cantare gli uffici nella cappella delle suore del Petit Picpus. Nessuna delle giovani recluse poteva scorgerlo, a motivo della tenda di saia; ma egli aveva una voce dolce e un po' sottile che esse erano riuscite a riconoscere e a distinguere. Era stato moschettiere e inoltre lo dicevano galante, molto ben pettinato, coi bei capelli castani acconciati a riccioli intorno al capo; si diceva che avesse una grande e magnifica cintura nera e che il taglio della sua tonaca fosse il più elegante del mondo. Egli teneva molto occupate tutte quelle immaginazioni sedicenni.

Nessun rumore esterno penetrava nel convento; pure vi fu un anno in cui vi giunse il suono d'un flauto. Fu un avvenimento, e le educande d'allora se ne ricordano ancora.

Era un flauto che qualcuno suonava nelle vicinanze. Quel flauto suonava sempre la medesima aria, un'aria oggi dimenticata: «*Mia Zetulbè, vieni a regnare nella mia anima*»; e lo si sentiva due o tre volte al giorno.

Le giovanette passavano ore intere ad ascoltare, le madri vocali erano sconvolte, i cervelli lavoravano e le punizioni fioccavano. La cosa durò parecchi mesi, e le educande erano tutte, più o meno, innamorate del musicante ignoto; ognuna di esse sognava di essere Zetulbè. Il suono del flauto veniva dalla parte della via Droit-Mur ed esse avrebbero dato tutto, tutto compromesso, tutto tentato, pur di scorgere o intravedere, fosse pure per un secondo, il «giovane» che suonava così deliziosamente quel flauto e che, senza sospettarlo, deliziava nello stesso tempo tutte quelle anime. Ve ne furono di quelle che scapparono da una porta di servizio e salirono al terzo piano dalla parte della via Droit-Mur, per tentare di vedere attraverso le inferriate. Impossibile. Un'altra osò passare il braccio sopra il capo attraverso l'inferriata, per agitare il fazzoletto bianco. Due furono ancora più ardite; trovarono modo d'arrampicarsi fin sopra un tetto e d'arrischiarvisi, riuscendo infine a vedere il «giovane». Era un vecchio gentiluomo emigrato, cieco e rovinato, che nella sua soffitta suonava il flauto per ammazzare la noia.

---

[5] Gran dame.

In quel recinto del Petit Picpus v'erano tre edifici perfettamente distinti: il grande convento, abitato dalle suore, il collegio, in cui alloggiavano le educande, e infine l'edificio che veniva chiamato *il piccolo convento*. Era un fabbricato con giardino, e in esso abitavano in comune ogni sorta di vecchie suore di vari ordini, relitti di monasteri distrutti dalla rivoluzione: una riunione di tutte le sfumature nere, grigie e bianche, di tutte le comunità e di tutte le varietà possibili; insomma, ciò che si potrebbe chiamare, se un simile accoppiamento di parole fosse permesso, una specie di convento-arlecchino.

Fin dal tempo dell'impero era stato permesso a tutte quelle povere religiose disperse e spaesate di venire a ricoverarsi sotto le ali delle benedettine-bernardine. Il governo pagava loro una pensioncina e le signore del Petit Picpus le avevano accolte con premura. Era una confusione bizzarra; ognuna seguiva la propria regola. Alle allieve del collegio talvolta veniva permesso, come grande ricreazione, di far loro visita, di modo che quelle giovani memorie hanno conservato, fra l'altro, il ricordo della madre San Basilio, della madre Santa Scolastica e della madre Giacobbe.

Una di quelle rifugiate vi si trovava come in casa sua. Era una monaca di Sainte-Aure, la sola del suo ordine che fosse sopravvissuta. L'antico convento delle signore di Sainte-Aure occupava fin dal principio del secolo decimottavo precisamente quella stessa casa del Petit Picpus, che appartenne più tardi alle benedettine di Martin Verga. Quella santa suora, troppo povera per portare il magnifico abito del suo ordine, ch'era bianco con lo scapolare scarlatto, ne aveva piamente rivestito un piccolo manichino che mostrava con compiacimento e che, alla sua morte, lasciò in eredità alla casa. Nel 1824, di quell'ordine rimaneva soltanto una suora; oggi non ne resta che una bambola.

Oltre quelle ottime madri, alcune vecchie dame avevano ottenuto dalla priora, come la signora Albertine, il permesso di ritirarsi nel piccolo convento: tra esse erano annoverate la signora di Beaufort d'Hautpoul e la marchesa Dufresne. Una terza non fu mai conosciuta nel convento se non per il formidabile fracasso che faceva, soffiandosi il naso; le allieve la chiamavano la signora Strepitosi.

Verso il 1820 o 1821 la signora di Genlis,[6] che redigeva a quel tempo una piccola rassegna periodica intitolata «L'intrépide», chiese d'entrare come ospite pensionante nel convento del Petit Picpus; la

[6] Stephanie-Félicité de Genlis (1746-1830), pedagoga ed educatrice dei figli del duca d'Orléans, poi Luigi Filippo Égalité.

raccomandava il duca d'Orléans. Chiasso nell'alveare: le madri vocali erano tutte tremanti, perché la signora di Genlis aveva scritto dei romanzi. Ma ella dichiarò d'essere la prima a detestarli e poi era ormai giunta alla sua fase di devozione fanatica, sì che, con l'aiuto di Dio e anche del principe, fu ammessa. Andò via dopo sei od otto mesi, allegando il motivo che il giardino non era ombreggiato, e le suore ne furono contentissime. Sebbene vecchissima, suonava ancora l'arpa molto bene.

Andandosene, lasciò la propria impronta nella sua cella. La signora di Genlis era superstiziosa e latinista, due parole che danno di lei un profilo abbastanza buono; pochi anni fa, si vedevano ancora incollati nell'interno d'un armadietto della sua cella, in cui rinchiudeva il denaro e i gioielli, questi cinque versi latini, scritti di suo pugno con inchiostro rosso su un foglio giallo e che, secondo lei, avevano la virtù di spaventare i ladri:

> *Imparibus meritis pendent tria corpora ramis:*
> *Dismas et Gesmas, media est divina potestas;*
> *Alta petit Dismas, infelix, infima, Gesmas.*
> *Nos et res nostras conservet summa potestas.*
> *Hos versus dicas, ne tu furto tua perdas.*[7]

Questi versi, scritti nel latino del sedicesimo secolo, risollevano la questione di sapere se i due ladroni del Calvario si chiamassero, come si crede comunemente, Dimas e Gestas, oppure Dismas e Gesmas; questa ortografia avrebbe potuto contrariare il visconte di Gestas che, nel secolo scorso, pretendeva di discendere dal cattivo ladrone. Del resto, la virtù utile connessa a quei versi costituisce articolo di fede nell'ordine delle suore ospedaliere.

La chiesa del convento, costruita in modo da separare, a guisa di spaccatura, il convento grande dal collegio, naturalmente era comune al collegio, al convento grande al convento piccolo. Vi si ammetteva anche il pubblico, da uno speciale ingresso che s'apriva sulla via. Però, tutto era disposto in modo che nessuna abitatrice del chiostro potesse vedere un viso del di fuori. Immaginate una chiesa, il coro della quale sia afferrato da una mano gigantesca e ripiegato in modo da formare, non già, come nelle chiese solite, un prolungamento dietro l'altare, ma una specie di sala o di oscuro sotterraneo alla destra del celebran-

---

[7] Differenti per meriti, tre corpi pendono dai rami: Dismas e Gesmas, in mezzo sta la potenza divina; aspira al cielo Dismas, all'inferno lo sventurato Gesmas. La somma potestà conservi noi e le nostre cose. Di' questi versi, se non vuoi perdere le tue cose per furto.

te: immaginate questa sala chiusa dalla tenda alta sette piedi, della quale abbiamo già parlato: ammassate all'ombra di questa tenda, su stalli di legno, le suore del coro a sinistra, le allieve a destra, le converse e le novizie in fondo, e avrete una certa idea delle suore del Petit Picpus, quando assistevano al servizio divino. Quella caverna, che veniva chiamata il coro, comunicava col chiostro per mezzo d'un corridoio. La chiesa riceveva luce dal giardino. Quando le suore assistevano agli uffici divini, durante i quali la loro regola imponeva il silenzio, il pubblico era avvertito della loro presenza solo dall'urto dei sedili mobili degli stalli che s'alzavano e s'abbassavano con rumore.

VII
ALCUNI PROFILI DI QUELL'OMBRA

Durante i sei anni che separano il 1819 dal 1825, la priora del Petit Picpus era la signorina di Blemeur, che in religione si chiamava madre Innocente. Apparteneva alla famiglia di quella Margherita di Blemeur, autrice della *Vita dei santi dell'ordine di San Benedetto*. Era stata rieletta. Era una donna sulla sessantina, bassa e grossa, «che cantava come un vaso incrinato», come dice la lettera che abbiamo già citata; donna eccellente, del resto, era la sola suora allegra del convento e perciò adorata.

Madre Innocente rassomigliava alla sua ascendente Margherita, la Dacier[8] dell'ordine; era letterata, erudita, dotta, sapiente, competente, curiosamente colta nelle discipline storiche, infarcita di latino, imbottita di greco, piena d'ebraico, e più benedettino che benedettina.

La vice priora era una vecchia suora spagnola quasi cieca, madre Cineres.

Le madri vocali più in auge erano la madre Sant'Onorina, tesoriera, la madre Santa Gertrude, prima maestra delle novizie, la madre Sant'Angelo, seconda maestra, la madre Annunciazione, sagrestana, la madre Sant'Agostino, infermiera, la sola di tutto il convento che fosse cattiva; poi madre Santa Matilde (signorina Gauvain), giovanissima, che aveva una voce mirabile; madre degli Angeli (signorina Drouet), ch'era stata nel convento delle Figlie di Dio e nel convento del Tesoro, fra Gisors e Magny: madre San Giuseppe (signorina di Cogolludo); madre Sant'Adelaide (signorina d'Auverney); madre Misericordia (signorina di Cifuentes), che non poté resistere alle mortificazioni; madre Compassione (signorina della Miltière), accol-

---

[8] Anne Dacier Lefebvre (1647-1720), traduttrice dell'*Iliade* e dell'*Odissea*.

ta a sessant'anni, a onta della regola, e ricchissima; madre Provvidenza (signorina di Laudinière); madre Presentazione (signorina di Siguenza), che fu priora nel 1847; madre Santa Céligne (sorella dello scultore Ceracchi), divenuta pazza, e, infine, madre Santa Chantal (signorina di Suzon), pure divenuta pazza.

V'era inoltre, fra le più graziose, una fanciulla ventitreenne, che era nata nell'isola Bourbon e discendeva del cavaliere Roze;[9] nel mondo sarebbe stata la signorina Roze, mentre nel convento si chiamava madre Assunzione.

La madre Santa Matilde, sovrintendente del canto e del coro, v'impiegava volentieri le educande. Ne prendeva di solito una scala completa, cioè sette, dai dieci ai sedici anni compresi, che avevano voci e stature assortite, e le faceva cantare in piedi, allineate una a fianco dell'altra, in ordine d'età, dalla più piccola alla più alta, il che offriva allo sguardo qualcosa come una zampogna composta di fanciulle, una specie di flauto di Pan vivente, formato di angeli.

Fra le converse, le allieve preferivano suor Santa Euphrasie, suor Santa Margherita, suor Santa Marta, ch'era rimbambita, e suor San Michele, il cui lungo naso le faceva ridere.

Tutte le suore erano dolci con quelle fanciulle: erano severe solo verso se stesse. Il fuoco veniva acceso soltanto in collegio, e il cibo di questo, paragonato a quello del convento, poteva sembrare scelto. Inoltre, mille altre cure. Soltanto, quando una fanciulla passava vicino a una suora e le parlava, costei non rispondeva mai.

Questa regola del silenzio aveva dato origine al fatto che, in tutto il convento, la parola era stata tolta alle creature umane, per darla agli oggetti inanimati: ora era la campana della chiesa che parlava, ora il sonaglio del giardiniere. Un campanello sonorissimo, collocato accanto alla madre guardiana e che si sentiva in tutta la casa, segnalava con richiami diversi, che costituivano una specie di telegrafo acustico, tutte le azioni della vita materiale, e chiamava al parlatorio, all'occorrenza, la tale o la talaltra abitante della casa. Ogni cosa e ogni persona avevano la loro chiamata: la priora aveva un colpo e un colpo, la vice priora uno e due; sei e cinque indicava la lezione, tanto che le allieve non dicevano mai «rientrare in classe» ma «andare a sei e cinque». «Quattro e quattro» era la chiamata della signora di Genlis, e la si sentiva spesso. «È il diavolo a quattro», dicevano quelle che non erano affatto indulgenti. Diciannove colpi annunciavano un grande evento, cioè l'apertura della *porta di clausura*, spaventosa lastra di ferro irta di catenacci, che girava sui cardini solo davanti all'arcivescovo.

---

[9] Nicolas Roger detto cavalier Roze, che curò gli appestati durante l'epidemia di Marsiglia del 1720.

A eccezione di lui e del giardiniere, come abbiamo già detto, nessun uomo entrava nel convento. Le educande ne vedevano altri due: l'elemosiniere, l'abate Banès, vecchio e brutto, ch'era loro possibile contemplare nel coro, attraverso l'inferriata, e il maestro di disegno, signor Ansiaux, che la lettera di cui sono state lette già alcune righe chiama *signor Anciot* e qualifica *vecchio orribile gobbo*.

Come si vede, tutti gli uomini erano scelti.

Tale era quella casa singolare.

VIII

«POST CORDA LAPIDES»[10]

Dopo averne schizzato la figura morale, non è inutile profilarne in poche parole la configurazione materiale. Il lettore ne ha già qualche idea.

Il convento del Petit-Picpus-Saint-Antoine occupava quasi per intero il grande trapezio che risultava dalle intersecazioni della via Polonceau, della via Droit-Mur, del vicolo Picpus e d'un vicoletto chiuso chiamato, nelle vecchie piante, via Aumarais. Queste quattro vie circondavano il trapezio come un fossato. Il convento si componeva di parecchi edifici e d'un giardino. L'edificio principale, preso nel suo complesso, era un ibrido accostamento di costruzioni diverse che, vedute a volo d'uccello, disegnavano abbastanza esattamente una specie di forca posata sul suolo. Il braccio maggiore della forca occupava tutto il tronco della via Droit-Mur compreso tra il vicolo Picpus e la via Polonceau; il braccio minore era una facciata alta, grigia e severa, tutta a inferriate, che dava sul vicolo Picpus, e il portone del numero 62 ne segnava l'estremità. Verso il centro di quella facciata, la polvere e la cenere avevano imbiancata una vecchia porta bassa, ad arco, sulla quale i ragni tessevano la loro tela, e che si apriva solo per un'ora o due la domenica, o nelle rare occasioni in cui il feretro d'una suora usciva dal convento: era l'entrata alla chiesa per il pubblico. L'angolo della forca era occupato da una sala quadrata che serviva da dispensa e che le suore chiamavano la credenza. Nel braccio maggiore si trovavano le celle delle madri e delle suore, e il noviziato; nel minore, le cucine, il refettorio col chiostro annesso, e la chiesa. Fra la porta del numero 62 e l'angolo del vicoletto chiuso Aumarais si trovava il collegio, invisibile dall'esterno. Il resto del trapezio formava il giardino, ch'era molto più basso del livello della via Polonceau, il che rendeva i

[10] Dopo i cuori le pietre.

muri più alti all'interno che all'esterno. Il giardino, leggermente convesso, aveva nel mezzo, in cima a un rialzo, un bell'abete aguzzo e conico, dal quale partivano, come dalla cima a picco d'uno scudo, quattro grandi viali e, disposti a due a due fra le diramazioni dei grandi, quattro vialetti; di modo che, se il recinto fosse stato circolare, il piano geometrico dei viali sarebbe parso una croce posta su una ruota. I viali, che sfociavano tutti ai muri molto irregolari del giardino, erano di lunghezza ineguale e fiancheggiati da ribes. In fondo, un viale di alti pioppi andava dalle rovine del vecchio convento, che si trovava all'angolo della via Droit-Mur, fino al piccolo convento, situato all'angolo del vicoletto Aumarais. Davanti al piccolo convento v'era quello che chiamavano il giardinetto. A tutto questo si aggiungano un cortile, ogni specie di angoli vari formati dai fabbricati interni, muri simili a quelli d'una prigione, e per sola prospettiva e solo vicinato la lunga linea nera dei tetti che orlavano l'altro lato della via Polonceau: e si potrà così farsi un quadro completo di quello che era, cinquant'anni fa, la casa delle bernardine del Petit Picpus. Quella santa casa era stata costruita precisamente sullo spiazzo d'un gioco della pallacorda, famoso dal quattordicesimo al sedicesimo secolo, che chiamavano *il campo degli undicimila diavoli*.

Tutte quelle vie, del resto, erano tra le più antiche di Parigi. Questi nomi, Droit-Mur e Aumarais, sono molto vecchi; e le vie che li portano sono ancora più vecchie. Il vicoletto Aumarais veniva chiamato prima stradina Maugout; la via Droit-Mur si chiamava via degli Eglantiers, poiché Dio vi faceva sbocciare i fiori prima che l'uomo tagliasse le pietre.

IX
UN SECOLO SOTTO UN SOGGOLO

Poiché stiamo trattando dei particolari circa quello ch'era un tempo il convento del Petit Picpus, e poiché abbiamo osato aprire una finestra su quel discreto asilo, il lettore ci permetta ancora una breve digressione, estranea alla natura di questo libro, ma caratteristica e utile in quanto fa comprendere come anche il chiostro abbia le sue figure originali.

Nel piccolo convento v'era una centenaria proveniente dall'abbazia di Fontevrault. Prima della rivoluzione, era persino appartenuta all'alta società: parlava molto di Miromesnil, guardasigilli sotto Luigi XVI, e d'una presidentessa Duplat, che aveva conosciuta a fondo; per lei era un piacere e una vanità citare quei due nomi in ogni occasione.

Diceva meraviglie dell'abbazia di Fontevrault, ch'era come una città, tanto che nel monastero c'erano delle strade.

Parlava con un accento piccardo che divertiva le educande. Ogni anno rinnovava solennemente i voti e, nel momento di prestar giuramento, diceva al prete: «Monsignor San Francesco l'ha prestato a monsignor San Giuliano, monsignor San Giuliano l'ha prestato a monsignor Sant'Eusebio, monsignor Sant'Eusebio l'ha prestato a monsignor San Procopio, e così via; e così io lo presto a voi, padre». E le educande a ridere, non sotto i baffi, ma sotto il velo; graziose risatine soffocate, che facevano aggrottare le ciglia alle madri vocali.

Un'altra volta, la centenaria raccontava qualche storiella. Diceva che *nella sua gioventù i bernardini non la cedevano punto ai moschettieri.* Era un secolo che parlava, ma era il secolo decimottavo. Raccontava l'usanza dei quattro vini, nella Champagne e nella Bourgogne. Prima della rivoluzione, quando un gran personaggio, un maresciallo di Francia, un principe, un duca e pari, attraversava una città in quelle due regioni, la rappresentanza municipale si recava a fargli un discorso e gli presentava quattro ciotole d'argento in cui erano stati versati quattro vini diversi; sulla prima tazza si leggeva questa iscrizione: *vino di scimmia*, sulla seconda: *vino di leone*, sulla terza: *vino di montone*, e sulla quarta: *vino di porco*. Queste quattro iscrizioni simboleggiavano i quattro gradini per i quali discende l'ubriacone: la prima ebbrezza, quella che esilara; la seconda, quella che irrita; la terza, quella che inebetisce; l'ultima, infine, quella che abbrutisce.

Aveva sotto chiave, in un armadio, un misterioso oggetto al quale teneva molto. La regola di Fontevrault non glielo proibiva. Ella non voleva mostrare quell'oggetto a nessuno; si rinchiudeva a chiave, cosa che la regola le permetteva, e si nascondeva ogni volta che voleva contemplarlo; se sentiva camminare nel corridoio, chiudeva l'armadio tanto precipitosamente quanto lo consentivano le sue vecchie mani. Non appena le si parlava di quell'oggetto, ella, che parlava così volentieri, taceva. Anche le più curiose dovettero cedere dinanzi al suo silenzio, così come le più tenaci di fronte alla sua ostinazione. Anche questo era oggetto di commenti per tutte quelle che non avevano nulla da fare o si annoiavano nel convento. Che poteva mai essere quella cosa tanto preziosa e tanto segreta che costituiva il tesoro della centenaria? Certo, qualche libro santo, o qualche rosario unico nel suo genere, oppure qualche reliquia di provata efficacia. Tutte si perdevano in congetture. Alla morte della povera vecchia corsero al suo armadio, forse più presto di quanto non sarebbe stato conveniente, e l'aprirono. Fu trovato l'oggetto, sotto un triplice pannolino, come una patena benedetta. Era un piatto di Faenza, sul quale erano raffigurati degli amorini che scappavano, inseguiti da garzoni di farmacia armati di enormi clisteri. La fuga abbonda di smorfie e di pose comiche. Uno dei graziosi amorini è già tutto infilzato, si dibatte, agita le alucce e tenta di volare ancora, ma il garzone burlone ride d'un riso satanico. Morale: l'amore vinto dalla colica. Quel piatto, molto curioso del resto, e che aveva avuto forse l'onore di suggerire un'idea a Molière, esisteva ancora nel settembre 1845; era esposto in vendita da un rigattiere del viale Beaumarchais.

Quella buona vecchia non voleva ricevere nessuna visita dal di fuori, «per il fatto» diceva «che il parlatorio è troppo triste».

X
ORIGINE DELL'ADORAZIONE PERPETUA

D'altronde, quel parlatorio quasi sepolcrale di cui abbiamo cercato di dare un'idea, è una cosa tutta particolare, che non si riproduce colla stessa severità in altri conventi. Nel convento della via del Temple, per esempio, che, a dire la verità, era d'un altro ordine, le imposte nere erano sostituite da tendine scure, e il parlatorio stesso era un salotto col pavimento di legno, e le cui finestre erano incorniciate da cortinaggi di mussolina bianca: aveva le pareti adorne di quadri d'ogni sorta, il ritratto d'una benedettina a viso scoperto, alcuni mazzi di fiori dipinti, e perfino una caricatura.

In quel giardino del convento della via del Temple si trovava un castagno d'India che passava per il più bello e per il più grande della Francia e che, fra il popolino del secolo decimottavo, godeva fama d'essere *il padre di tutti i castagni del regno*.

Come abbiamo già detto, quel convento del Temple era occupato dalle benedettine dell'Adorazione Perpétue, benedettine che non avevano nulla a che vedere con quelle che dipendevano da Cîteaux; l'ordine dell'Adorazione Perpétue non è antichissimo e non risale a più di duecento anni. Nel 1649, il Santo Sacramento fu profanato due volte, a pochi giorni di distanza, in due chiese di Parigi, a Saint-Sulpice e a Saint-Jean en Grève; sacrilegio spaventoso e raro, che commosse tutta la città. Il grande vicario priore di Saint-Germain-des-Prés ordinò una solenne processione di tutto il suo clero, nella quale ufficiò il nunzio del papa; ma l'espiazione non bastò a due pie donne, la signora Courtin, marchesa di Boucs, e la contessa di Châteauvieux. Quell'oltraggio, fatto all'«augustissimo sacramento dell'altare», quantunque transitorio, non voleva uscire da quelle due sante anime, e parve loro che potesse essere riparato solo da un'«adorazione perpetua», in qualche monastero femminile. Entrambe, l'una nel 1652 e l'altra nel 1653, fecero donazione di somme notevoli alla madre Catherine di Bar, detta del Santo Sacramento, monaca benedettina, perché fondasse a quel pio scopo un monastero dell'ordine di San Benedetto; il primo permesso per questa fondazione fu dato alla madre Catherine di Bar da monsignor di Metz, abate di Saint-Germain, «a condizione che nessuna monaca avrebbe potuto essere accolta se non avesse portato trecento lire di pensione, che fanno seimila lire di capitale». Dopo l'abate di Saint-Germain, il re accordò le lettere patenti, e il tutto, statuto abbaziale e lettere reali, fu omologato nel 1654 alla tesoreria e al parlamento.

Questa è l'origine e la consacrazione legale della fondazione delle benedettine dell'Adorazione Perpétue del Santo Sacramento a Parigi. Il loro primo convento fu costruito «a nuovo» in via Cassette, con i denari delle signore di Boucs e di Châteauvieux.

Quest'ordine, come si vede, non si confondeva affatto con quello delle benedettine di Cîteaux e dipendeva dall'abate di Saint-Germain-des-Prés, allo stesso modo che le dame del Sacro Cuore dipendono dal generale dei gesuiti e le suore di carità dal generale dei lazzaristi.

Esso era pure completamente diverso da quello delle bernardine del Petit Picpus, di cui abbiamo ora descritto l'interno. Nel 1657, il papa Alessandro VII aveva autorizzato con bolla speciale le bernardine del Petit Picpus a praticare l'adorazione perpetua, come le benedettine del Santo Sacramento: ma con tutto questo i due ordini non cessarono di rimanere distinti.

XI

FINE DEL PETIT PICPUS

Fin dal principio della restaurazione, il convento del Petit Picpus deperiva; il che fa parte della morte generale dell'ordine, il quale, dopo il diciottesimo secolo, se ne va come tutti gli ordini religiosi. La contemplazione, al pari della preghiera, è un bisogno dell'umanità; ma come tutto ciò che la rivoluzione ha toccato, essa si trasformerà e, da ostile che era al progresso sociale, diverrà a esso favorevole.

La casa del Petit Picpus si spopolava rapidamente. Nel 1840 il piccolo convento era scomparso e così pure il collegio: non v'erano più né le vecchie, né le giovanette: le une erano morte e le altre se n'erano andate. *Volaverunt*.[11]

La regola dell'Adorazione Perpétue è di una rigidità che spaven-

[11] Se ne erano volate via.

ta; le vocazioni vengono meno e l'ordine non trova più reclute. Nel 1845, si trovavano ancora qua e là alcune suore converse; ma monache corali, nessuna. Quarant'anni fa, le suore ammontavano a un centinaio, mentre quindici anni or sono erano soltanto ventotto. Quante sono oggi? Nel 1847 la priora era giovane, segno, questo, che il campo della scelta andava restringendosi: la priora non aveva quarant'anni. A mano a mano che il numero diminuisce, aumenta la fatica, e il servizio di ognuna si fa più penoso; già fin d'allora si vedeva avvicinarsi il momento in cui non sarebbero rimaste più d'una dozzina di spalle doloranti e curve per portare la pesante regola di San Benedetto. Il fardello è implacabile e rimane lo stesso sia per poche che per molte: prima già pesava, ora schiaccia. Perciò esse muoiono. Nel tempo in cui l'autore di questo libro abitava ancora a Parigi, ne morirono due, una di venticinque anni e l'altra di ventitré; costei può dire come Julia Alpinula: *Hic jaceo, vixi annos viginti et tres.*[12] Proprio per questa decadenza, il convento ha rinunciato all'educazione delle giovanette.

Non abbiamo potuto passare davanti a quella casa straordinaria, ignota e oscura, senza entrarvi e senza farvi entrare le menti che ci accompagnano e che ci ascoltano raccontare, forse con vantaggio di qualcuno, la melanconica storia di Jean Valjean. Abbiamo gettato un'occhiata a quella comunità tutta piena di quelle vecchie pratiche religiose, che sembrano tanto nuove oggigiorno. È il giardino chiuso. *Hortus conclusus.* Abbiamo parlato di quel luogo singolare in modo particolareggiato, ma con rispetto, almeno per quanto il rispetto e la descrizione particolareggiata siano conciliabili tra loro. Non comprendiamo tutto, ma non insultiamo nulla; siamo a uguale distanza dall'osanna di Joseph de Maistre, che finisce col consacrare il boia, come dal sogghigno di Voltaire, che giunge fino a schernire il crocifisso.

Illogicità di Voltaire, sia detto di sfuggita; giacché Voltaire avrebbe difeso Gesù, come difendeva Calas. E poi, per coloro che negano le incarnazioni sovrumane, che cosa rappresenta il crocifisso? L'assassinio del saggio.

Nel secolo decimonono l'idea religiosa subisce una crisi: si disimparano certe cose e si fa bene purché, disimparando tali cose, se ne apprendano altre. Mai il vuoto nel cuore umano! Si fanno talune demolizioni, ed è bene che si facciano; ma a condizione che siano seguite da ricostruzioni.

Frattanto, studiamo le cose che non sono più. È necessario conoscerle, non foss'altro che per evitarle. Le contraffazioni del passato prendono falsi nomi e si chiamano volentieri avvenire. Quello spettro

---

[12] «Qui giaccio, ho vissuto ventitré anni.» Giulia Alpinula è nota per questa sua iscrizione funeraria trovata ad Aventicum, in Svizzera.

che è il passato è soggetto a falsificare il suo passaporto. Mettiamoci a cognizione del tranello. Diffidiamo. Il passato ha un volto, la superstizione, e una maschera, l'ipocrisia: denunciamo il volto e strappiamo la maschera.

Quanto ai conventi, essi offrono un problema complesso: problema di civiltà, che li condanna, problema di libertà, che li protegge.

LIBRO SETTIMO

PARENTESI

I
IL CONVENTO, IDEA ASTRATTA

Questo libro è un dramma del quale l'infinito è il primo personaggio.
L'uomo è il secondo.

Ciò posto, essendoci imbattuti lungo il nostro cammino in un convento, abbiamo dovuto penetrarvi. Perché? Perché il convento, che appartiene tanto all'oriente quanto all'occidente, all'antichità come ai tempi moderni, al paganesimo, al buddismo, all'islamismo come al cristianesimo, è uno degli apparati ottici che l'uomo rivolge verso l'infinito.

Non è questo il luogo per sviluppare oltre misura certe idee; tuttavia, pur mantenendo assolutamente le nostre riserve, le nostre restrizioni e anche le nostre indignazioni, dobbiamo dire che, ogni qualvolta incontriamo nell'uomo l'infinito, bene o male compreso, ci sentiamo pervasi di rispetto. C'è nella sinagoga, nella moschea, nella pagoda, nel *wigwam*[1] un lato odioso, che esecriamo, e un lato sublime, che adoriamo. Quale contemplazione per lo spirito, e quale fantasticheria inesauribile! È il riflesso di Dio sul muro umano.

II
IL CONVENTO, FATTO STORICO

Dal punto di vista della storia, della ragione e della verità, il monachesimo è condannato.

Quando i monasteri abbondano in una nazione, sono un intralcio alla circolazione, sono colonie ingombranti, centri di pigrizia là dove occorrono centri di lavoro. Le comunità monastiche sono per la grande comunità sociale ciò che il vischio è per la quercia, ciò che il porro

---

[1] Tenda o capanna in cui abitano gli indiani del Nord-America: Hugo la scambia per un luogo di culto.

è per il corpo umano: la loro prosperità e la loro pinguedine sono l'impoverimento del paese. Il regime monacale, buono all'inizio delle civiltà, utile per frenare la brutalità mediante la spiritualità, è nocivo alla virilità dei popoli. Inoltre quando si affloscia ed entra nel suo periodo di sregolatezza, poiché continua a dare l'esempio, diventa nocivo per tutte quelle stesse ragioni che lo rendevano salutare nel suo periodo di purezza.

Le clausure hanno fatto il loro tempo. I chiostri, utili alla prima educazione della civiltà moderna, sono stati un impaccio alla sua crescita e sono dannosi al suo sviluppo. In quanto istituzione e come sistema di formazione per l'uomo, i monasteri, buoni nel decimo secolo e discutibili nel quindicesimo, sono detestabili nel decimonono. La lebbra monacale ha roso quasi fino all'osso due mirabili nazioni, l'Italia e la Spagna: luce, la prima, e splendore, l'altra, dell'Europa, per secoli e secoli; e nell'epoca attuale questi due popoli illustri cominciano a guarire, solo grazie alla sana e vigorosa igiene del 1789.

Il convento, e particolarmente l'antico convento di donne, così come appare ancor oggi sulla soglia di questo secolo in Italia, in Austria e in Spagna, è una delle più cupe concrezioni del Medioevo. Il chiostro cattolico propriamente detto è tutto pervaso del tetro irradiamento della morte.

Il convento spagnuolo, soprattutto, è funebre. Ivi si ergono nell'oscurità, sotto le vòlte piene di caligine, sotto le cupole indistinte a forza di ombra, massicci altari babelici, alti come cattedrali; colà pendono da catene immerse nelle tenebre crocifissi bianchi; colà sono esposti nudi sull'ebano grandi Cristi d'avorio, più che sanguinosi, sanguinanti; orridi e magnifici, coi gomiti che mostrano le ossa, le rotule che mostrano i tegumenti, le piaghe in carne viva, sono incoronati di spine d'argento, inchiodati con chiodi d'oro, con gocce di sangue sulla fronte, fatte di rubini, e negli occhi lacrime fatte di diamanti. I diamanti e i rubini sembrano bagnati e fanno piangere, giù nell'ombra, esseri velati che hanno i fianchi martoriati dal cilicio e dallo staffile dalle punte di ferro, i seni schiacciati da pettorine di vimini e le ginocchia scorticate nella preghiera; donne che si credono spose, spettri che si credono serafini. Quelle donne pensano? No. Vogliono? No. Amano? No. Vivono? No. I loro nervi son divenuti ossa; le loro ossa son divenute pietra; il loro velo è fatto di tenebre tessute; e il loro respiro sotto il velo rassomiglia a chi sa quale tragica respirazione della morte. La badessa, una larva, le santifica e le atterrisce. Qui vi è l'immacolatezza selvaggia. Tali sono i vecchi monasteri di Spagna: rifugi della devozione terribile, antri di vergini, luoghi feroci.

La Spagna cattolica era più romana di Roma stessa. Il convento spagnuolo era per eccellenza il convento cattolico; vi si sentiva l'oriente. L'arcivescovo, *kislar-aga*[2] del cielo, chiudeva a catenaccio e spiava quel serraglio d'anime riservate a Dio; la monaca era l'odalisca e il prete l'eunuco. Le ferventi erano prescelte in sogno e possedevano Cristo. La notte, il bel giovane ignudo scendeva dalla croce e diveniva l'estasi della cella. Alti muri preservavano da ogni distrazione vivente la mistica sultana, che aveva il crocifisso per sultano. Uno sguardo all'esterno era un'infedeltà. L'*in pace* sostituiva il sacco di cuoio, e quello che in oriente si gettava in mare, in occidente si gettava sotterra. Da ambo i lati v'erano donne che si torcevano le braccia: alle une l'onda, alle altre la fossa; là le annegate, qui le sepolte. Parallelismo mostruoso.

Oggi i sostenitori del passato, non potendo negare queste cose, hanno deciso di sorriderne. È stata messa di moda una maniera comoda e strana di sopprimere le rivelazioni della storia, d'infirmare i commentari della filosofia e di eliminare tutti i fatti imbarazzanti e tutte le questioni oscure. «*Materia di declamazione*» dicono gli scaltri. Declamazioni, ripetono gli sciocchi. Jean-Jacques[3] è un declamatore; Diderot è un declamatore; Voltaire anche, a proposito di Calas, Labarre e Sirven,[4] è un declamatore. Non so chi sia colui che ha scoperto che Tacito è un declamatore, Nerone una vittima, e che bisognava assolutamente impietosirsi «di quel povero Oloferne».

Tuttavia i fatti sono difficili a sconcertarsi e si ostinano. L'autore di questo libro ha veduto con i suoi propri occhi, a otto leghe da Bruxelles (ecco un Medioevo che chiunque ha sottomano), all'abbazia di Villers, il buco delle segrete in mezzo al prato ch'era un tempo il cortile del chiostro e, sulle rive della Dyle, quattro segrete di pietra, metà sotterra e metà sott'acqua. Erano *in pace*. Ognuna di quelle segrete ha un avanzo di porta di ferro, una lastrina e un finestrino con grata che, all'esterno, è a mezzo metro sul livello del fiume, e, all'interno, è a due metri sotto il suolo. Più di un metro d'acqua scorre esternamente lungo il muro, e il suolo è sempre bagnato; chi abitava nell'*in pace* aveva per letto quella terra bagnata. In una di quelle celle, v'è un pezzo di gogna infisso nel muro; in un altro si vede una specie di scatola quadrata, formata di quattro lastre di granito, troppo corta per coricarvisi, troppo bassa per starvi in piedi. Là dentro si metteva un essere vivente, con un coperchio di pietra sopra; ciò esiste e lo si vede e lo si tocca. Quegli *in pace*, quelle segrete, quegli arpioni di ferro, quelle gogne, quella finestrina alta rasente alla quale scorre il fiume, quella scatola di pietra chiusa da un coperchio di granito, come una tomba,

---

[2] Capo degli eunuchi neri del serraglio, a Costantinopoli.
[3] Rousseau.
[4] Giustiziati per motivi anticattolici, furono riabilitati da Voltaire.

con la differenza che in essa il morto era un vivo, quel suolo ridotto a fango, quel buco di latrina, quei muri che trasudano, oh, quali declamatori!

III
A QUALE CONDIZIONE SI PUÒ RISPETTARE IL PASSATO

Il monachesimo così come esisteva in Spagna e come esiste nel Tibet, è per la civiltà una specie di tisi. Tronca netto la vita. Spopola, semplicemente. Clausura, sinonimo di castrazione. In Europa è stato un flagello. Aggiungete a tutto ciò la violenza fatta così sovente alla coscienza, le vocazioni forzate, il feudalesimo che s'appoggia al chiostro, la primogenitura che riversa nel monachesimo il soverchio della famiglia, le ferocie di cui abbiamo parlato, gli *in pace*, le bocche chiuse, i cervelli murati, tante sfortunate intelligenze messe nella segreta dei voti eterni, la vestizione, sepoltura d'anime vive; aggiungete i supplizi individuali alle degradazioni nazionali e, chiunque voi siate, trasalirete alla vista della tonaca e del velo, questi due sudari d'invenzione umana.

Pure, su certi punti e in certi luoghi, a dispetto della filosofia, a dispetto del progresso, lo spirito claustrale persiste in pieno secolo decimonono, e una bizzarra recrudescenza ascetica stupisce in questo momento il mondo civile. La pertinacia di vecchie istituzioni a volersi perpetuare, rassomiglia all'ostinazione del profumo irrancidito che pretendesse di regnare sulla vostra capigliatura, alla pretesa dei pesce guasto che volesse essere mangiato, alla persecuzione di un abitino infantile che volesse abbigliare l'uomo, e alla tenerezza dei cadaveri che tornassero ad abbracciare i vivi.

«Ingrati!» dice l'abitino «io vi ho protetti nel cattivo tempo. Perché non volete più saperne di me?» «Io vengo dall'alto mare» dice il pesce. «Io fui la rosa» dice il profumo. «Io vi ho amati» dice il cadavere. «Io vi ho inciviliti» dice il convento.

A tutto questo, non vi è che una risposta: «Una volta».

Sognare di protrarre all'infinito le cose defunte e di governare gli uomini imbalsamandoli, restaurare i dogmi in cattivo stato, ripassar l'oro ai sarcofaghi e l'intonaco ai chiostri, ribenedire i reliquari, riattare le superstizioni, riaccendere i fanatismi, rifare il manico all'aspersorio e alla sciabola, ricostituire il monachesimo e il militarismo, credere alla salvezza della società mediante la moltiplicazione dei parassiti e imporre il passato al presente, sembra una cosa strana; eppure vi sono dei teorici per queste teorie. Quei teorici, gente di spirito, del resto, usano un procedimento semplicissimo: applicano al passato una vernice che chiamano ordine sociale, diritto divino, morale, famiglia, rispetto degli avi, autorità antica, santa tradizione, legittimità e religione, per gridare poi: «Ecco, prendete questo, galantuomini». Questa logica era nota agli antichi. Gli aruspici la praticavano, quando impiastricciavano di gesso una giovenca nera e dicevano: «È bianca». *Bos cretatus*.[5]

Quanto a noi, rispettiamo in qualche punto e risparmiamo dovunque il passato, purché esso acconsenta a essere morto; se vuol essere vivo, lo attacchiamo e cerchiamo d'ucciderlo.

Superstizioni, bigottismi, bacchettonerie e pregiudizi, queste larve, per quanto siano larve, s'attaccano tenacemente alla vita e hanno denti e unghie nel loro fumo; bisogna affrontarle a corpo a corpo, far loro guerra, e fargliela senza tregua, poiché una delle fatalità dell'umanità è quella d'essere condannata all'eterna battaglia contro i fantasmi. È difficile prendere l'ombra per la gola e atterrarla.

Un convento in Francia, nel pieno splendore del secolo decimonono, è un collegio di gufi che sfida la luce; un chiostro, in flagrante delitto d'ascetismo, nel bel mezzo della città dell'89, del 1830 e del 1848, Roma che sboccia in Parigi, è un anacronismo. In tempi ordinari, per dissolvere un anacronismo e farlo svanire, basta fargli compitare il millesimo. Ma noi non siamo in tempi ordinari.

Combattiamo.

Combattiamo, ma distinguiamo; la caratteristica della verità è quella di non eccedere mai. Che bisogno avrebbe di esagerare? C'è quello che si deve distruggere e c'è quello che bisogna soltanto illuminare e guardare. Quale forza, l'esame benevolo e serio! Non portiamo la fiamma là dove basta la luce.

Dunque, poiché siamo nel secolo decimonono, in linea generale noi siamo avversi alle clausure ascetiche presso qualsiasi popolo, in Asia come in Europa, in India come in Turchia. Chi dice convento dice palude. La loro putrescibilità è evidente, il loro stagnare è malsano, la loro fermentazione produce la febbre ai popoli e li fa intristire; la loro moltiplicazione diventa una piaga d'Egitto. Noi non possiamo pensare senza sbigottimento a quei paesi in cui i fachiri, i bonzi, i santoni, i monaci di San Basilio, i marabutti, i monaci mendicanti e i dervisci pullulano fino al brulichio verminoso.

Detto ciò, rimane la questione religiosa. Questa ha dei lati misteriosi e quasi pericolosi: ci sia concesso di guardarla fissamente.

[5] Bue coperto di creta.

Alcuni uomini si riuniscono e abitano in comune. In virtù di quale diritto? In virtù del diritto d'associazione.

Si rinchiudono in casa propria. In virtù di quale diritto? In virtù del diritto che ha ogni uomo d'aprire o di chiudere la propria porta.

Non escono. In virtù di quale diritto? In virtù del diritto d'ognuno di andare e venire, che implica il diritto di rimanere in casa.

E là, in casa loro, che fanno?

Parlano a bassa voce; chinano gli occhi; lavorano. Rinunciano al mondo, alle città, alle sensualità, ai piaceri, alle vanità, agli orgogli e agli interessi; sono vestiti di rozza lana o di tela grezza. Nessuno di essi possiede in proprio alcuna cosa e, entrando colà, il ricco si fa povero: quello che ha lo dà a tutti. Colui che veniva chiamato nobile, gentiluomo e signore, è l'uguale di chi era contadino. La cella è identica per tutti; tutti subiscono la stessa tonsura, portano la stessa tonaca, mangiano lo stesso pane scuro, dormono sulla stessa paglia e muoiono sulla stessa cenere. Lo stesso sacco sulle spalle, la stessa corda intorno alle reni. Se è stato deciso di andare scalzi, tutti vanno scalzi; colà può esservi un principe, e quel principe è al pari degli altri un'ombra. Non più titoli; persino i cognomi sono scomparsi; non portano che un nome, e tutti s'inchinano all'uguaglianza dei nomi di battesimo. Hanno sciolto la famiglia carnale e costituito nella loro comunità la famiglia spirituale: non hanno più parenti, poiché tutti gli uomini lo sono per loro. Soccorrono i poveri e curano i malati; eleggono quelli ai quali obbediscono, e si dicono l'un l'altro: fratello.

Voi m'interrompete, per esclamare: «Ma questo è il convento ideale!».

Basta che sia il convento possibile, perché io debba tenerne conto.

Questo spiega perché, nel libro precedente, ho parlato d'un convento con accento rispettoso. Scartato il Medioevo, scartata l'Asia e fatte le riserve sulla questione storica e politica, dal punto di vista della filosofia pura facendo astrazione dalle necessità della polemica militante, a condizione che il monastero sia assolutamente volontario e non rinchiuda che esseri consenzienti, considererò sempre la comunità claustrale con una certa gravità attenta e, sotto taluni aspetti, deferente. Là dove esiste la comunità esiste il comune, e là dov'è il comune è il diritto. Il monastero è il prodotto della formula: Uguaglianza e Fratellanza. Oh, come è grande la Libertà! E che splendida trasfigurazione! La Libertà basta a trasformare il monastero in repubblica.

Continuiamo.

Ma quegli uomini, o quelle donne, che stanno dietro quelle quattro mura, si vestono di tela di sacco, sono uguali, si chiamano fratelli. Bene; ma fanno anche qualche altra cosa?

Sì.

E che cosa?

Guardano l'ombra, s'inginocchiano e congiungono le mani.

Che significa ciò?

V

LA PREGHIERA

Pregano.

Chi?

Dio.

Pregare Dio: che vuol dire?

Esiste un infinito fuori di noi? E questo infinito è uno, immanente e permanente, necessariamente sostanziale, poiché è infinito e se la materia gli mancasse sarebbe limitato lì, necessariamente intelligente poiché è infinito e se l'intelligenza gli mancasse sarebbe finito lì? E questo infinito risveglia in noi l'idea d'essenza, mentre non possiamo attribuire a noi stessi se non l'idea d'esistenza? In altri termini, non è esso l'assoluto di cui noi siamo il relativo?

E poiché vi è un infinito fuori di noi, non vi è un infinito in noi? Questi due infiniti (quale plurale tremendo!) non si sovrappongono l'uno all'altro? Il secondo infinito non è, per così dire, soggiacente al primo? Non ne è lo specchio, il riflesso, l'eco, abisso concentrico a un altro abisso? E questo secondo infinito, non è anch'esso intelligente? Pensa, ama, vuole? Se i due infiniti sono intelligenti, ciascuno di essi ha un principio volente, e vi è un io nell'infinito di lassù, come vi è un io nell'infinito di quaggiù. Questo io di quaggiù è l'anima, e l'io di lassù è Dio.

Mettere, per mezzo del pensiero, l'infinito di quaggiù a contatto con l'infinito di lassù, è ciò che si chiama pregare.

Non togliamo nulla allo spirito umano. Sopprimere è male: bisogna riformare e trasformare. Certe facoltà dell'uomo sono dirette verso l'Ignoto: il pensiero, la meditazione, la preghiera. L'Ignoto è un oceano. Che cosa è la coscienza? È la bussola dell'Ignoto. Il pensiero, la meditazione, la preghiera sono grandi irradiazioni misteriose: rispettiamole. Dove vanno queste misteriose irradiazioni dell'anima? Verso l'ombra, cioè verso la luce.

La grandezza della democrazia consiste nel non negare nulla e nel non rinnegare nulla dell'umanità. Accanto al diritto dell'Uomo, o almeno al suo fianco, c'è il diritto dell'Anima.

Schiacciare i fanatismi e venerare l'infinito, questa è la legge. Non limitiamoci a prosternarci sotto l'albero della Creazione e a contemplare i suoi immensi rami pieni d'astri. Abbiamo un dovere: lavorare all'anima umana, difendere il mistero contro il miracolo, adorare l'incomprensibile e respingere l'assurdo, ammettere, dell'inspiegabile, soltanto il necessario, risanare la fede, spogliare la religione d'ogni superstizione, liberare Dio dai bruchi.

VI

BONTÀ ASSOLUTA DELLA PREGHIERA

Quanto al modo di pregare, qualunque è buono, purché sia sincero. Capovolgete il vostro libro di preghiere e siate nell'infinito.

Sappiamo che esiste una filosofia la quale nega l'infinito. Vi è anche una filosofia, classificata patologicamente, che nega il sole; questa filosofia si chiama cecità.

Erigere un senso che ci manca a fonte di verità è una bella disinvoltura da cieco.

Ma ciò che è curioso, è l'alterigia, la sicumera e il compatimento che assume, di fronte alla filosofia che vede Dio, questa filosofia a tastoni. Par di sentire una talpa che esclami:

«Mi fanno pietà col loro sole!».

Vi sono, lo sappiamo, illustri e potenti atei. Costoro, in fondo, ricondotti al vero dalla loro stessa potenza, non sono molto sicuri di essere atei: per essi, non si tratta che di una questione di definizione, e, in tutti i casi, se non credono in Dio, essendo grandi spiriti ne dimostrano l'esistenza.

Noi salutiamo in essi i filosofi, pur stigmatizzando inesorabilmente la loro filosofia.

Continuiamo.

Ciò che è pure ammirevole è la facilità di accontentarsi di frasi. Una scuola metafisica del nord, un po' impregnata di nebbia, ha creduto di provocare una rivoluzione nell'intelletto umano, sostituendo la parola Forza con la parola Volontà.[6]

Dire: «la pianta vuole», invece di: «la pianta cresce», sarebbe infatti cosa feconda, se si aggiungesse: «l'universo vuole». E perché? Per-

---

[6] Allusione alla filosofia di Schopenhauer.

ché ne conseguirebbe questo; la pianta vuole, dunque essa ha un io; l'universo vuole, dunque ha un Dio.

Quanto a noi, che pure, all'opposto di quella scuola, non respingiamo nulla a priori, una volontà nella pianta, accettata da quella scuola, ci pare più difficile da ammettere d'una volontà nell'universo, da essa negata.

Negare la volontà dell'infinito, vale a dire Dio, non è possibile che a condizione di negare l'infinito; e noi l'abbiamo dimostrato.

La negazione dell'infinito conduce diritto al nichilismo e tutto diventa «una concezione dello spirito».

E col nichilismo non è possibile alcuna discussione, poiché il nichilista logico dubita dell'esistenza del suo interlocutore, e non è affatto sicuro di esistere egli stesso.

Dal suo punto di vista, è possibile che anch'egli, per se stesso, non sia che «una concezione del proprio spirito».

Soltanto, egli non s'accorge affatto che tutto ciò che ha negato, lo ammette in blocco, solo col pronunciare questa parola: Spirito.

Insomma, nessuna via è aperta per il pensiero, da parte d'una filosofia che fa sboccare tutto al monosillabo: No.

Al No, v'è solo una risposta: Sì.

Il nichilismo è inefficace.

Non esiste il nulla, non esiste lo zero. Tutto è qualche cosa. Non c'è nulla che sia niente.

L'uomo vive d'affermazioni ancor più che di pane.

E non basta neppure vedere e mostrare. La filosofia ha da essere un'energia e deve avere come sforzo e come effetto il miglioramento dell'uomo: Socrate deve entrare in Adamo e produrre Marc'Aurelio: in altri termini, far scaturire dall'uomo della felicità l'uomo della saggezza. Cambiare l'Eden nel Liceo.[7] La scienza dev'essere un cordiale. Godere, che triste scopo e che meschina ambizione! Il bruto gode. Pensare, ecco il vero trionfo dell'anima. Porgere il pensiero alla sete degli uomini, dare a ognuno di essi, come elisir, la nozione di Dio, fare affratellare in essi la coscienza e la scienza, renderli giusti mediante questo confronto misterioso, questa è la funzione della vera filosofia. La morale è uno sboccare di verità. Contemplare conduce ad agire. L'assoluto deve essere pratico. Bisogna che l'ideale sia respirabile, bevibile e mangiabile da parte dello spirito umano, ed è l'ideale che ha il diritto di dire: «Prendete, questa è la mia carne e questo è il mio sangue». La saggezza è una comunione sacra. Solo a questa condizione essa smette d'essere uno sterile amore della scienza, per divenire il modo unico e sovrano del collegamento umano; da filosofia è promossa a religione.

---

[7] La scuola dei giovani Ateniesi.

La filosofia non dev'essere un semplice balcone costruito sul mistero per guardarlo comodamente, senz'altro risultato che quello d'essere comodo per la curiosità.

Quanto a noi, rimandando lo sviluppo del nostro pensiero ad altra occasione, ci limitiamo a dire che non comprendiamo né l'uomo come punto di partenza, né il progresso come scopo, senza queste due forze che sono i due motori: credere e amare.

Il progresso è lo scopo; l'ideale è il tipo.

E che cos'è l'ideale? È Dio.

Ideale, assoluto, perfezione, infinito: parole identiche.

VII
PRECAUZIONI DA PRENDERSI NEL BIASIMO

La storia e la filosofia hanno doveri eterni, che sono nello stesso tempo doveri semplici: combattere Caifa vescovo, Dracone giudice, Trimalcione legislatore,[8] Tiberio imperatore. Ciò è chiaro, retto e limpido e non presenta alcuna oscurità. Ma il diritto di vivere in disparte, sia pure con i suoi inconvenienti e i suoi abusi, vuol essere considerato e trattato con riguardo. Il cenobitismo è un problema umano.

Quando si parla dei conventi, questi luoghi d'errore, ma anche d'innocenza; di traviamento, ma anche di buona volontà; d'ignoranza, ma anche di sacrificio; di supplizio, ma anche di martirio, bisogna quasi sempre dire sì e no.

Un convento è una contraddizione. Per scopo, la salvezza; per mezzo, il sacrificio. Il convento è il supremo egoismo che ha per risultante la suprema abnegazione.

Abdicare per regnare, sembra essere il motto del monachesimo.

Nel chiostro, si soffre per godere. Si trae una cambiale sulla morte. Si sconta in notte terrestre la luce celeste. Nel chiostro, l'inferno è accettato come anticipazione sul paradiso.

Vestire il velo o la tonaca è un suicidio ripagato con l'eternità.

E non ci sembra che in un argomento simile lo scherno sia di buon gusto. Tutto qui è serio, tanto il bene come il male.

L'uomo giusto inarca le sopracciglia, ma non sorride mai d'un cattivo sorriso. Noi comprendiamo la collera, non la malignità.

---

[8] Caifa, capo dei sacerdoti al tempo di Cristo; Dracone, severo legislatore ateniese, Trimalcione, l'ospite buffo e generoso del *Satyricon* di Petronio.

Ancora due parole.

Noi biasimiamo la Chiesa quando è satura d'intrigo, come disprezziamo la spiritualità avida di ciò ch'è temporale; ma onoriamo dovunque il pensatore.

Salutiamo chi s'inginocchia.

Una fede: ecco ciò che è necessario all'uomo. Sciagurato chi non crede a nulla!

Non si è inoperosi, solo perché si è assorti. Vi è il lavoro visibile e il lavoro invisibile.

Contemplare è faticare; pensare è agire: le braccia conserte lavorano e le mani giunte operano. Lo sguardo rivolto al cielo è un'azione.

Talete rimase quattro anni immobile e fondò la filosofia.

Per noi, i cenobiti non sono oziosi, come i solitari non sono fannulloni.

Pensare all'Ombra è una cosa seria.

Senza nulla infirmare di quanto abbiamo detto dianzi, crediamo che un continuo ricordo della tomba si addica ai viventi. Su un punto il prete e il filosofo sono d'accordo: *Dobbiamo morire*. L'abate de La Trappe[9] risponde a Orazio.

Mescolare alla propria vita il pensiero della morte, è la legge del savio ed è la legge dell'asceta. Sotto questo rapporto il savio e l'asceta s'incontrano.

Vi è l'accrescimento materiale, e noi lo vogliamo. Vi è pure la grandezza morale, e a essa noi teniamo.

Le menti irriflessive e impulsive dicono:

«A che scopo queste figure immobili dal lato del mistero? A che servono? Che cosa fanno?» Ahimè! In presenza dell'oscurità che ci attornia e ci aspetta, non sapendo quello che la dispersione immensa farà di noi, rispondiamo: «Non c'è, forse, opera più sublime di quella che compiono quelle anime». E aggiungiamo: «Forse, non vi è lavoro più utile».

Bisogna pure che ci siano coloro che pregano sempre per coloro che non pregano mai.

Per noi, tutta la questione sta nella quantità di pensiero che si unisce alla preghiera.

Leibnitz che prega, è una cosa grande; Voltaire che adora, è una cosa bella. *Deo erexit Voltaire*.[10]

[9] Fondatore dell'ordine dei trappisti, nel 1140.

[10] «Voltaire eresse a Dio»: iscrizione sulla chiesa di Ferney, eretta dal patriarca nel 1770.

Noi siamo per la religione, contro le religioni. Crediamo alla meschinità delle orazioni e alla sublimità della preghiera.

Del resto, nell'attimo che stiamo attraversando, attimo, che per fortuna, non darà la sua impronta al secolo diciannovesimo, in quest'ora in cui tanti uomini hanno la fronte bassa e l'anima poco alta, fra tanti esseri viventi che hanno per morale il godimento, e che si occupano delle cose brevi e deformi della materia, chiunque si esili ci sembra venerabile. Il monastero è una rinuncia. Il sacrificio compiuto a torto è pur sempre un sacrificio. Accettare come dovere un rigido errore, è cosa che ha la sua grandezza.

Preso in sé, e idealmente, e per girare intorno alla verità sino all'esaurimento imparziale di tutti gli aspetti, il monastero, il convento di donne soprattutto – poiché nella nostra società è la donna che soffre di più, e in quell'esilio del chiostro vi è un po' di protesta – il convento di donne, dicevamo, ha incontestabilmente una certa maestà.

Quell'esistenza claustrale così austera e così cupa, di cui abbiamo testé tracciato qualche linea, non è la vita, poiché non è la libertà; non è la tomba, poiché non è la pienezza; è un luogo strano dal quale si scorge, come dalla cresta d'un'alta montagna, da una parte l'abisso in cui siamo, e dall'altra l'abisso in cui saremo; una frontiera stretta e nebbiosa che separa due mondi, illuminata e oscurata nello stesso tempo da entrambi, dove il raggio indebolito della vita si confonde col raggio incerto della morte; è la penombra della tomba.

Quanto a noi, che non crediamo ciò che quelle donne credono, ma che, al pari di esse, viviamo nella fede, non abbiamo mai potuto considerare senza una specie di terrore religioso e tenero, senza una specie di compassione piena d'invidia, quelle creature devote, tremanti e fiduciose, quelle anime umili e auguste che osano vivere sull'orlo stesso del mistero, aspettando, fra il mondo che è chiuso e il cielo che non è aperto, rivolte alla luce che non si vede, avendo soltanto la felicità di pensare ch'esse sanno dove si trova, e aspirando all'abisso e all'ignoto, con l'occhio fisso sull'oscurità immobile, inginocchiate, sperdute, stupefatte, rabbrividenti, per metà sollevate, in certe ore, dagli aneliti profondi dell'eternità.

LIBRO OTTAVO

I CIMITERI PRENDONO CIÒ CHE GLI SI DÀ

I
IN CUI SI PARLA DEL MODO D'ENTRARE IN CONVENTO

In quella casa Jean Valjean, come aveva detto Fauchelevent, era «caduto dal cielo».

Aveva scalato il muro del giardino che faceva angolo con la via Polonceau. Quell'inno angelico che aveva sentito nel cuore della notte, era il mattutino cantato dalle suore; quella sala da lui intravista nell'oscurità, era la cappella; quel fantasma che aveva veduto steso a terra, era la suora che faceva la riparazione; quel sonaglio, il rumore del quale lo aveva così stranamente sorpreso, era quello del giardiniere, legato al ginocchio di papà Fauchelevent.

Una volta coricata Cosette, Jean Valjean e Fauchelevent avevano, come si è visto, cenato con un bicchier di vino e un pezzo di formaggio, davanti a una bella fascina fiammeggiante; poi, siccome l'unico letto disponibile nella baracca era occupato da Cosette, si erano gettati ciascuno su un fascio di paglia. Prima di chiudere gli occhi, Jean Valjean aveva detto: «Ormai bisogna che rimanga qui».

Queste parole avevano trottato tutta la notte nella testa di Fauchelevent.

A dir la verità, né l'uno né l'altro avevano dormito.

Jean Valjean, sentendosi scoperto e sapendo Javert sulle sue tracce, capiva che egli e Cosette sarebbero stati perduti, se fossero rientrati a Parigi; poiché la nuova ventata che aveva soffiato su di lui l'aveva fatto naufragare in quel chiostro, Jean Valjean non aveva più che un pensiero: restarci. Ora, per un disgraziato nella sua condizione, quel convento era a un tempo il luogo più pericoloso e il più sicuro; il più pericoloso perché, non potendo penetrarvi alcun uomo, se fosse stato scoperto sarebbe stato colto in flagrante delitto, e Jean Valjean non avrebbe fatto che un sol passo dal convento alla prigione; il più sicuro perché, se fosse riuscito a farvisi accettare e a dimorarvi, chi sarebbe venuto a cercarlo lì?

Abitare in un luogo impossibile era la salvezza.

Da parte sua, Fauchelevent si lambiccava il cervello. Cominciava col dire a se stesso che non ci capiva nulla. Come mai il signor Madeleine si trovava là, con i muri che c'erano?

I muri d'un chiostro non si scavalcano. E come mai si trovava là con una bambina? Non si scala un muro a picco, con una bambina in braccio. Chi era quella bambina? Di dove venivano entrambi? Dacché Fauchelevent era in convento non aveva più sentito parlare di Montreuil-sur-mer, e non sapeva nulla di ciò che era accaduto. Madeleine era uno che non incoraggiava le interrogazioni, e d'altronde Fauchelevent diceva a se stesso: «Non s'interroga un santo». Il signor Madeleine aveva conservato per lui tutto il suo prestigio: solo da qualche parola sfuggita a Jean Valjean, il giardiniere credette di capire che il signor Madeleine fosse fallito per via della durezza dei tempi, e che fosse perseguitato dai creditori, oppure che si fosse compromesso in qualche faccenda politica e che si nascondesse: supposizione, questa, che non dispiacque punto a Fauchelevent il quale, come molti nostri contadini del nord, aveva un vecchio fondo bonapartista. Nascondendosi, il signor Madeleine aveva preso il convento per asilo, ed era naturale che volesse restarvi. Ma l'inesplicabile a cui Fauchelevent ritornava sempre e contro il quale si rompeva la testa, era che il signor Madeleine fosse lì, e che vi fosse con quella bambina. Fauchelevent li vedeva, li toccava, parlava loro e non ci credeva; l'incomprensibile aveva fatto il proprio ingresso nella sua casupola. Fauchelevent brancolava tra le congetture e non vedeva nulla di chiaro se non questo: «Il signor Madeleine mi ha salvato la vita.» Questa sola certezza bastava, e lo decise; disse tra sé: «Ora tocca a me». E aggiunse nella sua coscienza: «Il signor Madeleine non ha pensato tanto, quando si è trattato di cacciarsi sotto il carro per liberarmi». Allora decise di salvare il signor Madeleine.

Pure si fece diverse domande e diverse risposte: «Dopo quello che è stato per me, se fosse un ladro, lo salverei? Lo stesso. Se fosse un assassino, lo salverei? Lo stesso. E poiché è un santo, lo salverei? Lo stesso».

Ma che problema, farlo restare nel convento! Davanti a quel tentativo quasi assurdo, Fauchelevent non indietreggiò affatto; quel povero contadino piccardo, senz'altra scala tranne la propria devozione, la propria buona volontà e un po' di quella vecchia furberia campagnola, messa questa volta a servizio d'un'intenzione generosa, risolse di scalare le impossibilità del chiostro e le ripide scarpate della regola di San Benedetto. Papà Fauchelevent era un vecchio che era stato egoista per tutta la vita e che alla fine dei suoi giorni, zoppo e infermo, non avendo più alcun interesse per il mondo, trovava dolce essere riconoscente, e vedendo che si trattava di compiere un'azione virtuosa vi si gettò sopra come un uomo che nel momento di morire si trovasse a portata di mano un bicchiere di buon vino, mai gustato prima, e lo bevesse avidamente. Si può aggiungere che l'aria che respirava già da alcuni anni in quel convento aveva distrutto in lui la personalità, e aveva finito col rendergli necessaria una buona azione purchessia.

Prese quindi la risoluzione di consacrarsi al signor Madeleine.

L'abbiamo testé qualificato *povero contadino piccardo*. La qualifica è giusta, ma incompleta. Al punto in cui siamo giunti di questa storia, un po' di fisiologia di papà Fauchelevent diventa utile. Era contadino, ma era stato notaio, il che univa il cavillo alla sua furberia, e la penetrazione alla sua ingenuità. Essendogli andati male gli affari, per varie cause, da notaio era sceso fino a carrettiere e manovale. Ma, a dispetto delle bestemmie, dei colpi di frusta necessari, a quanto pare, ai cavalli, in lui era rimasto qualche cosa del notaio. Dotato d'una certa dose d'ingegno naturale, si esprimeva correttamente e, cosa rara nel villaggio, discorreva bene, così che gli altri contadini dicevano di lui: «Parla quasi come un signore col cappello». Fauchelevent apparteneva, infatti, a quella categoria che l'impertinente e leggero vocabolario del secolo scorso qualificava: *mezzo borghese, mezzo villano*; e le metafore che cadevano dal castello sulla capanna lo etichettavano, nel casellario plebeo, *un po' contadino, un po' cittadino; sale e pepe*. Fauchelevent, benché molto provato e molto logorato dalla sorte, specie di povera vecchia anima consumata fino all'estremo, era tuttavia impulsivo: qualità preziosa, questa, che impedisce di essere cattivi in qualunque contingenza della vita. I suoi difetti e i suoi vizi, poiché ne aveva avuti, erano superficiali; insomma, la sua fisionomia era di quelle che fanno buona impressione all'osservatore. Quel vecchio volto non aveva alcuna di quelle brutte rughe al sommo della fronte che denotano cattiveria o bestialità.

All'alba, avendo enormemente pensato, papà Fauchelevent aprì gli occhi e vide il signor Madeleine che, seduto sul suo fascio di paglia, guardava dormire Cosette. Fauchelevent si rizzò a sedere e disse:

«Ora che siete qui, come farete per entrarci?».

Quella frase riassumeva la situazione, e strappò Jean Valjean alla sua meditazione.

I due uomini tennero consiglio.

«Prima di tutto,» disse Fauchelevent «comincerete col non mettere piede fuori di questa stanza. Né voi né la piccina. Un passo nel giardino, e siamo perduti.»

«Sta bene.»

«Signor Madeleine,» riprese Fauchelevent «siete capitato in un momento molto buono, voglio dire pessimo. Una di queste signore sta molto male, per cui non si guarderà troppo dalla nostra parte. Pare che ella stia morendo: stanno recitando le preghiere delle quarant'ore, e tutta la comunità è a soqquadro; la cosa le tiene occupate. Colei che è sul punto d'andarsene è una santa. In verità, qui siamo tutti santi; tutta la differenza tra esse e me consiste in questo: esse dicono: la nostra cella, mentre io dico: la mia baracca. Fra poco ci sarà l'orazione per gli agonizzanti, e poi l'orazione per i morti. Per oggi, saremo tranquilli qui; ma per domani non rispondo.»

«Eppure,» osservò Jean Valjean «questa baracca è nella rientranza del muro, e nascosta da una specie di rovina; ci sono degli alberi, e dal convento non la si vede.»

«E io aggiungo che le suore non vi si avvicinano mai.»

«Ebbene?» fece Jean Valjean.

Il punto interrogativo che accentuava quell'«ebbene» significava: «Mi pare che vi si possa rimaner nascosti». E a quel punto interrogativo Fauchelevent rispose: «Ci sono le piccine».

«Quali piccine?» chiese Jean Valjean.

Mentre Fauchelevent apriva la bocca per spiegare la frase da lui pronunciata, una campana suonò un colpo.

«La monaca è morta» disse il vecchio. «Ecco il rintocco funebre.»

E fece segno a Jean Valjean di prestare ascolto. La campana suonò un secondo colpo.

«Suona a morto, signor Madeleine. La campana continuerà a suonare così, di minuto in minuto, per ventiquattr'ore, sino all'uscita del feretro dalla chiesa. Vedete, le bimbe giocano. Durante le ricreazioni, basta che una palla rotoli perché, nonostante le proibizioni, se ne vengano sin qui cercando e rovistando dappertutto. Sono diavoli, quei cherubini.»

«Chi?» chiese Jean Valjean.

«Le piccine. Voi sareste subito scoperto, sicuramente. Griderebbero: "To'! Un uomo!". Ma oggi non v'è pericolo. Non vi sarà la ricreazione, e la giornata sarà dedicata tutta alle preghiere. Sentite la campana. Come vi dicevo, un colpo al minuto; è la campana a morto.»

«Capisco, papà Fauchelevent. Vi sono le educande.»

E Jean Valjean pensò tra sé: «Sarebbe bell'e trovata l'educazione di Cosette».

Fauchelevent esclamò:

«Perdiana, se ci sono le educande! E come strillerebbero attorno a voi. E come scapperebbero! Qui, essere uomo, è come aver la peste; vedete bene che m'attaccano un sonaglio alla zampa come a una bestia feroce.»

Jean Valjean pensava sempre più intensamente. «Questo convento ci salverebbe» mormorò. Poi alzò la voce:

«Sì; il difficile è restare».

«No,» disse Fauchelevent «è uscire.»

Jean Valjean sentì il sangue rifluirgli al cuore.

«Uscire?»

«Sì, signor Madeleine, per rientrare, bisogna che voi usciate.»

E dopo aver lasciato passare un rintocco della campana a morto, Fauchelevent proseguì:

«Non si può farvi trovare qui così. Di dove venite? Per me voi cadete dal cielo, perché vi conosco; ma per le suore, occorre entrare dalla porta».

D'un tratto si udì lo scampanio abbastanza complicato d'un'altra campana.

«Ah!» disse Fauchelevent «richiamano le madri vocali al capitolo. Tengono sempre capitolo quando v'è un morto. La suora è morta all'alba: di solito, si muore all'alba. Ma non potreste uscire da dove siete entrato? Su, non è per farvi una domanda, ma da dove siete entrato?»

Jean Valjean divenne pallido. La sola idea di ridiscendere in quella via tremenda lo faceva rabbrividire. Uscite da una foresta piena di tigri e, una volta fuori, immaginatevi il consiglio d'un amico che v'induca a rientrarvi. Ora, Jean Valjean si figurava tutta la polizia ancora brulicante nel quartiere, agenti in osservazione, vedette dappertutto, spaventosi pugni tesi verso il suo bavero e Javert, forse, all'angolo del crocicchio.

«Impossibile!» disse. «Papà Fauchelevent, fate conto che io sia caduto di lassù.»

«Ma io lo credo, lo credo» replicò papà Fauchelevent. «Non avete bisogno di dirmelo. Il buon Dio vi avrà preso in mano, per guardarvi da vicino, e poi vi avrà lasciato andare. Soltanto, voleva mettervi in un convento di uomini e ha sbagliato. Oh, ancora una campana. Questa è per avvertire il portiere d'andare ad avvisare il municipio, affinché avverta il medico dei morti di venire a vedere che c'è una morta. Tutto questo fa parte della cerimonia del morire. A queste buone signore, però, non piace troppo una simile visita. Un medico non crede a nulla; toglie il velo e, anzi, talvolta toglie anche qualche altra cosa. Come hanno fatto presto questa volta ad avvertire il medico! Che cosa c'è, dunque? La vostra piccina dorme sempre. Come si chiama?»

«Cosette.»

«È vostra figlia? Voglio dire: sareste suo nonno?»

«Sì.»

«Per lei sarà facile uscire di qui. Io ho la mia porta di servizio che dà sul cortile; picchio e il portiere mi apre. Ho la gerla sulla spalla, con la piccina dentro, ed esco. Che papà Fauchelevent esca con la gerla sulle spalle, è cosa semplicissima. Direte alla piccina di stare quieta e tranquilla; starà sotto una coperta. Per il tempo occorrente la lascerò da una mia buona vecchia amica, una fruttivendola, che è in via del Sentiero Verde: è sorda e ha un lettino. Griderò nell'orecchio alla fruttivendola che è una mia nipote, e di tenerla con sé fino a domani; poi la piccina rientrerà con voi, poiché bisognerà pure che vi faccia rientrare. Ma voi come farete per uscire?»

Jean Valjean scosse il capo.

«Che nessuno mi veda, questo è l'essenziale, papà Fauchelevent. Trovate il modo di farmi uscire come Cosette, in una gerla, sotto una coperta.»

Fauchelevent si grattava il lobo dell'orecchio col dito medio della sinistra: indizio, questo, di serio imbarazzo.

Un terzo scampanìo servì di diversivo.

«Ecco il medico dei morti che se ne va» disse Fauchelevent. «Egli ha guardato e ha detto: "È morta, va bene". Quando il medico ha visto il passaporto per il paradiso, le pompe funebri mandano una bara; se è una madre, ve la depongono le madri, se è una suora, ve la depongono le suore. Dopo di che, io inchiodo. Ciò fa parte del giardinaggio. Un giardiniere è un po' affossatore. La mettono in un locale attiguo alla chiesa, che comunica con la via e in cui nessun uomo può entrare, salvo il medico: fra gli uomini, io non conto né i beccamorti né me. In quel locale inchiodo la bara. I becchini vengono a prenderla e, sferza cocchiere! così si va in cielo. Si porta qui una scatola in cui non c'è nulla, e la si porta via con dentro qualche cosa: ecco che cosa è un seppellimento. *De profundis.*»

Un raggio orizzontale di sole sfiorava il viso di Cosette addormentata, che socchiudeva vagamente la bocca e aveva l'aria d'un angelo che stesse bevendo la luce. Jean Valjean s'era messo a guardarla, e non ascoltava più Fauchelevent.

Non essere ascoltato, non è una ragione per tacere. Il bravo giardiniere continuava la sua filastrocca:

«Si scava una fossa al cimitero Vaugirard. Corre voce che stiano per sopprimerlo, quel cimitero Vaugirard, perché è un vecchio cimitero, che è fuori dei regolamenti e non ha l'uniforme; e quindi andrà presto in pensione. Peccato, perché è comodo: ho là dentro un amico, papà Mestienne, l'affossatore. Le suore di qui hanno il privilegio d'essere portate a quel cimitero sul cader della notte; e vi è un decreto della prefettura, espressamente per loro. Ma quanti avvenimenti, da ieri a oggi! Madre Crocifissione è morta, e papà Madeleine...».

«È sepolto» disse Jean Valjean, sorridendo tristemente.

Fauchelevent prese la palla al balzo.

«Perdinci! Se doveste rimaner definitivamente qui, sarebbe proprio un seppellimento.»

Risuonò un quarto scampanìo. Fauchelevent staccò con vivacità dal chiodo la ginocchiera col sonaglio e se l'affibbiò al ginocchio.

«Questa volta chiamano me; mi vuole la madre priora. Bene! Mi sono punto con il puntale della fibbia. Non vi muovete, signor Madeleine, e aspettatemi. Ci sono novità. Se avete fame, lì c'è il pane, il vino e il formaggio.»

E uscì dalla capanna dicendo:

«Vengo! Vengo!».

Jean Valjean lo vide affrettarsi attraverso il giardino tanto velocemente quanto glielo permetteva la sua poponaia.

Meno di dieci minuti dopo papà Fauchelevent, il cui sonaglio metteva in fuga le suore che si trovavano sul suo passaggio, batteva un colpetto a una porta e una voce dolce rispondeva: «Per sempre. Per sempre», cioè: «Entrate».

La porta era quella del parlatorio riservato al giardiniere per le necessità del servizio, e il parlatorio era contiguo alla sala del capitolo. La priora, seduta sull'unica sedia del parlatorio, aspettava Fauchelevent.

II
FAUCHELEVENT IN DIFFICOLTÀ

Avere l'aspetto agitato e grave è cosa particolare, nei momenti critici, a certi caratteri e a certe professioni, specialmente ai preti e ai monaci. Nel momento in cui Fauchelevent entrò, questa duplice forma della preoccupazione era impressa sulla fisionomia della priora, che era quella simpatica e dotta signorina di Blemeur, madre Innocente, di solito gaia.

Il giardiniere fece un saluto timido e rimase sulla soglia della cella. La priora, che sgranava il rosario, alzò gli occhi e disse:

«Ah! Siete voi, papà Fauvent?».

Era questa un'abbreviazione adottata nel convento. Fauchelevent ricominciò il suo saluto.

«Vi ho fatto chiamare, papà Fauvent.»

«Eccomi, reverenda madre.»

«Debbo parlarvi.»

«E io, da parte mia,» disse Fauchelevent con un ardire del quale aveva paura dentro di sé, «ho qualche cosa da dire alla reverendissima madre.»

La priora lo guardò.

«Ah! Avete una comunicazione da farmi?»

«Una preghiera.»

«Ebbene, parlate.»

Il buon vecchio Fauchelevent, ex notaio, apparteneva alla categoria dei contadini disinvolti. Una certa ignoranza abile è una forza: non suscita diffidenza e conquista. Da più di due anni, da quando abitava nel convento, era riuscito a cattivarsi la stima della comunità. Sempre solitario, e sempre attendendo al suo giardinaggio, non aveva altro da fare che essere curioso. Distante com'era da tutte quelle donne velate che andavano e venivano, davanti a sé vedeva soltanto un agitarsi d'ombre; ma, a forza d'attenzione e di penetrazione, era riuscito a ridar carne a tutti quei fantasmi, e per lui quelle morte vivevano. Era come un sordo, la cui vista si allunghi, e come un cieco il cui udito s'aguzzi. S'era messo a sbrogliare il senso dei diversi scampanii, e vi era riuscito; di modo che quel chiostro enigmatico e taciturno nulla aveva di nascosto per lui; quella sfinge gli spifferava tutti i suoi segreti all'orecchio. Fauchelevent, sapendo tutto, celava tutto. In questo stava la sua arte. Tutto il convento lo credeva stupido; merito grande, in religione. Le madri vocali tenevano in gran conto Fauchelevent; egli era un curioso muto: ispirava fiducia. Inoltre, era regolato nelle abitudini e non usciva che per le dimostrate necessità dell'orto e del frutteto. Quel suo comportamento discreto era molto considerato. Con tutto ciò egli era riuscito a far ciarlare due uomini: in convento, il portiere, e così sapeva i particolari del parlatorio; e al cimitero, il becchino, e così sapeva le singolarità della sepoltura; in tal modo egli aveva, nei confronti delle suore, due fonti di notizie, da una parte sulla vita, e dall'altra sulla morte; ma non abusava di nulla. La congregazione ci teneva ad averlo: vecchio, zoppo, quasi cieco e probabilmente un po' sordo, quante qualità! Difficilmente avrebbero potuto sostituirlo.

Il buon vecchio, con la sicurezza di chi si sente apprezzato, iniziò un'arringa contadinesca abbastanza prolissa e profondissima. Si diffuse a parlare della sua età, dei suoi acciacchi, del carico degli anni, che per lui ormai contavano il doppio, delle crescenti esigenze del lavoro, della vastità del giardino, delle notti da passare in piedi, come l'ultima, per esempio, in cui era stato necessario mettere le stuoie sui meloni, a motivo della luna, e finì col concludere che aveva un fratello (la priora fece un gesto), «un fratello tutt'altro che giovane» (secondo gesto della priora, ma gesto rassicurato) e che, se lo avessero desiderato, quel fratello avrebbe potuto venire ad alloggiare con lui e ad aiutarlo; ch'era un eccellente giardiniere e che la comunità ne avrebbe ottenuto dei buoni servizi, migliori dei suoi: che, diversamente, se non avessero ammesso il fratello, poiché egli, il maggiore, si sentiva affranto e insufficiente alla bisogna sarebbe stato costretto, con grande rincrescimento, ad andarsene; e che il fratello aveva una nipotina che avrebbe condotto con sé, che avrebbe potuto essere allevata nel timore di Dio, nella casa, e che, forse, chi sa? un giorno si sarebbe fatta monaca.

Quando egli ebbe finito di parlare, la priora interruppe lo sgranare del rosario tra le dita e disse:

«Potreste, prima di sera, procurarvi una sbarra di ferro?».

«Per far che cosa?»

«Per servire da leva.»

«Sì, reverenda madre» rispose Fauchelevent.

La priora, senza aggiungere una parola, si alzò ed entrò nella camera vicina, che era la sala del capitolo in cui le madri vocali erano probabilmente adunate. Fauchelevent rimase solo.

III

MADRE INNOCENTE

Passò circa un quarto d'ora. La priora rientrò e tornò a sedersi sulla sedia.

I due interlocutori sembravano preoccupati. Stenografiamo del nostro meglio il dialogo che s'impegnò:

«Papà Fauvent».

«Reverenda madre.»

«Conoscete la cappella?»

«Ho lì una specie di gabbietta, per sentire la messa e gli uffici.»

«E siete mai entrato nel coro, pel vostro lavoro?»

«Due o tre volte.»

«Si tratta di sollevare una pietra.»

«Pesante?»

«La lastra del pavimento che è a fianco dell'altare.»

«La lastra che chiude il sepolcro?»

«Sì.»

«Ecco un'occasione in cui sarebbe bene essere in due uomini.»

«Madre Ascensione, ch'è forte come un uomo, vi aiuterà.»

«Una donna non è mai un uomo.»

«Abbiamo solo una donna per darvi aiuto. Si fa quel che si può. E se don Mabillon dà quattrocentodiciassette epistole di San Bernardo, e Merlonus Horstius invece ne dà solo trecentosessantasette, non è una ragione perché io disprezzi Merlonus Horstius.»

«E io neppure.»

«Il merito sta nel lavorare secondo le proprie forze. Un chiostro non è un cantiere.»

«E una donna non è un uomo. E mio fratello, quello sì, è forte!»

«E poi avete una leva.»

«È l'unica specie di chiave che vada bene a quella specie di porte.»

«Vi è un anello sulla lastra.»

«Ci passerò la leva.»

«E la lastra è disposta in modo da girare su se stessa.»

«Bene, reverenda madre. Aprirò il sepolcro.»

«E le quattro madri cantore vi aiuteranno.»

«E quando il sepolcro sarà aperto?»

«Bisognerà richiuderlo.»

«E basta?»

«No.»

«Ordinate, reverenda madre.»

«Fauvent, ci fidiamo di voi.»

«Sono qui per far tutto.»

«E per tacere tutto.»

«Sì, reverenda madre.»

«Quando il sepolcro sarà aperto...»

«Lo richiuderò.»

«Ma prima...»

«Che cosa, reverenda madre?»

«Bisognerà calarvi qualcosa.»

Vi fu una pausa. La priora, dopo una mossa del labbro inferiore, che assomigliava a una esitazione, ruppe il silenzio.

«Papà Fauvent.»

«Reverenda madre.»

«Sapete che stamattina è morta una madre.»

«No.»

«Non avete dunque sentito le campane?»

«Non si sente niente, in fondo al giardino.»

«Veramente?»

«A malapena distinguo la mia chiamata.»

«È morta all'alba.»

«E poi, stamattina il vento non soffiava dalla mia parte.»

«È madre Crocifissione, un'eletta.»

La priora tacque, mosse un momento le labbra, come per una orazione mentale, e riprese:

«Tre anni fa, solo per aver visto pregare madre Crocifissione, la signora di Bethune, una giansenista, abbracciò la giusta religione.»

«Oh, sì! Ora sento il rintocco funebre, reverenda madre.»

«Le madri l'hanno portata nella camera mortuaria, che dà nella chiesa.»

«So.»

«Nessun altro uomo, tranne voi, può e deve entrare in quella camera. Fate attenzione a questo. Sarebbe bella che un uomo entrasse nella camera delle defunte!»

«Più spesso!»

«Eh?»

«Più spesso!»

«Che dite?»

«Dico più spesso.»

«Più spesso che cosa?»

«Reverenda madre, io non dico più spesso che cosa, dico più spesso.»

«Non vi capisco. Perché dite più spesso?»

«Per dire come voi, reverenda madre.»

«Ma io non ho detto più spesso.»

«Voi non l'avete detto, ma l'ho detto io per dire come voi.»[1]

In quel momento suonarono le nove.

«Alle nove del mattino e a ogni ora sia lodato e adorato il Santissimo Sacramento dell'altare» disse la priora.

«Amen» disse Fauchelevent.

L'ora suonò a proposito, troncando il «più spesso»: poiché è probabile che, senza di essa, la priora e Fauchelevent non sarebbero mai riusciti a districare la matassa.

Fauchelevent si asciugò la fronte.

La priora fece un nuovo piccolo mormorìo interno, probabilmente sacro, poi alzò la voce.

«Da viva, madre Crocifissione provocava conversioni; da morta farà dei miracoli.»

«Certo, li farà!» rispose Fauchelevent riprendendosi e facendo uno sforzo per non più inciampare.

«Papà Fauvent, la comunità è stata benedetta in madre Crocifissione. Senza dubbio, non è concesso a tutti di morire come il cardinale di Bérulle, dicendo la santa messa, o di esalare la propria anima a Dio pronunciando queste parole: *Hanc igitur oblationem*.[2] Ma, senza aspettarsi tanta felicità, madre Crocifissione ha fatto una morte molto preziosa. Ha conservato la conoscenza sino all'ultimo istante. Ci parlava, e poi parlava agli angeli; ci ha dato i suoi ultimi comandi. Se aveste un po' più di fede e se aveste potuto trovarvi nella sua cella, vi avrebbe guarito la gamba, toccandovela. Sorride-

---

[1] Il significato di questo dialogo sta nel fatto che, in gergo, «più spesso» (*plus souvent!*) significa «non si sa mai!», e ciò era ignorato dalla priora.

[2] «Dunque questa offerta»: parole iniziali delle preghiere preparatorie alla consacrazione.

va. Sentiva che risuscitava in Dio. Vi è stato qualche cosa di paradisiaco in quella morte.»

Fauchelevent credette che fosse il termine di un'orazione.

«Amen» disse.

«Papà Fauvent, bisogna fare quello che i morti vogliono.»

La priora fece scorrere alcuni grani del rosario tra le dita. Fauchelevent taceva. Ella proseguì:

«Ho consultato su questa questione parecchi ecclesiastici operanti in Nostro Signore, e che sono dediti all'esercizio della vita sacerdotale e ne ottengono mirabili frutti».

«Reverenda madre, da qui si sente il rintocco funebre meglio che in giardino.»

«Del resto, più che una morta, è una santa.»

«Come voi, reverenda madre.»

«Si coricava nella propria bara da vent'anni, col permesso speciale del nostro Santo Padre Pio VII.»

«Colui che ha incoronato l'imp... Buonaparte.»

Per un uomo scaltro come Fauchelevent, l'evocazione era tutt'altro che felice. Per fortuna la priora, tutta assorta nei suoi pensieri, non lo udì, e continuò:

«Papà Fauvent».

«Reverenda madre.»

«San Diodoro, arcivescovo di Cappadocia, volle che si scrivesse sulla sua fossa questa sola parola: *Acarus*, che significa lombrico: e così fu fatto. È vero?»

«Sì, reverenda madre.»

«Il beato Mezzocane, abate d'Aquila, volle essere inumato sotto la forca, e così fu fatto.»

«È vero.»

«San Terenzio, vescovo di Porto, alla foce del Tevere nel mare, chiese che fosse inciso sulla sua tomba il segno che si metteva sulla fossa dei parricidi, sperando che i passanti vi sputassero sopra; e così fu fatto. Bisogna obbedire ai morti.»

«Così sia.»

«Il corpo di Bernard Guidonis, nato in Francia vicino a Roche-Abeille, come egli aveva ordinato, e a onta del re di Castiglia, fu portato nella chiesa dei Domenicani di Limoges, sebbene Bernard Guidonis fosse vescovo di Tuy, in Spagna. Si può forse dire il contrario?»

«Per questo, no, reverenda madre.»

«Il fatto è attestato da Plantavit de la Fosse.»

Alcuni grani del rosario si sgranarono ancora, silenziosamente. La priora riprese:

«Papà Fauvent, madre Crocifissione sarà sepolta nella bara in cui dormiva da vent'anni.»

«È giusto.»

«È una continuazione di sonno.»

«Dovrò dunque inchiodarla in quella bara?»

«Sì.»

«E lasceremo da parte la bara delle pompe funebri?»

«Precisamente.»

«Sono agli ordini della reverendissima comunità.»

«Le quattro madri cantore vi aiuteranno.»

«A inchiodare il feretro? Non ho bisogno di loro.»

«No: a calarlo.»

«Dove?»

«Nel sepolcro.»

«Quale sepolcro?»

«Sotto l'altare.»

Fauchelevent ebbe un sobbalzo.

«Il sepolcro sotto l'altare?»

«Sotto l'altare.»

«Avrete una sbarra di ferro.»

«Sì, ma...»

«Solleverete la pietra con la sbarra, per mezzo dell'anello.»

«Ma...»

«Bisogna obbedire ai morti. Essere sepolta nel sepolcro sotto l'altare della cappella, non andare affatto in suolo profano e restare, morta, là dove ha pregato da viva; ecco il voto supremo di madre Crocifissione. Ella ce l'ha chiesto, cioè comandato.»

«Ma è proibito.»

«Proibito dagli uomini, ordinato da Dio.»

«E se venissero a saperlo?»

«Noi abbiamo fiducia in voi.»

«Oh, quanto a me, io sono una pietra del vostro muro.»

«Il capitolo si è riunito. Le madri vocali che ho consultato testé e che sono tuttora riunite a consiglio, hanno deciso che madre Crocifissione sia, secondo il suo voto, sepolta nella sua bara, sotto il nostro altare. Considerate, papà Fauvent, se qui si compissero dei miracoli! Quale gloria in Dio per la comunità! I miracoli escono dalle tombe.»

«Ma, reverenda madre, se l'agente della commissione d'igiene...»

«San Benedetto II, in fatto di inumazione, ha resistito a Costantino Pogonat.»

«Pure, il commissario di polizia...»

«Condemaro, uno dei sette re tedeschi che entrarono nelle Gallie

533

sotto l'impero di Costanzo, ha espressamente riconosciuto ai religiosi il diritto di essere sepolti in religione, ossia sotto l'altare.»

«Tuttavia, l'ispettore della prefettura...»

«Il mondo non è nulla davanti alla croce. Martino, undicesimo generale dei certosini, ha dato questo motto al suo ordine: *Stat crux dum volvitur orbis.*»[3]

«Amen» disse Fauchelevent, che persisteva imperturbabile in questo suo modo di togliersi d'impaccio ogni qualvolta sentiva parole latine.

Un qualunque uditorio basta a chi ha taciuto a lungo. Il giorno in cui il rétore Gimnastora uscì di prigione, con in corpo molti dilemmi e sillogismi rientrati, si fermò davanti al primo albero in cui s'imbatté, lo arringò e fece grandissimi sforzi per convincerlo. La priora, di solito soggetta al bavaglio del silenzio e col serbatoio riboccante, si alzò ed esclamò con la veemenza d'una chiusa cui siano state tolte le cateratte:

«Ho alla destra Benedetto e alla sinistra Bernardo. Chi è Bernardo? È il primo abate di Clairvaux. Fontaines, in Borgogna, è un paese benedetto, per averlo visto nascere. Suo padre si chiamava Tigellino e sua madre Alezia. Esordì a Cîteaux, per finire a Clairvaux; fu ordinato abate dal vescovo di Châlon-sur-Saône, Guillaume de Champeaux; ha avuto settecento novizi e fondato centosessanta monasteri; abbatté Abelardo al Concilio di Sens, nel 1140, Pierre de Bruys e Henry suo discepolo, e un'altra specie di traviati che erano chiamati gli Apostolici; umiliò Arnaldo da Brescia, fulminò il monaco Raoul, uccisore di Giudei, dominò nel 1148 il concilio di Reims, fece condannare Gilbert de la Porée, vescovo di Poitiers, fece condannare Éon de l'Étoile, compose le vertenze dei principi, illuminò re Luigi il Giovane, consigliò papa Eugenio III, diede la regola ai Templari, predicò la crociata, e compì durante la sua vita duecentocinquanta miracoli, di cui persino trentanove in un sol giorno. Chi è Benedetto? È il patriarca di Montecassino; è il secondo fondatore della santità claustrale, è il Basilio[4] dell'Occidente. Il suo ordine ha prodotto quaranta papi, duecento cardinali, cinquanta patriarchi, milleseicento arcivescovi, quattromilaseicento vescovi, quattro imperatori, dodici imperatrici, quarantasei re, quarantun regine, tremilaseicento santi canonizzati, e sussiste da millequattrocento anni. Da una parte San Bernardo, e dall'altra l'agente dell'igiene! Da una parte San Benedetto, e dall'altra l'ispettore della nettezza urbana!

---

[3] La croce sta, il mondo gira.

[4] San Basilio (329-379 d.C.), vescovo di Cesarea, padre della Chiesa greca, fondatore di una regola monastica.

Lo Stato, la nettezza urbana, le pompe funebri, i regolamenti, l'amministrazione! Sappiamo forse, tutto questo, noi? Chiunque sarebbe indignato a vedere in che modo ci trattano. Non abbiamo neppure il diritto di dare la nostra polvere a Gesù Cristo! La vostra igiene è un'invenzione rivoluzionaria. Dio sottoposto al commissario di polizia: ecco il secolo. Silenzio, Fauvent!».

Fauchelevent, sotto quella doccia, non si sentiva troppo a suo agio. La priora continuò:

«Il diritto del monastero alla sepoltura non è messo in dubbio da nessuno. Non vi sono che i fanatici e gli erranti che lo negano. Viviamo in tempi di confusione terribile: si ignora quello che bisogna sapere, e si sa ciò che bisogna ignorare. Si è ignoranti ed empi. In questo tempo vi sono persone che non fanno distinzione tra il grandissimo San Bernardo e il Bernardo detto dei Poveri Cattolici, un buon ecclesiastico che viveva nel tredicesimo secolo. Altri bestemmiano sino al punto d'accostare il patibolo di Luigi XVI alla croce di Gesù Cristo, mentre Luigi XVI non era che un re. Badiamo dunque a Dio! Non vi è più né il giusto, né l'ingiusto. Si sa il nome di Voltaire e si ignora il nome di César de Bus. Eppure César de Bus è un beato, e Voltaire è uno sciagurato. L'ultimo arcivescovo, il cardinale di Périgord, non sapeva neppure che Charles de Condren è succeduto a Bérulle, François Bourgoin a Gondren, Jean-François Senault a Bourgoin, e il padre di Sainte-Marthe a Jean-François Senault.[5] Si conosce il nome del padre Coton, non perché fu uno dei tre che contribuirono alla fondazione dell'Oratorio, ma perché diede argomento di bestemmia al re ugonotto Enrico IV. Quello che rende San François de Sales simpatico alla gente di mondo è il fatto che barava al gioco. E poi, si attacca la religione. Perché? Perché vi sono cattivi preti, perché Sagittaire, vescovo di Gap, era fratello di Salone, vescovo d'Embrun, e perché tutt'e due hanno seguito Mommol. E che cosa si pretende con questo? Forse ciò impedisce che Martino di Tours sia stato un santo e che abbia dato la metà del suo mantello a un povero? I santi vengono perseguitati; si chiudono gli occhi davanti alle verità. Le tenebre sono un'abitudine. Le bestie più feroci sono le bestie cieche. Nessuno pensa seriamente all'inferno. Oh, che popolo malvagio! In nome del re, significa oggi in nome della rivoluzione. Non si sa più quello che si deve né ai vivi né ai morti: è proibito morire santamente, e il sepolcro è una faccenda civile. Ciò fa inorridire. San Leone II ha scritto a bella posta due lettere, l'una a Pietro Notaio, l'altra al re dei Visigoti, per combattere e respingere, nelle questioni che riguardano i morti, l'autorità dell'esarca e la

---

[5] Generali dell'Oratorio.

supremazia dell'imperatore. Gautier, vescovo di Châlons, teneva testa, in questa materia, a Ottone, duca di Borgogna. L'antica magistratura era d'accordo su questo punto: un tempo, anzi, noi avevamo voce in capitolo anche nelle cose temporali. L'abate di Cîteaux, generale dell'ordine, era consigliere per diritto di nascita al parlamento di Borgogna. Noi facciamo dei nostri morti ciò che vogliamo. Forse che il corpo di San Benedetto non è pure in Francia, nell'abbazia di Fleury, detta San Benedetto sulla Loira, benché egli sia morto in Italia, a Montecassino, un sabato 21 marzo dell'anno 543? Tutto questo è incontestabile. Io aborro e odio le sette superstiziose, ed esecro gli eretici; ma detesterei ancor più chiunque mi sostenesse il contrario. Basta leggere solo Arnoul Wion, Gabriel Bucelin, Tritemo, Maurolico e don Luc d'Achery[6]».

La priora riprese fiato, poi si volse verso Fauchelevent:

«Papà Fauvent, siamo d'accordo?».

«Sì, reverenda madre.»

«Si può fare assegnamento su di voi?»

«Ubbidirò.»

«Sta bene.»

«Sono dedito completamente al convento.»

«Siamo intesi. Chiuderete la bara e le suore la porteranno nella cappella. Sarà detto l'ufficio dei morti, e poi si rientrerà nel chiostro. Tra le undici e mezzanotte verrete con la vostra sbarra di ferro. Tutto si svolgerà nel più gran segreto: vi saranno nella cappella solo le quattro madri cantore, la madre Ascensione e voi.»

«E la suora che sarà al palo.»

«Non si volterà.»

«Ma sentirà.»

«Non ascolterà. Del resto, quello che il chiostro sa, il mondo lo ignora.»

Vi fu ancora una pausa, dopo di che la priora proseguì:

«Vi toglierete il sonaglio; è inutile che la suora che si troverà al palo si accorga della vostra presenza».

«Reverenda madre.»

«Che cosa, papà Fauvent?»

«Il medico dei morti ha fatto la sua visita?»

«La farà oggi alle quattro. Hanno suonato il segnale che fa venire il medico dei morti. Ma allora voi non sentite nessuna campana?»

«Io faccio attenzione solo al mio segnale.»

«Fate bene, papà Fauvent.»

«Reverenda madre, occorrerà una leva di almeno due metri.»

[6] Scrittori benedettini del XVI e XVII secolo.

«Dove la prenderete?»

«Dove non mancano inferriate, non mancano sbarre di ferro. Ho il mio mucchio di ferraglie, là in fondo al giardino.»

«Circa tre quarti d'ora prima di mezzanotte; non vi dimenticate.»

«Reverenda madre.»

«Cosa?»

«Se aveste altri lavori come questo, vi è mio fratello che è forte: un turco!»

«Farete il più presto possibile.»

«Non posso camminare troppo svelto. Sono infermo, e perciò avrei bisogno d'un aiuto. Zoppico.»

«Zoppicare non è un torto, e può essere una benedizione. L'imperatore Enrico II, che combatté l'antipapa Gregorio e ristabilì Benedetto VIII, ha due soprannomi: il Santo e lo Zoppo.»

«È ottima cosa aver due soprabiti» mormorò Fauchelevent che, in realtà, era un po' duro d'orecchio.

«Papà Fauvent, ora che ci penso meglio, prendiamo un'ora intera: non sarà di troppo. Trovatevi vicino all'altare maggiore con la sbarra di ferro alle undici. L'ufficio comincia a mezzanotte; bisogna che tutto sia finito un buon quarto d'ora prima.»

«Farò di tutto per dimostrare il mio zelo verso la comunità. Allora, inchioderò la bara e alle undici precise sarò nella cappella; là troverò le madri cantore e la madre Ascensione. Sarebbe meglio che vi fossero due uomini, ma non fa niente! Porterò la leva; apriremo il sepolcro, vi caleremo la bara, e richiuderemo il sepolcro. Dopo di che, sarà sparita ogni traccia, e il governo non sospetterà di nulla. Reverenda madre, è tutto ben predisposto così?»

«No.»

«E che altro c'è?»

«La bara vuota.»

Vi fu una pausa. Fauchelevent pensava. La priora pensava.

«Papà Fauvent, della bara che cosa se ne farà?»

«La si seppellirà.»

«Vuota?»

Altra pausa. Fauchelevent fece con la mano sinistra quella specie di gesto che allontana una questione inquietante.

«Reverenda madre, inchioderò io la bara nel locale attiguo alla chiesa e nessuno potrà entrarvi, all'infuori di me; poi coprirò la bara col lenzuolo funebre.»

«Sì, ma quando i portatori metteranno la bara sul carro e poi la caleranno nella fossa, sentiranno di certo che dentro non c'è nulla.»

«Ah, di...» esclamò Fauchelevent.

La priora cominciò un segno di croce e guardò fisso il giardiniere, al quale rimase nella strozza l'*avolo*. Egli si affrettò allora a improvvisare un espediente per far dimenticare la bestemmia.

«Reverenda madre, metterò della terra nella bara: farà l'effetto che ci sia dentro qualcuno.»

«Avete ragione: la terra e l'uomo sono della stessa materia. Allora, accomoderete la bara vuota?»

«Me ne incarico io.»

Il volto della priora, fin allora turbato e pensieroso, si rasserenò. Ella gli fece il cenno dei superiori che lasciano libero l'inferiore, e Fauchelevent si diresse verso la porta. Mentre stava per uscire, la priora alzò dolcemente la voce:

«Papà Fauvent, sono contenta di voi; domani, dopo il seppellimento, conducetemi vostro fratello, e ditegli che porti con sé sua nipote».

IV

OVE SI DIREBBE CHE JEAN VALJEAN ABBIA
LETTO AUSTIN CASTILLEJO[7]

I passi dello zoppo sono come le occhiate del guercio; non arrivano presto al segno. Inoltre, Fauchelevent era perplesso. Impiegò quasi un quarto d'ora per tornare alla baracca del giardino. Cosette s'era svegliata. Jean Valjean l'aveva fatta sedere vicino al fuoco, e quando Fauchelevent entrò le mostrava la gerla del giardiniere, appesa al muro, e le diceva:

«Ascoltami bene, mia piccola Cosette. Bisognerà che ce ne andiamo da questa casa; ma vi torneremo e ci troveremo benissimo. Il buon vecchio che sta qui ti porterà sulle spalle, là dentro. Tu mi aspetterai da una signora, dove verrò a rilevarti. Soprattutto, se non vuoi che la Thénardier ti riprenda, obbedisci e non dire nulla!».

Cosette assentì col capo, gravemente.

Al rumore che fece Fauchelevent spingendo la porta, Jean Valjean si voltò.

«Ebbene?»

«Tutto è a posto, e niente è a posto» disse Fauchelevent. «Ho il permesso di farvi entrare; ma, frattanto, bisogna farvi uscire. Qui, casca l'asino. Per la piccina, la cosa è facile.»

«La porterete via?»

«E starà zitta?»

«Ne rispondo io.»

[7] Autore spagnolo sconosciuto e forse inventato da Victor Hugo.

«Ma voi, papà Madeleine?»

E, dopo un silenzio, in cui c'era dell'ansietà, Fauchelevent esclamò:

«Ma uscite di dove siete entrato!».

Jean Valjean si limitò a rispondere, come la prima volta: «Impossibile!».

Fauchelevent, parlando più a se stesso che a Jean Valjean, borbottò:

«V'è un'altra cosa che mi tormenta. Ho detto che avrei messo della terra nella bara, ma ora penso che la terra lì dentro in luogo d'un corpo, non sarà lo stesso, non andrà bene; si sposterà e si muoverà. Gli uomini lo sentiranno e voi capirete, papà Madeleine, che il governo se ne accorgerà».

Jean Valjean lo guardò fra i due occhi e credette che delirasse.

Fauchelevent riprese:

«Come di... amine potrete uscire di qui? Perché bisogna che tutto sia fatto entro domani! Proprio domani dovrò condurvi qui. La priora vi aspetta».

Spiegò quindi a Jean Valjean ch'era la ricompensa per un servizio che lui, Fauchelevent, rendeva alla comunità; che entrava nella sfera delle sue mansioni di partecipare ai seppellimenti; ch'egli inchiodava le bare e aiutava l'affossatore al cimitero; che la suora morta al mattino aveva chiesto di essere sepolta nella bara che le aveva servito di letto, e di essere sotterrata nel sepolcro, sotto l'altare della cappella, il che era proibito dai regolamenti di polizia, ma che si trattava d'una di quelle morte alle quali non si rifiuta nulla; che la priora e le madri vocali intendevano eseguire il voto della defunta; e tanto peggio per il governo! Gli riferì che lui, Fauchelevent, avrebbe inchiodato la bara nella cella, sollevato la pietra nella cappella e calata la morta nel sepolcro; che, per ringraziarlo, la priora ammetteva nella sua casa suo fratello, come giardiniere, e sua nipote, come educanda; che suo fratello era il signor Madeleine e sua nipote era Cosette; che la priora gli aveva detto di condurre il fratello la sera successiva, dopo il finto seppellimento al cimitero; ma ch'egli non poteva condurre dal di fuori il signor Madeleine, se il signor Madeleine non era fuori; che questo era il principale inconveniente. E che poi vi era un altro inconveniente: la bara vuota.

«E che cos'è la bara vuota?» chiese Jean Valjean.

Fauchelevent rispose:

«La bara dell'amministrazione.»

«Che bara? E che amministrazione?»

«Muore una suora. Il medico del municipio viene e dice: "Vi è una suora morta". Il governo manda una bara. Il giorno dopo manda un carro funebre e i becchini a riprendere la bara e a portarla al cimitero. I becchini verranno e solleveranno la bara, e non vi sarà dentro niente.»

«Mettetevi qualche cosa.»

«Un morto? Non ne ho.»

«No.»

«E che, dunque?»

«Un vivo.»

«E quale vivo?»

«Io» disse Jean Valjean.

Fauchelevent, ch'era seduto, balzò come se un petardo fosse scoppiato sotto la sua sedia.

«Voi?»

«E perché no?»

Jean Valjean ebbe uno di quei suoi rari sorrisi simili a chiarori in un cielo invernale.

«Voi sapete, Fauchelevent, che avete detto: "Madre Crocifissione è morta", e che io ho soggiunto: "E papà Madeleine è sotterrato". Sarà così.»

«Ah! Bene, ridete: non parlate seriamente.»

«Serissimamente. Bisogna uscire di qui, vero?»

«Senza dubbio.»

«E vi ho anche detto di trovare per me una gerla e una coperta.»

«Ebbene?»

«La gerla sarà d'abete e la coperta un lenzuolo nero.»

«Anzitutto, un lenzuolo bianco. Le suore vengono sepolte col lenzuolo bianco.»

«Vada per il lenzuolo bianco.»

«Voi non siete un uomo come gli altri, papà Madeleine.»

All'idea che simili fantasie (le quali non erano se non selvagge e temerarie invenzioni della galera) uscissero dalle placide cose che lo circondavano e si mischiassero a ciò ch'egli chiamava il «piccolo tran tran del convento», si produsse in Fauchelevent uno stupore paragonabile a quello d'un passante che vedesse un gabbiano pescare nel ruscello della via Saint-Denis.

Jean Valjean proseguì:

«Si tratta d'uscire di qui, senza essere visto: questo è un mezzo. Ma anzitutto informatemi: com'è questa faccenda? Dov'è questa bara?»

«Quella vuota?»

«Sì.»

«È giù, in quella che chiamano la sala delle morte. È su due cavalletti, sotto il lenzuolo funebre.»

«Che lunghezza ha la bara?»

540

«Due metri.»

«E che cos'è la sala delle morte?»

«È un camera del pianterreno, che ha una finestra con grata sul giardino che si chiude dall'esterno mediante un'imposta, e due porte: una che immette al convento, e l'altra alla chiesa.»

«Quale chiesa?»

«La chiesa verso la strada, la chiesa del pubblico.»

«Avete le chiavi di queste due porte?»

«No, ho la chiave della porta che comunica col convento; quella della porta che comunica con la chiesa l'ha il portiere.»

«E il portiere quando apre quella porta?»

«Unicamente per lasciar entrare i becchini che vengono a prendere la bara. Una volta uscita la bara, la porta si richiude.»

«Chi inchioda la bara?»

«Io.»

«Chi vi passa sopra il lenzuolo?»

«Io.»

«Siete solo?»

«Nessun altro uomo, tranne il medico del municipio, può entrare nella sala delle morte. Ciò è scritto persino sul muro.»

«Potreste stanotte, quando tutti dormiranno al convento, nascondermi in quella sala?»

«No; ma posso nascondervi in un piccolo stanzino scuro che dà nella sala delle morte, e dove ripongo gli utensili per il seppellimento: ne ho la chiave in custodia.»

«A che ora il carro verrà a prendere la bara, domani?»

«Verso le tre del pomeriggio. Il seppellimento si fa al cimitero Vaugirard, un po' prima di notte. C'è un bel tratto di strada da fare.»

«Rimarrò nascosto nel vostro stanzino per gli utensili tutta la notte e tutta la mattina. E da mangiare? Certo avrò fame.»

«Vi porterò il necessario.»

«Potreste venire a inchiodarmi nella bara alle due.»

Fauchelevent indietreggiò e si fece scricchiolare le ossa delle dita.

«Ma è impossibile!»

«E perché? Non si tratta che di prendere un martello e conficcare dei chiodi in una tavola!»

Ciò che sembrava inaudito a Fauchelevent era, lo ripetiamo, semplice per Jean Valjean. Egli s'era trovato in frangenti peggiori. Chiunque sia stato in carcere conosce l'arte di adeguarsi alle possibilità dei mezzi d'evasione. Il prigioniero è soggetto alla fuga come il malato lo è alla crisi che lo salva o lo perde. Una evasione è una guarigione; e che cosa non si accetta per guarire? Farsi inchiodare e portar via in una cassa come un collo di merce, vivere a lungo in una scatola, trova-

541

re l'aria dove non ve n'è, economizzare il proprio respiro per ore intere, saper soffocare senza morire, era appunto uno delle oscure capacità di Jean Valjean.

Del resto, una bara contenente un essere vivente, è un espediente da forzato, ma anche da imperatore. Se si deve prestar fede al monaco Austin Castillejo, quello fu il mezzo che Carlo V (il quale voleva rivedere, dopo la sua abdicazione e per l'ultima volta, la Plombes) impiegò per farla entrare nel monastero di Saint-Just e per farvela uscire.

Fauchelevent, riacquistata un po' la padronanza di sé, esclamò:

«Ma come farete per respirare?».

«Respirerò.»

«In quella scatola? Ma io mi sento soffocare solo al pensarci.»

«Avrete bene un succhiello: praticherete qua e là alcuni piccoli fori, in corrispondenza della bocca, e inchioderete la tavola superiore senza serrarla troppo.»

«Benissimo! E se vi accadesse di tossire o di sternutare?»

«Chi evade non tossisce e non sternuta.»

E Valjean aggiunse:

«Papà Fauchelevent, bisogna decidersi: o essere preso qui o accettare d'uscire col carro funebre».

Tutti avranno notato il gusto che hanno i gatti di fermarsi a oziare tra i due battenti di una porta socchiusa. Chi non ha detto a un gatto: «Ma entra, dunque!». Vi sono uomini che, posti davanti a un avvenimento imprevisto, hanno pure la tendenza a restare indecisi tra due risoluzioni, a rischio di farsi schiacciare qualora il destino chiuda bruscamente l'avventura. I più prudenti, per quanto gatti possano essere, e proprio perché son gatti, corrono talvolta maggior rischio degli audaci. Fauchelevent apparteneva a tali nature esitanti; tuttavia, il sangue freddo di Valjean lo conquistava a poco a poco, suo malgrado. Egli borbottò:

«Infatti, non v'è altro mezzo».

Jean Valjean riprese:

«La sola cosa che mi turba, è ciò che accadrà al cimitero».

«È proprio quello che non m'imbarazza» esclamò Fauchelevent. «Se voi siete sicuro di togliervi dalla bara, io sono altrettanto sicuro di cavarvi dalla fossa. L'affossatore è un ubriacone mio amico: è papà Mestienne, un vecchio amico del vino vecchio. L'affossatore mette i morti nella fossa, e io mi metto l'affossatore in tasca. Quello che accadrà, ve lo dico subito. Si arriverà un po' prima di sera, tre quarti d'ora prima della chiusura del cancello del cimitero. Il carro funebre giungerà sino alla fossa e io lo seguirò, perché è mia incombenza. Avrò in tasca un martello, uno scalpello e le tenaglie. Il carro si ferma, i becchini vi legano una corda attorno alla bara e vi calano. Il prete dice la preghiera, si fa il segno della croce, getta l'acqua benedetta e se la fila. Io resto solo con papà Mestienne, che è mio amico, vi ripeto. Una delle due: o sarà alticcio, o non sarà alticcio. Se non è alticcio, gli dico: "Vieni a berne un bicchiere adesso che la Buona Cotogna è ancora aperta", e me lo rimorchio là; lo faccio ubriacare, papà Mestienne fa presto a ubriacarsi perché è sempre già mezzo ubriaco, te lo corico sotto la tavola, gli porto via la carta che occorre per rientrare al cimitero, e ritorno senza di lui. Allora voi avrete da fare solo con me. Se è già ubriaco, gli dico: "Vattene, vado io a fare il tuo lavoro". Egli se ne va, e io vi tiro fuori dal buco.»

Jean Valjean gli tese la mano, sulla quale Fauchelevent si precipitò con una commovente effusione contadinesca.

«Siamo intesi, papà Fauchelevent. Andrà tutto bene.»

«Purché non sorgano pasticci» pensò Fauchelevent. «E se la cosa si complicasse?... Sarebbe terribile!»

V

NON BASTA ESSERE UN UBRIACONE PER ESSERE IMMORTALE

Il giorno seguente, mentre il sole tramontava, i rarissimi passanti che andavano e venivano lungo il bastione del Maine si toglievano il cappello al passaggio d'un carro funebre di vecchio modello, ornato di teschi, di tibie e di lacrime. In quel carro v'era una bara coperta con un lenzuolo bianco, sul quale spiccava una larga croce nera, simile a una grande morta con le braccia penzoloni. Una carrozza parata, nella quale si scorgevano un prete in cotta e un chierichetto con la calotta rossa, seguiva il carro. Due becchini in uniforme grigia con i paramani neri camminavano a destra e a sinistra del carro, e dietro veniva un vecchio, vestito da operaio, che zoppicava. Quel corteo si dirigeva verso il cimitero Vaugirard.

Si vedevano sporgere dalla tasca del vecchio il manico d'un martello, la lama d'uno scalpello e le due branche d'un paio di tenaglie.

Il cimitero Vaugirard faceva eccezione tra i cimiteri di Parigi. Aveva le sue usanze particolari, allo stesso modo che aveva un portone per i carri e una porta piccola che, nel rione, i vecchi attaccati alle parole tradizionali chiamavano porta dei cavalieri e porta dei pedoni. Le bernardine-benedettine del Petit Picpus avevano ottenuto, come abbiamo detto, d'essere sepolte in un canto appartato, e di sera: essendo quel terreno appartenuto, un tempo, alla loro comunità. Gli affossatori, che per tal modo avevano nel cimitero un servizio serale d'estate, e notturno, d'inverno, erano soggetti a una disciplina

543

particolare. Le porte dei cimiteri di Parigi si chiudevano in quel tempo al tramonto del sole, e siccome questa era una misura d'ordine municipale, il cimitero Vaugirard vi era sottoposto come gli altri. La porta dei cavalieri e la porta dei pedoni erano due cancelli contigui, posti accanto a un padiglione, eretto dall'architetto Perronet e abitato dal custode del cimitero. Quei cancelli giravano dunque inesorabilmente sui loro cardini nel momento in cui il sole scompariva dietro la cupola degli Invalides. Quell'affossatore che si fosse attardato nel cimitero, per uscirne non aveva che un solo mezzo: la sua tessera d'affossatore rilasciata dall'amministrazione delle pompe funebri. Una specie di buca per le lettere era praticata nell'imposta della finestra del portinaio: l'affossatore gettava la sua tessera in quella scatola, il portinaio la sentiva cadere, faceva scattare la molla e la porta dei pedoni si apriva. Se l'affossatore non aveva la carta, diceva il suo nome e il portinaio, che talvolta era coricato e già addormentato, si alzava, andava a riconoscere l'affossatore e apriva il cancello con la chiave. L'affossatore usciva, ma pagava quindici franchi di multa.

Quel cimitero, con le sue originalità fuor della regola, disturbava la simmetria amministrativa. Venne soppresso poco dopo il 1830, e gli succedette il cimitero Montparnasse, detto il cimitero dell'Est, che ereditò da esso quella famosa taverna, attigua al cimitero Vaugirard, ch'era sormontata da una cotogna dipinta su un'assicella e che faceva angolo, da una parte con le tavole dei bevitori, e dall'altra con le tombe. L'insegna era *Alla Buona Cotogna.*

Il cimitero Vaugirard era ciò che si potrebbe chiamare un cimitero avvizzito. Cadeva in disuso. La muffa lo invadeva e i fiori l'abbandonavano. Ai borghesi piaceva poco d'essere sepolti a Vaugirard: puzzava di povero. Il Père-Lachaise, ah, quello sì! Essere sepolti al Père-Lachaise era come avere i mobili di mogano; l'eleganza si riconosceva da ciò. Il cimitero Vaugirard era un venerabile recinto, con lo stile di un antico giardino francese. Viali diritti, piante di bosso, di cipresso e d'agrifoglio, vecchie tombe sotto vecchi tassi: erba altissima. La sera era tragica, là; c'erano molti scorci lugubri.

Il sole non era ancora tramontato, quando il carro funebre dal lenzuolo bianco e dalla croce nera entrò nel viale del cimitero Vaugirard. L'uomo zoppicante che lo seguiva non era altri che Fauchelevent.

Il seppellimento della madre Crocifissione nel sepolcro sotto l'altare, l'uscita di Cosette, l'introduzione di Jean Valjean nella sala delle morte, tutto era stato compiuto senza inconvenienti di sorta.

Diciamolo di sfuggita, l'inumazione della madre Crocifissione sotto l'altare è per noi una faccenda perfettamente veniale; è uno di quegli errori che assomigliano a un dovere. Le suore l'avevano compiuto, non solo senza turbamento, ma col plauso della loro coscienza. Nel chiostro, quello che chiamano «il governo» non è che un'ingerenza nell'autorità, ingerenza sempre discutibile. Prima, la regola; quanto al codice, si vedrà. Uomini, fate quante più leggi vi piacerà, ma tenetele per voi. Il pedaggio a Cesare non è mai altro che il resto del pedaggio a Dio. Un principe non è nulla di fronte a un principio.

Fauchelevent zoppicava dietro il carro, contentissimo. I suoi due misteri, i suoi due complotti gemelli, uno con le suore e l'altro con Madeleine, uno per il convento e l'altro contro, erano riusciti tutt'e due. La calma di Jean Valjean era una di quelle tranquillità potenti che si comunicano, e Fauchelevent non dubitava più del successo. Ciò che rimaneva da fare era un nonnulla ormai. Negli ultimi due anni il vecchio aveva fatto ubriacare una decina di volte l'affossatore, il bravo papà Mestienne, un buon uomo baffuto. Egli si divertiva con papà Mestienne e faceva di lui quel che voleva, gli imponeva la sua volontà e il suo capriccio. Insomma, la testa di Mestienne s'adattava al berretto di Fauchelevent. La sicurezza di Fauchelevent era completa.

Nel momento in cui il convoglio entrò nel viale che conduceva al cimitero, Fauchelevent, felice, guardò il carro funebre e si stropicciò le grosse mani dicendo, a bassa voce:

«Ecco una bella farsa!».

Improvvisamente il carro si fermò. Si era giunti al cancello e bisognava esibire il permesso d'inumazione. L'uomo delle pompe funebri parlò col portiere del cimitero, e durante il colloquio, che provoca sempre una fermata d'un minuto o due, un individuo, uno sconosciuto, venne a collocarsi dietro il carro, a fianco di Fauchelevent. Era una specie d'operaio, che indossava un camiciotto dalle ampie tasche e portava una vanga sotto il braccio.

Fauchelevent guardò quello sconosciuto:

«Chi siete?» gli chiese.

L'uomo rispose:

«L'affossatore».

Se si sopravvivesse dopo aver ricevuto una palla di cannone in pieno petto, si farebbe la faccia che fece Fauchelevent.

«L'affossatore?»

«Sì.»

«Voi?»

«Io.»

«L'affossatore è papà Mestienne.»

«Lo era.»

«Come, lo era?»

«È morto.»

Fauchelevent si sarebbe aspettato tutto, tranne il fatto che un affossatore potesse morire. Eppure, è così: anche gli affossatori muoiono. A furia di scavare la fossa agli altri, si apre la propria.

Fauchelevent rimase a bocca aperta. Ebbe appena la forza di balbettare:

«Ma non è possibile!».

«Lo è.»

«Ma,» egli riprese debolmente «l'affossatore è papà Mestienne.»

«Dopo Napoleone, Luigi XVIII; dopo Mestienne, Gribier. Contadino, io mi chiamo Gribier.»

Fauchelevent, pallidissimo, osservò quel Gribier. Era un uomo
lungo, magro e livido, dall'aspetto assolutamente funereo. Aveva
l'aria di un medico fallito, divenuto affossatore.

Fauchelevent scoppiò a ridere.

«Ah! Che cose buffe capitano! Papà Mestienne è morto. Il piccolo
papà Mestienne è morto, ma evviva il piccolo papà Lenoir! Sapete
cos'è il piccolo papà Lenoir? È il fiaschetto del vino rosso da sei soldi,
scolato in gola! Il fiaschetto di Suresne, corpo di Bacco! Vero Suresne
di Parigi! Ah! Il vecchio Mestienne è morto! Me ne spiace, perché era
un buon compagno; ma anche voi siete un buon uomo, non è vero,
camerata? Andremo subito a bere un bicchiere insieme.»

L'uomo rispose: «Ho studiato; ho fatto la quarta. Non bevo mai».

Il carro s'era rimesso in cammino e percorreva il grande viale del
cimitero.

Fauchelevent aveva rallentato il passo. Egli zoppicava, più ancora
per l'ansietà che per l'infermità.

L'affossatore lo precedeva.

Fauchelevent esaminò ancora una volta l'inatteso Gribier.

Era uno di quegli uomini che, giovani, sembrano vecchi e che, magri, sono fortissimi.

«Camerata!» gridò Fauchelevent.

L'uomo si voltò.

«Io sono l'affossatore del convento.»

«Mio collega» disse l'uomo.

Fauchelevent, illetterato ma molto acuto, comprese che aveva a
che fare con una specie temibile, cioè con un parlatore forbito, e borbottò:

«Così, papà Mestienne è morto».

L'uomo rispose:

«Completamente. Il buon Dio ha consultato il suo taccuino delle
scadenze. Toccava a papà Mestienne, e papà Mestienne è morto».

Fauchelevent ripeté macchinalmente:

«Il buon Dio...».

«Il buon Dio» fece l'uomo con autorità. «Per i filosofi, il Padreterno; per i giacobini, l'Essere supremo.»

«Non faremo conoscenza, dunque?» balbettò Fauchelevent.

«È già fatta. Voi siete contadino e io sono parigino.»

«Non ci si conosce finché non si è bevuto insieme: chi vuota il bicchiere vuota il cuore. Verrete a bere con me: questo non si rifiuta.»

«Prima il lavoro.»

Fauchelevent pensò: «Sono perduto».

Erano vicinissimi al vialetto che conduceva al campo delle suore. L'affossatore riprese:

«Ho sette marmocchi da mantenere, contadino. E poiché bisogna che essi mangino, bisogna ch'io non beva».

E aggiunse, con la soddisfazione d'un uomo serio che inventa una frase:

«La loro fame è nemica della mia sete».

Il carro girò attorno a un gruppo di cipressi, lasciò il grande viale e prese un viale più piccolo, entrò nei campi e penetrò in un folto d'arbusti. Questo indicava la prossimità immediata della sepoltura. Fauchelevent rallentava il passo, ma non poteva far andare più lento il carro funebre; fortunatamente, il terreno cedevole e bagnato dalle piogge invernali impaniava le ruote e rendeva più pesante il cammino.

Egli si avvicinò all'affossatore.

«C'è un ottimo vinetto d'Argenteuil» mormorò.

«Contadino,» riprese l'uomo «io non dovrei essere affossatore. Mio padre era portiere al Pritaneo, e mi destinava alla letteratura; ma ebbe delle disgrazie e delle perdite in borsa, e io ho dovuto rinunciare a essere scrittore. Però sono ancora scrivano pubblico.»

«Ma allora, voi non siete affossatore?» ribatté Fauchelevent, attaccandosi a quest'appiglio, molto debole, peraltro.

«Una cosa non impedisce l'altra. Accumulo.»

Fauchelevent non capì quest'ultima parola.

«Andiamo a bere» disse.

Qui è necessaria un'osservazione. Fauchelevent, qualunque fosse la sua angoscia, offriva da bere, ma non si spiegava su un punto: chi pagherà? Di solito, Fauchelevent offriva, e papà Mestienne pagava. L'offerta di bere derivava evidentemente dalla situazione nuova creata dal nuovo affossatore, e bisognava farla; ma il vecchio giardiniere lasciava nell'ombra, non senza intenzione, il proverbiale quarto d'ora di Rabelais. Quanto a lui, Fauchelevent, per quanto scosso potesse essere, non pensava punto a pagare.

L'affossatore proseguì con un sorriso di superiorità:

«Bisogna mangiare, e perciò ho accettato l'eredità di papà Mestienne; ma quando si son passate quasi tutte le classi alla scuola, si è filosofi. Al lavoro della mano ho aggiunto il lavoro del braccio. Ho la mia bottega di scrivano al mercato della via di Sèvres: lo conoscete? Il mercato degli Ombrelli. Tutte le cuoche della Croce Rossa si rivolgono a me; e io butto giù le loro dichiarazioni ai coscritti: la mattina scrivo biglietti dolci, e la sera scavo le fosse. Questa è la vita, campagnolo».

Il carro funebre procedeva sempre e Fauchelevent, al colmo dell'inquietudine, guardava intorno a sé, da ogni lato. Grosse gocce di sudore gli cadevano dalla fronte.

«Pure,» continuò l'affossatore «non si possono servire due padroni: bisognerà che scelga tra la penna e la vanga. La vanga mi guasta la mano.»

Il carro si fermò. Il chierichetto scese dalla vettura parata, seguito dal prete.

Una delle ruote anteriori del carro funebre saliva un poco su un mucchio di terra, di là dal quale si vedeva una fossa aperta.

«Ecco una bella farsa!» ripeté Fauchelevent, costernato.

VI
FRA QUATTRO TAVOLE

Chi stava nella bara? Lo sappiamo: Jean Valjean.

Jean Valjean si era accomodato a vivere là dentro, e quasi respirava.

È strano fino a qual punto la sicurezza della coscienza dia la sicurezza del resto. Tutta la combinazione premeditata da Jean Valjean si svolgeva, e bene, dal giorno prima. Egli contava, al pari di Fauchelevent, su papà Mestienne: non aveva dubbi circa l'esito dell'avventura. Mai situazione più critica: mai calma più completa.

Le quattro assi della bara sprigionano una specie di terribile pace. Sembrava che qualche cosa del riposo dei morti entrasse nella tranquillità di Jean Valjean.

Dal fondo di quella bara, egli aveva potuto seguire e seguiva tutte le fasi del dramma spaventoso che rappresentava con la morte.

Poco dopo che Fauchelevent aveva finito d'inchiodare la tavola superiore, Jean Valjean si era sentito sollevare, poi portar via. Poiché le scosse diminuivano, aveva sentito che si passava dal seccato alla terra battuta, cioè che si erano lasciate le vie per percorrere i viali. Da un rumore sordo, aveva intuito che si attraversava il ponte di Austerlitz. Alla prima fermata aveva compreso che si entrava nel cimitero, alla seconda s'era detto: «Ecco la fossa».

Improvvisamente sentì delle mani che afferravano la bara, poi avverti uno stridìo sulle tavole e si rese conto che stavano legando una corda intorno alla bara per calarla nella fossa.

Ebbe allora una specie di stordimento.

Probabilmente, i becchini e l'affossatore avevano fatto oscillare il feretro calandolo con la testa in avanti. Si riebbe completamente quando si sentì in posizione orizzontale e immobile. Aveva toccato in quel momento il fondo.

Sentì un certo freddo.

Una voce s'alzò sopra di lui, glaciale e solenne. Udì passare, tanto lentamente da poterle afferrare una dopo l'altra, alcune parole latine che non capiva:

«Qui dormiunt in terrae pulvere, evigilabunt; alii in vitam aeternam, et alii in opprobrium, ut videant semper».

Una voce infantile disse:

«De profundis».

La voce grave ricominciò:

«Requiem aeternam dona ei, Domine».

E la voce infantile rispose:

«Et lux perpetua luceat ei».

Sentì sulla tavola che lo ricopriva qualche cosa di simile al battere dolce di alcune gocce di pioggia; era probabilmente l'acqua santa.

Pensò: «La faccenda sta per finire; ancora un po' di pazienza. Il prete sta per andarsene e Fauchelevent condurrà Mestienne a bere. Mi lasceranno così. Poi Fauchelevent tornerà solo, e io uscirò. Sarà questione d'una ora buona».

La voce grave riprese:

«Requiescat in pace».

E la voce infantile disse:

«Amen».[8]

Jean Valjean, con l'orecchio teso, percepì qualche cosa di simile a passi che si allontanino.

«Ecco che se ne vanno» pensò. «Sono solo.»

Ad un tratto sentì sul suo capo un rumore, che gli parve la caduta d'un fulmine.

Era una palata di terra che cadeva sulla bara.

Cadde una seconda palata di terra, che otturò uno dei buchi dai quali respirava.

Seguì una terza palata, e, infine, una quarta.

Vi sono cose più forti dell'uomo più forte: Jean Valjean svenne.

---

[8] Coloro che dormono nella polvere della terra si sveglieranno; gli uni per la vita eterna, gli altri per la dannazione, perché vedano sempre... Dal profondo... Dagli l'eterna pace, Signore... E la luce eterna splenda per lui... Riposi in pace. Così sia.

Ecco quello che accadeva sopra la bara in cui stava Jean Valjean.

Quando il carro si fu allontanato, quando il prete e il chierichetto furono risaliti in carrozza e partiti, Fauchelevent, che non toglieva gli occhi di dosso all'affossatore, lo vide chinarsi e impugnare la pala, ch'era affondata ritta nel mucchio di terra.

Allora Fauchelevent prese una risoluzione suprema: si mise tra la fossa e l'affossatore, incrociò le braccia e disse:

«Pago io!».

L'affossatore lo guardò stupito, e rispose:

«Che cosa, contadino?».

Fauchèlevent ripeté:

«Pago io».

«Che cosa?»

«Il vino.»

«Che vino?»

«L'Argenteuil.»

«Quale Argenteuil?»

«Quello della Buona Cotogna.»

«Va' al diavolo!» disse l'affossatore.

E gettò una palata di terra sulla bara.

La bara risonò, come se fosse vuota. Fauchelevent si sentì venir meno, ed ebbe l'impressione di essere sul punto di cadere anche lui nella fossa. Gridò, con una voce nella quale c'era come il principio di un rantolo soffocato:

«Camerata! Prima che la Buona Cotogna sia chiusa!».

L'affossatore raccolse altra terra nella pala, e Fauchelevent continuò:

«Pago io!».

E afferrò il braccio dell'affossatore.

«Datemi retta, camerata. Io sono l'affossatore del convento, e vengo qui per aiutarvi. Si tratta d'un lavoro che si può fare di notte. Cominciamo dunque con l'andare a bere un bicchiere.»

E mentre parlava, mentre si aggrappava a quella disperata insistenza, faceva questa lugubre riflessione: «E quand'anche bevesse, s'ubriacherebbe?».

«Provinciale,» disse l'affossatore «se volete assolutamente, acconsento. Berremo: dopo il lavoro, però; mai prima.»

E stava per lanciare la palata; ma Fauchelevent lo trattenne.

«È l'Argenteuil a sei soldi.»

---

[9] In francese, «ne pas perdre la carte», «non perdere la testa» [N.d.R.].

«Oh!» disse l'affossatore «voi siete campanaro: din don, din don, e non sapete dir altro. Andate a farvi benedire.»

E lanciò la seconda palata.

Fauchelevent era arrivato a quel punto in cui non si sa più che cosa dire.

«Ma venite dunque a bere,» gridò «visto che pago io!»

«Quando avremo coricato il bambino» disse l'affossatore.

E gettò la terza palata.

Poi affondò la pala nella terra e aggiunse:

«Vedete, stanotte farà freddo, e la morta ci sgriderebbe, se la piantassimo qui senza coperta».

In quel momento, nel riempire la pala, l'affossatore si curvò e la tasca del suo camiciotto si dischiuse.

Lo sguardo smarrito di Fauchelevent cadde macchinalmente su quella tasca e vi si fermò.

Il sole non era ancora nascosto dietro l'orizzonte; v'era ancora abbastanza luce perché si potesse distinguere qualche cosa di bianco, in fondo a quella tasca semiaperta.

Tutto il fulgore che può avere l'occhio d'un contadino piccardo attraversò la pupilla di Fauchelevent: gli era venuta un'idea e, senza che l'affossatore, tutto intento alla sua palata di terra, se ne accorgesse, gli ficcò per di dietro la mano in tasca, e tolse da quella tasca la cosa bianca che v'era in fondo.

L'affossatore gettò nella fossa la quarta palata.

Nel momento in cui si voltava per prendere la quinta, Fauchelevent lo guardò con calma profonda e gli disse:

«A proposito, novellino, avete la carta?».

L'affossatore s'interruppe.

«Quale carta?»

«Il sole sta per andare a dormire.»

«Benissimo: si metta il berretto da notte.»

«Il cancello del cimitero sta per chiudersi.»

«Ebbene, che debbo farci?»

«Avete la vostra carta?»

«Ah, la mia carta!» disse l'affossatore.

E si frugò in tasca.

Frugato ch'ebbe una tasca, frugò l'altra; poi passò ai taschini, esplorò il primo e rovesciò il secondo.

«Ma no,» disse «non ce l'ho. L'avrò dimenticata.»

«Quindici franchi di multa» disse Fauchelevent.

L'affossatore si fece verde. Il verde è il pallore delle persone livide.

«Ah, Gesù mio Dio, anche questa ci voleva!» esclamò. «Quindici franchi di multa!»

«Tre monete da cento soldi» disse Fauchelevent.

L'affossatore lasciò cadere la pala.

Era venuta la volta di Fauchelevent.

«Orsù,» disse Fauchelevent «coscritto, niente disperazione! Non si tratta d'uccidersi per approfittare della fossa. Quindici franchi sono quindici franchi che, del resto, potete non pagare. Io sono vecchio del mestiere, e voi, invece, siete novellino. Io conosco tutti i trucchi e tutti i sotterfugi. Voglio darvi subito un consiglio d'amico. Una cosa è chiara ed è che il sole sta per tramontare, sfiora la cupola, e il cimitero verrà chiuso tra cinque minuti.»

«È vero» disse l'affossatore.

«In cinque minuti non avrete il tempo di riempire la fossa, è profonda come il diavolo, questa fossa, e non farete in tempo a uscire prima che il cancello sia chiuso.»

«È così.»

«In questo caso, quindici franchi di multa.»

«Quindici franchi!»

«Però avete il tempo... Dove abitate?»

«A due passi dalla barriera, a un quarto d'ora da qui, in via Vaugirard 87.»

«Avete il tempo, mettendo le gambe in spalla, d'uscire subito.»

«È vero.»

«Una volta fuori del cancello, trottate a casa, prendete la vostra carta, ritornate, e il custode del cimitero vi apre. Avendo la carta, non pagherete più nulla. Seppellite il vostro morto. E intanto io sto qui a custodirvelo, perché non scappi.»

«Vi debbo la vita, contadino.»

«Levatevi di torno» disse Fauchelevent.

L'affossatore, folle di riconoscenza, gli strinse la mano e andò via correndo.

Quando l'affossatore fu scomparso nella macchia, il vecchio stette in ascolto finché non udì il passo perdersi; poi si chinò verso la fossa e disse a bassa voce:

«Papà Madeleine!».

Non udì alcuna risposta.

Fauchelevent ebbe un fremito. Si lasciò scivolare nella fossa, più che scendervi, si gettò sulla parte larga della bara, e gridò:

«Siete qui?».

Silenzio nella bara.

Fauchelevent che, a furia di tremare, non respirava più, prese lo scalpello e il martello e fece saltare la tavola superiore: il viso di Jean Valjean apparve nel crepuscolo, con gli occhi chiusi, pallido.

I capelli di Fauchelevent si rizzarono; egli s'alzò in piedi, poi cadde contro la parete della fossa, pronto ad abbattersi sulla bara. Guardò Jean Valjean. Questi giaceva pallido e immobile.

Fauchelevent mormorò con voce bassa come un soffio:

«È morto!».

Rizzandosi, e incrociando le braccia in modo così violento che i due pugni chiusi andarono a colpire le spalle, gridò:

«Ecco come lo salvo, io!».

Allora il povero vecchio si mise a singhiozzare, monologando (poiché è un errore credere che il monologo non sia insito nella natura umana). Le agitazioni violente parlano spesso ad alta voce.

«La colpa è di papà Mestienne. Perché è morto, quell'imbecille? Che bisogno aveva di crepare proprio quando meno ce l'aspettavamo? È lui che fa morire il signor Madeleine. Papà Madeleine! È lì nella bara, già a posto! È finita. Ma che senso c'è a fare di queste cose? Ah! Mio Dio! È morto! Ebbene, e della sua piccina che cosa farò? Che dirà la fruttivendola? È possibile, perdio, che un uomo simile muoia così? Quando penso che s'era cacciato sotto il mio carro! Papà Madeleine! Papà Madeleine! È rimasto soffocato, perdiana! Lo dicevo bene, io. Non ha voluto credermi. Ed ecco ora una bella mascalzonata! È morto, questo brav'uomo, il miglior uomo che ci fosse tra le buone persone del buon Dio! E la sua piccina! Ah, prima di tutto, non torno laggiù; io resto qui! Aver fatto un colpo simile! Vale la pena veramente, di essere due vecchi, per essere due vecchi pazzi. Ma come avrà mai fatto a entrare nel convento? Quello è stato l'inizio. Non si devono fare certe cose. Papà Madeleine! Papà Madeleine! Papà Madeleine! Madeleine! Signor Madeleine! Signor sindaco! Non mi sente. E ora, come si esce da questo impiccio?»

E si strappò i capelli.

Si udì in lontananza, tra gli alberi, uno stridìo acuto. Era il cancello del cimitero che si chiudeva.

Fauchelevent si chinò su Jean Valjean e improvvisamente ebbe una specie di soprassalto: indietreggiò quanto era possibile in una fossa. Jean Valjean aveva gli occhi aperti e lo guardava.

Vedere una morte è spaventoso; vedere una risurrezione lo è quasi altrettanto. Fauchelevent divenne come di pietra, pallido e smarrito, sconvolto da tutti quegli eccessi d'emozioni: non sapeva se avesse a che fare con un vivo o con un morto, e guardava Jean Valjean che lo guardava.

«Mi stavo addormentando» disse Jean Valjean; e si sollevò a sedere.

«Giusta e buona Vergine! M'avete fatto paura!»

Poi si rialzò e gridò:

«Grazie, papà Madeleine!».

Jean Valjean era soltanto svenuto, e l'aria libera l'aveva fatto rinvenire.

La gioia è il riflusso del terrore. Fauchelevent faticava quasi quanto Jean Valjean, per riaversi.

«Allora non siete morto! Oh! Che coraggio avete, voi! Tanto v'ho chiamato, che siete rinvenuto. Quando ho visto che avevate gli occhi chiusi, ho detto: "Bene! Eccolo soffocato!". Sarei divenuto pazzo furioso, un vero pazzo da camicia di forza. M'avrebbero messo a Bicêtre. Che cosa volevate che facessi, se foste morto? E la vostra piccina! La fruttivendola non ne avrebbe capito niente! Le mettono in braccio la piccina, e il nonno è morto! Che storia, miei buoni santi del paradiso, che storia! Oh, voi siete vivo! Ecco l'essenziale.»

«Ho freddo» disse Jean Valjean.

Quella frase richiamò completamente Fauchelevent alla realtà, che era urgente. Quei due uomini, benché tornati in sé, avevano, senza rendersene conto, l'anima torbida, e nell'intimo qualcosa di strano, ch'era il sinistro turbamento suscitato dal luogo.

«Usciamo subito di qui» gridò Fauchelevent.

Si frugò in tasca e ne trasse una borraccia di cui s'era provvisto.

«Anzitutto un sorsetto» disse.

La borraccia completò ciò che l'aria libera aveva iniziato. Jean Valjean bevve una sorsata d'acquavite e riprese la piena padronanza di se stesso.

Uscì dalla bara e aiutò Fauchelevent a inchiodarne nuovamente il coperchio.

Tre minuti dopo erano fuori della fossa. Del resto, Fauchelevent era tranquillo: disponeva di tutto il tempo che voleva, poiché il cimitero era chiuso e non v'era da temere che sopraggiungesse l'affossatore Gribier. Quel «coscritto» era a casa sua, occupato a cercare la carta nell'impossibilità materiale di ritrovarla, visto che il documento si trovava nella tasca di Fauchelevent. Senza la carta, Gribier non poteva rientrare nel cimitero.

Fauchelevent prese la pala e Jean Valjean il piccone, e insieme seppellirono la bara vuota.

Quando la fossa fu colmata, Fauchelevent disse a Jean Valjean:

«Andiamocene. Io tengo la pala, e voi portate il piccone».

Calava la notte.

Jean Valjean provò qualche difficoltà a muoversi e a camminare; in quella bara s'era irrigidito ed era divenuto un po' cadavere. L'anchilosi della morte l'aveva colto tra quelle quattro assi e bisognò, in qualche modo, ch'egli si togliesse di dosso il gelo del sepolcro.

«Siete intorpidito» disse Fauchelevent. «Peccato che io sia mezzo storpio; altrimenti potremmo fare più presto.»

«Oh!» rispose Jean Valjean. «Quattro passi mi sgranchiranno le gambe.»

S'avviarono lungo i viali per i quali era passato il carro funebre. Giunti davanti al cancello chiuso e al padiglione del custode, Fauchelevent, che aveva in mano la carta dell'affossatore, la gettò nella scatola, al che il portiere tirò lo scatto, la porta si aprì ed essi uscirono.

«Come va tutto bene!» disse Fauchelevent. «Che buona idea avete avuto, papà Madeleine!»

Oltrepassarono la barriera Vaugirard nel modo più semplice del mondo; nelle vicinanze del cimitero una pala e un piccone sono due passaporti.

La via Vaugirard era deserta.

«Papà Madeleine,» disse Fauchelevent continuando a camminare e alzando gli occhi verso le case «voi avete una vista migliore della mia. Indicatemi il numero 87.»

«Eccolo qui» disse Jean Valjean.

«Non c'è nessuno nella strada,» riprese Fauchelevent. «Datemi il piccone e aspettatemi due minuti.»

Fauchelevent entrò nella casa numero 87, salì in cima, guidato da quell'istinto che conduce sempre il povero nella soffitta, e bussò nell'ombra alla porta d'un abbaino. Una voce rispose:

«Entrate».

Era la voce di Gribier.

Fauchelevent spinse la porta. L'abitazione dell'affossatore era, come tutte quelle misere abitazioni, un tugurio privo di mobili e pieno di roba ingombrante. Una cassa da imballaggio, una bara forse, vi teneva luogo di canterano, un vaso per il burro serviva da secchio, un pagliericcio sostituiva il letto, e il pavimento faceva le veci di sedie e di tavola. In un angolo, su un cencio che era un vecchio straccio di tappeto, c'erano una donna magra e parecchi bambini, che formavano un mucchio. Tutto quel povero interno portava le tracce d'uno sconvolgimento. Si sarebbe detto che là fosse avvenuto un terremoto «per uno». I coperchi erano fuori di posto, i cenci sparsi, la brocca rotta, la madre aveva pianto e i bambini probabilmente erano stati battuti; tracce, queste, d'una ricerca accanita e assurda. Era visibile che l'affossatore aveva perdutamente cercato la carta e reso responsabile della perdita di essa tutto ciò che v'era nel tugurio, dalla brocca alla moglie. Egli aveva un aspetto disperato.

Ma Fauchelevent si affrettava troppo verso la conclusione dell'avventura, per notare quel lato triste del suo successo.

Entrò e disse:

«Vi riporto la pala e il piccone».

Gribier lo guardò, stupefatto.

«Siete voi, contadino?»

555

«E domattina, presso il portinaio del cimitero, troverete la vostra carta.»

E depose la pala e il piccone sul pavimento.

«Che cosa significa ciò?» chiese Gribier.

«Significa che avevate lasciato cadere di tasca la vostra carta, che io l'ho trovata per terra quando siete andato via, che ho sepolto il morto, che ho riempito la fossa, che ho fatto il vostro lavoro, che il portiere vi restituirà la vostra carta e che non pagherete i quindici franchi. E questo è tutto, coscritto.»

«Grazie, campagnolo» esclamò Gribier confuso. «La prossima volta, pagherò io da bere.»

VIII

INTERROGATORIO RIUSCITO

Un'ora dopo, a notte fonda, due uomini e una bambina si presentavano al numero 62 del vicolo Picpus. Il più vecchio di quei due uomini sollevava il battente e picchiava.

Erano Fauchelevent, Jean Valjean e Cosette.

I due buoni vecchi erano andati a prendere Cosette dalla fruttivendola di via del Sentiero Verde, dove Fauchelevent l'aveva lasciata il giorno prima. Cosette aveva passato quelle ventiquattr'ore senza capir nulla, a tremare in silenzio. Tremava talmente, che non aveva pianto. Non aveva neppure mangiato, né dormito. La buona fruttivendola le aveva fatto cento domande, senza ottenere altra risposta che uno sguardo triste, sempre lo stesso. Cosette non aveva lasciato trasparire nulla di tutto ciò che aveva veduto e sentito nei due giorni precedenti. Intuiva che si attraversava una crisi e sentiva profondamente che bisognava essere «savia». Chi non ha provato la sovrana potenza di queste tre parole, pronunciate con un certo accento all'orecchio d'un piccolo essere spaventato: «*Non dir nulla!*». La paura è muta. Del resto, nessuno mantiene il segreto al pari di un fanciullo.

Soltanto quando, dopo quelle lugubri ventiquattr'ore, ella aveva riveduto Jean Valjean, aveva emesso un tal grido di gioia che se un osservatore attento l'avesse udito, avrebbe indovinato in quel grido l'evasione da un abisso.

Fauchelevent era del convento e sapeva la parola d'ordine: tutte le porte si aprirono.

Così venne risolto il duplice e spaventoso problema d'uscire e d'entrare.

Il portiere, che aveva già le istruzioni, aprì la porta di servizio che

556

metteva in comunicazione il cortile col giardino e che vent'anni fa si vedeva ancora dalla strada, nel muro di fondo del cortile, di fronte al portone. Il portiere li introdusse tutt'e tre da quella porta e, di là, essi raggiunsero quel parlatorio interno riservato dove Fauchelevent, la vigilia, aveva preso gli ordini dalla priora.

La priora, col rosario in mano, li aspettava; una madre vocale, col velo abbassato, era in piedi vicino a lei. Una candela discreta illuminava o, si potrebbe quasi dire, faceva finta d'illuminare il parlatorio.

La priora esaminò Jean Valjean: non vi è nulla che esamini così bene quanto un occhio abbassato.

Poi lo interrogò:

«Siete voi il fratello?».

«Sì, reverenda madre» rispose Fauchelevent.

«Come vi chiamate?»

Fauchelevent rispose:

«Ultimo Fauchelevent».

Aveva avuto infatti un fratello di nome Ultimo, ch'era morto.

«Di che paese siete?»

Fauchelevent rispose:

«Di Picquigny, presso Amiens».

«Quanti anni avete?»

Fauchelevent rispose:

«Cinquant'anni».

«Che professione esercitate?»

Fauchelevent rispose:

«Giardiniere».

«Siete cristiano?»

Fauchelevent rispose:

«Lo siamo tutti nella nostra famiglia».

«Questa piccina è vostra?»

Fauchelevent rispose:

«Sì, reverenda madre».

«Siete suo padre?»

Fauchelevent rispose:

«Suo nonno».

La madre vocale disse alla priora, a mezza voce:

«Risponde bene».

Jean Valjean non aveva pronunciato neppure una parola.

La priora guardò Cosette con attenzione; poi disse, a voce bassa, alla madre vocale:

«Sarà brutta».

Le due madri parlottarono per qualche minuto in un angolo del parlatorio, poi la priora si voltò e disse:

«Papà Fauvent, avrete un'altra ginocchiera con sonaglio. Ora ne occorrono due».

Il giorno successivo, infatti, si sentivano in giardino due sonagli, e le suore non resistevano alla curiosità di sollevare un lembo del velo. Si vedevano in fondo, sotto gli alberi, due uomini zappare insieme, a fianco a fianco: Fauchelevent e un altro. Fu un avvenimento enorme. Il silenzio venne rotto fino a dirsi scambievolmente: «È un aiutante giardiniere».

E le madri vocali aggiungevano: «È un fratello di papà Fauvent».

Jean Valjean era infatti regolarmente sistemato; aveva la ginocchiera di cuoio con il sonaglio, ed era diventato ormai un personaggio ufficiale. Si chiamava Ultimo Fauchelevent.

La più forte causa determinante dell'ammissione era stata l'osservazione della priora su Cosette: *Sarà brutta*.

Dopo aver pronunciato questo pronostico, la priora prese a benvolere Cosette, e le fece posto nel collegio, come allieva di carità.

Questo non ha nulla di men che logico. Si ha un bel non avere specchi in convento, ma le donne hanno una coscienza del loro volto; ora, le fanciulle che si sentono graziose si lasciano difficilmente far monache, e poiché la vocazione è facilmente in proporzione opposta alla bellezza, si spera più dalle brutte che dalle belle: da ciò deriva la viva simpatia per le ragazze bruttine.

Tutta questa avventura ingrandì il buon vecchio Fauchelevent; egli ebbe un triplice successo: presso Jean Valjean, da lui salvato e messo al sicuro; presso l'affossatore Gribier, che diceva tra sé: «M'ha fatto risparmiare la multa»; e presso il convento che, grazie a lui, conservando il feretro della madre Crocifissione sotto l'altare, eludeva Cesare e soddisfaceva Dio. Vi fu una bara col cadavere al Petit Picpus, e una bara senza cadavere al cimitero Vaugirard; l'ordine pubblico ne fu certo profondamente turbato, ma non se ne accorse.

Quanto al convento, la sua riconoscenza per Fauchelevent fu grande: Fauchelevent divenne il migliore dei servitori e il più prezioso dei giardinieri. Alla prima visita dell'arcivescovo, la priora narrò la cosa a sua grandezza, un po' per confessarsene, ma anche per vantarsene.

L'arcivescovo, uscendo dal convento, ne parlò con plauso, e a voce bassissima, a monsignor di Latil, confessore del fratello del re, più tardi arcivescovo di Reims e cardinale. L'ammirazione per Fauchelevent si fece strada, poiché giunse fino a Roma.

Abbiamo avuto sott'occhio un biglietto indirizzato dal papa allora regnante, Leone XII, a un suo parente, monsignore nella nunziatura di Parigi, che si chiamava anch'egli Della Genga; vi si leggono queste righe: «Sembra che vi sia in un convento di Parigi un bravissimo giardiniere, che è un sant'uomo, chiamato Fauvan». Nulla di tutto quel trionfo giunse sino a Fauchelevent, nella sua baracca; ed egli continuò a innestare, a sarchiare e a ricoprire i suoi poponi, senza avere alcun sentore di Sua Eccellenza e di Sua Santità. Non si avvide della sua gloria, più di quanto si avveda della propria un bue del Durham o del Surrey, il ritratto del quale venga pubblicato nell'«Illustrated London News» con questo titolo: *«Bue che ha riportato il primo premio al concorso delle bestie cornute».*

IX
CLAUSURA

Cosette, in convento, continuò a tacere.

Ella si credeva, cosa naturalissima, figlia di Jean Valjean. Del resto, non sapendo niente, non poteva dir niente, e poi, in tutti casi, non avrebbe detto niente. Come già abbiamo fatto notare, non v'è nulla che abitui i ragazzi al silenzio più della sventura. Cosette aveva tanto sofferto che temeva tutto, persino di parlare, persino di respirare: quante volte, una parola da lei detta le aveva fatto crollare addosso una valanga! Cominciava appena a rassicurarsi da quando era con Jean Valjean, e si abituò abbastanza presto al convento. Solo, rimpiangeva Catherine, ma non osava dirlo. Una volta, però, disse a Jean Valjean: «Papà, se l'avessi saputo, l'avrei portata con me».

Cosette, diventando educanda del convento, dovette indossare l'abito delle educande. Jean Valjean ottenne che gli fossero consegnati i vestiti da lei smessi, tra i quali c'era quello stesso vestito di lutto che egli le aveva fatto mettere, quando avevano lasciato la taverna Thénardier. Non era ancora molto consumato, e Valjean rinchiuse quel piccolo corredo, con le calze di lana e le scarpe, oltre a molta canfora e a tutti gli aromi di cui abbondano i conventi, in una valigetta che trovò modo di procurarsi; poi mise la valigia su una sedia, accanto al suo letto, e ne teneva sempre la chiave indosso.

«Papà,» gli chiese un giorno Cosette «che cos'è quella scatola, che ha un così buon odore?»

Papà Fauchelevent, oltre alla gloria della quale abbiamo testé narrato e ch'egli ignorò, fu ricompensato della sua buona azione; anzitutto, ne fu felice; poi, ebbe molto meno da fare, dato che il lavoro era diviso; infine, poiché gli piaceva molto il tabacco, trovava nella presenza di Madeleine il vantaggio di poter fiutare tabacco in quantità tre volte maggiore del passato, e in un modo infinitamente più voluttuoso, visto che glielo pagava il signor Madeleine.

Le suore non adottarono affatto quel nome di Ultimo, e chiamarono Jean Valjean *l'altro Fauvent.*

Se quelle sante creature avessero avuto qualche cosa dello sguardo di Javert, avrebbero potuto finire col notare che, quando v'era da fare qualche commissione fuori, per la manutenzione del giardino, era sempre il maggiore dei Fauchelevent, il vecchio, l'infermo, lo storpio, che usciva: e mai l'altro. Ma sia che gli occhi sempre fissi su Dio non sappiano spiare, sia che esse fossero, di preferenza, occupate a spiarsi tra di loro, sta il fatto che non vi fecero mai attenzione.

Del resto, Jean Valjean fece bene ad acquattarsi e non muoversi, perché Javert sorvegliò il quartiere per più di un mese.

Quel convento era per Jean Valjean come un'isola circondata di gorghi; quelle quattro mura erano ormai il mondo per lui. Da esse vedeva abbastanza cielo per essere sereno, e Cosette in modo sufficiente per essere felice.

Una vita dolcissima ricominciò per lui.

Abitava col vecchio Fauchelevent nella baracca in fondo al giardino; quella bicocca, costruita con rottami, e che esisteva ancora nel 1845, era composta, come si sa, di tre camere, che erano tutte disadorne e non avevano che i muri. La principale era stata ceduta per forza, poiché Jean Valjean aveva resistito inutilmente, da papà Fauchelevent al signor Madeleine. Il muro di quella camera, oltre ai due chiodi destinati ad attaccarvi la ginocchiera e la gerla, aveva per ornamento un foglio di carta-moneta realista del '93, incollata sulla parete sopra il camino di cui ecco l'esatto facsimile:

Quell'assegnato vandeano era stato inchiodato al muro dal giardiniere precedente ex sciuano[10] che era morto nel convento ed era stato sostituito da Fauchelevent.

[10] Controrivoluzionario della Vandea.

Jean Valjean lavorava tutto il giorno in giardino e vi si dimostrava utilissimo. Un tempo era stato potatore, e ora stava volentieri nei panni del giardiniere. Come si ricorderà, egli aveva ogni sorta di ricette e di segreti di coltivazione, e perciò ne trasse profitto. Quasi tutti gli alberi del frutteto erano selvatici; egli li innestò e ne ottenne una produzione di frutta eccellente.

Cosette aveva il permesso d'andare ogni giorno a passare un'ora con lui. Poiché le suore erano tristi ed egli era buono, la bambina faceva confronti e lo adorava. All'ora fissata, ella correva alla baracca e, quando entrava in quella stamberga, la riempiva di paradiso. A Jean Valjean s'apriva l'animo e sentiva la sua felicità accrescersi della felicità ch'egli dava a Cosette. La gioia che ispiriamo ha questo d'incantevole: che, lungi dall'indebolirsi come ogni riflesso, ritorna su di noi ancor più vivida. Nelle ore di ricreazione, Jean Valjean guardava da lontano Cosette giocare e correre, e distingueva il riso di lei da quello di tutte le altre, poiché ora Cosette rideva.

Anzi il viso di Cosette, fino a un certo punto, era mutato. Non era più tetro. Il riso è il sole che scaccia l'inverno dal volto umano.

Cosette, sempre non bella, diveniva tuttavia graziosa; diceva tante piccole cose ragionevoli con la sua dolce voce infantile.

Finita la ricreazione, quando Cosette rientrava, Jean Valjean guardava le finestre della sua classe e, di notte, s'alzava per guardare le finestre del suo dormitorio.

Del resto, Dio ha le sue vie; il convento contribuì, come Cosette, a mantenere e a completare in Jean Valjean l'opera del vescovo. È certo che uno dei lati della virtù fa capo all'orgoglio e che là v'è un ponte costruito dal diavolo. Jean Valjean, a sua insaputa, forse, era abbastanza vicino a quel lato e a quel ponte, quando la provvidenza lo gettò nel convento del Petit Picpus. Finché s'era confrontato solo col vescovo, s'era ritenuto indegno ed era stato umile; ma da qualche tempo aveva cominciato a confrontarsi con gli uomini, e in lui nasceva l'orgoglio. Chi sa? Avrebbe forse finito col tornare piano piano all'odio.

Il convento l'arrestò su quella china.

Era il secondo luogo di prigionia ch'egli vedeva. Nella sua giovinezza, durante quello che era stato per lui l'inizio della vita, e più tardi, ancora di recente, ne aveva visto un altro, un luogo spaventoso, un luogo terribile, le severità del quale gli erano sempre parse l'iniquità della giustizia e il delitto della legge. Ora, dopo il bagno penale, vedeva il chiostro; e pensando che aveva fatto parte del bagno e che adesso, per così dire, era spettatore del chiostro, li confrontava nel pensiero con ansietà.

Talvolta appoggiava i gomiti sul manico del badile e s'inabissava lentamente nelle spire senza fondo della meditazione.

Ricordava gli antichi compagni, e quanto fossero miserabili; s'alzavano all'alba e lavoravano fino a notte; a stento veniva loro lasciato il sonno; si coricavano su letti da campo, sui quali non erano tollerati che materassi alti cinque centimetri, in locali che venivano riscaldati solo nei mesi più rigidi dell'anno; erano vestiti d'orribili casacche rosse; permettevano loro, per grazia, un paio di calzoni di tela durante i grandi calori e una maglia di lana durante i grandi freddi; non bevevano vino e mangiavano carne solo quando andavano «alla fatica». Vivevano senza nome, designati solo con numeri, e in certo qual modo fatti cifre, abbassando gli occhi, abbassando la voce, coi capelli rasati, sotto il bastone, nella vergogna.

Poi la sua mente ricadeva sugli esseri che aveva davanti a sé.

Quegli esseri vivevano anch'essi con i capelli tagliati, con gli occhi bassi, con la voce bassa, non nella vergogna, ma in mezzo agli scherni del mondo; non con la schiena battuta dal bastone, ma con le spalle lacerate dalla fustigazione volontaria. Anche i loro nomi erano svaniti per il mondo, ed essi esistevano solo sotto appellativi austeri. Non mangiavano mai carne e non bevevano mai vino; rimanevano spesso senza mangiare fino alla sera; erano vestiti non con la casacca rossa, ma col nero sudario di lana, pesante d'estate, leggero d'inverno, senza neppure avere, secondo la stagione, la risorsa del vestito di tela o del soprabito di lana; e portavano, per sei mesi dell'anno, camicie di sala che facevano venir loro la febbre. Abitavano non in camerate riscaldate solo durante i mesi rigidi, ma in celle dove non veniva mai acceso il fuoco; e si coricavano, non su materassi spessi due pollici, ma sulla paglia. Infine non veniva loro lasciato neppure il sonno: tutte le notti, dopo una giornata di fatica, nella prostrazione del primo sonno, nel momento in cui stavano per addormentarsi e cominciavano a scaldarsi, bisognava svegliarsi, alzarsi e andare a pregare in una cappella gelida e cupa, con le ginocchia sulla pietra.

In certi giorni bisognava che ciascuno di quegli esseri, a turno, rimanesse dodici ore di seguito inginocchiato su una lastra di pietra con la faccia rivolta a terra e con le braccia in croce.

Quelli erano uomini; e queste erano donne.

Che cosa avevano fatto quegli uomini? Avevano rubato, stuprato, saccheggiato, ucciso, assassinato. Erano banditi, falsari, avvelenatori, incendiari, assassini, parricidi. Che cosa avevano fatto quelle donne? Non avevano fatto nulla.

Da un lato il brigantaggio, la frode, il dolo, la violenza, l'oscenità e l'omicidio, tutte le specie del sacrilegio, tutte le varietà dell'attentato; dall'altro una sola cosa: l'innocenza. L'innocenza perfetta, quasi innalzata in una misteriosa assunzione, ancora attaccata alla terra con la virtù e già attaccata al cielo con la santità.

Da una parte, confidenze di delitti fatte a bassa voce; dall'altra, confessione di colpe fatta a voce alta. E che delitti! E che colpe!

Da una parte i miasmi, dall'altra un ineffabile profumo. Da una parte una peste morale, guardata a vista, tenuta sotto il tiro del cannone, e che divora lentamente i suoi appestati; dall'altro un casto incendio di tutte le anime nello stesso focolare. Là le tenebre e qui l'ombra, ma un'ombra piena di luci, e luci piene di raggi.

Due luoghi di schiavitù: ma nel primo, la liberazione possibile, un limite legale sempre intravisto; e poi, la evasione. Nel secondo la perpetuità e, per sola speranza, all'estremità lontana dell'avvenire, quel barlume di libertà che gli uomini chiamano morte.

Nel primo, si era incatenati solo alle catene; nel secondo, si era incatenati dalla propria fede.

Che cosa si sprigionava dal primo? Un'immensa maledizione, stridore di denti, odio, malvagità disperata e un grido rabbioso contro la società umana, un sarcasmo contro il cielo.

Che cosa usciva dal secondo? La benedizione e l'amore.

E in quei luoghi così simili e così diversi, quelle due specie d'esseri tanto differenti compivano la stessa opera: l'espiazione.

Jean Valjean comprendeva bene l'espiazione dei primi: l'espiazione personale, l'espiazione per se stesso; ma non comprendeva quella delle altre, di quelle creature senza colpa e senza macchia; e si chiedeva con un tremito:

«Espiazione di che? Quale espiazione?».

E una voce rispondeva nella sua coscienza: «La più divina delle generosità umane, l'espiazione per gli altri».

Qui, ogni teoria personale è esclusa; noi siamo solo narratori: ci mettiamo solamente dal punto di vista di Jean Valjean, e traduciamo le sue impressioni.

Egli aveva sotto gli occhi la sommità sublime dell'abnegazione, la più alta sommità possibile della virtù: l'innocenza che perdona agli uomini le loro colpe e che le espia in vece loro; la servitù subita, la tortura accettata, il supplizio richiesto dalle anime che non hanno peccato, per renderne esenti le anime che hanno errato; l'amore dell'umanità che s'inabissa nell'amore di Dio, ma rimanendo distinto e supplichevole; dolci esseri deboli, con la miseria di coloro che vengono puniti e il sorriso di coloro che vengono ricompensati.

Ed egli si ricordava che aveva osato lamentarsi!

Spesso nel mezzo della notte s'alzava per ascoltare il cantico riconoscente di quelle creature innocenti e oppresse da tanti rigori: e sentiva freddo nelle vene pensando che quelli ch'erano castigati giustamente alzavano la voce verso il cielo, solo per bestemmiare e lui, miserabile, aveva mostrato il pugno a Dio.

Una cosa lo colpiva e lo faceva meditare profondamente, come un monito a voce bassa della stessa provvidenza: la scalata, le barriere superate, l'avventura accettata sino alla morte, l'ascensione difficile e ardua, tutti quei medesimi sforzi che aveva fatto per uscire dall'altro luogo di espiazione, li aveva fatti per entrare in questo. V'era in ciò un simbolo del suo destino?

Anche questa casa era una prigione e rassomigliava lugubremente all'altra dimora, da dove era fuggito; eppure egli non aveva mai avuto l'idea di qualcosa di simile.

Rivedeva le inferriate, i catenacci e le sbarre di ferro: ma per custodire chi? Degli angeli.

Quelle alte mura che aveva veduto intorno alle tigri, gli riapparivano intorno alle pecorelle.

Era un luogo di espiazione, non di castigo; eppure era ancora più austero, più cupo e più spietato dell'altro. Quelle vergini erano più duramente mortificate dei forzati. Un vento freddo e aspro, quel vento che aveva agghiacciato la sua giovinezza, attraversava la fossa degli avvoltoi, con le inferriate e chiusa a catenaccio: un vento ancora più aspro e più doloroso soffiava nella gabbia delle colombe.

Perché?

Quando pensava a queste cose, tutto quello ch'era in lui s'inabissava davanti a quel mistero di sublimità.

In tali meditazioni, l'orgoglio svanisce. Egli si adoperò in tutti i modi per rientrare in se stesso: si sentì misero e pianse parecchie volte. Tutto ciò ch'era entrato nella sua vita da sei mesi lo riconduceva verso le sante ingiunzioni del vescovo; Cosette con l'amore e il convento con l'umiltà.

Talvolta, di sera, al crepuscolo, nell'ora in cui il giardino era deserto, lo vedevano inginocchiato in mezzo al viale che fiancheggiava la cappella, davanti alla finestra in cui aveva guardato la notte del suo arrivo, rivolto verso il punto in cui sapeva che la suora che faceva la riparazione era prosternata e pregava. E pregava anch'egli così, inginocchiato davanti a quella suora.

Sembrava che non osasse inginocchiarsi direttamente davanti a Dio.

Tutto ciò che lo circondava, quel giardino tranquillo, quei fiori olezzanti, quelle bambine che mandavano grida festose, quelle donne gravi e semplici, quel chiostro silenzioso, lo penetravano lentamente, e a poco a poco la sua anima si componeva di silenzio come quel chiostro, di profumo come quei fiori, di pace come quel giardino, di semplicità come quelle donne, di gioia come quelle bambine. E poi pensava ch'erano due case di Dio, quelle che l'avevano raccolto successivamente nei due momenti critici della sua vita: la prima, allorché tutte le porte si chiudevano e la società umana lo respingeva; la seconda, nel momento in cui la società umana ricominciava a perseguitarlo e la galera si riapriva; e che senza la prima sarebbe ricaduto nel delitto, e senza la seconda, nel supplizio.

Il cuore gli si struggeva tutto di riconoscenza, ed egli amava sempre di più.

Diversi anni trascorsero così; Cosette cresceva.

PARTE TERZA

MARIUS

LIBRO PRIMO

PARIGI STUDIATA NEL SUO ATOMO

I
«PARVULUS»[1]

Parigi ha un fanciullo e il bosco ha un uccello; l'uccello si chiama il passero e il fanciullo si chiama il birichino.

Accoppiate queste due idee che contengono, l'una tutta la fornace e l'altra tutta l'aurora; fate cozzare tra loro queste due scintille: Parigi, l'infanzia; ne scaturirà un piccolo essere, *Homuncio*,[2] direbbe Plauto.

Questo piccolo essere è gaio. Non mangia tutti i giorni e va a teatro, se gli garba, tutte le sere. Non ha la camicia indosso, non ha scarpe ai piedi, non un tetto sul capo; è come le mosche del cielo che non hanno nulla di tutto questo. Ha da sette a tredici anni, vive in gruppi, gironzola per le strade, alloggia all'aria aperta, porta un vecchio paio di calzoni del padre che gli scendono oltre i talloni, un vecchio cappello di qualche altro papà che gli ricopre le orecchie, una sola bretella di stoffa gialla, corre, spia, questua, perde tempo, fuma la pipa, bestemmia come un dannato, frequenta la bettola, conosce dei ladri, dà del tu alle prostitute, parla in gergo, canta canzoni oscene, e non ha nulla di cattivo nel cuore. Gli è che ha nell'anima una perla, l'innocenza; e le perle non si sciolgono nel fango. Finché l'uomo è fanciullo, Dio vuole che sia innocente.

Se si chiedesse all'enorme città: «Chi è costui?» essa risponderebbe: «È mio figlio».

II
QUALCUNO DEI SUOI SEGNI PARTICOLARI

Il birichino di Parigi è il nano della gigantessa.

Senza esagerazione, questo cherubino del rigagnolo ha qualche

---

[1] Piccolino, fanciullo.
[2] Piccolo uomo.

volta una camicia, ma in tal caso ne ha una sola; qualche volta ha le scarpe, ma queste scarpe mancano di suole; ha qualche volta un alloggio che gli piace, perché vi trova la mamma; ma egli preferisce la strada, perché vi trova la libertà. Ha i suoi giuochi particolari, delle birichinate tutte sue proprie al cui fondo è sempre l'avversione per i borghesi. Ha le sue metafore: «essere morto» si dice *mangiare dei sedani dalla radice*; ha i suoi mestieri particolari: chiamare le carrozze, abbassare i predellini delle vetture padronali, stabilire pedaggi da una parte all'altra delle strade mentre imperversa la pioggia, il che egli chiama fare *i ponti delle arti*; strillare i discorsi pronunciati dall'autorità a favore del popolo francese, raschiare gli interstizi dei selciati. Ha una propria moneta che si compone di tutti i pezzettini di rame lavorato che possono essere trovati sulla pubblica via. Questa moneta curiosa che prende il nome di cenci, ha un corso invariabile e molto ben regolato in quella piccola «bohème» di ragazzi.

Infine ha la sua propria fauna, che studia accuratamente nei cantucci: la cocciniglia, il pidocchio delle piante, il falangio, «il diavolo», insetto nero che minaccia torcendo la coda armata di due corna. Ha il suo mostro favoloso, che ha le scaglie sotto il ventre e non è una lucertola, che ha pustole sul dorso e non è un rospo, che abita nei buchi dei vecchi forni da calce e dei pozzi neri dissecati, nero e vellutato, viscido e strisciante, ora lento e ora rapido, che non grida, ma guarda ed è tanto terribile che nessuno l'ha mai visto; e chiama quel mostro «il sordo». Cercare i sordi fra le pietre, è un piacere del genere pericoloso. Altro piacere è quello di togliere bruscamente una pietra dal selciato e scoprirvi dei millepiedi. Ogni quartiere di Parigi è celebre per le scoperte interessanti che vi si possono fare. Vi sono forfecchie nei cantieri delle Orsoline, millepiedi al Panthéon e girini nei fossati dello Champ-de-Mars.

Quanto a frizzi, quel fanciullo ne ha quanti Talleyrand; non è meno cinico, ma è più onesto. È dotato di una certa giovialità imprevista, e sbalordisce il bottegaio con la sua matta risata: la sua gamma va allegramente dall'alta commedia alla farsa.

Passa un corteo funebre; tra coloro che accompagnano il morto, c'è un medico... «Guarda!» esclama un birichino. «Da quando in qua i medici consegnano personalmente i loro lavori?»

Un altro è nella folla. Un uomo grave, adorno d'occhiali e di ciondoli, si volta indignato: «Mascalzone! Hai preso "la vita" di mia moglie!».

«Io, signore? Frugatemi!»

La sera, grazie a pochi soldi che trova sempre modo di procurarsi, l'*Homuncio* entra in un teatro.

Varcando questa magica soglia, si trasfigura: era il birichino, diventa il monello.

I teatri sono specie di vascelli capovolti, con la stiva in alto, e il monello si pigia in quella stiva.

Il monello sta al birichino come la farfalla alla larva: è lo stesso essere, ma ha preso il volo e si libra nell'aria.

Basta ch'egli sia lassù con la sua contentezza raggiante, con la sua potenza d'entusiasmo e di gioia, col suo battere di mani che rassomiglia a un batter d'ali, perché quella stiva stretta, fetida, scura, sordida, malsana, orrida, abominevole si chiami paradiso.

Date a un essere l'inutile e toglietegli il necessario; avrete il birichino.

Il birichino non manca di qualche intuizione letteraria. La sua tendenza – lo diciamo non senza la necessaria quantità di rincrescimento – non sarebbe affatto di natura classica, poiché, per indole, egli è poco accademico. Così, per dare un esempio, la popolarità della Mars in quel piccolo pubblico di ragazzi tempestosi era condita con una punta d'ironia. Il birichino la chiamava *Muche*.

Questa creatura schiamazza, motteggia, schernisce e si batte, ha dei cenci come un marmocchio e degli stracci come un filosofo, pesca nella fogna, caccia nella cloaca, estrae l'allegria dall'immondizia, sferza col suo spirito i crocicchi, sogghigna e morde, fischia e canta, acclama e colma d'improperi, tempera l'Alleluia col «Matanturlurette», salmodia tutti i ritmi, dal *De Profundis* fino alle canzonacce, trova senza cercare, sa quello che ignora, è spartano sino al furto, è folle sino alla saggezza, è lirico fino all'oscenità; si rannicchierebbe sull'Olimpo, si avvoltola nel letamaio, e ne esce coperto di stelle. Il birichino di Parigi è Rabelais fanciullo.

Non è contento dei suoi calzoni se non hanno il taschino per l'orologio.

Si meraviglia poco, si sgomenta ancora meno, canzona le superstizioni; sgonfia le esagerazioni, sbugiarda i misteri, mostra la lingua agli spiriti, spoetizza i saccenti e introduce la caricatura nelle iperboli epiche.

Non perché egli sia prosaico, tutt'altro; ma sostituisce la visione solenne con la fantasmagoria burlesca.

Se gli apparisse Adamastor,[3] il birichino direbbe: «Oh guarda! L'orco!»

_____

[3] Gigante, nelle *Lusiadi* di Luìs de Camões.

PUÒ ESSERE UTILE

Parigi comincia con l'allocco e finisce col birichino, due esseri dei quali nessun'altra città è capace: l'accettazione passiva che si soddisfa guardando, e l'iniziativa inesauribile; Prudhomme e Fouillou. Solo Parigi ha questo nella sua storia naturale. Tutta la monarchia è nell'allocco e tutta l'anarchia è nel birichino.

Questo pallido figlio dei sobborghi di Parigi vive e si sviluppa, si fa e si disfà nel dolore, testimone pensoso delle realtà sociali e delle cose umane. Egli si crede noncurante, ma non lo è: guarda, pronto a ridere e pronto anche a qualche altra cosa. Chiunque siate, vi chiamiate Pregiudizio, Abuso, Ignominia, Oppressione, Iniquità, Dispotismo, Ingiustizia, Fanatismo, Tirannia, guardatevi dal birichino incantato.

Quel piccolo si farà grande.

Di che argilla è fatto? Del primo fango capitato. Un pugno di fango e un soffio, ed ecco Adamo. Basta che un dio passi, e un dio è sempre passato sul birichino. La fortuna lavora intorno a quel piccolo essere. Con questa parola, «fortuna», intendiamo dire un po' l'avventura. Questo pigmeo impastato direttamente con la grossa terra comune, ignorante, illetterato, stordito, volgare, plebeo, sarà uno ionico o un beota? Aspettate, *currit rota*;[4] lo spirito di Parigi, questo dèmone che crea i fanciulli del caso e gli uomini del destino, all'opposto del vasaio latino, fa della brocca un'anfora.

V

LE SUE FRONTIERE

Il birichino ama la città, ma ama anche la solitudine, poiché in lui v'è qualche cosa del saggio. *Urbis amator*, come Fusco; *ruris amator* come Flacco.[5]

Errare pensando, cioè vagabondare, è un buon impiego di tempo per il filosofo; particolarmente in quella specie di campagna un po' bastarda, piuttosto brutta, ma bizzarra e composta di due nature, che circonda certe grandi città e segnatamente Parigi. Osservare i sobborghi, è come osservare l'anfibio; fine degli alberi e principio dei tetti, fine dell'erba e principio del selciato, fine dei solchi e principio delle

---

[4] «La ruota corre», citazione imprecisa dell'*Arte poetica* di Orazio, a proposito del vasaio che dall'anfora trae la brocca.

[5] «Amante della città», «amante della campagna», dalle *Epistole* di Orazio.

botteghe, fine delle carreggiate e principio delle passioni, fine del mormorìo divino e principio del rumore umano; da ciò un interesse straordinario.

Da ciò hanno origine, in quei luoghi poco attraenti e contrassegnati per sempre dal passante con l'epiteto di «triste», le passeggiate, in apparenza senza scopo, del pensatore.

Colui che scrive queste righe è stato a lungo un frequentatore vagabondo delle barriere di Parigi, donde per lui una fonte di ricordi profondi. Quell'erbetta rasa, quei sentieri pietrosi, quella creta, quelle terre calcaree, quelle pietre da calce, quelle aspre monotonie dei terreni incolti, dei pascoli, i vivai di piante primaticce degli ortolani, scorti improvvisamente in un campo, quel miscuglio di selvatico e di borghese, quei vasti recessi deserti nei quali i tamburi della guarnigione s'esercitano rumorosamente producendo una specie di balbettìo della battaglia, quei luoghi che sono tebaidi di giorno e covi di banditi la notte, il mulino sgangherato che gira al vento, le scavatrici delle cave, le osterie all'angolo dei cimiteri, il fascino misterioso dei grandi muri cupi che tagliano nettamente immensi terreni incolti inondati di sole e pieni di farfalle, tutto ciò lo attirava.

Quasi nessuno al mondo conosce quei luoghi singolari: la Glacière, la Cunetta, l'orrido muro di Grenelle, tigrato di palle, il Monte Parnaso, la Fossa dei Lupi, gli Aubiers, sulla sponda della Marna, Montsouris, la Tomba Issoire, la Pierre-Plate de Châtillon, dove si trova una vecchia cava abbandonata che ormai non serve ad altro che a far crescere i funghi e che è chiusa da una botola a fior di terra, dalle tavole marcite. La campagna romana è un'idea, e la zona campestre di Parigi ne è un'altra; vedere in quello che ci offre l'orizzonte null'altro che campi, case o alberi, vuol dire restare alla superficie: tutti gli aspetti delle cose sono pensieri di Dio. Il punto in cui una pianura si congiunge con una città è sempre improntato d'una certa penetrante malinconia. Là vi parlano nello stesso tempo la natura e l'umanità. Là appaiono le caratteristiche locali.

Chiunque abbia, come noi, vagabondato in quelle solitudini contigue ai nostri sobborghi che si potrebbero chiamare i limbi di Parigi, vi avrà intravisto qua e là, nel luogo più abbandonato e nel momento più inatteso, dietro una siepe stenta, a ridosso d'un muro lugubre, dei fanciulli aggruppati, tumultuosi, lividi, infangati, impolverati, cenciosi e arruffati, che giocano alle piastrelle con le monete, inghirlandati di fiordalisi. Si tratta di piccoli fuggiaschi delle famiglie povere. Il bastione esterno è il loro mondo e la zona campestre appartiene a essi; stanno sempre lì come scolaretti che marinino eternamente la scuola, e vi cantano ingenuamente il loro repertorio di canzoni sconce. Stanno là o, per meglio dire, vivono là, lontani da tutti gli sguardi, nella dolce luminosità del maggio o del giugno, inginocchiati intorno ad una buca fatta nella terra, tirando le palline col pollice e disputandosi qualche quattrino, irresponsabili, liberi, abbandonati a se stessi e felici; e, appena vi scorgono, si ricordano d'avere un mestiere e d'aver bisogno di guadagnarsi la vita, e v'offrono in vendita una vecchia calza di lana piena di maggiolini, o un mazzo di lillà. Questi incontri di fanciulli strani sono una delle grazie incantevoli e nello stesso tempo rattristanti dei dintorni di Parigi.

Talvolta, in quei mucchi di fanciulli, vi sono delle bambine – sono le loro sorelle? –, quasi giovanette, magre e febbricitanti, con le mani abbronzate a tal punto da parere inguantate, i visi lentigginosi, spighe di segale e di papaveri sul capo, gaie, torbide, a piedi nudi. Se ne vedono alcune che mangiano le ciliege in mezzo ai campi di grano; di sera, si sentono ridere. Quei gruppi caldamente illuminati dalla gran luce meridiana o intravisti nel crepuscolo fanno meditare a lungo il sognatore, e quelle visioni si confondono col suo sogno.

Parigi centro, periferia, circonvallazione: ecco tutta la terra, per quei fanciulli. Al di fuori di essa non si avventurano mai; essi non possono uscire dall'atmosfera parigina, più di quanto i pesci possano uscire dall'acqua. Per essi, a due leghe dalle barriere non vi è più nulla. Ivry, Gentilly, Arcueil, Belleville, Aubervilliers, Ménilmontant, Choisy-le-Roi, Billancourt, Meudon, Issy, Vanvres, Sèvres, Puteaux, Neuilly, Gennevilliers, Colombes, Romainville, Chatou, Asnières, Bougival, Nanterre, Enghien, Noisy-le-Sec, Nogent, Gournay, Drancy, Gonesse: è là che finisce l'universo.

VI
UN PO' DI STORIA

Nel tempo in cui si svolge l'azione di questo libro – si può quasi dire ai nostri giorni – non c'era, come oggi, una guardia a ogni angolo di strada (sulla cui opportunità non è ora il momento di discutere); e i piccoli vagabondi erano assai numerosi a Parigi. Le statistiche ci danno una media di duecentosessanta bambini senza domicilio raccolti dalla polizia nei terreni abbandonati, nelle case in costruzione, sotto gli archi dei ponti. Uno di questi nidi, rimasto famoso, ha prodotto «le rondini del ponte d'Arcole». Questo dell'abbandono dei fanciulli è, senza dubbio, il più disastroso dei fenomeni sociali. Tutti i delitti dell'uomo hanno principio nel vagabondaggio del fanciullo.

Facciamo però un'eccezione per Parigi. In misura relativa l'eccezione è giusta, nonostante il ricordo che abbiamo ora richiamato.

Mentre in ogni altra città un fanciullo vagabondo è un uomo perduto; mentre, quasi dappertutto, il fanciullo abbandonato a se stesso è in certo qual modo votato a una fatale immersione nei vizi pubblici che divora in lui l'onestà e la coscienza, il birichino di Parigi, in apparenza tanto viziato e corrotto, è interiormente quasi intatto. Una cosa magnifica da rilevare, comprovata dalla splendida probità delle nostre rivoluzioni popolari, è una certa quale incorruttibilità che domina nell'aria di Parigi come il sale nell'acqua dell'oceano. Respirare Parigi conserva l'anima.

Quanto diciamo non diminuisce per nulla lo stringimento di cuore da cui ci sentiamo presi ogni volta che c'imbattiamo in uno di questi fanciulli intorno ai quali sembra di veder fluttuare i fili della famiglia spezzata. Nella civiltà odierna, ancora tanto incompleta, non è troppo fuori della normalità il dissolversi di certe famiglie che si sperdono nell'ombra, senza menomamente curarsi della sorte a cui vanno incontro i loro bimbi, mentre lasciano cadere sulla pubblica via le loro intimità. Ecco da dove vengono tanti oscuri destini. Tale sventura si chiama, poiché questa cosa triste ha dato luogo a una locuzione: «esser gettato sul lastrico di Parigi».

Sia detto di passaggio, questi abbandoni di fanciulli erano quasi incoraggiati dalla vecchia monarchia. Un po' d'Egitto e di Boemia nei bassifondi tornava comodo alle alte sfere, e serviva all'interesse dei potenti. L'odio per l'istruzione ai fanciulli del popolo era un dogma. A che scopo gli «illuminati a mezzo»? Questa era la parola d'ordine. Ora, il fanciullo vagabondo è il corollario del fanciullo ignorante.

D'altronde la monarchia aveva talvolta bisogno di fanciulli, e allora setacciava la strada.

Sotto Luigi XIV, per non risalire più addietro, il re voleva, e giustamente, creare una flotta. L'idea era buona. Ma vediamo il mezzo. Non c'è flotta se, vicino al veliero che è preda del vento, e per rimorchiarlo quando sia necessario, non c'è il naviglio che può andare dove vuole, o coi remi o col vapore; le galere erano allora per la Marina ciò che sono oggi gli *steamers*.[6] Occorrevano dunque le galere; ma la galera non si muove se non c'è il galeotto; occorrevano dunque i galeotti. Colbert faceva fare dagli intendenti di provincia e dai parlamenti quanti più forzati poteva. La magistratura si prestava con molta compiacenza. Un uomo teneva il cappello in testa al passaggio di una processione? Atteggiamento ugonotto: lo si spediva alle galere. S'incontrava un ragazzo per la strada: purché avesse quindici anni e non sapesse dove dormire, lo si mandava alle galere. Grande regno: grande secolo!

Sotto Luigi XV, i fanciulli sparivano in Parigi; la polizia li toglieva

---

[6] Battelli a vapore.

di mezzo, non si sa per quale misterioso scopo. Si sussurrava con spavento di mostruose congetture sui bagni purpurei del re. Barbier parla ingenuamente di queste cose. Capitava talvolta che gli sbirri, a corto di bambini, ne prendessero di quelli che avevano un padre. I padri, disperati, si scagliavano sugli sbirri. In tal caso, interveniva il parlamento e faceva impiccare... Chi? Gli sbirri? No. I padri.

VII
IL BIRICHINO AVREBBE UN POSTO FRA LE CASTE INDIANE

La monelleria parigina è quasi una casta.

Si potrebbe dire che per entrarvi non basta volerlo.

La parola *gamin*[7] fu stampata per la prima volta e passò dalla lingua popolare alla lingua letteraria nel 1834. Questa parola fece la sua prima apparizione in un opuscolo intitolato *Claude Gueux*. Lo scandalo fu vivo. La parola è passata nell'uso.

Gli elementi che costituiscono la considerazione in cui i monelli si tengono tra di loro sono assai vari. Noi ne abbiamo conosciuto e frequentato uno che era assai rispettato e ammirato perché aveva visto un uomo cadere dall'alto delle torri di Notre-Dame; un altro, perché era riuscito a penetrare nel cortile interno in cui erano momentaneamente depositate le statue della cupola degli Invalides e a «sgraffignare» del piombo; un terzo, per aver visto rovesciarsi una diligenza; un altro ancora, perché «conosceva» un soldato che era stato sul punto di spaccare un occhio a un borghese.

Questo spiega la seguente esclamazione di un monello parigino, epifonema profondo, di cui il profano ride senza poterlo capire: «*Buon Dio! Sono ben sfortunato! Non ho ancora visto nessuno cadere dal quinto piano!*».

Ed ecco una bella risposta di un contadino. «Papà tal dei tali, vostra moglie è morta della sua malattia; perché non avete mandato a chiamare un medico?» «Che volete, signor mio, noialtri poveri diavoli *moriamo da soli!*» Ma se in questa frase vi è tutta la furba passività del contadino, in quest'altra vi è, senza dubbio, tutta l'anarchia liberopensatrice del marmocchio plebeo. Un condannato a morte, nella carretta, ascolta il suo confessore. Il fanciullo di Parigi gli grida dietro: «*Parla col suo pretonzolo! Oh, che cappone!*».

Una certa audacia in materia religiosa dà risalto al birichino; per cui conta assai essere spregiudicato.

---

[7] Monello, birichino.

Assistere alle esecuzioni è un dovere. Ci si mostra la ghigliottina e si ride. La si chiama con ogni sorta di nomignoli: «Fine della zuppa», «Brontolona», «La madre dal cielo turchino», «L'ultima boccata», e così via. Per non perdere niente dello spettacolo, scalano i muri, si arrampicano ai balconi, salgono sugli alberi, si attaccano alle persiane, si accovacciano sui comignoli. Il birichino nasce conciatetti come nasce marinaio. Un tetto non gli fa più paura di un albero di nave. Non c'è festa che valga la Grève. Sanson e l'abate Montès[8] sono i veri nomi popolari. Si urla al condannato per dargli coraggio. Talvolta lo si ammira. Lacenaire[9] da monello, vedendo lo spaventevole Dautun[10] morire coraggiosamente, disse questa frase in cui c'era tutto un avvenire: «*Ne ero geloso*». Nella birichineria non si conosce Voltaire, ma si conosce Papavoine.[11] Si confondono in una stessa leggenda «i politici» e gli assassini. Si tramandano gli ultimi modi di vestire di tutti i condannati. Si sa che Tolleron aveva un berretto da fuochista, Avril un casco di lontra, Louvel un cappello a cilindro, che il vecchio Delaporte era calvo e a testa nuda, che Castaing era roseo e grazioso, che Bories aveva una barbetta romantica, che Jean-Martin aveva tenuto le bretelle, che Lecouffé[12] e sua madre litigavano. «*Non rinfacciatevi il vostro paniere*»[13] gridò loro un monello. Un altro, per timore di non veder passare Debacker, poiché è troppo piccolo in mezzo alla folla, adocchia un lampione e vi si arrampica. Un gendarme di piantone aggrotta le sopracciglia. «Lasciatemi salire, signor gendarme» dice il birichino. E per intenerirlo aggiunge: «Non cadrò». «M'importa poco che tu cada» risponde il gendarme.

Nella birichineria, una disgrazia memorabile è assai quotata. Si arriva all'apice della considerazione se ci si taglia assai profondamente, «sino all'osso».

Il pugno non è un mediocre elemento di rispetto. Una delle cose che il birichino dice più volentieri è: «Sono proprio forte, via!».

Essere mancino rende assai invidiabile. Essere strabico è cosa degna di stima.

---

[8] La piazza di Grève è quella dove si montava il patibolo. Sanson era il boia, l'abate Montès il confessore.

[9] Pierre-François Lacenaire (1800-1835), poeta, ladro e assassino.

[10] Assassino del fratello, fu giustiziato nel 1815.

[11] Uccise due fanciulli, credendoli – disse – i figli del re. Fu decapitato nel 1825.

[12] Tolleron, congiurato politico; Avril, complice di Lacenaire; Louvel, assassino, con Jean-Martin, del duca di Berry; Castaing, medico e avvelenatore per interesse; Bories, sergente della Rochelle; degli altri non si sa nulla.

[13] Il paniere in cui cadono le teste dei ghigliottinati.

D'estate, il monello si trasforma in rana; la sera, al cader della notte, davanti ai ponti di Austerlitz e di Jena, dall'alto delle zattere dei carbonai e dei barconi delle lavandaie, si getta a capofitto nella Senna, compiendo tutte le infrazioni possibili alle leggi del pudore e della polizia. Però le guardie sorvegliano e ne risulta una situazione altamente drammatica che ha dato luogo a un grido fraterno e memorabile; questo grido, che fu celebre verso il 1830, è un avvertimento strategico, da monello a monello; si può scandire come un verso d'Omero, con una notazione altrettanto inesprimibile quanto la melopea eleusiaca delle Panatenee, e vi si ritrova l'antico «*Evohè*». Eccolo: «*Ohé, birba, ohéée! C'è del marcio, c'è la polizia! Prendi le tue robe e vattene, passa per la fogna*».

Talvolta questo moscerino – come si qualifica da se stesso – sa leggere; qualche volta sa scrivere; ma ha sempre lo scilinguagnolo pronto. Egli non esita ad acquistare, mediante un misterioso mutuo insegnamento, tutte le conoscenze che possono essere utili alla cosa pubblica: dal 1815 al 1830, imitava il grido del tacchino; dal 1830 al 1848, scarabocchiava sui muri una pera.[14] Una sera d'estate Luigi Filippo, tornando a piedi al suo palazzo vide un frugolo alto un soldo di cacio, che sudava e si alzava in punta di piedi per disegnare col carbone una gigantesca pera su uno dei pilastri della cancellata di Neuilly; il re, con quella bonomia che gli veniva da Enrico IV, aiutò il monello, terminò la pera e regalò al ragazzo un luigi dicendogli: «*Anche qui sopra c'è la pera*». Il monello ama il trambusto. Gli piace in certo qual modo il disordine pubblico. Detesta i «curati». Un giorno, in via dell'Università, una di queste giovani birbe fece «maramèo» al portone del numero 69. «Perché fai maramèo a quella porta?» chiese un passante. Il ragazzo rispose: «Perché ci abita un curato». Infatti là v'è la dimora del nunzio pontificio.

Però, qualunque sia il volterrianismo del birichino, se si presenta l'occasione di fare da chierichetto, può darsi che non vi si rifiuti, e in tal caso serve la messa a puntino. Vi sono due cose che egli, novello Tantalo, desidera sempre senza riuscire mai a ottenerle: rovesciare il governo e farsi ricucire i calzoni.

Il perfetto birichino conosce a menadito tutti i poliziotti di Parigi, e quando ne incontra uno sa sempre darne il nome. Egli li enumera sulla punta delle dita. Studia i loro costumi, e su ciascuno ha le sue

---

[14] La pera richiamava la caricatura del volto di Luigi Filippo fatta dal disegnatore Philippon.

brave note particolari. Egli legge nell'animo dei poliziotti come in un libro aperto. Vi dirà correntemente e senza esitare: «Il tale è *traditore*; il talaltro è *perfido*; questo è *grande*; quello è *ridicolo*». (Tutte queste parole: traditore, cattivo, grande, ridicolo, hanno in bocca sua una particolare accezione.) «Quello lì s'immagina che il Pont-Neuf sia suo, e proibisce alla gente di camminare sul cornicione fuori dei parapetti; quello là ha la mania di tirare le orecchie *alle persone*, eccetera eccetera.»

IX
VECCHIA ANIMA GALLICA

Poquelin, figlio delle Halles, aveva un po' dell'animo di questi monelli; lo stesso si può dire di Beaumarchais. La monelleria è una sfumatura dello spirito gallico. Mista al buon senso, essa vi aggiunge talvolta della forza, come l'alcool al vino. Talvolta è un difetto. Omero si ripete, sta bene; si potrebbe dire che Voltaire birichineggia. Camille Desmoulins era uomo della plebe. Championnet,[15] che trattava aspramente i miracoli, proveniva dal lastrico di Parigi; da piccolo aveva *inondato i portici* di Saint-Jean-de-Beauvais e di Saint-Étienne-du-Mont; aveva preso abbastanza familiarità col reliquario di Sainte-Geneviève, da impartire ordini all'ampolla di San Gennaro.

Il birichino di Parigi è rispettoso, ironico e insolente. Ha dei brutti denti perché è mal nutrito e il suo stomaco è in disordine; ha dei begli occhi perché ha ingegno. Egli salterebbe a piè zoppo i gradini del paradiso anche in presenza di Geova. È forte nel tirar calci. Tutti gli sviluppi gli sono possibili. Gioca nei rigagnoli e si rialza per una sommossa; la sua sfrontatezza persiste anche davanti alla mitraglia; era un monello, ora è un eroe; come il piccolo tebano scuote la pelle del leone; il tamburino Bara[16] era una monello di Parigi; egli grida: «Avanti!» come il cavallo della Scrittura, dice: «Va'!», e in un minuto si trasforma da marmocchio in gigante.

Questo figlio del pantano è anche figlio dell'ideale. Misurate quest'apertura d'ali, che va da Molière a Bara.

Tutto sommato, e per dirla in una parola, il birichino è una creatura che si diverte perché è infelice.

---

[15] Jean-Antoine-Étienne Championnet (1762-1800), generale bonapartista, che organizzò la Repubblica Partenopea.

[16] Joseph Bara (1779-1793), tamburino al seguito dell'armata repubblicana. Catturato, si rifiutò di gridare «Viva il re» e fu ucciso.

Per riassumere ancora, il birichino parigino è oggi, come un tempo il *graeculus*[18] di Roma, il popolo fanciullo che ha sulla fronte la ruga del vecchio mondo.

Il birichino è una grazia per la nazione, e nel tempo stesso una malattia. Malattia che bisogna guarire. In che modo? Con la luce.

La luce risana.

La luce illumina.

Tutte le generose irradiazioni sociali nascono dalla scienza, dalle lettere, dalle arti, dall'insegnamento. Fate degli uomini, fate degli uomini! Illuminateli affinché vi riscaldino. Presto o tardi il grande problema dell'istruzione universale si presenterà con l'irresistibile autorità del vero assoluto; e allora quelli che governeranno sotto la vigilanza dell'idea francese, dovranno fare questa scelta: o i fanciulli della Francia o i monelli di Parigi; o le fiamme nella luce, o i fuochi fatui nelle tenebre.

Il birichino esprime Parigi, e Parigi esprime il mondo.

Perché Parigi è un totale. Parigi è la vòlta del genere umano. Tutta questa prodigiosa città è un compendio dei costumi che furono e di quelli che sono. Chi vede Parigi crede di vedere il substrato di tutta la storia, con intervalli di cielo e di costellazioni. Parigi ha un Campidoglio: il Municipio; un Partenone: Notre-Dame; un Monte Aventino: il sobborgo Saint-Antoine; un Asinarium: la Sorbona; un Panthéon: il Panthéon; una Via Sacra: il viale degli Italiani; una Torre dei Venti: l'opinione; e sostituisce le gemonie col ridicolo. Il suo *majo* si chiama bellimbusto; il suo trasteverino è l'abitante dei sobborghi; il suo *hammal* è il facchino dei mercati; il suo lazzarone si chiama sfaccendato; il suo *cockney* si chiama zerbinotto. A Parigi vi è tutto quello che c'è altrove. La pescivendola di Dumarsais può tener testa alla venditrice d'erbe di Euripide; il discobolo Veiano rivive in Forioso, danzatore sulla corda, il Miles Therapontigonus andrebbe a braccetto col granatiere Vadeboncoeur,[19] il rigattiere Damasippo[20] sarebbe felice presso i rivenduglioli di anticaglie; Vincennes pugnalerebbe Socrate proprio come l'Agorà[21] avrebbe imprigionato Diderot; Grimod de la Reynière ha scoperto l'arrosto al sego

---

[17] Ecco Parigi, ecco l'uomo.
[18] Spregiativo di «greco».
[19] Therapontigonus, personaggio del *Curculione* di Plauto. Vadeboncoeur, figura di soldato sbruffone del XVIII secolo.
[20] Citato da Orazio nelle *Satire*.
[21] Vincennes, residenza dei re di Francia. Agorà, la celebre piazza di Atene.

come Curtillo[22] aveva inventato il riccio arrostito: vediamo riapparire sotto il pallone dell'Arco dell'Étoile il trapezio che è in Plauto; il mangiatore di spade del Pecile incontrato da Apuleio è il trangugiatore di sciabole del Pont-Neuf; il nipote di Rameau e il parassita Curculione[23] fanno il paio; Ergasilo si farebbe presentare a Cambacérès da Aigrefeuille;[24] i quattro zerbinotti di Roma, Alcesimarco, Fedromo, Diabolo e Argirippo[25] discendono dalla Courtille nella diligenza di Labatut; Aulo Gellio non si fermava davanti a Congrio più a lungo di Charles Nodier davanti a Pulcinella; Marton non è una tigre, ma Pardalisca non era certo un drago; il buffone Pantolabo si beffa al caffè inglese del gaudente Nomentano, Ermogene[26] fa il tenore agli Champs-Elysées, e intorno a lui il pezzente Trasio, vestito da pagliaccio, va chiedendo l'elemosina; il seccatore che vi ferma alle Tuileries tirandovi per un bottone della giacca, vi fa ripetere, dopo duemila anni, l'apostrofe di Tesprione: «*Quis properantem me prehendit pallio?*»;[27] il vino di Suresne è la parodia del vino d'Alba, il bicchiere colmo di Désaugiers fa da contrappeso alla gran coppa di Balatrone; il Père-Lachaise esala sotto le piogge notturne le stesse luci delle Esquilie, e la fossa del povero, comperata per cinque anni, equivale alla bara d'affitto dello schiavo.

Cercate qualche cosa che Parigi non abbia. Il tino di Trofonio non contiene niente che non sia nel mastello di Mesmer; Ergafila risuscita in Cagliostro; il bramino Vâsaphantâ s'incarna nel conte di Saint-Germain;[28] il cimitero di Saint-Médard fa dei miracoli validi quanto quelli della moschea Umumié di Damasco.

Parigi ha un Esopo che è Mayeux, e una Canidia che è la signorina Lenormand.[29] Si turba come Delfo alle realtà sfolgoranti della visione; fa girare i tavoli come Dodona i tripodi. Mette sul trono la sartina come Roma vi metteva la cortigiana: tutto sommato, se Luigi XI è peggiore di Claudio, la signora Du Barry vale più di Messalina. Parigi riunisce in un tipo inaudito, che è vissuto e in cui ci siamo imbattuti, la

[22] Grimod de la Reynière e Curtillo, gastronomi, il secondo citato da Orazio nelle *Satire*.

[23] Personaggio di Diderot il primo, di Plauto il secondo.

[24] Ergasilo, parassita, Cambacérès, famoso anfitrione, Aigrefeuille, nome di ecclesiastici francesi.

[25] Tutti personaggi di Plauto, come i successivi Congrio e Pardalisca. La Courtille era la località dalla quale le maschere scendevano a Parigi durante il Carnevale.

[26] Pantolabo, Nomentano, Ermogene, personaggi delle *Satire* di Orazio, come i successivi Trasio e Balatrone.

[27] «Chi mi tira per il mantello mentre ho tanta fretta?» dall'*Epidico* di Plauto.

[28] Trofonio, dio della Beozia, dal potere divinatorio; il conte di Saint-Germain, avventuriero, maestro di Cagliostro.

[29] Mayeux, gobbo creato dal caricaturista Traviès; Canidia, fattucchiera citata da Orazio; Marie-Anne Lenormand, celebre chiromante.

nudità greca, l'ulcera ebraica e la trivialità fanfarona di Guascogna. Mette insieme Diogene, Giobbe e Pagliaccio, veste uno spettro coi vecchi numeri del «Constitutionnel» e ne forma Chodruc Duclos.[30]

Sebbene Plutarco dica: «*il tiranno non invecchia*», Roma si rassegnò, sotto Silla come sotto Domiziano, e moderava volentieri le proprie esigenze. Il Tevere era un Lete, se bisogna credere all'elogio un po' dottrinario che ne scrisse Varone Vibisco: *Contra Gracchos Tiberim habemus. Bibere Tiberim, id est seditione oblivisci.*[31]

Parigi beve un milione di litri d'acqua al giorno, ma questo non le impedisce, all'occasione, di chiamare all'adunata e di suonare le campane a stormo.

Salvo questo, Parigi è bonacciona. Accetta regalmente ogni cosa; non fa la difficile quanto a Venere, e la sua Callipigia è un'ottentotta; purché possa ridere, perdona; la bruttezza la rende gaia, la deformità le facilita la digestione, il vizio la distrae; purché siate originale, potrete anche essere un furfante: neppure l'ipocrisia, questo supremo cinismo, la rivolta; ed è tanto letteraria, che non si tura le nari davanti a Basilio, né si scandalizza della preghiera di Tartufo,[32] così come Orazio non si adombra del rutto di Priapo. Al profilo di Parigi non manca nessun tratto del volto dell'universo. Il ballo Mabille[33] non è la danza polinnica del Gianicolo, ma la rivenditrice d'indumenti femminili tien d'occhio la ragazza di facili costumi, come la ruffiana Stafila si accaparrava la vergine Planesia.[34] La barriera del Combattimento non è un Colosseo, ma vi si ostenta la ferocia come se Cesare stesse a guardare. L'ostessa siriaca ha maggior grazia di mamma Saguet,[35] ma se Virgilio frequentava l'osteria romana, David d'Angers, Balzac e Charlet si sono seduti a tavola nella bettola parigina. Parigi regna. I geni vi risplendono, i pesciolini rossi vi prosperano. Adone vi passeggia sul suo carro a dodici ruote, adorno di lampi e di fulmini; Sileno vi fa il suo ingresso a cavallo dell'asino. Sileno: leggete Ramponneau.[36]

Parigi è sinonimo di Cosmos. Parigi è Atene, Roma, Sibari, Gerusalemme, Pantin.[37] Tutte le civiltà vi si trovano in sintesi, e parimenti tutte le barbarie. Essa sarebbe assai addolorata se non avesse una ghigliottina.

---

[30] Personaggio eccentrico che frequentava la corte durante la restaurazione.
[31] Contro i Gracchi abbiamo il Tevere. Bere il Tevere è dimenticare la ribellione.
[32] Basilio, Tartufo: rispettivamente personaggi del *Barbiere di Siviglia* di Beaumarchais, e della commedia omonima di Molière: figure di ipocriti.
[33] Locale da ballo agli Champs-Elysées.
[34] Stafila, Planesia: personaggi dell'*Aulularia* e del *Curculione* di Plauto.
[35] Ristorante di Montparnasse.
[36] Proprietario di un caffè alla moda.
[37] Cimitero parigino e altro nome di Parigi.

Un po' di piazza di Grève ci vuole. Cosa sarebbe tutta questa eterna festa senza un tale condimento? Le nostre leggi vi hanno saggiamente provveduto, e mercè loro la mannaia sgocciola su quel martedì grasso.

XI

DERIDERE, DOMINARE

Parigi non ha limiti. Nessuna città ha posseduto quel suo modo di dominare, che deride talvolta quegli stessi ch'essa soggioga. «Piacervi, o Ateniesi!» esclama Alessandro. Parigi fa più che imporre la legge: inventa la moda; fa più che inventare la moda: crea l'abitudine. Parigi può essere stupida, se le piace: talora si procura questo lusso; allora tutto l'universo diventa stupido con lei. Poi si risveglia, si stropiccia gli occhi, esclama: «Come sono stupida!» e scoppia in una risata in faccia al genere umano. Quale meraviglia, una tale città! Quale stranezza, che tutta questa grandiosità e questa buffoneria possano stare bene insieme, che tanta maestà non venga scompigliata da siffatta parodia, che la stessa bocca possa oggi soffiare nella tromba del giudizio universale, e domani in uno zufolo di bimbi! Parigi possiede una suprema giovialità. La sua gioia è una folgore, il suo scherzo tiene uno scettro. Talvolta i suoi uragani nascono da una smorfia. Le sue esplosioni, le sue epopee, le sue lotte, i suoi capolavori, i suoi prodigi giungono fino agli estremi limiti del mondo, e i sui sproloqui del pari. Il suo riso è una bocca di vulcano che inzacchera tutta la terra. I suoi lazzi sono faville. Essa impone ai popoli le sue caricature come il suo ideale; i più grandi monumenti della civiltà umana accettano le sue ironie, e prestano la loro eternità alle sue buffonate. Essa è superba; possiede un prodigioso 14 luglio che libera il globo; fa prestare il giuramento della Pallacorda a tutte le nazioni, la sua notte del 4 agosto distrugge in poche ore mille anni di feudalesimo, la sua logica diventa il muscolo della volontà unanime; si moltiplica sotto tutte le forme del sublime, riempie con la sua luce Washington, Kosciusko, Bolivar, Botzaris, Riego, Bem, Manin, Lopez, John Brown, Garibaldi; si trova dovunque s'accenda una fiaccola dell'avvenire: a Boston nel 1779, all'isola di Léon nel 1820, a Pest nel 1848, a Palermo nel 1860; sussurra la potente parola d'ordine: *Libertà*, all'orecchio degli abolizionisti americani, aggrappati sul traghetto di Harper's Ferry, e all'orecchio dei patrioti di Ancona riuniti all'ombra degli Archi, davanti alla locanda Gozzi sulla riva del mare; crea Canaris, Quiroga, Pisacane; irradia la grandezza sulla terra e per seguire l'impulso del suo soffio Byron muore a

Missolungi e Mazet a Barcellona; si fa tribuna sotto i piedi di Mirabeau e cratere sotto quelli di Robespierre; i suoi libri, il suo teatro, la sua arte, la sua scienza, la sua letteratura, la sua filosofia sono i manuali del genere umano; essa possiede Pascal, Régnier, Corneille, Cartesio, Jean-Jacques Rousseau, Voltaire per tutti gli istanti; Molière per tutti i secoli; fa parlare da tutte le bocche la sua lingua, che diventa Verbo; suscita in tutti gli spiriti l'idea di progresso, i dogmi liberatori che prepara diventano armi indispensabili per le generazioni; con l'anima dei suoi pensatori e dei suoi poeti, dal 1789 in poi, si formarono gli eroi di tutti i popoli. Ma tutto ciò non le impedisce di scherzare; e quell'enorme genio che si chiama Parigi, mentre trasforma il mondo con la sua luce, schizza col carbone, sul muro del tempio di Teseo, il naso di Bouginier, e scrive sulle piramidi: *Crédeville ladro*.

Parigi mostra sempre i denti: quando non ringhia, ride.

Tale è Parigi. I fumi dei suoi tetti sono le idee dell'universo. Cumulo di fango e di pietre, se si vuole, ma soprattutto ente morale. È più che grande, immensa. Perché? Perché osa.

Osare: il progresso s'ottiene a tal prezzo.

Tutte le sublimi conquiste, quale più quale meno, sono frutto di ardire. Perché esista la rivoluzione, non basta che Montesquieu la presagisca, che Diderot la predichi, che Beaumarchais l'annunci, che Condorcet la calcoli, che Arouet la prepari, che Rousseau la premediti: è necessario che Danton l'osi.

Il grido: *Audacia!* è un *Fiat lux*. È indispensabile, perché il genere umano progredisca, che, sulle sommità, vi siano in permanenza delle fiere lezioni di coraggio. Le temerità sbalordiscono la storia e costituiscono una delle grandi luci dell'uomo. L'aurora osa, quando si leva. Tentare, sfidare, persistere, perseverare, esser fedeli a se stessi, affrontare a corpo a corpo il destino, stupire la catastrofe per la poca paura che ci incute, talvolta affrontare la potenza iniqua, talvolta insultare la vittoria ubriaca, tener duro, resistere: ecco l'esempio di cui i popoli hanno bisogno, ecco la luce che li elettrizza. Lo stesso lampo formidabile va dalla torcia di Prometeo alla pipetta di Cambronne.

XII

L'AVVENIRE LATENTE NEL POPOLO

Quanto al popolo parigino, anche uomo fatto, è sempre monello: dipingere il fanciullo è dipingere la città, ed è perciò che abbiamo studiato quest'aquila in questo spregiudicato passerotto.

È soprattutto nei sobborghi, insistiamo su ciò, che appare la razza parigina: là v'è il puro sangue; là è la sua vera fisionomia; là il popolo lavora e soffre, e la sofferenza e il lavoro sono i due aspetti dell'uomo. Nei sobborghi esistono enormi quantità di esseri ignoti, fra i quali formicolano i più strani tipi, dallo scaricatore della Rapée sino allo squartatore di Montfaucon. *Fex urbis*,[38] esclama Cicerone; *mob*,[39] aggiunge indignato Burke: miseria, moltitudine, popolaccio. Si fa presto a dir così! Ma sia pure. Che importa? Che cosa fa, se essi vanno a piedi nudi? Non sanno leggere: tanto peggio. Li abbandonerete per questo? Farete della loro sventura una maledizione? La luce non può penetrare fra quelle masse? Torniamo al grido: Luce! E ripetiamolo ostinatamente: Luce! Luce! Chissà che quelle opacità non diventino trasparenze! Le rivoluzioni non sono trasfigurazioni? Andate, o filosofi, insegnate, illuminate, accendete, pensate ad alta voce, parlate forte, correte festanti alla luce del sole, affratellatevi con la piazza, annunciate la buona novella, diffondete gli alfabeti, proclamate i diritti, cantate le Marsigliesi, seminate gli entusiasmi, strappate dalle querce i rami verdi. Fate dell'idea un vortice. Quella folla può diventare sublime. Impariamo a valerci di quel vasto incendio di princìpi e di virtù, che in certi momenti sfavilla, sfolgora, freme. Quei piedi nudi, quelle braccia nude, quei cenci, quelle ignoranze, quelle abiezioni, quelle tenebre, possono essere impiegati alla conquista dell'ideale.

Guardate attraverso il popolo e scorgerete la verità. Gettate nella fornace la spregevole sabbia che calpestate sotto i piedi, fondetela, fatela bollire: diventerà uno splendido cristallo, e per merito suo Galileo e Newton scopriranno gli astri.

XIII
IL PICCOLO GAVROCHE

Otto o nove anni circa dopo gli avvenimenti che abbiamo narrati nella seconda parte di questa storia, si vedeva gironzolare sul viale del Temple e nei dintorni del Château-d'Eau, un fanciullo tra gli undici e i dodici anni, che avrebbe realizzato discretamente il tipo del birichino da noi schizzato più sopra, se, pur con la bocca atteggiata al riso proprio della sua età, non avesse avuto un cuore assolutamente vuoto e tetro. Questo fanciullo era bizzarramente coperto di un paio di calzoni che però non erano di suo padre; e di una camiciola da donna che però non era di sua madre. Persone estranee lo avevano vestito in

[38] Feccia della città.
[39] Popolaccio.

quel modo per carità. Eppure egli aveva un padre e una madre. Ma suo padre non si occupava di lui, e sua madre non lo amava. Era uno di quei bimbi più degli altri degni di pietà, perché, pur avendo padre e madre, sono orfani.

Questo fanciullo non si trovava mai così bene come quando era in strada. Il selciato era per lui meno duro del cuore di sua madre.

I suoi genitori lo avevano buttato nella vita con un calcio.

Egli aveva subito preso il volo.

Era un ragazzo pallido e svelto, destro, rumoroso, motteggiatore, dall'aspetto vivace e malaticcio. Andava, veniva, cantava, giuocava, frugava nei rigagnoli, rubava un poco, ma scherzando, come fanno i gatti e i passeri, rideva quando lo si chiamava galoppino e si arrabbiava quando lo si chiamava briccone.

Non aveva tetto, né pane, né fuoco, né affetto: ma era felice perché era libero.

Quando questi poveri esseri diventano uomini, quasi sempre la macina dell'ordine sociale li incontra e li schiaccia: ma finché sono bambini sfuggono, in quanto sono piccoli. Il più piccolo buco li salva.

Eppure, benché fosse così abbandonato, ogni due o tre mesi gli accadeva di esclamare: «To', vado a trovare la mamma!». Allora lasciava i viali, il Circo, la porta Saint-Martin, s'incamminava verso il lungosenna, oltrepassava i ponti, penetrava nel sobborghi, raggiungeva la Salpêtrière, e dove si fermava? proprio a quel doppio numero 50-52, che il lettore conosce: alla topaia Gorbeau.

La topaia 50-52, di consueto disabitata ed eternamente decorata della scritta: «Camere da appigionare», era in quel tempo, caso veramente straordinario, abitata da parecchi individui, che, come sempre accade a Parigi, non avevano alcun rapporto tra loro. Appartenevano tutti a quella classe indigente che comincia coll'ultimo borghesuccio indebitato e che, di miseria in miseria, si estende nei bassifondi della società sino ai due esseri nelle cui mani vanno a terminare tutte le cose materiali della civiltà: lo spazzaturaio che scopa via le immondizie, e il cenciaiuolo che raccoglie gli stracci.

La «principale inquilina» dei tempi di Jean Valjean era morta ed era stata sostituita da un'altra perfettamente simile. Non so quale filosofo disse: «Le vecchie non mancano mai».

Quest'altra vecchia si chiamava Burgon, e nella sua vita non c'era niente di interessante, all'infuori di una dinastia di tre pappagalli, che avevano regnato successivamente nel suo cuore.

I più miserabili abitanti di quella topaia erano una famiglia di quattro persone: padre, madre e due ragazze già grandicelle, alloggiati tutti e quattro in una sola stanzaccia, una di quelle celle di cui abbiamo già parlato.

Questa famiglia non offriva, a prima vista, niente di particolare all'infuori di un'estrema miseria: il padre, prendendo in affitto la camera, aveva detto di chiamarsi Jondrette. Qualche tempo dopo la sua sistemazione, che somigliava in modo singolare, per dirla con la memorabile espressione della principale inquilina, *all'entrata del niente di niente*, Jondrette aveva detto a questa donna, la quale, come la precedente, adempiva alle funzioni di portinaia e scopava la scala: «Buona donna, se per caso venisse qualcuno a chiedere di un polacco o di un italiano, o forse di uno spagnolo, badate che sono io».

Era questa la famiglia dell'allegro piccolo vagabondo. Quando andava a casa, vi trovava la miseria e, cosa ancor più triste, neppure un sorriso; freddo nel focolare, freddo nei cuori. Quando entrava, gli domandavano: «Da dove vieni?». Egli rispondeva: «Dalla strada». Quando se ne andava, gli domandavano: «Dove vai?». Egli rispondeva: «Nella strada». Sua madre gli diceva: «Che cosa vieni a fare qui?».

Il fanciullo viveva in questa mancanza di affetti, come quelle erbe pallide che crescono nelle cantine. Ma egli non ne soffriva, e non se la prendeva con nessuno. Non sapeva bene come dovessero essere un padre e una madre.

Del resto, sua madre amava le bambine.

Abbiamo dimenticato di dire che sul viale del Temple questo fanciullo era chiamato il piccolo Gavroche. Perché Gavroche? Probabilmente perché suo padre si chiamava Jondrette. Sembra che certe famiglie miserabili abbiano l'istinto di spezzare il filo delle parentele.

La stanza occupata dagli Jondrette nella topaia Gorbeau era l'ultima in fondo al corridoio. Quella accanto era abitata da un giovane poverissimo che chiamavano «il signor Marius».

Diciamo chi era questo Marius.

LIBRO SECONDO

IL GRAN BORGHESE

I

NOVANT'ANNI E TRENTADUE DENTI

Ci sono ancora alcuni vecchi abitanti di via Normandie e di via Saintonge che ricordano un buon uomo chiamato Gillenormand, e ne parlano con compiacimento. Costui era vecchio quando essi erano giovani. Per coloro che contemplano con occhio melanconico quel confuso formicolare di ombre che è il passato, l'immagine di quel vegliardo non è ancora scomparsa del tutto dal labirinto di vie che circondano il Temple e alle quali, sotto Luigi XIV, furono posti i nomi di tutte le provincie francesi, appunto come ai giorni nostri applicarono i nomi di tutte le capitali d'Europa alle contrade del nuovo rione Tivoli; progressione in cui, sia detto di sfuggita, è evidente il progresso.

Il signor Gillenormand nel 1831 era più che mai vivo e prosperoso, ed era uno di quegli uomini che si vedono con curiosità solo perché hanno vissuto a lungo, e che sembrano strani perché un tempo furono simili ai loro contemporanei, e oggi non assomigliano più a nessuno. Era un vecchio degno di nota, e veramente l'uomo di un altro secolo, il tipo del vero borghese completo e un po' altero del secolo decimottavo, che sosteneva la sua buona vecchia borghesia col sussiego con cui i marchesi vantano il loro marchesato. Aveva superato i novant'anni, eppure camminava diritto, parlava ad alta voce, ci vedeva benissimo, beveva con piacere, mangiava, dormiva e russava. Aveva trentadue denti. Non metteva gli occhiali altro che per leggere. Era di temperamento amoroso, ma diceva che da una diecina d'anni aveva decisamente e per sempre rinunciato alle donne. Confessava che non poteva più piacere, e non aggiungeva: «Sono troppo vecchio!» bensì: «Sono troppo povero». Diceva: «Eh, se non fossi andato in rovina...».

Infatti non gli rimaneva che una rendita di circa quindicimila franchi. Il suo sogno era di fare un'eredità di centomila franchi di rendita per poter avere delle amanti. Come si vede, egli non apparteneva a quella specie malaticcia di ottuagenari che, come Voltaire, sono stati moribondi per tutta la vita; la sua non era la longevità del vaso incrinato: era un vecchio robusto, che era sempre stato sano. Era superficiale, impetuoso, facile a irritarsi. Andava in furia per la minima cosa, per lo più in senso contrario alla verità. Quando lo contraddicevano, alzava il bastone e batteva la gente, come si usava nel gran secolo. Aveva una figlia di cinquant'anni passati, nubile, che picchiava per bene quando andava in collera, e che avrebbe volentieri staffilata. La trattava come se avesse otto anni. Schiaffeggiava con forza i suoi domestici e diceva: «Ah, carogna!». Una delle sue bestemmie era: «*Per la pantofolaccia della pantofolacciata!*». Compiva strane smargiassate: ad esempio, si faceva radere tutti i giorni da un barbiere che era stato pazzo, e che lo detestava perché geloso della moglie, bella parrucchiera civetta. Il signor Gillenormand ammirava il proprio discernimento in ogni cosa, e si riteneva assai sagace; ecco uno dei suoi detti: «Sono veramente dotato di intuito; arrivo a dire, quando una pulce mi morde, da qual donna mi provenga». Le parole che egli pronunciava più spesso erano: l'*uomo sensibile e la natura*. Non dava a quest'ultima parola il grande significato che il nostro tempo le ha riconosciuto, ma l'adoperava a suo modo nelle piccole satire familiari. Egli diceva: «Perché la civiltà abbia un po' di tutto, la natura le diede persino dei saggi di barbarie divertente. L'Europa possiede, in piccolo formato, campioni dell'Asia e dell'Africa. Il gatto è una tigre da salotto, la lucertola un coccodrillo da tasca. Le ballerine dell'Opéra sono selvagge color di rosa. Esse non mangiano gli uomini, ma li sgranocchiano: oppure, le maghe!, li mutano in ostriche e li ingoiano. I Caraibi non lasciano che le ossa, esse non lasciano che il guscio. Tali sono i nostri costumi. Noi non divoriamo, ma rosicchiamo; non distruggiamo, ma graffiamo».

II
TALE IL PADRONE, TALE L'ALLOGGIO

Gillenormand abitava al Marais, in via Filles-du-Calvaire n. 6. La casa era di sua proprietà. Essa era stata demolita e poi ricostruita, e il numero è stato probabilmente cambiato durante una di quelle rivoluzioni cui vanno soggette le numerazioni delle vie di Parigi. Egli occupava un vecchio e grande appartamento al primo piano, tra la via e i giardini, tappezzato sino ai soffitti di grandi Gobelins e di Beauvais che rappresentavano scene pastorali; i motivi dei soffitti e dei pannelli erano riprodotti in piccolo sulle poltrone. Il vegliardo chiudeva il suo letto in un grande paravento di lacca di Coromandel, a nove fogli: dalle finestre pendevano ampie e meravigliose cortine che scendevano formando un imponente drappeggio.

Il giardino, situato immediatamente sotto le finestre, si congiungeva a quella di esse che formava angolo mediante una scalinata di dodici o quindici gradini, per i quali il vecchio scendeva e saliva allegramente. Oltre alla biblioteca, attigua alla camera da letto, aveva un salottino che prediligeva, ritiro galante, rivestito di una magnifica tappezzeria ornata di gigli e d'altri fiori, la quale era stata lavorata sulle galere di Luigi XIV per commissione di Vivonne,[1] che l'aveva destinata in dono alla sua amante. Gillenormand l'aveva ereditata da una severa prozia materna, morta centenaria. Egli aveva avuto due mogli. I suoi modi erano qualcosa di mezzo tra quelli dell'uomo di corte che non era mai stato, e quelli del magistrato che avrebbe potuto essere. Era allegro, e, quando voleva, carezzevole. In gioventù era stato uno di quegli uomini che sono sempre traditi dalla moglie e mai dall'amante, perché sono a un tempo i più noiosi mariti e gli amanti più seducenti. Si intendeva assai di pittura. Aveva in camera sua un meraviglioso ritratto di ignoto, dipinto da Jordaens a larghe pennellate, con milioni di particolari a mo' di guazzabuglio, come buttati giù a caso. Vestiva non già secondo la moda dei tempi di Luigi XV, né dei tempi di Luigi XVI, ma come gli «Incredibili» del Direttorio; perché sino a quell'epoca si era creduto giovane e aveva seguito le mode. Il suo vestito era di panno leggero, con larghi risvolti, con una lunga falda a coda di rondine e grossi bottoni d'acciaio; inoltre portava calzoni corti e scarpe con le fibbie. Teneva sempre le mani in tasca, e diceva in tono autorevole: «*La rivoluzione francese è un mucchio di furfanti*».

III
LUC-ESPRIT

A sedici anni, una sera, all'Opéra, egli aveva avuto l'onore di esser preso di mira contemporaneamente dall'occhialino di due celebri e mature bellezze cantate da Voltaire: la Camargo e la Sallé. Preso tra due fuochi, aveva fatto un'eroica ritirata presso una ballerinetta, sedicenne come lui, che aveva nome Nahenry, oscura e ignorata come un gatto, e della quale si era innamorato. Egli era pieno di ricordi e talvolta esclamava: «Com'era graziosa, la Guimard-Guimardini-Guimardinette, l'ultima volta che la vidi a Longhcamps, coi ricci "a sentimenti sostenuti", con le sue inezie di turchesi, colla veste da nuova arrivata e le mani che formavano un manicotto di agitazione!». Nella

---

[1] Il duca Louis de Vivonne, capitano delle galere nel 1665.

sua fanciullezza egli aveva portato una veste di Nain-Londrin, della quale parlava con piacere ed effusione, dicendo: «Ero vestito come un turco del Levante levantino». La signora di Blouffers, avendolo veduto per caso quando aveva vent'anni, l'aveva definito «un grazioso pazzo». Egli si scandalizzava di tutti i nomi che vedeva nella politica o al potere, trovandoli bassi e borghesi. Leggeva i giornali, *i fogli di notizie*, *le gazzette* come diceva, scoppiando dalle risa. «Oh,» esclamava «chi sono costoro? Corbière! Humann! Casimir Périer! Persone simili sono ministri! Mi sembra di leggere in un giornale: signor Gillenormand, ministro. Sarebbe da ridere! Ebbene, essi sono così bestie che la farebbero franca!»

Egli chiamava tutte le cose col loro nome, fosse o non fosse sconveniente, e non si metteva in soggezione davanti alle donne. Diceva trivialità, oscenità, sudicerie, con un tono così pacato e imperturbabile e che riusciva elegante. Era il sistema spregiudicato del suo secolo. Bisogna notare che il secolo delle perifrasi in versi è stato il tempo delle crudezze in prosa. Il suo padrino gli aveva predetto che sarebbe stato un uomo di genio, e gli aveva dato questi due nomi significativi: Luc-Esprit.

IV

ASPIRANTE CENTENARIO

Nell'infanzia egli aveva avuto dei premi nel collegio di Moulins, sua città natale, ed era stato premiato dalla mano del duca di Nivernais, che egli chiamava duca di Nevers. Né la Convenzione, né la morte di Luigi XVI, né Napoleone, né il ritorno dei Borboni, avevano potuto cancellare dalla sua mente il ricordo di quella premiazione. *Il duca di Nevers* era per lui la grande figura del secolo. «Che incantevole gran signore,» egli diceva «e come stava bene col suo cordone azzurro!» Agli occhi di Gillenormand, Catherine II aveva riparato la colpa della divisione della Polonia, comperando da Bestuchef per tremila rubli il segreto dell'elisir d'oro. A questo proposito egli s'animava: «L'elisir d'oro,» esclamava «la tintura gialla di Bestuchef e le gocce del generale Lamotte al prezzo di un luigi ogni ampollina di mezz'oncia, erano nel secolo decimottavo il gran rimedio contro le catastrofi amorose, la panacea contro Venere. Luigi XV ne mandava duecento fiale in dono al Papa». L'avrebbe fatto esasperare e montar sulle furie chi gli avesse detto che l'elisir d'oro non è altro che il percloruro di ferro. Gillenormand adorava i Borboni e aveva in orrore il 1789; raccontava sempre in qual modo si fosse messo in salvo durante il Terrore, e di quante giovialità e di quanto ingegno avesse dovuto far uso per conservare la testa sulle spalle. Se qualche giovane si arrischiava a tessere l'elogio della repubblica in sua presenza, diventava livido e s'irritava al punto di venir meno. Talvolta, alludendo alla sua età di novant'anni, diceva: «*Spero che non vedrò due novantatré*». Talora invece diceva che intendeva vivere cento anni.

V

BASQUE E NICOLETTE

Egli aveva le sue teorie. Eccone una: «Quando un uomo ama appassionatamente le donne, e ha una moglie della quale poco si interessa, brutta, burbera, legittima, piena di pretese, appollaiata sul codice e, all'occasione, gelosa, l'unico modo di trarsi d'impaccio e di godere la pace sta nell'abbandonare alla moglie i cordoni della borsa. Tale abdicazione lo rende libero. Allora la moglie si occupa, si appassiona nel maneggiare il denaro, vi s'insudicia le dita, intraprende l'educazione dei mezzadri e l'ammaestramento dei fittavoli, tratta con gli avvocati, presiede ai notai, catechizza i tabellioni, visita gli azzeccagarbugli, tien dietro ai processi, stabilisce gli affitti, stende i contratti, si sente sovrana; vende, compera, regola, ordina, promette e compromette, fa e disfà, cede, concede, retrocede, accomoda, disordina, accumula tesori e li prodiga: essa fa, insomma, delle sciocchezze, felicità suprema e personale, e ciò la consola. Mentre il marito la trascura, essa gode il piacere di rovinarlo». Egli aveva applicato questa teoria a se medesimo e tale era stata la sua storia. La sua seconda moglie aveva amministrato la sua fortuna in modo tale che al signor Gillenormand, quando un bel giorno si trovò vedovo, restò appena di che vivere collocando la maggior parte dei suoi capitali a vitalizio, cioè circa quindicimila franchi di rendita, di cui i tre quarti si sarebbero estinti con lui. Egli non aveva esitato, poco preoccupato di lasciare un'eredità. D'altronde aveva veduto che i patrimoni subivano sorti avventurose, e, per esempio, potevano diventare *beni nazionali*; aveva assistito alle diverse traversie del terzo Consolidato, e credeva poco al gran libro del Debito Pubblico, «Questo sa di via Quincampoix!»[2] diceva. La casa di via Filles-du-Calvaire, come abbiamo già detto, gli apparteneva. Aveva due domestici, «un maschio e una femmina». Quando prendeva un nuovo servo, lo ribattezzava. Agli uomini dava il nome della loro provincia: Nimois, Comtois, Poi-

[2] Via dove si trovavano gli speculatori di borsa.

tevin, Picard.[3] Il suo ultimo domestico era un uomo di cinquantacinque anni, asmatico, debole di gambe e incapace di fare venti passi di
seguito, ma, poiché era nato a Baiona, il signor Gillenormand lo
chiamava Basque.[4] Quanto alle fantesche, per lui si chiamavano tutte Nicolette (anche la Magnon di cui si parlerà più avanti). Un giorno gli si presentò una superba cuoca, assai imponente, di nobile stirpe di portinai. «Quanto volete al mese?» le domandò il signor Gillenormand. «Trenta franchi.» «Come vi chiamate?» «Olympie.»
«Avrai cinquanta franchi e ti chiamerai Nicolette.»

VI
DOVE S'INTRAVEDE LA MAGNON CON I SUOI DUE PICCINI

Il dolore nel signor Gillenormand si trasformava in collera; egli era
furioso di essere addolorato. Aveva tutti i pregiudizi e si prendeva
tutte le licenze. Una delle cose sulle quali fondava il suo risalto nel
mondo e la sua intima soddisfazione, era, l'abbiamo appena detto,
d'essere rimasto un arzillo galante, e di passare fortemente per tale.
Egli chiamava ciò «rinomanza regale». La rinomanza regale gli attirava talvolta singolari cuccagne. Un giorno gli fu portato in casa, in
un lungo cesto di vimini, come fosse una partita d'ostriche, un grosso
bimbo appena nato, ben avviluppato nelle fasce, che strillava come
un dannato, e del quale una serva da lui scacciata sei mesi prima gli
affibbiava la paternità. Il signor Gillenormand aveva allora compiuto ottantaquattro anni. Vi fu un gran clamore, una grande indignazione in tutto il vicinato. «A chi vuol darla a intendere quella sfrontata briccona?» si diceva. «Che audacia! Quale orribile calunnia!»
Ma Gillenormand non andò affatto in collera. Esaminò il maschiot-
to con l'amabile sorriso di un uomo lusingato dalla calunnia, e disse
a quanti gli erano intorno: «Ebbene? Cosa c'è? Cosa è stato? Voi vi
stupite fuori luogo, da ignoranti che siete! Il duca d'Angoulême,
bastardo di Sua Maestà Carlo IX, si sposò a ottantacinque anni con
una farfallina di quindici anni; Virginal, marchese di Alluye, fratello
del cardinale di Sourdis, arcivescovo di Bordeaux, ebbe, a ottantatré
anni, da una cameriera della presidentessa Jacquin, un figlio, un vero figlio dell'amore, che fu cavaliere di Malta e consigliere militare
di Stato; uno dei grandi uomini di questo secolo, l'abate Tarabaud, è

[3] Di Nimes, della Franca Contea, del Poitou, della Piccardia.
[4] Nativo della Biscaglia. «Correre come un Basque» in Francia significa «correre
velocissimo».

figlio di un uomo di ottantasette anni. Sono cose che non hanno niente di straordinario. E la Bibbia, allora! Quanto a questo signorino, io dichiaro che non è mio. Ma voglio che ci si prenda cura di lui. Non è colpa sua». Il processo era veramente bonario. La madre, che si chiamava Magnon, l'anno seguente gli fece un secondo invio: un altro maschietto. Questa volta Gillenormand capitolò. Egli consegnò alla madre i due marmocchi, impegnandosi a pagare ottanta franchi al mese per il loro mantenimento, a patto che la predetta madre non ricominciasse. Inoltre aggiunse: «Voglio che la madre li tratti bene. Io andrò a vederli di quando in quando». Ciò che realmente fece. Egli aveva avuto un fratello prete, che era stato per trentatré anni rettore dell'Accademia di Poitiers, ed era morto a settantanove anni. «L'ho perduto giovane» soleva dire. Questo fratello, del quale rimangono pochi ricordi, era un avaro coscienzioso, che si credeva obbligato, per la sua condizione di prete, a fare l'elemosina ai poveri che incontrava, ma non dava mai altro che dei centesimi o delle monete fuori corso, trovando in tal modo la maniera di andare all'inferno per la strada del paradiso. Gillenormand, invece, non lesinava mai l'elemosina, e dava volentieri e con nobiltà. Era benevolo, ruvido, caritatevole e, se fosse stato ricco, la magnificenza sarebbe stata il suo debole. Egli voleva che tutto quello che lo concerneva fosse fatto in grande, anche le birbonate. Un giorno, in occasione di una eredità, essendo stato truffato da un uomo di affari in modo grossolano ed evidente, lanciò questa solenne esclamazione: «Oibò! Che azione indegna! Mi vergogno veramente di simili ladrerie. Tutto è degenerato in questo secolo, persino i furfanti! Perbacco! Non è questo il modo di derubare un uomo della mia fatta! Son derubato come in un bosco, ma in malo modo. *Sylvae sint consule dignae!*».[5] Abbiamo già detto che aveva avuto due mogli. Dalla prima aveva avuto una figlia rimasta zitella, dalla seconda un'altra, morta verso i trent'anni, la quale per amore, per caso o per un'altra ragione qualunque, aveva sposato un soldato di ventura, che aveva servito negli eserciti della repubblica e dell'impero, era stato decorato ad Austerliz, e fatto colonnello a Waterloo. «*È la vergogna della mia famiglia*» diceva il vecchio borghese.

Annusava molto tabacco e aveva una grazia particolare nello sgualcire i merletti dello sparato della sua camicia col dorso della mano.

Credeva pochissimo in Dio.

[5] Dalle *Bucoliche* di Virgilio: «(Se cantiamo le foreste), le foreste siano degne del console».

VII

REGOLA: RICEVERE SOLTANTO DI SERA

Tale era il signor Luc-Esprit Gillenormand, il quale non aveva ancora perduto i capelli, più grigi che bianchi, e sempre acconciati a orecchie di cane. Infine, e a onta di tutto questo, era venerabile. Somigliava al secolo decimottavo: era frivolo e grande.

Nei primi anni della restaurazione il signor Gillenormand, che era ancora giovane (nel 1814 non aveva che settantaquattro anni), aveva abitato nel sobborgo Saint-Germain, in via Servandoni, presso Saint-Sulpice. Si ritirò ad abitare al Marais solo quando, superata abbondantemente l'ottantina, decise di ritirarsi dalla società.

Ritirandosi dal mondo, si era trincerato nelle sue abitudini. La principale, a cui non veniva mai meno, era di tenere la porta ben chiusa durante il giorno, di non ricevere mai nessuno per nessun motivo, fuorché di sera. Egli pranzava alle cinque pomeridiane, poi la sua porta era aperta. Era la moda del suo secolo, ed egli non voleva venirvi meno. Diceva:

«Il giorno è canaglia, e non merita che le imposte chiuse. Le persone a modo fanno brillare il loro ingegno quando lo zenit accende le stelle». E teneva chiuso per chicchessia, fosse anche il re. Vecchia eleganza del suo tempo.

VIII

DUE NON FANNO UN PAIO

Adesso diremo qualcosa a proposito delle due figlie di Gillenormand. Correvano fra loro dieci anni di differenza. Nella loro giovinezza esse si rassomigliavano pochissimo, e sia per il carattere che per l'aspetto fisico non sembravano sorelle. La secondogenita era un'anima deliziosa, rivolta verso tutto ciò ch'è luminoso, sollecita di fiori, di versi e di musica, rapita negli spazi gloriosi, entusiasta, eterea, idealmente fidanzata fin dall'infanzia a una vaga figura eroica. Anche la maggiore aveva la sua chimera; ella vedeva nell'azzurro un fornitore, un ricchissimo grosso appaltatore, un marito splendidamente idiota, un milione fatto uomo, oppure un prefetto; i ricevimenti di prefettura, un usciere in anticamera con la catena al collo, i balli ufficiali, i discorsi al municipio, essere «la signora prefettessa», tutto ciò turbinava nella sua immaginazione. Le due sorelle si smarrivano così, ciascuna dietro il proprio sogno, al tempo della loro giovinezza. Tutte e due avevano le ali: una come un angelo, l'altra come un'oca.

Nessuna ambizione si trasforma pienamente in realtà, almeno quaggiù; nessun paradiso diventa terrestre ai nostri giorni. La minore aveva sposato l'uomo dei suoi sogni, ma era morta; la maggiore non si era maritata.

Quest'ultima, nel momento in cui entra a prendere parte alla storia che stiamo raccontando, era una vecchia virtuosa, una pinzochera incombustibile, uno dei nasi più a punta e uno dei cervelli più ottusi che si potessero trovare. Particolare caratteristico: nessuno, al di fuori della stretta cerchia familiare, aveva mai saputo il suo nome di battesimo. La chiamavano la *signorina Gillenormand maggiore*.

La signorina Gillenormand maggiore avrebbe potuto dare dei punti a una *miss*, quanto a *cant*.[6] Era la personificazione del pudore portato all'estremo. Aveva un orribile ricordo nella sua vita: un giorno, un uomo aveva visto la sua giarrettiera.

L'età non aveva fatto che accrescere questo pudore spietato. La sua pettorina non era mai abbastanza fitta, né abbastanza accollata. Ella moltiplicava fibbie e spille dove a nessuno passava per il capo di guardare. È una caratteristica del pudore esagerato, moltiplicare sempre più le difese quanto meno è minacciata la fortezza.

Eppure, spieghi chi può quei vecchi misteri d'innocenza, non le dispiaceva di lasciarsi baciare da un ufficiale dei lancieri, che era suo pronipote e si chiamava Théodule.

A onta dei favori concessi a questo lanciere, la designazione di *pinzochera* con cui l'abbiamo classificata le si adattava mirabilmente.

La signorina Gillenormand era una specie d'anima crepuscolare. Il pudore esagerato è una via di mezzo tra la virtù e il vizio.

A ciò ella aggiungeva il bigottismo: fodera ben assortita. Apparteneva alla confraternita della Vergine, portava in feste determinate il velo bianco, biascicava speciali preghiere, adorava il «santo sangue», venerava il «sacro cuore», restava per ore intere in contemplazione davanti a un altare in stile rococò-gesuita, in una cappella chiusa al volgo dei credenti, e lasciava che la sua anima fosse rapita tra piccoli nembi di marmo e attraverso grandi raggi di legno dorato.

Aveva un'amica di cappella, una vergine stantia come lei, la signorina Vaubois, un'ebete perfetta, accanto alla quale la signorina Gillenormand aveva il piacere di sentirsi un'aquila. All'infuori degli *Agnus Dei* e delle *Ave Maria*, la signorina Vaubois non aveva cognizioni se non sui diversi modi di preparare le marmellate: perfetta nel suo genere, era l'ermellino della stupidità senza la minima macchia d'intelligenza.

---

[6] Letteralmente «affettazione, ipocrisia» in inglese: qui inteso come eccesso di riserbo, caratteristico appunto alle zitelle inglesi.

Possiamo però dire che, invecchiando, la signorina Gillenormand aveva più guadagnato che perduto: cosa frequente nei caratteri passivi. Non era mai stata cattiva: il che equivale a una relativa bontà, e poi, gli anni smussano le angolosità, ed essa pure aveva acquistato l'addolcimento dovuto al tempo. Era malinconica senza che neppure lei ne sapesse bene la ragione. C'era in tutta la sua persona lo stupore d'una esistenza finita senza aver mai avuto inizio.

Ella governava la casa paterna. Il signor Gillenormand aveva con sé la figlia come monsignor Bienvenu aveva la sorella. Simili famiglie, costituite da un vecchio e da una zitella, non sono rare, e hanno l'aspetto, sempre commovente, di due debolezze che si sostengono a vicenda.

C'era inoltre nella casa, tra quella zitella e quel vecchio, un bambino, un ragazzetto sempre tremante e muto davanti al signor Gillenormand.

Il signor Gillenormand non parlava mai a quel bimbo se non con voce severa, e talvolta alzando il bastone: «*Qui subito, signore!*» «*Cialtrone, cattivo arnese, avvicinatevi!*» «*Rispondete, briccone!*» «*Fatevi un po' vedere, farabutto!*» e così via. Eppure lo idolatrava.

Era un suo nipotino, figlio di sua figlia. Lo ritroveremo più innanzi.

LIBRO TERZO

NONNO E NIPOTE

I

UN VECCHIO SALOTTO

Quando il signor Gillenormand abitava nella via Servandoni, frequentava parecchi salotti assai per bene e nobilissimi. Quantunque borghese, vi era ricevuto; anzi, poiché aveva due specie d'ingegno, quello che aveva naturalmente e quello che gli si attribuiva, più che ricevuto era ricercato e festeggiato. Egli, d'altronde, non andava che dove sapeva di poter dominare. Vi sono persone che vogliono a ogni costo essere influenti, e occupare gli altri di sé; dove non possono passare per oracoli, si fanno buffoni. Gillenormand non era di tale natura: il suo dominio nei salotti realisti che frequentava non costava niente al rispetto ch'egli aveva di se stesso. Ovunque egli era tenuto come un oracolo. Gli capitava di tener testa a de Bonald e persino a Bengy-Puy-Vallée.[1]

Verso il 1817, egli passava invariabilmente due pomeriggi alla settimana in una casa del vicinato, in via Férou, presso la baronessa di T., degna e rispettabile signora, vedova di un ambasciatore di Francia a Berlino sotto Luigi XVI. Da vivo, il barone di T. si dava appassionatamente alle estasi e alle visioni magnetiche, ed era morto emigrato e in rovina, lasciando, come unico patrimonio, alcune memorie curiosissime su Mesmer e sulle sue bacinelle sperimentali, raccolte in dieci volumi manoscritti, rilegati in marocchino rosso e col taglio dorato. La signora di T. non aveva, per dignità, pubblicato queste memorie, e viveva con una piccola rendita, salvata non si sa come dal naufragio dei suoi beni. Ella viveva lontana dalla corte, *società assai mista*, come ella diceva, in un isolamento nobile, fiero e povero. Alcuni amici si riunivano due volte alla settimana intorno al suo focolare di vedova, e costituivano così un salotto realista puro. Vi si prendeva il tè e, secondo che il vento soffiasse verso l'elegia o verso il ditirambo, si emettevano gemiti o gridi d'orrore sul secolo, sulla costituzione, sui buonapartisti, sulla degenerazione del cordone azzurro che veniva conferito a plebei, sul giacobinismo di Luigi XVIII, e si parlava sotto-

[1] Deputati di destra.

voce delle speranze che faceva concepire *Monsieur*, il fratello del re, che più tardi divenne Carlo X.

Vi si accoglievano con trasporti di gioia alcune trivialissime canzoni, in cui Napoleone era chiamato Nicolas. Alcune duchesse, dame di suprema grazia e raffinatezza, si estasiavano su strofette come questa, rivolta «ai federati»:

> *Renfoncez dans vos culottes*
> *Le bout d' chemis' qui vous pend.*
> *Qu' on n' dis' pas qu' les patriotes*
> *Ont arboré l' drapeau blanc!*[2]

Si dilettavano con giochi di parole che essi credevano terribili, con epigrammi che erano innocenti ma a loro sembravano velenosi, con quartine e anche con distici, come il seguente sul ministero Dessolles, gabinetto moderato di cui facevano parte Decazes e Deserre:

> *Pour raffermir le tróne ébranlé sur sa base,*
> *Il faut changer de sol, et de serre et de case.*[3]

Oppure prendevano l'elenco dei membri della Camera dei pari, «camera abominevolmente giacobina», ne combinavano i nomi in modo da formare, per esempio, frasi come queste: *Damas, Sabran, Gouvion Saint-Cyr.*[4] Il tutto allegramente.

In quel circolo si faceva la parodia della rivoluzione. Si aveva una certa velleità di acuire le stesse collere, ma in senso inverso. Vi si cantava un piccolo *Ça ira*:

> *Ah! ça ira! ça ira! ça ira!*
> *Les buonapartist' à la lanterne!*[5]

Le canzoni sono come la ghigliottina: entrambe tagliano indifferentemente, oggi questa testa, domani quell'altra. Non si tratta che di una semplice variante.

---

[2] Ficcate nei vostri calzoni – l'estremità della camicia che penzola fuori. – Non si dica che i patrioti hanno inalberato bandiera bianca.

[3] Scherzo sul nome dei tre ministri di cui si propone il licenziamento. «Per consolidare il trono scosso dalle fondamenta, bisogna cambiare il *suolo*, la *stufa* e la *casella*.»

[4] Queste parole, con diversa grafia ma con uguale pronuncia (*Damas sabrant Gouvion Saint-Cyr*) significano: «Damas che taglia a pezzi Gouvion Saint-Cyr».

[5] Il *Ça ira* era il canto dei rivoluzionari. Traduciamo questa strofa arbitraria: «La faccenda marcerà, marcerà, marcerà. E i bonapartisti saranno impiccati».

Nel processo Fualdès,[6] che è di quel tempo, 1816, in quel salotto si parteggiava per Bastide e Jausion, perché Fualdès era «buonapartista.» Si qualificavano i liberali *fratelli e amici*; era la massima delle ingiurie.

Come sopra certi campanili, anche nella conversazione della baronessa di T. si vedevano due galli, uno dei quali era Gillenormand, l'altro il conte di Lamothe-Valois, del quale ci si sussurrava all'orecchio con una specie di considerazione: «*Sapete? È il Lamothe dell'affare della collana*». I partiti usano simili strane amnistie.

Aggiungiamo questo: nella borghesia le posizioni onorevoli perdono d'importanza con le relazioni troppo facili; bisogna stare attenti alle persone che si ammettono alla propria amicizia: come c'è perdita di calore avvicinandosi a quelli che hanno freddo, così vi è diminuzione di considerazione trattando con persone tenute in dispregio. La vecchia aristocrazia si riteneva superiore a questa legge come a tutte le altre. Marigny, fratello della Pompadour, ha libero accesso in casa del principe di Soubise. Quantunque tale? No, perché tale. Du Barry, padrino della Vaubernier,[7] è il benvenuto presso il maresciallo Richelieu. Quella società è l'Olimpo: e Mercurio e il principe di Guéménée vi stanno come in casa propria. Un ladro vi è ammesso, purché sia un dio.

Il conte di Lamothe-Valois, che nel 1815 aveva sessantacinque anni, non aveva di notevole che il suo contegno silenzioso e sentenzioso, le sue sembianze fredde e angolose, i suoi modi perfettamente cortesi, il suo vestito abbottonato fino alla cravatta, e le sue lunghe gambe sempre incrociate, rivestite di lunghi calzoni flosci, colore terra di Siena bruciata. Il suo viso aveva il colore dei suoi calzoni.

Questo conte di Lamothe era assai considerato in quel salotto, a causa della sua «celebrità» e, strano a dirsi ma esatto, a causa del nome di Valois.

Quanto al signor Gillenormand, la considerazione di cui godeva era di buona lega. Egli faceva testo perché faceva testo. Sebbene fosse così leggero, aveva, senza che ciò menomasse comunque la sua gaiezza, un suo particolare contegno, imponente, dignitoso, onesto e borghesemente altero, cui aggiungeva prestigio la sua tarda età. Non si rasenta impunemente il secolo. Gli anni finiscono col creare intorno a una testa una veneranda scapigliatezza.

Egli usciva talvolta con certi detti che rivelavano il brio dell'antica arguzia. Così, quando il re di Prussia, dopo aver restaurato Luigi

---

[6] Antoine Faudès, ex magistrato dell'impero assassinato da Bastide e Jausion in una casa malfamata.

[7] Jean Beçu, poi contessa Du Barry, amante di Luigi XV.

XVIII, venne a fargli visita sotto il nome di conte di Ruppin, fu ricevuto dal discendente di Luigi XIV quasi come fosse il semplice marchese di Brandeburgo e con la più delicata impertinenza. Il signor Gillenormand approvò. «*Tutti i re che non sono re di Francia*» egli disse «*sono re provinciali.*» Un giorno si svolgeva alla sua presenza il seguente dialogo: «A che cosa è stato condannato il redattore del "Courrier français"?» «A essere sospeso.» «*Sus* è di troppo» osservò Gillenormand.[8]

Simili frasi bastano a consolidare una posizione.

A un *Te Deum* per l'anniversario del ritorno dei Borboni, vedendo passare Talleyrand, egli disse: «*Ecco sua eccellenza il Male*».

Gillenormand si faceva accompagnare abitualmente da sua figlia, quella lunga zitellona che aveva appena passato i quarant'anni e ne dimostrava cinquanta, e da un bel bimbo di sette anni, bianco e rosa, fresco, con degli occhi allegri e fiduciosi, che non compariva mai in salotto senza sentire tutti sussurrare intorno a lui: «Com'è carino! Che peccato! Povero bimbo!».

Era il bimbo di cui abbiamo parlato poco fa. Lo chiamavano «povero bimbo», perché suo padre era un «brigante della Loira».[9]

Questo brigante della Loira era il genero di Gillenormand, a cui abbiamo già fatto allusione, e che Gillenormand qualificava come *la vergogna della sua famiglia.*

II

UNO DEGLI SPETTRI ROSSI DI QUEL TEMPO

Chi fosse passato in quel tempo per la cittadina di Vernon e si fosse recato a passeggiare sul bel ponte monumentale, al quale succederà presto, speriamolo, qualche orribile ponte di ferro, avrebbe potuto notare, abbassando gli sguardi dall'alto del parapetto, un uomo sulla cinquantina, con un berretto di cuoio, vestito di calzoni e giubba di grosso panno grigio, alla quale era attaccato qualcosa di giallo che in origine era stato un nastro rosso, con gli zoccoli ai piedi, abbronzato dal sole, col viso quasi nero e i capelli quasi bianchi, con una larga cicatrice che dalla fronte scendeva sulla guancia, colle spalle incurvate, invecchiato prima del tempo: egli si aggirava quasi tutto il giorno, con

[8] Gioco di parole: «a essere sospeso» si dice «*à être suspendu*» e «*sus est de trop*», ossia «*sus* è di troppo», significa che la frase dovrebbe essere: «*à être pendu*», ossia «a essere impiccato».

[9] Ossia dei soldati del generale Davout che, dopo la caduta di Parigi, si ritirarono dietro la Loira e in gran parte si diedero alla macchia.

una vanga o una roncola in mano, in uno di quei terreni circondati da muri che si trovano vicino al ponte, e che fiancheggiano, come una catena di terrazze, la riva sinistra della Senna, graziosi recinti pieni di fiori, dei quali, se fossero più grandi, si direbbe: sono giardini; e, se fossero un po' più piccoli: sono mazzi di fiori. Tutti questi recinti da una parte finiscono nel fiume, dall'altra sono uniti a una casa. L'uomo in giubba e zoccoli che abbiamo appena descritto abitava, verso il 1817, nel più piccolo di quei recinti e nella più umile di quelle case. Egli viveva solo e solitario, nel silenzio e nella povertà, con una donna né giovane né vecchia, né bella né brutta, né contadina né borghese, a cui erano affidati i servizi domestici. Il quadrato di terra che egli chiamava giardino era celebre nella città per la bellezza dei fiori che vi coltivava e che costituivano la sua occupazione.

A forza di lavoro, di perseveranza, di attenzione e di secchi d'acqua, egli era riuscito a creare dopo il Creatore, e aveva prodotto certi tulipani e certe dalie che sembravano essere stati dimenticati dalla natura. Era assai ingegnoso: aveva precorso Soulange Bodin nel ricorrere a piccoli mucchietti di terra di brughiera per la coltivazione di rari e preziosi arbusti d'America e della Cina. D'estate, già allo spuntare dell'alba, egli si trovava in mezzo alle sue aiuole, a tagliare, a sarchiare, a innaffiare. Talvolta camminava tra i fiori con un'espressione di bontà, di tristezza e di dolcezza, e talaltra si fermava per ore intiere, pensieroso e immobile, ad ascoltare il canto d'un uccello su un albero, o il gorgheggio di un bimbo in una casa: oppure, con gli occhi fissi su un filo d'erba in cima al quale il sole faceva scintillare qualche goccia di rugiada. La sua mensa era assai parca: egli beveva più latte che vino. Un fanciullo poteva aver ragione di lui, e la sua domestica lo strapazzava: era timido al punto da sembrare selvatico, usciva raramente, e non vedeva nessuno all'infuori dei poveri che battevano alla sua porta, e del suo curato, l'abate Mabeuf, un ottimo vecchio. Tuttavia, se abitanti della città o stranieri, i primi venuti, curiosi di vedere i suoi tulipani e le sue rose, venivano a bussare alla sua casetta, egli li accoglieva sorridendo. Era questi il brigante della Loira.

Chiunque abbia letto, nel medesimo tempo, le memorie militari, le biografie, il «Moniteur» e i bollettini della grande armata, sarà stato indubbiamente colpito da un nome che vi è ripetuto più volte: Georges Pontmercy. Questo Georges, ancora giovanissimo, era soldato nel reggimento di Saintonge. Scoppiò la rivoluzione.

Il reggimento di Saintonge fece parte dell'esercito del Reno: poiché gli antichi reggimenti conservarono i nomi delle province anche dopo la caduta della monarchia e vennero distribuiti in brigate solo nel 1794, Pontmercy combattè a Spira, a Worms, a Neustadt, a Turkheim, ad Alzey e a Magonza, dove fu uno dei duecento uomini della retroguardia Houchard. Si trovò tra i dodici che tennero duro contro l'intero corpo del principe d'Assia dietro l'antico bastione di Andernach, e che non ripiegarono verso il grosso dell'esercito se non quando la breccia formata dal cannone nemico ebbe toccato la scarpata del parapetto. Fu con Kleber a Marchiennes e al combattimento del Mont-Palissel, dove ebbe un braccio spezzato dalla mitraglia. Di qui passò alla frontiera d'Italia, e fu uno dei trenta granatieri che difesero con Joubert il colle di Tenda. Joubert fu nominato aiutante generale e Pontmercy sottotenente. Si trovò in mezzo alla mitraglia accanto a Berthier nella famosa giornata di Lodi, che fece dire a Bonaparte: «*Berthier fu artigliere, cavaliere e granatiere*». A Novi vide cadere il generale Joubert nel momento in cui, alzando la sciabola, gridava «Avanti!».

Essendosi, per le operazioni di guerra, imbarcato colla sua compagnia in un piccolo porto della costa, su una tartana che veleggiava verso Genova, andò a cascare nel vespaio di sette od otto navi inglesi. Il comandante genovese voleva buttare in mare i cannoni, nascondere sotto il ponte i soldati e scivolare via silenziosamente come una nave mercantile. Pontmercy, invece, fece issare il tricolore sull'asta della bandiera e passò audacemente sotto il fuoco delle fregate britanniche. A venti leghe di lì, aumentando di audacia, colla sua tartana assalì e catturò una grossa nave inglese da trasporto, che recava truppe in Sicilia, ed era così sovraccarica di uomini e di cavalli, che ne rimaneva coperta sino all'estremità dei boccaporti. Nel 1805 apparteneva alla divisione Malher, che tolse a viva forza Günzburg all'arciduca Ferdinando. A Wettingen accolse tra le braccia, sotto un grandinare di palle, il colonnello Maupetit ferito mortalmente mentre si trovava alla testa del 9° dragoni. Ad Austerlitz si distinse in quella meravigliosa marcia a scaglioni fatta sotto il fuoco nemico, e quando la cavalleria della guardia imperiale russa sbaragliò un battaglione del 4° di linea, egli fu tra quelli che presero la rivincita e fugarono quella guardia. L'imperatore lo decorò della croce di guerra. Pontmercy vide far prigionieri successivamente Wurmser a Mantova, Mélas ad Alessandria, Mack a Ulm. Fece parte dell'8° corpo della grande armata comandato da Mortier, che s'impadronì di Amburgo. Quindi passò nel 55° di linea, che era l'antico reggimento di Fiandra. A Eylau si trovò nel cimitero ove l'eroico capitano Louis Hugo, zio dell'autore di questo libro, solo con la sua compagnia di ottantatré uomini sostenne per due ore tutto l'impeto dell'esercito nemico. Pontmercy fu uno dei tre che uscirono vivi da quel cimitero. Si batté a Friedland. Poi vide Mosca, poi la Beresina, poi Lutzen, Bautzen, Dresda, Wachau, Lipsia, le strette di Gelenhausen; poi Montmirail, Château-Thierry, Craon, le sponde della Marna, quelle dell'Aisne e la formidabile posizione di Laon. Ad Arnay-le-Duc, mentre era capitano, investì a sciabolate dieci cosacchi, salvò la vita non al suo generale, ma al suo caporale. In tale occasione rimase così crivellato di ferite, che dal solo braccio sinistro gli furono tolte ventisette schegge di osso. Otto giorni prima della capitolazione di Parigi scambiò il posto con un collega ed entrò nella cavalleria. Egli possedeva ciò che nell'antico regime si chiamava *la doppia mano*, cioè un'uguale attitudine a maneggiare come soldato la sciabola o il fucile; come ufficiale, uno squadrone o un battaglione. Da questa attitudine, perfezionata dall'educazione militare, sono nate certe armi speciali, i dragoni, ad esempio, che sono a un tempo cavalieri e fantaccini. Egli accompagnò Napoleone all'isola d'Elba. A Waterloo, era comandante di uno squadrone di corazzieri nella brigata Dubois. Fu lui che conquistò la bandiera del battaglione di Luneburg, e andò a gettarla ai piedi dell'imperatore. Era coperto di sangue, perché aveva ricevuto, nello strappare la bandiera, una sciabolata attraverso il viso. L'imperatore, contento, gli gridò: «*Sei colonnello, sei barone, sei ufficiale della Legion d'onore!*». Pontmercy rispose: «*Sire, vi ringrazio per la mia vedova*». Un'ora dopo, egli cadeva nel burrone d'Ohain. E ora, chi era questo Georges Pontmercy? Era quello stesso brigante della Loira.

Abbiamo già veduto qualche episodio della sua storia. Dopo Waterloo, tratto fuori dalla strada incassata d'Ohain nel modo che il lettore conosce, aveva potuto raggiungere l'esercito, e d'ambulanza in ambulanza s'era trascinato sino agli accantonamenti della Loira.

La restaurazione lo mise a mezza paga, poi lo inviò in residenza, cioè sotto vigilanza, a Vernon. Luigi XVIII, considerando come non avvenuto quanto era accaduto durante i Cento Giorni, non volle riconoscergli la qualifica d'ufficiale della Legion d'onore, né il grado di colonnello, né il titolo di barone. Lui però, dal canto suo, non trascurava mai nessuna occasione per firmare *colonnello barone Pontmercy*. Non aveva che un vecchio vestito turchino, e non usciva mai di casa senza attaccarvi la rosetta d'ufficiale della Legion d'onore. Il procuratore del re lo fece prevenire che il pubblico ministero avrebbe proceduto contro di lui per porto «illegale» di tale decorazione. Quando gli fu comunicato un simile avviso da un intermediario ufficioso, egli rispose con un amaro sorriso: «Non so se sono io che non capisco più il francese, o se siete voi che non lo parlate più; fatto sta che non comprendo». Poi uscì per otto giorni di seguito con la rosetta. Non osarono molestarlo. Due o tre volte il ministro della guerra e il generale comandante il dipartimento militare gli scrissero con questo indirizzo: «*Al signor comandante Pontmercy*». Egli rimandò le lettere senza dissuggellarle. In quello stesso tempo Napoleone, a Sant'Elena, trattava in egual modo i dispacci diretti da Sir Hudson Lowe *al generale Bonaparte*. Pontmercy aveva finito con l'avere in bocca, ci si perdoni l'espressione, la stessa saliva del suo imperatore.

Anche a Roma vi furono dei soldati cartaginesi prigionieri che, avendo in sé un po' dell'animo di Annibale, rifiutarono di salutare Flaminio.

Una mattina Pontmercy incontrò il procuratore del re in una via di Vernon, gli si accostò e gli disse: «Signor procuratore del re, mi è permesso di portare la mia cicatrice?».

Non aveva nessuna risorsa, fuorché la meschinissima paga di capo-squadrone. Aveva preso in affitto a Vernon la casa più piccola che aveva potuto trovare. Vi abitava solo, nel modo che abbiamo visto. Durante l'impero, tra l'una e l'altra guerra, aveva trovato il tempo di sposare la signorina Gillenormand. Il vecchio borghese, benché indignato, aveva acconsentito sospirando e dicendo: «*Le più grandi famiglie vi sono costrette*». Nel 1815, la signora Pontmercy, donna ammirevole, del resto, sotto ogni rapporto, d'animo elevato e degna del marito, era morta, lasciando un figlio. Questi sarebbe stato la gioia del colonnello nella sua solitudine, ma il nonno l'aveva imperiosamente reclamato, dichiarando che, se non glielo davano, lo avrebbe diseredato. Il padre aveva ceduto nell'interesse del piccino e, non potendo avere suo figlio, s'era messo ad amare i fiori.

D'altronde aveva rinunciato a tutto, non si agitava, non cospirava. Divideva i suoi pensieri fra le innocenti occupazioni attuali e le grandi cose che aveva fatto in passato. Passava il tempo a sperare nella fioritura d'un garofano o a ricordarsi di Austerlitz.

Gillenormand non aveva alcuna relazione con suo genero. Il colonnello era per lui un «bandito» e lui, per il colonnello, non era che un «imbecille». Gillenormand non parlava mai del colonnello, se non qualche rara volta per alludere con scherno alla sua «baronia». Era stato espressamente convenuto che Pontmercy non avrebbe mai tentato di vedere suo figlio, né di parlargli, sotto pena di vederselo rendere scacciato e diseredato. Per i Gillenormand, Pontmercy era un appestato. Essi progettavano di allevare il bimbo a loro modo. Il colonnello ebbe forse torto d'accettare tali condizioni, ma egli le subì credendo di far bene e di non sacrificare che se stesso.

L'eredità del nonno era poca cosa, ma quella della signorina Gillenormand era considerevole. Questa zia, rimasta zitella, era assai ricca da parte materna, e il figlio di sua sorella era il suo erede naturale.

Il bimbo, che si chiamava Marius, sapeva d'avere un padre, ma nulla più. Nessuno gliene parlava mai. Però i bisbigli, le parole pronunciate sottovoce, l'ammiccare di cui era oggetto nella società dove veniva condotto dal nonno, avevano finito alla lunga per farsi strada nella mente del fanciullo, il quale cominciò a capire qualche cosa: e siccome necessariamente, per una specie di infiltrazione e di lenta penetrazione, egli assorbiva le idee e le opinioni che formavano per così dire l'atmosfera in cui viveva, a poco a poco giunse al punto di pensare a suo padre soltanto con vergogna e con uno stringimento di cuore.

Mentre egli cresceva con tali sentimenti, ogni due o tre mesi il colonnello veniva a Parigi di nascosto, come un sorvegliato criminale che violi il bando, per recarsi nella chiesa di Saint-Sulpice all'ora in cui la zia Gillenormand soleva condurre Marius alla messa. Quivi, tremando per il timore che la zia si voltasse, nascosto dietro un pilastro, immobile, non osando neppure respirare, contemplava il figlio. Il veterano aveva paura della zitellona.

Da ciò anzi era nata la sua relazione con il parroco di Vernon, l'abate Mabeuf.

Questo degno sacerdote era fratello d'un fabbriciere di Saint-Sulpice, il quale si era avveduto parecchie volte di quell'uomo in contemplazione davanti al fanciullo, della cicatrice che aveva sulla guancia e della grossa lacrima che gli brillava negli occhi. La vista di un uomo che aveva un aspetto così virile e piangeva come una donna fece una viva impressione sul fabbriciere. Quella figura gli era sempre presente allo spirito. Un giorno, recatosi a Vernon per visitare il fratello, incontrando sul ponte il colonnello Pontmercy, riconobbe in lui l'uomo di Saint-Sulpice, ne parlò col parroco, ed entrambi, con un pretesto qualunque, andarono a fargli visita. Questa visita fu seguita da altre. Il veterano, sulle prime assai riservato, finì con l'aprir l'animo alle confidenze, e narrò al curato e al fabbriciere la sua storia, e come avesse sacrificato la propria felicità all'avvenire del figlio. Fu così che il parroco concepì venerazione e tenerezza per il colonnello, il quale, a sua volta, fu preso d'affetto per il curato. D'altronde non vi sono persone più facili a comprendersi e ad amalgamarsi, che un vecchio sacerdote e un vecchio soldato, quando siano buoni e sinceri entrambi. In fondo, sono uomini d'una stessa specie: l'uno s'è dedicato tutto alla patria terrena, l'altro alla patria celeste; ecco la sola differenza.

Due volte all'anno, cioè il primo di gennaio e il giorno di Saint-Georges, Marius scriveva al padre lettere doverose che gli dettava la zia e che parevano copiate da un formulario; era tutto quello che permetteva Gillenormand. Il colonnello rispondeva con lettere affettuosissime, che l'avo si cacciava in tasca senza leggere.

III

«REQUIESCANT»[10]

Il salotto della signora di T. era tutto quello che Marius Pontmercy conosceva della società. Era la sola apertura attraverso la quale egli potesse guardare nella vita. Tale apertura era tetra, e da essa egli riceveva più freddo che caldo, più tenebra che luce. Il fanciullo, che per natura era incline alla gioia e alla luce, frequentando quella società d'eccezione divenne in breve tempo triste e, ciò che era ancora più in contrasto con la sua età, persino serio. Circondato di tutti quei personaggi imponenti e fuori del comune, si guardava intorno con un serio stupore, che tutto contribuiva ad accrescere. Frequentavano il salotto della signora di T. alcune vecchie nobildonne assai venerabili, chiamate Nathan, Noé, Lévis che si pronunciava Levi, Cambis che si pronunciava Cambyse. Quelle vecchie fisionomie e quei nomi biblici si confondevano nella mente del fanciullo coll'antico testamento che allora egli imparava a memoria, e quando esse erano tutte là riunite, sedute intorno a un fuoco semispento, illuminate a malapena da una lampada velata di verde, con i loro profili severi, i capelli grigi o bianchi, i lunghi abiti di un altro tempo, dei quali si discernevano soltanto i tetri colori, e le udiva pronunciare, a lunghi intervalli, parole aspre a un tempo e maestose, il piccolo Marius le considerava con occhi spaventati, credendo di vedere non delle donne, ma dei patriarchi e dei maghi, non degli esseri viventi, ma dei fantasmi.

A quei fantasmi si univano parecchi preti, frequentatori assidui di quel salotto, e alcuni gentiluomini. Il marchese di Sassenay, segretario particolare della signora di Berry; il visconte di Valory, che, sotto lo pseudonimo di *Charles-Antoine* pubblicava delle odi monorime; il principe di Beauffremont che, ancor giovane, aveva il capo tutto grigio e una moglie graziosa e intellettuale le cui vesti di velluto scarlatto, ornate di cordoncini d'oro e assai scollate, mettevano in scompiglio tanta tetraggine; il marchese di Coriolis d'Espinouse, il francese che conosceva meglio d'ogni altro «la cortesia proporzionata»; il conte di Amendre, un buon uomo con un mento benevolo; il cavaliere di Port-de-Guy, sostegno della biblioteca del Louvre chiamata «gabinetto del re». Quest'ultimo, che era calvo e invecchiato senza esser vecchio, narrava che nel 1793, mentre era appena sedicenne, era stato condannato alla galera come renitente, e si era trovato legato alla stessa catena con un ottuagenario, il vescovo di Mirepoix, renitente anch'esso, ma come sacerdote, mentre egli lo era come soldato. Ciò accadde a Tolone. Le mansioni dei due consistevano nell'andare di notte a raccogliere sul patibolo le teste e i tronchi dei ghigliottinati nella giornata; dovevano portare sulle spalle quei cadaveri sanguinanti, e le loro casacche rosse di galeotti avevano sul dorso una incrostazione di sangue, secca il mattino, umida la sera. I racconti tragici abbondavano nel salotto della signora di T. e a forza di maledire Marat, si finiva con l'applaudire Trestaillon.[11] Alcuni deputati del genere «introvabile» come Thibord du Chalard, Lemarchant de Gomicourt e il celebre beffardo della destra Cornet-Dincourt, si recavano quivi per giocare al *whist*. Il podestà di Ferrette, con i suoi calzoni corti e le sue gambe magre, passava talvolta per questo salotto prima di andare da Talleyrand. Egli era stato il compagno di divertimenti del conte d'Artois, e al contrario di Aristotele che si era accoccolato sotto Campaspe, aveva fatto camminare carponi la Guimard,[12] mostrando in tal modo ai secoli lo spettacolo d'un filosofo vendicato da un podestà.

I preti erano l'abate Halma, quello stesso a cui il suo collaboratore alla «Folgore», Larose, diceva: *«Via! Chi è che non ha cinquant'anni? Forse qualche sbarbatello!»*, l'abate Letourneur, predicatore del re, l'abate Frayssinous, che non era ancora né conte, né vescovo, né ministro, né pari, e indossava una vecchia tonaca cui mancavano i bottoni: e l'abate Keravenant, curato di Saint-Germain-des-Prés; inoltre il nunzio pontificio, che era allora monsignor Macchi arcivescovo di Nisibis e più tardi divenne cardinale, uomo degno di nota per il suo lungo naso cogitabondo, e un altro monsignore chiamato abate Palmieri, prelato domestico, uno dei sette protonotari partecipanti della Santa Sede, canonico dell'insigne basilica liberiana e *postulatore di santi*,[13] il che ha rapporto con i processi di canonizzazione e significa press'a poco referendario della «sezione paradiso»; e infine due cardinali: monsignor de la Luzerne e monsignore di Clermont-Tonnerre. Il cardinale de la Luzerne era uno scrittore e doveva aver l'onore, qualche anno più tardi, di firmare degli articoli sul «Conservatore» accanto a quelli di Chateaubriand; monsignore di Clermont-Tonnerre era arcivescovo di Tolosa e veniva spesso in villeggiatura a Parigi presso suo nipote, il marchese di Tonnerre, che è stato ministro della Marina e della Guerra. Il cardinale di Clermont-Tonnerre era un vecchietto allegro che mostrava le calze rosse sotto la tonaca rimboccata, e aveva come doti speciali l'odio contro l'Enciclopedia e una smania per il gioco del bigliardo. Le persone che in quel tempo nelle sere d'estate percorrevano la via Madame, dove era allora il palazzo dei Clermont-

---

[11] Soprannome di Jacques Dupont, uno degli istigatori del terrore bianco a Nîmes.
[12] Campaspe, cortigiana macedone che sedusse Aristotele e lo obbligò a farsi sellare da lei e a permetterle di andarvi sopra a cavalcioni. Marie-Madeleine Guimard (1793-1816), celebre danzatrice.
[13] In italiano nel testo.

Tonnerre, si fermavano ad ascoltare l'urto delle palle e la voce stridula del cardinale che gridava al suo conclavista, monsignor Cottret,
vescovo *in partibus* di Cariste: «*Nota i punti, abate; ho fatto carambo-
la*». Questo cardinale era stato presentato alla baronessa di T. dal suo
intimo amico Roquelaure, che fu vescovo di Senlis e che allora sedeva tra i quaranta.[14] Monsignore de Roquelaure era considerevole per
la sua alta statura e per la sua assiduità all'Accademia. Chi l'avesse
desiderato, poteva ogni giovedì contemplare attraverso la vetrata della sala vicina alla biblioteca dove allora l'Accademia teneva le sue
sedute, l'ex vescovo di Senlis, che abitualmente rimaneva in piedi, tutto azzimato, colle calze paonazze, e che volgeva le spalle all'uscio, forse perché potessero meglio ammirare il suo collaretto. Tutti quegli
ecclesiastici, sebbene fossero per la maggior parte uomini di corte
quanto di chiesa, venivano ad accrescere la gravità del circolo della
signora di T., di cui cinque pari di Francia facevano meglio risaltare
l'aspetto signorile: erano il marchese di Vibraye, il marchese di Tala-
ru, il marchese d'Herbouville, il visconte Dambray e il duca di Valen-
tinois. Quest'ultimo, quantunque fosse principe di Monaco, cioè principe sovrano straniero, aveva un'idea così elevata della Francia e della Camera dei pari che vedeva tutto attraverso di esse. Era lui che diceva: «*I cardinali sono i pari francesi di Roma, i lords sono i pari francesi di Inghilterra*». Del resto poiché è necessario che in questo secolo
vi sia dovunque una rivoluzione, quel salotto feudale, come abbiamo
detto, era dominato da un borghese. Vi regnava il signor Gillenormand.

Vi era là l'essenza e la quintessenza della società bianca di Parigi.
Là le rinomanze, anche di legittimisti, erano tenute in quarantena,
perché nella fama c'è sempre qualcosa di anarchico. Chateaubriand,
entrando là, vi avrebbe prodotto l'effetto del *Padre Duchêne*. Tuttavia
alcuni pentiti penetravano per tolleranza in quel mondo ortodosso. Il
conte Beugnot vi era ricevuto perché si correggesse.[15]

I salotti «nobili» odierni non hanno nulla a che fare con quelli
d'allora. Ai giorni nostri il sobborgo Saint-Germain puzza di eresia, i
legittimisti contemporanei, lo diciamo a loro lode, sono demagoghi.

La società che si riuniva presso la signora di T. era scelta, e quindi
il suo gusto era squisito e altero, sotto una grande vernice di cortesia.
Le abitudini vi richiedevano ogni specie di involontarie raffinatezze
che rivelavano l'antico regime, sepolto ma ancor vivo. Alcune di tali
abitudini, principalmente nel linguaggio, erano bizzarre. Conoscitori

---

[14] I membri dell'Accademia delle Iscrizioni e Belle Lettere.
[15] Jacques Beugnot (1761-1835), uno dei fautori della prima restaurazione, sotto
la quale fu capo della polizia.

superficiali avrebbero preso per provinciale ciò che era soltanto anti-quato. Una donna veniva chiamata *la signora generalessa*, e anche *la signora colonnella* non era inusitato. La vezzosa signora di Léon, sen-za dubbio per ricordo delle duchesse di Longueville e di Chevreuse, preferiva questo appellativo al titolo di principessa. Anche la marche-sa di Créquy era chiamata *la signora colonnella*.

Fu questo piccolo gruppo di alta aristocrazia che introdusse alle Tuileries l'ostentazione di dire sempre, parlando col re nell'intimità, *il re* in terza persona, e mai «vostra maestà», dato che questa qualifica era stata «insozzata dall'usurpatore».

Là si giudicavano uomini e fatti, e si derideva il secolo, ciò che di-spensava dal capirlo. Ci si aiutava reciprocamente nello stupirsi, e ci si comunicava a vicenda la quantità di cognizioni che si possedevano. Matusalemme istruiva Epimenide.[16] Il sordo metteva al corrente il cieco. Si dichiarava non accaduto il periodo di tempo trascorso dopo Coblenza,[17] e come Luigi XVIII si trovava per grazia di Dio nel ven-ticinquesimo anno di regno, così gli emigrati erano di diritto nel ven-ticinquesimo anno della loro adolescenza.

Tutto era in armonia là dentro; nulla vi era troppo vivace; la parola era appena un soffio; il giornale, in armonia col salotto, sembrava un papiro. C'erano anche dei giovani, ma sembravano un po' morti. In anticamera, le livree erano vecchiotte. Quei personaggi interamente trapassati venivano serviti da domestici della stessa specie. Pareva che avessero vissuto tutti in un tempo remoto, e che volessero osti-narsi contro il sepolcro. Le parole conservare, conservazione, conser-vatore, costituivano quasi tutto il loro dizionario. *Essere in buon odo-re* era il problema essenziale per loro. Infatti c'erano degli aromi nelle opinioni di quel rispettabile gruppo, e le loro idee sapevano di grami-gna indiana. Era un mondo mummificato. I padroni erano imbalsa-mati, i servi impagliati.

Una vecchia baronessa che aveva emigrato ed era decaduta, ben-ché ridotta a una sola domestica, continuava a dire: «*La mia servitù.*»

Che si faceva nel salotto della signora di T.? Si era *ultra*.

L'espressione «essere *ultra*» non ha più alcun significato oggi, seb-bene la cosa che rappresenta esista forse ancora. Spieghiamola.

Essere *ultra* significa andare aldilà; significa combattere lo scettro in nome del trono, la mitra in nome dell'altare; malmenare ciò che si sostiene; mettere i bastoni tra le ruote, cavillare col rogo sul grado di

---

[16] Filosofo cretese del VI secolo a.C., che si narra avesse dormito cinquantasette anni, per poi mettersi a profetare.
[17] Quando, nel 1792, gli emigrati francesi vi si raccolsero intorno al principe di Condé.

cottura degli eretici; rimproverare all'idolo la sua scarsa idolatria; insultare per eccesso di rispetto; trovare che il papa non è abbastanza papista, che il re non è abbastanza monarchico, e che la notte non è abbastanza buia: dichiararsi malcontenti dell'alabastro, della neve, del cigno e del giglio, in nome del candore: parteggiare per le cose sino al punto da diventarne nemici: mostrarsi tanto favorevoli da riuscir contrari.

La tendenza *ultra* è la caratteristica speciale della prima fase della restaurazione.

Nella storia non c'è niente che somigli al periodo cominciato nel 1814 e terminato verso il 1820, quando andò al potere Villèle, la mente pratica della destra. Quei sei anni furono un periodo straordinario, rumoroso e tetro a un tempo, sorridente e fosco, rischiarato dallo splendore dell'aurora e insieme oscurato dalle tenebre delle grandi catastrofi, che oscuravano ancora l'orizzonte e sprofondavano lentamente nel passato. In mezzo a quella luce e a quell'ombra vi fu un piccolo mondo nuovo e vecchio, buffo e mesto, giovanile e senile, che si stropicciava gli occhi, poiché non v'è cosa che somigli tanto al risveglio quanto il ritorno; un gruppo che guardava la Francia con malumore, e che la Francia considerava con ironia; le contrade piene di buoni vecchi marchesi simili a gufi, di rimpatriati che sembravano fantasmi, di «ex» stupefatti di tutto, di coraggiosi e generosi gentiluomini che ridevano e piangevano per la gioia di ritrovarsi in Francia, che giubilavano di rivedere la patria e si disperavano di non ritrovare più la monarchia; la nobiltà delle crociate che vituperava la nobiltà dell'impero, cioè della spada; le stirpi storiche che avevano perduto il senso della storia; i figli dei compagni di Carlomagno che disdegnavano i compagni di Napoleone. Le spade, come dicemmo or ora, si rimandavano l'insulto: quella di Fontenoy[18] era risibile e corrosa dalla ruggine, quella di Marengo era odiosa e non era che una sciabola. L'*Anticamente* misconosceva l'*Ieri*. Non c'era più il senso di ciò che era grande e di ciò che era ridicolo. Vi fu qualcuno che chiamò Bonaparte Scapino.[19] Quel mondo non esiste più, e ai giorni nostri, lo ripetiamo, non ne rimane alcuna traccia. Quando prendiamo a caso qualche personaggio di quell'epoca e tentiamo di farlo rivivere nel pensiero, ci sembra strano, come se appartenesse a una società antidiluviana. Infatti lui pure è stato sommerso da un diluvio, ed è sparito sotto due rivoluzioni. Quali onde sono le idee! Come ricoprono velo-

---

[18] Vittoria di Carlo il Calvo contro il fratello Lotario, in grazia della quale fu eletto re di Francia nell'843.
[19] Personaggio di intrigante della Commedia dell'Arte, introdotto sulle scene francesi da Molière.

cemente tutto ciò che hanno la missione di distruggere e di seppellire! E con quale rapidità scavano abissi spaventosi!

Tale era la fisionomia dei salotti di quei tempi lontani e candidi in cui Martainville[20] aveva più spirito di Voltaire.

Quei salotti avevano una letteratura e una politica propria; credevano in Flévée; ritenevano Agier un'autorità; commentavano Colnet,[21] lo scrittore commerciante in libri vecchi del lungosenna Malaquais. Ai loro occhi Napoleone non era altro che l'«orco» della Corsica. L'introduzione, fatta più tardi, nella storia, di un marchese Buonaparte, luogotenente generale degli eserciti del re, fu una concessione allo spirito del secolo.

Questi salotti non si conservarono puri a lungo. Sino dal 1818 cominciò a pullularvi la specie inquietante dei dottrinari,[22] il metodo dei quali consisteva nell'esser realisti e nello scusarsene al tempo stesso. Dove gli *ultra* si mostravano fieri, i dottrinari apparivano un po' vergognosi. Avevano un certo ingegno: sapevano conservare il silenzio; il loro dogma politico era inamidato di boria; dovevano attecchire. Eccedevano, utilmente però, nell'uso della cravatta bianca e dell'abito abbottonato. Il torto, o la sfortuna, del partito dottrinario è stato quello di creare una giovinezza vecchia. Essi prendevano pose da saggi, sognavano di innestare un potere temperato su un principio assoluto ed eccessivo: opponevano, e talvolta con rara intelligenza, un liberalismo conservatore al liberalismo demolitore. Li si sentiva dire: «Grazia per il lealismo monarchico! Esso ha reso più d'un servigio. Ha ristabilito la tradizione, il culto, la religione, il rispetto. È fedele, coraggioso, cavalleresco, affezionato, devoto. Unisce, sebbene a malincuore, alle nuove grandezze della nazione le grandezze secolari della monarchia. Ha il torto di non capire la rivoluzione, l'impero, la gloria, la libertà, le idee giovani, le giovani generazioni, il secolo. Ma il torto che esso ha verso di noi, noi non l'abbiamo talvolta verso di lui? La rivoluzione, di cui noi siamo gli eredi, deve avere la comprensione di tutto. Combattere il lealismo, è il controsenso del liberalismo. Quale sbaglio e quale cecità! La Francia rivoluzionaria manca di rispetto alla Francia storica, cioè a sua madre, cioè a se stessa. Dopo il 5 settembre, si tratta la nobiltà della monarchia come dopo l'8 luglio si trattava la nobiltà dell'impero.[23] Essi sono stati ingiusti verso l'aquila, noi siamo ingiusti verso il

---

[20] Alphonse-Louis Dieudonné, giornalista e scrittore, fondatore del giornale antiliberale «Le Drapeau blanc», nel 1818.

[21] Joseph Flévée, mediocre romanziere, Maximilien de Colnet de Ravel redattore-capo della «Gazette de France».

[22] Intellettuali intenzionati a formare un partito di centro fra i realisti e i liberali.

[23] 5 settembre 1816: scioglimento della Camera «introvabile». 8 luglio 1815, secondo rientro a Parigi di Luigi XVIII.

giglio.[24] Si vuol dunque sempre proscrivere qualche cosa! È veramente utile diminuire lo splendore della corona di Luigi XIV, raschiare lo scudo di Enrico IV? Ci facciamo beffe di Vaublanc che cancellava le N dal ponte di Jena! Che cosa faceva dunque? Quello che facciamo noi pure! Bouvines ci appartiene come Marengo.[25] I gigli sono nostri come le N: è tutto patrimonio nostro. Perché dovremmo menomarlo? Non bisogna rinnegare la patria, né nel passato né nel presente. Perché non accettare tutta la storia? Perché non amare tutta la Francia?».

In tal modo i dottrinari criticavano e proteggevano il lealismo, che era malcontento di essere criticato e furioso di essere protetto.

Gli *ultra* contrassegnarono il primo periodo del lealismo, la congregazione diede la caratteristica al secondo; alla foga tenne dietro l'abilità. Limitiamoci qui con questo schizzo.

Nel corso del racconto, l'autore di questo libro ha trovato sulla sua strada questo curioso momento della storia contemporanea; ha dovuto gettarvi, passando, un'occhiata, e tracciare alcuni singolari aspetti di questa società oggi sconosciuta. Ma egli lo fa rapidamente, senza alcuna amarezza, senza intenzioni schernitrici. Affettuosi e rispettosi ricordi – poiché si riferiscono a sua madre – lo legano a tale passato. D'altronde, diciamolo pure, anche questo piccolo mondo aveva la sua grandezza. Si può sorriderne, ma non si può disprezzarlo, né odiarlo. Era la Francia di altri tempi.

Marius Pontmercy fece, come tutti i ragazzi, degli studi qualunque. Quando uscì dalle mani della zia, il nonno lo affidò a un degno professore della più candida innocenza classica. Quella giovane anima che si apriva passò da una pinzochera a un pedante. Marius rimase per qualche anno in collegio, poi entrò nella scuola di diritto. Era legittimista, fanatico e austero. Amava poco suo nonno, del quale lo sdegnavano la gaiezza e il cinismo; e pensava con tristezza a suo padre.

Era del resto un giovane ardente e freddo, nobile, generoso, fiero, religioso, esaltato; dignitoso sino alla durezza, puro fino alla scontrosità.

IV

FINE DEL BRIGANTE

La fine degli studi classici di Marius coincise col ritiro dalla società del signor Gillenormand. Il vegliardo disse addio al sobborgo Saint-Germain e al salotto della signora di T. e si stabilì al Marais nella sua casa

[24] L'aquila, simbolo napoleonico; il giglio, simbolo dei re di Francia.
[25] Bouvines, vittoria di Filippo Augusto di Francia contro Ottone IV nel 1214. Marengo, celebre vittoria di Napoleone.

di via Filles-du-Calvaire. Quivi aveva per domestici, oltre al portinaio, quella cameriera Nicolette che era succeduta alla Magnon, e quel Basque ansimante e asmatico di cui si è già parlato.

Nel 1827, Marius aveva appena compiuto diciassette anni. Una sera, rientrando in casa, incontrò suo nonno con una lettera in mano.

«Marius,» disse il signor Gillenormand «tu partirai domani per Vernon.»

«Perché?» chiese Marius.

«Per vedere tuo padre.»

Marius trasalì. Egli aveva pensato a tutto, tranne che un giorno avrebbe potuto vedere suo padre. Niente gli poteva riuscire più inaspettato, più sorprendente e, diciamolo pure, più spiacevole. Era l'antipatia costretta a un avvicinamento. Non era un dispiacere, no, ma una seccatura.

Marius, oltre ai suoi motivi d'antipatia politica, era convinto che suo padre, il guerriero, come lo chiamava il signor Gillenormand quando era in vena di cortesia, non l'amasse. Questo era evidente, dal momento che l'aveva abbandonato e lasciato così in mano d'altri. Non sentendosi amato, egli non amava. Niente di più semplice, egli si diceva.

Fu tanto stupefatto che non chiese nulla al signor Gillenormand. Il nonno riprese:

«Sembra che sia malato. Ti chiama.» E dopo un silenzio aggiunse: «Parti domattina. Credo che nella corte delle Fontane ci sia una diligenza che parte alle sei e che arriva alla sera. Prendila. Egli dice di fare presto».

Quindi spiegazzò la lettera e se la mise in tasca. Marius avrebbe potuto partire la sera stessa ed essere all'indomani mattina da suo padre. Una diligenza di via del Bouloi, a quel tempo, partiva la sera per Rouen, viaggiando la notte, e passava per Vernon. Né Gillenormand né Marius pensarono di informarsene.

L'indomani, al crepuscolo, Marius arrivò a Vernon. Cominciavano ad accendersi i lumi.

Egli chiese al primo passante dove fosse *la casa del signor Pontmercy*. Perché nel suo animo egli era d'accordo con la restaurazione, e nemmeno lui riconosceva suo padre come barone e colonnello.

Gli indicarono l'abitazione. Marius suonò: venne ad aprirgli una donna che teneva in mano una lucernetta.

«Il signor Pontmercy?» domandò Marius.

La donna rimase immobile.

«Sta qui?» chiese Marius.

La donna affermò con un cenno del capo.

«Potrei parlargli?»

La donna fece un cenno di diniego.

«Ma io sono suo figlio» riprese Marius. «Mi aspetta.»

«Non vi aspetta più» disse la donna.

Allora Marius si accorse che piangeva. Ella gli additò la porta di una sala terrena, ed egli vi entrò.

In questa sala, rischiarata da una candela di sego posta sul camino, c'erano tre uomini: uno in piedi, uno in ginocchio e uno, con indosso la sola camicia, disteso a terra sul pavimento. Quest'ultimo era il colonnello.

Gli altri due erano un medico e un prete che pregava.

Il colonnello era stato colpito tre giorni prima da una malattia cerebrale. Al principio della malattia, come per un sinistro presentimento, egli aveva scritto a Gillenormand per chiedergli il figlio. La malattia era peggiorata. La sera stessa dell'arrivo di Marius a Vernon, il colonnello aveva avuto un accesso di delirio: si era alzato dal letto, nonostante gli sforzi della domestica per trattenerlo, gridando:

«Mio figlio non arriva! Gli vado incontro!».

Poi era uscito di camera ed era caduto sul pavimento dell'anticamera: morto.

Erano stati chiamati il medico e il curato. Entrambi erano giunti troppo tardi. Anche il figlio era arrivato troppo tardi. Alla luce debole della candela si discerneva sulla pallida guancia del colonnello una grossa lacrima che era scaturita dall'occhio morto. L'occhio era spento, ma la lacrima non si era ancora asciugata. Quella lacrima, era il ritardo di suo figlio.

Marius considerò quell'uomo che vedeva per la prima volta e per l'ultima, quel viso venerabile e maschio, quegli occhi aperti che non vedevano più, quei capelli bianchi, quelle membra robuste sulle quali si distinguevano qua e là dei segni scuri, che erano tracce di sciabolate, e alcune stelle rosse, che erano buchi di pallottole. Egli considerò la gigantesca cicatrice che imprimeva il segno dell'eroismo su quel viso in cui Dio aveva impresso la bontà: pensò che quell'uomo era suo padre e che era morto, ma rimase freddo.

La tristezza che provava era quella che avrebbe sentito davanti a qualunque altro morto.

In quella stanza regnava un profondo dolore. La domestica si lamentava in un angolo, il curato pregava e singhiozzava, il medico si asciugava gli occhi; il cadavere stesso piangeva.

Quel medico, quel prete e quella donna, immersi nelle loro afflizioni, fissavano Marius senza dir parola: l'estraneo era lui. Marius sentì vergogna e disagio della sua scarsa commozione; lasciò cadere il cappello che aveva in mano, per far credere che il dolore gli togliesse la forza di sostenerlo.

Nel tempo stesso provava rimorso di agire in tal modo e se ne sdegnava con se stesso. Ma era colpa sua? Non amava suo padre, ecco.

Il colonnello non lasciava niente. La vendita della mobilia servì a stento per le spese del funerale. La domestica trovò un pezzo di carta e lo consegnò a Marius. Vi era scritto di pugno del colonnello:

«Per mio figlio. L'imperatore mi ha fatto barone sul campo di battaglia di Waterloo. Poiché la restaurazione mi contesta tale titolo, che ho pagato col mio sangue, mio figlio lo prenderà e lo porterà. È certo ch'egli ne sarà degno».

Dietro al foglio il colonnello aveva aggiunto:

«In quella stessa battaglia di Waterloo un sergente mi ha salvato la vita. Quest'uomo si chiama Thénardier. Credo che in questi ultimi tempi abbia gestito un piccolo albergo in un villaggio dei dintorni di Parigi, a Chelles o a Montfermeil. Qualora mio figlio lo incontrasse, gli farà tutto il bene che potrà».

Marius prese quella carta e la conservò, non per devozione al padre, ma per quel vago rispetto della morte che è sempre così imperioso nel cuore dell'uomo.

Del colonnello non rimase nulla. Gillenormand ne fece vendere a un rigattiere la spada e l'uniforme. I vicini svaligiarono il giardino e portarono via i fiori rari. Le altre piante si inselvatichirono o morirono.

Marius non rimase che quarantotto ore a Vernon. Dopo il funerale, era ritornato a Parigi e aveva ripreso gli studi di diritto, senza più pensare a suo padre, come se questi non fosse mai esistito. In due giorni il colonnello era stato sotterrato, e in tre giorni dimenticato.

Marius aveva il crespo al cappello. Ecco tutto.

V

COME SIA UTILE ANDARE A MESSA PER DIVENTARE RIVOLUZIONARIO

Marius aveva mantenuto le abitudini religiose della sua infanzia. Una domenica in cui era andato a sentire la messa a Saint-Sulpice, in quella medesima cappella della Vergine in cui sua zia lo accompagnava quando era ancora piccino, distratto e soprappensiero più del solito, aveva preso posto dietro un pilastro, inginocchiandosi, senza badarvi, su una sedia coperta di velluto di Utrecht, sul cui schienale era scritto: *Mabeuf fabbriciere*. La messa era appena agli inizi, quando sopraggiunse un vecchio il quale disse a Marius:

«Signore, è il mio posto.»

Marius si fece premurosamente da parte e il vecchio occupò la sua sedia.

Finita la messa, Marius era rimasto pensoso a qualche passo di distanza; il vecchio gli si avvicinò e disse:

«Vi chiedo scusa, signore, di avervi scomodato poco fa e di incomodarvi ancora in questo momento; ma poiché mi avrete giudicato importuno, bisogna che vi spieghi.»

«Signore, è inutile» disse Marius.

«Sì!» riprese il vecchio «Non voglio che abbiate una cattiva opinione di me. Sappiate che ci tengo a questo posto. Mi pare che la messa ascoltata di qui sia migliore. Perché? Ve lo dirò. Proprio in questo posto io ho visto venire per dieci anni, ogni due o tre mesi regolarmente, un povero padre che non aveva altra occasione e altro modo di vedere suo figlio, perché, per certi accordi di famiglia, glielo avevano impedito. Egli veniva nell'ora in cui sapeva che si accompagnava suo figlio a messa. Il bimbo non dubitava nemmeno che suo padre fosse qui. Forse l'innocente non sapeva nemmeno di avere un padre! Il padre si teneva nascosto dietro al pilastro per non essere veduto. Guardava suo figlio e piangeva. Quel pover'uomo adorava il suo piccino! Io ho assistito a tanto strazio. Questo angolo è diventato quasi sacro per me, e ho preso l'abitudine di venire ad ascoltarvi la messa: lo preferisco alla panca presso l'altare, alla quale avrei diritto come fabbriciere. Ho anche potuto conoscere un poco quello sventurato. Aveva un suocero, una cognata ricca, dei parenti, non so bene, che minacciavano di diseredare il figlio se lui, il padre, lo avesse veduto. Egli si era sacrificato perché suo figlio fosse un giorno ricco e felice. Lo tenevano lontano per motivi politici. Certamente io approvo le opinioni politiche, ma vi sono persone che non sanno frenarsi. Mio Dio! Non è detto che un uomo sia un mostro perché è stato a Waterloo; non si separa solo per questo un padre dal figlio! Era un colonnello di Bonaparte. È morto, credo. Abitava a Vernon, dove ho un fratello curato, e si chiamava qualche cosa come Pontmarie o Montpercy... Aveva la cicatrice di una terribile sciabolata, posso affermarlo.»

«Pontmercy?» domandò Marius impallidendo.

«Precisamente. Pontmercy. L'avete conosciuto?»

«Signore,» disse Marius «era mio padre.»

Il vecchio fabbriciere giunse le mani ed esclamò:

«Ah! Siete voi il fanciullo! Sì, è vero, ormai dovrebbe essere un uomo. Ebbene, povero ragazzo, potete dire di avere avuto un padre che vi ha amato assai!»

Marius offrì il braccio al vecchio e lo accompagnò a casa. L'indomani disse al signor Gillenormand:

«Abbiamo combinato una partita di caccia tra alcuni amici. Volete darmi il permesso di assentarmi per tre giorni?».

«Anche per quattro» rispose il nonno. «Va' e divertiti.»

E, strizzando l'occhio, disse sottovoce alla figlia: «Qualche passioncella!».

VI

CONSEGUENZA DELL'AVER INCONTRATO UN FABBRICIERE

Vedremo più avanti dove andò Marius.

Egli rimase assente per tre giorni, poi tornò a Parigi, andò direttamente alla biblioteca della scuola di diritto, e chiese la collezione del «Moniteur».

Lesse il «Moniteur», lesse tutte le storie della repubblica e dell'impero, il *Memoriale di Sant'Elena*, tutti i memoriali, i giornali, i bollettini, i proclami; divorò tutto. La prima volta che trovò il nome di suo padre nei bollettini della grande armata, ebbe la febbre per una settimana. Andò a trovare i generali sotto i quali Georges Pontmercy aveva servito, tra i quali il conte H. Il fabbriciere Mabeuf, ch'egli era andato ancora a trovare, gli aveva descritto la vita del colonnello a Vernon, e il suo ritiro; gli aveva parlato dei suoi fiori, della sua solitudine. Marius finì per conoscere interamente quell'uomo raro, sublime e dolce, quella specie di leone-agnello che era stato suo padre.

Intanto, immerso in questo studio che occupava tutti i suoi istanti come tutti i suoi pensieri, egli non vedeva quasi più i Gillenormand. Compariva all'ora dei pasti; dopo, se lo si cercava, non lo si trovava. La zia brontolava. Il nonno sorrideva. «Eh, eh! È il tempo delle ragazzette!». Qualche volta il vecchio aggiungeva: «Diavolo! Credevo che si trattasse di un'avventura galante; sembra invece che si tratti di una passione».

Infatti si trattava di una passione.

Marius era sul punto di adorare suo padre. Nel tempo stesso un mutamento straordinario avveniva nelle sue idee. Le fasi di tale mutamento furono numerose e successive. E poiché la stessa crisi l'attraversarono parecchi spiriti del tempo nostro, crediamo utile seguire quelle fasi passo per passo e indicarle tutte.

La storia che Marius aveva cominciato a esaminare lo riempiva di sgomento.

Il primo effetto fu come uno sbalordimento.

Fino a quel giorno repubblica e impero erano state per lui parole mostruose; la repubblica gli sembrava una ghigliottina in un crepuscolo, l'impero una sciabola nella notte. Vi aveva appena gettato uno sguardo, e là dove si aspettava di trovare soltanto un caos di tenebre, con una straordinaria sorpresa mista di timore e di gioia, aveva veduto risplendere degli astri come Mirabeau, Vergniaud, Saint-Just, Robespierre, Camille Desmoulins, Danton, e un astro sorgente: Napoleone. Non sapeva più come orientarsi. Accecato dalla soverchia luce, indietreggiò. Ma, a poco a poco, passato lo stupore, si abituò a quegli splendori, poté considerare senza vertigini le azioni, esaminare senza terrore i personaggi; la rivoluzione e l'impero si svilupparono allora davanti ai suoi sguardi trasognati in una prospettiva luminosa, e vide ciascuno dei gruppi di uomini o di avvenimenti riassumersi in due supremi concetti: la repubblica nella sovranità del diritto civile restituita alle masse, l'impero nella sovranità dell'idea francese imposta all'Europa; vide scaturire dalla rivoluzione la grande figura del popolo, e dall'impero la grande figura della Francia. Nella propria coscienza egli riconobbe che tutto questo era stato un bene.

Non crediamo necessario indicare qui quegli aspetti che il suo stupore gl'impediva di scorgere in questo primo giudizio troppo sintetico. Ciò che vogliamo constatare è lo stato d'una mente in cammino. I progressi non si fanno tutti in una sola tappa. Detto questo una volta per tutte, per quanto precede come per quanto segue, continuiamo.

Egli si accorse allora che fino a quel momento non aveva capito il suo paese più di quanto avesse capito suo padre. Non aveva conosciuto né l'uno né l'altro; si era volontariamente ottenebrato la visibilità: ma ora vedeva; e da una parte ammirava e dall'altra adorava.

Era pieno di rimpianti e di rimorsi, e pensava con disperazione che tutto quanto aveva nell'animo, ora non poteva più dirlo che a una tomba. Oh, se suo padre fosse esistito tuttora, se lo avesse avuto ancora, se Dio nella sua misericordia e nella sua bontà avesse permesso che quel padre fosse ancora tra i vivi, come sarebbe corso, come si sarebbe precipitato, come gli avrebbe gridato: «Padre! Eccomi! Sono io! Ho il tuo stesso cuore! Sono tuo figlio!». Come gli avrebbe baciato il capo bianco, inondato i capelli di lacrime, contemplato la cicatrice, stretto le mani, adorato le vesti, baciato i piedi! Oh, perché quel padre era morto così presto, prima del tempo, prima della giustizia, prima dell'amore di suo figlio! Marius sentiva nel cuore un singhiozzo incessante che ripeteva di continuo: «Ahimè!». In pari tempo diventava sempre più serio, più grave, più certo della sua fede e dei suoi pensieri. A ogni istante nuovi lampi di verità venivano a completare la sua ragione. Gli pareva di crescere interiormente. Sentiva in sé uno sviluppo naturale che gli era procurato da due cose nuove per lui: suo padre e la sua patria.

Tutto gli si schiudeva dinanzi come se ne avesse la chiave; si spiegava ciò che aveva odiato, penetrava quello che aveva aborrito, vedeva ormai chiaramente il senso provvidenziale, divino e umano, delle grandi cose che aveva imparato a detestare e dei grandi uomini che gli si era insegnato a maledire. Quando pensava alle sue precedenti opinioni, che datavano soltanto da ieri, e che tuttavia gli sembravano lontanissime, si sdegnava e sorrideva.

Dalla riabilitazione di suo padre era passato naturalmente alla riabilitazione di Napoleone. Quest'ultimo passo però, diciamolo pure, non poté esser compiuto senza fatica.

Su Bonaparte, sino dall'infanzia Marius era stato imbevuto dei giudizi del partito del 1814. Ora, tutti i pregiudizi della restaurazione, tutti i suoi interessi, tutti i suoi istinti, tendevano a travisare Napoleone. Essa lo esecrava più ancora di Robespierre, e aveva saputo con molta abilità trar profitto dalla stanchezza della nazione e dall'odio delle madri. Bonaparte era divenuto un mostro quasi favoloso, e per dipingerlo all'immaginazione del popolo che assomiglia, come abbiamo detto poc'anzi, a quella dei fanciulli, il partito vittorioso del 1814 gli applicò successivamente tutte le maschere più spaventose, da quella che è terribile pur essendo grandiosa, sino a quella che è terribile e grottesca a un tempo; da quella di Tiberio a quella dell'Orco della favola. Così, parlando di Bonaparte, era lecito tanto il singhiozzare come lo scoppiare dalle risa, purché l'odio facesse da accompagnamento. Marius non aveva mai concepito altre idee intorno a «quell'uomo», come lo chiamavano, fuorché queste, le quali s'erano combinate nella sua mente con la tenacia propria della sua natura. C'era in lui un piccolo uomo testardo che odiava Napoleone.

Leggendo la storia, studiandola soprattutto nei documenti e nelle fonti originali, a poco a poco si squarciò il velo che nascondeva Napoleone ai suoi occhi.

Egli intravide qualcosa d'immenso, e sospettò di essersi ingannato sino a quel momento su Bonaparte come su tutto il resto; ogni giorno vedeva sempre meglio, e cominciò lentamente, a passo a passo, dapprincipio quasi con rammarico, dopo con gioia e come attratto da un irresistibile fascino, a salire prima i gradini tenebrosi, poi quelli rischiarati da una luce incerta, infine quelli luminosi e splendidi dell'entusiasmo.

Una notte era solo nella sua cameretta sotto il tetto. Leggeva alla luce di una candela, con i gomiti appoggiati sul tavolo presso la finestra aperta. Fantasticherie d'ogni specie venivano dagli spazi celesti e si mischiavano ai suoi pensieri. Quale meraviglioso spettacolo è la notte! Si sentono sordi mormorii senza sapere da dove vengano; si vede scintillare, simile a bragia, Giove che è milleduecento volte più grande della terra; l'azzurro diventa nero, le stelle brillano: è uno spettacolo grandioso.

Marius leggeva i bollettini della grande armata: strofe omeriche scritte sul campo di battaglia; qua e là trovava il nome di suo padre, quello dell'imperatore dovunque; tutto il grande impero gli appariva; sentiva come una marea gonfiarsi e sollevarsi nel suo animo, gli pareva a volte che suo padre passasse vicino a lui come un soffio e gli parlasse all'orecchio; a poco a poco veniva assalito da strani pensieri; credeva di sentire i tamburi, il cannone, le trombe, il passo cadenzato dei battaglioni, il galoppo sordo e lontano delle cavallerie; di tanto in tanto i suoi occhi si alzavano al cielo e guardavano brillare nelle profondità sconfinate le immense costellazioni, poi ricadevano sul libro e vi scorgevano altre cose colossali agitarsi confusamente. Aveva il cuore oppresso. Si sentiva trasportato, tremante, ansante; poi, senza sapere ciò che provasse né a che cosa obbedisse, con un moto repentino si drizzò in piedi, stese le braccia fuori della finestra, guardò fisso l'ombra, il silenzio, l'infinito tenebroso, l'eterna immensità e gridò: «Viva l'imperatore!».

Da quel momento la lotta cessò; l'orco della Corsica – l'usurpatore, il tiranno, il mostro che era l'amante delle sorelle, l'istrione ammaestrato da Talma, l'avvelenatore di Giaffa, la tigre – Buonaparte, tutto questo svanì e lasciò il posto, nella sua mente, a un indeterminato e luminoso irradiamento, nel quale risplendeva, a un'altezza inaccessibile, il pallido marmoreo fantasma di Cesare. L'imperatore non era stato che l'adorato capitano che si ammira e per il quale si sacrifica la vita; per Marius fu qualche cosa di più. Egli fu il predestinato edificatore del gruppo francese che succedette al gruppo romano nel dominio dell'universo; fu il prodigioso architetto d'una rovina, il continuatore di Carlomagno, di Luigi XI, di Enrico IV, di Richelieu, di Luigi XIV e del comitato di salute pubblica: aveva senza dubbio le sue pecche, i suoi errori e anche i suoi delitti, cioè era un uomo: ma augusto negli errori, brillante nelle pecche, possente nei delitti.

Fu l'uomo predestinato che aveva costretto tutte le nazioni a dire: «La grande nazione». Fu più ancora: fu l'incarnazione stessa della Francia, conquistando l'Europa con la spada che egli teneva in pugno, e il mondo con la luce che emanava da lui. Marius vide in Bonaparte lo spettro abbagliante che si ergerà sempre sulla frontiera, a guardia dell'avvenire. Despota, ma dittatore, despota che risultava da una repubblica e riassumeva una rivoluzione, Napoleone divenne per Marius l'uomo-popolo come Gesù è l'uomo-Dio.

Come accade a tutti i neofiti di una religione, la sua conversione lo esaltava, egli si precipitava nell'adesione spingendosi troppo oltre. La sua natura era tale che, una volta incamminato su un declivio, gli era quasi impossibile frenarsi. Il fanatismo per la spada lo conquistava e complicava nella sua mente l'entusiasmo per l'idea. Non s'accorgeva che insieme al genio, e confusa con esso, ammirava la forza, e cioè collocava nei due scompartimenti della sua idolatria, da un lato ciò che è divino, dall'altro ciò che è brutale. Per certi riguardi si può dire che s'ingannava ancora, ma in un modo diverso da prima. Egli ammetteva ogni cosa. V'è modo di dar di petto nell'errore anche quando si va in traccia della verità. Egli aveva una buona fede veemente che accettava tutto in massa. Nella nuova strada per cui si era messo, trascurava le circostanze attenuanti, così nel giudicare i torti dell'antico regime, come nel misurare la gloria di Napoleone.

Ad ogni modo aveva fatto un gran passo; dove un tempo vedeva la rovina della monarchia, scorgeva ora il trionfo della Francia. Il suo orientamento si era mutato: l'occidente era diventato il levante. Egli si era capovolto.

Tali rivolgimenti si compirono nel suo animo senza che la sua famiglia neppure ne dubitasse.

Quando, in seguito a quel misterioso lavorìo interno, egli ebbe perduta l'antica pelle di borbonico e di *ultra*, quando si fu spogliato d'ogni abito aristocratico, giacobino e lealista, allorché fu interamente rivoluzionario, profondamente democratico e quasi repubblicano, si recò da uno stampatore del quai des Orfèvres e gli ordinò cento biglietti da visita col nome *Barone Marius Pontmercy*.

Era una logica conseguenza del mutamento avvenuto nel suo animo, a causa del quale egli propendeva ora tutto per suo padre. Soltanto, non conoscendo nessuno e non potendo seminare quei biglietti presso i portinai, se li mise in tasca.

Per un'altra naturale conseguenza, a mano a mano che si accostava al padre, alla di lui memoria e alle cose per le quali egli aveva combattuto venticinque anni, Marius si allontanava sempre più dal nonno. Da lungo tempo, come già abbiamo osservato, il carattere di quest'ultimo non gli andava a genio. V'erano già tra loro tutte le dissonanze che passano tra un giovane serio e un vecchio frivolo. La gaiezza di Geronte offende ed esaspera la malinconia di Werther. Finché ebbero comuni le opinioni politiche e le idee, v'era come un ponte sul quale il nipote e l'avolo s'incontravano. Quando cadde questo ponte, si spalancò l'abisso. E poi, soprattutto, Marius provava inesprimibili ribellioni pensando che era stato Gillenormand a strapparlo senza pietà, per stupidi motivi, al colonnello, privando così il padre del figlio e il figlio del padre.

Coll'accrescersi della pietà verso il genitore, Marius era quasi giunto all'avversione per il nonno.

Del resto, come abbiamo detto, nulla di tutto ciò egli lasciava trapelare al di fuori. Soltanto diveniva sempre più freddo, laconico durante i pasti, e restava in casa assai di rado. Quando sua zia lo rimproverava, egli rispondeva con dolcezza, prendeva a pretesto gli studi, le lezioni, gli esami, le conferenze, eccetera. Il nonno, poi, non si dipartiva dalla sua infallibile diagnosi: «È innamorato! Io me ne intendo!».

Marius, di quando in quando, si assentava per alcuni giorni.

«Dove mai se ne va in tal modo?» domandava la zia. In uno di quei viaggi, sempre brevissimi, si era recato a Monfermeil per obbedire alle istruzioni lasciategli dal padre, e aveva cercato l'ex sergente di Waterloo, l'albergatore Thénardier. Questi era fallito, l'albergo era chiuso, e nessuno sapeva che cosa ne fosse avvenuto. In occasione di tali ricerche Marius rimase assente quattro giorni. Il nonno disse: «Questo ragazzo sta proprio diventando dissoluto».

Si accorsero che portava sul petto e sotto la camicia qualche cosa che era appeso al collo con un nastro nero.

VII

QUALCHE GONNELLA

Abbiamo parlato di un lanciere.

Era un pronipote del signor Gillenormand, dal lato paterno, e conduceva vita di guarnigione, fuori dalla propria e da qualsiasi altra famiglia. Il luogotenente Théodule Gillenormand possedeva tutte le qualità richieste per essere ciò che si dice un bell'ufficiale. Aveva un «vitino da signorina», i baffi a punta e un modo vittorioso di trascinar la sciabola. Veniva molto di rado a Parigi; tanto di rado, che Marius non l'aveva mai veduto. I due cugini non si conoscevano che di nome. Théodule era, crediamo di averlo detto, il favorito della zia Gillenormand, che lo preferiva perché non lo vedeva quasi mai. Le persone che non si conoscono si possono supporre fornite di ogni perfezione.

Un mattino, la signorina Gillenormand era rientrata nella sua camera tanto in fretta quanto glielo poteva permettere la sua abituale placidezza. Marius aveva ancora chiesto a suo nonno il permesso di fare un breve viaggio, aggiungendo che contava di partire la sera stessa.

«Va'!» aveva risposto il nonno; e aveva aggiunto tra sé, corrugando le sopracciglia: «Recidivo nel dormire fuori di casa». La signorina Gillenormand era risalita assai preoccupata in camera sua, lanciando lungo le scale questo punto esclamativo: «È un po' troppo!», e questo punto interrogativo: «Ma dove diavolo va?» Ella intravedeva qualche avventura di cuore più o meno illecita, una donna nella penombra, un appuntamento, un mistero, e non le sarebbe dispiaciuto di poter ficcarci dentro i suoi occhiali. La scoperta d'un mistero fa presentire le primizie d'uno scandalo; le anime sante non detestano ciò. Nei segreti scompartimenti della bigotteria c'è qualche curiosità per lo scandalo.

Ella era dunque in preda al vago desiderio di scoprire una storia.

Per distrarsi da tale curiosità, che l'agitava un po' più di quanto fosse nelle sue abitudini, aveva cercato rifugio nelle sue qualità di ricamatrice e, aggiungendo cotone a cotone, si era messa a intrecciare uno di quei ricami in voga ai tempi dell'impero e della restaurazione, nei quali le ruote di calesse figuravano in gran numero. Lavoro noioso, lavoratrice bisbetica. Era seduta già da alcune ore, quando la porta si aprì. La signorina Gillenormand alzò il naso: il luogotenente Théodule le stava davanti, e le faceva il saluto d'ordinanza. Ella gettò un grido di gioia. Si può essere vecchia, pudibonda, devota, zia, ma è sempre piacevole veder entrare nella propria camera un lanciere.

«Tu qui, Théodule!» esclamò.

«Di passaggio, cara zia.»

«Ma dammi dunque un bacio.»

«Ecco!» disse Théodule.

E la baciò. La zia Gillenormand, avvicinatasi allo scrittoio, lo aperse.

«Resti con noi almeno tutta la settimana?»

«Cara zia, riparto questa sera.»

«Non è possibile!»

«È matematico.»

«Fermati, mio piccolo Théodule, te ne prego!»

«Il cuore dice di sì, ma la consegna dice di no. La storia è semplice. Ci cambiano di guarnigione: eravamo a Melun, ora ci destinano a Gaillon. Per andare dall'antica alla nuova guarnigione bisogna passare per Parigi. Mi son detto: "Andrò a trovare mia zia".»

«Ed eccoti per il tuo disturbo» e gli mise in mano dieci luigi.

«Vorrete dire per il mio piacere, cara zia.»

Théodule la baciò una seconda volta, ed ella ebbe il piacere di sentirsi punzecchiare il collo dalle mostrine della divisa.

«Fai dunque il viaggio a cavallo insieme al reggimento?» gli domandò.

«No, cara zia. Per il desiderio di vedervi, mi son fatto fare un permesso speciale. La mia ordinanza mi condurrà il cavallo; e io andrò in diligenza. A proposito, devo farvi una domanda.»

«Che cosa?»

«Viaggia anche mio cugino Marius Pontmercy?»

«Come fai a saperlo?» disse la zia, subito solleticata nel più vivo della curiosità.

«Appena arrivato, sono corso subito alla diligenza, per assicurarmi il posto nell'interno.»

«Ebbene?»

«Un viaggiatore giunto poco prima aveva già accaparrato un posto sull'imperiale. Ne ho veduto il nome sul registro.»

«Che nome?»

«Marius Pontmercy.»

«Il cattivo soggetto!» esclamò la zia. «Ah, tuo cugino non è un giovane a modo come te. E dire che passerà la notte in diligenza!»

«Come me!»

«Ma tu lo fai per dovere; lui per vizio.»

«Corbezzoli!» esclamò Théodule.

A questo punto accadde alla signorina Gillenormand un vero avvenimento: le venne un'idea. Se fosse stata un uomo, si sarebbe battuta la fronte. Si rivolse a Théodule, e lo apostrofò:

«Sai che tuo cugino non ti conosce?».

«No: io l'ho veduto, ma lui non si è mai degnato di accorgersi di me.»

«Dunque viaggerete insieme?»

«Sì; lui sull'imperiale, io nell'interno della diligenza.»

«Dove va questa diligenza?»

«Agli Andelys.»

«È dunque là che va Marius?»

«A meno che non si fermi lungo la strada, come me. Io discendo a Vernon per prendere la coincidenza con Gaillon. Dell'itinerario di Marius non so niente.»

«Marius! Che brutto nome! Che idea hanno avuto di chiamarlo Marius! Almeno tu ti chiami Théodule!»

«Preferirei chiamarmi Alfred» disse l'ufficiale.

«Ascolta, Théodule.»

«Ascolto, zia.»

«Sta attento.»

«Sono attentissimo.»

«Ci sei?»

«Sì.»

«Ebbene, sappi che Marius talvolta si assenta.»

«Eh, eh!»

«Che viaggia.»

«Ah, ah!»

«Che passa le notti fuori di casa!»

«Oh, oh!»

«Noi vorremmo sapere cosa c'è sotto.»

Théodule rispose con la calma di una faccia di bronzo: «Qualche crinolina».

E con quel risolino a fior di pelle che denota certezza, aggiunse: «Qualche ragazzina!».

«È evidente» esclamò la zia, a cui parve di sentir parlare il signor Gillenormand, e che sentì la sua convinzione farsi incrollabile udendo quella parola, *ragazzina*, pronunciata quasi con lo stesso accento dal prozio e dal pronipote. Quindi riprese:

«Facci un favore. Segui un po' Marius. Egli non ti conosce, e quindi ti sarà facile. Poiché vi è di mezzo una donnetta, cerca di vederla. Ci scriverai la storiella. Questo divertirà il nonno».

Théodule non aveva un'eccessiva inclinazione per questa specie di servigi; ma era assai commosso dai dieci luigi e sperò di vederne altri venire in seguito. Accettò l'incarico e disse: «Come volete, zia». E aggiunse fra sé: «Eccomi promosso a dama di protezione!».

La signorina Gillenormand lo abbracciò.

«Tu certo, Théodule, non faresti simili scappate. Tu obbedisci alla disciplina, sei schiavo della consegna, sei un uomo di scrupoli e di doveri, e non lasceresti la tua famiglia per correr dietro a una pettegola.»

Il lanciere fece la smorfia soddisfatta di Cartouche lodato per la sua probità.

Marius, la sera che seguì a questo dialogo, salì in diligenza senza sospettare di essere sorvegliato. Quanto al sorvegliante, la prima cosa che fece fu addormentarsi profondamente. Il sonno fu completo e coscienzioso. Il novello Argo russò tutta la notte.

All'alba, il conduttore della diligenza gridò: «Vernon! Fermata di Vernon! I viaggiatori per Vernon devono scendere!».

Il luogotenente Théodule si svegliò.

«Bene,» borbottò ancora mezzo addormentato «devo scendere qui.»

Poi, man mano che destandosi gli si rischiarava la mente, pensò alla zia, ai dieci luigi, e alla relazione che aveva promesso di scrivere sulle gesta di Marius. Ciò lo fece ridere.

«Forse non è nemmeno più in carrozza» pensò, mentre si riabbottonava l'uniforme. «Può essersi fermato a Poissy o a Triel; se non è sceso a Meulan, può essere sceso a Mantes, a meno che non sia sceso a Rolleboise, o abbia proseguito sino a Pacy, dove poteva piegare a sua scelta: a sinistra, verso Évreux, a destra, verso Laroche-Guyon. Corrigli dietro, cara zia! Cosa diavolo scriverò a quella buona vecchia?»

In quel momento un calzone nero che scendeva dall'imperiale apparve dinanzi al cristallo della vettura.

«Che sia Marius?» si disse il luogotenente.

Era Marius.

Una contadinella, presso la diligenza, in mezzo ai cavalli e ai postiglioni, offriva fiori ai viaggiatori: «Infiorate le vostre dame» strillava.

Marius le si avvicinò e comperò i fiori più belli del suo assortimento.

«In verità,» disse Théodule saltando giù dalla vettura «la cosa comincia a interessarmi. A chi diamine va a portare quei fiori? Ci vuole una donna molto carina per un così bel mazzo. Voglio vederla.»

E si mise a seguire Marius, non più per incarico altrui, ma per curiosità personale, come quei cani che vanno a caccia per proprio conto.

Marius non prestò alcuna attenzione a Théodule. Non guardò nemmeno alcune signore eleganti che scendevano dalla diligenza. Sembrava che non vedesse niente intorno a sé.

«È innamorato!» pensò Théodule.

Marius si diresse verso la chiesa.

«A meraviglia,» si disse Théodule «la chiesa! Così va bene. Gli appuntamenti conditi con un po' di messa sono i migliori. Non c'è niente di più squisito di un'occhiata che passa per di sopra al buon Dio.»

Arrivato alla chiesa, Marius non vi entrò, ma girando intorno all'abside disparve dietro l'angolo d'un pilastro.

«L'appuntamento è fuori» disse Théodule. «Vediamo la ragazzina.»

E s'avanzò in punta di piedi verso l'angolo dietro il quale Marius era scomparso.

Quivi giunto, si fermò stupefatto.

Marius, con la testa tra le mani, era inginocchiato nell'erba su una fossa, sulla quale aveva sfogliato il mazzo di fiori. A una estremità del tumulo, dove un piccolo rialzo segnava il lato della testa, c'era una croce di legno nero con questo nome in lettere bianche: *Colonnello barone Pontmercy*. Si sentiva singhiozzare Marius.

La ragazzina era una tomba.

VIII

MARMO CONTRO GRANITO

Là Marius si era recato la prima volta che si era assentato da Parigi. Là egli ritornava ogni volta che il signor Gillenormand diceva: «Passa la notte fuori di casa».

Il luogotenente Théodule rimase assai sconcertato da quell'inaspettato cozzare contro un sepolcro: ne provò un'impressione sgradevole, strana, di cui non si sapeva render conto, e che si componeva del rispetto dovuto a una tomba e insieme del rispetto dovuto a un colonnello. Ritornò indietro, lasciando Marius solo nel cimitero, e in questa ritirata vi fu qualcosa dello spirito di disciplina. La morte gli apparve ornata di grosse spalline, e poco mancò che non le facesse il saluto militare. Non sapendo che cosa scrivere alla zia, decise di non scriverle affatto; e probabilmente non sarebbe successo nulla in seguito alla scoperta fatta da Théodule sugli amori di Marius, se, per una di quelle misteriose e frequenti combinazioni dovute al caso, la scena di Vernon non avesse avuto una specie di contraccolpo a Parigi.

Marius ritornò da Vernon all'alba del terzo giorno, andò a casa del nonno, stanco per le due notti passate in diligenza: sentendo la necessità di riparare alla perdita di sonno con un buon bagno, salì in fretta nella sua camera, si sbarazzò rapidamente del soprabito da viaggio e del cordone nero che aveva al collo, e andò nella stanza da bagno.

Il signor Gillenormand, che, come tutti i vecchi che godono buona salute, si alzava assai presto, lo aveva sentito rincasare e si era affrettato a salire, con tutta la fretta che gli permettevano le sue vecchie gambe, le scale che conducevano alla camera di Marius, con lo scopo di abbracciarlo e nello stesso tempo di interrogarlo e di riuscire a sapere da dove venisse.

Ma il giovane aveva impiegato minor tempo a discendere che l'ottuagenario a salire, e quando nonno Gillenormand entrò nella soffitta, Marius non c'era più.

Il letto era ancora intatto; distesi sopra, vi erano il soprabito e il cordoncino nero.

«Meglio così» disse Gillenormand.

Un momento dopo egli fece il suo ingresso in salotto; sua figlia era già seduta, intenta a ricamare le sue ruote di calesse.

L'entrata fu trionfale.

Gillenormand teneva con una mano il soprabito e con l'altra il nastro, e gridava:

«Vittoria! Stiamo per scoprire il mistero! Sapremo finalmente la fine della fine! Stiamo per metter le mani sui libertinaggi del nostro sornione! Eccoci al nodo del romanzo. Il ritratto in mia mano!».

Infatti, al cordoncino era appeso un astuccio di pelle nera, assai simile a un medaglione.

Il vecchio prese l'astuccio, lo esaminò per qualche momento senza aprirlo, con lo sguardo di voluttà, di rapimento e di collera d'un povero diavolo affamato che si veda passar sotto il naso un magnifico pranzo che non sarà per lui.

«Evidentemente qui c'è un ritratto. Io me ne intendo. Lo si tiene teneramente sul cuore! Quante bestialità! Sarà qualche abominevole sgualdrina, probabilmente da far fremere! La gioventù di oggi ha così cattivo gusto!»

«Vediamo, babbo» disse la zitellona.

L'astuccio si apriva premendo una molla. Non vi trovarono dentro nient'altro che un foglietto accuratamente piegato.

«Della stessa allo stesso» disse Gillenormand scoppiando in una risata. «So di che cosa si tratta. Una letterina amorosa!»

«Ah, leggiamo dunque» disse la zia. E inforcò gli occhiali.

Spiegarono il foglio e lessero quanto segue:

«Per mio figlio. L'imperatore mi ha fatto barone sul campo di battaglia di Waterloo. Poiché la restaurazione mi contesta tale titolo, che ho pagato col mio sangue, mio figlio lo prenderà e lo porterà. È certo ch'egli ne sarà degno.»

Non si può dire quello che provarono padre e figlia a quella lettura. Si sentirono agghiacciati, come se avessero sentito l'alito di un teschio. Non scambiarono neppure una parola. Solamente Gillenormand disse a voce bassa e come parlando tra sé:

«È la calligrafia di quello sciabolatore».

La zia esaminò il foglio, lo volse in tutti i sensi, poi lo rimise nell'astuccio.

Nello stesso momento, un pacchettino rettangolare, avvolto in una carta turchina, cadde da una tasca del soprabito. Erano i cento cartoncini di Marius. La zia ne passò uno a Gillenormand, che lesse: *Barone Marius Pontmercy.*

Il vecchio suonò. Accorse Nicolette. Gillenormand prese il cordone, l'astuccio, il soprabito, gettò tutto a terra nel mezzo della stanza, e disse:

«Portate via questi stracci».

Passò un'ora intera nel più profondo silenzio.

Il vecchio e la zitellona s'erano seduti volgendosi le spalle l'un l'altra, e pensavano, ciascuno per proprio conto, probabilmente le stesse cose. Trascorsa tale ora, la zia Gillenormand disse:

«Bella roba!».

Dopo qualche minuto comparve Marius, che ritornava allora. Prima ancora di varcare la soglia del salotto, egli vide suo nonno che teneva in mano uno dei suoi cartoncini, e che, vedendolo, esclamò con quella sua aria di superiorità borghese e canzonatoria lievemente schiacciante:

«Guarda! Guarda! Guarda!... Adesso tu sei barone. Mi congratulo con te. Cosa significa ciò?».

Marius arrossì leggermente e rispose:

«Vuol dire che io sono figlio di mio padre».

Gillenormand smise di ridere, e disse rudemente:

«Tuo padre sono io».

«Mio padre» riprese Marius a occhi bassi e con accento severo, «era un uomo umile ed eroico che ha servito valorosamente la repubblica e la Francia, che è stato grande nella più grande storia che gli uomini abbiano mai scritta, che ha vissuto un quarto di secolo nei bivacchi, di giorno sotto la mitraglia e sotto le palle, di notte sulla neve, nel fango, sotto la pioggia, che ha conquistato due bandiere, che ha ricevuto venti ferite, che è morto nell'oblìo e nell'abbandono, e che ha avuto un solo torto, di amare troppo due ingrati: il suo paese e me!»

Era più di quanto il vecchio Gillenormand potesse ascoltare. Alle parole *la repubblica*, si era alzato o, per dir meglio, era balzato in piedi. Ciascuna delle parole pronunciate da Marius aveva fatto sul viso del vecchio realista l'effetto d'un soffio di mantice da fucina su un tizzone ardente. Da pallido era divenuto rosso, da rosso purpureo, da purpureo fiammeggiante.

«Marius!» gridò. «Abominevole ragazzo! Io non so chi fosse tuo padre! Non voglio saperlo, e non ne so niente! Ma ciò che so, è che in mezzo a quella gente non vi furono che miserabili! Erano tutti pezzenti, assassini, berretti rossi, ladri! Dico tutti, tutti! Non eccettuo alcuno! Dico tutti, capisci, Marius? Vedi bene, dunque, tu sei barone come la mia pantofola! Erano tutti banditi al servizio di Robespierre! Tutti briganti che hanno servito Bu-o-na-parte! Tutti traditori che hanno tradito, sì, tradito, tradito, il loro legittimo re! Tutti vigliacchi che sono scappati davanti ai prussiani e agli inglesi a Waterloo! Ecco quello che io so. Se il vostro signor padre si trovava tra essi, lo ignoro, me ne dispiace, ma tanto peggio. Servo vostro!»

A sua volta, Marius era diventato il tizzone e Gillenormand il mantice. Marius tremava da capo a piedi, aveva la testa in fiamme, non sapeva cosa sarebbe accaduto. Era il prete che vede gettare al vento tutte le sue ostie, il fachiro che vede un passante sputare sul suo idolo. Non riusciva a capacitarsi che si fossero potute dire impunemente simili cose davanti a lui. Ma che fare? Suo padre era stato buttato a terra e calpestato in sua presenza, ma da chi? Da suo nonno. Come vendicare l'uno senza oltreggiare l'altro? Era impossibile che egli insultasse suo nonno, ed era egualmente impossibile che non vendicasse suo padre. Da una parte vedeva una tomba sacra, dall'altra una testa canuta. Rimase per qualche momento barcollante, quasi ubriaco, con tutto quel turbine di pensieri che gli tumultuavano nel capo, poi alzò gli occhi, guardò fisso suo nonno, e gridò con voce tonante:

«Abbasso i Borboni e quel grosso porco di Luigi XVIII».

Luigi XVIII era morto da quattro anni, ma per lui era lo stesso.

Il vecchio, da scarlatto che era, divenne subitamente più bianco dei suoi capelli. Si voltò verso un busto del duca di Berry che era sul caminetto e lo salutò profondamente, con straordinaria solennità. Poi andò due volte, lentamente e in silenzio, dal camino alla finestra e dalla finestra al camino, attraversando tutta la sala e facendo scricchiolare il pavimento come una statua di pietra che camminasse. La seconda volta si chinò verso la figlia, che assisteva al conflitto con lo stupore d'una vecchia pecora, e le disse sorridendo di un sorriso quasi calmo:

«Un barone come il signore e un borghese come me non possono stare sotto lo stesso tetto».

E rialzandosi tutto ad un tratto, pallido, tremante, terribile, con la fronte ingrandita dallo spaventoso raggiare della collera, tese il braccio verso Marius e gli gridò: «Vattene!».

Marius lasciò la casa.

L'indomani, Gillenormand disse alla figlia:

«Spedirete a ogni semestre sessanta pistole a quel bevitore di sangue, e non me ne parlerete mai più.»

E poiché gli restava un grande soprappiù di furore che non sapeva come sfogare, continuò a dare del *voi* a sua figlia per più di tre mesi.

Marius, da parte sua, era uscito indignato. Una circostanza fortuita, che non bisogna dimenticare, aveva aggravato maggiormente la sua esasperazione. Vi sono sempre queste piccole fatalità che complicano i drammi domestici, aumentando il malcontento senza che i torti siano accresciuti. Nel riportare precipitosamente «gli stracci» di Marius in camera di lui, secondo l'ordine avuto dal nonno, Nicolette senz'accorgersene lasciò cadere, probabilmente lungo la scala superiore che era buia, l'astuccio nero che conteneva il biglietto scritto dal colonnello, e non fu più possibile ritrovare né lo scritto né l'astuccio.

Marius rimase convinto che il «signor Gillenormand» – da quel giorno in poi non lo chiamò più altrimenti – aveva gettato nel fuoco «il testamento di suo padre». Portava impresse nel cuore le poche righe scritte dal colonnello e, sotto tal punto di vista, niente era perduto; ma quella carta, quella calligrafia, quella sacra reliquia gli erano preziose come il suo stesso cuore. Cosa ne avevano fatto?

Marius se n'era andato senza dire dove, con trenta franchi in tasca, l'orologio e pochi capi di vestiario in una sacca da viaggio.

Era salito in un calesse di piazza, l'aveva noleggiato a ore e s'era diretto, completamente a caso, verso il Quartiere Latino.

Quale destino gli era riservato?

LIBRO QUARTO

GLI AMICI DELL'ABC

I
UN GRUPPO CHE PER UN PELO NON È DIVENUTO STORICO

In quel tempo, indifferente in apparenza, serpeggiava vagamente qualche fremito rivoluzionario. Nell'atmosfera spiravano soffi di vento sorti dalle profondità dell'89 e del '92. La gioventù, ci si conceda il termine, stava mutando le penne. Ci si trasformava, quasi senza accorgersene, col moto stesso del tempo. La lancetta che cammina sul quadrante cammina anche nelle anime. Ciascuno faceva il passo innanzi che doveva fare. I realisti divenivano liberali, i liberali democratici. Era come una marea che saliva, complicata da mille riflussi; i riflussi hanno la proprietà di provocare delle mescolanze; quindi ne derivavano stranissime associazioni di idee, per cui si adoravano a un tempo Napoleone e la libertà. Noi facciamo qui della storia. Erano le illusioni di quel tempo. Le opinioni attraversano varie fasi. Il realismo volterriano, varietà bizzarra, ha avuto un riscontro, non meno strano, nel liberalismo bonapartista.

V'erano altri gruppi formati da spiriti più seri. Qui si approfondivano i princìpi, là si propugnava il diritto. Ci si appassionava per l'assoluto, e si aspirava ad attuazioni infinite; l'assoluto, per la sua stessa rigidità, sospinge gli animi verso l'azzurro e li fa fluttuare nell'infinito senza limite. Nulla più del dogma può generare il sogno. E nulla vale più del sogno per creare l'avvenire. Utopia oggi, carne e ossa domani.

Le opinioni avanzate avevano dei doppi fondi. Un principio di mistero minacciava «l'ordine stabilito», il quale, a sua volta, era sospetto e dissimulatore: indizio sommamente rivoluzionario. Il pensiero segreto del potere s'incontra, nelle agitazioni occulte, con quello del popolo. L'incubazione delle insurrezioni risponde alla premeditazione dei colpi di Stato.

Allora non esistevano ancora in Francia quelle vaste organizzazioni segrete come il *tugendbund* tedesco e il carbonarismo italiano; ma qua e là oscure escavazioni andavano ramificandosi.

A Aix cominciava a formarsi la Cougourde, e a Parigi, fra altre consimili afflizioni, esisteva la società degli Amici dell'ABC.

Cos'erano questi amici dell'ABC? Una società che aveva come scopo apparente l'educazione dei fanciulli e in realtà tendeva a condurre gli uomini sulla retta via. Ci si dichiarava amici dell'ABC: ma l'abbassato[1] era il popolo che si voleva rialzare. Giuoco di parole del quale sarebbe male ridere. In politica talvolta i giuochi di parole sono cose serie. Ne sian prova: il *Castratus ad castra* che convertì Narsete in generale; il *Barbari et Barberini*; il *Fueros y Fuegos*, il *Tu es Petrus et super hanc petram*, eccetera.[2]

Gli amici dell'ABC erano poco numerosi. Era una società segreta ancora in embrione; diremmo quasi una consorteria, se le consorterie producessero eroi. Essi si riunivano a Parigi in due località, presso i mercati in un'osteria chiamata *Corinto* di cui parleremo più tardi, e presso il Panthéon, in un caffeuccio della piazza Saint-Michel chiamato *Caffè Musain*, oggi demolito; il primo di questi luoghi di convegno era riservato agli operai, il secondo agli studenti.

Le adunanze abituali si tenevano in una sala interna del caffè *Musain*. Questa sala, abbastanza lontana dal bar, con cui comunicava per mezzo di un lunghissimo corridoio, aveva due finestre e un'uscita con una scala segreta che dava sulla viuzza dei Grès. Qui si fumava, si beveva, si giocava, si rideva. Si parlava di tutto ad alta voce, e sommessamente di qualche altra cosa. Inchiodata al muro vi era una vecchia carta della Francia repubblicana, indizio sufficiente per acutizzare il fiuto d'un agente di polizia.

La maggior parte degli amici dell'ABC erano studenti cordialmente uniti ad alcuni operai. Ecco i nomi dei principali; essi appartengono sotto un certo aspetto alla storia: Enjolras, Combeferre, Jean Prouvaire, Feuilly, Courfeyrac, Bahorel, Lesgle o Laigle, Joly, Grantaire.

Questi giovani costituivano quasi una famiglia, tanta era l'amicizia che li univa. Tutti, a eccezione di Laigle, erano del Mezzogiorno.

Quel gruppo era degno di osservazione. È svanito nelle profondità invisibili che stanno dietro a noi. Al punto in cui siamo arrivati di questo dramma, non è forse inutile rivolgere un raggio di luce su quelle giovani teste, prima che il lettore le veda sommergersi nell'ombra d'una tragica avventura.

Enjolras, che abbiamo nominato per primo – vedremo più tardi

---

[1] ABC pronunciati di seguito, in francese danno lo stesso suono della parola *abaissé* che significa abbassato, umiliato.

[2] «Il castrato agli accampamenti.» Narsete era un eunuco che divenne generale sotto Giustiniano. «Barbari e Barberini», secondo il detto del popolino romano, che rimproverava alla famiglia Barberini di spogliare i monumenti della città completando l'opera dei barbari. «Franchigie e focolari» parola d'ordine dei liberali spagnoli. «Tu sei Pietro e su questa pietra...»: Vangelo secondo Matteo, XVI, 18.

perché – era figlio unico e ricco. Era un giovane seducente ma capace di diventare terribile. Era angelicamente bello: un Antinoo selvaggio. Dallo splendore pensieroso del suo sguardo si sarebbe detto che egli avesse già, in qualche precedente esistenza, attraversato l'apocalissi rivoluzionaria. Ne conosceva la tradizione come testimonio, e ricordava tutti i particolari della grande azione. Era dotato di un carattere sacerdotale e insieme guerriero, cosa strana in un giovane. Era a un tempo officiante e militante; soldato della democrazia, dal punto di vista della contingenza; e sacerdote dell'ideale se trascendeva dai moti contemporanei. Aveva la pupilla profonda, le palpebre lievemente arrossate, il labbro inferiore tumido e facile allo sprezzo, la fronte alta. Una fronte spaziosa in un volto equivale a un vasto spazio di cieli in un orizzonte. Al pari di certi uomini del principio di questo secolo e della fine del secolo scorso, che sono stati illustri ancora giovani, egli aveva una giovinezza esuberante, fresca, come quella delle fanciulle, sebbene con qualche intervallo di pallore. Già uomo, sembrava ancora un fanciullo. I suoi ventidue anni sembravano diciassette. Era molto serio, e pareva ignorasse che sulla terra esiste un essere chiamato donna. Non aveva che una passione: il diritto; un solo pensiero: rovesciare gli ostacoli. Sul monte Aventino sarebbe stato Gracco; nella Convenzione, sarebbe stato Saint-Just. A malapena vedeva le rose, ignorava la primavera, non udiva il canto degli uccelli; il seno nudo di Evadne[3] non l'avrebbe commosso più di Aristogitone; per lui, come per Armodio,[4] i fiori non giovavano ad altro che a nascondere la spada. Era rigido anche nella gioia; chinava castamente gli occhi dinanzi a tutto ciò che non fosse la repubblica. Era il marmoreo amante della libertà. La sua parola era aspramente ispirata e possedeva il fremito d'un inno. Aveva voli lirici inaspettati. Sventura all'amoretto che si fosse arrischiato ad avvicinarglisi! Se qualche sartina della piazza Cambrai o della via Saint-Jean-de-Beauvais, vedendo quella fisionomia da collegiale scappato, quell'aspetto da paggio, quelle lunghe ciglia bionde, gli occhi azzurri, la capigliatura abbandonata al vento, le rosee guance, le labbra fresche, i magnifici denti, avesse sentito desiderio di quell'aurora e fosse venuta a tentare i propri vezzi su Enjolras, uno sguardo sorprendente e terribile le avrebbe mostrato bruscamente l'abisso, e le avrebbe insegnato a non confondere con il cherubino galante di Beaumarchais il formidabile cherubino d'Ezechiele.

Accanto ad Enjolras, che rappresentava la logica della rivoluzione, Combeferre ne rappresentava la filosofia. Tra la logica della rivo-

---

[3] Etèra, si gettò sul rogo sul quale bruciava il cadavere del marito Carrapeo.

[4] Armodio e Aristogitone uccisero il tiranno Ipparco nascondendo i pugnali sotto rami di mirto.

luzione e la sua filosofia c'è questa differenza: che la prima può concludersi con la guerra mentre la seconda deve necessariamente condurre alla pace. Combeferre completava e correggeva Enjolras; era d'idee meno sublimi e più larghe. Voleva che s'insegnassero alle menti i princìpi sviluppati in concetti generali, soleva dire «Rivoluzione ma civilizzazione,» e apriva vasti orizzonti azzurri intorno alla montagna a picco. Da ciò derivava che tutti i piani di Combeferre avevano sempre un lato accessibile e praticabile. Meglio di Enjolras sapeva rendere accettabile la rivoluzione: Enjolras ne esprimeva il diritto divino, Combeferre il diritto naturale. Il primo si collegava a Robespierre, l'altro s'avvicinava a Condorcet. Combeferre viveva più di Enjolras la vita di tutti. Se fosse stato concesso a questi due giovani di giungere fino alla storia, l'uno sarebbe stato il giusto, l'altro il saggio. Enjolras era più virile. Combeferre più umano. Tra loro passava la sfumatura che passa tra *Homo* e *Vir*. Combeferre era dolce quanto l'altro era severo: amava la parola cittadino ma preferiva la parola uomo. Avrebbe detto volentieri *Hombre*, come gli spagnoli. Leggeva di tutto, frequentava i teatri, seguiva i corsi pubblici, imparava da Arago[5] la polarizzazione della luce, si appassionava per una lezione in cui Geoffroy Saint-Hilaire[6] aveva spiegato la duplice funzione dell'arteria carotide esterna, e dell'arteria carotide interna, che danno vita l'una al volto, l'altra al cervello; si teneva al corrente della scienza seguendola a passo a passo, confrontava Saint-Simon con Fourier, decifrava i geroglifici, spezzava i sassi che trovava e dissertava di geologia, segnalava gli errori di francese contenuti nel dizionario dell'Accademia, studiava Puységur e Deleuze,[7] non affermava nulla, nemmeno i miracoli, sfogliava la collezione del «Moniteur» e meditava. Dichiarava che l'avvenire sta in mano al maestro di scuola, e si preoccupava dei problemi dell'educazione. Voleva che la società lavorasse senza posa a elevare il livello intellettuale e morale del popolo, a sminuzzare la scienza, a porre in circolazione le idee, a sviluppare la mente della gioventù; e temeva che l'attuale meschinità di metodi, la ristrettezza del punto di vista letterario limitato a due o tre secoli detti classici, il dogmatismo tirannico della pedanteria ufficiale, i pregiudizi scolastici e le abitudini finissero col ridurre i nostri collegi a ostricaie artificiali. Era dotto, purista, esatto, politecnico, sgobbone e in pari tempo meditabondo «sino alla chimera», come dicevano i suoi amici. Credeva a tutti questi sogni: le ferrovie, la soppressione del dolore

---

[5] François Arago (1786-1853) era direttore dell'osservatorio astronomico di Parigi.

[6] Scienziato (1772-1844) che ebbe una disputa con Cuvier sulle origini del mondo.

[7] Armand Puységur (1751-1825) e Joseph Deleuze (1753-1835), scienziati che si occuparono del magnetismo animale.

nelle operazioni chirurgiche, la fissazione dell'immagine nella camera oscura, il telegrafo elettrico, la dirigibilità degli aerostati. Del resto, non si lasciava suggestionare dalle cittadelle erette da ogni parte contro il genere umano per opera delle superstizioni, dei dispotismi e dei pregiudizi. Apparteneva alla schiera di coloro che pensano che la scienza finirà col capovolgere la situazione. Enjolras era un capo, Combeferre una guida. Con il primo si sarebbe voluto combattere e con l'altro marciare. Non che Combeferre fosse inetto al combattimento: egli non si rifiutava di affrontare a corpo a corpo l'ostacolo e di assalirlo a viva forza e per esplosione, ma preferiva mettere a poco a poco il genere umano d'accordo con i propri destini mediante l'insegnamento degli assiomi e la promulgazione delle leggi positive; e, tra due luci, egli propendeva per l'illuminazione piuttosto che per l'incendio. È innegabile che un incendio può produrre una aurora: ma perché non aspettare il levar del sole? Un vulcano rischiara, ma l'alba rischiara ancora meglio. Combeferre preferiva forse il candore del bello al fiammeggiare del sublime. Una luce offuscata dal fumo, un progresso acquistato con la violenza, non soddisfacevano che a metà la sua mente seria e tenera. L'idea di precipitare a picco un popolo nella verità, di rinnovare il '93, lo spaventava; ma la stasi gli ripugnava ancora di più: egli vi sentiva la putrefazione e la morte; tutto sommato, preferiva la schiuma ai miasmi, il torrente alla cloaca, la cascata del Niagara al lago di Montfaucon. Insomma, non voleva né sosta né fretta. Mentre i suoi tumultuosi amici, cavallerescamente innamorati dell'assoluto, adoravano e invocavano le splendide avventure rivoluzionarie, Combeferre propendeva per lasciar fare al progresso, al buon progresso, forse freddo ma puro, metodico ma irreprensibile, flemmatico ma imperturbabile. Si sarebbe inginocchiato e avrebbe congiunto le mani perché l'avvenire si compisse con tutto il suo candore, e perché nulla turbasse l'immensa evoluzione pacifica dei popoli; e ripeteva sempre: «il bene deve essere innocente». Infatti, se la grandezza della rivoluzione consiste nel guardar fisso l'abbagliante ideale e nello spingervi il volo attraverso le folgori, col sangue e il fuoco negli artigli, la bellezza del progresso sta nell'essere senza macchia; e tra Washington che rappresenta l'una e Danton che personifica l'altra, corre la differenza che separa l'angelo con le ali di cigno dall'angelo con le ali d'aquila.

Jean Prouvaire era d'una tempra ancor più dolce di Combeferre. Si chiamava Jehan, per uno di quei capricci momentanei che accompagnarono il profondo e potente moto da cui è uscito lo studio così necessario del Medioevo. Prouvaire era innamorato, coltivava un vaso di fiori, suonava il flauto, scriveva versi, amava il popolo, compiangeva la donna, piangeva sul fanciullo, confondeva nella stessa fiducia

Dio e l'avvenire, e biasimava la rivoluzione francese per aver fatto cadere una testa regale, quella di André Chénier. La sua voce, abitualmente delicata, prendeva improvvisamente delle intonazioni virili. Era letterato fino all'erudizione, e quasi orientalista. Ma soprattutto era buono, e nella poesia preferiva l'immenso, cosa naturalissima per chi sa come la bontà confini con la grandezza. Conosceva l'italiano, il latino, il greco e l'ebraico; e questo non gli serviva che a leggere quattro poeti: Dante, Giovenale, Eschilo e Isaia. In francese, preferiva Corneille a Racine, e Agrippa d'Aubigné a Corneille. Amava vagare nei campi fioriti di papaveri e di fiordalisi, e si occupava delle nubi quasi al pari degli avvenimenti. La sua mente aveva due tendenze: una verso l'uomo, l'altra verso Dio; egli studiava o contemplava. Trascorreva i giorni ad approfondire i problemi sociali: il salario, il capitale, il credito, il matrimonio, la religione, la libertà di pensare, la libertà di amare, l'educazione, il sistema penale, la miseria, l'associazione, la proprietà, la produzione e la ripartizione dei beni, l'enigma di quaggiù che avvolge d'ombra il formicaio umano; e la sera guardava gli astri, creature enormi. Come Enjolras, era ricco e figlio unico. Parlava dolcemente, chinava la testa, abbassava gli occhi, sorrideva con imbarazzo, non era elegante, aveva i modi impacciati, arrossiva per un nonnulla ed era timidissimo. Del resto, intrepido.

Feuilly era decoratore di ventagli, orfano di padre e di madre; guadagnava a malapena tre franchi al giorno e non aveva che un'idea fissa: liberare il mondo. Aveva anche un'altra preoccupazione: istruirsi; ciò che egli chiamava pure liberare se stesso. Aveva imparato da solo a leggere e a scrivere: tutto quanto sapeva l'aveva imparato da sé. Feuilly era un cuore generoso; provava una immensità di affetti. Orfano, aveva adottato i popoli. Senza madre, aveva meditato sulla patria, e voleva che nessuno al mondo fosse privo della propria. Con la profonda divinazione del popolano, nutriva istintivamente quella che ora si chiama *l'idea delle nazionalità*, e aveva studiato la storia con lo scopo di indignarsi delle ingiustizie con cognizione di causa. In quel giovane cenacolo di utopisti occupati soprattutto dalla Francia, egli rappresentava l'estero: Grecia, Polonia, Ungheria, Romania, Italia, erano le sue specialità. Pronunciava sempre quei nomi, a proposito e a sproposito, con la tenacia del diritto. La Turchia su Creta e sulla Tessaglia, la Russia su Varsavia, l'Austria sul Veneto: questi soprusi lo esasperavano. Fra tutte, le grandi violenze del 1772[8] lo indignavano. Una giusta indignazione suscita la più potente eloquenza. Questa era la sua eloquenza. Era inesauribile parlando di quella data infame,

---

[8] In quell'anno avvenne la prima spartizione della Polonia tra l'Austria, la Russia e la Prussia.

1772, di quella soppressione a tradimento di una nazione nobile e valorosa, di quel delitto commesso in tre, di quel mostruoso tranello, prototipo ed esemplare di tutte le spaventose soppressioni di cui, dopo d'allora, furono vittime parecchie nobili nazioni, e che cancellarono, per così dire, la loro fede di nascita. Tutti gli attentati sociali contemporanei derivano dalla spartizione della Polonia, che è il teorema di cui tutti i delitti politici attuali sono i corollari. Non v'è despota, non v'è traditore, da ormai un secolo, il quale non abbia approvato, omologato e parafato, *ne varietur*, la spartizione della Polonia. Essa apre la serie dei tradimenti moderni. Il Congresso di Vienna ha consultato questo delitto prima di consumare il proprio. Il 1772 suona l'*hallali*;[9] il 1815 divora le spoglie della preda. Tale il testo consueto di Feuilly. Questo povero operaio si era fatto tutore della giustizia, ed essa lo ricompensava facendolo grande. Infatti, nel diritto c'è dell'eternità. Varsavia non può essere tartara, così come Venezia non può essere tedesca. I re sprecano fatica e onore. Presto o tardi, la «patria» sommersa torna a galla e ricompare. La Grecia ridiviene la Grecia; l'Italia ridiviene l'Italia. La protesta del diritto contro il fatto rimane indelebile. Il furto di un popolo non cade in prescrizione. Simili gigantesche truffe non hanno avvenire. Non si toglie il contrassegno a una nazione come a un fazzoletto.

Courfeyrac aveva un padre, che era chiamato signor di Courfeyrac. Una delle idee false della borghesia del tempo della restaurazione riguardo all'aristocrazia e alla nobiltà era di credere alla particella *di* che, come tutti sanno, non significa nulla. Ma i borghesi del tempo della «Minerve» tenevano in così grande stima quel povero *di* che si credettero in dovere di farlo abdicare. Il signor di Chauvelin si faceva chiamare Chauvelin, il signor di Caumartin, Caumartin, il signor di Constant di Rebecque, Benjamin Constant, il signor di Lafayette, Lafayette. Courfeyrac non aveva voluto restare indietro, e si chiamava semplicemente Courfeyrac. Per quanto concerne Courfeyrac, potremmo quasi limitarci a questo solo cenno, e aggiungere per il resto: Courfeyrac, vedi Tholomyès. Courfeyrac, infatti, possedeva quel brio giovanile che si potrebbe chiamare la «bellezza del diavolo» applicata alla mente. Più tardi, quel brio giovanile svanisce come la grazia di un gattino e dà luogo, nel bipede, al borghese, e nel quadrupede al gattone.

Le generazioni che passano attraverso le scuole, le leve successive della gioventù si trasmettono di volta in volta, *quasi cursores*,[10] una specie di spirito, che è quasi sempre il medesimo; cosicché, come già

[9] Antico grido francese di caccia.
[10] «Come dei corrieri» dalla *Natura* di Lucrezio.

abbiamo accennato, chi avesse sentito Courfeyrac nel 1828 avrebbe creduto di udire il Tholomyès del 1817. Senonché Courfeyrac era un ottimo giovane. Sotto le apparenti somiglianze dello spirito esteriore, vi era una grande differenza tra Tholomyès e lui. L'uomo latente che esisteva in essi, era, nel primo, affatto diverso di quello che era nel secondo. In Tholomyès c'era un procuratore e in Courfeyrac un paladino.

Enjolras era il capo, Combeferre la guida, Courfeyrac il centro. Gli altri diffondevano più luce, e lui più calore: in realtà aveva tutte le qualità per costituire un centro: la schiettezza e la comunicativa.

Bahorel aveva figurato nel sanguinoso tumulto del giugno 1822, in occasione del funerale del giovane Lallemand.[11]

Bahorel era un giovane di buon umore e di cattiva compagnia, coraggioso, mani bucate, prodigo e talvolta generoso, loquace e talvolta eloquente, ardito e talvolta sfrontato; la miglior pasta d'uomo che si possa desiderare; con panciotti temerari e opinioni scarlatte; era chiassone in grande, cioè non v'era cosa che gli piacesse più d'una disputa, all'infuori di una sommossa, e nulla più d'una sommossa all'infuori d'una rivoluzione; sempre pronto a rompere un vetro, poi a disselciare una via, poi ad abbattere un governo per vederne l'effetto. Studente dell'undecimo anno, intuiva il diritto ma non lo studiava. Aveva preso per motto: avvocato mai e per stemma un tavolino da notte entro il quale s'intravedeva un tocco da magistrato. Ogni volta che passava davanti alla scuola di diritto, ciò che gli capitava raramente, si abbottonava la giacca a lunghe falde – il *paletot* non era ancora stato inventato – e prendeva delle precauzioni igieniche. Diceva, del portone della scuola: «Che bel vecchio!» e del decano, Delvincourt: «Quale monumento!». Dai suoi corsi traeva temi di canzoni e dai professori occasioni di caricature. Si mangiava, senza far niente, una pensione piuttosto lauta, qualche cosa come tremila franchi. Aveva dei genitori contadini ai quali aveva saputo inculcare il rispetto per il figlio. Diceva di loro: «Sono contadini, non borghesi; perciò sono dotati di intelligenza».

Bahorel, uomo capriccioso, frequentava parecchi caffè; gli altri avevano delle abitudini, egli non ne aveva alcuna. Andava a zonzo. Errare è umano, andare a zonzo è parigino. In fondo, poi, era dotato di mente perspicace e riflessiva più di quanto sembrasse. Fungeva da legame tra gli amici dell'ABC e altri gruppi ancora informi, che si dovevano delineare chiaramente più tardi.

In quel conclave di giovani teste c'era un membro ch'era calvo.

Il marchese d'Avaray, che Luigi XVIII fece duca per averlo aiuta-

---

[11] Studente ucciso durante una manifestazione liberale.

to a salire in una carrozza di piazza il giorno in cui emigrò, raccontava che nel 1814, mentre il re ritornava in Francia, al suo sbarco a Calais un uomo gli presentò una supplica.

«Che cosa chiedete?» disse il re.

«Sire, desidererei un impiego nelle poste.»

«Come vi chiamate?»

«L'Aigle.»

Il re aggrottò le sopracciglia, guardò la firma della supplica e vide che il nome era scritto così: *Lesgle*.[12] Questa ortografia poco bonapartista commosse il re, che incominciò a sorridere.

«Sire,» riprese l'uomo della supplica «io ho come antenato un guardiano di cani, soprannominato Lesgueules.[13] Questo soprannome ha dato origine al mio nome. Io mi chiamo Lesgueules, diventato per contrazione Lesgle e per corruzione L'Aigle.»

Ciò pose termine al sorriso del re. Più tardi egli affidò a quell'uomo l'ufficio postale di Meaux, non sappiamo se di proposito o per distrazione.

Il membro calvo del gruppo era figlio di quel Lesgle o Lègle, e si firmava Lègle (di Meaux).

I suoi compagni, per abbreviare, lo chiamavano Bossuet.[14]

Questo Bossuet era un giovane allegro ma sfortunato. Aveva la particolarità di non riuscire mai bene in niente. Tuttavia, rideva di tutto. A venticinque anni era calvo. Suo padre aveva finito per possedere una casa e un campo; ma lui, il figlio, si era affrettato a perdere campo e casa in una cattiva speculazione. Non gli era rimasto più niente. Aveva cultura e ingegno, ma falliva sempre in ogni cosa. Tutto gli veniva meno, in ogni caso era tratto in inganno; quello che edificava gli crollava sulle spalle. Se spezzava della legna, si tagliava un dito. Se aveva un'amante, dopo breve tempo scopriva che quella aveva anche un amico. A ogni momento gli capitava qualche guaio; da ciò la sua giovialità. Soleva dire: «*Abito sotto il tetto delle tegole che cadono*». Poco sorpreso, poiché il contrattempo era per lui prevedibile, prendeva la cattiva sorte con serenità e sorrideva delle persecuzioni del destino come chi sa stare allo scherzo. Era povero, ma la sua provvista di buon umore era inesauribile. Arrivava presto al suo ultimo soldo, mai alla sua ultima risata. Quando l'avversità entrava in casa sua, egli sa-

[12] Le varie ortografie con cui è scritto questo nome, si pronunciano sempre allo stesso modo. L'*Aigle* significa «l'aquila».

[13] Dal verbo *gueuler*, gridare a squarciagola, usato per indicare l'abbaiare dei cani da caccia che inseguono la preda.

[14] Il celebre Bossuet, scrittore di cose ecclesiastiche, fu vescovo di Meaux ai tempi di Luigi XIV e venne dai suoi ammiratori soprannominato l'*aquila di Meaux* (*l'aigle de Meaux*).

lutava cordialmente quella vecchia conoscenza; dava dei buffetti sul ventre alle catastrofi; era familiare con la fatalità al punto da chiamarla con un vezzeggiativo. «Buon giorno, Disdetta» le diceva. Le persecuzioni del destino lo avevano reso ingegnoso. Era pieno di risorse. Non aveva denaro, ma trovava modo di fare, quando gli piaceva, delle «spese sfrenate». Una notte, arrivò a mangiare «cento franchi» in una cena con una sgualdrinella; ciò gli ispirò, nel mezzo dell'orgia, questa frase memorabile: «*Figlia di cinque luigi, toglimi le scarpe*».[15] Bossuet si avviava lentamente alla professione d'avvocato; frequentava i corsi di diritto, ma alla stessa maniera di Bahorel. Non aveva domicilio fisso; qualche volta non ne aveva affatto. Alloggiava or con questo, or con quello, il più spesso presso Joly. Questi studiava medicina. Aveva due anni meno di Bossuet.

Joly era il malato immaginario giovane. Quello che aveva guadagnato a studiare medicina, era di essere più malato che medico. A ventitré anni si riteneva invalido, e passava la vita a guardarsi la lingua nello specchio. Assicurava che l'uomo è calamitato come un ago, e in camera sua metteva il letto con la testa volta a mezzogiorno e i piedi al nord, affinché di notte la circolazione del sangue non fosse contrariata dalla grande corrente magnetica del globo. Durante gli uragani si tastava il polso. A eccezione di queste debolezze, era il più allegro di tutti. Tutte queste incoerenze: giovane, maniaco, malaticcio, allegro, stavano bene insieme e ne risultava un essere eccentrico e divertente che i suoi compagni, prodighi di consonanti alate, chiamavano Jolllly. «Tu puoi prendere il volo su quattro L»[16] gli diceva Jean Prouvaire.

Joly aveva il vezzo di toccarsi la punta del naso col bastone, ciò che è indice di una mente sagace.

Tutti questi giovani così divertenti, e di cui alla fine, non si può parlare che seriamente, avevano una medesima religione: il Progresso.

Tutti erano figli diretti della rivoluzione francese. I più leggeri diventavano solenni pronunciando questa data: '89. I loro padri carnali erano o erano stati foglianti o monarchici o dottrinari, poco importava: quella confusione anteriore a essi, che erano giovani, non li riguardava; nelle loro vene scorreva il purissimo sangue dei principi. Discendevano, tutti, senza sfumatura intermedia, dal diritto incorruttibile e dal dovere assoluto. Affiliati e iniziati, lavoravano sotterraneamente ad abbozzare il loro ideale.

---

[15] Scherzo sulla parola *luigi*, moneta da venti franchi e nome assai comune tra i Borboni di Francia.

[16] Scherzo sulla lettera *l* che si pronuncia come *aile*, che significa ala; così che in francese *quatre ailes* (quattro ali) e *quatre l* (quattro elle) hanno lo stesso suono.

In mezzo a tutti quei cuori appassionati, a quelle menti convinte, c'era tuttavia uno scettico. Come si trovava colà? Per accostamento. Quello scettico si chiamava Grantaire, e firmava abitualmente con questo rebus: R.[17] Grantaire era un uomo che si guardava bene dal credere a qualche cosa. Era però uno degli studenti che avevano imparato di più durante gli studi fatti a Parigi; sapeva che il miglior caffè era quello del caffè Lemblin, il miglior bigliardo quello del caffè Voltaire; che all'Ermitage, sul viale del Maine, si trovavano buoni biscotti e belle ragazze; che si mangiavano squisiti polli ai ferri presso mamma Saguet, eccellenti zuppe di pesce alla barriera della Cunette, e un certo vinello bianco alla barriera del Combat. Per ogni cosa egli conosceva i luoghi più adatti; inoltre era destro nel pugilato a base di pugni e calci; conosceva qualche danza ed era abilissimo nella scherma col bastone. Per di più, era gran bevitore. Era infinitamente brutto; la più graziosa calzolaia di quei tempi, Irma Boissy, indignata della sua bruttezza, aveva sentenziato: *Grantaire è impossibile*; ma la fatuità di Grantaire non si sconcertava per così poco. Egli guardava teneramente e fissamente tutte le donne, con l'aria di dire di tutte: *Se volessi!*, e cercava di far credere ai compagni di essere desiderato da tutte le parti.

Tutte queste parole: diritti del popolo, diritti dell'uomo, contratto sociale, rivoluzione francese, repubblica, democrazia, umanità, civiltà, religione, progresso, per Grantaire erano parole quasi senza significato. Egli ne sorrideva. Lo scetticismo, questa arida carie dell'intelligenza, non gli aveva lasciato un'idea intatta nella mente. Egli viveva con ironia. Suo assioma era: «Vi è una sola certezza: il bicchiere pieno». Scherniva tutte le dedizioni in qualunque partito, e tanto il fratello quanto il padre, e Robespierre giovane come Loizerolles.[18] Ed esclamava: «Bel costrutto ne hanno ricavato a morire!». Diceva del crocifisso: «Ecco un patibolo che ha avuto successo». Cacciatore d'avventure, giocatore, libertino spesso brillo, dava a quei giovani sognatori il dispiacere di canterellare di continuo: «*Amiamo le belle e amiamo il buon vino!*» sull'aria di: «*Viva Enrico IV*».

Ma questo scettico aveva un idolo. Questo idolo non era né un'idea, né un dogma, né un'arte, né una scienza; era un uomo: Enjolras. Grantaire ammirava, amava e venerava Enjolras. A chi si univa quel dubitoso anarchico in quella falange di spiriti assoluti? Al più assoluto. In qual modo Enjolras lo dominava? Con le idee? No. Con il carattere. Fenomeno spesso osservato. Uno scettico che va d'accordo con un credente, è cosa semplice come la legge dei colori complementari.

[17] *Grantaire* si pronuncia quasi come *grand R* (R maiuscola).
[18] Jean Simon Loizerolles (1732-1794), uomo politico giustiziato sotto il terrore.

Quello che ci manca ci attira. Nessuno ama la luce quanto il cieco. Il nano adora il tamburino-maggiore. Il rospo ha sempre gli occhi al cielo: perché? Per veder volare l'uccello. Grantaire, in cui serpeggiava il dubbio, amava vedere la fede librarsi in Enjolras. Egli aveva bisogno di Enjolras. Senza che se ne rendesse conto e senza che pensasse a spiegarselo, quella natura casta, sana, ferma, retta, dura, candida, lo affascinava. Per istinto, egli ammirava il suo opposto. Le sue idee molli, pieghevoli, slogate, malate, deformi, si appoggiavano a Enjolras come a una spina dorsale. La sua rachitide morale si appoggiava a quella fermezza. Grantaire, vicino a Enjolras, ridiveniva qualcuno. D'altronde egli stesso era composto di due elementi in apparenza incompatibili. Era ironico e cordiale. La sua indifferenza amava. La sua mente non sentiva la necessità d'una fede, ma il suo cuore non poteva fare a meno d'amicizia. Contraddizione profonda, perché un affetto è già una convinzione. La sua natura era così. Vi sono uomini che sembrano nati per essere il retro, il rovescio, il risvolto. Essi sono: Polluce, Patroclo, Niso, Eudamida, Efestione, Pecmea;[19] non vivono che a patto di essere addossati a un altro; il loro nome è una continuazione e si scrive facendolo precedere dalla congiunzione e; non hanno un'esistenza propria, ma sono l'altro lato d'un'esistenza che non è la loro. Grantaire era uno di questi uomini. Egli era il rovescio di Enjolras.

Si potrebbe quasi dire che le affinità cominciano dalle lettere dell'alfabeto. Nella serie, la O e la P sono inseparabili. Voi potete dire a piacimento O e P quanto Oreste e Pilade.

Vero satellite d'Enjolras, Grantaire frequentava quel cenacolo di giovani, viveva tra loro, non si trovava bene che in loro compagnia, li seguiva dappertutto. La sua gioia consisteva nel vedere andare e venire quelle figure attraverso i fumi del vino. Essi lo tolleravano per il suo buon umore.

Enjolras, credente e sobrio, sdegnava quello scettico ubriacone. Gli accordava appena un po' di altera pietà. Grantaire era un Pilade poco accetto. Trattato aspramente da Enjolras, respinto con durezza, gli ritornava sempre vicino, dicendo di lui: «Che bel marmo!».

---

[19] Personaggi che fanno sempre coppia rispettivamente con: Castore, Achille (*Iliade*), Eurialo (*Eneide*), Aretea (*Toscaris* di Luciano), Alessandro Magno, Dubreuil: quest'ultimo, un medico francese che pregò la sua amica Pecmea di assisterlo in una malattia contagiosa, della quale morì.

Nel pomeriggio d'un giorno che coincide, come vedremo, con gli avvenimenti narrati più sopra, Laigle di Meaux se ne stava voluttuosamente appoggiato allo stipite della porta del caffè Musain. Sembrava una cariatide in vacanza; non sorreggeva altro che le proprie fantasticherie. Guardava la piazza Saint-Michel. L'appoggiarsi con le spalle è un modo di coricarsi stando in piedi, che non è disprezzato dai sognatori. Laigle di Meaux pensava, senza malinconia, a un piccolo contrattempo accadutogli due giorni prima alla scuola di diritto, e che modificava i suoi progetti personali per l'avvenire, progetti del resto assai vaghi.

La meditazione non impedisce a un calesse di passare, né a colui che medita di notarlo. Laigle de Meaux, i cui occhi vagavano a caso tutt'intorno, attraverso quella specie di sonnambulismo vide un veicolo a due ruote che girava per la piazza procedendo al passo, come indeciso. Che cosa cercava quel calesse? Perché andava al passo? Laigle lo esaminò. Seduto accanto al cocchiere v'era un giovanotto, e davanti a questi una grossa sacca da viaggio. La sacca mostrava ai passanti il nome di *Marius Pontmercy*, scritto a grosse lettere nere sopra un cartoncino cucito alla stoffa.

Questo nome fece cambiare atteggiamento a Laigle: egli si raddrizzò e lanciò al giovanotto che stava sul calesse questa apostrofe:

«Signor Marius Pontmercy!».

Il calesse si fermò al richiamo.

Il giovane, che pareva anch'egli immerso in profonde meditazioni, alzò gli occhi.

«Eh?» chiese.

«Siete voi il signor Marius Pontmercy?»

«Certamente.»

«Vi cercavo» riprese Laigle di Meaux.

«Come mai?» domandò Marius; poiché era proprio lui, che aveva appena abbandonato la casa del nonno, e si trovava davanti agli occhi un viso che vedeva per la prima volta. «Io non vi conosco.»

«E io nemmeno,» rispose Laigle.

Marius ebbe l'impressione d'essersi imbattuto in un buffone e che le frasi scambiate fossero l'inizio di qualche scherzo fatto sulla pubblica via. In quel momento non era d'umore tollerante, e aggrottò le sopracciglia. Laigle di Meaux, imperturbabile, proseguì:

«Voi non eravate a scuola, l'altro ieri».

«Può darsi.»

«È certo.»

«Siete studente, voi?» domandò Marius.

«Sì, signore. Come voi. L'altro ieri sono andato a scuola per caso. Sapete come talvolta spuntino simili idee! Il professore stava per fare l'appello. Voi non ignorate certo quanto siano ridicoli in tale momento. Chi manca per la terza volta all'appello, vien cancellato dai ruoli. Sessanta franchi sfumati.»

Marius cominciò a prestar attenzione. Laigle continuò:

«Era Blondeau che faceva l'appello. Lo conoscete: ha il naso assai appuntito e malizioso, e fiuta con delizia gli assenti. Cominciò sornionamente dalla lettera P. Io non stavo nemmeno a sentire, perché non avevo a che fare con quella lettera. L'appello non andava male. Nessuna radiazione, erano tutti presenti. Blondeau era triste. Io dicevo tra me: Blondeau, amor mio, oggi non farai la più piccola esecuzione. Tutto a un tratto Blondeau chiama: *"Marius Pontmercy"*. Nessuno risponde. Pieno di speranza, Blondeau chiama più forte: *"Marius Pontmercy"*. E prende in mano la penna. Signore, io ho viscere umane. Mi sono detto rapidamente: ecco un bravo giovanotto che è in pericolo d'essere radiato. Attenti! Indubbiamente si tratta di un vero vivente che non è puntuale. Certo non è un buon allievo. Non è uno scaldapanche, uno sgobbone, uno sbarbatello pedante, profondo in scienze, lettere, teologia e sapienza, un azzimato babbeo tirato a quattro spilli: uno spillo per facoltà. È invece un onorevole fannullone, che va a zonzo, che frequenta le villeggiature, che coltiva le sartine, che fa la corte alle belle donne, che forse in questo medesimo istante è dalla mia amante. Salviamolo! Morte a Blondeau! In quel momento Blondeau, ritinta nell'inchiostro la nefasta penna delle cancellature, ha girato sull'uditorio il suo occhio di falco, e ha ripetuto per la terza volta: *"Marius Pontmercy!"* Io ho risposto: *"Presente!"*. E così voi non siete stato espulso.»

«Signore!...» disse Marius.

«E invece, lo sono stato io» aggiunse Laigle de Meaux.

«Non capisco» disse Marius.

Laigle riprese:

«Niente di più semplice. Io stavo presso la cattedra per rispondere, e presso la porta per svignarmela. Il professore mi guardava fissamente. Bruscamente, Blondeau, che deve essere quel naso maligno di cui parla Boileau, salta alla lettera L. È la mia lettera. Io sono di Meaux, e mi chiamo Lesgle.»

«L'Aigle!» interruppe Marius. «Che bel nome!»

«Signore, quel Blondeau arriva a questo bel nome, e grida: *"Laigle!"*. Io rispondo: *"Presente"*. Allora Blondeau mi guarda con la dolcezza della tigre, sorride e dice: *"Se voi siete Pontmercy, non potete essere Laigle"*. Frase che, se può sembrare scortese per voi, è stata funesta per me solo. Detto ciò, cancellò il mio nome.»

Marius esclamò:

«Signore, sono mortificato...».

«Prima di tutto,» interruppe Laigle «domando di imbalsamare Blondeau con alcune frasi di encomio meritato. Lo suppongo morto. Non ci sarà molto da cambiare nel suo fisico quanto a magrezza, pallore, freddezza, rigidità, odore. E dico: *Erudimini qui iudicatis terram*.[20] Qui giace Blondeau, Blondeau Nasica, il bue della disciplina, *bos disciplinae*, il molosso della consegna, l'angelo dell'appello, che fu diritto, quadrato, esatto, rigido, onesto e odioso. Dio lo radiò come egli ha radiato me.»

Marius riprese:

«Sono desolato...».

«Giovinotto,» disse Laigle di Meaux «questo vi serva di lezione. D'ora innanzi siate puntuale.»

«Vi faccio sinceramente mille scuse.»

«Non esponetevi più a far radiare il vostro prossimo.»

«Sono dolentissimo...»

Laigle scoppiò in una risata.

«E io contentissimo. Ero sulla china di diventare avvocato. Questa espulsione mi salva. Rinuncio ai trionfi forensi, non difenderò la vedova e non combatterò l'orfano. Non più toga, non più tirocinio. Ecco che ho ottenuta la mia cancellazione. Lo devo a voi, signor Pontmercy. Voglio anzi farvi solennemente una visita di ringraziamento. Dove abitate?»

«In questo calesse» disse Marius.

«Segno d'opulenza» replicò Laigle con calma. «Mi felicito con voi. Avete un alloggio da novemila franchi all'anno.»

In quel momento Courfeyrac usciva dal caffè.

Marius sorrise tristemente:

«Sono in questo alloggio da due ore e desidero uscirne, ma è proprio così, non so dove andare».

«Signore,» disse Courfeyrac «venite con me.»

«Io avrei la precedenza,» osservò Laigle «ma non ho casa.»

«Taci, tu, Bossuet» replicò Courfeyrac.

«Bossuet?» disse Marius. «Mi pareva che vi chiamaste Laigle.»

«Di Meaux» rispose Laigle «e metaforicamente, Bossuet.»

Courfeyrac salì sul calesse.

«Cocchiere,» disse «all'albergo della Porte-Saint-Jacques.»

La sera stessa, Marius era installato in una camera dell'albergo della Porte-Saint-Jacques, a uscio a uscio con Courfeyrac.

---

[20] «Eruditevi voi che giudicate la terra», dai *Salmi* di Davide, frase citata da Bossuet in un'orazione.

III

GLI STUPORI DI MARIUS

In pochi giorni Marius divenne amico di Courfeyrac. La gioventù è la stagione delle facili alleanze e delle rapide cicatrizzazioni. Marius respirava liberamente presso Courfeyrac, cosa piuttosto nuova per lui. Courfeyrac non gli fece domande. Non vi pensò neppure. A quell'età i visi dicono tutto. La parola è inutile. Ci sono dei giovani di cui si potrebbe dire che hanno una fisionomia ciarliera. Si guardano, si conoscono.

Tuttavia, un mattino, Courfeyrac gli rivolse bruscamente questa interrogazione:

«A proposito, avete un'opinione politica?».

«To'!» disse Marius, un po' offeso della domanda.

«Che cosa siete?»

«Democratico bonapartista.»

«Sfumatura grigio-sorcio-rassicurato» disse Courfeyrac.

L'indomani, Courfeyrac introdusse Marius al caffè Musain. Poi, sorridendo, gli sussurrò all'orecchio:

«Bisogna che vi procuri il diritto d'ingresso nella rivoluzione».

E lo condusse nella sala degli amici dell'ABC. Lo presentò agli altri compagni dicendo sottovoce questa semplice frase che Marius non comprese:

«Un allievo».

Marius era piombato in un vespaio d'ingegni. Del resto, benché fosse serio e silenzioso, non era il meno armato né il meno pronto agli slanci.

Marius, vissuto fino allora solitario e proclive ai soliloqui e a restare appartato sia per abitudine che per suo piacere, fu un poco spaurito ritrovandosi in mezzo a quello stormo. Tutte quelle diverse iniziative lo incitavano e lo infastidivano a un tempo. Il mulinello vorticoso di tutti quei liberi e attivi ingegni faceva turbinare le sue idee. Talvolta, nell'agitarsi, essi si allontanavano tanto da lui, ch'egli faceva fatica a ritrovarli. Sentiva parlare di filosofia, di letteratura, d'arte, di storia, di religione in modo inaspettato. Intravedeva immagini strane e, non riuscendo a metterle nella giusta prospettiva, era un po' in dubbio di trovarsi di fronte al caos. Abbandonando le idee di suo nonno per quelle di suo padre, aveva creduto di essersi formato un'opinione definitiva; ora sospettava con inquietudine, e senza osare di confessarselo, che non fosse così, Il punto di vista sotto il quale vedeva le cose cominciava a spostarsi di nuovo. Un'oscillazione indeterminata metteva in agitazione tutti gli orizzonti del suo cervello. Strano scompiglio interiore che lo faceva quasi soffrire.

Pareva che non vi fossero «cose sacre» per quei giovani. Marius ascoltava discorsi strani su qualunque argomento, che turbavano la sua mente ancora timida.

Vedevano un manifesto teatrale che annunciava il titolo d'una tragedia del vecchio repertorio, detto classico?

«Abbasso la tragedia cara ai borghesi!» gridava Bahorel.

E Marius sentiva Combeferre replicare:

«Hai torto, Bahorel. La borghesia ama la tragedia, e su questo punto bisogna lasciarla stare. La tragedia in parrucca ha la sua ragione d'essere, e io non sono uno di coloro che, in nome di Eschilo, le contestano il diritto d'esistere. Anche in natura si trovano degli abbozzi; vi sono nella creazione parodie belle e fatte; un becco che non è un becco, ali che non sono ali, piume che non sono piume, zampe che non sono zampe; un grido di dolore che eccita il riso: ecco l'anitra. Ora, poiché l'anitra esiste accanto all'uccello, non vedo perché la tragedia classica non debba esistere accanto alla tragedia antica».

Oppure il caso faceva sì che Marius passasse per via Jean-Jacques Rousseau tra Enjolras e Courfeyrac? Courfeyrac gli prendeva il braccio.

«Fate attenzione. Questa è la via Plâtrière, chiamata oggi via Jean-Jacques Rousseau, perché una sessantina d'anni or sono vi dimorava una coppia originale. Erano Jean-Jacques e Thérèse. Ogni tanto venivano al mondo dei piccoli esseri. Thérèse li metteva al mondo, Jean-Jacques al brefotrofio.»

Enjolras rimbrottava Courfeyrac:

«Silenzio, davanti a Jean-Jacques! Io ammiro quest'uomo. Ha rinnegato i suoi figli, sia pure; ma ha adottato il popolo».

Nessuno di quei giovani pronunciava la parola «imperatore». Solo Jean Prouvaire diceva qualche volta Napoleone; tutti gli altri dicevano Bonaparte. Enjolras pronunciava Buonaparte.

Marius era vagamente stupito. *Initium sapientiae.*[21]

IV

LA SALA INTERNA DEL CAFFÈ MUSAIN

Una delle conversazioni svoltesi tra quei giovani, alle quali Marius assisteva talvolta prendendovi parte, scosse vivamente il suo animo.

Questo accadeva nella sala interna del caffè Musain. Quella sera erano riuniti quasi tutti gli amici dell'ABC. Era stata solennemente

[21] Principio della saggezza.

accesa la lucerna a cinque becchi. Si parlava di una cosa e dell'altra, senza passione e rumorosamente. A eccezione di Enjolras e di Marius, che stavano zitti, ciascuno arringava un po' a caso. Le conversazioni tra camerati hanno talvolta questa pacifica tumultuosità. Era un gioco e una confusione, quanto una conversazione. Si lanciavano l'un l'altro delle parole che venivano afferrate a volo. Si parlava dai quattro angoli.

Nessuna donna era ammessa in questa sala interna, a eccezione di Louison, la sguattera del caffè, che l'attraversava di quando in quando per andare dall'acquaio al «laboratorio».

Grantaire, completamente brillo, assordava l'angolo della sala di cui s'era impadronito, ragionava e sragionava a squarciagola, gridando:

«Ho sete. Mortali, io faccio un sogno: che la botte di Heidelberg[22] abbia un attacco di apoplessia, e che io sia una delle dodici sanguisughe che le applicheranno. Vorrei bere. Desidero dimenticare la vita. La vita è un'invenzione odiosa di non so chi. Non dura niente, non vale niente. A vivere ci si rompe la testa. La vita è uno scenario con pochi praticabili. La felicità è una vecchia intelaiatura dipinta da una parte sola. Dice l'Ecclesiaste: "Tutto è vanità"; io la penso come quel buon uomo, che forse non è mai esistito. Lo zero, non volendo andare proprio nudo, si è vestito di vanità. O vanità! Rattoppamento di tutto, con parole ridondanti! Una cucina è un laboratorio, un ballerino è un professore, un saltimbanco è un ginnasta, un pugilatore è un pugilista, un farmacista è un chimico, un parrucchiere è un artista, un maestro è un architetto, un *jockey* è uno *sportman*, uno scarafaggio uno pterigibranco. La vanità ha un diritto e un rovescio. Il diritto è l'ignoranza, il negro che si adorna di paccottiglia; il rovescio è la stoltezza, è il filosofo coi suoi cenci. Io piango sull'uno e rido dell'altro. Ciò che chiamiamo onori e dignità, e anche l'onore e la dignità, sono generalmente di simil oro. I re si fanno beffe dell'orgoglio umano. Caligola creò console un cavallo; Carlo II nominò cavaliere un arrosto di manzo. Ora dunque accomodatevi tra il console Incitatus[23] e il baronetto Roastbeef. Anche il valore intrinseco delle persone non è molto più rispettabile. Ascoltate il panegirico che il vicino fa del vicino. Il bianco è feroce contro il bianco; se il giglio potesse parlare, come concerebbe la colomba! Una bigotta che sparla d'una pinzochera è più velenosa dell'aspide e del serpente a sonagli. Peccato che io sia un ignorante, perché potrei citarvi un mucchio di esempi: ma io non so niente. Per

---

[22] Famosa botte di vino nel castello di Heidelberg, il cui contenuto equivaleva a quello di duecentocinquanta botti.

[23] Lanciato al galoppo.

esempio io ho sempre avuto dello spirito; quando ero allievo di Gros[24] invece d'impiastricciare dei quadretti passavo il tempo a rubacchiare le mele; *rapin* è il maschile di rapina.[25] Questo, per quel che riguarda me; quanto a voialtri, mi valete. Me ne infischio delle vostre perfezioni, eccellenze e qualità. Ogni qualità va a finire in un difetto: l'economo s'avvicina all'avaro, il generoso confina col prodigo, il coraggioso col bravaccio; chi dice pio dice anche un po' bacchettone; vi sono tanti vizi nella virtù quanti buchi nel mantello di Diogene. Chi ammirate, l'ucciso o l'uccisore, Cesare o Bruto? Generalmente si parteggia per l'uccisore. Evviva Bruto! Egli ha ucciso. È questo ciò che chiamiamo virtù. Virtù sia pure, ma anche follia. In questo genere di grandi uomini c'è sempre qualche macchia. Il Bruto che uccise Cesare era innamorato d'una statua di bimbo scolpita dallo scultore greco Strongiglione, il quale ha scolpito anche quella figura d'amazzone (nota col nome di Bella-Gamba), Eucnemos, che Nerone portava con sé nei viaggi. Questo Strongiglione ha lasciato solo due statue che misero d'accordo Bruto e Nerone: Bruto fu innamorato di una, Nerone dell'altra. Tutta la storia non è che una lunga ripetizione. Un secolo è il plagiario di un altro. La battaglia di Marengo copia la battaglia di Pidna; il Tolbiac di Clodoveo e l'Austerlitz di Napoleone si assomigliano come due gocce d'acqua. Io tengo poco conto della vittoria; non v'è cosa più stupida del vincere: la vera gloria è convincere. Tentate dunque di dimostrare qualche cosa! Vi accontentate invece di aver successo: quale mediocrità!, e di conquistare: quale miseria! Ohimè, vanità e miseria ovunque! Tutto obbedisce al successo, persino la grammatica! *Si volet usus!*[26] dice Orazio. Dunque, io disprezzo il genere umano. Dobbiamo andare ancora più a fondo nella questione? Volete che mi metta ad ammirare i popoli? Quale popolo, di grazia? La Grecia? Gli ateniesi, questi parigini d'una volta, mandavano a morte Focione, come chi dicesse Coligny,[27] e adulavano i tiranni al punto che Anaceforo diceva di Pisistrato: «La sua orina attira le api». Il personaggio più importante della Grecia fu per cinquant'anni il grammatico Fileta, che era tanto piccolo e mingherlino da essere costretto a mettere il piombo nei suoi calzari per non essere portato via dal vento. Sulla grande piazza di Corinto c'era una statua, scolpita da Silanione e nominata da Plinio, che rappresentava Epistato. Cosa ha fatto Epistato? Ha inventato lo sgambetto. Ciò riassume la Grecia e la gloria. Passiamo ad altri. Devo ammirare l'Inghilterra? Devo ammirare

---

[24] Antoine-Jean Gros (1771-1835), pittore di storia napoleonica.

[25] *Rapin*, pittore principiante e imbrattatele.

[26] «Se l'uso lo vuole» dall'*Arte poetica*.

[27] Gaspar de Coligny (1519-1572), uomo d'armi, ammiraglio, convertitosi alla Riforma fu ucciso la notte di San Bartolomeo.

la Francia? La Francia, perché? A motivo di Parigi? Vi ho appena detta la mia opinione su Atene. L'Inghilterra, perché? A motivo di Londra? Io odio Cartagine. E poi, Londra, la metropoli del lusso, è il capoluogo della miseria. Nella sola parrocchia di Charing Cross vi sono ogni anno cento morti di fame. Tale è Albione. Debbo aggiungere, per soprappiù, che ho veduto un'inglese ballare con una corona di rose e occhiali turchini. Dunque, una pernacchia per l'Inghilterra. Se non ammiro John Bull, devo dunque ammirare fratello Jonathan? Questo fratello con schiavi mi va poco a genio. Togliete il *times is money*,[28] che resta dell'Inghilterra? Togliete il *cotton is king*,[29] che rimane dell'America? La Germania è la linfa; l'Italia è la bile. Andremo in estasi per la Russia? Voltaire l'ammirava, e ammirava anche la Cina. Convengo che la Russia ha le sue bellezze, tra le quali un forte dispotismo; ma io compiango i despoti. Essi sono di salute delicata. Un Alessio decapitato, un Pietro pugnalato, un Paolo strangolato, un altro Paolo massacrato a colpi di stivale, parecchi Ivan scannati e parecchi Nicola e Basili avvelenati, dimostrano che il palazzo degli imperatori di Russia è in una evidente condizione d'insalubrità. Tutti i popoli civili offrono all'ammirazione del pensatore questo particolare: la guerra, ora, la guerra, la guerra civilizzata, esaurisce e riassume tutte le forme del brigantaggio, da quello dei trabucari[30] nelle gole del monte Jassa fino a quello degli indiani Comanci nel Passo-Dubbioso. Via, mi direte allora, l'Europa vale sempre più dell'Asia! Convengo che l'Asia è buffa; ma non capisco come possiate ridere del Gran Lama, voi, popoli d'occidente, che avete mischiato alle vostre mode e alle vostre eleganze tutto le sozzure complicate di maestà, dalla camicia sudicia della regina Isabella alla seggetta del Delfino. Signori uomini, io vi dico: cuccù! A Bruxelles si consuma più birra, a Stoccolma più acquavite, a Madrid più cioccolata, ad Amsterdam più ginepro, a Londra più vino, a Costantinopoli più caffè, a Parigi più assenzio: ecco tutte le nozioni utili. In conclusione, Parigi la vince su tutte. A Parigi anche gli spazzaturai sono sibariti. A Diogene sarebbe stato indifferente tanto essere cenciaiuolo in piazza Maubert quanto filosofo al Pireo. Imparate anche questo: le bettole dei cenciaiuoli si chiamano *bibines*; le più celebri sono *La casseruola* e *il macello*. Dunque, o osteriacce, bettole, tavernacce, balere, mescite degli straccivendoli, caravanserragli dei califfi, vi assicuro che amo le voluttà, mangio da Riccardo a quaranta soldi, mi occorrono dei tappeti persiani per rotolarvi sopra Cleopatra nuda. Dov'è Cleopatra? Ah, sei tu, Louison. Buon giorno».

---

[28] Il tempo è denaro.
[29] Il cotone è re.
[30] Briganti catalani armati di «trombone» (trabuco).

Così si espandeva in parole Grantaire più che brillo nel suo angolo della sala interna del caffè Musain, fermando la sguattera mentre passava.

Bossuet, stendendo la mano verso di lui, tentava di imporgli silenzio, e Grantaire ribatteva con maggiore lena:

«Aquila di Meaux, giù le zampe. Non mi fai proprio nessun effetto con il tuo gesto da Ippocrate che rifiuta le cianfrusaglie d'Artaserse.[31] Ti dispenso dal calmarmi. D'altronde sono triste. Che volete che vi dica? L'uomo è cattivo e deforme: la farfalla è riuscita bene, l'uomo è un esperimento fallito. Dio ha fatto fiasco nel combinare questo animale. Una folla è un'accozzaglia di bruttezze. Il primo venuto è un miserabile. Donna fa rima con danno. Sì, io ho lo *spleen* complicato con la melanconia, la nostalgia e in più l'ipocondria; perciò m'arrabbio, mi infurio, sbadiglio, mi annoio, mi secco e m'infastidisco! Vada al diavolo anche Dio!».

«Silenzio, dunque, R maiuscola!» riprese Bossuet che discuteva da solo su un punto di diritto: un contraddittorio immaginario in cui si trovava alle prese con un periodo di gergo giudiziario di cui ecco la fine:

«...E quanto a me, sebbene io sia appena appena un legale, e tutt'al più un procuratore dilettante, sostengo questo: secondo le consuetudini di Normandia, al San Michele di ciascun anno si dovrà pagare un equivalente, salvo sempre l'altrui diritto, a vantaggio del signore, da tutti e da ciascuno, tanto dai proprietari quanto dagli aventi diritto di eredità, e ciò per tutte le enfiteusi, locazioni, allodi, contratti che riguardano beni feudali e demaniali, ipotecari e ipotecati...».

«O Eco, o Ninfa lagnosa» canterellò Grantaire.

Vicinissimo a Grantaire, su una tavola attorno alla quale c'era quasi silenzio, un foglio di carta, un calamaio e una penna in mezzo a due bicchierini annunciavano che si stava combinando un'operetta. Questo importantissimo affare veniva trattato sottovoce, e le due teste che vi lavoravano si toccavano.

«Cominciamo col trovare i nomi. Quando si hanno i nomi, si trova l'argomento.»

«È giusto. Detta. Io scrivo.»

«Signor Dorimon?»

«Possidente?»

«Certamente.»

«Sua figlia, Célestine.»

---

[31] Il famoso medico greco Ippocrate (460-377 a. C.), alla richiesta di Artaserse di aiutarlo a domare un'epidemia scoppiata nel suo esercito, rifiutò, nonostante i grandi doni che gli venivano offerti, per non aiutare un nemico della patria.

«...tina. Dopo?»

«Il colonnello Sainval.»

«Sainval è troppo comune; preferirei Valsin.»

Accanto ai commediografi in erba v'era un altro gruppo che approfittava del frastuono per parlare sottovoce, discutendo su un duello. Un vecchio di trent'anni consigliava un giovane di diciotto e gli spiegava con quale avversario avesse a che fare:

«Diavolo! Non fidatevi. È una buona lama. Il suo gioco è preciso. È ardito nell'assalto, non fa finte a vuoto, ha il polso sicuro, è effervescente: slancio, rapidità fulminea nelle parate, precisione matematica nelle risposte e, accidenti!, è mancino».

Nell'angolo opposto a quello di Grantaire, Joly e Bahorel giocavano al domino e parlavano d'amore.

«Tu sei fortunato» diceva Joly. «Hai un'amante che ride sempre.»

«È un suo sbaglio» rispondeva Bahorel. «La nostra amante in carica ha torto di ridere. Questo incoraggia a ingannarla. Vedendola allegra, non si hanno rimorsi; mentre al vederla triste ci si farebbe un caso di coscienza.»

«Ingrato! È così bella una donna che ride! E poi non litigate mai.»

«Questo è uno dei nostri patti. Quando abbiamo formato la nostra piccola santa alleanza, ci siamo reciprocamente assegnata una frontiera che non dobbiamo mai oltrepassare. Ciò che si trova a tramontana appartiene a Vaud, ciò che è sottovento spetta a Gex.[32] Da questo deriva la nostra pace.»

«La pace è la digestione della felicità.»

«E tu, Jolly, a che punto sei dei tuoi bisticci con la signorina... Sai chi voglio dire?»

«Essa mi tiene il broncio con una pazienza crudele.»

«Tu però sei un amante che intenerisce per la sua magrezza.»

«Ahimè!»

«Al tuo posto, io la pianterei.»

«È facile dirlo.»

«E farlo. Non si chiama Musichetta?»

«Sì. Ah, mio povero Bahorel, è una ragazza superba, letterata, con piedi piccoli e piccole mani, che veste con eleganza, bianca, grassottella, con occhi da cartomante. Io ne sono pazzo.»

«Caro mio, allora bisogna piacerle, essere elegante, e far bella figura fisicamente. Compra da Staub un bel paio di calzoni di lana spigata: danno una certa prestanza.»

«A quanto?» gridò Grantaire.

Il terzo angolo era intento a una discussione poetica. La mitologia

---

[32] Allusione a una questione di frontiera franco-svizzera (1815).

pagana si accapigliava con la mitologia cristiana. Si discuteva dell'Olimpo, di cui Jean Prouvaire prendeva le difese in nome del romanticismo. Egli era timido solo quando era calmo. Una volta eccitato, prorompeva, una specie di allegrezza accentuava il suo entusiasmo e diveniva a volta a volta ridente e lirico.

«Non insultiamo gli dèi» diceva. «Forse non se ne sono andati. Giove non mi fa l'effetto di un morto. Gli dèi sono sogni, dite voi. Ebbene, anche nella natura, così com'è oggidì, dopo che quei sogni sono svaniti, ritroviamo tutti i grandi vecchi miti pagani. Certe montagne che hanno il profilo d'una cittadella, come ad esempio la Vignemale, ai miei occhi raffigurano sempre la pettinatura di Cibele; non è dimostrato che Pan non venga di notte a soffiare nei tronchi cavi dei salici, chiudendone a volta a volta i buchi con le dita; e ho sempre creduto che Io non fosse del tutto estranea alla cascata di Pissevache.»

Nell'ultimo angolo si parlava di politica. Si malmenava la costituzione largita. Combeferre la sosteneva debolmente, Courfeyrac la combatteva con energia. C'era sulla tavola un malcapitato esemplare della famosa Costituzione Touquet. Courfeyrac se n'era impadronito e l'agitava, unendo ai suoi argomenti il fruscio di quei fogli di carta.

«In primo luogo, non voglio re. Non fosse altro che da un punto di vista economico, non ne voglio: un re è un parassita. Non ci sono re gratis. Ascoltate quanto costino caro i re: alla morte di Francesco I, il debito pubblico in Francia era di trentamila lire di rendita, e alla morte di Luigi XIV era salito alla cifra di duemilaseicento milioni a ventotto lire il marco; il che, secondo il calcolo di Desmarets, equivaleva, nel 1760, a quattromilacinquecento milioni, e oggi equivarrebbe a dodicimila milioni di franchi. In secondo luogo, se non dispiace a Combeferre, una costituzione largita è un cattivo espediente di civiltà. Salvare la transizione, addolcire il passaggio, attutire le scosse, far scivolare insensibilmente la nazione dalla monarchia alla democrazia con la pratica delle finzioni costituzionali, sono tutti pessimi argomenti. No! No! Non illuminiamo il popolo con una luce riflessa! I principi appassiscono e impallidiscono nella vostra cantina costituzionale. Niente bastarderie; niente compromessi; niente concessioni del re al popolo. In questo genere di concessioni c'è un articolo 14.[33] Vicino alla mano che dà, c'è l'artiglio che afferra. Rifiuto recisamente la vostra costituzione. Una costituzione è una maschera; sotto c'è la menzogna. Un popolo che accetta una costituzione abdica. Il diritto non è diritto se non è intero. No! Niente costituzione!»

---

[33] Articolo che riservava al re certi poteri subdolamente imprecisi «per la sicurezza dello Stato», che il popolo temeva.

Si era in inverno, e due tizzoni ardevano nel focolare. Courfeyrac non seppe resistere alla tentazione. Spiegazzò fra le mani la povera Costituzione Touquet e la gettò nel fuoco. La carta avvampò. Combeferre guardò filosoficamente bruciare il capolavoro di Luigi XVIII e si accontentò di dire: «La costituzione mutata in fiamma».

I sarcasmi, le arguzie, le trivialità, quella cosa francese che si chiama brio, quella cosa inglese che si chiama *humour*, il buono e il cattivo gusto, i buoni e i pessimi argomenti, tutti i razzi del dialogo, salendo e incrociandosi contemporaneamente da tutte le parti della sala, facevano al di sopra delle teste una specie di allegro bombardamento.

V

ALLARGAMENTO DELL'ORIZZONTE

Gli scontri fra le giovani menti hanno questo di ammirevole: che non permettono mai di prevedere la scintilla né di intuire il lampo che ne scaturirà. Cosa accadrà tra poco? Lo si ignora. Lo scoppio di risa nasce dalla commozione. Nel momento più buffo, la serietà fa il suo ingresso. Gli impulsi provengono dalla prima parola proferita. Il brio di ciascuno è sovrano. Basta un lazzo per aprire la strada all'inatteso. Sono conversazioni vertiginose in cui la prospettiva cambia tutto a un tratto. Il caso è il macchinista di quelle conversazioni.

Un pensiero grave, bizzarramente scaturito da un tintinnìo di frasi, attraversò d'improvviso la mischia di parole in cui si battevano confusamente Grantaire, Bahorel, Prouvaire, Bossuet, Combeferre e Courfeyrac.

Chi sa come capita, in un dialogo, una data frase? E come accade che da sola, tutto a un tratto, una frase si imponga all'attenzione di quanti l'ascoltano? L'abbiamo appena detto: nessuno ne sa niente. In mezzo al baccano, Bossuet terminò tutto a un tratto un'apostrofe qualunque rivolto a Combeferre, con queste parole:

«18 giugno 1815, Waterloo».

Al nome Waterloo, Marius, che stava con i gomiti appoggiati su un tavolo, davanti a un bicchiere d'acqua, allontanò il pugno dal mento e cominciò a guardare fissamente l'uditorio.

«Perdio,» esclamò Courfeyrac («perbacco» in quel tempo cadeva in disuso) «questa cifra 18 è strana e mi colpisce. È il numero fatale di Bonaparte. Mettete Luigi davanti e brumaio[34] dietro, e avete tutto il

---

[34] Il 18 brumaio 1799 Napoleone rovesciò il Direttorio.

destino dell'uomo con questa particolarità espressiva: che il principio è incalzato dalla fine.»

Enjolras, che fin lì aveva taciuto, ruppe il silenzio e rivolse a Courfeyrac queste parole:

«Tu vuoi dire: il delitto incalzato dall'espiazione».

Questa parola, *delitto*, oltrepassava la misura di quanto poteva accettare Marius, già assai toccato dalla brusca evocazione di Waterloo.

Egli si alzò, s'incamminò lentamente verso la carta di Francia appesa a una parete e ai piedi della quale, in un riquadro separato, si vedeva un'isola, posò il dito su quel riquadro e disse:

«La Corsica. Una piccola isola che ha fatto assai grande la Francia».

Fu come un soffio di vento gelido. Tutti s'interruppero. Si sentì che stava per cominciare qualche cosa.

Bahorel stava prendendo una posa solenne, della quale si compiaceva, per rispondere a Bossuet. Vi rinunciò per ascoltare.

Enjolras, i cui occhi azzurri non si posavano su nessuno e sembravano considerare il vuoto, rispose senza guardare Marius:

«La Francia non ha bisogno di nessun Corso per essere grande. La Francia è grande perché è la Francia. *Quia nominor leo*».[35]

Marius non provò alcuna velleità di retrocedere; si volse verso Enjolras e la sua voce scattò con una vibrazione che veniva dal fremito dei precordi:

«Dio non voglia che io diminuisca la Francia! Ma non è certo diminuirla amalgamare a essa Napoleone. Su, parliamo dunque. Io sono un nuovo venuto tra voi, ma vi confesso che mi stupite. Dove siamo arrivati? Chi siamo noi? Chi siete voi? Chi sono io? Spieghiamoci sull'imperatore. Io vi sento dire Buonaparte, accentuando la u come se foste dei realisti. Vi prevengo che mio nonno fa di meglio ancora; egli pronuncia Buonaparté. Io vi credevo dei giovani. Dove mettete dunque il vostro entusiasmo? Che cosa ne fate? Chi ammirate se non ammirate l'imperatore? Che cosa vi occorre di più? Se non volete quel grand'uomo, quali grandi uomini vorreste? Egli aveva tutto. Era completo. Aveva nel suo cervello la sintesi delle facoltà umane. Compilava codici come Giustiniano; dettava come Cesare; la sua conversazione univa lo slancio di Pascal con le folgori di Tacito; faceva la storia e la scriveva; i suoi bollettini sono Iliadi; combinava le cifre di Newton con la metafora di Maometto; lasciava dietro di sé in Oriente parole grandi come le piramidi; a Tilsitt insegnava la maestà agli imperatori, all'Accademia delle Scienze replicava a Laplace, in consiglio di Stato teneva testa a Merlin, dava un'anima alla

---

[35] «Perché mi chiamo leone» dalle *Favole* di Fedro.

geometria degli uni e ai cavilli degli altri; era legista con i giureconsulti e conoscitore del cielo con gli astronomi; come Cromwell, che spegneva una candela su due, andava al Temple a mercanteggiare una nappa da tenda; vedeva tutto, sapeva tutto, il che non gli impediva di ridere cordialmente presso la culla del suo piccino; e, tutto a un tratto, l'Europa atterrita si metteva in ascolto, degli eserciti si mettevano in marcia, interi parchi d'artiglieria si muovevano, ponti di barche si allungavano sui fiumi, ondate di cavalleria galoppavano nell'uragano: grida, trombe, tremar di troni ovunque, frontiere di reami oscillavano sulla carta, si sentiva il rumore di una spada sovrumana tratta dalla guaina, e lo si vedeva, lui, alzarsi diritto sull'orizzonte, con una torcia in mano e uno sfolgorio negli occhi, spiegando le ali nel rombo del tuono, ali che erano la grande armata e la vecchia guardia: era l'arcangelo della guerra!».

Tutti tacevano, ed Enjolras stava a testa bassa. Il silenzio fa sempre un po' l'effetto del consenso o di una specie di resa a discrezione. Marius, quasi senza riprendere fiato, continuò con un crescendo d'entusiasmo:

«Siamo giusti, amici miei! Essere l'impero d'un tale imperatore, quale splendido destino per un popolo, allorché questo popolo è la Francia ed esso associa il proprio genio a quello di tale uomo! Apparire e regnare, marciare e trionfare, avere come tappe tutte le capitali, prendere i propri granatieri e farne dei re, decretare cadute di dinastie, trasfigurare l'Europa a passo di carica, far sentire, quando minacciate, che mettete la mano sull'elsa della spada di Dio, seguire Annibale, Cesare, Carlomagno, racchiusi in un solo uomo; essere il popolo di qualcuno che a ogni aurora annuncia una grande vittoria, avere per svegliarino il cannone degli Invalides, gettare in abissi di luce parole prodigiose che fiammeggeranno per sempre: Marengo, Arcole, Austerlitz, Jena, Wagram! A ogni istante far sbocciare allo zenit dei secoli costellazioni di vittorie, formare dell'impero francese l'equivalente dell'impero romano, essere la grande nazione e generare la grande armata, mandare per tutta la terra le proprie legioni come una montagna manda per ogni dove le sue aquile; vincere, dominare, fulminare, essere in Europa una specie di popolo aureo a forza di gloria, suonare attraverso la storia una fanfara di titani, conquistare il mondo due volte, con la conquista e con lo sbalordimento, tutto ciò è sublime; che vi è di più grande?».

«Esser libero» disse Combeferre.

A sua volta Marius abbassò la testa. Questa parola semplice e fredda aveva attraversato come una lama d'acciaio la sua effusione epica, che sentì subito svanire in sé. Allorché alzò gli occhi, Combeferre non c'era più, Probabilmente soddisfatto della sua risposta all'apoteosi se n'era andato: e tutti, a eccezione di Enjolras, lo avevano seguito. La sala s'era vuotata. Enjolras, rimasto solo con Marius, lo guardava gravemente. Marius, tuttavia, avendo un po' riunito le sue idee, non si dava per vinto; c'era in lui un resto di effervescenza che avrebbe certamente sfogato in sillogismi contro Enjolras, quando tutto a un tratto si sentì qualcuno che, andandosene, cantava sulla scala. Era Combeferre, ed ecco che cosa cantava:

> *Si César m'avait donné*
> *La gloire et la guerre,*
> *Et qu'il me fallût quitter*
> *L'amour de ma mère,*
> *Je dirais au grand César:*
> *Reprends ton sceptre et ton char,*
> *J'aime mieux ma mère, ô gué!*
> *J'aime mieux ma mère.*[36]

L'intonazione commossa e fiera con cui Combeferre cantava, imprimeva alla strofa una singolare grandezza. Marius, pensieroso, con lo sguardo rivolto al soffitto, ripeté quasi macchinalmente: «Mia madre?...».

In quel momento, sentì sulla sua spalla la mano di Enjolras.

«Cittadino,» gli disse Enjolras «mia madre è la repubblica.»

VI

«RES ANGUSTA»[37]

Quella serata produsse in Marius un profondo sconvolgimento, e lasciò una triste oscurità nella sua anima. Egli provò ciò che prova forse la terra nel momento in cui viene aperta col ferro perché vi sia deposto il granello di frumento; essa non sente che la ferita; il fremere del germe e la gioia del frutto verranno solo più tardi.

Marius rimase triste. Si era appena formato una fede, doveva già abbandonarla? Si persuase di no. Dichiarò a se stesso di non voler dubitare, e cominciò a dubitare suo malgrado. Trovarsi tra due religioni, da una delle quali non si è ancora usciti, mentre nell'altra non si è ancora entrati, è cosa insopportabile; i crepuscoli non piacciono che alle anime di pipistrello. Marius aveva la pupilla ardita; gli occorreva una luce viva. I

---

[36] Se Cesare m'avesse dato la gloria e la guerra, e avessi dovuto abbandonare l'amore di mia madre, io direi al grande Cesare: riprendi il tuo scettro e il tuo carro, io preferisco mia madre, sì, io preferisco mia madre.

[37] Strettezze.

chiaroscuri del dubbio gli facevano male. Per quanto grande fosse il suo desiderio di restare dove si trovava e di accontentarsene, si sentiva irresistibilmente spinto a proseguire, avanzare, esaminare, pensare, procedere oltre. Dove si sarebbe lasciato trascinare? Egli temeva, dopo aver fatto tanti passi che lo avevano avvicinato a suo padre, di farne ora altri che lo avrebbero allontanato. Il suo malcontento aumentava con ogni nuova riflessione. Intorno a lui si ergevano nuovi ostacoli. Non andava d'accordo né con suo nonno né con i suoi amici: per l'uno era temerario; per gli altri retrogrado: e si vide doppiamente isolato, dal lato della vecchiaia e dal lato della gioventù. Cessò di andare al caffè Musain.

Nel turbamento della sua coscienza, non pensava più a certi aspetti importanti dell'esistenza. Le realtà della vita non si lasciano dimenticare. Esse vennero bruscamente a dargli la loro brava gomitata. Un mattino il padrone dell'albergo entrò nella camera di Marius e gli disse:

«Il signor Courfeyrac ha garantito per voi».

«Sì.»

«Ma io ho bisogno di denaro.»

«Pregate Courfeyrac che venga qui a parlare con me» disse Marius.

Quando Courfeyrac venne, l'albergatore li lasciò. Marius gli raccontò quello che non aveva ancora pensato di dirgli, cioè che era come solo al mondo e non aveva parenti.

«Cosa accadrà di voi?» chiese Courfeyrac.

«Non ne so niente» rispose Marius.

«Cosa intendete fare?»

«Non ne so niente.»

«Avete denaro?»

«Quindici franchi.»

«Volete che ve ne presti?»

«Mai.»

«Avete degli abiti?»

«Eccoli.»

«Avete gioielli?»

«Un orologio.»

«D'argento?»

«D'oro. Eccolo.»

«Conosco un mercante di vestiti usati che vi comprerà il soprabito e un paio di calzoni.»

«Benissimo.»

«Non avrete che un paio di calzoni, un panciotto, un cappello e una giacca.»

«E le scarpe.»

«Come! Non andrete a piedi nudi? Quale opulenza!»

«Mi basterà.»

«Conosco un orologiaio che vi comprerà l'orologio.»

«Bene.»

«No, non va bene. Cosa farete dopo?»

«Tutto quello che sarà necessario. Purché sia onesto.»

«Sapete l'inglese?»

«No.»

«Conoscete il tedesco?»

«No.»

«Tanto peggio.»

«Perché?»

«Perché un libraio mio amico sta compilando una specie d'enciclopedia, per la quale avreste potuto tradurre articoli inglesi o tedeschi. È un lavoro pagato male, ma dà da vivere.»

«Imparerò l'inglese e il tedesco.»

«E nel frattempo?»

«Nel frattempo mangerò i miei vestiti e il mio orologio.»

Fecero venire il mercante di vestiti, che comperò lo spoglio per venti franchi. Andarono poi dall'orologiaio, che comperò l'orologio per quarantacinque franchi.

«Non c'è male» disse Marius a Courfeyrac rientrando all'albergo. «Coi miei quindici franchi fanno un totale di ottanta franchi.»

«E la nota dell'albergo?» osservò Courfeyrac.

«To', me ne dimenticavo!» disse Marius.

«Diavolo,» disse Courfeyrac «voi mangerete cinque franchi mentre imparerete l'inglese e cinque franchi mentre imparerete il tedesco. Questo si chiama ingoiarsi assai presto una lingua o assai lentamente cento soldi.»

Frattanto la zia Gillenormand, assai buona, in fondo, nelle tristi circostanze, aveva finito per scoprire il domicilio di Marius. Un mattino, mentre tornava da scuola, il giovane trovò una lettera di sua zia e le *sessanta pistole*, cioè seicento franchi in oro, chiusi in una scatola suggellata.

Marius rimandò i trenta luigi a sua zia con una lettera rispettosa in cui dichiarava di avere i mezzi di sussistenza, e di poter ormai sopperire da sé alle sue necessità.

In quel momento gli rimanevano in tutto tre franchi.

La zia non informò del rifiuto il nonno, per timore di finire con l'esasperarlo. D'altronde egli aveva detto: «Non mi si parli più di quel bevitore di sangue!».

Marius lasciò l'albergo della Porte-Saint-Jacques, non volendo farvi debiti.

LIBRO QUINTO

ECCELLENZA DELLA SVENTURA

I
MARIUS NELL'INDIGENZA

La vita divenne dura per Marius. Mangiare i propri vestiti e il proprio orologio non è niente. Egli mangiò quella cosa inesprimibile chiamata *la vacca arrabbiata*.[1] Cosa orribile, che compendia i giorni senza pane, le notti senza sonno, le sere senza candele, il focolare senza fuoco, le settimane senza lavoro, l'avvenire senza speranza, il vestito bucato ai gomiti, il vecchio cappello che fa ridere le ragazze, la porta che si trova chiusa la sera perché non si è pagato l'affitto, l'insolenza del portiere e del bettoliere, gli scherni dei vicini, le umiliazioni, la dignità conculcata, le occupazioni accettate qualunque siano, i disgusti, l'amarezza, l'abbattimento. Marius imparò come si divori tutto questo, e come spesso siano le sole cose che si abbiano da divorare. In quel momento dell'esistenza in cui l'uomo ha bisogno d'orgoglio perché ha bisogno d'amore, egli si sentì deriso perché mal vestito, e ridicolo perché povero. Nell'età in cui la giovinezza gonfia il cuore di fierezza imperiale, egli abbassò più d'una volta lo sguardo sulle scarpe bucate e conobbe le onte ingiuste e i rossori pungenti della miseria. Ammirevole e terribile prova da cui i deboli escono infami, e i forti sublimi. Crogiuolo in cui il destino getta un uomo, tutte le volte che vuol ottenere un briccone o un semidio.

Perché nelle piccole lotte si compiono anche azioni grandiose. Vi sono coraggi ostinati e ignorati che si difendono a passo a passo nelle tenebre contro l'invasione fatale delle necessità e delle turpitudini. Nobili e misteriosi trionfi che nessuno sguardo vede, che non sono compensati da alcuna rinomanza, né salutati da alcuna fanfara.

La vita, la sventura, l'isolamento, l'abbandono, la povertà sono campi di battaglia che hanno i loro eroi; oscuri eroi, talvolta più grandi degli eroi illustri.

Così si creano nature ferme e rare; la miseria, quasi sempre matrigna, è talvolta madre; la privazione genera la forza d'animo e di men-

---

[1] *Manger de la vache enragée* significa soffrir la fame.

te; l'indigenza si fa nutrice della fierezza, e la sventura è un ottimo latte per i magnanimi.

Vi fu un momento, nella vita di Marius, in cui egli scopava il pianerottolo, comperava un soldo di formaggio di Brie dalla fruttivendola, e aspettava il cadere della notte per introdursi dal fornaio e comperarvi un pane che si portava furtivamente nel suo granaio, come se l'avesse rubato. Qualche volta si vedeva entrare nella bottega del macellaio all'angolo, tra le cuoche insolenti che gli davano di gomito, un giovane impacciato, con i libri sotto il braccio e un aspetto timido e furibondo a un tempo: entrando, egli si toglieva il cappello dalla fronte grondante di sudore, faceva un profondo saluto alla macellaia stupefatta, un altro al garzone, chiedeva una costoletta di montone, la pagava sei o sette soldi, l'avvolgeva nella carta, la metteva sotto il braccio tra due libri, e se ne andava. Era Marius. Con quella costoletta, che faceva cuocere egli stesso, viveva tre giorni. Il primo mangiava la carne, il secondo il grasso, il terzo rosicchiava l'osso.

A più riprese la zia Gillenormand fece vari tentativi per mandargli le sessanta pistole. Marius gliele rimandò costantemente dicendo che non aveva bisogno di niente.

Era ancora in lutto per suo padre quando si operò in lui quella rivoluzione che abbiamo raccontato.

Da allora egli non aveva più abbandonato i vestiti neri. Però i vestiti abbandonarono lui. Venne il giorno in cui non ebbe più giacca. I calzoni potevano tirare ancora avanti. Che fare? Courfeyrac, al quale aveva reso da parte sua qualche buon servizio, gli regalò un abito smesso. Con trenta soldi Marius lo fece rivoltare da un portiere qualsiasi, e ne ebbe un vestito nuovo. Ma questo vestito era verde. Allora Marius non uscì più di casa che dopo il calar del sole. Così il suo vestito pareva nero. Volendo essere sempre in lutto, si vestiva della notte.

Attraverso tutti questi guai, si fece abilitare all'avvocatura. Teneva nominalmente il domicilio nella camera Courfeyrac, che era decente e in cui un certo numero di libri legali, accresciuti e completati da volumi di romanzi spaiati, facevano le veci della biblioteca voluta dal regolamento. Presso Courfeyrac si faceva anche indirizzare le lettere.

Quando Marius fu avvocato, ne informò suo nonno con una lettera fredda, ma piena di sottomissione e di rispetto. Il signor Gillenormand prese la lettera tremando, la lesse, e la gettò nel cestino dopo averla strappata in quattro pezzi. Due o tre giorni dopo, la signorina Gillenormand sentì suo padre, che era solo in camera sua, parlare ad alta voce. Questo gli capitava ogni volta che era assai agitato. Ella si mise in ascolto; il vecchio diceva:

«Se tu non fossi un imbecille, sapresti che non si può essere barone e avvocato al tempo stesso».

MARIUS POVERO

Accade della miseria come accade di ogni cosa. Finisce per diventare possibile, prendendo una forma e una linea ordinata. Si vegeta, cioè si riesce a svilupparsi in un modo stentato ma sufficiente alla vita. Ecco in qual modo era venuta sistemandosi l'esistenza di Marius Pontmercy.

Era uscito dalle strette peggiori; l'orizzonte ora si allargava un po' davanti a lui. A forza di fatica, di coraggio, di perseveranza e di volontà egli era riuscito a ricavare dal suo lavoro all'incirca settecento franchi all'anno. Aveva imparato tedesco e inglese. Grazie a Courfeyrac, che l'aveva messo in rapporto con il suo amico libraio, Marius assolveva, in letteratura, il modesto compito di «sgobbone di secondo piano». Faceva dei prospetti, traduceva giornali, annotava edizioni, compilava biografie, eccetera. Guadagno netto, settecento franchi annui. Con questi viveva. Come? Alla meno peggio. Diciamo in qual modo.

Marius occupava nella topaia Gorbeau, per il prezzo annuo di trenta franchi, un bugigattolo senza camino chiamato stanzino e in cui non c'era, in fatto di mobili, che lo stretto necessario. Questi mobili erano suoi. Egli dava tre franchi al mese alla vecchia «principale inquilina» perché scopasse il suo bugigattolo e gli portasse ogni mattina un po' d'acqua calda, un uovo fresco e un pane da un soldo. Questo pane e questo uovo formavano la sua colazione, il costo della quale variava da due a quattro soldi secondo il prezzo delle uova. Alle sei di sera egli scendeva nella via Saint-Jacques, per pranzare da Rousseau dirimpetto a Basset, il mercante di stampe della via dei Mathurins. Non mangiava minestra: prendeva un piatto di carne da sei soldi, una mezza porzione di legumi da tre soldi, e frutta per tre soldi. Anziché vino, beveva acqua. Quando pagava al banco, dove la signora Rousseau, in quel tempo ancora grassa e sempre fresca, sedeva maestosamente, dava un soldo di mancia al cameriere, e la signora Rousseau gli elargiva un sorriso. Poi se ne andava. Per sedici soldi, aveva avuto un sorriso e un pranzo.

La trattoria Rousseau, in cui si vuotavano pochissime bottiglie ma molte caraffe, era un calmante più che un ristorante. Oggi non esiste più. Il padrone aveva un bel soprannome: lo chiamavano *Rousseau l'acquatico*.

Così, con una colazione a quattro soldi e un pranzo a sedici soldi, il suo nutrimento gli costava venti soldi al giorno, il che faceva trecentosessantacinque franchi all'anno. Aggiungete i trenta franchi d'affitto e i trentasei franchi alla vecchia, più qualche piccola spesa; per quattrocentocinquanta franchi, Marius era nutrito, alloggiato e servito. Il suo vestiario gli costava cento franchi, la lavanderia cinquanta. Quindi complessivamente non superava i seicentocinquanta franchi. Gliene restavano cinquanta: era ricco. All'occasione poteva prestare dieci franchi a un amico; Courfeyrac poté, una volta, farsene prestare sessanta. Quanto al riscaldamento, non essendoci caminetto, Marius lo aveva «semplificato».

Marius aveva sempre due tenute complete, una vecchia, «per tutti i giorni», l'altra nuovissima, per le grandi occasioni. Erano nere tutte e due. Egli aveva solo tre camicie, una indosso, l'altra nel cassetto, la terza dalla lavandaia. Di mano in mano che si consumavano le rinnovava. Erano abitualmente strappate, ragione per cui egli stava sempre abbottonato sino al mento.

Per arrivare a questa florida situazione, c'erano voluti degli anni. Anni aspri, difficili, gli uni da attraversare, gli altri da valicare con dure arrampicate. Marius non era venuto meno un sol giorno. Aveva subìto di tutto, in fatto di privazioni; aveva fatto di tutto, fuorché debiti. Poteva attestare davanti a se stesso di non aver dovuto mai un soldo a nessuno. Per lui un debito era un principio di schiavitù. Si diceva altresì che un creditore è peggio d'un padrone, perché se un padrone non possiede che la vostra persona, un creditore possiede la vostra dignità e la può vilipendere. Piuttosto che far debiti non mangiava. Aveva sofferto parecchi giorni di digiuno. Sapendo che tutte le estremità si toccano e che, se non ci si bada, l'abbassamento di fortuna può portare alla bassezza d'animo, egli vegliava gelosamente sulla propria fierezza. Una formula o un atto, che in situazione diversa gli sarebbero parsi dettati da semplice deferenza, gli sembravano ora espressioni di servilismo, e li evitava. Non arrischiava niente, non volendo tirarsi poi indietro. Aveva sul volto una specie di severo rossore. Era timido sino alla selvatichezza.

In tutte le sue traversie egli si sentiva incoraggiato e talvolta anche trascinato da una forza segreta che era in lui. L'anima aiuta il corpo e in certi momenti lo solleva. È il solo uccello che sia di sostegno alla sua gabbia.

Accanto al nome di suo padre, un altro nome era scolpito nel cuore di Marius, il nome di Thénardier. Marius, nella sua natura entusiasta e seria, circondava d'una specie d'aureola l'uomo al quale, nel suo pensiero, doveva la vita di suo padre: quell'intrepido sergente che aveva salvato il colonnello in mezzo alle cannonate e alle fucilate di Waterloo. Egli non separava mai il ricordo di suo padre dal ricordo di quell'uomo, e li associava nella sua venerazione. Era una specie di culto a due gradini: l'altare maggiore per il colonnello, minore per Thénardier. Il pensiero della disdetta da cui Thénardier era stato sommerso raddoppiava l'intenerimento della sua riconoscenza. Marius aveva appreso a Montfermeil la rovina e il fallimento dello sfortunato albergatore. In seguito, aveva fatto sforzi inauditi per ritrovarne le tracce e per tentare di raggiungerlo nel tenebroso abisso della miseria in cui era caduto. Marius aveva percorso tutto il paese, era stato a Chelles, a Bondy, a Gournay, a Nogent, a Lagny. Per tre anni si era accanito in quelle ricerche, spendendovi quel po' di denaro che aveva risparmiato. Nessuno aveva potuto dargli notizie di Thénardier, lo credevano passato all'estero. Anche i suoi creditori lo avevano cercato, con meno amore di Marius ma con uguale accanimento, e non avevano potuto ripescarlo. Marius si accusava e quasi si sdegnava con se stesso di non riuscire nelle ricerche. Era il solo debito lasciatogli dal colonnello, e Marius considerava un dovere d'onore pagarlo.

«Come,» pensava «quando mio padre giaceva moribondo sul campo di battaglia, egli, Thénardier, ha ben saputo trovarlo attraverso il fumo e la mitraglia e portarselo sulle spalle, eppure non gli doveva niente; e io che devo tanto a Thénardier non saprei raggiungerlo nell'ombra in cui egli agonizza e riportarlo a mia volta dalla morte alla vita! Oh, lo ritroverò!» Per ritrovare Thénardier, Marius avrebbe dato volentieri un braccio, e, per toglierlo dalla miseria, tutto il suo sangue. Rivedere Thénardier, rendere un qualsiasi servizio a Thénardier, dirgli: «Voi non mi conoscete, ma io, invece, vi conosco! Eccomi! Disponete di me!» era il più dolce e più splendido sogno di Marius.

III
MARIUS DIVENUTO GRANDE

Marius aveva allora vent'anni. Erano tre anni che aveva lasciato suo nonno. Da una parte e dall'altra erano rimasti nelle rispettive posizioni, senza tentare avvicinamenti, né cercare di rivedersi. D'altronde, a che scopo rivedersi? Per urtarsi? Chi, dei due, avrebbe avuto ragione dell'altro? Marius era un vaso di bronzo, ma papà Gillenormand era un vaso di ferro.

Diciamolo, Marius si era ingannato sul cuore di suo nonno. Egli s'era immaginato che suo nonno non lo avesse mai amato, e che quell'uomo di poche parole, burbero e ridente, che bestemmiava, gridava, tempestava e alzava il bastone, nutrisse per lui tutt'al più quell'affezione, leggera e severa a un tempo, dei Geronti da commedia. Marius si ingannava. Vi sono padri che non amano i figli: ma non esiste nonno che non adori il nipote. In fondo, l'abbiamo detto, Gillenormand idolatrava Marius. L'idolatrava a suo modo, con accompagnamento di sfuriate e anche di schiaffi, ma quando il ragazzo se ne fu andato, il vecchio sentì un gran vuoto nel cuore. Ordinò che non gliene parlassero più, spiacente in cuor suo d'essere così ben obbedito. Nei primi tempi sperò che quel buonapartista, quel giacobino, quel terrorista, quel settembrista ritornasse. Ma passarono le settimane, i mesi, gli anni e, con gran dispiacere del signor Gillenormand, il bevitore di sangue non riapparve. «Tuttavia, non potevo far altro che scacciarlo» si diceva il nonno; e si domandava: «Se fosse una cosa da rifare, la rifarei?». Il suo orgoglio rispondeva immediatamente di sì; ma la sua vecchia testa, che egli scuoteva in silenzio, rispondeva tristemente di no. Egli aveva le sue ore di abbattimento. Sentiva la mancanza di Marius. I vecchi hanno bisogno di affetto come del sole. L'affetto per loro è calore. Per quanto la sua natura fosse forte, l'assenza di Marius aveva cambiato qualche cosa in lui. Per nulla al mondo egli avrebbe voluto fare un passo verso «quel piccolo mariuolo», ma soffriva. Non s'informava mai di lui, ma vi pensava sempre. Egli viveva, sempre più ritirato, al Marais. Era ancora, come una volta, gaio e violento, ma la sua gaiezza aveva una durezza convulsa come se contenesse collera e dolore, e le sue violenze terminavano sempre in un dolce e cupo accasciamento. Talvolta diceva: «Oh, se ritornasse, che potente schiaffo gli darei!».

Quanto alla zia, pensava troppo poco per amare molto; Marius non era più per lei che una immagine dai contorni vaghi e oscuri; ed ella aveva finito con l'occuparsene molto meno che del gatto o del pappagallo che probabilmente aveva. La segreta sofferenza di papà Gillenormand era aumentata dal fatto che egli la teneva chiusa in sé e non ne lasciava trapelare niente. Il suo dolore era simile a quelle fornaci inventate di recente, che bruciano il proprio fumo. Talvolta, capitava che qualche cerimonioso importuno gli parlasse di Marius e gli chiedesse: «Che fa, che cosa ne è del vostro signor nipote?». Il vecchio rispondeva, sospirando se era troppo triste, o dando un buffetto al suo polsino se voleva sembrare gaio: «Il signor barone Pontmercy imbastisce cause in qualche luogo».

Mentre il vecchio rimpiangeva la perdita di Marius, questi si compiaceva di essersene allontanato. Come a tutti coloro che hanno buon cuore, la sventura gli aveva tolto l'amarezza. Egli pensava al signor Gillenormand con affetto, ma si era imposto di non ricevere nulla dall'uomo *che aveva agito male verso suo padre*. Adesso, era questa la forma mitigata dei suoi primi sdegni. Inoltre, era felice di aver sofferto e di soffrire ancora. Era per suo padre. La sua vita dura lo soddisfaceva e gli piaceva. Si diceva con gioia *che era ancora troppo poco*: che era un'espiazione; che, senza ciò, egli sarebbe stato punito, altrimenti e più tardi, della sua empia indifferenza verso suo padre, e quale padre!; che non sarebbe stato giusto che suo padre avesse avuto tutta la sofferenza, e lui niente; – che cosa erano, d'altra parte, le sue fatiche e le sue privazioni paragonate alla vita eroica del colonnello? – che infine il solo modo di avvicinarsi a suo padre e di assomigliargli, era di essere forte di fronte all'indigenza, come il colonnello era stato coraggioso contro il nemico, e che indubbiamente suo padre aveva voluto alludere a ciò con le parole: «*Egli ne sarà degno*». Parole che Marius continuava a portare non più sul petto perché lo scritto era andato smarrito, ma scolpite nel cuore.

E poi, il giorno in cui suo nonno l'aveva scacciato, non era ancora che un bambino: ora invece era un uomo. Egli lo sentiva. La miseria, insistiamo su questo, gli aveva giovato. La povertà nella giovinezza, quando riesce a bene, ha questo di magnifico: che volge tutta la volontà verso la lotta e tutta l'anima verso l'aspirazione. Essa mette subito a nudo la vita materiale e la rende schifosa; da ciò, uno slancio inesprimibile verso la vita ideale. Il giovane ricco ha cento distrazioni brillanti e grossolane: le corse di cavalli, la caccia, i cani, il tabacco, il gioco, i buoni pasti e il resto, occupazioni delle basse tendenze dell'anima a danno di «quelle elevate e delicate». Il giovane povero si affatica per guadagnarsi il pane; mangia; quando ha mangiato, non gli resta che fantasticare. Va agli spettacoli gratuiti offerti dal buon Dio: guarda il cielo, lo spazio, gli astri, i fiori, i bambini, l'umanità nella quale soffre, la creazione nella quale risplende. Guarda tanto l'umanità che vede l'anima, quanto la creazione che vede Dio. Sogna e si sente grande: sogna ancora, e si sente tenero. Dall'egoismo dell'uomo che soffre, passa alla compassione dell'uomo che medita. Un ammirabile sentimento sboccia in lui: l'oblìo di se stesso e la pietà per tutti. Pensando alle gioie innumerevoli che la natura offre, dona e prodiga alle anime aperte e rifiuta alle anime chiuse, egli giunge a compiangere, lui milionario dell'intelligenza, i milionari del denaro. Ogni odio se ne va dal suo cuore a mano a mano che la luce penetra nel suo animo. D'altronde, è infelice? No. La miseria di un giovane non è mai miserabile. Qualsiasi giovane, per quanto povero sia, con la sua salute, la sua forza, il suo passo sicuro, i suoi occhi brillanti, il sangue che circola vivamente nelle vene, i capelli neri, le guance fresche, le labbra rosee, i denti bianchi, l'alito puro, farà sempre invidia a un vecchio imperatore. E poi, ogni mattina egli si rimette a guadagnarsi il pane; e mentre le sue mani guadagnano il pane, la sua spina dorsale guadagna in fierezza, il suo cervello acquista nuove idee. Finito il suo lavoro, egli ritorna alle estasi ineffabili, alle contemplazioni, alle gioie; egli vive con i piedi nelle afflizioni, negli ostacoli, sul selciato, tra le spine, talvolta nel fango; ma con la testa nella luce. È fermo, sereno, affabile, tranquillo, attento, serio, contento del poco, benevolo; e benedice Dio di avergli concesso quelle due ricchezze che mancano a molti ricchi: il lavoro che lo fa libero, e il pensiero che gli conferisce dignità.

Tutto ciò era accaduto in Marius. Egli si era anche, a dir vero, piegato un po' troppo verso la contemplazione. Dal giorno in cui era riuscito a guadagnarsi quasi sicuramente la vita, s'era fermato là, trovando ottima cosa la povertà e sottraendo al lavoro per donare al pensiero. Cioè egli passava intere giornate a meditare, sprofondato e assorto come un visionario nelle mute voluttà dell'estasi e della gioia interiore. Si era posto in questo modo il problema della vita: lavorare materialmente il meno possibile; dedicarsi più che poteva alla meditazione; in altri termini, dedicare qualche ora alla vita reale, e consacrare il resto all'infinito. Egli non si accorgeva, credendo di non mancare di niente, che la contemplazione così interpretata finisce per essere una forma di pigrizia, che si era accontentato di superare le prime difficoltà della vita, e che si riposava troppo presto.

Era evidente che, per quella natura energica e generosa, questo non poteva essere che uno stato transitorio, e che al primo cozzo contro le inevitabili complicazioni della sorte, Marius si sarebbe scosso.

Nel frattempo, sebbene fosse avvocato e checché ne pensasse papà Gillenormand, egli non trattava cause: e neppure piativa.[2] La meditazione lo aveva allontanato dal foro. Frequentare gli avvocati, recarsi nei tribunali, cercar cause, che cose noiose! Perché doveva farle? Non vedeva alcun motivo per cambiare il mezzo di guadagnarsi il pane. Le sue prestazioni nel campo librario commerciale avevano finito per dargli un lavoro sicuro, poco faticoso, che, come abbiamo spiegato, gli bastava.

Uno dei librai per i quali lavorava, Mangimel, mi pare, gli aveva proposto di prenderlo con sé, di alloggiarlo bene, di offrirgli un lavoro regolare e una retribuzione di millecinquecento franchi l'anno. Essere bene alloggiato! Millecinquecento franchi! Ottima cosa, senza dubbio. Ma rinunciare alla propria libertà! Essere un salariato! Una specie di commesso della letteratura! Nel pensiero di Marius, accettando, la sua posizione diveniva migliore e peggiore a un tempo; guadagnava in benessere e perdeva in dignità; mutava una sfortuna completa e bella in una brutta e ridicola soggezione; qualcosa, insomma, come un cieco che diventasse guercio. Rifiutò.

Marius viveva solitario. Per il suo gusto di stare al di fuori di tutto, e anche per essere stato troppo sgomentato, non aveva voluto entrare nel gruppo presieduto da Enjolras. Erano rimasti buoni camerati, pronti ad aiutarsi, all'occasione, in tutti i modi possibili, ma niente di più. Marius aveva due amici: uno giovane, Courfeyrac, e uno vecchio, Mabeuf. Propendeva per il vecchio. In primo luogo, gli

[2] Gioco di parole che scompare nella traduzione: «*il ne plaidait pas*» (non trattava cause) «*et il ne plaidaillait méme pas*» (e neppure piativa).

doveva l'aver conosciuto e amato suo padre. «*Mi ha operato di cate-ratta*» diceva.

Certo, il contatto col fabbriciere era stato decisivo.

Eppure Mabeuf, in quella circostanza, non era stato altro che lo strumento calmo e impassibile della provvidenza. Aveva illuminato Marius per caso e senza saperlo, così come fa una candela portata da qualcuno: era stato la candela, non il qualcuno.

Quanto alla rivoluzione politica avvenuta in Marius, Mabeuf era assolutamente incapace di capirla, di volerla e di dirigerla.

Poiché si ritroverà più tardi Mabeuf, non è inutile dire qualcosa sul suo conto.

IV
MABEUF

Il giorno in cui Mabeuf disse a Marius: «*Certamente, io approvo le opinioni politiche*», egli esprimeva il vero stato dell'animo suo. Tutte le opinioni politiche gli erano indifferenti, egli le approvava tutte senza distinzione, purché lo lasciassero tranquillo, come i Greci chiamavano le Furie «le belle, le buone, le incantevoli», le *Eumenidi*. Mabeuf aveva come opinione politica un amore appassionato per le piante e soprattutto per i libri. Egli aveva, come tutti, la sua desinenza in *ista*, senza la quale nessuno avrebbe potuto vivere in quel tempo, ma non era né realista, né bonapartista, né costituzionalista, né orleanista, né anarchista: era librista.

Non capiva come gli uomini si occupassero di odiarsi per bagatelle quali la costituzione, la democrazia, le legittimità, la monarchia, la repubblica, eccetera, quando vi erano al mondo tante specie di muschi, di erbe e di arbusti da osservare, e tanti volumi *in-folio* e anche in trentaduesimo da sfogliare. Poneva cura a non essere inutile; aver dei libri non gli impediva di leggere, essere botanico non gli impediva di essere giardiniere. Quando conobbe Pontmercy, tra il colonnello e lui nacque una gran simpatia, perché le attenzioni che quegli usava per i fiori, egli le aveva per i frutti. Mabeuf era riuscito a produrre pere da semenzaio, saporite quanto quelle di Saint-Germain; anzi, a quanto sembra, uno dei suoi innesti produsse la mirabella d'ottobre, celebre ai nostri giorni, e profumata quanto la mirabella d'estate. Egli andava a messa più per mitezza che per devozione, e poi perché, amando le sembianze degli uomini ma odiando i loro strepiti, solo in chiesa poteva trovarli riuniti e silenziosi. Sentendo la necessità di essere qualche cosa nello Stato, aveva scelto la carriera di fabbriciere.

Del resto, non era mai riuscito ad amare una donna al pari di un bulbo di tulipano, o un uomo quanto un elzeviro. Aveva compiuto da un pezzo i sessant'anni, quando un giorno qualcuno gli domandò: «Non vi siete mai sposato?». «Me ne sono dimenticato» egli disse. Se mai gli capitava talvolta – e a chi non capita? – di dire: «Ah, se fossi ricco!» non era quando contemplava una bella ragazza, come papà Gillenormand, ma davanti a un libro raro. Viveva solo, con una vecchia governante. Era un po' uricemico, e quando dormiva le sue vecchie dita anchilosate dai reumatismi si impacciavano tra le pieghe delle lenzuola. Aveva compilato e pubblicato una *Flora dei dintorni di Cauteretz* con tavole colorate, opera abbastanza stimata di cui egli possedeva i «rami» e che vendeva direttamente. Due o tre volte al giorno venivano a bussare alla sua casa in via Mézières a tale scopo. Ne traeva un guadagno di circa duemila franchi all'anno, che costituivano quasi tutta la sua sostanza. Sebbene povero, era riuscito a mettere insieme, a forza di pazienza, di privazioni e di tempo, una preziosa collezione di oggetti rari di ogni genere. Non usciva mai di casa senza un libro sotto il braccio, e vi ritornava spesso con due. L'unico addobbo delle quattro camere a pianterreno che, con un giardinetto, componevano il suo appartamento, erano alcuni erbari posti in cornice e alcune incisioni di antichi maestri. La vista di una sciabola o di un fucile lo agghiacciava. In tutta la sua vita non si era mai avvicinato a un cannone, nemmeno agli Invalides. Aveva uno stomaco discreto, un fratello prevosto, i capelli interamente bianchi, non più denti, né in bocca, né in spirito, un tremito in tutto il corpo, l'accento piccardo, un sorriso di fanciullo, facilità a smarrirsi e l'aspetto d'un vecchio montone. Inoltre, non aveva altre amicizie né altre relazioni fra i viventi, all'infuori di un vecchio libraio della porta Saint-Jacques, che si chiamava Royol. Il suo sogno era di riuscire ad acclimatare l'indaco in Francia.

Anche la sua governante era una varietà dell'innocenza. La povera buona vecchia era vergine. Sultano, il suo gatto, che avrebbe potuto miagolare il *Miserere* di Allegri nella Cappella Sistina, aveva riempito il suo cuore e bastava alla quantità di passione di cui ella era capace. Nessuno dei suoi sogni era arrivato sino all'uomo. Ella non aveva mai potuto andare al di là del suo gatto. Aveva i baffi, come lui. Riponeva la vanità nelle sue cuffie, sempre candide. La domenica, dopo la messa, passava il tempo a contare i capi di biancheria nel suo cassetto, e a schierare sul letto parecchi tagli d'abito che comperava, ma non faceva mai confezionare. Sapeva leggere. Mabeuf l'aveva soprannominata *Mamma Plutarque*.

Mabeuf aveva preso in simpatia Marius perché questi, giovane e affabile, riscaldava la sua vecchiaia senza turbare la sua timidezza. La gioventù che si accompagna all'affabilità esercita sui vecchi l'azione del sole senza vento. Quando Marius era saturo di gloria militare, di polvere da cannone, di marce e di contromarce, e di tutte le prodigiose battaglie nelle quali suo padre aveva dato e ricevuto tante formidabili sciabolate, andava a trovare Mabeuf, e questi gli parlava dell'eroe dal punto di vista dei fiori.

Verso il 1830 morì il fratello parroco e quasi subito dopo l'orizzonte di Mabeuf si oscurò, come quando viene la notte. Il fallimento di un notaio lo privò di una somma di diecimila franchi, che era tutto quanto egli possedeva in proprio e come erede del fratello. La rivoluzione di luglio produsse una crisi nel commercio librario, e il primo libro che non trovi smercio in tempi difficili è una *Flora*. La *Flora dei dintorni di Cauteretz* si arenò immediatamente. Passavano intere settimane senza che venisse un compratore. Talvolta Mabeuf trasaliva nell'udir suonare il campanello. «Signore,» gli diceva malinconicamente mamma Plutarque «è il portatore d'acqua.» A dirla in breve, un giorno Mabeuf lasciò la via Mézières, diede le dimissioni da fabbriciere, rinunciò a Saint-Sulpice, vendette una parte, non dei suoi libri, ma delle sue stampe – a cui teneva meno – e andò a installarsi in una casetta del viale Montparnasse, dove però non dimorò che un trimestre, per due ragioni: la prima, che l'appartamento a pian terreno col giardino costava trecento franchi ed egli non osava arrischiare più di duecento franchi per la pigione; la seconda perché, trovandosi vicino al tiro Fatou, sentiva tutto il giorno i colpi di pistola, cosa per lui insopportabile.

Trasportò di nuovo la sua *Flora*, i suoi rami, gli erbari e i libri, e andò a stabilirsi presso la Salpêtrière, in una specie di capanna del villaggio di Austerlitz, dove per cinquanta scudi all'anno aveva tre camere e un giardino cinto da una siepe e munito di un pozzo. Profittò del trasloco per vendere quasi tutti i suoi mobili. Il giorno del suo ingresso nel nuovo appartamento, fu assai allegro e collocò egli stesso i chiodi per appendervi le incisioni e gli erbari; quindi impiegò il resto della giornata a zappare nel giardino; e la sera, vedendo che mamma Plutarque era seria e meditabonda, le batté sulla spalla e le disse sorridendo: «Su! Abbiamo l'indaco!».

Due sole persone, cioè il libraio della porta Saint-Jacques e Marius, erano ammesse a fargli visita nella sua casuccia d'Austerlitz, nome chiassoso che gli era, a dir vero, assai sgradevole.

Del resto, come abbiamo già accennato, i cervelli assorti unicamente in una saggezza o in una follia o, come capita spesso, in entrambe le cose a un tempo, sono difficilmente accessibili alle necessità della vita. A essi il proprio destino appare lontano. Risulta da quelle concentrazioni una passività che, se fosse ragionata, assomiglierebbe alla filosofia. Si declina, si discende, si sprofonda, e talvolta persino si precipita, senza quasi avvedersene. Ciò finisce sempre, è vero, con un risveglio: ma tardivo. Intanto, sembra che si rimanga neutrali sulla partita che si svolge tra la nostra buona e la nostra cattiva fortuna. Pur rappresentando la posta del gioco, si guarda la partita con indifferenza.

È così che, attraverso le tenebre che gli si addensavano intorno, e con le speranze che si spegnevano una dopo l'altra, Mabeuf s'era conservato sereno, in un modo forse un po' puerile, ma pur sincero. Le abitudini della sua mente avevano le oscillazioni di un pendolo. Una volta caricato da un'illusione, egli continuava a muoversi lungamente, anche dopo che l'illusione era svanita. Un orologio non si ferma mai proprio nel momento in cui se ne perde la chiave.

Mabeuf aveva degli innocenti piaceri. Erano piaceri poco costosi e imprevisti; il minimo caso glieli forniva. Un giorno mamma Plutarque leggeva un libro in un angolo della stanza. Leggeva ad alta voce, trovando che così capiva meglio. Leggere ad alta voce, equivale a confermare a se stesso la propria lettura. Vi sono alcuni che leggono a voce altissima e pare che diano a se stessi la loro parola d'onore su ciò che leggono.

Mamma Plutarque leggeva proprio con simile energia il romanzo che teneva in mano. Mabeuf udiva senza ascoltare.

Sempre leggendo, ella giunse alla seguente frase. Si trattava di un ufficiale dei dragoni e di una bella: «...*la belle bouda et le dragon...*».[3]

Qui ella s'interruppe per asciugarsi gli occhiali.

«Budda e il Dragone» ripeté a mezza voce Mabeuf. «Sì, è vero, vi fu un drago che, dal fondo della sua caverna, gettava fiamme dalla gola e incendiava il cielo. Parecchie stelle erano già state incendiate da quel mostro che aveva, inoltre, artigli di tigre. Budda andò nel suo antro e riuscì a convertire il mostro. È un buon libro quello che voi leggete, mamma Plutarque. Non v'è leggenda più bella.»

E Mabeuf s'immerse in una deliziosa fantasticheria.

V

LA POVERTÀ BUONA VICINA DELLA MISERIA

Marius aveva simpatia per quel candido vecchio, che si vedeva lentamente afferrato dall'indigenza, e arrivava a meravigliarsene a poco a

---

[3] «La bella mise il broncio, e il dragone...» Il bisticcio nasce dal fatto che *bouda* (da *bouder*) si pronuncia come *Buddha* (Budda), e che *dragon* (soldato di cavalleria) significa anche drago.

poco, senza tuttavia affliggersene. Marius incontrava Courfeyrac e andava in cerca di Mabeuf. Assai di rado; una o due volte al mese, tutt'al più.

Il suo maggior piacere era fare lunghe passeggiate, da solo, sui viali esterni o allo Champ-de-Mars, o nei viali meno frequentati del Luxembourg. Passava qualche volta una mezza giornata a guardare un orto, le aiuole coltivate a insalata, le galline nel letamaio e un cavallo che faceva girare la ruota di una noria. I passanti lo osservavano meravigliati, e qualcuno gli trovava un aspetto equivoco e una faccia sinistra. Invece non era che un povero giovane che sognava a vuoto.

In una delle sue passeggiate aveva scoperto la topaia Gorbeau, e, poiché l'isolamento e il basso prezzo lo tentarono, vi prese alloggio. Non ve lo conoscevano che sotto il nome di signor Marius.

Alcuni dei vecchi generali o dei vecchi camerati di suo padre lo avevano invitato, quando lo conobbero, ad andarli a trovare. Marius non aveva rifiutato. Erano occasioni per parlare di suo padre. Così egli andava di quando in quando dal conte Pajol, dal generale Bellavesne, dal generale Fririon, agli Invalides. Vi si faceva della musica, si ballava. In quelle sere Marius metteva il suo vestito nuovo. Ma a quei ricevimenti e a quei balli andava solo le volte in cui gelava da spaccare le pietre, perché egli non poteva pagarsi una carrozza e voleva arrivare con le scarpe lucide come specchi.

Diceva talvolta, ma senza amarezza: «Gli uomini sono così fatti che, in un salotto, voi potete essere infangati dappertutto, fuori che sulle scarpe. Per ben accogliervi là non vi si chiede che una cosa irreprensibile. La coscienza? No, gli stivali».

Tutte le passioni, meno quelle del cuore, si dissipano nella meditazione. Le febbri politiche di Marius vi si erano dissolte. La rivoluzione del 1830, soddisfacendolo e calmandolo, aveva contribuito a ciò. Egli era rimasto lo stesso, tranne che nelle collere. Aveva sempre le stesse opinioni, solamente esse si erano addolcite. Per parlare con esattezza, egli non aveva più opinioni, aveva solo simpatie. A quale partito apparteneva? A quello dell'umanità. Nell'umanità sceglieva la Francia; nella nazione sceglieva il popolo; nel popolo sceglieva la donna. A questa principalmente si rivolgeva la sua pietà. Ora egli preferiva un'idea a un fatto, un poeta a un eroe e ammirava ancor più un libro come quello di Giobbe che un avvenimento come Marengo. E poi, quando, dopo una giornata di meditazione, ritornava la sera per i viali e, attraverso i rami degli alberi, scorgeva lo spazio sconfinato, le luci senza nome, l'abisso, l'ombra, il mistero, tutto ciò che è solo umano, gli pareva assai piccolo.

Egli credeva di essere, e forse lo era realmente, arrivato alla verità della vita e della filosofia umana, e aveva finito per non guardare più altro che il cielo, la sola cosa che la verità possa vedere dal fondo del suo pozzo.

Ciò non gli impediva di moltiplicare i piani, le combinazioni, le impalcature e i progetti a venire. Chi avesse potuto esaminare l'anima di Marius mentre era immerso in quelle fantasticherie, sarebbe rimasto stupito dalla sua purezza. Infatti, se fosse concesso ai nostri occhi carnali di vedere nell'altrui coscienza, si giudicherebbe un uomo ben più sicuramente dai suoi sogni che dai suoi pensieri. Nel pensiero interviene la volontà, nel sogno no. Il sogno, che è sempre spontaneo, prende e conserva, anche nel gigantesco e nell'ideale, le forme della nostra mente. Non v'è cosa che scaturisca più direttamente e più sinceramente dalle latebre dell'anima delle smisurate e irriflessive aspirazioni verso gli splendori della sorte. In queste aspirazioni, assai più che nelle idee predisposte, ragionate e coordinate, si può ritrovare il vero carattere di ciascun uomo. Le nostre chimere sono le cose che ci rassomigliano meglio. Ognuno sogna l'ignoto e l'impossibile secondo la propria natura.

Verso la metà di quell'anno 1831, la vecchia che serviva Marius gli raccontò che si stava per mettere alla porta i suoi vicini, la miserabile famiglia Jondrette. Marius, che passava fuori quasi tutte le sue giornate, sapeva appena di avere dei vicini.

«Perché li mandano via?» chi ese.

«Perché non pagano l'affitto: devono due rate.»

«Quanto è?»

«Venti franchi» disse la vecchia.

Marius aveva trenta franchi di riserva in un cassetto.

«Prendete,» disse alla vecchia «ecco venticinque franchi. Pagate per quei poveretti, regalate loro cinque franchi e non dite che sono stato io.»

VI

IL SOSTITUTO

Volle il caso che il reggimento di cui era luogotenente Théodule venisse di guarnigione a Parigi. Questo fatto fornì l'occasione di una seconda idea alla signorina Gillenormand. Ella aveva avuto, una prima volta, l'idea di far sorvegliare Marius da Théodule; ora complottò di far succedere Théodule a Marius.

Per ogni evenienza, e per il caso in cui il nonno sentisse la vaga necessità di un viso giovane in casa (questi raggi d'aurora sono talvolta assai dolci alle rovine), era opportuno trovare un altro Marius. Sarà, pensava ella, un semplice *erratum* come si legge nei libri: Marius, leggete Théodule.

Un pronipote è quasi un nipote; in mancanza d'un avvocato, si prende un lanciere.

Una mattina, mentre Gillenormand era occupato a leggere qualche cosa come la «Quotidienne», entrò sua figlia e gli disse con voce dolcissima, poiché si trattava del suo favorito:

«Padre mio, Théodule verrà questa mattina a presentarvi i suoi omaggi».

«Chi è questo Théodule?»

«Il vostro pronipote.»

«Ah» disse il nonno.

Poi si rimise a leggere, non pensò più al pronipote che non era che un qualunque Théodule, e finì col mettersi di cattivo umore, ciò che gli capitava quasi sempre quando leggeva. Il «foglio» che aveva tra le mani, s'intende, realista, annunciava per l'indomani, senza alcun ameno commento, uno dei piccoli avvenimenti quotidiani della Parigi di allora: gli studenti delle facoltà di diritto e di medicina dovevano riunirsi a mezzogiorno sulla piazza del Panthéon, per deliberare. Si trattava di una delle questioni del momento, cioè dell'artiglieria della guardia nazionale, e d'un conflitto tra il ministro della Guerra e la milizia cittadina a proposito dei cannoni schierati nella corte del Louvre. Gli studenti dovevano «deliberare» su tale argomento. Non occorreva di più per far inalberare Gillenormand.

Egli pensò a Marius, che era studente, e che, probabilmente, sarebbe andato, come gli altri, «a deliberare, a mezzogiorno, sulla piazza del Panthéon».

Mentre era immerso in questa penosa riflessione, entrò il luogotenente Théodule, vestito, abile accorgimento, in borghese, e introdotto con discrezione dalla signorina Gillenormand. Il lanciere aveva fatto questo ragionamento: «Il vecchio druido non ha collocato tutto il suo patrimonio in vitalizio. Mette dunque conto di mascherarsi di quando in quando da borghese».

La signorina Gillenormand disse ad alta voce a suo padre:

«Ecco Théodule, il vostro pronipote».

E sottovoce, al luogotenente:

«Approva sempre tutto».

E si ritirò.

Il luogotenente, poco avvezzo a incontri tanto venerabili, balbettò timidamente un: «Buon giorno, mio caro zio», e fece un saluto composito, cioè cominciato involontariamente alla militare e terminato alla civile.

«Ah, siete voi, va bene, sedete» disse l'avolo. E si dimenticò completamente del lanciere.

Théodule si sedette, e Gillenormand si alzò. Poi si mise a camminare in lungo e in largo, con le mani in tasca, parlando ad alta voce e tormentando rabbiosamente con le vecchie dita i due orologi che aveva nei taschini.

«Questo branco di mocciosi! Si convocano sulla piazza del Panthéon! Ch'io sia cornuto! Degli sbarazzini che ieri erano a balia! Se si schiacciasse loro il naso, ne uscirebbe latte! E si riuniscono domani a mezzogiorno per deliberare! Dove si va a finire? È chiaro che si va verso la rovina. È là che ci conducono i *descamisados*. L'artiglieria cittadina! Deliberare sull'artiglieria cittadina! Andare a cianciare all'aria aperta sulle ridicole scariche della guardia nazionale! E con chi si troveranno là? Vedete un po' dove conduce il giacobinismo. Scommetto tutto quello che si vorrà, un milione contro una bazzecola, che non vi saranno là che ladri e galeotti usciti di prigione. Repubblicani e galeotti non fanno che zuppa e pan bagnato. Carnot diceva: "Dove vuoi che vada, traditore?". Fouché rispondeva: "Dove vuoi, imbecille!". Ecco che cosa sono i republicani.»

«È giusto» disse Théodule.

Gillenormand volse per metà la testa, vide Théodule e continuò:

«Quando si pensa che quel briccone ha avuto la scelleratezza di farsi carbonaro! Perché hai abbandonato la mia casa? Per diventare repubblicano. Pssst! In primo luogo, il popolo non vuol saperne della tua repubblica; esso ha buon senso, sa benissimo che vi sono sempre stati i re e che vi saranno sempre; sa bene che il popolo, dopo tutto, non è che il popolo; egli se ne ride della tua repubblica, capisci, cretino? Non ti pare abbastanza orribile quel capriccio? Andare a innamorarsi di papà Duchêne, fare gli occhi dolci alla ghigliottina, cantare romanze e suonare la chitarra sotto il balcone del '93: ce n'è abbastanza da sputare addosso a tutti quei giovani, tanto sono idioti! Sono tutti così; non ne sfugge uno. Basta respirare l'aria che soffia nella strada per diventare insensati. Il secolo decimonono è avvelenato. Il primo ragazzaccio che passa lascia crescere la sua barba a pizzo; si crede un birbante per davvero, e pianta i vecchi genitori. È da repubblicano, da romantico. Cos'è questo romanticismo? Volete farmi la cortesia di dirmi che cosa sia? Tutte le pazzie possibili. Un anno fa tutti andavano ad ascoltare l'*Ernani*. Vi domando che cos'è questo *Ernani*! Antitesi, abominazioni che non sono nemmeno scritte in francese. E poi vi sono i cannoni nella corte del Louvre. Ecco i brigantaggi del nostro tempo».

«Avete ragione, zio» disse Théodule.

Gillenormand riprese:

«Cannoni nella corte del Museo! Per che fare? Cannone, che vuoi da me? Volete dunque mitragliare l'Apollo del Belvedere? Cosa hanno a che fare le munizioni d'artiglieria con la Venere dei Medici? Ah, questi giovanotti moderni, tutti bricconi! Che poco di buono quel loro Benjamin Constant! E quelli che non sono scellerati, sono sciocchi. Fanno tutto quello che possono per essere brutti, sono malvestiti, hanno paura delle donne, si aggirano intorno a una gonnella come se chiedessero l'elemosina, in modo da far ridere le servette; parola d'onore, si direbbero i poveri vergognosi dell'amore! Sono deformi, e si completano col diventar stupidi; ripetono i motti di Tiercelin e di Potier, portano giacche a sacco, panciotti da palafrenieri, camicie di tela grezza, calzoni di panno ruvido, scarpe di grosso cuoio, e i modi corrispondono alle vesti. Il loro gergo potrebbe servire a risuolare le loro ciabatte. E tutta questa inetta marmaglia ha delle opinioni politiche. Dovrebbe essere severamente proibito d'avere opinioni politiche! Essi fabbricano sistemi, rifanno la società, demoliscono la monarchia, abbattono tutte le leggi, mettono il granaio al posto della cantina, il mio portiere al posto del re, sconvolgono l'Europa da cima a fondo, riedificano il mondo e ritengono una gran ventura riuscire a vedere di sottecchi le gambe delle lavandaie che salgono sui loro carretti! Ah, Marius! Ah, briccone! Andare a far ciance sulla pubblica piazza! Discutere, dibattere, prendere delle misure! Le chiamano misure, queste, giusti dèi! Il disordine si impicciolisce e diventa sciocco. Io ho visto il caos, ora vedo fanghiglia. Degli scolari che deliberano sulla guardia nazionale! Ma questo non si vedrebbe neppure presso gli Ogibewas né presso i Cadodaci! I selvaggi che camminano nudi, con la testa pettinata a guisa di volano, con una mazza tra le mani, sono meno bruti di questi studentelli! Marmocchi da quattro soldi, che fanno i saputelli e i comandanti! Deliberano e ragionano! È la fine del mondo. Evidentemente è la fine di questo miserabile globo terracqueo. Occorreva un rutto finale; la Francia lo emette. Deliberate, furfanti! Cose simili potranno accadere sino a quando sarà loro possibile leggere i giornali sotto gli archi dell'Odéon. Ciò costa loro un soldo, e in più il loro buon senso, la loro intelligenza, il loro cuore, la loro anima e la loro mente. Quando escono di là, abbandonano sui due piedi la loro famiglia. Tutti i giornali sono pestiferi: tutti, anche il "Drapeau blanc"! In fondo, Martainville era una giacobina. Ah, giusto cielo! Tu potrai vantarti di aver messo alla disperazione tuo nonno!».

«È evidente» disse Théodule.

E, approfittando della pausa fatta dal signor Gillenormand per riprender fiato, il lanciere aggiunse magistralmente:

«Non dovrebbe esservi altro giornale che il "Moniteur" e altro libro che l'"Annuario militare".»

Gillenormand proseguì:

«È come il loro Sieyès! Un regicida divenuto senatore! Perché finiscono sempre così. Si sconciano dandosi plebeiamente del tu, per poi farsi dare del signor conte. Un signor conte grosso come un braccio, dei massacratori di settembre! Il filosofo Sieyès! Posso rendermi questa giustizia: non ho mai fatto caso della filosofia di tali filosofi più che degli occhiali del mascherone di Tivoli. Un giorno ho veduto i senatori passare sulla riva Maquais con i mantelli di velluto violaceo seminati di api, e i capelli all'Enrico IV. Erano schifosi. Sembravano le scimmie della corte della tigre. Cittadini, io vi dichiaro che il vostro progresso è una pazzia, la vostra umanità un sogno, la vostra rivoluzione un delitto, la vostra repubblica un mostro e che la vostra giovane vergine Francia esce da un lupanare, e lo sostengo contro voi tutti, chiunque voi siate, foste pubblicisti, foste economisti, foste giureconsulti, foste pur anche più profondi conoscitori di libertà, di uguaglianza e di fratellanza che non lo sia la mannaia della ghigliottina! Io vi dico questo, o galantuomini!».

«Perbacco,» esclamò il luogotenente, «tutto questo è ammirabilmente vero.»

Il signor Gillenormand interruppe un gesto che aveva cominciato, si voltò, guardò fissamente il lanciere Théodule negli occhi e gli disse:

«Voi siete un imbecille».

LIBRO SESTO

LA CONGIUNZIONE DI DUE STELLE

I
IL SOPRANNOME: COME SI FORMANO I COGNOMI

In quel tempo Marius era un bel giovanotto di media statura, con folti capelli neri, una fronte alta e intelligente, le narici aperte e appassionate, l'aspetto calmo e sincero e, su tutto il viso, un non so che di altero, pensoso e innocente. Il suo profilo, dai lineamenti tondeggianti benché risoluti, aveva la dolcezza germanica che è penetrata nella fisionomia francese attraverso l'Alsazia e la Lorena, e quella completa assenza di angoli che rendeva i Sicambri così dissimili dai Romani, e che differenzia la razza leonina dalla razza aquilina. Egli era in quel periodo della vita in cui la mente degli uomini che pensano si compone, in proporzioni quasi uguali, di profondità e di ingenuità. Data una grave circostanza, egli aveva tutto quello che occorreva per essere stupido; ancora un giro di vite, e poteva diventare sublime. I suoi modi erano freddi, riservati, cortesi, poco comunicativi. Avendo una bella bocca, con le labbra più rosse e i denti più bianchi del mondo, il suo sorriso correggeva la soverchia severità della fisionomia. In certi momenti, quella fronte casta e quel sorriso voluttuoso formavano uno strano contrasto. Egli aveva l'occhio piccolo e lo sguardo profondo.

Ai tempi della sua maggior miseria, si era accorto che le ragazze si voltavano quando passava, ed egli fuggiva o si nascondeva con la morte nell'anima. Pensava che esse lo guardassero per i suoi vestiti logori, e ne ridessero. Esse invece lo guardavano per la sua bellezza e ne sognavano.

Questo tacito malinteso tra lui e le graziose fanciulle che incontrava, lo rendeva selvatico. Non ne scelse nessuna, per l'ottima ragione che fuggiva dinanzi a tutte. Egli visse così indefinitamente: stoltamente, diceva Courfeyrac.

Courfeyrac gli diceva ancora: «Non aspirare a diventare venerando» (perché si davano del tu: arrivare al tu è la consueta tendenza delle amicizie giovanili). «Caro mio, un consiglio. Non leggere tanto nei libri, e guarda un po' di più le donnette. Le bricconcelle hanno del buono, o Marius! A forza di fuggire e di arrossire, finirai per abbrutirti.»

Altre volte Courfeyrac lo incontrava e gli diceva:

«Buon giorno, signor abate».

Quando Courfeyrac gli aveva tenuto un discorso di questo genere, per otto giorni Marius evitava più che poteva le donne, giovani e vecchie, e per soprammercato evitava anche l'amico Courfeyrac.

Vi erano però in tutta l'immensa creazione due donne che Marius non fuggiva, e dalle quali non si schermiva. In verità si sarebbe assai stupito se gli avessero detto che quelle erano donne. L'una era la vecchia barbuta che scopava la sua stanza, e che faceva dire a Courfeyrac: «Vedendo che la sua serva porta la barba, Marius non porta la sua». L'altra era una ragazzina che egli vedeva spessissimo e non guardava mai.

Da più d'un anno, Marius notava in un viale deserto del parco del Luxembourg, il viale che costeggia il parapetto della Pépinière, un uomo e una ragazza giovanissima seduti vicini sulla stessa panchina, all'estremità più solitaria del viale, dalla parte di via dell'Ouest.

Ogni qualvolta il caso, che s'immischia nelle passeggiate delle persone assorte in meditazione, guidava Marius in quel viale, e cioè quasi tutti i giorni, egli vi ritrovava quella coppia. L'uomo poteva avere una sessantina d'anni; appariva mesto e serio; tutta la sua persona offriva quell'apparenza robusta e stanca dei militari fuori servizio. Se avesse portato una decorazione, Marius avrebbe detto: è un ufficiale in congedo. Aveva un'espressione buona, ma che non invitava ad avvicinarglisi, e non fissava mai il suo sguardo nello sguardo di alcuno. Portava calzoni turchini, un soprabito dello stesso colore e un cappello a larghe falde che sembravano sempre nuovi, una cravatta nera e una camicia da quacchero, cioè di una bianchezza abbagliante, ma di tela grossolana. Un giorno una modistina, passandogli vicino, disse: «Ecco un vedovo molto a modo». Aveva i capelli bianchissimi.

La prima volta che la fanciulla che lo accompagnava venne a sedersi con lui sulla panchina che sembravano aver adottato, essa poteva avere tredici o quattordici anni; magra al punto da essere quasi brutta, impacciata, insignificante; prometteva forse di avere degli occhi abbastanza belli. Soltanto, li teneva sempre alzati, con una specie di arditezza sgradevole. Vestiva in quella foggia tra il vecchio e il fanciullesco propria delle collegiali: un vestito mal tagliato, di merino nero.

Sembravano padre e figlia.

Marius esaminò per due o tre giorni quell'uomo anziano, ma non ancora vecchio, e quella ragazzina, che non era ancora qualcuno, poi non vi fece più caso. Dal canto loro essi sembravano non vederlo nemmeno. Parlavano tra loro con calma e indifferenza. La fanciulla cicalava di continuo, e allegramente. Il vecchio parlava poco e in certi momenti le rivolgeva sguardi ineffabilmente paterni.

Marius aveva preso macchinalmente l'abitudine di passeggiare in quel viale. Egli ve li ritrovava invariabilmente.

Ecco come accadeva.

Marius arrivava per lo più dall'estremità opposta a quella dove si trovava la loro panchina. Percorreva tutto il viale, passava davanti a loro, poi ritornava all'estremità donde era venuto, e poi ricominciava. Ripeteva cinque o sei volte quel giro nella sua passeggiata, e ripeteva la passeggiata cinque o sei volte in una settimana senza che mai, tra lui e quella coppia, venisse scambiato un saluto. Quell'uomo e quella fanciulla, sebbene sembrava evitassero e forse appunto perché sembravano evitare gli sguardi, avevano naturalmente attirato l'attenzione dei cinque o sei studenti che passeggiavano di quando in quando lungo la Pépinière; quelli studiosi dopo le lezioni, gli altri dopo la partita di bigliardo. Courfeyrac, che era di quest'ultimi, li aveva osservati per un certo tempo, ma, trovando brutta la ragazza, se ne era allontanato ben presto e con cura. Era fuggito come uno dei Parti, lanciando loro un soprannome. Colpito unicamente dal vestito della fanciulla e dai capelli del vecchio, aveva chiamato la figlia *signorina Lanoire*, e il padre *signor Leblanc*;[1] e molto opportunamente, poiché nessuno li conosceva, in mancanza del nome, il soprannome fece legge. Gli studenti dicevano: «Ah, il signor Leblanc è sulla sua panchina!» e Marius, come gli altri, aveva trovato comodo chiamare Leblanc quel signore sconosciuto.

Noi li imiteremo, e diremo signor Leblanc per facilitare il racconto.

Marius li vide così quasi tutti i giorni alla medesima ora durante il primo anno.

L'uomo gli andava a genio, ma trovava la fanciulla piuttosto sgradevole.

II

«LUX FACTA EST»[2]

Nel secondo anno, precisamente al punto di questa storia a cui è arrivato il lettore, accadde che Marius, senza saperne nemmeno bene il perché, interrompesse l'abitudine delle passeggiate al Luxembourg, e

[1] La nera e Il bianco.
[2] La luce fu.

per quasi sei mesi non mettesse più piede nel solito viale. Infine, un giorno vi ritornò. Era una splendida mattina d'estate. Marius era felice come lo si è quando fa bel tempo. Gli sembrava di avere in cuore tutti i canti d'uccelli che sentiva e tutti gli spiragli di cielo azzurro che vedeva attraverso le foglie degli alberi.

Andò diritto al «suo viale» e quando ne fu al principio vide, sempre sulla stessa panchina, la nota coppia. Senonché quando fu vicino, trovò che l'uomo era lo stesso, ma gli sembrò che la fanciulla non fosse più la medesima.

La persona che egli vedeva ora era un'alta e bella creatura, dotata di tutte le più avvenenti forme della donna in quel preciso momento in cui esse s'accordano ancora con tutte le più innocenti grazie della fanciulla; momento puro e fugace, che può essere espresso solo con due parole: quindici anni. Aveva meravigliosi capelli castani con sfumature dorate, una fronte che pareva fatta di marmo, guance che parevano fatte di petali di rosa, colorito pallido, un candore emotivo, una bocca vezzosa, da cui il sorriso usciva come una luce e la parola come una musica, una testa che Raffaello avrebbe dato a Maria, posta sopra un collo che Jean Goujon avrebbe dato a Venere. E, affinché non mancasse niente a quella splendida creatura, il naso non era bello, ma grazioso; né diritto né curvo, né italiano né greco; era il naso parigino; cioè qualche cosa di spirituale, di fine, d'irregolare e di puro, che mette alla disperazione i pittori e incanta i poeti.

Quando le passò vicino, Marius non poté vederne gli occhi, che erano costantemente abbassati. Egli non ne vide che le lunghe ciglia castane, soffuse di ombra e di pudore.

Ciò non impediva alla bella fanciulla di sorridere mentre ascoltava l'uomo dai capelli bianchi che le parlava, e niente era più attraente di quel fresco sorriso con gli occhi bassi.

Nel primo momento, Marius pensò che si trattasse di un'altra figlia dello stesso uomo, certo una sorella della prima. Ma quando l'invariabile abitudine della passeggiata lo ricondusse per la seconda volta presso la fanciulla, ed egli l'ebbe esaminata attentamente, riconobbe che era la stessa. In sei mesi la bambina era diventata giovanetta: ecco tutto. È un fenomeno assai frequente. C'è un momento in cui le fanciulle si sviluppano in un batter d'occhio e si trasformano tutto a un tratto in rose. Ieri le abbiamo lasciate bambine, oggi le troviamo conturbanti.

Questa non era solo cresciuta, ma si era trasfigurata. Come in aprile bastano tre giorni a certi alberi per coprirsi di fiori, a lei erano bastati sei mesi per coprirsi di bellezza. Il suo aprile era giunto.

Qualche volta vediamo persone che, povere e meschine, pare si risveglino e passino subitamente dall'indigenza al fasto; fanno ogni sorta di spese e diventano tutto a un tratto splendide, prodighe e magnifiche. Ciò avviene perché hanno intascato una rendita: il giorno prima vi è stata una scadenza. La giovanetta aveva riscosso il suo semestre.

E poi non era più la collegiale con il cappello di feltro, il vestito di merino, le scarpe da scolaretta e le mani rosse; con la bellezza le era venuto il buon gusto; era una personcina a modo, vestita con semplice e ricca eleganza e senza ostentazione. Indossava un vestito di damasco nero, un mantello della stessa stoffa e un cappello di crespo bianco. I guanti bianchi disegnavano la finezza della mano, che giocava con il manico d'avorio dell'ombrellino, e lo stivaletto di seta delineava la piccolezza del suo piede. Passandole accanto, si sentiva esalare da tutto il suo abbigliamento un profumo fresco e penetrante.

Quanto all'uomo, era sempre lo stesso.

La seconda volta che Marius le arrivò vicino, la giovanetta alzò le palpebre, lasciando vedere i suoi occhi di un azzurro profondo, ma in quell'azzurro velato non c'era ancora che uno sguardo infantile. Ella guardò Marius con indifferenza, come avrebbe guardato il marmocchio che correva sotto i sicomori, o il vaso di marmo che proiettava l'ombra sul sedile; e Marius, dal canto suo, continuò la passeggiata pensando ad altro.

Passò ancora cinque o sei volte vicino alla panchina dove era la giovanetta, ma senza nemmeno volgere gli occhi verso di lei.

I giorni seguenti egli tornò come di solito al Luxembourg; come al solito vi trovò «il padre e la figlia»; ma non vi fece più attenzione. Non pensò a quella fanciulla, ora ch'era divenuta bella, più di quanto ci aveva pensato quando era brutta. Egli passava vicinissimo alla panchina sulla quale ella sedeva, perché quella era la sua abitudine.

III

EFFETTO DI PRIMAVERA

Un giorno, l'aria era tiepida, il Luxembourg era inondato d'ombra e di sole, il cielo era puro come se gli angeli lo avessero lavato quel mattino, i passerotti mandavano piccoli gridi tra le profondità dei castagni. Marius aveva offerto tutta l'anima alla natura, non pensava a niente, viveva e respirava; passò vicino a quella panca, la giovanetta alzò gli occhi su lui, i loro sguardi s'incontrarono.

Che cosa c'era questa volta nello sguardo della fanciulla? Marius non avrebbe potuto dirlo. Non c'era niente e c'era tutto. Fu come una luce singolare.

Ella abbassò gli occhi, egli continuò la sua strada. Ciò che aveva visto, non era l'occhio semplice e ingenuo d'una fanciulla, era un abisso misterioso che si era dischiuso, per poi richiudersi bruscamente.

Vi è un giorno in cui ogni fanciulla guarda così. Sventura a chi è presente!

Quel primo sguardo d'un'anima che non conosce ancora se stessa è come l'alba nel cielo. È il risveglio di qualche cosa di radioso e di ignoto. Niente saprebbe esprimere l'incanto pericoloso di quella luce inaspettata che rischiara vagamente tutto a un tratto tenebre adorabili, e che si compone di tutta l'innocenza del presente e di tutta la passione dell'avvenire. È una specie di indecisa tenerezza che si rivela per caso e aspetta. È un agguato che l'innocenza tende a sua insaputa e in cui essa prende i cuori senza volerlo e senza saperlo. È una vergine che guarda come una donna.

È raro che da uno sguardo simile non nasca, là dove esso cade, una fantasticheria profonda. Tutte le purità e tutti i candori s'incontrano in quel raggio celeste e fatale che, più delle occhiate meglio studiate della civetteria, ha il magico potere di far subitamente schiudere nel fondo d'un'anima quel mesto fiore pieno di profumi e di veleni che si chiama amore.

La sera, rientrando nel suo stambugio, Marius gettò lo sguardo sul suo vestito, e per la prima volta s'accorse che commetteva l'indecenza, la sconvenienza e la stupidaggine inaudita di andare a passeggiare al Luxembourg con i vestiti di «tutti i giorni»: cioè con un cappello logoro vicino al nastro, grosse scarpe da carrettiere, calzoni neri ormai diventati bianchi sui ginocchi, e una giacca nera consumata ai gomiti.

IV

PRINCIPIO D'UNA GRANDE MALATTIA

L'indomani, all'ora solita, Marius tirò fuori dall'armadio la giacca nuova, i calzoni nuovi, il cappello nuovo e le scarpe nuove; si vestì di questa armatura completa, infilò un paio di guanti, lusso prodigioso, e se ne andò al Luxembourg.

Strada facendo incontrò Courfeyrac e finse di non vederlo. Courfeyrac disse agli amici: «Ho incontrato or ora il cappello nuovo e il vestito nuovo di Marius, con Marius dentro. Andava senza dubbio a sostenere un esame. Aveva un aspetto idiota».

Arrivato al Luxembourg, Marius fece il giro della vasca e osservò i cigni, poi rimase lungo tempo in contemplazione davanti a una statua che aveva la testa annerita dalla muffa e alla quale mancava un'anca. Presso la vasca c'era un panciuto borghese sulla quarantina, che teneva per mano un bimbo di cinque anni e diceva: «Evita gli eccessi, figlio mio. Tieniti lontano così dal dispotismo come dall'anarchia».

Marius stette ad ascoltare quel borghese. Poi fece ancora una volta il giro della vasca. Infine si diresse verso il «suo viale» lentamente e come se vi andasse a malincuore. Si sarebbe detto che egli fosse a un tempo costretto e impedito di andarvi. Egli non si rendeva conto di tutto ciò, e credeva di agire come tutti i giorni.

Sboccando nel viale, scorse all'estremità opposta «sulla loro panca», il signor Leblanc e la giovanetta. Abbottonò la giacca fino in alto, la tese ben bene perché non facesse pieghe, esaminò con una certa compiacenza i lucidi riflessi dei suoi calzoni, e marciò verso la panca. In questa marcia c'era una vera foga e certamente una velleità di conquista. Per questo dico: Marius marciò verso la panca come dire: «Annibale marciò su Roma».

Del resto tutti i suoi movimenti erano macchinali, ed egli non aveva per nulla interrotto le sue abituali meditazioni. In quel momento egli pensava che il *Manuale del baccellierato* era un libro stupido, e che doveva essere stato compilato da persone di rara cretineria, visto che vi si analizzavano come capolavori dell'ingegno umano tre tragedie di Racine e una sola commedia di Molière. Sentiva nell'orecchio un fischio acuto. Mentre si avvicinava alla panca, tendeva le pieghe del vestito e i suoi occhi si fissavano sulla fanciulla. Gli pareva che ella riempisse tutta l'estremità del viale d'una vaga luce azzurra.

Di mano in mano che si avvicinava, rallentava sempre più il passo. Arrivato a una certa distanza dalla panca, molto prima della fine del viale, si fermò e nemmeno egli stesso poté sapere come accadde che ritornò indietro. Non si disse nemmeno che non sarebbe andato fino in fondo al viale. La fanciulla poté scorgerlo appena, da lontano, e vedere il bell'aspetto che egli aveva nel suo vestito nuovo. Frattanto egli si teneva assai diritto per fare bella figura qualora qualcuno dietro di lui lo avesse osservato.

Marius raggiunse l'estremità opposta, poi tornò indietro e questa volta si avvicinò un po' di più alla panchina. Arrivò persino a una distanza di tre alberi, ma là giunto sentì quasi una impossibilità di andar più avanti, ed esitò. Aveva creduto di vedere il viso della fanciulla tendersi verso di lui. Tuttavia fece uno sforzo virile e violento, vinse l'esitazione e continuò a procedere. Dopo alcuni secondi passava davanti alla panca, diritto e duro, rosso fino alle orecchie, senza osare di volgere lo sguardo attorno, con la mano nella bottoniera dell'abito come un uomo di Stato. Nel momento in cui passò sotto il cannone della fortezza provò una spaventevole palpitazione di cuore. Ella aveva, come il giorno prima, il vestito di damasco e il cappello di crespo. Egli sentì una voce ineffabile che doveva essere «la sua voce». Parlava tranquillamente. Era graziosissima. Egli lo sentiva, sebbene non tentasse nemmeno di guardarla. Pensava: «Però ella non potrebbe fare a meno di avere stima e considerazione per me, se sapesse che sono io il vero autore della dissertazione su Marcos Obregon de la Ronda, che François de Neufchâteau ha premesso, come se fosse sua, alla edizione del *Gil Blas!*[3]».

Egli oltrepassò la panchina, andò fino all'estremità del viale, che era vicinissima, poi tornò indietro e passò ancora davanti alla bella fanciulla. Questa volta era pallidissimo. Del resto, provava un'espressione spiacevolissima. S'allontanò dalla panca e dalla giovanetta, e, pur voltandole la schiena, si immaginò che ella lo guardasse e questa idea lo fece incespicare.

Non tentò più di appressarsi alla panchina, si fermò a metà del viale e qui, cosa che non faceva mai, si sedette guardandosi intorno e pensando, nel più profondo della sua mente, che dopo tutto era difficile che le persone delle quali egli ammirava il cappello bianco e il vestito nero fossero assolutamente insensibili ai suoi lucidi calzoni e alla sua giacca nuova.

Al termine di un quarto d'ora si alzò, come per ricominciare a marciare verso quella panca per lui circondata da un'aureola. Invece rimase in piedi e immobile. Per la prima volta dopo quindici mesi, egli si disse che quel signore che veniva a sedere là tutti i giorni con sua figlia l'aveva senza dubbio notato a sua volta, e trovava probabilmente strana la sua assiduità.

Pure per la prima volta capì che era un po' irriverente chiamare quello sconosciuto, sia pure nel segreto del suo pensiero, col soprannome di Leblanc. Rimase così per qualche minuto con la testa bassa, tracciando dei disegni sulla sabbia con un bastoncino che aveva in mano.

Poi si voltò bruscamente dal lato opposto alla panca, al signor Leblanc e a sua figlia, e ritornò a casa.

Quel giorno dimenticò di recarsi a cenare. Se ne accorse alle otto di sera, e poiché era troppo tardi per scendere in via Saint-Jacques, «bene!» disse, e mangiò un pezzo di pane.

Non si coricò che dopo avere spazzolato e ripiegato con cura il suo vestito.

[3] Opera di Alain-René Lesage.

L'indomani, mamma Bougon – è così che Courfeyrac chiamava la vecchia portinaia-principale-inquilina-donna-di-servizio della topaia Gorbeau, mentre in realtà, come noi abbiamo potuto vedere, essa si chiamava signora Bougon, ma quel diavolo di Courfeyrac non rispettava nulla – mamma Bougon, dunque, stupita, osservò che il signor Marius usciva ancora col vestito nuovo.

Egli ritornò al Luxembourg, ma non oltrepassò la sua panchina posta a metà del viale. Vi si sedette come il giorno prima, osservando da lontano e vedendo distintamente il cappello bianco, il vestito nero e soprattutto la luce azzurra. Non si mosse di lì, e non tornò a casa che quando si chiusero le porte del Luxembourg. Non vide uscire il signor Leblanc e sua figlia. Ne concluse che essi erano usciti dal giardino per il cancello di via dell'Ouest. Più tardi, qualche settimana dopo, quando vi pensò, non gli fu possibile ricordare dove avesse pranzato quella sera.

L'indomani, era il terzo giorno, mamma Bougon rimase fulminata. Marius uscì ancora col vestito nuovo. «Tre giorni di seguito!» ella esclamò. Tentò di seguirlo, ma Marius camminava in fretta e a passi enormi; era un ippopotamo all'inseguimento d'un camoscio. Ella lo perdette di vista dopo appena due minuti e rientrò in casa ansante, per tre quarti soffocata dall'asma, furiosa. «Guardate se c'è buon senso,» brontolò tra sé «a mettere tutti i giorni i vestiti belli e far correre in tal modo le persone!»

Marius era ritornato al Luxembourg. La fanciulla era là col signor Leblanc. Marius si avvicinò più che poté facendo finta di leggere un libro, ma restò ancora parecchio lontano, poi ritornò a sedersi sulla sua panca, dove trascorse quattro ore a guardar saltare per il viale i passeri che pareva si prendessero gioco di lui.

In tal modo trascorsero una quindicina di giorni. Marius andava al Luxembourg non più per passeggiare, ma per sedersi sempre al medesimo posto e senza sapere perché. Arrivato là, non si muoveva più. Metteva ogni mattina il vestito nuovo per poi non farsi mai vedere, e ricominciava l'indomani.

Ella era veramente d'una meravigliosa bellezza. La sola osservazione che si sarebbe potuto fare a guisa di critica, è che il contrasto tra lo sguardo triste e il sorriso allegro dava al suo volto un'espressione un po' smarrita, per cui in certi momenti quel dolce viso diventava strano senza cessare d'essere incantevole.

Uno degli ultimi giorni della seconda settimana, Marius si trovava come di solito seduto sulla sua panchina, con in mano un libro aperto del quale, dopo due ore, non aveva ancora voltato una pagina. Tutto a un tratto trasalì. Un avvenimento inaspettato accadeva alla estremità del viale. Il signor Leblanc e sua figlia avevano abbandonato la loro panchina, la figlia aveva preso il braccio del padre e tutti e due si dirigevano lentamente verso il punto del viale in cui era Marius. Questi chiuse il libro, poi lo riaprì, poi si sforzò di leggere. Tremava. L'aureola veniva diritta verso di lui. «Ah, mio Dio,» pensava «non avrò mai il tempo di prendere un atteggiamento». Intanto, l'uomo dai capelli bianchi e la fanciulla avanzavano. Gli pareva che questo durasse da un secolo, e non era passato che un secondo. «Che cosa vengono a fare qui?» si domandava. «Come! Ella sta per passare di qui? I suoi piedi cammineranno su questa sabbia, in questo viale, a due passi da me!» Era sconvolto; avrebbe voluto essere molto bello, avrebbe voluto avere una decorazione. Sentiva avvicinarsi il rumore dolce e misurato dei loro passi. Immaginava che il signor Leblanc gli lanciasse degli sguardi corrucciati. «Che il signore voglia parlarmi?» pensava. Abbassò la testa; quando la rialzò, essi gli erano vicinissimi. La giovane passò, e nel passare lo guardò. Lo guardò fissamente, con una dolcezza pensosa che fece rabbrividire Marius dalla testa ai piedi. Gli sembrò ch'ella lo rimproverasse d'essere stato così a lungo senza andarle vicino, e che gli dicesse: «Sono io che vengo a te». Marius rimase estasiato dinanzi a quegli occhi pieni di luce e di profondità.

Gli pareva di avere un braciere nel cervello. Ella era venuta a lui, quale gioia! E poi, come l'aveva guardato! Gli parve più bella di quanto non l'avesse veduta prima. Bella d'una bellezza a un tempo femminile e angelica, d'una bellezza completa che avrebbe fatto cantare Petrarca e inginocchiare Dante. Gli pareva di librarsi in pieno cielo azzurro. Nel tempo stesso era orribilmente contrariato, perché aveva le scarpe impolverate.

Credeva di essere certo ch'ella avesse guardato anche le sue scarpe.

La seguì con gli occhi finché disparve. Poi si mise a camminare per il Luxembourg come un pazzo. È probabile che in certi momenti ridesse da solo e parlasse ad alta voce. Apparve così estatico ad alcune bambinaie lì vicine che ciascuna di esse si credette oggetto del suo amore.

Uscì dal Luxembourg, sperando di ritrovarla in qualche via.

Incontrò Courfeyrac sotto le arcate dell'Odéon e gli disse: «Vieni a mangiare con me». Se ne andarono da Rousseau, e spesero sei franchi. Marius mangiò come un orso. Diede sei soldi di mancia al cameriere. Alla frutta disse a Courfeyrac: «Hai letto il giornale? Che bel discorso ha pronunciato Audry de Puyrayeau!».

Era perdutamente innamorato.

Dopo mangiato disse a Courfeyrac: «Ti pago il teatro». Andarono al teatro della Porta Saint-Martin a vedere Frédérick nell'*Auberge des Adrets*. Marius si divertì enormemente.

Nel medesimo tempo egli parve divenire anche più selvatico. Uscendo dal teatro si rifiutò di guardare la giarrettiera d'una modista che scavalcava una pozzanghera e Courfeyrac che aveva detto: «Metterei volentieri quella donna nella mia collezione», gli fece quasi orrore.

Courfeyrac l'aveva invitato a colazione al caffè Voltaire per l'indomani. Marius vi andò e mangiò ancora più del giorno prima. Era pensieroso e allegrissimo. Si sarebbe detto che approfittasse di tutte le occasioni per dare in scoppi di risa. Abbracciò teneramente un provinciale qualunque che gli presentarono. Intorno al suo tavolo si era formato un circolo di studenti e si era parlato dapprima delle sciocchezze, pagate dallo Stato, che s'insegnano alla Sorbona, poi la conversazione era caduta sugli errori e le lacune dei dizionari e delle prosodie Quicherat.[4] Marius interruppe la discussione per gridare:

«Però è bello avere una decorazione».

«Ecco una cosa buffa!» disse Courfeyrac sottovoce a Jean Prouvaire.

«No,» rispose Jean Prouvaire «ecco una cosa seria!»

Era davvero una cosa seria. Marius si trovava in quella prima ora violenta e deliziosa che inizia le grandi passioni.

Uno sguardo aveva suscitato tutto questo.

Quando la mina è caricata, quando l'incendio è preparato, niente è più semplice. Uno sguardo è una scintilla.

Era fatta. Marius amava una donna. Il suo destino entrava nell'ignoto.

Lo sguardo delle donne assomiglia a certi ingranaggi in apparenza tranquilli e tuttavia formidabili. Si passa accanto a loro tutti i giorni quietamente e impunemente e senza sospettar di niente. Viene un momento in cui si dimentica che *quella cosa* c'è. Si va, si viene, si pensa, si parla, si ride. Tutto a un tratto ci si sente presi. È finita. L'ingranaggio vi tiene, lo sguardo vi ha conquistato. Vi ha conquistato, non importa saper dove, né come, da una parte qualunque del vostro pensiero che errava a caso, da una momentanea distrazione. Siete perdu-

---

[4] Louis Quicherat (1799-1884), autore di opere grammaticali.

to, afferrato senza scampo. Una concatenazione di forze misteriose s'impadronisce di voi. Vi dibattete invano. Nessun soccorso umano è possibile. Andate a cadere d'ingranaggio in ingranaggio, di angoscia in angoscia, di tortura in tortura, voi, il vostro ingegno, i vostri beni, il vostro avvenire, la vostra anima; e, a seconda se sarete in potere d'una creatura cattiva o di un nobile cuore, uscirete da quella spaventosa macchina sfigurata dalla vergogna o trasfigurata dalla passione.

VII
AVVENTURE DELLA LETTERA U ABBANDONATA ALLE CONGETTURE

L'isolamento, il distacco da tutto, la fierezza, l'indipendenza, il gusto della natura, l'assenza d'attività quotidiana e materiale, la vita in sé, le lotte segrete della castità, l'estasi benevola davanti a tutta la creazione, avevano preparato Marius a quel possesso che si chiama passione. Il suo culto per il padre era diventato a poco a poco una religione, e, come ogni religione, si era raccolto nel più profondo dell'anima. Ci voleva qualche cosa in primo piano. Venne l'amore.

Trascorse un intero mese, durante il quale Marius andò tutti i giorni al Luxembourg. Venuta l'ora, niente poteva trattenerlo. «È di servizio» diceva Courfeyrac. Marius viveva come in estasi. Era sicuro che la giovanetta lo guardava.

Aveva finito per diventare ardito, e si avvicinava alla panchina. Però non vi passava più davanti, obbedendo a un tempo all'istinto di timidezza e all'istinto di prudenza degli innamorati. Riteneva utile non attirare «l'attenzione del padre». Studiava le proprie soste dietro gli alberi e i piedistalli delle statue con un machiavellismo profondo, in modo da farsi vedere più che poteva dalla fanciulla e il meno possibile dal vecchio signore. Talvolta, per intere mezz'ore, restava immobile all'ombra di un Leonida o di uno Spartaco qualunque, tenendo in mano un libro al di sopra del quale i suoi occhi, alzandosi lentamente, andavano a cercare la bella fanciulla: e lei, dal canto suo, volgeva verso Marius, con un lieve sorriso, il suo incantevole profilo. Mentre continuava a parlare con la maggiore naturalezza e tranquillità del mondo all'uomo dai capelli bianchi, ella posava su Marius tutte le fantasticherie di uno sguardo virgineo e appassionato. Antico e immortale maneggio che Eva conosceva dal primo giorno del mondo e che ogni donna sa dal primo giorno di vita! La sua bocca rispondeva all'uno e il suo sguardo rispondeva all'altro.

Bisogna pertanto credere che il signor Leblanc finisse per accorgersi di qualche cosa, perché spesso, allorché arrivava Marius, si alzava e si metteva a camminare. Egli aveva lasciato il posto solito e aveva occupato, all'altra estremità del viale, la panca vicina al Gladiatore, per vedere se Marius li avrebbe seguiti anche lì. Marius non capì e commise tale errore. Il «padre» cominciò a diventare meno puntuale, e non condusse più «sua figlia» tutti i giorni. Talvolta veniva solo. Allora Marius se ne andava. Altro errore.

Marius non teneva conto di questi sintomi. Dalla fase della timidità era passato, progresso naturale e fatale, alla fase dell'accecamento. Il suo amore cresceva. Egli sognava tutte le notti di lei. E poi gli era capitata un'insperata fortuna, olio sul fuoco, aumento di tenebre sui suoi occhi. Una sera, all'imbrunire, aveva trovato sulla panchina che «il signor Leblanc e sua figlia» avevano appena abbandonato un fazzoletto semplicissimo, senza ricami, ma bianco, fine, che gli parve esalare profumi ineffabili. Egli se ne impadronì con trasporto. Il fazzoletto era cifrato con le lettere U. F.; Marius non sapeva niente di quella bella creatura, né la famiglia, né il nome, né dove abitasse; quelle due lettere erano la prima cosa di lei ch'egli apprendesse, adorabili iniziali sulle quali cominciò subito a costruire il suo edificio. Evidentemente U era l'iniziale del nome. «Ursule!» egli pensò. «Che nome delizioso!» Baciò il fazzoletto, ne aspirò il profumo, lo mise sul cuore, proprio sulla carne, durante il giorno, e la notte sulle labbra, per addormentarsi.

«Vi sento tutta la sua anima!» esclamava.

Quel fazzoletto apparteneva al vecchio signore che, senza accorgersene, l'aveva lasciato cadere di tasca.

Nei giorni che seguirono a quel felice ritrovamento, Marius non si mostrò più al Luxembourg se non baciando il fazzoletto e premendoselo al cuore. La bella fanciulla non capiva niente di una tale mimica e glielo manifestava con segni impercettibili.

«O pudore!» diceva Marius.

VIII
ANCHE GLI INVALIDI POSSONO ESSERE FELICI

Poiché abbiamo proferito la parola «pudore» e poiché non vogliamo nascondere niente dobbiamo dire come una volta, tuttavia, attraverso le sue estasi, la «sua Ursule» gli diede un dolore assai grave.

Era uno di quei giorni in cui ella convinceva Leblanc ad abbandonare il sedile e a passeggiare per il viale. Spirava una viva brezza primaverile che agitava le cime dei platani. Padre e figlia, dandosi il braccio, erano appena passati davanti alla panca di Marius. Marius si era alzato dietro a loro e li seguiva con lo sguardo, come s'addiceva al suo stato d'animo esagitato.

D'improvviso, un soffio di vento più scherzoso degli altri, e probabilmente incaricato di curare gli affari della primavera, volò via dal vivaio dei venti, piombò sul viale, avvolse la giovanetta in un delizioso fremito degno delle ninfe di Virgilio e dei fauni di Teocrito, e le sollevò il vestito, quel vestito più sacro di quello d'Iside, sin quasi all'altezza della giarrettiera. Apparve una gamba di forma perfetta. Marius la vide e ne fu esasperato e furioso.

La giovanetta aveva rapidamente abbassato il suo vestito con un divino moto di spavento, ma Marius ne fu ugualmente indignato. È vero che nel viale c'era lui solo. Ma avrebbe potuto esservi qualcuno. E se ci fosse stato qualcuno? Si può capire una cosa simile? Era orribile quello che essa aveva commesso! Ahimè, la povera fanciulla non aveva fatto niente; non c'era che un colpevole, il vento; ma Marius, in cui fremeva confusamente il Bartolo che c'è in Cherubino,[5] era deciso a essere malcontento, ed era geloso della sua ombra. È così, in realtà, che si sveglia nel cuore umano, e s'impone anche senza diritto, l'acre e bizzarra gelosia della carne. Del resto, prescindendo dall'idea di gelosia, la vista di quella gamba non gli era riuscita per niente gradevole; la calza bianca della prima venuta gli avrebbe procurato maggior piacere.

Quando la «sua Ursule», dopo aver raggiunto l'estremità del viale, ritornò sui suoi passi con il signor Leblanc e passò davanti alla panca sulla quale Marius si era seduto di nuovo, egli le lanciò uno sguardo corrucciato e feroce. La giovane fece quell'impercettibile movimento all'indietro accompagnato da un'alzata di sopracciglia che significa: «Ebbene, che cosa c'è dunque?».

Questo fu il loro «primo litigio».

Aveva appena terminato di muoverle quel rimprovero con gli occhi, quando qualcuno attraversò il viale. Era un invalido tutto curvo, rugoso e canuto, che vestiva l'uniforme di Luigi XV, portava sul petto la placchetta ovale di panno rosso con le spade incrociate, che è la croce di San Luigi del soldato, ed era adorno, inoltre, d'una manica di soprabito senza braccio dentro, d'un mento d'argento e d'una gamba di legno.

Marius credette di vedere in quell'uomo un'espressione estremamente soddisfatta. Gli sembrò anche che il vecchio cinico, mentre gli passava accanto zoppicando, gli avesse rivolto una strizzatina d'occhi assai fraterna e giuliva, quasi che un caso qualunque avesse fatto sor-

---

[5] Personaggi delle *Nozze di Figaro* di Beaumarchais, il primo vecchio vissuto, il secondo adolescente inesperto.

gere della confidenza fra di loro ed essi avessero goduto insieme qualche cuccagna. Che cosa aveva dunque, per essere così contento, quell'avanzo di Marte? Che cosa dunque c'era stato fra quella gamba di legno e quell'altra? Marius arrivò al parossismo della gelosia. «Forse era là!» si disse. «Forse ha veduto!»

Con l'aiuto del tempo tutte le punte si smussano. La collera di Marius contro «Ursule», per quanto giustificata e legittima fosse, passò. Egli finì per perdonare; ma con grande sforzo; le tenne il broncio tre giorni.

Intanto attraverso tutto ciò e a causa di tutto ciò, la passione ingrandiva e diveniva folle.

IX
ECLISSI

Abbiamo appena veduto come Marius avesse scoperto o creduto di scoprire che «lei» si chiamava Ursule.

L'appetito viene amando. Sapere ch'ella si chiamava Ursule era già molto; ma era poco. Marius in tre o quattro settimane divorò questa fortuna. Ne volle un'altra. Volle sapere dove abitava.

Aveva commesso un primo errore: cadere nel tranello della panca del Gladiatore. Ne aveva commesso un secondo: non restare al Luxembourg quando il signor Leblanc vi veniva solo. Ne commise un terzo. Enorme. Seguì «Ursule».

Ella abitava in via dell'Ouest, nella parte meno frequentata, in una casa nuova a tre piani, di modesta apparenza.

Da quel momento, Marius aggiunse alla felicità di vederla al Luxembourg la felicità di seguirla fino a casa sua.

La sua fame cresceva. Egli sapeva come si chiamava, per lo meno conosceva il suo nome di battesimo, quel delizioso nome, un vero nome di donna; sapeva dove abitava; volle sapere chi fosse.

Una sera, dopo averli seguiti fino a casa loro, e dopo averli visti sparire sotto il portone, entrò e chiese coraggiosamente al portinaio:

«Quello che è entrato adesso è il signore del primo piano?».

«No» rispose il portinaio. «È il signore del terzo.»

Ancora un passo era fatto. Il successo rese ardito Marius.

«Verso strada?» domandò.

«Perbacco,» rispose il portinaio «la casa è tutta rivolta verso strada.»

«E qual è la professione di quel signore?» insistette Marius.

«Vive di rendita, signore. È un ottimo uomo, che fa molto bene ai poveri, sebbene non sia ricco.»

«Come si chiama?» riprese Marius.

Il portinaio alzò la testa e disse:

«Il signore fa forse la spia?».

Marius se n'andò piuttosto mortificato, ma felice. Egli guadagnava terreno.

«Bene» pensò. «Io so ch'ella si chiama Ursule, che è figlia di uno che vive di rendita, e che abita lì, in via dell'Ouest, al terzo piano.»

L'indomani il signor Leblanc e la figlia non fecero che una breve apparizione al Luxembourg. Se ne andarono che era ancora giorno pieno. Marius li seguì in via dell'Ouest, secondo l'abitudine che aveva ormai preso. Come furono giunti al portone di casa, il signor Leblanc si fermò, fece passare avanti la figlia, poi, prima di varcare la soglia, si voltò e guardò fissamente Marius.

Il giorno dopo essi non vennero al Luxembourg. Marius aspettò invano tutto il giorno. Quando fu notte, egli andò in via dell'Ouest, e vide luce alle finestre del terzo piano. Passeggiò sotto quelle finestre finché la luce fu spenta.

Il giorno dopo, nessuno al Luxembourg. Marius aspettò tutto il giorno, poi andò a fare la sua fazione notturna sotto le finestre, che durò fino alle dieci di sera. Il suo pranzo diventava molto problematica, ma la febbre nutre il malato e l'amore nutre l'innamorato.

Così passarono otto giorni. Il signor Leblanc e sua figlia non comparvero più al Luxembourg.

Marius faceva tristi congetture; non osava tener d'occhio il portone durante il giorno. Si accontentava di andare di notte a contemplare la luce rossastra dei vetri attraverso i quali, di quando in quando, scorgeva passare delle ombre, e il cuore gli batteva.

L'ottavo giorno, quando giunse sotto le finestre, non vide la luce. «To'!» disse «non hanno ancora acceso la lampada. Tuttavia è notte. Che siano usciti?» Aspettò fino alle dieci. Fino a mezzanotte. Fino all'una del mattino. Nessuna luce si accese alle finestre del terzo piano e nessuno rientrò in casa.

Egli se ne andò assai cupo.

L'indomani – poiché egli non viveva più che di domani in domani e per lui non c'era più, per dir così, l'oggi – l'indomani, egli non trovò nessuno al Luxembourg; se l'aspettava. La sera, andò alla casa. Non vi era nessuna luce alle finestre; le persiane erano chiuse; il terzo piano era tutto buio. Marius bussò alla porta, entrò e chiese al portinaio:

«Il signore del terzo piano?».

«Traslocato» rispose il portinaio.

Marius vacillò, e disse fiocamente:

«Da quando?».

«Da ieri.»

«Dove abita adesso?»

«Non ne so niente.»

«Dunque non ha lasciato il suo nuovo indirizzo?»

«No.»

E il portinaio alzando il naso riconobbe Marius.

«To', siete voi!» disse. «Ma allora siete proprio uno della polizia?»

LIBRO SETTIMO

«PATRON-MINETTE»

I
LE MINIERE E I MINATORI

Le società umane hanno, tutte, quello che nei teatri si chiama un *terzo fondale*. Il suolo sociale è minato dovunque, talora in bene, talora in male. Questi lavori si sovrappongono. Vi sono le miniere superiori e le miniere inferiori. Vi è un alto e un basso in questo tenebroso sottosuolo, che talvolta crolla sotto il progredire della civiltà, e che la nostra indifferenza e la nostra noncuranza calpestano sotto i piedi. L'Enciclopedia, nel secolo scorso, era una miniera quasi a cielo scoperto. Le tenebre, tetre incubatrici del cristianesimo primitivo, non aspettavano che un'occasione per esplodere sotto i Cesari, e per inondare di luce il genere umano. Poiché nelle tenebre sacre vi è una luce latente. I vulcani sono pieni di un'ombra capace di fiammeggiare. Ogni lava prima di erompere è notte. Le catacombe, nelle quali fu celebrata la prima messa, erano il sotterraneo non di Roma soltanto, ma del mondo intero.

Al di sotto dell'edificio sociale, costruzione meravigliosa e meschina a un tempo, vi sono escavazioni di ogni specie. Vi è la miniera religiosa, la miniera filosofica, la miniera politica, la miniera economica, la miniera rivoluzionaria. Chi scava con l'idea, chi con i numeri, chi con la collera. Ci si chiama e ci si risponde da una catacomba all'altra. Le utopie camminano per condotti sotterranei. Esse vi si ramificano in tutti i sensi. Talvolta vi si incontrano e fraternizzano. Jean-Jacques[1] presta il piccone a Diogene, che gli presta la sua lanterna. Talvolta esse si combattono. Calvino prende per i capelli Socino.[2] Ma niente arresta né interrompe la tensione di tutte queste energie verso lo scopo, e la vasta attività simultanea, che va e viene, sale, scende e risale in queste oscurità, e che trasforma lentamente quello che è sopra mediante quello che sta sotto, quello che è fuori mediante quello che sta dentro: immenso brulicame ignorato. La società si accorge a

---

[1] Rousseau.
[2] Eretico italiano del Cinquecento.

stento di questi scavi che le lasciano intatta la superficie e le mutano le viscere. Tanti strati sotterranei, tanti lavori differenti, altrettanti scavi diversi. Che cosa esce da tutte queste ricerche nelle profondità? L'avvenire.

Più ci si sprofonda, più i lavoratori sono misteriosi. Il lavoro è buono fino a un grado che il filosofo sociale sa riconoscere; al di là di questo grado, è dubbio e misto; più sotto diviene terribile. A una certa profondità, gli scavi non sono più penetrabili allo spirito di civilizzazione: il limite in cui l'uomo può respirare viene oltrepassato; è possibile che comincino i mostri.

La scala discendente è strana; ciascuno dei suoi gradini corrisponde a un piano in cui la filosofia può prender piede, e dove s'incontra uno di quegli operai talvolta divini, talvolta deformi. Sotto Jean Huss[3] c'è Lutero; sotto Lutero, c'è Cartesio; sotto Cartesio, c'è Voltaire; sotto Voltaire, c'è Condorcet; sotto Condorcet, c'è Robespierre; sotto Robespierre, c'è Marat; sotto Marat, c'è Babeuf.[4] E via di seguito. Più in basso confusamente, al limite che divide l'indistinto dall'invisibile, si scorgono altri uomini oscuri che forse non esistono ancora. Quelli di ieri sono spettri, quelli di domani, larve. L'occhio della mente li discerne confusamente. Il lavoro embrionale dell'avvenire è una delle visioni del filosofo.

Un mondo allo stato di feto nel limbo: quale inaudita immagine!

Anche Saint-Simon, Owen, Fourier[5] si trovano là, in sotterranei laterali.

Certo, sebbene una divina invisibile catena leghi tra loro, a loro insaputa, tutti questi pionieri sotterranei che quasi sempre si credono isolati, e non lo sono, i loro lavori sono assai diversi e la luce degli uni contrasta col fiammeggiare degli altri. Gli uni sono paradisiaci, gli altri tragici. Tuttavia, qualunque sia il contrasto che li divide, tutti questi lavoratori, dal più elevato al più tenebroso, dal più saggio al più pazzo, hanno qualcosa che li accomuna: il disinteresse. Marat dimentica se stesso come Gesù. Essi si lasciano da parte, si trascurano, non pensano a se medesimi. Vedono tutt'altra cosa che se stessi. Hanno uno sguardo, e questo sguardo cerca l'assoluto. Il primo ha tutto il cielo negli occhi, l'ultimo, per quanto sia enigmatico, ha ancora sotto le palpebre la pallida chiarità dell'infinito. Venerate, qualunque cosa faccia, chi ha questo segno: la pupilla stellante.

La pupilla buia è l'altro segno.

[3] Jean Huss (1369-1415), precursore della Riforma luterana.
[4] François-Émile Babeuf (1760-1797), rivoluzionario giustiziato per aver cospirato contro il Direttorio. La sua dottrina è affine al comunismo.
[5] Robert Owen (1771-1858), industriale britannico, creò le prime cooperative; Charles Fourier (1772-1837) sociologo fondatore di un sistema detto fourierismo.

Da essa comincia il male. Pensate e tremate davanti a chi non ha sguardo. L'ordine sociale ha i suoi minatori tetri.

C'è un punto in cui la profondità diventa sepoltura, e in cui la luce si spegne.

Al di sotto di tutte le miniere cui abbiamo accennato, al di sotto di tutte quelle gallerie, al di sotto di tutto quell'immenso sistema venoso sotterraneo del progresso e dell'utopia, assai più addentro nella terra, più in basso di Marat, più in basso di Babeuf, più in basso, molto più in basso, e senza nessuna relazione con i piani superiori, c'è l'ultimo scavo. Luogo formidabile. È quello che abbiamo chiamato terzo fondale. È la fossa delle tenebre. È la caverna dei ciechi. *Inferi*.[6]

Quel luogo comunica con gli abissi.

II
IL BASSOFONDO

Là il disinteresse svanisce. Si delinea confusamente il demonio; ciascuno per sé. L'io senza occhi urla, cerca, brancica e corrode. In quel vortice c'è l'Ugolino sociale.

Le selvagge figure che si aggirano in quella fossa, quasi belve o fantasmi, non si occupano del progresso universale, ignorano l'idea e la parola, non hanno cura che del soddisfacimento individuale. Sono quasi incoscienti e dentro di esse si trova uno spaventoso sfacelo. Hanno due madri, entrambe matrigne: l'ignoranza e la miseria. Hanno una guida, il bisogno; e, per tutte le forme della soddisfazione, l'appetito. Sono brutalmente voraci, cioè feroci, non a guisa di tiranno, ma di tigre. Queste larve passano dalla sofferenza al delitto; filiazione fatale, procreazione vertiginosa, logica delle tenebre. Ciò che striscia nel terzo sottosuolo sociale, non è più l'aspirazione repressa verso l'assoluto; è la protesta della materia. L'uomo diventa drago. Aver fame, aver sete è il punto di partenza; essere Satana è il punto d'arrivo. Da questa grotta scaturisce Lacenaire.[7]

Abbiamo veduto poc'anzi, nel quarto libro, uno degli scompartimenti della miniera superiore, della grande escavazione politica, rivoluzionaria e filosofica. Là, abbiamo detto, tutto è nobile, puro, degno, onesto. Là, certo, ci si può ingannare e ci si inganna; ma l'errore è degno di rispetto tanto è l'eroismo in esso implicato. L'insieme del lavoro che si svolge colà ha un nome: Progresso.

---

[6] L'inferno.
[7] Il poeta assassino di cui a p. 543.

È venuto il momento di intravedere altre profondità, le profondità ripugnanti.

Vi è sotto la società, insistiamo, e vi sarà sempre, fino al giorno in cui l'ignoranza non sarà del tutto scomparsa, la grande caverna del male.

Questa caverna è al di sotto di tutte, ed è nemica di tutte. È l'odio senza eccezioni. Essa non conosce filosofi. Il suo pugnale non ha mai temperato nessuna penna. La nerezza non ha alcun rapporto con la nerezza sublime del calamaio. Le dita della notte, che si contraggono sotto il suo soffitto asfissiante, non hanno mai sfogliato un libro né spiegato un giornale. Babeuf è per Cartouche un oppressore; Marat è un aristocratico per Schinderhannes.[8] Questa caverna ha come scopo l'inabissamento di tutto.

Di tutto. Comprese le caverne superiori, che essa esecra. Essa non mina solamente, nel suo odioso brulicare, il presente ordine sociale; essa mina la filosofia, la scienza, il diritto, il pensiero umano, la civiltà, la rivoluzione, il progresso. Si chiama semplicemente furto, prostituzione, omicidio e assassinio. Essa è tenebra, e vuole il caos. La sua vòlta è fatta d'ignoranza.

Tutte le altre, quelle che le stanno sopra, non hanno che una mira: sopprimerla. È a questo che tendono con tutti i loro organi riuniti, attraverso i miglioramenti materiali così come mediante la contemplazione dell'assoluto, la filosofia e il progresso. Distruggete la caverna Ignoranza, distruggerete la talpa Delitto.

Riassumiamo in poche parole una parte di quanto abbiamo scritto. L'unico pericolo sociale è l'Ombra.

Umanità equivale a identità. Tutti gli uomini sono della medesima argilla. Non vi è alcuna differenza, almeno quaggiù, nella loro predestinazione. La stessa tenebra prima, la stessa carne durante, la stessa cenere dopo. Ma l'ignoranza mischiata alla pasta umana, la annerisce. La sua macchia incurabile penetra nell'interno dell'uomo, e vi diventa il Male.

III
BABET, GUEULEMER, CLAQUESOUS E MONTPARNASSE

Un quartetto di banditi, Claquesous, Gueulemer, Babet e Montparnasse, governava tra il 1830 e il 1835 il terzo sottosuolo di Parigi.

Gueulemer era un Ercole spodestato. Aveva per antro la fogna

---

[8] Capo di una banda di ladri, giustiziato nel 1803.

dell'Arche-Marion. Alto quasi due metri, aveva petto di marmo, bicipiti di bronzo, respiro di caverna, torso di colosso, cranio d'uccello. Pareva di vedere l'Ercole Farnese vestito con calzoni di traliccio e giubba di velluto di cotone. Gueulemer, con la sua struttura atletica, avrebbe potuto domare i mostri; aveva trovato più spiccio diventare uno di loro. Fronte bassa, tempie larghe, non ancora quarantenne e pur rugoso, con peli irti e corti, le guance a spazzola, la barba da cinghiale: da ciò possiamo immaginarci l'uomo. I suoi muscoli chiedevano lavoro, la sua stupidità non ne voleva sapere. Era una grande forza pigra. Faceva l'assassino per mollezza. Lo credevano creolo. Probabilmente aveva preso parte all'assassinio del maresciallo Brune, essendo stato facchino ad Avignone nel 1815. Dopo quel tirocinio era stato promosso bandito.

La diafanità di Babet era in contrasto con la corpulenza di Gueulemer. Babet era magro e sapiente. Era trasparente, ma impenetrabile. Dalle sue ossa traspariva la luce, ma dalle sue pupille non traspariva niente. Si dichiarava chimico. Era stato aiutante di Bobèche e pagliaccio con Bobino.[9] Era stato attore d'operetta a Saint-Mihiel. Era un uomo di proponimenti, buon parlatore, sottolineava i sorrisi e accentuava i gesti. La sua industria consisteva nel vendere all'aria aperta busti di gesso del «capo dello Stato». In più, sapeva cavare i denti. Aveva mostrato fenomeni nelle fiere, e posseduto una baracca con tromba e il manifesto seguente: «Babet, artista dentista, membro di accademie, fa esperienze fisiche su metalli e metalloidi, estirpa i denti, e cura quelli lasciati rotti dai suoi colleghi, Prezzi: un dente, un franco e cinquanta centesimi; due denti, due franchi; tre denti, due franchi e cinquanta. Approfittate dell'occasione». (Questo «approfittate dell'occasione» significava: fatevene cavare più che potete.) Era stato ammogliato e aveva avuto dei figli. Non sapeva che cosa fosse accaduto di sua moglie e dei suoi figli. Li aveva perduti come si perde un fazzoletto. Eccezione strana nel mondo oscuro in cui si trovava, Babet leggeva i giornali. Un giorno, nel tempo in cui aveva con sé la famiglia nella sua baracca ambulante, aveva letto sul «Messager» che una donna aveva partorito un bimbo che pareva vitale e aveva il muso di vitello. Egli aveva esclamato: «*Ecco una fortuna! Mia moglie non avrebbe certo lo spirito di farmi un bimbo come questo!*». Dopo, aveva abbandonato tutto per «prendere in cura Parigi». È una sua espressione.

Chi era Claquesous? Era la notte. Aspettava, per mostrarsi, che il cielo si fosse impiastricciato di nero. La sera usciva da un buco in cui rientrava prima di giorno. Dove era questo buco? Nessuno lo sapeva.

[9] Due attori comici, cui erano intestati teatri di varietà.

Nella più completa oscurità egli non parlava ai suoi complici che voltando loro la schiena. Si chiamava Claquesous? No. Egli diceva: «Io mi chiamo Niente-del-tutto». Se appariva una candela, egli si metteva una maschera. Era ventriloquo. Babet diceva: *«Claquesous è un notturno a due voci».* Claquesous era indeterminato, errabondo, terribile. Non si era sicuri che avesse un nome, essendo Claquesous un nomignolo; non si era sicuri che avesse una voce, poiché il suo ventre parlava più sovente che la sua bocca; non si era sicuri che avesse un viso, poiché nessuno aveva mai visto altro che la sua maschera. Egli spariva come un fantasma; appariva come se scaturisse dalla terra.

Montparnasse era un essere lugubre. Era un fanciullo; aveva meno di vent'anni, un bel viso, labbra simili a ciliege, stupendi capelli neri, la chiarità primaverile negli occhi; aveva tutti i vizi e aspirava a tutti i delitti. La digestione del male gli faceva appetire il peggio. Era il monello diventato mariuolo e il mariuolo diventato teppista. Era carino, effemminato, grazioso, robusto, molle, feroce. Aveva l'ala del cappello rialzata a sinistra per far posto al ciuffo di capelli, secondo la moda del 1829. Viveva rubando con la violenza. Il suo soprabito aveva un taglio di prim'ordine, ma era logoro. Montparnasse era un figurino di mode che lasciava trapelare la miseria e commetteva assassinii. La causa di tutte le aggressioni di questo adolescente era la mania di vestir bene. La prima sartina che gli aveva detto: «Sei bello», gli aveva gettato una macchia d'ombra nel cuore e di questo Abele aveva fatto un Caino. Trovandosi grazioso, aveva voluto essere elegante; ora, la prima eleganza è l'ozio; l'ozio d'un povero è il delitto. Pochi ladri erano così temuti quanto Montparnasse. A diciotto anni, aveva già parecchi cadaveri dietro di sé. Più d'un passante a braccia distese, col viso in una pozza di sangue, giaceva nell'ombra di quel miserabile. Arricciato, impomatato, stretto in vita, con fianchi femminei, un busto da ufficiale prussiano, il mormorìo d'ammirazione delle ragazze da strada intorno a lui, la cravatta annodata sapientemente, una mazza piombata in tasca, un fiore all'occhiello; tale era questo bellimbusto del sepolcro.

IV
COMPOSIZIONE DELLA BANDA

Riuniti insieme, questi quattro banditi formavano una specie di Proteo, che sgusciava attraverso la polizia, e si sforzava di sfuggire agli sguardi indiscreti di Vidocq «sotto varie sembianze, albero, fiamma, fontana», prestandosi a vicenda i nomi e i trucchi, nascondendosi nella loro stessa ombra, serbatoi di segreti e rifugi gli uni per gli altri, spogliandosi della propria individualità come si leva un naso finto in un ballo mascherato, talvolta semplificandosi al punto da non essere che uno, talvolta moltiplicandosi al punto che Coco-Lacour in persona li avrebbe presi per una folla.

Questi quattro uomini non erano quattro uomini; erano una specie di ladro misterioso a quattro teste che lavorava in grande su Parigi; erano il polipo mostruoso del male che abita la cripta della società.

Mercé le loro diramazioni e la rete sotterranea delle loro relazioni, Babet, Gueulemer, Claquesous e Montparnasse avevano l'impresa generale degli agguati nel dipartimento della Senna. Gli ideatori di progetti di tal genere, gli uomini dall'immaginazione tenebrosa, ricorrevano a loro per l'esecuzione. Si forniva la trama ai quattro furfanti ed essi si incaricavano della messa in scena. Lavoravano su scenario. Ed erano sempre in condizione di poter provvedere un personale adeguato e conveniente a tutti gli attentati che richiedevano uno spalleggiamento e che fossero abbastanza lucrosi. Quando un delitto andava in cerca di braccia, essi gli noleggiavano dei complici. Avevano una compagnia di attori delle tenebre a disposizione di tutte le tragedie da caverna.

Si riunivano solitamente sul calare della notte, ora del loro risveglio, nei terreni stepposi presso la Salpêtrière. Là, essi confabulavano. Avevano davanti a sé le dodici ore della notte, ne regolavano l'impiego.

Patron-Minette era il nome che nella circolazione sotterranea si dava all'associazione di questi quattro uomini. Nella bizzarra vecchia lingua del popolo, che va scomparendo giorno per giorno, *Patron-Minette* significa il mattino come *Tra cane e lupo* significa la sera. Tale nome, Patron-Minette, veniva probabilmente dall'ora in cui finivano i loro lavori, poiché l'alba segna lo svanire dei fantasmi e il dileguarsi dei malfattori. Quei quattro uomini erano noti sotto tale rubrica. Quando il presidente delle assise visitò Lacenaire in prigione, lo interrogò su un fatto che Lacenaire negava. «Chi l'ha compiuto, dunque?» domandò il presidente. Lacenaire diede questa risposta, enigmatica per il magistrato, ma chiara per la polizia: «Forse Patron-Minette».

Talvolta s'intuisce un dramma dall'elenco dei personaggi; allo stesso modo si può apprezzare una banda dalla lista dei banditi. E poiché i loro nomi sopravvivono in modo particolare nel ricordo, ecco a quali appellativi rispondevano i principali affiliati di Patron-Minette.

Pachaud, detto Printanier (primaverile), detto Bigrenaille.

Brujon. (Vi fu una dinastia di Brujon; noi non rinunciamo a dirne qualche cosa.)

Boulatruelle, lo stradino già intravisto.

Laveuve (la vedova).

Finistère.

Omero Hogu, negro.

Mardisoir (martedì sera).

Dépèche (dispaccio).

Fauntleroy, detto Bouquetière (fioraia).

Glorieux (glorioso), galeotto liberato.

Barrecarrosse, detto signor Dupont.

Lesplanade-du-Sud (la spianata del sud).

Poussagrive.

Carmagnolet.

Kruideniers, detto Bizzarro.

Mangedentelle (mangia merletti).

Les-pieds-en-l'air (i piedi all'aria).

Demi-liard (mezzo centesimo) detto Deux-milliards (due miliardi).

Eccetera, eccetera.

Ne tralasciamo, e non dei peggiori. Questi nomi hanno una fisionomia. Essi non esprimono solo individui, ma classi. Ciascuno di questi nomi corrisponde a una varietà di quei mostruosi funghi che crescono nel sottosuolo della civiltà.

Questi individui, poco prodighi dei loro visi, non erano di quelli che si vedono passeggiare per le vie. Di giorno, affaticati dalle loro notti turbolente, andavano a dormire, talvolta nei forni da gesso, spesso nelle cave abbandonate di Montmartre o di Montrouge, talora nelle fogne. Si sprofondavano dentro terra.

Che cosa sono divenuti questi uomini? Essi esistono sempre. Sono sempre esistiti. Ne parla Orazio: *Ambubaiarum collegia, pharmacopolae, mendici, mimae*,[10] e, finché la società sarà quella che è, essi saranno quello che sono. Rinascono sempre dallo stillicidio sociale, sotto l'oscura vòlta della loro caverna. Ricompaiono, spettri, sempre identici; soltanto, non portano più gli stessi nomi e non sono più negli stessi corpi.

Essi hanno sempre le medesime facoltà. Dal ribaldo al vagabondo, la razza si mantiene pura. Indovinano le borse nelle tasche, subodorano gli orologi nei panciotti. L'oro e l'argento hanno per loro un odore particolare. Vi sono degli ingenui borghesi dei quali si potrebbe dire che hanno una fisionomia da «derubabile». Quegli uomini seguono pazientemente questi borghesi. Al passaggio di uno straniero o d'un provinciale, hanno fremiti da ragno.

[10] Dalle *Satire*: «Folla di suonatrici di flauto, spacciatori di droga, mendicanti, mime».

Quando, verso mezzanotte, su un viale deserto, si incontrano o si intravedono uomini siffatti, incutono terrore. Non sembrano uomini, ma forme fatte di nebbia vivente; si direbbe che formino ordinariamente un solo blocco con le tenebre, che non siano distinti da esse, che non abbiano altra anima che l'ombra e che solo momentaneamente, e per vivere durante qualche minuto d'una vita mostruosa, si siano disgiunti dalla notte.

Che cosa occorre per fare svanire queste larve? Luce. Torrenti di luce. Nessun pipistrello resiste all'alba. Illuminate la società dal di sotto.

LIBRO OTTAVO

IL CATTIVO POVERO

I

MARIUS CERCA UNA RAGAZZA COL CAPPELLO E TROVA UN UOMO COL BERRETTO

Passò l'estate, poi l'autunno; venne l'inverno. Né il signor Leblanc né la giovanetta avevano rimesso piede al Luxembourg. Marius non aveva che un pensiero: rivedere quel dolce e adorabile viso. Cercava dappertutto; non trovava niente. Egli non era più Marius, il sognatore entusiasta, l'uomo risoluto, ardente e sicuro, l'arido provocatore del destino, il cervello che costruiva avvenire su avvenire, il giovane ingegno sovrabbondante di piani, di progetti, di fierezze, di idee e di volontà; era un cane sperduto. Egli cadde in una cupa tristezza. Tutto era finito; il lavoro non lo attirava, la passeggiata lo stancava, la solitudine lo annoiava; la vasta natura, un tempo così piena di forme, di luci, di voci, di consigli, di prospettive, d'orizzonti, d'insegnamenti, era ormai vuota davanti a lui. Gli pareva che tutto fosse scomparso.

Pensava sempre, poiché non poteva fare altrimenti; ma non si compiaceva più dei suoi pensieri. A tutto ciò che essi gli proponevano incessantemente sottovoce, egli rispondeva nell'ombra: «A quale scopo?».

Si muoveva cento rimproveri. «Perché l'ho seguita? Ero così felice solo a vederla! Ella mi guardava; non era già un dono immenso? Pareva mi amasse. Ciò non era tutto? Ho voluto avere che cosa? Non c'era niente da volere. Sono stato assurdo. Colpa mia» eccetera. Courfeyrac, al quale, secondo il suo carattere, non aveva confidato niente, ma che, anch'egli secondo il suo carattere, indovinava un po' tutto, aveva cominciato per compiacersi con lui vedendolo innamorato, ma meravigliandosene, d'altronde; poi, vedendo Marius caduto in una grande malinconia, aveva finito per dirgli: «Vedo che sei stato semplicemente una bestia. Su, vieni alla Chaumière![1]».

Una volta, confidando in un bel sole di settembre, Marius s'era lasciato condurre al ballo di Sceaux da Courfeyrac, Bossuet e Grantaire,

---

[1] Locale da ballo di Montparnasse.

sperando (che sogno!) di poterla forse trovare là. Beninteso, egli non vide colei che cercava. «Tuttavia è proprio qui che si trovano tutte le donne perdute» brontolò in disparte Grantaire. Marius lasciò i suoi amici al ballo e se ne ritornò a piedi, solo, stanco, febbricitante, con gli occhi torbidi e tristi nella notte: intontito dal frastuono e dalla polvere sollevata dalle festose carrozze piene di gente che ritornava dalla festa cantando e passava accanto a lui, avvilito, per trovar refrigerio aspirava l'acre odore dei noci lungo la strada.

Riprese a vivere sempre più solo, sperduto, oppresso, in preda alla sua interna angoscia andando e venendo nel suo dolore come il lupo nella trappola, cercando dappertutto l'assente, abbrutito d'amore.

Un'altra volta fece un incontro che produsse in lui un effetto singolare. Aveva incontrato, in una delle vie adiacenti al viale degli Invalides, un uomo vestito come un operaio, con il capo coperto da un berretto a larga visiera, che lasciava sfuggire bianchissime ciocche di capelli. Marius fu colpito dalla bellezza di quei capelli bianchi, e osservò quell'uomo che camminava lentamente e come assorto in una dolorosa meditazione. Cosa strana, gli parve di riconoscere in lui il signor Leblanc. Erano gli stessi capelli, lo stesso profilo, per quanto lasciava scorgere il berretto, la stessa andatura, solamente più triste. Ma perché quegli abiti da operaio? Cosa voleva dire ciò? Che significava quel travestimento? Marius fu assai stupito. Quando rinvenne dallo stupore, il suo primo impulso fu di mettersi a seguire quell'uomo; chi sa se finalmente avrebbe potuto trovare la traccia che cercava? In ogni caso, bisognava seguire l'uomo da presso, e risolvere l'enigma. Ma questa idea gli venne troppo tardi; l'uomo era già scomparso. Certo doveva aver preso per qualche viuzza laterale, e Marius non poté ritrovarlo. Questo incontro lo preoccupò per alcuni giorni, poi non vi pensò più. «Dopo tutto,» si disse «probabilmente non si trattava che di una somiglianza.»

II

UN RITROVAMENTO

Marius non aveva cessato di abitare nella topaia Gorbeau. Egli non si curava di alcuno.

In quel tempo, per la verità, non erano rimasti in quella topaia altri abitanti che lui e quei Jondrette ai quali egli una volta aveva pagato l'affitto, senza peraltro aver mai parlato né al padre, né alla madre, né alle figlie. Gli altri pigionanti erano traslocati o morti, o erano stati sfrattati perché non pagavano.

Un giorno di quell'inverno il sole s'era mostrato un poco dopo mezzogiorno, ma era il 2 febbraio, l'antico giorno della Candelora, il cui sole traditore, precursore d'un freddo di sei settimane, ha ispirato a Mathieu Laensberg questi due versi rimasti giustamenti classici:

Qu'il luise ou qu'il luiserne,
L'ours rentre en sa caverne.[2]

Marius era appena uscito dalla sua. Annottava. Era l'ora di andare a pranzo, perché aveva ben dovuto rimettersi a pranzare, ahimè! Oh, debolezza delle passioni ideali!

Aveva appena varcata la soglia della porta che in quel momento mamma Bougon stava scopando, mentre pronunciava tra sé questo memorabile monologo:

«Cosa c'è che costa poco, adesso? Tutto è caro. Non ci sono che i guai della gente, a buon mercato; non costano niente, i guai!».

Marius risaliva lentamente il viale verso la barriera, per arrivare in via Saint-Jacques. Camminava pensieroso, a testa bassa.

Tutto a un tratto si sentì dare una gomitata, nella nebbia; si volse e vide due giovanette cenciose, l'una lunga e sottile, l'altra più piccola, che passavano rapidamente, ansanti, spaventate, e con l'aspetto di chi fugge; esse gli venivano incontro, non l'avevano veduto, e lo avevano urtato nel passare. Marius distingueva nel crepuscolo le loro sembianze livide, le loro teste scarmigliate, con i capelli al vento, le cuffie luride, le gonnelle a strappi e i piedi nudi. Pur correndo parlavano. La più grande diceva a voce bassissima: «Sono venuti i *cognes*.[3] Sono stati sul punto di accerchiarmi».

L'altra rispondeva:

«Li ho veduti. Ho corso, corso, corso!».

Marius capì, attraverso questo gergo sinistro, che era mancato poco che i gendarmi o le guardie di città s'impadronissero di quelle due ragazze, e che le ragazze erano riuscite a svignarsela.

Esse sparirono dietro a lui tra gli alberi del viale, e per qualche istante formarono nelle tenebre una confusa macchia biancastra che subito svanì.

Marius s'era fermato un momento.

Stava per continuare la sua strada, quando scorse a terra, ai suoi piedi, un piccolo pacchetto grigiastro. Si chinò e lo raccolse. Era una specie di busta che pareva contenere delle carte.

«Bene,» disse «l'avranno lasciato cadere, quelle sciagurate!»

---

[2] Che risplenda o mandi solo deboli raggi, l'orso rientra nella sua caverna.
[3] Termine di gergo, che significa guardie di polizia.

707

Ritornò sui suoi passi, le chiamò, ma non le trovò più; pensò che fossero ormai lontane, mise il pacchetto in tasca e se ne andò a pranzare.

Strada facendo, vide in un andito della via Mouffetard una bara di bimbo coperta da un drappo nero, posata su tre sedie e illuminata da una candela. Gli tornarono in mente le due ragazze del crepuscolo.

«Povere madri!» pensò. «C'è una cosa ben peggiore del veder morire i figli: è vederli vivere malamente.»

Poi, quelle ombre che erano venute a distrarre la sua tristezza gli uscirono dalla mente, ed egli ricadde nelle sue preoccupazioni. Ripensò ai sei mesi d'amore e di felicità all'aria aperta e in piena luce, sotto i begli alberi del Luxembourg.

«Com'è divenuta tetra la mia vita!» diceva tra sé. «Fanciulle ne vedo sempre. Soltanto, prima erano angeli, ora sono streghe.»

III
«QUADRIFRONS»[4]

La sera, mentre si spogliava per coricarsi, la sua mano trovò nella tasca del soprabito il pacchetto che egli aveva raccolto sul viale. Se ne era dimenticato. Pensò che sarebbe stato opportuno aprirlo, e che quel pacchetto forse conteneva l'indirizzo delle ragazze, se realmente apparteneva a loro, e in ogni caso, le indicazioni necessarie per restituirlo alla persona che l'aveva perduto.

Aprì l'involto.

Non era suggellato e conteneva quattro lettere, pure senza suggello.

Vi erano gli indirizzi.

Esalavano tutte un disgustoso odore di tabacco.

La prima lettera era indirizzata: «A Madama la signora Marchesa di Grucheray, nella piazza di fronte alla Camera dei deputati, n...».

Marius si disse che probabilmente avrebbe trovato lì dentro le indicazioni che cercava, e che d'altronde, essendo la lettera aperta, era verosimile che potesse essere letta senza inconvenienti. La lettera era così concepita:

> Signora marchesa,
> la virtù della clemenza e pietà è quella che unisce più strettamente la soccietà. Girate il vostro sentimento cristiano, e date uno sguardo di compazzione a questo sfortunato spagnuolo, vittima della lealtà e dell'ataca-

---

[4] Dai quattro volti.

mento alla sacra causa della legittimità, che egli ha pagato col sangue, consacrato tutti i suoi beni per difendere questa causa, e oggi si trova nella più grande miseria. Non dubita punto che il vostro onorevole persona gli accorderà un socorso per conservare un'esistenza estremamente penosa per un militare d'educassione e di onore pieno di ferite. Conta sin d'ora sulla umanità che vi anima, sull'affetto che la signora marchesa porta a una nassione così sfortunata. La loro preghiere non sarà invano, e la loro riconoscenza conserverà il suo grazioso ricordo.

Di miei sentimenti rispettosi con i quali ho l'onore di essere,
Signora,
Don Alvarez, capitano spagnolo di cavalleria, rifugiato in Francia che si trova in viaggio per la sua patria e gli mancano i mezzi per continuare il suo viaggio.

Nessun indirizzo era aggiunto alla firma. Marius sperò di trovare l'indirizzo nella seconda lettera, la cui soprascritta diceva: «*A Madama la signora Contessa di Montvernet, via Cassette, n. 9*». Ecco ciò che Marius vi lesse:

Signora contessa,
è una disgrassiata madre di famiglia di sei figli di cui l'ultimo non ha che otto mesi. Me malata dopo l'ultimo parto, abandonata da mio marito dopo cinque mesi non avendo nessuna ressorsa nel mondo nella più oribile indigensa.

Nella speranza di Madama la contessa, essa a l'onore di essere, signora, con un profondo rispetto.

Balizard moglie.

Marius passò alla terza lettera, che era pure una supplica come le precedenti; vi si leggeva:

Signor Pabourgeot, elettore, cappellaio all'ingrosso, via Saint-Denis all'angolo di via ai Fers.
Mi permetto di indirizzarvi questa lettera per pregarvi di accordarmi il pressioso favore delle vostre simpatie e di interessarvi a un leterato che ha appena spedito un dramma al Théâtre Français. Il soggetto è storico, e l'azione accade in Alvernia al tempo dell'impero. Lo stile, io credo, è naturale, laconico, e può avere qualche merito. Vi sono delle strofette da cantare in quattro punti. Il comico, il serio, l'imprevisto, si mescolano alla varietà dei caratteri e a una tinta di romanticismo sparsa leggermente in tutto l'intreccio che prociede misteriosamente e va, in mezzo a peripessie commoventi, ha svilupparsi in mezzo a parecchi strepitosi colpi di scena.
Mio scopo principale è di sodisfare il desiderio che anima progresivamente l'uomo del nostro secolo, cioè *LA MODA*, questa capricciosa e bizzarra banderuola che cambia quasi a ogni nuovo vento.
Malgrado di queste qualità, o motivo di credere che la gelosia, l'eggoi-

smo degli autori privilegiati, ottenga la mia esclusione dal teatro, perché io non ignoro le amaresse di cui si imbevono i nuovi venuti.

Signor Pabourgeot, la vostra giusta reputassione di protettore illuminato dei leterati mi ardisce a inviarvi mia fillia, che vi esponerà la nostra indigente situazione, mancando di pane e di fuocho in questa staggione d'inverno. Dirvi che vi prego d'aggradire l'omagio che desidero farvi del mio dramma e di tutti quelli che farò, è provarvi come io ambisco l'onore di ripararmi sotto la vostra egida, e di ornare i miei scriti col vostro nome. Se vi degnate onorarmi della più modesta offerta, io mi occuperò subbito a fare una composisione di versi per pagarvi il mio tributo di riconoscenza. Questa composissione che io cercherò di rendere perfeta quanto mi sarà possibile, vi sarà mandata prima di essere inserita in principio del drama e recitata sulla scena.

Al Signore e alla Signora Pabourgeot, i miei più rispettosi omaggi.

Genflot, letterato.

P.S. Non fossero che quaranta soldi.

Scusatemi di mandare mia fillia e di non presentarmi me stesso, ma tristi motivi di vestiario non mi permettono, ahimè, di uscire...

Marius aprì infine la quarta lettera. Vi era l'indirizzo: «*Al signore benefico della chiesa Saint-Jacques-du-Haut-Pas*». Essa conteneva le seguenti righe:

Uomo benefico,
se vi degnate di accompagnare mia fillia, voi vedrete una calamittà miserabile, e vi mostrerò i miei certificati.

Alla vista di questa scriti la vostra anima generosa sarà commossa da un sentimento di sensibile benevolenza, perché i veri filosofi provano sempre vive emozioni.

Convenite, uomo compasionevole, che occorre provare il più crudele bisogno e che è assai doloroso, per ottenere qualche sollevo, farlo attestare dall'autorità come se non fossimo liberi di soffrire e di morire d'inanissione aspettando che si sollevi la nostra misseria. I destini sono molto fatali per taluno e troppo prodigo o troppo protettore per altri.

Io aspetto la vostra presenza o la vostra offerta, se vi degnate di farla, e vi prego di voler bene aggradire i sentimenti rispettosi con i quali io mi onoro di essere, uomo veramente magnanimo, il vostro umilissimo e obedientissimo servitore.

P. Fabantou, artista dramatico.

Dopo la lettura di queste lettere, Marius non si trovò molto più avanti di prima.

In primo luogo nessuno dei firmatari dava il proprio indirizzo.

Poi, le lettere sembravano provenire da quattro individui diversi, don Alvarez, la moglie Balizard, il poeta Genflot, e l'artista drammatico Fabantou; ma avevano questo di strano: che apparivano scritte tutte e quattro con la medesima calligrafia.

Che cosa dedurre da ciò, se non che esse venivano dalla stessa persona?

Inoltre, e ciò rendeva ancora più verosimile la congettura, la carta, grossolana e ingiallita, era eguale per tutte e quattro, identico era l'odore di tabacco e, sebbene si fosse cercato evidentemente di variare lo stile, c'erano gli stessi errori d'ortografia, ripetuti con assoluta tranquillità, e il letterato Genflot non ne era meno esente del capitano spagnolo.

Era fatica inutile stillarsi il cervello per indovinare quel piccolo mistero. Se non fossero state trovate, le lettere avrebbero avuto tutto l'aspetto d'una canzonatura. Marius era troppo triste per saper stare a uno scherzo del caso, e per prestarsi al gioco che pareva voler giuocare con lui il lastrico della strada. Gli pareva di giocare a mosca-cieca tra quelle quattro lettere che si beffavano di lui.

D'altronde, niente indicava che le lettere appartenessero alle ragazze che Marius aveva incontrato sul viale.

Dopo tutto, erano evidentemente carte senza valore.

Marius le rimise nella busta, gettò il tutto in un angolo e si coricò.

Verso le sette del mattino, aveva appena finito di vestirsi e di far colazione e stava per mettersi al lavoro, allorché bussarono piano alla porta.

Poiché non possedeva niente, egli non chiudeva mai a chiave, se non qualche volta, assai di rado, allorché lavorava a qualche lavoro urgente. Del resto, anche durante la sua assenza, egli lasciava la chiave nella serratura. «Vi deruberanno» diceva mamma Bougon. «Di che cosa?» domandava Marius. Fatto sta però che un giorno gli rubarono un paio di scarpe vecchie, con grande trionfo di mamma Bougon.

Bussarono una seconda volta, leggermente come la prima.

«Entrate» disse Marius.

La porta si aprì.

«Cosa volete, mamma Bougon?» chiese Marius, senza alzare gli occhi dai libri e dai manoscritti che aveva sulla tavola.

Una voce, che non era quella di mamma Bougon, rispose:

«Vi chiedo scusa, signore».

Era una voce sorda, bassa, strozzata, stridula, una voce di vecchio arrochita dall'acquavite e dai liquori. Marius si volse con impeto, e vide una giovanetta.

Una fanciulla giovanissima stava in piedi sul limitare dell'uscio socchiuso. L'abbaino da cui penetrava la luce nella soffitta era precisamente in faccia alla porta e rischiarava con una luce biancastra quella figura. Era una creatura sparuta, macilenta, scarna: portava soltanto una camicia e una sottana su una nudità tremante e assiderata. Per cintura uno spago, e uno spago per legare i capelli; spalle aguzze che le uscivano dalla camicia, un pallore biondo e linfatico, clavicole terree, mani rosse, la bocca semiaperta, sformata e priva di alcuni denti, l'occhio semispento, ardito e basso, le forme di una ragazza a cui sia mancato lo sviluppo e lo sguardo di una vecchia donna corrotta; cinquant'anni misti a quindici anni; uno di quegli esseri che vi sembrano deboli e orribili a un tempo e che fanno fremere coloro che non fanno piangere.

Marius si era alzato e guardava con un certo stupore questo essere, quasi simile alle forme dell'ombra che attraversano i sogni.

Ciò che soprattutto colpiva era che quella fanciulla non era nata per essere brutta. Nella prima infanzia, anzi, doveva essere stata carina. La grazia dell'età lottava ancora contro la ripugnante vecchiaia anticipata dalla corruzione e dalla miseria. Un avanzo di bellezza si spegneva su quel viso di sedici anni, come quel pallido sole che si spegne sotto dense nubi all'alba di una giornata d'inverno.

Quel viso non era del tutto ignoto a Marius. Egli credeva di ricordarsi di averlo veduto in qualche parte.

«Che volete, signorina?» domandò.

La giovanetta rispose con la sua voce di galeotto ubriaco:

«Ho una lettera per voi, signor Marius».

Ella chiamava Marius per nome, quindi egli non poteva dubitare che si rivolgesse proprio a lui; ma chi era questa ragazza? Come conosceva il suo nome?

Senza aspettare che egli le dicesse di venire avanti, entrò. Entrò risolutamente, guardando, con una specie d'ardire che stringeva il cuore, tutta la camera e il letto disfatto. Aveva i piedi nudi. Certi grandi buchi nella sottana lasciavano vedere le lunghe gambe e le magre ginocchia. Batteva i denti dal freddo.

Marius, nell'aprire la lettera, notò che la grande ostia che la suggellava era ancora bagnata. Il messaggio non poteva venire da molto lontano. Egli lesse:

Mio amabile vicino, giovanotto!

Ho saputo che le vostre bontà per me, che voi avete pagato il mio afito sei mesi fa. Io vi benedico, giovanotto. La mia figlia maggiore vi dirà che siamo senza nemmeno un pezzo di pane da due domi, quatro persone e mia moglie malata. Se non m'ingano nel mio pensiero credo dover sperare che il vostro cuore generoso si farà umano a questo fatto, e vi suggerirà il desiderio d'essermi propissio degnando di prodigarmi un piccolo beneficio.

Sono, con la distinta considerasione che si deve ai benefattori dell'umanità.

Jondrette.

P.S. Mia figlia aspetterà i vostri ordini, caro signor Marius.

Questa lettera, in mezzo all'oscura avventura che lo occupava dalla sera precedente, produsse l'effetto di una candela in un sotterraneo. Tutto fu bruscamente rischiarato.

Questa lettera veniva da dove venivano le altre quattro. Era la medesima scrittura, lo stesso stile, la stessa ortografia, la stessa carta, lo stesso odore di tabacco.

C'erano cinque missive, cinque storie, cinque nomi, cinque firme e un solo firmatario. Il capitano spagnolo don Alvarez, la sfortunata madre Balizard, il poeta drammatico Genflot, il vecchio attor comico Fabantou, si chiamavano tutti e quattro Jondrette, seppure Jondrette si chiamava proprio Jondrette.

Sebbene Marius abitasse da parecchio tempo in quella catapecchia, non aveva avuto, l'abbiamo detto, che assai rare occasioni di vedere o anche solo intravedere il suo miserabile vicinato. Egli aveva la mente altrove, e lo sguardo va dove è la mente. Aveva dovuto più d'una volta incontrare i Jondrette nel corridoio e sulle scale; ma essi non erano per lui che ombre; vi aveva badato così poco, che la sera del giorno prima aveva urtato sul viale, senza riconoscerle, le ragazze Jondrette, perché evidentemente erano loro, e molto a stento questa, che era appena entrata nella sua camera, aveva risvegliato in lui, attraverso il disgusto e la pietà, il vago ricordo di averla incontrata altrove.

Ora egli vedeva tutto assai chiaramente. Capiva che il suo vicino Jondrette aveva scelto, nella sua miseria, l'espediente di sfruttare la carità dei benefattori, che si procurava degli indirizzi, e scriveva sotto finti nomi, a persone che egli giudicava ricche e pietose, lettere che le sue figlie portavano, a loro rischio e pericolo, giacché quel padre era arrivato al punto di mettere a repentaglio le sue figlie; egli giocava una partita con il destino e le metteva nel gioco. Marius capiva che probabilmente, a giudicare dalla loro fuga del giorno prima, dal loro ansare, dal loro terrore, e da quelle parole di gergo che aveva sentito, quelle sventurate facevano chi sa quale altro tristo mestiere, e che da tutto ciò erano risultati, nel mezzo della società umana quale essa è fatta, due esseri miserabili che non erano né bambine, né giovanette, né donne, specie di mostri impuri e innocenti prodotti dalla miseria.

Tristi creature senza nome, senza età, senza sesso, per le quali né il bene né il male sono più possibili e che, uscendo dall'infanzia, non hanno già più nulla in questo mondo, né la libertà, né la virtù, né la responsabilità. Anime sbocciate ieri, oggi gualcite, simili a quei fiori caduti nella via e che schizzi di fango imbrattano, finché una ruota li schiaccia.

Tuttavia, mentre Marius figgeva su di lei uno sguardo stupito e addolorato, la ragazza andava e veniva nella soffitta con un'audacia da spettro: si dimenava senza preoccuparsi della sua nudità. In certi momenti, la camicia slacciata e lacera le cadeva sin quasi alla cintura. Ella smuoveva le sedie, spostava gli oggetti di toeletta posti sul cassettone, toccava i vestiti di Marius, frugava negli angoli per vedere cosa c'era.

«To',» disse «avete uno specchio!»

Canterellava, come se fosse sola, frammenti di operetta, ritornelli scherzosi che la sua voce gutturale e rauca rendeva lugubri. Sotto quell'ardire trapelavano lo sforzo, l'inquietudine, l'umiliazione. La sfrontatezza è una forma di vergogna.

Niente era più triste che vederla dibattersi e, direi quasi, svolazzare nella camera con mosse d'uccello stordito dalla luce, o che abbia un'ala rotta. Si capiva che in altre condizioni d'ambiente e di fortuna, l'andatura gaia e libera di quella giovanetta avrebbe potuto essere qualche cosa di dolce e di incantevole. Mai, tra gli animali, la creatura nata per essere una colomba si cambia in falco. Questo non si vede che fra gli uomini.

Marius meditava e la lasciava fare.

Ella si avvicinò al tavolo.

«Ah, dei libri!» esclamò.

Un lampo attraversò il suo occhio vitreo. Ella riprese, e il suo accento esprimeva la felicità di vantarsi di qualche cosa, felicità a cui nessuna creatura umana è insensibile:

«Io so leggere, io».

Afferrò vivamente il libro aperto sul tavolo, e lesse abbastanza correntemente:

«...il generale Bauduin ebbe ordine di prendere d'assalto con i cinque battaglioni della sua brigata il castello d'Hougomont, che giace in mezzo alla pianura di Waterloo».

S'interruppe:

«Ah! Waterloo! So cos'è. È una battaglia dei tempi passati. Mio padre vi si trovò. Mio padre ha servito nell'esercito. Noi siamo grandi bonapartisti a casa nostra, sapete! Waterloo è contro gli inglesi».

Posò il libro, prese la penna ed esclamò:

«E so anche scrivere!».

Intinse la penna nell'inchiostro, e voltandosi verso Marius:

«Volete vedere? Ecco, scriverò una parola perché vediate».

E prima che egli avesse avuto il tempo di rispondere, ella scrisse su un foglio di carta bianca che era in mezzo alla tavola: «Ci sogno i cognes».

Poi gettando la penna:

«Non vi sono errori d'ortografia. Potete guardare. Abbiamo ricevuto un'educazione, mia sorella e io. Non siamo state sempre come siamo. Noi non eravamo fatte...».

Qui s'interruppe, fissò la sua pupilla spenta su Marius, e scoppiò a ridere dicendo con un'intonazione che conteneva tutte le angosce soffocate da tutti i cinismi:

«Bah!».

Si mise a canterellare queste parole su un motivo allegro:

> *J'ai faim, mon père*
> *Pas de fricot.*
> *J'ai froid, ma mère.*
> *Pas de tricot.*
> *Grelotte,*
> *Lolotte!*
> *Sanglote,*
> *Jacquot!*[5]

Appena ebbe terminato la strofa, chiese:

«Andate qualche volta a teatro, signor Marius? Io ci vado. Ho un fratellino che è amico degli artisti e che mi regala ogni tanto dei biglietti. Però non mi piace andare in galleria. Vi si sta a disagio. Talvolta vi sono dei grassoni, e anche gente che ha cattivo odore».

Poi esaminò Marius, prese un'espressione strana, e gli disse:

«Sapete, signor Marius, che siete un bellissimo giovane?».

Nello stesso tempo venne a entrambi lo stesso pensiero, che fece sorridere l'una e arrossire l'altro.

Ella gli si avvicinò e gli posò una mano sulla spalla:

«Voi non fate caso a me, ma io vi conosco, signor Marius. Io vi incontro qui sulla scala, e poi vi vedo entrare in casa di un tale chiamato papà Mabeuf che abita dalle parti d'Austerlitz, quando qualche volta vado a passeggiare in quei paraggi. Vi stanno assai bene, i capelli scarmigliati».

---

[5] Padre mio, ho fame. Non c'è pietanza. Mamma mia, ho freddo. Non c'è maglia. Trema, Lolotte! Piangi, Jacquot!

La sua voce cercava di essere dolcissima, e non riusciva che a essere assai bassa. Una parte delle parole si perdeva nel tragitto dalla laringe alle labbra, come su un cembalo a cui manchino alcuni tasti.

Marius indietreggiò lentamente.

«Signorina,» disse con la sua fredda gravità «ho qui un pacchetto che, credo, vi appartiene. Permettetemi di consegnarvelo.»

E le tese la busta che conteneva le quattro lettere.

Ella batté le mani esclamando:

«L'abbiamo cercata dappertutto!».

Poi afferrò vivamente il pacchetto, e aprì la busta mentre diceva:

«Dio di Dio! Abbiamo avuto un bel cercare, mia sorella e io! E l'avete trovata voi! Sul viale, non è vero? Deve essere stato sul viale! Vedete, è caduta quando ci siamo messe a correre. È quella mocciosa di mia sorella che ha fatto la sciocchezza. Al ritorno non l'abbiamo più trovata. Siccome non volevamo essere battute, poiché ciò è inutile, completamente e assolutamente inutile, abbiamo detto in casa che ci era stato risposto: *Nix*! Eccole, quelle povere lettere! E da che cosa avete visto che esse mi appartenevano? Ah sì, dalla calligrafia! Siete dunque voi la persona in cui ci siamo imbattuti ieri sera nel passare. Non ci si vedeva! Ho detto a mia sorella: "È un signore?". Mia sorella mi ha detto: "Credo che sia un signore"».

Intanto ella aveva aperto la supplica diretta «al benefico signore della chiesa di Saint-Jacques-du-Haut-Pas».

«To'!» disse. «È quella per il vecchio che va alla messa. Appunto, è questa l'ora. Vado a portargliela. Forse ci darà da far colazione.»

Poi si rimise a ridere e aggiunse:

«Sapete che cosa accadrà se oggi facciamo colazione? Accadrà che avremo avuto la nostra colazione dell'altro ieri, il nostro pranzo dell'altro ieri, la nostra colazione d'ieri, il nostro pranzo d'ieri, tutto in una volta, questa mattina. Ecco, perbacco! E se non siete contenti, crepate cani!».

Questo fece ricordare a Marius ciò che la sciagurata veniva a cercare da lui.

Cercò nel taschino del panciotto, non vi trovò nulla. La ragazza continuava, e sembrava parlare come se non avesse più coscienza che Marius era là:

«Alle volte me ne vado, di sera. Alle volte non ritorno a casa. Nell'inverno scorso, prima di venir qui, dormivamo sotto le arcate dei ponti. Ci stringevamo per non gelare. La mia sorellina piangeva. Come è triste l'acqua! Quando pensavo di annegarmi, mi dicevo: no, è troppo fredda. Quando voglio me ne vado da sola, alle volte dormo nei fossi. Pensate, di notte, quando cammino sul viale, vedo gli alberi che sembrano forche, vedo case tutte nere, grandi come le torri di

Notre-Dame, allora mi immagino che i muri bianchi siano il fiume, e mi dico: guarda, là c'è dell'acqua! Le stelle sono come lampioni d'illuminazione, si direbbe che fumino e che il vento le spenga, io sono sbalordita, come se avessi dei cavalli che mi soffiano nell'orecchio; sebbene sia notte, sento degli organetti di Barberia e lo stridore delle macchine delle filande, il diavolo sa cos'è! Credo che mi si gettino pietre, fuggo senza saper dove, tutto gira, tutto gira. Succedono cose strane, quando non si ha mangiato!».

Ella lo guardò con aria stravolta.

A forza di frugare e rovistare nelle sue tasche, Marius aveva finito per mettere insieme cinque franchi e sedici soldi. Era tutto ciò che in quel momento possedeva. «Ecco il mio pranzo d'oggi» pensò. «Domani vedremo.» Si tenne i sedici soldi e diede i cinque franchi alla ragazza.

Ella afferrò la moneta.

«Bene!» disse. «C'è sole!»

E come se quel sole avesse avuto la proprietà di provocare nel suo cervello una valanga di parole di gergo, continuò:

«Cinque franchi! Splendenti! Un monarca! In questa zampa! È magnifico! Siete un bravo bimbetto. Vi do tutto il mio cuore palpitante. Bravo, viva l'allegria! Due giorni di baldoria! E carne di vacca! E companatico! Si pietanzerà da signoroni! Che allegria!».

Riassestò la camicia sulle spalle, fece un profondo saluto a Marius, poi un gesto familiare con la mano e si diresse verso la porta dicendo:

«Buon giorno signore. Fa lo stesso. Vado a trovare il mio vecchio».

Passando, vide sul cassettone una crosta di pan secco che ammuffiva nella polvere. Ella vi si gettò sopra e vi morse brontolando:

«È buono! È duro! Mi rompe i denti!»

Poi uscì.

V

IL GIUDA DELLA PROVVIDENZA

Da cinque anni Marius viveva nella povertà, nella privazione, nell'angoscia perfino, ma si accorse che non aveva ancora conosciuto la vera miseria. La vera miseria la vedeva solo ora. Era quella larva che gli era appena comparsa davanti agli occhi. Infatti, chi non ha visto che la miseria dell'uomo, non ha visto nulla; bisogna vedere la miseria della donna; chi non ha visto che la miseria della donna non ha visto nulla; bisogna vedere la miseria dell'infanzia.

Quando l'uomo è arrivato all'estremo limite giunge anche agli estremi espedienti. Sventura agli esseri senza difesa che lo circondano! Il lavoro, il salario, il pane, il fuoco, il coraggio, la buona volontà, tutto gli manca in una volta sola. La luce del giorno sembra spegnersi all'esterno, la luce morale si spegne dentro di lui; immerso in tali oscurità l'uomo incontra la debolezza della donna e del fanciullo, e la piega violentemente alle ignominie.

Allora tutti gli orrori sono possibili. La disperazione è circondata da fragili pareti che danno tutte nel vizio e nel delitto.

La salute, la gioventù, l'onore, le sante e timide delicatezze della carne ancora nuova, il cuore, la verginità, il pudore, quest'epidermide dell'anima, vengono sinistramente manomessi da quel brancolare in cerca di espedienti, che incontra l'obbrobrio e vi si adatta. Padri, madri, fanciulli, fratelli, sorelle, uomini, donne, fanciulle, aderiscono e si agglomerano, quasi come una formazione minerale, in una torbida promiscuità di sessi, di parentele, di età, d'infamie, d'innocenze. Si accoccolano, addossati gli uni agli altri, in una specie di destino-topaia. Si guardano l'un l'altro lamentevolmente. Oh, gli sventurati! Come sono pallidi! Come hanno freddo! Sembra che siano in un pianeta assai più del nostro lontano dal sole.

Quella giovanetta fu per Marius come una messaggera delle tenebre.

Ella gli rivelò una parte odiosa della notte.

Marius quasi si rimproverò le preoccupazioni fatte di fantasticherie e di passione che gli avevano impedito sino a quel giorno di gettare un'occhiata sui suoi vicini. Aver pagato il loro affitto, era stato un gesto macchinale, che tutti avrebbero potuto fare; ma lui, Marius, avrebbe potuto far di meglio. Che! Un solo muro lo separava da quegli esseri abbandonati, che vivevano brancolando nella notte, staccati dagli altri viventi; egli li sfiorava, era in certo qual modo l'ultimo anello del genere umano che essi toccassero, li sentiva vivere o piuttosto rantolare al suo fianco, e non vi faceva caso! Tutti i giorni, a ogni istante, attraverso il muro che li divideva, li sentiva camminare, andare, venire, parlare, e non vi poneva attenzione! E in quelle parole c'erano dei gemiti, ed egli non li ascoltava neppure, il suo pensiero andava altrove, verso sogni e splendori impossibili, verso amori campati in aria, follie; e intanto delle creature umane, suoi fratelli in Gesù Cristo, suoi fratelli in mezzo al popolo, agonizzavano accanto a lui! Agonizzavano inutilmente! Egli contribuiva alla loro sventura, e l'aggravava. Perché se essi avessero avuto un altro vicino, un vicino meno chimerico e più attento, un uomo comune e caritatevole, evidentemente la loro indigenza sarebbe stata notata, i segni della loro miseria sarebbero stati scorti, e forse già da molto tempo essi sarebbero stati raccolti e salvati! Senza dubbio, sembravano assai depravati, assai corrotti, assai avviliti, forse anche assai odiosi, ma sono rari quelli che sono caduti senza essersi degradati; d'altronde vi è un punto in cui gli sventurati e gli infami si uniscono e si confondono in una sola parola, parola fatale: miserabili. Di chi è la colpa? E poi, non è quando la caduta è più profonda che la carità deve essere maggiore?

Pur facendosi questa morale, poiché c'erano occasioni in cui Marius, come tutti i cuori veramente onesti, si faceva pedagogo di se stesso e si rimproverava più del necessario, egli osservava il muro che lo separava dai Jondrette, come se avesse potuto far passare attraverso quella parete il suo sguardo compassionevole e mandarlo a riscaldare quegli sciagurati.

La parete era formata di un sottile tramezzo di calce, sostenuto da tavole e da travicelli, e che, come abbiamo detto, lasciava passare perfettamente il suono delle parole e delle voci. Bisognava essere un sognatore come Marius per non essersene ancora accorto. Sul muro non c'era ombra di tappezzeria, né dalla parte dei Jondrette, né dalla parte di Marius; se ne vedeva a nudo la grossolana costruzione. Marius esaminava quella parete, senza quasi averne coscienza; talvolta la fantasticheria esamina, osserva e scruta come farebbe il pensiero. Tutto a un tratto si alzò; aveva scorto verso l'alto, prossimo al soffitto, un buco triangolare risultante da tre tavole mal connesse che lasciavano un vuoto fra loro. La calce che avrebbe dovuto otturare quel buco era caduta e, salendo sul cassettone, attraverso l'apertura, si poteva vedere nella soffitta dei Jondrette. La compassione ha e deve avere la sua curiosità. Quel buco formava una specie di spioncino. È permesso vedere la sventura a tradimento, per soccorrerla.

«Vediamo un po' chi sono costoro,» pensò Marius «e a che punto sono.»

Montò sul cassettone, appoggiò l'occhio alla fessura e guardò.

VI
L'UOMO-BELVA NELLA SUA TANA

Le città, come le foreste, hanno i loro antri nei quali si nasconde tutto ciò che esse hanno di peggiore e di più temibile. Solamente nelle città ciò che si nasconde così è feroce, immondo e piccolo, cioè brutto; nelle foreste quello che si nasconde è feroce, selvaggio e grande, cioè bello. Rifugi per rifugi, quelli delle belve sono preferibili a quelli degli uomini. Le caverne valgono più degli stambugi.

Ciò che Marius vedeva era uno stambugio.

Marius era povero, e la sua camera era squallida, ma come la sua povertà era nobile, così la sua soffitta era pulita. La stamberga in cui si spingeva il suo sguardo era abbietta, sudicia, fetida, infetta, tenebrosa, sordida. I mobili si limitavano a una sedia di paglia, una tavola traballante, qualche vecchia stoviglia e, in due angoli, due giacigli indescrivibili; come unica illuminazione, una finestrella a quattro vetri, drappeggiata di ragnatele. Da essa veniva appena luce sufficiente perché un viso d'uomo sembrasse quello d'uno spettro. I muri avevano un aspetto lebbroso, ed erano coperti di tagli e di cicatrici come un viso sfigurato da qualche orribile malattia. Ne trasudava un'umidità viscida. Vi si discernevano disegni osceni tratteggiati grossolanamente col carbone.

La camera occupata da Marius aveva un pavimento di mattoni malconci; questa non aveva né mattoni né intavolato: si camminava sopra uno strato di gesso diventato nero per il lungo calpestìo. Sopra questo suolo disuguale, dove la polvere era come incrostata e che non mostrava altra verginità oltre quella della scopa, erano raggruppate capricciosamente costellazioni di vecchie calze, ciabatte e orribili cenci; del resto, quella camera aveva un camino, così che la affittavano a quaranta franchi l'anno. In quel caminetto c'era un po' di tutto: uno scaldino, una pentola, assi ridotte a pezzi, stracci appesi a chiodi, una gabbia d'uccelli, cenere e anche un po' di fuoco. Due tizzoni vi fumavano malinconicamente.

La vastità accresceva l'orrore di quella stamberga. Vi si vedevano rialzi, spigoli, buchi neri, sottotetti, baie e promontori. Da ciò risultavano certi spaventosi angoli inscandagliabili in cui pareva si dovessero nascondere ragni grossi come un pugno, millepiedi larghi come un piede, e fors'anche chi sa quali mostruosi esseri umani.

Uno dei giacigli era vicino alla porta, l'altro vicino alla finestra. Tutti e due arrivavano con una delle estremità al caminetto, ed erano posti lungo la parete dirimpetto a Marius.

In un angolo, vicino all'apertura da cui Marius guardava, era attaccata al muro, in cornice di legno nero, un'incisione colorata, sotto la quale si leggeva scritto a grandi lettere: IL SOGNO. Rappresentava una donna e un bimbo addormentati, il bimbo sulle ginocchia della madre, un'aquila in una nuvola con una corona nel becco, e la donna che allontanava la corona dal capo del fanciullo senza svegliarlo; in fondo, in una aureola, Napoleone, appoggiato a una colonna di color turchino cupo col capitello giallo ornato da questa iscrizione:

Maringo
Austerlits
Jena
Wagramme
Elot.

Sotto a questo quadro, stava una specie di pannello di legno, più lungo che largo, posato a terra e appoggiato obliquamente al muro. Pareva un quadro voltato, un telaio probabilmente scarabocchiato dall'altra parte, o uno specchio staccato momentaneamente dal muro, e dimenticato là in attesa che lo si riattaccasse.

Vicino alla tavola sulla quale Marius scorgeva penna, inchiostro e carta, era seduto un uomo di circa sessant'anni, piccolo, magro, livido, torvo, con una fisionomia astuta, crudele e inquieta: un lurido briccone.

Se Lavater[6] avesse esaminato quel volto, vi avrebbe scorto l'avvoltoio unito all'avvocato; l'uccello da preda e il cavillatore si abbrutivano e si completavano a vicenda, il leguleio rendendo ignobile l'uccello da preda, l'uccello da preda rendendo orribile il leguleio.

L'uomo aveva una lunga barba grigia. Portava una camicia da donna che lasciava vedere il suo petto villoso, e le braccia nude irte di peli. Sotto questa camicia si vedevano dei calzoni infangati e scarpe dalle quali uscivano le dita dei piedi.

Aveva un pipa in bocca e fumava. Non c'era più pane nella stamberga, ma c'era ancora tabacco.

Scriveva, probabilmente, qualche lettera simile a quelle che Marius aveva letto.

Su un angolo della tavola si vedeva un vecchio volume rossastro scompagnato, il cui formato, il vecchio in-dodicesimo in uso nelle biblioteche, rivelava un romanzo. Sulla copertina faceva bella mostra questo titolo stampato a grandi lettere maiuscole: «DIO, IL RE, L'ONORE E LE DAME», DI DUCRAY-DUMINIL, 1814.

Mentre scriveva, l'uomo parlava ad alta voce, e Marius sentiva le sue parole:

«E dire che non c'è uguaglianza neppure dopo morti! Guardate il Père-Lachaise! I grandi, quelli che sono ricchi, sono in alto, nel viale delle acacie, che è lastricato. Possono arrivarci in carrozza. I piccoli, i poveri diavoli, i disgraziati, accidenti! Li mettono in basso, dove c'è fango fino alle ginocchia, nei buchi, nell'umidità. Li mettono là perché si dissolvano più in fretta! Non si può andarli a vedere senza sprofondare nella fanghiglia».

Qui si fermò, picchiò un pugno sulla tavola e aggiunse digrignando i denti:

«Oh! io mangerei l'universo!»

Una grossa donna, che poteva avere quarant'anni come cento, stava accoccolata sui piedi nudi presso il camino.

Anch'ella non era vestita che d'una camicia e d'una sottana di maglia rattoppata con pezzi di vecchia stoffa. Un grembiale di grossa

---

[6] Johan-Caspar Lavater (1741-1801), studioso di fisiognomica.

tela nascondeva metà della sottana. Benché fosse così curva e raggo-mitolata su se stessa, si vedeva che era altissima. Era una specie di gigantessa, vicino a suo marito. Aveva capelli orrendi, d'un biondo rosso brizzolato, che ella scompigliava ogni tanto colle enormi mani lucide dalle unghie piatte.

Presso di lei era posato a terra, spalancato, un volume dello stesso formato dell'altro, e probabilmente dello stesso romanzo.

Sopra uno dei giacigli Marius intravedeva una specie di lunga bambina pallida, quasi nuda, seduta con i piedi penzoloni; dal suo aspetto sembrava che non ascoltasse, né vedesse, né vivesse.

Senza dubbio era la sorella minore di quella che era stata da lui.

Dimostrava undici o dodici anni. Esaminandola attentamente, si capiva che doveva averne almeno quindici. Era la bimba che la sera del giorno prima diceva sul viale: «Ho corso! Corso! Corso!».

Apparteneva a quella specie stenta e ritardata, che però poi sboc-cia in fretta e in un sol colpo. È l'indigenza che crea queste tristi pian-te umane. Queste creature non hanno infanzia né adolescenza. A quindici anni ne dimostrano dodici, a sedici ne dimostrano venti. Og-gi bimbe, domani donne. Si direbbe che percorrano la vita a lunghi passi, per finirla al più presto.

In quel momento, quell'essere pareva una bambina.

Questa stanzaccia non rivelava la minima traccia di un lavoro qualsiasi; non un attrezzo, non un utensile: in un angolo v'erano alcu-ne ferraglie d'aspetto dubbio. Dal complesso traspariva la funesta pi-grizia che tien dietro alla disperazione e precede l'agonia.

Marius considerò per qualche tempo quel funebre interno più pauroso dell'interno di una tomba, perché vi si sentiva agitarsi l'ani-ma umana e palpitare la vita.

La stamberga, la cantina, la segreta in cui certi poveri strisciano negli strati più bassi dell'edificio sociale, non è ancora il sepolcro ma ne è l'anticamera; ma, come quei ricchi che sfoggiano le più grandi magnificenze all'entrata dei loro palazzi, sembra che la morte, che è lì vicinissima, metta le sue maggiori miserie in quel vestibolo.

L'uomo aveva taciuto, la donna non parlava, la ragazza pareva che non respirasse. Si sentiva scricchiolare la penna sulla carta.

L'uomo brontolò, senza cessare di scrivere:

«Canaglia! Canaglia! Tutto è canaglia!».

Questa variante all'epifonema di Salomone strappò un sospiro al-la donna.

«Piccolo amico, calmati» disse. «Non farti del male, caro. Tu sei troppo buono a scrivere a tutte quelle persone, marito mio.»

Nella miseria, i corpi si stringono gli uni accanto agli altri, come nel freddo, ma i cuori si allontanano. Quella donna, secondo ogni apparenza, aveva amato quell'uomo con tutto l'amore di cui era stata capace; ma probabilmente, in mezzo ai rimproveri quotidiani e reciproci d'una spaventosa miseria che pesava su tutto il gruppo, quell'amore si era spento. In lei non c'era più, per suo marito, che la cenere dell'affezione. Tuttavia gli appellativi affettuosi, come capita spesso, erano sopravvissuti. Ella gli diceva *caro, piccolo amico, marito mio*, eccetera con la bocca, ma il cuore taceva.

L'uomo s'era rimesso a scrivere.

VII
STRATEGIA E TATTICA

Marius stava per scendere, col cuore oppresso, da quella specie di osservatorio improvvisato, quando un rumore attirò la sua attenzione e lo fece restare al suo posto.

La porta della soffitta si era aperta bruscamente. Comparve sulla soglia la figlia maggiore. Portava ai piedi grosse scarpe da uomo sporche di fango che era schizzato fin sulle gambe arrossate dal freddo, ed era avvolta in un vecchio mantello a brandelli, che Marius non le aveva visto un'ora prima: lo aveva probabilmente deposto fuori della porta per ispirare maggiore pietà, e doveva averlo ripreso dopo essere uscita. La ragazza entrò, chiuse la porta dietro di sé, si fermò per riprendere fiato perché era tutta ansimante, poi esclamò con una espressione di trionfo e di gioia: «Viene!».

Il padre volse gli occhi, la donna voltò la testa, la sorellina non si mosse.

«Chi?» domandò il padre.

«Il signore!»

«Il filantropo?»

«Sì.»

«Della chiesa di Saint-Jacques?»

«Sì.»

«Quel vecchio?»

«Sì.»

«E sta per venire?»

«Mi segue.»

«Ne sei sicura?»

«Sicurissima.»

«Allora viene davvero?»

«Viene in carrozza.»

«In carrozza! È Rothschild!» Il padre si alzò, poi riprese: «Come ne sei sicura? Se viene in carrozza, come va che tu arrivi prima di lui? Gli hai dato l'indirizzo esatto, almeno? Gli hai detto bene l'ultima porta in fondo al corridoio, a destra? Purché egli non si sbagli! L'hai, dunque, trovato in chiesa? Ha letto la mia lettera? Che cosa ti ha detto?»

«Ta, ta, ta,» rispose la figlia «come galoppi, buon uomo! Ecco: io sono entrata in chiesa, lui era al suo solito posto; gli ho fatto la riverenza e gli ho consegnato la lettera: l'ha letta e mi ha detto: "Dove abitate, ragazza mia?". Io ho detto: "Signore, vi ci conduco io". Egli mi ha detto: "No, datemi il vostro indirizzo, mia figlia deve fare alcune commissioni, io vado a prendere una carrozza e arriverò nello stesso tempo di voi". Io gli ho dato l'indirizzo. Quando gli ho detto la casa, sembrò sorpreso e parve esitare un istante, poi ha detto: "Comunque verrò". Finita la messa, l'ho visto uscire dalla chiesa con la figlia, e li ho visti salire in carrozza. E gli ho detto proprio l'ultima porta in fondo al corridoio a destra.»

«E che cosa ti dice che verrà?»

«Ho visto la carrozza entrare in via del Petit-Banquier. Per questo ho corso.»

«Come sai che è la stessa carrozza?»

«Perché ne avevo notato il numero, o bella!»

«Qual è questo numero?»

«440.»

«Bene, sei una ragazza di talento.»

La ragazza guardò arditamente il padre, e, mostrando le scarpe che aveva ai piedi, disse:

«Una ragazza di talento, può darsi, ma io dico che non metterò più queste scarpe, e che non ne voglio più sapere, prima per la salute, e poi per la decenza. Non conosco niente di più fastidioso delle suole che strascicano, e fanno ghi, ghi, ghi per tutta la strada. Preferisco andare a piedi nudi».

«Hai ragione,» disse il padre con tono dolce che faceva contrasto con la rudezza della giovanetta «ma gli è che non ti lascerebbero entrare nelle chiese. Bisogna che i poveri abbiano scarpe. Non si va a piedi nudi nella casa del buon Dio» aggiunse amaramente. Poi, ritornando sull'argomento che lo interessava: «Sei sicura, proprio sicura che egli venga?».

«È alle mie calcagna» rispose lei.

L'uomo si alzò. Il suo viso si era quasi illuminato. «Moglie mia!» esclamò «hai sentito. Viene il filantropo. Spegni il fuoco.»

La madre, stupita, non si mosse.

Il padre, con l'agilità d'un saltimbanco, afferrò un vaso slabbrato che era sul camino, e gettò acqua sui tizzoni.

724

Poi, rivolgendosi alla figlia maggiore:

«Tu! Spaglia la sedia!».

La figlia non capiva niente.

Egli afferrò la sedia e con un calcio ne fece una sedia spagliata. La sua gamba vi passò attraverso.

Mentre ritirava la gamba chiese a sua figlia: «Fa freddo?».

«Freddissimo. Nevica.»

Il padre si volse verso la minore che stava sul giaciglio presso la finestra e le gridò con voce tonante:

«Presto! Giù da quel letto, fannullona! Non farai dunque mai niente! Rompi un vetro!».

La piccina si gettò dal letto tremando.

«Rompi un vetro!» egli riprese.

La bimba rimase interdetta.

«Hai capito?» ripeté il padre. «Ti dico di rompere un vetro!»

La bimba, atterrita, obbedì: si alzò in punta di piedi e diede un pugno in un vetro. Il vetro si ruppe e cadde con gran rumore.

«Bene!» disse il padre.

Era serio e aspro. Il suo sguardo percorreva rapidamente tutti gli angoli della tenebrosa soffitta.

Si sarebbe detto un generale che fa gli ultimi preparativi nel momento in cui la battaglia sta per cominciare.

La madre, che non aveva ancora aperto bocca, si sollevò e domandò con una voce lenta e sorda, da cui le parole pareva uscissero come coagulate:

«Caro, cosa vuoi fare?»

«Mettiti a letto» rispose l'uomo.

Il tono non ammetteva discussioni. La madre obbedì e si gettò pesantemente su uno dei giacigli.

Intanto si sentiva singhiozzare in un angolo.

«Cosa c'è?» gridò il padre.

La figlia minore, senza uscire dall'ombra in cui si era rannicchiata, mostrò il pugno sanguinante. Spezzando il vetro si era ferita; se ne era andata presso il giaciglio della madre, e piangeva in silenzio.

Fu la volta della madre di alzarsi e gridare:

«Vedi bene quali bestialità fai! Per rompere il tuo vetro, si è ferita!».

«Tanto meglio,» disse l'uomo «era previsto.»

«Come, tanto meglio?» riprese la donna.

«Zitta!» replicò il padre «sopprimo la libertà di stampa.»

Poi, strappando un pezzo della camicia da donna che aveva indosso, ne fece una striscia di tela con cui avvolse frettolosamente il pugno sanguinante della piccina.

Ciò fatto, il suo sguardo si abbassò con soddisfazione sulla camicia stracciata.

«Anche la camicia» disse. «Tutto fa bella figura.»

Un vento gelido soffiava attraverso il vetro rotto e penetrava nella camera. La nebbia del di fuori vi penetrava pure e vi si dilatava come un'ovatta biancastra vagamente distesa da dita invisibili. Dalla finestra sfondata si vedeva cadere la neve. Il freddo promesso dal sole in Candelora era venuto veramente.

Il padre girò uno sguardo intorno a sé come per assicurarsi di non aver dimenticato niente. Prese una vecchia paletta e sparse della cenere sui tizzoni bagnati, in modo da nasconderli completamente.

Poi, alzandosi e appoggiandosi al caminetto, disse:

«Ora, possiamo ricevere il filantropo».

VIII
IL RAGGIO NELLA STAMBERGA

La figlia maggiore si avvicinò e posò la mano su quella del padre.

«Senti come ho freddo» disse.

«Bah!» rispose il padre «io ho ben più freddo di così.»

La madre esclamò impetuosamente:

«Hai sempre tutto meglio degli altri, tu! Anche il male».

«A cuccia!» disse l'uomo.

La madre, guardata in un certo modo, tacque.

Vi fu nella stamberga un momento di silenzio. La figlia maggiore s'era messa a ripulire dal fango il lembo inferiore dello scialle, con noncuranza; la sorellina continuava a singhiozzare, la madre le aveva preso la testa tra le mani e la copriva di baci dicendole sottovoce:

«Tesoro mio, te ne prego, non sarà niente, non piangere, fai andare in collera papà».

«No!» esclamò il padre «al contrario! Singhiozza! Singhiozza! Va bene così!»

Poi, rivolgendosi di nuovo alla maggiore:

«Ah, ma insomma, non viene! Se non venisse? Avrei spento il fuoco, sfondato la sedia, stracciato la camicia e rotto il vetro per niente!».

«E ferito la piccola!» mormorò la madre.

«Sapete» rispose il padre «che fa un freddo cane in questa soffitta del diavolo? Se quell'uomo non venisse! Oh, come li odio, e come li strangolerei con giubilo, gioia, entusiasmo e soddisfazione, questi ricchi! Tutti i ricchi! Questi pretesi uomini caritatevoli, che fanno i baciapile, vanno a messa, se l'intendono con il pretume, elargiscono prediche rifritte, vanno coi clericali, si credono al di sopra di noi, e vengono a umiliarci e a portarci degli "abiti", come essi dicono! Certi stracci che non valgono quattro soldi! E del pane! Non è questo che io voglio, mucchio di canaglie, ma denaro! Ah, il denaro, mai! Perché dicono che noi andremmo a berlo, e che siamo ubriaconi e fannulloni! E loro? Che cosa sono dunque, e che cosa sono stati ai loro tempi? Ladri! Altrimenti non si sarebbero arricchiti! Oh! Bisognerebbe prendere la società per i quattro angoli della tovaglia, e buttar tutto all'aria! Si romperebbe tutto, è probabile, ma almeno nessuno avrebbe niente: sarebbe tanto di guadagnato! Ma cosa fa dunque, quel tànghero del tuo signor benefattore? Verrà? L'animale ha forse dimenticato l'indirizzo! Scommettiamo che quella vecchia bestia...»

In quel momento fu picchiato un lieve colpo alla porta. L'uomo vi si precipitò e l'aprì esclamando con inchini profondi e sorrisi d'adorazione:

«Entrate, signore, degnatevi d'entrare, mio rispettabile benefattore, e anche la vostra deliziosa signorina».

Un uomo attempato e una giovanetta apparvero sulla soglia della soffitta.

Marius non aveva lasciato il suo posto. Ciò che egli provò in quel momento sfugge a ogni umana possibilità di descrizione.

Era lei.

Chiunque abbia amato conosce tutti i sentimenti radiosi contenuti nelle tre lettere di questa parola: lei.

Era proprio lei. Marius la distingueva a stento attraverso la nuvola luminosa che si era sparsa improvvisamente davanti ai suoi occhi. Era quel dolce essere assente, quell'astro che aveva brillato per sei mesi, erano quella pupilla, quella fronte, quella bocca, quel bel viso svanito, che svanendo aveva fatto la notte attorno a lui. La visione s'era eclissata, ella riappariva!

Ella riappariva in quell'ombra, in quella soffitta, in quell'orrendo bugigattolo, in quell'orrore!

Marius fremeva smarrito. Ma che? Era lei! I palpiti del cuore gli facevano annebbiare la vista! Si sentiva sul punto di scoppiare in lacrime. Come! La rivedeva, finalmente, dopo averla cercata così a lungo! Gli pareva di aver perduto l'anima e di ritrovarla in quell'istante.

Ella era sempre la stessa, solo un po' pallida; il suo viso delicato era incorniciato da un cappello di velluto viola, il suo corpo era avvolto in un mantello di raso nero. S'intravedevano sotto il lungo vestito i piedini chiusi in stivaletti di seta.

Era sempre accompagnata dal signor Leblanc.

Aveva fatto qualche passo nella camera e aveva deposto sul tavolo un pacco piuttosto voluminoso.

La maggiore delle Jondrette s'era ritirata dietro la porta, e guardava con occhio cupo quel cappello di velluto, quel mantello di seta e quel bel viso felice.

La soffitta era talmente scura, che le persone provenienti dal di fuori, entrando, provavano l'impressione di entrare in una cantina. I due nuovi venuti avanzarono dunque con una certa esitazione, distinguendo a stento intorno a sé delle forme vaghe, mentre essi erano perfettamente veduti ed esaminati dagli occhi degli abitatori della soffitta, abituati a quella penombra.

Il signor Leblanc si avvicinò col suo sguardo buono e triste, e disse a papà Jondrette:

«Signore, voi troverete in questo involto indumenti nuovi, calze e coperte di lana».

«Il nostro angelico benefattore ci colma delle sue bontà» disse Jondrette inchinandosi fino a terra. Poi, accostandosi all'orecchio della figlia maggiore, mentre i due visitatori esaminavano quel miserabile interno, aggiunse sottovoce e rapidamente: «Eh? Che cosa dicevo? Dei cenci e niente denaro! Sono tutti uguali! A proposito, come era firmata la lettera diretta a questo vecchio gaglioffo?».

«Fabantou» rispose la figlia.

«L'artista drammatico, bene.»

Bene fu per Jondrette il rammentarselo, perché proprio in quel momento il signor Leblanc si voltava verso di lui, e gli diceva col fare di chi cerca un nome:

«Vedo che siete molto da compiangere, signor...»

«Fabantou» rispose vivamente Jondrette.

«Signor Fabantou, è vero, è così, me ne ricordo.»

«Artista drammatico, signore, e che ha avuto buoni successi.»

Qui Jondrette credette evidentemente che fosse venuto il momento di impadronirsi del «filantropo». Esclamò con un accento che conteneva, insieme, l'enfasi del ciarlatano da fiera, e l'umiltà del mendicante di strada:

«Allievo di Talma, signore! Sono allievo di Talma! La fortuna mi ha sorriso un tempo. Ahimè! Ora è la volta della sventura! Vedete, mio benefattore, non abbiamo pane, non abbiamo fuoco. I miei poveri marmocchi non hanno fuoco! La mia unica sedia è spagliata! Un vetro rotto, col tempo che fa! La mia sposa a letto, malata!».

«Povera donna!» disse il signor Leblanc.

«La mia piccina ferita!» aggiunse Jondrette.

La bimba, distratta dall'arrivo dei forestieri, s'era messa a contemplare la «signorina» e aveva smesso di singhiozzare.

«Piangi, dunque! Strilla, su!» le disse piano Jondrette. Nel tempo stesso le pizzicò la mano malata. Tutto ciò con un'abilità da giocoliere.

La piccina gettò alte grida.

L'adorabile giovanetta che Marius chiamava in cuor suo «la mia Ursule» s'avvicinò vivacemente.

«Povera cara!» disse.

«Guardate, mia bella signorina,» proseguì Jondrette «il suo pugno insanguinato! È una disgrazia capitata lavorando sotto una macchina per guadagnare sei soldi il giorno. Sarà forse necessario tagliarle il braccio!»

«Davvero?» chiese il vecchio signore, spaventato.

La piccina, prendendo sul serio quelle parole, si rimise a singhiozzare alla più bella.

«Ahimè, sì, mio benefattore!» rispose il padre.

Da qualche istante, Jondrette osservava il «benefattore» in modo strano. Mentre gli parlava, sembrava scrutarlo con attenzione, come se cercasse di raccogliere i suoi ricordi. Tutto a un tratto, profittando d'un momento in cui i nuovi venuti facevano alla piccina alcune domande sulla sua mano ferita, egli si accostò alla moglie che giaceva sul letto come oppressa e istupidita, e le disse vivacemente e a bassissima voce:

«Guarda un po' quell'uomo!».

Poi, volgendosi verso il signor Leblanc, e continuando le sue lamentazioni:

«Guardate, signore! Io non ho, io, che una camicia di mia moglie per vestirmi, e tutta stracciata! Nel cuore dell'inverno! Non posso uscire per mancanza d'abiti. Se avessi almeno un vestito qualunque, andrei a trovare la signorina Mars che mi conosce e mi vuol bene. Non abita sempre in via Tour-des-Dames? Sapete, signore? Abbiamo recitato insieme, in provincia. Io ho diviso i suoi allori. Celimene verrebbe in mio soccorso, signore! Elmira farebbe l'elemosina a Belisario![7] Ma no, niente! E nemmeno un soldo in casa! Mia moglie malata, e nemmeno un soldo. Mia figlia ferita pericolosamente, e nemmeno un soldo! La mia sposa soffre di mancanza di respiro. È l'età, e poi ci si è messo anche il sistema nervoso! Le occorrerebbero soccorsi, e così pure a mia figlia! Ma il medico, il farmacista, come

[7] Celimene, Elmira, Belisario: personaggi rispettivamente del *Misantropo* e del *Tartufo* di Molière, e del *Belisario* di Jean Rotrou (1609-1659).

pagarli? Nemmeno un quattrino! Mi inginocchierei davanti a mezzo franco, signore! Ecco a che cosa sono ridotte le arti! E sapete voi, mia incantevole signorina, e voi, mio generoso protettore, voi che esalate la virtù e la bontà e che profumate la chiesa in cui la mia povera figlia, venendo a dire le sue preghiere, vi vede tutti i giorni? Perché io allevo le mie figliole nella religione, signore. Non ho voluto che si dessero al teatro. Ah, le bricconcelle, guai se le vedo tentennare! Non scherzo, io! E come spiffero dei predicozzi, sull'onore, sulla morale, sulla virtù! Domandatelo loro. Bisogna filare diritto. Esse hanno un padre. Non sono di quelle disgraziate che cominciano col non avere famiglia e che finiscono con lo sposare il pubblico. La signorina Nessuno diventa la signora Tutti. Perdinci! Niente di ciò nella famiglia Fabantou! Io intendo educarle virtuosamente, e che siano oneste, carine, e che credano in Dio, accidenti! Ebbene, signore, mio degno signore, sapete che cosa accadrà domani? Domani è il 4 febbraio, il giorno fatale, l'ultima dilazione concessami dal padrone di casa; se questa sera non l'avrò pagato, domani la mia figlia maggiore, io, la mia sposa con la febbre, la mia bambina con la sua ferita, saremo tutti e quattro cacciati di qui, e gettati fuori, nella strada, nel viale, senza ricovero, sotto la pioggia, sotto la neve! Ecco, signore. Io devo quattro trimestri, un anno intero! Cioè, sessanta franchi».

Jondrette mentiva. Quattro trimestri non avrebbero fatto che quaranta lire, ed egli non poteva doverne quattro, dal momento che non erano ancora passati sei mesi da quando Marius gliene aveva pagati due.

Il signor Leblanc si tolse di tasca cinque franchi e li posò sulla tavola.

Jondrebbe ebbe il tempo di brontolare all'orecchio della figlia maggiore:

«Briccone! Che cosa vuole che faccia con i suoi cinque franchi? Non mi pagano neppure la sedia e il vetro! Fate delle spese, dunque!».

Intanto il signor Leblanc si era tolto un grande pastrano scuro che portava sul vestito turchino, e l'aveva gettato sullo schienale della sedia.

«Signor Fabantou,» disse «io non ho che questi cinque franchi con me; ma vado ad accompagnare a casa mia figlia e tornerò questa sera; non è questa sera che dovete pagare?...»

Il viso di Jondrette si rischiarò di una strana espressione. Egli rispose vivamente:

«Sì, mio rispettabile signore. Alle otto devo essere dal mio padrone di casa».

«Sarò qui alle sei, e vi porterò i sessanta franchi.»

«O mio benefattore!» esclamò Jondrette fuori di sé dalla gioia.

E aggiunse a bassa voce:

«Guardalo bene, moglie mia!»

Il signor Leblanc aveva ripreso il braccio della bella giovanetta, e si dirigeva verso la porta.

«A questa sera, amici miei» disse.

«Alle sei?» fece Jondrette.

«Alle sei precise.»

In quel momento il pastrano rimasto sulla sedia colpì la vista della Jondrette maggiore.

«Signore,» disse «voi dimenticate il vostro soprabito.»

Il signor Leblanc si volse e rispose sorridendo:

«Non lo dimentico, lo lascio».

«O mio protettore,» disse Jondrette «mio augusto benefattore, io mi sciolgo in lacrime! Permettete che vi accompagni sino alla vostra carrozza.»

«Se uscite,» rispose Leblanc «mettete quel pastrano. Fa veramente freddo.»

Jondrette non se lo fece dire due volte. Indossò il soprabito scuro con vivacità.

E uscirono tutti e tre, Jondrette precedendo i due forestieri.

X

TARIFFA DELLE CARROZZE DI PIAZZA: DUE FRANCHI ALL'ORA

Marius non aveva perduto nulla di tutta quella scena e tuttavia, in realtà, non aveva visto niente. I suoi occhi erano rimasti fissi sulla giovanetta, che il suo cuore aveva, per così dire, raggiunta e avviluppata interamente fin dal suo primo passo nella soffitta. Durante tutto il tempo ch'ella era stata là, egli aveva vissuto di quella vita estatica che sospende le percezioni materiali e precipita tutta l'anima verso un solo punto. Egli contemplava non già la fanciulla, ma quella luce che aveva un mantello di raso e un cappello di velluto. Se fosse entrata la stella Sirio nella camera, non ne sarebbe stato abbagliato maggiormente.

Mentre la giovanetta apriva l'involto, spiegava gli indumenti e le coperte, interrogava la madre malata con bontà e la piccina ferita con tenerezza, egli spiava tutti i suoi movimenti, cercava di ascoltare le sue parole. Conosceva i suoi occhi, la sua fronte, la sua bellezza, le sue forme, il suo passo, ma non conosceva il suono della sua voce. Aveva creduto di afferrare qualche sua parola una volta al Luxembourg, ma non ne era sicuro. Avrebbe dato dieci anni di vita per sentirla, per poter conservare nella sua anima un po' di quella musica. Ma tutto si perdeva nelle lacrimevoli ostentazioni e negli squilli di tromba di Jondrette. Ciò faceva sorgere una vera collera in mezzo al rapimento di Marius. Egli covava la fanciulla con gli occhi. Non riusciva a persuadersi che veramente quella creatura divina fosse lì, in mezzo a quegli esseri immondi, in quel mostruoso stambugio. Gli sembrava di vedere un colibrì tra i rospi.

Quando ella uscì, egli non ebbe che un pensiero, tenerle dietro, seguirne le tracce, non lasciarla prima di sapere dove abitasse, non riperderla, almeno, dopo averla ritrovata così miracolosamente. Saltò giù dal cassettone e prese il cappello. Aveva messo la mano sulla molla della serratura e stava per aprire, quando una riflessione lo fermò. Il corridoio era lungo, la scala ripida, Jondrette ciarliero, e certamente il signor Leblanc non era ancora risalito in carrozza; se, voltandosi nel corridoio, o sulla scala, o sulla soglia, avesse visto lui, Marius, in quella casa, sicuramente si sarebbe preoccupato e avrebbe trovato modo di sfuggirgli di nuovo, e ancora una volta tutto sarebbe finito. Che fare? Aspettare un poco? Ma mentre aspettava, la carrozza poteva andarsene. Marius era perplesso. Infine si arrischiò e uscì di camera.

Non c'era più nessuno nel corridoio. Corse alla scala. Anche sulla scala non c'era nessuno. Discese in fretta, e arrivò sul viale in tempo per vedere una carrozza svoltare l'angolo della via del Petit-Banquier e rientrare in Parigi.

Marius si precipitò in quella direzione. Arrivato all'angolo del viale, rivide la carrozza che scendeva rapidamente per la via Mouffetard; era già assai lontana, e non c'era mezzo di raggiungerla. Che fare? Correrle dietro? Impossibile; e, d'altronde, dalla carrozza si sarebbe notato certamente un individuo che la seguiva correndo a rotta di collo e il padre lo avrebbe riconosciuto. In quel momento, caso inaudito e meraviglioso, Marius scorse una carrozza di piazza che passava vuota sul viale. Non c'era che un partito da prendere: montare sopra quella carrozzella e seguire l'altra. Ciò era sicuro, efficace, e senza pericolo.

Marius fece segno al cocchiere di fermarsi, e gli gridò:

«Vi impegno a ora!».

Marius era senza cravatta, aveva il vecchio abito da lavoro, cui mancavano i bottoni, la camicia stracciata in una delle pieghe del petto.

Il cocchiere si fermò, strizzò l'occhio e tese verso Marius la mano sinistra, sfregando dolcemente l'indice contro il pollice.

«Che?» disse Marius.

«Pagate prima» disse il cocchiere.

Marius si ricordò che non aveva indosso che sedici soldi.

«Quanto?» domandò.

«Quaranta soldi.»

«Pagherò al ritorno.»

Il cocchiere, per tutta risposta, fischiettò l'aria di La Palisse e frustò il cavallo.

Marius guardò costernato la carrozza che si allontanava. Per ventiquattro soldi che gli mancavano, egli perdeva gioia, fortuna, amore! Ricadeva nelle tenebre! Aveva veduto e rideveniva cieco! Pensava amaramente e, bisogna ben dirlo, con profondo rincrescimento, ai cinque franchi che aveva dato il mattino a quella miserabile fanciulla. Se avesse avuto quei cinque franchi sarebbe stato salvo, avrebbe potuto rinascere, sarebbe uscito dal limbo, dalle tenebre, dall'isolamento, dallo spleen, dalla vedovanza; avrebbe annodato di nuovo il nero filo del suo destino a quello splendido filo d'oro, che un momento prima aveva veduto ondeggiare dinanzi allo sguardo, e che si era spezzato una seconda volta! Rientrò in casa disperato.

Avrebbe potuto dirsi che il signor Leblanc aveva promesso di ritornare la sera, e che quindi non c'era che da prender meglio le proprie misure per seguirlo quest'altra volta; ma, immerso nella sua contemplazione, era molto se lo aveva udito.

Mentre stava per risalire le scale, vide dall'altra parte del viale, lungo il muro deserto della via della barriera dei Gobelins, Jondrette avvolto nel pastrano del «filantropo», che parlava a uno di quegli uomini dall'aspetto sinistro chiamati *vagabondi delle barriere*; individui dalla fisionomia equivoca, dai soliloqui sospetti, che pare covino sempre cattivi pensieri, e che dormano abitualmente di giorno, il che fa supporre che lavorino di notte.

Quei due uomini parlavano immobili sotto la neve che cadeva turbinando, e formavano un gruppo che una guardia di polizia avrebbe sicuramente osservato; ma Marius vi badò appena.

Tuttavia, per quanto fossero dolorose le sue preoccupazioni, non poté fare a meno di dirsi che il vagabondo delle barriere con cui parlava Jondrette somigliava a un certo Panchaud, detto Printanier, detto Bigrenaille, che Courfeyrac una volta gli aveva fatto notare, e che nel rione aveva fama di girovago notturno assai pericoloso. Nel libro precedente vedemmo già il nome di quest'uomo. Questo Panchaud, detto Printanier, detto Bigrenaille, è apparso più tardi in parecchi processi criminali e divenne un celebre ribaldo. Allora non era ancora che un famoso ribaldo: oggi è assurto a tradizione fra i banditi e i borsaioli. Fece scuola verso la fine dell'ultimo regno; e sul cader della notte, nell'ora in cui si formano i crocchi e si parla sottovoce, si discorreva di lui nella «Fossa dei leoni» della Force. In questa medesima prigione, e precisamente nel punto sotto la strada di ronda dove passava il condotto delle latrine che servì nel 1843 all'incredibile fuga in pieno giorno di trenta detenuti, si poteva leggere sopra la lastra di pietra delle latrine il nome di *Panchaud* da lui audacemente inciso sul muro di ronda in uno dei suoi tentativi di evasione. Nel 1832, la polizia lo sorvegliava già, ma egli non aveva ancora esordito sul serio.

XI

LA MISERIA OFFRE I SUOI SERVIGI AL DOLORE

Marius salì le scale di casa a passi lenti; nell'istante in cui stava per rientrare nella sua cella, vide dietro a sé la maggiore delle Jondrette che lo seguiva. La vista di quella ragazza gli fu odiosa: era lei che aveva i suoi cinque franchi, era troppo tardi per chiederglieli di ritorno, la carrozzella non c'era più, la carrozza era ormai lontana. D'altronde ella non glieli avrebbe restituiti. Quanto a farle delle domande sull'abitazione delle persone che erano state lì poco prima, era inutile; poiché era evidente che essa non ne sapeva nulla, dal momento che la lettera firmata Fabantou era indirizzata *al signor benefattore della Chiesa Saint-Jacques-du-Haut-Pas.*

Marius entrò in camera sua, e spinse la porta dietro di sé. Ma la porta non si chiuse; egli si voltò e vide una mano che la teneva semiaperta.

«Cosa c'è?» domandò. «Chi è là?»

Era la ragazza Jondrette.

«Siete voi?» riprese duramente Marius. «Sempre voi, dunque! Che volete da me?»

Ella sembrava pensierosa, e non lo guardava. Non aveva più la sicurezza del mattino. Non era entrata, e si teneva nell'ombra del corridoio, ove Marius la scorgeva dall'uscio socchiuso.

«Ah, rispondete dunque!» fece Marius. «Che cosa volete da me?»

Ella alzò sopra di lui il suo sguardo tetro, in cui pareva accendersi vagamente un bagliore di luce, e gli disse:

«Signor Marius, avete un'espressione triste. Che cosa avete?».

«Io?» disse Marius.

«Sì, voi.»

«Io non ho niente.»

«Sì!»

«No.»

«Vi dico di sì.»

«Lasciatemi tranquillo.»

Marius spinse di nuovo la porta, ed ella continuò a trattenerla, soggiungendo:

«Ebbene, avete torto. Sebbene non siate ricco, siete stato buono

734

questa mattina. Siatelo ancora adesso. Mi avete dato da mangiare, ditemi ora che cosa avete. Siete afflitto, lo si vede. Io vorrei che non lo foste. Che cosa bisogna fare? Posso servirvi in qualche cosa? Disponete di me. Non vi domando i vostri segreti, non avete bisogno di rivelarmeli, ma infine posso esservi utile. Posso ben aiutare voi, come aiuto mio padre. Quando bisogna portar lettere, andare nelle case, questuare di porta in porta, trovare un indirizzo, seguire qualcuno, io posso servire. Ebbene, potete dirmi che cosa avete, andrò a parlare alle persone: qualche volta qualcuno che parla alle persone basta perché si sappiano le cose, e tutto s'accomodi. Servitevi di me».

Un'idea traversò la mente di Marius. Quale appiglio viene disdegnato quando ci si sente cadere?

Egli si avvicinò alla Jondrette.

«Ascolta» le disse.

Ella l'interruppe con un lampo di gioia negli occhi.

«Oh, sì, datemi del tu! Lo preferisco.»

«Ebbene,» egli riprese «tu hai accompagnato qui quel vecchio signore con sua figlia...»

«Sì.»

«Sai il loro indirizzo?»

«No.»

«Trovamelo.»

L'occhio della Jondrette, che da triste era diventato giulivo, da giulivo divenne cupo.

«È ciò che volete?» domandò.

«Sì.»

«Li conoscete?»

«No.»

«Cioè,» ella riprese vivamente «voi non la conoscete, ma volete conoscerla.»

Quel *li* che era divenuto *la* aveva un non so che di significativo e di amaro.

«Insomma, puoi?» disse Marius.

«Trovarvi l'indirizzo della bella signorina?»

C'era ancora nelle parole «della bella signorina» una sfumatura che spiacque a Marius.

Egli riprese:

«Be', non importa! L'indirizzo del padre e della figlia, la loro abitazione, diamine!».

Ella lo guardò fissamente.

«Che cosa mi darete?»

«Tutto ciò che vorrai!»

«Tutto ciò che vorrò?»

735

«Sì.»

«Avrete l'indirizzo.»

Ella abbassò il capo, poi con un movimento brusco tirò la porta, che si chiuse.

Marius si trovò solo.

Si lasciò cadere su una sedia, con la testa e i gomiti sul letto, immerso in pensieri che non poteva afferrare, e quasi in preda a una vertigine.

Tutto ciò che era accaduto dal mattino, l'apparizione dell'angelo, la sua scomparsa, ciò che quest'altra fanciulla gli aveva detto, or ora, un bagliore di speranza fluttuante in una immensa disperazione, ecco, le idee che riempivano confusamente il suo cervello.

Tutto a un tratto fu strappato violentemente alla sua meditazione.

Sentì la voce alta e aspra di Jondrette pronunciare queste parole che avevano il più vivo interesse per lui.

«Ti dico che ne sono sicuro, e che l'ho riconosciuto».

Di chi parlava Jondrette? Chi aveva riconosciuto? Il signor Leblanc? Il padre della «sua Ursule»? Che! Jondrette lo conosceva? Marius avrebbe appreso dunque in un modo così brusco e inaspettato tutte quelle notizie senza le quali la vita era così oscura per lui?

Avrebbe saputo finalmente chi amava, chi era quella giovanetta? Chi era suo padre? L'ombra tanto densa che li copriva stava per rischiararsi? Stava per squarciarsi il velo? Ah, cielo!

Saltò più che non salisse sul cassettone, e riprese il suo posto alla piccola spia della tramezza.

Rivide l'interno della tana Jondrette.

XII

USO DELLA MONETA DA CINQUE FRANCHI DEL SIGNOR LEBLANC

Niente era mutato nell'aspetto della famiglia, senonché la donna e le ragazze avevano frugato nell'involto, e messo calze e giubbetti di lana. Due coperte nuove erano gettate sui letti.

Jondrette padre doveva essere appena rientrato. Era ancora tutto trafelato. Le sue figlie stavano presso il camino, sedute a terra, e la maggiore medicava la mano della piccina. La moglie stava come affondata sul giaciglio accanto al camino, con un viso stupefatto. Jondrette camminava nella soffitta in lungo e in largo a grandi passi. Aveva negli occhi una espressione insolita.

La donna, che pareva timida e colpita di stupore dinanzi al marito, si arrischiò a dirgli:

«Che! Veramente? Sei sicuro?».

«Sicuro! Sono passati otto anni, ma lo riconosco! Ah, lo riconosco! L'ho riconosciuto subito! Ma come! Non ti è saltato agli occhi?...»

«No.»

«Ma io t'avevo pur detto: sta attenta! È la sua statura, il suo viso, solo un poco invecchiato: vi sono individui che non invecchiano, non so come facciano; è la sua voce. È meglio in arnese, ecco tutto! Ah, misterioso vecchio del diavolo, ti ho in pugno, eh!»

S'interruppe e disse alle figlie:

«Andatevene, voialtre. È strano che la somiglianza non ti sia subito saltata agli occhi».

Le ragazze si alzarono per obbedire.

La madre balbettò:

«Con la sua mano malata?».

«L'aria le farà bene» disse Jondrette. «Andate.»

Era chiaro che quell'uomo era uno di quelli ai quali non si replica. Le due ragazze uscirono.

Mentre esse oltrepassavano la soglia, il padre trattenne la maggiore per un braccio e disse con un accento particolare:

«Sarete qui alle cinque precise. Tutte e due. Avrò bisogno di voi».

Marius raddoppiò d'attenzione.

Rimasto solo con sua moglie, Jondrette si rimise a camminare nella stanza e ne fece due o tre volte il giro in silenzio. Poi passò qualche minuto a far rientrare nella cintura dei calzoni i lembi della camicia da donna che portava.

All'improvviso si volse verso la Jondrette, incrociò le braccia ed esclamò:

«E vuoi che ti dica una cosa? La signorina...».

«Che cosa dunque?» interruppe la moglie. «La signorina...?»

Marius non poteva dubitarne, si parlava proprio di lei. Egli ascoltava con ardente curiosità. Tutta la sua vita era concentrata nelle sue orecchie.

Ma Jondrette si era chinato e aveva parlato a bassa voce a sua moglie. Poi si alzò e terminò ad alta voce:

«È lei!».

«Quella?» disse la donna.

«Quella!» disse il marito.

Nessuna parola saprebbe esprimere ciò che c'era nel «quella» della madre. Era sorpresa, rabbia, odio, collera, mischiate e combinate in una intonazione mostruosa. Erano bastate alcune parole, un nome certamente, che il marito le aveva sussurrato all'orecchio, perché quella grossa donna intorpidita si svegliasse e, da ripugnante che era, divenisse orrenda.

«Non è possibile!» esclamò. «Quando penso che le mie figlie van-

737

no a piedi nudi, e non hanno un vestito da mettersi! Come! Un mantello di raso, un cappello di velluto, stivaletti, e tutto, per più di duecento franchi di vestiario! Da crederla una signora! No, tu ti sbagli! Ma anzitutto l'altra era orribile, e questa non c'è male! Non c'è proprio male! Non può esser lei!»

«Ti dico che è lei. Vedrai.»

A questa affermazione così risoluta, la Jondrette alzò il suo faccione rosso e biondo e guardò il soffitto con un'espressione mostruosa. In quel momento ella sembrò a Marius ancor più temibile di suo marito. Era una scrofa con lo sguardo d'una tigre.

«Che!» riprese «l'orribile bella signorina che guardadava le mie figlie compassionevolmente sarebbe quella pezzente! Oh, vorrei sfondarle il ventre a colpi di zoccolo!»

Ella saltò giù dal letto, restò un momento in piedi, scarmigliata, con le narici dilatate, la bocca semiaperta, i pugni contratti e scagliati all'indietro. Poi si lasciò ricadere sul letto. L'uomo andava e veniva senza fare attenzione alla sua femmina.

Dopo qualche istante di silenzio, egli si avvicinò alla Jondrette e le si fermò davanti, con le braccia incrociate, come poco prima.

«Vuoi che ti dica ancora una cosa?»

«Che cosa?» domandò la moglie.

Egli rispose con voce rapida e bassa:

«Che la mia fortuna è fatta».

La Jondrette lo osservò con quello sguardo che vuol dire: «Costui che mi parla sta forse per diventare pazzo?». Egli continuò:

«Tuoni e fulmini! È un po' troppo tempo che io sono parrocchiano della parrocchia muori-di-fame-se-hai-il-fuoco, muori-di-freddo-se-hai-il-pane! Ne ho abbastanza della miseria! Il mio carico e quello degli altri! Io non scherzo più, non trovo più divertente la cosa, basta coi giochi di parole, buon Dio! Non più farse, Padre Eterno, voglio mangiare secondo la mia fame, bere secondo la mia sete! Gozzovigliare! Dormire! Non far niente! Voglio avere il mio turno, io, o bella! Prima di crepare, voglio essere un poco milionario!».

Fece il giro della stamberga e aggiunse:

«Come gli altri».

«Cosa vuoi dire?» domandò la donna.

Egli scosse la testa, strizzò l'occhio e alzò la voce come un cerretano da piazza che sta per fare una dimostrazione:

«Cosa voglio dire? Ascolta!».

«Silenzio!» borbottò la Jondrette «non così forte! Se sono affari che non bisogna far sentire...»

«Bah! Da chi? Dal vicino? L'ho visto uscire poco fa. D'altronde cosa capisce, quel bestione? E poi ti dico che l'ho visto uscire.»

Tuttavia, per una specie d'istinto, Jondrette abbassò la voce, però non abbastanza perché le sue parole sfuggissero a Marius. Una circostanza favorevole permetteva a questi di non perdere una parola di quella conversazione: la neve caduta attutiva il rumore delle carrozze sul viale.

Ecco ciò che Marius udì:

«Ascolta bene. È preso, il Creso. Proprio così! La cosa è come fatta. Tutto è combinato. Verrà questa sera alle sei. A portare i suoi sessanta franchi, canaglia! Hai visto come te li ho spifferati, i sessanta franchi, il mio proprietario, il mio 4 febbraio? Solo, non una scadenza! Era poco idiota! Verrà dunque alle sei; l'ora in cui il vicino è a pranzo. Mamma Burgon va in città a lavare i piatti. Non c'è nessuno, nella casa. Il vicino non rientra mai prima delle undici. Le piccole faranno la guardia. Tu ci aiuterai. Egli cederà».

«E se non cedesse?» domandò la moglie.

Jondrette fece un gesto sinistro e disse:

«Lo faremo cedere...».

E scoppiò a ridere.

Era la prima volta che Marius lo vedeva ridere. Era un riso freddo e dolce, e faceva rabbrividire.

Jondrette aprì un armadio a muro vicino al camino e ne tirò fuori un vecchio berretto che si mise in testa dopo averlo spazzolato con la manica.

«Ora,» disse «io esco. Devo ancora vedere gente. Gente in gamba. Vedrai come l'affare filerà. Starò fuori meno che potrò. È un bel colpo da tentare. Tu tieni d'occhio la casa.»

E con i pugni chiusi nelle tasche dei calzoni, restò un momento sopra pensiero, poi esclamò:

«Ma sai che è stata proprio una fortuna che egli non mi abbia riconosciuto? Se mi avesse riconosciuto, non sarebbe ritornato. Ci scappava! È la barba che mi ha salvato! La mia barbetta romantica! La mia bella barbetta romantica!».

E si rimise a ridere.

Andò alla finestra. La neve cadeva sempre, e rigava il grigio del cielo.

«Che tempo cane!» disse.

Poi, aggiustandosi il soprabito:

«Questo cappotto è troppo largo! Però,» aggiunse «ha fatto diabolicamente bene a lasciarmelo, il vecchio briccone; senza non avrei potuto uscire, e anche quest'occasione sarebbe svanita! Però, da che cosa dipendono le vicende della vita!».

E calcandosi il berretto sugli occhi uscì.

Aveva appena avuto il tempo di fare qualche passo fuori, che la porta si riaprì e il suo profilo feroce e astuto riapparve attraverso l'apertura.

«Me ne dimenticavo» disse. «Preparerai uno scaldino con del carbone.»

E gettò nel grembiale della moglie la moneta di cinque franchi che gli aveva lasciato «il filantropo».

«Uno scaldino con del carbone?» domandò la donna.

«Sì.»

«Quante staia?»

«Due abbondanti.»

«Costeranno trenta soldi. Col resto, comprerò da desinare.»

«No, diavolo!»

«Perché?»

«Non spendermi tutti i cinque franchi!»

«Perché?»

«Perché dovrò comperare anch'io qualche cosa per conto mio.»

«E cioè?»

«Qualche cosa.»

«Quanto ti occorrerà?»

«C'è un rigattiere qui vicino?»

«In via Mouffetard.»

«Ah, sì: sull'angolo di una via, ricordo la bottega.»

«Ma dimmi dunque quanto ti occorrerà per quello che devi comperare?»

«Da due e cinquanta a tre franchi.»

«Non rimarrà da scialare per il desinare.»

«Oggi non si tratta di mangiare; c'è qualche cosa di meglio da fare.»

«Basta così, gioia mia.»

Dopo queste parole della moglie, Jondrette richiuse la porta e Marius questa volta poté udire il suo passo allontanarsi nel corridoio e scendere rapidamente la scala.

In quel momento suonava l'una a Saint-Médard.

XIII

«SOLUS CUM SOLO, IN LOCO REMOTO, NON COGITABUNTUR
ORARE PATER NOSTER»[8]

Marius, per quanto fosse sognatore, aveva una natura ferma ed energica, come già dicemmo. Le abitudini di raccoglimento solitario, sviluppando in lui la simpatia e la compassione, avevano diminuito forse

---

[8] Solo con solo, in luogo solitario, non penseranno che dicano il Padrenostro.

la sua irascibilità, ma avevano lasciato intatta la sua facoltà d'indignarsi; egli aveva la bontà di un bramino e la severità d'un giudice, aveva pietà di un rospo, ma schiacciava una vipera. Ora, il suo sguardo era caduto in un nido di vipere; aveva sotto gli occhi un nido di mostri.

«Bisogna mettere il piede su quei miserabili» disse.

Nessuno degli enigmi che egli sperava di vedere dissiparsi si era chiarito; al contrario, tutti erano diventati forse più tenebrosi; egli non sapeva niente di più sulla bella del Luxembourg e sull'uomo che chiamava signor Leblanc, tranne che Jondrette li conosceva. Attraverso le oscure parole che erano state dette, non vedeva nettamente che una cosa, e cioè che si stava preparando un'insidia oscura, ma certamente terribile; che entrambi correvano un grande pericolo; lei, probabilmente: suo padre, certamente; bisognava salvarli; bisognava sventare le obbrobriose trame dei Jondrette e rompere la trama di quei ragni.

Marius osservò un momento la Jondrette. Ella aveva tolto da un angolo un vecchio braciere di ferro, e rovistava in mezzo a un mucchio di ferraglia.

Marius scese dal cassettone più leggermente che poté, avendo cura di non far rumore.

Pur nello spavento per ciò che si stava preparando, nell'orrore di cui i Jondrette lo avevano riempito, egli sentiva una certa qual gioia all'idea che forse avrebbe potuto rendere un tal servigio a colei che amava.

Ma come fare? Avvertire le persone minacciate? Egli non ne conosceva l'indirizzo. Esse erano riapparse un istante ai suoi occhi, poi s'erano immerse di nuovo nelle immense profondità di Parigi. Aspettare il signor Leblanc sulla porta, alle sei della sera, nel momento in cui fosse arrivato, e prevenirlo del tranello? Ma Jondrette e i suoi lo avrebbero visto stare di sentinella, il luogo era deserto, essi avrebbero trovato il mezzo d'impadronirsi di lui o di mandarlo via, e quegli che Marius voleva salvare sarebbe perduto. Era appena scoccata la una; l'agguato doveva aver luogo alle sei. Marius aveva davanti a sé cinque ore.

Non rimaneva che una sola cosa da fare.

Indossò il suo vestito migliore, si annodò un fazzoletto al collo, e uscì, senza fare maggiore rumore di quello che avrebbe fatto se avesse camminato a piedi nudi sul musco.

D'altronde, la Jondrette continuava a frugare nei suoi ferri.

Una volta fuori di casa, egli raggiunse la via del Petit-Banquier.

Era giunto verso la metà di questa strada, presso un muro bassissimo che in certi punti si poteva scavalcare, che dava in un terreno abbandonato: camminava lentamente, immerso nei suoi pensieri, e la neve attutiva i suoi passi; tutto a un tratto sentì alcune voci che parlavano vicinissime a lui. Egli volse il capo intorno, ma la strada era deserta, non c'era nessuno, si era in pieno giorno e tuttavia egli sentiva distintamente delle voci.

Ebbe l'idea di guardare oltre il muro che in quel momento rasentava.

Infatti c'erano due uomini che, addossati alla muraglia e seduti nella neve, si parlavano a bassa voce.

Quei due figuri gli erano ignoti. Uno era un uomo barbuto, con un camiciotto, l'altro un uomo con i capelli lunghi e cencioso. Il barbuto aveva una calotta greca, l'altro la testa scoperta, e un po' di neve nei capelli.

Marius, sporgendo la testa al di sopra di loro, poteva ascoltare.

L'uomo dai capelli lunghi urtava l'altro nel gomito, e diceva:

«Con Patron-Minette il colpo non può mancare.»

«Credi?» disse il barbuto.

E l'altro replicò:

«Sarà per ciascuno un bottino di cinquecento palle, e il peggio che possa capitare saranno cinque, sei, dieci anni al più!».

L'altro rispose un po' esitante, e tremando sotto il suo berretto greco:

«Questo è positivo. Son cose che nessuno potrà negare».

«Ti dico che il colpo non può fallire» insisté l'uomo dai capelli lunghi. «Terremo preparata la carrettella di papà Coso.»

Poi si misero a parlare d'un melodramma che avevano veduto il giorno prima alla Gaîté.

Marius continuò la sua strada.

Gli pareva che le parole oscure di quegli uomini, nascosti in modo così strano dietro il muro e rannicchiati nella neve, avessero qualche rapporto con gli abominevoli progetti di Jondrette. Doveva essere quello *il colpo*.

Si diresse verso il sobborgo Saint-Marceau, e nella prima bottega in cui s'imbatté domandò dove ci fosse un commissariato di polizia.

Gli fu indicato il numero 14 della via Pontoise.

Marius vi si recò.

Passando davanti a un panettiere, comperò un pane da due soldi e se lo mangiò, prevedendo che non avrebbe desinato.

Cammin facendo, rese giustizia alla provvidenza. Pensò che, se quella mattina non avesse dato i suoi cinque franchi alla ragazza Jondrette, avrebbe seguito la carrozza del signor Leblanc, e per conseguenza avrebbe ignorato tutto; l'insidia dei Jondrette non avrebbe trovato ostacoli, e Leblanc, e indubbiamente anche sua figlia, sarebbero stati perduti.

Arrivato al numero 14 della via Pontoise, egli salì al primo piano, e chiese del commissario di polizia.

«Il commissario di polizia non c'è» disse uno degli scritturali. «Ma c'è un ispettore che lo sostituisce. Volete parlargli? Si tratta di cosa urgente?»

«Sì» disse Marius.

Lo scritturale lo introdusse nel gabinetto del commissario. Vi era un uomo d'alta statura, in piedi dietro una inferriata, appoggiato a una stufa: con le due mani teneva sollevati i lembi di un largo pastrano a tre baveri. Aveva la faccia quadrata, la bocca piccola e risoluta, folti favoriti grigi e ispidi, uno sguardo che vi rivoltava le tasche. Si sarebbe potuto dire di quello sguardo, non che penetrava, ma che rovistava.

Quell'uomo aveva un aspetto non meno feroce né meno temibile di quello di Jondrette; talvolta incontrare il mastino non è meno pericoloso che incontrare il lupo.

«Cosa volete?» domandò a Marius, senza aggiugere «signore».

«Il signor commissario di polizia?»

«È assente. Io lo sostituisco.»

«Si tratta di cosa segretissima.»

«Allora parlate.»

«E urgentissima.»

«E allora parlate subito.»

Quell'uomo, calmo e brusco, era a un tempo terribile e rassicurante. Ispirava timore e confidenza. Marius gli raccontò l'avventura. Che una persona ch'egli conosceva solo di vista doveva essere attirata la sera stessa in un tranello; che abitando nella camera accanto a quella ov'era il covo dei banditi, lui, Marius Pontmercy, avvocato, aveva sentito tutto il complotto attraverso la tramezza; che lo scellerato che aveva immaginato la trama era un tale chiamato Jondrette, il quale doveva avere dei complici, probabilmente vagabondi delle barriere, tra i quali un certo Panchaud, detto Pritanier, detto Bigrenaille; che le figlie di Jondrette avrebbero fatto la guardia e che non c'era alcun mezzo di prevenire l'uomo minacciato, dato che non si sapeva nemmeno il suo nome; e che, infine, tutto questo doveva compiersi alle sei di sera nel punto più deserto del viale dell'Hôpital, nella casa numero 50-52.

A questo numero, l'ispettore alzò il capo e disse freddamente:

«È dunque la camera in fondo al corridoio?».

«Precisamente» rispose Marius, e aggiunse: «Conoscete quella casa?»

L'ispettore rimase un momento in silenzio; poi rispose, mentre riscaldava il tacco della scarpa alla bocca della stufa:

«A quanto pare».

Continuò tra i denti, parlando meno a Marius che alla sua cravatta: «Ci dev'essere un po' di Patron-Minette là dentro».

Questa parola colpì Marius.

«Patron-Manette» egli disse. «Infatti ho sentito pronunciare questa parola.»

E raccontò all'ispettore il dialogo dell'uomo dai capelli lunghi e dell'uomo barbuto, nella neve, dietro il muro di via del Petit-Banquier.

L'ispettore brontolò:

«Quello con i capelli lunghi deve essere Brujon, e il barbuto deve essere Demi-Liard, detto Deux-milliards».

Egli aveva di nuovo abbassato gli occhi e meditava.

«Quanto al papà Coso, capisco benissimo. Ecco che mi sono bruciato il pastrano. Fanno sempre troppo fuoco in queste maledette stufe. Il numero 50-52. Vecchia proprietà Gorbeau.»

Poi guardò Marius:

«Voi non avete visto che l'uomo con la barba e l'uomo con i capelli lunghi?».

«E Panchaud.»

«Non avete veduto gironzolare per di là una specie di moscardino del diavolo?»

«No.»

«Né un omone grande e grosso, che assomiglia all'elefante del Jardin des Plantes?»

«No.»

«Né un tipo scaltro che pare una vecchia volpe?»

«No.»

«Quanto al quarto, nessuno lo vede, nemmeno i suoi aiutanti, commessi e impiegati. Quindi non è sorprendente che non l'abbiate veduto.»

«No. Ma cosa sono» domandò Marius «tutti questi esseri?»

L'ispettore rispose:

«D'altronde non è ancora il loro momento».

Ricadde nel silenzio, poi riprese:

«50-52. Conosco la baracca. È impossibile nasconderci nell'interno, senza che gli artisti se ne accorgano. Allora si toglierebbero d'imbarazzo, mandando a vuoto la rappresentazione. Sono tanto modesti! Il pubblico li mette in vergogna. Niente, niente, niente. Voglio sentirli cantare e farli danzare».

Terminato questo monologo, si voltò verso Marius e gli domandò guardandolo fissamente:

«Avete paura?».

744

«Di che?» domandò Marius.

«Di quegli uomini.»

«Non più che di voi!» replicò rudemente Marius, il quale cominciava a notare che quel poliziotto non l'aveva ancora chiamato «signore».

L'ispettore guardò Marius ancora più fissamente, e riprese con una specie di sentenziosa solennità:

«Voi parlate come un uomo coraggioso e come un onest'uomo. Il coraggio non teme il delitto, e l'onestà non teme l'autorità».

Marius l'interruppe:

«Bene; ma che cosa contate di fare?».

L'ispettore si limitò a rispondergli:

«Gli inquilini di quella casa hanno tutti una chiave della porta per poter entrare di notte. Voi ne dovete avere una».

«Sì» disse Marius.

«L'avete con voi?»

«Sì.»

«Datemela» disse l'ispettore.

Marius prese la chiave nel panciotto, la consegnò all'ispettore e aggiunse:

«Se volete darmi retta, venite con molti rinforzi».

L'ispettore gettò su Marius lo sguardo che Voltaire avrebbe diretto a un accademico di provincia che gli avesse proposta una rima; con un sol movimento ficcò nelle due immense tasche del pastrano le sue enormi mani, e ne tirò fuori due piccole pistole d'acciaio, di quelle che si chiamano «pugni». Le presentò a Marius dicendo in tono asciutto:

«Prendete queste. Ritornate a casa. Nascondetevi nella vostra camera. Fate che vi si creda uscito. Le pistole sono cariche, ciascuna a due palle. Voi starete in osservazione, dietro quel buco nel muro, come mi avete detto. Vedrete venire quegli individui. Lasciate che le cose comincino. Quando giudicherete che la cosa sia giunta al punto giusto e sia opportuno di porvi termine, tirerete un colpo di pistola. Non troppo presto. Il resto riguarda me. Un colpo di pistola in aria, al soffitto, non importa dove. Soprattutto non troppo presto. Aspettate che ci sia un principio d'esecuzione; voi siete avvocato, sapete che cosa significhi ciò».

Marius prese le pistole e le mise nella tasca laterale del soprabito.

«Così fanno una gobba, e si vedono» disse l'ispettore. «Mettetele piuttosto nelle tasche dei calzoni.»

Marius nascose le pistole nelle tasche dei calzoni.

«Ora,» proseguì l'ispettore, «non c'è più un minuto da perdere per nessuno. Che ora è? Le due e mezzo. È per le sette?»

«Le sei» disse Marius.

«Il tempo c'è,» rispose l'ispettore «ma appena appena il tempo. Non dimenticate niente di quello che vi ho detto. Pan. Un colpo di pistola.»

«State tranquillo» rispose Marius.

E poiché egli metteva la mano sulla maniglia della porta per uscire, l'ispettore gli gridò:

«A proposito, se avrete bisogno di me in questo frattempo, venite o mandate qui. Farete chiedere dell'ispettore Javert».

XV

JONDRETTE FA LA SUA SPESA

Qualche istante dopo, verso le tre, Courfeyrac passava per caso in via Mouffetard in compagnia di Bossuet. La neve cadeva sempre più fitta e riempiva lo spazio. Bossuet stava dicendo a Courfeyrac:

«A veder cadere tutti questi fiocchi di neve, si direbbe che c'è in cielo una moria di farfalle bianche».

Tutt'a un tratto, Bossuet scorse Marius che risaliva la via verso la barriera: egli aveva un aspetto singolare.

«To'!» esclamò Bossuet «Marius!»

«L'ho visto» disse Courfeyrac. «Non parliamogli.»

«Perché?»

«È occupato.»

«In che cosa?»

«Non vedi dunque la sua cera?»

«Che cera?»

«Ha l'aria di chi segue qualcuno.»

«È vero» disse Bossuet.

«Guarda dunque i suoi occhi!» riprese Courfeyrac.

«Ma chi diavolo segue?»

«Qualche sartina-sguadrinella-cuffietta-infiorata! È innamorato.»

«Ma,» osservò Bossuet «gli è che io non vedo né sartine, né sgualdrinelle, né cuffie infiorate nella via. Non c'è nemmeno una donna.»

Courfeyrac guardò ed esclamò:

«Segue un uomo!»

Infatti un uomo con un berretto in testa, e del quale distinguevano la barba grigia sebbene non lo vedessero che di dietro, camminava a una ventina di passi davanti a Marius.

Quest'uomo era vestito, con un soprabito nuovissimo troppo grande per lui, e certi spaventosi calzoni tutti a brandelli e coperti di fango.

Bossuet scoppiò a ridere.

«Chi è quell'uomo?»

«Quello?» riprese Courfeyac «è un poeta. I poeti portano molto volentieri calzoni da mercanti di pelli di coniglio e soprabiti da pari di Francia.»

«Vediamo dove va Marius,» fece Bossuet «vediamo dove va quell'uomo, seguiamoli, eh?»

«Bossuet,» esclamò Courfeyrac «aquila di Meaux! Voi siete un prodigioso animale. Seguire un uomo che segue un uomo!»

Cambiarono strada.

In realtà Marius aveva visto Jondrette passare per via Mouffetard, e lo spiava.

Jondrette procedeva diritto, senza sospettare che già uno sguardo lo vigilava.

Abbandonò la via Mouffetard, e Marius lo vide entrare in una delle più orride bicocche della via Gracieuse, dove rimase quasi un quarto d'ora, poi ritornò in via Mouffetard. Si fermò presso un rigattiere che in quel tempo stava all'angolo della via Pierre-Lombard e, qualche minuto dopo, Marius lo vide uscire dalla bottega tenendo in mano un grande scalpello col manico di legno bianco che poi nascose sotto il soprabito. All'altezza della via del Petit-Gentilly, voltò a sinistra e raggiunse rapidamente la via del Petit-Banquier. Il giorno tramontava e la neve, che era cessata un momento, ora riprendeva a cadere. Marius si appostò all'angolo della via del Petit-Banquier, che era come al solito deserta, e non seguì Jondrette. Buon per lui, che, arrivato presso il muricciuolo dove Marius aveva sentito parlare l'uomo dai capelli lunghi e l'uomo barbuto, Jondrette si voltò, si assicurò che nessuno lo seguisse e lo vedesse, poi scalvalcò il muro e disparve.

Il terreno incolto cinto da quel muro comunicava con la corte interna di un vecchio noleggiatore di carrozze malfamato, che era fallito e aveva ancora sotto le tettoie qualche vecchio calesse.

Marius pensò che era cosa saggia profittare dell'assenza di Jondrette per rientrare; inoltre l'ora si faceva tarda; tutte le sere mamma Burgon, uscendo per andare a lavare i piatti in città, era solita chiudere la porta di casa, come sempre si faceva all'imbrunire. Marius aveva dato la sua chiave all'ispettore di polizia: era dunque necessario che si affrettasse.

La sera era calata, e oramai era quasi notte; sull'orizzonte e nell'immensità non c'era più che un punto illuminato dal sole: era la luna. Essa sorgeva rossastra dietro la cupola della Salpêtrière.

Marius raggiunse rapidamente il numero 50-52. Al suo arrivo, la porta era ancora aperta. Salì le scale in punta di piedi, e scivolò lungo il muro del corridoio fino alla sua camera. Quel corridoio, il lettore lo ricorderà, era fiancheggiato da ambo i lati da stanzacce che in quel momento erano tutte vuote e da affittare. Passando davanti a una di queste porte, Marius credette di scorgere nell'interno disabitato quattro teste di uomini immobili, illuminate debolmente da un barlume di luce che veniva ancora da un abbaino. Marius non cercò di vedere, non volendo esser veduto.

Riuscì a entrare nella sua camera senza essere scorto e senza rumore. Era tempo. Un momento dopo, sentì mamma Burgon che se ne andava e chiudeva la porta di casa dietro di sé.

XVI
IN CUI SI RITROVERÀ LA CANZONE SU UN'ARIA INGLESE
CHE ERA DI MODA NEL 1832

Marius sedette sul letto. Potevano essere le cinque e mezzo. Una mezz'ora solamente lo separava da quello che stava per avvenire. Egli sentiva le proprie arterie battere come si sente nell'oscurità il battito dell'orologio. Pensava alla doppia marcia che si compiva in quel momento nelle tenebre, in cui il delitto s'avanzava da una parte, e la giustizia dall'altra. Non aveva paura, ma non poteva pensare senza un fremito alle cose che stavano per accadere. Come chiunque si trovi improvvisamente coinvolto in un'avventura sorprendente, Marius provava l'impressione che tutto quanto era avvenuto in quel giorno fosse un sogno e, per non credersi in preda a un incubo, aveva bisogno di sentire nelle sue tasche il freddo delle due pistole d'acciaio.

Non nevicava più; la luna, sempre più chiara, si liberava dalle nuvole, e la sua luce, mista al riflesso bianco della neve caduta, dava alla camera un aspetto crepuscolare.

Lo stambugio degli Jondrette era illuminato. Marius vedeva il buco della tramezza brillare di una luce rossa che gli pareva sanguigna.

Certamente quella luce non poteva essere prodotta da una candela. Del resto, presso gli Jondrette non si sentiva alcun rumore, nessuno si moveva né parlava, non si udiva un soffio, il silenzio era gelido e profondo, e senza quella luce ci si sarebbe creduti vicini a un sepolcro.

Marius si tolse adagio le scarpe, e le spinse sotto il letto.

Passarono alcuni minuti. Marius sentì la porta di strada cigolare sui cardini, un passo pesante e rapido salì la scala e percorse il corridoio, il saliscendi dello stambugio si sollevò con rumore: era Jondrette che rientrava.

Subito si sentirono parecchie voci. Tutta la famiglia era raccolta nella stanza. Soltanto, tutti tacevano in assenza del padrone, come i lupacchiotti in assenza del lupo.

«Sono io» disse Jondrette.

«Buona sera, paparuccio!» squittirono le figlie.

«Ebbene?» domandò la madre.

«Tutto va benone,» rispose Jondrette «ma io ho un freddo cane ai piedi. Brava! Ti sei vestita. Hai fatto bene. Bisogna che tu possa ispirare fiducia!»

«Sono pronta per uscire.»

«Non dimenticherai niente di quanto ti ho detto? Farai tutto per bene?»

«Sta tranquillo.»

«È che...» disse Jondrette. E non terminò la frase.

Marius lo sentì posare qualcosa di pesante sulla tavola, probabilmente lo scalpello che aveva comperato.

«Ah,» riprese Jondrette «avete mangiato, qui?»

«Sì,» disse la madre «tre grosse patate e sale. Ho approfittato del fuoco per farle cuocere.»

«Bene» approvò Jondrette. «Domani vi condurrò a pranzo con me. Ci sarà un'anitra con contorno. Pranzerete come se foste Carlo X in persona. Tutto va bene!»

Poi aggiunse abbassando la voce:

«La trappola è aperta. I gatti sono pronti».

Abbassò ancora più la voce e disse:

«Metti questo nel fuoco».

Marius sentì il rumore del carbone smosso da una paletta o da un utensile di ferro; e Jondrette continuò: «Hai unto i cardini della porta, perché non facciano rumore?».

«Sì» rispose la madre.

«Che ora è?»

«Quasi le sei. È appena suonata la mezza a Saint-Médard.»

«Diavolo!» fece Jondrette. «Bisogna che le piccine vadano a far da sentinella. Venite voialtre, ascoltate.»

Vi fu un sussurro.

La voce di Jondrette si alzò ancora:

«La Burgon se ne è andata?»

«Sì» disse la madre.

«Sei sicura che non vi sia nessuno in casa del vicino?»

«Non è tornato in tutta la giornata, e sai bene che questa è l'ora in cui va a desinare.»

«Ne sei sicura?»

«Sicura.»

749

«Ad ogni modo,» riprese Jondrette «non sarebbe male andare a vedere se è in casa. Figlia mia, prendi la candela e vacci.»

Marius si lasciò cadere sulle mani e sui ginocchi e scivolò in silenzio sotto il letto.

Si era appena nascosto, che scorse una luce attraverso le fessure della porta.

«Papà,» gridò una voce «è uscito.»

Egli riconobbe la voce della figlia più grande.

«Sei entrata?» domandò il padre.

«No,» rispose la figlia «ma poiché la chiave è nella toppa è uscito.»

Il padre gridò:

«Entra lo stesso».

La porta s'aprì, e Marius vide entrare la maggiore delle Jondrette, con una candela in mano. Era come la mattina, ma a quella luce era ancor più spaventosa.

Ella camminò in direzione del letto. Marius ebbe un inesprimibile momento d'ansietà; ma c'era presso il letto uno specchio attaccato al muro; era là che la ragazza si dirigeva: infatti si alzò sulla punta dei piedi e si guardò. Si sentiva nella camera attigua un rumore di ferri smossi.

Ella si lisciò i capelli col palmo della mano e sorrise allo specchio, mentre canterellava con la sua voce rauca e tremula:

> *Nos amours ont duré toute une semaine.*
> *Mais que du bonheur les instants son courts!*
> *S'adorer huit jours, c'était bien la peine!*
> *Le temps des amours devrait durer toujours!*
> *Devrait durer toujours! Devrait durer toujours!*[9]

Intanto Marius tremava. Gli pareva impossibile ch'ella non sentisse il suo respiro.

La ragazza si diresse verso la finestra e guardò fuori parlando ad alta voce, con quel suo fare da mezza pazza.

«Come è brutta Parigi quando ha indossato la camicia bianca!» disse.

Ritornò allo specchio, si fece di nuovo delle smorfie, contemplandosi successivamente di faccia e di tre quarti.

«Ebbene!» gridò il padre «cosa diavolo fai?»

«Guardo sotto il letto e sotto i mobili» lei rispose continuando ad acconciarsi i capelli. «Non c'è nessuno.»

---

[9] I nostri amori sono durati un'intera settimana. Ah, come sono corti gli istanti di felicità! Adorarsi otto giorni, metteva proprio conto! Il tempo degli amori dovrebbe durare sempre! Dovrebbe durare sempre! Dovrebbe durare sempre!

«Stupida!» urlò il padre. «Qui subito! Non perdiamo tempo.»

«Vengo, vengo!» ella rispose. «Non c'è mai tempo per niente nella loro baracca.»

E canticchiò:

> *Vous me quittez pour aller à la gloire.*
> *Mon triste coeur suivra partout vos pas.*[10]

Ella lanciò un ultimo sguardo allo specchio e uscì chiudendo la porta dietro di sé.

Un momento dopo, Marius sentì nel corridoio il rumore dei piedi nudi delle due ragazze e la voce di Jondrette che gridava:

«State bene attente! Una dalla parte della barriera, l'altra all'angolo di via Petit-Banquier. Non perdete di vista nemmeno per un minuto la porta di casa, e qualunque cosa vediate, subito qui! In quattro salti! Avete una chiave per rientrare».

La figlia maggiore brontolò:

«Fare da sentinella con i piedi nudi nella neve!».

«Domani avrete stivaletti di seta color scarabeo» disse il padre.

Esse scesero le scale, e, dopo qualche secondo, lo sbattere della porta che si richiudeva annunciava che erano fuori.

In casa non c'erano più che Marius e gli Jondrette, e probabilmente quegli esseri misteriosi intravisti da Marius nel crepuscolo dietro la porta della soffitta disabitata.

XVII
IMPIEGO DEI CINQUE FRANCHI DI MARIUS

Marius giudicò che era giunto il momento di riprendere posto al suo osservatorio. In un batter d'occhio, con l'agilità dell'età sua, fu presso il buco della parete.

Egli guardò.

L'interno dell'abitazione Jondrette offriva un aspetto singolare, e Marius si spiegò la strana luce che vi aveva notato. In un candeliere verdognolo bruciava una candela, ma non era essa che rischiarava la camera. L'intero stambugio era come illuminato dal riverbero di uno scaldino piuttosto grande posto nel caminetto e pieno di carbone acceso. Era lo scaldino che la Jondrette aveva preparato il mattino. Il

[10] Voi mi lasciate per andare verso la gloria. Il mio triste cuore seguirà dappertutto i vostri passi.

carbone era ardente e lo scaldino era infocato: vi serpeggiava sopra una fiamma azzurra, la quale aiutava a distinguere la forma dello scalpello comperato da Jondrette in via Pierre-Lombard, che si arroventava immerso nella brace. In un angolo vicino alla porta si vedevano, disposti come per un uso previsto, due mucchi che avevano l'apparenza d'un cumulo di ferraglie e d'un rotolo di cordame. Tutto ciò avrebbe fatto indugiare la mente di chi non avesse saputo nulla di quanto si stava macchinando, tra un'immagine parecchio sinistra e un'immagine semplicissima. La stamberga, rischiarata in quel modo, rassomigliava più a una fucina che a uno spiraglio dell'inferno, ma Jondrette, a quella luce rossastra, aveva l'aspetto d'un demonio più che di un fabbro.

Il calore diffuso dallo scaldino era tale che la candela posta sulla tavola si liquefaceva dal lato rivolto ad esso, e si consumava in un'ugnatura.

Sul camino si vedeva una vecchia lanterna cieca di rame, degna di Diogene tramutato in Cartouche.

Lo scaldino, posto sul focolare accanto ai tizzoni semispenti, mandava su per la cappa del camino i suoi vapori, cosicché l'odore non si diffondeva nell'interno.

La luna, entrando dai quattro riquadri della finestra, riverberava i suoi bianchi raggi in quella stamberga rossastra e ardente: il che, alla poetica mente di Marius, fantasiosa anche nell'istante dell'azione, pareva un pensiero del cielo frammisto ai deformi sogni della terra.

Un soffio d'aria, penetrando dal vetro rotto, contribuiva a dissipare l'odore del carbone e a dissimulare la presenza del braciere.

Il tugurio Jondrette, se il lettore rammenta la descrizione della topaia Gorbeau, si prestava meravigliosamente per servire di teatro a un'azione violenta e fosca, e di ricettacolo a un delitto. Era la stanza più remota della casa più isolata del più deserto viale di Parigi. Se il tranello non fosse già esistito, quel luogo ne avrebbe suggerito l'idea.

Tutto lo spessore d'una casa e un buon numero di camere disabitate separavano quel bugigattolo dal viale e la sua unica finestra dava su terreni incolti e deserti, cinti da muri e da staccionate.

Jondrette aveva acceso la pipa, s'era seduto sulla sedia spagliata e fumava. Sua moglie gli parlava piano.

Se Marius fosse stato Courfeyrac, cioè uno di quegli uomini che ridono in tutte le occasioni della vita, sarebbe scoppiato dalle risa quando il suo sguardo cadde sulla Jondrette. Ella portava un cappello nero con le piume, che rassomigliava assai ai cappelli degli araldi d'armi all'incoronazione di Carlo X, un immenso scialle a rete sulla gonna di maglia, e le scarpe da uomo che sua figlia aveva sdegnato il mattino. Era questa acconciatura che aveva strappato a Jondrette l'esclamazione: «*Ti sei vestita! Hai fatto bene. Bisogna che tu possa ispirare fiducia!*».

Quanto a Jondrette, questi non aveva lasciato il soprabito nuovo e troppo largo per lui che il signor Leblanc gli aveva regalato: e la sua tenuta continuava a presentare, tra soprabito e calzoni, quel contrasto che costituiva agli occhi di Courfeyrac l'ideale del poeta.

A un tratto Jondrette alzò la voce:

«A proposito! Ora ci penso. Con il tempo che fa, egli verrà in carrozza. Accendi la lanterna, prendila e scendi. Starai dietro la porta da basso. Nel momento in cui sentirai arrivare la carrozza, aprirai subito, egli salirà, tu gli farai lume sulle scale e nel corridoio, e mentre egli entrerà qui, tu scenderai molto in fretta, pagherai il cocchiere e manderai indietro la carrozza».

«E il denaro?» domandò la donna.

Jondrette si frugò nei calzoni e le consegnò cinque franchi.

«Cos'è questo?» gridò la donna.

Jondrette rispose dignitosamente:

«È il monarca che il vicino ci ha regalato questa mattina». E aggiunse: «Sai? Ci vorrebbero due sedie».

«Perché?»

«Per sedersi.»

Marius si sentì scorrere un brivido nelle vene sentendo la Jondrette rispondere pacificamente:

«Perdinci! Vado a prendere quelle del vicino.»

E con un rapido movimento aprì la porta della stanza e uscì nel corridoio.

Marius non aveva il tempo materiale di scendere dal cassettone, d'arrivare fino al letto e di nascondervisi sotto.

«Prendi la candela» gridò Jondrette.

«No,» ella disse «mi imbarazzerebbe dovendo portare le due sedie. C'è il chiaro di luna.»

Marius sentì la mano pesante della Jondrette cercare a tastoni la chiave nell'oscurità. La porta s'aprì. Egli rimase inchiodato al suo posto per l'emozione e lo stupore.

La Jondrette entrò.

La finestra dell'abbaino lasciava passare un raggio di luna tra due grandi zone d'ombra. Una di queste copriva interamente il muro al quale era addossato Marius, di modo che egli spariva.

La madre Jondrette alzò gli occhi, non vide Marius, prese le due sedie, le sole che Marius possedesse, e se ne andò lasciando ricadere pesantemente la porta dietro di sé; poi rientrò nella stamberga.

«Ecco le due sedie.»

«Ed ecco la lanterna» disse il marito. «Scendi subito.»

Ella si affrettò a obbedire e Jondrette restò solo.

Egli dispose le due sedie ai lati della tavola, voltò lo scalpello nel braciere, mise davanti al camino un vecchio paravento, che mascherava il braciere, poi andò nell'angolo in cui c'era un mucchio di corde come per esaminarvi qualche cosa.

Allora Marius riconobbe che ciò che egli aveva preso per un mucchio informe era una scala di corda assai ben fatta, con pioli di legno e ganci per attaccarla.

Questa scala e alcuni grossi utensili, vere mazze di ferro che erano mischiate alle ferraglie ammonticchiate dietro la porta, non c'erano in casa Jondrette la mattina, e vi erano evidentemente stati portati nel pomeriggio, durante l'assenza di Marius.

«Sono utensili da fabbro» pensò questi.

Se Marius fosse stato un po' più istruito in materia, avrebbe riconosciuto, in quelli che egli prendeva per arnesi da fabbro, certi speciali strumenti adatti a forzare una serratura o a scassinare una porta, e altri per tagliare o mozzare: insomma, le due famiglie di arnesi sinistri che i ladri chiamano i *cadetti* e i *falcianti*.

Il camino e la tavola con le due sedie stavano proprio in faccia a Marius.

Poiché il braciere era nascosto, la camera non era illuminata che dalla candela; la più piccola stoviglia posta sulla tavola o sul camino faceva una grande ombra. Un orciolo mezzo rotto mascherava mezzo muro. C'era in quella camera un'inesprimibile calma ripugnante e minacciosa. Vi si sentiva l'aspettazione di qualcosa di spaventoso.

Jondrette aveva lasciato spegnere la pipa, grave segno di preoccupazione, e s'era nuovamente seduto. La candela faceva risaltare i selvaggi e acuti angoli del suo viso. Di quando in quando egli aggrottava le ciglia e stringeva la destra con moto convulso come se rispondesse agli ultimi consigli d'un cupo monologo interiore. In una delle tenebrose risposte che egli dava a se stesso, tirò vivacemente a sé il cassetto del tavolo, vi prese un lungo coltello da cucina che vi era nascosto, e ne provò il filo sulla cinghia. Ciò fatto, ripose il coltello nel cassetto, che richiuse.

Marius, dal canto suo, afferrò la pistola che teneva nella tasca di destra, la tirò fuori e alzò il grilletto.

La pistola, nell'atto d'essere preparata per sparare, fece un piccolo rumore chiaro e secco.

Jondrette trasalì e si sollevò a mezzo sulla sedia.

«Chi è là?» gridò.

Marius trattenne il respiro, Jondrette ascoltò un istante, poi si mise a ridere dicendo:

«Bestia che sono! È il tramezzo che scricchiola».

Marius tenne in mano la pistola.

Tutto a un tratto la vibrazione lontana e malinconica d'una campana scosse i vetri. Suonavano le sei a Saint-Médard.

Jondrette sottolineò ogni colpo con un moto del capo. Allo scoccare del sesto, spense la candela con le dita.

Poi si mise a camminare per la camera, stette in ascolto nel corridoio, camminò, ascoltò ancora.

«Purché venga!» brontolò; poi ritornò alla sua sedia.

Si era appena seduto che la porta s'aprì.

L'aveva aperta la madre Jondrette, rimanendo nel corridoio e facendo un'orribile smorfia, che uno dei fori della lanterna cieca illuminava dal basso.

«Entrate signore» ella disse.

«Entrate, mio benefattore» ripeté Jondrette, alzandosi precipitosamente.

Apparve il signor Leblanc.

Aveva un aspetto sereno, che lo rendeva singolarmente venerando.

Egli posò sul tavolo quattro luigi.

«Signor Fabantou,» disse «ecco per il vostro affitto e per le prime necessità. Vedremo poi in seguito.»

«Che Dio ve ne renda merito, mio generoso benefattore!» disse Jondrette; e avvicinandosi rapidamente a sua moglie: «Manda via la carrozza!».

Ella sparì mentre suo marito si profondeva in convenevoli e offriva una sedia al signor Leblanc. Un istante dopo ella ritornò, e gli disse sottovoce all'orecchio:

«È fatto».

La neve, che salvo qualche breve intervallo non aveva cessato di cadere dal mattino, era talmente alta, che non si era sentita arrivare la carrozza, e non la si sentì andar via.

Intanto il signor Leblanc si era seduto.

Jondrette aveva preso possesso dell'altra sedia di fronte al signor Leblanc.

Ora, per farsi un'idea della scena che si svolgerà, il lettore immagini la notte gelida, le solitudini della Salpêtrière coperte di neve e bianche al chiaro di luna come immensi sudari e la luce malinconica delle lampade che qua e là illumina di riflessi rossastri quei tragici viali, i lunghi filari d'olmi neri, l'assoluta mancanza di passanti forse per un quarto di lega all'ingiro, la topaia Gorbeau immersa nel massimo del suo silenzio, del suo orrore e delle sue tenebre: e in questa topaia, in mezzo a quelle solitudini, a quell'ombra, la stamberga Jondrette rischiarata da una candela, e in essa due uomini seduti a una tavola, e cioè Leblanc tranquillo e Jondrette sorridente e spaventoso: la Jondrette, madre-lupa, in un angolo e, dietro il tramezzo, invisibile, Marius in piedi, attento a non perdere una sillaba, con l'occhio allo spiraglio e la pistola in pugno.

Del resto Marius non provava che un senso di orrore, ma nessuna paura. Stringeva la canna della pistola, e si sentiva rassicurato. «Io fermerò quel miserabile quando vorrò» pensava.

Sapeva che la polizia era imboscata in qualche luogo vicino, in attesa del segnale convenuto, pronta a stendere il braccio.

D'altra parte, egli sperava che da quel violento incontro tra Jondrette e Leblanc potesse scaturire qualche luce su ciò che tanto desiderava conoscere.

XIX

BISOGNA PREOCCUPARSI DEGLI ANGOLI TENEBROSI

Appena seduto, il signor Leblanc volse gli occhi verso i letti che erano vuoti.

«Come va la povera piccina ferita?» domandò.

«Male,» rispose Jondrette con un sorriso doloroso e riconoscente «assai male, mio degno signore. La sorella maggiore l'ha condotta alla Bourbe a farsi medicare. Voi le vedrete, esse stanno per ritornare.»

«Mi pare che la signora Fabantou stia meglio» riprese il signor Leblanc gettando uno sguardo sulla bizzarra acconciatura della Jondrette che, in piedi tra lui e la porta, come se già sorvegliasse l'uscita, lo considerava in atteggiamento di minaccia e quasi di battaglia.

«Essa è moribonda» disse Jondrette. «Ma, che volete, signore? Ha tanto coraggio, quella donna! Non è una donna, è un bue.»

La Jondrette, commossa dal complimento, esclamò con una leziosaggine da mostro lusingato:

«Sei sempre troppo buono con me, caro Jondrette».

«Jondrette?» disse il signor Leblanc. «Mi pareva che vi chiamaste Fabantou.»

«Fabantou detto Jondrette» rispose vivamente il marito. «È un soprannome da artista.»

E, lanciando alla moglie un alzar di spalle che il signor Leblanc non vide, proseguì con una inflessione di voce enfatica e carezzevole:

«Ah! E perché ci siamo sempre fatta buona compagnia, la mia povera cara e io. Che cosa ci resterebbe, se non avessimo questo? Siamo così disgraziati, mio rispettabile signore! Si hanno le braccia, e manca il lavoro! Si ha della buona volontà e non si trova occupazione! In verità non so come il governo regoli le cose; ma, parola d'onore, signore, io non sono un giacobino, non sono un democratico, non gli auguro male, ma se fossi ministro io, parola d'onore le cose camminerebbero diversamente. Udite, per esempio: io volevo che le mie figlie imparassero il mestiere di rilegatrici. Mi direte: che! Un mestiere? Sì, un mestiere! Un mestiere! Un semplice mestiere! Un mezzo per campare! Che precipizio, mio benefattore! Quale degradazione, quando si pensa a ciò che eravamo! Ahimè! Non rimane nulla del nostro periodo di prosperità! Niente all'infuori di una sola cosa, un quadro al quale tengo molto, ma del quale però ora mi priverei, perché bisogna vivere! Oltre tutto, bisogna vivere!».

Mentre Jondrette parlava, con un apparente disordine che non diminuiva per nulla l'espressione riflessiva e sagace della sua fisionomia, Marius alzò gli occhi e vide in fondo alla stanza un individuo che non aveva ancora visto. Un uomo era entrato con tanta leggerezza che non si era udito girar l'uscio sui cardini. Quest'uomo aveva un panciotto di maglia color violetto, vecchio, logoro, macchiato, stracciato, che apriva bocche a tutte le pieghe; larghi calzoni di velluto di cotone, zoccoli ai piedi, senza camicia, a collo nudo, con le braccia nude e tatuate e il volto impiastrato di nero. Si era seduto, in silenzio e a braccia conserte, sul letto più vicino, e, poiché era quasi nascosto dietro la Jondrette, non si poteva distinguerlo bene.

Quella specie d'istinto magnetico che guida lo sguardo fece sì che il signor Leblanc si voltasse quasi insieme con Marius. Egli non poté reprimere un moto di sorpresa, che non sfuggì a Jondrette.

«Ah, vedo,» esclamò Jondrette abbottonandosi con compiacenza, «voi guardate il vostro soprabito? Mi va a pennello, in fede mia, mi va proprio a pennello.»

«Chi è quell'uomo?» chiese il signor Leblanc.

«Quello? È un vicino. Non badategli.»

Il vicino aveva un aspetto singolare. Tuttavia le fabbriche di prodotti chimici abbondano nel sobborgo Saint-Marceau. Molti operai delle officine possono avere il viso nero. D'altronde, da tutta la persona del signor Leblanc spirava una fiducia candida e intrepida. Egli riprese:

«Scusate; che cosa mi dicevate dunque, signor Fabantou?».

«Vi dicevo, signore e caro protettore,» riattaccò Jondrette, appoggiando i gomiti sulla tavola e contemplando Leblanc con occhi fissi e teneri assai simili a quelli di un serpente boa «vi dicevo che avrei un quadro da vendere.»

Si udì un leggero rumore alla porta. Era entrato un secondo uomo, e si era seduto sul letto, dietro la Jondrette. Aveva, come il primo, le braccia nude, e una maschera d'inchiostro o di fuliggine. Quantunque quest'uomo fosse letteralmente scivolato nella camera, non poté fare in modo che il signor Leblanc non lo vedesse.

«Non badateci,» disse Jondrette «sono persone della casa. Dicevo dunque che mi rimane un quadro prezioso... Eccolo, signore, osservatelo.»

Si alzò, s'avvicinò alla parete ai piedi della quale giaceva il pannello di cui abbiamo parlato, e lo rivoltò, lasciandolo sempre appoggiato al muro. Infatti era qualche cosa che somigliava a un quadro e che la candela illuminava fiocamente. Marius non poteva distinguere nulla, perché Jondrette si era posto tra il quadro e lui; egli intravedeva soltanto uno scarabocchio grossolano, e una specie di personaggio principale tratteggiato a colori vivaci con la crudezza chiassosa dei quadri da fiera e delle pitture da paravento.

«Che cos'è questa roba?» chiese Leblanc.

Jondrette esclamò:

«Un dipinto di grande maestro, un quadro di gran valore, benefattore mio! Io ci tengo come alle mie due figlie; esso suscita in me tanti ricordi! Ma, ve l'ho detto e non mi disdico, sono così disgraziato che me ne priverei».

Sia per caso, sia perché fosse sorto in lui un principio d'inquietudine, mentre esaminava il quadro il signor Leblanc volse lo sguardo verso il fondo della stanza.

Vi erano ora quattro uomini, tre seduti sul letto, uno in piedi presso lo stipite dell'uscio: tutti e quattro a braccia nude, immobili, col viso imbrattato di nero. Uno di quelli che stavano sul letto si appoggiava al muro, a occhi chiusi, e si sarebbe detto che dormisse. Questi era vecchio, e i suoi capelli bianchi sul viso nero erano orribili. Gli altri due sembravano giovani. L'uno era barbuto, l'altro aveva i capelli lunghi. Nessuno aveva scarpe; chi non aveva calze, stava a piedi nudi.

Jondrette notò che il signor Leblanc osservava quegli uomini.

«Sono amici. Abitano vicino» disse. «Sono sporchi di nero perché lavorano in mezzo al carbone. Sono fumisti. Non occupatevene, benefattore mio, ma comperate il mio quadro. Abbiate pietà della mia miseria. Non ve lo venderò caro. Quanto lo stimate?»

«Ma,» disse il signor Leblanc guardando fissamente Jondrette negli occhi e come uno che si metta in guardia «è una qualunque insegna da osteria, ed è pagata bene con tre franchi.»

Jondrette rispose dolcemente:

«Avete con voi il portafogli? Mi accontenterei di mille scudi».

Il signor Leblanc si alzò in piedi, si mise con le spalle al muro e girò rapidamente lo sguardo nella stanza. Alla sua sinistra, dalla parte della finestra, c'era Jondrette; a destra, dal lato della porta, c'erano la

Jondrette e i quattro uomini. Costoro non si muovevano e pareva che non lo vedessero nemmeno. Jondrette si era rimesso a parlare con voce piagnucolosa, con lo sguardo così sfuggente e l'intonazione così lamentosa che il signor Leblanc poteva credere di aver dinanzi agli occhi soltanto un uomo impazzito per la miseria.

«Se voi non comperate il mio quadro, caro benefattore,» diceva Jondrette «io rimango senza risorse e non mi resta che gettarmi nel fiume. Quando penso che ho voluto far imparare alle mie figlie l'arte delle legature in cartone e degli astucci per strenne! Ebbene, occorre avere una tavola con un rialzo all'orlo perché non cadano i vetri; occorre un apposito fornellino con una pentola a tre scomparti, per i diversi gradi d'intensità che deve avere la colla secondo che venga adoperata per il legno, per la carta o per le stoffe; occorre un ferro apposito per tagliare il cartone, uno stampo per foggiarlo, un martello per affrancare i ferretti, tenaglie, e il diavolo sa cos'altro; e tutto ciò per guadagnare quattro soldi al giorno! E si lavora quattordici ore! E ogni scatola passa tredici volte nelle mani dell'operaia! E bagnare la carta! E non sporcar niente! E tenere calda la colla! Una diavoleria, vi dico. Quattro soldi al giorno! Come volete che si viva?»

Mentre parlava, Jondrette non guardava Leblanc che lo teneva d'occhio. Lo sguardo del signor Leblanc era fisso su Jondrette, e quello di Jondrette sulla porta. L'attenzione ansiosa di Marius andava dall'uno all'altro. Il signor Leblanc pareva domandarsi: «È un idiota?». Jondrette ripeté due o tre volte, con ogni sorta di inflessioni diverse nel genere strisciante e supplichevole: «Non mi rimane che gettarmi nel fiume! L'altro giorno sono sceso tre gradini accanto al ponte d'Austerlitz con tale intenzione!».

D'improvviso la sua pupilla spenta si illuminò d'un orribile lampo, quel piccolo uomo si drizzò e divenne spaventevole: fece un passo verso il signor Leblanc e gli gridò con voce tonante:

«Ma non si tratta di questo! Mi riconoscete?».

XX
L'AGGUATO

In quel momento la porta della stamberga si era aperta improvvisamente lasciando vedere tre uomini in camiciotto di tela turchina, con maschere di carta nera. Il primo era magro e aveva in mano un lungo randello ferrato; il secondo, una specie di colosso, era munito d'una mazza per abbattere i bovini, che impugnava a metà manico, con la parte ferrata rivolta in basso; il terzo, un uomo dalle spalle tozze, meno magro del primo e meno massiccio del secondo, impugnava una enorme chiave asportata da qualche porta di carcere.

Pareva che Jondrette aspettasse appunto l'arrivo di quegli uomini, giacché tra lui e l'uomo dal randello, quello magro, s'impegnò subito un rapido dialogo.

«È tutto pronto?» chiese Jondrette.

«Sì» rispose l'uomo magro.

«Dov'è allora Montparnasse?»

«Il primo attor giovane s'è fermato a parlare con tua figlia.»

«Quale?»

«La maggiore.»

«V'è una carrozza giù?»

«Sì.»

«La carrozzella è pronta?»

«Pronta.»

«Con due buoni cavalli?»

«Eccellenti.»

«E aspetta dove ho detto che aspettasse?»

«Sì.»

«Bene» disse Jondrette.

Il signor Leblanc era pallidissimo. Osservava ogni cosa nella tana intorno a lui, come chi comprende dov'è caduto, e la sua testa, volgendosi alternamente verso ciascuna delle teste che lo circondavano, girava sul collo con lentezza attenta e stupita; ma nulla traspariva dal suo aspetto, che somigliasse a paura. S'era fatto della tavola una trincea improvvisata, e quell'uomo che, un momento prima, aveva solo l'aspetto d'un buon vecchio, s'era mutato d'un tratto in una specie d'atleta, e appoggiava il pugno vigoroso sulla spalliera della sedia con un gesto terribile e sorprendente.

Quel vecchio, così risoluto e coraggioso di fronte a un pericolo simile, sembrava appartenere a quelle nature il cui coraggio eguaglia la bontà, in modo semplice e naturale. Il padre della donna che amiamo non è mai estraneo per noi; e Marius si sentì orgoglioso di quello sconosciuto.

Tre degli uomini dalle braccia nude, dei quali Jondrette aveva detto: «Sono fumisti», avevano preso dal mucchio delle ferraglie, l'uno una grande cesoia, l'altro una pinza da pesatura, il terzo un martello, e s'erano collocati attraverso la porta senza proferire una parola. Il vecchio era rimasto sul letto, e aveva solo aperto gli occhi. La Jondrette s'era seduta accanto a lui.

Marius pensò che tra qualche secondo sarebbe giunto il momento d'intervenire, e alzò la mano sinistra verso il soffitto, in direzione del corridoio, pronto a lasciar partire il colpo di pistola.

Jondrette, finito di parlare con l'uomo dal randello, si volse di nuovo verso il signor Leblanc, ripetendo la domanda e accompagnandola con quel suo ridere basso, rattenuto e terribile:

«Non mi riconoscete, dunque?».

Il signor Leblanc gli rispose, guardandolo in faccia:

«No».

Allora Jondrette avanzò sino alla tavola; si chinò al di sopra della candela incrociando le braccia e avvicinando la sua mascella angolosa e feroce al viso calmo del signor Leblanc, e avanzando più che poté, senza che il signor Leblanc indietreggiasse, nell'atteggiamento del felino che sta per azzannare, gli gridò:

«Non mi chiamo Fabantou, non mi chiamo Jondrette. Mi chiamo Thénardier! Sono l'albergatore di Montfermeil! Avete capito bene? Thénardier! Ed ora, mi riconoscete?».

Un rossore impercettibile passò sulla fronte del signor Leblanc che rispose, con la sua calma abituale e senza che la sua voce tremasse, né si alzasse di tono: «Non più di prima».

Marius non udì quella risposta. Chi l'avesse visto in quel momento, in quell'oscurità, lo avrebbe visto torvo, istupidito e come fulminato. Nel momento in cui Jondrette aveva detto: «*Mi chiamo Thénardier*», Marius era stato colto da un tremito violento e aveva dovuto appoggiarsi al muro, come se avesse sentito il freddo d'una lama di spada attraversargli il cuore. Poi il suo braccio destro, pronto a lasciar partire il colpo di segnale, s'era abbassato lentamente, e nel momento in cui Jondrette aveva ripetuto: «*Avete capito? Thénardier!*», le sue dita, senza più forza, per poco non avevano lasciato cadere la pistola. Svelando il suo essere, Jondrette non aveva turbato il signor Leblanc, ma aveva sconvolto Marius. Quel nome di Thénardier che, a quanto pareva, il signor Leblanc ignorava, Marius lo conosceva. Si pensi quello che era per lui quel nome! Quel nome l'aveva portato sul cuore, scritto nel testamento del padre! E lo aveva scolpito nel più profondo del suo pensiero, in fondo alla sua memoria, in quella sacra raccomandazione: «Un certo Thénardier m'ha salvato la vita. Se mio figlio lo incontrerà, gli faccia tutto il bene possibile». Quel nome, come si ricorderà, era una delle cose che venerava più profondamente: egli lo associava al nome del padre nella venerazione di lui, E ora! Era proprio quello il Thénardier, era lui quell'albergatore di Montfermeil che aveva cercato inutilmente per tanto tempo! Lo trovava infine, e come! Il salvatore di suo padre era un bandito! Quell'uomo, al quale Marius anelava di consacrarsi, era un mostro! Quel liberatore del colonnello Pontmercy stava per commettere un attentato del quale Marius non vedeva ancora ben distintamente l'aspetto, ma che rassomigliava a un assassinio! E su chi, gran Dio! Oh, che fatalità! E quale amara derisione della sorte! Il padre gli ordinava dal fondo della sua tomba di fare tutto il bene possibile a Thénardier, da quattro anni lui non aveva avuto altro pensiero che quello di pagare il debito di suo padre, e nel momento in cui doveva consegnare alla giustizia un brigante che stava per compiere un delitto, il destino gli gridava: «È Thénardier!». La vita di suo padre, salvata sotto il grandinare della mitraglia sul campo eroico di Waterloo, stava alfine per pagarla a quell'uomo, ma per pagarla col patibolo! S'era ripromesso, se mai avesse ritrovato quel Thénardier, di accostarglisi in ginocchio, e invece, ora che l'aveva ritrovato, gli toccava consegnarlo al boia! Il padre gli diceva: «Soccorri Thénardier!», e a quella voce adorata e santa, egli rispondeva schiacciando Thénardier! Dare al padre quale spettacolo, nella sua tomba, l'esecuzione in piazza Saint-Jacques dell'uomo che l'aveva strappato alla morte mettendo a repentaglio la propria vita, e questo per causa di suo figlio, di quel Marius al quale egli aveva raccomandato nel testamento quell'uomo! E quale derisione l'aver portato per sì lungo tempo sul petto le ultime volontà del padre, scritte da lui stesso, per fare spaventosamente tutto il contrario! Ma, d'altra parte, come assistere a quell'agguato, senza impedirlo? Come! Condannare la vittima e risparmiare l'assassino? Si poteva forse essere tenuti a nutrire una qualsiasi riconoscenza per un miserabile simile? Tutte le idee che Marius nutriva da quattro anni erano come perforate da quel colpo inaspettato. Fremeva, giacché tutto dipendeva da lui. Aveva in suo potere, a loro insaputa, quegli esseri che si agitavano lì, sotto i suoi occhi: se avesse tirato la pistolettata, il signor Leblanc sarebbe stato salvo e Thénardier perduto, mentre, se non avesse sparato, il signor Leblanc sarebbe stato sacrificato e, chi sa?, Thénardier sarebbe sfuggito. Rovinare l'uno, lasciar cadere l'altro? In entrambi i casi avrebbe avuto dei rimorsi.

Che cosa fare? Che via scegliere? Venir meno ai più imperiosi ricordi, a tanti gravi impegni presi con se stesso, al più santo dovere, alle parole più venerate? Venir meno al testamento paterno, o lasciar commettere un delitto? Gli sembrava di sentire da una parte la «sua Ursule» supplicarlo per suo padre, e dall'altra il colonnello raccomandargli Thénardier. Gli pareva d'impazzire; le ginocchia gli si piegavano. E non aveva neppure il tempo di decidere, tanto rapida e vertiginosa si svolgeva la scena che aveva sott'occhio: era come un turbine del quale egli s'era creduto padrone, ma che lo travolgeva. Per poco non svenne.

Frattanto Thénardier (ormai non lo chiameremo più diversamente) passeggiava in lungo e in largo davanti alla tavola in una specie di smarrimento e di trionfo frenetico.

Afferrò la candela e la depose sul camino con un colpo così violento che lo stoppino per poco non si spense, e il sego schizzò contro il muro.

Poi si rivolse al signor Leblanc, spaventevole, e sputò queste parole: «Abbrustolito! Affumicato! In padella! Ai ferri!».

E si mise a camminare di nuovo, in piena esplosione.

«Ah!» gridava. «Finalmente vi ritrovo, signor filantropo! Signor milionario in brandelli! Signor donatore di bambole! Vecchio baggiano! Ah, non mi riconoscete! E già, non siete voi che siete venuto a Montfermeil, alla mia locanda, otto anni fa, la notte di Natale del 1823! Non siete voi che avete portato via la figlia di Fantine, l'Allodola! Non siete voi che avevate un pastrano giallo! No! E, in mano, un pacco pieno di indumenti, come stamane in casa mia! Di' un po', moglie!, a quanto pare è la sua mania, questa di portare nelle case dei pacchi di calze di lana! Vecchio caritatevole, va'! Fate forse il berrettaio, signor milionario, voi che date ai poveri i vostri fondi di magazzino, sant'uomo? Che ciarlatano! Ah, non mi riconoscete? Ebbene, io vi riconosco, io! Vi ho riconosciuto subito, fin dal primo momento in cui avete cacciato la vostra grinta qui dentro. Ah! Si vedrà finalmente che non son tutte rose, a intrufolarsi in casa della gente, col pretesto che è una locanda, con abiti a brandelli e con l'aria d'un povero al quale si farebbe l'elemosina d'un soldo, a ingannare le persone, a fare il generoso e a toglier loro il mezzo di campare, e minacciarli nei boschi! Non ci si sdebita portando a questa gente, dopo averla rovinata, un pastrano troppo largo e due miserabili coperte d'ospedale, vecchio pezzente, ladro di bambini!»

S'interruppe e, per un momento, parve che parlasse a se stesso. Si sarebbe detto che il suo furore cadesse, come il Rodano, in qualche buca; quindi, come se terminasse ad alta voce qualcosa che aveva detto tra sé in tono sommesso, diede un pugno sulla tavola e gridò:

«Con quell'aria bonacciona!».

E, apostrofando il signor Leblanc:

«Perbacco! Una volta vi siete fatto beffa di me. Siete voi la causa di tutte le mie sventure. Avete avuto per millecinquecento franchi una bimba che avevo io e che certo apparteneva a famiglia ricca, che m'aveva già reso molto denaro e dalla quale dovevo ricavare di che vivere per tutta la vita! Una bimba che mi avrebbe ricompensato di tutto ciò che ho perduto in quella abominevole taverna dove si facevano grandi baldorie e dove, come un imbecille, mi sono mangiato tutto. Oh, vorrei che tutto il vino che è stato bevuto in casa mia fosse veleno per quelli che l'hanno bevuto! Ma dopo tutto, non importa! Ditemi un po', dovete avermi giudicato ridicolo, quando ve ne siete andato con l'Allodola! Avevate il randello, nel bosco; eravate il più forte! Rivincita. Oggi sono io che ho il coltello per il manico! Siete spacciato, mio caro! Oh, ma io rido, parola, rido! È cascato nella pania! Gli ho detto ch'ero attore, che mi chiamavo Fabantou, che avevo recitato con la signorina Mars, la signorina Muche, che il mio padrone di casa voleva essere pagato domani 4 febbraio, e lui non s'è nemmeno accorto che è l'8 gennaio e non il 4 febbraio, la scadenza! Assurdo cretino! E mi porta questi quattro luridi filippi! Canaglia! Non ha nemmeno avuto il cuore d'arrivare a cento franchi! E come beveva le mie stupidaggini! La cosa mi divertiva, e pensavo: "Baggiano, ti tengo in pugno. Stamane ti lecco le zampe, ma stasera ti mangerò il cuore!"».

Thénardier s'interruppe di nuovo: era senza fiato. Il suo petto meschino ansava come un mantice da fucina, e il suo sguardo era pieno di quella ignobile felicità propria della creatura debole, crudele e vile, che può finalmente atterrare chi ha temuto e insultare chi ha adulato; la gioia d'un nano che metta il tallone sulla testa di Golia, la gioia d'uno sciacallo che incominci a sbranare un toro malato, abbastanza morto per non essere più in grado di difendersi e abbastanza vivo per soffrire ancora.

Il signor Leblanc non lo interruppe, ma gli disse, quando egli ebbe cessato di parlare:

«Non so che cosa intendiate dire. Sbagliate, giacché sono un uomo poverissimo e tutt'altro che milionario. Non vi conosco: evidentemente, mi scambiate per un altro».

«Ah!» ansimò Thénardier. «Che bell'altalena! Ci tenete a questa facezia? V'impegolate, caro! Ah, non vi ricordate? Non vedete chi sono io?»

«Vi chiedo scusa, signore» rispose il signor Leblanc in un tono cortese che in quel momento aveva qualcosa di strano e potente. «Vedo che siete un bandito...»

È stato notato che gli esseri odiosi hanno una loro suscettibilità: i mostri sono permalosi. A quella parola: «bandito», la moglie di Thénardier balzò giù dal letto, Thénardier afferrò la sua sedia come se stesse per fracassarla con le mani.

«Non ti muovere, tu!» egli gridò alla moglie; poi, rivolto al signor Leblanc, soggiunse: «Bandito! Sì, lo so, che ci chiamate così, signori ricchi! Già, è vero! Sono un fallito e mi nascondo, non ho pane, non ho un soldo e sono un bandito! Non mangio da tre giorni e sono un bandito! Ah, vi scaldate i piedi, voialtri! Vi calzate da Sakoski, portate i soprabiti imbottiti, come gli arcivescovi, abitate al primo piano in case con portiere, mangiate tartufi, mangiate asparagi in gennaio, a quaranta franchi il mazzo, e piselli, e vi rimpinzate, e quando volete sapere se fa freddo, guardate nel giornale, che cosa segna il termometro dell'ingegner Chevalier. Noi, invece, facciamo noi stessi da termometri! Noi non abbiamo bisogno d'andare a vedere sul lungosenna, all'angolo della torre dell'Orologio, quanti gradi di freddo abbiamo; noi sentiamo il sangue raggelarsi nelle vene e il gelo arrivarci al cuore, e diciamo: "Dio non c'è!". E voi venite nelle nostre caverne, sì, nelle nostre caverne, per chiamarci banditi! Ma noi vi mangeremo! Noi vi divoreremo, poveri piccoli! Signor milionario, è bene che sappiate questo: io avevo una posizione, una licenza, ed ero elettore. Sono un borghese, io, mentre voi forse non lo siete affatto!».

A questo punto Thénardier fece un passo verso gli uomini che erano vicino alla porta, e soggiunse con un fremito:

«Quando penso che osa parlarmi come a un ciabattino!».

Poi, rivolgendosi al signor Leblanc con una recrudescenza di frenesia, continuò:

«E sappiate anche questo, signor filantropo! Io non sono un uomo losco, io! Non sono un uomo di cui non si sa il nome e che va a rubare i figlioli nelle case! Sono un vecchio soldato francese, dovrei essere decorato! Ero a Waterloo, io! E in quella battaglia ho salvato un generale, chiamato conte di non so che! Mi disse il suo nome, ma la sua disgraziata voce era tanto bassa che non lo capii. Capii solo *grazie*. Avrei preferito il suo nome al suo ringraziamento, perché il nome mi avrebbe aiutato a ritrovarlo. Quel quadro che vedete e che è stato dipinto da David a Bruxelles, sapete che cosa rappresenta? Rappresenta me. David ha voluto immortalare quel fatto d'arme: ho quel generale sulle spalle e lo porto via sotto la mitraglia. Questa è la faccenda. Quel generale non ha fatto nulla neppure lui per me: egli non valeva più degli altri! Ciò non toglie che io gli abbia salvato la vita arrischiando la mia, e ho certificati a bizzeffe che lo dimostrano! Sono un soldato di Waterloo, corpo d'un diavolo! E ora che ho avuto la bontà di dirvi tutto questo, facciamo punto: ho bisogno di denaro, molto denaro, moltissimo denaro, o vi stermino, fulmine del buon Dio!».

Marius era riuscito a dominare di nuovo la sua angoscia, e ascoltava. L'ultima possibilità di dubbio era svanita: era proprio il Thénardier del testamento. Marius fremette a quel rimprovero d'ingratitudine rivolto al padre, e che egli stava per giustificare così fatalmente. La sua perplessità aumentò. Del resto, in tutte quelle parole di Thénardier, nell'accento, nello sguardo che faceva nascere fiamme da ogni parola, in quella esplosione d'una natura perversa che metteva a nudo ogni cosa, in quel miscuglio di millanteria e d'abiezione, d'orgoglio e di meschinità, di rabbia e di stupidità, in quel caos di doglianze vere e di sentimenti falsi, in quella impudenza d'uomo cattivo che assapora la voluttà della violenza, in quella nudità sfacciata d'un animo basso, in quella conflagrazione di tutte le sofferenze combinate con tutti gli odi, c'era qualche cosa di orribile come il male e di pungente come la verità.

Il quadro d'autore, il dipinto di David di cui aveva proposto l'acquisto al signor Leblanc, non era altro, come il lettore avrà capito, che l'insegna della sua taverna, dipinta, come si ricorderà, da lui stesso, unico relitto che egli avesse conservato del suo naufragio di Montfermeil.

Siccome egli aveva cessato d'intercettare il raggio visuale di Marius, questi poteva ora osservare quella cosa, e in quello sgorbio intravide veramente una battaglia, uno sfondo di fumo, e un uomo che ne portava un altro. Era il gruppo di Thénardier e di Pontmercy, il sergente salvatore e il colonnello salvato. Marius era come ebbro: quel quadro, in qualche modo, faceva rivivere suo padre; non era più l'insegna della taverna di Montfermeil, ma una risurrezione; una tomba vi si chiudeva, un fantasma vi si rizzava. Marius sentiva il cuore pulsargli alle tempie, aveva nell'orecchio il cannone di Waterloo; e suo padre insanguinato, vagamente dipinto su quella tela sinistra, lo sgomentava, e gli sembrava che quel profilo informe lo guardasse con insistenza.

Quando Thénardier ebbe ripreso fiato, fissò sul signor Leblanc le pupille iniettate di sangue e gli disse a voce bassa e rapida:

«Che cosa hai da dire, prima che ti facciamo a pezzi?».

Il signor Leblanc taceva; in mezzo a quel silenzio una voce rauca lanciò dal corridoio questo lugubre sarcasmo:

«Se c'è bisogno di spaccar legna, son qui!».

Era l'uomo dalla mazza ferrata che si divertiva. E nello stesso momento un'enorme faccia irsuta e terrea apparve alla porta con un riso spaventoso che mostrava non denti ma uncini. Era la faccia dell'uomo dalla mazza.

«Perché ti sei tolto la maschera?» gli gridò Thénardier infuriato.

«Per ridere» rispose l'uomo.

Da qualche momento, pareva che il signor Leblanc seguisse e spiasse tutti i movimenti di Thénardier, il quale, accecato e abbagliato dalla sua stessa ira, andava e veniva nella stamberga con la fiducia di chi sa che la porta è sorvegliata, e che, armato, ha in potere un uomo inerme e sa di essere in nove contro uno, supponendo che la Thénardier non contasse che per un uomo. Mentre apostrofava l'uomo dalla mazza, Thénardier volgeva le spalle al signor Leblanc.

Questi colse quel momento, respinse col piede la sedia e col pugno la tavola, e con un balzo d'un'agilità prodigiosa, prima che Thénardier avesse il tempo di voltarsi, raggiunse la finestra. Aprirla, saltare sul davanzale e scavalcarlo fu questione di un secondo. Era già mezzo fuori, quando sei mani vigorose l'afferrarono e lo riportarono energicamente nella tana. Erano i tre «fumisti» che si erano slanciati su di lui. Nel medesimo tempo la Thénardier l'aveva afferrato per i capelli.

Al parapiglia che successe, accorsero gli altri banditi dal corridoio. Il vecchio che era sul letto e che pareva avvinazzato, scese dal giaciglio e arrivò barcollante con un martello da stradino in mano.

Uno dei «fumisti» al quale la candela rischiarava il viso e nel quale Marius, nonostante quel viso fosse imbrattato, riconobbe Panchaud detto Printanier detto Bigrenaille, teneva sospesa sulla testa del signor Leblanc una specie di mazza composta di due pomi di piombo riuniti da una sbarra di ferro.

Marius non poté resistere a quello spettacolo. «Padre mio,» pensò «perdonami!» E col dito cercò il cane della pistola. Il colpo stava per partire, quando la voce di Thénardier gridò:

«Non gli fate male!».

Quel tentativo disperato della vittima, lungi dall'esasperare Thénardier, l'aveva calmato: in lui c'erano due uomini, l'uomo feroce e l'uomo scaltro. Sino a quel momento, nel trionfo travolgente, davanti alla preda abbattuta e immobile, aveva prevalso l'uomo feroce; ma quando la vittima si dibatté e parve che volesse lottare, l'uomo scaltro era riapparso e aveva preso il sopravvento.

«Non gli fate male!» ripeté, e senza saperlo, come primo risultato fermò la pistola pronta a scattare, e immobilizzò Marius, per il quale l'urgenza disparve e che, davanti a quella nuova fase, non vide alcun inconveniente ad aspettare ancora. Chi sa che non sorgesse qualche favorevole combinazione a liberarlo dalla terribile alternativa di lasciar perire il padre di Ursule, o rovinare il salvatore del colonnello?

Una lotta erculea s'era iniziata: con un pugno in pieno petto, il signor Leblanc aveva mandato il vecchio ruzzoloni nel mezzo della camera, poi con due manrovesci aveva atterrato altri due assalitori, e ne teneva uno sotto ciascun ginocchio; gli sciagurati ansimavano sotto la pressione come sotto una macina di granito; ma gli altri quattro avevano afferrato il terribile vecchio per le braccia e la nuca, e lo tenevano piegato sui due «fumisti» atterrati.

Così, padrone degli uni e dominato dagli altri, schiacciando i primi e soffocato dai secondi, scuotendo invano tutte quelle forze che si accanivano su di lui, il signor Leblanc spariva sotto l'orribile gruppo dei banditi come il cinghiale sotto un cumulo urlante di molossi e di segugi.

Riuscirono a rovesciarlo sul letto più vicino alla finestra, e a tenerlo a bada. La Thénardier continuava a tenerlo per i capelli.

«Tu non te n'impicciare,» disse Thénardier «altrimenti ti lacererai lo scialle.»

La Thénardier obbedì come, con un grugnito, la lupa obbedisce al lupo.

«Voialtri,» riprese Thénardier «frugatelo.»

Pareva che il signor Leblanc avesse rinunciato a resistere. Lo frugarono. Non aveva nulla indosso all'infuori di una borsa di cuoio contenente sei franchi e un fazzoletto.

Thénardier mise il fazzoletto in tasca.

«Come! Non ha il portafogli?» chiese.

«E nemmeno l'orologio» rispose uno dei «fumisti».

«Fa lo stesso,» mormorò con una voce da ventriloquo l'uomo mascherato che aveva la grossa chiave «è un vecchio furbo!»

Thénardier andò all'angolo della porta, dove prese un fascio di corde che gettò agli uomini.

«Legatelo ai piedi del letto» disse. E, accortosi del vecchio che era rimasto disteso attraverso la camera, abbattuto dal pugno del signor Leblanc, e che non si moveva, chiese:

«Boulatruelle è morto?»

«No,» rispose Bigrenaille «è ubriaco.»

«Scopatelo in un angolo!» ingiunse Thénardier.

Due dei «fumisti» con una pedata spinsero l'ubriaco vicino al mucchio di ferrivecchi.

«Babet, perché ne hai condotti tanti?» chiese Thénardier sottovoce all'uomo dal randello. «Era inutile.»

«Che vuoi? Tutti hanno voluto venire» rispose l'altro. «La stagione è cattiva e affari non se ne fanno.»

Il giaciglio sul quale il signor Leblanc era stato gettato era una specie di letto d'ospedale sostenuto da quattro rozzi piedi di legno appena squadrati. Il signor Leblanc lasciò fare. I malandrini lo legarono saldamente, ritto con i piedi a terra, al piede del letto più lontano dalla finestra e più vicino al camino.

Quando fu stretto l'ultimo nodo, Thénardier prese una sedia e venne a sedersi quasi dirimpetto al signor Leblanc.

Thénardier non era più riconoscibile: in pochi minuti la sua fisionomia era passata dalla violenza sfrenata alla dolcezza tranquilla e scaltra.

Marius stentava a riconoscere in quel sorriso gentile di burocratico la bocca quasi bestiale che mandava bava un momento prima. Considerava con stupore quella metamorfosi fantastica e inquietante, e provava ciò che proverebbe chi vedesse una tigre mutarsi in leguleio.

«Signore...» fece Thénardier.

E, allontanando col gesto i malandrini che avevano ancora la mano sul signor Leblanc, disse:

«Allontanatevi un po' e lasciatemi parlare col signore».

Tutti mossero verso la porta ed egli riprese:

«Signore, avete avuto torto a voler saltare dalla finestra. Avreste potuto rompervi una gamba. Ora, se me lo permettete, chiacchiereremo tranquillamente. Anzitutto, bisogna che vi faccia rilevare una cosa che ho notato: sinora non avete emesso nemmeno un grido».

Thénardier aveva ragione: quel particolare era vero, benché a Marius, turbato com'era, fosse sfuggito. Il signor Leblanc s'era limitato a pronunciare solo qualche parola senza alzare la voce, e anche durante la lotta con i sei malandrini vicino alla finestra, aveva mantenuto il più profondo e strano silenzio.

Thénardier continuò:

«Mio Dio! Se aveste gridato un po' al ladro, non lo avrei trovato sconveniente. All'assassino!, si dice in casi simili, e, quanto a me, non me la sarei presa a male. È naturale che si faccia un po' di baccano quando si capita tra gente che non ispira troppa fiducia. Anche se aveste fatto questo, nessuno vi avrebbe disturbato, né tanto meno imbavagliato. E vi dirò subito il perché. Questa camera è assolutamente sorda. Non ha che questo vantaggio, ma l'ha. È una cantina. Se vi esplodesse una bomba, al corpo di guardia più vicino farebbe l'effetto del russare d'un ubriaco. Qui il cannone farebbe bum, e il tuono puf. È un alloggio comodo. Ma, comunque, voi non avete gridato. Meglio così: mi congratulo con voi, e ora vi dirò che cosa ne arguisco: mio caro signore, se si grida che cosa succede? Viene la polizia. E dopo la polizia? La giustizia. Ebbene, voi non vi preoccupate meno di noi dell'eventuale arrivo della polizia e della giustizia. Gli è che, e io lo sospetto già da gran tempo, voi avete interesse a nascondere qualche cosa. Noi abbiamo lo stesso interesse. Possiamo dunque intenderci».

Parlando così sembrava che Thénardier, con le pupille fisse sul signor Leblanc, cercasse di penetrare col suo sguardo acuto nella coscienza del prigioniero. Del resto il suo linguaggio, improntato a una specie d'insolenza discreta e sorniona, era riservato e quasi scelto, e in quel miserabile che non era che un brigante si sentiva ora «l'uomo che aveva studiato per divenire prete».

Il silenzio serbato dal prigioniero, quella precauzione che giungeva sino a trascurare d'aver cura della propria vita, quella resistenza opposta al primo impulso della natura, che è quello di gridare, tutto questo, bisogna dirlo dopo che l'osservazione era stata fatta, riusciva importuno a Marius e lo stupiva penosamente.

Quell'osservazione così fondata di Thénardier oscurava ancor più le tenebre misteriose in cui si perdeva la figura grave e strana alla quale Courfeyrac aveva dato il nome di signor Leblanc. Ma, chiunque egli fosse, legato con corde, circondato da carnefici, mezzo sepolto, per così dire, in una fossa che si sprofondava sotto di lui sempre più a ogni istante, davanti al furore come davanti alla dolcezza di Thénardier, quell'uomo rimaneva impassibile; e Marius non poteva fare a meno d'ammirare in un siffatto momento quel viso superbamente malinconico.

Evidentemente, era un'anima inaccessibile allo spavento, e che non sapeva che cosa significasse lo smarrimento. Era uno di quegli uomini che dominano lo sbalordimento delle situazioni disperate. Per quanto terribile fosse il momento, per quanto fosse inevitabile la catastrofe, in lui non v'era nulla dell'agonia dell'annegato che spalanca sott'acqua gli occhi stravolti.

Thénardier si alzò senza ostentazione, andò al camino, spostò il paravento che appoggiò al giaciglio vicino, e scoprì così lo scaldino pieno di brace ardente, in mezzo alla quale il prigioniero poteva benissimo scorgere lo scalpello incandescente e picchiettato qua e là di stelline scarlatte.

Poi, Thénardier andò a sedersi di nuovo vicino al signor Leblanc.

«Continuo» disse. «Possiamo intenderci. Regoliamo la faccenda all'amichevole. Ho avuto torto d'irritarmi poc'anzi, non sapevo dove avessi la testa, sono andato troppo oltre, ho detto delle sciocchezze. Per esempio, sapendovi milionario, vi ho detto che esigevo del denaro, denaro in grandissima misura. Questo non sarebbe ragionevole. Dio mio, per quanto ricco possiate essere, avete anche voi i vostri oneri; e chi non ne ha? Non voglio rovinarvi! Non sono un poliziotto, dopo tutto. Non appartengo a quelli che, avendo il vantaggio della posizione, ne approfittano per rendersi ridicoli! Guardate, ci rimetto del mio e faccio anch'io un sacrificio. Mi occorrono solo duecentomila franchi.»

Il signor Leblanc non disse motto.

Thénardier continuò:

«Voi vedete che abbasso le arie. Non conosco lo stato della vostra ricchezza, ma so che non badate al denaro, e un uomo benefico come voi può dare benissimo duecentomila franchi a un padre di famiglia che non è fortunato. Certamente, anche voi siete ragionevole e non penserete certo che io mi sia presa la briga di organizzare la faccenda di questa sera, che è un lavoro ben fatto a detta di questi signori, per venire a chiedervi solo di che andare a bere vino rosso da quindici soldi e a mangiar vitello da Desnoyers. Ma, per duecentomila franchi, valeva la pena! E una volta che questa inezia sia uscita dalla vostra tasca, vi garantisco che tutto sarà finito e che non avrete da temere più neppure un buffetto. Voi mi direte: "Ma io non ho con me duecentomila franchi". Oh, io non sono esagerato. Non pretendo questo. Vi chiedo solo una cosa: che abbiate la compiacenza di scrivere ciò che vi detterò».

A questo punto Thénardier s'interruppe; poi soggiunse, accentuando le parole e guardando con un sorriso dalla parte dello scaldino:

«Vi prevengo che non ammetterò che non sappiate scrivere».

Un grande inquisitore gli avrebbe potuto invidiare quel sorriso.

Thénardier spinse la tavola molto vicino al signor Leblanc, prese il calamaio, una penna e un foglio di carta dal cassetto che lasciò socchiuso e in cui luccicava la lunga lama del coltello. Mise il foglio di carta davanti al signor Leblanc, e disse:

«Scrivete».

Il prigioniero finalmente parlò:

«Come volete che scriva? Sono legato!».

«È vero, scusate!» fece Thénardier «Avete perfettamente ragione.» E volgendosi a Bigrenaille, disse:

«Slegate il braccio destro del signore».

Panchaud detto Printanier detto Bigrenaille eseguì l'ordine di Thénardier. Quando la destra del prigioniero fu liberata, Thénardier intinse la penna nell'inchiostro e gliela porse.

«Notate bene, signore, che siete in nostro potere, alla nostra discrezione, che nessuna potenza umana può togliervi di qui e che saremmo proprio desolati qualora fossimo costretti a giungere a estremi spiacevoli. Non so né il vostro nome, né il vostro indirizzo; ma vi prevengo che rimarrete legato finché la persona incaricata di portare la lettera da voi scritta non sarà ritornata. E ora, vogliate scrivere.»

«Che cosa?» chiese il prigioniero.

«Vi detterò io.»

Il signor Leblanc prese la penna, e Thénardier cominciò a dettare:
«"Figlia mia..."».

Il prigioniero trasalì e alzò lo sguardo verso Thénardier.

«Mettete "mia cara figlia"» disse Thénardier. Leblanc obbedì, e l'altro continuò:

«"Vieni subito..."». S'interruppe. «Le date del tu, vero?»

«A chi?» chiese il signor Leblanc.

«Perbacco!» esclamò Thénardier. «Alla piccina, all'Allodola.»

Il signor Leblanc rispose senza alcuna apparente emozione:

«Non so che cosa vogliate dire».

«Comunque, andate avanti» disse Thénardier. E continuò a dettare: «"Vieni subito. Ho assolutamente bisogno di te. La persona che ti consegnerà questo biglietto è incaricata di condurti da me. T'aspetto. Vieni con fiducia"».

Il signor Leblanc aveva scritto tutto. Thénardier riprese:

«Ah! Cancellate *vieni con fiducia*. Questo potrebbe far supporre che la cosa non sia tanto chiara e che la sfiducia sia possibile».

Il signor Leblanc cancellò le tre parole.

«E ora,» continuò Thénardier «firmate. Come vi chiamate?»

Il prigioniero depose la penna e chiese:

«Per chi è questa lettera?».

«La sapete bene: per la piccina. Ve l'ho già detto» rispose Thénardier.

Era evidente che Thénardier evitava di nominare la giovanetta di cui si trattava. Diceva «l'Allodola», diceva «la piccina», ma non pronunciava mai il nome. Precauzione, questa, di uomo accorto che conserva il proprio segreto dinanzi ai complici. Dire il nome sarebbe stato mettere in loro balìa «tutta la faccenda», far saper loro più di quanto fosse necessario che sapessero.

Egli riprese:

«Firmate. Come vi chiamate?».

«Urbain Fabre» disse il prigioniero.

Thénardier, con un movimento da gatto, affondò la mano in tasca e ne trasse il fazzoletto tolto al signor Leblanc. Ne cercò la sigla e l'avvicinò alla candela.

«U. F. Bene. Urbain Fabre. Ebbene firmate U. F.»

Il prigioniero firmò.

«Siccome occorrono due mani per piegare la lettera, date qua, che la piegherò io.»

Fatto questo, Thénardier riprese:

«Scrivete l'indirizzo. "*Signorina Fabre*" e il vostro domicilio. Io so che voi abitate non molto lontano di qui, nelle vicinanze di Saint-Jacques-du-Haut-Pas, dato che andate a messa tutti i giorni in quella chiesa; ma non so in quale via. Vedo che capite la vostra situazione, e, come non avete mentito per il vostro nome, non mentirete per il vostro indirizzo. Mettetelo voi stesso».

Il prigioniero rimase un momento sopra pensiero, poi prese la penna e scrisse:

«Signorina Fabre, presso il signor Urbain Fabre, via Saint-Dominique-d'Enfer, n. 17».

Thénardier afferrò la lettera con una specie di convulsione febbrile.

«Moglie mia!» gridò.

La Thénardier accorse.

«Ecco la lettera. Tu sai ciò che devi fare. Giù c'è una carrozza. Parti subito e torna idem.»

E rivolgendosi all'uomo dalla mazza, disse:

«Tu, poiché ti sei tolta la sciarpa, accompagna la padrona. Salirai dietro la carrozza. Sai dove hai lasciato la carrozzella?».

«Sì» disse l'uomo.

E, deposta la mazza in un angolo, egli seguì la Thénardier.

Mentre se ne andavano, Thénardier spinse il capo attraverso la porta socchiusa e gridò nel corridoio:

«Soprattutto, non perdere la lettera! Pensa che porti con te duecentomila franchi».

La voce rauca della Thénardier rispose:

«Stai tranquillo; me la son messa in petto».

Non era ancora passato un minuto che si udì lo schioccare d'una frusta che si affievolì e si spense rapidamente.

«Bene!» borbottò Thénardier. «Vanno lesti. A quel galoppo, la padrona sarà di ritorno in tre quarti d'ora.»

Avvicinò una sedia al camino e si sedette incrociando le braccia ed esponendo le scarpe infangate allo scaldino.

«Ho freddo ai piedi» disse.

Nella stamberga, insieme con Thénardier e il prigioniero, non erano rimasti che cinque banditi.

Quegli uomini, attraverso le maschere o il grasso nero con cui si erano ricoperto il viso e che li mutava, secondo la paura, in carbonai, negri o diavoli, avevano l'aspetto intorpidito e cupo, e si capiva che commettevano un delitto come avrebbero compiuto un lavoro, tranquillamente, senza collera e senza pietà, con una specie di noia. Erano ammucchiati in un angolo come bruti, e tacevano. Thénardier si scaldava i piedi.

Il prigioniero era ricaduto nella sua taciturnità. Una calma tetra era successa al clamore selvaggio che aveva riempito la stamberga qualche momento prima.

La candela, sulla quale s'era formato una specie di grosso fungo, rischiarava a malapena l'immensa topaia: il braciere s'era quasi spento, e tutte quelle teste mostruose proiettavano ombre deformi sulle pareti e sul soffitto.

Non si sentiva altro rumore che il respiro calmo del vecchio ubriaco che dormiva.

Marius aspettava, in un'ansietà che tutto accresceva. L'enigma era più impenetrabile che mai. Chi era quella «piccina» che Thénardier aveva chiamata anche «l'Allodola?» Era la sua «Ursule?» Il prigioniero non aveva dato segni di commozione alla parola Allodola, e aveva risposto con la maggiore naturalezza del mondo: «Non so che cosa vogliate dire». D'altra parte, le due lettere U. F. erano spiegate: volevano dire Urbain Fabre, e Ursule non si chiamava più Ursule. Questo era ciò che Marius vedeva più chiaramente. Una specie di fascino spaventoso lo teneva inchiodato lì, a quel posto, dal quale osservava e dominava tutta quella scena. Era lì, quasi incapace di riflettere e di muoversi, come annientato da tutte quelle cose abominevoli viste da vicino. Aspettava, sperando in qualche incidente purchessia, incapace di raccogliere le proprie idee e senza sapere che partito prendere.

«In ogni modo,» si diceva «se l'Allodola è lei, la vedrò bene, giacché la Thénardier la condurrà qui, e allora non ci sarà altro da dire: se necessario, darò la mia vita e tutto il mio sangue, ma la libererò. Nulla potrà trattenermi.»

Trascorse così quasi una mezz'ora. Thénardier sembrava immerso in una meditazione tenebrosa, il prigioniero non si moveva. Pure, a Marius sembrava d'udire a intervalli, da qualche minuto, un rumore proveniente da quest'ultimo.

Improvvisamente, Thénardier apostrofò il prigioniero:

«Signor Fabre, sentite, tant'è che vi dica tutto subito».

Quelle poche parole pareva che preludessero a una spiegazione, e Marius stette in ascolto.

Thénardier proseguì:

«Mia moglie sta per tornare, non v'impazientite. Io credo che l'Allodola sia veramente vostra figlia, e trovo naturale che la teniate con voi. Soltanto, ascoltate un po'. Con la vostra lettera mia moglie la troverà. Ho detto a mia moglie di vestirsi come avete visto, in modo che la vostra signorina la segua senza difficoltà. Saliranno entrambe nella carrozza, col mio compagno dietro. In un dato posto, fuori da una barriera, c'è una carrozzella con due ottimi cavalli. La vostra signorina sarà condotta là. Scenderà dalla carrozza e salirà con il mio compagno nella carrozzella; e mia moglie tornerà qui a dirci: "È fatto". Quanto alla vostra signorina, nessuno le farà male, la carrozzella la condurrà in un luogo dove sarà tranquilla, e, appena mi avrete dato quei pochi duecentomila franchi, ella vi sarà restituita. Se mi fate arrestare, il mio compagno darà il colpo di grazia all'Allodola. Ecco tutto».

Il prigioniero non articolò parola. Dopo una pausa, Thénardier proseguì:

«La cosa è semplice, come vedete. Non si farà alcun male, se voi vorrete che non se ne faccia. Vi racconto come sta la faccenda per prevenirvi e perché sappiate regolarvi».

Si fermò; il prigioniero non ruppe il silenzio, e Thénardier riprese:

«Appena mia moglie sarà tornata e mi avrà detto che l'Allodola è in viaggio, vi lasceremo, e voi sarete libero di andare a dormire a casa vostra. Vedete che non avevamo cattive intenzioni».

Nella mente di Marius passarono immagini spaventevoli. Come! Quella giovanetta, che si stava per rapire, non la conducevano lì? Uno di quei mostri si accingeva a portarla in un nascondiglio? Dove?... E se fosse lei? Ed era chiaro che si trattava di lei! Marius sentiva i palpiti del suo cuore fermarsi.

Che fare? Tirare il colpo di pistola? Mettere nelle mani della giustizia tutti quei miserabili? Ma l'orribile uomo dalla mazza, con tutto questo, non sarebbe stato meno fuori tiro con la giovanetta, e Marius pensava a quelle parole di Thénardier, delle quali intravedeva il sanguinoso significato: «Se mi fate arrestare, il compagno darà il colpo di grazia all'Allodola».

Ora, non si sentiva trattenuto solo dal testamento del colonnello, ma anche dal suo stesso amore e dal pericolo in cui si trovava colei che amava.

Quella situazione spaventosa, che durava già da più d'un'ora, mutava aspetto a ogni istante. Marius ebbe la forza di passare successivamente in rassegna tutte le più tremende congetture, cercando una speranza e non trovandone alcuna.

Il tumulto dei suoi pensieri contrastava col silenzio funebre della tana.

In mezzo a quel silenzio si udì il rumore della porta della scala che si aprì e poi si chiuse. Il prigioniero ebbe un moto nei suoi lacci.

«Ecco la padrona» disse Thénardier.

Aveva appena finito di dir così che la Thénardier si precipitò nella camera, rossa, trafelata e ansante, con gli occhi fiammeggianti, e gridò battendosi le cosce con le sue manacce:

«Indirizzo falso!».

Il bandito che aveva condotto con sé apparve dietro di lei e andò a riprendere la sua mazza.

«Indirizzo falso?» ripetè Thénardier.

Ella riprese:

«Nessuno! In via Saint-Dominique 17 non esiste alcun Urbain Fabre! Non sanno chi sia!»

Si fermò, quasi soffocata; poi continuò:

«Thénardier! Questo vecchio ti ha giocato. Vedi, tu sei troppo buono! Io, tanto per cominciare, gli avrei spaccato una mascella in quattro. E se avesse fatto il cattivo, l'avrei fatto cuocere vivo! Avrebbe pur dovuto parlare e dire dov'è la ragazza, e dire dov'è il gruzzolo! Ecco come mi sarei regolata, io! Hanno ragione di dire che gli uomini sono più bestie delle donne! Nessuno al numero 17! È un gran portone! Nessun signor Fabre in via Saint-Dominique! E corri a rotta di collo, e dài la mancia al cocchiere, e tutto il resto! Ho parlato al portinaio e alla portinaia che è una bella donna robusta, e non lo conoscono».

Marius respirò. Ursule o l'Allodola, colei ch'egli non sapeva più come chiamare, era salva.

Mentre sua moglie, esasperata, vociferava, Thénardier s'era seduto sulla tavola; rimase alcuni momenti senza pronunciare una parola, dondolando la gamba destra che penzolava e fissando lo scaldino con un'aria di meditazione selvaggia.

Infine, disse al prigioniero con una inflessione lenta e singolarmente feroce:

«Un indirizzo falso? Che cosa hai sperato, dunque?».

«Guadagnar tempo!» gridò il prigioniero con voce sonora.

E nello stesso momento scosse le corde: erano tagliate. Il prigioniero non era più legato al letto che per una gamba. Prima che i sette uomini avessero il tempo di raccapezzarsi e di slanciarsi su di lui, egli si era curvato sotto il camino, aveva steso la mano verso lo scaldino e s'era rialzato. E ora Thénardier, la Thénardier e i banditi, ricacciati dallo sgomento in fondo alla tana, lo vedevano, con stupore, quasi libero e in atteggiamento formidabile, brandire alto sopra la testa lo scalpello arroventato che mandava un bagliore sinistro.

L'inchiesta giudiziaria, cui diede luogo poi l'agguato nella topaia Gorbeau, constatò che un soldone, tagliato e foggiato in modo particolare, venne trovato nella stamberga quando la polizia vi fece irruzione: quel soldone era una di quelle meraviglie ingegnose che la pazienza della galera genera nelle tenebre e per le tenebre, meraviglie che non sono altro che strumenti di evasione. Quei prodotti orribili e delicati d'un'arte prodigiosa sono, in gioielleria, ciò che le metafore del gergo sono in poesia. In galera ci sono dei Benvenuto Cellini, come nella lingua vi sono dei Villon. Lo sciagurato che aspira alla liberazione trova modo, talvolta senza utensili, con un coltellino o una vecchia lama, di segare un soldo in due lamine sottili, di scavare quelle lamine senza toccare il conio, e di praticare un giro di vite sull'orlo del soldo in modo da far aderire nuovamente le lamine, che vengono avvitate e svitate a volontà formando così una scatola. In quella scatola viene nascosta una molla da orologio che, ben adoperata, taglia le grosse maglie delle catene e le sbarre di ferro. Si crede che quel disgraziato galeotto non possieda che un soldo: ma egli possiede la libertà. È proprio un soldone di questa specie che nelle ulteriori perquisizioni della polizia venne trovato aperto e in due pezzi, nella stamberga, sotto il giaciglio vicino alla finestra; trovarono pure una seghetta d'acciaio temperato che poteva essere stata nascosta nel soldone. È probabile che, nel momento in cui i banditi frugarono il prigioniero, questi avesse con sé quel soldone, che riuscì a nascondere nella mano; quindi, avendo la destra libera, lo svitò e si servì della seghetta per tagliare le corde che lo legavano, il che spiegherebbe il lieve rumore e i movimenti impercettibili che aveva notato Marius.

Non avendo potuto chinarsi per tema di tradirsi, il prigioniero non aveva tagliato le corde della gamba sinistra.

I banditi si erano riavuti dalla prima sorpresa.

«Sta' tranquillo» disse Bigrenaille a Thénardier. «È ancora legato per una gamba, e non se ne andrà. Ne rispondo. Gliel'ho legata io, quella zampa.»

Intanto il prigioniero alzò la voce:

«Voi siete dei disgraziati, ma la mia vita non vale la pena di essere tanto difesa. Quanto all'immaginarvi che mi farete parlare, che mi farete scrivere ciò che non voglio scrivere, che mi farete dire ciò che non voglio dire...».

Rimboccò la manica del braccio sinistro e soggiunse:

«Guardate».

E nello stesso tempo protese il braccio e posò sulla carne nuda lo scalpello arroventato che teneva nella destra per il manico.

Si sentì lo sfrigolio della cane bruciata e l'odore caratteristico delle camere di tortura si diffuse nella topaia.

Marius barcollò inorridito, i briganti stessi ebbero un brivido: il volto dello strano vecchio si contrasse appena, e, mentre il ferro rovente penetrava nella piaga fumante, impassibile e quasi augusto egli fissava su Thénardier, senza odio, il suo bello sguardo nel quale la sofferenza svaniva in una maestà serena.

Nelle nature grandi e nobili, le rivolte della carne e dei sensi in preda al dolore fisico mostrano a nudo l'anima e la fanno apparire sulla fronte, allo stesso modo che le ribellioni della soldatesca costringono il capitano a mostrarsi.

«Miserabili,» egli disse «non abbiate paura di me più di quanto io non ne abbia di voi.»

E strappandosi lo scalpello dalla piaga, lo gettò dalla finestra che era rimasta aperta. L'orribile ordigno rovente disparve lontano e andò a spegnersi nella neve.

Il prigioniero riprese:

«Fate di me quel che volete».

Era inerme.

«Afferratelo!» disse Thénardier.

Due briganti gli posero la mano sulla spalla, e l'uomo mascherato, dalla voce di ventriloquo, si mise di fronte a lui, pronto a rompergli il cranio al minimo movimento.

Nello stesso tempo, Marius sentì sotto di sé, verso il basso della parete ma talmente vicino che non poteva vedere coloro che parlavano, questo colloquio scambiato sottovoce:

«Non v'è che una sola cosa da fare».

«Squartarlo!»

«Per l'appunto.»

Erano i coniugi Thénardier che tenevano consiglio.

Thénardier avanzò a passi lenti verso la tavola, aprì il cassetto e ne trasse il coltello.

Marius tormentava il calcio della pistola. Che perplessità inaudita! Da un'ora v'erano nella sua coscienza due voci: l'una gli diceva di rispettare il testamento di suo padre, l'altra gli gridava di soccorrere il prigioniero; e quelle due voci continuavano incessantemente la loro lotta che lo faceva agonizzare. Sino a quel momento aveva avuto la vaga speranza di trovare un modo di conciliare quei due doveri. Ma non gli si era presentato nulla di possibile.

Intanto, il pericolo urgeva, l'ultimo limite dell'attesa era passato; e, a qualche passo dal prigioniero, Thénardier stava meditando, col coltello in pugno.

Marius, smarrito, si guardava attorno, ultima risorsa istintiva della disperazione.

A un tratto, trasalì.

Ai suoi piedi, sulla sua tavola, un vivo raggio della luna piena illuminava e pareva indicargli un foglio di carta; e su quel foglio lesse quella riga scritta a grandi caratteri quella mattina stessa dalla figlia maggiore dei Thénardier: «Ci sono i cagnotti».

Un'idea, un lampo attraversò la mente di Marius; era proprio il mezzo che cercava, la soluzione di quello spaventoso problema che lo torturava: risparmiare l'assassino e salvare la vittima.

S'inginocchiò sul cassettone, tese il braccio, s'impadronì del foglio di carta, staccò dolcemente un pezzo di calcinaccio dalla parete, l'avvolse nella carta e gettò il tutto attraverso la fessura, in mezzo alla tana.

Era tempo. Thénardier aveva vinto i suoi ultimi timori, o i suoi ultimi scrupoli, e si dirigeva verso il prigioniero.

«È caduto qualche cosa!» gridò la Thénardier.

«Che cosa?» chiese il marito.

La moglie s'era slanciata, e aveva raccolto il pezzo di calcinaccio avvolto nella carta che consegnò al marito.

«Da dove è venuto?» domandò Thénardier.

«Perdinci!» fece la moglie. «Da dove vuoi che sia entrato? Dalla finestra.»

«L'ho veduto passare» disse Bigrenaille.

Thénardier spiegò rapidamente la carta e l'avvicinò alla candela.

«Diavolo! È la scrittura di Éponine.»

Fece un cenno alla moglie che si avvicinò vivamente e le mostrò il rigo scritto sul foglio di carta; poi aggiunse con voce sorda:

«Presto, la scala! Lasciamo il lardo nella trappola e filiamo!».

«Senza tagliare il collo all'uomo?» chiese la Thénardier.

«Non ne abbiamo il tempo.»

«E da dove filiamo?» chiese Bigrenaille.

«Dalla finestra» rispose Thénardier. «Se Éponine ha gettato il sasso dalla finestra, vuol dire che la casa, da quella parte, non è circondata.»

La maschera dalla voce di ventriloquo depose a terra la sua grossa chiave, alzò le braccia in aria e chiuse tre volte rapidamente le mani, senza dire una parola Fu come un segnale di «si salvi chi può» in un equipaggio. I briganti che tenevano il prigioniero lo lasciarono, e in un attimo la scala di corda fu sciolta fuori della finestra e attaccata solidamente al davanzale con i due ganci di ferro.

Il prigioniero non faceva attenzione a quello che si svolgeva intorno a lui. Sembrava che meditasse o pregasse.

Appena fu issata la scala, Thénardier gridò:

«Vieni, padrona!».

E si precipitò verso la finestra; ma, mentre stava per scavalcarla, Bigrenaille lo afferrò rudemente per il colletto.

«Non così, vecchio buffone! Dopo di noi!»

«Dopo di noi!» urlarono i banditi.

«Siete dei ragazzi» disse Thénardier. «Noi perdiamo tempo, e abbiamo gli sbirri alle calcagna.»

«Ebbene,» disse uno dei banditi «tiriamo a sorte chi passerà per primo.»

Thénardier esclamò:

«Siete pazzi! Che vi salta in mente? Che branco di cretini! Perdere il tempo, vero? Tirare a sorte, eh?... Col dito bagnato!... O alla paglia più corta! Scrivere i vostri nomi, e metterli in un berretto!...».

«Volete il mio cappello?» gridò una voce dalla soglia della porta.

Tutti si voltarono. Era Javert.

Teneva il cappello in mano, e lo tendeva sorridendo.

XXI
SI DOVREBBE SEMPRE COMINCIARE CON L'ARRESTARE LE VITTIME

Javert, sul calar della notte, aveva appostato alcuni uomini, e s'era messo in agguato egli stesso dietro gli alberi della via della barriera dei Gobelins, che fronteggia la topaia Gorbeau dall'altra parte del viale. Aveva cominciato con l'aprire la «sua tasca» per ficcarvi dentro le due ragazze incaricate di sorvegliare le vicinanze della tana. Ma era riuscito a «rinchiudere» solo Azelma. Quanto a Eponima, non era al suo posto ed era scomparsa senza che egli potesse acciuffarla. Poi, Javert si era appostato rizzando l'orecchio al segnale convenuto. L'andirivieni della carrozza l'aveva molto agitato. Infine s'era spazientito, e, *sicuro che lì vi era un nido*, sicuro d'aver *la fortuna dalla sua*», avendo riconosciuto parecchi dei banditi che erano entrati, aveva finito col decidersi a salire, senza aspettare il colpo di pistola.

Si ricorderà ch'egli aveva la chiave di Marius.

Giunse proprio a tempo.

I banditi, sgomenti, si gettarono sulle armi che avevano abbandonate qua e là, a caso, al momento della fuga. In meno d'un secondo quei sette uomini, orribili a vedersi, si raggrupparono in posizione di difesa, l'uno con la mazza, l'altro con la clava, e gli altri con le cesoie, le tenaglie e i martelli. Thénardier impugnava il coltello. La Thénardier afferrò una pietra enorme che era nell'angolo della finestra e che serviva da sgabello alle figliole.

Javert si rimise il cappello in testa e fece due passi nella camera, con le braccia conserte, il bastone sotto il braccio e la spada nel fodero.

«Altolà!» disse. «Non passerete dalla finestra, ma dalla porta: è meno malsano. Voi siete in sette, e noi siamo in quindici. Evitiamo dunque di colluttarci come alverniati. Siamo cortesi.»

Bigrenaille prese una pistola che teneva nascosta sotto il camiciotto, e la passò a Thénardier dicendogli all'orecchio:

«È Javert. Io non oso tirare su quell'uomo. E tu l'osi?»

«Perbacco!» rispose Thénardier.

«Ebbene, tira!»

Thénardier prese la pistola, e mirò Javert. Questi, che era a quattro passi da lui, lo guardò fisso e si limitò a dire:

«Non tirare, via! Sbaglieresti il colpo».

Thénardier premé il grilletto, ma il colpo andò a vuoto.

«Te l'avevo detto, io!» fece Javert.

Bigrenaille gettò la clava ai piedi di Javert.

«Tu sei l'imperatore dei diavoli! M'arrendo.»

«E voi?» chiese Javert agli altri banditi.

«Anche noi» essi risposero.

Javert ribatté con calma:

«Così va bene! L'avevo detto io d'essere cortesi!».

«Non domando che una cosa,» riprese Bigrenaille «e cioè che non mi si rifiuti il tabacco mentre sarò in gattabuia.»

«Accordato» disse Javert.

E voltandosi e chiamando dietro di sé:

«E ora entrate».

Una squadra di guardie municipali con la spada in pugno e di agenti armati di mazze piombate e randelli irruppe alla chiamata di Javert. I banditi vennero ammanettati.

Quella folla di uomini illuminata a malapena dalla candela riempiva la tana di ombre.

«Le manette a tutti!» gridò Javert.

«Provate ad accostarvi!» gridò una voce che non era d'uomo, ma della quale nessuno avrebbe potuto dire: è una voce di donna.

La Thénardier s'era trincerata in un angolo della finestra, ed era stata lei che aveva emesso quel ruggito.

Le guardie municipali e gli agenti indietreggiarono. Ella aveva gettato via lo scialle e tenuto il cappello: il marito, rannicchiato dietro di lei, spariva quasi sotto lo scialle caduto, ed ella lo copriva col suo corpo, levando con ambo le mani una pietra sopra la testa col movimento d'una gigantessa che sta per scagliare una rupe.

«Attenti!» gridò.

Tutti indietreggiarono verso il corridoio, e un gran vuoto si fece in mezzo alla stamberga.

La Thénardier gettò uno sguardo ai banditi che si erano lasciati ammanettare, e mormorò con un accento gutturale e rauco:

«Oh! Vigliacchi!».

Javert sorrise e si fece avanti nello spazio vuoto che la Thénardier covava con le pupille.

«Non t'avvicinare, vattene,» ella gridò «o ti schiaccio.»

«Che granatiere!» fece Javert. «Oh, mammina, hai la barba come un uomo, ma io ho gli artigli come una donna.»

E continuò ad avanzare.

La Thénardier, scarmigliata e terribile, allargò le gambe, si rovesciò all'indietro e scagliò disperatamente la pietra contro la testa di Javert. Questi si curvò: la pietra passò sopra di lui, batté contro il muro di fondo, dal quale fece cadere un grosso pezzo di calcinaccio e, rimbalzando da un angolo all'altro, finì attraverso la tana, per fortuna quasi vuota, ai talloni di Javert.

Nello stesso momento Javert piombava sulla coppia Thénardier. Una delle sue manacce si abbatté sulla spalla della moglie, l'altra sulla testa del marito.

«Le manette!» gridò.

Gli agenti di polizia rientrarono in massa, e in pochi secondi l'ordine di Javert venne eseguito.

La Thénardier, affranta, guardò le sue mani legate e quelle del marito, si lasciò cadere a terra ed esclamò piangendo:

«Le mie figlie!».

«Sono al fresco» disse Javert.

Intanto gli agenti, accortisi dell'ubriaco addormentato dietro la porta, lo scuotevano. Egli si svegliò balbettando:

«È finita, Jondrette?».

«Sì» rispose Javert.

I sei banditi ammanettati erano in piedi; del resto avevano ancora la loro aria spettrale: tre sporchi di nero e tre mascherati.

«Tenete le maschere» disse Javert.

E passandoli in rivista, con lo sguardo d'un Federico II alla parata di Potsdam, disse ai tre fumisti:

«Buon giorno, Bigrenaille. Buon giorno, Brujon. Buon giorno, Deux-Milliards».

Poi rivolgendosi alle tre maschere, disse all'uomo dalla mazza:

«Buon giorno, Gueulemer».

E all'uomo dal randello:

«Buon giorno, Babet».

E al ventriloquo:

«Salute, Claquesous».

In quel momento scorse il prigioniero dei banditi che, da quando erano entrati gli agenti, non aveva pronunciato una parola e teneva la testa bassa.

«Slegate il signore!» disse Javert. «E che nessuno esca!»

Detto ciò, s'assise da sovrano davanti alla tavola, dove erano rimasti la candela e il calamaio, trasse di tasca un foglio di carta bollata e incominciò a redigere il verbale.

Quando ebbe scritto le prime righe, le solite formule d'uso in simili casi, alzò gli occhi:

«Fate avvicinare il signore che questi galantuomini avevano legato».

Gli agenti si guardarono intorno.

«Ebbene,» chiese Javert «dov'è dunque?»

Il prigioniero dei banditi, il signor Leblanc, il signor Urbain Fabre, il padre di Ursule o dell'Allodola, era scomparso.

La porta era custodita: non così la finestra. Appena s'era visto slegato, mentre Javert scriveva, Fabre aveva approfittato della confusione, del trambusto, dell'ingombro e della oscurità, e in un momento in cui l'attenzione non era rivolta su di lui era saltato dalla finestra.

Un agente corse alla finestra e guardò. Non si vedeva nessuno, fuori.

La scala di corda tremava ancora.

«Diavolo!» fece Javert tra i denti. «Doveva essere la preda migliore.»

XXII

IL PICCINO CHE GRIDAVA NEL LIBRO TERZO

Il giorno successivo a quello in cui si erano svolti questi avvenimenti nella casa del viale dell'Hôpital, un fanciullo, che pareva venire dalla parte del ponte di Austerlitz, risaliva il viale laterale di destra in direzione della barriera di Fontainebleau.

Era calata la notte.

Quel fanciullo era pallido, magro e vestito di cenci, con un paio di calzoni di tela, nel mese di febbraio, e cantava a squarciagola.

All'angolo della via del Petit-Banquier, una vecchia era china su un mucchio di spazzature e le frugava alla luce d'un lampione. Il fanciullo nel passare la urtò; poi indietreggiò esclamando:

«To'! E io l'avevo presa per un enorme, un enorme cane!».

Egli pronunciò la parola enorme per la seconda volta con un ingrossamento beffardo di voce che delle maiuscole potrebbero esprimere abbastanza bene: un enorme, un ENORME cane!

La vecchia si drizzò, furiosa:

«Moccioso da forca!» ella bofonchiò. «Se non fossi stata china lo so io dove t'avrei assestato una pedata!» Il fanciullo si era già scostato.

«Ah! Ah!» egli fece. «Dopo tutto, non mi sono forse ingannato.»

La vecchia, soffocata d'indignazione, si eresse in tutta la persona, e la luce rossastra del lampione illuminò in pieno la sua faccia livida, tutta solcata d'angoli e di rughe, con le zampe di gallina che le giungevano sino agli angoli della bocca. Il corpo si perdeva nell'ombra e non si vedeva che la testa. Pareva la maschera della Decrepitezza stagliata nelle tenebre da un fioco chiarore.

Il fanciullo la osservò.

«La signora» disse «non ha quel genere di bellezza che mi piacerebbe.»

Continuò la sua strada, e si rimise a cantare:

> *Le roi Coupdesabot*
> *S'en allait à la chasse,*
> *À la chasse aux corbeaux...*

Dopo questi tre versi, s'interruppe. Era arrivato davanti al numero 50-52, e, avendo trovato la porta chiusa, aveva cominciato a picchiarla a calci, calci rimbombanti ed eroici che tradivano piuttosto scarpe da uomo che piedi di fanciullo.

Intanto, quella stessa vecchia che egli aveva incontrato all'angolo della via del Petit-Banquier, lo rincorreva emettendo alte grida e prodigando gesti smisurati.

«Che cosa c'è? Che cosa c'è, Signore Iddio! Sfondano la porta! Sfondano la casa!»

I calci continuavano.

E la vecchia si spolmonava:

«È questo il modo di conciare le case, ora?».

Improvvisamente ella si fermò: aveva riconosciuto il monello.

«Guarda! È quel diavolo!»

«Oh! È la vecchia» disse il ragazzo. «Buon giorno, mamma Burgonmuche. Vengo a trovare i miei antenati.»

La vecchia rispose con una smorfia composta – mirabile improvvisazione dell'odio che trae partito dalla caducità e dalla bruttezza – che, disgraziatamente, andò perduta nell'oscurità.

«Non c'è nessuno, musaccio.»

«Oh!» esclamò il ragazzo.

«E dov'è dunque mio padre?»

«Alla Force.»

«To'! E mia madre?»

«A Saint-Lazare.»

«Benissimo! E le mie sorelle?»

«Alle Madelonnettes.»

Il ragazzo si grattò dietro l'orecchio, guardò mamma Burgon e disse: «Ah!».

Poi girò sui tacchi, e, un minuto dopo, la vecchia, rimasta davanti alla porta, lo sentì cantare con la sua voce chiara e giovanile, mentre si sprofondava sotto gli olmi neri che stormivano al vento invernale:

> *Le roi Coupdesabot*
> *S'en allait à la chasse,*
> *À la chasse aux corbeaux,*
> *Monté sur des échasses.*
> *Quand on passait dessous*
> *On lui payait deux sous.*[11]

---

[11] Il re Colpodizoccolo a caccia se ne andava, alla caccia dei corvi, montato sui trampoli. Quando si passava di sotto gli si pagavano due soldi.

PARTE QUARTA

L'IDILLIO DI VIA PLUMET E L'EPOPEA DI VIA SAINT-DENIS

LIBRO PRIMO

QUALCHE PAGINA DI STORIA

I
BEN TAGLIATO

Il 1831 e il 1832, i due anni che si riallacciano immediatamente alla rivoluzione di luglio, sono uno dei momenti più singolari e più impressionanti della storia. Questi due anni, tra quelli che li precedono e quelli che li seguono, sono come due montagne. Essi hanno la grandezza rivoluzionaria. Vi si scorgono dei precipizi. Le masse sociali, le assise stesse della civiltà, il gruppo solido degli interessi sovrapposti e aderenti, i profili secolari dell'antica formazione francese, vi appaiono e scompaiono a ogni istante, attraverso le nubi procellose dei sistemi, delle passioni e delle teorie. Tali apparizioni e sparizioni sono state definite resistenza e movimento. A intervalli, vi si vede brillare la verità, questa luce dell'anima umana.

Questo periodo notevole è abbastanza ben delimitato e comincia ad allontanarsi a sufficienza da noi perché si possa afferrarne fin da ora le linee principali.

È quanto tenteremo di fare.

La restaurazione è stata una di quelle fasi intermedie difficili a definirsi, in cui si trovano stanchezza, ronzìo, mormorii, torpore, tumulto, e che non sono altro che l'arrivo d'una grande nazione a una tappa. Questi periodi sono singolari e ingannano i politici che vogliono sfruttarli. Da principio, la nazione non chiede che riposo. Non ha che una sete; la pace; non ha che un'ambizione: essere piccola. In ciò si traduce il bisogno di tranquillità. Di grandi eventi, grandi casi, grandi avventure e grandi uomini, grazie a Dio, se ne sono visti abbastanza e se ne ha fin sopra i capelli! Si darebbe Cesare per Prusia[1] e Napoleone per il *Re d'Yvetot*. «Che buon reuccio, era quello!»[2] Si è marciato dallo spuntar del giorno, si è alla sera d'una lunga e aspra giornata; si è fatta la prima tappa con Mirabeau, la seconda con Ro-

---

[1] Prusia, re di Bitinia che, avendo ospitato Annibale, per compiacere i romani tramò di ucciderlo.

[2] Il *Re d'Yvetot* era una canzone satirica su Napoleone, e questo ne è il ritornello. Autore: Pierre-Jean de Béranger (1780-1857).

bespierre e la terza con Bonaparte; si è spossati. Ciascuno chiede un letto.

Le abnegazioni stanche, gli eroismi invecchiati, le ambizioni soddisfatte cercano, reclamano, implorano, sollecitano, che cosa? Un ricovero. E l'hanno. S'impossessano della pace, della tranquillità, degli agi ed eccoli contenti. Nello stesso tempo, però, sorgono certi fatti che si fanno riconoscere e battono, a loro volta, alla porta. Questi fatti sono scaturiti dalle rivoluzioni e dalle guerre: esistono, vivono, hanno diritto d'insediarsi nella società, e vi s'insediano; e, il più delle volte, i fatti sono dei marescialli d'alloggio e dei furieri, che non fanno altro che preparare l'alloggiamento ai principi.

Ed ecco allora che cosa appare ai filosofi politici.

Nello stesso momento in cui gli uomini stanchi chiedono il riposo, il fatto compiuto vuole delle garanzie. Le garanzie per i fatti sono la stessa cosa che il riposo per gli uomini.

È ciò che chiedeva l'Inghilterra agli Stuart, dopo il Protettore;[3] e ciò che chiedeva la Francia ai Borboni dopo l'impero.

Queste garanzie sono una necessità dei tempi, e bisogna pur accordarle. I prìncipi le «concedono», ma in realtà è la forza delle cose che le dà. Questa è una verità profonda e utile a sapersi, la quale sfuggì agli Stuart nel 1660, e che i Borboni non intravidero nel 1814.

La famiglia predestinata che ritornò in Francia al crollo di Napoleone ebbe la dabbenaggine fatale di credere che era stata lei a dare e che quello che aveva dato poteva riprendersi; di credere altresì che la casa di Borbone possedesse il diritto divino e la Francia non possedesse nulla; e che il diritto politico concesso con la costituzione di Luigi XVIII non fosse altro che un ramo del diritto divino, staccato dalla casa di Borbone e graziosamente donato al popolo fino al giorno in cui fosse piaciuto al re di riprenderselo. Tuttavia, dal dispiacere che il dono le arrecava, la casa dei Borboni avrebbe dovuto sentire che esso non veniva da lei.

Essa fu scontrosa col diciannovesimo secolo, e fece cattivo viso a ogni sviluppo della nazione. Per servirci d'una parola triviale, cioè popolare e verace, diremo che torse il muso; e il popolo vide questo.

Credette di essere forte perché l'impero era stato portato via, sotto i suoi occhi, come una quinta di teatro. E non si accorse di essere stata essa pure portata sulla scena allo stesso modo. Non vide che anch'essa era in potere della stessa mano che aveva tolto di mezzo Napoleone.

Credette d'aver salde radici perché era il passato. E s'ingannava: essa faceva parte del passato, ma tutto il passato era la Francia. Le

[3] Con questo titolo Cromwell governò l'Inghilterra dal 1653 al 1658.

radici della società francese non erano affatto nei Borboni, ma nella nazione. Queste oscure e vitali radici non costituivano punto il diritto d'una famiglia, ma la storia d'un popolo. Esse erano ovunque, fuorché sotto il trono.

La casa di Borbone era per la Francia il nodo illustre e sanguinoso della sua storia, ma non era più l'elemento principale del suo destino e la base necessaria della sua politica. Si poteva fare a meno dei Borboni, e se n'era fatto a meno per ventidue anni; v'era stata una soluzione di continuità, di cui essi non s'erano accorti. E come avrebbero fatto ad accorgersene, essi che s'immaginavano che Luigi XVII regnasse il 9 termidoro e che Luigi XVIII regnasse il giorno di Marengo? Dall'origine della storia i principi non erano stati mai così ciechi di fronte ai fatti e a quella porzione d'autorità divina che i fatti contengono e promulgano. Mai questa pretesa terrena, che si chiama il diritto dei re, aveva negato sino a tal punto il diritto divino.

Errore capitale, questo, che condusse quella famiglia a manomettere le garanzie «accordate» nel 1814; le sue concessioni, com'essa le chiamava. Che cosa triste! Ciò ch'essa chiamava le sue concessioni erano le usurpazioni inflitte a noi, erano i nostri diritti!

Quando le sembrò giunta l'ora, la restaurazione, ritenendosi vittoriosa di Bonaparte e radicata nel paese, cioè, credendosi forte e ritenendosi grande, prese bruscamente la sua decisione e tentò il colpo. Una mattina essa si rizzò di fronte alla Francia e, alzando la voce, contestò il titolo collettivo e il titolo individuale: alla nazione la sovranità, e al cittadino la libertà. In altri termini, negò alla nazione ciò che la faceva nazione, e al cittadino ciò che lo faceva cittadino.

Questa è la sostanza di quegli atti famosi che vengono chiamati le ordinanze di luglio.

La restaurazione cadde.

E cadde giustamente. E pure, bisogna dirlo, essa non era stata sistematicamente ostile a tutte le forme del progresso. Durante il suo regime sono state compiute grandi cose.

Sotto la restaurazione la nazione si era abituata alla discussione nella calma, ciò che era mancato alla repubblica, e alla grandezza nella pace, ciò che era mancato all'impero. La Francia, libera e forte, era stata uno spettacolo incoraggiante per gli altri popoli dell'Europa. La rivoluzione aveva avuto la parola sotto Robespierre: il cannone aveva avuto la parola sotto Bonaparte; fu sotto Luigi XVIII e Carlo X che, a sua volta, ebbe la parola l'intelligenza.

Il vento cessò, la fiaccola si riaccese.

Si vide fremere sulle cime serene la luce pura degli spiriti; spettacolo magnifico, utile e attraente. Si videro all'opera per quindici anni, in piena pace pubblica, in piena piazza pubblica, quei grandi princìpi,

così vecchi per il pensatore, così nuovi per l'uomo di Stato: eguaglianza di fronte alla legge, libertà di coscienza, libertà di parola, libertà di
stampa, accessibilità per tutte le attitudini, a tutte le funzioni. E ciò
durò sino al 1830. I Borboni furono uno strumento di civiltà che si
ruppe nelle mani della provvidenza.

La caduta dei Borboni fu piena di grandezza, non da parte loro,
ma da parte della nazione. Essi lasciarono il trono con gravità, ma
senza autorevolezza: la loro discesa nell'oscurità non fu una di quelle
scomparse solenni che lasciano una cupa emozione alla storia; non fu
né la calma spettrale di Carlo I, né il grido d'aquila di Napoleone. Se
ne andarono, ecco tutto. Deposero la corona, e non ne conservarono
l'aureola. Furono degni, ma non augusti. Vennero meno, in qualche
modo, alla maestà della loro sventura. Carlo X, che, durante il viaggio
di Cherbour[4] faceva trasformare una tavola da rotonda in quadrata,
parve molto più preoccupato dell'etichetta in pericolo che della monarchia crollante. Questa diminuzione rattristò gli uomini devoti che
amavano le loro persone e gli uomini seri che stimavano la loro stirpe. Il popolo fu ammirevole. La nazione, attaccata una mattina, a mano armata, da una specie di insurrezione reale, sentì in sé tanta forza
che non montò in collera. Si difese, si contenne, rimise le cose a posto,
il governo nella legge, i Borboni in esilio e poi, ahimè! si fermò. Prese
il vecchio re Carlo X di sotto quel baldacchino che aveva coperto
Luigi XIV, e lo depose a terra dolcemente. Toccò le persone reali solo
con tristezza e con precauzione. Non fu un uomo, non furono alcuni
uomini: fu la Francia, tutta la Francia, la Francia vittoriosa e inebriata
della sua vittoria, che sembrò ricordarsi e mise in pratica di fronte agli
occhi di tutto il mondo queste gravi parole di Guglielmo del Vair[5]
dopo la giornata delle barricate: «È facile per coloro che son usi sfiorare i favori dei grandi e saltare, come un uccello, di ramo in ramo, da
una sorte desolata a una fiorente, il mostrarsi arditi contro il loro
principe nella sua avversità; ma, per me, la sorte dei miei re, e particolarmente di quelli afflitti, sarà sempre venerabile».

I Borboni portarono con sé il rispetto, ma non il rimpianto. Come
abbiamo detto poc'anzi, la loro sventura fu più grande di loro, ed essi
si dileguarono all'orizzonte.

La rivoluzione di luglio ebbe subito amici e nemici in tutto il mondo. Gli uni si precipitarono verso di essa con entusiasmo e con gioia, e
gli altri si distolsero da essa, ciascuno secondo la propria natura. I
principi d'Europa, nel primo momento, gufi di quell'alba, chiusero gli
occhi, feriti e stupefatti, e li riaprirono solo per minacciare. Spavento

---

[4] Dove s'imbarcò dopo la rivoluzione di luglio.
[5] Uomo di Stato, oratore e filosofo (1556-1621).

che si capisce, collera che si scusa. Quella strana rivoluzione era stata appena una scossa; alla regalità vinta non aveva nemmeno fatto l'onore di trattarla da nemica e di versare il suo sangue. Agli occhi dei governi dispotici, sempre interessati a che la libertà si calunni da se stessa, la rivoluzione di luglio aveva il torto di essere formidabile e di restare mite. Nulla, del resto, fu tentato, né macchinato contro di essa; e i più malcontenti, i più irritati e i più frementi la salutarono. Quali che siano i nostri egoismi e i nostri rancori, un rispetto misterioso emana dagli avvenimenti nei quali si sente la collaborazione di Qualcuno che opera più in alto dell'uomo.

La rivoluzione di luglio è il trionfo del diritto che vince il fatto. Cosa piena di splendore.

Il diritto che vince il fatto. Da ciò il fulgore della rivoluzione del 1830; da ciò anche la sua mansuetudine.

Il diritto che trionfa non ha alcun bisogno d'essere violento.

Il diritto è il giusto e il vero.

La prerogativa del diritto è di rimanere eternamente bello e puro. Il fatto, anche il più necessario in apparenza, anche il più gradito ai contemporanei, se esiste solo come fatto e contiene troppo poco diritto, o nessun diritto, è destinato infallibilmente a divenire, alla lunga, deforme, immondo e fors'anche mostruoso.

Se si vuol constatare d'un solo tratto a quale grado di laidezza possa arrivare il fatto, visto a distanza di secoli, si consideri Machiavelli. Machiavelli non è affatto un cattivo genio, né un demonio, né uno scrittore vile e miserabile; non è altro che il fatto. E non è soltanto il fatto italiano, ma il fatto europeo, il fatto del sedicesimo secolo. Esso sembra odioso, e lo è, di fronte all'idea morale del secolo decimonono.

Questa lotta tra il diritto e il fatto dura dall'origine delle società. Porre fine al duello, amalgamare l'idea pura con la realtà umana, far penetrare pacificamente il diritto nel fatto e il fatto nel diritto, ecco l'opera dei saggi.

II
MAL CUCITO

Ma l'opera dei saggi è una cosa, e quella degli abili è un'altra.

La rivoluzione del 1830 s'era presto fermata. Ora, non appena una rivoluzione si arena, gli abili ne fanno a pezzi il relitto.

Gli abili, nel nostro secolo, si sono attribuiti da se stessi la qualifica d'uomini di Stato, in modo che questa espressione «uomo di Stato», ha finito col diventare un po' gergo. Non si dimentichi, infatti, che dove c'è solo abilità, vi è necessariamente meschinità. Dire *gli abili*, equivale a dire *i mediocri* così come dire: «gli uomini di Stato» equivale talvolta a dire: «i traditori».

Dunque, a voler credere agli abili, le rivoluzioni come quella di luglio sono arterie tagliate; occorre una pronta sutura. Il diritto, troppo solennemente proclamato, vacilla. Perciò una volta che il diritto si sia affermato, bisogna consolidare lo Stato, e, dopo aver assicurato la libertà, bisogna pensare al potere.

A questo punto, i saggi non si separano ancora dagli abili, ma incominciano a diffidare. Il potere, e va bene. Ma, prima di tutto, che cosa è il potere? E, in secondo luogo, di dove viene?

Gli abili fingono di non sentire tali domande; essi continuano la loro manovra.

Secondo codesti politici, abilissimi nel porre alle finzioni profittevoli una maschera di necessità, il primo bisogno di un popolo dopo una rivoluzione, quando questo popolo faccia parte di un continente monarchico, è quello di procurarsi una dinastia. In questo modo, essi dicono, si può avere la pace dopo la rivoluzione, cioè il tempo di medicare le proprie piaghe e di riparare la propria casa. La dinastia nasconde le impalcature e copre l'ambulanza.

Ora, non è sempre facile procurarsi una dinastia.

A rigore, il primo uomo di genio o anche il primo uomo di ventura che capiti basta per fare un re; nel primo caso, avete Bonaparte, nel secondo Iturbide.[6]

Ma la prima famiglia che capiti non basta per fare una dinastia. In una razza occorre una certa quantità d'anzianità, e la ruga dei secoli non s'improvvisa.

Se si considera la cosa dal punto di vista degli «uomini di Stato», naturalmente facendo ogni riserva, quali devono essere le qualità d'un re che esce da una rivoluzione? Può essere utile, e lo è, che egli sia rivoluzionario, vale a dire che abbia partecipato di persona alla rivoluzione, che vi abbia posto mano, che vi si sia compromesso o illustrato, che ne abbia toccato la scure o maneggiato la spada.

Quali sono le qualità d'una dinastia? Essa dev'essere nazionale, cioè rivoluzionaria a distanza, non per atti commessi, ma per idee accettate. Deve essere composta di passato ed essere storica, essere composta d'avvenire ed essere simpatica.

Tutto questo spiega perché le prime rivoluzioni si accontentino di trovare un uomo, Cromwell o Napoleone; e perché le seconde voglia-

---

[6] Generale messicano, che si proclamò imperatore del Messico dal 1821 al 1823; morì fucilato nel 1824.

no assolutamente trovare una famiglia, la casa di Brunswick[7] o la casa d'Orléans.

Le case reali rassomigliano a quei fichi d'India, ogni ramoscello dei quali, curvandosi sino a terra, vi pone le radici e diventa pianta esso stesso. Ogni ramo può divenire una dinastia, alla sola condizione di curvarsi sino al popolo.

Tale è la teoria degli abili.

Ecco dunque la grande arte: conferire in qualche modo a un successo il tono di una catastrofe, affinché coloro che ne approfittano, ne tremino anche; condire di paura un passo fatto, aumentare la curva della transizione fino al rallentamento del progresso, offuscare quest'aurora, denunciare e sopprimere le asprezze dell'entusiasmo, smussare gli angoli, e le unghie, ovattare il trionfo, camuffare il diritto, avvolgere il gigante-popolo in flanelle e coricarlo molto presto, imporre la dieta a quest'eccesso di salute, mettere Ercole a regime di convalescenza, stemperare l'avvenimento nell'espediente, offrire agli spiriti assetati d'ideale un nettare allungato col decotto, prendere delle precauzioni contro l'eccessivo successo, coprire la rivoluzione con un paralume.

Il 1830 mise in pratica questa teoria, già applicata all'Inghilterra dal 1688.

Il 1830 è una rivoluzione fermata a mezza via. È progresso a metà e quasi-diritto. Ora, la logica ignora il pressappoco assolutamente come il sole ignora la candela.

Chi ferma le rivoluzioni a mezza via? La borghesia.

E perché?

Perché la borghesia è l'interesse arrivato alla soddisfazione. Ieri era l'appetito, oggi è la pienezza; domani sarà la sazietà.

Il fenomeno del 1814 dopo Napoleone si riprodusse nel 1830 dopo Carlo X.

Si è voluto, a torto, fare della borghesia una classe. La borghesia è semplicemente la parte accontentata del popolo. Il borghese è l'uomo che ha ora il tempo di sedersi. E una sedia non è una casta.

Ma, per voler sedersi troppo presto, si può arrestare persino la marcia del genere umano. E questo è stato spesso l'errore della borghesia.

Non si è una classe per il fatto che si commette un errore. L'egoismo non è una delle divisioni dell'ordine sociale.

Del resto, bisogna esser giusti anche verso l'egoismo; lo stato a cui aspirava, dopo la scossa del 1830, la parte della nazione che vien chia-

[7] Non fu la casa Brunswick, ma la casa di Nassau-Orange che prese il trono dopo la rivoluzione inglese del 1688.

mata borghesia, non era l'inerzia, che si complica d'indifferenza e di pigrizia, e che contiene un po' di vergogna; non era il sonno, che presuppone un oblìo momentaneo, accessibile ai sogni; era l'alt.

Questa parola, alt, esprime un doppiosenso singolare e quasi contraddittorio: truppa in marcia, ossia moto; e tappa, ossia riposo.

L'alt è la ripresa delle forze; è il riposo armato e attento; è il fatto compiuto che mette le sentinelle e sta all'erta.

La tappa presuppone il combattimento di ieri e il combattimento di domani.

È l'intervallo che va dal 1830 al 1848.

Ciò che noi qui chiamiamo combattimento può chiamarsi anche progresso.

Alla borghesia occorreva dunque, come agli uomini di Stato, un uomo che esprimesse questa parola: «alt». Un Quantunque, un Perché. Una Individualità composita che significasse rivoluzione e significasse stabilità; che, in altre parole, consolidasse il presente mediante l'evidente compatibilità del passato con l'avvenire.

E quell'uomo era «bello e trovato»: si chiamava Luigi Filippo d'Orléans.

I duecentoventuno[8] nominarono Luigi Filippo re. Lafayette s'incaricò della consacrazione.

Egli la chiamò *la migliore delle repubbliche*. Il municipio di Parigi sostituì la cattedrale di Reims.

Questa sostituzione d'un mezzo trono al trono completo fu «l'opera del 1830».

Quando gli abili ebbero finito, si rivelò subito l'immenso vizio della loro soluzione. Tutto ciò era stato fatto al di fuori del diritto assoluto; e il diritto gridò: «Protesto!». Poi, cosa temibile, rientrò nell'ombra.

III

LUIGI FILIPPO

Le rivoluzioni hanno il braccio terribile e la mano felice: colpiscono sodo e scelgono bene. Persino incomplete, persino imbastardite e maltrattate e ridotte allo stato di rivoluzioni minori, come la rivoluzione del 1830, rimane loro quasi sempre abbastanza lucidità provvidenziale, perché non possano cader male. La loro eclissi non è mai un'abdicazione.

[8] I deputati che avevano indirizzato a Carlo X la richiesta di sciogliere la Camera; in seguito a ciò, nel luglio 1830, si elesse Luigi Filippo re.

Però, non vantiamoci a voce troppo alta: anche le rivoluzioni s'ingannano, e si sono visti gravi errori.

Torniamo al 1830. Il 1830, nella sua deviazione, ebbe una fortuna. Nella sistemazione che fu chiamato ordine, dopo che la rivoluzione venne stroncata, il re valeva più della regalità. Luigi Filippo era un uomo raro.

Figlio di un padre al quale la storia accorderà di certo le circostanze attenuanti,[9] ma altrettanto degno di stima quanto il padre era stato degno di biasimo; dotato di tutte le virtù private e di parecchie virtù pubbliche; sollecito della sua salute, della sua persona e dei suoi affari; conoscitore del valore d'un minuto e non sempre del valore d'un anno; sobrio, sereno, tranquillo, paziente, buon uomo e buon principe; dormiva con la moglie e ne approfittava per tenere nel palazzo alcuni lacchè con l'incarico di far vedere il letto matrimoniale ai borghesi, ostentazione d'alcova regolare, divenuta utile dopo le antiche ostentazioni illegittime del ramo primogenito; conoscitore di tutte le lingue d'Europa, e, ciò che è più raro, di tutti i linguaggi di tutti gli interessi, ch'egli parlava; mirabile rappresentante della «classe media», ma superiore a essa, e, ad ogni modo, più grande di essa; pieno di buon senso, pur apprezzando il sangue dal quale usciva, si stimava soprattutto per il proprio valore intrinseco, e sulla questione stessa della sua stirpe aveva idee particolari, e si dichiarava Orléans e non Borbone,[10] primissimo principe del sangue finché non era stato che altezza serenissima, ma schietto borghese il giorno in cui fu maestà; espansivo in pubblico, conciso nell'intimità; segnalato come avaro, ma non dimostrato tale e, in fondo, uno di quegli economi facilmente prodighi per il loro capriccio o il loro dovere; letterato e poco sensibile alle lettere; gentiluomo, ma non cavaliere; semplice, calmo e forte; adorato dalla famiglia e dalla servitù; parlatore seducente; uomo di Stato consumato, freddo nell'intimo, dominato dall'interesse immediato, nel governare intento sempre alle cose più vicine, incapace di rancore e di riconoscenza, si serviva senza pietà delle superiorità sulle mediocrità; abile nello spingere le maggioranze parlamentari a dar torto a quelle unanimità misteriose che brontolano sotto i troni; espansivo e talvolta imprudente nelle sue espansioni, ma d'una meravigliosa abilità anche nella imprudenza; fertile in espedienti, in volti e in maschere; faceva paura alla Francia con l'Europa e all'Europa con la Francia; amava incontestabilmente il suo paese, al quale però preferiva la sua famiglia; apprezzava più la dominazione che l'autorità, e l'autorità

---

[9] Il padre, Luigi Filippo d'Orléans, aderì alla rivoluzione tanto da votare la morte del cugino Luigi XVI. Morì lui stesso sul patibolo.
[10] La madre era una Luisa di Borbone.

più della dignità, disposizione che ha questo di funesto: col rivolgere ogni cosa al successo, ammette l'astuzia e non ripudia affatto la bassezza, ma ha però il vantaggio di preservare la politica dagli urti violenti, lo Stato dalle fratture e la società dalle catastrofi; minuzioso, corretto, vigile, attento, sagace, instancabile, talvolta si contraddiceva e si smentiva; ardito contro l'Austria ad Ancona[11] testardo contro l'Inghilterra in Spagna,[12] bombardava Anversa[13] e pagava Pritchard;[14] cantava con convinzione la Marsigliese; inaccessibile all'avvilimento, alla stanchezza, al gusto del bello e dell'ideale, alle generosità temerarie, all'utopia, alle chimere, alla collera, alla vanità, al timore; era dotato di tutte le forme della intrepidezza personale; generale a Valmy, soldato a Jemmapes, sfiorato otto volte dal regicidio e sempre sorridente; intrepido come un granatiere, coraggioso come un pensatore; inquieto soltanto davanti alla probabilità d'un crollo europeo, e disadatto alle grandi avventure politiche; sempre pronto a rischiare la propria vita, e mai la sua opera, mascherava la sua volontà di influenza, per poter essere obbedito più come intelligenza che come re; dotato di spirito d'osservazione; poco attento alle menti, ma conoscitore degli uomini, ossia, per giudicare aveva bisogno di vedere; buon senso pronto e penetrante, saggezza pratica, parola facile e memoria prodigiosa, attingeva senza posa a questa memoria, suo unico punto di rassomiglianza con Cesare, Alessandro e Napoleone; sapeva i fatti, i particolari, le date, i nomi propri; ignorava le tendenze, le passioni, i genii diversi della folla, le aspirazioni interiori, gli sconvolgimenti nascosti e oscuri delle anime; in una parola, tutto ciò che si potrebbe definire le correnti invisibili delle coscienze; accetto in alto, ma inviso agli strati profondi della Francia, se la cavava con l'acutezza; governava troppo e non regnava abbastanza; era primo ministro di se stesso; eccellente nel fare della piccolezza delle cose reali un ostacolo all'immensità delle idee; univa a una vera facoltà creatrice di civiltà, d'ordine e d'organizzazione, un non so quale spirito di procedura e di cavillo; fondatore e procuratore d'una dinastia, aveva qualche cosa di Carlomagno e qualche cosa dell'avvocato; insomma, una figura elevata e originale, principe che seppe esercitare il potere, malgrado l'inquietudine della Francia, e la potenza, nonostante la gelosia dell'Europa, Luigi Filippo sarà classificato tra gli uomini eminenti del suo secolo, e

---

[11] Dove mandò, nel 1832, un corpo di spedizione francese in aiuto ai rivoluzionari italiani.

[12] Nel 1846 la prima «entente cordiale» fra Francia e Inghilterra naufragò per una questione di matrimoni dinastici.

[13] Nel 1832, per sostenere i belgi contro gli olandesi, che occupavano la città.

[14] George Pritchard (1796-1883), missionario inglese a Tahiti. La confisca dei suoi beni provocò la reazione inglese; la Francia dovette pagargli un'ammenda.

sarebbe stato annoverato tra i più illustri governanti della storia, se avesse amato un po' più la gloria e avesse avuto il senso di ciò che è grande, allo stesso grado del senso di ciò che è utile.

Luigi Filippo era stato un bell'uomo e, invecchiato, era rimasto simpatico; non sempre accetto alla nazione, lo era sempre alla folla: piaceva. Aveva il dono di attrarre. Gli mancava la maestosità: non portava la corona, benché re, né i capelli bianchi, benché vecchio. I suoi modi erano del vecchio regime e le sue abitudini del nuovo, miscuglio del nobile e del borghese che conveniva al 1830. Luigi Filippo era la transizione regnante; aveva conservato l'antica pronuncia e l'antica ortografia, che metteva a servizio delle opinioni moderne; amava la Polonia e l'Ungheria, ma scriveva *les polonois* e pronunciava *les hongrais*.[15] Portava la divisa della guardia nazionale come Carlo X, e il cordone della Legion d'onore come Napoleone.

Andava poco in chiesa, punto a caccia, mai all'Opéra. Sagrestani, guardacaccia e ballerine non potevano intaccarne l'incorruttibilità. Ciò faceva parte della sua popolarità borghese. Non aveva corte. Usciva con l'ombrello sotto il braccio, e quell'ombrello per lungo tempo fece parte della sua aureola. Era un poco muratore, un poco giardiniere e un poco medico; salassava un postiglione caduto da cavallo: Luigi Filippo non usciva mai senza bisturi, come Enrico III non usciva mai senza pugnale. I realisti schernivano quel re ridicolo, il primo che avesse cavato sangue per guarire.

Nelle doglianze della storia contro Luigi Filippo vi è da togliere qualche cosa; v'è ciò che accusa la regalità, ciò che accusa il regno e ciò che accusa il re: tre colonne che danno, ciascuna, un totale diverso. Il diritto democratico confiscato, il progresso divenuto interesse secondario, le proteste della strada soffocate violentemente, la repressione militare delle insurrezioni, la sommossa stroncata con le armi, la via Transnonain, i consigli di guerra, l'assorbimento del paese reale da parte del paese legale, il governo esercitato in società con trecentomila privilegiati, sono addebiti fatti alla regalità; il Belgio respinto, l'Algeria troppo duramente conquistata, e, come l'India dagli inglesi, con più barbarie che civiltà, la mancata fede e Abd-el-Kader, Blaye, Deutz comperato e Pritchard pagato, sono affari del regno; la politica più familiare che nazionale è affare del re.

Come si vede, a conti fatti, la colpa del re risulta diminuita.

La sua gran colpa, eccola: è stato modesto in nome della Francia.

E di dove viene questa colpa?

Diciamolo.

Luigi Filippo è stato un re troppo padre: questa incubazione d'una

---

[15] Invece di *polonais* (polacchi) e *hongrois* (ungheresi).

famiglia dalla quale si vuol far uscire una dinastia ha paura di tutto e non vuol essere disturbata; da ciò le eccessive timidezze, importune al popolo che annovera il 14 luglio nella sua tradizione civile e Austerlitz nella sua tradizione militare.

Del resto, se si fa astrazione dai doveri pubblici che vogliono essere adempiti per primi, quella profonda tenerezza di Luigi Filippo per la famiglia, la sua famiglia la meritava. Quel nucleo domestico era ammirevole. In esso le virtù erano a contatto di gomito con le qualità. Una delle figlie di Luigi Filippo, Maria d'Orléans, metteva il nome della sua famiglia fra gli artisti, così come Carlo d'Orléans l'aveva messo fra i poeti, trasfondendo la propria anima in un marmo, che intitolò *Giovanna d'Arco*. Due figli di Luigi Filippo avevano strappato a Metternich questo elogio demagogico: «*Sono giovani come non se ne vedono molti; e principi come non se ne vedono mai*».

Ecco la verità intorno a Luigi Filippo senza nulla dissimulare, ma anche senza nulla aggravare.

Essere il principe uguaglianza, portare in sé la contraddizione della restaurazione e della rivoluzione, avere quel lato inquietante del rivoluzionario che diventa rassicurante nel governante, fu la fortuna di Luigi Filippo nel 1830. Non vi fu mai adattamento più completo d'un uomo a un evento: l'uno s'immedesimò nell'altro e si compì l'incarnazione. Luigi Filippo è il 1830 fatto uomo. Inoltre, aveva in suo favore quella grande designazione al trono che è l'esilio. Era stato proscritto, errante e povero. Aveva vissuto del suo lavoro. In Svizzera, colui che aveva in appannaggio i più ricchi domini principeschi della Francia, aveva venduto un vecchio cavallo per mangiare. A Reichenau aveva dato lezioni di matematica, mentre sua sorella Adelaide ricamava e cuciva. Questi ricordi, nella vita d'un re, entusiasmavano la borghesia. Aveva demolito con le proprie mani l'ultima gabbia di ferro di Mont-Saint-Michel costruita da Luigi XI e utilizzata da Luigi XV; era il compagno di Dumouriez[16] e l'amico di Lafayette; aveva appartenuto al club dei giacobini: Mirabeau gli aveva battuto una mano sulla spalla, Danton lo aveva chiamato «giovanotto!». A ventiquattr'anni, nel '93, quando era il signor di Chartres, dal fondo d'un piccolo palco oscuro della Convenzione, aveva assistito al processo di Luigi XVI, così ben chiamato *quel povero tiranno*. La cieca chiaroveggenza della rivoluzione, che abbatteva la regalità nel re senza quasi notare l'uomo nel feroce stritolamento dell'ideologia, il grande uragano dell'assemblea-tribunale, la collera pubblica che interroga, Capeto che non sa che cosa rispon-

---

[16] Charles-François Dumouriez (1739-1823), il generale francese che aveva conquistato il Belgio.

dere, lo spaventevole vacillare stupefatto di quella testa reale sotto quel soffio sinistro, l'innocenza relativa di tutti in quella catastrofe, di coloro che condannavano come di colui che era condannato; tutte quelle cose egli le aveva guardate, tutti quegli abissi egli li aveva contemplati; aveva veduto i secoli comparire alla sbarra della Convenzione; aveva veduto dietro Luigi XVI, questo disgraziato che passò per responsabile, drizzarsi nelle tenebre la formidabile accusata: la monarchia; e gli era rimasto nell'anima lo spavento rispettoso per quelle immense giustizie del popolo, impersonali quasi quanto la giustizia di Dio.

La traccia che la rivoluzione aveva lasciato in lui era prodigiosa. Il suo ricordo era come un'impronta vivente di quei grandi anni, minuto per minuto. Un giorno, davanti a un testimonio del quale ci è impossibile dubitare, rettificò a memoria tutta la lettera A dell'elenco alfabetico dell'assemblea costituente.

Luigi Filippo è stato un re alla luce del sole. Finché lui regnò la stampa fu libera, la tribuna fu libera, la coscienza e la parola furono libere. Le leggi di settembre[17] sono trasparenti. Benché conoscesse il potere corroditore della luce sui privilegi, lasciò il trono esposto alla luce, e la storia gli terrà conto di questa realtà.

Luigi Filippo, come tutti gli uomini storici scomparsi dalla scena, è oggi sottoposto a giudizio dalla coscienza umana. Il suo processo è ancora soltanto in prima istanza.

L'ora in cui la storia parla col suo accento venerabile e libero non è ancora suonata per lui; non è giunto il momento di pronunciare su questo re il giudizio definitivo. L'austero e illustre storico Louis Blanc ha recentemente attenuato, lui stesso, il suo primo verdetto. Luigi Filippo è stato l'eletto di quei due press'a poco chiamati: i duecentoventuno e il 1830, ossia d'un mezzo parlamento e d'una mezza rivoluzione; e, in ogni caso, dal punto di vista superiore in cui deve mettersi la filosofia, non potremmo giudicarlo qui, come si sarà intravisto da quanto precede, che con certe riserve in nome del principio democratico assoluto. Agli occhi dell'assoluto, all'infuori di questi due principi: il diritto dell'uomo prima e il diritto del popolo poi, tutto è usurpazione; ma ciò che possiamo dire fin da questo momento, fatte tali riserve, è che, tutto sommato e comunque lo si consideri, Luigi Filippo, preso in sé, e sotto il punto di vista della bontà umana, resterà, per servirci del vecchio linguaggio della storia antica, uno dei migliori prìncipi che siano passati su un trono.

Che cos'ha contro di sé? Il trono. Togliete da Luigi Filippo il re,

---

[17] Quelle successive all'attentato del còrso Giuseppe Fieschi contro il re, che ebbero carattere repressivo (1836).

resta l'uomo. E l'uomo è buono, e talvolta è buono sino al punto di essere ammirevole. Spesso, in mezzo alle più gravi cure, dopo una giornata di lotta contro tutta la diplomazia del continente, rientrava a sera nei suoi appartamenti e lì, spossato dalla stanchezza, oppresso dal sonno, che faceva? prendeva un incartamento e passava la notte a riesaminare un processo penale, pensando che se era già qualche cosa tener testa all'Europa, era cosa assai più importante strappare un uomo al boia. Si ostinava contro il suo guardasigilli; disputava a palmo a palmo il terreno della ghigliottina ai procuratori generali, *quei chiacchieroni della legge*, come li chiamava. Talvolta gli incartamenti ammucchiati coprivano la sua tavola, ed egli li esaminava tutti; per lui era un'angoscia l'abbandonare quelle miserabili teste condannate. Un giorno egli diceva allo stesso testimonio cui abbiamo accennato poc'anzi: «*Questa notte ne ho guadagnati sette*». Durante i primi anni del suo regno, la pena di morte fu come abolita e il patibolo rialzato fu una violenza fatta al re. Essendo scomparsa la Grève col ramo primogenito, venne istituita una Grève borghese sotto il nome di barriera di Saint-Jacques; gli «uomini pratici» sentirono il bisogno d'una ghigliottina quasi legittima; e quella fu una delle vittorie di Casimir Périer, che rappresentava la parte rigida della borghesia, su Luigi Filippo, che ne rappresentava la parte liberale. Luigi Filippo aveva annotato di suo pugno Beccaria; e dopo la macchina infernale del Fieschi, esclamava: «*Che peccato ch'io non sia stato ferito! Avrei potuto far grazia*». Un'altra volta, alludendo alle resistenze dei suoi ministri, scriveva a proposito di un condannato politico[18] ch'è una delle più generose figure del nostro tempo: «La sua grazia è accordata; non mi resta altro che ottenerla». Luigi Filippo era mite come Luigi IX e buono come Enrico IV.

Orbene, per noi, nella storia, in cui la bontà è perla rara, chi è stato buono supera quasi chi è stato grande.

E siccome Luigi Filippo è stato giudicato severamente dagli uni e forse aspramente dagli altri, è naturalissimo che un uomo, oggi anche lui fantasma, che ha conosciuto quel re, venga a deporre per lui davanti alla storia; questa deposizione, qualunque essa sia, è evidentemente, prima di tutto, disinteressata. Un epitaffio scritto da un morto è sincero; un'ombra può consolare un'altra ombra; l'essere nelle stesse tenebre dà il diritto di lodare; e v'è poco da temere che si dica mai di due tombe in esilio: l'una ha adulato l'altra.

---

[18] Armand Barbès, che dopo la liberazione espatriò in Olanda.

CREPE SOTTO LE FONDAMENTA

Nel momento in cui il dramma che raccontiamo sta per penetrare nelle profondità d'una delle nubi tragiche che coprono l'inizio del regno di Luigi Filippo, bisognava bandire ogni equivoco, ed era necessario che questo libro si spiegasse su questo re.

Luigi Filippo era entrato nell'autorità regale senza violenza, e senza azione diretta da parte sua, in virtù d'una sterzata rivoluzionaria, evidentemente molto distinta dallo scopo reale della rivoluzione, ma nella quale egli, come duca d'Orléans, non ebbe alcuna iniziativa personale. Era nato principe, e si credeva eletto re. Non si era affatto auto-conferito questo mandato, e neppure se l'era preso: glielo avevano offerto, ed egli l'aveva accettato, convinto che l'offerta fosse secondo il diritto e che l'accettazione fosse secondo il dovere. Da ciò, un possesso in buona fede. Ora – noi lo diciamo in tutta coscienza, poiché Luigi Filippo era in buona fede nel suo possesso e la democrazia era in buona fede nell'attaccarlo – la somma di spavento che si sprigiona dalle lotte sociali non può essere messa a carico né del re né della democrazia. Un urto di princìpi assomiglia a un urto di elementi: l'oceano difende l'acqua, l'uragano difende l'aria, il re difende la regalità, la democrazia difende il popolo; il relativo, che è la monarchia, resiste all'assoluto, che è la repubblica; la società sanguina sotto questo conflitto, ma ciò che oggi è la sua sofferenza, domani sarà la sua salute; e, in tutt'i casi, non si possono biasimare coloro che lottano; uno dei due partiti evidentemente s'inganna; il diritto non è, come il colosso di Rodi, sopra due rive a un tempo, ossia con un piede nella repubblica e l'altro nella monarchia: esso è indivisibile e tutto da un lato. Ma coloro che s'ingannano, s'ingannano in buona fede; un cieco non è più colpevole di quanto un vandeano sia brigante. Imputiamo dunque solo alla fatalità delle cose queste terribili collisioni.

Quali che siano queste tempeste, da esse non va disgiunta l'irresponsabilità umana.

Terminiamo questa esposizione.

Il governo del 1830 ebbe subito vita dura. Nato ieri, dové combattere oggi. Non appena insediato, sentiva già dovunque vaghi movimenti di trazione sull'edificio di luglio, eretto così di fresco e ancora così poco solido.

La resistenza nacque il giorno dopo; forse era già nata la vigilia.

Di mese in mese, l'ostilità crebbe e, da sorda ch'era, divenne manifesta.

La rivoluzione di luglio, poco accetta ai re fuori della Francia, come abbiamo detto, era stata diversamente interpretata in Francia.

Dio rivela agli uomini le Sue volontà visibili per mezzo degli avvenimenti; testo oscuro scritto in una lingua misteriosa. Gli uomini ne fanno subito delle traduzioni: traduzioni affrettate, scorrette, piene di errori, di lacune e di controsensi. Pochissime menti comprendono la lingua divina. Le più sagaci, le più calme, le più profonde decifrano lentamente, e quando arrivano col loro testo, il lavoro è già stato compiuto da molto tempo, e sulla pubblica piazza vi sono già venti traduzioni. Da ogni traduzione nasce un partito, e da ogni controsenso una fazione; e ogni partito crede di avere il solo testo autentico, e ogni fazione crede di possedere la luce.

Spesso, il potere stesso è una fazione.

Nelle rivoluzioni vi sono dei nuotatori contro corrente: sono i vecchi partiti.

Secondo i vecchi partiti che si attaccano all'eredità mediante la grazia di Dio, poiché le rivoluzioni sono uscite dal diritto di rivolta, si ha il diritto di rivolta contro di esse. Errore: giacché, nelle rivoluzioni, chi si rivolta non è il popolo ma il re. Rivoluzione è l'opposto di rivolta. Ogni rivoluzione, essendo un compimento, contiene in sé la propria legittimità, che falsi rivoluzionari talvolta disonorano, ma che persiste, anche se insozzata, che sopravvive, anche se insanguinata. Le rivoluzioni nascono non da un accidente, ma da una necessità. Una rivoluzione è il ritorno del fittizio al reale; essa è, perché bisogna che ci sia.

E per questo, i vecchi partiti legittimisti attaccavano anch'essi la rivoluzione del 1830 con tutte le violenze che scaturiscono dal ragionamento capzioso. Gli errori sono eccellenti proiettili: essi la colpivano sapientemente nei punti vulnerabili, dove la corazza difettava, vale a dire nella sua mancanza di logica; attaccavano quella rivoluzione nella sua monarchia. Le gridavano: «Rivoluzione, perché questo re?». Le fazioni sono ciechi che mirano giusto.

Quel grido lo emettevano anche i repubblicani; ma, venendo da essi, quel grido era logico. Ciò che era cecità nei legittimisti, era chiaroveggenza nei democratici. Il 1830 era fallito nei confronti del popolo, e la democrazia, indignata, glielo rimproverava.

L'assetto di luglio si dibatteva fra l'attacco del passato e l'attacco dell'avvenire. Esso rappresenta il minuto alle prese, da una parte, coi secoli monarchici, e, dall'altra, col diritto eterno.

Inoltre, all'esterno, poiché non era più rivoluzione, ma diveniva monarchia, il 1830 era obbligato a mettersi al passo con l'Europa. Mantenere la pace: accrescimento di complicazioni. Un'armonia voluta a sproposito è spesso più onerosa d'una guerra. Da questo sordo conflitto imbavagliato ma sempre in atto di grugnire, nacque la pace armata, quest'espediente rovinoso della civiltà sospetta a se stessa. La monarchia di luglio s'impennava, senza volerlo, nella pariglia dei gabinetti europei. Metternich l'avrebbe volentieri impastoiata. Spinta in Francia dal progresso, essa spingeva in Europa le monarchie, queste retrograde. Rimorchiata, rimorchiava.

Intanto, all'interno, pauperismo, proletariato, salario, educazione, criminalità, prostituzione, destino della donna, ricchezza, miseria, produzione, consumo, ripartizione, scambio, moneta, credito, diritto del capitale, diritto del lavoro, tutte queste questioni si moltiplicavano al di sopra della società e formavano un terribile strapiombo.

Oltre ai partiti politici propriamente detti, un altro movimento veniva a manifestarsi. Al fermento democratico, rispondeva il fermento filosofico. L'*élite* si sentiva turbata al pari della massa. In modo diverso, ma in egual misura.

Alcuni pensatori meditavano, mentre il suolo, cioè il popolo, attraversato da correnti rivoluzionarie, tremava sotto di essi con misteriose, vaghe convulsioni epilettiche. Questi pensatori, gli uni isolati, gli altri riuniti in famiglie e quasi in comunità, agitavano le questioni sociali, pacificamente ma profondamente; minatori impassibili che scavavano tranquillamente le gallerie nelle profondità d'un vulcano, appena disturbati dalle sorde commozioni e dalle fornaci intraviste.

Tale tranquillità non era lo spettacolo meno bello di quel periodo agitato.

Quegli uomini lasciavano ai partiti politici la questione dei diritti; essi si occupavano di quella del benessere.

Quello che volevano ottenere dalla società era il benessere dell'uomo.

Essi elevavano le questioni materiali, le questioni d'agricoltura, d'industria e di commercio quasi a dignità di religione. Nella civiltà, così come è fatta, un poco da Dio e molto dall'uomo, gli interessi si combinano, si uniscono, si amalgamano in modo da formare una vera roccia dura, secondo una legge dinamica pazientemente studiata dagli economisti, i geologi della politica. Tali uomini, che si raggruppavano sotto appellativi diversi, ma che possono essere indicati tutti col titolo generico di socialisti, cercavano di forare quella roccia e di farne scaturire le acque vive della felicità umana.

Dalla questione del patibolo alla questione della guerra, i loro lavori abbracciavano tutto. Al diritto dell'uomo, proclamato dalla rivoluzione francese, essi aggiungevano il diritto della donna e il diritto del fanciullo.

Nessuno si stupirà se, per diverse ragioni, non tratteremo qui a fondo, dal punto di vista teorico, le questioni sollevate dal socialismo. Ci limiteremo a indicarle.

Tutti i problemi che i socialisti si proponevano, scartando le visioni cosmogoniche, le fantasticherie e il misticismo, possono essere raggruppati in due problemi principali.

Primo problema: produrre la ricchezza.

Secondo problema: distribuirla.

Il primo problema comprende la questione del lavoro.

Il secondo comprende la questione del salario.

Nel primo problema si tratta dell'impiego delle forze.

Nel secondo, della distribuzione dei possessi.

Dal buon impiego delle forze risulta la potenza pubblica.

Dalla buona distribuzione dei possessi risulta il benessere individuale.

Per buona distribuzione bisogna intendere non distribuzione eguale, ma distribuzione equa. La prima uguaglianza è l'equità.

Da queste due cose combinate, potenza pubblica all'esterno e benessere individuale all'interno, risulta la prosperità sociale.

Prosperità sociale, vuol dire l'uomo felice, il cittadino libero e la nazione grande.

L'Inghilterra risolve il primo di questi due problemi; crea mirabilmente la ricchezza, ma la ripartisce male. Questa soluzione, completa solo da un lato, la conduce fatalmente a questi due estremi: opulenza mostruosa e miseria mostruosa. Tutti i godimenti a pochi, e tutte le privazioni agli altri, cioè al popolo; il privilegio, l'eccezione, il monopolio e il feudalesimo nascono dal lavoro stesso. Situazione falsa e pericolosa che basa la potenza pubblica sulla miseria privata, e che pone le radici della grandezza dello Stato nelle sofferenze dell'individuo. Grandezza mal composta in cui si combinano tutti gli elementi materiali e nella quale non entra alcun elemento morale.

Il comunismo e la legge agraria credono di risolvere il secondo problema. S'ingannano: la loro distribuzione uccide la produzione. La distribuzione eguale abolisce l'emulazione, e per conseguenza il lavoro. È un'operazione da macellaio, che uccide ciò che divide. È quindi impossibile fermarsi a queste due soluzioni: uccidere la ricchezza non vuol dire distribuirla.

Per essere ben risolti, i due problemi vogliono essere risolti insieme, e le due soluzioni vogliono essere combinate in modo da formarne una sola.

Non risolvendo che il primo dei due problemi, sarete Venezia, sarete l'Inghilterra. Al pari di Venezia, avrete una potenza artificiale, o, come l'Inghilterra, una potenza materiale; sarete il cattivo ricco. Soccomberete per un atto di violenza, com'è morta Venezia, o per bancarotta, come cadrà l'Inghilterra. E il mondo vi lascerà morire e cadere, perché il mondo lascia cadere e morire tutto quello che è solo egoismo, tutto ciò che per il genere umano non rappresenta una virtù o un'idea.

Resta ben inteso qui che con queste parole, Venezia e Inghilterra, noi designamo non già i popoli, ma le costruzioni sociali, ossia le oligarchie sovrapposte alle nazioni, e non le nazioni stesse. Le nazioni hanno sempre il nostro rispetto e la nostra simpatia. Venezia, popolo, rinascerà. L'Inghilterra, aristocrazia, cadrà, ma l'Inghilterra, nazione, è immortale. Ciò detto, continuiamo.

Risolvete i due problemi, incoraggiate il ricco e proteggete il povero, sopprimete la miseria, ponete fine allo sfruttamento ingiusto del debole da parte del forte, mettete un freno alla iniqua gelosia di colui che è in cammino contro colui che è arrivato, proporzionate esattamente e fraternamente il salario al lavoro, fate che l'insegnamento gratuito e obbligatorio accompagni lo sviluppo dell'infanzia e ponete la scienza a fondamento della virilità; sviluppate le intelligenze pur facendo lavorare le braccia, siate a un tempo un popolo potente e una famiglia d'uomini felici, rendete democratica la proprietà, non abolendola, ma rendendola universale, in modo che ogni cittadino, senza eccezione, sia proprietario: cosa, questa, più facile che non si creda; in poche parole, sappiate distribuirla e avrete insieme la grandezza morale e la grandezza materiale, e sarete degni di chiamarvi Francia.

Ecco, all'infuori e al di sopra di alcune sette che si smarrivano, ciò che diceva il socialismo; esso cercava questo nei fatti, e questo abbozzava nelle menti.

Sforzi mirabili! Tentativi sacri!

Queste dottrine, queste teorie, queste resistenze, la necessità inattesa per l'uomo di Stato di fare i conti con i filosofi, talune confuse evidenze intraviste, una nuova politica da creare d'accordo col vecchio mondo, senza essere troppo in disaccordo con l'ideale rivoluzionario, una situazione nella quale bisognava servirsi di Lafayette per difendere Polignac, l'intuizione del progresso che affiorava sotto la sommossa, le camere e la piazza, le rivalità da equilibrare intorno a sé, la sua fede nella rivoluzione, forse una segreta rassegnazione eventuale, nata dalla vaga accettazione d'un diritto definitivo e superiore, la sua volontà di non evadere dalla propria razza, il suo spirito di famiglia, il suo rispetto sincero per il popolo, la sua propria onestà, preoccupavano Luigi Filippo quasi dolorosamente, e, in certi momenti, per quanto forte e coraggioso egli fosse, l'accasciavano sotto la difficoltà di essere re.

Egli sentiva sotto i suoi piedi una temibile disgregazione che pure non era distruzione, giacché la Francia era Francia più che mai.

Nubi oscure si ammassavano all'orizzonte. Un'ombra strana, che ingrandiva a poco a poco, a poco a poco si stendeva sugli uomini, sulle cose e sulle idee, ombra che traeva origine dalle collere e dai sistemi. Tutto ciò che era stato frettolosamente soffocato si agitava e fermentava. Talvolta la coscienza dell'uomo onesto tratteneva il respiro, tanto era il disagio in quell'atmosfera in cui i sofismi si mescolavano alle verità. Nell'ansietà sociale le menti tremavano come le foglie all'avvicinarsi dell'uragano. La tensione elettrica era tale che in certi momenti il primo venuto, un ignoto, poteva illuminare. Poi l'oscurità crepuscolare ricadeva. A tratti, i profondi e sordi brontolii potevano dare un'idea della quantità di fulmini che era nel nembo.

Erano appena passati venti mesi dalla rivoluzione di luglio, e l'anno 1832 era cominciato con un aspetto d'imminenza e di minaccia.

La miseria del popolo, i lavoratori senza pane, l'ultimo principe di Condé scomparso nelle tenebre, Bruxelles che scacciava i Nassau come Parigi i Borboni, il Belgio offertosi a un principe francese e dato a un principe inglese, l'odio russo di Nicola, alle nostre spalle due dèmoni del mezzogiorno: Ferdinando in Spagna e Michele in Portogallo; con la terra che tremava in Italia, Metternich che allungava la mano su Bologna, la Francia che trattava duramente l'Austria ad Ancona, al nord un non so qual sinistro colpo di martello che tornava a inchiodare la Polonia nella sua bara, in tutta l'Europa sguardi irritati che spiavano la Francia; l'Inghilterra, alleata sospetta, pronta a dare una spinta a chi pencolasse e a gettarsi su chi fosse caduto, i pari che si rifugiavano dietro Beccaria per strappare quattro teste alla legge; i fiordalisi raschiati dalla carrozza del re; la croce strappata da Notre-Dame, Lafayette sminuito, Benjamin Constant morto nell'indigenza, Casimir Périer morto nell'esaurimento del potere; la malattia politica e la malattia sociale che scoppiavano nello stesso tempo nelle due capitali del regno: l'una nella città del pensiero e l'altra nella città del lavoro; a Parigi la guerra civile, a Lione la guerra servile; nelle due città lo stesso bagliore di fornace; la porpora del cratere sulla fronte del popolo; il Mezzogiorno fanatizzato, l'Occidente turbato, la duchessa di Berry in Vandea, i complotti, le cospirazioni, le sommosse, il colera, aggiungevano al cupo rumore delle ideologie il cupo tumulto degli avvenimenti.

V

FATTI DAI QUALI ESCE LA STORIA E CHE LA STORIA IGNORA

Verso la fine d'aprile la situazione s'era aggravata: il fermento diventava ribollimento.

Dopo il 1830 si erano avute qua e là piccole sommosse isolate, rapidamente represse, ma rinascenti, il che era indizio d'una vasta conflagrazione latente. Qualcosa di terribile covava: s'intravedevano i lineamenti ancora mal distinti e mal rischiarati d'una rivoluzione possibile. La Francia guardava Parigi; Parigi guardava il sobborgo Saint-Antoine.

Il sobborgo Saint-Antoine, riscaldato segretamente, entrava in ebollizione.

Le taverne di via Charonne erano – benché l'unione di questi due epiteti sembri singolare, applicata alle taverne – gravi e burrascose.

In esse, il governo era puramente e semplicemente messo in stato d'accusa. Si discuteva pubblicamente sull'eventualità di *battersi o di starsene quieti*. V'erano dei retrobottega nei quali si faceva giurare agli operai che si sarebbero trovati in strada al primo grido d'allarme e che si sarebbero battuti senza contare il numero dei nemici. Una volta assunto l'impegno, un uomo seduto in un angolo della taverna faceva «la voce grossa» e diceva: «*Hai capito? L'hai giurato!*».

Talvolta si saliva al primo piano in una camera chiusa, e lì avvenivano scene quasi massoniche. Si facevano prestare giuramenti all'iniziato *per giovare a lui nonché ai padri di famiglia*. Era questa la formula.

Nelle sale a pianterreno venivano letti opuscoli «sovversivi». *Bistrattavano il governo*, dice un rapporto segreto del tempo. Vi si sentivano parole come queste: «*Non conosco i nomi dei capi. Noi altri non sapremo il giorno che due ore prima*». Un operaio diceva: «*Siamo in trecento, mettiamo dieci soldi a testa e avremo centocinquanta franchi per fabbricare palle e polvere*». Un altro diceva: «*Non chiedo sei mesi, non ne chiedo due. Prima di quindici giorni saremo uguali al governo. Con venticinquemila uomini si può affrontarlo*». Un altro ancora diceva: «*Non mi corico perché la notte fabbrico cartucce*». Di quando in quando vi capitavano uomini «in borghese e in abiti belli», si davano «delle arie d'importanza», e, col fare di «chi comanda», stringevano la mano *ai più importanti* e se ne andavano. Si scambiavano a bassa voce frasi significative: «*Il complotto è maturo, la misura è colma*». «Questo era mormorato da tutti i presenti», per servirci della espressione stessa d'uno dei convenuti. L'esaltazione era tale che un giorno, in piena taverna, un operaio esclamò: «*Non abbiamo armi!*», al che un suo compagno rispose: «*I soldati ne hanno!*» parodiando così senz'accorgersene il proclama di Bonaparte all'esercito d'Italia. «Quando avevano qualcosa di più segreto,» aggiunge un rapporto «non se lo comunicavano là dentro.» Non si capisce che altro potessero nascondere, dopo aver detto ciò che dicevano.

Le riunioni erano talvolta periodiche. In certune non si era mai in più di otto o dieci, e sempre gli stessi. Ad altre assisteva chi voleva, e la sala era così piena che si era costretti a restare in piedi. Gli uni vi si trovavano per entusiasmo e per passione; gli altri perché «*era sulla loro strada per andare al lavoro*». Come durante la rivoluzione, in quelle taverne v'erano le donne patriote che abbracciavano i nuovi venuti.

Altri fatti significativi venivano in luce.

Un uomo entrava in una taverna, beveva e usciva dicendo: «*Oste, ciò che ti devo, lo pagherà la rivoluzione*».

Da un oste, dirimpetto alla via Charonne, si nominavano gli agenti rivoluzionari, e lo scrutinio si faceva nei berretti.

Alcuni operai si riunivano da un maestro di scherma che dava lezioni in via Cotte. Lì v'era un trofeo d'armi formato di spadoni di legno, mazze, bastoni e fioretti. Un operaio diceva: «*Siamo in venticinque; ma io non conto, perché mi considerano come una macchina*». Quella macchina fu più tardi Quénisset.

Le cose qualunque, premeditate, assumevano a poco a poco non so quale strana notorietà. Una donna, mentre scopava davanti alla porta, diceva a un'altra donna: «*Da molto tempo si lavora intensamente a far cartucce*». Si leggevano in mezzo alla strada proclami rivolti alle guardie nazionali delle provincie. Uno di quei proclami era firmato: *Burtot, vinaio*.

Un giorno, davanti alla porta d'un liquorista del mercato Lenoir, un uomo con una collana di barba e con l'accento italiano saliva su un paracarro, e leggeva ad alta voce uno scritto singolare che pareva emanasse da un potere occulto. Attorno a lui s'erano formati alcuni gruppi che applaudivano. I passi che agitavano maggiormente la folla sono stati raccolti e notati: «...Le nostre dottrine sono intralciate, i nostri proclami sono lacerati, i nostri attacchini spiati e gettati in carcere...», «La catastrofe che si è verificata nei cotoni ha convertito alle nostre idee parecchi partigiani della moderazione...», «L'avvenire dei popoli si elabora nelle nostre file oscure...», «...I termini sono questi: azione o reazione, rivoluzione o controrivoluzione. Giacché nel nostro tempo non si crede più all'inerzia, né all'immobilità. O per il popolo, o contro il popolo: ecco la questione. Non ve n'è altra», «...Il giorno in cui non vi converremo più, annientateci; ma sino a quel giorno, aiutateci a camminare».

E tutto questo in pieno giorno.

Altri fatti, ancora più audaci, erano sospetti al popolo, proprio per la loro audacia. Il 4 aprile 1832, un passante saliva sul paracarro di via Sainte-Marguerite e gridava: «*Sono del partito di Babeuf!*». Ma sotto Babeuf il popolo fiutava Gisquet.[19]

Fra l'altro, quel passante diceva:

«Abbasso la proprietà! L'opposizione di sinistra è vigliacca e traditrice. Quando vuol aver ragione, predica la rivoluzione; è democra-

[19] Prefetto di Polizia.

tica per non essere battuta e realista per non battersi. I repubblicani sono bestie pennute. Diffidate dei repubblicani, cittadini lavoratori».

«Silenzio, cittadino spia!» gridò un operaio.

Quel grido pose fine al discorso.

Si verificavano incidenti misteriosi.

Sull'imbrunire, un operaio incontrava vicino al canale «un uomo ben messo» che gli diceva:

«Dove vai, cittadino?».

«Signore,» rispondeva l'operaio «non ho l'onore di conoscervi.»

«Io però ti conosco bene». E l'uomo soggiungeva: «Non temere. Sono agente del comitato. Ti si sospetta di non essere molto fidato. Ricordati, qualora tu rivelassi qualche cosa, che sei tenuto d'occhio». Poi, dava all'operaio una stretta di mano, e se ne andava dicendo: «Arrivederci a presto».

La polizia, che stava con l'orecchio teso, raccoglieva, non più soltanto nelle taverne, ma anche in strada, dialoghi singolari:

«Fatti ricevere presto» diceva un tessitore a un ebanista.

«Perché?»

«Sta per esserci qualche fucilata.»

Due passanti in cenci si scambiavano queste botte e risposte, gravide di apparente *jacquerie*:[20]

«Chi ci governa?».

«Il signor Filippo.»

«No, la borghesia.»

S'ingannerebbe chi credesse che prendiamo in cattiva parte la parola *jacquerie*. I *jacques* erano i poveri. Ora, coloro che hanno fame hanno dalla loro il diritto.

Un'altra volta, si videro passare due uomini, uno dei quali diceva all'altro: «Abbiamo un buon piano d'attacco».

Di una conversazione intima fra quattro uomini rannicchiati in un fosso del rondò della barriera del Trono, non si afferrava che questo: «Si farà il possibile perché lui non passeggi più per Parigi».

Chi, *lui*? Oscurità minacciosa.

«I principali capi», come si diceva nel sobborgo, si tenevano in disparte. Si credeva che si riunissero per mettersi d'accordo sul da farsi, in una taverna vicino alla punta di Saint-Eustache. Un certo Aug, capo della Società di Soccorso fra i sarti, in via Mondétour, era ritenuto intermediario centrale tra i capi e il sobborgo Saint-Antoine. Tuttavia, vi fu sempre molta ombra su quei capi, e nessun fatto certo poté infirmare la fierezza singolare di questa risposta, data più tardi da un accusato davanti alla Corte dei pari:

[20] Rivolta dei contadini francesi contro l'aristocrazia (1358).

«Chi era il vostro capo?».

«Non ne conoscevo, e non ne riconoscevo.»

Non erano ancora che parole, trasparenti, ma vaghe; talvolta qualche accenno a volo, dei «si dice» e dei «sentito dire». Intanto altri indizi sopravvenivano.

Un carpentiere, occupato in via Reullly a inchiodare le tavole d'una palizzata intorno a un terreno, sul quale stava innalzandosi una casa in costruzione, trovava su quel terreno un frammento di lettera lacerata, dove erano ancora leggibili le righe seguenti:

«...Bisogna che il comitato prenda delle misure per impedire il reclutamento nelle sezioni per le varie società...».

E in poscritto:

«Abbiamo saputo che v'erano dei fucili in via del sobborgo della Poissonnière n. 5 (bis), in numero di cinque o seimila, presso un armaiuolo, in un cortile. La sezione non possiede armi».

Ciò che impressionò il carpentiere, e lo indusse a condividere la cosa coi suoi vicini, fu il fatto che, qualche passo più in là, rinvenne un altro pezzo di carta, pure stracciato e ancor più significativo, di cui riproduciamo il fac-simile per via dell'interesse storico di questi strani documenti:

Q	C	D	E	
				Imparate questa lista a memoria.
				Dopo, la straccerete. Gli uomini ammessi faranno altrettanto, quando avrete loro trasmesso gli ordini.
				Salute e fratellanza.
				L.
				u og a^1 fe

Le persone che furono allora a parte del segreto di questo rinvenimento, seppero solo più tardi il sottinteso di quelle quattro maiuscole: *quinturioni, centurioni, decurioni, esploratori*; e il senso delle lettere *u og a*1 *fe* che era una data e voleva dire *il 15 aprile* 1832. Sotto ogni maiuscola erano scritti dei nomi, seguiti da indicazioni molto caratteristiche. Così: *Q Bannerel*: 8 fucili, 83 cartucce. Uomo fidato. *C Boubière*: 1 pistola, 40 cartucce. *D Rollet*: 1 fioretto, 1 pistola, 1 libbra di polvere. *E Teissier*: 1 sciabola, 1 giberna. Esatto. *Terreur*: 8 fucili. Coraggioso, eccetera.

Infine, quel carpentiere trovò, sempre nello stesso recinto, un terzo foglio sul quale stava scritta a matita, ma in modo leggibilissimo, questa specie di lista enigmatica:

Unità. Blanchard. Albero secco. 6.
Barra. Soize. Salle-au-Comte.
Krosciusko. Aubry il macellaio?
J. J. R.
Calo Gracco.
Diritto di revisione. Dufond. Forno.
Caduta dei Girondini. Derbac. Maubuée.
Washington. Pinson. 1 pist. 86 cart.
Marsigliese.
Sovran. del popolo. Michel. Quincampoix. Sciabola.
Hoche.
Marceau. Platone. Albero secco.
Varsavia. Tilly, strillone del «Popolare».

L'onesto borghese nelle cui mani era rimasta quella lista ne seppe il significato. Pare che essa fosse la nomenclatura completa delle sezioni del quarto circondario della società dei Diritti dell'Uomo, coi nomi e con le abitazioni dei capi di sezioni. Oggi che tutti questi fatti rimasti nell'ombra sono passati alla storia, si può renderli noti. Bisogna aggiungere che la fondazione della società dei Diritti dell'Uomo sembra essere stata posteriore alla data in cui venne trovata questa carta. Forse era soltanto un abbozzo.

Però, dopo i discorsi e le parole, dopo gli indizi scritti, cominciarono ad apparire i fatti materiali.

In via Popincourt, da un rivendugliolo, venivano sequestrati nel cassetto d'un canterano sette fogli di carta grigia, tutti egualmente ripiegati per il lungo e in quattro; quei fogli ricoprivano ventisei quadrati della stessa carta grigia ripiegati in forma di cartuccia, e una carta sulla quale si leggeva:

Salnitro	12	once
Zolfo	2	once
Carbone	2	once e mezza
Acqua	2	once

Il processo verbale di sequestro rilevava che il cassetto esalava un forte odore di polvere da sparo.

Un muratore, rincasando al termine della giornata, dimenticava un pacchetto su una panchina, vicino al ponte di Austerlitz. Quel pacchetto veniva portato al corpo di guardia. Apertolo, vi trovarono dentro due dialoghi a stampa, firmati *Lahautière*, una canzone intitolata: *Operai, unitevi*, e una scatola di latta piena di cartucce.

Un operaio che stava bevendo con un compagno, si faceva tastare da questi perché sentisse quanto era accaldato; e l'altro gli sentiva una pistola sotto il panciotto.

In un fosso sul viale, tra il Père-Lachaise e la barriera del Trono, nel luogo più deserto, alcuni ragazzi, giocando, scoprivano, sotto un mucchio di trucioli e di spazzature, un sacco che conteneva uno stampo per far palle, una forma per cartucce, una ciotola nella quale v'erano grani di polvere da caccia, e una piccola pentola di ghisa, il cui interno aveva tracce evidenti di piombo fuso.

Alcuni agenti di polizia, penetrati improvvisamente alle cinque del mattino in casa d'un certo Pardon, che fu più tardi fra i difensori della Barricata Merry e si fece uccidere nella insurrezione dell'aprile 1834, lo trovavano in piedi vicino al letto con in mano delle cartucce che stava confezionando.

Verso l'ora in cui gli operai riposano, erano stati veduti due uomini incontrarsi tra la barriera Picpus e la barriera Charenton, in una via stretta tra due muri, vicino a una bettola che ha un gioco siamese davanti alla porta. L'uno traeva di sotto al camiciotto una pistola e la consegnava all'altro. Nel momento di consegnargliela si accorgeva che il sudore del petto aveva alquanto inumidito la polvere. Innescava la pistola e aggiungeva un po' di polvere a quella che era già nello scodellino. Poi, i due uomini si lasciavano.

Un certo Gallais, ucciso più tardi in via Beaubourg nella sommossa di aprile, si vantava d'avere in casa settecento cartucce e ventiquattro pietre focaie.

Il governo ricevette un giorno l'avviso che erano state distribuite delle armi nel sobborgo, nonché duecentomila cartucce. La settimana dopo vennero distribuite trentamila cartucce e, cosa notevole, la polizia non poté sequestrarne neppure una. In una lettera intercettata era scritto: «Non è lontano il giorno in cui in quattro ore d'orologio ottantamila patrioti saranno sotto le armi».

Tutto questo fermento era pubblico, quasi, si potrebbe dire, pacifico. L'insurrezione imminente preparava il suo uragano con calma, sotto gli occhi del governo. Nessuna singolarità mancava a quella crisi ancora sotterranea, ma già percettibile. I borghesi parlavano pacificamente agli operai di ciò che si preparava.

Si diceva: «Come va la sommossa?» con lo stesso tono con cui si sarebbe detto: «Come sta vostra moglie?».

Un negoziante di mobili di via Moreau, chiedeva: «Ebbene, quando attaccate?».

Un altro bottegaio diceva: «Si attaccherà presto, lo so. Un mese fa eravate quindicimila, ora siete venticinquemila». Egli offriva il suo fucile e un vicino una piccola pistola, che voleva vendere per sette franchi.

Del resto la febbre rivoluzionaria aumentava: non vi era alcun punto di Parigi né della Francia che ne fosse immune. L'arteria pulsava dovunque. La rete delle società segrete cominciava a stendersi sul paese, come quelle membrane che nascono da certe infiammazioni e si formano nel corpo umano. Dall'associazione degli Amici del Popolo, pubblica e segreta nello stesso tempo, nasceva la società dei Diritti dell'Uomo, che datava così uno dei suoi ordini del giorno: «*Piovoso, anno 40 dell'èra repubblicana*», il quale doveva sopravvivere persino alle sentenze delle corti d'assise che ne decretavano lo scioglimento, e che non esitava a dare alle sue sezioni nomi significativi come questi: *Delle picche - Campana a martello - Cannone d'allarme - Berretto grigio - 21 gennaio - Dei pezzenti - Dei ribaldi - Marcia in avanti - Robespierre - Livello - Ça ira.*[21]

La società dei Diritti dell'Uomo generava la società d'Azione: erano gli impazienti che si staccavano e correvano avanti. Altre associazioni cercavano aderenti in seno alle grandi società madri. I membri delle sezioni si lamentavano di essere troppo importunati. Così la *società Gallica* e il *Comitato organizzatore delle municipalità*; così le associazioni per la *libertà della stampa*, per la *libertà individuale*, per *l'istruzione del popolo, contro le imposte indirette*. Poi la società degli Operai Egualitari, che si divideva in tre fazioni, gli Egualitari, i Comunisti e i Riformisti; poi l'Esercito delle Bastiglie, una specie di coorte organizzata militarmente, quattro uomini comandati da un caporale, dieci da un sergente, venti da un sottotenente, quaranta da un tenente; non v'erano mai più di cinque uomini che si conoscessero; creazione in cui la precauzione è congiunta all'audacia e che sembra improntata al genio di Venezia. Il Comitato centrale, che era la testa, aveva due braccia: la società d'Azione e l'Esercito delle Bastiglie.

Un'associazione legittimista, i Cavalieri della Fedeltà, si agitava tra quelle filiazioni repubblicane, che l'avevano denunciata e ripudiata.

Le società parigine si ramificavano nelle principali città. Lione, Nantes, Lille e Marsiglia avevano la loro società dei Diritti dell'Uomo, la Carboneria, gli Uomini Liberi; Aix aveva una società rivoluzionaria che si chiamava la Cougourde, alla quale abbiamo già fatto cenno.

A Parigi il sobborgo Saint-Marceau non era meno mormorante del sobborgo Saint-Antoine, e le scuole non erano meno sommosse dei sobborghi. Un caffè di via Saint-Hyacinthe e la bettola dei Sette Bigliardi in via dei Mathurins-St.-Jacques servivano da posti di collegamento per gli studenti. La società degli Amici dell'ABC, affiliata ai mutualisti d'Anger e alla Cougourde di Aix, si riuniva, come si è visto, al

---

[21] Titolo e ritornello della canzone giacobina. Letteralmente: «Ciò andrà».

caffè Musain, e quegli stessi giovani si riunivano pure, come abbiamo detto, in un ristorante-taverna vicino alla via Mondétour chiamato Corinto. Queste riunioni erano segrete; altre erano pubbliche, per quanto possibile, e si può giudicare di tali arditezze da questo frammento d'un interrogatorio svoltosi in uno dei processi che seguirono: «Dove fu tenuta questa riunione?» «In via della Pace.» «Presso chi?» «In strada.» «Quali sezioni erano presenti?» «Una sola.» «Quale?» «La sezione Manuel.» «Chi era il capo?» «Io.» «Siete troppo giovane per aver potuto prendere da solo la grave decisione di attaccare il governo. Da dove vi venivano le istruzioni?» «Dal comitato centrale.»

Così come la popolazione anche l'esercito era minato, la qual cosa fu provata più tardi dai moti di Belfort, di Lunéville e di Épinal. Si contava sul cinquantaduesimo reggimento, sul quinto, sull'ottavo, sul trentasettesimo e sul ventesimo cacciatori.

In Borgogna e nelle città del mezzogiorno si piantava *l'albero della Libertà*, cioè un palo sormontato da un berretto rosso.

Tale era la situazione.

E questa situazione il sobborgo Saint-Antoine, come abbiamo detto in principio, la rendeva sensibile e la accentuava. Là era il punto debole.

Quel vecchio sobborgo, popoloso come un formicaio, laborioso, coraggioso e collerico come un alveare, fremeva nell'attesa e nel desiderio d'una sommossa. Tutto vi si agitava senza che per ciò il lavoro fosse interrotto. Nulla potrebbe dare l'idea di quella fisionomia viva e tenebrosa. In quel sobborgo vi sono strazianti miserie nascoste sotto il tetto delle soffitte; lì, si trovano pure intelligenze ardenti e rare. E soprattutto in fatto di miseria e d'intelligenza è pericoloso che gli estremi si tocchino.

Il sobborgo Saint-Antoine aveva inoltre altre cause di sussulto, poiché esso riceveva il contraccolpo delle crisi commerciali, dei fallimenti, degli scioperi, della disoccupazione, inerenti alle grandi scosse politiche. In tempi di rivoluzione, la miseria è causa ed effetto nello stesso tempo: il colpo che dà ricade su di essa. Quella popolazione piena di fiera virtù, capace del più alto grado di calorico latente, sempre pronta a prendere le armi, pronta alle esplosioni, irritata, profonda, minata, sembrava che aspettasse solo lo sprizzare d'una favilla. Ogni qual volta una scintilla appare all'orizzonte, spinta dal soffio degli avvenimenti, non si può fare a meno di pensare al sobborgo Saint-Antoine e al terribile caso che ha posto alle porte di Parigi quella polveriera di sofferenze e di idee.

Le taverne del sobborgo Saint-Antoine, apparse più d'una volta nello schizzo che siamo andati tracciando, hanno una notorietà storica. In tempi torbidi vi si inebria più di parole che di vino. Una specie di spirito profetico e un effluvio di avvenire vi circola gonfiando i cuori e ingrandendo le anime. Le taverne del sobborgo Antoine rassomigliano a quelle taverne del Monte Aventino, costruite sull'antro della Sibilla e in comunicazione con i profondi aliti sacri; taverne nelle quali le tavole erano quasi tripodi e dove si beveva ciò che Ennio chiamava il *vino sibillino*.

Il sobborgo Saint-Antoine è un serbatoio di popolo. La scossa rivoluzionaria vi produce delle crepe, dalle quali sgorga la sovranità popolare. Questa sovranità può far male; essa s'inganna come ogni altra; ma anche fuorviata, rimane grande. Si può dire d'essa come del ciclope cieco, *Ingens*.[22]

Nel '93, a seconda che l'idea affiorante fosse buona o cattiva, a seconda che fosse il giorno del fanatismo o dell'entusiasmo, dal sobborgo Saint-Antoine partivano ora legioni selvagge, ora bande eroiche.

Selvagge. Intendiamoci su questa parola. Quegli uomini irsuti che nei giorni genesiaci del caos rivoluzionario, laceri, urlanti, selvaggi, con la mazza piombata in pugno e la picca levata, si gettavano sulla vecchia Parigi sconvolta, che cosa volevano? Volevano la fine delle oppressioni, la fine delle tirannie, la fine della spada, il lavoro per l'uomo, l'istruzione per il fanciullo, la dolcezza sociale per la donna, la libertà, l'uguaglianza, la fraternità, il pane per tutti, l'idea per tutti, l'edenizzazione del mondo, il Progresso, e questa cosa santa, buona e dolce, il progresso, spinti all'estremo, fuori di sé, essi la reclamavano terribilmente, mezzo nudi, con la mazza in pugno, il ruggito in bocca. Erano i selvaggi, d'accordo, ma i selvaggi della civiltà.

Proclamavano con furia il diritto; e volevano, fosse pure col terremoto e con lo spavento, sospingere il genere umano verso il paradiso. Sembravano barbari ed erano dei salvatori. Reclamavano la luce con una maschera di tenebre.

Di fronte a quegli uomini, selvaggi e spaventosi, ne conveniamo, ma selvaggi e spaventosi per il bene, vi sono altri uomini sorridenti, azzimati, dorati, pieni di nastri e di decorazioni, in guanti gialli, scarpe di vernice e calze di seta, i quali, con i gomiti appoggiati su una tavola coperta di velluto, vicino a un camino di marmo, insistono dolcemente per il mantenimento e la conservazione del passato, del Medioevo, del diritto divino, del fanatismo, dell'ignoranza, della schiavitù, della pena di morte, della guerra, glorificando a mezza voce e con garbo la sciabola, il rogo e il patibolo. Quanto a noi, se fossimo costretti a scegliere tra i barbari della civiltà e gli inciviliti della barbarie, sceglieremmo i barbari.

Ma, grazie al cielo, è possibile un'altra scelta. Non è necessaria al-

---

[22] Dall'*Eneide* di Virgilio, a proposito di Polifemo: «Grande».

cuna caduta a picco, né in avanti, né all'indietro. Né dispotismo, né terrorismo. Vogliamo il progresso che procede in dolce pendio.

Vi provvede Iddio. Addolcire i pendii: in questo sta tutta la politica di Dio.

Press'a poco verso quel tempo, Enjolras, in previsione del possibile evento, fece una specie di censimento misterioso.

Tutti erano riuniti in conciliabolo al caffè Musain.

Enjolras disse, interpolando alle sue parole alcune metafore a metà enigmatiche, ma significative:

«Conviene sapere a che punto siamo, e su chi si può fare assegnamento. Se si vogliono dei combattenti, bisogna farli. L'avere di che colpire, non è cosa che possa nuocere. I passanti hanno sempre più probabilità di buscarsi delle cornate quando sulla strada vi sono dei buoi, che non quando non ve ne sono: perciò contiamo un po' il gregge. Quanti siamo? Non si tratta di rimandare questo lavoro a domani. I rivoluzionari debbono aver sempre fretta; il progresso non ha tempo da perdere. Diffidiamo dell'imprevisto. Non lasciamoci cogliere alla sprovvista. Si tratta di ripassare tutte le cuciture che abbiamo fatto e vedere se resistono, e questa faccenda dev'essere sbrigata oggi stesso. Tu, Courfeyrac, vedrai gli studenti del politecnico: è il loro giorno d'uscita, oggi, mercoledì. Voi, Ferry, vedrete quelli della Glacière, vero? Combeferre mi ha promesso di andare a Picpus, dove c'è un ottimo fermento. Bahorel visiterà l'Estrapade. Prouvaire, i massoni s'intiepidiscono; ci porterai notizie della loggia di via Grenelle Saint-Honoré. Joly si recherà alla clinica di Dupuytren e tasterà il polso alla scuola di medicina; Bossuet farà una capatina al palazzo di giustizia e chiacchiererà con i praticanti avvocati. Quanto a me, m'incarico della Cougourde».

«Ecco tutto regolato» disse Courfeyrac.

«No.»

«Che altro c'è?»

«Una cosa importantissima.»

«Quale?» domandò Combeferre.

«La barriera del Maine» rispose Enjolras.

Enjolras rimase un momento come assorto nelle sue riflessioni, poi riprese:

«Alla barriera del Maine vi sono marmisti, pittori, praticanti negli studi di scultura. È una famiglia entusiasta, ma facile a raffreddarsi. Non so che cosa abbiano da un po' di tempo in qua. Pensano ad altro. Si smorzano. Passano il tempo a giocare a domino. Sarebbe urgente andare a parlar loro un poco e risolutamente. Si riuniscono da Richefeu, dove si può trovarli tra mezzogiorno e l'una. Bisognerebbe soffiare su quelle ceneri: avevo fatto assegnamento per questo su quel distratto di Marius, che, tutto sommato, è buono, ma non viene più. Avrei bisogno di qualcuno per la barriera del Maine, ma non ho più nessuno».

«Ci sono io» disse Grantaire.

«Tu?»

«Sì, io.»

«Tu, addottrinare dei repubblicani? Tu, riscaldare in nome dei princìpi i cuori che si raffreddano?»

«E perché no?»

«Saresti, forse, buono a qualche cosa?»

«Ma, ne avrei la vaga ambizione» disse Grantaire.

«Ma se non credi a nulla!»

«Credo a te.»

«Grantaire, vuoi farmi un favore?»

«Tutti; anche lustrarti le scarpe.»

«Ebbene, non immischiarti nelle nostre faccende. Smaltisci il tuo assenzio.»

«Sei un ingrato, Enjolras.»

«Saresti uomo da recarti alla barriera del Maine? Ne saresti capace?»

«Io sono capace di scendere per la via dei Grès, di attraversare la piazza Saint-Michel, di voltare in via Monsieur-le-Prince, di prendere per via Vaugirard, di oltrepassare i Carmelitani, di girare via d'Assas, di arrivare in via del Cherche-Midi, di lasciami dietro il Consiglio di guerra, di percorrere la via delle Vecchie Tuileries, di scavalcare il bastione, di seguire il viale del Maine, di superare la barriera e d'entrare da Richefeu. Sono capace di questo. Le mie scarpe ne sono capaci.»

«Conosci un po' quei compagni che frequentano Richefeu?»

«Non molto. Ci diamo solo del tu.»

«Che cosa dirai loro?»

«Parlerò loro di Robespierre, perdinci! Di Danton. Dei princìpi.»

«Tu?»

«Io, sì. Non mi si vuol rendere giustizia. Quando mi ci metto, sono terribile. Ho letto Prudhomme, conosco *Il contratto sociale*, so a memoria la costituzione dell'anno Due. "La libertà del cittadino finisce dove la libertà d'un altro cittadino comincia." Mi prendi forse per una bestia? Ho un vecchio assegnato nel mio cassetto. I diritti

dell'uomo, la sovranità del popolo, perbacco! Anzi, sono un po' se-
guace di Hébert. E posso rifriggere sei ore, orologio alla mano, magnifici discorsi.»

«Sii serio» disse Enjolras.

«Sono selvaggio» rispose Grantaire.

Enjolras ponderò per qualche secondo, e fece il gesto di chi prende la sua decisione.

«Grantaire,» disse gravemente «accetto di metterti alla prova. Andrai alla barriera del Maine.»

Grantaire abitava in una camera ammobiliata vicinissima al caffè
Musain. Uscì, e tornò dopo cinque minuti. Era andato a casa per mettersi un panciotto alla Robespierre.

«Rosso» disse nel rientrare, guardando fisso Enjolras.

Poi, con una manata energica, schiacciò sul petto le due punte scarlatte del panciotto e, avvicinandosi a Enjolras, gli disse all'orecchio:

«Sta' tranquillo».

Si calcò risolutamente il cappello in testa, e uscì.

Un quarto d'ora dopo, la sala interna del caffè Musain era deserta.
Tutti gli amici dell'ABC se n'erano andati, ciascuno per la propria
strada, al lavoro loro assegnato. Enjolras, che s'era riservato la Cougourde, uscì per ultimo.

Gli affiliati della Cougourde d'Aix che erano a Parigi si riunivano
allora nella piana d'Issy, in una delle cave abbandonate, così numerose, di quella parte della città.

Incamminandosi verso quel luogo di convegno, Enjolras passava
in rivista, tra sé e sé, la situazione. La gravità degli eventi era manifesta. Quando i fatti, prodromi d'una specie di malattia sociale latente,
si muovono a fatica, basta la minima complicazione per fermarli e
intralciarli: fenomeno, questo, dal quale nascono i crolli e le rinascite.
Sotto i lembi tenebrosi del futuro, Enjolras intravedeva una sollevazione luminosa. Chi sa? Forse il momento si avvicinava. Il popolo che
riconquista il diritto, quale magnifico spettacolo! La rivoluzione che
riprende maestosamente possesso della Francia e dice al mondo: «Il
seguito a domani!». Enjolras era contento. La fornace si infocava. In
quello stesso momento si spargeva su Parigi una scia di polvere, formata dai suoi amici, ed egli componeva mentalmente, con l'eloquenza filosofica e penetrante di Combeferre, l'entusiasmo cosmopolita di
Feuilly, il brio di Courfeyrac, il riso di Bahorel, la malinconia di Jean
Prouvaire, la scienza di Joly, i sarcasmi di Bossuet, una specie di scop-
piettìo elettrico che prendeva fuoco nello stesso tempo un po' dappertutto. Tutti all'opera. Certamente il risultato avrebbe corrisposto
allo sforzo. Benissimo! Questo lo fece pensare a Grantaire.

«To'!» disse fra sé «la barriera del Maine mi fa allontanare di ben poco dalla mia strada. E se mi spingessi fino da Richefeu? Vediamo un po' ciò che fa Grantaire e a che punto è.»

Batteva l'una al campanile di Vaugirard, quando Enjolras giunse alla taverna fumosa di Richefeu. Spinse la porta, entrò, incrociò le braccia, abbandonando il battente che, richiudendosi, venne a urtargli le spalle: e guardò nella sala piena di tavole, d'uomini e di fumo.

Una voce risonava in quella nebbia, vivamente troncata da un'altra voce. Era Grantaire in contraddittorio con un avversario.

Grantaire, seduto di fronte a un'altra persona, a una tavola di marmo di Sant'Anna, sparsa di granelli di crusca e costellata di pezzi di domino, batteva il pugno su quel marmo, ed ecco ciò che Enjolras udì:

«Doppio sei».

«Un quattro.»

«Porco! Non ne ho più.»

«Sei morto. Un due.»

«Un sei.»

«Un tre.»

«Un asso.»

«Tocca a me posare.»

«Quattro punti.»

«A stento.»

«A te.»

«Ho fatto uno sbaglio enorme.»

«Vai bene.»

«Quindici.»

«Sette di più.»

«Che mi fa ventidue.» (Pensieroso.) «Ventidue!»

«Tu non t'aspettavi il doppio sei. Se l'avessi messo al principio, avrebbe cambiato tutto il gioco.»

«Ancora un due.»

«Un asso.»

«Un asso! Ebbene, un cinque.»

«Non ne ho.»

«Sei tu che hai giocato, credo.»

«Sì.»

«Un bianco.»

«È fortunato lui! Che fortuna che hai!» (Lunga meditazione.) «Un due.»

«Un asso.»

«Né cinque né asso. È irritante per te.»

«Domino.»

«Corpo d'un cane!»

LIBRO SECONDO

EPONINA

I

IL CAMPO DELL'ALLODOLA

Marius aveva assistito all'inatteso epilogo dell'agguato, sulla cui traccia aveva messo Javert; ma non appena Javert ebbe lasciato la casa, conducendo i suoi prigionieri in tre carrozze, anch'egli si affrettò a uscire. Non erano che le nove di sera, e Marius si recò a casa di Courfeyrac, che non era più l'imperturbabile abitante del Quartiere Latino. Era andato ad abitare in via della Vetreria «per ragioni politiche», poiché quel quartiere era uno di quelli in cui l'insurrezione, a quel tempo, s'insediava volentieri. Marius disse a Courfeyrac: «Vengo a dormire da te». Courfeyrac tolse un materasso dal proprio letto, che ne aveva due, lo stese a terra e disse: «Eccoti servito».

Il giorno dopo, alle sette del mattino, Marius tornò alla topaia Corbeau, pagò il letto e ciò che doveva a mamma Bougon, fece caricare su un carretto a mano i suoi libri, il letto, la tavola, il canterano e le due sedie, e se ne andò senza lasciare l'indirizzo, così che Javert, quando tornò in mattinata per interrogare Marius intorno agli avvenimenti del giorno precedente, trovò solo mamma Bougon che gli rispose: «Sloggiato!».

Mamma Bougon fu convinta che Marius fosse un po' complice dei ladri arrestati quella notte. «Chi l'avrebbe detto?» esclamava con le portinaie del rione. «Un giovane che aveva un aspetto da ragazza!»

Marius aveva avuto due ragioni per sloggiare così rapidamente. La prima, che aveva ormai orrore di quella casa in cui aveva veduto così da vicino, e in tutto il suo sviluppo più ripugnante e più feroce, una bruttura sociale ancor più spaventosa, forse, del cattivo ricco: il cattivo povero. La seconda, che non voleva figurare nel processo che probabilmente sarebbe seguito, per non essere obbligato a deporre contro Thénardier.

Javert credette che il giovane, del quale aveva dimenticato il nome, avesse avuto paura e fosse scappato o, forse, non fosse nemmeno rientrato in casa la sera dell'agguato; tuttavia si sforzò in qualche modo di trovarlo, ma non vi riuscì.

Passò un mese, poi un altro. Marius era sempre presso Courfeyrac. Aveva saputo da un avvocato praticante, frequentatore abituale della sala dei passi perduti, che Thénardier era in carcere, e tutti i lunedì faceva consegnare alla cancelleria della prigione cinque franchi per lui; ma poiché non aveva più denaro, Marius si faceva prestare quei cinque franchi da Courfeyrac. Era la prima volta in vita sua che prendeva denaro a prestito. Quei cinque franchi periodici erano un duplice enigma per Courfreyrac che li dava, e per Thénardier che li riceveva. «A chi possono essere destinati?» pensava Courfeyrac. «Da chi mi possono venire?» si domandava Thénardier.

Marius, del resto, era accorato. Tutto era avvolto nuovamente nelle tenebre. Non vedeva più nulla dinanzi a sé; la sua vita si era di nuovo immersa in quel mistero in cui egli errava a tastoni. Aveva riveduto per un momento vicinissima, in quella oscurità, la giovanetta che egli amava, il vecchio che sembrava suo padre, quegli esseri sconosciuti che costituivano il suo solo interesse e la sua sola speranza al mondo; e nel momento in cui aveva creduto di afferrarli, un soffio aveva portato via quelle ombre. Da quell'urto così spaventoso non era scaturita neppure una scintilla di certezza e di verità. Nessuna congettura possibile. Egli non sapeva nemmeno più il nome che aveva creduto di sapere. Sicuramente, non era più Ursule, e l'Allodola era un nomignolo. E che pensare del vecchio? Si nascondeva realmente alla polizia? A Marius s'era ripresentato alla mente l'operaio dai capelli bianchi da lui incontrato nelle vicinanze degli Invalides. Pareva ora probabile che quell'operaio e il signor Leblanc fossero la stessa persona. Allora, si travestiva? Quell'uomo aveva qualcosa d'eroico e qualcosa di equivoco. Perché non aveva gridato al soccorso? Perché era fuggito? Era sì o no il padre della giovanetta? Infine, era proprio l'uomo che Thénardier aveva creduto di riconoscere? E Thénardier non poteva essersi ingannato? Erano tutti problemi senza soluzione. Tutto questo, è vero, non toglieva nulla all'angelico fascino della giovanetta del Luxembourg. Angoscia straziante. Marius aveva una passione nel cuore, e le tenebre sugli occhi; era spinto, era attirato, e non poteva muoversi. Tutto era svanito fuorché l'amore. E anche dell'amore, egli aveva perduto gli istinti e i lampi improvvisi. Per solito, questa fiamma che ci arde, c'illumina anche un poco, e manda qualche utile bagliore al di fuori. Quei sordi consigli della passione, Marius non li sentiva nemmeno più. Non si diceva mai: «Se andassi là? Se provassi questo?». Colei ch'egli non poteva più chiamare Ursule era evidentemente in qualche luogo, ma nulla suggeriva a Marius da qual parte dovesse cercare. Tutta la sua vita si riassumeva ormai in due parole: un'assoluta incertezza in una nebbia impenetrabile. Rivederla; vi aspirava sempre, ma non lo sperava più.

Per colmo, la miseria tornava. Quel gelido soffio, se lo sentiva vicinissimo e dietro alle spalle. In mezzo a tutte quelle bufere, già da gran tempo aveva interrotto il lavoro. Era un'abitudine che se ne andava, un'abitudine facile a lasciare, ma difficile a riprendere.

Una certa quantità di fantasticheria è buona come un narcotico in dosi moderate: addormenta le febbri, talvolta alte, dell'intelligenza che lavora, e fa nascere nella mente un vapore molle e fresco che corregge i contorni troppo aspri del pensiero puro, colma qua e là lacune e intervalli, collega i complessi e smussa gli angoli delle idee. Ma la troppa fantasticheria sommerge e annega. Disgraziato il lavoratore della mente che si lascia cadere completamente dal pensiero nella fantasticheria! Egli crede di poter risalire facilmente dicendosi che, dopo tutto, è la stessa cosa. Errore!

Il pensiero è il lavoro dell'intelligenza, la fantasticheria ne è la voluttà. Sostituire il pensiero con la fantasticheria, vuol dire confondere un veleno con un alimento.

Marius, come si ricorderà, aveva cominciato così. La passione era sopravvenuta e aveva finito col precipitarlo nelle chimere senza scopo e senza fondo. Allora, non si esce più di casa che per andare a sognare. Parto ozioso; gorgo tumultuoso e stagnante. E, a mano a mano che il lavoro diminuiva, i bisogni crescevano. Questa è una legge: l'uomo, allo stato di sognatore, è naturalmente prodigo e molle, e lo spirito rilassato non può restringere la vita. In questo modo di vivere, v'è il bene commisto al male, poiché, se l'infiacchimento è funesto, la generosità è sana e buona. Ma l'uomo povero, generoso e nobile che non lavora, è perduto. I mezzi vengono a mancare, e sorgono le necessità.

China fatale, questa, nella quale i più onesti e i più risoluti vengono trascinati così come i più deboli e i più viziosi, e che conduce ad uno di questi abissi: il suicidio o il delitto.

A forza di uscire per andare a sognare, viene il giorno in cui si esce per andare ad annegarsi.

L'eccesso di sogno produce gli Escousse e i Lebras.[1]

Marius scendeva per quella china a passi lenti, con gli occhi fissi su colei che non vedeva più. Ciò che abbiamo or ora scritto sembra strano e pure è vero; il ricordo d'un essere assente s'accende nelle tenebre del cuore: quanto più è scomparso, tanto più splende; l'anima disperata e oscura vede quella luce sul suo orizzonte, stella della notte interiore. Lei!... Ella era tutto nel pensiero di Marius. Egli non pensava ad altro; sentiva confusamente che il suo vestito vecchio diventava

---

[1] Giovanissimi autori teatrali che, in seguito all'insuccesso del loro dramma *Raymond*, si suicidarono nel 1832.

un vestito impossibile, e che il suo vestito nuovo diventava un vestito vecchio, che le sue camicie si consumavano, che il suo cappello si logorava, che le sue scarpe si logoravano, cioè che la sua vita si logorava, e si diceva: «Oh, potessi solo rivederla, prima di morire!».

Un solo dolce pensiero gli rimaneva: che lo aveva amato, che il suo sguardo glielo aveva detto, ch'ella non conosceva il suo nome ma conosceva la sua anima, e che forse, là dove si trovava, qualunque fosse questo luogo misterioso, ella lo amava ancora. Chi sa che non pensasse a lui, com'egli pensava a lei? Talvolta, nelle ore inesplicabili, come ne ha ogni cuore che ama, avendo solo motivi di dolore e sentendo tuttavia in sé un oscuro sussulto di gioia, egli si diceva: «Sono i suoi pensieri che mi giungono!». Poi soggiungeva: «Forse, anche i miei pensieri giungeranno a lei».

Questa illusione, che gli faceva scuotere la testa un momento dopo, riusciva tuttavia a gettargli nell'anima alcuni raggi che assomigliavano talvolta alla speranza. Di tanto in tanto, soprattutto a quell'ora della sera che più rattrista i sognatori, lasciava cadere in un quaderno, nel quale non era scritto altro, la più pura, la più impersonale, la più ideale delle fantasticherie di cui l'amore gli riempiva il cervello. Egli chiamava questo «scriverle».

Non bisogna però credere che la sua mente fosse sconvolta. Al contrario. Aveva perduto la facoltà di lavorare e di muoversi fermamente verso uno scopo determinato; ma aveva più che mai conservata la chiaroveggenza e la rettitudine. Marius vedeva in una luce calma e reale, sebbene singolare, ciò che accadeva sotto i suoi occhi, persino i fatti e gli uomini più indifferenti; per tutto diceva la parola giusta con una specie di accasciamento onesto e di candido disinteressamento. Il suo giudizio, quasi staccato dalla speranza, stava in alto e si librava in volo.

In quello stato d'animo, nulla gli sfuggiva, nulla lo ingannava, ed egli scopriva a ogni istante il fondo della vita, dell'umanità e del destino. Felice, anche nelle angosce, colui al quale Dio ha dato un'anima degna dell'amore e della sventura! Chi non ha veduto le cose del mondo e il cuore degli uomini sotto questa doppia luce, non ha veduto nulla di vero e non sa nulla.

L'anima che ama e che soffre è allo stato sublime.

Per il resto, i giorni si succedevano, e non accadeva nulla di nuovo. Gli pareva soltanto che il tetro spazio che gli restava da percorrere si accorciasse a ogni istante. Credeva già d'intravedere distintamente l'orlo del precipizio senza fondo.

«Come!» si ripeteva. «Non la rivedrò prima?»

Quando si è risalita la via Saint-Jacques, lasciandosi a lato la barriera e seguendo per un poco, a sinistra, l'antico bastione interno, si raggiunge la via della Santé, poi la Glacière, e, un po' prima di arrivare al fiumicello dei Gobelins, si trova una specie di campo che è, di tutta la lunga e monotona cinta dei bastioni di Parigi, il solo luogo in cui Ruysdael sarebbe tentato di sedersi.

Là v'è quel non so che di pittoresco, dal quale emana la grazia: un prato verde, attraversato da corde tese, sulle quali alcuni stracci asciugano al vento, una vecchia fattoria di ortolani, fabbricata al tempo di Luigi XIII, con un gran tetto bizzarramente forato da abbaini, alcuni steccati malconci, qualche rigagnolo tra i pioppi, donne, risa e voci; all'orizzonte il Panthéon, l'albero dei Sordomuti, il Val-de-Grâce, nero, tozzo, fantastico, divertente, magnifico, e, in fondo, la severa sommità quadrata delle torri di Notre-Dame.

Siccome il luogo merita di essere veduto, nessuno vi si reca: a malapena passa di lì una carretta o un carrettiere ogni quarto d'ora.

Una volta avvenne che le passeggiate solitarie di Marius lo conducessero in quel posto, vicino a quell'acqua, e quel giorno su quel bastione ci fosse una rarità: un passante. Marius, vagamente colpito dall'incanto quasi selvaggio del luogo, chiese al passante:

«Come si chiama questo luogo?».

«È il campo dell'Allodola» rispose l'altro. E aggiunse:

«Fu proprio qui che Ulbach uccise la pastorella d'Ivry».

Ma dopo quella parola, «Allodola», Marius non aveva più inteso nulla. Nello stato di sognatore si hanno simili congelamenti improvvisi che una parola basta a produrre. Tutto il pensiero si condensa bruscamente intorno a un'idea, e non è più capace di alcun'altra percezione. L'Allodola era l'appellativo che, nelle profondità della malinconia di Marius, si era sostituito a Ursule. «To'!» disse in quella specie di stupore irragionevole ch'è proprio di certi soliloqui. «Questo è il suo campo. Qui saprò dove abita.»

Ciò era assurdo, ma irresistibile.

E ogni giorno andò a quel campo dell'Allodola.

II

FORMAZIONE EMBRIONALE DEI DELITTI NELL'INCUBAZIONE
DELLE PRIGIONI

Il trionfo di Javert nella topaia Gorbeau era sembrato completo, ma non lo era stato.

Anzitutto, e questa era la principale preoccupazione di Javert, egli non aveva imprigionato il prigioniero. L'assassinato che fugge è più sospetto dell'assassino, ed è probabile che quel personaggio, tanto preziosa cattura per i banditi, non fosse preda meno buona per l'autorità.

Secondariamente, Montparnasse era sfuggito a Javert.

Bisognava aspettare un'altra occasione per rimettere la mano su quel «moscardino del diavolo». Montparnasse, infatti, avendo incontrato Éponine che stava spiando sotto gli alberi del viale, l'aveva condotta con sé, preferendo essere Nemorino con la figlia, che Schinderhannes col padre.[2] Ben gliene incolse. Era libero. Quanto a Éponine, Javert l'aveva fatta «ripizzicare»: mediocre consolazione. Éponine era andata a raggiungere Azelma alle Madelonnettes.

Infine, nel tragitto dalla topaia Gorbeau alla prigione, uno dei principali arrestati, Claquesous, era sparito. Non si sapeva come fosse accaduto ciò, e gli agenti e i brigadieri «non ne capivano niente»; s'era liquefatto; era scivolato fra le manette, era colato tra le connessure della carrozza, giacché questa era tutta crepe, ed era fuggito; non si sapeva che dire, tranne che, all'arrivo alla prigione, di Claquesous non c'era neppur l'ombra. Era stata opera d'un mago, oppure della polizia stessa. Claquesous s'era squagliato nelle tenebre come un fiocco di neve nell'acqua? O c'era stata connivenza inconfessata degli agenti? Apparteneva, forse, quell'uomo, al duplice enigma del disordine e dell'ordine? Ed era concentrico sia all'infrazione che alla repressione? Quella sfinge aveva dunque le zampe anteriori nel delitto e le zampe posteriori nell'autorità? Javert non accettava combinazioni simili e si sarebbe irritato di fronte a tali compromessi; ma la sua squadra comprendeva altri ispettori oltre a lui, e forse più iniziati di lui, benché a lui subordinati, ai segreti della questura: e Claquesous era un tale scellerato da poter essere anche un ottimo agente. Essere in così intimi rapporti d'imbroglio con le tenebre, è cosa eccellente per il brigantaggio e mirabile per la polizia. Vi sono simili furfanti a doppio taglio. Comunque fosse, Claquesous smarrito non si ritrovò più, e Javert ne parve più irritato che stupito.

Quanto a Marius, «quello scimunito d'avvocato che probabilmente aveva avuto paura» e del quale aveva dimenticato il nome, Javert ci teneva poco. Del resto, un avvocato si ritrova sempre: ma era poi avvocato almeno?

L'istruttoria era incominciata.

Il giudice istruttore aveva ritenuto opportuno di non mettere uno degli uomini della banda Patron-Minette in segregazione, sperando che si lasciasse sfuggire qualche parola compromettente. Quell'uomo

---

[2] Nemorino, personaggio di innamorato nel romanzo *Estella* di Jean-Pierre Claris de Florian (1755-1794). Schinderhannes, capo di una banda di ladri, giustiziato nel 1803.

era Brujon, il super-chiomato della via del Petit-Banquier. L'avevano lasciato libero, nel cortile Charlemagne, sotto l'occhio vigile dei sorveglianti.

Quel nome, Brujon, è uno dei ricordi delle carceri parigine della Force. Nel lurido cortile detto dell'Edificio Nuovo che l'amministrazione chiamava la corte San Bernardo e i ladri la fossa dei leoni, su quel muro coperto di incrostazioni e di lebbrosità, che si ergeva a sinistra sino all'altezza dei tetti, vicino a una vecchia porta di ferro arrugginita che conduceva all'antica cappella del palazzo ducale della Force, divenuta un dormitorio di briganti, si vedeva ancora, sino a dodici anni fa, una specie di bastiglia grossolamente scolpita nella pietra con un chiodo e, sotto, questa firma: «BRUJON, 1811».

Il Brujon del 1811 era il padre del Brujon del 1832.

Quest'ultimo, che si è potuto solo intravedere nell'agguato Gorbeau, era un gagliardo giovane molto furbo e molto accorto, dall'aspetto stordito e querulo. E proprio per questo aspetto, il giudice istruttore l'aveva lasciato libero, credendolo più utile nel cortile Charlemagne che nella cella di segregazione.

I ladri non interrompono il loro lavoro, per il fatto di essere nelle mani della giustizia; non si preoccupano per così poco. Essere in carcere per un delitto non impedisce di cominciarne un altro. Sono come quegli artisti che pur avendo un quadro esposto al «Salon» non cessano di lavorare a una nuova opera nel loro studio.

Brujon sembrava stupefatto della prigione. Lo si vedeva talvolta per ore e ore nel cortile Charlemagne, in piedi vicino al finestrino del cantiniere, mentre contemplava come un idiota il sudicio cartello dei prezzi della cantina che cominciava con: *aglio, 62 centesimi*, e finiva con: *sigaro, 5 centesimi*. Oppure passava il tempo a tremare, battendo i denti e dicendo d'avere la febbre, e informandosi se uno dei ventotto letti della sala dei febbricitanti fosse libero.

A un tratto, verso la seconda quindicina di febbraio del 1832, si seppe che Brujon, quell'addormentato, aveva fatto eseguire da tre fattorini della casa di pena, non sotto il proprio nome, ma sotto quello di tre suoi compagni, tre commissioni diverse che gli erano costate in tutto cinquanta soldi, spesa esorbitante che attirò l'attenzione del brigadiere del carcere.

Si presero informazioni e, consultando la tariffa delle commissioni affissa nel parlatorio dei detenuti, si venne a sapere che i cinquanta soldi potevano essere divisi così: tre commissioni, di cui una al Panthéon, dieci soldi; una al Val-de-Grâce, quindici soldi; e una alla barriera di Grenelle, venticinque soldi. Questa era la più cara di tutte le tariffe. Ora, al Panthéon, al Val-de-Grâce e alla barriera di Grenelle, si trovavano precisamente i domicili di tre temutissimi vagabondi delle barriere: Kruideniers, detto Bizzarro, Gloreux, ex forzato, e Barre-carrosse, sui quali quell'incidente attirò lo sguardo della polizia. Si credette di intuire che quei tre uomini fossero affiliati a Patron-Minette, di cui erano stati messi al sicuro due capi, Babet e Gueulemer.

Si suppose che negli invii di Brujon, fatti non all'indirizzo di case, ma di persone che aspettavano in strada, dovessero esservi istruzioni per qualche misfatto complottato. Si avevano pure altri indizi, e allora si mise la mano sui tre vagabondi, e si credé d'aver sventato la macchinazione di Brujon.

Circa una settimana dopo ch'erano state prese tali misure, una guardia di ronda, una notte mentre ispezionava il dormitorio inferiore dell'Edificio Nuovo, nel momento di mettere la castagna nell'apposita cassetta (questo era il mezzo allora in uso per assicurarsi che i sorveglianti facessero esattamente il loro servizio; a ogni ora, una castagna doveva cadere in ciascuna cassetta inchiodata alla porta dei dormitori), una guardia di ronda, dicevamo, attraverso lo spioncino del dormitorio vide Brujon che, seduto sul letto, stava scrivendo qualche cosa alla luce della lampada a muro. La guardia entrò: Brujon ebbe un mese di cella di rigore, ma non si poté sequestrare ciò che aveva scritto, e la polizia non ne seppe niente di più.

Quello che è vero è che, il giorno dopo, un «postiglione» fu lanciato dal cortile Charlemagne nella fossa dei leoni, al di sopra del fabbricato a cinque piani che separava i due cortili.

I detenuti chiamano postiglione una pallottola di pane abilmente impastata che viene inviata *in Irlanda*, vale a dire al di sopra dei tetti d'una prigione, da un cortile all'altro. Etimologia: al di sopra dell'Inghilterra, da una terra all'altra; *in Irlanda*. La pallottola cade nel cortile, e colui che la raccoglie l'apre e vi trova un biglietto indirizzato a qualcuno dei carcerati di quel medesimo cortile. Se il biglietto viene raccolto da un detenuto, questi lo invia a destinazione; se è raccolto da un guardiano o da uno di quei carcerati segretamente venduti che vengono chiamati «montoni» nelle carceri e «volpi» nei bagni penali, il biglietto viene portato in cancelleria e consegnato alla polizia.

Questa volta, il postiglione giunse al suo indirizzo, sebbene colui al quale il messaggio era destinato fosse in quel momento segregato. Il destinatario era niente di meno che Babet, uno dei quattro capi di Patron-Minette.

Il postiglione conteneva un foglio arrotolato, sul quale erano scritte soltanto queste due righe:

«Babet. C'è da fare in via Plumet. Una cancellata su un giardino».

Era ciò che Brujon aveva scritto durante la notte.

A dispetto dei secondini addetti alle perquisizioni, Babet trovò modo di far passare il biglietto dalla Force alla Salpêtrière a una sua «buona amica» che era rinchiusa là dentro. La ragazza, a sua volta, trasmise il biglietto a una sua conoscente, una certa Magnon, molto tenuta d'occhio dalla polizia, ma non ancora arrestata. Questa Magnon, di cui il lettore ha già letto il nome, aveva con i Thénardier dei rapporti che saranno precisati in seguito, e poteva, andando a trovare Éponine, servire da ponte tra la Salpêtrière e le Madelonnettes.

Ora, accadde proprio che in quello stesso momento, mancando nel processo che si stava istruendo contro Thénardier le prove a carico delle figlie, Éponine e Azelma furono rilasciate. Quando Éponine uscì, la Magnon, che la spiava alla porta delle Madelonnettes, le consegnò il biglietto di Brujon a Babet incaricandola di chiarire la faccenda.

Éponine andò in via Plumet, riconobbe la cancellata e il giardino, osservò la casa, spiò, attese al varco, e qualche giorno dopo portò alla Magnon, che abitava in via Clocheperce, un biscotto che la Magnon inviò all'amante di Babet, alla Salpêtrière. Un biscotto, nel tenebroso simbolismo delle carceri, significa: nulla da fare.

Così che, meno d'una settimana dopo, Babet e Brujon incontrandosi sul cammino di ronda della Force, mentre uno andava «all'istruzione» e l'altro ne ritornava, si scambiarono le seguenti parole:

«Ebbene,» chiese Brujon, «la via P?».

«Biscotto» rispose Babet.

Così abortì quel feto di delitto concepito da Brujon alla Force.

Tuttavia quest'aborto ebbe, come si vedrà, delle conseguenze che non avevano nulla a che vedere col programma di Brujon.

Spesso, credendo di legare un filo, se ne lega un altro.

III

APPARIZIONE A PAPÀ MABEUF

Marius non si recava più da nessuno; solo, gli capitava di incontrare talvolta papà Mabeuf. Mentre Marius scendeva lentamente quei lugubri gradini che potrebbero essere chiamati la scala delle cantine e che conducono in luoghi senza luce nei quali si sentono i felici camminare di sopra, Mabeuf scendeva egli pure.

La *Flora di Cauteretz* non si vendeva assolutamente più, e gli esperimenti sull'indaco fatti nel giardinetto di Austerlitz, che era mal esposto, non erano riusciti. Mabeuf poteva solo coltivarvi alcune piante rare che richiedono umidità e ombra; tuttavia, non si scoraggiava. Aveva ottenuto una striscia di terreno al Jardin des Plantes, ben esposta, per farvi, «a proprie spese,» i suoi esperimenti sull'indaco: e per questo aveva impegnato le lastre di rame della sua *Flora* al Monte di Pietà. Aveva ridotto la colazione a due uova lasciandone uno alla sua vecchia servente, alla quale da quindici mesi non pagava più salario; e, spesso, la colazione era il suo unico pasto. Non rideva più di quel suo riso infantile, era divenuto tetro, e non riceveva più visite. Marius faceva bene a non pensare più di andare a trovarlo. Talvolta, nell'ora in cui Mabeuf si recava al Jardin des Plantes, il vecchio e il giovane s'incontravano sul viale dell'Hôpital; non si parlavano e si facevano un cenno del capo, tristemente. Che caso straziante che ci sia un momento in cui la miseria allontana! Si era due amici, e non si è più che due passanti.

Il libraio Royol era morto. Mabeuf non badava più che ai suoi libri, al suo giardino e al suo indaco: erano le tre forme assunte per lui dalla felicità, dal piacere e dalla speranza, e questo gli bastava per vivere. Si diceva: «Quando avrò fatto le mie pallottole turchine, sarò ricco e ritirerò le lastre di rame dal Monte di Pietà, rimetterò in voga la mia *Flora* con un po' di ciarlataneria, con la grancassa e con gli annunci nei giornali, e comprerò, so ben io dove, un esemplare dell'*Arte di navigare* di Pietro di Medina, con incisioni su legno, edizione del 1559». E intanto, lavorava tutto il giorno al suo indaco, e la sera rincasava per innaffiare il giardino e leggere i suoi libri. A quell'epoca Mabeuf era molto vicino all'ottantina.

Una sera, ebbe un'apparizione singolare.

Era rincasato mentre era ancora giorno chiaro. Mamma Plutarque, la salute della quale diventava malferma, era a letto, ammalata. Egli aveva pranzato con un osso a cui era rimasta attaccata ancora un po' di polpa, e con un pezzo di pane che aveva trovato sulla tavola di cucina, e s'era seduto sopra un paracarro rovesciato che gli serviva da sedile in giardino.

Vicino a quel sedile si ergeva, come nei vecchi giardini-frutteti, una specie di enorme cassone, fatto di travi e di tavole in pessimo stato, che serviva da conigliera a pian terreno e da deposito di frutta al primo piano. Nella conigliera non v'erano conigli, ma nel deposito vi erano ancora alcune mele, rimanenza della provvista invernale.

Mabeuf s'era messo a sfogliare e a leggere, con l'aiuto degli occhiali, due libri che lo appassionavano e anzi, cosa grave per la sua età, lo preoccupavano. La sua timidezza innata lo rendeva propenso a una certa accettazione delle superstizioni. Il primo di quei libri era il famoso trattato del presidente Delancre, *Dell'incostanza dei dèmoni*, l'altro era l'in-quarto di Mutor de la Rubaudière, *Sui diavoli di Vauvert e i folletti della Bièvre*. Quest'ultimo volume lo interessava, tanto più che il suo giardino era stato uno dei terreni anticamente frequentati dai folletti. Il crepuscolo cominciava a imbiancare ciò che è in alto, e a offuscare ciò che è in basso. Sebbene leggesse, papà Mabeuf osservava, al di sopra del libro che teneva in mano, le sue piante: e, fra le altre, un magnifico rododendro che era una delle sue consolazioni; erano appena trascorsi quattro giorni di calura, di vento e di sole, senza neppure una goccia d'acqua; gli steli si curvavano, i boccioli pendevano e le foglie cadevano: tutto ciò aveva bisogno di essere innaffiato, e il rododendro era triste più di tutti. Papà Mabeuf era uno di coloro per i quali le piante hanno un'anima. Il vecchio aveva lavorato tutto il giorno al suo indaco, ed era sfinito dalla stanchezza; tuttavia si alzò, depose i libri sul sedile di pietra e andò tutto curvo e con passo incerto verso il pozzo: ma quando ebbe afferrata la catena, non poté nemmeno tirarla abbastanza per sganciarla. Allora si voltò e alzò uno sguardo d'angoscia verso il cielo che si riempiva di stelle.

La serata aveva quella serenità che opprime i dolori degli uomini sotto chi sa quale lugubre ed eterna gioia. La notte prometteva di essere altrettanto arida che il giorno.

«Stelle dovunque!» pensava il vecchio «non la più piccola nube! Non una lacrima d'acqua!»

E il capo, che s'era alzato un momento, gli ricadde sul petto.

Lo rialzò e guardò ancora il cielo mormorando: «Una lacrima di rugiada! Un po' di pietà!».

Tentò ancora una volta di sganciare la catena dal pozzo, ma non gli fu possibile.

In quel momento sentì una voce che diceva:

«Papà Mabeuf, volete che v'innaffi il giardino?».

Nel contempo, un rumore di belva che passa scaturì dalla siepe, ed egli vide uscire dai cespugli una specie di ragazza alta e magra, che gli si drizzò davanti guardandolo arditamente; aveva più l'aspetto d'una forma che fosse improvvisamente sbocciata nel crepuscolo, che quello d'un essere umano.

Prima che papà Mabeuf, che si sgomentava facilmente e che era, come abbiamo detto, soggetto a spaventarsi, avesse potuto rispondere una sola sillaba, quell'essere, i cui movimenti avevano nell'oscurità una specie di rapidità bizzarra, aveva sganciato la catena, immerso e ritirato il secchio e riempito l'innaffiatoio; e il buon vecchio vedeva quell'apparizione, a piedi nudi e con una sottana a brandelli, correre lungo le aiuole distribuendo la vita intorno a sé.

Il rumore dell'acqua che dall'innaffiatoio cadeva sulle foglie riempiva di rapimento l'animo di papà Mabeuf: gli sembrava che ora il rododendro fosse felice.

Vuotato che ebbe il primo secchio, la ragazza ne riempì un secondo e poi un terzo innaffiando così tutto il giardino.

A vederla camminare a quel modo per i viali, sui quali il suo profilo appariva tutto nero, agitando sulle lunghe braccia angolose lo scialle lacero, ella aveva un qualcosa del pipistrello.

Quando ebbe finito, papà Mabeuf le si avvicinò con le lacrime agli occhi e, posandole la mano sulla fronte, disse:

«Dio vi benedirà. Voi siete un angelo, poiché avete cura dei fiori».

«No,» ella rispose «io sono il diavolo; ma per me fa lo stesso.»

Il vecchio, senz'aspettare e senza udire quella risposta esclamò:

«Che peccato ch'io sia così sfortunato e così povero da non poter far nulla per voi».

«Voi potete fare qualche cosa» ella disse.

«Che cosa?»

«Dirmi dove abita il signor Marius.»

Il vecchio non capì.

«Quale signor Marius?»

Alzò il suo sguardo vitreo e parve che volesse cercare qualcosa di svanito.

«Un giovane che una volta veniva a trovarvi.»

Intanto Mabeuf aveva frugato nella propria memoria.

«Ah! Sì...» esclamò «So che cosa volete dire. Aspettate! Il signor Marius... Il barone Marius Pontmercy, perbacco! Abita... O piuttosto non abita più... Ma... Non so!»

E mentre parlava, s'era chinato per accomodare un ramo del rododendro.

«Ecco, sì, ora mi ricordo» continuò. «Passa molto spesso sul viale e va dalla parte della Glacière: in via Croulebarbe; il campo dell'Allodola. Passate di là, e non vi sarà difficile d'incontrarlo.»

Quando Mabeuf si fu rialzato, non v'era più nessuno; la ragazza era sparita.

Egli ebbe decisamente un po' di paura.

«Veramente,» pensò «se il mio giardino non fosse innaffiato, crederei a uno spirito.»

Un'ora dopo, quando fu a letto, vi ripensò e, addormentandosi, in quel momento confuso in cui il pensiero, simile all'uccello favoloso che si cambia in pesce per attraversare il mare, prende a poco a poco la forma del sogno per attraversare il sonno, egli si diceva confusamente:

«In realtà, quello che m'è accaduto rassomiglia molto a ciò che la Rubaudière racconta dei folletti. Si tratterebbe, forse, d'un folletto?».

Pochi giorni dopo la visita d'uno «spirito» a papà Mabeuf, un mattino – era un lunedì, il giorno in cui Marius si faceva prestare da Courfeyrac la moneta da cento soldi per Thénardier – Marius aveva messo quella moneta da cento soldi in tasca e, prima di portarla alla cancelleria del tribunale, era andato a fare «una passeggiatina» sperando dopo ciò di riuscire a mettersi a lavorare. Del resto, accadeva sempre così. Appena alzato, si sedeva davanti a un libro e a un foglio di carta, per buttar giù qualche traduzione; in quei giorni aveva avuto incarico di tradurre in francese una celebre controversia di tedeschi, e cioè la controversia di Gans e Savigny;[3] egli prendeva Savigny, prendeva Gans, leggeva quattro righe, cercava di scriverne una e non vi riusciva, perché vedeva una stella tra il foglio e sé. Allora si alzava dalla sedia dicendo:

«Ecco. Ciò mi farà venire la voglia di lavorare».

E si recava al campo dell'Allodola, e là vedeva più che mai la stella, e meno che mai Savigny e Gans.

Rincasava e tentava di riprendere il lavoro; ma non vi riusciva. Non c'era modo di riannodare uno solo dei fili rotti nel suo cervello, e allora si diceva: «Domani non uscirò. Questo m'impedisce di lavorare». E usciva ogni giorno.

Abitava più nel campo dell'Allodola che in casa di Courfeyrac. Il suo vero indirizzo era questo: viale della Salute, settimo albero dopo la via Croulebarbe.

Quel mattino aveva lasciato il settimo albero e si era seduto sul parapetto del fiumicello dei Gobelins. Un sole ridente filtrava tra le foglie appena dischiuse e tutte luminose.

Pensava a «lei». E la sua fantasticheria, divenendo rimprovero, ricadeva su di lui; pensava dolorosamente alla pigrizia, paralisi dell'anima, che s'impadroniva di lui, e a quelle tenebre che diventavano di momento in momento sempre più fitte davanti a lui, al punto ch'egli non vedeva più neppure il sole. Tuttavia, pur attraverso quel penoso sprigionarsi d'idee indistinte che non erano neppure un monologo, tanto la volontà s'indeboliva in lui togliendogli anche la forza di volersi affliggere, attraverso quel malinconico assorbimento, percepiva le sensazioni esterne. Sentiva dietro di sé, sotto di sé, sulle due rive del fiume, le lavandaie dei Gobelins che battevano la biancheria e, in alto, gli uccelli che cinguettavano e cantavano tra gli olmi. Da una parte il

---

[3] Eduard Gans e Friedrich Savigny, giuristi tedeschi del XIX secolo. La loro disputa riguardava la proprietà.

vocìo della libertà, della spensieratezza felice, dell'ozio alato, e dall'altra quello del lavoro. E, cosa che lo faceva fantasticare e quasi riflettere, erano due suoni gioiosi.

Improvvisamente, in mezzo alla sua estasi assorta, udì una voce nota che diceva:

«To'! Eccolo».

Alzò gli occhi e riconobbe quella disgraziata fanciulla che un mattino era andata in casa sua; la maggiore delle figlie Thénardier, Éponine; ora sapeva come si chiamava. Cosa strana, ella pareva diventata più povera e più bella, due cose che sarebbero sembrate assolutamente impossibili. Aveva compiuto un duplice progresso, verso la luce e verso la miseria a un tempo. Era scalza e in cenci, come quel giorno in cui era entrata così risolutamente, in camera di lui; soltanto, i suoi cenci avevano due mesi di più; i buchi s'eran fatti più grandi e gli stracci erano più sordidi. Aveva quella stessa voce rauca, quella stessa fronte incupita e resa rugosa dall'arsura della pelle, quello stesso sguardo libero, smarrito e titubante; e, più di prima, ella aveva nella fisionomia quel non so che di sbigottito e di compassionevole che il carcere aggiunge alla miseria.

Aveva fili di paglia e di fieno nei capelli: ma non, come Ofelia, per esser divenuta pazza al contagio della follia di Amleto, bensì perché aveva dormito in qualche fienile.

E con tutto questo, era bella. Oh, giovinezza, quale astro tu sei!

Intanto s'era fermata davanti a Marius: sul viso livido era un barlume di gioia e qualche cosa che rassomigliava a un sorriso.

Per qualche istante rimase come se non potesse parlare.

«Ah! Vi ho dunque incontrato!» disse finalmente. «Papà Mabeuf aveva ragione, era proprio su questo viale! Sapeste quanto vi ho cercato! Lo sapete che sono stata dentro? Quindici giorni! M'hanno lasciata libera, visto che non c'era nulla a mio carico e che, del resto, non avevo ancora l'età del discernimento! Avrebbero potuto essere due mesi! Oh, quanto vi ho cercato! Son già sei settimane. Non abitate più là, dunque?»

«No» disse Marius.

«Oh! Capisco! Per quella faccenda. Sono cose che spiacciono, quelle fanfaronate, e così avete cambiato casa. Ma guarda! Perché portate un cappello così vecchio? Un giovane come voi deve avere bei vestiti. Sapete, signor Marius? Papà Mabeuf vi chiama il barone Marius di Vattelapesca. Vero che non siete barone? I baroni sono vecchi, vanno al Luxembourg davanti al castello, dove c'è più sole; e leggono la "Quotidienne" per un soldo. Una volta sono andata a portare una lettera a un barone che era così. Aveva più di cento anni. Ma, dite un po', dove abitate ora?»

Marius non rispose.

«Ah!» ella continuò. «Avete un buco nella camicia. Bisognerà che lo rammendi.» E con un'espressione che a poco a poco si faceva sempre più cupa, aggiunse: «Pare che non siate contento di vedermi!».

Marius taceva; e anch'ella rimase per un momento in silenzio; poi esclamò:

«Eppure, se volessi saprei ben costringervi ad aver un'aria più allegra!».

«Come?» chiese Marius. «Che cosa volete dire?»

«Oh! Mi davate del tu!» ella riprese.

«Ebbene, che cosa vuoi dire?»

Ella si morse le labbra; sembrava che esitasse come in preda a una specie di lotta interna. Finalmente parve prendere una risoluzione e disse:

«Tanto peggio, fa lo stesso. Voi avete un aspetto triste, e io voglio che siate contento. Promettetemi soltanto che riderete. Voglio vedervi ridere e sentirvi dire: "Ah! Bene! Benissimo!". Povero signor Marius! Ricordate? Avete promesso di darmi tutto quello che avessi voluto...».

«Sì!... Ma parla, su!»

Ella guardò Marius nel bianco degli occhi e gli disse:

«Ho l'indirizzo».

Marius impallidì. Tutto il sangue gli rifluì al cuore.

«Che indirizzo?»

«L'indirizzo che m'avete chiesto!»

E aggiunse, come se facesse uno sforzo:

«L'indirizzo... Sapete bene!».

«Sì!» balbettò Marius.

«Della signorina!»

Pronunciata questa parola, ella trasse un profondo sospiro.

Marius saltò dal parapetto sul quale era seduto e le strinse appassionatamente la mano.

«Oh! Ebbene, accompagnami, dimmi! Chiedimi tutto quello che vuoi! Dov'è?»

«Venite con me» ella rispose. «Non so bene né la via, né il numero; ma conosco bene la casa e vi ci condurrò.»

Ritirò la mano e riprese con un tono che avrebbe commosso un osservatore, ma che non colpì minimamente Marius, ebbro e rapito:

«Oh, come siete contento!».

Una nube passò sulla fronte di Marius. Afferrò Éponine per il braccio.

«Giurami una cosa!»

«Giurare?» ella disse. «Che vuol dire? Oh bella! Volete che giuri?»

E si mise a ridere.

«Tuo padre! Promettimi, Éponine! Giurami che non darai questo indirizzo a tuo padre!»

Ella si volse verso di lui stupefatta.

«Éponine! Come fate a sapere che mi chiamo Éponine?»

«Promettimi quello che ti chiedo!»

Ma ella non sembrava prestargli ascolto.

«Siete molto gentile! M'avete chiamato Éponine!»

Marius le prese ambo le braccia.

«Ma rispondimi, dunque, in nome del cielo!... Fa' attenzione a ciò che ti dico, giurami che non darai a tuo padre l'indirizzo che sai!»

«Mio padre?» ella disse. «Ah già, mio padre! State pur tranquillo: mio padre è rinchiuso in cella. Del resto, mi occupo proprio di mio padre, io!»

«Ma tu non mi prometti!» esclamò Marius.

«Ma lasciatemi, dunque!» ella disse scoppiando a ridere. «Come mi scuotete? Sì, sì, ve lo prometto! Ve lo giuro! Che me ne importa? Non darò l'indirizzo a mio padre! Ecco! Va bene così?»

«E a nessun altro?» aggiunse Marius.

«A nessun altro.»

«E ora,» riprese Marius «conducimi là.»

«Subito?»

«Subito.»

«Venite. Oh, com'è contento!» ella disse.

Dopo qualche passo, ella si fermò.

«Mi seguite troppo da vicino, signor Marius. Lasciatemi andare avanti e seguitemi così, senza che se ne accorgano: non sta bene che un giovane come voi si faccia vedere con una donna come me.»

Nessuna lingua potrebbe dire tutto quello che era contenuto nella parola «donna» pronunciata a quel modo da una fanciulla.

Ella fece una decina di passi, e si fermò di nuovo. Marius la raggiunse ed ella gli rivolse la parola di lato, senza voltarsi verso di lui.

«A proposito, sapete che mi avete promesso qualche cosa?»

Marius si frugò in tasca. Tutto quello che possedeva erano i cinque franchi destinati a Thénardier padre. Li prese e li mise in mano a Éponine.

Ella aprì le dita, lasciò cadere a terra la moneta e, guardandolo con aria cupa, disse:

«Non voglio il vostro denaro».

LIBRO TERZO

LA CASA DI VIA PLUMET

I
LA CASA A SORPRESA

Verso la metà del secolo scorso, un primo presidente del parlamento di Parigi, che aveva un'amante che voleva tenere nascosta, perché in quel tempo i grandi signori mostravano le loro amanti e i borghesi le nascondevano, fece costruire una «casetta» nel sobborgo Saint-Germain, nella deserta via Blomet, che oggi si chiama Plumet, non lontano dal luogo che allora si chiamava *Combattimento degli animali*.

Quella casa si componeva d'un padiglione a un solo piano; due sale a pianterreno, due camere al primo piano, una cucina sotto, un salottino sopra e un solaio; il tutto preceduto da un giardino con una grande cancellata che dava sulla strada. Il giardino misurava circa uno iugero. Quello era tutto ciò che i passanti potevano intravedere, ma dietro al padiglione v'era uno stretto cortile e in fondo a esso un basso fabbricato costituito da due stanze sopra una cantina, una specie di nascondiglio destinato, occorrendo, a ripararvi un bambino e una balia. Quel fabbricato comunicava posteriormente, per mezzo d'una porta mascherata, che si apriva con una serratura a segreto, con un lungo e stretto corridoio, lastricato, tortuoso, a cielo aperto, fiancheggiato da due alti muri e nascosto con un'arte prodigiosa, come perduto tra i recinti del giardino e le coltivazioni, di cui seguiva tutti gli angoli e tutte le svolte, mettendo capo a un'altra porta, munita anch'essa di serratura a segreto, che s'apriva a un ottavo di lega più lontano, quasi in un altro quartiere, all'estremità solitaria di via Babylone.

Il presidente entrava di là, in modo che anche quelli che lo avessero spiato e seguito e che avessero osservato che il presidente si recava tutt'i giorni misteriosamente in qualche luogo, non avrebbero potuto sospettare che recarsi in via Babylone fosse lo stesso che recarsi in via Blomet. Mercé abili acquisti di terreni, l'ingegnoso magistrato aveva potuto fare quei lavori di edilizia segreta in casa sua, sul suo proprio terreno, e quindi senza controllo. In seguito, aveva rivenduto a piccoli lotti, a uso di giardini e d'orti, gli appezzamenti di terreno limitrofi al corridoio, e i proprietari di quei lotti, da una parte come dall'altra del corridoio, credevano d'avere davanti agli occhi un muro divisorio, e non sospettavano neppure l'esistenza di quella lunga striscia di lastrico che serpeggiava fra i due muri in mezzo alle loro aiuole e ai loro frutteti. Soltanto gli uccelli vedevano quella curiosità; ed è probabile che le capinere e le cingallegre del secolo scorso abbiano chiacchierato molto sul conto del signor presidente.

Il padiglione, costruito in pietra secondo lo stile Mansart[1] con le pareti rivestite di legno e di marmo e ammobiliato in stile Watteau, gingillo all'interno, antiquato all'esterno, circondato da una triplice siepe di fiori, aveva qualcosa di discreto, di civettuolo e di solenne, come si conviene a un capriccio dell'amore e della magistratura.

Quella casa e quel corridoio, oggi scomparsi, esistevano ancora circa quindici anni fa. Nel '93, un calderaio aveva comprato la casa per demolirla, ma non poté pagarne il prezzo; la nazione lo fece fallire, di modo che fu la casa che demolì il calderaio. In seguito la casa rimase disabitata e cadde lentamente in rovina, come ogni abitazione alla quale non è più trasmessa la vita dalla presenza dell'uomo. Era rimasta arredata dei suoi vecchi mobili e sempre in vendita o da affittare, e le dieci o dodici persone che passavano ogni anno in via Plumet ne erano avvertite da un cartello giallo e illeggibile attaccato al cancello del giardino fin dal 1810.

Verso la fine della restaurazione, quegli stessi passanti poterono notare che il cartello era scomparso e che, anzi, le finestre del primo piano erano aperte. La casa infatti era occupata, e le finestre avevano le tendine, segno che vi era una donna.

Nel mese d'ottobre del 1829 s'era presentato un uomo d'una certa età e aveva preso in affitto la casa tale e quale era, compresovi, ben inteso, il fabbricato posteriore e il corridoio che dava in via Babylone. Aveva fatto aggiustare le serrature a segreto delle due porte di quel passaggio. La casa, come abbiamo detto poc'anzi, era ancora ammobiliata press'a poco con i vecchi mobili del presidente; il nuovo locatario aveva ordinato qualche riparazione, aggiungendo qua e là ciò che mancava, rifacendo il selciato del cortile, mettendo qualche mattone ai pavimenti, qualche gradino alla scala, qualche tavola all'impiantito e qualche vetro alle finestre; e infine era venuto a stabilirsi con una giovanetta e una domestica attempata, senza rumore, piuttosto come chi s'introduca di soppiatto in una casa che come chi entri in casa propria. I vicini non fecero pettegolezzi, per il fatto che non c'erano vicini.

Quel locatario così poco chiassoso era Jean Valjean, e la giovanet-

---

[1] François Mansart, architetto (1598-1666), che costruì parecchio a Parigi.

ta era Cosette. La domestica era una zitella chiamata Toussaint che Jean Valjean aveva salvato dall'ospedale e dalla miseria e che era vecchia, provinciale e balbuziente: tre qualità che avevano deciso Jean Valjean a prenderla con sé. Egli aveva preso in affitto la casa sotto il nome di Fauchelevent, possidente. In tutto quello che abbiamo narrato precedentemente, il lettore ha di certo tardato molto meno di Thénardier a riconoscere Jean Valjean.

Perché Jean Valjean aveva lasciato il convento del Petit Picpus? Che cosa era avvenuto?

Non era avvenuto nulla.

Come si ricorderà, Jean Valjean era felice in convento, tanto felice che la sua coscienza finì coll'inquietarsi. Egli vedeva Cosette ogni giorno, sentiva nascere in sé e svilupparsi sempre più il sentimento della paternità, covava con l'anima quella fanciulla, e si diceva che era sua, che nulla avrebbe potuto togliergliela, che sarebbe stato così indefinitamente e che ella si sarebbe fatta certamente monaca, dato che ogni giorno era dolcemente spinta a farlo, e che in tal modo il convento era ormai l'universo per lei come per lui, ch'egli sarebbe invecchiato là dentro; poi, Cosette cresciuta, vi sarebbe invecchiata, e lui morto; infine, speranza incantevole, egli si diceva che nessuna separazione era possibile. Ma, riflettendo a ciò, egli fu colto da qualche perplessità. Si interrogò; si chiese se tutta quella felicità fosse proprio sua, e non si componesse della felicità di un altro, della felicità di quella bambina che egli, vecchio, confiscava e rubava; non era forse un furto quello che stava commettendo? Si diceva che quella bambina aveva il diritto di conoscere la vita, prima di rinunciarvi, che toglierle anticipatamente e, in certo qual modo, senza consultarla, tutte le gioie col pretesto di salvarla dalle sventure, approfittare della sua ignoranza e del suo isolamento per farle germogliare una vocazione artificiale, sarebbe stato come snaturare una creatura umana e mentire a Dio. E chi sa se un giorno, rendendosi conto di tutto questo e monaca a malincuore, Cosette non avrebbe finito per odiarlo? Ultimo pensiero, questo, quasi egoista e meno eroico degli altri, ma che gli riusciva insopportabile. Allora risolse di abbandonare il convento.

Deciso a ciò, riconobbe con desolazione che tale decisione era necessaria. Quanto a obiezioni, non ve n'erano. Cinque anni di soggiorno tra quelle quattro mura e di sparizione avevano certamente distrutto o disperso ogni elemento di timore. Poteva ritornare tra gli uomini tranquillamente. Era invecchiato e tutto era mutato. Chi l'avrebbe riconosciuto, ora? E poi, alla peggio, v'era pericolo solo per lui, ed egli non aveva il diritto di condannare Cosette al chiostro per il fatto ch'egli era stato condannato alla galera; del resto, che cosa è il

pericolo di fronte al dovere? Infine, nulla gli vietava di essere prudente e di prendere le sue precauzioni.

Quanto all'educazione di Cosette, essa era quasi terminata e completa.

Una volta presa quella decisione, aspettò l'occasione che non tardò a presentarsi. Il vecchio Fauchelevent morì.

Jean Valjean chiese udienza alla reverenda priora e le disse che
avendo fatto, alla morte del fratello, una piccola eredità che gli permetteva di vivere ormai senza lavorare, lasciava il servizio del convento e conduceva con sé la figlia; ma non essendo giusto che Cosette,
non pronunciando affatto i voti, fosse stata allevata gratuitamente,
supplicava umilmente la reverenda priora di permettergli di offrire
alla comunità, come indennizzo per i cinque anni che Cosette aveva
passato in convento, la somma di cinquemila franchi.

E così Jean Valjean uscì dal convento dell'Adorazione Perpétue.

Lasciando il convento, prese egli stesso sotto il braccio e non volle
affidare ad alcun fattorino la valigetta della quale portava sempre
con sé la chiave; quella valigia incuriosiva Cosette a causa dell'odore
balsamico che emanava.

Diremo subito che quella valigia ormai non lo abbandonava più.
La teneva sempre in camera sua, ed era la prima e talvolta l'unica
cosa ch'egli portasse con sé nei suoi traslochi. Cosette ne rideva e
chiamava quella valigia l'inseparabile, dicendo: «Ne sono gelosa».

Del resto, Jean Valjean ricomparve all'aria libera non senza una
profonda ansietà.

Scoprì la casa di via Plumet e vi si rintanò; ormai era in possesso
del nome di Ultimo Fauchelevent.

Nello stesso tempo prese in affitto due altri appartamenti a Parigi,
allo scopo di attirar meno l'attenzione di quanto avrebbe fatto se fosse rimasto sempre nello stesso quartiere, e di potersi assentare, ove
fosse necessario, alla minima preoccupazione che lo prendesse, e infine di non trovarsi più colto alla sprovvista, come la notte in cui era
così miracolosamente sfuggito a Javert. Quei due appartamenti erano
molto meschini e d'apparenza povera, e si trovavano in due quartieri
molto lontani l'uno dall'altro: uno in via dell'Ouest e l'altro in via
dell'Homme-Harmé.

Egli si recava di tanto in tanto, ora in via dell'Homme-Armé, ora
in via dell'Ouest, a passare un mese o sei settimane con Cosette senza
condurre con sé Toussaint; si faceva fare i servizi dai portinai e dava a
credere d'essere un possidente dei sobborghi, che aveva un alloggio
anche in città. Quell'alta virtù aveva a Parigi tre domicili per sfuggire
alla polizia.

Del resto, a dir la verità, egli viveva in via Plumet, dove aveva sistemato la sua esistenza nel modo seguente:

Cosette, con la domestica, occupava il padiglione; aveva la grande
camera da letto con le pareti dipinte, il salottino coi tondini dorati, e il
salotto del presidente arredato con tappezzerie e ampie poltrone; e
aveva pure il giardino. Jean Valjean aveva fatto mettere nella camera
di Cosette un letto a baldacchino di damasco antico a tre colori e un
vecchio e bel tappeto di Persia comprato in via del Figuier-Saint-Paul
da mamma Gaucher e, per attenuare la severità di quelle magnifiche
anticaglie, vi aveva aggiunto tutt'i piccoli mobili allegri e graziosi delle fanciulle: lo scaffale, la biblioteca e i libri dorati, l'occorrente per
scrivere, la cartella, la carta asciugante, il tavolinetto da lavoro intarsiato di madreperla, l'occorrente per la toeletta d'argento dorato e la
toeletta di porcellana del Giappone. Lunghe tendine di damasco a
fondo rosso a tre colori, simile a quello del letto, pendevano alle tre
finestre del primo piano. Al pianterreno, le tendine erano di tessuto
comune. Per tutto l'inverno, l'appartamentino era riscaldato da cima
a fondo. Lui, invece, occupava quella specie di bugigattolo da portinaio
che era in fondo al cortile, con un materasso sopra una branda, una
tavola di legno bianco, due sedie impagliate, una brocca di maiolica,
alcuni vecchi libri sopra una mensola, la sua cara valigia in un angolo
e mai fuoco. Pranzava con Cosette e in tavola c'era sempre un pane
bigio per lui.

Aveva detto a Toussaint, quando l'aveva presa al suo servizio:
«La padrona di casa è la signorina». «E voi, signore?» aveva chiesto Toussaint, stupefatta. «Io? Io sono ben più del padrone: sono il
padre.»

Cosette, al convento, era stata preparata alle faccende di casa e
regolava la spesa ch'era molto modesta. Ogni giorno Jean Valjean
prendeva Cosette sottobraccio e la conduceva a spasso. La conduceva
al Luxembourg nel viale meno frequentato, e a messa tutte le domeniche, sempre a Saint-Jacques-du-Haut-Pas, perché era molto lontano. Poiché quel quartiere è poverissimo, egli vi faceva molte elemosine, e, in chiesa, i poveri lo circondavano, il che gli aveva procurato
l'epistola dei Thénardier: «*Al signore benefico della chiesa Saint-Jacques-du-Haut-Pas*». Conduceva volentieri Cosette a visitare gli indigenti e i malati; nessun estraneo però entrava nella casa di via Plumet.
La Toussaint portava le provviste, e Jean Valjean andava egli stesso
ad attingere acqua a una fontana vicinissima al bastione. La legna e il
vino venivano riposti in una specie di incavo seminterrato, tappezzato

di pietruzze, vicino alla porta di via Babylone e che un tempo aveva servito da grotta al signor presidente; poiché, al tempo dei rifugi galanti, non v'era amore senza grotta.

Nella porta mascherata di via Babylone v'era una di quelle cassette a foggia di salvadanaio destinate alle lettere e ai giornali: ma siccome i tre abitanti di via Plumet non ricevevano né giornali, né lettere, l'utilità della cassetta, un tempo intermediaria di amorazzi e confidente d'un donnaiuolo togato, era ora limitata agli avvisi dell'esattore delle imposte e alle chiamate della guardia nazionale. Giacché il signor Fauchelevent, possidente, apparteneva alla guardia nazionale, non avendo potuto sfuggire alle strette maglie del nuovo censimento del 1831; le informazioni assunte dal municipio a quel tempo erano risalite sino al convento del Petit Picpus, specie di nembo impenetrabile e santo, dal quale Jean Valjean era uscito venerabile agli occhi della sezione municipale del suo quartiere, e per conseguenza degno di prestar servizio di guardia.

Tre o quattro volte all'anno Jean Valjean indossava l'uniforme e prestava servizio di sentinella, con grandissimo piacere, del resto, poiché quello era per lui un travestimento dignitoso che, pur confondendolo fra tutti, lo lasciava isolato. Aveva da poco compiuto i sessant'anni, età dell'esenzione legale, ma non ne dimostrava più di cinquanta; del resto, non voleva affatto sottrarsi al suo sergente maggiore né cavillare col conte di Lobau;[2] non aveva stato civile; nascondeva nome e identità, nascondeva età e tutto; e, come abbiamo detto, era una guardia nazionale di buona volontà. Tutta la sua ambizione stava nell'essere simile al primo venuto che paga le tasse: quell'uomo aveva per ideale, intimamente, l'angelo; esteriormente, il borghese.

Notiamo, tuttavia, un particolare. Quando Jean Valjean usciva con Cosette, si vestiva come abbiamo visto e aveva quasi l'aspetto di un vecchio ufficiale; quando invece usciva solo, solitamente di sera, indossava sempre un camiciotto e un paio di calzoni da operaio, con un berretto che gli nascondeva la faccia. Era precauzione o umiltà? Tutt'e due le cose a un tempo. Cosette era abituata al lato enigmatico della sua esistenza e notava appena le stravaganze del padre. Quanto alla Toussaint, ella venerava Jean Valjean e trovava ben fatto tutto quello ch'egli faceva. Un giorno, il suo macellaio, che aveva intravisto Jean Valjean, le disse: «È un uomo strano». Ella ribatté: «È un santo».

Jean Valjean, Cosette e Toussaint entravano e uscivano sempre soltanto dalla porta di via Babylone. A meno di scorgerli dalla cancellata del giardino, era difficile indovinare che abitavano in via Plumet.

---

[2] George Mouton conte di Lobau, maresciallo di Francia.

Quel cancello rimaneva sempre chiuso, e Jean Valjean aveva lasciato il giardino incolto, affinché non attirasse l'attenzione.

Ma, a questo proposito, forse s'ingannava.

III
«FOLIIS AC FRONDIBUS»[3]

Quel giardino così abbandonato a se stesso da più di mezzo secolo era divenuto straordinariamente bello. I passanti di quarant'anni or sono si fermavano in quella strada per contemplarlo, mai più immaginando i segreti che esso nascondeva dietro le sue fresche e verdi profondità. Più di un sognatore, in quel tempo, ha lasciato molte volte penetrare indiscretamente lo sguardo e il pensiero attraverso le sbarre dell'antica cancellata chiusa a catenaccio, contorta, mal sicura, incastrata in due pilastri inverditi e muscosi, bizzarramente incoronati da un frontone ad arabeschi indecifrabili.

In un angolo v'erano un sedile di pietra, una o due statue coperte di muffa, e alcuni tralicci schiodati dal tempo, che imputridivano sul muro; per il resto, i viali e le aiuole erano spariti, e dappertutto non v'era che gramigna. Il giardinaggio era scomparso, e la natura aveva preso il sopravvento; le male erbe abbondavano, mirabile avventura per un povero pezzetto di terra. I garofani vi facevano un magnifico sfoggio. In quel giardino nulla contrastava lo sforzo sacro delle cose verso la vita, e la crescita venerabile là si trovava in casa propria. Gli alberi si erano chinati verso i rovi e i rovi erano saliti verso gli alberi, la pianta si era arrampicata, il ramo s'era curvato: ciò che striscia sulla terra era andato a trovare ciò che sboccia nell'aria; ciò che ondeggia al vento s'era chinato verso ciò che si trascina fra il muschio; tronchi, rami, foglie, fibre, cespugli, viticci, sarmenti e spine s'erano intrecciati, attraversati, uniti e confusi; la vegetazione, in quell'abbraccio stretto e profondo, aveva celebrato e compiuto, sotto l'occhio soddisfatto del Creatore, in quel recinto di trecento piedi quadrati, il santo mistero della sua fratellanza, simbolo della fratellanza umana. Quel giardino non era un giardino, ma una macchia colossale, cioè qualche cosa ch'è impenetrabile come una foresta, popolato come una città, fremente come un nido, cupo come una cattedrale, odoroso come un mazzo di fiori, solitario come una tomba, vivo come una folla.

In maggio quell'enorme cespuglio, libero dietro la cancellata e tra le quattro mura, entrava in amore nel sordo lavorìo della germinazio-

---

[3] «Con le foglie e con le fronde», dal *De rerum natura* di Lucrezio.

ne universale, trasaliva sotto il sole sorgente quasi come una bestia che aspiri gli effluvi dell'amore cosmico e che senta la linfa di aprile salire e rimescolarlesi nelle vene e, scuotendo al vento la sua prodigiosa capigliatura verde, seminava sulla terra umida, sulle statue corrose, sulla cadente scalinata del padiglione e fin sul selciato della via deserta, i fiori a guisa di stelle, la rugiada a guisa di perle, la fecondità, la bellezza, la vita, la gioia e i profumi. A mezzogiorno, mille farfalle bianche vi si rifugiavano, ed era uno spettacolo divino veder turbinare in quell'ombra, a fiocchi, quella neve vivente dell'estate. Là, in quelle gaie tenebre della verzura, una folla di voci innocenti parlava dolcemente all'anima, e ciò che i cinguettii avevano dimenticato di dire lo completavano i ronzii. La sera un'aura di sogno si sprigionava dal giardino e l'avviluppava; un lenzuolo di nebbia, una tristezza celeste e calma lo coprivano; l'odore così inebriante dei caprifogli e dei convolvoli emanava da ogni parte, come un veleno squisito e sottile; vi si udivano gli ultimi richiami dei rampichini e delle cutrettole che si assopivano sotto i rami; vi si sentiva la sacra intimità dell'uccello e dell'albero per cui di giorno le ali rallegrano le foglie, e di notte le foglie proteggono le ali.

D'inverno la macchia era nera, umida, irsuta, tremante di freddo e lasciava intravedere la casa. Si scorgevano, invece dei fiori tra i rami e della rugiada sui fiori, i lunghi nastri d'argento delle lumache sul freddo e spesso tappeto delle foglie gialle; ma in ogni modo, sotto tutti gli aspetti, in qualsiasi stagione, primavera, inverno, estate, autunno, quel piccolo recinto spirava malinconia, contemplazione, solitudine, libertà; l'assenza dell'uomo, la presenza di Dio; la cancellata arrugginita sembrava dire: «Questo giardino è mio».

Il lastricato di Parigi aveva un bell'essere là attorno, e i palazzi classici e splendidi della via Varennes a due passi, e la cupola degli Invalides vicinissima, e la Camera dei deputati non lontana; le carrozze di via Borgogna e di via Saint-Dominique avevano un bell'andare fastosamente nelle vicinanze, e gli omnibus gialli, bruni, bianchi e rossi avevano un bell'incrociarsi nel vicino quadrivio: via Plumet rimaneva un deserto; e la morte degli antichi proprietari, una rivoluzione che era passata, il crollo delle antiche fortune, l'assenza, l'oblìo, quarant'anni d'abbandono e di vedovanza erano bastati per ricondurre in quel luogo privilegiato le felci, i tassobarbassi, le cicute, le achillee, le digitali, le erbe alte, le grandi piante dalle larghe foglie variegate di tessuto verde pallido, le lucertole, gli scarabei, gli insetti irrequieti e rapidi; erano bastati per far uscire dalle profondità della terra e riapparire fra quelle quattro mura chi sa quale grandezza selvaggia e imponente, e perché la natura, che sconcerta le meschine sistemazioni dell'uomo e si espande sempre completamente là dove si espande, così nella formica come nell'aquila, venisse a sbocciare in un brutto giardinetto parigino, con altrettanta ruvidezza e maestà che in una foresta vergine del Nuovo Mondo.

Nulla è piccolo in realtà; chiunque sia uso a penetrare le profondità della natura, lo sa. Sebbene alla filosofia non venga data nessuna soddisfazione assoluta, ed essa non sia in grado di circoscrivere la causa più di quanto possa limitare l'effetto, il contemplatore cade in estasi profonde a causa di tutte queste decomposizioni di forze che fan capo all'unità. Tutto lavora a tutto.

L'algebra si applica alle nuvole; l'irradiazione dell'astro è proficua alla rosa; nessun pensatore oserebbe dire che il profumo del biancospino sia inutile alle costellazioni. Chi può dunque calcolare la traiettoria d'una molecola? Che sappiamo noi se creazioni di mondi non siano determinate dalla caduta di granelli di sabbia? Chi dunque conosce i flussi e i riflussi scambievoli dell'infinitamente grande e dell'infinitamente piccolo, la ripercussione delle cause nei precipizi dell'essere, e le valanghe della creazione? Un insetto ha la sua importanza; il piccolo è grande e il grande è piccolo; nella necessità tutto è in equilibrio; paurosa visione per lo spirito. Tra gli esseri e le cose vi sono relazioni prodigiose, e in questo inesauribile complesso, dal sole al moscerino, nessuno si disprezza; si ha bisogno l'uno dell'altro. La luce non porta con sé nell'azzurro i profumi terrestri, senza sapere cosa farne; la notte distribuisce essenza stellare ai fiori addormentati. Ogni uccello che vola ha a una zampa il filo dell'infinito. La germinazione si complica della nascita d'una meteora e della beccata d'una rondine che rompe l'uovo, ed essa pone di fronte la nascita d'un lombrico e l'avvento di Socrate a un tempo. Dove finisce il telescopio, comincia il microscopio. Quale dei due ha la vista più potente? Scegliete. La muffa è una pleiade di fiori, e una nebulosa è un formicaio di stelle. Uguale promiscuità, e ancora più inaudita, delle cose dell'intelligenza e dei fatti della sostanza. Gli elementi e i principi si mescolano, si combinano, si sposano, si moltiplicano gli uni per mezzo degli altri sino al punto di far giungere il mondo materiale e il mondo morale alla medesima luce. Il fenomeno è in perpetuo ripiegamento su se stesso. Nei vasti scambi cosmici, la vita universale va e viene in quantità sconosciute, avvolgendo ogni cosa nell'invisibile mistero delle esalazioni, impiegando tutto, senza perdere un solo sogno di un solo sonno, qui seminando un animaletto, là sbriciolando un astro, oscillando e serpeggiando, facendo della luce una forza e del pensiero un elemento, disseminato e indivisibile, dissolvendo tutto, tranne quel punto geometrico che è l'io, riconducendo tutto all'anima-atomo, facendo sbocciare tutto in Dio, mescolando fra loro tutte le attività dalla più alta alla più bassa, nella oscurità d'un meccanismo vertiginoso, ricollegando il volo di un insetto al movimento della terra, subordinando, chi sa magari soltanto per l'identità della legge, l'evoluzione della cometa nel firmamento al turbinìo dell'infusorio nella goccia d'acqua. Macchina fatta di spirito. Enorme ingranaggio di cui il primo motore è il moscerino, e l'ultima ruota lo zodiaco.

IV
CAMBIAMENTO DI GRATA

Sembrava che quel giardino, un tempo creato per nascondere misteri libertini, si fosse trasformato e fosse divenuto atto a dar rifugio a misteri casti. Non aveva più pergolati, né praticelli, né chioschi verdi, né grotte; aveva per contro una magnifica oscurità scapigliata che cadeva come un velo da tutte le parti. Pafo s'era rifatto Eden. Un non so che di pentito aveva risanato quel rifugio. Ora quella fioraia offriva i suoi fiori all'anima; quel giardino civettuolo, molto compromesso un tempo, era rientrato nella verginità e nel pudore. Un presidente coadiuvato da un giardiniere, un buon uomo che credeva di perpetuare Lamoignon e un altro buon uomo che credeva di perpetuare Le Nôtre,[4] l'avevano deformato, potato, gualcito, agghindato e foggiato per la galanteria; la natura l'aveva riafferrato, l'aveva riempito d'ombre e l'aveva preparato per l'amore.

E in quella solitudine v'era pure un cuore già pronto: l'amore non aveva che da mostrarsi; là v'era un tempio composto di verzura, d'erba, di muschio, di sospiri d'uccelli, di tenebre molli, di fronde agitate e un'anima tutta dolcezza, fede, candore, speranza, aspirazione e illusione.

Cosette era uscita dal convento ancora quasi bambina; aveva poco più di quattrodici anni ed era «nell'età ingrata»; come abbiamo detto, a parte gli occhi, sembrava piuttosto brutta che bella; non aveva alcuna linea sgradevole, ma era goffa, magra, timida e ardita a un tempo; una bambinona, insomma.

La sua educazione era terminata; cioè le avevano insegnato la religione e anche, e soprattutto, la devozione; poi «la storia», cioè quella cosa che così vien chiamata in convento, la geografia, la grammatica, i participi, i re di Francia, un po' di musica, a disegnare un naso, eccetera, ma quanto al resto, ella ignorava tutto: il che è un fascino e

---

[4] Guillaume de Lamoignon (1617-1677), magistrato illustre e presidente del parlamento. André Le Nôtre (1613-1700), disegnatore di giardini e parchi.

un pericolo. L'anima d'una giovanetta non dev'essere lasciata al buio; più tardi vi si formano miraggi troppo intensi e troppo vivi, come in una camera oscura. Essa dev'essere, invece, dolcemente e discretamente rischiarata dal riflesso delle realtà, piuttosto che dalla loro luce diretta e cruda. Mezza luce utile e graziosamente austera che dissipa le paure puerili ed evita le cadute. Non v'è che un istinto materno, intuizione mirabile in cui entrano i ricordi della vergine e l'esperienza della donna, che sappia come e di che cosa dev'essere fatta quella mezza luce; e nulla può supplire a questo istinto. Per formare l'anima di una giovanetta, tutte le monache del mondo non valgono una madre.

Cosette non aveva avuto madre. Ella aveva avuto solo molte madri, al plurale.

Quanto a Jean Valjean, certo v'erano in lui tutte le tenerezze a un tempo e tutte le premure; ma non era che un vecchio, che non sapeva assolutamente nulla.

Ora, nel compito dell'educazione, in questa grave faccenda della preparazione d'una donna alla vita, quanta scienza occorre per lottare contro quella grande ignoranza chiamata innocenza!

Non v'è nulla che prepari una giovanetta alle passioni quanto il convento. Il convento fa rivolgere il pensiero verso l'ignoto. Il cuore, ripiegato su se stesso, si scava non potendo espandersi e s'approfondisce non potendo sbocciare. Ne derivano visioni, supposizioni, congetture, romanzi abbozzati, avventure desiderate, costruzioni fantastiche, edifici completamente costruiti nell'oscurità interiore della mente, cupe e segrete dimore nelle quali le passioni trovano subito modo d'insediarsi non appena abbiano superato la cancellata, che consentirà loro di entrare. Il convento è una compressione che, per trionfare del cuore umano, deve durare tutta la vita.

Lasciando il convento, Cosette non poteva trovar nulla di più dolce e di più pericoloso della casa di via Plumet. Era la continuazione della solitudine con l'inizio della libertà; un giardino chiuso, ma una natura acre, ricca, voluttuosa e odorante; gli stessi sogni del convento, ma con la possibilità di intravedere uomini giovani: un cancello, sì, ma sulla strada.

Pure, lo ripetiamo, quando ella vi giunse era ancora una bambina. Jean Valjean abbandonò a lei quel giardino incolto. «Facci tutto quello che vuoi» le diceva. Ciò divertiva Cosette; smuoveva tutti i cespugli e tutte le pietre, vi cercava «le bestie» e vi giocava in attesa di sognarvi; amava quel giardino per gli insetti che vi trovava nell'erba, sotto i piedi, in attesa di amarlo per le stelle che vi avrebbe visto attraverso i rami, sopra il suo capo.

E poi, ella amava suo padre, cioè Jean Valjean, con tutta l'anima, con ingenua passione filiale che del buon uomo faceva per lei un compagno desiderato e incantevole. Si ricorderà che Madeleine leggeva molto; Jean Valjean aveva continuato a leggere, ed era giunto a parlar bene; aveva la ricchezza segreta e l'eloquenza d'una intelligenza umile e vera, che si è autocoltivata. Gli era rimasto appena quel po' d'asprezza necessaria per condire la sua bontà; era una mente rude e un cuor dolce. Al Luxembourg, nei loro colloqui, dava lunghe spiegazioni su tutto, attingendo alle sue letture e attingendo pure a ciò che aveva sofferto. Cosette, pur ascoltandolo, errava vagamente con lo sguardo.

Quell'uomo semplice bastava al pensiero di Cosette, come quel giardino selvatico bastava ai suoi occhi. Dopo aver inseguito a lungo le farfalle, ella arrivava vicino a lui trafelata e diceva: «Ah, come ho corso!». Ed egli la baciava in fronte.

Cosette adorava quel buon uomo, e gli era sempre alle calcagna. Là dov'era Jean Valjean per lei c'era il benessere. E poiché egli non abitava né nel padiglione, né nel giardino, ella si trovava meglio nel cortile posteriore lastricato, che nel recinto pieno di fiori, e meglio nel bugigattolo ammobiliato con le sedie impagliate, che nel grande salotto con le pareti tappezzate contro le quali erano appoggiate le poltrone imbottite. Jean Valjean le diceva talvolta, sorridendo per la felicità di essere importunato:

«Ma va' a casa tua! Lasciami dunque un po' solo!».

Ella gli faceva quelle incantevoli, tenere sgridate che hanno tanta grazia, quando risalgono dalla figlia al padre.

«Papà, ho molto freddo in casa vostra. Perché non mettete qui un tappeto e una stufa?»

«Cara bambina, c'è tanta gente che vale più di me e che non ha neppure un tetto sopra la propria testa.»

«E allora, perché da me c'è il fuoco e tutto quello che occorre?»

«Perché tu sei donna e bambina.»

«Bah! Gli uomini devono dunque aver freddo e star male?»

«Certi uomini.»

«Benissimo. E io verrò qui tanto spesso che sarete obbligato ad accendere il fuoco.»

Poi gli diceva:

«Papà, perché mangiate questo brutto pane?».

«Così, figlia mia.»

«Ebbene, se lo mangiate voi, lo mangerò anch'io.»

E allora, perché Cosette non mangiasse pane nero, Jean Valjean mangiava pane bianco.

Cosette aveva solo un ricordo confuso della sua infanzia. Pregava mattina e sera per la madre che non aveva conosciuto. I Thénardier le erano rimasti in mente come due orribili figure vedute in sogno. Si ricordava che era stata «un giorno, di notte» ad attingere acqua in un bosco, e credeva che questo fosse accaduto molto lontano da Parigi. Le pareva d'aver cominciato a vivere in un abisso, dal quale era stata tratta da Jean Valjean: e la sua infanzia le faceva l'effetto d'un tempo in cui attorno a lei c'erano solo millepiedi, ragni e serpenti. Quando la sera, prima d'addormentarsi, pensava, poiché non aveva un'idea molto chiara di essere figlia di Jean Valjean e ch'egli fosse suo padre, s'immaginava che l'anima della madre fosse passata in quel buon uomo e fosse venuta a stare vicino a lei.

Quando egli era seduto, ella appoggiava la guancia sui capelli bianchi di lui, e vi lasciava cadere silenziosamente una lacrima dicendosi:

«Forse è mia madre, quest'uomo!».

Cosette, per quanto sia strano a dirsi, nella sua profonda ignoranza di fanciulla allevata in convento – essendo, del resto, la maternità assolutamente inintelligibile alla verginità – aveva finito col figurarsi d'aver avuto il minimo possibile di madre: e di quella madre non sapeva neppure il nome. Ogniqualvolta le accadeva di chiederlo a Jean Valjean, questi taceva, e se ella ripeteva la domanda, egli rispondeva con un sorriso. Una volta ella insistette, e il sorriso finì in una lacrima.

Quel silenzio di Jean Valjean copriva di tenebre Fantine.

Era prudenza? Era rispetto? Era il timore di abbandonare quel nome ai rischi d'una memoria che non fosse la sua?

Finché Cosette era stata piccola, Jean Valjean le aveva volentieri parlato della madre; quando fu giovanetta, ciò gli fu impossibile; gli sembrava di non poter più osare di farlo. Era a causa di Cosette? Era a causa di Fantine? Egli provava una specie di sacro orrore a far entrare quell'ombra nella mente di Cosette, e a mettere la morte, quale terzo, nel loro destino. Più quell'ombra gli era sacra e più gli sembrava terribile. Pensava a Fantine e si sentiva oppresso dal silenzio.

Egli vedeva vagamente nelle tenebre qualche cosa che assomigliava a un dito sopra una bocca. Tutto quel pudore ch'era stato in Fantine e che, durante la sua vita, s'era staccato da lei violentemente, era forse tornato, dopo la sua morte, a posarsi su di lei, a vegliare, indignato, sulla pace di quella morta e a custodirla ferocemente nella sua tomba? Jean Valjean ne subiva incosciamente la pressione? Noi, che crediamo nella morte, non siamo fra coloro che respingerebbero questa spiegazione misteriosa.

Da ciò l'impossibilità di pronunciare, sia pure per Cosette, il nome di Fantine.

Un giorno Cosette gli disse:

«Papà, stanotte ho veduto mia madre in sogno; aveva due grandi ali. Durante la sua vita, mia madre deve essersi avvicinata alla santità».

«Col martirio» rispose Jean Valjean.

Del resto, Jean Valjean era felice.

Quando Cosette usciva con lui e gli si appoggiava al braccio, fiera, felice, con tutta la pienezza del cuore, Jean Valjean, a tutti quei segni d'una tenerezza così esclusiva e così soddisfatta di lui solo, sentiva il suo pensiero struggersi in delizie. Il pover'uomo trasaliva inondato da una gioia angelica e affermava a se stesso con trasporto che ciò sarebbe durato tutta la vita; si diceva di non aver realmente sofferto abbastanza per meritare una tanto radiosa felicità, e ringraziava Dio, nell'intimo dell'anima, d'aver concesso che egli, miserabile uomo, fosse amato così da quell'essere innocente.

V

LA ROSA S'ACCORGE D'ESSERE UNA MACCHINA DA GUERRA

Un giorno Cosette si guardò per caso nello specchio e disse tra sé: «Oh guarda!». Le sembrava quasi di essere bella. Questo la gettò in un turbamento singolare. Fino a quel momento non aveva mai pensato al suo viso: si vedeva nello specchio, ma non vi si guardava. E poi, spesso le avevano detto che era brutta; solo Jean Valjean diceva dolcemente: «Ma no! Ma no!». Comunque fosse, Cosette s'era sempre creduta brutta, ed era cresciuta con questa idea, con la facile rassegnazione dell'infanzia. E ora, a un tratto, lo specchio le diceva come Jean Valjean: «Ma no!». Quella notte non dormì. «Se fossi bella!» pensava. «Come sarebbe buffo che fossi bella!» E si ricordava di quelle sue compagne, la bellezza delle quali faceva effetto in convento, e si diceva: «Come! Io sarei come la signorina tale?».

Il giorno dopo si specchiò, ma non per caso, e dubitò di sé: «Dove avevo la testa?» disse. «No, sono brutta.» Aveva soltanto dormito male, aveva gli occhi pesti ed era pallida. Il giorno precedente non si era sentita lietissima di credere alla sua bellezza; ma divenne triste di non credervi più. Non si guardò più e per oltre quindici giorni cercò di pettinarsi volgendo le spalle allo specchio. Una volta alzò gli occhi dal suo lavoro, e rimase molto sorpresa del modo inquieto con cui il padre la guardava.

Un'altra volta, passando per la strada, le parve che qualcuno ch'ella non vide dicesse alle sue spalle: «Che bella ragazza! Ma vestita male». «Oh!» ella pensò. «Non sono io. Io sono ben vestita e brutta.» Allora portava il cappello di felpa e il vestito di merino.

Infine un giorno, mentre era in giardino, sentì la povera vecchia Toussaint che diceva: «Signore, avete notato come la signorina diventa bella?». Cosette non udì quello che il padre rispose, dato che le parole della Toussaint fecero su lei quasi l'effetto d'una scossa: scappò dal giardino, salì in camera, corse allo specchio – erano tre mesi che non vi s'era più guardata – ed emise un grido. Era rimasta abbagliata di se stessa.

Era bella e graziosa; non poteva fare a meno d'essere del parere della Toussaint e dello specchio. Si era sviluppata; la carnagione s'era fatta bianca, i capelli erano diventati lucidi e uno splendore nuovo s'era acceso nelle sue pupille azzurre. In un minuto le venne il pieno convincimento della sua bellezza, come una gran luce che si fosse improvvisamente accesa. Del resto, gli altri la notavano, Toussaint lo diceva, e non vi era alcun dubbio che quel passante avesse proprio parlato di lei. Ridiscese in giardino credendosi una regina, sentendo gli uccelli cantare, ed era d'inverno!, vedendo il cielo indorato, il sole tra gli alberi, i fiori nei cespugli, smarrita e folle, in un rapimento inesprimibile.

Jean Valjean, invece, provava un profondo e indefinibile stringimento al cuore per il fatto che, da qualche tempo, contemplava con terrore quella bellezza che appariva ogni giorno più raggiante sul dolce viso di Cosette: alba ridente per tutti, ma lugubre per lui.

Cosette era bella da molto tempo prima di accorgersene; ma fin dal primo giorno, quella luce inattesa che si levava lentamente e che avvolgeva a poco a poco tutta la persona della fanciulla, ferì la cupa pupilla di Jean Valjean. Egli presagì un mutamento in una vita felice, così felice che non osava muoversi per timore di mettere fuori di posto qualche cosa. Quell'uomo ch'era passato attraverso tutte le angosce, ch'era ancora tutto sanguinante per le ferite del destino, ch'era stato quasi malvagio e ch'era diventato quasi santo, che, dopo aver trascinato la catena al bagno penale, trascinava ora la catena invisibile, ma pesante, dell'infamia indefinita; quell'uomo che la legge non aveva abbandonato e che poteva essere riafferrato a ogni momento e ricondotto dall'oscurità della sua virtù alla luce piena dell'obbrobrio pubblico; quell'uomo accettava tutto, scusava tutto, perdonava tutto, benediceva tutto e consentiva a tutto, e alla provvidenza, agli uomini, alle leggi, alla società, alla natura e al mondo non chiedeva che una cosa: che Cosette lo amasse!

Che Cosette continuasse ad amarlo! Che Dio non vietasse al cuore di quella fanciulla di venire a lui e di restare suo! Amato da Cosette, egli si sentiva guarito, riposato, acquietato, appagato, ricompensato, premiato. Amato da Cosette, stava bene e non chiedeva altro. Se gli avessero detto: «Vuoi star meglio?», avrebbe risposto: «No». Se Dio gli avesse detto: «Vuoi il cielo?», avrebbe risposto: «Ci perderei».

Tutto ciò che poteva sfiorare quella situazione anche soltanto alla superficie, lo faceva fremere come il principio d'un'incognita. Non aveva mai saputo troppo bene ciò che fosse la bellezza d'una donna; ma per istinto, capiva che era una cosa terribile.

Quella bellezza che gli sbocciava accanto, sotto gli occhi, sempre più trionfante e superba, sulla fronte ingenua e temibile della fanciulla, egli la contemplava, smarrito, dal fondo della sua bruttezza, della sua vecchiaia, della sua miseria, della sua riprovazione e della sua angoscia.

Si diceva: «Com'è bella! E che sarà di me?».

In ciò, del resto, stava la differenza tra la sua tenerezza e la tenerezza d'una madre: quello ch'egli vedeva con angoscia, una madre l'avrebbe veduto con gioia.

I primi sintomi non tardarono a manifestarsi.

Fin dal giorno seguente a quello in cui ella s'era detta: «Non c'è dubbio, sono bella», Cosette fece attenzione alla sua toeletta. Si ricordò le parole del passante: «Bella, ma vestita male» soffio d'oracolo che le era passato accanto ed era svanito, dopo aver deposto nel suo cuore uno dei due germi che in seguito dovranno riempire tutta la vita della donna: la civetteria. L'altro è l'amore.

Sorretta dalla fede nella sua bellezza, tutta l'anima muliebre sbocciò in lei. Ebbe orrore del merino e vergogna della felpa. Il padre non le aveva mai rifiutato nulla, ed ella conobbe subito tutta la scienza del cappellino, della veste, della mantellina, dello stivaletto, del manicotto, della stoffa che va bene, del colore che s'addice: quella scienza che fa della donna parigina qualche cosa di così incantevole, di così profondo e di così pericoloso. L'epiteto *inebriante* è stato coniato per la parigina.

In meno d'un mese la piccola Cosette divenne, in quella tebaide della via Babylone, una delle donne non solo più graziose, il che è già qualche cosa, ma anche delle «meglio vestite» di Parigi, il che è molto di più. Ella avrebbe voluto incontrare il «suo passante» per vedere quello che avrebbe detto e «per insegnargli!». Fatto sta ch'era incantevole sotto ogni rapporto, e che distingueva a meraviglia un cappello di Gérard da un cappello di Herbaut.

Jean Valjean osservava quel guaio con ansietà. Lui che sentiva di essere capace solo di strisciare, o, tutt'al più, di camminare, vedeva spuntare le ali a Cosette.

Del resto, da un semplice esame dell'abbigliamento di Cosette, una donna avrebbe compreso che la fanciulla non aveva mamma. Certe piccole convenienze, certe convenzioni speciali non erano affatto osservate da Cosette; una madre le avrebbe detto, per esempio, che una giovanetta non si veste di damasco.

Il primo giorno in cui Cosette uscì col vestito e con la mantellina di damasco nero, e col cappello di crespo bianco, prese il braccio di Jean Valjean, gaia, raggiante, rosea, fiera, splendente.

«Papà,» disse «come mi trovate così?»

Valjean rispose con una voce che rassomigliava alla voce amara d'un invidioso:

«Incantevole!».

E a passeggio fu com'era di solito. Rincasando chiese a Cosette:

«Allora, non hai più intenzione di rimettere il tuo vestito e il tuo cappello, eh?».

Ciò avveniva in camera di Cosette. La fanciulla si volse verso l'attaccapanni dell'armadio, al quale era attaccato il suo vecchio vestito di educanda.

«Quella mascherata! Papà, che cosa volete che ne faccia? Oh no, non rimetterò mai più quelle cose orribili. Con quell'affare lì sulla testa, sembro una strega.»

Jean Valjean sospirò profondamente.

Da quel momento notò che Cosette, la quale prima chiedeva sempre di rimanere a casa, dicendo: «Papà, mi diverto più qui con voi», ora chiedeva sempre di uscire. E infatti, a che serve avere un bel viso e un delizioso vestito, se non si mettono in mostra?

Notò pure che Cosette non provava più lo stesso piacere a trattenersi nel cortile posteriore, e che ora rimaneva volentieri in giardino, e le piaceva passeggiare davanti al cancello. Jean Valjean, selvatico, non metteva piede in giardino e restava nel suo cortile, come il cane.

Cosette, sapendosi bella, prese la grazia d'ignorarlo; grazia squisita, poiché la bellezza accresciuta dall'ingenuità è ineffabile, e non v'è nulla di più adorabile d'una innocenza abbagliante che cammina tenendo in mano, senza saperlo, la chiave del paradiso. Ma quello che perdette in grazia ingenua, riacquistò in fascino pensoso e serio. Tutta la sua persona, penetrata delle gioie della giovinezza, dell'innocenza e della bellezza, diffondeva una splendida malinconia.

Fu in quel tempo che Marius, dopo altri sei mesi, la rivide al Luxembourg.

Nella propria ombra, come Marius nella sua, Cosette era prontissima a prender fuoco. Il destino, con la sua pazienza misteriosa e fatale, avvicinava lentamente l'uno all'altro quei due esseri interamente carichi e languenti della tempestosa elettricità della passione, quelle due anime che portavano l'amore come due nubi portano il fulmine, e che dovevano incontrarsi e fondersi in uno sguardo, come le nubi si fondono in un lampo.

Si è fatto tanto abuso dello sguardo, nei romanzi d'amore, che si è finito col sottovalutarlo. Adesso si osa appena dire che due esseri si sono amati perché si sono guardati. E tuttavia è proprio e solo così che si ama. Il resto non è che il resto, e vien dopo. Nulla è più reale di queste grandi scosse che due anime si trasmettono scambiandosi la scintilla.

In quel certo momento in cui Cosette ebbe, senza saperlo, quello sguardo che turbò Marius, Marius non dubitò di aver egli pure turbato Cosette col proprio.

Egli le fece lo stesso male e lo stesso bene.

Già da tempo ella lo vedeva e lo osservava come le ragazze osservano e vedono, guardando altrove. Marius trovava ancor brutta Cosette, quando già Cosette trovava bello Marius. Ma siccome egli non badava punto a lei, Cosette lo ricambiava di eguale indifferenza.

Tuttavia, ella non poteva fare a meno di dirsi ch'egli aveva bei capelli, begli occhi, bei denti, un incantevole timbro di voce quando lo sentiva parlare con i suoi compagni, che camminava piuttosto male, se si vuole, ma con una grazia tutta sua, che sembrava tutt'altro che sciocco, e che tutta la sua persona era nobile, dolce, semplice e fiera e che, infine, pur sembrando povero, aveva un aspetto distinto.

Il giorno in cui i loro sguardi s'incontrarono e si dissero infine d'un colpo quelle prime cose oscure e ineffabili che lo sguardo balbetta, Cosette non comprese a tutta prima. Rientrò pensosa nella casa di via dell'Ouest, dove Jean Valjean come di consueto, era andato a passare sei settimane. Il giorno dopo, svegliandosi, ella pensò a quel giovane sconosciuto, che era stato per sì lungo tempo indifferente e freddo, e ora sembrava facesse attenzione a lei: non le sembrò proprio che quell'attenzione le riuscisse sgradita. Ella sentiva però un po' di collera contro quel bel disdegnoso, e un certo spirito bellicoso si agitò in lei. Le parve, e ne provò una gioia ancora tutta infantile, di essere infine sul punto di vendicarsi.

Sapendosi bella ella sentiva bene, benché in modo indistinto, di possedere un'arma. Le donne giocano con la loro bellezza come i ragazzi col loro coltello. Finiscono col ferirsi.

Si ricorderanno le esitazioni di Marius, i suoi palpiti, i suoi terrori; egli rimaneva seduto sulla panchina e non si avvicinava, il che indispettiva Cosette. Un giorno ella disse a Jean Valjean: «Papà, passeggiamo un po' da quella parte». Vedendo che Marius non veniva affatto da lei, ella andò da lui. In simili casi, ogni donna rassomiglia a Maometto. E poi, cosa bizzarra, il primo sintomo del vero amore in un giovane è la timidezza; in una fanciulla è l'ardire. Ciò stupisce, e pure non vi è nulla di più semplice: sono i due sessi che tendono ad avvicinarsi e che prendono l'uno le qualità dell'altro.

Quel giorno, lo sguardo di Cosette fece impazzire Marius, e lo sguardo di Marius fece tremare Cosette. Marius se ne andò fiducioso, e Cosette inquieta. Da quel giorno si adorarono.

La prima sensazione di Cosette fu una tristezza confusa e profonda. Le parve che dall'oggi al domani la sua anima fosse diventata oscura. Non la riconosceva più. Il candore dell'anima delle fanciulle, composto di freddezza e di gaiezza, rassomiglia alla neve: si fonde all'amore, che ne è il sole.

Cosette non sapeva che cosa fosse l'amore. Non aveva mai sentito pronunciare quella parola nel senso terreno. Sui libri di musica profana che entravano in convento, *amore* era sempre sostituito da *tamburo* o da *panduro*,[5] il che dava luogo a enigmi che esercitavano l'immaginazione delle *grandi*, come: «*Ah com'è gradevole il tamburo!*» oppure: «*La pietà non è un panduro*». Ma Cosette era uscita dal convento ancora troppo giovane per preoccuparsi del *tamburo*, per cui non avrebbe saputo che nome dare a quello che provava ora. Ma si è forse meno malati, per il fatto d'ignorare il nome della propria malattia?

Ella amava con passione tanto maggiore, in quanto amava con ignoranza. Non sapeva se ciò fosse buono o cattivo, utile o dannoso, necessario o mortale, eterno o passeggero, permesso o proibito: amava. L'avrebbero molto stupita, se le avessero detto: «Voi dunque non dormite? Ma è proibito! Mangiate? Ma è male, molto male! Avete oppressioni e palpitazioni di cuore? Ma questo non si fa! Arrossite e impallidite quando un certo essere vestito di nero appare in fondo a un certo viale verde? Ma è cosa abominevole!». Ella non avrebbe compreso e avrebbe risposto: «Che colpa posso aver io di una cosa in cui non posso far nulla e della quale non so nulla?».

Ora avvenne che l'amore che si presentò fosse appunto quello che meglio conveniva al suo stato d'animo. Era una specie di adorazione a distanza, una muta contemplazione, la deificazione d'un ignoto. Era

[5] Assonanze intraducibili: amore (*amour*) rima con *tambour* (tamburo) e con *pandour* (soldato ungherese: anche, predone, villanaccio).

l'apparizione dell'adolescenza all'adolescenza, il sogno notturno divenuto romanzo e rimasto sogno, il fantasma desiderato, concretato infine e fatto carne, ma ancora senza nome, né torto, né macchia, né esigenze, né difetti; in una parola, l'amante lontano rimasto nell'ideale, una chimera che aveva una forma. Qualsiasi incontro più palpabile e più vicino, in quel primo momento, avrebbe sbigottito Cosette, ancora mezzo immersa nella spessa nebbia del chiostro. Ella aveva tutte le paure dei fanciulli e tutte le paure delle suore, frammiste; lo spirito del convento, che l'aveva alimentata per cinque anni, s'evaporava ancora lentamente da tutta la sua persona e faceva tremar tutto attorno a lei. In quelle condizioni, non già un amante le occorreva, e neppure un innamorato, ma una visione; ed ella si mise ad adorare Marius come qualche cosa di incantevole, di luminoso e d'impossibile.

E poiché l'ingenuità estrema confina con l'estrema civetteria, ella gli sorrideva con tutta franchezza.

Tutti i giorni aspettava l'ora della passeggiata con impazienza, vi incontrava Marius, si sentiva indicibilmente felice, e credeva sinceramente di esprimere tutto il suo pensiero dicendo a Jean Valjean: «Che delizioso giardino, questo Luxembourg!».

Marius e Cosette erano avvolti nelle tenebre l'uno per l'altro. Non si parlavano, non si salutavano e non si conoscevano; si vedevano e, come gli astri nel cielo che milioni di leghe separano, vivevano perché si vedevano.

Così, a poco a poco, Cosette diventava donna e si sviluppava, bella e innamorata, con la coscienza della sua bellezza e l'ignoranza del suo amore. E, per giunta, civetta per innocenza.

VII
A TRISTEZZA, TRISTEZZA E MEZZO

Ogni situazione ha il proprio istinto. La vecchia ed eterna madre natura avvertiva sordamente Jean Valjean della presenza di Marius. Jean Valjean trasaliva nel più profondo del suo pensiero. Non vedeva nulla, non sapeva nulla, e pure osservava con attenzione ostinata le tenebre in cui si trovava, come se sentisse da una parte qualche cosa che si costruiva, e dall'altra qualche cosa che crollava. Marius, messo egli pure sull'avviso e – in ciò è la profonda legge del buon Dio – da quella stessa madre natura, faceva tutto quello che poteva per sottrarsi al «padre»; si dava tuttavia il caso che talvolta Jean Valjean lo scorgesse. Il contegno di Marius non era più naturale. Prendeva precauzioni equivoche e aveva temerità goffe; non si avvicinava più come una volta, si sedeva lontano e rimaneva in estasi; aveva un libro e faceva finta di leggerlo. Per chi faceva finta? Prima d'allora veniva col vestito vecchio, e adesso ogni giorno portava il vestito nuovo; c'era persino da supporre che si facesse arricciare i capelli; aveva degli occhi assolutamente strani, e portava i guanti; insomma, Jean Valjean detestava cordialmente quel giovane.

Cosette non lasciava sospettare nulla. Senza sapere esattamente che cosa sentiva, aveva la sensazione che doveva essere qualche cosa, e che bisognava nasconderla.

Tra il gusto per la toeletta ch'era venuto a Cosette e l'abitudine di portar abiti nuovi ch'era nata in quello sconosciuto, v'era un parallelismo importuno per Valjean. Forse era un caso, non v'era dubbio, certamente, ma un caso minaccioso.

Non apriva mai bocca con Cosette su quello sconosciuto. Un giorno, tuttavia, non poté trattenersi, e con quella vaga disperazione che getta improvvisamente lo scandaglio nella propria infelicità, egli disse: «Ecco là un giovane che ha un aspetto da pedante».

Cosette, un anno prima, bambina indifferente, avrebbe risposto: «Ma no, è simpatico». Dieci anni dopo, con l'amore di Marius nel cuore, avrebbe risposto: «Pedante e insopportabile a vedersi! Avete proprio ragione!». Nel momento e nello stato d'animo in cui si trovava, si limitò a rispondere con calma suprema: «Quel giovane là?», come se lo vedesse allora per la prima volta in vita sua.

«Come sono stupido!» pensò Jean Valjean. «Ella non l'aveva ancora notato: sono io che glielo mostro.»

Oh, semplicità dei vecchi e profondità dei fanciulli!

È altresì una legge di questi freschi anni di dolore e di affanni, di queste vive lotte del primo amore contro i primi ostacoli, che la fanciulla non si lasci prendere da alcuna insidia e che il giovane cada in tutte. Jean Valjean aveva iniziato contro Marius una guerra sorda che Marius, con la sublime stupidità della sua passione e della sua età, non indovinò affatto. Jean Valjean gli tese una quantità d'imboscate: cambiò orario, mutò panca, dimenticò il fazzoletto, andò al Luxembourg da solo; e Marius cadde a capofitto in tutti i lacci, e a tutti quei punti interrogativi piantati sulla sua strada da Jean Valjean, rispose ingenuamente di sì. Intanto, Cosette rimaneva murata nella sua noncuranza apparente e nella sua imperturbabile tranquillità, tanto che Jean Valjean venne a questa conclusione: «Quello scimunito è innamorato pazzo di Cosette, ma Cosette non sa nemmeno ch'egli esista».

Tuttavia, egli non cessava d'aver in cuore un tremito doloroso. L'ora in cui Cosette avrebbe amato poteva scoccare da un momento all'altro. Forse che non incomincia tutto con l'indifferenza?

Una sola volta Cosette commise un errore che lo sbigottì. Mentre egli si alzava dalla panca per andarsene dopo tre ore di sosta, ella disse:

«Di già?».

Jean Valjean non aveva interrotto le passeggiate al Luxembourg, non volendo far nulla di singolare e, soprattutto, temendo di mettere Cosette sull'avviso; ma durante quelle ore così dolci per i due innamorati, mentre Cosette inviava il suo sorriso a Marius inebriato, che s'accorgeva solo di questo e non vedeva più nulla al mondo fuorché un radioso volto adorato, Jean Valjean fissava su Marius sguardi lampeggianti e terribili. Lui, che aveva finito col non credersi più capace d'un sentimento malevolo, in certi momenti in cui Marius era là, credeva di ridiventare selvaggio e feroce, e sentiva riaprirsi e sollevarsi contro quel giovane gli antichi abissi della sua anima, che avevano albergato un tempo tanta collera; e gli sembrava quasi che si riformassero in lui crateri insospettati.

Come! Era lì, quell'essere! Che veniva a fare? Veniva a gironzolare, a fiutare, a esaminare, a tentare! Veniva a dire: «E perché no?». Veniva a vagabondare attorno alla sua vita, attorno a lui, Jean Valjean! A bighellonare attorno alla sua felicità, per prendergliela e portargliela via!

Jean Valjean aggiungeva: «Sì, è così! Che cosa viene a cercare? Un'avventura! Che vuole? Un amorazzo! Un amorazzo! E io? Sarò stato prima il più miserabile degli uomini, poi il più infelice, avrò passato sessant'anni della mia vita in ginocchio, avrò sofferto tutto quello che si può soffrire, sarò invecchiato senz'essere stato giovane, avrò vissuto senza famiglia, senza parenti, senza amici, senza moglie, senza figli; avrò lasciato il mio sangue su tutte le pietre, su tutti i rovi, su tutti i paracarri, lungo tutti i muri; sarò stato mite benché gli altri siano stati duri con me, e buono all'opposto degli altri che sono stati cattivi; sarò ridiventato onesto malgrado tutto, mi sarò pentito del male che ho fatto e avrò perdonato il male che mi è stato fatto, e nel momento in cui vengo ricompensato, nel momento in cui tutto è finito, nel momento in cui raggiungo lo scopo, nel momento in cui ho ciò che voglio, ed è giusto, ed è bello, l'ho pagato, l'ho guadagnato, tutto questo se ne andrà, tutto questo svanirà, e io perderò Cosette, perderò la mia vita, la mia gioia, la mia anima, solo perché sarà piaciuto a uno scioccone di venire a gironzolare al Luxembourg!».

Allora le pupille gli si riempivano d'una luce lugubre e straordinaria. Non era più un uomo che guardi un uomo; non era un nemico che guardi un nemico. Era un mastino che fa la posta a un ladro.

Si sa il resto. Marius continuò a essere insensato. Un giorno seguì Cosette in via dell'Ouest e un altro giorno parlò al portinaio. Da parte sua, il portinaio parlò e disse a Jean Valjean: «Signore, ma chi è quel giovane curioso che ha chiesto di voi?». Il giorno seguente Jean Valjean gettò a Marius quell'occhiata della quale Marius finalmente s'accorse. Otto giorni dopo, Jean Valjean aveva sloggiato, giurando che non avrebbe rimesso più piede né al Luxembourg, né in via dell'Ouest: e tornò in via Plumet.

Cosette non si lamentò, non disse nulla, non fece domande e non cercò di saper nulla in proposito; era già nel periodo in cui si teme di essere scrutati e di tradirsi. Jean Valjean non aveva alcuna esperienza di queste miserie, le sole che siano belle e le sole ch'egli non conoscesse. Ciò fece sì che egli non si rendesse affatto conto del grave significato del silenzio di Cosette. Notò solo che ella era divenuta triste; egli divenne cupo. C'erano, da una parte e dall'altra, delle inesperienze in lotta.

Una volta, egli fece una prova. Domandò a Cosette:

«Vuoi venire al Luxembourg?».

Ella rispose con tristezza e dolcezza:

«No».

Jean Valjean si sentì urtato da quella tristezza e accorato per quella dolcezza.

Che cosa avveniva in quella mente così giovane e già impenetrabile? Che cosa vi si stava compiendo? Che cosa accadeva nell'anima di Cosette? Talvolta, invece di andare a dormire, Jean Valjean rimaneva seduto accanto al suo lettuccio, col capo tra le mani, e passava notti intere a chiedersi: «Che cosa v'è nella mente di Cosette?» e a pensare alle cose cui ella poteva pensare.

Oh! in quei momenti, che sguardi dolorosi rivolgeva al chiostro, quella cima casta, quel luogo angelico, quell'inaccessibile ghiacciaio della virtù! Come pensava con disperato rapimento a quel giardino del convento, pieno di fiori ignorati e di vergini rinchiuse, dove tutti i profumi e tutte le anime salgono diritte verso il cielo! Come adorava quell'eden chiuso per sempre, dal quale era volontariamente uscito e follemente disceso! Come si rammaricava della sua abnegazione e della sua demenza che lo avevano indotto a ricondurre Cosette nel mondo, povero eroe del sacrificio, preso e atterrato dalla sua stessa abnegazione! Come si diceva: «Che cosa ho mai fatto?».

Del resto, nulla di tutto questo lasciava trasparire a Cosette: né malumore, né asprezza. Sempre lo stesso aspetto sereno e buono. I modi di Jean Valjean erano più teneri e più paterni che mai e se qualche cosa avesse potuto tradire in lui la gioia diminuita, era la sua aumentata mansuetudine.

Da parte sua, Cosette languiva. Soffriva dell'assenza di Marius come aveva goduto della sua presenza, stranamente, senza saper bene perché. Quando Jean Valjean aveva cessato di condurla alle passeggiate abituali, l'istinto femminile le aveva confusamente mormorato in fondo al cuore che non bisognava far vedere di tener molto al Luxembourg, e che se ciò le fosse stato indifferente, suo padre ve l'avrebbe ricondotta. Ma trascorsero i giorni, le settimane e i mesi. Jean Valjean aveva tacitamente accettato il tacito consenso di Cosette. Ella lo rimpianse. Era troppo tardi: il giorno in cui tornò al Luxembourg, Marius non vi era più. Era dunque sparito: era finita; che farci? Lo avrebbe mai ritrovato? Si sentì uno stringimento al cuore che nulla più dilatava e che aumentava di giorno in giorno; non seppe più se fosse inverno o estate, se vi fosse il sole o la pioggia, se gli uccelli cantassero, se fosse la stagione delle dalie o delle margherite, se il Luxembourg fosse più bello delle Tuileries, se la biancheria che la lavandaia riportava fosse troppo o non abbastanza inamidata, se Toussaint avesse fatto bene o male la spesa: e rimase oppressa, assorta, attenta a un solo pensiero, con lo sguardo vago e fisso come quando si guarda, nell'oscurità, il fondo nero e profondo in cui è svanita un'apparizione.

Del resto, nemmeno lei lasciò veder nulla a Valjean all'infuori del suo pallore, e continuò ad avere per lui lo stesso dolce viso.

Ma quel pallore era più che sufficiente per preoccupare Jean Valjean, che talvolta le chiedeva:

«Che hai?».

«Nulla» ella rispondeva.

E dopo una pausa, siccome indovinava che anche lui era triste, riprendeva:

«E voi, papà, avete forse qualche cosa?».

«Io? Nulla» egli rispondeva.

Quei due esseri, che s'erano amati così esclusivamente e d'un amore così commovente, e che avevano vissuto tanto tempo l'uno per l'altro, soffrivano ora a fianco a fianco, l'uno per causa dell'altro, senza dirselo, senza rimproverarselo, senza aversela a male, e sorridendo.

VIII

LA «CATENA»

Il più infelice dei due era Jean Valjean. La giovinezza, anche negli affanni, ha una sua propria luminosità.

In certi momenti Jean Valjean soffriva tanto da diventare puerile: è una caratteristica del dolore, far riapparire il lato bambinesco nell'uomo. Sentiva inequivocabilmente che Cosette gli sfuggiva, e avrebbe voluto lottare, trattenerla, entusiasmarla con qualche cosa di esteriore e di splendido. Queste idee, puerili, lo abbiamo detto, e nello stesso tempo senili, gli diedero, proprio per la loro puerilità, una nozione abbastanza esatta dell'influenza della passamaneria sulla fantasia delle fanciulle. Una volta gli accadde di veder passare per la strada un generale a cavallo in grande uniforme, il conte Coutard, comandante del presidio di Parigi. Egli invidiò quell'uomo gallonato e si disse che sarebbe stata per lui una grande felicità poter indossare quella divisa, poiché era incontestabile che, se Cosette lo avesse visto vestito in quel modo, ne sarebbe rimasta abbagliata, e che se le avesse dato il braccio e fosse passato davanti alla cancellata delle Tuileries, gli avrebbero presentato le armi; e questo sarebbe bastato per togliere a Cosette l'idea di guardare i giovani.

Una scossa inaspettata venne a unirsi a quei tristi pensieri.

Nella vita isolata che conducevano, da quando erano andati ad abitare in via Plumet, avevano preso l'abitudine di fare talvolta una passeggiata per andare a veder sorgere il sole: un genere di dolce gioia che s'addice a coloro che entrano nella vita e a coloro che ne escono.

Per chi ama la solitudine, passeggiare la mattina equivale a passeggiare la notte, con in più la giocondità della natura. Le strade sono deserte e gli uccelli cantano. Cosette, anche lei uccello, si svegliava volentieri di buon'ora. Quelle escursioni mattutine erano preparate il giorno prima. Egli proponeva ed ella accettava. La cosa veniva combinata quasi come se si trattasse di un complotto; uscivano all'alba, e quelle gite erano altrettante piccole gioie per Cosette: queste eccentricità innocenti piacciono alla gioventù.

Jean Valjean, com'è noto, preferiva recarsi nei luoghi poco frequentati, nei recessi solitari, nei posti abbandonati. In quel tempo, v'erano nelle vicinanze delle barriere di Parigi delle specie di campi aridi, quasi in mezzo alla città, in cui d'estate spuntava un frumento magro, e che d'autunno, dopo il raccolto, non parevano più campi mietuti, ma rasi. Jean Valjean li frequentava con predilezione. Cosette non vi si annoiava affatto. Per lui era la solitudine, per lei la libertà. Là ritornava bambina, poteva correre e quasi giocare, si toglieva il cappello, lo posava sulle ginocchia di Jean Valjean, e raccoglieva mazzi di fiori. Guardava le farfalle sui fiori, ma non le prendeva: le mansuetudini e le tenerezze nascono con l'amore, e la giovane che ha in sé un ideale tremante e fragile, ha compassione per l'ala della farfalla. Intrecciava ghirlande di papaveri che metteva poi in testa e che, attraversati e penetrati dal sole, s'imporporavano sino a fiammeggiare e formavano intorno a quel viso fresco e roseo una corona di brace.

Anche dopo che la loro vita era stata rattristata, avevano conservato l'abitudine delle passeggiate mattutine.

Una mattina d'ottobre del 1831, tentati dalla serenità perfetta del cielo, erano usciti e si trovavano, ai primi albori, vicino alla barriera del Maine. Non era l'aurora, ma l'alba; minuto affascinante e selvaggio. Alcune costellazioni qua e là nell'azzurro pallido e profondo, la terra completamente nera, il cielo tutto bianco, un brivido tra i fili d'erba e dovunque il misterioso rapimento del crepuscolo. Un'allodola, che pareva confondersi con le stelle, cantava a un'altezza prodigiosa; e si sarebbe detto che quell'inno della piccolezza all'infinito calmasse l'immensità. A oriente, il Val-de-Grâce faceva spiccare sull'orizzonte chiaro, d'un chiarore d'acciaio, la sua massa scura; Venere, abbagliante, saliva dietro quella cupola e aveva l'aspetto d'un'anima che evadesse da un edificio tenebroso.

Tutto era pace e silenzio; nessuno sul viale; solo sui marciapiedi alcuni rari operai, a malapena intravisti, si recavano al lavoro.

Jean Valjean s'era seduto in uno dei viali laterali su travi deposte davanti alla porta d'un cantiere. Aveva il viso rivolto verso la strada e le spalle verso la luce; dimenticava il sole che stava per sorgere: era caduto in una di quelle meditazioni profonde in cui si concentra tutta la mente, che imprigionano persino lo sguardo e che equivalgono a quattro muri. Vi sono meditazioni che potrebbero essere chiamate verticali; quando si è in fondo a esse, ci vuole del tempo per tornare sulla terra. Jean Valjean era disceso in una di quelle fantasticherie; pensava a Cosette, alla felicità possibile se nulla si fosse posto tra lei e lui, a quella luce di cui ella gli riempiva tutta la vita, luce che era il respiro della sua anima. Era quasi felice in quella fantasticheria. Cosette, in piedi, vicino a lui, guardava le nubi che divenivano rosee.

A un tratto, Cosette esclamò:

«Papà, si direbbe che qualcuno venga da quella parte».

Jean Valjean alzò gli occhi.

Cosette aveva ragione. La strada che conduce all'antica barriera del Maine è, com'è noto, il prolungamento della via di Sèvres, ed è tagliata ad angolo retto dal bastione interno. All'angolo formato dalla via e dal bastione, nel punto in cui essi s'incrociano, si udiva un rumore, difficile a spiegare a quell'ora, mentre appariva una specie di massa confusa, un non so che d'informe, che veniva dal bastione ed entrava nella via.

Quella massa ingrandiva sempre più, pareva si muovesse con ordine e pure era irta e fremente; sembrava un veicolo, ma non se ne poteva distinguere il carico. V'erano cavalli, ruote e grida; delle fruste schioccavano. Poi, a poco a poco, i contorni si delinearono, benché ancora immersi nelle tenebre. Era proprio un veicolo che in quel momento aveva voltato dal bastione sul viale e che si dirigeva verso la barriera, vicino alla quale stava Jean Valjean; lo seguì un secondo dello stesso aspetto, poi un terzo, poi un quarto; sette carri sbucarono successivamente: le teste dei cavalli toccavano il retro dei veicoli. Alcune figure si agitavano su quei carri, si vedeva uno scintillìo nel crepuscolo, come se vi fossero delle sciabole sguainate, si udiva un tintinnìo che rassomigliava a quello di catene scosse. Tutto avanzava, le voci ingrossavano, ed era una cosa formidabile, come talvolta ne escono dalla caverna dei sogni.

Avvicinandosi sempre più, quella massa prese forma e si disegnò dietro gli alberi col lividore dell'apparizione; la massa imbianchì; il giorno che spuntava a poco a poco diffondeva un chiarore scialbo su quel formicolìo sepolcrale e vivente a un tempo, e le teste di quelle figure divennero facce di cadaveri: ecco di che si trattava.

Sette carri procedevano in fila sulla strada. I primi sei avevano una struttura singolare. Rassomigliavano a carrette da bottai: specie di lunghe scale a pioli, poggianti su due ruote, terminanti nella parte anteriore su due stanghe. Ogni carretta, o meglio, ogni scala era tirata da quattro cavalli, posti l'uno dietro l'altro, e su quelle scale venivano trainati strani grappoli d'uomini che, nella luce scarsa, non si vedevano, ma s'indovinavano. Ventiquattro su ciascun carro, dodici per parte, addossati gli uni agli altri, con la faccia rivolta ai passanti e le gambe nel vuoto. Così viaggiavano quegli uomini che avevano dietro la schiena qualcosa che tintinnava, ed era una catena, e al collo qualcosa che brillava, ed era una gogna. Ciascuno aveva il proprio collare, ma la catena serviva per tutti; di modo che quei ventiquattro uomini, quando dovevano scendere dal carro e camminare, erano afferrati da una specie d'unità inesorabile che li obbligava a serpeggiare sul terreno, con la catena a guisa di spina dorsale press'a poco come un millepiedi. Davanti e dietro ciascun carro due uomini, armati di fucile, stavano in piedi, e ciascuno teneva un capo della catena sotto il piede. I collari delle gogne erano quadrati. Il settimo carro, un gran furgone con le sponde, ma senza mantice, aveva quattro ruote e sei cavalli, e portava un mucchio sonoro di caldaie di ferro, di marmitte di ghisa, di fornelli e di catene, in mezzo alle quali v'erano alcuni uomini ammanettati e coricati, che parevano malati. Quel furgone, con le sponde a listelli radi, era munito di graticci in pessimo stato, che pareva avessero servito ad antichi supplizi.

Quei carri procedevano in mezzo alla strada. Ai due lati di essi marciavano in doppia fila alcune guardie dall'aspetto ripugnante, con tricorni a soffietto come quelli dei soldati del Direttorio: erano macchiate, lacere e sordide, indossavano uniformi d'invalidi e calzoni da beccamorti, a righe grigie e turchine, quasi a brandelli, con spalline rosse, bandoliere gialle, baionette, fucili e bastoni: una specie di soldati-malviventi. Quegli sbirri sembravano composti dell'abiezione del mendicante e dell'autorità del boia. Colui che pareva il loro capo teneva in mano una frusta da postiglione. Tutti questi particolari, sfumati dal crepuscolo, si delineavano sempre più nella luce crescente; alla testa e alla coda del convoglio marciavano gendarmi a cavallo, gravi, con la sciabola in pugno.

Quel corteo era così lungo che nel momento in cui il primo carro raggiunse la barriera, l'ultimo sbucava appena dal bastione.

Una folla, uscita chi sa da dove e formatasi in un batter d'occhio, come accade di frequente a Parigi, si pigiava ai due lati del viale e guardava; si sentivano nei vicoli vicini grida di persone che si chiamavano, e gli zoccoli degli ortolani che accorrevano per vedere.

Gli uomini ammassati sui carri si lasciavano sballottare in silenzio. Erano lividi per la brezza del mattino, tutti avevano calzoni di tela, e i piedi nudi negli zoccoli: il resto del costume era abbandonato alla fantasia della miseria. I loro vestiti erano orribilmente disparati; non c'è nulla di più funebre dell'arlecchino in cenci. Cappelli sfondati, berretti incatramati, orribili berretti di lana, e vicino al camiciotto dell'operaio, l'abito nero logoro ai gomiti; parecchi portavano cappelli da donna, e altri avevano in testa un paniere; si vedevano petti villosi e, attraverso gli strappi dei vestiti, si scorgevano tatuaggi: templi d'amore, cuori infiammati. Cupidi. Si scorgevano pure delle dermatosi e delle chiazze malsane. Due o tre avevano una corda di paglia fissata alle traverse del carro e sospesa sotto di essi a guisa di staffa sulla quale appoggiavano i piedi; uno di essi aveva in mano e portava alla bocca qualche cosa che pareva una pietra nera e ch'egli sembrava mordere: era pane che mangiava. Non v'erano che occhi inariditi, spenti, o luminosi d'una luce sinistra. La truppa di scorta bestemmiava; gli incatenati non parlavano: di tanto in tanto si sentiva il rumore d'una bastonata sulle schiene o sulle teste; alcuni di quegli uomini sbadigliavano; i cenci erano orribili: i piedi penzolavano, le spalle oscillavano, le teste si urtavano fra di loro, i ferri tintinnavano, le pupille fiammeggiavano ferocemente, i pugni si serravano o s'aprivano inerti come mani di morti; dietro il convoglio una turba di ragazzi rideva a crepapelle.

Comunque fosse, quella fila di carri era lugubre. Era evidente che l'indomani, o magari di lì ad un'ora, avrebbe potuto scatenarsi un acquazzone, seguito da un altro e da un altro ancora, che quegli abiti a brandelli ne sarebbero stati fradici, e che quegli uomini, una volta bagnati, non si sarebbero più asciugati, una volta gelati non si sarebbero più riscaldati, che i calzoni di tela si sarebbero appiccicati loro sulle ossa, che l'acqua avrebbe riempito i loro zoccoli, che le frustate non avrebbero potuto coprire lo scricchiolare delle mascelle, che la catena avrebbe continuato a tenerli per il collo e che i loro piedi avrebbero continuato a penzolare; ed era impossibile non fremere vedendo quelle creature umane legate a quel modo, passive sotto le fredde nubi autunnali, lasciate in balìa della pioggia, della brezza e di tutte le intemperie, come alberi e come pietre.

Le bastonate non risparmiavano neppure i malati, che giacevano legati e immobili sul settimo carro e che sembrava fossero stati buttati là come sacchi pieni di miseria.

Bruscamente, il sole apparve; l'immenso raggio dell'oriente scaturì, e si sarebbe detto che mettesse il fuoco in tutte quelle teste feroci. Le lingue si sciolsero; un incendio di sogghigni, di bestemmie e di canzoni esplose d'un tratto. La larga fascia orizzontale di luce tagliò in due tutta la fila, illuminando le teste e i torsi e lasciando i piedi e le ruote nell'ombra. I pensieri apparvero sui visi e fu un momento spaventevole: erano dèmoni visibili, senza maschera, anime feroci messe a nudo. Sebbene rischiarata, quella turba rimaneva tenebrosa. Alcuni di essi, d'umor gaio, avevano in bocca steli di penna d'oca dai quali soffiavano insetti schifosi sulla folla, prendendo di mira di preferenza le donne; l'aurora accentuava con la crudezza delle ombre quei profili pietosi; tra quegli esseri non ve n'era neppure uno che non fosse deforme a forza di miseria; e la cosa era tanto mostruosa che si sarebbe detto che mutasse la luce del sole in bagliore di lampi. Il carro che apriva il corteo aveva intonato e salmodiava a squarciagola con una giocondità selvaggia, una fantasia di Désaugiers, allora famosa, *La vestale*; gli alberi fremevano lugubremente; nei viali laterali, facce di borghesi ascoltavano con beatitudine idiota quelle sconcezze cantate da spettri.

Tutte le miserie si trovavano in quel corteo come un caos; là c'erano i tratti somatici di tutte le bestie; c'erano vecchi, adolescenti, crani nudi, barbe grigie, mostruosità ciniche, rassegnazioni ringhiose, ghigni selvaggi, atteggiamenti insensati, grugni col berretto, diverse teste quasi muliebri col ricciolo a cavatappi sulle tempie, volti infantili e, appunto per questo, orribili, facce magre di scheletri alle quali non mancava che la morte. Sul primo carro si scorgeva un negro che, forse, era stato schiavo e poteva confrontare le due specie di catene. La spaventosa livellatrice dell'infimo, la vergogna, era passata su quelle fronti; giunti a quel grado d'abbassamento, tutti subivano le ultime trasformazioni nelle ultime profondità; e l'ignoranza, mutata in ebetismo, era identica all'intelligenza mutata in disperazione. Non v'era possibilità di scelta tra quegli uomini che apparivano allo sguardo come l'*élite* del fango. Era evidente che il qualunque ordinatore di quella processione immonda non il aveva divisi in classi. Quegli esseri erano stati legati e accoppiati alla rinfusa, probabilmente nel disordine alfabetico, e caricati a casaccio su quei carri. E pure gli orrori raggruppati finiscono sempre col dare una risultante; ciascuna addizione di infelici dà un totale; da ciascuna catena usciva un'anima comune, e ciascuna carrettata aveva una propria fisionomia: alle spalle di quella che cantava, ve n'era una che urlava; una terza mendicava; se ne vedeva una che digrignava i denti; un'altra minacciava i passanti; un'altra ancora bestemmiava Dio e l'ultima era muta come una tomba. Dante avrebbe creduto di vedere i sette gironi dell'inferno in marcia; la marcia delle dannazioni verso i supplizi, fatta sinistramente, non già sul formidabile carro sfolgorante dell'Apocalisse, ma, cosa più tetra, sulla carretta delle gemonie.

Uno dei guardiani, che aveva un uncino all'estremità del bastone, di tanto in tanto faceva finta di frugare in quel mucchio di lordure umane. Una vecchia, nella folla, li mostrava a dito a un fanciulletto di cinque anni, al quale diceva: «*Impara, briccone!*».

Siccome i canti e le bestemmie crescevano, colui che sembrava il capitano della scorta fece schioccare la frusta e, a quel segnale, una spaventosa scarica di bastonate, sorda e cieca, cadde sulle sette carrettate con un fracasso di grandine; molti ruggirono con la bava alla bocca, il che raddoppiò la gioia dei monelli accorsi, come uno sciame di mosche su una piaga.

Lo sguardo di Jean Valjean era divenuto spaventoso. Non era più una pupilla; era quella vitrea profondità che in certi disgraziati tien luogo di sguardo, che sembra inconscio della realtà e in cui fiammeggia il riflesso degli spaventi e delle catastrofi. Egli non osservava uno spettacolo, ma subiva una visione. Volle alzarsi, fuggire, scappare, ma non poté fare un passo. Talvolta le cose che vediamo ci colpiscono e ci afferrano. Rimase inchiodato, pietrificato, istupidito, chiedendosi, attraverso una confusa angoscia inesprimibile, che cosa significasse quella persecuzione sepolcrale e da dove fosse uscito quel pandemonio che lo perseguitava. A un tratto portò la mano alla fronte, gesto abituale di coloro ai quali la memoria ritorna all'improvviso, e si ricordò che quello era infatti l'itinerario solito, il giro abituale per evitare gli incontri con persone della famiglia reale, sempre possibili sulla strada di Fontainebleau, e che, trentacinque anni prima, egli era passato da quella barriera.

Cosette, sebbene in modo diverso, non era meno inorridita. Ella non comprendeva; le mancava il respiro, e non le pareva possibile quello che vedeva; infine, chiese:

«Papà! Ma che cosa c'è su quei carri?».

«Dei forzati» rispose Jean Valjean.

«E dove vanno?»

«Alle galere.»

In quel momento la bastonatura, moltiplicata da cento mani, crebbe di zelo; a essa si aggiunsero le piattonate, e fu come una rabbia di fruste e di bastoni; i galeotti si curvarono, un'obbedienza orrenda si sprigionò dal supplizio, e tutti tacquero, con sguardi di lupi incatenati.

Cosette tremava da capo a piedi; riprese:

«Papà, ma quelli là sono ancora uomini?».

«Qualche volta» disse l'infelice.

Era, infatti, la «catena» che, partita il giorno prima da Bicêtre, prendeva la via di Mans per evitare Fontainebleau, dove allora si trovava il re. Quel giro faceva durare lo spaventoso viaggio tre o quattro giorni di più; ma per risparmiare alla persona del re la vista d'un supplizio, si può ben prolungarlo.

Jean Valjean rincasò accasciato. Simili incontri sono colpi e il ricordo ch'essi lasciano rassomiglia a una rovina.

Intanto, Jean Valjean, ritornando con Cosette in via Babylone, non s'accorse affatto ch'ella gli rivolse altre domande a proposito di ciò che avevano visto; forse, egli era troppo assorto nel suo accasciamento per accorgersi delle parole di lei e per risponderle. Soltanto la sera, allorché Cosette lo lasciava per andare a dormire, la sentì dire a bassa voce, e come se parlasse a se stessa: «Mi sembra che se trovassi sulla mia strada uno di quegli uomini, mio Dio!, morirei solo a vedermelo vicino!».

Fortunatamente, il caso volle che il giorno dopo quel tragico giorno vi fossero a Parigi – a proposito di non so quali solennità ufficiali – delle feste: rivista allo Champ-de-Mars, giostre sulla Senna, spettacoli agli Champs-Elysées, fuochi d'artificio all'Étoile e illuminazione dappertutto. Jean Valjean, facendo uno strappo alle sue abitudini, condusse Cosette a quei divertimenti, per distrarla dal ricordo del giorno prima e cancellare, sotto il gaio tumulto di Parigi intera, l'abominevole cosa che le era passata davanti. La rivista, che serviva di pimento alla festa, rendeva naturalissima la circolazione delle uniformi, e Jean Valjean indossò la sua divisa di guardia nazionale con la vaga sensazione di celarsi camuffandosi. Del resto, lo scopo di quella passeggiata pareva raggiunto. Cosette, che si faceva legge di compiacere il padre e per la quale, d'altronde, ogni spettacolo era nuovo, accolse la distrazione con la buona grazia facile e leggera dell'adolescenza, e non fece una smorfia troppo sprezzante di fronte a quella gavetta di gioia che è una festa pubblica; cosicché Jean Valjean poté credere di essere riuscito nel suo intento e che in lei non rimanesse più alcuna traccia dell'orribile visione.

Alcuni giorni dopo, un mattino in cui splendeva il sole, mentre erano entrambi sulla scalinata del giardino – altra infrazione alle regole che pareva essersi imposto Jean Valjean, e all'abitudine di rimanere in camera, che la tristezza aveva fatto prendere a Cosette – Cosette, in vestaglia, stava in piedi, in quel semplice vestito mattutino che avvolge adorabilmente le fanciulle e che ha l'aspetto di una nube sull'astro; e col capo nella luce, rosea perché aveva dormito bene, guardata con dolcezza da quel buon uomo intenerito, sfogliava una margherita. Cosette ignorava l'incantevole leggenda *t'amo, un poco, appassionatamente*, eccetera; e chi gliel'avrebbe insegnata? sfogliava quel fiore per istinto, innocentemente, senza sospettare che sfogliare una margherita significa scrutare un cuore. Se vi fosse una quarta Grazia chiamata Malinconia, e sorridente, si sarebbe detto ch'ella ne era la viva immagine.

Jean Valjean era affascinato dalla contemplazione di quelle piccole dita e, nello splendore di cui la fanciulla era circonfusa, dimenticava tutto. Un pettirosso cinguettava nella macchia vicina; nubi bianche attraversavano il cielo con tanta letizia che si sarebbe detto fossero state messe in libertà proprio in quel momento. Cosette continuava a sfogliare il fiore attentamente; sembrava che pensasse a qualche cosa, certamente a qualche cosa d'incantevole; a un tratto voltò la testa sulla spalla con la lentezza delicata del cigno, e disse a Jean Valjean: «Papà, che cosa sono dunque le galere?».

LIBRO QUARTO

SOCCORSO DAL BASSO PUÒ ESSERE
SOCCORSO DALL'ALTO

I
FERITA ALL'ESTERNO, GUARIGIONE ALL'INTERNO

La loro vita così, a poco a poco, si oscurava.

Non rimaneva loro ormai che una distrazione, che per l'addietro era stata una sorgente di felicità: portare del pane a chi aveva fame, e degli indumenti a chi aveva freddo. In quelle visite ai poveri, nelle quali Cosette accompagnava spesso Jean Valjean, ritrovavano qualche avanzo della loro antica espansione; e, talvolta, quando la giornata era stata buona, quando erano state soccorse molte miserie e rianimati e riscaldati molti bambini, Cosette, la sera, era un po' allegra. Fu proprio in quel tempo che essi visitarono la tana dei Jondrette.

L'indomani stesso del giorno della visita, Jean Valjean comparve il mattino nel padiglione, calmo come al solito, ma con una larga ferita al braccio sinistro, molto infiammata e molto infetta, che rassomigliava a una scottatura e ch'egli spiegò in un modo qualunque. Quella ferita fu tale da obbligarlo a rimanere in casa per più d'un mese con la febbre. Egli non volle però chiamare alcun medico, e quando Cosette lo esortava a farlo, rispondeva: «Chiama il dottore dei cani».

Cosette lo medicava mattina e sera in modo così divino e con tale angelica felicità di essergli utile, che Jean Valjean sentiva ritornargli tutta la vecchia gioia e dissiparsi i suoi timori e le sue ansietà. Allora contemplava Cosette e diceva: «Oh, siano benedetti questa ferita e questo male!».

Cosette, vedendo il padre ammalato, aveva disertato il padiglione e ripreso gusto allo sgabuzzino e al cortile posteriore. Passava quasi tutto il giorno accanto a Jean Valjean leggendogli i libri che voleva. In generale, libri di viaggi. Jean Valjean rinasceva; la sua felicità riviveva con raggi ineffabili; il Luxembourg, il giovane fannullone sconosciuto, il raffreddamento di Cosette, tutte queste nubi della sua anima svanirono, e ora finiva col dirsi: «Tutto questo me lo sono immaginato. Sono un vecchio sciocco».

La sua felicità era tale che lo spaventoso ritrovamento dei Thénardier nell'antro Jondrette, così inaspettato, era in certo modo scivolato su di lui. Era riuscito a fuggire, le sue tracce erano perdute, e che gli importava del resto? Vi pensava solo per compiangere quei miserabili. «Eccoli in carcere e ormai nell'impossibilità di nuocere,» egli pensava «ma che sciagurata famiglia in miseria!»

Quanto all'orrida visione della barriera del Maine, Cosette non ne aveva più riparlato.

Al convento, suora Santa Matilde aveva insegnato la musica a Cosette. Cosette aveva la voce d'una capinera che avesse un'anima, e talvolta, la sera, nell'umile dimora del ferito, ella cantava canzoni tristi che consolavano Jean Valjean.

Intanto, sopraggiunta la primavera, il giardino era divenuto così incantevole, che Jean Valjean disse a Cosette:

«Non ci vai mai. Voglio che tu ci vada a passeggiare».

«Come volete, papà» rispose Cosette.

E, per obbedire al padre, riprese le passeggiate in giardino, quasi sempre sola, giacché, come abbiamo detto, Jean Valjean, che probabilmente temeva di essere scorto dalla cancellata, non vi si recava quasi mai.

La ferita di Jean Valjean era stata un diversivo.

Quando Cosette vide che suo padre soffriva meno e guariva, e che sembrava felice, provò una contentezza che non notò neppure tanto venne dolce e naturale.

E poi, era marzo, i giorni s'allungavano, l'inverno se ne andava, l'inverno che si porta via sempre qualche cosa delle nostre tristezze; poi venne l'aprile, alba dell'estate, fresco come tutte le albe, allegro come tutte le infanzie, benché talvolta un po' piagnone, da quel neonato che è. La natura, in questo mese, ha incantevoli bagliori che passano dal cielo, dalle nubi, dagli alberi, dai prati e dai fiori nel cuore dell'uomo.

Cosette era ancora troppo giovane perché quella gioia d'aprile, che le rassomigliava, non la penetrasse. Insensibilmente e senza che se ne accorgesse, il buio scomparve dalla sua mente. A primavera, è chiaro nelle anime tristi come a mezzogiorno è chiaro nelle cantine. Anche Cosette non era più molto triste: però non se ne rendeva conto. La mattina verso le dieci, dopo colazione, quando era riuscita a trascinare per un quarto d'ora il padre in giardino e a farlo passeggiare al sole davanti alla scalinata, sorreggendogli il braccio malato, non s'accorgeva affatto di ridere sovente e di essere felice.

Jean Valjean, inebriato, la vedeva ritornare vermiglia e fresca.

«Oh, benedetta ferita!» ripeteva a bassa voce.

Ed era riconoscente al Thénardier.

Una volta guarita la ferita, egli riprese le sue passeggiate solitarie e crepuscolari.

Sarebbe però un errore credere che si possa passeggiare così, soli, nelle regioni deserte di Parigi, senza imbattersi in qualche avventura.

II
MAMMA PLUTARCO NON È IMBARAZZATA A SPIEGARE UN FENOMENO

Una sera in cui il piccolo Gavroche non aveva affatto mangiato, egli si ricordò di non aver mangiato neppure il giorno prima; ciò diventava seccante. Prese allora la risoluzione di tentare di cenare. Andò a gironzolare al di là della Salpêtrière, in località deserte; è là che si scova qualche risorsa: dove non c'è nessuno, si trova qualche cosa. Giunse sino a un borgo che gli parve fosse il villaggio di Austerlitz.

In una delle sue precedenti peregrinazioni aveva notato in quei paraggi un vecchio giardino frequentato da un vecchio e da una vecchia, e, in quel giardino, un melo passabile. A fianco di quel melo v'era una specie di deposito per la frutta, mal chiuso, dov'era possibile impadronirsi d'una mela: una mela è una cena, è la vita. Ciò che rovinò Adamo, poteva salvare Gavroche. Il giardino dava sopra un vicoletto solitario, non selciato e fiancheggiato da cespugli, in attesa delle case; una siepe li separava.

Gavroche si diresse verso il giardino; ritrovò il vicolo, riconobbe il melo, rivide il deposito ed esaminò la siepe: una siepe si fa presto a scavalcarla. Il giorno declinava, nel vicolo non v'era neppure un gatto e l'ora era propizia. Gavroche tentò la scalata, poi si fermò improvvisamente. Nel giardino si stava parlando. Gavroche guardò attraverso un'apertura della siepe.

A due passi da lui, ai piedi della siepe e dall'altra parte, precisamente nel punto in cui l'avrebbe fatto sbucare la breccia che meditava, v'era un paracarro rovesciato che formava una specie di panca; e su quella panca era seduto il vecchio del giardino, che aveva di fronte la vecchia, in piedi. La vecchia brontolava e Gavroche, poco discreto, ascoltò:

«Signor Mabeuf!» diceva la vecchia.

«Mabeuf!» pensò Gavroche. «Che nome ridicolo!»

Il vecchio interpellato non si mosse. La vecchia ripetè:

«Signor Mabeuf!».

Il vecchio, continuando a tener lo sguardo fisso a terra, si decise a rispondere:

«Cosa c'è, mamma Plutarque?».

«Mamma Plutarque!» pensò Gavroche. «Altro nome ridicolo.»

Mamma Plutarque riprese, e fu giocoforza al vecchio di accettare la conversazione:

«Il padrone di casa non è contento».

«Perché?»

«Perché gli son dovute tre rate.»

«E fra tre mesi gliene dovremo quattro.»

«Dice che vi manderà a dormire all'aperto.»

«E io vi andrò.»

«La fruttivendola vuol essere pagata, e non molla più le fascine. Con che cosa vi riscalderete questo inverno? Non avremo legna, assolutamente.»

«C'è il sole.»

«Il macellaio rifiuta di far credito, e non vuol più dare carne.»

«Benissimo. Io digerisco male la carne: è pesante.»

«Che cosa avremo da mangiare?»

«Il pane.»

«Ma il fornaio vuole un acconto e dice che, senza denaro, non darà più pane.»

«Bene!»

«E che mangerete?»

«Abbiamo le mele del nostro melo.»

«Ma, signore, non si può continuare a vivere così senza denaro.»

«Io non ne ho.»

La vecchia se ne andò; il vecchio rimase solo e si mise a pensare. Dal canto suo, anche Gavroche pensava. Era quasi notte.

Il primo risultato della meditazione di Gavroche fu che, invece di scavalcare la siepe, vi si rannicchiò sotto; i rami si allargavano un poco, sotto il cespuglio.

«To'» esclamò tra sé Gavroche «un'alcova!» E vi si raggomitolò. Era quasi addosso alla panca di papà Mabeuf, e sentiva l'ottuagenario respirare.

Allora, per cenare, cercò di dormire.

Sonno di gatto, sonno con un occhio solo; pur assopendosi, Gavroche spiava.

Il biancore del cielo crepuscolare rischiarava la terra, e il vicolo formava una linea livida tra due file di cespugli scuri.

A un tratto, su quella striscia biancastra, apparvero due figure. Una veniva avanti, l'altra seguiva a poca distanza.

«Ecco due bei tipi» borbottò Gavroche.

La prima figura sembrava quella di un vecchio borghese, curvo e pensoso, vestito in maniera più che semplice, che camminava lento a motivo dell'età, andando a zonzo nella sera stellata.

La seconda era dritta, decisa, sottile. Regolava il proprio passo su quello della prima; ma nella lentezza volontaria dell'andatura, si indovinava la sveltezza e l'agilità. Quella figura aveva, con un non so che di selvaggio e di preoccupante, tutto l'aspetto di chi allora veniva chiamato elegante; il cappello era di buona forma, l'abito nero, ben tagliato, probabilmente di buona stoffa, e stretto alla vita. La testa si ergeva con una specie di grazia robusta, e, sotto il cappello, s'intravedeva nel crepuscolo un pallido profilo d'adolescente, con una rosa in bocca. Quella seconda figura era ben nota a Gavroche: era Montparnasse.

Quanto all'altra, non avrebbe potuto dir nulla, se non ch'era un vecchio galantuomo.

Gavroche si mise subito in osservazione.

Uno di quei due passanti aveva evidentemente dei progetti sull'altro: e Gavroche era in buona posizione per vedere il seguito. L'alcova era diventata molto a proposito un nascondiglio.

Montparnasse a caccia, a quell'ora e in un luogo simile, era pericoloso. Gavroche sentiva le sue viscere di birichino muoversi a compassione per il vecchio.

Che fare? Intervenire? Una debolezza che ne soccorre un'altra! Era cosa da ridere per Montparnasse, e Gavroche non ignorava che per quel temibile bandito di diciott'anni, il vecchio prima e il ragazzo poi, sarebbero stati due bocconi.

Mentre Gavroche deliberava, l'attacco ebbe luogo, brusco e tremendo: attacco di tigre all'onagro, attacco di ragno alla mosca. Montparnasse, improvvisamente, gettò via la rosa, balzò sul vecchio, lo afferrò per il colletto, lo strinse e vi si attaccò, e Gavroche durò fatica a trattenere un grido. Un minuto dopo, uno di quegli uomini era sotto l'altro, abbattuto e rantolante, dibattendosi contro un ginocchio di marmo che gli premeva il petto. Soltanto, non era affatto accaduto ciò che s'era aspettato Gavroche, giacché colui che era a terra, era Montparnasse, e quegli che stava sopra era il vecchio.

Tutto ciò accadeva a pochi passi da Gavroche.

Il vecchio aveva ricevuto l'urto e l'aveva reso, e reso così terribilmente che in un batter d'occhio l'assalitore e l'assalito avevano scambiato le parti.

«Che razza di un invalido!» pensò Gavroche. E non poté far a meno di battere le mani. Ma fu un battimani sprecato, perché non giunse fino ai due combattenti, i quali erano presi e assordati l'uno dall'altro e confondevano i loro respiri nella lotta.

Intanto si fece silenzio. Montparnasse cessò di dibattersi. Gavroche si chiese:

«Che sia morto?».

Il buon vecchio non aveva pronunciato una parola, né gettato un grido. Si rialzò, e Gavroche lo sentì dire a Montparnasse: «Alzati».

Montparnasse si rialzò, ma il buon vecchio lo teneva stretto. Montparnasse aveva l'atteggiamento umiliato e furioso d'un lupo ghermito da un montone.

Gavroche guardava e ascoltava facendo sforzi per raddoppiare la vista mediante l'udito. Si divertiva enormemente.

Fu ricompensato per la sua coscienziosa ansietà di spettatore, perché poté afferrare al volo questo dialogo, che nell'oscurità assumeva non so quale accento tragico. Il buon vecchio interrogava e Montparnasse rispondeva.

«Quanti anni hai?»

«Diciannove.»

«Sei forte e vigoroso. Perché non lavori?»

«Il lavoro mi annoia.»

«Che mestiere fai?»

«Il fannullone.»

«Parla sul serio. Si può fare qualche cosa per te? Che cosa vuoi fare?»

«Il ladro.»

Seguì una pausa: il vecchio sembrava pensare profondamente. Era immobile e non mollava Montparnasse.

Di tanto in tanto il giovane bandito, vigoroso e svelto, aveva dei soprassalti da bestia presa al laccio; dava una scossa, tentava uno sgambetto, contorceva disperatamente le membra e cercava di liberarsi dalla stretta.

Il vecchio non sembrava accorgersene, e con una sola mano gli teneva tutt'e due le braccia con l'indifferenza sovrana d'una forza assoluta.

La meditazione del vecchio durò qualche tempo; poi, guardando fisso Montparnasse, alzò dolcemente la voce e gli rivolse, nell'ombra in cui erano, una specie di allocuzione solenne, di cui Gavroche non perdette una sillaba:

«Figlio mio, tu entri per pigrizia nella più faticosa delle esistenze. Ah, tu ti dichiari fannullone! Preparati a lavorare. Hai mai visto una macchina temibile? È il laminatoio. Bisogna guardarsene, perché è sorniona e feroce; se ti afferra per una falda del vestito, ci passi tutto intero. Simile a questa macchina è l'ozio. Fermati, finché sei ancora in tempo, e salvati! Altrimenti è finita per te, e tra poco sarai nell'ingranaggio. Una volta preso, non sperare più nulla. Sotto a sfaticare, pigrone!, e niente più riposo. La mano di ferro del lavoro implacabile ti ha afferrato. Come! Tu non vuoi guadagnarti la vita, avere un compito, adempiere un dovere! Non vuoi essere come gli altri, perché ciò ti annoia! Ebbene, sarai diverso dagli altri. Il lavoro è legge; chi lo respinge come noia, l'avrà come supplizio. Tu non vuoi essere operaio, e sarai schiavo.

«Il lavoro ti abbandona da una parte solo per riprenderti dall'altra; se non vuoi essere il suo amico, sarai il suo negro. Ah! Non hai voluto la fatica onesta degli uomini? Avrai il sudore dei dannati; dove gli altri cantano, tu rantolerai. Vedrai da lontano, dal basso, gli altri uomini lavorare: e ti sembrerà che riposino. Il contadino, il mietitore, il marinaio e il fabbro ti appariranno nella luce, come i beati del paradiso. Che splendore, nell'incudine! Condurre l'aratro, legare i covoni, è gioia. La barca libera al vento, che festa! Tu, poltrone, zappa, trascina, gira e cammina! Tira la tua cavezza! Eccoti bestia da soma nella pariglia infernale! Ah, non far nulla! Era questo il tuo scopo? Ebbene, non una settimana, non un giorno, non un'ora senza sopraccarico di fatica. Non potrai sollevar nulla se non con angoscia. Tutti i minuti che passeranno faranno scricchiolare i tuoi muscoli, e ciò che per gli altri è una piuma, per te sarà un macigno.

«Le cose più semplici si faranno complicatissime. Attorno a te la vita diventerà mostruosa. Andare, venire e respirare saranno terribili fatiche. I tuoi polmoni ti faranno l'effetto di pesare cento libbre, e il camminare qua piuttosto che là sarà un problema da risolvere. Il primo venuto che abbia voglia di uscire, spinge la porta, ed eccolo già fuori; tu, invece, se vorrai uscire, dovrai forare il muro. Per andare in strada, che cosa fanno tutti? Scendono la scala; e tu, lacererai le lenzuola e ne farai a filo a filo una corda, poi passerai dalla finestra e ti sospenderai a quella corda sopra un abisso, e potrà essere di notte, nella tempesta, nella pioggia, nell'uragano, e, se la corda sarà troppo corta, non ti rimarrà che un modo di discendere: cadere. Cadere a caso nell'abisso, da un'altezza qualunque, su che? Su ciò che sta in basso; sull'ignoto. Oppure ti arrampicherai su per la cappa d'un camino, col rischio di bruciarti, o lungo un condotto di latrine, col rischio di affogarvi. Non ti parlo dei buchi che bisogna mascherare, delle pietre che bisogna togliere e rimettere venti volte al giorno, dei calcinacci che bisogna nascondere nel pagliericcio. Eccoti davanti a una serratura; il borghese ha in tasca la chiave, fabbricata da un fabbro, ma tu, se vorrai passar oltre, sarai condannato a fare uno spaventoso capolavoro; prenderai un soldone, lo taglierai in due lamine; con quali utensili? Penserai tu a inventarli: la faccenda riguarda te. Poi scaverai l'interno delle due lamine, avendo gran cura di lasciare intatto l'esterno, e praticherai intorno all'orlo un passo di vite, in modo che dette lamine si adattino con precisione l'una sull'altra, come un fondo e un coperchio. Una volta che la parte inferiore e quella superiore siano avviate a quel modo, non si sospetterà più nulla. Per i sorveglianti, giacché tu sarai sorvegliato, sarà un soldone; per te, sarà una scatola. Che cosa metterai in quella scatola? Un piccolo pezzo d'acciaio: una molla da orologio, alla quale avrai fatto dei denti e che sarà diventata una sega. Con quella sega, lunga come uno spillo e nascosta in un soldone, dovrai segare la stanghetta della serratura, la sbarra del chiavistello, l'ansa del catenaccio, l'inferriata della finestra e l'anello di ferro che avrai alla gamba. Fatto quel capolavoro, compiuto quel prodigio, eseguiti tutti quei miracoli d'arte, d'ingegnosità, d'abilità e di pazienza, se verranno a sapere che tu ne sei l'autore, quale sarà la tua ricompensa? La cella di rigore. Ecco l'avvenire che ti aspetta. La pigrizia e il piacere, quali precipizi! Non far nulla, lo sai tu che è un lugubre partito preso? Vivere oziosi della sostanza sociale, essere inutili, ossia nocivi, questo conduce diritto al fondo della miseria. Guai a chi vuol essere parassita! Sarà insetto immondo. Ah, non ti piace lavorare! Ah, tu hai solo un pensiero: bere bene, mangiare bene, dormire bene. Berrai acqua, mangerai pane nero, dormirai su un tavolaccio coi ferri ribaditi alle membra, e di cui, di notte, sentirai il freddo sulle carni! Tu romperai quei ferri e fuggirai? Bene! Ti trascinerai sul ventre tra i cespugli e mangerai l'erba, come gli animali selvatici. E sarai ripreso. E allora passerai degli anni in una segreta, attaccato a un muro, cercando a tastoni la brocca per bere, mordendo un orribile pane di tenebre che non vorrebbero neanche i cani, mangiando fave che i vermi avranno roso prima di te. Sarai un millepiedi in una cantina. Ah, abbi pietà di te stesso, miserabile ragazzo, così giovane, che poppavi ancora meno di vent'anni fa e che certamente hai ancora la madre! Ti scongiuro, ascoltami! Tu vuoi la bella stoffa nera, le scarpette di vernice, vuoi arricciarti i capelli, profumarli con essenze odorose, piacere alle donne, essere bello; e invece sarai tutto rasato, e porterai una casacca rossa e gli zoccoli. Vuoi un anello al dito e avrai una gogna al collo; e, se guardi una donna, una bastonata! Ed entrerai là dentro a vent'anni e non ne uscirai che a cinquanta! Vi sarai entrato giovane, roseo, fresco, con gli occhi lucenti e tutti i denti bianchi e la bella capigliatura d'adolescente, e ne uscirai affranto, curvo, rugoso, sdentato, orribile e con i capelli bianchi! Ah, mio povero ragazzo, tu sei su una strada falsa, e l'ozio ti consiglia male! Il più duro dei lavori è il furto. Credimi, non intraprendere questo penoso lavoro dell'ozio. Il diventare un birbante non è comodo; è meno arduo essere onesto. Ed ora va' e pensa a ciò che t'ho detto. A proposito, che volevi da me? Il mio borsellino? Eccotelo».

E il vecchio, lasciando libero Montparnasse, gli pose in mano il borsellino, che Montparnasse soppesò un momento, e che poi con la stessa precauzione macchinale, come se l'avesse rubato, lasciò scivolare dolcemente nella tasca posteriore del soprabito.

Ciò detto e fatto, il buon vecchio volse le spalle e riprese tranquillamente la sua passeggiata.

«Sciocco!» mormorò Montparnasse.

Chi era quel buon vecchio? Il lettore l'ha certamente indovinato.

Montparnasse, stupefatto, lo guardò scomparire nel crepuscolo. Quella contemplazione gli fu fatale.

Mentre il vecchio si allontanava, Gavroche si avvicinava. Con un'occhiata s'era assicurato che papà Mabeuf fosse addormentato, e che stesse tutt'ora seduto sopra la panca; poi il monello era uscito dal suo cespuglio e s'era messo a strisciare nell'ombra, dietro Montparnasse immobile. Giunse così fino a Montparnasse; senza essere né visto né sentito, insinuò dolcemente la mano nella tasca posteriore del suo soprabito di fine stoffa nera, afferrò il borsellino, ritirò la mano e, rimettendosi a strisciare, fece un'evasione da biscia nelle tenebre. Montparnasse, che non aveva alcun motivo di stare all'erta e che meditava, per la prima volta in vita sua, non si accorse di nulla. Gavroche, quando fu ritornato al punto in cui si trovava papà Mabeuf, gettò il borsellino al di sopra della siepe e fuggì a gambe levate.

Il borsellino cadde su un piede di papà Mabeuf, che si ridestò di soprassalto. Egli si chinò e lo raccolse.

Non ci capì nulla e l'aprì. Aveva due scomparti, in uno dei quali v'erano alcuni spiccioli, e nell'altro sei napoleoni.

Papà Mabeuf, sbigottito, portò l'oggetto alla governante.

«È caduto dal cielo» disse mamma Plutarque.

LIBRO QUINTO

IN CUI LA FINE NON RASSOMIGLIA AL PRINCIPIO

I

LA SOLITUDINE E LA CASERMA COMBINATE

Il dolore di Cosette, ancora così acuto e vivo quattro o cinque mesi prima, era entrato, all'insaputa di lei stessa, in convalescenza. La natura, la primavera, la giovinezza, l'amore per il padre, la gaiezza degli uccelli e dei fiori facevano filtrare a poco a poco, giorno per giorno, a goccia a goccia, in quell'anima così vergine e così giovane, un non so che quasi simile all'oblìo. Forse il fuoco vi si spegneva completamente? O vi si formavano soltanto strati di cenere? Certo è che ella non sentiva quasi più la fitta dolorosa e bruciante.

Un giorno ella pensò a un tratto a Marius:

«Guarda!» disse. «Non ci penso più.»

In quella stessa settimana, ella notò, mentre passava davanti al cancello, un bellissimo ufficiale dei lancieri con il vitino da vespa, un'uniforme scintillante, le gote di fanciulla, la sciabola sotto il braccio, i baffi impomatati e il chepì alla polacca tutto lustro; per il resto, capelli biondi, occhi azzurri a fior di testa, viso rotondo, fatuo, insolente e bello: tutto l'opposto di Marius. E un sigaro in bocca. Cosette pensò che quell'ufficiale apparteneva certamente al reggimento accasermato in via Babylone.

L'indomani lo rivide passare, e notò l'ora.

Da quel momento, fosse caso?, lo vide passare quasi tutti i giorni.

I compagni dell'ufficiale s'accorsero che in quel giardino «mal tenuto», dietro quella brutta cancellata rococò, v'era una creatura abbastanza graziosa che stava quasi sempre là, al passaggio del bel tenentino, il quale non è ignoto al lettore e si chiamava Théodule Gillenormand.

«Guarda!» gli dicevano. «C'è una fanciulla che ti fa l'occhiolino. Guarda, dunque!»

«Ho forse il tempo di guardare tutte le ragazze che mi guardano?» rispondeva il lanciere.

E proprio in quel momento, Marius scendeva gravemente verso l'agonia, e diceva: «Oh, potessi solo rivederla prima di morire!». Se fosse stato esaudito nel suo desiderio e avesse visto in quel momento Cosette che guardava un lanciere, non avrebbe potuto pronunciare una parola e sarebbe morto di dolore.

Di chi sarebbe stata la colpa? Di nessuno.

Marius era uno di quei temperamenti che sprofondano nel dolore e vi rimangono; Cosette era di quelli che vi s'immergono e ne escono.

Cosette, del resto, attraversava quel momento pericoloso, fase fatale della fantasia muliebre abbandonata a se stessa, in cui il cuore d'una fanciulla isolata rassomiglia a quei viticci che si attaccano, secondo il caso, al capitello di una colonna di marmo o al palo d'una osteria. Momento rapido e decisivo, critico per qualsiasi orfana, povera o ricca, perché la ricchezza non protegge dalla cattiva scelta: anche nell'alta società avvengono pessime unioni. La vera cattiva unione è quella delle anime; e così come più d'un giovane ignoto, senza nome, senza origine illustre e senza fortuna, è un capitello di marmo che sostiene un tempio di grandi sentimenti e di grandi idee, l'uomo di società, soddisfatto e opulento, che ha le scarpe lucide e la frase ricercata, ove si guardi non l'esterno, ma l'interno, ossia quello che è riservato alla donna, non è altro che uno stupido travicello, recesso oscuro di passioni violente, immonde e avvinazzate: il palo d'un'osteria.

Che cosa c'era nell'anima di Cosette? La passione placata o addormentata, amore allo stato fluttuante; qualche cosa ch'era limpido e brillante, torbido a una certa profondità, cupo più in basso. L'immagine del bell'ufficiale si rifletteva alla superficie. V'era un ricordo in fondo? Proprio nel fondo? Forse. Cosette non lo sapeva.

Sopravvenne un incidente singolare.

II
PAURE DI COSETTE

Nella prima quindicina d'aprile, Jean Valjean fece un viaggio, il che gli capitava, com'è noto, di tanto in tanto, a lunghissimi intervalli. Rimaneva assente uno o due giorni, al massimo tre. Dove andava? Nessuno lo sapeva, neppure Cosette. Solo una volta, in occasione di una di questa partenze, Cosette lo aveva accompagnato in carrozza sino all'angolo d'un vicolo cieco sulla cantonata del quale aveva letto *Vicolo della Tavoletta*; là egli era disceso, e la carrozza aveva ricondotto Cosette in via Babylone. Di solito, Jean Valjean faceva quei viaggetti quando in casa mancava denaro.

Jean Valjean era dunque assente. Aveva detto: «*Tornerò fra tre giorni*».

La sera, Cosette era sola nel salotto e, per distrarsi un poco, aveva aperto il suo piano a mantice e s'era messa a cantare, accompagnandosi, il coro dell'*Euriante*:[1] *Cacciatori smarriti nei boschi!*, che è forse quanto vi sia di più bello in tutta la musica. Quando ebbe finito, rimase pensosa.

A un tratto, le parve di sentire qualcuno camminare in giardino. Non poteva essere il padre, ch'era assente, né Toussaint, ch'era a letto. Erano le dieci.

Si avvicinò alla finestra del salotto ch'era chiusa e accostò l'orecchio all'imposta.

Le parve il passo d'un uomo che camminava piano piano.

Salì allora rapidamente al primo piano, in camera sua, aprì un finestrino praticato in un'imposta e guardò in giardino. Era plenilunio e ci si vedeva come fosse giorno.

Non v'era nessuno.

Aprì la finestra. Il giardino era assolutamente calmo, e tutto quello che si scorgeva della via era, come al solito, deserto.

Cosette pensò che si era ingannata, che forse aveva solo creduto di udire quel rumore. Doveva essere stata un'allucinazione, prodotta da quel tetro e prodigioso coro di Weber, che apre allo spirito profondità spaventose, che trema davanti allo sguardo come una foresta vertiginosa, e in cui si sente lo scricchiolìo dei rami morti sotto il passo inquieto del cacciatori intravisti nel crepuscolo.

Non ci pensò più.

Del resto, Cosette, per natura, non era paurosa. Nelle sue vene scorreva sangue di zingara e d'avventuriera che va scalza. Come si ricorderà ella era più allodola che colomba: aveva un fondo selvaggio e coraggioso.

Il giorno dopo, meno tardi, sull'imbrunire, ella passeggiava in giardino. In mezzo ai pensieri confusi che la assorbivano, le pareva proprio di percepire, ogni tanto, un rumore simile a quello del giorno innanzi, come di qualcuno che camminasse nell'oscurità, sotto gli alberi, non molto lontano da lei; ma ella si diceva che nulla assomiglia al passo di chi cammina nell'oscurità, quanto lo scricchiolìo di due rami che si muovano da soli: e non vi badava. D'altronde, non vedeva nulla.

Uscì dalla fratta: non le restava che attraversare un praticello verde per raggiungere la scalinata. La luna, che s'era levata in quel momento dietro di lei, proiettò la sua ombra sul prato.

Cosette si fermò atterrita.

Di fianco alla sua ombra, la luna disegnava distintamente sull'erba

[1] Opera di Karl Maria von Weber.

un'altra ombra singolarmente spaventosa e terribile, un'ombra che portava un cappello a cilindro.

Era come l'ombra d'un uomo che fosse in piedi sul margine della macchia, a pochi passi dietro Cosette.

Ella rimase un minuto senza poter parlare, né gridare, né chiamare, né muoversi, né voltare la testa.

Infine, raccogliendo tutto il coraggio, si voltò risolutamente.

Non c'era nessuno.

Guardò a terra. L'ombra era scomparsa.

Rientrò nella macchia, frugò ardita tutti gli angoli, andò sino alla cancellata e non trovò nulla.

Allora si sentì realmente gelare. Era ancora un'allucinazione? Com'era possibile? Due giorni di seguito? Un'allucinazione, passi; ma due! E ciò che era preoccupante è che l'ombra non poteva essere certamente un fantasma: i fantasmi non portano cappelli a cilindro.

Il giorno dopo tornò Jean Valjean, e Cosette gli raccontò ciò che aveva creduto di udire e di vedere. Si aspettava di essere rassicurata e di vedere il padre alzar le spalle e dirle: «Sei una pazzerella!».

Ma Jean Valjean parve preoccupato.

«Non può essere nulla» disse.

La lasciò con un pretesto e si recò in giardino, ed ella lo vide esaminare la cancellata con molta attenzione.

Nella notte, Cosette si svegliò. Stavolta era sicura; sentiva distintamente camminare vicinissimo alla scalinata, sotto la sua finestra. Corse allo spioncino e l'aprì. Infatti in giardino c'era un uomo che aveva un grosso bastone in mano; nel momento in cui ella stava per gridare, la luna illuminò il profilo di quell'uomo: era suo padre.

Tornò a letto dicendo tra sé: «È molto preoccupato, dunque».

Jean Valjean passò in giardino quella notte e le altre due notti successive, e Cosette lo vide attraverso le imposte.

La terza notte, la luna calante cominciava a levarsi più tardi: poteva essere l'una del mattino quando ella udì un'alta risata e la voce di suo padre che la chiamava:

«Cosette!».

Ella balzò dal letto, infilò la veste da camera e aprì la finestra.

Il padre era in giardino, sull'erba.

«T'ho svegliata per rassicurarti» egli disse. «Guarda! Ecco la tua ombra col cappello a cilindro.»

E le indicava sull'erba un'ombra che la luna disegnava e che assomigliava infatti abbastanza alla sagoma d'un uomo con un cappello a cilindro in testa. Era il profilo prodotto da un fumaiolo di lamiera, a capitello, che s'innalzava su un tetto vicino.

Anche Cosette si mise a ridere. Tutte le sue supposizioni lugubri si dissiparono, e il giorno dopo, mentre faceva colazione col padre, ella scherzò intorno al sinistro giardino in cui bazzicavano gli spettri dei comignoli di lamiera.

Jean Valjean tornò a essere pienamente tranquillo; quanto a Cosette, ella non badò molto se il fumaiolo fosse proprio in direzione dell'ombra che aveva visto o creduto di vedere, e se la luna si trovasse nello stesso punto del cielo; e neppure pensò a interrogarsi sulla singolarità d'un fumaiolo che teme di essere colto in flagrante delitto e che si ritira quando si guarda la sua ombra; giacché l'ombra era scomparsa, quando Cosette s'era voltata, ed ella aveva pur creduto di esserne sicura. Cosette si rasserenò del tutto. La dimostrazione le parve completa e le uscì dalla mente che potesse esservi qualcuno che camminava di sera o di notte in giardino.

Ma qualche giorno dopo si verificò un nuovo incidente.

III
AUMENTATE DAI COMMENTI DI TOUSSAINT

Nel giardino, vicino al cancello verso la strada, v'era una panchina di pietra, nascosta allo sguardo dei curiosi da una spalliera di carpini, ma alla quale, però, poteva benissimo giungere, attraverso il cancello e la spalliera, il braccio d'un passante.

Una sera di quello stesso mese d'aprile Jean Valjean era uscito e Cosette, dopo il tramonto del sole, s'era seduta su quella panchina. Il vento faceva stormire gli alberi, e Cosette pensava; una tristezza senza motivo la prendeva a poco a poco, quella tristezza invincibile che dà la sera e che viene forse, chi sa?, dal mistero della tomba, socchiuso in quell'ora.

Fantine era, forse, in quell'ombra.

Cosette si alzò, fece lentamente il giro del giardino, camminando sull'erba inondata di rugiada e dicendosi, in quella specie di sonnambulismo melanconico in cui era immersa:

«Ci vorrebbero proprio gli zoccoli in giardino, a quest'ora. Si prende il raffreddore».

E tornò alla panchina.

Ma, quando fece per serdervisi di nuovo, notò nel posto che aveva lasciato per pochi istanti una pietra abbastanza grossa, che evidentemente non c'era un momento prima.

Cosette osservò la pietra chiedendosi che cosa significasse. A un tratto, l'idea che quella pietra non era assolutamente venuta da sola su quella panchina, che qualcuno ve l'aveva posata, che un braccio era passato attraverso il cancello, le venne alla mente e le fece paura.

Questa volta, fu una vera paura. Non c'era alcun dubbio: la pietra era lì; ella non la toccò, fuggì senza osare guardarsi indietro, si rifugiò in casa e chiuse immediatamente con le imposte, con la sbarra e col chiavistello la porta a vetri della scalinata; quindi chiese a Toussaint:

«Papà è tornato?».

«Non ancora, signorina.»

(Abbiamo accennato una volta per tutte alla balbuzie di Toussaint. Ci sia permesso di non accentuare più quel difetto, ripugnandoci la notazione musicale d'una infermità.)

Jean Valjean, pensatore e passeggiatore notturno, spesso rincasava abbastanza tardi, di notte.

«Toussaint,» riprese Cosette «avete cura di barricare come si deve, alla sera, almeno le imposte che danno sul giardino, con le spranghe, e di mettere bene quelle piccole cose di ferro negli anellini che chiudono?»

«Oh, state tranquilla signorina!»

Toussaint non mancava mai di farlo, e Cosette lo sapeva benissimo; tuttavia non poté far a meno di soggiungere:

«È un luogo così solitario, questo!».

«Quanto a questo,» disse Toussaint «è vero. Qui si potrebbe essere assassinati, prima d'aver il tempo di dire uff! E per giunta, il signore non dorme in casa. Ma non temete nulla, signorina, io chiudo le finestre come bastiglie. Due donne sole! Lo credo bene che c'è da rabbrividire! Ve lo figurate? Veder entrare in camera, di notte, degli uomini che vi dicono "Taci!" e si mettono a tagliarvi il collo! Non è tanto per il morire; si muore, e va bene, si sa benissimo che bisogna morire, ma è l'abominazione di sentirsi toccare da quella gente. E poi, i loro coltelli devono tagliar male! Ah, Dio!»

«Tacete» disse Cosette. «Chiudete bene tutto.»

Cosette, spaventata dal melodramma improvvisato da Toussaint e forse anche dalle apparizioni notturne della settimana prima che le tornavano alla mente, non osò neppure dirle: «Andate dunque a vedere la pietra che hanno messo sulla panchina!», temendo di riaprire la porta del giardino e di far entrare «gli uomini». Fece chiudere con cura tutte le porte e tutte le finestre, fece perlustrare da Toussaint tutta la casa, dalla cantina al solaio, si chiuse a chiave in camera, guardò sotto il letto, si coricò e dormì male. Tutta la notte vide la pietra, grossa come una montagna e piena di caverne. Allo spuntar del sole (la caratteristica dello spuntar del sole è di farci ridere di tutti i nostri terrori della notte, e il riso è sempre in proporzione della paura che abbiamo avuta), allo spuntar del sole Cosette, svegliandosi, considerò il suo spavento come un incubo, e si disse: «Che cosa sono andata a pensare? Mi fa lo stesso effetto di quei passi che avevo creduto di udire la settimana scorsa in giardino, di notte! È come l'ombra del fumaiolo. Starei forse diventando paurosa, ora?». Il sole, che splendeva dalle fessure delle imposte e imporporava le tendine di damasco, la rassicurò talmente che tutto svanì dalla sua mente, persino la pietra.

«Sulla panchina non v'era pietra più di quanto vi fossero uomini col cappello a cilindro in giardino: certo ho sognato la pietra come il resto.»

Si vestì, discese in giardino, corse alla panchina e sudò freddo. La pietra c'era.

Ma fu questione d'un momento. Ciò che è spavento di notte, è curiosità di giorno.

«Via,» disse «vediamo, dunque.»

Sollevò quella pietra, che era abbastanza grossa. Sotto c'era qualche cosa che pareva una lettera.

Era una busta bianca, e Cosette se ne impadronì. Non c'era né indirizzo da una parte, né suggello dall'altra. Però la busta, benché aperta, non era affatto vuota: nell'interno si intravedevano dei fogli di carta.

Cosette vi frugò. Non era più spavento, non era più curiosità: era un principio d'ansietà.

Trasse dalla busta quello che conteneva: era un quaderno con le pagine numerate, sulle quali erano scritte alcune righe con una calligrafia abbastanza bella, pensò Cosette, e molto fine.

Cosette cercò un nome, ma non ve n'era; una firma, neppure. A chi era indirizzato? A lei probabilmente, poiché una mano aveva deposto il plico sulla sua panchina. Da chi proveniva? Un fascino irresistibile s'impadronì di lei; cercò di distogliere lo sguardo da quei fogli che le tremavano in mano, guardò il cielo, la via, le acacie tutte inondate di luce, i piccioni che volavano su un tetto vicino: poi, a un tratto, il suo sguardo si abbassò vivamente sul manoscritto ed ella si disse che bisognava sapere ciò che v'era lì dentro.

Ed ecco quello che lesse:

IV

UN CUORE SOTTO UNA PIETRA

La riduzione dell'universo a un unico essere, la dilatazione d'un unico essere fino a Dio: ecco l'amore.

* * *

L'amore è il saluto degli angeli agli astri.

* * *

Come è triste l'anima, quando è triste per amore!

Quale vuoto è l'assenza dell'essere che da solo riempie il mondo! Oh, com'è vero che l'essere amato diventa Dio! Si comprenderebbe che Dio ne fosse geloso, se il Padre di tutto non avesse evidentemente fatto la creazione per l'anima, e l'anima per l'amore.

* * *

Basta un sorriso intravisto laggiù sotto un cappello di crespo bianco, coi nastri viola, perché l'anima entri nel palazzo dei sogni.

* * *

Dio è dietro a tutto, ma tutto nasconde Dio. Le cose sono nere e le creature sono opache.

Amare un essere è renderlo trasparente.

* * *

Certi pensieri sono preghiere. Vi sono momenti in cui, qualunque sia l'atteggiamento del corpo, l'anima è in ginocchio.

* * *

Gli amanti separati ingannano l'assenza con mille cose chimeriche, che hanno pure la loro realtà. Si fa loro divieto di vedersi e non possono scriversi? Ed essi trovano una quantità di mezzi misteriosi per corrispondere. Si mandano il canto degli uccelli, il profumo dei fiori, il riso dei fanciulli, la luce del sole, i sospiri del vento, i raggi delle stelle, tutta la creazione. E perché no? Tutte le opere di Dio son fatte per servire l'amore. L'amore è abbastanza potente per incaricare la natura intera dei suoi messaggi.

O primavera, tu sei una lettera che io le scrivo.

* * *

L'avvenire appartiene ancora ben più ai cuori che alle menti. Amare, ecco la sola cosa che possa occupare e riempire l'eternità. All'infinito occorre l'inesauribile.

* * *

L'amore partecipa dell'anima stessa; è della sua medesima natura. Al pari di essa è scintilla divina e, come essa, è incorruttibile, indivisibile e imperituro. È un punto di fuoco che è in noi, che è immortale e infinito, che nulla può limitare e che nulla può spegnere. Lo si sente ardere sino al midollo delle ossa e lo si vede raggiare sino in fondo al cielo.

O amore! Adorazioni! Voluttà di due spiriti che si comprendono, di due cuori che si scambiano, di due sguardi che si penetrano! Verrete a me, felicità, nevvero? Passeggiare in due nelle solitudini! Giornate benedette e raggianti! Ho sognato talvolta che a quando a quando alcune ore si staccassero dalla vita degli angeli e venissero quaggiù ad attraversare il destino degli uomini.

* * *

Dio non può aggiungere nulla alla felicità di coloro che si amano, se non concedere loro la durata senza fine. Dopo una vita d'amore, un'eternità d'amore è infatti un accrescimento. Ma accrescere d'intensità la felicità ineffabile che l'amore dà all'anima fin dalla vita terrena, è impossibile persino a Dio. Dio è la pienezza del cielo: l'amore è la pienezza dell'uomo.

* * *

Voi guardate una stella per due motivi: perché è luminosa e perché è impenetrabile. Ma avete vicino a voi un irradiamento più dolce e un più grande mistero: la donna.

* * *

Noi tutti, chiunque siamo, abbiamo le nostre creature respirabili; se ci mancano, ci manca l'aria e soffochiamo: allora moriamo. Morire per mancanza d'amore è spaventoso. È l'asfissia dell'anima!

* * *

Quando l'amore ha fuso e unito due esseri in un'unità angelica e sacra, il segreto della vita per essi è trovato: essi non sono più che i due termini d'uno stesso destino, le due ali d'uno stesso spirito. Amate, libratevi!

* * *

Il giorno in cui una donna che vi passa davanti sprigiona luce mentre cammina, siete perduto: voi amate. Allora, non vi rimane che una sola cosa da fare: pensare a lei tanto intensamente che ella sia costretta a pensare a voi.

* * *

Ciò che l'amore inizia può essere terminato solo da Dio.

* * *

Il vero amore si desola e si estasia per un guanto perduto o per un fazzoletto trovato, e ha bisogno dell'eternità per la sua devozione e le sue speranze. Esso si compone a un tempo dell'infinitamente grande e dell'infinitamente piccolo.

* * *

Se siete pietra, siate calamita; se siete pianta, siate sensitiva; se siete uomo, siate amore.

* * *

Nulla basta all'amore. Si ha la felicità e si vuole il paradiso, si ha il paradiso e si vuole il cielo.

O voi che vi amate, tutto questo è nell'amore. Sappiate trovarvelo. L'amore ha, come il cielo, la contemplazione, e, più del cielo, la voluttà.

* * *

«Va ancora al Luxembourg?» «No, signore.» «Viene in questa chiesa a sentire la messa, vero?» «Non ci viene più.» «Abita sempre in questa casa?» «Ha traslocato.» «E dove è andata ad abitare?» «Non l'ha detto.»

Che cosa triste ignorare l'indirizzo della nostra anima!

* * *

L'amore ha delle fanciullaggini; le altre passioni hanno delle meschinità. Vergogna alle passioni che rendono l'uomo meschino! Onore a quella che lo rende fanciullo!

* * *

Che cosa strana! Lo sapete? Sono nelle tenebre. V'è un essere che andandosene si è portato via il cielo.

* * *

Oh! Essere coricati a fianco a fianco nella stessa tomba, con la mano nella mano, e, di tanto in tanto, nelle tenebre, accarezzarci dolcemente un dito: questo basterebbe alla mia eternità.

* * *

Voi che soffrite perché amate, amate ancor più. Morire d'amore, è viverne.

* * *

Amate. Un'oscura trasfigurazione stellata è unita a questo supplizio. V'è dell'estasi nell'agonia.

* * *

O gioia degli uccelli! Hanno il canto perché hanno il nido.

* * *

L'amore è una respirazione celeste dell'aria del paradiso.

* * *

Cuori profondi, spiriti saggi, prendete la vita come Dio l'ha fatta. È una lunga prova, una preparazione inintelligibile al destino ignoto. Questo destino, il vero, comincia per l'uomo al primo gradino dell'interno della tomba. Allora gli appare qualche cosa e incomincia a distinguere il definitivo. Il definitivo, pensate a questa parola. I vivi vedono l'infinito; ma il definitivo possono vederlo solo i morti. In attesa amate e soffrite, sperate e contemplate. Guai, ahimè!, a colui che avrà amato solo corpi, forme e apparenze! La morte gli toglierà tutto. Cercate di amare le anime e le ritroverete.

* * *

Ho incontrato per via un giovane poverissimo: era innamorato. Il suo cappello era vecchio, l'abito logoro, con i buchi ai gomiti, l'acqua gli passava attraverso le scarpe, e gli astri attraverso l'anima.

* * *

Che cosa grande, essere amati! Ma che cosa ancora più grande, amare! Il cuore diventa eroico a forza di passione: non si appoggia più sopra nulla che non sia elevato e grande. Un pensiero indegno non può germogliare in esso più di quanto un'ortica possa germogliare sopra un ghiacciaio.

L'anima alta e serena, inaccessibile alle passioni e alle emozioni volgari, dominando le nubi e le ombre di questo mondo, le follie, le menzogne, gli odi, le vanità e le miserie, abita l'azzurro del cielo e non sente più altro che le scosse profonde e sotterranee del destino, come le sommità delle montagne sentono i terremoti.

* * *

Se non ci fosse chi ama, il sole si spegnerebbe.

V
COSETTE DOPO LA LETTERA

Durante questa lettura, Cosette entrava a poco a poco nella fantasticheria. Nel momento in cui alzava gli occhi dall'ultima riga del quaderno, il bell'ufficiale, era la sua ora, passò trionfante davanti al cancello. Cosette lo trovò orribile.

Si mise a contemplare di nuovo il quaderno. Era scritto con una calligrafia stupenda, secondo Cosette, tutta della stessa mano, ma con inchiostri diversi, ora nerissimi, ora sbiaditi, come quando vien messa dell'acqua nel calamaio: e, per conseguenza, in giorni diversi. Era dunque un pensiero che si era effuso in quel quaderno, sospiro per sospiro, irregolarmente, senza ordine, senza scelta, senza scopo, a caso. Cosette non aveva mai letto nulla di simile; quel manoscritto, in cui ella vedeva più luce che ombra, le faceva l'effetto d'un santuario socchiuso. Ognuna di quelle righe misteriose splendeva ai suoi occhi e le inondava il cuore d'una luce strana.

L'educazione che aveva ricevuto le aveva parlato sempre dell'anima e mai dell'amore, press'a poco come chi parlasse del tizzone e mai della fiamma. Quel manoscritto di quindici pagine le rivelava bruscamente e dolcemente tutto l'amore, il dolore, il destino, la vita, l'eternità, il principio e la fine. Era come una mano che si fosse aperta e le avesse gettato improvvisamente in viso un pugno di raggi. Sentiva in quelle poche righe una natura appassionata, ardente, generosa, onesta, una volontà sacra, un immenso dolore e una speranza immensa, un cuore oppresso, un'estasi sbocciata. Che cos'era quel manoscritto? Una lettera: una lettera senza indirizzo, senza nome, senza data e senza firma, urgente e disinteressata, enigma composto di verità, messaggio di amore fatto per essere recato da un angelo e letto da una vergine, appuntamento dato fuori della terra, biglietto dolce d'un fantasma a un'ombra. Era un assente tranquillo e accasciato, che sembrava pronto a rifugiarsi nella morte e che inviava all'assente il segreto del destino, la chiave della vita, l'amore. E ciò era stato scritto con un piede nella tomba e un dito nel cielo. Quelle righe, cadute a una a una sulla carta, erano ciò che si potrebbe chiamare gocce d'anima.

Ora, da chi potevano venire quelle pagine? Chi poteva averle scritte?

Cosette non esitò un minuto. Un sol uomo.

Lui!

La luce era tornata nella sua mente. Tutto era riapparso. Ella provava una gioia inaudita e un'angoscia profonda. Era lui! Lui che le scriveva! Lui che era lì! Lui il cui braccio era passato attraverso quel cancello! Mentre lei l'aveva dimenticato, lui l'aveva ritrovata. Ma l'aveva poi realmente dimenticato? No, giammai! Era stata folle a credere ciò per un momento. Ella lo aveva sempre amato, sempre adorato. Il fuoco s'era coperto e aveva covato per qualche tempo; ma, lo vedeva bene, non aveva fatto che scavare più addentro e ora scoppiettava di nuovo e l'ardeva interamente. Quel quaderno era come una favilla caduta da quell'altra anima nella sua, ed ella sentiva ricominciare l'incendio. Si compenetrava di ogni parola del manoscritto: «Oh, sì!» ella diceva. «Come riconosco tutto ciò! È tutto quello che gli avevo già letto negli occhi.»

Mentre terminava di leggere per la terza volta, il tenente Théodule ripassò davanti al cancello e fece tintinnare gli speroni sul selciato. Cosette fu obbligata ad alzare gli occhi. Lo trovò insipido, sciocco, inutile, presuntuoso, antipatico, impertinente e bruttissimo. L'ufficiale si credette in obbligo di sorriderle. Ella si volse vergognosa e indignata; gli avrebbe volentieri gettato qualche cosa sulla testa.

Scappò via, rientrò in casa e si chiuse in camera per rileggere il manoscritto, per impararlo a memoria e per pensare. Quando l'ebbe ben letto, lo baciò e se lo pose in seno.

Era fatta. Cosette era ricaduta nel profondo amore serafico. L'abisso dell'Eden si era riaperto.

Per tutta la giornata, Cosette visse in una specie di stordimento. Pensava a fatica, e le idee, nel suo cervello, erano allo stato d'una matassa imbrogliata; non arrivava a congetturare nulla e, attraverso un tremore, sperava: che cosa? Cose vaghe. Non osava ripromettersi nulla. Le passavano sul volto improvvisi pallori e nel corpo le serpeggiavano dei brividi; in certi momenti le pareva di entrare nel chimerico, e si chiedeva: «È vero?». Allora toccava la carta diletta sotto il vestito, se la premeva al cuore e ne sentiva gli angoli sulla carne; e, se Jean Valjean l'avesse veduta in quel momento, avrebbe avuto un fremito davanti a quella gioia luminosa e ignota che le traboccava dalle palpebre.

«Oh sì» ella pensava. «È proprio lui! Questo proviene da lui, per me!»

Ed ella diceva tra sé che un intervento degli angeli, un caso celeste glielo aveva reso.

O trasfigurazioni dell'amore! O sogni! Quel caso celeste, quell'intervento degli angeli era stata quella pallottola di pane, lanciata da un ladro a un altro ladro, dal cortile Charlemagne alla «fossa dei leoni», al di sopra dei tetti della Force.

VI
I VECCHI SONO FATTI PER USCIRE A PROPOSITO

Venuta la sera, Jean Valjean uscì. Cosette si fece bella; si acconciò i capelli nel modo che le stava meglio e indossò un vestito che, per aver ricevuto un colpo di forbici di troppo e lasciar scorgere attraverso la scollatura il principio della gola, era, come dicono le fanciulle, «un po' indecente». Non v'era nulla d'indecente; anzi, ella era più graziosa che mai. Fece tutta quella toeletta senza sapere perché.

Voleva uscire? No.

Aspettava una visita? No.

Verso sera, ella discese in giardino. Toussaint era occupata, come al solito, in cucina, verso il cortile posteriore.

Si mise a camminare sotto i rami, scostandoli di tanto in tanto con le mani perché alcuni erano assai bassi.

Giunse così alla panchina. La pietra c'era ancora.

Si sedette e posò la dolce mano bianca su quella pietra, come se volesse accarezzarla e ringraziarla.

A un tratto ebbe quella impressione indefinibile che si prova, anche senza vedere, quando si ha qualcuno ritto dietro di sé.

Ella voltò la testa e si alzò.

Era lui!

Aveva il capo scoperto, e pareva pallido e dimagrito. Il suo vestito nero si distingueva a malapena. Il crepuscolo gli impallidiva la bella fronte e gli copriva gli occhi di tenebre. Sotto un velo d'incomparabile dolcezza, aveva qualche cosa della morte e della notte; il suo volto era illuminato dal chiarore del giorno che moriva e dal pensiero d'un'anima che è sul punto di migrare.

Sembrava che non fosse ancora fantasma e già non fosse più uomo.

Il suo cappello era stato gettato a pochi passi, nei cespugli.

Cosette, in procinto di svenire, non emise un grido; indietreggiò lentamente, poiché si sentiva attratta; lui, invece, non si muoveva affatto. Da un non so che d'ineffabile e di triste che l'avvolgeva, ella sentiva lo sguardo degli occhi di lui, che non vedeva.

Cosette, indietreggiando, si trovò contro un albero e vi si appoggiò. Senza quell'albero sarebbe caduta.

Allora udì la sua voce, quella voce che non aveva certamente mai udito, che si alzava a stento al di sopra dello stormire delle foglie e mormorava:

«Perdonatemi: sono qui. Ho il cuore gonfio, non potevo vivere com'ero; e sono venuto. Avete letto ciò che avevo messo là, su quella panca? Mi riconoscete un po'? Non abbiate paura di me. È già passato tanto tempo; vi ricordate il giorno in cui mi guardaste? Fu al Luxembourg, vicino al "Gladiatore". E i giorni in cui mi passaste davanti? Furono il 16 giugno e il 2 luglio: è quasi un anno. Da gran tempo non vi ho più veduta. Ho chiesto di voi alla noleggiatrice di sedie, ed ella mi ha detto che non vi vedeva più. Abitavate in via dell'Ouest, al terzo piano verso la strada, in una casa nuova. Vedete che sono informato? Vi seguivo. Che altro potevo fare? E poi siete scomparsa. Credetti di vedervi passare, una volta, mentre leggevo i giornali sotto i portici dell'Odéon: e corsi. Ma no! Era una che portava un cappello come il vostro. Di notte vengo qui. Non temete, nessuno mi vede. Vengo a vedere da vicino le vostre finestre, e cammino piano piano, perché non mi sentiate, se no, forse avreste paura. L'altra sera ero dietro di voi; vi voltaste e io fuggii. Una volta vi ho sentito cantare ed ero felice. Vi disturbo, forse, se sto a sentirvi cantare attraverso le imposte? Credo che ciò non dovrebbe importarvi, vero? Vedete, voi siete il mio angelo! Lasciate ch'io venga un po' qui. Mi sembra di morire. Sapeste! V'adoro, io! Perdonatemi! Vi parlo e non so che cosa vi dica; forse vi offendo? Dite, vi faccio stizzire?».

«Mamma mia!» ella esclamò.

E si ripiegò su se stessa, come se morisse.

Egli l'afferrò che stava per cadere; la prese fra le braccia e la strinse fortemente, senza aver coscienza di quanto faceva. La sorreggeva pur vacillando a sua volta. Era come se avesse la testa piena di fumo; tra le ciglia gli passavano lampi, le sue idee svanivano, gli pareva di compiere un atto religioso e di commettere una profanazione. Del resto, non aveva il minimo desiderio di quella donna incantevole, le cui forme sentiva contro il proprio petto. Era perdutamente innamorato.

Ella gli prese una mano e se la mise sul cuore; ed egli sentì che sopra vi era quel suo quaderno. Allora balbettò:

«Voi m'amate, dunque?».

«Taci! Lo sai!»

E nascose il viso rosso sul petto del giovane, superbo e inebriato.

Egli cadde sulla panca, ed ella vicino a lui. Non avevano più parole. Le stelle cominciavano a scintillare. Come avvenne che le loro labbra si incontrarono? Come avviene che l'uccello canti, che la neve si sciolga, che la rosa si apra, che maggio s'infiori, che l'alba imbianchi dietro gli alberi cupi le cime frementi delle colline?

Un bacio, e fu tutto.

Trasalirono entrambi, e si guardarono nell'ombra con occhi sfavillanti.

Non sentivano né la notte fresca, né la pietra fredda, né la terra umida, né l'erba bagnata; si guardavano e avevano il cuore pieno di pensieri. Si erano presi per mano, senza avvedersene.

Ella non gli chiedeva – non vi pensava neppure – di dove fosse entrato e come fosse penetrato nel giardino: le pareva così semplice ch'egli si trovasse lì!

Di tanto in tanto il ginocchio di Marius toccava il ginocchio di Cosette, ed entrambi fremevano.

A intervalli, Cosette balbettava una parola. L'anima le tremava sulle labbra, come una goccia di rugiada su un fiore.

A poco a poco si parlarono. L'espansione successe al silenzio, che è la pienezza. La notte era serena e splendida sopra le loro teste. Quei due esseri, puri come spiriti, si dissero tutto: i loro sogni, le loro ebbrezze, le loro estasi, le loro chimere, le loro debolezze, come si fossero adorati da lontano, come si fossero desiderati, e la loro disperazione quando avevano cessato di vedersi. Si confidarono, in un'intimità ideale che nulla già poteva accrescere, ciò che avevano di più intimo e di più misterioso. Si raccontarono, con fede candida nelle loro illusioni, tutto quello che l'amore, la giovinezza e quel resto di fanciullezza che era in loro, suscitavano nella loro mente.

Quei due cuori si riversarono l'uno nell'altro, di modo che un'ora dopo il giovane possedeva l'anima della fanciulla, e la fanciulla l'anima del giovane. Si compenetrarono, s'incantarono e si abbagliarono.

Quando ebbero finito, quando si furono detto tutto, ella appoggiò il capo sulla spalla di lui e gli chiese:

«Come vi chiamate?».

«Mi chiamo Marius» egli rispose. «E voi?»

«Mi chiamo Cosette.»

LIBRO SESTO

IL PICCOLO GAVROCHE

I
UN BRUTTO TIRO DEL VENTO

Dopo il 1823, mentre l'osteria di Montfermeil affondava e s'inabissava a poco a poco, non nell'abisso d'un fallimento, ma nella cloaca dei debitucci, i coniugi Thénardier avevano avuto altri due bimbi, entrambi maschi, il che aveva portato a cinque il numero dei figli, ossia due femmine e tre maschi. Erano molti.

La Thénardier s'era sbarazzata, con una facilità strana, degli ultimi due, quando erano ancora piccini. Sbarazzata è la parola giusta. In quella donna non esisteva che un frammento di natura: fenomeno del quale, del resto, si ha più d'un esempio. Come la marescialla di La Mothe-Houdancourt, la Thénardier era madre solo per le sue femmine: la sua maternità si limitava a esse. In lei l'odio per il genere umano incominciava dai suoi maschi. Verso costoro la sua malvagità era a piombo; il suo cuore aveva in quel punto un lugubre scoscendimento. Come si è visto, ella detestava il maggiore; gli altri due li esecrava. Perché? Perché sì. Il più terribile motivo e la più indiscutibile risposta: *Perché sì*. «Io non ho bisogno d'una nidiata di figli» diceva quella madre.

Spieghiamo in che modo i Thénardier fossero riusciti a liberarsi dei loro due ultimi figli e persino a trarne profitto.

Quella giovane Magnon, di cui abbiamo parlato nelle pagine precedenti, era la stessa che era riuscita a far sussidiare da quel brav'uomo di Gillenormand i suoi due figli. Abitava sul lungosenna dei Célestins, all'angolo di quella antica via del Petit-Musc che ha fatto quel che ha potuto per mutare in buon odore la sua cattiva reputazione.[1]

Si ricorderà la grande epidemia di crup che desolò, trentacinque anni or sono, i quartieri riviereschi della Senna a Parigi, e della quale la scienza approfittò per sperimentare su larga scala l'efficacia delle

[1] Questa via si chiamava, un tempo (almeno, si dice), *Pute y musse* (sgualdrina qui si cela): e siccome il muschio è un profumo, ecco giustificata la spiritosa precisazione di Hugo.

inalazioni di allume, oggi tanto utilmente sostituite dalle pennellature di tintura di iodio. Durante quella epidemia la Magnon perdette nello stesso giorno, l'uno al mattino e l'altro la sera, i suoi due bambini ancora in tenera età. Fu un colpo terribile per lei. Quei bambini erano preziosi per la loro madre; essi rappresentavano ottanta franchi al mese: questi ottanta franchi le erano puntualmente pagati, in nome del signor Gillenormand, dal suo amministratore, il signor Barge, usciere in pensione, abitante in via del Roi-de-Sicile. Morti i figli, la rendita spariva: ma la Magnon cercò un espediente. Nella tenebrosa massoneria del male, della quale ella faceva parte, si sa tutto, si custodisce un segreto e ci si aiuta l'un l'altro. Alla Magnon occorrevano due bambini che sostituissero quelli perduti; la Thénardier ne aveva due dello stesso sesso e della stessa età. Buona combinazione per la prima e buon collocamento per la seconda. I piccoli Thénardier divennero i piccoli Magnon. La Magnon lasciò il lungosenna dei Célestins e andò ad abitare in via Clocheperce. A Parigi, l'identità che lega un individuo a se stesso si rompe col trasloco da una via all'altra.

Lo stato civile, non essendo stato per nulla avvertito, non reclamò, e la sostituzione fu fatta nel modo più semplice del mondo; solo, la Thénardier richiese, per quel prestito di fanciulli, dieci franchi al mese, che la Magnon promise e anche pagò. Non occorre dire che il signor Gillenormand continuò a far fronte al suo impegno. Egli si recava a vedere i piccini ogni sei mesi. Non si accorse del cambio.

«Come vi assomigliano, signore!» gli diceva la Magnon.

Thénardier, al quale le trasformazioni riuscivano facili, colse quell'occasione per diventare Jondrette. Le sue due figlie e Gavroche avevano appena avuto il tempo di accorgersi di avere due fratellini. Giunti a un certo grado di miseria, una specie d'indifferenza spettrale s'impadronisce di noi, e ci fa vedere gli esseri come larve. I nostri parenti più prossimi sono spesso per noi solo forme vaghe dell'ombra, appena distinte dal fondo nebuloso della vita e facilmente confuse con l'invisibilità.

La sera del giorno in cui aveva consegnato i due piccini alla Magnon, con la volontà ben espressa di rinunciarvi per sempre, la Thénardier aveva avuto, o fatto finta d'avere, uno scrupolo: «Ma questo significa abbandonare i propri figli!» aveva detto al marito. Thénardier, dottorale e flemmatico, cauterizzò lo scrupolo con questa frase: «Jean-Jacques Rousseau ha fatto di peggio!». Dallo scrupolo la madre era passata all'inquietudine: «Ma se la polizia venisse a tormentarci? Di' un po', Thénardier, quello che abbiamo fatto è permesso?». Thénardier rispose: «Tutto è permesso. Nessuno sospetterà di nulla. Del resto, trattandosi di bambini senza un soldo, nessuno ha interesse a guardare troppo da vicino».

La Magnon era, per così dire, una elegante del delitto. Aveva cura della propria toeletta. Divideva l'alloggio, ammobiliato in modo pretenzioso e miserabile, con una scaltra ladra inglese, naturalizzata francese. Questa inglese naturalizzata parigina, raccomandabile per le sue relazioni nel ceto dei ricchi, intimamente legata con le medaglie della Biblioteca e con i diamanti della signorina Mars, fu più tardi celebre negli annali giudiziari. La chiamavano *la signorina Miss*.

I due piccini toccati alla Magnon non ebbero da lamentarsi. Raccomandati dagli ottanta franchi, essi erano trattati bene, come tutto ciò che viene sfruttato; non erano mal vestiti né mal nutriti, ed erano trattati quasi come «signorini», meglio con la madre falsa che con la vera. La Magnon, davanti a essi, faceva la signora e non parlava punto in gergo.

Passarono così alcuni anni. Thénardier ne presagiva bene. Un giorno gli venne fatto di dire alla Magnon che gli consegnava i dieci franchi mensili: «Bisognerà che "il padre" li faccia educare».

A un tratto, quei due poveri ragazzi, fino allora protetti, anche nella loro cattiva sorte, vennero bruscamente gettati nella vita e costretti ad affrontarla.

Un arresto in massa di malfattori, come quello ch'era stato fatto nella stamberga Jondrette, necessariamente complicato da perquisizioni e da ulteriori incarcerazioni, è un vero disastro per quella orribile contro-società occulta che vive sotto la società pubblica. Un'avventura di questo genere trascina con sé ogni sorta di crolli in quel mondo tenebroso; e la catastrofe dei Thénardier produsse la catastrofe della Magnon.

Un giorno, poco tempo dopo che la Magnon ebbe consegnato a Éponine il biglietto relativo alla via Plumet, la polizia fece un'improvvisa irruzione in via Clocheperce. La Magnon fu arrestata, come pure la signorina Miss; e tutti gli inquilini della casa, che erano sospetti, caddero nella retata. I due ragazzetti, in quel momento, stavano giocando in un cortile interno e non videro nulla della razzia avvenuta; quando vollero rientrare, trovarono la porta chiusa e la casa vuota. Un ciabattino d'una botteguccia di fronte li chiamò e consegnò loro un foglio che «la loro madre» aveva lasciato per essi. Su quel foglio c'era un indirizzo: Signor Barge, amministratore, via del Roi-de-Sicile, n. 8. L'uomo della botteguccia disse loro:

«Voi non abitate più qui. Andate là: è vicinissimo, la prima via a sinistra. Chiedete la strada con questa carta».

I due fanciulli se ne andarono, il maggiore conducendo il minore e tenendo in mano la carta che doveva guidarli. Aveva freddo, e i suoi ditini intirizziti stringevano poco e tenevano male la carta; alla svolta della via Clocheperce un colpo di vento gliela strappò e, siccome stava calando la notte, il fanciullo non poté ritrovarla.

Incominciarono allora a errare a caso per le vie.

II
IN CUI IL PICCOLO GAVROCHE SI GIOVA DI NAPOLEONE IL GRANDE

La primavera a Parigi è abbastanza spesso attraversata da brezze aspre e rigide, dalle quali si rimane non precisamente agghiacciati, ma gelati; queste brezze che attristano le più belle giornate fanno l'effetto di quelle ventate d'aria fredda che, attraverso le fessure d'una finestra o d'una porta mal chiusa, entrano in una camera riscaldata. Pare che la tetra porta dell'inverno sia rimasta socchiusa e che da là venga il vento. Nella primavera del 1832, epoca in cui scoppiò in Europa la prima grande epidemia di questo secolo, simili brezze erano più aspre e più pungenti che mai; era socchiusa una porta ancor più glaciale di quella dell'inverno, ossia la porta del sepolcro. In quelle brezze si sentiva il soffio del colera.

Dal punto di vista meteorologico, quei venti freddi avevano questa caratteristica: che non escludevano affatto una forte tensione elettrica. In quel periodo scoppiarono frequenti uragani, accompagnati da lampi e tuoni.

Una sera in cui una di tali brezze soffiava così aspramente da dare l'impressione che fosse tornato gennaio, e i borghesi avevano rimesso il cappotto, il piccolo Gavroche, sempre allegramente intirizzito sotto i suoi stracci, stava in piedi e come in estasi davanti alla bottega di un parrucchiere, nelle vicinanze dell'Orme-Saint-Gervaise. Era adorno d'uno scialle da donna, di lana, raccolto chi sa dove, e del quale si era fatto una sciarpa. Il piccolo Gavroche pareva ammirare profondamente una sposa di cera, scollata e ornata di fiori d'arancio, che girava dietro il vetro mostrando, tra le due lampade a vari becchi, il suo sorriso ai passanti: ma in realtà egli stava osservando la bottega, per vedere se non gli riuscisse di sgraffignare nella vetrina un pezzo di sapone che poi sarebbe andato a vendere per un soldo a un parrucchiere della periferia. Gli capitava spesso di far colazione mercé uno di quei pezzi di sapone. Chiamava quel genere di lavoro, nel quale era veramente abile, «far la barba ai barbieri».

Mentre continuava a contemplare la sposa e a sbirciare il pezzo di sapone, borbottava fra i denti: «Martedì. Non è martedì. È martedì? Forse è martedì. Sì, è martedì».

Non si è mai saputo a che cosa si riferisse quel monologo.

Se, per caso, si riferiva all'ultima volta ch'egli aveva mangiato, da allora erano passati tre giorni, poiché era venerdì.

Il barbiere, nella bottega riscaldata da una buona stufa, stava radendo un cliente e di tanto in tanto gettava un'occhiata di traverso a quel nemico, a quel monello gelato e sfrontato che aveva le mani in tasca, ma la mente libera e pronta ad agire.

Mentre Gavroche esaminava la sposa, la vetrina e i saponi di Windsor, due fanciulli di statura diversa, abbastanza ben vestiti e ancora più piccoli di lui, che dimostravano l'uno sette e l'altro cinque anni, girarono timidamente la maniglia della porta ed entrarono nella bottega chiedendo non si sa che cosa, la carità forse, con un mormorìo piagnucoloso che rassomigliava piuttosto a un gemito che a una preghiera. Parlavano tutt'e due insieme, e le loro parole erano ininintelligibili perché i singhiozzi troncavano la voce del più piccolo, e il freddo faceva battere i denti del maggiore. Il barbiere si voltò con un viso da arrabbiato e, senza lasciare il rasoio, spingendo il maggiore con la mano sinistra e il più piccolo col ginocchio, li ributtò tutt'e due nella strada, e chiuse la porta dicendo:

«Venir qui a raffreddare la gente per niente!».

I due bimbi si rimisero in cammino piangendo. Intanto, il tempo s'era fatto nuvoloso e cominciava a piovere.

Il piccolo Gavroche corse loro dietro e li apostrofò:

«Che cosa avete dunque, marmocchi?».

«Non sappiamo dove andare a dormire» rispose il più grande.

«È tutto qui?» disse Gavroche. «Che gran cosa! E per questo si piange? Che sciocchini!»

E assumendo, attraverso la sua superiorità un po' canzonatoria, un accento d'autorità intenerita e di dolce protezione, disse:

«Mocciosi, venite con me».

«Sì, signore» fece il più grande.

E i due fanciulli lo seguirono, come avrebbero seguito un arcivescovo. Avevano cessato di piangere.

Gavroche li condusse per la via Saint-Antoine in direzione della Bastiglia, e, camminando, gettò un'occhiata indignata e retrospettiva alla bottega del barbiere.

«Non ha cuore, quel tagliapidocchi» brontolò. «È un burberaccio.»

Una ragazza, vedendoli camminare in fila tutti e tre, con Gravroche alla testa, scoppiò in una fragorosa risata. Quel riso mancava di rispetto al gruppo.

«Buongiorno, signorina Omnibus» le disse Gavroche.

Un minuto dopo, ricordandosi del parrucchiere, aggiunse:

«Mi sono sbagliato. Non è un tagliapidocchi, è un serpente. Parrucchiere, andrò a cercare un fabbro e ti farò mettere un sonaglio alla coda».

Quel parrucchiere l'aveva reso aggressivo. Mentre scavalcava una pozzanghera, il monello apostrofò una portinaia barbuta, degna d'incontrare Faust sul Brocken, e che aveva la scopa in mano.

«Signora,» le disse «uscite col vostro cavallo?»

E così dicendo, inzaccherò le scarpe verniciate d'un passante.

«Briccone!» gridò il passante, furioso.

Gavroche cacciò il naso fuori dallo scialle.

«Con chi ce l'ha, il signore?»

«Con te!» disse il passante.

«L'ufficio è chiuso,» disse Gavroche «non ricevo più reclami.»

Intanto, continuando a risalire la via, scorse, tutta gelata sotto un portone, una mendicante di tredici o quattordici anni, con una sottana tanto corta che le si vedevano le ginocchia. La piccina cominciava a essere troppo grande per portare vesti così corte. Lo sviluppo fa simili tiri: la sottana diventa corta nel momento in cui la nudità diventa indecente.

«Povera piccina!» disse Gavroche. «Non ha neppure le mutande. To', prendi questo.»

E togliendosi tutta quella buona lana che portava intorno al collo la gettò sulle spalle magre e violacee della mendicante, sulle quali la sciarpa ridivenne scialle.

La piccina osservò con aria stupita e ricevette lo scialle in silenzio. Giunto a un certo grado di miseria, il povero, nel suo stupore, non geme più per il male e non ringrazia più per il bene.

Fatto questo:

«Brrr!» disse Gavroche, più tremante di San Martino che, almeno, aveva conservato metà del suo mantello.

A quel brrr, l'acquazzone raddoppiò il suo cattivo umore e imperversò ancora di più. Così i cattivi cieli puniscono le buone azioni!

«Oh!» esclamò Gavroche. «Che significa questo? Torna a piovere! Buon Dio, se continua così, disdico l'abbonamento.»

E si rimise in cammino.

«Comunque» riprese, gettando un'occhiata alla mendicante che si raggomitolava sotto lo scialle, «ecco lì una scorza magnifica.»

E guardando le nubi, gridò:

«Piglia su!».

I due fanciulli regolavano il passo sul suo.

Mentre passavano davanti ad una di quelle fitte grate metalliche che distinguono le botteghe dei fornai, poiché il pane vien messo come l'oro dietro le inferriate, Gavroche si voltò:

«E così, monelli, abbiamo mangiato?».

«Signore,» rispose il più grandicello «non abbiamo mangiato da questa mattina.»

«Siete dunque senza padre e senza madre?» riprese maestosamente Gavroche.

«Scusateci signore, abbiamo papà e mamma, ma non sappiamo dove sono.»

«Talvolta, è meglio non saperlo» disse Gavroche, che era un pensatore.

«Son già due ore che camminiamo» continuò il più grande. «Abbiamo cercato qualche cosa vicino ai paracarri, ma non abbiamo trovato nulla.»

«Lo so» disse Gavroche. «Mangiano tutto i cani.»

E riprese, dopo una breve pausa:

«Ah! Abbiamo perduto gli autori dei nostri giorni e non sappiamo più che cosa ne abbiamo fatto. Questo non sta bene, birichini! Stupido smarrire così le persone d'una certa età. Ah, be'! Bisogna pur cioncare, intanto».

Del resto, egli non rivolse loro altre domande. Non aver domicilio, che cosa v'è di più semplice?

Il maggiore dei due monelli, quasi interamente tornato alla pronta noncuranza della fanciullezza, esclamò:

«Però è una cosa buffa! E la mamma, che ci aveva detto che ci avrebbe condotti a prendere il bosso benedetto, la domenica delle Palme!».

«Trallerallèla...» rispose Gavroche.

«Mammà» riprese il più grande «è una signora che abita con la signorina Miss.»

«...Trallerallà» ribatté Gavroche.

Intanto, s'era fermato e da qualche minuto tastava e frugava tutte le specie di ripostigli che aveva nei suoi stracci.

Infine, rialzò la testa con un'espressione che voleva essere soltanto soddisfatta, ma che, in realtà, era trionfante.

«Calmiamoci, marmocchi. Ecco di che mangiare per tutti e tre.»

E trasse da una delle sue tasche un soldo.

Senza lasciare ai due piccini il tempo di restare a bocca aperta, li spinse entrambi davanti a sé nella bottega del fornaio, e mise il soldo sul banco, gridando:

«Garzone! Cinque centesimi di pane!».

Il fornaio, ch'era il padrone in persona, prese un pane e un coltello.

«In tre pezzi, garzone!» riprese Gavroche, soggiungendo con dignità:

«Siamo in tre».

E vedendo che il fornaio, dopo aver esaminato i tre commensali, aveva preso un pane scuro, si ficcò profondamente il dito nel naso con un'inspirazione imperiosa, come se avesse sulla punta del pollice la presa di tabacco di Federico il Grande, e gettò in faccia al fornaio questa apostrofe indignata:

«Krobè?».

Quelli fra i nostri lettori che fossero tentati di vedere nella domanda di Gavroche al fornaio una parola russa o polacca, o uno di quei gridi selvaggi che gli Yoways ed i Botocudos[2] si gettano da una riva all'altra d'un fiume attraverso le solitudini, sono avvertiti che si tratta di una parola che essi (i nostri lettori) dicono tutti i giorni e che equivale alla frase: «Che roba è?». Il fornaio capì perfettamente e rispose:

«Oh bella! È pane, ottimo pane di seconda qualità».

«Volete dire *larton brutal*[3]» riprese Gavroche, calmo e freddamente sdegnoso. «Pane bianco, garzone! Pane insaponato! Ho degli invitati.»

Il fornaio non poté fare a meno di sorridere, e mentre tagliava il pane bianco il esaminava con un'aria di compassione che urtò Gavroche.

«Ebbene, garzone!» egli disse. «Che cosa avete da squadrarci così? Ci misurate?»

Messi tutt'e tre in fila per lunghezza, non avrebbero misurato una tesa.

Quando il pane fu tagliato, il fornaio incassò il soldo, e Gavroche disse ai due fanciulli:

«Macinate!».

I ragazzi lo guardarono, interdetti.

Gavroche si mise a ridere.

«Già, è vero! Non sanno ancora. Sono troppo piccoli!». E riprese: «Mangiate».

Nello stesso tempo, tendeva a ciascuno un pezzo di pane.

E, pensando che il più grande, il quale gli pareva più degno della sua conversazione, meritasse qualche incoraggiamento speciale e dovesse essere sbarazzato da ogni esitazione a soddisfare l'appetito, soggiunse, dandogli il pezzo più grosso: «Caccia questo nel fucile».

V'era un pezzo più piccolo degli altri: lo prese per sé.

I poveri ragazzi erano affamati, compreso Gavroche. Pur affondando allegramente i denti nel pezzo di pane, ingombravano la bottega del fornaio: e costui, ora che era stato pagato, li guardava di cattivo umore.

[2] Indiani d'America.
[3] Pane nero [*N.d.A.*].

900

«Rientriamo nella strada» disse Gavroche.

E ripresero la direzione della Bastiglia.

Di tanto in tanto, quando passavano davanti alle vetrine illuminate, il più piccolo si fermava per guardar l'ora a un orologetto di piombo che aveva sospeso al collo con un cordoncino.

«È veramente un grande sciocchino» diceva Gavroche. Poi, pensoso, borbottava fra i denti:

«Comunque, se avessi dei marmocchi, io li custodirei un po' meglio».

Mentre terminavano il loro pezzo di pane e raggiungevano l'angolo di quella tetra via dei Ballets, in fondo alla quale si scorge la porticina bassa e ostile della Force, qualcuno disse:

«To'! Sei tu, Gavroche?».

«To'! Sei tu, Montparnasse?» disse Gavroche.

Un uomo s'era rivolto al monello, e quell'uomo non era altri che Montparnasse camuffato, con occhiali azzurri, ma riconoscibile per Gavroche.

«Corpo d'un cane!» proseguì Gavroche. «Hai una scorza color cataplasma di semi di lino e gli occhiali azzurri come un medico. Hai uno stile, parola di vecchio!»

«Zitto!» fece Montparnasse. «Non così forte.»

E trascinò vivacemente Gavroche fuori della luce delle botteghe.

I due piccini li seguivano macchinalmente tenendosi per la mano.

Quando furono sotto il cupo archivolto d'un portone al riparo dagli sguardi e dalla pioggia:

«Sai dove vado?» chiese Montparnasse.

«All'abbazia di Mont-à-Regret[4]» disse Gavroche.

«Burlone!»

E Montparnasse riprese: «Vado a rivedere Babet».

«Ah!» fece Gavroche. «Lei si chiama Babet.»

Montparnasse abbassò la voce.

«Non è lei, ma lui.»

«Ah, Babet!»

«Sì, Babet.»

«Lo credevo nella rete.»

«Ha rotto le maglie» rispose Montparnasse.

E raccontò rapidamente al birichino che la mattina di quello stesso giorno Babet, essendo stato trasferito alla Conciergerie, era evaso prendendo a sinistra invece di prendere a destra «nel corridoio dell'istruzione».

Gavroche ammirò l'abilità.

[4] Al patibolo [*N.d.A.*]. *Mont-à-Regret* significa «Sali a malincuore».

«Che dentista!» disse.

Montparnasse aggiunse qualche particolare sull'evasione di Babet e terminò dicendo:

«Oh! Ma non è tutto».

Mentre stava ascoltando, Gavroche s'era impadronito del bastone che Montparnasse teneva in mano e ne aveva macchinalmente tirata la parte superiore: apparve la lama d'un pugnale.

«Ah!» egli fece, respingendo vivamente il pugnale. «Hai condotto con te il tuo gendarme, travestito da borghese.»

Montparnasse strizzò l'occhio.

«Diamine!» riprese Gavroche. «Vai dunque ad azzuffarti coi cagnotti?»

«Non si sa mai,» rispose Montparnasse con aria indifferente. «È sempre bene avere uno spillo indosso.»

Gavroche insistette:

«Allora, stanotte, che cosa farai?».

Montparnasse assunse di nuovo il tono grave e disse, mangiando le sillabe:

«Qualche cosa».

E, cambiando bruscamente discorso:

«A proposito!».

«Che cosa?»

«Una storia dell'altro ieri. Figurati! Incontro un borghese. Mi regala un sermone e la sua borsa. La metto in tasca. Un minuto dopo mi frugo in tasca. Non v'era più nulla.»

«Tranne il sermone.»

«Ma tu,» riprese Montparnasse «dove vai ora?»

Gavroche indicò i suoi due protetti, e disse:

«Vado a mettere a letto questi ragazzi».

«A letto, dici? E dove?»

«A casa mia.»

«E dove, a casa tua?»

«A casa mia.»

«Hai dunque una casa?»

«Sì, ho una casa.»

«E dove alloggi?»

«Nell'elefante» disse Gavroche.

Montparnasse, benché, per natura, fosse poco facile a stupirsi, non poté trattenere un'esclamazione:

«Nell'elefante!».

«Ebbene, sì, nell'elefante!» ribatté Gavroche. «Koscè?»

Anche questa è una parola della lingua che nessuno scrive e che tutti parlano. Significa: «Che cosa c'è?».

L'osservazione profonda del birichino ricondusse Montparnasse alla calma e al buon senso. Egli parve tornare a migliori sentimenti circa l'abitazione di Gavroche.

«Infatti!» egli disse. «Sì, l'elefante... Ci si sta bene?»

«Benissimo» fece Gavroche. «Ci si sta veramente a meraviglia. E non ci sono quelle brutte correnti d'aria come sotto i ponti.»

«E come fai a entrarvi?»

«Entro.»

«C'è dunque un buco?» chiese Montparnasse.

«Perbacco! Ma non bisogna dirlo: è tra le gambe anteriori. I *coqueurs*[5] non l'hanno visto.»

«E tu t'arrampichi? Sì, ora comprendo.»

«Vi appoggio la mano, e, in un attimo, cric, crac, tutto è fatto, e non c'è più nessuno.»

Dopo una pausa, Gavroche soggiunse:

«Per questi ragazzi avrò una scala».

Montparnasse si mise a ridere.

«Dove diavolo hai preso questi marmocchi?»

Gavroche rispose con semplicità:

«Sono bambocci che mi ha regalato un parrucchiere».

Intanto Montparnasse s'era fatto pensoso.

«Tu m'hai riconosciuto molto facilmente» mormorò.

Trasse dalla tasca due piccoli oggetti, che non erano altro che due steli di penne avvolti nel cotone, e se ne introdusse una in ciascuna narice. Questo gli faceva un altro naso.

«Sembri un altro,» disse Gavroche «sei meno brutto: dovresti portarli sempre.»

Montparnasse era un bel giovanotto, ma Gavroche era proclive a motteggiare.

«A parte gli scherzi, come mi trovi?» chiese Montparnasse.

Era anche un altro timbro di voce. In men che non si dica, Montparnasse era divenuto irriconoscibile.

«Oh! Facci *Purcinella*!» esclamò Gavroche.

I due piccini, che fino allora non avevano sentito nulla, occupati com'erano a ficcarsi le dita nel naso, a quel nome si avvicinarono e guardarono Montparnasse con un principio di gioia e di ammirazione.

Disgraziatamente, Montparnasse era preoccupato.

Pose una mano sulla spalla di Gavroche e gli disse accentuando le parole:

«Ascolta ciò che sto per dirti, ragazzo: se fossi in piazza, col mio

---

[5] Poliziotti [*N.d.A.*].

dogo, la mia daga e la mia diga, e voi mi prodigaste dieci soldoni, non rifiuterei di *goupiner*;[6] ma oggi non è martedì grasso».

Questa frase bizzarra produsse sul monello un effetto singolare. Si voltò vivacemente, girò intorno con profonda attenzione gli occhietti scintillanti, e scorse, a pochi passi, una guardia municipale che gli volgeva le spalle. Gavroche si lasciò sfuggire un: «Ah, bene!» che represse immediatamente, e scuotendo la mano di Montparnasse:

«Ebbene, buona sera» egli disse. «Vado nel mio elefante coi marmocchi. Nella supposizione che una notte tu avessi bisogno di me, vienimi a trovare là. Abito al mezzanino. Non c'è portinaio. Chiederai del signor Gavroche.»

«Bene» disse Montparnasse.

E si separarono, Montparnasse avviandosi verso la Grève e Gavroche verso la Bastiglia. Il piccino di cinque anni, tirato dal fratello che, a sua volta, era tirato da Gavroche, si voltò indietro per vedere andar via «Purcinella».

La frase oscura, con la quale Montparnasse aveva avvertito Gavroche della presenza della guardia municipale, non conteneva alcun talismano all'infuori dell'assonanza *dig*, ripetuta cinque o sei volte sotto forme diverse. Quella sillaba *dig*, non pronunciata isolatamente ma ingegnosamente intercalata alle parole d'una frase, vuol dire: *Attenzione, non si può parlare liberamente.* Nella frase di Montparnasse v'era inoltre una bellezza letteraria che sfuggì a Gavroche, cioè *il mio dogo, la mia daga e la mia diga*, locuzione del gergo del Temple che significa: *il mio cane, il mio coltello e la mia donna*, molto usata tra i buffoni e i pagliacci del gran secolo in cui Molière scriveva e Callot[7] disegnava.

Vent'anni fa si vedeva ancora, nell'angolo sud-est della piazza della Bastiglia, vicino alla darsena del canale scavata nell'antico fossato della prigione-cittadella, un monumento bizzarro che si è già cancellato dalla memoria dei parigini e che meritava di lasciarvi qualche traccia, poiché era un'idea del «membro dell'Istituto, generale in capo dell'armata d'Egitto».

Diciamo monumento, benché non fosse che un bozzetto. Ma bozzetto qual era, abbozzo prodigioso, cadavere grandioso d'un'idea di Napoleone, che due o tre ventate successive avevano portato via e gettato ogni volta più lontano da noi, era divenuto storico, e aveva assunto un non so che di definitivo che contrastava col suo aspetto provvisorio. Era un elefante alto tredici metri, costruito in legno e in muratura, che portava sul dorso la sua torre simile a una casa, già di-

---

[6] Lavorare [*N.d.A.*].
[7] Jacques Callot (1592-1635), incisore e pittore francese.

pinto di verde da un imbianchino qualunque e ora dipinto di nero dall'aria, dalla pioggia e dal tempo. In quell'angolo deserto e scoperto della piazza, la larga fronte del colosso, la proboscide, i denti, la torre, l'enorme groppa, i quattro piedi simili a colonne, formavano, di notte contro il cielo stellato, un profilo sorprendente e terribile. Non si sapeva che cosa volesse dire. Era una specie di simbolo della forza popolare, enigmatico e immenso. Era un misterioso fantasma possente, visibile ed eretto accanto allo spettro invisibile della Bastiglia.

Pochi stranieri visitavano quell'edificio, nessun passante lo guardava. Cadeva in rovina; a ogni stagione, i calcinacci che si staccavano dai fianchi gli producevano squarci orribili. Gli «edili», come si dice in gergo elegante, l'avevano dimenticato dal 1814, ed esso era là nel suo cantuccio, cupo, malato, crollante, circondato da uno steccato fradicio, che i cocchieri ubriachi insozzavano a ogni istante; alcuni crepacci gli solcavano il ventre, un travicello gli usciva dalla coda, e l'erba gli cresceva alta fra le gambe; e poiché il livello della piazza da trent'anni andava elevandosi intorno ad esso, con quel movimento lento e continuo che alza insensibilmente il suolo delle grandi città, l'elefante si trovava come in una fossa, e pareva che la terra gli si sprofondasse sotto. Era immondo, disprezzato, ripugnante e superbo; brutto agli occhi dei borghesi, malinconico agli occhi del pensatore. Aveva qualche cosa delle immondizie che si è sul punto di scopare e d'una maestà in procinto d'essere decapitata.

Come abbiamo detto, di notte il suo aspetto mutava. La notte è la cornice di tutto ciò che è ombra. Da quando cadeva il crepuscolo, il vecchio elefante si trasfigurava; assumeva un aspetto tranquillo e temibile, nella formidabile serenità delle tenebre. Essendo parte del passato faceva parte della notte, e quella oscurità si confaceva alla sua grandezza.

Quel monumento rude, massiccio, pesante, aspro, austero, quasi deforme, ma certamente maestoso e improntato a una specie di gravità magnifica e selvaggia, è scomparso per lasciar regnare in pace quella specie di stufa gigantesca, adorna del relativo tubo, che ha sostituito la cupa fortezza a nove torri, press'a poco come la borghesia sostituisce il feudalesimo. È semplicissimo che una stufa sia il simbolo d'un tempo la cui potenza è contenuta in una caldaia. Questo tempo passerà, anzi, sta già passando; si comincia a capire che, se può esservi forza in una caldaia, non vi può essere potenza che in un cervello: in altri termini, ciò che guida e trascina il mondo non sono le locomotive, ma le idee. Attaccate le locomotive alle idee, sta bene, ma non scambiate il cavallo col cavaliere.

Comunque sia, per tornare alla piazza della Bastiglia, l'architetto dell'elefante, col semplice gesso, era riuscito a fare qualche cosa di grande; l'architetto del tubo di stufa è riuscito a fare qualche cosa di piccolo col bronzo.

Quel tubo di stufa, ch'è stato battezzato con un nome sonoro e chiamato la Colonna di Luglio, quel monumento mancato d'una rivoluzione abortita, era ancora avvolto, nel 1832, in una immensa camicia lignea fatta di impalcature, che da parte nostra rimpiangiamo, e di un vasto recinto di tavole, che finiva d'isolare l'elefante.

E appunto verso quell'angolo della piazza, a stento rischiarato dal riflesso d'un lampione lontano, il birichino diresse i due marmocchi.

A questo punto ci sia permesso d'interromperci e rammentare che siamo nella semplice realtà, e che vent'anni or sono i tribunali correzionali ebbero a giudicare, sotto l'accusa di vagabondaggio e di guasti a un monumento pubblico, un ragazzo ch'era stato sorpreso a dormire nell'interno dell'elefante della Bastiglia.

Detto ciò, continuiamo.

Giunto vicino al colosso, Gavroche comprese l'effetto che l'infinitamente grande può produrre sull'infinitamente piccolo, e disse:

«Marmocchi, non abbiate paura».

Poi entrò per un'apertura dello steccato nel recinto dell'elefante e aiutò i piccini a scavalcare la breccia. I due ragazzi, alquanto spaventati, seguivano Gavroche senza dir parola e si affidavano a quella piccola provvidenza cenciosa che aveva dato loro pane e promesso un ricovero.

C'era là dentro, distesa lungo lo steccato, una scala che durante il giorno serviva agli operai del cantiere vicino. Gavroche la sollevò con singolare vigore, e l'appoggiò contro una delle gambe anteriori dell'elefante: verso il punto dove la scala terminava, si distingueva una specie di buco nero nel ventre del colosso.

Gavroche indicò la scala e il buco ai suoi ospiti, e disse loro:

«Salite ed entrate».

I due piccini si guardarono atterriti.

«Avete paura, monelli?» esclamò Gavroche. E soggiunse: «Ora vedrete».

Afferrò il piede rugoso dell'elefante, e, in un batter d'occhio, senza degnarsi di ricorrere alla scala, giunse al crepaccio. Come una biscia che penetri in una fenditura, vi si sprofondò, e un momento dopo i due fanciulli videro la sua testa pallida apparire vagamente, come una forma biancastra e sbiadita, sull'orlo del buco pieno di tenebre.

«Ebbene,» gridò «salite dunque, bambocci! Vedrete come si sta bene qua dentro! Sali, tu!» disse al più grande. «Io ti tendo la mano.»

I piccini si spinsero l'un l'altro con la spalla; il birichino faceva loro paura e li rassicurava a un tempo; e poi pioveva forte. Il maggiore si arrischiò. Il minore, vedendo salire il fratello e trovandosi tutto solo tra le zampe di quel bestione, aveva una gran voglia di piangere, ma non osava.

Il maggiore saliva, barcollando, i pioli della scala, e Gavroche, intanto, lo incoraggiava con esclamazioni da maestro di scherma ai suoi allievi o da mulattiere ai suoi muli:

«Non aver paura!».

«Così!»

«Avanti sempre!»

«Metti il piede là!»

«La mano qui!»

«Coraggio!»

E, quando fu a portata di mano, lo afferrò bruscamente e vigorosamente per il braccio, e lo trasse a sé.

«Inghiottito!» disse.

Il marmocchio aveva varcato il crepaccio.

«Ora,» fece Gavroche «aspettami. Signore, abbiate la bontà d'accomodarvi.»

E, uscendo dal crepaccio come vi era entrato, si lasciò scivolare con l'agilità d'una scimmia lungo la gamba dell'elefante, cadde in piedi sull'erba, prese il piccino di cinque anni in braccio e lo piantò proprio in mezzo alla scala; poi si mise a salire dietro di lui, gridando al più grande:

«Io lo spingo, e tu tiralo».

In un momento il piccino fu portato su, spinto, trascinato, tirato, calcato e cacciato nel buco, senz'aver avuto il tempo di riaversi, e Gavroche, entrando dopo di lui e spingendo indietro col tallone la scala, che cadde nell'erba, si mise a battere le mani e gridò:

«Eccoci! Viva il generale Lafayette!».

Passata questa esplosione, soggiunse:

«Bambocci, siete in casa mia».

Gavroche era infatti a casa sua.

O utilità inaspettata dell'inutile! Carità delle grandi cose! Bontà dei giganti! Quel monumento smisurato, che aveva contenuto un pensiero dell'Imperatore, era divenuto il guscio d'un monello: il ragazzo era stato accettato e ricoverato dal colosso. I borghesi vestiti a festa che passavano davanti all'elefante della Bastiglia dicevano volentieri, squadrandolo con un'aria di disprezzo negli occhi a fior di testa: «A che serve questo?». Serviva a salvare dal freddo, dalla brina, dalla grandine e dalla pioggia, a proteggere dal vento invernale, a preservare dal sonno nel fango che fa venir la febbre, e dal sonno nella neve che dà la morte, un piccolo essere senza padre né madre, senza vestiti e senza asilo. Serviva a raccogliere l'innocente che la società respingeva: serviva a diminuire la pubblica colpa: era una tana aperta a colui per il quale tutte le porte erano chiuse. Pareva che il vecchio mastodonte miserabile, invaso dai parassiti e dall'oblìo, coperto di verruche, di muffa, d'ulcere, barcollante, tarlato, abbandonato, condannato, specie di mendicante colossale che chieda invano l'elemosina d'uno sguardo benevolo in mezzo al quadrivio, avesse avuto compassione, lui, di quell'altro mendicante, del povero pigmeo che errava senza scarpe, senza tetto, soffiandosi sulle dita, vestito di stracci e nutrito di quello che si getta via. Ecco a che cosa serviva l'elefante della Bastiglia. Quell'idea di Napoleone, tenuta in dispregio dagli uomini, era stata ripresa da Dio. Ciò che sarebbe stato solo illustre era divenuto augusto. L'imperatore avrebbe avuto bisogno, per attuare ciò che meditava, di porfido, bronzo, ferro, oro e marmo; a Dio bastava quel vecchio cumulo di tavole, di travi e di calcinacci. L'imperatore aveva avuto un sogno geniale: in quell'elefante titanico, armato, prodigioso, che alzava la proboscide, portava la sua torre e faceva zampillare da ogni parte intorno a sé acque allietanti e vivificanti, egli voleva incarnare il popolo; Dio ne aveva fatto una cosa più grande e vi ospitava un fanciullo.

Il buco dal quale Gavroche era entrato era una breccia appena visibile dall'esterno, nascosta com'era, come abbiamo detto, sotto il ventre dell'elefante, ed era così stretta che solo i gatti e i fanciulli vi potevano passare.

«Cominciamo» disse Gavroche «col dire al portinaio che non siamo in casa.»

E immergendosi nell'oscurità con sicurezza, come chi conosca il proprio appartamento, prese una tavola e otturò il buco.

Poi Gavroche s'immerse di nuovo nell'oscurità. I bambini sentirono lo stridìo d'un fiammifero immerso nella boccetta d'acido fosforico. Il fiammifero chimico non esisteva ancora; l'accendino Fumade rappresentava a quel tempo il progresso.

Un chiarore improvviso fece loro socchiudere gli occhi. Gavroche aveva acceso uno di quei lucignoli immersi nella resina che vengono chiamati «topi di cantina». Il topo di cantina, che mandava più fumo che luce, rendeva confusamente visibile l'interno dell'elefante.

I due ospiti di Gavroche si guardarono intorno e provarono qualche cosa di simile a ciò che proverebbe chi fosse rinchiuso nella grande botte di Heidelberg o, meglio ancora, a ciò che dovette provare Giona nel ventre biblico della balena. Un intero scheletro gigante appariva al loro sguardo e li avvolgeva. In alto, una lunga trave scura, dalla quale partivano a intervalli regolari massicce ossature ricurve, raffiguranti la colonna vertebrale con le costole, dalle quali pendevano stalattiti di calcinaccio, come visceri; e tra una costola e l'altra, ampie ragnatele formavano diaframmi polverosi. Qua e là si vedevano negli angoli grosse macchie nerastre che sembravano vivere e che si spostavano rapidamente con un movimento brusco e sbigottito.

I rottami caduti dalla schiena dell'elefante ne avevano colmato la concavità in modo che vi si poteva camminare come su un pavimento.

Il più piccolo si strinse contro il fratello e disse a mezza voce: «Com'è buio!».

Questa parola provocò esclamazioni da parte di Gavroche. L'aspetto impietrito dei due fanciulletti rendeva necessaria una scossa.

«Che diavolo mi state contando?» esclamò. «Scherziamo? Facciamo gli schizzinosi? Avete bisogno forse delle Tuileries? Se siete due stupidelli, ditemelo pure, ma vi prevengo che io non appartengo al reggimento degli scemi. Sareste forse i rampolli di un superuomo?»

Un rabbuffo fa bene nello spavento, perché rassicura. I due ragazzetti si avvicinarono a Gavroche, e questi, paternamente intenerito da quella fiducia, passò «dal grave al dolce», e rivolgendosi al piccino:

«Bestioni,» disse, accentuando l'ingiuria con una sfumatura carezzevole, «è fuori che è scuro. Fuori piove, e qui non piove; fuori fa freddo, e qui non c'è una briciola di vento; fuori v'è un mucchio di gente e qui non c'è nessuno; fuori non c'è nemmeno la luna, e qui c'è la mia candela, corpo d'un cane!»

I due ragazzi cominciarono a guardare l'appartamento con minor spavento, ma Gavroche non lasciò loro a lungo il godimento della contemplazione.

«Presto» disse.

E li spinse verso quello che siamo lietissimi di chiamare il fondo della camera.

Là si trovava il suo letto.

Il letto di Gavroche era completo, ossia aveva un materasso, una coperta e un'alcova con tende.

Il materasso era una stuoia di paglia, la coperta un pezzo piuttosto grande di grossa lana grigia, caldissimo e quasi nuovo; ed ecco in che consisteva l'alcova:

Tre pali abbastanza lunghi, conficcati e assicurati nei calcinacci del suolo, cioè nel ventre dell'elefante, due davanti e uno dietro, e riuniti con una corda alla sommità, in modo da formare un fascio piramidale. Questo fascio reggeva una rete di filo d'ottone, che v'era semplicemente appoggiata sopra, ma disposta con arte e assicurata da legacci di filo di ferro, in modo da avvolgere completamente i tre pali. Una fila di grosse pietre fissava tutt'intorno quella rete sul suolo, in modo da non lasciar passare nulla al di sotto. Quella rete non era altro che un pezzo di quei graticci metallici con i quali si rivestono le gabbie nei serragli. Il letto di Gavroche stava sotto la rete come in una gabbia, e l'insieme rassomigliava a una tenda eschimese.

E quella rete faceva appunto le veci dei cortinaggi.

Gavroche spostò un po' le pietre che tenevano fissa la rete dalla parte anteriore, e i due lembi di essa che ricadevano l'uno sull'altro si aprirono.

«Marmocchi, a quattro zampe!» disse Gavroche.

Con precauzione fece entrare gli ospiti nella gabbia, poi vi si introdusse egli pure strisciando, riaccostò le pietre e richiuse ermeticamente l'apertura.

S'erano distesi tutti e tre sulla stuoia.

Per quanto piccoli fossero, nessuno di loro avrebbe potuto stare in piedi nell'alcova. Gavroche aveva sempre in mano il lucignolo.

«E ora,» disse «russate! Sto per sopprimere il candelabro.»

«Signore,» chiese il maggiore dei due a Gavroche, indicandogli la rete «che cosa è questa?»

«Questa,» rispose gravemente Gavroche «è per i topi. Russate!»

Tuttavia si credette in obbligo d'aggiungere qualche parola, per istruire quegli esseri in tenera età, e continuò:

«Sono cose del Jardin des Plantes che servono alle bestie feroci. Ce n'è un magazzino pieno; non c'è che da salire sopra un muro, arrampicarsi su una finestra e passare sotto una porta. Ce n'è quante se ne vuole».

Mentre parlava, avvolgeva in un lembo della coperta il più piccolo, che mormorò:

«Oh, bene! Tiene caldo!».

Gavroche fissò con uno sguardo soddisfatto la coperta.

«Anche questa è del Jardin des Plantes» disse. «L'ho presa alle scimmie.»

E mostrando al maggiore la stuoia sulla quale era coricato, stuoia molto spessa e mirabilmente lavorata, aggiunse:

«Questa era della giraffa».

Dopo una pausa proseguì:

«Le bestie avevano tutto questo ben di Dio. Gliel'ho preso, ma non si sono arrabbiate. Ho detto: è per l'elefante».

Fece ancora una pausa e riprese:

«Si scavalcano i muri infischiandosene del governo. Ecco tutto».

I due ragazzi osservavano con rispetto timoroso e stupefatto quell'essere intrepido e immaginoso, vagabondo come loro, isolato come loro, meschino come loro, che aveva qualche cosa di miserabile e di onnipotente, che sembrava loro soprannaturale, e aveva una fisionomia composta di tutte le smorfie d'un vecchio saltimbanco, unite al più ingenuo e al più incantevole sorriso.

«Signore,» fece timidamente il maggiore «non avete paura, dunque, delle guardie municipali?»

Gavroche si limitò a rispondere:

«Marmocchio! Non si dice le guardie municipali, si dice i cagnotti».

Il più piccolo aveva gli occhi aperti, ma non diceva niente. Siccome stava sull'orlo della stuoia, mentre il maggiore era in mezzo, Gavroche gli rimboccò le coperte come avrebbe fatto una madre, e gli rialzò la stuoia sotto la testa con alcuni stracci, in modo da formargli un guanciale. Poi si volse al maggiore:

«Si sta magnificamente bene, qui, vero?».

«Oh, sì!» rispose il maggiore guardando Gavroche con un'espressione da angelo salvato.

I due poveri ragazzi, bagnati fradici, incominciavano a scaldarsi.

«E allora,» continuò Gavroche «perché piangevate?».

E indicando il minore al fratello, soggiunse:

«Un marmocchietto come questo, pazienza; ma uno grande come te, piangere, è da cretino. Si ha l'aria d'un vitello».

«Diamine!» fece il ragazzo. «Non avevamo più alcun alloggio dove ricoverarci.»

«Bamboccio,» rispose Gavroche «non si dice un alloggio, si dice una baracca.»

«E poi avevamo paura di trovarci soli soli nella notte.»

«Non si dice la notte, si dice la scura.»

«Grazie, signore» disse il ragazzo.

«Dammi retta» ribatté Gavroche. «Non bisogna mai piagnucolare per nulla. Avrò cura io di voi; e vedrai come ci si divertirà. D'estate andremo alla Glacière con Navet, un mio compagno, faremo il bagno nella darsena e correremo completamente nudi sulle chiatte che si trovano davanti al ponte d'Austerlitz. Ciò fa arrabbiare le lavandaie che gridano e s'indispettiscono; se tu sapessi come sono buffe! Poi andremo a vedere l'uomo-scheletro: è vivo. È agli Champs-Elysées; è magro fino all'impossibile, quell'individuo! E poi vi condurrò a teatro, a vedere Frédérick-Lemaître.[8] Ho i biglietti e conosco gli attori: una volta ho persino recitato in un dramma. Eravamo bambini come voi e si correva sotto una tela, per fare il mare. Vi farò scritturare nel mio teatro. E andremo a vedere i selvaggi. Non sono veri, quei selvaggi, hanno delle maglie rosa che fanno le pieghe, e sui gomiti si vedono i rammendi fatti col filo bianco. Dopo di che, andremo all'Opéra. Entreremo con gli applauditori prezzolati; all'Opéra sono ben organizzati, ma non andrei di certo con loro sui bastioni. Figurati che all'Opéra vi sono di quelli che pagano venti soldi per entrare, ma sono scemi e vengono chiamati «strofinacci». E

[8] Frédérick Lemaître (1800-1876), autore di drammi romantici.

poi andremo a veder ghigliottinare. Vi farò vedere il boia; abita in via del Marais, il signor Sanson; e davanti alla porta c'è una cassetta per le lettere. Ah! Ci si divertirà pazzamente!»

In quel momento una goccia di cera cadde su un dito di Gavroche e lo richiamò alla realtà della vita.

«Accidenti!» disse. «Ecco che si consuma il lucignolo. Attenzione! Io non posso mettere più d'un soldo al mese per l'illuminazione. Quando si va a letto, bisogna dormire perché noi non abbiamo il tempo di leggere i romanzi di Paul de Kock. E per giunta, la luce potrebbe passare per le fessure del portone, e allora i cagnotti farebbero presto a vederla.»

«E poi,» osservò timidamente il più grande ch'era il solo che osasse parlare con Gavroche e rispondergli «una scintilla potrebbe cadere sulla paglia, e bisogna fare attenzione a non bruciare la casa.»

«Non si dice bruciare la casa,» fece Gavroche «si dice riscaldare la taverna.»

Il temporale imperversava. Attraverso i rombi del tuono si sentiva l'acquazzone che batteva la schiena del colosso.

«Alla barba della pioggia!» disse Gavroche. «Come mi diverto a sentir colare la caraffa lungo le gambe della casa. L'inverno è una bestia; perde il tempo, perde la fatica, non può bagnarci, e ciò lo fa brontolare, quel vecchio portatore d'acqua che non è altro!»

Quell'allusione al tuono, del quale Gavroche, nella sua qualità di filosofo del diciannovesimo secolo, accettava tutte le conseguenze, fu seguita da un gran lampo così abbagliante che qualcosa di esso entrò attraverso il crepaccio nel ventre dell'elefante. Quasi nel medesimo tempo scoppiò il fulmine, furiosissimo. I due ragazzetti emisero un grido, e si sollevarono in modo così vivace, che la rete ne fu quasi rimossa; ma Gavroche volse loro il viso ardito e approfittò di quella scarica per scoppiare a ridere.

«Calma, ragazzi. Non roviniamo l'edificio. Ecco un bel fulmine, alla buonora! Non è un lampo da poco! Bravo, il buon Dio. Corpo d'un cane! È riuscito bene quasi come all'Ambigu![9]»

Detto questo, rimise la rete in ordine, spinse con dolcezza i due fanciulli sul capezzale del letto, premette loro le ginocchia per distenderli bene in tutta la lunghezza ed esclamò:

«Poiché il buon Dio accende la sua candela, posso spegnere la mia. Ragazzi, bisogna dormire, miei giovani umani! Fa molto male il non dormire: fa ingorgare il passaggio o, come si dice nell'alta società, fa puzzare il fiato. Avvolgetevi bene nella scorza! Spengo: siete pronti?».

[9] Locale di varietà.

«Sì,» mormorò il più grande «sto bene: come se avessi della piuma sotto la testa.»

«Non si dice la testa,» gridò Gavroche «si dice il ceppo.»

I due fanciulli si serrarono l'uno contro l'altro. Gavroche finì di accomodarli sulla stuoia e rimboccò loro la coperta sino alle orecchie, poi ripeté per la terza volta l'ingiunzione in lingua ieratica:

«Russate!».

E spense il lucignolo.

La luce era stata appena spenta che un tremito strano cominciò a scuotere la rete sotto la quale erano coricati i tre ragazzi. Erano innumerevoli sfregamenti sordi che producevano un suono metallico, come se su quel filo di rame stridessero artigli e denti. Tutto ciò era accompagnato da ogni sorta di piccoli gridi acuti.

Il bimbo di cinque anni, nel sentire quel baccano sul capo, agghiacciato dallo spavento urtò col gomito il fratello maggiore, ma costui già «russava» come gli aveva ordinato Gavroche. Allora il piccino, non potendone più dalla paura, osò interpellare Gavroche, però a bassissima voce e trattenendo il respiro.

«Signore!»

«Eh?» fece Gavroche che aveva appena chiuso gli occhi.

«Che cos'è questo rumore?»

«Sono i topi» rispose Gavroche.

E rimise la testa sulla stuoia.

I topi, infatti, che pullulavano a migliaia nella carcassa dell'elefante e che erano quelle macchie nere viventi delle quali abbiamo parlato, erano stati tenuti in rispetto dalla fiamma del lucignolo finché questo era rimasto acceso; ma non appena la caverna, ch'era come la loro cittadella, era stata restituita alle tenebre, sentendo in essa ciò che il buon favolista Perrault chiama «la carne fresca», s'erano precipitati in massa sulla tenda di Gavroche, s'erano arrampicati fino alla cima e ne rosicchiavano le maglie, come se cercassero di forare quella zanzariera di nuovo genere.

Intanto il piccino non s'addormentava.

«Signore!» riprese.

«Eh?» fece Gavroche.

«Che cosa sono i topi?»

«Sono sorci.»

Questa spiegazione rassicurò un poco il fanciullo. Durante la sua vita, aveva visto dei sorci bianchi, e non ne aveva avuto paura; tuttavia, alzò ancora la voce:

«Signore!».

«Eh?» fece ancora Gavroche.

«Perché non avete un gatto?»

«Ne ho avuto uno,» rispose Gavroche «ne ho portato uno, ma me l'hanno mangiato.»

Questa seconda spiegazione disfece l'opera della prima, e il bimbo ricominciò a tremare. Il dialogo tra lui e Gavroche riprese per la quarta volta.

«Signore!»

«Cosa?»

«Chi è stato mangiato?»

«Il gatto.»

«E chi ha mangiato il gatto?»

«I topi.»

«I sorci?»

«Sì, i topi.»

Il ragazzo, costernato per quei sorci che mangiano i gatti, proseguì: «Signore, mangerebbero anche noi questi sorci?».

«Perdiana!» fece Gavroche.

Il terrore del bambino era al colmo; ma Gavroche soggiunse:

«Non aver paura! Non possono entrare; e poi ci sono io! To', prendimi la mano. Taci e russa!».

E nello stesso tempo Gavroche prese la mano del piccino al di sopra del fratello; il bimbo strinse quella mano contro di sé e si sentì rassicurato. Il coraggio e la forza hanno simili comunicazioni misteriose. Il silenzio ricadde intorno a loro; il suono delle voci aveva spaventato e allontanato i topi; dopo pochi minuti, essi ebbero un bel ritornare e far baccano: i tre ragazzi, immersi nel sonno, non sentivano più nulla.

Le ore della notte passarono. L'ombra copriva l'immensa piazza della Bastiglia, un vento invernale, misto a pioggia, soffiava a folate, e le pattuglie che frugavano le porte, i viali, i recinti, gli angoli oscuri, in cerca di vagabondi notturni, passavano silenziosamente davanti all'elefante. Il mostro, ritto e immobile, gli occhi aperti nelle tenebre, sembrava meditare come soddisfatto della sua buona azione, e teneva al riparo dal cielo e dagli uomini i tre poveri fanciulli addormentati.

Per capire quello che segue, bisogna ricordarsi che a quel tempo il corpo di guardia della Bastiglia era situato all'altra estremità della piazza, e che quello che avveniva vicino all'elefante non poteva essere né visto né udito dalla sentinella.

Verso la fine di quell'ora che precede immediatamente l'alba, un uomo sboccò correndo dalla via Saint-Antoine, attraversò la piazza, girò intorno al grande recinto della Colonna di Luglio e s'insinuò nella palizzata fin sotto il ventre dell'elefante. Se una luce qualunque avesse illuminato quell'uomo, dal modo in cui era inzuppato si sarebbe indovinato che aveva passato la notte sotto la pioggia. Arrivato sotto l'elefante, egli fece udire un grido bizzarro che non appartiene ad alcuna lingua umana e che solo un pappagallo potrebbe riprodurre. Ripeté due volte quel grido, di cui l'ortografia seguente dà appena un idea:

«Chirichicchiù».

Al secondo grido, una voce chiara, gioconda e giovanile rispose dal ventre dell'elefante:

«Sì».

Quasi immediatamente, la tavola che chiudeva il buco si spostò e lasciò passare un fanciullo, che discese lungo la gamba dell'elefante e venne a cadere sveltamente vicino all'uomo. Era Gavroche. L'uomo era Montparnasse.

Quanto a quel grido, *chiricchicchiù*, significava certamente ciò che il fanciullo voleva dire con le parole: «*Chiederai del signor Gavroche*».

Sentendolo, il monello s'era svegliato di soprassalto, era strisciato fuori della sua «alcova», scostando un po' la rete che aveva poi richiusa accuratamente; infine aveva aperto la botola ed era sceso.

L'uomo e il fanciullo si riconobbero silenziosamente nelle tenebre; Montparnasse si limitò a dire:

«Abbiamo bisogno di te. Vieni a darci una mano».

Il birichino non chiese altri schiarimenti.

«Eccomi» disse.

E tutti e due si diressero verso la via Saint-Antoine, dalla quale era uscito Montparnasse, sgusciando rapidamente attraverso la lunga fila dei carretti degli ortolani, che a quell'ora scendevano verso il mercato.

Gli ortolani, rannicchiati nei loro carri, tra le insalate e i legumi, mezzo addormentati e imbacuccati sino agli occhi nei loro camiciotti, a motivo della pioggia violenta, non notarono neppure quegli strani passanti.

III
LE PERIPEZIE DELL'EVASIONE

Ecco quant'era accaduto quella notte stessa alla Force.

Un'evasione era stata concertata fra Babet, Brujon, Gueulemer e Thénardier, benché Thénardier fosse «in segregazione». Babet aveva già fatto il colpo per conto suo il giorno precedente, come si è già visto dal racconto di Montparnasse a Gavroche.

Montparnasse doveva aiutarli dall'esterno.

Brujon, che aveva trascorso un mese in una cella di punizione, aveva avuto il tempo, in primo luogo, d'intrecciarvi una corda e, in secondo luogo, di maturarvi un progetto. Un tempo, quei luoghi severi in cui la disciplina della prigione abbandona il condannato a se stesso si componevano di quattro muri di pietra, d'un soffitto di pietra, d'un pavimento di pietra, d'un letto da campo, d'una finestrella con inferriata e d'una porta rinforzata di ferro, e si chiamavano *segrete*; ma la segreta fu giudicata troppo orribile, e ora quei locali si compongono d'una porta di ferro, d'una finestrella con inferriata, d'un letto da campo, d'un pavimento di pietra, d'un soffitto di pietra, di quattro muri di pietra, e si chiamano *camere di punizione*. Vi è un po' di luce verso mezzogiorno. L'inconveniente di quelle camere che, come si vede, non sono segrete, è quello di lasciar meditare degli esseri che bisognerebbe far lavorare.

Brujon aveva dunque meditato, ed era uscito dalla camera di punizione con una corda. Siccome era ritenuto molto pericoloso nel cortile Charlemagne, venne messo nell'Edificio Nuovo. La prima cosa che trovò nell'Edificio Nuovo fu Gueulemer, la seconda fu un chiodo: Gueulemer, cioè il delitto; un chiodo, cioè la libertà.

Brujon, del quale è tempo di farsi un'idea completa, era, sotto l'apparenza d'una complessione delicata e d'un languore profondamente premeditato, un uomo vigoroso, cortese, intelligente e ladro, che aveva lo sguardo carezzevole e il sorriso atroce: il suo sguardo traeva origine dalla sua volontà, e il suo sorriso traeva origine dalla sua natura. I suoi primi studi nel mestiere che esercitava si erano rivolti verso i tetti, ed egli aveva fatto fare un grande progresso all'industria dei ladri di piombo, che spogliano i tetti dei loro rivestimenti e strappano le grondaie col procedimento detto *al doppio grasso*.

Ciò che finiva di rendere favorevole un tentativo d'evasione era il fatto che, proprio allora, i conciatetti rimaneggiavano e rimettevano in ordine una parte delle tegole della prigione. Il cortile Saint-Bernard non era più assolutamente isolato dal cortile Charlemagne e dal cortile Saint-Louis; v'erano lassù impalcature e scale; in altri termini, ponti e scale verso la liberazione.

L'Edificio Nuovo, ch'era quanto si poteva vedere al mondo di più scalcinato e decrepito, era il punto debole della prigione. I suoi muri erano corrosi dal salnitro, a tal punto che si era stati obbligati a ricoprire con un tavolato le volte del dormitorio, perché le pietre si staccavano da esse e andavano a cadere sui carcerati ch'erano a letto. Ma nonostante questa vetustà, si commetteva l'errore di rinchiudere nell'Edificio Nuovo gli accusati che davano maggiori preoccupazioni, di mettervi i «grandi processi», come si dice nel linguaggio delle prigioni.

L'Edificio Nuovo conteneva quattro dormitori sovrapposti e un sopralzo chiamato la Bell'Aria. Un grande condotto di camino, probabilmente di qualche antica cucina dei duchi di la Force, partiva dal pianterreno, attraversava i quattro piani, tagliava in due tutti i dormitori, dove assumeva la forma di un pilastro appiattito, e andava a bucare il tetto.

Gueulemer e Brujon erano nello stesso dormitorio. Per precauzione, li avevano messi al piano inferiore, e il caso fece sì che la testiera dei loro letti si appoggiasse contro il condotto del camino.

Thénardier si trovava proprio sul loro capo, in quel rialzo chiamato la Bell'Aria.

Il passante che si fermi in via Culture-Sainte-Catherine, dopo la caserma dei pompieri, davanti al portone della casa dei bagni, vede un cortile pieno di fiori e d'arbusti in casse, in fondo al quale si offre allo sguardo, con due ali, una piccola rotonda bianca, allietata da persiane verdi, il sogno bucolico di Jean-Jacques. Non più di dieci anni fa, al di sopra di quella rotonda, s'ergeva un muro nero, enorme, spaventoso e nudo, al quale essa era addossata. Era il muro del sentiero di ronda della Force.

Quel muro dietro quella rotonda, era Milton intraveduto dietro Berquin.[10]

Per quanto alto fosse, quel muro era superato da un tetto ancora più nero, che si scorgeva al di là. Era il tetto dell'Edificio Nuovo. Vi si notavano quattro finestrelle d'abbaino, munite di sbarre: erano le finestre della Bell'Aria. Un camino bucava quel tetto: era il camino che attraversava i dormitori.

La Bell'Aria, quel sopralzo dell'Edificio Nuovo, era una specie di grande tettoia, chiusa da triplice inferriata e da porte rinforzate di lamiera e costellate di chiodi smisurati. Quando vi si entrava dall'estremità nord, si avevano alla propria sinistra le quattro finestre, e alla propria destra, dirimpetto alle finestre, quattro gabbie quadrate abbastanza ampie, distaccate l'una dall'altra, separate da stretti corridoi e costruite in muratura ad altezza di gomito e più su, fino al tetto, in sbarre di ferro.

Thénardier era segregato in una di quelle gabbie, dalla notte del 3 febbraio. Non si è mai potuto scoprire in che modo e con quale connivenza fosse riuscito a procurarsi colà, e a nascondervela, una bottiglia di quel vino inventato, si dice, da Desrues,[11] nel quale è mescolato un narcotico e che la banda degli *Addormentatori* ha reso celebre.

In molte prigioni, vi sono degli impiegati traditori, mezzo carcera-

---

[10] John Milton, il grande poeta inglese, e Armand Berquin (1747-1791), poeta elegiaco di intonazione dolciastra.

[11] Antoine-François Desrues (1745-1777), famoso avvelenatore.

ti e mezzo ladri, che aiutano le evasioni, vendono alla polizia servizi infedeli e frodano sui conti della spesa.

Quella stessa notte, dunque, in cui il piccolo Gavroche aveva raccolto i due ragazzetti erranti, Brujon e Gueulemer, i quali sapevano che Babet, evaso appunto quella mattina, li aspettava nella via insieme a Montparnasse, s'alzarono pian piano e si misero a forare, col chiodo che aveva trovato Brujon, il condotto del camino, contro il quale s'appoggiavano i loro letti. I calcinacci cadevano sul letto di Brujon e quindi non si sentiva alcun rumore. Gli scrosci di pioggia unitamente ai tuoni scuotevano le porte nei cardini e facevano nella prigione un baccano spaventoso e utile. I carcerati che si svegliarono fecero finta di riaddormentarsi e lasciarono fare a Gueulemer e a Brujon. Brujon era destro e Gueulemer era vigoroso; prima che il minimo rumore fosse giunto al sorvegliante coricato nella cella con inferriata che dava sul dormitorio, il muro era stato forato, il camino scalato, l'inferriata che chiudeva l'orificio superiore del condotto forzata, e i due temibili banditi erano sul tetto. La pioggia e il vento aumentavano e il tetto era sdrucciolevole.

«Che bella *sorgue* per una *crampe*!»[12] disse Brujon.

Un abisso largo due metri e profondo venticinque li separava dal muro di ronda; e in fondo a quell'abisso vedevano brillare nell'oscurità il fucile di una sentinella. Legarono ai tronchi delle sbarre del camino, che avevano contorte, un capo della corda che Brujon aveva intrecciato nella sua cella, lanciarono l'altro capo al di sopra del muro di ronda, superarono con un salto l'abisso, si aggrapparono all'orlo del muro, lo scavalcarono, si lasciarono scivolare l'uno dopo l'altro lungo la corda sopra un piccolo tetto attiguo allo stabilimento dei bagni, tirarono a sé la corda, saltarono nel cortile dei bagni, lo attraversarono, spinsero lo sportellino della portineria vicino al quale pendeva il cordone con cui si faceva scattare la molla di chiusura, tirarono questo cordone, aprirono il portone e si trovarono in strada.

E non erano passati tre quarti d'ora da quando s'erano alzati in piedi sul letto, nelle tenebre, col chiodo in mano e col progetto nel capo.

Pochi minuti dopo avevano raggiunto Babet e Montparnasse, che gironzolavano nei dintorni.

Nel tirare la corda, l'avevano rotta, e un pezzo di essa era restato attaccato al camino sul tetto. D'altronde, non avevano riportato altro danno che quello di essersi quasi completamente spellate le mani.

Thénardier, quella notte, era prevenuto, senza che si sia potuto chiarire in che modo, e non dormiva.

---

[12] Che bella notte per un'evasione [*N.d.A.*].

Verso l'una del mattino, mentre la notte era oscurissima, egli vide passare sul tetto, nella pioggia e nell'uragano, davanti al finestrino che si trovava dirimpetto alla sua gabbia, due ombre. Una di esse si fermò davanti al finestrino, il tempo di dare un'occhiata: era Brujon. Thénardier lo riconobbe e comprese. Questo gli bastò.

Thénardier, segnalato come ladro e detenuto sotto l'imputazione d'agguato notturno a mano armata, era guardato a vista. Una sentinella, alla quale veniva dato il cambio ogni due ore, passeggiava col fucile carico davanti alla sua gabbia. La Bell'Aria era rischiarata da una lampada a muro. Il prigioniero aveva ai piedi un paio di ferri del peso di cinquanta libbre; tutti i giorni, alle quattro pomeridiane, un guardiano scortato da due mastini – così usava ancora a quel tempo – entrava nella sua gabbia, deponeva accanto al letto un pane scuro di due libbre, una brocca d'acqua e una scodella piena d'un brodo abbastanza lungo in cui nuotavano alcune fave, esaminava i ferri e batteva sulle sbarre. Quell'uomo, con i suoi mastini, tornava due volte nella notte.

Thénardier aveva ottenuto il permesso di conservare una specie di caviglia di ferro, della quale si serviva per appendere il pane in una fessura del muro, «per preservarlo dai topi», diceva. Poiché Thénardier era guardato a vista, non avevano trovato alcun inconveniente in ciò; però più tardi venne ricordato che un guardiano aveva detto: «Sarebbe meglio lasciargli solo una caviglia di legno».

Alle due del mattino vennero a dare il cambio alla sentinella, ch'era un soldato anziano, e lo sostituirono con un coscritto. Pochi istanti dopo, l'uomo dei cani fece la sua visita e se ne andò, senza aver notato nulla, tranne l'eccessiva giovinezza e l'aria contadinesca del «turlurù». Due ore dopo, alle quattro, quando vennero a rilevare il coscritto, lo trovarono addormentato e disteso per terra come un macigno, vicino alla gabbia di Thénardier. Quanto a Thénardier, non c'era più: i suoi ferri giacevano rotti sul pavimento; v'era un foro nel soffitto della sua gabbia e, al di sopra, un altro foro nel tetto. Una tavola del letto era stata strappata e certamente portata via, poiché non fu più trovata. Venne pure sequestrata nella cella una bottiglia mezzo vuota, che conteneva il resto del vino drogato col quale il soldato era stato addormentato. La baionetta del soldato era sparita.

Nel momento in cui ciò venne scoperto, si credette che Thénardier avesse preso il largo. La realtà è ch'egli non era più nell'Edificio Nuovo, ma era ancora in grave pericolo: la sua evasione non era affatto compiuta.

Thénardier, arrivando sul tetto dell'Edificio Nuovo, aveva trovato il resto della corda di Brujon, che pendeva dalle sbarre della botola superiore del camino, ma siccome quel pezzo rotto era troppo corto, non aveva potuto evadere valicando il sentiero di ronda, come avevano fatto Brujon e Gueulemer.

Quando si svolta dalla via dei Ballets nella via Roi-de-Sicile, si trova quasi subito, a destra, uno spiazzo sordido. Un secolo fa qui c'era una casa di cui non rimane altro che il muro di fondo, vero muro di stamberga, che s'eleva all'altezza d'un terzo piano, tra gli edifici vicini. Quella rovina è tuttora riconoscibile da due grandi finestre quadrate: la centrale che è la più vicina al frontone destro della casa è sbarrata da una trave fradicia, postavi a guisa di puntello. Attraverso quelle finestre, un tempo, si distingueva un'alta e lugubre muraglia, che era un pezzo della cinta del sentiero di ronda della Force.

Il vuoto che la casa demolita ha lasciato sulla strada è per metà riempito da una palizzata di tavole marcite, sorretta da cinque pilastri di pietra. In quella cinta si nasconde una baracchetta addossata alla rovina rimasta in piedi. La palizzata ha una porta che alcuni anni fa era chiusa solo con un saliscendi.

E proprio sulla cresta di quella rovina Thénardier era giunto un po' prima delle tre del mattino.

Com'era potuto arrivare fin là? Nessuno ha mai saputo spiegarlo né comprenderlo. I lampi avevano dovuto disturbarlo e aiutarlo nello stesso tempo. S'era forse servito delle scale e delle impalcature dei conciatetti per raggiungere, di tetto in tetto, di recinto in recinto, di scompartimento in scompartimento, gli edifici del cortile Charlemagne, poi gli edifici del cortile Saint-Louis, il muro di ronda e, di là, la stamberga che dava sulla via Roi-de-Sicile? Ma in quel tragitto vi erano delle soluzioni di continuità che pareva rendessero la cosa impossibile. Aveva allora collocato la tavola del suo letto, a guisa di ponte, dal tetto della Bell'Aria al muro del sentiero di ronda, e s'era messo a strisciare bocconi sulla cresta di questo muro, tutto intorno alla prigione sino alla stamberga? Ma il muro del sentiero di ronda della Force disegnava una linea ineguale e dentellata, che saliva e scendeva; si abbassava alla caserma dei pompieri e si alzava all'edificio dei bagni; era inoltre tagliato da costruzioni, non aveva la stessa altezza sia sul palazzo Lamoignon che sulla via Pavée e aveva dappertutto strapiombi e angoli retti; e poi, le sentinelle avrebbero dovuto vedere il cupo profilo del fuggiasco; anche in questo modo il percorso fatto da Thénardier rimane pressoché inesplicabile. In entrambi i modi, dunque, la fuga pareva impossibile. Thénardier, illuminato da quella spaventosa sete di libertà che muta i precipizi in fossi, le inferriate in grate di vimini, un paralitico in atleta, un gottoso in uccello, la stupidità in istinto, l'istinto in intelligenza e l'intelligenza in genio, Thénardier aveva forse inventato e improvvisato un terzo modo? Non lo si è mai saputo.

Non sempre è possibile rendersi conto delle meraviglie d'un'evasione. L'uomo che fugge, ripetiamolo, è un ispirato; v'è qualche cosa della stella e del lampo nel misterioso bagliore della fuga; lo sforzo verso la liberazione non è meno sorprendente del colpo d'ala verso il sublime; e si dice d'un ladro evaso: «Come ha fatto a scalare quel tetto?» allo stesso modo che si dice di Corneille: «Dove ha trovato questa bella frase?»

Ad ogni modo, bagnato di sudore, inzuppato dalla pioggia, con i panni a brandelli, le mani scorticate, i gomiti insanguinati e le ginocchia lacerate, Thénardier era giunto su ciò che i fanciulli, nel loro linguaggio figurato, chiamato il «tagliente» del muro della rovina, vi si era coricato quant'era lungo e là le forze gli erano venute meno. Una parete a picco, dell'altezza d'un terzo piano, lo separava dal lastricato della via.

La corda ch'egli aveva con sé era troppo corta.

Ed egli aspettava là, pallido, esausto, disperando di quanto prima aveva sperato, ancora protetto dalla oscurità ma dicendo fra sé che il giorno stava per spuntare, spaventato dall'idea di sentire fra pochi istanti suonare le quattro al vicino orologio di Saint-Paul, ora in cui sarebbero andati a dare il cambio alla sentinella e l'avrebbero trovata addormentata sotto il tetto bucato. Egli guardava con stupore, a una profondità terribile, alla luce dei lampioni, il selciato bagnato e scuro, quel selciato desiderato e spaventoso che era a un tempo la morte e la libertà.

Si chiedeva se i suoi tre complici d'evasione fossero riusciti a fuggire, se l'avessero aspettato e se sarebbero venuti in suo aiuto. Ascoltava. Però, a eccezione d'una pattuglia, nessuno era passato nella via da quando egli si trovava sul muro, poiché quasi tutti gli ortolani di Montreuil, di Charonne, di Vincennes e di Bercy discendono per la via Saint-Antoine, diretti al mercato.

Suonarono le quattro. Thénardier trasalì. Pochi minuti dopo, si levò dalla prigione quel rumore frammisto a sbigottimento e confusione che segue alla scoperta d'un'evasione: lo sbatacchiare delle porte che vengono aperte e richiuse, lo stridere dei cancelli nei cardini, il tumulto del corpo di guardia, i richiami rauchi dei carcerieri, l'urto dei calci dei fucili sul selciato dei cortili, giungevano fino a lui. Alle finestre con le inferriate dei dormitori si vedevano lumi salire e scendere, e una torcia correre sulla sommità dell'Edificio Nuovo: avevano chiamato i pompieri della caserma accanto, e i loro elmetti, illuminati dalla torcia sotto la pioggia, andavano e venivano lungo i tetti. Nello stesso tempo, Thénardier vedeva dalla parte della Bastiglia una livida sfumatura che sbiancava lugubremente lo sfondo del cielo.

Si trovava su un muro largo venticinque centimetri, disteso sotto lo scrosciare della pioggia, con un abisso a destra e un altro a sinistra, nell'impossibilità di muoversi, in preda alla vertigine d'una probabile caduta e all'orrore d'un arresto sicuro, e il suo pensiero, come il battaglio d'una campana, andava dall'una all'altra di queste idee: «Morto se cado, preso se rimango».

In quell'angoscia, egli vide a un tratto, nella via, ch'era ancora oscurissima, un uomo, che strisciava lungo i muri e che veniva dalla parte della via Pavée, fermarsi nello spiazzo, al di sopra del quale Thénardier era come sospeso. Quell'uomo fu raggiunto da un secondo che camminava con la stessa precauzione, poi da un terzo, poi da un quarto. Quando quegli uomini si furono riuniti, uno di essi sollevò il saliscendi della porta della palizzata ed entrarono tutti e quattro nel recinto della baracca: si trovavano precisamente sotto Thénardier. Quegli uomini avevano evidentemente scelto quel luogo per poter parlare senza essere visti né dai passanti né dalla sentinella che sorvegliava lo sportello della Force, a pochi passi di là. Bisogna aggiungere che la pioggia teneva bloccata quella sentinella nella garitta. Thénardier, non potendo distinguere i loro visi, porse l'orecchio alle loro parole con l'attenzione disperata d'un miserabile che si sente perduto.

Egli vide passare davanti agli occhi qualche cosa che rassomigliava alla speranza, poiché quegli uomini parlavano in gergo.

Il primo diceva, a bassa voce, ma distintamente:

«*Decarrons*. Che cosa *maquillons icigo*?».[13]

Il secondo rispose:

«*Lansquine* da spegnere il *riffe* del *rabouin*. E poi i *coqueurs* stanno per passare; v'è là un *grivier* che *porte gaffe*; finiremo col farci *emballer icicaille*».[14]

Quei due *qui*, il primo (*icigo*), pronunciato nel gergo delle barriere, e il secondo (*icicaille*) nel gergo del Temple, furono raggi di luce per Thénardier. Dal primo riconobbe Brujon, che era un vagabondo delle barriere; e dal secondo Babet che, fra i suoi molti mestieri, aveva esercitato anche quello di rigattiere al Temple.

L'antico gergo del gran secolo non si parla più che al Temple; anzi, Babet era il solo che lo parlasse con purezza. Senza quel *icicaille* Thénardier non l'avrebbe affatto riconosciuto, poiché Babet aveva alterato completamente la voce.

Intanto, era intervenuto il terzo:

«Non c'è ancora fretta; aspettiamo un po'. Chi ci dice che non abbia bisogno di noi?».

---

[13] Andiamocene. Che cosa facciamo qui? [*N.d.A.*]

[14] Piove in modo da spegnere il fuoco del diavolo. E poi gli sbirri stanno per passare, e qui vicino c'è un soldato che fa la sentinella; finiremo col farci arrestare qui [*N.d.A.*].

A questa frase, ch'era soltanto francese, Thénardier riconobbe Montparnasse, che riponeva la sua eleganza nel capire tutti i gerghi senza parlarne alcuno.

Quanto al quarto, taceva; ma le sue larghe spalle lo tradivano. Thénardier non esitò: era Gueulemer.

Brujon replicò, quasi impetuosamente, ma sempre a bassa voce:

«Che cosa *bonis*? Il tappezziere non avrà potuto compiere la sua *crampe*. Egli non sa il trucco! *Bouliner* la sua *limace* e *faucher* le sue *empaffes* per *maquiller* una tortuosa, *caler boulins aux lourdes, braser faffes, maquiller caroubles, faucher durs, balancer* la sua tortuosa *dehors, se planquer, se camouffler*, bisogna essere *mariol*. Il vecchio non avrà potuto, egli non sa *goupiner*!».[15]

Babet aggiunse, sempre in quel savio gergo classico che parlavano Poulailler e Cartouche e che è, rispetto al gergo ardito, nuovo, colorito e arrischiato, e di cui si serviva Brujon, come la lingua di Racine rispetto alla lingua di André Chénier:

«*Tonorgue* tappezziere sarà stato fatto *marron* sulla scala. Bisogna essere *arcastien*. È un *galifard*. Egli si sarà lasciato giocare l'*harnache* da un *roussin*, forse anche un *roussi*, che gli avrà *battu comtois*. Porgi l'*oche*, Montparnasse, senti questi *criblements* nel *collège*? Hai visto tutte quelle *camoufles*? Egli è caduto, credimelo, se la caverà col tirare le sue venti *longes*. Io non ho *taf*, io non sono un *taffeur*, è *colombé* ma non ci rimane altro che fare le lucertole, diversamente ci faranno sgambettare. Non *renaude*, vieni con *nousiergue*. Andiamo a *picter* una *rouillarde encible*».[16]

«Non si lasciano gli amici nell'imbarazzo» borbottò Montparnasse.

«Io ti *bonis* ch'egli è malato. A quest'ora il tappezziere non vale un *broque*. Noi non ci possiamo nulla. *Décarrons*. Temo a ogni istante che un *cogne* mi *ceintre* in *pogne*»[17] ribatté Brujon.

---

[15] Che cosa ci stai contando? L'albergatore non ha potuto, evadere; non sa il mestiere, lui! Stracciare la camicia e tagliare le lenzuola per fare una corda, forare le porte, falsificare carte, fabbricare chiavi false, tagliare i propri ferri, sospendere la corda al di fuori, nascondersi e travestirsi, bisogna esser furbi! Il vecchio non avrà potuto, non sa lavorare! [*N.d.A.*]

[16] Il tuo albergatore sarà stato colto sul fatto. Bisogna essere furbi, ed egli non è che un apprendista. Si sarà lasciato turlupinare da una spia e magari da un confidente, che avrà fatto da compare. Senti, senti, Montparnasse, le odi queste grida nella prigione? Hai visto tutte quelle candele? L'hanno ripreso, via! Adesso non se la cava con meno di vent'anni. Io non ho paura, e non sono un vigliacco, come si sa; ma non ci rimane altro che fare andarcene, altrimenti ci faranno passare un brutto quarto d'ora. Non arrabbiarti; vieni con noi, e andiamo a bere una bottiglia di vino vecchio insieme [*N.d.A.*].

[17] Ti dico che è stato ripreso! A quest'ora, la pelle dell'albergatore non vale un quattrino. Non possiamo farci nulla. Andiamocene. A ogni momento ho come l'impressione d'essere afferrato da un poliziotto [*N.d.A.*].

Montparnasse non resisteva più che debolmente; certo è che quei quattro uomini, con la fedeltà consueta fra i banditi per cui mai essi si abbandonano l'un l'altro, avevano gironzolato tutta la notte attorno alla Force, qualunque potesse essere il pericolo, nella speranza di veder sorgere dalla cima di qualche muro Thénardier. Ma la notte che diventava veramente troppo bella (veniva già una pioggia torrenziale che rendeva tutte le vie deserte), il freddo che li prendeva, i loro abiti inzuppati, le loro scarpe bucate, il rumore inquietante scoppiato proprio allora nella prigione, le ore passate, le pattuglie incontrate, la speranza che se ne andava, la paura che ritornava, tutto questo li spingeva alla ritirata. Lo stesso Montparnasse, che era forse un poco il genero di Thénardier, cedeva: un momento ancora, e sarebbero andati via. Thénardier ansimava su quel muro, come i naufraghi della Medusa sulla loro zattera, allorché videro svanire all'orizzonte la nave apparsa.

Non osava chiamarli, giacché un grido, se udito, poteva perdere tutto. Ebbe un'idea però, l'ultima, un lampo; prese dalla tasca il pezzo della corda di Brujon, ch'egli aveva staccato dal camino dell'Edificio Nuovo, e lo gettò nel recinto della palizzata.

La corda cadde ai loro piedi.

«Una vedova[18]» disse Babet.

«La mia tortuosa[19]» disse Brujon, raccogliendola.

«L'albergatore è lassù» disse Montparnasse.

Alzarono gli occhi. Thénardier sporse un po' il capo.

«Presto!» disse Montparnasse «hai l'altro capo della corda, Brujon?»

«Sì.»

«Annoda i due capi insieme, gli getteremo la corda, egli la legherà al muro, e ne avrà abbastanza per scendere.»

Thénardier s'arrischiò ad alzare la voce:

«Sono intirizzito».

«Ti scalderemo.»

«Non posso più muovermi.»

«Ti lascerai scivolare, e noi ti riceveremo.»

«Ho le mani aggranchite.»

«Basta che leghi la corda al muro.»

«Non posso.»

«Bisogna che uno di noi salga» disse Montparnasse.

«Tre piani!» fece Brujon.

Un vecchio condotto in muratura, che era servito per una stufa che un tempo veniva accesa nella baracca, saliva lungo il muro e giun-

---

[18] Una corda (gergo del Temple) [N.d.A.].
[19] La mia corda (gergo delle barriere) [N.d.A.].

geva quasi nel punto in cui si scorgeva Thénardier. Quel condotto, allora tutto screpolato e bucato, in seguito è rovinato, ma se ne vedono ancora le tracce. Era strettissimo.

«Si potrebbe salire di là» fece Montparnasse.

«Da quel tubo?» esclamò Babet. «Un *orgue*?[20] Giammai! Occorrerebbe un *mion*.[21]»

«Occorrebbe un *môme*[22]» riprese Brujon.

«Dove trovare un marmocchio?» disse Gueulemer.

«Aspettate» disse Montparnasse. «Ho quello che ci vuole.»

Socchiuse pian piano la porta della palizzata, s'assicurò che nessun passante attraversasse la strada, uscì con precauzione, si richiuse la porta dietro le spalle e si avviò di corsa in direzione della Bastiglia.

Passarono sette od otto minuti, ottomila secoli per Thénardier; Babet, Brujon e Gueulemer non aprivano bocca; la porta si aprì, infine, e, ansante, apparve Montparnasse che conduceva Gavroche. La pioggia continuava a rendere deserta la strada.

Il piccolo Gavroche entrò nel recinto e guardò quelle facce di banditi con aria tranquilla. L'acqua gli sgocciolava dai capelli. Gueulemer gli rivolse la parola:

«*Môme*, sei un uomo?».

Gavroche alzò le spalle e rispose:

«Un *môme* come *mezig* è un *orgue* e degli *orgues* come *vousailles* sono dei *mômes*[23]».

«Come il *mion* maneggia il *crachoir*![24]» esclamò Babet.

«Il *môme pantinois* non è *maquillé* di *fertille lansquinée*»[25] soggiunse Brujon.

«Che cosa vi occorre?» chiese Gavroche.

Montparnasse rispose:

«Arrampicarsi lungo quel tubo».

«Con questa vedova»[26] fece Babet.

«E *ligoter* la tortuosa»[27] continuò Brujon.

«Al *monté* del *montant*.»[28]

«Al *pieu* della *vanterne*»[29] aggiunse Brujon.

«E poi?» chiese Gavroche.

[20] Un uomo [*N.d.A.*].
[21] Un ragazzo (gergo del Temple) [*N.d.A.*].
[22] Un ragazzo (gergo delle barriere) [*N.d.A.*].
[23] Un ragazzo come me è un uomo, gli uomini come voi sono ragazzi [*N.d.A.*].
[24] Ha lo scilinguagnolo sciolto, il ragazzo [*N.d.A.*].
[25] Il ragazzo parigino non è fatto di paglia bagnata [*N.d.A.*].
[26] Corda [*N.d.A.*].
[27] Attaccare la corda [*N.d.A.*].
[28] Al sommo del muro [*N.d.A.*].
[29] Alla traversa della finestra [*N.d.A.*].

«Ecco!» disse Gueulemer.

Il birichino esaminò la corda, il tubo, il muro, la finestra e fece quell'inesprimibile e sdegnoso suono con le labbra che significa: «Tutto qui?».

«C'è lassù un uomo che tu salverai» riprese Montparnasse.

«Vuoi?» riprese Brujon.

«Che sciocco!» rispose il fanciullo, come se la domanda gli paresse inaudita; e si tolse le scarpe.

Gueulemer prese Gavroche per un braccio, e lo posò sul tetto della baracca, le cui tavole marcite si piegavano sotto il peso del fanciullo, e gli consegnò la corda che Brujon aveva riannodato durante l'assenza di Montparnasse. Gavroche si diresse verso il tubo, nel quale era facile entrare, grazie a un largo crepaccio rasente il muro. Nel momento in cui stava per salire, Thénardier, che vedeva avvicinarsi la salvezza e la vita, si sporse sull'orlo del muro; le prime luci del giorno gli imbiancavano la fronte inondata di sudore, i pomelli lividi, il naso affilato e selvaggio e la barba grigia e setolosa, e Gavroche lo riconobbe.

«To'» disse. «È mio padre!... Ma non importa...»

E, prendendo la corda tra i denti, cominciò risolutamente la scalata.

Giunse alla sommità della stamberga, inforcò il vecchio muro come un cavallo e legò solidamente la corda alla traversa superiore della finestra.

Un momento dopo Thénardier era in strada.

Appena ebbe toccato il selciato, appena si sentì fuori di pericolo, non fu più stanco, né intirizzito, né tremante: le cose terribili dalle quali era uscito svanirono come fumo, tutta quella strana e feroce intelligenza si ridestò e si trovò in piedi e libera, pronta a marciare in avanti. Ecco quale fu la prima frase di quell'uomo:

«E ora chi mangeremo?».

È inutile spiegare il senso di questa frase spaventosamente trasparente, che significa a un tempo uccidere, assassinare e svaligiare. *Mangiare* nel suo vero significato datogli bandito equivale a *divorare*.

«Rincantucciamoci bene» disse Brujon. «Sbrighiamoci in tre parole, e poi ci separeremo subito.»

V'era un affare che si presentava bene in via Plumet, una via deserta, una casa isolata, una vecchia cancellata arrugginita attorno a un giardino e delle donne sole.

«Ebbene, perché no?» chiese Thénardier.

«La tua *fée*[30] Éponine è andata a dare un'occhiata» rispose Babet.

[30] Figlia [*N.d.A.*].

«E ha portato un biscotto a Magnon» aggiunse Gueulemer. «Là non c'è nulla da *maquiller*.[31]»

«Mia *fée* non è *loffe*[32]» fece Thénardier. «Pure bisognerà vedere.»

«Sì, sì,» disse Brujon «bisognerà vedere.»

Intanto nessuno di quegli uomini aveva l'aria di badare a Gavroche, il quale, durante quel colloquio, s'era seduto su uno dei pilastri della palizzata. Il monello attese alcuni istanti; forse, che il padre si voltasse verso di lui; poi si rimise le scarpe e disse:

«È finito? Non avete più bisogno di me, o uomini? Eccovi tratti d'impaccio. Io me ne vado. Bisogna che vada a far alzare i miei marmocchi».

E se ne andò.

I cinque uomini uscirono uno dopo l'altro dalla palizzata.

Quando Gavroche fu scomparso alla svolta della via dei Ballets, Babet prese in disparte Thénardier:

«Hai guardato quel ragazzo?» gli chiese.

«Quale ragazzo?»

«Il ragazzo che si è arrampicato sul muro e t'ha portato la corda.»

«Non troppo.»

«Ebbene, non so, ma mi sembra che sia tuo figlio.»

«Ah!» esclamò Thénardier. «Credi?»

E se ne andò.

---

[31] Non c'è niente da fare, là [*N.d.A.*].
[32] Bestia [*N.d.A.*].

LIBRO SETTIMO

IL GERGO

I
ORIGINE

Pigrizia[1] è una parola terribile.

Essa genera un mondo, la *pègre*: leggete *il furto*; e un inferno, la *pégrenne*: leggete *la fame*.

Così la pigrizia è madre.

Essa ha un figlio, il furto, e una figlia, la fame.

Dove siamo in questo momento? Nel gergo.

Che cos'è il gergo? È la nazione e l'idioma a un tempo; è il furto sotto le due specie, popolo e lingua.

Allorché, trentaquattr'anni fa, il narratore di questa grave e cupa storia introdusse in un'opera scritta[2] con lo stesso scopo di questa, un ladro che parlava in gergo, vi furono sbalordimento e clamore. «Cosa? Come? Il gergo! Ma il gergo è spaventoso! Ma è la lingua delle ciurme, degli ergastoli, delle prigioni, di tutto ciò che la società ha di più abominevole!» eccetera, eccetera.

Noi non abbiamo mai capito questo genere di obiezioni.

In seguito due potenti romanzieri, uno dei quali è un profondo osservatore del cuore umano, e l'altro un intrepido amico del popolo, Balzac ed Eugène Sue, avendo fatto parlare dei banditi nella loro lingua naturale, come aveva fatto nel 1828 l'autore de *L'ultimo giorno d'un condannato*, hanno suscitato le stesse proteste. Si è ripetuto: «Che vogliono da noi gli scrittori con quel dialetto rivoltante? Il gergo è odioso! Il gergo fa fremere!».

Certo. E chi lo nega?

Ma quando si tratta di scandagliare una piaga, un abisso o una società, da quando in qua è un torto l'andare troppo oltre, il penetrare sino in fondo? Noi avevamo sempre pensato che fosse talvolta un atto di coraggio o, almeno, un'azione semplice e utile, degna della simpatica attenzione che merita il dovere accettato e compiuto. Non

---

[1] Pigrizia, in latino.
[2] *L'ultimo giorno d'un condannato.*

esplorare tutto, non studiare tutto, fermarsi per via, perché? Il fermarsi riguarda lo scandaglio, non lo scandagliatore.

Certo, andare a cercare nei bassifondi dell'ordine sociale, là dove finisce la terra e incomincia il fango, frugare in quei densi flutti, inseguire, afferrare e gettare sul lastrico quell'idioma abbietto che tratto così alla luce, ancora palpitante, gronda di fango: quel vocabolario pustoloso, ogni parola del quale sembra un immondo anello d'un mostro della melma e delle tenebre, non è né un compito attraente, né un compito facile. Non vi è nulla di più lugubre del contemplare così a nudo, alla luce del pensiero, il formicolìo spaventevole del gergo. Sembra, infatti, ch'esso sia una specie di bestia orribile, fatta per l'oscurità, e appena strappata dalla sua cloaca. Pare di vedere uno spaventoso cespuglio vivente e irto, che trasalisca, si muova, s'agiti, chieda ancora l'ombra, minacci e guardi. La tal parola assomiglia a un artiglio; la talaltra a un occhio spento e insanguinato; una terza frase pare che si muova come le chele di un granchio. E tutto vive di quell'orribile vitalità delle cose che si sono organizzate nella disorganizzazione.

Ora, da quando in qua l'orrore esclude lo studio? Da quando in qua la malattia scaccia il medico? Si può immaginare un naturalista che si rifiutasse di studiare la vipera, il pipistrello, lo scorpione, la scolopendra, la tarantola, e li ricacciasse nelle tenebre dicendo: «Oh come sono brutti!»? Il pensatore che ripudiasse il gergo sarebbe come un chirurgo che distogliesse lo sguardo da un'ulcera o da una verruca: sarebbe come un filologo che esitasse a esaminare un fatto di lingua, come un filosofo che esitasse a scrutare un fatto dell'umanità. Poiché bisogna pur dirlo a coloro che lo ignorano: il gergo è in complesso un fenomeno letterario e un prodotto sociale. Che cos'è il gergo propriamente detto? Il gergo è la lingua della miseria.

A questo punto, qualcuno può interromperci per generalizzare il fatto, il che è talvolta una maniera d'attenuarlo, e può dirci che tutti i mestieri, tutte le professioni, quasi si potrebbe aggiungere tutti gli accidenti della gerarchia sociale e tutte le forme dell'intelligenza, hanno il loro gergo. Il commerciante che dice: «Montpellier disponibile, Marsiglia bella qualità», l'agente di cambio che dice: «Riporto, premio, fine corrente», il giocatore che dice: «Busso, volo, striscio», l'usciere delle isole normanne che dice: «Il censuario che si stabilisce nel suo fondo non potrà reclamare i frutti di questi beni durante il sequestro ereditario degli immobili del rinunziatore», l'operettista che dice: «È stato rallegrato l'orso»,[3] l'attore che dice: «Ho fatto

---

[3] Hanno fischiato l'operetta [N.d.A.].

forno»,[4] il filosofo che dice: «Triplicità fenomenale», il cacciatore che dice: «Eccolo andato, eccolo in fuga», il frenologo che dice: «Amatività, combattività, secretività», il fantaccino che dice: «Il mio clarinetto», il cavaliere che dice: «Il mio pollo d'India», il maestro d'armi che dice: «Terza, quarta, rompete», lo stampatore che dice: «Tirar la bianca e la volta», tutti: stampatore, maestro d'armi, cavaliere, fantaccino, frenologo, cacciatore, filosofo, attore, autore, usciere, giocatore, agente di cambio e commerciante, parlano in gergo. Il pittore che dice: «Il mio lavapennelli», il notaio che dice: «Il mio scavalcafossi», il parrucchiere che dice: «Il mio giovane», il ciabattino che dice: «Il mio garzone», parlano in gergo. A rigore, e se lo si vuole assolutamente, tutti i diversi modi d'indicare la destra e la sinistra, come «babordo» e «tribordo» per il marinaio, «lato corte» e «lato giardino» per il macchinista teatrale, «lato dell'epistola» e «lato del vangelo» per lo scaccino, sono gergo. V'è il gergo delle smorfiose come vi fu il gergo delle preziose; e il palazzo di Rambouillet[5] sconfinava un pochino con la Corte dei Miracoli. V'è il gergo delle duchesse, come lo comprova la seguente frase, scritta in un bigliettino dolce da una grandissima signora e bellissima donna della restaurazione: «Troverete in questi pettegolezzi una *foultitude* di ragioni perché io mi *libertise*».[6] Le cifre diplomatiche sono gergo; la cancelleria pontificia, dicendo *26* per «Roma», *grkztntgzyal* per «invio» e *abfxustgrnogrkzutu* per «duca di Modena», parla in gergo; i medici del Medioevo i quali, per dire carota, radice e navone, dicevamo: *opoponach*, *perfroschinum*, *reptitalmus*, *dratachalicum*, *angelorum* e *postmegorum*, parlavano in gergo. Il fabbricante di zucchero che dice: «greggio, cima, purgato, stoppaccio, pani, melassa, bastardo, ordinario, raffinato, piastra», questo onesto commerciante, dicevamo, parla in gergo. Una certa scuola di critica di vent'anni fa che diceva: «La metà di Shakespeare è gioco di parole e bisticci» parlava in gergo. Il poeta e l'artista che, con un senso profondo, qualificassero Montmorency come «un borghese», qualora non s'intendessero di versi e di statue, parlerebbero in gergo. L'accademico classico che chiama i fiori «Flora», i frutti «Pomona», il mare «Nettuno», l'amore «i fuochi», la bellezza «gli allettamenti», un cavallo «un corsiero», la coccarda bianca o tricolore «la rosa di Bellona», il cappello a tricorno «il triangolo di Marte»: questo accademico classico parla in gergo. L'algebra, la medicina e la botanica hanno il loro gergo; la lingua impiegata a bordo, quella meravigliosa lingua del mare così com-

[4] *Far forno*: recitare a teatro vuoto.
[5] Palazzo fatto costruire nel XVII secolo dalla marchesa di Rambouillet, dove si tenne un salotto di interessi linguistico-letterari.
[6] Troverete in questi pettegolezzi una quantità di ragioni che mi autorizzano a prendermi la mia libertà [*N.d.A.*].

pleta e così pittoresca, che fu parlata da Jean Bart, Duquesne, Suffren e Duperré,[7] che si frammischia al sibilare dei cordami, al fragore dei portavoce, all'urto delle asce d'abbordaggio, al rullìo, al vento, alla tempesta e al cannone, è tutta un gergo eroico e brillante, che sta al gergo selvaggio della malavita come il leone sta allo sciacallo.

Certo. Ma, checché se ne possa dire, questo modo di comprendere la parola gergo è di un'estensione che non tutti vorranno ammettere; quanto a noi, conserviamo a questa parola il suo vecchio e preciso significato, circoscritto e determinato, e restringiamo il gergo al gergo. Il vero gergo, il gergo per eccellenza, se queste due parole possono accoppiarsi, il gergo immemorabile ch'era un regno, non è altro, lo ripetiamo, che la lingua brutta, inquieta, sorniona, traditrice, velenosa, crudele, losca, vile, profonda e fatale della miseria. All'estremità di tutti gli abbassamenti e di tutte le sventure c'è un'ultima miseria che si rivolta e che si decide a entrare in lotta contro il complesso dei fatti felici e dei diritti regnanti; lotta spaventosa in cui, ora astuta e ora violenta, a un tempo malsana e feroce, essa attacca l'ordine sociale a colpi di spillo, col vizio, e a colpi di mazza, col delitto. Per i bisogni di questa lotta, la miseria ha inventato una lingua di combattimento che è il gergo.

Far galleggiare e sostenere al di sopra dell'oblìo, al di sopra della voragine, sia pure un solo frammento d'una lingua qualunque che l'uomo ha parlato e che si perderebbe, cioè uno degli elementi buoni o cattivi di cui si compone o si complica la società, significa estendere i dati dell'osservazione sociale, e servire la civiltà stessa. Questo servizio Plauto l'ha reso, volente o nolente, facendo parlare il fenicio a due soldati cartaginesi; questo servizio Molière l'ha reso, facendo parlare il levantino e ogni sorta di dialetti a tanti suoi personaggi. Ma qui le obiezioni si rianimano: «Il fenicio? Benissimo! Il levantino? Magnificamente! Vada pure per i dialetti! Sono lingue che hanno appartenuto a nazioni o a provincie, ma il gergo? A che scopo conservare il gergo? A che scopo "far galleggiare" il gergo?».

A ciò risponderemo con un solo argomento. Certo, se la lingua che ha parlato una nazione o una provincia è degna d'interesse, è cosa ancor più degna d'attenzione e d'esame la lingua che è stata parlata da una miseria.

È la lingua che ha parlato in Francia, per esempio da quattro secoli, non solo una miseria, ma «la miseria», tutta la miseria umana possibile.

[7] Jean Bart, marinaio e corsaro, nominato capitano di vascello da Luigi XIV per le sue azioni patriottiche. Abraham Duquesne, illustre uomo di mare, eletto capitano da Luigi XIV. Pierre Oudré Suffren, combattente nelle Indie contro gli Inglesi, sul mare. Victor Duperré, ammiraglio comandante la flotta che sbarcò ad Algeri nel 1830.

E poi, insistiamo su questo: studiare le deformità e le infermità sociali e segnalarle per guarirle non è un compito che offra possibilità di scelta. Lo storico dei costumi e delle idee non ha una missione meno austera di quella dello storico degli avvenimenti. Questi ha la superficie della civiltà, le lotte dinastiche, le nascite dei principi, i matrimoni dei re, le battaglie, le assemblee, i grandi uomini pubblici, le rivoluzioni al sole, tutta l'esteriorità insomma; l'altro storico ha l'interiorità, il fondo, il popolo che lavora, che soffre e che aspetta, la donna oppressa, il bimbo che agonizza, le guerre sorde dell'uomo contro l'uomo, le ferocie oscure, i pregiudizi, le iniquità convenute, i contraccolpi sotterranei della legge, le evoluzioni segrete delle anime, i sussulti indistinti delle moltitudini, gli straccioni, gli scalzi, gli scamiciati, i diseredati, gli orfani, i disgraziati e gli infami, tutte le larve che errano nell'oscurità. E occorre ch'egli discenda col cuore pieno di carità e di severità a un tempo, come un fratello e come un giudice, fino a quelle casematte impenetrabili in cui strisciano confusamente coloro che sanguinano e coloro che colpiscono, coloro che piangono e coloro che maledicono, coloro che digiunano e coloro che divorano, coloro che subiscono il male e coloro che lo fanno. Questi storici dei cuori e delle anime hanno forse minori doveri degli storici dei fatti esterni? Si può credere che l'Alighieri abbia meno cose da dire del Machiavelli? Il rovescio della civiltà, per il fatto d'essere più profondo e cupo, è forse meno importante del diritto? Si conosce bene la montagna, se non si conosce la caverna?

Del resto, sia detto di sfuggita, da qualcuna delle parole che precedono si potrebbe argomentare tra le due classi di storici una separazione netta, che non esiste nella nostra mente. Nessuno è buono storico della vita patente, visibile, smagliante e pubblica dei popoli, se non è nel contempo, in una certa misura, storico della loro vita profonda e recondita, e nessuno è buono storico dell'interno se non sa essere, ogni volta che occorra, storico dell'esterno. La storia del costumi e delle idee penetra la storia degli eventi, e reciprocamente. Sono due ordini di fatti diversi che si corrispondono, che sempre si concatenano e spesso si generano l'un l'altro. Tutte le linee che la provvidenza traccia alla superficie d'una nazione hanno i loro paralleli oscuri, ma distinti, nel fondo, e tutte le convulsioni del fondo producono sollevamenti alla superficie. La vera storia essendo frammischiata a tutto, il vero storico s'immischia di tutto.

L'uomo non è un cerchio a un solo centro, ma una ellisse a due fuochi: i fatti sono uno dei fuochi, le idee l'altro.

Il gergo non è altro che un vestito col quale la lingua, pronta a commettere una cattiva azione, si traveste ammantandosi di parole che sono maschere e di metafore che sono cenci. In questo modo essa diventa orribile.

Si stenta a riconoscerla. È proprio la lingua francese, la grande lingua umana? Eccola pronta a entrare in scena, al servizio del delitto e adatta a tutti gli impieghi nel repertorio del male. Non cammina più, zoppica appoggiandosi sulla stampella della Corte dei Miracoli, stampella trasformabile in clava; si chiama vagabondaggio; tutti gli spettri, suoi truccatori, le hanno dato un aspetto di vecchia, ed essa si trascina e si rizza, con la duplice andatura del rettile. È atta ormai a tutte la parti, fatta losca dal falsario, impatinata di verderame dall'avvelenatore, annerita dalla fuliggine dell'incendiario; e l'assassino le dà il rossetto.

Quando si origlia, dal lato della gente onesta, alla porta della società, si sorprende il dialogo di coloro che sono al di fuori. Si distinguono domande e risposte, e si percepisce, senza capirlo, un orrido mormorìo che ha quasi il suono dell'accento umano, ma che è più vicino all'urlo che alla parola: è il gergo. Le parole sono deformi e improntate di non si sa che bestialità fantastica: pare di sentir parlare le idre.

È l'inintelligibile nel tenebroso. Uno stridore di denti e un bisbiglio che completano il crepuscolo con l'enigma. È buio nella sventura, ma è ancora più buio nel delitto; e queste due tenebre, amalgamate, compongono il gergo. Oscurità nell'atmosfera, oscurità negli atti, oscurità nelle voci. È una spaventosa lingua; rospo che va, viene, saltella, striscia, sbava e si muove mostruosamente in quella immensa nebbia grigia fatta di pioggia, di notte, di fame, di vizio, di menzogna, d'ingiustizia, di nudità, d'asfissia e di freddo: pieno meriggio dei miserabili.

Abbiamo pietà dei condannati. Ahimè! E noi chi siamo? Chi sono, io che vi parlo? Chi siete, voi che mi ascoltate? Donde veniamo? Ed è proprio certo che non abbiamo commesso nulla prima di nascere? La terra non è del tutto dissimile da un carcere. E chi sa che l'uomo non sia un recidivo della giustizia divina? Guardate la vita da vicino. Essa è così fatta che ovunque vi si sente la punizione.

Siete quello che si chiama un uomo felice, voi? Ebbene, voi siete triste tutti i giorni. Ogni giorno ha il suo grande dispiacere, la sua piccola preoccupazione. Ieri tremavate per una salute che vi è cara, oggi temete per la vostra, domani sarà per una preoccupazione finanziaria, doman l'altro sarà la diatriba d'un calunniatore, il giorno successivo la disgrazia d'un amico; poi, il tempo che fa, poi qualche cosa di rotto o di perduto, poi un piacere che la coscienza e la colonna vertebrale vi rimproverano; un'altra volta sarà l'andamento degli affari pubblici. Senza contare le pene del cuore. E così di seguito. Una nube si dissipa, e un'altra si riaddensa. A stento v'è un giorno su cento di piena gioia e di pieno sole. E voi appartenete al piccolo numero dei felici! Quanto agli altri uomini, la notte stagnante incombe su di essi.

Le menti riflessive fanno poco uso di questa locuzione: felici e infelici. In questo mondo, vestibolo d'un altro, evidentemente, non vi sono felici.

La vera divisione umana è questa: i luminosi e i tenebrosi.

Diminuire il numero dei tenebrosi e aumentare il numero dei luminosi, ecco lo scopo. Per questo, noi gridiamo: Insegnamento! Scienza! Insegnare a leggere, è accendere il fuoco; ogni sillaba compitata sfavilla.

Del resto, chi dice luce, non dice necessariamente gioia. Si soffre, nella luce; l'eccesso brucia, la fiamma è nemica dell'ala. Ardere senza cessar di volare, ecco il prodigio del genio.

Quando conoscerete e quando amerete, soffrirete ancora. La luce nasce in lacrime. I luminosi piangono, non foss'altro, sui tenebrosi.

II
RADICI

Il gergo è la lingua dei tenebrosi.

Dinanzi a questo enigmatico dialetto, malfamato e ribelle nello stesso tempo, il pensiero è commosso nelle sue più cupe profondità, la filosofia sociale è stimolata alle sue più dolorose meditazioni. Vi è in esso un castigo visibile; ogni sillaba di esso sembra che porti un marchio. Le frasi della lingua volgare vi appaiono come raggrinzite e inaridite sotto il ferro rovente del carnefice. Alcune pare che fumino ancora. Qualche frase vi fa l'effetto della spalla bollata d'un ladro bruscamente messa a nudo. L'idea si rifiuta quasi di lasciarsi esprimere da questi sostantivi pregiudicati. La metafora è talvolta così sfrontata, che si sente ch'è stata alla gogna.

Del resto, a onta di tutto ciò e appunto a motivo di tutto ciò, questo strano dialetto ha, per diritto, uno scompartimento in quel grande casellario imparziale in cui v'è posto sia per un soldino ossidato che per la medaglia d'oro: casellario chiamato letteratura. Il gergo, lo si voglia o no, ha la sua sintassi e la sua poesia. È una lingua. Se, dalla deformità di certi suoi vocaboli, si riconosce che è stata masticata da Mandrin,[8] dallo splendore di certe metonimie si sente che l'ha parlata Villon.

Questo verso così squisito e tanto celebre:

Mais où sont les neiges d'antan?[9]

---

[8] Louis Mandrin (1724-1755), capo di briganti.
[9] Ma dove sono le nevi d'una volta?

è un verso di gergo. *Antan – ante annum –* è una parola del gergo di Thunes che significava «l'anno scorso» e, per estensione, «una volta». Trentacinque anni fa, al tempo della partenza della grande catena del 1827, si poteva ancora leggere in una delle segrete di Bicêtre questa massima, incisa nel muro con un chiodo da un re di Thunes condannato alla galera: «*Les dabs d'antan trimaient siempre pour la pierre du Coësre*», il che significava: «I re d'un tempo andavano sempre a farsi consacrare». Nel pensiero di quel re, la consacrazione era la galera.

La parola *décarade*, che esprime la partenza d'una pesante vettura al galoppo, è attribuita a Villon, ed è degna di lui. Questa parola, che sprizza fuoco da quattro sillabe, riassume in una onomatopea magistrale tutto il mirabile verso di La Fontaine:

Six forts chevaux tiraient un coche.[10]

Dal punto di vista puramente letterario, pochi studi sarebbero più curiosi e più fecondi di quello del gergo. È tutta una lingua nella lingua, una specie di escrescenza morbosa, un innesto malsano che ha prodotto una vegetazione, un parassita che ha le sue radici nel vecchio tronco gallico e il cui fogliame sinistro si arrampica su tutto un lato della lingua. Questo è ciò che si potrebbe chiamare il primo aspetto, l'aspetto volgare del gergo. Ma per coloro che studiano la lingua come bisogna studiarla, cioè come i geologi studiano la terra, il gergo appare come una vera alluvione. A seconda che vi si scavi più o meno addentro, si trovano nel gergo, al di sotto del vecchio francese popolare, il provenzale, lo spagnolo, l'italiano, il levantino, quella lingua dei porti del Mediterraneo, l'inglese e il tedesco, la lingua romanza nelle sue tre varietà: romanza francese, italiana, latina; vi si trova il latino, e, infine, il Basque e il celtico: formazione profonda e bizzarra, edificio sotterraneo, fabbricato in comune da tutti i miserabili. Ogni razza maledetta vi ha deposto il suo strato, ogni sofferenza vi ha lasciato cadere la sua pietra, ogni cuore ha dato il suo ciottolo. Una folla d'anime cattive, basse o irritate, che hanno attraversato la vita e sono andate a svanire nell'eternità, sono in esso quasi intere, e in certo qual modo visibili ancora, sotto la forma d'una parola mostruosa.

Si vuole dello spagnolo? Il vecchio gergo gotico ne pullula. Ecco *boffete*, soffietto, che deriva da *bofeton*; *vantane*, finestra (più tardi *vanterne*), che deriva da *ventana*; *gat*, gatto, che deriva da *gaso*; *acite*, olio, che viene da *aceyte*. Si vuole dell'italiano? Ecco *spade*, spada, che deriva da *spada*; *carvel*, barca, che deriva da *caravella*. Si vuole dell'inglese? Ecco il *bichot*, il vescovo, che deriva da *bishop*; *raille*, spia, che deriva da *rascal*, *rascalion*, furfante; *pilche*, astuccio che deriva da *pil-*

---

[10] Sei robusti cavalli tiravano una diligenza.

cher, fodero. Si vuole del tedesco? Ecco il *caleur*, il giovanotto, *kellner*; lo *hers*, il padrone, *herzog* (duca). Si vuole del latino? Ecco *frangir*, rompere, da *frangere*; *affurer*, rubare, *fur*; *cadène*, catena, *catena*. C'è una parola che riappare in tutte le lingue del continente, con una sorta di potenza e di autorità misteriosa, ed è la parola *magnus*; la Scozia ne fa il suo *mac*, che designa il capo del *clan*: Mac-Farlane, Mac-Callummore, il grande Farlane, il grande Callummore;[11] il gergo ne fa il *meck* e più tardi il *meg*, cioè Dio. Si vuole del Basque? Ecco *gahisto*, il diavolo, che deriva da *gaiztoa*, cattivo; *sorgabon*, buona notte, che deriva da *gabon*, buona sera. Si vuole del celtico? Ecco *blavin*, fazzoletto, che deriva da *blavet*, acqua sorgente; *ménesse*, donna (in senso cattivo), che viene da *meinec*, pieno di pietre; *barant*, ruscello, da *baranton*, fontana; *goffeur*, magnano, da *goff*, fabbro; la *guédouze*, la morte, che viene da *guenn-du*, bianco-nera. Si vuole della storia, infine? Il gergo chiama gli scudi *le maltesi*, a ricordo della moneta che aveva corso sulle galere di Malta.

Oltre le origini filologiche che abbiamo testé indicate, il gergo ha altre radici ancor più naturali e che escono, per così dire, dalla mente stessa dell'uomo.

In primo luogo, la creazione diretta delle parole. Lì risiede il mistero della lingua. Dipingere con parole che hanno, non si sa come né perché, una figura. Questo è il fondo primitivo di ogni linguaggio umano, ciò che potrebbe esser chiamato il granito. Il gergo pullula di parole di questo genere, parole immediate, create tutte d'un pezzo non si sa dove né da chi, senza etimologie, senza analogie, senza derivati, parole solitarie, barbare, talvolta orride, che hanno una singolare potenza d'espressione e che vivono. Il boia, *taule*; il bosco, *sabri*; la paura, la fuga, *taf*; il valletto, *larbin*; il generale, il prefetto, il ministro, *pharos*; il diavolo, *rabouin*. Non v'è nulla di più strano di queste parole che mascherano e che rivelano; alcune di esse, il *rabouin*, per esempio, sono a un tempo grottesche e terribili, e fanno l'effetto d'una smorfia ciclopica.

In secondo luogo, la metafora. La caratteristica d'una lingua che vuol dire tutto e nascondere tutto è quella d'abbondare di figure. La metafora è un enigma in cui si rifugia il ladro che complotta un colpo o il prigioniero che combina un'evasione. Nessun idioma è più metaforico del gergo: «svitare il cocò», torcere il collo; «attorcigliare», mangiare; «essere affastellato», essere giudicato; «un topo», un ladro di pane; «lanzìcchena», piove, vecchia figura incisiva, che porta in qualche modo la data con sé, che assimila le lunghe linee oblique della pioggia alle picche folte e inclinate dei lanzichenecchi, e che fa con-

---

[11] Occorre tuttavia rilevare che *mac*, in celtico, significa figlio [*N.d.A.*].

tenere in una sola parola la metonimia popolare: *piovono alabarde*. Talvolta, man mano che il gergo passa dal primo al secondo periodo, alcune parole passano dallo stato selvaggio e primitivo al senso metaforico. Il diavolo cessa d'essere il *rabouin* e diventa il *fornaio*, colui che inforna; è più fine, ma meno grande, qualche cosa come Racine dopo Corneille, come Euripide dopo Eschilo. Certe frasi di gergo, che riflettono due periodi e hanno a un tempo il carattere barbaro e il carattere metaforico, somigliano a fantasmagorie. «*Les sorgueurs vont sollicer des gails à la lune*» (i vagabondi, di notte, vanno a rubare i cavalli).

Ecco una frase che passa davanti alla mente come un gruppo di spettri. Non si sa che cosa si veda.

In terzo luogo, l'espediente. Il gergo vive a spese della lingua; se ne serve secondo il suo capriccio, pescandovi a caso, e spesso si limita, quando sorga il bisogno, a snaturarla sommariamente e grossolanamente. Talvolta, con le parole usuali così deformate e complicate di parole di puro gergo, l'espediente compone locuzioni pittoresche, in cui si sente il miscuglio dei due elementi precedenti, la creazione diretta e la metafora: *Le cab jaspine, je marronne que la roulotte de Pantin trime dans le sabri* (il cane abbaia, io sospetto che la diligenza di Parigi passi nel bosco); *Le dab est sinve, la dabuge est merloussière, la fée est bative* (il padrone è bestia, la padrona è furba, la figlia è graziosa). Più spesso, allo scopo di fuorviare gli ascoltatori, il gergo si limita ad aggiungere, indistintamente a tutte le parole della lingua, una specie di coda ignobile, una terminazione in *afille*, in *orgue*, in *iergue*, in *uche*. Così: «*Vousiergue trouvaille bonorgue ce gigotmucher*» per: «*Trouvez-vous ce gigot bon?*» (trovate buono questo cosciotto di montone?), frase rivolta da Cartouche a un secondino per sapere se la somma offertagli per l'evasione gli convenisse.

La terminazione in *mar* è stata aggiunta abbastanza recentemente.

Il gergo, essendo l'idioma della corruzione, si corrompe presto; inoltre, poiché esso cerca sempre di sfuggire, si trasforma appena si sente compreso. All'opposto di qualunque altra vegetazione, ogni raggio di luce uccide in esso ciò che tocca. Perciò il gergo va decomponendosi e ricomponendosi senza posa; lavoro oscuro e rapido, che non si arresta mai. Esso fa più strada in dieci anni che una lingua in dieci secoli. Così il *larton*[12] diventa il *lartif*; il *gail*,[13] diventa il *gaye*; la *fertanche*,[14] la *fertille*; il *momignard*,[15] il *momacque*; i *siques*,[16] i *fru-*

---

[12] Pane [*N.d.A.*].
[13] Cavallo [*N.d.A.*].
[14] Paglia [*N.d.A.*].
[15] Fanciullo [*N.d.A.*].
[16] Stracci [*N.d.A.*].

sques; la *chique*,[17] l'*égrugeoir*; il *colabre*,[18] il *colas*. Il diavolo è dapprima il *gahisto*, poi il *rabouin*, poi il *boulanger*; il prete è *ratichon*, poi *sanglier*; il pugnale è *22*, poi *surin*, poi *lingre*; i poliziotti sono i *railles*, poi i *roussins*, poi i *rousses*, poi i *marchands de lacets*, poi *coqueurs*, poi *cognes*; il boia è il *taule*, poi *Charlot*, poi l'*atigeur*, poi il *becquillard*. Nel secolo diciassettesimo, battersi si diceva: *darsi il tabacco*, nel decimonono, si dice *mangiarsi la gola*; e venti locuzioni diverse sono passate fra queste due estreme. Cartouche parlerebbe ebraico per Lacenaire. Tutte le parole di questa lingua sono perpetuamente in fuga, come gli uomini che le pronunciano.

Tuttavia, di tanto in tanto, appunto per via di questo stesso movimento, il gergo antico riappare e diventa nuovo. Esso ha i suoi capoluoghi, dove si conserva; così il Temple conserva il gergo del diciassettesimo secolo, e Bicêtre, quando era un carcere, conservava il gergo di Thunes. Vi si sentiva la terminazione in *anche* dei vecchi vagabondi. *Boyanches-tu?* (bevi?) per *bois-tu?* E il *croyanche* (egli crede), per *il croit*. Ma il moto perpetuo non cessa per questo di essere la sua legge.

Se il filosofo riesce a fissare per un momento, per osservarla, questa lingua che s'evapora senza posa, egli cade in dolorose e utili meditazioni. Nessuno studio è più efficace e più fecondo di insegnamenti: non v'è una metafora, non v'è un'etimologia del gergo che non contenga una lezione. Fra quegli uomini, *battere* vuol dire *fingere*: si *batte* una malattia. L'astuzia è la loro forza.

Per essi l'idea dell'uomo non si separa dall'idea dell'ombra. La notte si dice *la sorgue*; l'uomo, *l'orgue*. L'uomo è un derivato della notte.

Hanno preso l'abitudine di considerare la società come un'atmosfera che li uccide, come una forza fatale, e parlano della loro libertà come parlerebbero della propria salute. Un uomo arrestato è un *malato*; un uomo condannato è un *morto*.

Quello che v'è di più terribile per il prigioniero, fra le quattro mura che lo seppelliscono, è una specie di castità glaciale; ed egli chiama la segreta il *castus*. In quel luogo funebre la vita esteriore gli appare sempre sotto il suo più ridente aspetto. Il prigioniero ha i ferri ai piedi: ma credete forse ch'egli pensi che coi piedi si cammina? No; egli pensa che coi piedi si balla; e perciò, se gli riesce di segare i ferri, la sua prima idea è quella di poter ballare, ed egli chiama la sega *bastringue*.[19] Un *nome* è un *centro*: profonda assimilazione. Il bandito ha due teste, una che medita le sue azioni e lo guida per tutta la vita, e un'al-

---

[17] Chiesa [*N.d.A.*].
[18] Collo [*N.d.A.*].
[19] Sorta di ballo da taverna.

938

tra che gli sta sulle spalle il giorno della morte; egli chiama *sorbona* la testa che gli consiglia il delitto, e *zucca* quello che lo espia. Quando un uomo non ha che cenci sul corpo e vizi nel cuore, quand'è giunto a quella duplice degradazione materiale e morale caratterizzata, nei suoi due significati (vagabondo e accattone), dalla parola *gueux*, è pronto per il delitto, è come una lama ben affilata: ha due lati taglienti, la sua angoscia e la sua cattiveria: così il gergo non dice *gueux* ma dice *réguisé* (riaffilato). Che cos'è la galera? È un braciere di dannazione, un inferno; e il forzato si chiama *fagot* (fascina). Infine, che nome danno i malfattori alla prigione? *Il collegio*. Un intero sistema penitenziario può uscire da questa parola.

Il ladro ha anch'egli la sua carne da cannone, la materia derubabile: voi, io, il primo che passa, il *pantre* (*Pan*: tutti).

Si vuol sapere dove è sbocciata la maggior parte delle canzoni del bagno penale, quei ritornelli chiamati nel vocabolario speciale i *lirlonfa*?

Ci si ascolti.

V'era allo Châtelet di Parigi una grande, lunga, cantina. Quella cantina aveva il pavimento tre metri al di sotto del livello della Senna. Non aveva né finestre né spiragli, avendo come unica apertura la porta; gli uomini potevano entrarvi, l'aria no. La cantina aveva per soffitto una volta di pietre e per pavimento dieci pollici di fango; era stata lastricata, ma per effetto dell'infiltrazione delle acque, le pietre s'eran corrose e spezzate. Tre metri al di sopra del suolo, una lunga trave massiccia attraversava quel sotterraneo da un capo all'altro, e da quella trave pendevano, a intervalli, catene di un metro di lunghezza, all'estremità delle quali erano le gogne. Si mettevano in quella cantina gli uomini condannati alle galere, fino al giorno della partenza per Tolone. Essi venivano spinti sotto quella trave, dove ciascuno aveva il proprio ferro che lo aspettava oscillando nelle tenebre.

Le catene, braccia pendenti, e le gogne, mani aperte, afferravano quei miserabili per il collo; là veniva loro ribadito il collare e là venivano lasciati. La catena era troppo corta perché potessero coricarsi; ed essi rimanevano immobili, in quella cantina, in quell'oscurità, sotto quella trave, quasi appesi, costretti a sforzi inauditi per raggiungere il pane e la brocca, con la volta sopra il capo e con il fango fino a mezza gamba, con gli escrementi che colavano loro lungo i garretti, rotti dalla stanchezza, con le ànche e le ginocchia che si piegavano; aggrappandosi con le mani alla catena per riposare, potevano dormire solo in piedi ed erano svegliati ogni momento dallo strangolamento del collare; alcuni non si svegliavano più. Per mangiare facevano risalire col tallone lungo la tibia, fino alla mano, il pezzo di pane che veniva loro gettato nel fango.

Quanto tempo rimanevano così? Un mese, due mesi, talvolta sei; uno di essi vi rimase un anno. Era l'anticamera delle galere. Vi si era messi per una lepre rubata al re. In quel sepolcro-inferno, che cosa facevano? Quel che si può fare in un sepolcro: agonizzavano; e quel che si può fare in un inferno: cantavano. Poiché, dove non v'è più la speranza, resta il canto. Nelle acque di Malta, quando una galera si accostava, si udiva il canto prima di sentire i remi. Il povero cacciatore di frodo Survincent, ch'era passato attraverso la prigione-cantina dello Châtelet, diceva: «*Sono le rime che mi hanno sostenuto*». Inutilità della poesia. A che servono le rime?

E in quella cantina sono appunto nate quasi tutte le canzoni del gergo. È dalla segreta del Grand Châtelet di Parigi che viene il melanconico ritornello della galera di Montgomery: *Timaloumisaine, timoulamison*. La maggior parte di quelle canzoni sono lugubri; alcune sono allegre, e una è tenera:

> *Icicaille est le théatre.*
> *Du petit dardant.*[20]

Avete un bel fare, ma non annienterete questo eterno avanzo del cuore umano, l'amore.

In quel mondo delle azioni sinistre, tutti conservano il segreto. Il segreto è di tutti; il segreto, per quei miserabili, è l'unità che serve di base all'unione. Rompere il segreto, significa strappare a ciascun membro di quella selvaggia comunità qualche cosa di lui stesso. Denunciare, nell'energica lingua del gergo, si dice: *mangiare il boccone*, come se il denunciatore tirasse a sé un po' della sostanza di tutti e si nutrisse d'un pezzo della carne di ciascuno.

Che cos'è ricevere uno schiaffo? La metafora banale risponde: *È vedere trentasei candele*. Qui interviene il gergo e riprende: candela, *camoufle*. In base a ciò, il linguaggio usuale dà per sinonimo allo schiaffo il vocabolo *camouflet*. Così, per una specie di penetrazione dal basso in alto, aiutato da quella traiettoria incalcolabile che è la metafora, il gergo sale dalla caverna all'accademia; e Poulailler che dice: *J'allume ma camoufle* (accendo la mia candela), fa scrivere a Voltaire: *Langleviel La Beaumelle mérite cent camouflets* (merita cento schiaffi).

Uno scavo nel gergo si traduce in una scoperta a ogni passo. Lo studio e l'approfondimento di questo strano idioma conducono al misterioso punto d'intersecazione della società regolare con la società maledetta.

[20] Arciere: Cupido [*N.d.A.*]. «Qui è il teatro del piccolo arciere.»

Il gergo è la parola divenuta forzato.

Ed è doloroso che il principio pensante dell'uomo possa essere ricacciato tanto in basso, che possa essere trascinato e ammanettato colà dalle oscure tirannie della fatalità, che possa essere attaccato a chissà quali catene, in quel precipizio!

Oh, povero pensiero dei miserabili!

Ahimè! Nessuno dunque verrà in soccorso dell'anima umana, in quelle tenebre? È suo destino attendervi per sempre lo spirito, il liberatore, l'immenso cavalcatore dei pegasi e degli ippogrifi, il combattente color dell'aurora che scende dall'azzurro fra due ali, il radioso cavaliere dell'avvenire? Chiamerà sempre invano, in suo soccorso, la lucente lancia dell'ideale? È proprio condannata a sentire, attraverso le profondità dell'abisso, lo spaventoso avvicinarsi del Male, e a intravedere, sempre più da vicino, sotto l'acqua orribile, quella testa draconiana, quelle fauci che masticano la schiuma e quella ondulazione serpentina di artigli, di rigonfiamenti e di anelli? Deve dunque rimanere là, senza un bagliore, senza speranza, abbandonata a quel formidabile avvicinarsi, vagamente fiutata dal mostro, fremente e scapigliata, torcendosi le mani, incatenata per sempre alla rupe della notte, cupa Andromeda bianca e nuda nelle tenebre?

III
GERGO CHE PIANGE E GERGO CHE RIDE

Come si vede, tutto il gergo, sia quello di quattrocento anni fa che quello d'oggi, è penetrato di quel cupo spirito simbolico che dà a tutte le parole, ora un andamento dolente, ora un'aria minacciosa. Vi si sente la vecchia tristezza selvaggia di quegli accattoni della Corte dei Miracoli che giocavano a carte con mazzi loro particolari, alcuni dei quali ci sono stati conservati; l'otto di fiori, per esempio, era rappresentato da un grande albero recante otto foglie di trifoglio, sorta di personificazione fantastica della foresta: ai piedi di quell'albero si vedeva un fuoco acceso, sul quale tre lepri facevano arrostire allo spiedo un cacciatore, e dietro, sopra un altro fuoco, una pentola fumante dalla quale usciva una testa di cane. Non v'è nulla di più lugubre di queste rappresaglie pittoriche, sopra un mazzo di carte, di fronte ai roghi che arrostivano i contrabbandieri e alla caldaia per bollire i falsi monetari. Le varie forme che il pensiero prendeva nel regno del gergo, persino la canzone, persino la beffa, persino la minaccia, avevano tutte un tal carattere impotente e oppresso; tutti i canti dei quali sono state raccolte alcune melodie, erano umili e lamentevoli tanto da strappare le lacrime. Il *pègre*[21] si chiama *il povero pègre* ed è sempre la lepre che si nasconde, il sorcio che scappa, l'uccello che fugge. A stento protesta: si limita a sospirare. Uno dei suoi gemiti è giunto sino a noi: «*Je n'entrave que le dail comment meck, le daron des orgues, peut atiger ses mômes et ses momignards et les locher criblant sans être atigé lui-même*».[22]

Il miserabile, ogni volta che ha il tempo di pensare, si fa piccolo davanti alla legge e meschino davanti alla società; si getta bocconi, supplica e fa appello alla pietà; si sente che egli sa d'aver torto.

Verso la metà del secolo scorso avvenne un cambiamento. I canti di prigione e i ritornelli dei ladri presero, per così dire, un atteggiamento insolente e gioviale. Il lamentoso *maluré* fu sostituito dal *larifla*. Si ritrova nel secolo decimottavo, in quasi tutte le canzoni delle galere, dei bagni penali e delle ciurme, una gaiezza diabolica ed enigmatica; vi si sente questo ritornello stridente e saltellante, che si direbbe illuminato da un bagliore fosforescente e che sembra gettato nella foresta da un fuoco fatuo che suoni il piffero.

> *Mirlababi surlababo,*
> *Mirliton ribon ribette,*
> *Surlababi mirlababo,*
> *Mirliton ribonribo.*

E questo si cantava sgozzando un uomo in una cantina o in un angolo di bosco.

Sintomo serio. Nel diciottesimo secolo, l'antica malinconia di queste classi sinistre si dissipa. Esse si mettono a ridere e si beffano del gran *meg* e del gran *dab*. Riferendosi a Luigi XV, esse chiamano il re di Francia «il marchese di Pantin[23]». Eccole quasi allegre; una specie di luce leggera emana da quei miserabili, come se la coscienza per loro non pesasse più. Quelle lamentevoli tribù dell'ombra non solo hanno l'audacia disperata delle azioni, ma hanno pure l'audacia noncurante della mente. Indizio ch'esse pèrdono il senso della loro criminalità e sentono, perfino tra i pensatori e i sognatori, non so quali appoggi da essi stessi ignorati. Indizio che il furto e il saccheggio incominciano a infiltrarsi sino nelle dottrine e nei sofismi, in modo da perdere un po' della loro bruttezza dandone molta ai sofismi e alle

---

[21] Malavita: anche, malvivente, e miseria, e fame.
[22] Non capisco come Dio, il padre degli uomini, possa torturare i suoi figli e i suoi nipoti e sentirli gridare, senza essere torturato lui stesso [*N.d.A.*].
[23] *Pantin* significa burattino, e in gergo, Parigi.

dottrine. Indizio, infine, se non sorge alcuna diversione, di qualche prodigioso e prossimo sbocciare.

Fermiamoci un momento. Chi accusiamo qui? Il secolo decimottavo, forse? La sua filosofia? No, di certo. L'opera del secolo decimottavo è sana e buona; gli enciclopedisti, con alla testa Diderot, i fisiocrati, con alla testa Turgot, i filosofi con alla testa Voltaire e gli utopisti con alla testa Rousseau, ecco le quattro sacre legioni. L'immensa avanzata dell'umanità verso la luce è dovuta a loro; sono le quattro avanguardie del genere umano che vanno verso i quattro punti cardinali del progresso. Diderot verso il bello, Turgot verso l'utile, Voltaire verso il vero, Rousseau verso il giusto. Ma, accanto e al di sotto dei filosofi, v'erano i sofisti, vegetazione velenosa frammista allo sviluppo salutare, cicuta nella foresta vergine. Mentre il boia bruciava sullo scalone del palazzo di giustizia i grandi libri liberatori del secolo, scrittori oggi dimenticati pubblicavano, con privilegio del re, certi scritti stranamente disgregatori, avidamente letti dai miserabili. Alcune di queste pubblicazioni che, particolare bizzarro, erano sotto il patrocinio d'un principe, si trovano nella *Biblioteca segreta*. Questi fatti, profondi ma ignorati, passavano inavvertiti alla superficie. Talvolta, è appunto l'oscurità stessa d'un fatto che ne costituisce il pericolo: esso è oscuro perché è sotterraneo. Di tutti questi scrittori, colui che scavò allora nelle masse la galleria più malsana, fu, forse, Restif de la Bretonne.[24]

Questo lavoro, comune a tutta l'Europa, produsse maggior devastazione in Germania che in qualunque altro luogo. In Germania, durante un certo periodo, riassunto da Schiller nel suo famoso dramma *I Masnadieri*, il furto e il saccheggio s'ergevano a protesta contro la proprietà e contro il lavoro; si appropriavano certe idee elementari, speciose e false, giuste in apparenza e assurde nella realtà; s'avvolgevano in quelle idee, e, in qualche modo, vi sparivan dentro; prendevano un nome astratto e passavano allo stato di teoria; e in questo modo circolavano fra le folle laboriose, sofferenti e oneste, all'insaputa di quegli stessi chimici imprudenti che avevano preparata la miscela, e all'insaputa pure delle masse che l'accettavano. Tutte le volte che si produce un fatto di questo genere, la faccenda è grave. La sofferenza genera la collera; e mentre le classi prosperose s'accecano o s'addormentano, il che vuol sempre dire chiudere gli occhi, l'odio delle classi diseredate accende la torcia a qualche mente triste o mal fatta che medita in un canto e si mette a esaminare la società. L'esame fatto dall'odio è una cosa terribile!

Da ciò, se la disgrazia dei tempi lo vuole, quelle spaventose com-

[24] Autore di opere licenziose (1734-1806).

mozioni che un tempo erano chiamate *jacqueries*,[25] rispetto alle quali le agitazioni puramente politiche sono giochi di ragazzi e che non sono più la lotta dell'oppresso contro l'oppressore, ma la rivolta del malessere contro il benessere. Tutto crolla, allora.

Le *jacqueries* sono i terremoti del popolo.

E proprio per farla finita con questo pericolo, imminente, forse, in Europa, verso la fine del secolo decimottavo, venne la rivoluzione francese, immenso atto di probità.

La rivoluzione francese, la quale altro non è che l'ideale armato di spada, si rizzò in piedi e, con lo stesso moto repentino, chiuse la porta del male e aprì la porta del bene. Impostò la questione, promulgò la verità, scacciò il miasma, risanò il secolo e incoronò il popolo.

Si può dire di essa che ha creato l'uomo una seconda volta, dandogli una seconda anima: il diritto.

Il secolo decimonono eredita la sua opera e ne approfitta, e oggi la catastrofe sociale che indicavamo dianzi è semplicemente impossibile. Cieco chi la denuncia! Sciocco chi la teme! La rivoluzione è il vaccino contro la *jacquerie*.

Grazie alla rivoluzione, le condizioni sociali sono cambiate. Le malattie feudali e monarchiche non sono più nel nostro sangue; e non v'è più Medioevo nella nostra costituzione. Non siamo più ai tempi in cui spaventevoli formicolii interiori facevano irruzione, in cui si sentiva sotto i piedi il fluire oscuro d'un rumore sordo, in cui apparivano alla superficie della civiltà non si sa quali sollevamenti simili a gallerie di talpe e il suolo si spaccava e la vòlta delle caverne s'apriva e si vedevano a un tratto uscir dalla terra teste mostruose.

Il senso rivoluzionario è un senso morale. Il sentimento del diritto, sviluppato, sviluppa il sentimento del dovere. La legge di tutti è la libertà, che finisce dove comincia la libertà altrui, secondo la mirabile definizione di Robespierre. Dall'89 in poi, tutto il popolo si dilata nell'individuo sublimato; non v'è povero che, avendo il suo diritto, non abbia il suo raggio di luce; il morto di fame sente in sé l'onestà della Francia; la dignità del cittadino è un'armatura interiore; chi è libero è scrupoloso; chi vota, regna. Da ciò l'incorruttibilità, da ciò l'abortire delle cupidigie malsane, da ciò gli occhi eroicamente abbassati davanti alle tentazioni. Il risanamento rivoluzionario è tale che, in un giorno di liberazione, un 14 luglio o un 10 agosto, non v'è più plebaglia. Il primo grido delle folle illuminate e in via di sviluppo è «Morte ai ladri!». Il progresso è galantuomo. L'ideale e l'assoluto non sanno rubare. Da chi furono scortati, nel 1848, i furgoni che contenevano le ricchezze delle Tuileries? Dai cenciaiuoli del sobborgo Saint-

---

[25] Rivolte dei contadini francesi contro la nobiltà (1358).

Antoine. Il cencio montò la guardia davanti al tesoro. La virtù conferì splendore a quegli straccioni. V'era in quei furgoni, entro casse appena chiuse e alcune perfino socchiuse, in mezzo a cento scrigni abbaglianti, quella vecchia corona di Francia tutta di diamanti, sormontata dal rubino della regalità, che apparteneva al reggente e che valeva trenta milioni. Ed essi custodirono, scalzi, quella corona.

Quindi, non più *jacquerie*. Me ne dispiace per gli abili; è una vecchia paura che è stata già sfruttata e che ormai non potrebbe più essere impiegata in politica. La grande molla dello spettro rosso è rotta. Lo sanno tutti. Lo spaventapasseri non spaventa più; gli uccelli han preso confidenza con il fantoccio; gli stercorari vi si posano sopra e i borghesi ne ridono.

IV

I DUE DOVERI: VEGLIARE E SPERARE

Ciò posto, è proprio dissipato ogni pericolo sociale? No, certo. Niente *jacquerie*: la società può essere tranquilla da questo lato. Il sangue non le salirà più alla testa; però, si preoccupi del modo in cui respira. L'apoplessia non è più da temere, ma la tisi è presente. La tisi sociale si chiama miseria.

Come si muore fulminati, si può morire minati.

Non stanchiamoci di ripeterlo: pensare, prima di tutto, alle folle diseredate e doloranti, sollevarle, dar loro aria e luce, amarle, allargare loro magnificamente l'orizzonte, prodigar loro l'educazione sotto tutte le forme, offrir loro l'esempio del lavoro e mai l'esempio dell'ozio, diminuire il peso del fardello individuale accrescendo la nozione dello scopo universale, limitare la povertà senza limitare la ricchezza, creare vasti campi d'attività pubblica e popolare, avere, come Briareo, cento mani da tendere ovunque agli oppressi e ai deboli, usare la potenza collettiva in questo grande dovere: aprire opifici a tutte le braccia, scuole a tutte le attitudini e laboratori a tutte le intelligenze; aumentare il salario, diminuire la fatica, bilanciare il dare e l'avere, ossia proporzionare il godimento allo sforzo e il soddisfacimento al bisogno; in altre parole, far scaturire dall'apparato sociale, a vantaggio di coloro che soffrono e di coloro che ignorano, più luce e più benessere; è questo, non lo dimentichino le anime generose, il primo degli obblighi fraterni ed è pure, lo sappiano i cuori egoisti, la prima delle necessità politiche.

E tutto questo, diciamolo, non è che un principio. Il vero problema è questo: il lavoro non può essere una legge, senza essere un diritto.

Non insistiamo; non è questo il luogo.

Se la natura si chiama provvidenza, la società deve chiamarsi previdenza.

Lo sviluppo intellettuale e morale non è meno indispensabile del miglioramento materiale. Il sapere è un viatico; pensare è una delle prime necessità; la verità è alimento come il grano. Una ragione, digiuna di scienza e di saggezza, dimagra. Compiangiamo le menti che non mangiano, come compiangeremmo uno stomaco vuoto. Cosa più straziante di un corpo che agonizza per mancanza di pane, è un'anima che muore per fame di luce.

Tutto il progresso tende verso la soluzione. Un giorno si resterà stupefatti. Con l'elevarsi del genere umano, gli strati profondi usciranno nel modo più naturale dalla zona dello squallore. La miseria scomparirà per un semplice innalzarsi di livello.

Si avrebbe torto di dubitare di questa soluzione benedetta.

Il passato, è vero, è molto forte nell'ora che volge. Esso riprende forza. Questo ringiovanire d'un cadavere è sorprendente. Ecco che cammina e avanza. Sembra vincitore: questo morto è un conquistatore; arriva con la sua legione, le superstizioni, con la sua spada, il dispotismo, con la sua bandiera, l'ignoranza; da qualche tempo a questa parte ha vinto dieci battaglie. Avanza, minaccia e ride: è alle nostre porte. Quanto a noi, non disperiamo: vendiamo il campo sul quale s'accampa Annibale.

Che cosa possiamo temere, noi che crediamo?

Le idee non indietreggiano più di quanto indietreggino i fiumi.

Ma vi riflettano coloro che non vogliono saperne dell'avvenire. Dicendo di no al progresso, non è certo l'avvenire ch'essi condannano, ma se stessi! Si comunicano una sinistra malattia, s'inoculano il passato. V'è un solo modo di rifiutare il domani: quello di morire.

Ebbene, che la morte del corpo giunga il più tardi possibile e quella dell'anima mai: ecco quello che vogliamo.

Sì; l'enigma dirà la sua parola, la sfinge parlerà, il problema sarà risolto. Sì; il popolo, abbozzato dal secolo decimottavo, sarà compiuto dal decimonono. Idiota chi ne dubitasse! Il futuro, il prossimo espandersi del benessere universale, è un fenomeno divinamente fatale.

Immense spinte coordinate governano i fatti umani e li conducono tutti entro un dato termine allo stato logico, ossia all'equilibrio, ossia all'equità. Una forza composta di terra e di cielo scaturisce dall'umanità e la governa; e questa forza è fattrice di miracoli, e le soluzioni meravigliose non sono, per essa, più difficili delle peripezie straordinarie. Aiutata dalla scienza, che viene dall'uomo, e dall'evento, che viene da un altro, non si spaventa di quelle contraddizioni nell'impostazione dei problemi, che al volgo sembrano impossibilità.

Essa è altrettanto abile nel far scaturire sia una soluzione dal ravvicinamento delle idee, sia un insegnamento dal ravvicinamento dei fatti; e tutto si può aspettarsi da parte di quella misteriosa potenza del progresso che, un bel giorno, pone di fronte l'Oriente e l'Occidente in fondo a un sepolcro e fa parlare gli imani con Bonaparte, nell'interno della grande piramide. Intanto, nessuna fermata, nessuna esitazione, nessuna sosta nella grandiosa marcia in avanti delle menti. La filosofia sociale è essenzialmente la scienza della pace; essa ha per scopo e deve avere per risultato la dissoluzione delle collere per mezzo dello studio degli antagonismi; esamina, scruta e analizza, poi ricompone. Essa procede per via di riduzione, eliminando l'odio da ogni cosa.

Più di una volta si è veduto una società inabissarsi nel vento che si scatena sugli uomini: e la storia è piena di naufragi di popoli e di imperi. Un bel giorno quell'ignoto che è l'uragano passa e si porta via costumi, leggi e religioni. Le civiltà dell'India, della Caldea, della Persia, dell'Assiria e dell'Egitto sono scomparse l'una dopo l'altra: perché? Lo ignoriamo. Quali sono state le cause di questi disastri? Non lo sappiamo. Quelle società avrebbero potuto essere salvate? C'è stata una colpa loro? Si sono forse ostinate in qualche vizio fatale che le ha rovinate? Quale entità suicida è in queste morti terribili d'una nazione e d'una razza? Domande senza risposta: l'ombra avvolge queste civiltà condannate. Dovevano avere qualche falla, visto che sono state sommerse. Non abbiamo nulla di più da dire; e guardiamo con una specie di sbigottimento in fondo a questo mare che si chiama il passato, dietro queste onde colossali che sono i secoli, colare a picco sotto l'alito spaventoso che esce da tutte le bocche delle tenebre, queste immense navi: Babilonia, Ninive, Tarso, Tebe, Roma. Ma se là sono tenebre, qui è luce. Ignoriamo le malattie delle civiltà antiche, ma conosciamo le infermità della nostra. Abbiamo dovunque su di lei il diritto di luce; contempliamo le sue bellezze e mettiamo a nudo le sue deformità. Scandagliamo là dove essa è ammalata e, constatato il male, lo studio della causa conduce alla scoperta del rimedio. La nostra civiltà, opera di venti secoli, ne è a un tempo il mostro e il prodigio; mette conto che sia salvata, e lo sarà. Recarle sollievo, è già molto; illuminarla è qualche cosa di più. Tutti i lavori della filosofia sociale moderna debbono convergere verso questo scopo. Il pensatore, oggi, ha un grande dovere: auscultare la civiltà.

Lo ripetiamo, tale auscultazione incoraggia; e con questa insistenza nell'incoraggiamento, vogliamo finire queste poche pagine, intermezzo austero d'un dramma doloroso. Sotto la caducità sociale si sente l'immortalità umana. Per il fatto di avere qua e là quelle piaghe che sono i crateri e quegli erpeti che sono le solfatare, o perché un vulcano si squarcia e getta il suo pus, il globo non muore. Le malattie del popolo non uccidono l'uomo.

Nondimeno, chiunque segua la clinica sociale, talvolta crolla il capo. I più forti, i più teneri e i più logici hanno le loro ore di scoraggiamento.

Giungerà l'avvenire? Sembra quasi che occorra porre questa domanda, quando si vede tanta ombra terribile. Cupo incontro degli egoisti e dei miserabili. Negli egoisti, i pregiudizi, le tenebre dell'educazione privilegiata, l'appetito che aumenta con l'ebbrezza, uno stordimento di prosperità che assorda, e il timore di soffrire che, in taluni, giunge fino all'avversione per i sofferenti, una soddisfazione implacabile, l'io tanto gonfiato da chiudere l'anima; nei miserabili, la cupidigia, l'invidia, l'odio nel vedere gli altri godere, i profondi sussulti della bestia umana negli aneliti d'appagamento, i cuori pieni di nebbia, la tristezza, il bisogno, la fatalità, l'ignoranza impura e semplice.

Bisogna continuare ad alzare gli occhi verso il cielo? Il punto luminoso che vi si distingue è di quelli che si spengono? L'ideale è spaventoso a vedersi, così, perduto nelle profondità, piccolo, isolato, impercettibile, brillante, ma circondato da tutte quelle grandi minacce nere mostruosamente ammassate intorno a esso; eppure, non è più in pericolo di quanto lo sia una stella tra le fauci dei nembi.

LIBRO OTTAVO

INCANTI E DESOLAZIONI

I
PIENA LUCE

Il lettore avrà capito che Éponine, avendo riconosciuto attraverso il cancello l'abitatrice di quella casa di via Plumet dove l'aveva mandata la Magnon, aveva cominciato con l'allontanare i banditi dalla via stessa e poi vi aveva condotto Marius; e che dopo parecchi giorni d'estasi davanti a quel cancello, Marius, trascinato da quella forza che spinge il ferro verso la calamita e l'innamorato verso le pietre di cui è fatta la casa di colei che ama, aveva finito per entrare nel giardino di Cosette, come Romeo in quello di Giulietta. La cosa, anzi, a lui riuscì più facile che a Romeo. Questi fu obbligato a scalare un muro; Marius, invece, ebbe solo da forzare un poco una delle sbarre della decrepita cancellata, che vacillava nel proprio alveolo arrugginito, come i denti dei vecchi. Marius era snello e passò facilmente.

Siccome nella via non v'era mai nessuno, e d'altra parte penetrava nel giardino solo di notte, Marius non correva il rischio d'essere veduto.

A partire da quell'ora benedetta e santa in cui un bacio fidanzò due anime, Marius si recò là tutte le sere. Se, in quel momento della sua vita, Cosette si fosse innamorata di un uomo poco scrupoloso e libertino, sarebbe stata perduta: poiché vi sono nature generose che si concedono, e Cosette era una di queste. Una delle magnanimità della donna sta appunto nella dedizione: l'amore, a quelle altezze in cui è assoluto, è complicato da non si sa qual celeste accecamento del pudore. Ma quale pericolo correte, o anime nobili! Spesso, voi date il cuore e noi prendiamo il corpo. Il cuore vi rimane e voi lo contemplate nell'ombra, fremendo. L'amore non conosce mezzi termini: o perde o salva. Tutto il destino umano sta in questo dilemma. E questo dilemma, perdizione o salvezza, nessuna fatalità umana lo pone in modo inesorabile così come l'amore. L'amore è la vita, se non è la morte. Culla: ma anche tomba. Lo stesso sentimento dice sì e no nel cuore umano. Di tutte le cose che Dio ha fatto, il cuore umano è quella che sprigiona più luce e, ahimè, più ombra.

Dio volle che l'amore in cui s'imbatté Cosette fosse di quelli che salvano.

Fino a tutto il mese di maggio di quell'anno 1832 tutte le notti, in quel povero giardino selvatico, sotto quel macchione ogni giorno più olezzante e più folto, ci furono due esseri composti di tutte le castità e di tutte le innocenze, traboccanti di tutte le felicità celesti, più vicini agli arcangeli che agli uomini, puri, onesti, inebriati, raggianti, che splendevano l'uno per l'altro nelle tenebre. A Cosette sembrava che Marius avesse una corona; a Marius, che Cosette avesse un'aureola. Si toccavano, si guardavano, si prendevano le mani e si stringevano l'uno all'altra; ma vi era un limite che non superavano, non perché lo rispettassero, ma perché lo ignoravano. Marius sentiva una barriera, la purezza di Cosette: e Cosette sentiva un appoggio, la lealtà di Marius. Il primo bacio era stato anche l'ultimo; in seguito, Marius non era andato oltre lo sfiorare con le labbra la mano di Cosette. Cosette era per lui un profumo e non una donna. Egli la respirava. Ella nulla rifiutava ed egli nulla chiedeva. Cosette era felice e Marius soddisfatto. Vivevano in quell'incantevole stato che potrebbe essere chiamato l'abbagliamento di un'anima per opera di un'altra anima. Era l'ineffabile primo abbraccio di due verginità immerse nell'ideale: qualche cosa come due cigni che s'incontrassero sulla Jungfrau.

In quell'ora dell'amore, ora in cui la voluttà assolutamente tace, sotto l'onnipotenza dell'estasi, Marius, il puro e serafico Marius, sarebbe stato capace di recarsi da una sgualdrina piuttosto che alzare la gonna di Cosette all'altezza della caviglia. Una volta, durante il plenilunio, Cosette si chinò per raccogliere qualche cosa a terra e il suo corpetto, dischiudendosi, lasciò vedere il principio del seno; Marius volse gli occhi altrove.

Che accadeva fra quei due esseri? Nulla: s'adoravano.

Di notte, quando essi erano là, quel giardino sembrava un luogo vivente e sacro. Tutti i fiori ai aprivano intorno a loro, mandando a essi il proprio incenso, ed essi aprivano le loro anime e le versavano nei fiori. La vegetazione lasciva e vigorosa trasaliva, piena di linfa e di ebbrezza, intorno a quei due innocenti, i quali dicevano parole d'amore che facevano fremere gli alberi.

E che cosa erano quelle parole? Soffi e nulla più: ma quei soffi bastavano per turbare e per commuovere tutta quella natura. Potenza magica che a stento si capirebbe, se si leggessero in un libro simili conversazioni, fatte per essere portate via e disperse dal vento, fra le foglie, come fumo. Togliete a questi mormorii di due innamorati la melodia che esce dall'anima e che li accompagna come una cetra, e quel che rimane non è più che un'ombra; e voi direste: «Come, non è che questo?». Eh, sì, fanciullaggini, ripetizioni, risate per nulla, inutilità. Sciocchezze, tutto ciò che vi è al mondo di più sublime e di più profondo! Le sole cose che valgano la pena d'esser dette e d'essere ascoltate!

L'uomo che non ha mai pronunciato e che non ha mai udito tali sciocchezze e tali futilità, è un imbecille e un malvagio.

Cosette diceva a Marius:

«Sai?...» (Intanto, attraverso quella celestiale verginità, l'uso del tu s'era fatto strada, senza che nessuno dei due potesse dire in che modo) «Sai? Mi chiamo Euphrasie.»

«Euphrasie? Ma no, ti chiami Cosette.»

«Oh Cosette è un nome molto brutto che mi hanno dato così, quand'ero piccina; ma il mio vero nome è Euphrasie. Non ti piace questo nome, Euphrasie?»

«Sì... Ma Cosette non è brutto.»

«Ti piace di più d'Euphrasie?»

«Ma... Sì.»

«Allora anche a me piace di più. È vero: Cosette è grazioso. Chiamami Cosette.»

E il sorriso che ella aggiungeva faceva di quel dialogo un idillio degno d'un bosco celeste.

Un'altra volta, ella lo guardava fisso ed esclamava:

«Signore, voi siete bello, siete grazioso, avete spirito, non siete affatto uno sciocco e sapete molto più di me; ma io vi sfido su queste parole: io t'amo!».

E Marius in pieno cielo, credeva di sentire una strofa cantata da una stella.

Oppure, ella gli dava un colpetto perché tossiva, e gli diceva:

«Non tossite, signore. Non voglio che in casa mia si tossisca senza permesso; ed è bruttissimo tossire e farmi inquietare. Io voglio che tu stia bene, prima di tutto, perché se tu non stessi bene, io sarei infelicissima. Che vuoi che ci faccia?».

E ciò era semplicemente divino.

Una sera Marius disse a Cosette:

«Figurati che una volta ho creduto che tu ti chiamassi Ursule».

E ciò li fece ridere tutta la sera.

Nel bel mezzo di un altro colloquio, gli venne fatto d'esclamare:

«Un giorno, al Luxembourg, ho avuto voglia di finir di fracassare un invalido».

Ma si fermò di botto e non continuò. Sarebbe stato necessario parlare a Cosette della giarrettiera di lei, e questo gli era impossibile. Avrebbe dovuto sfiorare un elemento ignoto, la carne, davanti al quale quell'immenso amore innocente indietreggiava con una specie di sacro orrore.

Marius si figurava la vita con Cosette così, senz'altro; venire tutte le sere in via Plumet, spostare la vecchia compiacente sbarra della cancellata del presidente, sedersi a gomito a gomito su quella panca, guardare attraverso gli alberi lo scintillìo della notte che incominciava, mettere a contatto la piega dei calzoni con il rigonfio della gonna di Cosette, carezzarle l'unghia del pollice, darle del tu, fiutare l'uno dopo l'altra lo stesso fiore, per sempre, indefinitamente. E in quest'ora le nubi passavano sopra il loro capo. Ogni qualvolta il vento soffia, porta con sé più sogni d'uomini che nuvole del cielo.

Che quel casto amore quasi selvaggio fosse assolutamente esente da ogni galanteria, non si può dire. «Far complimenti» a colei che si ama è il primo modo di far le carezze, è una mezza audacia che fa le prove. Il complimento è qualche cosa di simile al bacio attraverso il velo; la voluttà vi mette la sua dolce punta, pur nascondendosi. Davanti alla voluttà il cuore indietreggia, per meglio amare. Le dolci parole di Marius, sature di chimere, erano, per così dire, azzurrate; gli uccelli, quando volano lassù, vicino agli angeli, debbono sentire simili parole. E tuttavia a esse si mescolava la vita, l'umanità, tutta la somma di positivismo di cui Marius era capace. Era quel che si dice nella grotta, preludio di ciò che si dirà nell'alcova: un'effusione lirica, la strofa e il sonetto confusi, le gentili iperboli del tubare, tutte le raffinatezze dell'adorazione raccolte in fasci di fiori che esalavano un sottile profumo celeste: un ineffabile cinguettìo da cuore a cuore.

«Oh!» mormorava Marius. «Quanto sei bella. Non oso guardarti, e perciò ti contemplo. Sei una grazia. Non so che cosa mi accada, ma l'orlo della tua veste, allorché la punta della tua scarpetta l'oltrepassa, mi sconvolge. E poi, che incantevole bagliore, quando il tuo pensiero si schiude! Tu parli con un senno che stupisce; in certi momenti, mi sembra che tu sia un sogno. Parla: io t'ascolto e t'ammiro. Oh, Cosette che cosa strana e incantevole! Sono realmente pazzo. Siete adorabile, signorina: io studio i tuoi piedi al microscopio e la tua anima al telescopio.»

E Cosette rispondeva:

«Il mio amore s'è accresciuto di tutto il tempo ch'è trascorso da stamane».

Domande e risposte si succedevano a caso in quei dialoghi, cadendo però sempre concordi sull'amore, come le figurine di sambuco sul chiodo.

Tutta la persona di Cosette era semplicità, ingenuità, trasparenza, bianchezza, candore e raggio di sole. Si sarebbe potuto dire, di Cosette, ch'era luminosa. In chi la vedeva, produceva la sensazione dell'aprile e dell'alba; v'era la rugiada nei suoi occhi. Cosette era una condensazione di luce d'aurora in forma di donna.

Era naturalissimo che Marius, adorandola, l'ammirasse; ma la verità è che quella piccola educanda uscita di fresco dal convento, discorreva con una penetrazione squisita e diceva di tanto in tanto ogni sorta di parole sincere e delicate. Il suo chiacchierìo era conversazione; non si sbagliava su nulla e vedeva giusto. La donna sente e parla col tenero istinto del cuore, ch'è infallibile.

Nessuno sa dire, come una donna, cose a un tempo dolci e profonde: dolcezza e profondità, ecco la donna. Ed ecco tutto il cielo.

In quella piena felicità, venivano loro a ogni istante le lacrime agli occhi; una cocciniglia schiacciata, una piuma caduta da un nido, un ramo di biancospino spezzato, li impietosivano, e la loro estasi, dolcemente immersa nella malinconia, sembrava non chiedesse di meglio che piangere. Il supremo sintomo dell'amore è un intenerimento talvolta quasi insopportabile.

E, nello stesso tempo – tutte queste contraddizioni sono i giochi di luce dell'amore – essi ridevano volentieri, con una libertà incantevole, e così familiarmente, che avevano talvolta quasi l'aspetto di due fanciulli.

Tuttavia, all'insaputa stessa dei cuori ebbri di castità, la natura indimenticabile è sempre presente; sta lì, col suo brutale e sublime scopo: e, qualunque sia l'innocenza delle anime, nei colloqui più pudichi, si sente l'adorabile e misteriosa sfumatura che separa una coppia d'innamorati da un paio d'amici.

Essi s'idolatravano.

Il permanente e l'immutabile sussistono. Ci si ama, ci si sorride e si ride; ci si fanno smorfiette a fior di labbra, ci si intrecciano le dita delle mani, ci si dà del tu, e questo non è in contrasto con l'eternità.

Due amanti si nascondono nella sera, nel crepuscolo, nell'invisibile, con gli uccelli e con le rose, s'affascinano scambievolmente nell'ombra coi cuori che essi pongono negli occhi, mormorano e bisbigliano: e in quel frattempo un immenso oscillare d'astri riempie l'infinito.

II

STORDIMENTO DELLA FELICITÀ COMPLETA

Essi vivevano vagamente, sgomenti di felicità. Non s'accorgevano del colera che decimava Parigi proprio in quel mese. S'erano fatti tutte le confidenze che avevano potuto, ma la cosa non era andata molto al di là dei loro nomi. Marius aveva detto a Cosette che era orfano, che si chiamava Marius Pontmercy, che era avvocato e che viveva di quanto scriveva per conto di editori, che suo padre era stato un colonnello, un eroe, e che lui, Marius, s'era messo in discordia col nonno ch'era ricco. Le aveva anche accennato d'essere barone; ma ciò non aveva fatto nessun effetto su Cosette. Marius barone? Ella non aveva capito; non sapeva che cosa volesse dire quella parola e, per lei, Marius era Marius. Da parte sua, ella gli aveva confidato d'essere stata educata nel convento del Petit Picpus, che sua madre era morta, come quella di Marius, che suo padre si chiamava Fauchelevent, ch'era molto buono e dava molto ai poveri, ma ch'era povero lui stesso e si privava di tutto senza privarla di nulla.

Cosa strana, in quella specie di sinfonia in cui Marius viveva da quando vedeva Cosette, il passato, persino il più recente, era divenuto talmente confuso e lontano per lui, che quello che gli raccontò Cosette lo soddisfece in modo completo. Non pensò neppure di parlarle dell'avventura notturna nella stamberga dei Thénardier, della bruciatura, dello strano atteggiamento e della singolare fuga del padre di lei. Marius aveva momentaneamente dimenticato tutto questo; non sapeva neppure, la sera, quel che aveva fatto il mattino, né dove avesse pranzato, né chi avesse parlato con lui; aveva nelle orecchie dei canti che lo rendevano sordo a ogni altro pensiero, ed egli non esisteva che nelle ore in cui vedeva Cosette. Allora, poiché si trovava in cielo, era semplicissimo che dimenticasse la terra. Entrambi portavano con languore l'indefinibile peso delle voluttà immateriali; poiché così vivono quei sonnambuli che si chiamano innamorati.

Ahimè! Chi non ha provato tutte queste cose? Perché viene un'ora in cui si esce da quell'azzurro, e perché la vita continua ancora, dopo?

Amare sostituisce quasi il pensare. L'amore è un ardente oblìo del resto. Andate a chiedere la logica alla passione! Non v'è concatenamento logico assoluto nel cuore umano, più di quanto vi sia figura geometrica perfetta nella meccanica celeste. Per Cosette e per Marius, non esisteva più nulla, tranne Marius e Cosette; l'universo intorno a essi era sprofondato in un abisso. Vivevano un istante aureo. Non v'era nulla davanti, nulla dietro. È molto se Marius pensava che Cosette aveva un padre; aveva nel cervello la cancellazione dell'abbagliamento. E di che parlavano quegli amanti? Si è veduto: dei fiori, delle rondini, del sole morente, del sorgere della luna, di tutte le cose importanti. S'erano detti tutto, fuorché tutto; poiché il tutto degli innamorati è il nulla. Ma il padre, la realtà, quella tana, quei banditi e quell'avventura, a che scopo pensarci? Era ben sicuro che quell'incubo fosse esistito? Erano in due, si adoravano, non c'era che questo, e il resto non esisteva. È probabile che questo svanire dell'inferno dietro di noi sia inerente al nostro arrivo nel paradiso. Abbiamo veduto i dèmoni? Ce ne sono dunque? Abbiamo tremato? Abbiamo sofferto? Non ne sappiamo più nulla; una rosea nube si stende su tutto.

Dunque, quei due esseri vivevano così, molto in alto, con tutta l'inverosimiglianza che è in natura: né al nadir né allo zenit, ma fra l'uomo e il serafino, sopra il fango e sotto l'etere, nelle nuvole; a malapena ossa e carne, anima ed estasi da capo a piedi; già troppo sublimati per camminare sulla terra, ancor troppo gravati d'umanità per sparire nell'azzurro, in sospensione, come atomi che attendano il precipitato; in apparenza fuori del destino; ignorando quel solco che è formato dell'ieri, dell'oggi e del domani, meravigliati, estasiati, ondeggianti; in certi momenti, abbastanza lievi per la fuga nell'infinito; quasi pronti al volo eterno.

Si cullavano così, dormendo da svegli. Oh, letargia splendida del reale, soverchiato dall'ideale!

Talvolta, per quanto bella fosse Cosette, Marius chiudeva gli occhi davanti a lei. A occhi chiusi, ecco il miglior modo di guardare l'anima.

Né Marius né Cosette si chiedevano dove li avrebbe condotti tutto ciò. Si consideravano come arrivati. È una strana pretesa degli uomini volere che l'amore conduca in qualche luogo.

III
PRINCIPIO D'OMBRA

Quanto a Jean Valjean, egli non sospettava nulla.

Cosette, un po' meno sognatrice di Marius, era gaia, e questo bastava a Jean Valjean per essere felice. I pensieri della fanciulla, le sue tenere preoccupazioni, l'immagine di Marius che le riempiva l'animo, non toglievano nulla alla purezza incomparabile della sua bella fronte casta e sorridente. Ella era nell'età in cui la vergine porta l'amore come l'angelo porta il giglio. Jean Valjean era dunque tranquillo. E poi, quando due amanti s'intendono, tutto va sempre benissimo e il terzo incomodo qualunque, che potrebbe turbare il loro amore, è mantenuto in una perfetta cecità da un piccolo numero di precauzioni, che sono sempre le stesse per tutti gli innamorati. Perciò, mai l'ombra d'una obiezione di Cosette a Jean Valjean. Voleva uscire a passeggio? Sì, paparino. Voleva restare in casa? Benissimo! Voleva passare la serata con Cosette? Ed ella ne era lietissima. Siccome egli si ritirava sempre alle dieci di sera, quelle volte Marius si recava in giardino soltanto dopo quell'ora, quando sentiva Cosette aprire la porta-finestra del terrazzo. Non occorre dire che di giorno Marius non si faceva mai vedere, tanto è vero che Jean Valjean non pensava neppure più che Marius esistesse. Solo una volta, di mattina, gli venne fatto di dire a Cosette: «Guarda, come sei sporca di bianco dietro le spalle!». La sera prima, in un momento di trasporto, Marius aveva spinto Cosette contro un muro.

La vecchia Toussaint, che, dopo aver accudito alle sue faccende, pensava solo a dormire, si coricava presto e ignorava tutto come Valjean.

Marius non metteva mai piede in casa. Quand'era con Cosette, si nascondevano entrambi in un cantuccio vicino alla scalinata, per non essere né visti né sentiti dalla via, e vi si sedevano accontentandosi spesso, per tutta conversazione, di stringersi la mano venti volte al minuto, guardando i rami degli alberi. In quei momenti, se il fulmine fosse caduto a trenta passi da loro, non se ne sarebbero accorti, tanto i pensieri dell'uno s'assorbivano e s'immergevano profondamente nei pensieri dell'altra.

Purezze limpide. Ore candide; quasi tutte eguali. Questo genere d'amori è una collezione di petali di giglio e di piume di colomba.

Tra essi e la via c'era l'intero giardino. Ogni volta che Marius entrava o usciva, rimetteva a posto con ogni cura la sbarra della cancellata in modo che non fosse visibile alcun spostamento.

Egli se ne andava di solito verso mezzanotte e rientrava in casa di Courfeyrac, il quale diceva a Bahorel:

«Lo crederesti? Marius, adesso, rincasa all'una del mattino!».

E Bahorel rispondeva:

«Che vuoi? In ogni seminarista c'è sempre un po' di scandalo».

Talvolta, Courfeyrac incrociava le braccia, prendeva un tono serio e diceva a Marius:

«Ti stai guastando, giovanotto!».

Courfeyrac, uomo pratico, non vedeva di buon occhio quel riflesso d'un paradiso invisibile su Marius: poco abituato alle passioni inedite, se ne spazientiva e ogni tanto intimava a Marius di rientrare nella realtà.

Un mattino gli gettò questo monito:

«Mio caro, tu mi fai l'effetto, in questo momento, d'essere nella Luna, regno del Sogno, provincia dell'Illusione, capitale Bolla di Sapone. Suvvia, sii buono: come si chiama?».

Ma nulla poteva «far parlare» Marius. Gli avrebbero potuto strappare le unghie, ma non una delle tre sillabe sacre di cui si componeva quel nome ineffabile: Cosette. Il vero amore è luminoso come l'aurora e silenzioso come la tomba. Per Courfeyrac, v'era solo questo di mutato in Marius: che aveva una taciturnità radiosa.

Per tutto quel dolce mese di maggio, Marius e Cosette conobbero queste immense felicità:

litigare e darsi del voi, unicamente per tornare a darsi del tu;

parlarsi a lungo, e coi più minuziosi particolari, di persone che non li interessavano affatto; prova di più che, in quell'incantevole opera che si chiama l'amore, il libretto non conta quasi nulla;

per Marius, ascoltar Cosette parlar di nastri;

per Cosette, ascoltar Marius parlar di politica;

sentire, ginocchio contro ginocchio, passare le carrozze in via Babylone;

osservare lo stesso pianeta nello spazio o la stessa lucciola nell'erba; tacere insieme; dolcezza ancor più grande del parlare insieme; eccetera, eccetera.

Intanto, diverse complicazioni andavano maturando.

Una sera Marius stava avviandosi all'appuntamento, lungo il viale degli Invalides, e, come al solito, camminava con la fronte bassa; mentre stava per svoltare l'angolo di via Plumet sentì dire, vicinissimo a sé:

«Buona sera, signor Marius».

Egli alzò il capo, e riconobbe Éponine.

Ciò gli fece un effetto singolare. Egli non aveva pensato una sola volta a quella ragazza, dal giorno in cui ella l'aveva condotto in via Plumet; non l'aveva affatto riveduta e gli era completamente uscita dalla mente. Non aveva che motivi di riconoscenza verso di lei, le doveva la sua attuale felicità; e tuttavia era seccato d'incontrarla.

È un errore credere che la passione, se è felice e pura, conduca l'uomo a uno stato di perfezione: essa lo conduce semplicemente, come abbiamo rilevato, a uno stato d'oblìo. In questa situazione, l'uomo dimentica d'essere cattivo; ma dimentica pure d'essere buono. La riconoscenza, il dovere, i ricordi essenziali e importuni svaniscono. In qualsiasi altro momento, Marius sarebbe stato ben diverso con Éponine. Tutto preso di Cosette, non s'era neppure reso chiaramente conto che quella Éponine si chiamava Éponine Thénardier, e che portava un nome scritto nel testamento di suo padre, quel nome per il quale, qualche mese prima, si sarebbe tanto ardentemente sacrificato. Noi mostriamo Marius quale egli era. Nel suo animo, persino l'immagine stessa del padre scompariva un poco, offuscata dallo splendore del suo amore.

Egli rispose alquanto imbarazzato:

«Ah, siete voi, Éponine?».

«Perché mi date del voi? V'ho forse fatto qualche cosa?»

«No» egli rispose.

Certo, non aveva nulla contro di lei: tutt'altro. Solo, egli sentiva di non poter fare altrimenti; ora che dava del tu a Cosette, non poteva non dare del voi a Éponine.

Siccome egli stava zitto, ella esclamò:

«Dite, dunque...».

Poi si fermò. Pareva che le parole mancassero a quella creatura un tempo così spensierata e ardita; tentò di sorridere e non poté. E riprese:

«Ebbene?...».

Poi tacque ancora e rimase con gli occhi bassi.

«Buona sera, signor Marius» disse ad un tratto, bruscamente: e se ne andò.

IV

«CAB» IN INGLESE CORRE, IN GERGO ABBAIA

Il giorno seguente era il 3 giugno 1832, data che bisogna indicare a motivo dei grandi avvenimenti che in quel tempo erano sospesi sull'orizzonte di Parigi, allo stato di nubi cariche. Sul cader della notte, Marius seguiva la stessa strada del giorno prima, con gli stessi pensieri di rapimento nel cuore, quando scorse fra gli alberi del viale, Éponine che gli veniva incontro. Due giorni di seguito erano troppi. Si voltò vivacemente, lasciò il viale, cambiò strada e andò in via Plumet passando per la via Monsieur.

Allora Éponine lo seguì fino in via Plumet, cosa che non aveva ancora fatto; poiché fino allora s'era accontentata di vederlo al suo passaggio sul bastione senza neppur cercare di incontrarlo; e solo il giorno prima aveva cercato di parlargli.

Dunque, Éponine lo seguì senza ch'egli se ne accorgesse. Lo vide scostare la sbarra della cancellata e introdursi furtivo nel giardino.

«To'» ella disse. «Entra in casa!»

S'avvicinò alla cancellata, tastò le sbarre l'una dopo l'altra e riconobbe facilmente quella che Marius aveva spostato.

Allora mormorò a bassa voce, con accento lugubre:

«Ehi, non facciamo scherzi!».

Ella si sedette sullo zoccolo della cancellata, proprio vicino a quella sbarra, come se le facesse la guardia. Era proprio il punto in cui la cancellata si congiungeva al muro vicino; e v'era là un cantuccio oscuro, in cui Éponine spariva quasi completamente.

Vi rimase più di un'ora, senza muoversi e quasi senza fiatare, in preda ai suoi pensieri.

Verso le dieci di sera, uno dei due o tre passanti della via Plumet, un vecchio borghese ritardatario che si affrettava in quel luogo deserto e malfamato, costeggiando la cancellata del giardino, giunto all'angolo che questa formava col muro, udì una voce sorda e minacciosa che diceva:

«Non mi stupisco più ch'egli venga tutte le sere!».

Il passante girò intorno lo sguardo, non vide nessuno, non osò guardare in quel cantuccio nero ed ebbe gran paura, motivo per cui affrettò ancor più il passo.

Ed ebbe ragione d'affrettarsi poiché, pochi istanti dopo, sei uomini che camminavano separati e a qualche distanza l'uno dall'altro, lungo i muri, tanto che si sarebbero potuti scambiare per una pattuglia alticcia, entrarono in via Plumet.

Il primo che giunse alla cancellata del giardino si fermò e attese gli altri; dopo un secondo erano riuniti tutti e sei, e si misero a parlare a bassa voce, in gergo.

«È qui» disse uno di essi.

«C'è un *cab*[1] in giardino?» chiese un altro.

«Non lo so. In ogni caso, ho *levé*[2] una polpetta che gli faremo *morfiler*.[3]»

«Hai il mastice per frangir la *vanterne*[4]?»

«Sì.»

«Il cancello è vecchio» rispose un quinto, che aveva una voce da ventriloquo.

«Tanto meglio» disse il secondo che aveva parlato.

«Così non *criblera*[5] troppo sotto la *bastringue*[6] e non sarà duro da *faucher*.[7]»

Il sesto, che non aveva ancora aperto bocca, si mise a esaminare la cancellata come aveva fatto Éponine un'ora prima, impugnando successivamente ciascuna sbarra e scuotendola con precauzione. Arrivò così alla sbarra che Marius aveva smosso; mentre stava per afferrarla, una mano che usciva bruscamente dall'ombra gli si abbatté sul braccio, ed egli si sentì respingere vivacemente in mezzo al petto, mentre una voce rauca gli diceva, senza gridare:

«C'è un *cab*».

Nello stesso tempo, egli vide una ragazza pallida, in piedi davanti a lui.

L'uomo ebbe quella commozione che dà sempre l'inatteso. Egli

---

[1] Cane [*N.d.A.*]. In inglese significa carrozza, da cui il titolo di questo capitolo.
[2] Portato. Dallo spagnolo *llevar* [*N.d.A.*].
[3] Mangiare [*N.d.A.*].
[4] Spezzare un vetro usando del mastice che, trattenendone i pezzi, ne evita il rumore [*N.d.A.*].
[5] Griderà [*N.d.A.*].
[6] Sega [*N.d.A.*].
[7] Tagliare [*N.d.A.*].

«rizzò il pelo» in modo orrendo; non v'è nulla di più formidabile a vedersi delle belve inquiete: la loro aria sbigottita è spaventevole. Egli indietreggiò, balbettando:

«Chi è questa briccona?».

«Vostra figlia.»

Era infatti Éponine, che parlava a Thénardier.

All'apparire di Éponine, gli altri cinque, cioè Claquesous, Gueulemer, Babet, Montparnasse e Brujon, si erano avvicinati, senza rumore, senza affrettarsi, senza dire una parola, con la lentezza sinistra propria degli uomini notturni.

Si scorgevano nelle loro mani alcuni misteriosi utensili: Gueulemer aveva una di quelle pinze curve che i vagabondi chiamano *fanchons*.

«Oh! Diavolo! Che fai qui, tu? Cosa vuoi da noi? Sei matta?» gridò Thénardier per quanto si possa gridare parlando sottovoce. «Che ti viene in mente di venire a impedirci di lavorare?»

Éponine si mise a ridere e gli saltò al collo.

«Sono qui, paparino, perché sono qui. Non è dunque più permesso sedersi sulle pietre, adesso? Voi, invece, non dovreste essere qui; che venite a farci, poiché è un *biscotto*? L'avevo detto a Magnon che non c'è nulla da fare qui. Ma abbracciatemi, dunque, mio buon paparino! Da quanto tempo non vi vedo! Siete fuori, dunque?»

Thénardier tentò di liberarsi dalle braccia di Éponine e borbottò:

«Va bene. M'hai abbracciato. Sì, non sono dentro, sono fuori. E ora, vattene».

Ma Éponine non lo mollava e aumentava le sue carezze.

«Ma come avete fatto, dunque, paparino? Dovete avere una bella abilità, dal momento che siete stato capace di tirarvi fuori di là. Raccontatemi la cosa! E la mamma? Dov'è la mamma? Datemi dunque notizie della mamma!»

Thénardier rispose:

«Sta bene, non lo so. Lasciami stare. Vattene, ti dico».

«E io non voglio proprio andarmene» fece Éponine, con una smorfietta di bimba viziata. «Mi mandate via, quando sono quattro mesi che non vi vedo e quando ho avuto appena il tempo d'abbracciarvi.»

E si riattaccò al collo del padre.

«Oh, perdinci, è stupido, tutto questo!» disse Babet.

«Sbrighiamoci!» disse Gueulemer. «Possono passare gli sbirri.»

E la voce del ventriloquo scandì questo distico:

> *Nous n' sommes pas le jour de l'an,*
> *A bécoter papa maman.*[8]

---

[8] Non siamo a capodanno, per sbaciucchiare papà e mamma.

Éponine si volse verso i cinque banditi.

«To'! È il signor Brujon! Buon giorno, signor Babet; buon giorno, signor Claquesous. Non mi riconoscete, signor Gueulemer? Come va, Montparnasse?»

«Sì, ti riconoscono!» fece Thénardier. «Ma buon giorno, buona sera, e gira al largo! Lasciaci tranquilli.»

«È l'ora delle volpi e non delle galline» disse Montparnasse.

«Vedi bene che abbiamo da *goupiner icigo*[9]» aggiunse Babet.

Éponine prese la mano di Montparnasse.

«Bada!» egli disse. «Ti puoi tagliare, ho un *lingre*[10] aperto.»

«Mio piccolo Montparnasse,» rispose Éponine con molta dolcezza «bisogna aver fiducia nelle persone. Io sono figlia di mio padre, forse. Signor Babet, signor Gueulemer, sono stata incaricata io di chiarire la faccenda.»

È da notarsi che Éponine non parlava in gergo. Da quando aveva conosciuto Marius, quella lingua spaventosa le era diventata impossibile.

Ella strinse nella manina ossuta e debole come la mano d'uno scheletro i grossi ditoni di Gueulemer e continuò:

«Sapete bene che non sono una sciocca. Di solito mi si crede; e in varie occasioni v'ho reso qualche servizio. Ebbene: mi sono informata. Vi esporreste inutilmente. Vi giuro che non c'è niente da fare in questa casa».

«Ci sono delle donne sole» disse Gueulemer.

«No. Gli inquilini hanno sloggiato.»

«Ma le candele, no, a quanto pare» fece Babet.

E indicò a Éponine, attraverso la cima degli alberi, una luce che si muoveva nell'abbaino del padiglione. Era la Toussaint rimasta alzata per stendere la biancheria ad asciugare.

Éponine tentò un ultimo sforzo.

«Ebbene,» disse «sono gente poverissima, in una catapecchia dove non c'è un soldo.»

«Va' al diavolo!» gridò Thénardier. «Quando avremo messo a soqquadro la casa e messa la cantina di sopra e il solaio di sotto, ti diremo che cosa c'era dentro, e se si trattava di *balles*, di *ronds* o di *broques*.[11]»

E la respinse per passar oltre.

«Mio buon amico, signor Montparnasse,» disse Éponine «ve ne prego; voi che siete un bravo ragazzo, non entrate!»

«Sta' dunque attenta, ché ti taglierai!» replicò Montparnasse.

---

[9] Lavorare qui [*N.d.A.*].
[10] Coltello [*N.d.A.*].
[11] Franchi, soldi, centesimi [*N.d.A.*].

Thénardier riprese col suo abituale accento deciso:

«Togliti di mezzo, figlia, e lascia che gli uomini facciano i loro affari».

Éponine abbandonò la mano di Montparnasse, che aveva riafferrata, e disse:

«Dunque volete proprio entrare in questa casa?».

«Appunto!» fece il ventriloquo, sogghignando.

Allora ella s'appoggiò con le spalle al cancello, mettendosi di fronte ai sei banditi armati fino ai denti e ai quali la notte dava una faccia da dèmoni, e disse con voce ferma e bassa:

«Ebbene, io non voglio».

Essi si fermarono stupefatti. Il ventriloquo smise il suo sogghigno. Ed ella riprese:

«Amici, ascoltate bene! Non ci siamo; parlo io, adesso. Prima di tutto, se entrate in questo giardino, se toccate questo cancello, io grido, batto alle porte, faccio svegliare tutti, vi faccio agguantare tutti e sei, chiamo i poliziotti».

«Sarebbe capace di farlo» disse Thénardier sottovoce a Brujon e al ventriloquo.

Ella crollò il capo e soggiunse:

«A cominciare da mio padre!».

Thénardier le si avvicinò.

«Non tanto vicino, galantuomo!» ella disse.

Egli indietreggiò brontolando fra i denti: «Ma che diavolo ha?». E soggiunse: «Cagna!».

Ella si mise a ridere in modo terribile.

«Come volete, ma non entrerete. Non sono la figlia di un cane, perché sono la figlia di un lupo. Che me ne importa se siete in sei? Siete uomini? Ebbene, io sono una donna: non mi fate paura, andiamo! Vi dico che non entrerete in questa casa, poiché la cosa non mi va. Se vi avvicinate, abbaio: ve l'ho detto, il *cab* sono io. Me ne infischio superlativamente di voi. Andate per i fatti vostri, perché qui mi date noia! Andate dove volete, ma non venite qui! Ve lo proibisco! Voi a coltellate e io a colpi di ciabatta, per me fa lo stesso: fatevi avanti, dunque!»

Fece un passo verso i banditi. Era spaventevole, e tornò a ridere.

«Non ho paura, perdiana! Quest'estate avrò fame, quest'inverno avrò freddo. Come sono ridicoli questi sciocconi di uomini che credono di far paura a una ragazza! Paura? Di che? Carina, questa! Perché avete delle streghe di amanti che si nascondono sotto il letto quando fate la voce grossa, non è vero? Ma io non ho paura di niente!»

Fissò lo sguardo su Thénardier e disse:

«Nemmeno di te!».

Poi proseguì girando sui banditi i suoi occhi di spettro iniettati di sangue:

«Che me ne importa che domani mi raccolgano in via Plumet, sul selciato, ammazzata a coltellate da mio padre, oppure che mi trovino fra un anno nelle reti di Saint-Cloud o all'Île des Cygnes, in mezzo ai vecchi turaccioli marciti e ai cani annegati?».

Fu costretta a interrompersi da una tosse secca che la colse; il fiato le usciva come un rantolo dal petto meschino e debole.

Poi riprese:

«Basterà solo ch'io gridi, vien gente e patatrac! Voi siete sei: io sono tutti».

Thénardier fece un movimento verso di lei.

«Non t'avvicinare!» ella gridò.

Egli si fermò e le disse con dolcezza:

«Ebbene, no. Non mi avvicinerò; ma non alzare così la voce. Vuoi dunque impedirci di lavorare, figlia mia? Bisogna pure che ci guadagniamo da vivere; non hai più affezione verso tuo padre?».

«Mi secchi» disse Éponine.

«Bisogna pure che viviamo anche noi, che mangiamo...»

«Crepa.»

Detto questo, si sedette sullo zoccolo della cancellata, canterellando:

> *Mon bras si dodu,*
> *Ma jambe bien faite*
> *Et le temps perdu.*[12]

Teneva il gomito sulle ginocchia e il mento nella mano, dondolando il piede con indifferenza. La sua veste bucata lasciava vedere le clavicole magre, e il vicino lampione illuminava il suo profilo e il suo atteggiamento; non si sarebbe potuto veder nulla di più risoluto e di più sorprendente.

I sei assassini, interdetti e avviliti di essere tenuti in scacco da una ragazza, si riunirono sotto l'ombra proiettata dal lampione e tennero consiglio tra alzate di spalle umiliate e furiose.

Ella intanto li guardava con espressione tranquilla e selvaggia.

«Ha qualche cosa» disse Babet. «Una ragione. Che sia innamorata del *dab*? Eppure è un peccato mancare il colpo; due donne, e un vecchio che abita nel cortile posteriore; vi sono delle tendine non brutte

---

[12] «Il mio braccio così tornito, la mia gamba ben fatta, e il tempo perduto». Canzonetta di Béranger.

alle finestre. Il vecchio deve essere un *guinal*.[13] Credo che l'affare sia buono.»

«Ebbene, entrate voialtri!» esclamò Montparnasse. «Fate il colpo: io rimarrò con la ragazza, e se fiata...»

Egli fece brillare alla luce del lampione il coltello che teneva aperto dentro una manica.

Thénardier non diceva una parola e pareva pronto a tutto quello che volessero.

Brujon, ch'era un po' oracolo e che aveva, com'è noto, «procurato l'affare», non aveva ancora parlato e sembrava pensoso. Aveva fama di non indietreggiare davanti a nulla e si sapeva che un giorno aveva svaligiato, per pura bravata, un corpo di guardia di poliziotti; inoltre faceva versi e canzoni, il che gli dava una grande autorità.

Babet lo interrogò:

«E tu non dici nulla, Brujon?».

Brujon rimase ancora un istante silenzioso, poi scosse il capo in parecchi modi diversi e si decise finalmente a emettere la voce:

«Ecco: stamattina, ho incontrato due passeri che si battevano, e stasera m'imbatto in una donna che strilla. Tutto ciò è male: andiamocene».

E se ne andarono.

Nell'andarsene, Montparnasse mormorò:

«Eppure, se l'aveste voluto, io le avrei dato il colpetto».

Babet gli rispose:

«Io no. Io non batto una dama».

All'angolo della via, si fermarono e scambiarono con voce sorda questo dialogo enigmatico:

«Dove andremo a dormire stasera?».

«Sotto Pantin.[14]»

«Hai la chiave del cancello, Thénardier?»

«Perdiana!»

Éponine, che non li lasciava con lo sguardo, li vide riprendere la strada dalla quale erano venuti. Allora si alzò e si mise a strisciare dietro a loro lungo i muri e le case; il seguì così fino al viale. Là essi si separarono ed ella vide quei sei uomini sprofondarsi nell'oscurità con la quale parvero fondersi.

[13] Un ebreo [*N.d.A.*].
[14] *Pantin*, Parigi [*N.d.A.*].

Dopo la partenza dei banditi, la via Plumet riprese il suo tranquillo aspetto notturno.

Quello che s'era svolto poco prima in quella via non sarebbe stato insolito in un bosco. Le boscaglie, i boschi cedui, le brughiere, i rami aspramente intrecciati, le erbe alte hanno una sinistra maniera d'esistere; il formicolìo selvaggio intravede colà le subitanee apparizioni dell'invisibile; ciò che è al di sotto dell'uomo vi distingue attraverso la nebbia ciò che è al di là dell'uomo; e le cose ignorate da noi viventi vi si confrontano nelle tenebre. La natura irsuta e feroce si sgomenta a certi accostamenti nei quali crede di sentire il soprannaturale. Le forze dell'ombra si conoscono e vi sono fra di esse misteriosi equilibri: i denti e gli artigli temono l'inafferrabile. La bestialità avida di sangue, i voraci appetiti famelici in cerca di preda, gli istinti armati d'unghie e di mascelle, che hanno per sorgente e per scopo solo il ventre, guardano e fiutano con inquietudine l'impassibile linea spettrale che erra sotto un sudario, ritto nella sua vaga veste fremente, che sembra loro vivere d'una vita morta e terribile. Queste brutalità, che sono soltanto materia, temono confusamente d'avere a che fare con l'immensa oscurità condensata in un essere ignoto. Una figura nera che sbarra il passaggio ferma di botto la bestia feroce; ciò che esce dal cimitero intimidisce e sconcerta ciò che esce dall'antro; il feroce ha paura del sinistro; e i lupi indietreggiano davanti a un vampiro.

VI
MARIUS RIDIVENTA REALE
AL PUNTO DI DARE IL SUO INDIRIZZO A COSETTE

Mentre quella specie di cagna dalla faccia umana montava la guardia alla cancellata e i sei banditi indietreggiavano di fronte a una ragazza, Marius era vicino a Cosette.

Mai il cielo era stato più stellato e più incantevole, né più tremuli gli alberi, né più penetrante l'olezzo delle erbe; mai gli uccelli s'erano addormentati tra le foglie con un più dolce brusìo; mai tutte le armonie della serenità universale avevano meglio risposto alle musiche interiori dell'amore; mai Marius era stato più innamorato, più felice, più estasiato.

Ma aveva trovato Cosette triste, Cosette aveva pianto. Ella aveva gli occhi arrossati.

Era la prima nube in quel mirabile sogno.

La prima frase di Marius era stata:

«Che hai?».

Ed ella aveva risposto:

«Ecco».

Poi s'era seduta sulla panca vicina alla scalinata e, mentr'egli prendeva posto, tutto tremante, accanto a lei, aveva proseguito:

«Mio padre m'ha detto stamattina di tenermi pronta, perché ha degli affari e forse andremo via presto».

Marius fremette da capo a piedi.

Quando si è alla fine della vita, morire significa partire; quando, invece, si è al principio di essa, partire vuol dire morire.

Da sei settimane Marius, a poco a poco, lentamente, per gradi, andava prendendo ogni giorno possesso di Cosette: possesso tutto ideale, ma profondo. Come abbiamo già spiegato, nel primo amore si prende l'anima molto prima del corpo; più tardi si prende il corpo assai prima dell'anima, e, talvolta, l'anima non si prende affatto. I Faublas[15] e i Prudhomme aggiungono: perché non c'è. Ma il sarcasmo è, per fortuna, una bestemmia. Marius, dunque, possedeva Cosette come lo spirito può possedere; ma la avviluppava con tutta la sua anima e la stringeva gelosamente a sé, con incredibile convinzione. Possedeva il suo sorriso, il suo respiro, il suo profumo, il profondo splendore delle sue iridi azzurre, la dolcezza della sua pelle, allorché le toccava la mano, l'adorabile neo che aveva sul collo, tutti i suoi pensieri. Avevano convenuto fra loro di non dormire mai senza sognare l'uno dell'altra, e avevano mantenuto la parola; egli possedeva dunque tutti i sogni di Cosette. Rimirava senza posa, e talvolta sfiorava col respiro, i corti capelli della sua nuca e dichiarava a se stesso che non vi era neppur uno di quei capelli che non appartenesse a lui, Marius. Contemplava e adorava le cose che ella portava, la sua gala di nastro, i suoi guanti, i suoi polsini di pizzo, le sue scarpette, come oggetti sacri di cui fosse il padrone. Pensava che era ben lui il signore di quei graziosi pettini di tartaruga che ella portava nei capelli e diceva persino tra sé – sordi e confusi balbettii della voluttà che stava aprendosi la strada – che non vi era un laccio della veste di lei, una maglia delle sue calze, una piega del suo corpetto, che non gli appartenesse. Vicino a Cosette, egli si sentiva vicino al suo bene, alla sua cosa, vicino al suo despota e al suo schiavo. Pareva che avessero talmente fuso le loro anime, che, se avessero voluto riprenderle, sarebbe stato loro impossibile riconoscerle. «Questa è la mia.» «No, è la mia.» «T'assicuro che ti

---

[15] Faublas è il protagonista del romanzo di Louvet de Couvray (1760-1797) *Amori del cavaliere di Faublas*.

sbagli: sono proprio io.» «Ciò che tu scambi per te sono io.» Marius era qualche cosa che faceva parte di Cosette, e Cosette era qualche cosa che faceva parte di Marius. Marius sentiva Cosette vivere in sé. Avere Cosette, possedere Cosette, questo non era per lui molto diverso dal respirare. E fu nel mezzo di quella fede, di quell'ebbrezza, di quel possesso verginale inaudito e assoluto, di quella sovranità, che queste parole: «Noi partiremo», caddero a un tratto, e la voce aspra della realtà gli gridò: Cosette non è tua!

Marius si svegliò. Da sei settimane egli viveva, come abbiamo detto, fuori della vita; questa parola «partire», ve lo fece duramente rientrare.

Non trovò una sola parola. Cosette sentì solo che la mano di lui era freddissima, e gli chiese a sua volta:

«Che hai?».

Egli rispose così piano che Cosette appena lo udì.

«Non capisco quello che hai detto.»

Ella riprese:

«Stamattina il babbo mi ha detto di preparare tutte le mie cosucce e di tenermi pronta, che mi darà la sua biancheria da mettere in una valigia, che è costretto a fare un viaggio, che stiamo per partire, che è necessaria una valigia grande per me e una piccola per lui, di preparare tutto entro questa settimana, e che forse andremo in Inghilterra».

«Ma è mostruoso!» esclamò Marius.

È certo che in quel momento, nella fantasia di Marius, nessun abuso di potere, nessuna violenza, nessun abominio dei più prodigiosi tiranni, nessun atto di Busiride,[16] di Tiberio o di Enrico VIII, eguagliava in ferocia quello del signor Fauchelevent, che conduceva sua figlia in Inghilterra perché aveva degli affari.

Egli chiese con voce debole:

«E quando partirai?».

«Non ha detto quando.»

«E quando tornerai?»

«Non ha detto quando.»

Marius si alzò e disse freddamente:

«E v'andrete, Cosette?».

Cosette volse verso di lui i suoi begli occhi pieni di angoscia e rispose con una specie di smarrimento:

«Dove?».

«In Inghilterra. Vi andrete?»

«Perché mi dai del voi?»

«Vi chiedo se vi andrete.»

---

[16] Mitico re d'Egitto, che sacrificava gli stranieri agli dèi.

«E come vuoi che faccia?» ella disse giungendo le mani.

«Dunque vi andrete?»

«Se ci va mio padre!»

«Allora vi andrete?»

Cosette prese la mano di Marius e la strinse senza rispondere.

«Sta bene» disse Marius. «Allora io andrò altrove.»

Cosette sentì il senso di quella frase più che non lo comprendesse. Impallidì talmente che il suo volto divenne bianco nell'oscurità. Ella balbettò:

«Che vuoi dire?».

Marius la guardò, poi alzò gli occhi verso il cielo e rispose:

«Nulla».

Quando il suo sguardo s'abbassò, egli vide Cosette che gli sorrideva. Il sorriso della donna amata è una luce che si scorge nella notte.

«Quanto siamo sciocchi! Ho un'idea, Marius.»

«Quale?»

«Se noi partiamo, parti anche tu! Ti dirò dove andremo. Mi raggiungerai!»

Marius era adesso del tutto sveglio. Era ricaduto nella realtà. Gridò a Cosette:

«Partire con voi? Sei pazza? Ma ci vuole del denaro, e io non ne ho! Venire in Inghilterra? Ma io debbo già, non so, più di dieci luigi a Courfeyrac, un mio amico che tu non conosci! E ho un cappello vecchio che non vale tre franchi, un vestito al quale mancano i bottoni, la camicia tutta sbrendoli; ho i buchi ai gomiti e le scarpe che lasciano passare l'acqua. Da sei settimane non ci penso più e non te l'ho detto: sono un miserabile, Cosette. Tu mi vedi solo di notte e mi dai il tuo amore; se mi vedessi di giorno, mi daresti un soldo! Venire in Inghilterra! Oh, non ho di che pagare il passaporto!».

Si gettò contro un albero vicino, in piedi, con le braccia sopra il capo e con la fronte contro la corteccia, senza sentire il legno che gli scorticava la pelle, né la febbre che gli martellava le tempie, immobile, sul punto di cadere, come la statua della disperazione.

Rimase così a lungo: in simili abissi si resterebbe per tutta l'eternità. Infine si voltò; sentiva dietro di sé un piccolo rumore soffocato, dolce e triste.

Era Cosette che singhiozzava.

Da oltre due ore ella piangeva, vicino a Marius che pensava.

Egli le si avvicinò, cadde in ginocchio e, prosternandosi lentamente, le prese la punta del piede, che le usciva di sotto alla gonnella, e la baciò.

Ella lasciò fare in silenzio. Vi sono momenti in cui la donna accetta, come una dea cupa e rassegnata, la religione dell'amore.

«Non piangere» le disse.

Ella mormorò:

«Poiché forse me n'andrò, e tu non puoi venire!».

Egli riprese:

«Mi ami?».

Ed ella gli rispose singhiozzando quella parola di paradiso che non è mai così incantevole, come fra le lacrime:

«T'adoro!».

Egli proseguì con un suono di voce che era un'inesprimibile carezza:

«Non piangere, suvvia, fallo per me, cessa di piangere».

«E tu mi ami, tu?» ella chiese.

Egli le prese la mano:

«Cosette, non ho mai dato la mia parola d'onore a nessuno, perché la mia parola d'onore mi fa paura. Sento che mio padre mi è vicino. Ebbene: ti do la mia parola d'onore più sacra che, se te n'andrai, io morirò.»

V'era nell'accento con cui egli pronunciò quelle parole una malinconia così solenne e così tranquilla, che Cosette tremò. Sentì quel freddo che dà una cosa tetra e vera che passa. Per la commozione cessò di piangere.

«E ora, ascoltami» egli disse. «Non aspettarmi domani.»

«Perché?»

«Aspettami solo doman l'altro.»

«Oh! E perché?»

«Lo vedrai.»

«Un giorno senza vederti! Ma è impossibile!»

«Sacrifichiamo un giorno, per avere forse tutta la vita.»

E Marius aggiunse a bassa voce, parlando a se stesso:

«È un uomo che non cambia nulla alle sue abitudini; non ha mai ricevuto nessuno, se non di sera.»

«Di che uomo parli?» chiese Cosette.

«Io? Non ho detto nulla.»

«Che cosa speri, dunque?»

«Aspetta fino a doman l'altro.»

«Lo vuoi proprio?»

«Sì, Cosette.»

Ella gli prese il capo fra le mani sollevandosi sulla punta dei piedi per raggiungere la sua statura e cercando di vedergli negli occhi la sua speranza.

Marius riprese:

«Ora che ci penso, bisogna che tu sappia il mio indirizzo: può capitare qualche cosa, non si sa mai. Abito presso quel mio amico che si chiama Courfeyrac, in via della Vetreria numero 16».

Si frugò in tasca, ne trasse un temperino e scrisse con la lama sull'intonaco del muro: Via della Vetreria, 16.

«Dimmi la tua idea, Marius. Tu hai un'idea: dimmela! Oh! Dimmela, perché io passi una buona notte!»

«La mia idea, eccola: è impossibile che Dio voglia separarci. Aspettami dopodomani.»

«E che cosa farò fino allora?» disse Cosette. «Tu sei fuori, vai e vieni! Come sono fortunati gli uomini! E io, invece, rimarrò sola sola. Oh, come sarò triste! E che farai, dimmi, domani sera?»

«Tenterò una cosa.»

«Allora io pregherò Dio e penserò a te fino a quel momento, perché tu riesca. Non ti faccio più nessuna domanda, poiché non vuoi. Tu sei il mio padrone. Domani passerò la serata a cantare quella musica dell'Euriante che ti piace e che una sera sei venuto a sentire dietro le mie imposte. Però, dopodomani vieni presto; t'aspetterò la sera, alle nove precise, te ne prevengo. Mio Dio, com'è triste che i giorni siano lunghi! Alle nove in punto sarò in giardino, hai capito?»

«Anch'io.»

E senza esserselo detto, mossi dallo stesso pensiero, trascinati da quelle correnti elettriche che tengono gli amanti in comunicazione continua, entrambi inebriati di voluttà persino nel loro dolore, essi caddero nelle braccia l'uno dell'altra, senz'accorgersi che le loro labbra s'erano congiunte, mentre i loro sguardi, traboccanti di estasi e pieni di lacrime, rivolti al cielo contemplavano le stelle.

Quando Marius uscì, la via era deserta. Era il momento in cui Éponine stava seguendo i banditi fino al viale.

Mentre Marius stava pensando, con la testa appoggiata contro l'albero, un'idea gli aveva attraversato la mente, un'idea, ahimè! che egli stesso giudicava insensata e impossibile. Aveva preso una risoluzione violenta.

VII

IL VECCHIO E IL GIOVANE CUORE DI FRONTE

A quel tempo, papà Gillenormand aveva i suoi novantun anni suonati. Abitava sempre con la signorina Gillenormand in via Filles-du-Calvaire n. 6, nella vecchia casa di sua proprietà. Egli era, come si ricorderà, uno di quei vegliardi di antico stampo, che aspettano la morte impavidi, su cui l'età grava senza piegarli e che neppure il dolore riesce a curvare.

Pure, da qualche tempo, sua figlia diceva:

«Mio padre declina». Non prendeva più a schiaffi le domestiche e non batteva più con tanto brio il pianerottolo della scala col bastone, quando Basque tardava ad aprirgli. La rivoluzione di luglio l'aveva esasperato per sei mesi appena; e aveva potuto vedere quasi con calma, nel «Moniteur», questo accoppiamento di parole: Humblot-Conté, pari di Francia. In realtà, il vegliardo era molto depresso. Non si piegava, non s'arrendeva, perché ciò non era nella sua natura fisica più di quanto non fosse nella sua natura morale; ma interiormente si sentiva mancare. Da quattro anni aspettava Marius a piè fermo con la convinzione che quello scapestrato sarebbe venuto un giorno o l'altro a suonare alla porta; ma ormai, in certe ore tristi, egli giungeva alla conclusione che, se Marius si fosse fatto aspettare ancora un poco... Non che la morte gli fosse insopportabile, ma lo era l'idea che forse non avrebbe più riveduto Marius. Non rivedere più Marius era un'idea che non gli era mai entrata nel cervello neppure un momento, fino al quel giorno; e ora essa cominciava ad apparirgli e lo agghiacciava. L'assenza, come avviene sempre nei sentimenti naturali e veri, non aveva fatto che accrescere il suo amore di nonno per il ragazzo ingrato che se n'era andato in quel modo; è nelle notti di dicembre con dieci gradi sotto zero che si pensa di più al sole. Gillenormand era, o si credeva, assolutamente incapace di fare, lui, il nonno, un passo verso il nipote. «Creperei, piuttosto» diceva. Non credeva d'avere alcun torto, ma pensava a Marius solo con una profonda tenerezza e con la muta disperazione di un vecchio galantuomo che sta per andarsene nelle tenebre.

Incominciava a perdere i denti, ciò che accresceva la sua tristezza.

Gillenormand, senza tuttavia confessarselo, poiché ne sarebbe stato furioso e vergognoso, non aveva mai amato un'amante così come amava Marius.

Aveva fatto mettere nella sua camera, di fronte al capezzale del suo letto, come la prima cosa che volesse vedere svegliandosi, un vecchio ritratto dell'altra figlia, la signora Pontmercy, fatto quand'ella aveva diciotto anni; e guardava quel ritratto senza posa. Un giorno, mentre l'osservava, gli venne fatto di dire:

«Io trovo che assomiglia».

«A mia sorella?» rispose la signorina Gillenormand. «Ma certo!»

Il vecchio soggiunse:

«E anche a lui».

Una volta, mentr'egli stava seduto con i ginocchi l'un contro l'altro e con gli occhi quasi, chiusi, in un atteggiamento di depressione, sua figlia s'arrischiò a dirgli:

«Babbo, siete sempre tanto arrabbiato con lui?».

E s'interruppe, non osando continuare.

«Con chi?» egli chiese.

«Con il povero Marius.»

Egli sollevò la testa canuta, appoggiò il pugno magro e rugoso sul tavolo e gridò con l'accento più irritato e più vibrante di cui era capace:

«Povero Marius, dite? Quel signore è un birbante, un pezzentaccio, un vanitosello ingrato, senza cuore e senz'anima, un orgoglioso, un malvagio!».

E volse il capo dall'altra parte, perché sua figlia non vedesse una lacrima che aveva negli occhi.

Tre giorni dopo ruppe un silenzio che durava da quattr'ore, per dire a bruciapelo alla figlia:

«Avevo avuto l'onore di pregare la signorina Gillenormand di non parlarmene più.»

La zia Gillenormand rinunciò a qualsiasi tentativo e concluse con questa profonda diagnosi: «Mio padre non ha voluto granché bene a mia sorella dopo la sua sciocchezza. È chiaro che detesta Marius».

«Dopo la sua sciocchezza» significava: dopo che aveva sposato il colonnello.

Del resto, come si è potuto congetturare, la signorina Gillenormand non era riuscita nel tentativo di sostituire il suo favorito, l'ufficiale dei lancieri, a Marius. Come sostituto, Théodule aveva fatto fiasco. Gillenormand non aveva accettato il surrogato; il vuoto del cuore non si riempie con un tappabuchi. Da parte sua, Théodule, pur fiutando l'eredità, provava ripugnanza alla fatica di piacere; il buon vecchio annoiava il lanciere e il lanciere urtava il buon vecchio. Il tenente Théodule era senza dubbio allegro, ma ciarlone; frivolo, ma volgare; buontempone, ma di cattiva compagnia; aveva delle amanti, è vero, e ne parlava molto, anche questo è vero, ma ne parlava male. Tutte le sue qualità avevano un difetto. Gillenormand era stufo di sentirlo raccontare le futili avventure che gli capitavano nelle vicinanze della caserma, in via Babylone. E poi, il tenente Théodule veniva qualche volta in uniforme, con la coccarda tricolore, il che lo rendeva semplicemente impossibile; tanto che il vecchio Gillenormand aveva finito per dire a sua figlia:

«Ne ho abbastanza di Théodule. Ricevilo tu, se vuoi. Mi piacciono poco i guerrieri in tempo di pace; e alla fine, quasi preferisco gli sciabolatori ai trascinasciabole. Lo strepito delle lame nella battaglia è meno miserabile, dopo tutto, del rumore dei foderi sul lastrico. E poi, inarcarsi come uno spaccamonti e attillarsi come una femminuccia, portare il busto sotto la corazza, significa essere ridicolo due volte. Quando si è un vero uomo, si sa tenersi a eguale distanza dalle smargiassate e dalle smancerie. Né spaccamonti né zerbinotto. Tientelo per te, il tuo Théodule».

La figlia ebbe un bel dirgli: «Eppure, è vostro pronipote». Si diede così il caso che Gillenormand, ch'era nonno sino alla punta delle unghie, non fosse affatto prozio.

In fondo, siccome aveva spirito e sapeva fare dei confronti, Théodule aveva servito solo a fargli rimpiangere Marius.

Una sera, era il 4 giugno, il che non impediva che papà Gillenormand avesse fatto accendere un gran fuoco nel camino, egli si era accomiatato dalla figlia, che cuciva nella stanza accanto, ed era solo nella sua camera dipinta a soggetti pastorali, con i piedi sugli alari, mezzo avvolto dal grande paravento di coromandel a nove pannelli, con i gomiti appoggiati sulla tavola, sopra la quale ardevano due candele sotto un paralume verde, sprofondato nella poltrona a fiorami e con un libro in mano, che però non leggeva. Era vestito, secondo la sua moda, da *incredibile*[17] e rassomigliava a un antico ritratto di Garat. Quel costume, in strada, l'avrebbe fatto seguire dai ragazzi, ma sua figlia lo ricopriva sempre, quando usciva, con una specie d'ampia cappa da vescovo che nascondeva il suo vestito. In casa, tranne quando s'alzava o si coricava, non portava mai la veste da camera. «*Dà un'aria di vecchio*» diceva.

Papà Gillenormand stava pensando a Marius, amorosamente e con amarezza, e, come al solito, l'amarezza predominava. La sua tenerezza inacidita finiva sempre per ribollire e trasformarsi in indignazione; egli era giunto a quel punto in cui si cerca di prendere una decisione, accettando anche ciò che strazia; e stava spiegando a se stesso che non v'era alcuna ragione perché Marius tornasse, che se fosse dovuto tornare, l'avrebbe già fatto e che bisognava rinunciarvi. Tentava d'abituarsi all'idea che tutto era finito e ch'egli sarebbe morto senza rivedere «quel signore». Ma tutta la sua natura si rivoltava; la sua vecchia paternità non poteva acconsentire. «Macché!» diceva, ed era il suo doloroso ritornello. «Non tornerà!» La testa calva gli era ricaduta sul petto, ed egli fissava vagamente sulla cenere del focolare uno sguardo dolente e irritato.

Mentre era immerso nel più profondo di quei pensieri, il suo vecchio domestico, Basque, entrò e chiese:

«Il signore può ricevere il signor Marius?».

Il vecchio si rizzò a sedere, pallido e simile a un cadavere che s'alzi per una scossa galvanica: tutto il sangue gli era rifluito al cuore. Balbettò:

«Quale signor Marius?».

---

[17] Sotto il Direttorio si chiamavano così i giovani eccentrici, sia nei modi che nel vestire. Joseph Garat, ministro della Giustizia dopo la morte di Luigi XVI, ne era un tipico rappresentante.

«Non so,» rispose Basque, intimidito e sconcertato dall'aspetto del padrone «non l'ho visto. È stata Nicolette che mi ha detto: c'è di là un giovane; dite che è il signor Marius.»

Papà Gillenormand balbettò a bassa voce:

«Fate entrare».

E rimase nello stesso atteggiamento, con la testa vacillante e lo sguardo fisso sulla porta. Questa s'aprì e un giovane entrò: era Marius.

Egli si fermò sulla soglia, come aspettando che gli si dicesse d'entrare.

Il suo abito quasi miserabile non si scorgeva nell'oscurità prodotta dal paralume.

Papà Gillenormand, inebetito dallo stupore e dalla gioia, rimase qualche momento senza vedere altro tranne una luce, come quando si è davanti a un'apparizione. Stava per svenire; e scorgeva Marius attraverso un abbagliamento. Era proprio lui, era proprio Marius.

Finalmente! Dopo quattro anni! Egli lo afferrò completamente, per così dire, con una sola occhiata; lo trovò bello, nobile, distinto, cresciuto, e fatto uomo, con un atteggiamento serio e un aspetto affascinante. Gli venne voglia d'aprirgli le braccia di chiamarlo, di precipitarsi su di lui; le sue viscere si sciolsero nel rapimento, le parole affettuose lo gonfiarono sino a traboccargli dal petto; e infine tutta quella tenerezza si fece strada e gli giunse alle labbra. Ma per quel contrasto ch'era in fondo alla sua natura, ne uscì una durezza. Egli disse bruscamente:

«Che venite a fare, qui?».

Marius rispose con imbarazzo:

«Signore...».

Gillenormand avrebbe voluto che Marius gli si fosse gettato tra le braccia, e fu malcontento di Marius e di se stesso. Sentì ch'egli era brusco e che Marius era freddo; e, per il buon vecchio, era un'insopportabile e irritante ansietà quella di sentirsi così tenero e lacrimoso al di dentro e di non poter fare a meno di essere duro al di fuori. Gli tornò l'amarezza e interruppe Marius con accento burbero:

«Perché siete venuto, allora?».

Quell'«allora» significava: *se non siete venuto per abbracciarmi*. Marius guardò il nonno, al quale il pallore conferiva un volto di marmo.

«Signore...»

Il vecchio riprese, con voce severa:

«Siete venuto a chiedermi perdono? Avete riconosciuto i vostri torti?».

Credeva di mettere Marius sulla giusta via, credeva di far piegare il «ragazzo». Marius fremette: quello che gli veniva chiesto, era la sconfessione di suo padre. Abbassò gli occhi e rispose:

«No, signore».

«E allora,» esclamò impetuosamente il vecchio, con un dolore straziante e pieno di collera «che cosa volete da me?»

Marius giunse le mani, fece un passo e disse, con una voce debole e tremante:

«Signore, abbiate pietà di me».

Questa frase scosse Gillenormand. Detta prima, lo avrebbe intenerito; ma giungeva troppo tardi. Il nonno s'alzò; s'appoggiava sul bastone con ambo le mani, aveva le labbra esangui, la sua fronte vacillava; ma la sua alta statura dominava Marius, chino.

«Pietà di voi, signore? L'adolescente chiede pietà al vecchio di novantun anni! Voi entrate nella vita, e io ne esco: voi andate a teatro, al ballo, al caffè, al bigliardo, siete spiritoso, piacete alle donne, siete un bel giovane; e io, in piena estate, sto sputando su questi tizzoni. Voi siete ricco delle sole ricchezze che vi siano, mentre io ho tutte le povertà della vecchiaia, l'infermità e l'isolamento! Voi avete ancora i vostri trentadue denti, un buono stomaco, l'occhio vivo, la forza, l'appetito, la salute, la gaiezza, una selva di capelli neri; e io non ho più nemmeno i capelli bianchi, ho perduto i denti, perdo le gambe e vado perdendo la memoria; vi sono tre nomi di vie che confondo sempre, la via Charlot, la via Chaume e la via Saint-Claude. Ecco dove sono giunto; voi avete davanti tutto l'avvenire pieno di sole, e io comincio a non vedere più niente, tanto mi inoltro nelle tenebre; voi siete innamorato, non occorre dirlo, e io non sono amato da nessuno al mondo. E mi chiedete pietà? Perbacco! Molière s'è dimenticato di ciò. Se scherzate così in tribunale, signori avvocati, vi faccio i miei complimenti sinceri, siete proprio buffi!»

E il nonagenario riprese, con voce corrucciata e grave:

«Insomma, che cosa volete da me?».

«Signore,» disse Marius «so che la mia presenza vi dispiace; ma vengo solo per chiedervi una cosa e poi me ne andrò subito.»

«Siete uno sciocco!» disse il vecchio. «Chi vi dice di andarvene?»

Era la traduzione di questa frase tenera che aveva in fondo al cuore: *Ma chiedimi perdono, dunque! Gettami le braccia al collo!*. Gillenormand sentiva che fra poco Marius l'avrebbe lasciato, che la sua cattiva accoglienza lo respingeva e che la sua durezza lo scacciava; e diceva tutto ciò a se stesso, e il suo dolore cresceva e, siccome il suo dolore si mutava immediatamente in collera, la sua durezza andava aumentando. Avrebbe voluto che Marius comprendesse, e Marius non comprendeva; il che rendeva furioso il buon vecchio. Egli riprese:

«Come! Avete mancato di rispetto a me, vostro nonno, avete abbandonato la mia casa per andare chi sa dove, avete afflitto vostra zia, siete stato, lo s'immagina, perché è più comodo, a fare la vita dello scapolo, a fare il moscardino, a rincasare a qualunque ora e a divertir-vi; non avete neppur mai dato segno di vita, avete fatto debiti senza neppure dirmi di pagarveli, vi siete fatto un discolo, uno schiamazza-tore e, dopo quattro anni, venite da me, e non avete altro da dirmi che quello che mi avete detto?».

Questo modo violento di indurre il nipote alla tenerezza non pro-dusse che il silenzio di Marius. Gillenormand incrociò le braccia, ge-sto che in lui era particolarmente imperioso, e apostrofò Marius ama-ramente:

«Finiamola. Stavate dicendo che eravate venuto a chiedermi una cosa, non è vero? Ebbene, che cosa? Di che si tratta? Parlate.»

«Signore,» disse Marius, con lo sguardo d'un uomo che sente di stare per cadere in un precipizio «vengo a chiedervi il permesso di sposarmi.»

Gillenormand suonò il campanello, e Basque socchiuse la porta.

«Fate venire qui mia figlia.»

Un secondo dopo la porta si riaprì e la signorina Gillenormand non entrò, ma si affacciò sulla soglia. Marius era in piedi, muto, con le braccia penzoloni, con una faccia da criminale; Gillenormand andava e veniva in lungo e in largo per la camera. Si volse verso la figlia e le disse:

«Niente. È il signor Marius. Ditegli buon giorno. Il signore vuole sposarsi. Ecco tutto. Andatevene».

Il suono di voce secco e rauco del vecchio rivelava una strana pie-nezza di collera. La zia guardò Marius con aria sbigottita, parve lo ri-conoscesse a stento, non si lasciò sfuggire un gesto né una sillaba, e disparve al soffio del padre, più presto d'una festuca portata via dall'uragano.

Intanto papà Gillenormand si era addossato di nuovo al camino.

«Sposarvi! A ventun anni! Avete già sistemato tutto! Non avete che un permesso da chiedere, una formalità! Sedetevi, signore. Ebbe-ne, avete avuto una rivoluzione, da quando non ho più avuto l'onore di vedervi. I giacobini hanno avuto il sopravvento; dovete esserne contento. Non siete forse repubblicano da quando siete barone? Sa-pete conciliare le cose, voi. La repubblica fa da salsa alla baronia. Sie-te decorato di Luglio? Avete preso un po' il Louvre anche voi, signo-re? Qui, a due passi, in via Saint-Antoine, dirimpetto alla via delle Nonaindières, v'è una palla di cannone incrostata nel muro, al terzo piano d'una casa, con questa iscrizione: 28 luglio 1830. Andate a ve-derla; fa un bell'effetto. Oh, fanno delle belle cose, i vostri amici! A proposito, non fanno una fontana, al posto del monumento del duca di Berry? E così, volete sposarvi? Con chi? Si può, senza indiscrezione, chiedervi con chi?»

Si fermò e, prima che Marius avesse avuto il tempo di rispondere, aggiunse con violenza:

«Ma, avete una posizione? Una fortuna assicurata? Che cosa guadagnate col vostro mestiere d'avvocato?».

«Nulla» disse Marius con una specie di fermezza e di risoluzione quasi selvaggia.

«Nulla? Allora, per vivere, non avete che le milleduecento lire che vi passo io?»

Marius non rispose affatto, e Gillenormand continuò:

«Allora, capisco: è ricca la fanciulla?».

«Come me.»

«Come! Non ha dote?»

«No.»

«Ha speranze?»

«Non credo.»

«Completamente nuda! E il padre, che cosa fa?»

«Non lo so.»

«E come si chiama la ragazza?»

«Signorina Fauchelevent.»

«Fauche... Cosa?»

«Fauchelevent.»

«Puah!» fece il vecchio.

«Signore!» gridò Marius.

Gillenormand lo interruppe, col tono di un uomo che parli tra sé:

«Già, ventun anni, niente posizione, milleduecento lire all'anno. La baronessa Pontmercy andrà a comperare due soldi di prezzemolo dalla fruttivendola.»

«Signore,» riprese Marius, nello smarrimento che dà lo svanire dell'ultima speranza «ve ne supplico! Ve ne scongiuro, in nome del cielo, a mani giunte; mi metto al vostri piedi, permettetemi di sposarla!»

Il vecchio scoppiò in una risata stridente e lugubre, attraverso la quale egli tossiva e parlava:

«Ah, ah, ah! Voi vi siete detto: perdiana! Andrò a trovare quel parruccone, quell'assurdo imbecille! Che peccato ch'io non abbia venticinque anni! Come gli appiopperei una buona intimazione rispettosa! Come farei a meno di lui! Ma fa lo stesso. Gli dirò: "Vecchio cretino, tu sei troppo felice di vedermi, ho voglia di sposare la signorina vattelapesca, figlia del signor chi sa chi; io non ho scarpe, ella non ha camicia, ma non importa: ho voglia di fare un tuffo nella miseria con una donna al collo; questa è la mia idea, e bisogna che tu vi acconsenta!". E il vecchio fossile acconsentirà. Va', ragazzo mio, fa quello

977

che vuoi, legati la pietra al collo, sposa la tua Pousselevent, la tua Coupelevent... Mai! Signore! Mai!».

«Padre mio!»

«Mai!»

Dall'accento col quale fu pronunciato quel «mai», Marius perdette ogni speranza. Attraversò la camera a passi lenti, la testa china, barcollando, molto più somigliante a qualcuno che stia per morire che a qualcuno che se ne vada. Gillenormand lo seguiva con lo sguardo, e, nel momento in cui la porta s'apriva e Marius stava per uscire, fece quattro passi con quella vivacità senile dei vecchi imperiosi e viziati, afferrò Marius per il bavero, lo ricondusse energicamente nella camera, lo gettò sopra una poltrona e gli disse:

«Raccontami tutto».

Erano state quelle sole parole, *padre mio*, sfuggite a Marius, a provocare quella rivoluzione.

Marius lo guardò smarrito. Il nobile volto di Gillenormand esprimeva solo una rude e ineffabile bonomia. L'avolo aveva lasciato il posto al nonno.

«Suvvia, vediamo un po', parla, narrami i tuoi amorazzi, chiacchiera, dimmi tutto! Perdinci, come sono stupidi i giovani!»

«Padre mio...» riprese Marius.

Tutto il viso del vegliardo s'illuminò d'una indicibile luce.

«Sì, così! Chiamami tuo padre, e vedrai!»

V'era adesso qualche cosa di così buono e dolce, di così aperto e paterno in quell'asprezza, che Marius, in quell'improvviso passaggio dalla disperazione alla speranza, ne fu come stordito e inebriato. Era seduto vicino alla tavola e la luce delle candele faceva risaltare il cattivo stato del suo vestito, che papà Gillenormand esaminava con stupore.

«Ebbene, padre mio...» disse Marius.

«Insomma,» interruppe Gillenormand «sei senza un soldo! In quest'arnese, sembri un ladro.»

Frugò in un tiretto e ne trasse una borsa che posò sulla tavola.

«To', ecco cento luigi; comprati un cappello.»

«Padre mio,» proseguì Marius «mio buon padre, se sapeste! Io l'amo. Voi non ve l'immaginate; la prima volta che l'ho vista è stato al Luxembourg, dove veniva anche lei; dapprima non le badavo molto; e poi, non so come sia successo, me ne sono innamorato! Oh, come m'ha reso infelice, quest'amore! Finalmente, ora la vedo, tutti i giorni, in casa sua; però suo padre non lo sa. Figuratevi che stanno per partire, noi ci troviamo in giardino, la sera, e suo padre vuol condurla in Inghilterra; allora mi son detto: andrò a trovare il nonno e gli racconterò la cosa. Perché è certo, impazzirei, morirei, ne farei una malattia, andrei a buttarmi in acqua. Bisogna assolutamente che la sposi, se no divento pazzo. Ecco infine tutta la verità, e non credo d'aver dimenticato cosa alcuna. Ella abita in un giardino dove c'è una cancellata, in via Plumet: dalle parti degli Invalides.»

Papà Gillenormand s'era seduto, raggiante, vicino a Marius. Mentre l'ascoltava e assaporava il suono della sua voce, assaporava nello stesso tempo una lunga presa di tabacco. A quella parola, via Plumet, interruppe la sua aspirazione e lasciò cadere il resto del tabacco sulle ginocchia.

«Via Plumet! Hai detto via Plumet? Aspetta! Non c'è una caserma da quelle parti? Ma sì, è proprio là. Tuo cugino Théodule me ne ha parlato: il lanciere, l'ufficiale. Una ragazzetta, mio caro, una ragazzetta! Perdio, sì, via Plumet una volta era via Blomet. Ecco che mi ricordo: ho sentito parlare di quella piccina del cancello di via Plumet. In un giardino. Una Pamela. Non hai cattivo gusto. Dicono che sia bellina. Detto tra di noi, credo che quello sciocco d'un lanciere le abbia fatto un po' la corte, ma non so fino a che punto sia arrivato. Comunque, questo non significa nulla e del resto, non bisogna credergli, perché è vanesio. Marius, a me piace molto che un giovanotto come te sia innamorato. È cosa della tua età. Ti preferisco innamorato piuttosto che giacobino. Preferisco saperti preso d'una gonnella, anzi, di venti gonnelle, perbacco, piuttosto che di Robespierre. Per quanto mi concerne, mi rendo questa giustizia: di aver amato, in fatto di *sans-culottes*,[18] solo le donne. Diavolo! Le belle ragazze sono belle ragazze. Non ci sono obiezioni che tengano. Quanto alla piccina, ella ti riceve di nascosto dal padre: questo è nell'ordine naturale delle cose. Anch'io ho avuto simili storie, e più d'una. Ma sai che cosa si fa? Non si prende la cosa con tanta ferocia; non ci si precipita nel tragico e non si conclude col matrimonio e col sindaco con tanto di sciarpa. Si cerca semplicemente di essere un giovane di spirito; si ha buon senso. Scivolate, mortali, ma non sposatevi. Si viene a trovare il nonno, che in fondo è un brav'uomo e che ha pur qualche rotolo di luigi in un vecchio tiretto, e gli si dice: "Nonno, ecco!". E il nonno dice: "Semplicissimo: bisogna che la gioventù se la spassi e che la vecchiezza si roda. Sono stato giovane, e tu sarai vecchio. Va', ragazzo mio; tu renderai lo stesso servizio a tuo nipote! Eccoti duecento pistole. Divertiti, perbacco! Non c'è nulla di meglio!". La faccenda deve andare così; non ci si sposa affatto, ma questo non impedisce... Mi comprendi?»

Marius, impietrito e nell'impossibilità d'articolare una parola, fece segno di no col capo.

---

[18] *Sans-culottes*, furono chiamati i più spinti rivoluzionari dell'89. Qui si scherza su tale termine che significa in senso proprio «senza brache».

Il buon vecchio scoppiò a ridere, strizzò la vecchia palpebra, gli diede un colpetto sul ginocchio, lo guardò diritto negli occhi con fare misterioso e raggiante, e gli disse, con la più tenera alzata di spalle:

«Stupido! Fattene un'amante».

Marius impallidì. Non aveva capito nulla di quanto suo nonno aveva detto. Quella tiritera di via Blomet, di Pamela, di caserma, di lanciere, era passata davanti a Marius come una fantasmagoria. In tutto ciò non v'era nulla che potesse riferirsi a Cosette, che era un giglio. Il buon vecchio divagava; ma quella divagazione aveva fatto capo a una frase che Marius aveva capito e che era un'ingiuria mortale per Cosette. Quella frase, *fattene un'amante*, entrò come una spada nel cuore di quel giovane serio.

Egli s'alzò, raccolse il cappello ch'era per terra, e si diresse verso la porta con passo sicuro e fermo; là si voltò, fece un inchino profondo al nonno, rialzò il capo e disse:

«Cinque anni fa, oltraggiaste mio padre; oggi, oltraggiate mia moglie. Non vi chiedo più nulla, signore. Addio».

Papà Gillenormand, stupefatto, aprì la bocca, stese le braccia, tentò d'alzarsi, ma, prima che avesse potuto pronunciare una parola, la porta si era richiusa e Marius era scomparso.

Il vecchio rimase alcuni istanti immobile e come folgorato, senza poter parlare né respirare, come se un pugno gli avesse chiuso la gola. Infine si strappò dalla poltrona; corse alla porta, per quanto può correre un nonagenario, l'aprì e gridò:

«Aiuto! Aiuto!».

Apparve la figlia, poi vennero i domestici. Ed egli riprese con un rantolo lamentoso:

«Corretegli dietro! Riprendetelo! Che cosa gli ho fatto? È pazzo! Se ne va! Oh, mio Dio! Oh, mio Dio! Stavolta non tornerà più!».

Andò alla finestra che dava sulla via, l'aprì con le vecchie mani tremolanti, si sporse oltre mezzo busto, mentre Basque e Nicolette lo tenevano per il vestito, e gridò:

«Marius! Marius! Marius! Marius!».

Ma ormai Marius non poteva più sentire e in quello stesso momento svoltava in via Saint-Louis.

Il nonagenario portò due o tre volte le mani alle tempie con un'espressione d'angoscia, indietreggiò barcollando e s'abbatté sopra una poltrona, esangue, senza voce, senza lacrime, scuotendo il capo e muovendo le labbra con fare inebetito, con negli occhi e nel cuore soltanto una profonda tetraggine che somigliava alla notte.

LIBRO NONO

DOVE VANNO?

I
JEAN VALJEAN

Quello stesso giorno verso le quattro pomeridiane, Jean Valjean stava
seduto, solo, sull'orlo d'una delle più deserte scarpate dello Champ-
de-Mars. Fosse prudenza, fosse desiderio di raccogliersi o fosse semplicemente effetto d'uno di quegli insensibili cambiamenti d'abitudine che s'introducono a poco a poco in tutte le esistenze, egli usciva
ora abbastanza di rado con Cosette. Indossava il camiciotto d'operaio
e un paio di calzoni di tela grigia, e portava un berretto a larga visiera
che gli nascondeva il viso. Adesso era calmo e felice per quanto concerneva Cosette, e ciò che l'aveva turbato s'era dissipato; ma, da una
settimana o due a quella parte, gli erano venute ansietà d'altra natura.
Un giorno, passeggiando sul bastione, aveva scorto Thénardier; e, grazie al suo travestimento, l'altro non l'aveva riconosciuto; ma, da allora, Jean Valjean l'aveva riveduto parecchie volte, e aveva ormai la
certezza che Thénardier gironzolasse nel quartiere.

Ciò era bastato per fargli prendere una grande decisione.

Thénardier da quelle parti significava tutti i pericoli a un tempo.

Inoltre, Parigi non era tranquilla; i torbidi politici offrivano l'inconveniente, per chiunque avesse avuto qualche cosa da nascondere
nella propria vita, che la polizia era divenuta assai inquieta e sospet-
tosissima, e che, cercando di scovare un uomo come Pépin o come
Morey,[1] essa poteva benissimo scoprirne uno come Jean Valjean.

Sotto tutti questi punti di vista, egli era preoccupato.

Infine, un fatto inesplicabile – che l'aveva colpito di recente e del
quale era tuttora impressionatissimo – aveva accresciuto la sua preoccupazione.

Il mattino di quello stesso giorno, mentre lui solo, in casa, era già
alzato e passeggiava in giardino, prima che si aprissero le imposte di
Cosette, aveva scorto all'improvviso queste parole incise sul muro,
probabilmente con un chiodo: *Via della Vetreria, 16.*

---

[1] Partecipanti all'attentato di Fieschi, nel 1835. Furono entrambi giustiziati.

La cosa appariva recente: i solchi erano bianchi, nel vecchio intonaco nero, e un ciuffo d'ortiche ai piedi del muro era impolverato di fine calcinaccio fresco. Probabilmente, quelle parole erano state scritte durante la notte. Che cosa erano? Un indirizzo? Un segnale per altri? Un avvertimento per lui? In ogni caso, era evidente che il giardino veniva violato e che degli sconosciuti vi penetravano. Si ricordò dei bizzarri incidenti che avevano già messo in allarme la casa, e la sua mente si mise a lavorare su quel canovaccio. Ma si guardò bene dal parlare a Cosette delle parole incise col chiodo sul muro, per tema di spaventarla.

Tutto pesato e considerato, Jean Valjean s'era deciso a lasciare Parigi e la Francia stessa, per trasferirsi in Inghilterra, e ne aveva avvisato Cosette: prima che fossero trascorsi otto giorni, voleva essere partito. In quel momento, seduto sulla scarpata dello Champ-de-Mars, egli rimuginava nella mente ogni sorta di pensieri: Thénardier, la polizia, quelle strane parole scritte sul muro, il viaggio e le difficoltà di procurarsi un passaporto.

Pur assorbito da tutte queste preoccupazioni, egli s'accorse, da un'ombra proiettata dal sole, che qualcuno s'era fermato proprio allora sulla cresta della scarpata, immediatamente dietro di lui. Stava per voltarsi, allorché un foglio di carta piegato in quattro gli cadde sulle ginocchia, come se una mano l'avesse lasciato cadere al di sopra del suo capo; egli prese il foglio, lo spiegò e lesse questa parola scritta a grandi caratteri con la matita:

«Sloggiate».

Jean Valjean s'alzò in gran fretta. Non v'era più nessuno sulla scarpata; cercò intorno a sé e scorse una specie d'essere più grande d'un fanciullo e più piccolo d'un uomo, vestito con un camiciotto grigio e un paio di calzoni di fustagno color polvere, che scavalcava il parapetto e si lasciava scivolare nel fossato dello Champ-de-Mars.

Jean Valjean rincasò immediatamente, tutto pensoso.

II

MARIUS

Marius aveva lasciato la casa del signor Gillenormand. Vi era entrato con una ben piccola speranza e ne usciva con una immensa disperazione.

Del resto, e coloro che hanno osservato lo svolgersi dei sentimenti nel cuore umano lo comprenderanno, il lanciere, l'ufficiale, lo scemo, il cugino Théodule non aveva lasciato la minima ombra nella sua mente. Apparentemente, il poeta drammatico potrebbe sperare in qualche complicazione conseguente a quella rivelazione fatta a bruciapelo al nipote dal nonno; ma quello che il dramma guadagnerebbe, andrebbe a detrimento della verità. Marius era in quell'età in cui, in materia di male, non si crede nulla; più tardi, viene l'età in cui si crede tutto. I sospetti non sono che rughe, e la prima giovinezza non ne ha; ciò che sconvolge Otello, non sfiora nemmeno Candido. Sospettare di Cosette! V'è una quantità di delitti che Marius avrebbe commesso più facilmente.

Si mise a camminare per le vie, il che costituisce la risorsa di coloro che soffrono, e non pensò a nulla di cui potesse ricordarsi. Alle due del mattino rientrò in casa di Courfeyrac e si buttò, vestito com'era, sul materasso. Era giorno alto, quando si addormentò di quel tremendo sonno pesante che lascia andare e venire le idee nel cervello. Quando si svegliò, vide nella stanza, in piedi, col cappello in capo, pronti a uscire e molto affaccendati, Courfeyrac, Enjolras, Feuilly e Combeferre. Courfeyrac gli disse:

«Vieni ai funerali del generale Lamarque?».

Gli sembrò che Courfeyrac parlasse cinese.

Uscì poco dopo di essi e si cacciò in tasca le pistole che Javert gli aveva affidato al tempo dell'avventura del 3 febbraio e ch'erano rimaste nelle sue mani; quelle pistole erano ancora cariche. Sarebbe difficile dire quale oscura idea meditasse portandole con sé.

Errò tutto il giorno senza mèta. A tratti pioveva, ed egli non se ne accorgeva neppure; da un fornaio comperò per la cena un panino da un soldo, se lo mise in tasca e ve lo dimenticò; e pare si recasse a fare un bagno nella Senna, senza averne coscienza. Vi sono certi momenti in cui si ha una fornace nel cranio; e Marius era in uno di quei momenti. Non sperava più nulla, non temeva più nulla: aveva fatto quel passo dal giorno precedente. Aspettava la sera con impazienza febbrile poiché soltanto un'idea aveva chiara nella mente: che alle nove avrebbe veduto Cosette. Quest'ultima felicità era ormai tutto il suo avvenire: dopo, l'ombra. Di quando in quando, mentre camminava lungo i viali più deserti, gli pareva di sentire strani rumori in Parigi; allora cacciava la testa fuori della sua fantasticheria e diceva: «Si battono, forse?».

Sul cader della notte, alle nove precise, come aveva promesso a Cosette, egli era in via Plumet. Quando si avvicinò alla cancellata, dimenticò tutto. Da quarantott'ore non aveva veduto Cosette e adesso stava per rivederla. Ogni altro pensiero si cancellò ed egli non sentì più altro che una gioia inaudita e profonda. Quei minuti durante i quali si vivono secoli hanno sempre questo di sovrano e di mirabile: nel momento in cui passano, riempiono interamente il cuore.

Marius scostò la sbarra del cancello e si precipitò nel giardino. Cosette non era al posto dove l'aspettava solitamente. Egli attraversò il macchione e si recò al cantuccio vicino alla scalina: «M'aspetta là» si disse. Ma Cosette non c'era. Alzò gli occhi e vide che le imposte della casa erano chiuse; fece il giro del giardino e lo trovò deserto. Allora tornò verso la casa e, insensato d'amore, ebbro, spaventato, esasperato di dolore e d'inquietudine, bussò alle imposte, come un padrone che rientri in casa a ora tarda. Bussò, tornò a bussare, a rischio di vedere la finestra aprirsi e la faccia cupa del padre apparire e chiedergli: «Che cosa volete?». Ma questo non era nulla in confronto di quello ch'egli intravedeva. Quando ebbe bussato, alzò la voce e chiamò Cosette. «Cosette!» gridò. «Cosette!» ripeté imperiosamente. Nessuno rispose. Era finita. Non c'era nessuno nel giardino; nessuno nella casa.

Marius fissò gli occhi disperati su quella casa lugubre, altrettanto nera, altrettanto silenziosa e più vuota d'una tomba. Guardò il sedile di pietra sul quale aveva passato tante ore incantevoli accanto a Cosette; allora si sedette sui gradini del terrazzo, col cuore pieno di dolcezza e di risoluzione, benedisse il suo amore in fondo al pensiero e si disse che, siccome Cosette era andata via, non gli restava altro che morire.

A un tratto, sentì una voce che sembrava provenisse dalla via e che gridava attraverso gli alberi:

«Signor Marius!».

Egli balzò in piedi.

«Che c'è?» fece.

«Siete lì, signor Marius?»

«Sì.»

«Signor Marius,» riprese la voce «i vostri amici vi aspettano alla barricata della via Chanvrerie.»

Quella voce non gli era interamente ignota; rassomigliava alla voce rauca e aspra di Éponine. Marius corse al cancello, scostò la sbarra mobile, vi passò il capo e vide qualcuno, che gli parve un giovinetto, dileguarsi correndo nel crepuscolo.

III
MABEUF

La borsa di Jean Valjean riuscì inutile a Mabeuf. Questi, nella sua venerabile austerità infantile, non aveva affatto accettato il regalo degli astri e non aveva punto ammesso che una stella potesse trasformarsi in un luigi d'oro. Non aveva indovinato che quello che era caduto dal cielo proveniva da Gavroche e aveva portato la borsa al commissario di polizia del quartiere, come oggetto perduto, messo, da chi l'aveva rinvenuto, a disposizione dei reclamanti. La borsa, infatti, era stata perduta; è inutile dire che nessuno la reclamò e ch'essa non diede alcun soccorso a Mabeuf.

Del resto, Mabeuf aveva continuato a declinare.

Le esperienze sull'indaco non erano meglio riuscite al Jardin des Plantes di quanto non lo fossero nel suo giardino d'Austerlitz. L'anno precedente doveva i salari alla governante; ora, come si è visto, doveva anche le rate della pigione. Il Monte di Pietà, essendo scaduti tredici mesi, aveva venduto le lastre di rame della sua *Flora*, e qualche calderaio ne aveva ricavato delle casseruole: scomparse le lastre e non potendo più completare neppure gli esemplari scompagnati della *Flora* ch'egli possedeva ancora, aveva ceduto a vil prezzo, a un venditore di libri usati, tavole e testo, come *scarti*. Non gli era rimasto più nulla dell'opera di tutta la sua vita. Si mise a mangiare il denaro di quegli esemplari; e quando vide che quella meschina risorsa si esauriva, rinunciò al giardino e lo lasciò incolto. Prima, da molto tempo, aveva rinunciato alle due uova e al pezzo di manzo che mangiava di tanto in tanto; ora cenava con pane e patate; aveva venduto i suoi ultimi mobili, poi tutto quello che possedeva in doppio in materia di letti, d'abiti e di coperte, poi i suoi erbari e le sue incisioni. Ma aveva ancora i libri più preziosi, fra i quali parecchi di grande rarità come i *Quadri storici della Bibbia*, edizione del 1560, la *Concordanza delle Bibbie* di Pierre de Besse, le *Margherite della Margherita* di Jean de La Haye, con dedica alla regina di Navarra, il libro della *Carica e dignità dell'ambasciatore*, di Villiers-Hotman, un *Florilegium rabbinicum* del 1644, un Tibullo del 1657 con questa splendida iscrizione: *Venetiis, in oedibus Manutianis*, e infine un Diogene Laerzio, stampato a Lione nel 1644 e nel quale si trovavano le famose varianti del manoscritto 411 del tredicesimo secolo, che si trova in Vaticano, e quelle dei due manoscritti di Venezia, 393 e 394, così fruttuosamente consultati da Enrico Estienne, e tutti i passaggi in dialetto dorico, che si trovano solo nel celebre manoscritto del dodicesimo secolo, nella biblioteca di Napoli. Mabeuf non accendeva mai fuoco nella sua stanza e andava a letto quand'era ancor chiaro, per non consumare candele. Pareva non avesse più vicini; tutti lo evitavano, quando usciva, ed egli se ne accorgeva. La miseria d'un bimbo interessa una madre, la miseria d'un giovane interessa una fanciulla, ma la miseria d'un vecchio non interessa nessuno; fra tutte le indigenze, essa è la più fredda. Pure, papà Mabeuf non aveva del tutto perduto la sua serenità fanciullesca. La sua pupilla assumeva qualche vivacità quando si fissava sui suoi libri, ed egli sorrideva quando osservava il Diogene Laerzio, ch'era un esemplare unico; il suo armadio a vetri era il solo mobile ch'egli avesse conservato oltre l'indispensabile.

Un giorno, mamma Plutarque gli disse:

«Non ho denari per comperar da desinare».

Ciò ch'ella chiamava il desinare erano un pane e quattro o cinque patate.

«E a credito?» fece Mabeuf.

«Sapete bene che me lo rifiutano.»

Mabeuf aprì la biblioteca, guardò a lungo tutti i suoi libri, uno dopo l'altro, come un padre obbligato a decimare i suoi figli li guarderebbe prima di scegliere; poi ne prese uno in fretta, lo mise sotto il braccio e uscì. Rincasò due ore dopo, senza aver più nulla sotto il braccio, e depose trenta soldi sul tavolo, dicendo:

«Preparate il desinare».

Da quel momento, mamma Plutarque vide calare sul bianco volto del vecchio un velo fosco, che non si rialzò più.

L'indomani, il domani l'altro ancora, tutti i giorni, bisognò ricominciare. Mabeuf usciva con un libro e rincasava con una moneta d'argento; siccome i rivenduglioli di libri lo vedevano costretto a vendere, ricomperavano da lui per venti soldi quel ch'egli aveva pagato venti franchi, talvolta al medesimo libraio. Un volume per volta, tutta la biblioteca se ne andava. A volte, egli diceva tra sé: «Eppure, ho ottant'anni», come se avesse non so quale segreta speranza di arrivare alla fine dei suoi giorni prima di giungere alla fine dei suoi libri; e la sua tristezza aumentava. Una volta, però, ebbe una gioia. Uscì con un Robert Estienne, che vendette per trentacinque soldi sul lungosenna Malaquais, e rincasò con un Aldo[2] che aveva comperato per quaranta soldi in via dell'Arenaria. «Sono in debito di cinque soldi» disse, tutto raggiante, a mamma Plutarque. Quel giorno non cenò affatto.

Egli faceva parte della Società d'orticoltura, dove la sua povertà era nota. Il presidente di quella società venne a trovarlo, gli promise di parlare di lui al ministro dell'agricoltura e del commercio, e lo fece. «Ma come!» esclamò il ministro. «Lo credo bene! Un vecchio dotto! Un botanico! Un buon vecchio inoffensivo! Bisogna fare qualche cosa per lui!». Il giorno dopo Mabeuf ricevette un invito a cena dal ministro, e mostrò, tremando di gioia, la lettera a mamma Plutarque. «Siamo salvi!» disse. E, il giorno fissato, si recò dal ministro. S'accorse che la sua cravatta sciupata, il suo ampio abito a quadri e le sue scarpe lucidate coll'albume d'uovo stupivano gli uscieri: nessuno gli par-

---

[2] Aldo Manuzio, celebre stampatore, al pari della famiglia degli Estienne, del XVI secolo.

lò, neppure il ministro. Verso le dieci di sera, mentre continuava ad aspettare che gli rivolgessero la parola, sentì la moglie del ministro, una bella signora scollata, alla quale egli non aveva osato avvicinarsi, che chiedeva: «Ma chi è dunque, quel vecchio signore?». Egli rincasò a piedi, a mezzanotte, sotto una pioggia torrenziale; aveva venduto un elzeviro per prendere la carrozza all'andata.

Aveva preso l'abitudine di leggere ogni sera, prima d'andare a letto, alcune pagine del suo Diogene Laerzio. Conosceva abbastanza il greco per godere delle finezze del testo che possedeva; ormai, non aveva altra gioia. Passarono alcune settimane e poi, a un tratto, mamma Plutarque si ammalò. C'è una cosa più triste del non avere di che comperare il pane dal fornaio, ed è non aver di che comperare le medicine dal farmacista. Una sera, il medico aveva ordinato una pozione molto cara; e poi, siccome la malattia si aggravava, era necessaria un'infermiera. Mabeuf aprì la biblioteca: non v'era più nulla, anche l'ultimo volume se n'era andato. Gli rimaneva solo il Diogene Laerzio.

Mise l'esemplare unico sotto il braccio e uscì. Era il 4 giugno 1832; si recò alla porta Saint-Jacques, dal successore di Royol, e tornò con cento franchi. Posò la pila di monete da cinque franchi sul comodino della vecchia domestica e rientrò nella sua camera, senza dire una parola.

Il giorno dopo, fin dall'alba, si sedette sul paracarro rovesciato, in giardino, e al di sopra della siepe fu possibile vederlo per tutta la mattina immobile, con la fronte china e lo sguardo vagamente fisso sulle aiuole avvizzite; a tratti pioveva, ma il vecchio non pareva accorgersene.

Nel pomeriggio rumori straordinari scoppiarono in Parigi: assomigliavano a fucilate e a clamori di moltitudine.

Papà Mabeuf alzò il capo. Scorse un giardiniere che passava e gli chiese:

«Che succede?».

L'altro, la vanga sulle spalle, rispose con l'accento più tranquillo:

«Ci sono sommosse».

«Come! Sommosse?»

«Sì. Si battono.»

«E perché si battono?»

«E chi ne sa niente?» fece il giardiniere.

«Da che parte?» riprese Mabeuf.

«Dalla parte dell'Arsenale.»

Papà Mabeuf rientrò in casa, prese il cappello, cercò macchinalmente un libro per metterlo sotto il braccio, non ne trovò alcuno, disse: «Ah! È vero!» e se ne andò con fare smarrito.

LIBRO DECIMO

IL 5 GIUGNO 1832

I
LA SUPERFICIE DELLA QUESTIONE

Di che si compone la sommossa? Di nulla e di tutto. D'una elettricità sprigionata a poco a poco, d'una fiamma scaturita a un tratto, d'una forza vagante, d'un soffio che passa. Quel soffio incontra teste che pensano, cervelli che meditano, anime che soffrono, passioni che ardono, miserie che urlano, e porta tutto con sé.

Dove?

A casaccio. Attraverso lo Stato, attraverso le leggi, attraverso la prosperità e l'insolenza altrui. Le convinzioni irritate, gli entusiasmi inaciditi, le indignazioni commosse, gli istinti guerreschi compressi, i coraggi giovanili esaltanti, gli accecamenti generosi, la curiosità, il gusto del cambiamento, la sete dell'inatteso, il sentimento che fa sì che ci si diverta a leggere il manifesto d'uno spettacolo nuovo e che, a teatro, ci piaccia il colpo di fischietto del macchinista; gli odi vaghi, i rancori, le delusioni, ogni vanità che creda d'aver fallito il proprio destino; i disagi, i sogni vani, le ambizioni circondate da ostacoli; chiunque speri in una via d'uscita da un crollo e, infine, più in basso di tutto, la moltitudine, fango che piglia fuoco; tali sono gli elementi della sommossa.

Quello che v'è di grande e quello che v'è di infimo; gli esseri che vagabondano al di fuori di tutto, aspettando un'occasione, bohémiens, malviventi, vagabondi da trivio, coloro che di notte dormono in un deserto di case, senz'altro tetto all'infuori delle fredde nuvole del cielo, coloro che chiedono quotidianamente il pane al caso e non al lavoro, gli ignoti della miseria e del nulla, gli scamiciati e gli scalzi, appartengono alla sommossa.

Chiunque abbia nell'animo una rivolta segreta contro un fatto qualunque dello Stato, della vita o della sorte, rasenta la sommossa e, non appena essa compare, incomincia a fremere e a sentirsi sollevato dal turbine. La sommossa è una specie di tromba dell'atmosfera sociale che si forma bruscamente in certe condizioni di temperatura e che, nel suo turbinare, si leva, corre, tuona, strappa, spiana, schiaccia, demolisce e sradica, trascinando con sé le grandi nature e quelle meschine, l'uomo forte e lo spirito debole, il tronco d'albero e il filo di paglia.

Guai a colui ch'essa trasporta! Guai a colui ch'essa viene a urtare! Essa li spezza l'uno contro l'altro.

Essa comunica a coloro che afferra non si sa quale potenza straordinaria. Colma il primo venuto della forza degli eventi, fa di ogni cosa proiettile, trasforma in palla da cannone la pietra e in generale un facchino.

Se si deve credere a certi oracoli della politica sorniona, dal punto di vista del potere, un po' di sommossa è desiderabile. Sistema: la sommossa consolida quei governi che non abbatte; mette alla prova l'esercito; concentra la borghesia; stira i muscoli della polizia; constata la forza dell'ossatura sociale. È una ginnastica; quasi un'igiene. Il potere, dopo una sommossa, sta meglio, come l'uomo dopo una frizione.

La sommossa, trent'anni or sono, veniva considerata anche da un altro punto di vista.

C'è per tutte le cose una teoria che si proclama da sé «il buon senso»; Filinto contro Alceste;[1] mediazione offerta tra il vero e il falso; spiegazione, ammonimento, attenuazione un po' superba che, per il fatto d'essere formata di biasimo e di scusa, si crede saggezza, e non è altro, spesso, che pedanteria. Tutta una scuola politica, detta del «giusto mezzo», è uscita di tra l'acqua fredda e l'acqua calda, è il partito dell'acqua tiepida. Questa scuola, con la sua falsa profondità tutta superficiale, che anatomizza gli effetti senza risalire alle cause, rampogna, dall'alto d'una mezza scienza, le agitazioni della piazza.

A sentire questa scuola: «Le sommosse che complicarono i fatti del 1830 tolsero a quel grande avvenimento una parte della sua purezza. La rivoluzione di luglio era stata un bel colpo di vento popolare, bruscamente seguito dal cielo azzurro; le sommosse fecero riapparire il cielo nuvoloso, degenerare in lite quella rivoluzione, dapprima così notevole per la sua unanimità. Nella rivoluzione di luglio, come in ogni progresso ottenuto a sbalzi, s'erano avute delle fratture segrete; e la sommossa le rese manifeste. Si poté dire: "Questo è spezzato!". Dopo la rivoluzione di luglio si avvertiva solo la liberazione; dopo le sommosse si sentì la catastrofe.

«Ogni sommossa fa chiudere le botteghe e deprime i titoli, costerna la borsa, sospende il commercio, intralcia gli affari, precipita i fallimenti; non vi è più denaro, le ricchezze private sono inquiete e il cre-

---

[1] Personaggi del *Misantropo* di Molière: indulgente il primo, intransigente il secondo.

dito pubblico è scosso, sconcertata l'industria, esitanti i capitali ed il lavoro a vil prezzo; paura dappertutto, contraccolpi in tutte le città. Da tutto ciò, abissi. È stato calcolato che il primo giorno di sommossa costa alla Francia venti milioni, il secondo quaranta e il terzo sessanta; una sommossa di tre giorni costa perciò centoventi milioni, ossia, tenendo solo calcolo del risultato finanziario, equivale a un disastro, un naufragio o una battaglia perduta, che annientasse una flotta di sessanta vascelli di linea.

«Certo, storicamente, le sommosse ebbero la loro bellezza. La guerra delle strade non è meno grandiosa né meno patetica della guerra delle macchie; nell'una v'è l'anima dei boschi, e nell'altra v'è il cuore della città; se la seconda ha Jean Chovau,[2] la prima ha Giovanna d'Arco. Le sommosse illuminarono di rosso, splendidamente, tutte le più spiccate tendenze del carattere parigino: la generosità, la dedizione, l'allegria tempestosa, gli studenti che dimostrano come il coraggio faccia parte dell'intelligenza, la saldezza della guardia nazionale, i bivacchi di bottegai, le fortezze di monelli, il disprezzo della morte nei passanti. Scuole e legioni cozzavano fra loro. Dopo tutto, fra i combattenti non v'era che una differenza d'età: era la stessa razza; erano gli stessi uomini stoici che muoiono a vent'anni per le loro idee e a quarant'anni per le loro famiglie. L'esercito, sempre triste nelle guerre civili, opponeva la prudenza all'audacia. Le sommosse, mentre misero in luce l'intrepidezza popolare, formarono l'educazione del coraggio borghese.

«Benissimo; ma tutto ciò vale il sangue versato? E al sangue versato aggiungete l'avvenire incupito, il progresso compromesso, l'inquietudine fra i migliori, l'avvilimento dei liberali onesti, l'assolutismo straniero felice delle ferite prodotte alla rivoluzione da lei medesima, i vinti del 1830 che trionfano e dicono: "Lo dicevamo, noi!". Aggiungete che, se forse Parigi è cresciuta, la Francia è di certo diminuita; aggiungete, poiché bisogna dir tutto, i massacri che troppo spesso disonorano la vittoria dell'ordine divenuto feroce contro la libertà impazzita. Tutto sommato, le sommosse sono state funeste».

Così parla tale saggezza approssimativa, della quale la borghesia, questo popolo approssimativo, si accontenta così volentieri.

Quanto a noi, respingiamo questo termine troppo lato e per conseguenza troppo comodo; le sommosse. Distinguiamo tra movimento popolare e movimento popolare, e non ci chiediamo se una sommossa costi quanto una battaglia; e, anzitutto, perché una battaglia? Qui sorge la questione della guerra; forse la guerra è minor flagello di

---

[2] Soprannome di Jean Cottereau, capo dei contadini realisti del Maine, della Bretagna e della Normandia contro la prima repubblica, che presero il nome di sciuani.

quanto la sommossa sia calamità? E poi, tutte le sommosse sono calamità? E quand'anche il 14 luglio costasse centoventi milioni? L'inse-
diamento di Filippo V sul trono di Spagna è costato alla Francia due
miliardi; fosse pure allo stesso prezzo, noi preferiremmo il 14 luglio.
D'altra parte, noi respingiamo queste cifre che sembrano ragioni e
non sono che parole. Data una sommossa, l'esaminiamo per se stessa;
in tutto quello che dice la confutazione dottrinaria esposta dianzi, è
considerato solo l'effetto, mentre noi cerchiamo la causa.
    Precisiamo.

II
IL FONDO DELLA QUESTIONE

V'è la sommossa e v'è l'insurrezione: sono due collere distinte; l'una
ha torto e l'altra ha ragione. Negli Stati democratici, i soli fondati
sulla giustizia, capita talvolta che la frazione compia usurpazioni; allora il tutto si solleva e la necessaria rivendicazione del suo diritto
può arrivare fino all'uso delle armi. In tutte le questioni che fanno
capo alla sovranità collettiva, la guerra del tutto contro la frazione è
insurrezione, e l'attacco della frazione contro il tutto è sommossa; a
seconda che le Tuileries contengano il re o la Convenzione, esse vengono giustamente o ingiustamente attaccate; lo stesso cannone, puntato contro la folla, ha torto il 10 agosto e ragione il 14 vendemmiale.[3] Apparenza simile, fondo diverso: gli svizzeri difendono il falso, e
Bonaparte difende il vero. Ciò che il suffragio universale ha fatto
nella sua libertà e nella sua sovranità, non può essere disfatto dalla
piazza. Lo stesso accade nelle cose di pura civiltà: l'istinto delle masse, chiaroveggente ieri, può essere torbido domani. La stessa furia è
legittima contro Terray e assurda contro Turgot.[4] La distruzione delle macchine, il saccheggio dei magazzini, la rottura delle rotaie, la
demolizione dei magazzini del porto, le strade sbagliate delle masse,
il rifiuto di giustizia del popolo al progresso, Ramus[5] assassinato dai
suoi scolari, Rousseau cacciato a sassate dalla Svizzera, tutto ciò è
sommossa. Israele contro Mosè, Atene contro Focione, Roma contro

---

[3] Il 10 agosto 1792 i rivoluzionari occuparono le Tuileries. Il 14 (anzi 13) vendemmiale 1795, Bonaparte domò in Parigi una rivolta contro la Convenzione.
    [4] Joseph-Marie Terray, controllore generale delle Finanze dal 1769 al 1774,
conservatore; Anne-Robert-Jacques Turgot, che gli succedette dal 1774 al 1776,
riformatore.
    [5] Pierre La Remée, dette Ramus (1515-1572), filosofo e grammatico, ucciso la
notte di San Bartolomeo.

Scipione, è sommossa. Parigi contro la Bastiglia, è insurrezione. I soldati contro Alessandro, i marinai contro Cristoforo Colombo, è la stessa rivolta; empia; perché? Perché Alessandro fa per l'Asia con la spada, quello che Cristoforo Colombo fa con la bussola per l'America: Alessandro, come Colombo, scopre un mondo. Questi doni d'un mondo, offerti alla civiltà, sono tali accrescimenti di luce che qualunque resistenza, in questo caso, è colpevole. Talvolta il popolo manca di fedeltà a se stesso. La folla tradisce il popolo. V'è, per esempio, qualche cosa di più strano di quella lunga e sanguinosa protesta dei contrabbandieri di sale, legittima rivolta cronica, la quale nel momento decisivo, nel giorno della salvezza, nell'ora della vittoria popolare, sposa il trono, passa dalla parte opposta, e, da insurrezione contro, si fa sommossa in favore? Oh, sinistri capolavori dell'ignoranza! Il contrabbandiere di sale sfugge alle forche regie e, con un avanzo di corda al collo, sfoggia la coccarda bianca. Il grido: «A morte le gabelle» partorisce il grido: «Viva il re». Uccisori della notte di San Bartolomeo, sgozzatori del settembre, massacratori d'Avignone, assassini di Coligny, assassini della signora di Lamballe, assassini di Brune, *miquelets*, *verdets*, *cadenettes*,[6] compagni di Jéhu, cavalieri del bracciale, ecco la sommossa; la Vandea è una grande sommossa cattolica.

Il rumore del diritto in marcia si riconosce, e non sempre esce dal fremito delle masse sconvolte; vi sono i re folli, vi sono campane incrinate, e non tutti i rintocchi a stormo rendono il suono del bronzo. Il sussulto delle passioni e delle ignoranze è cosa ben diversa dalla scossa del progresso. Alzatevi, sia pure, ma per farvi grandi. Fatemi vedere da che parte andate. Non v'è insurrezione se non in avanti. Ogni altra sollevazione è cattiva; qualunque passo violento all'indietro è sommossa; retrocedere è una via di fatto contro il genere umano. L'insurrezione è l'accesso di furore della verità; i selciati ch'essa smuove sprizzano la favilla del diritto. Alla sommossa, quei selciati lasciano soltanto il loro fango. Danton contro Luigi XVI, è l'insurrezione; Hébert[7] contro Danton, è la sommossa.

Da ciò consegue che se l'insurrezione, in dati casi, può essere, come disse Lafayette, il più santo dei doveri, la sommossa può essere il più fatale degli attentati.

V'è pure qualche differenza nell'intensità del calore: spesso l'insurrezione è un vulcano, mentre la sommossa è sovente un fuoco di paglia.

[6] Nomi intraducibili di fazioni.
[7] Jacques Hébert (1757-1794), il violento rivoluzionario fondatore del «Padre Duchesne», che finì ghigliottinato.

Come abbiamo detto, talora la rivolta è nel potere stesso. Polignac[8] è un sedizioso; Desmoulins un governante.

Qualche volta, insurrezione è risurrezione.

Siccome la soluzione di tutto col suffragio universale è un fatto assolutamente moderno, e tutta la storia anteriore a questo fatto, da quattromila anni in qua, è piena del diritto violato e del dolore dei popoli, ogni periodo della storia reca in sé la protesta che le è possibile. Sotto i Cesari, non v'era l'insurrezione, ma v'era Giovenale.

Il *facit indignatio* sostituisce i Gracchi.[9]

Sotto i Cesari v'è l'esiliato di Siene, e v'è pure l'uomo degli *Annali*.[10]

Non parliamo del gigantesco esiliato di Patmo,[11] che schiaccia anch'egli il mondo reale con una protesta in nome del mondo ideale, fa della visione una satira enorme e getta su Roma-Ninive, su Roma-Babilonia e su Roma-Sodoma il fiammeggiante riflesso dell'Apocalisse.

Giovanni, sopra la sua roccia, è la sfinge sopra il suo piedistallo: si può non capirlo, perché è un ebreo e parla ebraico; ma l'uomo che scrive gli *Annali* è un latino, diciamo meglio, è un romano.

Siccome i Neroni regnano in maniera sinistra, debbono essere dipinti nello stesso modo. Il lavoro col solo cesello sarebbe sbiadito; bisogna versare nelle incisioni una prosa concentrata, che corroda.

I despoti contribuiscono a creare i pensatori. La parola incatenata diventa terribile; e lo scrittore raddoppia e triplica il suo stile, quando al popolo viene imposto silenzio da un padrone. Da quel silenzio esce una certa pienezza misteriosa, che filtra e si fissa in bronzo nel pensiero. La compressione nella storia produce la concisione nello storico; e la solidità granitica d'una prosa celebre non è altro che un cedimento del tiranno.

La tirannia costringe lo scrittore a una limitazione di espansione, che determina un accrescimento di potenza. Il periodare ciceroniano, appena sufficiente contro Verre, si smusserebbe contro Caligola; minor ampiezza nella frase e maggior intensità nel colpo. Tacito pensa a tutta forza.

L'onestà d'un cuore grande, condensata in verità e in giustizia, fulmina.

Sia detto per inciso, bisogna notare che Tacito, storicamente, non è

[8] Jules-Armand di Polignac, presidente del Consiglio sotto Carlo X, firmò le ordinanze che scatenarono la rivoluzione di luglio.
[9] Giovenale, *Satire*: «*Si natura negat, facit indignatio versum*», «Dove non c'è disposizione naturale, è l'indignazione a comporre il verso».
[10] Giovenale e Tacito.
[11] San Giovanni evangelista.

sovrapposto a Cesare: a lui sono riservati i Tiberi. Cesare e Tacito sono due fenomeni successivi, l'incontro dei quali sembra misteriosamente evitato da colui che, nella messinscena dei secoli, regola le entrate e le uscite. Cesare è grande, Tacito è grande; e Dio risparmia quelle due grandezze, non facendole cozzare l'una contro l'altra. Il giustiziere, nel colpire Cesare, potrebbe colpire troppo, essere ingiusto: e Dio non lo vuole. Le grandi guerre d'Africa e di Spagna, i pirati della Cilicia distrutti, la civiltà introdotta nella Gallia, nella Britannia e nella Germania, tutta questa gloria copre il Rubicone. V'è in questo una specie di delicatezza della giustizia divina, che esita a scatenare sull'usurpatore illustre lo storico formidabile, che fa grazia di Tacito a Cesare e che accorda al genio le circostanze attenuanti.

Certo, il dispotismo rimane dispotismo, anche quando il despota è un genio. Sotto i tiranni illustri v'è la corruzione; ma la peste morale è ancor più orrenda sotto i tiranni infami. In quei regni, nulla vela la vergogna; e coloro che danno degli esempi, Tacito al pari di Giovenale, schiaffeggiano più utilmente, di fronte al genere umano, questa ignominia senza scuse.

Roma puzza più sotto Vitellio che sotto Silla. Sotto Claudio e sotto Domiziano v'è una deformità di bassezza che corrisponde alla bruttezza del tiranno; la viltà degli schiavi è un prodotto diretto del despota; da quelle coscienze corrotte esala un miasma in cui si riflette il padrone; i poteri pubblici sono immondi, i cuori sono piccini, le coscienze sono piatte, le anime sono cimici. Così è sotto Caracalla, così è sotto Commodo, così è sotto Eliogabalo; mentre sotto Cesare, dal senato romano esce solo quell'odore di sterco che è proprio dei nidi d'aquila.

Ciò spiega la venuta, in apparenza tardiva, dei Taciti e dei Giovenali: il dimostratore compare appunto nell'ora dell'evidenza.

Ma Giovenale e Tacito, allo stesso modo di Isaia nei tempi biblici, allo stesso modo di Dante nel Medioevo, sono l'individuo: la sommossa e l'insurrezione, invece, sono la moltitudine, che talvolta ha torto e talvolta ha ragione.

Nella generalità dei casi, la sommossa deriva da un fatto materiale, mentre l'insurrezione è sempre un fenomeno morale. La sommossa è Masaniello, l'insurrezione è Spartaco; l'insurrezione confina con lo spirito, la sommossa con lo stomaco. *Gaster*[12] s'irrita, ma certo non sempre Gaster ha torto. Nelle questioni di carestia la sommossa, Buzançais[13] per esempio, ha un punto di partenza vero, patetico e giu-

[12] Lo stomaco, in latino.
[13] Cittadina nella quale, nel 1847, si era avuto un sanguinoso episodio dovuto alla mancanza di sussistenza.

sto; e pure, rimane sommossa. Perché? Perché, pur avendo, in fondo, ragione, ha avuto torto nella forma. Selvaggia, sebbene avesse il diritto dalla sua, violenta, sebbene forte, ha colpito a casaccio; ha camminato come l'elefante cieco, schiacciando tutto; s'è lasciata alle spalle cadaveri di vecchi, di donne e di fanciulli; ha versato, senza sapere perché, il sangue degli inoffensivi e degli innocenti. Nutrire il popolo è un ottimo scopo, massacrarlo è un cattivo mezzo.

Tutte le proteste armate, anche le più legittime, anche il 10 agosto, anche il 14 luglio, incominciano con gli stessi torbidi. Prima che il diritto si sprigioni, v'è tumulto e schiuma. Sul principio l'insurrezione è sommossa così come il fiume è torrente e, di solito, sbocca a quell'oceano che è la rivoluzione; talvolta, però, venuta da quei monti elevati che dominano l'orizzonte morale, ossia la giustizia, la saggezza, la ragione e il diritto, fatta della più pura neve dell'ideale, dopo una lunga caduta di roccia in roccia, dopo aver riflesso il cielo nella sua trasparenza ed essersi ingrossata di cento affluenti nel maestoso incedere del trionfo, l'insurrezione si perde all'improvviso in qualche palude borghese, come il Reno in un pantano.

Tutto ciò appartiene al passato e l'avvenire è diverso. Il suffragio universale ha questo di mirabile, che dissolve la sommossa nel suo principio e che, dando il voto all'insurrezione, le toglie le armi. Alla scomparsa delle guerre, sia la guerra della piazza, sia la guerra delle frontiere, mira il progresso inevitabile; qualunque cosa sia oggi, la pace rappresenta il domani.

Del resto, sia insurrezione, sia sommossa, il borghese propriamente detto ignora in che cosa la prima differisca dalla seconda; egli conosce pochissimo queste sfumature. Per lui, tutto è sedizione, ribellione pura e semplice, rivolta del mastino contro il padrone, tentativo di mordere che occorre punire con la catena e con la cuccia, è latrato e ringhio; fino al giorno in cui la testa del cane, improvvisamente ingrossata, appare vagamente nell'ombra come una testa di leone.

Allora il borghese grida: «Viva il popolo!».

Data questa spiegazione che cos'è, per la storia, il moto del giugno 1832? È una sommossa? È una insurrezione?

Potrà capitarci, in questa descrizione d'un evento terribile, di dire talvolta la sommossa; ma solo per qualificare i fatti superficiali, e mantenendo sempre la distinzione tra la forma sommossa e il fondo insurrezione.

Quel moto del 1832 ebbe, nella sua rapida esplosione e nella sua estinzione lugubre, tanta grandezza, che quegli stessi che videro in esso solo la sommossa ne parlano con rispetto. Per loro, esso è come un resto del 1830: le fantasie sconvolte, essi dicono, non si calmano in un sol giorno. Una rivoluzione non può essere troncata di netto. Essa ha sempre, necessariamente, qualche ondulazione prima di tornare allo stato di pace, come una montagna che scenda verso la pianura: non vi sono Alpi senza Giura, né Pirenei senza Asturie.

Questa crisi patetica della storia contemporanea, che la memoria dei parigini chiama l'*epoca delle sommosse*, è certo un'ora caratteristica fra le ore tempestose di questo secolo.

Poche altre parole prima di riprendere la narrazione.

I fatti che saranno ora raccontati appartengono a quella realtà drammatica e viva che la storia, talvolta, trascura per mancanza di tempo e di spazio. Eppure, insistiamo, la vita è lì, lì sono il palpito e il fremito umano. I piccoli particolari, crediamo d'averlo già detto, sono, per così dire, il fogliame dei grandi avvenimenti, e si perdono negli sfondi della storia; e l'epoca detta *delle sommosse* abbonda di particolari di questo genere. Le istruttorie giudiziarie, per altre ragioni diverse da quelle storiche, non hanno rivelato tutto e forse neppure approfondito tutto. Perciò metteremo in luce, fra i particolari noti e pubblicati, certe cose che non sono state sapute, alcuni fatti sui quali è passato l'oblìo di taluni e la morte di altri. La maggior parte degli attori di queste scene gigantesche sono scomparsi: tacevano fin dall'indomani; ma di ciò che narreremo, potremo dire: l'abbiamo visto noi. Cambieremo qualche nome, perché la storia racconta e non denuncia, ma dipingeremo cose vere. Per le condizioni del libro che scriviamo, mostreremo solo un lato e un episodio, certo il meno noto, delle giornate del 5 e del 6 giugno 1832; ma faremo in modo che il lettore intraveda, sotto il sinistro velo che stiamo per sollevare, il volto reale di quella spaventosa avventura pubblica.

III

UN FUNERALE: OCCASIONE PER RINASCERE

Nella primavera del 1832, benché da tre mesi il colera avesse agghiacciato le menti e gettato sulla loro agitazione non so quale tetra calma, Parigi era pronta da gran tempo per una rivolta. Come già abbiamo detto, la grande città assomiglia a un cannone; quando è carico, basta la caduta di una scintilla perché il colpo parta. Nel giugno 1832, la scintilla fu la morte del generale Lamarque.[14]

Lamarque era un uomo di fama e di azione. Aveva avuto successivamente, sotto l'impero e sotto la restaurazione, i due coraggi neces-

---

[14] Maximilien Lamarque, nato nel 1770, fu governatore militare di Parigi durante i Cento Giorni.

sari ai due periodi: il coraggio dei campi di battaglia e il coraggio della tribuna. Era eloquente come era stato valoroso; si sentiva la spada nella sua parola. Al pari di Foy, il suo predecessore, dopo aver tenuto alto il comando, teneva alta la libertà. Sedeva fra la sinistra e l'estrema sinistra, amato dal popolo, perché accettava i rischi dell'avvenire, e amato dalla folla, perché aveva servito bene l'imperatore. Era, coi conti Gérard e Donet, uno dei marescialli *in petto*[15] di Napoleone. I trattati del 1815 lo indignavano quasi fossero un'offesa personale. Odiava Wellington di un odio aperto, che piaceva alla moltitudine; e da diciassette anni, appena interessato agli avvenimenti intermedi, custodiva maestosamente la tristezza di Waterloo. Nella sua agonia, nell'ultima ora, aveva stretto contro il petto una spada che gli era stata donata dagli ufficiali dei Cento Giorni. Napoleone era morto pronunciando la parola *esercito*: Lamarque, morì pronunciando la parola *patria*.

La sua morte, prevista, era temuta dal popolo come una perdita e dal governo come un'occasione. Quella morte fu un lutto. Come tutto ciò che è amaro, il lutto può tramutarsi in rivolta, come appunto ebbe a verificarsi.

La vigilia e il mattino del 5 giugno, giorno fissato per le esequie di Lamarque, il sobborgo Saint-Antoine, che il corteo funebre doveva rasentare, prese un aspetto preoccupante. Quella tumultuosa rete di vie si riempì di rumori. Tutti vi si armavano come potevano. Alcuni falegnami portavano con sé il barletto del banco per «sfondare le porte»; uno di essi si era fatto un pugnale con un uncinetto da calzettaia, spezzando l'uncinetto e aguzzandone il troncone; un altro, nella febbre «d'attaccare», da tre giorni si coricava vestito. Un carpentiere, certo Lombier, incontrava un compagno che gli chiedeva: «Dove vai?». «Eh! Non ho armi.» «E allora?» «Vado al cantiere a prendere il compasso.» «Per che farne?» «Non lo so» diceva Lombier. Un certo Jacqueline, uomo risoluto, avvicinava gli operai che passavano: «Vieni con me!». Pagava loro dieci soldi di vino e diceva: «Hai lavoro?». «No». «Va' da Filspierre, tra la barriera Montreuil e la barriera Charonne; troverai lavoro». Da Filspierre si trovavano armi e cartucce. Certi capi conosciuti *facevano la posta*, quanto dire che correvano dall'uno e dall'altro per riunire i loro seguaci. Da Barthélemy, vicino alla barriera del Trono, e da Capel, al Cappelluccio, i bevitori si accostavano con aria grave; si sentivano dire: «*Dove tieni la pistola?*». «*Sotto il camiciotto. E tu?*» «*Sotto la camicia*». In via Traversière, davanti allo stabilimento Roland e nel cortile della Maison-Brûlée, davanti alla fabbrica di utensili Bernier, alcuni gruppi confabulavano. Vi

[15] Così nel testo.

si notava, come il più ardente, un certo Mavot che non faceva mai più d'una settimana in una fabbrica: i padroni lo licenziavano «perché ogni giorno bisognava litigare con lui». Mavot fu ucciso il giorno dopo nella barricata di via Ménilmontant. Pretot, che doveva anch'egli perire nella lotta, assecondava Mavot, e a questa domanda: «Qual è il tuo scopo?» rispondeva: *«L'insurrezione»*. Alcuni operai riuniti all'angolo della via Bercy aspettavano un certo Lemarin, agente rivoluzionario per il sobborgo Saint-Marceau; e le parole d'ordine venivano scambiate quasi pubblicamente.

Il 5 giugno, dunque, con un tempo di pioggia e di sole, il convoglio del generale Lamarque attraversò Parigi con la pompa militare ufficiale, un po' accresciuta per precauzione. Due battaglioni, coi tamburi abbrunati e i fucili capovolti, diecimila guardie nazionali armate di sciabola e le batterie dell'artiglieria della guardia nazionale scortavano il feretro. Il carro funebre era tirato da alcuni giovani. Seguivano immediatamente gli ufficiali degli Invalides, che portavano rami d'alloro; poi veniva una moltitudine innumerevole, agitata e strana, membri della sezione degli Amici del Popolo, la facoltà di diritto, la facoltà di medicina, i profughi di tutte le nazioni, bandiere spagnole, italiane, tedesche e polacche, bandiere tricolori orizzontali, tutti gli stendardi possibili, ragazzi che agitavano rami verdi, spaccapietre e carpentieri, che in quel momento erano in sciopero, tipografi riconoscibili dal berretto di carta; e tutti camminavano a due a due, a tre a tre, emettendo grida, agitando quasi tutti un bastone e alcuni una sciabola, senza ordine, eppure con un'anima sola, ora calca disordinata, ora colonna. Alcuni plotoni si sceglievano i capi; un uomo, armato con un paio di pistole perfettamente visibili, sembrava passasse in rivista altre persone, le cui file facevano ala davanti a lui. Sui lungo-viali, sui rami degli alberi, ai balconi, alle finestre, sui tetti, le teste formicolavano: uomini, donne e fanciulli; gli sguardi erano pieni d'ansietà. Passava una folla armata, guardata da una folla sgomenta.

Il governo, da parte sua, osservava: osservava con la mano sull'impugnatura della spada. Si potevano vedere, prontissimi a marciare, con le giberne piene, i fucili, e i moschetti carichi, in piazza Louis XV, quattro squadroni di carabinieri in sella, con la fanfara in testa; nel Quartiere Latino e al Jardin des Plantes stava la guardia municipale, scaglionata di via in via; al mercato dei vini uno squadrone di dragoni, e alla Grève una metà del 12° cavalleggeri, l'altra metà del quale era alla Bastiglia; il 6° dragoni ai Celestini e il cortile del Louvre pieno d'artiglieria. Il resto delle truppe era consegnato nelle caserme, senza contare i reggimenti dei dintorni di Parigi; il potere inquieto teneva sospesi sulla moltitudine minacciosa ventiquattromila soldati in città e trentamila nella periferia.

Nel corteo circolavano diverse voci. Si parlava di intrighi legittimisti; si parlava del duca di Reichstadt, che Dio abbandonava alla morte proprio nello stesso momento in cui la folla lo designava per l'impero. Un personaggio rimasto sconosciuto annunciava che all'ora stabilita due capi fabbrica guadagnati alla causa popolare, avrebbero aperto al popolo la porta d'una fabbrica d'armi. Ciò che dominava sulle fronti scoperte della maggior parte dei convenuti era un entusiasmo misto ad abbattimento. Si vedevano pure, qua e là, in quella moltitudine in preda a tante emozioni violente ma nobili, veri visi di malfattori, e bocche ignobili, che dicevano: «Saccheggiamo!». Vi sono certe agitazioni che smuovono il fondo delle paludi e fanno salire alla superficie nuvole di fango; fenomeno, questo, al quale non sono estranee del tutto le polizie «bene organizzate».

Il corteo camminò con febbrile lentezza, dalla casa del defunto, lungo i viali sino alla Bastiglia. Di tanto in tanto pioveva; ma quella folla non faceva alcun caso della pioggia. Parecchi incidenti, il feretro portato intorno alla colonna Vendôme, alcune sassate tirate al duca di Fitz-James, scorto a un balcone col cappello in testa, il simbolico gallo[16] strappato da una bandiera popolare e trascinato nel fango, un agente municipale ferito con una sciabolata alla porta Saint-Martin, un ufficiale del 12° cavalleggeri che diceva ad alta voce: «Io sono repubblicano», la scuola politecnica, sopraggiunta dopo la sua forzata consegna, le grida di: «Viva la scuola politecnica! Viva la repubblica!», contrassegnarono il percorso del corteo. Alla Bastiglia, le lunghe file di temibili curiosi che scendevano dal sobborgo Saint-Antoine si riunirono al corteo e un certo terribile ribollimento incominciò a sollevare la folla.

Si sentì un uomo che diceva a un altro: «Vedi quell'uomo con la barbetta rossa? È lui che dirà quando si dovrà sparare». Pare che quella stessa barbetta rossa si sia ritrovata più tardi, con la stessa funzione, in un'altra sommossa, la faccenda Quénisset.[17]

Il carro funebre oltrepassò la Bastiglia, seguì il canale, attraversò il ponticello e raggiunse la spianata del ponte d'Austerlitz; là si fermò. In quel momento, quella folla vista a volo d'uccello avrebbe offerto l'aspetto d'una cometa, la cui testa fosse sulla spianata e la coda, formandosi sul lungosenna Bourdon, coprisse la Bastiglia e si prolungasse sul viale, fino alla porta Saint-Martin. Si fece un cerchio intorno al carro funebre; l'imponente folla fece silenzio, e Lafayette parlò e disse addio a Lamarque. Fu un istante commovente e augusto; tutte le teste si scoprirono, tutti i cuori battevano.

[16] Emblema della monarchia di luglio.
[17] Falegname che nel 1841 attentò invano alla vita dei duchi d'Orléans e d'Aumale.

All'improvviso, un uomo a cavallo, vestito di nero, apparve in mezzo al gruppo con una bandiera rossa, altri dicono con una picca sormontata da un berretto rosso. Lafayette voltò il capo. Exelmans[18] abbandonò il corteo.

Quella bandiera rossa sollevò un uragano, e in esso disparve. Dal viale Bourdon al ponte d'Austerlitz, uno di quei clamori che somigliano a un'ondata scosse la moltitudine. S'alzarono grida prodigiose: «*Lamarque al Panthéon! Lafayette al municipio!*». Alcuni giovani, fra le acclamazioni della folla, s'attaccarono al carro funebre e si misero a tirare Lamarque, nel feretro, lungo il ponte d'Austerlitz, e Lafayette, in carrozza, per il lungosenna Morland.

Nella folla che circondava e acclamava Lafayette, si notava e veniva indicato un tedesco, un certo Ludwig Snyder, morto poi centenario, che aveva anche lui fatto la guerra del 1776 e che aveva combattuto a Trenton sotto Washington e a Brandywine sotto Lafayette.

Intanto, sulla riva sinistra, la cavalleria municipale si metteva in moto e veniva a sbarrare il ponte, mentre sulla riva destra i dragoni uscivano dai Celestini e si stendevano sul lungosenna Morland. Il popolo che tirava Lafayette li scorse all'improvviso a una svolta del lungosenna e gridò: «I dragoni! I dragoni!». Questi avanzavano al passo, in silenzio, con le pistole nelle fondine, le sciabole nei foderi e i moschetti all'arcione, in atteggiamento di cupa attesa.

A duecento passi dal ponticello, si fermarono; la carrozza nella quale si trovava Lafayette giunse fino a loro; aprirono le file, lasciarono passare la carrozza e si richiusero dietro di essa. In quel momento i dragoni e la folla si toccavano: le donne fuggivano, atterrite.

Che avvenne in quel minuto fatale? Nessuno potrebbe dirlo; è quel momento tenebroso in cui due nembi si confondono. Alcuni dicono che dalla parte dell'arsenale fu udita una fanfara che suonava la carica; altri, che una pugnalata venne data da un ragazzo a un dragone. Il fatto certo è che tre colpi d'arma da fuoco partirono improvvisamente; il primo uccise il capo squadrone Cholet, il secondo uccise una vecchia sorda, che stava chiudendo la finestra in via Contrescarpe, e il terzo bruciò la spallina d'un ufficiale. Una donna gridò: «*Si comincia troppo presto!*» e a un tratto si vide dal lato opposto al lungosenna Morland sbucare al galoppo, dalla via Bassompierre e dal viale Bourdon, uno squadrone di dragoni, ch'era rimasto nella caserma, e che, con la sciabola sguainata, spazzava via tutto davanti a sé.

Allora, detto fatto; la tempesta si scatena, piovono sassi, scoppia la fucileria, molti si precipitano giù dall'argine e passano il piccolo braccio della Senna, oggi colmato; i cantieri dell'isola Louviers, quella

---

[18] Remi-Joseph-Isidore Exelmans, generale dell'impero.

grande, autentica cittadella, si fanno irti di combattenti; si strappano i pioli, si tirano pistolettate, si abbozza una barricata, mentre i giovani, respinti, passano il ponte d'Austerlitz col feretro a passo di corsa e caricano la guardia municipale. I carabinieri accorrono, i dragoni menano colpi di sciabola, la folla si disperde in tutte le direzioni, un fragore di guerra vola ai quattro angoli di Parigi; si grida: «Alle armi!», si corre, si travolge, si fugge, si resiste. La collera propaga la sommossa, come il vento propaga il fuoco.

IV
I RIBOLLIMENTI D'ALTRI TEMPI

Non v'è nulla di più straordinario del primo formicolìo d'una sommossa. Tutto esplode nello stesso tempo, dappertutto. Era preveduto? Sì. Era preparato? No. Di dove esce tutto questo? Dai selciati. E di dove cade? Dalle nuvole. Qui l'insurrezione ha il carattere di un complotto; là, d'una improvvisazione. Il primo venuto s'impadronisce d'una corrente e la conduce dove vuole; inizio pieno di spavento, al quale si mescola una specie di formidabile allegria. Dapprima sono clamori, si chiudono i magazzini e scompaiono le vetrine dei bottegai, poi, qualche fucilata isolata; le persone fuggono; calci di fucili battono contro i portoni; si sentono ridere le serve nei cortili delle case, e dire: «*Ci sarà un bel baccano!*».

Non era trascorso un quarto d'ora, ed ecco quel che accadeva quasi contemporaneamente in venti punti diversi di Parigi.

In via Sainte-Croix-de-la-Bretonnerie, una ventina di giovanotti dalle lunghe barbe e dai lunghi capelli, entravano in una bettola e ne uscivano un momento dopo: portavano una bandiera tricolore orizzontale coperta da un velo nero ed erano capeggiati da tre uomini armati, uno di sciabola, l'altro di fucile e il terzo di picca.

In via Nonaindières, un borghese ben vestito, un po' panciuto, dalla voce sonora, il cranio calvo, la fronte alta, la barba nera e un paio di baffi ispidi, di quelli che non possono essere tirati in giù, offriva pubblicamente cartucce ai passanti.

In via Saint-Pierre-Montmartre, alcuni uomini a braccia nude portavano in giro una bandiera nera sulla quale si leggevano queste parole, in lettere bianche: «*O la repubblica o la morte*». In via Digiunatori, in via Quadrante, in via Montorgueil, in via Mandar apparivano gruppi che agitavano bandiere sulle quali si distinguevano alcune lettere dorate, la parola *sezione* con un numero. Una di quelle bandiere era rossa e azzurra, con una impercettibile lista bianca intermedia.

Una fabbrica d'armi sul viale Saint-Martin e tre botteghe d'armaioli, la prima in via Beaubourg, la seconda in via Michel-le-Comte e la terza in via del Temple, venivano messe a sacco. In pochi minuti le mille mani della folla afferrarono e portarono via duecentotrenta fucili, quasi tutti a due colpi, sessantaquattro sciabole e ottantatré pistole. Per armare più gente, uno prendeva il fucile e l'altro la baionetta.

Di fronte al lungosenna della Grève, alcuni giovanotti armati di moschetto s'insediavano in casa di alcune donne per sparare. Uno di essi aveva un moschetto a ruota. Suonavano, entravano e si mettevano a fabbricare cartucce; una di quelle donne ha narrato: «Non sapevo che cosa fossero le cartucce; è stato mio marito a dirmelo».

Un assembramento sfondava un negozio di curiosità in via Vieilles-Haudriettes e vi prendeva armi e pugnali turchi.

Il cadavere di un muratore ucciso da una fucilata giaceva in via della Perla.

E poi – sulla riva destra e sulla sinistra, sul lungosenna, sui viali, nel Quartiere Latino e in quello dei mercati – uomini ansanti, operai, studenti e membri delle sezioni, leggevano proclami, gridavano: «Alle armi», rompevano i fanali, staccavano i cavalli dalle carrozze, disselciavano le vie, sfondavano le porte delle case, sradicavano gli alberi, frugavano nelle cantine, rotolavano barili, ammucchiavano lastre di pietra, sassi, mobili, tavole e facevano le barricate.

Si obbligavano i borghesi a prestare aiuto. Si entrava nelle case e alle donne che vi si trovavano sole s'imponeva di consegnare la sciabola e il fucile dei mariti assenti, e si scriveva col bianco di Spagna sulla porta: «Le armi sono state consegnate». Alcuni firmavano «col proprio nome» le ricevute del fucile e della sciabola e dicevano: «Mandatele a prendere domani, al municipio». Nelle vie venivano disarmate le sentinelle isolate e le guardie nazionali che si recavano al loro mandamento. Si strappavano le spalline agli ufficiali. In via del cimitero di Saint-Nicolas, un ufficiale della guardia nazionale, inseguito da una schiera armata di bastoni e di fioretti, a stento trovò rifugio in una casa, dalla quale poté uscire solo a notte fatta e travestito.

Nel quartiere di Saint-Jacques, gli studenti uscivano a sciami dalle loro abitazioni e risalivano la via Saint-Hyacinthe fino al caffè Progresso oppure scendevano al caffè Sette Bigliardi, in via dei Mathurins; là, davanti alle porte, alcuni giovani in piedi su paracarri distribuivano armi. Il magazzino di via Transnonain veniva saccheggiato per fare le barricate. In un sol punto gli abitanti resistevano e cioè all'angolo della via Sainte-Avoye e Simon-le-Franc, dove distruggevano essi stessi la barricata. In un solo punto gli insorti ripiegavano: abbandonavano una barricata incominciata in via del Temple, dopo aver fatto fuoco sopra un distaccamento di guardie nazionali, e fuggivano per via della Corderie. Il distaccamento raccolse nella barricata una bandiera rossa, un pacco di cartucce e trecento palle di pistola. Le guardie nazionali stracciarono la bandiera e ne riportarono i brandelli sulle punte delle baionette.

Tutto ciò che qui raccontiamo, lentamente e successivamente, accadeva nello stesso tempo su tutti i punti della città, in mezzo a un gran tumulto, come innumeri lampi in un solo rombo di tuono.

In meno di un'ora, ventisette barricate sorsero dal suolo nel solo quartiere dei mercati. Al centro era la famosa casa numero 50, che fu la fortezza di Jeanne[19] e dei suoi centosei compagni, e che, fiancheggiata da un lato da una barricata a Saint-Merry e dall'altro da una barricata in via Maubuée, dominava tre vie, la via Arcis, la via Saint-Martin e la via Aubry-le-Boucher, che prendeva di fronte. Due barricate ad angolo retto si stendevano, l'una da via Montorgueil sulla Grande-Truanderie e l'altra da via Geoffroy-Langevin sulla via Sainte-Avoye; questo, senza contare le innumerevoli barricate in altri venti quartieri di Parigi: al Marais, alla collina di Sainte-Geneviève; una, in via Ménilmontant, in cui si vedevano i battenti d'una porta carraia divelti dai cardini; un'altra, vicino al ponticello dell'Hôpital, a trecento passi dalla prefettura di polizia, formata con una carrozza rovesciata.

Alla barricata di via Ménétries, un uomo ben vestito distribuiva denaro ai lavoratori. Alla barricata di via Grenéta apparve un cavaliere e consegnò a colui che sembrava il capo della barricata un rotolo, che aveva l'aspetto d'un rotolo di denaro. «*Ecco,*» disse «*di che pagare le spese, il vino, eccetera.*» Un giovanotto biondo senza cravatta, andava da una barricata all'altra, portando le parole d'ordine; un altro, con la sciabola sguainata e in capo un berretto turchino da poliziotto, collocava sentinelle. Nell'interno delle barricate, le taverne e le portinerie venivano convertite in corpi di guardia. Del resto, la sommossa si comportava secondo la più saggia tattica militare; le vie strette, ineguali e sinuose, piene d'angoli e di svolte, erano mirabilmente scelte; in particolar modo, i dintorni dei mercati, labirinto di vie più intricato di un bosco. Si diceva che la società degli Amici del Popolo avesse preso la direzione dell'insurrezione nel quartiere di Sainte-Avoye. Un uomo ucciso in via del Ponceau venne frugato, e gli si trovò indosso una pianta di Parigi.

Ciò che in realtà aveva preso la direzione della sommossa, era una specie di impetuosità ignota, ch'era nell'aria. L'insurrezione, bruscamente, aveva innalzato le barricate con una mano e con l'altra s'era impadronita di quasi tutti i posti della guarnigione. In meno di tre ore,

---

[19] Operaio che comandava la barricata tra le vie Saint-Martin e Saint-Merry.

come una striscia di polvere che s'accende, gli insorti avevano invaso e occupato, sulla riva destra, l'Arsenale, il municipio di Place Royale, tutto il Marais, la fabbrica d'armi Popincourt, la Galiote, il Château-d'Eau e tutte le vie vicine ai mercati; sulla riva sinistra, la caserma dei Veterani, Sainte-Pélagie, la piazza Maubert, la polveriera dei Deux-Moulins e tutte le barriere. Alle cinque di sera erano padroni della Bastiglia, della Lingerie e dei Blancs-Manteaux; i loro esploratori toccavano la piazza delle Victoires e minacciavano la Banca, la caserma dei Piccoli Padri e il palazzo delle Poste. Un terzo di Parigi era in potere della sommossa.

Su tutti i punti la lotta era gigantescamente impegnata; e dai disarmi, dalle visite domiciliari e dalle botteghe d'armaiuolo invase a viva forza, risultava che la battaglia, incominciata a sassate, continuava a fucilate.

Verso le sei di sera, il passaggio del Salmone divenne un campo di battaglia. La rivolta era da un lato, la truppa dall'altro. Un osservatore, un sognatore, cioè l'autore di questo libro, che s'era recato a vedere il vulcano da vicino, si trovò, nel passare, preso fra due fuochi. Non aveva altro, per proteggersi contro le palle, che le sporgenze delle mezze colonne che dividono le botteghe; e rimase per quasi mezz'ora in quella critica posizione.

Intanto si suonava a raccolta; le guardie nazionali si vestivano e si armavano in fretta, le legioni uscivano dai municipi e i reggimenti uscivano dalle caserme. Dirimpetto al passaggio dell'Ancre un tamburino ricevette una pugnalata; un altro, in via del Cygne, veniva assalito da una trentina di giovanotti che gli sfondarono il tamburo e gli presero la sciabola; un altro veniva ucciso in via Grenier-Saint-Lazare. In via Michel-le-Comte tre ufficiali cadevano morti l'uno dopo l'altro. Parecchie guardie municipali, ferite in via dei Lombards, si ritiravano.

Davanti alla Corte Batava, un distaccamento di guardie nazionali trovava una bandiera rossa che portava questa iscrizione: «*Rivoluzione repubblicana, n. 127*». Era realmente una rivoluzione?

L'insurrezione s'era fatta del ventre di Parigi una specie di cittadella inestricabile, tortuosa, colossale.

Là era il focolaio, là, evidentemente l'anima; tutto il resto non era che scaramuccia. E quel che dimostrava che tutto sarebbe stato deciso in quel punto, era il fatto che non vi si battevano ancora.

In qualche reggimento, i soldati erano incerti, il che accresceva la spaventosa oscurità della crisi; essi ricordavano l'ovazione popolare che aveva accolto nel luglio 1830 la neutralità del 53° fanteria. Lo comandavano due uomini intrepidi e provati dalle grandi guerre, il maresciallo de Lobau e il generale Bugeaud; questi alle dipendenze

di quello. Enormi pattuglie composte di battaglioni di fanteria inquadrati da intere compagnie di guardie nazionali e precedute da un
commissario di polizia con la sciarpa, facevano ricognizioni nelle vie
in rivolta. Da parte loro, gli insorti collocavano vedette agli angoli dei
crocicchi e mandavano audacemente delle pattuglie fuori delle barricate. Si vigilava da entrambe le parti. Il governo, con un esercito in
pugno, esitava; la notte stava per venire e s'incominciava a sentire la
campana a stormo di Saint-Merry. Il ministro della guerra d'allora, il
maresciallo Soult, che era stato a Austerlitz, osservava lo spettacolo
con aria cupa.

Quei vecchi marinai, abituati alla manovra corretta, abituati ad
avere per risorsa e per guida soltanto la tattica, ch'è la bussola delle
battaglie, si sentono completamente disorientati in presenza di
quest'immensa schiuma che si chiama collera popolare. Il vento delle
rivoluzioni non è maneggevole.

Le guardie nazionali della periferia accorrevano in fretta e in disordine. Un battaglione del 12° cavalleggeri giungeva da Saint-Denis
a passo di corsa; il 14° fanteria arrivava da Courbevoie; le batterie
della scuola militare avevano preso posizione al Carosello; da Vincennes giungevano alcuni cannoni.

Alle Tuileries si formava la solitudine. Luigi Filippo era pieno di
serenità.

V

ORIGINALITÀ DI PARIGI

Come abbiamo detto, da due anni a quella parte, Parigi aveva visto
più d'una insurrezione. Fuori dei quartieri insorti, non v'è, di solito,
nulla di più stranamente calmo della fisionomia di Parigi durante
una sommossa. Parigi s'abitua subito a tutto – non si tratta che di una
sommossa – e ha tante faccende cui pensare, che non s'incomoda per
così poco. Solo queste città colossali possono dare tali spettacoli; solo questi immensi recinti possono contenere a un tempo la guerra
civile e una non si sa quale bizzarra tranquillità. Di solito, quando
l'insurrezione incomincia, quando si sente il tamburo, il bottegaio si
limita a dire:

«Pare che vi sia del baccano in via Saint-Martin».

Oppure:

«Nel sobborgo Saint-Antoine».

E spesso aggiunge con noncuranza:

«Da quelle parti, insomma».

Più tardi, quando si sente il crepitìo lacerante e lugubre della fucileria e delle scariche dei plotoni, il bottegaio dice:

«Dunque la faccenda si riscalda. To', si riscalda!».

Un momento dopo, se la sommossa s'avvicina e s'ingrossa, egli chiude a precipizio la bottega e indossa rapidamente l'uniforme, ossia mette al sicuro le merci e a repentaglio la vita.

In un crocicchio, in un passaggio, in un vicolo fanno a fucilate; le barricate vengono prese, perdute e riprese; scorre il sangue, la mitraglia crivella le facciate delle case, le palle uccidono le persone nelle loro alcove, i cadaveri ingombrano il lastrico. In vie situate poco più in là, si sente il cozzare delle biglie sui bigliardi, nei caffè.

A due passi da quelle vie piene di guerra i curiosi chiacchierano e ridono; i teatri aprono i loro battenti e rappresentano commedie musicali. Le carrozze pubbliche continuano a circolare; i cittadini vanno a pranzo fuori di casa, qualche volta nello stesso quartiere in cui ci si batte.

Nel 1831, la sparatoria venne interrotta per lasciar passare un corteo nuziale.

Quando vi fu l'insurrezione del 12 maggio 1839, in via Saint-Martin, un vecchietto infermo, che tirava a braccia un carretto sormontato da un cencio tricolore e in cui v'erano bottiglie piene di un liquido qualunque, andava e veniva dalla barricata alla truppa e dalla truppa alla barricata, offrendo imparzialmente bicchieri di cocco, ora al governo, ora all'anarchia.

Non c'è nulla di più strano; e questa è la caratteristica delle sommosse di Parigi, che non si riscontra in nessun'altra capitale. Occorrono, per questo, due cose: la grandezza di Parigi e la sua giocondità. Ci vuole la città di Voltaire e di Napoleone.

Questa volta però, nella sollevazione armata del 5 giugno 1832, la grande città sentì qualche cosa che, forse, era più forte di essa: ebbe paura. Si videro dappertutto, anche nei quartieri più lontani e più «disinteressati», le porte, le finestre e le imposte chiuse in pieno giorno. I coraggiosi s'armarono, i vili si nascosero. Scomparve il passante noncurante e affaccendato, e molte vie erano vuote come alle quattro del mattino.

Circolavano particolari allarmanti e si diffondevano notizie fatali: che *essi* erano padroni della Banca; che solo nel chiostro di Saint-Merry erano in seicento, trincerati e appostati nella chiesa; che la fanteria di linea non era sicura; che Armando Carrel s'era recato a trovare il maresciallo Clauzel e che il maresciallo gli aveva detto: «*Cominciate ad avere un reggimento*»; che Lafayette era ammalato, ma tuttavia aveva detto loro: «*Sono a vostra disposizione e vi seguirò dovunque vi sarà posto per una sedia*»; che bisognava stare in guardia; che di notte taluni avrebbero saccheggiato le case isolate nei punti deserti di Parigi (e qui si riconosceva l'immaginazione della polizia, ch'è una Anna Radcliffe[20] mescolata al governo); che in via Aubry-le-Boucher era stata piazzata una batteria; che Lobau e Bugeaud stavano mettendosi d'accordo e che a mezzanotte, o al più tardi sul far del giorno, quattro colonne avrebbero marciato contemporaneamente sul centro della sommossa, provenendo, la prima dalla Bastiglia, la seconda dalla Porta Saint-Martin, la terza dalla Grève e la quarta dai mercati; che forse anche le truppe avrebbero evacuato Parigi, ritirandosi allo Champ-de-Mars; che non si sapeva che cosa sarebbe avvenuto, ma che questa volta la cosa era certamente grave.

Si era preoccupati delle esitazioni del maresciallo Soult. Perché non attaccava subito? È certo ch'egli era profondamente assorto; il vecchio leone pareva fiutasse in quell'ombra un mostro ignoto.

Giunse la sera e i teatri non vennero aperti; le pattuglie circolavano con aspetto irritato; i passanti venivano perquisiti e quelli sospetti arrestati. Alle nove erano state arrestate più di ottocento persone; la prefettura di polizia era gremita di gente, ingombra era la Conciergerie, e ingombra la Force.

Alla Conciergerie, in particolar modo, il lungo sotterraneo che viene chiamato la via di Parigi era coperto di fasci di paglia, sui quali giaceva un mucchio di prigionieri che l'uomo di Lione, Lagrange, valorosamente arringava. Tutta quella paglia smossa da tutte quelle persone produceva il rumore d'un acquazzone.

Altrove, i prigionieri erano coricati all'aperto nei cortili, gli uni sugli altri. C'era ansia dappertutto, e un certo tremito, insolito a Parigi.

Nelle case si barricavano; le mogli e le madri erano inquiete; non si sentivano che queste esclamazioni: «*Oh, mio Dio! Non è tornato a casa!*». Si sentiva appena, di lontano, qualche raro rotolar di carrozze. Dalle soglie delle case si ascoltavano i clamori, le grida, i tumulti, i rumori sordi o indistinti, certi suoni che facevano dire: «*È la cavalleria*», o: «*Sono i cassoni d'artiglieria che galoppano*»; e le trombe, i tamburi, la fucileria, e soprattutto quel lamentoso rintocco di Saint-Merry.

Si aspettava il primo colpo di cannone. Degli uomini armati apparivano all'angolo delle vie e scomparivano gridando: «*Ritiratevi in casa!*». E allora la gente si affrettava a sprangare le porte. Si diceva: «Come finirà?». Di momento in momento, a mano a mano che la notte calava, Parigi sembrava colorirsi più lugubremente del formidabile fiammeggiare della sommossa.

---

[20] Romanziera inglese (1764-1823), autrice di romanzi dell'orrore.

LIBRO UNDICESIMO

L'ATOMO S'AFFRATELLA CON L'URAGANO

I
QUALCHE SCHIARIMENTO SULLE ORIGINI DELLA POESIA DI GAVROCHE. INFLUENZA D'UN ACCADEMICO SU QUESTA POESIA

Nell'istante in cui l'insurrezione, sorgendo dallo scontro del popolo e della truppa davanti all'Arsenale, determinò un movimento dall'avanti all'indietro nella moltitudine che seguiva il feretro e che, in tutta la lunghezza dei viali, pesava, per così dire, sulla testa del convoglio, avvenne uno spaventoso riflusso. La calca si scompaginò, le file si ruppero e tutti corsero, si precipitarono e fuggirono, gli uni emettendo grida di battaglia, gli altri con il pallore della fuga sul volto. La fiumana che copriva i viali si divise in un batter d'occhio, traboccò a destra e a sinistra e si sparse a torrenti in duecento vie contemporaneamente, con la violenza d'una chiusa improvvisamente aperta.

In quel momento un fanciullo cencioso, che scendeva da via Ménilmontant, tenendo in mano un ramo di citiso fiorito da lui colto poco prima sulle alture di Belleville, scorse nella vetrina della bottega d'una rigattiera una vecchia pistola da cavalleria; gettò il ramo fiorito sul lastrico e gridò:

«Ehi, donna, piglio in prestito il vostro arnese».

E fuggì con la pistola.

Due minuti dopo, un'ondata di cittadini spaventati che scappavano dalla via Amelot e dalla via Basse, incontrò il fanciullo che brandiva la pistola e cantava:

> *La nuit on ne voit rien,*
> *Le jour on voit très bien.*
> *D'un écrit apocryphe*
> *Le bourgeois s'ébouriffe.*
> *Pratiquez la vertu,*
> *Tutu, chapeau pointu!*[1]

---

[1] Di notte non si vede nulla, di giorno si vede molto bene. D'uno scritto apocrifo il borghese sbalordisce. Praticate la virtù, tutù, cappello a punta!

Era il piccolo Gavroche che andava alla guerra.

Sul viale s'accorse che la pistola non aveva il cane.

Di chi era quella strofa che gli serviva a ritmare il passo, e tutte le altre canzoni che, all'occorrenza, cantava volentieri? Lo ignoriamo. Chi sa? Forse, erano sue. Gavroche era, del resto, al corrente di tutto il canzoniere popolare in circolazione, e aggiungeva a esso i suoi gorgheggi. Folletto e principiante, faceva un miscuglio delle voci della natura e delle voci di Parigi. Combinava il repertorio degli uccelli col repertorio delle officine. Conosceva alcuni *rapins*,[2] tribù contigua alla sua, e pare che fosse stato per tre mesi apprendista tipografo. Un giorno aveva fatto una commissione per conto di Baour-Lormian, uno dei quaranta.[3] Gavroche era un monello che sapeva di lettere.

Del resto. Gavroche non sospettava che in quella brutta notte piovosa, in cui aveva offerto a due marmocchi l'ospitalità del suo elefante, egli avesse fatto l'ufficio di provvidenza proprio per i suoi fratelli. Per i fratelli la sera e per il padre al mattino: ecco qual era stata la sua notte. Lasciando la via dei Ballets, all'alba, era ritornato in fretta all'elefante, ne aveva tratto fuori abilmente i due fanciulli, aveva diviso con loro una colazione da lui improvvisata, e poi se n'era andato, affidandoli a quella buona madre che è la strada e che aveva press'a poco allevato anche lui. Nel separarsi da essi, aveva dato loro appuntamento per la sera, allo stesso posto, e tenuto loro questo discorso d'addio: «*Io taglio la corda, altrimenti detto me la svigno; ossia, come si dice a corte, filo. Marmocchi, se non trovate papà e mamma, tornate qui stasera; vi darò da mangiare e da dormire*». I due fanciulli, forse raccolti da qualche guardia municipale e condotti in caserma, o rubati da qualche saltimbanco, o semplicemente smarriti nell'immenso rompicapo cinese ch'è Parigi, non erano tornati. I bassifondi del mondo sociale attuale sono pieni di queste tracce perdute. Gavroche non li aveva più riveduti; erano passate dieci o dodici settimane da quella notte, più d'una volta gli era accaduto di grattarsi a sommo del capo e di dire tra sé: «Dove diavolo sono, i miei due bambini?».

Intanto egli era giunto, con la pistola in pugno, in via del Pont-aux-Choux. Notò che in quella via solo una bottega era rimasta aperta e, cosa degna di riflessione, era una pasticceria. Un'occasione provvidenziale per mangiare ancora una pasta, prima d'entrare nell'ignoto. Gavroche si fermò, si tastò i fianchi, frugò nel taschino, rivoltò le tasche e non avendovi trovato nulla, neppure un soldo, si mise a gridare: «Aiuto!».

È dura dover rinunciare all'ultimo pasticcino!

---

[2] Allievi pittori, imbrattatele.

[3] Pierre Baour-Lormian, poeta, membro dell'Accademia,

Tuttavia, Gavroche non cessò di continuare per la sua strada.

Due minuti dopo, era in via Saint-Louis; attraversando la via del Parc-Royal sentì il bisogno di indennizzarsi della pasta di mele impossibile, e si concesse l'immensa voluttà di stracciare in pieno giorno i manifesti degli spettacoli.

Un po' più lontano, vedendo passare un gruppo d'individui ben pasciuti che gli parvero possidenti, alzò le spalle e sputò a caso davanti a sé questo sorso di bile filosofica:

«Come sono grassi, questi possidenti! Si rimpinzano, diguazzano nei buoni pranzi. Chiedete loro che cosa ne fanno del loro denaro, e non ne sanno niente. O bella, se lo mangiano! Se lo porta via il ventre!».

II

GAVROCHE IN CAMMINO

Tenere in mano e agitare, in piena via, una pistola senza cane è una tale funzione pubblica che Gavroche sentiva crescere il suo entusiasmo a ogni passo. Egli gridava, tra un brano e l'altro della Marsigliese che stava cantando:

«Tutto va bene. Soffro molto alla zampa sinistra, perché ho un attacco di reumatismo, ma sono contento, cittadini. I borghesi non hanno che da comportarsi bene, e io sternuterò loro qualche strofa sovversiva. Che cosa sono le spie? Cani sono! Ah! No, corpo di Bacco! Non manchiamo di rispetto ai cani, anche perché vorrei averne uno alla mia pistola. Amici miei, vengo dal viale, là fa caldo, comincia a bollire, cuoce a poco a poco: è tempo di schiumare la pentola. Avanti, uomini! Un sangue impuro inondi i solchi! Io do i miei giorni alla patria, non rivedrò più la mia concubina, n-i-nì, finì, sì, Ninì. Ma fa lo stesso, viva l'allegria! Battiamoci, perdinci! Ne ho abbastanza del dispotismo».

In quel momento, poiché il cavallo d'un lanciere della guardia nazionale era caduto a terra, Gavroche posò la pistola al suolo, rialzò l'uomo e poi l'aiutò a rialzare il cavallo; dopo di che, raccolse la pistola e continuò il cammino.

In via Thorigny, tutto era pace e silenzio. Quell'apatia, propria del Marais, contrastava col vasto clamore circostante. Quattro comari chiacchieravano sulla soglia d'una porta. La Scozia ha i *terzetti* di streghe, ma Parigi ha i *quartetti* di comari; e il «Tu sarai re» sarebbe gettato in faccia a Bonaparte nel crocicchio Baudoyer in modo altrettanto lugubre di quello in cui fu scagliato in faccia a Macbeth nella brughiera d'Armuyr. Sarebbe press'a poco lo stesso gracchiare.

Le comari della via Thorigny si occupavano solo delle loro faccen-

1010

de; erano tre portinaie e una cenciaiuola con la sua gerla e col suo uncino.

Parevano tutt'e quattro in piedi ai quattro angoli della vecchiezza, che sono la caducità, la decrepitezza, la devastazione e la tristezza.

La cenciaiuola era umile. In quella società aperta a tutti i venti, la cenciaiuola saluta e la portinaia protegge. Questo dipende dal cantuccio del paracarro che è quale lo vogliono i portinai, grasso o magro, secondo la fantasia di chi vi ammucchia i rifiuti. Può esservi della bontà in una scopa.

Quella cenciaiuola era una gerla riconoscente e sorrideva, e di che sorriso! alle tre portinaie. Si dicevano cose di questo genere:

«Il vostro gatto è dunque sempre cattivo?».

«Mio Dio! Voi sapete che i gatti sono per natura nemici dei cani. Sono i cani che si lamentano.»

«E anche la gente.»

«E tuttavia le pulci del gatto non vanno dietro a nessuno.»

«Non è per il fastidio, ma i cani sono pericolosi. Mi ricordo d'un anno in cui c'erano tanti cani, che si fu costretti a metterlo sui giornali; era quando alle Tuileries c'erano dei grandi montoni che tiravano la carrozzella del re di Roma. Vi ricordate il re di Roma?»

«Io preferivo il duca di Bordeaux.»

«Io ho conosciuto Luigi XVII. Preferivo Luigi XVII.»

«E intanto la carne è cara, signora Patagon.»

«Ah, non me ne parlate! La macelleria è un orrore: un orrore orribile; non dànno che la giunta.»

Qui la cenciaiuola intervenne:

«Signore, il commercio non va più. I mucchi di spazzature non valgono niente; la gente non butta via più nulla, mangia tutto».

«Ce ne sono di più povere di voi, Vargoulême!»

«Oh, per questo sì,» rispose la cenciaiuola, con deferenza «io ho una posizione.»

Vi fu una pausa; poi la cenciaiuola, cedendo a quel bisogno di sfoggiare ch'è insito nella natura umana, soggiunse:

«La mattina, quando rientro, esamino ben bene il contenuto della gerla e faccio la mia cernita. Così formo dei mucchi nella mia stanza, metto gli stracci in una cesta, i torsoli in un mastello, le pezze nell'armadio, gli oggetti di lana nel cassettone, la carta straccia nel vano della finestra, le cose buone da mangiare nella scodella, i pezzi di vetro nel camino, le ciabatte dietro la porta e gli ossi sotto il letto.»

Gavroche, fermo dietro di loro, ascoltava.

«Olà, vecchie!» disse. «Che avete, dunque, da parlare di politica?»

Fu investito da un'ondata, composta da un quadruplice urlo.

«Ecco un altro scellerato!»

«Che diavolo ha nel moncherino? Una pistola!»

«Ma guarda un po', questo pezzente d'un marmocchio!»

«Non sono contenti se non rovesciano l'autorità!»

Gavroche, sdegnoso, si limitò, per tutta rappresaglia, a sollevare la punta del naso col pollice spalancando la mano.

La cenciaiuola gridò:

«Brutto scalzacane!».

Colei che rispondeva al nome di signora Patagon batté le mani scandalizzata.

«Succederà qualche guaio, certamente. Il fattorino qui accanto, quello con la barbetta, lo vedevo passare tutte le mattine con sotto-braccio una ragazza dalla cuffietta rosa; e oggi l'ho visto passare che dava il braccio a un fucile. La signora Bacheux dice che la settimana scorsa c'è stata una rivoluzione a... a... a... – vattelapesca – a Pontoise! E ora, guardatelo che ha una pistola, quest'orrore d'un monello! Pare che i Celestini siano pieni di cannoni. Che cosa volete che faccia il governo con questi arnesi da galera, che non sanno più che cosa inventare per disturbare il prossimo, proprio quando si cominciava a essere un po' tranquilli, dopo tutti i guai che abbiamo passato, Signore Iddio! E quella povera regina che ho visto passare nella carretta! E tutto questo farà aumentare ancora il prezzo del tabacco. È un'infamia! Ma certamente verrò a vederti ghigliottinare, malfattore!»

«Tu tiri su col naso, nonna mia» disse Gavroche. «Nettati il pro-montorio!»

E passò oltre.

Quando fu in via Pavée, gli tornò in mente la cenciaiuola e fece questo soliloquio:

«Hai torto d'insultare i rivoluzionari, mamma Angolo-del-para-carro. Questa pistola è per il tuo interesse; serve per fare in modo che tu abbia nella gerla più roba e più buona da mangiare».

A un tratto sentì un rumore dietro di lui; era la portinaia Patagon che l'aveva seguito e che da lontano gli mostrava il pugno gridando:

«Tu non sei che un bastardo!».

«Quanto a questo,» disse Gavroche «me ne infischio superlativa-mente.»

Poco dopo, passava davanti al palazzo Lamoignon. Là lanciò questo richiamo:

«In cammino per la battaglia!».

Ma fu preso da un accesso di malinconia e guardò la pistola con aria di rimprovero, quasi volesse tentare d'intenerirla.

«Io parto,» le disse «ma tu non parti affatto.»

Un cane può distrarre da un altro. Passò di là un cane barbone, magrissimo, e Gavroche s'impietosì.

«Mio povero totò,» gli disse «hai forse inghiottito una botte, che ti si vedono tutti i cerchi?»

Poi si diresse verso l'Orme-Saint-Gervais.

III
GIUSTA INDIGNAZIONE D'UN PARRUCCHIERE

Quel degno parrucchiere che aveva scacciato i due piccini ai quali Gavroche aveva aperto il paterno ventre dell'elefante, era in quel momento occupato nella sua bottega a radere un vecchio soldato legionario che aveva servito sotto l'impero. Chiacchieravano. Il parrucchiere naturalmente aveva parlato al veterano della sommossa, poi del generale Lamarque, e da Lamarque si era venuti all'imperatore. Di qui una conversazione da barbiere a soldato, che Prudhomme, se fosse stato presente, avrebbe arricchito di arabeschi, intitolandola: *Dialogo del rasoio e della sciabola.*

«Signore,» diceva il parrucchiere «come montava a cavallo l'imperatore?»

«Male. Non sapeva cadere. Sicché non cadeva mai.»

«Aveva bei cavalli? Doveva avere bei cavalli.»

«Il giorno in cui mi diede la croce, notai la sua bestia. Era una giumenta da corsa, tutta bianca; aveva le orecchie molto discoste, la sella profonda, una testa fine marcata da una stella nera, il collo lunghissimo, i ginocchi fortemente articolati, i fianchi sporgenti, le spalle oblique, il posteriore potente. Un po' più di quindici palmi d'altezza.»

«Bel cavallo!» fece il parrucchiere.

«Era il cavallo di sua maestà.»

Il parrucchiere sentì che, dopo questa frase, un po' di silenzio era opportuno; vi si conformò, poi riprese:

«L'imperatore è stato ferito una sola volta, non è vero, signore?».

Il vecchio soldato rispose con l'accento calmo e fiero di chi è stato presente:

«Al tallone. A Ratisbona! Non lo vidi mai così ben vestito come in quel giorno. Era pulito come uno specchio».

«E voi, signor veterano, dovete essere stato spesso ferito, vero?»

«Io?» disse il soldato «oh, poca roba! Ho ricevuto a Marengo due sciabolate alla nuca, una palla nel braccio destro ad Austerlitz, un'altra all'anca sinistra a Iena, una baionetta a Friedland, proprio qui, alla Moscova sette od otto colpi di lancia non importa dove, e a Lutzen una scheggia d'obice che m'ha fracassato un dito... Ah! E poi a Waterloo una pallina di mitraglia nella coscia. Ecco tutto.»

«Com'è bello» esclamò il parrucchiere con accento pindarico, «morire sul campo di battaglia! Parola d'onore, piuttosto che crepare in un miserabile letto, di malattia, lentamente, ogni giorno un poco, con le medicine, coi cataplasmi, i clisteri e il medico, preferirei ricevere una palla di cannone nel ventre.»

«Non siete privo di gusto» fece il soldato.

Finiva appena di parlare che un fracasso spaventevole scosse la bottega. Un vetro della vetrina era stato bruscamente incrinato a raggera.

Il parrucchiere divenne pallidissimo.

«Oh Dio!» esclamò. «Eccone una!»

«Che cosa?»

«Una palla da cannone.»

«Eccola» disse il soldato.

E raccolse qualche cosa che rotolava per terra. Era un sasso.

Il parrucchiere corse alla vetrina rotta e vide Gavroche che fuggiva a gambe levate verso il mercato Saint-Jean. Nel passare davanti alla bottega del parrucchiere, Gavroche, che aveva in cuore i due marmocchi, non aveva potuto resistere al desiderio di dargli il buongiorno, e gli aveva scagliato un sasso nei vetri.

«Vedete?» urlò il parrucchiere, che da bianco s'era fatto verde. «Quello lì fa il male per il male. Chi gli ha fatto niente, a quel monello?»

IV

IL FANCIULLO SI MERAVIGLIA DEL VECCHIO

Frattanto Gavroche, giunto al mercato Saint-Jean dove il posto di guardia era già stato disarmato, effettuò la sua congiunzione con una schiera condotta da Enjolras, Courfeyrac, Combeferre e Feuilly. Essi erano armati o quasi; Bahorel e Jean Prouvaire li avevano incontrati e ingrossavano il gruppo. Enjolras aveva un fucile da caccia a due colpi, Combeferre un fucile da guardia nazionale con un numero di legione, e nella cintola due pistole che la finanziera sbottonata lasciava vedere, Jean Prouvare un vecchio moschetto da cavalleria, Bahorel una carabina, Courfeyrac agitava uno stocco, e Feuilly, con una sciabola sguainata in pugno, marciava avanti gridando: «Viva la Polonia!».

Giungevano dal lungosenna Morland, senza cravatta, senza cappello, ansanti, inzuppati dalla pioggia e con gli occhi lampeggianti. Gavroche li avvicinò con calma.

«Dove andiamo?»

«Vieni» disse Courfeyrac.

Dietro Feuilly, marciava, o meglio saltellava, Bahorel, del tutto a suo agio nella sommossa. Aveva un panciotto cremisi e certe frasi da rompere tutto. Il suo panciotto sconvolse un passante, che gridò tutto smarrito:

«Ecco i rossi!».

«I rossi, i rossi!» ribatté Bahorel. «Che stupida paura, borghese. Quanto a me, non tremo affatto davanti a un papavero, e il cappuccio rosso non suscita in me alcuno spavento. Borghese, credetemi: lasciamo la paura del rosso alle bestie cornute.»

Scorse un angolo di muro sul quale era affisso il più pacifico foglio di carta del mondo, un permesso di mangiare uova, una pastorale della quaresima diretta dall'arcivescovo alle sue «pecorelle».

Bahorel esclamò:

«Pecorelle, maniera cortese di dire oche».

E strappò dal muro la pastorale, il che gli conquistò Gavroche, il quale, da quel momento, si mise a studiare Bahorel.

«Bahorel,» osservò Enjolras «hai torto. Avresti dovuto lasciare in pace quella pastorale: non è con essa che abbiamo da fare, e tu sciupi la collera. Conserva la tua provvista: non si fa fuoco fuori delle file, né col fucile e neppure con l'anima.»

«A ciascuno il suo genere, Enjolras» ribatté Bahorel. «Questa prosa da vescovo mi urta; io voglio mangiare le uova senza che mi diano il permesso. Tu hai il genere freddo ardente; io mi diverto. Del resto non mi sto sciupando: prendo lo slancio; e se ho lacerato quella pastorale, *Hercle!*, è per farmi venire appetito.»

Quella parola, *Hercle*, colpì Gavroche. Egli cercava tutte le occasioni d'istruirsi e quel laceratore di manifesti godeva della sua stima; quindi gli chiese:

«Che cosa vuol dire, *Hercle*?».

«Vuol dire figlio di cane, in latino.»[4]

In quel momento, Bahorel riconobbe a una finestra un giovanotto pallido, dalla barba nera, che li guardava passare, probabilmente un amico dell'ABC, e gli gridò: «Presto, le cartucce! *Para bellum!*[5]»

«Bell'uomo, per davvero» disse Gavroche che ora capiva il latino.

Un corteo tumultuoso li accompagnava: studenti, artisti, giovani affiliati alla Cougourde d'Aix, operai, scaricatori del porto, armati di bastoni e di baionette, e alcuni, come Combeferre, con le pistole infilate nella cintura dei calzoni. Un vecchio, che pareva molto innanzi negli anni, marciava in mezzo a quella banda; non aveva armi e s'af-

---

[4] Significa, invece, «per Ercole».

[5] I francesi pronunciano il latino secondo le regole della loro lingua: *bellum*, su labbra francesi, suona *bellòm*, e naturalmente Gavroche intende *bel homme*, «bell'uomo», invece dell'esatta versione: «Prepara la guerra».

frettava per non restare indietro, sebbene avesse l'espressione meditabonda. Gavroche lo scorse: «Che roba è?» chiese a Courfeyrac.

«È un vecchio.»

Era Mabeuf.

V

IL VECCHIO

Diciamo ciò che era accaduto.

Nel momento in cui i dragoni avevano caricato, Enjolras e i suoi amici erano sul viale Bourdon, vicino ai granai di riserva. Enjolras, Courfeyrac e Combeferre erano tra coloro che avevano preso per la via Bassompierre gridando: «Alle barricate!». In via Lesdiguières avevano incontrato un vecchio. Ciò che aveva attirato la loro attenzione era stato il fatto che quel buon vecchietto camminava a zig zag, come se fosse ubriaco; inoltre, portava il cappello in mano, benché avesse piovuto tutta la mattina e piovesse abbastanza forte anche in quel momento. Courfeyrac aveva riconosciuto papà Mabeuf. Egli lo conosceva per aver molte volte accompagnato Marius fino alla porta del vecchio. Sapendo le abitudini pacifiche e più che timide del fabbriciere bibliofilo e stupefatto di vederlo in mezzo a quel tumulto, a due passi dalle cariche della cavalleria, quasi in mezzo a una fucileria, a capo scoperto sotto la pioggia e a passeggio tra le pallottole, lo aveva avvicinato. Il rivoltoso di venticinque anni e l'ottuagenario avevano scambiato tra loro questo dialogo:

«Signor Mabeuf, tornate a casa».

«Perché?»

«Fra poco ci sarà baccano.»

«Bene.»

«Sciabolate e fucilate, signor Mabeuf.»

«Bene.»

«Cannonate.»

«Bene. E dove andate, voialtri?»

«Andiamo a rovesciare il governo.»

«Bene.»

E s'era messo a seguirli. Da quel momento non aveva più detto una parola, e il sua passo era divenuto improvvisamente fermo; alcuni operai gli avevano offerto il braccio, ma egli aveva rifiutato con un cenno del capo. Procedeva quasi alla testa della colonna e aveva a un tempo il movimento d'un uomo che cammini e il volto d'un uomo che dorma.

«Che indemoniato d'un buon uomo!» mormoravano gli studenti.

Nell'assembramento correva la voce ch'egli fosse un vecchio convenzionista, un vecchio regicida.

L'attruppamento aveva preso per via della Vetreria. Il piccolo Gavroche marciava avanti, con quel canto a squarciagola che faceva di lui una specie di tromba. Egli cantava:

> *Voici la lune qui paraît,*
> *Quand irons-nous dans la forêt?*
> *Demandait Charlot ù Charlotte.*
> > *Tou tou tou*
> > *Pour Chatou.*
> *Je n'ai qu'un Dieu, qu'un roi, qu'un liard et qu'une botte.*

> *Pour avoir bu de grand matin*
> *La rosée à méme le thym,*
> *Deux moineaux étaient en ribote.*
> > *Zi zi zi*
> > *Pour Passy.*
> *Je n'ai qu'un Dieu, qu'un roi, qu'un liard et qu'une botte.*

> *Et ces deux pauvres petit loups*
> *Comme deux grives étaient soûls;*
> *Un tigre en riait dans sa grotte.*
> > *Don don don*
> > *Pour Meudon.*
> *Je n'ai qu'un Dieu, qu'un roi, qu'un liard et qu'une botte.*

> *L'un jurait et l'autre sacrait.*
> *Quand irons-nous dans la forét?*
> *Demandait Charlot à Charlotte.*
> > *Tin tin tin*
> > *Pour Pantin.*
> *Je n'ai qu'un Dieu, qu'un roi, qu'un liard et qu'une botte.*[6]

Si dirigevano verso Saint-Merry.

[6] Ecco apparir la luna, – Quando andremo al bosco? – Chiedeva Carletto a Charlotte. – Tou, tou, tou – Per Chatou. – Ho solo un Dio, un re, un quattrino e uno stivale. – Per aver bevuto al mattino presto – la rugiada sopra il timo, – Due passerotti erano in baldoria. – Zi zi zi – Per Passy. – Ho solo un Dio, un re, un quattrino e uno stivale. – E i due poveri lupacchiotti – Erano ubriachi come due tordi, – E una tigre ne rideva nella sua grotta – Don don don – Per Meudon. – Ho solo un Dio, un re, un quattrino e uno stivale – L'uno bestemmiava e l'altro imprecava. – Quando andremo al bosco? – Chiedeva Carletto a Charlotte. – Tin tin tin – Per Pantin. – Ho solo un Dio, un re, un quattrino e uno stivale.

La banda s'ingrossava a ogni istante. Verso la via Billettes, un uomo d'alta statura, dai capelli sale e pepe, del quale Courfeyrac, Enjolras e Combeferre notarono l'aspetto duro ed energico ma che nessuno conosceva, si unì a essi. Gavroche, occupato a cantare, a fischiare, a ronzare, a procedere e battere sulle imposte delle botteghe col calcio della sua pistola senza cane, non si accorse di quell'uomo.

Avvenne che in via della Vetreria passarono davanti alla porta di Courfeyrac.

«Ciò capita a proposito» disse Courfeyrac «ho dimenticato la borsa e ho perduto il cappello.»

Lasciò l'attruppamento e salì in casa, facendo gli scalini a quattro a quattro. Prese un vecchio cappello e la borsa, e prese pure un cofano quadrato abbastanza grande, dalle dimensioni d'una grossa valigia, ch'era nascosto tra la biancheria sporca. Mentre stava ridiscendendo di corsa, la portinaia lo chiamò:

«Signor di Courfeyrac!».

«Portinaia, come vi chiamate?» ribatté Courfeyrac.

La portinaia rimase sbalordita.

«Ma lo sapete bene: sono la portinaia e mi chiamo mamma Veuvain.»

«Ebbene, se mi chiamate ancora signor di Courfeyrac, io vi chiamerò mamma di Veuvain. E ora, parlate. Che c'è? Che accade?»

«C'è qualcuno che vuol parlarvi.»

«E chi è?»

«Non lo so.»

«Dov'è?»

«In portineria.»

«Al diavolo!» fece Courfeyrac.

«Ma sta aspettando il vostro ritorno da più di un'ora!» riprese la portinaia.

Nello stesso tempo, una specie di giovane operaio, magro, pallido, piccolo, pieno di lentiggini, vestito di un camiciotto tutto a buchi e d'un paio di calzoni di fustagno rattoppati, e con l'aspetto d'una ragazza travestita da maschio più che d'un uomo, uscì dallo sgabuzzino della portineria e disse a Courfeyrac con una voce che, in verità, non era per nulla al mondo una voce di donna: «Il signor Marius, per favore?».

«Non c'è.»

«Tornerà stasera?»

«Non ne so niente.» E Courfeyrac aggiunse: «Quanto a me, non tornerò».

Il giovanotto lo guardò fisso e gli chiese:

«E perché?».

«Perché sì.»

«Dove andate, dunque?»

«Che te ne importa?»

«Volete che vi porti quel cofano?»

«Vado alle barricate.»

«Volete che venga con voi?»

«Se vuoi!» rispose Courfeyrac. «La strada è libera, e il selciato appartiene a tutti.»

E scappò di corsa per raggiungere gli amici. Quando li ebbe raggiunti, diede da portare il cofano a uno di essi. Fu solo dopo un buon quarto d'ora ch'egli si accorse che il giovanotto li aveva realmente seguiti.

Un attruppamento non va precisamente dove vuole. Abbiamo già spiegato come esso sia trasportato quasi da una ventata. Oltrepassarono Saint-Merry e si trovarono, senza troppo saper come, in via Saint-Denis.

LIBRO DODICESIMO

CORINTO

I

STORIA DI «CORINTO» DALLA SUA FONDAZIONE

I parigini che oggi, entrando nella via Rambuteau dalla parte dei mercati, notano, sulla loro destra, dirimpetto alla via Mondétour, una bottega di panieraio avente per insegna una cesta che ha la forma dell'imperatore Napoleone il Grande, con questa iscrizione: «*Napoleone è fatto tutto di vimini*», non sospettano neppure le scene terribili che quello stesso luogo ha visto appena trent'anni fa.

Là si trovavano la via Chanvrerie, che i vecchi documenti scrivono Chanverrerie, e la celebre taverna chiamata Corinto.

Si ricorderà tutto quello che è stato detto sulla barricata eretta in quel luogo ed eclissata, del resto, dalla barricata di Saint-Merry. E appunto su questa celebre barricata della via Chanvrerie, tuttora avvolta nelle più profonde tenebre, getteremo un po' di luce.

Ci si permetta di ricorrere, per la chiarezza del racconto, al mezzo semplice da noi già impiegato per Waterloo. Coloro che vorranno raffigurarsi in un modo abbastanza esatto i caseggiati che sorgevano a quel tempo presso l'estremità di Saint-Eustache, all'angolo nord-est dei mercati di Parigi dove si trova oggi l'imbocco della via Rambuteau, non hanno che da immaginarsi una N che tocchi la via Saint-Denis con la sommità, e i mercati con la base, e le cui due gambe verticali siano una la via Grande-Truanderie e l'altra la via Petite-Truanderie. La vecchia via Mondétour tagliava le tre gambe secondo gli angoli più tortuosi. Tanto è vero che il viluppo dedaleo di quelle quattro vie era sufficiente per formare, sopra uno spazio di cento tese quadrate fra i mercati e la via Saint-Denis da una parte, e fra la via del Cygne e la via dei Prêcheurs dall'altra, sette isolotti di case, bizzarramente squadrati, di grandezze diverse, posti di traverso e come a caso, e appena separati, come massi di pietra in un cantiere, da strette fenditure.

Abbiamo detto strette fenditure e non potremmo dare un'idea più precisa di quelle viuzze scure, anguste, tutte ad angoli e fiancheggiate da stamberghe a otto piani. Queste stamberghe erano così decrepite che, nelle vie Chanvrerie e Petite-Truanderie, le facciate erano puntellate con travi che andavano da una casa all'altra. La via era stretta e il rigagnolo largo, così che il viandante camminava sopra un selciato sempre bagnato, costeggiando botteghe simili a cantine, grandi paracarri cerchiati di ferro, alti mucchi di spazzature e porte di androni munite di enormi cancelli secolari. La via Rambuteau ha devastato tutto questo.

Il nome Mondétour[1] dipinge a meraviglia le sinuosità di tutta quella rete stradale; un po' più in là, esse erano ancor meglio espresse dalla via Pirouette, che faceva capo alla via Mondétour.

Il passante che passava dalla via Saint-Denis in via Chanvrerie la vedeva a poco a poco restringersi davanti a sé, come se egli fosse entrato in un imbuto allungato. All'estremità della via, ch'era brevissima, trovava il passaggio sbarrato, dalla parte dei mercati, da un'alta fila di case; pareva di essere in un vicolo cieco sennonché, a destra e a sinistra, c'erano due sbocchi bui, dai quali si poteva fuggire: era la via Mondétour che andava a unirsi, da un lato, con la via dei Prêcheurs e, dall'altro, con le vie del Cigno e della Petite-Truanderie. In fondo a quella specie di vicolo cieco, all'angolo del fosso di destra, si notava una casa meno alta delle altre, che formava una specie di promontorio sulla via.

Proprio in quella casa, di soli due piani, era bellamente insediata da trecent'anni una bettola illustre. Quella bettola echeggiava di rumorosa allegria appunto nel luogo che il vecchio Teofilo ha indicato in questi versi:

> *Là branle le squelette horrible*
> *D'un pauvre amant qui se pendit.*[2]

Il posto era buono, i bettolieri vi si succedevano di padre in figlio.

Ai tempi di Mathurin Régnier,[3] quella bettola si chiamava *Pot-aux-roses* e, siccome i rebus erano di moda, essa aveva per insegna un palo dipinto di rosa.[4] Nel secolo scorso il degno Natoire,[5] uno dei maestri fantasiosi oggi tenuto in dispregio dalla scuola rigorista, essendosi ubriacato parecchie volte in quella taverna, alla stessa tavola dove s'era sborniato Régnier, per riconoscenza aveva dipinto su quel palo un grappolo d'uva di Corinto. Il bettoliere, dalla gioia, aveva cambiato l'insegna facendo dorare sotto il grappolo queste parole:

---

[1] Da *mon*, mio, e *détour*, svolta e, anche, sotterfugio.
[2] Là oscilla lo scheletro orribile d'un povero amante che s'impiccò.
[3] Mathurin Régnier (1573-1613), poeta satirico.
[4] In francese *Pot-aux-roses*, che significa vaso di rose, si pronuncia allo stesso modo di *poteau rose*, palo color di rosa.
[5] Charles-Joseph Natoire (1700-1777), pittore.

«*All'uva di Corinto*». Da ciò il nome *Corinto*. Siccome per gli ubriaconi non vi è nulla di più naturale delle ellissi, dato che l'ellisse è il zigzag della frase, Corinto aveva a poco a poco detronizzato il Vaso di Rose. L'ultimo bettoliere della dinastia, papà Hucheloup, che non conosceva neppure più la tradizione, aveva fatto verniciare il palo di azzurro.

Una sala a pianterreno, dove stava il banco, una sala al primo piano, in cui era il bigliardo, una scala a chiocciola che traversava il soffitto, il vino sulle tavole, sui muri il fumo e candele accese in pieno giorno, tale era la taverna. Da una botola nella sala a pianterreno una scala conduceva alla cantina. Al secondo piano era l'alloggio degli Hucheloup. Vi si saliva da una specie di scala a pioli che aveva per unico ingresso una porta mascherata nella gran sala del primo piano; sotto il tetto, due solai-abbaini, nidi di serve. La cucina occupava il pianterreno con la sala del banco.

Forse papà Hucheloup era nato chimico; fatto sta che era cuoco e, nella sua bettola, non solo si beveva, ma anche si mangiava. Hucheloup aveva inventato una cosa eccellente che si poteva mangiare solo da lui, ossia certe carpe ripiene ch'egli chiamava *carpes au gras*.[6] Si mangiava quella pietanza alla luce di una candela di sego o d'una lucerna a più becchi, del tempo di Luigi XVI, su tavole sulle quali era inchiodata una tela cerata a guisa di tovaglia; e gli avventori venivano da lontano. Un bel giorno Hucheloup aveva ritenuto opportuno avvertire i passanti della sua «specialità»: aveva bagnato un pennello in un vaso di tinta nera e, siccome aveva una sua particolare ortografia, come aveva una propria cucina, aveva improvvisato sul muro della taverna questa notevole iscrizione: «*Carpes ho gras*».

Un inverno, gli acquazzoni e i temporali s'erano preso il capriccio di cancellare l'*s* che finiva la prima parola e la *g* che cominciava la terza; e vi era rimasto solo questo: «*Carpe ho ras*.»[7]

Con l'aiuto del tempo e della pioggia, un umile avviso gastronomico era divenuto un consiglio profondo.

Così era avvenuto che, non sapendo il francese, papà Hucheloup aveva saputo il latino: che aveva fatto uscire dalla cucina la filosofia e che, volendo semplicemente oscurare Carême,[8] aveva uguagliato Orazio; e quello che più colpisce, è che la nuova iscrizione voleva anche dire: *Entrate nella mia taverna*.

Oggi non esiste più nulla di tutto ciò. Il dedalo Mondétour era già

---

[6] Carpe al grasso.

[7] Cioè: *carpe horas*, espressione latina che significa «profitta del tempo» e ricorda l'oraziano «*Carpe diem*».

[8] Marie-Antoine Carême (1784-1833), cuoco e gastronomo.

sventrato e largamente aperto fin dal 1847, e probabilmente non esiste più attualmente; via Chanvrerie e il Corinto sono scomparsi sotto il lastrico di via Rambuteau.

Come abbiamo detto, Corinto era uno dei luoghi di riunione, se non di collegamento, di Courfeyrac e dei suoi amici. Era stato Grantaire a scoprire Corinto; egli v'era entrato proprio grazie al *Carpe horas* e v'era tornato grazie alle *carpes au gras*. Là si beveva, si mangiava e si gridava; si pagava poco, si pagava male o non si pagava affatto, e si era sempre i benvenuti. Papà Hucheloup era un brav'uomo.

Brav'uomo, come abbiamo detto, Hucheloup era un taverniere baffuto, varietà divertente. Aveva sempre l'aria di essere di cattivo umore, pareva volesse intimidire i clienti, brontolava con tutti coloro che entravano nella sua taverna e sembrava essere più disposto ad attaccar briga con i clienti, che non a servir loro il desinare. E tuttavia, confermiamo la frase già detta, si era sempre benvenuti. Questa bizzarria aveva ben avviato la sua bottega e gli attirava i giovani, che dicevan fra loro: «Vieni, vieni a sentir brontolare papà Hucheloup». Era stato maestro di scherma. Aveva la risata improvvisa e la voce grossa; era un buon diavolo, con un fondo comico sotto un aspetto tragico: non chiedeva di meglio che di farvi paura; press'a poco come quelle tabacchiere che hanno la forma d'una pistola. La detonazione è uno sternuto.

Aveva per moglie mamma Hucheloup, un essere barbuto e molto brutto.

Verso il 1830, papà Hucheloup morì e con lui scomparve il segreto delle carpe ripiene. La vedova, poco consolabile, continuò a gestire la bettola; ma la cucina degenerò e divenne esecrabile, e il vino, che era sempre stato cattivo, diventò orribile. Courfeyrac e i suoi amici continuarono però a recarsi al Corinto, «per compassione» diceva Bossuet.

La vedova Hucheloup era ansante e deforme, con ricordi campestri, ai quali toglieva la scipitezza con la pronuncia; aveva infatti un suo modo speciale di dire le cose, che dava sapore alle sue reminiscenze villerecce e primaverili. Un tempo era stato per lei una felicità sentire «i rosignoli cantare fra i biancospini».

La sala del primo piano in cui si trovava il «ristorante» era un lungo stanzone ingombro di posapiedi, di sgabelli, di sedie, di panche e di tavole, oltre a un vecchio bigliardo zoppicante. Vi si giungeva per una scala a chiocciola che metteva capo in un angolo del locale, attraverso un foro quadrato simile a un boccaporto.

Quella sala, rischiarata da una sola finestra stretta e da un lume a più becchi sempre acceso, aveva un aspetto di stamberga. Tutti i mobili a quattro gambe vi si comportavano come se ne avessero tre; i muri, sbiancati a calce, avevano per solo ornamento la seguente quartina, in onore di Mamma Hucheloup:

> *Elle étonne ù dix pas, elle épouvante à deux.*
> *Une verrue habite en son nez hasardeux;*
> *On tremble à chaque instant qu'elle ne vous la mouche*
> *Et qu'un beau jour son nez ne tombe dans sa bouche.*[9]

Questa quartina era scritta col carbone sopra una delle pareti.

Mamma Hucheloup, somigliante al ritratto, andava e veniva da mattina a sera davanti a quella quartina, con perfetta tranquillità. Due serve, chiamate Matelote e Gibelotte,[10] mai in un altro modo, aiutavano mamma Hucheloup a metter sulle tavole i boccali azzurri del vino e le varie brodaglie che venivano servite agli affamati entro scodelle di terracotta. Matelote, grossa, rotonda, rossa e chiassosa, già sultana favorita del defunto Hucheloup, era brutta più di qualsiasi mostro mitologico; pure, siccome è doveroso che la serva si tenga sempre indietro della padrona, ell'era meno brutta di mamma Hucheloup. Gibelotte, lunga e delicata, bianca d'una bianchezza linfatica, cogli occhi cerchiati, colle palpebre cascanti, sempre spossata e accasciata, colpita da ciò che potrebbe esser chiamata la stanchezza cronica, la prima ad alzarsi e l'ultima a coricarsi, serviva tutti, anche l'altra serva, in silenzio e con dolcezza, sorridendo, sotto la fatica, d'una specie di vago sorriso addormentato. Sopra il banco v'era uno specchio. Prima d'entrare nella sala-ristorante, si leggeva questo verso, scritto sulla porta col gesso, da Courfeyrac:

> *Régale si tu peux et mange si tu l'oses.*[11]

II
ALLEGRIE PRELIMINARI

Com'è risaputo, Laigle di Meaux dimorava piuttosto presso Joly che altrove. Aveva un alloggio come l'uccello ha un ramo; i due amici vivevano insieme, mangiavano insieme, dormivano insieme; avevano

[9] Stupisce a dieci passi, spaventa a due. – Una verruca abita sul suo naso arrischiato; – Si teme a ogni istante che ve la soffi in faccia, – E che un bel giorno il naso non le cada in bocca.

[10] Nomi di due vivande: *Matelote*, è un piatto di pesce alla marinara; *Gibelotte*, la fricassea di coniglio.

[11] Convita se puoi e mangia se osi.

tutto in comune, un po' anche Musichetta. Insomma, erano quello che i frati conversi usano chiamare *bini*.[12] La mattina del 5 giugno, andarono a fare colazione da Corinto; Joly, costipato, aveva un forte raffreddore, che Laigle incominciava a prendere da lui. L'abito di Laigle era logoro, ma Joly era ben messo.

Erano circa le nove del mattino, quando spinsero la porta del Corinto.

Salirono al primo piano.

Matelote e Gibelotte li ricevettero.

«Ostriche, formaggio e prosciutto» disse Laigle. E si misero a tavola.

La taverna era vuota; v'eran solo loro due. Gibelotte, che aveva riconosciuto Joly e Laigle, posò una bottiglia di vino sulla tavola. Mentr'erano alle prime ostriche, una testa apparve al boccaporto della scala e una voce disse:

«Passavo. Dalla strada, ho sentito un delizioso odore di formaggio di Brie. Allora sono entrato».

Era Grantaire.

Egli prese uno sgabello e si mise a tavola.

Gibelotte, vedendo Grantaire, mise altre due bottiglie di vino sulla tavola.

Così furono tre.

«Berrai tutt'e due queste bottiglie?» chiese Laigle a Grantaire.

Grantaire rispose:

«Tutti sono ingegnosi; tu solo sei ingenuo. Due bottiglie non hanno mai stupito un uomo». Gli altri cominciarono col mangiare, Grantaire incominciò a bere. Mezza bottiglia sparì rapidamente.

«Hai dunque un buco nello stomaco?» riprese Laigle.

«Ne hai bene uno al gomito, tu!» disse Grantaire.

E, dopo aver vuotato il bicchiere, soggiunse:

«Già, Laigle delle orazioni funebri, il tuo abito è vecchio».

«Lo credo bene» ribatté Laigle. «Per questo viviamo in buon accordo, il mio vestito e io; esso ha preso tutte le mie curve e non m'incomoda in nulla, s'è modellato sulle mie deformità, è compiacente a tutti i miei gesti: lo sento solo perché mi tien caldo. I vecchi abiti sono simili ai vecchi amici.»

«È vero» esclamò Joly, entrando nel dialogo. «Un abito veecchio è un vecchio a*bico*.[13]»

[12] A due a due.
[13] Joly, raffreddato, pronuncia la *b* invece della *m* e la *d* invece della *n*. Qui dice *abi* per *ami* e quindi, in francese, ripete la stessa parola *habit*, abito. Nella nostra lingua l'equivoco è intraducibile.

«Soprattutto» disse Grantaire «in bocca d'un uomo raffreddato.»

«Grantaire, vieni dal viale?» chiese Laigle.

«No.»

«È uno spettacolo *b*eraviglioso» disse Joly.

«Com'è tranquilla, questa via!» esclamò Laigle. «Chi sospetterebbe che Parigi sia a soqquadro? Come si vede che un tempo, in questi paraggi, erano tutti conventi! Du Breul e Sauval ne dànno l'elenco e così pure l'abate Lebeuf; ce n'erano dovunque, formicolavano, calzati e scalzi, rasati e barbuti, grigi, neri e bianchi, francescani, minimi, cappuccini, carmelitani, piccoli agostiniani, grandi agostiniani, vecchi agostiniani... pullulavano.»

«Non parliamo di monaci» interruppe Grantaire. «Vien voglia di grattarsi.» Poi esclamò:

«Bah! Ho inghiottito una cattiva ostrica, ed ecco che mi ripiglia l'ipocondria. Le ostriche sono guaste, le serve brutte. Odio la specie umana. Sono passato proprio ora in via Richelieu, davanti alla grande biblioteca pubblica: quel mucchio di gusci d'ostrica che si chiama biblioteca mi toglie il gusto di pensare. Quanta carta! Quanto inchiostro! Quanti scarabocchi! E si è scritta tutta quella roba? Chi è stato, dunque, quel gaglioffo che ha detto che l'uomo è un bipede implume? E poi, ho incontrato una bella ragazza che conosco, splendida come la primavera, degna di chiamarsi Floreale, e rapita, fuori di sé, felice, ai sette cieli, la sciagurata, perché ieri uno spaventevole banchiere butterato dal vaiolo si è degnato di volerla! Ahimè! La donna spia l'appaltatore non meno che il damerino; le gatte danno la caccia sia ai sorci, che agli uccelli. Quella donzella solo due mesi fa era saggia, viveva in una soffitta, adattava anellini d'ottone agli occhielli dei busti, come li chiamate voi?, cuciva, dormiva in una branda, stava vicino a un vaso di fiori, ed era contenta. Ma eccola banchiera. La trasformazione s'è compiuta stanotte; e io ho incontrato la vittima stamattina, tutta contenta. Ciò che è odioso, è che la briccona era graziosa quanto ieri; il finanziere non le traspariva dal volto. Le rose hanno questo, in più o in meno delle donne, che le tracce che lasciano su di esse i bruchi sono visibili. Mah! Non v'è più morale sulla terra; e ne invoco a testimoni il mirto, simbolo dell'amore, il lauro, simbolo della guerra, l'olivo, quello scimunito, simbolo della pace, il pomo, che per poco non strangolava Adamo coi suoi semi, e il fico, nonno delle sottane. Quanto al diritto, volete sapere che cosa è il diritto? I Galli agognano Chiusi, Roma protegge Chiusi e chiede ai Galli quale torto essi abbiano ricevuto da Chiusi. Brenno risponde: "Il torto che vi ha fatto Alba, il torto che vi ha fatto Fidene, il torto che vi hanno fatto gli Equi, i Volsci e i Sabini. Essi erano vostri vicini. I Chiusini sono i vicini nostri; e noi intendiamo il vicinato come voi. Voi avete rubato Alba e noi prendiamo Chiusi". Roma dice: "Non prenderete Chiusi". E Brenno prese Roma e poi gridò: *Vae victis!*[14] Ecco che cosa è il diritto. Oh, quante bestie da preda, in questo mondo! Quante aquile! Quante aquile! Mi fanno venire la pelle d'oca».

Porse il bicchiere a Joly, che lo riempì, poi bevve e continuò, senza quasi interrompersi per quel bicchiere di vino di cui nessuno s'accorse, neppure lui:

«Brenno, che prende Roma, è un'aquila; il banchiere, che prende la sartina, è un'aquila. Non v'è più pudore da una parte né dall'altra. Dunque, non crediamo a niente. V'è solo una realtà: bere. Qualunque sia la vostra opinione, sia che parteggiate per il gallo magro, come il cantone di Uri, o per il gallo grasso, come il cantone di Glaris, bevete. Voi mi parlate del viale, del corteo, *et coetera*. O bella! Dunque avremo un'altra rivoluzione? Questa penuria di mezzi da parte del buon Dio, mi stupisce. Bisogna che a ogni momento si rimetta a lubrificare l'ingranaggio degli avvenimenti. Qui s'inceppa, là non va; e allora, presto, una rivoluzione. Il buon Dio ha sempre le mani nere di quell'untume. Al suo posto, sarei più semplice: non rimonterei a ogni istante il mio meccanismo e guiderei il genere umano come si deve, coordinerei i fatti a maglia a maglia, senza rompere il filo; non ricorrerei a ripieghi, non avrei un repertorio straordinario. Ciò che voialtri chiamate progresso, cammina per mezzo di due motori, gli uomini e gli eventi; ma, è triste dirlo, di tanto in tanto è necessario l'eccezionale. Per gli avvenimenti, come per gli uomini, non basta la solita compagnia; occorrono, fra gli uomini, i genii, e, fra gli eventi, le rivoluzioni. I grandi accidenti sono la legge; l'ordine delle cose non può farne a meno; e, vedendo le apparizioni delle comete, si sarebbe tentati di credere che anche il cielo abbia bisogno d'attori che lo rappresentino. Nel momento in cui meno lo si aspetta, Dio affigge una meteora sul muro del firmamento. Appare una stella bizzarra, caratterizzata da una coda enorme. E ciò fa morire Cesare. Bruto gli dà una coltellata e Dio un colpo di cometa. Crac! Ecco un'aurora boreale, ecco una rivoluzione ed ecco un grand'uomo: '93 a lettere cubitali, Napoleone come *vedette* e la cometa 1811 in cima al manifesto. Oh! Che bel manifesto azzurro, tutto costellato d'inattesi fiammeggiamenti! Bum, bum! Spettacolo straordinario. Alzate gli occhi, minchioni! Tutto è scapigliato, l'astro come il dramma. È troppo, buon Dio, e non è abbastanza. Questi ripieghi attinti nell'eccezione, sembrano magnificenza e sono povertà. Amici miei, la provvidenza è ridotta agli espedienti. Che cosa dimostra, una rivoluzione? Che Dio è a mal partito; fa un colpo di Stato, perché v'è soluzione di continuità fra presente e avve-

[14] Guai ai vinti.

nire e perché Lui, Dio, non ha potuto sbarcare il lunario. In verità, ciò mi conferma nelle mie congetture sulla situazione finanziaria di Geova; e vedendo tanto disagio in alto e in basso, tanta meschinità e avarizia e ruberia e miseria in cielo e sulla terra, dall'uccello cui manca un grano di miglio a me che non ho centomila lire di rendita; vedendo il destino umano così logoro, e perfino il destino regale che mostra la corda, e ne è testimonio il principe di Condé impiccato; vedendo l'inverno, che non è altro che una lacerazione dello zenit dalla quale soffia il vento; vedendo tanti cenci nella porpora nuova del mattino sulle colline; vedendo le gocce di rugiada, perle false; vedendo la brina, brillante falso; vedendo l'umanità sdrucita e gli eventi rappezzati e tante macchie nel sole e tanti buchi nella luna; vedendo tanta miseria dappertutto sospetto che Dio non sia ricco. Ne ha l'apparenza, è vero; ma io vi sento la penuria. Dà una rivoluzione come un bottegaio con la cassa vuota dà un ballo. Non bisogna giudicare gli dèi dall'apparenza; sotto la doratura del cielo intravedo un universo povero. La creazione sa di fallimento. Perciò sono malcontento. Ecco: è il cinque giugno; è quasi notte; da stamattina aspetto che si faccia giorno; ma il giorno non è venuto, e scommetto che non verrà in tutta la giornata. Questa è una mancanza di puntualità di commesso mal pagato. Sì, tutto è mal disposto, non v'è niente che vada bene a niente, questo vecchio mondo è tutto sgangherato e io mi schiero all'opposizione. Tutto va a sghimbescio e l'universo ci prende in giro. È come per i bambini; coloro che non ne desiderano li hanno. Totale: io m'arrabbio. Oltre a ciò, mi affligge vedere Laigle di Meaux, questo calvo; mi umilia pensarmi coetaneo di questa specie di ginocchio. Del resto, io critico, ma non insulto. L'universo è quello che è, e io parlo qui senza cattiva intenzione e per sgravio di coscienza. Ricevete, Padre Eterno, l'assicurazione della mia distinta considerazione. Oh, per tutti i santi dell'Olimpo e per tutti gli dèi del paradiso, io non ero fatto per essere parigino, ossia per rimbalzare eternamente, come un volano fra due racchette, dal gruppo dei fannulloni al gruppo dei chiassoni! Ero fatto per essere turco e per guardare tutto il giorno quelle pettegole orientali che eseguono squisite danze d'Egitto, lubriche come i sogni di un uomo casto; o per essere contadino della Beauce, o gentiluomo veneziano, circondato da gentildonne, o principotto tedesco, di quelli che fornivano mezzo fantaccino alla confederazione germanica e passavano le loro ore d'ozio a fare asciugare le calze sulla siepe, ossia sulla frontiera! Ecco per quale destino ero nato! Sì: ho detto turco e non mi disdico. Non capisco perché di solito si prenda il turco in mala parte. Maometto ha del buono; rispettiamo l'autore dei serragli d'uri e dei paradisi d'odalische! Non insultiamo il maomettismo; la sola religione che sia adorna d'un pollaio! Con ciò, insisto per bere. La terra è una gran bestialità. E pare che stiano per battersi, questi imbecilli, per farsi rompere la faccia o per massacrarsi, in piena estate, nel mese di giugno, quando potrebbero andarsene con una creatura sotto il braccio, a respirare nei campi l'immensa tazza di tè dei fieni falciati! In verità, si fanno troppe sciocchezze. Una vecchia lanterna rotta, che ho visto poco fa da un rigattiere, mi suggerisce una riflessione: sarebbe tempo d'illuminare il genere umano. E rieccomi triste! Cosa vuol dire ingoiare di traverso un'ostrica e una rivoluzione! Ridivengo lugubre. Oh, vecchio mondo orribile! Ci si affanna, ci si destituisce, ci si prostituisce, ci si scanna, ci si abitua!».

E Grantaire, dopo quest'accesso d'eloquenza, ebbe un accesso di tosse, meritato.

«A proposito di rivoluzione,» disse Joly «pare che Bario sia proprio *iddaborato*.»

«E si sa di chi?»

«*Do*.»

«No?»

«*Do* ti dico!»

«Gli amori di Marius!» esclamò Grantaire. «Mi par di vederli. Marius è una nebbia e avrà trovato un vapore: è della razza poetica, e chi dice poeta dice pazzo. *Tymbraeus Apollo*. Marius «e la sua Marie, o Maria, o Mariette, o Marion», devono essere due amanti singolari; mi rendo conto di che cosa deve trattarsi: di estasi in cui si dimentica di baciarsi: casti sulla terra, ma accoppiati nell'infinito. Sono anime che hanno dei sensi; si coricano insieme nelle stelle.»

Grantaire incominciava la seconda bottiglia e la seconda arringa, forse, quando un nuovo essere emerse dal foro quadrato della scala. Era un fanciullo meno che decenne, cencioso, piccolissimo, giallo, un bel musetto, l'occhio vivace, enormemente capelluto, inzuppato di pioggia e con l'aria contenta.

Il fanciullo, scegliendo senza esitare fra i tre, benché evidentemente non conoscesse alcuno, si rivolse a Laigle di Meaux:

«Siete voi il signor Bossuet?» chiese.

«È il mio soprannome» rispose Laigle. «Che vuoi da me?»

«Ecco. Un biondone, là sul viale, m'ha detto: "Conosci mamma Huchaloup?". Io ho detto: "Sì. È in via Chanvrerie: la vedova del vecchio". Egli m'ha detto: "Vacci. Troverai là il signor Bossuet e gli dirai da parte mia ABC. Vuol farvi uno scherzo, nevvero? M'ha dato dieci soldi".»

«Prestami dieci soldi, Joly» disse Laigle; poi voltandosi verso Grantaire: «Prestami dieci soldi, Grantaire». Raccolse così venti soldi che diede al fanciullo.

«Grazie, signore» disse il ragazzo.

«Come ti chiami?» chiese Laigle.

«Navet, l'amico di Gavroche.»

«Resta con noi» disse Laigle.

«Mangia con noi» disse Grantaire.

Il fanciullo rispose:

«Non posso, faccio parte del corteo e sono io quello che grida: "Abbasso Polignac"».

E strisciando a lungo i piedi all'indietro, ciò che costituisce il più rispettoso dei saluti, se ne andò.

Partito il ragazzo, Grantaire prese la parola:

«Quello è il birichino puro. Vi sono molte varietà nel genere birichino. Il birichino notaio si chiama salfatossi; il birichino cuoco si chiama sguattero; il birichino fornaio si chiama *mitron*;[15] il birichino cameriere si chiama *groom*; il birichino marinaio si chiama mozzo; il birichino soldato si chiama tamburino; il birichino pittore si chiama lavapennelli; il birichino bottegaio si chiama galoppino; il birichino cortigiano si chiama paggio; il birichino re si chiama delfino; il birichino dio si chiama *bambino*.[16]»

Intanto Laigle meditava. Disse a bassa voce:

«ABC vuol dire: funerale di Lamarque».

«Il biondone» osservò Grantaire «è Enjolras che ti fa avvertire.»

«Ci andiamo?» fece Bossuet.

«Piove» disse Joly. «Ho giurato d'*a*ddare al fuoco, *d*on all'acqua. *D*on voglio pre*dd*er*b*i un raffreddore.»

«Io rimango qui» disse Grantaire. «Preferisco una colazione a un carro funebre.»

«In conclusione: restiamo» riprese Laigle. «Ebbene, beviamo, allora. Del resto, si può essere assenti al funerale, e partecipare lo stesso alla sommossa.»

«Oh, alla so*bb*ossa ci sto anch'io!» esclamò Joly.

Laigle si stropicciò le mani.

«Ecco che stanno per ritoccare la rivoluzione del 1830. In realtà, essa non si attaglia al popolo e lo impaccia.»

«La vostra rivoluzione a me non fa né caldo né freddo» disse Grantaire. «Io non esecro questo governo. Esso è la corona temperata dal berretto da notte; è uno scettro che termina a forma d'ombrello. E infatti, ora che ci penso, trovo che col tempo che fa, Luigi Filippo potrà utilizzare la sua regalità in due modi: stendendo l'estremità scettro contro il popolo e aprendo l'estremità ombrello contro il cielo.»

La sala era scura; grosse nuvole finivano di sopprimere la luce.

---

[15] Specie di berretto di carta usato dai fornai.
[16] In italiano nel testo.

Non v'era nessuno nella bettola e nella via, perché tutti erano andati a «vedere gli avvenimenti».

«È mezzogiorno o mezzanotte?» gridò Bossuet. «Non ci si vede un accidente. Luce, Gibelotte!»

Grantaire, triste, beveva.

«Enjolras mi disprezza» mormorò. «Egli si è detto: Joly è malato e Grantaire è ubriaco. Per questo ha mandato Navet da Bossuet. Se fosse venuto a prender me, l'avrei seguito; tanto peggio per Enjolras. Non andrò al suo funerale.»

Presa questa decisione, Bossuet, Joly e Grantaire non si mossero più dalla taverna. Verso le due del pomeriggio, la tavola alla quale erano seduti era coperta di bottiglie vuote; due candele ardevano su di essa, una in una bugia di rame intensamente verde, l'altra nel collo d'una bottiglia incrinata. Grantaire aveva trascinato Joly e Bossuet verso il vino; Bossuet e Joly avevano ricondotto Grantaire verso l'allegria.

Quanto a Grantaire, fin da mezzogiorno era andato oltre il vino, mediocre sorgente di sogni. Il vino, presso gli ubriaconi sul serio, ha solo un successo di stima. In fatto di ebbrezza, v'è la magia nera e la magia bianca; ora, il vino è soltanto la magia bianca. Grantaire era un avventuroso bevitore di sogni e le tenebre di una temibile ubriachezza, semiaperte davanti a lui, lungi dal fermarlo, lo attiravano. Aveva abbandonato le bottiglie e s'era attaccato al boccale di birra. Il boccale è l'abisso. Non avendo sottomano né oppio né hascisc e volendo riempirsi il cervello di crepuscolo, egli era ricorso a quello spaventoso miscuglio d'acquavite, di birra forte e di assenzio, che procura letargie tanto terribili. Di questi tre vapori, birra, acquavite e assenzio, si compone il piombo dell'anima. Sono tre tenebre in cui la farfalla celeste annega; e in esse si formano, tra un fumo membranoso vagamente condensato sotto la forma d'un'ala di pipistrello, tre furie mute: l'Incubo, la Notte e la Morte, che svolazzano al di sopra di Psiche addormentata.

Grantaire non era ancora giunto a quella lugubre fase; era anzi prodigiosamente allegro, e Bossuet e Joly lo emulavano. Tutti e tre trincavano, e Grantaire alla accentuazione eccentrica delle parole e delle idee aggiungeva la divagazione del gesto; appoggiava con dignità il pugno sinistro sul ginocchio, col braccio formante squadra, e, con la cravatta disfatta, a cavallo di uno sgabello, col bicchiere pieno nella destra, gettava in faccia alla grossa fantesca Matelote queste parole solenni:

«Si aprano le porte del palazzo! Appartengano tutti all'Accademia francese e abbiano tutti il diritto d'abbracciare la signora Hucheloup! Beviamo!».

E, volgendosi verso mamma Hucheloup, soggiungeva:

«Donna antica e consacrata dall'uso, avvicinati, ch'io ti contempli!».

E Joly esclamava:

«*B*atelote e Gibelotte, *d*on date più da bere a Grantaire! Egli fa spese pazze e ha già divorato in prodigalità insensate, da sta*b*attida, due franchi e *d*ovaddacinque ce*d*desibi».

E Grantaire riprendeva:

«Chi è che ha sganciato le stelle senza il mio permesso, per metterle sulla tavola a guisa di candele?».

Bossuet, molto brillo, aveva conservato la calma. S'era seduto sul davanzale della finestra aperta, lasciandosi bagnare le spalle dall'acqua che cadeva, e contemplava i suoi amici.

A un tratto, sentì dietro di sé un tumulto, passi precipitosi e grida di *all'armi*! Si voltò e vide in via Saint-Denis, all'estremità della via Chanvrerie, Enjolras che passava col fucile in pugno e Gavroche con la pistola, Feuilly con la sciabola, Courfeyrac con la spada, Jean Prouvaire col moschetto, Combeferre col fucile, Bahorel con la carabina e tutta la folla armata e tempestosa che li seguiva.

La via Chanvrerie non era più lunga di un tiro di carabina. Bossuet improvvisò con le mani intorno alla bocca un portavoce e gridò:

«Courfeyrac! Courfeyrac! Ohè!».

Courfeyrac udì il richiamo, scorse Bossuet e fece alcuni passi in via Chanvrerie, gridando un «Cosa vuoi?» che s'incrociò con un «Dove vai?».

«A fare una barricata» rispose Courfeyrac.

«Ebbene, qui! Il posto è buono: falla qui!»

«È vero, Aigle» disse Courfeyrac.

E a un cenno di Courfeyrac, l'attruppamento si precipitò in via Chanvrerie.

III

SU GRANTAIRE COMINCIA A STENDERSI LA NOTTE

Il posto era infatti mirabilmente indicato: l'ingresso della via svasato e il fondo ristretto e chiuso come un vico senza uscita, il Corinto che vi formava una strozzatura, la via Mondétour facile a essere sbarrata a destra e a sinistra, nessun attacco possibile se non dalla via Saint-Denis, ossia di fronte e allo scoperto. Bossuet, brillo, aveva avuto il colpo d'occhio di un Annibale digiuno e sobrio.

All'irruzione dell'assembramento, la paura s'era impadronita di tutta la via. Non un solo passante che non si fosse eclissato; in un battibaleno, in fondo, a destra e a sinistra, botteghe, officine, portoni, finestre, persiane, abbaini, imposte di tutte le dimensioni s'erano chiusi dal pianterreno fin sui tetti. Una vecchia, atterrita, aveva fissato davanti alla finestra, mediante due pertiche usate per far asciugare i panni, un materasso onde ripararsi dalla fucileria. Solo la casa ov'era la bettola era rimasta aperta; e questo per la buona ragione che l'attruppamento vi s'era precipitato dentro con furia. «O mio Dio! O mio Dio!» sospirava mamma Hucheloup.

Bossuet era sceso incontro a Courfeyrac.

Joly, che si era messo alla finestra, gridò:

«Avresti dovuto prendere l'ombrello, Courfeyrac. Ti buscherai un raffreddore».

Intanto, in pochi minuti, venti sbarre di ferro erano state strappate dalle vetrine munite di grate della bettola, e dieci tese di via erano state disselciate. Gavroche e Bahorel avevano afferrato al passaggio la carretta d'un fabbricante di calce, un certo Anceau: quella carretta conteneva tre barili pieni di calce, che essi avevano disposti sotto alcune pile di pietre. Enjolras aveva alzato la botola della cantina e tutti i fusti vuoti di mamma Hucheloup erano andati a rinforzare i barili di calce. Feuilly, con le dita esercitate a miniare le stecche delicate dei ventagli, aveva puntellato i barili e la carretta con due massicce pile di pietre da taglio, improvvisate come il resto e prese chi sa dove. Alcune travi di sostegno erano state strappate alla facciata d'una casa vicina e messe per il lungo sulle botti. Quando Bossuet e Courfeyrac si volsero, la metà della via era già sbarrata da una trincea più alta d'un uomo. Non c'è nulla che uguagli la mano del popolo nel costruire tutto ciò che si costruisce demolendo.

Matelote e Gibelotte s'erano unite ai lavoratori. Gibelotte andava e veniva, carica di rottami. La sua stanchezza aiutava la barricata. Ella apprestava le pietre come avrebbe servito del vino, con un fare addormentato.

Un omnibus al quale erano attaccati due cavalli bianchi passò all'estremità della via.

Bossuet, scavalcate le pietre, corse, fermò il cocchiere, fece discendere i viaggiatori, diede la mano «alle signore», congedò il conducente e tornò trascinando vettura e cavalli per le redini.

«Gli omnibus,» egli disse «non passano davanti a Corinto. *No licet omnibus adire Corinthum.*[17]»

Un momento dopo, i cavalli staccati andavano a caso per la via Mondétour, e l'omnibus, coricato sopra un fianco, completava lo sbarramento della via.

---

[17] Proverbio latino citato da Orazio: «Non a tutti è lecito andare a Corinto». Lo scherzo è sulla parola *omnibus* (in latino: «a tutti»).

Mamma Hucheloup, sconvolta, s'era rifugiata al primo piano.

Aveva lo sguardo vuoto e guardava senza vedere, gridando sottovoce. Le sue grida spaventate non osavano uscirle dalla strozza.

«È la fine del mondo» mormorava.

Joly deponeva un bacio sul grosso collo rosso e rugoso di mamma Hucheloup e diceva a Grantaire:

«Amico mio, ho sempre considerato il collo d'una donna come una cosa infinitamente delicata».

Ma Grantaire raggiungeva le più alte regioni del ditirambo. Siccome Matelote era risalita, Grantaire l'aveva presa per la vita e lanciava dalla finestra lunghe e alte risate.

«Matelote è brutta!» gridava. «Matelote è la bruttezza-sogno: Matelote è una chimera. Ecco il segreto della sua nascita: un Pigmalione gotico, che faceva delle gronde per cattedrali, un bel mattino s'invaghì d'una di esse, della più orribile. Supplicò l'amore di animarla e ne venne fuori Matelote. Guardatela, cittadini! Ha i capelli color cromato di piombo, come l'amante del Tiziano, ed è una buona ragazza. Vi garantisco che si batterà bene. In ogni buona ragazza v'è un eroe. Quanto a mamma Hucheloup, è una vecchia coraggiosa. Guardate che baffi ha! Li ha ereditati dal marito. È proprio un'ussara! Si batterà anche lei. Queste due bastano per far paura a tutti i sobborghi. Camerati, noi rovesceremo il governo, com'è vero che esistono quindici acidi intermedi tra l'acido margarico e l'acido formico. Del resto, per me fa proprio lo stesso. Signori, mio padre m'ha sempre detestato perché non riuscivo a capire la matematica: io non capisco che l'amore e la libertà. Sono Grantaire, il bravo ragazzo. Poiché non ho mai posseduto denaro, non ho mai fatto l'abitudine a esso, il che spiega perché non mi sia mai mancato; ma se fossi stato ricco, non ci sarebbero più stati poveri! Si sarebbe visto! Oh, se i buoni cuori avessero le pingui borse! Come tutto andrebbe meglio! Mi figuro Gesù Cristo con la fortuna di un Rothschild! Quanto bene avrebbe fatto! Matelote, abbracciatemi! Voi siete voluttuosa e timida! Avete le guance che attirano il bacio d'una sorella e le labbra che reclamano il bacio d'un'amante.»

«Taci, botte!» disse Courfeyrac.

Grantaire rispose:

«Io sono antico magistrato e maestro di giochi floreali!».

Enjolras, che stava in piedi sulla cresta dello sbarramento, col fucile impugnato, alzò il suo bel volto austero. Come si sa, Enjolras aveva qualche cosa dello spartano e del puritano. Egli sarebbe morto alle Termopili con Leonida e avrebbe bruciato Drogheda[18] con Cromwell.

---

[18] Città irlandese, saccheggiata da Cromwell nel 1649.

«Grantaire!» gridò «vattene altrove a smaltire la sbornia! Questo è il luogo dell'ebbrezza e non dell'ubriachezza. Non disonorare la barricata!»

Queste parole irate produssero un effetto singolare su Grantaire. Si sarebbe detto che avesse ricevuto un bicchiere d'acqua fredda in faccia. Parve che l'ubriachezza gli fosse improvvisamente sparita; si sedette, appoggiò i gomiti su una tavola vicino alla finestra, guardò Enjolras con inesprimibile dolcezza e gli disse:

«Tu sai che credo in te».

«Vattene.»

«Lasciami dormire qui.»

«Va' a dormire altrove» gridò Enjolras.

Ma Grantaire, continuando a fissare su lui gli occhi inteneriti e torbidi, rispose:

«Lasciami dormire qui, finché non vi morirò».

Enjolras lo guardò sdegnosamente.

«Grantaire, tu sei incapace di credere, di pensare, di volere, di vivere e di morire.»

Grantaire replicò con voce grave:

«Lo vedrai».

Balbettò ancora alcune parole inintelligibili, poi il capo gli ricadde pesantemente sulla tavola e, cosa che accade abitualmente nel secondo periodo dell'ubriachezza, in cui Enjolras l'aveva duramente e bruscamente spinto, un momento dopo era addormentato.

IV
TENTATIVO DI CONSOLAZIONE DELLA VEDOVA HUCHELOUP

Bahorel, estasiato della barricata, gridava:

«Ecco la via scollata! Come sta bene!».

Courfeyrac, pur continuando a demolire un poco la taverna, cercava di consolare la vedova bettoliera.

«Mamma Hucheloup, non vi lamentavate l'altro giorno che v'avevano notificato il processo verbale e messa in contravvenzione perché Gibelotte aveva battuto un tappeto dalla finestra?»

«Sì, mio buon signor Courfeyrac. Oh, mio Dio! State per mettermi anche questa tavola in quel vostro orrore? E dire che per il tappeto, e anche per un vaso di fiori ch'era caduto dall'abbaino in strada, il governo m'ha preso cento franchi di multa. Vedete un po' se non è una vergogna!»

«Ebbene, mamma Hucheloup, noi vi vendichiamo.»

Mamma Hucheloup pareva non comprender bene quale beneficio potesse trarre dalla riparazione che le veniva concessa. Era soddisfatta alla maniera di quella donna araba che, avendo ricevuto uno schiaffo dal marito, andò a lamentarsi dal padre, gridando vendetta e dicendo: «Padre, devi rendere a mio marito affronto per affronto». Il padre chiese: «Su quale guancia hai ricevuto lo schiaffo?». «Sulla guancia sinistra». Il padre le diede uno schiaffo sulla guancia destra e disse: «Eccoti ora contenta. Va' a dire a tuo marito che se egli ha schiaffeggiato mia figlia, io ho schiaffeggiato sua moglie.»

La pioggia era cessata. Altre reclute erano arrivate; alcuni operai avevano portato sotto i camiciotti un barile di polvere, un paniere che conteneva bottiglie piene di vetriolo, due o tre torce da carnevale e una cesta piena di lampioni «avanzati dalla festa del re»; la quale festa era recentissima, dato che aveva avuto luogo il 1° maggio. Si diceva che quelle munizioni provenissero da parte d'un droghiere del sobborgo Saint-Antoine, un certo Pépin. Vennero rotti l'unico fanale di via Chanvrerie, il fanale corrispondente della via Saint-Denis, e tutti i fanali delle vie circonvicine, Mondétour, Cygne, Prêcheurs, e Grande e Grande-Truanderie.

Enjolras, Combeferre e Courfeyrac dirigevano i lavori. Si stavano innalzando nello stesso tempo due barricate, entrambe addossate alla casa dove si trovava il Corinto, che formavano un angolo retto; la più grande chiudeva la via Chanvrerie, e l'altra sbarrava la via Mondétour dalla parte della via del Cygne. Quest'ultima barricata, strettissima, era costruita soltanto con barili e pietre disselciate; a essa erano occupati circa cinquanta lavoratori; una trentina di essi erano armati di fucili perché, cammin facendo, avevano fatto una requisizione in blocco di tutta la bottega d'un armaiuolo.

Non c'era nulla di più bizzarro e di più variopinto di quella turba. Chi indossava una giubba corta e portava una sciatola di cavalleria e due pistole d'arcione, un altro era in maniche di camicia con un cappello a cilindro e una fiaschetta di polvere appesa al fianco, un terzo s'era corazzato con nove fogli di carta grigia e armato d'una lesina da sellaio. Ve n'era uno che gridava: «*Sterminiamoli fino all'ultimo e moriamo con le baionette in pugno!*». Ma egli non aveva baionetta. Un altro sfoggiava, sopra il pastrano alcuni arnesi di cuoio, una giberna di guardia nazionale, col coprigiberna adorno di questa iscrizione in lana rossa: «*Ordine pubblico*». Una grande quantità di fucili che portavano numeri di legione, pochi cappelli, assenza assoluta di cravatte, molte braccia nude e alcune picche; aggiungete a questo tutte le età, tutti i volti, giovanetti pallidi e lavoratori del porto abbronzati. Tutti si affrettavano e pur aiutandosi l'un l'altro discorrevano delle possibili probabilità: avrebbero ricevuto soccorsi verso le tre del mattino – si era sicuri d'un reggimento –, Parigi si sarebbe sollevata. Discorsi terribili, ai quali si mescolava una specie di giovialità cordiale. Parevano fratelli, e non sapevano il nome gli uni degli altri. I grandi pericoli hanno questo di bello: che mettono in luce la fraternità degli ignoti.

Un fuoco era stato acceso in cucina e su di esso venivano fusi, in uno stampo per pallottole, cucchiai, forchette, tutta la posateria di stagno della bettola. E intanto si beveva. Le capsule e i pallini erano sparsi alla rinfusa sulla tavola insieme ai bicchieri. Nella sala da bigliardo, mamma Hucheloup, Matelote e Gibelotte, diversamente modificate dal terrore (dal quale la prima era stata abbrutita, la seconda sfiatata e la terza svegliata), laceravano vecchi strofinacci e ne facevano filacce; tre insorti le aiutavano, tre uomini vigorosi e capelluti, barbuti e baffuti, che spelazzavano la tela come avrebbe fatto una cucitrice in bianco, e che le facevano tremare.

L'uomo d'alta statura che Courfeyrac, Combeferre ed Enjolras avevano notato nel momento in cui egli s'era avvicinato all'assembramento, all'angolo della via delle Billettes, lavorava alla piccola barricata e vi si rendeva utile. Gavroche lavorava a quella grande; quanto al giovane che aveva aspettato Courfeyrac in casa sua e gli aveva chiesto del signor Marius, era scomparso press'a poco nel momento in cui era stato rovesciato l'omnibus.

Gavroche, completamente rapito e raggiante, s'era assunto la cura di mantenere il brio: andava, veniva, saliva, scendeva, risaliva, faceva baccano e sfavillava. Pareva che stesse là per incoraggiare tutti. Aveva un pungolo? Certo, la miseria. Aveva le ali? Certo, la gaiezza. Gavroche era un turbine: lo si vedeva sempre, lo si sentiva sempre; riempiva l'aria, era dappertutto, nello stesso tempo. Era una specie d'ubiquità quasi irritante: con lui non era possibile alcuna sosta, e l'enorme barricata se lo sentiva sulla groppa. Dava noia agli oziosi, eccitava i pigri, rianimava gli stanchi e spazientiva gli assorti; infondeva allegria ad alcuni, collera ad altri, coraggio ad altri ancora, tutti in moto; pungeva uno studente, mordeva un operaio, si posava, si fermava, ripartiva, volava al di sopra del tumulto e dello sforzo, saltava dall'uno all'altro, mormorava, ronzava e molestava tutti, mosca dell'immenso Cocchio rivoluzionario.

Il moto perpetuo era nelle sue braccia e il clamore perpetuo nei suoi polmoni.

«Forza! Ancora pietre! Ancora botti! Altra roba ancora! Dove può esser\-vene? Una gerla di calcinacci per otturarmi questo buco. È piccolissima la vostra barricata. Bisogna che cresca. Metteteci tutto, scaraventateci tutto, ficcateci tutto. Rompete la casa. Una barricata è come il tè di mamma Gibou. Guardate, ecco una porta a vetri.»

Questo fece esclamare ai lavoratori:

«Una porta a vetri! E che vuoi che ce ne facciamo d'una porta a vetri, tubercolo?».

«Una porta a vetri in una barricata è eccellente: questo non impedisce di attaccarla ma disturba nel prenderla. Non avete dunque mai sgraffignato le mele al di sopra d'un muro sul quale c'erano dei cocci di bottiglie? Una porta a vetri taglia i calli alla guardia nazionale quando vuol salire sulla barricata. Perdinci! È traditore il vetro. Ma già, voi non avete la fantasia sbrigliata, camerati miei!»

D'altronde, era furioso d'avere una pistola senza cane. Andava dall'uno all'altro, reclamando: «Un fucile! Voglio un fucile! Perché non mi date un fucile?».

«Un fucile a te?» disse Combeferre.

«O bella!» ribatté Gavroche. «E perché no? Ne ebbi uno nel 1830, quando si litigò con Carlo X!»

Enjolras alzò le spalle.

«Quando ve ne saranno per gli uomini, li avranno anche i ragazzi.»

Gavroche si voltò fieramente e gli rispose:

«Se ti ammazzeranno prima di me, prenderò il tuo».

«Monello!» disse Enjolras.

«Sbarbatello!» disse Gavroche.

Un elegante sperduto che gironzolava all'estremità della strada, fece deviare il discorso.

Gavroche gli gridò:

«Venite con noi, giovanotto! Ebbene, per questa vecchia patria, non si fa proprio niente?».

L'elegante se la squagliò.

V

PREPARATIVI

I giornali del tempo, i quali hanno detto che la barricata della via Chanvrerie, questa costruzione quasi inespugnabile, come la chiamarono, raggiungeva l'altezza d'un primo piano, si sono ingannati. La verità è che essa non superava l'altezza di due metri circa. Era costruita in modo che i combattenti potevano, a volontà, o scomparire dietro di essa o dominare lo sbarramento e persino scalarne la cresta per mezzo di quattro strati di grosse pietre da selciato poste l'una sull'altra, e disposti a gradinata all'interno. All'esterno, la fronte della barricata, composta di cataste di pietre e di botti unite per mezzo di travi e di tavole che s'incastravano nelle ruote della carretta Anceau e dell'omnibus rovesciato, aveva un aspetto irto e inestricabile.

Un varco sufficiente perché un uomo potesse passarvi era stato praticato tra il muro delle case e l'estremità della barricata più lontana dalla bettola, di modo che una sortita era possibile. Il timone dell'omnibus era stato disposto verticalmente e tenuto ritto per mezzo di corde: una bandiera rossa, ivi fissata, ondeggiava sulla barricata.

La piccola barricata di via Mondétour, nascosta dietro la casa della taverna, non si scorgeva. Le due barricate, riunite, formavano un vero fortino. Enjolras e Courfeyrac non avevano giudicato opportuno barricare l'altro tronco della via Mondétour che, per la via dei Prêcheurs, aveva uno sbocco sui mercati, poiché volevano essere certi di conservare una comunicazione con l'esterno e temevano di essere attaccati dalla pericolosa e difficile viuzza dei Predicatori.

Salvo quello sbocco rimasto libero, che costituiva ciò che Folard nel suo stile strategico avrebbe chiamato un budello, e tenuto altresì conto dello stretto varco praticato sulla via Chanvrerie, l'interno della barricata dove la bettola faceva un angolo sporgente, presentava la forma d'un quadrilatero irregolare, chiuso da ogni parte. C'era un intervallo di una ventina di passi tra il grande sbarramento e le case alte che formavano il fondo della via, di modo che si poteva dire che la barricata era addossata a quelle case, tutte abitate, ma chiuse dall'alto in basso.

Tutto quel lavoro fu compiuto in meno di un'ora da quel manipolo d'uomini audaci, e senza che si vedesse spuntare un berretto a pelo, né una baionetta. I borghesi poco frequenti che si arrischiavano ancora, in quel momento della sommossa, nella via Chanvrerie, scorgevano la barricata e acceleravano il passo.

Terminate le due barricate e issata la bandiera rossa, venne trascinata una tavola fuori della taverna, e Courfeyrac vi salì. Enjolras portò il cofano quadrato e Courfeyrac l'aprì. Era pieno di cartucce. Quando videro le cartucce anche i più coraggiosi trasalirono e vi fu un momento di silenzio.

Courfeyrac le distribuì, sorridendo.

Ciascuno ricevette trenta cartucce. Molti avevano la polvere, e si misero a farne altre con le pallottole che venivano fuse. Quanto al barile di polvere, esso era posto sopra una tavola a parte, vicino alla porta, come riserva.

La chiamata a raccolta, che percorreva tutta Parigi, non cessava, ma aveva finito per essere un rumore monotono, al quale essi non badavano più. Quel rumore ora si allontanava ora s'avvicinava, con lugubri ondeggiamenti.

Caricarono i fucili e le carabine tutti insieme, senza precipitazione, con gravità solenne. Enjolras andò a collocare tre sentinelle fuori delle barricate, una in via della Chanvrerie, la seconda in via dei Prêcheurs, la terza all'angolo della Petite-Truanderie.

Poi, erette le barricate, assegnati i posti, caricati i fucili, collocate le vedette, soli in quelle vie paurose in cui non passava più nessuno, circondati da quelle case mute e come morte nelle quali non palpitava alcun movimento umano, avvolti dalle ombre crescenti del crepuscolo che cominciava a scendere, in mezzo a quella oscurità e a quel silenzio in cui si sentiva avvicinarsi qualcosa di misteriosamente tragico e tremendo, isolati, armati, risoluti e tranquilli, essi attesero.

VI

DURANTE L'ATTESA

Che cosa fecero in quelle ore d'attesa?

Bisogna pure che lo diciamo, poiché ciò è storia.

Mentre gli uomini facevano cartucce e le donne filacce, mentre una grande casseruola, piena di stagno e di piombo fusi, destinati allo stampo delle pallottole, fumava su un fornello acceso, mentre le vedette vegliavano con l'arma al braccio sulla barricata, mentre Enjolras, senza distrarsi mai, vegliava sulle vedette, Combeferre, Courfeyrac, Jean Prouvaire, Feuilly, Bossuet, Joly, Bahorel e alcuni altri ancora, si cercarono e si riunirono, come nei più pacifici giorni delle loro conversazioni di studenti, e in un cantuccio della bettola trasformata in casamatta, a due passi dal ridotto da essi eretto, con le carabine cariche appoggiate alle spalliere delle sedie, quei bei giovani, così vicini a un'ora suprema, si misero a recitare versi d'amore.

Quali versi? Eccoli:

> *Vous rappelez-vous notre douce vie,*
> *Lorsque nous étions si jeunes tous deux,*
> *Et que nous n'avions au cœur d'autre envie*
> *Que d'être bien mis et d'être amoureux,*
>
> *Lorsqu'en ajoutant votre âge à mon âge,*
> *Nous ne comptions pas à deux quarante ans.*
> *Et que, dans notre humble et petit ménage,*
> *Tout, méme l'hiver, nous était printemps?*
>
> *Beaux jours! Manuel était fier et sage,*
> *Paris s'asseyait à de saints banquets,*

Foy lanpit la foudre, et votre corsage
Avait une épingle où je me piquais.

Tout vous contemplait. Avocat sans causes,
Quand je vous menais au Prado diner,
Vous étiez jolie au point que les roses
Me faisaient l'effet de se retourner.

Je les entendais dire: «Est-elle belle!
Comme elle sent bon! Quels cheveux à flots!
Sous son mantelet elle cache une aile;
Son bonnet charmant est à peine éclos».

J'errais avec toi, pressant ton bras souple,
Les passants croyaient que l'amour charmé
Avait marié, dans notre heureux couple,
Le doux mois d'avril au beau mois de mai.

Nous vivions cachés, contents, porte close,
Dévorant l'amour, bon fruit défendu;
Ma bouche n'avait pas dit une chose
Que déjà ton coeur avait répondu.

La Sorbonne était l'endroit bucolique
Où je t'adorais du soir au matin.
C'est ainsi qu'une âme amoureuse applique
La carte du Tendre au pays latin.

O place Maubert! O place Dauphine!
Quand, dans le taudis frais et printanier,
Tu tirais ton bas sur ta jambe fine,
Je voyais un astre au fond du grenier.

J'ai fort lu Platon, mais rien ne m'en reste;
Mieux que Malebranche et que Lamennais,
Tu me démontrais la bonté céleste
Avec une fleur que tu me donnais.

Je t'obéissais, tu m'étais soumise.
O grenier doré! Te lacer! te voir
Aller et venir dès l'aube en chemise,
Mirant ton front jeune â ton vieux miroir!

Et qui donc pourrait perdre la mémoire
De ces temps d'aurore et de firmament
De rubans, de fieurs, de gaie et de moire,
Où l'amour bégaye un argot charmant!

Nos jardins étaient un pot de tulipe;
Tu masquais la vitre avec un jupon;
Je prenais le bol de terre de pipe,
Et je te donnais la tasse en japon.

Et ces grands malheurs qui nous faisaient rire!
Ton manchon brûlé, ton boa perdu!
Et ce cher portrait du divin Shakespeare
Qu'un soir pour souper nous avons vendu!

J'étais mendiant, et toi charitable.
Je baisais au vol tes bras frais et ronds.
Dante in-folio nous servait de table
Pour manger gaiment un cent de marrons.

La première fois qu'en mon joyeux bouge
Je pris un baiser à ta lèvre en feu,
Quand tu t'en allas décoiffée et rouge,
Je restai tout pâlle et je crus en Dieu!

Te rappelles-tu nos bonheurs sans nombre,
Et tous ces fichus changés en chiffons!
Oh! que de soupirs, de nos cœurs pleins d'ombre,
Se sont envolés dans les cieux profonds![19]

---

[19] Vi ricordate la nostra dolce vita, – Quando eravamo sì giovani tutti e due, – E in cuore avevamo la voglia – D'essere ben vestiti e innamorati,

Quando, aggiungendo la vostra età alla mia, – Non facevamo insieme quarant'anni, – E nella nostra umile e piccola casa, – Tutto, anche l'inverno, era per noi primavera?

Bei giorni! Manuel era fiero e saggio, – Parigi sedeva a santi banchetti, – Foy fulminava, e il vostro corpetto – Aveva uno spillo al quale mi pungevo.

Tutti vi ammiravano. – Quando io, avvocato senza cause, – Vi conducevo a pranzo al Prado, – Voi eravate così bella che le rose – Mi facevano l'effetto di voltarsi.

Sentivo che dicevano: «Com'è bella! – Che buon profumo! Che onde di capelli! – Sotto la sua mantellina, ella nasconde un'ala; – E il suo grazioso cappellino è appena sbocciato».

Erravo con te, premendoti il braccio morbido, – E i passanti credevano che l'amore incantato – Avesse congiunto, nella nostra felice coppia, – Il dolce aprile al bel maggio.

Vivevamo nascosti, contenti, con la porta chiusa, – Divorando l'amore, buon

L'ora, il luogo, quei ricordi di gioventù, alcune stelle che cominciavano a brillare nel cielo, il silenzio funebre di quelle vie deserte, l'imminenza dell'avventura inesorabile che si stava preparando, davano un fascino patetico a quei versi mormorati a mezza voce nel crepuscolo da Jean Prouvaire che, come abbiamo già detto, era un dolce poeta.

Intanto, era stato acceso un lampione nella piccola barricata, e, nella grande, una di quelle torce di cera come se ne vedono il martedì grasso sulle carrozze cariche di maschere che si recano alla Courtille. Quelle torce, come si è visto, venivano dal sobborgo Saint-Antoine.

La torcia era stata collocata in una specie di gabbia di pietra da selciato, chiusa da tre parti per ripararla dal vento, e disposta in modo che tutta la luce cadesse sulla bandiera. La via e la barricata rimanevano immerse nell'oscurità, e non si vedeva altro che la bandiera rossa formidabilmente illuminata come da un'enorme lanterna cieca.

Quella luce aggiungeva allo scarlatto della bandiera una misteriosa, terribile porpora.

frutto proibito; – La mia bocca aveva appena detto una cosa – Che già il tuo cuore aveva risposto.

La Sorbona era il luogo bucolico – Dove io t'amavo dalla sera al mattino. – Così un'anima innamorata applica – La legge del Tenero nel Quartiere Latino.

O piazza Maubert! O piazza Delfina! – Quando, nella topaia fresca e primaverile, – Ti sfilavi la calza dalla gamba fine, – Vedevo un astro in fondo a quel solaio.

Ho letto molto Platone, ma non ne ricordo nulla; – Meglio di Lamennais e di Malebranche, – Tu mi provavi la bontà celeste – Con un fiore che mi donavi.

Io t'obbedivo, tu m'eri sommessa. – Oh, granaio dorato! Allacciarti! Vederti, – Dopo l'alba, andare e venire in camicia, – Mirando la tua giovane fronte nel tuo vecchio specchio!

E chi dunque potrebbe perdere il ricordo – Di quei tempi d'aurora e di firmamento – Di nastri, di fiori, di veli e di seta, – In cui l'amore balbetta un gergo affascinante?

Il nostro giardino era un vaso di tulipano; – Tu mascheravi i vetri con una gonnella; – Io prendevo per me la ciotola di creta – E a te davo l'altra di porcellana!

E quei grandi guai che ci facevano ridere! – Il tuo manicotto bruciato, Il tuo boa perduto! – E quel caro ritratto del divino Shakespeare – Che una sera vendemmo per cenare!

Io mendicavo, e tu eri caritatevole. – Baciavo al volo le tue rotonde e fresche braccia. – Dante in-folio ci serviva da tavola – Per mangiare allegramente un franco di castagne.

La prima volta che nel lieto bugigattolo – Ti rubai un bacio dalle labbra in fuoco, – Quando te ne andasti spettinata e rossa, – Mi feci pallido e credetti in Dio!

Ti ricordi le nostre innumerevoli felicità, – E tutte quelle sciarpe mutate in cenci? – Oh, quanti sospiri, dai nostri cuori pieni d'ombra, – S'involarono nei cieli profondi!

La notte era calata completamente, e non accadeva nulla. Si sentivano solo rumori confusi e di tanto in tanto delle fucilate, ma rare, poco nutrite e lontane. Questa tregua, che si prolungava, era segno che il governo temporeggiava e raccoglieva le sue forze. Quei cinquanta uomini ne aspettavano sessantamila.

Enjolras si sentì preso da quell'impazienza che prende le anime forti sulla soglia degli avvenimenti terribili. Andò a trovare Gavroche che s'era messo a fabbricare cartucce nella sala a pianterreno, alla luce incerta di due candele poste sopra il banco per precauzione, a causa della polvere sparsa sulle tavole. Quelle due candele non gettavano alcun riflesso all'esterno; inoltre, gli insorti avevano avuto cura di non accendere la luce nei piani superiori.

In quel momento, Gavroche era molto preoccupato, e non precisamente per le cartucce.

L'uomo di via Billettes era entrato proprio allora nella sala ed era andato a sedersi alla tavola meno illuminata. Gli era toccato un fucile militare di grande modello, che teneva fra le gambe. Gavroche, distratto fino a quel momento da cento cose «divertenti», non aveva neppur veduto quell'uomo.

Quando egli entrò, Gavroche lo seguì macchinalmente con lo sguardo, ammirando il suo fucile; poi, quando l'uomo fu seduto, bruscamente il monello si alzò. Coloro che avessero spiato quell'uomo fino a quel momento, l'avrebbero visto osservare tutto, nella barricata e nella banda degli insorti, con singolare attenzione; ma da quando era entrato nella sala, si era immerso in una specie di raccoglimento e sembrava che non vedesse più nulla di ciò che accadeva. Il monello si avvicinò a quel personaggio pensoso, e gli si mise a girare attorno in punta di piedi, come si cammina vicino a qualcuno che si teme di svegliare. Contemporaneamente sul suo viso infantile, a un tempo così sfrontato e così serio, così sventato e così profondo, così gaio e così pensoso, passavano tutte quelle smorfie da vecchio che significavano: «Ma andiamo! Non è possibile! Ho le traveggole! Sogno! Sarebbe forse?... No, non è lui! Ma sì! Ma no!» eccetera. Gavroche si dondolava sui talloni, serrava i pugni dentro le tasche, agitava il collo come un uccello, consumava in una smorfia smisurata tutta la sagacità del suo labbro inferiore. Era stupefatto, incerto, incredulo, convinto e abbagliato. Aveva la faccia d'un capo di eunuchi che al mercato degli schiavi scopra una venere tra le villane, e l'aspetto d'un amatore che scopra un Raffaello in mezzo a un mucchio di tele imbrattate. La sua mente era tutta un lavorìo: l'istinto che fiuta e l'intelligenza che coordina. Era evidente che a Gavroche accadeva qualche cosa di straordinario. Enjolras l'avvicinò proprio nel bel mezzo di quella preoccupazione.

«Tu sei piccolo,» disse Enjolras «e non ti si vedrà. Esci dalle barricate, scivola lungo le case, va' un poco dappertutto per le vie, e torna a dirmi che cosa succede.»

Gavroche si drizzò sulle anche.

«I piccoli sono dunque buoni a qualche cosa? Fa piacere saperlo! Ci vado; nell'attesa fidatevi dei piccoli e diffidate dei grandi...». E Gavroche, alzando il capo e abbassando la voce soggiunse, indicando l'uomo della via Billettes: «Vedete quel grande lì?».

«Ebbene?»

«È uno sbirro.»

«Ne sei sicuro?»

«Non più di quindici giorni fa mi tolse per un orecchio dal cornicione del Pont Royal, dove stavo a prendere il fresco.»

Enjolras lasciò vivacemente il monello e mormorò qualche parola a voce bassissima a uno scaricatore del porto dei vini, che gli era vicino. Lo scaricatore uscì dalla sala e vi rientrò quasi subito, accompagnato da altri tre. Quei quattro uomini, quattro facchini dalle larghe spalle, andarono a collocarsi, senza far nulla che potesse attirare l'attenzione, dietro la tavola alla quale stava appoggiato coi gomiti l'uomo della via Billettes. Erano visibilmente pronti a gettarsi su di lui.

Allora Enjolras gli si avvicinò e gli chiese:

«Chi siete?».

A quella brusca domanda, l'uomo trasalì. Immerse lo sguardo sino in fondo alla limpida pupilla d'Enjolras e parve vi leggesse il pensiero di lui. Poi sorrise con un sorriso ch'era quanto di più sdegnoso si potesse vedere al mondo, e insieme di più energico e di più risoluto; e rispose con gravità altera:

«Vedo di che si tratta... Ebbene, sì!».

«Siete uno sbirro?»

«Sono un agente dell'autorità.»

«E vi chiamate?»

«Javert.»

Enjolras fece segno ai quattro uomini. In un batter d'occhio, prima che Javert avesse il tempo di voltarsi, egli fu preso per il collo, atterrato, legato e perquisito.

Gli trovarono indosso un cartoncino rotondo, incollato fra due vetri e portante da un lato lo stemma di Francia, stampato, con questa leggenda: *Sorveglianza e vigilanza*, e dall'altro queste parole: «Javert, ispettore di polizia, di anni cinquantadue», e la firma del prefetto di polizia d'allora, Gisquet.

Aveva inoltre l'orologio e la borsa, che conteneva alcune monete d'oro. Gli lasciarono la borsa e l'orologio. Dietro l'orologio, in fondo al taschino, tastarono e presero un foglio in una busta che Enjolras aprì e nel quale lesse queste poche righe, scritte di pugno del prefetto di polizia:

«Non appena adempiuta la sua missione politica, l'ispettore Javert s'assicurerà, con una sorveglianza speciale, se è vero che dei malfattori svolgano mene segrete sull'argine della riva destra della Senna vicino al ponte di Iena».

Terminata la perquisizione, rialzarono Javert, gli legarono le braccia dietro la schiena e lo assicurarono a quel celebre palo ch'era in mezzo alla sala al pianterreno e che un tempo aveva dato il nome alla taverna.

Gavroche, che aveva assistito a tutta la scena e approvato tutto con un scuoter silenzioso del capo, si avvicinò a Javert e gli disse:

«È il sorcio che ha preso il gatto».

Tutto ciò s'era svolto così rapidamente che era già finito quando se ne accorsero gli altri intorno alla taverna. Javert non aveva emesso un grido. Vedendo Javert legato al palo, Courfeyrac, Bossuet, Joly, Combeferre e gli uomini sparsi nelle due barricate accorsero.

Javert, addossato al palo e talmente legato da non poter fare neppure un movimento, alzava la testa con la serenità dell'uomo che non ha mai mentito.

«È uno sbirro» disse Enjolras.

E, volgendosi verso Javert:

«Sarete fucilato due minuti prima che la barricata sia presa».

Javert replicò col suo più imperioso accento:

«E perché non subito?».

«Noi risparmiamo la polvere.»

«Allora, finitela con una coltellata.»

«Sbirro,» disse il bell'Enjolras «noi siamo giudici, non assassini». Poi chiamò Gavroche: «E tu, va' per la tua strada! Fa' quel che t'ho detto».

«Vado» gridò Gavroche. E, fermandosi al momento d'avviarsi, aggiunse: «A proposito, mi darete il suo fucile. Vi lascio il suonatore, ma voglio il clarinetto».

Il monello fece il saluto militare e passò allegramente attraverso il varco della grande barricata.

PARECCHI PUNTI INTERROGATIVI A PROPOSITO D'UN CERTO LE CABUC CHE FORSE NON SI CHIAMAVA LE CABUC

Il tragico schizzo cui ci siamo accinti non sarebbe completo, e il lettore non vedrebbe nel rilievo esatto e reale quei grandi istanti di gestazione sociale e di parto rivoluzionario in cui la convulsione è unita allo sforzo, se omettessimo nello schizzo qui abbozzato un incidente pieno d'un orrore epico e selvaggio che sopravvenne quasi subito dopo la partenza di Gavroche.

Gli attruppamenti, come si sa, sono come valanghe e rotolando agglomerano cumuli di uomini tumultuosi, i quali non si chiedono tra loro donde vengano. Fra i passanti che s'erano riuniti all'assembramento condotto da Enjolras, Combeferre e Courfeyrac, v'era un tale che indossava un camiciotto da facchino, logoro alle spalle, e che gesticolava e vociferava: aveva l'aspetto d'un selvaggio ubriaco. Quell'uomo, chiamato o soprannominato Le Cabuc e d'altronde affatto ignoto anche a quelli che pretendevano di conoscerlo, ubriaco marcio o facendo finta d'esserlo, s'era seduto con alcuni altri a una tavola che avevano tratto fuori dalla taverna. Quel Le Cabuc, pur facendo bere i compagni che gli stavano di fronte, pareva intento a esaminare con aria meditabonda la grande casa in fondo alla barricata, i cinque piani della quale dominavano tutta la strada e fronteggiavano la via Saint-Denis. A un tratto egli esclamò:

«Sapete, compagni? Bisognerebbe sparare proprio da quella casa. Quando noi fossimo a quelle finestre, neanche il diavolo sarebbe capace di passare nella strada!».

«Sì, ma la casa è chiusa» disse uno dei bevitori.

«Bussiamo!»

«Non ci apriranno.»

«Sfondiamo la porta!»

Le Cabuc corre alla porta che aveva un martello massiccio, e bussa; la porta non si apre. Bussa una seconda volta: nessuno risponde. Un terzo colpo: lo stesso silenzio.

«C'è qualcuno?» grida Le Cabuc.

Nessun movimento.

Allora egli afferra un fucile e, col calcio di questo, comincia a battere contro la porta.

Era una vecchia porta ad arco, bassa, stretta e solida, tutta di quercia, rivestita all'interno d'una lastra di lamiera e di un'armatura di ferro: una vera postierla da fortezza. I colpi facevano tremare la casa, ma non scuotevano la porta.

Tuttavia, è probabile che gli inquilini si fossero scossi, poiché infine si vide illuminarsi e aprirsi un finestrino al terzo piano, e apparire a quel finestrino una candela e la faccia stupefatta e sbigottita d'un buon uomo dai capelli grigi: il portinaio.

L'uomo che bussava s'interruppe.

«Che desiderate, signori?» chiese il portinaio.

«Apri!» disse Le Cabuc.

«Non si può.»

«Apri lo stesso.»

«Impossibile.»

Le Cabuc imbracciò il fucile e prese di mira il portinaio; ma poiché egli era giù e faceva buio pesto, il portinaio non scorse il movimento.

«Vuoi aprire sì o no?»

«No.»

«Hai detto di no?»

«Ho detto di no, miei buoni...»

Il portinaio non terminò: la fucilata era partita: la palla gli era entrata sotto il mento ed era uscita dalla nuca, dopo aver attraversato la carotide. Il vecchio s'abbatté su se stesso senza emettere un sospiro. La candela cadde e si spense, e non si vide più altro che una testa immobile posata sull'orlo del finestrino, e un po' di fumo biancastro che saliva verso il tetto.

«Ecco!» disse Le Cabuc lasciando ricadere sul selciato il calcio del fucile.

Aveva appena pronunciato quella parola che sentì una mano posarglisi sulla spalla con la pesantezza d'un artiglio d'aquila, e una voce dirgli:

«In ginocchio!».

L'assassino si voltò e vide davanti a sé il viso bianco e freddo d'Enjolras. Questi impugnava una pistola.

Alla detonazione egli era sopraggiunto.

Aveva afferrato con la sinistra il bavero, il camiciotto, la camicia e le bretelle di Le Cabuc.

«In ginocchio» ripeté, e con un gesto sovrano, l'esile giovane ventenne piegò come una canna il facchino atticciato e robusto e lo fece inginocchiare nel fango. Le Cabuc tentò di resistere: ma sembrava che fosse stato aggantato da un pugno sovrumano.

Pallido, col collo nudo, i capelli scompigliati, e il volto femmineo, in quel momento Enjolras aveva qualcosa della Temi antica; le narici dilatate e gli occhi abbassati davano al suo implacabile profilo greco quella espressione di collera e di castità che, secondo gli antichi, si addice alla giustizia.

Tutta la barricata era accorsa, poi tutti s'erano disposti in cerchio a una certa distanza, sentendo ch'era impossibile pronunciare una parola dinanzi a ciò che stavano per vedere.

Le Cabuc, vinto, non tentava più di dibattersi e tremava da capo a piedi.

Enjolras lo lasciò andare e trasse di tasca l'orologio.

«Raccogliti» disse. «Prega o pensa. Hai un minuto.»

«Grazia» mormorò l'assassino; poi chinò la testa e balbettò qualche bestemmia inarticolata.

Enjolras non cessò di guardare l'orologio; lasciò passare un minuto, poi rimise l'orologio nel taschino. Fatto questo, prese per i capelli Le Cabuc che gli si raggomitolava contro le ginocchia urlando e gli appoggiò all'orecchio la canna della pistola. Molti di quegli uomini intrepidi, che con tanta tranquillità s'erano cacciati nella più spaventosa avventura, voltarono il capo dall'altra parte.

Si udì un'esplosione, l'assassino cadde sul selciato con la fronte in avanti, ed Enjolras si alzò girando attorno a sé lo sguardo convinto e severo.

Poi spinse col piede il cadavere e disse:

«Gettate fuori questa roba».

Tre uomini sollevarono il corpo del miserabile, agitato ancora dalle ultime convulsioni macchinali della vita che si spegne, e lo gettarono, dal di sopra della piccola barricata, nella viuzza Mondétour.

Enjolras era rimasto pensieroso. Sulla sua terribile serenità si spandevano lentamente non si sa quali tenebre grandiose. Improvvisamente alzò la voce.

Si fece silenzio.

«Cittadini,» disse Enjolras «ciò che ha fatto quest'uomo è spaventoso e ciò che ho fatto io è orribile. Egli ha ucciso, e perciò io l'ho ucciso. Ho dovuto farlo, perché l'insurrezione deve avere la sua disciplina. L'assassinio è delitto qui ancor più che altrove; noi siamo sotto lo sguardo della rivoluzione, siamo i sacerdoti della repubblica, siamo le ostie del dovere, e bisogna che non si possa calunniare la nostra battaglia. Io ho quindi giudicato e condannato a morte quest'uomo. Quanto a me, costretto a fare quello che ho fatto, ma aborrendolo, mi sono pure giudicato e voi vedrete presto a che cosa mi sono condannato.»

Coloro che ascoltavano trasalirono.

«Noi condivideremo la tua sorte» gridò Combeferre.

«E sia» riprese Enjolras. «Ancora una parola. Giustiziando quest'uomo ho obbedito alla necessità; ma la necessità è un mostro del vecchio mondo, la necessità si chiama fatalità. Ora, la legge del progresso esige che i mostri scompaiano davanti agli angeli e che la fatalità svanisca davanti alla fraternità. È questo, un brutto momento per pronunciare la parola amore. Ma non importa: io la pronuncio e la glorifico. Amore, l'avvenire è tuo. Io mi servo di te, morte, ma ti odio. Cittadini, nell'avvenire non vi saranno né tenebre, né fulmini, né ignoranza feroce, né taglione sanguinoso. E poiché non vi sarà più Satana, non vi sarà più San Michele. Nell'avvenire nessuno ucciderà, la terra splenderà e il genere umano amerà. Verrà, cittadini, il giorno in cui tutto sarà concordia, armonia, luce, gioia e vita; sì, esso verrà. E proprio perché venga quel giorno, noi stiamo per morire.»

Enjolras tacque. Le sue labbra di vergine si chiusero, ed egli rimase per qualche istante in piedi nel punto dove aveva versato il sangue, in un'immobilità marmorea. Il suo sguardo fisso faceva sì che si parlasse sottovoce intorno a lui.

Jean Prouvaire e Combeferre si stringevano la mano in silenzio, e appoggiati l'uno sull'altro a un angolo della barricata osservavano con ammirazione mista a pietà quel giovane austero, carnefice e prete, fatto di luce come il cristallo, e anche di roccia.

Diciamo subito che in seguito, dopo l'azione, quando i cadaveri furono portati all'obitorio e perquisiti, venne trovato indosso a Le Cabuc una tessera d'agente di polizia. L'autore di questo libro ha avuto fra le mani, nel 1848, il rapporto speciale fatto a tal proposito al prefetto di polizia del 1832.

Aggiungiamo che, se bisogna credere a una tradizione di polizia, strana ma probabilmente fondata, Le Cabuc era Claquesous. È un fatto che, dopo la morte di Le Cabuc, non si seppe più nulla di Claquesous. Questi non lasciò alcuna traccia della sua scomparsa, quasiché si fosse amalgamato con l'invisibile. La sua vita era stata tenebra, e la sua fine fu notte.

Tutto il gruppo insorto era ancora commosso per quel tragico processo così presto istruito e così presto terminato, quando Courfeyrac rivide nella barricata il giovinetto che il mattino, a casa, gli aveva chiesto di Marius.

Quel giovinetto, dall'aspetto ardito e noncurante, era venuto durante la notte a raggiungere gli insorti.

LIBRO TREDICESIMO

MARIUS ENTRA NELL'OMBRA

I
DA VIA PLUMET AL QUARTIERE SAINT-DENIS

Quella voce che attraverso il crepuscolo aveva chiamato Marius alla barricata della via Chanvrerie gli aveva fatto l'effetto della voce del destino. Egli voleva morire, l'occasione gli si offriva; batteva alla porta della tomba e nell'ombra, una mano gliene dava la chiave. Queste lugubri aperture che si fanno nelle tenebre davanti alla disperazione sono tentatrici. Marius scostò la sbarra del cancello che tante volte l'aveva lasciato passare, uscì dal giardino e disse: «Andiamo!».

Folle di dolore, non sentendo più nulla di solido nel cervello, incapace ormai d'accettare più nulla dalla sorte dopo quei due mesi passati nell'ebbrezza della gioventù e dell'amore, oppresso da tutte le fantasticherie della disperazione, non aveva che il desiderio di finirla presto.

Si mise a camminare rapidamente. Per caso era armato, avendo indosso le pistole di Javert.

Il giovane che aveva creduto di scorgere era stato da lui perduto di vista nelle vie.

Marius, uscito da via Plumet dalla parte del bastione, attraversò la spianata e il ponte degli Invalides, gli Champs-Elysées e la piazza Louis XV,[1] e raggiunse la via Rivoli. Là le botteghe erano aperte, i fanali a gas erano accesi, le donne facevano le loro compere nei negozi: al caffè Laiter gli avventori prendevano il gelato e nella pasticceria inglese sgranocchiavano dolci. Solo alcune vetture da posta partivano al galoppo dall'Albergo dei Principi e dall'Albergo Meurice.

Marius entrò dal passaggio Delorme in via Saint-Honoré. Là le botteghe erano chiuse, i proprietari chiacchieravano davanti alle porte semiaperte, i passanti circolavano, i fanali erano accesi e, cominciando dal primo piano, tutte le finestre erano illuminate come al solito. In piazza del Palais Royal c'era la cavalleria.

Marius seguì la via Saint-Honoré. A mano a mano che si allonta-

[1] Oggi piazza della Concorde.

nava dal Palais Royal, le finestre illuminate si facevano sempre più rare; le botteghe erano completamente chiuse, e nessuno conversava sulle soglie: la via si faceva più tetra e nello stesso tempo la folla si faceva più fitta, poiché i passanti erano adesso una folla. Non si vedeva nessuno parlare in quella ressa, pure ne usciva un brusìo sordo e profondo.

Verso la fontana dell'Arbre-Sec v'erano degli «assembramenti», specie di gruppi immobili e tetri che tra il viavai dei passanti erano come pietre in mezzo all'acqua corrente.

All'entrata della via Prouvaires, la folla non camminava più: era un blocco resistente, massiccio, solido e compatto, quasi impenetrabile, di gente ammassata che parlava a bassa voce. Non si vedevano quasi più giacche nere e cappelli a cilindro, ma pastrani, camiciotti, berretti, teste irsute e terree. Quella moltitudine ondeggiava confusamente nella bruma notturna: il suo sussurrìo aveva il tono rauco d'un fremito. Benché nessuno camminasse, si sentiva uno scalpiccìo nel fango. Di là da quella folla densa, in via Roule, in via Prouvaires, e nel prolungamento della via Saint-Honoré, non v'era più una sola finestra ove brillasse una candela. In quelle vie si vedevano sprofondarsi le file solitarie e decrescenti dei fanali. A quel tempo i fanali assomigliavano a grosse stelle rosse appese a corde e proiettavano sul lastrico un'ombra che aveva la forma d'un enorme ragno. Quelle vie non erano deserte: vi si distinguevano fucili in fasci, agitarsi di baionette e truppe che bivaccavano. Nessun curioso oltrepassava quel limite: là cessava la circolazione, là finiva la folla e cominciava l'esercito.

Marius voleva con la volontà dell'uomo che non spera più. L'avevano chiamato, e bisognava che andasse; trovò modo di passare attraverso la folla e le truppe che bivaccavano sfuggendo alle pattuglie ed evitando le sentinelle. Fece un giro, raggiunse la via Béthisy, e si diresse verso i mercati. All'angolo della via Bourdonnais non v'erano più fanali.

Dopo aver oltrepassato la zona della folla, aveva superato il cordone della truppa; ora si trovava in qualche cosa di spaventoso. Non un passante, non un soldato, non una luce: nessuno. La solitudine, il silenzio, l'oscurità e un certo freddo che impressionavano. Entrare in una via era lo stesso che entrare in una cantina.

Continuò ad avanzare.

Fece qualche passo, qualcuno gli passò vicino correndo. Era un uomo? Una donna? Erano parecchi? Non avrebbe potuto dirlo. Quell'ombra era passata ed era svanita.

Di giro in giro giunse in una viuzza ch'egli ritenne fosse la via Poterie; verso la metà di quella via urtò contro un ostacolo: tese la mano e toccò una carretta rovesciata; il suo piede avvertì alcune pozzanghere, qualche buca, delle pietre sparse e ammucchiate. Là c'era una barricata iniziata e poi abbandonata. Scalò le pietre e si trovò dall'altra parte di quello sbarramento. Camminava rasente ai paracarri e si lasciava guidare dai muri delle case. Un po' aldilà della barricata, gli parve d'intravedere davanti a sé qualche cosa di bianco. Si avvicinò, e quel qualche cosa prese forma: erano i due cavalli bianchi, i cavalli dell'omnibus staccati la mattina da Bossuet, che avevano vagato a caso di via in via tutta la giornata e avevano finito per fermarsi, con quella pazienza rassegnata dei bruti che non comprendono le azioni dell'uomo, più di quanto l'uomo non comprenda le azioni della provvidenza.

Marius si lasciò i cavalli alle spalle, e nell'avvicinarsi a una via, che gli parve la via del Contrat-Social, un colpo di fucile, venuto non si sa di dove e che attraversava l'oscurità a caso, gli sibilò vicinissimo; la pallottola forò, al di sopra della sua testa, una bacinella di rame per barba, sospesa davanti alla bottega d'un barbiere. Si vedeva ancora, nel 1846, in via del Contrat-Social, all'angolo dei pilastri dei mercati, quella bacinella per barba, forata.

Quel colpo di fucile era ancora un indizio di vita. A partire da quel momento egli non incontrò più nulla.

Tutto quell'itinerario rassomigliava a una discesa di scalini bui.

Marius non cessò, tuttavia, d'avanzare.

II

PARIGI A VOLO DI GUFO

Colui che avesse volato su Parigi in quel momento con l'ala del pipistrello o della civetta, avrebbe avuto sotto gli occhi uno spettacolo tetro.

Tutto quel vecchio quartiere dei mercati, che è come una città nella città, attraversato dalle vie Saint-Denis e Saint-Martin, in cui s'incrociano mille viuzze e del quale gli insorti avevano fatto la loro ridotta e la loro piazza d'armi, gli sarebbe apparso come un enorme buco tenebroso, scavato nel centro di Parigi. Quivi lo sguardo cadeva in un abisso. Grazie ai fanali rotti e grazie alle finestre chiuse, là cessava ogni luce, ogni vita, ogni rumore e ogni movimento. La polizia invisibile della sommossa vegliava dappertutto e manteneva l'ordine, ossia l'oscurità. Annegare il piccolo numero in una grande tenebra, moltiplicare ogni combattente mediante le possibilità proprie a questa tenebra è la tattica necessaria dell'insurrezione. Sul cadere del giorno, tutte le finestre dov'era accesa una candela avevano ricevuto una pallottola; la luce veniva quindi spenta e, talvolta, veniva ucciso

1053

l'inquilino. Perciò, non si moveva più nulla. Laggiù regnavano solo lo spavento, il lutto e lo stupore nelle case; e, nelle vie, una specie d'orrore sacro. Non si scorgevano neppure le lunghe file di finestre e di piani, le merlature dei camini e dei tetti e i vari riflessi che rilucono sul lastrico fangoso e bagnato. L'occhio che avesse guardato dall'alto in quell'ammasso di tenebre, avrebbe forse intravisto qua e là, a intervalli, alcune luci indistinte, che facevano risaltare linee spezzate e bizzarre, profili di costruzioni singolari, qualche cosa di simile a luci erranti in mezzo a rovine: là erano le barricate. Il resto era un lago d'oscurità, nebbioso, pesante e funebre, sopra il quale s'ergevano, profili immobili e lugubri, la torre di Saint-Jacques, la chiesa di Saint-Merry e due o tre altri di quei grandi edifici dei quali l'uomo fa dei giganti e la notte dei fantasmi.

Tutto intorno a quel labirinto deserto e inquietante, nei quartieri in cui la circolazione parigina non era annientata e in cui brillava ancora qualche fanale, l'osservatore aereo avrebbe potuto distinguere lo scintillìo metallico delle sciabole e delle baionette, il sordo rumore dei carriaggi d'artiglieria e il formicolìo dei battaglioni silenziosi, che andava crescendo di minuto in minuto: formidabile cintura, che si stringeva e si chiudeva lentamente intorno alla sommossa.

Il quartiere investito non era più altro che una specie di mostruosa caverna; tutto vi pareva addormentato o immobile e, come si è veduto or ora, tutte le vie dove si poteva giungere offrivano solo tenebre.

Tenebre selvagge, piene di agguati, piene di urti ignoti e terribili, in cui era spaventoso penetrare e spaventosissimo rimanere, in cui coloro che entravano rabbrividivano di fronte a coloro che li aspettavano e coloro che aspettavano trasalivano di fronte a coloro che stavano per giungere. A ogni angolo di via, invisibili combattenti trincerati: le imboscate del sepolcro, nascoste nel buio fitto. Era finita: là non v'era ormai da sperare altra luce se non quella del lampo dei fucili, altro incontro se non l'apparizione brusca e rapida della morte. Dove? Come? Quando? Non lo si sapeva, ma era cosa certa e inevitabile. Là, in quel luogo designato per la lotta, il governo e l'insurrezione, la guardia nazionale e le società popolari, la borghesia e la sommossa stavano per affrontarsi a tastoni. Per gli uni come per gli altri, la necessità era la stessa: uscire di là uccisi o vincitori, sola via d'uscita ormai possibile. La situazione era giunta agli estremi, l'oscurità era tanto potente che i più timidi si sentivano prendere dalla risolutezza e i più coraggiosi dal terrore.

Del resto, da ambo le parti, furia, accanimento e determinazione uguali. Per gli uni, avanzare significava morire, e nessuno pensava a indietreggiare; per gli altri, restare significava morire, e nessuno pensava a fuggire.

Era necessario che il giorno dopo tutto fosse finito, che il trionfo fosse di qua o di là, che l'insurrezione fosse una rivoluzione o una vana scaramuccia. Il governo lo capiva, al pari dei partiti, e l'ultimo dei borghesi lo intuiva. Ne derivava un pensiero angoscioso, che s'univa all'oscurità impenetrabile di quel quartiere in cui tutto stava per decidersi; ne derivava un raddoppiamento di ansietà intorno a quel silenzio dal quale stava per uscire una catastrofe. Si sentiva là un solo rumore, un rumore straziante come un rantolo, minaccioso come una maledizione: la campana a stormo di Saint-Merry. Nulla agghiacciava come il clamore di quella campana sperduta e disperata, che si lamentava nelle tenebre.

Come capita spesso, la natura pareva essersi messa d'accordo con ciò che gli uomini stavano per fare. Nulla disturbava le funeste armonie di quel complesso di cose; le stelle erano scomparse e grevi nubi riempivano tutto l'orizzonte delle loro pieghe malinconiche. Su quelle vie morte sovrastava un cielo fosco, come se un immenso sudario si stendesse su quell'immensa tomba.

Mentre una battaglia ancora tutta politica stava preparandosi in quello stesso luogo che aveva già assistito a tanti eventi rivoluzionari, mentre la gioventù, le associazioni segrete, le scuole; in nome dei princìpi, e la classe media, in nome degli interessi, stavano per cozzare fra loro, per ghermirsi e per atterrarsi, mentre ciascuno chiamava e affrettava l'ora decisiva ed estrema della crisi, lontano e fuori da quel quartiere fatale, nel più profondo delle imperscrutabili cavità di quella vecchia Parigi miserabile che scompare sotto lo splendore della Parigi felice e opulenta, si sentiva brontolare sordamente la voce cupa del popolo.

Voce spaventosa e sacra che si compone del ruggito del bruto e della parola di Dio, che atterrisce i deboli e avverte i saggi, che viene contemporaneamente dal basso, come la voce del leone, e dall'alto, come la voce del tuono.

III
L'ESTREMO LIMITE

Marius era arrivato ai mercati.

Là tutto era ancor più calmo, più scuro e più immobile che nelle vie vicine. Si sarebbe detto che la gelida pace del sepolcro fosse uscita dalla terra, per spandersi sotto il cielo.

Tuttavia un chiarore rossastro faceva spiccare su quello sfondo nero l'alta linea dei tetti delle case che sbarravano la via Chanvrerie dalla parte di Saint-Eustache. Era il riflesso della torcia che ardeva nella barricata del Corinto. Marius s'era diretto verso quel chiarore, che lo aveva guidato al mercato delle barbabietole, dal quale intravedeva l'imboccatura tenebrosa di via dei Prêcheurs. Egli v'entrò; la vedetta degli insorti, ch'era in agguato dall'altra parte della via, non lo scorse. Si sentiva vicinissimo a ciò ch'era venuto a cercare e camminava in punta di piedi. Giunse così alla svolta di quel breve tronco della viuzza Mondétour che era, come si ricorderà, la sola comunicazione conservata da Enjolras con l'esterno; all'angolo dell'ultima casa, a sinistra, sporse il capo e guardò nel tronco Mondétour.

Un poco oltre l'angolo nero della viuzza e della via Chanvrerie, che gettava una grande macchia d'ombra in cui egli stesso era seppellito, scorse un barlume sul lastrico, una parte della taverna e, dietro, un fanale che ammiccava in una specie di muraglia informe e degli uomini rannicchiati, che tenevano il fucile sulle ginocchia. Tutto ciò era a dieci tese da lui ed era l'interno della barricata.

Le case che limitavano la viuzza a destra gli nascondevano il resto della taverna, la grande barricata e la bandiera.

Marius aveva solo da fare un passo.

Allora l'infelice giovane si sedette sopra un paracarro, incrociò le braccia e pensò a suo padre.

Pensò a quell'eroico colonnello Pontmercy, ch'era stato un così fiero soldato, che aveva difeso sotto la repubblica la frontiera della Francia e toccato al seguito dell'imperatore la frontiera d'Asia; che aveva visto Genova, Alessandria, Milano, Torino, Madrid, Vienna, Dresda, Berlino e Mosca; che aveva lasciato su tutti i campi di vittoria qualche goccia di quel sangue che lui, Marius, aveva nelle vene; che aveva fatto i capelli bianchi anzi tempo nella disciplina e nel comando, ch'era vissuto col cinturone affibbiato, con le spalline ricadenti sul petto, con la coccarda annerita dalla polvere e con la fronte fatta rugosa dall'elmetto, sotto la tenda, al campo, al bivacco, nelle ambulanze, e che dopo vent'anni era tornato dalle grandi guerre con la guancia sfregiata e il volto sorridente, semplice, tranquillo, mirabile, puro come un fanciullo, dopo aver fatto tutto per la Francia e nulla contro di essa.

E si disse che anche il suo giorno era giunto, che anche la sua ora era alla fine suonata, e che, dopo suo padre, anche lui stava per essere coraggioso, intrepido e ardito; per correre incontro alle pallottole, per offrire il petto alle baionette, per versare il sangue, per affrontare il nemico, per sfidare la morte; che stava per fare a sua volta la guerra e scendere sul campo di battaglia; e che quel campo di battaglia sul quale stava per scendere era la strada, e che quella guerra che stava per fare era la guerra civile!

Vide la guerra civile simile a un abisso spalancato davanti a sé e vide che stava per cadervi dentro.

Allora rabbrividì.

Pensò alla spada di suo padre, che il nonno aveva venduto a un rigattiere e che lui, Marius aveva così dolorosamente rimpianto; e si disse che quella spada, valorosa e casta, aveva fatto bene a sfuggirgli e ad andarsene irritata nelle tenebre: e che era scomparsa in quel modo perché era intelligente e prevedeva l'avvenire, prevedeva la sommossa, la guerra dei fossati, la guerra dei selciati, la fucileria dagli spiragli delle cantine, i colpi dati e ricevuti alle spalle; si disse che quella spada, proveniente da Marengo e da Friedland, non voleva andare in via Chanvrerie e, dopo quello che aveva fatto col padre, non voleva fare questo col figlio! Si disse che se quella spada fosse stata lì, se, avendola raccolta al capezzale di suo padre morto, avesse osato prenderla e impugnarla per quel combattimento notturno tra francesi, in un crocevia, sicuramente essa gli avrebbe bruciato le mani e si sarebbe messa a fiammeggiare come la spada dell'arcangelo. Reputò una fortuna che l'arma non ci fosse più e fosse scomparsa, pensò che era ben fatto, che era giusto, che suo nonno era stato il vero custode della gloria di suo padre e ch'era meglio che la spada del colonnello fosse stata messa all'asta, venduta al rigattiere e gettata nei ferrivecchi, anziché facesse sanguinare oggi il fianco della patria.

Poi si mise a piangere amaramente.

Era una cosa orribile; ma che farci? Vivere senza Cosette non poteva; poiché ella era partita, era pur necessario ch'egli morisse. Non le aveva forse data la parola d'onore che sarebbe morto? Ella era partita sapendolo: e allora era contenta che Marius morisse. E poi, era chiaro ch'ella non lo amava più, poiché se n'era andata così, senza avvertirlo, senza una parola, senza una lettera, benché sapesse l'indirizzo di lui! A che serviva e perché vivere ora? E poi!... Essere giunto fin lì, e fuggire! Essere venuto a guardare nella barricata, e svignarsela! Svignarsela tutto tremante, dicendo: in fin dei conti, ne ho abbastanza: ho visto ormai, e mi basta! È la guerra civile e me ne vado! Abbandonare gli amici che l'aspettavano! Che forse avevano bisogno di lui! Ch'erano un pugno d'uomini contro un esercito! Mancare a tutto in un colpo, all'amore, all'amicizia, alla parola data! Dare alla sua viltà il pretesto del patriottismo! Ma era impossibile; e se il fantasma di suo padre fosse stato là, nell'ombra, e l'avesse visto indietreggiare, con la sua spada gli avrebbe frustato le reni a piattonate e gli avrebbe gridato: «Avanti, dunque, vigliacco!».

In preda al groviglio dei suoi pensieri, Marius chinava il capo.

A un tratto lo rialzò: una specie di splendida chiarificazione s'era prodotta d'un tratto nella sua mente. V'è una dilatazione del pensiero propria alla vicinanza della tomba: essere prossimi alla morte fa vedere giusto. La visione dell'azione in cui si sentiva forse in procinto d'entrare gli apparve non più deplorevole ma superba; la guerra della via si trasfigurò d'un tratto, per non si sa qual travaglio intimo dell'anima, davanti all'occhio del pensiero; tutti i tumultuosi punti interrogativi della fantasticheria gli si affollavano alla mente, ma senza turbarlo. E non ne lasciò alcuno senza risposta.

Suvvia, perché suo padre si sarebbe indignato? Non vi sono forse casi in cui l'insurrrezione s'eleva fino alla dignità d'un dovere? Che cosa vi sarebbe dunque stato di degradante per il figlio del colonnello Pontmercy nel combattimento che stava per impegnarsi? Non si tratta più di Montmirail o di Champaubert,[2] si tratta d'altro. Non si tratta più d'un territorio sacro, ma di un'idea santa. La patria si lamenta, sia pure; ma l'umanità applaude. E del resto, è vero che la patria si lamenta? La Francia sanguina, ma la libertà sorride; e davanti al sorriso della libertà, la Francia dimentica la sua ferita. E poi, guardando le cose ancor più dall'alto, che cosa significa parlare di guerra civile?

La guerra civile? Che cosa vuol dire? V'è forse una guerra straniera? Forse che qualunque guerra tra gli uomini non è guerra tra fratelli? La guerra non si qualifica che col suo scopo: non v'è né guerra straniera né guerra civile, c'è solo la guerra ingiusta e la guerra giusta. Fino al giorno in cui il grande concordato umano non sarà concluso, la guerra – almeno quella che è lo sforzo dell'avvenire che si affretta contro il passato che si attarda – può essere necessaria. Che cosa si ha da rimproverare a questa guerra? La guerra diventa vergogna e la spada diventa pugnale solo quando esse assassinano il diritto, il progresso, la ragione, la civiltà, la verità. Allora, sia guerra civile o guerra esterna, essa è iniqua e si chiama delitto; ma all'infuori di quella cosa santa che è la giustizia, con qual diritto una forma di guerra ne disprezzerebbe un'altra? Con qual diritto la spada di Washington rinnegherebbe la picca di Camille Desmoulins? Leonida contro lo straniero e Timoleone contro il tiranno: quale dei due è più grande? Uno è il difensore, l'altro il liberatore. Si taccerà d'infamia, senza preoccuparsi dello scopo, qualunque levata d'armi nell'interno della città? E allora tacciate d'infamia Bruto, Marcel, Arnould de Blankenheim, Coligny.[3] Guerra di macchia? Guerra di strade? E perché no? Era pure la guerra d'Ambiorige, d'Artevelde, di Marnix, di Pelagio;[4] ma Ambiorige lottava contro Roma, Artevelde contro la Francia, Marnix

[2] Vittorie di Napoleone, nel 1814.

[3] Étienne Marcel, che avversò il futuro Carlo V; Arnould de Blankenheim, eroe dell'indipendenza svizzera; Gaspard de Coligny, capo degli ugonotti, vittima della notte di San Bartolomeo.

[4] Ambiorige, capo dei Galli; Jacques d'Artevelde, capo dei rivoltosi fiamminghi nel XIV secolo; Philippe di Marnix, capo degli insorti dei Paesi Bassi nel XVI secolo; Pelagio, re delle Asturie nell'VIII secolo.

contro la Spagna e Pelagio contro i Mori: tutti contro lo straniero. Ebbene, la monarchia è lo straniero, l'oppressione è lo straniero, il diritto divino è lo straniero. Il dispotismo viola la frontiera morale, come l'invasione viola la frontiera geografica; e scacciare il tiranno o scacciare l'inglese significa in ambo i casi riprendere il proprio territorio. Viene un'ora in cui non basta più protestare. Dopo il pensiero occorre l'azione e la viva forza termina ciò che l'idea ha abbozzato: *Prometeo incatenato* incomincia, Aristogitone finisce; l'Enciclopedia illumina gli animi, il 10 agosto li elettrizza. Dopo Eschilo, Trasibulo;[5] dopo Diderot, Danton. Le moltitudini hanno una tendenza ad accettare il padrone; la loro massa depone l'apatia. Una folla si totalizza facilmente in obbedienza. Bisogna smuovere gli uomini, spingerli, maltrattarli col beneficio stesso della loro liberazione, ferir loro lo sguardo col vero, gettar loro in faccia la luce a manate terribili; bisogna che siano essi stessi un po' fulminati dalla loro propria salvezza, che quell'abbacinamento li risvegli. Da qui la necessità delle campane a stormo e delle guerre. È necessario che si levino grandi combattimenti, che illuminino le nazioni con l'audacia e che scuotano questa triste umanità coperta d'ombra dal diritto divino, dalla gloria cesarea, dalla forza, dal fanatismo, dal potere irresponsabile e dalle maestà assolute, accozzaglia stupidamente occupata a contemplare nel loro splendore crepuscolare questi cupi trionfi delle tenebre. Abbasso il tiranno! Ma quale? Di chi parlate? Chiamate tiranno Luigi Filippo? No; non più di Luigi XVI. Sono entrambi ciò che la storia suole chiamare buoni re; ma i princìpi non si spezzettano, la logica del vero è rettilinea, la caratteristica della verità consiste nel mancare di compiacenza: dunque, nessuna concessione. Ogni usurpazione sull'uomo dev'essere repressa; vi è il diritto divino in Luigi XVI, vi è il *perché Borbone* in Luigi Filippo; entrambi rappresentano in una certa misura la confisca del diritto e, per spazzare l'usurpazione universale, bisogna combatterli. «Bisogna», poiché è sempre la Francia che comincia. Quando il padrone cade in Francia, cade dappertutto. Insomma, vi è causa più giusta del ristabilire la verità sociale, rendere il suo trono alla libertà, rendere il popolo al popolo, ridare all'uomo la sovranità, rimettere la porpora sul capo della Francia, restaurare nella loro pienezza la ragione e l'equità, sopprimere ogni germe d'antagonismo restituendo ciascuno a se stesso, annientare l'ostacolo che la regalità crea all'immensa concordia universale, rimettere il genere umano a livello del diritto; c'è causa più giusta e per conseguenza, guerra più

---

[5] *Prometeo incatenato*, tragedia di Eschilo; Aristogitone, uccisore, con Armodio, del tiranno di Atene Ipparco; Trasibulo, restauratore della democrazia ateniese dopo i Trenta Tiranni.

grande? Queste guerre costruiscono la pace. Un'enorme fortezza di pregiudizi, privilegi, superstizioni, menzogne, angherie, abusi, violenze, iniquità e tenebre è ancora in piedi sul mondo, con le sue torri d'odio. Bisogna abbatterla, bisogna far crollare questa massa mostruosa. Vincere ad Austerlitz è grande, prendere la Bastiglia è immenso.

Non v'è alcuno che non abbia notato su se stesso come l'anima – in ciò consiste la meraviglia della sua unità, commista a ubiquità – abbia la strana tendenza a ragionare quasi freddamente nelle più estreme contingenze; e accade spesso che la passione desolata e la disperazione profonda, persino nell'agonia dei loro più tetri monologhi, trattino argomenti e discutano tesi. La logica si mescola alla convulsione e il filo del sillogismo oscilla senza rompersi nella lugubre bufera del pensiero. Questo era lo stato d'animo di Marius.

Mentre così pensava, accasciato ma risoluto e pur esitante e fremente davanti a ciò che stava per fare, il suo sguardo errava nell'interno della barricata. Gli insorti vi discorrevano a bassa voce, senza muoversi, e lì si sentiva quel quasi silenzio che contrassegna l'ultima fase dell'attesa. Al di sopra di essi, a un finestrino del terzo piano, Marius distingueva una specie di spettatore o di testimonio che gli sembrava singolarmente attento. Era il portinaio ucciso da Le Cabuc. Dal basso, al riflesso della torcia conficcata nelle pietre del selciato, si scorgeva quella testa in modo vago. A quel chiarore sinistro e incerto non c'era nulla di più strano di quella faccia livida, immobile, stupita, coi capelli irti, gli occhi aperti e fissi e la bocca spalancata, china sulla via in atteggiamento di curiosità. Si sarebbe detto che colui ch'era morto osservasse coloro che stavano per morire. Una lunga traccia di sangue colato da quella testa scendeva in rivoletti rossastri dal finestrino sino all'altezza del primo piano, e lì si fermava.

LIBRO QUATTORDICESIMO

LE GRANDEZZE DELLA DISPERAZIONE

I
LA BANDIERA: ATTO PRIMO

Nulla accadeva ancora. Le dieci erano suonate a Saint-Merry; Enjolras e Combeferre andarono a sedersi, con le carabine in mano, presso la breccia della grande barricata. Non parlavano: prestavano ascolto, cercando di afferrare persino i più sordi e lontani rumori di passi.

A un tratto, in mezzo a quella lugubre calma, si alzò una voce chiara, giovane, gaia, che sembrava giungere dalla via Saint-Denis. Cantava, sul vecchio motivo popolare del *Chiaro di luna*, questa poesia che terminava con un grido simile a un chicchirichì:

> *Mon nez est en larmes.*
> *Mon ami Bugeaud,*
> *Prêt'-moi tes gendarmes*
> *Pour leur dire un mot.*
> *En capote bleue,*
> *La poule au shako,*
> *Voici la banlieue!*
> *Co-cocorico![1]*

I due si strinsero la mano.

«È Gavroche» disse Enjolras.

«Ci vuole avvertire» osservò Combeferre.

Passi in corsa precipitosa ruppero il silenzio della via deserta; si vide un essere più agile d'un acrobata arrampicarsi al di sopra dell'omnibus e Gavroche balzò, ansimante, dentro la barricata, esclamando:

«Il mio fucile! Eccoli».

Sembrò che una scossa elettrica serpeggiasse lungo tutta la barricata. Si udì un muoversi di mani che cercavano i fucili.

---

[1] Il mio naso è in lacrime. – Amico Bugeaud, – Prestami i tuoi gendarmi – Per dir loro una parola. – Col cappotto turchino, – La gallina sul berretto, – Ecco il sobborgo! – Chicchirichì!

«Vuoi la mia carabina?» Enjolras chiese al monello.

«Voglio il fucile grande» rispose Gavroche.

E prese quello di Javert.

Due sentinelle si erano ritirate ed erano ritornate quasi contemporaneamente a Gavroche. Erano la sentinella posta allo sbocco della via e quella della Petite-Truanderie. La vedetta del vicolo dei Prêcheurs era rimasta al suo posto, ciò significava che nulla accadeva dalla parte dei ponti e dei mercati.

La via Chanvrerie, della quale si scorgeva a malapena un po' di selciato al riflesso della luce che si proiettava sulla bandiera, offriva agli insorti l'aspetto di un grande portico nero vagamente aperto in una nube di fumo.

Ognuno aveva preso il proprio posto di combattimento.

Quarantatré insorti – tra i quali Enjolras, Combeferre, Courfeyrac, Bossuet, Joly, Bahorel e Gavroche – erano inginocchiati dietro la grande barricata, con le teste affioranti dalla cima del riparo, le canne dei fucili e delle carabine puntate tra le pietre come attraverso feritoie: con l'orecchio teso, silenziosi, pronti a far fuoco. Sei altri, ai comandi di Feuilly, si erano installati alle finestre dei due piani del Corinto, e tenevano anch'essi i fucili pronti.

Trascorsero ancora alcuni minuti, poi un rumore di numerosi passi, sordi, cadenzati, si fece udire chiaramente nella direzione di Saint-Leu. Quel rumore dapprima indistinto, poi preciso, poi pesante e sonoro, si avvicinava lentamente, senza fretta, senza interruzione, con un crescendo tranquillo e terribile. Non si udiva alcun altro rumore. Era a un tempo il mutismo e il fragore della statua del Commendatore, ma quel passo di pietra aveva un non so che di enorme e di multiplo che evocava l'idea di folla e di spettro contemporaneamente. Pareva di udire marciare la spaventosa statua Legione. Quel passo si avvicinò; si avvicinò ancora e si arrestò. Sembrava di sentire, in fondo alla via, il respiro di una moltitudine. Però non si vedeva nulla; si poteva solo distinguere, in quella densa oscurità, una infinità di fili metallici, sottili come aghi, quasi impercettibili, che si agitavano, simili a quei vaghi balenii forsforescenti che si scorgono, a palpebre chiuse, nella prima nebbia del sonno. Erano le baionette e le canne dei fucili confusamente illuminate in lontananza dal riverbero della torcia.

Seguì ancora una pausa, come se dalle due parti si aspettasse. A un tratto, dal fondo dell'ombra, una voce gridò, tanto più sinistra in quanto non si scorgeva nessuno e pareva parlasse l'oscurità stessa:

«Chi va là?».

Contemporaneamente si udì lo strepito dei fucili che si abbassavano.

Enjolras rispose in tono vibrante e altero:

«La rivoluzione francese».

«Fuoco!» esclamò la voce.

Un lampo imporporò tutte le facciate della via, quasi si fosse bruscamente spalancata per un attimo la bocca di una fornace.

Una spaventosa detonazione scoppiò sulla barricata. La bandiera rossa cadde. La scarica era stata tanto violenta e nutrita che ne aveva tagliato l'asta, cioè la punta del timone dell'omnibus.

Alcune pallottole, rimbalzate contro i cornicioni delle case, penetrarono nella barricata, ferendo diversi uomini.

L'impressione prodotta da quella prima scarica fu terrificante. L'attacco era rude e di natura tale da far riflettere anche i più ardimentosi. Era chiaro che si aveva a che fare almeno con un intero reggimento.

«Camerati,» gridò Courfeyrac «non sprechiamo polvere. Per rispondere aspettiamo che si facciano avanti nella via.»

«E, prima di tutto,» osservò Enjolras «rialziamo la bandiera.»

E raccolse la bandiera, che era caduta proprio ai suoi piedi.

Dal di fuori si udì l'urto delle bacchette nei fucili: i soldati ricaricavano le armi.

Enjolras continuò:

«Chi ha un po' di fegato, qui? Chi ripianterà la bandiera sulla barricata?».

Nemmeno uno rispose. Arrampicarsi sulla barricata nel momento in cui questa era di nuovo presa di mira, significava semplicemente andare incontro alla morte. L'uomo più coraggioso esita a condannarsi. Enjolras stesso ebbe un fremito. Ripeté:

«Nessuno si fa avanti?».

II

LA BANDIERA: ATTO SECONDO

Da quando erano arrivati al Corinto e avevano cominciato a costruire la barricata, nessuno aveva più fatto attenzione a papà Mabeuf. Eppure, Mabeuf non aveva abbandonato l'attruppamento. Era entrato al pian terreno dell'osteria e si era seduto dietro la cassa. Lì si era, per così dire, perduto in se stesso. Sembrava non vedere più nulla e non pensare a nulla. Courfeyrac e altri avevano cercato di avvicinarlo alcune volte, avvertendolo del pericolo e consigliandolo a ritirarsi, ma pareva non udisse nulla. Quando nessuno gli rivolgeva la parola, le sue labbra si muovevano, quasi rispondesse a qualcuno, ma non appena veniva interpellato, la sua bocca si chiudeva e gli occhi non parevano più vivi. Qualche ora prima dell'attacco alla barricata, aveva preso una posa che non aveva più mutato: i pugni sulle ginocchia e la testa china in avanti, quasi volesse scrutare dentro un precipizio. Nulla era valso a distoglierlo da quella posizione; pareva che il suo spirito fosse assente dalla barricata. Quando gli insorti erano corsi a prendere il loro posto di combattimento, nella sala erano rimasti soltanto Javert, sempre legato al palo, un insorto con la sciabola sguainata, a guardia del prigioniero, e lui, Mabeuf. Al momento dell'attacco, al rumore della fucileria, era stato raggiunto e come svegliato da una specie di scuotimento; si era bruscamente alzato, aveva attraversato la sala e nell'istante in cui Enjolras ripeteva il suo richiamo: «Nessuno si fa avanti?» si vide comparire il vecchio sulla soglia dell'osteria.

La sua presenza suscitò una specie di commozione nei gruppi.

Un gridò si alzò:

«È il votante! È uno della Convenzione! È il rappresentante del popolo!».

Probabilmente egli non udiva.

Camminò diritto verso Enjolras, passando tra gli insorti che gli facevano largo come colti da timore religioso, strappò la bandiera dalle mani di Enjolras che indietreggiava terrificato e poi, senza che nessuno osasse arrestarlo o aiutarlo, quel vegliardo ottantenne, con la testa tentennante ma con passo sicuro, si mise a salire lentamente la scaletta di pietre costruita nella barricata. Lo spettacolo era così tetro e così grande che tutti intorno gridarono: giù il cappello! A ogni scalino che saliva, egli era più impressionante: i suoi capelli bianchi, il viso decrepito, la grande fronte calva e rugosa, gli occhi infossati, la bocca semiaperta in un'espressione di meraviglia, il vecchio braccio che sollevava il vessillo rosso, tutto sorgeva dall'ombra e si ingrandiva nel chiarore sanguigno della torcia. Pareva di vedere lo spettro del '93 uscire di sotterra, con la bandiera del Terrore in mano.

Quando ebbe raggiunto l'ultimo gradino, quando quel fantasma tremante e terribile, ritto su quel mucchio di rottami, di fronte a milleduecento fucili invisibili, si eresse in faccia alla morte, quasi fosse più forte di essa, tutta la barricata assunse nelle tenebre un aspetto immenso, soprannaturale.

Vi fu uno di quei silenzi che si fanno solo intorno a un prodigio.

E in mezzo a quel silenzio il vegliardo agitò la bandiera rossa e gridò:

«Viva la rivoluzione! Viva la repubblica! Fraternità! Uguaglianza! E la morte!».

Un mormorìo sordo e rapido, simile al sussurro di un prete che abbia fretta e cerchi di sbrigarsi con le preghiere, giunse sino alla barricata. Era probabilmente il commissario di polizia che faceva le intimazioni di legge dall'altra parte della via.

Poi la stessa voce fragorosa che aveva gridato il «chi va là» urlò: «Ritiratevi!».

Mabeuf, livido, stravolto, con le pupille illuminate dalle lugubri fiamme dello smarrimento, alzò la bandiera al di sopra della testa e ripeté:

«Viva la repubblica!».

«Fuoco!» comandò la voce.

Una seconda scarica, simile a mitraglia, s'abbatté sulla barricata.

Il vecchio si piegò sulle ginocchia, poi si risollevò, lasciò sfuggire la bandiera e cadde riverso sul selciato, come un'asse, le braccia distese in croce.

Rivoli di sangue bagnarono le pietre intorno al suo corpo. Pareva che la vecchia faccia pallida e triste fissasse il cielo.

Una di quelle commozioni superiori a ogni essere umano, che fan sì che si dimentichi persino di difendersi, s'impadronì degli insorti, ed essi si avvicinarono al cadavere con un rispettoso terrore.

«Che uomini, questi regicidi!» disse Enjolras.

Courfeyrac si chinò al suo orecchio:

«Questo sia detto per te solo, poiché non voglio diminuire l'entusiasmo. Ma egli era tutt'altro che un regicida. Io l'ho conosciuto; si chiamava papà Mabeuf. Non so che cosa lo avesse preso oggi. Ma era un buon minchione. Guarda un po' la sua testa».

«Testa di baccellone e cuore di Bruto» rispose Enjolras.

Quindi alzò la voce:

«Cittadini! Questo è l'esempio che i vecchi danno ai giovani. Noi esitavamo, egli è venuto. Noi indietreggiavamo, egli si è fatto avanti! Ecco l'insegnamento dato da quelli che tremano di vecchiaia a quelli che tremano di paura! Questo vecchio è grande dinanzi alla patria. Ha avuto una vita lunga e una morte magnifica. Ora mettiamo al riparo il suo cadavere, e che ognuno di noi difenda questo vecchio morto come difenderebbe il proprio padre vivo. Che la sua presenza in mezzo a noi renda inespugnabile la barricata!».

Un mormorìo di approvazione, soffocato ma energico, seguì queste parole.

Enjolras si chinò, sollevò la testa del vecchio e con gesto fiero lo baciò in fronte; poi, allargandogli le braccia e maneggiando quel morto con tenera attenzione quasi avesse temuto di fargli male, gli tolse la giacca, ne mostrò a tutti i fori insanguinati, e disse:

«Ecco, ora, la nostra bandiera».

GRAVOCHE AVREBBE FATTO MEGLIO AD ACCETTARE
LA CARABINA DI ENJOLRAS

Sul corpo di papà Mabeuf fu gettato un lungo scialle nero della vedova Hucheloup. Sei uomini incrociarono i loro fucili in modo da formare una barella, vi deposero il cadavere, e a capo scoperto, con lentezza solenne, lo portarono sulla grande tavola della sala a pian terreno.

Quegli uomini, assorbiti dall'atto grave e sacro che stavano compiendo, non pensavano più alla situazione pericolosa in cui si trovavano.

Mentre il cadavere veniva portato accanto a Javert, sempre impassibile, Enjolras si volse allo sbirro:

«A te, tra poco!».

In quel mentre il piccolo Gavroche, il solo che non avesse abbandonato il suo posto e fosse rimasto in osservazione, credette di scorgere alcune figure che si avvicinavano furtivamente alla barricata. A un tratto gridò:

«In guardia!».

Courfeyrac, Enjolras, Jean Prouvaire, Combeferre, Joly, Bahorel, Bossuet uscirono tutti insieme dall'osteria, urtandosi. Era già quasi troppo tardi. Si scorgeva una scintillante moltitudine di baionette ondeggiare al di sopra della barricata. Alcune guardie municipali di alta statura stavano già penetrando dietro il riparo, gli uni scavalcando l'omnibus, gli altri dalla breccia, respingendo il monello che indietreggiava ma non fuggiva.

L'istante era critico. Era il terribile primo momento dell'inondazione, quando il fiume raggiunge il livello dell'argine e l'acqua comincia a infiltrarsi tra le fessure della diga. Un attimo ancora e la barricata sarebbe stata presa.

Bahorel si slanciò sulla prima guardia municipale che stava per entrare e l'uccise a bruciapelo con un colpo di carabina; il secondo invasore uccise Bahorel con la baionetta. Un altro aveva già atterrato Courfeyrac che gridava: «A me!». Il più alto di tutti, una specie di colosso, si dirigeva contro Gavroche con la baionetta in avanti. Il monello afferrò tra le esili braccia l'enorme fucile di Javert, puntò risolutamente sul gigante e premette il grilletto. Il colpo non partì: Javert non aveva caricato il suo fucile. La guardia municipale scoppiò a ridere e alzò la sua baionetta sul bambino. Ma prima che lo toccasse, l'arma sfuggiva dalle mani del soldato: una pallottola lo aveva colpito nel mezzo della fronte ed egli cadeva riverso. Una seconda pallottola colpì in pieno petto l'altro soldato, l'assalitore di Courfeyrac, e lo rovesciava sul selciato.

Era Marius che entrava in quel momento nella barricata.

Marius, sempre nascosto dietro la svolta della via Mondétour, aveva assistito alla prima fase del combattimento, indeciso e fremente. Però non aveva potuto resistere a lungo a quella vertigine misteriosa e sovrana che si potrebbe chiamare il richiamo dell'abisso. Dinanzi all'imminenza del pericolo, alla morte di Mabeuf, funebre enigma, dinanzi all'uccisione di Bahorel e al grido «A me!» di Courfeyrac, al bimbo minacciato, agli amici che bisognava soccorrere o vendicare, ogni esitazione si era dileguata e Marius si era precipitato nella mischia, con le sue due pistole in mano. Il primo colpo aveva salvato Gavroche, il secondo aveva liberato Courfeyrac.

Agli spari e alle grida delle guardie ferite gli assalitori si erano arrampicati sullo sbarramento, in cima al quale si vedevano ora profilarsi a mezzo busto, in folla, guardie municipali, soldati di fanteria, guardie nazionali coi fucili impugnati. Occupavano già più di due terzi della barricata ma non saltavano giù nel recinto, quasi titubassero, temendo qualche insidia. Gettavano occhiate nella barricata buia, quasi scrutassero il fondo di una tana di leoni. Il chiarore della torcia non illuminava che le baionette, i berretti a pelo e la parte superiore dei visi ansiosi e irritati.

Marius era disarmato, avendo gettato via le sue pistole scariche: ma scorse il barile di polvere presso la porta della sala al pianterreno. Mentre si voltava a metà per guardare da quella parte, un soldato lo prese di mira. Ma nel momento in cui il soldato si accingeva a sparare una mano si posò sulla bocca della canna, tappandola. Qualcuno s'era slanciato in avanti e aveva proteso quella mano: era il giovane operaio dai calzoni di fustagno. Il colpo partì attraverso la mano, colpì forse anche il corpo dell'operaio, perché questi cadde; ma la pallottola non raggiunse Marius. Tutto questo piuttosto intravisto che veduto nel fumo. Marius, che entrava in quel momento nella sala, se ne accorse appena. Però aveva confusamente scorto quella canna di fucile puntata contro di lui e quella mano venuta a chiuderla: aveva udito lo sparo. Ma in momenti simili le cose che si vedono vacillano e precipitano, e non si bada a nulla. Ci si sente oscuramente spinti verso l'ombra ancora più fitta, e tutto è avvolto nella nebbia.

Gli insorti, sorpresi ma non spaventati, si ricomposero. Enjolras gridò: «Aspettate, non sparate a casaccio». Infatti, nella prima confusione, avrebbero facilmente potuto ferirsi fra di loro. Gran parte degli insorti si era appostata alla finestra del primo piano e agli abbaini, da dove dominava gli assalitori. I più risoluti, con Enjolras, Courfeyrac, Jean Prouvaire e Combeferre, si erano fieramente addossati alle case nel fondo, allo scoperto, in faccia alle schiere di soldati e di guardie che facevano corona alla barricata.

Tutto ciò avvenne senza precipitazione, con quella gravità strana e minacciosa che precede le mischie: dalle due parti si prendevano di mira, a distanza di pochi passi; gli avversari erano tanto vicini che avrebbero potuto parlarsi.

Quando furono al punto in cui sta per scaturire la scintilla, un ufficiale con gorgiera ed enormi spalline alzò la spada e intimò:

«Giù le armi!».

«Fuoco!» gridò Enjolras.

Le due scariche furono contemporanee, e tutto scomparve nel fumo acre e soffocante nel quale si trascinavano, con gemiti deboli e sordi, feriti e moribondi.

Quando il fumo si dissipò, si videro dalle due parti i combattenti, diradati ma saldi al loro posto, intenti a ricaricare in silenzio le armi.

A un tratto si udì una voce poderosa gridare:

«Andatevene, o faccio saltare in aria la barricata!».

Tutti si volsero dalla parte donde veniva quella voce.

Marius era entrato nella sala, aveva preso il barile di polvere poi, approfittando del fumo e di quella specie di nebbia buia che invadeva il recinto trincerato, era scivolato lungo la barricata sino a quella gabbia di pietre dove era infissa la torcia. Strapparne la torcia, mettervi il barilotto di polvere, ammucchiare una fila di pietre contro il barile che, con una specie di terribile obbedienza, si era sfasciato, aveva richiesto a Marius il tempo solo di chinarsi e di raddrizzarsi. E ora tutti, guardie nazionali, guardie municipali, ufficiali, soldati, raggruppati all'altra estremità della barricata, lo guardavano con stupore, ritto in piedi sulle pietre, con la torcia in mano, l'ardito suo volto illuminato da una fatale risoluzione, stendere la fiamma della torcia verso quel formidabile ammasso dove si distingueva il barilotto infranto, gettando quel grido terrificante:

«Andatevene, o faccio saltare in aria la barricata!».

Marius, ritto su quella barricata, dopo l'ottuagenario, offriva l'immagine della giovane rivoluzione dopo la vecchia.

«Saltare in aria la barricata!» osservò un sergente. «E tu con essa!»

Marius rispose:

«E io con essa».

E avvicinò la torcia all'esplosivo.

Ma sullo sbarramento non v'era già più nessuno. Gli assalitori, abbandonando i morti e i feriti, rifluirono disordinatamente verso l'estremità della via, perdendosi di nuovo nelle tenebre. Fu un «si salvi chi può».

La barricata era libera.

Tutti circondarono Marius. Courfeyrac gli saltò al collo.

«Eccoti!»

«Che gioia!» esclamò Combeferre.

«Capiti assai a proposito!» disse Bossuet.

«Senza di te ero bell'e spacciato!» riprese Courfeyrac.

«Senza di voi ero fritto!» soggiunse Gavroche.

Marius chiese:

«Dov'è il capo?».

«Il capo sei tu» rispose Enjolras.

Marius, durante tutto il giorno aveva sentito nel cervello una fornace. Ora era un turbine. Quel turbine che era in lui gli dava l'impressione di esserne fuori, e di travolgerlo.

Gli pareva di essere a una distanza immensa dalla vita. Il precipitare dei due luminosi mesi di felicità e d'amore in quel pauroso abisso, la perdita di Cosette, la barricata, papà Mabeuf che si faceva uccidere per la repubblica, lui stesso diventato capo degli insorti, tutte queste cose gli apparivano come un mostruoso incubo. Doveva fare uno sforzo mentale per persuadersi che quanto lo circondava era realtà. Aveva vissuto ancora troppo poco per sapere che non vi è nulla di più imminente delle cose impossibili, e che la cosa che bisogna sempre prevedere è l'imprevisto. Assisteva al proprio dramma come se si trattasse di una rappresentazione che non riusciva a comprendere.

In quella specie di nebbia in cui era immerso il suo pensiero, egli non riconobbe Javert che, legato al suo pilastro, non s'era mosso durante l'assalto alla barricata e che guardava agitarsi attorno a sé la rivolta, con la rassegnazione di un martire e la maestà di un giudice. Marius non lo vide neppure.

Intanto gli assalitori non muovevano più all'attacco; si udivano brulicare, camminare in fondo alla via; ma non osavano avventurarvisi, sia che aspettassero ordini, sia che, prima di slanciarsi nuovamente contro l'invitto ostacolo, attendessero rinforzi. Gli insorti avevano posto alcune sentinelle. Qualche studente in medicina, trovatosi tra i presenti, si occupò dei feriti.

Le tavole furono gettate fuori dall'osteria, a eccezione di due che servivano per le bende e le cartucce, e di quella su cui giaceva il corpo di papà Mabeuf; e in tal modo venne aggiunto un rinforzo alla barricata. Nella sala, il posto vuoto fu occupato dai materassi dei letti della vedova Hucheloup e delle serve, sui quali vennero adagiati i feriti. Quanto alle tre povere creature che abitavano il Corinto, nessuno sapeva cosa fosse avvenuto di loro. Si finì poi per ritrovarle nella cantina, dove si erano rifugiate.

Una viva emozione oscurò la gioia di sapere la barricata libera: fatto l'appello, uno degli insorti mancava. Chi era? Uno dei più cari compagni, uno del più valorosi: Jean Prouvaire. Lo cercarono tra i feriti, ma non c'era. Evidentemente era caduto prigioniero.

Combeferre disse a Enjolras:

«Loro tengono il nostro amico, ma noi abbiamo il loro agente. Ci tieni, tu, alla morte di questo sbirro?».

«Sì,» rispose Enjolras «ma meno che alla vita di Jean Prouvaire.»

Questo colloquio aveva luogo nella sala dell'osteria, presso il palo cui era legato Javert.

«Ebbene,» dichiarò Combeferre «legherò un fazzoletto al mio bastone è andrò come parlamentario per offrire agli avversari il loro uomo in cambio del nostro.»

«Ascolta!» esclamò Enjolras, fermando l'amico per il braccio.

In fondo alla via si udiva uno sferragliamento di armi abbastanza significativo.

Si udì una voce maschia gridare:

«Viva la Francia! Viva l'avvenire!».

Si poté riconoscere la voce di Jean Prouvaire.

Passò un lampo, cui seguì una detonazione.

Poi ricadde il silenzio.

«L'hanno ucciso!» esclamò Combeferre.

Enjolras fissò Javert, e gli disse:

«I tuoi amici ti hanno fucilato».

VI

L'AGONIA DELLA MORTE DOPO L'AGONIA DELLA VITA

Una singolarità di questo genere di guerra è che l'attacco alle barricate si fa quasi sempre di fronte, e che in generale gli assalitori si astengono dal girare le posizioni, sia che temano qualche imboscata, sia che abbiano paura di avventurarsi in vicoli tortuosi. Quindi tutta l'attenzione dei rivoltosi era concentrata sulla grande barricata, che era evidentemente il punto sempre minacciato e dove sarebbe ricominciata inevitabilmente la lotta. Però Marius pensò anche alla piccola barricata, e ci andò. Era deserta, e la sua unica sentinella era la luce tremolante del lampione. Del resto, tanto il vicolo Mondétour quanto le diramazioni della Petite-Truanderie e del Cigno erano perfettamente calmi.

Nell'istante in cui Marius, a ispezione terminata, stava per ritirarsi, udì pronunciare debolmente il suo nome nell'oscurità:

«Signor Marius!».

Trasalì, riconoscendo la voce che due ore prima l'aveva chiamato attraverso il cancello della via Plumet. Però, adesso quella voce non era più che un soffio.

Si guardò attorno, ma non scorse anima viva. Credette di essersi ingannato e di essere preda di un'allucinazione che la sua fantasia aggiungeva alle straordinarie realtà che cozzavano attorno a lui. E fece un passo per uscire da quella specie di rientro arretrato in cui si trovava la barricata.

«Signor Marius!» ripeté la voce.

Questa volta non poteva più dubitare, aveva udito distintamente; si guardò in giro, senza tuttavia scorgere nessuno.

«Guardate ai vostri piedi» disse la voce.

Il giovane si chinò e scorse nell'ombra una forma scura che si trascinava verso di lui. Era qualcosa che strisciava sul selciato. Ed era qualcosa che parlava.

La luce del fanale gli permetteva di distinguere una blusa, dei pantaloni di velluto strappati, due piedi nudi e qualche cosa che pareva una pozza di sangue. Intravide un pallido viso che si sollevava verso di lui, dicendo:

«Non mi riconoscete?».

«No.»

«Éponine.»

Marius si abbassò vivamente. Era infatti quella disgraziata giovinetta, vestita da uomo.

«Come mai siete qui? Che fate?»

«Muoio» fu la risposta.

Vi sono parole e incidenti che svegliano anche gli esseri più accasciati. Marius si scosse, e gridò:

«Siete ferita! Aspettate, vi porterò nella sala. Vi medicheranno. È grave? Come debbo sollevarvi per non farvi male? Dov'è che sentite dolore? Aiuto! Dio mio! Che siete venuta a fare qui?».

E cercò di passare il braccio sotto il corpo della giovane per alzarla. Nel fare questo toccò la sua mano. Ella ebbe un debole grido.

«Vi ho fatto male?» chiese Marius.

«Un po'.»

«Ma se non ho toccato che la vostra mano!»

Ella sollevò la mano verso gli occhi di Marius, ed egli vi scorse nel mezzo un buco nero.

«Che avete fatto?» chiese.

«È forata.»

«Forata?»

«Sì.»

«Da che?»

«Da una pallottola.»

«Come mai?»

«Non avete visto un fucile che vi prendeva di mira?»

«Sì, e anche una mano che l'ha tappato.»

«Era la mia.»

Marius fremette.

«Che follia! Povera piccina! Ma tanto meglio: se non è che questo, sarà una cosa da poco. Lasciate che vi porti su un letto. Non si muore per una ferita alla mano.»

Ella mormorò:

«La pallottola ha attraversato la mano, ma mi è uscita dalla schiena. È inutile che mi portiate via di qui. Vi dirò io come potrete medicarmi, assai meglio di un chirurgo. Sedetevi qui accanto a me, su questa pietra».

Marius obbedì. Ella posò la testa sulle sue ginocchia e, senza guardarlo, disse:

«Oh, come è bello così! Come sto bene! Ecco! Non soffro più».

Rimase un istante silenziosa, poi, con sforzo, volse la testa verso Marius e lo fissò.

«Sapete, signor Marius? Mi faceva rabbia vedervi entrare in quel giardino. Era una stupidaggine, visto che ero stata io stessa a indicarvi la casa, e poi, infine, dovevo ben persuadermi che un giovanotto pari vostro...»

S'interruppe e, superando le oscure transizioni che certamente erano nel suo spirito, riprese, con un sorriso che straziava il cuore:

«Mi trovavate brutta, nevvero?».

E continuò:

«Vedete, siete perduto. Ormai nessuno uscirà più dalla barricata. Sono stata io a condurvi qui, ecco! E ora voi morirete; ci conto, sapete. Eppure, quando ho visto che vi prendevano di mira, ho messo la mano sulla bocca della canna del fucile. Com'è strano! Ma l'ho fatto perché volevo morire prima di voi. Dopo essere stata ferita, mi sono trascinata fin qui. Nessuno mi ha vista. Non mi hanno raccolta. Vi aspettavo, dicendomi: "Ma non verrà?". Oh, se sapeste, mordevo la camicetta, soffrivo tanto! Ora sto bene. Vi ricordate del giorno in cui entrai nella vostra camera e mi mirai nel vostro specchio, e quell'altro, in cui vi incontrai sul viale, vicino a quelle donne al lavoro? Come cantavano gli uccelli, allora! È trascorso così poco tempo, da quel giorno! Mi avete regalato cento soldi, e io vi ho detto: "Non voglio il vostro denaro!". Avete almeno raccolto la vostra moneta? Non siete ricco. Non pensai a dirvi di raccoglierla. C'era un bel sole, non si sentiva il freddo. Vi ricordate, signor Marius? Oh, come sono felice! Sono felice! Siamo tutti prossimi a morire».

Ella aveva l'aspetto delirante, cupo, straziante. La camicetta strappata lasciava scorgere il seno nudo. Parlando, ella appoggiava la mano forata sul petto ove si scorgeva un altro foro dal quale a tratti sgorgava un fiotto di sangue, come getto di vino da una spina aperta.

Marius osservava quella disgraziata creatura con profonda compassione.

«Oh,» continuò ella d'un tratto «ecco che riprende. Soffoco!»

Prese la camicetta e la morse: le sue gambe si irrigidirono sul selciato.

In quel momento la voce di galletto del piccolo Gavroche si elevò sulla barricata. Il monello si era arrampicato su una tavola per ricaricare il suo fucile, e intonava, gaio, una canzone allora assai popolare:

> *En voyant Lafayette,*
> *Le gendarme répète:*
> *Sauvons-nous! Sauvons-nous!*
> *Sauvons-nous!*[2]

Éponine si sollevò, tesa in ascolto, poi mormorò:

«È lui».

Poi, disse, volgendosi verso Marius:

«Mio fratello è laggiù. Bisogna che non mi veda. Mi sgriderebbe».

«Vostro fratello?» chiese Marius, che nel fondo più amaro e dolorante del cuore ripensava ai doveri che suo padre gli aveva trasmesso verso i Thénardier. «Chi è vostro fratello?»

«Il piccolo.»

«Quello che canta?»

«Sì.»

Marius trasalì.

«Oh, non ve ne andate!» supplicò la giovane. «Oramai non durerò molto a lungo!»

Éponine era quasi seduta, ma la sua voce era assai bassa e rotta da singhiozzi. A tratti, il rantolo l'interrompeva. Avvicinò più che poté il suo viso a quello di Marius e disse, con una strana espressione:

«Ascoltatemi, non voglio giocarvi un brutto tiro. Ho in tasca una lettera per voi, da ieri. Mi avevano detto di impostarla. Ma l'ho trattenuta. Non volevo che vi giungesse. Però non voglio che mi serbiate

---

[2] Nel vedere Lafayette, – Il gendarme ripete: – Scappiamo! Scappiamo! – Scappiamo!

rancore quando dovremo fra poco rivederci. Perché ci si rivede... Dopo, non è vero? Prendete la vostra lettera».

Afferrò convulsamente la mano di Marius con la mano ferita. Pareva non sentire più il dolore. La fece scorrere nella tasca del suo camiciotto: Marius avvertì infatti il fruscio di una carta.

«Prendetela» disse la moribonda.

Egli prese la lettera mentre ella faceva un cenno di assentimento e di soddisfazione.

«Adesso, in compenso, promettetemi...»

«Che cosa?» chiese Marius.

«Promettetemi!»

«Vi prometto!»

«Promettetemi di darmi un bacio in fronte quando sarò morta. Lo sentirò.»

Lasciò ricadere la testa sulle ginocchia di Marius; le palpebre le si chiusero. Egli credette che quella povera anima si fosse involata. Éponine rimaneva immobile. D'un tratto, nell'istante in cui Marius era già certo che si fosse addormentata per l'eternità, ella riaprì lentamente gli occhi nei quali c'era l'oscura profondità della morte e pronunciò con un accento la cui dolcezza pareva già venire da un altro mondo:

«E poi, vedete, signor Marius, forse ero un poco innamorata di voi».

Tentò ancora di sorridere e spirò.

VII

GAVROCHE PROFONDO CALCOLATORE DI DISTANZE

Marius mantenne la promessa. Depose un bacio su quella fronte livida, imperlata d'un sudore gelido. Non era un atto di infedeltà verso Cosette. Era un addio pensoso e dolce a un'anima infelice.

Non senza trasalire egli aveva preso la lettera datagli da Éponine. Immediatamente aveva intuito in ciò un avvenimento. Era impaziente di leggerla. Il cuore dell'uomo è fatto così: la disgraziata fanciulla aveva appena chiuso gli occhi che già Marius anelava a spiegare il foglio.

Depose dolcemente il corpo per terra e si allontanò. Qualcosa gli diceva che non poteva leggere la lettera dinanzi a quel cadavere.

Si avvicinò a una candela nella sala dell'osteria. Era un bigliettino piegato e suggellato con quella cura elegante propria alle donne. L'indirizzo era tracciato con calligrafia femminile, e diceva:

«Al signor Marius Pontmercy, presso il signor Courfeyrac, via della Vetreria n. 16».

Ruppe il sigillo e lesse:

«Mio diletto, ahimè, mio padre vuole che noi si parta subito. Saremo stasera in via dell'Homme-Armé n. 7. Tra otto giorni saremo in Inghilterra. Cosette. 4 giugno».

Era tanta l'innocenza del loro amore che Marius non conosceva neppure la calligrafia di Cosette.

Quello che era accaduto si può raccontare in poche parole. Era stata Éponine a fare tutto. Dopo la sera del 3 giugno, non aveva avuto che un duplice pensiero: sventare i progetti di suo padre e dei banditi circa la casa di via Plumet, e separare Marius da Cosette. Aveva scambiato i suoi stracci col primo giovinastro che le capitò, il quale trovò divertente camuffarsi da donna mentre Éponine si vestiva da uomo. Era lei che si era recata allo Champ-de-Mars e aveva dato a Jean Valjean l'avvertimento significativo: *Sgombrate*. Jean Valjean era infatti rincasato e aveva detto a Cosette: «*Partiamo questa sera. Andiamo in via dell'Homme-Armé, con Toussaint. La settimana prossima saremo a Londra*». Cosette, atterrita dal colpo inatteso, aveva scritto in fretta quelle due righe a Marius. Ma come fare per impostarle? Non usciva mai sola, e Toussaint, sorpresa da una simile commissione, avrebbe certamente fatto vedere la lettera al signor Fauchelevent. In quell'ansia, Cosette aveva scorto, attraverso la cancellata, Éponine in abito da uomo, che gironzolava senza tregua intorno al giardino. Aveva chiamato quel «giovane operaio» e gli aveva dato cinque franchi e la lettera, dicendogli: «Portatela subito all'indirizzo indicato». Éponine si era messa la lettera in tasca. L'indomani, 5 giugno, si era recata da Courfeyrac per chiedere di Marius: non per consegnargli la lettera, ma – cosa che ogni anima innamorata e gelosa comprenderà – per «vedere». Lì aveva aspettato Marius, o per lo meno Courfeyrac, sempre per «vedere». Quando Courfeyrac le aveva detto: «Noi andiamo alle barricate», un'idea le era sorta nella mente: gettarsi verso quella morte, come si sarebbe gettata verso un'altra fine qualsiasi, e spingervi pure Marius. Aveva seguito Courfeyrac, si era assicurata del posto dove doveva sorgere la barricata: e ben certa che Marius, non avendo ricevuto alcun avviso poiché la lettera l'aveva intercettata lei, si sarebbe recato al solito appuntamento di tutte le sere, era andata in via Plumet, vi aveva aspettato il giovane e gli aveva inviato, a nome dei suoi amici, quell'appello che, secondo lei, avrebbe dovuto richiamarlo alla barricata. Faceva assegnamento sulla disperazione di Marius nel non trovare Cosette: e non si era sbagliata. Da parte sua era ritornata in via della Chanvrerie. Abbiamo visto or ora che cosa vi aveva fatto. Era spirata con la tragica gioia dei cuori gelosi che trascinano l'essere amato nella propria morte, dicendosi: nessuno l'avrà!

Marius coprì di baci la lettera di Cosette. Ella dunque l'amava! Gli balenò l'idea di non dover più morire. Poi si disse: ella parte. Suo padre la porta in Inghilterra, e mio nonno è contrario a che io mi sposi. La sorte non è mutata in nulla.

I sognatori come Marius si lasciano vincere da questi supremi abbattimenti, da cui nascono risoluzioni disperate. La fatica di vivere è insopportabile: la morte è una soluzione più spiccia.

Allora egli pensò di avere due doveri da compiere: informare Cosette della sua morte e inviarle il supremo addio, e salvare dall'imminente catastrofe quel povero fanciullo, fratello di Éponine e figlio di Thénardier.

Portava con sé un portafogli, lo stesso che aveva racchiuso il quaderno sul quale egli aveva scritto tanti pensieri d'amore per Cosette. Ne strappò un foglio e vi vergò a matita le seguenti righe:

«Il nostro matrimonio è impossibile. Ho tentato con mio nonno, ma ho avuto un rifiuto. Non ho ricchezze, e neppure tu ne hai. Sono corso da te, ma non ti ho più trovata. Ricordi la parola che ti ho dato? La mantengo. Muoio. Ti amo. Quando leggerai queste parole, la mia anima sarà vicina a te e ti sorriderà».

Non avendo niente per suggellare quella lettera, si limitò a piegare il foglio in quattro e vi scrisse sopra, l'indirizzo:

Alla signorina Cosette Fauchelevent, presso il signor Fauchelevent, via dell'Homme-Armé, n. 7.

Rimase un poco pensieroso; poi riprese il portafogli, lo aprì e con la stessa matita scrisse queste quattro righe sulla prima pagina:

«Mi chiamo Marius Pontmercy. Portate il mio cadavere presso mio nonno, signor Gillenormand, via Filles-du-Calvaire, n. 6, al Marais».

Ripose il portafogli nella tasca, poi chiamò Gavroche. Questi, nell'udire la voce di Marius, accorse con un'espressione gioiosa e devota.

«Vuoi fare qualche cosa per me?»

«Tutto ciò che vorrete!» esclamò Gavroche. «Dio dei cieli! Senza di voi ero fritto.»

«Vedi questa lettera?»

«Sì.»

«Prendila. Esci all'istante dalla barricata.» Gavroche, inquieto, cominciò a grattarsi un'orecchia. «E domattina la porterai all'indirizzo qui scritto, alla signorina Cosette, presso il signor Fauchelevent, in via dell'Homme-Armé, n. 7.»

Il coraggioso monello rispose:

«Ah, sì, bene, e intanto la barricata verrà presa, e io non ci sarò.»

«La barricata non sarà attaccata prima dell'alba, a quanto si prevede, e non sarà certo presa prima di domani a mezzogiorno.»

Infatti la nuova tregua che gli assalitori lasciavano alla barricata si prolungava. Era una di quelle soste frequenti nei combattimenti notturni, sempre seguite da raddoppiato accanimento.

«Ebbene,» interrogò Gavroche «e se andassi domattina a portare la vostra lettera?»

«Sarebbe troppo tardi. La barricata sarà probabilmente bloccata, tutte le vie saranno sorvegliate e tu non avresti agio di uscire. Va' subito.»

Gavroche non trovò nulla da obiettare; rimaneva lì, triste, indeciso, a grattarsi un orecchio. D'un tratto, con uno di quei gesti bruschi da uccello che gli erano caratteristici, afferrò la lettera.

«Va bene» disse.

E partì correndo per vicolo Mondétour. Il monello aveva avuto un'idea, ed era stata quella a deciderlo, ma non l'aveva palesata a Marius per timore che questi gli facesse qualche obiezione.

L'idea, eccola:

«È appena mezzanotte, via dell'Homme-Armé non è lontana, porterò la lettera subito e sarò di ritorno in tempo».

LIBRO QUINDICESIMO

VIA DELL'HOMME-ARMÉ

I
SOTTOMANO CIARLIERO

Che cosa sono mai le convulsioni di una città paragonate alle rivolte dell'anima? L'uomo è una profondità ancora più grande del popolo. Jean Valjean, anche in quell'ora, era in preda a un tormento spaventoso. Tutti gli abissi si erano riaperti in lui. Anche lui, come Parigi, era tutto un fremito, sulla soglia di una rivoluzione formidabile e oscura. Poche ore erano bastate. Il suo destino e la sua coscienza si erano bruscamente velate d'ombra. Di lui, come di Parigi, si sarebbe potuto dire: i due principi sono di fronte. L'angelo bianco e l'angelo nero stanno per slanciarsi in un corpo a corpo sul ponte gettato sopra l'abisso: quale dei due farà precipitare l'altro? Chi sarà il vincitore?

Alla vigilia di quel 5 giugno Jean Valjean, accompagnato da Cosette e da Toussaint, si era trasferito in via dell'Homme-Armé. Ma altre peripezie lo attendevano.

Non fu senza un tentativo di resistenza che Cosette aveva abbandonato la via Plumet. Per la prima volta da quando vivevano insieme, la volontà di Cosette e quella di Jean Valjean si erano rivelate distinte e si erano, se non urtate, per lo meno contraddette. Vi furono obiezioni da una parte, inflessibilità dall'altra. Quel brusco consiglio: «Sgombrate», gettatogli da uno sconosciuto, aveva tanto sconvolto Jean Valjean da renderlo inflessibile. Si credette scoperto, inseguito. Cosette aveva dovuto cedere.

Entrambi erano arrivati al nuovo alloggio senza aprir bocca, senza scambiarsi una parola, ciascuno immerso nelle proprie preoccupazioni personali; Jean Valjean era tanto preoccupato da non accorgersi della tristezza di Cosette, e Cosette tanto triste da non notare la preoccupazione di Jean Valjean.

Jean Valjean aveva voluto portare con loro Toussaint, cosa che non aveva mai fatto nelle precedenti assenze. Aveva un vago presentimento che forse non sarebbe ritornato mai più in via Plumet, e non poteva abbandonare Toussaint né svelarle il suo segreto. Del resto, la intuiva devota e fidata. Da servo a padrone, il tradimento nasce dalla curiosità. Ma Toussaint, quasi fosse predestinata a essere la serva di Valjean, non era curiosa. Col suo parlare da balbuziente, in dialetto, da contadina di Barneville, soleva ripetere:

«Io sono fatta così; bado alle mie faccende, il resto non mi riguarda».

Durante quella partenza dalla via Plumet, che era stata quasi una fuga, Jean Valjean non aveva portato con sé che la valigetta odorosa che Cosette aveva battezzato l'*inseparabile*. Il trasporto di bauli avrebbe richiesto l'aiuto di facchini, e i facchini possono sempre diventare dei testimoni. Avevano fatto venire una carrozza presso la porta della via Babylone, e se ne erano andati.

Con gran fatica Toussaint aveva ottenuto il permesso di portar via un po' di biancheria, qualche vestito e qualche oggetto di toeletta. Cosette, dal canto suo, non aveva portato che la carta da lettere, col sottomano.

Jean Valjean, per accrescere la solitudine e le tenebre intorno a quella sparizione, aveva fatto in modo di lasciare il padiglione della via Plumet proprio al calar della sera, il che aveva dato il tempo a Cosette di scrivere il suo biglietto a Marius. Arrivarono alla nuova casa soltanto a notte avanzata.

Si coricarono in silenzio.

Il nuovo alloggio era situato in un cortile interno, al secondo piano, ed era composto di due camere da letto, una sala da pranzo e una cucina comunicante con questa, dove c'era un soppalco con una branda, che toccò a Toussaint. La sala da pranzo serviva anche da anticamera, e separava le camere da letto. L'alloggio era arredato del necessario.

Il rassicurarsi è spesso altrettanto precipitoso quanto l'impressionarsi: tale è la natura umana. Non appena Jean Valjean si trovò in via dell'Homme-Armé, la sua ansia si calmò e, gradatamente, svanì. Vi sono luoghi calmanti che agiscono, in certo qual modo, meccanicamente sullo spirito. Via oscura, abitanti pacifici; Jean Valjean subiva un certo contagio di tranquillità in quella viuzza dell'antica Parigi, tanto stretta da dover essere sbarrata al passaggio dei veicoli da un tavolone posto di traverso sopra due pilastri, viuzza muta e sorda nel mezzo della città rumorosa, crepuscolare in pieno giorno, e, per così dire, incapace di emozioni tra le sue due file di case centenarie, immerse in un silenzio quale si conviene ai vegliardi. C'era in essa un senso di oblìo stagnante. Jean Valjean vi respirò. Come avrebbero potuto scoprirlo lì?

La sua prima cura fu di collocare l'*inseparabile* accanto a sé.

Dormì bene. La notte porta consiglio; si può aggiungere: la notte rende tranquilli. L'indomani mattina, egli si svegliò di umore quasi gaio. Trovò incantevole la sala da pranzo che in realtà era odiosa, con la vecchia tavola rotonda, la credenza bassa sormontata da uno specchio in pendenza, una poltrona tarlata e alcune sedie ingombre dei pacchetti portati da Toussaint. Da uno strappo di uno di quegli involti si poteva scorgere l'uniforme di guardia nazionale di Jean Valjean.

Quanto a Cosette, ella si era fatta portare un brodo in camera dalla serva e non ne uscì che a sera.

Verso le cinque del pomeriggio la Toussaint, che andava su e giù affaccendata in quel piccolo trasloco, preparò sulla tavola della sala un arrosto freddo di pollo, che Cosette, per deferenza verso suo padre, aveva acconsentito ad assaggiare. Ma, fatto ciò, la fanciulla, col pretesto di una emicrania, aveva dato la buonasera a Jean Valjean e si era chiusa in camera sua. Jean Valjean, dopo aver spolpato con appetito un'ala di pollo, appoggiati i gomiti sulla tavola, fattosi a poco a poco sempre più sereno, rientrava in possesso della sua sicurezza.

Durante il suo frugale pasto, aveva confusamente udito, due o tre volte, Toussaint dirgli tartagliando: «Signore, c'è del chiasso; in Parigi si battono». Ma, assorto in una folla di preoccupazioni interiori, non vi aveva prestato attenzione. A dire il vero, non aveva neppure inteso bene.

Jean Valjean si alzò e si mise a camminare dalla finestra alla porta e viceversa, sempre più tranquillo.

Con la calma, il pensiero di Cosette, la sua unica preoccupazione, gli tornava in mente. Non che fosse turbato per quell'emicrania, piccola crisi di nervi, capriccio di fanciulla, nuvola passeggera della quale non sarebbe rimasta traccia il giorno dopo; ma pensava all'avvenire, e come al solito, vi meditava con dolcezza. Dopo tutto non scorgeva nessun ostacolo a che la vita felice riprendesse il suo corso. In certe ore, tutto pare impossibile, in certe altre tutto sembra facile; Jean Valjean si trovava in una di queste buone ore. Esse, di solito, giungono dopo le ore tristi, come il giorno segue la notte, per quella legge di successione e di contrasto, che è il fondo stesso della natura, che gli spiriti superficiali denominano antitesi. In quella via pacifica dove aveva trovato rifugio, Jean Valjean si liberava di tutto quel che l'aveva assillato negli ultimi tempi. Appunto perché aveva visto molte tenebre, ora cominciava a scorgere lembi di azzurro. Era già un bel passo aver potuto abbandonare senza complicazioni e senza incidenti la vecchia dimora. Era forse saggio espatriare, non fosse che per qualche mese, e recarsi a Londra. Stare in Francia o in Inghilterra, che gl'importava, pur di avere Cosette accanto a sé? Cosette era la sua patria, Cosette bastava alla sua felicità; il pensiero poi, ch'egli non bastasse, forse, alla felicità di Cosette, questo dubbio, che un tempo era stato per lui febbre e insonnia, non si presentava neppur più al suo spirito. Era nel collasso di tutte le sofferenze trascorse, nello stato di pieno ottimismo. Cosette, vicino a lui, gli pareva cosa appartenente a lui; illusione ottica che ognuno ha provato. Stabiliva tra sé e sé, e con tutta facilità, la partenza con Cosette per l'Inghilterra, e nelle prospettive della sua fantasticheria vedeva la propria felicità ricostruirsi non importa dove.

Camminava sempre in su e in giù a passi lenti; d'un tratto il suo sguardo scorse qualche cosa di strano. Nello specchio inclinato al di sopra della credenza, poté chiaramente leggere le quattro righe seguenti:

«Mio diletto, ahimè, mio padre vuole che noi si parta subito. Saremo stasera in via dell'Homme-Armé, n. 7. Tra otto giorni saremo a Londra. Cosette. 4 giugno».

Jean Valjean si fermò, stralunato.

Cosette, nell'arrivare, aveva deposto il suo sottomano sulla credenza, davanti allo specchio, e tutta presa dalla dolorosa angoscia, l'aveva dimenticata lì, senza neppur badare che la lasciava aperta, e aperta precisamente alla pagina assorbente sulla quale aveva asciugato il biglietto da lei scritto e poi consegnato al giovane operaio che passava in via Plumet. Lo scritto era rimasto impresso sulla carta. Ne risultava ciò che in geometria si chiama immagine simmetrica, cosicché la grafia rovesciata sull'assorbente appariva nella giusta posizione se riflessa dallo specchio: e Valjean aveva sotto gli occhi la lettera scritta da Cosette a Marius.

Era semplice e fulminante.

E lo specchio la rifletteva.

Egli si avvicinò allo specchio. Rilesse quelle parole, ma non volle credervi. Gli facevano l'effetto di un'apparizione in una luce di folgore. Era un'allucinazione. Era impossibile. Non poteva essere.

A poco a poco la sua percezione si precisò; egli guardò la cartella di Cosette, e il senso del fatto reale si concretò. Prese in mano la cartella, dicendosi: «È questo». Esaminò febbrilmente le righe impresse sulla carta; la calligrafia rovesciata vi faceva uno strano scarabocchio. Non vi trovò alcun senso. Allora si disse: «Ma questo non ha alcun significato, qui non c'è scritto nulla». E respirò a pieni polmoni con un sollievo indescrivibile. Chi non ha provato tali gioie insensate negli istanti orribili? L'anima umana non vuole credere alla disperazione senza prima aver esaurito tutte le illusioni.

Jean Valjean teneva in mano la cartella, e la contemplava stupidamente felice, quasi pronto a ridere dell'allucinazione di cui era stato lo zimbello. D'un tratto il suo sguardo cadde sullo specchio, e rivide l'immagine. Le quattro righe si staccavano con precisione inesorabile. Stavolta non era un miraggio. La recidiva di una visione è realtà; era una cosa palpabile, era la scrittura raddrizzata nel cristallo. Comprese.

Barcollò, si lasciò sfuggire dalle mani la cartella e si accasciò nella vecchia poltrona accanto alla credenza, con la testa ripiegata, l'occhio vitreo, smarrito. Si disse che la cosa era evidente e sentì che per lui la luce del mondo era per sempre eclissata: Cosette aveva scritto quelle parole a qualcuno. Allora intese la propria anima, ridiventata terribile, emettere nelle tenebre un sordo ruggito. Provate dunque a togliere al leone il cane che ha nella gabbia! In quel momento Marius non aveva ancora ricevuto la lettera di Cosette; il caso, traditore, l'aveva svelata a Jean Valjean, prima di recapitarla a Marius.

Jean Valjean, sino a quel giorno, non si era lasciato abbattere dalle prove. Era stato sottoposto a esperienze atroci. Non un solo aspetto della mala fortuna gli era stato risparmiato; la ferocia della sorte, armata di tutte le vendette e di tutto il disprezzo sociale, ne aveva fatto il suo schiavo e si era accanita contro di lui. Egli non aveva indietreggiato e non aveva ceduto. Aveva accettato, all'occorrenza, tutti gli estremi, aveva sacrificato la sua riconquistata inviolabilità d'uomo, aveva abbandonato la sua libertà, rischiato la testa, tutto perduto, sofferto tutto ed era rimasto disinteressato e stoico, tanto che a tratti si sarebbe potuto crederlo assente, come un martire. La sua coscienza, aguerrita a tutti i possibili assalti dell'avversità, poteva sembrare per sempre corazzata. Eppure, se in quell'ora qualcuno avesse potuto scrutargli l'animo, sarebbe stato costretto a riconoscere che quella forza veniva meno.

Gli è che di tutti i dolori che aveva dovuto subire durante la lunga tortura inflittagli dal destino, questo era il più tremendo. Mai lo aveva afferrato una simile morsa. Egli sentì il palpito misterioso di tutta la sua sensibilità latente. Sentì nell'animo lo spasimo d'una fibra prima sconosciuta. Ahimè, la prova suprema o, per meglio dire, la prova unica, è la perdita dell'essere amato.

Il povero vecchio Jean Valjean non amava certo Cosette altro che d'amor paterno; ma, l'abbiamo già rilevato, la vedovanza stessa della sua vita aveva concentrato in quella paternità tutti gli affetti: amava Cosette come una figlia, come una madre, come una sorella; e non avendo mai avuto amante o sposa, ed essendo la natura una creditrice che non accetta alcun protesto, anche quel sentimento, il più tenace di tutti, era misto ad altri: vago, ignorante, puro della purezza della cecità, inconscio, celeste, angelico, divino; più che sentimento era istinto, più che istinto, attrazione, impercettibile e invisibile, ma reale. E nella sua grande tenerezza per Cosette, l'amore nel puro senso della parola era simile al filone d'oro nel seno della roccia: tenebroso e vergine.

Bisogna ricordarsi della situazione sentimentale a cui abbiamo già accennato. Nessun matrimonio era possibile fra loro: neppure quello delle anime; tuttavia era certo che i loro destini si erano uniti. All'infuori di Cosette, cioè all'infuori di un'infanzia, nella sua lunga esistenza Jean Valjean non aveva conosciuto nulla di ciò che si può amare. Per lui non era avvenuto il succedersi di passioni e d'amori da cui nasce quella progressione di tinte verdi, dal verde tenero al verde scuro, che si osserva sulle foglie che hanno passato l'inverno e nell'anima degli uomini che hanno varcato la cinquantina. Insomma, e su ciò abbiamo più volte insistito, tutta quella fusione interiore, tutto quell'insieme il cui risultato era una nobile virtù, aveva fatto di Jean Valjean il padre di Cosette. Padre strano, in cui si confondevano il nonno, il figlio, il fratello e il marito; padre nel quale vi era anche qualche cosa di materno; padre che amava, adorava Cosette, e per cui quella bimba era la luce, la casa, la famiglia, la patria, il paradiso.

Perciò, quando s'avvide che era proprio finita, che ella gli sfuggiva, che si svincolava dalle sue mani, che svaniva, che era nuvola, acqua; quando ebbe dinanzi agli occhi questa schiacciante evidenza: un altro è la mèta del suo cuore e il desiderio della sua vita; c'è il prediletto, io non sono che il padre, io non esisto più; quando non poté più dubitare, quando si disse: ella s'allontana da me!, allora il dolore che provò oltrepassò i limiti del possibile. Aver fatto tutto quello che aveva fatto per giungere a tal punto! E quale punto! Non essere più nulla! Allora, come abbiamo detto, ebbe in ogni fibra, dalla testa ai piedi, un fremito di rivolta. Sentì sino alla radice dei capelli l'immenso risveglio dell'egoismo, e l'io urlò nell'abisso di quell'uomo.

Accadono di questi sprofondamenti interiori. La penetrazione di una certezza disperata non può prodursi senza urtare e spezzare certi profondi elementi che sono talvolta la stessa essenza umana. Il dolore, quando arriva a quel grado, getta lo scompiglio in tutte le energie della coscienza. Sono le crisi fatali. Pochi di noi riescono a uscirne ancora integri e fermi nel proprio dovere. Quando è varcato il limite della sofferenza, la virtù più integerrima resta sconcertata. Jean Valjean riprese in mano la cartella e si confermò nella sua convinzione; rimase curvo e come pietrificato su quelle quattro righe irrecusabili, con l'occhio fisso; e in lui si fece tanta oscurità che si sarebbe potuto credere che tutto l'intimo di quell'anima si inabissasse.

Esaminò la rivelazione attraverso l'ingrandimento della fantasia, con una calma apparente e terribile, perché è una cosa formidabile la calma umana quando arriva alla freddezza della statua.

Egli misurò il passo spaventoso fatto a sua insaputa dal destino; si rammentò i propri timori della scorsa estate, respinti con tanta leggerezza; riconobbe il precipizio: era sempre il medesimo; soltanto, ora Jean Valjean non ne era più sull'orlo, ma in fondo.

Cosa inaudita e straziante, egli vi era caduto senza accorgersene.

Tutta la luce della sua vita era svanita, mentre egli credeva di scorgere sempre il sole.

Il suo istinto non esitò. Riavvicinò alcune circostanze, alcune date, certi rossori e pallori di Cosette, e si disse: è lui. La chiaroveggenza della disperazione è un arco misterioso la cui freccia non fallisce mai il colpo. Fin dalla sua prima congettura, colse Marius. Non sapeva il nome, ma era certo della persona. Scorse chiaramente, in fondo all'implacabile evocazione dei ricordi, il girovago sconosciuto del Luxembourg, quel miserabile cacciatore di amorazzi, quel fannullone da ballata, quell'imbecille, quel vile, perché è una viltà fare l'occhio di triglia alle fanciulle che hanno al loro fianco il padre che le ama.

Dopo avere ben constatato che in fondo alla situazione vi era quel giovanotto e che tutto il male veniva da lui, egli, Jean Valjean, l'uomo rigenerato, l'uomo che aveva tanto lavorato per la propria anima, l'uomo che aveva fatto tanti sforzi per risolvere in amore tutta la vita, tutta la miseria e tutta la sventura, guardò dentro se stesso e vi scorse uno spettro: l'Odio.

I grandi dolori recano con loro l'accasciamento. Tolgono il coraggio di vivere. L'uomo che ne è colpito sente qualche cosa che lo abbandona. Nella giovinezza la loro visita è lugubre; più tardi, è sinistra. Ahimè, quando il sangue è caldo, quando i capelli sono neri, quando la testa si erge diritta sul collo come la fiamma sulla torcia, quando il rullo dell'esistenza ha ancora quasi tutto il suo spessore, quando il cuore, pieno d'un amore desiderabile, ha ancora battiti che possono essergli ricambiati, quando si ha dinanzi a sé il tempo di riparare, quando tutte le donne sono lì, e così tutti i sorrisi e tutto l'avvenire e tutto l'orizzonte, quando la forza della vita è completa, se allora la disperazione è una cosa spaventosa, che cosa sarà dunque nella vecchiaia, quando gli anni precipitano sempre più squallidi, in quell'ora crepuscolare in cui si cominciano a scorgere le stelle della tomba?

Durante il suo fantasticare, entrò Toussaint. Jean Valjean si alzò e le chiese:

«Da che parte è? Lo sapete?».

Stupefatta, la serva non poté che rispondergli:

«Comanda?».

Jean Valjean riprese:

«Non mi avete detto poc'anzi che si battono?».

«Ah, sì, signore» rispose Toussaint. «È dalla parte di Saint-Merry.»

Esistono dei moti macchinali che provengono, a nostra insaputa, dal nostro pensiero più profondo. Fu senza dubbio sotto l'impulso di un moto di questo genere, e del quale aveva appena coscienza, che Jean Valjean si trovò, cinque minuti dopo, sulla via.

Era a testa scoperta. Si sedette sul limitare della porta di casa. Sembrava ascoltasse.

Era calata la notte.

II
IL BIRICHINO NEMICO DEI FANALI

Quanto tempo Jean Valjean passò così? Quali furono i flussi e i riflussi della sua tragica meditazione? Si risollevò? Rimase piegato? Era stato curvato sino a rimanere spezzato? Poteva ancora raddrizzarsi e riprendere solidamente terreno nella propria coscienza? Probabilmente egli stesso non avrebbe saputo rispondere a simili domande.

La via era deserta. Qualche borghese preoccupato, che rincasava in fretta, si accorse appena di lui. Nell'ora del pericolo ognuno pensa a sé. Il lampionaio venne come al solito ad accendere il fanale che era posto proprio di fronte alla porta numero 7, e si allontanò. Valjean, per chi l'avesse osservato in quell'ombra, non pareva un essere vivo. Era seduto lì, sulla soglia, immobile come una larva di ghiaccio. Nella disperazione vi è qualcosa del congelamento. Si udivano la campana a stormo e confusi rumori burrascosi. In mezzo al martellare convulso della campana misto ai fragori della rivolta, l'orologio di Saint-Paul suonò le undici, gravemente, senza fretta; poiché la campana a stormo rappresenta l'uomo; l'ora è Dio. Il rintoccar delle ore non valse a scuotere Jean Valjean. Poco dopo, un brusca detonazione scoppiò dalla parte dei mercati; la seguì una seconda, ancora più violenta. Era probabilmente quell'attacco alla barricata di via Chanvrerie che abbiamo già visto respinto da Marius. A quella doppia scarica, la cui furia sembrava accresciuta dallo stupore della notte, Jean Valjean trasalì; si raddrizzò, volgendosi verso la parte da cui era giunto il rumore; ma poi ricadde sulla soglia, incrociò le braccia e la testa tornò a posarglisi lentamente sul petto.

Riprese il tenebroso dialogo con se stesso. A un tratto alzò lo sguardo: qualcuno camminava nella via; udiva dei passi vicino a lui e alla luce del fanale, verso il lato della via che metteva capo agli Archivi, scorse un viso livido, giovane e raggiante.

Gavroche arrivava allora in via dell'Homme-Armé. Aveva il naso in aria e pareva cercare qualche cosa. Vedeva benissimo Jean Valjean, ma non gli badava. Dopo avere scrutato per aria, guardava in basso; si sollevava sulla punta dei piedi per tastare le porte e le finestre dei pianterreni: erano tutte chiuse, col catenaccio, coi lucchetti. Dopo aver osservato che cinque o sei case erano così barricate, il birichino si strinse nelle spalle e si apostrofò in questi termini:

«Perdinci!».

Poi guardò di nuovo per aria.

Jean Valjean, che l'istante prima, nello stato d'animo in cui era, non avrebbe parlato e neppure risposto a nessuno, si sentì irresistibilmente spinto a rivolgere la parola a quel ragazzo.

«Piccolo, cos'hai?»

«Ho che ho fame» rispose schiettamente Gavroche. E soggiunse: «Piccolo sarete voi».

Jean Valjean si frugò in saccoccia e ne trasse una moneta da cinque franchi.

Ma Gavroche, che apparteneva alla specie delle cutrettole e passava rapidamente da un gesto all'altro, aveva raccolto un sasso. S'era accorto del fanale.

«To'» esclamò «avete ancora delle lanterne qui! Non siete in regola, amici. Questo è disordine. Fracassiamocela!»

E scagliò la pietra contro il fanale, il cui vetro rovinò con tanto fracasso che alcuni borghesi, nascosti dietro le tendine della casa di fronte, gridarono: «Ecco il novantatré!».

Il fanale oscillò con violenza e si spense. La via piombò nell'oscurità.

«Ecco fatto, cara la mia vecchia via,» disse Gavroche «mettiti il berretto da notte.»

E volgendosi verso Jean Valjean:

«Com'è che chiamate quel gigantesco monumento che avete lì in fondo alla via? Sono gli Archivi, nevvero? Bisognerebbe gualcire un po' quelle bestiacce di colonne e farne gentilmente una barricata».

Jean Valjean si avvicinò a Gavroche.

«Povera creatura» disse a mezza voce e parlando fra sé. «Ha fame.»

E gli mise in mano la moneta da cinque franchi.

Gavroche alzò il naso, stupito del volume di quel grosso soldo; lo guardò nel buio e il biancheggiare della moneta lo colpì. Conosceva i pezzi da cinque franchi solo per averne udito parlare e la loro esistenza era per lui una favola piacevole; fu incantato di vederne uno da vicino. Si disse: «Ammiriamo la tigre[1]».

Osservò la moneta qualche istante, estasiato, poi, volgendosi verso Jean Valjean, gliela rese e gli disse maestosamente:

«Borghese, preferisco fracassare le lanterne. Riprendetevi la vostra bestia feroce. Non mi lascio corrompere, io. Questa bestia ha cinque artigli, ma non mi graffia».

---

[1] In gergo, *tigre* significa appunto «scudo».

«Hai la mamma?» chiese Jean Valjean.

«Può darsi che l'abbia più di voi» rispose Gavroche.

«Ebbene,» continuò Valjean «conserva questo denaro per tua madre.»

Gavroche si sentì commosso. Del resto, egli aveva osservato che il suo interlocutore non portava cappello, e ciò gli ispirava fiducia.

«Davvero,» disse «questo non è per impedirmi di rompere i fanali?»

«Rompi pure tutto quel che ti pare.»

«Siete un brav'uomo» osservò Gavroche.

E mise la moneta in una delle sue tasche.

Dato che la sua fiducia aumentava, il monello chiese:

«Abitate in questa via?».

«Sì, perché?»

«Mi potreste indicare la casa numero sette?»

«Perché proprio il numero sette?»

Lì il ragazzo si arrestò, temendo di aver detto troppo. Si cacciò energicamente le dita nei capelli e si limitò a rispondere:

«Così».

Un'idea balenò alla mente di Jean Valjean. Disse al ragazzo:

«Sei tu che mi porti la lettera che aspetto?».

«Voi?» si stupì Gavroche. «Voi non siete una donna!»

«La lettera è per la signorina Cosette, nevvero?»

«Cosette?» borbottò il monello. «Sì, mi pare che sia proprio questo buffo nome.»

«Ebbene,» riprese Jean Valjean «sono io che debbo consegnargliela. Dammela.»

«In tal caso, dovete sapere che sono inviato qui dalla barricata?»

«Certo» assentì Jean Valjean.

Gavroche cacciò il pugno in un'altra delle sue tasche e ne trasse una carta piegata in quattro. Poi fece il saluto militare.

«Omaggio alla missiva» disse. «Viene dal governo provvisorio.»

«Dammela» ripeté Jean Valjean.

Gavroche teneva il biglietto alzato sopra la testa.

«Non andate a credere che si tratti di un bigliettino tenero. È per una donna, ma è per il popolo. Noialtri ci battiamo, ma rispettiamo il bel sesso. Noi non siamo come nel gran mondo, dove ci sono elegantoni che mandano letterine amorose alle civette.»

«Dammi.»

«In fondo,» continuò Gavroche «voi mi avete l'aspetto di un brav'uomo.»

«Dammi presto.»

«Prendete.»

E consegnò il biglietto a Jean Valjean.

«E sbrigatevi, signor Coso, dato che la signorina Cosette attende.»

Gavroche fu soddisfatto di questo suo gioco di parole. Jean Valjean interrogò:

«La risposta dovrà essere portata a Saint-Merry?».

«Combinereste uno di quei pasticci proprio solenni!» esclamò Gavroche. «Questa lettera giunge dalla barricata di via Chanvrerie, e là io ritorno. Buonasera, cittadino.»

Detto questo, il monello se ne andò o, per meglio dire, riprese il suo volo d'uccello scappato, verso il luogo donde veniva. Si rituffò nell'oscurità quasi la traforasse, con la rigida rapidità d'un proiettile. La viuzza dell'Homme-Armé tornò silenziosa e solitaria. In un batter d'occhio quello strano fanciullo che aveva in sé qualcosa dell'ombra e del sogno, s'era sprofondato nel buio di quelle file di caseggiati neri e vi si era perso come fumo nelle tenebre; e si sarebbe potuto crederlo dissolto e dileguato se, qualche minuto dopo la sua sparizione, un fragoroso scroscio di vetri infranti e il magnifico tonfo d'un fanale precipitato al suolo non avessero svegliato di bel nuovo e bruscamente i borghesi indignati. Era Gavroche che passava in via Chaume.

III

MENTRE COSETTE E TOUSSAINT DORMONO

Jean Valjean rientrò con la lettera di Marius. Salì a tastoni le scale, soddisfatto dell'oscurità come un gufo che abbia afferrata la sua preda, aprì e richiuse dolcemente la porta, tese l'orecchio per sentire se v'era rumore e notò che, secondo ogni apparenza, Cosette e Toussaint dormivano. Immerse nel recipiente dell'accenditore Fumade tre o quattro zolfanelli, senza riuscire a ottenere la fiamma, tanto gli tremava la mano: sentiva che quel che aveva compiuto o ora rassomigliava a un furto. Finalmente riuscì ad accendere la candela, sedette presso il tavolo e spiegò il foglio di carta.

Quando si è presi da emozioni violente, si è incapaci di leggere; si afferra, per così dire, la carta che si tiene in mano, la si stringe come fosse una vittima, la si gualcisce, vi si affondano le unghie in preda a collera o a gioia; si corre alla fine, si salta al principio; l'attenzione è febbrile; essa comprende all'ingrosso, a un di presso, il significato essenziale; afferra un punto, e tutto il resto sparisce. Nel biglietto di Marius a Cosette, Jean Valjean non vide che queste parole:

«...Muoio. Quando leggerai queste parole, la mia anima sarà vicino a te».

Dinanzi a queste due righe egli ebbe una vertigine orribile: rimase

1088

un momento come schiacciato dal cambiamento di emozioni che si produceva in lui; guardava il biglietto di Marius con una specie di stupore ebete: aveva dinanzi agli occhi quella cosa splendida che è la morte dell'essere odiato.

Lanciò un orrendo grido di gioia interiore. Così era finita. La conclusione giungeva assai più rapidamente di quel che non avesse osato sperare. L'essere che ingombrava il suo destino spariva. Se ne andava da sé, liberamente, di propria volontà. Senza che lui, Jean Valjean, avesse fatto nulla per questo, senza che vi fosse sua colpa, «quell'uomo» moriva. Forse era già morto. A questo punto, la sua febbre cominciò a calcolare: «No, non è ancora morto. La lettera, a quanto appare evidente, è stata scritta per essere letta da Cosette solo domattina; dopo quelle due scariche che si sono udite tra le undici e la mezzanotte, non c'è stato altro; la barricata non sarà attaccata seriamente se non all'alba. Ma è lo stesso; dal momento che "quell'uomo" prende parte alla lotta, vuol dire che è perduto: è preso nell'ingranaggio». Jean Valjean si sentiva liberato. Dunque egli stava per rimanere solo accanto a Cosette. La concorrenza cessava; l'avvenire ricominciava. Non aveva da fare altro che tenersi quel biglietto in tasca. Cosette non avrebbe mai saputo più nulla di «quell'uomo», né quel che era stato di lui. «Non c'è che da lasciar compiersi gli eventi. Quell'uomo non può sfuggire alla sua sorte. Se ancora non è morto, è certo che non tarderà a morire. Che felicità!»

Detto tutto questo tra sé, divenne cupo.

Poi scese e svegliò il portiere.

Circa un'ora dopo, Jean Valjean usciva, in completa tenuta di guardia nazionale, armato. Il portiere gli aveva facilmente procurato nel vicinato di che completare il suo equipaggiamento. Portava un fucile carico e una giberna colma di cartucce. Si diresse verso i mercati.

IV
GLI ECCESSI DI ZELO DI GAVROCHE

Nel frattempo era accorsa un'avventura a Gavroche.

Il monello, dopo aver coscienziosamente bersagliato tutti i fanali di via dello Chaume, si inoltrò in via delle Vieilles-Haudriettes, e, non scorgendovi neppure «l'ombra di un gatto», trovò buona l'occasione per intonare una canzone con tutto il fiato di cui disponeva. Il suo passo di marcia, ben lungi dal rallentare per via del canto, si era fatto più celere. Ed egli cominciò a disseminare lungo le case addormentate o atterrite le seguenti strofe incendiarie:

L'oiseau médit dans les charmilles
Et prétend qu'hier Atala
Avec un Russe s'en alla.
    Où vont les belles filles,
    Lon la.

Mon ami Pierrot, tu babilles,
Parce que l'autre jour Mila
Cogna sa vitre, et m'appela.
    Où vont les belles filles,
    Lon la.

Les drôlesses sont fort gentilles;
Leur poison qui m'ensorcela
Griserait monsieur Orfila.
    Où vont les belles filles,
    Lon la.

J'aime l'amour et ses bisbilles,
J'aime Agnès, j'aime Paméla.
Lise en m'allumant se brûla.
    Où vont les belles filles,
    Lon la.

Jadis, quand je vis les mantilles
De Suzette et de Zéila,
Mon âme à leurs plis se mêla.
    Où vont les belles filles,
    Lon la.

Amour, quand, dans l'ombre où tu brilles,
Tu coiffes de roses Lola,
Je me damnerais pour cela.
    Où vont les belles filles,
    Lon la.

Jeanne, à ton miroir tu t'habilles!
Mon coeur un beau jour s'envola;
Je crois que c'est Jeanne qui l'a.
    Où vont les belles filles,
    Lon la.

Le soir, en sortant des quadrilles,
Je montre aux étoiles Stella
Et je leur dis: regardez-la.
Où vont les belles filles
Lon la.[2]

Gavroche, pur seguitando a cantare, si prodigava in gesti. Il gesto è il punto d'appoggio del ritornello. Il viso del monello, inesauribile repertorio di maschere, faceva certe smorfie più convulse e più fantastiche degli sventolii d'un panno stracciato esposto alla furia del vento. Disgraziatamente, siccome era solo e immerso nel buio, la sua mimica non era vista né visibile. Esistono simili ricchezze perdute.

A un tratto si arrestò.

«Interrompiamo la romanza» disse.

La sua pupilla felina aveva scorto nello sfondo di un portone ciò che in pittura suol chiamarsi «quadretto d'insieme»: cioè una persona e una cosa; la cosa era un carretto a mano, la persona un alverniate che vi dormiva sopra.

Le stanghe della carretta erano appoggiate al selciato, e la testa dell'alverniate si appoggiava sulla sponda della carretta. Il suo corpo era tutto raggomitolato sul piano inclinato, i suoi piedi toccavano terra.

Gavroche, con la sua esperienza per le cose di questo mondo, riconobbe un ubriaco.

Doveva essere un facchino dell'angolo, il quale, per aver troppo bevuto, ora dormiva troppo sodo.

«Ecco» meditò Gavroche «a che servono le notti estive. Un alverniate si addormenta nel suo carretto. Allora si piglia il carretto per la repubblica e si lascia l'alverniate alla monarchia.»

Il suo spirito era stato illuminato dal seguente lampo:

[2] L'uccello sparla fra le fronde, – E pretende che ieri Atala con un russo se ne sia andata. – Dove vanno le belle ragazze, – Lon la.
Mio amico Pierrot, tu cicali, – Perché l'altro giorno Mila – Ha bussato alla finestra per chiamarmi. – Dove... (ecc.).
Le briccone sono assai gentili; – Il loro veleno che mi stregò – Avrebbe ubriacato il signor Orfila. – Dove... (ecc.).
Amo l'amore e i suoi bisbigli, – Amo Agnese, amo Pamela, – Lisa accendendomi si bruciò. – Dove... (ecc.).
Una volta, vedendo le mantiglie – Di Susetta e di Zeila, – La mia anima restò impigliata nelle loro pieghe. – Dove... (ecc.).
Amore, quando nell'ombra ove tu luccichi, – Cingi Lola di rose, – Io mi dannerei per questo. – Dove... (ecc.).
Giovanna, tu ti vesti dinanzi al tuo specchio! – Il mio cuore un bel dì s'è involato; – Io credo sia Giovanna che lo ha. – Dove... (ecc.).
La sera, dopo aver danzato la quadriglia, – Mostrai Stella alle stelle, – E dissi loro: guardatela. Dove... (ecc.).

«Questo carretto farebbe bellissima mostra di sé sulla nostra barricata».

L'alverniate russava.

Gavroche tirò adagio la carretta per di dietro e l'alverniate per davanti, cioè per i piedi e, un minuto dopo, l'ubriaco, imperturbabile, riposava lungo disteso sul selciato.

Il carretto era libero.

Gavroche, abituato a dover fare sempre e ovunque fronte all'imprevisto, aveva le tasche ben fornite di tutto. Frugò in una di queste, ne trasse un pezzo di carta e un mozzicone di matita rossa rubata a qualche falegname.

Scrisse:

«Repubblica francese. Ricevuto la tua carretta».

E firmò: «Gavroche».

Fatto questo, introdusse il foglio nella tasca del panciotto di velluto dell'alverniate che russava sempre; poi afferrò le stanghe a pugni stretti e si avviò nella direzione dei mercati, spingendo dinanzi a sé la carretta, a gran galoppo, con un glorioso scalpiccìo trionfale.

Era un gesto pericoloso. Vi era un posto di guardia alla Stamperia reale. Gavroche non ci pensava. Quel posto era occupato dalle guardie nazionali del circondario. Un certo risveglio cominciava a serpeggiare nella squadra, e le teste si sollevavano sui letti da campo. Il rumore di due fanali rotti di botto e quella canzone intonata a squarciagola, era troppo per quelle strade tanto pigre, che desiderano mettersi a letto con le galline e spengono di buon'ora le candele. Da un'ora il monello faceva in tutto il pacifico quartiere un chiasso paragonabile al ronzìo di un moscerino imprigionato in una bottiglia. Il sergente capoposto stette in ascolto. Aspettava. Era un uomo prudente.

Il rotolare forsennato della carretta fece traboccare la misura della pazienza, e spinse il sergente a tentare una ricognizione. «Ce n'è una banda al completo!» egli disse. «Andiamoci pianino.»

Era chiaro che l'idra dell'anarchia era uscita dalla sua tana e impazzava nel quartiere. Il sergente si arrischiò fuori dal posto di guardia, camminando a passi cauti.

D'un tratto, Gavroche, nel momento in cui svoltava l'angolo di via Vieilles-Haudriettes, sempre spingendo avanti a sé la carretta, si trovò a faccia a faccia con una uniforme, un cheppì, un pennacchio e un fucile.

Per la seconda volta, si fermò di colpo.

«To',» disse «è lui. Salute all'ordine pubblico.»

Gli stupori di Gavroche erano brevi e si dissipavano presto.

«Dove vai, canaglia?» l'interpellò il sergente.

«Cittadino,» disse Gavroche «non vi ho ancora dato del borghese. Perché dunque m'insultate?»

«Dove vai, buffone?»

«Signore,» ribatté Gavroche «forse ieri eravate un uomo di spirito, ma stamattina vi hanno destituito.»

«Ti ho chiesto dove vai, briccone!»

Gavroche rispose:

«Parlate molto gentilmente. Davvero, non vi si potrebbero dare gli anni che avete. Dovreste vendere tutti i vostri capelli a cento franchi l'uno. Questo vi darebbe un ricavo di cinquecento franchi».

«Dove vai? Dove vai? Dove vai, bandito?»

Gavroche ribatté:

«Eh! Quante brutte parolacce. La prima volta che andrete a balia, bisognerà che si ricordino di asciugarvi meglio le labbra».

Il sergente incrociò la baionetta.

«Mi dirai finalmente dove vai, miserabile?»

«Mio generale,» esclamò Gavroche «vado a cercare il dottore per la mia sposa che sta per partorire.»

«All'armi!» gridò il sergente.

Salvarsi per mezzo di quel che li ha portati alla rovina: ecco il capolavoro degli uomini forti. Gavroche misurò in un batter d'occhio tutta la situazione. La carretta lo aveva compromesso, toccava alla carretta di proteggerlo. Nell'istante in cui il sergente stava per slanciarsi contro il monello, la carretta, diventata proiettile e lanciata a gran forza, gli rotolò contro con furia e il sergente, colpito in pieno ventre, cadde riverso nel rigagnolo, mentre il suo fucile sparava a vuoto.

Al grido del sergente, gli uomini del posto di guardia uscirono alla rinfusa; lo sparo determinò una scarica generale a casaccio; dopo di che i soldati ricaricarono le armi e ricominciarono.

Quella moschetteria a mosca cieca durò un buon quarto d'ora, e non ammazzò che qualche vetro delle finestre.

Intanto Gavroche, che s'era messo a correre a perdifiato, si fermò cinque o sei strade più in là e si sedette, trafelato, sul paracarro che fa angolo con gli Enfants-Rouges.

Stava in ascolto.

Dopo aver ripreso fiato per qualche minuto, si voltò verso la direzione donde proveniva la sparatoria, alzò la mano sinistra all'altezza del naso e la lanciò per tre volte in avanti, battendosi contemporaneamente la palma destra sulla nuca: gesto sovrano nel quale la monelleria parigina ha condensato l'ironia francese, e che evidentemente è efficace, se è già durato un mezzo secolo.

Però la sua allegria venne turbata da una riflessione amara.

«Già,» si disse «io me la rido, mi sollazzo, mi do alla pazza gioia, e intanto perdo la strada e dovrò fare un lungo giro. Purché arrivi in tempo alla barricata!»

E detto questo riprese a correre.

Nel correre, si chiese:

«A che punto ero rimasto?».

Si rimise a cantare la sua canzone, inoltrandosi rapidamente nelle vie, e il canto andò decrescendo nelle tenebre:

> Mais il reste encore des bastilles,
> Et je vais mettre le holà
> Dans l'ordre public que voilà.
> > Où vont les belles filles,
> > Lon la.
>
> Quelqu'un veut-il jouer aux quilles?
> Tout l'ancien monde s'écroula
> Quand la grosse boule roula.
> > Où vont les belles filles,
> > Lon la.
>
> Vieux bon peuple, à coups de béquilles,
> Cassons ce Louvre où s'étala
> La monarchie en falbala.
> > Où vont les belles filles,
> > Lon la.
>
> Nous en avons forcé les grilles,
> Le roi Charles Dix ce jour-là
> Tenait mal et se décolla.
> > Où vont les belles filles,
> > Lon la.[3]

Il pronto accorrere di tutto il corpo di guardia armato non fu infruttuoso. Il carretto fu conquistato e l'ubriaco fatto prigioniero. Il primo

---

[3] Ma rimangono ancora delle Bastiglie, – E io voglio gettare il chi va là – Nell'ordine pubblico di quaggiù. – Dove vanno le belle ragazze, – Lon la.
C'è qualcuno che vuol giocare ai birilli? – Tutto il mondo antico crollò – Quando la grossa biglia ruzzolò. – Dove... (ecc.).
Vecchio buon popolo, a colpi di gruccia, – Distruggiamo questo Louvre ove troneggia – La monarchia in falpalà. – Dove... (ecc.).
Ne abbiamo forzati i cancelli; – Il re Carlo Decimo quel giorno – Era male in arnese e si scrollò. – Dove... (ecc.).

venne posto in fureria; l'altro, più tardi, venne inquisito e quindi trascinato dinanzi al consiglio di guerra sotto l'accusa di complicità. E in quell'occasione il pubblico ministero di quei giorni ebbe modo di fare sfoggio del suo instancabile zelo per la difesa della società.

L'avventura di Gavroche, rimasta nella tradizione del quartiere del Temple, è uno dei ricordi più terribili per i vecchi borghesi del Marais, e nella loro memoria porta il nome di Attacco notturno al posto di guardia della Stamperia reale.

PARTE QUINTA

JEAN VALJEAN

LIBRO PRIMO

LA GUERRA FRA QUATTRO MURA

I
LA CARIDDI DEL SOBBORGO SANT'ANTONIO
E LA SCILLA DEL SOBBORGO DEL TEMPLE

Le due più memorande barricate che l'osservatore delle malattie sociali possa menzionare non appartengono affatto al periodo in cui è posta l'azione di questo libro. Tali due barricate, simboli entrambe, pur sotto aspetti diversi, di una situazione sinistra, scaturirono dalla terra il giorno della fatale insurrezione del giugno 1848: la più grande guerra della strada che la storia ricordi.

Succede talvolta che, ergendosi perfino contro i sacri princìpi, contro la libertà, l'uguaglianza e la fraternità, anche contro il suffragio universale, contro il governo di tutti retto da tutti, dal fondo delle sue angosce, dei suoi scoraggiamenti, delle privazioni, delle febbri, delle miserie, del miasmi, dell'ignoranza, delle tenebre, questa grande disperata, la canaglia, protesti, e la plebe dia battaglia al popolo. I pezzenti attaccano il diritto comune; l'oclocrazia insorge contro il demos.

Sono giorni lugubri. Poiché esiste sempre una certa quantità di diritto persino in tale demenza, un simile duello sa di suicidio; e queste parole che vorrebbero essere ingiurie: pezzenti, canaglie, oclocrati, plebaglia, dimostrano, ahimè, più la colpa di coloro che governano che quella di coloro che soffrono; più la colpa dei privilegiati che quella dei diseredati.

Dal canto nostro, non è mai senza dolore e rispetto che pronunciamo simili parole, perché quando la filosofia investiga i fatti che vi corrispondono, vi trova spesso cose molto grandi, accanto a miserie. Atene era una oclocrazia; i pezzenti hanno creato l'Olanda; la plebe ha salvato Roma più di una volta e la canaglia formava il seguito di Gesù Cristo.

Non esiste pensatore che non abbia qualche volta contemplato le magnificenze del volgo.

A tale canaglia certamente pensava San Gerolamo, e a tutta quella povera gente, a tutti quei vagabondi, a tutti quei miserabili dai quali sono sorti gli apostoli e i martiri, quando pronunciava queste parole misteriose: *Fex urbis, lex orbis*.[1]

Le esasperazioni di questa folla che soffre e che sanguina, le sue violenze insensate contro i princìpi che costituiscono la sua vita stessa, le sue vie di fatto contro il diritto, sono colpi di Stato popolari e devono essere repressi. L'uomo integro vi si dedica e combatte quella folla in nome dell'amore che nutre per essa. Ma quanto la sente in tutto perdonabile, pur affrontandola, e quanto la venera, pur resistendole! È questo uno di quei rari momenti in cui, pur facendo ciò che si deve fare, si sente qualche cosa che sconcerta e quasi sconsiglia di andare oltre. Si persiste, perché così occorre; ma la coscienza soddisfatta è triste, e il compimento del dovere resta amareggiato da una stretta al cuore.

Affrettiamoci a dire che il giugno 1848 è stato un fatto a parte e quasi impossibile a classificarsi nella filosofia della storia. Tutte le parole che abbiamo or ora dette debbono essere scartate, quando si tratta di quella straordinaria sommossa nella quale si sentì la santa ansietà del lavoro che reclama i propri diritti. Bisognò reprimerla, ed era doveroso, perché attaccava la repubblica. Ma, in fondo, che fu mai il giugno 1848? Una rivolta del popolo contro se stesso.

Quando non si perde di vista il tema, non vi sono digressioni; ci sia dunque consentito di fermare per un momento l'attenzione del lettore sulle due barricate, assolutamente uniche, alle quali abbiamo accennato e che hanno caratterizzato quest'insurrezione.

L'una ostruiva l'accesso al sobborgo Saint-Antoine, l'altra proteggeva l'accesso al sobborgo del Temple. Quanti si sono visti sorgere dinanzi, sotto lo splendido cielo azzurro, quei due spaventosi capolavori della guerra civile, non li scorderanno mai.

La barricata Saint-Antoine era mostruosa: giungeva all'altezza di un terzo piano e si estendeva per settecento piedi. Sbarrava da un capo all'altro la vasta imboccatura del sobborgo, cioè ben tre vie; solcata, smembrata, dentellata, sminuzzata a colpi d'ascia, spaccata da una fenditura immensa, puntellata da contrafforti che parevano altrettanti bastioni, qua e là munita di punte, possentemente addossata ai due grandi promontori di case del sobborgo, essa sorgeva come un argine ciclopico nel fondo di quella piazza formidabile che aveva visto il 14 luglio. Altre diciannove barricate si ergevano nelle profondità delle vie dietro quella barricata-madre. Al primo colpo d'occhio si poteva scorgere nel sobborgo l'immensa sofferenza agonizzante giunta a quell'istante supremo in cui l'affanno vuol diventare catastrofe. Di che era costruita quella barricata? Delle macerie di tre case

[1] Feccia della città, legge del mondo.

a sei piani, distrutte apposta, a detta di alcuni. Del prodigio di tutte le collere, dicevano altri. Aveva l'aspetto pietoso di tutte le costruzioni dell'odio: la rovina. Si poteva chiedere: chi l'ha costruita? Si poteva altresì domandare: chi l'ha distrutta? Era l'improvvisazione del ribollimento. To'! Prendete quella porta! Questo cancello! Quella tettoia! Questo stipite! Questo fornello rotto! Quella marmitta fessa! Date tutto! Gettate tutto! Spingete, rotolate, zappate, smantellate, sconvolgete, fate crollare tutto. Era la collaborazione del selciato, del sasso, della trave, della sbarra di ferro, dello straccio, della finestra sfondata, della sedia sventrata, del torso di cavolo, del cencio, del brandello, della maledizione. Era qualcosa di grandioso e in pari tempo meschino: il caos di cui si faceva la parodia in piazza con un confuso guazzabuglio. Era la massa accanto all'atomo; il pezzo di muro demolito e la scodella rotta; una minacciosa fraternità di tutti gli avanzi; Sisifo aveva gettato lì la sua roccia e Giobbe il suo coccio. Insomma, era terribile. Era l'acropoli dei pezzenti. Alcune carrette rovesciate rendevano più accidentata la sagoma del pendio della muraglia; un immenso carro senza sponde stava di traverso, l'asse puntato verso il cielo, e pareva uno sfregio su quella tumultuosa facciata; un omnibus, allegramente issato a forza di braccia proprio alla sommità dell'ammucchiamento, quasi gli architetti di quella selvaggia cosa avessero desiderato aggiungere la birichineria allo spavento, porgeva il suo timone a chissà quali destrieri dell'aria. Quell'ammasso gigantesco, alluvione della sommossa, evocava alla mente un monte Ossa sul Pelio di tutte le rivoluzioni; il '93 sull'89, il 9 termidoro sul 10 agosto, il 18 brumaio sul 21 gennaio, il vendemmiale sul pratile, il 1848 sul 1830. La piazza lo meritava, e quella barricata era degna di apparire in quel punto stesso ove era sparita la Bastiglia. Se l'oceano facesse delle dighe, le costruirebbe così. La furia della marea era impressa su quell'ingombro deforme. Quale marea? La folla. Pareva di vedere il tumulto pietrificato. Pareva di udire il ronzìo, al di sopra della barricata, quasi avessero là il loro alveare di enormi e tenebrose api del progresso violento. Era una prunaia? Era un baccanale? Era una fortezza? Pareva fosse stata la vertigine a costruire tutto con colpi d'ala. C'era della cloaca in quel fortino, e qualche cosa di olimpico in quel disordine. Vi si potevano scorgere, in un miscuglio pieno di disperazione, travicelli di tetti, macerie di soffitte a cui ancora erano attaccati, con brandelli di tappezzeria, telai di finestre con tutti i vetri piantati nei rottami, in attesa del cannone, caminetti divelti, armadi, tavoli, banchi, uno straziante sconvolgimento e quei mille oggetti dell'indigenza, rifiuti che perfino un mendicante non raccoglierebbe, che contengono insieme furore e nulla. Si sarebbe detto il cenciume di un popolo; cenciume di ferro, di legno, di bronzo, di pietra; pareva che il sobborgo Saint-Antoine avesse con un colossale colpo di scopa radunato tutto fuor della porta, facendo della propria miseria una barricata. Blocchi simili a ceppi di patiboli, catene sconnesse, cavalletti di legno che avevano forma di capestro, ruote orizzontali che uscivano dalle macerie, amalgamavano a quell'edificio dell'anarchia l'oscuro volto degli antichi supplizi sofferti dal popolo. La barricata Saint-Antoine faceva arma di ogni cosa; tutto quel che la guerra civile può scagliare contro la società usciva di lì; non era più combattimento, ma parossismo; le carabine che difendevano quel fortilizio, tra le quali c'era qualche schioppo, vomitavano cocci di porcellana, ossicini, bottoni di vestiti, persino rotelle di comodini da notte, proiettili pericolosi a causa del rame. La barricata era forsennata; innalzava fino alle nubi un inesprimibile clamore; a tratti, per provocare l'esercito, nereggiava di folla e di tempesta; una massa di teste fiammeggianti le faceva corona; un sordo formicolìo la percorreva tutta. La barricata fioriva allora di una spinosa cresta di fucili, sciabole, bastoni, asce, picche e baionette; un grande vessillo rosso vi sventolava frusciando al vento; vi si udivano i gridi di comando, i canti battaglieri, il rullar dei tamburi, i singhiozzi delle donne, e i tenebrosi scoppi di risa dei miserabili. Quella barricata era smisurata e viva. E quasi fosse una fantastica bestia elettrica, dal suo dorso si sprigionava un crepitìo di folgore. Lo spirito della rivoluzione velava del suo nembo quella sommità ove brontolava la voce del popolo che è simile alla voce di Dio; una strana maestà emanava da quella titanica gerlata di rottami. Era un ammasso di immondizie ed era il Sinai. Come abbiamo detto più sopra, quella barricata combatteva in nome della rivoluzione. Ma chi? La rivoluzione stessa. Quella barricata che rappresentava il caos, il disordine, lo sgomento, il malinteso, l'ignoto, aveva di fronte a sé l'assemblea costituente, la sovranità del popolo, il suffragio universale, la nazione, la repubblica; era la *Carmagnola* che sfidava la *Marsigliese*.

Sfida insensata, ma eroica, poiché quel vecchio sobborgo è un eroe. Il sobborgo e il suo fortino si prestavano man forte. Il sobborgo si appoggiava al fortino, e questo si addossava al sobborgo. La vasta barricata si stendeva come una scogliera contro la quale veniva a infrangersi la strategia dei generali d'Africa. Le sue caverne, le sue escrescenze, le sue verruche, le sue gibbosità facevano smorfie, per così dire, e sogghignavano nel fumo. La mitraglia si perdeva nella massa informe, gli obici vi si conficcavano, restavano inghiottiti, ingolfati; le palle dei cannoni riuscivano solo a fare dei buchi; a che scopo cannoneggiare il caos? E i reggimenti, abituati alle più feroci visioni di guerra, osservavano con sguardi inquieti quella specie di ridotta che aveva della bestia feroce, irsuta come un cinghiale, enorme come una montagna. A un quarto di lega di lì, dall'angolo della via del Tem-

ple che sbocca sul viale presso il Château-d'Eau, sporgendo coraggiosamente la testa oltre la prominenza formata dalla vetrina del magazzino Dallemagne, si poteva scorgere in lontananza il canale, nella via
che risale il pendio di Belleville, al punto culminante della salita, una
strana muraglia che in altezza raggiungeva il secondo piano delle case; era una specie di collegamento fra le case di destra e quelle di sinistra, quasi la strada avesse essa stessa ripiegato da sé il suo muro più
alto per rinchiudersi. Quel muro era costruito di pietre da lastricare.
Era diritto, corretto, freddo, perpendicolare, livellato a squadra, tirato
a fil di piombo. La calcina, senza dubbio, mancava, ma, come in certe
mura romane, questo non guastava la sua rigida architettura. Dalla
sua altezza se ne intuiva lo spessore. Il suo cornicione era matemati-
camente parallelo alla base. Si potevano scorgere a intervalli regolari,
sulla sua superficie grigia, feritoie quasi invisibili, che parevano fili
neri. La via era deserta a perdita d'occhio. Tutte le finestre e le porte
erano chiuse. E in fondo sorgeva quello sbarramento che la trasformava in un vicolo cieco. Era un muro immobile e tranquillo. Non vi si
scorgeva nessuno, non vi si udiva nulla: non un grido, non un rumore,
non un respiro. Un sepolcro. Lo splendente sole di giugno inondava
di luce quella cosa terribile. Era la barricata del sobborgo del Temple.
Non appena si giungeva sul posto e la si scorgeva, era impossibile,
persino ai più coraggiosi, non cadere nella meditazione dinanzi alla
misteriosa apparizione. Tutto era adattato, incastrato, ben costruito,
rettilineo, simmetrico e funebre. Vi erano lì scienza e tenebre. Si intuiva che il capo di quella barricata doveva essere un geometra o uno
spettro. La si guardava e si parlava sommesso. Di tanto in tanto, se
qualcuno, soldato, ufficiale o rappresentante del popolo, ardiva attraversare la via solitaria, si udiva un sibilo acuto appena distinto, e il
passante cadeva ferito o morto; o, se riusciva a fuggire, si poteva scorgere una pallottola piantarsi in qualche imposta chiusa, in una fessura
tra due pietre o nell'intonaco di qualche muro. Talvolta erano invece
pallini di mitraglia. Poiché gli uomini della barricata si erano costruiti
due cannoncini con due tronconi di tubazioni di gas, chiusi da un lato
con stoppa e terra refrattaria. Nessun consumo inutile di polvere da
sparo. Quasi tutti i colpi giungevano a segno. Vi era qualche cadavere,
qua e là, e pozze di sangue sul selciato. Io mi ricordo ancora di una
farfalla bianca che svolazzava nella via. L'estate non abdica mai. Nei
dintorni, tutti gli anditi dei portoni erano ingombri di feriti. Si sentiva
d'essere presi di mira da qualcuno che non si poteva vedere, e si intuiva che tutta la via doveva essere presa di mira. Ammassati dietro
quella specie di dorso d'asino formato, all'ingresso del sobborgo del
Temple, dal ponte ad arco gettato sopra il canale, i soldati della colonna d'attacco osservavano, gravi e raccolti, quel fortino lugubre, quella

immobilità, quell'impassibilità dai quali si sprigionava la morte. Qualcuno tentava di strisciare col ventre a terra sino al sommo dell'arco del ponte, avendo ben cura di non mostrare la punta del berretto.

Il valente colonnello Monteynard ammirava quella barricata con un fremito: «*Com'è costruita!*» diceva a un rappresentante. «*Neppure un mattone che sopravanzi l'altro. Sembra di porcellana.*» In quel momento, una pallottola gli spezzò la croce che gli pendeva sul petto ed egli cadde.

«Vigliacchi!» si diceva. «Ma che si mostrino dunque! Si facciano vedere! Non osano! Si nascondono!»

La barricata del sobborgo del Temple, difesa da ottanta uomini, assalita da diecimila, tenne duro per ben tre giorni. Il quarto, accadde come a Zaatscià e a Costantina: vennero forate le case e i soldati piombarono dai tetti. La barricata fu presa. Neppure uno degli ottanta «vigliacchi» pensò di fuggire; vennero uccisi tutti, a eccezione del capo, Barthélemy, del quale parleremo fra breve.

La barricata Saint-Antoine era il tumulto dei tuoni; quella del Temple era il silenzio. Vi era tra quelle due fortificazioni la differenza che esiste tra il formidabile e il sinistro. L'una pareva una gola urlante, l'altra una maschera. Ammettendo che la gigantesca e tenebrosa insurrezione di giugno fosse composta di collera e di enigma, si sentiva il drago nella prima barricata, e la sfinge dietro la seconda.

Quelle due fortezze erano state edificate da due uomini: Cournet e Barthélemy. Il primo aveva fatto la barricata Saint-Antoine, il secondo quella del Temple. Ciascuna barricata era il ritratto del proprio costruttore.

Cournet era un uomo di alta statura, aveva le spalle larghe, la faccia sanguigna, il pugno pesante, il cuore ardito, l'anima leale, l'occhio sincero e terribile. Era intrepido, energico, irascibile, tempestoso; il più cordiale degli uomini, il più temibile combattente. La guerra, la lotta, la mischia, erano l'aria che i suoi polmoni amavano respirare; lo mettevano di buon umore. Era stato ufficiale di marina, e dai suoi gesti e dalla sua voce si intuiva che usciva dall'oceano e veniva dalla tempesta. Nella battaglia egli continuava l'uragano. A prescindere dal genio, vi era in Cournet qualche cosa di Danton, come, a prescindere dalla divinità, vi era in Danton qualche cosa di Ercole.

Barthélemy, magro, sparuto, pallido, taciturno, era una specie di monello tragico che, schiaffeggiato un giorno da una guardia municipale, aveva atteso al varco l'offensore e l'aveva ucciso. A diciassette anni era stato inviato al bagno penale. Ne era uscito e aveva costruito quella barricata. Più tardi, caso fatale, a Londra, proscritti entrambi, Barthélemy uccise Cournet. Fu un duello funebre. Qualche tempo dopo, Barthélemy, preso nell'ingranaggio di una di quelle misteriose avventure in cui è immischiata la passione, catastrofi nelle quali la giustizia francese trova circostanze attenuanti mentre la giustizia inglese non vi scorge che la morte, venne impiccato. La cupa costruzione sociale è così fatta che in virtù della miseria materiale, grazie all'oscurità morale, quell'infelice che aveva un'intelligenza incontestabilmente energica, forse persino grande, aveva incominciato con la galera in Francia ed era finito col capestro in Inghilterra. Barthélemy, all'occorrenza, non innalzava che un solo vessillo: la bandiera nera.

II
CHE FARE NELL'ABISSO SE NON CHIACCHIERARE?

Sedici anni contano nella sotterranea educazione delle sommosse, e il giugno 1848 la sapeva più lunga che non il giugno 1832. E così la barricata della via Chanvrerie non era che un abbozzo, un embrione, in paragone alle due barricate-colossi che abbiamo descritto. Ma per quell'epoca, era formidabile. Gli insorti, sotto l'occhio vigile di Enjolras, dato che Marius non badava più a niente, avevan tratto profitto dalla notte. La barricata era stata non solo riparata, ma accresciuta. Era stata sopraelevata di due piedi. Alcune sbarre di ferro infisse nel selciato sembravano lance arrestate nel loro slancio. Ogni sorta di rottami, portati d'ogni dove, si aggiunsero per complicare il groviglio esterno. Il fortino era stato sapientemente rifatto simile a un muro nell'interno e come un roveto al di fuori. Era stata aggiustata la scaletta di pietra che permetteva di salire alla sommità, come a uno spalto di fortezza. Era stata fatta la pulizia della barricata, sgombrata la sala a pianterreno, la cucina trasformata in ambulanza, i feriti medicati, raccolta la polvere da sparo sparsa per terra e sui tavoli. Erano state fuse pallottole, fabbricate cartucce, preparate bende, distribuite le armi dei caduti, era stato ripulito l'interno della barricata, raccolte le immondizie, portati via i cadaveri. I morti erano stati ammucchiati nel vicolo Mondétour, del quale gli insorti erano sempre padroni. In quel punto, il selciato rimase macchiato di rosso per molto tempo. Tra i morti vi erano quattro guardie nazionali del circondario. Enjolras aveva fatto mettere da parte le loro uniformi. Enjolras aveva consigliato ai suoi uomini di prendersi due ore di sonno. Il suo consiglio era un ordine. Però tre o quattro insorti soltanto vi ottemperarono. Feuilly approfittò di quelle due ore per incidere sul muro opposto all'osteria: «Vivano i popoli!».

Queste tre parole, incise nel sasso con un chiodo, si leggevano ancora su quel muro nel 1848. Le tre donne avevano approfittato della tregua della notte per scomparire definitivamente; il che faceva respirare gli insorti con maggior libertà. Esse avevano trovato modo di aver rifugio in qualche casa del vicinato. Gran parte dei feriti poteva e voleva ancora combattere. Nella cucina trasformata in ambulanza giacevano, su giacigli formati da materassi e fasci di fieno, cinque uomini gravemente feriti, due dei quali erano guardie municipali. A questi ultimi vennero date le prime cure. Nella sala dell'osteria non rimasero più che Mabeuf sotto il suo drappo nero e Javert legato al palo.

«Questa è la sala dei morti» osservò Enjolras.

Nell'interno di quella sala, appena illuminata da una candela, essendo il tavolo mortuario situato proprio dietro al palo, simile a una sbarra orizzontale, sulla parete di fondo si disegnava una specie di grande croce: Javert in piedi sullo sfondo di Mabeuf giacente.

Il timone dell'omnibus, benché troncato dalla fucileria, era ancora abbastanza ritto per potervi attaccare una bandiera. Enjolras, che possedeva veramente la grande qualità del capo e cioè faceva sempre seguire l'azione alle parole, attaccò a quell'asta improvvisata il vestito bucherellato e insanguinato del vegliardo. Nessun pasto era più possibile. Non c'era né pane né carne. I cinquanta uomini della barricata, da sedici ore, dacché si trovavano lì, avevano fatto presto a dar fondo alle magre provviste dell'osteria. A un dato istante, qualsiasi barricata che tien duro diventa inevitabilmente la zattera della *Medusa*. Bisogna rassegnarsi alla fame. Si era alle prime ore di quella spartana giornata che fu il 6 giugno, in cui, alla barricata di Saint-Merry, Jeanne, attorniato d'insorti che chiedevano pane, a tutti quei combattenti che gridavano: «Da mangiare» rispondeva: «A che pro? Sono le tre. Prima che scocchino le quattro saremo tutti morti». Dato che non si poteva più mangiare, Enjolras vietò di bere. Proibì il vino e mise a razione l'acquavite. Nella cantina era stata scoperta una quindicina di bottiglie ben suggellate. Enjolras e Combeferre le esaminarono. Combeferre, nel risalire, osservò: «Sono vecchi fondi di papà Hucheloup, che ha cominciato la carriera facendo il droghiere». «Dev'essere vino genuino di quello buono» osservò Bossuet. «Meno male che Grantaire dorme. Se fosse sveglio, avremmo un bel da fare a mettere in salvo queste bottiglie». Enjolras, nonostante i mormorii, mise il veto sulle quindici bottiglie, e affinché nessuno le toccasse, per renderle quasi sacre, andò a deporle sotto il tavolo ove giaceva papà Mabeuf. Verso le due del mattino, si contarono. Erano rimasti ancora in trentasette. Il giorno cominciava a spuntare. La torcia, che era stata rimessa di nuovo nel suo alveolo di pietre, venne spenta. L'interno della barricata, specie di cortiletto cintato nel mezzo della via, era immerso nell'oscurità, e sembrava, attraverso il vago orrore crepuscolare, il ponte di una nave disarmata. I combattenti andavano e venivano simili a strane larve nere. Al di sopra di quel nido d'ombra, i piani delle case silenziose si abbozzavano appena, lividi. In alto, i comignoli impallidivano. Il cielo aveva quell'incantevole colorazione indecisa che può essere bianca e può essere azzurra. Alcuni uccelli vi svolazzavano con grida festose. L'alto caseggiato che faceva da sfondo alla barricata, essendo volto a oriente, aveva sul tetto leggeri riflessi rosei. All'abbaino del terzo piano il vento agitava i capelli grigi sulla testa dell'uomo morto.

«Sono felicissimo che abbiano spento la torcia» disse Courfeyrac a Feuilly. «Quella fiamma agitata dal vento mi scocciava. Pareva che avesse paura. La luce delle torcie mi ricorda la saggezza dei vili: rischiara male perché trema.»

L'alba risveglia le menti come gli uccelli. Tutti chiacchieravano. Joly, scorgendo un gatto che girovagava su una grondaia, ne fece tema per una riflessione filosofica:

«Che cos'è il gatto? Una correzione. Il buon Dio, avendo fatto il topo, si disse: to', ho fatto una sciocchezza. E creò il gatto. Il gatto è l'errata corrige del topo. Il topo più il gatto è l'edizione riveduta e corretta della creazione».

Combeferre, circondato da studenti e da operai, parlava dei compagni morti, di Jean Prouvaire, di Bahorel, di Babeuf e persino di Le Cabuc, e dell'austera malinconia di Enjolras. Diceva:

«Armodio e Aristogitone, Bruto, Cherea,[2] Stephanus, Cromwell, Charlotte Corday, Sand,[3] tutti hanno avuto, dopo il loro momento di grandezza, il loro istante di angoscia. Il nostro cuore è tanto sensibile e la vita umana è un tale mistero, che persino in un omicidio civico, persino in un assassinio liberatore, se ve ne sono, il rimorso d'aver colpito un essere vivo soverchia la gioia d'aver reso un servizio al genere umano».

E, qui si rivelano i meandri dello scambio di parole, un istante dopo, per una transizione sorta dai versi di Jean Prouvaire, Combeferre paragonava tra loro i traduttori delle *Georgiche*, Raux a Cournand, Cournand a Delille, indicando i passi tradotti da Malfilàtre e in particolare i prodigi della morte di Cesare; e da questo nome, Cesare, la conversazione ritornava a Bruto.

«Cesare,» osservava Combeferre «è caduto giustamente. Cicerone è stato severo verso Cesare, e ha avuto ragione. Una simile severità non fu una diatriba. Quando Zoilo[4] insulta Omero, quando Mevio insulta Virgilio, quando Visé insulta Molière, quando Pope insulta

[2] L'assassino di Caligola.
[3] L'assassino di Kotzebue (1819): il liberale Ludwig Sand.
[4] Zoilo, solista greco del IV secolo. Mevio, poeta latino del I secolo. Donneau de Visé (1638-1710), autore di una critica alla *Scuola delle mogli* di Molière. Élie Fréron (1718-1776), critico.

Shakespeare, quando Fréron insulta Voltaire, è una vecchia legge d'invidia e di odio che si compie: i geni attirano l'ingiuria, i grandi uomini sono sempre più o meno bersagliati. Ma tra Zoilo e Cicerone, bisogna distinguere. Cicerone è un giustiziere per mezzo del pensiero così come Bruto è un giustiziere con la spada. Quanto a me, biasimo quest'ultimo mezzo di giustizia: la spada. Ma l'antichità l'ammetteva. Cesare, violatore del Rubicone, conferendo, quasi provenissero da lui, le dignità che venivano dal popolo, non alzandosi all'entrare del senato, compiva, a quanto dice Eutropio, atti da re e quasi da tiranno, *regia ac poene tyrannica*. Era un grand'uomo. Tanto peggio, o tanto meglio; la lezione è più profonda. Le sue ventitré ferite mi commuovono meno dello sputo in fronte a Gesù Cristo. Cesare è stato pugnalato dai senatori, Cristo è stato schiaffeggiato dai servi. Nel maggiore oltraggio, si sente la divinità.»

Bossuet, che dominava coloro che conversavano dall'alto di un mucchio di mattoni, esclamò, tenendo sempre la carabina in pugno:

«O Cidateneo, o Mirrino, o Probalinto, o Grazie dell'Eantide! Oh, chi mi insegnerà a pronunciare i versi d'Omero al pari di un greco del Laurium o di Edapteon?».

III
CHIARIMENTI E OSCURAMENTI

Enjolras s'era recato in ricognizione. Uscì nel vicolo Mondétour, strisciando rasente le case. Gli insorti, occorre dirlo, erano pieni di speranze. Il modo in cui avevano respinto l'attacco notturno faceva loro svalutare in anticipo, quasi, l'attacco imminente dell'alba. L'aspettavano e ne sorridevano. Non dubitavano del loro successo come non avevano dubbi sulla loro causa. Del resto, era evidente che sarebbe giunto un soccorso. Vi facevano assegnamento. Con quella facilità di profezia trionfante che è una delle virtù del combattente francese, dividevano in tre fasi certe la giornata che stava per sorgere: alle sei del mattino, il reggimento che «era stato lavorato» avrebbe mutato posizione; a mezzogiorno, ci sarebbe stata l'insurrezione di tutta Parigi; al tramonto la rivoluzione.

Si udiva suonare a stormo la campana di Saint-Merry, che dalla vigilia non si era ancora taciuta un istante; segno che l'altra barricata, la grande, quella di Jeanne, resisteva sempre.

Tutte queste speranze venivano scambiate da un gruppo all'altro, in una specie di sussurro gaio e minaccioso che poteva essere paragonato al ronzìo guerresco di un alveare d'api.

1108

Enjolras riapparve. Tornava dalla sua tetra passeggiata d'aquila nell'oscurità esterna. Per un istante rimase, le braccia conserte, una mano sulla bocca, ad ascoltare quel tripudio. Poi, fresco e roseo nel chiarore mattutino che aumentava sempre più, annunciò:

«Tutta la forza armata di Parigi è in piedi. Un terzo di essa punta sulla nostra barricata. In più c'è la guardia nazionale. Ho potuto distinguere i berretti del 5° fanteria e le bandiere della 6ª legione. Voi sarete attaccati tra un'ora. In quanto al popolo, ieri si è riscaldato un po', ma stamattina non muove un dito. Non c'è nulla da aspettare, niente da sperare. Non un sobborgo né un reggimento. Siete abbandonati».

Queste parole caddero sul ronzìo dei gruppi producendo l'effetto del primo gocciolone di temporale su uno sciame. Tutti ammutolirono. Vi fu un istante di silenzio inesprimibile, e si sarebbe potuto udire volare la morte. Quell'istante fu breve. Una voce, dal fondo più oscuro dei gruppi, gridò a Enjolras:

«E sia! Innalziamo la barricata a venti piedi di altezza, e restiamoci tutti. Cittadini, facciamo la protesta dei cadaveri. Dimostriamo che se anche il popolo abbandona i repubblicani, questi non abbandonano il popolo».

Queste parole liberarono dal penoso annuvolamento delle ansie individuali il pensiero di tutti. Un'acclamazione entusiastica le accolse. Non si seppe mai il nome dell'uomo che aveva parlato così. Era qualche operaio sconosciuto, un ignoto, un dimenticato, un passante divenuto in quell'attimo eroe, era il grande anonimo sempre mischiato alle crisi umane e alle genesi sociali che, a un dato istante, pronuncia in modo supremo la parola decisiva e poi svanisce nelle tenebre, dopo aver rappresentato per un momento, nella luce di un lampo, il popolo e Dio. L'inesorabile risoluzione era tanto radicata nell'aria di quella giornata del 6 giugno 1832 che, quasi alla medesima ora, nella barricata di Saint-Merry gli insorti lanciavano quell'urlo divenuto storico e che venne trascritto sugli incartamenti del processo: «Si venga o no in nostro aiuto, non importa! Facciamoci uccidere qui sino all'ultimo uomo!».

Come si vede, le due barricate, per quanto fossero materialmente separate, comunicavano.

IV

CINQUE DI MENO, UNO DI PIÙ

Dopo che l'uomo qualunque che decretò «la protesta dei cadaveri» ebbe parlato esprimendo lo stato d'animo generale, da tutte le bocche uscì un grido stranamente soddisfatto e terribile, funebre nel suo significato e trionfale nel suo accento:

«Evviva la morte! Restiamo tutti qui!».

«Perché tutti?» chiese Enjolras.

«Tutti! Tutti!»

Enjolras continuò:

«La posizione è buona, la barricata è bella. Trenta uomini bastano. Perché sacrificarne quaranta?».

Tutti replicarono:

«Perché nessuno vorrà andarsene».

«Cittadini,» gridò Enjolras, e vi era nella sua voce una vibrazione quasi irritata «la repubblica non è tanto ricca di uomini da fare degli sperperi inutili. La gloriuzza è uno sperpero. Se, per qualcuno, il dovere è di andarsene, questo dovere deve essere compiuto come qualsiasi altro.»

Enjolras, l'uomo-principio, aveva sui suoi correligionari quella potenza che emana dall'assoluto. Però, per quanto grande fosse quella sovranità, si alzarono mormorii. Capo sino alla punta delle unghie, Enjolras, sentendo che si mormorava, insisté. Riprese alteramente:

«Coloro che hanno paura di restare soltanto in trenta lo dicano».

I mormorii raddoppiarono.

«Del resto,» osservò una voce nel gruppo «andarsene è facile a dirsi. La barricata è accerchiata.»

«Ma non dalla parte dei mercati» ribatté Enjolras. «La via Mondétour è libera, e dalla via dei Prêcheurs si può raggiungere il mercato degli Innocenti.»

«E lì,» riprese un'altra voce dal gruppo «si sarà acchiappati. Si andrà a sbattere contro qualche grosso pattuglione di fanteria o di guardie nazionali. Vedranno passare un uomo in blusa e berretto da operaio. Ehi, tu, da dove vieni? Mica dalla barricata, per caso? E vi guarderanno le mani. Hai odore di polvere da sparo. Fucilato.»

Enjolras, senza rispondere, toccò la spalla di Combeferre, ed entrambi entrarono nella sala dell'osteria. Ne uscirono un momento dopo. Enjolras teneva a braccia tese quattro uniformi che aveva fatto mettere da parte. Combeferre lo seguiva, recando il resto dell'equipaggiamento e gli alti berretti di pelo.

«Con questa uniforme,» annunciò Enjolras «è facile mischiarsi ai ranghi e scappare. Ecco di che rivestirne quattro.»

E gettò sul suolo disselciato le quattro divise. Una scossa pervase lo stoico uditorio. Fu Combeferre a prendere la parola.

«Suvvia,» disse «bisogna avere un poco di pietà. Sapete di che cosa si tratta qui? Si tratta di donne. Vediamo un po'. Ci sono, sì o no, delle donne? Ci sono, sì o no, dei bimbi? Ci sono, sì o no, delle madri che dondolano col piede le culle, e che hanno attorno a loro dei mucchi di fanciulli? Alzi la mano colui, fra voi, che non ha mai visto il seno di una nutrice. Ah sì, voi volete farvi uccidere, e anch'io che vi parlo lo voglio; ma non desidero sentir fantasmi di donne torcersi le braccia attorno a me. Morite, sia, ma non fate morire. Un suicidio come quello che si compirà qui è un atto sublime, ma il suicidio è strettamente personale e non deve estendersi ad altri; e non appena tocca i vostri cari, il suicidio diventa assassinio. Pensate alle testoline bionde e pensate ai capelli bianchi. Enjolras mi ha detto or ora di avere scorto all'angolo della via del Cygne, dietro una misera finestra illuminata da una candela, al quinto piano, l'ombra della testa tremula di una vecchia che pareva aver trascorso così tutta la notte, nell'attesa. È forse la madre di uno di voi. Ebbene, se ne vada, quel tale, e si sbrighi ad andare a dire a sua madre: "Mamma, eccomi". Quel tale stia tranquillo, qui si saprà benissimo condurre la faccenda senza di lui. Non si ha il diritto di sacrificarsi quando col nostro lavoro si sostiene la vita dei nostri cari. È disertare la famiglia, questo. E quelli che hanno figliole, e quelli che hanno sorelle! Ci pensate? Voi vi fate uccidere, eccovi morti, sta bene. E domani? Esse saranno senza pane; è terribile! L'uomo mendica, la donna si vende. Oh, quelle creature tanto delicate e tenere che portano cuffiette fiorite; che cantano, che cicalano, che riempiono la casa di castità, che sono come un profumo vivo, che dimostrano l'esistenza degli angeli in cielo con la purezza delle vergini sulla terra; tutte le Jeanne, le Lise, le Mimì, quelle adorabili e oneste crature che sono la vostra benedizione e il vostro orgoglio, mio Dio, esse avranno fame! Che volete che vi dica? Vi è un mercato di carne umana, e non sarà con le vostre mani d'ombre, disperatamente protese a trattenerle, che riuscirete a impedir loro di entrarvi! Pensate alla strada, pensate al via vai di passanti, pensate a quelle oscure botteghe dinanzi alle quali donne scollate vanno e vengono nel fango. Anche quelle femmine un giorno erano pure. Pensate alle vostre sorelle, o voi che ne avete. La miseria, la prostituzione, le guardie di città, Saint-Lazare, ecco quale sarà la fine di quelle delicate belle ragazze, di quelle fragili meraviglie di pudore, di gentilezza e di bellezza, più fresche dei lillà sbocciati a maggio. Ah, voi vi fate ammazzare! Ah, voi non ci sarete più! Bene, voi avete voluto sottrarre il popolo alla monarchia, ma date le vostre figlie alla polizia. Amici, attenti, abbiate compassione. Le donne, le infelici donne, non hanno l'abitudine di pensarci molto. Si fa affidamento sul fatto che le donne non hanno avuto la stessa educazione degli uomini; a loro si impedisce di leggere, di pensare, di occuparsi di politica; ma impedirete loro di recarsi stasera alla camera mortuaria per riconoscere i vostri cadaveri? Vediamo, dunque. Bisogna che coloro fra di voi che hanno famiglia siano ragazzi docili e ci diano una stretta di mano e se ne vadano, e ci lascino qui soli alla nostra bisogna. So bene che occorre del coraggio per andarsene, ma più è difficile, più l'atto diventa meritorio. Ognuno si dice: ho un fucile, sono sulla barricata, tanto peggio, ci rimango. Tanto peggio, è presto detto. Ma, amici miei, esiste un domani; voi non ci sarete in questo domani, ma le vostre famiglie ci saranno. E quante sofferenze! Prendete per esempio un bel bimbo pieno di salute che ha le guance rubizze come una mela; egli chiacchiera, balbetta, cicaleccia, ciancia, ride, lo si sente tutto fresco sotto il bacio; sapete voi che cosa diventa quel piccolo essere una volta abbandonato? Ne ho visto uno, proprio piccino, alto due soldi di cacio. Il padre era morto. Alcuni poveretti l'avevano raccolto per carità, ma non avevano pane neppure per loro stessi. Era d'inverno. Il bimbo aveva sempre fame, ma non piangeva. Lo si vedeva avvicinarsi sempre alla stufa fredda dove il fuoco non veniva mai acceso; il tubo della stufa, come d'uso, era saldato con un mastice di terra gialla. Il bimbo staccava con le sue piccole dita un po' di quel mastice e lo mangiava. Aveva il respiro rauco, il visetto livido, le gambe flaccide, il ventre gonfio. Ma non diceva verbo. Gli si rivolgeva la parola, non rispondeva. È morto. L'ho visto quando lo hanno portato all'ospedale Necker dove ero assistente. E ora, vi sono dei padri in mezzo a voi! Padri che conoscono la felicità di passeggiare, la domenica, stringendo nella forte mano la manina del loro piccino. Ognuno di questi padri si figuri che quel bimbo fosse il suo. Quel povero esserino me lo ricordo, mi par quasi di vederlo ancora lì, nudo sul tavolo anatomico; le sue costole risaltavano sotto la pelle come le fosse sotto l'erba di un cimitero. Gli si trovò della poltiglia nello stomaco. Aveva tra i denti un po' di cenere. Suvvia, mettiamoci una mano sulla coscienza e prendiamo consiglio dal nostro cuore. Le statistiche ci dicono che la mortalità dell'infanzia abbandonata è del cinquantacinque per cento. Vi ripeto che qui si tratta delle donne, delle madri; si tratta delle fanciulle, si tratta dei bimbi. Vi parlo forse di voi? Si sa bene quello che voi siete, si sa bene che siete dei valorosi tutti quanti, perdiana! Si sa bene che tutti quanti avete nell'anima la gioia e la gloria di dare la vostra vita alla grande causa; nessuno ignora che vi sentite chiamati a morire in modo utile e magnifico, e che ognuno di voi ci tiene alla propria parte di trionfo. Alla buon'ora! Ma non siete soli a questo mondo. Vi sono degli altri esseri ai quali occorre pensare. Non bisogna dimostrarsi egoisti.»

Tutti abbassarono la testa, incupiti.

Strane contraddizioni del cuore umano nei suoi istanti più sublimi! Combeferre, che parlava in tal modo, non era orfano. Si ricordava delle madri degli altri, e dimenticava la propria. Voleva farsi uccidere. Era un «egoista».

Marius, a digiuno, febbricitante, dopo aver abbandonato una dopo l'altra ogni speranza, naufragato nel dolore, il più cupo dei naufragi, saturo di emozioni violente e sentendo la fine approssimarsi, si era sempre più sprofondato in quello stupore visionario che precede sempre l'ora fatale volontariamente accettata.

Un fisiologo avrebbe potuto studiare su di lui sintomi crescenti di quell'assorbimento febbrile conosciuto e classificato dalla scienza, e che sta alla sofferenza come la voluttà sta al piacere. Anche la disperazione ha le sue estasi. Marius era arrivato a quel punto. Assisteva a tutti i fatti quasi ne fosse al di fuori; e, come abbiamo detto, i fatti che accadevano dinanzi a lui gli parevano lontani; discerneva l'insieme, ma non scorgeva i particolari. Vedeva l'andirivieni degli uomini come attraverso una cortina fiammeggiante. Le voci gli giungevano quasi dal fondo di un abisso.

Tuttavia quella scena lo commosse. Vi era in essa qualche cosa che giunse sino a lui e lo ridestò. Non aveva più che un'idea: morire, e non voleva distrarsene, ma, nel suo funebre sonnambulismo, meditò che, perdendosi, non è proibito salvare altri.

E alzò la voce:

«Enjolras e Combeferre hanno ragione! Nessun sacrificio inutile sia fatto. Unisco la mia voce alle loro per dirvi di far presto. Combeferre vi ha dato ragioni decisive. Vi sono tra voi quelli che hanno famiglia, madri, sorelle, spose, bimbi. Costoro escano dai ranghi».

Nessuno si mosse.

«Gli uomini sposati e i capi di famiglia escano dai ranghi!» ripeté Marius.

La sua autorità era grande. Enjolras era il capo della barricata, ma Marius ne era il salvatore.

«Ve lo ordino!» gridò Enjolras.

«Ve ne prego» disse Marius.

Allora, smossi dalle parole di Combeferre, scossi dall'ordine di Enjolras, commossi dalla preghiera di Marius, quegli uomini eroici cominciarono a denunciarsi gli uni cogli altri: «È vero» diceva un giovinetto a un uomo maturo. «Tu sei padre di famiglia. Vattene.» «Tu, piuttosto,» rispondeva l'altro «che hai due sorelle a carico.»

E così sorse una lotta inaudita: si faceva a chi non voleva farsi mettere alla porta del sepolcro.

«Sbrighiamoci,» consigliò Courfeyrac «tra un quarto d'ora potrebbe essere troppo tardi.»

«Cittadini,» proseguì Enjolras «qui c'è la repubblica, e qui regna il suffragio universale. Designate voi stessi coloro che debbono andarsene.»

Venne obbedito. Trascorsi pochi minuti, cinque insorti erano scelti a voti unanimi e uscivano dalle file.

«Sono cinque!» esclamò Marius.

Non vi erano che quattro uniformi.

«Ebbene,» osservarono i cinque prescelti «occorrerà che uno di noi resti.»

E fu una gara a chi doveva rimanere, una gara per trovar agli altri il pretesto per non restare. La generosa disputa si riaccese.

«Tu hai una moglie che ti ama.» «Tu hai la tua vecchia madre.» «Tu, che non hai più né padre né madre, ci pensi a quel che diventeranno i tuoi tre fratellini?» «Tu sei padre di cinque bimbi!» «Tu hai il diritto di vivere, hai appena diciassette anni, è troppo presto per te.»

Quelle grandi barricate rivoluzionarie erano convegni di eroismo. L'inverosimile vi diveniva semplice. Quegli uomini non si meravigliavano gli uni degli altri.

«Fate presto» incitava Courfeyrac.

Qualcuno, dai gruppi, invocava Marius:

«Indicate voi quello che deve rimanere».

«Sì,» fecero coro i cinque prescelti «scegliete voi. Vi obbediremo.»

Marius non credeva più possibile alcuna emozione. Tuttavia, al pensiero di dover scegliere un uomo per la morte, sentì tutto il sangue rifluirgli verso il cuore. Sarebbe impallidito, se avesse potuto impallidire ancora.

Si fece avanti verso i cinque che gli sorridevano; ognuno con lo sguardo pieno di quella grande fiamma che dal fondo della storia si vede risplendere sulle Termopili, gli gridava:

«Io! Io! Io!».

E Marius, stupidamente, li ricontò; erano sempre cinque. Poi il suo sguardo cadde sulle quattro divise.

In quell'istante una quinta divisa cadde sulle altre quattro, quasi venisse dal cielo.

Il quinto uomo era salvo.

Marius alzò lo sguardo e riconobbe Fauchelevent.

Jean Valjean era entrato allora nella barricata.

Fosse che avesse preso informazioni, fosse istinto, fosse caso, era giunto dal vicolo Mondétour. In virtù della sua uniforme di guardia nazionale, aveva potuto passare agevolmente.

La sentinella posta dagli insorti nella via Mondétour non era tenuta a dare il segnale d'allarme per una guardia nazionale isolata. L'aveva lasciato inoltrare nella via, dicendosi che probabilmente era un rinforzo, o, alla peggio, un prigioniero. Il momento era troppo grave perché la sentinella potesse distrarsi dal suo dovere e dal suo punto di osservazione.

Nell'istante in cui Jean Valjean era entrato nel fortino, nessuno l'aveva scorto: tutti gli sguardi erano fissi sui cinque insorti prescelti e sulle quattro uniformi. Jean Valjean, sì, aveva veduto e udito e, in silenzio, si era spogliato della sua divisa per gettarla sul mucchio delle altre.

La commozione fu indescrivibile.

«Chi è quest'uomo?» chiese Bossuet.

«È» rispose Combeferre «un uomo che ne salva un altro.»

Marius soggiunse con voce grave:

«Io lo conosco».

Quella garanzia bastava a tutti.

Enjolras si volse verso Jean Valjean: «Cittadino, siate il benvenuto».

E soggiunse:

«Sapete che qui si morirà.»

Jean Valjean, senza rispondere, aiutò l'insorto che egli salvava a indossare la sua uniforme.

V

QUALE ORIZZONTE SI SCORGE DALL'ALTO DELLA BARRICATA

La situazione di tutti, in quell'ora fatale e in quel luogo inesorabile, poteva riassumersi nella suprema malinconia di Enjolras.

Enjolras aveva in sé la pienezza della rivoluzione; era tuttavia incompleto, per quanto può esserlo l'assoluto; somigliava troppo a Saint-Just, e non abbastanza ad Anacharsis Clootz;[5] però il suo spirito, nella società degli Amici dell'ABC, aveva finito col subire l'influsso delle idee di Combeferre. Da qualche tempo il suo animo usciva a poco a poco dalle rigide forme del dogma e si lasciava andare verso le aperture del progresso; ne risultava che egli accettava, come evoluzione decisiva e magnifica, la trasformazione della grande repubblica francese in immensa repubblica umana. Quanto ai mezzi immediati, data la situazione violenta, egli li voleva violenti; in questo, non era cambiato: era rimasto fedele a quella scuola epica e formidabile che può riassumersi in una parola: Novantatré.

Enjolras stava in piedi sulla scaletta di pietre, con uno dei gomiti appoggiato sulla canna della sua carabina. Meditava. Ogni tanto trasaliva, come al passaggio di un soffio d'aria; i luoghi ove aleggia la morte producono simili effetti di tripode. Dalle sue pupille, in cui luceva il fuoco soffocato del suo io interiore, si sprigionavano fiamme. A un tratto drizzò la testa, i suoi capelli biondi ricaddero all'indietro,

---

[5] Prussiano esaltato che fu ghigliottinato nel 1794.

al pari di quelli dell'angelo sull'oscura quadriga di stelle: sembravano una criniera di leone spaventato, in un'aureola fiammeggiante.

Enjolras gridò:

«Cittadini, vi immaginate l'avvenire? Le strade delle città inondate di luce, rami verdeggianti sulle soglie, le nazioni tutte sorelle, gli uomini giusti, i vecchi che benediranno i bimbi, il passato che amerà il presente, i pensatori in piena libertà, i credenti in piena uguaglianza, come unica religione il cielo, con Dio sacerdote diretto, la coscienza umana diventata altare, non più odi, la fraternità del laboratorio e della scuola, la notorietà come ricompensa e come pena, il lavoro per tutti, il diritto per tutti, sovra tutti la pace, non più sangue versato, non più guerre, tutte le madri felici! Dominare la materia, ecco il primo passo; dare realtà all'ideale, ecco il secondo. Riflettete un po' a quel che ha già compiuto il progresso. Un giorno le prime razze umane vedevano con terrore passarsi dinanzi agli occhi l'idra che soffiava sulle acque, il drago che vomitava fuoco, il grifone che era il mostro dell'aria e che volava con ali d'aquila e aveva artigli di tigre; esseri spaventosi che erano al di sopra dell'uomo. Ma l'uomo ha saputo tendere le trappole, le trappole sacre dell'intelligenza, e ha finito col prendervi i mostri. Noi abbiamo domato l'idra, che ora si chiama piroscafo; abbiamo domato il drago, che si chiama locomotiva; stiamo per domare il grifone, già in nostro potere, e si chiama aerostato. Il giorno in cui quest'opera prometea sarà compiuta, l'uomo avrà definitivamente aggiogato alla propria volontà la triplice Chimera antica: l'idra, il drago e il grifone; egli sarà padrone dell'acqua, del fuoco e dell'aria, e per il resto della creazione animata sarà simile a ciò che gli dèi erano per lui nei tempi antichi. Coraggio, e avanti! Cittadini, dove andiamo? Verso la scienza fatta governo, verso la forza delle cose diventata unica forza pubblica, verso la legge naturale che ha la sua sanzione e la sua pena in se stessa e che si promulga con l'evidenza, verso un'alba di verità simile al sorger del sole. Andiamo verso l'unione dei popoli; ci avviamo verso la unità dell'uomo. Non più finzioni, non più parassiti. La realtà governata dalla verità: ecco la mèta. La civiltà terrà le sue assise al sommo dell'Europa, e, più tardi, nel centro dei continenti, in un grande parlamento dell'intelligenza. Si è già visto qualche cosa di simile. Gli anfizioni tenevano due sedute all'anno, l'una a Delfo, la terra degli dèi, l'altra alle Termopili, la terra degli eroi. L'Europa avrà i suoi anfizioni; il globo intero avrà i suoi anfizioni. La Francia cela nel suo seno quest'avvenire sublime. È questa la gestazione del secolo decimonono. Quel che la Grecia ha abbozzato è degno di esser portato a termine dalla Francia. Ascoltami, tu, Feuilly, valoroso operaio, uomo del popolo, uomo dei popoli. Io ti venero. Sì, tu vedi nitidamente i tempi futuri, sì, hai ragione. Tu, Feuilly, non ave-

1116

vi né padre né madre; tu hai adottato per madre l'umanità e per padre il diritto. Tu morrai qui, cioè trionferai. Cittadini, checché accada oggi, tanto con la nostra disfatta quanto con la nostra vittoria, è una rivoluzione quella che stiamo per fare. Così come gli incendi illuminano tutta la città, le rivoluzioni illuminano tutto il genere umano. E quale rivoluzione faremo noi? L'ho detto or ora: la rivoluzione del Vero. Dal punto di vista politico, non esiste che un unico principio: la sovranità dell'uomo sopra se stesso. Questa sovranità sopra il proprio io ha nome libertà. Là dove due o più sovranità si associano, incomincia lo Stato. Ma in questa associazione non vi sono abdicazioni di sorta. Ogni sovranità concede una certa quantità di se stessa per formare il diritto comune. Questa quantità è uguale per tutti. Questa identità di concessione che ognuno fa a tutti si chiama Uguaglianza. Il diritto comune non è altro che la protezione di tutti irradiantesi sul diritto di ognuno. Questa protezione di tutti su ciascuno ha nome Fraternità. Il punto d'incrocio di tutte queste sovranità che si aggregano ha nome Società. Poiché questo punto d'incrocio è una congiunzione, esso è un nodo. Da qui deriva quel che si chiama il legame sociale. Qualcuno lo chiama contratto sociale: è la stessa cosa, la parola contratto essendo etimologicamente formata dall'idea del legame. Intendiamoci sulla parola uguaglianza; perché se la libertà è il vertice, l'uguaglianza è la base. L'uguaglianza, cittadini, non significa ridurre ogni vegetazione a uno stesso livello, una società di giganteschi fili d'erba e di querce nane; non è un vicinato di gelosie che si ostacolano a vicenda, ma significa, civilmente, che tutte le attitudini abbiano la stessa possibilità di espandersi; politicamente significa che tutti i voti abbiano lo stesso peso; religiosamente, che tutte le coscienze abbiano lo stesso diritto. L'uguaglianza ha un organo: l'istruzione gratuita e obbligatoria. Il diritto all'alfabeto, ecco da che cosa occorre incominciare. La scuola primaria imposta a tutti, la scuola secondaria offerta a tutti: ecco la vera legge. Da scuola identica risulta società uguale. Sì, insegnamento! Luce! Luce! Tutto proviene dalla luce e tutto vi ritorna. Cittadini, il secolo decimonono è grande, ma il ventesimo secolo sarà felice. Da allora non vi sarà più niente di simile alla vecchia storia; non si avrà più a temere, come oggi, una conquista, un'invasione, un'usurpazione, una rivalità a mano armata fra nazioni, un'interruzione di civiltà dipendente dal matrimonio d'un re, una nascita nelle tirannie ereditarie, una divisione di popoli a opera di congressi, uno smembramento per il crollo d'una dinastia, un combattimento di due religioni cozzanti l'una contro l'altra, simili a due caproni delle tenebre, sul ponte dell'infinito. Allora non si avrà più da temere la carestia, lo sfruttamento, la prostituzione per miseria, la miseria per disoccupazione, e il capestro, e la spada, e le battaglie, e tutti i brigantaggi del caso nella foresta degli avvenimenti. Tutti saranno felici. Il genere umano compirà la propria legge come il globo terrestre compie la sua; si ristabilirà l'armonia tra l'anima e l'astro. L'anima graviterà intorno alla verità come l'astro attorno alla luce. Amici, l'ora in cui siamo e in cui vi parlo è un'ora fosca; ma sono questi i terribili acquisti dell'avvenire. Una rivoluzione è un pedaggio. Oh, il genere umano sarà liberato, risollevato e consolato! Noi glielo affermiamo da questa barricata. Da dove può esser lanciato il grido d'amore, se non dall'alto del sacrificio? O fratelli miei, è questo il punto d'unione di coloro che pensano e di coloro che soffrono; questa barricata non è fatta di pietre, né di travi, né di ferraglia; è fatta di due cumuli: le idee e i dolori. La miseria vi incontra l'ideale. Il giorno vi abbraccia la notte dicendole: "Io morirò con te, ma tu rinascerai con me". Dall'amplesso di tutte le desolazioni scaturisce la fede. Le sofferenze recano qui la loro agonia, e le idee la loro immortalità. Quest'agonia e quest'immortalità sono prossime a mescolarsi e a comporre la nostra morte. Fratelli, colui che muore qui, muore nell'irradiamento dell'avvenire, e noi entriamo in una tomba tutta soffusa di aurora».

Enjolras, più che tacere, s'interruppe. Le sue labbra continuavano a muoversi silenziosamente come se continuasse a parlare a se stesso, il che fece sì che tutti, tesi nell'ascoltarlo ancora, lo fissarono. Non vi furono applausi, ma un sussurro serpeggiò a lungo tra gli astanti. Poiché la parola è un soffio, i fremiti dell'intelligenza assomigliano a uno stormire di foglie.

VI
MARIUS CUPO, JAVERT LACONICO

Diciamo quello che avveniva nella mente di Marius.

Ricordiamo il suo stato d'animo. Come abbiamo appena detto, per lui tutto quanto accadeva non era altro che visione. Il suo apprezzamento era indeterminato. Insistiamo sul fatto che Marius era sotto l'ombra delle grandi ali tenebrose stese sugli agonizzanti. Si sentiva già nella tomba, gli pareva d'essere già dall'altra parte della muraglia e di non vedere i vivi che con gli occhi di un morto.

Come mai il signor Fauchelevent era lì? Perché? Che cosa faceva? Marius non si rivolse tutte queste domande. D'altra parte, avendo la nostra disperazione questo di singolare, che coinvolge gli altri al pari di noi stessi, gli pareva logico che tutti venissero a morire lì.

Soltanto, egli pensò a Cosette con uno stringimento di cuore.

Del resto, il signor Fauchelevent non gli rivolse la parola, non lo guardò; e parve non aver neppure udito Marius quando questi aveva alzato la voce per dire: «Io lo conosco».

Quanto a Marius, quel modo di comportarsi del signor Fauchelevent lo sollevava e, se si potesse adoperare questa parola per una simile impressione, diremmo che gli piaceva. Marius aveva sempre provato un'assoluta impossibilità di rivolgere la parola a quell'uomo enigmatico, che per lui era a un tempo equivoco e imponente. Era, inoltre, molto tempo che non lo vedeva: cosa che, per la natura timida e riservata del giovane, aumentava ancora quell'impossibilità.

I cinque uomini prescelti uscirono dalla barricata nella viuzza Mondétour; rassomigliavano perfettamente a guardie nazionali. Uno di loro si avviò piangendo. Prima di partire, essi abbracciarono coloro che restavano.

Quando i cinque uomini rinviati alla vita se ne furono andati, Enjolras pensò al condannato a morte. Entrò nell'osteria. Javert, legato al pilastro, meditava.

«Ti occorre qualche cosa?» gli domandò Enjolras.

Javert rispose:

«Quand'è che mi ammazzerete?».

«Aspetta. In questo momento abbiamo bisogno di tutte le nostre cartucce.»

«Allora datemi da bere» fece il condannato.

Fu Enjolras stesso a porgergli un bicchiere d'acqua e, dato che Javert era legato, ad aiutarlo a bere.

«È tutto quel che ti occorre?» riprese Enjolras.

«Sto male così legato a questo pilastro» rispose Javert. «Non siete stati troppo teneri a farmi passare la notte così. Legatemi pure come vi pare e piace, ma potreste almeno adagiarmi su un tavolo come l'altro.»

E con un movimento della testa indicò il cadavere di papà Mabeuf.

Il lettore si ricorderà che vi era, nella sala a pianterreno, un grosso e lungo tavolone sul quale erano state fuse pallottole e fabbricate cartucce. Le munizioni essendo tutte preparate e la polvere adoperata, ora il tavolo era libero.

Per ordine di Enjolras, quattro insorti slegarono Javert dal palo. Mentre veniva liberato, un quinto insorto gli teneva puntata la baionetta sul petto. Gli lasciarono le mani legate dietro la schiena; gli vennero legate le caviglie con una sottile cordicella da frusta, assai robusta, che permetteva di fare passi da quindici pollici, come ai condannati a morte quando salgono sul patibolo. Gli insorti condussero Javert verso il tavolo in fondo alla sala e ve lo sdraiarono, legandolo strettamente a mezzo busto.

Per maggior sicurezza, venne aggiunto al sistema di corde che gli rendeva impossibile qualsiasi evasione, quella specie di legame che nelle prigioni viene chiamato martingala, e che consiste in una corda che partendo dalla nuca, dopo aver girato intorno al collo, si biforca sul petto e va a raggiungere le mani passando frammezzo alle gambe.

Mentre si stava legando Javert, un uomo, ritto sulla soglia, lo osservava con un'attenzione particolare. L'ombra proiettata da quell'uomo fece voltare la testa a Javert. Alzò gli occhi e riconobbe Jean Valjean. Non trasalì neppure, abbassò con fierezza le palpebre, e si limitò a dire: «È naturale».

VII

LA SITUAZIONE SI AGGRAVA

Il giorno sorgeva rapidamente. Ma non una finestra si apriva, non una porta schiudeva uno spiraglio. Era l'aurora, non il risveglio. Come abbiamo già detto, l'estremità di via della Chanvrerie opposta alla barricata era stata evacuata dalla truppa; pareva libera e si apriva ai passanti con una tranquillità sinistra. La via Saint-Denis era muta come il viale delle Sfingi a Tebe. Non un'anima viva ai crocicchi che un riflesso di sole imbiancava. Nulla è tanto lugubre quanto tale chiarore nelle vie deserte.

Non si vedeva nulla, ma si udiva qualche cosa. A una certa distanza doveva aver luogo un movimento misterioso. Era chiaro che il momento critico si avvicinava. Come la sera prima, le sentinelle si ritirarono; ma, questa volta, tutte.

La barricata era più forte di quel che non fosse al momento del primo attacco. Dopo la partenza dei cinque insorti, era stata sopraelevata ancora.

Per consiglio della vedetta che aveva vegliato dalla parte dei mercati, Enjolras, temendo una sorpresa alle spalle, prese una grave risoluzione. Fece barricare il piccolo budello del vicolo Mondétour, rimasto sino allora libero. A tale scopo vennero divelte le lastre di tutto il selciato lungo alcune case. In quel modo la barricata, murata su tre vie, davanti sulla via della Chanvrerie, a sinistra sulla via del Cygne e della Petite-Truanderie, a destra sulla via Mondétour, era davvero quasi inespugnabile. È vero anche che in essa si era fatalmente imprigionati. Aveva tre fronti, ma non aveva più alcuna uscita.

«Fortezza, ma trappola da sorci» osservò Courfeyrac, ridendo.

Enjolras fece ammucchiare accanto alla porta dell'osteria una trentina di lastre da selciato, che erano state «divelte di troppo», secondo l'espressione di Bossuet.

Il silenzio era adesso tanto profondo dalla parte da cui doveva giungere l'attacco, che Enjolras richiamò ognuno al proprio posto di combattimento.

Venne distribuita a tutti una razione di acquavite.

Nulla è più curioso di una barricata che si prepara a sostenere un attacco. Ognuno sceglie il proprio posto, come a uno spettacolo. Vi si accomoda, vi si sistema, vi si appoggia. Vi sono alcuni che si fanno stalli con le pietre. Se c'è uno spigolo di muro che dà fastidio, ci si sposta; se c'è un cantuccio più riparato, ci si rifugia. I mancini sono preziosi: prendono i posti che per gli altri risultano scomodi. Molti si dispongono in modo da poter combattere seduti. Vogliono sentirsi a posto per uccidere, e sistemati con comodità per morire. Nella funesta guerra del giugno 1848, un insorto dal tiro infallibile, che combatteva dall'alto di una terrazza sopra un tetto, vi aveva fatto trasportare una poltrona tipo Voltaire; una scarica era giunta a scovarlo fin lassù.

Non appena il capo ha ordinato di tenersi pronti al combattimento, tutti i movimenti disordinati cessano; non più contrasti, non più combriccole, né crocchi, né appartati; tutte le menti convergono e coincidono nell'aspettazione dell'assalto. Una barricata prima del pericolo è un caos; nel pericolo è disciplina. Il pericolo crea l'ordine.

Non appena Enjolras prese la sua carabina a doppia canna e andò a prendere posto a una specie di merlo che si era riservato, tutti ammutolirono. Un crepitìo di piccoli rumori secchi si alzò confusamente lungo tutta la muraglia di lastre di selciato. Si stavano caricando i fucili.

Del resto, gli atteggiamenti erano più fieri e più fiduciosi che mai; l'eccesso del sacrificio è un'affermazione; gli insorti non avevano più speranza, ma rimaneva loro la disperazione: la disperazione, ultima arma, che talvolta dà la vittoria. Lo ha detto Virgilio. Le risorse supreme nascono dalle risoluzioni estreme. Imbarcarsi verso la morte è talvolta il mezzo per sfuggire al naufragio; e il coperchio della bara diventa una tavola di salvezza.

Come la sera prima, tutte le attenzioni erano volte, e quasi si potrebbe dire appoggiate, sulla estremità della via, ora chiaramente illuminata e visibile.

L'aspettativa non fu lunga. Il movimento ricominciò distintamente dal lato di Saint-Leu, ma non rassomigliava a quello del primo assalto. Un tintinnìo di catene, i sobbalzi inquietanti di una moltitudine, uno sferragliare sul selciato, una specie di fracasso solenne, annunciavano che si avvicinava una ferraglia di cattivo augurio. Vi fu un fremito nelle viscere di quelle vecchie strade pacifiche, tracciate e costruite per la circolazione feconda degli interessi e delle idee, non per il mostruoso trascorrere delle ruote di guerra.

Le pupille di tutti i combattenti si fissarono selvaggiamente sull'estremità della via.

Apparve un cannone.

Gli artiglieri spingevano il pezzo, calettato nella parte posteriore del carro; l'avantreno era stato staccato; due uomini sostenevano il fusto, quattro tenevano le ruote, altri li seguivano col cassone. Si vedeva il fumo della miccia accesa.

«Fuoco!» ordinò Enjolras.

Tutta la barricata fece fuoco, la detonazione fu spaventosa. Una nube di fumo coprì interamente il cannone e gli artiglieri; dopo qualche istante, il nembo si dissipò e si poté scorgere il pezzo e gli uomini che continuavano a farlo rotolare di fronte alla barricata, lentamente, diligentemente, senza affrettarsi. Neppure uno era stato colpito. Poi il capo artigliere, facendo peso sulla culatta per alzare il tiro, si mise a puntare con la gravità di un astronomo che diriga il suo telescopio.

«E bravi i cannonieri!» gridò Bossuet.

Tutta la barricata applaudì.

Un momento dopo, solidamente piantato nel bel mezzo della via, a cavallo del rigagnolo, il pezzo era in batteria. Una gola formidabile era spalancata sulla barricata.

«Suvvia, allegri!» esclamò Courfeyrac. «Ecco il bestione. Dopo il buffetto, ecco il pugno. L'armata stende verso di noi la sua grossa zampa. Vogliono dare una bella scossa alla barricata. La fucileria tasta, il cannone acchiappa.»

«È un pezzo da otto, nuovo modello, di bronzo» osservò Combeferre. «Tali pezzi, per poco che si sorpassi la proporzione di dieci parti di stagno su cento di rame, sono soggetti a scoppiare. Il troppo stagno li rende troppo molli. Talvolta avviene che abbiano dei vuoti, delle caverne nell'anima. Per evitare un simile pericolo e aumentare la carica bisognerebbe forse ritornare al procedimento del quattordicesimo secolo, cioè la cerchiatura, e rivestire all'esterno il cannone, dalla culatta agli orecchioni, con una sequela di anelli d'acciaio senza saldatura. Intanto, si rimedia come meglio si può al difetto; si giunge fino a identificare i punti in cui vi sono le soffiature e i buchi nell'anima di un cannone per mezzo del gatto. Ma vi è un mezzo migliore: la stella mobile di Gribeauval.[6]»

«Nel sedicesimo secolo,» osservò Bossuet «i cannoni venivano rigati.»

«Sì,» rispose Combeferre «questo aumenta la potenza balistica,

---

[6] Strumento per misurare il diametro interno delle bocche da fuoco.

ma diminuisce la precisione del tiro. Inoltre, nel tiro a breve distanza, la traiettoria non ha tutta la rigidezza che si potrebbe desiderare, la parabola si esagera, il cammino del proiettile non è più tanto rettilineo da poter colpire tutti gli oggetti intermedi, eppure questa è una necessità del combattimento la cui importanza cresce con la vicinanza del nemico e la precipitazione del tiro. Questo difetto di tensione della curva del proiettile nei cannoni rigati del sedicesimo secolo derivava dalla carica debole. Le cariche deboli, per queste specie di ordigni, sono imposte da altre necessità balistiche, per esempio la conservazione degli affusti. Insomma il cannone, questo despota, non può tutto quello che vuole. La sua forza è una grande debolezza. Una palla di cannone non fa che seicento leghe all'ora; la luce percorre settantamila leghe al secondo. Tale è la superiorità di Gesù Cristo su Napoleone.»

«Ricaricate le armi» ordinò Enjolras.

Il rivestimento della barricata come si sarebbe comportato sotto il colpo? La cannonata avrebbe fatto breccia? La questione era tutta lì. Mentre gli insorti ricaricavano i fucili, gli artiglieri caricavano il cannone.

Nel fortino l'ansietà era profonda.

Il colpo partì. La detonazione scoppiò.

«Presente!» gridò una voce gioiosa.

E nello stesso istante in cui il proiettile cadeva sulla barricata, Gavroche vi saltava dentro.

Il monello giungeva dalla via del Cygne, e aveva lestamente scavalcato la barricata secondaria che faceva fronte al dedalo della Petite-Truanderie.

L'effetto prodotto da Gavroche nella barricata fu maggiore di quello della cannonata.

La palla del cannone si era smarrita nell'ammasso di rottami. Aveva al massimo rotto una ruota dell'omnibus e finito di sgangherare la vecchia carretta Anceau. Nel veder ciò, tutti gli uomini della barricata scoppiarono a ridere.

«Continuate!» gridò Bossuet agli artiglieri.

VIII
GLI ARTIGLIERI SI FANNO PRENDERE SUL SERIO

Tutti attorniarono Gavroche.

Ma il monello non ebbe tempo di raccontare. Marius, fremente, lo prese in disparte.

«Che cosa vieni a fare qui?»

«To'» disse il ragazzo. «E voi?»

E fissò Marius con la sua solita epica sfrontatezza. I suoi occhi si ingrandivano per le luci fiere che vi si accendevano.

Marius continuò in tono severo:

«Chi ti ha detto di tornare qui? Hai almeno portato quella lettera al suo recapito?».

Gavroche non era del tutto senza rimorsi a quel proposito. Nella fretta di tornare alla barricata, della lettera s'era disfatto più che non l'avesse consegnata. Era costretto a confessare di averla affidata con un po' di leggerezza a quello sconosciuto del quale non aveva potuto neppure scorgere il viso. È vero che quell'uomo non portava il cappello, ma ciò non poteva bastare. Insomma, il monello si faceva a quel proposito parecchi piccoli rimproveri interiori, e temeva i rimbrotti di Marius. Per trarsi d'impiccio, scelse il metodo più semplice: mentì ignominiosamente:

«Cittadino, ho consegnato la lettera al portiere. La signora dormiva. Avrà la lettera al suo risveglio».

Marius, nello spedire quel biglietto, aveva due scopi: dire addio a Cosette, e salvare Gavroche. Dovette contentarsi della metà di quanto avrebbe voluto.

L'invio della lettera e la presenza del signor Fauchelevent sulla barricata formavano una coincidenza, che si affacciò subito alla sua mente. Indicò Fauchelevent a Gavroche:

«Conosci quell'uomo?».

«No» rispose il ragazzo.

Effettivamente, l'abbiamo già detto, Gavroche non aveva veduto Jean Valjean che di notte.

Le congetture torbide e morbose che andavano nascendo nella mente di Marius si dissiparono. Conosceva forse le opinioni del signor Fauchelevent? Magari questi era repubblicano, e perciò la sua presenza al combattimento diveniva un fatto semplicissimo.

Intanto Gavroche era già all'altro lato della barricata, e gridava:

«Il mio fucile!».

Courfeyrac glielo fece restituire.

Gavroche avvertì «i camerati», come li chiamava, che la barricata era bloccata. Aveva durato fatica a ritornarvi. Un battaglione di fanteria, i cui fucili a fasci erano nella via della Petite-Truanderie, teneva d'occhio il lato della via del Cygne; dal lato opposto, la guardia municipale occupava la via dei Prêcheurs. Di faccia, c'era il grosso delle truppe.

Date queste informazioni, Gavroche soggiunse:

«Vi autorizzo a dar loro una lezione coi fiocchi».

Enjolras, intanto, dietro il merlo, con l'orecchio teso, spiava.

Gli assalitori, malcontenti senza dubbio della cannonata, non la ripeterono più.

Una compagnia di fanteria di linea era venuta a occupare l'estremità della strada, dietro al cannone. I soldati erano intenti a disselciare il lastrico per costruire una specie di muricciolo, non più alto di diciotto pollici, di fronte alla barricata. All'angolo di sinistra di quel muricciolo, si poteva scorgere la testa di colonna d'un battaglione del suburbio, che si ammassava in via Saint-Denis.

Enjolras, sempre in vedetta, credette di poter distinguere quel rumore particolare di quando si estraggono dai cassoni le cartucce a mitraglia, e scorse il capo cannoniere cambiare di mira, inclinando leggermente a sinistra la bocca da fuoco. Poi i cannonieri presero a ricaricare il cannone. Il capo cannoniere afferrò egli stesso la miccia e l'avvicinò al luminello.

«Giù le teste, tenetevi ben vicini al muro!» gridò Enjolras. «Tutti in ginocchio lungo la barricata!»

Quegli insorti che si trovavano sparsi dinanzi all'osteria e che avevano lasciati i loro posti di combattimento all'arrivo di Gavroche, si gettarono in massa verso la barricata; ma, prima ancora che l'ordine di Enjolras potesse essere eseguito, il colpo partì col fragore assordante di una scarica di mitraglia. Tale era, infatti.

Il colpo, diretto sulla breccia del fortino, vi era penetrato ed era rimbalzato contro il muro; e quel rimbalzo spaventoso aveva fatto due morti e tre feriti.

Se continuava cosi, la barricata non era più difendibile. I proiettili vi penetravano troppo comodamente.

Vi fu un mormorìo di costernazione.

«Cominciamo intanto coll'impedir loro il secondo colpo» disse Enjolras.

E, abbassando la sua carabina, prese di mira il capo cannoniere che in quel momento, curvo sulla culatta del cannone, rettificava e aggiustava definitivamente il tiro.

Quel cannoniere era un bel sergente d'artiglieria, biondo, giovane, dal viso assai dolce, dall'aspetto intelligente che è proprio dei combattenti di quell'arma predestinata e temibile che, a forza di perfezionarsi nell'orrore, dovrà finire coll'uccidere la guerra.

Combeferre, ritto accanto a Enjolras, osservava quel giovanotto.

«Che peccato» osservò. «Che cosa odiosa questi macelli! Almeno, quando non vi saranno più re, non vi saranno più guerre. Enjolras, tu prendi di mira quel sergente, e non lo guardi neppure. Figurati che è un giovanotto magnifico, e intrepido; si vede che ha qualche cosa nel cervello; sono molto istruiti, questi giovani artiglieri. Deve avere un padre, una madre, una famiglia; dev'essere probabilmente innamorato. Non avrà più di venticinque anni, credo. Potrebbe essere tuo fratello.»

«Lo è» rispose Enjolras.

«Sì,» continuò Combeferre «ed è anche il mio. Ebbene, non uccidiamolo.»

«Lasciami. Quel che occorre, occorre.»

Una lacrima rigò lentamente la guancia marmorea di Enjolras.

Nello stesso istante egli premette il grilletto della sua carabina. Scaturì un lampo. L'artigliere, colpito, fece due volte il giro su se stesso, con le braccia protese in avanti e la testa sollevata come per aspirare l'aria, poi si rovesciò su un fianco, cadde sul pezzo d'artiglieria e vi rimase immobile. Si scorgeva il suo dorso nel mezzo del quale zampillava un fiotto di sangue. La pallottola gli aveva traversato il petto da parte a parte. Era morto.

Fu necessario portarlo via e sostituirlo. Per gli insorti si trattava di alcuni minuti guadagnati.

IX

IMPIEGO DI QUELLA VECCHIA ABILITÀ DI BRACCONIERE
E DI QUELL'INFALLIBILE TIRO DI FUCILE CHE INFLUIRONO
SULLA CONDANNA DEL 1796

Nella barricata s'incrociavano i pareri. Il tiro del pezzo sarebbe ricominciato. Con quel cannone, gli assediati non ne avrebbero avuto più che per un quarto d'ora. Era assolutamente necessario trovare qualche cosa per ammortire i colpi.

Enjolras lanciò l'ordine:

«Bisogna metter lì un materasso».

«Non ne disponiamo» rispose Combeferre. «Sopra quelli che abbiamo ci sono i feriti.»

Jean Valjean, fino a quel momento, non aveva preso parte a nulla di quanto accadeva, ed era rimasto in disparte, seduto su un paracarro all'angolo dell'osteria, con il fucile tra le gambe. Pareva non udire le osservazioni dei combattenti che mormoravano attorno a lui: «Ecco un fucile inoperoso».

All'ordine lanciato da Enjolras, egli si alzò.

I lettori ricorderanno che all'arrivo degli insorti in via della Chanvrerie, una vecchia, prevedendo il pericolo delle pallottole, aveva appeso il suo materasso davanti alla finestra. Quella finestra, che dava luce a una soffitta, era sul tetto di una casa a sei piani situata un po' al di fuori della barricata. Il materasso, posto di traverso, appoggiato in basso su due pertiche che abitualmente servivano a stendere la biancheria, era sostenuto in alto da due corde che, da lontano, parevano due spaghi, e che erano attaccate a chiodi infissi nelle intelaiature della soffitta. Quelle due corde si profilavano nitidamente contro il cielo, come capelli.

«Qualcuno può prestarmi una carabina a doppia canna?» domandò Jean Valjean.

Enjolras, che aveva appena ricaricata la propria, gliela porse.

Jean Valjean prese di mira la finestra della soffitta e sparò.

Una delle corde del materasso era tagliata.

Il materasso non pendeva più che da una sola corda.

Jean Valjean lasciò partire il secondo colpo. La seconda corda andò a sbattere contro l'imposta della soffitta. Il materasso scivolò tra le due pertiche e cadde nella via.

La barricata applaudì. Tutte le voci gridarono:

«Ecco un materasso!».

«Già,» disse Combeferre «ma chi andrà a prenderlo?»

Il materasso era infatti caduto fuori della barricata, tra gli assediati e gli assedianti. La morte del capo cannoniere aveva esasperato la truppa, e i soldati si erano da qualche minuto sdraiati col ventre a terra dietro il muricciolo da loro innalzato; e per sostituire i colpi del pezzo d'artiglieria, che per il momento taceva in attesa che venisse riorganizzato il tiro, avevano aperto il fuoco contro la barricata. Gli insorti non rispondevano neppure a quella moschetteria, per risparmiare munizioni. La fucileria s'infrangeva contro la barricata; ma la via, ch'essa riempiva di pallottole, era terrificante.

Jean Valjean uscì dalla breccia, s'inoltrò nella via, attraversò l'uragano di pallottole, si diresse verso il materasso, se lo caricò sulle spalle e rientrò nella barricata.

Egli stesso assestò il materasso nella breccia. Lo fissò contro il muro, in modo che gli artiglieri non potessero scorgerlo.

Fatto ciò, tutti attesero la cannonata.

Questa non tardò.

Il cannone vomitò con un ruggito il suo pacco di pallini. Ma non vi fu rimbalzo. La mitraglia andò a morire nel materasso. L'effetto previsto era ottenuto. La barricata era preservata.

«Cittadino,» disse Enjolras rivolto a Jean Valjean «la repubblica vi ringrazia.»

Bossuet rideva, ammirato. Esclamò:

«È addirittura immorale che un materasso abbia tanta potenza. È il trionfo di quel che si piega su quello che fulmina. Non importa, gloria al materasso che annulla un cannone!».

In quel momento, Cosette si svegliava.

La sua stanzetta era angusta, pulita, discreta, con una lunga vetrata esposta a levante sul cortile interno della casa.

Cosette ignorava gli avvenimenti che si svolgevano a Parigi. La vigilia, ella si era già ritirata in camera sua quando Toussaint aveva detto: «Pare che ci sia del chiasso».

La fanciulla aveva dormito poche ore, ma bene. Aveva fatto dolci sogni, forse provocati dal candore del suo lettino. Qualcuno che era Marius le era apparso in una gran luce. Si svegliò con un raggio di sole sul viso, il che sulle prime le parve una continuazione del sogno.

Uscita dal sogno, il suo primo pensiero fu ridente. Cosette si sentiva rassicurata. Al pari di Jean Valjean qualche ora innanzi, ella attraversava quel periodo di reazione dell'anima che non ne vuole assolutamente sapere del dolore. Con tutte le sue forze ella sperò, senza neppur sapere il perché. Poi provò una stretta al cuore. Erano già tre giorni che non vedeva Marius. Ma si disse che a quell'ora egli aveva già ricevuto la sua lettera, che sapeva dove ella si trovava, e che aveva abbastanza ingegno per trovare il mezzo di giungere sino a lei. E questo, certo oggi stesso: forse anche stamattina. Era giorno avanzato, ma il raggio di sole era molto orizzontale. Cosette pensò che doveva essere ancora molto presto. Bisognava tuttavia alzarsi: per ricevere Marius.

Cosette sentiva di non poter vivere senza Marius, e che, di conseguenza, ciò doveva bastare e Marius sarebbe venuto. Non era ammissibile alcuna obiezione. Era cosa certa. Era già abbastanza mostruoso l'aver sofferto per tre giorni. Marius assente per tre giorni era un fatto orribile davanti al buon Dio. Ora quella crudele tribolazione venuta dall'alto era una prova superata; Marius doveva arrivare, portatore di una buona novella. La giovinezza è fatta così: asciuga presto gli occhi, trova il dolore inutile e non l'accetta. La giovinezza è il sorriso dell'avvenire dinanzi a un ignoto che è l'avvenire stesso. La felicità è per essa un fatto naturale. Pare che il suo respiro sia fatto di speranza.

Del resto, Cosette non poteva riuscire a ricordarsi quello che Marius le aveva detto a proposito di quell'assenza, che doveva durare un giorno solo, e quale spiegazione gliene aveva dato. Tutti avranno notato con quale abilità una moneta che si sia involontariamente lasciata cadere sappia rotolare e nascondersi chi sa dove, e quale arte metta nel rendersi introvabile. Esistono pensieri che ci giocano lo stesso tiro; si vanno a rannicchiare in un cantuccio del nostro cervello: è finita, diventano introvabili. Impossibile ricondurre a essi la memoria. Cosette si stizziva un po' del piccolo inutile sforzo che faceva per ricordarsi. Si rimproverava come una colpa d'aver dimenticato le parole pronunciate da Marius.

Si alzò dal letto e fece le due abluzioni: quella dell'anima e quella del corpo, la preghiera e la toeletta.

Si può a rigore introdurre il lettore in una camera nuziale, ma non in una camera virginale. I versi l'oserebbero appena, la prosa non ne ha il diritto.

È l'interno di un fiore non ancora sbocciato, è un biancheggiare nell'ombra, è la cellula intima del giglio chiuso che non deve essere sfiorata dallo sguardo dell'uomo prima di esser fissato dal sole. La donna in boccio è sacra. Il letto innocente che si scopre, l'adorabile seminudità che ha timore di se stessa, il piedino bianco che si rifugia nella pantofola, il seno che si avviluppa in un velo dinanzi allo specchio quasi questo fosse una pupilla indiscreta, la camicia che risale in fretta per nascondere la spalla solo all'udire lo scricchiolìo di un mobile o il rumore di una carrozza che passa, i cordoni allacciati, i fermagli chiusi, i lacci stretti, i trasalimenti, i piccoli brividi di freddo e di pudore, lo squisito sgomento d'ogni gesto, l'inquietudine quasi alata anche là dove non è nulla da temere, le successive fasi del vestirsi, altrettanto incantevoli quanto le nuvolette dell'aurora; tutto questo non sta bene raccontarlo, ed è già fin troppo indicarlo.

Lo sguardo dell'uomo dev'essere ancora più religioso dinanzi all'alzarsi di una giovanetta che dinanzi al sorgere di una stella. La possibilità di coglierlo deve volgersi in aumento di rispetto. La peluria della pesca, la pruina della susina, il cristallo radioso della neve, l'ala della farfalla screziata e vellutata, sono cose grossolane in confronto a quella castità che non sa neppure di esser casta. La giovanetta non è che una luce di sogno, e non è ancora una statua. La sua alcova è celata nella parte più oscura dell'ideale. L'indiscreto tocco dello sguardo brutalizza quella vaga penombra. Qui, contemplare sarebbe profanare.

Non faremo dunque vedere niente di tutto quel soave piccolo tramestìo che fu il risveglio di Cosette.

Una favola orientale ci narra che Dio aveva creato bianca la rosa, ma che avendola Adamo guardata nel momento in cui stava per sbocciare, ebbe vergogna e diventò rosa. Noi siamo fra coloro che si sentono interdetti dinanzi alle fanciulle e ai fiori, trovandole creature degne di venerazione.

Cosette si vestì assai presto, si spazzolò i capelli, si pettinò, il che era un'impresa assai semplice in quei tempi in cui le donne non gonfiavano i boccoli e le ciocche con cuscinetti e botticelle, e non mettevano crine nella pettinatura.

Poi ella spalancò la finestra e girò lo sguardo attorno, sperando di poter scoprire qualche scorcio della via, un angolo di caseggiato, un pezzetto di selciato, e potere da lì aspettare al varco Marius. Ma la via non si scorgeva. Il cortile interno era cinto da muri assai alti, e non aveva per sbocco che due giardini. Cosette trovò orridi quei giardini; per la prima volta nella sua vita trovò brutti i fiori. Il più misero pezzetto di rigagnolo avrebbe assai meglio rappresentato quanto occorreva a lei. Prese la risoluzione di guardare il cielo, quasi pensasse che Marius poteva giungere anche di lì.

A un tratto, la fanciulla scoppiò in pianto. Non che fosse, la sua, volubilità d'umore, ma la sua situazione era fatta di speranze rotte da abbattimenti. Ella avvertì confusamente un non so che di orribile. I fatti, invero, aleggiano nell'aria. Essa si disse che non era certa di nulla, e che perdersi di vista era un perdersi per sempre; e il pensiero che Marius potesse ritornare a lei dal cielo non le parve più incantevole, ma lugubre.

Poi, e questa è la singolarità di simili rannuvolamenti, le tornò la calma, e con la calma la speranza, e un sorriso incosciente ma fidente in Dio.

Tutti gli inquilini dormivano ancora nel caseggiato. Vi regnava un silenzio provinciale. Non si era spalancata nessuna persiana, e Cosette, naturalmente, pensò che suo padre dormisse ancora. Bisogna dire ch'ella avesse molto sofferto e che soffrisse ancora molto, perché Cosette pensava che suo padre era stato molto cattivo con lei. Ma faceva assegnamento su Marius. L'eclissi di una tale luce era decisamente impossibile. Cosette pregò. A tratti udiva, a distanza, certe scosse sorde simili a boati; e si diceva: «È strano che così di buon mattino spalanchino e richiudano i portoni». Erano le cannonate contro la barricata.

A qualche piede sotto il davanzale di Cosette, in un vecchio cornicione tutto annerito dal tempo, si trovava un nido di rondoni; il cestino del nido sporgeva un po' fuori dal cornicione, tanto che dall'alto si poteva penetrare con lo sguardo in quel piccolo paradiso. Vi era la madre che apriva a ventaglio le ali sulla covata; il padre svolazzava, se ne andava, poi ritornava col becco colmo di cibo e di baci. Il sole nascente dorava quella cosa felice, la grande legge del moltiplicatevi si mostrava qui sorridente e augusta, e quel dolce mistero si schiudeva e sbocciava nella gloria del mattino. Cosette, con i capelli avvolti dal sole e l'anima immersa nelle chimere, rischiarata internamente dall'amore e al di fuori dall'aurora, si chinò macchinalmente, e senza quasi confessarsi che nello stesso tempo pensava a Marius, prese a osservare gli uccelli, quella famiglia, quel maschio e quella femmina, quella madre coi suoi piccoli, col profondo turbamento che la vista di un nido dà a una vergine.

XI

IL TIRO DI FUCILE CHE NON FALLA MAI E CHE NON UCCIDE NESSUNO

Il fuoco degli assalitori continuava. La moschetteria e la mitraglia si alternavano, senza grandi danni, a dire il vero. La parte superiore della facciata del Corinto era la sola a soffrirne; le finestre del primo piano e gli abbaini, crivellati dalle pallottole e dalla mitraglia, si andavano man mano deformando. I combattenti che prima vi si erano appostati avevano dovuto ritirarsi. Del resto, questa è buona tattica nell'attacco alle barricate: si spara a lungo allo scopo di esaurire le munizioni degli insorti, se questi commettono l'errore di rispondere; e quando, dal rallentamento del fuoco dell'avversario, ci si accorge che questi non ha più né pallottole né polvere, si sferra l'assalto. Enjolras non si era lasciato prendere a questa insidia: la barricata non rispondeva affatto.

A ogni scarica di plotone, Gavroche si gonfiava la guancia con la lingua, in segno di alto disprezzo.

«Va bene,» diceva «strappate pure la tela. Abbiamo bisogno di filacce.»

Courfeyrac apostrofava la mitraglia circa i suoi scarsi effetti, e diceva al cannone:

«Tu mi stai diventando prolisso, caro vecchione!».

Durante la battaglia avviene di trovarsi impacciati come a un ballo. È probabile che il silenzio del fortino cominciasse a impensierire gli assedianti e a far loro temere qualche incidente inatteso; sentivano la necessità di veder chiaro attraverso quel mucchio di pietre e di sapere cosa succedeva dietro la muraglia impassibile che incassava i colpi senza rispondere. Gli insorti scorsero d'un tratto un casco luccicare al sole, sopra un tetto vicino. Un pompiere era addossato a un alto comignolo, e pareva fosse là di sentinella. Il suo sguardo piombava a picco nella barricata.

«Ecco un fastidioso sorvegliante» osservò Enjolras.

Jean Valjean aveva restituito la carabina a Enjolras, ma aveva conservato il proprio fucile.

Senza dir verbo egli prese di mira il pompiere; un istante dopo, il casco, colpito da una pallottola, cadeva rumorosamente nella via sottostante. Il milite, spaventato, si affrettò a sparire.

Un secondo osservatore prese il suo posto. Questi era un ufficiale. Jean Valjean, che aveva ricaricato la sua arma, mirò il nuovo venuto e mandò il casco dell'ufficiale a raggiungere quello del soldato. L'ufficiale non insistette e si ritirò con sollecitudine. Stavolta l'avvertimento venne compreso. Nessuno riapparve più sul tetto. Il nemico aveva rinunciato a spiare la barricata.

«Perché non avete ucciso l'uomo?» chiese Bossuet a Jean Valjean.
Jean Valjean non rispose.

XII
IL DISORDINE PARTIGIANO DELL'ORDINE

Bossuet sussurrò all'orecchio di Combeferre:
«Non ha risposto alla mia domanda».
«È un uomo che pratica la bontà a fucilate» disse Combeferre.

Coloro che hanno conservato qualche ricordo di quel tempo ormai lontano, sanno che la guardia nazionale del distretto era assai valorosa nella lotta contro le insurrezioni. Fu particolarmente accanita e intrepida in quelle giornate di giugno 1832. Qualche bettoliere di Pantin, delle Vertus oppure della Cunette, al quale l'insurrezione rendeva deserto lo «stabilimento», diveniva un leone nel vedere vuota la sua sala da ballo, e si faceva ammazzare per salvar l'ordine rappresentato dalla sua osteria. In quei tempi borghesi ed eroici insieme, di fronte alle idee che avevano i cavalieri, gli interessi pure trovavano i loro paladini. La prosaicità del movente non toglieva nulla al valore del gesto. Il decrescere di una pila di scudi induceva i banchieri a intonare la *Marsigliese*. Si versava liricamente il proprio sangue per la cassetta; e si difendeva con entusiasmo demoniaco la bottega, quest'immenso diminutivo della patria.

In fondo, diciamolo pure, in tutto questo non vi era nulla che non fosse estremamente serio. Erano gli elementi sociali che entravano in lotta, nell'attesa del giorno in cui avrebbero potuto entrare in equilibrio.

Un altro segno di quel tempo era l'anarchia mista al governamentalismo (denominazione barbara del partito dell'ordine). Si era per l'ordine, ma senza disciplina. Il tamburo batteva inopinatamente, per ordine del tal colonnello della guardia nazionale, convocazioni a capriccio; il tal capitano andava al fuoco di sua iniziativa; la tal guardia nazionale si batteva «di sua idea» e per conto proprio. Nei momenti di crisi, nelle «giornate» si era guidati più dagli istinti che dai comandanti. Vi erano nell'armata dell'ordine dei veri *guerilleros*, gli uni uomini di spada come Fannicot, altri di penna come Henri Fonfrède.[7]

La civiltà, disgraziatamente rappresentata a quel tempo piuttosto da una aggregazione d'interessi che da un gruppo di princìpi, era – o si credeva – in pericolo. Essa gettava il grido d'allarme. Ognuno si erigeva a responsabile, la difendeva, la soccorreva e la proteggeva, di

---

[7] Giornalista favorevole alla monarchia di luglio; di Fannicot non si sa nulla.

testa sua. Il primo venuto si assumeva il compito di salvare la società. Lo zelo talvolta si spingeva sino allo sterminio. Il tale squadrone delle guardie nazionali si costituiva di propria autorità in consiglio di guerra e giudicava e fucilava in cinque minuti un insorto caduto prigioniero. Una improvvisazione di tale specie aveva portato a morte Jean Prouvaire. Feroce legge di Lynch, che nessun partito ha il diritto di rimproverare gli altri, perché è applicata dalla repubblica in America così come dalla monarchia in Europa. Questa legge di Lynch[8] causava altresì degli equivoci. In un giorno d'insurrezione, un giovane poeta, Paul-Aimé Garnier, inseguito sino a Place Royale, con le baionette alle reni, non riuscì a svignarsela che rifugiandosi nel portone segnato n. 6. Intorno tutti gridavano: «*Eccone un altro di questi sansimonisti!*» e volevano ucciderlo. Egli portava sotto il braccio un volume delle memorie del duca di Saint-Simon. Una guardia nazionale aveva letto sul libro il nome *Saint-Simon* e aveva lanciato il grido: «A morte!».

Il 6 giugno 1832, una compagnia di guardie nazionali del circondario, agli ordini del capitano Fannicot, che già abbiamo nominato più sopra, si fece, per fantasia e compiacenza, decimare in via della Chanvrerie. Il fatto, per quanto bizzarro sia, è stato constatato dall'istruttoria giudiziaria aperta in seguito dall'insurrezione del 1832. Il capitano Fannicot, borghese impaziente e ardito, specie di condottiero dell'ordine, uno di quelli che abbiamo or ora caratterizzato, «governamentalista» fanatico e mai sottomesso, non poté resistere al desiderio di far fuoco prima dell'ora e all'ambizione di prendere la barricata lui, da solo, cioè con la propria compagnia. Esasperato dalla successiva apparizione della bandiera rossa e del vecchio vestito ch'egli scambiò per una bandiera nera, il capitano biasimava ad alta voce i generali e i capi che tenevano consiglio e giudicavano non fosse ancora il momento di dare l'assalto decisivo, e lasciavano, secondo l'espressione di uno di essi, diventata celebre, «cuocere l'insurrezione nel proprio sugo». Quanto a lui, Fannicot, egli trovava la barricata matura, e, poiché i frutti maturi debbono cadere, tentò.

Era alla testa di uomini risoluti al pari di lui, degli «indemoniati», come li definì un testimonio. La sua compagnia, quella stessa che aveva fucilato il poeta Prouvaire, era la prima del battaglione appostato all'angolo della via. Al momento in cui lo si sarebbe meno aspettato, il capitano lanciò i suoi uomini contro la barricata. Quel movimento, eseguito più con buona volontà che con strategia, costò caro alla compagnia Fannicot. Prima che arrivasse ai due terzi della via, venne ac-

---

[8] John Lynch, colono americano del XVI secolo che diede il nome al «linciaggio», legge di giustizia sommaria contro i negri.

colta dalla barricata con una scarica generale. Quattro dei più audaci, che correvano in testa, furono fulminati a bruciapelo ai piedi stessi della ridotta, e quella coraggiosa frotta di guardie nazionali, brava gente ardita ma sprovvista di tenacia militare, dovette ripiegare, dopo qualche esitazione, lasciando sul selciato una quindicina di cadaveri. L'istante di esitazione dette agli insorti il tempo di ricaricare le armi, e una seconda scarica, assai micidiale, raggiunse la compagnia prima che questa avesse potuto riguadagnare l'angolo della via, che era il suo rifugio. In un batter d'occhio la compagnia fu presa tra due fuochi, essendo capitata sotto il tiro del pezzo posto in batteria, il quale, non avendo ricevuto ordini in proposito, non aveva smesso di cannoneggiare. L'intrepido e imprudente Fannicot fu colpito così. Venne ucciso dal cannone, cioè dall'ordine.

Quest'attacco, più furioso che serio, irritò Enjolras. «Che imbecilli!» esclamò. «Fanno ammazzare i loro uomini, e ci fanno sprecare munizioni per niente.»

Enjolras ragionava come un vero generale d'insurrezione, quale egli infatti era. L'insurrezione e la repressione non lottano ad armi pari. La sommossa, soggetta a esaurirsi presto, non ha che un dato numero di colpi da sparare, e un dato numero di uomini da esporre. Una giberna vuotata, un combattente ucciso, non si possono sostituire. La repressione, che ha a sua disposizione tutto l'esercito, non conta i propri uomini e, avendo Vincennes, non tiene calcolo dei colpi. La repressione ha tanti reggimenti quanti sono gli uomini della barricata, e altrettanti arsenali quante sono le cartuccere degli insorti. E così si hanno lotte di uno contro cento, che finiscono sempre con l'annientamento della barricata; a meno che la rivoluzione, sorgendo bruscamente, non venga a gettare sulla bilancia la sua fiammeggiante spada d'arcangelo. Ciò talvolta accade. Allora tutto si solleva, il selciato ribolle, pullula di fortini eretti dal popolo; tutta Parigi trasale sino alle viscere, il *quid divinum* si sviluppa, un 10 agosto, un 29 luglio sono nell'aria, e sorge una luce prodigiosa. Allora le fauci spalancate dell'ordine debbono indietreggiare, e l'esercito, il leone, si vede dinanzi, eretto e tranquillo, il profeta, la Francia.

XIII
BAGLIORI CHE PASSANO

Nel caos di passioni e di sentimenti che difendono una barricata, vi è un po' di tutto: coraggio, punto d'onore, entusiasmo, ideale, convinzione, accanimento da giocatore, e, soprattutto, intermittenze di speranza.

Una di queste intermittenze, uno di quei vaghi fremiti di speranza illuminò di colpo, quando meno era atteso, la barricata della Chanvrerie.

«Ascoltate!» esclamò bruscamente Enjolras, sempre in agguato, «mi sembra che Parigi si svegli.»

È certo che, nella mattinata del 6 giugno, l'insurrezione ebbe, durante un'ora o due, una certa recrudescenza. L'ostinazione della campana a stormo di Saint-Merry rianimò qualche velleità. Alcune piccole barricate sorsero in via Poirier e in via Gravilliers. Dinanzi alla Porta Saint-Martin, un giovanotto, armato di carabina, assalì da solo uno squadrone di cavalleria. Allo scoperto, in pieno viale, poggiò un ginocchio a terra, imbracciò l'arma, tirò, uccise il capo dello squadrone, e si voltò dicendo: «*Ecco un altro che non ci potrà far più del male*». Venne ammazzato a colpi di sciabola. In via Saint-Denis, una donna sparò sulle guardie municipali, stando dietro a una persiana socchiusa, della quale, a ogni colpo, si vedevano tremare le stecche. Un ragazzo quattordicenne fu arrestato in via della Cossonnerie perché aveva le tasche colme di cartucce. Diversi posti di guardia vennero presi d'assalto. All'ingresso della via Bertin-Poirée una fucileria assai viva e del tutto inaspettata accolse un reggimento di corazzieri in testa al quale marciava il generale Cavalgnac de Baragne. In via Planche-Mibray vennero gettati sulla truppa, dall'alto dei tetti, vecchi rottami di stoviglie e utensili casalinghi: cattivo segno; e quando venne reso edotto di questo fatto il maresciallo Soult, il vecchio luogotenente di Napoleone divenne pensieroso, ricordandosi la frase di Suchet a Saragozza: «*Quando le vecchie ci vuotano i vasi da notte sulla testa, siamo perduti*».

Questi sintomi generali che si manifestavano nell'istante in cui si riteneva ormai localizzata la sommossa, quella febbre di collera che riprendeva il sopravvento, quelle fiammelle che sprizzavano qua e là sopra le dense masse di combustibile quali sono i sobborghi di Parigi; tutto quel complesso preoccupò i capi militari, i quali si affrettarono a spegnere quei princìpi di incendio. Si ritardò, in attesa che le scintille venissero soffocate, l'attacco alle barricate Maubuée, della Chanvrerie, e di Saint-Merry, in modo da non aver più a che fare che con queste, e poter finire tutto in un colpo. Alcune colonne vennero lanciate nelle vie in fermento, spazzando le grandi, scandagliando le piccole, a destra e a sinistra, ora con precauzione, lentamente, ora a passo di carica. La truppa sfondava le porte delle case dalle quali erano partiti gli spari. Nello stesso tempo le cariche di cavalleria disperdevano i gruppi di persone sui viali. La repressione non si compì senza il rumore e senza il fracasso tumultuoso propri agli scontri tra esercito e popolo. Erano questi i rumori che Enjolras distingueva, nelle soste del cannoneggiamento e della moschetteria. Inoltre, egli aveva visto passare, in fondo alla via, alcuni feriti in barella; disse a Courfeyrac:

«Quei feriti non sono opera nostra».

La speranza durò poco; la luce si eclissò presto. In meno di mezz'ora, quel che aleggiava in aria svanì; fu come un lampo senza folgore, e gli insorti sentirono gravare su di loro la cappa di piombo che l'indifferenza del popolo getta sugli ostinati abbandonati a se stessi.

Il movimento generale che pareva essersi vagamente profilato era abortito; e l'attenzione del ministro della guerra e la strategia dei generali potevano ormai concentrarsi sulle tre o quattro barricate rimaste in piedi.

Il sole si alzava sull'orizzonte.

Un insorto interpellò Enjolras: «Abbiamo fame. Dovremo veramente andarcene tutti quanti all'altro mondo senza aver mangiato?».

Enjolras sempre appoggiato al merlo, senza distogliere lo sguardo dall'estremità della via fece un cenno affermativo.

XIV
DOVE SI LEGGERÀ IL NOME DELL'AMANTE DI ENJOLRAS

Courfeyrac, seduto sopra una pietra accanto a Enjolras, continuava a insultare il cannone, e ogni qualvolta udiva volare, col suo mostruoso rumore, quell'oscuro nugolo di proiettili che viene chiamato mitraglia, l'accoglieva con uno scatto d'ironia:

«Tu ti spolmoni, mio povero vecchio brutale, mi fai pena, sprechi il tuo baccano. Non è tuono il tuo, sono colpi di tosse!».

Gli insorti, intorno a lui, ridevano.

Courfeyrac e Bossuet, il cui coraggioso buonumore cresceva col pericolo, sostituivano, come madama Scarron, il cibo con lo scherzo, e mancando il vino, versavano allegria a tutti.

«Ammiro Enjolras» diceva Bossuet. «La sua impassibile temerità mi meraviglia. Vive solo, ed è questo che lo rende forse un poco triste; Enjolras si lamenta della sua superiorità che lo costringe alla vedovanza. Noialtri, più o meno, abbiamo tutti delle amanti che ci rendono folli, cioè coraggiosi. Quando si è innamorati come tigri, il meno che si possa fare è di battersi come leoni. È un modo di vendicarsi dei dardi che ci lanciano le nostre sartine. Orlando si fa ammazzare per far rabbia ad Angelica. Tutti i nostri eroismi provengono dalle nostre donne. Un uomo senza donna è come una pistola senza cane: è la donna che dà la spinta all'uomo. Ebbene, Enjolras non ha una compagna. Non è innamorato, e trova il modo di essere intrepido. È una cosa inaudita che si possa esser gelidi come il ghiaccio e arditi come il fuoco.»

Pareva che Enjolras non l'ascoltasse, ma qualcuno che gli fosse stato molto vicino l'avrebbe udito mormorare sottovoce: *Patria.*

Bossuet rideva ancora allorché Courfeyrac esclamò:

«C'è qualcosa di nuovo!».

E, assumendo un tono da usciere che annuncia, soggiunse:

«Mi chiamo Pezzo da Otto».

Infatti un nuovo personaggio entrava in scena. Era una seconda bocca da fuoco.

Gli artiglieri fecero rapidamente le manovre di forza, e sistemarono il secondo cannone in batteria accanto al primo.

Era il principio della fine.

Qualche istante dopo, i due pezzi, rapidamente serviti, tiravano in pieno contro il fortino; il fuoco delle truppe di linea e della guardia nazionale del distretto sosteneva l'artiglieria.

A qualche distanza si sentiva un altro cannoneggiamento. Mentre due pezzi d'artiglieria s'accanivano contro il fortino della via Chanvrerie, due altre bocche da fuoco, puntate l'una in via Saint-Denis, l'altra in via Aubry-le-Boucher, crivellavano la barricata Saint-Merry. I quattro cannoni si facevano lugubremente eco.

I latrati dei tenebrosi mastini della guerra si rispondevano.

Dei due pezzi che minacciavano ora la barricata di via Chanvrerie, l'uno sparava a mitraglia, l'altro a palla.

Il pezzo che tirava a palla era puntato un po' alto e il suo tiro era aggiustato in modo che i proiettili colpissero l'estremo margine superiore della barricata, sgretolandolo, e ne proiettasse i detriti a guisa di mitraglia sulle teste degli insorti.

Tale procedimento di tiro aveva per scopo di allontanare i combattenti dalla sommità del fortino e costringerli a rifugiarsi nell'interno; il che annunciava l'imminente assalto.

Una volta scacciati i combattenti dall'alto della barricata mediante i proiettili di grosso calibro, e dalle finestre dell'osteria con la mitraglia, le colonne d'assalto avrebbero potuto avventurarsi nella via senza essere prese di mira e fors'anche senza essere scorte, scalare bruscamente la ridotta, come la sera prima, e magari prenderla di sorpresa.

«Bisogna assolutamente diminuire il disturbo causato da quei pezzi» osservò Enjolras, e gridò: «Fuoco sugli artiglieri!».

Tutti erano pronti. La barricata, che taceva da tanto tempo, fece disperatamente fuoco: sette od otto scariche si susseguirono con una sorta di rabbia e di gioia, la via si riempì di un fumo accecante e, al termine di alcuni minuti, attraverso quella nebbia tutta solcata di fiamme si poterono distintamente scorgere i due terzi degli artiglieri giacenti sotto le ruote dei cannoni. Coloro che erano rimasti in piedi continuavano a servire i pezzi con grave tranquillità; ma il fuoco era rallentato.

«Così va bene» disse Bossuet a Enjolras. «Buona fortuna.»

Enjolras scosse la testa e rispose:

«Ancora dieci minuti di simili successi e non avremo più di dieci cartucce nella barricata».

Gavroche doveva aver udito quelle parole.

XV
GAVROCHE FUORI DELLA BARRICATA

A un tratto Courfeyrac scorse qualcuno in basso fuori della barricata, nella via, sotto la pioggia delle pallottole.

Gavroche si era munito di un cesto per bottiglie preso nell'osteria, era uscito dalla breccia ed ora era placidamente intento a vuotare nel paniere le giberne piene di cartucce delle guardie nazionali uccise sulla scarpata della ridotta.

«Che fai lì?» chiese Courfeyrac.

Gavroche alzò il naso:

«Cittadino, riempio il mio paniere».

«Ma non senti la mitraglia?»

Gavroche rispose:

«Ebbene, piove. E con ciò?».

Courfeyrac gli ordinò:

«Rientra!».

«Subito!»

E con un balzo, il monello si spinse nella via. Si ricorderà che la compagnia Fannicot, ritirandosi, aveva lasciato dietro di sé una scia di cadaveri.

Una ventina di morti giaceva qua e là sul selciato lungo tutta la via. Una ventina di giberne per Gavroche. Una provvista di cartucce per la barricata.

Il fumo invadeva la via come una nebbia. Chiunque abbia visto una nube caduta in una gola di monti tra due pareti a picco, può figurarsi quel fumo rinchiuso e quasi reso più denso dalle due buie file di alte case: saliva lentamente e si rinnovava incessantemente; da ciò un oscuramento graduale, che affievoliva persino la luce del giorno. Era molto se i combattenti potevano scorgersi da un capo all'altro della via, del resto assai breve.

Quell'oscuramento, probabilmente voluto e calcolato dai capi che dirigevano l'assalto alla barricata, riuscì utile a Gavroche.

Sotto le pieghe del velo di fumo, e anche in virtù della sua piccola statura, egli poté avanzare nella via senza venire scorto. Svaligiò le sette od otto prime giberne senza gravi pericoli.

Egli strisciava sul ventre, galoppava a quattro gambe, teneva il paniere coi denti, si torceva, scivolava, ondulava, serpeggiava da un morto all'altro e vuotava le giberne e le cartuccere con la destrezza della scimmia che apra una noce.

Dalla barricata, alla quale era ancora abbastanza vicino, non si osava gridargli di ritornare, per paura di attirare su di lui l'attenzione del nemico.

Su un cadavere, che era quello di un caporale, egli trovò una fiaschetta di polvere.

«Questa va bene per la sete» si disse, e la intascò.

A forza di andare avanti, giunse al punto dove il fumo della fucileria diveniva trasparente: sicché tanto i tiratori di linea, allineati in agguato dietro il muricciolo di pietre, quanto quelli della guardia nazionale ammassati all'angolo della via, scorsero subito qualche cosa che si muoveva nel fumo.

Nell'istante in cui Gavroche sbarazzava delle sue cartucce un sergente che giaceva presso lo scalino di un marciapiede, una pallottola colpì il cadavere.

«Diavolo!» esclamò il monello. «Ecco che si mettono ad ammazzare i miei morti!»

Una seconda pallottola fece sprizzare scintille dal selciato proprio accanto al ragazzo. Una terza rovesciò il suo paniere.

Gavroche gettò uno sguardo e vide che i colpi provenivano dalla guardia nazionale.

Si drizzò in piedi, ben diritto, i capelli al vento, le mani sui fianchi, l'occhio fisso sulle guardie che sparavano, e cantò:

> *On est laid à Nanterre,*
> *C'est la faute à Voltaire;*
> *Et bête à Palaiseau,*
> *C'est la faute à Rousseau.*[9]

Poi il monello raccolse da terra il cesto, vi ripose, senza perderne neppur una, tutte le cartucce che ne erano cadute e, spingendosi in avanti nella direzione della fucileria, andò a spogliare un'altra giberna. Una

---

[9] Sono brutti a Nanterre, – La colpa è di Voltaire; – E stupidi a Palaiseau, – La colpa è di Rousseau.

quarta pallottola lo sfiorò di nuovo, lasciandolo illeso. Gavroche continuò a cantare:

Je ne suis pas notaire,
C'est la faute à Voltaire;
Je suis petit oiseau,
C'est la faute à Rousseau.[10]

Una quinta pallottola non ebbe altro risultato che quello di fargli cantare una terza strofa:

Joie est mon caractère,
C'est la faute à Voltaire;
Misère est mon trousseau,
C'est la faute à Rousseau.[11]

Continuò così per qualche tempo.

Lo spettacolo era spaventoso e incantevole. Gavroche, preso di mira, prendeva in giro la fucileria. Era il passero che beccheta i cacciatori. Rispondeva con una strofa a ogni scarica. Era continuamente preso di mira e tutti i colpi fallivano. Le guardie nazionali e i soldati ridevano puntandogli l'arma contro. Il monello si gettava a terra, poi si raddrizzava, si nascondeva nel vano di una porta, poi dava un balzo, spariva, riappariva, si metteva in salvo, ritornava, rimbeccava la mitraglia facendo marameo, e intanto faceva razzia di cartucce, vuotava giberne e riempiva il suo paniere. Gli insorti ansimanti, ansiosi, lo seguivano con gli occhi. La barricata trepidava; lui cantava. Non era un bimbo, non era un uomo, era uno strano monello-fata: il nano invulnerabile della mischia. Le pallottole lo rincorrevano, ma lui era più svelto di loro. Giocava una terribile partita a rimpiattino con la morte; ogni qualvolta la faccia camusa dello spettro appariva, il monello le dava un buffetto sul naso.

Però un proiettile, meglio diretto degli altri, o più traditore, finì col raggiungere il fanciullo fuoco fatuo. Si vide Gavroche barcollare, poi cadere. Tutta la barricata lanciò un urlo; ma vi era dell'Anteo in quel pigmeo; per il monello toccare il selciato era come per il gigante toccare la terra; Gavroche non era caduto che per raddrizzarsi; rimase seduto, e un lungo rivolo di sangue gli rigava il volto; alzò le braccia in

---

[10] Io non sono notaio, – La colpa è di Voltaire; – Io sono un uccellino, – La colpa è di Rousseau.

[11] L'allegria è il mio carattere, – La colpa è di Voltaire; – Miseria è il mio corredo, – La colpa è di Rousseau.

aria, guardò nella direzione da dove era giunto il colpo e si mise a cantare:

> *Je suis tombé par terre,*
> *C'est la faute à Voltaire;*
> *Le nez dans le ruisseau,*
> *C'est la faute à...*[12]

Non finì. Una seconda pallottola dello stesso tiratore gli troncò la parola. Stavolta Gavroche si abbatté, la faccia contro il selciato, e non si mosse più.

Quella piccola grande anima era volata via.

XVI
COME DA FRATELLO SI DIVENTA PADRE

Vi erano in quello stesso momento, nel giardino del Luxembourg – lo sguardo del dramma deve essere presente ovunque –, due bimbi che si tenevano per mano. L'uno poteva avere sette anni, l'altro cinque. La pioggia li aveva inzuppati ed essi camminavano in un viale dal lato soleggiato; il maggiore conduceva il più piccolo. Erano pallidi e coperti di stracci; avevano l'aspetto di uccelli selvatici. Il più piccino diceva: «Ho proprio fame».

Il maggiore, già un poco protettore, teneva il fratellino con la sinistra, e agitava un bastoncino nella destra.

Erano soli nel giardino. Questo era deserto, i cancelli erano chiusi per misure di polizia a causa dell'insurrezione. Le truppe, che vi avevano fatto bivacco, ne erano uscite per le necessità della lotta.

Come mai quei ragazzi si trovavano lì? Forse erano evasi da qualche corpo di guardia lasciato socchiuso; forse, nei dintorni, alla barriera d'Enfer o sulla spianata dell'Observatoire o nel crocicchio vicino dove dominava un frontone sul quale si poteva leggere: *Invenerunt parvulum pannis involutum*,[13] c'era qualche baraccone di saltimbanchi da cui essi erano fuggiti. Forse, sfuggendo agli ispettori del giardino all'ora della chiusura, la sera precedente, avevano passato la notte in qualcuno di quei chioschi ove si leggono i giornali? Fatto sta che vagavano e sembravano liberi. Essere erranti e sembrare li-

---

[12] Io sono caduto a terra, – La colpa è di Voltaire; – Col naso nel rigagnolo, – La colpa è di...

[13] «Trovarono un fanciullo avvolto in panni», imprecisa citazione da San Luca.

beri significa essere smarriti. Effettivamente quei poveri piccini erano smarriti.

Quei due mocciosi erano gli stessi per i quali Gavroche era stato in pena, e che il lettore certo ricorderà. Erano i figli dei Thénardier, in pensione dalla Magnon, attribuiti a Gillenormand e ora, foglie cadute da tutti quei rami senza radici, rotolavano in terra in balìa del vento.

I loro abiti, che risalivano al tempo della Magnon e che erano serviti a quella donna per far bella figura di fronte a Gillenormand, erano ridotti a brandelli.

Quelle creature appartenevano oramai alla statistica dell' «infanzia abbandonata» che la polizia riconosce, raccoglie, smarrisce e ritrova sui marciapiedi di Parigi.

C'era voluto il trambusto di una giornata come quella perché i due piccoli miserabili si trovassero al Luxembourg. Se i sorveglianti li avessero scorti, li avrebbero scacciati. I bambini poveri non entrano nei giardini pubblici; però si dovrebbe pensare che, in quanto bimbi, essi pure hanno diritto ai fiori.

Questi vi si trovavano in virtù dei cancelli chiusi. Erano in contravvenzione. Si erano introdotti nel giardino, e vi erano rimasti. I cancelli chiusi non dan vacanza agli ispettori, la sorveglianza deve continuare, ma si allenta e si riposa; e gli ispettori, commossi anch'essi dall'ansia pubblica e più occupati di quel che accadeva di fuori che di quello che accadeva dentro, non badavano al giardino e non avevano scorto i due «delinquenti».

Aveva piovuto la sera prima, e un poco anche quel mattino stesso. Ma in giugno gli acquazzoni non contano. Un'ora dopo un acquazzone, ci si accorge appena che la bella giornata bionda ha avuto qualche lacrima. In estate la terra si asciuga con la stessa rapidità della guancia di un bimbo.

Nell'epoca di solstizio la luce del pieno mezzodì è abbagliante. Afferra tutto. Si sovrappone alla terra come per succhiarla. Si direbbe che il sole abbia sete. Una pioggia dirotta non è che un bicchier d'acqua; ed è bevuta immediatamente. Al mattino tutto gocciolava, al pomeriggio tutto è polveroso.

Nulla è tanto ammirevole quanto la verzura rinfrescata e lavata dalla pioggia e asciugata dal sole. È una frescura calda. I giardini e le praterie, con l'acqua nelle radici e il sole sulle corolle, diventano bracieri d'incenso e spandono tutti i loro profumi in una volta. Tutto ride, canta e si offre. Ci si sente dolcemente ebbri. La primavera è un paradiso provvisorio; il sole aiuta l'uomo a pazientare.

Vi sono esseri che non chiedono di più; creature viventi che, avendo l'azzurro del cielo, dicono: ci basta! Pensatori assorti nel prodigio, che attingono nell'idolatria della natura l'indifferenza al bene e al male; contemplatori del cosmo radiosamente distolti dall'uomo, e che non comprendono come ci si possa occupare della fame di taluni, della sete di certi altri, della nudità del povero d'inverno, della costituzione linfatica d'una piccola spina dorsale, del letto, del solaio, della cella di prigione e dei cenci di una giovinetta che batte i denti dal freddo, quando si può invece stare a sognare sotto gli alberi. Menti pacifiche e terribili, spietatamente paghe. Cosa strana, l'infinito basta loro. Ignorano quella grande necessità dell'uomo, il finito, che ammette l'abbraccio. Al finito, che ammette l'opera sublime del progresso, essi non pensano neppure. L'indefinito, che nasce dalla combinazione umana e divina dell'infinito col finito, sfugge loro. Purché possano trovarsi a faccia a faccia coll'immensità, essi sorridono. Mai gioia, sempre estasi. Annullarsi nell'abisso, ecco la loro vita. La storia dell'umanità per loro non è che un piano frammentario. Il Tutto non c'è: il vero Tutto resta al di fuori; e allora a che scopo occuparsi di questo particolare: l'uomo? L'uomo soffre, è possibile; ma guardate dunque Aldebaran che si alza! Una madre non ha latte, il neonato muore, non ne so nulla, ma osservate il meraviglioso rosone formato dalla frazione d'un tronco di pino esaminata al microscopio! Paragonatemi a questo i più bei pizzi di Malines! Simili pensatori dimenticano di amare. Lo zodiaco ha tanta influenza su di essi da impedir loro di vedere un bimbo che piange. Dio eclissa in loro l'anima. Formano una famiglia di ingegni, grandi e piccoli nel contempo; Orazio ne faceva parte, Goethe ne faceva parte; fors'anche La Fontaine; magnifici egoisti dell'infinito, tranquilli spettatori della sofferenza, che, se fa bel tempo, non vedono Nerone; a loro il sole cela il rogo; guarderebbero ghigliottinare un loro simile non ricercando nella scena che un effetto di luce; non odono né un grido, né un singhiozzo, né il rantolo, né la campana a stormo; è gente per la quale tutto va bene dato che esiste il mese di maggio, e fino a tanto che ci saranno nuvolette di porpora e d'oro al di sopra delle loro teste, si dichiarano contenti. Sono decisi a essere felici sino alla consumazione del raggiare degli astri e del canto degli uccelli.

Sono splendidi tenebrosi. Non suppongono neppure di essere da compatire. Certo, lo sono. Chi non piange, non vede. Bisogna ammirarli e compiangerli, come si compiangerebbe e si ammirerebbe una creatura composta allo stesso tempo di luce e di tenebre, che non avesse occhi sotto le sopracciglia e in mezzo alla fronte portasse un astro.

L'indifferenza di questi pensatori è, secondo taluni, una filosofia superiore. Sia, ma in simile superiorità vi è un'infermità. Si può essere immortali e zoppicare: testimone Vulcano. Si può essere superuomini e meno che uomini. L'immenso incompleto è nella natura. Chi sa se il sole non è cieco?

Ma allora di chi fidarsi? *Solem quis dicere falsum audeat?*[14] Dunque, anche certi geni, certi Altissimi umani, uomini-astri, potrebbero sbagliare? Ciò che è in alto, sulla vetta, sulla sommità, allo zenit, quello che inonda la terra di tanta luce, vede forse male, forse non vede affatto? Non è disperante una simile conclusione? No. Ma che vi è dunque al di sopra del sole? Dio.

Il 6 giugno 1832, verso le undici antimeridiane, il Luxembourg, solitario e spopolato, era incantevole. Le aiuole e gli spiazzi fioriti si scambiavano nella luce soavi effluvi e splendori. I rami, divenuti folli nella luce del mezzodì, pareva cercassero di abbracciarsi. Vi era nei sicomori uno strepito di capinere; i passerotti trionfavano; i picchi si arrampicavano lungo i tronchi degli ippocastani, becchettando nelle screpolature della scorza. Le aiuole accettavano la sovranità legittima dei gigli: il più augusto di tutti i profumi è quello che si sprigiona dal candore. Si respirava nell'aria l'acuto olezzo dei garofani. Le vecchie cornacchie di Maria de' Medici facevano all'amore nei grandi alberi. Il sole dorava, imporporava e incendiava i tulipani, che non sono altro che tutta la varietà della fiamma fatta fiore. Intorno alle aiuole di tulipani ronzavano le api, scintille di quei fiori-fiamme. Tutto era grazia e allegria, persino la pioggia imminente; quella recidiva, della quale avrebbero dovuto approfittare i mughetti e i caprifogli, non aveva nulla d'inquietante. Le rondini facevano la deliziosa minaccia di volare basso basso. Chi era lì respirava la felicità; la vita olezzava; tutta la natura esalava candore, soccorso, assistenza, paternità, carezza, aurora. I pensieri che cadevano dal cielo erano dolci al pari di una manina di bimbo che si bacia.

Le statue sotto gli alberi, nude e bianche, avevano vesti d'ombra forate di sprazzi di luce; quelle deità erano avvolte in brandelli di sole; da ogni lato pendevano raggi intorno a loro. Intorno alla grande vasca la terra era già tanto asciutta da parere arida. C'era abbastanza vento per sollevare qua e là piccoli turbini di polvere. Alcune foglie morte rimaste dall'autunno si rincorrevano giocondamente e pareva si dessero alle monellerie.

Quell'abbondanza di luce aveva un non so che di rassicurante. Vita, linfa, calore, effluvi, tutto traboccava; si sentiva nel creato l'immensità della fonte; in tutti quegli aliti pervasi d'amore, nel via vai di riverberi e di riflessi, nella prodigiosa ricchezza di raggi, nell'indefinito riversarsi d'oro fluido si intuiva la prodigalità dell'inesauribile; e dietro quello splendore, quasi dietro a una cortina di fiamme, s'intravedeva Dio, il milionario di stelle.

Essendo i vialetti cosparsi di sabbia, non vi era fango. Dopo la

---

[14] Dalle *Georgiche* di Virgilio: «Chi oserebbe accusare il sole di falsità?».

pioggia, non vi era un granello di polvere. I fiori si erano appena lavati; tutti i velluti, tutti i rasi, tutte le vernici, tutti gli ori che escono dalla terra sotto forma di fiore, erano irreprensibili. Quella magnificenza era pulita. Il gran silenzio della natura felice invadeva il giardino. Silenzioso celeste compatibile con mille musiche, tubare di nidi, ronzìo di sciami, palpiti di vento. Tutta l'armonia della stagione si realizzava in un grazioso insieme; le entrate e le uscite della primavera avevano luogo nell'ordine voluto: i lillà sfiorivano, sbocciavano i gelsomini; qualche fiore si era attardato, qualche insetto era nato prima della stagione. L'avanguardia delle farfalle rosse di giugno s'affratellava con la retroguardia delle farfalle bianche maggesi. I platani si rivestivano di nuovo. La brezza scavava ondulazioni nella magnifica enormità degli ippocastani. Era splendido. Un veterano della caserma vicina, che occhieggiava attraverso la cancellata diceva: «Ecco la primavera armata e in alta tenuta».

Tutta la natura faceva colazione; la creazione era a tavola; era l'ora, la gran tovaglia azzurra era distesa in cielo e la gran tovaglia verde sulla terra. Il sole rischiarava a giorno. Dio serviva il pasto universale. Ogni essere aveva la sua pastura o il suo pastone. Il colombo trovava la canapuccia, il fringuello trovava il miglio, il cardellino trovava l'anagallide, il pettirosso trovava i vermi, l'ape trovava i fiori, la mosca trovava gli infusori e il verdone trovava le mosche. Ci si mangiava, sì, un poco, gli uni cogli altri, ciò che costituisce il mistero del male misto al bene; ma neppure una bestia restava a stomaco vuoto.

I due piccoli derelitti erano giunti presso la vasca grande e, un po' storditi da tutta quella luce, tentavano di nascondersi: istinto del povero e del debole dinanzi alla magnificenza, persino a quella impersonale; si tenevano dietro al casotto dei cigni.

Di tanto in tanto, quando il vento era favorevole, si udivano confusamente gridi, rumori, specie di rantoli tumultuosi che erano fucilate, e sordi boati, che erano cannonate. Dalla parte dei mercati, vi era fumo al di sopra dei tetti. Una campana che pareva lanciare un richiamo suonava lontano.

Pareva che i bimbi non si accorgessero di quei rumori. Ogni tanto il più piccolo ripeteva, a voce bassa: «Ho fame».

Quasi contemporaneamente ai bimbi, un'altra coppia si avvicinava alla vasca grande. Era un uomo di una cinquantina d'anni che conduceva per mano un omino di sei. Senza dubbio padre e figlio. Il ragazzo teneva in mano una grossa focaccia.

A quel tempo alcune case lungo il fiume, di via Madame e via d'Enfer, avevano una chiave del Luxembourg della quale gli inquilini potevano usufruire quando i cancelli erano chiusi, tolleranza soppressa in seguito. Quei due uscivano senza dubbio da uno di quei caseggiati.

I due poveretti videro avvicinarsi «quel signore» e si nascosero un poco di più.

Il nuovo venuto era un borghese. Lo stesso che forse, un giorno, Marius, nella sua febbre d'amore, aveva udito lì accanto a quella stessa vasca, consigliare a suo figlio di «evitare gli eccessi». Egli aveva l'aspetto affabile e altero, e una bocca che, non chiudendosi mai, sorrideva sempre. Questo sorriso meccanico, prodotto da troppa mascella e troppo poca pelle, mostrava piuttosto i denti che non l'animo. Il ragazzetto, con la sua focaccia che addentava e che non finiva, pareva sazio. Egli era vestito da guardia nazionale, a causa dell'insurrezione, mentre il padre vestiva gli abiti borghesi, per ragioni di prudenza.

Padre e figlio si erano fermati presso la vasca dove nuotavano due cigni. Pareva che quel borghese avesse per i cigni una ammirazione speciale. Aveva quasi una rassomiglianza con essi, almeno nell'andatura.

Per il momento i cigni nuotavano, il che è la loro principale abilità, ed erano superbi.

Se i due piccoli derelitti avessero prestato orecchio e fossero stati in età di capire, avrebbero raccolto le parole di un saggio. Il padre diceva al figlio:

«L'uomo savio vive contentandosi di poco. Guardami, figlio mio. Io non amo il fasto. Non mi si vede mai con abiti gallonati d'oro e guarniti di pietre; lascio questo falso splendore alle anime mal combinate».

In quel momento le grida che provenivano dalla parte dei mercati raddoppiarono, unitamente a suoni di campana e a clamori.

«Che cos'è?» chiese il ragazzetto.

Il padre rispose:

«Sono dei saturnali».

A un tratto egli scorse i due straccioncelli, immobili dietro il casotto verde dei cigni.

«Ecco il principio» osservò.

E dopo un istante di silenzio, soggiunse:

«L'anarchia è penetrata in questo giardino».

Intanto il figlio addentò di nuovo il dolce, poi sputò il boccone e cominciò a piagnucolare.

«Perché piangi?» lo interrogò il padre.

«Non ho più fame» disse il bimbo.

Il sorriso del padre si accentuò.

«Non occorre aver fame per mangiare un dolce.»

«Non mi piace. È raffermo.»

«Non ti va più?»

«No.»

Il padre gli indicò i cigni.

«Gettalo a quei palmipedi.»

Il bimbo esitò. Non aver voglia di mangiare il proprio dolce non è ancora una ragione per darlo via.

Il padre soggiunse:

«Bisogna essere umani. Bisogna aver pietà delle bestie».

E togliendo dalle mani del figlio la focaccia, la gettò nella vasca. Il dolce cadde molto vicino alla riva.

I cigni erano lontani, al centro, intenti a qualche loro preda. Non si erano accorti né del borghese, né del cibo.

Il borghese, presentendo che il dolce rischiava di andar perduto, e turbato al pensiero di quell'inutile naufragio, si dette a movimenti telegrafici che finirono per attirare l'attenzione dei cigni.

Essi scorsero quel qualche cosa che galleggiava, virarono di bordo come navi e si diressero lentamente verso la focaccia, con la beata maestà che conviene a bestie bianche.

«I cigni comprendono i segni»[15] esclamò il borghese, compiacendosi del proprio spirito.

In quel momento il lontano tumulto della città aumentò a un tratto d'intensità. Questa volta fu sinistro. Vi sono venti che portano più o meno distintamente i suoni. Il vento che soffiava in quel momento portò distintamente il suono dei rulli di tamburo, i clamori, la fucileria dei plotoni e le risposte lugubri delle campane a stormo e del cannone. Tutto questo coincise con una nuvola nera che nascose bruscamente il sole.

I cigni non avevano ancora raggiunto la focaccia.

«Torniamo a casa,» disse il padre «stanno attaccando le Tuileries.»

Afferrò la mano del figlio. Poi continuò:

«Dalle Tuileries al Luxembourg non vi è che la distanza che separa la regalità dalla dignità di pari; e non è molta. Pioveranno fucilate».

Osservò la nuvola in cielo.

«E può darsi anche che piova; il cielo ci si mette! Il ramo cadetto è condannato. Torniamo a casa, subito.»

«Vorrei vedere i cigni mangiare il dolce» protestò il ragazzetto.

Il padre rispose:

«Sarebbe un'imprudenza».

E condusse via il suo piccolo borghese.

---

[15] *Cygne*, cigno, e *signe*, segno, in francese si pronunciano allo stesso modo.

Il ragazzetto, rimpiangendo i cigni, camminò con la testa voltata verso la vasca fino a quando una svolta non gliela nascose alla vista.

Nel frattempo, contemporaneamente ai cigni, i due piccoli errabondi si erano avvicinati alla focaccia che galleggiava sull'acqua. Il più piccolo osservava il dolce, il maggiore teneva d'occhio il borghese che se ne andava.

Padre e figlio entrarono in quel labirinto di viali che porta alla grande scalinata presso il boschetto dalla parte di via Madame.

Appena furono fuori di vista, il maggiore si sdraiò rapidamente col ventre sul margine curvo del laghetto, e tenendovisi afferrato saldamente con la mano sinistra, chino sull'acqua quasi sul punto di cadervi dentro, stese con la destra il suo bastocino verso il dolce. I cigni, scorgendo l'avversario, si affrettarono e, affrettandosi, produssero un movimento utile al piccolo pescatore; l'acqua ebbe un riflusso dinanzi agli uccelli acquatici, e una di quelle tenui ondulazioni concentriche spinse dolcemente la pasta verso il bastoncino del bimbo, che lo toccò nell'istante in cui i cigni arrivavano. Il pescatore dette un forte colpo, attirò a sé il dolce, spaventò i cigni, afferrò la preda e si drizzò. Il dolce era intriso d'acqua: ma i bimbi avevano fame e sete. Il maggiore divise la pasta in due parti, una grossa e una piccola, tenne per sé la piccola e dette l'altra al fratellino dicendogli: «Cacciati questa nel fucile».

XVII

«MORTUUS PATER FILIUM MORITURUM EXPECTAT»[16]

Marius si era slanciato fuori dalla barricata.

Combeferre lo seguì. Ma era già troppo tardi. Gavroche era morto. Combeferre riportò il paniere delle cartucce; Marius il corpo del fanciullo.

Ahimè! Egli pensava che quello che il padre aveva fatto per suo padre, egli lo rendeva al figlio; senonché, Thénardier aveva ricondotto suo padre vivo; egli, invece, riportava il fanciullo morto.

Quando Marius rientrò nel fortino con Gavroche sulle braccia, aveva, come il ragazzo, il viso inondato di sangue.

Nel momento in cui si era chinato per sollevare Gavroche, una pallottola gli aveva sfiorato la testa; egli non se n'era neppure accorto.

Courfeyrac disfece la propria cravatta e con essa bendò la fronte di Marius.

[16] Il padre morto aspetta il figlio che morrà.

Gavroche fu deposto sul medesimo tavolo sul quale giaceva Mabeuf, e sui due corpi venne steso lo scialle nero, che era abbastanza grande per coprire il vecchio e il fanciullo.

Combeferre distribuì le cartucce del paniere da lui recuperato: il che dava a ciascuno una quindicina di colpi disponibili.

Jean Valjean era sempre allo spesso posto, immobile. Quando Combeferre gli porse le sue quindici cartucce, egli scosse la testa.

«Ecco uno straordinario originale» osservò a bassa voce Combeferre a Enjolras. «Trova il modo di non battersi stando in questa barricata.»

«Il che non gli impedisce di difenderla» rispose l'altro.

«L'eroismo ha i suoi originali» riprese Combeferre.

Courfeyrac, che aveva inteso, soggiunse:

«È un altro genere di papà Mabeuf».

Bisogna notare che il fuoco che batteva contro la barricata ne turbava poco l'interno. Coloro che non hanno mai conosciuto il turbine di questa specie di guerre, non possono farsi idea alcuna degli strani momenti di tranquillità che si alternavano a simili convulsioni. Si va, si viene, si chiacchiera, si scherza. Qualcuno di nostra conoscenza ha udito pronunciare da un combattente questa frase: «*Siamo qui come a una cenetta di scapoli*». Il fortino di via della Chanvrerie, lo ripetiamo, appariva calmo nell'interno. Tutte le peripezie e tutte le fasi erano state vissute, o andavano a poco a poco esaurendosi. La posizione, da critica, era diventata minacciosa, e da minacciosa stava probabilmente per diventare disperata. A mano a mano che la situazione si faceva oscura, la luce dell'eroismo imporporava sempre più la barricata. Enjolras, grave, la dominava, nell'attitudine di un giovane spartano che avesse votato la sua spada al cupo genio Epidota.

Combeferre, con un grembiule allacciato intorno alla vita, medicava i feriti; Bossuet e Feuilly fabbricavano cartucce con la polvere che Gavroche aveva trovato sul caporale morto. Bossuet osservò al compagno: «*Tra non molto prenderemo la diligenza per un altro pianeta*». Courfeyrac, che si era riservato alcune lastre di selciato divelte, accanto a Enjolras vi deponeva e vi ordinava tutto un arsenale: il suo stocco, il suo fucile, due pistole d'arcione e un rompitesta, con la cura che avrebbe messo una giovanetta nell'ordinare i suoi piccoli oggetti di toeletta. Jean Valjean, in silenzio, fissava il muro di fronte a sé. Un operaio si legava sopra la testa con una cordicella un largo cappello di paglia di mamma Hucheloup, *per timore dei colpi di sole*, diceva. I giovanotti della Cougourde d'Aix chiacchieravano tra loro allegramente, quasi ci tenessero a parlare il loro dialetto per l'ultima volta. Joly, che si era impadronito dello specchio della vedova Hucheloup, esaminava la propria lingua. Alcuni combattenti, che avevano scovato in un cassetto alcune croste di pane più o meno ammuffite, le divoravano avidamente. Marius era preoccupato di ciò che gli avrebbe detto suo padre.

XVIII
L'AVVOLTOIO DIVENUTO PREDA

Insistiamo sopra un fatto psicologico proprio delle barricate. Nulla di ciò che caratterizza tali sorprendenti guerre della strada deve essere qui omesso.

Qualunque sia la strana calma interiore di cui abbiamo parlato, la barricata resta pur sempre una «visione», per coloro che vi sono dentro.

Nella guerra civile vi è qualche cosa di apocalittico; tutte le brume dell'ignoto si mischiano a quei fiammeggiamenti selvaggi; le rivoluzioni hanno della sfinge, e chiunque abbia posto piede in una barricata crede d'aver sognato.

Quel che si prova in un simile luogo, l'abbiamo già detto a proposito di Marius, e ne vedremo le conseguenze; è più ed è meno della vita. Chi è uscito da una barricata non ricorda più ciò che ha veduto. È stato terribile, e lo ignora. È stato circondato di idee che combattevano con facce umane; ha messo la testa nella luce dell'avvenire. Ha avuto intorno cadaveri giacenti e fantasmi in piedi. Le ore erano interminabili e sembravano ore di eternità. Ha vissuto nella morte. Delle ombre gli sono passate accanto; che cosa erano? Ha visto agitarsi mani che portavano tracce di sangue; vi era un fracasso spaventoso e un silenzio più terribile ancora; vi erano bocche aperte che urlavano, e altre bocche spalancate che tacevano; si è trovato nel fumo, nella notte, forse. Crede di aver assistito al sinistro trasudamento di profondità ignote. Si guarda qualche cosa di rosso che gli macchia le unghie. Non si ricorda più di nulla.

Torniamo in via della Chanvrerie.

A un tratto, tra due scariche, si udì il lontano rintocco di una campana che batteva le ore.

«È mezzogiorno» annunciò Combeferre.

I dodici colpi non avevano ancora finito di rintoccare che Enjolras, drizzandosi in piedi, gettò dall'alto della barricata questo ordine tonante:

«Portate pietre su nella casa! Mettetele sui davanzali delle finestre e degli abbaini. La metà degli uomini resti ai fucili, e l'altra faccia quanto ho detto. Non c'è un minuto da perdere».

1150

Un plotone di pompieri zappatori, con le asce sulle spalle, era apparso in ordine di battaglia all'estremità della via.

Non poteva essere che una testa di colonna: e di quale colonna? Della colonna d'attacco, evidentemente; i pompieri zappatori incaricati di smantellare le barricate precedono sempre i soldati che devono scalarle.

Si era giunti evidentemente a quel momento che Clermont-Tonnerre, nel 1822, denominava: «la spallata».

L'ordine di Enjolras venne eseguito con la frettolosa esattezza che è propria delle manovre delle navi e delle barricate, i due soli luoghi di combattimento dai quali qualsiasi evasione è impossibile. In meno di un minuto, i due terzi delle pietre che Enjolras aveva fatto ammucchiare alla porta del Corinto furono trasportati al primo piano e in solaio, e prima che fosse trascorso un secondo minuto, quelle pietre, disposte con maestria l'una sull'altra, muravano quasi a metà altezza le finestre del primo piano e gli abbaini. Alcuni interstizi abilmente praticati da Feuilly, che era il principale costruttore di quella difesa, lasciavano il passaggio alle canne dei fucili. Quell'armamento delle finestre aveva potuto essere eseguito abbastanza facilmente, in quanto la mitraglia era cessata. I due pezzi ormai tiravano soltanto a palla sul centro dello sbarramento per produrvi un foro e, se possibile, una breccia attraverso la quale sferrare l'assalto.

Quando le pietre destinate alla suprema difesa furono tutte a posto, Enjolras fece portare al primo piano le bottiglie che aveva messo prima sotto il tavolo di Mabeuf.

«Chi le berrà dunque?» gli chiese Bossuet.

«Loro» rispose Enjolras.

Poi venne barricata la finestra del pianterreno; e si tennero preparate tutte le sbarre di ferro che servivano a sprangare internamente, la notte, la porta dell'osteria.

La fortezza era completa. La barricata era il bastione, la casa era il torrione. Con le selci rimaste, fu otturata la breccia della barricata.

Dato che i difensori di una barricata sono sempre costretti a tener da conto le munizioni, e che gli assedianti lo sanno, questi ultimi attendono ai loro preparativi con una calma irritante, si espongono prima del tempo al fuoco, ma più in apparenza che in realtà, e fanno i propri comodi. I preparativi per l'attacco si compiono sempre con una lentezza metodica; dopo, è la folgore.

Quella lentezza permise a Enjolras di rivedere ogni punto della difesa e perfezionarla. Pensava che se uomini simili dovevano morire, la loro morte doveva essere un capolavoro.

Egli disse a Marius:

«Noi due siamo i capi. Io vado a dare gli ultimi ordini all'interno. Tu rimani fuori e osserva».

Marius si pose in osservazione sul culmine della barricata.

Enjolras fece inchiodare la porta della cucina che, se ci si ricorda, funzionava da ambulanza.

«Nulla deve schizzare sui feriti» osservò.

Dette nella sala a pianterreno le sue ultime istruzioni, con frasi brevi ma con voce profondamente calma; Feuilly l'ascoltava e rispondeva a nome di tutti.

«Al primo piano tenete pronte le accette per tagliare la scala. Le avete?»

«Sì» rispose Feuilly.

«Quante?»

«Due accette e una scure.»

«Va bene. Siamo ventisei combattenti ancora in piedi. Quanti fucili vi sono?»

«Trentaquattro.»

«Otto di troppo. Tenete questi otto fucili caricati al pari degli altri, e sotto mano. Mettetevi le sciabole e le pistole alla cintura. Venti uomini restino alla barricata. Sei restino appostati agli abbaini e alla finestra del primo piano per far fuoco sugli assalitori attraverso le feritoie tra le pietre. Nessun uomo rimanga qui inoperoso. Fra poco, quando il tamburo rullerà la carica, i venti uomini che stanno da basso si precipitino alla barricata. I primi arrivati avranno i posti migliori.»

Impartite quelle disposizioni Enjolras si voltò verso Javert e gli disse:

«Sta sicuro che non ti dimentico». E deponendo una pistola sul tavolo, soggiunse:

«L'ultimo che uscirà di qui romperà la testa a questo sbirro».

«Qui?» chiese una voce.

«No, non mischiamo questo cadavere ai nostri. Si può scavalcare la piccola barricata della viuzza Mondétour. È alta solo quattro piedi. L'uomo è ben legato. Lo si condurrà laggiù, e là sarà giustiziato.»

Durante questa scena, vi era qualcuno ancora più impassibile di Enjolras: Javert.

A questo punto apparve Jean Valjean.

Si trovava confuso nel gruppo degli insorti. Ne uscì e si rivolse a Enjolras:

«Voi siete il comandante?».

«Sì.»

«Or ora mi avete ringraziato.»

«A nome della repubblica. La barricata ha due salvatori: Marius Pontmercy e voi.»

«Credete che io meriti una ricompensa?»

«Certo.»

«Ebbene, la chiedo.»

«Quale?»

«Far saltare io stesso le cervella a quest'uomo.»

Javert sollevò la testa, scorse Jean Valjean, ebbe un moto impercettibile e disse:

«È giusto».

In quanto a Enjolras, egli si mise a ricaricare la sua carabina; volse lo sguardo attorno a sé:

«Nessuno ha nulla da obiettare?».

Poi si voltò verso Jean Valjean:

«Prendetevi lo sbirro».

Effettivamente Jean Valjean s'impossessò del prigioniero, collocandosi all'estremità del tavolo. Afferrò la pistola, e uno scatto sordo annunciò che aveva ricaricato l'arma.

Quasi nello stesso momento, si udì uno squillar di trombe.

«All'erta!» gridò Marius dall'alto della barricata.

Javert si mise a ridere, di quel riso silenzioso che gli era proprio, e guardando fissamente gli insorti, disse loro:

«Voi non state molto meglio di me, in salute!».

«Tutti fuori!» ordinò Enjolras.

Gli insorti si slanciarono fuori tumultuosamente e, uscendo, ricevettero nella schiena – ci sia consentita tale espressione – questa frase di Javert:

«Arrivederci a presto!».

XIX
JEAN VALJEAN SI VENDICA

Quando Jean Valjean rimase solo con Javert, sciolse la corda che teneva avvinto il prigioniero a mezzo del corpo, e il nodo della quale era sotto il tavolo. Ciò fatto, gli fece cenno di alzarsi.

Javert obbedì, con quell'indefinibile sorriso nel quale si condensa la supremazia dell'autorità incatenata.

Jean Valjean prese Javert per la martingala, come si prenderebbe una bestia da soma per la cavezza, e trascinandoselo dietro uscì dall'osteria, lentamente, dato che Javert, impacciato alle gambe, poteva camminare soltanto a piccoli passi.

Jean Valjean impugnava la pistola.

Attraversarono così il trapezio interno della barricata. Gli insorti, intenti all'imminente attacco, voltavano loro la schiena.

Solo Marius, sul fianco dell'estremità sinistra dello sbarramento, li vide passare. Quel gruppo del paziente e del carnefice si illuminò della luce sepolcrale che aveva nell'anima.

Con non poca fatica, e tuttavia senza abbandonare un solo istante il prigioniero, Jean Valjean fece scavalcare a Javert, sempre legato, il piccolo trinceramento del vicolo Mondétour.

Quando furono dall'altra parte della piccola barricata si trovarono perfettamente soli nella viuzza. Nessuno poteva più scorgerli. L'angolo della casa li nascondeva agli occhi degli insorti. I cadaveri tolti dalla barricata formavano un cumulo raccapricciante, lì vicino.

In quell'ammasso di morti si poteva distinguere un viso livido, una capigliatura disciolta, una mano forata e un seno seminudo di donna. Era Éponine.

Javert osservò di sbieco quella morta e, sempre calmo, disse a voce bassa:

«Mi pare di aver conosciuto quella ragazza».

Jean Valjean si mise la pistola sotto il braccio e fissò su Javert uno sguardo che non aveva bisogno di parole per significare: «Javert, sono io».

Javert rispose:

«Prenditi la rivincita».

Jean Valjean estrasse dalla sua borsa un coltello a serramanico e l'aprì.

«Un *surin*![17]» esclamò Javert. «Hai ragione. È un'arma che ti si addice meglio.»

Jean Valjean tagliò la martingala che Javert aveva al collo, poi tagliò le corde che gli stringevano i polsi, infine, chinatosi, tagliò la cordicella che gli legava le caviglie; poi, drizzandosi, disse:

«Siete libero».

Javert non era facile a stupirsi. Però, per quanto padrone di sé egli fosse, non poté sottrarsi a una certa commozione. Restò stupefatto, immobile.

Jean Valjean continuò:

«Non credo che uscirò di qui. Comunque, qualora ne uscissi, abito, sotto il nome di Fauchelevent, in via dell'Homme-Armé, al numero sette».

Javert si aggrottò felinamente, sì che un angolo della sua bocca si socchiuse: e mormorò fra i denti:

«Bada!».

«Andate» disse Jean Valjean.

Javert riprese:

[17] Coltello.

«Hai detto Fauchelevent, via dell'Homme-Armé?».

«Numero sette.»

Javert ripeté a bassa voce:

«Numero sette».

Poi si riabbottonò il pastrano, raddrizzò in rigida compostezza militare le spalle, fece un mezzo giro, incrociò le braccia e tenendosi il mento con una mano s'incamminò in direzione dei mercati. Jean Valjean lo seguì con lo sguardo. Fatto qualche passo, Javert si voltò e gridò a Jean Valjean:

«Voi mi infastidite. Fareste meglio a uccidermi».

Egli stesso, Javert, non si accorse di non dar più del tu a Jean Valjean.

«Andatevene» ripeté questi.

Javert si allontanò a passi lenti. Un momento dopo svoltava l'angolo della via dei Prêcheurs.

Scomparso Javert, Jean Valjean scaricò la pistola in aria.

Poi rientrò nella barricata e disse:

«È fatto».

Ecco intanto quel che si era svolto lì.

Marius, più occupato di quanto accadeva all'esterno della barricata che non all'interno, non aveva osservato con attenzione lo sbirro legato nel fondo buio della sala a pianterreno.

Nel vedere il prigioniero in pieno giorno, nel momento in cui scalava la barricata per recarsi a morire, lo riconobbe. Un subitaneo ricordo gli attraversò la mente. Si rammentò l'ispettore della via Pontoise e le due pistole che questi gli aveva consegnato e delle quali lui, Marius, si era servito in quella medesima barricata; e non solo se ne ricordò il viso, ma anche il nome.

Quel ricordo, però, era annebbiato e confuso, come tutti i suoi pensieri. Non fu un'affermazione quella che si fece, ma piuttosto una domanda: «Non è forse quell'ispettore di polizia che mi disse di chiamarsi Javert?».

Forse era ancora in tempo per intervenire in favore di quell'uomo. Ma prima occorreva sapere con certezza se era proprio Javert.

Marius interpellò Enjolras che si era appostato all'altro lato della barricata.

«Enjolras!»

«Che c'è?»

«Come si chiama quell'uomo?»

«Chi?»

«L'agente di polizia. Sai il suo nome?»

«Certo. Ce l'ha detto.»

«Come si chiama?»

«Javert.»

Marius si drizzò.

In quell'istante si udì il colpo di pistola.

Jean Valjean riapparve dicendo: «È fatto».

Un cupo gelo avvolse il cuore di Marius.

XX
I MORTI HANNO RAGIONE E I VIVI NON HANNO TORTO

L'agonia della barricata stava per cominciare.

Tutto concorreva alla maestà tragica di quell'istante supremo: mille rumori misteriosi nell'aria, il respiro delle masse armate in movimento in certe vie che non si vedevano, il galoppo intermittente della cavalleria, il pesante strepito dell'artiglieria in marcia, il fuoco dei plotoni e le cannonate che si incrociavano nel dedalo di Parigi, i fumi della battaglia che salivano come nuvole dorate al di sopra dei tetti, vaghi e lontani urli, lampi minacciosi ovunque, la campana a stormo di Saint-Merry, che ora aveva l'accento del singhiozzo, la dolcezza della stagione, lo splendore del cielo pieno di sole e di nuvole, la bellezza del giorno e lo spaventoso silenzio delle case.

Giacché, dalla vigilia, le due file di caseggiati della via Chanvrerie erano divenute simili a muraglie; muraglie sinistre, porte chiuse, finestre chiuse, imposte chiuse.

In quei tempi, tanto diversi da questi in cui viviamo, quando era giunta l'ora in cui il popolo voleva farla finita con una situazione che era già durata fin troppo, con un'antica costituzione o con un regime legale, quando la collera universale era diffusa nell'atmosfera, quando la città acconsentiva a disselciare le proprie strade, quando l'insurrezione faceva sorridere la borghesia mormorandole la sua parola d'ordine all'orecchio, allora gli abitanti, penetrati di sommossa, per così dire, erano l'ausilio dei combattenti, e la casa s'affratellava con la fortezza improvvisata che le si addossava contro. Quando invece i tempi non erano ancora maturi, quando l'insurrezione non era decisamente consentita, quando la massa sconfessava il movimento, allora era finita per i combattenti:, la città si trasformava in deserto intorno alla rivolta, gli animi si agghiacciavano, si chiudeva ogni luogo di rifugio, e la via diventava un passaggio per aiutare l'esercito a prendere la barricata.

Non si può di sorpresa far camminare un popolo più rapidamente di quanto esso stesso non voglia. Sciagura a colui che tenta di forzargli la mano! Un popolo non si lascia costringere. Allora abbandona l'insurrezione a se stessa. Gli insorti diventano tanti appestati. Ogni casa diventa una rupe, ogni porta pronuncia un rifiuto, ogni facciata è un muro. Quel muro vede, ode, e non vuole. Potrebbe schiudersi a dare salvezza. No. Quel muro è un giudice. Vi guarda e vi condanna. Che cosa tetra sono mai queste case chiuse! Sembrano morte, e sono vive. La vita, che vi è come sospesa, persiste. Da ventiquattr'ore nessuno ne è uscito, ma nessuno vi manca. Nell'interno di quella roccia, si va, si viene, si dorme, si veglia, si vive in famiglia; si beve e si mangia; si ha paura, cosa terribile. La paura giustifica tale tremenda inospitalità; vi mescola lo smarrimento, circostanza attenuante. Qualche volta, e anche questo si è visto, la paura diventa passione; lo smarrimento può cambiarsi in furore, così come la prudenza in rabbia; da ciò, questa espressione: «*Gli arrabbiati moderati*». Vi è un divampare di estrema paura, dal quale si sprigiona un lugubre fumo: la collera. Che cosa vogliono costoro? Non sono mai contenti. Non fanno che compromettere la gente pacifica. Come se non ne avessimo abbastanza di rivoluzioni! Che son mai venuti a fare qui? Che si tirino d'impaccio da soli. Tanto peggio per loro. È colpa loro. Non hanno che quel che si meritano. Ciò non ci riguarda. Ecco la nostra povera via tutta crivellata di pallottole. Questi insorti sono una massa di canaglie. Soprattutto, non aprite la porta. E la casa assume le apparenze di una tomba. L'insorto agonizza dinanzi alla porta chiusa; vede giungergli addosso mitraglia e sciabole sguainate; e se grida, sa di essere ascoltato, ma che non gli verrà aperto. Vi son lì pareti che potrebbero proteggerlo, uomini che potrebbero salvarlo: quelle mura hanno orecchie di carne, e quegli uomini viscere di pietra.

Chi accusare?

Nessuno e tutti.

I tempi immaturi in cui viviamo.

È sempre a proprio rischio e pericolo che l'utopia si trasforma in insurrezione, e da protesta filosofica si fa protesta armata, da Minerva si muta in Pallade.

L'utopia che s'impazientisce e diventa sommossa sa quello che l'attende; quasi sempre giunge troppo presto. Allora essa si rassegna; e accetta stoicamente la catastrofe invece del trionfo. Essa serve, senza lamentarsi e persino discolpandoli, coloro che la rinnegano; e la sua magnanimità sta nell'accettare l'abbandono. È indomabile contro l'ostacolo e mite verso l'ingratitudine.

Ma è poi ingratitudine?

Sì, dal punto di vista del genere umano.

No, dal punto di vista dell'individuo.

Il progresso è la modalità dell'uomo. La vita generale del genere umano si chiama progresso; ogni passo collettivo del genere umano si chiama progresso. Il progresso cammina; compie il gran viaggio umano e terrestre verso il celeste e il divino; ha le sue soste durante le quali raccoglie il gregge ritardatario; ha le stazioni in cui medita, di fronte a qualche splendida Canaan che di colpo svela il suo orizzonte; ha le notti in cui dorme; e una delle cocenti ansie del pensatore è quella di vedere l'ombra stendersi sull'animo umano, e di toccare nelle tenebre, senza poterlo risvegliare, il progresso addormentato.

«*Dio è forse morto*» diceva un giorno Gérard de Nerval a colui che scrive queste pagine, confondendo il progresso con Dio, e l'interruzione del moto con la morte dell'Essere.

Colui che dispera ha torto. Il progresso si ridesta infallibilmente, e, tutto sommato, si potrebbe quasi dire che procede anche nel sonno, perché ne esce ingrandito. Quando lo si rivede in piedi, lo si ritrova più alto. Il procedere sempre tranquillamente, non dipende dal progresso più di quanto possa dipendere da un fiume; non opponetegli sbarramenti, non vi gettate rocce: l'ostacolo fa schiumeggiare le acque e ribollire l'umanità. Da qui i torbidi; ma dopo questi torbidi, si constata che è stato compiuto dell'altro cammino. Finché l'ordine, che non è altra cosa che la pace universale, non sia stabilito, finché l'armonia e l'unità non regneranno, il progresso avrà sempre per tappe le rivoluzioni.

Che cos'è dunque il progresso? Lo abbiamo detto or ora: la vita permanente dei popoli. Succede talvolta che la vita momentanea degli individui faccia resistenza alla vita eterna del genere umano. Confessiamolo senza amarezza: l'individuo ha un suo interesse particolare e può senza prevaricazione far patti per quest'interesse e difenderlo; il presente ha una scusabile quantità di egoismo; la vita del momento ha il suo diritto, e non è tenuta a sacrificarsi continuamente per l'avvenire. La generazione che è oggi al suo turno di passaggio sulla terra, non ha il dovere di abbreviarlo per il bene delle future generazioni, sue eguali dopo tutto, che avranno il loro turno più tardi. «Io esisto» mormora quel qualcuno che ha nome Tutti. «Sono giovane, sono innamorato; sono vecchio e desidero riposarmi; sono padre di famiglia, lavoro, la mia casa prospera, faccio buoni affari, ho case da affittare, ho un gruzzolo in banca, sono felice, ho moglie e figli, amo tutto ciò, desidero vivere, lasciatemi tranquillo.» Da qui nasce in certe ore un profondo gelo verso le magnanime avanguardie del genere umano.

D'altronde, dobbiamo convenire che l'utopia, guerreggiando, esce dalla sua sfera radiosa, Essa, la verità di domani, prende in prestito il suo procedimento, la lotta, dalla menzogna di ieri. Essa, che è l'avvenire, agisce come il passato. Idea pura, diventa via di fatto. Complica il proprio eroismo d'una violenza di cui è giusto che risponda: violenza d'occasione e di ripiego, contraria ai princìpi, e dalla quale resta fatalmente punita. L'utopia divenuta insurrezione combatte brandendo il vecchio codice militare; fucila le spie, condanna a morte i traditori; sopprime degli esseri vivi gettandoli nelle tenebre dell'ignoto. Essa si serve della morte, ciò che è grave. Pare che l'utopia non abbia più fede nella luce radiosa, sua forza irresistibile e incorruttibile. Essa colpisce di spada. Ma nessuna spada è semplice. Ogni spada ha due tagli: chi ferisce con l'uno, si ferisce con l'altro.

Fatta questa riserva, ed espostala con ogni severità, ci è impossibile non ammirare i gloriosi combattenti dell'avvenire, i confessori dell'utopia, riescano o no i loro tentativi. Persino quando i loro sforzi restano sterili, sono da venerare; ed è forse nell'insuccesso che hanno maggiore maestà. La vittoria, quando è figlia del progresso, merita l'applauso dei popoli; ma una disfatta eroica merita il loro intenerimento. L'una è magnifica, l'altra è sublime. Per noi, che preferiamo il martirio al successo, John Brown[18] è più grande di Washington, e Pisacane è più grande di Garibaldi.

Bisogna pure che qualcuno sia dalla parte dei vinti. Si è ingiusti verso quei grandi pionieri dell'avvenire quando i loro sforzi falliscono. Si accusano i rivoluzionari di seminare lo spavento. Ogni barricata pare un attentato. Si incriminano le loro teorie, si sospetta dei loro fini, si teme il loro pensiero nascosto, si denunciano le loro coscienze. Si rimprovera loro di elevare e ammassare contro l'azione sociale dominante un cumulo di miserie, di dolori, di iniquità, di pregiudizi, di disperazioni, e di strappare dai bassifondi blocchi di tenebre per trincerarvisi dietro e combattere. Si grida loro: «Voi disselciate il lastrico dell'inferno!». I rivoluzionari potrebbero rispondere: «È per questo che la nostra barricata è costruita di buone intenzioni».

La cosa migliore è certamente la soluzione pacifica. Insomma, conveniamone: allorché si vede il selciato, si pensa all'orso[19] e vi si scorge una buona volontà di cui la società paventa. Ma la salvezza della società dipende dalla società stessa; ed è alla sua buona volontà che noi facciamo appello. Non è necessario alcun rimedio violento. Studiare il male all'amichevole, metterlo in evidenza, e poi portarlo a guarigione. È a questo che noi la invitiamo. Comunque sia, anche caduti, soprattutto caduti, sono augusti questi uomini che, su tutti i punti dell'universo, l'occhio fisso sulla Francia, lottano per la grande opera, con la logica inflessibile dell'ideale. Essi danno la loro vita in puro

[18] John Brown (1800-1859) capeggiò la rivolta degli schiavi in America e perciò fu impiccato.
[19] «Le pavé de l'ours» è un'espressione francese, tratta da una favola di La Fontaine, che indica un'azione dannosa ma compiuta con buone intenzioni [N.d.R.].

dono per il progresso; compiono la volontà della provvidenza; il loro è un atto religioso. All'ora fissa, con altrettanto disinteresse quanto potrebbe metterne un attore al quale tocca la battuta, obbedendo allo scenario divino, quegli uomini entrano nella tomba. Tale combattimento senza speranza, tale sparizione stoica, essi l'accettano per portare alle sue splendide e supreme conseguenze universali il magnifico movimento umano irresistibilmente iniziato il 14 luglio 1789. Questi soldati sono sacerdoti. La rivoluzione francese è un gesto di Dio.

Del resto, vi sono – e ci conviene aggiungere quest'altra distinzione a quelle già indicate in un altro capitolo – vi sono le insurrezioni accettate che si chiamano rivoluzioni e vi sono le rivoluzioni rinnegate che hanno nome sommosse.

Una insurrezione che scoppia è un'idea che si sottopone a esame dinanzi al popolo. Se il popolo lascia cadere la palla nera, l'idea è un frutto secco, l'insurrezione si risolve in parapiglia.

L'entrata in guerra a ogni invito, e ogniqualvolta l'utopia lo desidera, non è conforme alla natura dei popoli. Le nazioni non hanno sempre e in ogni momento il temperamento degli eroi e dei martiri.

Le nazioni sono positive. A priori, l'insurrezione ripugna loro; in primo luogo perché ha spesso come risultato la catastrofe; in secondo luogo perché ha sempre per punto di partenza un'astrazione.

Perché, questo è il bello, è sempre per l'ideale, anzi unicamente per l'ideale che si immola colui che va incontro al sacrificio. Un'insurrezione è un entusiasmo. L'entusiasmo può montare in collera; da qui l'uso delle armi. Ma ogni insurrezione che prenda di mira un governo o un regime tende più in alto. Così, per esempio, insistiamo su ciò, i capi dell'insurrezione del 1832, e in particolare i giovani entusiasti della via Chanvrerie, non combattevano precisamente Luigi Filippo. La maggior parte degli insorti, discutendo a cuore aperto, rendeva giustizia alle qualità di quel re che stava in mezzo tra la monarchia e la rivoluzione; nessuno lo odiava. Ma i rivoltosi attaccavano, in Luigi Filippo, il ramo cadetto del diritto divino, così come ne avevano combattuto il ramo primogenito in Carlo X. E ciò che volevano rovesciare rovesciando la monarchia in Francia, come già abbiamo spiegato, era l'usurpazione dell'uomo sopra l'uomo e del privilegio sul diritto nell'intero universo. Parigi senza re ha per contraccolpo il mondo senza despoti. Era questo il ragionamento degli insorti. La loro mèta era senza dubbio lontana, fors'anche vaga, e si allontanava dinanzi allo sforzo: ma era grande.

È così. Ci si sacrifica per simili miraggi che, per i sacrificati, sono quasi sempre illusioni, ma illusioni alle quali, alla fin fine, è commista tutta la certezza umana. I rivoltosi rendono poetica e splendida l'insurrezione. Si gettano in quelle mischie tragiche inebriandosi del proprio gesto. Chi sa? Forse potranno riuscire. Sono in pochi, hanno contro di sé tutto l'esercito. Ma difendono il diritto, la legge naturale, la sovranità di ciascuno sopra se stesso, la quale non consente abdicazioni, la giustizia, la verità. E all'occorrenza sapranno morire, come i trecento spartani. Non pensano a Don Chisciotte, ma a Leonida. E vanno diritto dinanzi a sé, e una volta impegnatisi non indietreggiano, e si slanciano a testa bassa, con la speranza di una inaudita vittoria, la rivoluzione completata, il progresso rimesso in libertà, l'elevazione del genere umano, la liberazione universale; e, nella peggiore delle ipotesi, le Termopili.

Simili moti d'armi per il progresso spesso falliscono, e noi ne abbiamo già accennato il perché. La folla è restia all'entusiasmo dei paladini. Le pesanti masse, le moltitudini, fragili a causa della loro stessa pesantezza, temono le avventure; e vi è dell'avventura nell'*ideale*. Del resto, non bisogna dimenticarlo, ci sono anche gli interessi, poco amici dell'*ideale e del sentimentale*. Talvolta lo stomaco paralizza il cuore. La grandezza e la bellezza della Francia stanno in ciò: essa soggiace alle esigenze del ventre meno di quanto accada agli altri popoli; pronta a stringersi la cintola intorno ai fianchi, è la prima a esser desta, l'ultima ad addormentarsi. Va avanti. Ama le ricerche. Ciò dipende forse dal fatto che è un paese artista. L'ideale non è altro che il punto culminante della logica, nello stesso modo in cui il bello non è altro che la sommità del vero. I popoli artisti sono anche i popoli conseguenti. Amare il bello è volere la luce. Questo fa sì che la fiaccola dell'Europa, cioè la civiltà, sia stata prima portata dalla Grecia, che l'ha passata all'Italia, la quale a sua volta l'ha poi passata alla Francia. Divini popoli portatori di luce! *Vitae lampada tradunt*.[20] Cosa mirabile, la poesia di un popolo è l'elemento del suo progresso. Il livello di civiltà si può misurare dallo sviluppo dell'immaginazione. Però un popolo civilizzatore deve restare un popolo virile. Corinto sì, ma non Sibari. Chi diventa effeminato, s'imbastardisce. Non bisogna essere né dilettante, né campione di virtuosità, ma si deve essere artisti. In materia di civiltà, non si deve essere troppo raffinati, ma occorre raggiungere il sublime. A tale condizione, si dà al genere umano il modello dell'ideale.

L'ideale moderno ha il suo tipo nell'arte, e il suo metodo nella scienza. È a mezzo della scienza che si riuscirà ad attuare quest'augusto miraggio dei poeti: la bellezza sociale. Si ricostruirà l'Eden con A + B. Al punto in cui è giunta la civiltà, l'esattezza è elemento necessario dello splendido, e il senso artistico non solo è servito, ma completato dall'organo scientifico; la fantasia deve calcolare. L'arte, che è conquistatrice, deve avere, come punto d'appoggio, la scienza, che sa andare avanti. Importa molto che la cavalcatura sia robusta. Lo spiri-

[20] Lucrezio, *De rerum natura*: «Si trasmettono la fiaccola della vita».

to moderno è il genio della Grecia che ha per veicolo il genio dell'India: Alessandro sull'elefante.

Le razze pietrificate nel dogma o svilite dal lucro non sono adatte a portare la fiaccola della civiltà. La genuflessione dinanzi all'idolo o dinanzi al denaro atrofizza il muscolo teso nello sforzo e la volontà in cammino. L'assorbimento ieratico o mercantile diminuisce il fulgore di un popolo, abbassa il suo orizzonte con l'abbassarne il livello, e gli ritoglie quell'intelligenza, nello stesso tempo umana e divina, dello scopo universale, che fa missionari i popoli. Babilonia non ha ideale; Cartagine non ha ideale. Atene e Roma hanno e conservano, persino attraverso tutta la tenebrosa densità dei secoli, aureole di civiltà.

La Francia ha un popolo che possiede le qualità di quelli della Grecia e dell'Italia. È greca nel bello e romana nel grande. Inoltre, è buona. Si dà. Più spesso degli altri popoli, quello francese è capace di abnegazione e di sacrificio. Ma tale capacità non è costante: l'afferra a tratti, a tratti l'abbandona. Ed è questo il grande pericolo per coloro che corrono quando la Francia vuole soltanto camminare, o che camminano quando essa desidera arrestarsi. La Francia ha le sue ricadute di materialismo e, in certi momenti, i pensieri che ostruiscono il suo cervello sublime non hanno più nulla che ricordi la grandezza francese e sono di dimensioni tali che potrebbero appartenere a uno Stato del Missouri o alla Carolina del Sud. Che farci? Il gigante gioca a fare il nano. L'immensa Francia ha i suoi estri di piccineria.

Non vi è nulla da dire. I popoli, al pari degli astri, hanno il diritto alle eclissi. Tutto sta bene, purché la luce ritorni e l'eclissi non degeneri in notte. Alba e resurrezione sono sinonimi. La ricomparsa della luce è identica alla persistenza dell'io.

Rileviamo questi fatti con calma. La morte sulla barricata, o la tomba nell'esilio, sono, per l'abnegazione, un'eventualità accettabile. Il vero nome del sacrificio, è disinteresse. Che gli abbandonati si lascino abbandonare, che gli esiliati si lascino esiliare; e limitiamoci a supplicare i grandi popoli di non indietreggiare troppo, allorché indietreggiano. Non bisogna, col pretesto di ritornare alla ragione, andar troppo avanti nella discesa.

La materia esiste, il minuto esiste, gli interessi esistono, la pancia esiste. Ma non bisogna che il ventre sia l'unica saggezza. La vita del momento ha i suoi diritti, noi l'ammettiamo, ma la vita permanente ha il suo. Ahimè! Esser saliti in alto non impedisce di precipitare. Questo, nella storia, si vede assai più spesso di quel che si vorrebbe. Una nazione è illustre, ha assaggiato l'ideale, poi morde il fango, e lo trova buono. E se le chiedono perché abbandona Socrate per Falstaff, risponde: «Perché mi piacciono gli uomini di Stato».

Ancora una parola prima di ritornare nella mischia.

Una lotta come quella che stiamo descrivendo non è altro che una conclusione verso l'ideale. Il progresso ostacolato è malaticcio, e ha simili tragiche epilessie. Questa malattia del progresso, la guerra civile, abbiamo dovuto incontrarla sul nostro cammino. È una delle fasi fatali, al contempo atto e intervallo, di quel dramma il cui perno è un dannato sociale e il cui vero nome è: il *Progresso*.

Il Progresso!

Questo grido, che noi lanciamo spesso, è tutto il nostro pensiero; e al punto in cui siamo del dramma, dovendo l'idea che esso contiene subire ancora più di una prova, ci è forse permesso, se non sollevarne un velo, almeno lasciarne trasparire nettamente il chiarore.

Il libro che il lettore ha sott'occhio in questo momento, è, dal principio alla fine, nel suo insieme e nei suoi particolari (quali ne siano le intermittenze, le eccezioni e le manchevolezze) una marcia del male verso il bene, dall'ingiusto verso il giusto, dal falso al vero, dalla notte al giorno, dall'appetito alla coscienza, dalla putredine alla vita, dalla bestialità al dovere, dall'inferno al cielo, dal nulla a Dio. Punto di partenza, la materia; punto di arrivo, l'anima: Idra al principio, Angelo alla fine.

XXI
GLI EROI

A un tratto il tamburo batté la carica.

L'attacco fu un uragano. Alla vigilia, nel buio, la barricata era stata avvicinata in silenzio, strisciando alla maniera del serpente boa. Ma ora, in pieno giorno, in quella via a imbuto, qualsiasi sorpresa era decisamente impossibile; del resto la viva forza s'era già smascherata, il cannone aveva incominciato a ruggire. La truppa si precipitò contro la barricata. Tutta l'abilità, adesso, stava nella furia. Una possente colonna di fanteria di linea, inframmezzata, a intervalli regolari, da guardie nazionali e guardie municipali appiedate, e appoggiata da altre masse, invisibili ma delle quali si sentiva la presenza, sbucò nella via a passo di carica, coi tamburi battenti, con alti squilli di trombe, le baionette in canna, gli zappatori in testa, e, imperturbabile sotto la pioggia dei proiettili, giunse diritta alla barricata con il peso di un ariete di bronzo lanciato contro un muro.

Il muro resistette.

Gli insorti fecero fuoco impetuosamente. La trincea, scalata, si coperse di un criniera di lampi. L'assalto fu tanto forsennato che lo sbarramento fu in un attimo inondato di assalitori, ma seppe scuoterseli di dosso, al pari di un leone assalito dai cani. Come una scogliera si copre solo per un attimo di schiuma, la barricata si ricopriva di assedianti per riapparire subito dirupata, nera e formidabile.

La colonna, costretta a ripiegare, restò ammassata nella via, allo scoperto, ma minacciosa; rispose al fortino con una moschetteria spaventosa. Chiunque abbia visto un fuoco d'artificio si ricorderà quel fascio formato da un incrociarsi di folgori, che si chiama comunemente il mazzo. Ci si figuri tale fuoco non più verticale, ma orizzontale, con una palla, una pallottola o un biscaglino all'estremità d'ogni suo razzo, che sgrana la morte col suo mazzo di folgori. La barricata era sotto un simile fuoco.

Dalle due parti vi era uguale fermezza. Il coraggio era quasi barbaro e si complicava di una specie di ferocia eroica che cominciava dal sacrificio di se stessi. Era il tempo in cui una guardia nazionale si batteva come uno zuavo. La truppa voleva farla finita, l'insurrezione voleva combattere. Quando si accetta l'agonia nel vigore della gioventù, l'intrepidezza diventa frenesia. In quella mischia ognuno aveva la grandezza dell'ora suprema. La via si coprì di cadaveri.

A un'estremità della barricata si trovava Enjolras, all'altra Marius. Enjolras, che aveva in mente tutta la difesa, si preservava e si teneva al riparo; tre soldati caddero uno dopo l'altro proprio sotto il suo merlo senza averlo neppure scorto. Marius combatteva invece allo scoperto. Si offriva a facile bersaglio, emergendo dal sommo dello sbarramento di oltre mezzo corpo. Non esiste prodigo più sfrenato di un avaro che abbia scosso il freno; non v'è uomo più tremendo nell'azione di un pensatore. Marius era formidabile e assorto. Agiva nella battaglia come in un sogno. Si sarebbe detto un fantasma intento a sparar fucilate.

Le cartucce degli assediati andavano man mano esaurendosi; non così i loro sarcasmi. In quel turbine da sepolcro che li avvolgeva, trovavano modo di ridere.

Courfeyrac era a testa nuda.

«Che hai fatto del tuo cappello?» gli chiese Bossuet.

Courfeyrac rispose:

«Hanno finito per portarmelo via a cannonate».

Oppure gli insorti dicevano frasi superbe.

«Va a capire» esclamò amaramente Feuilly «quegli uomini (e ne citava i nomi, nomi di persone conosciute, anche celebri, qualcuno appartenente a combattenti dell'antico esercito) che avevano promesso di raggiungerci e fatto giuramento di aiutarci e che si erano impegnati sull'onore; che sono i nostri generali e ci abbandonano!»

Combeferre si limitò a rispondere con un sorriso grave:

«Vi sono persone che osservano le regole d'onore così come si osservano le stelle: da molto lontano».

L'interno della barricata era talmente seminato di cartucce esplose che si sarebbe detto vi avesse nevicato.

Gli assedianti avevano dalla loro il numero; gli insorti la posizione. Erano in cima a una muraglia, e potevano fulminare a bruciapelo i soldati che inciampavano nei morti e nei feriti nel tentare di dar la scalata al dirupo. La barricata, così com'era costruita e ammirevolmente puntellata, era veramente una di quelle posizioni in cui un pugno d'uomini può tenere a bada una legione. Però, sempre rinnovata e anche aumentata pur sotto la pioggia delle pallottole, la colonna d'attacco si avvicinava inesorabilmente, e ora, a poco a poco, a passo a passo, ma sicuramente, l'esercito stringeva la barricata come la vita stringe lo strettoio.

Gli assalti si succedevano. L'orrore cresceva.

Allora, su quell'ammasso di pietre, in quella via Chanvrerie, scoppiò una lotta degna delle mura di Troia. Quegli uomini sparuti, cenciosi, sfiniti, che non avevano mangiato da oltre ventiquatt'ore, che non avevano dormito, che non possedevano più che poche cartucce da sparare, che tastavano le loro tasche vuote di munizioni, quasi tutti feriti, con la testa o un braccio bendati con uno straccio rugginoso e annerito, con i vestiti crivellati di buchi dai quali sgorgava sangue, appena armati di pessimi fucili e di vecchie sciabole dalla lama sbreccata, divennero dei titani. La barricata fu dieci volte abbordata, assalita, scalata, e mai presa.

Per farsi un'idea di tale lotta, bisognerebbe raffigurarsi un cumulo di ardimenti terribili ai quali sia stato appiccato il fuoco, e guardarne l'incendio. Non era un combattimento, era l'interno di una fornace; le bocche respiravano fiamma, i visi erano straordinari. Pareva non esistessero più forme umane, i combattenti fiammeggiavano, ed era uno spettacolo formidabile vedere l'andirivieni di quelle salamandre della mischia nel fumo rosso.

Noi rinunciamo a descrivere le scene successive e simultanee di quel grandioso eccidio. L'epopea soltanto ha il diritto di riempire dodicimila versi con la descrizione di una battaglia.

Si sarebbe detto di essere nell'inferno del bramanesimo, il più terribile dei diciassette abissi, che il Veda chiama la Foresta delle Spade.

Si battevano a corpo a corpo, a passo a passo, a colpi di pistola, a colpi di sciabola, a pugni, da lontano, da vicino, dall'alto, dal basso, dappertutto, dai tetti delle case, dalle finestre dell'osteria, dagli spiragli delle cantine dove qualche combattente si era lasciato scivolare. Erano uno contro sessanta. La facciata del Corinto, semidemolita, era orribile a vedersi. La finestra, tatuata dalla mitraglia, aveva perduto vetri e intelaiatura, e non era più che un orifizio informe, tumultuosamente otturato da un monticello di pietre da selciato.

Bossuet venne ucciso; ucciso Feuilly, ucciso Courfeyrac, ucciso Joly; Combeferre, crivellato in pieno petto da tre colpi di baionetta, proprio nell'istante in cui rialzava un soldato ferito, ebbe appena il tempo di volgere gli occhi al cielo e spirò.

Marius, che combatteva sempre, era così crivellato di ferite, in specie alla testa, che la sua faccia scompariva sotto un velo di sangue e si sarebbe detto che egli tenesse il viso coperto da un fazzoletto rosso.

Solo Enjolras era incolume. Quando non aveva più armi, protendeva la mano a destra o a sinistra e qualche insorto gli metteva in pugno una lama qualsiasi. Di quattro spade, una di più che Francesco I a Marignano, non gli era rimasto in pugno che un troncone.

Omero ha detto: «Diomede sgozza Axilo, figlio di Teutranide, che abitava nella beata Arisba; Eurialo, figlio di Mecistea, uccide Dreso, Ofeltio, Esepo e quel Pedaso che la naiade Abarbarea aveva concepito dall'integerrimo Bucollone; Ulisse rovescia Pidite di Percosa; Antiloco, Ablero; Poilpete, Astialo; Polidamante, Otone di Cillene; e Teucro, Aretaone. Meganzio muore sotto i colpi di picca di Euripile. Agamennone, il re degli eroi, abbatte Elato, nativo della dirupata città che giace lungo il sonoro fiume Satnoide».

Nei nostri antichi poemi di gesta, Esplandiano assale con una bipenne di fuoco il gigante marchese di Swantibore, e questi si difende lapidando il cavaliere con le torri che sradica. I nostri antichi affreschi murali ci mostrano i due duchi di Bretagna e di Borbone, armati e fregiati di stemmi gentilizi, con elmi guerreschi in testa, a cavallo, che si affrontano con le asce d'assalto in mano, con maschere di ferro, stivali di ferro e guanti di ferro, l'uno con la gualdrappa di ermellino, l'altro drappeggiato in un manto azzurro; il Bretagna col suo leone rampante tra le due corna della corona, il Borbone con un elmo che ha per visiera un enorme giglio. Ma, per esser superbi, non è necessario indossare, come Yvon, il morione ducale e impugnare, come Esplandiano, una fiamma viva, o al pari di Filete, padre di Polidamante, aver portato da Efiro una bella armatura, dono del re degli uomini Eufete;[21] basta saper dare la vita per una convinzione o per fedeltà. Quel piccolo soldato ingenuo, ieri contadino della Beauce o del Limosino, che gironzola attorno alle gonne delle bambinaie al Luxembourg, con la sua durlindana al fianco; quel giovane studente pallido, chino su un pezzo anatomico o su un libro, biondo adolescente che si fa la barba con le forbici, prendeteli tutti e due, questi uomini, alitate su loro il soffio del dovere, metteteli l'uno in faccia all'altro sul crocicchio Boucherat o nel chiassetto Planche-Mibray, e fate che l'uno combatta per la sua bandiera, l'altro per il suo ideale, e che tutti e due

[21] Eroi omerici.

pensino di battersi per la loro patria: la lotta sarà gigantesca, e l'ombra proiettata dai due combattenti sul grande campo epico su cui si dibatte l'umanità, l'ombra di quel soldatino e di quello studentello alle prese l'uno con l'altro, sarà immensa al pari dell'ombra proiettata da Megariont, re della Licia infestata di tigri, che stringe a corpo a corpo l'immenso Aiace, uguale agli dèi.

XXII
A PALMO A PALMO

Quando i soli capi rimasti vivi furono Enjolras e Marius, che si trovavano proprio ai due estremi della barricata, il centro, così a lungo sostenuto da Courfeyrac, Joly, Bossuet, Feuilly e Combeferre, cedette. Il cannone, pur senza fare alcuna breccia praticabile, aveva sensibilmente intaccato il centro del fortino; la sommità dello sbarramento era stata smantellata dalle palle di cannone; i frammenti che ne erano caduti, tanto nell'interno quanto all'esterno, ammonticchiandosi, avevano finito col fare ai lati dello sbarramento due pendii, uno dentro e l'altro fuori. Quello esterno offriva un piano inclinato all'abbordaggio.

Un supremo assalto venne tentato, e l'assalto riuscì. L'irta massa di baionette, lanciata a passo di carica, arrivò irresistibile, e il denso fronte di battaglia della colonna d'attacco apparve, nel fumo, sulla cima dello sbarramento. Stavolta era finita. Il gruppo d'insorti che difendeva il centro indietreggiò in disordine.

Allora l'oscuro senso di attaccamento alla vita si ridestò nell'animo di taluni. Presi di mira da quella selva di fucili, molti insorti non ne vollero più sapere di morire. È questo un istante in cui l'istinto della conservazione urla e in cui la bestia riappare nell'uomo. I rivoltosi si erano addossati all'alta casa a sei piani che faceva in certo qual modo da sfondo al fortino. Quella casa poteva rappresentare la salvezza. Tutto il caseggiato era sbarrato e come murato dall'alto in basso. Prima che la truppa di linea giungesse nell'interno della barricata, una porta avrebbe avuto tempo di aprirsi e di richiudersi; per questo sarebbe bastato la durata di un lampo, e quel rapido spalancarsi e serrarsi di una porta, per quei disperati, avrebbe potuto essere la vita. Dietro quella casa, là in fondo, c'erano altre strade, la possibilità della fuga, lo spazio. Gli insorti cominciarono a bussare contro la porta, a colpi di calcio di carabina, a pedate, chiamando, gridando, supplicando, giungendo le mani. Nessuno aprì. Dall'abbaino del terzo piano, la testa del morto pareva fissarli.

Ma Enjolras e Marius, con sette od otto insorti raggruppati intorno, si erano slanciati a proteggerli. Enjolras aveva gridato ai soldati: «Non avanzate!» e un ufficiale che non aveva obbedito era stato da lui ucciso. Il capo degli insorti si trovava ora nel cortiletto interno del fortino, addossato alla casa del Corinto, la spada in una mano, la carabina nell'altra. Teneva aperta la porta dell'osteria ma ne sbarrava l'accesso agli assalitori. Enjolras gridò ai disperati: «Non vi è che una sola porta aperta! Questa». E facendo loro scudo col proprio corpo, tenendo da solo fronte a un intero battaglione, li fece passare alle sue spalle. Tutti si precipitarono nell'interno. Enjolras, maneggiando adesso la sua carabina quasi fosse un bastone, e descrivendo con essa quello che gli schermidori chiamano il mulinello, abbatté le baionette intorno e davanti a sé, ed entrò per ultimo. Vi fu un momento orribile, i soldati volevano penetrare nell'interno, i rifugiati volevano chiudere la porta. Questa venne chiusa con tanta violenza che, nel rincastrarsi nella sua intelaiatura, lasciò vedere, tagliate e incollate allo stipite, le cinque dita di un soldato che vi si era aggrappato.

Marius era rimasto fuori. Una pallottola, toccatagli proprio allora, gli aveva rotto una clavicola; egli sentì che sveniva e cadeva. Aveva già gli occhi chiusi, quando avvertì la scossa di una mano vigorosa che l'afferrava, e nell'incoscienza in cui piombò ebbe appena il tempo di unire al ricordo di Cosette questo pensiero: «Sono prigioniero. Sarò fucilato».

Enjolras, non scorgendo Marius tra i rifugiati nell'osteria, formulò lo stesso pensiero. Ma essi erano in uno di quei momenti in cui ognuno non ha che il tempo di pensare alla propria morte. Enjolras fece scorrere le sbarre della porta, vi pose i catenacci, la chiuse a doppio giro di chiave, intanto che gli assalitori, dall'esterno, vi picchiavano furiosamente contro, i soldati coi calci dei fucili, gli zappatori con le asce. Gli assalitori si erano tutti raggruppati contro quella porta. Cominciava l'assedio dell'osteria.

I soldati, bisogna dirlo, erano pieni di collera.

La morte del sergente d'artiglieria li aveva irritati, e poi, cosa più funesta, durante le ore che avevano preceduto l'attacco, era corsa tra loro la voce che gli insorti mutilassero i prigionieri e che vi fosse nell'osteria il cadavere di un soldato decapitato. Questo genere di tragiche dicerie è l'ordinario accompagnamento delle guerre civili, e fu una falsa voce di questa specie che cagionò, più tardi, la catastrofe di via Transnonain.

Quando la porta fu barricata, Enjolras disse agli altri:

«Vendiamo cara la nostra pelle».

Poi si avvicinò al tavolo su cui giacevano Mabeuf e Gavroche. Si scorgevano, sotto il drappo, le due figure rigide e diritte, l'una grande, l'altra piccola, e i due visi si disegnavano appena sotto le fredde pieghe del sudario. Una mano sporgeva da sotto il funereo lenzuolo, e pendeva verso terra. Era quella del vecchio.

Enjolras si chinò e baciò la mano veneranda, nello stesso modo in cui la vigilia aveva baciato il vecchio in fronte.

Erano i due soli baci ch'egli avesse dato in vita sua.

Abbreviamo. La barricata aveva lottato come una porta di Tebe, l'osteria lottò come una casa di Saragozza. Simili resistenze sono feroci, senza quartiere. Non è possibile parlamentare. Si vuol morire, pur di poter uccidere. Quando Suchet dice: «Capitolate», Palafox[22] risponde: «Dopo la guerra col cannone, faremo la guerra col coltello». Non vi fu nulla che difettasse durante l'assalto all'osteria Hucheloup: né i massi di pietra gettati dalle finestre e dal tetto sugli assedianti, che esasperavano i soldati con orribili schiacciamenti, né le fucilate dalle cantine e dagli abbaini, né il furore dell'attacco, né la rabbia della difesa, né, infine, quando la porta cedette, le fanatiche demenze dello sterminio. Gli assalitori, nell'avventarsi nell'osteria, con i piedi impacciati dai pannelli della porta sfondata e gettata per terra, non vi trovarono neppure uno dei combattenti. La scala a chiocciola, spezzata a colpi d'ascia, giaceva nel mezzo della sala a pianterreno, e qualche ferito spirava. Tutti coloro che non erano stati uccisi erano al primo piano e da lì, dal buco del soffitto che era stato l'ingresso della scala, piovve un fuoco terribile. Erano le ultime cartucce. Quando anche quelle furono bruciate, quando quei formidabili agonizzanti non ebbero più né pallottole né polvere, ciascuno afferrò due di quelle bottiglie che erano state messe in disparte da Enjolras e delle quali abbiamo già parlato, e tenne testa alla scalata con quelle mazze terribilmente fragili. Erano bottiglie di acido nitrico. Noi raccontiamo così, quali si svolsero, gli orridi particolari della carneficina. L'assediato, ahimè, fa arma di ogni cosa, il fuoco greco non ha disonorato Archimede; la guerra è orrore, e non vi è nulla da scegliere. La moschetteria degli assedianti, benché resa difficile e dal basso in alto, era micidiale. L'orlo del buco nel soffitto venne assai presto coronato da teste di morti, dalle quali colavano lunghi zampilli rossi e fumanti. Il fracasso era inesprimibile. Un fumo rinchiuso e bruciante adombrava quasi d'un velo notturno il combattimento. Mancano le parole per descrivere l'orrore giunto a simile stadio. Nella lotta ormai infernale non vi erano più uomini. Erano giganti contro colossi. Quella lotta ricordava piuttosto Milton e Dante che non Omero. I dèmoni attaccavano, gli spettri resistevano.

Era l'eroismo prodigioso.

[22] Louis Suchet, maresciallo di Francia durante la guerra napoleonica in Spagna; José de Palafox difensore di Saragozza nell'assedio del 1808-1809.

Finalmente, facendosi scaletta l'un con l'altro, aiutandosi con l'intelaiatura della scala, arrampicandosi sulle pareti, appendendosi al soffitto, facendo a pezzi, sull'orlo della botola stessa, gli ultimi assediati che
resistevano, una ventina di assalitori tra soldati, guardie nazionali e
guardie municipali, alla rinfusa, gran parte sfigurati dalle ferite riportate al viso in quella ascensione, accecati dal sangue, furiosi e inferoci-
ti, fecero irruzione nella sala del primo piano. Non vi era più che un
solo uomo in piedi: Enjolras. Senza cartucce, senza spada, non aveva
più in mano che la canna della sua carabina, di cui aveva rotto il calcio
sulla testa di coloro che entravano. Aveva messo il bigliardo tra sé e gli
assalitori, ritraendosi in un angolo della sala e lì, con lo sguardo fiero,
la testa alta, quel mozziccone d'arma in pugno, era ancora abbastanza
temibile perché d'intorno a lui si facesse il vuoto. Un grido si levò:
«È il capo. È lui che ha ucciso l'artigliere. Se si è cacciato lì, sta
bene. Ci resti. Fuciliamolo sul posto».
«Fucilatemi» disse Enjolras.
E gettando il mozzicone della sua carabina, incrociò le braccia e
offerse il petto.
L'audacia della bella morte commuove sempre gli uomini. Non
appena Enjolras ebbe incrociate le braccia, accettando la fine, lo strepito della lotta cessò nella sala, e il caos si calmò subitamente in una
specie di solennità sepolcrale. Pareva che la minacciosa maestà di Enjolras, disarmato e immobile, gravasse sul tumulto, e che con la sola
autorità del suo sguardo tranquillo, quel giovane, che era l'unico illeso, superbo, insanguinato del sangue dei compagni, bello, indifferente
quasi fosse invulnerabile, costringesse quella sinistra massa agitata a
ucciderlo con rispetto. La sua bellezza, aumentata in quell'istante dalla fierezza, risplendeva, e quasi che egli non potesse essere stanco come non poteva esser ferito, pur dopo quelle trascorse atroci ventiquattr'ore, aveva le guance soffuse di rosa. Forse parlava di lui, quel
testimone che disse, più tardi, dinanzi al consiglio di guerra: «Vi era
un insorto che ho udito chiamare Apollo». Una guardia nazionale che
aveva preso di mira Enjolras abbassò la sua arma dicendo: «Mi pare
di fucilare un fiore».
Dodici uomini formarono un plotone di esecuzione all'angolo opposto della sala, e in silenzio prepararono i loro fucili.
Poi un sergente ordinò: «Mirate!».
Intervenne un ufficiale.
«Aspettate.»
E, rivolgendosi ad Enjolras:

«Volete che vi bendino gli occhi?».

«No.»

«Siete stato proprio voi a uccidere il sergente di artiglieria?»

«Sì.»

Intanto, da alcuni minuti, Grantaire si era svegliato.

Grantaire, il lettore se ne ricorderà, dormiva dalla vigilia nella sala al primo piano dell'osteria, seduto su una sedia e afflosciato su un tavolo.

Egli impersonava, in tutta la sua potenza, la vecchia metafora: ubriaco morto. L'odiosa mistura assenzio-birra-acquavite, l'aveva piombato in letargo. La tavola a cui si appoggiava era troppo piccola per poter servire a rinforzare la barricata, e gli insorti gliel'avevano lasciata. Era seduto sempre nella stessa posizione, col petto piegato sulla tavola, la testa appoggiata sulle braccia, attorniato da bicchieri, tazze e bottiglie. Dormiva del pesante sonno dell'orso intorpidito e della sanguisuga sazia. Nulla era valso a svegliarlo; né la fucileria, né le palle, né la mitraglia che penetrava dalla finestra nella sala in cui egli si trovava, né il prodigioso trambusto dell'assalto. Solo, di tanto in tanto, rispondeva alle cannonate col suo russare. Pareva attendere lì sul posto che una pallottola giungesse a risparmiargli la fatica di svegliarsi. Parecchi cadaveri giacevano attorno a lui; e, al primo colpo d'occhio, nessuno avrebbe potuto distinguerlo da quegli uomini addormentati del sonno profondo della morte.

Il chiasso non sveglia un beone, ma il silenzio sì. Tale singolarità è stata osservata più di una volta. Il crollo di tutto, intorno a lui, aumentava l'annientamento di Grantaire; lo sfacelo lo cullava. Quella specie di intervallo che si produsse nel tumulto dinanzi a Enjolras, fu una scossa per quel sonno pesante. È l'effetto di una carrozza lanciata al galoppo che si arresti di colpo. Coloro che, dentro, sono assopiti, si risvegliano. Grantaire si drizzò con un sussulto, stese le braccia, si stropicciò gli occhi, guardò, sbadigliò e comprese.

L'ubriachezza che si dissipa è come un sipario che si laceri. Si vede, in blocco, con una sola occhiata, tutto quello che esso prima celava. Tutto si offre di colpo alla memoria; e l'ubriacone che nulla sa di quel che si è svolto nelle ultime ventiquattr'ore, non ha ancora finito di aprire le palpebre che già è al corrente di tutto. I pensieri gli tornano con repentina lucidità; l'ebbrezza, specie di nube che offuscava il cervello, si dissipa e lascia posto a una netta e chiara comprensione della realtà.

Relegati com'erano in un angolo e dietro il bigliardo, i soldati, che tenevano fisso l'occhio su Enjolras, non si erano neppure accorti di Grantaire. Il sergente si preparava a ripetere l'ordine: «Mirate», quando d'un tratto si fece udire accanto ad essi una voce:

«Viva la repubblica! Ne faccio parte anch'io».

Grantaire si era alzato in piedi.

L'immensa luce di tutto il combattimento a cui egli non aveva preso parte, apparve d'un tratto nello sguardo trasfigurato dell'ubriacone.

Egli ripeté: «Viva la repubblica!», poi attraversò la sala a passo fermo e andò a mettersi dinanzi ai fucili puntati, in piedi accanto a Enjolras.

«Coglietene due in un colpo solo» disse. E volgendosi verso Enjolras, con dolcezza gli chiese: «Permetti?».

Enjolras gli strinse la mano, sorridendo.

E il suo sorriso non era ancora scomparso, che la detonazione scoppiò.

Enjolras, traversato da otto proiettili, rimase addossato al muro quasi le pallottole ve lo avessero inchiodato. Soltanto, reclinò la testa.

Grantaire, fulminato, si abbatté ai suoi piedi.

Qualche momento dopo, i soldati sloggiavano gli ultimi insorti rifugiatisi all'ultimo piano della casa. Gli invasori sparavano nel solaio attraverso un graticcio di legno. Si battevano fin sui tetti. Venivano gettati dalle finestre i corpi dei caduti, qualcuno ancora vivo. Due volteggiatori, che tentavano di risollevare l'omnibus fracassato, erano stati uccisi da fucilate tirate dagli abbaini. Un uomo in camiciotto, colpito da una baionettata nel ventre, ne era stato precipitato, e rantolava sul lastrico. Un soldato e un insorto scivolavano insieme lungo il pendio del tetto, non volendo nessuno dei due lasciare l'altro, e cadevano, tenendosi allacciati in un abbraccio feroce. Eguale lotta si svolgeva nella cantina. Grida, colpi d'arma da fuoco, scalpiccii minacciosi. Poi il silenzio. La barricata era presa.

I soldati cominciarono a frugare le case del vicinato, dando la caccia agli ultimi insorti fuggitivi.

XXIV
PRIGIONIERO

In realtà, Marius era prigioniero. Prigioniero di Jean Valjean.

La mano che per di dietro l'aveva ghermito mentre egli cadeva, e della cui stretta aveva avuto la percezione nell'istante in cui sveniva, era quella di Jean Valjean.

Quest'ultimo non aveva preso alcuna parte al combattimento, salvo quella di esporsi. Senza di lui, durante quella suprema fase dell'agonia, nessuno avrebbe pensato ai feriti. Per merito suo, sempre presente ovunque nella carneficina, come una provvidenza, coloro che cadevano venivano raccolti, trasportati nella sala a pianterreno e medicati. Negli intervalli, egli riparava la barricata. Ma dalle sue armi non partì né un colpo né alcuna cosa che potesse lontanamente servire, sia a colpire altrui, sia alla difesa personale. Egli taceva e soccorreva gli altri. Era appena scalfito. Le pallottole non ne avevano voluto sapere di lui. Se il suicidio faceva parte di ciò ch'egli aveva meditato nell'entrare in quel sepolcro, per quel verso non aveva raggiunto lo scopo. Ma noi dubitiamo che avesse pensato al suicidio, atto irreligioso.

Jean Valjean, nella fitta nube del combattimento, pareva non vedere neppure Marius; ma il fatto è che non lo lasciava con lo sguardo. Quando un colpo d'arma da fuoco rovesciò Marius, Jean Valjean, con un balzo felino, piombò su di lui come sopra una preda e lo portò via.

Il turbine dell'attacco era in quell'istante così violentemente concentrato su Enjolras e sulla porta dell'osteria, che nessuno s'accorse di Jean Valjean quando, sostenendo tra le braccia Marius svenuto, attraversò il campo disselciato della barricata e scomparve dietro l'angolo formato dalla casa del Corinto.

Si ricorderà che quell'angolo faceva una specie di promontorio nella via, e così qualche piede quadrato di terreno era riparato dalle pallottole, dalla mitraglia e anche dagli sguardi. Così, talvolta, negli incendi qualche stanza non brucia, e nei mari più burrascosi, al di là di un promontorio o in un'insenatura difesa da scogli, ci sono piccole oasi tranquille. Era in quella specie di anfratto del trapezio interno della barricata che Éponine aveva agonizzato.

Lì giunto, Jean Valjean si arrestò, lasciò scivolare a terra Marius, si addossò al muro e gettò uno sguardo attorno a sé.

La situazione era spaventevole.

Per il momento, cioè forse per due o tre minuti, quella parte di muraglia era un rifugio sicuro; ma come uscire da quel massacro? Jean Valjean si ricordò l'angoscia vissuta otto anni prima in via Polonceau, e in qual modo era riuscito a fuggire; allora era stato difficile, oggi era impossibile. Dinanzi a lui si ergeva quella implacabile e sorda casa a sei piani che pareva avesse per unico abitante l'uomo morto penzoloni da una finestra; a destra c'era la barricata bassa che sbarrava la Petite-Truanderie; poteva sembrare impresa facile scavalcare l'ostacolo, ma sopra la cresta dello sbarramento si potevano scorgere le punte delle baionette. Era la truppa di linea, appostata al di là della barricata, in agguato. Era evidente che varcare la barricata era come andare a cercare il fuoco del plotone d'esecuzione, e che qualsiasi testa si fosse sollevata al di sopra dello sbarramento di pietre sarebbe servita di bersaglio a una sessantina di fucilate. Alla sua sinistra c'era il campo di battaglia. La morte era dietro l'angolo del muro.

Che fare?

Solo un uccello avrebbe potuto uscire di lì.

E bisognava decidersi immediatamente, trovare qualche espediente, prendere una risoluzione. A qualche passo da lì si battevano; per fortuna tutti si accanivano contro la porta dell'osteria; ma sarebbe bastato che un soldato, uno solo, avesse avuto l'idea di svoltare dietro la casa, o di attaccarla di fianco, e tutto era finito.

Jean Valjean guardò la casa che aveva di fronte, guardò la barricata accanto, poi, disperato, guardò per terra con la violenza dell'istante supremo, quasi volesse scavarvi un buco con lo sguardo.

A forza di guardare, qualcosa di vagamente afferrabile in una simile agonia si disegnò e prese forza ai suoi piedi, quasi fosse la potenza dello sguardo a far sbocciare la cosa richiesta. Egli scorse a qualche passo da sé, ai piedi dello sbarramento tanto spietatamente vigilato dal di fuori, sotto un ammasso di pietre disordinatamente cadute, che in parte la celavano, una griglia di ferro posata orizzontalmente a livello del suolo. L'inferriata, composta di robuste sbarre disposte trasversalmente, misurava circa settanta centimetri quadrati. La cornice di pietre che abitualmente la manteneva fissata era divelta, ed essa era quindi scardinata. Attraverso le sbarre si intravedeva un'apertura buia, simile al condotto di un camino o al tubo di una cisterna. Jean Valjean si slanciò. La sua antica esperienza delle evasioni gli illuminò il cervello di un lampo. Scostare le lastre, sollevare la griglia, caricarsi sulle spalle Marius inerte come un corpo morto, calarsi, con quel fardello umano sulla schiena, aiutandosi con i gomiti e le ginocchia, in quella specie di pozzo per fortuna poco profondo, lasciar ricadere sopra di sé la pesante griglia sulla quale le lastre smosse crollarono nuovamente, porre il piede sopra una superficie lastricata a tre metri sotto il suolo, tutto questo fu eseguito così come possono compiersi solo i gesti nel delirio, con forza da gigante e rapidità d'aquila; il tutto non durò che qualche minuto appena.

Jean Valjean si trovò, con Marius sempre svenuto, in una specie di lungo corridoio sotterraneo.

Lì c'era pace profonda, assoluto silenzio, notte.

L'impressione che aveva una volta provato nel piombare dalla strada nel convento, gli ritornò. Soltanto, la persona che egli portava adesso non era più Cosette, ma Marius.

Adesso egli poteva distinguere a malapena, sopra di sé, come un vago mormorìo, il formidabile tumulto dell'osteria presa d'assalto.

LIBRO SECONDO

L'INTESTINO DI LEVIATHAN[1]

I
LA TERRA IMPOVERITA DAL MARE

Parigi getta annualmente venticinque milioni in acqua. E questo senza metafora. Come, e in che modo? Giorno e notte, A quale scopo? Senza scopo alcuno. Con quale pensiero? Senza pensarci. Per far che? Nulla. A mezzo di quale organo? A mezzo del proprio intestino. Qual è il suo intestino? La sua fogna.

Venticinque milioni, è la più moderata delle cifre approssimative date dalle valutazioni della scienza specializzata.

La scienza, dopo avere a lungo proceduto a tastoni, sa oggi che il più fertilizzante ed efficace dei concimi è il letame umano. I cinesi, diciamolo a nostra vergogna, lo sapevano prima di noi. Nessun contadino cinese, e questo è Eckeberg che lo dice, se ne va in città senza riportarne, alle due estremità della sua canna di bambù, due secchi pieni di ciò che noi chiamiamo immondizia. In virtù del letame umano, la terra in Cina è ancora altrettanto giovane quanto ai tempi di Abramo. Il frumento cinese rende sino a centoventi volte la semente. Non esiste guano comparabile in fertilità ai rifiuti d'una capitale. Una grande città è il più potente degli stercorari. Impiegare la città per concimare la campagna darebbe risultati sicuri. Se il nostro oro è letame, in cambio il nostro letame è oro.

Che si fa dunque di questo oro-letame? Lo si scopa nell'abisso.

Si inviano, con ingenti spese, convogli e navi per raccogliere al polo australe il guano delle procellarie e dei pinguini, mentre l'incalcolabile elemento di ricchezza che si ha sotto mano lo si butta in mare. Tutto il concime umano e animale che il mondo perde, reso alla terra invece di essere gettato in acqua, basterebbe a nutrire il mondo.

Quei mucchi di immondizie agli angoli dei paracarri, quelle speciali carrette per il trasporto dei rifiuti che passano nelle vie solo di notte, quelle orribili botti della pulizia urbana, quei fetidi scoli di fan-

---

[1] Mostro enorme citato nel Libro di Giobbe come dimostrazione della potenza di Dio, e dalla maggior parte degli interpreti identificato nella balena.

go sotterraneo che il selciato nasconde ai vostri occhi, sapete cosa sono? Sono il prato in fiore, sono l'erba verdeggiante, sono il serpillo e il timo e la salvia, sono la selvaggina, sono il serale muggito soddisfatto dei grandi bovi sazi, sono il pane della vostra tavola, sangue caldo nelle vostre vene, sono salute, sono gioia, sono vita. Così vuole quella creazione misteriosa che è la trasformazione in terra e la trasfigurazione in cielo.

Restituite tutto al grande crogiolo; ne uscirà la vostra abbondanza. La nutrizione delle pianure crea il nutrimento per gli uomini.

Siete padroni di disperdere simile ricchezza, e di trovarmi, per soprammercato, ridicolo. Sarà questo il capolavoro della vostra ignoranza.

Per la sola Francia la statistica ha calcolato che si compie ogni anno, a mezzo delle foci dei suoi fiumi, un versamento nell'Atlantico per un mezzo miliardo. Notate ciò: con questi cinquecento milioni si potrebbe pagare un quarto delle spese del bilancio. L'abilità dell'uomo è tale, che egli preferisce sbarazzarsi di questo mezzo miliardo gettandolo nel rigagnolo. È la sostanza stessa del popolo che portano via, qui a goccia a goccia, laggiù a fiotti, il miserabile stillicidio delle nostre fogne nei fiumi e il gigantesco riversarsi dei nostri fiumi nell'oceano. Ogni singulto delle nostre cloache ci costa mille franchi. E con questo abbiamo due risultati: la terra impoverita e l'acqua appestata. La fame che si alza dal solco e la malattia che si sprigiona dal fiume.

È notorio, per esempio, che attualmente il Tamigi avvelena Londra.

Per quanto riguarda Parigi, si è dovuto, in questi ultimi tempi, trasportare gran parte degli sbocchi della fogna a valle, sotto l'arcata dell'ultimo ponte.

Un doppio apparecchio tubolare, provvisto di valvole e di chiuse di scarico, aspirante e premente, un sistema elementare di fognatura, semplice come il polmone umano, e che è già in funzione in diversi comuni d'Inghilterra, basterebbe per portare nelle nostre città l'acqua pura dei campi, e per rinviare ai nostri campi l'acqua ricca delle città, e questo facile andirivieni, il più semplice del mondo, tratterrebbe presso di noi i cinquecento milioni che si gettano via. Ma si pensa ad altre cose.

Il procedimento attuale compie il male volendo fare il bene. L'intenzione è buona, il risultato è triste. Si crede di spurgare la città e si intristisce la popolazione. Una chiavica è un malinteso. Quando un sistema di drenaggio, con la sua doppia funzione di restituire quello che prende, avesse sostituito dappertutto la fogna, semplice lavacro che impoverisce, allora, integrato ciò con i dati di una economia sociale novella, i prodotti della terra verrebbero aumentati del decuplo e il problema della miseria sarebbe attenuato in maniera singolare. Aggiungetevi la soppressione del parassitismo, e sarebbe risolto.

Nell'attesa, la ricchezza pubblica se ne va a mare, e lo stillicidio continua. Stillicidio: è la parola. L'Europa va in rovina così, per esaurimento.

Quanto alla Francia, abbiamo detto la cifra che la riguarda. Ora, dato che Parigi contiene il venticinquesimo della popolazione francese totale, e il guano parigino è il più ricco di tutti, si resta al di sotto della verità valutando a venticinque milioni la sua parte di perdita, nel mezzo miliardo che la Francia rifiuta annualmente. Questi venticinque milioni, impiegati in assistenza e in feste, raddoppierebbero lo splendore di Parigi. Essa invece li spende in cloache. Di modo che si può dire che la grande prodigalità di Parigi, la sua festosità meravigliosa, la sua Folie-Beaujon,[2] la sua orgia, il suo gettato d'oro a piene mani, il suo fasto, il suo lusso, la sua magnificenza, è la fogna.

In questo modo, nella cecità di una cattiva economia politica, si annega e si lascia andare alla deriva, e perdersi nei gorghi, il benessere di tutti. Dovrebbero esistere delle reti di Saint-Cloud per la ricchezza pubblica.

Economicamente il fatto può riassumersi così: Parigi, paniere sfondato.

Parigi, questa città perfetta, modello delle capitali ben fatte della quale ogni popolo cerca d'avere una copia, questa metropoli dell'ideale, augusta patria dell'iniziativa, dell'impulso e dell'esperimento, questo centro e ritrovo degli ingegni, questa città-nazione, alveare dell'avvenire, meraviglioso miscuglio di Babilonia e di Corinto, dal punto di vista che abbiamo segnalato, farebbe stringere nelle spalle un qualsiasi contadino del Fo-Kian.

Imitate Parigi, e vi rovinerete.

Del resto, particolarmente in questa dissipazione immemorabile e insensata, Parigi stessa non fa che imitare.

Tali sorprendenti inezie non sono nuove, non si tratta di sciocchezze recenti. Gli antichi agivano come i moderni. «Le cloache di Roma» dice Liebig «hanno assorbito tutto il benessere del contadino romano.» Quando la campagna romana fu impoverita dalla fognatura di Roma, Roma impoverì l'Italia e quando ebbe messo l'Italia nella sua cloaca, vi riversò pure la Sicilia, poi la Sardegna, poi l'Africa. La fogna di Roma ha inabissato il mondo. La sua cloaca spalancava le fauci a ingoiare la città e l'universo. *Urbi et orbi*. Città eterna, fogna insondabile.

---

[2] Parco di divertimenti costruito dal finanziere Nicolas Beaujon, verso la metà del Settecento.

Per tali cose, come per molte altre, Roma dà l'esempio. E Parigi segue quest'esempio con tutta la stoltezza propria delle città d'ingegno.

Per le necessità dell'operazione a proposito della quale ci siamo più sopra spiegati, Parigi ha sotto di sé un'altra Parigi: una Parigi di fogne, la quale ha le sue vie, i suoi crocicchi, le sue piazze, i suoi viali, i suoi vicoli ciechi, le sue arterie e la sua circolazione, che è fango, dove manca solo la forma umana.

Perché non bisogna nulla adulare, neppure un grande popolo; là dove si trova di tutto, vi è l'ignominia accanto al sublime; e se Parigi contiene Atene, la città della luce, Tiro, la città della potenza, Sparta, la città della virtù, Ninive, la città del prodigio, contiene anche Lutezia,[3] la città del fango.

Del resto l'impronta della sua potenza si rivela anche qui, e la titanica sentina di Parigi avvera, tra i monumenti, lo strano ideale attuato nell'umanità da alcuni uomini quali Machiavelli, Bacone e Mirabeau: la grandiosità abbietta.

Il sottosuolo di Parigi, se l'occhio potesse penetrare attraverso la sua superficie, presenterebbe l'aspetto d'una colossale madrèpora. Una spugna non ha più pertugi e corridoi che la zolla di terra di sei leghe di circonferenza sulla quale riposa l'antica grande città. Senza parlare delle catacombe, che costituiscono un sotterraneo a sé, senza parlare dell'inestricabile rete delle condutture di gas, senza contare il vasto sistema tubolare della distribuzione di acqua potabile che sbocca alle fontanelle, le fognature bastano di per sé a formare sotto le due rive un prodigioso fascio di arterie tenebrose; un labirinto che ha per filo conduttore il proprio pendio.

Lì appare, nell'umido vapore, il topo, che sembra il prodotto della gestazione di Parigi.

II

STORIA ANTICA DELLA FOGNATURA

Immaginando di levare Parigi come un coperchio, il fascio delle sue arterie sotterranee, visto a volo d'uccello, sembrerà disegnare sulle due rive una specie di grosso albero innestato al fiume. Sulla riva destra, la fogna di cinta potrebbe raffigurare il tronco, i condotti secondari potrebbero esserne i rami, e i piccoli condotti ciechi i ramoscelli.

Tale raffigurazione non è che sommaria e a metà esatta, essendo

[3] *Lutum*, in latino, significa «fango» e Lutetia chiamarono Parigi i romani.

l'angolo retto, abituale in quel genere di ramificazioni sotterranee, molto raro nella vegetazione.

Ci si farà un'immagine più rassomigliante al vero supponendo che si veda a piatto, su uno sfondo di tenebre, qualche bizzarro alfabeto orientale confuso in disordine caotico, i cui caratteri difformi fossero saldati gli uni cogli altri, in un miscuglio apparente e casuale, ora uniti agli angoli, ora alle estremità.

Le sentine e le fogne avevano un grande ruolo nel Medioevo, nel Basso Impero e nel vecchio Oriente. Vi nasceva la peste, i despoti vi morivano. Le moltitudini fissavano con un timore quasi religioso quei letti di putredine, mostruose culle della morte. La fossa dei vermi di Benares non dà meno vertigini della fossa dei leoni di Babilonia. A dire dei libri dei rabbini, Teglath-Falasar[4] giurava sulle sentine di Ninive. Dalla fogna di Munster, Jean di Leyda faceva uscire la sua falsa luna, e dal pozzo-cloaca di Kekhscheb il suo «menecmo» orientale, Mokannâ, il profeta velato del Korassan, faceva sorgere il suo falso sole.

La storia degli uomini si riflette nella storia delle cloache. Le gemonie raccontano la storia di Roma. La fogna di Parigi è stata una vecchia cosa formidabile. È stata sepolcro, è stata asilo. Il crimine, l'intelligenza, la protesta sociale, la libertà di coscienza, il pensiero, il furto, tutto quel che le leggi umane perseguitano e hanno perseguitato, si è nascosto in quel buco; i *maillotins*[5] nel quattordicesimo secolo, i *tire-laine*[6] nel quindicesimo, gli ugonotti nel sedicesimo, gli illuminati di Morin[7] nel diciassettesimo, gli *chauffeurs*[8] nel diciottesimo. Cent'anni fa, ne usciva la pugnalata notturna, e il mariolo in pericolo vi si infilava; i boschi avevano le caverne, Parigi possedeva la fogna. La *truanderie*,[9] questa *picareria* francese, accettava la fogna come succursale della Corte dei Miracoli, e la sera, scaltri e feroci, i *truands* rientravano nello smaltitoio Maubée come in un'alcova.

Era naturale che tutti coloro che avevano per luogo di lavoro quotidiano il chiassetto Vuota-borsa o la via Taglia-gola avessero per domicilio notturno il ponticello dello Chemin-Vert o la fogna Hurepoix. Da quei luoghi scaturisce tutto un formicolare di ricordi. Ogni sorta

---

[4] Nome di due re assiri, del XIII e XII secolo a.C.

[5] Faziosi dei tempi di Carlo VI in Francia, che usavano andare armati di mazze di ferro.

[6] Ladri notturni.

[7] Setta politico-religiosa, guidata dal visionario Simon Morin.

[8] Masnade di delinquenti dei tempi della rivoluzione e del consolato, che usavano bruciare i piedi alle loro vittime per costringerle a rivelare dove custodivano il denaro.

[9] Da *truand*, vagabondo, accattone.

di fantasmi frequenta quei corridoi solitari. Ovunque putredine e miasmi. Qua e là qualche spiraglio da cui Villon dall'interno chiacchiera con Rabelais che è al di fuori.

La fogna, nell'antica Parigi, è il luogo di convegno di tutti gli esaurimenti e di tutti i tentativi. L'economia politica vi scorge un detrito, la filosofia sociale vi vede un residuo.

La fogna è la coscienza della città. Tutto vi converge, ogni cosa vi è posta a confronto. In quel luogo livido, vi sono tenebre, ma non vi sono più segreti. Ogni cosa ha la sua forma vera, o per lo meno la sua forma definitiva. Il mucchio delle immondizie ha questo in proprio favore: non mente. Lì è il rifugio dell'ingenuità. Vi si trova la maschera di Basilio, ma se ne scorgono il cartone e le fettucce, se ne vede il di dentro come il di fuori, è accentuata da un fango onesto. Il falso naso di Scapino le è vicino. Tutte le immondizie della civiltà, una volta fuori servizio, cadono in questa fossa di verità cui fa capo l'immenso scivolamento sociale. Vi si inabissano, ma restano in mostra. Quella mescolanza confusa è anche una confessione. Lì, non più false apparenze, nessuna possibilità di imbellettamento, l'immondizia si toglie la camicia, denudamento assoluto, sconfitta delle illusioni e dei miraggi, più nulla oltre quel che esiste, nella forma sinistra di quel che si disgrega. Realtà e sparizione. Lì, il torsolo di mela che ha avuto delle opinioni letterarie ridiventa semplice torsolo di mela; l'effigie del soldone si copre sinceramente di verderame, lo sputo di Caifa incontra il vomito di Falstaff, il luigi d'oro che esce dalla bisca urta il chiodo a cui è ancora attaccato un brandello di corda d'impiccato, un feto livido rotola avvolto in un velo ricamato di lustrini che ha danzato al ballo dell'Opéra la sera dell'ultimo martedì grasso, un tocco di magistrato che ha giudicato gli uomini si avvoltola nel fango accanto a un fetido arnese che è stato la gonna di Margherita; è più che fratellanza, è intimità. Tutto ciò che si imbellettava, si imbratta. L'ultimo velo è strappato. Una fogna è un essere cinico: dice tutto.

Tale sincerità dell'immondizia ci piace, e riposa l'animo. Quando si è trascorso il proprio tempo sulla terra a subire lo spettacolo della burbanza che si danno le ragioni di Stato, il giuramento, la saggezza politica, la giustizia umana, le probità professionali, le austere condizioni sociali, le toghe incorruttibili, ci si sente l'animo sollevato nell'entrare in una fogna e nel vedere il fango che confessa di esser tale.

Nello stesso tempo è istruttivo. L'abbiamo detto or ora, la storia passa attraverso la fogna. Le Notti di San Bartolomeo vi filtrano goccia a goccia attraverso il lastrico. I grandi assassini pubblici, le carneficine politiche e religiose attraversano quel sotterraneo della civiltà e vi sospingono i loro cadaveri. Per il pensatore, tutti gli assassini della storia sono lì, nella penombra orrida, in ginocchio, con un lembo del loro sudario per grembiule, intenti a lavare con lugubri colpi di spugna le tracce dei loro misfatti. Vi si trovano Luigi XI con Tristano, Francesco I con Duprat,[10] Carlo IX con sua madre, Richelieu con Luigi XIII, vi è Louvois e anche Letellier; vi sono Hébert e Maillard, che grattan le pietre, tentando di far scomparire le tracce dei loro delitti. Si odono sotto le vòlte i fruscii delle scope di questi spettri. Vi si respira il fetidume enorme delle catastrofi sociali. Si scorgono negli angoli riflessi rossastri. Lì scorre un'acqua terribile nella quale si sono lavate mani insanguinate.

L'osservatore sociale deve penetrare in quelle tenebre. Esse fanno parte del suo laboratorio. La filosofia è il microscopio del pensiero. Tutto vorrebbe schivarla, ma nulla le sfugge. È inutile tergiversare. Che lato di noi stessi mostriamo nel tergiversare? Il lato vergognoso. La filosofia perseguita col suo probo sguardo il male, e non gli permette di evadere nel nulla. Nello sbiadirsi delle cose che scompaiono, nel rimpicciolirsi di quelle che svaniscono, essa sa riconoscere tutto. Ricostruisce la porpora dallo straccio, e la donna dai cenci. Con la cloaca, rifà la città; con la melma, ricostruisce i costumi. Da un coccio, riabbozza l'anfora e la brocca. Riconosce da un'impronta d'unghia su una pergamena la differenza che separa gli ebrei della Judengasse da quelli del Ghetto. Ritrova in quel che rimane quello che è stato, il bene, il male, il falso, il vero, la macchia di sangue del palazzo, o lo sgorbio d'inchiostro della caverna; la goccia di sego del lupanare, le prove subìte, le tentazioni ben accette, le orge eruttate, le pieghe che han fatto i caratteri nell'abbassarsi, la traccia della prostituzione nelle anime rese accessibili a essa dalla loro grossolanità, e sulla veste dei facchini di Roma il segno della gomitata di Messalina.

III
BRUNESEAU

La fogna di Parigi, nel Medioevo, era leggendaria. Nel sedicesimo secolo Enrico II tentò uno scandaglio, che non riuscì. Non son neppure cent'anni, Mercier l'attesta, la cloaca era abbandonata a sé e faceva quel che poteva.

Tale era questa antica Parigi, abbandonata alle liti, alle indecisioni

---

[10] Louis Tristan l'Hermite, prefetto dei marescialli; ordinò dopo la guerra dei cento anni una crudele azione di polizia; Antoine Duprat, cancelliere di Francia sotto Francesco I.

e alle titubanze. Fu per lungo tempo assai stolta. Più tardi, l'89 dimostrò come si sviluppi l'ingegno delle città. Ma, nel buon tempo antico,
la capitale aveva ben poca testa; non sapeva dirigere i propri affari né
moralmente né materialmente, e non era capace di scopare via le sue
immondizie più che i suoi abusi. Tutto era ostacolo, di tutto si faceva
questione. La fogna, per esempio, era refrattaria a qualsiasi itinerario.
Non si riusciva ad orientarsi nella cloaca più che ad intendersi nella
città; in alto c'era l'inintelligibile, in basso l'inestricabile; sotto la
confusione delle lingue, si stendeva la confusione delle sentine. Dedalo foderava Babele.

Talvolta la fogna di Parigi era presa dal capriccio di traboccare,
quasi che quel Nilo sconosciuto fosse d'un tratto assalito da collera.
Vi erano, cosa infame, inondazioni di fogna. A tratti lo stomaco della
civilizzazione digeriva male, e la cloaca rifluiva nel gozzo della città;
Parigi assaggiava il sapore del suo fango. Queste somiglianze della
fogna col rimorso avevano del buono; erano avvertimenti, del resto
assai mal compresi; la città s'indignava che la sua melma avesse tanta
audacia e non ammetteva che l'immondizia potesse tornare a galla.
Occorreva cacciarla via meglio.

L'inondazione del 1802 è ancora presente alla memoria dei parigini ottantenni. La melma si sparse a croce in piazza delle Victoires, ove
troneggia la statua di Luigi XIV; entrò in via Saint-Honoré dalle due
bocche di scarico degli Champs-Elysées, in via Saint-Florentin dalla
cloaca omonima, in via Pierre-à-Poisson dalla fogna della Sonnerie, in
via Popincourt dalla fogna del Chemin-Vert, in via della Roquette
dalla fogna della via di Lappe; il fango coprì il lastrico degli Champs-
Elysées sino a un'altezza di trentacinque centimetri; e, a mezzogiorno,
dallo smaltitoio della Senna che faceva la sua funzione in senso inverso, penetrò in via Mazarino, in via dell'Échaudé, in via dei Marais,
dove si arrestò a una lunghezza di centonove metri, e precisamente a
qualche passo dalla casa in cui aveva abitato Racine, rispettando, nel
diciassettesimo secolo, il poeta più che il re. Il fango raggiunse il massimo livello in via Saint-Pierre, ove si elevò di un metro sopra le lastre
del canale di scolo, e il suo massimo di estensione in via Saint-Sabin,
ove si distese per una lunghezza di duecentotrentotto metri.

Al principio di questo secolo, la fogna di Parigi era ancora un luogo misterioso. Il fango non può mai avere una fama troppo buona, ma
qui la sua pessima rinomanza giungeva sino a essere spaventevole.
Parigi sapeva confusamente di avere sotto di sé un sotterraneo terribile. Se ne parlava come di quella mostruosa fossa di Tebe in cui formicolavano scolopendre di quindici piedi di lunghezza e che avrebbe
potuto servire di bagnarola a Behemoth. I grossi stivaloni degli operai delle chiaviche non si avventuravano mai oltre certi limiti cono-

sciuti. Si era ancora molto vicini al tempo in cui le carrette per il trasporto delle immondizie, dalla sommità delle quali Sainte-Foix fraternizzava col marchese de Créqui, si scaricavano con grande semplicità nella fogna. Quanto allo spurgo, si affidava tale funzione agli acquazzoni, i quali, più che spazzare, ingorgavano. Roma lasciava ancora qualche poesia alla sua cloaca e la chiamava Gemonie; Parigi insultava la sua e la chiamava Buco fetido. Scienza e superstizione andavano d'accordo per bollarla d'orrore. Il Buco fetido non ripugnava meno all'igiene che alla leggenda. Il *Moine-Bourru*[11] era nato sotto la fetida vòlta della fogna Mouffetard; i cadaveri dei *marmousets*[12] erano stati gettati nella fogna della Barillerie; Fagon aveva attribuito la temibile febbre maligna del 1685 alla grande apertura della chiavica del Marais, che restò spalancata sino al 1833 in mezzo alla via Saint-Louis, quasi di fronte all'insegna del *Messaggero galante*. La bocca di fogna della via della Mortellerie era celebre per le esalazioni pestifere che se ne sprigionavano: con l'inferriata a punte che somigliava a una fila di denti pareva, in quella fatale via, una gola di drago intenta a soffiare l'alito dell'inferno sugli uomini. L'immaginazione popolare condiva l'oscuro acquaio parigino di non so quale orrido miscuglio d'infinito. La fogna era senza fondo. La fogna era il baratro. Il pensiero di esplorare quelle regioni lebbrose non veniva in mente neppure alla polizia. Tentare l'ignoto, gettare lo scandaglio in quell'oscurità, andare alla ricerca di scoperte in quell'abisso, chi mai l'avrebbe osato? Era una cosa spaventosa. Però vi fu qualcuno che si fece avanti. La cloaca ebbe il suo Cristoforo Colombo.

Un giorno, nel 1805, durante una di quelle rare apparizioni che l'Imperatore faceva a Parigi, il ministro dell'interno, un Decrès o un Crétet[13] qualunque, si presentò alla levata mattutina dell'Imperatore. Si udiva nel Carosello il tintinnìo delle sciabole di tutti quegli straordinari soldati della grande repubblica e del grande impero. Vi era un ritrovo di eroi alla porta di Napoleone; uomini del Reno, dell'Escaut, dell'Adige e del Nilo; commilitoni di Joubert, di Desaix, di Marceau, di Hoche, di Kléber; aerostieri di Fleurus, granatieri di Magonza, pontonieri di Genova, ussari che avevano visto le Piramidi, artiglieri inzaccherati dalle cannonate di Junot, corazzieri che avevan preso d'assalto la flotta ancorata nello Zuyderzee; gli uni avevano seguito Bonaparte sul ponte di Lodi, gli altri avevano accompagnato Murat nelle trincee di Mantova; altri ancora avevano preceduto Lannes nella strada incas-

---

[11] «Monaco burbero»; specie di fantasma creato dalla superstizione popolare.
[12] Fanciulli mostruosi.
[13] Ministri: della Marina e delle Colonie il primo, dell'Interno il secondo, sotto l'impero.

sata di Montebello. Tutto l'esercito di allora era lì, nella corte delle Tuileries, rappresentato da una squadra o da un plotone, intento a far la guardia al riposo di Napoleone. Era l'epoca splendida in cui il grande esercito aveva dietro a sé Marengo e dinanzi Austerlitz.

«Sire,» disse il ministro dell'interno a Napoleone «ho visto ieri l'uomo più intrepido del vostro impero.» «Chi è quest'uomo,» chiese brusco l'imperatore «e che cosa ha fatto?» «Vuol fare una cosa, sire.» «Quale?» «Visitare le fogne di Parigi.»

Un simile uomo esisteva, e si chiamava Bruneseau.

IV

PARTICOLARI IGNORATI

La visita ebbe luogo. Fu una campagna pericolosa, una battaglia notturna contro la peste e l'asfissia. Fu, nello stesso tempo, un viaggio ricco di scoperte. Uno di coloro che presero parte all'esplorazione, vivo ancor oggi, un operaio di pronta intelligenza, allora giovanissimo, raccontava qualche anno fa i curiosi particolari che Bruneseau credette opportuno omettere nel suo rapporto al prefetto di polizia, come indegni dello stile amministrativo. I procedimenti di disinfezione erano a quel tempo molto rudimentali. Non appena Bruneseau ebbe varcato le prime arterie del labirinto sotterraneo, otto operai, sui venti reclutati, si rifiutarono di proseguire. L'operazione era complicata; la visita richiedeva anche l'opera di spazzatura. Bisognava dunque spurgare e nello stesso tempo misurare; prender nota delle imboccature d'acqua, contare le inferriate e gli sbocchi, prendere particolare visione delle ramificazioni, indicare le correnti su spartiacque, riconoscere le rispettive circoscrizioni dei vari bacini, scandagliare le piccole fogne che si riversavano nella fogna principale, misurare l'altezza al centro della vòlta d'ogni corridoio, e la larghezza, tanto alla base delle vòlte che a livello della platea; finalmente, determinare le coordinate di livello di ogni sbocco d'acqua, sia della platea della fogna che del suolo della strada. Si procedeva a stento. Non era raro che le scale di discesa piombassero in tre piedi di mota. Le lanterne agonizzavano nei miasmi. Di tanto in tanto, qualche operaio, svenuto, veniva portato via. In certi punti, si aprivano precipizi. Il suolo aveva ceduto, il lastrico era crollato, la fogna si era fatta pozzo. Non si avvertiva più il terreno solido sotto i piedi. Un uomo scomparve d'un tratto; si durò gran fatica a ripescarlo. Su consiglio di Fourcroy[14] si accen-

---

[14] Antoine François Fourcroy (1755-1809), chimico.

devano ad intervalli, in luoghi sufficientemente purificati, grandi gabbie piene di stoppa imbevuta di resina. A tratti la muraglia era coperta di una efflorescenza di funghi che parevano tumori; la pietra stessa pareva ammalata in quell'atmosfera irrespirabile.

Bruneseau, nella sua esplorazione, procedette da monte a valle. Allo spartiacque dei due condotti del Grand-Hurleur, egli decifrò su una pietra in sporgenza la data 1550. Quella pietra indicava il limite ove si era fermato Philibert Delorme, incaricato da Enrico II di visitare la chiavica di Parigi. Quella pietra era l'impronta del sedicesimo secolo sulla fogna. Bruneseau ritrovò la manodopera del diciassettesimo secolo nella conduttura di via Ponceau e nella conduttura della via Vieille-du-Temple, le cui vòlte erano state costruite tra il 1600 e il 1650; trovò pure la manodopera del diciottesimo secolo nella sezione a ovest del canale collettore, incassato e provvisto di vòlta nel 1740. Quelle due vòlte, soprattutto la meno antica, quella del 1740, erano più lesionate e decrepite che non l'ammattonato della fogna di cinta, che datava dal 1412, tempo in cui il ruscello d'acqua sorgiva di Ménilmontant venne elevato a dignità di grande fognatura di Parigi, avanzamento analogo a quello di un contadino che diventasse primo valletto di camera del re; qualche cosa di simile a Gros Jean trasformato in Lebel.

Gli uomini in ricognizione credettero di riconoscere qua e là, e specialmente sotto il palazzo di giustizia, le celle di antiche prigioni praticate nella fogna stessa. Orride *in pace*, in una delle quali pendeva dalla vòlta una gogna di ferro. Vennero murate tutte. Si trovavano cose bizzarre; tra l'altro si rinvenne lo scheletro di un orangutan sparito dal Jardin des Plantes nel 1800, sparizione probabilmente collegata con la famosa incontestabile apparizione del diavolo in via dei Bernardins nell'ultimo anno del diciottesimo secolo. Il povero diavolo aveva finito coll'annegare nella fogna.

Sotto il lungo corridoio a vòlta che sbocca all'Arche-Marion, una sporta di cenciaiolo, perfettamente conservata, suscitò l'ammirazione degli intenditori. Dappertutto, la melma, che gli operai di chiavica si erano abituati a maneggiare arditamente, abbondava di oggetti di valore, gioielli d'oro e d'argento, pietre preziose, monete. Un gigante che avesse filtrato quella cloaca avrebbe ritrovato nel suo setaccio la ricchezza dei secoli. Allo spartiacque delle ramificazioni della via del Temple e della via Sainte-Avoye, ritrovarono una strana medaglia ugonotta, di rame, che recava da un lato un porco con in testa un berretto cardinalizio e dall'altra un lupo con una tiara.

La scoperta più sorprendente avvenne allo sbocco della Grande Fogna. L'ingresso era stato un tempo chiuso da una inferriata, della quale non restavano più che i cardini. A uno di quei cardini pendeva una specie di cencio informe e lurido, che, senza dubbio fermato lì al passaggio, vi fluttuava nell'ombra, terminando di ridursi a brandelli. Bruneseau avvicinò la sua lanterna per esaminare quel cencio. Era di batista finissima, e a uno dei capi meno consumati si riusciva a distinguere una corona araldica ricamata sopra queste sette lettere: LAVBESP. La corona era uno stemma di marchese, e le sette lettere significavano *Laubespine*. Si riconobbe che si aveva sotto gli occhi un pezzo del lenzuolo funebre di Marat. Marat, durante la sua giovinezza, aveva avuto una relazione amorosa; e precisamente durante il tempo in cui aveva fatto parte della casa del conte d'Artois in qualità di medico delle scuderie. Di questi amori, storicamente accertati, con una gran dama, gli era rimasto quel lenzuolo. Relitto o ricordo? Alla sua morte, essendo quello l'unico capo di biancheria un po' fine ch'egli avesse in casa, vi era stato avvolto dentro. Qualche vecchia donna aveva fatto l'ultima toeletta per la tomba del tragico Amico del Popolo in quel lenzuolo in cui egli aveva gustato la voluttà. Bruneseau andò oltre. Lasciò quel cencio dov'era senza finirlo. Disprezzo o rispetto? Marat li meritava entrambi. E poi, il destino vi era troppo chiaramente impresso perché non si esitasse a toccarlo. Alle cose appartenenti al sepolcro bisogna lasciar il posto ch'esse stesse si scelgono. Insomma, quella reliquia era strana. Una marchesa vi aveva dormito sopra; Marat vi era marcito; aveva attraversato il Panthéon per sfociare ai sorci di fogna. Quello straccio d'alcova, di cui un giorno Watteau avrebbe gioiosamente disegnato le minime pieghe, aveva finito per essere degno dello sguardo investigatore di Dante.

La visita totale dell'immondezzaio sotterraneo di Parigi ebbe la durata di sette anni, dal 1805 al 1812. Sempre avanzando, Bruneseau indicava, dirigeva e portava a termine lavori considerevoli; nel 1808, egli fece abbassare il livello dello scolo del Ponceau, e creando ovunque canalizzazioni nuove, spingeva la fogna, nel 1809, sotto la via Saint-Denis sino alla fontana degli Innocenti; nel 1810, la portava sotto la via Froidmanteau e sotto la Salpêtrière; nel 1811 l'incanalava sotto la via Neuve-des-Petits-Pères, sotto la via del Mail, sotto la via dell'Écharpe, sotto Place Royale; nel 1812, sotto rue de la Paix e sotto la Chaussée d'Antin. Contemporaneamente, faceva disinfettare e risanare tutto il fascio di arterie. Al secondo anno di lavoro, Bruneseau si fece aiutare dal genero Nargaud.

È così che al principio di questo secolo la vecchia società si prese cura del suo doppio fondo e fece la toeletta della propria fogna. Vi fu almeno questa di ripulita.

Tortuosa, piena di crepacci, disselciata, incrinata, rotta da frane, resa irregolare da svolte bizzarre, ora in salita e ora in discesa senza logica, fetida, selvaggia, feroce, avvolta nell'oscurità, con cicatrici sulle pietre del lastrico e crepe nei muri, spaventevole: tale era, vista retrospettivamente, l'antica fogna di Parigi. Ramificazioni in tutti i sensi, incroci di corridoi, bracci secondari, zampe d'oca, stelle, come nelle trincee, chiassetti ciechi, vòlte salnitrate, smaltitoi infetti, trasudamenti serpiginosi delle pareti, gocce che cadevano dalle vòlte, tenebre; nulla poteva uguagliare l'orrore di quella vecchia cripta di scarico, apparato digerente di Babilonia, antro, fossa, voragine forata da vie, titanica galleria di talpe in cui la mente crede veder vagare attraverso l'ombra, nell'immondizia che è stata splendore, quell'enorme talpa cieca che è il passato.

Questa era, lo ripetiamo, la fogna di allora.

V

PROGRESSO ATTUALE

Oggi la fogna è pulita, fredda, diritta, corretta. Essa avvera quasi l'ideale di quel che in Inghilterra si intende con la parola «rispettabile». È decente, grigiastra; tirata a fil di piombo, si potrebbe quasi dire azzimata. Rassomiglia a un fornitore diventato consigliere di Stato. Vi si vede quasi chiaro. Il fango vi si comporta decentemente. Al primo sguardo, la si prenderebbe volentieri per uno di quei corridoi sotterranei tanto comuni in passato e così utili alla fughe di monarchi e di principi, in quell'antico buon tempo «in cui il popolo amava i suoi re». La fogna attuale è una bella fogna; vi regna lo stile puro; il classico alessandrino rettilineo che, cacciato dalla poesia, pare essersi rifugiato nell'architettura, sembra misto a tutte le pietre di quella lunga vòlta tenebrosa e biancastra; ogni sgorgo è un'arcata; la via di Rivoli fa scuola sin dentro la cloaca. Del resto, se la linea geometrica è in qualche parte al suo posto, lo è certamente nella trincea di spurgo di una grande città. Lì tutto dev'essere subordinato al cammino più breve. La fogna ha assunto oggi un certo aspetto ufficiale. Persino i rapporti di polizia di cui è talvolta oggetto, non le mancan più di rispetto. Le parole che la caratterizzano nel linguaggio amministrativo sono dignitose. Quel che prima era denominato budello ora è chiamato galleria. Quel che si diceva buco ora lo si chiama bocca. Villon non riconoscerebbe più il suo antico domicilio di fortuna. Il fascio delle arterie del sottosuolo possiede sempre la sua popolazione, installatavi da tempi immemorabili, di roditori, che pullula più che mai; di tanto in tanto qualche sorcio di vecchio pelo arrischia la testina alle finestre della fogna ed esamina i parigini; ma quei parassiti stessi sembrano addomesticati, soddisfatti del loro palazzo sotterraneo. La cloaca non

1187

ha più nulla della sua primitiva ferocia. Le piogge, che imbrattavano e ingorgavano la fogna d'una volta, lavano e nettano la fogna d'oggi. Però non fidatevene troppo. I miasmi vi regnano ancora. La fogna è piuttosto ipocrita che irreprensibile. La prefettura di polizia e la commissione di igiene hanno un bel darsi da fare! A dispetto di tutti i provvedimenti sanitari, essa esala un vago odor sospetto, come Tartufo dopo la confessione.

Conveniamone: poiché il ripulirsi è un omaggio reso dalla fogna alla civiltà, e se, sotto tale aspetto, la coscienza di Tartufo è un progresso sulle stalle d'Augia, è certo che la fogna di Parigi ha fatto un passo verso il meglio.

Invero, più che un semplice progresso, c'è stata una trasformazione. Tra la fogna antica e quella moderna, è passata una rivoluzione. Chi l'ha fatta?

L'uomo che tutti dimenticano e che noi abbiamo nominato: Bruneseau.

VI
PROGRESSO FUTURO

La costruzione delle fognature di Parigi non è stata una faccenda di poco conto. I dieci ultimi secoli vi hanno lavorato senza poterla portare a termine, così come non han potuto finire la costruzione di Parigi. La fogna, effettivamente, risente di tutti i contraccolpi dell'estendersi di Parigi. È sotterra, una sorta di polipo tenebroso dai mille tentacoli che si ingrandisce sotto contemporaneamente alla città sopra. Ogni volta che la città stende una via, la fogna allunga un braccio. La vecchia monarchia non aveva costruito che ventitremilatrecento metri di fogna; così era Parigi al primo gennaio 1806. A cominciare da quel tempo, di cui riparleremo or ora, l'opera è stata utilmente ed energicamente ripresa e continuata; Napoleone ne ha costruito – queste cifre sono interessanti – quattromilaottocentoquattro metri; Luigi XVIII cinquemilasettecentonove; Carlo X, diecimilaottocentotrentasei; Luigi Filippo, ottantanovemila e venti; la repubblica del 1848, ventitremilatrecentottantuno; il regime odierno, settantamilacinquecento; in tutto, all'ora in cui siamo, duecentoventiseimilaseicentodieci metri, sessanta leghe di fogna: enormi viscere di Parigi. Ramificazioni oscure, sempre in attività; costruzione ignorata e immensa.

Come si vede, il dedalo sotterraneo di Parigi è oggi più che decuplicato in rapporto a quel che era al principio del secolo. Ci si può a mala pena figurare tutto quel che è occorso in perseveranza e in sforzi per portare la cloaca al punto di relativa perfezione in cui si trova adesso. Con gran fatica gli antichi prefetti della monarchia e, nei dieci ultimi anni del diciottesimo secolo, il municipio rivoluzionario, erano riusciti a perforare le cinque leghe di fognature che esistevano prima del 1806. Ogni sorta di ostacoli intralciavano l'operazione, gli uni connessi alla natura del suolo, gli altri inerenti ai pregiudizi stessi della laboriosa popolazione di Parigi. Parigi è costruita su un giacimento stranamente refrattario alla zappa, alla marra, allo scandaglio, all'opera dell'uomo. Nulla di più difficile da forare di simile formazione geologica alla quale si sovrappone quella meravigliosa formazione storica che ha nome Parigi. Non appena, sotto qualsiasi forma, il lavoro si avventura e si addentra sotto questa coltre alluvionale, le resistenze sotterranee abbondano. Sono argille liquide, vive sorgenti, dure rocce, mota molle e profonda che la scienza specializzata denomina «mostarde». Il piccone progredisce faticosamente fra sedimenti calcarei alternati a sottili strati di argilloscisto e fra sedimenti schistosi misti a strisce di conchiglie contemporanee degli oceani preadamitici. Talvolta uno zampillo sfonda bruscamente una vòlta incominciata e inonda gli operai, oppure una colata di marna si fa strada e irrompe con la furia di una cataratta, infrangendo i più grossi pilastri di sostegno quasi fossero di vetro. Recentemente, alla Villette, quando si dovette, senza interrompere la navigazione e senza vuotare il canale, far passare il collettore della fogna sotto il canale Saint-Martin, si produsse una fessura nel letto del canale, l'acqua subitaneamente scaturì e inondò il cantiere sotterraneo; tutte le pompe di svuotamento si dimostrarono insufficienti; bisognò cercare, a mezzo di un palombaro, la fessura che si trovava nell'imboccatura del bacino grande, e non fu senza fatica che si riuscì a turarla. Altrove, vicino alla Senna, e anche in punti distanti dal fiume, come per esempio a Belleville, Grande-Rue e passaggio Lunière, s'incontrano sabbie mobili ove si affonda e in cui un uomo può sparire in un batter d'occhi. Aggiungete l'asfissia a causa dei miasmi, i seppellimenti causati da frane o fanghi traditori. Aggiungete il tifo, che lentamente s'impadronisce degli operai. Ai nostri giorni, dopo aver scavato la galleria di Clichy, con una banchina per ricevere una tubazione principale d'acqua dell'Aurcq, lavoro eseguito a dieci metri di profondità; dopo avere, attraverso le frane con l'aiuto di scavi, spesso putridi, dopo infiniti puntellamenti, edificato la vòlta della Bièvre dal viale dell'Hôpital sino alla Senna; dopo avere, per liberare Parigi dalle acque torrenziali di Montmartre e per dare scolo a quel pantano di nove ettari e formato dal fiume, che stagnava presso la barriera dei Martiri; dopo avere, come abbiamo detto, costruito la linea di fogne della barriera Bianca sino alla strada d'Aubervilliers, in quattro mesi, lavorando giorno e notte, a undici metri sotto il livello del suolo; dopo avere, cosa non ancora mai vista, eseguito sotterra una chiavica in via Barre-du-Bec, senza trincea a sei metri sotto il suolo, il conduttore Monnot è morto. Dopo aver fabbricato tremila metri di vòlte di fogna in vari punti della città, dalla via Traversière-Saint-Antoine sino alla via de Lourcine, dopo avere a mezzo della ramificazione dell'Arbalète, scaricate le inondazioni d'acque piovane del crocicchio Censier-Mouffetard, dopo aver costruito la fogna Saint-Georges su cemento basato nelle sabbie mobili, dopo aver diretto il formidabile abbassamento del livello della ramificazione di Notre-Dame-de-Nazareth, l'ingegnere Duleau è morto. Non esiste bollettino per questi atti di valore, tuttavia assai più utili dei ciechi massacri sui campi di battaglia.

Le fogne di Parigi, nel 1832, erano ben lungi dall'essere ciò che sono oggi. Bruneseau aveva dato la spinta, ma occorreva il colera per determinare la vasta ricostruzione che ebbe luogo in seguito. È sorprendente dover dire, per esempio, che, nel 1821, una parte della fogna di circonvallazione detta Canal Grande, come quello di Venezia, stagnava ancora all'aperto, in via delle Gourdes. Non fu che nel 1823 che la città di Parigi trovò nella sua borsa i duecentosessantaseimilaottanta franchi e sei centesimi necessari alla copertura di quella turpitudine. I tre pozzi di scarico del Combat, della Cunette e di Saint-Mandé, con i loro spurgatoi, i loro apparati, gli smaltitoi e le loro ramificazioni di spurgo, non datano che dal 1836. Il viadotto intestinale di Parigi è stato rifatto a nuovo, e, come abbiamo già detto, più che decuplicato nell'ultimo quarto di secolo.

Trent'anni or sono, al tempo dell'insurrezione del 5 e del 6 giugno, in molti punti la fogna aveva ancora l'aspetto dei tempi antichi. Gran numero di vie, oggi convesse, erano allora invece concave. Si vedevano spesso, nel punto in cui sfociavano i versanti di una via o d'un crocicchio, larghe inferriate quadrate, a grosse sbarre il cui ferro riluceva forbito dai passi della folla, trappole pericolose viscide per le carrozze, delle quali spesso facevano inciampare e cadere i cavalli. Il linguaggio ufficiale del Genio civile dava a quei punti in declivio e a quelle inferriate l'espressivo nome di *cassis*.[15] Nel 1832, in molte vie – quali via dell'Étoile, via Saint-Louis, via del Temple, via Notre-Dame-de-Nazareth, via Folie-Méricourt, quai aux Fleurs, via del Petit-Musc, via di Normandie, via Pont-aux-Biches, via del Marais, sobborgo Saint-Martin, via Notre-Dame-des-Victoires, sobborgo Montmartre, via Grange-Batelière, Champs-Elysées, via Jacob, via di Tournon – la vecchia cloaca gotica mostrava ancora cinicamente le sue fauci spa-

[15] Da *casser*, rompere

lancate. Erano enormi bocche di pietra, talvolta circondata di paracarri, con una sfrontatezza monumentale.

Parigi, nel 1806 era ancora, quanto a fogna, quasi alla cifra indicata nel maggio 1663: cinquemilatrecentoventotto tese. Dopo Bruneseau, il 1° gennaio 1832, ve ne erano quarantamilatrecento metri. Dal 1806 al 1831 ne erano stati costruiti annualmente, in media, settecentocinquanta metri; in seguito, tutti gli anni vennero costruiti otto e anche diecimila metri di gallerie, in muratura di piccolo materiale a bagno di calce idraulica, su fondali di cemento. A duecento franchi il metro, le sessanta leghe di fognature di Parigi attuale rappresentano quarantotto milioni.

Oltre al progresso economico che abbiamo indicato al principio, gravi problemi d'igiene pubblica si connettono all'immensa questione della fogna di Parigi.

Parigi si trova come fra due strati, uno d'acqua e uno d'aria. Quello d'acqua, giacente a una grande profondità sotterranea, ma già raggiunto con due pozzi, è fornito da uno strato di arenaria verde classificata fra la creta e il calcare giurassico; questo letto di terra può essere rappresentato da un disco con ventisei leghe di raggio: moltissimi fiumiciattoli e ruscelli vi trasudano, in un bicchier d'acqua del pozzo di Grenelle si beve la Senna, la Marna, l'Yonne, l'Oise, l'Aisne, il Cher, la Vienna e la Loira. Lo strato d'acqua è salubre, viene dapprima dal cielo, e poi dalla terra; lo strato d'aria è malsano, viene dalla fogna. Tutti i miasmi della cloaca si frammischiano al respiro della città; da lì viene il cattivo alito. L'aria presa al di sopra di un letamaio – e questo è fatto constatato scientificamente – è più pura dell'aria presa sopra Parigi. Verrà un tempo nel quale, con l'aiuto del progresso, con il perfezionarsi dei meccanismi e col diffondersi della luce, si adopererà la falda d'acqua per purificare lo strato d'aria: cioè, per lavare la fogna. Si sa che per lavaggio di fogna noi intendiamo: restituzione della melma alla terra: rinvio del concime al suolo e del letame ai campi. Vi sarà, con questo semplice fatto, diminuzione di miseria e aumento di salute per tutta la comunità sociale. Attualmente, le malattie di Parigi si irradiano a cinquanta leghe intorno al Louvre, preso come centro di questo circolo pestilenziale.

Si potrebbe dire che, da dieci secoli, la cloaca è la malattia di Parigi. La fogna è il vizio che la città ha nel sangue. L'istinto popolare non si è mai sbagliato. Il mestiere di fognatoio era, nei tempi passati, altrettanto pericoloso e quasi altrettanto ripugnante per il popolo quanto quello di scuoiatore di cavalli morti: incombenza considerata orrificante, e lungamente abbandonata al boia. Occorreva una forte paga per decidere un muratore a sparire in quella fossa fetida: le scale degli scavapozzi esitavano prima di tuffarvisi; si diceva proverbialmente: «*Discendere nella fogna è come entrare nella tomba!*» e ogni specie di orride leggende, come abbiamo detto, coprivano di orrore quel gigantesco immondezzaio; formidabile sentina che porta le tracce delle rivoluzioni degli uomini, e dove si trovano le vestigia di tutti i cataclismi, dalla conchiglia del diluvio universale al brandello del lenzuolo funebre di Marat.

LIBRO TERZO

FANGO, MA ANIMA

I
LA CLOACA E LE SUE SORPRESE

Jean Valjean si trovava nella fogna di Parigi.

Altra somiglianza di Parigi con il mare: così nell'oceano, come in Parigi, chi vi si tuffa può scomparire.

La transizione era incredibile. Nel centro stesso della città, Jean Valjean era uscito dalla città; in un batter d'occhio, il tempo di sollevare un coperchio e di richiuderlo, era passato dalla piena luce all'oscurità completa, dal mezzogiorno alla mezzanotte, dal fracasso al silenzio, dal turbine dei tuoni all'inerzia della tomba e, per un accidente più prodigioso ancora di quello della via Polonceau, dal più estremo pericolo alla più assoluta sicurezza.

Brusca caduta in una cantina; sparizione nel trabocchetto di Parigi; lasciare la via dove la morte era dappertutto per piombare in quella specie di sepolcro in cui c'era la vita; fu uno strano momento. Jean Valjean restò alcuni secondi come stordito; in ascolto, stupefatto. Il trabocchetto della salvezza si era in un baleno spalancato sotto i suoi piedi. La bontà celeste l'aveva in un certo qual modo preso a tradimento. Adorabili imboscate della provvidenza!

Il ferito non si muoveva, e Jean Valjean ignorava se dentro quella fossa portava un vivo o un morto.

La sua prima sensazione fu di cecità. Repentinamente, non vide più nulla. Gli sembrò anche di essere diventato sordo in un istante. Non sentiva più nulla. Il frenetico uragano della carneficina che si scatenava a qualche piede al di sopra di lui gli giungeva, l'abbiamo detto, a causa dello spessore della terra che da essa lo separava, solo lontanissimo e indistinto, come un rumore in una profondità. Egli sentiva il terreno solido sotto i suoi piedi: ecco tutto; e questo gli bastava. Stese un braccio, poi l'altro, da entrambe le parti toccò il muro, e capì di trovarsi in uno stretto corridoio: gli scivolò un piede, e comprese che il suolo era bagnato. Avanzò un piede con precauzione, temendo un buco, una pozza, qualche voragine. Constatò che il lastrico si prolungava. Un soffio fetido l'avvertì del luogo in cui era.

Dopo alcuni istanti, Jean Valjean non era più cieco. Un po' di luce filtrava dallo spiraglio attraverso il quale egli era scivolato, e il suo sguardo si era assuefatto a quella cantina. Cominciò a distinguere qualche cosa intorno a sé. Il corridoio in cui s'era sepolto, nessun'altra parola potrebbe esprimere meglio la situazione, era chiuso alle sue spalle. Era uno di quei chiassetti ciechi che in linguaggio tecnico si chiamano diramazioni. Dinanzi a lui sorgeva un altro muro, un muro di tenebre. Il chiarore dello spiraglio moriva a dieci o dodici passi dal punto in cui si trovava Jean Valjean, e diffondeva appena un biancore smorto su qualche metro dell'umida parete della fogna. Al di là, tutto era massiccia oscurità; penetrarvi sembrava orribile, l'entrata suscitava un'impressione d'inghiottimento. Però era possibile addentrarsi in quella muraglia di tenebre, e anzi era necessario farlo. Bisognava perfino affrettarsi. Jean Valjean pensò che l'inferriata da lui scoperta sotto il lastrico avrebbe potuto esser scorta dai soldati. Tutto dipendeva dal caso. Gli assalitori potevano discendere in quel pozzo per frugarvi. Non vi era un minuto da perdere. Jean Valjean aveva adagiato Marius per terra; lo raccolse, è proprio il caso di dire così, se lo ricollocò sulle spalle e si incamminò risolutamente nell'oscurità.

In realtà essi erano assai meno vicino alla salvezza di quanto Jean Valjean pensasse. Pericoli d'altro genere, e non meno grandi, forse, li attendevano. Dopo il turbine folgorante della lotta, la caverna dei miasmi e delle insidie; dopo il caos, la cloaca. Jean Valjean era piombato da un girone dell'inferno in un altro.

Fatto che ebbe una cinquantina di passi, dovette arrestarsi. Gli si presentava un quesito. Il corridoio sboccava in un altro budello, trasversalmente. Lì due vie si offrivano. Quale scegliere? Bisognava svoltare a sinistra? Come orientarsi nel tenebroso labirinto? Questo labirinto, l'abbiamo fatto osservare, ha un filo conduttore: il suo pendio. Seguirlo significava dirigersi verso il fiume.

Jean Valjean lo comprese immediatamente.

Si disse che probabilmente si trovava nella fogna dei mercati, e che se sceglieva la via di sinistra e seguiva il pendio, in un quarto d'ora sarebbe giunto a qualche sbocco sulla Senna, tra il Pont-au-Change e il Pont-Neuf: ciò voleva dire apparire, in pieno giorno, in uno dei punti più frequentati di Parigi. Forse sarebbe sboccato a qualche chiavica di crocevia. Stupore dei passanti nel veder sorgere di sotterra, proprio sotto i loro piedi, due uomini insanguinati. Sopraggiungere di poliziotti, grida di allarme in qualche vicino corpo di guardia. Sarebbe stato arrestato ancor prima di uscire completamente. Metteva più conto avventurarsi nel dedalo, fidarsi di quel buio e rimettersi alla provvidenza per quanto riguardava l'uscita.

Jean Valjean risalì il pendio e voltò a destra.

Non appena ebbe svoltato l'angolo della galleria, la lontana luce dello spiraglio disparve, il sipario di tenebre ricadde attorno a lui ed egli si sentì di nuovo accecato. Nondimeno avanzò, quanto più rapidamente poté. Le braccia di Marius gli giravano attorno al collo, e le gambe gli ciondolavono dietro la schiena. Teneva strette le braccia del ferito con una mano, e con l'altra tastava il muro. Una guancia di Marius toccava il suo viso e, essendo insanguinata, vi si incollava. Valjean sentiva scorrere su di sé e penetrargli sotto gli abiti un rivoletto tiepido che proveniva da Marius. Però il suo orecchio, che toccava la bocca del giovane, avvertiva un alito caldo, il che significava respiro, e di conseguenza vita.

Il corridoio in cui procedeva ora Jean Valjean era meno angusto del precedente. Egli vi camminava piuttosto a fatica. Le piogge della vigilia non erano ancora completamente defluite e formavano un ruscelletto al centro del canale. Egli era costretto a tenersi stretto al muro per non avere i piedi nell'acqua. Andava così, nell'ignoto delle tenebre. Rassomigliava a quelle creature notturne che procedono a tastoni nell'invisibile, sotterraneamente perdute nelle vene d'ombra.

Però, a poco a poco, sia che lontani spiragli mandassero un po' di luce ondeggiante in quell'opaca bruma, sia che i suoi occhi si fossero abituati all'oscurità, egli ritrovò qualche vaga visione, e riprese a rendersi confusamente conto ora delle pareti che le sue mani sfioravano, ora della vòlta sotto la quale passava. La pupilla si dilata nella notte e finisce per ritrovarvi una parvenza di giorno, così come l'anima si dilata nella sciagura e finisce col trovarvi Dio.

Dirigersi era malagevole.

Il tracciato della fogna riproduce, per così dire, il tracciato delle vie soprastanti. Vi erano, nella Parigi di allora, duemiladuecento vie. Ci si immagini sotto di esse quella foresta di tenebrose ramificazioni che ha nome cloaca. Il sistema di condutture esistenti a quel tempo, mettendo in fila ogni segmento, avrebbe raggiunto una lunghezza di undici leghe. Abbiamo detto più sopra che le condutture attuali, grazie alla particolare attività dell'ultimo trentennio, non arrivano a meno di sessanta leghe.

Jean Valjean cominciò con lo sbagliarsi. Credette di trovarsi sotto la via Saint-Denis, ed era spiacevolissimo che non vi si trovasse davvero. Esiste sotto la via Saint-Denis una vecchia fognatura in pietra che data dall'età di Luigi XIII e porta diritto al collettore detto Grande Fogna, con un solo gomito a destra, all'altezza dell'antica Corte dei Miracoli, con un'unica diramazione, la fognatura di Saint-Martin, i cui quattro bracci si tagliano in croce. Ma il budello della Petite-Truanderie, il cui ingresso era vicino all'osteria Corinto, non ha mai comunicato col sotterraneo della via Saint-Denis; sbocca invece alla fogna di Montmartre, ed era lì che Jean Valjean si era avventurato. Lì le occasioni di smarrirsi abbondavano. La fogna di Montmartre è una delle più dedalee della vecchia rete. Per fortuna Jean Valjean aveva lasciato dietro a sé la fogna dei mercati, il cui piano geometrico somiglia a un ammasso di alberi di trinchetto intrecciati uno dentro l'altro; ma dinanzi a sé aveva più di un incontro imbarazzante, e più di un angolo di via – perché sono vere vie – che si offriva nell'oscurità come un vero punto interrogativo: in primo luogo, alla sua sinistra, la vasta fogna Plâtrière, specie di rompicapo cinese, che spingeva e avviluppava il suo caos di T e di Z sotto il palazzo delle Poste e sotto la rotonda del mercato dei cereali, sino alla Senna, dove terminava a forma di Y; in secondo luogo, doveva incontrare, alla sua destra, il corridoio curvo della via del Quadrante, coi suoi tre denti che sono altrettanti vicoli ciechi; in terzo luogo, alla sua sinistra, Jean Valjean avrebbe incontrato la ramificazione del Mail, complicata, fin quasi al suo ingresso, da una specie di biforcazione che procedeva di sghembo per sbucare alla grande cripta di sfogo del Louvre, frastagliata e ramificata in tutti i sensi; e finalmente a destra, il budello cieco della via dei Digiunatori, senza contare le piccole deviazioni qua e là, prima di giungere alla fogna di cinta, la sola che potesse condurlo verso qualche uscita abbastanza lontana per offrire una certa sicurezza.

Se Jean Valjean avesse avuto qualche nozione di tutto quel che andiamo dicendo, si sarebbe presto accorto, nel tastare la muraglia, che non era nella galleria sotterranea della via Saint-Denis. Invece della vecchia pietra da costruzione, invece dell'antica architettura, altera e regale persino nella chiavica, con platea e pareti di granito e cemento di calce grassa, che costava ottocento lire la tesa, avrebbe sentito sotto la mano il prodotto a buon mercato contemporaneo, l'espediente economico, l'impasto di pietrisco di cava e calce idraulica su strato di cemento, che costa duecento franchi il metro, la muratura borghese detta *a piccoli materiali*; ma egli non sapeva niente di tutto questo.

Andava davanti a sé, ansioso, ma con calma, senza veder nulla, senza nulla sapere, tuffato nel caso, cioè sommerso nella provvidenza.

Tuttavia, bisogna dirlo, a poco a poco l'orrore l'invadeva. L'ombra che l'avviluppava penetrava nella sua mente. Camminava in un enigma. L'acquedotto della cloaca è temibile, s'intreccia in maniera vertiginosa. È una cosa lugubre essere perduti in quella Parigi di tenebre. Jean Valjean era obbligato a trovare e quasi a inventare la sua via, senza vederla. Nell'ignoto, ogni passo ch'egli arrischiava poteva essere l'ultimo. Come uscire di lì? Avrebbe trovato un'uscita? L'avrebbe trovata a tempo? Quella colossale spugna sotterranea dagli alveoli di pietra si sarebbe lasciata penetrare e forare? Vi avrebbe incontrato qualche inatteso nodo di tenebre? Sarebbe arrivato a un punto ine-stricabile impossibile a varcare? Marius vi sarebbe morto di emorra-gia e lui di fame? Avrebbero finito con lo smarrirsi entrambi e diven-tare due scheletri in qualche angolo di quelle tenebre? Jean Valjean l'ignorava. Si faceva tutte queste domande, e non poteva tro-vare alcuna risposta. L'intestino di Parigi è un precipizio. Al pari del profeta, egli si trovava nel ventre del mostro.

A un tratto, ebbe una sorpresa. Nell'istante in cui meno se l'aspet-tava, pur senza avere smesso di camminare in linea retta, egli si ac-corse di non salire più; l'acqua del rigagnolo gli batteva i talloni inve-ce di giungergli sulla punta dei piedi. La fogna adesso discendeva. Perché? Stava per sbucare d'un tratto alla Senna? Il pericolo era grande, ma a retrocedere il pericolo era anche maggiore. Continuò ad avanzare.

Non era affatto verso la Senna che Jean Valjean si dirigeva. La schiena d'asino formata dal suolo di Parigi sulla riva destra scarica uno dei suoi versanti nella Senna e l'altro nella Grande Fogna. La cresta di quella schiena d'asino che determina la divisione delle ac-que disegna una linea molto capricciosa. Il punto culminante, che è anche il punto di divisione dello scolo, è nella fogna di Sainte-Avoye, al di là della via Michel-le-Comte, nella fogna del Louvre presso i bastioni, e nella fogna di Montmartre vicino ai mercati. Jean Valjean era giunto a quel punto culminante. Egli si dirigeva verso la fogna di cinta; era sulla buona strada. Ma non ne sapeva nulla.

Ogni qualvolta incontrava una ramificazione, ne tastava gli spigo-li, e se trovava la nuova apertura meno larga di quella del budello in cui procedeva, non vi si avventurava e continuava la sua strada, giudi-cando con ragione che qualsiasi arteria più stretta doveva condurre a qualche budello cieco e non avrebbe potuto che allontanarlo dalla sua mèta, cioè dall'uscita. Riuscì in tal modo a evitare la quadruplice trappola che gli era tesa nell'oscurità dai quattro dedali che abbiamo più sopra enumerati.

A un certo punto comprese di essere uscito da sotto quella parte di Parigi rimasta immobilizzata dalla sommossa, in cui le barricate avevano soppresso la circolazione, e che rientrava sotto la città viva e normale. Ebbe d'improvviso sopra la testa come un rumore di tuono lontano, ma continuo. Era il rotolare delle carrozze.

Camminava da circa mezz'ora, almeno dai calcoli approssimativi che faceva tra sé, senza aver neppure pensato a riposarsi. Aveva sola-mente cambiato la mano che sosteneva Marius. L'oscurità era più profonda che mai, ma quella profondità lo rassicurava.

A un tratto scorse la propria ombra dinanzi a sé. Si stagliava sopra una pallida luce rossastra, quasi indistinta, che imporporava appena il suolo ai suoi piedi e la vòlta sopra la sua testa, e scivolava a destra e a sinistra sulle due muraglie viscide del corridoio. Stupefatto, egli si voltò.

Dietro a lui, nella parte di corridoio che aveva già percorso, a una distanza che gli parve immensa, fiammeggiava, striando la densa oscurità, una specie di orribile astro che pareva guardarlo.

Era la fosca stella della polizia che sorgeva nella fogna.

Dietro quella stella, si muovevano confusamente otto o dieci forme nere, diritte, indistinte, terribili.

II
SPIEGAZIONE

Nella giornata del 6 giugno era stata ordinata una battuta nella fogna. Si temeva che questa fosse stata presa per rifugio dai vinti, e il prefetto Gisquet dovette frugare la Parigi occulta mentre il generale Bugeaud spazzava la Parigi pubblica; due operazioni connesse che esigevano doppia strategia da parte della forza pubblica, rappresentata in alto dall'esercito e in basso dalla polizia. Tre pattuglioni di agenti e di operai della fogna esplorarono i condotti sotterranei di Parigi, il primo sulla riva destra, il secondo sulla riva sinistra e il terzo nel centro.

Gli agenti erano armati di carabine, di mazze, di spade e di pugnali.

Ciò che in quell'istante era diretto su Jean Valjean era la luce della lanterna della ronda che esplorava la riva destra.

Quella ronda aveva appena visitato la galleria curva e le tre diramazioni che si trovano sotto la via del Quadrante. Mentre essa portava in giro il suo lume in fondo a quei budelli, Jean Valjean aveva incontrato sul suo cammino l'ingresso della galleria, l'aveva riscontrato più stretto del corridoio principale e non vi era penetrato. Era passato oltre. Gli uomini della polizia, nell'uscire dalla galleria del Quadrante, avevano creduto di udire un rumore di passi in direzione della fogna di cinta. Erano i passi di Jean Valjean. Il sergente capo della ronda aveva alzato la sua lanterna, e tutta la squadra si era messa a guardare nella nebbia verso il punto da cui era giunto il rumore.

Per Jean Valjean quello fu un minuto inesprimibile.

Per fortuna, se egli poteva vedere bene la lanterna, quest'ultima non poteva vederlo che molto male. Essa era la luce, egli era ombra. Egli era lontano, confuso con l'oscurità del luogo.

Jean Valjean si fermò, appiattendosi contro il muro.

Del resto, egli non poteva ben rendersi conto di ciò che si muoveva dietro a lui. L'insonnia, la mancanza di cibo, le emozioni, avevano fatto passare anche lui allo stato di visionario. Vedeva qualche cosa fiammeggiare e, attorno a quella luce, scorgeva alcune larve. Che cosa erano? Non lo comprendeva.

Gli uomini della ronda prestarono ascolto, ma non udirono alcun rumore, guardarono e non videro niente. Si consultarono.

A quel tempo in quel punto della fogna di Montmartre esisteva una specie di crocicchio detto *di servizio*, che venne in seguito soppresso a causa della pozza interna formata dal torrente di acque piovane che vi penetravano durante i forti temporali. La ronda poté riunirsi in quel crocicchio.

Jean Valjean scorse le larve radunarsi in cerchio. Quelle teste di mastini si avvicinarono l'una all'altra e cominciarono a bisbigliare.

Risultato di quel consiglio di cani da guardia fu che si erano sbagliati e che non c'era stato alcun rumore, che lì non c'era nessuno e che era inutile avventurarsi nella fogna di cinta, che sarebbe stato tempo perso, mentre bisognava affrettarsi ad andare verso Saint-Merry, e che se c'era qualche cosa da fare e qualche *bousingot*[1] da snidare, era proprio in quel quartiere là.

Di tanto in tanto i partiti rimettono a nuovo le loro vecchie ingiurie. Nel 1832, la parola *bousingot* stava tra la parola *giacobino*, oramai sciupata, e la parola *demagogo*, allora assai poco usata, e che in seguito seppe rendere così eccellente servizio.

Il sergente dette l'ordine di voltare a sinistra verso la Senna. Se gli agenti avessero avuto l'idea di dividersi in due squadre e di proseguire in tal modo nelle due direzioni, Jean Valjean sarebbe stato acciuffato. La cosa non dipese che da quel filo. È probabile che le istruzioni della prefettura di polizia, prevedendo l'eventualità di uno scontro con numerosi insorti, proibissero alla ronda di frazionarsi. La pattuglia si rimise in marcia, lasciando dietro a sé Jean Valjean. Di tutto quel movimento, quest'ultimo non percepì nulla, all'infuori dell'eclisse della lanterna, repentinamente voltata dalla parte opposta.

Prima di andarsene, il sergente, per sgravio di coscienza della polizia, scaricò la propria carabina verso il lato che abbandonavano, nella direzione di Jean Valjean. La detonazione di eco in eco rotolò nella cripta come il borborigmo di quel titanico intestino. Un calcinaccio che cadde nel rigagnolo e produsse uno sciacquio a qualche passo da Jean Valjean l'avvertì che la pallottola aveva colpito la vòlta sopra la sua testa.

Passi lenti e cadenzati risuonarono per qualche tempo sul lastrico

[1] Democratico del 1830.

della fogna, sempre più attenuati dal progressivo aumentare della lontananza; il gruppo delle figure nere si sprofondò, la luce oscillò e fluttuò, solcando la vòlta di un cerchio rossastro che rimpicciolì, poi disparve; il silenzio ridivenne profondo, l'oscurità completa. Cecità e sordità ripresero possesso delle tenebre, e Jean Valjean, senza ancora osare di muoversi, rimase a lungo addossato alla parete con l'orecchio teso, la pupilla dilatata, intento a guardare il dileguarsi di quella squadra di fantasmi.

III
PEDINATO

Bisogna render giustizia alla polizia di quel tempo, che, anche nelle più gravi congiunture pubbliche, compiva imperturbabile il suo dovere di sorveglianza e di vigilanza. Ai suoi occhi una sommossa non era affatto un pretesto per lasciare ai malfattori le redini sul collo, e per trascurare la società col pretesto che il governo era in pericolo. Il servizio ordinario veniva compiuto con la solita diligenza contemporaneamente a quello straordinario, e non ne era turbato. Nel bel mezzo di un avvenimento politico, del quale non si potevano prevedere le conseguenze, sotto l'incombere d'una possibile rivoluzione, senza lasciarsi distrarre dall'insurrezione e dalle barricate, un agente pedinava un mariuolo.

Era precisamente qualche cosa di simile che si svolgeva nel pomeriggio del 6 giugno lungo la Senna sull'argine della riva destra, poco oltre il ponte degli Invalides.

Oggi lì non vi è più argine. L'aspetto dei luoghi è cambiato.

Su quell'argine due uomini, separati da una certa distanza, parevano osservarsi, l'uno evitando l'altro. Colui che camminava davanti cercava di allontanarsi, quello che seguiva cercava di avvicinarsi sempre di più.

Era come una partita a scacchi giocata da lontano e silenziosamente. Né l'uno né l'altro sembrava avessero fretta, e proseguivano entrambi lentamente, quasi ciascuno temesse, con un movimento troppo affrettato, di far raddoppiare il passo dell'avversario.

Pareva una bramosìa che seguisse una preda, senza aver l'aria di farlo di proposito. La preda era sorniona e si teneva in guardia.

Correvano tra loro le proporzioni di regola tra la faina inseguita e il mastino inseguitore. Colui che tentava di sfuggire aveva misero l'aspetto e una cera patita; colui che tentava di afferrarlo, uomo gagliardo e d'alta statura, aveva rude aspetto e doveva esser rude anche nel caso d'un eventuale scontro.

Il primo, sentendosi il più debole, evitava il secondo, ma lo faceva con contenuto furore: chi avesse potuto osservarlo avrebbe visto brillare nei suoi occhi l'oscura ostilità del fuggiasco, e tutta la minaccia che si cela dietro la paura.

L'argine era solitario; non vi era alcun passante; neppure un battelliere né uno scaricatore nelle chiatte ormeggiate qua e là.

Soltanto dalla riva opposta sarebbe stato agevole scorgere quei due uomini, e per chiunque li avesse esaminati da quella distanza, l'uomo che andava avanti sarebbe apparso come un essere irsuto, cencioso e obliquo, inquieto e tremante sotto una giubba in brandelli, e l'altro come una persona classica e ufficiale, rivestito d'una prefettizia abbottonata sino al mento.

Il lettore riconoscerebbe forse quei due uomini, vedendoli più da vicino.

Quale era lo scopo del secondo?

Probabilmente quello di ricoprire di un vestito più caldo le spalle del primo.

Quando un uomo vestito a spese dello Stato perseguita un uomo dalle vesti in brandelli, è sempre allo scopo di fare anche di questi un uomo vestito a spese dello Stato. Tutto si riduce a una questione di colore. Essere vestiti di turchino è glorioso: essere vestiti di rosso è sgradevole.

Esiste una porpora abbietta.

Era probabilmente qualche noia e qualche porpora del genere che il primo desiderava evitare.

Se l'altro lo lasciava andare avanti e non lo afferrava ancora, secondo ogni apparenza lo faceva nella speranza di vederlo giungere a qualche convegno significativo o a qualche crocchio che poteva essere una buona preda. Questa operazione delicata si chiama «filatura».

Quel che rendeva molto probabile tale supposizione era che l'uomo dal pastrano ben abbottonato, scorgendo dalla ripa una carrozza da nolo che transitava vuota per il lungofiume, fece segno al cocchiere. Questi comprese, riconobbe evidentemente con chi aveva da fare, voltò briglia e si mise anche lui a seguire dall'alto del lungofiume i due uomini. Tale manovra non fu scorta dal personaggio losco e lacero che camminava davanti.

La carrozza proseguiva lungo gli alberi degli Champs-Elysées. Si poteva scorgere, al di sopra del parapetto, il busto del cocchiere con la frusta in mano.

Una delle istruzioni segrete della polizia agli agenti contiene questo articolo: «Aver sempre pronta sottomano una carrozza pubblica».

Manovrando ciascuno con una strategia irreprensibile, i due uomini si avvicinarono a una rampa che dal lungofiume discendeva sino alla ripa, permettendo allora ai cocchieri di piazza provenienti da Passy di scendere al fiume per abbeverare i cavalli. In seguito quella discesa è stata soppressa, per amor di simmetria; crepino pure di sete i cavalli, ma l'occhio è appagato.

Era verosimile che l'uomo in giubba risalisse da quella parte allo scopo di tentare di svignarsela negli Champs-Elysées, luogo alberato, ma in compenso assai battuto dagli agenti di polizia, e dove l'altro avrebbe agevolmente ricevuto man forte.

Quel punto del viale è assai vicino alla casa detta di Francesco I, fatta trasportare da Moret a Parigi, nel 1824, dal colonnello Brack. Un corpo di guardia si trovava lì vicino. Con grande sorpresa del suo osservatore, l'uomo pedinato non svoltò affatto nella salita dell'abbeveratoio. Continuò ad avanzare sulla ripa, lungo il fiume.

La sua situazione diventava visibilmente critica. A meno di gettarsi nella Senna, che intendeva fare?

Non aveva ormai alcun mezzo per risalire sul lungofiume, non vi erano più rampe né scale; si era ormai vicinissimi al punto, caratterizzato da una curva della Senna, verso il ponte di Iena, in cui la ripa, sempre più ristretta, finiva in una esigua lingua di terra che si perdeva sott'acqua. Lì, il fuggitivo doveva inevitabilmente trovarsi bloccato tra il muro a picco alla sua destra, il fiume alla sua sinistra e di fronte, e l'autorità alle calcagna.

Era vero che quel limite della ripa era nascosto agli sguardi da un monticello di rottami di sei o sette piedi di altezza, rimasuglio di chi sa quali demolizioni. Ma quest'uomo poteva sperare di nascondersi utilmente dietro quell'ammasso di detriti, una volta svoltatovi dietro? L'espediente sarebbe stato puerile. Non vi pensava certamente. L'ingenuità dei ladri non giunge a tanto.

L'ammasso di rottami faceva sull'orlo dell'acqua una specie di piccolo promontorio che si prolungava sino alla muraglia del lungofiume.

L'uomo pedinato giunse alla collinetta e la doppiò, in maniera da non poter esser più scorto dall'inseguitore.

Quest'ultimo, non potendo vedere l'altro, non era più veduto a sua volta, e ne approfittò per abbandonare qualsiasi dissimulazione e camminare molto rapidamente. In pochi istanti raggiunse l'ammasso di detriti e lo sorpassò. Lì, si arrestò stupefatto: il suo uomo non c'era più.

Eclisse totale dell'uomo in giubba.

Dal mucchio di rottami, la ripa non era più lunga di una trentina di passi, poi piombava sotto l'acqua che veniva a lambire il muraglione del lungofiume.

Il fuggiasco non avrebbe potuto gettarsi nella Senna né scalare il muro senza essere scorto dal suo inseguitore. Che ne era stato, dunque?

L'uomo dal pastrano abbottonato camminò sino all'estremità della ripa, e vi restò per un attimo immerso nei suoi pensieri, con i pugni stretti, lo sguardo che frugava in giro. A un tratto si batté la fronte. Aveva scorto, nel punto in cui finiva la terra e incominciava l'acqua, un cancello largo e basso, arcuato, fornito di una grossa serratura e di tre cardini massicci. Quel cancello, specie di porta praticata nel muraglione a fior d'acqua, era raggiungibile tanto dal fiume che dalla ripa. Un rigagnolo nerastro vi scorreva di sotto. Quello scolo si riversava nella Senna.

Al di là delle pesanti sbarre arrugginite si poteva distinguere un corridoio buio, a vòlta.

L'uomo incrociò le braccia e fissò il cancello con uno sguardo di rimprovero.

Questo non bastando, egli cercò di spingerlo; lo scosse, ma il cancello resistette solidamente. Era probabile che fosse stato appena aperto, benché egli non avesse inteso alcun rumore, fatto singolare in quanto si trattava di un cancello tanto arrugginito; ma era sicuro che era stato aperto e richiuso. Ciò indicava che l'uomo dinanzi al quale la porta si era aperta, possedeva non già un grimaldello, ma una chiave.

Quell'evidenza si presentò in un baleno alla mente dell'uomo che tentava di scuotere il cancello, e gli strappò un'esclamazione indignata:

«Questo è grave! Una chiave del governo!».

Poi, calmandosi immediatamente, l'inseguitore espresse tutto un mondo di pensieri interiori con la seguente filza di monosillabi accentuati quasi ironicamente:

«To'! To'! To'! To'!».

Detto questo, sperando non si sa che cosa, o di veder uscire di nuovo il suo uomo, o di vederne entrare altri, si pose in agguato dietro l'ammasso di detriti, con la paziente collera del cane da ferma.

Dal canto suo, la carrozza di piazza, che si regolava sui movimenti dell'agente, s'era fermata al di sopra di lui, presso il parapetto. Il cocchiere, prevedendo una lunga sosta, imbottigliò il muso dei cavalli nel sacco di avena umidiccio nel fondo, tanto conosciuto dai parigini ai quali il governo, sia detto fra parentesi, ne mette talora uno simile. I rari passanti del ponte di Iena, prima di allontanarsi, voltavano la testa per guardare un momento quei due particolari del paesaggio, immobili: l'uomo sulla ripa e la carrozza sul lungofiume.

ANCH'EGLI PORTA LA SUA CROCE

Jean Valjean aveva ripreso il cammino e non si era più fermato.

Quel cammino diveniva sempre più faticoso. L'ampiezza di quelle vòlte è varia; l'altezza media dal suolo è di circa un metro e settanta, essendo calcolata sulla statura media dell'uomo; Jean Valjean era costretto a curvarsi per non far urtare Marius nel soffitto; a ogni istante doveva piegarsi, poi raddrizzarsi e continuamente tastare il muro. Le pareti umide e il pavimento viscido offrivano cattivi punti di appoggio, sia per la mano che per il piede. Jean Valjean barcollava continuamente nel ripugnante sterquilinio della città. I riflessi intermittenti degli spiragli non apparivano che a intervalli molto lunghi, ed erano tanto pallidi che la luce del pieno giorno vi sembrava chiarore lunare; tutto il resto era nebbia, miasmi, opacità, nerume. Jean Valjean aveva fame e sete, soprattutto sete, e lì era, come in mare, in un luogo pieno d'acqua ove non si può bere. La sua forza, che era prodigiosa, il lettore lo sa, e pochissimo scemata con l'età, in virtù della sua vita casta e sobria, cominciava tuttavia a cedere. Egli sentiva la stanchezza assalirlo; mentre le forze diminuivano aumentava il peso del suo fardello. Marius, forse morto, pesava come pesano i corpi inerti. Jean Valjean lo reggeva in modo che il petto di lui rimanesse libero e la respirazione potesse effettuarsi il meglio possibile. Avvertiva fra i piedi i rapidi guizzi dei sorci. Uno degli animaletti si spaventò al punto di morderlo. Di tanto in tanto, attraverso gli spiragli della fogna, gli giungeva un soffio d'aria fresca che lo rianimava.

Potevano essere le tre pomeridiane allorché Jean Valjean raggiunse la fogna di cinta.

A tutta prima fu stupito da quel subitaneo allargamento. D'improvviso, si trovò in una galleria le cui pareti erano tanto distanti da non poter essere toccate con le due mani contemporaneamente, e la cui vòlta era tanto alta che la sua testa non riusciva a toccarla. Effettivamente, la Grande Fogna ha due metri e mezzo di larghezza e poco meno di altezza.

Nel punto in cui la fogna di Montmartre raggiunge la Grande Fogna, sboccano due altri condotti sotterranei, quello della via di Provence e quello dell'Abattoir, formando un crocicchio. Posto tra quelle quattro vie, un uomo meno sagace sarebbe rimasto indeciso. Jean Valjean scelse la più larga, cioè la fogna di cinta. Ma lì si ripresentava la domanda: discendere o risalire? Egli pensò che la situazione urgeva e che era oramai tempo di raggiungere, a qualunque costo, la Senna. In altri termini, discendere. Voltò a sinistra.

Ben gliene incolse. Perché sarebbe un errore credere che la fogna di cinta abbia due uscite, l'una verso Bercy, l'altra dalla parte di Passy, e che essa sia, come sembra indicare la sua denominazione, la cintura sotterranea della Parigi che si stende sulla destra della Senna. La Grande Fogna, che non è altro, occorre ricordarlo, che l'antico ruscello Ménilmontant, mette capo, se la si risale sino in fondo, a un budello cieco, cioè al suo antico punto di partenza, che fu la sua sorgente, ai piedi della collinetta di Ménilmontant. Essa non ha alcuna comunicazione diretta con la ramificazione che raccoglie le acque di Parigi a cominciare dal quartiere Popincourt, e che, attraverso la chiavica Amelot, si riversa nella Senna al di sopra dell'antica isola Louviers. Quella ramificazione, che completa il collettore della fogna, ne è separata, sotto la via Ménilmontant stessa, da un massiccio che segna lo spartiacque a monte e a valle. Se Jean Valjean avesse risalito la galleria sarebbe giunto, dopo mille sforzi, spossato di fatica, morente, nelle tenebre, a una muraglia. Sarebbe stato perduto.

A rigore, ritornando un po' sui propri passi, e spingendosi nel budello delle Figlie del Calvario, a condizione di non esitare al crocicchio sotterraneo fatto a zampa d'oca del crocevia Boucherat, e seguendo il corridoio Saint-Louis, poi infilando a sinistra il budello San Gilles, poi voltando a destra ed evitando la galleria di San Sebastiano, Jean Valjean avrebbe potuto raggiungere la fognatura Amelot, e di là, purché non si fosse smarrito in una specie di canalizzazione fatta a F che si trova sotto la Bastiglia, avrebbe potuto trovare lo sbocco sulla Senna vicino all'Arsenale. Ma per far ciò avrebbe dovuto conoscere a fondo, e in tutte le sue ramificazioni e in tutte le sue aperture, l'enorme madrepòra della fogna. Ora, e su ciò dobbiamo insistere, egli non conosceva affatto il mondezzaio orribile in cui camminava; e, se gli fosse stato chiesto dove si trovava, avrebbe risposto: nella notte.

Il suo istinto lo servì a dovere. Discendere era effettivamente la miglior via di salvezza.

Lasciò alla sua destra i due corridoi che si ramificavano a forma di artiglio sotto la via Laffitte e la via Saint-Georges e il lungo corridoio biforcato della Chaussée d'Antin.

Poco al di là di un affluente che era verosimilmente la ramificazione della Madeleine, Jean Valjean fece una sosta. Era stanchissimo. Uno spiraglio abbastanza largo, probabilmente la bocca sulla via d'Anjou, dava una luce quasi viva. Jean Valjean, con una dolcezza di movimenti che potrebbe avere un fratello per un fratello ferito, depose Marius sulla banchina della fogna. Il viso insanguinato del giovane apparve, sotto la luce biancastra dello spiraglio, come nel fondo di una tomba. Aveva gli occhi chiusi, i capelli incollati alle tempie come fili di un pennello intriso in un colore rosso e poi seccato, le mani pendenti e inerti, le membra fredde, un po' di sangue coagulato agli angoli della bocca! Un coagulo gli si era formato nel nodo della cravatta; la camicia entrava nelle piaghe, il panno del vestito sfregava contro le labbra aperte della carne viva. Jean Valjean, scostando con la punta delle dita i vestiti, gli appoggiò una mano sul petto; il cuore batteva ancora. Jean Valjean stracciò la sua camicia, bendò meglio che poté le ferite e arrestò la perdita di sangue; poi, chinatosi in quella penombra su Marius, sempre senza conoscenza, quasi senza respiro, lo fissò con un odio inesprimibile.

Nel toccare i vestiti di Marius, egli trovò nelle sue tasche due cose: il pane dimenticatovi dalla vigilia, e il portafogli del giovane. Mangiò il pane e aprì il portafogli. Sulla prima pagina del taccuino trovò le quattro righe scritte da Marius. Il lettore se ne ricorderà:

«Mi chiamo Marius Pontmercy. Prego di portare il mio cadavere in casa di mio nonno, signor Gillenormand, via Filles-du-Calvaire, n. 6, al Marais».

Jean Valjean lesse, al chiarore dello spiraglio, quelle quattro righe, e restò per un momento come assorto in se stesso, ripetendo: «Via Filles-du-Calvaire, numero sei, signor Gillenormand». Poi ripose il portafogli nella tasca del ferito. Aveva mangiato, le forze gli erano ritornate. Si ricaricò Marius sul dorso, appoggiandone con cura la testa sulla propria spalla destra, e continuò a discendere lungo la fogna.

La Grande Fogna, che segue la linea di pendenza della vallata di Ménilmontant, ha circa due leghe di lunghezza. Gran parte del suo percorso è lastricata.

Questa torcia fatta dei nomi delle vie di Parigi, con la quale noi illuminiamo per il lettore il cammino sotterraneo di Jean Valjean, quest'ultimo non la possedeva. Nulla gli diceva quale zona della città egli avesse percorso. Solo l'impallidire crescente delle chiazze di luce che incontrava di tanto in tanto gli indicava che fuori il sole si ritraeva dal selciato ed era prossimo al tramonto; ed essendo il rotolare delle carrozze al di sopra della sua testa divenuto da continuo intermittente, e poi quasi cessato, ne concludeva di non trovarsi più sotto il centro di Parigi e di avvicinarsi a qualche regione solitaria, prossima ai viali esterni o ai lungofiumi più lontani. Lì dove sono meno case e meno vie, vi sono anche meno spiragli nella fogna. Il buio si faceva più fitto intorno a Jean Valjean. Nondimeno egli continuò ad avanzare a tastoni nell'oscurità.

A un tratto quell'oscurità divenne terribile.

V

PER LA SABBIA COME PER LA DONNA V'È UNA FINEZZA CHE È PERFIDIA

Jean Valjean sentì che entrava nell'acqua e che sotto i piedi non aveva più il fondo solido, ma melma.

Su certe coste della Bretagna o della Scozia, talvolta accade che qualcuno, un viaggiatore o un pescatore, camminando durante la bassa marea sul greto lontano dalla riva, si accorga a un tratto che da qualche minuto avanza con fatica. La spiaggia, sotto i suoi piedi, pare pece, le suole vi si attaccano; non è più sabbia, è vischio. Il greto è perfettamente asciutto, ma a ogni passo fatto, non appena si alza il piede, l'impronta lasciata si riempie d'acqua. Del resto l'occhio non scorge cambiamento alcuno; l'immensa spiaggia è liscia e tranquilla, tutta la sabbia ha il medesimo aspetto, nulla distingue il suolo solido da quello che non lo è più; il piccolo nugolo gioioso di pulci marine continua a saltellare tumultuosamente sui piedi del viandante. Questi segue la propria strada, va innanzi, piega verso terra, tenta di avvicinarsi alla costa. Non è preoccupato. Di che dovrebbe essere preoccupato? Soltanto, prova una sensazione, come se il peso dei suoi piedi crescesse a ogni passo. Bruscamente, egli sprofonda. Sprofonda di due o tre pollici. Decisamente non è sulla buona strada. Si ferma per orientarsi. Di botto si guarda i piedi. I suoi piedi sono scomparsi. La sabbia li ricopre. Ritrae i piedi dalla sabbia, vuol ritornare sui suoi passi, torna indietro: sprofonda ancor di più. La sabbia gli giunge alla caviglia; se ne strappa e si getta a sinistra, la sabbia gli monta a metà gamba; si getta a destra, la sabbia gli arriva ai garretti.

Allora, con indicibile terrore, il viandante si accorge di essersi avventurato nelle sabbie mobili, e che sotto di sé ha quello spaventevole elemento nel quale un uomo non può camminare più di quanto un pesce vi possa nuotare. Se ha un fardello, lo getta via, si alleggerisce come un battello in pericolo; ma è già troppo tardi, la sabbia gli arriva ormai fin sopra le ginocchia.

Il malcapitato chiama, sventola il cappello o un fazzoletto: la sabbia lo inghiotte sempre più. Se la spiaggia è deserta, se la terra è troppo lontana, se il banco di sabbia è troppo malfamato, se non vi è alcun eroe nelle vicinanze, è finita, egli è condannato a essere inghiottito. È condannato a quello spaventoso seppellimento, lungo, infallibile, implacabile, che non si può né ritardare né affrettare, che dura delle ore, che non finisce mai, che vi prende in piedi, libero e in piena salute, che vi tira per i piedi e che, a ogni sforzo che tentate, a ogni grido che gettate, vi trascina un poco più in basso, che ha l'aria di punirvi della vostra resistenza aumentando la stretta, che fa entrare pian piano l'uomo nella terra lasciandogli tutto il tempo di guardare l'orizzonte, gli alberi, le campagne verdeggianti, il fumo dei villaggi nella pianura, le vele delle navi sul mare, gli uccelli che volano e che cantano, il sole, il cielo. L'affondamento nelle sabbie mobili è il sepolcro che si fa marea e che sale verso un essere vivo dal fondo della terra. Ogni minuto è un becchino inesorabile. Il disgraziato tenta di sedersi, di sdraiarsi, di strisciare; ma ogni movimento che fa lo interra; egli si drizza e sprofonda; si sente inghiottire, urla, implora, lancia grida alle nubi, si torce le braccia, dispera. Eccolo sprofondato nella sabbia fino al ventre; la sabbia raggiunge il petto; egli non è più che un busto. Alza le mani, lancia gemiti furiosi, arranca con le unghie sulla sabbia, vuol trattenersi a quella cenere, fa forza sui gomiti per strapparsi alla molle guaina, singhiozza frenetico: la sabbia monta. La sabbia raggiunge le spalle, la sabbia raggiunge il collo. Solo il viso è ora visibile. La bocca grida, la sabbia riempie: silenzio. Gli occhi ancora guardano, la sabbia li chiude: notte. Poi anche la fronte scompare a poco a poco, un po' di capigliatura si agita al di sopra della sabbia; una mano sfonda la superficie della spiaggia, si muove, si agita e sparisce. Sinistro cancellarsi di un uomo.

Qualche volta il cavaliere sprofonda col cavallo, qualche volta il carrettiere sprofonda col suo biroccio; tutto si annulla sotto la sabbia. È un naufragio fuori d'acqua. È la terra che affoga l'uomo. La terra, intrisa di oceano, diventa trappola. Si offre al pari di una pianura e si spalanca come un'onda. L'abisso ha di questi tradimenti.

Simile funebre avventura, sempre possibile su questa o quella spiaggia di mare, trent'anni or sono era possibile anche nelle fognature di Parigi.

Prima degli importanti lavori incominciati nel 1833, il condotto sotterraneo di Parigi era soggetto a repentini crolli.

L'acqua s'infiltrava in certi strati del terreno sottostante particolarmente friabili; il suolo, fosse di pietra, come nelle fogne antiche, o di calce idraulica su fondo di cemento, come nelle nuove gallerie, non avendo più un punto d'appoggio, cedeva. In un pavimento del genere una piega è una crepa, una crepa un franamento. Lungo un intero tratto, il fondo della fogna crollava. Il crepaccio, bocca di una voragine di fango, in linguaggio tecnico si chiamava *fontis*. Che cos'è un *fontis*? È la sabbia mobile delle rive del mare che s'incontra di botto sotto terra; è la sabbia di Mont-Saint-Michel in una fogna. Il suolo, intriso d'acqua, è come in fusione. Tutte le sue molecole sono sospese in un elemento molle; non è terra e non è neppure acqua. Si tratta di profondità talvolta assai grandi. Nulla di più temibile d'un incontro simile. Se l'acqua domina, la morte è rapida, per inghiottimento; se domina la terra, la morte è lenta, per affondamento.

Vi figurate una morte simile? Se l'affondamento è spaventevole nelle sabbie mobili di una spiaggia di mare, che sarà dunque della cloaca? Invece dell'aria libera, della piena luce, del giorno trionfante, del chiaro orizzonte, dei vasti respiri della natura, delle nuvole libere dalle quali spira vita, delle barche scorte in lontananza, della speranza sotto tutti i suoi aspetti, dei probabili passanti, del soccorso possibile sino all'ultimo minuto; in luogo di tutto ciò la sordità, l'accecamento, una vòlta nera, un interno di tomba già spalancato, la morte nella fanghiglia, sotto un coperchio! Il lento soffocamento a opera dell'immondizia; una scatola di pietra in cui l'asfissia apre i suoi artigli nella melma, prendendovi alla gola; il fetore mescolato al rantolo; la mota invece della sabbia, l'idrogeno solforoso invece dell'uragano, i rifiuti invece dell'oceano! E chiamare, battere i denti, e torcersi e dibattersi e agonizzare, con sopra la testa quell'enorme città che non ne sa niente!

Inesprimibile orrore di tale morte! La morte riscatta talvolta la sua atrocità con una certa terribile dignità. Sul rogo, nel naufragio, si può essere grandi; nella fiamma come nella schiuma è possibile un atteggiamento superbo; inabissandosi ci si trasfigura. Ma lì, niente di tutto questo. Lì, la morte è cosa sudicia. È umiliante spirarvi. Le supreme visioni che passano dinanzi agli occhi sono abiette. Fango è sinonimo di vergogna. Tutto vi è meschino, lurido, infame. Morire in una botte di malvasia, come Clarence, passi; ma nella fossa dello spazzino, come d'Escoubleau, è orribile. Dibattersi lì dentro è schifoso. Mentre si agonizza, ci si impantana. Vi sono sufficienti tenebre perché sia l'inferno, e abbastanza fanghiglia perché non sia che pantano, e il moribondo non sa se sta per diventare spettro o rospo.

Ovunque altrove, il sepolcro è sinistro; qui è mostruoso.

La profondità dei *fontis*, la loro lunghezza e la loro densità variavano in ragione della più o meno cattiva qualità del sottosuolo. Certe volte un *fontis* era profondo da tre a quattro piedi, talvolta otto o dieci, e talvolta non si trovava il fondo. In certi punti la mota era quasi solida, in altri liquida. Nel *fontis* Lunière, un uomo avrebbe messo un giorno intero a sparire, mentre sarebbe stato divorato in cinque minuti nel pantano Phélippeaux. La mota ha più o meno resistenza a seconda della sua maggiore o minore densità. Un bimbo potrebbe salvarsi là dove un adulto si perderebbe. La prima legge di salvezza, è di liberarsi di qualsiasi fardello. Gettare il sacco degli utensili, o la sporta, o la gamella, era il primo gesto di qualsiasi operaio addetto alla chiavica allorché sentiva il suolo cedere sotto i suoi piedi.

I *fontis* avevano varie origini: friabilità del suolo; qualche sconvolgimento a profondità fuori della portata umana; i violenti acquazzoni estivi; gli incessanti acquazzoni dell'inverno; le interminabili acquerugiole. Certe volte il peso delle case adiacenti su un terreno fangoso o

sabbioso gravava sulle vòlte delle gallerie sotterranee e le faceva piegare, oppure succedeva che la platea scoppiasse e si fendesse sotto
l'enorme pressione. Il cedimento del Panthéon ha ostruito in tal modo, or è un secolo, una parte dei sotterranei della montagna Sainte-
Geneviève. Quando una fogna si sprofondava sotto la pressione delle
case, il disordine, in certe occasioni, si tradiva nella via soprastante
con una fenditura a denti di sega, nel lastricato; tale fenditura si sviluppava in linea serpeggiante lungo tutta la vòlta malconcia, e allora,
essendo visibile il malanno, il rimedio poteva essere rapido. Succedeva anche che il danno interno non si rivelasse con alcun segno esteriore. In simili casi, guai per gli operai addetti alla chiavica. Entrando
senza precauzioni nella fogna il cui terreno aveva ceduto, potevano
perirvi. Gli antichi registri fanno menzione di parecchi uomini sepolti
in tal guisa nei *fontis*, e ricordano diversi nomi; tra gli altri quello del
fognaiuolo che sprofondò in un avvallamento sotto la via Carême-
Prenant, un certo Blaise Poutrain. Questo tale era fratello di ôôô, che
fu l'ultimo becchino del cimitero detto il Charnier des Innocents nel
1785, anno in cui detto cimitero cessò di esistere.

Vi perì anche il giovane e amabile visconte d'Escoubleau, del quale abbiamo parlato or ora, uno degli eroi dell'assedio di Lerida, a cui
si dette l'assalto in calze di seta, preceduti dai violini. D'Escoubleau,
sorpreso una notte in casa di sua cugina, la duchessa di Sourdis, finì
annegato in una frana della fogna Beautreillis, dove si era rifugiato
per sfuggire al duca. Madama di Sourdis, nell'apprendere quella morte, chiese il suo flaconcino dei sali e a forza di annusarli si dimenticò
di piangere. In simili casi, non vi è amore che tenga; la cloaca lo spegne. Eros rifiuta di lavare il cadavere di Leandro. Tisbe si tura il naso
dinanzi a Piramo ed esclama: «Puah!».

VI

IL «FONTIS»

Jean Valjean era incappato in un *fontis*.

Questa specie di franamento era allora frequente nel sottosuolo
degli Champs-Elysées, che si prestava difficilmente ai lavori idraulici
e che male conservava le costruzioni sotterranee a causa della sua
eccessiva fluidità. Tale fluidità sorpassa persino l'inconsistenza delle
sabbie del quartiere Saint-Georges, che si sono potute vincere solo
con fondamento di calcestruzzo e cemento, e altresì quella degli strati
argillosi saturi di gas del quartiere dei Martyrs, tanto liquidi che sotto
la galleria omonima la fogna non poté essere compiuta che per mezzo

di un tubo di ghisa. Allorché nel 1836, sotto il sobborgo Saint-Honoré fu demolita, allo scopo di ricostruirla, la vecchia fognatura di pietra nella quale in questo momento noi vediamo Jean Valjean, le sabbie mobili, che formano il sottosuolo degli Champs-Elysées sino alla Senna, ostacolarono tanto l'operazione che questa durò quasi sei mesi, provocando le proteste dei rivieraschi, soprattutto di quelli con palazzi e carrozze. I lavori furono più che malagevoli; furono anche pericolosi. Vero è che per quattro mesi e mezzo vi furono piogge continue e tre piene della Senna.

Il *fontis* incontrato da Jean Valjean era dovuto all'acquazzone del giorno prima. Un cedimento del selciato mal sostenuto dalla sabbia sottostante aveva formato un ingorgo di acqua piovana. Essendosi prodotta un'infiltrazione, ne era seguito lo sprofondamento. Il suolo della fogna, smosso, si era inabissato nella melma. Su un tratto di quale lunghezza? Impossibile a dirsi. Lì l'oscurità era più fitta che in ogni altro luogo all'intorno. Era un pozzo di melma in una caverna di tenebre.

Jean Valjean sentì il selciato sfuggirgli sotto i piedi. Entrò nel fango. C'era acqua alla superficie, melma nel fondo. Bisognava ad ogni modo passare. Era impossibile ritornare sui propri passi. Marius era moribondo, ed egli estenuato. Del resto, dove andare? Jean Valjean avanzò. Fatti pochi passi, l'avvallamento gli sembrò poco profondo. Ma a misura che proseguiva, i suoi piedi affondavano. Ebbe ben presto il fango sino al polpaccio, e l'acqua al di sopra delle ginocchia. Camminava tenendo sollevato Marius, più che poteva, sopra l'acqua, con la forza delle braccia. La melma ora gli arrivava al malleoli e l'acqua alla cintola. Non poteva più indietreggiare, e sprofondava sempre più. Quella mota, abbastanza densa per il peso di un uomo, non poteva evidentemente sopportare quello di due persone. Isolati, Marius e Jean Valjean avrebbero potuto sicuramente cavarsela. Jean Valjean continuò ad avanzare, sostenendo quel moribondo che forse era già un cadavere.

L'acqua gli arrivava alle ascelle; egli si sentiva mancare. A grande stento poteva muoversi nella profondità fangosa in cui era impeciato. La densità, che era sostegno, era anche ostacolo. Egli teneva sempre sollevato Marius, ma con uno sforzo inaudito che l'esauriva; e avanzava, ma sprofondava. Fuori dell'acqua non aveva ormai che la testa e le braccia che tenevano alto il giovane. V'è, nelle vecchie pitture che raffigurano il diluvio, una figura di madre che sorregge così il suo bimbo.

Jean Valjean affondò ancora. Dovette rovesciare indietro il viso, per sfuggire all'acqua e poter respirare. Chi l'avesse visto in quel buio avrebbe creduto di scorgere una maschera fluttuante su uno sfondo d'ombra. Egli scorgeva vagamente sopra di sé la faccia livida e il capo penzolante di Marius. Fece uno sforzo disperato e lanciò un piede in avanti; il piede urtò un non so che di solido; un punto d'appoggio. Era tempo!

Si raddrizzò, si torse e si abbarbicò con una specie di furia su quel punto d'appoggio. Gli parve il primo gradino di una scala che lo riconducesse alla vita.

Il punto d'appoggio trovato nella melma nel momento supremo, era il principio del versante opposto della platea, che si era piegato senza rompersi e si era curvato sott'acqua, come una tavola di legno, tutto d'un pezzo. Le pavimentazioni ben costruite fanno vòlta e hanno simile resistenza. Quel frammento di fondo di fogna, in parte sommerso, ma solido, era una vera scala, e una volta su quel pendio, Jean Valjean non dovette far altro che risalire il piano inclinato per giungere all'altro lato del franamento.

Uscendo dall'acqua, egli incespicò in una pietra e cadde in ginocchio. Trovò che era giusto, e restò così qualche tempo, l'animo inabissato in non so quale parola rivolta a Dio.

Si raddrizzò, rabbrividendo, intirizzito, sudicio, curvo sotto il moribondo ch'egli trascinava con sé, tutto gocciolante di fango, con l'animo pieno di uno strano chiarore.

VII
TALVOLTA CI S'INCAGLIA LÀ DOVE SI CREDE DI POTER APPRODARE

Ancora una volta si rimise in cammino.

Del resto, se non aveva lasciato la vita nel *fontis*, pareva avervi lasciato tutta la sua forza. Quello sforzo supremo l'aveva spossato. La sua stanchezza era ormai tale, che ogni tre o quattro passi era costretto a riprendere fiato, e si appoggiava al muro. Una volta, dovette sedersi sulla banchina per cambiare la posizione di Marius, e credette di non aver più la forza di alzarsi. Ma se il suo vigore era morto, non era così della sua energia. Si rialzò.

Camminò disperato, quasi rapidamente, e fece così un centinaio di passi, senza sollevare la testa, senza respirare. D'un tratto urtò nel muro. Era giunto a un gomito della fognatura, e nell'arrivare a testa china alla svolta, aveva dato contro la muraglia. Alzò gli occhi e all'estremità del sotterraneo, laggiù dinanzi a sé, lontano, lontanissimo, scorse una luce. Stavolta non era più la luce terribile: era la luce buona e bianca. Era la luce del giorno.

Jean Valjean vedeva l'uscita.

Un'anima dannata che, dal mezzo della fornace, scorgesse d'un tratto una via d'uscita dalla geenna, proverebbe quel che provò Jean Valjean. L'anima volerebbe disperatamente coi tronconi delle sue ali arse verso la porta splendente. Jean Valjean non avvertì più la stanchezza, non sentì più il peso di Marius, ritrovò i suoi garretti di acciaio. Più che camminare, egli corse. A mano a mano che si avvicinava, l'uscita si disegnava sempre più distintamente. Si trattava di un arco, meno alto della vòlta che si riduceva gradatamente, e meno largo della galleria che si restringeva a mano a mano che la vòlta si abbassava. Il tunnel terminava a imbuto. Restringimento vizioso, imitato dagli sportelli delle prigioni, logici in simili luoghi di pena, illogici in una fogna, e che in seguito è stato modificato.

Jean Valjean raggiunse l'uscita.

Lì, si arrestò.

Era l'uscita ma non si poteva uscire.

L'arcata era chiusa da un robusto cancello, e questo, che, secondo ogni apparenza, doveva girare raramente sui suoi cardini ossidati, era fissato alla sua intelaiatura di pietra da una grossa serratura, che, rossa di ruggine, pareva un enorme mattone. Si vedeva il buco della serratura e la stanghetta robusta profondamente infissa nella bocchetta di ferro, che mostrava evidentemente come fosse chiusa a doppio giro. Era una di quelle serrature di prigione che la vecchia Parigi prodigava volentieri.

Al di là del cancello, l'aria libera, il fiume, la luce, la ripa strettissima ma sufficiente per andarsene, i viali lontani, Parigi, quell'abisso in cui è tanto facile nascondersi, il largo orizzonte, la libertà. Si distingueva a destra, a valle, il ponte di Iena, e a sinistra, il ponte degli Invalides. Il luogo era propizio per aspettare il sopraggiungere della notte ed evadere. Era uno dei punti più solitari di Parigi. Era la ripa di faccia al Gros-Caillou. Le mosche entravano e uscivano attraverso le sbarre del cancello.

Potevano essere le otto e mezzo della sera. Il giorno declinava.

Jean Valjean depose Marius lungo il muro, dalla parte asciutta del suolo, poi s'avvicinò al cancello e si aggrappò alle sbarre; la scossa fu frenetica, ma vano lo scuotimento. L'inferriata non tremò neppure. Jean Valjean afferrò una dopo l'altra tutte le sbarre, sperando di poterne svellere qualcuna meno solida e di farsene leva per sollevare la porta o spezzare la serratura. Nessuna sbarra si mosse. I denti di tigre non sono più solidamente piantati nei loro alveoli. Nessuna leva, nessuno sforzo possibile. L'ostacolo era invincibile. Nessun mezzo per aprire la porta.

Doveva dunque finire lì? Che fare? Che escogitare? Ritornare sui propri passi? Ricominciare l'orribile tragitto già percorso? Non se ne sentiva la forza. Del resto, come attraversare di nuovo l'avvallamento dal quale si era salvato per miracolo? E dopo l'avvallamento, non c'era forse quella ronda di polizia alla quale, di certo, non sarebbe riuscito a sfuggire per la seconda volta? E poi, dove andare? Che direzione prendere? Seguire la salita non era certo un giungere alla mèta. Sarebbe arrivato egli a un'altra uscita, ma forse solo per trovare anche quella sbarrata o ostruita. Tutti gli sbocchi, evidentemente, dovevano essere chiusi allo stesso modo. Il caso aveva divelto l'inferriata dalla quale egli era entrato, ma certamente tutte le altre uscite della fogna erano chiuse. Non era riuscito a evadere che dentro una prigione.

Era finita. Tutto quello che Jean Valjean aveva fatto era stato inutile. Dio rifiutava.

L'uno e l'altro erano presi nell'immensa e oscura tela della morte, e Jean Valjean quasi sentiva correre lo spaventoso ragno sui neri fili tremolanti nelle tenebre. Volse le spalle al cancello e cadde sul pavimento, piuttosto atterrato che seduto, accanto a Marius sempre inerte. Lasciò ricadere la testa sulle ginocchia. Nessuna via d'uscita. Era l'ultima goccia dell'angoscia.

A chi pensava egli nel suo profondo accasciamento? Non a se stesso, non a Marius. Pensava a Cosette.

VIII

IL LEMBO STRAPPATO DAL VESTITO

In quell'annullamento di se stesso, Jean Valjean sentì una mano posarglisi sulla spalla, e una voce sussurrargli all'orecchio:

«Facciamo a metà!».

C'era dunque qualcuno in quell'ombra? Nulla al pari della disperazione può assomigliare a un sogno. Jean Valjean credette di sognare. Non aveva udito i passi. Era dunque possibile? Alzò gli occhi.

Un uomo gli stava dinanzi.

Quell'uomo indossava un camiciotto, ed era scalzo. Nella mano sinistra teneva le scarpe, che evidentemente si era levate per poter avvicinarsi a Jean Valjean in silenzio.

Jean Valjean non ebbe un attimo di esitazione. Per quanto imprevisto fosse l'incontro, quell'uomo egli lo riconobbe: era Thénardier. Benché risvegliato, per dir così, di soprassalto, Jean Valjean, abituato agli allarmi e aguerrito ai colpi inattesi che bisogna rapidamente parare, riprese immediatamente possesso di tutta la sua presenza di spirito. Del resto, la situazione non poteva durare così; la disperazione, giunta a un certo limite, non è più suscettibile d'aumento, e neppure Thénardier poteva aggiungere oscurità alla notte che l'avvolgeva. Vi fu un istante di attesa.

Thénardier, alzando la destra all'altezza della fronte, se ne fece uno schermo, poi inarcò le sopracciglia sbattendo le palpebre, il che, aggiunto allo stringersi delle labbra, caratterizza l'attenzione sagace di un uomo che tenta di riconoscerne un altro. Non vi riuscì. Jean Valjean, l'abbiamo detto, volgeva le spalle alla luce, ed era del resto tanto sfigurato, infangato e insanguinato che sarebbe stato irriconoscibile in pieno mezzogiorno. Al contrario, rischiarato in pieno viso dalla luce che veniva dal cancello – chiarore di cantina, è vero, livido, ma preciso nel suo lividore, – Thénardier, come dice l'energica metafora banale, saltò subito agli occhi di Jean Valjean. Quella ineguaglianza di condizione bastava per assicurare qualche vantaggio a Jean Valjean nel misterioso duello che stava per svolgersi tra le due situazioni e i due uomini. L'incontro aveva luogo tra Jean Valjean velato e Thénardier senza maschera.

Jean Valjean si accorse immediatamente che l'altro non lo riconosceva. Si osservarono per un momento nella penombra, quasi si misurassero. Fu Thénardier a rompere per primo il silenzio.

«Come farai per uscire?»

Jean Valjean non rispose.

Thénardier continuò:

«Impossibile far saltare la serratura. Bisogna però che tu te ne vada da qui».

«È vero» disse Jean Valjean.

«Ebbene, si fa a metà?»

«Che vuoi dire?»

«Tu hai ucciso l'uomo, sta bene. Ma io ho la chiave.»

E Thénardier indicò Marius con un gesto. Poi proseguì:

«Non ti conosco, ma voglio aiutarti. Devi essere un amico».

Jean Valjean cominciava a comprendere. Thénardier lo credeva un assassino.

Thénardier riprese:

«Ascoltami, camerata, non hai certo ucciso quest'uomo senza guardare quello che aveva in tasca. Dammi la metà e ti aprirò la porta». E, facendo intravedere una grossa chiave celata sotto il suo camiciotto sbrindellato, soggiunse:

«Vuoi vedere com'è fatta la chiave dei campi?[2] Eccola».

Jean Valjean «rimase stupido» secondo l'espressione del vecchio Corneille, sino al punto di dubitare della realtà di quanto vedeva. Era

---

[2] «Prender la chiave dei campi» in francese significa «svignarsela».

la provvidenza che appariva in orribile sembiante, era il buon angelo che usciva di sotto terra sotto le forme di Thénardier.

Questi cacciò la mano in una larga saccoccia nascosta sotto il suo camiciotto e ne trasse una corda che tese a Jean Valjean.

«Prendi,» disse «ti do anche la corda per soprammercato.»

«Una corda? Per farne che?»

«Ti occorre anche una pietra, ma ne troverai fuori. C'è lì un mucchio di rottami.»

«Una pietra? Per farne che?»

«Imbecille, se vuoi gettare il *pantre*[3] nel fiume, ti occorre una pietra e una corda, senza di che galleggerebbe sull'acqua.»

Jean Valjean prese la corda. Non esiste persona che non abbia di questi atti di accettazione macchinale. Thénardier fece schioccare le dita, come preso da un'idea improvvisa.

«Ehi, camerata, come hai fatto a cavartela laggiù, nel pantano? Io non ho osato arrischiarmici. Puah, non odori certo di buono!» Dopo una pausa, soggiunse:

«Ti faccio delle domande, ma tu hai ragione di non rispondermi. È un buon allenamento per il brutto quarto d'ora in cui si capita dinanzi al giudice istruttore. E poi, non parlando affatto, non si rischia di parlare a voce troppo alta. Fa lo stesso. Pur calcolando sul fatto che non ti vedo bene in faccia e non so il tuo nome, avresti torto di credere che non so chi tu sia e che cosa tu voglia. Ti conosco, mascherina. Hai un po' pestato questo signore, ora lo vorresti nascondere da qualche parte. Ti occorre il fiume, il grande "copri-sciocchezze". Voglio toglierti d'imbarazzo. Aiutare un bravo figliolo nei guai, mi piace».

Pur approvando il silenzio di Jean Valjean, il suo interlocutore tentava di farlo parlare. Lo sospinse con un colpetto sulla spalla, in modo di tentar di scorgere il suo profilo, ed esclamò, pur senza alzare la voce al di sopra del tono medio:

«A proposito del pantano, sei un gran bestia. Perché non vi hai scaraventato l'uomo?».

Jean Valjean continuò a tacere. Thénardier seguitò, dopo essersi aggiustato all'altezza del pomo d'Adamo il cencio che gli serviva da cravatta, gesto che completa l'aria saputa di una persona seria:

«In realtà, hai forse agito saggiamente. Gli operai, domani, venendo a tappare il buco avrebbero senza dubbio trovato il parigino dimenticato lì e si sarebbe potuto, a poco a poco, passo per passo, trovare le tue tracce e pizzicarti. Qualcuno è passato dalla fogna. Chi era? Da dove è uscito? Lo hanno visto uscire? La polizia è piena d'ingegno. La fogna è traditrice e vi denuncia. Una simile scoperta è

---

[3] La vittima, l'assassinato.

una rarità, richiama l'attenzione; poca gente si serve della fogna per sbrigare i propri affari, mentre il fiume appartiene a tutti. Il fiume è la fossa migliore. Tra un mese ti ripescano l'uomo nelle reti di Saint-Cloud. Ebbene, che importa? È nient'altro che una carogna. Chi lo ha ammazzato? Parigi. La giustizia non s'informa neppure. Hai fatto bene».

Più Thénardier era loquace, più Jean Valjean rimaneva muto. Thénardier lo scosse di nuovo per la spalla.

«Adesso, concludiamo l'affare. Dividiamo. Hai visto la mia chiave, fammi vedere il tuo denaro.»

Thénardier era truce, felino, losco, un po' minaccioso, e tuttavia amichevole. C'era una cosa strana: i suoi modi non erano naturali, come di chi non si senta tranquillo. Pur non ostentando un tono misterioso, parlava a voce bassa. Di tanto in tanto si appoggiava un dito sulle labbra e mormorava: ssst! Era difficile indovinare il perché. Lì, all'infuori di loro due, non c'era nessuno. Jean Valjean pensò che, forse, altri banditi erano nascosti non troppo lontano, in qualche recesso, e che Thénardier ci teneva poco a dover dividere con essi il bottino. Thénardier riprese:

«Finiamola. Quanto c'era in quelle tasche?».

Jean Valjean si frugò indosso. Era sua abitudine, lo si ricorderà, d'aver sempre un po' di denaro con sé. L'oscura vita di espedienti alla quale era condannato gliene faceva una legge. Stavolta, però, era stato preso alla sprovvista: nell'indossare il giorno prima l'uniforme di guardia nazionale, aveva dimenticato, immerso com'era nei suoi lugubri pensieri, di portarsi dietro portafogli. Non aveva che qualche moneta nella tasca del panciotto. Il tutto sommava a una trentina di franchi. Si rivoltò la tasca, tutta intrisa di fango, e dispose sulla banchina della fogna un luigi d'oro, due monete da cinque franchi e cinque o sei soldoni.

Thénardier sporse il labbro inferiore in una smorfia significativa.

«L'hai ammazzato a buon mercato» osservò.

E si mise a palpare familiarmente le tasche di Jean Valjean e di Marius. Jean Valjean, preoccupato soprattutto di volger le spalle alla luce, lo lasciò fare. Nel palpare il vestito di Marius, Thénardier, con un'abilità di borsaiolo, trovò modo di strapparne, senza che Jean Valjean se ne accorgesse, un lembo di stoffa, che rapidamente nascose sotto il proprio camiciotto. Pensava, probabilmente, che quel brandello di stoffa avrebbe potuto servirgli più tardi per riconoscere l'assassinato e l'assassino. Del resto, oltre ai trenta franchi, non trovò altro.

«È vero,» osservò «in media, non avete più che questo.»

E, dimenticando la sua frase: «Facciamo a metà», intascò tutto.

Esitò un attimo dinanzi ai soldoni; a conti fatti raccolse anche quelli, bofonchiando:

«Be', ad ogni modo, questo si chiama accoltellare la gente a troppo buon mercato».

A operazione compiuta, tirò fuori nuovamente la chiave di sotto il suo camiciotto.

«Adesso, amico, bisogna che tu esca. Qui è come alla fiera, si paga nell'uscire. Hai pagato: esci!»

E si mise a ridere. Prestando a uno sconosciuto l'aiuto di quella chiave, e facendo uscire da quel cancello un altro uomo in sua vece, Thénardier aveva l'intenzione pura e disinteressata di salvare un assassino? È questo un fatto di cui è lecito dubitare. Thénardier aiutò Jean Valjean a ricaricarsi Marius sulle spalle, poi si diresse verso il cancello, in punta di piedi, facendo segno all'altro di seguirlo; gettò uno sguardo fuori, si mise un dito sulla bocca e restò qualche istante come sospeso; a ispezione fatta, introdusse la chiave nella serratura. La stanghetta scivolò, e la porta girò sui cardini. Non vi fu né scricchiolìo, né stridìo. Tutto si svolse con dolcezza. Era chiaro che la serratura e i cardini, oliati con cura, si aprivano più spesso di quanto si potesse supporre. La docilità di quella porta era cosa sinistra; vi si intuivano gli andirivieni furtivi, le entrate e le uscite silenziose di uomini notturni, e i sordi passi del delitto. La fogna era evidentemente complice di qualche banda misteriosa. Quel cancello silenzioso era un ricettatore.

Thénardier socchiuse la porta, lasciò giusto giusto il passaggio a Jean Valjean, poi richiuse il cancello, girò due volte la chiave nella serratura e s'immerse di nuovo nell'oscurità senza produrre maggior rumore d'un soffio. Pareva camminasse con le zampe vellutate della tigre. Un momento dopo, quell'orrida provvidenza era rientrata nell'invisibile.

Jean Valjean si trovò fuori.

IX

MARIUS SEMBRA MORTO A QUALCUNO CHE SE NE INTENDE

Jean Valjean lasciò scivolare Marius sulla ripa.

Erano fuori!

I miasmi, l'oscurità, l'orrore, erano rimasti dietro a lui. L'aria salubre, pura, vivificante, gioiosa, liberamente respirabile, lo inondava. Ovunque attorno a lui c'era silenzio, ma il silenzio incantevole del sole tramontato in pieno azzurro. Si era fatto il crepuscolo, scendeva

la notte, la grande liberatrice, l'amica di tutti coloro che hanno bisogno d'un manto d'ombra per uscire dall'angoscia. Il cielo, da tutte le
parti, si offriva come un'immensa calma. Il fiume lambiva i piedi
dell'uomo col suono di un bacio. Si udivano gli aerei colloqui dei nidi
che si davano la buonasera fra gli olmi degli Champs-Elysées. Alcune
stelle, trapuntando debolmente l'azzurro pallido dello zenit, visibili
solo alla fantasticheria, formavano nell'immensità piccoli impercettibili splendori. La sera stendeva sulla testa di Jean Valjean tutte le dolcezze dell'infinito.

Era l'ora incerta e squisita che non dice né sì né no. Era già abbastanza buio perché fosse possibile perdervisi a qualche distanza, ed
era ancora sufficientemente chiaro perché, da vicino, fosse possibile
riconoscersi.

Durante alcuni secondi Jean Valjean fu irresistibilmente vinto da
tutta quella serenità augusta e carezzevole; esistono simili momenti
di oblìo in cui la sofferenza rinuncia a tormentare il miserabile, tutto
si eclissa nella mente, la pace avvolge il sognatore come una notte; e
sotto l'irradiare del crepuscolo, a imitazione del firmamento che s'illumina, l'anima fiorisce di stelle. Jean Valjean non poté astenersi dal
contemplare la vasta e chiara ombra che si stendeva sopra di lui. Immerso nei suoi pensieri, nel maestoso silenzio del cielo eterno, egli
prendeva un bagno d'estasi e di preghiera. Poi, vivamente, come se gli
ritornasse il sentimento del dovere, si chinò verso Marius e attingendo nel cavo della mano un po' d'acqua, gliene spruzzò dolcemente
qualche goccia sul viso. Le palpebre del giovane non si sollevarono;
però la sua bocca semiaperta respirava.

Jean Valjean stava per tuffare nuovamente la mano nel fiume,
quando di botto sentì come un fastidio: l'impressione che qualcuno,
non visto, fosse alle sue spalle.

Abbiamo già accennato altrove a quest'impressione che ognuno
conosce.

Egli si voltò.

Come poco prima, qualcuno infatti si trovava dietro a lui.

Un uomo di alta statura, avviluppato in un lungo pastrano, a braccia conserte e con una mazza col pomo di piombo, stava a qualche
passo dietro Jean Valjean chino su Marius.

Anche l'oscurità contribuiva a farlo sembrare simile a un'apparizione. Un sempliciotto se ne sarebbe impaurito a causa del crepuscolo, e un uomo avveduto pure, a causa della mazza.

Jean Valjean riconobbe Javert.

Il lettore ha senza dubbio indovinato che il pedinatore di Thénardier non era altri che Javert, il quale, dopo la sua insperata uscita dalla barricata, se ne era andato alla prefettura di polizia, aveva fatto un

rapporto verbale al prefetto, durante una breve udienza, poi aveva immediatamente ripreso il servizio che implicava – si ricorderà la nota trovatagli indosso – una certa sorveglianza sull'argine della riva destra del fiume vicino agli Champs-Elysées, che da qualche tempo attirava l'attenzione della polizia. Lì, aveva scorto Thénardier e l'aveva seguito. Il resto è noto.

Si capisce anche che il cancello, tanto compiacentemente aperto dinanzi a Jean Valjean, era un'abile mossa di Thénardier. Questi sentiva che Javert era sempre là, in attesa; l'uomo pedinato ha un fiuto che non l'inganna; occorreva gettare un osso al mastino. Un assassino, quale fortuna insperata! Era la parte prelibata, che non bisogna mai rifiutare. Thénardier, nel metter fuori Jean Valjean in vece sua, dava una preda alla polizia, le faceva abbandonare la propria pista, si faceva dimenticare in cambio di un'avventura più grossa e ricompensava Javert della sua attesa, il che fa sempre piacere a un segugio: inoltre ci guadagnava trenta franchi, e calcolava dal canto suo di poter facilmente svignarsela grazie a quel diversivo.

Jean Valjean era passato da uno scoglio all'altro.

Quei due incontri successivi, prima Thénardier, poi Javert, erano una dura prova.

Javert non riconobbe Jean Valjean, che, come abbiamo già detto, non pareva più lui. Sempre tenendo le braccia conserte, Javert si assicurò in pugno il rompitesta, con un movimento impercettibile, e chiese con voce breve e calma:

«Chi siete?».

«Io.»

«Chi, voi?»

«Jean Valjean.»

Javert si pose il rompitesta fra i denti, si piegò sui garretti, inclinò il busto, appoggiò le possenti mani sulle spalle di Jean Valjean che si trovarono chiuse come tra due morse, lo esaminò e lo riconobbe. I loro visi quasi si toccavano. Lo sguardo di Javert era terribile.

Jean Valjean rimase inerte sotto la stretta di Javert, come un leone che si assoggetti alle grinfie di una lince.

«Ispettore Javert,» disse «voi mi tenete. Del resto, da questa mattina io mi considero vostro prigioniero. Non vi ho dato il mio indirizzo per tentare di sfuggirvi. Arrestatemi. Soltanto, dovete accordarmi una cosa.»

Javert pareva non udirlo. Teneva fisse le pupille su Jean Valjean. Il suo mento contratto pareva sospingere il labbro verso il naso, segno di feroce meditazione. Infine egli lasciò Valjean, si drizzò bruscamente, riprese in pugno il rompitesta e, come in sogno, mormorò più che pronunciare la domanda:

«Che fate qui? Chi è quest'uomo?».

Continuava a non dare più del tu a Jean Valjean.

Jean Valjean rispose, e il suono della sua voce parve svegliare Javert:

«È precisamente di lui che volevo parlarvi. Disponete di me come meglio vi piace; ma prima aiutatemi a riportarlo in casa sua. Non vi chiedo altro».

Il viso dell'ispettore ebbe una contrazione, come gli accadeva ogni qualvolta lo credevano capace di fare una concessione. Tuttavia non disse di no.

Si chinò di nuovo, trasse di tasca un fazzoletto che immerse nell'acqua e deterse la fronte insanguinata di Marius.

«Quest'uomo era alla barricata» disse a voce bassa, quasi parlasse a se stesso. «È colui che chiamavano Marius.»

Sbirro della migliore qualità, egli aveva osservato tutto, ascoltato tutto, raccolto e udito tutto; pur credendo di dover morire, anche nell'agonia, aveva spiato e, appoggiato al primo gradino del sepolcro, aveva preso nota di ogni cosa.

Afferrò la mano di Marius, tastandogli il polso.

«È ferito» disse Jean Valjean.

«È morto» osservò Javert.

Jean Valjean rispose:

«No. Non ancora».

«L'avete dunque portato sin qui dalla barricata?» chiese l'ispettore.

Bisognava che la sua preoccupazione fosse molto grave perché egli non insistesse su quello strano salvataggio attraverso la fogna, e non si avvedesse neppure del silenzio di Jean Valjean dopo la sua domanda.

Jean Valjean, dal canto suo, sembrava avere un unico pensiero. Riprese:

«Abita al Marais, in via Filles-du-Calvaire, in casa di suo nonno... Non ricordo più il cognome».

Poi frugò nell'abito del ferito, ne trasse il portafogli, aprì il foglio scarabocchiato da Marius e lo tese a Javert.

C'era ancora, nell'aria, una fluttuante chiarità perché si potesse leggere. Inoltre, Javert aveva nella pupilla la fosforescenza felina degli uccelli notturni. Egli riuscì a decifrare lo scritto di Marius e brontolò:

«Gillenormand, via Filles-du-Calvaire, numero 6».

Poi gridò:

«Cocchiere!».

Il lettore si ricorderà della carrozza che attendeva, pronta per ogni evenienza.

Javert conservò il portafogli di Marius.

Un momento dopo la carrozza, che era discesa dalla rampa dell'abbeveratoio, era sulla ripa. Marius fu deposto sul sedile in fondo, e Javert montò e si sedette accanto a Jean Valjean sul sedile anteriore.

Una volta chiusa la portiera, la carrozza si allontanò rapidamente, risalendo il lungofiume in direzione della Bastiglia.

Lasciarono il lungofiume ed entrarono nelle vie. Il cocchiere, figura nera a cassetta, frustava i cavalli. Nell'interno della carrozza c'era un silenzio glaciale. Marius, immobile, con il busto appoggiato in un angolo, la testa abbandonata sul petto, le braccia penzoloni e le gambe rigide, pareva non aspettare più altro che una bara; Jean Valjean pareva fatto di ombra, e Javert di pietra. In quella carrozza densa di tenebre, che all'interno, ogni volta che passava dinanzi a un fanale, appariva lividamente illuminata come da lampi intermittenti, il caso riuniva e pareva mettere a confronto le tre tragiche immobilità: il cadavere, lo spettro e la statua.

X

RITORNO DEL FIGLIUOL PRODIGO DELLA SUA VITA

A ogni trabalzo della carrozza sul selciato, un goccia di sangue cadeva dai capelli di Marius.

Era notte fatta quando il veicolo arrivò al numero 6 della via Filles-du-Calvaire.

Javert fu il primo a metter piede a terra. Verificò con un'occhiata il numero del portone, e sollevando il pesante martello di ferro battuto, foggiato, secondo l'antico uso, a immagine d'un caprone e di un satiro che si affrontano, batté un colpo violento. Un battente si socchiuse, e Javert lo sospinse. Il portiere si fece intravedere, sbadigliando, sveglio solo a metà, con una candela in mano.

Nel caseggiato tutto dormiva. Al Marais gli abitanti vanno a letto di buon'ora, soprattutto nei giorni di sommossa. Quel buon vecchio quartiere, spaventato dalla rivoluzione, si rifugiava nel sonno, al pari dei bimbi che quando sentono l'avvicinarsi dell'Orco, nascondono rapidamente le testoline sotto le coltri.

Intanto Jean Valjean, aiutato dal cocchiere, portava Marius fuori dalla carrozza; il primo sostenendo il ferito sotto le ascelle, il secondo per le caviglie.

Mentre portava Marius così, Jean Valjean fece scivolare una mano sotto i vestiti strappati del giovane, gli tastò il petto e si assicurò che il cuore battesse ancora. Pulsava forse un po' meno debolmente, quasi che il movimento della carrozza avesse determinato un certo qual ritorno di vitalità.

Javert interpellò il portiere col tono che conviene a un rappresentante del governo dinanzi al portiere di un sedizioso.

«Qualcuno che si chiami Gillenormand?»

«Sta qui. Che volete da lui?»

«Gli riportiamo suo figlio.»

«Suo figlio?» esclamò il portiere inebetito.

«È morto.»

Jean Valjean, che era entrato dietro a Javert e che il portiere continuava a fissare con un certo orrore a motivo degli abiti a brandelli e sudici, fece segno di no con la testa.

Il portiere non parve comprendere né le parola di Javert né il segno di Jean Valjean.

Javert continuò:

«È andato alla barricata, e ora eccolo».

«Alla barricata?» esclamò il portiere.

«S'è fatto ammazzare. Andate a svegliare suo padre.»

Il portiere non si muoveva.

«Andate, dunque!» ordinò Javert. E soggiunse: «Domani sarà un funerale, qui».

Per Javert, gli incidenti abituali della pubblica strada erano classificati categoricamente, ciò che costituisce già il principio della previdenza e della sorveglianza, e ogni eventualità aveva il suo casellario. I fatti possibili erano per così dire racchiusi in cassetti da cui uscivano, a seconda dell'occasione, in quantità variabili: vi erano, sulla pubblica strada, «lo schiamazzo», «la sommossa», «il carnevale» e «il funerale.»

Il portiere si limitò a svegliare Basque. Basque svegliò Nicolette; Nicolette svegliò la zia Gillenormand. In quanto al nonno, lo lasciarono dormire, pensando che avrebbe sempre saputo anche troppo presto la disgrazia.

Marius fu portato al primo piano, senza che del resto nessuno se ne accorgesse nelle altre parti del caseggiato: fu deposto sopra un vecchio divano nell'anticamera di Gillenormand; e intanto che Basque andava alla ricerca di un medico e che Nicolette apriva gli armadi della biancheria, Jean Valjean sentì Javert toccargli una spalla. Comprese, scese le scale seguito dall'ispettore.

Il portiere li guardò andarsene così come li aveva guardati entrare, con una sonnolenza spaventata.

I due uomini risalirono in carrozza, mentre il cocchiere rimontava a cassetta.

«Ispettore Javert,» disse Jean Valjean «accordatemi ancora una cosa.»

«Quale?» chiese Javert, rude.

«Lasciatemi rientrare un momento in casa mia. Poi farete di me quel che vorrete.»

Javert rimase qualche istante silenzioso, con il mento affondato nel bavero del pastrano, poi abbassò il cristallo anteriore.

«Cocchiere,» disse «via dell'Homme-Armé, numero 7.»

XI
UNA SCOSSA ALL'ASSOLUTO

Non apersero più bocca per tutto il tragitto.

Che voleva Jean Valjean? Portare a termine quanto aveva incominciato; avvertire Cosette, dirle dove era Marius, darle forse qualche altra utile indicazione e prendere, se poteva, talune supreme disposizioni. Quanto a lui, per quanto lo concerneva personalmente, era finita; era stato acciuffato da Javert e non gli resisteva. Forse chiunque altro, in simile situazione, avrebbe vagamente pensato alla corda datagli da Thénardier e alle sbarre della prima cella in cui sarebbe stato rinchiuso; ma, fin da quando aveva incontrato il vescovo, era sorta in Jean Valjean – insistiamo – una profonda esitazione religiosa dinanzi a qualsiasi attentato, fosse pure contro se stesso.

Il suicidio, questa misteriosa aggressione all'ignoto, la quale può contenere in certa misura la morte dell'anima, gli era impossibile.

All'ingresso della via dell'Homme-Armé, la carrozza si fermò; la via era troppo angusta perché i veicoli vi potessero circolare. Javert e Jean Valjean scesero.

Il cocchiere fece osservare umilmente al «signor ispettore» che il velluto d'Utrecht della sua carrozza era tutto imbrattato del sangue dell'uomo assassinato e del fango dell'assassino. Questo era quanto egli aveva capito: e aggiunse che gli spettava un indennizzo. Estraendo di tasca il suo libretto pregò il signor ispettore d'aver la bontà di scrivergli «un pezzettino di attestazione, come qualmente, eccetera».

Javert respinse il taccuino che gli porgeva il cocchiere, e chiese:

«Quanto ti spetta, compresa la sosta e la corsa?».

«Sono sette ore e un quarto,» rispose l'altro «e il mio velluto era proprio nuovo. Sono ottanta franchi, signor ispettore.»

Javert si levò di tasca quattro napoleoni e licenziò la carrozza.

Jean Valjean pensò che l'intenzione di Javert era di condurlo a piedi al posto di polizia dei Blancs-Manteaux o al posto degli Archivi, vicinissimi.

Si addentrarono nella via. Come al solito, era deserta. Javert seguiva Jean Valjean. Arrivarono alla casa segnata col numero 7. Jean Valjean bussò e la porta si aprì.

«Va bene» disse Javert. «Salite pure.» E soggiunse con un'espressione strana, e quasi facesse uno sforzo così esprimendosi: «Io vi aspetto qui».

Jean Valjean fissò Javert. Quel modo di fare era poco conforme alle abitudini del poliziotto. Però, che Javert avesse ora in lui una specie di altera fiducia, la fiducia del gatto che accorda al topo una libertà lunga quanto le proprie grinfie, visto che Jean Valjean era risoluto a costituirsi e a farla finita, non poteva sorprenderlo molto. Egli spinse la porta, entrò in casa, gridò: «Sono io!» al portiere che dal letto aveva fatto scattare la serratura, e salì le scale.

Giunto al primo piano, fece una sosta. Tutte le *vie crucis* hanno le loro stazioni. La finestra del pianerottolo a telaio scorrevole, era aperta. Come in molte antiche case, la scala riceveva la luce dalla via, sulla quale guardava. Il fanale della via, situato proprio di fronte, proiettava qualche chiarore sugli scalini, e questo costituiva un'economia d'illuminazione.

Jean Valjean – forse per respirare, forse macchinalmente – s'affacciò a quella finestra. Si chinò a guardare nella via. Questa era corta e il fanale la illuminava da un capo all'altro. Jean Valjean provò uno stupore che lo abbagliò: la strada era deserta.

Javert se ne era andato.

XII

L'AVOLO

Basque e il portiere avevano trasportato Marius, sempre steso senza moto, sul divano sopra il quale era stato adagiato all'arrivo. Il medico che avevano mandato a chiamare era accorso.

La zia Gillenormand si era alzata. Essa andava e veniva, spaventata, giungendo le mani, e non sapeva far altro che esclamare: «Dio mio, com'è possibile!». A tratti soggiungeva: «Tutto sarà imbrattato di sangue!». Passato il primo momento di orrore, una certa filosofia della situazione si fece strada nella sua mente e si tradusse in questa esclamazione: «Doveva finire così!». Ella non si spinse sino ad aggiungere: *«Io l'avevo ben detto!»*, com'è d'uso in circostanze simili.

Per ordine del medico, una branda era stata preparata accanto al divano. Il dottore esaminò Marius, e dopo avere rilevato che il polso continuava a battere, che il ferito non aveva al petto alcuna piaga profonda e che il sangue agli angoli delle labbra proveniva dalle fosse nasali, lo fece adagiare supino sul letto, senza cuscini, con la testa allo stesso livello del corpo, anzi, un poco più bassa, il torso nudo al fine di facilitare la respirazione. La signorina Gillenormand, nel vedere che stavano per spogliare Marius, si ritirò, e andò a recitare il rosario in camera sua.

Il corpo non aveva riportato alcuna lesione interna; una pallottola, il cui colpo era stato attutito dal portafogli, aveva deviato e fatto il giro delle costole producendo una piaga orribile, ma non profonda e di conseguenza non pericolosa. La lunga marcia sotterranea aveva finito col causare la slogatura della clavicola rotta, e lì c'era un disordine piuttosto serio. Le braccia erano segnate da colpi di sciabola. Nessuna ferita gli deturpava il volto; ma il sommo della testa era come coperto di lacerazioni. Di che entità erano quelle ferite? Si arrestavano al cuoio capelluto? Intaccavano il cranio? Non si poteva ancora dirlo. Un sintomo grave era che le ferite avevano causato lo svenimento: da simili svenimenti non sempre accade di ridestarsi. Inoltre, l'emorragia aveva dissanguato il ferito. A cominciare dalla cintola, la parte inferiore del corpo era stata protetta dalla barricata.

Basque e Nicolette laceravano dei lini e ne facevano bende; Nicolette le cuciva, Basque le arrotolava. Mancando le filacce, il dottore aveva dovuto arrestare provvisoriamente l'emorragia con tamponi di ovatta. Accanto al letto, sul tavolo su cui erano disposti i ferri chirurgici, ardevano tre candele. Il dottore lavò il viso e i capelli di Marius con acqua fredda. Un secchio pieno divenne rosso in un istante. Il portiere, con una candela in mano, illuminava l'operazione.

Il medico pareva assorto in tristi meditazioni. Di tanto in tanto faceva con la testa un segno negativo, quasi rispondesse a qualche domanda interiore. Cattivo segno per l'ammalato, questi misteriosi colloqui del medico con se stesso.

Nel momento il cui il medico asciugava il viso del ferito e sfiorava leggermente col dito le palpebre chiuse, una porta in fondo al salone si aprì e apparve una lunga figura pallida.

Era il nonno.

Da due giorni la sommossa aveva molto agitato, indignato e preoccupato il signor Gillenormand. La notte precedente egli non aveva potuto dormire, ed era stato febbricitante tutta la giornata. La sera era andato a letto di buon'ora, raccomandando di sprangare bene tutti gli usci di casa. La stanchezza l'aveva fatto assopire.

I vecchi hanno il sonno leggero: la camera di Gillenormand era attigua al salone, e per quante precauzioni avessero preso tutti, il rumore l'aveva svegliato. Sorpreso della striscia di luce che filtrava dalla sua porta, era sceso dal letto ed era giunto all'uscio a tastoni.

Il vecchio era ritto sulla soglia, con una mano sulla maniglia della porta socchiusa, la testa un po' china in avanti e tremolante, il corpo avvolto in una vestaglia bianca, diritta e senza pieghe, simile a un sudario, Era stupito; aveva l'aspetto di un fantasma che stesse scrutando l'interno di un sepolcro.

Scorse il divano e, steso sul materasso, quel giovane insanguinato, bianco, d'un pallore cereo, con gli occhi chiusi, la bocca semiaperta, le labbra smorte, nudo sino alla cintola, tutto coperto di piaghe vermiglie, immobile sotto la luce che l'illuminava vivamente.

L'avolo trasalì dalla testa ai piedi, quanto glielo consentivano le sue membra anchilosate; i suoi occhi, la cui cornea era giallognola a causa dell'età, si velarono di una specie di riflesso vitreo, il suo volto assunse in un attimo le terree forme d'una testa di scheletro, le braccia ricaddero quasi si fosse spezzata una molla interna; il suo stupore si manifestò con l'allargamento delle dita delle vecchie mani trementi, le sue ginocchia si piegarono in avanti ad angolo, lasciando scorgere dall'apertura della vestaglia le misere gambe nude irte di peli bianchi. Egli mormorò:

«Marius!».

«Signore,» disse Basque «hanno riportato or ora il signor Marius. Era andato alla barricata e...»

«È morto!» esclamò il vegliardo con voce terribile. «Ah, brigante!»

Una sepolcrale trasfigurazione raddrizzò di botto quel centenario, quasi fosse un giovanotto.

«Signore,» egli disse «voi siete il medico. Cominciate col dirmi una cosa. È morto, nevvero?»

Gillenormand si torse le mani con uno scoppio di risa spaventevole.

«È morto! È morto! Si è fatto ammazzare alle barricate! Per odio verso di me! È per farmi rabbia, che l'ha fatto! Ah, bevitore di sangue! È in questo stato che egli torna a me! Miseria della mia vita, è morto!»

Si avvicinò alla finestra, la spalancò per intero, quasi soffocasse, e lì, ritto in piedi, si mise a parlare alle tenebre nella via:

«Martoriato, sciabolato, sgozzato, smembrato, tagliato a pezzi! Vedete come si fa riportare qui, quella canaglia! Sapeva bene che io l'aspettavo, che gli avevo fatto preparare la sua camera e che avevo messo al capezzale del mio letto il suo ritratto di quando era piccolino! Sapeva bene che non aveva che da ritornare, e che erano anni che lo invocavo, e che ogni sera stavo seduto accanto al camino, le mani sulle ginocchia, non sapendo che fare e rimbecillendomi nell'attesa. Lo sapevi bene, tu, che non avevi che da ritornare e dire: "Sono io!"

per diventare il padrone, qui, e che sarei stato io a obbedirti; avresti fatto tutto quel che avessi voluto di questo vecchio rimbambito del tuo nonno! Lo sapevi bene, e ti sei detto: "No, lui è un realista, e non ci andrò". E te ne sei andato alle barricate, e ti sei fatto ammazzare per cattiveria! Per vendicarti di quello che io ti avevo detto a proposito del signor duca di Berry! È questo che è infame! Provate dunque ad andare a letto e addormentarvi pacificamente! Egli è morto! Ecco il mio risveglio».

Il medico, che cominciava a sentirsi preoccupato da due parti, lasciò per un momento Marius, si avvicinò al vecchio e lo prese per un braccio. Gillenormand si volse, e lo guardò con occhi che parevano immensi, iniettati di sangue, e gli disse con calma:

«Signore, vi ringrazio. Sono tranquillo, sono un uomo, io: ho visto la morte di Luigi XVI, so sopportare gli avvenimenti. Vi è una cosa terribile, ed è il pensare che sono i vostri giornali a fare tutto il male. Voi avete degli scribacchini, dei bravi parlatori, degli avvocati, degli oratori, dei tribuni, discussioni, progressi, luci, diritti dell'uomo, libertà di stampa; ed ecco in che stato vi porteranno a casa i vostri ragazzi. Ah, Marius! È abominevole. Ucciso! Morto prima di me! Sulla barricata! Ah, bandito! Dottore, voi abitate nel quartiere, mi pare. Oh, vi conosco, vedo passare dalla finestra il vostro calesse. Ora voglio dirvi... Avreste torto di credere che io sia in collera. Non ci si può arrabbiare con un morto. Sarebbe stupido. È un ragazzo che ho allevato io. Ero già vecchio, e lui era piccino piccino. Giocava alle Tuileries con la paletta e la seggiolina, e perché i sorveglianti non brontolassero, io colmavo di volta in volta, col mio bastone, le buche ch'egli scavava. Un giorno egli ha gridato: "Abbasso Luigi XVIII!" e se ne è andato. Non è colpa mia. Era un fanciulletto tutto biondo e roseo. Sua madre è morta. Avete fatto caso che tutti i bimbi piccini sono biondi? Da che cosa dipenderà? È il figlio di uno di quei briganti della Loira, ma i figli sono innocenti dei delitti dei loro padri. Me lo ricordo quando era alto così. Non riusciva ancora a pronunciare la *d*. Aveva un modo di parlare tanto dolce e confuso che si sarebbe detto il cinguettìo di un uccellino. Mi ricordo che una volta, dinanzi all'*Ercole Farnese*, la gente si era fermata in crocchio ad ammirarlo meravigliata, tanto era bello, quel fanciullo! Marius aveva una testa come se ne vedono nei quadri. Io gli facevo il vocione, lo minacciavo col bastone, ma il birichino sapeva bene che facevo per celia. La mattina, quando egli entrava in camera mia, io brontolavo ma in realtà il suo apparire mi pareva quello del sole. È impossibile difendersi da questi marmocchi. Vi prendono, vi tengono, e non vi lasciano più. La verità è che non c'era un amore di bimbo più bello di lui. Adesso, che mi dite dunque di tutti i vostri Lafayette, i vostri Benjamin

Constant e i vostri Tirecuir de Corcelles[4] che me l'hanno ammazzato! No, non può finire così».

Il vecchio si avvicinò a Marius, sempre livido e immobile e al quale si era accostato di nuovo il medico, e ricominciò a torcersi le braccia. Le sue labbra bianche si muovevano macchinalmente e si lasciavano sfuggire, in soffi che quasi parevano rantoli, delle parole indistinte che si capivano a stento:

«Ah, figlio senza cuore! Ah, clubista! Ah, scellerato! Ah settembrista![5]».

Sommessi rimproveri d'un agonizzante a un cadavere.

A poco a poco, dato che bisogna pur sempre che le eruzioni interne si facciano strada, le sue parole si coordinarono nuovamente, legate dalla logica; ma il vecchio pareva non aver più la forza di pronunciarle; la sua voce era tanto sorda e soffocata che pareva giungere dal fondo di un abisso.

«Per me è indifferente, sto per morire anch'io. E dire che non esiste in tutta Parigi una donna che non sarebbe stata fiera di fare la felicità di questo miserabile! Una canaglia che invece di divertirsi e gioire della vita, se ne va a battersi e si fa mitragliare come un bruto. E per chi? Per cosa? Per la repubblica! Invece di andarsene a ballare alla Chaumière, come è dovere dei giovanotti! Val proprio la pena di avere vent'anni! La repubblica, bella roba, una bestialità simile! Povere madri, mettete dunque al mondo dei bei figlioli! Marius è morto. Domani nel nostro portone vi saranno due funerali. Ti sei fatto dunque conciare così per i begli occhi del generale Lamarque! Che aveva fatto per te, il generale Lamarque? Uno sciabolatore! Un chiacchierone! Farsi ammazzare per un uomo morto! Dite se non c'è di che diventar pazzi! Comprendetemi bene. A vent'anni! E senza neppur volger la testa per assicurarsi se lasciava nessuno dietro a sé. Ecco ora i poveri vecchi che sono costretti a morirsene da soli. Crepa nel tuo cantuccio, vecchio gufo! Ebbene, dopo tutto, tanto meglio, è quanto speravo, questo colpo mi porterà diritto alla tomba. Sono troppo vecchio, ho cent'anni, ho mill'anni, è da tanto che avrei il diritto di essere morto. Ora sarà fatto! È dunque finita, che fortuna! A che scopo fargli respirare ammoniaca e tutto quel vostro mucchio di droghe? Sprecate fatica, imbecille d'un dottore! Suvvia, è morto, ben morto. Me ne intendo io, io che sono pure un morto. State sicuro ch'egli non ha fatto le cose a metà. Sì, viviamo in tempi infami, infami, infami! Ecco quello che io penso di voi, delle vostre idee, dei vostri sistemi, dei vostri maestri, dei vostri oracoli, delle vostre dottrine, dei vostri cattivi

[4] Deputato liberale.
[5] Allusione ai massacri del settembre 1792 nelle prigioni di Parigi.

arnesi di scrittori, di quelle canaglie del vostri filosofi, e di tutte le ri-voluzioni che sconvolgono da sessant'anni a questa parte i nugoli di corvi delle Tulleries! E se tu, Marius, sei stato spietato facendoti am-mazzare in tal modo, io non mi affliggerò neppure per la tua morte, capisci, assassino!»

In quel momento Marius aprì lentamente gli occhi e il suo sguar-do, ancora velato dallo stupore letargico, si fermò sul nonno.

«Marius!» urlò il vecchio «Marius! Mio piccolo Marius! Figlio mio! Figlio mio caro! Tu apri gli occhi, mi guardi, sei vivo! Grazie!»

E cadde svenuto.

LIBRO QUARTO

JAVERT FUORI STRADA

Javert si era allontanato a passi lenti dalla via dell'Homme-Armé.

Camminava a testa bassa, per la prima volta in vita sua, così come per la prima volta nella sua vita teneva le mani dietro la schiena.

Sino a quel giorno, delle due pose di Napoleone, Javert aveva assunto solo quella che esprimeva risoluzione: le braccia conserte sul petto. La posa che esprime l'incertezza, le mani dietro la schiena, gli era ignota. Ma ora un mutamento si era operato in lui; tutta la sua persona, lenta e cupa, era improntata ad ansietà.

S'inoltrò nelle vie silenziose.

Tuttavia seguiva una direzione determinata.

Tagliò per la via più breve verso la Senna, raggiunse il quai des Ormes, costeggiò la riva, sorpassò la Grève e si fermò a qualche distanza del posto di polizia di piazza dello Châtelet, all'angolo del ponte di Notre-Dame. Tra questo ponte e il Pont-au-Change in un senso, e la ripa della Mégisserie e quella dei Fiori nell'altro, la Senna forma una specie di largo quadrato, attraversato da una corrente.

Questo tratto della Senna è temuto dai battellieri. Non vi è nulla di più pericoloso di quella rapida corrente, a quel tempo rinserrata e resa più rapida dalle palafitte del molino del ponte, che non esiste più ai nostri giorni. I due ponti, tanto vicini l'uno all'altro, aumentano il pericolo: l'acqua scorre veloce sotto gli archi, e vi forma larghe onde pericolose, vi si accumula e accavalla; i flutti fanno pressione contro i pilastri del ponte come per strapparli con enormi corde liquide. Le persone che cadono in quei gorghi non ricompaiono. I migliori nuotatori vi affogano.

Javert appoggiò i gomiti sul parapetto, si prese il mento fra le mani, e mentre le sue unghie si contraevano macchinalmente nei folti favoriti, s'immerse nella meditazione.

Una novità, una rivoluzione, una catastrofe accadeva nel fondo del suo essere; e vi era di che esaminarsi.

Javert soffriva atrocemente.

Da qualche ora egli aveva cessato di essere un uomo semplice. Era turbato; il suo cervello, tanto limpido nella sua cecità, aveva perduto la trasparenza; vi era una nube in quel cristallo. Javert sentiva il senso del dovere sdoppiarsi nella sua coscienza, e non poteva dissimularsi tale fatto. Quando aveva incontrato inopinatamente Jean Valjean sulla ripa della Senna, c'era stato in lui qualche cosa del lupo che riafferra la sua preda e del cane che ritrova il proprio padrone.

Scorgeva dinanzi a sé due vie ugualmente diritte, ma ne scorgeva due: e ciò lo atterriva, poiché egli, in tutta la sua vita, non aveva conosciuto che una sola strada diritta. E, angoscia cocente, quelle due vie erano contrarie. Una delle vie diritte escludeva l'altra. Qual era la giusta?

La sua situazione era inesprimibile.

Dovere la vita a un malfattore, accettare tale debito e restituirlo; essere, a malgrado di se stesso, su un piede d'eguaglianza con un reietto della giustizia e pagargli un servigio con un altro servigio; lasciarsi dire: «Vattene» e dirgli a sua volta: «Sei libero»; sacrificare a motivi personali il dovere, che è un obbligo generale, e sentire in questi motivi personali qualcosa di generale e forse di superiore; tradire la società per restare fedele alla propria coscienza; che tutti questi assurdi si compissero e venissero ad accumularsi su di lui, ecco ciò che lo atterriva.

Una cosa l'aveva stupito, cioè che Jean Valjean gli avesse fatto grazia, e una cosa l'aveva pietrificato, che lui, Javert, avesse fatto grazia a Jean Valjean.

A che punto era arrivato? Cercava se stesso e non si ritrovava più.

Che fare, ora? Denunciare Jean Valjean era male; lasciarlo libero, era male. Nel primo caso, l'uomo che rappresentava l'autorità cadeva più in basso di un forzato, nel secondo un forzato saliva più in alto della legge e le poneva un piede sopra. Entrambi i casi erano disonoranti per Javert. Qualsiasi partito egli avesse scelto, era il crollo per lui. Il destino ha talvolta di questi estremi a picco sull'impossibile, al di là dei quali la vita non è più altro che un precipizio. Javert era a uno di quegli estremi.

Una delle sue ansietà era la necessità di riflettere. La violenza stessa di tutte quelle emozioni contraddittorie ve lo costringeva. Il pensare era per lui cosa estremamente inusitata e singolarmente dolorosa.

Esiste sempre nella meditazione una certa quantità di ribellione interiore; e Javert si irritava di avvertirla in se stesso.

Un pensiero, su non importa che soggetto, al di fuori del ristretto cerchio delle sue funzioni, sarebbe stato per lui, in tutti i casi, una cosa inutile e affaticante. Ma il pensiero della giornata trascorsa era una tortura. È pur necessario, tuttavia, scrutare nella propria coscienza, dopo simili scosse, e render conto di sé a se stesso.

Ciò che egli aveva fatto gli dava i brividi. Lui, Javert, aveva trovato opportuno decidere, contro tutti i regolamenti di polizia, contro tutta l'organizzazione sociale e giudiziaria, contro l'intero codice, di lasciare in libertà un uomo. Il farlo gli era andato a genio; egli aveva sostituito i propri affari agli affari pubblici; non era un fatto inqualificabile? Ogni qualvolta Javert si poneva di fronte all'azione inqualificabile da lui commessa, tremava dalla testa ai piedi. A che risoluzione appigliarsi? Una sola risorsa gli rimaneva: ritornare senz'altro in via dell'Homme-Armé e arrestarvi Jean Valjean. Era chiaro che era questo che bisognava fare. Ma Javert non poteva farlo.

Qualcosa gli sbarrava la strada da quel lato.

Qualche cosa? Che cosa? Esistono forse al mondo altre cose che non siano tribunali, sentenze esecutive, polizia e autorità? Javert era sconvolto.

Un galeotto sacro! Un forzato che non si poteva acciuffare e consegnare alla giustizia! E questo per causa di Javert!

Che Javert e Jean Valjean, l'uno fatto per agire severamente, l'altro per subire, che questi due uomini, i quali, sia l'uno che l'altro, appartenevano alla legge, fossero giunti al punto da mettersi entrambi al di sopra della legge, non era cosa spaventosa?

Ma come? Una simile enormità poteva accadere, e nessuno ne sarebbe stato punito! Jean Valjean, più forte dell'intero ordine sociale, sarebbe rimasto libero, e lui, Javert, avrebbe continuato a mangiare il pane del governo!

A poco a poco i pensieri dell'ispettore divenivano terribili.

Attraverso la meditazione, Javert avrebbe potuto altresì farsi qualche rimprovero a proposito dell'insorto portato in via Filles-du-Calvaire; ma non vi pensava. Il fallo minore si perdeva in quello più grande. Del resto, quell'insorto era evidentemente un uomo morto e, legalmente, la morte estingue il procedimento penale.

Jean Valjean, ecco il peso che gli gravava sulla coscienza.

Jean Valjean lo sconcertava. Tutti gli assiomi che erano stati altrettanti punti d'appoggio della sua vita intera crollavano dinanzi a quell'uomo. La generosità di Jean Valjean verso di lui, Javert, lo accasciava. Altri fatti che egli si ricordava, e che aveva sino allora considerati menzogne e follie, gli ritornavano ora alla memoria come realtà. Dietro a Jean Valjean riappariva il signor Madeleine, e le due figure si sovrapponevano in modo da non formarne più che una sola, venerabile. Javert sentiva che qualche cosa di orribile penetrava nel suo animo: l'ammirazione per un forzato. Il rispetto per un galeotto può essere possibile? Egli ne fremeva, ma non poteva sottrarvisi. Aveva un bel dibattersi, era ridotto a doversi confessare, nel suo intimo, la condotta sublime di quel miserabile. E questo era odioso.

Un malfattore che fa del bene, un forzato che ha della compassione, che sa esser dolce, prestare soccorso, essere clemente; che è capace di rendere bene per male, che restituisce il perdono in cambio dell'odio, che preferisce la pietà alla vendetta, che preferisce rovinarsi anziché rovinare il suo nemico, che salva colui che l'ha colpito, inginocchiato al sommo delle virtù, più simile all'angelo che all'uomo: Javert era costretto a confessare che un simile mostro esisteva.

Ciò non poteva durare.

Certamente, e noi insistiamo su ciò, Javert non si era arreso senza resistenza a quel mostro, a quell'angelo infame, a quell'eroe orrido, del quale era quasi tanto indignato quanto stupefatto. Venti volte, allorché si era trovato a faccia a faccia in quella carrozza con Jean Valjean, la tigre legale aveva ruggito in lui. Venti volte era stato tentato di gettarglisi contro, di afferrarlo e di divorarlo, cioè di arrestarlo. E in realtà, che vi poteva essere di più semplice? Gridare al primo posto di polizia dinanzi a cui si passa: «Ecco un galeotto evaso dal bagno!». Chiamare i gendarmi e dir loro: «Quest'uomo è per voi!» e poi andarsene, lasciar lì quel dannato, ignorare il resto della faccenda, e non mischiarsi più di nulla. L'uomo sarebbe stato per sempre prigioniero della legge, la legge ne avrebbe fatto quel che avrebbe voluto. Che vi poteva essere di più giusto? Javert si era ripetuto tutto questo; egli aveva voluto andare oltre, agire, afferrare lui stesso il suo uomo e, allora come adesso, non era riuscito a farlo. Ogni volta che la sua mano si era convulsamene alzata verso il colletto di Jean Valjean, il suo braccio, come sotto un peso enorme, era ricaduto, ed egli aveva inteso, in fondo al suo pensiero, una voce, una strana voce che gli gridava: «Sta bene! Consegna alla giustizia il tuo salvatore. Poi fai portare la catinella di Ponzio Pilato e lavati gli artigli».

Poi, la sua riflessione ricadeva su se stesso, e accanto a Jean Valjean fatto più grande, egli vedeva se stesso, Javert, degradato.

Un forzato era il suo benefattore!

Ma perché aveva permesso a quell'uomo di lasciarlo vivere? Nella barricata, egli aveva il diritto di esser ucciso. Avrebbe dovuto usare di quel diritto. Avrebbe dovuto chiamare gli altri insorti al suo soccorso, contro Jean Valjean, farsi fucilare per forza. Sarebbe stato meglio.

La sua suprema angoscia era la sparizione della certezza. Si sentiva sradicato. Il codice non era più che un troncone nella sua mano. Aveva a che fare con scrupoli di una specie a lui ignota. In lui si compiva una rivelazione sentimentale interamente diversa dall'affermazione legale che sino allora era stata la sua unica misura. Non bastava più rimanere nell'antica onestà. Tutto un ordine di fatti inattesi sorgeva e lo soggiogava. Tutto un mondo nuovo appariva alla sua anima: il beneficio accettato e reso, l'abnegazione, la misericordia, l'indulgenza, le violenze fatte dalla pietà all'austerità, i riguardi personali, non più condanne definitive, non più dannazione, la possibilità di una lacrima nell'occhio della legge, una indefinibile giustizia secondo Dio che andava in senso inverso della giustizia secondo gli uomini. Javert scorgeva nelle tenebre lo spaventoso sorgere d'un sole morale sconosciuto; e ne era inorridito e abbagliato. Era un gufo costretto ad avere occhi d'aquila.

Egli si diceva che era dunque vero, che esistevano eccezioni, che l'autorità poteva rimanere confusa, che la regola poteva essere insufficiente dinanzi a certi fatti, che non tutto s'inquadrava nel testo del codice, che l'imprevisto si faceva obbedire, che la virtù di un forzato poteva tendere una trappola alla virtù di un funzionario, che la mostruosità poteva essere divina, che il destino presentava simili imboscate; e pensava con disperazione che lui stesso non era stato al riparo da una simile sorpresa.

Javert era costretto a riconoscere che la bontà esisteva. Quel forzato era stato buono. E lui stesso, cosa inaudita, era stato buono. Dunque, stava depravandosi.

Si considerava vile. Faceva orrore a se stesso.

Per Javert, l'ideale non consisteva nell'essere umano, grande, sublime, ma nell'essere irreprensibile.

Orbene, egli aveva mancato.

Come aveva fatto a giungere a tanto? Come era accaduto tutto ciò? Egli stesso non avrebbe saputo dirselo. Si prendeva la testa tra le mani, ma aveva un bel fare, non riusciva a spiegarselo.

Certamente, aveva sempre avuto l'intenzione di consegnare Jean Valjean alla legge, di cui questi era il prigioniero, e lui, Javert, lo schiavo. Mentre l'aveva in suo potere, neppure per un istante si era confessato d'avere il pensiero di lasciarlo andare. Si può dire che quasi a sua insaputa aveva dischiuso le dita per lasciarlo fuggire.

Ogni sorta di punti interrogativi fiammeggiavano davanti ai suoi occhi. Egli si poneva domande, rispondeva, e le sue risposte lo spaventavano. Si chiedeva: «Quel forzato, quel disperato, che io ho seguito sino a perseguitarlo, che mi ha tenuto sotto i piedi, e che poteva vendicarsi, e che doveva farlo, per rancore e per la propria sicurezza a un tempo, lasciandomi in vita, facendomene grazia, che ha fatto? Il suo dovere? No. Qualche cosa di più. E io, facendogli a mia volta grazia, che ho fatto? Il mio dovere? No. Qualche cosa di più. Esiste dunque qualche cosa che è superiore al dovere?». Qui, Javert si sgomentava; la sua bilancia si spostava, uno dei piatti cadeva nell'abisso, mentre l'altro s'innalzava verso il cielo. E in Javert, quello che era in alto non suscitava minor terrore di quello che era in basso. Benché non fosse in nessun modo quel che si chiama un volterriano, o filosofo, o incredulo, e forse anzi rispettoso per istinto verso la Chiesa stabilita, considerava questa solo come un augusto frammento del complesso sociale; l'ordine era il suo dogma e gli bastava. Da quando aveva raggiunto età di uomo e di funzionario, metteva nella polizia press'a poco tutta la sua religione, e faceva la spia – noi impieghiamo qui le parole senza la minima ironia e nel loro significato più serio – faceva la spia, l'abbiamo detto, come altri fanno il sacerdote. Egli aveva un superiore: Gisquet; e sino a quel giorno non aveva mai pensato a un altro superiore: Dio.

Questo nuovo capo, Dio, egli lo avvertiva ora inopinatamente, e ne era turbato.

Era disorientato dalla sua inattesa presenza, non sapeva che farsene di quel superiore, lui che sapeva bene che il subordinato deve sempre curvarsi, che non deve né disobbedire, né biasimare, né discutere, e che, di fronte a un superiore i cui atti lo stupiscono troppo, l'inferiore non ha altra risorsa che dare le dimissioni.

Ma come fare per presentare le dimissioni a Dio?

Comunque fosse, il suo pensiero ritornava sempre a quel punto: un fatto, per lui, dominava tutti gli altri, cioè che egli aveva commesso una spaventosa infrazione. Aveva chiuso gli occhi su un condannato recidivo evaso dal penitenziario. Aveva scarcerato un galeotto. Aveva rubato alla legge un uomo che le apparteneva. Era stato lui a far ciò. Non comprendeva più se stesso. Non era più sicuro della propria identità. Le ragioni stesse della sua azione gli sfuggivano, e ne provava solo vertigine. Sino a quel momento aveva vissuto in quella fede cieca che genera la probità tenebrosa. Quella fede lo abbandonava, quella probità gli veniva meno. Tutto quello in cui fin lì aveva creduto si dissipava. Verità che non voleva accettare lo ossessionavano inesorabilmente. Bisognava oramai essere un altro uomo. Soffriva lo strano dolore d'una coscienza bruscamente operata di cateratta. Vedeva ciò che gli ripugnava di vedere. Si sentiva vuotato, inutile, disgiunto dalla sua vita passata, destituito, dissolto. L'autorità era morta in lui. Egli non aveva più ragione di esistere.

Sentirsi commosso, quale situazione terribile!

Essere granito e dubitare. Essere la statua del castigo, fusa tutta d'un pezzo nello stampo della legge, e accorgersi repentinamente che si ha sotto la mammella di bronzo qualche cosa di assurdo e di disobbediente che somiglia quasi a un cuore! Giungere a rendere il bene per il bene, benché ci si sia detti sempre, sino all'ultimo, che simile bene era male! Essere un cane da guardia e leccare! Essere ghiaccio e fondersi! Essere una tenaglia e diventare una mano! E sentire d'un tratto le dita che si aprono! Lasciare la presa: cosa spaventosa!

L'uomo-proiettile che non conosce più la sua strada e indietreggia!

Trovarsi obbligato ad ammettere che l'infallibile non è infallibile, che vi può essere errore nel dogma e che non tutto è stato detto quando il codice ha parlato; che la società non è perfetta e l'autorità può tentennare; che è possibile uno scricchiolìo nell'immutabile; che i giudici sono soltanto uomini, che la legge può sbagliare, che i tribunali possono prendere abbaglio! Scorgere una incrinatura nell'immenso cristallo azzurro del firmamento!

Quello che si svolgeva nell'animo di Javert, era il Fampoux[1] di una coscienza rettilinea, lo sviamento di un'anima, lo schiacciarsi d'una probità irresistibilmente lanciata in linea retta e che va a urtare contro Dio. Certo, ciò era strano. Che il fuochista dell'ordine, che il macchinista dell'autorità, montato sul cieco cavallo di ferro della via rigida, possa essere disarcionato da un colpo di luce! Che l'immutabile, il diritto, il corretto, il geometrico, il passivo, il perfetto, possa piegarsi! Che vi sia una strada di Damasco per le locomotive!

Dio, sempre presente nell'interno dell'uomo, e refrattario – lui vera coscienza – alla falsa; proibizione alla scintilla di spegnersi; ordine al raggio di ricordarsi del sole; ingiunzione all'anima di riconoscere il vero assoluto posto a confronto con l'assoluto fittizio; l'umanità che non si può perdere; il cuore umano che non si può cancellare; questo splendido fenomeno, forse il più bello dei nostri prodigi interiori, era capace Javert di comprenderlo? Lo penetrava? Se ne rendeva conto? Evidentemente, no. Ma sotto la pressione di quell'incomprensibile incontestabile, egli sentiva il suo cranio scoppiare.

Era vittima di un tale prodigio, piuttosto che esserne trasfigurato. Lo subiva, esasperato. In tutto l'insieme egli non scorgeva che una immensa difficoltà d'esistere. Gli pareva che ormai la sua respirazione sarebbe stata per sempre impacciata.

Avere sopra il capo l'ignoto, era un fatto a cui Javert non era abituato.

Sino allora tutto quello che aveva avuto sopra di sé era apparso al suo sguardo come una superficie netta, semplice, limpida; lì non vi era nulla d'ignorato, né di oscuro; nulla che non fosse definito, coordinato, concatenato, preciso, esatto, circoscritto, limitato, chiuso; tutto previsto; l'autorità era una cosa piana; nessun scoscendimento in essa, davanti a essa, nessun abisso. Javert non aveva mai visto l'ignoto altro che in basso. L'irregolare, l'inatteso, il disordinato aprirsi del caos, la possibilità di scivolare in un precipizio, erano il patrimonio delle regioni inferiori, dei ribelli, dei malvagi, dei miserabili. Adesso Javert si gettava indietro, bruscamente spaventato da questa inaudita apparizione: una voragine in alto!

---

[1] Località dove, nel 1848, avvenne una deviazione ferroviaria con gravi conseguenze.

Ma che! Era dunque smantellato da cima a fondo? Totalmente sconcertato! Di che fidarsi? Tutto ciò di cui era convinto crollava! Possibile? Un miserabile magnanimo poteva trovare il punto debole della corazza della società! Che! Un onesto servitore della legge poteva vedersi di botto preso fra due crimini, quello di lasciarsi sfuggire un uomo, e quello di arrestarlo! Non tutto è sicuro nella consegna data dallo Stato a un funzionario? Vi potevano essere degli ostacoli sul cammino del dovere? Poteva tutto questo essere realtà? Era dunque vero che un ex bandito, curvo sotto le condanne, potesse raddrizzarsi e finire con l'aver ragione? Era cosa credibile? Vi erano dunque casi in cui la legge doveva trarsi indietro dinanzi al crimine trasfigurato, balbettando scuse?

Sì, tutto ciò era vero! E Javert lo vedeva! E Javert lo toccava! E non solo non poteva negarlo, ma vi prendeva parte. Quelle erano realtà. Era abominevole che i fatti reali potessero giungere a tanta deformità.

Se i fatti adempissero il loro dovere, si limiterebbero a essere le prove della legge. I fatti sono inviati quaggiù da Dio stesso. L'anarchia stava dunque per discendere dall'alto, adesso?

Così – e nell'angoscia crescente e nell'illusione ottica della costernazione, spariva tutto quello che avrebbe potuto restringere e correggere la sua impressione, e la società, il genere umano e l'universo si riassumevano oramai ai suoi occhi in un contorno semplice e terribile – così la penalità, la cosa giudicata, la forza dovuta alla legge, le sentenze delle corti supreme, la magistratura, il governo, la prevenzione e la repressione, la saggezza ufficiale, l'infallibilità legale, il principio d'autorità, tutti i dogmi sui quali riposa la sicurezza politica e civile; la sovranità, la giustizia, la logica che stilla dal codice, l'assoluto sociale, la verità pubblica, tutto ciò era divenuto rottame, materia, caos. E lui stesso, Javert, la sentinella dell'ordine, l'incorruttibilità al servizio della polizia, il cane-provvidenza della società, era vinto e atterrato; e su tutte quelle rovine si ergeva un uomo con berretto verde e aureola intorno al capo: ecco a quale sconvolgimento era giunto, ecco la spaventosa visione che aveva nell'anima.

Ciò non era sopportabile. No!

Stato violento quant'altri mai. Non aveva che due modi di uscirne. L'uno era di andare risolutamente a cercare Jean Valjean, e restituire alla galera il forzato. L'altro...

Javert abbandonò il parapetto e, stavolta a testa alta, si diresse a passo fermo verso il posto di polizia indicato da una lanterna, a uno degli angoli della piazza dello Châtelet.

Là giunto, scorse, attraverso la vetrata, un agente di polizia, ed entrò. Al solo modo di spingere la porta d'ingresso d'un corpo di guardia, gli uomini della polizia si riconoscono l'un l'altro. Javert disse il proprio nome, mostrò la sua carta all'agente e si sedette al tavolino, su cui ardeva una candela. V'erano sul tavolino una penna, un calamaio di piombo e carta preparata per il caso di eventuali processi verbali, e per le relazioni delle ronde notturne.

Quella tavola, sempre completata da una sedia impagliata, è una vera istituzione; esiste in tutti i posti di polizia; essa è invariabilmente ornata di un piattino di bosso colmo di segatura, e di una scatoletta di cartone piena di ostie rosse per sigillare: forma il piano inferiore dello stile ufficiale. Di lì comincia la letteratura dello Stato.

Javert prese la penna, un foglio di carta, e si mise a scrivere. Ecco che cosa scrisse:

Qualche osservazione nell'interesse del servizio.

Primo: prego il signor prefetto di polizia di prestare attenzione a quanto segue.

Secondo: i detenuti che ritornano dall'interrogatorio si levano le scarpe e durante la perquisizione restano a piedi nudi sull'ammattonato. Parecchi, rientrando in prigione, tossiscono. Ciò provoca spese d'infermeria.

Terzo: la *filatura* è un buon metodo, con cambio di agenti di tratto in tratto, ma bisognerebbe che, in taluni casi importanti, almeno due agenti non si perdessero di vista, attesoché, se per una qualunque ragione un agente viene a mancare nel servizio, l'altro lo sorveglia e lo sostituisce.

Quarto: non si spiega perché il regolamento speciale della prigione delle Madelonnettes interdica ai prigionieri di avere una sedia, sia pure a pagamento.

Quinto: alle Madelonnettes, non vi sono che due sbarre alla finestra della cantina, il che permette alla cantiniera di lasciarsi toccare la mano dai detenuti.

Sesto: i detenuti detti «abbaiatori», perché chiamano gli altri detenuti al parlatorio, si fanno pagare dal prigioniero due soldi per gridare il suo nome distintamente. È un furto.

Settimo: nel laboratorio dei tessitori si trattengono al detenuto dieci soldi per ogni filo fuggente: è un abuso dell'appaltatore, perché la tela non ne risulta meno buona.

Ottavo: è spiacevole che i visitatori della Force debbano attraversare la corte dei ragazzi per recarsi al parlatorio di Santa Maria Egiziaca.

Nono: è fatto accertato che si odono ogni giorno i gendarmi raccontare nel cortile della prefettura di polizia gli interrogatori fatti ai prevenuti da parte dei magistrati. Per un gendarme, che dovrebbe essere sacro, il ripetere quello che ha inteso nel gabinetto del giudice istruttore è un grave abuso.

Decimo: la signora Henry è una donna onesta; la sua cantina è pulitissima; ma è male che una donna tenga la chiave dello sportello della camera di sicurezza. Ciò non è degno della Prigione di una grande civiltà.

Javert vergò queste righe con la sua scrittura più calma e più corretta, senza omettere una virgola, facendo stridere vigorosamente la penna sulla carta. Sotto l'ultima riga egli firmò:

«Javert: ispettore di I classe.

«Dal posto di polizia dello Châtelet.

«7 giugno 1832 a circa un'ora del mattino».

Javert fece asciugare l'inchiostro sulla carta, poi piegò questa come una lettera, la sigillò, vi scrisse sopra: *Nota per l'amministrazione*, lasciò lo scritto sul tavolo, e uscì dal posto di polizia. La porta a vetri munita d'inferriata si chiuse alle sue spalle.

Javert attraversò di nuovo in diagonale la piazza dello Châtelet, ritornò sul lungofiume, e con una precisione automatica raggiunse il punto che aveva lasciato un quarto d'ora prima. Appoggiò i gomiti al parapetto e si ritrovò nello stesso atteggiamento, sulla stessa pietra. Sembrava non si fosse mai mosso.

L'oscurità era completa. Era l'ora sepolcrale che segue la mezzanotte. Un soffitto di nubi celava le stelle. Il cielo non era che un sinistro spessore. Le case della Cité[2] non avevano più un solo lume acceso; nessuno passava; tutte le vie e i lungofiumi erano deserti. Notre-Dame e le torri del palazzo di giustizia parevano lineamenti della notte. Un fanale gettava la sua luce rossastra sul parapetto dell'argine. Le sagome dei ponti svanivano nella nebbia, le une dietro le altre. Le piogge avevano fatto ingrossare il fiume.

Il punto in cui Javert si era fermato, il lettore se ne ricorderà, era situato precisamente sopra la rapida della Senna, a picco su quella temibile spirale di vortici che si snodano e si annodano come una vite senza fine.

Javert chinò la testa e guardò giù. Tutto era buio. Non si distingueva nulla. Si udiva solo un ribollire di schiuma, ma non si scorgeva l'acqua. A tratti, in quella vertiginosa profondità, un chiarore appariva e serpeggiava vagamente, poiché l'acqua ha la potenza, anche nelle tenebre più profonde, di strappare da non so dove un filo di luce e trasformarlo in serpe. La luce svaniva, e tutto tornava indistinto. Pareva che qui si spalancasse l'immensità. Quel che Javert aveva sotto di sé non era acqua, ma voragine. Il muro del parapetto, a picco, che a tratti appariva confusamente attraverso i vapori del fiume, pareva un dirupo dell'infinito.

[2] Il quartiere più antico e centrale di Parigi.

Non si scorgeva nulla ma si avvertiva il freddo ostile dell'acqua e l'odore insipido delle pietre bagnate. Un soffio selvaggio saliva da quell'abisso. La piena del fiume, piuttosto indovinata che vista, il tragico mormorìo dei flutti, la lugubre vastità delle arcate del ponte, l'immagine di una caduta in quell'oscuro vuoto, tutta quella tenebra era piena d'orrore.

Javert rimase qualche momento immobile, fissando quella voragine di tenebre; considerava l'invisibile con una fissità che poteva sembrare attenzione. L'acqua rumoreggiava. Di botto, Javert si tolse il cappello e lo posò sul parapetto. Un istante dopo, una figura alta e nera, che da lontano qualche passante ritardatario avrebbe potuto scambiare per un fantasma, apparve ritta in piedi sul parapetto, si chinò verso la Senna, poi si rizzò e piombò diritta nelle tenebre; vi fu un tonfo sordo; e le tenebre solo conobbero il segreto delle convulsioni di quella forma oscura scomparsa sott'acqua.

LIBRO QUINTO

IL NIPOTE E IL NONNO

I
DOVE SI RITROVA L'ALBERO CON LA FASCIATURA DI ZINCO

Qualche tempo dopo gli avvenimenti che abbiamo raccontato, messer Boulatruelle provò una viva emozione.

Messer Boulatruelle è quel cantoniere di Montfermeil, che abbiamo già conosciuto in una tenebrosa parte di questo libro.

Boulatruelle, il lettore forse se ne ricorderà, si occupava di faccende losche e diverse. Spaccava pietre e danneggiava viaggiatori sulla strada maestra. Sterratore e ladro, egli aveva un sogno: credeva ai tesori sotterrati nella foresta di Montfermeil. Sperava di poter trovare, qualche giorno, del denaro tra le radici di un albero; e intanto ne pescava volentieri nelle tasche dei passanti.

Però, per il momento, egli era prudente. Non molto tempo prima l'aveva proprio scampata bella. Era stato raccolto nella retata fatta nella soffitta Jondrette con gli altri banditi. Utilità di un vizio: la sua ubriachezza l'aveva salvato. Non si era mai potuto mettere in chiaro se si era trovato là in qualità di ladro o di derubato. Un ordine di «non luogo a procedere», fondato sulla sua constatata ubriachezza di quella sera dell'imboscata, gli aveva ridato la libertà. Così, se l'era svignata, ed era ritornato alla sua strada, tra Gagny e Lagny, a fare lo stradino, sotto la sorveglianza dell'amministrazione, per conto dello Stato, a testa bassa, assai preoccupato, un po' raffreddato nel suo entusiasmo per i furti, che lo aveva quasi perduto, ma volgendosi con maggior tenerezza al vino che l'aveva salvato.

Quanto alla viva emozione provata poco tempo dopo il suo ritorno sotto il tetto di frasche della sua capanna di cantoniere, eccola:

Una mattina, Boulatruelle, nel recarsi come d'abitudine al suo lavoro, e fors'anche all'agguato, un poco prima dello spuntare del giorno, scorse tra i rami un uomo del quale non poteva vedere che la schiena, ma il cui aspetto, a quanto gli parve attraverso la distanza e nella luce del crepuscolo, non gli era del tutto ignoto. Boulatruelle, benché ubriacone, possedeva una memoria lucida ed esatta, arma di difesa indispensabile a chiunque si trovi un po' in lotta con l'ordine legale.

«Dove diavolo ho mai visto qualche cosa di simile a quell'uomo?»
si chiese.

Ma non poté rispondersi nulla, tranne che colui rassomigliava
confusamente a qualcuno di cui serbava la traccia nella mente.

Del resto Boulatruelle, indipendentemente dall'identità che
non riusciva a riafferrare, fece qualche calcolo e alcuni confronti e
ravvicinamenti. Quell'uomo non era del paese. Dunque vi era arrivato. A piedi evidentemente. Nessuna carrozza pubblica passa a
quell'ora a Montfermeil. Doveva aver camminato tutta la notte. Da
dove veniva? Non da lontano, perché non aveva con sé né bisaccia,
né pacchi. Senza dubbio giungeva da Parigi. Perché si trovava in
quel bosco? E perché vi si trovava a un'ora simile? Che ci veniva a
fare?

Boulatruelle pensò al tesoro. A forza di rovistare nella memoria, si
ricordò vagamente d'aver già provato, molti anni prima, un'agitazione simile, a proposito di un uomo che gli pareva potesse essere benissimo il suo uomo di oggi.

Mentre meditava, aveva, sotto il peso stesso dei suoi pensieri, chinato la testa, gesto naturale ma poco avveduto. Quando la rialzò,
non c'era più nessuno. L'uomo era scomparso nella foresta e nel crepuscolo.

«Per tutti i diavoli,» si disse Boulatruelle «lo ritroverò! Scoprirò la
parrocchia di quel parrocchiano. Quel passeggero mattutino deve
avere qualche scopo, e io lo saprò. Nel mio bosco non esistono segreti
in cui io non m'immischi.»

Egli prese la zappa, che era molto affilata.

«Ecco» borbottò «di che frugare sotto terra e dentro un uomo.»

E così, come un filo si riattacca a un altro filo, dirigendo del suo
meglio i passi nella direzione che presumibilmente l'uomo aveva seguito, Boulatruelle s'incamminò attraverso il bosco.

Quando ebbe percorso un centinaio di passi, il giorno, che cominciava a spuntare, lo favorì. Orme di passi impresse qua e là sulla sabbia, l'erba calpestata, alcune eriche schiacciate, qualche ramoscello
piegato nei cespugli e che si raddrizzava profilandosi contro il cielo
con graziosa tenerezza, come braccia di donna che si stiri svegliandosi, gli indicarono la pista. La seguì, poi la smarrì. Intanto il tempo passava. Si addentrò nel bosco, e giunse a una specie di altura. Un cacciatore mattiniero che passava in lontananza su un sentiero, fischiettando l'aria di Guilery, gli suggerì l'idea di arrampicarsi su un albero. Per
quanto vecchio, Boulatruelle era agile. Lì vicino cresceva un altissimo
faggio, degno di Titiro e di Boulatruelle. Questi vi si arrampicò più in
alto che gli fu possibile.

L'idea era buona. Nell'esplorare la solitudine dalla parte del bosco più folto e selvaggio, Boulatruelle scorse a un tratto il suo uomo. Ma l'aveva appena scorto, che lo perse nuovamente di vista.

Lo sconosciuto penetrò o piuttosto scivolò in una radura alquanto distante, mascherata da un folto gruppo di alberi altissimi. Boulatruelle conosceva benissimo tale spiazzo, per avervi osservato un mucchio di pietre accanto a un vecchio castagno malato e medicato con una lastra di zinco inchiodata sulla scorza. Quella radura era un tempo chiamata il fondo Blaru. Il mucchio di pietre, destinato a chissà mai quale impiego, che vi si vedeva trent'anni or sono, è senza dubbio lì ancora. Non vi è nulla che eguagli la longevità di un mucchio di ciottoli, tranne quella di una palizzata di tavole. Sono entrambi provvisori: ottima ragione per durare a lungo!

Boulatruelle, con la rapidità data dalla gioia, più che discenderne, si lasciò cadere dall'albero. La tana era trovata, non si trattava più che di cogliere la bestia. Il famoso tesoro sognato, probabilmente era lì.

Non era cosa di poco conto giungere sino alla radura. A passare dai sentieri battuti, che fanno mille giravolte capricciose, occorreva un buon quarto d'ora. In linea retta, attraverso il folto, che in quel punto era straordinariamente denso, spinoso e aggressivo, sarebbe occorsa una buona mezz'ora. Boulatruelle ebbe il torto di non comprendere questo. Egli ebbe fede nella linea retta; illusione ottica rispettabile, ma che porta alla rovina molti uomini. La macchia folta, per quanto spinosa fosse, gli parve la strada buona.

«Prendiamo la via Rivoli dei lupi» si disse.

Boulatruelle, abituato a scegliere le strade traverse, questa volta ebbe il torto di andare diritto.

Egli si gettò risolutamente nel groviglio della boscaglia. Dovette lottare contro agrifogli, ortiche, biancospini, rose canine, cardi e rovi molto irascibili. Ne uscì tutto graffiato.

In fondo al roveto, trovò un corso d'acqua, che dovette attraversare.

Giunse finalmente alla radura Blaru, dopo una quarantina di minuti, tutto sudato, bagnato, senza fiato, graffiato, inferocito.

Nella radura non c'era nessuno.

Boulatruelle si avvicinò di corsa al mucchio di pietre. Era al suo posto. Non era stato portato via.

Quanto all'uomo, era svanito nella foresta. Era fuggito. Dove? In quale direzione? In quale macchia? Impossibile indovinarlo.

E, cosa straziante, dietro al mucchio di pietre, ai piedi dell'albero dalla lastra di zinco, c'era della terra smossa di fresco, una zappa dimenticata o abbandonata, e un buco. Quel buco era vuoto.

«Ladro!» esclamò Boulatruelle, mostrando i pugni all'orizzonte.

Marius fu per lungo tempo tra la vita e la morte. Durante alcune settimane ebbe una forte febbre accompagnata dal delirio, e gravi sintomi cerebrali, causati più dai traumi inerenti alle ferite della testa, che dalle ferite per se stesse.

Durante lunghe notti, egli ripeté il nome di Cosette con la lugubre loquacità della febbre e l'oscura ostinazione dell'agonia. L'estensione di certe ferite costituì un grave pericolo, dato che la suppurazione di simili piaghe, sotto talune influenze atmosferiche, può facilmente essere riassorbita e provocare la morte del ferito; a ogni cambiamento di tempo, al minimo temporale, il medico era preoccupato. «Soprattutto che il ferito non provi alcuna emozione» egli ripeteva. Le medicazioni erano complicate e difficili, non essendo ancora stato inventato a quel tempo il mantenimento delle fasciature mediante il cerotto. Nicolette adoperò per far filacce un lenzuolo grande «come un soffitto», diceva lei. Non fu senza fatica che le soluzioni di cloruro e il nitrato d'argento riuscirono a vincere la cancrena. Finché ci fu pericolo, il signor Gillenormand, disperato, fu al capezzale del nipote, né vivo né morto, al pari di Marius.

Tutti i giorni, e talvolta due volte al giorno, un signore dai capelli bianchi, vestito molto bene, almeno secondo i ragguagli forniti dal portiere, veniva a prender notizie del ferito, e lasciava un grosso pacco di filacce per le medicazioni.

Finalmente, il 7 settembre, quattro mesi giusti giusti da quella dolorosa notte in cui Marius era stato riportato a casa del nonno, il dottore dichiarò che rispondeva delle condizioni del ferito. Incominciò la convalescenza. Marius dovette però rimanere ancora più di due mesi steso su una sedia a sdraio, a causa delle complicazioni causate dalla frattura della clavicola. Vi è sempre un'ultima piaga che non vuol rimarginarsi e che prolunga di un'eternità le cure, con gran noia del paziente.

Del resto, la lunga malattia e la lunga convalescenza posero Marius al riparo dalle persecuzioni. In Francia non esiste collera, anche pubblica, che non si estingua in sei mesi. Le sommosse, nello stato in cui si trova la società, sono talmente colpa di tutti, che sono seguite da un certo bisogno di chiudere gli occhi.

Soggiungiamo che l'inqualificabile decreto Gisquet, che ingiungeva ai medici di denunciare i feriti, aveva indignato l'opinione pubblica, e non solo questa, ma il re per primo, sicché i feriti furono coperti e protetti da tale indignazione; e, a eccezione di coloro che erano stati fatti prigionieri durante lo svolgersi della lotta, i consigli di guerra non osarono perseguitare nessuno. Marius fu dunque lasciato in pace.

Gillenormand attraversò prima tutte le angosce, e poi tutte le estasi. Si durò gran fatica a convincerlo di non rimanere tutte le notti accanto al ferito. Il vecchio fece portare il suo gran seggiolone presso il letto di Marius, e dette ordine a sua figlia di prendere i più bei capi di biancheria della casa per farne compresse e bende. La signorina Gillenormand, persona saggia e anziana, trovò il modo di risparmiare la bella biancheria, pur lasciando al vecchio l'illusione di esser stato obbedito. Il signor Gillenormand non permise che gli si spiegasse che per far filacce la batista non vale quanto la grossa tela, né la tela nuova quanto quella usata. Il vecchio assisteva a tutte le medicazioni, durante le quali la signorina Gillenormand si assentava pudicamente. Quando il dottore tagliava le carni morte con le forbici, il vecchio diceva: Ahi! Ahi! Nulla era tanto commovente quanto vederlo porgere al ferito una tazza di decotto col suo lieve tremito senile. Opprimeva il dottore di domande. Non si accorgeva che erano le medesime tutti i giorni.

Quando il dottore gli annunciò che Marius era fuori pericolo, il vecchio parve delirare di gioia. Dette tre luigi di gratifica al portiere. La sera, rientrando in camera sua, ballò una gavotta facendo schioccare il pollice contro l'indice per imitare il suono delle nacchere, e cantò la seguente canzone:

> *Jeanne est née à Fougère,*
> *Vrai nid d'une bergère;*
> *J'adore son jupon*
> *Fripon!*

> *Amour, tu vis en elle;*
> *Car c'est dans sa prunelle*
> *Que tu mets ton carquois*
> *Narquois.*

> *Moi, je la chante, et j'aime*
> *Plus que Diane même*
> *Jeanne et ses durs tétons*
> *Bretons.*[1]

[1] Giovanna è nata a Fougère – Vero nido di pastorella; – Io adoro la sua sottana – Bricconcella!
Amore, tu vivi in lei; – Poiché nella sua pupilla – Tu riponi la tua faretra – Furbona motteggiatrice!
Io la canto, e amo – Più che Diana stessa – Giovanna e le sue sode mammelle – Bretoni.

Poi il vecchio si inginocchiò su una sedia, e Basque che l'osservava dalla porta semiaperta fu quasi sicuro che pregasse.

Sino allora, egli non aveva creduto gran che in Dio.

A ogni nuova fase del miglioramento, che andava delineandosi sempre più, il nonno si dava ad azioni stravaganti. Faceva un mucchio di cose macchinalmente, in piena allegria; saliva e scendeva le scale senza neppur sapere perché. Una vicina, del resto assai carina, fu un poco stupefatta di ricevere un mattino un grosso mazzo di fiori. Era il signor Gillenormand che glieli inviava. Il marito le fece una scena di gelosia. Gillenormand cercava di attirarsi Nicolette sulle ginocchia. Chiamava Marius «signor barone» e gridava: «Viva la repubblica!».

A ogni istante, il vecchio domandava al dottore: «Nevvero che non vi è più pericolo?». Covava Marius con occhi di nonna. Non lo lasciava con lo sguardo mentre egli mangiava. Non si riconosceva più, non si calcolava più nulla. Marius era il padrone della casa. Nella gioia del vecchio vi era un'abdicazione: egli pareva il nipote di suo nipote.

Nello stato di allegria in cui si trovava, era il più venerabile dei bimbi. Per paura di affaticare o di importunare il convalescente, si metteva alle sue spalle per sorridergli. Gillenormand era contento, gioioso, rapito, incantevole, giovane. I suoi capelli bianchi aggiungevano una dolce maestà alla gaia luce che gli illuminava il volto. Quando la grazia si aggiunge alle rughe, essa è adorabile. Vi è qualcosa dell'aurora nella vecchiaia serena, appagata.

Quanto a Marius, mentre si lasciava medicare e curare, non aveva che un'idea fissa: Cosette.

Da quando il delirio e la febbre l'avevano abbandonato, non pronunciava più il suo nome, e si sarebbe potuto credere che non vi pensasse più. Invece, taceva appunto perché la sua anima era con lei.

Egli non sapeva più nulla di Cosette; gli avvenimenti della via della Chanvrerie erano, nel suo ricordo, come avvolti in una nube; ombre quasi indistinte fluttuavano nella sua mente: Éponine, Gavroche, Mabeuf, i Thénardier, tutti i suoi amici, lugubremente avvolti nel fumo della barricata; la strana apparizione di Fauchelevent in quell'avventura sanguinosa gli dava l'impressione di un enigma nella tempesta; non comprendeva come si trovasse in vita, non sapeva come e da chi era stato salvato, e nessuno attorno a lui ne sapeva di più; tutto quel che avevano saputo dirgli, era che l'avevano riportato di notte, in carrozza sino in via Filles-du-Calvaire; passato, presente, avvenire, tutto per lui non era più che la nebbia d'un'idea confusa; ma in quella foschia vi era un punto immobile, una linea netta e precisa, qualche cosa che era di granito, una risoluzione, una volontà: ritrovare Cosette. Per lui, il pensiero della vita non era distinto da quello di Cosette!

Aveva decretato nel suo cuore che non avrebbe accettato l'una senza l'altra, era irrevocabilmente deciso a esigere da chiunque volesse forzarlo a vivere, da suo nonno, dalla sorte, dall'inferno, la restituzione del suo Eden sparito.

Egli non si dissimulava gli ostacoli.

Notiamo qui un particolare: Marius non era punto conquistato né molto intenerito da tutte le sollecitudini e le tenerezze del nonno. In primo luogo perché non era a parte di tutte quelle premure; e poi perché, nei suoi sogni di ammalato, forse ancora febbricitante, diffidava di quelle dolcezze come di cosa strana e nuova, che avesse per scopo di domarlo. Rimaneva freddo. Il nonno spendeva in pura perdita il suo povero vecchio sorriso. Marius si diceva che il vecchio era buono fino a tanto che lui, Marius, non parlava e lasciava fare; ma allorché si sarebbe trattato di Cosette, avrebbe trovato altro viso, e il vero atteggiamento di suo nonno si sarebbe smascherato. Allora ci sarebbe stata battaglia: recrudescenza delle questioni di famiglia, confronto delle posizioni, tutti i sarcasmi e le obiezioni in una volta, Fauchelevent, Coupelevent, la ricchezza, la miseria, la povertà, la pietra al collo, l'avvenire. Resistenza violenta; conclusione: rifiutò. Marius s'irrigidiva in anticipo.

E poi, a mano a mano che riprendeva contatto con la vita, i suoi antichi pregiudizi riapparivano, le antiche piaghe della sua memoria si riaprivano, ripensava al passato, il colonnello Pontmercy si poneva di nuovo tra Gillenormand e lui, Marius. Egli si diceva che nessuna vera bontà poteva sperare da parte di chi era stato così ingiusto e così duro verso suo padre. E con la salute, in lui risorgeva una sorta di asprezza verso il nonno. Il vecchio ne soffriva dolcemente.

Gillenormand, senza del resto dimostrarglielo affatto, osservava che Marius, da quando era stato riportato in casa e aveva ripreso conoscenza, non gli aveva neppure una volta diretto la parola dicendogli «padre mio». Non diceva certo «signore», questo è vero; ma trovava il modo di non dire né una cosa né l'altra, con uno speciale modo di girare le frasi.

Evidentemente, una crisi si avvicinava.

Come succede quasi sempre in simili casi, Marius, per prova, tentò una scaramuccia, prima di dar battaglia. Questo si chiama tastare il terreno. Un mattino accadde che Gillenormand, a proposito di un giornale che gli era capitato sotto mano, parlò alla leggera della Convenzione, e lanciò un epifonema monarchico su Danton, Saint-Just e Robespierre.

«Gli uomini del '93 erano dei giganti» disse Marius con severità.

Il vecchio tacque e non disse più parola per tutto il resto della giornata.

Marius, che aveva sempre presente nella memoria l'inflessibile nonno dei suoi primi anni, scorse in quel silenzio una profonda concentrazione di collera, ne pronosticò una lotta accanita e intensificò nei reconditi angoli della sua mente i preparativi per il combattimento.

Decise che in caso di rifiuto avrebbe strappato le bende, si sarebbe slogato di nuovo la clavicola, avrebbe messo a nudo e a vivo quel che restava delle sue piaghe e respinto qualsiasi cibo. Le sue piaghe erano le sue munizioni. Aver Cosette o morire!

Marius attese il momento favorevole con la sorniona pazienza degli ammalati.

Il momento giunse.

III

MARIUS ATTACCA

Un giorno, mentre sua figlia riordinava le fiale e le tazze sul marmo del cassettone, Gillenormand era curvo su Marius, e gli diceva col suo più tenero accento:

«Vedi, mio piccolo Marius, al posto tuo io ora mangerei della carne piuttosto che del pesce. Una sogliola fritta è cosa eccellente per incominciare la convalescenza, ma per mettere il malato in piedi, occorre una bella costoletta».

Marius, che aveva ritrovato quasi tutte le sue forze, le raccolse, si rizzò a sedere, appoggiò i pugni serrati sulle lenzuola, guardò bene in faccia il nonno, assunse un'aria terribile e disse:

«Questo mi porta a dirvi qualche cosa».

«Che cosa?»

«È che io voglio sposarmi.»

«Previsto!» ribatté il nonno. E scoppiò a ridere.

«Come, previsto?»

«Sì, previsto. L'avrai, la tua ragazza.»

Marius, stupito e oppresso dallo sbalordimento, tremò in tutte le membra.

Gillenormand proseguì:

«Sì, l'avrai, la tua bella fanciulla. Ella viene tutti i giorni, sotto forma di un vecchio signore, a prendere tue notizie. Da quando sei ferito, passa il suo tempo a piangere e fare filacce. Mi sono informato: abita in via dell'Homme-Armé, al numero 7. Ah, ci siamo! Ah, la vuoi. Ebbene, l'avrai. Ti sorprende? Tu avevi fatto il tuo piccolo complotto, ti eri detto: "Voglio dirglielo chiaro e tondo al nonno, a questa mummia

1249

della Reggenza e del Direttorio, a questo ex bello, a questo Dorante diventato Geronte.[2] Anche lui ha avuto le sue leggerezze, e i suoi amoretti, e le sue sartine e le sue Cosette, ha fatto anche lui la ruota, ha avuto le sue ali, ha assaggiato il pane della primavera; bisognerà bene che se ne ricordi. Staremo a vedere. Battaglia!". Ah, tu prendi il maggiolino per le corna! Sta bene! Io ti offro una costoletta e tu mi rispondi: "A proposito, voglio sposarmi". Accidenti, che razza di transazione! Ah, tu avevi calcolato sulle baruffe! Non sapevi che io sono un vecchio vigliacco. Che ne dici di ciò? Ti arrabbi. Trovare che il tuo nonno è ancora più stupido di te, non te l'aspettavi, e perdi il filo del discorso che mi volevi fare; signor avvocato, dev'essere seccante, neh? Ebbene tanto peggio, tienti la tua rabbia. Io faccio quel che vuoi tu, e questo ti confonde, imbecille! Ascoltami. Ho preso informazioni anch'io, sornione; la ragazza è incantevole, è saggia; la storia del lanciere non è vera, ella non fa altro che far filacce per le tue ferite; è un gioiello, ti adora. Se tu fossi morto, saremmo stati in tre. La sua bara avrebbe accompagnato la mia. Avevo ben avuto l'idea, non appena tu incominciavi a stare un po' meglio, di installarla addirittura al tuo capezzale; ma non è che nei romanzi che si introducono senza cerimonie le fanciulle accanto ai letti dei bei ragazzi feriti che le interessano. Sono cose che non si fanno. Che avrebbe detto tua zia? Eri nudo per i tre quarti del tempo, caro il mio giovanotto. Domanda a Nicolette, che non ti ha lasciato per un momento, se la presenza di una donna era possibile. E poi, che avrebbe detto il medico? Una bella figliola, non è la medicina per guarire la febbre. E finalmente, sta bene, non parliamone più, è cosa detta, cosa fatta, stabilita: pigliatela! Ecco che ti si palesa la mia ferocia. Io capivo che tu non mi volevi più bene e mi son chiesto: "Che potrei dunque fare per farmi amare da quest'animale?". E mi son detto: "To', ho la mia piccola Cosette sotto mano, gliela voglio donare, e bisognerà bene che egli mi voglia allora un po' di bene, o mi dica il perché non me ne vuole...". Ah, tu credevi che il tuo vecchio avrebbe tempestato, fatto la voce grossa, gridato di no, e alzato il bastone su questa aurora. Niente affatto. Cosette, e sia; amore, e sia. Non chiedo di meglio. Signore, prendetevi l'incomodo di sposarvi. E che tu sia felice, figlio mio diletto».

E detto ciò, il vecchio scoppiò in singhiozzi.

Poi afferrò la testa di Marius e se la strinse con tutte e due le braccia contro il suo vecchio petto; ed entrambi piansero. È questa una delle manifestazioni della felicità suprema.

«Padre mio!» esclamò Marius.

***

[2] Personaggi di Molière: Dorante, innamorato nel *Borghese gentiluomo*; Geronte, vecchio stizzoso nelle *Furberie di Scapino*.

«Ah, tu mi vuoi dunque bene!» disse il vecchio.

Fu un momento ineffabile. Entrambi soffocavano, incapaci di parlare.

Finalmente il nonno balbettò:

«Suvvia! Ecco data la stura. Mi ha detto: Padre mio».

Marius liberò la testa dalle braccia del vecchio e gli disse con dolcezza:

«Ma padre mio, ora sto bene, e mi sembra che potrei vederla».

«Previsto anche questo; la vedrai domani.»

«Padre mio!»

«Cosa c'è?»

«Perché non oggi?»

«Ebbene, sia per oggi. Vada per oggi. Mi hai detto tre volte "padre mio", e ciò merita ricompensa. Me ne occuperò. Te la condurranno qui. Previsto, ti dico. È un fatto che è stato già anche tradotto in versi. È lo scioglimento dell'elegia del *Giovane ammalato* di André Chénier, l'André Chénier che è stato sgozzato dagli sceller... dai giganti del '93.»

Gillenormand credette di scorgere un leggero corrugarsi delle sopracciglia di Marius, che in verità, dobbiamo dirlo, non l'ascoltava più, rapito com'era in estasi, e pensava molto più a Cosette che al 1793. Il nonno, tremante al pensiero di aver introdotto tanto male a proposito un accenno ad André Chénier, riprese precipitosamente:

«Sgozzato non è la parola. Il fatto è che i grandi geni rivoluzionari, che non erano malvagi, questo è incontestabile, che erano degli eroi, che diamine!, trovarono che André Chénier li disturbava un po', e l'hanno fatto ghigliot... Volevo dire che quei grandi uomini, il sette termidoro, nell'interesse della salute pubblica, hanno pregato André Chénier di andare...».

Il signor Gillenormand, stretto alla gola dalla sua frase, non poté continuare; non potendo né terminarla, né ringoiarla, intanto che sua figlia aggiustava i cuscini sotto le spalle di Marius, sconvolto da tante commozioni, si gettò, con tanta rapidità quanto gliene permetteva l'età, fuori dalla stanza. Il vecchio spinse la porta dietro a sé, e tutto rosso in volto, soffocando, la bocca piena di saliva, gli occhi fuori dalla testa, si trovò a faccia a faccia con l'onesto Basque che lucidava gli stivali in anticamera. Afferrò Basque per il colletto, e gli gridò con furore in pieno viso:

«Per le centomila incudini del diavolo, quei briganti l'hanno assassinato!».

«Chi, signore?»

«André Chénier!»

«Sì, signore» disse Basque, spaventato.

LA SIGNORINA GILLENORMAND FINISCE
PER NON GIUDICARE MALE IL FATTO CHE IL SIGNOR FAUCHELEVENT
SIA ENTRATO CON QUALCHE COSA SOTTO IL BRACCIO

Cosette e Marius si rividero.

Quello che fu il loro colloquio, rinunciamo a dirlo. Vi sono cose che non bisogna neppure tentare di dipingere: il sole è tra queste.

Tutta la famiglia, compresi Basque e Nicolette, era riunita nella camera di Marius, nel momento in cui entrò Cosette.

Ella apparve sulla soglia e sembrava aureolata di luce.

Proprio in quel momento, il nonno stava per soffiarsi il naso; rimase a mezzo, tenendo il naso nel fazzoletto e guardando Cosette al di sopra di esso.

«Adorabile!» esclamò.

Poi si soffiò rumorosamente.

Cosette era inebriata, rapita e sgomenta, ai sette cieli. Ed era anche spaurita quanto si può esserlo per la felicità. Balbettava, pallidissima, poi scarlatta, con una gran voglia di gettarsi tra le braccia di Marius, senza osare di farlo. Vergognosa di amare davanti a tutti. Si è spietati con gli amanti felici; e si resta presenti quando bramerebbero essere lasciati soli. Non hanno bisogno di nessuno.

Con Cosette e dietro di lei, era entrato un uomo dai capelli bianchi, grave, e che tuttavia sorrideva, ma di un vago e doloroso sorriso. Era il «signor Fauchelevent»; era Jean Valjean.

Era *molto ben messo*, come aveva detto il portinaio, con un abito nuovo tutto nero e la cravatta bianca.

Il portinaio era lontano le mille leghe dal riconoscere in quel borghese corretto, in quel probabile notaio, lo spaventoso portatore di cadaveri che era sorto davanti alla sua porta la notte del 7 giugno, lacero, infangato, orrido, stravolto, con la faccia mascherata di sangue e di fango, sorreggendo sotto le braccia Marius svenuto; pure il suo fiuto di portinaio era sveglio e quando il signor Fauchelevent era giunto con Cosette, non aveva potuto far a meno di confidare alla moglie, in disparte:

«Non so perché io ho sempre l'impressione d'aver già veduto quella faccia».

Il signor Fauchelevent, nella camera di Marius, restava come in disparte vicino all'uscio. Aveva sotto il braccio un pacchetto delle dimensioni di un volume in-ottavo, avvolto in carta verdastra che sembrava ammuffita.

«Quel signore porta sempre libri sotto il braccio, come ora?» chiese a bassa voce a Nicolette la signorina Gillenormand, alla quale non piacevano affatto i libri.

«Ebbene,» rispose con lo stesso tono Gillenormand che l'aveva udita «è un dotto. E con questo? Ne ha forse colpa? Il signor Boulard, che ho conosciuto, non andava mai in giro senza un libro e teneva sempre un volume sul cuore, a quel modo.»

E, salutando, disse ad alta voce:

«Signor Tranchelevent...».

Papà Gillenormand non lo fece apposta, ma la disattenzione ai cognomi era in lui una maniera aristocratica.

«Signor Tranchelevent, ho l'onore di chiedervi per mio nipote, il signor barone Marius Pontmercy, la mano della signorina.»

Il «signor Tranchelevent» s'inchinò.

«È detto» fece il nonno.

E, rivolgendosi a Cosette e a Marius, con ambe le braccia protese e benedicenti, gridò:

«Avete il permesso d'adorarvi».

Essi non se lo fecero dire due volte, naturalmente, e il cinguettìo ebbe inizio. Parlavano sottovoce. Marius appoggiato col gomito sulla sedia a sdraio, Cosette in piedi, vicino a lui. «O mio Dio!» mormorava Cosette. «Vi rivedo. Sei tu! Siete voi! Essere andato a battersi in quel modo! Ma perché? È orribile. Per quattro mesi, sono stata morta; oh, siete stato proprio cattivo a prender parte a quella battaglia! Che vi avevo fatto, io? Vi perdono, ma non lo farete più. Poco fa, quando sono venuti a dirci di venire, ho creduto ancora di star per morire, ma di gioia. Ero così triste! Non mi sono neppure concessa il tempo di vestirmi, e devo far paura. Che cosa diranno i vostri parenti, vedendomi un colletto così gualcito? Ma parlate, dunque! Lasciate parlare solo me. Abitiamo sempre in via dell'Homme-Armé. M'è stato detto che la vostra spalla fa rabbrividire, e che ci si poteva metter dentro un pugno chiuso; e poi, pare che vi abbiano tagliato la carne con le forbici. Che cosa terribile! Ho pianto tanto che non ho più occhi: è strano che si possa soffrire così. Che espressione buona ha il vostro nonno! Non vi muovete, non vi appoggiate sul gomito, state attento, potreste farvi male. Oh, quanto sono felice! La sventura è dunque finita! Sono instupidita. Volevo dirvi delle cose che non ricordo più. Mi amate sempre? Abitiamo in via dell'Homme-Armé; non c'è giardino. Ho fatto continuamente filacce. Guardate signore, guardate: ho questo callo al dito per colpa vostra.»

«Angelo!» diceva Marius.

Angelo è la sola parola della lingua che non possa logorarsi; nessun'altra parola resisterebbe all'uso spietato che ne fanno gli innamorati.

Poi, siccome erano in presenza d'altri, s'interruppero e non dissero più una sola parola, limitandosi a sfiorarsi dolcemente le mani.

Gillenormand si rivolse verso tutti coloro che erano nella camera e gridò:

«Parlate forte, voialtri! Fate rumore, dietro le quinte! Suvvia, un po' di chiasso diavolo!, in modo che questi ragazzi possano chiacchierare liberamente».

E, avvicinandosi a Marius e a Cosette, disse loro a bassa voce:

«Datevi del tu; non abbiate soggezione».

La zia Gillenormand assisteva con stupore a quella irruzione di luce nella sua casa piuttosto vecchiotta. Quello stupore non aveva nulla di aggressivo, e non era affatto lo sguardo scandalizzato e invidioso d'una civetta a due colombi; era lo sguardo inebetito d'una povera innocente di cinquantasette anni; era la vita mancata che guardava questo trionfo: l'amore.

«Te l'avevo ben detto, signorina Gillenormand maggiore,» le diceva il padre, «che ti sarebbe capitato qualcosa di simile.»

Rimase un momento silenzioso e aggiunse:

«Guarda la felicità degli altri».

Poi si rivolse a Cosette:

«Com'è graziosa, com'è graziosa! È un Greuze.[3] Tu stai dunque per avere questo gioiello tutto per te, ragazzaccio! Ah, furfante! La scampi bella con me, e sei fortunato, perché se non avessi quindici anni di troppo ce la disputeremmo alla spada. To'! Sono innamorato di voi, signorina, ed è semplicissimo: è il vostro diritto. Oh, che belle e incantevoli nozze saranno le vostre! La nostra parrocchia è Saint-Denis du Saint-Sacrement, ma mi procurerò una dispensa perché vi sposiate a Saint-Paul. È una chiesa migliore, costruita dai gesuiti, ed è più civettuola. È proprio dirimpetto alla fontana del cardinale di Birague. Ma il capolavoro dell'architettura dei gesuiti è a Namur e si chiama Saint-Loup; bisognerà che vi andiate quando sarete sposi, perché vale la pena di fare un tale viaggio. Io sono perfettamente della vostra opinione, signorina, e voglio che le ragazze si sposino: sono fatte per questo. V'è una certa santa Catherine, che mi piacerebbe di veder sempre a testa scoperta;[4] restar zitella è bello, ma è freddo. La Bibbia dice: "Moltiplicatevi". Per salvare il popolo occorre Giovanna d'Arco, ma per farlo ci vuole mamma Cicogna. Dunque, belle mie, sposatevi. Io non vedo proprio la ragione per cui si debba rimanere zitelle. So benissimo che si ha una cappella riservata in chiesa e che si trova compenso a far parte della confraternita della Vergine; ma, perdinci!, un bel marito, bravo ragazzo, e, in capo a un anno, un pupo

---

[3] Jean-Baptiste Greuze, pittore (1725-1805).
[4] In Francia si dice che «hanno la cuffia di santa Catherine» le ragazze che non trovano marito.

biondo che poppi gagliardamente, con le belle pieghe di ciccia nelle cosce, e che vi branchichi il seno con le sue zampette rosee, ridendo come l'aurora, è certo molto meglio che tenere in mano un cero durante i vespri e cantare *Turris eburnea*!».

Il nonno fece una piroetta sui suoi calcagni di novantenne, e si rimise a parlare, come una molla che scatti:

> *Ainsi, bornant le cours de tes rêvasseries,*
> *Alcippe, il est donc vrai, dans peu tu te maries.*[5]

«A proposito.»

«Cosa, papà?»

«Non avevi un amico intimo?»

«Sì, Courfeyrac.»

«Che ne è stato di lui?»

«È morto.»

«Bene.»

Si sedette vicino a essi, fece sedere Cosette e prese le loro quattro mani nelle sue vecchie mani rugose.

«È squisita, questa bambina. È un capolavoro questa tua Cosette! È una fanciulletta ed è una gran dama. Sarà soltanto baronessa, il che è un derogare, poiché ella è nata marchesa. Che ciglia! Ragazzi miei, ficcatevi bene nella zucca che voi siete nel vero. Amatevi fino a inebetirne, poiché l'amore è la bestialità degli uomini e lo spirito di Dio. Adoratevi; solo,» soggiunse, facendosi scuro a un tratto «v'è un guaio, ora che ci penso! Più della metà di quanto posseggo è costituito in vitalizio. Finché vivrò, la faccenda andrà abbastanza bene; ma dopo la mia morte, fra una ventina d'anni, ah! Poveri ragazzi miei, rimarrete senza quattrini, e le vostre belle mani bianche, signora baronessa, dovranno onorare le faccende domestiche col loro intervento...»

A questo punto, si sentì una voce grave e tranquilla che diceva:

«La signorina Euphrasie Fauchelevent possiede seicentomila franchi».

Era la voce di Jean Valjean.

Egli non aveva ancora pronunciato una parola e nessuno pareva più ricordare ch'egli era lì. Stava in piedi, immobile, dietro tutte quelle persone felici.

«Chi sarebbe questa signorina Euphrasie?» chiese il nonno sgomento.

«Sono io» rispose Cosette.

---

[5] E così, frenando il corso delle tue fantasticherie, – È proprio vero, Alcippo, che fra poco ti sposerai.

«Seicentomila franchi!» replicò Gillenormand.

«Meno, forse, quattordici o quindicimila franchi» disse Jean Valjean. E depose sulla tavola il pacchetto che la zia Gillenormand aveva preso per un libro.

Jean Valjean lo aprì lui stesso; era un pacchetto di biglietti di banca; vennero sfogliati e contati: erano cinquecento biglietti da mille franchi e centosessantotto da cinquecento; in tutto, cinquecentottantaquattromila franchi.

«Ecco un bel libro» disse il signor Gillenormand.

«Cinquecentottantaquattromila franchi!» mormorò la zia.

«Questo mette a posto molte cose, non è vero, signorina Gillenormand maggiore?» riprese il nonno. «Questo diavolo di Marius! Ha snidato una sartina milionaria dall'albero dei sogni! Andate a fidarvi degli amorazzi dei giovani, ora! Gli studenti trovano le studentesse con seicentomila franchi; Cherubino lavora meglio di Rothschild!»

«Cinquecentottantaquattromila franchi!» ripeteva a bassa voce la signorina Gillenormand. «Cinquecentottantaquattromila! Come dire seicentomila, diamine!»

Quanto a Marius e a Cosette, in quel frattempo stavano guardandosi, e badarono assai poco a quel particolare.

V

DEPOSITATE IL VOSTRO DENARO IN CERTE FORESTE
PIUTTOSTO CHE PRESSO CERTI NOTAI

Si sarà certamente compreso, senza che sia necessario dilungarsi in spiegazioni, che Valjean dopo il processo Champmathieu aveva potuto, grazie alla sua prima evasione di alcuni giorni, recarsi a Parigi e ritirare in tempo da Laffitte la somma da lui guadagnata, sotto il nome di Madeleine, a Montreuil-sur-Mer: e che, temendo di essere ripreso, come infatti gli avvenne poco tempo dopo, aveva nascosto e sotterrato quella somma nella foresta di Montfermeil, nella località detta il fondo Blaru. Quel capitale, seicentotrentamila franchi, tutto in biglietti di banca, era poco voluminoso e stava in una scatola; solo, per preservare la scatola dall'umidità, l'aveva posta in un cofanetto di quercia, pieno di trucioli di castagno, e in quello stesso cofanetto aveva posto l'altro suo tesoro, i candelieri del vescovo. Si ricorderà ch'egli aveva portato con sé quei candelieri, allorché era fuggito da Montreuil-sur-Mer. L'uomo che era stato scorto da Boulatruelle una prima volta, era Jean Valjean; più tardi, ogni volta che Jean Valjean aveva bisogno di denaro, si recava a prenderlo nella radura Blaru. Da ciò le assenze di cui parlammo. Teneva celata una zappa nella brughiera, in un nascondiglio noto a lui solo. Quando vide Marius in convalescenza, sentendo che si avvicinava l'ora in cui quel denaro avrebbe potuto essergli utile, era andato a prenderlo; ed era ancora lui che Boulatruelle aveva visto nel bosco, questa volta di mattina, invece che di sera. Boulatruelle ereditò la zappa.

La somma reale era di cinquecentottantaquattromila e cinquecentro franchi. Valjean trattenne i cinquecento franchi per sé. «Dopo vedremo» pensò.

La differenza fra quella somma e i seicentotrentamila franchi ritirati da Laffitte rappresentava le spese di dieci anni, dal 1823 al 1833; i cinque anni di soggiorno nel convento erano costati solo cinquemila franchi.

Jean Valjean dispose i due candelieri d'argento sul camino, dove brillarono con grande ammirazione di Toussaint.

Del resto, Valjean sapeva d'essersi liberato di Javert. Era stato narrato davanti a lui, e aveva verificato il fatto nel «Moniteur» sul quale era pubblicato, che un ispettore di polizia, di nome Javert, era stato trovato annegato sotto una chiatta da lavandaia, fra il Pont-au-Change e il Pont-Neuf: e che uno scritto lasciato da quell'uomo, irreprensibile peraltro e molto stimato dai suoi capi, faceva credere a un accesso di alienazione mentale e a un suicidio. «In verità,» pensò Valjean «dal momento che, avendomi in suo potere, m'ha lasciato in libertà, bisogna proprio dire che fosse impazzito.»

VI

I DUE VECCHI FANNO DI TUTTO, CIASCUNO A SUO MODO,
PERCHÉ COSETTE SIA FELICE

Vennero fatti tutti i preparativi per il matrimonio. Il medico, consultato, dichiarò che le nozze avrebbero potuto aver luogo in febbraio. Si era in dicembre. Trascorsero alcune incantevoli settimane di felicità perfetta.

Il meno felice non era il nonno, che rimaneva per interi quarti d'ora in contemplazione davanti a Cosette.

«L'ammirevole graziosa fanciulla!» esclamava. «Che aspetto dolce e buono! Non c'è che dire, è la più incantevole ragazza ch'io abbia visto in vita mia; in seguito, avrà virtù che olezzeranno di viola. È una grazia, proprio! Non si può che vivere nobilmente, accanto a una simile creatura. Marius, ragazzo mio, sei barone, sei ricco; ti supplico di non stare a farmi il leguleio.»

Cosette e Marius erano passati bruscamente dal sepolcro al paradiso. La transizione non era stata sufficientemente preparata, ed essi ne sarebbero rimasti storditi, se non ne fossero stati abbagliati.

«Capisci qualche cosa di tutto ciò?» diceva Marius a Cosette.

«No,» rispondeva Cosette «ma mi sembra che il buon Dio ci guardi.»

Jean Valjean fece tutto, appianò tutto, conciliò tutto, rese tutto facile. S'affrettava verso la felicità di Cosette con altrettanta premura e, in apparenza, con altrettanta gioia quanta ne provava la stessa Cosette.

Siccome era stato sindaco, seppe risolvere un problema delicato, il segreto del quale era noto solo a lui, e cioè lo stato civile di Cosette. Dire crudamente l'origine di lei avrebbe potuto, chi sa? mandare a monte il matrimonio; ma egli trasse Cosette da ogni difficoltà. Le attribuì una famiglia di persone morte, mezzo sicuro per non incorrere in alcuna opposizione. Cosette era l'unica superstite d'una famiglia estinta; Cosette non era sua figlia, ma la figlia d'un altro Fauchelevent. Due fratelli Fauchelevent erano stati giardinieri nel convento del Petit Picpus. Coloro che si recarono al convento ebbero le migliori informazioni e gran copia di rispettabili testimonianze: le buone suore, poco adatte e poco inclini a scandagliare le questioni di paternità e non subodorando alcuna malizia, non avevano mai saputo con precisione di quale del due Fauchelevent fosse figlia la piccola Cosette, e dissero ciò che si volle, e lo dissero con zelo. Venne redatto un atto di notorietà, e Cosette di fronte alla legge divenne la signorina Euphrasie Fauchelevent e fu dichiarata orfana di padre e di madre. Jean Valjean fece in modo di essere designato, sotto il nome di Fauchelevent, come tutore di Cosette, con Gillenormand protutore.

Quanto ai cinquecentottantaquattromila franchi, erano un legato fatto a Cosette da una persona morta, che desiderava restare incognita. Il legato originario era di cinquecentonovantaquattromila franchi, ma diecimila franchi erano stati spesi per l'educazione della signorina Euphrasie, di cui cinquemila pagati al convento stesso. Quel legato depositato nelle mani d'un terzo, doveva essere consegnato a Cosette alla sua maggiore età o al suo matrimonio.

Tutto quel complesso di cose, come si vede, era accettabilissimo, soprattutto con un'aggiunta di oltre mezzo milione; c'era, è vero, qua e là qualche stranezza, ma nessuno se ne avvide, poiché uno degli interessati aveva gli occhi bendati dall'amore, e gli altri dai seicentomila franchi.

Cosette seppe così di non esser figlia di quel vecchio che aveva così a lungo chiamato padre. Egli non era che un parente, e un altro

Fauchelevent era il suo vero padre. In qualunque altro momento, una cosa simile l'avrebbe straziata; ma nell'ora ineffabile che attraversava, non fu che un po' d'ombra, un oscuramento, ed era tanta la sua gioia, che quella nube durò poco. Aveva Marius. Col sopraggiungere del giovane, il vecchio si cancellava: così è la vita.

E poi, Cosette era abituata da molti anni a vedersi intorno degli enigmi; e chiunque abbia avuto un'infanzia misteriosa è sempre proclive a certe rinunce.

Tuttavia, ella continuò a chiamare Jean Valjean: papà.

Cosette, ai sette cieli, era entusiasta di papà Gillenormand. È vero che egli la colmava di madrigali e di doni. Mentre Jean Valjean costruiva a Cosette uno stato normale nella società e una situazione finanziaria inattaccabile, Gillenormand vegliava sui regali di nozze. Nulla lo divertiva come l'essere magnifico. Aveva donato a Cosette un abito di pizzo di Binche che gli proveniva dall'avola.

«Queste mode rinascono» diceva. «Le anticaglie fanno furore e le giovani donne della mia vecchiaia si vestono come le vecchie della mia infanzia.»

Svaligiava i suoi rispettabili cassettoni di lacca di Coromandel dalla pancia rotonda, che da anni non erano stati aperti. «Confessiamo queste ricche vedove,» diceva «vediamo che cosa hanno nel ventre.» Violava rumorosamente cassetti panciuti, pieni d'abiti di tutte le sue mogli, di tutte le sue amanti e di tutte le sue antenate; sete cinesi, damaschi, lampassi, seterie dipinte, vesti di seta di Tours cangiante, fazzoletti delle Indie ricamati d'oro lavabile, pezze di seta a fiorami senza rovescio, pizzi di Genova e d'Alençon, vezzi di oreficeria antica, bomboniere d'avorio ornate di microscopiche carte da gioco, fronzoli e nastri, tutto egli prodigava a Cosette. Questa, meravigliata, smarrita d'amore per Marius e sbigottita di riconoscenza per Gillenormand, sognava una felicità senza fine, vestita di raso e di velluto. I doni di nozze le apparivano come sorretti da serafini. La sua anima s'involava nell'azzurro con ali di pizzo di Malines.

L'ebbrezza degli innamorati, come abbiamo detto, era solo eguagliata dall'estasi del nonno. V'era come una fanfara in via Filles-du-Calvaire.

Ogni mattino recava una nuova offerta di anticaglie del nonno a Cosette. Tutti gli ornamenti possibili sbocciavano splendidamente intorno a lei.

Un giorno Marius, che discorreva volentieri seriamente pur nella sua felicità, disse a proposito di incidente:

«Gli uomini della rivoluzione sono talmente grandi, che hanno già il prestigio dei secoli, come Catone e Focione, e ciascuno di essi sembra una memoria antica».

«Seta antica![6]» esclamò il vecchio. «Grazie, Marius, è appunto l'idea che cercavo.»

E il giorno dopo, un magnifico vestito di seta antica color tè s'aggiungeva ai doni di nozze di Cosette.

Il nonno estraeva da quei fronzoli massime di saggezza.

«L'amore è una bella cosa, ma ci vogliono anche queste cosette; occorre l'inutile nella felicità. La felicità è appena il necessario: conditemelo enormemente di superfluo. Un palazzo e il suo cuore, il suo cuore e il Louvre, il suo cuore, e le fontane di Versailles. Datemi la mia pastorella, e fate in modo che sia duchessa; conducetemi Fillide incoronata di fiordalisi e aggiungetevi centomila lire di rendita; a perdita d'occhio sotto un colonnato di marmo, e io acconsentirò alla festa e anche alla fantasmagoria del marmo e dell'oro. La felicità nuda assomiglia al pane solo: si mangia, ma non si banchetta. Io voglio il superfluo, l'inutile, lo stravagante, il troppo, ciò che non serve a nulla. Mi ricordo d'aver visto nella cattedrale di Strasburgo un orologio alto come una casa a tre piani, che segnava l'ora, che aveva la bontà di segnare l'ora, ma non sembrava destinato a tale scopo; e, dopo aver suonato mezzogiorno o mezzanotte, mezzogiorno, l'ora del sole, o mezzanotte, l'ora dell'amore, quella qualsiasi altra ora che preferite, vi dava la luna e le stelle, la terra e il mare, gli uccelli e i pesci, Febo e Febea e una congerie di cose che uscivano da una nicchia, e i dodici apostoli e l'imperatore Carlo V, ed Éponine e Sabino e un mucchio di ometti dorati che sonavano la tromba, per giunta, senza contare l'incantevole concerto di campane che si sparpagliava nell'aria a ogni istante, senza che se ne sapesse il perché. Un brutto quadrante disadorno che non segnasse che le ore avrebbe lo stesso valore? Quanto a me, io sono del parere del grande orologio di Strasburgo e lo preferisco al cuculo della Foresta Nera.»

Gillenormand sragionava specialmente a proposito delle nozze, e tutte le magnificenze del secolo decimottavo passavano alla rinfusa nei suoi ditirambi.

«Voi ignorate l'arte delle feste. Voi non sapete creare un giorno di gioia, in questi tempi» esclamava. «Il vostro secolo decimonono è molle; manca di eccessi, ignora il ricco, ignora il nobile; in ogni cosa è terribilmente comune. Il vostro Terzo Stato è insipido, incolore, inodore, e informe. Il sogno delle vostre borghesi che si sistemano, come esse dicono, è un bel salottino freddamente decorato in palissandro e calicò. Fate largo! Il signor Spilorci sposa la signorina Tirchi! Che

[6] Qui c'è un bisticcio intraducibile tra *mémoire*, memoria, e *moire*, moerro, stoffa di seta marezzata: l'eguaglianza fra le ultime sillabe di *mémoire* e il nome del drappo prezioso suscita l'idea del dono in Gillenormand.

sontuosità e che splendore! Hanno dato un luigi d'oro allo scaccino! Ecco l'epoca. Oh, io chiedo di fuggire al di là dei sarmati! Già, fin dal 1787, predissi che tutto sarebbe stato perduto, il giorno in cui vidi il duca di Rohan, principe di Léon, duca di Chabot, duca di Montbazon, marchese di Soubise, visconte di Thouars e pari di Francia, andare a Longchamps in carrozzella! Questo ha portato i suoi frutti. Nel secolo in cui viviamo si fanno affari, si gioca in borsa, si guadagna denaro, e si è spilorci. Si cura e si vernicia solo la superficie, si è azzimati, lavati, insaponati, raschiati, rasati, pettinati, impomatati, lisciati, strofinati, spazzolati, puliti all'esterno, irreprensibili, lucidi come ciottoli, discreti e lindi; e, nello stesso tempo, oh virtù della mia bella!, vi sono in fondo alla coscienza letamai e cloache da fare indietreggiare una vaccara che si pulisce il naso con le dita. Concedo al tempo attuale questo motto: pulizia sporca. Non t'arrabbiare, Marius, dammi il permesso di parlare; non dico male del popolo (ne ho sempre la bocca piena del tuo popolo), ma non ti rincresca ch'io dia una buona lavata di capo alla borghesia. Ne faccio parte anch'io, e chi ben ama, le suona pure bene. Dopo di che, dico chiaro e tondo che oggi ci si sposa, ma non ci si sa più sposare. Proprio così! Rimpiango la gentilezza delle antiche usanze, e ne rimpiango tutto: quell'eleganza, quella cavalleria, quelle maniere cortesi e leggiadre, quel lusso simpatico che tutti avevano, la musica che faceva parte delle nozze, l'orchestra in alto e i tamburini in basso, e le danze e i lieti visi attorno alla tavola e i madrigali lambiccati, le canzoni, i fuochi d'artificio, le risate schiette, il diavolo a quattro, le grandi gale di nastri. Rimpiango la giarrettiera della sposa. La giarrettiera della sposa è cugina della cintura di Venere. Su che cosa è imperniata la guerra di Troia? Perbacco, sulla giarrettiera di Elena. Perché ci si batte, perché Diomede, il divino, fracassa in testa a Merioneo il grande elmo di bronzo a dieci punte? Perché Achille ed Ettore si spilluzzicano a colpi di picca? Perché Elena si è lasciata prendere la giarrettiera da Paride. Con la giarrettiera di Cosette, Omero farebbe l'*Iliade*. Nel suo poema metterebbe un vecchio chiacchierone come me, e lo chiamerebbe Nestore. Amici miei, un tempo, in quell'amabile tempo, ci si sposava sapientemente. Si faceva un buon contratto, e poi una buona mangiata; appena uscito Cujaccio, entrava Gamache.[7] Perbacco! Gli è che lo stomaco è una bestia piacevole che chiede ciò che le è dovuto e vuole anch'essa la sua festa. Si cenava bene, e si aveva a tavola una bella vicina senza soggolo, che nascondeva il seno

---

[7] Cujaccio (Jacques Cujas, 1522-1590) giureconsulto il cui nome qui è preso come simbolo delle formalità legali. Gamache (personaggio del *Don Chisciotte*) simbolo del pranzo nuziale.

con molta parsimonia! Oh, che grandi bocche ridenti! E come si era allegri a quel tempo! La gioventù era un mazzo di fiori e ogni giovanotto finiva in un ramo di lillà o in un cespo di rose; persino i guerrieri erano pastori e se, per caso, uno era capitano dei dragoni, trovava modo di chiamarsi Floriano. Ci si teneva a essere graziosi e ci si adornava di ricami e di porpora; un borghese aveva l'aspetto d'un fiore e un marchese aveva l'aria d'una pietra preziosa; non si avevano i sottopiedi, e nemmeno gli stivali. Si era azzimati, lustri, marezzati, cangianti, agili, leggiadri e civettuoli, il che non impediva di avere la spada al fianco: si era simili a colibrì col becco e con gli artigli. Era il tempo delle *Indie galanti*.[8] Uno dei caratteri del secolo era la delicatezza, l'altro era la magnificenza e, perdiana!, ci si divertiva. Oggi tutti sono seri; il borghese è avaro, la borghese è ritrosa. Il vostro secolo è disgraziato: si caccerebbero via le Grazie perché troppo scollate. Ahimè! Si nasconde la beltà come una bruttezza. Dalla rivoluzione in qua, tutto ha le mutandine, persino le danzatrici; si esige serietà dalle ballerine, i vostri passi di danza sono dottrinari, bisogna essere maestosi. Si sarebbe desolati di non vedere il mento nella cravatta. L'ideale d'un giovincello di vent'anni che si sposa è di rassomigliare a Royer-Collard.[9] E sapete a che cosa si arriva, con quella maestà lì? A essere piccini. Imparate questo: la gioia non è soltanto allegria, essa è grande. Siate dunque innamorati allegramente, che diavolo! Sposatevi quando vi sposate, con la febbre e con lo stordimento e col baccano e con la gazzarra della felicità! Gravità in chiesa, sia pure; ma, appena terminata la messa, cospetto!, bisognerebbe far turbinare un sogno intorno alla sposa. Un matrimonio ha da essere regale e chimerico, ha da trasportare la cerimonia dalla cattedrale di Reims alla pagoda di Chanteloup. Io ho in orrore una cerimonia nuziale codarda. Perdincibacco! Salite nell'Olimpo, almeno in quel giorno siate dèi. Oh! Si potrebbe essere silfidi, si potrebbe essere Giochi e Risa, e argiraspidi, e invece si è solo gaglioffi! Amici miei, ogni sposo novello dev'essere il principe Aldobrandini; approfittate di questo istante unico della vita per involarvi nell'empireo con i cigni e con le aquile, salvo ricadere il giorno dopo nella borghesia delle rane. Non economizzate sull'imeneo, non tosate i suoi splendori; non risparmiate il quattrino, il giorno in cui siete raggianti. Le nozze non sono la famiglia. Oh! Se si facesse a modo mio, sarebbe una galanteria, si sentirebbero dei violini tra gli alberi. Ecco il mio programma: azzurro cielo e denaro. Mescolerei alla festa le divinità agresti, convocherei le driadi e le nereidi. Sarebbero le nozze d'Anfitrite, una

---

[8] Opera-balletto di Jean-Philippe Rameau.
[9] Oratore e politico, capo dei dottrinari (1763-1845).

nuvola rosea, ninfe ben pettinate e interamente nude, un accademico che offrisse quartine alla dea, e un carro tirato da mostri marini.

Triton trottait devant, et tirait de sa conque
Des sons si ravissants qu'il ravissait quiconque.[10]

Ecco un programma di festa, eccone uno vero, accidenti, o io non me ne intendo, per mille fulmini!»

Mentre il nonno, in piena effusione lirica, ascoltava se stesso, Cosette e Marius s'inebriavano del guardarsi.

La zia Gillenormand osservava tutto questo con la sua placidità imperturbabile. Aveva provato da cinque o sei mesi in qua una certa quantità d'emozioni. Marius tornato, Marius riportato sanguinante, Marius riportato da una barricata, Marius morto, e poi vivo, Marius riconciliato, Marius fidanzato, Marius che si sposava con una ragazza povera, Marius che si sposava con una ragazza milionaria. I seicentomila franchi erano stati la sua ultima sorpresa. Poi, la sua indifferenza da comunicanda aveva ripreso il sopravvento. Si recava regolarmente alle funzioni religiose, sgranava il suo rosario, leggeva il suo libro di preghiere, bisbigliava in un cantuccio della casa qualche Ave, mentre in un altro canto venivano bisbigliati degli *I love you*, e, vagamente, vedeva Marius e Cosette come due ombre. L'ombra invece era lei.

V'è un certo stato d'ascetismo inerte in cui l'anima, neutralizzata dal torpore ed estranea a ciò che si potrebbe chiamare l'occupazione del vivere, non percepisce più, tranne i terremoti e le catastrofi, alcuna delle sensazioni umane, né quelle piacevoli, né quelle penose. «Questa tua devozione» diceva papà Gillenormand alla figlia «corrisponde al raffreddore di testa: tu non senti nulla della vita, né il cattivo né il buon odore.»

Del resto, i seicentomila franchi avevano posto fine alle indecisioni della vecchia zitella. Suo padre aveva preso l'abitudine di tenerla in così poco conto, che non l'aveva consultata circa il consenso al matrimonio di Marius. Aveva agito impulsivamente, secondo il suo solito: despota divenuto schiavo, non aveva che un pensiero: soddisfare Marius. Quanto alla zia, che ella esistesse e che potesse avere un parere, non ci aveva neppure pensato; e per quanto ella fosse docile, la cosa l'aveva urtata. Alquanto rivoltata nel suo intimo, ma impassibile esteriormente, ella s'era detta: «Mio padre risolve la faccenda del matrimonio senza di me, e io risolverò la faccenda dell'eredità senza di lui». Infatti ella era ricca, e il padre non lo era, ed ella si era riservata

[10] Tritone trottava davanti, e traeva dalla sua conchiglia – Suoni così incantevoli che incantava chiunque.

la sua decisione a questo proposito. È probabile che se il matrimonio fosse stato povero, ella l'avrebbe lasciato povero. Tanto peggio per il signor nipote! Sposava una pezzente, e fosse pezzente anche lui! Ma il mezzo milione di Cosette piacque alla zia, la quale cambiò opinione nei riguardi dei due giovani innamorati. Meritavano considerazione seicentomila franchi, ed era evidente che ella non poteva fare altro che lasciare la sua ricchezza a quei ragazzi, visto e considerato che non ne avevano più bisogno.

Fu disposto che la coppia avrebbe abitato in casa del nonno; e Gillenormand volle assolutamente cederle la sua camera, la più bella della casa: «Ciò mi ringiovanirà» dichiarava. «È un vecchio progetto; avevo sempre avuto l'idea di straviziare nella mia camera.» E arredò quella camera d'un mucchio di vecchie cianfrusaglie. Poi fece tappezzare le pareti e il soffitto con una stoffa straordinaria che aveva in pezza e ch'egli riteneva d'Utrecht, dal fondo lucido d'un color giallo dorato, con fiori di velluto color cortusa. «Proprio con questa stoffa» egli diceva «era decorato il letto della duchessa d'Anville, a La Roche-Guyon.» Poi mise sul camino una statuetta di Sassonia che portava un manicotto sul ventre nudo.

La biblioteca di Gillenormand divenne lo studio legale che occorreva a Marius, poiché, come si ricorderà, il consiglio dell'ordine esigeva che gli avvocati avessero uno studio.

VII

EFFETTI DELLA FANTASTICHERIA UNITI ALLA FELICITÀ

Gli innamorati si vedevano ogni giorno. Cosette arrivava col signor Fauchelevent. «È un'inversione di cose,» diceva la signorina Gillenormand «che la futura sposa venga a domicilio a farsi fare la corte.» Ma la convalescenza di Marius aveva fatto prendere quell'abitudine, e le poltrone di via Filles-du-Calvaire, più adatte ai colloqui intimi delle sedie impagliate di via dell'Homme-Armé, l'avevano radicata. Marius e Fauchelevent si vedevano, ma non si parlavano. Sembrava che si fossero messi d'accordo su questo punto. Siccome ogni fanciulla ha bisogno di chi la sorvegli, Cosette non avrebbe potuto venire senza Fauchelevent. Per Marius, questi era la condizione per vedere Cosette, e quindi lo accettava. Quando venivano messi sul tappeto, vagamente e senza precisare, gli argomenti politici inerenti al miglioramento generale delle condizioni di tutti, essi arrivavano a darsi un po' più del sì e del no. Una volta, a proposito dell'istruzione che Marius voleva gratuita e obbligatoria, diffusa in tutte le forme, prodigata a

tutti come l'aria e il sole, ossia, in una parola, respirabile a tutto il popolo, essi si trovarono all'unisono e quasi conversarono. In quell'occasione, Marius notò che il signor Fauchelevent parlava bene e persino con una certa elevatezza di linguaggio. Tuttavia, gli mancava qualche cosa. Fauchelevent aveva qualche cosa di meno e qualche cosa di
più d'un uomo di società.

Marius, interiormente e in fondo al pensiero, circondava d'ogni
sorta di domande mute quel Fauchelevent che, con lui, era semplicemente benevolo e freddo; e di quando in quando gli veniva qualche
dubbio sui propri ricordi. Nella sua memoria c'era un vuoto, un recesso oscuro, un abisso scavato da quattro mesi d'agonia, e molte cose vi
si erano perdute. Gli veniva fatto di domandarsi se era proprio vero
che avesse visto il signor Fauchelevent, un uomo così serio e calmo,
nella barricata.

Del resto, non era quello il solo stupore che gli avessero lasciato
nella mente le apparizioni e le sparizioni del passato. Non è da credere che egli fosse libero di tutte quelle ossessioni della memoria
che ci costringono, pur se felici, pur se soddisfatti, a guardare malinconicamente indietro. La testa che non si rivolge mai verso gli orizzonti svaniti non contiene né pensiero, né amore. Di tanto in tanto,
Marius si prendeva la testa tra le mani, e il passato tumultuoso e
vago attraversava il crepuscolo ch'egli aveva nel cervello. Rivedeva
cadere Mabeuf, sentiva Gavroche cantare sotto la mitraglia e sentiva sotto le labbra il freddo della fronte di Éponine. Enjolras,
Courfeyrac, Jean Prouvaire, Combeferre, Bossuet, Grantaire, tutti i
suoi amici si rizzavano davanti a lui, e poi si dileguavano. Tutti quegli esseri cari, dolorosi, valorosi, incantevoli o tragici, erano sogni?
Erano realmente esistiti? La sommossa aveva tutto travolto nel suo
fumo. Simili grandi febbri hanno simili grandi sogni. Egli s'interrogava e si palpava: aveva le vertigini di tutte quelle realtà svanite.
Dove erano dunque tutti? Era proprio vero che tutto era morto?
Che una caduta nelle tenebre avesse portato via tutto, fuorché lui?
Gli sembrava che tutto fosse sparito come dietro un sipario. Nella
vita vi sono tali sipari che si abbassano. Dio passa all'atto seguente.

E lui stesso, era proprio il medesimo uomo di prima? Lui, il povero, ora era ricco; lui, l'abbandonato, ora aveva una famiglia; lui, il disperato, sposava Cosette. Gli pareva di aver attraversato una tomba,
di esservi entrato nero e di esserne uscito bianco. E in quella tomba,
gli altri erano rimasti. In certi momenti tutti quegli esseri del passato,
ritornati e presenti, gli facevano circolo intorno e lo rendevano cupo;
e allora egli pensava a Cosette e tornava a essere sereno; ma non ci
voleva meno di quella felicità per cancellare quella catastrofe.

Il signor Fauchelevent aveva quasi preso posto tra quegli esseri svaniti; e Marius esitava a credere che il Fauchelevent della barricata s'identificasse con quel Fauchelevent in carne e ossa, così gravemente seduto vicino a Cosette. Il primo era probabilmente uno di quegli incubi che andavano e venivano nelle sue ore di delirio. Del resto, siccome le loro due nature erano aspre, non era possibile che Marius rivolgesse alcuna domanda a Fauchelevent, e non gliene sarebbe neppure venuta l'idea; abbiamo già alluso a questo particolare caratteristico.

È meno raro di quanto non si creda il caso di due uomini che hanno un segreto comune e che, per una specie di tacito accordo, non scambiano una sola parola in proposito.

Solo una volta, Marius fece un tentativo. Fece cadere il discorso sulla via Chanvrerie e, rivolgendosi a Fauchelevent, gli disse:

«Conoscete di certo quella via, vero?».

«Quale via?»

«La via Chanvrerie.»

«Non ho idea del nome di quella via» rispose Fauchelevent col tono più naturale del mondo.

La risposta che riguardava il nome della via e non la via stessa, parve a Marius più conclusiva di quanto non fosse.

«È evidente che ho sognato» pensò. «Ho avuto un'allucinazione. Era qualcuno che gli assomigliava; il signor Fauchelevent non c'era.»

VIII

DUE UOMINI CHE È IMPOSSIBILE RITROVARE

Per quanto l'incanto fosse grande, esso non cancellò affatto nella mente di Marius altre preoccupazioni.

Mentre fervevano i preparativi del matrimonio e si aspettava il tempo stabilito, egli fece fare difficili e scrupolose ricerche retrospettive.

Egli doveva riconoscenza da più lati; ne doveva per suo padre e ne doveva per sé.

V'era Thénardier e v'era l'ignoto che aveva riportato lui, Marius, in casa Gillenormand.

Marius teneva a ritrovare quei due uomini e non voleva sposarsi, essere felice e dimenticarli, temendo che quei debiti del dovere, non pagati, proiettassero un'ombra sulla sua vita, ormai sì luminosa. Gli era impossibile lasciare dietro di sé, in sospeso, tutto quell'arretrato e voleva, prima d'entrare giocondamente nell'avvenire, avere la ricevuta del passato.

Che Thénardier fosse uno scellerato, ciò non toglieva nulla al fatto che egli aveva salvato il colonnello Pontmercy. Thénardier era un bandito per tutti, eccetto che per Marius.

E Marius, ignorando la vera scena del campo di battaglia di Waterloo, non sapeva questa circostanza: che suo padre, di fronte a Thénardier, era nella situazione strana di dovergli la vita, senza dovergli riconoscenza.

Nessuno dei vari agenti impiegati da Marius riuscì a scoprire le tracce di Thénardier. La sparizione sembrava completa da questo lato. La Thénardier era morta in carcere durante l'istruzione del processo. Thénardier e sua figlia Azelma, i due soli che rimanessero di quel gruppo pietoso, s'erano rituffati nell'ombra. Il baratro dell'Ignoto sociale s'era silenziosamente richiuso sopra quegli esseri, e non si vedevano nemmeno più alla superficie quel gorgoglìo, quel tremolìo e quegli oscuri cerchi concentrici che rivelano la caduta di qualche cosa e dove si può gettare lo scandaglio.

Poiché la Thénardier era morta, Boulatruelle era stato prosciolto, Claquesous era scomparso, i principali accusati erano evasi dal carcere e il processo per l'agguato nella topaia Gorbeau era quasi abortito. La faccenda era rimasta abbastanza oscura, e il banco delle assisi aveva dovuto accontentarsi di due subalterni: Panchaud, detto Printanier, detto Brigrenaille, e Demi-Liard, detto Due Miliardi, che erano stati condannati in contraddittorio a dieci anni di galera. I lavori forzati a vita erano stati pronunciati contro i loro complici evasi e contumaci, e Thénardier, capo e mestatore, era stato condannato, pure in contumacia, a morte. Quella condanna, la sola cosa che rimanesse di Thénardier, gettava sul nome di lui, sepolto, un bagliore sinistro, come una candela accanto a una bara.

Del resto, ricacciando Thénardier nelle estreme profondità per il timore d'essere riacciuffato, quella condanna accresceva le tenebre che coprivano quell'uomo.

Quanto all'altro, lo sconosciuto che aveva salvato Marius, le ricerche ebbero dapprima qualche risultato, poi si arrestarono di colpo. Si riuscì a ritrovare la carrozza pubblica che aveva riportato Marius in via Filles-du-Calvaire, la sera del 6 giugno. Il cocchiere dichiarò che il 6 giugno, d'ordine d'un agente di polizia, aveva «stazionato» dalle tre pomeridiane fino a notte, sul lungosenna degli Champs-Elysées, al di sopra dello sbocco della Grande Cloaca: che verso le nove di sera il cancello della Cloaca che dà sulla sponda del fiume s'era aperto e n'era uscito un uomo che portava sulle spalle un altro uomo, il quale sembrava morto; che l'agente in osservazione in quel punto aveva arrestato il vivo e sequestrato il morto; che, per ordine dell'agente, il cocchiere aveva accolto «tutta quella gente» nella sua carrozza; che dapprima erano andati in via Filles-du-Calvaire, dove avevano deposto il morto; che il morto era il signor Marius e che lui, il cocchiere, lo riconosceva benissimo, benché «questa volta» fosse vivo; che poi gli altri due erano risaliti in carrozza, ch'egli aveva frustato i cavalli e che a pochi passi dalla porta degli Archivi gli avevano gridato di fermarsi; che in quel punto della strada l'avevano pagato e lasciato in libertà; che l'agente aveva condotto con sé l'altro uomo; che non sapeva più nulla; che l'oscurità era impenetrabile.

Marius, come abbiamo detto, non si ricordava più nulla: aveva solo il ricordo d'essere stato afferrato alle spalle da una mano energica mentre cadeva riverso nella barricata; poi tutto era svanito per lui, e non aveva ripreso i sensi che in casa Gillenormand.

Egli si perdeva in congetture.

Non poteva dubitare della propria identità. E pure, com'era possibile che, caduto in via Chanvrerie, fosse stato raccolto dall'agente di polizia sulla sponda della Senna, vicino al ponte degli Invalides? Qualcuno dunque l'aveva portato dal quartiere dei mercati fino agli Champs-Elysées; e come? Attraverso la fogna. Oh, quale abnegazione inaudita!

Qualcuno? Ma chi?

Era appunto quell'uomo che Marius cercava.

Di quell'uomo, che era il suo salvatore, nulla; nessuna traccia; non il minimo indizio.

Marius, sebbene obbligato da questo lato a una grande riservatezza, spinse le sue ricerche sino alla prefettura di polizia; ma là, non più che altrove, le informazioni assunte non diedero alcun chiarimento. La prefettura ne sapeva meno del cocchiere: non si aveva alcuna notizia d'un arresto operato il 6 giugno davanti all'inferriata della Grande Cloaca, né era pervenuto rapporto di alcun agente su quel fatto che in prefettura era considerato una fiaba: e si attribuiva l'invenzione di quella fiaba al cocchiere. Un cocchiere che voglia una mancia è capace di tutto, persino d'aver fantasia; e pure il fatto era certo, e Marius non poteva dubitarne a meno che non dubitasse, come abbiamo detto, della propria identità.

In quello strano enigma, tutto era inspiegabile.

Che cos'era avvenuto di quell'uomo, di quell'uomo misterioso che il cocchiere aveva veduto uscire dal cancello della Grande Cloaca, e che portava sulle spalle Marius svenuto, e che l'agente di polizia in agguato aveva arrestato in flagrante reato di salvataggio d'un insorto? E che era avvenuto dell'agente stesso? Perché l'agente aveva taciuto? E l'uomo era riuscito a evadere? Aveva forse corrotto l'agente? Perché quell'uomo non dava alcun segno di vita a Marius che gli doveva tutto? Il disinteressamento non era meno prodigioso dell'abnegazione. Perché quell'uomo non ricompariva? Forse era superiore alla ricompensa, ma nessuno è superiore alla riconoscenza. Era morto? Che uomo era? Che volto aveva? Nessuno sapeva dirlo. Il cocchiere rispondeva che la notte era fonda. Basque e Nicolette, sbalorditi com'erano, avevano guardato solo il padroncino, tutto insanguinato; e il portinaio, la cui candela aveva illuminato il tragico arrivo di Marius, era l'unico che avesse notato l'uomo in questione, ed ecco i connotati che ne dava:

«Quell'uomo era spaventevole».

Nella speranza di trarne partito per le sue ricerche, Marius fece conservare gli abiti insanguinati che indossava quando era stato portato a casa del nonno. Esaminando l'abito, si notò che un lembo di esso era stato bizzarramente lacerato e che un pezzo mancava.

Una sera Marius parlava davanti a Cosette e a Jean Valjean di tutta quella singolare avventura, delle innumerevoli informazioni assunte e dell'inutilità dei suoi sforzi. Il volto freddo «del signor Fauchelevent» lo impazientiva, ed egli esclamò con una vivacità che aveva quasi la vibrazione della collera:

«Sì, quell'uomo, chiunque sia, è stato sublime. Sapete che cosa ha fatto, signore? È intervenuto come l'arcangelo; ha dovuto gettarsi nel folto della mischia, nascondermi, aprire la fogna, trascinarmi e portarmi! Ha dovuto percorrere più d'una lega e mezza In quelle spaventose gallerie sotterraneee, curvo, piegato, nelle tenebre, nella cloaca, per più d'una lega e mezza, signore, con un cadavere sulle spalle! E con quale scopo? Con l'unico scopo di salvare quel cadavere. E quel cadavere ero io. Egli si è detto: "In lui c'è forse ancora un barlume di vita; e io metto a repentaglio la mia vita per questa miserabile scintilla!". E la sua esistenza non l'ha arrischiata una volta sola, ma venti volte! E ogni passo era un pericolo: la prova sta nel fatto che uscendo dalla fogna egli è stato arrestato. Lo sapete, signore, che quell'uomo ha fatto tutto ciò? E senza aspettarsi alcuna ricompensa. Chi ero io? Un insorto. Che cos'ero io? Un vinto. Oh! Se i seicentomila franchi di Cosette fossero miei...».

«Sono vostri» interruppe Jean Valjean.

«Ebbene,» riprese Marius «io li darei per ritrovare quell'uomo!»

Jean Valjean rimase silenzioso.

LIBRO SESTO

LA NOTTE BIANCA

I

IL 16 FEBBRAIO 1833

La notte dal 16 al 17 febbraio 1833 fu una notte benedetta: al di sopra della sua ombra ebbe il cielo aperto. Fu la notte delle nozze di Marius e di Cosette.

La giornata era stata incantevole.

Non era stata la festa azzurra sognata dal nonno, vale a dire una fantasmagoria con una confusione di cherubini e di amorini al di sopra delle teste degli sposi, un matrimonio degno di figurare su un arazzo; ma era stata una cosa dolce e ridente.

La moda del matrimonio, nel 1833, non era quella che è oggi. La Francia non aveva ancora copiato dall'Inghilterra quella suprema delicatezza di rapire la propria moglie, di fuggire uscendo dalla chiesa, di nascondere con vergogna la propria felicità e di abbinare il procedimento d'un bancarottiere con le estasi del *Cantico dei cantici*. Non era stato ancora compreso quanto vi sia di casto, di squisito e di decente nello sballonzolare il proprio paradiso in una diligenza, nell'inframmezzare il proprio mistero di colpi di frusta, nel prendere per letto nuziale un letto d'albergo, e nel lasciarsi alle spalle, nell'alcova banale a un tanto per notte, il più sacro dei ricordi della vita confuso al convegno del conducente della diligenza con la serva d'albergo.

In questa seconda metà del secolo decimonono in cui viviamo, il sindaco con la sua sciarpa, il prete con la sua pianeta, la legge e Dio, non bastano più, e bisogna completarli col postiglione di Longjumeau, dalla giubba turchina con i risvolti rossi, i bottoni a forma di sonagli, il bracciale di metallo, i calzoni di pelle verde, i moccoli ai cavalli normanni dalla coda legata, i galloni finti, il cappello incerato, la folta chioma incipriata, l'enorme frusta e i forti stivali. La Francia non spinge ancora l'eleganza, come fa la *nobility* inglese, sino al punto di far piovere sulla carrozza degli sposi una grandine di pantofole scalcagnate e di vecchie ciabatte, in memoria di Churchill, dopo Marlborough o Malbruck, assalito il giorno del suo matrimonio dall'ira di una zia che gli portò fortuna. Le ciabatte e le pantofole non fanno ancora parte delle nostre cerimonie nuziali; ma pazienza, se il buon gusto continuerà a diffondersi vi arriveremo.

Nel 1833, sembra sian trascorsi cent'anni, non usava ancora il matrimonio al gran trotto.

A quel tempo, cosa bizzarra, si riteneva ancora che il matrimonio fosse una festa intima e sociale, che un banchetto patriarcale non guastasse punto una solennità familiare, che la gaiezza, fosse pur eccessiva, purché onesta, non arrecasse alcun male alla felicità, e che fosse ottima e veneranda usanza far sì che la fusione di due destini dai quali uscirà una famiglia cominciasse in casa, e che la coppia avesse ormai per testimonio la camera nuziale.

E perciò si aveva l'impudicizia di sposarsi in casa.

Il matrimonio venne dunque celebrato, secondo quella moda ormai tramontata, in casa Gillenormand.

Per quanto sia naturale e ordinaria questa faccenda dello sposarsi, le pubblicazioni, gli atti da redigere, il municipio, la chiesa danno sempre luogo a qualche complicazione, per cui tutto il necessario non poté essere pronto prima del 16 febbraio.

Ora, notiamo questo particolare per la pura soddisfazione di essere esatti, si verificò il caso che il 16 fosse un martedì grasso. Da ciò, esitazioni e scrupoli, soprattutto da parte della zia Gillenormand.

«Un martedì grasso?» esclamò il nonno. «Tanto meglio. V'è un proverbio: nozze di martedì grasso, non avran figli ingrati. Ma sorvoliamo: vada per il 16! Vuoi differire, Marius?»

«No, certo!» rispose l'innamorato.

«Sposiamoci, allora» fece il nonno.

Il matrimonio venne dunque celebrato il 16, nonostante la pubblica allegria. Quel giorno pioveva, ma in cielo v'è sempre un cantuccio d'azzurro al servizio della felicità, che gli amanti vedrebbero, anche se tutto il resto della creazione fosse sotto un ombrello.

La vigilia, Jean Valjean aveva consegnato a Marius, in presenza del signor Gillenormand, i cinquecentottantaquattromila franchi.

Poiché il matrimonio veniva fatto sulla base della comunanza di beni, gli atti erano stati semplici. Toussaint, ormai inutile a Jean Valjean, era toccata in eredità a Cosette che l'aveva promossa al grado di cameriera.

Quanto a Jean Valjean, c'era in casa Gillenormand una bella camera arredata appositamente per lui, e Cosette gli aveva detto in modo così irresistibile: «Papà ve ne prego», da fargli quasi promettere che sarebbe venuto ad abitarla.

Pochi giorni prima di quello fissato per le nozze era accaduto un incidente a Jean Valjean: egli s'era schiacciato un po' il pollice della mano destra; ma non era cosa grave, ed egli non aveva permesso a nessuno di occuparsene e di medicarlo, e neppure di vedere il suo male, nemmeno a Cosette. Quell' incidente però l'aveva costretto a fasciare la mano con una benda e a portare il braccio al collo, e lo aveva messo nell'impossibilità di firmare: e Gillenormand, come vice-tutore di Cosette, l'aveva sostituito.

Non condurremo il lettore al municipio, né in chiesa. Non si se-guono due innamorati fin lì, e si ha l'abitudine di voltare le spalle al dramma non appena esso infila all'occhiello un mazzolino da sposo. Ci limiteremo a notare un incidente che, non avvertito del resto dal corteo nuziale, contrassegnò il tragitto da via Filles-du-Calvaire alla chiesa di Saint-Paul.

A quel tempo si stava lastricando di nuovo l'estremità settentrio-nale della via Saint-Louis, che per ciò era sbarrata a partire dalla via del Parc-Royal; era quindi impossibile alle carrozze del corteo nuzia-le recarsi direttamente a Saint-Paul, ed essendo giocoforza cambiare itinerario, la cosa più semplice era quella di voltare per il viale. Uno degli invitati fece osservare che era martedì grasso e che quindi ci si sarebbe imbattuti in un ingombro di carrozze. «Perché?» chiese Gil-lenormand. «A causa delle maschere.» «Benissimo!» disse il nonno. «Passiamo di là. Questi giovani si sposano, e stanno per entrare nella vita seria: il vedere un po' di mascherata li preparerà.»

Voltarono per il viale. La prima delle berline di gala portava Co-sette e la zia Gillenormand, il nonno Gillenormand e Jean Valjean; Marius, ancora separato dalla sua fidanzata, secondo l'uso, veniva so-lo nella seconda. Il corteo nuziale, all'uscita della via Filles-du-Calvai-re, si cacciò nella lunga processione di carrozze che formava una cate-na senza fine dalla Madeleine alla Bastiglia e dalla Bastiglia alla Ma-deleine.

Le maschere abbondavano sul viale. Aveva un bel piovere ogni tanto: Pagliaccio, Pantalone e Arlecchino s'ostinavano lo stesso; nel buon umore di quell'inverno del 1833, Parigi si era travestita da Ve-nezia. Oggi non si vedono più martedì grassi simili a quello: tutto ciò che esiste è già un carnevale diffuso, e quindi non v'è più carnevale.

I viali laterali erano gremiti di passanti e le finestre di curiosi; le terrazze che coronano i peristili dei teatri erano piene di spettatori. Oltre alle maschere, tutti guardavano quella sfilata, caratteristica del martedì grasso come di Longchamps, di veicoli d'ogni sorta: carrozze pubbliche, omnibus, carri, carretti e carrozzelle che procedevano in ordine, rigorosamente uno dopo l'altro come volevano i regolamenti di polizia urbana, e come se andassero sopra rotaie. Chiunque si trovi in uno di quei veicoli è a un tempo spettatore e spettacolo. Le guardie municipali regolavano ai lati del viale il corso di quelle due intermi-nabili file parallele, che si muovevano in senso contrario: e affinché nulla intralciasse la loro doppia corrente sorvegliavano quei due ruscelli di veicoli che scorrevano l'uno a valle e l'altro a monte, l'uno verso la Chaussée d'Antin e l'altro verso il sobborgo Saint-Antoine. Le carrozze stemmate dei pari di Francia e degli ambasciatori percorrevano la parte centrale del viale, andando e venendo liberamente; certi cortei magnifici e allegri, particolarmente quello del Bue Grasso, avevano lo stesso privilegio. In quella giocondità parigina, l'Inghilterra faceva schioccare la sua frusta; passava con fragore la carrozza da viaggio di lord Seymour schernita con un nomignolo da trivio.

Nella duplice fila, lungo la quale galoppavano come cani da pastore le guardie municipali, certe oneste berline private, ingombre di zie e di nonne, mettevano in mostra agli sportelli freschi gruppi di fanciulli mascherati, pierotti di sette anni e pierette di sei, incantevoli piccoli esseri che intuivano di far ufficialmente parte della pubblica allegria, compenetrati della dignità della loro arlecchinata, cui partecipavano con gravità da funzionari.

Di tanto in tanto sopravveniva qua e là qualche intralcio nella processione dei veicoli, e l'una o l'altra delle due file laterali si fermava, finché il nodo non fosse sciolto; bastava l'incaglio d'un solo veicolo per paralizzare tutto il traffico. Poi si rimettevano in cammino.

Le carrozze del corteo nuziale erano nella fila che andava verso la Bastiglia seguendo la destra del viale. All'altezza della via del Pont-aux-Choux, vi fu una fermata; quasi contemporaneamente, dall'altra parte, la fila che andava verso la Madeleine si fermò anch'essa. In quel punto la fila esibiva un carro mascherato.

Quelle carrozze, o, per meglio dire, quelle carrettate di maschere sono ben note ai parigini. Se esse mancassero a un martedì grasso o a una mezza quaresima, si penserebbe che v'è sotto qualche cosa, e si direbbe: «Probabilmente sta per cambiare il ministero». Un mucchio di Cassandre, d'Arlecchini e di Colombine, sballottati al di sopra dei passanti, tutti i grotteschi possibili dal turco fino al selvaggio, ercoli che sorreggono delle marchese, donnacce che avrebbero fatto turare le orecchie a Rabelais, come le mènadi facevano abbassare lo sguardo ad Aristofane, parrucche di stoppa, maglioni rosa, cappelli da fantoccio, occhiali da bacchettone, tricorni alla contadina molestati da una farfalla, grida gettate ai pedoni, pugni sui fianchi, pose ardite, spalle nude, volti mascherati e impudicizie sfrenate; un caos di sfrontatezze, portato a passeggio da un cocchiere col capo coperto di fiori: ecco che cos'è questa istituzione. La Grecia aveva bisogno del carro di Tespi, la Francia ha bisogno della carrozza d'affitto di Vadé.

Tutto può essere parodiato, persino la parodia. I saturnali, questa smorfia della bellezza antica, giungono, d'ingrandimento in ingrandimento, al martedì grasso; e il baccanale, un tempo coronato di pampini e inondato di sole, che mostrava seni marmorei in una seminudità divina, oggi afflosciato sotto i cenci bagnati del nord, è diventato miserabile e lercio.

La tradizione dei carri mascherati risale ai tempi più antichi della monarchia. L'amministrazione di Luigi XI accordava al podestà di palazzo «venti soldi tornesi per tre cocchi di maschere nei crocicchi»; ai nostri giorni, quei mucchi rumorosi di gente si fanno abitualmente scarrozzare da qualche vecchio *coucou*,[1] di cui ingombrano l'imperiale, oppure gravano col loro gruppo tumultuoso un landò della pubblica amministrazione, col mantice abbassato. Sono in venti in una carrozza di sei posti; ve ne sono a cassetta, sullo strapuntino, sui fianchi del mantice, sul timone; si mettono persino a cavallo dei fanali della carrozza. Stanno in piedi, coricati, seduti, coi garretti rattrappiti e le gambe penzoloni; le donne sono sedute sulle ginocchia degli uomini. Si scorge da lontano sul formicolìo delle teste la loro piramide forsennata, e quelle carrozzate formano montagne d'allegria in mezzo alla ressa; ne sgorgano i poeti Colé, Panard e Piron, arricchiti dal gergo. Di lassù si sputa sul popolo il catechismo plebeo, e quella carrozza d'affitto, fatta smisurata dal suo carico, ha un'aria di conquista. Baccano la precede e Gazzarra la segue; in essa si vocifera, si fanno vocalizzi, si urla, si scoppia, ci si torce dalla felicità; l'allegria ruggisce, il sarcasmo fiammeggia e la giovialità vi si dispiega come una porpora. Due rozze trascinano la farsa sbocciata in apoteosi: è il carro di trionfo del Riso. Riso troppo cinico per essere franco. E infatti quel riso è sospetto, poiché ha una missione, ossia è incaricato di provare ai parigini ch'è carnevale.

Quei veicoli plebei, in cui si avvertono non so quali tenebre, danno da pensare al filosofo. C'è la mano del governo lì dentro, e in essi si tocca col dito un'affinità misteriosa tra gli uomini pubblici e le donne pubbliche.

Che le turpitudini messe pubblicamente in mostra diano un totale d'allegria; che sovrapponendo l'ignominia all'obbrobrio si adeschi un popolo; che lo spionaggio utilizzato come cariatide alla prostituzione diverta la turba affrontandola; che la folla provi gusto a veder passare sulle quattro ruote d'una carrozza quel mostruoso mucchio vivente, orpello e cencio, metà lordura e metà luce, che abbaia e che canta; che si battano le mani a quella gloria fatta di tutte le vergogne; che non vi sia una festa per le moltitudini, senza che la polizia ci ficchi in mezzo quelle specie di gaie idre a venti teste, tutto ciò è triste. Ma che farci? Quelle carrette di fango infiocchettato e infiorato sono insultate e amnistiate dalla pubblica risata: la risata di tutti è complice della degradazione universale. Certe feste malsane disgregano il popolo e lo

[1] Carrozze che facevano servizio nei sobborghi di Parigi.

trasformano in plebe; e così le plebi come i tiranni hanno bisogno di buffoni. Il re ha Roquelaure,[2] il popolo ha Pagliaccio. Parigi è la grande città pazza ogni volta che non è la grande città sublime, e in essa il carnevale fa parte della politica. Parigi, confessiamolo, accetta volentieri la commedia dall'infamia, e non chiede ai suoi padroni (quando ha dei padroni) che una cosa: «Imbellettatemi il fango». Roma aveva lo stesso spirito, e quindi amava Nerone, ch'era un facchino titano.

Come abbiamo già detto, il caso fece sì che uno di quei grappoli deformi di donne e di uomini mascherati, portati a spasso da un ampio calesse, si fermasse sulla sinistra del viale, mentre il corteo nuziale si fermava a destra. Attraverso il viale, la carrozza in cui erano le maschere scorse, dirimpetto, la carrozza in cui era la sposa.

«To'!» disse una maschera. «Uno sposalizio.»

«Uno sposalizio falso» riprese un'altra. «Noi facciamo quello vero.»

E, troppo lontano per poter apostrofare il corteo nuziale e temendo d'altronde i richiami delle guardie municipali, le due maschere guardarono altrove.

In capo a qualche istante, tutta la carrozzata in maschera ebbe un gran da fare, perché la folla si mise a fischiarla, il che è la carezza della folla alle mascherate; e le due maschere che avevano parlato dovettero far fronte alla folla insieme ai loro compagni, e non ebbero di troppo tutti i proiettili del repertorio dei mercati per rispondere agli enormi urli del popolo. Fra le maschere e la folla vi fu uno scambio spaventevole di metafore.

Intanto, due altre maschere della stessa carrozza, uno spagnolo dal naso smisurato, dall'aspetto vecchiotto e con un enorme paio di baffi neri, e una volgarona magra e giovanissima con una mezza maschera di velluto, avevano pure notato il corteo nuziale e mentre i loro compagni e i passanti s'insultavano, conversavano sottovoce.

Il loro dialogo era coperto dal tumulto e vi si perdeva. Gli scrosci di pioggia avevano bagnato la carrozza, scoperta com'era; e siccome il vento di febbraio non è caldo, la donna, scollata, mentre rispondeva allo spagnuolo, tremava dal freddo, rideva e tossiva.

Ecco il dialogo:

«Senti un po'».

«Cosa, *daron*?[3]»

«Lo vedi quel vecchio?»

«Quale vecchio?»

«Là, nella prima *roulotte*[4] del corteo, dalla nostra parte.»

---

[2] Buffone di Luigi XIV.
[3] Padre [*N.d.A.*].
[4] Carrozza [*N.d.A.*].

«Quello che ha un braccio appeso al collo con una sciarpa nera?»

«Sì.»

«Ebbene?»

«Sono sicuro di conoscerlo.»

«Ah!»

«Voglio che mi taglino il *colabre* e non aver mai detto nella mia *vioc* né *vousaille*, né *tonorgue*, né *mézig*, se io non *colombe* quel *pantinois-là*.»[5]

«Oggi Parigi è proprio Pantin.»

«Puoi vedere la sposa chinandoti?»

«No.»

«E lo sposo?»

«Non c'è lo sposo in quella *roulotte*.»

«Ma va'!»

«A meno che non sia l'altro vecchio.»

«Cerca di vedere la sposa, chinandoti bene.»

«Non posso.»

«Be', ad ogni modo il vecchio che ha qualche cosa alla zampa, sono sicuro di conoscerlo.»

«E a che ti serve conoscerlo?»

«Non si sa mai. Alle volte!...»

«Io me ne infischio dei vecchi.»

«Lo conosco.»

«Conoscilo finché t'aggrada.»

«Come diavolo fa a esserci qui uno sposalizio?»

«E noi non ci siamo, forse?»

«Da dove viene questo sposalizio?»

«E come faccio a saperlo?»

«Senti.»

«Cosa?»

«Tu dovresti fare una cosa.»

«Quale?»

«Scendere dalla nostra *roulotte* e *filer*[6] quel corteo.»

«A che scopo?»

«Per sapere dove va e di che si tratta. Affrettati a scendere, corri, *fée*[7] mia, tu che sei giovane.»

«Non posso abbandonare la carrozza.»

«Perché?»

---

[5] Voglio che mi taglino il collo e non aver mai detto in vita mia né voi, né tu, né me, se io non conosco quel parigino [*N.d.A.*].

[6] Seguire [*N.d.A.*].

[7] Figlia [*N.d.A.*].

«Perché sono affittata.»

«Già! Perdinci!»

«Devo la mia giornata di pescivendola alla prefettura di polizia.»

«È vero.»

«Se abbandono la carrozza, il primo ispettore che mi vede, m'arresta: lo sai bene.»

«Sì, lo so.»

«Oggi sono comperata dal *Pharos*.[8]»

«Non fa niente. Quel vecchio mi dà ai nervi.»

«I vecchi ti danno ai nervi? Eppure non sei una ragazza. È nella prima carrozza.»

«Ebbene?»

«Nella *roulotte* della sposa.»

«E poi?»

«Allora, è il padre.»

«E che me ne importa?»

«Ti dico che è il padre.»

«Ci sono tanti padri.»

«Senti.»

«Che?»

«Io posso uscire soltanto mascherato. Qui sono nascosto e non si sa che ci sono. Ma domani non vi saranno più maschere, perché è il mercoledì delle ceneri. Rischio di *tomber*,[9] bisogna che torni nella mia tana. Tu, invece, sei libera.»

«Non troppo.»

«Sempre più di me.»

«Ebbene; e poi?»

«Bisogna che tu cerchi di sapere dove sarà andato quel corteo.»

«Vuoi dire dove va?»

«Sì.»

«Io lo so.»

«E dove va, dunque?»

«Al Quadrante Turchino.»

«Prima di tutto, non è da quella parte.»

«Ebbene, alla Râpée.»

«O altrove.»

«Lo sposalizio è libero. Le nozze sono libere.»

«Non si tratta di ciò. Ti dico che bisogna che tu mi sappia dire chi sono gli sposi, con quel vecchio, e dove abitano.»

«Sì, aspetta pure! Eccone una bella! Ti pare facile ritrovare dopo

---

[8] Il governo [*N.d.A.*].
[9] Essere arrestato [*N.d.A.*].

otto giorni un corteo nuziale che ha attraversato Parigi il giorno di
martedì grasso? Uno spillo in un fienile! È impossibile.»

«Non importa; bisogna tentare. Mi capisci, Azelma?»

Le due file ripresero ai due lati del viale il loro movimento in senso inverso, e la carrozza delle maschere perdette di vista la *roulotte*
della sposa.

II

JEAN VALJEAN PORTA SEMPRE IL BRACCIO AL COLLO

Attuare il proprio sogno! A chi è concesso questo? Debbono esservi
delle elezioni in cielo, a questo scopo; noi siamo tutti candidati, senza
saperlo; gli angeli votano. Cosette e Marius erano stati eletti.

Cosette, al municipio e in chiesa, era abbagliante e commovente.
Era stata vestita da Toussaint, aiutata da Nicolette.

Portava, sopra una gonna di taffetà bianco, l'abito di merletto di
Binche, un velo a punto inglese, una collana di perle fini e la corona di
fiori d'arancio; tutto era bianco, ed ella era raggiante in quel candore.
Era un candore squisito, che si dilatava e si trasfigurava in luce. La
sposa pareva una vergine in procinto di tramutarsi in dea.

I bei capelli di Marius erano lucidi e profumati; si intravedevano
qua e là, sotto i folti ricci, delle righe pallide: le cicatrici delle ferite
riportate alla barricata.

Il nonno, superbo e a testa alta, amalgamando più che mai nella
sua toeletta tutte le eleganze del tempo di Barras, dava il braccio a
Cosette e sostituiva Jean Valjean che, per via del braccio al collo, non
poteva far coppia con la sposa.

Jean Valjean, vestito di nero, li seguiva e sorrideva.

«Signor Fauchelevent,» gli disse il nonno «ecco un bel giorno. Io
voto per la fine delle afflizioni e dei dispiaceri. Bisogna che ormai non
vi siano più tristezze in nessun luogo, perdio! Io decreto la gioia! Il
male non ha diritto d'esistere; ed è cosa vergognosa per l'azzurro del
cielo che tra gli uomini vi siano degli infelici. Il male non proviene
dall'uomo, che, in fondo, è buono; tutte le miserie umane hanno per
capoluogo e per governo centrale l'inferno, altrimenti detto le Tuileries
del diavolo. Be', ecco che ora faccio il demagogo! Quanto a me, io
non ho più alcuna opinione politica. Che tutti gli uomini siano ricchi,
vale a dire lieti e contenti, ecco a che cosa mi limito.»

Quando, all'uscita da tutte le cerimonie, dopo aver pronunciato
davanti al sindaco e davanti al prete tutti i sì possibili, dopo aver firmato sui registri al municipio e in sagrestia, dopo aver scambiato gli

anelli, dopo essere stati in ginocchio, a contatto di gomito, sotto il baldacchino di seta bianca marezzata, in mezzo al fumo del turibolo, essi giunsero tenendosi per mano, ammirati e invidiati da tutti, Marius in nero, lei in bianco, preceduti dallo svizzero con le spalline da colonnello che batteva il lastrico con l'alabarda, tra due siepi d'astanti meravigliati, sotto il portale della chiesa aperto a due battenti, pronti a risalire in carrozza, e tutto era finito, Cosette non poteva ancora credervi. Guardava Marius, guardava la folla, guardava il cielo, e sembrava che avesse paura di risvegliarsi. Il suo aspetto stupito e inquieto le conferiva un non so che d'incantevole. Al ritorno, salirono insieme nella stessa carrozza, Marius a fianco di Cosette, mentre Gillenormand e Jean Valjean sedevano di fronte a loro. La zia Gillenormand era passata in seconda linea ed era nella seconda vettura.

«Ragazzi,» diceva ancora il nonno «ecco che siete il signor barone e la signora baronessa con trentamila lire di rendita.» E Cosette, piegandosi tutta contro Marius, gli carezzava l'orecchio con questo bisbiglio angelico: «È dunque vero: mi chiamo Marius. Io sono la signora Te».

Quei due esseri raggiavano. Erano nell'istante irrevocabile e introvabile, nell'abbagliante punto d'incontro di tutta la giovinezza e di tutta la gioia; realizzavano il verso di Jean Prouvaire: non avevano quarant'anni fra tutt'e due. Era il matrimonio sublimato: quei due giovani erano due gigli. Non si vedevano, si contemplavano; Cosette intravedeva Marius in un'aureola, e Marius scorgeva Cosette su un altare; e su quell'altare e in quell'aureola le due apoteosi si confondevano: sullo sfondo, in una nube per Cosette, in una vampa per Marius, misteriosamente si delineava la cosa ideale, la cosa reale, il convegno del bacio e del sogno: il talamo nuziale.

Tutto il tormento che avevano patito, veniva loro reso in ebbrezza: sembrava loro che i dolori, le insonnie, le lacrime, le angosce, gli spaventi, le disperazioni, divenuti carezze e raggi, rendessero ancora più incantevole l'ora incantevole che si avvicinava; e che le tristezze fossero serve che attendessero alla toeletta della gioia. Com'è bello aver sofferto! La loro sventura formava un'aureola alla loro felicità. La lunga agonia del loro amore terminava con un'ascensione.

In quelle due anime v'era uno stesso incanto, sfumato di voluttà in Marius e di pudore in Cosette. Si dicevano a bassa voce: «Andremo a rivedere il nostro giardinetto di via Plumet». Le pieghe della veste di Cosette sfioravano Marius.

Un giorno simile è un miscuglio ineffabile di sogno e di certezza. Si possiede e si suppone. Si ha ancora tanto tempo davanti a sé per indovinare, e in quel giorno è un'indicibile emozione quella di essere a mezzogiorno e pensare a mezzanotte. Le delizie di quei due cuori traboccavano sulla folla e comunicavano allegria ai passanti.

In via Saint-Antoine, davanti a Saint-Paul, la gente si fermava per vedere, attraverso il vetro della carrozza, tremolare i fiori d'arancio sul capo di Cosette.

Poi tornarono a casa, in via Filles-du-Calvaire. Marius, a fianco di Cosette, salì trionfante e raggiante quella scalinata sulla quale l'avevano trasportato moribondo. I poveri, raggruppati davanti alla porta, nel dividersi il denaro che era stato loro donato, li benedissero. V'erano fiori dappertutto. La casa non era meno odorosa della chiesa: dopo l'incenso, le rose. Essi credevano di sentire delle voci cantare nell'infinito; avevano Dio nel cuore, e il destino appariva loro come una vòlta stellata; vedevano al di sopra delle loro teste un bagliore di sole nascente. Improvvisamente l'orologio suonò. Marius guardò il grazioso braccio nudo di Cosette e qualcosa di roseo che si scorgeva vagamente attraverso i merletti del corpetto, e Cosette, scorgendo lo sguardo di Marius, arrossì fin nel bianco degli occhi.

Un buon numero d'amici d'antica data della famiglia Gillenormand erano stati invitati; e tutti si affaccendavano intorno a Cosette, facendo a gara a chi la chiamasse per primo signora baronessa.

L'ufficiale Théodule Gillenormand, ormai capitano, era venuto da Chartres, dove si trovava di guarnigione, per assistere alle nozze del cugino Pontmercy. Cosette non ebbe l'aria di conoscerlo: e lui, da parte sua, abituato a piacere alle donne, non si ricordò di Cosette più che di un'altra qualsiasi.

«Come ho avuto ragione di non credere a quella storia del lanciere!» diceva tra sé papà Gillenormand.

Cosette non era mai stata più tenera con Jean Valjean. Era all'unisono con papà Gillenormand, e mentre questi erigeva la gioia in aforismi e massime, ella esalava l'amore e la bontà come un profumo: la felicità vuole tutti felici.

Per parlare a Jean Valjean, ella ritrovava certe inflessioni di voce del tempo in cui era fanciulletta, e lo accarezzava col sorriso.

Un banchetto era stato preparato nella sala da pranzo.

Un'illuminazione a giorno è il condimento necessario di una grande gioia. La nebbia e l'oscurità non sono punto accette ai felici, poiché essi non acconsentono a essere neri. La notte, sì; ma le tenebre, no. Se non si ha il sole, bisogna farne uno.

La sala da pranzo era una fornace di cose gaie. Al centro, al di sopra della tavola bianca e sfolgorante, un lampadario di Venezia a bracci piatti, con ogni sorta d'uccelli colorati: azzurri, viola, rossi, verdi, appollaiati in mezzo alle candele; intorno al lampadario dei doppieri, e sulle pareti dei candelabri a specchio a tre e a cinque bracci. Specchi, cristalli, cristallerie, stoviglie, porcellane, maioliche, ceramiche, oreficerie, argenterie, tutto sfavillava e allietava lo sguardo. I vuoti tra i candelabri erano colmati da mazzi di fiori di modo che, dove non c'era un lume, c'era un fiore.

Nell'anticamera tre violini e un flauto suonavano in sordina dei quartetti di Haydn.

Jean Valjean s'era seduto su una sedia nel salone, dietro la porta, il battente della quale si ripiegava su di lui, in modo che quasi lo nascondeva. Qualche minuto prima che si mettessero a tavola Cosette andò, come per un capriccio, a fargli una profonda riverenza, mostrando con ambe le mani la sua toeletta di sposa, e, con uno sguardo teneramente malizioso, gli chiese:

«Siete contento, papà?».

«Sì,» disse Jean Valjean «sono contento.»

«E allora ridete!»

Jean Valjean si mise a ridere. Pochi minuti dopo, Basque annunciò che il pranzo era servito.

I convitati, preceduti dal signor Gillenormand, che dava il braccio a Cosette, entrarono nella sala da pranzo e si sparsero, secondo l'ordine voluto, attorno alla tavola.

Due grandi poltrone spiccavano a destra e a sinistra della sposa, la prima per il signor Gillenormand e la seconda per Jean Valjean. Il signor Gillenormand si sedette. L'altra poltrona rimase vuota.

Si cercò con lo sguardo «il signor Fauchelevent» ma non c'era più; Gillenormand interpellò Basque.

«Sai dove sia il signor Fauchelevent?»

«Appunto signore» rispose Basque. «Il signor Fauchelevent mi ha detto di dire al signore che gli doleva un po' la mano malata, e che non avrebbe potuto pranzare col signor barone e con la signora baronessa; che pregava di scusarlo e che sarebbe venuto domani mattina. È uscito ora.»

Quella poltrona vuota raffreddò un momento l'effusione del pranzo di nozze. Ma, se Fauchelevent era assente, Gillenormand era lì, e il nonno era raggiante per due. Egli affermò che il signor Fauchelevent faceva bene ad andare a letto presto, se soffriva, ma che si trattava solo d'una *bua*. Quella dichiarazione bastò. D'altronde, che cosa rappresenta un cantuccio oscuro in una simile sommersione di gioia? Cosette e Marius si trovavano in uno di quei benedetti momenti egoistici, in cui non si ha altra facoltà che quella di percepire la felicità. E poi il signor Gillenormand ebbe un'idea:

«Perbacco, questa poltrona è vuota: vienici tu, Marius. Tua zia te lo permetterà, sebbene abbia il diritto di averti accanto. Questa poltrona è per te: la cosa è legale e gentile. Fortunato vicino a Fortunata».

Applausi di tutta la tavolata: Marius prese il posto di Jean Valjean vicino a Cosette; e le cose si accomodarono in modo che Cosette, dapprima triste per l'assenza di Valjean, finì con l'esserne contenta. Dal momento che Marius era il sostituto, Cosette non avrebbe rimpianto neppure Dio. Essa mise il suo dolce piedino, calzato di raso bianco, sul piede di Marius.

Occupata la poltrona, il signor Fauchelevent fu cancellato, e nulla mancò. E cinque minuti dopo, tutti i convitati ridevano da un capo all'altro della tavola, con tutta la giocondità dell'oblìo.

Alle frutta, il signor Gillenormand, ritto in piedi, con in mano un bicchiere di champagne, pieno a metà affinché il tremito dei suoi novantadue anni non glielo facesse traboccare, brindò alla salute degli sposi:

«Non sfuggirete a due sermoni» esclamò. «Stamane avete avuto quello del curato, questa sera avrete quello del nonno. Statemi a sentire, voglio darvi un consiglio: adoratevi. Senza tanti ambagi, vado diritto allo scopo: siate felici. Non vi sono nella creazione altri saggi oltre le tortorelle. I filosofi dicono: "Moderate le vostre gioie", e io dico: "Lasciatele a briglia sciolta, le vostre gioie". Siate innamorati come diavoli. Siate arrabbiati d'amore. I filosofi farneticano, e io vorrei proprio ricacciar loro in gola la filosofia! È possibile che vi siano troppi profumi, troppi boccioli di rosa sbocciati, troppi usignoli che cantano, troppe foglie verdi, troppa aurora nella vita? Si può forse amar troppo? Si può forse piacersi troppo l'un l'altro! "Bada Estella, che sei troppo graziosa! Bada Nemorino, che sei troppo bello!" Che scempiaggine! Si può forse incantarsi troppo, vezzeggiarsi troppo, affascinarsi troppo? È possibile essere troppo vivi? Si può essere troppo felici? "Moderate le vostre gioie"... Sì, domani! Abbasso i filosofi! La saggezza è il giubilo. Giubilate; giubiliamo. Siamo felici perché siamo buoni, o siamo buoni perché siamo felici? Il diamante Sancy si chiama Sancy perché è appartenuto a Harley de Sancy, o perché pesa centosei[10] carati? Non ne so nulla; e la vita è piena di questi problemi. L'importante è di avere il Sancy e la felicità. Siamo felici senza cavillare, e ubbidiamo ciecamente al sole. Che cos'è il sole? È l'amore: e chi dice amore, dice donna. Ah, ah! Ecco un'onnipotenza: la donna. Chiedete a questo demagogo di Marius se egli non è lo schiavo di questa tirannella di Cosette. E lo è di buon grado, la birba! La donna! Non v'è Robespierre che tenga. La donna regna, e io sono realista solo per questa regalità. Cos'è Adamo? È il regno d'Eva: niente '89 per Eva. V'era lo scettro reale sormontato da un giglio, v'era lo scettro imperiale sormontato da un globo, v'era lo scettro di Carlomagno, ch'era di ferro, e v'era lo scettro di Luigi il Grande ch'era d'oro; e la rivoluzione li ha torti tra il pollice e l'indice come due festuche di pa-

---

[10] *Cent six*, che si pronuncia come Sancy.

glia da due quattrini; è finita, è rotto, è a terra, e non v'è più scettro: ma fatemi dunque delle rivoluzioni contro quel fazzolettino ricamato che odora di pasciulì! Vorrei vedervici. Provate. Perché è solido? Perché è un fronzolo. Ah, voi siete il secolo decimonono? Ebbene, e con ciò? Noi siamo il decimottavo, ed eravamo tanto bestie quanto voi. Non v'immaginate d'aver cambiato gran cosa all'universo, perché il vostro *trousse-galant*[11] si chiama *colera-morbus* e perché la vostra *bourrée* si chiama *cachucha*.[12] In fondo bisognerà pur sempre amare le donne: vi sfido a trovarvi una scappatoia. Queste diavolesse sono i nostri angeli. Sì, l'amore, la donna, il bacio sono un cerchio dal quale vi sfido a uscire; e quanto a me, vorrei rientrarvi. Chi di voi ha visto sorgere nell'infinito, tutto placando sotto di sé e guardando i flutti come una donna, la stella di Venere, la civettona dell'abisso, la Celimene dell'oceano? L'oceano, ecco un rude Alceste. Ebbene, esso ha un bel brontolare: Venere appare e bisogna pure ch'esso sorrida. Quella bestia bruta si sottomette. E siamo tutti così. Collera, tempesta, fulmini, schiuma sino al soffitto; una donna entra in scena: sorge una stella e tutti faccia a terra! Sei mesi fa Marius si batteva e oggi si sposa. Ben fatto. Sì, Marius, sì, Cosette, avete ragione. Vivete arditamente l'uno per l'altra, fatevi tante carezze, fateci crepare di rabbia per non poter fare altrettanto, idolatratevi! Prendete nei vostri beccucci tutte le festuche di felicità che sono sulla terra e fabbricatevene un nido per la vita. Perdinci! Amare ed essere amati! Che bel miracolo quando si è giovani! Non v'immaginate però d'averlo inventato voi. Anch'io ho sognato, anch'io ho pensato e ho sospirato, anch'io ho avuto un'anima inondata di chiaro di luna. L'amore è un fanciullo di seimila anni, e ha diritto a una lunga barba bianca. Matusalemme è un fanciullo di fronte a Cupido. Da sessanta secoli in qua l'uomo e la donna si cavano d'impaccio amandosi; se il diavolo, maligno, s'è messo a odiare l'uomo, costui, che è ancor più maligno, s'è messo ad amare la donna, e in questo modo ha fatto più bene a se stesso di quanto il diavolo non gli abbia fatto di male. Questa finezza è stata trovata fin dal tempo del paradiso terrestre. Amici miei, l'invenzione è vecchia, ma è sempre nuova. Approfittatene. Siate Dafni e Cloe, in attesa di essere Filemone e Bauci. Fate in modo che, quando siete l'uno con l'altra, non vi manchi nulla e che Cosette sia il sole per Marius, e Marius sia l'universo per Cosette. Il sorriso di vostro marito, Cosette, sia per voi il bel tempo; e per te, Marius, la pioggia sia le lagrime di tua moglie. Ma che non piova mai nel vostro nido! Avete guadagnato alla lotteria il numero buono, l'amore nel matrimonio; avete il primo pre-

[11] Antica denominazione del colera in Francia.
[12] Nomi di antichi balli: il primo dell'Auvergne, in Francia, il secondo spagnolo.

mio; conservatelo, mettetelo sotto chiave, non lo sciupate, adoratevi e infischiatevi del resto. Credete a quanto vi dico. È tutto buon senso, e il buon senso non può mentire. Siate l'uno per l'altra una religione. Ognuno ha il suo modo d'adorare Dio. Perdiana! Il miglior modo d'adorare Dio è quello d'amare la propria moglie. Io t'amo!, ecco il mio catechismo. Chiunque ami, è ortodosso: e la bestemmia di Enrico IV mette la santità tra la gozzoviglia e l'ubriachezza. "Ventre santo ubriaco!" Io non sono della religione di questa bestemmia: la donna vi è dimenticata, e ciò mi stupisce da parte della bestemmia di Enrico IV. Viva la donna, amici! Io sono vecchio, a quanto dicono; ma è sorprendente come io mi senta ritornare giovane. Vorrei andare a sentire le cornamuse nei boschi. Lo spettacolo di questi ragazzi che riescono a essere belli e contenti m'inebria, e mi sposerei anch'io senz'altro, se qualcuna mi volesse. È impossibile immaginarsi che Dio ci abbia fatti per qualche cosa d'altro che non sia: idolatrare, tubare, vagheggiare, essere piccione, essere gallo, becchettare i propri amori da mattina a sera, mirarsi nella propria mogliettina, essere fiero, essere trionfante e pavoneggiarsi. Ecco lo scopo della vita; ed ecco, non vi rincresca, ciò che pensavamo noi, al tempo in cui eravamo giovanotti. Oh, virtù scapigliata! Ve n'erano belle donne a quel tempo, e leggiadre e tenerelle! E che stragi io ne facevo! Amatevi, dunque. Se non ci si amasse, non vedrei proprio a che servirebbe la primavera; e, quanto a me, pregherei il buon Dio di chiudere tutte le belle cose che ci mostra, di riprendercele e di mettere in una scatola i fiori, gli uccelli e le belle ragazze. Figli miei, ricevete la benedizione d'un vecchio.»

La serata fu vivace, gaia, amabile. Il buon umore sovrano del nonno diede il «la» a tutta la festa, e ognuno si regolò su quella cordialità quasi centenaria. Si danzò un poco e si rise molto; fu, insomma, uno sposalizio alla buona. Avrebbe potuto starvi, come convitato, il buon Tempo Antico, che, peraltro, vi era rappresentato da papà Gillenormand. Vi fu baccano, poi silenzio.

Gli sposi scomparvero.

Poco dopo la mezzanotte, casa Gillenormand divenne un tempio.

Qui ci fermiamo. Sulla soglia della prima notte nuziale veglia in piedi un angelo sorridente, col dito sulle labbra.

L'anima entra in contemplazione davanti a quel santuario, dove si compie la celebrazione dell'amore.

Devono esservi dei bagliori sopra quelle case; la gioia ch'esse contengono deve sfuggire attraverso le pietre dei muri sotto forma di luce e raggiare vagamente nelle tenebre, essendo impossibile che questa festa sacra e fatale non trasmetta un irradiamento celeste all'infinito. L'amore è il crogiolo sublime in cui si compie la fusione dell'uomo e della donna; ne escono l'essere uno, l'essere triplice, l'essere finale, la trinità umana. Questa nascita di due anime in una dev'essere una commozione per l'ombra. L'amante è sacerdote; la vergine estasiata si spaventa. Qualche cosa di quella gioia va a Dio. Là dove c'è veramente matrimonio, cioè dove c'è l'amore, si immischia l'ideale. Un letto nuziale fa nelle tenebre un cantuccio di aurora. Se fosse dato alla pupilla di carne di percepire le visioni terribili e affascinanti della vita superiore, è probabile che si vedrebbero le forme della notte, gli ignoti alati, i celesti passanti dell'invisibile chinarsi, legione di teste oscure, intorno alla casa luminosa, soddisfatti e benedicenti, in atto di additarsi la vergine sposa, dolcemente spaventati e col riflesso della felicità umana sui loro visi divini. Se in quell'ora suprema, gli sposi inebriati di voluttà, mentre si credono soli, ascoltassero, sentirebbero nella loro camera un confuso fremito d'ali. La felicità perfetta implica la solidarietà degli angeli, e quella piccola alcova oscura ha per soffitto tutto il cielo. Quando due bocche, divenute sacre per l'amore, si congiungono per creare, è impossibile che al di sopra di quel bacio ineffabile non vi sia un trasalimento nell'immenso mistero delle stelle.

Queste sono le vere felicità, e non vi è gioia fuori di esse. L'amore, ecco l'unica estasi; tutto il resto piange.

Amare o aver amato, basta: non chiedete nulla in seguito, perché non si possono trovare altre perle fra le pieghe tenebrose della vita. Amare è un adempimento.

III

L'INSEPARABILE

Che ne era intanto di Jean Valjean?

Subito dopo aver riso, dietro la gentile ingiunzione di Cosette, Jean Valjean s'era alzato e, senza che nessuno gli badasse, aveva raggiunto, inosservato, l'anticamera. Era la stessa stanza in cui, otto mesi prima, era entrato sudicio di fango, di sangue e di polvere, riportando il nipote al nonno. Il vecchio rivestimento di legno delle pareti era inghirlandato di foglie e di fiori; i musicanti erano seduti sul divano sul quale allora era stato deposto Marius. Basque, in giacca nera, calzoni corti, calze bianche e guanti bianchi, disponeva corone di rose intorno a ciascun piatto che doveva essere servito. Jean Valjean gli aveva mostrato il suo braccio al collo, l'aveva incaricato di spiegare la sua assenza ed era uscito.

Le finestre della sala da pranzo davano sulla strada. Jean Valjean rimase qualche minuto in piedi e immobile nell'oscurità, sotto quelle finestre risplendenti. Ascoltava. Il rumore confuso del banchetto giungeva sino a lui ed egli sentiva la voce forte e magistrale del nonno, i violini, l'acciottolìo dei piatti e dei bicchieri, gli scoppi di risa, e in tutto quel rumore allegro distingueva la dolce voce gaia di Cosette.

Lasciò via Filles-du-Calvaire e tornò in via dell'Homme-Armé.

Per tornare, prese per via Saint-Louis, via Culture-Sainte-Catherine e via Blancs-Manteaux; il percorso era un po' lungo, ma era la strada che da tre mesi, per evitare gli ingombri e il fango della via Vieille-du-Temple, egli soleva fare ogni giorno con Cosette per andare da via dell'Homme-Armé in via Filles-du-Calvaire.

Quella strada, per la quale era passata Cosette, escludeva per lui ogni altro itinerario.

Jean Valjean rientrò in casa, accese la candela e salì. L'appartamento era vuoto, e anche Toussaint non v'era più. Il passo di Jean Valjean rimbombava nelle stanze più del solito; tutti gli armadi erano aperti. Entrò nella camera di Cosette; il letto era senza lenzuola, e il guanciale di tela da materasso, senza federa e senza pizzi, era posato sulle coperte, ripiegate ai piedi del materasso, di cui si vedeva la tela e sul quale nessuno doveva più dormire. Tutti i piccoli oggetti femminili ai quali Cosette era affezionata erano stati portati via; non erano rimasti che i mobili grandi e le quattro pareti: il letto di Toussaint era pure sfatto. Un solo letto era fatto e sembrava aspettare qualcuno: quello di Jean Valjean.

Egli guardò i muri, chiuse alcuni armadi, andò e tornò da una camera all'altra.

Poi si ritrovò nella stanza, e depose il lume sopra una tavola.

Aveva liberato il braccio dalla sciarpa, e si serviva della mano destra come se non soffrisse più.

Si avvicinò al letto, e i suoi occhi si fermarono (fu per caso? fu con intenzione?) sull'*inseparabile*, di cui Cosette era stata gelosa, sulla valigetta che non lo abbandonava mai. Il 4 giugno, giungendo in via dell'Homme-Armé, l'aveva deposta su un tavolino rotondo vicino al capezzale. Egli andò a quel tavolino con una certa vivacità, trasse di tasca una chiave e aprì la valigetta.

Ne tolse lentamente i panni con i quali, dieci anni prima, Cosette aveva lasciato Montfermeil; prima la vestina nera, poi lo sciailetto nero, poi le solide scarpe da bambina, che Cosette avrebbe quasi potuto calzare ancora, tanto aveva il piede piccolo, poi la camiciola di fustagno molto spesso, poi la sottanina di maglia, poi il grembiale con le tasche, poi le calze di lana. Quelle calze che disegnavano ancora graziosamente la forma di una gambetta, non erano più lunghe della mano di Jean Valjean. Tutti quegli indumenti erano di color nero ed era stato lui che li aveva portati per lei a Montfermeil. A mano a mano che li toglieva dalla valigia li posava sul letto e pensava. Ricordava: era d'inverno, un freddissimo mese di dicembre, ella tremava seminuda nei suoi cenci, coi poveri pieducci tutti arrossati negli zoccoli. Lui, Jean Valjean, le aveva fatto abbandonare quegli stracci per farle mettere quei panni da lutto.

La madre aveva dovuto essere contenta nella sua tomba, vedendo che la figlia portava il lutto per lei, e soprattutto perché era vestita e aveva caldo. Pensava a quella foresta di Montfermeil; l'avevano attraversata insieme, lui e Cosette; pensava al tempo che faceva, agli alberi senza foglie, al bosco senza uccelli, al cielo senza sole: ma era bello lo stesso. Allineò quelle cosette sul letto, lo scialletto vicino alla sottana, le calze vicino alle scarpe, la camiciola vicino alla vestina, e le guardò l'una dopo l'altra. Ella non era più alta di così, aveva tra le braccia la grande bambola, aveva messo il luigi d'oro nella tasca di quel grembiale e rideva; camminavano entrambi tenendosi per mano, ed ella non aveva che lui al mondo.

Allora, quella venerabile testa canuta ricadde sul letto, quel vecchio cuore stoico si spezzò, la sua faccia s'inabissò, per così dire, nelle vesti di Cosette, e, se in quel momento qualcuno fosse passato sulla scala, avrebbe sentito singhiozzi spaventevoli.

IV

«IMMORTALE JECUR»[13]

La vecchia lotta formidabile, della quale abbiamo già visto parecchie fasi, ricominciò.

Giacobbe lottò con l'angelo solo una notte. Ahimè! Quante volte abbiamo visto Jean Valjean afferrato nelle tenebre a corpo a corpo dalla sua coscienza, lottare disperatamente con essa?

Oh, lotta inaudita! In certi momenti scivola il piede; in certi altri, è il suolo che sprofonda. Quante volte quella coscienza, smaniosa di bene, l'aveva stretto e oppresso! Quante volte la verità, inesorabile, gli aveva calcato il ginocchio sul petto! Quante volte, atterrato dalla luce, le aveva chiesto grazia! Quante volte quella luce implacabile, accesa in lui e sopra di lui dal vescovo, lo aveva abbagliato a viva forza, quando egli desiderava essere cieco! Quante volte, nella lotta, egli s'era raddrizzato, abbrancandosi alla roccia, appoggiandosi al sofi-

[13] Dall'*Eneide* di Virgilio: «fegato immortale», dove il fegato è inteso come il centro delle passioni.

sma, trascinandosi nella polvere, ora rovesciando sotto di sé la coscienza, ora rovesciato da essa! Quante volte, dopo un equivoco, dopo un ragionamento subdolo e specioso dell'egoismo, non aveva sentito la coscienza irritata gridargli all'orecchio: «Uno sgambetto, eh?, miserabile!». Quante volte il suo pensiero refrattario aveva rantolato, convulso, sotto l'evidenza del dovere! Oh, la resistenza a Dio! Oh, i sudori funebri! Quante ferite segrete, ch'egli solo sentiva sanguinare! Quante scorticature nella sua misera esistenza! Quante volte s'era rialzato insanguinato, pesto, spezzato e illuminato, con la disperazione nel cuore e la serenità nell'anima! E, vinto, s'era sentito vincitore. Poi, dopo averlo sconnesso, attanagliato e rotto, la coscienza, ritta sopra di lui, gli diceva: «Ora, vattene in pace!».

Ma quale lugubre pace, nell'uscire da quella tetra lotta, ahimè!

Pertanto, quella notte Jean Valjean sentì che iniziava la sua ultima battaglia.

Gli si presentava una domanda straziante.

Le predestinazioni non sono completamente rette, né si sviluppano come dei viali rettilinei davanti al predestinato; esse hanno vicoli ciechi, vie senza uscita, svolte buie, crocicchi inquietanti che offrono parecchie strade. In quel momento, Jean Valjean sostava nel più pericoloso di tali crocicchi.

Era giunto all'estremo incrocio del bene e del male, e aveva sotto gli occhi quella tenebrosa intersezione. Anche questa volta, come già gli era accaduto in altre vicende dolorose, due strade gli si aprivano davanti: l'una tentatrice, l'altra spaventosa. Quale prendere?

Quella che sbigottiva gli era consigliata dal misterioso dito indicatore che tutti scorgiamo quando fissiamo gli occhi sull'ombra.

Ancora una volta, Valjean aveva la scelta fra il porto terribile e l'imboscata sorridente.

È dunque vero che l'anima può guarire e la sorte no? Che cosa spaventosa un destino incurabile!

Il problema che gli si presentava, eccolo!

In qual modo si sarebbe comportato Jean Valjean di fronte alla felicità di Cosette e di Marius? Quella felicità era lui che l'aveva voluta, era lui che l'aveva fatta; se l'era affondata volontariamente nelle viscere, e in quel momento, esaminandola, poteva avere quella specie di soddisfazione che avrebbe un armaiuolo che riconoscesse la propria marca di fabbrica su un coltello, nel toglierselo tutto fumante dal petto.

Cosette aveva Marius, e Marius possedeva Cosette. Essi avevano tutto, anche la ricchezza. E ciò era opera sua.

Ma di quella felicità, ora che esisteva, ora ch'era presente, che cosa stava per fare, lui, Jean Valjean? Si sarebbe imposto a quella felicità?

L'avrebbe trattata come se gli appartenesse? Certo, Cosette era d'un altro: ma lui, Jean Valjean, avrebbe trattenuto di Cosette tutto ciò che ne poteva trattenere? Sarebbe rimasto quella specie di padre, intravisto, ma rispettato, ch'era stato fin allora? Si sarebbe introdotto tranquillamente nella casa di Cosette? Avrebbe apportato, senza dir parola, il suo passato a quell'avvenire? Si sarebbe presentato come un avente diritto e sarebbe andato a sedersi, velato, a quel luminoso focolare? Avrebbe preso, sorridendo loro, le mani di quegli innocenti nelle sue mani tragiche? Avrebbe posato sui pacifici alari del salotto Gillenormand i suoi piedi che si trascinavano dietro l'ombra infamante della legge? Avrebbe condiviso le sorti di Cosette e di Marius? Avrebbe reso più densa l'oscurità sulla propria fronte e la nube sulla loro? Avrebbe messo la propria catastrofe come terzo incomodo fra le loro due felicità? Avrebbe continuato a tacere? In una parola, sarebbe stato, vicino a quei due esseri felici, il sinistro muto del destino?

Bisogna essere abituati alla fatalità e ai suoi incontri per osare alzare gli occhi quando certi problemi ci appaiono nella loro orribile nudità: il bene o il male sono dietro questo severo punto interrogativo. «Che cosa stai per fare?» chiede la sfinge.

Quest'abitudine alla prova, Jean Valjean l'aveva, e guardò fisso la sfinge.

Esaminò l'inesorabile problema sotto tutti i suoi aspetti.

Cosette, quella incantevole esistenza, era la zattera di quel naufrago. Che fare? Aggrapparvisi, o abbandonare la stretta?

Se vi si fosse aggrappato, sarebbe uscito dal disastro, sarebbe risalito alla luce del sole, avrebbe lasciato sgocciolare dai suoi panni e dai suoi capelli l'acqua amara, si sarebbe salvato e avrebbe vissuto.

E se avesse abbandonato la stretta?

Allora, sarebbe stato l'abisso.

Così egli si consigliava dolorosamente con se stesso; o, per dir meglio, combatteva; si scagliava furioso, dentro di sé, ora contro la sua volontà, ora contro la sua convinzione.

Fu una fortuna per Jean Valjean d'aver potuto piangere, poiché, forse, ciò l'illuminò. Il principio però fu terribile. Una tempesta, più furiosa di quella che altra volta l'aveva spinto verso Arras, si scatenò in lui. Il passato gli tornava di fronte al presente; egli confrontava e singhiozzava. Una volta aperta la cateratta delle lacrime, il disperato si contorse.

Si sentiva fermato.

Ahimè! Nel pugilato a oltranza tra il nostro egoismo e il nostro dovere, quando indietreggiamo così a passo a passo davanti al nostro ideale immutabile, smarriti, accaniti, esasperati di dover cedere, disputando il terreno, sperando in una fuga possibile, cercando uno scampo, quale brusca e sinistra resistenza ci offre un muro dietro di noi!

Sentire l'ombra che fa ostacolo! L'invisibile inesorabile, che ossessione!

Non la si è dunque mai finita con la coscienza? Deciditi, Bruto, deciditi, Catone. Essa è senza fondo, poiché è Dio. Si getta in quel pozzo il lavoro di tutta la vita, vi si getta la propria fortuna, vi si getta la propria ricchezza, vi si getta il proprio successo, vi si getta la propria libertà o la patria, vi si getta il proprio benessere, vi si getta il proprio riposo, vi si getta la propria gioia. Ancora, ancora, ancora! Vuotate il vaso! Rovesciate l'urna! Bisogna finire col gettarvi il proprio cuore.

Chi sa dove, nella nebbia dei vecchi inferni, c'è una botte simile a questa.

Non è perdonabile rifiutarsi alla fine? L'inesauribile può dunque avere qualche diritto? Forse che le catene senza fine non sono superiori alle forze umane? Chi dunque biasimerebbe Sisifo e Jean Valjean di aver detto: basta?

L'ubbidienza della materia è limitata dall'attrito; non ci dev'essere un limite all'ubbidienza dell'anima? Se il moto perpetuo è impossibile, si può forse pretendere il sacrificio perpetuo?

Il primo passo non è nulla: è l'ultimo che è difficile. Che cos'era mai il caso di Champmathieu, di fronte al matrimonio di Cosette e alle conseguenze di esso? Che cos'era mai rientrare nel bagno penale, a confronto di questo: rientrare nel nulla?

Oh, primo scalino da scendere, come sei cupo! E come sei buio, secondo scalino!

Come non volgere il capo altrove, questa volta?

Il martirio è una sublimazione; sublimazione corrosiva, però. È una tortura che santifica. Si può acconsentire la prima ora; si siede sul trono di ferro rovente, si mette sulla fronte la corona di ferro rovente, si accetta il globo di ferro rovente, si prende lo scettro di ferro rovente; ma rimane ancora da indossare il mantello di fiamma, ed è possibile che non vi sia un momento in cui la carne miserabile si rivolti e si rifiuti al supplizio?

Alla fine, Jean Valjean entrò nella calma della prostrazione.

Pesò, meditò e studiò le alternative della misteriosa bilancia di luce e d'ombra.

O imporre la sua galera a quei due giovani splendenti o consumare da solo il suo irrimediabile affondamento. Da un lato, il sacrificio di Cosette; dall'altro, il proprio.

A quale soluzione si fermò? Quale determinazione prese? Quale fu, dentro di lui, la definitiva risposta all'incorruttibile interrogatorio della fatalità? Quale porta si decise ad aprire? Quale lato della sua vita egli risolse di chiudere e di condannare? In mezzo a tutti quei baratri insondabili che lo circondavano, su quale cadde la sua scelta? Quale estremo accettò? A quale di quei baratri assentì col capo?

La sua vertiginosa meditazione durò tutta la notte.

Rimase fino al sorgere del giorno nello stesso atteggiamento, piegato in due su quel letto, prosternato sotto l'enormità del destino e forse, ahimè, schiacciato, coi pugni serrati e le braccia stese ad angolo retto come un crocifisso schiodato che fosse stato gettato con la faccia contro il suolo; e vi rimase dodici ore, le dodici ore d'una lunga notte invernale, agghiacciato, senza rialzare il capo e senza pronunciare una parola. Era immobile come un cadavere, mentre il suo pensiero si contorceva per terra o volava via, ora simile all'idra, ora simile all'aquila. A vederlo così immoto, lo si sarebbe detto morto; ma a un tratto trasaliva convulsamente e la sua bocca, incollata contro i panni di Cosette, li baciava; e allora qualcuno avrebbe potuto vedere ch'egli viveva.

Qualcuno? Chi? Jean Valjean era solo e là non v'era nessuno.

Quel Qualcuno che è nelle tenebre.

LIBRO SETTIMO

L'ULTIMA SORSATA DEL CALICE

I
IL SETTIMO CERCHIO E L'OTTAVO CIELO[1]

I giorni successivi alle nozze sono solitari. Si rispetta il raccoglimento dei felici, e anche un po' il loro sonno attardato; il chiasso delle visite e delle congratulazioni comincia solo più tardi. La mattina del 17 febbraio, era già passato da poco mezzogiorno, quando Basque, occupato a far la pulizia nell'anticamera, con lo straccio per la polvere e il piumino sotto il braccio, sentì bussare leggermente alla porta. Non avevano suonato, il che era segno di discrezione in un giorno simile. Basque aprì e vide il signor Fauchelevent. Lo introdusse nel salotto ancora ingombro e sossopra, che sembrava il campo di battaglia delle allegrie del giorno precedente.

«Vede, signore,» osservò Basque «ci siamo svegliati tardi.»

«E il vostro padrone s'è alzato?» chiese Valjean.

«Come va il braccio del signore?» rispose Basque.

«Meglio. S'è alzato il vostro padrone?»

«Quale? Il vecchio o il nuovo?»

«Il signor Pontmercy.»

«Il signor barone?» fece Basque, rizzandosi.

Si è baroni soprattutto per i propri domestici. Ne deriva loro qualche cosa, cioè quello che un filosofo chiamerebbe la pillacchera del titolo, e questo li lusinga. Marius, diciamolo per inciso, repubblicano militante – e l'aveva dimostrato – era adesso barone senza volerlo. Una piccola rivoluzione s'era compiuta in famiglia per via di quel titolo: ora Gillenormand ci teneva e Marius, invece, se ne curava poco. Ma il colonnello Pontmercy aveva scritto: *Mio figlio porterà il mio titolo*, e Marius ubbidiva. E poi Cosette, in cui cominciava ad affiorare la donna, era entusiasta di essere baronessa.

«Il signor barone?» ripeté Basque. «Vado a vedere; gli dirò che c'è qui il signor Fauchelevent.»

---

[1] Nella *Divina Commedia* il settimo cerchio dell'Inferno racchiude i violenti, e l'ottavo cielo del Paradiso gli spiriti trionfanti.

«No, non ditegli che sono io. Ditegli che qualcuno desidera parlargli privatamente, senza dirgli il nome.»

«Ah!» fece Basque.

«Voglio fargli una sorpresa.»

«Ah!» riprese Basque, dando a se stesso quel secondo «ah» come spiegazione del primo; e uscì.

Jean Valjean rimase solo.

Il salotto, come abbiamo detto, era tutto in disordine; sembrava che, prestando orecchio, vi si potesse sentire ancora il vago rumore della festa nuziale. Sul pavimento c'erano fiori di tutte le specie, caduti dalle ghirlande e dalle acconciature. Le candele consumate quasi interamente aggiungevano, ai cristalli dei lampadari, stalattiti di cera. Neppure un mobile era al suo posto; negli angoli, tre o quattro poltrone, accostate le une alle altre e formanti cerchio, sembravano continuare una conversazione. Tutto l'insieme era ridente: anche nei resti di una festa finita rimane tuttavia una certa grazia, poiché di là è passata la felicità. Su quelle sedie in disordine, in mezzo a quei fiori che avvizziscono, sotto quei lampadari spenti, si è pensato alla gioia. Il sole succedeva al lampadario ed entrava giocondamente nel salotto.

Trascorsero alcuni minuti. Jean Valjean era rimasto immobile dove Basque l'aveva lasciato. Era pallidissimo; aveva gli occhi pesti e talmente scavati dall'insonnia, che quasi scomparivano nell'orbita. La sua giacca nera aveva le pieghe d'un vestito che «non ha riposato la notte»: i gomiti erano imbianchiti dalla lanugine che lascia sulla stoffa lo sfregamento contro la biancheria. Jean Valjean guardava ai suoi piedi la finestra disegnata dal sole sul pavimento.

Si sentì un rumore alla porta, ed egli alzò gli occhi.

Marius entrò, a testa alta, con la bocca ridente, un non so che di luminoso sul volto, la fronte spianata e lo sguardo trionfante. Anch'egli non aveva dormito.

«Siete voi, papà!» esclamò, scorgendo Jean Valjean. «E quell'imbecille di Basque che aveva un fare così misterioso! Ma voi giungete troppo presto; non sono che le dodici e mezzo. E Cosette dorme.»

La parola «papà», detta a Fauchelevent da Marius, significava la felicità suprema. V'erano sempre stati, come si sa, distanza, freddezza e soggezione tra di loro; ghiaccio da rompere o da fondere; ora, Marius era a tal grado d'ebbrezza che la distanza scompariva e il ghiaccio si dissolveva: e Fauchelevent era per lui, come per Cosette, un padre.

Egli continuò; gli traboccavano le parole, il che è particolare a certi divini parossismi della gioia:

«Come sono contento di vedervi! Se sapeste come abbiamo sentito la vostra mancanza, ieri! Buongiorno, papà. Come va la vostra mano? Meglio, non è vero?».

E, soddisfatto della buona risposta che s'era dato da sé, proseguì:

«Abbiamo parlato tanto di voi, tutti e due. Cosette vi ama tanto! Non dimenticate che avete la vostra camera qui. Non ne vogliamo più sapere della via dell'Homme-Armé; non ne vogliamo più sapere affatto. Come avete potuto andare ad abitare in una via simile, che è malata, brontolona, brutta, che ha una barriera all'estremità, dove fa freddo e dove non si può entrare? Verrete a stabilirvi qui; e da oggi. Altrimenti avrete da fare i conti con Cosette. Vi prevengo ch'ella intende menarci tutti per il naso. Avete già visto la vostra stanza, è vicinissima alla nostra e dà sui giardini; vi abbiamo fatto accomodare la serratura, il letto è fatto, di modo che è pronta e non avete che da entrarvi. Cosette ha messo vicino al vostro letto una vecchia poltrona grandissima, di velluto d'Utrecht, alla quale ha detto: "Tendigli le braccia". A primavera, nel boschetto d'acacia che è dirimpetto alle vostre finestre, viene un usignuolo, e lo aspettiamo tra due mesi. Allora avrete il suo nido a sinistra e il nostro a destra. Di notte, esso canterà, e di giorno, Cosette parlerà. La vostra camera è volta a mezzogiorno. Cosette vi disporrà i vostri libri, il viaggio del capitano Cook, e l'altro, quello di Vancouver, e tutte le vostre cose. C'è, credo, una valigetta a cui tenete molto, e io ho predisposto un cantuccio d'onore per essa. Avete conquistato il nonno, e gli piacete. Vivremo insieme. Conoscete il *whist*? Colmerete di felicità il nonno, se sapete il *whist*. Sarete voi che accompagnerete a spasso Cosette nei giorni in cui io sarò occupato in tribunale, e le darete il braccio come un tempo, sapete, al Luxembourg. Siamo assolutamente decisi a essere felicissimi, e voi condividerete la nostra felicità, capite, papà? A proposito, mangiate con noi, oggi?».

«Signore,» disse Jean Valjean «debbo dirvi una cosa. Io sono un ex forzato.»

Il limite dei suoni acuti percettibili può essere benissimo sorpassato sia dallo spirito che dall'orecchio. Quelle parole «io sono un ex forzato» che uscirono dalla bocca di Fauchelevent per entrare nell'orecchio di Marius, andavano al di là del possibile. Marius non le udì. Gli sembrò che gli fosse stato detto qualche cosa, ma non seppe che cosa. Rimase a bocca aperta.

S'accorse allora che l'uomo che gli parlava era spaventevole. Completamente preso dalla sua estasi, fino a quel momento non ne aveva notato il terribile pallore.

Jean Valjean slegò la sciarpa nera che gli sorreggeva il braccio destro, disfece la benda avvolta attorno alla mano, mise a nudo il pollice e lo mostrò a Marius.

«Non ho nulla alla mano» disse.

Marius guardò il pollice.

«E non ho mai avuto nulla» riprese Jean Valjean.

E infatti, non v'era alcuna traccia di ferita.

Jean Valjean proseguì:

«Era opportuno che fossi assente dal vostro matrimonio, e sono rimasto assente più che ho potuto. Ho finto questa ferita per non commettere un falso, per evitare un motivo di nullità negli atti matrimoniali, per essere dispensato dal firmare».

Marius balbettò:

«Ma che cosa vuol dire tutto questo?».

«Vuol dire,» rispose Jean Valjean «che sono stato in galera.»

«Voi mi fate impazzire!» esclamò Marius, spaventato.

«Signor Pontmercy,» disse Jean Valjean «sono stato diciannove anni in galera. Per furto. Poi, sono stato condannato a vita. Per furto, come recidivo; e in questo momento sono contumace.»

Marius aveva un bell'indietreggiare di fronte alla realtà, ricusare il fatto e resistere all'evidenza; bisognava arrendervisi. Incominciò a comprendere e, come avviene sempre in simili casi, capì oltre il necessario. Ebbe il brivido d'un orrendo lampo interno; un'idea che lo fece fremere gli attraversò la mente, ed egli intravide nell'avvenire, per se stesso, un destino mostruoso.

«Dite tutto, dite tutto!» gridò. «Voi siete il padre di Cosette!»

E fece due passi indietro, con un gesto d'indicibile orrore.

Jean Valjean rialzò il capo con una tale maestà d'atteggiamento, che sembrò farsi alto fino al soffitto.

«Qui è necessario che mi crediate, signore; e, sebbene il giuramento "di noialtri" non venga accolto dalla giustizia....»

A questo punto fece una pausa; poi, con una specie d'autorità sovrana e sepolcrale, aggiunse, articolando lentamente e accentuando le sillabe:

«...Mi crederete. Io, padre di Cosette? Davanti a Dio, no! Signor barone di Pontmercy, io sono un contadino di Faverolies, e mi guadagnavo la vita potando gli alberi. Non mi chiamo Fauchelevent, mi chiamo Jean Valjean. Nessuna parentela mi lega a Cosette. Rassicuratevi».

Marius balbettò:

«E chi me lo prova?»

«Io, dal momento che lo dico.»

Marius guardò quell'uomo. Era lugubre e tranquillo. Nessuna menzogna poteva uscire da una simile calma: ciò che è freddo è sincero, e in quella freddezza di tomba s'intuiva il vero.

«Vi credo» disse Marius.

Jean Valjean chinò il capo, come per prenderne atto, e continuò:

«Cosa sono io per Cosette? Un passante. Dieci anni fa, non sapevo neppure che esistesse. Le voglio bene, sì: una fanciulla che si è conosciuta quando era piccina, mentre si era già vecchi, la si ama; quando si è vecchi, ci si sente nonni verso tutti i fanciulli. Mi sembra che voi possiate supporre in me qualche cosa di simile a un cuore. Ella era orfana, senza padre e senza mamma, e aveva bisogno di me. Sono così deboli i bambini, che il primo venuto, persino un uomo come me, può essere il loro protettore. Io ho compiuto questo dovere verso Cosette. Non credo che una così piccola cosa possa veramente chiamarsi una buona azione; ma se è una buona azione, ebbene fate conto ch'io l'abbia compiuta. Registrate questa circostanza attenuante. Oggi Cosette lascia la mia vita e le nostre strade si separano; ormai non posso far più nulla per lei. Ella è la signora Pontmercy: la sua sorte è mutata e Cosette guadagna nel cambio. Tutto sta bene. Quanto ai seicentomila franchi, voi non me ne parlate, ma io prevengo il vostro pensiero: sono un deposito. In che modo quel deposito si trovava nelle mie mani? Che importa? Io restituisco il deposito, e non mi si può chiedere più nulla; e completo anche questa restituzione dicendo il mio vero nome. Anche questo mi concerne, poiché tengo a che sappiate chi sono».

E Jean Valjean guardò Marius in faccia.

Tutto quello che Marius provava era tumultuoso e incoerente. Certe ventate del destino formano simili ondate nella nostra anima. Non c'è nessuno di noi che non abbia avuto simili momenti di turbamento, in cui tutto si disperde in noi; allora diciamo le prime cose che ci vengono in mente; non sempre, precisamente, quelle che occorrerebbe dire. Vi sono rivelazioni che non è possibile sopportare e che ci ubriacano come un vino funesto. Marius era stupefatto della situazione nuova che gli si presentava, al punto di parlare a quell'uomo quasi come se fosse sdegnato con lui per quella confessione.

«Ma infine,» esclamò, «perché mi dite tutto questo? Chi vi costringe a farlo? Potevate tenere per voi il vostro segreto. Non siete né denunciato, né inseguito, né perseguitato. Avete una ragione per fare così a cuor leggero una simile rivelazione. Terminate. Deve esserci dell'altro. A quale scopo fate questa confessione? Per qual motivo?»

«Per qual motivo?» rispose Jean Valjean, con una voce tanto bassa e tanto sorda, che si sarebbe detto ch'egli parlasse più a se stesso che a Marius. «Per qual motivo, infatti, questo forzato viene a dire: "Sono un forzato?". Ebbene, sì, per un motivo strano: per onestà. Vedete? Quello che vi è di doloroso, è un filo che ho qui nel cuore e che mi tiene legato. Certi fili sono tenaci soprattutto quando si è vecchi. Tutta la vita si disfà all'intorno, ma essi resistono. Se avessi potuto strappare quel filo, spezzarlo, sciogliere il nodo o tagliarlo, e andarmene molto lontano, sarei stato salvo, non avevo che a partire: in via del

Bouloi vi sono pur le diligenze! Voi siete felici e io me ne vado. Ho tentato di romperlo, quel filo, l'ho fortemente tirato, ma esso ha resistito e non s'è rotto, e sentivo che insieme con esso mi strappavo il cuore. Allora ho detto: non posso vivere se non qui, e bisogna che rimanga. Ebbene, sì, voi avete ragione: sono uno sciocco. Perché non restare, senz'altro? Voi m'offrite una camera nella casa e la signora Pontmercy, che mi vuol molto bene, dice a quella poltrona: "Tendigli le braccia"; vostro nonno non chiede di meglio che d'avermi con sé, io gli sono simpatico, faremo casa comune, prenderemo i pasti insieme, io darò il braccio a Cosette... alla signora Pontmercy, scusate, è l'abitudine; avremo in comune il tetto, la mensa, il focolare, lo stesso cantuccio davanti al camino, d'inverno, la stessa passeggiata d'estate. È la gioia, questa, la felicità e tutto. Vivremo in famiglia! In famiglia!»

A quella parola, Jean Valjean divenne terribile. Incrociò le braccia, fissò il pavimento ai suoi piedi, come se volesse scavarvi un abisso, e la sua voce assunse a un tratto un tono vibrante:

«In famiglia? No. Io non appartengo a nessuna famiglia. Non alla vostra, né a quella degli uomini; nelle case in cui si è in famiglia, io sono di troppo. Ne esistono delle famiglie, ma non sono per me. Io sono lo sciagurato: io sono l'escluso. Ho avuto un padre e una madre? Ne dubito quasi. Il giorno in cui ho maritato quella fanciulla, è stata finita: l'ho vista felice, ho visto ch'ella era con l'uomo da lei amato, che un buon vecchio era con loro; ho visto il focolare di due angeli, e tutte le gioie in quella casa, e che tutto andava bene: allora mi son detto: "Non entrare, tu". Avrei potuto mentire, è vero; avrei potuto ingannarvi tutti, restare il signor Fauchelevent; finché è stato per lei, ho potuto mentire; ma ora sarebbe per me, e non debbo farlo. Sarebbe bastato che avessi taciuto, è vero, e tutto sarebbe continuato. Voi mi chiedete che cosa mi costringe a parlare? Una cosa buffa: la mia coscienza. Eppure mi sarebbe stato facilissimo tacere, e ho passato la notte cercando di persuadermene. Voi volete la mia confessione, e quello che vi ho detto è così straordinario, che ne avete il diritto. Ebbene, sì, ho passato la notte a darmi delle ragioni e me ne sono date parecchie che sono ottime, e ho fatto tutto quello che ho potuto, siatene certo. Ma in due cose non sono riuscito, cioè a spezzare il filo che mi tiene attaccato, ribattuto e suggellato qui col cuore, e a far tacere qualcuno che mi parla a bassa voce quando son solo. Ecco perché stamattina sono venuto a confessarvi tutto. Tutto, o quasi tutto, dal momento che vi sarebbero da dire delle cose inutili, che riguardano me solo, e che quindi tengo per me. L'essenziale lo sapete. Io ho dunque preso il mio mistero e ve l'ho portato, l'ho squarciato sotto i vostri occhi. Non era una risoluzione facile a prendersi: mi son dibattuto tutta la notte. Ah, voi credete forse ch'io non mi sia detto che non si trattava del caso Champmathieu, che nascondendo il mio nome non facevo male a nessuno, che il nome Fauchelevent m'era stato dato dallo stesso Fauchelevent, in riconoscimento d'un servizio resogli, e che avrei potuto ben conservarlo, che sarei stato felice in quella camera che m'offrite, che non avrei arrecato alcun disturbo, che sarei rimasto nel mio cantuccio e che, mentre voi avreste avuto Cosette, a me sarebbe bastato essere nella stessa casa di lei! Ciascuno avrebbe avuto la propria parte di felicità. Continuare a essere Fauchelevent aggiustava tutto; sì, tranne la mia anima. Vi sarebbe stata la gioia dappertutto su di me; ma il fondo della mia anima sarebbe rimasto tenebroso; non basta esser felici, bisogna esser contenti. Così sarei rimasto il signor Fauchelevent, così il mio vero volto l'avrei nascosto; al cospetto della vostra effusione, avrei avuto un enigma, e in mezzo alla vostra luce meridiana, avrei avuto le tenebre; così, nel modo più semplice, senza neppur gridare "Bada!" avrei introdotto la galera nel vostro focolare, mi sarei seduto alla vostra tavola col pensiero che, se aveste saputo chi sono, mi avreste scacciato; mi sarei fatto servire da domestici che, se l'avessero saputo, avrebbero detto: "Che orrore!", v'avrei toccato col gomito del quale avete diritto di non voler sapere e v'avrei scroccato delle strette di mano! Vi sarebbe stata in casa vostra una ripartizione di rispetto tra capelli bianchi venerabili e capelli bianchi infamati; nelle vostre ore intime, quando tutti i cuori si sarebbero sentiti aperti sino in fondo gli uni per gli altri, quando saremmo stati tutti e quattro insieme, il vostro nonno, voi due e io, sarebbe stato presente uno sconosciuto! Vi sarei stato accanto nella vostra esistenza, non avendo altra cura che quella di non smuovere mai il coperchio del mio terribile pozzo. Così io, un morto, mi sarei imposto a voi che siete vivi; avrei condannato Cosette a me, per tutta la vita. Ella, voi e io saremmo stati tre teste nel medesimo berretto verde! Non rabbrividite? Non sono che il più oppresso degli uomini; ne sarei stato il più mostruoso. E quel delitto l'avrei commesso tutti i giorni! E quella menzogna l'avrei ripetuta tutti i giorni! E quella faccia di tenebre l'avrei avuta sul volto tutti i giorni! E ogni giorno vi avrei dato una parte della mia infamia! Ogni giorno! A voi, miei diletti, figli miei, miei innocenti! Tacere non è nulla? È semplice conservare il silenzio? No, non è così semplice. Vi è un silenzio che mentisce. E la mia menzogna, e la mia frode, e la mia indegnità, e la mia vigliaccheria, e il mio tradimento, e il mio delitto, li avrei bevuti a goccia a goccia, li avrei risputati e poi ribevuti! Avrei finito a mezzanotte per ricominciare a mezzogiorno, e il mio buon giorno avrebbe mentito e la mia buona sera avrebbe mentito, e vi avrei dormito sopra, e con tutto questo avrei mangiato il mio pane e avrei guardato Cosette in faccia e avrei risposto al sorriso dell'angelo col sorriso del dannato, e sarei stato un birbante abominevole! E perché? Per essere felice. Essere felice, io? Ho forse il diritto d'essere felice? Io sono fuori della vita, signore».

Jean Valjean si fermò, Marius ascoltava. Simili concatenazioni di idee e di angosce non si possono interrompere. Valjean abbassò nuovamente la voce; ora non era più sorda, ma sinistra.

«Mi chiedete perché parlo? Non sono né denunciato, né inseguito, né perseguitato, dite voi. Sì, sono denunciato! Sì, sono inseguito! Sì, sono braccato! Da chi? Da me stesso: sono io che mi sbarro il passaggio, e mi trascino, e mi spingo, e m'arresto, e mi giustizio; e quando uno è afferrato da se medesimo, è ben tenuto.»

E, afferrando la propria giacca in pugno e tirandola verso Marius, continuò:

«Guardate questo pugno. Non vi pare che tenga questo bavero in modo da non mollarlo? Ebbene: c'è pure un altro pugno, la coscienza! Per essere felici, signore, bisogna non capir mai il dovere, giacché, non appena lo si è capito, esso è implacabile. Si direbbe che vi punisca per averlo capito, ma non è così, poiché ve ne ricompensa mettendovi in un inferno in cui ci si sente accanto a Dio. Si è appena finito di straziarsi le viscere, che si è in pace con se stessi».

E, con accento straziante, continuò:

«Signor Pontmercy, è una cosa che non ha senso comune, eppure sono un uomo onesto. Col degradarmi ai vostri occhi, mi elevo ai miei: ciò mi accadde già una volta, ma fu meno doloroso; anzi non fu nulla. Sì, un uomo onesto, mentre non lo sarei stato, se, per colpa mia, voi aveste continuato a stimarmi: ora che mi disprezzate, lo sono. Pesa su di me questa fatalità che, non potendo godere mai se non della stima rubata, questa stima mi umilia e mi opprime interiormente, e per potermi rispettare bisogna ch'io sia disprezzato. Allora mi risollevo. Sono un galeotto che ubbidisce alla sua coscienza. So benissimo che ciò non è verosimile; ma che volete che ci faccia? È così. Ho assunto certi impegni verso me stesso, e li mantengo. Vi sono degli incontri che ci vincolano, ci son casi che ci trascinano nei doveri. Vedete, signor Pontmercy, nella vita mi sono accadute tante cose».

Jean Valjean fece ancora una pausa, inghiottì a fatica la saliva, come se le proprie parole sapessero di amaro, e riprese:

«Quando si ha indosso un tale orrore, non si ha il diritto di farlo condividere agli altri, a loro insaputa, non si ha il diritto di contagiar loro la peste, non si ha il diritto di farli scivolare nel proprio precipizio, senza che se ne accorgano, non si ha il diritto di far penzolare la propria casacca rossa su loro, non si ha il diritto di ingombrare sornionamente con la propria miseria l'altrui felicità. È orribile avvicinarsi a coloro che sono sani e toccarli nell'ombra con la propria piaga invisibile. Fauchelevent ha avuto un bell'imprestarmi il suo nome: io non ho il diritto di servirmene; se egli ha potuto darmelo, io non ho potuto prenderlo. Un nome è un "io", vedete, signore, ho pensato un poco e ho letto un poco, sebbene io sia contadino, e voi vedete che mi esprimo convenientemente. Mi rendo conto delle cose, io. Mi son fatto un'educazione da solo. Ebbene, sì, appropriarsi di un nome e farsene un riparo è disonesto. Le lettere dell'alfabeto possono essere rubate come una borsa o come un orologio; essere una firma falsa in carne e ossa, essere una chiave falsa vivente, entrare in casa di persone oneste, ingannando la loro serratura, mai più guardare diritto, ma sempre losco, essere infame dentro di me, no, no, no, no! È meglio soffrire, sanguinare, piangere, strapparsi la pelle dalle carni con le unghie, passare la notte a contorcersi nell'angoscia, rodersi il ventre e l'anima! Ecco perché son venuto a raccontarvi tutto questo. A cuor leggero, come voi dite».

Respirò a stento, e gettò quest'ultima frase:

«Un tempo, per vivere, rubai un pane; oggi, per vivere, non voglio rubare un nome».

«Per vivere?» interruppe Marius. «Ma avete forse bisogno di quel nome per vivere?»

«Oh, so io quello che intendo dire!» rispose Jean Valjean, alzando e abbassando la testa varie volte di seguito.

Vi fu una pausa. Tutti e due tacevano, ciascuno inabissato in un gorgo di pensieri; Marius s'era seduto vicino a una tavola e appoggiava un angolo della bocca su un dito ripiegato, mentre Jean Valjean andava e veniva. Questi si fermò davanti a uno specchio e rimase immoto; poi, come se rispondesse a un ragionamento interiore, disse guardando quello specchio in cui non si vedeva:

«Mentre ora, mi sento sollevato!».

Si rimise a camminare e raggiunse l'altra estremità del salotto. Nel momento in cui si voltava, s'accorse che Marius lo guardava camminare, e allora gli disse con un accento inesprimibile:

«Strascico un po' la gamba: adesso potete capire il perché».

Poi finì di voltarsi verso Marius.

«E ora, signore, figuratevi questo: non ho detto nulla, sono rimasto il signor Fauchelevent e ho preso il mio posto vicino a voi; sono dei vostri, sono nella mia camera, la mattina vengo a far colazione in pantofole, e la sera andiamo a teatro tutti e tre; accompagno la signora Pontmercy alle Tuileries e in Place Royale, siamo insieme, voi mi credete un vostro simile; e un bel giorno, mentre voi e io siamo qui a discorrere e a ridere, sentite improvvisamente una voce che grida questo nome: Jean Valjean! Ed ecco che una mano spaventevole, la polizia, esce dall'ombra, e mi strappa bruscamente la maschera!»

Tacque ancora. Marius s'era alzato con un fremito, e Jean Valjean riprese:

«Che ne dite?».

Il silenzio di Marius era una risposta.

Jean Valjean continuò:

«Vedete bene che ho ragione di non tacere, suvvia, siate felici, siate al settimo cielo, siate l'angelo d'un angelo, siate nel sole e accontentavene, senza inquietarvi del modo impiegato da un povero dannato per aprirsi il petto e fare il suo dovere. Avete davanti a voi un miserabile, signore».

Marius attraversò lentamente il salotto, e quando fu vicino a Jean Valjean, gli tese la mano.

Ma dovette prendere egli stesso quella mano che non si offriva. Jean Valjean lasciò fare e a Marius parve di stringere una mano di marmo.

«Mio nonno ha degli amici,» disse Marius «e io vi farò ottenere la grazia.»

«È inutile» rispose Jean Valjean. «Mi si crede morto e ciò basta. I morti non sono sottoposti a sorveglianza e vengono lasciati imputridire in pace; la morte equivale alla grazia.»

E liberando la mano tenuta dal giovane, aggiunse con una specie di dignità inesorabile:

«D'altronde, fare il mio dovere: ecco l'amico al quale mi son rivolto. E io ho bisogno solo d'una grazia: quella della mia coscienza».

In quel momento, all'altra estremità del salotto, la porta si socchiuse dolcemente e nell'apertura apparve il capo di Cosette. Si scorgeva soltanto il suo dolce viso; era mirabilmente spettinata e aveva le palpebre ancora gonfie di sonno. Fece il gesto d'un uccellino che sporga la testa dal nido, guardò prima il marito, poi Jean Valjean e gridò loro, con un viso che pareva il sorridere d'una rosa:

«Scommetto che parlate di politica! Che stupidaggine, invece di stare con me!».

Jean Valjean trasalì.

«Cosette!...» balbettò Marius, e si fermò.

Si sarebbe detto che fossero due colpevoli.

Cosette raggiante, continuava a guardarli entrambi, alternamente. Nei suoi occhi v'erano come degli sprazzi di paradiso.

«Vi colgo in flagrante delitto» disse Cosette. «Ho sentito or ora attraverso la porta mio papà Fauchelevent che diceva: "La coscienza... Fare il proprio dovere...". Si tratta di politica, dunque, e io non voglio. Non si deve parlar di politica subito l'indomani delle nozze. Non è giusto.»

«T'inganni, Cosette» rispose Marius. «Stavamo parlando di affari:

parlavamo del miglior modo d'investire i tuoi seicentomila franchi...»

«Non conta» interruppe Cosette. «Ora giungo io. Mi volete?»

E, varcando risolutamente la soglia, entrò in salotto. Indossava un ampio accappatoio bianco, tutto pieghettato e con le maniche larghe, il quale, partendo dal collo, le ricadeva quasi fino ai piedi; nei cieli d'oro dei vecchi quadri gotici si vedono simili graziosi sacchi per avvolgere gli angeli.

Ella si contemplò da capo a piedi in un grande specchio, poi esclamò in un'esplosione d'estasi ineffabile:

«C'erano una volta un re e una regina. Oh, come sono contenta!».

Detto questo, fece la riverenza a Marius e a Jean Valjean.

«Ecco» disse. «Mi siederò vicino a voi, in una poltrona. Voi direte tutto ciò che vorrete: so benissimo che gli uomini devono parlare e quindi sarò molto savia.»

Marius le prese un braccio, e le disse amorosamente: «Stiamo parlando di affari».

«A proposito,» rispose Cosette «ho aperto la mia finestra; in giardino è arrivato adesso un mucchio di *pierrots*.[2] Uccelli, non maschere. Fanno un baccano d'inferno. Oggi è mercoledì delle ceneri, ma non per gli uccelli.»

«Ti dico che stiamo parlando di affari. Va', piccola Cosette, lasciaci un momentino soli. Parliamo di cifre e questo ti annoierebbe.»

«Ti sei messo una bella cravatta, Marius. Siete molto leggiadro, monsignore. No, non mi annoierò.»

«Ti assicuro che ti annoierai.»

«No, visto che si tratta di voi. Non vi capirò, ma vi ascolterò; quando si sentono le voci amate, non si ha bisogno di capire le parole che dicono. Essere qui insieme, è tutto quello che voglio. Resto con voi, uffa!»

«Impossibile, mia adorata Cosette! Impossibile.»

«Impossibile?»

«Sì.»

«Sta bene» riprese Cosette. «Vi avrei dato qualche notizia; vi avrei detto che il nonno dorme ancora, che vostra zia è a messa, che il camino della stanza del mio papà Fauchelevent fa fumo e che Nicolette ha chiamato lo spazzacamino che Toussaint e Nicolette hanno già litigato, che Nicolette si fa beffe della balbuzie di Toussaint. Ebbene, non saprete nulla. Ah, è impossibile? Anch'io, a mia volta, vedrete, signore, che dirò: "È impossibile". E chi sarà rimasto gabbato? Ti prego, mio piccolo Marius, permettimi di rimanere qui con voi due.»

[2] In Francia, in linguaggio popolare, *pierrot* è chiamato, oltre alla nota maschera, il passero.

«Te lo giuro: bisogna che restiamo soli.»

«Ebbene, sono forse qualcuno, io?»

Jean Valjean non pronunciava neppure una parola. Cosette si rivolse a lui:

«Prima di tutto, babbo, voglio che veniate ad abbracciarmi. Che cosa state facendo lì, senza dir nulla, invece di prendere le mie parti? Chi mi ha dato un padre così? Lo vedete bene che sono infelicissima in famiglia: mio marito mi picchia. Su, abbracciatemi subito».

Jean Valjean s'avvicinò.

Cosette si rivolse a Marius dicendo:

«A voi faccio una smorfia».

Poi porse la fronte a Jean Valjean che fece un passo verso di lei. Cosette indietreggiò:

«Siete pallido, babbo. Vi duole forse il braccio?».

«È guarito» disse Jean Valjean.

«Allora, avete dormito male?»

«No.»

«Siete forse triste?»

«No.»

«Abbracciatemi. Se state bene, se avete dormito, se siete contento, non vi sgriderò.»

E gli porse nuovamente la fronte.

Jean Valjean depose un bacio su quella fronte, su cui era un riflesso celeste.

«Sorridete.»

Jean Valjean ubbidì. Fu il sorriso d'uno spettro.

«E ora, difendetemi contro mio marito.»

«Cosette!...» fece Marius.

«Adiratevi, babbo. Ditegli che debbo rimanere. Si può parlare davanti a me. Mi ritenete dunque tanto sciocca? Dev'essere ben straordinario ciò che avete da dire! Gli affari, il collocamento del denaro presso una banca, ecco la gran cosa! Gli uomini fanno i misteriosi per nulla. Voglio restare; sono graziosissima stamane. Guardatemi, Marius.»

E con un'adorabile alzata di spalle e il viso deliziosamente atteggiato a broncio, guardò Marius. Tra quei due esseri passò qualcosa come un lampo. Poco importava che ci fosse qualcuno presente.

«T'amo» disse Marius.

«T'adoro» disse Cosette.

E caddero irresistibilmente l'uno nelle braccia dell'altra.

«Ora,» riprese Cosette, raccomodando una piega dell'accappatoio con una smorfietta di trionfo «io resto.»

«Oh, no» rispose Marius con tono supplichevole. «Abbiamo qualche cosa da terminare.»

«Come, ancora no?»

Marius assunse un'inflessione di voce grave:

«T'assicuro, Cosette, che è impossibile».

«Ah, voi fate la voce da uomo, signore. Bene, me ne vado. Voi, babbo, non m'avete appoggiata. Signor marito, signor babbo, siete due tiranni. Andrò a dirlo al nonno. Se credete che torni per dirvi delle scipitaggini, v'ingannate: sono fiera, io. Vi aspetto alla prova. Vedrete che sarete voi ad annoiarvi senza di me. Sì, me ne vado e faccio bene.»

E uscì.

Due secondi dopo la porta si riaprì, il suo fresco viso vermiglio apparve ancora una volta tra i battenti, ed ella gridò:

«Sono molto in collera».

La porta si richiuse e si rifecero le tenebre.

Fu come un raggio di sole fuorviato che, senza sospettarlo, avesse attraversato bruscamente la notte.

Marius s'assicurò che la porta fosse ben chiusa.

«Povera Cosette!» mormorò «quando saprà...»

A quelle parole, Jean Valjean tremò da capo a piedi, e fissò su Marius l'occhio smarrito.

«Cosette? Già! È vero: voi lo direte a Cosette. È giusto, del resto. Non ci avevo pensato; si ha forza per fare una cosa, e non se ne ha per farne un'altra. Signore, ve ne scongiuro, ve ne supplico, signore, datemi la vostra parola più sacra che non gliela direte! Non basta che lo sappiate voi? Ho potuto dirlo io stesso, senza esservi costretto, e lo avrei detto all'universo, a chiunque, e la cosa mi sarebbe stata indifferente, ma a lei! Ella non sa di che si tratti e si spaventerebbe. Un forzato, dico! Si sarebbe costretti a spiegarle, a dirle: "È un uomo che è stato in galera". Un giorno, ella ha veduto passare la catena. Oh, mio Dio!»

S'abbatté sopra una poltrona e si nascose il volto tra le mani. Non si sentiva, ma dallo scuotersi delle sue spalle si vedeva che piangeva: lacrime silenziose, lacrime terribili.

C'è una soffocazione nel singhiozzo. Una specie di convulsione s'impadronì di lui, ed egli si rovesciò all'indietro sulla spalliera della poltrona, come per respirare, lasciando ricadere le braccia e lasciando vedere a Marius la faccia inondata di lacrime, e Marius lo sentì mormorare così piano che la voce sembrò giungere da un abisso senza fondo:

«Oh, vorrei morire!»

«State tranquillo,» disse Marius «terrò il vostro segreto per me solo.»

E, meno intenerito forse di quanto non avrebbe dovuto essere, ma costretto da un'ora appena a familiarizzarsi con uno spaventoso fatto inaspettato, vedendo a grado a grado un forzato sovrapporsi sotto i suoi occhi al signor Fauchelevent, preso a poco a poco da quella lugubre realtà e condotto dalla china naturale della situazione a riscontrare il distacco che s'era fatto tra quell'uomo e lui, Marius soggiunse:

«È impossibile ch'io non vi dica una parola circa il deposito che avete così fedelmente e così onestamente consegnato. È questo un atto di probità, ed è giusto che vi sia data una ricompensa. Fissate voi stesso la somma e vi sarà sborsata. Non temete di fissarla troppo alta».

«Vi ringrazio signore» rispose Jean Valjean, con dolcezza.

Rimase sovrappensiero un istante, passando macchinalmente la punta dell'indice sull'unghia del pollice, poi alzò la voce:

«Tutto è quasi finito. Mi resta un'ultima cosa...».

«Quale?»

Jean Valjean ebbe come una suprema esitazione, e, senza voce e quasi senza fiato, balbettò più che non dicesse:

«Adesso che sapete tutto, credete, signore, voi che siete il padrone, ch'io non debba più rivedere Cosette?»

«Credo che sarebbe meglio» rispose freddamente Marius.

«Non la rivedrò più» mormorò Jean Valjean. E si diresse verso la porta.

Mise la mano sulla maniglia, la molla cedette, e la porta si socchiuse. Jean Valjean l'aprì abbastanza per passare, rimase un secondo immobile; poi richiuse la porta e si voltò verso Marius.

Non era pallido, ma livido; non aveva più lacrime negli occhi, ma una specie di tragica fiamma. La sua voce era ridivenuta stranamente calma.

«Sentite, signore,» disse «se permettete verrò a vederla. Vi assicuro che lo desidero moltissimo; se non avessi tenuto a vedere Cosette, non vi avrei fatto la confessione che v'ho fatta, e sarei partito: ma poiché volevo rimanere nel luogo dov'è Cosette e continuare a vederla, ho dovuto dirvi onestamente ogni cosa. Voi seguite il mio ragionamento, non è vero? È una cosa che si capisce. Vedete? Sono più di nove anni che l'ho con me; abbiamo abitato dapprima in quella catapecchia del viale, poi in convento, poi vicino al Luxembourg. È là che voi l'avete vista la prima volta. Vi ricordate il suo cappello di feltro celeste? In seguito siamo stati nel quartiere degli Invalides, in via Plumet, dove c'era una cancellata e un giardino: io abitavo in un cortiletto interno, dal quale sentivo il suo pianoforte. Ecco la mia vita. Non ci lasciavamo mai; e questo è durato nove anni e qualche mese. Io ero come suo padre, ed ella era mia figlia. Non so se mi comprendete, signor Pontmercy; ma andarmene ora, non più vederla, non parlarle più, non aver più nulla, mi riuscirebbe difficile. Se non lo ritenete mal fatto, verrò di tanto in tanto a trovare Cosette: non verrò troppo di frequente, né mi tratterrò a lungo. Potreste dire che mi si riceva nella saletta a pianterreno. Entrerei magari dalla porta posteriore, quella dei domestici, ma ciò, forse, potrebbe stupire, e così sarebbe meglio, credo, ch'io entrassi dalla porta di tutti. Signore, vorrei proprio vedere ancora un po' Cosette: di rado, come vi piacerà. Mettetevi nei miei panni: non ho altro che questo; e poi bisogna stare attenti, giacché se io non venissi più, ciò farebbe un brutto effetto e lo si troverebbe strano. Per esempio, quello che potrei fare, sarebbe di venire di sera, quando comincia a far buio.»

«Verrete tutte le sere,» disse Marius «e Cosette vi aspetterà.»

«Siete buono, signore» disse Jean Valjean,

Marius salutò Jean Valjean; la felicità ricondusse fino alla porta la disperazione, e quei due uomini si lasciarono.

II

LE OSCURITÀ CHE PUÒ CONTENERE UNA RIVELAZIONE

Marius era sconvolto.

Quella specie d'avversione che aveva sempre provato per quell'uomo che vedeva vicino a Cosette gli era ormai spiegata. V'era in quel personaggio un non so che d'enigmatico, di cui il suo istinto l'avvertiva. E quell'enigma era la più orribile tra le vergogne: il bagno penale. Quel Fauchelevent era il forzato Jean Valjean.

Trovare bruscamente questo segreto nel bel mezzo della propria felicità, è qualcosa che rassomiglia alla scoperta d'uno scorpione in un nido di tortorelle.

La felicità di Marius e di Cosette era ormai condannata a una simile vicinanza? Era un fatto compiuto? L'accettazione di quell'uomo faceva parte del matrimonio consumato? Non v'era più nulla da fare?

Marius aveva sposato anche il forzato?

Si ha un bell'essere incoronato di luce e di gioia, si ha un bell'assaporare la grande ora purpurea della vita, l'amore felice: siffatte scosse costringerebbero a fremere persino l'arcangelo nella sua estasi, persino il semidio nella sua gloria.

Come sempre avviene nei cambiamenti a vista di simile specie, Marius si chiedeva se non avesse qualche rimprovero da farsi. Aveva mancato di intuito e di prudenza? S'era stordito involontariamente? Un poco, forse. S'era impegnato in quell'avventura d'amore che aveva condotto al suo matrimonio con Cosette senza precauzioni sufficienti a illuminarne le circostanze? Egli constatava – poiché è così, attraverso le successive esperienze da noi fatte a nostre spese, che la vita ci corregge a poco a poco – il lato chimerico e visionario della propria natura, specie di nube interiore particolare a tanti organismi e che, nei parossismi della passione e del dolore, si dilata col mutare della temperatura spirituale e invade tutto l'uomo, sino al punto di farne null'altro che una coscienza intrisa di nebbia. Abbiamo più d'una volta accennato a questo elemento caratteristico dell'individualità di Marius. Egli si ricordava che, nell'ebbrezza del suo amore, in via Plumet, durante quelle sei o sette settimane d'estasi, non aveva neppure parlato a Cosette di quell'enigmatico dramma della stamberga Gorbeau, dove la vittima s'era appigliata a quello strano partito preso del silenzio durante la lotta, e dell'evasione, poi. Come mai non ne aveva fatto parola a Cosette? Eppure, era una cosa così recente e così spaventevole! Come aveva fatto a non menzionarle neppure i Thénardier e, particolarmente, il giorno in cui aveva incontrato Éponine? Ora faceva fatica a spiegarsi il suo silenzio d'allora. Tuttavia, se ne rendeva conto. Ricordava il suo stordimento, la sua ebbrezza per Cosette, l'amore che assorbiva tutto, quel rapimento scambievole nell'ideale e fors'anche – come impercettibile quantità di ragione unita a quello stato violento e incantevole dell'anima – un vago e sordo istinto di celare e d'abolire nella sua memoria quell'avventura terribile, il cui contatto egli temeva e in cui non voleva rappresentare alcuna parte, alla quale si sottraeva e della quale non poteva essere narratore e testimonio, senz'essere accusatore. D'altronde, quelle poche settimane erano state un lampo: v'era stato appena il tempo di amarsi, e null'altro. Infine, tutto considerato, quando egli avesse narrato l'agguato della stamberga Gorbeau a Cosette, quando le avesse nominato i Thénardier, quali sarebbero state le conseguenze, anche se avesse scoperto che Jean Valjean era un forzato, tutto ciò avrebbe mutato lui, Marius? Avrebbe mutato lei, Cosette? Sarebbe indietreggiato? L'avrebbe adorata di meno? Avrebbe rinunciato a sposarla? No. Il fatto avrebbe cambiato qualche cosa a quello che già era? No; e dunque, non v'era nulla da rimpiangere, nulla da rimproverarsi. Tutto era accaduto per il meglio. V'è un dio per quegli ubriachi che vengono chiamati innamorati; e Marius, cieco, aveva seguito la via che avrebbe scelto se avesse visto chiaramente. L'amore gli aveva bendato gli occhi per condurlo... Dove? In paradiso.

Ma quel paradiso era ormai turbato da quell'accostamento infernale.

L'antica avversione di Marius per quell'uomo, per quel Fauchelent ora divenuto Jean Valjean, era adesso commista a orrore.

E in quell'orrore, diciamolo pure, v'era una certa compassione, e persino una certa sorpresa.

Quel ladro, ladro recidivo, aveva restituito un deposito. E che deposito! Seicentomila franchi. E il segreto di quel deposito lo conosceva solo lui: poteva tenersi tutto e, invece, aveva restituito tutto.

Inoltre, aveva spontaneamente rivelato la sua posizione, sebbene nulla ve lo costringesse. E se si sapeva chi era, lo si doveva a lui. V'era in quella confessione qualche cosa di più dell'umiliazione accettata: v'era l'accettazione del pericolo. Per un condannato, una maschera non è una maschera, ma un rifugio: ed egli aveva rinunciato a quel rifugio. Un nome falso è la sicurezza, ed egli aveva gettato via quel nome falso. Galeotto, poteva nascondersi per sempre in seno a una famiglia onesta, e aveva resistito a quella tentazione. E per qual motivo? Per scrupolo di coscienza: l'aveva spiegato egli stesso con l'irresistibile accento della verità. Insomma, chiunque fosse Jean Valjean, era incontestabilmente una coscienza che si risvegliava. V'era in lui non so quale misterioso inizio di riabilitazione: e, secondo tutte le apparenze, già da molto tempo lo scrupolo era padrone di quell'uomo. Ora, simili accessi del giusto e del bene non sono propri alle nature volgari. Un risveglio di coscienza rivela grandezza d'animo.

Jean Valjean era sincero. Quella sincerità, visibile, palpabile, irrefragabile, evidente anche per il dolore che gli arrecava, rendeva inutili le informazioni e dava autorità a tutto quello che diceva quell'uomo. Avveniva in Marius una strana inversione di situazioni; che cosa si sprigionava da Fauchelevent? La diffidenza. E che cosa emanava Jean Valjean? La fiducia.

Nel misterioso bilancio che Marius, pensieroso, faceva di quel Jean Valjean, egli riscontrava l'attivo, riscontrava il passivo e cercava di arrivare al pareggio. Ma tutto ciò si svolgeva come in un uragano. Marius, mentre si sforzava di farsi un'idea chiara di quell'uomo e inseguiva, per così dire, Jean Valjean in fondo al proprio pensiero, lo smarriva per ritrovarlo in una nebbia fatale.

Per quanto torbidi fossero i ricordi di Marius, qualche ombra gliene tornava alla mente.

Che cos'era stata in conclusione quell'avventura nella catapecchia Jondrette? Perché, all'arrivo della polizia quell'uomo, invece di denunciare il fatto, era scappato? Qui Marius trovava la risposta. Perché quell'uomo era un condannato latitante.

Altra domanda: perché quell'uomo si era recato alla barricata? Poiché Marius ora rivedeva distintamente quel ricordo, che riappariva fra quelle emozioni come l'inchiostro simpatico al calore; quell'uomo stava nella barricata ma non vi combatteva. Allora che cosa ci era andato a fare? Davanti a questa domanda, uno spettro si ergeva, e dava la risposta: Javert. Marius si ricordava perfettamente in quel momento la funebre visione di Jean Valjean che trascinava fuori della barricata Javert strettamente legato, e sentiva ancora, dietro l'angolo della viuzza Mondétour, lo spaventoso colpo di pistola. Era verosimile che tra quella spia e quel galeotto vi fosse dell'odio e che l'uno disturbasse l'altro, Jean Valjean era andato alla barricata per vendicarsi; vi era arrivato tardi, ed era probabile che sapesse che Javert vi si trovava prigioniero. La vendetta côrsa è penetrata in certi bassifondi e vi fa legge; è così semplice che non stupisce neppure le anime vòlte a metà verso il bene; e quei cuori sono fatti in modo che un deliquente sulla via del pentimento possa essere scrupoloso circa il furto e non a proposito della vendetta. Jean Valjean aveva ucciso Javert; almeno, ciò sembrava evidente.

Ancora una domanda, infine; ma a questa, nessuna risposta. Questa domanda stringeva Marius come in una morsa. Com'era avvenuto che Jean Valjean avesse vissuto così a lungo a gomito con Cosette? Per via di quale sinistro gioco della provvidenza, quella fanciulla era stata messa a contatto con quell'uomo? Anche lassù, dunque, si foggiano catene a due, e Dio si compiace d'accoppiare l'angelo col demonio? Un delitto e un'innocenza possono dunque essere compagni di camerata nel misterioso carcere delle miserie? In quella sfilata di condannati che si chiama il destino umano, due fronti, l'una ingenua, l'altra terribile, quella tutta inondata dai divini biancori dell'alba, e questa, resa per sempre livida dal chiarore d'un lampo eterno, possono passare l'una accanto all'altra? Chi aveva potuto determinare quell'inspiegabile accoppiamento? In che modo, per via di qual prodigio, aveva potuto stabilirsi una comunanza di vita fra quella celeste piccina e quel vecchio dannato? Chi aveva potuto legare l'agnella al lupo, e, cosa ancor più incomprensibile, far affezionare il lupo all'agnella? Poiché il lupo amava l'agnella, la creatura selvaggia adorava la creatura debole, poiché, per nove anni, l'angelo aveva avuto per punto d'appoggio il mostro. L'infanzia e l'adolescenza di Cosette, il suo fiorire, la sua crescita virginale verso la vita e la luce, erano state protette da quella deforme abnegazione. Qui, le domande si sfogliavano, per cosi dire, in innumerevoli enigmi, abissi s'aprivano in fondo ad abissi, e Marius non poteva più chinarsi su Jean Valjean senza provare la vertigine. Che cosa era dunque quell'uomo-precipizio?

I vecchi simboli genesiaci sono eterni; nella società umana, quale è oggi e fino a quando una luce maggiore non la muterà, vi saranno sempre due uomini, l'uno superiore e l'altro sotterraneo; colui che è fatto secondo il bene, è Abele; colui che è fatto secondo il male, è Caino. Chi poteva essere quel Caino tenero? Quel bandito, religiosamente assorto nella adorazione d'una vergine, che vegliava su di lei, l'allevava, la custodiva, la rendeva degna, avvolgendola, egli, l'impuro, di purezza? Chi era quella fogna che aveva venerato quell'innocenza fino al punto di non lasciarle una macchia? Chi era quel Valjean che formava l'educazione di Cosette? Chi era quella figura tenebrosa, che aveva per sola cura di preservare da qualsiasi ombra e da qualsiasi nube il sorgere d'un astro?

Lì era il segreto di Jean Valjean; e lì era pure il segreto di Dio.

Davanti a quel duplice segreto, Marius indietreggiava; ma l'uno di essi in qualche modo lo rassicurava sull'altro. In quell'avventura, Dio era tanto visibile quanto Jean Valjean. Dio ha i suoi strumenti e si serve dell'utensile che vuole. Non è responsabile di fronte all'uomo. Sappiamo noi come si regola Dio? Jean Valjean aveva lavorato intorno a Cosette, e ne aveva in certo qual modo formato un po' l'anima: questo era incontestabile. Ebbene, e con ciò? L'operaio era sì orribile, ma l'opera era mirabile. Dio produce i miracoli come gli aggrada; aveva costruito quella incantevole Cosette servendosi di Jean Valjean; gli era piaciuto scegliersi quello strano collaboratore. Quale conto possiamo noi chiedergli? È forse la prima volta che il letamaio aiuta la primavera a produrre la rosa?

Marius si porgeva queste risposte, e dichiarava a se stesso ch'erano buone. Su tutti i punti che abbiamo or ora indicati, non aveva osato far pressioni su Jean Valjean, senza tuttavia confessare a se stesso che non l'osava. Adorava Cosette, possedeva Cosette, Cosette era splendidamente pura, e ciò gli bastava. Di quali chiarimenti aveva bisogno? Cosette era una luce, e la luce ha forse bisogno di essere illuminata? Egli aveva tutto: che altro poteva desiderare? Forse che tutto non è abbastanza? Le faccende personali di Jean Valjean non lo riguardavano. Chinandosi sull'ombra fatale di quell'uomo, egli si aggrappava a questa solenne dichiarazione del miserabile: «Io non sono niente per Cosette: dieci anni fa non sapevo neppure ch'ella esistesse».

Jean Valjean era un passante; l'aveva detto lui stesso. Ebbene, stava passando. Chiunque fosse, il suo compito era finito.

Ormai c'era Marius per compiere le funzioni della provvidenza accanto a Cosette. Cosette era venuta a ritrovare nell'azzurro il suo simile, il suo amante, il suo sposo, il suo maschio celeste. Prendendo il volo, Cosette, alata e trasfigurata, lasciava dietro di sé, a terra, vuota e orrida, la sua crisalide: Jean Valjean.

In qualunque cerchio di pensieri si aggirasse la mente di Marius, egli finiva per aver sempre un certo orrore di Jean Valjean. Orrore sacro, forse, poiché, come abbiamo detto, egli sentiva un *quid divinum* in quell'uomo. Ma, checché facesse e per quante attenuanti cercasse, doveva pur sempre ammettere questo: egli era un forzato, cioè l'essere che nella scala sociale non ha neppure posto, essendo al di sotto dell'ultimo scalino.

Dopo l'ultimo degli uomini viene il forzato. Il forzato non è più, per così dire, il simile dei viventi. La legge l'ha privato di tutta la somma d'umanità ch'essa può togliere a un uomo.

Sulle questioni penali Marius era rimasto ancora, sebbene democratico, al sistema dell'inesorabilità, e aveva, nei confronti di coloro che la legge colpisce, tutte le idee della legge stessa. Non aveva ancora, diciamolo, compiuto tutti i progressi. Non era ancora arrivato a distinguere tra quello che è scritto dagli uomini e quello che è scritto da Dio, tra la legge e il diritto. Non aveva affatto esaminato e pesato il diritto che l'uomo s'arroga di disporre dell'irrevocabile e dell'irreparabile. La parola *vendetta* non suscitava in lui nessun senso di rivolta. Trovava naturale che certe infrazioni della legge scritta fossero seguite da pene eterne, e accettava, come procedimento di civiltà, la dannazione sociale.

S'era fermato a quel punto, salvo a progredire infallibilmente più tardi, poiché la sua natura era buona, e, in fondo, satura di progresso latente.

In quell'ordine d'idee, Jean Valjean gli appariva deforme e ripugnante. Egli era il reprobo, il forzato; questa parola era per lui come il suono della tromba del giudizio e, dopo aver esaminato a lungo Jean Valjean, il suo ultimo gesto era quello di voltare la testa. *Vade retro*.

Marius, bisogna riconoscerlo e anche insistervi, pur interrogando Jean Valjean tanto che questi gli aveva detto: «Voi volete la mia confessione», non gli aveva fatto tuttavia due o tre domande decisive, non già perché esse non gli si fossero presentate alla mente, ma perché ne aveva avuto paura. La stamberga Jondrette? La barricata? Javert? Chi sa dove si sarebbero fermate le rivelazioni? Jean Valjean non pareva uomo da indietreggiare, e chi sa se Marius, dopo averlo spinto, non avrebbe desiderato trattenerlo? In certe congiunture supreme, dopo avere fatto una domanda, non è forse capitato a tutti di tapparsi le orecchie per non sentire la risposta? E queste vigliaccherie si hanno soprattutto quando si ama; non è saggio sondare a oltranza le situazioni sinistre, specialmente quando il lato indissolubile della nostra stessa esistenza vi è fatalmente congiunto. Dalle spiegazioni disperate di Jean Valjean era possibile che uscisse qualche luce spaventosa, e chi sa se quella luce orribile non sarebbe sprizzata fino a Cosette? Chi sa se non sarebbe rimasto una specie di chiarore infernale sulla fronte di quell'angelo? La pillacchera d'un lampo è sempre folgore; e la fatalità ha simili solidarietà, in cui l'innocenza stessa s'impronta di delitto, per via della sinistra legge dei riflessi coloranti. Le più pure figure possono conservare per sempre il riflesso d'una orribile vicinanza; perciò, a torto o a ragione, Marius aveva avuto paura. Ne sapeva anche troppo. Cercava di stordirsi più che di informarsi.

Sconvolto, stringeva tra le braccia Cosette, chiudendo gli occhi su Jean Valjean.

Quell'uomo era tenebra, una tenebra vivente e terribile. Come osare di scrutarne il fondo? È spaventoso interrogare l'ombra. Chi sa che cosa vi risponderà? L'alba potrebbe esserne offuscata per sempre.

Dato questo stato d'animo, il pensare che ormai quell'uomo avrebbe avuto un contatto qualunque con Cosette suscitava in Marius una perplessità pungente. Ora, quasi, egli si rimproverava di non aver fatto quelle domande terribili, davanti alle quali aveva indietreggiato, e dalle quali sarebbe potuta uscire una decisione implacabile e definitiva. Si trovava troppo buono, troppo dolce, e, diciamolo, troppo debole. Quella debolezza l'aveva trascinato a una concessione imprudente; s'era lasciato commuovere, e aveva avuto torto, mentre avrebbe dovuto puramente e semplicemente respingere Jean Valjean. Costui costituiva un grave pericolo, ed egli avrebbe dovuto definire ogni rapporto con lui e sbarazzare la casa di quell'uomo. Era arrabbiato con se stesso e con la veemenza di quel turbine d'emozioni che l'aveva assordato, accecato e trascinato con sé. Era malcontento di se stesso.

E ora, che fare? Le visite di Jean Valjean gli ripugnavano profondamente. A che scopo far venire in casa quell'uomo? Che fare? A questo punto egli si stordiva e non voleva scavare, non voleva approfondire, non voleva scrutare se stesso. Aveva promesso, s'era lasciato indurre a promettere; Jean Valjean aveva la sua promessa; anche a un forzato, soprattutto a un forzato, bisogna mantenere la parola data; tuttavia, il suo primo dovere era verso Cosette. Insomma, lo sconvolgeva una ripulsione che dominava tutto.

Marius rimuginava nella mente in modo confuso tutto quel complesso d'idee, passando dall'una all'altra, agitato da tutte; da ciò, un profondo turbamento. Non gli fu facile nascondere tale turbamento a Cosette; ma l'amore è ingegnoso, e Marius vi riuscì.

Del resto, egli fece, senza scopo apparente, alcune domande a Cosette, la quale, candida come una colomba è bianca, non ebbe alcun sospetto; le parlò dell'infanzia e della giovinezza di lei e si convinse sempre più che quel forzato era proprio stato per Cosette tutto quello che un uomo può essere di buono, di paterno e di rispettabile.

Tutto quello che Marius aveva intravisto e supposto era vero: quella sinistra ortica aveva amato e protetto quel giglio.

LIBRO OTTAVO

LA DECADENZA CREPUSCOLARE

I
LA STANZA A PIANTERRENO

L'indomani sul cader della notte, Jean Valjean bussava al portone della casa Gillenormand. Lo accolse Basque, che si trovava nel cortile al momento fissato, come se avesse avuto degli ordini in proposito. Avviene talvolta di dire a un domestico: «Starete attento al signor tal dei tali, quando arriverà».

Basque, senza aspettare che Jean Valjean venisse a lui, gli rivolse la parola:

«Il signor barone m'ha incaricato di chiedere al signore se desidera salire o rimanere abbasso».

«Rimanere abbasso» rispose Jean Valjean.

Basque, d'altronde assolutamente rispettoso, aprì la porta della sala a pianterreno e disse:

«Vado ad avvertire la signora».

La stanza in cui entrò Jean Valjean era un umido locale a vòlta che, all'occorrenza, serviva da dispensa: dava sulla via, aveva un pavimento di mattonelle rosse ed era mal rischiarato da una finestra munita di inferriata.

Non si trattava d'una di quelle camere troppo tormentate dal piumino, dallo spazzolone e dalla scopa; la polvere, lì, era lasciata tranquilla e la persecuzione contro i ragni non vi era stata ancora organizzata. Una bella ragnatela, largamente spiegata, nerissima e adorna di mosche morte, disegnava un cerchio sopra un vetro della finestra. Il locale, piccolo e basso, aveva per tutta mobilia soltanto delle bottiglie vuote, ammucchiate in un angolo. Il muro, intonacato d'un colore giallo d'ocra, si scrostava a larghe placche. In fondo c'era un caminetto di legno dipinto di nero, con la mensola stretta, e nel quale era acceso il fuoco, il che indicava che avevano fatto assegnamento sulla risposta di Jean Valjean: «Rimanere abbasso».

Due poltrone erano collocate ai lati del camino, e tra le due poltrone era disteso, a guisa di tappeto, uno scendiletto che mostrava più corda che lana.

La stanza aveva per illuminazione il fuoco del camino e il crepuscolo della finestra.

Jean Valjean era stanco, e da parecchi giorni non dormiva. Si lasciò cadere sopra una delle poltrone.

Basque tornò, posò sul camino una candela accesa e si ritirò. Jean Valjean, con la testa china e il mento sul petto, non si accorse né di Basque, né della candela.

Improvvisamente, si rizzò come di soprassalto. Cosette era dietro di lui.

Egli non l'aveva vista entrare, ma aveva sentito che era entrata.

Si voltò e la contemplò. Era adorabilmente bella; ma ciò ch'egli guardava con quel profondo sguardo non era la bellezza, ma l'anima.

«Ah, benissimo!» esclamò Cosette. «Questa è una buona idea! Lo sapevo, babbo, che eravate singolare, ma non mi sarei mai aspettata una cosa simile. Marius m'ha detto che siete voi a volere che vi riceva qui.»

«Sì, sono io.»

«M'aspettavo questa risposta. Dal momento che volete così... V'avverto però che vi farò una scenata. E tanto per cominciare, baciatemi, babbo.»

E gli porse la guancia.

Jean Valjean rimase immobile.

«Non vi movete? Vedo che avete l'atteggiamento d'un colpevole. Ma non importa, vi perdono. Gesù Cristo ha detto di porgere l'altra guancia: eccola.»

E porse l'altra guancia.

Jean Valjean non si mosse. Pareva che avesse i piedi inchiodati al suolo.

«La cosa si fa seria» disse Cosette. «Che cosa v'ho fatto? Mi dichiaro in collera; e siccome mi dovete una riparazione, pranzerete con noi.»

«Ho già pranzato.»

«Non è vero. Vi farò sgridare dal signor Gillenormand: i nonni ci sono appunto per sgridare i padri. Suvvia, salite con me in salotto: subito.»

«Impossibile.»

A questo punto, Cosette perdé un po' di terreno, e perciò cessò di ordinare per passare alle interrogazioni.

«Ma perché? E per vedermi, scegliete la più brutta camera della casa. È orribile qui.»

«Tu sai...»

Jean Valjean si riprese:

«Voi sapete bene, signora, che sono un po' strano e che ho le mie manie».

Cosette batté le sue piccole mani una contro l'altra.

«Signora!... Voi sapete!... Una novità ancora! Che significa questa storia?»

Jean Valjean fissò su di lei quel sorriso straziante al quale talvolta ricorreva.

«Avete voluto essere signora. Ora lo siete.»

«Non per voi, babbo.»

«Non mi chiamate più babbo.»

«E come, allora?»

«Chiamatemi signor Jean; o Jean, se volete.»

«Non siete più il babbo? E io non sono più Cosette? Signor Jean? Ma che cosa significa? Oh, che rivoluzione! Che cos'è dunque accaduto? Guardatemi un po' in faccia. E non volete stare con noi! E non volete la mia camera! Che vi ho fatto? Che vi ho mai fatto? C'è stato qualche cosa, allora?»

«Nulla.»

«E allora?»

«Tutto è come al solito.»

«E perché cambiate nome?»

«L'avete pur cambiato, voi.»

Sorrise ancora dello stesso sorriso, e aggiunse:

«Dal momento che voi siete la signora Pontmercy, io posso ben essere il signor Jean».

«Non mi ci raccapezzo più: tutto ciò è stupido. Chiederò a mio marito il permesso perché voi siate il signor Jean, e spero che non vi acconsentirà. Mi fate tanta pena! Potete avere le vostre manìe, ma non per questo dovete affliggere la vostra piccola Cosette. Sta male, questo. Non avete il diritto d'essere cattivo, voi che siete buono.»

Egli non rispose.

Ella gli prese con vivacità le mani, e, con un moto irresistibile, sollevandole verso il viso, se le strinse contro il collo, sotto il mento, in un gesto che esprime sempre una profonda tenerezza.

«Oh!» gli disse. «Siate buono!»

E proseguì:

«Ecco quello che chiamo essere buono: essere gentile, venire ad abitare qui, riprendere le nostre belle passeggiatine (ci sono uccelli anche qui, come in via Plumet), vivere con noi, lasciare quel buco di via dell'Homme-Armé, non darci sciarade da indovinare, essere come tutti, pranzare con noi, far colazione con noi, essere mio padre».

Egli liberò le mani dalla stretta.

«Non avete più bisogno d'un padre, ora che avete un marito.»

Cosette si adirò.

«Non ho più bisogno d'un padre! Non si sa veramente che dire di siffatte cose, prive come sono di senso comune!»

1315

«Se Toussaint fosse qui,» riprese Jean Valjean, come chi cerchi un valido appoggio e s'afferri a ogni appiglio «sarebbe la prima a convenire che è vero, che ho sempre avuto le mie manìe. Non v'è nulla di nuovo. Il mio cantuccio scuro m'è sempre piaciuto.»

«Ma qui fa freddo, e non ci si vede bene. È abominevole questa storia di voler essere il signor Jean; e non voglio che mi diate del voi.»

«Proprio ora, nel venir qui,» rispose Jean Valjean «ho visto da un ebanista, in via Saint-Louis, un mobile. Se fossi una bella donna, mi farei un regalo di quel mobile: è un tavolino da toeletta molto bello, di gran moda, di quel legno che voi chiamate, credo, legno di rosa. È intarsiato, con uno specchio abbastanza grande e vari cassetti. È grazioso.»

«Oh, che brutto orso!» ribatté Cosette.

E con insuperabile grazia, serrando i denti e aprendo le labbra, ella soffiò contro Jean Valjean. Era una Grazia che imitava una gatta.

«Sono furiosa» rispose. «Da ieri mi state facendo tutti arrabbiare. Sono molto stizzita e non capisco: voi non mi difendete contro Marius e Marius non mi sostiene contro di voi. Sono lasciata sola. Sistemo una stanza come si deve; se avessi potuto mettervi il buon Dio, ve l'avrei messo. E ora mi si pianta lì la stanza e il mio inquilino manca di parola. Ordino a Nicolette una buona cenetta: non se ne vuol sapere della vostra cena, signora. E mio papà Fauchelevent vuole che lo chiami signor Jean, e che lo riceva in una spaventosa vecchia e brutta cantina ammuffita dove le pareti hanno la barba, e dove per tendine ci sono delle ragnatele! Voi siete un originale, e sta bene, poiché è il vostro metodo, ma si accorda una tregua a quelli che si sposano, e quindi non avreste dovuto rimettervi subito a fare l'originale. Allora voi sarete molto contento nella vostra abominevole abitazione di via dell'Homme-Armé che, per me, è stata una vera disperazione! Che avete contro di me? Voi mi procurate molta pena. Vergogna!»

E, fattasi seria improvvisamente, guardò fisso Jean Valjean e aggiunse:

«Voi ce l'avete dunque con me perché sono felice?».

L'ingenuità, a sua insaputa, penetra talvolta profondamente. Quella domanda, semplice per Cosette, era profonda per Jean Valjean. Cosette voleva graffiare, e straziava.

Jean Valjean impallidì. Rimase un momento senza rispondere, poi con un accento inesprimibile e parlando a se stesso, mormorò:

«La sua felicità era lo scopo della mia vita; e ora Dio può firmare la mia uscita di scena. Tu sei felice, Cosette; il mio tempo è compiuto».

«Ah! M'avete dato del tu!» esclamò Cosette.

E gli saltò al collo.

Jean Valjean, smarrito, se la strinse contro il petto, perdutamente; e gli parve quasi di riprendersela.

«Grazie, babbo!» gli disse Cosette.

Il trasporto stava per divenire straziante per Jean Valjean. Egli si staccò con dolcezza dalle braccia di Cosette e prese il cappello.

«Ebbene?» chiese Cosette.

Valjean rispose:

«Vi lascio, signora; vi aspettano».

E dalla soglia della stanza aggiunse:

«Vi ho dato del tu. Dite a vostro marito che ciò non accadrà più, e perdonatemi».

Jean Valjean uscì lasciando Cosette stupefatta di quell'addio enigmatico.

II
ALTRO PASSO INDIETRO

Il giorno seguente, alla stessa ora, Jean Valjean tornò.

Cosette non gli rivolse alcuna domanda, non si meravigliò più, non si lamentò più d'aver freddo, non parlò più del salotto, ed evitò di dire babbo o signor Jean. Si lasciò dare del voi, si lasciò chiamare signora. Soltanto c'era in lei una certa diminuzione di gioia, e sarebbe stata triste se la tristezza le fosse stata possibile.

È probabile che avesse avuto con Marius una di quelle conversazioni in cui l'uomo amato dice quello che vuole, non spiega nulla e soddisfa la donna amata! La curiosità degli innamorati non si spinge troppo al di là del loro amore.

La sala a pianterreno aveva fatto un po' di toeletta. Basque aveva eliminato le bottiglie e Nicolette i ragni.

I giorni che seguirono ricondussero alla stessa ora Jean Valjean. Egli venne ogni giorno, avendo solo la forza di prendere alla lettera le parole di Marius. Costui fece in modo di essere assente nelle ore in cui veniva Jean Valjean, e tutti s'abituarono alla nuova maniera di fare del signor Fauchelevent. Toussaint vi cooperò: «Il signore è stato sempre così», ripeteva. Il nonno decretò: «È un originale» e tutto fu detto. Del resto, a novant'anni non vi sono più legami possibili; tutto è sovrapposizione; un nuovo venuto è un incomodo; non v'è più posto, poiché tutte le abitudini sono prese. Verso il signor Fauchelevent, o Tranchelevent che fosse, il nonno Gillenormand non chiese di meglio che d'essere dispensato da «quel signore». E aggiunse: «Non v'è nulla di più comune di questi originali. Fanno ogni sorta di bizzarrìe senza alcun motivo. Il marchese di Canaples era ancora peggio; comprò un palazzo per occuparne il solaio. Sono manifestazioni bizzarre proprie a questi bei tipi».

Nessuno intravide il sinistro rovescio della medaglia: e del resto, chi avrebbe potuto indovinare una cosa simile? Esistono certi pantani nell'India, nei quali l'acqua sembra straordinaria, inspiegabilmente increspata senza che vi sia vento, e agitata là dove dovrebbe essere calma. Si guardano alla superficie quei ribollimenti senza causa, ma non si scorge l'idra che si trascina nel fondo.

Molti uomini hanno essi pure un mostro segreto, un male ch'essi nutrono, un drago che li rode, una disperazione che abita la loro notte. Un dato uomo rassomiglia in tutto agli altri: va e viene, e non si sa ch'egli ha in sé uno spaventoso dolore parassita dai mille denti il quale vive in quel miserabile, che ne muore; e non si sa che quell'uomo è un baratro, stagnante ma profondo. Di tanto in tanto un turbamento del quale non si comprende nulla affiora alla sua superficie, una ruga misteriosa s'increspa, poi svanisce, poi riappare, una bolla d'aria sale e scoppia. È poco ma è terribile: è la respirazione della bestia ignota.

Certe abitudini strane, come l'arrivare quando gli altri se ne vanno, il sottrarsi quando gli altri si mettono in mostra, il tenere in ogni occasione quello che si potrebbe chiamare il mantello color muro, la ricerca dei viali solitari, il preferire le vie deserte, il non entrar mai nelle conversazioni, l'evitare la folla e le feste, il parere agiato e vivere poveramente, l'aver sempre, per quanto si sia ricchi, la chiave di casa in tasca e la candela dal portinaio, l'entrare dalla porticina di servizio, il salire dalla scala segreta, tutte queste singolarità insignificanti: rughe, bolle d'aria, increspature fuggevoli alla superficie, derivano spesso da un fondo terribile.

Parecchie settimane passarono così. Una vita nuova, a poco a poco, s'impadronì di Cosette; le relazioni create dal matrimonio, le visite, le cure della casa e i divertimenti di Cosette non erano costosi e si riassumevano in uno solo: stare con Marius. Uscire con lui o restare con lui era la grande occupazione della sua vita. Per essi era sempre una gioia nuova quella di uscire a braccetto, sotto il sole, in piena strada, senza nascondersi, davanti a tutti e soli soli. Cosette ebbe però una contrarietà: Toussaint non poté andare d'accordo con Nicolette e, poiché ogni intesa tra le due zitelle era impossibile, se ne andò. Il nonno stava bene; Marius difendeva di tanto in tanto qualche causa; la zia Gillenormand conduceva pacificamente accanto alla nuova famiglia quella vita laterale che le bastava. Jean Valjean veniva tutti i giorni.

Scomparso il tu, funzionavano il voi, il signora, il signor Jean, e tutto questo mutava Valjean agli occhi di Cosette. La cura da lui stesso posta per distaccarla da sé gli riusciva, perché ella era sempre più allegra e sempre meno tenera; eppure, Cosette lo amava sempre molto, ed egli lo sentiva. Un giorno gli disse a un tratto: «Eravate mio padre, e non siete più mio padre; eravate mio zio, e non siete più mio zio; eravate il signor Fauchelevent, e ora siete Jean. Chi siete, infine? Tutto ciò non mi va. Se non vi sapessi tanto buono, avrei paura di voi».

Egli abitava sempre in via dell'Homme-Armé, non potendo risolversi ad allontanarsi dal quartiere in cui abitava Cosette.

Nei primi tempi le rimaneva vicino solo pochi minuti e poi se ne andava.

A poco a poco, però, prese l'abitudine di far visite meno brevi. Si sarebbe detto che approfittasse dell'autorizzazione concessagli dai giorni che si andavano facendo lunghi, di modo che giungeva più presto e andava via più tardi.

Un giorno Cosette si lasciò sfuggire la parola: «Babbo». Un lampo di gioia illuminò il vecchio volto cupo di Jean Valjean, il quale però la corresse: «Dite Jean». «Già, è vero!» ella rispose con uno scoppio di risa: «Signor Jean». «Bene» egli disse, voltandosi, perché ella non lo vedesse asciugarsi gli occhi.

III
SI RICORDANO DEL GIARDINO DI VIA PLUMET

Fu quella l'ultima volta: a partire da quell'ultimo bagliore, avvenne l'estinzione completa. Non ci fu più familiarità, non più il buon giorno col bacio, mai più quella parola così profondamente dolce: babbo. Egli veniva a mano a mano scacciato, per sua richiesta e con la sua complicità, da tutte quelle gioie: e aveva la disgrazia, dopo aver perduto Cosette tutta intera in un sol giorno, di dover in seguito riperderla a poco a poco.

L'occhio finisce per abituarsi alla luce delle cantine, e, insomma, l'avere tutti i giorni un'apparizione di Cosette a lui bastava. Tutta la sua vita si concentrava in quell'ora: le si sedeva accanto e la guardava in silenzio, oppure le parlava degli anni andati, dell'infanzia di lei, del convento, delle piccole compagne d'allora.

Un pomeriggio, era uno dei primi giorni d'aprile, già caldo e ancor fresco, il momento della grande allegria del sole, i giardini che circondavano le finestre di Marius e di Cosette avevano l'emozione del risveglio, il biancospino stava per spuntare, monili di garofani facevano pompa di sé sui vecchi muri, le bocche di leone rosee sbadigliavano tra le fenditure delle pietre, e v'era nell'erba un incantevole inizio di margheritine e di ranuncoli; le nuove farfalle bianche esordivano e il vento, questo menestrello delle nozze eterne, accordava tra gli alberi le prime note di quella grande sinfonia dell'aurora che i vecchi poeti chiamavano «la stagion novella»; quel pomeriggio, dicevamo, Marius disse a Cosette: «Abbiamo detto che saremmo andati a rivedere il nostro giardino di via Plumet. Andiamoci; non bisogna essere ingrati». E volarono via, come due rondinelle verso la primavera. Quel giardino di via Plumet faceva su loro l'effetto di un'alba; essi avevano già dietro di sé qualche cosa ch'era come la primavera del loro amore. La casa di via Plumet, essendo stata presa in affitto, apparteneva ancora a Cosette. Essi si recarono in quel giardino e in quella casa, e vi si ritrovarono e vi si obliarono. La sera, all'ora solita, Jean Valjean si recò in via Filles-du-Calvaire.

«La signora è uscita col signore, e non è ancora rientrata» gli disse Basque. Egli si sedette in silenzio e aspettò un'ora. Cosette non rincasò affatto. Egli abbassò il capo e se ne andò.

Cosette era così inebriata della passeggiata al «loro giardino», e così lieta d'aver vissuto un giorno intero nel passato, che il giorno successivo non parlò d'altro, e non si accorse di non aver punto veduto Jean Valjean.

«Come siete andati là?» domandò quest'ultimo.

«A piedi.»

«E come siete tornati?»

«In carrozza.»

Da qualche tempo Jean Valjean notava la vita ristretta che la giovane coppia conduceva e ne era inquieto. L'economia di Marius era severa, e la parola aveva per Jean Valjean un senso assoluto. Egli arrischiò una domanda:

«Perché non tenete una carrozza vostra? Un grazioso *coupé* vi costerebbe solo cinquecento franchi al mese; siete ricchi».

«Non lo so» rispose Cosette.

«È come per Toussaint» riprese Jean Valjean. «Se n'è andata, e non l'avete sostituita. Perché?»

«Nicolette basta.»

«Ma vi occorrerebbe una cameriera.»

«E non ho, forse, Marius?»

«Dovreste avere una casa vostra, domestici vostri, una carrozza e un palco a teatro. Non v'è nulla che sia troppo bello per voi. Perché non approfittare del fatto che siete ricchi? La ricchezza accresce la felicità.»

Cosette non rispose nulla.

Le visite di Jean Valjean non si accorciavano; tutt'altro. Quando è il cuore che scivola, non ci si arresta sulla china.

Allorché Jean Valjean voleva prolungare la sua visita e far dimenticare l'ora, faceva l'elogio di Marius; lo trovava bello, nobile, coraggioso, spiritoso, eloquente e buono. Cosette rincarava la dose, e Jean Valjean ricominciava. Era quello un argomento che non s'inaridiva mai; Marius era un tema inesauribile: le cinque lettere che componevano questo nome compendiavano interi volumi, e in quel modo Jean Valjean riusciva a trattenersi più a lungo.

Vedere Cosette, starle vicino e dimenticare tutto, era tanto dolce per lui! Era il medicamento per la sua ferita. E parecchie volte avvenne che Basque venisse a dire in due riprese: «Il signor Gillenormand mi manda a ricordare alla signora baronessa che la cena è pronta.»

In quei giorni, Jean Valjean rincasava molto pensieroso.

V'era dunque qualche cosa di vero in quel confronto della crisalide che s'era presentato alla mente di Marius? Jean Valjean era proprio una crisalide che si sarebbe ostinata e sarebbe venuta a far visita alla sua farfalla?

Un giorno rimase ancor più a lungo del solito. Il giorno successivo notò che nel camino non c'era fuoco. «Guarda!» pensò. «Niente fuoco». E diede a se stesso questa spiegazione: «È semplicissimo: siamo in aprile e il freddo è cessato».

«Dio! Come fa freddo qui!» esclamò Cosette, entrando.

«Ma no» disse Jean Valjean.

«Siete stato voi, allora, a dire a Basque di non accendere il fuoco?»

«Sì. A momenti siamo in maggio.»

«Ma il fuoco viene acceso fino a giugno. In questa cantina, occorre tutto l'anno.»

«Ho ritenuto che il fuoco fosse inutile.»

«È ancora una delle vostre idee!» riprese Cosette.

Il giorno dopo, il fuoco era acceso; ma le due poltrone erano disposte all'altra estremità della stanza, vicino alla porta. «Che vuol dire?» pensò Jean Valjean.

Andò a prendere le poltrone e le rimise al solito posto, vicino al camino.

Tuttavia, il fuoco riacceso lo incoraggiò. Egli fece durare la conversazione ancora più a lungo del solito. Mentre s'alzava per andarsene, Cosette gli disse:

«Mio marito ieri mi ha detto una cosa strana».

«Che cosa?»

«Mi ha detto: "Cosette, noi abbiamo trentamila lire di rendita: ventisette tue e tre che mi passa il nonno". Io ho risposto: "Trenta, in tutto". Egli ha ripreso: "Avresti il coraggio di vivere con le tremila?". Io ho risposto: "Sì, anche con nulla, purché stia con te". E poi gli ho chiesto: "Perché mi dici questo?". E lui mi ha risposto: "Così, per sapere".»

Jean Valjean non pronunciò una sola parola. Cosette, probabilmente, si aspettava da lui qualche spiegazione; ma egli l'aveva ascoltata in un cupo silenzio. Tornò in via dell'Homme-Armé, ed era così profondamente assorto che sbagliò porta, e invece d'entrare in casa sua, entrò nella casa vicina. Solo dopo esser salito per due piani s'accorse dell'errore e ridiscese.

La sua mente era imbottita di congetture. Era evidente che Marius aveva dei dubbi sull'origine di quei seicentomila franchi, e che temeva avessero una sorgente impura; chi sa?, aveva forse scoperto che quel denaro proveniva da lui, Jean Valjean, ed esitava davanti a quella fortuna sospetta, e gli ripugnava di prenderla come sua, preferendo rimaner povero con Cosette, piuttosto che essere ricchi d'una ricchezza equivoca.

Inoltre, Jean Valjean provava la vaga sensazione di essere allontanato.

Il giorno successivo, entrando nella sala a pianterreno, ebbe come una scossa: le poltrone erano scomparse, e non v'era neppure una sedia.

«Oh, bella!» esclamò Cosette entrando «non una poltrona. Ma dove sono le poltrone?»

«Non vi sono più» rispose Jean Valjean.

«Questo poi!»

Jean Valjean balbettò:

«Sono stato io a dire a Basque di portarle via».

«E la ragione?»

«Oggi mi fermo solo pochi minuti.»

«Fermarsi poco non è una ragione per restare in piedi.»

«Credo che Basque avesse bisogno delle poltrone per il salotto.»

«Perché?»

«Avrete certamente gente, stasera.»

«Non aspettiamo nessuno.»

Jean Valjean non poté aggiungere parola.

Cosette alzò le spalle.

«Far portar via le poltrone! L'altro giorno faceste spegnere il fuoco. Come siete originale!»

«Addio» mormorò Jean Valjean.

Non disse: «Addio, Cosette»; ma non ebbe la forza di dire: «Addio, signora».

Uscì abbattuto.

Questa volta aveva capito.

Il giorno dopo non venne; ma Cosette se ne accorse solo la sera.

«To'!» disse. «Il signor Jean non è venuto oggi.»

Ebbe come un lieve stringimento di cuore, ma appena appena se ne accorse, distratta subito da un bacio di Marius.

Valjean non venne neppure il giorno successivo.

Cosette non vi fece caso: passò tranquillamente la sera, dormì la notte come al solito, e vi pensò solo svegliandosi. Era così felice! Mandò presto Nicolette dal signor Jean, per sapere se fosse ammalato e perché non fosse venuto il giorno prima. Nicolette portò la risposta del signor Jean. Egli non era affatto ammalato, ma occupato. Sarebbe venuto presto, il più presto possibile. Del resto, stava per fare un viaggetto; e la signora doveva ricordarsi ch'egli aveva l'abitudine di fare ogni tanto qualche viaggio; non stessero quindi in pensiero, e non pensassero a lui.

Nicolette, entrando in casa del signor Jean, gli aveva ripetuto testualmente le parole della padrona; che, cioè, la signora l'aveva mandata per sapere perché il signor Jean non fosse venuto il giorno prima. «Sono due giorni che non vengo» disse Jean Valjean, con dolcezza.

Ma Nicolette non fece caso a quell'osservazione, e quindi non riferì nulla a Cosette.

IV
L'ATTRAZIONE E L'ESTINZIONE

Durante gli ultimi mesi della primavera e i primi mesi dell'estate del 1833, i rari passanti del Marais, i bottegai dai loro negozi e gli sfaccendati dalla soglia delle porte, notavano un vecchio decentemente vestito di nero, che ogni giorno, sull'imbrunire, usciva dalla via dell'Homme-Armé, dalla parte della via Sainte-Croix-de-la-Bretonnerie, passava davanti ai Blancs-Manteaux, raggiungeva la via Culture-Sainte-Catherine e, giunto in via dell'Écharpe, volgeva a sinistra ed entrava in via Saint-Louis.

Là giunto, camminava a passi lenti, il capo proteso in avanti, senza veder nulla, senza sentir niente, con l'occhio immutabilmente fisso su un punto ch'era sempre il medesimo, che per lui sembrava stellato e non era altro che l'angolo della via Filles-du-Calvaire. Quanto più s'avvicinava a quell'angolo di via, più il suo occhio s'accendeva; una specie di gioia gli illuminava le pupille, come un'aurora interiore, ed egli aveva l'aspetto affascinato e intenerito: le sue labbra facevano dei movimenti inintelligibili, come se stesse parlando a qualcuno che non vedeva, sorrideva vagamente e avanzava più lentamente che poteva. Si sarebbe detto che, pur desiderando d'arrivare, egli temesse il momento in cui sarebbe giunto. Quando v'erano soltanto poche case tra lui e quella via che pareva lo attirasse, il suo passo rallentava a tal punto che, in certi momenti, si sarebbe potuto credere ch'egli non camminasse più. L'oscillare della testa e la fissità della pupilla facevano pensare all'ago che cerca il polo. Per quanto indugiasse ad arrivare, bisognava pure che arrivasse, e infine raggiungeva la via Filles-du-Calvaire; allora si fermava, tremava, sporgeva il capo con una specie di timidezza cupa di là dall'angolo dell'ultima casa e guardava in quella via, e v'era in quel tragico sguardo qualche cosa che somigliava al barbaglio dell'impossibile e al riverbero d'un paradiso chiuso. Poi una lacrima, che s'era a poco a poco raccolta nell'angolo delle palpebre, fattasi abbastanza grossa per cadere, gli scorreva sulla guancia, e talvolta gli si fermava in bocca; e il vecchio ne sentiva il sapore amaro. Restava così per qualche minuto, come se fosse di pietra; poi tornava indietro, rifacendo la stessa strada con lo stesso passo, e, a mano a mano che si allontanava, il suo sguardo si spegneva.

A poco a poco, quel vecchio cessò d'andare sino all'angolo della via Filles-du-Calvaire; si fermava a metà strada in via Saint-Louis, ora un po' più lontano, ora un po' più vicino. Un giorno, si fermò all'angolo della via Culture-Sainte-Catherine e guardò la via Filles-du-Calvaire da lontano: poi scosse silenziosamente il capo da destra a sinistra, come se rifiutasse qualche cosa, e tornò indietro.

Presto non arrivò neppure più in via Saint-Louis. Arrivava sino in via Pavée, scuoteva la fronte e tornava indietro; poi non si spinse oltre la via dei Trois-Pavillons; poi non oltrepassò i Blancs-Manteaux. Lo si sarebbe detto un pendolo non più caricato, le cui oscillazioni si accorciassero in attesa di fermarsi del tutto.

Tutti i giorni egli usciva di casa alla stessa ora, faceva lo stesso tragitto; ma non lo terminava più, e, forse senza rendersene conto, lo accorciava sempre più. Tutto il suo volto esprimeva questo solo pensiero: «A che scopo?».

La pupilla era spenta; nessuna irradiazione. Anche la lacrima s'era inaridita e non si raccoglieva più nell'angolo della palpebra; quell'occhio pensoso era disseccato. La testa del vecchio era sempre protesa in avanti e il mento si muoveva a intervalli; le pieghe del suo collo magro facevano pena. Talvolta, quando il tempo era brutto, l'uomo portava sotto il braccio un ombrello che non apriva affatto.

Le donnette del quartiere dicevano: «È uno scemo». I ragazzi lo seguivano ridendo.

LIBRO NONO

OMBRA SUPREMA, SUPREMA AURORA

I

PIETÀ PER GLI INFELICI, MA INDULGENZA PER I FELICI

Che cosa terribile essere felici! Come ce ne accontentiamo! Come troviamo che ciò basta! E come, essendo in possesso del falso scopo della vita, la felicità, dimentichiamo il vero scopo di essa, il dovere!

Pure, diciamolo, si avrebbe torto d'accusare Marius.

Come abbiamo spiegato, Marius, prima del suo matrimonio, non aveva rivolto alcuna domanda al signor Fauchelevent, e, dopo, aveva temuto di farne a Jean Valjean; s'era pentito della promessa, alla quale si era lasciato trascinare, e s'era ripetutamente detto d'aver avuto torto di fare quella concessione alla disperazione; s'era limitato ad allontanare Jean Valjean dalla sua casa, a poco a poco, e a cancellarlo più che poteva dalla mente di Cosette. In qualche modo, s'era sempre posto tra Cosette e Jean Valjean, sicuro che così, non vedendolo, ella non ci avrebbe più pensato. Più che una cancellazione, era l'eclisse.

Marius faceva quello che giudicava necessario e giusto. Credeva d'avere delle ragioni serie, come quelle che abbiamo visto e altre che vedremo in seguito, per allontanare Jean Valjean, senza durezza ma senza debolezza.

Il caso gli aveva fatto incontrare, in una causa da lui patrocinata, un vecchio scrivano della casa Laffitte, ed egli aveva avuto, senza cercarle, informazioni misteriose che in verità non aveva potuto approfondire, proprio per rispettare il segreto che aveva promesso di mantenere, e per riguardo alla situazione pericolosa di Jean Valjean. Egli, poi, credeva d'avere in quel momento un grande dovere da compiere: quello, cioè, di restituire i seicentomila franchi a qualcuno che stava cercando con la maggiore discrezione possibile. In attesa, s'asteneva dal toccare quel denaro.

Quanto a Cosette, ella non era a parte di alcuno di quei segreti: tuttavia sarebbe duro condannare anche lei.

V'era tra Marius e lei un magnetismo onnipotente, che le faceva fare per istinto e quasi macchinalmente tutto quello che Marius desiderava. Ella sentiva, rispetto al «signor Jean», una volontà di Marius, e a questa si conformava. Il marito non aveva bisogno di dirle nulla: Cosette subiva la pressione vaga, ma chiara, delle tacite intenzioni di lui, e obbediva ciecamente. La sua obbedienza in proposito consisteva nel non ricordarsi di quello che Marius dimenticava. Per questo non aveva da fare nessuno sforzo; senza saperne neppure il motivo, e senza che le si potesse far colpa di ciò, la sua anima era talmente unificata a quella del marito, che ciò che si copriva d'ombra nel pensiero di Marius, si oscurava nel suo.

Non andiamo però troppo oltre; per ciò che concerne Jean Valjean, quell'oblìo e quella cancellazione erano soltanto superficiali, ed ella era più stordita che dimentica. In fondo, amava molto colui che aveva per tanto tempo chiamato padre; ma amava ancor più suo marito, il che aveva un po' falsato la bilancia del suo cuore, che pendeva da una sola parte.

Accadeva talvolta che Cosette, parlando di Jean Valjean, si meravigliasse. Allora Marius la calmava: «Credo che sia assente. Non ha detto che partiva per un viaggio?». «È vero» pensava Cosette. «Egli aveva l'abitudine di sparire così; però non così a lungo.»

Due o tre volte mandò Nicolette in via dell'Homme-Armé a informarsi se il signor Jean fosse tornato dal viaggio, e Jean Valjean fece rispondere di no.

Cosette non chiese di più, poiché non aveva sulla terra che un solo bisogno: Marius.

Diciamo pure che, a loro volta, Marius e Cosette s'erano assentati, per recarsi a Vernon. Marius aveva condotto Cosette alla tomba del padre.

A poco a poco, Marius aveva sottratto Cosette a Valjean, e Cosette aveva lasciato fare.

Del resto, quella che in certi casi vien chiamata, troppo duramente, l'ingratitudine dei figli, non è sempre quella cosa così riprovevole che si crede. È l'ingratitudine della natura che, come abbiamo detto altrove, «guarda davanti a sé». La natura divide gli esseri viventi in arrivanti e partenti. I partenti sono rivolti verso l'ombra, e gli arrivanti verso la luce; da ciò deriva un allontanamento che dal lato dei vecchi è fatale, e dal lato dei giovani è involontario. Questo allontanamento, insensibile dapprima, aumenta lentamente come ogni divaricarsi di rami, i quali, senza staccarsi dal tronco, se ne allontanano. E non è colpa loro. La gioventù va dove sta l'allegria, alle feste, alle vive luminosità degli amori. La vecchiaia va verso la fine. Non si perdono di vista, ma tra loro non vi è più intimità. I giovani sentono il raffreddamento della vita, e i vecchi quello della tomba. Non accusiamo quei poveri ragazzi.

Un giorno, Jean Valjean scese le scale, fece tre passi nella via, si sedette su un paracarro, quello stesso su cui Gavroche, la notte dal 5 al 6 giugno, l'aveva trovato cogitabondo. Rimase là pochi minuti, poi risalì. Fu l'ultima oscillazione del pendolo. Il giorno dopo non uscì di casa, e quello successivo non uscì dal letto. La portinaia che gli preparava il magro pasto, a cavoli e qualche patata con un po' di lardo, guardò nel piatto di terraglia bruna ed esclamò:

«Ma ieri voi non avete mangiato, povero caro!».

«Ma sì» rispose Jean Valjean.

«Il piatto è ancora pieno.»

«Guardate la boccia d'acqua: è vuota.»

«Questo prova che avete bevuto, ma non dimostra che avete mangiato.»

«Ebbene,» fece Jean Valjean «se ho avuto fame soltanto d'acqua...?»

«Questa si chiama sete, e, quando nello stesso tempo non si mangia, si chiama febbre.»

«Mangerò domani.»

«O santa Trinità! Perché non oggi? Ma guarda se si deve dire "mangerò domani"! Lasciarmi l'intero piatto senza toccarlo. Le mie patatine ch'erano così buone!»

Jean Valjean prese la mano della vecchia:

«Vi prometto che le mangerò» disse, con la sua voce affabile.

«Non sono contenta di voi» rispose la portinaia.

Jean Valjean non vedeva altra creatura umana, salvo quella buona donna. A Parigi vi sono certe strade dove non passa alcuno, e certe case nelle quali nessuno entra; ed egli stava proprio in una di tali strade e in una di tali case.

Nel tempo in cui usciva ancora aveva comperato da un calderaio, per pochi soldi, un piccolo crocifisso di rame, che aveva appeso a un chiodo, dirimpetto al letto. Fa sempre bene aver davanti agli occhi «quel legno».

Trascorse una settimana senza che Jean Valjean facesse un passo nella sua camera; stava sempre a letto, e la portinaia diceva al marito: «Quel buon vecchio lassù non s'alza, non mangia più: non tirerà innanzi molto. Deve avere dei dispiaceri. Nessuno mi leva dalla testa che sua figlia è mal maritata».

Il portinaio ribatté, con l'accento dell'autorità maritale:

«Se è ricco, mandi a chiamare un medico; se non è ricco, tralasci di farlo. Senza un medico, però, egli morirà».

«E col medico?»

«Morirà lo stesso» disse il portinaio.

La portinaia si mise a raschiare con un vecchio coltello l'erba che spuntava su quello ch'ella chiamava il suo selciato, e, intanto che strappava l'erba, brontolava:

«Che peccato! Un vecchio così buono! È bianco come un pollastro».

Scorse all'estremità della strada un medico del quartiere, che passava in quel momento, e si prese la responsabilità di pregarlo di salire.

«Sta al secondo piano» disse. «Avrete solo da entrare. Siccome il buon uomo non si muove più dal letto, la chiave è sempre nella serratura.»

Il medico vide Jean Valjean e gli parlò.

Quando ridiscese, la portinaia lo interpellò:

«Ebbene, dottore?».

«Il vostro malato è molto malato.»

«Che cos'ha?»

«Tutto e nulla. Secondo tutte le apparenze, è un uomo che ha perduto una persona cara: e di questo si muore.»

«Che cosa v'ha detto?»

«M'ha detto che stava bene.»

«Ritornerete, dottore?»

«Sì» rispose il medico. «Ma bisognerebbe che tornasse qualcun altro.»

III
UNA PENNA PESA A COLUI CHE SOLLEVÒ LA CARRETTA DI FAUCHELEVENT

Una sera, Jean Valjean fece fatica a sollevarsi sul gomito. Si prese la mano e non sentì il polso: la sua respirazione era corta e di tanto in tanto s'arrestava. Riconobbe d'essere più debole di quanto non lo fosse mai stato. Allora, certo sotto la pressione di qualche preoccupazione suprema, fece uno sforzo, si rizzò a sedere e si vestì. Indossò il vecchio abito da operaio. Poiché non usciva più, era tornato a usarlo e lo preferiva. Nel vestirsi, dovette interrompersi parecchie volte; soltanto per infilarsi le maniche del camiciotto, il sudore gli colava dalla fronte.

Da quando era solo, aveva messo il letto nell'anticamera, in modo da abitare il meno possibile quell'appartamento deserto.

Aprì la valigia e ne trasse il corredo di Cosette, che spiegò sul letto. I candelieri del vescovo erano al loro posto sul camino. Egli prese in un cassetto due candele di cera e le mise nei candelieri; poi, benché fosse ancora giorno, essendo d'estate, le accese. Si vedono talvolta simili torce accese in pieno giorno, nelle camere dei morti.

Ogni passo che faceva per passare da un mobile all'altro lo estenuava, ed egli era costretto a sedersi. Non era la stanchezza solita, che consuma le forze per rinnovarle: era quel che gli restava di gesti possibili, era la vita esausta, consumata a goccia a goccia in sforzi opprimenti, che non si ricominceranno mai più.

Una delle sedie su cui si lasciò cadere era disposta davanti allo specchio, così fatale per lui e così provvidenziale per Marius: lo specchio in cui aveva letto sulla carta asciugante la scrittura rovesciata di Cosette. Si vide in quello specchio e non si riconobbe più. Aveva ottant'anni, mentre prima del matrimonio di Marius gliene avrebbero dati appena cinquanta: quell'anno aveva contato per trenta. Quella che aveva sulla fronte, non era più la ruga dell'età, ma l'impronta misteriosa della morte: vi si sentiva l'impronta dell'unghia spietata. Le guance erano flosce, la pelle del viso aveva un colore che la faceva sembrare già coperta di terra, e gli angoli della bocca si abbassavano come in quelle maschere che gli antichi scolpivano sulle tombe; egli guardava il vuoto con aria di rimprovero, e si sarebbe detto uno di quei grandi esseri tragici che hanno motivo di lagnarsi di qualcuno.

Era in quella condizione, l'ultima fase dell'abbattimento, in cui il dolore non scorre più ed è, per così dire, coagulato: sull'anima si forma un grumo di disperazione.

Era calata la notte. Egli trascinò faticosamente una tavola e la vecchia poltrona vicino al camino e posò sulla tavola la penna, il calamaio e la carta.

Fatto questo, ebbe uno svenimento. Quando si riebbe aveva sete, e non potendo sollevare la brocca, la chinò con fatica verso la bocca, e bevve un sorso.

Poi, si voltò verso il letto, e, sempre seduto, poiché non poteva stare in piedi, guardò la vestina nera e tutti quei cari oggetti.

Simili contemplazioni durano ore che sembrano minuti. A un tratto ebbe un brivido, e sentì che gli veniva freddo; allora si appoggiò con i gomiti alla tavola rischiarata dai candelieri del vescovo, e prese la penna.

Poiché sia la penna che l'inchiostro non venivano più adoperati da molto tempo, la punta della penna s'era curvata e l'inchiostro s'era essiccato: egli dovette quindi alzarsi per mettere qualche goccia d'acqua nell'inchiostro, e non lo poté fare senza fermarsi e sedersi due altre volte; fu costretto a scrivere col rovescio della penna. Di tanto in tanto si asciugava la fronte.

La mano gli tremava. Scrisse lentamente le poche righe che seguono:

Cosette, ti benedico. Ora ti spiegherò: tuo marito ha avuto ragione di farmi capire che dovevo andarmene; però c'è un po' d'errore in quello ch'egli ha creduto; ma ha avuto ragione. È un bravo giovane: amalo sempre molto, quando sarò morto. Signor Pontmercy, amate sempre la mia figliuola adorata. Cosette, qualcuno troverà questo foglio, ed ecco cosa ti voglio dire: vedrai le cifre, se avrò la fortuna di ricordarmele, e ti convincerai che quel denaro è proprio tuo. Ecco tutta la faccenda: il giavazzo bianco viene dalla Norvegia, il giavazzo nero viene dall'Inghilterra, le conterie nere vengono dalla Germania. Il giavazzo è più leggero, più prezioso e più caro; lo si può imitare in Francia, come in Germania. Basta una piccola incudine di due pollici quadrati e una lampada a spirito, per rammollire la cera. La cera una volta veniva fatta con la resina e il nerofumo, e costava quattro franchi la libbra; io ho pensato di farla con la gomma lacca e con la trementina, così non costa più di trenta soldi ed è migliore. I fermagli si fanno con un vetro viola che viene incollato con quella cera su una incastonatura di ferro; il vetro dev'essere violetto per gli ornamenti di ferro e nero per i gioielli d'oro. La Spagna ne compera molto: è il paese del giavazzo....

A questo punto, s'interruppe, la penna gli cadde dalle dita, e gli venne uno di quei singhiozzi disperati che salivano di tanto in tanto dalle profondità del suo essere. Il poveretto si prese il capo tra le mani, e meditò.

«Oh!» esclamò dentro di sé (grida lamentose che erano udite solo da Dio): «È finita; non la rivedrò più. È stato un sorriso ch'è passato sopra di me. Entrerò nelle tenebre senza neppure rivederla. Oh, un minuto, un istante, sentire la sua voce, toccare la sua veste, guardarlo, quell'angelo, e poi morire! Morire non è nulla; ciò ch'è spaventoso è morire senza rivederla. Ella mi sorriderebbe, mi direbbe una parola: si farebbe forse del male a qualcuno, con questo? No, è finita, mai più! Eccomi solo. Mio Dio! Mio Dio! Non la vedrò più!».

In quel momento bussarono alla porta.

IV

BOTTIGLIA D'INCHIOSTRO CHE RIESCE SOLO A SBIANCARE

Quello stesso giorno, o, per meglio dire, quella stessa sera, Marius s'era appena alzato da tavola e s'era ritirato nello studio, avendo da studiare un incarto, quando Basque gli consegnò una lettera, dicendo: «La persona che ha scritto questa lettera aspetta in anticamera».

Cosette aveva preso sottobraccio il nonno e faceva con lui un giro in giardino.

Una lettera, al pari d'un uomo, puo presentarsi male. La carta ordinaria, la busta grossolana di certe missive, spiacciono solo a vederle;
e la lettera che aveva portata Basque era di quella specie.

Marius la prese: puzzava di tabacco. Non c'è nulla che desti un ricordo quanto un odore. Marius riconobbe quel tabacco. Guardò l'indirizzo: *Al signore, signor barone Pommerci. Nel suo palazzo.* Il tabacco
riconosciuto gli fece riconoscere la scrittura. Si potrebbe dire che lo
stupore ha dei lampi, e Marius fu come illuminato da uno di quei lampi.

L'odorato, questo misterioso ausilio della memoria, aveva fatto rivivere in lui tutto un mondo. Era proprio quella la carta, la piegatura,
la stessa tinta sbiadita dell'inchiostro: era ben quella la scrittura nota,
e, soprattutto, era quello il tabacco.

Egli rivedeva la tana Jondrette.

In tal guisa, strano capriccio del caso, una delle due tracce ch'egli
aveva tanto cercato, quella per la quale, anche ultimamente, aveva
fatto tanti sforzi e che credeva perduta per sempre, veniva a offrirglisi
da sé.

Dissuggellò ansiosamente la lettera, e lesse:

Signor barone,
  Se l'Essere Supremo me ne avese dato i talenti, io avrei potuto esere
il barone Thénard, membro dell'Istituto (academia dele scienze), ma non
lo sono. Porto soltanto lo stesso nome suo, felice se questo ricordo mi ra-
comanda all'ecelenza dela vostra bontà. La beneficienza di cui m'onore-
rete sarà reciproca. Io sono in possesso d'un segreto concernente un individuo che vi concerne. Tengo il segreto a vostra disposissione desiderando
avere l'onore di esservi utile. Vi darò il mezzo semplice di caciare dala
vostra onorabile familia quest'individuo che non vi ha dirito, esendo la
signora baronessa d'alta nascita. Il santuario dela virtù non potrebe coa-
bitare più a lungo col delito senza abdicare. Aspeto nel'anticamera gli
ordini del signor barone.

                                                        Con rispeto.

La lettera era firmata «Thénard».

Questa firma non era falsa, era solo un po' abbreviata.

Del resto, la tiritera e l'ortografia completavano la rivelazione. Il
certificato d'origine era completo, né era possibile alcun dubbio.

L'emozione di Marius fu profonda. Dopo il gesto di sorpresa, ebbe
un gesto di contentezza. Ora, solo che avesse trovato l'altro uomo che
cercava, quello che aveva salvato lui, Marius, non avrebbe avuto più
nulla da desiderare.

Aprì un cassetto della scrivania, ne tolse alcuni biglietti di banca,
se li mise in tasca, richiuse la scrivania e suonò. Basque socchiuse la
porta.

«Fate entrare» gli disse Marius.

Basque annunciò: «signor Thénard».

Un uomo entrò.

Nuova sorpresa per Marius, poiché l'uomo ch'era entrato gli era perfettamente sconosciuto.

Quell'uomo, vecchio del resto, aveva il naso grosso, il mento nella cravatta, gli occhiali verdi con doppi paraocchi di taffetà verde e i capelli lisci e incollati sulla fronte fino all'altezza delle sopracciglia, come la parrucca dei cocchieri inglesi dell'*high life*;[1] i capelli erano grigi. Era vestito di nero da capo a piedi, d'un nero molto consumato ma decente, e un gruppo di ciondoli che gli usciva dal taschino faceva supporre l'esistenza di un orologio. Aveva in mano un vecchio cappello e camminava curvo: e la curvatura della schiena era aumentata dalla profondità del suo saluto.

Ciò che colpiva di prima acchito era il fatto che la giacca di quel personaggio, troppo ampia benché accuratamente abbottonata, non sembrava fatta per lui.

Qui è necessaria una breve digressione.

A quel tempo v'era a Parigi, in un vecchio bugigattolo oscuro di via Beautreillis, vicino all'Arsenale, un ingegnoso ebreo che esercitava la professione di mutare un birbante in un galantuomo. Non a lungo però, dato che questo avrebbe potuto essere scomodo per il birbante. Il cambiamento aveva luogo a vista, per un giorno o due, in ragione di trenta soldi il giorno e mediante un costume rassomigliante il più possibile all'apparenza perbene in generale. Quel noleggiatore di costumi era chiamato il *Cambiatore*; quel nome glielo avevano dato i borsaiuoli parigini, che non gliene conoscevano altri. Aveva un guardaroba abbastanza completo, e gli stracci coi quali vestiva il prossimo erano passabili. Aveva le sue specialità e le sue categorie, e da ogni chiodo del suo magazzino pendeva, usata e logora, una condizione sociale: qui l'abito da magistrato, là l'abito da curato, là l'abito da banchiere, in un angolo l'abito da militare in ritiro, altrove l'abito da letterato e un po' più in là l'abito da uomo di Stato. Quell'essere era il vestiarista del dramma immenso rappresentato a Parigi dalla furfanteria. Il suo bugigattolo era la quinta dalla quale usciva il furto e in cui rientrava la truffa. Il birbante in cenci che giungeva in quel guardaroba depositava trenta soldi e sceglieva, secondo la parte che voleva rappresentare quel giorno, l'abito che gli conveniva: e ridiscendendo le scale, quel birbante era qualcuno. Il giorno dopo, gli stracci venivano puntualmente riportati, e il Cambiatore, che affidava ogni cosa ai ladri, non era mai derubato. Quegli abiti però avevano un inconve-

[1] Alta società, in inglese.

niente: quello, cioè, di «non andare»; non essendo fatti per coloro che li indossavano, erano troppo stretti per l'uno e troppo larghi per l'altro, e non andavano mai bene a nessuno. Ogni malandrino che oltrepassasse, in più o in meno, la media umana, nei costumi del Cambiatore si trovava a disagio. Non bisognava essere né troppo grasso né troppo magro, poiché il Cambiatore aveva previsto solo gli uominini comuni e aveva preso le misure tipo sulla persona del primo pezzente venuto, che non è né grosso, né sottile, né alto, né basso. Da ciò, degli adattamenti talvolta difficili, dai quali i clienti del Cambiatore se la cavavano come potevano: tanto peggio per le eccezioni! L'abito da uomo di Stato, per esempio, nero da cima a fondo, e quindi decente, sarebbe stato troppo largo per Pitt e troppo stretto per Castelcicala.[2]

Il vestito *uomo di Stato* era indicato come segue, nel catalogo del Cambiatore dal quale copiamo: «Una giacca di panno nero, un paio di calzoni di lana forte, un panciotto di seta, scarpe e biancheria», e in margine era scritto *Ex ambasciatore*, con una nota che pure trascriviamo: «In una scatola separata, una parrucca convenientemente arricciata, occhiali verdi, alcuni ciondoli e due steli di penna d'oca, lunghi un pollice, avvolti in ovatta». Tutto questo apparteneva all'uomo di Stato ex ambasciatore. Tutto il costume era, se così si potesse dire, estenuato: le cuciture divenivano bianche, una specie d'occhiello si apriva a un gomito e, inoltre, sul petto della giacca mancava un bottone; ma era un particolare trascurabile, poiché la mano dell'uomo di Stato, dovendo star sempre infilata nella giacca, sul cuore, serviva a nascondere il bottone assente.

Se Marius avesse avuto familiarità con le istituzioni occulte di Parigi avrebbe subito riconosciuto, indosso al visitatore che Basque aveva introdotto in quel momento, l'abito da uomo di Stato, preso a nolo nella bottega di rigattiere del Cambiatore.

La delusione di Marius, vedendo entrare un uomo diverso da colui che attendeva, si tradusse in sgarbatezza verso il nuovo venuto. Egli lo esaminò da capo a piedi, mentre il personaggio s'inchinava esageratamente, e gli chiese in tono secco: «Che volete?».

L'uomo rispose con un amabile ghigno di cui il sorriso carezzevole d'un coccodrillo potrebbe dare un'idea:

«Mi pare impossibile di non aver già avuto l'onore di vedere il signor barone in società. Credo proprio d'averlo incontrato particolarmente, qualche anno fa, in casa della signora principessa Bragation e nei salotti di sua signoria il visconte Dambray, pari di Francia».

È sempre buona tattica, in fatto di furfanteria, aver l'aria di riconoscere qualcuno che non si conosce affatto.

---

[2] Fabrizio Ruffo di Castelcicala, ambasciatore di Napoli a Londra e a Parigi.

Marius stava attento al modo di parlare di quell'uomo. Ne sorvegliava l'accento e il gesto, ma la sua delusione cresceva: era una pronuncia nasale, assolutamente diversa dal timbro di voce aspro e secco che s'aspettava.

Egli era completamente disorientato.

«Non conosco,» disse «né la signora Bragation, né il signor Dambray; e in vita mia non ho mai messo piede né in casa dell'uno, né in casa dell'altra.»

«Allora, sarà stato da Chateaubriand che avrò visto il signore! Conosco molto il signor Chateaubriand. È affabilissimo. Talvolta mi dice: "Thénard, amico mio... Volete bere un bicchiere con me?".»

La fronte di Marius si faceva sempre più severa.

«Non ho mai avuto l'onore d'essere ricevuto in casa del signor di Chateaubriand. Tagliamo corto. Che cosa volete?»

L'uomo, di fronte alla voce più dura, salutò più umilmente.

«Signor barone, degnatevi d'ascoltarmi. V'è in America, in un paese dalle parti del Panama, un villaggio chiamato La Joya; quel villaggio si compone d'una sola casa: una grande casa quadrata a tre piani, costruita con mattoni cotti al sole, e ogni lato della quale è lungo cinquecento piedi; ogni piano rientra su quello inferiore di dodici piedi, in modo da lasciare sul davanti una terrazza che gira tutt'attorno all'edificio. Nel centro v'è un vasto cortile che contiene le provviste e le munizioni; non vi sono finestre, ma solo feritoie, non porte, ma solo scale, scale per salire dal suolo alla prima terrazza, dalla prima alla seconda e dalla seconda alla terza, scale per scendere nel cortile interno; non porte alle stanze, ma botole, niente scale alle camere, ma solo scale a pioli. Di sera si chiudono le botole, si ritirano le scale, si appoggiano i tromboni e le carabine alle feritoie; nessun mezzo d'entrare; casa di giorno e fortezza di notte, ottocento abitanti: ecco quel villaggio. Perché tante precauzioni? Perché il paese è pericoloso: è pieno di cannibali. E perché ci si va, allora? Perché è un paese meraviglioso; vi si trova l'oro.»

«Che cosa volete concludere?» interruppe Marius che, dalla delusione, passava all'impazienza.

«Questo, signor barone. Sono un ex diplomatico stanco; la vecchia civiltà mi ha logorato, e ora vorrei provare i selvaggi.»

«E poi?»

«Signor barone, l'egoismo è la legge del mondo. La contadina proletaria che lavora a giornata, quando passa la diligenza si volta, la contadina possidente che lavora nel proprio campo non si volta; il cane del povero abbaia dietro il ricco, e il cane del ricco abbaia dietro il povero. Ciascuno per sé. L'interesse, ecco lo scopo degli uomini; l'oro, ecco la calamita.»

«E poi? Concludete.»

«Vorrei andare a stabilirmi a La Joya. Siamo in tre: io, mia moglie e la mia signorina: una ragazza molto bella. Il viaggio è lungo e caro e mi occorrerebbe un po' di denaro.»

«E che c'entro io in questa faccenda?» chiese Marius.

Lo sconosciuto tese il collo fuori dalla cravatta, gesto particolare all'avvoltoio, e ribatté con un sorriso più largo:

«Il signor barone non ha dunque letto la mia lettera?».

Questo era quasi vero, poiché in realtà il contenuto della lettera era sfuggito a Marius. Egli s'era fissato più sulla calligrafia che sul contenuto, di cui si ricordava a stento. Da qualche istante la sua attenzione s'era risvegliata di nuovo; aveva notato quel particolare: «mia moglie e la mia signorina», e fissava sullo sconosciuto uno sguardo indagatore. Un giudice istruttore non avrebbe avuto uno sguardo più penetrante del suo. Pareva lo esaminasse.

Egli si limitò a rispondere:

«Precisate».

Lo sconosciuto si cacciò le mani nei taschini, rialzò il capo, senza raddrizzare la spina dorsale, scrutando però di lato Marius con lo sguardo verde degli occhiali.

«Sta bene, signor barone; preciserò. Ho un segreto da vendervi.»

«Un segreto?»

«Un segreto.»

«Che mi riguarda?»

«Un poco.»

«E qual è questo segreto?»

Marius esaminava sempre più l'uomo, pur ascoltandolo.

«Comincio gratis» disse lo sconosciuto. «Vedrete che sarà interessante.»

«Parlate.»

«Signor barone, voi avete in casa vostra un ladro e assassino.»

Marius trasalì.

«In casa mia? No» disse.

Lo sconosciuto, imperturbabile, spazzolò il cappello col gomito, e proseguì:

«Assassino e ladro. E tenete presente, signor barone, ch'io non vi parlo qui di fatti antichi, arretrati, caduchi, che possano essere cancellati dalla prescrizione di fronte alla legge e dal pentimento di fronte a Dio; parlo di fatti recenti, fatti attuali, fatti finora ignorati dalla giustizia. Continuo. Quell'uomo s'è insinuato nella vostra fiducia e quasi nella vostra famiglia, sotto un falso nome. Vi dirò il suo nome vero, e ve lo dirò per niente».

«V'ascolto.»

«Si chiama Jean Valjean.»

«Lo so.»

«Vi dirò, pure per niente, chi è colui.»

«Dite.»

«È un ex forzato.»

«Lo so.»

«Lo sapete dal momento che io ho avuto l'onore di dirvelo.»

«No, lo sapevo prima.»

Il tono freddo di Marius, quella duplice replica *lo so*, quella sua laconicità refrattaria al dialogo, suscitarono nello sconosciuto una specie di collera sorda. Egli gettò a Marius, di sfuggita, uno sguardo furioso, che subito si spense; ma, per quanto rapido fosse stato, era di quelli che si riconoscono quando si siano visti una volta; esso non sfuggì a Marius. Certe fiammate non possono venire che da certe anime; la pupilla, spiraglio del pensiero, se ne accende; e gli occhiali non nascondono nulla: sarebbe come mettere un vetro all'inferno!

Lo sconosciuto riprese, sorridendo:

«Non mi permetterò di smentire il signor barone. In ogni caso, dovete convenire che sono informato. Ora quello che posso riferirvi è noto solo a me e interessa la fortuna della signora baronessa. Trattasi d'un segreto straordinario. È da vendere; e l'offro a voi, prima che ad altri. A buon mercato: ventimila franchi».

«Conosco quel segreto, come conosco gli altri segreti» disse Marius.

Il personaggio sentì il bisogno d'abbassare un po' il prezzo.

«Signor barone, facciamo diecimila franchi, e io parlo.»

«Vi ripeto che non avete niente di nuovo da mettere a mia cognizione. So già quello che volete dirmi.»

Nello sguardo dell'uomo passò un nuovo lampo. Egli esclamò:

«Bisogna pure che mangi, oggi. Vi ripeto che è un segreto straordinario. Parlerò, signor barone. Sì, parlerò. Datemi venti franchi».

Marius lo guardò fisso.

«Conosco il vostro segreto straordinario, come conoscevo il nome di Jean Valjean e come conosco il vostro.»

«Il mio nome?»

«Sì.»

«Non è difficile, signor barone, visto che ho avuto io stesso l'onore di scriverlo e di dirvelo: Thénard.»

«...dier.»

«Eh?»

«Thénardier.»

«Chi è costui?»

Nel pericolo, l'istrice rizza gli aculei, lo scarabeo fa il morto, la vecchia guardia si stringe in quadrato; quell'uomo si mise a ridere.

Quindi con un buffetto si tolse un granellino di polvere dalla manica della giacca.

Marius continuò:

«Voi siete pure l'operaio Jondrette, l'attore Fabantou, il poeta Genflot, lo spagnolo don Alvarez e la comare Balizard».

«Cosa, la comare...?»

«E avete tenuto una bettola a Montfermeil.»

«Una bettola? Mai più.»

«E io vi dico che siete Thénardier.»

«E io lo nego.»

«E che siete un pezzente. Prendete.»

E Marius, traendo di tasca un biglietto di banca, glielo gettò in faccia.

«Grazie! Perdono! Cinquecento franchi! Signor barone!»

E l'uomo, sconvolto, ossequiando, ghermì il biglietto e l'esaminò.

«Cinquecento franchi!» riprese, stupefatto. E balbettò a voce bassa: «Una scartoffia seria».

Poi bruscamente:

«Ebbene, sia!» esclamò. «Mettiamoci in libertà».

E, con un'agilità scimmiesca, rovesciando i capelli all'indietro, strappandosi gli occhiali, togliendosi dal naso e facendo sparire i due steli di penna d'oca, ai quali abbiamo appena accennato e che del resto si sono già visti in altra pagina di questo libro, egli si tolse il volto, come ci si toglie il cappello.

L'occhio gli si ravvivò; riapparvero la fronte disuguale, devastata e seminata qua e là di bitorzoli, orrendamente rugosa alla sommità, il naso ridivenuto simile a un becco e il profilo feroce e astuto dell'uomo di rapina.

«Il signor barone è infallibile» disse con una voce chiara, dalla quale era scomparsa ogni inflessione nasale. «Sono Thénardier.»

E raddrizzò la schiena.

Thénardier, giacché era proprio lui, era stranamente sorpreso, e sarebbe rimasto turbato, se gli fosse stato possibile esserlo. Era venuto per stupire, ed era lui lo stupito. Quell'umiliazione però gli veniva pagata cinquecento franchi e, tutto sommato, egli l'accettava: ma non era meno stordito, per questo.

Vedeva per la prima volta quel barone Pontmercy; e pure, a onta del suo travestimento, quel barone Pontmercy lo riconosceva, e lo riconosceva a fondo. E quel barone non solo era informato su Thénardier, ma sembrava essere informato anche su Jean Valjean. Chi era allora quel giovanotto quasi imberbe, così glaciale e così generoso che sapeva il nome delle persone, che sapeva tutti i loro nomi e che apriva loro la borsa, che malmenava i furfanti come un giudice e li pagava come un citrullo?

Thénardier, come il lettore ricorderà, pur essendo stato coinquilino di Marius, non l'aveva mai visto, come spesso capita a Parigi; aveva sentito un tempo le sue figlie parlare vagamente d'un giovanotto poverissimo, un certo Marius, che abitava in quella casa, e gli aveva scritto, senza conoscerlo, la nota lettera. Ora, nessun accostamento era possibile nella sua mente tra quel Marius e il signor barone Pontmercy.

Quanto al nome di Pontmercy, si ricorderà che, sul campo di battaglia di Waterloo, egli ne aveva sentito solo le due ultime sillabe, per le quali aveva sempre nutrito il legittimo disdegno dovuto a ciò che è soltanto ringraziamento.[3]

Del resto, per mezzo di Azelma ch'egli aveva messo sulla pista degli sposi del 16 febbraio, e attraverso le sue indagini personali, era riuscito a sapere molte cose e, dal fondo delle sue tenebre, era riuscito a impadronirsi di più d'un filo misterioso. A forza d'astuzia aveva scoperto, o almeno aveva intuito a forza d'induzioni, chi fosse l'uomo da lui incontrato un certo giorno nella Grande Fogna; e dall'uomo, era facilmente arrivato al nome. Sapeva che la signora baronessa Pontmercy era Cosette. Ma, da quel lato, si riprometteva d'essere discreto.

Chi era Cosette? Non lo sapeva esattamente neppure lui. Intravedeva, è vero, una nascita illegittima e la storia di Fantine gli era sempre parsa losca; ma a che scopo parlarne? Per farsi pagare il silenzio? Egli aveva, o credeva d'aver di meglio da vendere. E poi, secondo tutte le apparenze, venire a rivelare senza prove al barone Pontmercy: «Vostra moglie è una bastarda», avrebbe avuto l'unica conseguenza d'attirare la scarpa del marito verso le reni del rivelatore.

Nel pensiero di Thénardier, la conversazione con Marius non era ancora cominciata. È vero ch'egli aveva dovuto indietreggiare, modificare la sua strategia, abbandonare una posizione e mutar fronte; ma nulla ancora di essenziale era compromesso, ed egli aveva cinquecento franchi in tasca. Inoltre, aveva ancora qualche cosa di decisivo da dire, e persino contro quel barone Pontmercy, così ben informato e così ben armato, si sentiva forte. Per gli uomini della natura di Thénardier, ogni dialogo è una battaglia. Ora, in quella che stava per impegnarsi, quale era la sua situazione? Non sapeva con chi parlasse, ma sapeva di che parlava. Fece rapidamente questa rivista interiore delle sue forze, e, dopo aver detto: «Sono Thénardier», attese.

Marius era rimasto sovrappensiero. Finalmente, aveva nelle mani Thénardier. Quell'uomo, ch'egli aveva tanto desiderato di ritrovare,

[3] Infatti le ultime due sillabe del nome Pontmercy suonano *merci*, che in francese significa grazie.

era lì, davanti a lui; poteva quindi far onore alla raccomandazione del colonnello Pontmercy.

Era umiliato che quell'eroe dovesse qualche cosa a un simile bandito e che la cambiale emessa in fondo alla tomba da suo padre su di lui, Marius, fosse rimasta fino a quel giorno insoluta; gli pareva altresì che, nella situazione complessa in cui si trovava la sua mente nei confronti di Thénardier, vi fosse modo di vendicare il colonnello della sventura d'essere stato salvato da un tale birbante. Comunque fosse, era contento. Stava dunque per liberare da quel creditore indegno l'ombra del colonnello, e gli sembrava d'essere sul punto di togliere dalla prigione per debiti la memoria di suo padre.

A fianco di questo dovere, ve n'era un altro, quello cioè di chiarire, se possibile, la fonte della fortuna di Cosette. L'occasione pareva presentarsi e, forse, Thénardier ne sapeva qualche cosa. Poteva essere utile scrutare il fondo di quell'uomo, ed egli cominciò di lì.

Thénardier aveva fatto sparire la «scartoffia seria» nel taschino, e guardava Marius con una dolcezza quasi tenera.

Marius ruppe il silenzio.

«Thénardier, vi ho detto il vostro nome. Volete ora che vi dica il segreto ch'eravate venuto a svelarmi? Anche io ho le mie informazioni, e vedrete che la so più lunga di voi. Jean Valjean, come avete detto, è un assassino e un ladro. Un ladro, perché ha derubato un ricco industriale del quale ha cagionato la rovina, il signor Madeleine; un assassino, perché ha assassinato l'agente di polizia Javert.»

«Non capisco, signor barone» fece Thénardier.

«Ve lo farò capire io. Statemi a sentire. In un circondario del Passo di Calais, verso il 1822, c'era un uomo che aveva avuto qualche vecchia pendenza con la giustizia e che, sotto il nome di Madeleine, s'era risollevato e riabilitato. Quell'uomo era diventato un giusto, in tutta l'estensione della parola. Con un'industria, e cioè una fabbrica di conterie nere, aveva fatto la fortuna d'una intera città; quanto alla sua fortuna personale, se l'era fatta pure, ma secondariamente e, in certo qual modo, per combinazione. Era il padre e il sostegno dei poveri; fondava ospedali, apriva scuole, visitava gli ammalati, dotava le fanciulle, aiutava le vedove, adottava gli orfani; era come il tutore del paese. Aveva rifiutato le onorificenze; era stato nominato sindaco. Un forzato latitante conosceva il segreto d'una condanna in cui quell'uomo era incorso un tempo: lo denunciò, lo fece arrestare, e approfittò dell'arresto per venire a Parigi e farsi consegnare dal banchiere Laffitte (il fatto mi è stato narrato dallo stesso cassiere), per mezzo d'una firma falsa, una somma di più di mezzo milione, che apparteneva al signor Madeleine. Ora, quel forzato che derubò Madeleine è Jean Valjean. Quanto all'altro fatto, voi non avete nulla da dirmi in proposito: Jean Valjean ha ucciso l'agente Javert, e l'ha ucciso con una pistolettata. Io, che vi parlo, ero presente.»

Thénardier gettò a Marius lo sguardo autorevole d'un uomo battuto che rimetta la mano sulla vittoria, e che riguadagni in un momento tutto il terreno che aveva perduto. Ma il sorriso gli tornò presto: l'inferiore, di fronte al superiore, deve avere un trionfo carezzevole: e allora Thénardier si limitò a dire a Marius:

«Signor barone, siamo su una falsa strada».

E sottolineò questa frase, facendo fare ai ciondoli un mulinello espressivo.

«Come!» ribatté Marius. «Contestereste ciò? Questi son fatti.»

«Sono chimere. La fiducia di cui il signor barone mi onora mi fa un dovere di dirglielo. Anzitutto, la verità e la giustizia. Non mi piace veder accusare la gente ingiustamente. Signor barone, Jean Valjean non ha derubato il signor Madeleine, e Jean Valjean non ha ucciso Javert.»

«Questa è grossa! E come mai?»

«Per due ragioni.»

«Quali? Parlate.»

«Ecco la prima: non ha derubato il signor Madeleine, visto che Valjean e Madeleine sono lo stesso uomo.»

«Che cosa mi state raccontando?»

«Ed ecco la seconda: egli non ha assassinato Javert, visto che l'uccisore di Javert è stato Javert stesso.»

«Che volete dire?»

«Che Javert s'è suicidato.»

«Provatelo! Provatelo!» gridò Marius, fuori di sé.

Thénardier riprese scandendo la frase alla guisa di un alessandrino antico:

«L'agente-di-polizia-Ja-vert-è-stato-trova-to-an-ne-ga-to-sotto-una-chiatta-del-Ponte-del-Cambio».

«Ma provatelo, dunque!»

Thénardier trasse da una tasca della giacca una grande busta di carta grigia che sembrava contenere dei fogli di carta piegati, di varie grandezze. «Ho il mio incartamento» disse con calma.

E aggiunse:

«Signor barone, nel vostro interesse volli conoscere a fondo il mio Jean Valjean, e dico che Jean Valjean e Madeleine sono la stessa persona, così come dico che Javert non ebbe altro assassino all'infuori di Javert, e quando io parlo, è perché ho le prove. Non prove manoscritte, perché la scrittura è sospetta e compiacente, ma prove stampate».

Nel parlare, Thénardier toglieva dalla busta due numeri di giornali ingialliti, spiegazzati e fortemente saturi di tabacco. Uno di quei giornali, rotto in tutte le pieghe e ridotto in brandelli quadrati, sembrava molto più vecchio dell'altro.

«Due fatti, due prove» fece Thénardier, tendendo a Marius i due giornali spiegati.

Il lettore conosce quei due giornali. Uno di essi, il più antico, un numero del «Drapeau blanc» del 25 luglio 1823, del quale il lettore ha potuto vedere il testo nel secondo volume di quest'opera,[4] stabiliva l'identità di Madeleine e di Valjean; l'altro, un «Moniteur» del 15 giugno 1832, accertava il suicidio di Javert aggiungendo che, da un rapporto scritto dallo stesso Javert al prefetto di polizia, risultava ch'egli era stato fatto prigioniero nella barricata della via Chanvrerie, e che era debitore della vita alla magnanimità d'un insorto il quale, avendolo a sua discrezione, anziché bruciargli le cervella aveva sparato in aria.

Marius lesse. La cosa era evidente, la data era certa e le prove erano inconfutabili, poiché quei due giornali non erano certamente stati stampati apposta per appoggiare il racconto di Thénardier; la nota pubblicata nel «Moniteur» era stata comunicata in via amministrativa dalla prefettura di polizia, e non si poteva dubitarne.

Le informazioni dello scrivano-cassiere erano false, e lui, Marius, era stato tratto in inganno.

Jean Valjean, d'un tratto ingigantito, usciva dalla nube; e Marius non poté trattenere un grido di gioia:

«Ma allora, quel disgraziato è un uomo ammirevole! Tutta quella fortuna era realmente sua. È Madeleine, la provvidenza d'un'intera regione! È Valjean, il salvatore di Javert! È un eroe! Un santo!».

«Non è un santo, e non è un eroe» disse Thénardier. «È un assassino e un ladro.»

E aggiunse col tono di chi comincia a sentirsi un po' d'autorità:

«Calmiamoci».

Ladro e assassino; quelle due parole che Marius credeva scomparse, caddero su di lui come una doccia gelata.

«Ancora!» disse.

«Sempre» fece Thénardier. «Jean Valjean non ha derubato Madeleine, ma è un ladro; non ha ucciso Javert, ma è un assassino.»

«Volete parlare» riprese Marius «di quel miserabile furto di quarant'anni fa, espiato, come risulta dai vostri stessi giornali, con un'intera vita di pentimento, d'abnegazione e di virtù?»

«Dico assassinio e furto, signor barone, e ripeto che parlo di fatti attuali. Ciò che ho da rivelarvi è assolutamente ignoto: trattasi di cose inedite. E forse, vi troverete la fonte della fortuna abilmente offerta

---

[4] Naturalmente questa indicazione si riferisce all'edizione francese. Qui si trova a p. 355.

da Jean Valjean alla signora baronessa. Dico abilmente, giacché introdursi con una donazione di tal genere in una casa onorata, di cui si condividerà l'agiatezza, e nel contempo nascondere il proprio delitto, usufruire del proprio furto, seppellire il proprio nome e crearsi una famiglia, è cosa tutt'altro che da ingenuo.»

«Qui, potrei interrompervi,» osservò Marius «ma continuate.»

«Signor barone, vi dirò tutto, lasciando la ricompensa alla vostra generosità. Trattasi di un segreto che vale oro massiccio. Voi mi direte: "Perché non ti sei rivolto a Jean Valjean?". Per una ragione semplicissima: so ch'egli si è disfatto d'ogni cosa, e disfatto in vostro favore, e trovo la combinazione ingegnosa; ora egli non ha più un quattrino e mi mostrerebbe le mani vuote, e poiché ho bisogno di danaro per il mio viaggio a La Joya, preferisco voi, che avete tutto, a lui che non ha nulla. Sono un po' stanco; permettetemi di sedere.»

Marius si sedette e gli fece cenno di sedere.

Thénardier si sedette su una sedia imbottita, riprese i due giornali, li ricacciò nella busta e mormorò raspando con l'unghia il «Drapeau blanc»: «Quanta fatica mi è costata averlo!». Fatto questo, incrociò le gambe e si appoggiò comodamente alla spalliera, nell'atteggiamento particolare a chi è sicuro di quel che dice; poi entrò in argomento, gravemente e scandendo le frasi:

«Signor barone, il 6 giugno 1832, circa un anno fa, il giorno della sommossa, un uomo si trovava nella Grande Fogna di Parigi, dalla parte in cui questa va a raggiungere la Senna, tra il ponte degli Invalides e il ponte di Jena».

Marius accostò bruscamente la sedia a quella di Thénardier: questi notò il gesto e continuò, con la lentezza di un oratore che soggioga l'interlocutore e sente il palpitare dell'avversario sotto le proprie parole.

«Quell'uomo, costretto a nascondersi, per ragioni, del resto, estranee alla politica, aveva preso per dimora la fogna, di cui possedeva la chiave. Era, ripeto, il 6 giugno, e potevano essere le otto di sera, quando l'uomo sentì rumore nella fogna; meravigliatissimo, si rannicchiò e rimase in agguato. Era un rumore di passi; si camminava nell'ombra e si veniva verso di lui. Cosa strana, v'era nella fogna un altro uomo, oltre a lui. Il cancello d'uscita della fogna non era molto lontano, e un po' di luce che ne veniva gli permise di riconoscere il nuovo venuto, e di vedere che quell'uomo portava qualche cosa sulle spalle, camminando curvo. L'uomo che camminava curvo era un ex forzato, e quello che portava sulle spalle era un cadavere. Flagrante delitto d'assassinio quale mai se ne videro; quanto al furto, va da sé che non si ammazza un uomo gratis. Quel forzato andava a gettare il cadavere nel fiume. Ora, va notato il fatto che, prima di giungere al cancello d'uscita, quel forzato, che veniva da lontano nella fogna, aveva necessariamente incontrato uno spaventoso pantano dove evidentemente avrebbe potuto abbandonare il cadavere; ma il giorno dopo i fognaiuoli, lavorando nel pantano, vi avrebbero trovato l'uomo assassinato, il che non sarebbe convenuto all'assassino, tanto è vero ch'egli aveva preferito attraversare il pantano col suo fardello, e i suoi sforzi devono essere stati spaventosi; è impossibile rischiare più completamente di così la propria vita; anzi, non capisco come egli abbia potuto uscir vivo di là.»

La sedia di Marius s'accostò ancora, e Thénardier ne approfittò per trarre un lungo respiro; poi proseguì:

«Signor barone, una fogna non è lo Champ-de-Mars. In essa si manca di tutto, persino di posto, e quando due uomini sono là dentro, bisogna che s'incontrino. Così avvenne. L'inquilino e il passante furono costretti a darsi il buon giorno, con rincrescimento reciproco; e il passante disse all'inquilino: "Tu vedi che cosa ho sulle spalle; bisogna che esca, tu hai la chiave: dammela". Quel forzato era un uomo di una forza terribile, e non era possibile rifiutarsi; però, colui che aveva la chiave parlamentò, unicamente per guadagnar tempo, ed esaminò quel morto, senza poter veder nulla, se non ch'era giovane, ben vestito, con l'aspetto d'un ricco, e tutto sfigurato di sangue. Pur parlando, egli trovò modo di lacerare e di portar via, mentre l'assassino gli voltava le spalle e senza che se ne accorgesse, un pezzo della giacca dell'uomo assassinato. Corpo di reato, come capirete: il mezzo di riafferrare la traccia delle cose e di provare il delitto al delinquente; e si mise in tasca quel corpo di reato. Dopo di che, aprì il cancello, fece uscir l'uomo col suo fardello sulla schiena, richiuse il cancello e se la diede a gambe, non volendo essere immischiato negli strascichi dell'avventura e soprattutto non volendo essere presente quando l'assassino avesse gettato l'assassinato nel fiume. Ora, capirete: colui che portava il cadavere era Jean Valjean, colui che aveva la chiave vi parla in questo momento: e il pezzo della giacca...».

Thénardier completò la frase traendo di tasca e sollevando all'altezza degli occhi, stretto tra i due pollici e i due indici, un lembo di stoffa nera tagliuzzata e tutta coperta di macchie scure.

Marius s'era alzato, pallido, respirando a fatica, con l'occhio fisso sul lembo di stoffa nera: senza pronunciare una parola, senza abbandonare con lo sguardo quel cencio, era indietreggiato verso il muro e con la mano destra stesa dietro di sé cercava a tastoni sulla parete una chiave infilata nella serratura d'un armadio vicino al camino. Trovò quella chiave, aprì l'armadio, vi cacciò dentro il braccio, senza guardare, e senza che la sua pupilla sbigottita si staccasse dal cencio che Thénardier teneva spiegato.

Intanto, Thénardier continuava:

«Signor barone, ho le migliori ragioni per credere che il giovane assassinato fosse qualche opulento straniero, che aveva indosso una forte somma e che era stato attirato in un tranello da Jean Valjean».

«Il giovane ero io, ed ecco la giacca!» gridò Marius, gettando sul pavimento una vecchia giacca nera tutta insanguinata.

Poi, strappando il lembo dalle mani di Thénardier, si curvò sulla giacca e avvicinò alla falda tagliuzzata il pezzetto lacerato: lo strappo s'adattava perfettamente, e il lembo completava la giacca.

Thénardier era impietrito. Pensò: «Sono strabiliato».

Marius si rialzò, fremente, disperato e raggiante.

Si frugò in tasca e mosse, furioso, verso Thénardier presentandogli e appoggiandogli quasi il pugno sul viso: il pugno era pieno di biglietti da cinquecento e da mille franchi.

«Voi siete un infame! Siete un mentitore, un calunniatore, uno scellerato. Venivate per accusare quell'uomo, e l'avete giustificato; volevate perderlo, e siete soltanto riuscito a glorificarlo. Siete voi un ladro! E siete voi un assassino! Vi ho visto, Thénardier-Jondrette, in quella stamberga del viale dell'Hôpital, e ne so abbastanza sul vostro conto per mandarvi in galera e anche più lontano, se volessi. Prendete, eccovi mille franchi, lestofante che non siete altro!»

E gettò un biglietto da mille franchi a Thénardier.

«Ah, Jondrette-Thénardier, vile furfante! Che questo vi serva di lezione, trafficante di segreti, mercante di misteri, frugatore delle tenebre, miserabile! Prendete questi cinquecento franchi, e uscite di qui! Waterloo vi protegge.»

«Waterloo?» brontolò Thénardier, intascando il biglietto da cinquecento franchi insieme con quello da mille.

«Sì, assassino! Colà salvaste la vita a un colonnello...»

«A un generale» disse Thénardier, rialzando il capo.

«A un colonnello» riprese Marius con collera. «Non darei un quattrino per un generale! E venivate qui a commettere un'infamia! Vi dico che avete commesso tutti i delitti. Via di qua, sparite! Soltanto, siate felice, ecco tutto quello che desidero. Ah, mostro! Ecco ancora tremila franchi; prendeteli. Partirete domani stesso per l'America, con vostra figlia, giacché vostra moglie è morta, abominevole mentitore! Vigilerò sulla vostra partenza, bandito, e in quel momento vi sborserò ventimila franchi. Andate a farvi impiccare altrove!»

«Signor barone,» rispose Thénardier, inchinandosi fino a terra «la mia riconoscenza eterna.»

E Thénardier uscì, senza aver capito nulla, stupefatto e incantato di quel dolce schiacciamento sotto sacchi d'oro e di quel fulmine che gli scoppiava sulla testa sotto forma di biglietti di banca.

Fulminato, lo era, ma contento pure, e gli sarebbe molto spiaciuto d'aver un parafulmine contro quella specie di fulmine.

Facciamola subito finita con quest'uomo. Due giorni dopo egli partì a cura di Marius per l'America, sotto un falso nome, con la figlia Azelma, munito d'una tratta di ventimila franchi su Nuova York. Ma la miseria morale di Thénardier, questo borghese mancato, era irrimediabile, ed egli fu in America quello ch'era stato in Europa. Il contatto d'un malvagio basta talvolta per far imputridire una buona azione e per farne uscire una cosa cattiva. Col danaro di Marius, Thénardier si fece negriero.

Non appena Thénardier fu uscito, Marius corse in giardino, dove Cosette stava passeggiando.

«Cosette, Cosette!» gridò. «Vieni, vieni presto! Andiamo. Basque, una carrozza! Cosette, vieni! Oh, mio Dio! È stato lui che mi ha salvato la vita! Non perdiamo un minuto; mettiti lo scialle.»

Cosette lo credette impazzito, e obbedì.

Egli non respirava più; si metteva la mano sul cuore, per comprimerne i palpiti; andava e veniva a grandi passi e abbracciava Cosette.

«Oh, Cosette, sono un disgraziato!» le diceva.

Marius era sconvolto. Cominciava a intravedere in quel Jean Valjean chi sa quale nobile e oscura personalità. Gli appariva una virtù inaudita, augusta e dolce, umile nella sua immensità. Il forzato si trasfigurava in Cristo. Marius era abbacinato da quel prodigio; non sapeva con esattezza ciò che vedeva, ma era una cosa grande.

In un momento, una carrozza fu davanti alla porta.

Marius vi fece salire Cosette e vi si slanciò.

«Cocchiere,» egli disse «in via dell'Homme-Armé, numero 7.»

La carrozza partì.

«Oh, che felicità!» fece Cosette. «In via dell'Homme-Armé! Non osavo più parlartene; andiamo a trovare il signor Jean.»

«Tuo padre, Cosette! Tuo padre più che mai. Ora indovino. Tu mi dicesti di non aver mai ricevuta la lettera che t'avevo inviato per mezzo di Gavroche: dev'essere caduta nelle sue mani. Cosette, egli venne alla barricata per salvarmi, e, poiché per lui è un bisogno essere angelo, per via ne salvò altri; e salvò Javert. Mi trasse da quel baratro per darmi a te, e mi portò sulle spalle in quella spaventevole fogna. Oh, sono un mostruoso ingrato! Dopo essere stato la tua provvidenza, Cosette, è stato la mia. Figurati che v'era un orribile pantano, da annegarvisi cento volte, da annegarvisi nel fango, Cosette, e lui me lo ha fatto attraversare. Ero svenuto; non vedevo nulla, non sentivo nulla e non potevo saper nulla della mia avventura. Lo faremo venire qui, lo prenderemo con noi, voglia o non voglia, e non ci lascerà più. Purché sia a casa! Purché lo troviamo! Passerò il resto della mia vita a venerarlo. Sì, dev'essere così, vedi, Cosette? È a lui che Gavroche ha consegnato la mia lettera. Tutto si spiega. Comprendi?»

Cosette non capiva una parola.

«Hai ragione» gli disse.

Intanto la carrozza correva.

Al colpo che sentì bussare alla porta, Jean Valjean si voltò.

«Avanti» disse debolmente.

La porta s'aprì, e apparvero Marius e Cosette.

Cosette si precipitò nella camera.

Marius rimase sulla soglia, in piedi, appoggiato contro lo stipite.

«Cosette!» disse Jean Valjean, che si rizzò sulla sedia, con le braccia aperte e tremanti, stravolto, livido, sinistro, con una gioia immensa negli occhi.

Cosette, soffocata dall'emozione, cadde sul petto di Jean Valjean.

«Babbo!» disse.

Jean Valjean, sconvolto, balbettava:

«Cosette! Lei! Voi, signora! Sei tu! Oh, mio Dio!».

E, stretto fra le braccia di Cosette, esclamò:

«Sei tu! Sei qui! Tu mi perdoni, allora!».

Marius, abbassando le palpebre per impedire alle lacrime di scorrere, fece un passo e mormorò tra le labbra convulsamente contratte per arrestare i singhiozzi:

«Padre mio!».

«Anche voi mi perdonate?» disse Jean Valjean.

Marius non poté rispondere una sola parola, e Jean Valjean soggiunse:

«Grazie».

Cosette si strappò lo scialle e gettò il cappello sul letto.

«M'impacciano» disse.

E, sedendosi sulle ginocchia del vecchio, gli scostò i capelli bianchi con un gesto adorabile e lo baciò in fronte.

Jean Valjean lasciava fare, smarrito.

Cosette, che capiva solo confusamente, moltiplicava le sue carezze, come se volesse pagare il debito di Marius.

Jean Valjean balbettava:

«Come si è sciocchi! Credevo di non vederla più. Figuratevi, signor Pontmercy, che nel momento in cui siete entrato, dicevo tra me: "È finita. Ecco la sua vestina, sono un disgraziato e non vedrò più Cosette". E dicevo ciò proprio mentre voi salivate le scale! Com'ero idiota! Sì, si è proprio stupidi! Ma si fanno i conti senza il buon Dio; il buon Dio dice: "Tu pensi d'essere abbandonato, stupidone! No, no, questo non sarà. Suvvia: laggiù v'è un pover'uomo che ha bisogno d'un angelo". E l'angelo viene, e si rivede la nostra Cosette, e si rivede la nostra piccola Cosette! Oh, quanto ero infelice!».

Stette un momento senza poter parlare; poi proseguì:

«Avevo proprio bisogno di veder Cosette qualche volta, di tanto in tanto: anche il cuore vuole un osso da rosicchiare. E pure, lo sentivo benissimo d'essere di troppo e cercavo di darmene una ragione: "Non hanno bisogno di te, resta nel tuo cantuccio, non si ha il diritto di rendersi importuni". Oh, Dio benedetto, la rivedo! Sai, Cosette, che tuo marito è bellissimo? Oh, hai un bel colletto ricamato, alla buon'ora! Mi piace questo disegno. L'ha scelto tuo marito, non è vero? E poi, avrai bisogno di scialli di Cachemir. Signor Pontmercy, permettete che le dia del tu; non sarà per molto tempo».

E Cosette riprendeva:

«Che cattiveria averci abbandonati così! Dove siete mai stato? Perché siete stato assente così a lungo? Un tempo i vostri viaggi non duravano più di tre o quattro giorni. Mandavo Nicolette e le rispondevano invariabilmente: "È assente". Da quando siete tornato? E perché non ce lo avete fatto sapere? Sapete che siete molto cambiato? Oh, cattivo babbo! È stato ammalato e noi non l'abbiamo saputo! Guarda, Marius, toccagli la mano, senti com'è fredda!».

«E così eccovi qui! Signor Pontmercy, voi mi perdonate!» ripeté Jean Valjean.

A quella frase che Jean Valjean aveva ripetuto, tutto ciò che si gonfiava nel cuore di Marius trovò uno sfogo, ed egli proruppe:

«Non senti, Cosette? Egli giunge fino al punto di chiedermi perdono! E sai che m'ha fatto, Cosette? M'ha salvato la vita, e ha fatto ancora di più: mi ha dato a te. E dopo avermi salvato e dopo avermi dato a te, Cosette, che ha fatto di se stesso? Si è sacrificato. Ecco che uomo è. E a me, ingrato, a me, dimentico, a me spietato, dice: "Grazie". Cosette, tutta la mia vita passata ai suoi piedi, sarà ancora troppo poco. Quella barricata e quella fogna, quella fornace e quella cloaca, tutto ha attraversato per me, per te, Cosette! M'ha portato con sé attraverso tutte le morti, che allontanava da me e accettava per sé; egli ha tutti i coraggi, tutte le virtù, tutti gli eroismi, tutte le santità. Cosette, quest'uomo è un angelo!».

«Ssst, ssst!» disse piano Jean Valjean. «Perché tutte queste storie?»

«Ma voi,» esclamò Marius, con una collera in cui v'era della venerazione «perché non l'avete detto? È anche, colpa vostra: salvate la vita alla gente e glielo nascondete! Anzi, fate di più: col pretesto di smascherarvi, vi calunniate: è spaventoso.»

«Ho detto la verità» rispose Jean Valjean.

«No,» riprese Marius «la verità, è tutta la verità, e voi non l'avete detta. Eravate il signor Madeleine; perché non l'avete detto? Avevate salvato Javert, e perché non l'avete detto? Io vi dovevo la vita, e perché non avermelo detto?»

«Perché io la pensavo come voi, e trovavo che avevate ragione: bisognava che me ne andassi. Se aveste saputo quella faccenda della fogna, mi avreste fatto restare con voi. Bisognava dunque che tacessi, giacché, se avessi parlato, avrei guastato tutto.»

«Guastato che cosa? Guastato chi?» ribadì Marius. «Credete, forse, di restare qui? Vi condurremo via. Oh, mio Dio! Quando penso che ho saputo ogni cosa per caso! Vi portiamo con noi; voi fate parte di noi stessi. Siete suo padre e il mio. Non passerete in questa orribile casa spaventosa neppure un altro giorno. Non pensate di essere ancora qui, domani.»

«Domani,» disse Jean Valjean «non sarò più qui; ma non sarò in casa vostra.»

«Che cosa volete dire?» ribatté Marius. «Sapete che c'è di nuovo? Che non vi permetteremo più di fare viaggi. Voi ci appartenete e non vi lasciamo più.»

«E questa volta sul serio» aggiunse Cosette. «Abbiamo una carrozza giù, e vi porto via. E se sarà necessario, ricorrerò alla forza.»

E, ridendo, fece il gesto di sollevare il vecchio tra le braccia.

«La vostra camera è sempre disponibile, in casa nostra» proseguì. «Se sapeste com'è bello il giardino, in questo momento! Le azalee crescono benissimo, i viali sono ricoperti con sabbia di fiume; vi sono tante piccole conchiglie viola. Mangerete le mie fragole: le innaffio io. E niente più signora, e niente più signor Jean; siamo in tempo di repubblica e tutti si danno del tu, non è vero Marius? Il programma è cambiato. Se sapeste, babbo, che dispiacere ho avuto! V'era un pettirosso che aveva fatto il nido nel buco d'un muro, e un orribile gatto me l'ha mangiato; il mio povero piccolo pettirosso tanto carino che metteva la testina alla finestra e mi guardava! Ne ho pianto, e avrei ammazzato il gatto! Ma ora non piange più nessuno: tutti ridono, tutti sono felici. Verrete con noi. Come sarà contento il nonno! Avrete il vostro pezzo di giardino e lo coltiverete; e vedremo se le vostre fragole saranno belle come le mie. E poi, farò tutto quello che vorrete, e poi mi obbedirete di certo.»

Jean Valjean l'ascoltava senza seguirla: sentiva la musica della voce di lei, più che il senso delle sue parole; uno di quei lacrimoni che sono le perle cupe dell'anima andava lentamente formandosi nei suoi occhi.

Egli mormorò:

«Il fatto ch'ella è qui costituisce la prova che Dio è buono».

«Padre mio!» disse Cosette.

Valjean continuò:

«È proprio vero che sarebbe bello vivere insieme con loro. Hanno gli alberi del giardino pieni d'uccelli. Io andrei a passeggio con Cosette. È dolce essere gente che vive, che si dà il buon giorno, che si chiama in giardino. Ci si vede dal mattino. Ciascuno di noi coltiverebbe il proprio cantuccio, Cosette mi farebbe mangiare le sue fragole e io le farei cogliere le mie rose. Sarebbe incantevole! Solo...».

S'interruppe e disse dolcemente:

«Che peccato!».

La lacrima non cadde, ma rientrò, e Valjean la sostituì con un sorriso.

Cosette prese le mani del vecchio tra le sue.

«Mio Dio!» disse. «Le vostre mani sono ancora più fredde. Siete forse malato? Soffrite?»

«Io? No,» rispose Jean Valjean «sto benissimo. Solo...»

«Solo, che cosa?»

«Sto per morire.»

Cosette e Marius rabbrividirono.

«Morire!» esclamò Marius.

«Sì, ma non è nulla» disse Jean Valjean.

Respirò, sorrise e riprese:

«Cosette, tu stavi parlandomi; continua, parla ancora. Il tuo piccolo pettirosso è dunque morto. Parla, ch'io senta la tua voce».

Marius, impietrito, guardava il vecchio.

Cosette mandò un grido straziante.

«Babbo, babbo mio! Voi vivrete, voi vivrete! Voglio che viviate, capite!»

Jean Valjean alzò il capo verso di lei con adorazione:

«Oh sì! Proibiscimi di morire. Chi sa! Forse obbedirò. Stavo per morire quando siete entrati, e ciò m'ha fermato e m'è sembrato di rinascere».

«Voi siete pieno di forza e di vita» esclamò Marius. «Potete immaginare che si muoia in questo modo? Avete avuto tanti dispiaceri, ma non ne avrete più. Sono io che vi chiedo perdono, e in ginocchio! Voi vivrete, e vivrete con noi, e a lungo. Vi riprendiamo. Siamo qui in due e non avremo ormai che un solo pensiero: la vostra felicità.»

«Lo vedete bene,» riprese Cosette, tutta in lacrime «che Marius dice che non morirete.»

Jean Valjean continuava a sorridere.

«Anche se mi riprendeste, signor Pontmercy, potreste impedire ch'io sia quello che sono? No. Dio ha pensato come voi e come me, e non muta parere; è bene ch'io me ne vada. La morte è una buona sistemazione. Dio sa meglio di noi quello che ci occorre. Che voi siate felici, che il signor Pontmercy abbia Cosette, che la giovinezza sposi il mattino, che intorno a voi, figli miei, vi siano i lillà e gli usignuoli, che la vostra vita sia una bella aiuola piena di sole, che tutti gli incanti del cielo vi riempiano l'anima e, adesso che non sono più buono a nulla, che io muoia: è certo che tutto ciò sta bene. Datemi retta, siamo ragionevoli. Ormai, non è possibile più nulla, e sento con certezza che tutto è finito. Un'ora fa ho bevuto tutta l'acqua di quella boccia. Com'è buono tuo marito, Cosette! Stai molto meglio con lui che con me.»

Si udì un rumore alla porta. Era il medico che entrava.

«Buongiorno e addio, dottore» disse Jean Valjean. «Ecco i miei poveri figlioli..»

Marius s'avvicinò al medico e gli rivolse questa sola parola: «Signore?...» ma nel modo con cui era stata pronunciata, essa conteneva una domanda completa.

Il medico rispose alla domanda con un'occhiata significativa.

«Perché certe cose spiacciono» disse Jean Valjean «non è una ragione per essere ingiusti verso Dio.»

Vi fu una pausa. Tutti i petti erano oppressi.

Jean Valjean si rivolse a Cosette e si mise a contemplarla, quasi volesse imprimersela nella mente per l'eternità.

Nell'ombra profonda in cui era già disceso, l'estasi gli era ancora possibile guardando Cosette; e il riflesso di quel dolce volto illuminava la sua faccia pallida. Il sepolcro può avere i suoi barbagli.

Il medico gli tastò il polso.

«Oh, aveva proprio bisogno di voi!» mormorò, guardando Cosette e Marius.

E chinandosi all'orecchio di Marius, aggiunse con un soffio di voce:

«Troppo tardi».

Jean Valjean, quasi senza cessare di guardare Cosette, osservò Marius e il medico con serenità, e dalle sue labbra si udì uscire questa frase appena articolata:

«Morire non è nulla: è spaventoso non vivere».

A un tratto s'alzò. Questi ritorni di forze sono talvolta un sintomo dell'agonia: egli si diresse con passo fermo al muro, si scostò da Marius e dal medico, che volevano aiutarlo, staccò dalla parete il piccolo crocifisso di rame che vi era appeso, tornò a sedersi con tutta la libertà di movimenti dell'uomo sano, e disse ad alta voce, posando il crocifisso sulla tavola: «Ecco il grande martire!».

Poi, il suo petto si piegò e la testa gli vacillò, come se fosse preso dall'ebbrezza della tomba: le due mani appoggiate sulle ginocchia si misero a graffiare con l'unghia la stoffa dei calzoni.

Cosette lo sorreggeva per le spalle e singhiozzava, cercando di parlargli, senza riuscirvi. Si distinguevano, tra le frasi mescolate alla lugubre saliva che accompagna le lacrime, parole come queste: «Babbo, non ci abbandonare! È possibile che vi ritroviamo solo per perdervi?».

Si potrebbe dire che l'agonia serpeggi: essa va, viene, avanza verso il sepolcro e ritorna verso la vita; v'è come un brancolare nell'azione del morire.

Jean Valjean, dopo quella mezza sincope, si riebbe, scosse la fronte come per scrollarne le tenebre e ritornò quasi interamente lucido. Prese un lembo della manica di Cosette e lo baciò.

«Rinviene, dottore! Rinviene!» gridò Marius.

«Siete buoni tutt'e due» disse Jean Valjean. «Ora vi dirò ciò che mi ha fatto dispiacere: m'ha fatto dispiacere, signor Pontmercy, che non abbiate voluto toccare il denaro. Quel denaro è proprio di vostra moglie. Vi spiego, figli miei; anzi, è proprio per questo che son contento di vedervi. Il giavazzo nero viene dall'Inghilterra e quello bianco dalla Norvegia: tutto questo è scritto in questo foglio, che leggerete. Per i braccialetti, avevo pensato di sostituire i fermagli di lamiera saldata con fermagli di lamiera raccostata: sono più graziosi, migliori e meno cari. Ora capirete quanto denaro si può guadagnare col mio nuovo sistema. La fortuna di Cosette è quindi proprio sua; e io vi do questi particolari perché abbiate l'animo in pace.»

La portinaia era salita e guardava dalla porta socchiusa. Il medico la mandò via, ma non poté impedire che, prima d'andarsene, quella buona zelante gridasse al moribondo:

«Volete un prete?».

«Ne ho uno» rispose Jean Valjean.

E, col dito, sembrò indicare un punto sul suo capo in cui egli pareva vedere qualcuno.

È probabile infatti che il vescovo assistesse a quell'agonia.

Cosette, dolcemente, gli fece scivolare un cuscino sotto le reni.

Jean Valjean riprese: «Signor Pontmercy, non abbiate timore, ve ne scongiuro. I seicentomila franchi sono proprio di Cosette, e se non ve li godeste, allora avrei gettato via la mia vita! Eravamo arrivati a fare molto bene in quelle conterie e gareggiavamo con quelli che si chiamano i gioielli di Berlino. Certamente, non è possibile uguagliare il vetro nero di Germania di cui una grossa, che contiene mille e duecento grani ben lavorati, costa solo tre franchi».

Quando un essere che ci è caro sta per morire, lo guardiamo con uno sguardo che s'aggrappa a lui, come per trattenerlo. Marius e Cosette, tenendosi per mano, muti per l'angoscia, non sapendo che cosa opporre alla morte, stavano in piedi davanti a lui disperati e tremanti.

Di momento in momento Jean Valjean declinava. S'abbassava, avvicinandosi al tetro orizzonte. Il suo respiro, divenuto intermittente, era inframmezzato da un po' di rantolo. Faceva fatica a spostare l'avambraccio e i piedi avevano perduto ogni movimento, e mentre la miseria delle membra e l'abbattimento del corpo crescevano, tutta la maestà dell'anima saliva e si stendeva sulla sua fronte. La luce del mondo ignoto era già visibile nella sua pupilla.

La sua faccia si sbiancava e sorrideva a un tempo. La vita non era più presente, ma v'era qualche altra cosa. Se il suo respiro mancava, il suo sguardo s'ingrandiva; era un cadavere del quale si intuivano le ali.

Fece segno a Cosette d'avvicinarsi, poi a Marius; evidentemente era giunto l'ultimo istante della sua ultima ora. Egli si mise a parlar loro con una voce così debole, che pareva venisse da lontano; si sarebbe detto che fra essi e lui vi fosse già una muraglia.

«Avvicinati, avvicinatevi tutt'e due. Vi voglio tanto bene. Oh, com'è bello morire così! E tu pure, mi vuoi bene, Cosette mia. Lo sapevo che avevi sempre un po' d'affetto per il tuo povero vecchio. Come sei stata buona a mettermi questo cuscino sotto le reni! Mi piangerai un po', non è vero? Non troppo. Non voglio che tu abbia dei veri dispiaceri. Bisognerà che vi divertiate molto, figli miei. Ho dimenticato di dirvi che sui fermagli senza ardiglione si guadagnava ancor più che su tutto il resto; la grossa, di dodici dozzine, veniva a costare dieci franchi e si vendeva a sessanta. Era proprio un buon commercio; non bisogna dunque stupirsi dei seicentomila franchi, signor Pontmercy. È denaro onesto. Potete essere ricchi tranquillamente: bisognerà che teniate una carrozza, di tanto in tanto un palco a teatro, delle belle toelette da ballo, mia Cosette, e poi dare buoni pranzi ai vostri amici, ed essere felicissimi. Stavo appunto scrivendo a Cosette: si troverà la mia lettera. Lascio a lei i due candelieri che sono sul camino. Sono d'argento: ma per me sono d'oro, sono di diamante, mutano le candele in ceri votivi. Non so se colui che me li diede sia contento di me, lassù; ho fatto quello che ho potuto. Figli miei, non dimenticate ch'io sono un povero e fatemi seppellire in un angolo qualunque di terra, sotto una pietra che indichi il luogo. È questa la mia volontà. Niente nome sulla pietra. Se Cosette vorrà venire un po', qualche volta, mi farà piacere: e anche voi, signor Pontmercy. Bisogna che vi confessi che non sempre vi ho voluto bene, e ve ne chiedo perdono. Ora, Cosette e voi non siete che un unico essere, per me. Io vi sono assai riconoscente. Sento che renderete felice Cosette. Vedete, signor Pontmercy, le sue belle guance rosee erano la mia gioia, e quando la vedevo un po' pallida ero triste. Nel cassettone v'è un biglietto da cinquecento franchi che non ho toccato. Esso è per i poveri. Cosette, vedi la tua vestina, là sopra il letto? La riconosci? Eppure non son passati che dieci anni da allora. Come passa il tempo!

Siamo stati tanto felici; e ora è finita. Non piangete, figli miei: non vado molto lontano e vi vedrò di là: non avrete che da guardare quando farà buio, e mi vedrete sorridere. Cosette, ti ricordi Montfermeil? Eri nel bosco e avevi tanta paura! Ti ricordi quando ti presi il manico del secchio d'acqua? Era la prima volta che toccavo la tua povera manina: era così fredda! Oh, avevate le mani rosse, in quel tempo, signorina, e ora le avete tanto bianche! E la bambolona! Ti ricordi? La chiamavi Catherine, e ti rincresceva di non averla portata al convento. Come mi hai fatto ridere, certe volte, angelo mio dolce! Quando aveva piovuto, imbarcavi nei ruscelletti qualche filo di paglia, e lo guardavi andarsene. Un giorno, ti regalai una racchetta di vimini e un volano con le penne gialle, azzurre e verdi; l'hai dimenticato, tu. Sebbene piccolina, sapessi com'eri furba! Giocavi. Ti mettevi le ciliege alle orecchie. Ormai sono cose del passato. I boschi nei quali siamo andati a passeggiare, i conventi in cui ci siamo nascosti, i giochi e le buone risate dell'infanzia, tutto ora è ombra. Io m'ero immaginato che tutto ciò m'appartenesse. Ecco quale è stata la mia sciocchezza. Quei Thénardier furono malvagi, ma bisogna perdonar loro. Cosette, ecco venuto il momento di dirti il nome di tua madre: si chiamava Fantine. Rammenta questo nome: Fantine, e inginocchiati ogni volta che lo pronuncerai; ella ha molto sofferto, ti ha amato molto e ha avuto in sventura tutto quello che tu hai in felicità. Sono i doni di Dio. Egli è lassù, ci vede tutti e sa quello che fa, in mezzo alle sue infinite stelle. Sto per andarmene, figli miei. Amatevi molto, sempre; al mondo non v'è altra cosa che questa: amarsi. Pensate qualche volta al povero vecchio che è morto qui. O mia Cosette, non è stata colpa mia, no, se non t'ho visto in tutto questo tempo. Mi si spezzava il cuore: venivo fino all'angolo della tua via e dovevo fare un effetto singolare alla gente che mi vedeva passare; ero diventato come un pazzo e una volta uscii senza cappello. Figli miei, ecco che mi si offusca la vista; dovevo dirvi ancora qualche cosa, ma non importa. Pensate un poco a me: voi siete creature benedette. Non so che cosa sia, ma vedo della luce. Avvicinatevi ancora. Muoio felice. Datemi le vostre care teste, perché vi metta le mani sopra.»

Cosette e Marius caddero in ginocchio, smarriti, soffocando il pianto ciascuno su una delle mani di Jean Valjean. Quelle mani auguste non si muovevano più.

Egli era rovesciato all'indietro e la luce dei due candelieri lo illuminava. La sua faccia bianca guardava il cielo, ed egli lasciava che Cosette e Marius gli coprissero le mani di baci.

Era morto.

La notte era senza stelle e profondamente oscura. Nelle tenebre stava certamente ritto qualche angelo immenso, con le ali spiegate, in attesa dell'anima.

Nel cimitero del Père-Lachaise, non lontano dalla fossa comune, a distanza dal quartiere elegante di quella città dei sepolcri, lontano da tutte quelle tombe bizzarre che sfoggiano di fronte all'eternità le orribili mode della morte, in un angolo deserto lungo un vecchio muro, sotto un grande tasso al quale s'abbarbicano i convolvoli, in mezzo alla gramigna e al muschio, v'è una pietra. Quella pietra, come le altre, non è esente dai guasti del tempo, dalla muffa, dal lichene e dagli escrementi degli uccelli. L'acqua la rende verde e l'aria l'annerisce. Non è vicina ad alcun sentiero e a nessuno piace recarsi da quella parte, perché l'erba è alta e i piedi sono presto bagnati. Quando v'è un po' di sole, ci vanno le lucertole; intorno intorno, è tutto un fremito d'avena selvatica. In primavera le capinere cantano nell'albero.

Quella pietra è nuda. Chi la tagliò pensò solo al necessario della tomba, e l'unica cura che venne presa fu quella di far la pietra abbastanza lunga e abbastanza larga per coprire un uomo.

Non vi si legge alcun nome.

Soltanto, e son passati molti anni da allora, una mano vi scrisse con la matita questi quattro versi, divenuti a poco a poco illeggibili per effetto della pioggia e della polvere, e che probabilmente oggi sono cancellati:

> *Il dort. Quoique le sort fut pour lui bien étrange,*
> *Il vivait. Il mourut quand il n'eut plus son ange;*
> *La chose simplement d'elle-même arriva,*
> *Comme la nuit se fait lorsque le jour s'en va.*[5]

FINE

---

[5] Egli dorme. Sebbene la sorte fosse per lui molto strana, – Viveva. Morì quando non ebbe più il suo angelo. – La cosa venne da sé, in modo naturale, – Come la notte cala quando tramonta il giorno.

SOMMARIO

PARTE QUARTA – *L'IDILLIO DI VIA PLUMET E L'EPOPEA
DI VIA SAINT-DENIS*

Libro primo – QUALCHE PAGINA DI STORIA

Libro secondo – EPONINA

Finito di stampare nel luglio 2016 presso
Grafica Veneta – via Malcanton, 2 – Trebaseleghe (PD)
Printed in Italy

Rizzoli
LIBRI

ISBN 978-88-17-12910-7